大焰师

① 烽火少年

九州出版社
JIUZHOUPRESS

图书在版编目（CIP）数据

大焰师.1，烽火少年 / 梁木著. -- 北京：九州出
版社，2023.6

ISBN 978-7-5225-1769-8

Ⅰ.①大… Ⅱ.①梁… Ⅲ.①长篇历史小说-中国-
当代 Ⅳ.①I247.5

中国国家版本馆CIP数据核字(2023)第068205号

大焰师

作　　者　梁　木　著

责任编辑　陈春玲

出版发行　九州出版社

地　　址　北京市西城区阜外大街甲 35 号(100037)

发行电话　(010)68992190/3/5/6

网　　址　www.jiuzhoupress.com

印　　刷　长沙市精宏印务有限公司

开　　本　710 毫米 × 1000 毫米　16 开

印　　张　107.5

字　　数　2200 千字

版　　次　2023 年 6 月第 1 版

印　　次　2023 年 6 月第 1 次印刷

书　　号　ISBN 978-7-5225-1769-8

定　　价　498.00 元(全四册)

CONTENTS
目录
烽火少年

第一章

DIYIZHANG

爆都盛会

◆ 一、爆竹节来了很多陌生人 ◆

　　五代后汉乾祐三年（公元950年）夏四月十八辛亥日，南方楚国东垂的古邑瑶池，迎来了"爆竹老爷"李畋先师的三百四十九岁诞辰。按照当地"男进女满、逢九整生"的习俗，这一年，便是李畋先师三百五十周年整生大诞。而从四月十八开始的这两天，也是这里两年一度的"爆竹节"。

　　爆竹节是这个地方最热闹的日子。按照传统，方圆数百里的李氏族裔和爆竹作坊的各姓子弟，还有从事爆竹买卖的各地客商，都要汇聚在天下最大的爆竹产区——"爆都"瑶池，举行庆典盛会。而龙狮竞武，篝火狂欢，燃放爆竹，比试各种新的炮火和其他火药制品，将会点燃瑶池人心中璀璨的幸福和火辣的乡情。由于是五十年一遇的整生大诞，今年的节日盛会便不同寻常，不仅节会时间增加了一天，而且规模也将超过以前任何一年，各项庆祝活动更加精彩纷呈。当然，在举族狂欢的同时，看样订货和进行各种爆业贸易，仍然是节会的主题内容。

　　瑶池乡司李庆吉已经年过花甲。作为李氏嫡长子传人和家族总执事，他为筹备这次盛会已经殚精竭虑半年多了。他多次召集长老乡贤商议，听取邻里族人建言，研究祭祀礼仪，确定活动方案，并根据多方意见翻修了猎神祠，扩建了欢乐谷和始祖墓园。他还分派族界名流和乡邑要员为礼、书、食、宿、卫等诸执事，带领大家起早贪黑，各项事宜紧锣密鼓，祭祖帖快马驰送各地之后，已经万事俱备，只等东风了。

　　这几天来，李庆吉最担心的还是东峰界那边狩猎的事情。七天前，他指派长子李天亮、侄子李天晨带队，到东峰界猎取大典祭祀用的野生"三牢"。昨天夜间得到消息，围猎成功后，除了李天亮父子三人仍然留在东峰界宰生外，侄子李天晨带着其他人员已经全部回来了，并亲口告诉他：三个野生的家伙全部活蹦乱跳地落入陷阱，只等四月十八天一亮，东峰界上就可以响炮宰生了！

　　四月十八这一天，李庆吉起得很早。其实这些天来，他睡得也不怎么踏实。眼看节会就要到了，各路宾客已陆续抵达，他生怕有所疏漏，怠慢客人，影响李氏近百年在业界的良好声誉。而三日的重大活动安排虽然早已烂熟于胸，但一躺到床上就不由自主地琢磨起每个活动的程式、内容和具体细节来。特别是篝火盛会上的竞爆比赛和炮火表演，他早就吩咐长子李天亮开始筹备，想将这些年来李氏最精华的火药新品都拿出来，为远道而来的宾朋送上一场视听盛宴。但俗话说得好："爆竹是个纸包火，塌场就要闯大祸。"万一出什么差池，不仅会造成人员伤亡，而且有损家族声誉，甚至会影响到瑶池李氏爆业的未来，他不得不谨小慎微啊！

李庆吉神清气爽地推开窗户，但见四月十八的天眼也开得很早，碧空如洗，晨光似练，山屏叠翠，南川绕绿。他的心情大好，洗漱完毕，穿戴整齐，于是策马前往馆驿，察看来宾入住事宜，准备陪贵客们就早茶，这是作为东道主答谢客人、表达热情的最佳礼仪——执早茶礼。

李庆吉出得门来，正欲上马，忽然想到什么，又匆匆折身回屋，穿过厅堂往后院走去。

李氏府第是典型的江南乡绅院落，坐东朝西地散落在楠竹山下、南川河畔。远远地看去，青瓦屋面在初夏的晨光中清新而宁静。这种随着人口增长、经过百余年不断扩建的砖木房屋，层层叠叠有些眼花缭乱，但仔细辨别，却发现院中有院、房中有房、庭院错落、巷道回环，结构布局气势恢宏，给人一种多而不乱、大而不杂的感觉。十多条长廊、短廊将数十栋楼屋连成一体，厅屋中简单厚实的格栅门窗、古老陈旧的天井照壁、随意点缀的山石花木，都彰显出一种不事雕琢、自然天成的味道。

李庆吉穿过三条走廊，又拐进一条巷道，来到一个题名"仙缘居"的偏僻小院门口停下来，扣了扣大门上的铁环，见无人应，推推门，原来门没有关，于是就走了进去。但见院子中间的小亭子里，一位白发银须、一袭道袍的老者正在打坐，双目紧闭，嘴唇微张，左掌竖直胸前，右腕揽着拂尘，一副仙风道骨、气定神闲的样子。

李庆吉连忙上前揖道："参见三叔大人，特向三叔叩请早安。"

"无量天尊！元德亲侄子免礼。"道人没有睁开眼睛，问道："亲侄子清晨造访，不知所为何事？"

"别无它扰，就是禀报一声，大典诸事已备。巳时三刻，烦请三叔仙驾，领祭宗族。三叔大人不辞辛劳，赶回来参加畋公大诞祭典，愚侄感激不尽。"

"无量天尊！"道人睁开了眼，说道，"药因虽然出家修道，但还是李氏子孙，祭祖奠宗，天经地义！大事在即，亲侄子事务繁忙，这里就不用费心了！"

"适才惊扰三叔大人仙驾，祈望海涵。愚侄告退！"李庆吉揖退出门，将门轻轻掩上，原路返回，又重新出了大门，上马飞驰去了。

一踏进瑶池驿馆，李庆吉发现这里早已人满为患。馆吏邱驰杰见了李庆吉，马上迎了过来："亲家公来了。"他的女儿邱氏嫁给了李庆吉长子李天亮。

李庆吉还礼道："亲家，客人下榻几何？"

邱驰杰道："驿馆十八间上房已经只剩下一间，二十四间中房入住十九间，四十二

间下房入住三十五间。"

"这么多!"李庆吉道,"都是祭祖帖邀约的客人吗?"

邱驰杰道:"邀约帖册上的客人还不到一半,很多可能今日到达,比如醴陵、萍乡等附近县邑和上栗、麻石铺等邻近集镇的客人。而几日来入住者多是外地陌生客商……"

"陌生客商?咄咄怪事!"李庆吉迷惑道,"爆业传承百年,外地客商也大都熟识,怎么突然间冒出这么多陌生人呢?"

邱驰杰道:"起先按照亲家吩咐,要求只有收到祭祖帖的客商才能入住,可他们愿出重金,一再要求入住,在下当时思虑,反正客房有余,而且邀约帖册的客人都是免费,预留了一部分后,不如……"

"好了,来者都是客!收了房钱,退回去又太麻烦,也显得不地道,就仿佛只有我们瑶池有钱似的。你想个变相的办法,把多收的钱转个身还回去!"李庆吉打断邱驰杰的解释,说道,"麻烦亲家带我去总账台,看看他们是些何方神圣。"

"亲家公请!"

两人来到总账台,邱驰杰拿出入住簿册双手递给李庆吉。李庆吉翻开簿册,一一查看起来,尤其是下面这些他从来都不曾认识:

天字一号上房金陵爆竹行江和芳,天字三号上房洛阳爆竹行刘天龙,天字七号上房广州爆竹行何伟均;地字二号上房汴梁爆竹行李世齐,地字四号上房朗州爆竹行姚华德,甲字五号中房成都爆竹商行顾鼎,乙字六号中房杭州爆竹商铺钱大登……

看了一阵,略微数了一下,大概有三十多名来自国内外的不熟悉的商主。如果有不超过十个,也都还在正常范围。三十多个,就不能不让人惊讶了。更奇怪的是,这些陌生客商都出手阔绰,绝大多数住的都是上房,中房不多,下房基本没有。金陵爆竹行江和芳,为住进天字一号上房,居然出了五两银子,这差不多是房价的二十倍!住个乡野头房,如此一掷千金,这样的客商,哪里像个做买卖的,简直就是个达官显贵!他放下簿册,满脸狐疑地走进了餐屋。

正是早茶时间。餐屋已经座无虚席。李庆吉拱手道:"在下李庆吉,拙字元德,特为大家执早茶礼,招待不周,敬请海涵!"

客人站起来回礼:"掌门大人多礼了,承蒙盛情款待!"

李庆吉一一招呼应承,然后走向那些不熟悉的客人席间,寒暄起来:"李庆吉幸会诸位,敢请各位贵客尊姓大名!"接着,他就听到这些衣着各异、操着南腔北调口音的

客商自报着家门，听起来总觉得有些怪怪的：

"在下朗州爆竹行执事姚华德，幸会幸会！"

"在下金陵爆竹行江和芳，幸会乡司大人，请多与方便！"

"在下洛阳爆竹行掌柜刘天龙，幸会幸会！"

"在下成都爆竹商行顾鼎，初来乍到，多多关照！"

"在下汴梁爆竹行商主李世齐，幸会瑶池家门执事，到时候一定登门拜望！"

"在下广州爆竹行商主何伟均，幸会幸会，李公客气！"

"在下杭州爆竹商铺钱大登，幸会李公，三生有幸！"

"在下洪州爆竹行商户许永凡，幸会幸会！"

……　……

李庆吉草草用过早茶，带着一肚子的疑虑走出驿馆。特别是那个一掷千金的江和芳，尖嘴猴腮，稀疏鼠须，长个朝天的酒糟鼻，那双小眼睛，骨碌碌直转个不停，不时放出寒碜碜的光。李庆吉一触到那射过来的眼神，心生一阵胆寒。他的话语也特别让人难忘，一个做生意的，客套起什么"幸会乡司大人，请多与方便"，满口打着官腔，听起来特别刺耳。李庆吉一路策马疾驰，来到南川河边的时候，但见大瑶集市已经人潮涌动，很多商铺正开着铺门，一篓篓爆竹已经堆到了大街上，等待爆竹节鸣锣剪彩，开市贸易。李庆吉急忙勒紧缰绳，翻身跃下，牵马步行。一些熟悉的商铺主人热情地跟他道早安，他一路上回礼不迭，可脑海里仍然是那些陌生商客的身影。

◆ 二、政事堂议事，郎舅各执一词 ◆

爆竹自李畋先师发明以来，经历数百年发展，已经形成一个颇具规模的手工制作产业，特别是纸筒代替了竹筒之后，这个产业就日益兴隆了。可是，爆竹毕竟是礼俗用品，不是生活必需品，加上当下诸侯林立，战乱时起，关隘阻隔，通贸不便，销量当然有限。而且，常来常往的客商也都基本熟识，怎会突然冒出这么多新的面孔？不仅邻国南唐、荆南的客商来了，大汉朝京师汴梁的商主来了，南汉、西蜀、吴越等南方各国大都会的商会掌柜也都来了，这就有些不大对劲了……李庆吉想着，匆匆赶往乡衙政事堂。一进议事厅，大家早就来了。

点过卯后，李庆吉说道："诸位执事，今天是瑶池五十年一遇之盛会，务请各司其

职，恪尽职守，莫出差池。"

大家异口同声："请大人放心，我等一定尽心尽力，确保万无一失。"

"敢请诸位费心。"李庆吉顿了顿，又说道，"刚才，我去驿馆察看，发现一大批陌生商客，感觉很是蹊跷。大家说说，这里面，是否有藏着什么玄机。"

大家七嘴八舌地议论起来：

"大人，这是因为我们瑶池爆竹闻名遐迩，他们慕名而来。"

"依在下之见，这是畎公三百五十大诞影响空前，很多业外人士也想见识一下这五十年一遇之盛会。"

"祭祖办节，多来些客热闹热闹，这是好事。"

"是否爆竹礼俗业已大兴，爆竹产品受人青睐，我们瑶池爆业迎来了发展良机？"

"应该是正常商贸往来，没什么特别之处。"

…… ……

李庆吉认真听着，默默思考着大家的发言，眉头紧锁。忽然，他的目光落在一个武勇打扮、默不作声的壮年人身上："启明亲侄子，你怎么一言不发呢？"

"伯父大人，小侄觉得没那么简单，但一时又理不出头绪，弄不明缘由……"

李庆吉四弟李庆意坐在李庆吉对面，他是行伍出身，心直口快，见壮年男子吞吞吐吐，有些按捺不住："启明亲侄子，有什么想法就直截了当，别拐弯抹角了。"

"好吧，我谈谈自己一点浅见。"这个年富力强的壮年男子应承一声站起身来，若有所思地扫视着众人。他叫李天晨，启明是他的字，是李庆吉二弟李庆祥的独子，在李氏同辈兄弟中排行第三，现在身居瑶池武勇执事要职，负责方圆百里的安防重任。"各位大人，你们想一想，这件事情如果是简单的商贸来往，这些人也该懂得业内规矩，新入行的客商需要投帖拜会总执事，或者到管事房递交求货申请文牒，还要到衙门办理准运关文。可这些人，既未到府上拜会，又未提交供货文牒，也很可能没有去通关，全然一窍不通，根本就是些外行。在下断定，他们绝对不是冲着爆竹生意来的。"

李庆吉道："有些道理。只是新入行者，也可以办理临时出货文牒，凭这样的文书同样可以通关，只是税征多一倍而已。而且，刚才慕容里正之言不无道理，陌生人也很可能是业外人士来凑热闹呢。"

李天晨道："伯父大人，小侄认为，三五个客商没有出货文牒还可以理解，二三十位都得临时补办，难道还正常吗？这么多人来凑热闹，那更非比寻常了。还有人认为，可能是爆竹礼俗业已大兴，爆竹产品受人青睐，我们瑶池爆业迎来了发展良机。虽然从表面上看不无道理，但深究下去就站不住脚了。"

"启明，说下去！"

"当前，中原政权更迭频繁，南方诸侯各霸一方，战乱不止，民不聊生。大家想想，乱世之中，人人自危，能够保住一家老小的性命，不挨饿不受冻，已经谢天谢地了，几个人有心思放爆竹？如此之多的陌生人齐聚瑶池，难道仅仅是巧合吗？我有一种预感，他们的行动，有点像是受各国朝廷差遣。"李天晨言语练达，说话条理清晰，从他冷静透彻的分析中，可以看出他是一个遇事沉稳、处事老到的好手。

"各国朝廷差遣？太危言耸听了吧。"众人惊愕不已，也有的不屑一顾。

李天晨继续说道："我看，他们有点像是在明修栈道、暗度陈仓，借参加盛会、采购爆竹这个借口，干什么见不得人的勾当。可这要暗度的陈仓是什么呢，我也没想明白。诸公都想想看……"

"岳父大人，小婿也说几句……"一个长相俊朗、风度翩翩的书生打断李天晨的话，站起来侃侃而谈。他叫西门璞，字季玉，是李庆吉女儿李天香的夫婿。"各位前辈，启明的分析，看上去鞭辟入里，精彩透彻，但与事实不符。大乱之中有小安，这是有目共睹的，比如我们马楚政权就传承四主，保持了五十余年的安定；我们浏阳瑶池近百年来就没有经历战火，人丁兴旺，商贸阜盛，百姓安居乐业，一片祥和与富足，我相信这样的地方还很多。那么，爆竹的需求虽不十分旺盛，但增长的势头不会减弱。再加上乱世之中人心思定，向往和平、渴望统一，成为天下的共同愿望，而燃放爆竹，恰恰是最好的表达。所以，我认为，这只不过是商业行为，没必要大惊小怪。"

"西门姐兄，言之差矣。"李天晨掉过头，走了过来，一把拥住书生的肩膀，"姐兄是读书人，如今又总掌文事教化，应该懂得民生要义。姐兄想想，这些商贩，能将这么多爆竹顺利地运出去吗？到处是关卡，到处都是军营，到处都在打仗。姐兄给我算算，一马车爆竹运到洛阳，如果每国通关都按照我们楚国的税制十五税一来征收，不包括路途中被军队抽头，被官吏敲诈，被响马打劫，除去那些需要打点的钱来，还能赚多少钱？"

西门璞道："我一个礼教执事，又不是税征执事，不会算账，你问觉禅兄吧。"

"一千钱！在下算出来了……按照每车二十万响计，成本是一万钱，需交关税五千多钱，车旅盘缠来往一趟按一个月计，大概在四千钱左右。在洛阳的出售价格比进价翻一倍，那么一车爆竹可以赚一千钱。"这个年近五旬、头发斑白的精瘦男子叫杨念佛，觉禅是他的字。

李天晨道："一千钱！觉禅兄真是铁算盘！姐兄听见没有？也就是说，只要这位商主被任何一个官吏强盗军队弄一下，就基本上赚不到钱，再弄一下就亏本了。这些商人都是傻子吗？"

"哼！这只是你的个人揣度！"西门璞一挥纸扇，甩开李天晨搭在肩上的手，说道，

"越是风险大就越有利润,这个道理三舅爷不懂吗?你想想,正是没有人敢远道贩货,所以很多大都会爆竹奇缺无比,物以稀为贵,价格高得出奇!昨天我遇到一位岳州客商,诸公猜猜,在他们那里,一百响炮仗卖多少钱?"

"多少?"

"四十钱!"

"四十钱!我的天!"

"对,四十钱!是进价的八倍。"西门璞打开纸扇扇了起来,"觉禅兄,你也给我算算,按照这个价格,那车爆竹要赚多少钱?"

"六万一千钱!"杨念佛眼珠一转就算出来了。

"我的三舅爷,这个数字对于一个商铺意味着什么。意味着一年他只要成功运达一车炮仗然后卖出去,他就可以不用做其他买卖了,一年里十口之家的吃穿用度足以达到小康。就算途中被敲诈勒索十次,每次出五百钱打点,也只要五千钱,最多来他个二十次,花去一万,还可以赚五万多,这还只是在不远的岳州城。如果在汴梁、金陵、杭州、洛阳、成都等大都会,价格就不是四十钱而是六十钱,甚至更高。大家说说,这个险值不值得冒?"

"当然值得。"

"娘的,比我等做爆竹的利润多多了!"

"到底是秀才,看问题很有见地。"

大多数人都赞同西门璞的意见。

"我也但愿如此。可是,这些年来从没有一下子聚集这么多陌生的客商,肯定没有姐兄想得那么简单。"李天晨还是疑窦重重。

"三舅爷,是你把问题复杂化了。"西门璞得意地摇着纸扇,拍了拍李天晨的肩膀,"三舅是武勇执事,我们瑶池的兵部尚书,从安防角度如此考虑,我完全理解,但过分杞人忧天,就有些小题大做了。"

这时候,李庆吉开腔了:"好了,大典在即,就不多议了。刚才,启明和季玉都解析了陌生商人忽现瑶池之因,似乎都有道理,两种可能性都有,也还可能有其他情形。但老夫以为,不管何种可能,都须高度关注,提高警惕,以备万一。请各位按照昨日分排,各司其职,齐心协力,办好庆典。刚才议事内容严格保密,任何人不得泄露!"

"谨遵大人教诲!"

三、楚王遣使贺喜，刘侍郎亲临瑶池

“报！”正当大家准备分头行动之时，突然听见门外传来急匆匆的吆喝声。众人抬头一看，只见执勤乡勇领着一个年轻的白甲武将进了政事堂。这个武将，虎背熊腰，英武干练，一身戎装：白银铠甲熠熠生辉，银质头盔上，顶着红质冠缨，像一团火在冰天雪地里熊熊燃烧。身上披着一件白战袍，腰里挎着一把大家都认得的猎神腰刀，站在那里威风凛凛、英气逼人。

“报告乡司大人，县令魏大人陪同楚王特使刘侍郎即将驾到，这是王使大人驾前侍卫统领、传信官。各位大人，你们看看，是谁来了？”

“孙儿拜见阿翁！”白甲武将见了李庆吉，叫了一声俯身便拜。

“自坚孙儿，真的是你！”李庆吉惊喜不已。大家也你一言我一语议论纷纷起来，政事堂里顿时炸开了锅 。

白甲武将起身看了一圈，乐呵呵地说道：“呵呵，各位长辈和里正族长都来了……”

“自坚，还不快快给乡里诸位大人行礼！”李庆吉催促道。没想到，又是一阵纷纷攘攘的嘀咕声：

“不敢当啊，他可是王廷命官！”

“是啊，哪有当官的给老百姓行礼的啊……”

小将听了，一挺身躯，右手猛地放开刀柄，连忙揖身施礼：“李云铎拜见各位尊长，军务在身，礼数不周，请多多包涵！”

“此等军门大礼，小民担待不起啊……”

“不敢当不敢当……”

众人真真假假地推搡着，又是一阵热闹的哄笑。不待大家静下来，李云铎说道：“诸位大人，楚王特使驾临瑶池，大家准备接驾吧。”

李庆吉道：“好，大家快快准备：季玉，你快点准备香案仪仗，启明，你负责周围警戒，二弟，你叫几个人赶快把乡衙大门全部打开。各位务必整冠捋带，大礼相迎！”

“是！”

大家就忙着准备起来。李云铎走过来，一把扯住急匆匆往外走的李天晨，说：“三叔，想死我了。你还好吧。”

"我很好。二小子，现在不是叙旧的时候，我要负责警戒防务。我预感瑶池可能有大事要发生。等会儿特使大人来了，你帮我盯紧点，听见没有，我的统领大人。"李天晨一脸的严肃，没有停住脚步。

李云铎一愣："有大事要发生？"

李天晨继续往前走："嗯。现在没时间跟你说原因。"

李云铎停住脚步道："好，小侄知道了。"

不一会儿，已能听见开道的鸣锣声越来越响，渐渐地，一大队人马已来到瑶池乡衙前。

李庆吉连忙顶起香案跪在牌楼的入口处。大家都连忙跪下。

王使大人是李庆吉的多年至交，大楚国礼部侍郎刘静仁，字安杰。他接过香案转身交给一个司仪，展开王书大声宣道：

楚王有诏：瑶池李氏族人，爆竹之业工也。始祖畋公开创爆业，居功至伟；后人谨承"舍生忘死、谋福瑶池"之祖训，数百年来精进求新，奋斗不息，功勋卓著，世间楷模。适逢李氏先祖畋公三百五十岁大诞，特赐黄金五十镒，美酒百坛，"爆竹世家"王书匾额一幅，恭贺岁辰，以资褒奖……

"谢我王隆恩，千岁千岁千千岁！"李庆吉接罢王书，举过头顶，再次朝西北三拜九叩，然后躬身侍迎楚王特使进乡衙休息。众人将楚王赏赐奉进室内，杨念佛点过物件财货，又赶紧登记入库，指挥乡衙当差的忙碌开来。

入座已毕，看茶之后，浏阳县令道："老掌门，魏某今日幸随王使、天策府学士、侍郎大人前来瑶池，为爆竹老爷大诞贺喜，不胜荣光。"这浏阳县令名叫魏迪勋，表字瑾业，朗州武陵人氏，在浏阳署政已有数年。

李庆吉道："瑶池小邑，承蒙侍郎大人和县令大人关照，才有今日之繁盛。侍郎大人又以王使身份光临小邑，瑶池蓬荜生辉，李氏族人更是诚惶诚恐啊。"

"长沙刘氏与瑶池李氏，世代交好。今畋公大诞，百年难遇之禧，老朽岂能不来，元德贤弟不要过多客气了。"刘侍郎道，"老朽久居王都，少察民事。今幸蒙吾王差遣，见浏阳县境和合安详，瑶池更是人烟阜盛、百业兴旺，此乃吾王之福，瑾业、元德之功啊！"

魏县令道："下官岂敢贪功，皆是我王体恤民情、薄赋轻徭之效啊！我王英明！"

李庆吉道："瑶池李氏世代受王隆恩，在下及李氏族人若不殚精竭虑，造福瑶池，报效我王，哪有面目苟活于世！"

刘侍郎忽然想起什么，从袖带里掏出一封信递给李庆吉，道："受内务府总管葛公公委托，端阳临近，吾王必将大兴龙舟赛事，还望贤弟早早备好进贡王廷之特制爆火，以分吾王之忧。"

李庆吉忙接过，道："大人放心，端阳节特制王廷贡品入冬以来就已制作完成，只差分级验货和装篓了，绝对误不了我王大事。只待先祖大祭之后，将差乡勇壮士押解进都。"

"贤弟办事利落，成竹在胸，看来是老朽多虑了。"刘侍郎道，"瑶池李氏，乃当今最显赫之火药世家。数百年来，尔等将丹家发明之火药引入驱邪除瘴、治病救人、迎福纳吉之民生大道，真是化虚妄入正途啊！爆竹历经数代传演，已经业兴民富、如日中天，四方之民莫不爱之。而猎兽之猛药，盛会之铁炮，红白喜事之诸品，也已响彻寰宇、巧夺天工，让人赏心悦目啊！只是适逢乱世，仅弄些娱乐俗品，实在是大材小用啊！"

李庆吉道："大人过奖了。这火药之功用，仅能娱人之耳目、救病于伤困，最多也就猎些山林兽物。雕虫小技，养命薄业，谋食俗物，焉能他用？"

"哈哈哈……元德言之差矣！"刘侍郎哈哈大笑，站了起来，"这火药之功，小者可救死扶伤、娱人耳目，中者可置业兴家、富民强国，大者可救亡图存、定国安邦啊！"

"岂敢岂敢啊！这中小效用，还勉强说得过去，至于救亡图存、定国安邦，那就差了十万八千里了！"李庆吉大惊，拱手道，"李某愚钝，难知大人所指，还望不吝赐教！"

"元德贤弟，你就别装糊涂了！"刘侍郎捋了捋银白长须，笑道，"既然你装糊涂，我就讲讲相关掌故吧。众所周知，唐哀帝天祐元年七月，吴主杨行密围攻豫章，其部将郑璠使用'发机飞火'，炸毁该城龙沙门，顷刻之间大破守军，火药也作为一种新式武器，正式登上了战争舞台。尔后数十年，火攻之法更是迅猛发展，并渐渐成为角逐战场之制胜利器。而南唐代吴之后，烈祖李昪即在袁州萍乡建立炮火营，成立了第一支用火药装备的正规军队。如今天下乱象，大楚亦为群雄环顾，岌岌可危，如若元德肯为大楚图存效力，领衔创建起真正之大楚炮火营，那将是不世功勋，定能流芳百代啊！还望贤弟三思啊！"

李云铎道："侍郎大人所言甚是！数十年前，火药作为武器已在战场上崭露头角，而近年来，火药成了战场上攻征杀伐的重要武器，比如……"

"就你多事！"李庆吉狠狠地瞪了李云铎一眼，又慌忙朝刘侍郎拱手道，"在下一介草民，传承祖业谋身立命，岂能他哉！这爆竹业界，管的只是作业工艺、通贸经营，挣几个钱养家糊口，哪里懂得什么军国大事。承蒙王上厚恩和大人关照，我等才能在乱世中有个安身谋食之所，保一家老小无饥寒之忧。祖上规制早存铁律，火药仅能用于民俗医药，至于他用，非我李氏所能企及，更何况在下乡野鄙民，也无流芳后世之奢望，还请大人见谅。"

刘侍郎见李庆吉把话讲死，有些尴尬，知道多说也无益处，于是讪讪地说道："你之顾虑，老夫也能理解，凡事得讲机缘，可能是时候未到。古人云：皮之不存、毛将焉附？倘若大楚危亡，李氏爆业将何能存在？老夫把话撂下，肯定会有那么一天，元德贤弟定会顾全大局，挺身而出，献方王廷，图存社稷。"

魏迪勋见李庆吉战战兢兢、垂手而立，再也不肯出声了，就赶紧岔开话题，说道："哦，老掌门啦，久闻瑶池李氏子孙中，有一个少年天才，十五岁就在长沙府秋闱竞秀校考中夺魁，诗赋文章无人企及。三年过去了，文才应该更是大长，今日，当年主考秋闱竞秀的侍郎大人亲临瑶池，何不请来一会？"

李庆意听了，不等李庆吉回答，赶紧说道："哦，魏大人是说岫南啊，他正和他的父亲、大哥在东峰界狩猎，可能正在宰生呢，也差不多要回来了吧……"

刘侍郎道："啊呀，真是！老朽这个徒有虚名的礼部侍郎，也该顺道看看门生了，来时都尚记得，怎么一下子忘了呢？瞧这不中用的记性！三年前，老夫奉命主考秋闱，这个李云博出类拔萃，点了个第一。哎，如今乱世，都重武轻文，各国概莫能外。两年一度的武举选拔轰轰烈烈，这选拔治国理政之才的科举，早就荒废了。要不是老夫坚持，连那三年一度之秋闱竞秀也只怕无人过问了。俗话说，文能安邦，武能定国，即使乱世，也绝对不能厚此薄彼、有所偏废，不然，这江山社稷，何能永固啊！大楚国要长治久安，还是需要恢复开科取士，选拔贤能良才来治理啊！你看看，一干武将主政，天天打打杀杀，民生凋敝困苦，百姓何堪重负啊！可是，老夫进谏多次，当今王上，就是……唉！"

魏迪勋宽慰道："大人忧国恤民，天地可鉴！如今兄弟争国，战事频起，王上哪有心思选贤任能啊！如若内乱平息，或许会有这么一天吧。"

刘侍郎叹道："吾王成天沉迷佛事，又喜欢游乐赏玩，哪里是强国之主！老夫这个礼部侍郎都没了职守，活脱脱一个摆设，真是尸位素餐啊！再这样下去，大楚危矣！……不说也罢。"众人听罢，都一个个面面相觑、默不作声。这大庭广众之下，非议王上，还有哪个敢接话呢？

刘侍郎见大家都没了言语，于是问道："元德贤弟，不凡之子，必异其生。听坊间传闻，岫南来头不小，有人说是天上星宿下凡。据说出生之时，还的确有些神奇际遇？"

"侍郎大人，那都是街坊邻里讹传，哪有……"

不等李庆吉说完，李天雷抢着说道："……禀报大人，小侄岫南出生难产，三日不肯露头。情急之下，祖父命我们连夜伐竹堆薪于庭前屋后，以硝磺引之，一时竹爆巨响，火光冲天，我便听到屋内传来一阵响亮异常的婴儿啼哭声，忽然间就大雨倾盆，把燃着的大火都浇灭了，真是神奇！"

"燃竹燎庭，驱邪古习，亦是爆竹发明之缘起。而纵火得生，遇雨而啼，该是祝融再世之象。火药传承世家，得降火神之魂，该是旷世大才啊！"刘侍郎思忖道，"老夫问一句，这名字，是谁取的？"

李庆吉道："回禀侍郎大人，是在下三叔药因道长取的。当时他夜观天象，说是那晚星宿照命，气晕博大，怕是有大人物降生。于是连夜赶回来，早霞初升时到了瑶池，这时候这小子刚刚出生。道长大喜，连忙卜了一卦，说是'岫出南川，日月齐辉，大才具象，不日必成大器'。于是取了个云博的名，命了个'岫南'的小字……"

刘侍郎点点头道："药因道长？怪不得，这等大气！而这小字岫南，好！等到加冠之时，一样可以赐为正字啊！"

李庆祥也笑着说道："在下这个小侄孙，晬盘之期试周，与诸儿也迥然不同。牙牙学语之年，把摆在案头的弓刀纸笔搬来弄去好一阵子，突然撕下一张书页，又抓了把泥粉裹起，到处乱丢，弄得一家人不知何意，就连药因道长也未能参透玄机。"

刘侍郎道："这晬盘试周，测预志向，此儿之举倒真有些让人咂舌，老朽也第一次听说如此怪诞。嗯，这应该是个天才少年，文武兼具，有厚德载物的大地之德，包容天下之鸿鹄奇志……对了，这纸包粉末，不就是炮火的意象么？这应该是你们李氏出了个百年一遇的炮火神童啊！"

李庆吉拱手道："侍郎大人博学多闻，见识超凡，一通解说，让我等恍然大悟。而此儿小时候痴迷火药到了无以复加之地步，早就浪得'火药神童'的虚名……感谢大人点拨释惑！"

魏迪勋道："李府数百年行善积德，泽被瑶池，天佑李府，得降大才啊。恭喜老掌门！"

李庆吉却不无忧思。只见他说道："两位大人抬爱，李府上下感恩不尽。常言道：早起之虫，鸟必啄之；先青之草，牛必啃之。少年早慧，才具早露，未必好事。"

刘侍郎惊道："元德贤弟何出此言？"

李庆吉道："这少年天才，自古有之，可成大器者寥寥无几。比如赵括，五岁能文，九岁就读遍兵书，纸上谈兵无所不能，十二岁与父赵奢论兵，常常问得统兵大将哑口无言。可是一旦长平统兵，却让四十万赵军全被坑杀，无一幸存。再如'初唐四杰'之首王勃，也是早慧，六岁能诗，十余岁就名声远播，弱冠之年作下的《滕王阁序》已成千古名篇。可是年纪轻轻，就溺水身亡，成为诗坛剧哀。而三叔药因道长卜卦，也言此儿命中多劫啊！俗话说，浓妖不及淡久，早秀不如晚成。因此，在下一直心存块垒、提心吊胆啊……"

没想到，魏迪勋不等李庆吉把话说完，马上反驳起来："哎，老掌门多虑了！此等巧合，焉能当理。魏某也举两例，驳你个体无完肤。这赵括之后数年，秦国出了个蒙恬，也是少年天才，出生依然是将门之后，可扫灭六国之后，北驱戎狄，修起万里长城，不是蒙恬又是谁呢？王勃早夭，也能举一同朝反例。比如香山居士白居易，五岁能诗，一直闪耀唐代诗坛，不一样成为新乐府运动之领袖吗？这成名流芳之少年天才，多如牛毛，赵括、王勃之流，则屈指可数，也只是个意外。至于历经磨难，这是成长之必须。老掌门如此察事，失之偏颇。"

李庆吉喜道："大人论事，茅塞顿开。谢谢大人点拨，除却心中块垒。"

"魏大人所言甚是！"众人也附和道。

刘侍郎沉默一阵，说道："这人之生死祸福，上天早有定数，岂能为人心体察。老夫看来，元德贤弟真是多虑了。老朽此次前来，也有意考校一下这位秋闱夺魁的秀才，如若羽翼丰满，也该荐贤王廷，早授职司。这几年来，岫南的学业肯定精进不少。"

西门璞道："回禀侍郎大人，晚生礼教执事，对此略知一二。李秀才求知若渴，勤思善虑，恒而能持，十岁就已熟诵六经，如今又对县乡所藏之经史子集无不涉猎，而且能够融会贯通。晚生觉得，他的学问已通大道，将来必堪大用。如若能够开科取士，跻身士林，入个博学鸿词科、当个翰林学士之类，只怕也有些屈才。"

"真的？果真如此，老朽没有看走眼啊。哎，若有闲暇，得亲自试试他的才学了。"刘侍郎喜不自胜，但又有些将信将疑。忽然，他似乎又想起什么，话题一转，大声对李云铎道："李云铎将军听令：本使准你休假三日，参与李氏祭祖大典，三日后负责押运王廷特贡爆竹回长沙复命！"

"末将领命！"李云铎接命之后退到另一侧，轻轻问身边的李天晨："三叔，听说今年要用野生三牢祭奠畎公，是否有之？"

"当然有也！"

"果真如此，那将是史无前例之盛事！只是这野生三牢，太难猎取了，不会出什么意外吧？"

"我等围猎了六日，天公作美，前日野牛、野猪、野羊全部都已经落入陷阱，昨晚我才带领乡勇营的壮士们回来报喜，还会有假？"李天晨自豪不已，笑道，"现在，你父亲、大哥还有弟弟，可能正在宰生，怎么会有意外？"

李云铎喜道："那真是千载难逢啊！好，太好了！"

◆ 四、东峰界上的狩猎人 ◆

西出瑶池数十里，有一座大山自东北边横亘而来，向西南延绵数百里，名唤九岭山。山势一路走低，逶迤起伏到浏阳、醴陵和萍乡三县交界的时候，突然兀立而起，形成一座座大大小小方圆数百里的丘陵带。这里古木参天，野兽成群，曾经是猎人的家园。相传，李氏先祖都是在这一带的山林里狩猎为生，九岭山腹地的东峰界就是主要的猎场。而东峰界下的烂泥湖边，就是李氏先人狩猎时期的栖息地。

四月十八这一天，东峰界的清晨却是弥天大雾。远远望去，巍峨的山峰被浓雾缭绕，仅留上面一截山尖浮在缥缈的云端之上，忽高忽低，若影若幻，给人一种苍山如海的空蒙。

天刚蒙蒙亮，避雨洞口前一条大黄猎犬蜷缩在干草堆里，睡得正香。洞前开阔的平地上，依稀可见大片宿营的遗迹。忽然间，猎犬似乎听到什么响动，猛地睁开眼，警觉地站起来，抖掉身上的草叶，便飞快地窜向对面的树丛中。拴在避雨洞边的几匹骏马，也警觉地嘶鸣起来。

不一会儿，一身猎户装扮的中年人从栖身的山洞里走出来，国字脸，八字眉，高挺鼻梁，鬓髯有须，一双眼睛格外有神。他看着有些被惊扰的马匹，走过去加了些草料，然后看了眼地上的干草堆，又在前面的平地巡查一阵子，不见猎犬的踪影，于是就叫唤起来："阿黄，阿黄耶——"

浑实浓厚的声音钻进迷雾，砸在峭壁石崖和森林上，发出层层叠叠的回响。

稀薄的雾岚里，黄毛大猎犬踩着回声，弩箭般射向避雨洞口，停在中年猎人的身旁。它跃起前脚往中年人身上爬，张开大嘴嘤嘤戚戚，猩红长舌火一样游动，并不停地扇着耳朵摇着尾巴。李天亮习惯性地拍了拍猎犬的头，拣掉附在黄毛上略带湿润的粘毛草，捋了捋有些凌乱的黄毛，然后就"唆"的一声大喊，大猎犬就知趣地走开了。中年猎人麻利地将一堆干草点着，添加一些柴火，哔哔剥剥的火星子在红光的摇曳中跳跃着，洞口便着实地亮堂起来。他拿过一个陶鼎盛满泉水，轻轻移到火边加热。

这时候，一个二十多岁的青年人慌慌张张从洞里走出来，身姿健硕，但豹纹猎装有点凌乱，满面愧疚地说："爹爹早！对不起，我睡过头了。您歇着，我来准备早茶吧。"

"还很早呢。光升啊，进山七天，即将回程。今日，是师祖爷爷的三百五十岁整生大诞，我们要办的事情很多。你多上点心，抓紧些吧。"他忙碌着手中的活计，顿了顿，又抬起头问道，"你三弟还没醒吗？"

"还没有呢。我去叫醒他？"

"你来准备早茶吧。我去叫醒岫南。"说罢，就将火堆边的事情交给了儿子，站起来往避雨洞里走。

洞内的阴暗被洞口跳跃的火光驱来赶去，中年猎人的影子也幽灵般闪动，忽长忽短，忽大忽小，缥缈不定。他来到一个用树干搭起的卧榻前，但见一个面孔时而模糊时而清晰的少年正裹着一件羊皮袄子睡得正香，不时还露出浅浅的微笑。

这是一张着实让他怜爱的俊脸：脸蛋儿鹅蛋一般，肤色白皙，似乎还带点女孩子气，只是鼻梁、眉毛和眼睛还是看得出父系的遗传，透着一股男儿英气。中年猎人想着，用手迟疑地摸了摸那张甜蜜的脸，伸一下又缩回来，反复几次，最后还是坚定地掀开羊皮大袄，叫道："岫南，起来！"

少年睁眼一看，床上只有自己一人，鱼跃而起，一个筋斗翻身下床，叫道："我怎么又起得最迟！懒鬼，罚一炷香的马步！然后再开始晨诵。"

"岫南我儿，天刚亮呢，不算起迟，只是今日……"

"昨日李云博夸下海口，第一个起来置办早茶，为爹爹和大哥分忧，怎能言而无信！"

"是爹睡不着，听到有些动静提前起来了，不怪岫南。"

"为子者当以孝为大，为弟者当以悌为先，不侍父兄，贪睡赖床，岂是大丈夫所为！"

"你才十七岁，还小嘛……"

"甘罗十二就已为国上卿，宗悫十四岁就敢手刃强盗，而十三岁的女子荀灌就能搬兵解围。我李氏后人，年近加冠，却不能言而有信，岂不羞蒙先祖，自甘堕落！"

"好，我儿有志气！那你就先自罚马步，然后晨诵。今天是畋公大诞，爹爹要在先祖猎场上考验你们的武功，然后要沐浴净身，响炮宰生！"

"遵命！"少年飞身出洞，燃起一炷香，便在洞口前蹲起了马步。不一会儿，少年就收了马步大声说道："爹爹，大哥，一炷香烧完了，我来晨诵小半个时辰，哈哈。"窜到火堆旁，又折身回去进洞，拿来一卷书，借着晨光大声读了起来。

"爹爹，你看三弟少年大志，聪慧过人，好学上进，是我李氏将来的栋梁呀！"健硕的青年猎人一边在火边忙碌，眼神充满怜爱与赞许，对中年猎人说道。

"岫南性情仁义而智眼早开，天生大才也。但据你三叔祖太爷爷卦测，却命犯地冲，只恐磨难重重，大劫连连啊！"

"爹爹也相信老道那一套？"

"你怎么说话的？药因老道长远师药王，参透易门，了然金石之术和千金妙方，为人超脱，道行深厚，是我们李氏最受尊敬的长辈。你作为李氏长房长孙，以后千万不能说这样的混账话！"

"爹爹！我打心眼里尊敬药因叔祖的德高望重。但他的相命卜卦之术我不敢苟同，特别是说三弟的命相，什么犯冲多劫，什么寄养山林，弄得大家心有余悸，我看还是别理他那一套为妙。"

"你讲的也不是没有道理。但命相这东西，有些可能真是天生注定，我们不能违逆，

总之还是小心一点为好。"

"爹爹，今天就读这么多吧。我忽然想起，昨天夜里做了个梦，梦见先祖畋公了。他正用一个楠竹筒子做爆竹呢！今天是他老人家的三百五十岁整生大诞，孩儿也学他做个竹筒炮火怎么样？孩儿去也！"就在父子对话间，少年已经窜了过来，对火边的父子俩说了一通，又飞快地跑开了。

"岫南，你别忙乎了！宰生用的炮火早就准备好了。你快回来……"中年男子连忙站起来叫道，可是，少年已经早跑开了。

"让他去吧，你还不了解他？他要干什么，你拦得住？"青年猎人说道，"我们先等等，他鼓捣玩意儿快，手也灵，说不定弄个什么惊天响动来！等他回来了，就先祭天地山门，然后演示猎神刀法，早茶之后开始正事。"

"你怎能什么都由着他！"中年人不悦道，"光升，你三弟还小，又不是嫡长，这火药秘事的规矩，还得多教教他，违了祖制，你我都不好交差！"

"爹爹！岫南对火药悟性奇高，连我这个长房长孙都服他！只要能光大祖业，有必要墨守这嫡传陈规吗？二叔也是火药行家，只是生得比你晚两年，被阿翁派到浏阳城做起买卖来，真是大材小用啊……"

"你小子又在胡说八道……"

"你们争论什么呢？"父子说话间，少年真的很快就回来了，手里拿着个竹筒做的炮火，因为弄得匆忙，样子很难看。父亲见了，不屑一顾，笑道："我说岫南，就你这玩意儿，也能叫炮火？算了吧，你！"

少年道："所谓有心栽花花不发，无意插柳柳成荫。这是畋公报梦要我做的炮火，岂能有差？爹爹，你等着瞧吧！"

青年道："爹爹，我看不见得，说不定三弟这玩意儿……"

"好了，时候不早了，先到山瀑泉去沐浴，换上新猎装，然后开始正事！"父亲说着，就站起来，忙碌一会儿，父子就往山后去了。

阳光露出红晕的时候，父子三人已经准备停当。中年猎人焚香燎纸，供果洒酒，拜天祭地，并朗朗诵道："皇天在上，厚土在下，列祖居中：我瑶池李氏天亮，携子长子云闪、三子云博，奉命为先祖爆竹老爷畋公老大人三百五十华诞采办三牲，并在始祖大诞之日进行猎神刀法演考，火药新配方功效实地勘验，神灵保佑，祖宗保佑！"

接着，避雨洞前的平地上，先是兄弟过招，然后父子间先后打斗起来，刀光剑影，你来我往，叮叮当当，好不热闹。忽然，大黄犬猛地蹿起，尖叫着扑向后边的树林。

"谁？"李天亮大叫一声停了下来，回刀朝身后的树丛里劈去。只见，一道黑影闪电般遁去。

"这么早，山里怎么会有人？"李云闪问道。

"这可不是一般的山野樵夫，身手如此了得！是不是这几天围猎动静太大了，惊动了邻国密探？"李天亮说，又朝黄狗叫道，"大黄，别追了，我们还有要事办。"

"是啊，连日来，百十号人天天在山里转，还不时围成阵型驱赶野兽，有时候还要齐声振振地喊呢！"李云闪说道。

"我看，说不定这些密探另有所图呢？比如，偷师猎神刀法，察看炮火试验威力，勘探两国交界的攻守地形等。"李云博揣度道。

"两国三县的交界地，围猎杀声震天地弄了好几日，这么一个乱世，四处都是关隘兵营，邻国不警觉才怪呢。"李天亮说着，将刀丢给李云博，说道，"至于真正的目的是什么，现在虽然不知道，不过，偷师刀法不可能，猎神刀法是猎兽武艺，不是什么武林绝学，谁偷这个！"

"我不明白除此之外，我们爆竹世家来山里狩猎，还有什么被跟踪的价值。"李云闪说。

"光升，你是李氏家族的长房长孙，你得给我牢牢记住：我们家族有价值的事多着呢，打主意的人也多着呢。以后，你小子千万别胡言乱语，慎言慎行些才好。"

"哦……孩儿记住了。"李云闪道，"阿爹，我的刀法有进步吗？"

"刀法却进步神速，内功也有大的提高。"李天亮说，"你小子就是喜欢武功和狩猎，对火药的推陈出新几乎到了痴迷的程度，就是不怎么关心人事物理。你要知道不体察人事物理就少有智谋韬略，智谋韬略不足就不知道驭心之术，不懂心术就不会治人之术，你小子要加紧读书，研习经典名籍，学不好将来执掌瑶池可不是一件轻松的事呀。这方面，你要跟岫南学学呀，唉。"

李云闪道："阿爹，我对当什么掌门执事不感兴趣，那玩意儿将来让三弟干吧，我还是研究火药和武术吧。"

李云博道："大哥何出此言！李氏传人历来父死子继、嫡长承之，怎能乱了规矩！"

"你看看，岫南多么懂事！"李天亮火了，"这种话今后可千万不能乱讲！"

李云博见父亲大哥斗嘴，连忙岔开话题："阿爹，今年的猎神刀会，李府举荐谁参加呢？"

"好像是你达淼哥。"

李云闪道："达淼的武艺的确不错，就是太年轻了，才十八九岁。"

李天亮道："还有谁呢？十六岁到三十岁之间，就只有这么几个，你六叔已夺两届武魁，你二弟已经考中武举好几年了，现在是王廷武将了。你是长房长孙，不用参加猎神刀会就可以佩带猎神腰刀，剩下的就只有纳川、达淼、静宁和岫南可以勉强参加了。

比较而言，纳川武艺不及达淼，而静宁擅长骑射，搏击和力量不足，岫南主修文事，武技不是最强，还是达淼强一点。"

李云闪道："岫南没必要参加了。三年前，他参加长沙府秋闱竞秀，夺了第一。三叔祖打了一卦，得一句'乱世文章废，功名武事成'这样没头没脑的判语，还神经兮兮地拆解，说什么乱世无国可治，李云博建的是一统江山的大业，目的不就是要骗一把猎神腰刀。绕那么远干什么，考了秀才，赠件祖上的宝贝也应该。"

李天亮有些生气："你的话总是凭空想象，差强人意，以己欲之心揣人，怎么得了！参透易门的药因道长卜卦征问岫南的功名，就是为了骗把猎神腰刀？你这种'无知者的无畏'最要不得！凡你不知的，就都是歪理邪说、都是胡言乱语……"

李云博听得他们两个又拌起嘴来，于是又插话道："大哥，我的武功有进步吗？"

李云闪应道："刀法还行，不过力量还要加强，拳脚再漂亮，刀剑舞得再好，如果没有内力支撑，就成了花拳绣腿、纸刀蜡剑，中看不中吃！"

李云博道："大哥见教的是，小弟今后一定努力。"

李天亮道："光升，岫南主修文事，有这样的力量已经不错了……"

"孩儿只跟爹爹过两三招，那不算什么，爹爹好好考考我，多来几下吧。"李云博兴致勃勃。

李天亮道："好了，今天的演武就到这里吧，先就点干粮，等会儿要将这几天试验配制的新配方再确认一下，说不定有重大发现呢。现在大概寅时将过，我们要在卯时三刻准时宰生，辰时以前赶回大瑶，大家抓紧吧。"

◈ 五、突然间，宰生炮火飞出个惊天花焰 ◈

李天亮是李氏掌舵人李庆吉的长子。七天前，他们父子三人接受了一项非常神圣而艰巨的任务，带领一批李氏子弟和围猎好手到东峰界猎取祭祀三牲，这既是他们的使命，也是他们的荣耀。任务完成了，其他人都回去了，但是，长房嫡传子孙得留下来宰生。

李天亮知道，东峰界，这个李氏世代狩猎的地方，已经变成一种精神象征，那就是，尚武敢死、行侠仗义。这种古老的猎户遗风被瑶池习武之人普遍继承，并成为瑶池文化传统的基本内容之一。他记得很清楚，据瑶池李氏族谱记载，隋仁寿元年（公元601年）四月十八，先祖"猎神"李盛到东峰界打猎，被猛兽围困在一个长满楠竹的山

窝里。山窝里有瘴气，李盛不久就晕过去了。忽然一阵巨响，就像打雷一样把他震醒，他迷迷糊糊中睁眼一看，发现周围的楠竹都爆裂了，野兽四散而逃，林间弥漫着竹子的清香。李盛回到家里的时候，发现妻子刚生下一个男婴。听妻子说，生孩子的时候难产昏了过去，也是听到一阵竹子的爆裂声醒了过来，不知怎么一使劲，就生了。因为猎神当时正在打猎，将婴儿取名"畋"，因"听到竹子爆裂之声"后出生，因而表字"竹声"，这就是后来大名鼎鼎、被后世尊为"爆竹老爷"的李畋。直到李畋出任瑶池乡官前后，李氏族人才从烂泥湖边迁出来，到瑶池各地定居。但是，李氏家族子孙习武狩猎的传统却保留下来，并恪守和践行着祖上代代相传的家训——舍生忘死、谋福瑶池。

草草吃罢早点，李天亮摆出香案，清理好刀具、纸币、香烛等物；儿子们清点着分装好了的炮火，有皮质包裹的，也有夏布和麻纸包的，当然也有李云博刚刚做好的、李天亮不屑一顾用竹筒装的那个，裹紧之后插上了导线。一阵忙碌过后，都准备妥当，一行人就往后山走去。

他们察看被套住的猎物是否活着，还检查了一下钢绳是否牢靠。前天捕到的野牛、野猪、野羊都在各自深深的陷阱里凶猛地打着转，野性十足。

"爹爹，为什么不用刀叉杀死猎物再取头颅，而要用'黑乎兄'做成的炮药包去炸呢？"李云博不解地问。李云博几乎一出生就和火药打交道，他自懂事起，就称火药为"黑乎兄"。

李云闪抢过话来道："问得好。你初次参与宰生，自然不知道，大哥我告诉你吧。你记得《猎神祠修缮记》开头的几句碑文吗？"

李云博道："记得。我背给你听：猎神祠者，李氏宗祠也，初建于唐贞观二十三年，因纪念李氏先祖盛公大人而建。李盛者，爆竹始祖李畋之父也，世代猎户，勇猛善射，猎艺超群，年过六旬尚能搏虎，被世人尊为'猎神'……这与猎杀动物有什么关系呢？"

李云闪说："关系大着呢。你还记得猎神祠里供着一把大猎叉，上面还有一块虎骨，你知道它的来历吗？"

李云博回答道："知道。传说当年，瑶池遭受洪水大灾，猎神盛公起早贪黑捕猎猛兽，送给农人和乡亲，帮助大家度过荒月。一次在东峰界，年逾六旬的盛公与猛虎相遇，他铤而走险、冒险搏斗，因为体力不支命丧虎口。就在猎神辞世的第二天，人们在上东峰界的山涧里发现了一只刚刚死去的猛虎，腰间还钉着把大猎叉。畋公闻讯赶来，见是父亲的遗物，肝肠寸断。大家上去想把猎叉取下，可五六个人也拔不动。畋公冲上去抓住猎叉，猛地使出浑身力气一扳，只听一声脆响，虎骨断裂。这截肋骨也就永久地留在了猎叉上。是这么回事吗？"

李云闪道："三弟真是博闻强记。就是因为与猛兽搏斗太危险，畋公立下规矩，

李氏子孙不准近距离与猛兽搏斗，只可以使用陷阱、套网和药物，这样有利于狩猎的安全。"

李云博若有所思："哦，原来这样。"

李天亮补充道："除此之外，还有两个原因。一是后来火药的新方配制越来越多，用火药捕猎成为效验新方的主要途径；二是先祖祭品，讲究洁净，刀叉宰割太血腥，因此，用火药来宰生也就成了猎取祭牲的惯例。"

"哦。可是，用我们的'黑乎兄'也有点残忍呀！"李云博喃喃地说。

李云闪说："三弟，别啰唆了，我们开始吧，要不然，就来不及了。"

又一通焚香烧纸、叩头祭拜之后，李天亮将一个皮质大药包点着，掷向最大的陷阱里，一声巨响，地动山摇，野牛当场毙命。

父子转到另一个山头。李云闪点着一个布质药包，掷向另一个陷阱，火药包闷响一下，嗤出火来，引着陷阱里的干柴燃了起来，野猪嗷嗷地惨叫起来。

"没扎紧吗？"李天亮问。

"应该不会，我检查了。"李云闪连忙点着一个麻纸裹的药包，又丢了下去。这一次响得振聋发聩。火被炸熄，野猪也没了声息。

"爹爹，野山羊我来吧。"李云博道。

李天亮道："那你就试一回。小心呀，点着就丢，别恋手。"

"好。"李云博操起那个刚刚制作的竹筒子炮火，有板有眼地点着，不慌不忙地丢进最后一个比较小的陷阱里。

随着一声脆响，浓烟升腾着，一道红光冲了出来，竹盖被掀上半空，约莫丈许，火焰像花朵一样盛开，持续了好一阵子，将迷蒙的山峦照得透亮。

"真美呀，真美！"父子三人惊得目瞪口呆。

李云闪喊道："爹爹，绝对重大发现！"

李天亮扑通一声跪倒在地，一个劲地叩头："祖宗有灵啊！试验收获巨大！"

"爹爹，野羊还活着，我再丢一炮吧。"李云博说。

李天亮道："好！你小子的手真是有灵气！胡乱鼓捣个玩意儿，一丢丢出个神奇的烟火来！"

李云闪也兴奋异常："我知道三弟行，更何况他有敀公报梦……"

李云博拿起一个麻纸小包点着，又丢里进去。一声轰响，陷阱都被炸塌了。

忽然，身后的一棵大树上传来一声断裂声。一个人掉了下来，摔在地上。大黄犬疯狂地冲上去张嘴就咬，那个人"哎呦、哎呦"地叫唤起来。

"有人偷窥！"李云博惊叫道。

父子三人赶紧跟着猎犬冲过去。当他们赶到的时候，那人已甩开猎犬，朝密林深处逃去。而猎犬的头部裂开，看样子是被刀剑重创，血流如注，奄奄一息。

"阿黄，阿黄——"李云博大声叫唤起来。

"拿火药来，快点止血。"李天亮对李云闪说道。

"爹爹，阿黄不会有事吧？"李云博带着哭腔，泪眼婆娑地问。

"只要止住血，就可能没事。"李天亮一边包扎着猎犬的伤口，一边说。他突然对李云闪道，"光升，你把阿黄带到马车上去，我和岫南去取三牲祭品。注意，多加小心，这里很危险，我们赶快下山。"

李云博道："爹爹，不能让大哥一个人去。目前，密林有多少密探、意欲何为，还都不清楚，我们父子三人千万不能分开，我们必须在一起。"

李云闪道："怕什么！东峰界我熟悉着呢，量他们也不敢胡来……"

"你三弟说得有道理。"李天亮打断李云闪的话，神情严肃地说，"我们必须在一起。要么这样，我们先把阿黄抱过去，岫南你负责照看，一起取了兽头，然后一起装车，一起回瑶池。"

"是！"兄弟二人齐声回答道。

◆ 六、瑶池古道，惊现黑衣剑队 ◆

九岭山下，东峰界口的大雾正在缓缓消散。这座界口，向东南直达南唐国袁州萍乡县，向西北直达醴陵县城，向东北就是浏阳了。这个地方，是两国三县的交界处。围绕这座大山呈三足鼎立之形的三个集市——浏阳瑶池、醴陵麻石街和萍乡上栗，就是驰名南北的"爆竹金三角"，大江南北用于礼俗的爆竹，几乎全都出自这里。

阳光从晨霭的缝隙中长剑般猛刺下来，落在古道的青石板上寒光凛凛。

在向东通往瑶池的官道上，远远奔来两骑一车。前面是一个少年策马疾驰，中间是青年猎手驾着的一辆单马敞车，后面是中年猎人手握缰绳紧急跟随。这正是李天亮父子马不停蹄地往古邑瑶池的中心大瑶集市飞奔。

"三弟，快一点呀！"

"好耶，驾！"前面的少年扬鞭抽下，发出阵阵脆响。马蹄声更加急促，得得得得，呼啸而来。

转眼间，他们迅速进入瑶池腹地，到达古老的村落烂泥湖。这里阳光灿烂，空气清新而湿润。烂泥湖边的金刚头，是两县交界的官道驿站，虽然村寨不大，倒也有几家茶楼酒肆，为来往的客商路人歇脚提供便利。

"爹爹，时间还很早，到大瑶小半个时辰足够了，是不是歇息一下再走？"李云闪喝住马车，似乎就要跳下来。

"也好。"李天亮将马勒住，一边下马一边说道，"大家喝口茶水，吃点米粉油粑填一填肚子。"

李云博将马头掉转过来，驱马上前来到父兄中间，大声说道："爹爹、大哥，你们忍一忍吧，不用半个时辰就到了，回去再歇息不迟。在路上停留，很危险。"

"三弟，你是不是被刚才的黑衣人吓怕了，大路上也不敢停留了？"李云闪笑道。

"不是……"

李天亮道："岫南，就听你大哥的，时间还早，没什么大事，歇一歇再走。"

于是三人下马进了集市，拴好马，走进一家题名"刘记茶楼"的草盖楼屋。

店小二赶紧过来招呼："客官辛苦，有何吩咐？"

李云闪道："来些米粉油粑，三碗豆浆，一壶围山老茶。"

"好咧！客官慢座，小的这就去拿来！"店小二吆喝了一声就准备去了。

不一会儿，听到推门响声和脚步声，应该是东西来了。可是，端茶上水的是一个十二三岁的俊俏小姑娘，穿着一件洗得有些褪色的红色碎花布袍，颤颤巍巍地走过来，端着一大茶盘东西，一看就知道不堪重负。更要命的是，筋疲力尽的她，不等走近就急不可耐地往茶桌上放，却只将茶盘放了一小半，就抽开了小手，热茶豆浆连同茶盘都掉到地上，发出哐啷哐啷的声响。滚浆热茶溅得坐在靠外边的李云闪满身都是。

李云闪猛地站起来，怒道："小东西，干什么呢？想死吗？"

小姑娘顿时吓得浑身哆嗦，脸都紫了，大气不敢出。

李天亮忙拉住李云闪，没好气数落道："光升，坐下！堂堂李氏长孙，出口就骂，跟些屠狗卖肉的市井无赖差不多，一点礼数都没有，成何体统！一个小孩子家，又不是故意的，你连这点仁慈之心都没有？"

李云博忙拉过小姑娘，轻言慢语地哄道："小妹妹，乖，不要紧的。那是我大哥，他就那样，刀子嘴豆腐心，一遇到事就大呼小叫，不过他人很好，别怕。"

李云闪的气似乎依然没消。他狠狠地对李云博道："三弟说话不腰疼！这热茶滚浆，烫的又不是你，你幸灾乐祸不是！我被烫了，叫一声都不行啊……"

小姑娘一听，哇的一声大哭起来。

李天亮怒道："别吓着她！光升，怎么又急上了？你一天要急多少回啊？身上泼点

茶水豆浆，又不是腐屎臭尿，也不是毒蝎猛蛇，就弄脏你了而已。回去洗一洗，有什么关系呢？你是老大，得有个宽厚之心、仁善之德，别老什么事都斤斤计较。你啊，怎么这样不让我省心！"

这时候，店家闻讯上来了。见小姑娘泼了茶水，连连拱手道："对不起，客官！适才客人太多，一时忙不过来，就叫小女来送一次茶水，没想到……小人跟各位大爷小爷赔不是了！"说罢，扑通一声跪倒在地。

李云博连连扶起店家，回礼道："店家，没事，起来吧，再弄一份来就是了。"

店家拱手不迭："小爷真是宽厚仁义，将来必是大富大贵之人！今天得罪各位，茶钱免收，就当赔不是了！"

李云博道："店家哪里话！你小本经营，微利养家的营生，不容易啊！这两份茶钱，我等出就是了！只是，孩子还小，别叫她干这么重的活。打了茶水事小，让孩子担惊受吓，着实让人心疼！"李云闪看见李云博要出两份茶钱，想说什么，被李天亮狠狠地瞪了一眼，就缩回去了。

"是是是！小人一定按爷的吩咐办！不过这茶钱，就当我遇到贵人，请你们喝茶，这样总行了吧！自己闯了祸泼了茶水，若还收茶钱，这辈子，买卖就别做了，哪里还有脸啊！"店家就牵着小女孩去了，嘴里还不时骂着："就只会吃，简直废物一个，做一点事情就筐瓢……"

李云博还想说什么，被李天亮给制止住了。

不一会儿，点的东西来了，父子三人就吃喝起来。李云闪的气大概消了，他狼吞虎咽起来。边吃还边问："三弟，今天的那个竹筒炮火，你是怎么配制的？记录了配备方案吗？"

李云博道："大哥放心，记在心里了。我将一个封闭的竹节上端切开，按猎中型野兽的药方填充，压紧后用黄泥封好，觉得怕不牢靠，就想将那一截竹节盖上，于是在盖上钻个洞，插上导索并引至火药深处，然后用布带缠紧。"

李天亮笑道："真不愧是我们李氏的火药神童！我记得你很小的时候，就喜欢把纸包的爆竹横腰掰断，用燃香点着，看爆竹火药点燃嗤火的橙光，还学着大人模样制造炮火……"

李云闪道："三弟，你记不记得，有一次，我俩偷偷地在火药坊后面的楠竹山下试验炮火，包裹没扎紧，我一点引线，炮火没响，火哧出老长，我吓坏了，拉起你就跑，可是你，却挣开我的手，跑了回去，使劲地盯着火光看，没想到突然一下爆炸，你烧得像个猛张飞似的，可笑极了！"

李云博道："怎么不记得，永生难忘。我还记得有一次，到庠序阁的讲堂内，我偷

偷地带了包'黑乎兄'，中午好去野地里炸牛粪。没想到一进门摔了一跤，不知怎么的，火药炸了，纸屑满天飞，把先生吓得要辞教，害得我被祖父狠狠地罚了去面壁思过。现在想起来，真好玩啊！"

"真危险呀！"李天亮接过话来，笑着说，"那年岫南才六岁多一点，就是爱玩火药，害得我没有办法，把他送到升冲观里让三叔祖药因道长去调教。现在想起来，还真是误打误撞，被三叔公教出一个头名秀才来。哈哈哈哈……"

正当父子三人聊开的一瞬间，一彪黑衣马队从大瑶方向疾驶过来，斗冠罩发，黑甲皂蓬，腰间清一色长剑，从父子身边飞驰而过，向东峰界方向绝尘而去，留下一阵阵滚滚黄烟。惊得路边的几只老鸦在黄尘里"哇哇哇哇"地乱叫乱撞，瞎了眼似的。

坐在路边茶楼上的父子三人看得真切，被这突如其来的烟尘弄得喘不过气来，连连站起来躲避。

"怎么来这么多骑士？"李云闪突然问道。

"一共十三骑，全都一袭黑衣、斗冠罩发。他们急匆匆地去哪里呢？"李云博也不解地问。

"他们的剑真长，足足八尺开外！"李云闪的声音特别高亢，看样子，他还没见过这么长的剑。

李云博疑惑问道："这不像是醴陵大营或者长沙府经常来往的官军。我大楚骑勇不穿黑衣，也不戴斗冠，更不会腰挎八尺长剑。难道，他们是南唐国的探马？"

李天亮沉思道："很可能。这几天狩猎，动静很大。说不定惊扰了南唐边境守军。"

李云闪惊愕道："发生了什么事？天啦，我们瑶池官道，怎么会出现这么多敌国军骑？"突然他的嘴里又冒了一句："爹爹，会不会是四叔公曾经讲过的骁勇善战、天下无敌的黑云长剑军啊？"

"黑云长剑军？传说中吴主杨行密的皇家卫队？这不过是一个传说而已。杨吴亡国之后就再也没听说过了，怎么可能来瑶池呢？依我看，也很可能是江湖上的门派行动。"李云博不肯相信这些黑衣人是黑云剑士，"据说，衡山派的剑客也都佩带长剑。"

李云闪说道："衡山派的长剑也不过六尺，这些黑衣人的剑又长又大，不像江湖剑客啊。更何况，剑客们的长剑都是背在背上，不会挂在腰间呀！"

李云博道："敌国密探进入他国，必然会乔装打扮，这么明目张胆，从未有过。退一万步讲，就算是黑云长剑，也可能是借道过境，不会针对我们瑶池。这么一个小地方，又不是兵家必争之地，出动皇家亲军，未免也太小题大做了……"

李天亮道："为父还是认为，南唐探马可能性很大，因为东峰界狩猎七天，响动太大，惊扰了南唐边关守军。"

"依我看，今天早上偷窥我们的黑衣人，和他们的穿着很像……难道，我们李氏，被江湖上哪个门派，盯——上——了？"李云博语气里充满狐疑，几乎是一字一顿地揣度道。

"难道，他们是要去东峰界？或者早就知道我等会演示炮火，宰杀三牲，专门派人盯梢，现在前去接应？"李云闪脱口而出这句话，把自己都吓了一大跳。

李云博急道："爹爹，大哥，不多说了。事不宜迟，我们快回吧。"

"对，我们马上回去。"李天亮赶紧在桌子上丢了一贯钱，招呼儿子们赶快走。正要上马时，但见店家拿着那贯钱追了出来，道："我姑娘自己打翻的茶水，怎么能收大爷的钱呢？而且这钱数，多出数十倍，这不是要限小人于不义吗？"

李云闪笑道："店家，今天是我瑶池李氏畋公整生大诞，惠施民生，应有之义。店家就收了吧……"

"啰唆什么，又在外面胡乱放屁！还不快走！"李天亮恶狠狠地瞪了李云闪一眼，怒道。他又转身对店家道："犬子口无遮拦，切莫见怪！一壶茶钱，跟仁义道德没关系。而且我看店家维持不易，一家老小就靠这卖浆鬻水，苦不堪言啊！是我李氏不察民情，让你们受苦了！而且区区几个钱，略表歉意，何足道哉！店家请回吧，那边的生意还等着你去照应呢！"

李云博牵着骏马起身跃上，策马扬鞭，他的兄长和父亲也飞身上车上马，急匆匆跟上，刹那间迅速远去，消失在金刚头通往大瑶古道的尽头。

店家痴痴地望着绝尘而去的李氏父子，感动得涕泪长流。他捧着那整贯铅锡钱，猛地跪倒在地，懊恼道："瞧我这猪脑子，真该死啊！今天四月十八，畋公大诞，上上吉日，怎么能忘呢？刚才这父子三个，除了在东峰界宰生的大爷和少爷们，还会是谁啊？刘家一壶茶水，不过十来钱，何至于如此恩典？谢谢大爷少爷！你们的大恩，我刘凡兆今生没齿不忘！"

远处，那飘起的扬尘，斗折蛇行，缓缓升起，不断向天际延伸，如洗的晴空，就渐渐地灰蒙而斑驳起来。

第二章

潜流暗涌

DIERZHANG

◆ 一、杯弓蛇影，大少爷爆竹驱邪 ◆

辰时三刻稍过，李天亮父子回到李府辕门外。

离开几天，大瑶的面目已焕然一新：张灯结彩，人流如织，到处弥漫着祥和喜庆。四月的阳光温暖得有些过头，照得归来的父子人困马乏、汗流浃背。

李府门前，早就有人焦急地守候着。父子三人一现身，就听欧阳管家朝屋里大声喊了起来："大爷、少爷他们回来了！"并带着众人迎了过来。几个素装少女更是急不可耐地冲过来，围住还未下马的李云博纠缠起来。几个女子你一言我一语的，马前乱成一团。只有一个容貌姣好、举止优雅的女子笑吟吟地站在一边，看着她们争先恐后地抢话，落在后边懒得开口。

"感谢各位姐妹抬爱！"李云博第一个翻身下马，就顺手把缰绳递给来迎的家仆，看着围过来的少女，她们分别是李云岚、欧阳雪和慕容碧，连忙笑起来拱手施礼。李云岚是李云博的堂妹，二叔李天雷的次女，欧阳雪是李府管家欧阳萧恒的女儿，慕容碧是上瑶里正慕容南的女儿。远远站着的是西门燕，她是姑父西门璞的长女，李云博的表妹。她们四个是瑶池出了名的美人儿，今天畋公生辰大典，她们作为处子圣女，负责清洗和整理野生祭品。"今年的郊林歌会，大家一起去吧。可是事先说好，我只去凑凑热闹、燃篝火、玩爆竹、听山歌，我是决然不会开口的！你们要对歌，瑶池才俊多了去了，瞧着顺眼的，听得顺耳的，觉得顺心的，自个儿接茬就是了。我那山歌，狗听了都绕路呢！"

这时候，李云闪跳下马车，没想到被车辕一绊，摔倒在地上，由于手里还握着缰绳，马被他猛地一拽，受了惊吓，顿时一声长嘶，扬起四蹄一阵乱奔，把车身颠得歪歪斜斜，李云闪也被拖出老远。

正在拴马的欧阳管家大惊，正欲过去，但见李云博一个箭步，揪住马鬃，理来缰绳，将马控住，几个仆人赶紧接过缰绳，过来抱住马头，连哄带呵把马安抚下来，继而迅速地将它拴好。李云博又跑过去，扶起倒在地上的李云闪，招呼欧阳管家和其他人整理车上的物件。四个姑娘也赶紧来到车旁，煞有介事地忙碌开来。

李云闪爬起来，怪叫道："今天真是起早了，碰到鬼了还是撞到邪了！清晨起来演示炮火有人偷窥，阿黄的头被砍得血肉模糊昏迷不醒；烂泥湖吃茶，被个小东西泼了一身滚浆热茶；回来路上，又遇到一群蒙面黑衣的江湖杀手，到了家还要跌一跤，什么日子嘛这么不走运！欧阳管家，拿些爆竹来放一放，好生驱驱这股邪气！"

李云岚看了他一眼，杏眼一瞪，道："我说光升大哥，你这是演的哪一出？今儿四月十八，爆竹老爷整生大典，五十年才一遇的大好日子，老黄历翻破都可能遇不到呢，哪来的邪气！"

李云闪道："我说岚儿妹妹，大哥哪儿得罪你了？古话说，宁可信其有，不可信其无，三百年前老祖宗敝公，也不就是用爆竹驱邪除瘴、降祟劫魁、医疾消灾，我心里怀疑不净，响响爆竹，起阵硫烟，落个心里亮堂，这怎么了？开罪了你这二小姐了？"

欧阳雪笑道："大少爷，你这理儿没错，只是好日子可别乱说话，触怒了神灵，那可是要倒大霉的！"

慕容碧道："雪儿妹妹，话不能这样说。大少爷是个急性人，就爱跟人较个劲。犟牛不能顶着杠子横，要多绕后边去拍拍屁蛋蛋儿……"

"我说小丫头，都一个个……"

"行了！"李天亮吼了一声，道，"自己干什么都冒冒失失，还疑神疑鬼，真是让老子窝心！今天事情这么多，还有闲心在这里斗嘴怄气……你们这些姑奶奶，也让我不省心！都少说两句，别人就当你哑巴了？"众人听了，一个个吐吐舌头，没了言语。

欧阳管家愣在那里，怯生生地问："大爷，这爆竹还打不打？"

西门燕道："大舅爷，您别生气！大表哥的话也没什么不对。爆竹老爷整生大诞，打打爆竹驱驱邪，好日子岂不好上加好？"

李云博笑道："还是我的燕儿妹妹嘴巴甜、会说话，所谓心中有佛、自然口吐莲花。一个意思让你说一句，就皆大欢喜了！嘿嘿，都得向燕儿学着呢！就像我这面皮子，同是一块肉皮儿，心平气和时，就是花鼓傩戏里面的'羽扇纶巾周公瑾，帅绝哎呀……江东六郡'；可是生起气发起怒来，那就是'二郎神哮天犬，活生生一张狗屁脸'！"他一边唱着戏词，还一边扮着样子，大家见了，都笑了起来。

李老太太听到屋外马嘶人沸，也带着一群家眷出来了，见一群人笑着，半知半不知地说道："今儿爆竹老爷大诞，你等先吃了点火药，然后又喝了些马尿，——都癫了是吧？"

大家仿佛被"哄的"一声炸开，笑得更厉害了。李天亮也笑了，望着老太太倒头便拜："不孝子李天亮叩见母亲大人。"两个儿子也跟着跪下见礼。

"哎呀，什么呀，我的儿啊孙的，快起来，都快起来。"老太太见了儿子孙子便喜上眉梢，"都七天了，终于回来了。回来就好，回来就好。见了你们一个个安然无恙，就跟舔了蜜罐似的，肚里甜着呢，心里啊乐着呢，这口留着没咽的气，也顺着呢！"

"谢过母亲。母亲大人心慈魄健，博爱广施，与人为善，一定会长命百岁的！"起身之后，李天亮朝欧阳管家点点头："打吧。先来个三声爆头，用最大响声的大炮仗，继而就六十六发小爆子连着点，最后三声收腔，也用大的。"又问道，"怎么不见老爷他们？"

管家答道："回禀大爷，老爷正在乡衙政事堂陪侍楚王特使刘大人和县令魏大人。"

"楚王特使来了？派的是哪位大人？"李天亮很是吃惊，问。

"回大爷，来的是礼部侍郎刘静仁刘大人。"

"侍郎伯父来了？那得去见见。"李天亮一边往外走一边对管家说道，"欧阳管家，麻烦你督促处子们赶紧将野生'三牲'洗濯干净，把毛梳理顺畅，千万不能留有血迹，祭祀很快就要开始了……对了，阿黄受伤了，你赶快叫人把它弄下来送到窝里去，再请郎中看一看。我到乡衙那边去会会贵客。"

"是！大爷。"欧阳管家应声去了。

李天亮对两个儿子说："走，你们两个跟为父一起去乡衙瞧瞧。"

李云闪道："爹爹，我不去吧，我留下来打爆竹，行吧？"

李天亮道："你是长房长孙，这样的场合，定然要去。你呀，怎么总是分不清个杆儿枝儿、藤儿叶儿，这大小主次轻重缓急，你有时间也多琢磨琢磨，别成天关在火药房里鼓捣这鼓捣那，这样下去，十有八九会鼓捣出个神经来！"

李云博急忙道："爹爹，别老是数落大哥了！他不想去，有什么关系！祖父大人还执掌着瑶池李氏的里里外外，你这个长房长子出面，礼仪上应对应对，已经足够了，长孙去不去无所谓。何况，大哥那火药脾性，一不留神又弄出个什么是非来，岂不更让您烦心！烦心事小，要是开罪了王使高官，那就麻烦了！"

李天亮听了，点点头："岫南言之有理！好吧，光升，就依你，不去也罢，你留下来响炮驱邪吧！"

"孩儿遵命！"李云闪大喜，领得命来，又朝李云博道，"谢谢三弟，就你知道我哪儿硬哪儿软，哪儿痒痒哪儿懒。哈哈，大哥没白疼你！"

"瞧你这点出息！"老太太不悦地看了一眼李云闪，又朝李天亮说道，"别啰唆了，快去吧。那大楚国刘侍郎是我瑶池李氏的世交老爷，你这长侄儿不去拜会，人家会生分的。"

"是，母亲大人！"父子两人别了众人，到府院右边的马棚里换了新的脚力，上马朝乡衙方向奔去。

不一会儿，李云博就听见府第里传来了爆竹声。到了乡衙门楼，下马时回头一看，但见一股浓烟从家里涌起，越来越多，渐渐地弥漫在四处。有的还飞上了天空，融进了云里，跟白云一模一样，净洁而悠远。

◆ 二、刘侍郎瑶池许婚 ◆

李天亮父子一到乡衙门口，但见一大群人涌出门来。两人箭步上前，施礼道："李天亮携犬子李云博拜见特使大人、县令大人！"

"李府小儿狩猎归来，衣冠不整，冒昧见客，还请大人海涵！"李庆吉连连向刘侍郎、魏县令拱手。

刘侍郎道："哪里哪里，不必多礼！如弘亲侄子辛苦，岫南辛苦。"

李云铎对着李天亮揖首施礼道："孩儿见过父亲大人！孩儿军务在身，不能行跪拜大礼，请父亲见谅！"

"你乃王廷将领，执事军门，见什么跪拜之礼！"李天亮朝他笑了笑，又不解地朝刘静仁问道，"侍郎大人刚到鄜邑，怎么要走？这是……"

"如弘亲侄子有所不知。老朽本来要亲自为李氏先祖焚香奠酒，以表崇敬之心，祭祀大典之后，顺道南去，往醴陵大营巡视边关军务。可是刚才亲卫来报，瑶池和浏阳多处有不明身份的密探活动。兹事体大，刻不容缓。巡察之后，得及时赶回王都，禀报我王。若等祭祀过后，大事就得耽搁一日。因此，只能抱憾了……"刘侍郎说着，一脸的遗憾。

李庆吉道："大人躬身乡鄜，奉宣王旨，李氏子孙感恩涕零，大人厚意，先祖在天有灵，定会荣幸之至，何须计较些许小节？更何况军情大计当紧，国之要事不能耽搁，大人不必耿耿于怀。"

"报告特使大人，草民有要情急务禀报！"李天亮神情严肃，向刘静仁抱拳请示。

刘侍郎道："哦，如弘亲侄子，有何要情赶紧报来。"

李天亮道："是。适才我与小儿驰回瑶池，在金刚头集市遇见一路黑衣剑队，依其情状，在下猜测，很可能是南唐探马。但岫南认为，可能是江湖上的剑客。犬子光升顺口说了句，可能是南唐黑云长剑军……"

"南唐黑云长剑军？光升是在开玩笑吧？"李庆意有些不敢相信。

刘侍郎问："有多少人？着装何如？"

李云博答道："回禀恩师大人，一共十三骑，一律黑甲皂蓬，斗冠罩发，腰挂清一色八尺长剑，快马如飞，绝对不是一般的骑勇。但学生认为，不可能是黑云长剑。因为除了八尺长剑以外，其余装扮更像江湖人士。很可能是这几日来，瑶池李氏在东峰界围猎动静过大，惊动了邻国的边防驻军，也可能是江湖门派的人马，取道过境去执行帮务。"

李云铎问李庆意："四叔公，你不是说过，二十多年前，您当百夫长的时候，在鄂州和黑云长剑军对过垒，被打得大败而归吗？"

李庆意想了想，道："我确实见过黑云长剑军，也的确和他们交过手，厉害得很。据说，黑云长剑军是过去杨吴的皇家卫队，南唐代吴之后，黑云长剑军就销声匿迹了，二十多年来，再也没遇见过。但从你们描述的情形上看，穿黑甲，并以皂衣蒙甲，特别是八尺长剑，的确有些像。但黑云长剑军不戴斗冠，斗冠一般也是江湖人士的打扮，又相去甚远。浏阳大楚东垂，离长沙府不过百余里，王都眼帘之下，怎么可能出现黑云剑队呢？"

魏县令疑惑道："刚才多路探马的传报中就有一路十余人的黑衣骑队，也有口音驳杂、装扮各异的商客和游士。特使大人，如果刚才李氏父子所言不虚，那么那些商人和游士就很可能是各国的密探乔装打扮的。他们不约而同来到边陲小邑干什么？看来情势火急万分。这些不明身份的人，不会是冲楚王特使刘大人您来的吧？"

"不会。老朽礼部侍郎，闲职一个，不会成为敌国目标。可是，就算南唐历来欺凌我国，也不至于如此嚣张啊！"刘侍郎寻思道，"无论怎样，但这个情况很重要。如若今天大家见到的黑衣剑队，果真是黑云长剑乔装打扮的，那就真麻烦了。有谣云：'黑云出山，天下大乱。'不管怎么样，我们还是小心为上，加强防范，以备不测。老朽更要快点赶往醴陵大营去了。"他突然看着看李云博，笑道："岫南，几年不见，长这么高了，谈吐举止，儒雅温文，真是一个英才少年啊！"

李云博赶紧大礼道："拜见恩师大人！学生秋闱高中，全仰大人栽培教益。师尊谬赞，学生愧不敢当啊！"

"免礼，起来吧。"刘侍郎道，"岫南，老朽问你，几年来又修了何种学问？"

李云博回答道："回禀恩师大人，学生近来潜心兵家韬略和法家学问，多参易门及黄老，涉猎经史子集，医著药学也看一看，杂得很呢！只是学生生性愚钝，长进不多。学生不才，还望师尊耳提面命、多多教益。"

刘侍郎笑道："哈哈哈哈，你还愚钝，那么我等就是枯木冥石了！老朽问你，这天下学问，何为大学正道啊？"

李云博回答道："回禀恩师，天下学问，以普世教化、惠及苍生为人间正道。子思有云：大学之道，在明明德，在亲民，在止于至善。"

"嗯。那老朽再问你，太宗皇帝曾告诫臣下，以铜为镜，可以正衣冠；以古为镜，可以知兴替；以人为镜，可以知得失。这一精彩论述，出自先秦哪位大贤之言啊？"

"此语渊于墨子之《非攻》一文。原文是：'君子不镜于水而镜于人。镜于水，见面之容；镜于人，则知吉与凶。'"

"真能知其然又知其所以然啊！老朽再问你，太平之世用何种学问理政为好，这乱世之中，那种学问又能收到奇效？"

"太平之世，得用仁心教化，施惠于民。比如汉初用黄老休养生息，武帝独尊儒术，贞观大治亦广施仁政，因由在此。乱世之时用重典，外以兵家之道戡平乱象，内用法家之术整肃吏治，比如始皇帝横扫六国，汉文帝平息八王之乱，唐高祖太原起兵结束隋末乱世，都是一统天下之大义。但治国理政之道还需审时度势，不拘于某家之说，取其精华去其糟粕，拿捏而用。"

"哈哈哈，岫南学已大成，老朽甚慰啊。今日时间紧迫，没工夫见识你更多的才学了，下次吧，老朽可要好好考你。"刘侍郎说着，转身对李庆吉问道，"元德贤弟，岫南年庚几何？"

李云铎抢先说道："回侍郎大人，三弟年方十七。"

刘侍郎道："哈哈，岫南彬彬有礼，谈吐不凡，不愧名副其实之少年英才哪。只是楚国兄弟争位，不仅军备松弛，吏治混乱，就连人才选拔也停止了。老朽无能，不能死谏我王，愧对天下学子啊！"

魏县令道："唉。如今武人当国，文臣无权，岂是大人之过？"

刘侍郎突然转身，对李庆吉道："元德贤弟，老朽有一不情之请，不知能否垂允？"

李庆吉忙还礼道："大人有事吩咐，在下定当从命。"

刘侍郎道："不知岫南可曾媒妁？"

李庆吉惊道："回禀大人，尚未婚聘。"

"老朽膝下有一孙女，名唤如霜，年方二八，多方同僚媒妁求聘，老朽不许。今见岫南忽生怜爱，觉得郎才女貌，倒也般配，不知贤弟有此意乎？"

李庆吉连连拱手，喜道："感谢大人抬爱！李氏边远小府，如若高攀王都重臣，将是瑶池李氏百世荣幸。但是委屈侯门千金下嫁乡野，大人不觉得有些寒碜吗？"

刘侍郎道："元德贤弟何出此言！瑶池李氏，百年豪门，爆竹世家，声名远播。如蒙不弃，能结下这门亲事，你我世交岂不情上加亲？老朽一家能得此孙婿，那将是前世修来之福分啊！"

李庆吉道："既然如此，甘当从命。在下立马卜择吉日，邀媒登门聘婚。岫南，还不拜谢岳祖大人！"

李云博一下子被突如其来的婚事弄晕了，涨红了脸，立在那里默不作声。众人都笑起来，提醒他快快拜谢。没想到他突然大声说道："岫南感谢大人恩典，只是乱世之中，岫南心中只有家国，没有私情。还望师尊收回成命。"

李庆吉大怒道："婚姻大事，父母之命，媒妁之言，怎由得你胡来！还不快快拜谢大人!"

"我……"

"别啰唆,还不赶快拜谢大人!"

李云博只得稽首下拜:"不才小儿叩谢特使大人关爱,浩浩隆恩,永世不忘!"

"你小子怎么还叫特使大人,真是……"

"好了,就这样定了。"刘侍郎说罢,扶起李云博,怜爱地拍了拍肩膀,一副如获至宝的神情。他转身又对李庆吉说道:"老朽前往醴陵大营之后,即刻回去,将瑶池异状禀报吾王。你等要严密监视,加强戒备,注意安全,着手调查来者意欲何为,如有要情,及时上报。"

众人答道:"谨遵大人吩咐!"

突然,他又抓住李庆吉的手,道:"刚才跟你所言火药之事,也是为了大楚安危。如若大楚不存,瑶池安附?得罪之处,请亲家公担待……好了,老朽告辞!"

一行车马上路,沿着大道,急急忙忙往西南方向驶去。

◆ 三、祭祀大典上,突然大雨倾盆 ◆

巳时三刻,吉时已到。

瑶池猎神祠前,各色旌旗在阳光下迎风猎猎。旌旗之下,有一段用红毯铺就的六尺宽、数丈长的祭道,一直延伸到祠堂大殿前。祭道两边,是华服盛装的人海。

这座三百多年前修建的家族祠堂,年关过后就进行了修缮,依然保持着简约朴实的建筑风格:青砖碧瓦,蓝柱黑窗,平凡如一座随处可见的江南民居。祠堂正殿门上是鎏金的"猎神祠"三个颜体大字,左右两边有一副对联"舍生忘死,谋福瑶池";殿前的左侧,一块大理石碑上,铭刻着《猎神祠修缮记》的楷书文字。正殿中央供奉着猎神李盛的造像,一把三尖大猎叉握在猎神的右手上,三叉的中上部位,斜穿着的一截弧状白骨十分显眼。正殿左边有一座偏殿叫药王殿,供奉着药王孙思邈的造像,右边的偏殿则是供奉爆竹始祖李畋的祖师堂。就是这么普通的三间平房,居住着瑶池人世代顶礼膜拜的三位赐福之神。

药因道长头戴黑色道冠,身着太极道袍,手扬拂尘,稳健地走到祭道口,停了下来。其他人也亦步亦趋跟着停下来。他身后的左边是李庆吉,右边是礼教执事、总司仪西门璞,随后就是其他的李氏子孙。

西门璞却继续走了下去，直到红色祭道的尽头。他一袭红袍，头戴紫色纶巾，手持祭杖，转过身来大声吆喝道："黄道吉日吉时已到！瑶池李氏，祭奠先祖仪式开始。请祭宗、主祭、亚祭及参祭的各位子孙后人整冠洁手。鸣炮奏乐！"

但听六声炮响之后，一阵锣鼓声唢呐声牛角声嘹亮地响起，最后由六道长长的号角声结束。

一群童男童女将盛着清水的崭亮铜盆端了过来。

一双双手庄严地伸进盆里，神圣地洗濯。然后又接过洁白的毛巾，轻轻擦干。

不一会儿，声音戛然而止。司仪西门璞道："请祭宗、升冲观道长药因大师李丰诀领幡开道！"

药因道长接过红幡，庄严肃穆地迈向前去，后面一群人也手持祭幛款款跟上，直至祭坛前停下。

西门璞道："请主祭瑶池李氏长房庆吉，亚祭醴陵麻石街李氏长房子孙李丰业、萍乡上栗李氏长房子孙李丰凯贡烛焚香奠酒，恭迎李氏先祖！"

李庆吉居中，三人箭步上前，各点上大红烛支，插到祭坛中央和两边，接着又各自点燃一束香，青烟缭绕双手合并捧着，然后一起转身朝西方作揖，齐声叫唤道："恭迎猎神讳盛公、爆竹始祖讳畋公、药王孙道长及各位列祖列宗！"与此同时，西门璞道："一鞠躬，再鞠躬，三鞠躬！"礼毕之后，将燃香举过头顶，弓着身子转过身来，恭敬地走上前去，将香分别插到祭坛的中央和左右两边。最后三人右端起酒碗，举过头顶后，就奠向天、地和祖先。

西门璞道："请瑶池李氏嫡长传人献上三牲。……一鞠躬，再鞠躬，三鞠躬！"随着司仪的唱词，依然猎户打扮的李天亮父子三人，庄重地捧着红色献案，案里系着红绸的野牛头、野猪头、野羊头被倒置着，边上放着一把刀，牛角弯弯，猪耳朵趴在那里很大，羊角有点翘，看上去都很安详。他们走上前去，将献案放置到祭坛上，作揖之后，躬身退了回来。

西门璞道："请大楚国天策府飞骑营副统领李云铎代表楚王特使献贺礼……一鞠躬，再鞠躬，三鞠躬！"

一生戎装的李云铎怀捧着贺礼进献在祭坛之上。

西门璞道："请浏阳县令魏迪勋大人敬献贺礼！"

魏迪勋手捧一盘银锭，带着几个同样捧着布帛锦缎的属官走过来献上。

西门璞道："请李氏其他子孙献五谷……一鞠躬，再鞠躬，三鞠躬！"

西门璞又道："请瑶池乡司、李氏宗族总执事李庆吉献读祭文！"

李庆吉手捧帛书祭文，鞠躬之后大声道：

伏惟大汉乾祐三年四月十八日，岁在庚戌，时秩孟夏。值爆竹始祖三百五十岁大诞寿辰，李氏宗族总执事庆吉字元德，携全族子孙，怀景仰恭敬之情，以三牢大仪及鲜果酒水，告祭于始祖灵前。其文曰：

伟哉始祖，赫赫丰勋。天工开物，韶德懿行。

驱祟祈福，爆竹发明。下拯黎庶，上符昊命。

传演千里，耀古灼今。恺乐九垓，泽被八纮。

始祖美德，昭我后昆。承前启后，推陈出新。

纸竹更替，薪火传承。火药配制，完美日臻。

吾辈子衿，天命谨遵。居安思危，谨言慎行。

宏图大展，奋力攀登。进取有识，叱咤风云。

恭颂始祖，志虑坚诚。不畏崎岖，事业长兴。

九天垂象，万世腾文。爆竹世家，楚王垂青。

秉承祖训，盟誓神灵：舍生忘死，谋福乡邻。

佑我瑶池，百姓康宁。愿我华夏，永逸太平！

呜呼，尚飨！

读毕祭文，李庆吉将帛书置于香炉焚烧。帛书化为袅袅青烟，飘向九天重霄，告慰始祖先灵。西门璞道："请瑶池各界和各地参祭人员进献百果！……一鞠躬，再鞠躬，三鞠躬！"

就在宾客纷纷献礼之时，晴朗的天空忽然黑云压顶，一阵闪电惊雷，接着瓢泼大雨倾盆而下，浇得大家措手不及。但人群静穆着，没有人离去。

这时候，只听见雨雾里隐隐约约传来西门璞的声音："请大家一起转过身去，恭送李氏列祖列宗：一鞠躬，再鞠躬，三鞠躬——"

长长的唱音渐渐地听不清了。接着，又传来司仪的大喊声："祭祀大典礼毕！恭请诸位瑶池驿馆饮宴，李府略备薄酒，答谢四方宾朋。奏乐——"

雨雾中，看不清人们的姿势。礼乐彻底被大雨搅黄了。只有唢呐的声音尚能穿出雨雾，但仿佛是被捏住了喉咙的报晓鸡鸣，声音嘶哑而晦涩，被雨声挤压得喘不过气来。猎神庙前的人群一下子作鸟兽散。

瓢泼大雨持续大概一刻多钟，就停了下来。这时候，瑶池驿馆里的午宴开始了。人们似乎非常在意这突如其来的大雨，落汤鸡一样的衣着让大家狼狈不堪，抱怨之声四起，纷纷议论着这历来罕见的天气，不少人相互间还不时取笑着，也有少数人已经打起喷嚏来。李庆吉强堆笑脸捧起酒杯，简单地客套一阵，然后就一饮而尽，大家忍受着大雨带来

的烦闷和不快，此起彼伏地吃喝起来。渐渐地，就进入了高潮，你来我往，不一而足。

一场暴雨过后，天空虽然云雾缭绕，但太阳却不时从淡云间探出脸来，时隐时现地发出清新而色彩斑斓的光亮。山峦和树林里，升腾着雾霭，街道沟渠流水淙淙，南川河涨起了洪水，一切又恢复了平静。

午宴过后，李庆吉送走魏县令一行，黑着脸从瑶池官道上回来，已是申时三刻。他的心情被这场暴雨弄得很糟糕。他的身后跟着一群同样心情不佳的老老少少。

规模空前的祭祀大典，因一场突如其来的大雨草草收场。本来，所有的祭祀程序经过了千百次的推敲，集体三鞠躬之后，接下来就是鸣炮，宣布爆竹节开市，然后到市场口剪彩，程序就走完了。李庆吉记得，从他儿时起，每逢爆竹老爷生日祭祀的时候，从来都未曾下过雨。可是今天，偏偏在这节骨眼上，老天来场暴雨，根本没办法进行下去，他不决定结束程序又有什么别的办法呢？为什么偏偏在各地客商献礼的时候，老天突降暴雨，难道真的有人献心不诚、图谋不轨？他的心里有一种说不出的滋味，隐隐感觉到这似乎是老天在昭示着的不祥之兆，而且那些来历不明的各国客商，尤其那个尖嘴猴腮的江和芳，更让他感到莫名的恐惧。难道灾难就要降临瑶池了吗？……李庆吉越想越害怕。

"老天爷，您应该知道，祭祀的时候，是绝对不能下雨的。为何要如此这般？！唉……"李庆吉心里想着，一声长叹，然后翻身下马，走进府里去。身后的一群人也跟着下马，走进去。

李庆吉一屁股坐在厅堂中间那张大椅子上，生硬地说了一句："大家赶紧把湿衣服换掉，然后我们来商议一下开市的事情。"大家就各自散去回房换衣服。

这时候，欧阳管家来报：开封商主李世齐投帖求见。

李庆吉没好气地回答：不见。

李云博道："皇朝客商远道而来，如若不见，恐有失礼仪，还是见一下吧。"

李庆吉道："非常时期，不拘常礼，等有了空再去会见不迟。"

大家就都默不作声了。

李庆吉道："各位都来说说，下面该怎么办？"他见大家都不说话，就看着李庆如，道："三弟，你长期身在长沙，眼界比我们开阔，你先说说吧。"

作为长期在王都长沙经营家族商行的李庆如，字叔仁，是李庆吉的堂弟，在"吉祥如意"四兄弟中排行老三，也已经年过半百。老二李庆祥字仲义，是李庆吉同父同母的兄弟，四弟李庆意字满信，是李庆吉的继母所生。李庆如是李庆吉二叔李丰词的独子，二叔早亡，李庆如一直由李庆吉的父亲李丰言抚养，四兄弟自幼在一起成长，情同手足。李庆如长期与大都市的人打交道，不仅形成察言观色、笑脸逢迎的商人习惯，而且练就一身遇事冷静、处事老到的功夫。他起身上前拱手道："大哥少安毋躁，没有时间商议了，开市的事情交给我和鸣远亲侄子吧。"

李庆吉喜道："我也正是这个意思。鸣远，你跟三叔去吧。"

"是，父亲大人。"李天雷躬身应道。李天雷字鸣远，是李庆吉的次子，目前在浏阳爆竹商行当掌柜。

"还有。"李庆如转过身来，对李庆吉道，"大哥，你把精力放在晚上的活动的组织和安保上，我这里，不用你操心，一定会照常开市。"

李庆祥道："三弟言之有理。大哥，我看这样吧，晚上的活动还是按原来的安排，由如弘大侄带几个兄弟负责组织，我去协助他们，轻车熟路，没什么问题。我觉得，当前最紧急的是安防问题。是不是请四弟和启明、自坚一班武勇在彻查那些来历不明客商之同时，做好警戒，千万不能有意外发生。"

李庆吉道："二弟想得周到。四弟，你还有别的意见吗？"

李庆意道："我看，整个防卫事宜还是请启明负总责，他毕竟是乡勇营武勇执事嘛……另外，自坚的亲军骑勇都是王家卫队，不到万不得已不要轻易动用，出了意外我们担当不起。"

李云铎赶紧道："参与安防和调查，不仅仅是我们李家的私事，也关系到大楚国安危，当然是王卫的本职所在。调用没有问题。"

李天晨也赶紧插话道："四叔行伍出身，打过大仗，经验丰富，还是四叔担纲吧，我等协助。"

李庆吉点点头道："嗯，启明所言甚是。四弟，你就不要再推辞了。你等责任重大，多带些人手，要特别注意策略，千万别弄出大的动静来，这对瑶池更加不利。这样吧，我给你派个小智囊，他跟你们一起调查和防范吧。"但见李庆吉转身对李云博道："岫南，你跟四叔公他们一起，长长见识吧。"

李云博道："孙儿遵命！"

李庆吉神情严肃交代："当务之急，就是查清真相，弄清他们意欲何为。都听明白了吗？"

"听明白了。"

李庆吉对李云闪说："光升，你的事情就不用多说了，你带人赶快准备晚上的炮火，有空就把火药新配方实地试验情状写出详细的录事文书！"

李云闪躬身道："遵命，我这就去点验货品，铺排好序次，并立即录书。"

李天亮赶紧道："光升你等一下。"又转身对李庆吉问道："父亲大人，新方试验有重大发现，这批成果是否要在今晚的篝火盛会上展示，请您定夺。"

"重大发现？"李庆吉似乎有些惊讶，"何种类型发现？"

"阿翁,这个发现不同凡响,但不适宜现在展示。"李云博扯住父亲的衣角,暗示他不要过多报告,说,"一则,仅剩下半天时间,很难根据新方配制出晚上所需炮火,而且新炮火还没有进行技术确认,完成配方的最后定型;二则,新方威力过大,而且情状不稳定,晚上篝火盛会人员众多,怕出意外;三则,我等在东峰界试验时,有密探窥视,路上又遇黑衣剑队。如今,瑶池似乎到处都是陌生而且不明身份的商客,展示新品,会让他们更有所图,甚至铤而走险。孙儿还建议,将原定的大规模炮火展示全部取消,用一些通常的配方应付一下。请阿翁定夺。"

李云闪一听,急得怒火中烧:"这怎么行呢?我们准备了大半年,就是为能在畋公大诞之日让天下看看瑶池李氏的绝世炮火。不放了,岂不……"

"好了,岫南言之有理!这次的新品就不展示了,准备就绪的大规模炮火全部封存,还是燃放以前那些比较安全保险的炮火吧。"李庆吉想了想,打断了李云闪的话。顿了顿,又对大家说,"大家记住,今天晚上活动完结之后,在这里再碰一次面,大家整理好各处情况,一一报上来。好了,大家分头行动吧。"

"是。"大家应声之后就分头行动,紧张有序地忙碌开来。

◈ 四、大帐布防,少年初露锋芒 ◈

行伍出身的李庆意带着几个儿辈侄孙,匆匆赶到乡衙边上的乡勇营,准备部署调查和安防事宜。一进辕门,但见营里的校场上好不热闹,各路乡丁勇士正在演练阵势,比试箭法,或者竞技刀枪。看来,一个个对明天的猎神刀会都信心满满,这绝对是习武之人展示自己武艺的上佳机会。因为近年来的开科取士,进士等文才科在长沙府已经停了,武举科大行其道,可能与当今乱世、以武立国的方略有关吧。只要在猎神刀会上进得前三名,就可以作为乡贡参加县试和长沙府会试,如果脱颖而出,就会被点为武举,进入军门任职。李云铎就是通过猎神刀会夺得第一,又参加会试选上了武举,做了王廷侍卫,现在已经官居六品了。一群人穿过校场中央,进入到兵营大帐。坐定之后,李庆意道:"我们先研究一下调查和警戒的方案,大家先简单地谈谈看法。"

李天晨道:"四叔大人,我看我们还是兵分两路,抽一批身手敏捷、熟悉侦查的武勇开展秘密调查,其余的兵力全力以赴搞好晚上活动及整个大瑶乡邑的安防。"

李庆意道:"嗯,有道理。"他转身看了看帐前一个三十出头的年轻人,问道,"凌霄儿，你怎么不说话呢？"

李天威答道："回禀爹爹，我觉得重点还是安防，调查吧，目前没有头绪，只能先摸清来者的真实身份，再从长计议。"李天威字凌霄，李庆意的儿子。在兄弟中排行第五。

李云铎接过话来，说："三叔五叔言之有理。我的意见是，还是要重点调查客商的来历，这些人才是真正的隐患。如果这些隐患被排除了，患源被我们控制了，晚上的活动就出不了大问题。"

李庆意说："也有道理。还有别的意见吗？"他扭头看了看儿子身边一个年近而立的青年人，问道："劲风亲侄子，你有何高见？"这个年轻人是李庆如的次子，名叫李天骏，字劲风，他的哥哥李天骄，字烈鹰，长期跟随父亲李庆如在王都长沙打理生意，这次作为留守掌柜，没有回来。李天骏在李府天字辈的兄弟中排行第六，也最年轻，长得颀长健硕，仪表堂堂，站在那里玉树临风、英气逼人，更是一个勇猛果敢的好武勇。

李天骏说："我觉得大家都有道理。如果要我说，大家别再讨论了，时间紧迫，四叔你就下令，快点行动吧。对了，我觉得还要请岫南亲侄子说一说，他最有主见，分析问题也准。"

李庆意看看李云博，说道："小诸葛，你的意见呢？"

李云博就站起来，拱手朝李天骏道："多谢六叔抬爱。四叔公，我来说说吧。六叔说得对，时间紧迫，没必要多商议了。刚才，各位叔父以及我二哥都说了自己的意见，都很有见地。我觉得，如果把两件事情一起来看又一起部署，可能效果会更好些。"

李庆意惊愕道："岫南孙儿，你什么意思，快点讲！"

李云博道："四叔公，你想想，大家想重点保卫的是晚上活动的安全，但是，大家想过没有，晚上的活动有没有危险，有何危险？"

在场的人一下子被问住了。

李云博接着说："晚上的篝火盛会，主要是本地人的聚会，龙狮竞技、爆技表演和乡民狂欢，外地人来了也只是看看热闹，应该不会来捣乱，我敢肯定那些来历不明的商人不会造次胡来。他们就算对狂欢盛会感兴趣，也只是躲在暗处见识一下瑶池风情和炮火威力，应该不会胆大妄为。所以我说，晚上的篝火盛会没有多少安防问题。"

"对呀，他们来捣乱干什么。"

"岫南的分析很有见地。"

"我们怎样对付那些来历不明的客商呢？"

一时间，大家议论纷纷。

李云博又道："各位长辈静一静，听我把话说完。我很赞同二哥的看法，那些陌生客商才是真正的隐患。我们接下来开展的每一项工作，其目的只有一个，就是彻底弄清这些陌生人突然云集瑶池，究竟意欲何为。如果能逮住一两个正在犯事或者作案的细作，了解清楚真正原因，那就好了。因此，对这些来历不明的人必须严密监视，注意一举一动，才是我们的布防重点。我隐隐觉得，这些陌生人太不正常，可能会给瑶池带来不幸甚至灾难。"

李天骏说道："岫南一通分析，事情的重点已经很明朗。事关重大，时间紧迫，我看，今天就不再讨论了，就请岫南说怎么办吧。"李云铎和李天晨等人也随声附和，那架势，有点半真半假地想看看，这个自称近期潜心兵家之学的半大男孩究竟有什么本事。

李庆意说道："岫南，你就大胆安排吧，我们都按你的意见办。"

李云博道："这样不好吧。我一个年未加冠的毛头小儿，如何能指挥各位尊长？不合适，绝对不合适。"

李庆意笑道："嗬？还知道谦虚？四叔公授你大权，老夫也听你调遣，这样总行了吧？"说罢，就将案上的兵符印信一拍，交到李云博手上。

"不行啊！我没用过兵……"

李云铎笑道："二弟你读那么多书，又喜欢研习世事、谈论兵法，莫不是纸上谈兵？"

李天晨也逗他道："在我三叔看，李云博就是个百无一用的书生！他怎会遣将调兵！"

李天骏道："岫南，别听他们的，六叔知道你行！"

"五叔也支持你！"李天威也如是说。

"你们捧将激将都来了，成心看我笑话不成！好，今天我李云博就赶鸭子上架……"李云博走到帅案前，一拍兵符印信，大声说道，"事情紧急，李云博得罪各位尊长了。我们先点点人马。三叔，乡勇营有多少兵力？"

李天晨道："步武一百五十，骑勇五十，弓箭手六十，还可以从各里抽调部分壮丁。"

"二哥，你手上有多少王廷侍卫？"

李云铎说："四十八骑。"

李云博笑道："这么多！保卫一个瑶池足够了。各位听好了：布防的总体原则是明松暗紧，安防和调查融为一体，安防为明，调查为暗。大家记住一点，对方不出响动，我们就按兵不动，千万不要擅自抓人。但是，一旦对方有行动，或者行迹败露，就马上动手。特别是发现不轨，务必立即出手，当场控制，不留隐患……"他煞有介事地调兵遣将，干净利落地指派任务，听得大家心服口服，李庆意不住地点头认可，李天晨更是大加称赞，连李云铎这个六品武将也连连称奇。

李庆意最后说："任务繁重，也很危险。大家务必小心，注意安全。"

"是！"大家到营寨里点了兵丁，各自忙碌去了。

李云博跟着李天骏带领骑勇步卒来到大瑶集市，但见市场口门楼张灯结彩，门楼广场右侧戏台上，赵家班唱市的花鼓傩戏已经开场，乐声欢畅，喜气喧天，围了很多人，还不时爆发出喝彩声。也有不少客商在街面宽阔处燃放爆竹样品，发出阵阵毕毕剥剥的声响。李天骏命令道："步勇市内值守，骑勇周边巡逻，维护市场秩序，注意形迹可疑人员动向。有情况马上报告！"

"是！"丁勇们应声去了。

两人下了马，跟入口处茶楼掌柜打了声招呼，就将马拴在茶楼前的木桩上，然后往集市里走去。只见市场里已经人山人海，看货的看货，讨价的讨价，成交的成交，各家商铺生意红火，一幅繁忙景象。很明显，李庆如和李天雷已经把开市的事情办妥。

李云博问道："六叔，你说，那些远道而来的陌生客商，会来这里看样订货吗？"

"应该会来吧，他们来瑶池，不就是看热闹购爆竹吗？"李天骏说，"岫南呀，你说，大家对一下子来这么多陌生商人都觉得不对劲，是不是有点神经过敏了？"

"神经过敏了？"李云博道，"就你六叔想得简单。你想想，我们早上演武有人跟踪，我们试验炮火有人偷窥，我们回来的路上遇到一大群黑衣剑队。我听祖父讲，一位陌生客商居然用五两大银定下了天字一号上房。这些难道都是巧合吗？"

李天骏道："我不明白，假如这些人真的都是各国密探，他们云集到我们瑶池作甚呢？"

"是呀，作甚呢？"李云博一下子陷入了沉思。

李天骏道："我们瑶池李氏，名扬天下的，就只有爆竹。难道他们都想偷学我们已经传承了数百年的产业技术？他们也想生产爆竹？"

李云博道："不会吧。我们李氏火药配方和爆竹制作技艺从来不传外人，绝密配方只有长房继承，要偷学很不容易。就算他运气好，偷偷学会了一些简单的爆竹制作，等学会了再回去办作坊，少说也要一年半载。更何况，原料怎么办呢？是自己运硝石硫磺木炭，还是直接买火药？可是火药是禁运品呀，根本运不出去。更何况，我们瑶池的火药是直接配发给各里各村的爆竹作坊，从来都不进行买卖。所以说，前来偷师爆竹制作乃无稽之谈。"

"是呀，没有一点制作技术和材料基础不可能开张爆竹作坊，那样盲目投入的话，十年也收不回成本，还不如来这里运几车回去直接就可以赚钱。"李天骏摸着后脑勺，怎么也想不明白，"你讲得对。那他们来这里，就只是来调货这一条理由了，顺便见识一下爆竹节盛况，有什么奇怪！你们一个个都神经兮兮，好像天下人除了瑶池李氏外，就没一个好人似的！我以为，很可能这个简单判断，就是最真实的意图！"

"我也但愿如此！"李云博道，"但我觉得，绝对没那么简单，凡事还是留个心眼好。你说，历年来，祭祀大典什么时候下过雨？我怀疑这些陌生客商不是真心诚意来献礼的。我有种预感，觉得这林林总总异常之象，是老天爷在暗示着什么。这些不祥之兆，难道是上天要降灾祸，瑶池可能有大事要发生？"

李天骏突然伏在李云博耳边，小声说道："今天政事堂点卯，你三叔也说，有种不祥预感。他还说，这些陌生客商，很有可能是受各国诸侯差遣。我当时觉得有些莫名其妙，依你之见呢？"

李云博听了，电击一般定在那里："点卯时，还议了些甚？"

李天骏道："你爷爷还要我等保密，我不能再多说了。"

李云博道："怎么，要对我保密？不会吧。"

李天骏一想，也是，怎么会对全家族最有智慧的神童保密，就将上午点卯会上的情况一股脑儿地都倒了出来。李云博听着，一言不发，低着头默默地跟着李天骏身边走。

突然，李庆如出现在人群里，像是往集市外走。李天骏见了，赶紧施礼："爹爹，孩儿给您请安！"

李庆如抬起头一看，见是他们两个，回应道："劲风，岫南，是你们两个，也来市场转转？"

"三叔公，我陪六叔巡逻！"李云博也赶紧见礼。

"是我陪你呢。"李天骏笑了起来，"爹爹，今天的所有安防事宜全是岫南调配的，大家都心服口服啊！"

李庆如道："好小子，年纪轻轻就想着干正经事，还会调兵遣将，将来一定有大出息，三叔公没有白疼你！你六叔在你这么大的时候，还在贪玩呢，不是在山上摘野果，就是在河里摸鱼虾，也有可能在树上掏鸟蛋呢！"

"三叔公不必过分夸赞孙儿！六叔哪点差啊，两届猎神刀会夺魁，是岫南最佩服的侠勇。"李云博说罢，又问道，"开市顺利吗？"

李庆如道："基本顺利。就是适才下了场暴雨，一些商铺摆放出来的爆竹给浇湿了，都在抱怨天气。真是的，老天不长眼啊！"

李云博又忽然问："二叔不是和你一起吗？怎么他没回来？"

李庆如道："你二叔和我一起办完开市的事情，就一起往回走。刚才碰见了一个熟人，正聊着呢。哦，就在前边一点点，说是也在浏阳城里做生意，和你二叔一条街的。"

李云博顿觉蹊跷："二叔在浏阳城里的梅花巷做生意，我记得，梅花巷只有二叔一家爆竹商行，难道有人也想开家爆竹商铺？"

李庆如道："这，我就不清楚了。你二叔介绍他时，说是布行的徐掌柜还是刘掌柜，太吵了没听清，你问他去吧。"

"走，我们去看看。"两人与李庆如作别，往前去了。没想到刚走十几步，李天雷就

迎面撞过来。

李天雷早就看见了李云博和李天骏，故意装着没看见，和一个商人模样的中年人说话。李云博走得太快，一下子撞到了他怀里。李天雷一把抱住他，问："你们两个匆匆忙忙去哪里？"

李云博道："二叔，我们正找你呢！"

李天雷问："找我作甚？"

李天骏道："二哥，是这样，刚才我父亲说你遇到一个熟人，说是和你在一条街上做生意，我们也过来认识认识。"

李天雷道："哦。是我们爆竹行斜对面布行的易掌柜。他也来看看热闹，想了解一下行情，看能不能回金陵也开一家爆竹行。还跟我说好了，以后从瑶池直接出货呢！我答应了他。"

"他不是本地人？"

"对，他是南唐国的。两年前来浏阳做布匹生意。"

"他就一个人吗？"

"好像有几个老乡，没注意。"李天雷突然觉得有些蹊跷，问，"怎么了？"

"没什么，随便问问。"李云博回答说，看看周围，问，"人呢？"

"咦，真奇怪，刚才还在这里说话，怎么，一下子就不见了呢？"李天雷也觉得有点不可思议，但马上就打消了顾虑，"这地方人太多了，挤来挤去就不见了，很可能到别的地方看货去了。"

叔侄三人在集市上找了好几圈，但终究没有见到易掌柜。他们于是也就不找了，一起又往集市的出口走，一个个若有所思、心不在焉的样子。李云博突然道："两位叔叔，我到集市的外围转转。六叔，这里，您盯紧点。"

李天骏说："我知道，你去吧。"

李云博抽身走出了集市，牵了马去了。李天雷也和李天骏作别，告辞去了。

◈ 五、繁荣的集市上，突然间异象丛生 ◈

刚经暴雨打击过的南川河两岸，草木多少有些萎蕤凌乱，倾斜的，折断的，东倒西歪的，匍匐在地的，有些草丛还看得出大风吹过的痕迹。河里浑浊的流水涨起老高，河岸边土地上一些农作物已经被冲掉了，附湾处水流平缓一些，农作物则浸在水里，毫无生气。李云博被满眼杂乱无章的景致堵得混沌不堪。他努力理清一些事情，想从中辨出些端倪来。可是嘈杂的环境让他怎么也静不下心来，越想越烦乱。忽然听到前边有几个人在争吵着什么，就停止了思绪，马上警觉地走了过去。

只见一个商人打扮的中年人说道："……你们不要跟我争了，我们大唐袁州府萍乡县上栗集市才是爆竹的发祥地，当年李畋先师就住在坡子街口，现在还有他的神庙神像。只有我们上栗才是爆竹故乡。"

另一个年纪稍轻的后生说："爆竹本来就是爆竹老爷畋公在醴陵麻石街发明的，我们祖祖辈辈都是这么传的，难道有假？所以，只有我们醴陵麻石街的爆竹是最正宗的，我们都是用最古老的配方来做爆竹，那才是最正宗最原始的宝贝。"

一个年纪稍长、头发花白的男子说道："你们都是胡说八道！爆竹明明是在我们瑶池发明的，这还有假？瑶池才是爆竹的发源地……"

后生道："虽然你们瑶池的爆竹最有名，产业也做得最大，但都已经变味了，不是原来竹筒装的爆竹了，应该叫爆纸了，都用纸包的嘛。"

中年男子道："瑶池爆竹的确在发展，哪像你们醴陵死抱住竹筒子不放，还什么原始正宗呢，那都是老古董了。我们上栗也不错，不仅有纸做的爆竹，也有布包的炮火，不比浏阳的炮火差。只是这几年官府不让做了……"

几个人争得面红耳赤，各执一词，谁也不能谁服谁。李云博听得都有些忍俊不禁，差点笑出声来。他懒得理会这个无聊的问题，于是就匆匆折身往回走，又跳上马在集市外转了一圈就回来了。

来到集市门口，但见李天骏正和几个丁勇在那里嘀咕着什么。李云博跳下马，牵着缰绳走了过来，问道："六叔，发生了什么事？"

李天骏抬起头，见是李云博，说道："岫南，你来得正好，刚才几处巡视的丁勇来报，一些来路不明的商家在打听李氏火药，还有人问及晚上的炮火和李氏火药坊的情况。"

李云博惊道："有人问及炮火和火药坊的情况？说具体点！"

一个丁勇答道："报告三少爷，我等正在市场巡逻，一群操着洪州口音的中年人，向集市商户打听李氏火药和晚上的炮火情况。我等走过去，他们就支支吾吾地离开了。"

另一个道："我等在河边值守，一个操着外地口音的向我打听晚上的篝火盛会地点。我告诉他，地点在欢乐谷，还指给他具体的位置。他就又向我打听炮火是谁负责。我立即警惕起来，跟他说，不知道。他看了看我，忽然明白我是值守的丁勇，就说了声抱歉就离开了。"

正说着，一个兵勇急匆匆地来报："启禀六爷、三少爷，祥泰药号发现一个带伤黑衣人，我们没有惊动他，请两位爷速去察看。"

两人大惊，急忙带着大家朝祥泰药号奔去。李云博连马也来不及拴，顺手交给一个丁勇，就匆匆往那边赶。

来到祥泰药号，但见郎中正在为一个黑衣人包扎，已经开始打结。几个人进了屋，将他们团团围住。黑衣人见了，惊恐地站起来向往外走。李天骏一把按住他的肩，拱手说道："这位朋友，等一等，请问，您伤着哪里了？"屋子里的气氛一下子紧张起来。

郎中道："左手臂。"

"被何物所伤？"

黑衣人突然说道："不小心滑了一跤，扎在一根断树枝尖上。"

郎中惊愕地看着他，正欲开口，却被黑衣人瞪得大大的恶眼给吓了回去。

李云博道："郎中大爷，请把纱布解开，让我看看他究竟是被何物所伤。"

"这……好吧。其实，他是被……"郎中边说边准备解开纱布。

黑衣人大声说道："慢着！我自己解。"突然间他猛地将李天骏推开，闪身出了药号，又吹响几声口哨，发出三下高尖急促的"嘘嘘"声。郎中被他的喊声给镇住了，痴痴地站在那里不知所措。

忽然，门外冲出几个黑衣人，拉起伤者就走。李天骏爬起来拔出刀来，冲了出去。李云博和几个丁勇也亮了家伙，跟了出来。

可是，街上的人摩肩接踵，几个黑衣人身形极快，一下子消失在来来往往的人群里，李云博和李天骏追了好一阵子，都没看见几个黑衣人的身影。

"别追了，早溜掉了。"李天骏没好气地喊道。

"这个人，很可能就是早上窥视我们试验炮火的密探。"李云博恨恨地说。

李天骏问："何以见得？"

"我们去祥泰药号问问，不就得了。"

李天骏交代丁勇继续巡视，一旦发现刚才的黑衣人，就立即抓捕。然后两人就回到了祥泰药号。

"李郎中，刚才那个黑衣人是不是被狗咬伤？"李天骏问。这祥泰药号的掌柜也姓李，是瑶池李氏的本家，都是瑶池李氏的后人。只不过由于数百年来的繁衍生息，像祥泰药号这样的本家在瑶池已不下百户。他们都传承者李氏祖上的各种营生事业，或制作爆竹，或经营商铺，或开矿烧炭，或立户行医，很多人还迁居到附近的县里集市，传承着李氏祖先留下来的手艺。

李郎中回答道："是的，两位本家爷。刚才那个外乡人的确是被一只猎犬咬伤了左臂，伤势很重，一块肉都撕裂了。不过问题不大，我已经用祖传的定魂膏为他敷上，没有生命危险。"

李云博道："本家大爷，这个人很可能是敌国密探，身形很像早上我在东峰界见过的那个偷窥者。"

李郎中大惊："啊？我，我救治了一个敌探？这，这怎么办呀！"

李云博道："救死扶伤、治病救人，我李氏药行的本分也。不知者不为过。不过，如若他再前来，烦请本家大爷及时通报我们，麻烦您了。"

李郎中拱手道："是，一定遵照少爷吩咐。他只敷了一张药膏，其他的都落下了。说不定还会回来取呢。他如果来了，我及时报告就是。"

"我等先谢谢您了。"说罢，两人就走出了药号。

李云博对李天骏道："六叔，我回去一趟，将这里的情况跟四叔公和祖父报告一下。你多加注意，千万要小心。"

李云博飞马到了乡勇营，简单地把情况跟李庆意报告后，又飞身上马匆匆赶往李氏府第。他快步走进府内，却不见李庆吉。这时候欧阳管家走过来道："三少爷回来了！"

"管家爷，祖父大人在哪里？"

"老爷到火药坊去了。"

"知道了，您老去忙吧，我到火药坊去找他老人家。"

李云博匆匆穿过几道走廊和巷道，就来到比较偏僻的火药坊了。推门进去，只见院子里没人，药房里杂物凌乱，也不见祖父的身影。但见后门开了，李云博觉得有些蹊跷，连忙走到后门边去。李氏的火药坊在整个府院的最北端的楠竹山脚下，打开后门，楠竹山就近在咫尺。只见山脚下的平地上，李庆吉正背着双手，低着头踱来踱去。大哥李云闪正在地上铺设着装置。

"阿翁，岫南有要事禀报！"

"岫南，你怎么来了？有何要事？"李庆吉抬起头，惊愕地问。

李云博道："阿翁，我们还是回屋说吧，大哥，你也别弄了，进来吧。"

"我就要装好了，就是今早你自制并点放的那个竹筒炮火，我按照你口授的制法弄了一个，准备演示给阿翁看。"李云闪没有回头，也没有要回屋的意思，仍然不紧不慢地弄他的炮火，"三弟你来得正好，看看是不是差不多。你别急，我就好了。"

李云博冲过去，一把夺过他的竹筒，抓起他的手往屋里拽："都火烧眉毛了，还忙这个！快回来！"

"天要塌下来了吗？地要陷下去了吗？南唐的黑云剑士杀来了吗？真是的，慌慌张张，干什么呀！"李云闪见炮火装置被夺，猛地甩开李云博的手，抢过装了火药的竹筒，气急败坏地吼道。

李庆吉说道："光升，别那样冲动，听岫南的，回来吧，以后有机会再进行试验吧。"

祖孙三人就回到火药坊的院子里来，关好门，走进屋里去。

坐定之后，李云博将他见到的、听到的和想到的都一股脑儿讲了出来，还将自己对瑶池的防务安排也作了简要的报告。末了，他忧心忡忡地说："阿翁，从种种迹象看，那些黑衣剑士，很可能就是重出江湖的黑云长剑军，他们就是冲着我们李氏火药来的。"

李庆吉坐不住了。他站起来，一圈又一圈地在屋里走动，像一只热锅上的蚂蚁，惶恐而有些不知所措。那个金陵爆竹行江和芳的样子，又像幽灵一样跳出来。

"阿翁，我一见他们，就觉得是黑云长剑军。现在，岫南也这样认为，我猜得没错吧。"李云闪仍然弄着他的炮火，心不在焉地说了这么一两句。不等祖父回答，他又有意无意地冒了一句："难道他们也真和刘侍郎一样，想得到威力巨大的火药配方，升级炮火武器？"

"天生一个乌鸦嘴！！"李庆吉看了他一眼，没好气地说道，"我一大清早就被这些陌生的客商困扰，做过很多假设，你们说的我不是没有考虑过，但因为害怕而没敢多想。如果真如岫南所言，他们不是来采购爆竹，那只有窃取瑶池火药绝密配方这一种可能了。早上你三叔说他们可能是'明修栈道、暗度陈仓'，这个要暗渡的'陈仓'，很可能就是火药和火药秘方。"

李云博道："阿翁所言甚是。现在我们还只是一种揣测，还拿不出真凭实据。所以，当务之急，还是找到证据，查清真相，弄清他们的真实意图。"

李庆吉点点头，道："嗯，很有道理。"

李云博道："阿翁，孙儿仍然坚持中午意见，采用疑兵之计，晚上的竞鸣比赛和炮火展示多用一些老配方，让其觉得威力一般，不过如此，或许不屑一顾，萌生退意。"

"三弟，你，你这坏小子，又来坏我大事！"李云闪吼道，"中午你建言取消晚上篝火盛会所有新型炮火展示，我就已经忍不住了！好不容易说服阿翁，略微展示几件安全保险的新玩意儿，又被你给搅和了！你是成心跟大哥过不去？真想揍死你……"

"放肆！"李庆吉怒道，"二十好几的人了，还一点都不懂世事，就只钻在火药堆里乐此不疲，哪里像个长房长孙！这样下去，将来怎么能接替你父亲总领李氏爆业……"

李云闪吼道："我没想当那个什么鸟家族总执事，我只想做一个优秀的火药师，将敫公和先祖们的发明运用到极致……"

"胡说八道！"李庆吉怒不可遏，"你出生在我们李氏，一切都由不得你！你再乱说，老夫就打死你！"扬起手就朝李云闪狠狠地抽过去。李云闪一动不动，任凭李庆吉扇着耳光。李云博赶紧抱住祖父的胳膊跪倒在地："大哥快跑！爷爷，别打了，我求

你了……"

李庆吉停住了手，喘着粗气。可是李云闪仍然坐在地上一动不动，也没敢再吭声。突然，他双手蒙住脸，大叫一声翻倒在地上，抽泣起来。李云博看见，泪水从他的指缝尖汩汩流出，越来越厉害。李云博努努嘴想说什么，望了一眼怒气渐消、神色惶恐的祖父，始终没有说出来。

◆ 六、始祖墓前的篝火狂欢 ◆

夜幕快要降临了。雨后的天空和山川，被濯洗得清新而甜润。

像往年一样，瑶池欢乐谷已经人山人海。这个坐落在南川河东岸的谷地，相传是"爆竹老爷"李畋坐化的地方。虽说是谷地，其实就是两座横亘斜连的山岭间一块较大的平地，它正与大瑶集市隔河相望，一座古朴简约名叫"畋公桥"的石拱桥横跨在河面上，看上去有些年月了。这里，现在已经成为瑶池人幸福和欢乐的圣地，因为每次爆竹节的篝火盛会，都会在这里举行。

刚刚扩建完毕的李畋墓，依山傍水，守望在欢乐谷的入口处。墓前，有一块巨大的花岗石，据说，李畋始祖就是坐在这块石头上面升天的。这里的人都叫它"登仙石"。

李畋墓前，已经堆满了柴薪。而略呈三角形的欢乐谷平地上，也已被新伐的楠竹堆绕了一圈，全被松油浇过了。

整整一个下午，李云闪按照祖父的要求，进行着最后的炮火铺排。作为长房长孙，他热衷于这个两年一度的炮火展示，竭尽全力将试验出的新配方制成炮火，不断地送给前来观摩的人们欣赏。但是，今天晚上，他却有说不出的憋屈。

本来，今年是畋公三百五十岁整生，应该将近几年来最具创造性的配方精心设计，制造出一组空前绝后的炮火，以此献礼给这个不平凡的日子。而且，上天有眼，祖宗保佑，今天早上的炮火试验取得了前所未有的突破：李云博胡乱鼓捣的竹筒炮火居然升上半空，开出耀眼的火花来。这个玩意儿如果多制几个，在今晚燃放一下，肯定会让爱好爆竹和炮火的人们惊奇不已，肯定会感慨李氏后人没有辱没先祖的盛名，也肯定会让本来就热闹非凡的篝火盛会锦上添花。可是，不知道李云博这小子打的是什么算盘，尽出些馊主意，说什么为了安全起见，竞鸣比赛不用威力最大的火药，炮火展示也不燃放威力过大、情状不稳定的新玩意儿。李云闪憋了一肚子气，心怀愤懑地指挥几个家丁铺排着炮火。但他又无可奈何，尽力将经过祖父审定的几组炮火检视完成，确保本来就寒碜的炮火不出纰漏。

夜幕降临时分，李庆吉带着李氏家族和瑶池乡衙众人，健步穿过畋公桥，来到欢乐谷谷口。李天亮等人便迎了上去。双方交流了一会儿，便朝高大的李畋墓走去。

李庆吉来到墓前，躬身跪了下来，朝着李畋墓伏地而叩，扎扎实实地磕了三个响头之后，然后跳上登仙石，大声喊道："瑶池爆竹节簧火盛会现在开始！恭请升冲观药因道长、李氏第十代子孙李丰诀焚香举案，恭请畋公！"

药因道长焚香燎纸后，将献案举过头顶，口中念道："畋公降生，爆竹燎庭！"

李庆吉接着便大声喊着："爆竹燎庭！！"

三十五名弓弩手同时将点燃的火箭射向数百丈长竹堆。突然间，沉寂的欢乐谷火光冲天，爆响如雷，人群的欢呼声也一浪高过一浪，真的成了欢乐的海洋。

不一会儿，竹薪长龙般的火光渐渐暗下去。

李庆吉道："斗炮大赛开始！先进行点数比赛！请总判事李天亮宣布规制。"

只听李天亮大声宣布道："今年，乃爆竹老爷三百五十大诞，瑶池乡邑决定，比赛提高规制，现场试验爆竹增加至五十枚，凡有十五枚以上哑炮者，将定为劣等，停止火药供应；而五枚以下者定为优等，赏钱一千至五千，凡无哑炮一律爆响者，赏钱一万……"

只见十几组比试人员分别将早就插满了爆竹的爆架抬上来，等待判事人员的校核。按照传统规制，这爆竹点数的比赛，是由生产爆竹的作坊参加，每坊可以带爆竹二十枚，装在一字排开的爆架上，一一点着，谁的爆炸率高，谁就赢，主要目的是比试爆竹质量。虽然，爆竹生产已经上百年，但哑响、嗤火等问题仍然普遍存在。用这种方法进行公开试验，是对爆竹作坊制作技术和质量的一次认证，也是提高作坊声誉、赢得客户的绝佳机会。一般情况，凡属正常爆响不足一半的作坊基本上会定为劣等，李氏将断绝火药供应，但这种情况很少出现，就大部分的失误在两三发左右。而今年的要求高多了。

判事人员点清数字，比赛就开始了，各家作坊爆工纷纷点起了爆竹，一时间数架爆竹齐鸣，响声此起彼伏，看得人们心花怒放。不一会儿，燃放结束，统计数字出来了。李天亮大声宣布："比试结果如下：庆都作坊全响，赏钱一万，李成、胡恩作坊四十九响，赏钱五千，赵氏、天时作坊四十八响，赏钱四千……"这场比赛最差的，也只有一家作坊十一发未响，皆大欢喜，没有一家定为劣等，令客商一个个交口称赞。

李庆吉道："接下来进行燃炮王角逐。请判事总执事宣布比赛规制。"

李天亮宣布道："今年燃爆王角逐，半炷香内谁点响的爆竹最多，谁就是燃爆王，哑炮、嗤火不计入总数。夺魁者，赐燃炮王银指一枚，赏钱五千！请各里燃炮手进场！"

这燃爆王角逐，是瑶池专门从事爆竹燃放人员的一次大比武。虽然，爆竹燃放已经

人人都会，过年过节每家每户都自己燃放，但大型活动、婚丧嫁娶一般都请较为专业的燃爆手鸣炮，一则为了安全，二则能够按照规定的礼俗程序准确无误地燃放。因此，在当时，燃爆手也是当地较为走俏而且比较专业的业余职业。

通过几轮的较量，中瑶的李天勋夺得"燃爆王"称号，成绩是一百四十六发。

李庆吉道："下面进行竞鸣比赛。请判事总执事宣布比赛规制。"

李天亮宣布道："竞鸣比赛，主要是展示火药新品，相互交流观摩，只排名不封赏。本次竞鸣比赛，仍然为五钱铁角炮三发，由九名判事计分叠加之后，多者为胜。请浏阳瑶池、醴陵麻石街和萍乡上栗三家李氏铁炮队抓阄，按顺序先后燃放铁炮。"

这竞鸣比赛，主要是由三地火药生产和研制的李氏传承人来比较炮火的威力和响声程度。铁炮一般是用铁做成的炮角，也有用牛角或者羊角挖眼然后填充火药制成，点燃就会发出巨响，一般用于重大活动的鸣炮环节。铁炮的响亮程度取决于火药的威力大小和填充的松紧程度。铁角限制了相同的容量，五钱则规定了火药的用量，都要经过严格的审查和计量。

李云闪和其他两地的铁炮手走到台前抓了阄，就来到山边的鸣炮点，按照司仪的引导燃放起铁炮来。每队一组，每组三发。地动山摇的炮轰声，震耳欲聋，人群一片"哇"的惊叹声，很多人捂起了耳朵。炮声嗡嗡地回响了一阵，又归于平静。这时候判事们的成绩也出来了。李天亮宣布道："竞鸣比赛，醴陵麻石街八十五分，第一；萍乡上栗八十三分，第二；浏阳瑶池七十九分，第三……"

只见醴陵铁炮手们欢呼雀跃，他们已经很久没有得到第一了。李云闪将铁角炮筒一扔，悻悻地走了出去。

李庆吉大声说道："炮火大赛结束，下面正式开始篝火盛会，其间，还会展示瑶池李氏的部分炮火，来自五湖四海的贵客们，请和瑶池乡民一起尽情狂欢吧！"

李畋墓前巨大的薪柴堆便燃烧起来，欢乐谷的篝火盛会活动也就开始了：先是火龙狮阵欢天喜地地舞，然后是乡歌你亲我爱地唱，接着就是猎手和武师表演起了武艺，还有各地乡亲带来的各式各样的舞蹈、杂技、歌唱等表演，中间不时燃起了爆竹和火药燃烧物，弄得欢乐谷炮声阵阵，色彩斑斓。

这世代代燃起的篝火，表达着瑶池人对爆竹始祖李畋的感念，也传承着李氏这个古老的火药家族谋福瑶池的信义。欢乐谷熊熊燃起的篝火，正是数百年来瑶池这个偏远小邑安宁幸福生活的真实写照。

"今年的燃炮王比赛真是高手云集啊！"

"用火箭射燃竹堆很有创意！"

"狮子队的表演好看，不仅气势足，而且场面大。"

"瑶池第一次丢了竞鸣第一，遗憾啊。"

"点数比赛精彩纷呈，各作坊准备得很不错，居然有五十发全爆，没有一家劣等作坊！"

"总觉得有点什么不足。对了，今年的炮火展示水平比较一般，也没有进行专门的新产品展示。不知怎么回事，遗憾。"

"火箭三十年前就有了，而那个发亮光的炮火，五年前就有了。"

"是呀，上届爆竹节的炮火好看多了。"

"怎么搞的，前几年常见的雷鸣也没看见了，那响声，真的是地动山摇啊。"

"今年的爆竹节，是畋公的三百五十岁大诞，应该不会这样。唉……"

听着人群议论纷纷，看着人们失望的眼神，李云博五味杂陈。炮火，这些用火药制成的玩意儿，本来就是为人们在节日、喜庆和祭奠的习俗礼仪上表达情感、送上欢乐、增强氛围的，因此，每年的爆竹节都会承载人们对李氏族人创造新产品的期待，李氏族人也都会不遗余力、想方设法为四乡八邻和慕名而来的各方贵客送上惊喜和新奇。今年的新方试验有很大的技术突破，应该可以在今夜燃放。但局势陡变，瑶池顷刻间危机四伏，藏巧守拙自然成为应对危机的首选。虽然有些遗憾，但保护和平与安宁，比送来快乐与惊喜更为重要。李云博相信，总有一天，李氏会将这些前所未有的炮火，倾囊而出，不负乡亲们的厚望和期待。

他身边的四个姑娘，李云岚、西门燕、欧阳雪和慕容碧也有些愤愤不平。单纯的姑娘们七嘴八舌地抱怨判事的不公，她们哪里知道，这是李云博有意安排，使用的是制造爆竹的寻常火药，而导致的平庸战果。

站在高台上的李庆吉，也有一种很不是滋味的感觉。他无可奈何地摇着头，陷入了沉思。虽然如此韬光养晦，不知道能否会迷惑住敌国密探的眼睛。正在沉思时，忽然一个家丁慌慌张张地跑过来，在他耳边低声说着，反复几遍，他一句也没听清，现场太吵了。家丁于是大声朝他一阵耳语，他才听清，脸一下子黑下来。

李庆吉定了下神，回头对药因道长拱手道："适才家丁来报，火药坊失窃，愚侄先去看看，三叔大人慢慢观赏。"

药因道长答道："无量天尊！老道也回吧。走，一起去看看。"

李庆吉看见李天晨正手按刀柄，全神贯注地注视着欢乐谷的一举一动，于是走了过去，说："启明，这里你多操心，我先走了。"

李天晨道："伯父放心去吧，我一定全力以赴。"

一群人就过了畋公桥，然后上马向西去了。

欢乐谷的激情，仍然和篝火一样在夜色中熊熊燃烧。

第三章
DISANZHANG

瑶池阴霾

◆ 一、祖孙俩的不眠之夜 ◆

自从爆竹节开始那天起，李氏全族老老少少都是马拉辘轳连着轴转。加上意想不到的种种情况，特别是陌生客商和黑衣剑队的出现，让大家高度紧张。两天一夜下来，却并没有发生多大意外，这绷得紧紧的弦就自然松开。这精神一旦放松，人就跟散了架似的。到了第二天晚餐的时候，一个个筋疲力竭地坐在饭桌边，特别是那些青壮后辈，眼皮子直打架，扒了几口饭，急匆匆地跟尊长请安告退，不等天抹黑就瘫到床上去了。

夜深人静，远处的郊林里，不时还传来隐隐约约互相唱答的山歌声。可是李庆吉辗转反侧，怎么也睡不着。躺了一个多时辰，于是干脆翻身爬起来，在黑暗的房间里走来走去。响动惊扰了老太太，他于是轻手轻脚进了书房，独自沉思去了。

这两天下来，爆竹节的程式已经走完了大半。今天一整天的花鼓傩戏，看得瑶池人个个乐开了花，可李庆吉怎么也乐不起来。他的心思还是在那些陌生的客商身上。而今天，有些陌生客商突然退房走了，那绝对不是来做买卖的！特别是那个天字一号房江和芳，昨晚根本就没住在那里，也没去退房，不会是不辞而别吧？他难道与被猎犬咬伤、到祥泰药号救治的黑衣人是一伙，觉得行踪败露，而逃之夭夭？更让他大吃一惊的是，今天下午，在小瑶巡逻的乡勇看见三五个黑衣人进了西门璞的家，待了大约半个时辰，西门璞亲送门外。难道，自己的女婿和他们有染？——越想，就越害怕起来。

李庆吉想，敌国若是想用李氏火药制造武器、装备军队，夺取秘方虽然是首选，但是难度不小。瑶池李氏所谓的火药秘方，历来就是个谜，外界传得神乎其神，除了自己之外，谁又知晓什么样的配方算是秘方，真正的秘方又在哪里，甚至连火药的分类和保密等级都弄不清楚。加上李氏对火药和秘方享有绝对的控制权，保密也一直做得很好。"既然绝密丢不了，还有什么好担心的呢？"李庆吉这样宽慰着自己。但是，一个家族，面临这么多诸侯的发难和图谋，应对起来还真不是件容易的事啊……想到这里，李庆吉更加没有了睡意。

与此同时，在另一间房里，也有一个人辗转反侧，那就是李云博。他披着衣服在房里踱来踱去，思考着两天来发生的事情，琢磨着其中的玄机。他与祖父考虑的问题不一样。

李云博觉得，这些陌生人可能都是有备而来，而且肩负重要使命。这个使命与李氏的火药有关，这一点是可以定论的。

接着的问题就来了：他们要火药干什么，难道真像大哥说的那样，装备军队？李云博认真咀嚼着"装备军队"这四个字，不禁有点不寒而栗。

的确，自从唐末藩镇割据以来，天下已成乱象。安史之乱后，大唐崩溃，朱温代唐建梁，梁唐晋汉更迭，南方诸侯林立，大江南北已无安宁之日。虽然，楚国安定了几十年，但攻守征伐也从未停止过。这些年来的历史事件，一一从李云博的头脑中流过，迅速而杂乱。

听祖父说，刘侍郎又提到了吴主杨行密围攻豫章使用"发机飞火"的事，这让他又想起四年前在中原游历时惊心动魄的遭遇。那年，陈抟老祖刚从蜀地老君山迁来中原，药因道长闻讯后，赶到华山云台观拜谒。没想到，下山后回来路上，遇到北辽铁骑大举南侵，中原地区战火纷飞，乱象横生，饿殍满地，民生凋敝，一幅"白骨露于野、千里无鸡鸣"的凄惨景象。后来得知，大晋朝也就在那一年亡了，皇帝石重贵也被贬为负义侯，并被迁到了黄龙府。他和药因道长一路翻山越岭南下，走到河中地区，还是给辽军抓住了，被迫为契丹人放了十几天的马。但是，各路诸侯齐心协力，大败辽军，收复了失地，河东节度使刘知远实力最强，称帝建立了大汉政权。那场战争，他是亲眼看见了火药武器极大的威力的，快马如飞、弯刀似电的北辽铁骑在炮火武器面前，居然是如此不堪一击，给了他几乎是晴天霹雳般的震撼。

而如今，大楚国也有重臣想要用火药装备军队，增强战力，这说明战争中使用火药的理念，不仅在统兵大将观念里根深蒂固，而且在朝廷大臣的头脑里也扎下了根。几十年来，各国大张旗鼓研制开发火药武器，火箭、火球、火炮等新型武器应运而生。如果这些密探真是受各国诸侯差遣来到瑶池，那么，他们的使命就不言而喻了。如若将瑶池李氏火药用在战场上，那将是怎样的武器革命！楚国能建起一支这样的炮火军队，谁还敢觊觎湖湘大地？然而，祖上规制如此，后辈焉能更改？更何况，如果这批威力巨大的武器被某些残暴狭隘的诸侯掌握，人间将会发生怎样的惨剧啊！

"他们真是冲着我们的火药来的，看来，瑶池就大难临头了。"李云博确信了自己的判断，不免长叹一声。

"他们如果想用瑶池火药制造武器，是抢劫火药还是弄到配方，甚至劫持药工人员呢？"李云博想，并进行着可不可能的分析：抢劫火药可能性小，运输也不方便，而且火药是禁止贩卖和出境的。弄到配方呢？可能性很大，今晚火药坊失窃就已经证明已经有人开始行动了。对，这次任务主要是弄走火药配方，弄走瑶池最先进的威力巨大的秘方！那么，火药坊肯定是他们必须去的地方。既然已经有人多次现身火药坊了，就一定还会来光顾。"得去那里看看！"李云博自言自语地说着，就穿上衣服，抓起猎神腰刀开门出来，往火药坊方向走去。

初夏凌晨时分，李府院落显得非常黑暗，伸手不见五指。摸索一阵，渐渐就适应了一些。这火药坊，在府第的最西端，虽然有院墙围着，但出于安全考虑，在药房与前院中间，建了一个大花园。穿过花园，就来到火药坊门前，只见两个夜值的白甲卫士在那里打盹。李云博轻轻叫道："军爷，醒醒！"没有人应。走上去一推，卫士便倒在地上。又急忙去推另外一个，也一样地倒下来。他又推了一下门，门是虚掩着，里面有微微的烛光。

"这些人竟然从前门进来，看来他们一定熟悉李府大房小屋，知道府内的游廊过道。"李云博大惊，心里想着肯定出事了，"二哥呢？他不是在值守吗？"突然，从后门的墙外又翻身进来两个模糊的黑影，只听见屋里传来一声"有人进来"，烛光就被吹灭了。李云博溜了进去，躲在门边，屏住呼吸，轻轻拔出刀来。

只见屋里冲出两个黑影，和翻墙进来的两个碰个正着。双方便打斗起来。

"原来是两路不同的人马！"李云博想到这里，大声叫起来："快来人呀，有人进火药坊行窃！"

几个黑影大惊，都飞身翻过围墙，逃了出去。

李云博就走进屋里，摸索了一阵，将蜡烛点着，又多点了几支摆在四处，屋里一下就亮堂起来。这时候听到叫声的李云铎带着几个卫士都赶了过来。

"什么情况？"李云铎问。

"有两路人马前后进来行窃，狗咬狗打起来了，太黑了看不清，我一喊就都翻墙逃走了。"李云博说道，转身问道，"二哥，你怎么没有值守？"

"我待了一个多时辰见没有动静，就留下几个卫士看门，想休息一下，躺下还不到一刻钟，就听到了你的叫声。"

"赶快看看几个军爷的情况如何。"

李云铎走过去，查看起不省人事的士卒来。

"没有大碍，都是被击晕过去，刚才掐掐人中，都醒过来了。"

"赶快问问情况。"

大家将四个白甲卫士抬进屋里，问了起来。可是几个人都不太明白是怎么回事，被人重重一击，就晕过去了。

"又没抓住！"李云铎失望地说道。

"这敌暗我明的，又就我一个人，怎么抓得住？不如叫一声吓跑他们算了，等下一批来吧，一定有机会抓住的。"

"三弟，二哥没有怪你。都怪我自己没耐性，要是一直待在这里就好了。"

"他们精得很，肯定一直在暗处观察，人多的话，他们绝对不会来的。"

"接下来怎么办呢？"

"查一查丢了东西没有，然后重新布防，守株待兔。"

一阵忙碌过后，火药坊又恢复了平静。兄弟俩带着卫士家丁躲在暗处守到东方露白，也没有人进来行窃。李云博靠在二哥健硕的腿上，感受到从未有过的踏实。他漫无目的地想着想着，就靠在李云铎的身上迷迷糊糊睡去。

天已经渐渐亮起来。这时候换防的卫队来了。李云博睡得很浅，听到动静马上醒了过来。李云铎命令夜间宵值的卫士去休息，又吩咐接防的亲军头目："你多注意点，有事叫醒我。"他自己就和衣而卧，倒在火药坊一张桌子上睡了起来。看见二哥进了屋里，李云博失望地站起来，推开后门，朝楠竹山脚下走去。

◆ 二、从石霜寺里来的云游僧 ◆

楠竹山坐落在瑶池西北角。与其说是山，不如说是一片绵延起伏、层层叠叠的丘陵，远远望去，像一串自然散乱的脚步，曲曲折折，渐行渐远，踏向西南边的九岭山。李氏府第后面这座楠竹山的名字，相传还是数百年前，刚到瑶池开山立寺的石霜寺第一位主持庆诸大师给取的呢。

李云博拾级而上，穿行在茂密的竹林之中。一通曲曲折折之后，就不知不觉来到半山腰上，但见一个用楠竹搭建的凉亭，风姿绰约地挺立在路边：楠竹柱子，楠竹横梁，楠竹椽檐，竹篾扎就的亭顶和竹板搭起的桌凳，就连亭子顶上用以遮风挡雨的最外层，也是用细竹枝叶一层层铺就的。远远望去，就像一只原始的爆竹挺立在山腰上。这个六角亭正对着山下入口的那一面，有一块竹板上刻着三个大字："聚南亭"，两边的柱子上，挂着一幅用颜体刻写的木质对联："依山结舍拥竹淡，傍水居家观钓闲。"看看题款，虽然年岁久远，字迹斑驳，但仍然能够辨别出是庆诸禅师的亲笔。

李云博来到亭内，朝瑶池大地望去：但见一片阴霾，一切都被浓浓的晨雾笼罩着，什么也看不清。而在往常，登临楠竹山的聚南亭，大瑶集市尽收眼底、一览无余。要是登上山顶的竹声楼，整个瑶池都会一览无余。但是今天雾霾太大，李云博就不想再上山顶了。

"岫南，真早啊！"一个熟悉的声音从背后传来。李云博扭头一看，原来是祖父李庆吉。他赶忙趋步上前，揖道："阿翁早！岫南给阿翁请安！"

李庆吉道："好了好了。岫南，看样子，你一个晚上没怎么睡吧。"

李云博道："报告阿翁，孩儿在床上躺了一个时辰，总是辗转反侧，于是就爬起来了，还到火药坊待了一阵子，天就亮了。"

"哦。我也一样，一个晚上没合眼呀。"李庆吉说罢，长长地叹了口气。

李云博道："阿翁年过六旬，尚需主持家业大事，敬请爱惜贵体，注意休息。"

李庆吉道："我也知道爱惜身体啊。本来，刚进六旬那年，准备将族中大事全部交与你爹，自己退下来好好歇息一下，可是家族聚议会上，各族长老都不同意，要我再干几年。我也想等过了畋公整生大诞后，再退下来不迟。没想到，这意外的灾祸就来了。"李庆吉说着，环视了一下晨霭密布的瑶池四周，又说道："大难来袭，作为一乡之司一族之长一家之主，如何能置身事外、袖手旁观？"

李云博道："阿翁心系瑶池和全家安危，殚精竭虑、寝食难安，令孙儿崇敬之至、诚惶诚恐！"

李庆吉道："你不也一样吗？李氏子孙以'舍生忘死、谋福瑶池'为家训，个个都是义无反顾、勇往直前的主，但都是些勇猛过人的武夫居多，论起智谋来，就没几个了。"

"阿翁言之道理。"李云博道，"对了，阿翁，能不能在上午抽点时间，大家再碰碰头议一下？"

李庆吉道："上午开始舞狮大会，然后举行猎神刀会选拔武贡，县尉吴大人会来亲自主考，得去迎接。要不，就定在正午吧。人员不要太多，就天字辈以上，加你，对了，还有你西门姑父和二哥。"

李云博问道："我大哥呢？他可是长房长孙啊！"

李庆吉想了想道："嗯……还是叫上他吧。"

"是。等会儿孙儿去知会大家！"李云博应道。突然，他又对李庆吉说道："阿翁，昨日下午，那个叫李世齐的汴梁商主又来投帖拜会，正巧您不在家，孙儿就叫管家爷委婉推掉了，他已经来过好几次了。阿翁是不是抽点空来接待一下？"

李庆吉道："提交供货申请，到管事房找你二叔公就可以了，三番五次找我，大可不必。"

李云博道："但投帖拜会总执事，看来是懂规矩的。大汉朝京师里来的人，还是见一下为好。"

李庆吉道："嗯，皇朝贵客，是得见一见。下午吧。"

祖孙俩从楠竹山的另一面下得坡来，就到了南川河边。如果从原路返回再从火药坊的后门进来，路程要缩短一半。但祖孙俩不知怎么的，偏偏在不知不觉的交谈中就直接往前走，没有转身回来，可能是他们散步的时候一直是这个习惯，不走回头路。

正当祖孙俩一边走一边聊，准备通过古道进入集市的时候，忽然被迎面走过来的一个模糊的身影给挡住了去路。迷茫的晨雾中，如从天降，人鬼莫辨，把祖孙俩吓一大跳。

"阿弥陀佛！善哉善哉。敢问施主，瑶池爆竹世家李府，如何前往？"

等近得身来，祖孙俩定眼一看，原来是一个穿着青色僧袍，长得方头大耳的和尚。

李云博连忙施礼："敢问大师，从何而来，去李府有何贵干？"

和尚答道："贫僧法号若边，信州雷觉寺主持，云游到贵地石霜禅寺，听说前日乃爆竹老爷三百五十岁大诞，连忙赶往瑶池，想来李府恭贺，但造化弄人，不想途中迷路，走错了方向。阿弥陀佛！"

李云博道："原来是石霜寺里来的云游僧啊。阿弥陀佛！我是李府的李云博，感谢大师惠施苍生、眷顾瑶池。这位就是我的祖父、李府的总执事。"

若边和尚施礼道："贫僧见过两位施主！佛在心中，缘由天定。不想刚来瑶池，就遇到李府最尊贵的施主。阿弥陀佛！"

李庆吉合掌施礼："阿弥陀佛。瑶池李庆吉见过大师！"

若边道："阿弥陀佛！贫僧云游到此，特来拜访施主。初来乍到，还请施主多多关照。"

李庆吉道："哪里哪里，大师不必客气。大师慈悲为怀，感念苍生，送佛瑶池，我等请都请不来呢。走，请大师府上一叙。"

若边道："贫僧就恭敬不如从命了，阿弥陀佛。"

李庆吉、李云博就一边和若边和尚聊着，一边往李府方向走去。

李云博问道："石霜寺虽是唐代皇家寺院，但如今唐室倾覆、天下大乱，没有朝廷供奉，主要由我瑶池乡邑捐养。请问大师，您云游到石霜古寺，我等怎么从未听说？"

"小施主有所不知。贫僧是刚来石霜寺几日，未曾拜会瑶池李氏，真是罪过罪过。施主要是不信，我这里有主持释晖禅师的手批印信，请过目。阿弥陀佛！"若边说罢，拿出一封石霜寺的佛帖来。

"岫南！不得无礼！"李庆吉一扯李云博道，"刚才孙儿造次鲁莽，感请大师海涵！"

若边道："小施主心直口快，率性纯真，贫僧看来定有佛缘。阿弥陀佛！"

三人正说着，就来到猎神祠前。

若边道："李施主，麻烦打开祠门，贫僧祭拜一番，以了心愿，如何？阿弥陀佛。"

"好啊，有劳大师了。"于是就上前叩响门环，大声叫唤起来。不一会儿，看祠的老仆衣冠不整地打开门来，嘴里还一边唠叨："谁呀，天还没亮头呢！这么早，来祠堂干什么？"定睛一看，见是李庆吉，大惊失色道，"不知老爷驾到，适才胡言乱语，罪该万死！"

李庆吉道："何兄言重了！是我们醒得太早了！这位云游四海的得道高僧，要来祠堂祭拜我李氏祖宗，岂有怠慢之理！大师，里面请！"

进得猎神祠，但见里面的空间非常开阔，猎神造像顶上，有一块巨大的匾额："李氏宗祠。"神龛上，供奉着历代李氏祖先的牌位。两边是几排太师椅，古朴崭亮，看得

出年月的古老和使用的频繁。李庆吉亲自点燃香烛，默默叩了几个头就交与若边大师。若边接过燃着的香烛，喃喃地念着听不清的经词，一阵之后，就将香烛插在烛台和香罐里。接着就跪在蒲团上，闭目合掌吟诵一通后，叩了三个扎实的响头。又到左右两边的药王殿和始祖堂做了同样的祭拜，行了一样的大礼。

祭拜完毕，一行人就直奔李府门楼前。

欧阳管家正从侧院里出来，见李庆吉他们，连忙上前施礼："老爷、三少爷回来了。这位是……"

李云博道："哦，这位是南唐雷觉寺主持若边大师。云游到石霜寺，特来拜会阿翁。大师，这位是我府的欧阳管家爷。"

若边大师合掌施礼："管家爷好。阿弥陀佛。"

欧阳管家回礼道："大师好。里面请。"

李云博问："管家爷，阿黄好些了吗？"

"托三少爷福，阿黄已经醒过来，能够走动了，不碍事了。"

李庆吉道："没事就好，这可是位忠心耿耿的卫士啊。"

若边和尚问道："阿黄是谁？"

"哦，我府一条老猎犬。前天早上，我等东峰界响炮宰生时，遇到有人偷窥，阿黄冲过去撕咬，被一个黑衣蒙面人重剑所伤。"

若边赶紧合十祷告："阿弥陀佛，罪过罪过！"

进得门来，管家吩咐看坐上茶。

李庆吉施礼道："不知高僧来访，有失远迎，还望海涵哪！"又将在客堂里的李天雷、李天晨、李云铎等人给若边作了介绍。

若边站起来还以佛礼后，拿出那封石霜寺的佛帖来，说道："出家人云游四海，刚到石霜寺，听闻瑶池李氏正逢爆竹节大典，特来恭贺，并请来开光玉佛一尊，保佑瑶池安宁祥泰。阿弥陀佛。"说罢，捧出一尊玉佛来献上。

"瑶池李庆吉代表父老乡亲感谢我佛慈悲、大师惠施。"李庆吉双手接过，将玉佛供到客堂中央正壁的神龛上，又焚了一炷香，拜了三拜，然后回到座位上说话。

若边道："欣闻瑶池李氏数百年来，尽心于火药研发，致力于爆竹制作，兴地方产业，谋瑶池福祉，乃世俗之佛心也，请受贫僧一拜。阿弥陀佛。"

李庆吉道："大师言重了。李氏百年以来，秉承先祖遗训，本分之责也。至于世俗佛心，不敢奢望啊！"

若边道："贫僧从石霜寺释晖禅师闻息，盛唐之时，庆诸大师从道吾寺来瑶池开山建寺，厚得李氏年竹公、年声公兄弟鼎力资助，还留下楠竹山上聚楠亭一段佳话。石霜寺成为南佛祖庭，庆诸成就一代宗师，瑶池李氏功莫大焉。阿弥陀佛，善哉善哉。"

李庆吉道："大师过誉了！佛家弘扬佛法、普度众生，为瑶池百姓送来极乐福音，这才是真正的功莫大焉啊！"

若边道："阿弥陀佛！乱世之中，尚有瑶池一片净土，真乃我佛大慈大悲、李氏苦心经营之善果呀！善哉。"

李云博突然问道："大师自信州起驾云游，一路西进经袁州诸县，不知南唐国有没有调兵遣将于两国边境？"

若边大师一愣，回答道："贫僧出家多年，云游四海，只问众生普度，不管世事纷争，有无军事行动，贫僧的确不知。阿弥陀佛。"

李云博道："大师通过国境之时，也不见关隘军情吗？"

若边道："贫僧游经萍乡到贵国醴陵县过境，都是正常通关，各处关隘对贫僧也无特别盘问。阿弥陀佛。"

李云博道："大师对南唐与楚国之间的政局有何高见？"

若边大师一脸的严肃："贫道一心向佛，从来不问世事，对政局毫无见解。施主莫怪。阿弥陀佛。"

"岫南，你怎么了？不要再为难大师了！"李庆吉制止道。

李云博回答道："我只是想从大师那里了解一下南唐动向，别无他意。"

李庆吉道："好了好了，大师应该还没用斋吧。我叫家人备些斋饭，请大师将就应付。"

若边道："感谢李施主盛情。适才贫僧已经在一农家化了些斋食，无须烦劳了。既然敝公尊容已经瞻仰，猎神、药王尊身已敬，佛心惠至，玉佛安身，贫僧该告辞了。阿弥陀佛。只是……"

李庆吉道："大师有何难处，但说无妨。"

若边道："虽然出家人六根清净，不染尘俗，但自幼喜好爆竹，出家多年仍积习难改。贫僧错过了前夜的篝火盛会，未能目睹李氏炮火之巧夺天工，实诚憾事，阿弥陀佛。"

李庆吉道："些许雕虫小技，何烦大师挂齿！大师不如留下，晚上家宴还会燃放些许，还可以看一看大瑶爆竹集市的热闹，猎神刀会的勇武，舞狮大赛的喜庆，大师以为如何？"

若边道："虽然贫僧很想一睹李氏爆竹风采，但出家人不能为贪欲所左右，留恋声色，沉迷世俗，都是佛家大忌。而且贫僧喜静，不爱热闹，施主盛情，贫僧谢了。贫僧有一心愿，还望施主成全。"

李庆吉道："哦？大师请讲，我等定会竭尽全力，一了大师心愿。"

若边道："听说李府后背有一楠竹山，山上之聚南亭乃庆诸大师亲笔题联，贫僧甚是想去瞻仰，不知可否？阿弥陀佛。"

李庆吉道："这有何难！只是老夫还要主持猎神刀会事宜，不能亲陪大师前去了。欧阳管家，你就给大师带路吧。"

欧阳管家拱手道："是，老爷！"

若边施礼道："多谢施主，有劳欧阳管家。阿弥陀佛。"

李庆吉交代道："欧阳管家，你陪大师游完楠竹山后，如若我等皆不在家，那就烦请你拿两万钱——不，二十两纹银，赠予大师做盘缠。"

若边道："贫僧遇村取食，遇穴而眠，盘缠何用？施主心意贫僧领了。阿弥陀佛。"

李云博问："大师就回石霜寺还是要去别处云游？"

若边回答道："出家人从何处来，又去何处，但看缘分，行踪不定，走到哪里就是哪里了。阿弥陀佛。"

"哦。"李云博似懂非懂地应了一声。

"大师这边请。"欧阳管家招呼若边和尚动身。

"各位施主打搅了，贫僧告辞。后会有期。阿弥陀佛。"若边和尚说罢，就起身跟着管家往后堂去了。

"大师请自便，恕不远送，后会有期。"大家都站起来，合掌告别。

◆ 三、前往西门府第，没想到有意外发现 ◆

李云博简单洗漱，草草用过早茶后，就出了门去，到各房知会有关亲族成员午时厅屋议事。因为西门璞住在小瑶，得去那里知会他。

沿着南川河，李云博在通往西南的官道上策马疾驰。可是刚到河边不久，路经楠竹山东麓的时候，看见模糊的雾色中有人在爆竹库房前探头探脑。一排数十间库房都是青石块砌成，盖的是特制的厚瓦，高大坚固，紧连山体，安全厚实。库房是多年前乡衙修建的，已被风雨剥蚀得有些陈旧，主要是用于存放从作坊里收回来的货物，等验货完毕就贴上"瑶池李氏"的商签，装篓发往各地的市场。李氏对于整个瑶池爆竹生产和贸易的掌控，主要是通过控制火药生产和配发来实现的。李府从各地采购原材料，然后在火药坊进行火药配制。需要火药的作坊，提出用药申请，李氏负责人核准后，就将火药配送到各爆竹制作作坊，最后按照火药配送多少来回收成品爆竹，全部都储藏在这个石砌库房里。进行质量检查后，装好篓，发往本地及各处的经销商号。这个偏僻的地方，平时除了送货、出货和验货的有关人员外，一般很少有人来。而且这么早，这些人在这里干什么呢？李云博一边想着，一边下了官道，往库房方向奔来。

原来是欧阳管家陪着若边和尚在那里转悠。李云博下马上前施礼问道："大师来库房有何贵干？"

若边合十道："是小施主呀！贫僧见这排房屋建得固若金汤，好生好奇，特来瞧瞧。如果不允许观察，那贫僧就看别的风物吧。阿弥陀佛。"

李云博笑道："没有，大师请继续观察吧。我就是奇怪，一个存放货物的库房，怎么会有人一大清早就来踏勘。大师佛眼慧心，当然与凡夫俗子不同，自然能从这普通的石砌房屋上看到玄妙机缘，甚至生死因果。"

若边道："小施主见笑了。阿弥陀佛。"

管家道："三少爷，大师把整个楠竹山都踏遍了，真是敬贤虔诚，苦行笃定呀！"

若边道："施主过奖了，庆诸一代宗师，能有缘走踏他的生前行迹，此生足矣。阿弥陀佛。"

李云博客套几句就告辞了，重新踏上了他南去的路程。不久就到达离大瑶集市不远的一个村落——小瑶里。这里虽然不及大瑶集市繁华，却是爆竹原材料硝石的主要矿区。西门府第就坐落在这个古老的村子中间。

西门家族也是瑶池望族，世代都是小瑶里正，也有几个家族长老曾兼任过乡邑执事，而且和李氏世代姻亲，这西门璞还是李云博的亲姑父。

管家见是李云博叩门，连连开启大门并施礼不迭："啊呀，秀才少爷来了，快快请进！"

"管家爷好！姑父在家吗？"

"老爷刚出去了，说是要主持舞狮大会的礼仪。三少爷有事吗？"

"是呀，我倒忘了，真的。我没什么大事，就是过来看看姑母大人。"

"夫人在家呢，还哄着少爷读书，拿您做榜样呢。"

"怎么，卷厚表弟又没有上学？"

"不是，这几天爆竹节，庠序阁的先生也有礼仪录书的事情，看假了。"

一进厅屋，管家就大声叫唤起来："启禀夫人，李府岫南少爷来看您了！"

只听得里屋传了一个孩子的声音："娘亲，岫南表哥来了，岫南表哥来了，快出去。"话刚落音，一个十一二岁的孩子拽着一个妇人的手，使劲地往厅屋里拖。

"岫南拜见姑母大人！"

妇人笑盈盈地走过来，说道："真是'说曹操曹操就到'。岫南真的来了。"

"岫南哥，你是来陪我玩的吧，好久没有和你玩了。"孩子说罢，丢开母亲，就过来牵上李云博手，往后房里拖。这妇人就是李云博的姑姑李天香，孩子是表弟西门策。

西门夫人李天香对欧阳策呵斥道:"卷厚,怎么一点礼貌都没有?还不放开!岫南哥哥都长成大人了,忙得很,哪里有空陪你!"

"姑母,我就是知会姑父午时开会,没想到他去了大瑶,早知道就不用来了。既然来了,我就看看卷厚弟弟的课业吧,再去找他不迟。"

"好啊,你留下来教教卷厚。麻烦管家去乡勇营吧,你姑父应该在那里。"

"既然是在乡勇营,应该能够遇上祖父、父亲和三叔他们,说不定知道了呢。"

"那不行,万一没接上茬,不就误了大事!"夫人说着,转身对管家道,"胡管家,麻烦你一趟,告诉老爷午时李府大堂议事!"

"是,夫人!"管家应声去了。

"你看看,岫南哥哥就是喜欢跟我玩!"孩子乐坏了,朝他母亲做着鬼脸。

李云博问道:"怎么不见燕儿妹妹?"

夫人叹道:"那个疯丫头一大早就出去了,说是和岚儿、雪儿、碧儿她们约好了,四姐妹要去看舞狮闹市呢。真是的,成天疯疯癫癫,怎么得了啊!"

"姑母勿忧。几个女孩中,只有燕儿妹妹算懂事的了!再说了,女孩子待字闺中,趁没嫁人前,就让她们开心地玩玩吧。一旦嫁人,做了别人家的媳妇,相夫教子,侍奉公婆,也就没什么乐子了。更何况今天还是爆竹节,玩一玩也没什么错。"李云博宽慰道,"对了,我近来忙着爆竹节的事,乡学也去得少了,也不知卷厚学业如何。我和卷厚到书房去,一会儿再出来听您训示。"

"好啊,你来了就有办法管他了,除了他爹爹,就你的话他听一听。卷厚,你多向哥哥学学,将来也参加竞秀,和岫南哥一样考个秀才!"

李云博苦笑道:"这乱世之中,武臣专国,科举废文,读书何用!姑父也不是秀才么,哪里能有出头之日?"

"你姑父那个秀才,当个礼教执事已经是造化了。哪像你,参加竞秀考来的,而且是少年初试,就一举夺魁,瑶池上下哪个不交口称赞啊!"

"姑父是乡里数一数二的文人,执礼乡上,大材小用呀!"

西门夫人李天香笑道:"什么大才,我看是个大木柴还差不多!"

李云博携西门策进了书房,兄弟俩就聊开了。

"卷厚,功课点到了哪里?"

"岫南哥哥,先生已经点完《诗》《书》,正在背难得死人的《礼记》呢。"

"《礼》有那么难吗?我记得,八岁我就背完了呢,还把《易经》背了一大半。"

西门策就不好意思起来,腼腆地低下头,说:"可是,在学堂里,我还是背得好的,哪能跟岫南哥哥你比呀,都说你是神童呢。"

"天底下哪有什么神童！都是起早贪黑练出来的。这背书，是小学基本功，书背得不过关，先生讲起来，你就云里雾里了。"

"小弟一定努力，好好背书。"

"这背书之功，也得讲究方法。比如，先疏通大意，每一文段讲什么，整个章节讲什么，然后就一句一句地啃，不认得的字就问先生，多花时间反反复复，达到一定次数，就印在脑海里了，你想忘都忘不了。不信，你就来试一试。"李云博说罢，就翻开《礼记》，点了一章，辅导起西门策来。

西门策果然来了精神，发狠啃起《礼记》来。李云博帮他疏通文辞，纠正句读。然后就朗朗上口地读起来："……敖不可长，欲不可从，志不可满，乐不可极……"

"你先背这一段，等半个时辰我来检对，如何？"

"我一定在一个时辰背完这段文章，到时候哥哥就来点书吧。"

"你要是一个时辰背完这章，就绝对是个神童了！"李云博笑道，就走出了书房，来到厅屋，和姑母嘘长问短起来。

"卷厚在背书呀？"西门夫人问道。

李云博说道："回姑母大人，我给他点了书，他正在用功呢。"

西门夫人喜道："岫南呀，这孩子就是有点贪玩，如果是你教他，说不定真是个人才呢！"

"卷厚天资甚好，只要引导得当，再加自身勤奋，一定会成才的。"

"你姑父天天忙这忙那，没有时间管他呀！你要是有时间，经常过来教教他，如何？"

"有空就过来吧，我争取多来。"

"那姑母谢谢你了。"

"哪里话。"李云博顿了顿，问，"姑母大人，听说，昨日黄昏，有一群黑衣人来府上拜访，是吗？"

李天香想了想，道："嗯。昨日下午大概是申时刚过，五个黑衣人自称是商人，来府上拜会你姑父，好像要你姑父帮他们干什么。我当时在后院里，出来见了一下礼，就回去了。具体何事没注意，好像是说开爆竹商铺的事。"

"黑衣人是哪里人知道吗？"

"听说话，应该是淮南口音，也可能是袁州或者信州人吧。"

李云博就不再问下去了。他又和姑母说起了别的家长里短。不一会儿，西门策捧着书出来了，喜滋滋地说道："岫南哥哥，我可以背下了，不信，你听听！"

"这么快，还不到半个时辰，西门家要出神童了！哈哈！"

"不信，你点头，我接后，怎么样？"

"好，那我点了：'贤者狎而敬之，畏而爱之。'你接吧。"

西门策诵道："爱而知其恶，憎而知其善。积而能散，安安而能迁。临财毋苟得，临难毋苟免……"

李云博再点几处，西门策对答如流。

李云博称赞道："卷厚真是读书的料啊！现在可以休息了。休息一两刻钟，就可以再接着往下背。背完这一章，今天就可以玩了。当然，晚上记得诵一遍。"

"知道了。岫南哥哥，我赶紧背书，背完了一起玩好不好？到河边点爆竹还是去翻螃蟹？"

"对不起呀，卷厚，我还得去乡勇营看猎神刀会呢，下次再来陪你玩，好不好？"

"我也要去看神刀会！"

西门夫人说道："那可不是小孩子去的地方，刀枪剑戟的，危险呢！"

李云博说道："等你长大了，练好了武功，也参加演武校考，夺个贡生，将来点个武举，好不好？"

"我爹不让我练武，真没劲！"

"别听他的！到时候让舅舅们教你，三舅六舅都行，怎么样？"

西门策喜道："好，我跟六舅学，两届猎神刀会都是第一！"

西门夫人道："卷厚，你送送岫南哥哥吧。"

"好呢！"西门策说罢，就跟着李云博起身，两人就出了厅屋。

李云博边走边小声问道："卷厚，我随便问件事。昨日傍晚到你们家的黑衣人是何人？"

西门策道："我当时刚从河边回来取炮仗，在大门前和一个黑衣人撞了个正着。他弯腰扶起我，头上的斗篷掉了，那个人原来是个和尚，其他四个没看清。"

李云博大惊："被你撞的那个是个和尚？他长得什么样？"

西门策道："对。他方方的脸，大大的耳朵，有点胖吧。我当时就想笑，和尚只怕也吃肉吧，不然哪有这么胖的和尚。"

李云博一听，觉得有些蹊跷，马上折身进屋对姑母说："我带卷厚去看猎神刀会了！"不等回答就将西门策抱上马，自己也一跃而上，叫了一声"抱紧我"就朝大瑶奔去。

一到大瑶，他就围着楠竹山狂奔一通，转了两三圈，想找到若边，让西门策辨认一下，但已经了无踪影。又回到府上找到欧阳管家，才得知若边和尚已经离开多时了，不由得懊恼万分。而西门策却欣喜万分："岫南哥哥，你带我骑马呀！太好玩了！等会儿教我好吧？"

"以后再教你吧。我们还是去看猎神刀会吧。"

"太好了！岫南哥哥，你真是我的好哥哥！"

四、猎神刀会，李云浩意外失手

李庆吉迎来县尉，进了乡勇营，但见演武场早已经布置妥当。中间的一个大擂台高高耸起，周围满是成群结队的舞狮艺人、摩拳擦掌的青壮武勇，一个个精神焕发、跃跃欲试。上了点将台，寒暄落座之后，但听李庆吉道大声说道："今日演狮竞武，旨在弘扬瑶池尚武精神和拼搏传统，贺寿先祖大诞，务请大家竭力展示，相互切磋，共同精进。有请西门执事主持舞狮大会！"

西门璞站起来，大声说道："舞狮大会开始。鸣炮响鼓！"

但听见三声炮响，锣鼓喧天，人声就鼎沸起来。

"请各里狮队入场！"

十余只颜色各异的狮子就出场了。舞狮人模仿着狮子各式各样的情态，款款而来，蹒跚独步，搔首弄姿，跳跃奔跑，追逐嬉戏，不一而足，个个形神兼备、惟妙惟肖，欢天喜地地上了擂台。又一阵精彩纷呈的表演之后，就站成队列，等待号令。

吴县尉感叹道："久闻瑶池舞狮精彩纷呈，今天得见，饱了眼福呀！"

李庆吉道："瑶池舞狮，起源于远古狩猎。传说先祖猎兽深山，常常为虎狼狮豹威慑，甚至危险重重。先祖们为了勇斗猛兽，就叫人用兽皮扮成猛兽，模仿各种情态，让人了解熟悉，并叫人与之搏击，掌握格斗技巧，渐渐地就演变成一种娱乐活动。由于狮子是丛林之王，扮演狮子也最为流行。特别是人们开始农耕、养殖和爆竹制作后，上山狩猎渐渐退出生产生活，这舞狮变成了人们节日盛会里不可或缺的娱乐形式。我们瑶池，每里每村都有狮队呢！"

县尉道："哦，原来如此！这瑶池舞狮，不愧为天下一绝呀！"

这时候，李云博带着西门策赶了过来，刚到辕门，只听西门璞高声叫道："狮群出营，游街闹市！"两人立在马上，和狮队擦肩而过。长长的队伍和热闹喧天的锣鼓声，看得西门策手舞足蹈，差点从马上摔了下来。

狮队就一一排开，在锣鼓声的引导下，出了辕门，往大瑶繁华的集市方向开去。一路上，看狮的人成群结队，围在队伍两侧，或者跟在后面，甚至奔走相告，真是人潮涌动、摩肩接踵。狮群也每到一处开阔地，就停下来舞弄一番。看狮的人就不停地喝彩着、放着爆竹。一时间，锣鼓声、爆竹声、喊叫声、喝彩声，把大瑶弄得热闹非凡、喜

气盈天。狮队最后到了集市门口舞了一阵就进了市场里，闹起市来。

待舞狮队出了大营，李庆吉说道："即将开始猎神刀会，校考武艺，选拔豪雄。下面，请吴县尉训示！"

吴县尉站起来，环视这四周严阵以待的勇士，说道："各位丁壮，吴某奉命前来主持瑶池演武大会，为国选拔武科贡生。当今乱世，唯武勇军强者可以存立于天下。武科会试，两年一度，乃楚王亲定之国考。每位闻鸡起舞、磨剑寒暑者，均盼有朝一日能浴血沙场、报效家国、扬名立万、封妻荫子。瑶池猎神后裔，尚武好勇，侠肝义胆，武艺超群，每每会试皆有好手力压群雄，投身行伍。吴某今日能目睹瑶池豪杰大显身手，也期望能有搴旗拔寨之士脱颖而出，为楚国军营再添良将。预祝大会圆满成功！"

李庆吉道："下面，请瑶池乡勇营李都头宣布演武规制。"

李天晨道："今日选拔，一应真刀真枪，以实战决胜负。根据各里推荐、演武初试和往年惯制，共有四十八人参加本次校考。规制是，先抓阄分四组比试步阵刀剑，每组两人进入下一轮比试马上对攻，晋级四人比试举石过顶和百步穿杨之技，最后两人开展徒手搏击，胜者为本次猎神刀会武魁。诸位谨记：演武乃以武会友，点到为止，严禁借故伤人。一旦发生，取消资格。听清了没有？"

"听清楚了！"

李庆吉大声喊道："演武开始，击鼓鸣号，响炮请刀！"但听得三声铁炮巨响，鼓声大作，李天亮捧出猎神刀来，猛地拔出，一阵寒光脱鞘而出。他舞弄了几式，然后安放在擂台边上的武器架上，又躬身拱手拜罢，退回原坐。众人都庄严肃穆，抱拳施礼，参拜这即将归属武魁的至高信物。这猎神腰刀，乃瑶池李氏祖传的家族防身武器，是李畋任乡司时为传承家族武学，开创乡勇演武时，特别打造的武魁奖品。因此，猎神刀既是武艺超强的见证，也是武林地位崇高的象征，更是习武之人眼中的神物。佩带猎神刀的人，除了李氏长房嫡传长子外，都要靠演武获得，因此，腰上佩带一把猎神刀，在瑶池附近都绝对是了不起的英雄。

李云博和西门策目送狮队走远，才下马进了大营，沿着大营的墙壁悄悄绕到台前，寻了个李庆吉身后的空位坐下。这时候，号角声起，一阵军鼓也铺天盖地而来，演武就开始了。擂台周围的营门前的练武场四处，就开始了乒乒乓乓的刀剑比拼。一时间喊声四起，龙腾虎跃，刀光剑影不绝。只到临近巳时三刻，第一轮才结束。然后又两两开展马上对攻，这一轮进行得比较快，不到一个时辰，就全部结束了，四名全胜者脱颖而出，他们是：瑶池李云浩、刘威泉，醴陵麻石街李天英，南唐国萍乡上栗李庆常。李庆吉待结果宣布后，说道："暂且休赛，下午未时三刻，比武继续进行。"说罢，就陪着吴大人出了营门往馆驿歇息。

正午时分，大家都来到李府厅屋。李庆吉说道："抽中午这点空，把大家请来。讨论一下几天以来奇奇怪怪的形状吧。季玉，听说昨天下午，你府上来了一批黑衣人，是怎么回事？"

西门璞连忙站起来，回答道："回禀岳父大人，确有其事。一批自称信州的商主到我府上拜访，想请我去信州开办爆竹作坊。小婿断然回绝。"

李庆吉道："哦。那些人究竟是什么人呢？"

西门璞道："他们自称商人，依小婿看，应该所差无几。"

李庆吉道："到信州开作坊，为什么来瑶池请人呢？更何况，你们家族世代制硝，你懂的主要也是这个。至于生产爆竹，需要多种材料、多门工艺呀！"

西门璞道："小婿也觉蹊跷，要请爆竹匠师，李氏后裔到处都是，萍乡上栗也有，醴陵麻石街也有，为何舍近求远偏偏来瑶池呢，我想，大概是我们瑶池李氏的名声更响亮一些吧。其实，我也正纳闷着呢。"

身后的李云博突然起身问道："姑父大人，我且问你，黑衣人中，是否有个和尚？"

西门璞一惊，回过头来，回答道："是吗？我没怎么看清。他们都裹着黑巾，看不到头发。"

"哦。"李云博一时语塞，满怀狐疑地望着姑父，坐了下来。

李庆吉道："大家说说，这些陌生人究竟为何集聚瑶池。"

正在大家就低头沉思的时候，李云博突然站起来，神色凝重地说道："我断定，他们想得到我们李氏的火药秘方，生产威力巨大的火药！"

"他们要火药秘方生产火药作甚？"

李云博一字一顿地说道："制造武器，装备军队。"

此言一出，大堂里一片哗然。

李云铎第一个回应道："岫南所言不虚！自从火药成为武器以来，各国都已在战场上频频使用。如今，炮火武器已经成为各国军备首选，新型火药火器的研制和开发，此起彼伏，方兴未艾。前日，刘侍郎在奉命敕封李氏为爆竹世家的路上，就一直大谈火药的妙用，想说服楚王利用我们李氏的火药优势，制造火药武器，还说这是将来楚国强大的坚强柱石。前不久，他还跟阿翁谈论过这事呢。如若南唐要攻我大楚，袁州炮火营三日之内就能直逼长沙，如此下去，社稷堪忧啊！"

李庆意听了，拍案叫道："就是这个！亏我还是军旅出身，怎么没想到这一层！真觉得自己痴长了五十年！"

李天晨说道："言之有理！前天早上我们就发现有一批陌生客商，来历不明，想不清楚他们来干什么。我还说，他们是'明修栈道、暗度陈仓'，如今看来，陈仓就是火药秘方。他们都想拿到我们李氏的火药秘方，升级炮火装备，增强军事实力。这是各国

诸侯一次有目的的政治行动！"

李庆吉说道："是啊，他们就是来窃取秘方的。看来，瑶池可能要大祸临头了……"

这时候，一名白甲武士走了进来，对李云铎一阵耳语，李云铎的脸上黑了起来。

他站起来，也对李庆吉一阵嘀咕，李庆吉也突然地阴下脸来，说道："议事暂停，改在晚间家宴结束之后……"又对李天晨说道，"启明亲侄子，我这边还有事，下午的猎神刀会，你和岫南陪县尉大人去吧，向他做好解释。大家忙去吧。"说罢，就叫上李天亮跟着李云铎一起转进了后堂。李云博本不知发生了什么事，但从祖父和二哥的神情上看，应该是不小的事。本想请求一起去，但听到祖父郑重其事的安排，也不好辩驳，就随李天晨往驿馆接县尉去了。

未时三刻，瑶池丁勇大营里，比武继续进行。李天晨、李云博陪着吴县尉上台坐定，然后就观赏起选手们的较量来。没想到一个个天生神力，三百多斤石墩，都能举过头顶，分不出高下。直至举到第六轮时，李天英稍稍有些体力不支，没有举过头顶，败下阵来。然后就到了射箭环节。选手们站在擂台中央一字排开，同时面对左侧百步之外的靶子，先后射出十支箭来。结果三人的木质靶人全中：双眼、嘴巴、喉部、穿心和左右肘关节和膝关节，分不出胜负。然后又加试一支头部两眉之间的眉心，结果刘威泉射偏了。

只听李天晨大声宣布道："脱颖而出的是瑶池李府的李云浩和萍乡上栗李氏子孙李庆常。请两人擂台徒手博弈，胜者夺魁！"两人上了擂台，开始了徒手搏击。一阵拳来脚往，龙争虎斗，不分胜负。看得大家叫好之声不绝，助威呐喊阵阵。正当此时，西门璞骑着马进了大营，身后是闹完市回到乡勇营的狮队，仍然锣鼓喧天地往营里开过来。李庆常道："狮队回来了！"李云浩听到锣鼓声，又见李庆常这么一说，扭头一看，被李庆常一拳击中，一个趔趄倒在地上。

台上的吴县尉立即站起来，大声宣布道："李庆常获胜，当选武魁。李云浩、刘威泉为今科武贡！"

没想到李庆常扶起李云浩，然后抱拳施礼："承让承让！"然后又抱拳众人："我上栗李庆常，侥幸获胜，不甚汗颜。适才不是狮队进场，云浩绝不会失手。我请求加试别项，再定输赢！"

李云浩爬起来，拱手说道："庆常前辈武艺超群，我心服口服。"

李天晨也站起来，说道："考较武艺，公平公正，既然失手，定是技不如人。庆常叔身手不凡，胸襟坦荡，武魁当之无愧啊！"说罢，上前取过猎神刀来，递与李庆常。

李庆常躬身接过，大声说道："今日侥幸获胜，得配祖上神刀，荣幸之至啊！在下定当恪守祖训，弘扬武学，匡扶正义，谋福苍生。瑶池、上栗李氏，同出一宗，血脉连心，永存骨肉。我李庆常指天为誓：今后若有同室操戈、骨肉相残之举，定如此物下场！"说罢猛地抽出刀来，将擂台前的木柱劈为两半。

"好！"台上台下一片喝彩之声。

李云浩一屁股坐在地上，欲哭无泪，久久不肯离去。

◈ 五、火药坊里的不速之客 ◈

话说李庆吉一行来到火药坊，只见屋门口的天井边围着一群白甲武士和蓝衣家丁，正在审问一个双手被反缚的紫衣青年男子。

"进展如何？"李庆吉一走进来就开口问道。

"老爷，审讯刚刚开始。"一个家丁回答道，"他自称是大汉朝派来的人，问他来干什么，他不回答，只是口口声声要见总执事大人。"

李云铎也问道："基本情势弄清了吗？"

一个武士说道："禀报统领，这家伙光天化日之下，居然翻墙而入，也不进屋，就坐在天井边上哈哈大笑，我们上前抓住他，他居然毫不反抗，反而非常主动地让我们捆。然后就要见总执事大人。"

另一个道："这家伙应该是大汉朝的地方将领，你们看，这是从他身上搜到的腰牌。"

李庆吉接过，只见腰牌上用隶书写着"武胜军都尉"几个字，又将腰牌交给其他人辨别，然后对紫衣男子说道："我就是李府总执事，你私闯我们李府，是谁指使，意欲何为？"

"各位大人，能不能先把在下松开？绑得这么紧，在下的臂膀都快断了。"紫衣男子泰然自若，笑着问道。

李庆吉道："先松开他。"李云铎一愣，随即示意松绑。

紫衣男子站了起来，活动着上肢，又扭动着脖子，笑道："总执事大人不认得在下了？见您一面真难啊。不过，现在好了，终于见着了。"

李庆吉仔细一瞧，忽然明白了在哪里见过，于是拱手笑道："足下不是开封爆竹行商主李世齐吗？前日早上还安坐在瑶池驿馆里就早茶，怎么，就坐不住了，屈驾光临寒舍，不请自来上我府里转悠转悠？"

李天亮冷冷地说道："黄金无假、阿魏无真。堂堂大汉朝汴梁城商主，跑到我僻远小邑做梁上君子，是不是也太丢人了？"

"在下行为失范，让大人见笑了。"紫衣男子拱手笑道，"不过，在下多次投帖拜望，

均未能如愿。如此行事也是迫不得已，还望大人恕罪！"

"迫不得已？"一个武士忿然而起，按住佩剑怒道，"我亲眼见你翻身入墙，难道是受人胁迫不成？"

"军爷息怒！"紫衣男子说着，又转身对李庆吉道，"李府百年名门，爆竹制造名闻遐迩，在下实在是羡心大起、好奇作祟，想进来看看这玩意儿是如何弄出来的。适才散步到此，见后门上书有'火药坊'，以为是制造爆竹的作坊，所以就进来瞧瞧。得罪得罪！"

"你还是报上大名，说一说你来瑶池和进火药坊，到底有何贵干？"李云铎走上前去，拱手道，"瑶池李氏从来都是以礼待人，如若还要百般抵赖、偷奸耍滑，就休怪我等锱铢必较了！"

"哈哈哈……小将军莫非就是闻名江南的少年武举李云铎李自坚？在下真是有眼无珠啊。此来瑶池，得遇将军，真是三生有幸了！瞒不过将军，我就只好从实招了。"紫衣男子依然面不改色，侃侃而谈，"实不相瞒，在下与你等同宗，姓李名处耘，字正元，潞州上党人氏，乃大汉武胜军节度使折从阮将军帐前马军都尉，特奉节度使大人之命，前来采购瑶池李氏炮火，为折府太夫人七十大寿献礼。适才冒犯，还请贵府海涵。"

"原来是皇朝贵客，幸会幸会！"李云铎冷笑道，"在下不才，徒有虚名，让将军笑话了。想不到原来是个都尉将军，不小的官呀！只是这副行径，不像浴血沙场、光明磊落的英雄所为，倒像鸡鸣狗盗之徒！"

李处耘也赔笑道："是啊，在下一念之差，玷污英雄好汉形象，真是覆水难收、追悔莫及啊！"

李庆吉拱手道："李都尉既然来采办炮火，又为何假扮客商，还私闯我李府火药坊作甚？"

"误会，天大的误会！"李处耘连连解释道，"此距邓州，路途遥远，迢迢数千里。而南方诸侯割据，关隘重重，扮成商旅，迫不得已。前日抵达瑶池，便去大瑶街市采购爆竹等物什，均是些寻常小货。两天来，多次专程到府上投帖拜谒，希望李府开恩，购些节日会上展示之炮火，均被拒绝。于是思来想去，就想了这么一个法子，翻墙而入，假装行窃，想必总执事大人必然现身。如说有所图谋，库房里丹方验药可曾少了一页半分不成？如果在下真想偷窃，没必要光天化日之下就行动吧。更何况，我进来之后，并未进入屋里，在场的武勇甲士都可以作证！"

李庆吉想了想，点点头说道："前日午宴之后回到府上不久，好像管家通报，的确有一个开封商主求见。岫南早上也说起，昨日你也来过。"李天亮点点头，表示有此印象。

李云铎怒道："你不用借故狡辩！只是进来之时，恰逢我府戒备森严，无法下手，来这么个假象掩人耳目。但不轨用心，昭然若揭！"

"小将军如此揣度，在下就是浑身是嘴，也恐辩白不清了！不如借得将军之剑，自刎而死，以谢天下。"说罢，就去夺李云铎腰间的佩剑。

"诡谲阴谋，露出狰容，就想一死了之，自绝口舌，没那么容易！"李云铎右手按住剑柄，左手一把抓住李处耘伸过来的右手。两人怒目而视，手上较起劲来。

"两个将军都松开吧，有劲到战场上去使。"李庆吉这样一说，两个人就都不好意思地松开了。他继续说道，"李都尉刚才说路途遥远，关隘重重，所以假扮客商。但是炮火和火药一样都是禁运物品，将军即使能够采购到炮火，又如何运往北方呢？"

李处耘点着头笑道："总执事大人真是阅历丰厚、察事入微。的确如此，由于战争的原因，炮火已经成为各国的军用战略物资，绝对禁止出关。但是，李氏爆竹作为民俗用品，仍然可以从各国关隘顺利通关。在下从楚国长沙府贩运爆竹，应该不成问题吧。谁会知道我的车中运的是炮火？又有几个关隘的士卒真正见过天下独一无二的瑶池炮火？又有几个人区分得出包装之后的爆竹和炮火的模样？我将几枚炮火混装在爆竹之中，应该没什么问题吧。这个回答，不知大人是否满意？"

"真是谋定后动、深思熟虑呀！老夫心服口服。只是炮火之事，恐怕恕难从命！"李庆吉的语气坚决而且毫无商量的余地。

李处耘抬起头来，对李庆吉道："李大人能否格外开恩，特许几枚特别的炮火，为武胜节度使折大人母亲七十华诞祝寿？多少钱都可以。"

"这不是钱不钱的问题。"李庆吉回答说，"祖上规制：炮火仅用于民俗，不能用于其他，谁知道，你们买炮火作甚呢。都尉大人，我们只能抱歉了。"

"我对天起誓，如果将炮火用于其他，天诛地灭！"李处耘说道，"这样吧，你们看行不行。我给贵府提供一批重要密情，可能关系到瑶池李氏的生死存亡，以此换取一批特制炮火，不知可否？"

"你这是在谈交易吗？"李天亮有些不悦地问。

李处耘掉过头来看着李天亮，说道："这是见义互信呀，我是军人，不是投机取巧、唯利是图的商贾！"

"可我们是做生意的！而且，我们的生意是有底线的！"李庆吉回答，"将军要求，恕难从命！"

"难道你们几发炮火，比瑶池李氏族人之生死还要紧吗？"

李天亮斩钉截铁地说道："我瑶池李氏族人，虽然身处偏远小邑，但却视火药制品为性命，宁为玉碎、不为瓦全，绝不苟且！"

"瑶池李氏真是高风亮节，乱世之楷模呀！我李姓子孙有南楚瑶池一族，已经足够传演百世！"李处耘感叹道，"不管你们肯不肯特许给我炮火，我都会告诉你们一些必须知道的事，因为我是你们的本家，几百年前是一家呢。"李处耘顿了顿，接着说，"来瑶池两天，我发现一个重大秘密，那就是瑶池驿馆的很多客商都不对爆竹感兴趣，而是在打探瑶池李氏火药新配方。慢慢地，我发现这些客商都是各国王廷亲军假扮的，他们商量着如何弄到李氏最厉害的火药配方。特别是南唐国，活动最为频繁，甚至出动了黑云长剑军。看来，瑶池李氏若不及早谋划，将面临灭顶之灾啊！"

"杨吴之后，黑云长剑军就消失了，哪里来的黑云长剑军呢？"李云铎惊愕地问道，"将军凭什么确信那些黑衣剑骑是南唐黑云剑队？"

"凭证据。我向天发誓，如果有一言半句是假话，天打雷劈！"李处耘激动起来，一副铁骨铮铮的模样，"我认得昨日早茶的那位金陵爆竹行的老总江和芳，真名叫江世敦。四年前，大晋朝灭亡后，他是作为南唐黑云长剑军密事营的副指挥使，负责刺探敌方军情，与各国联军一起参与了抗击驱逐北辽国的战争，我当时也跟郭威将军在河中地区作战，和他有过交道。别看他年纪不小了，温文尔雅，其实是一个剑道高手，我认得他，他也认得我，昨天早茶时，我们还心照不宣地点头示意。还有一个易守礼，昨日也在早茶桌上出现，他也是黑云长剑军的头头。而且，在下还知道，黑云长剑军并没消失，而是成为南唐王室的秘密武装，专门担负某些特殊使命。信不信由你。"

李庆吉问道："他们为何要打李氏火药新配方的主意呢？"

李处耘笑道："总执事大人不会是明知故问、假装糊涂吧。他们啊，是受君侯使命夺取火药新方，自然是用于国家战略。豫章之役'发机飞火'的首创使用，狼山江之役火药武器的所向披靡，还有前几年河中大战中，我朝的爆战军、南唐的炮火营、吴越国的热药军队联起手来，打得北辽铁骑溃不成军，你们不可能一点都不知晓吧？这些年来，新型火药武器开发，已经成为各国发展军事最为核心的绝密。但是，火药自发明数百年来，许多地方都是炼丹时期那种原始的配方，几乎没有什么技术改进。唯独浏阳瑶池，世代都在探索改进配方，每年都要进行新方试验，两年一度之爆竹节都会展示一些新成果，新型火药更是威力无穷。瑶池李氏火药，诸侯谁不想得到？而取代吴国的南唐，是最早使用火药武器的，他们能雄霸南方，炮火营就是最大的功臣。在南唐，炮火营都监的地位，比黑云长剑军都指挥使还高，信不信由你。"

李天亮道："感谢将军告知急情，雨露之情、再造之恩，李府上下没齿不忘。但是，瑶池李氏火药，只能用于民间礼俗产品的制造，比如爆竹，数百年来就一直是幸福美好、吉祥如意、喜庆欢乐之象征。在我们瑶池人的观念里，火药就是和平安定生活的写照，绝不能用于杀人，这是瑶池李氏的族规和祖训。就算满门灭，也不会让李氏火药让别人夺走，用以制造杀人武器。我们只能表示遗憾了。"

李云铎冷冷地说道："只怕都尉大人此行，也是别有他图吧。"

李处耘笑道："在下再次申明，在下的任务是采办大寿礼仪炮火，仅此而已。你们不信，我也只能表示遗憾了。但是，这次南来，在下深受启发，在下思忖，大汉朝要统一北方，对付契丹、党项诸部，必须考虑扩建爆战军，增设炮火营，升级火药武器。"

李云铎紧紧逼问："难道大汉朝不觊觎瑶池李氏火药新方吗？"

李处耘道："非也。我大汉朝天子仁民爱物，不喜战事。更何况据我所知，大汉朝爆战军火药配方也差不到哪里去，都是华山陈抟老祖炼丹时用的伏火法配方。目前，滑州指挥使赵匡胤将军已将陈抟老祖请到营中，专门进行火药新方试验。所以，我们大汉朝不需要加入争夺瑶池李氏火药新方。只是赵将军之研究成果，均为军用密物，严禁用于礼俗，在下只好千里迢迢南下了。"

李云铎还是不依不饶："完全巧舌若簧，我看未必！"

李处耘道："将军不信，在下真是百口莫辩。弄几枚炮火回去，在老夫人寿诞上热闹热闹，难道还有不可告人之图谋？在下一个负责骑兵指挥的都尉，对火药技术一窍不通，怎么可能呢？"

李云铎道："因为你也是受人差遣，说不定早就预谋好了的！"

"哎，既然这样，在下就更无话可说了。"李处耘道，"既然炮火不能轻易授人是祖上规制，在下也不强求，只有弄些大号响炮回去交差了。但今天在瑶池李府，能得会本家如此众多英豪，三生有幸！在下告辞！"

李云铎挡住去路："想走，没那么容易！你当李府是韭菜园门，想进就进、想出就出？来人，将这个细作捆上，等会儿细细审问！"

"慢着！你们为何如此不相信在下呢？"李处耘见李云铎不依不饶，想了想突然说道，"敢问，贵府是不是有一位名叫李云博的少年？"

李庆吉惊道："你认识岫南？"

李处耘道："对呀，在下和他有一面之缘，还是义结金兰的莫逆之交呢。"

李云铎怒道："我家三弟少年天才，三年前就在长沙秋闱竞秀中夺魁，神童美名传扬四海，谁人不知！你想扯他的名字来编谎，还打金兰八拜的旗号，只能骗鬼呢！"

李处耘喜道："岫南是你三弟？你是他哥哥？"

李云铎道："假不了，我是他一个娘肚子里出来的二哥！"

李处耘道："哎呀，真是大水冲了龙王庙啊！云铎贤弟，在下说的是真的。几年前，我们在中原河中萍水相逢，一见如故。对了，当时还有一位名叫药因道长的师祖在场。都是自家兄弟，看在他们的面子上，放了在下吧。更何况，在下此次前来，并无恶意。"

李云铎依然将信将疑："你在北方，我三弟近年来一直家里，何时认识的？"

李处耘道："在下骗你作甚！如若不信，如若岫南在家，把请来一见，不就清楚了吗？"

李庆吉道："来人，速请三少爷来火药坊对质！"

"是！"一个家丁应声去了。

◈ 六、仙缘居里，结义兄弟畅叙别后离情 ◈

正当李云博为李云浩痛失武魁而懊恼时，闻得家丁禀报，赶紧起身快步冲出营来，跳上马往家里赶。到了府第门前，一边下马一边问："你刚才说，行窃火药坊被抓住的那个汴梁商主李世齐，真名叫李处耘？"家丁道："回禀三少爷，的确是叫李处耘，他还自称是大汉武胜军节度使折从阮将军帐前马军都尉，不知是真是假。"李云博思忖道："正元大哥真的到了瑶池？怎么也不知会一声？走，快一点！"两人进门一路狂奔，转了几条回廊巷道，穿过后花园，就进了火药坊。

火药坊里，李云铎仍然在对李处耘严加逼问。他见李云博进门，马上就说道："三弟，你可来了。这个细作百般抵赖，说和你是结拜兄弟。你来认认，看他还如何狡辩。"

李云博向这边走过来时，远远就看见一个健硕熟悉的身影被反剪绑着，穿着紫底黑花袍衣，戴着一方同样紫底黑花纶巾纱帽，一副商贾装扮，非常滑稽。而他那张脸棱角分明，浓眉大眼，特别是高耸的鼻梁下还多了撮小胡须，不仔细分辨，还真有些认不出了。而那边，李处耘也正惊奇地打量着他。

"正元大哥，真的是你？"李云博大喜过望，冲上前来，也不管李云铎的唠叨，径自帮他解掉绑绳，然后倒身便拜："兄台在上，请受小弟一拜！"

"快起来，拜什么拜！岫南贤弟，长这么高，都成大人了，出落得如此英姿飒爽，为兄差点认不出了！"李处耘也喜不自胜，一把抱住李云博，两人相拥了好一阵子，弄得大家莫名其妙，都目瞪口呆地看着他们俩径自乐呵。

李庆吉终于按捺不住了，问道："岫南，怎么回事？你还不跟大家说说？"

李云博道："阿翁，真对不起，光顾着和正元大哥高兴去了，忘了介绍了：这位是李处耘，四年前，我随药因道长去华山云台观拜谒陈抟老祖时，正值北辽南侵灭晋，遇到麻烦，这事儿跟您也讲过，就是这位义兄和另一位姓赵的哥哥帮忙解救出来的，后来哥儿三个甚是投机，就指天为誓、义结金兰。哎，要不然，我等早就……"

"岫南贤弟，举手之劳、陈年旧事，提它作甚！"李处耘说罢，就跪倒在地，对李庆吉行起了后辈大礼："不孝孙李处耘拜见祖父大人！我与岫南有八拜之交，岫南祖父，便是我的祖父。孙儿不孝，初次见面就忤逆冒犯，恳请阿翁严加责罚！"

李云铎道："说得倒轻巧！你知道李云博是瑶池李氏子孙，为何一到瑶池不直接通报真名，说出这层关系呢？"

李处耘道："岫南和药因道长经常四海云游，在不在家还不一定。更何况，在下军令在身，用的又是化名，如若被盘问起来，担心生出事端。最后说出他们，也是万不得已……"

"好了，二哥！正元大哥是我和三叔祖的救命恩人，你还喋喋不休个啥？"李云博说着，又对李庆吉说道，"阿翁，我这义兄，侠肝义胆，义薄云天，是我云游四海数年里，结识的最敢做敢当的英雄。您快让他起来吧！"

"将军请起！山野匹夫，怎敢受此大礼！"李庆吉说着，就扶他起身。可是，这高大威猛、商贾打扮的武将，沉得很，怎么也扶不动。

"阿翁若不接受后辈初见之礼，孙儿跪死也不会起来！"李处耘跪在地上，又叩起头来。

"这怎么行呢！你是我家岫南的救命恩人，我等该跟你行礼才对！"

李云博慌了："阿翁，他是孙儿的结拜义兄，我们有过誓言，既为兄弟，亲人互亲，您就认了这个孙儿吧……"

李庆吉无奈，只得受了大礼："正元孙儿请起，真是折煞我也！"

李云博见祖父认了李处耘，连忙把他拉来。李处耘也高兴万分，说了声"多谢阿翁"就起了身。李云博又将父亲、二哥等人一一介绍给他，李处耘又一一行了见面之礼，大家也还礼不迭不提。

话说李云博、李处耘两人别过众人，就往仙缘居奔去。进得门来，李云博喊道："三叔祖，三叔祖，您看谁来了？"屋里没有人应。两人寻了一通，也不见人。李云博疑惑道："道长上哪儿去了呢？"李处耘道："岫南贤弟，不如我们兄弟坐下来边聊边等吧。"李云博点点头："嗯，大哥言之有理。"

两人在院子里的亭子里坐下，又弄了些茶水，边喝边聊开了。

"大哥近来一向可好？"李云博听罢李处耘来瑶池的遭遇后，便问了起来。

"唉，真是一言难尽啊！"李处耘呷了口茶，道，"自从那次河中定城酒舍一别之后，我和你赵二哥就投军去了。起先两人都在郭威将军军中当差，两年后我被推荐到永安军节度使折从阮将军帐前任偏将，哦，现在折将军改任武胜将军了。年年打仗，好在我的命大，没有战死，还连连升官，现在已经是骑军都尉了。"

"赵二哥近况如何？"

"你匡胤二哥一直在大汉枢密使郭威帐下，现在是滑州指挥使，大汉爆战军的大营就设在那里，他负责统领指挥这支特殊军队。这两年，各忙各的，见面机会不多。听说，郭将军非常器重他。"

"真是英雄本色啊！短短几年，他就已经脱颖而出、独当大任了！想当年，我们兄弟三人在战乱中结识，甚是投缘，一见如故。定城酒舍里，兄弟几个书剑意气，纵论天下，聊得风生水起、热血沸腾，连饭都顾不上吃。几年过去，你们都效命军中，业有所成，而我，仍然守在僻远乡野空耗春秋，真是愧对两位兄台了！"

"贤弟何出此言！听你二哥刚才说，你不也高中秀才，还是第一，三年前你才十四五岁啊，多么不容易！真是可喜可贺！"

"大哥过奖了。乱世之中的读书人，几近废物一个。只有你等猛将，才能建功立业。"

"你是大才，定会有大展宏图之时，只是时运还未到来。不像我等，武夫一个，只知道打打杀杀。现在，天下大乱，中原混乱不堪，南方诸侯林立，你得挺身而出，和我们一起匡扶乱世，以致河清海晏、天下太平。要不，你和我去中原吧，我这里和匡胤贤弟那里，都需要你这饱读诗书、能够运筹帷幄的大才。"

李云博叹道："如今天下诸侯都觊觎瑶池李氏绝密，我等泥佛过河自身难保，还有何能耐救得了天下？"

"你看看你，当年少年天才之救世豪情到哪里去了？你知不知道，你是火药神童，如果将这门技艺用在军事上，那将能建立起一支多么强大的军队啊！"

李云博惊道："难道，你来瑶池，也是为这个？"

"哎……"李处耘叹道，"你是我八拜之交的兄弟，也就不用隐瞒真相了。实话告诉你吧，为兄此行，只是想见识一下你们瑶池李氏火药之真正威力，为折将军母亲七十大寿采办炮火倒在其次。"

李云博怒道："想不到，堂堂中原王朝，也派义兄为密探，打起我瑶池李氏火药的主意！"

李处耘道："三弟，你误会了。我们爆战军，用的是陈抟老祖用伏火炼丹法制成的火药，虽然比不上李氏秘方威力，但在中原还是能攻无不克战无不胜。我等绝无窃取李氏火药秘方的意图。但你们若能以苍生为念，让战乱尽快结束、黎民早脱苦海，而能勇担道义慷慨支持，我们肯定虚位以待、夹道欢迎！"

"你不用说了！"李云博猛地站了起来，道，"我瑶池李氏，传承祖上基业，也得恪守祖上规制，这火药，只能送祝福、添欢乐，治病救人，或者猎取野兽，绝对不能用于制造武器来杀人。谁要是想将我李氏火药用于荼毒生灵战场，谁就是我李氏的敌人！"

李处耘道："三弟！你年纪轻轻，怎么这样死脑筋！你不记得四年前，几国联军大败契丹铁骑的河中之战了吗？没有炮火武器，能将北辽赶出去吗？我们恐怕早就国破家亡、任人宰割，甚至成了胡人弯刀之下的冤鬼……"

"无量天尊！何方高人不请自来？"这时候，药因道长回来了。两人停止了争论，起身相迎。

"潞州李处耘见过道长爷爷！"

"天啦，稀客稀客！"药因道长见是李处耘，也颇感意外，拉着他的手激动不已，"李壮士当年慷慨援手，保全贫道祖孙两条性命，救命之恩，没齿不忘！请受贫道一拜！"

"这如何使得？真是折煞我也！"李处耘赶紧止住药因道长，"举手之劳，何足挂齿！更何况，那次历险，让在下收获岫南这样的好兄弟，真是死了也值！"

李云博起身拿来茶盏，又添了轮开水，祖孙三人在亭子中坐定，聊了起来。药因问道："正元适才说，陈抟老祖去了滑州，帮匡胤研制新型火药？"

李处耘道："正是。"

药因道："哎，一别三四年，很是想念老祖了。得找机会去拜会这位德高望重的高人了。"

李处耘道："好啊，欢迎道长爷爷！我回去一定去滑州，将这喜讯告知陈抟老祖。道长追慕药王，以医理和药学为毕生追求，救死扶伤，超然世外，老祖甚是赞赏，而且以为知音。孙儿我对您也佩服之至！"

药因道："无量天尊！壮士过誉，愧不敢当啊！只是听你刚才说，借机见识我瑶池李氏火药之真正威力，倒有点心怀不轨了，呵呵呵……"

李处耘道："道长误会了！大汉乃当今圣朝，以天下一统、四海归心为己任，好让黎民百姓重新安居乐业。而如今诸侯割据、藩镇林立，实现天下太平绝非易事。如若有瑶池李氏支持，大汉爆战军将锦上添花，成为无坚不摧、天下无敌的神军。但俗话说得好：宁可直中取、不可曲中求，我们绝不巧取豪夺。如有半分不实，天打雷劈！请道长明察！"

药因道："无量天尊！不说这个了。今日，我等重逢瑶池，只是少了那个老二赵匡胤。岫南，吩咐早些准备晚食，弄几坛好酒来，好好喝喝聊聊，来个一醉方休！"

李处耘道："道长爷爷，不了，孙儿还要赶回去交差呢！"

李云博急了，觉得刚才有些过分，站起来拱手道："正元大哥，数年来我等音讯断绝、各自东西，今日好不容易聚在一起，也不待上几天好好聚聚，为何急着要走？"

李处耘道："这天下乱象，还不是兄弟情深、把酒言欢的时候。等天下太平了，我们有的是时间叙旧。我们一定会等到那一天！贤弟一定要记住为兄说的话，你已经长大，又学有所成，该挺身而出、掀天揭地了！"

李云博道："大哥说的是，小弟尽力而为！"

李处耘见李云博很伤感，拉住他的手也依依不舍："我看瑶池李氏，人杰云集，深明大义者多也。为兄今后也一定将这里当成自己的家。据为兄揣度，瑶池必将迎来大难。如蒙不弃，贤弟可以来中原找我，或许能尽绵薄之力，助你及家人渡过难关。"说罢从身内摸出一把匕首，递与李云博，"此物乃家传短匕，上有'潞州李氏'字样，但凡中原将领、潞州豪门，大都识得此物，留与贤弟做个纪念，有难拿出来，或许免些困扰。"

李云博双手接过，拱手致谢。随手抽出腰间猎刀递与李处耘，道："这是祖上特制猎神刀，因为在下十五岁那年，侥幸中了秀才被祖父恩赐，是我瑶池李氏家族的神物。送给大哥做个纪念吧！"

李处耘推辞一阵，还是收了，道："谢谢岫南贤弟盛情，瑶池深恩，没齿不忘！当前，瑶池李氏可能有意外灾祸降临，岫南，你得多加小心、多多保重啊！在下还要办理爆竹通关手续，就不久留，后会有期！"

"后会有期，多多保重！"

◆ 七、药因道长做了最坏打算 ◆

送走了李处耘，李云博回到前厅，已近下午申时。只见厅屋里聚满了人。李云浩一屁股坐在椅子上，闷声不响，淋漓的大汗还在往外渗着，脸上的水线纷纷下落。看样子，他还在为自己痛失武魁而伤感呢。

李天亮得知李云浩丢了武魁，说道："达淼亲侄子，一次武魁失之交臂，的确有些遗憾。但你还年轻，这没什么，下次争取吧。"

"伯父大人，侄儿无能，给瑶池李氏丢脸了！"李云浩说罢，就哭了起来。

李天雷骂道："你还知道丢脸！天天只知道练武，也不读读书，焉不知，这比武输赢，也要动动脑子！真是丢人现眼！看来我们一家没有一个能够佩带猎神刀了！"

李庆吉朝李天雷吼道："你来什么气！达淼年纪轻轻，差点就拿下武魁，你这个年纪的时候，还在调皮捣蛋呢！"

李天雷道："还小吗？自坚夺武魁的时候，才十七岁，十九岁就中了武举！"

李庆吉道："自坚只是个特例！大凡夺得武魁者，都在二十五岁左右，你四叔当年也是二十多岁夺武魁，你六弟虽然连夺两次，但也是二十五岁前后。达淼多大？才十八九岁！更何况，一次武魁丢了，算什么呢？丢什么脸呢？年年都是我们瑶池李氏拿，肥肉自个儿埋在碗底闷着吃，就有意思？更何况，上栗李氏也是同宗嘛。就是外姓人拿，我看也是好事。武术要发扬，天下人都得参与进来，才是我们祖先的遗志嘛。将来呀，还有更多的外姓人、外地人会夺得武魁！这只是个开始！"

一通训斥，李天雷就不作声了，恨恨地坐在那里。

李天晨安慰道："达淼呀，一次失败，不能说明什么。但要吸取教训。我今天在台上看着，那人的武功并不比你强，但他的耐力和经验比你丰富。只要你坚持磨砺，多动脑筋，善于总结，将来一定会夺得武魁的。"

李云浩擦掉眼泪，点点头说道："多谢三叔指点，侄儿一定会努力的！"

李天亮说道："达淼，你今天辛苦了，不如去休息吧。"李云浩听了，站起来就进了后堂。

李庆吉又对大家说："一天来大家很辛苦，等会儿还有晚宴和家族聚议，不如先去休息一下吧。"只有李天亮和李云博没动，其他人都应声去了。

这时候，李天威来报："伯父大人，中午过后，驿馆的陌生客商几乎全部退房离开。"

"全都离开了？"李庆吉沉思着，就对李庆如道，"三弟，你查查这些陌生客商，有没有人订货通关。"

李庆如道："是，大哥。我这里也有新情况，适才从集市回来，粗略统计了一下，爆竹节上，各地订购和现运的爆竹并不比往年多多少。那些陌生客商基本上没有采购，有的买一点，大都是做做样子。"

"哦？这就不奇怪了，终于水落石出了。"李庆吉看了一眼李庆如，说道，"你查一查，这些没来申请购货的陌生人，购货通关情况，特别注意金陵的江和芳，还有大汉朝来的李世齐真名李处耘，及时报我。"

李庆如应了一声走了出去。

李云博道："根据目前各处反馈，可以肯定他们的来意了。我们以前推测的没错，那就是受各路诸侯差遣，打探瑶池火药，寻机劫得秘方。当前，我们的秘方固然没有失窃，但他们绝对不会善罢甘休，离开是暂时的。他们可能转入秘密行动，也可能回去汇报情况后等待新的机会。我们得积极谋划，尽早应对。阿翁，我觉得，假如敌人没有得到他们想要的配方，肯定会打人的主意，那么，下一步就重点考虑家族成员的安全问题。"

李庆吉问道："各国来的都是些绝顶高手，他们要抓几个人还真是不难呀！有什么好办法吗？"

李云博道："目前可以采取两条措施：一是请三叔负责大量招募丁勇，扩建营寨，组成一支千余人的地方武装；二是尽快去长沙，把紧急情况向刘静仁大人报告，想办法让楚王和朝廷知道瑶池危情，恳请重兵把守瑶池关隘，保护李氏家族安全。"

"扩建乡兵还好办，要楚王出兵，还真是个难题。"李庆吉摇着头，说道。

李云铎道："是啊，要楚王出兵，很不现实。所以，自救才是最主要的办法。"

"畋公呀，列祖列宗呀，难道你们创下的百年基业，就要毁在我李庆吉的手上吗？"

李庆吉突然跪在地上，朝正堂上李盛、李畋画像咚咚地直磕着响头，"如若火药秘方落入敌国之手，成为生灵涂炭的罪魁祸首，我李庆吉将是李氏家族的千古罪人啊！列祖列宗，保佑我们渡过难关吧。"

李天亮大惊，他们从未见老成持重的父亲如此惊慌失措，于是说道："父亲大人，还没到那一步，也大可不必如此悲观……"

李云博也宽慰道："是呀，阿翁。我李氏子孙，绝不是任人宰割的软蛋！但我想，敌国并不是要灭我李氏，李氏死绝了，他们的阴谋也就破产了。我们弄清楚了他们的意图，未雨绸缪、妥善应对，或许能找到一线生机。"

他们连忙将李庆吉扶起来。李庆吉掩着脸仍然在痛哭流涕，听到李云博这么一说，止住泪眼，问道："岫南啊，大难将至，阿翁束手无策，依你之见，现在如何是好？"

李云博道："阿翁，三叔祖云游四海、见多识广，而且虑事深远，您可以去请教他老人家。"

李庆吉说道："对呀，三叔大人肯定有所思虑。你们两个跟我一起去。"

祖孙三人匆匆赶到仙缘居，还未进门，但见药因道长飘然出迎，似乎早有预料有人来访。那副仙风道骨的模样，颇有些太白金星的风采。

见礼之后，李庆吉道："瑶池就要大祸临头了，恳请三叔大人指点迷津！"

"无量天尊！清风拂门，有客来临。送走了李壮士，还会有谁？原来是你们。走，屋里坐。"药因道长边说边往屋里走，"我李氏子孙还真有能人，知道瑶池大祸临头了！"

李庆吉道："侄儿愚钝，请三叔明示！"

药因道："无量天尊！你年过六旬还自称愚钝，看来长进不小。真正对瑶池局势洞察入微的，恐怕还是我们的小诸葛吧。都进来吧。"

李云博道："三叔祖大人过奖，孩儿只是碰巧参透其中玄机，祖父、父亲也对局势了如指掌。其实，依孩儿愚见，对当下瑶池明察秋毫、洞若观火的，只怕是三叔祖大人吧？还请三叔祖大人仙思远虑，点拨我等，解救瑶池。"

药因道："哈哈哈哈……无量天尊！不对，老道算个啥？岫南少年神思，聪慧过人，才是我李氏之福也。哎，不愧我为你取名命字，而后又避凶洗险，教你数年。"

李云博道："承蒙道长厚爱栽培，才能让孩儿初通文墨，道长大恩永铭心间！只是三叔祖道行高深，孩儿升冲观五年只是得些皮毛，还望三叔祖不吝赐教。"

药因哈哈大笑："哈哈，你小子五年就把我六十年的修为精华全学去了，还说什么只得皮毛！你小子知道贫道肚里没什么货了，就吵着要下山，你当我不知道？"

李云博连忙行礼道："几年前岫南乳臭未干，确实思母心切，怎敢欺祖罔上！请三叔祖大人明察！"

"无量天尊！你现在的乳臭就干了？那是因为你要去长沙竞秀！好了好了，不说这些了。"药因道长坐定，问道，"贫道昨天下午到大瑶集市转悠，见许多客商形迹诡异，并不对爆竹感兴趣，他们四处打听李氏火药的配制和晚上炮火演示的情况，看来这些南腔北调的人并不是真正的爆竹商人。你们认为当前情状如何？"

李云博就将几天来的情势——道来，详细说给药因道长听。末了，他又说道："三叔祖大人，岫南以为，那些各国王廷派来的密探，此行目的就是考察李氏火药的威力，继而弄走配方，升级火药武器，提升军事实力。"

药因道长一挥拂尘，问道："何以见得？"

"前天早上我们试验火药新方时就有密探窥视，然后一天来的各种异常活动，几乎都与此相关。"

"无量天尊！贫道听闻，有人说黑衣剑队是黑云长剑军，你怎么看？"

李云博道："他们绝对就是。一是武器，不管他们如何乔装改扮，武器是不可能更改的，天底下还有哪里的军队或者剑侠使用八尺长剑？四叔公二十年前与他们交过手，认得这剑。二是人物，刚才火药坊里，正元大哥指证的两个有名有姓的人，江世敦和易守礼，应该可信。"

药因道长认真听着，脸色一下子严峻起来。他突然转身对李庆吉问道："元德亲侄子，你怎么看呢？"

李庆吉拱手道："回禀三叔大人，我觉得岫南言之有理，这可是铁证啊！"

药因又问李天亮："如弘，你的意见呢？"

李天亮道："孙儿以为，岫南的分析很在理，这些黑衣剑士是不是黑云长剑军无所谓，但他们绝对是南唐派来的密探无疑。只是他们的意图，孙儿觉得未必就是冲着火药秘方来的。我们仅凭大汉都尉李处耘的一面之词，就轻率认定，万一大汉使用的是离间之计呢，我们不就中了别人的圈套！！"

李云博道："爹爹，不是所有的结论都得找到一个既成事实的证据。而且，南唐的目的已经非常明显了。"

药因道长点点头，道："无量天尊！如弘孙儿老成持重，理智可嘉。但依我看，他们肯定是冲着我们瑶池的火药来的！虽然现在还找不到直接的证据，但我看来，岫南的推断几乎毫无漏洞。但是岫南，你虽然和李壮士是八拜之交，他也的确救过我们的命，但人心叵测，数年不见，你岂能凭借盏茶功夫知晓他如今干啥，所言又是否句句属实，来这里又意欲何为？害人之心不可有、防人之心不可无啊！"

李云博转过身，对药因道长道："三叔祖，见教的是，孩儿记住了。还有一件事非常蹊跷。昨日到西门姑父府上的五个黑衣人中，很可能有一个和尚，这是小表弟卷厚无意中发现的，姑父是真不知道还是装着不知道，目前还不得而知。如果这个和尚就是若边大师，情况可能更加糟糕。"

药因疑惑道："若边大师？什么时候来了个若边大师？"

李云博就把来龙去脉简单地讲了一遍，然后说："可惜，我带着卷厚转了好几圈，若边大师已经离去了，没能弄清真假。他详细地考察瑶池和楠竹山，如果也是敌国密探，后果不知有多严重。"

李庆吉道："岫南，你可能多疑了！我看若边大师不像坏人。"

李云博道："常言道，知人知面不知心。非常时期，还是小心为妙。"

"岫南言之有理呀，小心为妙！看来，那群黑衣剑队真的是南唐黑云长剑军了。正如你们所言，李氏危险将至，瑶池大难将至！"药因道长霍地站了起来，继续说道，"前些天，我夜观天象，但见北辰昏暗，主刀兵杀伐之灾。当今的世道，是一个名副其实的乱世！前日祭祀大典，突然大雨倾盆，这就是不祥之兆啊。看来，瑶池李氏到生死存亡的时候了。"

李云博也站起来，说道："火药武器登上历史舞台五十余年来，已经作为新型武器和重要战术攻城拔寨，为主将们青睐。但火药本身并没有多少技术改进，威力和效果提高不多。唯独我们瑶池，每代人都在探索改进配方，每年都要进行新方试验，每年都会出产一些新的炮火，这必然为天下诸侯知晓。我们的技术进步，就成了他们垂涎的肥肉。这可能就是'瑶池大难将至'的真正根源吧。"

药因道长点点头道："我们的火药独步天下，这的确是祸害的主要原因。而我们李氏的火药是为幸福而生的，为喜庆而生的，为和平而生的，绝对不能让它用于战争，这既是李氏祖规，也是我们子孙后代永远不能更改的铁则。宁愿所有的配方消失甚至失传，也绝不能让任何人用于战争。"

李庆吉听了，说道："舍生忘死、谋福瑶池，这是我们李氏的祖训。三叔大人，能不能既不让李氏火药成果用于战争，又不会失传呢？"

药因道长想了想，说："这是最理想的情况，要做到很难。但也不是一点办法都没有。这一靠智慧，二来须大家齐心协力，第三就看天意了。"

李云博道："三叔祖，是福不是祸，是祸躲不过。但千万别抱侥幸心理。"

"侥幸心理？"药因道长一愣，若有所悟地点点头，"对，我们要做最坏打算。"

他坐下招呼三人靠近，神色严峻地面商起来。大家一致决定，李庆吉退养，李天亮继任瑶池李氏家族总执事；李云闪进位长房长子，执掌火药坊事宜；召开家族会议，将所有秘方当众焚毁。

晚上的家族会议，一直开到深夜。夜霭沉沉，从远处望去，暗若流萤之光，在蛙鼓虫鸣的夏夜里，显得缥缈而若隐若现。

第四章
DISIZHANG

浏阳河畔

◆ 一、千年古城边，桅悬帆张整装待发 ◆

在湖湘大地东北部，有一条自东向西走向的河流，发源于大围山北麓，一路上盘旋迂回，十曲九弯，绵延数百里，最后注入湘江。这就浏阳河。河流九曲潆洄，姿态婀娜，风光旖旎，美不胜收。就在中游一个拐弯的北岸，有一座建县千年的县城，这就是浏阳城。古城青砖碧瓦，树木参天，楼台亭阁散布其间，自然清新而不失风韵，一幅古朴悠远的景致。

古城的清晨，被弥漫的早雾笼罩，仿佛还没有醒来。河里早渔的船家已经摇起了桨橹，轻柔的声响划破了河面的宁静，轻徐慢散，若隐若现，朦胧缥缈，就像是在梦里穿行。而缭绕在城间的白雾，也让本来就别致静谧的古城蒙上一层恍若蓬莱的迷幻。

太阳刚刚露脸的时候，小城对岸天马山下的古道上，一路浩浩荡荡的马队车辆便从沐浴着晨光的雾色中显现出来，越来越近，渐渐地就来到横跨在浏水上的石拱桥头了。

策马而行的李云博朝身边的马车靠过来，对里面说道："阿翁，我们已经抵达浏阳城下。"

李庆吉拂开车帘，但见河的那边城楼巍峨，数丈高的城墙延绵横亘，气势恢宏。绕城而过的浏水恰是一条白练，将古城抱在怀中。关闭着的城门正上方，"正阳门"三个大字格外醒目。

只见李云铎跃马上桥，直奔城门，一阵奔驰之后，便立马桥头，身后跟着两个白甲骑士。他扬起手中令箭，叫道："大楚国天策府飞骑营副统领李云铎，奉命押运王廷特供进都，路经浏阳，速速开门！"

城头上探出几个头来。一阵忙乱之后，城门徐徐洞开，巨大的吊桥便缓缓地搁在李云铎马前拱桥的石墩上。

"进城！"李云铎大声喝道。马队车辆便井然有序，缓缓往城中行驶。

穿过城门，只见县令魏迪勋带着几个官吏已从紫薇大街的丁字路口匆匆赶来，见了李云铎施礼道："李统领驾临鄙县，下官有失远迎，还望恕罪！"

"各位大人免礼！只怪我等来得太早，搅扰大家了。"李云铎跳下马来，连连还礼。马上车里的人都跳下来，纷纷过来见礼，然后大家就有说有笑往城中走。

百余号人马车辆行走到丁字大街路口，便向西转，上了朝阳大街。这时候人喧马

嘶，古城忽然就热闹起来了。来到浏阳驿馆，李云铎命令侍卫亲军和乡勇在馆驿里驻扎，吩咐将所有的马拉货车集中在驿馆内的平地上，卸马牵入棚槽，交给馆吏看管喂养，留下一批执勤丁勇，其余的人就到厅内就早茶去了。

大厅内，魏县令捧起茶杯，躬身道："各位大人辛苦，魏某特来执礼早茶，略表寸心，招待不周，还望见谅！"

"感谢县令大人盛情！"大家还礼不迭，一通客套寒暄。于是宾主众人一边聊着，一边喝起早茶。

用过早茶，李云铎与县令一干人商议王廷特供物品水运诸事，李庆吉也需要去县衙办理乡司卸任及后任提请事宜，带着李云博一起去了县衙。药因道长把李天晨刚满十岁的次子李云韬和李天威十一岁的长子李云典收为俗家道童，作别众人回升冲观去了。李天雷携一家六七口并两三个仆人丫鬟，由他的两个儿子，一对即将加冠的孪生兄弟李云海和李云浩，分别驾着马车前往梅花东巷的爆竹商行去了，李庆如带着次子李天骏也骑着马一起了商铺。云海、云浩兄弟，长得几乎一模一样，只是云海个子略高，而云浩则强壮威武得多，但一般的人，初次相见，还是难辨伯仲。大家分别的时候，约好忙完之后去升冲观朝拜药王神像，中午一起享用道家的野肴山蔬宴，品尝药膳五谷酒，还有孙隐山上早熟的水蜜桃。

进了县衙，宾主坐定看茶之后，魏县令道："李统领，装运王廷特供的船只已备就绪，悉遵将军调度。"

李云铎道："感谢魏大人操持，我看下午装船，明晨出发。"

"哦？就走？"魏县令道，"将军少年英才，高中武举，一直供职王廷，少有衣锦还乡之时，不如在浏小住几日，也好让下官尽尽绵薄之情。"

李云铎道："县令大人见笑了。大人亦离乡远宦，深知人处公门、身不由己。而押运王供，责任重大，现在又是多事之秋，我看还是早回的好。大人盛情，末将谢了。"

魏县令道："是啊，公干要紧，下官就不勉强了！"

李庆吉拱手站起来，说道："在下有一公务，要禀报县令大人。"

魏迪勋道："老掌门，有事尽管说，不必客气。"

李庆吉道："前日瑶池李氏家族举行聚议堂会，老夫已辞去宗族总执事职务，由长子李天亮继袭。因此，特上书大人，恳请辞去瑶池乡司一职。老夫已六十有五，身心疲惫，体衰力竭，难以堪当重任了！"

魏迪勋道："老掌门主持瑶池三十余年，凭德立威，以业兴乡，殚精竭虑，泽惠乡里，真是劳苦功高啊！既然想抽身公牍，含饴弄孙，本县也不强留，更何况如弘兄台年富力强，稳健持重，肯定胜任瑶池要职。老掌门，你就放心衔贻弄孙、颐养天年吧！"

　　一群人就这样谈论了一阵子公事，然后又拉了些客套家常。过了一阵子，众人起身前往浏水东门码头去察看船只。

　　浏阳河流经县城的时候，拐了一个大大的"几"字形弯，然后继续向西奔去。

　　县城的东门外，正是河道的拐角，有一片宽阔的水湾，名唤杨潭。河堤是修砌得整整齐齐的石阶，还有一条用青石铺就的宽阔马路，这就是东门码头了。浏阳城差不多三面环水，西北紧靠沿河挺立的巨湖山，北坐道吾山，道吾山后是更加险峻的蕉溪岭群峰。从北边的朝天门出来，陆路到达长沙需要翻山越岭，煞是费事。而浏阳城边有三处码头，南边是正阳门，一座拱桥连接两岸，城墙下是熙熙攘攘的河市；西南面的望月门外，就是樟树潭，那里有闻名遐迩的浦梓港，是驻扎战舰的水勇军营。而东边这条宽阔马路连接着朝宗门，直达浏水岸边东门码头。因此，这东门码头和杨潭港，成为沟通南北最主要的交通枢纽了。

　　一行人出了朝宗门，便来到这商船聚散的地方了。但见云帆密布，来往船只络绎不绝。码头上的船工商户和马拉货车来来往往，热闹非凡。

　　魏县令道："李将军请看，杨潭港内那一片停泊的船只，就是运送王廷贡品的征募商船，请将军查看指教。"

　　"魏大人辛苦，我们上船看看吧。"李云铎说罢，就径自向船队走去。他检看完船只，非常满意，对魏迪勋道："大人办事干练，末将甚是佩服。"

　　"将军过奖！"魏县令似乎放下心来，说道，"为了王贡安全，下官还叫县尉从浦梓港水勇营抽调四艘兵船为将军保驾护航！"

　　"大人虑事周全，末将不胜感激！"他顿了顿，然后说道，"未时装船，明日清晨出发。装船事宜，由瑶池武勇执事李天晨全权负责。"又回头对李天晨低声说道，"三叔辛苦！公务之中，直呼名号，还请见谅！"

　　"在下一定尽心竭力，完成任务！"李天晨说罢，也低声回道，"你小子别跟我客气，这是场面上的应酬。我知道，你小子不管当多大的官，都是我的侄儿和徒弟！"

　　李云博上前道："三叔，二哥，我看这装船之外，必须加强警戒，请县尉大人负责，还有晚上的看护，任务也很重。千万不能出差错啊。"

　　魏县令道："岫南遇事谨慎，思虑深远，李将军，我看就按岫南的意见办吧。"

　　"行。"

　　安排妥当之后，已近午时，大家就往回走，有的径自向孙隐山去了。

　　李天晨和几十名乡勇忙了整整一个下午，到太阳西斜、晚霞满天的时候，装船工作已经完成。他长长地舒了口气，看着仍然守望在高岸上的李云博，双手拄刀而立，不时关注着来往行人和聚散的船只，稚气未褪的脸上神情肃穆，不禁哑然失笑：这小子，就是喜欢玩深沉装成熟，干起什么都一本正经，真的煞是可爱。于是走过去，对他说道："岫南，歇一歇吧。"

李云博道："天色即将暗下来，如若有人图谋不轨，应该出来打探情况了。"

李天晨不屑一顾："你小子也太执拗了吧，哪有你说的那样严重啊！"

李云博道："多事之秋，还是小心为妙。"

两人正说着，只见一个穿着青底白花衣裙的女子，突然慌慌张张地从马路上跑过来，朝已经装满货物的船队跑去。

"有情况！"李云博对李天晨说，"三叔，拦住她！"

两人飞速追了过去。

青衣女子却跳上了一艘名叫"浏商一号"的船，并不时地左顾右盼。

"你是何人？上船作甚？"李天晨喊道。

"军爷，你们的船是去长沙吗？马上开吗？"

"不去长沙，过两天开。"李云博答道。

"我的天呀！"女子大哭起来，"我的爹爹到长沙送货去了，好几天了还没回来，一起去的陆陆续续都回了，就连刘大叔送了货后又从平江贩了茶叶，刚才都回来了，可我的爹爹还没回来，他肯定出事了！呜呜呜……"

"你叫什么名字？家住哪里？"李天晨问道。

"我叫易淑贞，家住梅花东巷，是做布匹生意的呢。"

"家里还有什么人？"

"还有娘亲。"

"你认得梅花东街的爆竹行李掌柜吗？"李云博突然问道。

"你是讲瑶池李氏开的浏阳爆竹商行啵？那是李天雷大叔家开的呃，和我们的商铺很近，二三十步就到了。你们认识他啵？"

"他是我二哥。"李天晨回答道。

李云博对李天晨说，"你急什么，我还没问完呢！"接着又问："你家店铺叫什么名号？"

"易氏夏布行。主要是收购各家织的布匹，然后送到长沙去买。"女子说着，又哭起来，"爹爹，你怎么还不回来，娘亲都快急死了，呜呜……"

"你小子神经兮兮的，都是熟人了，还有什么好问的。"

李云博没有理他，继续问道："听你的口音，不像是本地人。请问……"

"还问，你以为你是刑讯官啊，别问了！"李天晨不耐烦地瞪了一眼李云博，又对易淑贞说道，"我们明天早上去长沙，捎你去吧。"

李云博急道："三叔，这次公干，责任重大，你怎么能假公济私，擅自做主，随意答应陌生人搭船？"

李天晨道："这有什么，不是方便嘛，你二哥一定会同意的。"

李云博道："我看未必！"

女子道："小爷，我求求你了，我真的要去长沙找我爹爹，就带上我吧，好啵？"

李云博道："我做不了主。"

"谁做主？是他啵？"女子望了一眼李天晨，问。

李云博也看了李天晨一眼，说道："他也做不了主！"

女子问李天晨："你也做不了主吗？"

"今天我就做一回主，带你去长沙！"李天晨黑着脸，不悦地看着李云博。

"三叔，情况都还没弄清楚，怎能如此草率行事？"

"你年纪轻轻就会骗人，你不是讲不去长沙嗬？"易淑贞一抹眼泪，转身对李天晨说道，"谢谢大爷啦，我明天一大早就来码头哦，再见。"她得意地白了一眼李云博，又向李天晨躬身致谢，就回去了。

李天晨没有理会李云博，也走上岸来，朝大家吼道："各位听清了，整个丁勇分成三队，两伍一队，轮番值守。二、三队先去就食，食后立即进营帐歇息，两个时辰后二队换防，再过两个时辰三队换防。三队的人就食后负责给一队的兄弟送食。"

"是，李都头。"

正当此时，李云海策马来到码头，翻身下来对李天晨说道："三叔，县令大人设了晚宴，邀请李氏各位出席，我奉父亲大人之命前来请您和岫南到县令府上赴宴。"

"我要夜值，不去。"说罢掉头就往码头走去。

"三叔，三叔……"李云海看着远去的李天晨，转身对走过来的李云博问道，"三叔怎么了？"

"我得罪他了。"李云博回答说，"纳川兄，我问你，你们商铺边上有一个易氏布行吗？"

"好像有一家，在我们家斜对面，离我们的商铺不远。"

"有一个叫易淑贞的女子你认识吗？"

"认识。你问他做什么？"

"嗯……没什么，随便问问。"

"随便问问？"李云海看着李云博，一脸的迷惑，"怎么了，岫南？"

"哦，我就随便问问。"

两人一时无话，上了马，往城里去了。

◆ 二、寻常夜宴，少男少女一见倾心 ◆

兄弟俩进了魏大人府邸，但见屋里灯火通明。下马进了宴会厅，看见主客都已坐定。李庆吉见只来李云海和李云博，问道："你们三叔呢？"

李云海道："三叔说他要值守，不参加宴会了。"

李庆吉一愣："值守？不是说有县尉大人派兵吗？"

李云博回答说："三叔谨慎周密，要亲自值守，我等也劝不听。"

魏县令感叹道："李氏真是满门豪杰呀！要不，本官再差人去请？"

李庆吉道："由他吧，不等了，魏大人，开始吧。"

"好。"魏县令站起来，"各位上宾，为答谢天策府飞骑营统领李将军关爱和瑶池李氏支持，魏某设宴寒舍，并执礼宴乐，以表谢忱。魏某先干为敬，为各位接风洗尘。"说罢，举起酒爵，一饮而尽，然后离开主位，到左侧的乐队里坐定，亲自抚起琴来，并激情满怀地唱了起来：

朋自远方来，饮酒喜抚琴。

一洗劳顿苦，涤去鞍马尘。

二饮相见乐，酒满爵莫停。

三邀不相忘，天涯明月心……

魏迪勋一曲弹终，李庆吉、李云铎等举爵答谢。然后就你来我往，觥筹交错，好不热闹。在乐队丝竹管乐声中，歌女舞女或轻吟低唱，或狂摇慢舞，或把盏敬酒，更增添了宴会的热烈气氛。

酒过三巡之后，魏迪勋又一饮而尽，说道："老掌门，瑶池人杰地灵，英才辈出，少年武举和秀才同出一门。今夜有缘，能否让我们一睹李氏文武才俊风采？"

李庆吉已微微有些醉意，他也端起酒爵，一饮而尽，说道："好。自坚、岫南，为感谢魏大人盛情款待，你们来一个'文治武功'如何？"

"太好了！"众人一片吆喝声，并鼓起掌来。

李云铎道："遵命。三弟，我们来舞刀赋诗，为县令大人和各位助兴！"

　　李云博只得站起来。他知道，这宴乐礼，只有官府的晚宴才可能有，而且和早茶礼、午酒礼一样，都是应酬中的最高礼仪。虽然兴致不高，但不能扫了大家的兴致，失了礼会让李府上下都很难看。他还是装着很兴奋的样子，略微想了想，端起酒爵站立起来，饮了一口就吟诵起来：

　　　　酌酌杯中酒，郁郁浇恨怀。
　　　　浪荡瑶池子，天生不羁才。
　　　　挥刀湘江月，走马定王台。
　　　　浩渺洞庭水，不见周郎来。

　　在激扬的弦音中，少年的吟诵和青年的刀姿相得益彰，听得众人把酒颔首，看得大家如痴如醉。李云铎的猎神刀法已经出神入化，只见银甲亮刀寒光一片，闪转腾挪，砍劈削刺，人刀浑然一体。一首终了，大家连连叫好，喝彩声中李云博没办法，只好又胡乱吟诵了一首。

　　这时候，但见魏迪勋身边的一个年轻女子站起来，施礼道："久闻瑶池李氏有一对文才武略的兄弟，今之一见，三生有幸。小女子不才，愿弹唱一曲，以表敬意。"

　　魏迪勋喜道："各位大人，这是小女柳烟，年方十八，从不肯献艺宴礼，今晚却主动献丑，定是被瑶池才俊折服。大家有耳福呀！"

　　魏柳烟起身施礼，从侍女手中接过琵琶，轻柔优雅地边弹边唱起来，唱词恰好是李云博的第二首赋诗：

　　　　芳林玉露枝，蝶舞恋花姿。
　　　　谁家台榭柳，嘹亮宫商词。
　　　　国乱士堪济，胡扰难顾私。
　　　　枕戈待旦起，血铸疆场诗。

　　动听悦耳的歌声和悠扬的琴声，听得李云博的心怦怦直跳。他没有见过如此反应迅捷的女子，能将他的随口诵就的即兴赋诗谱上曲子唱出来，不仅记忆了得，而且理解也非常准确，一首平常的应酬诗被她弹唱演绎得婉转迂回，酣畅淋漓，可见文辞和乐律的造诣已经炉火纯青。他情不自禁地向那位正在抚弦而歌的千金望去，没想到，魏柳烟也正在含情脉脉地望着他：明眸如水，云鬓生烟，红唇皓齿，娇颜似花，坐在那里动情地弹唱，身姿轻盈而端庄，一幅世外仙姝的景致。四目相对的那一刹那，李云博顿时觉得热血偾张，似乎已是相识很久的知音，有一种再次重逢的欣喜、温馨与眷顾。

而魏柳烟触到李云博的目光的时候，马上娇羞地避开了。李云博听到了琵琶弦音的慌乱，但一闪就过去了，弦音变得激越灵动起来。李云博不敢再听下去，很少喝酒的他，却接连起身敬了魏县令和一般县府属官的酒，自己回到席间又猛饮几杯，再回过神来，魏柳烟已经曲终人逝，自己也已经醉眼迷离，有些天旋地转之感，就一头倒在了酒案上，什么也不知道了。

李云博一觉醒来，发现自己和衣躺在一张铺设豪华的帷帐里。屋里烛影珊珊，一个丫鬟模样的小女孩正伏案瞌睡。他立马翻身坐起，细想一下，一拍脑袋大叫道："坏了，好酒贪杯，误了大事。"这时候丫鬟听到响动醒过来，赶紧站起来睡眼惺忪地说道："公子醒了。"

"哦。敢问小妹，我是在哪里？"

"这里是县令老爷家里的客房。李公子喝醉了，被扶来歇息。"

"其他人呢？"

"都回驿馆去了，也有的回爆竹商铺去了。"

"怎么把我落下了？"

"可能都有些醉意，忘了吧。"

"现在什么时辰？"

"刚到丑时。"

"小月，李公子醒了吗？"门外传来魏柳烟的声音。丫鬟听到是小姐声音，赶紧过去打开门来，说道："小姐，公子醒了。"

魏柳烟走了进来，见李云博已经坐起，连连施礼道："柳烟见过李公子。"

"魏小姐好！"李云博连忙跳下床来，赶紧还礼，"怎么，这么晚，小姐还没睡？"

"昨日夜宴，公子不胜酒力，父亲安排客房歇息，并交代小女子派人照看。适才听到这边有人言语，料定公子醒了，特意过来看看。"

"承蒙小姐关切。岫南谢过了。"

"不用客气。小女子吩咐下人炖了绿豆莲子汤，喝上一碗，准能除酒养胃，精神焕发。小月，快将绿豆莲子汤端来，与公子除酒。"魏柳烟转身吩咐着，丫鬟应声走了。

"小生何德何能，敢劳魏小姐芳驾！小姐关怀备至，小生诚惶诚恐，在此叩谢。"

"李公子不必多礼。小女子应该尽尽地主之谊，炖碗汤水，值得如此谢来谢去么！"

这时候，绿豆莲子汤已经端上来。李云博也不客气，端过来就吃。吃着吃着，觉得有些不好意思，就又聊了起来。

"昨晚小姐琴艺卓绝，歌惊四座，在下五体投地。"

"小女子浅薄浮陋，自卖拙艺于盛宴，真是贻笑大方，公子见笑了！"

"小姐才思敏锐，博闻强识，真乃文姬再世、昭君重生啊！"

"公子才是子建转世、贾谊复生啊！能与公子有一面之缘，不憾此生！"

两人一通言语，甚是投机，不觉有些相见恨晚之感。

不知不觉，两碗汤水已经下肚。李云博突然说道："柳烟小姐，我不能和你再聊了，我还有要事去办，就此别过。"

"公子请便，不必客气。"

"再会！"李云博一拱手，连忙出了县令府邸，直奔梅花东巷而去。

梅花巷间夜阑人静，一片漆黑。李云博来到"李记浏阳爆竹商行"的匾额下，重重地叩响门环，大声地喊起来："二叔，快开门，我是岫南。开门呀——"

不一会儿，屋里的灯亮了。李天雷披着衣服，打开门来，连忙问道："岫南亲侄子，半夜三更，有何要事？"

"二叔，进屋去说。"

进了屋，李天雷亲自给李云博倒了杯茶，然后坐下来。

值守的管家走进来，说道："岫南少爷来了？"

"喔。"

"何管家，岫南不是外人，你去休息吧。"

管家应声走后，李云博问道："二叔，请问梅花东巷里，是不是有一个易记夏布商行？"

"对呀，就在我们商铺的斜对面不远处。怎么了？"

"掌柜有个女儿，叫易淑贞吗？"

"是叫易淑贞。有什么问题吗？"

李云博想了想道："昨天傍晚时分，易淑贞到码头上找船去长沙，说是父亲去长沙送货，几天未归了，我觉得这里面有些蹊跷。而易淑贞也不像是浏阳本地口音。而几天前，在火药坊里，李都尉说一位叫易守礼的人是黑云长剑军的将领，于是联系起来，然后思来想去总觉得有些不妙，特来问问。"

李天雷道："哦？不对呀，怎么会去长沙呢？易守礼就是易掌柜呀，前几天在大瑶集市上碰见过他，那天你也在。易掌柜是前年盘下这间店铺的，他们两年前从金陵来的，不是本地人。"

李云博惊道："天啦！易掌柜就是易守礼？怎么这么巧？早点问问您就好了。如果真是这样，那么可以肯定，这次的行动，与易守礼有关。"

李天雷也有些吃惊："不可能吧，我们经常在一起聊天，明摆着一个布行掌柜嘛。

那天家族聚会，你怎么不说呢？"

李云博道："我怎么知道，这么巧啊！二叔，你想想，黑云长剑现身瑶池，一定与这个商行有关。而且，他们的蛛丝马迹已现端倪，这边说去长沙送货去了，一起送货的都回来了，绕道从平江贩茶叶的也回来了，独独这个易掌柜没回。而你又说前两天在瑶池的集市上碰见他，这不奇怪吗？难道这都是巧合吗？"

李天雷站起来，脸上露出惊恐之色。他来回走动，不时喃喃自语："易掌柜经常来我们店铺嘘寒问暖，说什么仰慕我们李氏爆竹，还想也做做爆竹生意……没想到居然是黑云长剑军的将领，真是人心叵测啊！"

李云博道："二叔，事不宜迟，我赶紧回去，把这个情况向祖父和二哥禀报，你们得小心，严密监视易掌柜的一举一动。好，我走了。二叔保重。"

李天雷道："岫南，你也要当心。"

于是，李云博就起身出了门，往浏阳县府驿馆奔去。

李云博赶到县府驿馆时，门外帐篷边，一群丁勇刚换防回来，正准备休息。他连忙走过去，问道："各位军爷，码头有什么情况吗？"

一个值守乡勇道："是李少爷呀，这么晚，还在巡逻？"

李云博道："不是。只是有些睡不着，起来看看。"

乡勇道："哦。你放心去睡吧，码头平安无事。我们困死了，得赶紧睡一觉，天一亮就得爬起来赶路呢。"

李云博也就不再言语，回头敲响了驿馆大门。但见值守老吏开了门来，拱手谢过，走了进去。一阵忙碌闻讯，就进了祖父房间。等到李云铎和李庆如来到，他就大致汇报了一下情况，特别是易守礼的身份让李庆吉他们吓了一大跳，黑云长剑军的将领潜伏在浏阳县城已经两年多了，看来，敌国真的有大的行动了！李云博说道："阿翁，事情越来越紧急。现在，必须看紧易氏布行，等待易守礼一出现就立即抓捕。同时，利用易淑贞做诱饵，也有可能抓到易守礼。赶紧向魏大人报告吧。"

"对，马上去县衙报告。"李庆吉看了一眼李云博，想了想，说道，"天一亮就立即动身去长沙，把这些重要情况跟刘侍郎报告，还有，请你三叔公做媒，向刘府提亲，把你和刘千金的婚事定下来。"

李云博心不在焉，顺口回答道："我看，这个婚姻不定也罢。我留下来观察情况吧。"

李庆吉正色道："婚姻大事，岂同儿戏。既然我等已有了口头预约，就当践行承诺，大礼下聘，交换庚帖，取来八字，定下婚姻，绝不能背信弃义。"

李云博道："瑶池形势如同累卵，家族百十口性命堪忧，我哪里还有心思顾及私情！我看还是以家族大业为重的好！"

李庆如说道："王廷重臣许婚，不去践诺，恐怕遭人耻笑。耻笑是小，两家多年世交，如何对得起刘侍郎的一片盛情！更何况，这桩婚姻有百利而无一害，两家结亲，情上加亲，朝廷里有了靠山，自坚就更有前程。而你成了侯门的乘龙快婿，也不愁图个光宗耀祖的好将来。"

李云铎也说道："是呀。三弟，家族大业和男婚女嫁并不矛盾。何况你将婚聘的是三朝元老礼部侍郎刘静仁大人的孙女，武平军节度使掌书记刘光辅大人的女儿。由于刘李两家世交，我经常去刘府拜会打扰，见过如霜。她美貌异常，秀外慧中，能文能武，全无豪门娇女忸怩做作之态，我还教过她的武功呢！多少高门王孙求之而不得，你能如此幸运，被刘侍郎垂青，当该感恩戴德才对啊！"

"你们都长些世俗之眼，就把功名利禄看得比天还重！我李氏大族，有祖上传下的百年基业，靠技艺安身立命，为何要攀附权贵，仰人鼻息，于龌龊官场求得生存？这多么地卑污下作！"李云博不屑一顾地回驳道，"况且，二哥长我五岁，尚未婚配，我一个毛头少年，为何要急匆匆地谈婚论嫁啊？"

李庆吉怒道："你，你小子强词夺理！为你谋一桩好亲事，就俗不可耐了？就趋炎附势了？就卑污下作了？你小子以为自己能吟几句诗文，做两篇歌赋，真就能够呼风唤雨撒豆成兵，就可以手执乾坤运驭阴阳？我等瑶池李氏都是俗物，贪财好货、喜色恋酒总行了吧？就你一个德被人伦、才高八斗，就你一个超然世外、不食人间烟火，行不行？本来就事说事，还竟然东拉西扯，和自坚比对起来，真是岂有此理！何况你二哥身在军旅，侍奉王廷，婚姻大事自有姻缘成就，岂用你等小儿操心！"

李云博反驳道："军旅生涯，战事莫测，更该早早婚配，娶妻生子。倘若不测，不是要二哥断子绝孙吗？"

李庆吉更加勃然大怒："岂有此理！你怎能乱语狂言！自坚若有不测，唯你是问！婚姻大事，父母之命，媒妁之言，此事由不得你。"

李云铎赶紧说道："阿翁息怒！岫南年幼无知，信口雌黄，对自坚也无恶意，请阿翁恕罪！"又赶紧拉了李云博一把，"还不快快跪下谢罪！"

李云博默不作声，迫于无奈双膝跪下，但一言不发，毫无告饶样子。

李庆如走过来，和蔼地拉起李云博，说道："岫南，你是我瑶池李氏子孙中最让人怜爱的一个，阿翁怎会责罚你呢！平时你谦虚持重，礼貌有加，从不逆忤长辈，今天究竟怎么了？这男大当婚女大当嫁，本来就是自然而然的事，你怎么会如此反感呢？"

李云铎见他不吱声，若有所思地问道："三弟，有什么难言之隐吗？你且道来，只要合情合理，阿翁绝对不会不通情达理的！"

　　李庆吉不等他回答，硬邦邦地说道："这事没有商量的余地。他的婚事，就这样定了！"

　　李云博突然吼道："我李云博天生一个冥顽拙劣，喜欢修行悟道，餐风饮露，遨游四海，独与天地往来。这攀权附势、仰人鼻息的事，我绝不会听人摆布！我不要，谁愿意谁去！"说罢，就要站起来往外走。

　　"反了，你！平素李府上下当你是个宝，捧在手上怕掉了，含在嘴里怕化了，藏着掖着怕挤兑了，现在翅膀硬了，就可以无法无天了？居然目无尊长，抗起婚来，这还了得！大家都白疼你了！你想气死老夫吗！你是要致死不从了，今儿老夫就成全你！"李庆吉怒不可遏，操起桌上的茶壶狠狠地砸了下去。

　　只听见"哐啷"一声，茶壶应声碎裂，李云博的头上顿时血流如注，倒在了血泊之中，不省人事。

　　"三弟，三弟，你不要吓我，三弟……"李云铎连忙俯下身去，抱起李云博，泣不成声。

　　"大哥，你干什么呀！！"李庆如一把推开李庆吉，大惊失色。

　　李庆吉也被自己的行为给吓坏了，他颤抖着那只砸壶的手，大叫一声，然后一下子瘫倒在地，嘴里喃喃地说着："快唤郎中，快唤郎……"忽然两眼一合，脖子一歪，也晕了过去。

　　李庆如对李云铎说："快叫醒劲风，让他去升冲观请三叔公……"

◆ 三、丧妻数年，李都头突然心潮涌动 ◆

　　李天晨在杨潭港口闷闷不乐地待了一个晚上。他有些后悔不该和李云博较劲。李云博是他最喜欢的孩子，甚至比对自己的两个儿子还要看重。李云博从小就很懂事，持重老成，明辨是非，彬彬有礼，又喜欢体察事理，爱谈国家大事，一幅卓卓大才的坯子。昨天不知怎么了，偏偏较起劲来。也许，小心谨慎不无坏处，为什么要和一个小侄子较真呢？他一想到那位操着外地口音的女子，忽然明白了为什么——原来，是自己的私情作怪，古人说得好：身正影不斜，草乱不藏蛇啊！

　　是呀。自己丧妻五年多，妻子对自己的深情厚谊，他李天晨这辈子怎么也忘不了，甚至萌发此生不再续娶妻室的想法，大伯、父亲和大哥多次为他物色对象，他都拒绝了。可是昨天，他见到易淑贞的时候，久违了的对女人的冲动在他身上涌动。太像了，易淑贞太像自己的亡妻了。莫非，冥冥之中，亡妻的在天之灵还在为他操持吗？他不禁有点想入非非了——自作多情，怎么可能呢！李天晨骂了自己一句。

"看来，得回去一趟，跟岫南讲清楚，不带易淑贞也罢，自己不对嘛。"李天晨想着，准备回驿馆一趟。他看了看天色，觉得应该快亮了，于是就起身跳下船，往城门走去。来到东门外，东门紧闭着，一个侧门隐隐有一点光。李天晨过去与值守的武勇报了口令，递了印信便从侧门进了城。刚进门来，但见城墙角下的石凳上坐着一个人，正抱着一个包袱在那里打盹。借着淡淡的灯光，他看清了那是一个熟悉的身影：黑白碎花上衣和青色布裙，头上扎着一条黑头巾，黑色长辫垂到左肩，绕着前脖半圈又从右肩露了出来。是她，肯定是她！李天晨心里一阵激动，连忙走过去。

"易姑娘，易姑娘，你醒醒……"

"李大哥！你等我耶？要带我上船啵？"易淑贞一副半醒半睡的神情。

"你一个姑娘家，天还没亮怎么一个人在这里瞌睡？太危险了！"李天晨的语气里颇有些责怪，但饱含善意和关切。

"我睡得死，怕错过去长沙的船，三更半夜就来了，城里很安全，没事的哟。"易淑贞站起来，说道，"是不是可以上船了呀？"

"天还没亮呢，你急什么！"李天晨说，"要不，我给你找个地方，你好好睡一觉？"

"不要紧的，我就在这里等吧。万一我睡着了，你不来叫我，我就去不了长沙了。"

"怎么会呢！我答应你的事，就一定会办到！"李天晨不知怎么的，一见到易淑贞老毛病又犯了。而且让她一个人留在东门里他又不放心，自己留下来陪吧，又还想回一趟驿馆看看那边的情况，于是就决定把他先带上船，再回驿馆。也不再跟她理论，一把牵过她的手往城门外走。

"李大人，这么快就回来了，还把婆娘接来了！"东门守卒见李天晨带着个女人，热情地跟他招呼。

"哎……"李天晨没头没脑地应了一声。这句话似乎戳到了他心灵深处的欲念，一种被人点穴的舒麻瞬间漫布全身，他不禁打了个寒战。他示意易淑贞不要多言，又用力拉拉她的手，就出了城东侧门。

"我怎么成了你婆娘那！我还没嫁人的呢！"易淑贞甩开李天晨的手，气呼呼地说。

"别出声，等会儿再说。"李天晨提醒她，"你不想去长沙了，这么大声？"

易淑贞就不出声了。两人摸黑上了一只货船，船的后边挂着红灯笼，隐隐有人影晃动。两人走进了船后的卧舱里。商船的卧舱比较大，值守的丁勇见了李天晨，连忙施礼："李大人，回来了？这是……"

"哦，一个熟人，我二哥天雷他们家的邻居，也在梅花巷做生意，搭顺风船去长沙……"李天晨见他有些迷惑，解释了一通，又对负责的丁勇交代道，"对了，不要告诉别人，给她找一个比较偏僻的房间，让她休息一下。"

"是，都头大人。我去叫船家。"

"没必要惊动他们，你看看有没有空房，找一间就行了。"

"那边有一间，不过我们几个挤在一起睡过。这位姑娘只怕……"

"我没问题，能到长沙就行。"易淑贞倒是大大方方，不怎么在意。

李天晨和易淑贞跟着值守的丁勇来到船舱尽头的一间卧房，丁勇将一盏小灯笼挂在房里的灯柱上，忙着去整理床铺。易淑贞说："我来吧。"就放下手中的包袱忙起来。李天晨和丁勇就走了出来。李天晨回头说："自己记得栓上门，我先去忙。记住，不是我叫你，你别应声，也别开门。"李天晨正要下船，突然想到已经没有必要去了，自己又莫名其妙把这个女子弄上了货船，一错再错，还去解释什么呢？他回到卧舱，走到易淑贞的那间偏房门前，和衣坐在过道上，抱着大刀打起瞌睡来。

等他一觉醒来，发现身上盖着一条毡毯，但见光亮已从窗户漏进来，似乎天已透亮。李天晨连忙站了起来："怎么睡得这么死！"他马上掀开身上的厚毡毯，去敲易淑贞的门，没人应，屋里的灯也熄了，用力一推，门就开了，他定眼一看，易淑贞不在屋里！李天晨一下子就傻了！

他找了好一阵子，也没看见凌晨值守的乡勇，可能换防走了。一下子，他感到事情严重起来。顾不得多想，他闪身出了房，又出了卧舱，但见其他丁勇都在船头闲谈或者岸边洗漱。

李天晨问道："什么时候了？"

"接近卯时。"

"卯时？怎么，还不见李统领他们上船？"

"不太清楚。刚才好像换防的丁勇说，驿馆出大事了，李太爷和岫南少爷都昏迷不醒，乱成一团。不知道今日，船队还能不能走呢！"

"啊？！"李天晨大惊，顾不得多问，飞身下船，从城门边牵了一匹马，就往城里奔去。好在城门兵丁认识他，让他骑马进城了。

李天晨进得县府驿馆，飞身跳下就往里面跑。

"见过三叔公、三叔，见过魏大人。"李天晨进得房来，见药因道长、李庆如和李云铎一个个愁眉紧锁，魏大人也不停地踱来踱去，心事重重的样子，连忙问道，"出了什么事？"

李云铎回答道："凌晨时分，阿翁跟岫南吵起来。阿翁大怒，用茶壶把岫南的头砸破了，阿翁自己也晕过去了，刚刚醒来，可是岫南现在都还没有醒过来。"

"他们为什么争起来？"

"岫南觉得情况紧急，要留下来观察情况，不想去长沙聘婚。阿翁就发火了。"

"见过大伯大人。"李天晨来到李庆吉的床边，叩身问安。

"是启明呀，你回来了。"李庆吉吃力地应道，"码头都安好吧？"

"伯父大人放心，一切都很正常。"李天晨说着就往外走，"我先过去看看岫南。"

"你去吧。自坚，你看，我们还是正常出发吧，把岫南抬上船。"李庆吉带着征询的口吻问李云铎。

"先别急。岫南被你这么一砸，不知什么时候醒来。但是，在醒来之前，绝对不能随便移动，也经不起颠簸折腾。我看，还是不要急于动身为妙。"药因道长走过来，插话道。

"可是，王贡得尽快运到，在路上停留越久，危险越大。"李庆吉犯难了。

李云铎想了想，说道："不如这样，我和三叔公一家及三叔等一批丁勇先押运王贡进都，祖父和岫南先留下来养伤，等伤好之后，再去长沙聘婚不迟。"

李庆如说道："这倒是个好主意。只不过，大哥和岫南留下来，又都是伤员，不方便不说，恐怕也不安全。"

李云铎说："三叔公，祖父和三弟住在县府驿馆里，如果魏大人费心增加些武卫，应该没什么安全问题吧。"又对药因道长说道："三叔祖道长，你看呢？"

药因道长思虑片刻，道："无量天尊！自坚的意见有道理。我看，不如接他们两个到升冲观养伤，道观僻静，不会引起别人注意，也是养伤的理想之地。还有，叔仁，我看你把劲风留下来，他武功最好，照应这里应该没问题。"

李庆如道："三叔大人虑事周全，好，就这样办。劲风，你留下来照顾大伯父和岫南，我先和你三哥以及自坚回长沙，这里，你就多费心，凡事多跟三叔祖、大伯父请示。"

李天骏拱手领命："是，父亲。"

李天晨说道："我拨一个小队的丁勇给你们吧，有急事通风报信也好。"

李庆吉想了想，说道："好吧，也只能这样了。"

正当此时，李云浩慌慌张张地赶来，报告说："各位尊长，大事不妙。我爹突然不见了，怎么找也找不到！"

众人一听，大惊失色。李天晨的心突然沉重起来。

四、爆竹商行李掌柜神秘失踪

李庆吉一听李云浩的报告，一下子坐起来，说道："达淼孙儿，你别急，慢慢说来。"

李云浩抹了下眼泪，说道："今天早上，管家匆匆赶过来说，他早上去开店铺的门，却发现门开着，老爷是不是有事出去了？我说，可能是昨晚喝多了，还没起床吧。我就问母亲，我爹起床了吗？母亲回答说，三更半夜就被人叫走了，好像是岫南来过，应该有急事走了吧。我一惊，赶紧找管家，问昨晚是不是岫南来过？管家说，岫南只待了不到半个时辰，老爷就上了趟茅房，他就去睡了，不知道老爷回来没回来。我们就急了，到处找，就是找不着。"

"会不会真的是有事出去了呢？"李天晨问道。

"我爹办事细心谨慎，出去也会打招呼。不可能一大早都见不着人。"

"店铺和家里丢了东西没有？"

"那倒没有。"

"看来，浏阳县城的瑶池李氏爆竹商行早就被盯上了，鸣远一回来就不见了，这应该是有人早就策划好的，绝非偶然。"药因道长说道，"这几天来总是怪事连连，到处都有人跟踪，他们终于动手了，很可能其他行动也开始了。赶紧查一查，看还少了人没有？"

李庆吉吃力地说道："对了，凌晨岫南刚从爆竹商行回来，说梅花东巷有一家易记夏布行的老板就是黑云长剑军的将领易守礼，说是出去送货好几天了都没回，他的女儿还要搭我们的船去长沙找他呢。他哪里去了长沙，前几天还在瑶池呢！自坚，你带人去看看？"

李天骏叹息道："哎呀，事情越来越乱。要是岫南醒着，一定会理得出头绪来。当务之急，是让岫南快快醒过来。"

李庆如呵斥道："你小子胡说！岫南顶撞尊长，目无家规，你大伯也是情急之下一时失手，你怎么说起这混账话来！"说罢，扬起手要打。

李庆吉制止道："不要责怪劲风亲侄子，都是我不好，怎么下手那么重！岫南，我的孙儿啊，你要是有个三长两短，我也不活了……"

药因道长叹息道："元德亲侄子，事情已经发生，你也就不要过多自责了，凡事总有因果，总有些机缘，也未必就绝对是坏事。只是，你出手有点太重了。根据我的观察，还好，没有伤到要害，我已下了银针，给他灌了汤药，应该很快就会醒来。"

正当此时，道童打扮的少年李云典走进来，大声说道："各位长辈，岫南哥哥醒了，请大家快去！"

大家都惊喜万分，涌出门去，往李云博的房间赶。李庆吉也挣扎着跳下床，没想到没站稳，跌倒在地。李天晨回过头来扶起他，搀着他进了李云博的房间。

进得门来，只见李云博已经坐了起来。李云博头上缠着绷带，血污斑斑，脸色苍白，另一个道童李云韬正在用湿毛巾为他擦脸，木盆里的水也浑黑不堪，透着浓烈的血腥味儿。

"我的孙儿呀，你终于醒了。你要是有不测，我这把老骨头……"李庆吉扑到床前，大声哭起来。

"阿翁，我没事的。都是孙儿不好，顶撞了您，让你生气。我是罪有应得！岫南向阿翁谢罪！"李云博粲然一笑，就要往床下跳，但被李庆吉按住，药因道长也不同意他下床，就只得作罢。于是又问道，"有什么新情况吗？"

李庆如就将李天雷失踪的情况简单地说了一下，又把大家刚才兵分两路的想法说了一气。李云博一边听一边思索着，苍白的脸霎时骤变得更加惨白，大叫一声又昏过去了。

药因道长连忙取过银针，扎在他的几个要穴处，又用拇指狠掐他的人中。李云博慢慢地就又苏醒过来。他的目光四处逡巡，忽然望着李天晨问："三叔，你那里有什么异常情况吗？"

"我……"李天晨一愣，马上回答道："都还比较正常吧。"

"什么叫比较正常？"李云博苍白的脸上露出了一丝惊愕，"那个姓易的女子早晨上了船没有？"

李天晨就涨红了脸，支支吾吾说不出话来。

李庆吉严肃地说道："启明，都火烧眉毛了，你还犹犹豫豫，还不快快把情况跟大家道来，让我们都分析分析，拿拿主意。"李天晨也就不再遮掩什么，把易淑贞凌晨到东门内等候、自己如何把她送上船休息以及清晨突然不见的事情，都原原本本地说了出来。

"启明啊，你差点误了大事！这等要情，也敢不报告！你知道易淑贞的父亲是何人？"李庆如看着李天晨，大声质问。

李天晨道："何人？我只知道她是刘阳易氏布行老板的闺女，到长沙寻父。"

李庆如道："她父亲就是易守礼，南唐国派来的潜伏密探，你二哥在大瑶集市见过他。"

李天晨连忙跪下，叩首道："启明的确不知情，一时糊涂，请大伯、三叔大人

重罚！"

"三叔只是一片好心，助人为乐，成人之美，并不想隐瞒什么。但是依我看，二叔的失踪很可能与易守礼有关。"李云博说着，突然惊道，"阿翁，大事不妙。情况紧急，我看，按原来策案进行，二哥、三叔和三叔公等马上出发去长沙，我和六叔留下来调查情况。阿翁，如果您的身体允许，你也去长沙，真的要把刘府的许婚辞了。"

李庆吉老泪纵横，说道："真的要辞婚吗？不辞不行吗？"

李云博道："这个婚必须辞！如果李氏蒙难，刘府也会受到牵连，刘侍郎到过瑶池，他清楚情况，应该明白这个道理。而且，口头许婚，没有媒妁聘礼，不存在多少失礼之处。就算刘侍郎心存芥蒂，甚至开罪于他，也无关紧要，我们李氏如此而为，也是为了撇清关系、使刘府免于灾祸。三叔祖大人，您说呢？"

药因道长被弄得一头雾水，懵懵地说："你小子讲的道理没错，但就是有点不对味儿。从瑶池出来的时候，没看出你不想订婚，你小子怎么了？何况，订婚的话，会得到朝廷重臣的支持，对李氏有好处呀。"

李云博道："此言差矣。三叔祖大人，我们李氏满门忠义，怎会为了自己而连累他人呢？因为我一人，把一大家子都扯进去，我于心何安啦！"

药因道："哎，我看就算不辞婚，先别急着提亲吧。元德亲侄子，你亲往长沙，身体能否经受得住？"

李庆吉道："三叔，我已无大碍，只是留下来的人手，也太捉襟见肘了。"

李云博道："我们有经验丰富的三叔祖，瑶池第一刀的六叔，还有纳川哥、达淼哥一干青年后生，目标小，容易行事。更何况，万一有困难，魏大人和县尉大人也会出手相援，应该无甚凶险。"

李云铎道："好。三叔，我们出发！"

"等一等。"李云博叫过李天晨，悄悄地耳语一番，然后就放他出去了。又小声对李云铎说："二哥，如果那位女子尚在船上的话，我估计敌人在路上会有行动，很可能会抢劫王廷特贡。你回去和三叔不要打草惊蛇，我已经交代三叔故意弄几个威力不大的炮火放在抢眼位置，引给女子看，其他的用绳索拴连起来，多裹几次，派人严加看护。如果借此顺藤摸瓜，或许，二叔很快就会有下落。"

"好，我们启程，你们多加小心，请自珍重。"李云铎走出房来，对着驿馆内外的武甲卫士和乡勇喊道："各位听令：丁勇随船而行，骑甲沿岸拱卫，路中不备饮食，自带一天干粮，一刻钟后，立即开拨！"

"遵命！"

卯时三刻，浏阳东门码头上，李庆吉奉香举案，祭罢河神路神，鸣炮起航。魏县令会县衙诸公，李氏留守的其他人员都到城外码头送行。一时间，河心旌旗猎猎，锚起帆张，十余艘兵船货船沿河而下，蔚为壮观，缓缓向西驶去。李云铎带着数十名白甲骑勇沿河岸的小路驰去，留下一路滚滚烟尘。

李云博本来要去送行，只是因为伤势不轻，走几步就天旋地转，只得作罢。他一个人待在驿馆里，觉得有些无聊，就起身走到驿馆的花园里。他一边在繁花似锦的林荫小道上漫步，一边思考着这几天发生的事，越来越感觉到对手时时刻刻就在身边。可是，敌人在暗处，自己在明处，握紧拳头用尽力气但不知道该往哪里打，真觉得有些窝囊。但李云博绝对是能够隐忍的人，现在比的是耐性，看谁沉得住气，看谁更有智慧和勇气。想着想着，突然觉得有些头痛，于是就不再想了，抽身往回走。忽然听到有人在门口叫道："李公子早！"李云博回头一看，见是魏府凌晨端汤送水的那个名叫小月的丫鬟，忙应声道："小月姑娘早！"

小月道："李公子，我家小姐听说公子受伤，特差小的送来跌打损伤药膏两帖，人参大补丸一盒，请公子笑纳。小姐还说，公子卓卓大才，须知藏锋守拙之术，木秀于林、风必摧之，堆出于岸、流必湍之，行高于人、众必非之，千万莫宁折不屈、宁断不弯。请多保重！"

李云博收了药膏补丸，说道："多谢你家小姐关心。请转告她，岫南感谢姐姐教导，一定藏锋以守拙，韬光而养晦，隐忍等待时机。务请小姐自多珍重。"

李云博进了门，放下膏药和补丸，倒了杯开水，将一粒补丸送入口中，用热水吞服。然后就躺在床上，闭目养起神来。等到他一觉醒来，已近申时时分。一觉过后，顿觉精神清爽，头也不疼了。连忙爬起来，只见药因道长、李天骏几个正在茶案边商量着什么。

李天骏见李云博走过来，说道："岫南醒了，感觉如何？没什么大碍吧，你过来坐！"

药因道长问道："无量天尊！岫南，这跌打膏药和人参大补丸从何而来？"

李云博一愣，连连答道："哦，是县令大人府上差人送来的。我已服用了一粒，效果不错！"

药因笑道："这是蓟北千年野参制成的罕世之物，当然不错了。真想不到，魏大人如此慷慨，救命的东西都舍得拿出来，看来，大人对我们瑶池李氏真是关爱有加、真心相待呀！"

"这东西真有如此奇效，我是当真不知道！受人之礼、欠人之情，不如退回吧！"李云博心里一阵感动。都怪自己粗心大意，把如此贵重之物当着普通药丸随便往口里塞。心中在感动的同时，莫名升起一股莫名的甜蜜，那一刻，他几乎有些晕眩了。

药因道："无量天尊！这东西救命神物，焉能不奇？告诉你，小子，此物温而滋补，

理脉顺气，对于心气郁结、体弱伤病犹有益处。好了，一颗足够你养伤了！别再浪费，留着以备不时之需！"

聊着聊着，就聊到了如何行事上面。药因道长决定马上回升冲观，研判形势后再定下一步。李云博觉得很有道理，就说道："三叔祖大人，我看上升冲观可行。是不是先去二叔家瞧瞧，说不定有意外发现，也好顺便安慰一下二婶。"

药因道长想了想，说："无量天尊！是得去看看。"

于是一行人就出了驿馆，往梅花东巷走去。来到爆竹商铺前，李云浩带着大家进了屋去。穿过商铺前店，只见后堂的厅屋内一片饮泣之声。李云海来回焦躁不安地走动，姐姐李云英在母亲边上轻轻地劝慰着，两个妹妹李云岚、李云洁抱在一起，更是哭得一塌糊涂。一群仆人也都情致各异地悲伤着。

"三叔祖、六叔和岫南来了，大家别再哭了！"李云浩一进门，大声喊道。

大家相互见礼之后，李云博坐下来，说道："我凌晨时分，就是坐在这里，二叔就坐在我对面，不到半个时辰，我就起身离开了。请问何管家，我是何时离开的？"

管家答道："大概丑时刚过，寅时刚到。"

"你又是何时起来开店门的？"

"大约快进卯时吧，天刚刚开眼，还未大亮。"

"那么就是说，二叔就是在不到一个时辰内丢了？"

"差不多吧。"

李云博突然叫过李云海，悄悄说道："纳川兄，你去那个夏布行瞧瞧。"又嘀咕了几句，李云海点点头走了。

"何管家，当时我进门的时候，不是你开的门。我听说，昨夜你值守？"

管家道："是。半夜以后，都是我值守。我听到声响，就起来了。店铺的规矩是：有事起身，无事就歇息。老爷叫我去歇息，我回房后仍然在房里候着，怕有事情。"

"哦。我走后，二叔没有立即回房去吗？"

"少爷您走后，老爷关上门，就到院子里去了，可能是上茅房。我觉得没什么事了，就躺下了。"

"走，到院子里瞧瞧吧。"

李云博仔细查看院子的痕迹，发现西面的墙角边的草丛里，有一只鞋子，连忙捡起来，对李云浩问道："达淼兄，看看，这是你父亲的鞋吗？"

"好像是的……娘亲，您看看，这不就是我爹的鞋子吗？"

"是的，是老爷的鞋子。我的天，他怎么了……"

李云博有在墙边搜索，草丛凌乱，有几块粹瓦片。抬起头，但见墙上的瓦缺了几块。李云博飞身上墙，发现墙上有踩踏的痕迹，墙外也有瓦片掉落，他跳出去，捡了几块瓦片，就又起身越过围墙回到了院子里。

"二叔可能被人劫持了。"李云博神色严峻，一边说着一边往屋里走去。

药因道长也一直在察看情形。他先是钻进茅房，然后到茅房外围细心观察，又围着围墙看了一番，也回到屋里。众人也都回屋了。

药因道长一挥拂尘，说道："无量天尊！大家先忙去吧。就目前情形看，鸣远被人劫持无疑。但来者不图钱财，看来暂时无性命之虞。"

一帮丫鬟仆人就忙去了。李云博见管家没动，对他说道："管家爷，您也忙吧，该干什么干什么。"管家哭丧着脸，泪水又流出来了，道："老爷都丢了，还忙什么啊！"李云博大声道："二叔丢了，我等会想办法找。如若因为二叔丢了，就都不做事了，买卖停了，一家老小喝西北风去？二叔丢了哭得回来吗？大家也都跟着不吃不喝？岂有此理！快去忙乎吧。"管家这才收了泪，说声"是"，去了。

这时候，李云海回来了。正要说话，李云博制止道："我们几个去书房里说去。"

进了书房，李云博问："纳川哥，情况怎样？"

李云海回答说："岫南，我按照你的意思，去了布庄。可是没开门。我就敲了几次门，门内一个女人应道，今天不营业。我就说我是隔壁李氏爆竹行的，要定几块布料，有急用。婆娘开了门，见是我要买布，就聊起来。我问道：'掌柜太太，易大叔呢？怎么不在家？'她回答说：'哎，别提了，我都快急死了。五六天前，和一帮商户到长沙送货，一直未回，不知怎么啦。我的女儿淑贞三更半夜就搭船去长沙找他了，不知找得到找不到，真的急死人了。'我就问：'大婶，易大叔走的时候没留什么话吗？'她回答说：'没有，就说去送趟货，送了就回。'我又问：'你们在金陵做什么生意？'她说：'在金陵不做生意，老爷是军门中人。说是战中负伤，就退职致仕回家了。'我忙说：'原来是官宦人家，以后还请多照顾。'她突然说：'大侄子，货刚送走，新的布匹织家又还没送来，少了货。等货来了，我亲自送过来，成吗？'我应了一声，拿出五十钱作为定金，就回来了。"

李天骏道："看来，二哥的失踪很可能就是易老板干的。"

李云博道："他一个人干不了，肯定还有同伙。"

药因道长说道："无量天尊。看来，鸣远失踪一定与易掌柜有关。从纳川刚才所言情况看，他的妻女很可能不知道易守礼在作甚，这对我们很有利。我们可以利用这一点，进一步弄清他们劫持鸣远的原因。"

李云浩问道："我爹人缘很好，从不得罪人，更无仇家，他们劫持他干什么？"

李云海说道，"你个呆子！这难道是私人恩怨吗？肯定与家里这几天发生的事情有关联。"

李天骏说道："纳川所言极是！这些家伙，可能一时弄不到秘方，所以，就把二哥抓去，帮他们试制威力较大的火药。"

李云博突然问道："纳川哥，你们家的管家爷是何时来的？"

李云海道："很久以前就来了，我就是他带大的。"

"哦……"李云博应了一声，就不再问了。

药因道长说："无量天尊！看来，情势已经基本明了。纳川，你赶紧把商行的担子扛起来，但经营不是首要，重点关注易氏动静，同时注意家人安全。岫南，你看还有何事尚需交代。如若没有，我们上山去吧。"

李云博说："三叔祖大人交代得很清楚。没有什么了。我们留下一小队丁勇，纳川你负责调遣。我们走吧。"

"不留下来吃午饭吗？"

"时候尚早，我们先随道长上山吧。一有情况，及时知会，也可来升冲观找我们。"李云博说罢，又偷偷地在李云海耳边交代了几句，跟一家人道别。

◆ 五、升冲观里怪事连连 ◆

一行人急急忙忙就出了东门。

城郭之外，浏阳河如同一条洁白的丝练，缓缓飘来。从白沙洲的烟柳溟濛中，可以看到河边的庵堂民居，掩映在红花绿柳之中。远方山峦苍翠，田畴泛绿，杂花生树，莺飞燕舞，白云悠悠。杨潭里云集的船队已经了无影踪，只有一些零星的小商船来来往往，码头上稀稀落落有人忙碌着。过了杨潭港口，就到洗药桥头了。碧绿的济川小河绕过孙隐山麓，经过洗药桥汇入浏水。南面的唐家洲上，已是一片青葱，几个农人正在田间劳作，一幅江南四月天的图景。

拾级而上，石阶两边的桃林刚刚开过，挂着青涩的半大桃子，石阶边，还能看得见落红满地的春泥。而一些零星其间的桃树上，挂满了已露熟相的桃果。层层叠叠的桃林间，几丛苍竹耸翠，将石径逼得越来越窄，曲曲折折之后，就到了半山腰的升冲观了。升冲观依势挺立，掩映在参天的古木群中。观前的一棵老桃树上，桃花却仍然开得正盛，一行人走到树下，啧啧称奇。

药因道长悠然说道："这是棵蟠桃，也称仙桃，花晚而期长，果大而香甜，相传，三百多年前药王亲手种下，是我们道观的镇山之宝。"

李云博接过话来，说道："据说，树干上还有畎公少年学艺时刻下的字呢。大家看，在这里。"

大家听罢，围过去，沿着李云博的指引，但见数尺高的躯干上，隐隐约约有一个"勤"字。李云博叩首道："药王仙师，畎公始祖，时逢乱世，我瑶池李氏大难来袭，求仙师始祖保佑！"只听见一阵风过，霎时桃瓣纷纷扬扬，徐徐落下，众人也稽首便拜，更加觉得神奇。

忙了一阵之后就进到观里。大殿上，香火缭绕，帷幔层层，药王仙尊正襟危坐，庄严肃立。一群人就跪下身去，又拜了一通。

药因道长吩咐道童安顿好众人，就带着李云博、李天骏径自去了后堂的仙缘居坐室，招呼二人坐下，又唤来道童看茶。李天骏问道："三叔公，接下来如何行事？"

药因道长看了他一眼没有吱声，转身对李云博说："无量天尊！岫南，在爆竹商行，你对你二叔失踪一事缄口不言，却是为何？"

"人多嘴杂，一些想法在调查清楚以前，很多还只是存疑，不宜过多揣想。而且，二婶一家已经惊惧重重，说多了会让他们更加提心吊胆。"李云博道，"我一直在想，他们抓走二叔，究竟是像六叔说的那样，去试制火药，还是想利用二叔得到有关火药秘方。如果是前者，那么我可以肯定，他们会对我们的王贡炮火下手，这方面我已有安排。但如果是后者，二叔就要面临磨难了。二叔一直在外经商，除了一些常规配方之外，他对李氏的绝密知之甚少，他也不太可能去研究新的配方，尽管二叔这方面天资不浅。如果他知道敌人的意图，又不供出与秘方有关的情况，就不会有生命危险，最多受一些皮肉之苦；如果他软弱怕事，什么都说，不仅自己有性命之虞，李氏嫡长传人也会面临大难。"

李天骏道："我们李氏子弟，个个好汉，绝对没有软蛋，我相信二哥不会将李氏嫡传秘密泄露出去。"

药因道长说道："无量天尊！其实，嫡传秘密算不上绝密。长房掌管着李氏的火药坊，对手不可能连这个常识都不知道。问题是，他们完全可以劫持你大哥或者你大伯父，为什么偏偏选择你二哥呢？"

李云博道："对方很可能认为，凡属李家子弟，都会研制火药，您前天晚上在家族聚议大会上，也是这样交代的，要大家绝不能说自己不知道配方，而是说知道一些配方，但太复杂，记不住，而且所有的配方已经当众焚毁。谁说出去，谁就性命难保，只有不说，是保命的唯一办法。那么，敌人会不会想方设法找一些李氏子弟回忆配方，或者强迫我李氏子弟试验新方？"

李天骏道："这种可能性不小。既然你二叔被劫持，这就说明，敌人已经动手了，而且会越来越猖狂，每个李氏子弟都有可能被劫持。我想，既然李氏灾祸已经不能避免，不如搏一搏，主动跟他们干起来。我们先从二哥的失踪查起，想办法把他救出来，了解敌人在哪里，劫持他作甚，然后再想办法应对。"

"六叔说得有理。只要找到二叔，很多疑团就会解开。找二叔的线索，还是从易氏夏布行开始。"李云博说着，顿了顿道，"三叔祖，我觉得二叔家的管家可能也有问题。"

"嗯？此话怎讲？"

"就是觉得有点不对劲。比如，我那么晚去二叔家，他怎么没睡？我走后不到一个时辰二叔就丢了，他又睡着了，这里面难道没有玄机吗？"

李天骏说道："我觉得很是蹊跷，很可能就是他里应外合劫持二哥的，把他抓起来，审一审！"

"无量天尊！不急。我们还没有证据。更何况，这样会打草惊蛇。"药因道长思索着，说道，"这很可能是突破口，就盯住这个管家，注意他的动向！主动出击是一方面，另一方面，保存自己也很重要。我们要做好孙隐山、升冲观的防卫，就算大兵压境，也绝不能鱼死网破，这样太不值了。"

正在说话间，忽然，门外传来一阵巨响，接着就发出一阵爆炸声。三人连连起身，赶了过去。

"怎么回事？"药因道长问。

"报告师父，刚才一阵大风吹过，古树上一根巨大的树枝被吹断，掉下来砸在八卦炉上，八卦炉就爆炸了！"一个道童回答道。

另一个道童说："真是怪事！那个八卦炉已经很久没有使用了，怎么会爆炸呢？"

药因道长说："无量天尊！又一咄咄怪事！我来观六十多年，这个八卦炉从未用过！我出去这几天，难道会有人用这个八卦炉炼丹吗？"

"师父，没有啊，真的没有！"

李天骏也问道："是什么原因会爆炸呢？"

药因道长说："原因很多，要么，里面一直有药物，要么就有易燃气体，应该不会无缘无故爆炸。好，不说它了，快中午了，咱们就斋去。"

在山肴野蔬面前，李云博没有胃口。他勉强地喝了一碗稀粥，夹了几筷子野菜，就草草收场。因为来了客人，药因道长吩咐道童取来药膳五谷酒，和李天骏喝起来，喝了几盏觉得不过瘾，就对道童说："去，到药王洞里，把我窖藏了上三十年的虎骨玉液酒拿出来，让劲风孙儿尝尝。对了，记得把那套青花瓷杯洗了拿过来。"

李云博一听，马上兴奋起来："三叔祖，我也要喝！我在山上待了五六年，从来都没喝过，六叔第一次来，就享受这么高的待遇，羡慕呀！"

"岫南你不能喝，你有伤，虎骨酒见不得明伤，一见明伤就出血，你就忍忍，等好了再喝！"药因道长说道，"劲风是什么人？瑶池第一快刀手！我们猎神后人，只有孔武有力、武艺卓绝的好汉才配享受这畋公发明的美酒！"

李云博知道，瑶池李氏有一种相传是畋公发明的美酒，但他从未喝过。据李氏族谱中的轶闻志记载，三百多年前，猎神李盛为猛虎所伤，不久就溘然长逝。没想到老虎第二天也死了。李畋就将虎肉分给灾民，将剥下来的虎皮铺在自己的床上，又将骨头浸泡在酒里，每天喝上一两口，所谓啃骨寝皮，以解心头之恨。没想到畋公患风湿多年、卧床不起的母亲有时也喝上几口，不到两个月就下床能走了。畋公一想恍然大悟：酒能驱寒，虎骨乃阳刚之物，克阴除湿，这两种东西浸在一起，应该是治疗风湿的良药呀……这大概就是虎骨酒的来历吧。起先，虎骨酒主要用于治疗内伤、风湿等药用，由于猛虎减少，而且难猎，虎骨也越来越少，药用也渐渐绝迹了。今天能喝到这种珍贵的酒，李云博还顾得上什么伤不伤的！

"我才不信呢！等我伤好后，连虎骨酒影子都不见了！"李云博坚持要喝。

"这玩意儿我也只喝过一次，就让岫南尝尝吧，一点点应该没大碍。"李天骏替李云博求情。

"哈哈，既然劲风大侠开口，那你就尝一点点。"

"多谢三叔祖！"

"小子，谢错人了！！哈哈哈……"

"岫南谢过六叔！"

"谢什么！老祖宗逗你玩呢！"

酒桶一打开，一股浓郁而又不失醇厚的奇香扑鼻而来。虎骨玉液酒倒入小小的青花瓷杯，一汪淡蓝而透亮的清澈液体便晃荡开来。李云博迫不及待地端起酒杯，喝了一口，一股虎骨浓香霸气淋漓地直逼五脏六腑，似乎在被猛火烧烤，突然间热气就传遍全身。骨节脆响，毛孔舒张，皮肤湿滑，原来津津汗液已不知不觉地冒了出来。

"好酒！"李天骏一饮而尽，大声叫道。

"再来一杯！"李云博饮罢，还想喝。

"你不能再喝了，再喝，伤口就会被烧出血来！"药因道长制止道。

"那就半杯，半杯解解馋！"李云博恳求道。

李天骏道："你小子，平时谨慎小心，少年老成，自控力强，怎么，一听说祖先发明的美酒，就不能自已了？"

李云博道："饮酒其实饮的是一种文化。我李氏数百年来，不畏身死，造福瑶池，敢于革故鼎新、推陈出新，积累了大量的成果，这虎骨酒就是其中之一。如今饮上一杯，心里是何等感慨！而此时，正值李氏家族面临大难，想一想先祖们沐雨栉风、披荆斩棘创下的基业，如若在我等一辈手上毁于一旦，将来阴曹地府有何面目去见先人？今把酒思人，感慨良多，果真如此，岂不悲怆！"说罢又将半杯酒一饮而尽。

"无量天尊！原来岫南是借酒浇愁啊！"药因道长叹道，对身后的道童说道，"你去弄一杯菊花茶来，就是放些枸杞、甘草和黄连根，多放些大叶菊，给你李师兄酒后降火，省得伤口冒血。"

"是，师父！"道童应声去了。

李天骏感慨道："岫南，我看也不必如此悲观。想我先人，生生不已，代代奋进，坎坷无数，困难重重，都不是迎难而上，化险为夷吗？一直以来，我们瑶池李氏自强不息、敢为人先，创造出爆竹这样的绝世神物，我相信我们这代人，也不会无所作为，名震天下的浏阳爆竹，不会就此销声匿迹！我们今天来个借酒抒怀吧！"

"六叔之言大是！来，小侄敬您一杯！"

药因道长大声笑道："无量天尊！今天有点青梅煮酒的味道了！问李氏子孙中，继承猎神盛公勇武有力的恐怕第一个要数劲风孙儿了！而深得祖师畋公火药精髓的，非号称'火药神童'岫南莫属！虽然身逢乱世，更是大有可为。我等要趋利避祸，也要传承革新，更不能丢弃谋福瑶池的祖训。老朽乃李氏丰字辈唯一存世的子孙，自从入观修道以来从不饮酒，今日既然开了戒，就来个一醉方休！敬两位后辈翘楚！干！"

李云博又一饮而尽，亦大声笑道："三叔祖抬举了！您说六叔继承盛公衣钵、勇冠乡野倒也贴切，可我既非嫡长，没有资格传承家族秘方，'深得先祖火药精髓'的评价真不敢当，只是与'黑乎兄'有些俗缘，喜欢鼓捣罢了。其实，助李氏先祖成就大业的，还有一位关键人物，那就是药王爷，想当年，畋公师从药王，升冲观学艺数年，深得药王真传，火药效用从炼丹的虚无缥缈真正步入人间，治病救人，驱兽赶魈，最后发明了爆竹，变成欢乐吉祥和幸福的象征。而三叔祖少年就出家学道，以悬壶济世、救死扶伤为己任，深得药学真谛，成为大医精诚的真正传人，并将药王爷的事业发扬光大，药因道长之大名更是闻名天下。六叔，我们一起敬老祖宗！干！"

"岫南之言，虽然不无恭维，但听起来就是受用！好，干了！"药因道长一饮而尽后，放下酒杯道，"岫南，你虽不是嫡传，但天赋和悟性无不让人夸赞，这是我们李氏家族一致公认的事实。你的大哥光升痴迷武艺和火药，是个不错的火药师。而他性格耿直，脾气火爆，作为嫡长，要继承祖上基业，却不是上好人选啊！这祖上规制，决定你不可能成为家族总执事和秘方传人，可这并不妨碍你是深得畋公火药精髓的李氏后人啊。只是这祖上嫡传规制，有时候也扼杀人才啊……"

祖孙三人喝得正兴，一个个面红耳赤。一个道童慌慌张张地跑过来，说道："师父，大事不好，药王洞里爬出来一条丈余长的大蟒蛇，盘在升冲观前，吓得大家不知所措。您快去看看。"

"有这等事？奇哉怪也。"药因道长听罢，不急于起身，合掌念起《结斋咒》来。李云博见状，也依着修道的规矩，合掌念了起来。念罢，几人就连连起身，出了门去。

果然，升冲观门前老桃树下，一条花白大蟒，扬着巨头吐着长信，铜铃大的眼睛正朝升冲观里张望。

药因道长问："无量天尊！没有伤着人吧。"

"没有。"

"山上什么时候住着这么大的蟒蛇？"李云博不解地问。

"都传药王辛丑年生，属牛，不会是他呀。畋公辛巳年生，属蛇。这可能是畋公显灵吧！"药因道长掐指算了一下，思索了一会儿，说道。

"为什么这时候显灵呢？"李天骏也非常迷惑。

"我也一时说不清楚。等会儿卜卦问一问，也许有些征兆可循。惠玉，你取我法衣来，准备香案酒纸和桃剑，我们以大礼作法迎送。"

药因道长于是就披袍焚香，燎纸舞剑，跪天拜地，做起法来。可是，蟒蛇仍然缠绕着树，不肯离去，还吐着长长舌信，怪是吓人。

李云博道："既然是畋公显灵，得用爆竹告慰。观中可有？"

道长说道："好像没有。惠玉，你去找找。"

李云博道："来不及了，有火药吗？"

道长道："火药多的是。"

"那好，惠悟师弟，你赶紧弄几节小竹筒来，慧玉师兄，你去取火药，我临时赶制几枚古法爆竹吧。"李云博说罢，就招呼大家忙碌起来。

不一会儿，六枚竹筒爆竹做好了。李云博又请药因道长焚香燎纸，告天祭地一通之后，李云博点燃了爆竹。六声巨响之后，大蟒蛇摇了摇长颈，缓缓地朝林间游去，还不时回头看看，一副恋恋不舍的神情。

正当大家松了一口气而又啧啧称奇的时候，一声巨响从山顶传来。"又出什么事了？"药因道长满腹狐疑地说道。他顾不得脱下法衣，就带着大家往有响动的地方走去。来到山顶，但见孙隐山上的归仙阁被大风刮倒了。

山顶上的归仙阁，是数百年前为纪念药王孙思邈得道成仙而修建的木制建筑，年久失修，不料一场大风给吹塌了。

"又一件怪事。"李天骏自言自语，一副不可思议的神情。

"无量天尊！适才是药王仙驾被惊扰了，也可能是暗示我等啊！"药因道长说罢，掉头就走，"走，问卦去！"

道长沐浴更衣之后，便拿出一筒竹卦来。他焚起檀香，鸣响木鱼，对着药王仙座三叩首，念起咒语道："高苍不言，叩之即应；列圣有灵，感而则通；药因虔诚，有疑求解；吉凶得失，惟卦是凭；仰望文王，明彰昭报……"

念罢便摇响卦筒，只见一根竹签便跳出筒来。他又砸下阴阳木樽，但见阴阳正合，于是取得签来。签上写着："第一百四十七签，无妄卦之六三，下下签。"药因道长顿时脸色煞白，喃喃自语："天雷无妄，大灾之象啊！"

李天骏不明白，问："何以见得？"

李云博说道："我记得，这无妄卦的第三爻，爻辞是'无妄之灾，或系之牛，行人之得，邑人之灾。'意思是邻居把牛拴在路边，被过路人牵走了，我却被诬告成偷牛贼，无缘无故受不白之冤。"

药因道长一声长叹："我刚才要的是家运之签。这一卦，就是真正的'人在家中坐，祸从天上来'，真正的无妄之灾啊！"

李天骏道："凡灾难必有改着，是祸害就有应对。这个无妄之灾，如何应对呢？"

药因道长想了想，说道："守正才能无妄。诗云：'飞鸟失机落笼中，纵然奋飞不腾空。即使蒙受冤枉苦，也得守正待时风。'祸害是躲不掉的，但也不能胡乱作为。如今只能但问耕耘，不问收获，尽量防范意外灾祸，或许有一线生机。"

李云博道："老祖宗，只要有一线生机，我等绝不坐以待毙。一定得隐避忍耐，韬光养晦，等待时机！"

药因道长道："无量天尊。上天已经泄了天机于我等，先是八卦炉爆炸，然后蛇神现身，再者归仙阁倒塌，还赐无妄之卦，天地师祖皆悲悯李氏，一定会绝处逢生。老道我苦行游历为李氏禳灾，用悬壶济世为家族积德，亦借机云游天下收集讯信，或许能从中觅得机缘，拯救厄运将至的家族。"

李云博惊道："老祖宗要远游吗？"

"无量天尊。"药因道长说道，"天命不可违。贫道去后，惠玉，你主持观里事宜，除了秋天上大围山采药之外，一律不准外出。"

惠玉道："师父，我还没有单独主持过道观呢，我怕……"

"怕什么！你是大师兄，迟早要当这个家的。这是师命！"

"是，师父！"

回到观里后，药因道长叫来李云博和李天骏，告诉他们，升冲观可以落脚，并将观里的一些机关秘事作了交代。道长还留下了两件宝贝：逃生摔和迷魂散。逃生摔是火药制成的，危难时候摔在地上，便会浓烟四起，迷住敌人眼睛，趁机逃生；迷魂散是用几种带有麻醉特性的草药制成，在特定场合使用可以迷倒敌人，实施计划和行动。并教了配方、使用方法和注意事项。两人大喜过望，收下不提。

第二天清晨，药因道长带着李云典、李云韬两个俗家道童云游去了。

◆ 六、隐相台上，琴声悠扬 ◆

药因道长云游以后，李云博的心绪一直很不宁静。先是魏县令差人来报，前天夜里，县尉值守时抓住两个潜入县府驿馆的黑衣蒙面人，刚要提审，没想到两人咬舌自尽了；县城西南面的蒲梓军港有不明身份的人闯入，很有可能是敌国的密探前来刺探水勇营军情的；易氏夏布商行里什么动静也没有，二叔李天雷生死不明……一个上午，他都在县衙里和几位大人研究情况，寻求对策。最后，大家反复商讨后，做出了两条决定：一是严查江世敦、易守礼等南唐细作，但凡现身，马上逮捕，并防止自尽；二是从即日起，县城进入紧急状态，实行全城戒严和宵禁。

在县衙草草用过中餐后，李云博觉得很闷，想出去走走，并叫乡勇暗处跟随。他有意到处打转，故意招摇一下，让躲在暗处的敌人现身，真刀真枪地接触一番，来个引蛇出洞。按照他的猜测，他李云博也应该成了对方盯梢的目标。他知道，这样做有些危险，但不危险就永远也别想弄清真相。两天过去了，他的头部的伤虽然还没有完全愈合，但已无大碍了。李云博跟魏县令打了招呼，又请六叔李天骏先回升冲观，就一个人出了南门，过了石拱桥，往天马山步行而去。

这天马山，又名猿啼岭，相传唐相裴休年轻时曾在此刻苦用功，筑台居之，人称隐相台，留下了一个"投砚哑蛙"的典故。传说裴休深夜读书于此，屋侧池中，青蛙鼓噪不止，裴休非常讨厌，情急之下顺手操起一方墨砚投入水池，则蛙声戛然而止，水变黑色，遂为后人留下了"哑蛙池"。李云博此行，就是追慕先贤，想去隐相台看看。

刚登得几丈山路，但闻山腰间传来阵阵琴声歌声。李云博寻思道："哪家女子有这般兴致，芳菲四月于郊野抚琴欢歌，也非一般人家。"仔细一听，琴声悦耳，女子的歌声清丽纯净，字正腔圆，仿佛在哪里听过，但一时又想不起来。李云博加快了脚步，朝隐相台奔去，歌声琴声就更加清晰了，他听出弹唱的是《诗经·郑风》中的《青青子衿》：

青青子衿，悠悠我心。纵我不往，子宁不嗣音？

青青子佩，悠悠我思。纵我不往，子宁不来……

李云博上天马山的半山腰，不远处就是隐相台了。渐渐走近，李云博终于看清了弹琴的女子，一袭白衣，端庄淑雅，玉坐于青翠碧绿、群峦拱立、白雾缭绕的草亭之中，宛若天人。他惊奇地快步走近，一下子惊呆了，弹琴女子不是别人，正是魏县令的千金**魏柳烟小姐**！他霎时热血冲顶，心潮澎湃，悄悄来到隐相台旁的半山亭下，如痴如醉地欣赏着美人和音乐，顿时心情大好。他静静地等魏柳烟把这一首曲子弹唱完毕，就登上隐相台，然后鼓起掌来，大声说道："有幸聆听**魏小姐**天籁之音，真乃三生幸事啊！瑶池李云博拜见魏府千金！"

魏柳烟正全神贯注地演奏着古琴，沉醉于诗歌和音乐里那诗情画意的境界之中，突然传来一个少年的声音，不禁吓了一跳。回头一看，但见真的是李云博，连连站起来施礼道："柳烟见过李公子！公子见笑了！"

李云博道："魏小姐隐相台操琴，吟唱诗骚，以诗抒怀，鸣琴忧国，借古讽今，颇具裴公忧国之风啊！"

魏柳烟笑道："公子过奖了！小女子只不过闲得无聊，携琴登山，偶尔附庸风雅，排遣寂寞而已，绝无什么忧国讽今之意，怎堪与那有河东大士、宰相沙门之称的裴公相比！"

"小姐不必过谦！乱世之中，有志者当奋身而出，怎能论什么男女之别！只要心在天下，殚精竭虑，捐身敢死，人人都能有所作为。更何况，匡扶人伦大道岂是某个状元宰相的私事！"

"小女子弱不禁风，岂敢有木兰从军之志！我吟歌诵月，但唯排遣忧思而已，怎堪与李公子包容宇宙、匡复人伦、治国平天下的大学之道相比！"

"小姐过奖了！近几日忙得团团转，很多事情还找不到眉目，有些烦心，特出来散散心，并无他意。"

"哦。"魏柳烟应着，猛然瞥见李云博束结的头巾边还缠着绷带，于是说道，"瞧我这德行，居然只顾得聊开了，忘记公子是伤号了！不知公子伤情可否痊愈？"

"还好，已无大碍。还得感谢小姐倾心相助，出手如此贵重之礼，对治伤大有裨益。"

"哪里哪里！不就是几粒人参大补丸嘛，什么贵重不贵重的，有病吃着还管些用，没有病，拿着还不是束之高阁，何用之有？"

两人就又聊开了，甚是尽兴。魏柳烟也正是怀春季节，恰好遇见心仪之人，就又情不自禁地弹了一曲，仍然是诗经里的名篇《风雨》，弹得更加婉转，但悲中见喜，李云博听出了柳如烟的弦外之意。如果前面的《青青子衿》表露的是暗恋的黯然神伤和相思之苦，那么这一首，表达的就是终于如约相会的欢喜，但这欢喜里暗藏着一种欲言又止、期望人读的韵致。李云博有些震撼了：难道自己，就是魏柳烟苦苦等待的那个沾衣不湿杏花雨一样的文雅君子吗？

两人都各怀心思，寒暄一阵就下了隐相台，观赏起哑蛙池的景色来。暮春时分，天清气爽，池里的荷莲开得正盛，新生的幼蛙已经长成，池中一片鼓噪之声。李云博随手拾起一块卵石，大声说道："我与柳烟小姐邂逅于此，知音意趣甚是投机，你等聒噪什么，难道有意见不是？若无意见，听到卵石击水之声，都噤若寒蝉。"说罢，将卵石扔下池去，"扑通"一声，水波便一圈圈扩散了，说也怪，所有的青蛙都没有鸣叫了，池里一下子安静下来。

魏柳烟笑道："公子也投石哑蛙么！"

李云博道："隐相可以，岫南就不成吗？"

"公子大雅之才，居然也东施效颦？"

"裴公苦读，蛙噪之烦搅其心也，读书为博取功名而入仕，实是自不静心；我遇小姐，有如萍水相逢，知音乃可遇而不可求，却是天公生妒，岂是蛙噪所能搅扰！一码是一码，八竿子打不着，哪来的东施之举？就算因袭古人，却非为功名利禄，有何不可？"

"公子高论，小女子佩服！于公子而言，古城暮春之色，浏水之滨，天马之麓，枫浦之岸，隐相之台，公子怎不大发诗兴，让我再领略一番风骚才情？"

李云博摇了摇头，一副无可奈何的样子，摊开双手说道："既然小姐开了玉口，在下就恭敬不如从命，抛砖引玉。"他环顾四周，略微想了一下，诵道：

愁闷偶临猿啼岭，萍逢故旧顿释怀。
琴音哀婉潮头起，歌声悠悠天籁来。
投石哑蛙荷塘净，论古谈今腑襟开。
枫浦渔樵水天碧，知音原在裴公台。

"好诗好诗！公子才高卓世，出口成章，柳烟叹服！"

"小姐过奖了，寻常章句，惭愧惭愧！"

"愁起全篇，而遇知音得释，格律严谨，对仗工整，用词精准，不是好诗又是什么？只是遇我凡尘女子，哪来阳春白雪，岂敢高附公子知音？"

"鸣弦知雅意，击手会心声。小姐琴声虽是吟诗骚而诵古韵，却发的是忧国之思，不是知音，又是什么？"

"一首寻常曲子，怎会有忧国之思，公子见笑了！"柳烟说着，顿了顿又问道，"公子刚才'投石哑蛙荷塘净'一句，不知是哪个静，安静的'静'还是干净的'净'？"

"当然是干净的'净'罗，春水荷塘嘛，既含蛙声没了，也化用荷莲高洁清新之典，不是吗？"

"公子之言甚是！最喜欢这一联，一个净字，一个开字，将知音之遇写活了！不如，我来个即兴谱曲、知音鸣弦，为公子弹唱一番，如何？"

"果然是抛出青砖，引得美玉现身！我又有耳福了，又可以听这婉婉的潮头琴音，悠悠之天籁歌声了。小姐请！"

两人又回到隐相台，琴声响起，魏柳烟歌声唱起，李云博也不知不觉唱和起来，一幅知遇相逢、惺惺相惜的景致。

临别之时，魏柳烟依依不舍，说道："公子心系天下，小女子佩服不已。如蒙不弃，约为知音，如何？"

李云博一愣，一时不知说什么好，只得搪塞了事："一介乡野草莽，何堪小姐引为知音？"

"公子少年秀才，功名早成，可堪野莽乎？诗中之意，灵犀拳拳，难道是觉得柳烟高攀不起？"

"哪里哪里！我只是觉得乱象之世，男儿当志在四方，不敢儿女情长，拖累他人。"

"大志男儿，心忧天下，匡扶社稷，英雄之业也。公子放心，柳烟不会缚你手脚，而且会助你一臂之力。"

"人处乱世，生命朝不保夕，安敢有家室之恋？岫南曾发誓，天下不一统，岫南绝不婚配！"

"公子志存高远，却又有不食人间烟火之嫌，是否另有隐情？"

李云博又一愣，只得如实交代："我本无婚配之念。只是前些时日，刘侍郎受楚王派遣，到瑶池恩典祭祀李氏祖先，与祖父约为婚姻。实不相瞒，祖父前日亲去长沙就本为提亲，只是在下断然拒绝，还受到祖父砸壶之责，于是只得拒了刘侍郎许亲，只怕刘府不肯，要与李家结为秦晋之好，真是难煞阿翁了。我的头现在都还在痛呢。"

"昨日闻得公子被祖父责罚，还以为公子年少顽劣，忤逆长辈，原来如此！"魏柳烟一时感动，情知前夜晚宴两人初识而心心相印，看来自己的感觉当真没错。但听得李云博又有王廷重臣许婚，不免悲从中来，于是调侃起来："呵呵，不想公子已经玉种蓝田，我这绿窗女子，原来是银河空望啊！这侍郎府上的千金，可是一个女中豪杰啊！世上怎会有如此巧合的事，小时候一起玩大的姐妹，居然和同一个男子扯到一起！既然是如霜妹妹捷足先登，我也就不夺人所爱了！"

"小姐哪里话！事后拒婚，不守前约，责罚亦然。自古以来，婚姻大事，父母之命，媒妁之言，我一个年未加冠的少年，有何办法，更何况众目睽睽之下，断然拒绝朝廷重臣之请，有失礼节，只得默然应承。但此事并非我之所愿，如若不邂逅小姐，我亦不会有拒婚的荒唐之举。我如今进退维谷，虽然以天下不定、就不成家的理由抗礼拒婚，却又不能与小姐有解佩之约，如此一来，岂南岂不辜负小姐一片真情？"

"哎，真是难煞人也！只是姻缘易结，知音难求。我心系公子，此生已无他求。公子不必为我犯难，就当未曾相识罢了！"

李云博把心一横，从身上扯下一块玉佩来："但得知音，夫复何求！李云博终身心在姐姐，永不相负！"

魏柳烟没有接过来，慌忙施礼说道："公子大可不必如此。小女子情非得已，覆水难收，也绝不会因为自己的情丝耽误公子的前程，更不愿和如霜妹妹争什么。公子放心，柳烟既然坦陈心迹，就不会为世俗困扰。心有念想，此生足也。何须公子牵肠挂肚、左右为难！"

李云博一听，更觉得魏柳烟绝非一般女子，更加笃定此生非她莫属，掷下玉佩于石案之上，拱手道："人生于世，芸芸众生之中能得知己，绝无遗憾！但见日后若负小姐，有同此案！"说罢，拿过刀来，将面前的石案劈掉了一角。然后收了刀，挂在腰间，又拱手道："乱世之中，岂南无力顾及儿女私情。心意尚存，就无须朝朝暮暮。我李云博还是那句话，天下若不太平，我誓不成家。"

魏柳烟待在那里没有应承什么，李云博也不再多说什么。他刚跨过门槛，又折身回来说道："柳烟小姐，我还有一事相求，不知可否？"

魏柳烟道："公子但说无妨。只要能够办到，定当竭力而为。"

"在下恳请魏小姐不必为我空耗春秋，若有良缘，不要错过，更无须等待。可否？"

李云博见魏柳烟仍然没有反应，于是就慨然说道："柳烟姐姐，刘小姐与小弟素昧平生，这拉郎配似的婚约，不足畏惧。不如我们相约：但得天下太平，如若小姐尚且待字闺中，我定请示父母，备得媒妁，与小姐结连理之好。如何？"

柳烟眼睛一阵潮湿，连连拾起玉佩，递过来一面罗绢手帕，揖道："承蒙公子抬爱，我愿与君信守解佩之约，永不相负！若有情缘，等得公子匡扶天下，胜利归来，我一定为君举案齐眉，再续诗书琴瑟之和！公子珍重！"

"姐姐请多珍重！"李云博更是心头热浪滚滚，忽然觉得自己长大了。他知道，私订终身不仅有违礼教，而且是立身处世的大忌。更何况，他还有一桩难缠的婚约等待着他去应对。不知怎么的，李云博就下了决心，一辈子就认定这个女人了。他一把抓起手帕，揣在怀中，匆匆下山去了。

第五章

DIWUZHANG

马楚长沙

◆ 一、九曲浏河入湘江 ◆

话说那天李庆吉、李天晨、李云铎别了众人，带着十余艘商船兵船和两岸拱卫的亲军骑勇离开浏阳城，浩浩荡荡沿浏水而下，直朝湘江奔去。

李天晨上了那艘"浏商一号"，等到船队起航之后就回到船的卧舱里，发现失踪了的易淑贞仍然待在那间房里。他顿时怒不可遏，揪住她，问她把李天雷弄到哪里去了。问得易淑贞一时摸不着头脑，委屈地哭起来。

李天晨放开她，没好气地说："你哭个甚？早上跑到哪里报信去了？"

易淑贞道："早上醒来，到处找茅房又找不着，后来就到岸上如厕去了。"

"编，你就编吧，你还可以说喝早茶就早食去了。"李天晨怒道，"我好心帮你，还错怪岫南，而且被长辈数落，没想到真的中了你等圈套！这好心办坏事，我就是蒙张狗皮，也没脸见人了！"

"我本来就是上茅房，有什么好编的哦？"

"我二哥今天凌晨失踪了，你不会说，这和你一点关系都没有吧？"

"李掌柜失踪了？"易淑贞花容变色道，"他失踪与我何干？李大哥，你是不是弄错了？"

"弄错了？"李天晨没好气地说道，"凌晨时分，岫南还在那里，寅时刚过，二哥就失踪了。而就在这个时候，你却不见了，谁知道你是上茅房还是干什么别的勾当去了？我觉得，你嫌疑最大！"

"天啊，你怎么这么想哇？"易淑贞哭出声来，"我一个弱女子，有何能耐，能够把天雷叔弄走？"

"你可以告诉你爹或者同伙，然后一起劫持我二哥。"

"我爹怎么了？我爹为什么要劫持李掌柜？"

"为什么？哈哈，因为你老子是个藏在浏阳的南唐密探！他借经商卖布之名掩护，干着挂羊头卖狗肉的勾当！"李天晨恶狠狠地狂笑着，怒火中烧。

易淑贞道："我爹早就致仕了，这怎么可能！退一万步讲，就算我等劫持你二哥，不赶紧逃跑，那还回来干什么嘛？"

李天晨道："看看，露马脚了不是？还想往下编？那我替你编吧：你本来是不准备

回来的，但是临时又接受新的密务，所以就又打转了。"

"你怎么像编戏词说评书一样，这是说我吗？真是莫名其妙！"易淑贞哭得很伤心，她擦了一把眼泪说道，"我又接到新的密务才回来？我出房的时候见你坐在地上瞌睡，本想叫醒你，但是想到你一晚没睡，就不忍心，于是回房取了条毡毯盖在你身上，没有惊动你。真是好心当成了驴肝肺啦！"

"你不叫醒我，就是你想跑的最好证明！"

"你不相信我，我也没办法。怎么这么倒霉，尽遇到这些倒霉的人倒霉的事。不活了，死了算了……"易淑贞变得很激动，一边说着，一边冲出卧舱，就往河里跳。

"你骗鬼呢！你是想往河里跳趁机逃跑吧！"李天晨一边扯住她，一边说道。

"求你放开我，让我死了算了。"易淑贞挣不脱李天晨的手，就将头往木壁上撞。

"想一死了之？没那么容易，我才不上当呢！好不容易逮住个奸细，我们还要从你这里得到你们行动更多情况！"

"懒得理你！"

"这不，终于理亏词穷了吧？"李天晨又五味杂陈地笑起来，"看来我的判断，精准无误。大凡从事秘密使命的密探，行动失败，一般都会一死了之，怕留下活口，泄露秘密。来人，看住这个女奸细，千万别让她死了！她死了的话，唯你等是问！"两个丁勇壮士闻声赶来，将易淑贞双手反剪绑了，就地看护起来。

两人闹出的动静不小，惊动了船上的其他人。几个炮火伙计赶来，得知易淑贞还在船上，也都大吃一惊。"好好看住她，别让她逃跑了！……哼，跑得了和尚跑不了庙！只要这个女的在我们手上，劫持二哥的贼人就一个个都得落网！"李天晨说罢甩手出了卧舱，来到商船船头坐下，仍然一副气鼓鼓的模样。

船队顺风而下，静悄悄地在河中行进。不到一个时辰，就到了柏嘉山下的鹿角湾渡口。李天晨放眼一望，远远看见渡口上横着一座浮桥，桥边停着些许船只，一群人正在桥上争论着什么。更让他惊奇的是，渡口码头和其他地方却空无一人，也见不到任何其他船只。李天晨马上警觉，猛地站了起来。他招呼两个船工，急忙跳上一条小船，飞驰上去，越过了前面的船只，靠在浮桥边。

"这里发生了何事？"李天晨握住刀柄，神色严峻地问。可是没有人理会他，继续在那里争论。

"这里是通往王都长沙的重要交通航道，怎么能够随便搭起浮桥呢？"李天晨大声问道。

"我们搭我们的，关你啥事？"

"普天之下，莫非王土；率土之滨，莫非王臣。大楚国里，怎容你无法无天？"

"口气不小啊！你是何方神圣？"

"在下是瑶池乡邑武勇执事李天晨，奉命押运王廷贡物进都。"

"三叔，发生了什么事？"李云铎已经赶到，下马上了浮桥。

"官不小啊，是个都头！"一个黑衣人抬起头，看着李天晨，又看着李云铎问，"这个又是谁？"

"你管我是谁！"李云铎怒道，"赶快截断浮桥，放船队过去，如若不然，小心脑袋！"

"自坚，你来得正好。这伙人不知意欲何为，一问三不知。我看他们来路不明，不是要打劫吧？"

"你说对了！我们在这里搭起浮桥，就是想弄点钱花。这世道，狗活得像人，人活得像鬼，强盗夜夜睡仙女。活不下去了，只有做强盗啰！"

"何方毛贼，竟敢拦截王廷船队，真的不想活了吗？"李云铎一看不好，拔出剑来，大声喝道。

那些黑衣人也不理会，飞身跳上浮桥边的小船，往货船开去，但见到了船边急匆匆跃上"浏商一号"货船，抬起几筐货物就往几只小舟上装。

"快快截住他们！"

这时候，被绑住的易淑贞听到动静，从船舱探出头来，船上的武勇纷纷操起家伙，冲了过去。易淑贞看着一个黑衣人大声叫道："爹爹，你怎么会在这里？"几个黑衣人一愣，但马上又行动起来，身手极快，等丁勇赶过来，已经下了货船，跳上小船朝浮桥驶来。

"那是我爹爹，快带我出去！"被绑着的易淑贞对两个武勇叫道，然后冲出舱门跑到甲板上，大声朝远去的小船大声哭喊道："爹爹，你不是送货去了吗，怎么干起了打劫的事来了？"

前面的两艘兵船立即往浮桥闯来，由于船比较大，一时提不起速度。看着小船接近浮桥，一个黑衣人猛地一推，浮桥原来是活动的，露出个缺口，恰恰够小船通过。李云铎大惊，连连往浮桥开了缺口的一端跑，边走边叫着："早有预谋的抢劫！快，拦住他们！别让他们跑了！"

李天晨提刀朝身边的几个人砍去，那几个人见状不妙，就三下五除二跳进水里，往岸上游去。可是，这时候黑衣人的小船已经如离弦之箭向下游飞去。

李云铎命令道："放箭！"

两岸骑勇一个个张弓搭箭，雨点般飞向河心。小船上的黑衣人用长剑挡了一阵，其中一个应声倒下，船就出了弓箭射程。

　　李天晨就连忙跳上小船，命令水手加快划桨节奏，朝前面的小船追去。船上一个黑衣人也张弓就射，一个水手中箭，船就明显地慢下来。李天晨就坐下来划桨。前方连放数箭，李天晨躲闪不及，左手被射中，另一个水手也被箭射伤，小船完全停了下来。

　　一看形势不对，小船眼看就要消失，而大船队被困在河心，情急之中，岸上的李云铎就命令道："兵分两路，一队负责沿岸追赶，一队留下来保护商船；前面两艘兵船继续追赶逃离盗贼，后面两艘赶紧清理河心浮桥，捉拿现场盗贼。"

　　就在浏水的一个拐弯处，全是悬崖峭壁，马匹根本过不去。而小船绕进一条小溪，将货物装上早就准备好的马车，弃了船只，向大山深处逃去。等骑勇绕了大半圈赶到的时候，马车和黑衣人已经消失得无影无踪了。

　　"把刚才落水的这几个人都抓起来！"李天晨怒气冲天，一把折断穿臂而过的箭镞，抽掉箭干，抱着负伤的左手，大声喊道。

　　船上的李庆吉看得真切，大声说道："赶快替他们包扎伤口！"

　　经过一阵紧张的忙碌，船队又出发了。虽然早有防备，但还是被劫去了一些炮火。李天晨铁青着脸怒火中烧，以为这肯定与易淑贞有关，冲进卧舱一把拽出易淑贞，怒道："你这个南唐奸细，借上长沙寻父之名，为南唐打探情况，我是白痴，居然信你。今天非宰了你不可！"拔出刀来高高举起。

　　易淑贞哭道："我刚才要死，你又拽住我不放。现在遭到强盗打劫，我爹爹又在里面。粑粑跌到灰坑里——拍都拍不干净，真是跳到黄河也洗不清了。爹爹啊，你在干什么呀……"

　　李天晨问道："你刚才看清了，那几个黑衣人里面有你父亲？"

　　易淑贞道："我爹爹的确在里面，我爹爹真成强盗了！李大哥，何必再费口舌！你动手吧。感谢你带我来长沙，我已见到我爹爹了……不恨你，这都是命，能死在你手里也是我的福分。"说罢，闭上眼睛，再也不言语了。李天晨无可奈何地看着她，高举的刀垂了下去。突然间，他大叫一声，倒在地板上昏了过去。

　　"快来人呀，李大哥伤势不轻，昏过去了！"易淑贞听到李天晨的叫声和倒地声，睁开眼睛一看，见李天晨左手臂血如酱紫色，染透了整只衣袖，大声喊道。两个丁勇连忙将他扶起，靠在墙上。

　　"快解开我，快！"易淑贞急得大汗淋漓，说道。两个丁勇愣了愣，松开绑绳。她从头上拔下一根银饰，插在血污处，但见银饰就马上变得通体浑黑，大惊失色地叫喊道："箭上有毒！"这时候几只船上的首要人物都赶过来，就连李云铎也上了船。大家七手八脚把李天晨扶进房里，轻轻放在床上。李庆如号了脉相，一通望闻问切后，说了声"是一般的蝎毒，没事"，就马上为他封穴下定，运功驱毒，然后又给他灌服了一些解毒的汤药。还出去为刚才一起负伤的两个水手进行了治疗。

过了鹿角湾，离长沙就不远了。浏水河的下游，河道变得宽阔舒缓。正值江南四月天，两岸田畴沙洲层层叠叠，稻香四溢，波光粼粼，水绿鱼肥。因为刚才突然遭劫的原因，弄得大家垂头丧气，没有心情欣赏这如画的风光。李云铎先是提审了被抓获的浮桥上的几个船工，可一问，都是本地乡民，那几个黑衣人出了很高的价钱让他们搭浮桥，说是有迎亲的队伍过河，没想到是要抢劫王廷贡品，一个个吓得面如土色，交上几锭大银锭子，跪在地上求饶。李云铎见确实是当地乡民，叫来一艘小船，命令将他们送到兵船上交给浏阳水军进一步审理，听候发落。接着就和几位长辈又对易淑贞仔细询问了一通。由于易淑贞的表现大家都看见了，也觉得没有证据表明易淑贞是奸细，叫她回房照顾李天晨。等易淑贞走后，大家又一起讨论起刚才发生的事情来，都暗暗佩服李云博的谋略神奇。

李庆吉后悔不迭，摇头叹息道："都是我不好，将岫南砸伤。如果他在这里，肯定会预防得更充分，说不定会抓住那几个黑衣盗贼。"

李庆如道："我们都太掉以轻心，都认为没人敢劫王廷贡品。要是全都听了岫南的，肯定不会丢失贡品。"

李云铎道："好了，我查过了，丢的都是普通炮火，损失不大。大家谈谈对易淑贞的看法吧。"

李庆吉道："虽然现在可以肯定，她的父亲易守礼参与了炮火抢劫，但从易淑贞刚才的表现来看，不像是内应，但这条线索很关键，很可能与鸣远的失踪有关。"

李庆如道："大哥说得对。鸣远的失踪很可能就是他们干的。我们可以利用易守礼的女儿查找鸣远的下落。"

李云铎说道："可以肯定的有两点，一是易守礼就是南唐黑云长剑军潜伏的奸细，他们的目标就是我们李氏的炮火。二是二叔失踪肯定是他们干的。我们暂时放了易淑贞，放长线来钓大鱼。不管她是不是奸细，都是寻找二叔的重要线索。我们也只有通过易淑贞找到她父亲易守礼，说不定二叔就可能有下落了。"

李庆吉道："自坚，是不是派人回浏阳将情况告诉岫南？"

李庆如道："不如请岫南立马赶到长沙来？"

李云铎想了想，说道："岫南能来更好，不过他有伤，来往奔波不利于康复。现在情况已经基本明朗，没必要告知他情况。等到了长沙，向刘侍郎汇报以后，再做定夺不迟。"

大家都表示赞同。李云铎就派出几名轻骑信使通牒沿途县府和通向南唐的边关隘口，严密盘查过往行人车辆，一旦有身中箭伤的黑衣人的车骑经过，一律扣押。

◆ 二、夜泊东门外，李统领拉起了家常 ◆

天近傍晚，船队到达浏阳河最后一道弯，长沙城已经遥遥在望了。当然，如果顺流而下再行几里，浏水向西拐完它这最后一弯后，就注入湘江了。借着落日的余晖，长沙城东门——浏阳门外的码头，就仅半河之隔了。

船队朝码头缓缓驶去，快要靠岸时，李云铎命令道："船队靠岸待命，本统领先去内务府复命！"说罢，带着几个亲卫跳上一条小船划过去。晚霞映着浏水，正波光粼粼，水天一色，一望无垠。而长沙城在漫天的晚霞里，却显得孤单、暗淡而寥落，甚至有些恍如隔世的生疏感。

"王都长沙真是大气象啊！"很少出门的乡勇和炮火伙计们，面对这样一幅宽阔浩渺的景象，不由得喟叹起来。

"是呀，冒见过这样宽的河，也冒见过这么大的城啊。"另一个说。

"呵呵，这只是浏水的下游、长沙城的东门外，要是明天到长沙城的西北边去，还有一条更大的河，叫湘江，比这里宽三四倍，那才叫大河呢。"仿佛是李庆如在跟他们闲聊。

"这辈子，能来一回长沙，值了！"

李云铎复命回来，还带来了大队人马。他立马高岸，大声说道："所有船只一律进港歇息，明晨验货起运。在殿前亲军接管防务以前，所有人都要严加防范，不出意外。骑勇全面戒备，乡勇上岸驻扎，其余人马一律原地待命！"

"是……"于是，所有船只就又缓缓驶入东码头的港口里，停泊下来。岸上的军队立即行动，在那里戒备开来。

天已经渐渐暗下来。乡勇成群结队地上了岸，在港口的沙滩上宿营。暮色之中，营地上炊烟袅袅，备起了军食。

李云铎拿起两钵盖有素菜和几块咸腊肉的米饭，就往船队停靠的河边走去，上了那只停泊在最前面的"浏商一号"的大商船。他跟正在船尾忙乎着晚饭的船家打了个招呼，就走进卧舱里那个尽头的偏间，但见李天晨仍然昏迷不醒，易淑贞在那里默默垂泪。

"吃吧，易姑娘。"李云铎将一钵饭递给她。

"不想吃。"易淑贞抽泣着，摇摇头。

"一天没吃东西了，吃一点吧。"

"真的没胃口。"她说着接过饭钵，放在床头几案上，又站起来点上蜡烛，然后端起饭钵漫不经心地吃起来，"李将军，都是我不好，是我害了李大哥。"

"我三叔就是这样一个直来直去的人，他动气毒发，与你无关。"

"李将军，我真的不是坏人，我不知道我爹在干什么。"

"你先别急，事情总会有个水落石出的时候。"

"嗯。"易淑贞点了点头。

"我再问你几个问题，你不介意吧。"李云铎对她说。

易淑贞道："好，我一定如实回答，可能对你们判断真相有用。"

李云铎道："先谢过了。我不明白，你们一家在金陵过得好好的，为什么来楚国，来浏阳这个小小的县城做生意。要是天下太平我还可以理解，可现在，天下大乱，到处都在打仗，你们跑到这里，有些不可思议。而你父亲以前偏偏是在军中任职，莫名其妙被革职，现在又参与抢劫，太容易让人产生联想了！"

易淑贞道："我爹就是因为被革职，怕受到更大的伤害和更多的牵连，才带着我们背井离乡的。"

李云铎又问道："你爹原来任何军职？官位几何？"

易淑贞回答道："具体情况我也不太清楚。好像大家都叫他么子易指挥，六七品小吏吧。"

"是哪个军营的指挥？"

"这我就更不清楚了。我爹不说，也不让问。他以前经常在外打仗，不常在家。"

"他着戎装是个啥样子？"

"很少看见他在家里着戎装。有一次匆匆忙忙回来是着的戎装，一袭皂衣黑甲，腰间一口长长的大剑。"

"是黑云长剑军吗？"

"对，就是这个军队，我很小的时候听我大哥说起过。"

"你大哥？你还有其他兄弟姊妹吗？"

"还有一个姐姐，嫁在金陵，一个哥哥，战死好些年了。"

"哦。那你爹是什么原因被革职的呢？"

"这个我就真的不知道了。"

"你母亲说，好像是伤病致仕。"

"你们见过我娘亲？你们把她怎么了？"易淑贞惊恐地问道。

李云铎道："你放心，我们不会把你母亲怎么样。我二叔失踪后，对附近的邻居都进行了盘查，特别是不在家的人的去向。这很正常嘛。你真不知道父亲为何离开黑云长剑军吗？真的是因伤致仕吗？"

"因伤致仕？"易淑贞反问一句，又点点头，"可能吧。爹爹常年征战，身上的伤不少啊！"

李云铎问："那你刚才说，你爹是因为获罪被革职，怕受到更多牵连而远走他乡？"

易淑贞回答道："这是爹爹告诉我的，真正为何，我也不太清楚。我真的没想到，他来楚国是干打家劫舍的勾当，我，我现在成了强盗的女儿了！"

李云铎道："好了，吃饭吧，弄得我好像又在审你似的，我相信你不知情。我三叔情绪不好，太激动，我代表他向你道歉。"

易淑贞道："李将军，我还得谢谢你们才对呢。李大哥一片好心，却因我惹出这么大的麻烦，我理解他本来是帮忙做好事，却引来很多误会。但我肯定我爹爹不是坏人，他一直都乐善好施，忠心为国，怎么就成强盗了呢？"

"身逢乱世，各为其主，谈不上什么好坏的，我相信你。"李云铎说着，忽然又问道，"易姑娘，看样子，你也不小了，怎么还独自一人，和父母住在一起呢？"

"哎。"易淑贞的脸色变得有些尴尬了，"我已经二十五了，十年前爹爹就和洪州一户江姓人家有过口头婚约。不过这些年没了联系，没有人来下聘，很可能在战乱中死了。我就这样被耽搁了。没什么，反正，跟着爹娘也不错。"

"对不起，问到了你的伤心事，我不是故意的。"

"这算什么咯！"易淑贞笑了，"李将军，顺便问一句，你三婶应该很贤惠吧。"

"我三婶的确很贤惠，还为我们生了两个堂兄弟，大的都快十七岁了。不过，五年前，她就已经病死了。"

"啊呀，你看，我又乱七八糟地问。"

"没事。三叔一直没有续娶，就是忘不了她。"

"李大哥原来如此情深义重，真是个好男人呀！"易淑贞感慨道。

李云铎突然明白了什么，说道："易姑娘，说起来真巧，你长得有些像我三婶，不，应该是很像我三婶。"

易淑贞的脸一下子"唰"地就红了："哪有这么巧的事！"

"真的，信不信由你。"

两人聊着，饭已经不知不觉地吃完了。

李云铎道："今晚，三叔就拜托你了。明天就可以上岸找你爹了。"

"我尽量照顾好他。"易淑贞说道，"你们不认为我是奸细了吗？我爹不是南唐的密探吗？我真的没事了吗？明天我可以走了吗？"

李云铎道："没事了，你爹的事情应该与你无关。他们在长沙还有几天，要等端阳节放完炮火才能回。你先找吧，无论找到没找到，他们还可以带你回去。"

"真的？那太谢谢了。"易淑贞道，"我得找着爹爹，当面问问清楚，他怎么能当起强盗来了啊！"

"可是他在哪里，不容易找到啊！"李云铎就站起来，说道，"易姑娘，明天大家还要忙乎一阵子，等有了空，我派人陪你去找吧。"

"好啊……"易淑贞应了一声后，突然又变得沮丧起来，"我还是待着别动吧，省得又给你们添麻烦。"

"你看着办吧，我先告辞。"李云铎说罢，就作别易淑贞，离开了房间，找到正在吃饭的李庆吉和李庆如，把刚才和易淑贞谈话得到的信息进行了沟通，商量如何行动。大家觉得，既然易守礼知道女儿在自己手里，他不会不现身的。利用易淑贞引黑衣人现身，一举擒获，是找到李天雷下落的关键。最为重要的，是防范他们的突袭救人。当务之急，要将这些情况，及时向王廷报告。

这时候，天策府派来执守夜事的殿前亲军已经到来，李云铎就进行了防务调整，吩咐所有的骑勇都先回军营休息，又命令乡勇宿营待命，自己会同李庆吉、李庆如策马进城去了。

◆ 三、忧心国事，老臣心力交瘁 ◆

礼部侍郎刘静仁回来以后，一直寝食难安。

这次前往瑶池贺喜，楚王要他借赏赐的机会，看看端阳节炮火准备如何，气得他当场以身体不适推诿，直到楚王同意他醴陵巡边，他才勉强前行。一回到长沙，他就进宫请求觐见楚王，想将南唐异动的情况面陈楚王，没想到都被拒绝。他也知道，虽然自己是王廷里的高位大臣，却有名无实、有职无权，特别是在这个战火纷飞的乱世里，遇到一位懦弱无能的主子，他忙来忙去，都是给楚王寻欢作乐找些莫名其妙的理由，至于什么励精图治、富国强兵，都是那些手握重兵的将领们的事，他简直是狗拿耗子多管闲事。

可是，他觉得近期邻国有些异常，纷纷派遣密探进到楚国边境活动，特别是李氏南唐，更加猖獗无比。这么重要的军情，他当然要面见楚王，当面陈奏了。因为他知道，就算奏折写得再好再具体，楚王顺便一丢，就等于白忙乎了。让他更觉愤怒和无奈的是，这个楚国的第四任国王马希广，居然连起码的朝廷礼仪都不要了，派出去的特使回宫复命，他居然躲在后宫的香艳堆里灯红酒绿，或者枯坐在敬佛堂里念念有词，懒得接见。

无奈之下，刘侍郎就匆匆去拜访天策府左司马、楚王的异母弟弟马希崇，报告有关情况。马希崇也一副不置可否的神情，让他很是难堪。实在没办法了，他找到天策府学士拓跋恒、廖匡图等几位元老联名上书，又在碧湘宫门外候了一整天，终于见到楚王马希广。可是，楚王对各国密探频出、奏请增兵边境和颁旨利用瑶池李氏火药建设炮火营的事不感兴趣，要天策府酌情处理。也对刘静仁考校李云博学已达成、可以为王廷效力的鉴语奏章漫不经心地翻了翻，一副不置可否的神情。至于建议录用李云博为官的进言，楚王说了声"有空寡人亲自考校再做定夺"，就再也提不起精神。更让刘静仁咬牙切齿的是，楚王一听瑶池李氏炮火不日就到，顿时眉飞色舞，气得几位老臣差点吐血。忙乎了几天，一事无成，刘侍郎悲愤交加，一病不起。

这时候，家老来报：瑶池李庆吉及家人深夜来访。

刘侍郎一下子坐起来，吩咐管家："快请，书房看茶。"连忙起身往书房去了。

进得书房，但见李庆吉、李庆如、李云铎已在房里等候。刘侍郎连连拱手道："各位久等，老朽来迟，甚是抱歉！"

李庆吉等连连还礼："哪里哪里，深夜造次，搅扰大人，还望恕罪啊。"

坐定之后，刘侍郎道："王廷特贡一路押来可曾安否？"

李云铎道："一路尚好，只是在鹿角湾渡口遭一伙黑衣人抢劫，幸亏准备充分，损失甚微。"

"光天化日之下，竟然有人敢在长沙附近拦劫王廷贡物，真是胆大包天！"刘侍郎惊道，"窃贼是些什么人，查清楚了吗？"

李云铎道："据末将初审人犯、多方分析，这伙劫匪应该是南唐密探，而且很可能是消失多年的黑云长剑军一部。"他又将有关情况作了详细禀报。

"真的是黑云剑士啊，楚国危矣！"刘侍郎站起来，一阵剧烈的咳嗽后，说道，"针对瑶池李氏炮火的打劫，他们肯定是拿回去试验军用火器，而对此急不可耐的，只有南唐。南唐炮火营，经历了四十多年的发展，虽然初具规模，但是威力不够，他们急需在火药的配方上寻求突破。如若他们得逞，亡我大楚的，必定是南唐国了！"

李庆吉道："刘大人，楚王是否对此有所知晓？"

"哎！"刘侍郎一声长叹，"那个只知道吃喝玩乐的楚王，社稷危在旦夕，可是，他连老夫这个派出去的特使，回宫复命都不愿接见……好不容易见到他，没想到，他正忙着准备端阳节的龙舟大赛，信誓旦旦要夺第一。一国之主，一味地吃喝玩乐，真是昏庸至极！"

李云铎惊道："怎么这样！天策府的司马大人、都尉大人呢？他们应该也收到各地探马的军情报告，这么严峻的事态，应该上奏王上，召集天策学士开府议政论军，对当前形势有所分析和研判，做出相关部署和应对吧。"

刘侍郎叹道："这些老规矩早就给他们废了！还谈什么论军议政，就连起码的朝议都没有了，只是要求天策府加强防务。唉……"

一阵交谈，弄得大家都义愤填膺，可又垂头丧气毫无办法。聊着聊着，就扯到刘李两家结亲的事情上来。刘侍郎问："怎么，岫南没来？"李庆吉道："岫南在浏阳负了伤，没有来。"刘侍郎又问什么原因负的伤，李庆吉就将事情始末，都原原本本地讲了出来，末了，他又说道："侍郎大人，这孩子虽然一直很听话，但心里倔强得很，不愿意的事强迫也没有用。李氏家教不严，真是对不住了！"

刘侍郎道："岫南年少而有大志，先公后私，这是英雄行径，与家教无关。我们可以先把婚定在那里，等到天下太平了，再喜结良缘也不迟。"

李庆吉道："多谢大人抬爱，在下代表李府上下谢过了！"

刘侍郎道："亲家公不必客气。管家，去请老夫人、夫人、小姐到客堂会客！"又对李庆吉一行人说道："各位请，去客堂！"

在他们热烈谈论的时候，后院闺阁内，一个不施粉脂、素衣束发的女子正在灯下把卷凝神。她眉黛紧锁，眼神专注，左手托着香腮，看起来很是用功。这是刘侍郎唯一孙女刘如霜。刘侍郎的儿子刘光辅在武平节度使马希萼帐下当差，常年远在朗州，刘侍郎视这个孙女如珍宝，加上又无男孩，就将如霜当男孩子养大，不仅引导她博览群书，而且请来武师传授武艺。如霜就撇开女儿家的那一套，不事女红针线，偏偏像男孩子一样文才武略兼修，而且常常羽扇纶巾，箭袖骑服，少着裙袂，一副女中豪杰的样子。正当女子看得入神时，只见一个着装素雅却不失风韵的中年贵妇进得房来，旁边的丫鬟正要施礼请安，被妇人的眼神和手势止住了，连连吐了吐舌头。妇人来到女子身后，看了一阵，叹息道："这哪里是女儿家干的事呀！"

刘如霜被惊动，连忙回头起身，向母亲施礼："孩儿见过母亲大人。"

妇人说道："如霜我儿，你还不睡，如此专心致志，在读何书呀？"

"我在研读《孙子兵法》。乱世之中，楚国无人，看来，我辈女流也得上进呀！红儿，看茶。"

"哎呀，如此下去，如何得了！"妇人坐下来，接过茶杯放在案几上，"女孩子，不做花红针线，尽学什么文才武艺，当心嫁不出去！"

刘如霜叹道："这么一个世道，还嫁什么人呀！"

妇人责怪道："胡说八道！女人嫁人才是正经事！匡扶天下、战争攻伐是男人们的事，你这小丫头少操点心！"

两人正谈论着，但听门外传来一个老太太的声音："我家霜儿是巾帼不让须眉，有志气！"

刘如霜连忙放下书站起来，转过身，喜道："是嬷嬷来了！"

妇人也连连起身相迎："儿媳见过婆婆！"

丫鬟将白发如霜的老夫人扶到上座，又上了茶。

"好了好了，都坐下吧。"老夫人说道，"我看，霜儿是大楚国的花木兰，有机会得替国效力，驰骋疆场，但也得学会相夫教子，将来要好好嫁人。"

"婆婆见教的是！"

老夫人道："霜儿啊，好消息。听说，前几天，你阿翁许婚的瑶池李氏掌门老爷，如今已经来到府上了，肯定是来提亲了！"

妇人喜道："真的？那我霜儿就不愁嫁了！"

老夫人道："你这当娘的，怎么说话的！我们如霜不知多少王公贵族来提亲，都被老爷拒绝了，怎么会愁嫁？我们霜儿，要嫁一个当世才俊才行！"

妇人道："婆婆，听说，这瑶池李氏的三小子十五岁那年，参加长沙府秋闱竞秀，就高中榜魁，是个少年才子，不知长得怎样？"

老夫人道："这还有假！三年前，秋闱竞秀的主考还是我家老爷子呢！听说，这小子，不仅聪颖异常，而且长得一表人才……霜儿，恭喜了！"

刘如霜忧心忡忡地说道："常言道，文能安邦，武能定国。乱世之中，只怕文采再好，如若手无缚鸡之力，焉能跃马疆场，匡扶社稷？"

刘夫人惊奇地问道："你说什么？你想嫁一个赳赳武夫？"

刘如霜说道："那倒不是。如果仅仅是一个酸腐儒生，只会读些之乎者也，于这千孔百疮的乱世，又有何裨益？"

老夫人嗔怪道："怪不得你母亲怕你嫁不出去，你眼光还真高呀。不过，听老爷子说，这个李云博，在升冲观学道多年，深得药因道长真传，不仅才高八斗，而且精通武艺，对易理、医术和火药都很有造诣，被人称为火药神童、小诸葛啊！"

刘如霜叹道："只怕他是被捧出来的花拳绣腿、浪荡神童吧。我看，还不如他二哥李云铎实在，年纪轻轻就考中武举，二十出头就统领飞骑营，这才是真正的国之栋梁啊！"

刘夫人大笑道："原来你厚此薄彼，不是喜欢自坚那小子吧？"

刘如霜正色道："女儿心在天下大事，哪有闲心想什么儿女私情！只是用来比对而已，绝无半点非分之想！"

老夫人道："好了好了，你只不过跟自坚学了几天武艺，认识他有些好感罢了。我告诉你，这两兄弟，都不简单，号称瑶池双杰。可是，我们只有一个孙女啊！更何况，老太爷许婚的是岫南呀！"

刘如霜红着脸说道："别说这些可以吗……"

老夫人说道："这是正事。婚姻大事，是女人最正经的事情。父母之命，媒妁之言，历来都是这样的……"

刘如霜有些不耐烦她们的絮絮叨叨了："我就是想有机会为国效力，没心思想这事。这么一个险象环生的世道，谈婚论嫁有何用啊！"

刘夫人有些不高兴了，厉声说道："一个女儿家，天天舞枪弄棒，就有用呀！这件事情，得听尊长的，由不得你的性子！"

刘如霜不想和她们斗气，也不辩解，闷闷地坐在那里，拿起本书，装着看起来。就在此时，只见管家进了房来，躬身说道："老太爷吩咐，请老夫人、夫人和小姐到客堂会客！"

刘如霜道："我不去。"

刘夫人道："给你提亲，你怎么能不去呢！这样不礼貌！"

"你都十六岁了，寻常家的女孩子早就许配人家了。只是你阿翁宠你，让你在闺阁中多待两年。"老夫人说着，就吩咐道，"你回去禀报老爷，说我等就到。"管家应声去了。

刘夫人急忙道："来，赶紧打扮打扮，弄得漂漂亮亮的，让亲家爷见上一眼，保证十二分满意。"

刘如霜道："我不去！打扮什么，越丑越好，没看上巴不得！"

老夫人笑道："常言道：'打扮打扮，像个瓦罐。'我们如霜天生丽质，穿什么都貌若天仙。不用那一套。走！"

婆媳俩强拉恶拽把刘如霜带到了刘府的客堂上。刘如霜一见到李云铎，顿时来了精神，连连甩开祖母和母亲的手，兴奋地跑过去，大声说道："自坚哥，你也来了。我们去比剑吧，看看我有长进没有？"

刘静仁大声呵斥道："如霜，不得无礼！还不快快见过客人！这位是瑶池乡司、李氏宗族掌门人李大老爷，第二位是他的三弟、长沙爆竹商行李掌柜，第三位是……"

"我知道他们是谁！"刘如霜看了一眼李云铎，然后拱手躬身施礼道，"刘府女公子，拜见李府各位尊长！"老夫人、夫人见了，上前道了万福，李氏祖孙三人马上站起来还礼，非常尴尬。

刘侍郎瞪了女孩子一眼，连连站起来拱手道："李府家教不严，礼数不周，还望请各位多多包涵！"

李庆吉也拱手道："哪里哪里，贵府千金真是巾帼不让须眉啊！"

刘如霜问道："请问祖父大人，我以公子之礼见客，有何失礼？"

刘侍郎道："女儿家，见什么公子礼？"

刘如霜道："我以前也是如此，祖父大人为何不责罚于我？"

刘侍郎气急败坏地说道："以前尚可，今晚断然不行。"

"这却是为何？"

"因为今晚李府是来提亲的，你必须以女儿之身见礼！"

刘如霜笑道："各位尊长，今天我刘如霜失礼了。如今大乱之世，当以国事为重。常言道：倾巢之下、焉有完卵？国运岌岌可危，哪来美满姻缘。天下不太平，我就不嫁人！"

刘侍郎大怒道："放肆！黄毛丫头，怎能信口雌黄！婚姻大事，父母之命，媒妁之言，怎由得你同不同意！"

刘如霜呵呵大笑："父母之命、媒妁之言，说得好听！我的父亲远在朗州，他可曾知晓？来的都是李氏尊长，媒妁又在哪里呢？"

"简直胡说八道！"刘静仁一声大吼，站了起来，突然，一口鲜血从嘴里喷了出来，然后渐渐就软下来，当场昏过去。大家惊呆了，连忙拥上前扶住刘静仁，将他轻轻安放在座位上。

"老爷！"

"侍郎大人！"

刘夫人说道："霜儿，你也太不像话了，你不知道老爷这几天来往奔波，都累得躺下了，你怎么还要这样气他！"

老夫人吓得连连直喊"老爷子、老爷子"，也转身责怪起刘如霜来："都是你阿翁宠坏的，老爷子晚膳都没进，躺在床上都两天了，你怎么忍心啊，大家白疼你了！"

刘如霜也被这突如其来的意外吓坏了，马上哭了起来，跪在地上说道："阿翁，都是我不对，让你生气，我再也不敢了，再也不惹您生气了！"

与此同时，李庆如急忙上前为他诊了脉，从随身携带的包袱里取出一粒黑色药丸，请人端缸温开水来，帮刘静仁服下。又叫人搬了床被单，将刘大人裹起来，然后说道："禀老夫人，李大人是近期劳而无功，又急又气，导致心肺两虚，加之偶感风寒气脉不畅，适才又动了怒气，虚火攻心一时肺血扩张。只要调理得当，别太操心劳累，应该没什么大碍。我刚才给他服用了定魂丹，他很快就会醒来。等下我再开几副滋补心肺、清火顺气的药，调理一下就没事了。"

老夫人一抹眼泪，说道："感谢李掌柜出手相救。"

刘如霜这时候却道了万福："都是小女子不懂事，让我阿翁气得吐血。李掌柜妙手回春，不愧药王传人，小女谢过了！"

李庆如说道："老夫人、小姐不必客气，举手之劳，何足挂齿！"

这时候，刘静仁醒了过来。看着大家，说道："元德贤弟，你刚才在书房里说，岫南也不愿意成家？"

李庆吉道："是呀，他说，天下不太平，就不成家！"

"看来，岫南是拒婚啊！"刘侍郎问道，"霜儿，你的意思呢？俗话说，捆绑不成夫妻。这婚姻大事，两方都不愿意，亦只能作罢了。如霜我儿，如果真的不愿意，阿翁不勉强你。"

刘如霜突然一副乖巧伶俐的女儿情态，躬身说道："婚姻大事，全凭阿翁做主！"

◆ 四、战乱让不期而遇的爱蒙上阴影 ◆

子时刚过，李天晨醒了。

借着昏暗的烛光，他看见易淑贞依然伏在床沿上，睡着了。见此情形，李天晨估计，她应该是一直这样寸步不离，实在瞌睡了，就打一会儿盹，跟至亲家人一般。他顿时五味杂陈：才认识不到两天，就仿佛成了多年的冤家对头，个中的爱恨情仇似乎已经深入骨髓，在那里锥心地疼痛。他非常后悔自己鲁莽，也非常奇怪一向行事冷静稳重的自己，怎么这几天来会莫名其妙地反常，就像一个喝多了酒的醉汉，已经失去了自控能力；或者一条不能自已的疯狗，只要一见有人出现，就不管三七二十一狂咬一通。他回想起船队起航时对易淑贞的无理责难，王贡被劫后对她的怒火中烧，胸口不禁有些隐隐作痛。然而，她的父亲偏偏又出现在昨天抢劫王贡的黑衣盗贼里，很可能是劫走二哥李天雷的仇敌。但从昨天易淑贞的表现和反应来看，她绝对不是知情者，也不是参与者，更不是主谋了。

"唉，真是个煎心炸肺、剔骨锥筋的困局啊！"他轻轻地叹息道，有些懒得想这些了。现在他唯一想做的，就是感受五年多来，第一次在夜里，在凌晨时分，与一个女子，一个心仪的女子，在一个小小的房间里平静而幸福地度过。虽然，上半夜自己睡了，她焦急地守候；而下半夜她睡了，自己如有神助地回醒过来接班。"要是两个人都醒着，还真是一件尴尬而麻烦的事情。"李天晨想到这里，情不自禁地笑出声来。

应该说，老天爷就是喜欢让人难堪。他的不大的笑声把易淑贞给惊醒了。她睡眼惺忪地抬起头，看见李天晨正出神望着她，马上喜形于色地回过神来，说道："李大哥，你终于醒过来了。瞧我，一不小心就睡过去了。"

李天晨道："我也刚醒，一点箭伤，过两天就没事了。"

易淑贞道："我知道你是好汉，行了吧？可是，我要告诉你，这是毒箭，若不是及早发现，就麻烦了哒！"

李天晨道："谢谢你，不是你发现，我就没命了！"

易淑贞道："你要是死了，我肯定也活不成了，一定被你的亲人杀死报仇了！"

"你为何这般认为呢？"李天晨说着，更像自言自语，"不会。我的大伯、三叔都是很仁慈善良、讲究道义的人，绝不会滥杀无辜的。"

易淑贞道："如若是我，也会这样。你想想，你是我爹爹等一伙人害的，我又是他们家眷，杀我报仇不是天经地义吗？"

"肯定不会！我们瑶池李氏从来不会因为私人恩怨杀人，更不会伤及无辜，要么找仇家决斗，要么交官府处理。"李天晨说，"你说，那一箭，会不会真的是你父亲射的！"

"说不定就是他呢！他的箭法很准的！"易淑贞道，"不过我想这不可能，因为我爹爹从来不使用毒箭。唉，一个是我爹爹，一个是你，你们两个都是我敬重之人，如今又是对手，我夹在中间，成了甚了！为什么要打仗呀，都平平安安地过日子，不很好吗？"

李天晨听到这句话，突然沉默了。

"你怎么了，不舒服吗？是不是伤口又痛了哇？"

李天晨摇摇头。

"那，是我的话伤到你了吗？"

李天晨还是不作声，突然闭上眼睛，一声长叹。

"你应该饿了吧，我去热点吃的哦，好不好？"

李天晨仍然闭着眼睛，点点头，铁打的硬汉眼角却有湿湿的玩意儿流出来。不一会儿，易淑贞端着碗热粥进来了，她用木制汤匙在碗里搅着，又舀起一匙说道："我买了船家的米，借了船家的锅子熬的，足足有两三个时辰了，烂得很呢，来，喝一点吧。"

李天晨也就不讲客气了，张开嘴就喝，自家人一样。

"李大哥，我问你个问题，好吗？"

"问吧。"

"我真的很像你去世的夫人吗？"

"你说什么？谁告诉你的？"李天晨狠狠地呛了一口，不停地咳嗽起来。

"慢点慢点，没人跟你抢！"易淑贞一边喂着，一边笑着说道，"你不用知道是谁告诉我的，你只要告诉我，像还是不像就行了。"

"这……嗯咔咔……"

"很像，是吧。"

"是，真的很像。"李天晨突然涨红了脸，"我第一眼看见你，简直不相信自己的眼睛，还以为是在做梦呢。"

两人突然无话了，就像一对生活在一起很久了的男女，进行着喂饭这种家庭中常见的寻常活计，那样的默契自然，饱含深情而又平淡无奇。李天晨突然想到一句老话："皓首如新，倾盖如故。"很多人认识接触了一辈子，直到头发都白完了却并不怎么了解，像新认识的人一样；而有的人只是一次的偶然相遇，却像认识了很久的老朋友重逢一样，一见如故，相见恨晚。更让他们不敢面对的是，还有一种除了儿女私情之外的所谓的国家利益，像一条难以逾越的鸿沟横亘在他们之间。

坐着坐着，天，就亮了。易淑贞熄了蜡烛，掀开舱帘，出了卧房。李天晨透过船窗，但见长沙城的浏阳门外，依旧雾色蒙蒙，什么也看不清楚。他看着易淑贞出舱而去的背影，不觉黯然神伤：要是在和平年代，就没有你死我活的争斗，没有国恨家仇的纠结，没有刀来剑往的流血，我们该是多么幸福的一对呀！可是现在，这不该萌动的心，偏偏在这场明争暗斗的角逐中潜滋暗长。唉，这让人诅咒的乱世，早点结束了吧！

这时候，长沙古城浏阳门外，雾气渐渐消散。正当早食时分，但见一队轻骑飞出门来，为首者大声宣道："内务府有令：立即起货，送内务府王廷仓储。"

码头上一群人就忙碌起来。不一会儿，又有一队骑兵飞来，在码头上停下，但听一个娘娘腔的男音大声宣读道："王上有旨：宣飞骑营副统领李云铎及瑶池乡司李庆吉急速进宫……"

李云铎丢下手中的活计，对身边的副将交代了一下，寻得祖父，两人上了马，匆匆随宣旨的太监进城去了。一阵疾驰，就到了碧湘宫门外。众人下马，匆匆进了宫里。太监叫祖孙俩在大殿外等候，进去复命。一会儿，只听见一个太监出来，大声宣道："请李云铎、李庆吉上书房觐见！"就领着李氏祖孙进殿去了。

一路上，李庆吉惊奇不已：这楚王的碧湘宫，外面看起来规模不大，形制普通，里面却气势恢宏，陈设奢华，沿路走廊过道侍卫宫女层层云立，声势威严。两人进了上书房，但见一个全身大红蟒袍、头戴金冠、大腹便便的中年人坐在那里等候，于是倒身便拜：

"卑职李云铎拜见楚王千岁！"

"浏阳瑶池草民李庆吉拜见楚王千岁！"

"平身！"

"恭谢我王！"

"李统领，李乡司，你们辛苦了！"楚王马希广满带笑意，又兴致勃勃地问道："李乡司，今年特供炮火威力几何？"

李庆吉回答道："启禀我王，今年特供炮火，较以往有过之而无不及也，请殿下明察！"

马希广喜道："哦？真的？那好，明日本王要围猎岳麓，你来操持炮火如何？"

李庆吉一时不知如何回答："这……"

李云铎马上回道："我等悉遵王命，尽力驱驰，报效我王！"

"好！来人啦，传本王旨意：明日卯时，天策府上将军狩猎岳麓，请湘江水军指挥使许可琼将军即刻安排舰船随本王过江，麓山大营派精兵三千，协助本王围猎！李云铎升任飞骑营统领，担任本次狩猎护驾大将！"

李庆吉急忙道："启禀我王，小民有重要军情禀报！"

马希广一愣："有何军情？但请报来！"

李庆吉道："近日我瑶池爆竹节上，各国密探云集，特别是南唐黑云长剑军现身瑶池，我等以为，他们皆欲抢夺李氏火药秘方，升级炮火武器，可能对我大楚国有所图谋！"

"哈哈哈哈……"马希广大声笑道，"李乡司言过其实了吧，黑云长剑军是前吴国主的皇家侍卫，早就销声匿迹，就算存在，也远在金陵，怎么可能来楚国边陲？而且，火药本是礼俗用品，弄些玩乐的东西尚可，至于制造武器，几十年来也不见什么长进，火药能够提升军事实力？本王以为，有些荒唐滑稽。天下军事，莫如坚船马阵，快刀硬弓。李乡司不必多虑。"

李庆吉道："我王殿下，南唐素有吞并我大楚野心，我们不得不防啊。小民恳请殿下陈兵瑶池，及早部署，防范南唐不轨图谋……"

"好了好了，寡人知道了。"马希广不耐烦地说道，"现在，关键是搞好围猎，这也是重要的实战训兵和军阵演练嘛，你们快去准备吧！"

李庆吉悲愤不已："殿下！此事关系大楚安危，容我王三思！"

"军国大计，自有天策府的大将们谋定后动，你不用多说了！"

李云铎赶紧跪下："殿下息怒！祖父久居乡野，不知礼数，冒犯大王，恳请赦罪！"

马希广道："没事！本王佛心慈悲，仁民爱物，怎会随便降罪！你们去准备吧，我要让本次的围猎成为一次真正的战争游戏！"

"是！卑职告退！"李云铎扯着祖父连连下跪谢礼，退下去了。

出了碧湘宫，李庆吉一路摇头叹息："君王沉溺声色犬马，不理军国政事，亡国之象啊！"

李云铎道："阿翁，我们现在身处王都，一定得谨言慎行，不然，会招来杀身之祸呀！"

李庆吉怒道："国之将亡，留身何为！"

李云铎惊愕地看着李庆吉拂袖而去，愣了好半天，才加快脚步跟上。

◆ 五、围猎岳麓山，王旗猎猎 ◆

第二天一大早，楚王就意气风发，浩浩荡荡出宫，准备过江狩猎。

正当楚王马希广乘着大盖王车，兴致勃勃地带着众人，来到湘春门即将出城的时候，几个披发赤足的人跪在大门中央挡住了去路。马希广一看，心里暗暗说道坏了，几个难缠的文人学士又来捣乱啦。李云铎连忙跳下马来，上前一看，原来是天策府的几个学士，一个是礼部侍郎刘静仁，一个是顾命老臣、武安军节度判官拓跋恒，一个是昭顺观察判官徐仲雅，还有一个是江南观察判官廖匡图。但听拓跋恒等人大声谏道："殿下万万不能兴师动众，以军旅为狩猎之戏啊！望殿下三思！"

"大胆酸儒，竟敢结党拦截王驾，该当何罪？"长直都指挥使、亲军都统领刘彦瑫策马上前，大声喝道。

拓跋恒没有理会刘彦瑫，继续谏道："殿下长于深宫之中，继承父兄之业，身不知稼穑之劳，耳不闻疾苦之音。驰骋邀游，锦衣玉食。府库尽矣，而浮费益甚；百姓困矣，而厚敛不息。今淮南为仇雠之国，番禺怀吞并之志，荆渚日图窥视，溪蛮待我姑息。大楚危机四伏，殿下不亲振朝纲，图谋安国大计，整日游玩纵乐，若国破家亡，有何面目见列祖列宗？"

"大胆拓跋恒，竟敢诋毁我王，诅咒楚国，来人呀，抓起来打入囚牢！"楚王异母弟、天策府左司马马希崇也站了出来，大声命令道。一群白甲卫士应声而上。

"且慢！"马希广制止道，"几位学士为国强谏，何罪之有？而且本王狩猎，就是为了演武强兵。各位大人请起！"

刘静仁说道："我王殿下，据可靠讯息，南唐李氏正厉兵秣马，对我边境虎视眈眈；而朗州马希萼结通溪蛮，正欲振戈东进；南汉刘氏也欲图不轨，整军北上。殿下，内忧外患已势同燃眉，该遣将陈兵于要塞边关，差派使者于皇朝邻国，内修武备，外接盟好，才能保国泰民安呀！"

廖匡图道："殿下围猎岳麓，劳民伤财。愿殿下废却游乐玩逐，心系国计民生，以供佛之心亲政爱民。我等将竭尽全力，效命殿下。"

徐钟雅道："殿下嘴里慈悲仁义，却言行不一。求神拜佛，吝啬财货，废弛邦交，松懈武事，不施惠政于百姓，以军猎为乐，不可取也。常言道：'足寒伤心，民怨伤国'，游玩放乐，军猎宴饮，皆民怨之源也。望殿下罢猎为盼！"

马希广笑道："各位大人误会了。本王此次狩猎，为的就是演练战阵、壮我军威，绝不游山玩水。各位金玉良言，本王牢记于心。等狩猎回来，再召各位共商定国大计。诸位请回吧。"

刘静仁怒说道："殿下得位，本来就是以幼代长，王兄马希萼虽然身在朗州，却至今耿耿于怀。即位三年，天天如此胡闹，国亡无日也！"

拓跋恒没好气地说道："下官还是奉劝殿下，将王位让给王兄希萼算了！"

马希广大怒道："本王军演，为国强兵。你等国之重臣，却因为本王即位是废长立幼，常常称病不出。今天，怎么病都好了还是抱病为国？你等屡屡与本王作对，是何道理？若再不让开，休怪本王不客气！"

刘彦瑫见四人未动，大声命令道："亲军侍卫听令：将四位大人请到路边，让大王出门！"

有了侍卫亲军帮忙，马希广率领众人终于出了湘春门。几个被丢在路边的学士一个个捶胸顿足，大声哭喊道："你这昏君！楚国危矣，社稷休也！"

"楚王起驾，岳麓狩猎！"随着执事太监的长声吆喝，湘江水军战船全部扬起风帆，往西岸驶去。一时间，军号嘹亮，鼓声震天，迷蒙的湘江水上彩旗飘扬，迎风招展，犹如出征之师一样军威浩荡。如林的船桅和旗帜渐行渐远，海市蜃楼一般渐渐湮没在雾气升腾的浩瀚烟波里。

清晨的岳麓山下，数千楚军在雾色里严阵以待，依然旗帜如椽，迎风猎猎。但见对岸的船只越来越近，岸边的士卒就齐声欢呼起来："天策神威，我王英武！天策神威，我王英武！"直叫得站在指挥大舰上观望的马希广心花怒放。

待船队靠岸，李云铎率侍卫登岸列阵。岸上主将及三员大将飞身下马，叩倒在楚王的王驾前："大楚国六军都指挥使、岳麓大营都统张少敌率马军指挥使李彦温、步军指挥使韩礼、强弩指挥使彭师暠，恭迎楚王殿下岳麓围猎，吾王千岁千千岁！"

岸上将士振臂高呼："岳麓大营将士恭迎楚王殿下岳麓围猎，吾王千岁千千岁！"

马希广喜道："诸位将军快快请起。"又对岸上将士频频示意，"将士们辛苦了！"

几位将军拱手起身："为王效命，万死不辞！"

岸上将士亦齐声呐喊："为王效命，万死不辞！"

经过一阵忙碌，一切准备就绪。只见峨冠博带的马希崇走上台来，大声说道："岳麓狩猎开始。请楚王殿下亲自举案焚香，恭慰诸神！"

马希广站起来，接过香案贡在祭坛上，点上檀香、燎燃冥纸后，行了祭祀大礼。

马希崇道："请天策府大学士、掌书记李宏皋致狩猎祭祀诰文。"

一位头发花白的文装官员起身，展开一轴黄卷，大声宣读起来：

岳麓山神，湘江水神及天地诸灵：今我大汉朝中书令、武安军节度使、江南诸道都统，大楚国王、天策上将军，奉天旨意，驾临岳麓山狩猎，旨在砥砺士卒、磨炼战阵、展我军威，以造就天策神军威加四海、天下无敌，保卫楚国不受侵犯，永立三湘四水。愿神灵佑我大楚国泰民安、五谷丰登、永逸太平……

宣完祭文，马希崇道："恭迎楚王殿下猎前训示！"

马希广登上高岸大盖王车，拔出剑来，高高扬起，大声喊道："今日狩猎，旨在强武壮兵。本王敬天尊佛，仁民爱物，慈悲生灵，特约法三章如下：一、不准戕害幼兽、无端暴殄天物；二、不准围捕孕麂、无辜戮畜妻母；三、不准刀枪见血、一律炮火宰生。传天策府上将军令：岳麓围猎，有功者重赏，违令者严惩，鸣炮起鼓，军猎开始！"

"我王圣明，我王英武！"一片呐喊声中，但听三声炮响，锣鼓号角连天，巨大震荡之声在猎猎王旗间缭绕不绝。

马希广命令道："演练步军围山攻寨战阵，步军大将带两千步卒围林封山，搜索前进，禁止任何壮兽出林！"只见张少敌令旗一展，韩礼将军带着大军出动，不一会儿，岳麓山已被楚军围得水泄不通。

"演练马军山地疾驰战阵，马军主将帅骑勇五百进山驱猎！"

张少敌一展令旗，但见李彦温将军带着马队飞驰进山，一时间呐喊四起，山间的野鸟走兽惶然惊觉，东跑西窜，狼藉不堪。车马队伍也沿着湘江边上行进。

这时候到了进山路口，马希广下了王车，准备跃上战马。因为大腹便便，弄了几次都未上马，李云铎连忙上前，将他扶上马背。马希广有点不好意思，腼腆地笑了笑，回头对大批女眷道："你等在此候着，本王要进山捕猎了！"

"启禀父王，小女愿随父王进山狩猎！"

李云铎抬头一看，只见一个十七八岁的女子大声请命，心里暗暗好笑：这个老大不嫁的娇娇公主，原来也喜欢凑热闹啊！但听楚王大声笑道："馥湘公主巾帼不让须眉，胆识过人，寡人欣慰。但狩猎如同亲临战阵，险象环生。我儿还是留下来陪母后她们吧。"

"身为公主，当替父王分忧，舍生忘死护驾父王！请父王应允！"

"我儿孝心可嘉，那好吧，你就随李云铎统领一起护驾本王！"又转身对李云铎命令道："李云铎将军听令：命你带一百精骑随本王进山，保护好本王及公主安全！左司马、大学士、张将军，你们带好捕猎队伍；彭将军，你带上一百弓箭手以防猎物窜逃；李掌门，你负责猎兽炮火，均随本王行进！"

"是！"

李云铎跳上马背，回头对侍卫亲军说道："飞骑营各百夫长听令：甲队随大王进山，其余各队就地警戒，保护王室随员安全！"

"得令！"将士们一下子散开，按照军令行事。一彪马队就沿着林间小道进山而去，一下子消失在茂密的山林里。

大约经过一个多时辰的驱赶，大量的野兽被围堵在岳麓山一个狭小的山坳——麓谷里。这时候，马希广带着大队骑兵已经赶到坳上，看见数百头种类各异的野兽，被层层叠叠手执长枪盾牌的步卒包围，不禁喜上眉梢。他朝身后喊道："举纲布网，准备取猎！"只见一队队士卒两两一组，抬着巨大的围网和木架朝坳口奔去，然后沿着步卒盾牌，支起木架布上围网，所有的野兽成了瓮中之鳖。

"弓箭侍候！本王要亲试箭技，示范三军！"

内务府总管葛公公将一把玉弓奉到马希广马前。彭师嵩带领弓弩手已经下马上前，张弓搭箭，做好紧急防护准备。

马希广一拉玉弓，却纹丝不动。"本王老了，连先王的玉弓都拉不开了。葛总管，换一把普通弓箭让本王试试。"不一会儿，阉人奉上普通檀木弓，可这一次，楚王拉是拉开了，等搭上箭的时候再拉，就只拉到一半，箭飞出一二十步远，就轻飘飘地落下了。可是马希广不甘心，屏气凝神、咬紧牙关，几乎闭上了眼睛使出浑身力气又射了一箭，可能是一门心思开弓去了，没有注意方向，满弓一放，飞箭朝右边不远的马队飞去，直奔馥湘公主的坐骑而来，箭头扎进了马脖子的厚鬃里，稳稳地定在那里。战马受伤后一声嘶鸣，猛地张开前蹄窜了出来，冲破纲网，朝围在圈内的兽群奔去。马上的馥湘公主控制不了受伤后狂奔的战马，她见离兽群越来越近，顿时花容失色，急忙想跳下马，可一时挣不掉马镫，身体不时东倒西歪，眼看就要掉下马来。

刚睁开眼睛的马希广被突如其来的变故给弄晕了。他张大嘴巴，不知说什么好。说时迟那时快，但见李云铎一策胯下战马，飞驰过去，赶上受惊战马，一伸手将馥湘公主拧了过来。脸色苍白的馥湘公主，紧紧搂住李云铎的腰，一刻也不放松。这时候，受伤的战马已被兽群团团包围核心，一通撕咬争斗，那马顷刻毙命。等到兽群朝李云铎方向快速移动的时候，李云铎带着馥湘公主已经冲出了布网区，脱离了危险。

这时候楚王清醒过来，大声命令道："兽群受惊，意欲逃遁。弓弩营听令：放箭，将它们射回！"

只见彭师曷长剑一挥，顿时箭如雨下。兽群遇到箭雨，跑在前面的死伤过半，剩下的刹那间四散而逃，不一会儿，又聚到了麓谷里。

马希广见到这种情形，大声对李庆吉说道："李掌门，准备炮火，本王要响炮宰生，猎取野物！"

"是！"李庆吉领命后，立即组织炮工将炮火装到了飞炮架上。只听一声令下，数百发炮火点着，被飞炮长臂掷向兽群。炮声轰响，此起彼伏，浓烟滚滚，地动山摇，那群狂奔的野兽绝大部分顷刻毙命，也有一些被重创或者轻伤的，一时间惨叫不绝，四处逃窜。

马希广道："弓弩手听令：射杀残兽，不放走任何一只！"

"是！"弓弩手们放了一通箭后，所有野兽全部倒下，没有了声息。

马希广又吩咐道："请张少敌将军组织清点收拢猎物，报本王后论功分赏。"张少敌等应声去了。

这时候，李云铎已将馥湘公主扶下马来，两人就坐在一棵大树下，远远地看着这边忙碌的情形。特别是一通炮火，大量野兽顷刻毙命，看得公主目瞪口呆。吓坏了的丫鬟赶过来，问这问那，见公主没事，才放下心来，转身给他们找水去了。马馥湘就和李云铎聊开了。

"李统领，这些都是你们浏阳的炮火吗？"

"回禀公主，都是末将家乡浏阳瑶池李氏的炮火。"

"真的精彩纷呈、威力无穷呀！"馥湘公主感叹道，"司炮的李掌门是将军什么人？"

"回禀公主，是末将的祖父大人。"

"哦。适才受了惊吓，半天才回过神来。感谢将军救命之恩，将军不愧武举出身，的确武艺超强、胆识过人呀，馥湘佩服之至！"

"公主过奖了！身为亲军侍卫统领，保卫楚王殿下及各位王族成员的安全，是末将的天职，区区小事，何足道也！公主不必挂怀！"

"李统领果然豪气干云！今日在此结识将军，真是三生有幸！"馥湘公主说着，忽然问道，"馥湘斗胆一句，请问将军贵庚几何，婚配何氏？"

"回禀公主，末将今年二十三，尚未婚配。"李云铎铿锵有力的回答，一点都不拖泥带水。

"哦。"馥湘公主不觉红泛香腮，又问道，"将军已过加冠之年，应该早就定有婚约吧？"

"回禀公主，末将适逢乱世，身居行伍，肩负重任，个人私情不曾顾及，免得连累他人。因此，末将至今仍然光棍一条，让公主见笑了！"

"将军心怀天下，舍己为公，不忘军人职责，馥湘佩服不已！"馥湘公主说道，"馥湘有一不情之请，请李统领依允。"

李云铎道："但凭公主吩咐！末将赴汤蹈火在所不辞！"

馥湘公主站了起来，道："拜请将军以后不要称我公主，就叫我馥湘或者湘湘吧！"说罢，深情地望了一眼李云铎，头也不回就朝马希广那边走去。

"这……"李云铎不知何意，愣愣地待在那里好一会儿，猛地摇摇头，跟了上去。

那边，只见张少敌将军正在跟楚王报告战果，喜得马希广手舞足蹈。他见李云铎走过来，突然命令道："李云铎听令：命你立即随本王赶赴岳麓寺。本王要亲临岳麓寺烧香拜佛，祈求诸神保佑我大楚风调雨顺、国泰民安！"

"末将遵命！"

◆ 六、上香岳麓寺，馥湘公主问卦姻缘 ◆

岳麓寺又名慧光寺、麓山寺、万寿寺，始建于西晋泰始四年(公元268年)，它不仅是湖湘第一所佛教寺庙，也是一处历史悠久、底蕴浑厚的文化名胜。这里的佛事重新开始兴盛，尤其如今的马楚时代，王室信佛，又恢复到唐初的规模，民间习惯仍然叫岳麓寺或者麓山寺。

这一天，岳麓寺主持弘道禅师正在寺里聚集众僧，听南来的云游僧信州雷觉寺主持若边法师讲经弘法，交流佛学，忽然间四处呐喊不绝，继而又炮声大起，不觉皱紧眉头，口诵"阿弥陀佛"，摇头叹息。若边法师停止了讲授，问道："敢问弘道大师，这佛门净地，怎么会有兵戈呐喊和炮火之声？"

弘道说道："阿弥陀佛。大师不知，这岳麓山，自武穆王马殷建楚以来，就成了狩猎练兵的场所。麓山寺虽然得到延演，不曾绝断香火，但每每都会受到王家狩猎惊扰。尤其现任楚王，好游玩狩猎，春夏秋冬从不间断，我等已疲惫不堪。"

若边道："原来如此。据我所知，马氏父子皆尊天信佛，尤以当今在位之主为甚。

怎么会时常狩猎山门，惊扰佛地呢？"

弘道回答道："为王者，信与不信，谁又堪知？天下已成乱象，当局者不知靖国保疆，勤政恤民，而一味游乐玩赏，南方小国，可存久焉？阿弥陀佛。"

若边道："阿弥陀佛！长沙楚国，自武穆王马殷立国以来，开疆拓土，仁民爱物，至今已历四世，一直国泰民安，雄立南方。大师何出此言？"

弘道答曰："佛家人不打诳语。自武穆之后，众子争位，攻征杀伐，州郡分崩离析。常言道，人无远虑，必有近忧。鼠目寸光，焉能自保？阿弥陀佛。"

说话间，突然一个小沙弥慌慌张张来报：楚王驾到！

弘道法师大惊，慌忙起身出迎。

楚王马希广一行，正沿着林荫小路往岳麓寺方向来了，转眼就到了寺门。

弘道连连迎了上来："贫僧不知殿下大驾莅临，有失远迎，望殿下赎罪。阿弥陀佛。"

楚王道："弘道大师言重了。本王今日进山狩猎，演练战阵，惊扰佛门，特来谢罪，还望大师海涵！"

"殿下敬天尊佛，佛门大幸也。麓苑王家寺院，侍奉王族，佛门本职也。恭请殿下殿里敬香。阿弥陀佛。"

马希广就进了大成宝殿，众僧为之鸣鱼念经，楚王躬身拜佛上香忙碌开来。

这时候，馥湘公主走上前来，对马希广说道："父王，孩儿要求取佛签，以问姻缘。"楚王笑道："我儿年已十八，是该问问佛旨，姻缘何方了。"

弘道法师见状，连忙上前，为馥湘公主捧来签卦，双手奉上，又亲自鸣鱼不绝。馥湘公主跪身蒲团，虔诚礼拜，红唇翕动不绝。然后摇动签筒，不一会儿一签跳了出来。弘道捡过签卦，然后就对照签谱，解读起来。但见一首佛签：

乱世姻缘从天定，金枝玉叶木子家。

虽是家道难为继，国难当头守长沙。

弘道大师看罢佛签，不觉皱起眉头，半晌说不出话来。

馥湘公主见状，忙问道："大师，签上何意，为我等解解。"

弘道大师说道："佛旨天机、自在人心，不可泄也。要不，公主再抽一签试试？"馥湘公主一连三次，抽到的都是同一卦签。他似乎也无能为力，就再也不肯吱声。

马希广见状，走过来拿卦签，又看了签词，也愣在那里半天。在馥湘公主的再三催促下，他就命令弘道快快解读。弘道无奈勉强地解了起来："签上所云：是说公主要下嫁李氏，只是这位驸马爷，很可能家道中衰，只是……"

"只是什么，快说！"

弘道继续说道："只是好景不长。所谓'国难当头'，是长沙有难之兆，虽是天定姻缘，却因为战乱，难以长相厮守啊……不是上吉之签。这木子为李，料定公主姻缘注定李氏，可这李氏究竟何人，全靠公主自己体会了。阿弥陀佛。"

楚王道："哎，本王对佛理禅机也略通一二。大师这虽是一解，却也可以这样理会：'国难当头守长沙'，是说本王这位东床快婿，还会在将来国难当头时，成为保卫长沙的良将……弘道大师，以为然否？"

弘道大师突然展开了紧锁的眉宇，合掌施礼道："我王心达禅理，神通佛境，真是妙口生花！老衲佩服！阿弥陀佛！"

馥湘公主喜道："我佛慈悲，赐我良缘。真是太准了，感谢佛祖。来日若应签词，定当回门还愿、厚捐佛门。"

弘道说道："公主所言极是！抽签闻讯，本来虚妄，参详天机，也未必坏事，更何况这佛事随心从欲，信者有不信者无。阿弥陀佛。"

马希广一阵疑惑，问道："馥湘我儿，如此欢喜，是不是已有意中之人？"

馥湘公主羞赧一笑："不告诉你。"乐颠颠地跑开了。

楚王见女儿喜上眉梢，知道这签应了她的心事，也顿时龙颜大悦，对葛公公吩咐道："岳麓寺皇家佛院，一直为大楚王廷诵经祈福，今日又为公主参得姻缘天机，功莫大焉。葛总管，捐岳麓寺香火五千钱！"

葛公公一愣，五千钱，也就五两银子，一个国王上香，捐赠佛寺，还不及一个普通香客，这也太少了点吧？于是赶紧施礼问道："敢问殿下，老奴没有听错，是五千铅锡钱吗？"

"当然，五千钱，还不多吗？"马希广被他问得面红耳赤，没好气地骂道，"你这个做总管的，凡事都要自己用心，别什么都来问……还不快去把事办了？"

"是是是！"葛公公连连拱手退后，命人拿来五贯铅锡钱，交到弘道禅师手里。

弘道禅师命人接过，又跟楚王表达感谢："谢楚王隆恩，岳麓寺定当专心禅事，为国求佛，以报王廷泽被深恩！阿弥陀佛。"

馥香公主看不下去了，悄悄对身边丫头吩咐道："你过去，私下替父王再捐五十两，从我的私房钱里出。"说罢，就出了门去。

刚到门口，只见李云铎正在门前柱剑挺立，上前扯住李云铎说道："李将军，你何不也进来问上一签，看看姻缘几何？"

正在值守的李云铎一愣，甩开馥湘公主的手说道："婚姻大事，父母之命，媒妁之言，自古如此。问讯佛门，空为天下笑乎？"

"佛门圣地，有求必应，将军不信缘吗？"

"适逢乱世，身在军门，焉有笃信佛缘之理？何况舍身为国，不知身死几何，何必累及他人。天下不定，男儿不问家室。"

"将军何必当真，权当好玩罢了，抽一签吧。"

李云铎依然一副油盐不进的模样："男儿立世，一言九鼎，事事较真，焉有好玩之理。公主一片盛意，末将心领了。"

"你个犟牛！懒得理你了。"馥湘公主有些生气了，拂袖而去。

而这一切，被刚刚净手回来的若边大师看得一清二楚。他来到李云铎身边，笑道："恭喜李将军，只怕要高攀王府、入主东床了！阿弥陀佛。"

"原来是若边大师。寒舍一别，已有时日。不知高僧何时云游到此？"李云铎定眼一看，见是刚刚在瑶池遇见过的若边大师，连连拱手道，"不知大师何意，在下何喜之有？"

若边笑道："阿弥陀佛。贵府一别，已出数日。前日云游至此，特拜谒岳麓寺弘道禅师，讲经布道，交流禅心。今日幸会李将军，未想见证一段姻缘，真是情由天定呀！不知将军是真不知还是假装懵懂？公主一片痴情，阁下当真不知？"

"大师只怕会错意了。我与王府，主仆天定，怎能有非分之想？"李云铎矢口否认，突然话题一转，说道，"大师，在下祖父大人也来岳麓，是否引之一会？"

若边合掌施礼道："阿弥陀佛。将军盛情，老衲谢过。聚散缘定，何须引荐？更何况贫僧只在岳麓寺讲经说法两三日，不日之后，还要前往他地云游，既然缘分就此，又何必逆天而为。如若上苍眷顾，一定有缘再会。就此别过。阿弥陀佛。"说罢，也不等李云铎回应，匆匆朝后边走了。

"大师慢走！"李云铎看着若边大师远去的背影，一股莫名愁绪涌上心头。

◆ 七、李统领交上了桃花运 ◆

楚王马希广自从岳麓山狩猎之后，心情大好，整天泡在宫里灯红酒绿，山珍野味吃了个遍。狩猎那天，他许下午饭后论功行赏，但用过午膳，说什么偶感风寒，先回都城去，以后再赏不迟。可是回来之后，忙着吃喝玩乐，把这事压根儿就没放在心上。

这天，刘彦瑫进宫谏道："殿下狩猎时，曾许下诺言，回来要论功封赏，可是迟迟不见动静，将士颇多怨言。望殿下兑现承诺，及早封赏。"

马希广道："刘爱卿所言极是。只是本王狩猎之后，略感风寒，烦请爱卿会同左司马、李掌书记初拟封赏名目，待本王审定之后，再行定夺吧。"

刘彦瑫道："论功行赏，军功要事，非同小可，请殿下三思。"

马希广道："还有事吗？先这样吧。"刘彦瑫无奈，只得退了出来。

翌日清晨，刘彦瑫将商议好的封赏名册送到楚王手上的时候，马希广不禁皱起了眉头："一场小小的军猎，封赏这么多人，太重了吧。还是等真正有了军功，再赏不迟。刘爱卿，端午不日将至，不知道缅怀屈老夫子的龙舟大赛筹备，进展如何啊？"

"回禀殿下，龙舟大赛由左司马负责操持，应该都已备妥。"刘彦瑫回答道，"只是这封赏事宜，不能就如此虎头蛇尾、不了了之吧？"

马希广怒道："一次狩猎，打了几只野兽，有什么好封赏的？你是不是仗着扶持本王继位有功，嫌自己的长直都指挥使小了，要不，奏请大汉皇朝封你做个司空或者太尉干干，如何？"

刘彦瑫见状，吓得面如土色，连连谢罪，怀揣一肚子的委屈出了碧湘宫。刚到宫门，只见天策府左司马马希崇迎面走来，连忙行礼："末将见过司马大人。"

马希崇道："原来是刘将军。不知封赏事宜，王兄是否定夺？"

刘彦瑫道："回禀司马大人，殿下已经否决了。说什么一次小小的狩猎，没必要封赏。"

马希崇愤然道："我这个王兄，满嘴仁义佛心，其实是懦弱无能、假仁假义，如此下去，怎么得了！都怪你们，当初，废长立幼，一大帮朝臣反对，你们偏要立这个马希广，弄得希萼王兄至今不痛快。要是希萼王兄执政，断然不会如此胡闹！"

刘彦瑫惊恐万分，小声说道："司马大人，这话千万不能乱讲，这被宫里的人听见，是要杀头的！"

马希崇怒道："哼！马希广昏聩无比，偏偏满口仁义佛心，我才不怕他杀头呢！"拂袖而去。

刘彦瑫愣了一阵，转身快步追上马希崇，施礼道："司马大人进宫，不是为封赏一事而来吧？"

马希崇没好气地回答道："我才懒得管你那点破事呢！马希广又要置酒望江阁，纪念诗圣杜甫，缅怀他的爱国情思，接下来还要在端阳节开展龙舟竞渡，讴歌屈原老夫子为国捐躯、舍生忘死的赤子情怀。真他娘没完没了！"

刘彦瑫道："刚才殿下还问起龙舟大赛的筹备事宜呢，要不，下官和大人一起

进宫？"

马希崇道："算了吧，都耗在王上那里也不是个事。更何况王嫂还有要事相托，真是的，武将干文官的活，男人还得当红娘，干起替人牵线说媒的事来，我马希崇成什么了，司马司马，下次干脆给他喂马算了。"

刘彦瑫惊道："司马大人要给谁提亲？"

马希崇一副委屈相："哎，王兄的宝贝女儿馥湘公主，看上了你的一位部下，就是刚刚提拔为飞骑营统领的李云铎，吵到太后和王嫂那里，王嫂就叫我跟王上说说……"

看着牢骚满腹的马希崇远去的背影，刘彦瑫隐隐感觉到有些不妙。这个马希崇，虽然和马希广、马希萼都是武穆王马殷之子，但马希崇和马希萼是同母所生，就像文昭王马希范和马希广一样是同母兄弟，尽管马希萼比马希广年长，马希范还是将王位传给了马希广。当初，自己和李宏皋等几位大臣力挺马希广即位，一是因为文昭王马希范有遗命，二是马希广和马希范一样，是嫡出，而马希萼是庶出。没想到这马希广是个满口仁义、懦弱无能的吝啬鬼，只知道自己享乐，把跟他出生入死的将士们晾在一边。看看如今马希崇的表现，一直和朗州那边暗中往来，而远在朗州的武平军节度使马希萼，去年还率领大军直逼长沙，虽然大败而回，但仍然在不停地招兵买马、暗结溪蛮，看来是图谋篡国、贼心不死，楚国可能要出大乱子了。刘彦瑫边想边往外走，不禁仰天长叹。

"都统大人为何仰天长叹？"正在宫廷外值守的李云铎上前施礼，问道。

"原来是李将军。"刘彦瑫回过神来，说道，"适才觐见我王，禀报狩猎封赏事宜，没想到殿下又搪塞了事。唉，这金口玉言，每每失信，如何能取信于天下？"

"都统将军为国吐哺，日月可鉴。只是当今王上沉迷游乐，不理政事。我等心焦啊！"

"李将军胸怀天下，我大楚近卫亲军之大幸矣。"刘彦瑫说道，"刚才遇到左司马大人，说是受王后之托，面见大王为馥湘公主和将军提亲。恭喜李将军！"

"这……"李云铎一时面红耳赤，"末将出身山野，有幸投身行伍，得大人指点提携才有今日。怎有资格高攀王府？"

刘彦瑫道："李将军少年即中武举，长期军中磨炼，稳重达干，文武兼备，深得我王器重，并留在宫中统领亲军；馥湘公主天生丽质，美貌异常，与将军真乃天造地设、珠联璧合。加之前日狩猎，奋不顾身救下公主，使得公主暗生情愫，决意以身相许。而这馥湘公主乃殿下掌上明珠，宠爱有加，凡事有求必应。李将军等着好消息吧，到时候别忘了请我等喝杯喜酒！"

送走刘彦瑫，李云铎突然心事重重起来。他一百个不愿意这门亲事。本来，自己能在军中成长，靠的是做人的踏实和勤奋敬业。如果娶了馥湘公主，在别人眼里，自己就成了攀龙附凤之辈，不仅数年来的奋斗被人遗忘，而且统兵治军之才也可能被人抹杀，甚至会辱没李氏自强自立的门风。想到这里，他马上对身边的一个值守的侍卫说道："快去知会副统领吴将军，我有急事出去一趟，让他来替我值守。"侍卫道："属下遵命！"拱手去了。

交接完军务，李云铎只身来到福临大街，又直奔浏阳爆竹商行去了。下马进得门来，但见李天骄正在铺上忙碌。李云铎喊道："四叔，侄儿给您请安！"

李天骄抬头一看，喜道："原来是我们的统领大人，这样急匆匆的，有什么重大军情吗？快请！"

李云铎道："四叔见笑了！有一急事，要面见祖父。"

李天骄道："大伯正和我父亲在后房花园下棋，你三叔也在。来，这边走。"

李云铎问："三叔的伤好些了吗？"

李天骄回答道："毒已清除，用了祖传的金疮膏药，已经无大碍，而且能活动了，再过些时日，就可以痊愈了。"两人进得门来，只见李庆吉、李庆如正在对弈，李天晨扎着绷带在一边观棋。

还隔着老远，李天骄大声喊道："大伯、阿爹，你们看，谁来了？"

"大哥，自坚来了！"李庆如说着连忙起身，上前招呼。

李庆吉手上扣着棋子，抬头问道："自坚，你火急火燎赶来，有何要事？"

"一件棘手之事。"李云铎脸一下子又红了，不停地搓着手，但又找不到合适的表达方法，讪讪地说道，"一件麻烦事，请阿翁想法为我开脱。"

李天晨走了过来，"自坚亲侄子，你别吞吞吐吐的，慢慢说来吧。"

李庆吉不悦地看了李云铎一眼，仍然想他的棋局："搓着手呢，还真是棘手啊！手搓破了，就不棘手了？真是的，都是营中主将了，遇到事情还这样优柔无措。将来领军阵前，敌我对垒，能够临危不惧、指挥若定吗？"

李云铎道："若是领兵打仗，倒没什么为难的，这事有点难于启齿……"

李庆吉道："真是难堪大任！说吧，什么事？"

李云铎一时慌张，脱口而出："刚才得到密讯，太后和王后想将馥湘公主下嫁于我！"

"什么？！"大家都瞪大眼睛，吃惊不小。

李庆吉喜得丢开棋子站起来，一把抱住李云铎道："祖宗保佑，孙儿终身大事终于有了着落！"

"恭喜自坚！！"大家都跟他道喜。

李云铎道："这……不好吧？"

李庆吉问道："难道你不愿意？"

李云铎道："孩儿觉得，我在军中，全凭实力，如果高攀王廷，有些攀龙附凤之嫌，给人留下口实。更何况公主娇贵，我们李家侍候不起，她是金枝玉叶，我等得屈膝卑躬，有损李氏家风。"

"自坚糊涂！"李天骄道，"金枝玉叶，多少权贵朝思暮想，意欲攀附。而今，乃王后娘娘相中了你，机会难得，怎可错过！"

"当今天下烽烟四起，战乱连连，投身行伍是效命活计，朝不保夕，不知何时身死。更何况先哲有言：匈奴未灭，何以家为？"

李庆如叹息道："唉，我们李氏长房子孙怎么了，一个个都想舍身为国，战死沙场，都不想结婚生子，成家立业。刚刚出了个李岫南要退婚刘侍郎，现在又有个自坚不愿娶公主，唉……"

李庆吉沉思片刻，说道："那馥湘公主，前日狩猎遇险，你挺身而出，救于危难，我看她是被你的英勇打动，心生爱慕。只是我李氏即将面临灭顶之灾，下嫁我李府，的确有些委屈呀！"

李天晨道："伯父大人，我看是件好事。如果公主下嫁李氏，那么瑶池李氏就成了王室亲戚，楚王殿下一定会竭尽全力保护瑶池的安全，未尝不是李氏求得生存的一线生机啊！"

"启明言之有理。"李庆吉点点头，说道，"我瑶池李氏一直自强自立，从不攀龙附凤。但公主有情，王后抬爱，我等也不能无情无义，如若楚王殿下应允，颁了王旨，不从就是抗旨，弄不好会诛灭九族。自坚，既然王室和公主都愿下嫁，我等绝对好生伺候，绝不让她受苦。更何况，这更是李氏求存的大好机会。你就同意了吧。"

李云铎道："各位长辈，我本来是讨教良策帮我开脱的，怎么成了……"

"不要说了！"李庆吉厉声斥道，"身为李氏子孙，当以家族大业为重，更何况又不是要你慷慨赴死！王室垂青，相中你这个草莽匹夫，这是一件天大喜事！你倒是好，怎么成了拉郎配似的，真是岂有此理！"

"慷慨赴死有何难处！刀架在脖子上我李云铎也不会吭一声！只是这……"

"你还要犟嘴！"

"孙儿不敢！"

"一个个跟吃了火药似的，都怎么了？"这时候，易淑贞从屋里走出来，见一个个黑着脸，于是问道。她看见李云铎也在，上前招呼："李将军也到商铺里来了。"

"嗯……"李云铎闷闷地应了一声。李天晨看了她一眼，没好气地说道："我们李家的事，你少掺和！"

"你要换药了。"易淑贞说道，"我一个敌国密探的女儿，你们李氏的俘虏，肯定不能掺和了。我给你换换药，不算掺和吧？"

李天晨熄了火气，有些不好意思，歉歉地道："麻烦你了。走吧，到屋里去。"

"你们这群不肖子孙，没一个让我省心的！"李庆吉看着李天晨和易淑贞进屋去了的背影，一掌拍在石桌上，又突然大声对李云铎说道，"自古婚姻大事，父母之命、媒妁之言，今天我就替你父母做主，你和馥湘公主的婚事，就这样定了！"说罢头也不回地进屋去了。

一个上午，李云铎在院子里一个劲地走来走去，不知如何是好。李天晨抱着受伤的左手，不断地跟他讲道理，易淑贞得知事情原委，也不停地劝他接受上天的安排。李云铎一声不吭，午饭也没吃，就回去了。

看着李云铎负气出门的身影，易淑贞对李天晨道："启明哥，你说，这自坚将军，是不是已经心有所属了？"

李天晨道："不可能吧，他十九岁就高中武举，一直身在军门，哪有机会接触女孩子呀。而且，他小时候一直跟着我，武功都是我教的，瑶池没有和他青梅竹马的发小呀。"

易淑贞沉思道："那就奇怪了。他到长沙王府供职也有三四年了吧，不可能不接触到其他女孩子。要是心里没人，绝对不会这么反对。当然，这只是我的直觉。"

李天晨说："我们李氏子孙，家教甚严，子孝孙贤。我想，岫南也好，自坚也罢，应该见到我李氏面临灭顶之灾，都想尽一份力，不愿考虑个人问题吧。"

易淑贞情不自禁地感叹道："真是满门英豪啊！要是嫁进瑶池李府，真是不枉此生呀！"

李天晨一愣，问道："你刚才说什么？"

易淑贞回过神来，道："哦，没什么。我是说，嫁到你们家的女人真有福气呀！"

李天晨道："可是，我们这么一个享誉乡邻数百年的大家族，却因为自己的绝密成了诸国觊觎争夺的猎物，真是飞来横祸呀。"

易淑贞道："我和你们在一起才三四天，就好像是这个家庭的一员了。不管将来如何，我都会站你们一边。"

李天晨问道："如果是你父亲来抓捕我们呢？或者要杀害我们李氏的子孙呢？你怎么办呢？"

易淑贞道："我会劝爹爹放了你们。"

李天晨又问道："如果他不肯呢？"

易淑贞道："我就让他先杀我。"

李天晨不解地问："这是为何？"

易淑贞道："你们瑶池李氏，一直靠自己的本事谋福乡邻，又没有招谁惹谁，他们凭么子强讨恶要？有本事自己也捣鼓出来个绝世妙方来呀？哦，别人的东西好，就上门抢，那不成了强盗了吗？我爹爹当了强盗，就不是我爹爹了。"

李天晨道："这父女血缘，怎么都不能改变。只是你这一通议论，让我李天晨刮目相看呀！"

易淑贞道："让大哥见笑了。本来就是嘛。天下太平不好吗？为什么要打来杀去，死的都是我们老百姓和老百姓的子弟。就没有人能劝劝那些王侯将相，别再争来夺去了，大家都和和气气、相安无事不好吗？折腾多少年了，老百姓都没法活了，再这样下去，人都要死光了！"

李天晨听了她的一席话，惊得目瞪口呆，睁大眼睛一动不动地看着她，过了好一阵子，然后说道："易姑娘真是菩萨心肠呀！"

第六章

DILIUZHANG

谋国老臣

◆ 一、孤注一掷的存楚密谋 ◆

　　自从那次和几位天策学士一起在湘春门前披发赤足，跪劝楚王休猎未成之后，刘静仁回到府上悲愤交加，病情加重。李庆吉得知情况后大惊，叫上三弟李庆如，急匆匆地到府上探视。刚要进门，没想到拓跋恒、徐仲雅、廖匡图等几个学士老臣也来探视，在大门口碰了个正着。问候寒暄后于是一起进了刘府。

　　看见大家来探望自己，刘静仁拖着病体坐起来，说道："老朽风烛残年，只恐时日不多。我等蒙武穆王、衡阳王、文昭王三世厚恩，当结草衔环而报也。几位大人都在，大家说说，这楚国危局，何以匡扶？"

　　拓跋恒道："刘大人忧国忘身，我等愧不能及。只是这弹丸小国，又遇王子争位，潭州、朗州各行其是，只恐不日为异国图也。"

　　徐仲雅道："武穆王诸子，虽然可堪大用的不多，但个个都不是省油的灯。而先王马殷，偏偏留下这个兄终弟及的传承规制，他的三十多个儿子人人心存念想，都想当一下王，这样一来，马氏诸王子也就一个个盼着哥哥死，盼着异母兄弟死。结果众驹争槽，把楚国弄得乌烟瘴气。这样下去，国力必被内耗殆尽，大楚难以为继，我等还是隐退算了吧！"

　　廖匡图叹道："武穆王辛辛苦苦二十多年奠定的基业，早被文昭王的横征暴敛折腾得差不多了，如若再兄弟相残，你攻我伐，不出几年，楚国肯定不攻自乱。武穆王英雄盖世，而后的衡阳王愚昧驽钝，文昭王荒淫无度，当今楚王却是一个优柔寡断之辈，真是一个比一个混蛋，先王啊，您怎么生出这么一堆孬种？！"

　　正议论着，只见管家来报："马步军都指挥使张少敌将军求见。"

　　正当此时，一个文职模样的中年人匆忙进了刘静仁的卧房。拓跋恒一见，拱手道："掌书记大人回来了！"那人还礼道："见过诸位大人。"说罢，跪倒在床前说道："孩儿不孝，父亲大人卧病不起，不能床前伺候；请父亲责罚！"这位中年人，叫刘光辅，字汝成，是刘静仁的儿子，现在朗州武平军节度使幕府任掌书记。

　　刘侍郎道："汝成我儿，你不是在朗州吗，何时回来的？"

　　刘光辅哭道："回禀父亲大人，孩儿受武平节度使马希萼差遣，前往大汉朝京师觐见天子，请求汉朝开恩允许朗州另外设置进奏务，希望与潭州平起平坐。适才路过，顺道探望父亲，不想父亲大人卧床不起……"

刘侍郎道："你哭个甚！自古以来，忠孝不能两全。食君之禄，为国分忧。只是你身事希萼，作逆潭州，真是不忠不孝之逆子也！"

拓跋恒说道："掌书记一直任职朗州，这马希萼也是前两年才自永州调往朗州的。身为人臣，受主差遣，怎能说不忠不孝呢？汝成恭忠孝直，大有侍郎之风，大人就不要责怪他了。"

徐仲雅道："一国之内，怎能置两处进奏务，赶紧派人觐见大汉朝廷，一定得阻止此事。"

廖匡图道："侍郎大人，下官愿意前往！"

刘静仁道："楚国有个专门的外务使，目前是孟骈孟大人担纲，有他去就足够了。"

这时候，管家又禀报道："张少敌将军求见，已在门外恭候多时了。"

刘静仁一听，马上回道："汝成一来，竟把张都统给忘了，快请！"

管家应声去了。徐仲雅上前扶起刘光辅，李庆吉、李庆如兄弟就施礼道："见过掌书大人。"

刘光辅一愣，连忙拱手说道："是两位叔父大人，好久不见，想煞我也！适才只顾着父亲的病情去了，怠慢了两位世交长辈，侄儿这就赔罪！"说罢，跪下行起告罪之礼来。急得李庆吉兄弟俩连连陪下身子，扶将起来。

刘静仁道："汝成啊，前日已经修书与你，为父业已做主，将如霜许给瑶池李掌门孙儿李云博为妻，你回来得正好，见过亲家公。"

"但凭父亲大人做主。"刘光辅又朝两位施礼，"能结缘瑶池望族，情上加亲，刘府大幸也。小女多方宠惯，在下又教女无方，无才无德，率性鲁莽，还望亲家公多多担待为盼！"

李庆吉还礼道："掌书大人客气了。贵府千金心存高远，志有木兰，能文能武，而且贤淑静达，是我等高攀了。"

就在此时，张少敌进来，朝各位施礼："见过侍郎大人。适从河西东来，得闻大人病重，特来问候。各位大人也来探视刘大人啊，老夫这厢有礼了。"

"快快请坐！张都统军务繁忙，还来看望老朽，真是愧不敢当啊！"刘静仁说道，"将军统帅六军，国之柱石也。当前，国运不济，内忧外患，将军有何高见？"

"真是'当断不断，反受其乱'啊！"张少敌坐下来，悲愤地说道，"各位皆知，去年十一月，仆射洲之战，我等大破朗州军，正欲追擒希萼，殿下却说：'希萼，吾兄也，怎忍心害之？'老夫劝殿下道：'一国不容二主，殿下不能妇人之仁，今日纵之，不如举国付之，若不舍王位，必得杀之。不然，国将乱也。'殿下不听，反而说道：'潭州、朗州分而治之可矣。'竟然放走了希萼，真是气煞我也！据探马报，希萼正在招兵买马，并接通洞蛮之兵，意欲卷土重来。如若再次出兵围剿，又会使天下生灵涂炭、百姓苦不堪言。难杀老夫也！"

刘静仁问道："汝成，马希萼真的要分裂大楚国吗？"

刘光辅道："回禀父亲，马希萼自去年仆射洲兵败之后，一直耿耿于怀，多次策动五溪蛮兵东进，诱惑他们攻打长沙，孩儿多次劝说均不能阻止。目前，辰州、溆州、梅山等地蛮兵正在集结，估计近期就会进兵益阳。而朗州那边自年初开始，马希萼派大将王逵、何敬真放手扩充马步军，日夜操练；又任命鲁公缩为水军都指挥使，重新打造军船，如今已造就三四百艘战舰，正在招募和训练水师。他似乎不夺王位誓不罢休啊！"

刘静仁大惊："大事不好！潭州之危不远矣！如今希萼重建水陆大军，接通溪洞蛮部，交好南北边邻，灭潭之心已如磐石。唉，大楚如何是好？"

张少敌无可奈何地摇着头说道："可是大敌当前，殿下却以老夫年事已高为由，意欲走马换将，想将老夫调防王都戍卫，统领侍卫亲军。六军重任，将全部托付与刘彦瑫。刘彦瑫自恃拥立有功，骄横无度，治军打仗基本上是个废物。哎……"

刘侍郎问道："这消息哪里来的？可靠吗？"

张少敌道："岳麓大营都传遍了！来源嘛，好像是天策府讨论上次岳麓军猎封赏时，反复酝酿斟酌而传出来的。"

拓跋恒也惊道："马希崇、李宏皋都想独霸朝纲，一直水火难容；如若刘彦瑫执掌六军，那么他就将凌驾于湘江水师之上，许可琼怎会受他节制？如此一来，水陆两军步调难以统一，这如何是好啊！眼见大厦将倾，亡国之日迫近，我等何为、我等何为啊！"

廖匡图道："是呀，我等何为啊！希崇早就私通希萼，其异志昭然若揭，如若希萼得位，他就是下一任继承人；李宏皋、刘彦瑫当年嗣位之时力挺希广，今已得势，必将作威作福。哎，奸人当道，朝堂之祸啊！"

刘光辅问道："许可琼是老将军德勋之子，颇具乃父之风，不会不顾全大局吧？"

张少敌道："掌书记大人有所不知。许可琼治军之能，的确不亚于许老将军。但他自统帅湘江水师以来，一直暗中经营，排挤异己，深藏心机，不知所欲。去年以来，希崇、宏皋两人情同水火，政出多门，今又军门异志，水陆不能相顾，这何以保家卫国？"

刘光辅道："哦，原来这样！楚国朝堂，各位前朝忠良能臣，都被排挤，就剩下这些无能小人或者心存异志的了。而得势掌权者，又相互拆台、互不买账。真想不到，两三年间，这大楚国王廷就如此分崩离析了！而朗州那边，愈挫愈勇，越败越贼心不死，现在正干得风生水起呢！"

刘侍郎道："遍观武穆王诸子，已无能主。难道，这马楚长沙气数已尽？"

大家听到此话，顿时一片沉默。

刘光辅突然大声道："面对楚国危局，我等不能袖手旁观、坐以待毙！各位大人，烦请团结一致，劝谏楚王殿下，下定决心扫平朗州，消除了内乱。或许存我大楚，尚有一线生机。在下不才，但报国之心依在，愿先回朗州，为长沙内应！"

刘侍郎问道："拓跋大人意下如何？我儿既然愿意为灭朗内应，我看可以死谏殿下，出兵朗州，或许楚国危局，能置之死地而后生！"

张少敌叹道："重开战端，不是良策啊！老夫打了一辈子仗，觉得万不得已，不要诉诸战争。况且，以王上那个软弱的个性，绝对不会主动出兵的。他又假仁假义，成天忙于佛事和玩乐，总以为有神灵保佑他，马希萼赢不了他。即使他同意交兵，以刘彦瑶之才，绝无胜算把握。老夫虽然赞成刘侍郎高见，但觉得难有实现之可能。唉，明知不可为而为之，也只是尽尽为臣之道罢了！"

拓跋恒道："张将军莫要悲观，如若开战，我等还是力挺将军统兵。虽然这种希望渺茫，但不去试试，又如何知道不成？或许，我等孤注一掷，又焉知不能死而复生呢？"

"事已至此，也只能死马当活马医了！"刘侍郎说道，"后天晚上楚王要在望江阁置酒，大宴群臣。我等借此机会据理死谏，如何？"

"我等愿意死谏王上，若不应允，全部请就斩首之刑！"

拓跋恒又道："今天之事，是为楚国存亡之绝密。请各位盟誓：报效楚国，不辞生死；如有泄密，五马分尸。"

大家就齐声颂道："报效楚国，不辞生死；如有泄密，五马分尸。"

刘静仁道："各位回去，做好准备吧。"

众人散去，都打道回府各行其是去了。刘静仁留李氏兄弟就晚食，李庆吉推脱不过，就留了下来。

◆ 二、一瞬之间，亲家俩反目成仇 ◆

晚食前，刘静仁抱病起身，约李庆吉兄弟书房饮茶，刘光辅作陪。为了缓和刚才的紧张气氛，刘静仁约李庆吉对弈一局。以前空闲的时候，两人经常往来走动，这手谈对弈是必不可少的。刘光辅马上清好场面，两位多年至交的亲家公就你黑我白地厮杀起来。下着下着，刘静仁突然说道："亲家公，那件大事……老夫多次跟您讲过，敢请亲家公支持为盼啊。"

李庆吉道："大人有何吩咐，只要在下能够办到，一定万死不辞。"

刘静仁道："现在国运堪危，仁人志士定当效尽死力。瑶池李氏满门英豪，是为国出力的时候了。"

李庆吉道："大人有何指示，但请明说。"

刘静仁道："那老夫就不绕弯子了。其实，不久前老夫奉命到贵府贺喜，已经言明此事。只是当时来去匆匆，未能达成详策。如若要楚国不被别国吞噬，除了消除内乱、结好诸侯之外，就是尽快组建炮火营，这是快速提升军队实力最为有效之法。如果亲家肯献出李氏火药秘方，那将是楚国之大幸也。瑶池李氏亦将成为保全楚国的头号功臣。"

"这……"李庆吉大吃一惊，想起上次刘静仁曾提起此事，以为是随便说说，自己也只是草草搪塞了事。今天旧事重提，看来，刘静仁当真了。他一扣手上黑子，道，"李氏火药，历来只用于民俗，不能伤人杀人，更不能制造炮火武器，专门用于杀人放火。这，李氏先祖早就有规制的。李某身为李氏传人，绝不会数典忘祖、背弃家训。侍郎大人，恕李某不能从命！"

"元德贤弟，你别急着断然拒绝，容老夫言明利害。"刘静仁一阵剧烈的咳嗽后，又慢慢地说道，"李氏先祖定有规制，这着实不假。如果天下太平，这当然是必守之规。但人世沧桑，世道险恶，诸侯纷争，天下大乱。非常时期，亲家公不必僵守祖制，抱定死理而不变通，痛见家破国亡而隔山观火，此于捧金碗而乞食、束绢帛而受冻、怀仙丹而待毙何异？更何况重症需下猛药，乱世得用重典。亲家公不肯将秘方献于王廷，难道要等他国来取吗？"

李庆吉勃然作色，将手中棋子一丢，起身回道："李氏族人，乡野匹夫，只知道遵循祖训，舍生忘死、谋福瑶池，不知什么存国大理。李氏火药，不会用于杀人，就算满门死绝，也不会背弃先人遗训。何况楚王殿下数日前授我李氏'爆竹世家'王匾，褒奖我瑶池李氏造福人伦之贡献，也从未有过王旨，命我等献上秘方，创制武器。谁想图谋我李氏火药秘方，谁就是我李氏之死敌。至于他国来取，我等必以死相拼，刘大人尽管放心，绝不会落入敌国之手。在下还有要事，就此告辞！"

"李大叔不必动怒！"刘光辅连连站起来阻止道，"适才父亲言辞过激，有伤李氏门尊，汝成代为致歉。都是一家人，大家有话好好说嘛。"

"苟利社稷，便不顾其身；国难当头，就难念私情。国之不存，焉有他理！"刘静仁也一掀棋案，浑身哆嗦地站起来，怒道，"来人啦，把李庆吉抓起来，送有司论罪！"

李庆吉怒道："送有司问罪？敢问大人，我李元德何罪之有？"

"父亲大人，怎能如此啊！亲家公未犯国法，你在家里妄自拘捕，这是滥用私刑，当朝重罪呀！就算抓了大叔，他不帮你料理，你也绝对建不成炮火营呀。而且这等军国大事，得由楚王做主呀！"刘光辅吓得面如土色，"拜请父亲收回成命吧！"

"你这逆子，赶快回朗州去！这里不用你管！"刘静仁大声喝道，"只要能定国安邦，就算千刀万剐、诛灭九族，又有何不可！亲家公，对不住了！"

李庆如也在一边吓得不知如何是好，突然间，他猛地跪下哀求道："侍郎大人，看在我们世交和儿女亲家的薄面上，放了我大哥吧，我大哥年事已高，经不起牢狱之苦啊！至于献出秘方一事，我们好好商量嘛！"

李庆吉怒道："三弟，你这是作甚！我已年过耳顺，死又何妨！你起来，李氏子孙为了活命，何时屈膝告饶！"

刘静仁道："叔仁贤弟，你快请起，你不是长房嫡传，此事与你无关！你回去告诉如弘亲侄子，要他顾全大局，献出配方，如若不然，老朽将派兵把李氏长房全部抓来，投入监牢，以不臣之罪论处！"

李庆吉冷笑道："好一个莫须有的不臣罪名！我就等着李氏满门抄斩！三弟，你快去告诉自坚，赶快派人回浏阳，告诉岫南他们，做好受死的准备！"

刘光辅一下子瘫倒在地上："国未破，家先灭。你们成仇了，还有谁站出来带领大家应对这国难危局？"这时候，争吵声惊动了刘府其他人，老夫人、刘夫人和刘如霜以及管家都来到书房，见两个亲家公剑拔弩张，又不知什么原因，都大惊失色，连劝架都不知该如何劝。

刘静仁毫不理会儿子和家人的劝阻，狠狠地对家丁说："先关起来再说！让亲家冷静冷静，或许能回心转意！"

李庆吉泰然自若："大人您就别枉费心机了！摆个鸿门宴，你又能奈我何！枉费我带着三弟，为你把脉疗疾、调方温药，一片好心当成了驴肝肺！真是救人人无益、救狗狗咬人啊！"

"啊……"刘静仁顿时口吐鲜血，摇摇晃晃几下，就倒在地上不省人事。

"父亲大人，你醒醒！"刘光辅大声家喊着，又朝李庆如说道，"三叔，你看在我们刘氏世代忠良的份上，救救我父亲大人吧，求您了！"众人也苦苦哀求。李庆如看着气鼓鼓的李庆吉，低眉顺眼，进退维谷，始终不敢应声。

"还不快松开！"刘光辅跪在李庆吉跟前，见家丁仍然按住李庆吉，大声吼道。一家人也跟着跪下。

"前天刚结的亲家，今天怎么又成仇家了？发生了什么事情啊……"老夫人急得话都还没落音，也一下子晕了过去。

"娭毑！"刘如霜朝李庆如哭喊道，"掌柜爷爷，求您救救我娭毑吧，我求您了……"

李庆吉见状，对李庆如说道："三弟，给他们看看，救人要紧。这争斗是争斗，看病是看病，一码一码清清楚楚。悬壶济世、治病救人也是李氏一脉，我们李氏先祖又没留下不给仇家看病的规矩。"

"大哥，我听您的。你们都别急，我来看看吧。"李庆如就上前扶起刘静仁，一看情势危急，就叫刘光辅他们将刘静仁抬到卧房扶到床上，又察看了老夫人的病情，吩咐如霜小姐将老夫人也扶到那间房里，然后就望闻问切地忙碌起来。

不一会儿，情况基本稳定，这对老夫妻都醒了过来。刘光辅松了一口气，走出房来，见李庆吉仍然直挺挺地站在书房里，含着热泪拱手道："谢谢掌门大叔。掌门大叔高风亮节，以德报怨，汝成没齿不忘！大叔赶紧走吧，要不，父亲大人一会儿清醒过来，您就走不成了！"

李庆吉道："我一把老骨头，压根儿就没想溜走！老夫是来做客的，又不是做贼的，为什么要逃命啊。你以为天下人都和你们刘家的老祖宗一样，赴了鸿门宴就都得落荒而逃吗？哼，得了天下又怎样，大汉朝还不是亡了！"

刘光辅道："这哪儿跟哪儿啊！家父病重，急火攻心，又担心大楚安危，于是胡言乱语，还望大叔多多担待。侄儿给你跪下谢罪了！"

李庆吉回了一句："掌书记大人言重了！我其实一直对侍郎大人心怀敬仰、佩服之至呀，两个世交家族，怎么会弄得如此势不两立、形同水火呢？这，究竟为何啊？"

刘光辅听了，顿时泪如泉涌，半晌说不出话来。

◆ 三、闻得惊变，星夜飞驰入王都 ◆

李云博和李天骏、李云浩赶到长沙的时候，已经凌晨丑时。

昨晚，他得到李云铎飞骑急报，闻知祖父被刘侍郎扣押，大惊失色，顾不上头创未愈，就安排李云海带着乡勇留守浏阳，静观动向，自己星夜飞奔，马不停蹄地赶往长沙。

刚到长沙城浏阳门对岸的码头，李天晨已备好船只等候多时了。过了浏阳河，通关进门都异乎寻常得快，因为李云铎已经将一切都安排好了。一行人快马加鞭，飞身入城，驰上福临大街，又转了几条巷道，转眼间就到了浏阳李氏爆竹商行前。进得门去，客屋里灯火通明，一家老小彻夜未眠。

"岫南，你们终于来了！"李庆如见李云博等进门，大喜过望；站了起来。大家都相互寒暄问候一阵，就坐定下来。

李云博问："怎么不见我二哥？"

李天骄回答道："自坚晚上宵值，他说一交班就赶过来。"

李天骏对一个头发全白的长者说道："管家爷，麻烦您吩咐厨房给我们三个弄点吃的，月黑风高地奔波了一整晚，没来得及吃东西。"

管家道："是，二少爷，我这就去。"

李云博说道："也好，先吃点东西。三叔公，你先把有关情况说一说，越详细越好。"

李庆如就把从浏阳出发路途遭窃、岳麓山围猎、李府聘婚、公主看上李云铎，以及刘侍郎与李庆吉冲突等等都原原本本地介绍了一番，只是对昨天大臣密谋一事略微带过，未涉及具体内容。

李云博一直在认真地听，不时站起来走动一阵，手也有时抱在胸前，有时背在身后，还不停地揉揉脑门、拍拍后勺、摸摸下巴，一副运思遣神的样子。特别是刘静仁的病情，李云博听得非常仔细，还不时插话询问。

李庆如还没讲完，管家进来说，饭菜准备好了。李天骄道："岫南，你们先吃点东西吧。"李云博说："六叔、达淼哥，你们先去吃，我不饿。没事，三叔公你继续说。"

"还是你先就点东西，肚皮空空，不利脾胃，长此以往，有碍康泰。何况这多事之秋，大家身体更要紧啊！要不端到这里来吃，边吃边说如何？"李庆如道。

李云博想了想道："也行。"

李天晨道："我也吃一点，从昨日到现在，我也忙得还没吃什么东西呢！"管家见状，忙转身取饭碗筷子去了。易淑贞也站起来忙乎。

不一会儿天已发白，李庆如讲得也差不多了。李云博一碗饭还没吃完，就放下碗筷，站了起来。"真是个棘手的难题。我们一直防范的，是南唐、南汉、吴越和西蜀，倒是忽略了楚国王廷内的大臣。"李云博说道，又转身问李庆如，"祖父大人现身在何处？"

李庆如道："应该还在刘侍郎府上。昨晚我交涉了很久，掌书记大人也声泪俱下苦劝良久，但刘侍郎就是油盐不进，你阿翁也死活不肯离开，我只得一个人回来。我估计，应该还在刘府上，不可能转交给刑狱衙门。如若转过去，他刘府的麻烦可大了。就是要转过去，也应该是今日的事。"

李云博点点头道："那就好。刘侍郎为国谋划，不顾个人和全家安危，真是可敬可佩也！乱世之中，要想楚国保全，创建炮火营，应该是很有远见的。可是祖父大人，为了遵循祖训家规，考虑李氏安危，也是毫不畏惧，豪气冲天。一个为国舍身、一个为家效死，他们都没有错，可是，私交笃厚的两个老人，怎么转眼就成仇了呢？"

李天晨还在扒着饭，口齿含混地说道："岫南，我们得快想办法，化解一下两老的恩怨，不然的话，麻烦大焉。"

李庆如道："启明说得对，如果与刘侍郎结怨，势必出现两败俱伤的局面，不仅保不了家，也救不了国。好在岫南来了，他足智多谋，我们好好合计一下，最后请岫南定夺吧。"

正在说话间，只见李云铎风尘仆仆地闯了进来，人还未至，雷霆般的声音先到了："三弟他们来了吗？"

李云博应道："二哥，我来了。"

"你来了，太好了！"李云铎，喜道，"李氏精英差不多到齐了，我看哪个还敢目无王法，随便抓人，真是翻了天了！"

李云博道："二哥你吼什么！以为手上有两千飞骑就可以和刘大人叫板吗？这是个叫板的事吗？先坐下来，容我慢慢跟你们计议。"

李云铎怒气未消，仍然喋喋不休："阿翁领导瑶池和爆竹业界，德高望重，名扬内外，而且遵纪守法，不越雷池，他刘静仁凭什么扣押他？更何况……"

"你冷静一点，动动脑子好不好？"李云博打断他，"刘侍郎就不德高望重，就不名扬内外？自文昭王自降国格后，楚国朝廷就没有了丞相，也没了六部尚书，侍郎成了各部主官。虽然礼部只是执掌祭祀礼仪和文明教化，可他仍然是王廷三品的大员！而且他的所作所为，不是为自己私利，而是为了报国图存。你以为乱世之中，有多少法治可讲吗？南唐密探劫持了二叔，你跟他们去讲法治吧。你这样冲动行事，不仅救不了祖父，而且会害了刘侍郎一家！"

李云博的一通道理，讲得李云铎无言以对、羞愧万分，气鼓鼓地坐下来。

"二哥，刚才三叔公给我讲了几天来的情形，你那里还有别的什么情况吗？"

"哦。让我想想。"李云铎顿了顿，道，"我听说今晚楚王要在望江阁置酒，大宴群臣。"

李庆如道："这个，我刚才说了。"

李云铎又道："过几天是端阳节，楚王殿下要举办龙舟竞渡。"

"还有别的吗？"

"差不多了。"李云铎说着，突然大声说道，"我发现一个人也来到了长沙……"

"谁？"

"前日岳麓山围猎，我在岳麓寺遇见了若边大师。"

"若边大师也云游到了长沙？"李天晨惊道，"他不会也是南唐密探吧？为什么跟着我们？二哥突然失踪、王贡炮火失窃，难道和他有关？"

"现在还不能这样认定，但这个情况很重要。"李云博沉思道，"不过，现在主要解决的是如何营救祖父，先把这些放下吧。大家说说，怎么行动？"

李云浩道："我看，就叫自坚哥带着飞骑营的将士围住侍郎府，直接抢人得了！"

"胡说八道！"李庆如骂道，"事情那么简单，还要请你们来做甚？"

李天晨道："自坚是王家近卫的将领，不能私用军队，也不方便直接过问和干预此事。还是我带着几十号乡勇去交涉吧。"

李天骄道："这不是用武力就能够解决的问题。依我看，得派人将此事禀告楚王殿下，让王廷下旨放人。"

李天骏道："不行不行。大哥，你这办法不行，这样不仅会害了刘侍郎，还会让人误会，是借驸马的名头，落下一个仗势欺人的口实。"

"六叔，这事八字才一撇呢，你莫拿我寻开心好不好？"李云铎一听李天骏说道他和公主联姻的事，不悦地站起来，"家都快完了，还成什么亲呀！"

"自坚，我不是这个意思。什么跟什么呀，真是越扯越远。"李天骏道，"我看，可以由自坚出面，拜见拓跋恒、张少敌、廖匡图、徐仲雅诸位大人，他们和刘侍郎关系不错，也是王廷重臣，可能会有效果。"

"劲风的主意不错。"李庆如道，"岫南，你就拿主意吧。"

李云博道："我已经有办法了，大家别再讨论了。"

李庆如喜道："有办法了？什么办法？岫南，你就别卖关子了，跟大家说说！"

"现在还不能说。我只是透露一点：不仅要救回阿翁，还要不失两家和睦；不仅要保全瑶池李氏，还要竭力图存大楚。到时候，大家按我的办法分头行事吧。我要睡觉了。"李云博说罢，就要往客屋里走。

正说话间，管家来报：刘府千金刘如霜求见。

李云博大笑道："来得正好，觉不睡了。我正想会会我这从未谋面的媳妇呢！快请！"

李庆如惊道："你不是不愿意吗？怎么，两家结怨了，倒是想开了？你小子，葫芦里卖的什么药啊？"

李云博神秘一笑："哈哈，此一时彼一时也。这药，胜过药王的千金妙方。你就等着看好戏吧。"

说话间，只见一袭素装的刘如霜带着两个同样素装的丫鬟走了进来。她一见李庆如，就大声说道："掌柜爷爷，大事不好，我阿翁要家丁抬着硬闯碧湘宫，说是要死谏楚王罢宴，并下旨建立炮火营。我们拦也拦不住，已经出门了！爹爹叫我来请您帮忙，大家想想办法吧。"

李云博急道："三叔公、六叔、达淼哥，你们跟我一起先截住刘侍郎。二哥，你赶快回去，如果我们没拦住，你就把好宫门，千万不能让刘侍郎面见楚王。三叔、四叔，你们坐镇商铺，随时策应。如霜小姐，麻烦你带路！"

李氏众人不知道李云博意欲何为，但见他胸有成竹的样子，都知道他想好了对策，于是齐声应道："好！"

刘如霜看见一个从未谋面的少年在这里指手画脚，而且众人悉听调遣，大是讶异，疑窦顿生，有些不悦地问道："你是何方神圣？凭什么在这里指东道西？"

李云铎回答道："如霜姑娘，这个器宇轩昂、风度翩翩的少年，就是我们李氏的少年秀才、末将的三弟、你未来的相公李云博。"

刘如霜一听，脸一下子红了，张大嘴巴半晌说不出话来。

"先别扯这些无关紧要的闲事了，办事要紧。咱们走吧。"李云博一把抓住刘如霜的手，往外奔去。刘如霜并没有准备，一个趔趄才跟了出去。一行人匆匆上了福临大街，往刘府方向驰去。李云铎也出了门，向相反的方向策马去了。

刚转进碧湘大街奔驰了数十丈远，一顶官轿迎面过来，后面还跟着一群家丁。但见刘光辅亦步亦趋，在轿帘边向里面说着什么。

"爹爹，掌柜爷爷他们来了。"刘如霜飞身下马，对刘光辅说道。

刘光辅上前招呼道："李三叔，麻烦你们了。"又对轿子里说道，"父亲大人，掌柜三叔他们来了。"

"谁来了也没用！看来，和李家的梁子是结下了。"里面传来刘侍郎气鼓鼓的声音。

"岫南见过岳祖大人。"李云博赶紧下得马来，一个箭步跪倒在官轿前，挡住去路。轿子停了下来。

"岫南来了？停下停下！"刘静仁一惊，掀开前帘，大声命令道。他看见李云博大礼跪在轿前，连连说道："孩子，快起来！"

"孩儿求大人一事，如果大人不答应，就请踏着我的身体过去！"

"哼！你小子是想要老夫放了你祖父？"

"不是。"

"不是？那你说，只要不是这件事，可能还有商量的余地。你说吧。"

李云博道："孩儿想请大人先回府上，孩儿有重要情况汇报。如果大人听了之后觉得还有必要硬闯王宫死谏，我等绝不干预！"

刘侍郎道："在这里说不行吗？时间紧迫，就在这里说吧。"

李云博道："事关两家生死和楚国存亡机密，这里人多嘴杂，而且不是三言两语说得清楚的。更何况这么多人停在大街上，势必会惊动官府。如果大人信得过孩儿，就答应吧。"

刘侍郎道："好小子！想来个缓兵之计！但老朽信得过你。如果你有比这死谏更好的法子，又能说服你那又臭又硬的祖父，我就全听你的！行，打道回府！"

官轿和家丁掉过头去，一行人就浩浩荡荡地向刘府开去。刘如霜跟在李云博的后面，心中感慨万千：这小子不仅风流倜傥，气度非凡，而且机敏果敢，见识超群，尤其是自命不凡的祖父，被他三言两语就说服了，不觉暗暗称奇。更让他惊愕的是，这李氏全家都对这个毛头小伙言听计从就罢了，没想到身居朝堂多年的祖父也对他信任有加，看来真的绝非等闲之辈。特别是自己从小在娇惯中长大，也一直是个男儿心态，天不怕地不怕的，怎么见了这小子，有了一些女儿家的娇羞？世间真有一物降一物之说？可是……想到这里，心里在怦怦直跳的同时，又有一丝莫名的失落，她不禁长叹了一声。

◆ 四、少年的起死回生之术 ◆

来到侍郎府，刘光辅命人扶刘静仁进到卧房，又招呼大家进客堂歇息，然后就带着李云博去了刘静仁的房间。李云博见刘静仁脸色苍白，气喘吁吁，就来到塌前，给他把脉。诊了一下脉象，不禁露出惊愕的表情。他转身对刘光辅说道："岳父大人，麻烦您去将我三叔公请来！"

刘静仁道："岫南，我怎么了？"

李云博道："有些不妙。医术孩儿只懂些皮毛。怕看不准，还是叫三叔公再诊一次为妥！"

刘侍郎道："我的病没事。还是谈情况吧。"

"先看病，要不，还是我去请三叔公。"李云博说罢，站起来出了房间。

来到客堂，李云博对李庆如示意，李庆如就站起来走了过去。两人穿过走廊时，李云博轻声地对李庆如道："三叔公，侍郎大人已病入膏肓，可能大去之不远了！在这节骨眼上，刘大人不能倒呀！"

李庆如惊道："这几天我一直在为大人调理，他近期悲愤交加，忧虑成疾，又没好好休息……不过，没看出什么大病呀！"

李云博道："刘大人心肺积郁，脉象凌乱，加之风寒久结，年事已高，体质虚弱，抗力低下，只怕过不了这个坎呀！"

李庆如疑惑道："没这么严重吧？"

李云博坏笑道："三叔公真是医道精深啊，看来真瞒不过你。虽然没有我讲得这么严重，长此下去，必然是这个结果。我终于知道，刘侍郎为什么要这般急急忙忙面见楚王了。他也会一些医术，可能和我开始的诊断一样，病入膏肓了，估计自己时日不多，于是决定在死之前，尽其所能为保存楚国努力。如果我们治好他心里认为的绝症，他肯定会调整行事方式。我有一物，可使刘大人药到病除。但须三叔公大人配合，使两家冰释前嫌。"于是对李庆如一阵耳语，听得李庆如频频点头。

进了刘静仁房间，李庆如就急忙为刘静仁号起脉来。反复会诊了两三次，脸色越来越难看起来。突然间，李庆如跌倒在床沿下，一边叩头一边大喊："侍郎大人饶命！都怪小人大意，没有详诊细断，耽误了大人的最佳治疗时期……"

刘光辅大惊，问道："李掌柜，我父亲的病情，恶化了吗？"

李庆如道："报告掌书记大人，侍郎大人的病已经……"

刘静仁淡淡地说道："病入膏肓、不久于人世是吧，我早就知道了。这怎么能怪你呢。叔仁掌柜，你请起吧。"

李庆如起了身，痛哭流涕，对刘光辅道："大人快准备后事吧。"

李云博亦大惊失色，问道："难道，岳祖大人对自己的病情也早就一清二楚？"

刘静仁道："老夫也略通医理，这气脉烦乱，肺血扩张，已经多次咳涌，自然是危亡之象。"

李云博道："所以大人早已心意沉凉，就想在大限之前，为楚国存亡来一次玉石俱焚的死谏，留个以身殉国的千古美名？"

"知我者，天才岫南也！"刘静仁欣慰一笑，道，"老夫如此深沉心机，不想被你察觉！你不仅医术高超，而且断玄揣心过人，真是后生可畏啊！楚王若能不拘一格擢升你进朝堂，大楚可救矣！老夫还是要面见楚王，除了以前事项意外，还要荐贤于王廷！"

李云博连忙阻止道："大人不可操之过急！依在下看，大人死谏，除了博得个忠直之臣的美名外，百无一利，实乃徒劳无功之举。这不仅不能救亡大楚，而且会使楚国朝堂分崩离析，李府、刘府陷入绝境。"

"此话怎讲？"

"大人想想，你之死谏，楚王殿下会采纳吗？"

"马希广优柔寡断，基本不会。"

"那么，大人就以死相逼，结果将会如何？"

"老夫不死不行。"

李云博道："大人以死逼王，就犯下十恶不赦之大不敬，如若楚王震怒，很有可能满门抄斩的呀！事情因李氏不肯贡献火药配方而起，我等将成为大人身亡的直接诱因，不仅成为满朝文武的公敌，也会成为民间挞伐的对象。到时候，李氏还能安身吗？加上国外诸侯，早就对李氏秘方垂涎三尺，这样一来，李氏可能连个藏身的地方都找不到了。更何况，大人以身死谏，却落个家破人亡，满朝正义公心将会凉透脊背，还有谁肯站出来救我大楚？朝堂不就土崩瓦解了吗？"

"天啦，如此后果，老朽怎没细细思量？"刘静仁一下子爬起来，满脸的冷汗，"幸亏你小子来得好，要不然，老朽成楚国的千古罪人了！"说到这里，他一声长叹，"难道老朽就这样在家待死，面对楚国危局束手无策吗？那真是死不瞑目啊！"

李云博见时机成熟，于是上前揖道："岳祖大人无忧。孩儿有一药一策，可保大人贵体康复，存楚大计得成！"

"你有一药一策？"刘静仁大喜，说道，"快快说来！"

"只是……"

"有何顾虑，但讲无妨。"

"救命之药名叫还魂仙丹，亦乃我李氏绝密，在祖父大人之手上。请岳祖大人允许孩儿先会祖父大人。"

"好。如若你能真如刚才所言，我不仅会放了亲家公，还会负荆请罪，叩头谢罪！"刘静仁说罢，又朝门口大声唤道，"管家，带李姑爷去面见亲家公！"

李云博就跟着管家出了门，来到书房门口。管家和门口看护的家丁一阵交流，就开启了房门。李云博走进房里，只见李庆吉形容憔悴，满目颓伤地坐在案榻前，于是赶紧叩首道："孙儿救驾来迟，请阿翁恕罪！"

"岫南，我的宝贝孙儿！我还以为再也见不到你了呢！你来啦，就有办法了！"李庆吉老泪横飞又喜不自胜，连忙扶起李云博，"对了，让爷爷看看你的头，这被我这老匹夫无缘无故弄出来的伤，好些没有？"

李云博道："早没事了。阿翁，事情紧急。您只要帮我两个忙，就可以平安无事了！"

李庆吉问道："帮两个忙？真的有好办法了？我知道，咱们小诸葛肯定有办法。只是，不能干数典忘祖的事，你知道我说的是甚。"

"知道，不能出卖李氏火药秘方。孙儿绝不数典忘祖！"李云博道，"这第一个，就是假称我李氏有起死回生的灵丹妙药，我给取个名，就叫还魂仙丹吧。"说着，就从身上摸出一个药盒来，打开拿出一粒，在房里找了一会儿，找到一张麻皮纸裹上，递给李庆吉。

"这是何物？"

"救刘侍郎之不死妙药。"

"我是问这灵丹妙药原来是何药？"

"啊呀，时间紧迫，你就别问了，绝对好东西。"

"能救刘大人命？刘大人要死了吗？"李庆吉将信将疑。

"我的阿翁，你真啰唆！这些以后再告诉你吧，别再刨根问底了。"

"明白了，这第一件事情是扯谎。那第二件呢？"李庆吉就将药丸收起，一副小心谨慎、生怕丢了的样子，仿佛这粒药丸真是李氏那绝密的起死回生之灵丹妙药。

"这第二件还是扯谎。如果刘大人重提建设炮火营的事，你就假意答应愿意参与，配制火药，但绝不贡献配方。这李氏绝密，不可为外人知晓，估计刘侍郎不会为难你。"

李庆吉疑惑道："这参与建设炮火营，不就是要用我们李氏的火药制造武器吗？这与贡献秘方何异？不行！"

李云博道："看看，又来了。我不是说，假意答应吗，怎么又当真了呢？首先，建设炮火营是军国大计，必须楚王殿下降旨才能进行。这王旨什么时候颁，还会不会颁，全在楚王的兴趣，都还是未知数。其次，就算楚王降旨，要祖父大人参与创建炮火营，就一定得用我们李氏的火药吗？火药到处都是，官方的将作监，民间的醴陵李氏都产普通火药。我们大楚国早就有了火箭营，也不要用火药吗？我们就先用官方将作监的火药试试。这样既不违背祖制，也可以向刘大人交差，双方都有了台阶下。"

李庆吉想了想，开始眉开眼笑："嗯，有点道理。你小子的意思，是要你阿翁演演戏，来个偷梁换柱、李代桃僵，逗逗这老不死的刘静仁？"

"你猜对了！"

"走，去会会那老家伙！看我爷孙俩怎么玩死他！！"

"你声音轻一点好不好？门有缝、墙有耳，走漏了风声，麻烦大着呢！"李云博示意祖父不要太得意忘形，外面的家仆和管家听见，那就麻烦了。接着，就开了门，对管家说，"我祖父同意见侍郎大人。管家爷，麻烦你带我们去吧。"

管家道："我去请示一下侍郎老爷。"

李云博道："不必来回奔波了，我这未来的姑爷就做一回主吧，一起去，走！"

管家一愣，连连答道："是，李姑爷！"

就这样边走边嘀咕着，一行人进了刘静仁的房间。李云博道："岳祖大人，我祖父同意来见你。"

李庆吉语气低沉地说道："罪民李庆吉叩见侍郎大人。大人为国尽忠，奋不顾身，心昭日月，小人佩服！"

刘静仁道："亲家公，你来见老夫，就是为了这歌功颂德？"

李庆吉号啕大哭起来："罪民听到刘大人绝症缠身、气息奄奄，将不久于人世，顿时天旋地转、伤心欲绝，特来做最后诀别！你还有什么要交代的？"

刘静仁有点摸不着头脑，他望着李云博道："岫南，怎么了？你不是劝他献出李氏祖传秘药救老朽性命吗？怎么，他只是来做生前告别吗？"

李云博连连请罪道："岳祖大人赎罪！时间紧急，我只告诉阿翁你已病入膏肓，他就急匆匆地要来看你。这献药一事，我还未来得及跟他说呢！"

刘静仁道："哎！难得亲家公一片深情啊！"

李庆如一脸不解："大哥，你手上难道还有我李氏祖上传说的起死回生的妙药？不是失传了吗？我行医多年，也只是听说。大哥，你难道对我也一直守口如瓶吗？"

李庆吉一抹眼泪怒道："李云博，你小子又跟刘大人承诺了什么？要老夫献出祖上已经失传多年的还魂仙丹吗？我哪里有啊？"

李云博道："我怎么知道你没有！不久前您不是说，这东西还剩最后一颗吗？怎么又没有了呢？那最后一颗谁用了呢？岳祖大人乃王廷重臣，楚国危在旦夕，不能没有大人呀！"

刘静仁突然流露出一副人生末路的悲凉："天意呀！老夫一生公忠体国，与人为善，厚德薄利，勤俭持家，本以为大去之日已到，来了个救亡图存的猛料。适才以为还有一线还生机缘，可延口残喘数日，尽些为臣之道。唉，没想到，天有定数，还是招到了报应啊！"

刘光辅涕泪婆娑，引身跪下："父亲大人！"

李云博也急忙跪下，哀求道："阿翁，如果这还魂仙丹真的还有的话，恳请您拿出来，救救我岳祖大人吧！那东西再珍贵，也比不上我岳祖大人的性命啊！"

李庆吉突然泪如泉涌："李云博，你这个败家子！这唯一的仙丹，我带在身边已经五十多年，就连你曾祖母病死时，我犹豫再三也还是没有拿出来，眼睁睁看着她咽气。好吧，既然你如此说了，我又怎能再隐秘丹、见死不救呢！拿去吧！"李庆吉说罢，在内衣里摸索了一阵，拿出那颗麻纸包的药丸来，半舍不舍地递给李云博。

"啊？真的还有还魂仙丹！"李云博、李庆如大喜过望。

刘光辅刚刚站起来，听到此话更是喜从天降，扑通又跪了下去，叩首道："感谢亲家公救命之恩，刘府上下没齿不忘！"

李庆吉连忙扶起刘光辅，道："掌书记大人快快请起！真是折煞老夫也！"

刘静仁已经气息奄奄，仍然冷冷地说道："亲家公真是大仁大义啊！但这勉强之物，纵然稀世珍宝，真能起死回生，老朽也不会夺人所爱！亲家公收回吧。"

李庆吉道："亲家公，既然我已拿出来，就断然不会收回去。你不要以为，有了这还魂仙丹，就一定能救你的命。这百年罕世奇物，讲一个缘字，她是有灵性的。但凡将死之人，吃了它，要么重获新生、健康如初，要么一睡不起、永离人世。这就看你的造化了！你敢试试吗？"

刘静仁勃然怒道："生死有命，富贵在天！有何不敢！"一把抓过李云博手上的药丸，剥开麻纸，一口吞了下去。管家忙端来温开水，又喂他喝了几口。不一会儿，刘静仁就睡了过去。

刘光辅道："大叔，这还魂仙丹，真的有灵性吗？既能起死回生，也能顷刻毙命吗？"

李庆吉笑道："掌书记大人无忧。常言道遣将不如激将。亲家公耿直无私，义字当头，不激一激他，他肯吃药吗？"

李云博补充道："岳父大人放心，岳祖大人只要一刻钟就会醒来，他的大病即将初愈。"

刘光辅激动万分，一把抱住李云博道："刘府得你这贤婿，真是上苍眷顾、我门之福啊！"

李云博道："岳父大人过奖了。刘李两家世交，今又联姻，自当生死相扶、唇齿相依。小婿年幼不才，还望岳父大人多多教导。"

刘光辅更加喜爱这初次见面的未来女婿，若有所悟地说道："岫南真会说话呀！怪不得李府上下都视你若珍宝！"

"岳父大人别再夸了，真是羞煞我也！"李云博道，"岳祖大人可能还要躺一阵子，我们都出去走走吧，留个丫鬟看着就够了，他已经不碍事了。"大家听了，就出了卧房。管家又查看了一阵，也出了门，顺手将房门掩上。

进了客堂，所有的人都焦急地等待着。见李庆吉已经一起出来，都兴高采烈起来，纷纷上前见礼问候。李天骏问："刘大人病情如何？"

刘光辅回道："感谢亲家公献出还魂仙丹，家父服下，很快就会醒来。"众人又纷纷向刘光辅贺喜，刘光辅还礼不迭。

李天骏满腹疑惑地走到李云博身边，低声问道："岫南，你小子，又在捣什么鬼！要是糊弄刘侍郎，戳穿以后我们李氏可担罪不起呀！"

李云博看了李天骏一眼，呵呵笑起来，道："我们瑶池李氏，最实诚的就是六叔您了！什么事都先想着退路，有你在，我们害怕什么呢？"

李天骏更加一头雾水，问道："那你告诉我，那还魂仙丹怎么回事？我们李氏哪里有什么还魂仙丹？"

"你轻声一点好不好？"李云博连忙用手挡住他的嘴，说道："我还是让您知道吧，祖父和三叔公都不知道呢！你记不记得，数日前我的头被祖父砸伤，吃了什么好得那样快？"

李天骏想了想，说道："你是吃了魏县令送来的人参大补丸，伤病很快就好了，对吗？"

"不错。"李云博小声说道，"三叔祖告诉我，这人参大补丸是千年蓟北野参制成，乃人间罕见之物，可以救命呢！我一直带着，没想到真的派上用场。刘大人正好是体质过虚，又郁结成疾，用它补一补正好。"

李天骏突然明白过来，不禁笑了起来："你小子是想让刘侍郎感激大伯，就演了这么一出？"

李云博笑道："六叔大人英明！"

李天骏气不打一处来："我还算英明？！所有的人都被你蒙在鼓里！你这坏小子！"

五、突然间，怀春侠女涕泪涟涟

刘静仁一觉醒来，顿觉神清气爽，耳聪目明，头脑清晰，胸口也不痛了。他大喜过望，起身下床，活动一阵，行动自如，更加喜不自胜。可是房里一个人都没有，难道，自己是在做梦吗？他伸起左手，猛掐了一下右臂，疼痛难忍，忍不住"哎哟哎哟"地叫唤起来。

这时候，外面的人听到叫唤声，一下子涌进房间。

刘光辅第一个拱手说道："恭喜父亲大人大病初愈！"接着，大家都向刘静仁道喜。

"没想到，我一直不相信的丹方仙药，还真能起死回生！感谢亲家公慷慨献丹，让老夫死而复生。老夫这条命，是李氏给的！"刘静仁对李庆吉说着，就"扑通"一声跪在跟前，"救命之恩，定当涌泉相报。昨日胡作非为，开罪亲家公，请亲家公严加责罚！"

"亲家公快快请起！山野匹夫，何德何能受此大礼，快莫折煞老夫了！"李庆吉赶紧扶起刘静仁。

"那行。改日老夫当肉袒负荆，亲自到瑶池李府请罪！"

"亲家公，使不得！老夫只要清白无罪，全身而回，就已万幸了！"

"岳祖大人，您想让瑶池李氏无脸见人吗？"李云博道，"救人性命，乃我瑶池李氏行医一脉之天职，就像大人身为王臣舍身为国一样。大人为国吐哺，公而忘私，殚精竭虑，何罪之有啊？"

"我老匹夫一时糊涂，亲家公何罪之有？至于建立炮火营一事，老夫考虑欠周，得罪亲家公，还望海涵！"刘静仁说罢，又向李庆吉赔罪，两人惺惺相惜、你来我往好一阵子。然后刘静仁看着李云博感叹道，"知我者岫南也。只是这天地不昭昭、王道不尧尧，造化弄人，我等一班闲臣何为啊！"

这时候，老夫人、刘夫人和小姐等闻讯，都赶了过来。见刘静仁健康如初，一个个问候寒暄、喜上眉梢。

李庆如道："大人大病初愈，不宜过悲过喜、操心运神，也不能过多活动。烦请大人卧床静养，在下开几副进补偏方，调理数日，便可痊愈。"

李云博道："三叔公大人所言极是。烦请岳祖大人卧床休息。大家都出去吧，切切搅扰大人，以免乐极生悲。"

众人听了，都一个个出了房去。刘静仁也非常配合，上床静养。李庆如又吩咐管家，端碗热粥来，让刘静仁吃下，然后就又睡了过去。

李云博叫来一个家丁，吩咐道："麻烦大爷前往碧湘宫门报告李云铎将军，说险象已过，请他来刘府议事。"家丁领命去了。李云博就出了客堂，在刘家花园里散起步来。他想一个人静一静，想一想下一步怎么办。

这刘府花园，虽然不大，布置得也比较简单，没有假山名木，也没有亭阁楼榭，但半亩荷塘上，一座简易木桥曲折回环，增添出几分山野之趣。初夏时节，水面上荷叶田田，荷花开得正艳，让李云博心情大好。正当他准备思接千载、神游八极时，一声甜美的叫声，打断了他的思绪。

"刘如霜见过李公子！感谢公子出手，让我阿翁起死回生。公子大恩，铭记终生。"

李云博回过神来，抬头一看，只见裙裾飘拂、宛若仙姝的刘如霜已经轻盈地来到跟前。李云博觉得奇怪，刚才还一身素服的侯门千金，什么时候换上了女儿盛装了？连忙施礼道："小姐多礼了。李云博自作主张、造次刘府，还望小姐海涵。"

刘如霜笑道："公子言重了。今日邂逅，虽才一个时辰，却见识了公子运筹如神、应对自如，一件即将酿成大祸的急事，让公子一番调停，顷刻间就烟消云散。小女子五体投地。"

李云博道："小姐过奖了！在下也是急中生智，误打误撞，侥幸而已。一家人不说两家话，小姐不必为此挂怀。"

刘如霜道："公子真觉得，刘李两府已是一家人了？"

李云博道："刘李两家，世代来往，现在又和你约有婚姻，在下这样讲，有什么不妥吗？"

刘如霜道："小女子误会了。小女子见公子对祖父大人一声一个岳祖，对父亲一口一个岳父，还以为公子逢场作戏呢……"

"在下叫错了吗？"李云博冷笑道，"按小姐的意思，我应该叫你娘子才对？"

刘如霜慌忙道："不不，小女子不是这个意思……"

李云博不等刘如霜说完，又突然说道："听说，小姐是被迫同意订婚的，在下能够理解小姐的心情。小姐不同意，寻得时机我们退婚。只是当下，还得装成乐意的样子。在下自知配不上小姐，更不想高攀侯门，小姐大可不必为此犯难，在下绝不会因为婚约而纠缠小姐。"

刘如霜解释道："起初之不同意，是看到楚国危难，混世乱象，怎么没有一个奇男伟士站出来，指点江山，匡扶社稷，难道还要我辈女流木兰从军吗？现在岣南哥哥既然已经昭然挺立，那我们女流，就自甘幕后了。如今想一想，女子无才便是德，祖父又力主此事，想想这瑶池才俊，也差不到哪里去，于是就应承了。"

李云博笑道："小姐讲的只怕不是心里话吧。据我所知，小姐自幼习武，志在天下，以为定国安邦者必为孔武之士，对我等酸儒后生视若粪土。小姐倾心的，当然是我二哥之类将帅之才了！"

刘如霜一时语塞，她不觉脸飞红霞，半天才就上话来："小女子自知才浅智薄，口舌之辩，自然不是你的对手。自坚哥哥一直教我习武，我们名为师徒，实乃兄妹。如果不是与你已有婚约、要我自己选择的话，自坚哥哥倒真是我的如意郎君。只是这婚姻大事，自古就是父母之命、媒妁之言，我等抗命，又有何用？"

李云博大声笑道："小姐快人快语，倒也煞是可爱！二哥一直未曾婚配，我想他的心中，早已有所归属。想不到，这个人原来是如霜小姐！哈哈哈……"

刘如霜惊道："此话怎讲？公子又有何证据？"

李云博道："今日得知，前日岳麓围猎遇险，二哥救下馥湘公主，不想公主暗生情愫，看上我二哥。太后已经请左司马为媒，要撮合这门亲事。可是一向沉稳静达的李云铎却执意不从，我仔细一想，这肯定是心有所属了。不知小姐看来，这算不算证据？"

"啊？有这回事？我等怎不知道？"刘如霜惊道，"自坚哥哥如果成了东床快婿，我就祝福他了！"

李云博道："这被公主看上的人，十有八九是逃不掉了。只要楚王殿下一旨赐婚，就铁板钉钉了。不从就是抗旨，抗旨是要杀头的。哎，这事儿，不好办呀！"

"你不也曾拒婚刘府，忤逆祖父，被砸得头破血流吗？"这时候，李云铎也进了花园，听到二人的谈话，上前几步插进话来，"到处找你们，原来，未婚夫妻在卿卿我我呀！"

"怎么，听起来醋意满满的。"李云博笑道，"二哥来得正好！这多角恋情，不好办呀！"

"见过自坚哥哥！恭喜自坚哥就要成为驸马爷了！"刘如霜向李云铎道完喜，又对李云博问道，"怎么，公子也曾拒婚刘府？"

李云铎不悦地说道："恭喜什么！你幸灾乐祸不是？"

李云博回答道："没错。在下的确拒绝刘府许婚。"

"自坚哥你别急，我先问问你这鬼灵精怪的三弟。"刘如霜说罢，又问李云博，"为什么要拒婚呢？"

李云博道："久闻刘府小姐，喜好刀剑拳脚，我这文弱书生，自然心虚胆战。如果娶了个杀家婆回去，整日牝鸡司晨、河东狮吼，我这日子还有得过吗？"

"原来你来我家，就是为了解决两家的恩怨，这儿女婚姻，在你眼里如同儿戏，你一口一个岳祖、一口一个岳父地叫，还死皮赖脸地自称姑爷，只不过在逢场作戏！"刘如霜恨恨地说道，"原来在公子眼里，我刘如霜是个河东狮吼一样的杀家婆！李云博，你……"

"小姐不要生气，我看我们已经不可能心平气和地谈下去了！"李云博大笑道，"你们聊吧，我先回去了。"说罢，头也不回就进了屋里。

刘如霜忿然道："我这刘府千金，不就练练武吗，什么时候牝鸡司晨了？"

李云铎劝慰道："他胡说，你别听他的！他怎么知道你的情况，还不是道听途说的！你是个好姑娘！"

刘如霜问："刚才岫南说，哥哥长时间不曾婚配，是因为我吗？"

李云铎道："刚才三弟这样说？"

刘如霜道："是呀，刚才岫南公子就是这样说的。他还说，当你听到王后娘娘要将馥湘公主下嫁给你时，你坚决不从。是这样吗，自坚哥哥？"

李云铎道："是这样。我突然明白三弟的意思了，他刚才挖苦你，是想撮合我们。"

刘如霜道："你这个弟弟怎么这么坏呀！"

李云铎道："这怎么是坏呢，这叫智慧。我们李府上下，三弟就像宝贝一样，他确实自幼懂事，志存高远，好学上进，早慧聪颖，而且善良仁义，是定国安邦之大才。我爱三弟，胜过爱自己。只有他才配得上冰雪聪明的小姐你。我想过了，虽然我们早就互有好感，但到底是萌芽状态，兄妹之谊多于男女之情。而且三弟说得对，这王廷许婚，就是铁板钉钉，不从就会大祸临头。为了大局，我们还是做兄妹吧。"

刘如霜道："自坚哥哥，我还是喜欢你！我不喜欢你那心机重重的三弟！"

李云铎道："可是，你和三弟已有婚约，我也将被楚王赐婚！这父母之命、媒妁之言，是不能更改的呀！难道，我们都背弃礼教，让天下人耻笑刘李两家吗？"

"我不管！我得想办法让祖父退了这门亲事。"刘如霜黯然道，"和不喜欢的人结婚，还不如自个儿过！"

"你怎么还是这样任性呢！"李云铎有些生气了，"如霜妹妹，我问你，我等的婚姻重要，还是顾全大局保全刘李两家重要？我等个人的幸福重要，还是顾全大局保全楚国重要？"

刘如霜道："当然顾全大局、保全楚国和刘李两家重要！"

"你既然知道孰轻孰重，那还置什么气？"李云铎说道，"求存楚国和刘李两家，希望就在我三弟身上。他的才华你刚才也见识了。但是他自幼体弱，需要人照顾和护卫。我们李氏武勇中，武艺最好的两个人就是六叔李天骏和堂弟李云浩，祖父盼咐他们一直和三弟在一起。如果你嫁给我三弟，就又多了一道安全保险。三弟真的出不得事呀！"

刘如霜道："你真是！为了这个弟弟，连自己喜欢的女人也可以送吗？"

李云铎道："只要三弟安全，没什么不可以放弃的，包括地位，包括性命，也包括个人幸福！"

"真是无话可说，无理可讲！"刘如霜说着，长叹一声，"但不管怎么说，岫南救活了我的祖父，也使我们两家和好如初。这个恩情，我怎么都不会忘记！"

李云铎道："只要你照顾好三弟，我李云铎一辈子感激你！"

"事已至此，我们都听天由命吧！"刘如霜掩面而泣，哽咽着道，"你不要再说了……"

就在此时，管家来报：老爷醒过来了，请小姐和李将军进书房议事！

两人应了一声，就一前一后进了屋去。突然间，刘如霜再也忍不住了，哇的一声哭出声来。即使后来在书房里议事，她也一句都未听进去，任凭涕泪肆无忌惮地流淌，弄得刘府上下莫名其妙，还以为祖父的起死回生，让这个从小就没心没肺、男孩子一样的丫头长大了，懂得疼人和感动了。

◆ 六、望江阁上醉意浓 ◆

李庆吉家一行人在刘侍郎府上用罢中餐，就告辞出门。刚回到爆竹商铺不久，王廷太监就来传旨，楚王邀请李云铎携李府老小望江阁赴宴，还特意点名李云铎、李云博出席。李云铎谢过传旨公公，呆呆地看着李庆如给他打发了几串喜钱，又望着他乐颠颠地回去，不禁心乱如麻。他明白，自己和馥湘公主的婚姻大事已经为楚王首肯，木已成舟，无从更改了。直觉告诉他，这馥湘公主绝不是好伺候的主，也不是他意中人，他本能地拒绝这门亲事；但理智同样告诉让他，娶了公主，自己就成了驸马爷，这对保存瑶池李氏、避免遭受灭顶之灾很有好处，这门亲事要也得要，不要也得要。其实，他来刘府前就接到天策府的军令，今晚，望江阁宴会的警戒和安保任务已经交给了飞骑营副统领吴峦，他只要赴宴就行了。由此看来，他和馥湘公主的婚事很可能今晚就会宣布。李云铎想到这里，长叹一声，心里对自己说：李云铎，老天爷已经够可以的了，认命吧！

李云铎带着李氏一家人赶到湘江边上的望江阁的时候，已经灯火阑珊了。尽管李庆吉对出席楚王夜宴十分激动，也一直催着李云铎动身，但李云铎就是磨磨唧唧，摆出一副不急不慢的神情。还好，赶到望江阁的时候夜宴还没开始，只是这大臣和宾客都到齐了，只差他李氏一家了。这让李庆吉诚惶诚恐，连忙上前谢罪。楚王马希广倒也大方，连忙请李氏家人入座。

这望江阁，相传是诗圣杜甫到长沙访友居住的地方。望江阁西临湘江，与橘子洲、岳麓山隔江相望。湘江两岸风景尽收眼底，初夏习习江风，让人惬意无限，楚国自武穆王马殷开始，都爱在这里举行夜宴。

不一会儿，楚王夜宴开始了。先是一出宫廷乐舞。李云博一听，不觉大吃一惊：这皇皇大乐，却是天子的乐舞《八佾》。"地方诸侯，居然僭越天子礼乐……"李云博无可奈何地摇了摇头，举起酒樽一饮而尽。

这时候，舞曲已终。只见马希崇站了起来，清清嗓子说道："各位大人，各位上宾，今夜，我大楚国王在望江阁置酒大宴群臣。恭请楚王宴上训示！"

马希广腆着肚皮，晃晃悠悠地站起来，说道："各位爱卿：寡人置酒江边，缅怀诗圣杜公。大家就放情高歌，抒发自己对诗圣的敬意吧。"

这时候，老臣拓跋恒站了起来，他大声说道："启禀殿下，诗圣忧国忧民，以天下一统为己任，此等情怀皆为我辈楷模也。可是当前，楚国政纲松弛，民贫国弱，大道荒疏。而环顾四周，诸侯虎视眈眈，亡我之心不死。大王当以诗圣为榜样，励精图治，握发吐哺，宵衣旰食，重振朝纲，以利大楚重新崛起于南国，再图问鼎中原大志！"

马希广道："拓跋学士之志可嘉也！不过今日重在缅怀先贤，不论当朝政事。"

徐仲雅愤然站起，怒道："殿下缅怀先贤，仅仅是为了娱乐吗？楚国危若累卵，大王却置国计民生于不顾，纵情享乐，沉迷声色，这缅怀先贤，有何用呢？"

马希广的脸一下子黑了。他忽然又满脸堆笑地说道："徐学士所言极是。我等缅怀先贤，就是要激发朝堂上下爱国忧思之情，形成举国上下爱我大楚、效命大楚之情势……"

张少敌站起来，说道："殿下之言甚是。殿下以先贤为榜样，励精图治自今夜始，末将恳请殿下就此罢宴，速议国政！"

"张将军，你急什么！"马希广说道，"古人云，这一张一弛，文武之道。今夜宴会刚刚开始，军国大事，明日朝堂再议不迟。"

满堂大臣齐声称颂："我王英明！"

于是夜宴继续。王廷乐队就又开始了弹唱，有独唱，又有合唱，主要是杜甫在湖湘时期的诗作。李云博听着这些诗作，不禁感慨万千。

正当此时，乐声停歇。到了赋诗环节。几个朝臣就一个接一个地站起来，摇头晃脑地诵着自己创作的诗赋，听得楚王眉开眼笑。李云博听着听着，恨不得冲上去抽他们几个耳光：什么时候了，还舜日尧天地歌功颂德，国泰民安地自我陶醉，真是"商女不知亡国恨，隔江犹唱后庭花"啊！！

突然间，只听楚王饶有兴致地问道："天策众多学士中，独东野先生诗冠群儒。徐爱卿怎么不来一首？"

徐仲雅见状，只得站起来："承蒙殿下厚爱，下官就不揣浅陋，抛砖引玉，请大王及各位同僚指正。"说完，就做了一首题为《剥棕》的诗：

叶似新蒲绿，身如乱锦缠。

任君千度剥，意气自冲天。

　　李云博早就听说楚国有一位十八岁就位列天策府学士的诗才，正是眼前这位名叫徐仲雅字东野的大臣。听罢他的即兴诗，李云博暗暗佩服这位儒雅直臣高洁通达的机敏才思，竭忠靖国的不屈之志，不觉叫起好来。没想到这个叫好引起了楚王的注意。但听马希广说道："久闻瑶池李氏，出了一位少年秀才，三年前秋闱竞秀大考夺得第一，今夜亦为寡人座上嘉宾。是否也来赋诗一首，助助雅兴？"

　　李云博起身，一股悲愤之情难以遏制，行礼之后说了声"李云博献丑了，请殿下及诸公指教"，就脱口而出一首《咏湘江》的绝句：

　　昔闻湘江浪滔天，今见浊水缓河沿。

　　可恨绵绵千里水，不及涓涓一眼泉！

　　"好诗好诗，有新意呀！"马希广一听，当场叫起好来，"来人，赐李秀才王酒一壶！"那徐仲雅听了，也站起来走到李云博案前，举起酒杯道："真是后生可畏，江山代有人才出啊！岫南，老夫敬你一杯！"李云博连连还礼："大人过奖，小生岂敢啊！"几个与李氏熟识的刘静仁、拓跋恒等一批大臣纷纷站起来，向马希广道喜："恭贺殿下，大楚有此少年天才，我王之福也！"

　　马希广道："李云博聪颖博学，堪堪大才。因本朝多年未开科取士，致使众多才俊流落民间。刘侍郎，不如本王当场考他一考，如若的确有才，我朝择贤录用如何？"

　　刘静仁道："殿下圣明！请殿下当场命题吧。请在座各位大人即兴品评，共定优劣。"

　　马希广想了一想，道："好！寡人命题，你们都来当考官。瑶池李氏爆竹名闻天下，寡人就命你以《咏爆竹》为题，写一首七律。如何？"

　　李云博本想借机讽刺一下这楚国王廷，做了首《咏湘江》的诗，可是马希广却没有听出来，居然还要考考自己的才学，真让人啼笑皆非。但事已至此，只得硬着头皮做起命题诗来。他又喝了一杯酒，说了句"谨遵王命"，略微思索了一下，就吟诵起来：

　　红妆袅袅出作坊，满载豪情衣里藏。

　　四海五湖欢乐送，千家万户祸灾裹。

　　骨飞灭起长天笑，胆裂喷腾日月光。

　　为报平安何惧死，丹心燃尽血一腔！

　　"好诗，真乃咏物之佳作也！"徐仲雅第一个站起来喝彩，"将爆竹由生写到死，不惧生死，似乎是为死而生、因死而生，一副忠肝义胆的样子，明咏物什爆竹，暗喻仁人志士，真是痛快淋漓。好呀！我赞一个！"

廖匡图亦称赞道："这起笔不凡，就像一个个出征的将士一样，征衣袅袅，旌旗猎猎，兵戈行行，满怀豪情都藏在心里，为什么？因为报效祖国、造福人伦的时候到了！"

拓跋恒笑道："律诗的起承转合，运用自如啊，这颔联'四海五湖欢乐送，千家万户祸灾襄'，把爆竹的功用写得淋漓尽致，添欢送喜，驱邪襄灾，老夫也赞一个。"

李宏皋站起来夸道："确实不错！这颈联'骨飞溅起长天笑，胆裂喷腾日月光'最为出彩，既写出了燃放爆竹时惊天动地、喜气盈天的热闹场面，也暗喻了爆竹自己粉身碎骨、肝胆俱裂的万丈豪情，在尽情挥洒中自由奔放、日月同辉，真是妙不可言啊。"

天策府学士、营田使邓懿文也是个诗人，交口称赞道："这结尾也恰到好处，一阵爆响，轰轰烈烈地撒手西去，留下满地红屑，给人启迪。生命不在长短，而在为民造福，为国建功，为报天下太平。这丹心燃尽，洒下一腔热血，形象至极。真的很好！"

刘静仁最后一个发言，他说道："这诗是做得不错，借物喻人，意境深远，形象生动。但也有一些不足，一是个别地方平仄不对，二是太锋芒毕露了。"

徐仲雅道："哎，侍郎大人不必吹毛求疵，即兴赋诗，随性而已，哪有那么多讲究。况且辞不害意，律不伤情，工工整整未必就好。"

李云博拱手揖道："各位大人，在下乡野小儿，奉王命赋诗助兴，信口胡诌，没有章法，哪有各位品评得那样好啊！让大人们见笑了！"

一首七律，顷刻而就，而且比喻妥帖，意味深长，听得马希广频频颔首。宫廷侍从马上将诗稿抄写出来，奉给了马希广。他又认真地欣赏了一遍，觉得非常耐人寻味，有些爱不释手。加上众学士大臣一番评论，让马希广更加心花怒放：当真，我大楚国有了一个能够定国安邦的大贤之才……他一边喜滋滋地想着，一边将手抄的诗稿恭敬地给了身边的母亲陈太后。陈太后看了，也频频颔首。马希广于是有了主意，当场下旨道："李云博接旨：今本王特许，赐李云博进士出身，入天策府为学士，见习吏部，权且上书房侍书，明日起上朝议政。等到加冠之后，再酌情实授官职，以堪大用。"

没想到李云博却跪下拒绝道："殿下隆恩，小民心领了，只是这意外功名，小民万万不能接受！如若小生就此入仕，恐遭天下人耻笑！"

马希广问："此话怎讲？李秀才尽管道来。"

李云博道："但凡科举，须试文才韬略、治国大道和时政策案，今夜酒宴诗赋，仅仅文辞一门而已。而且酒会应答，仅供娱乐游戏。如以此得进士出身，似乎视功名如同儿戏，此举恐为天下笑！小民愿参加科举考试，即便落榜，也心无遗憾。"

拓跋恒奏道："启禀殿下，李秀才谦虚稳重，不贪功名，天下士子之楷模也！微臣以为，当前，国考只有武举科，两年一选拔，五年一大考，已经武将满营。微臣奏请，重开进士科，为国选备治国人才！"

刘静仁道："启奏殿下，拓跋大人言之有理呀！李云博虽然文才出众，可以到府衙当差甚至实授官职，但不宜赐予科考功名，乱了开科取士规矩。老臣也建议今年八月开科取士！"

李宏皋奏道："启奏殿下，当今天下大乱，而定国安邦者须凭借兵马实力。微臣以为殿下以此选才方式甚好，不必开科取士。而且我王即开金口，便是成例，更改不得。请殿下明断。"

马希崇道："王兄殿下，李大人言之有理。"

马希广道："都有道理。我看就按寡人的口谕办吧，谁要笑话，就笑话好了，反正得人才的是楚国和寡人。这事就这样定了。"

刘彦瑫带着一班武将就站起来，拱手贺道："殿下圣明！恭喜大王选得英才！"

李云博心里骂道，真是荒唐！但也万般无奈，只得领旨听封，然后谢恩。

马希崇道："下面，楚王要对岳麓围猎有功将士进行封赏。请内务府总管葛公公宣旨！"众人都连连站起来，肃穆而立。

葛总管宣道："奉天承运楚王诏曰：前日围猎，众将士劳苦功高，现封赏如下：加天策府左司马王弟马希崇骠骑将军；刘彦瑫为天策府右司马，兼六军都指挥使；李宏皋迁天策府都统掌书记，知长沙府事；张少敌为柱国将军，调任长直都指挥使，兼长沙城隍都统……"一些参加狩猎的文臣大将均有不同程度的封赏，大家一个个喜上眉梢，连连跪下谢恩不迭。

突然间，葛总管大声说道："飞骑营统领李云铎听封！"李云铎就出了席案，跪到中间。

"李云铎出身武举，效忠王室，岳麓围猎护驾有功，舍身冒死拯救公主于危难，勇气壮心尤为可嘉。现楚王垂爱，晋封驸马都尉，升任近卫马军指挥使。并将馥湘公主下嫁为妻，太庙令及礼部有司，占卜吉日良辰，不日完婚……"

李云铎叩首道："谢楚王隆恩。楚王殿下千岁千岁千千岁！"

群臣齐贺道："恭喜楚王殿下！"

"恭喜馥湘公主！"

"恭喜驸马爷！"

马希广道："同喜同喜！各位爱卿请起！"

马希崇举起酒杯来，大声说道："来，让我们同饮此杯，祝福公主驸马百年好合、永结同心！"

马希广又道："今夜喜事连连，大家都开怀畅饮吧！"

于是，群臣纷纷起身敬酒，笑语喧哗，觥筹交错，好不热闹。刘彦瑫端着酒杯走到马希崇案前，举杯道："司马大人，恭喜高升！"马希崇也举杯回敬："同喜同喜，今后你我二人，成了天策府真正的兵马统帅了！"刘彦瑶又敬了一杯，问："敢问司马大人，王上明明表态不做封赏，怎么一下子改变主意，封了这么多文臣武将？比我等原来呈上的封册多多了！"马希崇不耐烦地回答道："这还用问吗？为了破格提拔馥湘公主的驸马爷，我等就都沾了光了！"说罢，就搂着舞女起身寻乐子去了。刘彦瑶望着马希崇的背影，半晌说不出话来。

拓跋恒来到刘静仁案前，揖道："不想大人一日之间病已痊愈，恭喜大人了！"

刘静仁道："感谢拓跋大人挂念。可能老夫命不该绝，得到瑶池李氏仙药，一服而痊愈。"

拓跋恒不解地问道："侍郎大人，昨日不是约好，今夜我等死谏楚王出兵朗州吗？怎么，改变主意了？"

刘静仁道："这楚王殿下性格乖张，经常假仁假义，他既然答应明日早朝议政，那就是堵住我等的言路。我们一味顶撞下去，也绝不能说动于他，若如雷霆大怒，反对我等不利。只能看明日朝堂之上的运气了。"

拓跋恒道："明日朝堂，如若王上借故推脱不来，那怎么办？"

刘静仁道："那我等就强闯后宫，王上理亏，能奈我何。但以我判断，刘都统他们也急于议政，我看明日清晨王上会去上朝。"

拓跋恒问："我等需要上奏何事呢？"

刘静仁想了想，道："一是进兵朗州，二是开科取士，三是建立炮火营。这三件事能成一件，就是大功。"

拓跋恒道："好。我看，叫东野学士打头炮，我来第二，你就奏建立炮火营吧。"

刘静仁想了想，说道："好。先这样定，到时候大家都见机行事吧。"

初夏的湘江夜晚，正为习习河风吹拂。但这望江阁的夜宴，却让本来宁静的湘江边上依旧热闹非凡，直到深夜。似乎湘江也醉了似的，风不时地东奔西窜，两岸的树木也跟着摇摇晃晃起来……

◆ 七、朝堂议政，楚王依然漫不经心 ◆

第二天清晨，碧湘宫的九龙宝殿内，文武群臣已经等候多时，眼看快到卯时三刻，这楚王还没现身。于是就纷纷议论起来：

"这殿下不会又称病不朝吧？"

"昨天王上答应得好好的，正常朝堂点卯，不会又变卦吧？"

"唉，这是他惯用的伎俩，先答应下来，然后又想方设法推脱掉。"

"这一国之君，经常不上朝，军国大计如何集广思益？"

李云博第一次上朝，也第一次进这九龙殿。他环顾四周，八条长过百尺、浑身上下金灿灿的沉香巨龙，抱柱相向，作吹捧之势，盘旋上空。另一条龙也身长数丈，环绕之后上半身就上了金銮大座，王座两边还露出龙角，尾巴及后脚延伸至大殿门边。李云博暗暗寻思："这世间传闻，文昭王马希范造九龙殿，为八龙，而自己居中，也是一龙，居然是真的！看来，这楚王虽然臣服中原，置天策府治军理政，但这骨子里的皇帝梦却从未曾断过……"但见宫里值守太监取火焚香龙腹中，烟气从王座上郁然而出，就像口吐的一样，一时间，大殿里香气升腾，烟雾缭绕，甚是壮观。李云博看着这一切，有一些别扭。他不敢妄加议论，只是木木地站在那里。

正当此时，内务府葛总管高声喊道："楚王驾到！"

众人都肃静下来，一齐跪下行面君大礼："吾王千岁千岁千千岁！"

"众爱卿平身！"马希广上了王座坐定，说道，"昨日本王高兴，多喝了几杯，有些醉了。早上起来觉得身体不适，上朝来迟，还望各位爱卿不要见怪。"

众臣道："殿下保重贵体，我等岂敢见怪！"

"好了。昨日本王许下今日朝会议政。各位臣工，有事尽管奏来，今天来个立决断。"

马希崇出班奏道："启禀王兄，端阳节龙舟大赛事宜已经安排妥当。除朗州之外，其余各州均有龙舟参赛。加上长沙府十二县和天策水军，一共有三十六只龙舟参加今年的角逐。"

马希广喜道："哈哈，创下历年竞赛之最呀！王弟辛苦了！这天策水军的王家龙舟队伍，要加紧训习，再夺第一，决不能辱没了天策神威！"

见马希崇应声回班，徐仲雅出班奏道："启禀殿下，自去年仆射洲兵败之后，武平军节度使马希萼一直厉兵秣马，准备挥师东进，图我长沙。微臣以为，朗州不灭，楚国难安。微臣请王上兵发朗州，剿灭叛贼。"

马希崇一听，急忙出班说道："启禀王兄，臣弟以为不可。希萼乃王上兄长，难道要兄弟相残吗？父王在天之灵何安啊！"

李宏皋道："马希萼已经多次举兵谋反。如若王上妇人之仁，以手足之情犹豫不决，不做早图，错失良机，恐迟早要为希萼所破。请王上早做决断！"

马希崇说道："王兄既已承诺希萼，长沙、朗州分而治之，今若起兵，朗州必灭。王兄不就留下一个出尔反尔的恶名吗？请王兄三思啊！"

刘彦瑶说道："启禀王上，左司马言之有理。我大楚天策神武六军，足足有数万之众，而朗州初败，残兵败将不足五千，加上溪洞蛮兵也不过万人。微臣以为不足为惧。只要他再敢来犯，定让他们全军覆灭、有来无回！"

马希广当场大案一拍，道："好。此时就这样定了。暂不讨伐，以尽寡人最后仁义。下一件。"

拓跋恒出班奏道："启禀王上，常言道文能治国，武能安邦。文事常须武备，武事更要文韬啊！这乱世中，王都内外州县上下，都得文职官吏治理。老臣恳请殿下，今年八月开科取士吧！"几个天策学士就站出来附议。

马希广不悦道："这事昨晚寡人已有定夺，无须再议！"

营田使邓懿文出班奏道："启奏殿下，今春以来，资江流域普降暴雨，南部州县又受洪涝灾害，饥民流离失所，尤以邵州、连州为甚。诸州刺史纷纷上表，称州县已无力接济，请求王府运粮驰援。"

马希广道："真是岂有此理！这天灾人祸，哪年没有哪里没有？一场水患都应付不了，还当什么刺史、县令？一有困难就向寡人伸手，寡人又不是天下粮仓！告诉他们，要么自己想办法解决，要么就将乌纱帽摘下来，有的是人想戴！"

拓跋恒道："启禀我王，这国家府库，每年都有饥馑粮备，专门应付各地之天灾人祸。常言道，民以食为天，这老百姓流离失所没了饭吃，一旦形成饥民潮，聚在一起就会聚众闹事，甚至会揭竿而起。老臣恳请殿下开仓驰援吧。"

刘静仁道："启禀王上，拓跋大人言之有理啊！若不开仓赈灾，恐怕民怨沸腾，如若为朗州甚至敌国利用，乘机出兵伐我，于我不利啊！请殿下三思！"

马希广不耐烦地说道："各位爱卿也太危言耸听了吧。别再说了，寡人主意已定，就这样办吧。你们要赈灾，你们想办法吧，反正这王廷府库里，一颗一粒、一分一毫也不能动，听明白了吗？"

大家都默不作声。李云博突然出班道："启奏王上，李云博愿赴邵、连赈灾，请殿下恩准！"

"李学士小小年纪，请以大任，忠心可嘉啊！但本王看不必费心了。"马希广道，"你无钱无粮，拿什么赈灾？"

李云博回答道："《尚书》有云：'皇天无亲，唯德是辅。民心无常，唯惠是怀。'这天灾人祸，虽然不是什么利好，但王上可以变坏事为好事，派员赈灾，安抚百姓，让民众感受到老天无情人有情，由此获得民心支持。因此，王廷一定得派员视察灾情，这不仅仅是钱粮问题，更重要的是王廷的态度问题。没有钱粮不打紧，赈灾物资款项可以想办法，比如请大户进行募捐施舍，号召其他州县慷慨解囊等等，办法总是有的。"

　　拓跋恒道："李大人的奏议切中要害、很有见地。依老臣看，殿下就立刻向受灾各州派出赈灾特使吧，老臣也愿往！"

　　一群文职大臣对李云博的一通议论赞赏有加，也纷纷请愿下到州县赈灾。

　　"李学士年纪轻轻，看问题倒是通透。可是这话虽好讲，做起来却不易呀！"马希广说着就站起来，来回踱了几步，又俯视群臣一阵，用手指指着出班请愿的大臣，继续说道，"你们的心思本王还不知道？是不是手头紧了，想借赈灾机会到下面大捞一把？"

　　大臣们面面相觑，无话可回。拓跋恒大怒道："堂堂一国之君，以小人之心度君子之腹，将满朝大臣忠心为国大义之举，看成谋取私利苟且之行，这民何以安？这家何以保？这国何以存啊？"

　　马希广道："拓跋大人不要动怒！寡人知道，爱卿品德高尚，名重四海，不会干这种事。但是其他人呢？你能保证他们下去不伸手？"

　　李云博道："微臣立下军令状，赈灾之中，如有贪腐，甘愿法办！"

　　"好！"马希广道，"李学士小小年纪，不仅学识渊博、见多识广，而且正气凛然、胆识过人，不愧为秋闱大考之翘楚！而你等，也愿意立军令状吗？"

　　众臣施礼道："我等愿意！"

　　马希广见各位大臣都愿意立军令状，马上又改了主意："立军令状顶什么用？到时候还得花费大量精力追查取证，麻烦。我看这样，请愿下去赈灾的大臣，先给本王交五十万钱做抵押，赈灾后如无贪污，即刻奉还。怎么样？"

　　大臣们一脸的失望神情，没有一个响应。李云博道："微臣愿意出钱做抵，即刻送到。"

　　马希广一见只有一个李云博响应，有些不高兴了："看看，一来真的，怎么都软蛋了？李学士，你今天才入朝为官，薪俸都还未领，就拿钱来抵，还是为了下去赈灾，这传出去，寡人颜面何存啊？而且只有你一个人，就算了吧，这赈灾之事就让州县自己去弄吧。"

　　李云博还想争辩，被身边的徐仲雅狠狠地碰了一下他手臂，示意他不要作声，于是就将信将疑地停住了言语。

　　这时候，刘静仁出班揖首施礼道："启禀王上，老臣有事要奏。"

　　马希广道："刘爱卿请，但奏无妨。"

　　刘静仁道："殿下，当今军备，已成各国存立之命脉。自吴主杨行密在攻城中首度使用'发动机火'五十年来，火药武器已经成为战场决胜的关键。几年前，发生在中原的河中之战，几国联军就用炮火武器打得契丹铁骑溃不成军，狼狈逃回了北方大漠，可见炮火武器威力何其巨大！而我楚军，仅有一个火箭营，比起南唐、吴越、西蜀、南汉等国的火药武器实力均有不小差距，甚至连大理国都不如。而天下最好的火药世家，就

在我们长沙府浏阳县的瑶池。据探马报告，各路诸侯都在纷纷行动，意欲夺取李氏火药秘方，升级火药武器。古语有云：'天予不取，必受其咎；天予不取，必遭天谴。'老臣建议，即刻建立天策府炮火神军，分设火箭营、火炮营、火球营和火号营，创建楚国官方的军用火药制造作坊和武器生产作坊……"

"行了行了。本王今天要说一说你，你一个礼部侍郎，管好自己的事就行了，怎么老想着到军队里插一脚，是希望越俎代庖，还是想顺手牵羊啊？这军国大计，有天策府司马、都尉们管呢！这炮火营创设事宜，上个奏折或者找天策府左右司马就行了，弄到朝堂上浪费时间干什么？左右司马，想建就建吧，你们定就是了。"马希广更加不耐烦地制止道，"都没事了吧，没事就好，本王还要去嘉宴堂会见蒙州灵感寺前来朝拜的慧定禅师，商议奏请圣朝，加封蒙州江神为灵感大王一事呢！散朝！"说罢，也不等其他大臣回应，头也不回就进了后宫。

满朝的大臣，还没来得及跪恩，就看见楚王飞一般地溜走了。大家面面相觑，但又无可奈何，只得一个个摇头叹息，往大殿门口走。李云博追上徐仲雅，问："敢问徐大人，刚才为何不让下官说话？"

徐仲雅看看左右，小声说道："李大人第一次上朝，还不清楚这楚王的路数。我们这个殿下，就喜欢拿钱说事。我们的俸钱多少？每月也不过三五万钱，他一抵就是一年半载的薪水。"

李云博道："这钱抵押到王上那里，有何关系呢？回来不就退还了吗？"

徐仲雅道："李大人太天真了！你不知道，王上是个财迷，这钱到了他手上，就回不来了。你办完公务回来后，去问他讨还是问他要？如果他说现在手头紧，以后归还你，甚至来个无中生有，说你有不洁行为，你还敢三番五次地能跟王上去理论吗？我等许多大臣都吃过哑巴亏，不是说这钱重要，而是被骗了几回，心都凉了，为你马氏当差卖命，还要被无端宰割，谁想得通啊！忙得死去活来，俸禄还被拿去了，一家老小怎么活呀？"

李云博道："原来这样！楚国朝堂居然如此荒唐，王上无道，臣下寒心，君臣离德，不顾民生，这江山社稷安能长久！"

刘静仁被马希广刚才一通指责，气得脸色发青，站在那里半天都没移动。李云博见状，连忙折身回去，将他扶出殿外。

正当此时，李云铎带着一个后宫太监来到跟前。宫人叫住李云博，说道："太后有旨，传李云铎、李云博兄弟会春园觐见，李学士请！"李云博得到太后召见懿旨，自然不敢怠慢，连忙将刘静仁交与徐仲雅，拜托他替自己扶刘侍郎上轿。然后和李云铎一起，跟着太监往殿后的会春园去了。

第七章

DIQIZHANG

国难当头

◆ 一、会春园里，陈太后问计小诸葛 ◆

提起会春园，李云博的心就仿佛被马蜂蜇了，一阵剧烈疼痛。

这会春园，乃文昭王马希范时期修建的一座王家园林，与九龙殿、嘉宴堂、金华殿一起，被民间戏称为"劳民伤财"四大工程，耗费巨大，民怨载道。李云博听说，修建这"四大工程"以前，马希范在碧湘宫附近开设天策府，大兴土木修建了天策、光政等十六楼以及勤政、厚德等五堂，作为王廷各署的办公机构。因为工程浩大，财力不足，他就增加税赋，横征暴敛，甚至卖官鬻爵，弄得民不聊生。他还采用孔目官周陟奏议，命令除了平常的赋税外，大县每年贡米三千斛，中县一千斛，小县七百斛，没有米的就用布帛代替。对此，拓跋恒曾经联名上书强谏，甚至闯宫死谏，却触怒了马希范，不仅被贬官，而且禁止拓跋恒上朝。马楚政权经过马希范十几年的折腾，已经江河日下。马希广怯懦无能，即位后毫无作为，成天吃喝玩乐，而且好佛成癖，一个曾经富足鼎盛的南方强国，如今已经气息奄奄。

不一会儿，三人来到会春园门口。李云博抬头一看，但见气势恢宏的园门高高耸立，"会春园"三个篆书大字醒目异常，门的两边是一副隶书对联："山颜淡堆螺黛雨，草色浓袖麝香风。"进得门来，眼前境界豁然开阔，楼台亭阁、香榭春闺、花卉名木、山石桥拱不一而足。绕过门前的湖泊假山，就上了一座石拱风雨桥，桥边绿树红花，兰草遍地。但见两边的木柱上也有一联："衰草寂寞含愁绿，晓香妖娆弄色红。"过罢拱桥，经过一段风雨长廊，就来到一座名唤"观花亭"的楼阁前了。这座楼阁，虽然不大，但用料清一色楠木，而且做工精细，造型雕刻美轮美奂，李云博不觉啧啧称奇。门楹上一副对联也写得温婉儒雅："珠玑影冷偏粘草，兰麝香浓却损花。"李云博暗思道：这似乎都是出自东野先生的手笔，格调高雅，超凡物外，与亭阁楼台的布局相得益彰。看来，这昏庸之君，对于玩游赏乐诸事，倒个个都是行家。而太后接见下属，不在她的慈宁宫，选择后花园，倒也蹊跷。

进得楼来，只见一群盛装宫女围着一老一少在那里嬉笑。李云博一看，这一老一少，十有八九就是陈太后和馥湘公主了。

宫人进门便报："启禀太后，李云铎兄弟奉命来到！"

只见老妇人说道："传他们进来。"

兄弟俩便入了楼门，倒身叩拜："驸马都尉李云铎（天策学士李云博）拜见太后、公主！"

"快快请起！"陈太后笑道，"久闻瑶池有一对文韬武略的兄弟，今日一见，哀家有幸啊！"

李云博道："太后过奖了，我们兄弟出身乡野，礼数不周，还望太后见谅！"

陈太后笑道："哪里哪里！哀家阅人无数，但见得如此有才而又生得风流倜傥的，这还是头一回啊！怪不得我这心肝宝贝见了一个，就死活要嫁啊！"

馥湘公主在一旁早就涨红了脸，羞赧地撒着娇道："奶奶，我哪儿有啊！你也给我留点面子好不好啊……"

"好好好，留点面子给你。那这样，你和你这驸马哥哥去园子里走走，都订婚了，还从来没有花前月下呢。今儿哀家给你个机会，去吧。"马馥湘谢了一声，拉着木头一样的李云铎出了楼阁。

"给李学士赐座！你们都退下。"太后吩咐道。待宫女们应声摆座退下，李云博谢座落定之后，太后神色严峻地问道："李学士，你知道，哀家为什么召你来这里吗？"

李云博站起来躬身回答道："微臣不知。请太后懿示。"

"不必多礼，坐下坐下。"太后示意道，"几日前，礼部刘侍郎、天策府拓跋学士等几位老臣来哀家这里，说你竞秀夺魁之后，仍然手不释卷、恒而能持，如今学已大成、诞登道岸，举荐你入仕为官，哀家还将信将疑。昨日夜宴，见你生得风骨奇秀，举止脱俗，出口成章，哀家暗暗称奇，而且喜欢至极。于是急不可耐，今日请来一叙，讨教些治国理政之道，唐突之处，还望学士见谅。不知李学士可否赐教？"

李云博道："太后哪里话！小生乡野鄙民，适蒙王上垂青，破格录用而入天策府见习，王室恩典，没齿不忘，但有效力机会，定当结草衔环。只是下官才疏学浅，政事应对又无经验，恐怕会让太后失望。"

"学士过谦了！"陈太后见他一通礼仪答词，说得圆润通透，谦虚实诚，又不卑不亢，毫无奴颜婢膝之相，更加喜爱有加，"本来，亡夫武穆王有制，妇人不得干政。哀家也不想干预朝政。自武穆王入湘以来，马氏主政已经五十余年。武穆谢世，几个继位者都才具平平，无所作为，好好一个大楚国，被折腾得千孔百疮，哀家忧心如焚啦。于是思前想后，找了一干天策府老臣，谈论时局，获益良多。如今你是天策府新晋学士，满腹经纶，饱读诗书，也当知无不言、言无不尽。这大楚危局，有何挽救之策？哀家愿闻阁下高见。"

李云博道："小生年未加冠，乳臭未干，初出茅庐，怎能信口雌黄，妄议国政？"

太后见李云博不肯建言，知道他谨慎持重，有所顾虑，于是严肃的面容舒展了许多。她站了起来，说道："哎！这人之心智，岂在年事；谋国大道，只看才具。学士不必过谦，你坐下来，畅所欲言吧。"

李云博坐下来想了想，道："谢太后知遇之恩。在下不揣浅陋，就权当书生之论，不当之处，请太后指正。依在下看，楚国已危若累卵，若不励精图治，安境惠民，严刑重典，整饬吏治，不日将为异国所图。"

太后脸色一沉，厉声说道："学士也太危言耸听了吧！"

李云博正色道："自武穆之后，三王执政近二十年，个个贪财好货，享乐成性，卖国鬻爵，不惠民生，尤以文昭王为甚。而今王执政三年，大兴佛事，游玩日烈，不问朝政，官贪腐而不刑惩，民饥馑而不粮赈，朝堂议政如同儿戏，政纲废弛，大道荒疏，上下离德，民怨沸腾，这乱象之中，太后难道看不出些端倪吗？"

"好个李云博，字字刀剑，句句尖比，讲得哀家浑身发颤啊！"陈太后顿了顿，又道"学士论事入木三分，切中时弊，该是我大楚图存之堪堪大才！"

李云博道："太后过奖了！这纵议国政，唯见事得理，推演而出，犹如魏晋清谈之士，口能悬河，舌可陷阵，似乎能翻江倒海、呼风唤雨，无所不能。而一旦身体力行，则手无缚鸡之力，几乎十事难成其一。下官才疏学浅，又初涉仕门，绝无匡扶社稷、解民倒悬之能。太后若求治国理政之大才，依小生之见，还是在满朝文人雅士中遴选吧。"

陈太后道："哈哈哈，李学士年纪轻轻，却如此高深莫测，哀家信服！但你推脱之言，却有不实之词。比如，任何饱学之士都希望受人赏识，获得重用，将平生所学付诸实践，挥洒才情，建功立业，从而得到高官厚禄，光宗耀祖，封妻荫子。阁下当然见识超群，却坐视大楚沦落，难道是觉得楚国朝堂太小，不够阁下挥洒？"

李云博道："太后恕罪！小生绝无此意！小生自幼随师父修道，性情松散惯了，不习官府约束，更不是治民理政之才，请太后明察！"

陈太后笑道："哀家知道你的心思。你先想想，图存大楚究竟有何良策，不日之后，哀家再向学士讨教！其余事宜，不说也罢。哈哈哈哈……"

李云博道："下官领旨！"

这时候，馥湘公主和李云铎已经回来了，见陈太后和李云博谈笑风生，惊奇地问："奶奶，说什么呢，这样开心！"

陈太后笑道："哀家和李学士正在商量，你们两个结婚大典的礼仪规制呢！"

马馥湘一听，顿时羞涩万分，撒娇般扑到太后怀里："奶奶，你真坏！这太庙令都还没有卜得婚期，你就急着商议起什么规制来了！我跟自坚哥哥已经商定好，先不忙着结婚，等楚国内乱消除、重新安定后再说。结婚也简简单单，没必要大操大办。三弟，你说呢？"

李云博拱手道："公主淑静贤惠，明理通事，勤俭恭忝，不拘小节，大雅之人也！不过姻缘天定，太庙自会卜卦，问得天机，何需等到什么内乱消除、天下安定呢？如若天下继续分离下去，公主莫非要一辈子待字闺中？"

"你这鬼小子，问得我只有骂人的份了！不过，能得到三弟这般评价，我真是如坐春风呀！"马馥湘道，"怎么，还公主公主的，叫我嫂嫂！"

李云博一愣，连忙改口揖首施礼道："岫南见过未来二嫂，恭问准嫂安好！"

馥湘公主笑着对李云铎道："自坚哥哥，你这三弟，真是人精啊！"

◆ 二、胸怀图存志，求教朝野贤 ◆

李云博心事重重地从会春园回来，一进驸马府遇到李天骏，简单地应承一声，就回房去了，弄得李天骏莫名其妙。

李云铎自从楚王赐婚和升任后，得到一座官邸，赐名驸马府，位置在碧湘宫后面的会春园附近，与慈宁宫也很近。李云铎将李庆吉等一干亲人及易淑贞都从商行接到驸马府里居住，自己也不用天天都待在军营里，有时间就回来和他们在一起。

回房之后，李云博有些莫名的冲动。按理说，太后召见，咨问国事，应该坦诚相见，知无不言。但李云博还是点到即止，未敢放开畅谈。虽然隐隐感到这个贤淑和蔼的老人，是在考校自己，但他在弄清太后真实意图之前，不能贸然行事。如果太后真的赏识自己，尔后委以重任，不仅能够为国效力，而且可以保全家族。这样两全其美的事，何乐而不为呢？因此，他对于太后的召见格外小心，生怕出什么纰漏，贻误家国大事。

李云博按住内心的兴奋，就太后懿示要他思虑图存大楚良策整理起思绪来。要真正出些有所建树的主意，既能够立竿见影，也能够标本兼治，还真是个不小的难题。"治大国如烹小鲜"，说得倒轻松，干起来还真有些无从下手。仔细思虑之后，他觉得当前有两件事情要赶紧去办，一是拜望王廷颇有威望的朝臣，自己新进天策府，拜谒前辈这是人之常情，而且借机讨教，不失明智之举；二是埋头国史馆和上书房，深入了解大楚朝廷历史渊薮和兴盛延演，借见习吏部的机会，见察朝野时弊陋规、吏治清浊和官声政德，然后才能找准问题，对症下药。

打定主意，接下来这一段时间，李云博几乎都在忙这两件事。就这样，他一边废寝忘食地扎在故纸堆里，一边周游于王廷重臣的门庭，夜以继日，发狠用功，数日下来，也还长进不少。特别是吏部见习期间，他根据朝臣们的履历，别出心裁地整理了一套故吏现职们的功勋、政绩和轶事，定名《大楚朝臣迹考》，获益良多。这样一来，他对于真正需要拜访请教的人和事，也就心中有了底数。

李云博在国史馆待了几天后，突然对几条史录资料感到颇为蹊跷："唐昭宗光化二年正月，武穆王将数百近卫调由后宫掌之"；过了十多年，到了后梁贞明七年，"武穆王置宗人府，以德妃为族主，掌密卫"；又过了几年，出现一条更让他百思不得其解的记载："德妃因衡阳县令强抢民女为妾，命湘水台密杀之，朝野震惊，莫知死因……"而除此之外，就再也找不到其他记载了。李云博觉得很是奇怪，这密卫和湘水台，究竟是什么机构？后来他借四处拜访的机会求教，大家一听湘水台，都吞吞吐吐，语焉不详，他也只能作罢。

李云博上门求教的第一个大臣，是那个常常称病不出的拓跋恒。武穆王马殷在位时，拓跋恒任职学士兼仆射。衡阳王马希声继位，罢建国之制，拓跋恒降为节度判官。文昭王马希范开天策府，置十八学士，拓跋恒与廖匡图、李宏皋、徐仲雅等十八人为学士，号称"天策府十八学士"。李云博觉得这个人不简单，曾经数次直谏文昭王，使得文昭王见了他就绕路，甚至宣布永远不许他觐见。

拓跋恒是在书房接待他的，李云博甚是讶异。按常理，朝廷老臣接见后辈，客堂会见寒暄客套一通就可以了。而在书房会面的，一般都是座上常客、故旧宾朋，抑或密友知己，一个寻常后生，得遇如此盛情，李云博数日以来还是头一回。看茶坐定之后，李云博道："在下承蒙王上浩恩，破格入朝，真是汗颜不已。而大人通达睿直，蜚声朝野，今又大雅芸窗礼遇下官，更让在下诚惶诚恐。"拓跋恒道："李学士才高八斗，一个小小的学士虚位，有何不可？李学士数日前宴会赋诗，才惊四座，在此与会，老夫这古色书室，顿时蓬荜生辉啊！"两人你来我往，客套得其乐融融。

坐了一会儿，李云博道："拓跋大人，在下有一旧事，有些疑惑不清。不知大人可否赐教？"

"哦？你这天才少年也有疑惑之事？不用客套，但说出来，老夫尽力而为。"

"多谢大人。在下听闻，文昭王临终前，密诏大人进宫，请大人辅佐新王，大人为何执意要立马希萼呢？"

"这个问题，一言难尽啦！"拓跋恒叹了口气，道，"自古以来，嗣位不外乎父死子继、兄终弟及，讲个长幼之序、嫡庶之别。武穆王留下一个兄终弟及的规制，但一开始就没有执行好，无论立长立嫡，都应该先传位长王子希振，但他宠爱德妃，让她生的次王子希声即位，而无论才德贤能，希声远远不及希振，甚至不如与希声同日诞生的希范，害得希振弃官归隐，希范也一肚子意见。三年前，希广为刘彦瑫、李宏皋等拥戴嗣位，麻烦就更大了。因为立长轮到希萼，立嫡呢，是武穆王的嫡子还是文昭王的嫡子，是按武穆王的规矩传承，还是按文昭王的遗诏嗣位，也让人浮想联翩。希广可以立，其余王子也可以立。而希广怯懦悭吝，优柔无定，成不了强国之君；希萼贪残暴戾，不施仁义，即使继承大统，也不是贤明之主。不管谁立，都不是明智之举。但老夫等曾经坚持立希萼，这是因为希萼强势一些，而希广怯懦一些，希萼立，希广即使心中不服，也不敢作乱争位；而希广继承王位，希萼是肯定会犯上作乱。如果楚国内乱少生，国运或可多得几年。依老夫看，这大楚国，就是因为这个传位规制，弄得众子争位、兄弟失和，如今已江河时下、日薄西山。"

李云博道："大人一席话，胜读十年书！原来这兄弟争国，是早先就埋下了祸根。大人不奉文昭王遗诏，反对希广即位，原来是着眼大楚江山的长治久安，下官真是茅塞顿开！"

拓跋恒笑道："学士谦虚好学、见微知著，老夫佩服！这数年来，王上对此耿耿于怀，我不称病，又能如何？而老夫苦心，得你会心体察，荣幸之至啊！"

李云博道："大人抬爱，下官受宠若惊！只是这嗣位规则，还有一个死结，那就是，武穆王子嗣虽多，终有完结大去之日。如若孙辈不得继位，难道先王的料想之中，楚国国运，就这么不出百年、两世之内吗？"

"天啦！你小子居然看得这样远，老夫都未曾想到啊！"拓跋恒惊道，"看来这王位传承，不能铁板钉钉啊！"

李云博笑道："其实，这立嗣规则，还是可以定死的。要下官说，来一个无论长幼嫡庶，立贤即可，有本事有能力，就当王嘛，干吗那么费事！"

拓跋恒点点头："学士言之有理。历来王家立嗣，除了立长立嫡，也有立贤前例。只是这立贤规矩，过于空泛，而且谁贤谁拙、谁优谁劣，难以评定。你说说，谁认为自己无能呢？如若众王子都认为自己贤能当立，还不是会争得头破血流、祸起萧墙吗？"

李云博叹道："大人言之有理。这王家立嗣，真不好办啊！而且这是王家内务，朝臣又不能过多干预，真让做臣子的进退维谷啊！依大人之见，这楚国江山，当真气数已尽？"

拓跋恒道："你刚才说，'两世之内'，这不就是断语了吗？"

李云博道："下官只是根据武穆王传位之制，信口开河啊！"

拓跋恒道："你其实是能触类旁通、举一反三啦！很多玄机奥理，本来就藏于无意之间。老夫还讲一则往事，这是老夫的亲身经历。清泰元年冬十月，弃官归隐的武穆王嫡长子马希振辞世，知之者甚少。老夫得到消息，急忙赶往下葬地，就在长沙城郊的陶浦。没想到掘墓之时，坑中忽现一块碣石，其文云：'乱石之壤，绝世之岗。谷变庚戌，马氏无王。'而今年正是庚戌年啊！这大楚亡国，可能就在这一两年啊！"一通不知真假的谶语，听得李云博毛骨悚然。

李云博就教的第二位大臣，就是他慕名已久、诗冠湘楚，十八岁就被文昭王选为天策府学士的东野先生徐仲雅。李云博很喜欢他的诗，但他更看重的是，东野先生生性介直，敢于谏言，一直未得重用，依然初衷不改。李云博找到他，可是费了一番周折。先是上门拜谒，不在家；然后就到刘静仁家里问消息，再才了解到，徐学士半官半隐，经常到东华观和一群道长谈天论地，悠闲自在得很。没办法，李云博又到长沙城东郊东华山上的道观里碰了碰运气。到了那里，可东华观里的道人都不知道他去了哪里，连东野先生的影子都没见到。这时候天渐渐黑了下来，李云博垂头丧气地牵着马，靠在东华观那棵古老的偃松虬枝上，突然想起东野先生的《东华观偃松》的诗，不禁脱口诵了起来："半已化为石，有灵通碧湘。生逢尧雨露，老直汉风霜。月滴蟾心水，龙遗脑骨香。始于毫末后，曾见几兴亡。"一边诵着这首诗，一边身临其境地体会，倒也别有一番感悟。看看这棵偃松，忽然觉得，这诗写得太绝了：不仅摹写传神，根须裸露，半已化石，却郁郁葱葱，生机勃勃；而且说它年岁古老的比喻超乎想象，似乎尧舜时代就生了，经历了历朝历代的风风雨雨，今天依然健在。而"月滴蟾心水，龙遗脑骨香"把这棵松树的精神气韵给活脱脱地表现出来了。李云博一阵欣喜，不禁脱口而出一首《和东野先生〈东华观偃松〉》的诗：

> 见松不见人，夜诵美才情。
> 月照干弥白，风吹叶更青。
> 根深潜地轴，枝茂挂疏星。
> 独叹虬腰大，荒郊谁问津？

正吟哦间，突然传来一阵放浪笑声："哈哈哈哈……李学士诗文，强我数倍！我一个山野匹夫，值得大人如此念想吗？朝廷不用我，你不是来看我了吗，哪里来的无人问津呢？不要为我抱什么怀才不遇的屈了，有你这少年英雄来看我，我这山野匹夫知足了。哈哈哈……"

李云博一听，喜出望外："东野先生，您让学生找得好苦啊！"

"'根深潜地轴，枝茂挂疏星'，好工整漂亮的颈联啊！一点也不逊色我那'月滴蟾心水，龙遗脑骨香'。你这出口成章的功夫，我东野佩服之至！"只见年届不惑的徐仲雅步履如飞，已经来到李云博跟前。

李云博施礼道："先生见笑了！刚才惆怅不已，看见这偃松，想起先生的诗来，于是有感而发，胡诌几句，哪里及先生的名作啊！"

徐仲雅道："没想到我大楚神童，居然如此谦逊，四处寻我一个闲云野鹤，真是折煞我也！适才我在山腰湖塘垂钓，听到有人诵我的拙作，不免有些讶异，于是收了场面，赶了过来。不料学士又以诗和之，就藏在暗处听听，真是感动异常、意气相投啊！来来来，这边有几间茅舍草屋，是在下野钓栖身之所，我们来个青梅煮酒，就些刚钓上来的鲤鱼，喝他个一醉方休如何？"

"学生愿陪先生把酒言欢！"

两人兴冲冲地来到观后，但见几间茅房在夜色中朦胧若现。东野先生忙碌一阵，房前的篝火便熊熊燃烧起来。李云博曾经跟随药因道长经常四海云游，对这野外风餐露宿非常熟悉，也轻车熟路地帮起忙来。弄了好一阵子，烧鱼、炖鱼、烤鱼都熟了，东野先生又取来一壶酒，捧出采集来的野果山蔬，两人就开始对饮起来。

"东野公，您知道学生最喜欢你的哪首诗吗？"李云博喝了几碗后，有点醉意，问了起来。

"让我猜猜！应该是刚才那首《偃松》吧？"

"不是不是，再猜！！"

"那是《剥棕》？"

李云博道："也不是。您的诗都写得好，我都喜欢。但最喜欢那首《赠齐己》，就是写给那个和尚的，写得太好玩了，我八岁就背得滚瓜烂熟，不信，我诵给您听：'我唐有僧号齐己，未出家时宰相器。爱见梦中逢五丁，毁形自学无生理。骨瘦神清风一襟，松老霜天鹤病深。一言悟得生死海，芙蓉吐出琉璃心。闷见有唐风雅缺，敲破冰天飞白雪。清塞清江却有灵，遗魂泣对荒郊月……'"

"这首诗是早年写的，比较随意，但也是我觉得有新意的诗。特别是后面这几句……"

"我就是稀罕这几句的式样，太有意思了：格何古，天工未生谁知主。混沌凿开鸡子黄，散作纯风如胆苦。"

徐仲雅接过来吟诵道："意何新，织女星机挑白云。真宰夜来调暖律，声声吹出嫩青春。"

李云博："调何雅，涧底孤松秋雨洒。嫦娥月里学步虚，桂风吹落玉山下。"

徐仲雅："语何奇，血泼乾坤龙战时。祖龙跨海日方出，一鞭风雨万山飞……"

"哈哈哈哈……"欢声笑语响彻山谷。两人饮酒吃鱼，论诗品文，一直到差不多天亮才和衣睡去。李云博回到驸马府后，才想起只顾得喝酒去了，把该请教的事情给彻底忘了。

后来几天，李云博还去了廖匡图、李宏皋、邓懿文等学士的府上。对于廖匡图的折服敬仰，主要是他的家风。相传，廖匡图的弟弟、决胜指挥使匡齐在平定溪州蛮兵叛乱时战死，文昭王遣人吊唁，其母不哭，对使者说道："廖氏三百余口，受王温饱之赐，举族效死，未足以报，况一子乎？愿王无以为念。"其忠义家风，可见一斑。

然而，让他最受教益的和启迪的，却是一位红尘之外的高士。

◆ 三、岳麓山煮茶论佛 ◆

李云博那日与东野先生彻夜诗饮，翌日申时才回到驸马府。回来的时候发现驸马府的人上蹿下跳、乱成一团。李云博很是蹊跷，进得门来，正遇李天骏低着头，急匆匆地往外走。

李云博问道："六叔，出什么事了？家里怎会如此闹哄哄的？"

"天塌下来了，地陷进去了，李氏要倒大霉了！"李天骏没有停止脚步，一边说一边走，"岫南被人劫持了，家里的主心骨不见了……"

"六叔，六叔，胡说什么呢，我不好好的吗？还出去干啥？"李云博一把扯住李天骏，道，"停下，您抬头看看，我不在这里吗？"

李天骏停住脚步，抬头一看，喜极而泣："小祖宗，你可回来了，一家人都快急疯了！你小子，原来没被南唐黑云长剑军劫持……"他声音哽咽，几乎是用尽全身力气朝着屋里大声吼道，"岫南回来了，岫南——回来了……"李云博非常吃惊，这个平时稳重练达、寡言少语的叔叔，突然间变得如此狂躁，语无伦次，而且话语就像连发弩箭一样没完没了。

"谁说我被黑云长剑劫持了？我拜望东野先生去了！"就在李云博说话间，一家老老小小，男男女女，都争先恐后地涌了出来，一下子把李云博和他来不及安置的马匹团团围住。抱的抱、摸的摸，哭的哭、笑的笑，那种丢失至宝、失而复得的心情，着实难以找到什么好词来形容。

就这样，一家人待在太阳底下汗流浃背了大半个时辰。李云博起初还耐着性子，一一以礼待之。可是忙了半天，他发现大家没一点收场意思，最终还是忍不住了："等一等，等一等，你们让我把马拴一下，我有过错，任你们责罚，这匹马没必要连坐吧，它早就不耐烦了！"

这句话一说，大家猛然醒悟过来，一个个地散开了，极力平复自己的情绪。李云浩把马牵了过去，其他人就簇拥着李云博进了屋里。

坐定之后，李云博才发现，除了瑶池至亲、刘府管家和一群家仆，平时很少见着的长沙城里的亲眷几乎都来了。看来，自己这个小小的疏忽，带来的麻烦还真不小。想到这里，李云博后悔不已：只顾自己痛快去了，把家人的牵挂和担心彻底忘了！更让他内疚的是，自己如此鲁莽行事，回来之后，居然没有一个人责怪一句！他暗暗发誓：今后，决不能这样了！

正想着，但听李云铎道："岫南回来了，大家可以放心了。刘管家，你速回侍郎府，把喜讯告诉刘侍郎一家，让他们早些放心。我就去碧湘宫，将消息禀报太后和公主。对了，吴统领，本来公主上午要过江去岳麓寺还愿，由于这事给取消了，我去问问看下午能不能过江去，麻烦将军准备一下。"

吴峦回答道："是，驸马爷。末将这就去办。"

李云博听了，道："真是抱歉！都因为我一时大意，惹得大家跟着担惊受怕，还误了很多大事。二哥，麻烦你给公主……哦，不，是嫂嫂说一声，小弟也想过江去拜拜佛，要菩萨救赎我这个不孝子彻夜不归的罪过！"李云铎应了一声，就进宫去了。

正午时分，李云铎和馥湘公主带着随从，一行人过了湘江、拾级而上，以及进到麓苑、上香拜佛、还愿奉捐等等诸事都顺顺当当。李云博跟着他们上了岳麓山之后，刚要进麓苑，却被一个僧人挡住了。但见那僧人合掌施礼问道："阿弥陀佛。敢问施主，可是天策府李云博学士？"李云博一惊，合掌答道："阿弥陀佛。小生正是。敢问大师是……"僧人回道："贫僧法号弘法，是鄙寺住持弘道大师的师弟，现是寺里监院。贫僧受大师兄之命，在此恭候施主多时了。住持在后院禅房备了淡茶，恳请施主一会。施主这边请。"李云博大是蹊跷，仔细想了想，觉得并无不妥，但他想到刚刚发生的事情，于是说道："大师稍候，容小生先去二哥那里招呼一声，就随你去拜望弘道大师。"

李云博跟着弘法转过大悲殿，顿觉金碧辉煌眼前一亮。殿堂中央，一座数丈高的如来坐像金光灿灿，左右两边排着四大菩萨，胁从而立，高大威严。座后壁上的五百罗汉金像个个惟妙惟肖、栩栩如生。佛前雁序排列的二十八诸天，神情各异，颇让人百看不厌、浮想联翩。还有一些不认得的各式各样的金身，虽然各司其职，却不免有些纷繁芜杂，一时半会看不出什么门道来。穿过大殿，再向左边行了数十步，就到了一间门楣上书有"禅房"的佛室前。推门而入，但见偌大的禅房里，静坐着一个白须飘飘、身披袈裟的老僧人。李云博明白，这个打坐的和尚，必是弘道禅师无疑了。

"启禀住持，李施主来了。阿弥陀佛。"

"快请！"弘道大师闻声睁眼，站了起来，连忙下了蒲团相迎，"欣闻李施主驾临鄙寺，老衲冒昧，请来一会，还望施主见谅。阿弥陀佛。"

李云博受宠若惊，连忙还礼道："大师抬举了！李云博何德何能，让大师如此礼遇，真是折煞我也！"

"弘法师弟，替老衲招呼好公主和驸马爷，老衲想和李施主煮茶清聊，你去忙吧。李施主，这边请。阿弥陀佛。"

"是，大师兄。"弘法应声去了。

两人落座于早就备好的茶案之侧。弘道便熟练地忙碌起来：浴壶，进叶，烧水，洗碟……不一会儿，禅房里清香四溢，芬芳扑鼻，煞是馋人。又忙了一阵，头杯茶水送到了李云博的手上。

只见弘道大师一举茶盏："岳麓小寺，迎来磐磐大客，既无甘脆肥脓，亦无酒醴珍馐，只得抹月批风，清水煮茶，略表绵薄之心。李施主，这是麓山老茶，请。阿弥陀佛。"

李云博也双手举起，道："大师先请！佛门净地，怎堪那腥臭俗物！老茶甚好。李云博年未加冠，怎敢劳驾大师亲手煮茶，羞煞我也。罪过罪过，阿弥陀佛。"

"李施主客气！老衲此生能与施主把盏言欢，荣幸之极。"

李云博于是将茶盏里的浓汤一饮而尽，品了品，道："嗯，好茶！虽是煮茶，但酽汁不失清醇温婉，色香直逼西湖龙井，麓山有此佳品，而在下得以尝之，三生有幸也！感谢大师惠施！"李云博说罢，起身施礼。

"施主过誉了！不想李施主弱冠之年，却对茶道也颇为精通，真是天才慧根，触类旁通啊！善哉，阿弥陀佛！"

李云博道："大师过奖。在下对于茶道，皮毛而已。然则饮茶成习，自幼随师父云游四海之时，就已养成。风餐露宿，客居他乡，无论何处，茶都是必备之物。而在下读书，喜欢到处涉猎，观其大意，不求甚解，以至于像陆羽《茶经》也都拿来翻过。只是在下有些蹊跷，大师得道高僧，却不喜嫩叶毛尖，银峰碧螺，这些早茶，淡雅高洁，清心寡欲，更适合超然物外的大师您啊，为何独好这麓山老叶？"

弘道说道："施主见微知著，老衲佩服。老衲尘外枯客，对这饮茶之道，却独有心得。剥去价位贵贱不讲，就这茶之脾性，也是仁者见仁、智者见智。但凡嫩芽，皆是褓褓幼儿，初之露头，就采来入茶，折杀生灵也。而这老叶，几欲凋零，入土作尘，岂不暴殄天物，白白浪费一生。取来煮茶，亦是让些许怀才不遇之物，老有所为。况且，叶只有老嫩，并无优劣。而茶之优劣，出自人手之优劣。阿弥陀佛。"

李云博悟道："大师高论，醍醐灌顶。今日能拜会大师，真是三生有幸！不知大师约我煮茶，有何见教？在下还有一疑虑，大师怎知我会上麓山，并派弘法大师亲迎？望大师不吝赐教。"

弘道笑道："此皆天意，施主当知。数日前，公主卜卦问得姻缘，许以成后还愿，并于昨日派使知会。本来定在今日上午，却又因施主失踪而未能成行。可到了中午，又派使来说，公主驸马即刻就到。老衲于是揣度：既然即刻就到，想必李施主业已回来。既然失而复归，就可能是自己去了哪里，绝无劫持之说。而施主乃忠义仁孝之人，既然让家人担惊受怕，想必会心生愧疚。于是老衲大胆预言，施主肯定会和公主一起过江，前来奉香赎罪。不知老衲所言，是否如你所愿？阿弥陀佛。"

李云博暗暗吃惊，这个弘道禅师，察事居然如此精深！也来不及多想，放下茶盏站了起来，合掌道："大师一言，茅塞顿开。小生愿为大师祈福：愿菩萨保佑，大师福如东海，寿比南山，禅心见长，立地成佛。阿弥陀佛。"

弘道起身回礼道："多谢施主祈福之赠。只是老衲修为浅薄，受之有愧。阿弥陀佛。"

两人回到座位，又品起茶来。李云博道："小生六岁入升冲观修道，对道学倒是略知一二；后又归于红尘，涉猎经史子集，对儒法墨名诸子之学也略有涉及。然而，对于佛学，却是一无所知。幸蒙大师眷顾，得一执经问难良机。不知大师是否愿意耳提面命、点拨小生？"

弘道笑道："施主过谦了！施主慧根不浅，定有佛缘。今你我对茶，便是明证。既然施主开了金口，老衲就不避拙陋，勉为其难。点拨担当不起，就当切磋吧。"他呷了口茶，慢条斯理地说了起来，"晓窗读易、午案谈经。今日午后煮茶，因缘天定，就与施主谈谈佛经之学吧。其实，这天下学问，旨趣不同，却殊途同归，不外乎关乎人与人、人与天、人与魂之关系。佛学讲究慈悲为怀、普度众生，其实与儒学之仁政、道家之无为一样，都是让天下安宁和合起来，生命能有所眷念，魂灵亦有所皈依，这也就是为何近百年来，儒释道开始取长补短、相互影响并逐步融合之原因。譬如这人世万象，儒家称为世俗，道家称为凡尘，佛家称为劫数，俱谓俗缘之未脱；天地万物生来过往，儒家叫精一，道家称贞一，而在我佛家就是三昧，都是言奥义之无穷；儒家成仁、道家成仙、佛家成佛，都是说功德圆满修成正果。老衲这里有些习禅心悟，送与施主参阅，只是敝帚自珍，悟得浅薄，怕是让施主失望了。阿弥陀佛。"说罢，从身后柜子里拿出一本手写的书来。

李云博赶紧双手接过，站起来后连忙跪倒在地："大师不吝赐教，又将平生心血之作惠赠小生，厚厚佛恩，弟子永生不忘！请受弟子一拜！"

"哈哈哈……都说岫南聪明绝顶、颖悟异常，今之一见，果不其然！好，老衲就破例，收了你这个俗家弟子吧。阿弥陀佛！"

"谢谢师父。"李云博大喜过望，就跪在案侧直起饮茶，不再盘坐。

弘道笑道："岫南真是礼家大师啊，善哉善哉，阿弥陀佛。"

"师父谬赞，汗颜不已。这一旦师徒，岂能平案对饮？师父见笑了。"李云博道，"初入佛门，见识浅薄，心中有些困惑，能否请教师父？"

"师者，传道授业解惑也。既为你师，理所当然。你有疑虑，尽管道来，老衲尽力为之。阿弥陀佛。"

李云博道："大师明镜不疲，弟子谢过。不久前，弟子闻信州雷觉寺住持若边大师来岳麓讲经布道，弟子曾在家乡瑶池与他有一面之缘。依师父看，这若边大师，佛心几何？"

"哦？你与他有一面之缘？"弘道惊愕道，"可这若边，似乎侍佛不专，心有旁骛。"

"却是为何？请师父指点。"

弘道说道："出家人既然置身事外，就不关红尘之事。可是这个若边，说是来云游布道，却是成天东奔西窜，仅仅在本寺会讲了一堂佛课。岂不是人在佛门而心在红尘。而且，那日公主问卦姻缘，他也在场，一副心若明镜的样子，还和你的二哥嘀嘀咕咕。这如何像一个剃度僧侣？阿弥陀佛，罪过罪过。"

"哦，有这等事？"李云博听罢，顿时大惊，以前觉得他的行迹有些可疑，听师父如此一说，更加坚信自己的直觉。他没有表现出来，又问道，"我王信佛，却在红尘之中。此等信仰，和岫南参禅，应该如出一辙吧。"

弘道说道："当今王上，笃信佛事，而且无所不用其极。但依老衲看来，却是叶公好龙。马氏父子，信佛而不修心。佛心体性之别，为贪、嗔、痴。王上不忌荤腥，贪财好货，纵情声色，不理政事，少顾民生，与慈悲为怀、普度众生之佛旨大相径庭。满口仁义佛心，实则唯拜佛而求富贵，希望佛祖庇佑他江山永固、社稷长青。只为自己成佛，不念他人生死，岂是佛家所为？你若在红尘之中侍佛，定要以苍生为念，达兼天下，穷守其身。切不可心生贪念，沉迷功名利禄荣华富贵。阿弥陀佛。"

李云博道："多谢师父。弟子谨记师父金玉良言。依师父之见，红尘内外修佛，都能达成正果吗？特别是世俗佛心，何能见之？"

弘道说道："红尘之外，如唐三藏法师，为普度众生，远赴天竺求取真经，数十年如一日，矢志不渝，终成正果，这就是不问红尘，心为红尘。而世俗修行，太宗皇帝可谓真正得正果之人，胸怀天下，体恤苍生，励精图治，实现天下少有的贞观大治，这就是身在红尘、心在佛门。其实，但凡修行，还是修何种学问，采用何种方式，只要苦心孤诣，初衷不改，感念苍生，不杂私情，都会殊途同归。这在我们佛门叫慈悲，在道家称静无，在儒学就是慎独。称法各异，其理实同……"

师徒俩一通滔滔不绝地讲佛论道，听得李云博如坐春风。他没有料到，这意外相逢，却是他多种学问融会贯通的开始。

末了，弘道似乎还余兴未了。师徒两人又静静地饮了一会儿茶，李云博见师父欲言又止，问道："师父，您还有何交代，直说就是，不必忌讳。"

弘道笑道："阿弥陀佛。岫南，你天资过人，什么都瞒不过你的眼睛。但你毕竟年幼，数日前闻你望江阁赋诗，吟咏湘江和爆竹，虽然诗才出众，但过于锋芒毕露。这人世之间，美丑贤愚只存相对之中，美丑分得太明，则物不和谐；贤愚察得过清，则人不相亲。须是内精明而外浑厚，使美丑两得其平，贤愚共受其益，才是生成的德量。更何况修身种德、事业之基，大道如海、岂有涯岸，这大智若愚、大巧无术之理，为师望你切记。"

李云博顿时五体投地，拜谢道："师父点化，切中骨髓。弟子一定谨记教诲，宽阔心胸，藏锋守拙，谨言慎行，以报师父再造之恩。"

◈ 四、橘子洲头，天策龙舟大显神威 ◈

端阳节这一天到来前夕，天策府上上下下都在为龙舟竞渡忙碌着。李云铎更是忙得不亦乐乎。

本来，他升任驸马都尉、马军指挥使后，龙舟大赛的安防工作应该不再由他负责，可以由负责宫廷警卫的银枪都、殿前军负责，也可以由宫廷外围安保的飞骑营担纲。可是，楚王马希广就是与众不同，任命他为权知安防都指挥使，偏偏要这个未来的驸马爷全权负责整个赛事的安防，甚至授权调配六军各部，弄得李云铎好不尴尬。

李庆吉一行也忙得团团转，端阳节的炮火诸事楚王可是看得很重，绝对不能出什么差池。

李云博作为新晋天策学士，没有领受具体职司，整日忙碌于吏部、国史馆和朝野贤达的府第之间，博览经史杂著，编撰吏员轶事，拜谒求教大方之家。特别是近期来，他的《大楚朝臣迹考》有了很大进展，正进入最后两卷的写作，几乎在夜以继日、废寝忘食地奋笔疾书，准备这几天拿出书稿，完结此事。因此，他把都在为端阳节准备炮火忙碌着的一家老老少少抛到一边，也把一直计划到橘子洲上观看龙舟大赛的事忘得干干净净。直到听见大街小巷人声鼎沸，河心传来阵阵号角炮声，才恍然大悟，记起端阳的龙舟赛事来。于是一拍脑袋立马丢下案头的纸笔书卷，冲出门去，策马朝湘江边赶。

李云博还未出得湘春门，就听见三声炮响后，锣鼓震天、号角齐鸣，他知道，这龙舟盛会的祭祀仪式已经开始了。李云博连忙下马，将马匹交与一家店铺照料，付了几文铅锡钱，赶紧出了城门，但见湘江岸边已经人山人海。作为指挥赛事大本营的观礼台，在江神庙上，是一座红色的木制楼阁建筑，处于湘江江心的橘子洲头，远远望去，那片色彩斑斓的河景更是旌旗招展，人头攒动，气象非凡。李云博早就听说长沙的龙舟赛规模宏大，尽管有过揣测，但真的见到这王都万人空巷、举家观赛的场面，还是被震撼了，这的确大大超过了自己的想象。由于埋头案牍忘了端阳龙舟竞渡一事儿耽搁了时间，李云博没有赶上上橘子洲的王船，更没有搭上李氏司炮的船只，而且时辰已到，所有运载船只已经禁行，他根本没办法近距离观赏这天下难得一见的竞渡奇观了。李云博叹了口气，但马上平复过来，和王都的臣民一样，远远地看看热闹，也不错嘛。

"开始祭奠屈子了！"有人大声说道。李云博想，这可能是王都的老看客了，对这龙舟盛会的程式肯定一清二楚。他连忙走过去，拱手问道："敢问前辈，何以见得是在祭奠屈子？"刚才那个头发有些发白的男子看了李云博一眼，不屑一顾地说道："你是外地人吧，这场面第一次见到，对不对？"李云博回答道："前辈好眼力！在下的确第一次来到王都，请不吝赐教！"老者道："想不到你年纪轻轻，如此谦虚诚恳，礼数有加，真是孺子可教也。好，我就跟你当当解说吧。"李云博道："感谢前辈关照！在下一定不耻下问，做个既看热闹又看门道的徒弟！"

李云博的一通文质彬彬的言语让老者非常受用。他很是得意地捋了捋胡须，兴致勃勃地讲开了。李云博耐心地听着他讲着这龙舟的来历，心里却想着，这端午节划龙舟纪念屈原的故事，楚国上下谁人不知？但出于礼貌，他还是谦虚地插话道："前辈真是博学多闻，在下长见识了！"

不一会儿，老者讲完了这龙舟历史，开始介绍起长沙龙舟的程式来："这赛龙舟呀，先得祭龙。司仪宣布祭龙仪式开始，'请龙王'，鸣炮三响后，礼乐齐鸣，由护龙队伍在祭祀法师的指引下，庄重地将龙请到祭祀台，法师手持桃木剑，置三牲和粽子、果品、祭酒。楚王亲自担任主祭，宣读祭文，为屈大夫招魂；其次就是点睛。法师引导护龙队伍将龙请至祭台前，由司仪恭请楚王为龙点睛，同时唢呐奏曲伴奏，事毕鸣炮三响；三是安龙。点睛仪式结束后，在司仪的指引下，由护龙队伍将龙安放到江神庙上祭台前沿的河堤，祈求上苍春风化雨，护佑大楚风调雨顺、五谷丰登；四是游江。司仪宣布，所有参赛龙舟在安龙之后，排列成整齐的长队，环绕橘子洲划行一周，场面甚是壮观……"

老者正说着，橘子洲上响起了锣鼓号角声，接着又是三声炮响，李云博知道，这点睛程式已经结束了。不一会儿，又是一阵号角、唢呐、鼓齐鸣，但听见江心传来阵阵欢呼，隐隐约约看见桡手将大大小小的物件抛进江中，应该是在安龙吧。

老者对李云博说道："这安龙已毕，就要开始游江了，最宏大壮观的场面要出现了。"过了一阵，炮声大作，锣鼓声里吼声渐起，游江的龙舟开始逆水而上，一字排开，越来越多，一直延绵数里，两岸的人群不时发出阵阵欢呼。老者又道："这在整个的祭祀程式里，游江是最热闹也是最好看的一出，甚至比正赛还好看。你想想，数十支龙舟，千帆竞发，百舸争流，一起在湘江里游行，多么壮观啊！"

李云博突然间发现一个熟悉的身影：青布僧袍，精光的脑袋和肥大的耳垂，这不是若边和尚吗？这个和尚也真奇怪，怎么这么爱热闹？难道，他是个假和尚？李云博耳边突然间响起李天晨的话——这和尚不会真的是南唐密探吧？想到这里，他匆匆向老者告辞，朝那个熟悉的身影奔去。

可是，人群摩肩接踵，刚才那个熟悉的身影不知道哪里去了，怎么也找不到了。"难道自己看错了？"李云博寻思道，"不可能！那青色僧袍，方头大耳的样子，烧成灰也不会忘记。而且，若边和尚已经云游到长沙的岳麓寺，不是他又是谁呢？"想到这里，李云博的心开始沉重起来，对看龙舟也没了兴致，更加深入细致地琢磨起这个来路不明而又行踪不定的和尚来。

按常理，和尚云游应该是多访名山大川里的古刹名寺，潜心钻研某个寺庙独特的佛学文化，或者讲经说佛，切磋佛理禅心，路线都比较僻静。而这个若边，一路走的都是官道，而且就喜欢往热闹的地方凑，瑶池的爆竹节，岳麓山围猎，橘子洲的龙舟赛，难道这仅仅是巧合吗？他忽然想起弘道大师那日与他煮茶论佛对若边的评价，更是大吃一惊。师父说他已经离开了岳麓寺，可是他却还在长沙转悠。这个人一定有问题！

突然间，他被一个匆匆过身的人狠狠地撞了一下，一个趔趄又撞在另一个人身上，险些跌倒。李云博踉踉跄跄地站稳步子，连忙向身后的人道歉。被撞着的人不悦地说了一句"慌慌张张地作甚"就走开了。李云博望着她的背影，无可奈何地摇了摇头。

"小姐，你撞的人原来是姑爷李公子，看个龙舟也撞在一起，真是缘分不浅啊！"李云博回过身来抬起头来一看，原来是刘如霜的丫鬟一边在那里幸灾乐祸地笑着，一边拉起歪歪斜斜的刘如霜。

李云博连忙调侃说道："都是我不好，让娘子受惊了！"

丫鬟笑道："小姐你急个啥？还没拜堂就往公子身上撞，羞不羞人啊！"

刘如霜满脸通红，恼羞成怒地骂道："你这小妮子，硬要往这边挤，哪里看不一样呢？撞到了人，还怪我性急，回去看我用家法怎么收拾你！"

丫鬟还在装腔作势，故意躲到李云博身后，道："姑爷救命呀！小姐的家法疼死人呢！她那拳脚，跟铁锤一样让人生疼，看样子活不成气了！"

李云博道："好了好了，你不要得理不饶人了！说不定回去真的要挨家伙啦！"

丫鬟就停止嬉闹，说道："小姐，小的在那边等你，你跟姑老爷好好聊聊吧。"扮了个鬼脸，兔子一样溜了。

刘如霜问道："李学士是朝廷命官，怎么不上王上的观礼台，也在这里与民同乐？"

李云博道："有事去了，没赶上船。"

刘如霜道："难怪，我还以为大人来民间体察民情呢！这楚国都快完蛋了，朝廷上下还在放肆纵乐，把这端阳龙舟竞渡当着头等大事，真是死到临头，还忘不了及时行乐啊！"

李云博一把抓住刘如霜的手，将他拽到一个僻静的地方，说道："大庭广众之下，说这样的话，不要命了！"

刘如霜挣开他的手，道："迟早都是死，早死一点亦无不可。"

李云博道："亏你还是侍郎的孙女、掌书记的千金！怎么这样信口雌黄！"

刘如霜揶揄道："这有什么！我还是你李学士未过门的夫人呢！"

李云博怒道："你就会跟我抬杠！你想死不打紧，刘府上下好几十口也都想死吗？"

刘如霜听罢，无言以对。

李云博见她终于不再斗气，平静地说道："如霜姑娘，我知道你对我心怀怨恨，但我以为，我们接触不多，我和你的隔膜主要还是误会。那天说你是杀家婆，还说什么牝鸡司晨、河东狮吼，都是气你的。现在，在下郑重向你道歉。就算做不了夫妻，做个朋友也好，你说对不对？"

刘如霜道："李学士，小女子可担当不起！我知道，我配不上你。我也不奢望和你做夫妻，我们这未婚夫妻的样子都是装给别人看的。有没有误会我不知道，但我和你根本不是一路人。"

"真是瞎扯！我们有这样一个遥遥无期的婚约，也不正是你之所望吗？"李云博道，"其实，你我看似迥异，实者大同。比如，心系楚国江山社稷，也愿为此赴汤蹈火、粉身碎骨。再如，国难当头，我们都不愿受家室累赘，这样善意欺骗尊长并无恶意，又有何不可？"

刘如霜被他说中了要害，心里甚是服气，但表面还是不愿恭维，于是立在那里，懒得吱声，一副不屑一顾的神情。

李云博道："如霜姑娘，我觉得，有机会我们很可能要一起共事，干一件谋求图存楚国的大事。你胆识过人、武艺超群，可以说是与我一起救亡图存的好搭档。说不定，我们还要天天待在一起。"

"天天待在一起？会是作甚呢？"刘如霜疑窦丛生，更加心急如焚，但又没有办法。她无可奈何地说道，"跟你打交道，真累啊！你能不能直截了当一些，别这样故弄玄虚，让人琢磨不透，真是急死人啊！"

"现在还不好说，因为我也不知道将职司何方。但我有预感，这一天快来了。"

"哼，我才不愿意和你这样一个心机重重的鬼小子待在一起呢！"

这时候，一声巨大的炮声又响起，人群欢呼起来。丫鬟匆匆赶过来道："姑爷、小姐，你们原来在这里，找得我好苦呀！快来看呀，龙舟比赛开始了！"

两人就停止了对话，跟着丫鬟来到江堤边上，但见江边数十艘龙舟一字排开，正朝橘子洲那边飞去。龙舟上令旗翻飞，鼓动如雷，桡手在鼓点的引领下整齐而流畅，一个个全神贯注地拼搏着，江心顿时翻浪飞波，声动如潮。李云博想道，如果这些敢死的勇士们，在一个能主的带领下，战场上应该也会个个生龙活虎、所向披靡。只是可惜呀，这些不惧生死的勇士，将满身的激情用错了地方。

而岸上的人，也一个个疯了一样，呐喊助威，喊得嗓子都哑了。这船上的人不急、岸上的人急有用吗？面对楚国内忧外患的局势，其实自己，和这些观龙舟的臣民有何区别呢？真是五十步笑一百步啊！

"啊呀，天策府的黄色龙舟又夺第一！"

"楚王英武！"

"天策府神威！"

"大楚国万岁！"

这时候，天突然下起了小雨，却丝毫不能影响观看龙舟竞渡的人山人海。李云博看着举国狂欢的场面，听到这些歇斯底里的喊声，对着这些沉迷龙舟竞渡欢乐而忘乎所以的大楚子民，一股悲悯之情油然而生。

◆ 五、乱世情仇却造就一段恩爱奇缘 ◆

端阳节过后，一天早上，李庆吉召集大家说："我等离家很久，端阳龙舟大赛的司炮事宜也圆满完结，我等应该回去了。看看大家还有何意见？"

李云铎道："阿翁，孩儿刚刚在长沙有了立足之地，就烦请您和各位长辈多住几日，孩儿也该尽尽孝嘛。"

李天晨道："自坚孝心可嘉啊！现在，你已经是楚王的准驸马爷，堂堂的楚国将领，岫南又入朝为官，作为叔叔，我也是满脸生光啊！不过，瑶池的事情也非常紧急，二哥也不知下落，不回去不行啊。"

李云浩道："岫南，你快想点办法吧，我爹爹现在一点音讯都没有，也不知是死是

活，母亲大人和一家老小应该都快急疯了。"

李云博道："三叔所言甚是。达淼哥，你少安毋躁。二叔至今生死不明，我们不能坐以待毙，得想办法出趟远门，寻找二叔的下落。"

李庆吉寻思一阵，道："岫南言之有理。那依你看，怎么办好呢？"

李云博想了想，道："我看这样，你们回瑶池，六叔、达淼哥和我一起，外出寻找二叔下落。"

李云铎道："这么安排，甚好。只是岫南，你是朝廷命官，怎么出得去呢？"

李云博道："这的确是个难题。我怎么走，我现在还不能确定，也不知道机会好不好，但一有机缘，我肯定不会放过，你不用担心。"

李庆吉道："那好，就按岫南的安排办吧。"

李云博突然看着李天晨，问道："那位淑贞姑娘怎么办呢？"

"你们还是认为，王廷特贡炮火的失窃，与她无关吗？"李天晨红着脸道，"我也不知道该如何是好。你们定吧。"

李云铎道："我多次和她交谈过，淑贞姑娘几乎不知道他的父亲在作甚。"

"她根本不知道父亲去了哪里……"李天晨回答着，接着就又详细地对李云博解释一番。

李云博听完，说道："嗯。易姑娘真与易守礼他们的行动无关。三婶已经去世多年，三叔既然喜欢上了，续娶理所当然。三叔，我建议你就把她带到瑶池去。"

李天晨惊道："我怎么能娶一个仇家的女儿？"

李云博道："三叔，既然你们两情相悦、真心暗许，就得喜结连理、白头偕老。至于国恨家仇，那是另外一回事，与一个局外的女子何干呢？更与感情沾不上边。"

李庆吉道："岫南的办法好。只要有利于家族的事业，任何人都可能做出牺牲，你启明也不例外。如果她的父亲与鸣远的失踪有关，娶了她，他的父亲必然有所顾忌，不敢加害于你二哥。更何况，这数日来，易姑娘贤惠知礼，也非常温和善良，肯定和她父亲不是一路人，更何况你喜欢她。娶了她，也是你的福分。"大家纷纷表示赞同，李天晨也不再说话，大家就七嘴八舌地商量用什么办法让易淑贞同意。

就在此时，没想到易淑贞走了过来，说道："各位大人，小女子再次申明，我和我父亲的事毫无关联。他既然已经当了强盗，我就当没有这个父亲了。你们的话我全听见了，我喜欢启明哥，愿意嫁给他，也愿意成为李氏家族的一员。"

李云博道："感谢易姑娘看得起我们李氏。至于你父亲究竟怎么回事，我们会调查清楚。但不管怎样，他都是你的父亲，也是我们的亲家。我看，你和三叔就立即成亲吧。"

李天晨红着脸道："虽是续弦，但也得明媒正娶吧。这六礼之数，还是要讲吧。亲没提聘未下，难道就这样唐突地带回去入洞房啊。"

李云博道："这好办。马上提亲下聘，交换庚帖，纳吉请期，立即迎娶！"

"她的父亲不在家，怎么办？"

"她的母亲在家呀，还可以把她母亲也接到瑶池去，布行关门算了。"

易淑贞道："只要能和启明哥在一起，我什么都不在乎。"

李云博笑道："三婶真是通情达理、不拘小节呀！小侄祝贺婶婶嫁得如意郎君！"大家就也一齐笑着朝二人贺喜。

"谢谢岫南，谢谢各位尊长。我给各位老爷大爷小爷请安了！"易淑贞红着脸一一道了万福，"我易淑贞能有幸嫁入瑶池李氏豪门，和启明哥哥修得这桩离奇姻缘，全仰仗各位宽仁厚德、关切抬爱而玉成，如此忠义仁善的家风，我也深受教益。我在此起誓：既入李氏门，便是李氏人；生为李氏妇，死为李氏鬼。今生来世，永不改变！我会竭尽所能，操持家务，恪守妇道，为李氏家业尽一份力。如若有人敢来图谋不轨，即便他是我的生父，也决然势不两立！"

她的一番言语，听得众人惊奇不已。没想到，平素不怎么言语的她，说起话来却如此通情达理，而且诚挚至深，真是小瞧她了。大家交口称赞了一番，又乐呵呵地商议起如何置办六礼的事，都一个个喜上眉梢。

过了好一阵子，李云博见回家事宜以及李天晨婚事大家已经商量好了，转身问李庆吉："阿翁，不知道刘侍郎那边，建立炮火营的事情办得怎么样了？"

李庆吉道："岫南，你真是预判得准。刘侍郎上了书，也将具体建设策案交到了天策府，可是楚王对炮火营不怎么感兴趣，左司马马希崇置之不理，右司马刘彦瑫则无从下手，把将作监里的火药坊改成军火坊，成立了一个火球营，就草草收场了。也没有要求使用我们瑶池李氏火药，气得刘侍郎又病倒了。"

李云博道："原来这样！那天早朝，我就知道这事没戏了。刘侍郎痛陈大楚国军备不力，炮火武器开发和军队装备远远落后其他各国，强烈要求不遗余力建设炮火营，被殿下狠狠地抢白了一番，弄得几乎无地自容。唉，他老人家大病初愈，不应该如此过度劳心，如若再度复发，那就真的无可救药了！"

李庆吉道："我们去看看他，或者辞一下行？"

李云博道："不行。你去了，更会激发他的伤感。而且，如果他知道你要离开长沙，还不知道生出何种事端来。有空的话，我和三叔公去看看他的病情，顺便告诉他得了。"

不知怎么的，李云铎忧心忡忡地说道："如今天下这么乱，强军壮武是应有之义，而军备之中，新型炮火武器又是首选。如若不及早研制威力巨大的炮火武器，装备强大的炮火军队，楚国将危在旦夕，迟早成为他国猎物。阿翁，您看，是不是……"

"好小子，当上驸马爷，把你瑶池祖宗的遗训也忘了？"李庆吉怒道，"李云铎，你给我记住，就算你当了大司马，统领长沙十万府兵，也绝对不能干这种数典忘祖、不仁不义的事！"

李云铎分辩道："阿翁，孙儿绝不会数典忘祖。只是，近几日来，孩儿经常想起天下纷争、战事迭起的乱局中，那些大小数十场运用炮火的战役，各国诸侯都在谋求我瑶池威力极大的火药，真是触目惊心、你死我活啊！加之又反复思量刘侍郎、李都尉之言，觉得建设炮火营的确是图存楚国的头等大事，几乎到了刻不容缓的地步……"

"怎么，李云铎，你想背叛家门吗？"

李云铎道："不是！阿翁，今天既然说了，就让孙儿说完。瑶池李氏数百口，都是大楚国的臣民。覆巢之下，焉有完卵？这话刘侍郎已经说过多次了。如若大楚亡了，瑶池李氏将何去何从？不管哪国占了瑶池，首先就会拿我们李氏开刀，逼迫我等交出配方，建设他们的火药军队。到时候，我们还有安身之地吗？因此，依孙儿之见，不如主动帮助楚国建立一支无人匹敌的炮火军队，谁也就不敢觊觎楚国江山社稷，更不能加害我们李氏族人了。至于如何建设，我们李氏有绝对的主动权……"

"你简直无法无天！真的反了，你！"李庆吉勃然大怒，"天下炮火大战如何惨烈悲壮、如何惊天动地、如何你死我活老夫管不了，各国炮火队如何骁勇善战、如何威力无比、如何所向披靡老夫也管不了，但任何人不能打瑶池李氏火药和秘方的主意。配方秘籍已经焚毁，都装在我们几个长房子孙的脑壳里。谁有本事，就砍了我等的头，拿去看他能不能弄出秘方来！讲过多少次了，李氏火药就是不能用来伤人杀人，谁用家里的火药伤人杀人，就是李氏家族的千古罪人，轻者族法重责、逐出家门；重者以背叛家门之罪处以火刑！李云铎，老夫最后警告你，如若再提此事，老夫就没你这个孙子！哼，待在这里已经没有任何意思了，回家去的，赶紧收拾，马上就走！"

众人都被这突如其来的变故给弄傻了。谁也没料到，其乐融融欢天喜地商量着回去，怎么会一下子风云突变，真是乐极生悲啊。李云博更是大惊失色，连忙拉着李云铎跪下："阿翁息怒！二哥一时糊涂，才说出这样大逆不道的话来，您就饶了他吧。"

李云铎顿时脸色惨白，跪在地上道："阿翁，孩儿，孩儿知错了，再也不敢了……别急着走嘛。要走，也等孩儿安排好之后，再启程不迟……"

李庆吉冷冷说道："李将军盛情，老匹夫领了！我们还是立即启程，免得妨碍将军的军国大事！你就好好地效忠你的王廷吧。哼，真是岂有此理！不要以为当了个驸马爷，就不知道自己姓甚名谁了！！"

"阿翁，我哪里是这个意思啊……"

◆ 六、水乱长沙，新晋学士名动朝野 ◆

送走怒气冲冲的祖父一行，李云铎、李云博兄弟闷闷不乐了好几天，但事情还是要进行，依然各自忙着自己的事，直到晚上才有空聚在一起。就这样，不知不觉又过了几天。

就在一家人不欢而散地回了瑶池后，长沙的天气突然燥热起来，李云博感到非常烦闷，蚊蝇蛾蝶随处可见，蚂蚁爬虫成堆成串。走在大街上，都得踮起脚尖避让地上来来往往忙碌着的各样昆虫，一不小心就被扑面而来的细蠓子弄得睁不开眼。江面上燕子、鸦雀和各种水鸟，一到夜幕将临，都惊叫着四处飞蹿。李云博起初不太在意，还以为是五月长沙特有的气候。可是一次夜里，他看见月光暗淡，极不明朗，又见第二天一大早，朝霞就照得人发晕，而且不是经常见到的东边日出前的晨曦，南西都有，北边最为强烈。他少年游历天下，对气象变更非常敏感，觉得有些不对头了。这俗话说，"月亮长毛，大雨淘淘。""东虹晴，西虹雨，南虹北虹涨大水。"联想到气候反常和动物异样，李云博觉得可能要下大雨了。果不其然，两天后长沙突降暴雨，浇得潭州山塌地陷，长势喜人、即将成熟的庄稼，也都浸在水里奄奄一息。李云博见到如此景象，心急如焚，这雨大得有点出乎他的意料。他赶忙查阅史书方志上关于长沙水患的记载，不觉大吃一惊：数百年来，长沙每隔二十年，差不多有一次大的水灾，五十年会淹一次城。掐指算算，今年庚戌，正是五十年一遇的大水期。他赶紧将这一情状向天策府禀报，提出及早应对，以防不测。可是天策府却麻木无知，营田使邓懿文还笑他多管闲事。他又找来一干老臣商议，上奏楚王，做好抗灾准备。但楚王依然斗鸡走狗，变着戏法吃喝玩乐，还不时忙着他的佛事，也对此事漠不关心。李云博无计可施，最后思来想去，也顾不上许多了，决定采取断然措施，以备紧急之需。他连夜去找长直都指挥使、长沙城隍都统张少敌，冒着天下之大不韪，来个明修栈道、暗度陈仓之计，解解这燃眉之急。

李云博赶到城隍大营已入黄夜时分。大雨瓢泼，营盘一片漆黑。李云博在辕门外叫了很久，才出来一个值守军士，不耐烦地问他都快五更天了，为什么不等天亮，冒着这样大的暴雨来干什么。李云博举起天策府的学士玉牌大声道："在下是天策府学士李云博，有急务求见张少敌将军。"对方回道："天策府学士？不可能吧？楚国当官的，会有如此勤政，不会是哪国的奸细想刺探王都戍卫军情吧？更何况天这么黑，在下看不清，谁知道是真是假。张将军早歇息了,有事明日来吧。"李云博怒道:"此事关系长沙安危,出了大事,你一个小小的宵值戍卒担当得起吗?"对方一愣,道:"那麻烦学士稍候,小的进去试试。"对方虽然应接,但一副很不情愿的样子,嘟嘟囔囔进了帐大营去通报。

柱国将军张少敌闻得天策府学士李云博连夜来访,不知发生了什么大事,来不及穿衣裹甲,披了件油衣,马上起身冒雨出迎。掌灯看茶坐定之后,看着落汤鸡般的李云博,吩咐侍卫赶快拿件干衣服出来给他换上。李云博一边整着衣服一边说道:"感谢将军大雨之中倒屐相迎,还有这及时周到的绨袍垂爱。在下深夜造次,搅扰军门,迫不得已,还望将军恕罪!将军年过五旬,即将调任王都掌戍,依然坚持驻守大营,真是国之干城啊!"

"哪里哪里,学士客气!这连天暴雨,浇得人心疲力乏、焦躁不安。加之已过丑时,军中守卒若有怠慢,还望见谅。"张少敌道,"李学士黉夜冒雨来访,必有要务。有什么话,就不用拐弯抹角了,直截了当地说吧。"

李云博道:"好,老将军能闻风辨动、见微知著,真是痛快!在下就直说了。这长沙连日大雨,恐怕将迎来洪流之灾。在下上书天策府,觐见楚王殿下,一个个都无动于衷,还说在下杞人忧天、多管闲事。迫不得已,请将军援手相助,力挽长沙于危难之中。"

张少敌疑惑道:"学士此言,也弄得老夫莫名其妙。长沙数年来,都未见过有大的水患。而且理洪浇旱,是营田使的事情,找我一个王都守将,能帮得上什么忙呢?"

李云博道:"老将军有所不知。前日暴雨倾盆,在下偶尔查阅史书方志,得知长沙水患数百年记载,发觉长沙每隔二十年,差不多有一次大的水灾,五十年基本上都淹城一回。闲来无事掐指算算,今年正是庚戌年,与上次淹城大水正好隔五十年。这天地风雨、霜雪雷电之自然之象,均有运行规律。这五十年一遇的大水期,恐怕是要来了。而且,农历律例,今年九龙治水,不是大涝就是大旱,在下还是觉得及早防范为妙。"

张少敌思忖道:"嗯,学士遇事前瞻,能断阴阳,心忧社稷民生,国之幸也。可是,老夫是一统兵将领,身在军门,要是缉拿盗贼,平息事端,还能勉为其难,可这治水营田之类民生事宜,老夫如何管得了呢?"

李云博道:"将军言之差矣!古人云:社稷安康、民生为本。这水患一来,长沙必乱。若不及早防范,将来长沙城倘若陷入一片泽国,必然会盗贼四起,乱象横生,民怨也将沸腾。如若瘟疫流行,还不知有多少无辜百姓死于非命。这王都军营,说不定也会被大水淹没。到那时候,大人还如何缉拿盗贼,平息事端呢?"

张少敌一愣,思忖一阵道:"学士辩才堪堪,老夫焉能敌得!这道理不错,只是老夫职司军门,如何帮你?"

李云博道:"方法很简单,但是要冒很大风险,不知将军敢不敢依计行事?"

张少敌凛然笑道："笑话！学士年未加冠，尚无职守，都能奋不顾身。老夫驰骋疆场多年，还会怕死不成？你说，只要老夫觉得行得通，又是为了江山社稷和黎民百姓，就一定会万死不辞！"

"这可是欺君死罪啊！"

"能挽危难，何以惧死！只要是为了存国保疆之大义，救世安民之正道，纵然身败名裂五马分尸，也绝无遗憾！"

"好！老将军铮铮铁骨、浩气凛然，在下五体投地！"

"学士就别再恭维了，直说吧，要老夫怎么干？"

"那我就不客气了。"李云博拱手说道，"办法是，将军以加强王都戍卫、修建城防工事为名，调用城防步卒，尽快修建防洪江堤，以防大水来袭。"

"这……没有天策府军令，擅自调动军队，这真是欺君之罪啊！只是这个借口倒很不错，可以一试。不过，布袋石沙和灰土等物质方面，如何筹措？"

"将军别急。在下也想过了。将军可以正儿八经地上书天策府，恳请修建城防工事，这上呈奏表，在下都写好了，请将军过目。"

张少敌接过，就这烛光看了起来。看着看着，便哈哈大笑起来："真有你的，难怪大家都说你才学满腹、博古通今呢！一个营修王都工事的奏章，居然写得如此文采飞扬、通透晓畅，瞧瞧，什么'时下，朗兵枕戈待旦，南唐磨刀霍霍，王都城防最后壁关，理应固若金汤……'还有什么'长沙水露多淘，风雨侵蚀，墙碎堤溃，城防又年久失修，破败如斯……'就是傻瓜也会觉得这城防工事非修不可。行，就用你的办法，提着脑袋搏他一搏。"

"将军通情达理，敢作敢当，在下替满城百姓谢过了。"两个如忘年之交的朋友会心笑了笑，就又合计起来，好一阵子后，李云博告辞出门。这时候，雨小了，天也差不多亮了。

张少敌立即上表天策府并亲自拜见左右司马，很快得到准许的回复。李云博大喜过望，和近万守军夜以继日地干了起来。可是防堤还没修好，大水就来了。湘江暴涨，浏水也波涛汹涌，长沙城眼看就要陷在一片汪洋之中。而被这突如其来的水患给吓晕了的楚国王廷上下，一个个张皇失措。营田使邓懿文更是吓得如临大敌，哭丧着脸，一副如丧考妣的样子。他拿不出抗洪救灾的策案，也想不出好的法子来，六神无主，东奔西窜，无头苍蝇一样，全无章法。猛然想起李云博日前的奏呈，仿佛找到了根救命稻草，赶忙上奏楚王请李云博出来襄助。李云博眼看为山九仞即将功亏一篑的防洪大堤，也非常焦心，主动请命，治理水患。大难来袭，天策府上下臣工，一个个绕着走，没想到一个弱冠少年挺身而出，着实让楚王马希广大吃一惊。一时找不到合适人选，又有营田使的上奏，迫于情势，忙乱之中就让李云博试一试，于是任命李云博为权知营田副使，协助邓懿文治理水患，赈济灾民。

李云博领到王旨，立即征发民夫，配合王都戍卒抢修大堤，还请求李云铎派两千骑军运送沙石。大水从长沙城北的低势之处涌了进来，还冲垮了一段城墙。李云博指挥守军堵成人墙，命令民夫抢修江堤，忙了几个时辰，终于将大水关到堤外。一场即将酿成的灾祸终于化险为夷。李云博虽然松了口气，但还是不敢大意，又马上组织力量赶修好城墙，派出专门巡查队伍日夜查看，不断派人加固随时有可能决塌的江堤，亲自守在湘江边上好几个晚上，直到洪水退去大半，才回到驸马府稍稍歇息。

可是，水患刚刚过去，长沙城又遇到了大麻烦。各地受灾的饥民蜂拥而入，长沙城顿时人满为患，还有的饥民居然打砸抢烧起来。李云博闻讯后，立即和张少敌、邓懿文以及兼任长沙府尹的天策府都统掌书记李宏皋商议应对之策。李云博好不容易说服几位，没有一律采取抓捕关押、强制驱赶的办法，而是在城外建立难民营，统一安置，好生疏导，放粮接济。于是兵分两路，张少敌、李宏皋负责严防饥民闹事，制止城中骚乱；李云博和邓懿文负责搭建窝棚，安顿难民。李云博还在城外布了七八个施粥的地点，安排人专门运粮煮粥，接济饥民。

几天后，大水退去，流浪的难民也都渐渐离去，没有爆发大的骚乱和瘟疫，也没有饿死人，一场危机就此化解。李云博又禀报邓懿文，立即进行帮助受灾百姓恢复家园、生产自救事宜，还请命自己担纲。邓懿文乐得消停，做了个顺水人情，还知会营田使衙各部，用于救灾的种子钱粮、草料马匹等等悉听副使李云博调度。这给李云博极大的利民机会，日日踏勘灾区，分配物资，夜夜埋头案牍，思虑方策，干得风生水起。这次危机，李云博累得几乎趴下，人瘦了一圈，回到驸马府，李云铎还以为家里闯进来一个逃难的饥民，见是李云博，笑得几乎憋气。但是，他的才干却得到满朝文武的认可，一时间名声大噪，广为认同。

◆ **七、临危受命，秘密执掌湘水台** ◆

就在李云博声名鹊起、名动朝野之际，忽然一天，李云博正在营田使衙忙碌，太后派宫女宣他觐见，地点仍旧在会春园。李云博接到懿旨，立马去了。

李云博以为，太后一定会问他图存之策，他也早已胸有成竹。没想到太后一开口，就把他吓了一大跳："李学士，今儿请你前来，是有要事相托，请李学士务必应允，就当帮哀家一个忙吧！

"太后尽管吩咐，只要我李云博若能办到，定当万死不辞！"

"好啊！真是忠肝义胆！"太后说道，"哀家这件事，关系到马楚王室安危。此项重任，哀家寻遍马氏宗室和楚国朝堂，也没找到一个合适人选。望江阁酒宴之上，你才智过人，出口成章；数日前问你国事，你正气凛然，切中时弊；近期又听说你埋头史籍，求教大方，很是用功。特别是长沙大水来袭，你谋定后动，身先士卒，修江堤，赈灾民，帮助王都度过汛期，一时间蜚声朝野，哀家更是欣慰不已：哀家知道，苦苦等待多年之人终于出现了。"

李云博一听，心里猛然沉了下来。看来，这件事绝对涉及王廷绝密，自己可能要卷进王廷争斗了。他不禁有些害怕起来。

只听太后一字一顿地说道："哀家想请阁下为王室效力，执掌湘水台！"说罢，拿出一枚紫金权杖递了过来！

李云博一听，简直不敢相信自己的耳朵，但见太后把金杖递过来，方知不是听错了，顿时吓得脸色惨白，连忙从座位上滚下来跪倒太后跟前，叩首谢绝道："使不得啊，太后！据微臣所知，传说中的湘水台是王廷后宫的私家秘密武装，微臣一个外人，怎么能担此重任？而且，将如此重任交给一个弱冠少年，太后是否有些过于轻率？这湘水台大权，岂同儿戏？"

太后道："这湘水台大权，当然非同儿戏！哀家一直未找到合适的人担此重任，因此，湘水台紫金长老一职一直空着。常言道，自古英雄出少年。哀家看学士才具，一定是最佳人选。李学士就不必推辞了。"

"回禀太后，微臣的确不是推辞，只是这执掌湘水台事关重大，还望太后三思！"

太后哈哈大笑："数十年来，湘水台很少涉足世事，除了朝堂之中，已经鲜为人知。而你入朝月余，就能了如指掌，冥冥之中早就注定，你与这湘水台有缘。看来，哀家没看走眼，你就是执掌湘水台的不二人选！哀家心意已决，你就不要推脱了！"太后顿了顿，说道，"难道还要哀家跪下来求你吗？"

"微臣不敢！这执掌湘水台，非同寻常，一般都得由重要的宗室成员或者内侍担纲。李云博既非王族，也不是外戚，更非内侍，怎敢受此重任？恳请太后三思！"

陈太后道："这乱世之中，凡事只认结果圆满，不管手段出于何门何派，更需要不循常理的应对之策。你一个读书人，不会不知道这变易之学！哀家知道，你是怕卷入王廷斗争，祸及自身及家族，对不对？"

李云博道："启禀太后，李云博绝非贪生怕死之辈！而且微臣年未加冠，乳臭未干，何以服众？"

陈太后笑道："你小子就是聪明过人，连托词都如此冠冕堂皇！那好，哀家先讲几则故事，你听了之后，还是觉得没必要或者不愿意，哀家也不勉强你，如何？"

"微臣愿闻其详！"

陈太后道："先王马殷共有一妃三夫人，才人嫔妾无数，子嗣三十余人。这王妃早薨，仅生长子希振。武穆王临终前，留下兄终弟及之传承遗训，按理应立长子希振即位。而袁夫人以貌见宠，进德妃，其子希声得立。这诸多王子中，论才能可继大统者，仅希振、希杲两人而已，其余皆碌碌无为之辈，尤以希声最为愚昧，却让他首继王位，武穆王真是昏聩之极。而希声与哀家子希范同日生，因此造成夫人失和、众子争位的局面。哀家当年力主立长子希振为世子，却遭到武穆王记恨，还导致希振出家为道。衡阳王希声在位仅一年余，因纵欲过度早亡。其时，哀家力主立华夫人子希杲，却没能阻止时任镇南节度使的希范在朗州即位，又造成母子失和，使得希杲远镇桂州。而希杲不知藏锋守拙，广施善政，桂州大治，却被我儿文昭王希范猜忌，最后将其调至朗州，迫害致死。至此，哀家知道楚国难有贤主，气数将尽，不用多少年就会成为他国鱼肉……"太后长叹一声，继续说道："武穆王英雄一世，却在立嗣问题上犯下大错，既未及早确立世子，也未加强子女管教和嗣子培养，还留下一个兄终弟及的继承规制，好好一个大楚国，武穆王之后十余年间就气息奄奄，哀家痛心啊！"太后拄着凤头拐杖，使劲地敲打着地面，一副痛心疾首的模样。

太后又道："当今楚王希广，是武穆王第三十五子，哀家少子。他自幼懦弱，优柔寡断，成不了大事。加上他的异母哥哥、武穆王的三十子希萼，一直对希广即位耿耿于怀，心存异志，如今身在朗州，多次挑起事端，内乱也自此而生。还有一个马希崇，和希萼一样，都是侍婢刘氏所生，奸诈诡异，胸藏祸心，也觊觎王位。这样斗下去，楚国将国无宁日，迟早会分崩离析。国难当头，大厦将倾，王室将何以自保，又如何化危为安，哀家真是寝食难安啊！"

李云博感叹道："太后对局势洞若观火，明察秋毫，而且一直胸怀大局，忧心国运，思虑深远，微臣五体投地啊！"

太后道："你不用恭维哀家。只是这武穆遗训，妇人不能干预国事，哀家只能望洋兴叹了。更麻烦的是，哀家已近古稀，行将就木之人，不得不考虑身后之事呀！"

李云博问道："太后要微臣执掌湘水台，有何深意？"

太后道："李学士真是聪颖过人，一问就问在点子上。好，哀家也不再啰唆了，直奔主题吧。我们坐下来说吧。"

两人坐定，太后又道："湘水台是武穆王建立楚国时，在王室近侍基础上成立的一支宗室私密武装，主要职责是维护王室安全，铲除宗室叛逆，一直由后宫之主执掌。原来是德妃袁氏掌控，后来衡阳王薨，文昭王即位，不以太后之礼待之，德妃抑郁而终，临终前将紫金权杖交到哀家手上，要哀家不惜一切代价保护好王室的安全。哀家执掌之后，就一改德妃建制，重新任命一名紫金长老，直接听命于哀家。只是十年前，这名内宫长老病死之后，一直没有找到合适人选。这支武装虽然人数不多，但绝大多数都来自武林，多年来都在坚持秘密训练和人员更替，战斗力应该不错。非常时期，得动用这支武装了。"

"太后言下之意，这支队伍将在国难当头之际发挥非常作用？"李云博道，"如今楚国内忧外患，只怕这支队伍，也无力回天了。"

"果然一点即通！"太后笑道，"的确，楚国已危在旦夕，似乎已无力回天。但国难当头，就算杯水车薪、螳臂当车，也要做殊死一搏。楚王对兄弟心慈手软，妇人之仁，我等得采取非常手段了。湘水台这副千钧重的担子，就是怕所托非人啊！"

李云博突然跪下，请命道："太后六旬之躯，尚能挺身而出，身赴国难，李云博七尺男儿，何惧生死！如此重任，微臣就勉为其难，愿受太后驱使，为国效命！"

"好，果然是铮铮铁骨、好汉男儿！"太后起身，将紫金权杖递到李云博手上，宣旨道，"李云博听令：哀家任命你为湘水台紫金长老，全权调遣湘水台各部，有权任命湘水台各级将领，可以处置楚国内任何奸党逆贼，所有行动只对王室和哀家负责，不受楚王和天策府节制！"

"是！属下领命！"说罢，捧过紫金权杖，然后叩头谢过，小心揣入怀中。

"岫南啊，上苍将你赐予哀家，大楚之福也！"太后欣慰地笑道，"你跟我来，哀家跟你简单讲讲这湘水台的情况吧。"

"属下洗耳恭听！"

陈太后道："这湘水台权力架构总共五级，除了你这唯一的紫金长老外，还有两名黄金长老、四名白银将军、八名青铜统领和六十四名黑铁执事，与太极、两仪、四象、八卦和《周易》六十四卦一一对应，其编制隶属，你只要看这张《伏羲六十四卦方位图》就一目了然。湘水台密使的身份标识，是一个个椭圆形腰牌，哀家将腰牌给你，你看了以后收起来吧，这腰牌，可以出入王宫，到任何地方官府申请支援和补充给养，也具有免死功效。"说罢，拿出一个紫金色腰牌递给李云博。

李云博接过来，仔细看了看，只见不大的腰牌做工精美，上面雕有"湘水台密使"五个篆字，还有一个太极图符号。李云博问道："所有的湘水台密使都腰牌上有一个不同的符号吗？"

太后道："对。比如这太极图，就是紫金长老的代号，黄金长老的代号是阴和阳，即阴的符号是一个向下的黑三角'▼'，阳的符号是一个向上的白三角'△'，也称左右长老；四位白银将军分别用朱雀、玄武、青龙、白虎图案表示，八位青铜统领用的是八卦符号，黑铁执事及下属就用六十四卦表示。你只要看一眼他们的腰牌，就知道他的官职和所属部队了。"李云博听了，不住地点着头，听罢就将腰牌收了起来。

太后又道："你对内发号施令，是用紫金权杖。你可以任命四名紫金密使作为你的随从和信使，每位黄金长老也有两名自己的黄金密使。你得记住，所有湘水台密使都只认身份，不问名姓，丢了腰牌，你将在湘水台寸步难行。当然，你作为这支队伍的最高统帅，可以对任何个人和组织发号施令，有任务直接交给他们，但长老级人物不允许亲自出面执行任务。"

李云博问道："这么庞大的组织，如何联络又如何指挥呢？"

太后笑道："非常简单。湘水台密使都是九人一卦，由黑铁执事带领，总共有六十四卦，散居长沙城里里外外。你的两名长老级副手，一个负责掌管内务，一名负责外事。他们联络的方式很多，根据情况需要具体选择，包括密使驰书、飞鸽传书、层层递令等，这个比较容易，你以后慢慢了解吧。这是他们的秘密驻防图，你一定要看好记牢，千万不能丢失。"说罢，将一张绢帛图纸交给李云博，又道："你看，这两个地方，是秘密台阁驻地。正台阁是行动指挥和日常管理机构，在橘子洲上；隐台阁是决策和台令发出地点，在哀家宫里，除了几位长老外无人知晓，两者之间有一条江底密道连接。哀家想，你要先定一个常住地点，把隐台阁从哀家的慈宁宫里迁出去，便于你指挥和调度。"

李云博想了想道："这台阁暂时不必变动。慈宁宫离会春园很近，属下可以在这附近选一处住所，一来隐蔽性强，二来与太后联系方便，不知太后意下如何？"

"暂时这样也行。"

李云博突然问道："敢问太后，你将湘水台掌管大权交给微臣，你就不怕属下不听号令、擅作主张吗？"

太后大笑道："哀家一直就怕这湘水台所托非人。常言道，疑人不用、用人不疑。既然我认准了你，就绝对信任你。哀家现在，已经没有了任何可以指挥这支队伍的信物，靠的就是你的可靠忠诚和一心为公的品性。如果你不是这样的人，哀家也就不可能让你执掌这支队伍。你大胆地行使权力就是，但要恪守今天对哀家的承诺：胸怀大局，维护王权和王室安危。"

"属下牢记太后懿示，一定以苍生为念，尽忠太后！"

"好！哀家要的就是这句话！我给你几天适应环境，熟悉部下，挑选近卫，过几天就开始行动！"

"属下领命！"

◆ 八、紫金密使终于有了最佳人选 ◆

受命执掌湘水台后，李云博交割了权知营田副使的差事，就忙碌开来。他首要考虑将隐台阁建在哪里。回到驸马府，立即有了主意。他对李云铎的新居非常满意，决定先在这里建立一个湘水台秘密指挥机构，等时机成熟后再将隐台阁迁过来，于是就起草一份关于湘水台行动的策案，亲自交到了太后手上。没想到太后看都不看，说什么"哀家已经老眼昏花，而且已无任何湘水台指挥权，你是紫金长老，该干什么、该怎么干，那都是你的事"，诸如此类的话一箩筐，弄得李云博无言以对。

密掌湘水台，李云博格外卖力，筹划如何在国难当头之际，发挥好这支队伍的最大作用。特别是对于秘密组织的信息传递，他思考得比较多，甚至根据以前在东峰界新方试验的经验，趁着夜阑人静之时，亲自动手配制了一种能够飞升上天的火花，经过多次试验和改装，终于能够升到三四丈高的天空，两三里内都能看见，并将之取名"天火闪"。确定配方和形状之后，他写了封信，差轻骑飞马秘密赶赴瑶池，托父亲和大哥赶制数千枚，并把药因道长送给他的"逃身摔"也订做了好几千个。准备差不多了，李云博就决定召集白银将军以上将领见面，没想到黄金右长老却因事告假，说是母亲病危，不能前往。李云博当时就很不舒服，但第一次与高级将领见面，他还是没有表现出来，笑呵呵地，装得大度能容天下事的样子。可是事后得知，这右老大人原来是扯谎，他对一个年未加冠的少年执掌湘水台有意见，又仗着太后的宠幸，故意为之，想给李云博一个下马威。李云博听了之后，勃然大怒：立即命令黄金左老把他找来，下令立即处决。左老大惊，道："右老大人虽有过错，然罪不至死，台老大人上台伊始，为何如此痛下狠手？"李云博道："新履高位，不重刑名典不足以立威。何况，此人欺瞒主上，是为不忠，诳母重病，是为不孝，不忠不孝之人，留他何用？"一通说辞，头头是道，问得黄金左老哑口无言。后来还是太后出面，双方妥协，免去一死，但立即致仕退隐，才调停妥当。

李云博接了湘水台的重差，一直为人事问题特别是紫金密使人选犯愁。太后又不肯过问，思来想去，决定去向刘静仁讨教。一想到刘侍郎，他突然眼睛一亮，脑海里浮现出刘如霜的样子来，不仅大腿一拍，站起来兴冲冲地出了驸马府，策马径自朝刘侍郎的府第奔去。过了一阵子，就由福临大街转进碧湘大街。这碧湘大街也商铺林立，车水马龙，街上行人摩肩接踵，热闹非凡。他顾不上街市的繁华，奔驰一阵就拐进朝宗大街，眼看就要到刘府了。可是刚进朝宗街一会儿，突然被一群喧闹的人群挡住了去路。李云博只得下马步行，侧身缓缓挤过人群，刚要通过的时候，发现人群围着一男一女在那里争执着什么，人群不时发出这样那样的评论声。李云博就折身回来，问身边一位老者："敢问老伯，这是怎么了？"老者答道："哎！公子有所不知，这兄妹二人，父亲病故，来朝宗街卖艺筹钱葬父，被当地的小混混抓住收码头钱，可是还未开张，哪里有钱呀！可是这些无赖不放过，要留下小姑娘作抵，真是泼皮无赖之极呀！"

李云博就挤进人群，道："些许无礼小儿，都给我停下来，放他们走！"

几个泼皮无赖见李云博一个毛头小伙竟敢站出来对他们发号施令，顿时怒火冲天。为头的是一个黑脸龅牙的大汉，他一把丢开一对小兄妹，朝李云博走过来咆哮道："哪来的野种，敢在老子的地盘上撒野！哼，想在我太岁头上动土，活得不耐烦了吗？"

李云博一个顺手牵羊将黑脸龅牙大汉逮着，就势将他按倒在地，大声说道："就凭你也能当太岁在这里作威作福？你们都别动，要不然，你们大哥的右手就成了我的拐棍了！"他见一群人愣在那里不敢过来，又听着被制服的无赖呼天喊地地求饶，就顺势将手一推，无赖就躺在地上"哎哟哎哟"地叫唤起来。李云博道："你们要讲一讲理嘛。这买卖还没开张就要码头钱，太不让人活了！如果是我，早跟你们拼命了！你们几个，愿不愿意将功补过？"地上躺着的无赖道："少爷饶命，我等愿意。"李云博道："常言道，知错能改，善莫大焉。好，我就饶了你们，起来吧，帮帮忙，教大家空出个空地来，让他们兄妹卖艺。"于是，一群混混就忙碌起来，空出地方，兄妹俩就施展起拳脚来：翻筋斗，演刀枪，练气功，身手敏捷，武艺非凡，看得大家连连叫好。为头的无赖还帮着端起盘子收钱。李云博有些蹊跷，这兄妹二人，一身好武艺，怎么在遇到危难时不使用武功来自卫，而是忍让甚至求饶呢？于是决定留下来看个究竟。

就在此时，一队巡街马队经过，见街边挤满了人，为头的大声喝道："都散开！王都大街，严禁流民聚众街头，违令者斩！"众人一听，顿时作鸟兽散，只剩下一对兄妹和几个泼皮无赖。但听刚才那个又道："大胆刁民，竟敢在大街乞讨卖艺，重损王都形象。把他们抓起来，送天策府刑狱问罪！"

"且慢！请问军爷，楚国王法哪一条规定，王都大街不准卖艺？"

"大胆！本尉执法，你竟敢质疑！这条街上，老子说了算！老子说犯法了就犯法了，你算什么东西！兄弟们，连这小子一起抓起来！"

李云博怒道："堂堂长沙城隍巡卫，不问青红皂白，胡乱抓人，王法何在，天理何存？"

为头的道："本尉只是执行刘大人军令，但凡流浪街头卖艺乞讨，一律作危害王都形象罪论处。你小子无事生非，也想蹲大狱吗？"

"哪个刘大人？"李云博笑道，"谁蹲大狱，还不一定呢。"

"哪个大人？说出来怕吓死你！天策府右司马、六军都指挥使刘彦瑶大人。还不快快把这寻衅滋事的小子给老子抓起来！"

李云博大声喝道："慢着！真是岂有此理！这城隍事宜，不是新任的长直都指挥使张少敌大人管吗？不久前大水来犯，还通告全城不得驱赶抓捕落难流民，怎么突然改了，而且变成了刘大人军令了？"

"张少敌算个球！这楚国天下，除了楚王之外，都得听刘大人的！张少敌也只是个摆设而已！兄弟们，别跟他啰唆了，动手！"

"天策府学士李云博在此，谁敢胡来！"李云博掏出王赐天策府玉牌，高高举起，厉声喝道。

一群军勇顿时傻了眼，连忙下马跪地，齐声道："我们不知学士大人到此，请李大人恕罪！"

"烦请你等回去告诉刘大人，大楚律无此一罪！李云博请他立即废除此举！"

"是，李大人！我等立即禀报！走！"几个军勇就告辞上马去了。

几个无赖顿时跪下求饶："学士大名，如雷贯耳！大街小巷，无人不知！小人不知学士大人驾到，适才冒犯，恳请恕罪！"

"起来吧，你们已经将功补过。我警告你们，日后不得横行霸道，再被我见着，一定重重治罪！"

"是！我等也是被逼无奈，干着这伤天害理的事。"

"你等有何难处，不得已干起这等勾当？"

黑脸龅牙说道："大人不知。大水退后，潭州府由于有学士大人料理，各地损失不大，流民等水一退就回去重建家园了。而其他地区，城垣家园、田地庄稼损失惨重，我等就只得四处流浪了。如今长沙街头，遍地都是从各地涌来的难民。我等都是邵州人氏，今年大涝，颗粒无收，不得不出来混口饭吃。前不久来到长沙，遇到街上无赖刁难，就和他们拼起命来，没想到他们一点也不经打，这朝宗门附近的地盘，就成了我们的了。大人，你就收下我们，小的愿效犬马之劳。只要给口饭吃的就行了。"

李云博道："你叫什么名字？你们有何能耐？"

黑脸龅牙道："回禀大人，我叫郑大雄，他们都叫我郑头。我等原本农人匠工，耕田种地样样都行，有的还是木匠瓦匠铁匠，这起屋造船、打铁制器样样精通。而且我等来长沙数日，对长沙市井和黑道一清二楚，我等兄弟一共十八人，愿受大人差遣。"

李云博寻思一会儿，道："要我收留你们，但得约法三章。"

"请大人吩咐，我等一定遵循。"

"这第一，要效忠楚国，敢为国赴难，不惧生死；第二，要隐去身份，不再抛头露面；第三，今后只听我密令，不得擅自行动。怎么样？"

"甘为大人效命！"

"好。郑大雄听令：我任命你为驸马府护卫班头，即刻赶赴驸马府上任，明日起开始执勤，闲暇练习武艺，兼具打探全城消息。"

"是！"一群人乐呵呵地去了。

李云博又对兄妹俩问道："敢问大哥尊姓大名？"

哥哥道："我叫冯志远，这是我妹妹冯玉花。原是岳州人氏，五年前随父母迁来长沙，不想生意不景气，去年母亲病逝，昨日父亲又病故，家徒四壁，无钱葬父，只得出此下策。感谢大人出手相助，我兄妹俩没齿不忘。"

李云博道："原来是冯公子、冯姑娘。不必客气。刚才我看你等身手不凡，怎么临危也不使用武功自卫？"

冯志远道："李大人，实不相瞒，我等冯家原是武林中人，只是江湖险恶，遭到仇家追杀，被迫进了城市做起了买卖。由于不懂行情，经营惨淡，最后被迫关门。如今父母双亡，我们兄妹只得流落街头、卖艺谋生了。"

李云博道："惊闻家门噩耗，还请节哀顺变。这样行不行，你们先去埋葬父亲，然后也到我这里来。国难当头，需要有能之士挺身而出。你们又有一身武艺，正可以大显身手，不知二位意下如何？"

冯志远兄妹拱手道："愿意为大人效命！"

李云博从身上拿出几串钱来，递给冯志远道："我命令你二人速回葬父，三天后驸马府报到，另有任用！"

"是！"兄妹二人领命，也告辞去了。

李云博忙了一阵后，又匆匆赶往刘府。进了刘侍郎府第，在管家带领下来到刘静仁的病榻前。刘静仁听说李云博来访，早就坐了起来，精神好了很多，只是不停地咳嗽。见李云博进了房间，示意他坐到床边上来。李云博坐下来，问道："岳祖大人，您怎么如此不爱惜身体，大病初愈，本不该操劳过度，您为何就是不听劝告？来，让孩儿给您瞧瞧。"

"唉，这昏君佞臣，一群废物，好端端的平乱计谋、强军策案，被他们弄得跟儿戏一般。这军国大计，岂能是孩童一样过家家？"刘静仁一边伸出手来，一边抱怨道。

"还是老毛病，心力微弱，气血郁结，又是生气加劳累所致。您这样下去，迟早会弄出麻烦来！"李云博站起来，叫管家拿来文房四宝，写了两幅药方，交代管家的煎法和服法，然后又回到床边，说道，"岳祖大人，我看您还是上奏楚王请求致仕算了。"

刘静仁叹道:"我这个职守,跟致仕有什么两样?"

李云博道:"当然不一样。您在任上,不管有无职司,都是朝臣,所谓食君之禄、为君分忧。这大大小小的事您都得考虑,不管王上采不采纳你的奏议。但是如果致仕,就只有爵养,没有了职位当然不领薪俸,不在其位就不谋其政,您就不必天天为这些事情烦心了。"

刘静仁道:"这道理归道理,做起来又是另外一回事。我刘氏一府,世代受王廷厚恩,哪有那么简单的事啊!"

李云博道:"大人乃马楚四代老臣,但如今已被王上束之高阁,位高但无实权,自然难有作为。大人的心思孩儿知道,您一生功勋卓著,德高望重,享誉朝野,是怕一旦楚国灭亡,落下个未尽人事的骂名。如果致仕,虽然依旧可以劝谏王上,但楚国的危亡,大人就不需承担任何责任了。这,何乐而不为呢?天天为一个扶不上墙的阿斗白费气力,弄坏了身体,真的不值啊!"

刘静仁长叹一声:"岫南啊,这不是值不值的问题,也不是个人名节问题,是国家存亡的大事啊!楚国亡了,我等还有什么面目活在世上?"

李云博道:"岳祖大人,此言差矣!常言道,天下久合必分,久分必合。自安史之乱百余年来,军镇诸侯征战连连,百姓已处在水深火热之中,安定和平成为众望。那么,天下统一的时候应该快来了。谁能顺时而动,胸怀大志,励精图治,谁就会成为乱世强主,成就一统天下的大业,留下彪炳千秋的英名。遗憾的是楚国错过了这个大好机会啊!"

刘静仁道:"岫南,你的一番话,让我茅塞顿开!你年纪轻轻,就能看透世事,真是安邦定国之才啊!只是生不逢时,没有遇到明君贤主。可惜啊!好,我就上书,请求致仕。"

李云博道:"岳祖过奖了!人生功业,可遇而不可求。若不是雄才大略之主,辅之徒生烦恼,还不如敬而远之。您老致仕,孩儿一定多来陪侍,以尽晚辈孝道。"

刘静仁道:"难得你一片孝心!若能看见你和如霜喜结良缘,老朽真是死而无憾了!"

李云博道:"岳祖大人,这大乱之世,男儿时刻准备以死赴国,岂敢顾及儿女私情!更何况,我还有大任在身啊!"

刘静仁惊道:"你一个新进学士,又无职司,哪来的大任?"

李云博道:"孩儿今天来,就是要禀报岳祖大人一件要事,只是事关重大,恳请岳祖为我参详机宜,并保守秘密。"

刘静仁更加蹊跷:"什么秘密职司,如此神经兮兮?好,老朽答应你,绝对为你保

守秘密。"

李云博道："回禀岳祖大人，我已为太后召见，密掌了湘水台！"

刘静仁大惊："啊？！你说什么？！你执掌了湘水台大权？你成了紫金长老？这怎么可能！！"

"岳祖大人请看，这是什么？"李云博说罢，取出紫金权杖，递了过去。

"我的天！！这楚国最为神秘、最为崇高的权杖居然落到了你的手上！苍天有眼啊！"刘静仁捧着紫金权杖，激动得浑身颤抖，"岫南，你知道这意味着什么吗？这等于是太后将整个楚国交给了你，你甚至可以废掉楚王！"

李云博道："孩儿当然知道！但我如果是一个觊觎权力、嗜杀好名之人，太后能将这么重的担子交给我吗？"

刘静仁道："太后真是英明呀！我大楚有救了！哈哈！！"

李云博道："那倒不一定。因为马氏子孙，已无能主。这秘密力量，更不能轻易使用。但既然临危受命，还是要尽我所能，去挽大厦于将倾，明知不可能，也要全力为之！即便身死，那也绝无遗憾！！"

刘静仁道："好！那我就可以放心地致仕了！"

"岳祖大人，我还有一事相求。关于湘水台的行动，我起草了一份策案，报到太后那里，太后说要我全权负责，她不进行任何干预。您为官多年，谙于人事，帮我看看好不好？"李云博说罢，拿出策案递了过去。

刘静仁就兴致勃勃地看了起来，并不住地点头："好，很好。老朽看行。只是，这四大紫金密使，可要仔细斟酌。我跟你推荐个人，她一定行。"

"岳祖大人推荐的人，一定能够胜任！请问，是谁呀？"

"哈哈，你未来的夫人啊！怎么样？"

"感谢岳祖大人不吝掌珠，慷慨举才！"

"啊呀，原来你早就瞄好了，真正的目的是问老朽要人！上你当了！你这鬼小子！"

"好了，事已办完，孙儿还有要事要办，岳祖大人保重身体，就此告辞。"李云博收起策案和权杖，头也不回地出了刘静仁的卧房。

第八章
特殊使命
DIBAZHANG

◆ 一、陈太后的第一道密杀令 ◆

五月以来，李云博一直在为湘水台的正式出山做各种准备。到了下旬，湘水台秘密驻所也已经建立起来。他先是致仕了黄金右长老，派李天骏接替，并留驸马府担任管家，通过这个公开的身份替自己掌控湘水台外事，两位职司走书和司鸽的黄金密使也一起来到驸马府；然后又任命刘如霜、李云浩、冯志远、冯玉花为紫金密使，负责指挥机构的安全和紧急命令的传达。他还命令冯志远、冯玉花兄妹负责郑大雄一班驸马府护卫的武艺教习，一时间，驸马府就热闹起来，把来往于府第和军营不甚知情的李云铎吓了一大跳。

李云铎找到正在忙碌的李云博，问道："三弟，你从哪里一下子弄来这么多人？"

李云博笑道："堂堂的驸马府，焉能寒碜？管家护卫，是断然不能少的。你忙你的吧，这府上的事，就交给我好了。"

李云铎道："府上就我们几个，要那么多人作甚？"

李云博道："你别操心了，府上的事，是太后的旨意，我只是奉命行事。"

"太后旨意？她老人家管得真宽啊！"李云铎就不好再说什么了。

兄弟俩正在说话间，忽然管家来报：馥湘公主驾到。两人连忙站起来，迎了出去。

李云博道："公主驾临，有何贵干？"

马馥湘笑道："你这人小鬼大的李岫南！这是我的家，没事，我就不能来吗？"

"准嫂还未过门呢！何况未婚上门，有男女授受不亲之嫌，公主也太性急了吧？"

"就你知书达礼！"就在馥湘公主满脸通红言穷词尽之际，刘如霜走了出来。公主一看见刘如霜，仿佛抓住了一根救命稻草，开始了反击，"呵呵，真的，长嘴巴是说别人的。这不，自己未过门的媳妇就可以上门，别人的就不行？如霜姑娘，你也来探视未婚郎君呀？"

"见过公主！"刘如霜见了马馥湘，连忙施礼道，"回禀公主，小女子受太后之命，担任李学士的贴身侍卫，负责保卫我们大楚国未来栋梁的人身安全！"

马馥湘笑道："哈哈，有意思，真有意思。这理由真的名正言顺，还把太后抬出来了！李岫南，你的所谓经天纬地之才就这点出息？这么下作的主意，亏你想得出！如霜姑娘，你得小心呀！"

刘如霜道："请公主放心，我这十几年的武艺可不是白练的！"

李云铎道："你们别相互挖苦了，大家都要一起相处，何苦呢？"

马馥湘道："就你实诚！你得好好管管你这个弟弟了，他老是取笑我！"

李云博道："二嫂嘴下留情！小弟再也不敢了！"

马馥湘道："这还像话！就饶你这一次！下不为例！"她又上前拉住刘如霜的手，亲热地说道："如霜姑娘，咱们是一家人了，以后多关照！"

没想到刘如霜哀怨地看了一眼李云博，没好气地说道："公主客气了！像我这样的野丫头，怎么配得上他李学士！我就当他的看门丫头算了！"

马馥湘道："如霜姑娘哪里话！这长沙府里，除了我们马氏王族，论资历论地位，刘侍郎也是数一数二，小姐生在侯门，长在世家，贵为刘府千金，怎么说自己是野丫头呢？要说野，李云博生在瑶池，长在道观，那才叫野呢！"

"我习武数年，志在木兰，在他这个饱读诗书的学士眼里，不是野丫头是什么！"说罢，挣开马馥湘的手，悻悻地走了。

马馥湘一脸的疑惑，问道："三弟，你的如霜姑娘怎么了？"

李云博哈哈大笑："回禀二嫂大人，我媳妇心高气傲，没看上我，不愿和我订婚呢！这婚，是刘侍郎做的主。"

马馥湘道："不可能吧，你这个名满天下的少年秀才，哪家姑娘不想嫁给你？是不是你什么时候得罪了她？"

李云博道："小弟哪里有那么大的魅力！我们相识不久，怎么会得罪她呢！"

"狡辩！"马馥湘道，"要不……"

李云铎道："好了，别再扯这些鸡毛蒜皮的事了！公主，你来这里有事吗？"

马馥湘对李云铎打断她的话有些不满，看了他一眼，说道："自坚哥哥，我再说一次，不准叫我公主，要叫我馥湘或者湘湘，求你了！"

李云铎施礼道："是，公主！"

马馥湘气得半死，脸一下子堆满怒气："我不理你了！"说罢就要走。

李云铎连忙上前扯住她道："湘湘，我这人死板，一时改不过来口，对不起，以后不敢了。"

马馥湘立马多云转晴，笑了起来："这还差不多！我就喜欢你这样。"忽然，她猛地醒悟了什么似的，从袖中抽出一封信来道："只顾唠嗑去了，差点把大事忘了。太后叫我过来给三弟送一封信，岫南，给！"

李云博接过信来，看了一眼，脸上顿时苍白起来。他收了信，对马馥湘道："大事不好。二嫂，快带我去见太后。"

"什么大事呀？一封信就紧张成这样！"马馥湘说着，就吩咐身后的两个宫女，"你们两个带李学士去觐见太后，本公主还要留下来看看府上缺什么东西，好及时去采购，免得住过来以后缺这缺那，不方便。"

"是！"两个宫女带上李云博，应声而去。

可是刚到慈宁宫前，宫女就叫李云博前往会春园观花亭等候。原来，太后从不在慈宁宫见客，自己一急，差点忘了。不一会儿，陈太后就颤颤巍巍地进来了。李云博见了太后，倒身就拜："下官叩见太后！"

陈太后连忙屏退左右，扶起他问道："李长老，哀家的密令不是送到了你手上吗？还来找哀家作甚？赶快组织密使执行吧！"

李云博道："这马希萼、马希崇兄弟，千万不能动用秘密力量诛杀，而且杀不得呀！请太后收回密杀令！"

陈太后怒道："放肆！这是哀家第一道密杀令，难道你要抗令不从吗？"

李云博道："属下不敢！属下只是觉得此举不仅不能拯救楚国，而且会导致楚国内乱，其结果必然是家国分崩离析，社稷四分五裂。请太后明察！"

陈太后道："王室罪人马希萼，背祖离宗，据拥朗州，勾结诸蛮多次攻打长沙，不该杀吗？而其弟马希崇，身居天策府左司马要职，却包藏祸心、歪曲事实、挑拨离间，造成潭州、朗州兄弟反目，不该杀吗？"

李云博道："太后之言甚是！马希萼、马希崇的确该杀不假，但万万不能动用湘水台的力量啊！"

太后一愣："哦？哀家愿闻其详。"

李云博道："太后，马希萼去年进攻潭州和王都长沙，表明他已犯上作乱，是大楚的乱臣贼子，应当旗帜鲜明地派大军讨伐，而不应采用秘密力量暗杀。就算杀死了马希萼，朗州的叛乱不仅不能解决，而且带来一系列后遗问题：第一，王上以佛治国，讲究佛心仁义，如若希萼被暗杀，王上自然会受到怀疑，将陷于口是心非、假仁假义的境地之中；第二，如若希萼被杀，其子年幼，各种势力必然会借机发难，内部争斗将会延绵不绝，朗州情势，必然一片混乱；第三，如若一旦朗州某位将领掌握权柄，必然会打着为朗州旧主马希萼报仇雪恨的旗帜，兴师讨伐潭州，说不定各州还会响应，到时候，楚国将重燃战火，必然大乱。这样一来，楚国将分崩离析。属下以为，这暗杀马希萼的计划，万万不能实行。"

太后听了，说道："嗯，李长老言之有理。就算不杀马希萼，杀马希崇总可以吧。"

李云博反问道："敢问太后，左司马何罪之有？"

陈太后道："他胸藏祸心，勾结朗州，挑动马希萼反叛，罪当诛之！"

李云博道："就算此事路人皆知，太后有什么证据表明马希崇通敌？"

陈太后道："他身在长沙，心在朗州，这还不算吗？还要证据吗？"

李云博道："诛心之词，当然不算！因为证据讲的是事实清楚，人证、物证齐全，太后，你有的只是流言和揣度，不能当证据！"

陈太后道："反正，他犯下大错，王室有权利杀他！"

李云博道："太后，马希崇是楚国天策府的左司马，一人之下万人之上的重臣，没有确切证据，怎么能够动用秘密力量将他处死呢？如若他被秘密处死，楚国王廷必然一片惊恐，朝臣人人自危，谁又站出来澄清事实对此负责？如果也怀疑王上，事情就更麻烦了。到时候，只怕王廷君臣离心，上下失信，危机重重，国将不国了。"

"不一定吧。如果密杀马希崇，那么作为胞兄的马希萼必定来长沙复仇，我等趁势将他除掉，岂不一箭双雕？"太后说完，不禁笑了起来。

李云博道："太后计策，看似甚妙。但不知太后想过没有，如果杀了马希崇，马希萼以替弟弟报仇的名义讨伐潭州，那么他肯定会传谣各州，陷害王上无道，骨肉相残，擅杀大臣，如果各州响应，长沙岂不成了一座孤城，王上岂不成了孤家寡人？"

陈太后一愣："有道理啊……哀家考虑欠妥，差点酿成大错，那就收回密杀令吧。但是，这些问题怎么办呢？不处理，将会越来越严重。岵南，你的意见呢？"

李云博道："回禀太后，属下以为，楚国之内，王上为大。臣下叛乱，应当堂堂正正出兵讨伐，决不能姑息。而且，楚国六军十余万众，朗州数败，兵不过万，根本没必要采取暗杀策略。因此，要想方设法劝说王上出兵讨伐朗州。如若臣子有通敌之嫌，应当交有司查明真相，拿出确凿证据，再法办不迟。"

陈太后叹道："可是这个马希广，天天忙着吃喝玩乐，就是不肯出兵，也不肯深究马希崇罪责，真拿他没办法呀！"

李云博道："启禀太后，属下看来，这兵王上迟早会出的。不如我们湘水台派出密使，为打朗州做好前期准备？"

"你有把握希广会出兵？"陈太后站起来，看着李云博沉思一会儿问，"你这么肯定，凭什么呢？"

李云博道："王上不想打仗，可马希萼想当楚王呀！只要等到他稍稍恢复元气，就一定会发兵潭州。而且，根据有关情报，溪州、辰州、淑州等地的蛮兵已经集结完成，准备向朗州外围靠拢。依属下估计，马希萼年内必犯长沙。"

太后道："嗯，有见地。那依你看，湘水台该怎么部署呢？"

李云博道："湘水台的任务只有一项，打探情况，收集信讯。一部分卦队负责国内各州，主要是朗州、岳州和洞蛮地区的情况收集，特别是马希崇通敌的罪证收集；大部分卦队派往邻国诸州，掌握与我国交界国家的动态，特别注意南唐国和南汉国。属下亲自到南唐各州走一趟，也好知道对方究竟意欲何为。况且，要安内，先得消除外患啊！"

李云博道："你亲自去？太危险了吧？更何况，你走了，这总台的大事小事由谁决断呢？"

李云博道："太后放心，属下走时，会安排好一切。只是有两件要事需要太后亲自出马。"

太后问道："要哀家出马？何事？"

李云博道："回禀太后，属下请您关注，一是如果马希萼起兵，立即说服王上发兵朗州，越快越好；二是湘水台密使一旦找到马希崇通敌的罪证，请太后敦促王上即刻罢免其官职，交有司论罪！这两件事，事关长沙安危，务请太后上心。我会交代黄金左老，到时候会向您禀报。"

"好，哀家记住了，全听你安排！"太后爽快地答应道，突然又犯起愁来，问李云博道，"你身为天策府学士，而且尚无职司，是属于王上的顾问学官，得天天留在王上身边，以备咨询。不久前那个权知营田副使的差事也交割了，如何脱得身呢？"

李云博道："太后勿忧，属下已有对策，只是还需太后出面，一定让大王准奏。"

太后道："你且讲来，让哀家听听！"

李云博道："公主驸马大婚在即，这是一个好机会。属下已经写好奏章，请王上借派下官巡边之名，奉太后之命密往南唐国，采购馥湘公主大婚用品，恳请大王应允下官出国置办，即刻呈上。到时候，太后只需给王上说一声，属下是太后派出的就行了。"

太后点点头道："嗯，这个主意不错。哀家等会儿就去跟王上说说。"

李云博揖首道："多谢太后，属下告退！"

◆ 二、湘水台地宫，紫金长老宣誓就职 ◆

夜阑人静，对岸的长沙城已经漆黑一片。

六月的橘子洲花开满地，在江风的吹拂下芬芳扑鼻。萤火在阵阵蛙鼓虫鸣中兴致盎然地扑腾着，生机勃勃，宛如初夏那满天的星光。

趁着夜色，李云博带着众人离船上岸，朝橘子洲上江神庙边那座观礼台奔去。借着夜幕星月的余光，一行人进得观礼台，早有一班蓝衣装扮的男女在那里等候。李云博跟着他们下了地道，在火把的引导下穿过几条暗道，不一会儿，眼前就突然开阔起来。李云博估计，这湘水台总部所在地的地宫可能到了。果不其然，湘水台黄金左长老迎了出来，施礼道："参见紫金长老！请紫金长老就位！"

"免礼！"李云博一边说着，一边登上了那用太极、两仪、四象、八卦和六十四卦做背景的台阁，两名黄金长老也跟了上来，他们三人刚刚在紫金、黄金宝座上坐定，只听一个地宫执事大声喊道："湘水台长老驾到！请各位将领行参见大礼！"

众人对一个少年突然登上紫金宝座大吃一惊，又听执事如此喧声，更加面面相觑，他们压根儿就没有想到，执掌湘水台新的紫金长老居然是一个十六七岁的少年。情急之下顾不得多想，一个个单膝跪地抱拳，齐声道："参见紫金长老！"

"各位大人请起！"李云博站起来，文质彬彬地起身回礼，然后大声说道，"在下乳臭未干，毫无声望资历，更无韬略才具，担此重任，实在汗颜。但太后再三礼遇，迫不得已临危受命，执掌了湘水台。以后大事，全仰仗各位前辈了！"

李云博的一通见面陈词，谦虚有礼，不卑不亢，一股过人胆识让将领们不觉打心里佩服。大家齐声回答道："台老大人过谦了！我等一定效命台老，悉听差遣！"

"感谢各位抬举！"李云博说道，"众所周知，如今国难当头，楚国危若累卵，湘水台这支秘密力量该出山了，是时候为国家和王室效力了。"

"湘台密使，食宫之禄，效命王室，万死不辞！"

李云博道："好！今晚召集各部将军和统领来湘水台总部，一是本台上任伊始，宣誓就职。从今日起，本台将和诸位一起，同生共死，担当起匡扶楚国江山重任；二是有重要军令传达。众将听令，太后懿旨：湘水台即刻出山，前往国内外刺探军情。从今日起，湘水台各部进入战备状态，大家听清楚了没有？"

"听清楚了！"

李云博道："我湘水台密使，潜伏民间已经二十余年。今朝出山，定当攻无不克、战无不胜。请黄金左长老宣布行动策案！"

黄金左长老走上前台，大声说道："传紫金长老令：自今日起，除了总台执事和留守人员外，所有黑铁卦队全部出动。青龙将军带领坤、艮两卦密使，负责国内军情资讯收集；白虎将军带领坎、巽卦密使，负责大汉朝及南汉、吴越军情资讯收集；紫金长老会同黄金右老、朱雀将军，率乾、离两卦密使赴南唐、荆平。黄金左老会同玄武将军，带领兑、离两卦密使留在长沙府，作为预备队悉听总部调遣。这里有详细事项和行动要求，请各位将军、统领过目。"

李云博站起来说道："诸位每到一地，都先与当地爆竹商行取得联系。他们情况熟悉，可以帮助大家了解当地的军情要事。大家的公开身份是楚国瑶池的爆竹商贩，这样有利于掩护自己。各种资讯要即刻传送到湘水台本部，可以采用快书，紧急情况就使用信鸽。本台跟大家约定，一月为期，即七月前，不管什么情况，烦请诸位将军都赶回来复命。大家的联络方式除了以往方式外，还增加一条新办法，就是紧急情况需要向兄弟密使求援，可以使用'天火闪'，附近的兄弟见了必须火速营救；还有，我制作了一种'逃身摔'的弹丸，紧急情况掷到地上会爆炸并放出浓烟，大家可以借机脱身。这些新的工具，不到万不得已，不要使用，具体使用方法，今夜三更本台和右老大人会教给大家。都听明白了吗？"

"听明白了！"

李云博转身对黄金左长老道："从明日起，左老大人驻守驸马府，代行紫金长老职权，全权负责湘水台内外事宜、各部调度和军需调拨！"

"这……"

"大人不愿意替本台担责？"

"非也！这湘水台大权，历来都是紫金长老执掌，属下只是协助。大人不怕下属……"

"疑人不用，用人不疑，这是千古铁则！本台敢用你，就一定相信你！左老大胆地行使权力吧！"

"是！属下一定尽忠职守，不负台老信任！"

"感谢成全！那就辛苦您了！"李云博说罢转回身来，又对众人说道，"给各位三天准备，安顿家小，交割事项，三天后准时出发！"

"我等遵命！"

李云博最后说道："本台重申湘水台之职责与纪律。这湘水台，一直是楚国王室的秘密武装，职责是维护王室安全，防止楚国内乱。本台知道，大家都是上乘高手，但一定要遵守行动纪律，不得擅自行动，不得暴露身份，不得滥杀无辜，不得奸淫掳掠，不得欺民扰民，违令者斩！"

"属下遵命！"

一切调派妥当，已到三更。众人出了地宫，来到遍地花香的橘子洲上。李云博请大家站好，亲自拨燃了一支天火闪。但听一声脆响，一朵火红的火花蹿上高空，然后花朵一样盛开，照得橘子洲一片透亮。

"真美啊！"众人无不惊叹。

刘如霜快步走到李云博身旁，放下一向矜持的神情，有些按捺不住内心的冲动，对他说道："岫南哥，太好看了，让我也试一个，好不好？"

李云博拿出一个交给她，又教她做动作说："好，来吧。这样，一手握住下端，火

孔朝上，手要握正，一手勾住细绳，用力一拉……"

又一朵火花飞上了天空。看得大家都跃跃欲试。

"都试一试吧，小心一点，姿势要准确。"

橘子洲升起了一朵又一朵的火花，就像满园春色的红杏，此起彼伏，落红缤纷，瞬间掠过枝头，煞是好看。

心花怒放的刘如霜问李云博："这是你发明的？"

"就算是吧。有何不妥吗？"

"真的佩服死你了，你太有本事了。"刘如霜露出了少有的敬慕之情。

"哎，雕虫小技，何足挂齿！"

"岫南哥，你也太谦虚了吧！"

李云博不置可否地摊开双手，他朝刘如霜苦笑了一下，就再也没了言语。在他的心中，这些美好的火花，本来就是瑶池李氏为爱好生活的人们送去的欢乐和祝福。而现在，天下并不太平，瑶池李氏的先进火药，已被一些穷兵黩武的诸侯盯上，垂涎三尺，企图占有，制成炮火，成为他们攻征杀伐的利器。他李云博也只能偷偷地用这些先进的妙方，制造这传递军情的信物。李云博想，等到有一天，人们期盼的安宁到了，他一定会制造出更多的更美丽的花火，开放在那些和平的夜空，为人们送上更多的欢乐。

这时候，李天骏已经开始教大家如何使用逃身摔。只见他大声说道："各位将军统领，这逃身摔的功用是，在危急情况下，掏出一粒，用力摔在地上，爆炸后会冒出浓烟，模糊敌人的视线，大家可以趁着烟雾迅速逃走。"说罢，将一粒逃身摔掷向沙滩的卵石堆里。但听一声脆响，顿时浓烟滚滚，硫磺刺鼻的气味弥漫四处，呛得人睁不开眼。过了好一会儿，烟雾才缓缓散去。

李天骏又道："这玩意儿使用比较简单，只是要注意，用一点劲，一定得往硬地上摔，千万别摔在草丛或者软地上，更不能丢在水里。还有一点就是，携带要注意安全，避免重压和摔胶，我们虽然配备了一个硬质木盒，但不容易拿出来。因此，有情况或者参与行动，得拿出来携带。大家可以来试试。"

就在大家试验着逃身摔的时候，李云博走到了黄金左老跟前悄悄地说道："左老大人，我走以后，湘水台的里里外外，就烦请您老多多费心了。"

黄金左老回答道："承蒙台老厚爱，让属下执掌大权。台老大人，有何指示就尽管吩咐吧。"

李云博道："左老大人，我的确有几件事要跟您讨教。这湘水台的内外事务，左老大人非常熟悉，我很放心。只是湘水台密使很久没有行动过，真正的战力如何？"

"台老大人客气！大人尽管放心，这密使的更替和训练，都是属下亲自抓的，从来没有放松过。而且我们给养充裕，薪俸到时发放，从未拖延。各卦执事每季都得校考，管理也很到位。台老大人放心调遣吧。"

李云博道："我给你留了两个卦队的密使作为预备之兵，紧急情况随时调用。万一兵力不足，可以向驸马都尉李云铎求援。"

左老道："台老大人虑事甚是周全。属下看来，有一个卦队的密使足矣，留下两大卦队百余人，各类紧急情况应该应对有余，大人尽管放心就是了。"

李云博道："这样我就放心了。还有两件事，一件就是如果获悉朗州有变，即刻报告太后，二是一旦得到左司马马希崇与朗州暗中勾结的真凭实据，也烦请马上呈给太后。请您密切关注青龙将军的密报，千万不得大意。"

"是，属下记住了。"左老道，"台老大人，属下有一建言，不知当讲不当讲。"

"左老大人，不必拘礼，有话但说无妨。"

左老道："属下听说您准备将天乾卦兵分三路，自己和同人卦一起行动，觉得有些不妥。建议您不要将人马分开，就是要分开，也最好带上乾卦执事……"

"嗯，我考虑考虑吧。"李云博应了一声，觉得左老大人的担心有些多余，带上哪队人马，有什么关系？他不置可否地笑了笑，走开了。

就这样，李云博一行几乎忙碌了一个通宵，直到天空已泛鱼肚之白，才登船过江回府，上床歇息。可是，李云博怎么也睡不着，翻来覆去地折腾了好一阵子，又穿上衣服，进了书房，拨燃油灯，静坐参起禅来。以前，这晨诵夜读一直是他每日必做的功课，无论多么繁忙，读书是断然不可少的。自从拜师弘道，他又多了一道功课，那就是打坐参禅。尤其是大事前夕，参禅和读书更能让他静下心来，调理思绪，不至于心浮气躁，乱了方寸。

参禅半个时辰后，李云博开始晨诵。完毕后，就开始收拾书籍，将出行必带的书籍整理好，经史子集，诸子百家，足有数十卷。弄了一通，就到外屋洗漱一番，然后与众人一起用早茶。早茶时，李云博不见刘如霜，就问李云铎："二哥，怎么不见如霜姑娘？"李云铎回答道："我不清楚。早上没看见她出房。"冯玉花笑道："你的刘小姐昨晚回来不知怎么了，老是走神，可能是失眠了，刚刚睡着吧。我们晨练的时候，她还没起来呢。"冯志远瞪了她一眼，说："就你会来事，少说两句！"李云浩傻乎乎地问道："冯大哥，玉花妹妹说错什么了？"冯志远道："我也不知道，反正就是要他少说两句。"李云浩不满道："没说错怎么能够胡乱指责呢？"冯志远一时无语，低下头一个劲地扒饭。冯玉花感激地看了一眼李云浩，有些羞涩地低下头吃饭。李云铎对李云浩说："达淼，别人兄妹间的事，你少掺和。"李云浩一愣，想说什么，但始终没有说出来，也低头猛往口里扒饭。李云博看出了些端倪，心想，这大大咧咧有些直冒傻气的李云浩居然也会讲道理了，看来感情这东西，还真会教育人。他没有吱声，于是起身道："你们先吃，我去看看。"

李云博折身出了餐屋，来到刘如霜住的厢房门前。正要敲门，却发现门是虚掩着的，于是叫了几声，没有人应。他推开门，发现刘如霜不在屋里。李云博有些奇怪，这丫头，天快亮才回来，一大清早跑到哪里去了呢？想了想，于是就往后花园里寻去。

刚进一个圆顶的花园门，就听见里面传来琅琅书声，于是循声而去：

孙子曰：凡火攻有五：一曰火人，二曰火积，三曰火辎，四曰火库，五曰火队。行火必有因，因必素具。发火有时，起火有日。时者，天之燥也。日者，月在箕、壁、翼、轸也。凡此四宿者，风起之日也。凡火攻，必因五火之变而应之……

李云博暗暗称奇：这小女子，可不一般哪！一大清早就出来诵书，了不起！再仔细听听，原来诵的是《孙子兵法·火攻》中的一段。他远远望去，但见碧草青青簇拥的红色亭子里，一袭素装的刘如霜玉立栏边，右手把剑，左手持书，正在那里专心致志。李云博轻手轻脚地往那边靠近，想耐心地听她把这篇《孙子兵法·火攻》诵完，然后就开口称赞。不料刘如霜停了下来，掩卷沉思一阵后，就听见她自言自语地喟叹道："这火攻五法，真是大有可为也！若岫南能熟读兵书，又将李氏火药用于军事，天下无敌也！"李云博一听，心一下子沉了下来，这姑娘的见解，怎么如此透彻，不由得失声叫起好来。

刘如霜回过神来，怯生生地说道："岫南哥，你什么时候来的？"

李云博没有理会，假装怒道："一个姑娘家，一大清早就跑出来诵书，早茶也不记得去吃，成何体统？"

刘如霜慌忙施礼道："到吃早茶时间了？我好像刚刚来啊！真对不起，我不是故意的……"

李云博哈哈大笑："都说如霜姑娘桀骜不驯，我看未必！一个玩笑话就吓成这样！哈哈哈哈……"

刘如霜涨红了脸，突然明白李云博是在逗她玩，没好气地说道："你……看本姑娘怎么收拾你！"说罢，将剑顺手丢在亭柱旁，一个箭步飞过来，挥起左拳砸下。李云博猝不及防，胸口着实地挨了一拳，踉踉跄跄几下，才算站稳。

"你这个笨蛋，怎么不躲？"刘如霜大惊，连忙扶起李云博，又连连道歉。

李云博喘着粗气，好一会儿才缓过气来。他假装轻松，乐呵呵地说道："哎呀，我这夫人真厉害，还没过门，一句话没说好，就想谋害亲夫！这可不就天下大乱了！"

"还有心思开玩笑，真是自作自受！"刘如霜被他弄得啼笑皆非，嗔怪地责了一句后，问道，"还疼吗？我这拳头，一生气就不知轻重，看来，真的没人要了！"

李云博停止了笑声，说道："想不到刘姑娘出身名门，却独钟军旅，而且见解独到，真是女中华豪杰、木兰重生啊！你嫁不嫁得出去我不知道，可是我的事业得到了一个绝佳搭档啊！"

刘如霜惊道："你来了很久了吗？我刚才的诵书和自言自语你都听见了？真是羞死人了！"

李云博一副一无所知的样子，拍拍脑袋道："哈哈，我忘记了！对了，我记得是来请你去吃早茶！"

"你，你又跟我玩深沉！真不想理你了！"

"理不理我不打紧，这饭总不能不吃吧。要不，吃了早茶，我再告诉你，行不？"

"你……我算服了你了！"刘如霜无可奈何，只得跟着他往回走。

李云博一边走一边说道："吃过早茶，你就回去看看祖父大人的病情如何，并向家人做好出远门的交代。"

刘如霜道："我看不必。古人云：忠孝不能两全。我相信他们会理解的。"

李云博一愣，情不自禁地赞叹道："你真是个千古奇女啊！"

刘如霜有点不好意思了，说道："我这样一个不问女红、不事琴棋的鲁莽女孩，算什么奇女子啊！"

李云博话锋一转，问道："明天清晨，我来陪你晨练、晨诵，如何？"

刘如霜喜道："好啊！"

◆ 三、姐妹相逢，欣喜还是尴尬 ◆

几天之后，李云博带着乔装打扮的湘水台密使，和其他各部一样，十来人一伙，分几条线路，数批次从不同地方出发了。按照计划，李天骏会同乾卦统领，带着四个卦队取道醴陵，从老口关过境，直奔吉州信州一线，最后东进抵达洪州；朱雀将军带离火大卦则取道岳州，直奔荆平，继而又前往金陵，也约在洪州聚集；李云博和四位紫金密使带着四个卦队取道浏阳，东出瞿家寨，从铜鼓关过境，直奔袁州，二十天后在洪州等待其他两路人马会合。

李云博一行进了浏阳城，先是去了爆竹商行，与李云海见面后，询问了有关情况。李云海听说他们要东出袁州，也请求一起前去打探父亲的下落。李云博道："纳川哥，你还是留下来打点生意吧。而且这浏阳重地，也需有人驻守联络。要特别注意家人的安全，这里就靠你了。"李云海道："岫南，我听你的。我一定会竭尽全力。"李云博问道："易掌柜就再也没有现身吗？"李云海回答道："没有。三叔三婶将易妈妈接到瑶池去了，布行也早关门了。"李云博又问道："我走后的这月余里，这里有什么新情况吗？"李云海道："没什么大事发生。哦，西门姑父受魏县令之邀，到县城任官学的礼教执事和主教习了。"李云博一听，就告辞出门，前往魏县令府上拜会。

走在大街上，李云博对众人叮嘱道："千万别向他们透露我们要去南唐国。"李云浩问："这是为何？"李云博回答道："也不为何，出门在外，一切都得小心谨慎。"众人道："知道了。"

魏迪勋见李云博来访，喜出望外，连连大礼迎出门来："不知学士大人驾到，有失远迎，还望恕罪啊！"

李云博慌忙还礼道："折煞我也！小生偶得功名，汗颜不已。怎受得起大人如此重礼啊！"

魏迪勋笑道："大人才高斗量，区区一个空头学士，大是屈才了！受我等七品小吏见礼，有何不妥？"

李云博正色道："在下一个莽撞少年，不过凭几首歪诗浪得虚名，怎能与大人主政浏阳、造福百姓的不世之功相比呀！这民为邦本，大业之体也。大人清正爱民，仁政广施，经营的是人间正道啊！更何况魏大人与我瑶池李氏世交多年，论辈分，我也是晚辈，就算开科取士博得功名，也不至于目中无人、长幼不分吧，要不这圣贤之书，不全都白读了么？"

魏迪勋感叹道："岫南真是才高德备啊！一通寻常礼对，也如此深刻通透，魏某真是五体投地啊！"于是进门，看座上茶，不在话下。

落座之后，李云博正欲介绍一起来的几个陌生面孔，不料刘如霜突然起身说道："魏叔叔，还认得我吗？我是如霜啊！"

魏迪勋道："啊，你是刘侍郎的掌上明珠如霜小姐？长这么大了，真是出落得亭亭玉立了，叔叔都认不出了。"

刘如霜问道："怎么不见柳烟姐姐呢，我们已经很久没见了。"

"应该在房里吧。"魏迪勋说罢，于是对一个丫鬟道，"小月，快去请小姐出来见客！"

刘如霜道："姐姐那幽静独特的个性，只怕不肯出来见客吧。魏叔叔，我还是到房间去看她吧。"

魏迪勋道："也好。小月，带刘千金去小姐的房间。"

丫鬟回答道："是，老爷。"

刘如霜站起身，正要跟出门去，突然折身拉起冯玉花道："玉花姑娘，你也跟我一起去看看柳烟姐姐吧，认识了她，保证你不后悔。"冯玉花就站起来跟她去了。

李云博道："魏大人，不知近来，浏阳境内有什么新情况没有？"

魏迪勋道："回李学士，近期倒是风平浪静，没什么大事发生。发生几件事后，县城就实行了宵禁，加强了戒备。可能这些举措起到了作用。"

李云博问道："县令大人，听说我西门姑父也来到了县城？"

魏迪勋道："对呀。前不久，掌管官学的礼教执事年老致仕，我等商议后，就请西门大人来县学主事。来人啦，去请西门大人来府上见客！"

李云博道："不必了。我等奉命巡查边境，即刻就往瞿家寨大营，还要去平江岳州，就不打扰姑父大人了。"

正在说话间，没想到一个熟悉的声音传入堂来："岫南内侄，你回来了！怎么，也不打个招呼，就要走？"

魏迪勋道："西门大人来了。没想到说曹操，曹操就到。"

李云博抬头一看，正是西门璞。他连忙起身，施礼道："岫南见过姑父大人。"

"你们正在说我吗？我值得学士大人和县令大人议论吗？真的抬举我了。"西门璞进了客堂，坐了下来笑道，"岫南回来，不回瑶池吗，怎么，是奉王命巡边？"

李云博道："回姑父大人，近期事事蹊跷，似乎有大事要发生。天策府命令小侄前往南部边境巡查，看看有无异常。"

西门璞道："岫南，你真给我们瑶池长脸啊！前几天你祖父一行回来，说到你不仅得了功名，而且破格赐官天策府学士，还说起自坚得到楚王许婚，当了驸马爷，真是后生可畏啊！"

"姑父大人见笑了！"李云博说着，突然话题一转，"姑父大人，我等刚到浏阳，姑父大人就不告自知，真是信息灵通啊！"

西门璞道："哪里哪里，我是有事向县令大人禀报，碰巧遇着。"

"真是巧啊！"魏迪勋道，"不知西门先生有何要事知会？"

西门璞道："一点小事。官学教厅有些漏水，想请大人踏勘，修缮一下。"

魏迪勋问道："哦？刘执事致仕前刚刚修过，怎么这么快就又漏水了？"

西门璞道："回禀县令大人，刘执事修缮的是藏书楼，怎么，大人不记得了？"

李云博道："县令大人，正好还早，我陪您一起去看看吧，说不定这教厅的修缮已经迫在眉睫了。"

西门璞慌忙起身，说道："一个小小的官学教厅修缮事宜，怎堪天策学士大人亲临，传出去岂不贻笑大方？"

魏迪勋也连忙站起来阻止道："是啊，小小的县学教厅，怎堪烦劳学士大驾？传出去的话，你让浏阳官府上下的脸往哪里搁呀！"

李云博道："是呀，天策学士，奉命巡边，却干预地方官学小事，的确有越俎代庖之嫌，不去也罢。"

魏迪勋道："大人多心了。大人身负重任，这些许小事，不烦大人了。"

一通你来我往之后，就扯到了别处。李云博起身如厕，叫来两个候在门外的密使，交代几句，两个密使走后，就又回到客堂，依然谈笑风生。

丫鬟带着刘如霜和冯玉花出了客堂，不一会儿就来到魏柳烟的闺房门外。丫鬟叫了两声，屋里却没人应。于是对刘如霜道："刘小姐，我家小姐不在屋里。但我知道她在哪里。我带你们去找她吧。"

刘如霜道："麻烦你了。"

于是大家就出了后门，到了魏府后花园。刚进花园门口，就听见远远传来悠扬的琴音。刘如霜喜道："一定是姐姐在弹琴了！这个超凡脱俗的仙子，整天不是琴棋书画，就是诗歌辞赋，好像不食人间烟火一样，真是服她了！"

"柳烟姐姐，想死我了！"刘如霜不等丫鬟通报，就快步冲了过去，眨眼间就到了亭下。她的突然出现和大声叫唤，把正在抚琴的魏柳烟吓了一大跳。

琴声戛然而止。魏柳烟掉过头来，见是一个戎衣装扮的女子已近到身边，不禁呆住了。而丫鬟领着另一个同样装扮女子，正朝这边走来。

"姐姐，是我呀，我是如霜啊，不认得了？"

"我道是谁在这里聒噪！"魏柳烟站起来笑道，"除了你刘如霜，还有谁家女子这样胆大妄为？怎么，都成大姑娘了，还这样不男不女？如霜妹妹，好久不见了！"

"哈哈，姐姐终于认出我了，高兴死了！"刘如霜道，"来，我跟你介绍个新姐妹，这是冯玉花，也是李学士的侍卫。"

"柳烟姐姐，久仰啊！"

"玉花妹妹，幸会。"魏柳烟迷惑道，"李学士，哪个李学士啊？"

刘如霜道："就是闻名瑶池的少年秀才李云博呀。他如今已经官封天策府学士，奉王命出来巡边。"

冯玉花补充道："就是如霜姑娘的未来夫君呀！"

"真是个风流才子呀！出来巡边，还带这么多美女！"魏柳烟一愣，回过神来笑道，"恭喜如霜妹妹，结缘一位天才神童！"

刘如霜杏眼一瞪，没好气地说道："姐姐又取笑我了！俗话说，这才子佳人，才是天造地设，我一个粗野武女，哪配得上他天策学士呀！"

魏柳烟道："正是得了便宜还卖乖啊！这父母之命，媒妁之言，难道还能有假？只怕妹妹心里早就乐开花了吧？"

刘如霜更加恼火，悻悻地说道："姐姐再这样说，我可要生气了！一桩并非你情我愿的婚约，我才不在乎呢！"

"这天下女子，哪个的婚姻不是这样，就你自幼为所欲为惯了，才如此心有不甘！"魏柳烟见刘如霜真的有些生气了，就不再揶揄。她收了笑容，问道："如霜妹妹，你千金小姐当得好好的，干吗跟岫南当什么侍卫？怎么了？"

刘如霜正要开口，冯玉花抢先说道："姐姐不知，这俗话说得好，夫唱妇随。如霜姐姐不放心，于是也跟着出来巡边。"

魏柳烟道："只恐岫南此举，绝非为了巡边吧。"

刘如霜佩服道："姐姐真是机敏过人……"

冯玉花连忙抢过话来道："李学士身负王命，岂有他哉！柳烟姐姐就不必妄自揣度了！"

刘如霜连连改口道："是是是！就是出来巡边而已，没有别的任务。"

魏柳烟笑道："都是我多事！妹妹不必惊慌，巡边而已，巡边而已。"

刘如霜似乎悟出什么，突然大声说道："柳烟姐姐，我觉得，你和李云博，才是天生的一对！"

魏柳烟一下子脸红了，讪讪地答道："说什么呢！自己的夫君不要了？让给姐姐？"

冯玉花笑道："柳烟姐姐左一个岫南，右一个岫南，只怕已是老相识吧？"

魏柳烟道："岫南与我姐弟多年，岂有不知之理？"

刘如霜恍然而悟，如梦方醒，她暗思道，呵呵，原来他二人是老相识！怪不得李云博要以死拒婚，结识了柳烟姐姐，他李云博的心中怎么可能还能容得下别人！这下子好了，终于明白什么原因了。于是开怀大笑道："都是好姐妹，一个李云博，算什么呢？让给你柳烟姐姐！"

魏柳烟揶揄道："真是豪情侠女！夫君也可以拱手相送！你以为我是捡破烂的，你不要了的，我专门负责收容？"

刘如霜半真半假回答道："让给你，是我看在多年姐妹的情分上，你别不领情！等我改变了主意，你可别后悔！"

冯玉花似懂非懂，说道："你们两个说什么呢，我也是你们的姐妹，怎么不让给我呢！"

刘如霜更加来劲了，说道："玉花妹妹，你傻吧，李云浩对你那样死心塌地，不好好珍惜，也想来我们中间插一脚？你以为这感情纠葛很好玩是吧？"

冯玉花满脸通红，没头没脑地回答："哪有啊！你拿我开心是吧，我，我不理你了！"

魏柳烟听明白了怎么回事，笑道："李氏兄弟真走俏啊！李云博被几个姐妹哄抢，李云铎被馥湘公主盯上，李云浩又有玉花妹妹垂青，他们还有没有兄弟，也让我顺手捞一个？"

刘如霜没好气地骂道："柳烟姐姐，看你这点出息！我才不稀罕呢！"

几个姐妹就这样你一言我一语地调侃，不时发出阵阵欢笑。正在开心间，一个丫鬟来报：县令大人请各位就晚宴，方才罢去。

◆　四、瞿家寨前，夜半三更智擒密探　◆

李云博一行出了魏府，天已微微泛黑。六月的晚霞刚刚退去，仿佛是已然燃尽的篝火，虽然黯淡下来，似乎仍然冒着烘烘热气。

李云博此刻的心情非常复杂。刚才简单的晚宴上，他见到了魏柳烟。虽然未说一句话，但两人的目光不时交汇在一起，他能感受到魏柳烟的暖暖爱意，以及来自心底的欣慰和牵挂。人有时候真的很奇怪，虽然自己满怀信念，什么事情都不能动摇他乱世建功、舍身报国的壮志，但真正身体力行起来，还是有很多东西割舍不下：谁敢保证，这以身赴国的壮举之中，哪个能够百战百胜，而且全身而退？特别是这种势单力薄的秘密活动，一旦身临绝境，流血牺牲在所难免。想到这里，李云博不禁一声长叹。但是，从心上人的温暖的眼神中，他又得到了更多的信心和勇气，人生在世，有一个真正关心支持和心心相印的知己，还有什么遗憾呢？

李云博命人带上浏阳爆竹商行备好的货物，沿着通向东边的羊肠小道出发了。就在队伍出了城门即将东进的时候，李云博突然想起，派遣的两位密使还未报告情况。于是跳下马来，召来密使，问道："二位前往官学教厅，有何情状？"一位答道："回大人，官学教厅并无异状。从官学生员的口中，我等得知，教厅在不久前刚刚修缮，而且近日未曾下雨，西门大人怎么知道教厅漏雨呢？"李云博一听，知道情况不妙，联想到上个月瑶池爆竹节西门璞的可疑行迹，他估计姑父已经在秘密地干着什么见不得人的勾当。

但他没有马上表现出来，说了声"我知道了"，就又上马，继续行进。一路上，大家都格外小心，一则天已经暗下来，二则这条小路虽为官道，但因为少有人走，行进起来比较缓慢。李云博多次跟随药因道长上大围山采药走过这条小路，叮咛着大家小心，忽然听到路边的林子里仿佛有脚步声。他机敏地掉头一看，模糊中似乎有人影晃动。他心里一紧，想了想，会心一笑，没有惊动他人，招呼大家继续前进。

不到两个时辰，李云博一行就到达楚国东部边陲的瞿家寨外。这瞿家寨，坐落在大围山东麓一个开阔石坡上，地势险要，居高临下，扼锁山谷，易守难攻，是东出楚国的唯一一道险隘，只要通过关隘，东边就是南唐国境了。李云博本想连夜通关，然后抄小路绕过南唐的铜鼓边隘，进入南唐国。但他觉得一路上似乎有人跟踪，于是决定先不进关，故意在瞿家寨下宿营，将这批不明身份的人引出来，证明自己的揣测是否属实。于是对大家吩咐道："我等已达瞿家寨，但夜已很深，为了不打扰瞿家寨的守军，我们就地宿营，大家务必小心，加强戒备。"一行人听了，都茫然不知所措：好好的营寨不进，偏偏在寨下宿营，这号称满腹经纶的李学士是不是脑子有问题？李云博也不解释，大声说道："本台已经讲得很清楚了，赶快执行命令！"众人马上就行动起来。李云博将四大紫金密使和同人卦的黑铁执事叫来，认真地部署了一番。

果不其然，正当三更时分，一伙黑衣蒙面的人闯进了营地。李云博指挥若定，不费吹灰之力就将黑衣人击退，并当场生擒三人。

李云博指挥众人将俘虏捆绑，然后叫大家收拾好篷帐物件，点燃火把，到寨前叫门。

"大楚国天策府学士李云博奉命巡边，请赵将军打开寨门！"

不一会儿，寨门吊桥放下，只见一队骑勇打着火把鱼贯而出。为首的将领生得高大威猛，立在马上威风凛凛，一看就是身经百战的老骑勇。但见他将长矛往地上一点，飞身下马，按剑而立。待近卫武勇验过印信之后，忙将长矛丢给军士，上前拱手道："瞿家寨守将、边关指挥使赵密拜见学士大人！不知大人深夜巡边，有失远迎，祈望赎罪！"

李云博回礼道："赵将军客气了！小弟深夜造访，目的是看我大楚边关是否宵值正常，有无疏漏。今将军反应迅捷，将士枕戈待旦，大楚之幸也！"

"学士大人过奖了！大人不辞劳苦，夤夜巡边，赵某感恩涕零。恭请李大人进寨歇息。"

"好，我们进寨再叙。"

于是，大家就进了瞿家寨大营。李云博来不及落座，就对赵密说道："适才在山寨前，擒获了三名黑衣蒙面人，烦请将军与我一起审问。"赵密问清来龙去脉后，对李云博肃然起敬："近来山寨附近密探活动频繁，末将多次设局，都未成功，全让他们给逃了。不想大人略施小计，就建此大功。学士大人真是胸有韬略、谋定后动、神机妙算啊，请受末将一拜！"李云博制止道："什么韬略什么妙算啊，将军过奖了，纯属侥幸而已。事不宜迟，我们赶快审问吧。"赵密道："全听大人吩咐。"于是二人一起逐个对抓获的黑衣人进行审问。李云博软硬兼施，终于撬开了黑衣人的口。

没想到，这次意外的设局，却取得重大收获：不仅弄清了近来一连串事情的缘由，而且还得到几条重要军情：一是西门璞是南唐国收买的内线，受易守礼领导，负责浏阳境内的情报收集，并通过东峰界一线传到袁州大营；二是浏阳河鹿角湾的炮火失窃是易守礼组织实施的，炮火已经送达萍乡；三是李天雷的失踪是西门璞一手策划的。原本计划行窃秘方，劫持长房长子李天亮，没想到在爆竹节上行踪暴露，临时决定改变计划，撤出瑶池，实施了拦劫楚国王廷特供炮火、劫持李天雷的行动。行动目的是帮助萍乡炮火营研究瑶池李氏的火药配方，解决南唐火药威力不足的问题，人应该也关在萍乡。同时，他们还从黑衣人口中证实了，易守礼一伙的确就是南唐的黑云长剑军。而这些黑衣人和西门璞一样，都是浏阳、醴陵的本土人，受雇于易守礼。他们只负责探听情报，有时也协助易守礼的重大行动，像窃取炮火、劫持李天雷等行动他们都参与过。

从刑讯室回来的路上，李云博心潮翻滚：自己一直怀疑和猜测的事情终于尘埃落定，西门璞一直与南唐密探有染。但是，如果不是反复证实，他怎么也不相信，姑父居然通敌叛国！这么多年来，瑶池李氏和西门家族唇齿相依，携手共进，而且互通婚姻，结下了难以割舍的情缘。而现在，面对大义与亲情，一方面，他得六亲不认，恨不得将这些背祖忘宗的逆贼千刀万剐；另一方面，想着慈祥和蔼的姑姑以及天真善良的表妹表弟，他犹如芒刺在背，一阵阵锥心疼痛汹涌而来。

一群人回到主帅大帐，李云博和赵密不约而同地说道："立即向长沙加急快报！"两人说罢，不禁相视而笑。赵密道："真是英雄所见略同啊！"

李云博紧锁眉头，严峻地说道："赵将军，两国战事已迫在眉睫。我看，除了向天策府加急快报外，还有几件事得立即去办。一是知会浏阳县府、平江大营和醴陵大营，尽快缉拿叛贼西门璞，估计他还没有离开浏阳；二是根据审讯得到的情况，直捣窝藏在楚国境内的奸细老巢，清剿境内密探，兵力不够请浏阳县尉大人支援；三是以我的名义上书天策府，请求增兵与南唐国交界的一切关隘。我明天清晨就带人潜入南唐，一则想办法营救李天雷，了解到更多机密；二来摸摸他们的底子，为日后应对做准备。"

赵密道："大人真是思虑深远啊！我这就去办！只是大人身边就这么十几个人，只身前往南唐，太危险了！我派些兵力给大人吧。"

李云博道："探探虚实，十几个人足够了！而且目标小，不易被发现。将军放心就是。"

赵密道：“大人真是胆识过人啊，末将遵命。”

李云博突然想到什么，叫住正欲离去的赵密，说道：“这几个细作暂时关在瞿家寨，千万不要杀掉。可以进一步深挖，或许还能得到更多的情况。同时，他们都是大楚臣民，被利益诱惑干了蠢事。多教化疏导，要他们戴罪立功，说不定能派上用场……”

赵密道：“末将谨记大人教诲！”

送走赵密，李云博见几个紫金密使和黑铁执事都还在身边，对他们说道：“天快亮了，你们去歇息一会儿，用过早茶，我们大大方方地从铜鼓通关！”除了刘如霜外，其他几人都应声而去。李云博觉得奇怪，问刘如霜：“你怎么不去歇息？”刘如霜反问道：“你怎么不去歇息呢？”李云博笑道：“我是铁人，不休息没事。你去吧。”刘如霜道：“我陪你。”李云博见她执意不从，于是说道：“我们练剑吧。”刘如霜喜道：“好。”两人就出了大门。一路上，刘如霜又问道：“岫南，你怎么发现有人跟踪？”李云博道：“我小时候跟三叔祖经常走夜路，对晚上的声音很敏感。”刘如霜道：“哦。那事先为何不告诉我们？”李云博道：“这就是军机奥秘，泄露大家就紧张，执行不好。”刘如霜又问：“审问的时候，你凭什么相信他们说的是真的？”李云博说：“他们三人说的大致差不多，从这一点判断，应该没说假话。更何况，我一吓唬他们，一个个直打哆嗦，有一个还尿了裤子，这想说假话都难。”刘如霜更加佩服：“我问你，你怎么这么快就想好下一步怎么办，又是知会，又是通缉，又是增兵，而且头头是道啊？”李云博哈哈大笑，说道：“我也不知道，你就饶了我吧，姑奶奶。”

正说着，就来到校场上，两个人就拔出剑比试起来。但见刀光剑影，你来我往，好不热闹。不一会儿，李云博已经大汗淋漓，自知不是她的对手。于是就叫了一声“我体力不支了”，停了下来。李云博一抹头上的汗水，气喘吁吁地称赞道：“如霜姑娘好武艺啊！”刘如霜道：“哪里，岫南哥哥也不差啊。像你这样一个秀才，能有这样的武艺，已经难能可贵了。”李云博笑道：“作为一个男人，打不赢娘子，真丢脸啊！”刘如霜一下子脸红了，默不作声好一阵子。李云博见状，道歉说：“对不起，我开玩笑的，你生气了？”刘如霜道：“怎么会呢？我发现了个秘密，不知当讲不当讲。”李云博疑惑地抬起头，问：“怎么，我们的木兰姑娘也有心事了？还发现了秘密，真奇怪啊。说罢，我听着。”刘如霜道：“你得保证，听了不生气也不动怒。”李云博道：“保证不生气也不动怒。”刘如霜进一步确认道：“那好，你发誓。”李云博就举起右手，信誓旦旦道：“无论如霜姑娘所言何事，我李云博发誓：绝不生气也不动怒。”刘如霜道：“那我说了。”李云博道：“说罢，我听着呢。”

刘如霜一字一顿地说道：“我，发现，柳烟姐姐——爱上你了。”

“胡说八道！”李云博大惊，“你怎么乱说！”

"你发了誓的，说好不生气不动怒的。"

"我没生气，也没动怒。但你不该乱说。你怎么知道，你又不是她肚子里的蛔虫！"

"我凭直觉感觉到，她真的爱上你了。"

"原来你是吃醋啊。"李云博听见刘如霜如是说，长长松了口气，调侃道，"我们面都没见过几回，她怎么可能爱上我呢，真是天大的笑话！"

"你别不信。昨天我们见面，一提到李云博，柳烟姐姐的眼睛就亮了，还说什么姐弟相识多年，怎不相知呢。我说要把你送给她，她居然脸红了笑着说，自己不是捡破烂的。还有，晚宴的时候，你们两个虽然没有说话，可那眼神里面，有内容啊。"

李云博笑道："你就瞎猜吧。看来，魏柳烟爱上我是假，你刘如霜爱上我是真！整个一个醋罐子，哈哈……"

刘如霜道："我承认，我有些开始喜欢你，但我觉得，你跟柳烟姐姐更配，那才叫天造地设的一对儿！"

李云博一听，麻烦了。这天天开玩笑，开出问题了。于是哄着刘如霜，说道："她和我配不配，与我何干呢？如霜姑娘，我们都正当少年，又逢乱世，谈婚论嫁为时尚早。而且国难当头之际，正是我们为国效力的大好时机。我们都将感情的事情搁在一边，等天下太平了，我们认认真真地面对，你说好不好？"

刘如霜道："我知道。不管怎么样，你在我心中，已经像亲人一样了，比我亲哥哥还亲的那种亲人。但我还是觉得，柳烟姐姐更适合你。"说罢，头也不回就走了。

李云博望着她的背影，一种莫名的感动浮上心头：这个桀骜不驯的姑娘，怎么突然间如此多愁善感起来。而她那敢作敢当的个性，坦荡侠义的胸襟，深明大义的豪气，都的确是人世间女子中少有的。他一时不知如何是好，在原地发了一会儿呆，才垂头丧气地拖着长剑往大营里走去。

◆ 五、万载城连夜分兵 ◆

曙色刚刚露脸，李云博就指挥众人告别了赵密，出了瞿家寨，往南唐边隘铜鼓关方向行进。

临行前，李云博对赵密交代道："我此去南唐，可能有些时日，缉拿叛贼以及边关重任就拜托将军多多费心了。"赵密道："大人放心，末将一定竭尽全力。学士大人此去敌国，如置身虎穴狼窝，定会凶险重重，烦请大人一定多加小心。末将在此恭候佳音。"又一直将李云博一行送至铜鼓关前，才恋恋不舍地回去。

铜鼓关坐落在大围山东段并被群峰包围的一个山谷谷口，与瞿家寨遥遥相望。来到关前，城门已经洞开，三三两两有几个人出入。李云浩递上通关文牒及商货凭证，接受军卒点验。但见军卒疑惑地打量着众人，说道："各位是从浏阳来的？奇怪，爆竹商贩很少走这条路，都是从上栗商市或者老扣关进关。你们怎么……"李云博上前说道："军爷，我等受万载爆竹商行胡掌柜之托，即刻运送瑶池爆竹上门，这时间紧急，只有走这条道了，还望军爷多多关照。"军卒道："哦？赶急？有可能。哎，做生意带剑作甚？"李云博道："回禀军爷，这天下不太平，做点生意不容易，带件兵器防身。"冯志远连忙掏出一包碎银，塞在军卒手中，赔笑道："军爷日夜值守，辛苦异常，这点小意思，大人买酒喝吧。"军卒掂了掂钱包，笑道："够意思！早拿出来不就得了！进关吧！"

过了铜鼓关，一行人就朝万载、袁州方向奔去。经过一天的长途奔驰，夕阳尚未下山，就抵达万载县城。

几年前，李云博跟随药因道长东游，曾到过这里。这个建县不到三十年的年轻小城，数年过去，没想到如今到处生机盎然：碧绿的田野一望无垠，整齐的村落炊烟袅袅，归来的农人谈笑风生，一幅安居乐业的图景。进得城来，街市上更是铺户林立，百业兴旺，人流熙来攘往，也一派欣欣向荣景象。这一路上的所见所闻，让李云博唏嘘不已。他暗自思量道：没想到这南唐之主李璟，不仅文名远播，词动天下，而且能励精图治，奖励农耕，即位不到十年，就连这偏僻小县，也竟然出现如此太平景象，真是有德有为之君啊！而楚国朝野，王室暗弱，内斗不止，民生凋敝，怎能与之对垒抗衡，这胜负之数，已经不战自明了啊！

不觉间，就来到大街的一家爆竹商行，但见一个伙计在店间忙碌。李云博进到店铺边递上谒帖，道："我等是大楚国长沙府浏阳瑶池李氏族人，前来贵地踏勘爆业行情，请知会掌柜，行与方便。"

伙计拿过谒帖，看了一眼连忙道："瑶池来的贵客？辛苦辛苦！各位稍候，我就去禀报掌柜老爷。"

不一会儿，一个衣着整洁、面色白净、留着山羊胡须的中年人急匆匆赶了出来，拱手揖道："在下胡远平，万载爆竹商行掌柜。不知远道贵客驾临，有失远迎，还望恕罪！"

李云博道："在下浏阳瑶池李云博，奉父亲大人之命前来踏勘爆业行情。冒昧打扰，还望见谅。"

"哦？你就是名震江南的火药神童、少年秀才、瑶池李氏三少爷李云博？真是久闻大名，今得一见，三生有幸啊！"胡掌柜连连起身，拱手施礼，"各位请客堂看茶！"

"幸会幸会！岂敢岂敢，多谢胡掌柜关照。请！"

于是大家就跟着进了后堂。坐定之后，李云博问道："胡掌柜，不知当前贵行生意如何？"

"感谢瑶池李氏族长关爱，还派出少爷踏勘万载这样的偏远小县。我等爆业小贩，得李氏厚爱，真乃荣幸之至啊！"胡掌柜道，"实不相瞒，目前我万载城乡，爆竹非常行销，尤其是瑶池的货品很走俏，不仅官府以双倍价格收购，而且民间也都爱买瑶池货，这生意啊，真是有得做！"

李云博连忙问道："这爆竹火品，本来就是民俗产品，官府买它作甚？"

掌柜道："不太清楚。听送过货的同行说，都是运往萍乡，送到我大唐国的炮火营，具体干什么就不清楚了。"

李云博道："哦。掌柜的爆竹一般是从哪里进来？"

掌柜道："大都是从上栗商市进货。上栗的爆竹成色较差，死炮哑炮多，烟雾很大，响度也不够，不及浏阳瑶池的货品质量好，近年来也不怎么做了。但是，浏阳的货难进来啊！"

李云博问道："不久前，浏阳瑶池不是举办了爆竹节吗？掌柜没有接到邀请帖吗？"

掌柜道："唉，接是接到了，但我这么一个小商行，人手不够，哪有条件直接从瑶池订货啊！"

李云博道："原来这样。其实，万载从铜鼓关过境，再从浏阳县城到瑶池，三天就可以来回，比走上栗、萍乡一线近多了。只是路难走一点。要不这样，我可以知会浏阳爆竹商行，掌柜要多少，叫他们送过来。"

掌柜惊道："不可能吧？天下居然有这等好事，送货上门？"

李云博道："这生意来往，讲究互利互惠，我瑶池的长沙商行、浏阳商行对待邻近的同行，一直就是如此。我这次来还带了几车货品，分一部分给贵行如何？"

掌柜拱手道："李少主能够让利商家，真是名门风采啊！如此豪礼，在下怎担当得起？！"

李云博道："哎，掌柜言重了！没有商家的苦心经营，哪来我瑶池爆竹产业的兴盛？区区两车货物，算什么呢！产销同益、互利互惠，我们多多合作吧。只是这万载爆竹的配售，就全仰仗掌柜了！"

掌柜大喜过望，说道："产销同益、互利互惠，真是所言不虚。李少主既然如此客气，在下就恭敬不如从命吧。来人，到万载旅馆订下客房酒食，我要为李少主一行接风洗尘！"

李云博道："胡掌柜，我看不必了。掌柜小本经营，我们一行人数众多，这开销不小啊！我们自己解决吧！"

掌柜生气道："李少主见外了吧。阁下一见面，就又是送礼，又是承诺送货，二者有此一条，在下已经感恩戴德了！如若今后能有你等援手，结好瑶池，互帮互助，假以时日，我胡某肯定富甲一方！区区尽一点地主之谊，何足道哉！少主不必客气！不然，在下要生气了！"

李云博没办法，只得客随主便了。李云博吩咐将两车爆竹分给胡掌柜，并交代只象征性地收取一些成本费用，然后就跟随一个伙计下榻万载旅馆。

万载旅馆不大，但夜宴很是丰盛。李云博自称不会饮酒，只是象征性地端了下酒盏，不失礼节地回敬了一杯。大家也就没了多少兴致，胡掌柜也不勉强，吃饱喝足就草草收场了。晚宴过后，李云博招呼几个紫金密使和无妄、同人执事到房中议事。正欲说话间，只见另两卦湘水台密使的黑铁执事被看门密使带了进来。

两个执事说道："履卦、姤卦执事奉命率队抵达万载，请紫金长老指示！"

李云博道："来得正好！传令密使就食后歇息，你们一起商议行动策案！不过要注意，我们身在异国，凡事须多加小心。以后不要叫我学士或长老，改称少主，你也不必自称某某卦执事，称属下就行了。"

"是！"黑铁执事应声而去。

李云博对众人说道："刚才胡掌柜说，南唐官府双倍价收购瑶池爆竹，大家说说这里面有何深意？接下来，我们该怎么办？"

刘如霜自言自语道："真是！这官府要这么多爆竹做甚？"

李云浩道："岫南，我看，这肯定与我父亲的失踪有关。昨日抓获的密探不是说，抢劫炮火也好，劫持我父亲也好，都是为了研究瑶池先进的火药配方。难道瑶池普通爆竹用药配方，也不放过？"

李云博笑道："没想到达淼哥也学会联系情状思考问题了，而且还看得这样准！谁说我的哥哥是赳赳武夫！哥哥进步真快啊！"

李云浩脸一下子红了，他不好意思地看了一眼冯玉花，说道："呵呵，岫南，我是有啥说啥，你就别夸我了。"冯玉花也看了他一眼，瘪了一下嘴巴，似乎不屑一顾。

冯志远说道："少主，我看达淼分析得很有道理。如果真的是收购瑶池爆竹研究火药配方，很可能鸣远叔就在萍乡城里。不如我等改变计划，绕过袁州直接去萍乡。"

冯玉花说道："依我看，不如分兵两路，一队去袁州，一队去萍乡，然后约个地点会合，两边的事情都不会耽搁。"

李云浩道："分兵不行。本来人就少，分散了力量，对行动不利。假如我父亲在萍

乡城内，只有一个卦队，根本不可能营救。"

冯玉花道："怎么不行？先去探听情况，然后再会合行动，不可以吗？"

刘如霜笑道："呵呵，小两口犟上嘴了！"

冯玉花道："谁跟他小两口！岫南哥表扬一下，就真以为成了秀才了，真是猪鼻子插了葱了！"

李云浩道："你……我不就是发表意见嘛，不同意没关系，有岫南做决策。怎么就急上了呢？"

刘如霜说道："好了，我开个玩笑，倒把你们惹急了。岫南哥，我看玉花的意见很好，分兵打探情况，会合采取行动。"

李云博道："大家说的都在理。几位执事有什么意见？"

执事们道："我等全听少主指令。"

"好。就按大家的意见办。我、冯兄、如霜姑娘和无妄、姤卦执事带队去萍乡，达淼哥、玉花妹妹与同人、履卦执事带队去袁州，怎么样？"

冯志远连忙道："少主，此举不妥。紫金密使从来不离台老，这是湘水台一直以来的铁则。依我看，袁州有同人执事带队足矣。"

刘如霜道："是呀，我们四个人，什么时候都不能离开你。"

同人执事道："少主安全要紧。少主尽管吩咐，属下一定将袁州城里里外外的情况打探得清清楚楚，绝不会出半点差错！"

"不行！"李云博斩钉截铁地说道，"一个卦队总共只有九个人，就一个黑铁执事领导，如果是执行一般的任务尚可，但远在异国他乡，就必须有所远虑，遇到困难，连找个商量的人都没有，更不用说出意外了。至少得派一个人和同人执事一起去袁州。"

刘如霜道："我去吧，岫南哥。"

冯志远道："你得照顾少主，你是他未来的夫人。还是我去吧。"

冯玉花道："还是我和我哥去吧，留下你们两个，我看够了。"

李云博看着李云浩，说道："达淼哥，你怎么不说话？"

李云浩道："不敢说了。不晓得说了，别人又会如何数落！"

刘如霜笑道："达淼哥真是个好男儿！真听话，女人的教训一下子全记住了！"

冯玉花道："少主，不如达淼哥和我去袁州？"

李云浩连忙道："我不去袁州，我要去萍乡！"

冯玉花怒道："你存心跟我抬杠吗？"

李云浩道："我才不呢，好男不跟女斗！"

刘如霜问道："那你是害怕和玉花妹妹在一起，受她欺负？"

李云浩道："我才不怕她呢！反正我要去萍乡！"

冯志远道："少主，还是我一个人去得了！"

李云博想着想着，忽然明白了什么。他语气坚定地说道："还是换一下更妥当，达淼哥、玉花妹妹和同人兄一起去袁州吧，让他们历练一下也好。"

李云浩大声说："我要去萍乡！我爹爹还关在那里呢！"说罢，泪如雨下。

"你小声点，隔墙有耳！"李云博怒道，"我就是知道你要去萍乡的原因，才刻意改为你去袁州。这其中缘由，我很清楚，你只要知道二叔关在哪里，绝对会不惜一切代价甚至硬拼去救他，为什么，因为他是你父亲。如若一旦你这样干，我们此行的计划就会全部落空，大家也很可能会暴露。这后果，你想过没有？"

大家一听，顿时待在那里。李云浩也停止了哭泣，默不作声地抽泣着。

李云博继续说道："二叔我们肯定会救，但一定得寻找机会，莽撞行事不仅救不了二叔，反而会让我们被动甚至招来危险。因此，身在敌国，就得一切都听命令，不然，不仅完不成任务，说不定反而会给敌人发动战争制造一个绝好的借口！达淼哥，你听明白了吗？"

李云浩一抹眼泪，使劲地点点头："岫南，我听你的。我去袁州。"

冯玉花扶住李云浩的胳膊道："达淼哥，刚才对不起，我误会你了。"

李云浩道："是我自己有私心，怎么会怪你呢！"

冯玉花又道："我以后再也不跟你斗气了，我一定会像对我哥哥一样对你。"

刘如霜笑道："真是患难见真情呀！小两口就这样和好了？"

没想到冯玉花毫不领情，反而冲刘如霜叫道："就小两口怎么了？我要是嫁给了达淼哥，就成了你的嫂子了，究竟谁和谁是小两口啊？"

李云博被她这话给逗乐了，他拱手道："嫂子好！小弟给嫂子叩安了！如霜你过来，你闯下的祸，自己也快点叫嫂嫂吧……"

冯玉花一见李云博要施礼，连忙制止道："少主，我不是说你呀……你看如霜姐姐天天拿我寻开心，我不来点硬的，她不知道本姑娘……"

李云浩打断冯玉花的话，道："如霜姑娘也无恶意，玉花妹妹你别太计较了！"

一大群人都哄笑起来，有说有笑好一阵子。李云博又对分兵行动进行了更为详细的策划，并决定连夜赶往萍乡，而李云浩、冯玉花等人明天一早向胡掌柜辞行后，再出发去袁州不迟。商定之后，李云博吩咐几个密使去打探县城戒备情况，并选定出城路线。然后叫大家回房歇息，约定亥时动身。

第九章
DIJIUZHANG

惊天阴谋

◆ 一、萍乡县城，俨然一座炮火作坊 ◆

盛夏的夜空是美丽的。皓月当空，清辉朗朗，流霜如织，夜露微凉。月光静静流淌在四处，蛙虫浅唱低吟，凉风轻轻吹拂，静谧处还能听见潺潺水声。沿途的碧树红花像国画一样写意，虽看得不是很清晰真切，但非常传神而富有生机。

李云博带着众人出了这个没有城门的县城，就连夜上路了。

一条新修的平坦官道随着山势不时蜿蜒一下，又直挺挺朝前延伸。这条官道，是直通袁州的唯一大路，去萍乡县城，也得走这条路。

借着皎洁的月光，大家小心谨慎地行进着。虽然带着几车货物，但夜阑人静之时，路上已经没有了人车马匹行驶，一行人牵着马赶着车旖旎而行，倒也轻松爽快。不知不觉天就亮了——这行夜路，真的不觉得怎么累。大约又走了两个时辰，一座城池远远矗立眼前。

"到袁州城外了！"是冯志远的声音。

李云博道："大家先休息一会儿，吃些干粮，一炷香后动身，绕过袁州继续前进，争取天黑以前到达萍乡。"

一群人马不停蹄地赶路，来到萍乡城外时，早已人疲马乏。这时候，夕阳西下，天将抹黑，萍乡城外到处都是临时围起的栅栏，栅栏里座座草棚鳞次栉比，里面的人进进出出、川流不息，熊熊燃起的火光与晚霞交映成辉。栅栏外围，都布有岗哨。

刘如霜立在马上喘着粗气，不解地问道："岫南哥哥，这萍乡城外，满是草棚围栏，到处火光熊熊，他们在作甚呢？"

"各位先下马进城，找个旅店住下，饱餐一顿后马上歇息。"李云博没有马上回答刘如霜的问题，从马上跳下来，对大家说着，又转身对正在下马的刘如霜道，"从场面上看，像是在大规模地生产某些急用物件。到处都设有岗哨，应该是生产军需物资，具体是何物，等会儿问一问，就清楚了。"

没想到萍乡城门把守得极严。过往的行人排着队，一一接受盘查。等到李云博一行进到城门口接受检查时，突然从城里飞出一队数十人的骑兵，大叫"闪开闪开"，高高扬起马鞭，旁若无人地飞驰，差点把李云博一行撞倒，然后就直接朝一座栅栏围成的营盘奔去。

李云博和众人回过神来，上前问道："敢问军爷，这官家骑兵这般凶猛作甚？"

值守的一个军士疑惑地看着李云博，说道："你们不是本地人吧？他们是炮火营的特勤卫队，时辰已到，前往营地换值呢！"

"哦，怪不得。"李云博应道，"报告军爷，我等是路过商人，需在城中住宿。冯大哥，拿通关文牒来。"冯志远应了一声，就将所有通关手续恭恭敬敬地呈给值守军士。

"你们是楚国的商贩？是从浏阳过境的？奇怪，好好的上栗集市不走，怎么，偏偏从铜鼓关过境，舍近求远，闻所未闻也！"

冯志远道："报告军爷，我等本来是东出铜鼓关前往洪州送货，但路上听说袁州萍乡县这边，官府以双倍价格收购瑶池爆竹，特来地过来看看真假。"

军士笑道："这还有假？你们瞧瞧，萍乡城内外到处都张贴着官府的通告，自个儿去看吧。进城！"

冯志远问军士："请问军爷，我们先看看通告再进城不迟吧？"

军士道："随便你。萍乡城是军事重镇，日夜宵值。只要有来往凭证和通关手续，什么时候都可以出入。"

于是大家就一起看那张贴在城墙上的官府通告。但见上面写着：

通　告

大唐右卫将军、袁州刺史陆孟俊敬告各位来往客商：

自即日起大量收购楚国长沙府浏阳县瑶池李氏出产之爆竹。凡有货者，烦请送至萍乡县城之淮南军袁州炮火营验药监，一律以市价两倍收购……

刘如霜一边看一边问李云博："少主，这袁州刺史陆大人收购这么多爆竹，是不是他要办喜事？是娶小妾还是给父亲大人做寿？也说不定是给他儿子娶亲呢！"

李云博见刘如霜故意问这惹人发笑的话，知道她是想套取军士的话，于是也跟着瞎掰起来道："都有可能，但我想，很可能是几件喜事凑到一块儿了，所以才要这么多爆竹。比如儿子老子一起成亲，老爷子做大寿儿子娶小老婆，都很有可能……"

冯志远见状，也趁机加入进来："你们两个乱讲！依我看，肯定是南唐国皇室有什么大喜事。他们就一个上栗集市有爆竹生产，可能用量大，生产不过来，时间又紧，于是只得高价收购我们大楚国的爆竹。"

在一旁的军士听不下去了。他哈哈大笑着走过来，对李云博他们说道："你们一群小家伙瞎猜什么呢？我们陈大人不娶小老婆，李唐皇室也没有大喜事。这爆竹，是送到炮火营去，用于火药配方研究和新型炮火制造。"

刘如霜道："这瑶池火药有什么了不起？你们大唐国也不是有上栗李氏在生产火药和爆竹吗？不都一样发？何必舍近求远、高价收购，你们钱多烧的是吧？"

军士道："那当然不一样！瑶池的火药当今无人能比，威力大着呢！这是路人皆知的事情。你们是楚国臣民，难道连这一点都不知道？"

"原来这样！我们久居穷乡僻壤，孤陋寡闻，军爷见笑了！"李云博装着恍然大悟的样子，然后又手舞足蹈起来，"哈哈，我们发财了！看来这趟绕道袁、萍，没有白来啊！报告军爷，我们是专门贩运瑶池爆竹的，特来萍乡献货领赏！"

军士听了，连忙说道："烦请各位稍候，我去禀报城门尉大人。"说罢，就抽身进了城门边的一个小门。不一会儿，一个浑身铠甲的军官健步走了出来，还不时地和刚才进门的军士轻声交谈着什么。来到李云博跟前，军士介绍道："各位，这是我们萍乡东门的城门尉大人。"

城门尉上前拱手道："楚商远客，不惧辛劳，来我大唐国献货，本尉代表司马大人谢了。敢问贵客带来多少爆货？"

"回禀大人，我等一共带来三车共六七十万响爆竹。"李云博道，"商家行径，唯趋利耳！大人不必客气。"

城门尉道："好呀！来人啊，拿着本尉的印信，带远道而来的贵客，去炮火营验药监送货领赏！"

"是！"另一个军士应声前来，双手接过东门尉递来的印信，招呼李云博一行进城，然后沿着左边的街道款款驶去。李云博发现，萍乡这条街上，与万载县城的街道有着天壤之别：到处都是铁匠铺、木工铺、裁缝铺、皮匠铺等手工作坊，叮叮当当的作业声此起彼伏，大街上的行人不多，也很少见到商铺。不一会儿，车队来到街道尽头，但见一座高大的辕门矗立眼前，远远看见辕门上方有一块醒目的朱红色篆字巨匾：淮南军袁州炮火营。

还未到营寨大门口，但听军士吩咐道："各位注意，我等即将进入军事管制重地，请大家务必遵守军营规制：不准大声喧哗，不准四处乱跑，不准东张西望，更不准探听情况，都记住了吗？"大家回答道："记住了，军爷！"军士又道："这可非同儿戏，千万记牢了，弄不好脑袋掉了都不知道所为何事。"李云博回头朝刘如霜、冯志远和无妄执事意味深长地看了一眼，大家明白李云博是提醒他们见机行事，心领神会地点了点头。这时候，军士已经到达大寨门前，只见他上前施礼道："萍乡城东门守卒参见炮火营营门尉大人。在下奉东门尉大人之命，领楚国爆竹商贩前来献货领赏！请大人接洽是荷！"说罢，递上印信。一个为首的营卫看罢，交还了印信，对军士拱手还礼道："有烦东门兄弟了！我这就去禀报！"转身进了大营。不一会儿，为首的营卫又回来了，对李云博一行说道："末将是大营营门尉，大营都监郑将军命令末将带各位去验药监送货。各位请！"

"郑将军？"不知怎么的，李云博不知不觉重复了一遍这个名字。营门尉看着他，道："不该你问的就别问！"李云博马上住了口。营门尉又重复了一遍刚才军士说过的话，叫大家把腰里的刀剑物什寄存在营口的小间内，就招呼大家进营。军士又对李云博一行反复嘱咐了几句后就径自离去。而李云博听到这条不经意间得知的信息，不仅讶异万分，愣愣地待在那里，半天没出声响，直到营门尉催他快点才迈开步伐往里走。这时候，太阳已经落山，天开始暗下来。

进得营来，里面的场景把李云博吓了一大跳：整个营盘宛如一个巨大的夜市，灯火辉煌，街道整齐，门庭林立，一队队全副武装的军士或来往巡逻，或荷戟仗剑挺立各个寨口，中间不时有匠工模样的人进进出出，来回穿梭着。一行人跟着营卫过了几个营口，就来到门楹上书写有"验药监"的营门前停了下来。营门尉上前对正在值守的军勇拱手道："炮火营营门尉奉郑都监之命，带楚国爆竹商前来验药监送货领赏，烦请监门守卫进营通报！"监门守卫还礼道："营门尉大人辛苦了，在下就去通报少监大人，烦请各位稍候。"

不一会儿，监卫领着一个文官模样的中年人急匆匆地走了出来。但见文官施礼道："鄙人田德凡，职司验药监少监。欣闻远道贵客前来我营献货，真是感激不尽啊！各位走这边进门，先验货点数，然后去粮料监领赏吧。"又对营门尉道："辛苦大人！这边已经接上，大人请回吧。"营门尉拱手别去。李云博揖首施礼道："小国商贩，为蝇头小利百里驱驰，不想惊扰少监大人，实在是汗颜啊！"田少监道："哪里话！商主不辞辛劳，数百里奔驰，为我大唐炮火营雪中送炭，怎么能以利权衡！来，这边请！"

于是大家就跟着他进了一个侧门。田少监叫人点燃两支蜡烛，远远地插进一个吊起的纸灯笼里，然后招呼大家卸货。李云博借着微微烛光定眼一看，里面是琳琅满目的爆竹货品，看样子，大都是四处商贩送过来的瑶池爆竹，也有不少是冒牌的。但听田少监道："大家小心，轻装轻卸，特别是别碰到蜡烛……"李云博朝无妄执事使了个眼色，无妄执事明白了，转身出了侧门。刘如霜也看见了，于是就对田少监说道："报告少监大人，在下尿急，要上茅房。"田少监道："上茅房？这里面没有茅房。出了门往左过两个路口，有一个大的公共茅房，我叫监卫带你去。"刘如霜道："左边过两个路口？哦，知道了。不烦大人了，我自己找得着。"姤卦执事也跟着去了。

好一阵忙碌之后，验货点数都已完毕。田少监道："一共是六十八万四千响。按市价每万响两千钱计算，一共应该是十三万六千八百钱；我们增加一倍，就是二十七万三千六百钱。掌柜的，请你也算一遍。"李云博道："不用了，大人算得怎么会错！"田少监道："那好，我出票了，麻烦掌柜到粮料监去领赏吧！"李云博道："感谢大人。不过，在下有一疑问，可否请教大人？"田少监道："有话请讲，掌柜不必客气。"李云博问道："敢问大人，这二百七十余贯，是用大汉通宝支付吗？"田少监回答道："不是。是用我们大唐的永通泉货支付。"李云博道："我们楚国，主要用的是楚币铅锡钱，不用贵国永通泉货。要不，烦请大人跟粮料监少监大人言明，改用银子支付。大人意下如何？"田少监道："可以。就换算成白银吧：一两银子一贯，总共二百七十三贯六，一共是银子二百七十三两六，掌柜也请算一下，看是不是这么多。"李云博笑道："大人神算啊！简直分毫不差！"

田少监将银票开好，又盖上验药监大印，交与李云博道："掌柜辛苦了，数百里送货，不容易啊！这是一点赏钱，请笑纳。"李云博接过，一副喜形于色的情形，心满意足地说道："大人太客气了！我们多跑几百里路，多用几天时间，就多赚了百多两银子，这生意，值！"冯志远插话道："不知这炮火营，要这么多爆竹何用？"田少监看了他一眼，不置可否地说道："本官只负责收点，至于何用，我等也无从知晓。"李云博止住他道："别问了，刚才进来时营门尉大人已经交代得很清楚了，你想掉脑袋吗？"

大家又就出了侧门，等了一会儿，还不见刘如霜、姤卦执事和无妄执事回来。冯志远道："他们上茅房了，怎么还不回？怕是迷路了吧？我去找找看？"田少监马上严肃起来："迷路了？可能是遇到麻烦了！对，迷了路乱窜，说不定被值守的巡卫抓起来了！走，去那边看看！"

果然，刘如霜和姤卦执事在回来的路上被巡逻的守卫抓住了，而无妄执事上前解救，也被一起被抓了。他们辩解多次之后，巡卫终于同意来验药监看看，正朝这边走过来，在大路上迎面碰上。巡卫见所言不虚，就放了他们。李云博带着众人进到粮料监去领赏银，没想到粮料监少监和账房书记都已退班休息，粮料监当值的监门守卫想去后帐请两位大人过来。李云博一听，连连拱手道："监门大人，天色已晚，大可不必惊动大人了。"监卫道："掌柜的银子怎么办？不急着取走吗？"李云博道："反正今晚走不了，得住在萍乡，依监门大人之见，这如何是好？"监卫道："不如我给你们开具一张进营通行文牒，明天来领赏银如何？"李云博喜道："多谢监门大人，明日点卯之后再领不迟。"说罢，等了一会儿看着监门守卫写了通行文牒，千恩万谢地告辞出门，一行人边走边看，渐渐地出了营门。

大家原路返回，然后往北走，一连问了几处，要不就是客满，要不就是仅剩一两间房，十来个人根本住不下。好不容易才在城北寻得一家正好有六七间空房的旅社，冯志远就进到柜台前订了房，无妄执事连忙招呼店家赶快弄些饭食来，一天下来，从万载直下萍乡，忙得的确有些晚，大家早就饥肠辘辘了。

　　饭后，李云博吩咐密使们早些歇息，召集刘如霜、冯志远和无妄执事到房中议事。李云博问道："如霜姑娘，你在炮火营有何发现？"刘如霜道："我趁上茅房之机转了一条街，粗略数了一下，总共有十几个营口，什么制药监、炮身监、炮座监、散沙监等，看样子，很像炮火武器的生产作坊。"李云博听着，又问无妄执事："无妄兄，你看见什么了？"无妄执事道："回禀少主，属下转的是另一条街，那条街上，基本上是兵营，街道的尽头是一个巨大的开阔地，门口立着一块很大的石碑，看不很清，好像是叫什么演炮场，天已黑了，空地上已经没有了人。属下估计是试用炮火武器之所。"李云博问道："你们有没有发现监牢押房一类的房屋？"无妄执事道："我正要转进另一条街，没想到刘紫使她们被巡卫缠住了，属下于是就上前理论，但对方不听，说我们触犯营规，得交军刑监处理。我们再三说明是来送货的，他们才同意带我们到验药监对质。"刘如霜道："茅房的后边有一座没有标明用途的房屋，很大，而且有营卫把守。以我估计，可能是关押罪犯的地方。"冯志远道："少主，属下趁夜阑人静之时，进到里面探个究竟，如何？"李云博道："不要轻举妄动。反正明天还要去粮料监领取赏钱，大家重点注意茅房后面的那栋房子。"几个人又商议了一些其他的事情，不一会儿，李云博就宣布议事结束，叫大家赶紧回房洗浴后马上睡觉。

　　众人走后，李云博仍然在琢磨：怎样才能弄清楚，那栋房屋是不是监牢，又如何进去看一看二叔李天雷是不是关在里面。这的确是一个比较难办的事情。在来的人当中，只有自己认识李天雷，如果自己冒险进去，那么肯定一时半会出不来，外面的情况就不清楚，人员也不好调度；派一个密使进去，他又不认识二叔，进去了也没有用。看来，只有到时候随机应变，看有没有机会靠近那栋房屋甚至进去瞧一瞧了。

◆　二、领赏炮火营，险象环生　◆

　　第二天清晨一用过早茶，李云博让刘如霜和姤卦密使留守住处，带着冯志远、无妄执事和另外几个密使，前往炮火营领赏。

　　因为有通行文牒，进入营门比较容易。李云博装着不认得路，径自往大路公共茅房那边走去。可能是刚到点卯时间，各营口的岗哨三三两两正在那里交接忙碌，巡逻的队伍也还没有出现。李云博趁机叫密使们将那栋不明情况的房屋构造和周围地形摸清楚，然后装模作样地上了趟茅房，就大摇大摆地前往粮料监领赏去了。

刚到粮料监，忽然听见里面有人在说话。一个道："少监大人，听验药监田大人早上禀报，昨晚有一队楚国商贩前来大营献货，而且还非常多，六十八万响。我奉易指挥之命，来贵部看看，这赏银是否领走？"李云博忽然觉得这个声音非常熟悉，而且是纯正的瑶池口音，不觉有些蹊跷，于是停了脚步，继续听下去。只听另一个道："西门大人来得正好。根据昨夜宵值的监卫报告，那伙楚国商贩昨夜来领赏钱，正好本监和账房书记都退班了，约在今天来领赏，应该差不多快到了。烦请西门大人到时候看看，有没有认得的。"刚才那个又道："感谢少监大人支持。当前战前准备已经到了最后时刻，只是这炮火用药的配方还没有取得突破性进展，我们还是谨慎些好。"少监道："西门大人所言极是。这攻城灭国，不是一般的战役，炮火营没有进展，朝廷是不会贸然出军的。战前准备，尤其要严防敌国细作窃取军机密情，大人不必多心，我等一定会配合黑云长剑军各部做好防奸事宜。"

李云博听着他们的对话，心里慢慢地紧张起来。因为他八九不离十地听出了那个熟悉的声音是谁，加上对话者不时叫唤着"西门大人"，那么就可以肯定，这个人是西门璞无疑了。西门璞没有被抓住？他居然到了萍乡，到了袁州炮火营！突然间，李云博恍然大悟，近期来瑶池和浏阳发生的各种各样的离奇古怪的事情，都可以在这里找到原因了，这些原因归结到一点上，就是炮火营紧锣密鼓研究新方，急着升级炮火武器，原来都是冲着楚国来的，而且还不是一般小仗，是攻城灭国的规模战争！明白了，彻底明白了，他们不惜出动黑云长剑军，行窃瑶池李氏火药秘方，甚至敢冒风险劫持人质、抢夺楚国王廷特供炮火，不遗余力研发升级炮火武器，为的就是这个！

"南唐原来要灭我大楚！"李云博顿时浑身直冒冷汗，暗自寻思着，"得将这重要军情马上传递回去！"想着想着，他的心里有点乱了起来，头上汗水已经涔涔地下流。

可是，领赏怎么办？如果不要这赏钱，麻烦可能会更大。还是得先领赏，回去后再应对其他事情。李云博顾不得多想，转身对无妄执事轻声交代道："无妄兄，你带两个人前去领赏。里面说话的人，很可能就是那群跟踪我们到瞿家寨的幕后主谋。他是瑶池的礼教执事，已经叛国投敌，认得我和刘大人、冯大人，因此只有你去了。对方问起来，就说是浏阳爆竹行的差役，奉李庆祥掌柜之命到袁州送货，不想看到萍乡城门的通告，就将三车爆竹献给了设在萍乡的袁州炮火营。你得记住，这浏阳爆竹商行原来的掌柜就是李天雷，还要熟悉一下那里的其他人员。包括家人和管家。"无妄执事道："是。"李云博仔细交代一番后又道："你多加小心。我们在大营门口等你。"说罢，就将那张银票交给他，带上其他人往大营门口走去。

无妄执事和两个密使进了粮料监，递上银票道："大人，在下昨日前来领赏，不巧大人退班了。麻烦大人了。"

"哦，他们来了。"粮料少监接过银票，对西门璞说道，"西门大人看仔细了。"说着，就在银票上签了字并盖上大印，命人带他们到账房书记那里领取银两。

无妄执事正要离去，被西门璞叫住。无妄问："这位大人，还有何见教？"

西门璞道："岂敢岂敢。阁下是浏阳人氏？"

无妄道："不是。在下是龙喜人氏。"

"哦？那阁下怎么做起爆竹生意来了？"

"我是浏阳爆竹商行的伙计，经常到各处送货。这有什么奇怪的！"

"那你说，浏阳爆竹商行的掌柜是谁？"

"原来是李天雷，前不久失踪了，瑶池李氏爆业的内当家李庆祥临时来浏阳理事，应该也算是掌柜吧。"

"嗯……"西门璞寻思道，"李天雷失踪了？你们过来不是借送爆之机寻他的吧？"

"寻他？到哪里去寻？对了，你认识我们掌柜的？"

"不，不认识。哦，你怎么知道萍乡城里的炮火营双倍价格收购爆竹？"

"我等去袁州送货，路过万载时看见的。大人，有什么不对吗？"

"没有没有，随便问问。"西门璞说着，站起来，"掌柜的，你们一起来了多少人？"

"十来个吧。"

"其他人呢？"

"在旅馆里休息，我等领到赏钱后，就马上回去，准备再贩几车爆竹过来，这很划算，有得赚啊。"

"这能赚几个钱！"西门璞不屑地说，"我这里有一桩大买卖，不知道掌柜有没有兴趣？"

"多跑两天路，就多赚了百余两银子，还不多啊？"无妄惊讶地睁大眼睛看着西门璞问，"大买卖？什么大买卖？难道还能比这赚得多？"

"你只要把这封信按照这个地址带给这家商铺的掌柜，这五百两银子就是你的了！"西门璞说着，拿出一封信，又将一张银票拍在案上。

"我当是什么大买卖！送封信，就出五百两，你骗鬼呢！"无妄执事哈哈大笑起来。他见赏银已经点清，听见西门璞这样说，心里暗暗谨慎起来，但仍然大大咧咧地说道，"谢谢少监大人，我等告退。"说完，白了西门璞一眼，抬脚就走。

西门璞上前扯住他，说道："兄弟，请留步。鄙人堂堂大唐国行军司马，怎会骗你呢？这是真的！敢问尊姓大名。"

"免贵姓杨，名志庆。请问司马大人大名？"

"在下……李通，原也是楚国人。十年前到了大唐国，后来从了军。"

"哦，原来还是老乡！李司马，幸会幸会！"无妄执事道，"不过，我们商家有商家的规矩，送封信就拿五百两，这传出去，我们浏阳商行今后如何在道上混啊？如果是一般的信件，在下帮你带过去就行了，分文不能取；如果是重要的密件，可以派专人送过去，也可以请镖行或者江湖上的朋友帮忙。李司马，您说对吗？"

"哈哈，不愧是老跑生意的腿子，不仅懂行情，而且还讲道义！"西门璞哈哈大笑，"看来，你们真的是楚国的商贩。没问题，你们走吧。"

"当个商贩，还要造假吗！"无妄执事有些生气，愤然转身，对两个密使道，"原来是怀疑我们，设个圈套要我们钻，真无聊！我们走！"

西门璞上前拱手道："掌柜的，适才得罪了！当前多事之秋，迫不得已，请阁下多多包涵！如果几位愿为我大唐效力，随时可以来找我。"

"司马大人，我等一介乡野草民，只知道赚几个钱养家糊口，不懂什么效力不效力的，更不想参与到王侯将相的争斗之中。感谢大人抬爱，恕在下不能从命，告辞了！"说罢，就出了粮料监的营门，往大门去了。一边走还一边嘀咕："什么人啊，居然骗我们，把我们当猴耍，啊呸！"

西门璞起身告辞："少监大人，打扰了，晚生告退。"

粮料少监起身问道："西门大人就要走吗？难得来下官这里视察，也不多待一会儿？"

"感谢大人盛情！不了，这伙人没那么简单，在下还得去布置！"

少监惊道："刚才大人不是说，他们是真正的商贩吗？怎么，突然又起了疑心了？你们黑云长剑军也太小题大做了吧！"

西门璞冷笑道："我敢肯定，这伙人一定有问题。说不定，还是条大鱼！大人等着瞧吧！"说完，头也不回就悻悻而去。

少监鄙夷地望着他的背影，朝地上吐了一口唾沫，道："背主求荣、数典忘宗的东西！还真将自己当根葱了！我呸！"

◆ 三、萍乡脱险，惊得一身冷汗 ◆

话说李云博一行匆匆回到城北旅社，立马将大家聚在一起，听无妄执事将领赏的情况仔细说了一遍。说完之后，李云博道："情况紧急，就不议了。大家要明白，我们现在的处境非常危险。西门璞没有被抓住，跑到了萍乡。他居然在黑云长剑军供职，还是什么行军司马，说明他早就叛国，一直在为南唐卖命。刚才，如若不是偶然听到他和粮料少监对话，我等很可能出大事了。这几日里，我们湘水台密使频频出关，相信他们的密探也已获悉，袁州各地可能都已知晓。情况紧急，我们必须马上出城，一旦对方坚壁清野，后果肯定不堪设想。先说几件一撤出城马上就办的事：志远兄负责起草密报，使用飞鸽传书，将南唐国灭国计划密报湘水台总部，请左老大人急处；如霜姑娘立即着手制定今晚行动方案，务必想方设法进到那座监牢里去；无妄兄设法盯住西门璞，若能寻找机会活捉更好，如若不能，就进一步摸摸他的底细，千万别弄出大的响动，万一打草惊蛇就麻烦了。都听明白了吗？"

"听明白了！"

李云博想了想，又道："所有人员马上撤出萍乡县城。我们人多目标太大，分三路出城，志远兄，你带几位密使立即出发，走北门，然后到青山集市找个住处，记住，要在旅店门上放好暗号标识；如霜姑娘和我加几位密使一起走西门，无妄兄带其他几位密使走南门，我们两路人马先退出城区，在外围将有关情况彻底摸一遍，中午前在城郊青山集市会合，争取在那里隐蔽下来。大家请看，这是这一带的地形图，各位记牢了，千万别走错了！"

"是！"

"好，马上行动！"

一行人就忙碌开来。不一会儿，几路人马就打点好行装，有的赶着车、有的骑上马先后出发了。李云博一行四人出了西门，装着郊游的样子，将城西内外和炮火营周围的地形仔仔细细踏勘了一遍，又绕到北门外，也研究了北边的地形和布防情况。然后就往西走，不到十里，就来到那个名叫青山的小集市，寻了一遍，见到一个店的门上插着一束野菊花。李云博往门上一摸，仔细辨认，果然是无妄卦象，然后就进了店里。冯志远已经定好了住处，大家就住了下来。刘如霜顺手将那束野菊花移到旅店门口上方更显眼的位置上。

刚才离城的一路上，李云博仍然在思考西门璞现身萍乡的种种可能。他联系到前天路经浏阳，前脚刚进县令府邸，西门璞后脚就跟过来了。他怎么会知道这么快，是谁在通风报信呢？而且，自己从浏阳带了几车爆竹，也只有浏阳爆竹商行知道，为什么西门璞一到萍乡的袁州炮火营就马上巡查前来献货的爆竹商贩，这里面又有什么联系呢？想着想着，觉得有些匪夷所思。等到安顿好了，脑子里仍然是这个疑问。快到中午的时候，冯志远进来问："少主，无妄兄还未到，是等一等还是我们先就午食？"李云博想了想，道："不等了，我们先吃。"

可就在就午食的时候，还没吃上几口，李云博突然"啊"地叫了一声，嘴巴塞满了饭居然不知道咀嚼了，整个人都待在那里。

刘如霜惊奇地问道："岫南哥，怎么了？"

"我忘掉了一个重要疑点，坏了大事！"

"什么疑点？"

"赶紧吃饭，回房再说。"

一桌人匆匆吃罢，就都回到房里去。李云博叫来刘如霜和冯志远，问道："你们想一想，西门璞的信息为何如此灵通？我们到哪里，他就出现在哪里，真是巧啊！"

冯志远道："是啊！哪有这么巧的事，是不是有人一直跟踪我们，时刻与他有联系？"

李云博道："这么准确无误，这么及时快捷，你当他们是神仙啊！"

刘如霜听得一头雾水，问："岫南哥，你别卖关子了，说出来，我们听听。"

李云博道："如霜姑娘，你别急，容我慢慢道来。你们想一想，前天我们一到浏阳，只在爆竹商行待了半个时辰，刚进魏府，西门璞就跟了过来；我们出了浏阳城，这一路上就有西门璞的人跟踪；我们刚进炮火营献货，西门璞就跟过来查看，这些，难道仅仅是巧合吗？"

冯志远略微思索一下道："少主，依在下看，这里面有巧合，也有是人为的。比如在浏阳，肯定有人发现我们后就给西门璞传了信，知道我们出了东门就派人跟踪，这应该是同一个人所为。至于炮火营里面偶然遇到西门璞，却找不到任何人为因素。"

李云博冷笑道："我看未必！"

刘如霜道："那你说说，却是为何？"

李云博道："好！我来个顺事推理。你们想一想，西门璞为何到炮火营粮料监察看瑶池爆竹是谁送的？对，他的人在瞿家寨失手后，肯定回去给他报告了我们的情况。西门璞知道我们奉命巡边，前后两队人马，一共带了五大车货物，西门璞也一定知道。但是，里面是什么货物，只有我们自己知道。按常理，我们巡边，带一些慰问物品很正常，也不会有人起疑心。但根据西门璞的反应情况看，显然，他知道我们车里装的不是慰问品，而是爆竹，他已怀疑我们借着送货的名义出了瞿家寨，进入南唐。"

刘如霜不解地问道："既然怀疑，为什么不大张旗鼓地抓捕我们呢？"

李云博道："他只是怀疑而已。我对这位姑父还算了解，他生性多疑，但又比较刚愎自用。我估计，他应该也是刚刚从浏阳那边逃出来，这以后的信息就不那么灵通了。因为，一方面，他不能肯定，我们究竟过了铜鼓关没有；二来，就算我们过了境，他想我们应该去袁州和洪州，不会绕过来直接到达萍乡。因为来萍乡，从瑶池的东峰界过境经上栗集市要近得多。但为保万无一失，听说有商贩送来了大宗爆竹，他还是会过来看一看。"

冯志远道："少主推理得对！三件事情都不是偶然的！"

李云博道："现在，讨论偶然巧合还是人为因素已经没有必要了，而要讨论的是，究竟是谁在为西门璞传递消息，以及是谁将车里的密装货物透露出去的。"

"我们队伍里有内奸？"刘如霜一听，大惊失色。

冯志远说："应该不是我们队伍里的。西门璞根本不知道湘水台。要是此人在我们队伍里，一到萍乡，我们肯定就被抓了。这个人应该在浏阳。"

李云博道："志远兄说得对，这个人应该在浏阳！你们想想，谁最先知道我们到了浏阳？又有谁知道我们带了几车爆竹？"

刘如霜若有所悟："谁先知道？浏阳商行？李云海？李庆祥？不会是他们吧。"

李云博道："当然不会是他们，他们都是我的亲人，我很了解，绝不会做出这样的事。所以说，我忘了一个重要的疑点。二叔失踪的时候，我就感到蹊跷，怎么那样奇怪，那天夜里我离开商行的时候，已经接近丑时，可二叔就是在丑时被人劫持的。现在可以肯定，这个人就在商行里。我当时就怀疑一个人，但近期忙湘水台的事去了，把这个疑点忘了。"

刘如霜、冯志远几乎同时问："谁？"

"商行的管家。"李云博肯定地说，"我现在可以确定，他早就被易守礼收买，听命于西门璞！"

"天哪，李云海一家够危险的了！"

"从目前的情况看，他们应该没有多少危险。致远兄，你想办法将消息传回去，请魏县令留意此人。"

"少主，信鸽已经发出，再放一只回湘水台吗？"

"不，这事先不急。既然我们已知底细，将他留在那里，可能还会为我所用。更何况，西门璞一走，他已经构不成大威胁了。"李云博想了想，回答道，"接下来，我们一起商量，晚上如何行动吧。"

正说着，但听密使来报：无妄执事一行来了。李云博喜道："快请！"

无妄执事进得门来，对李云博道："报告少主，大事不好，突然间，萍乡城内外已经全部戒严！"

李云博惊道："我等出城之时，都还没有戒严，你如何发现的？快快道来！"

无妄道："属下刚出南门，就见城内涌出大量兵勇，对进出城门的人严加盘查。我等又转到西门、北门和东门，情形也大体差不多。我们多方打探情况，原来，袁州大营不知从哪里得到消息，说是边境进来了大量的商贩，很可能是敌国密探，要各地严加盘查。对了，我们在东门还看见了西门璞。我们见他在那里，就躲开了。"

"哦？看来，西门璞注意到边境情况了。我估计，西门璞已经得到消息，我等趁巡边之机，过了铜鼓关，他刚才现身东门，就是很好的证明。看来，我们的行动得调整了。晚上，还是先摸情况，不急于盲目行动。"李云博想了想，就对几个负责人低声交代一番，叫大家分头准备。大家认真听着，不停地点着头。就要各自散去的时候，无妄执事说道："报告少主，属下有一事禀报。"李云博道："无妄兄请讲。"无妄道："我等在异国他乡，信鸽只能放出而不能飞回，因为我们的地点不固定，因此，只有消息传出而无消息传回。属下建议，我等可以固定一个地点，这样一来，就可以互通信息了。"李云博恍然而悟，说道："无妄兄言之有理。等这里情况弄得差不多了，我们是得固定一个汇集地点，既有利于和长沙沟通，也有利于和兄弟各部联系。大家回去都想一想，看哪个地方合适。就这样，以后的行动基本上安排在晚上，趁时间尚早，都回去好好休息，晚上的行动戌时动身。"

"是，少主！"

四、无妄执事的重大发现

李云博回到青山集市住处的时候，天差不多快亮了。

一个晚上，整整一个晚上，差不多白忙乎了，除了弄清楚了炮火营尽头的那栋神秘房屋是一个炮药库外，其他什么发现也没有。他叫刘如霜和两位密使轻手轻脚地拴好马，回到房间去休息，自己却没有进门，转身上了大街溜达起来。

这青山集市的早市真早。天还没亮，到处都是三三两两的农人小贩，肩挑手提着各种竹制的或者木制的筐篓器具，里面盛着时令菜蔬水果等各种新鲜物产，也有山货野物和各种日常用品，正往街道的一个十字路口汇聚。街道两边的铺面大部分都开了门，收货出货的，等着送货取货的，卖早茶早点的，一派繁忙而又有条不紊。

李云博转了一阵子，心绪还是没能平静下来。他弄不清楚，为什么这次行动回来，心情会如此之差，似乎胸口还有点隐隐作痛。一次搜集情况、摸清底细的行动，本来就没有明确的目标，没什么收获这也正常，算不上什么失败，更何况，还弄清了炮火营里那个神秘房子根本不是监牢，而是炮药库。是不是因为，以前一致怀疑那个地方是监牢而盼望二叔关在那里，如今证实不是监牢也没有二叔而失望呢？李云博觉得有些道理，但仿佛这也不能成为影响心情的根本理由：二叔失踪都快一个月了，天天都希望找到他的下落，也从来没有过如此之坏的心情。李云博仔细回忆夜阑人静之时，大家悄悄翻进那栋房屋里前前后后的有关经过，突然，回来一路上被疼痛吞噬的记忆恢复了，他的眼前尽是那个炮药库里琳琅满目的炮火。他明白了：原来是看见了炮火弹药，受到了巨大的刺激而产生出一阵阵锥心的疼痛。

是啊，这火药和火药制品，本来是民俗和医药用品，是为了给人们送去欢乐和健康而存在的，而现在，居然变成了杀人的利器！这一发发炮火下去，有多少生灵将命归黄泉，有多少家庭将妻离子散，也不知道有多少人的肢体或者某部分将永远残缺不全。为什么，一项盖绝古今的伟大发明，在善良和仁慈的人手中，就会造福人伦，平添无限的欢乐和喜悦；而到了邪恶而贪婪者的手上，怎么就成了危害社会、残害生命的恶魔呢？如若他们用这威力无穷的武器攻打楚国，这么多炮火，都将抛向自己的家园——大楚国的土地上，将有多少父老乡亲倒在血泊之中啊！那一刻，李云博几乎愤怒至极，恨不得立马点燃一颗炮火，将整个炮药库炸个粉碎！！

对于火药，李云博有着深厚的感情。他的祖祖辈辈都是爆竹的传人，更是火药的传人。从懂事起，他就和火药结下不解之缘，每天都要玩几把火药。他从来没有感觉到，这个黑乎乎的被他经常称作"黑乎兄"的老朋友，居然还有如此狰狞恐怖的一面。是啊，任何事情都有它的阴暗面，就像一把刀，既可以砍柴切菜，也可以杀人越货；既可以保家卫国，也可以攻伐屠城。先进的工具和技术没有错，有错的是，那些贪得无厌的灵魂。"我的黑乎兄，当然没有什么过错了！"想到这里，李云博笑了，不禁有些释然了。

"可是，二叔究竟关在哪里呢，难道不在萍乡城？"李云博暗自问道。昨夜至今天凌晨，他和刘如霜把整个炮火营翻了个遍，也没有发现二叔的下落。不可能，绝对在这里！因为他们劫持二叔的目的，就是希望二叔帮助他们改进配方，提高火药威力。现在，整个袁州大军的炮火营就设在萍乡，不可能舍近求远关在别处。"一座如此之大的军营，不可能没有监牢，一定是我们没有找到。"李云博仍然坚信自己的判断。

"岫南哥，无妄执事回来了，说有重大发现，请你回去！"正当李云博陷入沉思，百思不得其解的时候，刘如霜进到集市里找他。一见李云博低着头走在通向渌水河边的石阶上，连忙赶过去，轻轻地对他说道。

"重大发现？走，回去！"李云博转过身来拉上刘如霜的手，飞一般地朝回奔去。这时候，雾气虽然还没有彻底散开，但是清新的晨曦已经穿过云雾，稀稀落落地洒在街道和房屋四处，特别是那些带有水气的新叶，泛着耀眼而斑驳的光。天，已经透亮了。

李云博携着刘如霜进得住所，远远看见冯志远和无妄执事早在那里候着。李云博箭步入内，连忙问道："无妄兄，有何重大收获，快讲！"

无妄执事兴奋地说道："报告少主，昨夜我等奉命盯梢西门璞，没想到刚到北门附近，就和他撞了个正着。好在他在明处，我们在暗处，没有被他发现。他当时正从北门出来，带着几个卫勇轻骑往外奔驰。属下一行尾追了两三里，但见他们进了一个不起眼的营寨里。我等蛰伏了一个多时辰，然后就悄然越过栅栏，进到营里，又摸进大帐屋顶，轻轻掀开茅草，但见西门璞正和一个黑衣人说话。西门璞说道：'易大人，时下萍乡戒备森严，料定李云博等只要一现身，肯定插翅难逃。'黑衣人道：'西门先生辛苦了。据探马消息，近来进入我境的商贩多达十余伙近百人，这里面绝大部分都可能是楚国密探。根据浏阳密报，李云博借巡边之机从铜鼓关窜入我境，很可能去了袁州或者信州。你昨天在炮火营见到的，很可能是另外一伙。'西门璞道：'大人言之有理。属下在炮火营见到的，都是不认识之人。而前几天，我在浏阳县令府邸遇见的，除李云博外，还有我的另一个内侄李云浩，也就是李天雷的次子，还有李云博的三个贴身侍卫和几个亲兵，领赏的三个人里都没有他们。如此看来，这伙人不足为惧。'"

讲到这里，一个密使插话说："少主，我看清了，黑衣人须发斑白，大约五十开外。"

李云博点点头，示意他补充得好。

无妄执事继续说道："正当此时，一个紫衣人从里屋走进大帐……"

一个密使插话道："这个紫衣人一张三角脸，酒糟鼻，稀稀疏疏几根老鼠须……"

"你小子别老打岔，要不我就记不全了。"

李云博道："没事，这些补充，对判断他们身份很有用。这三角脸酒糟鼻，很可能就是江世敦。我祖父讲过，在爆竹节那天，一个叫江和芳的人就长这副脸。而大汉朝的李处耘都尉，说这个江和芳真名叫江世敦！"

"对，他就是姓江……"

无妄道："我继续说吧。紫衣人出来后，两人赶快施礼：'见过江指挥。'紫衣人道：'免礼。上次瑶池失手，是我等小看了他们。由于李氏火药秘籍全部焚毁，窃取秘方已经不可能，迫不得已劫持了李天雷，虽然弄回来些许炮火，但破解不了配方。而这焚毁秘籍之举，是不是李氏故意制造的假象，目前尚不能定论。但要获得秘方，难度大大增加，只有先从李氏传人身上打开缺口了，你们两个要抓紧啊！'两人慌忙道：'我等无能，请将军降罪！'紫衣人说：'现在还不到问罪的时候，我等还有机会，更何况，责任也不能只由你两人承担，本将军首当其冲。对了，西门司马说，你这个叫李云博的侄子很是了得，是否属实？'西门璞回答道：'回禀将军，李云博的确少年早慧，机敏过人。但他毕竟初出茅庐，应该成不了气候，更翻不了天！'黑衣人道：'西门先生，我看未必。上次瑶池失手，老夫以为，与这个小子不无关系。'紫衣人道：'是啊，很可能。你们还是小心为妙。'西门璞道：'两位将军所言甚是。属下一定严阵以待，绝不让他侥幸逃脱。'紫衣人又道：'易指挥，我以为，如果李云博要来萍乡，肯定会从醴陵那边入关，或走老口关，或走上栗市，当然，这是一般情况。也不能排除李云博已经去了袁州。西门司马，你多加注意袁州洪州那边情况，我会多加人手，一定要活捉这个火药神童。还有，要继续加快对李天雷的审讯。'西门璞道：'大人放心，我一定谨记将军将令。真是的，我这个二舅爷都来一个多月了，还是软硬不吃，金口不开，升级配方一点进展都没有。真拿他无可奈何。看来，只有再动大刑了。'后面怎么来着……"

　　另一个密使接着说道："黑衣人道：'真没想到李掌柜这样冥顽不化。哎！西门先生，你说，如果抓住这个李云博，从他的口中得到一些秘密，对升级火药有帮助吗？'西门璞道：'李云博在火药方面独具悟性。他如果开口，绝对能对火药威力提升有立竿见影之效。属下与他交情不错，而且他还是个孩子，我想，能有办法叫他开口的。'紫衣人说：'黑云长剑军萍乡密事营就我们三个负责，这三百多兄弟的前程，就在这瑶池火药秘方上。一定得不惜一切代价，弄到秘方，并务必活捉李云博。要不然，我等就等着砍头吧。'西门璞又道：'江指挥，属下有一疑虑，这袁州刺史高价收购瑶池李氏爆竹，简直多此一举。这些制造爆竹用的火药，都是普通不过的寻常药物，对炮火升级毫无用处。'紫衣人道：'我也知道。但郑都监说是表明一种姿态，普通火药尚且如此，何况秘方和威力巨大的火药呢？这大概就叫'欲得千里马，先买死马骨吧'。紫衣人说罢，就回了屋里。"

　　刘如霜道："这个姓江的，好像是个将军，姓易的也是个将军，又都被叫着指挥。怎么回事？"

　　李云博笑道："这不明摆着吗？萍乡的黑云长剑军应该只是金陵过来的一部分，叫什么萍乡密事营，大约三百人，主要将领就是这三个人，一个指挥使，一个副指挥使，还有一个行军司马。从称呼上看，姓江的和姓易的都称将军，分别是正副指挥使，这有什么奇怪。"

　　无妄执事喝了口茶，继续说道："过了一会儿，黑衣人问道：'西门先生，你前几天说，我的女儿易淑贞已经嫁到瑶池，我那女婿叫什么来着？'西门璞道：'大人的乘龙快婿叫李天晨，字启明，是瑶池李氏二房李庆祥的独子，也就是我夫人的堂弟。他五年前妻子病逝，一直未续弦，前妻生有两子一女。这个李天晨，也是瑶池的一条好汉，正直果敢，胸有谋略，掌管着瑶池数百号乡勇。大人的乘龙快婿只要思想转过了弯，如果将

来进兵楚国，他一定是个不可多得的将才。'黑衣人道：'哎，真是上苍垂青啊！我这苦命的女儿，十五岁就许配人家，就是江指挥的次子，可是那个未婚夫婿还未与她谋面，就战死疆场，这一拖就是十几年，我忙于黑云秘务，没时间关心她的终身大事，还带着她和她的母亲背井离乡、颠沛流离，真是枉为人父了。老天如此安排，也是她的福分。既然如今联姻瑶池，我等就是一家人了。'西门璞道：'将军公心为国，舍弃家室之安，丹心一片，日月可鉴啊！我等高攀大人，真是福气啊。还望今后大人多多提携。我们西门家族和李氏一直世代友好，如今我为了天下统一，居然背祖离宗，肯定会遭来李氏族人的嫉恨。只是在下有个不情之请，请大人应允。'黑衣人道：'西门先生不必客气，有话请讲。'西门璞道：'这李氏一族，都是满门忠贞之士，将来如果破楚，大人请多多善待。如果娘家李门遭祸，我西门璞将成为千古罪人啊！'黑衣人道：'这是自然。我在浏阳两年多，与李掌柜多有交道，其品行为人无可挑剔。如果不是身逢乱世，我们应该是很好的知己，真是委屈他了。如今又与李氏成了儿女亲家，只要能忠于我大唐，自然既往不咎。西门先生尽管放心吧。'西门璞道：'我很久未来萍乡了，要不，我再见一次李天雷，再跟他讲讲道理，或许会有些进展。'黑衣人道：'行，你去吧。'"

听到这里，李云博惊喜万分地握着无妄执事的手，道："无妄兄立下大功了！居然探得这等清楚，上苍眷顾啊！如此发现，堪比攻下一座城池！这样一来，我们终于找到了这个黑云长剑军的头头江世敦、易守礼的下落，探知到这支秘密密探的驻所，进一步证实西门璞叛国投敌的事实，而且还得到二叔的下落和他们戒严的真正意图。无妄兄真是劳苦功高啊！下面的情形呢？"

"少主过奖了！在下只是侥幸而已。"无妄执事有些诚惶诚恐，他从来没见过这个年轻的台老如此褒奖一个下属，于是又兴奋地讲下去，"原来，李天雷掌柜被关在这座营盘后边一个偏僻的山洞里，只有一个进出的门。我们跟着他来到洞口，看着他进去了，一时找不到进洞的办法。这时候，来了三四个巡逻的士兵，我们就在一个偏僻的地方趁机将他们击昏，又点了他们的穴道，剥掉他们的衣服，装着巡逻的样子，来到洞口，两个门口值守卫士不让我等进去。我等就声称是西门大人的亲兵，跟随西门大人到此，担当护卫。洞口宵值的卫士也没有怀疑，就让我等进了山洞。属下叫两个密使留在洞边，带着另一个进入洞里。进去之后，发现这个山洞不小，借着灯光，看见一个角落的囚室里西门璞正和一个头发凌乱、胡须老长的中年人说话，我猜，他肯定就是李掌柜了。只听西门璞说道：'二哥，你这是何苦呢？大道理小道理讲了几箩筐，怎么说你都不听，难道真的不怕死吗？'李天雷道：'怕死，当然怕死！说出来只怕死得更快！'西门璞道：'二哥，你相信我，只要你说出一两个能改进火药威力的秘方，我以名节和性命担保，绝对保障你的安全！'李天雷大笑道：'叛国逆贼，焉有名节可言！可恨易守礼，觊觎李氏秘方，居然利用我的信任，多次探听密情，今天又妄图从我身上打开缺口。真是痴心妄想！若有残生，定将此人千刀万剐！哈哈哈……'西门璞怒道：'真是不见棺材不落泪！来人，给我大刑伺候！'李天雷就被吊了起来，接着就是一顿皮开肉绽的皮鞭……"无妄执事说不下去了。

李云博听到这里，也不由得泪如雨下、怒火中烧：这个口是心非的西门璞！为了个人的功名利禄，居然对自己的妻兄如此狠毒，这哪里像个饱读诗书、满口仁义的秀才！刘如霜在一边佩服地感叹道："二叔是好样的！"李云博看了她一眼，感激地点点头。

无妄执事又道："后来，李掌柜昏过去了，西门璞就悻悻离去。我们当时可以冒险将李掌柜救出来，但考虑风险太大，还是没有贸然行事，于是决定先撤出来，跟少主报告后，再做定夺不迟。于是就回来了。"

李云博肯定道："无妄兄决断甚是。如若贸然行事，万一救不出我二叔，反而会造成我们被动。依我看，二叔虽然暂受皮肉之苦，但绝无生命之虞。"顿了顿，又转身问冯志远道："志远兄，你那里有什么情况需要沟通吗？"

冯志远道："禀报少主，我等奉命彻查城外营寨的布防情况。现已查明，萍乡城外大小营盘十五座，均为炮火营驻军。从这几天获悉的情况综合来看，城里的那座大营为整个南唐淮南军袁州行营炮火营的总部，主要负责炮火各类武器如火炮、火箭等火器发射机械以及炮药的制造，指挥大帐也设在那里；而外围的营盘都是各类实战部队，从白天的情形看，都是进行实射演练，当然，还包括无妄执事发现的黑云密事营驻所——属下一直对这个地方是干什么的弄不明白，现在终于知道了。"

李云博道："现在可以确定，萍乡是南唐军队的炮火军大本营，所有的研究制造和实战部队都云集在这里。放在这里又印证了他们要一举灭楚的不轨图谋。"他突然间想起了什么，就对无妄执事说道，"无妄兄虽然取得重大发现，但肯定惊扰了黑云长剑军。以后的行动，我们得倍加小心才是！"

冯志远笑道："少主无忧。无妄执事有一手绝妙的点穴功夫，只要他轻轻一解，半个时辰就会自然醒来，而且不记得刚刚发生的事，就像睡着一般。属下相信无妄大人已经处理好善后了。"

无妄执事也笑道："冯大人过奖了。少主放心，我保证黑云长剑军毫然无觉。"

李云博惊道："真的？怪不得左老大人极力推荐无妄兄跟同人兄和我一起啊，看来都是身怀绝技啊！敢问兄台，同人执事有何绝活？"

无妄道："少主过奖了，雕虫小技，家传而已。同人执事的绝活有两样，一是独门暗器飞沙云针，大袖一挥铺天盖地，无人能躲得开；二是巧夺天工的易容之术，那是真到了以假乱真的地步。如若属下没有猜错的话，保卫少主的第一人选应该是乾卦执事，而不是属下和同人兄。"

李云博一惊，问道："却是为何？"

"乾卦是全湘水台武功最好、担纲护卫最多、经验最为丰富的黑铁卦队。天乾卦统领以前就是乾卦执事。左老大人肯定是见少主没有选择乾卦，迫于无奈只得要我们跟随少主，我等也只得勉为其难。"

李云博有些后悔当初的武断，但他还是没有表露出来，只是感叹道："左老大人真是虑事周全啊！没想到，太后所言，湘水台将领个个身怀绝技，原来句句属实。李云博有此同僚，何堪不建功立业啊！"

无妄揖首施礼道："少主少年雄才，以国为任，胸有韬略，运思帷幄，才是我等大幸啊！"

刘如霜道："国难当头，我一个女流之辈，能和各位才俊生死与共，已不枉此生了！"

冯志远也感慨道："冯某兄妹流落江湖，适蒙少主恩典，能够破格高位，为国效力，真是三生有幸啊！我等追随少主，一定效命王室，赴汤蹈火，万死不辞！"

"感谢各位嘉许激励！我们一定要精诚团结，共赴国难，不辱使命，以报太后知遇之恩。"李云博也慷慨激昂起来，他突然对冯志远说道，"志远兄，烦请将这些军机要情简单归纳一下，发信鸽回湘水台！"

"是，少主！"

◈ 五、避实就虚，宿营大屏山 ◈

午后，李云博吩咐众人收拾行装，将所有的辎重物什全部带上，还给各位密使人均发放十两银子，五两作为本次行动有功的赏赐，另外五两要他们多买些能够储存的食物和日用品，不要怕多，能带多少买多少。密使们从来都是用铅锡钱，见了银子一个个喜滋滋的，争先恐后去采购物品。不一会儿收拾和采购完毕，一行人朝西北方向款款行进。

一路上，大家有些莫名其妙，但又不好问什么，都默不作声往西走。最后还是刘如霜忍不住了，问李云博道："岫南哥，我们这是回去吗？"李云博笑道："大功未就，何以言归？"冯志远也笑道："回去买这么多东西干什么，肯定不是回去！岫南肯定是有了好主意。"刘如霜不解地问："那这是作甚？我们又要去哪里？再走十余里，就到楚国边界了。"李云博反问道："你忘了昨天无妄执事说的话了吗？我们决不能只一味地往长沙传消息，我们也需要知道国内情况和湘水台各部的资讯。再走十余里，有一座大屏山，与醴陵交界，山下有一座废弃多年的矿山，山洞里可以住人，几年前，我随药因道长云游时住过。那里比较偏僻，进可以东出萍乡直达袁州，退可以翻过大山，就到了楚国境内的醴陵，我们把集合点设在那里。留几个人把守和联络，然后再开展其他行动。"

无妄执事听了，非常佩服地说道："少主真是思虑长远啊！这个地方我也知道，曾经是一个硫铁矿区，很有名的。不过因为矿石枯竭，数十年前被废弃了。那里非常偏僻，因为开矿多年，土地基本上种不了庄稼，没有人居住。而且，就位置而言，背靠醴陵，坐视萍乡，进可以攻，退可以守。如果南唐进兵我境，必走老口关入醴陵，或者从上栗进浏阳，这个地方正好夹在中间，两边相距都不足二十里，而且山势较高，俯视两边，若有重大军事行动都能尽收眼底，真是个秘密活动的理想汇集地。"

李云博笑道："无妄兄真是明察秋毫啊！你简直和我想到一块儿去了。没想到，您不仅武艺高强，有一手点穴的绝活，而且还如此精通地舆，有了阁下，我遇到难处就不用愁了！"

无妄道："少主见笑了！这身在军门，天文地理是要略通一些的。我也不过是知点皮毛。"

一个密使插话道："少主不知，我们无妄卦的兄弟，个个都有一两门绝活，但只有执事大人是个全才，什么都知道。"

无妄笑骂道："就你小子多事！我哪有那么多本事！讨好我也不会多给你赏钱！"

刘如霜笑道："那你说说，你们兄弟八个，都会些什么，说不定少主一高兴，大大地重用呢！"

无妄道："紫使大人别听他胡扯！我们那点本事，算什么绝活！"

密使不服气，说道："那你和我比一比水上水下功夫？我湘江鳄至今还未遇到对手呢！"

"你小子跟我犟是吧！"无妄看上去有些恼火，但马上笑了，对刘如霜道，"确实，这小子外号湘江鳄，水里功夫天下第一！"

冯志远调侃他道："湘江鳄？你吹牛吧！"

那小子不服气地噘着嘴，没好气地说道："冯大人不要看不起小人，有机会一定让你见识见识！"

刘如霜突然来了兴致，问道："我相信你，湘江鳄！那你说说，你在水里有何本事？"

湘江鳄一见有人赏识，马上来了精神："还是刘大人通情达理。告诉你们，别说那些驾船摇橹一类的小玩意了，就说潜水，我可以不换一口气在湘江河底游个来回！"

李云博一听，大声感叹道："我的天！这湘水台是支什么队伍啊！"

无妄执事笑道："少主，你有所不知，各卦在招纳人手的时候，突出的专长是最重要的条件。没有过人长处，是断然进不了这个地方的。而各卦人手配置，又不尽相同，可以说每个卦队，都有一两项非常擅长的绝技。比如我们无妄卦队，强项是翻墙入室，窃取绝密，上天入地，打探消息；而同人卦队，擅长的是散布谣言、扰乱视听，对于街坊巷里的信息收集，也是非常精准快捷的；履卦从事暗杀非常专业，绑架人质很有功夫。至于姤卦……"他看了看不远处的姤卦执事，不作声了。

李云博一愣："姤卦，怎么了？"

姤卦执事听了，回头笑道："无妄兄直说嘛，有什么大不了的。"

无妄执事笑道："妹妹还是自己说吧。"

姤卦执事道："好，我说。我们卦队清一色的美女，专门用以色诱。当然，武功也是绝对一流。"

"没错。"无妄执事继续说道，"大家平时训练，所有技能都得掌握一些，只是各队的专攻不同而已。其实，每位青铜统领属下的八支卦队，差不多就是一支功能齐全的特殊作战部队。可以说这几百人里面，真是藏龙卧虎啊！当然，我们除外。"

李云博听到这里，突然脸色都变了。他猛地明白过来，在临行的时候，为什么左老大人和众位将军、统领，都反对以单卦为单位开展行动，现在看来，那时候也太自以为是了。这湘水台的奥妙和高明，不虚心求教和全心体察，是很难了然于胸、运用自如的。

湘江鳄有些不服气："执事大人也太长他人志气、灭自己威风了吧？少主大人，我们无妄卦队是全湘水台最全能的队伍之一！你看云上飞，轻功无人能及；赛华佗，他的药功能起死回生；箭老七，百步穿杨百发百中；地鼠神，钻墙打洞撬门开锁一把好手；半碟菜，布设机关瞬间搞定；过山猫，爬树上墙身轻如燕；千里驹，健步如飞日行五百里。而我，除了熟悉水性外，这大海里能捞针、找人寻地的功夫也还不错。特别是我们的执事大人，天文地理阴阳八卦棋道茶道酒道赌道无一不通。而且，大家的武功都是上乘，各位大人，我的所言不虚吧？"

无妄笑道："就你小子逞能！我们这点小家底，你三下五除二都倒出来了！你小子这口无遮拦的脾性得改一改了！"

"我平时又没说！刚才是大人你说我们不行，我才数给少主听的！"

"你们的执事大人是谦虚！"李云博笑道，"好了好了，单从这无人企及的外号，我敢肯定，无妄卦队是最全能的队伍，没有之一。左老大人把你们交给我，肯定是这个原因。湘江鳄，你有志气，我相信你！"

"谢谢少主！"那小子乐呵呵一振缰绳，冲上前去。

李云博望着他的背影，对无妄执事说道："无妄兄，今后，您多多教我，让我全面了解湘水台各部，心中有数，方能调遣得当！"

无妄连连拱手道："少主，您一定得清楚每个卦队的功用，这对您决策和采取行动大有裨益。在下一定知无不言、言无不尽，让您心中有数！"

"谢谢无妄兄！到时候请您不吝赐教！我先问你，几位白银将军都有什么绝技？"

"青龙将军剑术超一流，除了黄金左老大人外台内无人企及；白虎将军有读心奇术，更是天下少有的读心大师；朱雀将军经常有奇谋妙计，兵法战阵无不精通；玄武将军会遁地之术，也是天下少有。"

"那八位青铜统领呢？"

"这批人，有的会诈死，有的会驭尸，有的会放蛊，里面也有能工巧匠……"

大家一路有说有笑，赞叹着这湘水台的神秘，不知不觉中，就来到了大屏山下。李云博突然想起，这唯一的进口，有个机关，找不到机关，就只能在山外打转。李云博对半碟菜说道："你瞧瞧，这机关在哪里？"半碟菜下了马，看了一下回答道："报告少主，这是一个巨石当道的机关，只要找到按钮，就可以破石而入。"不一会儿，他在一个极其隐蔽的地方找到了按钮。李云博急忙道："半碟菜，慢着按，我记得还有个关中关，你再查一下！"半碟菜查了一会儿说道："少主记性真好！果然是个关中关！得先把这按钮掰正，然后按才是正确的开门法，弄错了山会坍塌。"说着，他就按照说的操作起来。只听一声巨响，好端端的数丈石山轰的一声开出个巨大的山门。大家暗暗称奇，都啧啧感叹着进了山门。李云博又对半碟菜道："你小子会捣鼓机关，我告诉你，进门后要路过一个石板桥，也是唯一通道。我记得那桥下原来是一个大茅坑，你想办法加一个机关，来个关里有关，不知道的一踏上来就掉进去。"半碟菜喜道："属下马上动手，一定不会让少主失望！"

这时候天近黄昏，李云博吩咐无妄执事带几个人检查一下方圆三四里范围四处，看有没有人烟和来往人员，叫刘如霜带领姤卦收拾整顿洞里住处，冯志远负责埋锅造饭，然后就说晚食之后研究明天行动。大家就此忙碌开了。

不久，冯志远那边叫着饭熟了，李云博起身，走了过去。正碰到巡山回来的无妄执事。李云博问道："乾兄，有何异状没有？"无妄道："回禀少主，没有异样，一切正常。

我看这里能住。"李云博道:"等下洞口议事前,麻烦你把野外宿营和生存的禁忌事项说一下。"无妄想了想,回答说:"属下遵命。"

晚饭吃罢,大家就聚到洞口。但听无妄执事道:"各位注意,在议事以前,少主要我讲一讲部队野外生存和宿营禁忌事项。大家注意:其一,天黑不准露天用火,以免被人发现;其二,睡觉得锁紧布帐,以防毒虫长物入侵;其三,不准单独外出,晚上方便必须有人同行;其四,不得私自狩猎,以防出现意外;其五,不乱喝山水乱吃山果,以防野外中毒。这五条请大家谨记。另外,无妄卦队所有成员两两一组夜间轮值,两个时辰一换!我的话完了。"

李云博起身说道:"无妄兄,我看,宵值就不必了,倒是白天得布个暗哨。我们驻地的山门,关中关加关里有关,保证没有人能找到这儿,大家晚上放心睡大觉。"众人一听,都很是开心。

李云博又道:"好了,这禁忌诸事和安防事宜就说到这里。下面大家来议一议今后的行动。为了不耽搁时间,我反复考虑有两个思路,供大家讨论。其一,我等能不能直接救人,有几成胜算?其二,如果救人的风险太大,什么条件什么时候救人合适?大家都谈谈看法。"

大家就七嘴八舌地议论起来。有的认为,救人的胜算在九成以上,大家专业着呢,没问题;有人认为,救人虽然胜算较大,但不能保证万无一失,所以得等到人手充足、时机成熟再动手不迟;也有人认为,既然是行动,就肯定会有风险,但事情总是瞬息万变,李掌柜待在敌营时间越长,就会危险越大,事不宜迟,行动越早越好等,听得李云博的头都有些大了。这是他出境以来第一次在决策上犹豫不决。

就在此时,刘如霜站起来说道:"岫南,我觉得你这两条思路有问题。救人不是主要任务,这也不应该是我们湘水台行动的核心和目标。我们出关是为了收集敌国军情密报,我觉得应该围绕这个问题来讨论。"

李云博一听,觉得有理:"如霜姑娘说得对!我这个思路真的有问题!因为亲情原因,所以几天来做梦都想救二叔出来。哎,人有时候真的不知不觉被情感左右,陷入以公谋私的窠臼。"

冯志远道:"岫南你不必自责,我等亲如兄弟,大家都何尝不想救出二叔?如霜姑娘话虽有理,但也有偏颇之处。救人虽然不是主要任务,但很可能是关键。如果救出了李掌柜,我们可能会得到南唐更多更绝密的军情。所以,人是一定要救的,只是何时乃最佳时机,倒值得斟酌。"

无妄执事终于开口了,他说道:"我觉得大家的意见都有值得借鉴的地方。我的意见是,先不急着救人,十天半月,李掌柜应该不会有太大危险。我有两个策案,提出来请少主斟酌。其一，深入抚州信州饶州之地，想办法和右老大人会合，然后又东进萍乡救出李掌柜，再到袁州洪州与同人执事他们会合；其二，就是直接去袁州洪州，与同人卦队合璧，等待朱雀将军和乾卦统领南下会合后，然后回萍乡救人。前者的好处是，力量很强，行动成功度高，不足是绕来绕去太费事，而且还怕一时找不到他们；后者好处是，只要会合后采取行动，也一定能成功，不足是要守株待兔，时间拖得太长。"

李云博道："这两策案不错，但都有利有弊。大家就按这个思路来想，能不能结合起来，尽量趋利避害。"

刘如霜道："先救人后再东进不行，这样一来就等于我们自己把自己暴露了，去袁州信州会困难重重。如果把救人放在完成所有任务即将回国之前，作为最后一次秘密行动，可能更加妥当。"

李云博点点头："有道理。"

湘江鳄突然站起来道："报告少主，在下有一计，能将二者有机交融：我和千里驹连夜赶往抚州信州饶州，不用三两天就能把右老大人请过来。请少主定夺。"

无妄执事一听，说道："这小子讲得有道理！不如，我们主动去找他们。"

李云博仔细想想，一个跑得快，一个会大海捞针，这计谋还真不赖，于是喜道："真是妙计一条！志远兄给这小子记上一功，这计谋，用了！"

冯志远对湘江鳄笑道："功劳先欠着，等完成了任务再记功不迟。那时候就知道了，这是条妙计还是馊主意。"大家被他的话弄得哈哈大笑。笑了之后，冯志远严肃起来，"少主，无妄兄的意见很好。依我看，可以稍做调整：你就坐镇这大屏山等右老大人他们过来，然后一起东进；我先带两个人去袁州，设法差人去金陵方向联络朱雀将军和乾卦统领，提前到达洪州。聚齐之后估计所有情况都已掌握，然后取道萍乡，解救李掌柜，最后一起回国。"

李云博一拍冯志远的肩膀："很好，就这样定了！湘江鳄、千里驹，你们马上出发，不管找到找不到，三天之内务必回来；志远兄，你带云上飞、过山猫明天一大早出发。其余人抓紧时间休息，明天早起进山伐木，重修矿山上废弃的房屋，如果右老大人他们来了，这个矿洞无论如何也住不下！"

◆ 六、若边和尚大摇大摆进了袁州大营 ◆

这两天来，李云博会同刘如霜、无妄执事带领剩下的几个密使伐木凿橼，筑土围墙，采茅盖顶，破竹搭床，将原来破败不堪的十余间土石房屋进行简单的修葺，虽然比不上新房那样舒适，但比起挤在山洞或者野外宿营，那不知要强多少倍：宽敞透亮的格局不讲，单这整齐规则的睡铺，躺在上面舒适无比，和平时训练所住的营房差不了多少了。

正当他们修缮完成，忙着收拾东西准备启用新居的时候，湘江鳄、千里驹带着李天骏、乾卦统领和所有密使也到达了大屏山驻地，来回真的还不到两天时间。李云博大喜过望。双方见礼之后，李云博忙招呼大家进屋歇息。这来的人马还真多，天乾大卦差不多聚齐，把刚刚修缮的房子挤得满满的。

李云博对无妄执事道："天色不早了，辛苦无妄兄组织兄弟们准备晚食。人一下子多了好几倍，多弄点菜，开两坛酒，我等为右老大人一行接风洗尘！"无妄道："是，属下就去埋锅造饭！"

见大家都忙碌去了，李云博问李天骏："六叔，吉州抚州一线，情势如何？"

李天骏道："回台老大人，吉、抚一线，到处都在招兵买马，征集粮草，抚州城外，已经建起数十座粮库，囤积了数百万粮草。"

"你跟我客气什么呢，还是叫我岫南吧。"李云博想了想，又道，"看来，经济富庶、人口密集的吉、抚地区，主要是战略后方，他们对于灭楚的准备，已经不是一年半载的了，然而楚国朝堂，却犹如盲翁聩聋，全然不知。六叔，不知这些急情，都发回总部去了吗？"

李天骏道："早就发回了。连同地点位置和数量，包括征兵征夫简况，已经飞鸽传书了三份密件。"李云博又将这边近半月来的情况告知了李天骏。李天骏得知李天雷的下落，很是高兴，又得知西门璞叛国，悲愤不已。

交流一会儿以后，李云博眉头紧锁，他深感事态严峻，站起来不停地踱着急躁的步子。这时候，一个密使进来揖首施礼道："报告少主，前日发去的信鸽飞回，携有一封密件，请少主查收。"李云博拿过信来，见是一封特级绢函，忙打开看了起来。里面简单地列了数条要情：一、朗州策动辰州、溆州一带蛮兵东进，围益阳；二、王派使汉朝控诉；三、狄辽侵汉，郭威北御，大汉将相史、苏失和；四、南唐大将查文徽兵败建州被俘后，闽地尽失；五、南汉陈兵邻疆；六、截后蜀密探密信，云欲结好金陵等。李云博看罢对李天骏道："六叔，你也看一看。这周边列国虎视眈眈、蠢蠢欲动。如若战事一起，内乱大幕拉开，楚国将四面楚歌、危在旦夕。"李天骏惊道："朗州出兵，真是麻烦大了。不知左老大人是否密报了太后？"李云博一听，道："离别时我已交代左老。要不赶快发一道密信，催促再次面见太后，力谏王上发兵讨伐朗州，同时，做好对唐战事准备。事不宜迟，我等赶紧东进袁、洪，弄清了那里的情况，尽早回国应对。"李天骏道："是。我这就去办。"

第二天一大早，李云博留下李天骏及两个卦队密使驻守，带上其余密使直奔袁州。临行前，李云博交代李天骏，一定要密切注意萍乡动向，千万不能掉以轻心，更不要轻举妄动，如果长沙方向有什么要情，驰书快报。

半日飞马快奔，午时刚过，一行人抵达袁州城郊。这是久负盛名的"农业上郡"，一进袁州地界，但见山川秀美，田园葱郁，花红果黄，人流如织，一条袁河白练般绕城而过，一点都不辜负这"江南佳丽之地，文物昌盛之邦"的美名。

李云博派无妄执事和湘江鳄进城与同人卦队联系，吩咐众人在郊外一块密林里休息，人员一律冷食，马匹衔枚，静候音讯。李云博趁着休息闲暇认真观察了袁州城外，但见到处都是座座营盘，各色旗帜招展，四处尘土飞扬，喊声雷动。李云博暗思道："看来，这袁州行营，肯定就是将来攻楚的主力大军了。得想办法弄清是谁执掌帅印和具体军情。"

不到一个时辰，无妄执事带着李云浩、冯玉花和同人执事飞骑驶进密林，与李云博一行见面。众人见礼之后，李云博问道："同人兄，这袁州城情势如何？"同人执事拱手道："回禀少主，南唐陈兵袁州，大军共约三万人。只是蹊跷，我等多方打探，却不知这主帅是谁。我等又深入洪州，洪州那边却在翻修官道，新建宫舍，不知为何。"李云博道："真是奇怪，陈兵边陲，洪州应该是指挥大将驻地，或者是军需调拨的总转之处。怎么建起宫舍、修起路来？要修，也是修中枢大营啊？你们没有看错吧？"李云浩道："岫南，我和玉花姑娘三进三出，亲到工地，肯定没有看错。这新修的房屋，建在城里，既不可能是将军大帐，也不像是刺史官邸，倒很像王侯行宫。"李云博听了，有些狐疑起来，难道，南唐皇帝要南巡吗？他没有继续问下去，转换话题道："怎么不见冯志远大人？"同人执事道："哦。冯大人已经北上金陵，寻找朱雀将军去了。他临走时要我等向少主带话，此去金陵，一定尽快与朱雀将军南下洪州。"李云博应了一声，又问道："我们这么多人，如何驻扎呢？"冯玉花道："岫南哥，我等暂住在城里，袁州城很大，十几个人不起眼。要不，再找两三家旅店，分卦队进驻，您看如何？"同人执事道："玉

花姑娘主意不错。但都住在城里还是不太安全。我看这样，我等一起有四卦四十多号人马，城里城外各住一半。请少主定夺。"李云博道："我看行。无妄和乾卦在城郊找两个隐蔽的地方住下来，姤卦进城，再找一家旅店。大家把地点确定后，约定固定联络人员，随时联系。下午，各队先把军营的具体情况再摸一次，晚上到我处汇总，商定之后再决定采取哪项行动。各位，还有其他事项需要议决吗？……没有就行动吧。"大家听了，都分头行动起来。

李云博带着刘如霜、李云浩、冯玉花和姤卦密使进城下榻之后，就又和刘如霜、李云浩、冯玉花一行四人出得城来，在各个大营边走了一遭。他看见一个辕门宽敞、旌旗高扬的营盘，估计是主帅大帐，就两两挽手装成四处郊游的情侣，近到门外，仔细观察起来。正看得兴起，默记大营的布防和构造，突然间，一个光头僧衣的大和尚大摇大摆进了大营。两边的营卫见了，连忙施以军礼。那和尚也不还礼，径自走了进去，然后进了中军大帐。更让李云博惊讶的是，这个方头大耳的和尚，居然就是若边大师！

李云博简直不相信自己的眼睛！他一个出家之人，跑到袁州大营里干什么？这几个月来，已经有数次和若边遇见。这个云游的和尚，难道真是南唐密探？这一路上，瑶池，浏阳，岳麓，长沙，都有他的身影，说不定，醴陵、茶陵、平江、岳州等要关重地，他也都可能去过。从营卫的态度看，这绝对不是陌生人，而且行的是军礼！这个若边和尚，不会是这座大营的将领吧？李云博想到这里，把自己也吓了一大跳：如果这是真的，那么，潭州各地的关隘川险、军情要务，悉数在此人心中。如果他是司马、参军，甚至统兵将领，那么，由他率兵伐楚，后果将非常严重！

情急之下，李云博对他们几个道："快回旅店。命令各队，不计任何代价弄清这个若边和尚来历！天黑之前，我要得到详细准确的情况！"

一个下午，李云博都焦急万分地等待各队密使的情况。可是，派出去的密使一个个迟迟不归。李云博不停地宽慰自己："没有消息就是最好的消息！看来，情况比想象的要好，说不定若边真的只是个云游的和尚，或许与这统兵的将领熟识，路过此地顺便拜望一下。也可能是黑云长剑军的密探，来向统兵将领汇报情况，这虽然也很严重，毕竟比是这里的参军或者将领的情形要好，传递的情况毕竟比亲眼看见的要模糊得多。"但营门卫士的表现还是让李云博疑窦重重：怎么，通报都不用，就大摇大摆地走进去，两个营卫还大行军礼，岂有不疑之理？！

没想到天近傍晚，姤卦执事带来的消息让李云博如遭晴天霹雳：这个和尚，居然是即将就任信州刺史、湖南安抚使的统兵主将边镐！！而且还意外得到另一条重大情报：南唐皇帝李璟不日将亲临洪州，巡检各营，筑台拜将，犒劳三军！

李云博神色严峻地问道："妩卦大姐，您的消息如何得来？这么重大的军情，你断定准确无误？"

妩卦执事回答道："回禀少主，这消息绝对可靠。"于是就介绍起来。

原来，妩卦执事得到李云博急令，就带领几个姐妹乔装混入袁州最繁华热闹的如花楼，擒住老鸨，自称是金陵密探，问她当下有什么达官贵人在这里享乐没有。老鸨吓得战战兢兢，道出有一行金陵来的贵客正在院里与几个姑娘饮酒。为头的已经和最漂亮的姑娘秋雯单独密晤去了，其余的还在楼座里嬉闹。妩卦执事叫人绑了老鸨，自己赶紧扮着她的模样，又叫几个姐妹穿上烟花女子的衣服，分成两路，几个姐妹去楼座里稳住吃酒嬉闹的一群，又和另外两个姐妹就进了老鸨说的那个密室。密室的门栓上了，就敲开门，说是老鸨，过来问候客官，顺便带了两个新来的姑娘，看客官有无瞧上的。那个客人一听，马上开了房门，看见妩卦执事带了两个更加美丽的姑娘，乐得喜上眉梢。秋雯一见，气呼呼地跑了出去。妩卦执事就趁机敬酒，将他灌得大醉，然后东拉西扯地聊起来。没想到，他居然是南唐皇宫内务府的一个太监头目，奉命来洪州和袁州巡察军务。妩卦执事叫一个姐妹暗中搜了他的身，发现了他的确有王室信物。于是就问他："你一个宫廷大公公，也来这种地方？"他笑道："这有什么奇怪！我在后宫里有十几个相好的。"妩卦执事感叹道："是啊，还有更离奇的呢，昨天，你们袁州大营里，居然也要我们送几个姑娘去。我们一到那里才知道，要姑娘的居然是个和尚。公公，你说怪不怪？"没想到那人一听，神色严峻地问道："咄咄怪事！一个和尚？难道边镐将军已经到了？不是说扮成云游僧去了长沙吗？怎么，就回来了？"一个姐妹赶紧问："公公，边镐是何许人也？"那人警惕地说道："你们问那么多干什么！"姐妹道："一个和尚，居然在军营里和我等过夜，你就让我知道他是谁不行吗？"没想到那人却骂起来："这个边秃雷，嫖娼都赶在老子前头！告诉你，他是即将到任的信州刺史、湖南安抚使、灭楚大战的兵马统领！没想到，他假装信佛，以沙门将军自诩，原来是个闷骚的花和尚！等皇上到了洪州，看本宫怎么收拾他！"妩卦执事问道："皇上要来洪州了？"他突然意识到醉酒失态，说道："没有没有，还不一定。"姐妹骂道："你这个挨千刀的！没一句实话！我们姐妹伺候你，快活不成倒也罢了，说句话聊聊天也没头没脑，怪不得被人割了命根子，活该断子绝孙！"那人被这么一通臭骂，也来了气："你这个被千人骑、万人坐的臭婊子，你这样说就不对了！我断子绝孙，难道你就有人养老送终？我心甘情愿效命皇上，死都不怕，一对鸟蛋玩意儿算个逑？本宫告诉你，大唐皇帝再过十天半月就要来洪州了，那边不是在建行宫吗？我就是先来察看行宫工程进展的。没想到进度这么快，都建好了。顺道来袁州这边看看军队整训情况，偶得半日闲暇，特来这如花楼玩玩！"妩卦执事说道："我们袁州，到处都是军营，快要打仗了，他来这里御驾亲征还是督战？"那人道：

"到底是女人，头发长、见识短！皇上亲自过来就是为了犒劳三军、登台拜将，为灭楚国鼓舞士气、提振军威！一个小小楚国，有必要御驾亲征吗？"聊了一会儿就又灌了他一通酒，见他大醉不醒，就悄然离开。后来，她们放了老鸨，给了她十两银子，并威胁她说，我们是奉黑云长剑军指挥使大人密令来如花楼密访贪官，此事与这里无关，如若泄露，定斩不饶。老鸨千恩万谢，发誓绝不泄密……

李云博听罢，确信了这两条信息的可靠，对姤卦特殊的行事方式和功用也另眼相看。他感激地对姤卦执事道："辛苦你们了！获悉如此要情，我为你们姤卦记上大功一件！"

天已经快黑了，几位探听消息的执事也都回来了，他们多方打听，袁州城里城外，所有问过的人都对这若边和尚一无所知。李云博将姤卦得到的消息简单通报后，一个个目瞪口呆。李云博吩咐大家赶快吃晚饭，饭后马上讨论晚上的行动。他看见一筹莫展的同人执事，忽然想起无妄执事说起，这同人执事有以假乱真的易容之术，不免计上心来，对他说道："同人兄，你的绝技要派上大用场了！"

同人执事一脸疑惑地说道："少主，我那雕虫小技，能派上什么大用场啊！"

李云博笑道："姤卦大姐用了一下，就窃得如此绝密，你老兄出手，一定有更大的斩获！先吃饭吧，具体怎么办等下你就知道了。"忽然想到什么，又对无妄执事道："无妄兄，你的卦队里能人甚多，不管采取何种手段，两个时辰内，给我弄几套黑云长剑军的腰牌、长剑和衣服来，没问题吧？"

无妄执事道："没问题，造假盗取都有好手，吃过晚饭属下就去安排！"同人执事跟着他们往饭厅里走，还是一脸的疑惑。

第十章

DISHIZHANG

智闹洪袁

◈ 一、乔装改扮，深夜造访主帅大帐 ◈

　　刚进子时，从袁州城西门里飞出一队黑衣长剑骑勇，疾驰在宽敞的官道上，一路逆着袁河西进，朝那座袁州军营的主帐大营方向奔去。

　　袁河的夏夜凉风习习。虽然已近午夜，但满天的星子繁密灿烂，依然不觉得暗夜漆黑，倒是河滩上的飞萤鸣虫渐渐地孤独起来，不知是飞累叫困了，还是大都已经睡去，那些零碎的流光和散乱的鸣奏，看起来听起来多多少少有些有气无力，仿佛是从它们睡梦的间歇里传出来的。突然间，一阵急促的马蹄声踏破了这里静谧的酣梦，惊得河堤四处一片乱星纷起、鼓噪齐鸣，连那咚咚入水的蛙跳声，也似乎正演绎着这些半梦半醒的生灵，在被惊扰瞬间，慌不择路的尴尬。

　　而散落在袁州城外四处的军营，大都也已熄灯就眠，仅留下哨口和寨门边的照明宵灯，尚在那里随风摇曳，忽明忽暗地闪烁。但那座主帐大营，却一直灯火通明，在孤旷深邃的午夜里，独树一帜地辉煌着。

　　只见马队来到那座主寨辕门，一个高声叫道："大唐黑云长剑军萍乡密事营行军司马西门璞，有要情知会袁州行营招讨边镐将军，请营卫大人速速禀报，放我等入营！！"

　　宵值的营卫不敢怠慢，连忙探出头来，双手接过骑将递来的腰牌印信，校验之后，立即派人进大帐通报。不一会儿，只见一个传令亲军大声喝道："边督军将令：黑云长剑军西门大人驾到，快开辕门！"

　　大大的辕门晃晃悠悠地敞开了，伴着不轻不重的吱嘎声和火把闪烁跳跃的移影，马队鱼贯而入。一时间，宁静的大营被马蹄声惊扰，仿佛把午夜轮回后那股清凉河风，也带进中军大帐，高大巍峨的赤色纛旗，突然间迎风猎猎。

　　来到阶前，骑队停住，一个个翻身下马，为首的对身后骑勇交代了两句，就带着两个长剑卫勇登阶入帐。帐前卫士揖首施礼道："卑职参见西门大人！边督军已在大帐里恭候！司马大人请！"

　　突然间，里面传来一个雷霆般的问候声："西门先生深夜来访，不知有何贵干？"接着，依然一袭僧衣的边镐步履蹒跚地迎了出来。西门璞慌忙揖首行礼道："下官参见边将军！"

　　边镐道："到底是黑云长剑军的行军司马啊，边某午时刚到大营，先生刚进子时就来探望，消息灵通啊！西门大人真是语言天才，入唐几日，淮南话有几分像了！"

西门璞道："哪里哪里，将军过奖了！上月寒舍一别，甚是挂念，闻得将军云游归来，深夜前来搅扰，还望海涵！"

边镐道："阿弥陀佛！西门先生不辞辛劳，躬身为国，军务缠身，还从百里之外连夜驱驰探望边某，感谢都来不及，岂有搅扰之理？哎，先生这语声，怎么有些童音？这身子怎么也枯瘦如柴了？"

西门璞尴尬地笑了一声，道："近期偶感风寒，这咳嗽不断，喉咙沙哑，有些失去本音；至于身子嘛……哦，是近来累的。为国效力，大战在即，哪有不瘦几斤肉的。将军见笑了！"

边镐道："先生军务繁忙，可得多注意贵体啊！"

西门璞道："将军真是语若春风，听得在下感恩涕零啊！感谢将军关爱，在下一定谨记教诲，为国爱惜好这六尺皮囊！"

边镐笑道："你这张嘴，一句奉承话，都说得如此温雅透脱，真是巧舌若簧啊！先生，帐里说话！来人啊，看茶！"

宾主坐定之后，西门璞道："秘闻将军即将执掌袁州大营，统领伐楚各部，恭喜边公了！"

边镐一惊，道："边某只是奉命前来督导军务，并未知悉执掌三军。如此绝密消息，先生如何得知？"

"黑云长剑军一直乃皇廷禁卫，今伐楚在即，我等奉皇上之命，设密事营于萍乡两年有余，已在楚国境内秘密活动多时。这陈兵袁、洪，军机要情，哪有不知之理？"西门璞狡黠一笑，道，"在下还知道，不日之后，皇上还会亲临洪州，巡视军务，犒劳三军，登台拜将，誓师发楚！"

边镐道："先生真是消息灵通啊！边某一介沙门武夫，何德何能，堪此大任？"

"将军太谦虚了！"西门璞道，"将军乔装入楚，借僧侣之名云游潇湘，险关固隘已尽收胸间，仅此一举，亦是旷绝古今。更何况，几年前剿灭张遇贤叛逆，诸将皆争功夺赏，唯独将军不发一言，深得皇上和查大帅信任。这伐楚大任，非边公莫属啊！"

边镐疑惑道："听先生之言，甚是在理。不知为何，兵部只是命边某暂署军务，并未言及其他。边某云游楚国，一是追慕佛门先贤，二是为长久图谋楚国做一些前期准备，也并无即刻攻城略地之心啊！"

西门璞道："将军不知，内务府刘公公已经奉命视察洪州行宫建设事宜，今日已秘密知会我营。将军将实授信州刺史，兼领湖南安抚使，统帅江西各部，借机进兵马楚。若能在一两年内灭掉楚国，将军将成为白起韩信一样名垂青史之功臣良将，创下无人企

及之旷古奇功啊！"

边镐钦佩地起身谢道："黑云长剑军乃我大唐密勇，这一出山门，就立竿见影。有贵军担纲军情刺探，真是天助我也！只是这圣旨未到，边某还是行营招讨兼抚、信、袁、吉州兵马都虞候，暂署袁州大营军务，这伐楚一事，朝廷还没有最后定夺。更何况灭国大战，岂同儿戏，一切都还是从长计议为好。"

西门璞道："将军所言极是。百里之虫，死而不僵。马楚十四州六十余县，人口数百万，绝非简单地攻城略地所能图灭。但自从马殷之后，难有能主，众子争位，潭州朗州常年攻伐，不久将必有内乱。如果趁乱取之，不失为上上之策。"

边镐道："先生高见！上兵伐谋，所谓兵不血刃而拥其地，乃孙子之兵道也！我等只需长修武事，陈兵边隘，隔岸观火，让其内斗不止，马楚自有一天消耗殆尽，等得时机成熟，一战便尽得其地，岂不妙哉！！"

西门璞道："将军胸有韬略，名将之风采也！策略虽好，却也须观变之绸缪。兵戈实力，才是取胜之基啊！"

边镐道："先生才具，堪比管仲之才、乐毅之能啊！这行军谋略，均建立在军备之上，手无一兵一卒，妄谋强国大道，岂不谬哉！时下我朝四面劲敌，战事一起，各国岂能坐视？因此这升级军备，实属迫在眉睫。而炮火营建立已有数十年，可是攻击威力并无多少提升。要取得实质性突破，真是难哪。"

西门璞道："是啊！下官生在瑶池，长在瑶池，并娶李氏长房之女为妻，都未曾知晓半点李氏火药绝密配方。不知李氏族人，为何只知道将如此威力的火药，用于民间俗事，真是浪费之极！"

边镐道："听说，先生策划抢夺了李氏进贡楚国王廷炮火，还劫持了妻兄李天雷，难道还是没有一点进展吗？"

西门璞道："哎，在下这个二舅爷，真是油盐不进，已经关了他月余，还是死活不肯开口。在下都愁死了。"

边镐道："边某听说，这李氏火药绝密，都掌握在长房长孙手里。如何只抓个李天雷？要是抓个李天亮或者李庆吉本人，不是更好吗？"

西门璞道："当初计划，就是窃取李氏火药绝密配方，然后劫持李天亮，可是，爆竹节的第一天，一位剑士被猎犬咬伤，又在祥泰药号治伤时露了马脚，迫不得已才改变计划，哎……"西门璞顿了顿又说道，"当时易指挥觉得，黑云长剑军秘密入楚，动静不能弄得太大，如若继续执行抓现任执事或者长房长子的原计划，过于冒险，还怕弄出外交事端，陷我国于不仁不义之境地。"

边镐道："易将军所思在理。只是这获取瑶池火药绝密，是皇上定的强军大计，不仅仅是为了灭楚，更是一统南方甚至问鼎中原的第一步。试想，如果我军火炮营有了过人十倍之威力，那么，攻城略地如探囊取物也！何愁楚国不灭，南方不定？就是北方汉辽，也可以长驱直入，尽为大唐所收！"

西门璞道："将军慧眼，独具犀光！看来，黑云长剑军的下一步，还是要放在如何撬开李天雷的口上。要不然，铤而走险，我等再次入楚，将李氏全族都抓起来算了！"

边镐道："先生此言差矣！时机已过，再去抓人，风险太大。当前，李氏全族都在为寻找李天雷而奔走，也会有诸多防范。万一失手，前功尽弃。而且边某得到消息，说是长沙已派密探进入各国，我大唐应该也进来不少。依边某看，还是先做好围剿密探事宜为妙，万一军情为敌国获悉，甚至李天雷被救走，那么后果将不堪设想。先生是李氏姻亲，应该与通情达理者多多沟通，许以高官，诱以厚禄，晓以利害，边某相信，还是会有人为了统一大业而为大唐出力的。听说，易统领的女儿易淑贞嫁给了你的内弟李天晨，这应该是个好的缺口，可以去多试一试嘛。"

西门璞道："多谢将军指点。将军高论，茅塞顿开。只是在下还有一丝浅见，不知当讲不当讲？"

边镐道："先生与某，萍逢知己，心底有话，无须顾虑。"

西门璞道："在下也是楚国故民，妻小还尚在浏阳。适才试探将军一番，竟然不谋而合。属下以为，当下谋楚，为时尚早。依在下预计，不出期年，楚国必乱，到时候只需引兵占领，无须无辜流血，也可减少故国臣民之伤亡，避免百姓流离失所。因此在下斗胆建言将军，如若皇上临幸洪州，务请拒绝登台拜将，只受信州刺史即可。这样一来，既减少了邻邦诸国的猜测，也避免了楚国的敌对。一旦时机成熟，再受帅印不迟。以上浅见，尚未深思，信口所及，权当聒噪。请将军酌情取舍定夺。"

边镐想了想，点点头道："故园之忧，君子亦然。只是先生过于谦虚。适才高论，不仅虑事深远，而且仁义无边！边某谢过先生指点，只要皇上提出此事，边某一定严词拒绝！"

西门璞道："感谢边公抬举！边公，还有一事，易指挥要在下禀报。不知大人是否知晓？"

边镐问道："什么要情？但请说来。"

西门璞道："据密探密报，瑶池李氏少年秀才李云博被楚王马希广破格选为天策学士，虽无实授，却借巡边名义过境铜鼓关，可能已达袁州。易统领要在下提醒将军小心。"

边镐愕然道："哦？这小子我见过，聪颖早慧，灵根不浅。哎，只是生逢乱世，如若在太平年代，边某说不定还会和他成为忘年交呢！不过一个毛孩，大可不必在意。涉世未深，能有多少成色？"

西门璞道："将军所言不虚。但还是注意些为妙。事不宜迟，在下还要回去处理密务，就此告辞！"

边镐道："先生不等天明之后用过早茶再走？"

西门璞道："不了。深夜搅扰，于心何安？将军早点休息，在下告辞了！"

边镐道："非常时期，难得闲暇，等得一统山河，我们就常来常往，煮酒烹茶，鸣琴对弈，做个世外知己！边某就不留先生了，来人啦，送先生出营！对了，西门先生，代边某向江指挥和守礼兄问好！"

西门璞带领黑衣骑队告辞出营，瞬间消失在茫茫黑夜之中。

不一会儿，马队原路返回，一阵疾驰，又到达袁州西门。通关验信之后就飞进了城里，来到城里下街客栈门前。众人都卸去装扮，露出一张张稚气的脸。一个个开心至极，但又不能声张，只能相拥闷乐。李云博见他们男男女女几个东倒西歪的样子，也不禁哑然失笑。原来，这伙黑云长剑军密探，是李云博一行乔装改扮的，那风度翩翩、谈吐非凡的西门璞，原来就是李云博！

李云博轻声道："好了，注意别惊动别人，大家先都回屋睡觉。明天一早，将今晚探得的要情飞鸽传回长沙！"

几个人听了，也就见好就收。大家拴了马，轻手轻脚进了客栈，各自回房休息去了。

李云博回房后，好生洗了个热水澡，一种痛快淋漓的感觉直逼肺腑：这么多年来，还从未干过如此冒险刺激的事，而且，蒙在鼓里的居然是南唐赫赫有名的战将边镐！正在高兴得意之际，忽然，一股莫名的担忧袭上心头：看来，这边镐和西门璞的交情不错，是迟早要见面的，今晚的事情迟早会穿帮；如果一旦他们知道有人易容成西门璞进入了中军大帐，那么肯定会恼羞成怒，加大对各处的警戒和盘查，今后的行动会更加艰难。但他仍然不后悔今夜的行动，毕竟，近距离地接触敌方主将，了解他的个性特点、治军方略和行动计划，对于如何防范他们的军事进攻是大有裨益的。而且，就算他们知道了是我李云博乔装改扮夜探中军大营，冒充西门璞对话边镐套取军情密讯又能怎么样？说不定，还会认为我等对他们的战略图谋了若指掌，更加不敢轻举妄动了呢！对了，营救二叔，是当前最大的事情！只要二叔活着回去，楚国王廷就可以将南唐觊觎李氏火药绝密、劫持李氏掌柜、大肆升级火药武器的险恶阴谋，以及意欲灭亡楚国、统一江南甚至逐鹿中原的狼子野心公之于众、昭告天下，说不定会赢得各国的同情，让南唐在邦交上处于孤立。这，就为楚国平定朗州叛乱赢得时间。只要朗州平定，内乱消除，再建议王上励精图治、整肃朝纲、广施仁政、关心民生，然后推行奖励农耕、广开商埠的安邦大计，实现真正的富国强兵。到那时候，楚国一定会雄立于南方……李云博想着想着，不知不觉进入了梦乡。

◈ 二、南唐皇帝并未巡幸洪州城 ◈

李云博一行在袁州又秘密打探几日，对大营情形和驻军情况基本清楚之后，就带上所有的人马往洪州开去，不日之后便到达南昌城。李云博命大家分卦进驻不同旅店，要大家先休息半日，然后安排各卦分头打探情况。自己就忙里偷闲，前往滕王阁参观去了。一个下午，李云博和几个紫金密使被滕王阁的景色深深吸引，直到天色已晚，才恋恋不舍地离开，就上马往洪州城西门奔去。

这洪州西门章江门，就是火药第一次用于战争的"豫章龙沙门。"四十六年前，吴将郑璠攻取江西，轻而易举拿下首府豫章城，靠的就是装有火药的火球，被作为"发机飞火"抛上城门，几阵轰响，城门被彻底炸垮，成为火药武器用于攻城略地的发端。现在看到的章江门，已不是原来的龙沙门，而是后来重修的。在这个彩虹满天、霞光似火的傍晚，李云博在城门外沉思良久，真有些百感交集：本来为驱邪疗疾、迎福纳吉、制造欢乐的火药，在这里被第一次引入歧途，这罪魁祸首杨行密被人取代、二世亡国，也算是上苍有眼，给了他一个大大的报应！

李云博一行进得洪州城，已经接近戌时。南昌大街已经灯火阑珊，没想到洪州的夜市，也如此红火。一个下午的奔波，早就饥肠辘辘了。可能是滕王阁的余兴尚在，李云博不急于回旅馆，决定在夜市上品尝一番洪州小吃填饱肚子，逛逛夜市再回不迟。

走进一家名为江南酒家的小店，但叫店家把洪州有名的传统小吃都上一份，什么金线吊葫芦、芝麻饼、糯米牛舌头、白糖糕、南昌米粉等，满满地摆了一大桌，喜得刘如霜、李云浩、冯玉花几个心花怒放：这一路过来，如此奢华地吃，还是第一次。别看年纪不大的李云博，生活却一直简单朴素得很，可能与他幼年就入升冲观跟药因道长学道有关吧。

一通风卷残云之后，几个空空如也的胃已经填得满满。打着饱嗝的李云浩说道："岫南的恩赐我等铭记在心。我几个只顾着大吃大喝，旅馆里还有一帮兄弟姐妹呢。岫南，还买些小吃带回去让他们尝尝？"李云博道："是啊！不能撇下他们的口福，买吧。"于是就又点了一通，店家用几个竹篓装好，李云浩用银子结完账，就出了店门。

吃饱喝足，大家觉得有了些倦意。刘如霜道："岫南哥，都东奔西跑老半天了，早就身疲力乏，适才又吃得有些过量，这夜市就不逛了吧？"李云浩、冯玉花就随声附和。李云博也不坚持，说："听大家的，那就回吧。赶紧休息，别只顾游山玩水，把正经事给忘了。"

回到下榻的故城旅店，没想到一群人早就急得如热锅上的蚂蚁。也难怪，这么晚还没归，都一个个把心提到了嗓门眼，祈祷千万别出什么事，不着急才怪呢。李云博见几个卦队的执事都在，那一副副提心吊胆之后的模样着实让他有些内疚：自己的确玩得有些得意忘形，让大家提心吊胆这么久，这老毛病，不知何时能改过来。他赶紧上前打招呼，还连忙说了几声对不起。大家看见李云博一行回来，悬着的心终于放了下心来，又见带了很多夜宵，一个个也不客气，来不及找来筷子，伸手抓起就往嘴里塞。

李云博问道："各位执事，不知今天有何收获？"姤卦执事道："洪州行宫已经全部竣工，里面已经有人打理。但仍然没有南唐皇帝南巡的消息。"同人执事道："我这里也没有什么要情。只是洪州城里城外，与袁州迥然不同，毫无战备和繁忙景象，一幅悠然快活的寻常样子。"无妄执事道："我等得知，洪州作为战事的总后方，是镇南节度使的驻镇，却只有三千守军驻防，的确有些奇怪。"乾卦执事道："这有什么奇怪的。洪州在江南腹地，袁州一线陈兵数万，饶州信州一线也不下万人，这中心腹地，不需要那么多驻军。"李云博听了，也觉得没有什么异样，突然想起什么，问道："冯大人和朱雀将军他们有消息吗？"众人都摇摇头。李云博道："按道理，他们应该快到了。时候不早了，都先休息吧，明日再仔细打探。"众人应声散去。

可是第二天一大早，各位执事纷纷来报：洪州城外突然进驻一万多守军，正在对洪州城六大城门实行戒严，特别是对楚国商贩一律扣押，形势变得严峻起来。李云博暗自思忖：真是奇怪，昨晚都还好好的，怎么，突然间变得紧张起来了？他仔细分析这其中缘由，不外乎有三：要么，就是袁州方向觉察到了近期湘水台密使的频繁活动，要么，就是自己夜访袁州中军大帐露了馅，也可能是南唐皇帝真的要巡幸洪州了。究竟是哪种情况呢？从得到的情报看，后者的可能性最大；但从对楚国商贩一律扣押的情况看，前两者的可能性大一些。李云博感觉到麻烦来了，如果全城戒严和宵禁，住在城里的四个卦队的密使将寸步难行：大家用的都是楚国爆竹商人的身份！撤不出去又无法开展行动，那不是要活活将我们困死？如果接下来，洪州方面来个全城大搜查，岂不束手就擒！还有，如果冯志远他们不明真相往洪州城里来，那不也是自投罗网？不行，得想办法出去，然后截住他们！

李云博越想，就越觉得危险迫近。可是，如何出城呢？如果想办法熬到天黑，大家都有上乘武功，可以翻墙而出，但是马匹呢，全都出不去，没有了脚力怎么行动？这一条万万不行。看来，只有找些衣服印信来，乔装打扮这一招了。

早茶都来不及就，李云博急招几位紫金密使和黑铁执事部署出城事宜。他说道："情况紧急，如果不趁他们刚刚布防、还未来得及统一行动的机会就混出去，一旦警戒到位严加盘查，我等就无容身之地。各位执事，不管用什么办法，今天中午以前必须出城，到洪州城外北边十余里的蛟桥集市会合。各位注意，尽量分散行动，能够弄些当地人的衣物甚至军门的印信更好，但千万别弄出大的响动来。还有，万一被当着楚国客商扣押，大家死死咬住是商贩，楚国瑶池的爆竹商贩，来洪州考察爆业行情。好生交代各位密使，藏好湘水台的印信，一旦有人的印信落入敌方手中，我等的身份将全部暴露，说不定还会让敌国抓住把柄，借此发动战争。"

乾卦执事笑道："少主也未免太小题大做了吧？以我等身手，进出这洪州城还不易如反掌！就算出不去，潜伏个十天半月还不小菜一碟！"

李云博道："乾兄言之有理。但俗话说，小心驶得万年船。我等身在异乡他国，凡事都以谨慎为妙。"

无妄执事道："少主，如果都撤出去了，城里的情况将一无所知。不如留一个卦队在城中打探情况，随时跟您和大队联络如何？"

"这个主意不错，我只顾着大家安危，没想到还可以留下一支人马继续打探情况。"李云博点点头道，"留下哪一个卦队呢？"

大家都争着留下来。李云博想了想，道："还是同人卦留下吧。一来他们以前来过一次，情况熟悉，二来收集街头巷尾的民间咨讯他们很在行，就这样定了吧。出城的卦队要多加小心，绝对不能大意，该打点的也千万别吝啬。分头行动吧。"

李云博正想着怎样出城，突然传来阵阵爆竹声。他推开窗户一看，只见大街上正涌来一队送丧队伍，车马如织，纸钱翻飞，呼天抢地，哭声震天。李云博想，这么浩大的队伍，应该不是官宦人家就是商户巨子。于是灵机一动，叫刘如霜、冯玉花和姤卦所有的密使，都急忙找来孝装，扮着女眷，自己和李云浩扮成丧仪人员，骑着马混在队伍里呼天抢地，往城外去。天色尚早，晨雾弥漫，相互之间也看得不是很清楚，一行人倒是顺顺利利出了西门。又跟着队伍走了一阵，还未进西边的山谷，渐渐地就远远落在后边。大家除去孝衣，往北边的官道上去了。

往北又行了半个时辰，就到达了蛟桥集市。李云博叫众人寻个地方住下，然后静待各路音讯。可是这个地方太小，没有一家旅店，饭铺倒有几处。李云博一想，觉得先在这里集中，然后想办法找地方住下，于是吩咐找一家大一点的饭铺，会齐了就吃午食，然后转移。不一会儿，无妄执事带着全体密使已到了，可是等到过了午时，还不见乾卦到达。李云博心里觉得有些不妙，就叫大家赶紧吃饭，饭后立即转移。

吃过午饭，李云博叫来湘江鳄和千里驹："你们两个去一趟洪州，看看乾卦怎么了。如果没有消息，就进城找同人执事，要他们打听情况，你们速回。我们会一路留下卦队路线暗号，容易找到我们。"见他们领命去了，李云博又问无妄执事："无妄兄，你说，这乾卦执事是怎么回事？早上一席话，我就觉得有些不对头，你了解他吗？"无妄执事道："回禀少主，天乾大卦八个卦队，一直是湘水台总部的常值卦队，身负总台安危。这乾卦是湘水台排名第一的重卦密使，九人的武功强于所有卦队，个个身手了得。尤其是这个乾卦执事，不仅武功上乘，而且足智多谋。他们的特点是担纲要员护卫，暗杀重要人物，一般情况都不轻易行动，有行动也是跟随紫金长老出行。这次您让他们和右老大人一起行动，可能是心中有些想法，没有表露出来。现在，你又经常和我们无妄卦或者姤卦行动，让他觉得不被重视，心里可能有气。不过，属下保证，他们不会有事。属下要提醒少主，今后一定得将乾卦留在身边，一是为了少主的安全着想，二是以利于调动乾卦执事办差热情。"李云博懊恼道："都怪我事前了解不充分，此次深入敌国行动，准备不足，来得匆忙，没有详细了解部属。前几天，你说到此事，我也没有重视，差点误了大事！"无妄道："少主不必自责，属下也有责任，没多多给您详说。"

一行人一路北行，来到一个名叫海昏的小县城下，天色已近黄昏。没想到，这里也实行了戒严，城门盘查极严。李云博决定不进城，退到一座密林里宿营。刚刚忙碌完毕，没想到湘江鳄千里驹带着乾卦人马找到了驻地。李云博大喜，吩咐无妄卦队趁着天尚未黑生火做些简单的饮食，天一黑马上休息。乾卦执事道："报告少主，我等让您担心了。属下见时间尚早，去了一趟驻军大帐，了解到这次戒严，不是为了迎接南唐皇帝南巡，而是针对少主您。属下潜进大帐，但听几个议论，说楚国天策府学士李云博借巡边之机，带领大队密探潜入大唐国，很可能达到洪州。还说只要抓住这个李云博，袁州边都虞候会重重有赏。而且，城内外到处都悬挂了少主的画像，提供信息就赏银百两！"

李云博笑道："辛苦乾兄了。若把我交出去，顶得三大车爆竹，我李云博值钱啊！"

乾卦执事大惊，跪地道："属下就是身遭极刑，也不会出卖少主。请少主明察！"

李云博道："开个玩笑，乾兄不必紧张！这些讯信很重要，知晓他们为何忙乎了！现在，我们的行动已经被敌国觉察，敌人防范甚严，难以再获取有价值的资讯了，待下去已经没有必要了，而且还相当危险。等到冯志远大人和朱雀将军他们一到，我们就即刻谋划如何回国。"

可是一连等了几天，还是不见冯志远一行人的下落，李云博有些坐不住了。李云博叫来无妄执事，要他带几个人秘密寻访冯志远、朱雀将军等一行人的行踪，多在海昏周围留些暗号，一旦他们来到这个去洪州的必经之地，马上就能发觉。这几天来，同人执事不断从洪州城里传来消息，主要还是城门戒严的情况，毫无南唐皇帝东巡的迹象。李云博隐隐感觉到，这南唐皇帝，大概不会来了。

这天下午，李云博正在营地里心急如焚地转悠时，无妄执事突然兴冲冲地喊道："少主，冯大人和朱雀将军到了海昏县，瞧，离火卦队的青铜统领到了，特来觐见台老大人。"统领揖首施礼道："属下见过台老大人！"

李云博喜道："统领辛苦了！冯大人和朱雀将军他们呢？"

离卦统领回答道："回禀台老大人，冯大人、朱雀将军和所有密使已经抵达海昏县城附近，今日遇见无妄执事，得知台老大人在此等候。因为人员较多，县城附近正在坚壁清野，官道四处都是路卡和盘查的士卒，不便白天会在一起，特派属下来联络台老大人，请台老大人指示！"

李云博想了想，道："知会冯大人、朱雀将军和所有卦队原地休息待命，晚上秘密朝这边集中。对了，为了保密起见，烦告知所有的密使兄弟，一律称呼我少主，千万别叫我学士、台老或者李云博。"

"是，少主！"统领领命去了。

正说着，李云浩带着一个密使来见。只见密使递过一封特级密件道："见过少主。属下受右老大人差遣前来快马传递密件。"李云博见是湘水台总部的回函，连忙接过打开，上面写道：

黄金左老禀告台老大人：蛮兵近迪田，益阳告急，王不肯发兵，派使汉朝求救。左司马朗州信使被我截获，王念及手足不肯问罪。南唐国差使我朝，抗议密探入唐，王怒。太后旨，速归。

李云博反复看了几遍，为信中的内容所震惊。这几件事情他基本上都已经预见到，但对楚王的做法大为愤慨：马希萼已经再次反叛，进攻迪田，益阳危急，他却不出兵还击，也不攻打朗州，而向汉朝求救，真是滑稽；拿到了马希崇通敌的罪证，他还是念及同胞不肯下手，真是妇人之仁；南唐使节抗议，不知道反驳，却怪罪自己秘密入唐，真是软蛋一个！他感到国家内乱将至，太后可能已无力斡旋，要自己速归便是明证。看来，赶紧回国已迫在眉睫。于是对乾卦执事吩咐道："乾兄，赶快飞鸽传书：请太后召刘彦瑶大人进谏楚王讨伐朗州，着刘静仁大人约一班老臣力谏楚王诛杀马希崇。还有，告知左老大人，我等即归。"顿了顿，又对李云浩道："派人知会同人卦队速速撤离洪州城，来这里汇合。"

大约刚进酉时，冯志远他们带着所有密使到达了李云博的驻地。大家很是激动，一阵寒暄问候之后，李云博问道："朱雀将军，荆平、金陵之行，有什么重大收获吗？"朱雀将军道："回禀少主，荆平江陵府里，风平浪静，看不出有什么异常。只是南唐东都江都府和西都金陵府一线，征兵运粮络绎不绝。而金陵城里，对不日灭楚已是公开秘密。近日南唐朝廷派往各国的使节络绎不绝，还与一直兵戈相见、争夺福州的吴越国通使停战结好，并互通了婚姻。我等打探到内务府刘太监带领一干人到了洪州，具体任务是什么，还没有查明。听市井传闻，好像是南唐皇帝要南巡洪州、袁州，亲自登台拜将，任命暂时掌管袁州大营的边镐为信州刺史、湖南安抚使。我等想待上几天看个究竟，不知为何，南唐皇帝一直没有出行。直到遇见来到金陵的冯大人，才动身西进，所以耽搁了几天。"

李云博道："这些消息大部分我等也已掌握。凭我直觉判断，南唐皇帝很可能不会南巡了，因为他们所有的军情都已泄露，而且，他们可能认为洪州到处都是楚国密探，皇帝来洪州很不安全。依我估计，他们疯狂地要抓捕我们，就是要抓住楚国大量派入密探刺探军情的把柄，也可能会利用这一点挑起事端。我们必须迅速回国，任何人都不能被抓住，一旦留了把柄，得到我们楚国派了密探进入南唐的证据，他们很可能借题发挥，到那时候，就麻烦了。乾兄，你把我们这边的情况跟朱雀将军禀报一下。"乾卦执事听了，马上滔滔不绝地讲了起来。

等乾卦执事讲完之后，冯志远道："刚才，我们路过海昏城边一个官驿，见三个信使正在换马，准备连夜飞驰，知是快马加急公文，于是趁他们驿馆进食休息之际，派人盗得一封南唐皇廷发往洪州镇南节度使的密诏。只是天色昏暗，还没来得及拆阅。"李云博一惊，问："密诏何在？"冯志远道："在属下手上。"说罢，递来一封筒装的加急信函。李云博伸手接过，正欲拆开，只见无妄执事连忙制止道："少主不急拆启，这皇廷密诏，是如何封印缄口，一旦封口坏了，就送不回去了。须知，这南唐皇廷密诏被截，会掀起多大的风浪，我等回去就更难了。要不，先让属下检验一番？"

"也好，你先看看。"李云博将信筒递给无妄执事，又转身问道："志远兄，这南唐的三个信使现在何处？"冯志远道："应该启程去了洪州。"

这时候无妄执事已经验查完毕，对李云博说道："启禀少主，这密诏使用金封，一旦拆阅，就无法复原。"李云博问："有什么办法偷看里面的内容吗？"无妄道："属下派人叫地鼠神来看看，说不定他有办法。"一会儿，地鼠神来了，他拿起信筒，借着月光仔细看了看后，说道："真的是金封啊！在下还是第一次见到。不过，难不倒我。少主，我们支起一个黑帐，里面点上灯，属下一刻钟内就能搞定！"李云博道："对！驻地严禁照明，赶快搭建黑帐，开启密诏！"

几个密使就在无妄执事和地鼠神的带领下迅速搭起了一个黑帐。所谓黑帐，其实就是比普通的帐篷外面多了一层不透光的黑布，从事军情刺探和执行秘密任务的密探们一般都会带上这种轻便帐篷，它和夜行衣一样不可或缺。地鼠神走进帐里，点燃一支蜡烛，然后掀开他的工具盒忙碌起来。不一会儿，他从信筒的腹部取出绢质文书，也不展开，径直递给李云博，若无其事地说道："少主，给。"

李云博激动地接过，轻轻展开看了起来：

镇南节度使宋齐丘并知会洪州营田都虞候、袁州大营暂署军务边镐：

皇朝图闽惨败，主帅被俘，正与吴越议和，无力西顾。继而图楚大计泄露，朕南巡取消，命暂停进军筹务，一切从长计议。但火炮营战力升级要务照旧，不惜代价获取瑶池大威力秘方。近日马楚密探泛滥洪袁，令你等竭力缉拿，顽劣者就地处决，切勿手软，但务必留下活口，以备外事应对。

大唐皇帝 李 璟 手诏

在注明年月日的后面，还盖有玉玺大印。李云博看罢，倒吸了一口凉气。这是南唐皇帝李璟刚写的亲笔信，信中明确提到"不惜代价获取瑶池大威力秘方"，看来，获取瑶池的火药秘方、升级火炮武器已经真的成了南唐的国家战略。瑶池李氏真正的大难要来了！

李云博突然喊道："急召黑铁执事以上的将领速到黑帐前方议事！"

无妄执事看了一眼李云博，只见他脸色铁青，也不敢多问，应了一声钻出黑帐去了。

◈ 三、洪州郊外，定下归途大计 ◈

六月晦日，江南的山谷夜间没有风，潮湿而燥热，闷得让人心烦。花脚长蚊就像田野的蝗虫遇到禾苗一样，饥不择食地扑面袭来。此起彼伏的嗡嗡声和接连不断的噼啪声在黑夜里对垒着，仿佛是阵前正值酣战的两军，在伸手不见五指的夜里乱着一团地殊死搏斗。

将领们依次进到黑帐看了南唐皇帝的密诏之后，都默不作声，或来回走动，或抱手树下，或蹲在帐外，一个个若有所思、无所适从。看来，他们和李云博一样，也被这条意外的消息震撼了。

默然中冯志远说话了："少主，看来情况越来越严峻。我们赶紧研究回国事宜吧。"

李云博道："回国事宜，当然要研究。但当前，还有一件更要紧的事情要商议，望大家畅所欲言、不吝赐教。"

乾卦执事接过话来道："少主，如果属下猜得不错，应该是研究如何处置这封密诏吧？"

李云博道："乾兄料事如神！！如何处理这截获的密诏，大家都说说吧。"

乾卦执事反问道："依少主看，如何处置好呢？"

李云博道："还是先听听大家意见，再定夺吧。"

见大家都不作声，李云博说道："把它带回去，那将是南唐图谋不轨的最好证据！！"

"使不得！"李云博听得出是朱雀将军的声音，"皇帝密诏失窃，不用两天就会一国举惊，这绝对是有辱国格的大事端，很可能造成南唐朝廷和各级官吏恼羞成怒，大肆屠杀外国商贩和无辜平民。这本已事态严重，如果这封密诏现身大楚，那么南唐伐楚将名正言顺，到时候，国无宁日也！"

乾卦执事道："将军言之甚是！少主，这封手诏万万留不得啊！如若留下，不仅这封密诏到不了长沙府，我等一干人也绝对回不了国，全部都得成愤怒的南唐军队和黑云长剑的刀下之鬼！"

无妄执事也慌忙劝道："少主，万万使不得！属下之所以察看封缄，就是要在看了内容后原封不动地退回去，要不然，扯开不就得了！我们湘水台有句老话，叫作'敢灭虎种，不犯龙威。'什么厉害的角色都敢惹，但最好不要惹怒一国之君。这也是我等从事密探或者执行密令的铁则。"

李云博道："本台知道这样的后果，要不然，我为何多此一举，让地鼠神瞎忙乎一通。但看了内容，实在太气人了。他既不仁，我又何须讲义？我恨不得带上所有的湘水台密使，星夜杀向金陵府李璟的皇宫，将皇廷所有人都屠杀殆尽！"

姤卦执事冷冷地说道："少主为泄私愤，屠杀南唐宫廷，那可能是空前绝后的杀人壮举，必将名垂青史！"

李云博一听，知道自己失态，愣了半晌道："说说而已，说说而已！但是，这份密诏，当真不能带回吗？"

朱雀将军道："少主，带着这份密诏，不仅我们无一身还，而且也会给楚国在唐的客商和百姓带来灭顶之灾，甚至还会让唐楚两国燃起战火。这种百无一利的事情，请少主三思啊！"

李云博怒道："有那么难吗？难道你等都是些贪生怕死之徒？楚国王室养你们数十

年，一朝国家有难，怎么能如此苟且！！"

乾卦统领道："少主息怒！我等湘水台密使，多年受太后重恩，岂有贪生怕死之理！只是无谓送死，还要牵连无辜，属下看来大可不必！如果少主心意已决，我等定当效尽死力，纵然粉身碎骨，也绝对万死不辞！"

李云博听了，好一阵子说不出话来。黑夜中静得出奇，连野外的蛙鸣虫鸣也都突然噤了声去。这么好的到手证据，却又要退回去，李云博真的舍不得。但各位的一致反对，肯定有大家的道理，而且这个道理李云博也心知肚明——为了带回这么一个让楚王相信南唐图楚的证据，而让许许多多互不相干的人死于非命，代价的确太大了。一通利弊权衡的慎思，李云博决定退让了。

李云博打破窒息的寂静，说道："好吧，这事就按大家意见办。无妄执事，你负责将密诏录下一份留存，复原之后，交截信者送回官道驿馆。我猜想，只要信使发现密诏丢了，一定会马不停蹄地返回寻找。记住，一定要放在显眼位置，最好就是他们吃饭休息的地方。"

"是！"无妄执事领命去了。

送走无妄执事，李云博又说道："接下来，大家想一想，怎样回国吧。"大家就七嘴八舌地商量起来。

从无妄执事走后，直到他回来，再到送回密诏的密使回来，报告看见人发现了信筒，已经足足过去两个多时辰，坐在山窝的草地上的将领们还是各持己见，大家对于怎么走和走哪条路还是意见纷纭。李云博挥手拍死几只蚊子站了起来，烦乱地来回踱步，陷入沉思。现在，除了李天骏带领的履卦密使在大屏山外，其余七个卦队的所有人都在这里。七八十人的队伍，要全部撤回国内，确保一人不丢，还真是件不容易的事。而且，现在南唐对于边境隘口都已经全部封锁，到处都是敌国的军队和密探，任何时候都有可能和敌人遭遇，一旦陷入包围，后果将不堪设想。刚才，将领们都谈了自己的想法，应该说，都有利有弊，没有一个人的方案是万无一失的，可能身处险境根本找不到一条天衣无缝、万无一失的回归办法。

就路径选择而言，有三条可以考虑：一是走铜鼓关过瞿家寨，这条路是李云博来时走过的路线，好处是比较近，时间上也有优势，只要直接从袁州城郊往万载县行进，一天一夜就到了，麻烦是铜鼓关到处都是崇山峻岭，仅此一条通道，而且易守难攻，一旦坚壁清野，就是插翅也过不了关；二是绕道鄂州、郢州，从岳州过境，这条路是朱雀将军走过的路，好处是到处都是江河湖泊，敌人难以到处设防，也可能疏于防范，就算敌人发现也容易逃脱，但弊端是时间拖得太长，十天半月也很有可能回不去，而且大家对地形也不甚了解；三是走萍乡从上栗直接进浏阳或者从老口关过醴陵，好处是可以和李天骏他们会合，还可以设法救下李天雷，但危险最大，因为这一线不仅是炮火营的驻地，而且黑云长剑军的密事营也在这里，各个关口肯定有重兵把守，到处都会有黑云长剑军出没。就回程的方式而言，有的建议汇合在一起人多力量大，有的建议分散分批比较隐蔽，还有的建议分散走不同路线，反正莫衷一是。李云博觉得，方式倒在其次，不外乎分开走还是会合走，或者分分合合地走，没必要大伤脑筋，关键是选哪条道路。既然不可能万无一失，就必须选一条既能及时应对又可以完成营救李天雷任务的路线，那只有走萍乡了。

李云博一直听着大家的发言，一边想着究竟怎样说服大家。深思熟虑之后，他制止住大家的争论，谈了自己的想法："我看，还是走萍乡一线。走萍乡固然危险最大，但应对的方法也多。那一带地形我们很熟悉，无论走老口关还是上栗，都有小路可抄，而且小路也不只一条，甚至还可以从大屏山密林中翻过去就直接进入大楚国境，只要钻进茂密的深林，进入九岭山或者东峰界，敌人就奈何不了了。"

"少主的想法虽然有些冒险，但险中求胜不失一着妙棋。"李云博听得出，这是无妄执事的声音，"如果能救出天雷叔，那就锦上添花了。"

"什么妙棋，这简直是破釜沉舟！不到万不得已，没必要这样做。"乾卦执事坚决反对，"这条路线看似可行，其实绝对走不通。只要我等一出动，就必然遭遇敌方巡逻或者密探，因为那里是南唐军队密集地区和前沿阵地。安全回国才是最值得考虑的重点。湘水台规制，如果台老出了意外，我等都将受责，台老被俘，我等将被终身监禁，台老阵亡，所有的紫金密使和我等随行人员都将被处死。我还是建议走鄂州一线，时间虽长、路程虽远，但绝对会安全一些。我建议少主带大部队走这条路线，而再派一个卦队会同右老大人去救李掌柜，他们走萍乡一线。"

朱雀将军道："乾卦执事的意见是最保险的一条路线。少主的安全是这次回国行动的头等大事。如果少主出了意外，整个湘水台将会群龙无首，国内的复杂局面将无人可以控制。我等是坐牢还是被处死倒在其次。但是，依本将军之见，最好还是出其不意突破铜鼓关，既节省时间，又绝对可以保证台老大人的安全，看似有风险，其实非常可靠，这就是兵贵神速、出其不意的道理。"

"我赞成少主的意见。"李云博听出，这是乾卦统领的声音，"走鄂州路太远，容易节外生枝；走铜鼓关，只有一条独路，闯天险的代价可能太大，所以我还是赞成走萍乡。目前，我们天乾大卦聚齐了六个卦队，如果到达萍乡大屏山与右老大人会合后，就全部整齐了。再加上朱雀将军和离火卦队，两个完整的湘水台青铜大卦，战力几乎相当于一营千人的骑勇部队。而我们有足智多谋的年轻少主运筹帷幄，有骁勇善战的朱雀将军临阵指挥，还会出什么错呢？只要我们谋划周全，准备充分，配合默契，就一定能安全回国。”

同人执事接过话来道：“我觉得统领大人的话有道理。比如，让几个稍微年轻的密使化装成少主的模样，少主装扮成妙龄女子混在姤卦中间，分散敌人的注意力；再比如，我们多想一想可能发生的情况，多做一些预备策案，以备紧急之需……”

乾卦执事道：“你小子一想就想到那下三烂的玩意儿，又是化装又是易容，干脆扮成丐帮的人算了。”

冯志远道：“乾兄倒是提醒了我。我和江湖上的人熟，说不定丐帮真的可以帮忙呢！”

乾卦执事没好气地说：“冯紫使真是见风就是雨啊，不愧为江湖豪侠。我堂堂湘水台密使，难道还真要当乞丐不成？”

姤卦执事道：“乾兄有点过分了吧？紫使大人的意思是，如果没有别的办法，请丐帮帮忙，也不失为一条路。只要能回得去，何种手段，又计较作甚呢？”

李云浩突然起身道：“各位同仁，作为人子，父亲无缘无故被敌国劫持，眼睁睁地看着他在监牢里受苦而不去尽力营救，一定会被天下人耻笑。我是李天雷的儿子，这是我一个人的事情，没必要连累大家。你们都绕道走吧，我只身去萍乡会合六叔，然后想办法去救出我的父亲。岫南的安危就拜托各位了。”

“李紫使休要见怪，我刚才只是理性分析目前状况。”乾卦执事道，“李天雷是您的父亲，也是少主的叔父。为国效命，得有个公私之分，更何况我并没有说不救，只是使用部分兵力而已。我们不该为了救一个与整个行动关系不大的人而冒险，甚至葬送所有兄弟性命。”

李云浩道：“可是，对于我而言，父亲的生死大于天！”

“那是你的事情，不是湘水台的事情！”

冯玉花道：“救李大叔不是李云浩一个人的事，是湘水台密使入唐整个计划的一部分。达淼哥，如果没人去，我跟你去。”

刘如霜道：“这里不是江湖帮会，这里是湘水台台老大人组织召开的行动前的诸葛亮会。大家有意见可以说，但绝不能斗气！”

李云博见意见很难统一，再继续争论下去，就是争到天亮也不会有什么结果，于是说道：“感谢大家都为我的安全考虑。常言道：不入虎穴、焉得虎子。凡事要成功就绝不能前怕狼后怕虎。要找一个万全之策，是绝对不可能的，怎样选择都会有风险。我个人的安危是小，大楚国国运安危才是大事。不错，李天雷是我二叔，有人可能认为我李云博心存私念，假公济私。但是，西门璞是我的姑父，我也一样知会各地官府通缉他，我见了他也绝对不会放过他。我李云博年未加冠，但公私还是分得清的，这一点请大家放心。本次我们湘水台涉险出境，获得了大量的敌国密情，使命已经基本完成。如果能救出李天雷，就可以将南唐一直觊觎瑶池李氏火药秘方、积极升级炮火武器的国家机密，以及陈兵边塞的不轨图谋一并大白天下，让敌国灭楚和一统江南甚至意欲问鼎中原的狼子野心路人皆知，南方诸国自然会明白唇亡齿寒的道理，绝不会袖手旁观坐视楚国为南唐吞并，南唐也会投鼠忌器不敢轻举妄动，楚国就暂时不会有太大的外患，那么这次行动就圆满了。有几位同仁不支持走袁州萍乡一线，可能认为，为了救一个我李家的人没必要冒如此之大的风险。如果能看到救我二叔不仅仅是我李氏的私事，而且还是楚国存亡的大事，我相信，大家都会支持走萍乡一线的。"

李云浩道："岫南，你别说了，我就是死，也要去救父亲。反正，我也只是一个刚刚加入湘水台的紫金密使……"

"达淼哥你别冲动，更不能胡言乱语！"刘如霜打断他的话道，"刚才少主的话很有道理。既然大家反对带走南唐皇帝的手诏，那么救李二叔成为揭露南唐阴谋的唯一证据和证人了。如果没有过硬的人证物证，那么外事斡旋也肯定会处于被动。我们此次历时数十天的行动还有什么意义呢？"

朱雀将军豁然开朗，道："少主和刘紫使所言极是。只怪我等鼠目寸光，没有看透营救李天雷的更深层次的意义，才有这些保守的想法。既然营救李天雷是此次任务的最后一次重要行动，那路线就根本没必要讨论了，重点研究如何走，大家说是不是？"大家异口同声地支持朱雀将军的话，黑暗中，乾卦执事默不作声，也不再有人争辩了。

李云博继续说道："很好，那就这样定了！所有的行动，统一由朱雀将军指挥，乾卦统领协助。大家听好了，从现在起，天乾卦队均由二位全权指挥调遣，包括我等在内。都听清楚了吗？"

"听清楚了！"

"朱雀将军，到时候就要辛苦你了。"

朱雀将军拱手道："感谢少主信任。就算肝脑涂地，也一定要救出李掌柜，并确保少主安然无恙回国。"

末了，李云博叫来刚才送信的密使，说道："辛苦你赶快回大屏山，告诉右老大人做好营救李天雷的准备，完成任务后立即回国。"

密使领命去了，一转身跃上马背，消失在茫茫黑夜之中。

◆ 四、一箭双雕，李云博定下救人之策 ◆

经过周密的谋划和谨慎的行动，李云博会同朱雀将军抵达萍乡城附近的大屏山，与李天骏会合。三天之后，其他密使也毫发未伤地全已到达，虽然经历一些困难，但结果是圆满的。

那晚在洪州城外密林定下归国大计之后，李云博命令朱雀将军制定详细周密的行动策案。朱雀将军召集一班人忙碌了一整天，直到李云博非常满意后才付诸实施。这个策案，不仅明确了昼伏夜行的总体原则，还有白天绕进山里走小路、晚上可以出来走大道这些灵活方式，而且人员组合也考虑得很周全，就是临场应变的预案也已经相当完备。朱雀将军对于回程纪律也做了特别的要求，比如，行进尽量不与敌人遭遇，发现敌人在未遭遇前尽量避开，一旦遭遇务必全歼不留活口；以黑铁卦队为单位行进，不允许单独行动，一旦被捕须咬舌自尽；未经允许，不得擅自进村进集市更不得进城，避免和外人接触等等。这次行动的成功，让李云博对朱雀将军刮目相看，甚至十分倚重。

休息了一天，大家一路的劳顿都已缓解，一个个精神焕发。李云博决定立即营救李天雷，得手之后马上回国。一通会商之后，定下了救人策案。为了保险起见，朱雀将军再次派出无妄卦队重新将李天雷的关押地点和周边环境摸排一遍，又叫李云浩带着乾卦、姤卦打探好撤退路线，一切都已经准备就绪，就等一声令下，倾巢而动了。

李云博对于营救李天雷的策案自然十分重视。他反复推敲，觉得这个救人的办法非常完美，似乎已经无可挑剔。但是，等到无妄执事回来，报告打探到的情况几乎与以前一样、基本没有什么变化时，李云博的心有些不踏实了。按照常理，这没什么，没有变化对于救人大大有利。但李云博不这么想。他不相信，南唐皇廷既然知道，他李云博带着大批密探秘密潜入，不会不知会袁州大营和黑云萍乡密事营。既然知会了，萍乡的炮火大营和黑云密事营不可能连一点动静都没有，更何况西门璞已经到了萍乡。以西门璞的才智和对瑶池李氏情况的熟悉，肯定会猜测他们此行的目的，也肯定会想到，营救李天雷是行动目标之一。"他们会不会有更大的阴谋，做出一副毫无察觉、毫不防备的表象，布下了陷阱等着我们去钻呢？"想到这里，李云博不寒而栗：如果他们拿李天雷做诱饵，布下天罗地网然后守株待兔，只要营救人员一现身，就肯定会陷入重围，成为瓮中之鳖，哪里还能够脱身呢？！

李云博找来那份抄录的南唐皇帝手诏，认真地揣摩了一遍，忽然明白了为什么。就手诏下达的任务而言，有两个，一是继续秘密进行炮火营武器的升级，也就是将目标定格在获取瑶池李氏秘方上；二是大肆抓捕楚国派遣的密探。而且可以肯定的是，一时半会儿，南唐不会进攻楚国。这份密诏应该刚到萍乡不久，炮火营和黑云长剑军应该正在研究如何改变原来的计划，执行皇帝新的圣意。就算他们已经有了成熟的策案，应该还没有部署完成，因此布下陷阱基本不可能。而且，根据他对西门璞的了解，这个刚愎自用的姑父，根本不会把他当着对手来认真对待，也想不到他李云博会有这么狠的招数。但事不宜迟，立即下手是最明智的选择。李云博下定决心，今晚就实施营救行动。他急忙找来李天骏、朱雀将军青铜统领和四位紫金密使，摊开地图再次确认行动的路线，详细研究每一个细节，设想预见可能发生的情况，以及如何应对。

突然间，李云博的眼睛停在炮药库的那个位置，那个靠近萍乡县城西门的一栋神秘房屋，那里面全部都是已经做好了的炮火。二十多天前李云博去过，他还带回来一些样品，进行过威力效果的试验。虽然这些炮火的用药只是普通配方，但经过了数十年的改进，虽无根本性的突破，但专门性功能大大增强，而且剂量很大，还是有一定杀伤威力。只要将它们送入炮筒或者装到其他发射装置，点着后依然会飞向军营、阵地、城池、房屋，甚至手无寸铁的老百姓，造成巨大损失和大量伤亡。"得想办法将这些危害人伦的炮火毁掉，不然的话，不知还有多少人遭殃。"李云博想着想着，灵机一动，一个念头猛然冒出来：炸掉它！

李云博一拍桌子大声笑道："就这样！来他个声东击西、一箭双雕！"

其他人都莫名其妙，一个个迷惑地看着他，弄不清李云博的葫芦里究竟卖的是什么药。

李天骏问道："岫南，你解释解释，如何声东击西、一箭双雕？"

"各位，对不起。我刚才走神了，但想到一个好办法。你们看——"李云博指着地图上的几个位置，说道，"这火炮营在萍乡城里，而炮药库却靠近西门，很容易进去。黑云长剑军萍乡密事营在城外南边，相距不过三五里，我二叔就关在那里。如果我们先将炮药库炸掉，将出现什么状况？"

"什么状况？"冯玉花想都不想就回答道，"那还用说，必然会引起全城内外的混乱。"

乾卦统领道："炮药库被炸，绝对是一件惊天动地的大事件。到时候，肯定炮火营、黑云长剑军和萍乡县衙都会将注意力集中到这里来。那么，我们乘乱动手，肯定容易得多！"

李云浩兴奋地叫起来："对！我们乘机去救父亲，一定胜券在握！"

朱雀将军恍然大悟："好个声东击西，真是妙计！先来个大爆炸，引开敌人，然后迅速救人，速战速决，既救出李掌柜，又将敌人的炮药全部毁掉，让他一年半载都复不了原，真可谓一箭双雕啊！少主奇谋妙计，就算诸葛孔明在世亦不过如此！属下佩服得五体投地！"

李云博连忙道："将军过奖了！这一步，也是急中生智，没什么好主意了，逼出来这么一个想法，没什么大不了的。"

冯志远忧心忡忡地说道："对于救人，少主此计甚妙。只不过事后会麻烦不断，很可能会招致敌人更大的报复。"

李云浩大声道："只要能救出父亲，先别管他什么报复不报复，那是后话，现在顾不了那么多了。到时候，他们要报复，我们再应对就是。"

李云博想了想，猛然醒悟道："志远兄言之有理！炸毁炮药库和救出二叔，几乎同时发生，傻瓜都会将这两件事联系起来。如若将来，他们将这件事记在我李云博头上，那倒没什么，大不了让他们抓取活剐；如若因为这件事迁怒到瑶池李氏头上，那么我们家族可就要遭殃了。说不定，我们李氏子孙会被灭门——当然，为了瑶池李氏的绝密配方，他们会抓捕我的祖父、父亲或者大哥，到时候，瑶池李氏就算完了。"

朱雀将军道："少主无忧。就算他们要大举报复，也不敢明目张胆地调遣军队，与我楚国开战。原因何在？属下认为有三：首先，他们找不到炮药库是我等炸毁的证据，只能妄加揣测；其次，他们绝对不敢声张李掌柜被救走这一消息，因为李掌柜是楚国人，不是南唐人，李掌柜平白无故被秘密劫持，他们无理在先；第三，炮药库被炸，一年半载恢复不起来，炮火营无法投入战争，用常规的刀枪剑戟与我国打仗，就没有了任何优势。所以，他们的报复，也只能是派出黑云长剑军和其他密探潜进楚国，展开行动。到时候，我们湘水台密使全部进驻瑶池，其战力就相当于有一支五千人的正规军，我等驻在那里，绝对可以保证少主全家的安全。如果王廷知晓此事后，也增派大军到醴陵大营和两国边境，那就万无一失了。"

一直未曾开口的刘如霜突然站起来，胸有成竹地说道："将军所言极是！常言道，瞻前顾后，大事难就。岫南哥，既然要营救二叔，就要保证十拿九稳，不出差池。这声东击西之计，与围魏救赵、调虎离山差不多，关键就是要选对方最要害的地方下手，让敌人乱起来。如果这个地方不重要，就不能打痛敌人，敌人肯定不会乱，这个计策就不可能实现。依我看，炸炮药库绝对是个好主意。我还加一点佐料，采用疑兵之计，制造一个失火或者事故一类的假象，扰乱敌人视听，一时半会儿找不到头绪。"

乾卦统领道："刘紫使的主意很不错。炮药库在西门附近，与几座民居仅一墙之隔。少主，属下派人就造他一个百姓家中失火顺势燃过去的假象，如何？"

李云博道："好！就这样吧。将原定的救人策案略微调整一下，先派人炸毁炮药库，然后行动。其余按原计划进行。志远兄，麻烦你马上召集各卦执事到这里来听令；朱雀将军，事不宜迟，烦请将军立即排兵布阵，今晚就动手！"

两人拱手道："是，属下遵命！"

"等一下，还有——"李云博叫住正欲转身离去的冯志远，说道，"各位同仁，常言道，谋事在人、成事在天。大凡行动，无论计划多么周密详尽，胜算多么成竹在胸，都会付出一定代价。特别是今夜这么一个非同凡响行动，执行起来变数会很大，只要一个微小的偶然因素，或者疏忽一个小小的细节，都很可能导致行动的失败，酿成惨祸。既然是行动，就要做好最坏的打算。我重申一下这次任务，就是救出李天雷，然后全部安全撤回国内。如果我有什么不测，就烦请将军和冯大人将这封信交给太后，我对湘水台今后的事情，进行了详细交代。这信一式两份，总有一封会到得太后手中。当然，这只是为了以防万一。"说罢，将两封一模一样的信递给冯志远和朱雀将军。

朱雀将军激动地双手接过，揖首施礼道："少主破釜沉舟、背水一战，定当攻无不克、战无不胜！"冯志远也郑重接过，认真收好转身出了房间。

冯志远走后，李天骏道："虽然行动策案很周全，但岫南说的没错，只要是行动，都会有风险。大家切不可掉以轻心，更不能有丝毫的侥幸心理，一定要全力以赴，随时做好殉国准备，确保行动完成！"

不一会儿，所有黑铁执事跟着冯志远进来了。相互寒暄、见礼之后，朱雀将军一声高喝道："各位注意，台老大人指示：今晚开展营救李天雷的行动，成功之后，从上栗集市撤回我国的瑶池集市。同人、讼卦执事听令：命你们天黑后潜入萍乡县城西门，分成两组，同人密使负责秘密进入炮火营炮药库，铺设好引燃装置，子时一到就点火离开，记住，一定要反复检查，确保引燃物件不出故障；讼卦密使在西门附近焚烧民房，制造失火假象！"

两人拱手道："属下领命！"

朱雀将军又道："乾卦统领听令：你带领无妄、否卦、履卦和遁卦密使承担本次营救重任。具体由你部署。亥时前潜伏到黑云长剑军萍乡密事营外围，但听子时炮药库火起，立即乘乱救人。本将军与你们一起，亲自指挥营救行动。"

乾卦统领拱手道："属下领命！"

"离卦统领听令！你们作为接应和预备部队，天黑后开到萍乡通往上栗的官道两侧，将执行任务各队的马匹都带过去，注意，马要衔枚裹蹄，人要全副武装，并做好随时接应的准备。请右老大人亲临指挥。"

李卦统领拱手道："属下领命！"

李天骏也拱手道："听从将军安排！"

"有劳右老大人！"朱雀将军连忙回了礼，又道："姤卦执事听令：你们乔装改扮成民间乡民村姑，负责边界信息情况收集，再次确认回国路线，一旦有变，立即报告。天黑之后，立即出发！"

姤卦执事拱手道："属下领命！"

"乾卦执事听令：你等会同紫衣密使，全权负责少主安全。如有差池，唯你是问！命你等天黑后，先期撤退到上栗集市，布下眼线和暗号，随时与我等会合。"

乾卦执事拱手道："属下领命，一定保证少主安全！"

李云浩突然站起来，揖首施礼说道："报告将军，在下愿意跟随将军一起参加营救父亲行动，恳请将军应允！"

没想到冯玉花也站起来，施礼道："在下和李云浩搭档多日，配合默契，也恳请将军应允我一同前往！"

朱雀将军一时不知如何回应。他想了想，说道："营救人手，有三四个卦队，足矣！少主安全也同样重要。你二人身为紫金密使，主要职责是保护少主安全。非常时期……"

李云浩急忙打断朱雀将军的话，道："将军，少主有乾卦保护，应该万无一失。我作为人子，不能参与营救父亲的行动，将来我还有什么脸面面对父亲和家人？"他又看着李云博，"岫南，你跟将军求求情吧，让我参加营救行动。"

李云博没有吱声。李天骏说道："朱雀将军，李云浩救父心切，可以考虑参加行动。但我也只是建议，一切由将军定夺。"

朱雀将军看了看李云博，得不到任何回应。他只得问道："少主觉得是否可行？"

李云博没好气地回答道："报告将军，我已说过，一切事宜由将军全权指挥调遣，将军的军令，都得遵守，包括我和右老大人。无论将军怎样调遣，我等都会遵从。"

朱雀将军听罢，一下子有了主意。他转身对李云浩和冯玉花道："李云浩、冯玉花听令：命你二人直接参与营救行动，暂时编入无妄卦队，接受乾卦统领的领导和指挥！"

"属下领命！"

朱雀将军最后说道："所有将令均已下达，请各位将领准确领会、好好拿捏，立即做好行动准备。还有，无论行动进程如何，大家务必在丑时以前赶到上栗集市会合，任何人不准落下。都听清楚了没有？"

"听清楚了！"

"好，各位分头行动吧！"

"是，将军！"屋里的人轰地一下散了。

◆ 五、上栗集市的李家人 ◆

李云博一行悄悄地撤到上栗集市的时候，已经接近亥时。

夜阑人静时分，这个小小的边陲集镇，正沉浸在夏夜的酣梦之中。稀稀疏疏的星光，照得本来就零星凋敝的街道更加寂寥冷清。李云博感到分外蹊跷：淮南大地的繁荣富庶，怎么在这个边贸集市不见了踪影？

李云博本来不想这么快就撤回来，他想和大家一起参加行动，等到事成之后一起进退。可是，朱雀将军执意要他们先走，主要是为他的安全考虑。朱雀将军的好意，他是领情的，更何况他授权在先，尽管不愿意，他还是先撤了。但作为李天雷的亲侄，他的心情和李云浩一样，希望亲自参加营救行动，毕竟，人骨头不做假，血浓于水嘛。营救自己的亲人，哪有不出力的。置身事外的心情，其实比亲临现场难耐得多。

乾卦执事安排所有的人员悄无声息地穿过集市短短的街道，在官道边的一片密林中潜伏。安顿好之后，就派出岗哨和密探，加强警戒和情况打探。又吩咐打探情况的人员及时与姤卦执事联系，确认归国线路，并为后来部队留下秘密记号。虽已是午夜，但大家都毫无睡意，萍乡那边的行动都牵扯着大家的心。

李云博更是心急如焚、度时如年。他对照策案和计划，反复地设想着行动的进程，揣摩哪个环节会出现瑕疵，但经过几次推敲，还是认为计划没什么漏洞。无论他怎样宽慰自己，心情还是一样的紧张。随着时间推移，数十里之外的场景，无时无刻不在他的头脑中闪现：炮药库爆炸、萍乡城乱作一团、朱雀将军带着人马杀进黑云密事营、无妄执事带着李云浩、冯玉花和八位密使冲进了关押李天雷的山洞……浮想联翩的紧张情势，几乎快把李云博的心提到了嗓子眼上。

其实，李云博的担心是多余的。朱雀将军和密使在半个时辰之内，就全部完成了炸毁炮药库和营救李天雷的任务，不出一个时辰，各卦全都撤出萍乡。刚进丑时，各路人马都秘密退到了上栗集市，行动异乎寻常的成功。

星光弥漫的密林中，李云博终于见到了失踪两个多月的二叔李天雷。叔侄相见，激动得抱头痛哭。李云浩更是涕泪不止，所有在场的人也都为之动容。

朱雀将军见了，急忙说道："少主，现在还不是忘情时候。这里很危险，我们即刻回国吧。"

李云博收了眼泪，道："好。即刻启程！"

就在此时，官道上突然传来阵阵喊声："赶快封锁通向楚国的所有关口，楚国密探炸军营，罪大恶极，一个都不能放走！""抓捕楚国密探，郑都监重重有赏！"随后。但见涌来大量手持火把的军队，急速向边隘驰去。

青铜统领大惊失色："坏了，敌军追上来了！"

朱雀将军道："大家不要慌！官道被封，我们走小路！这里，离边境不到十里，不用半个时辰，我等就能过境！"

正在说话间，姤卦执事带着几个密使慌慌张张来报："报告少主、将军，大事不妙，突然间，南唐派出大军，将两国交界的边境围了个水泄不通，连我们选的几条小路也封锁了，我等预选的所有路线都走不通了！"

"西门璞行动真快啊！这一招，我等倒是没有想到！"李云博感觉到事态的严重，他一边说着，一边踱来踱去，忽然对李天雷问道，"二叔，这一带地形，您熟悉吗？"

李天雷道："这一带我很熟悉。但是，敌人封锁了所有路口，熟悉也没有用。这一带都是平地和丘陵，没有大山险峻，他们只要在沿线布下重兵，就是插翅也飞不过去啊！"

乾卦执事道："少主，依属下看，趁他们立足未稳，我们从官道冲过去！"

几个执事也随声附和："对，少主，趁他们立足未稳，冲过去！"

乾卦统领道："不行，太冒险了！一旦被对方缠住，陷入重围，我等难以脱身不说，少主和李掌柜也难保安全。这样一来，我等今晚的行动就前功尽弃了！"

朱雀将军道："情势的确危急！现在离天亮不到两个时辰，如果不趁夜间过境，天一亮，就基本回不去了！离卦统领，带人断后！"

"是！"离卦统领领命去了。

李天雷突然说道："现在已经无路可走了！不如铤而走险，深夜去拜见上栗李氏本家。他们与我瑶池李氏同宗，又对本地更为熟悉，说不定会有办法。"

李云博想了想，道："情况紧急，也只有去试一试了。朱雀将军，麻烦你带领所有的密使安全隐蔽，切勿轻举妄动，一切等我们回来再说！无论有无良策，我等一个时辰之内回来。时间紧迫，我们立即随二叔去拜望本家吧！"

李天骏道："我也去吧。我和上栗李氏长房二少爷李庆常很要好，说不定会帮上什么忙呢。"

李云博道："好吧，六叔也去。"

一行人就匆匆上马，跟着李天雷往集市上奔去。不一会儿，就到了李府门前。李天骏摇响门环，反复几次，里面终于有了回应，一个睡眼惺忪的老人打开门眼，探出头来，问："三更半夜，请问阁下有何要事？"

李天雷连忙回答："我是瑶池李天雷，凌晨造次，有急事拜访你家老爷，麻烦管家通报一声。"

管家道："哦？瑶池本家二爷来了，稀客稀客。老爷还在睡梦之中，我就去叫醒。"

李天骏连忙道："不必叫醒老爷了。麻烦您叫醒二少爷李庆常吧，就说瑶池李天骏有急事拜访，见了他也一样。"

"好咧。"管家应了一声，去了。眨眼工夫，李庆常就披着衣服出来开门，拱手道："不知瑶池本家二爷、六爷驾到，有失远迎，还望海涵！瑶池猎神刀会一别，各位本家还好？快请，客厅里坐。"

李天骏边往里走边道："都还行吧。庆常二叔，我有急事找您帮忙。"

"有急事？先到屋里坐吧，三更半夜一定很劳累了。管家爷，上些点心热茶，我们边吃边说。"

进了屋，管家连忙点上灯，又忙碌开了。宾主坐定，李庆常问道："二位爷，什么急事，如此焦虑不堪？"

李天雷道："我等要急于回去，可是贵国军队拦住了所有的路口，庆常叔看有没有便捷安全的通道？"

李庆常丈二金刚摸不着头脑，问道："怎么回事？你们是来往商贩，有通关文牒，不可能过不了关隘。"

李云博道："事已至此，顾不了那么多了。庆常叔公，我是李云博。我二叔被贵国袁州炮火营和黑云长剑军秘密劫持，已经有两个多月了，今天晚上我们想方设法，冒险将他救出来，已被萍乡守军发现，两国边境全被封锁，回不去了。"

"岫南少爷也来了！"李庆常大惊失色，"天雷二爷被劫持了两个月了？为什么？"

李云博道："袁州炮火营想获取我瑶池大威力火药配方，提升炮火武器的杀伤力。抓了我二叔去为他们研发配方。"

李庆常怒道："天下居然有如此不讲理的事情？我们爆竹金三角李氏，无论浏阳瑶池、醴陵麻石街，还是萍乡上栗，都是畋公后裔，都是火药文明的嫡系传人，怎么能将用于民俗和医药的火药制品应用于杀人的武器制造呢？真是岂有此理！"

李天骏道："庆常二叔，现在不是讲理的时候。赶快想办法帮我们回去吧！"

"三更半夜的，怎么有客人造访？"一个头发全白的老者从后庭走了出来，一边说着，一边穿着衣服，"咦，怎么，是瑶池天雷、天骏少爷，还有岫南公子爷，真是稀客！"

李云博抬头一看，是上栗李氏掌门人李言凯，不久前爆竹节上祭祀大典见过。于是赶紧施礼道："瑶池李氏后人李云博见过掌门老爷！凌晨冒昧造访，实属无奈，敬请老爷见谅！"

"父亲大人，瑶池本家有难，前来求助，务请父亲全力搭救！"

"怎么回事？"

李云博就简要地将来龙去脉说给李言凯听。李言凯听罢，怒不可遏："这个唯恐天下不乱的朝廷！本来，我们江南西道独立自存，却被淮南吞并，过着屈辱的生活。一直以来，萍乡当局逼迫我们上栗李氏将大量的火药送进炮火营，我们只得放弃爆竹生产，近年来连火药也不配制了，改成贩卖你们瑶池的爆竹了，目的就是恪守祖制，不让火药成为杀人武器。现在倒好了，又胁迫瑶池李氏交出火药秘方，用于炮火武器升级！这帮强盗，是可忍孰不可忍！"

李天雷问道："本家老爷，贵国朝廷难道没有索要贵府的火药配方，或者请你们去研发新的火药配方吗？"

李庆常回答道："要了多次也请了多次，而且还许以官职、送来重金，我们坚决不答应。为此，父亲还被软禁了半年多。他们得不到结果，今年年初，才将父亲释放出来。"

"原来如此！贵府的处境和现在的瑶池一样啊！"李天雷感叹道，"如今，轮到我们瑶池蒙难，还望本家老爷伸出援手、助我一臂之力啊！"

"我们上栗李氏，与浏阳瑶池、醴陵麻石街同宗同源，岂能坐视不管！"李言凯拍案而起，道，"各位无忧。上栗老集市在小水里，与现在的醴陵麻石街仅隔一条大街，这条街就是楚国和南唐的国界线，我们在那里还有住宅。只要穿过这条街道，就到了醴陵地界，不出十里就进入我们李氏先祖的狩猎圣地、号称'爆竹金三角'腹地的东峰界。那里几乎是浏阳、醴陵和萍乡三县的交界之地，进到那儿，钻进密林，谁也奈何不了你们。外人包括官府都不知道这个秘密，这是我们上栗、麻石街李家一起严守的秘密。我相信，炮火营和黑云长剑军一定会死守萍乡和浏阳的边界，不会想到可以从醴陵过境，就算他们想到，也会是死守老口关。今晚，我就带你们走这里过境，保证你们毫发无损。"

李云博一听，大喜道："感谢本家老爷援手相救，再生大恩，瑶池李氏没齿不忘！"

"小少爷哪里话！事不宜迟，你们跟我和庆常来吧。"

李云博道："六叔、志远兄，麻烦你们马上去密林里通知其他兄弟，赶快过来，前往小水里，从麻石街过境！"

"是！"两人应声而去。

李丰凯、李庆常父子和管家，带着李云博一行出了门，又走过上栗新街，下了官道，在一条窄窄的麻石路上等候。不一会儿，大队人马赶了过来。李庆常小声说道："大家别出声，牵着马跟我们走！"大家摸着黑路，悄无声息地开始行进。大约走了两三里，就穿过了一条极其狭小的巷子，到了那条大街上。李丰凯指着对面一条小巷，道："只有这条小巷子能出去，其他都是死胡同。这边是小水里，那边是麻石街，中间这条大街就是楚唐两国的国界了。大家赶快过境吧！"

李天雷感激地拱手道："大恩不言谢！将来用得着我们瑶池李氏，烦请本家爷吱声，我等就是上刀山下火海也在所不辞！"

李丰凯道："举手之劳，何足挂齿！只是两国边境上，恕不远送！我们后会有期！"

"后会有期！"大家拱手作别。李丰凯父子和管家目送大家远去，才折身回去。

第十一章
DISHIYIZHANG

载誉归途

◆ 一、脱险之后，李天雷喜极而泣 ◆

踏上自己的国土，李云博倍感亲切。没有了围追堵截，没有了险象环生，更没有了夜不能寐的担忧与恐惧。如果不是这次异国他乡的亲身经历，李云博永远都不会认真体会像"在家千日好、出门一时难"这样天天吊在口上的俗话，也不会真正懂得"子不嫌母丑、犬不嫌家贫"这样的民谚。原来，这些代代相传、广播民间的箴言，应该都是出自先人们真真切切的感受，绝对是真知灼见啊！李云博相信，所有人此刻的心情也一定和自己一样，就像疲惫不堪地远游回来，见到母亲的那一刻，激动，轻松，愉悦，当然还有一丝胜利归来的自豪。

过了麻石街数里，大家的心情都轻松下来，于是牵着马款款行进。一路上，李云博、李天骏、李云浩和几个主要将领都跟在李天雷身边，听他讲述两个多月前，如何被劫持以及身陷黑云长剑军萍乡密事营的经历。

原来，那日凌晨，李云博黉夜来访之后，李天雷刚要入房歇息，忽然，听到院子里传来一阵脚步声。他出门一看，只见院子里和围墙边站满了黑衣人，还有的人正从围墙往里飞跃。不等他张嘴叫喊和反抗，几个人不由分说将他的嘴堵上，又将他击昏，然后就什么也不知道了。等到醒来，就到了那个山洞里，根本弄不清身处何地。后来，易守礼、江世敦、西门璞都一一来见，说是奉淮南军炮火营都监郑道光将军之命，请他前来帮助研发威力巨大的火药配方，升级炮火武器。起初一个个笑脸相迎，说什么并无恶意出于无奈，只要他肯支持配合效力大唐，一定会重礼相谢甚至入朝拜官。李天雷弄清他们的意图后，想到家族聚义会上药因道长的反复叮嘱，死活不肯开口，渐渐地，他们就失去了耐心，露出峥嵘嘴脸，严加刑讯逼供，要他交出李氏火药秘方。李天雷面对他们气急败坏、无计可施的模样，更加坚定对抗下去的决心，甚至做好了以死殉国的准备。李天雷说，他最难忘的，是一次和炮火营都监郑道光的会面。

那是在被劫持数日后的一个夜里。李天雷被蒙了双眼，推推搡搡老半天，被带到一个不知多远的地方。揭掉黑纱一看，原来是一个简朴的主帅大帐。正当他视觉还未恢复之际，帅案前一位浑身戎装的大将笑着走下来，朝他拱手道："松、松绑！在、在下郑道光，大、大唐国淮南军，袁、袁州炮火营都统监军。得罪李掌柜，在下赔不是了！你我都是火药里手，冒、冒昧请来讨教火药之法，切磋配方技艺，真、真是三生有幸啊！"

李天雷发现这个郑道光有些口吃，心里暗暗好笑，觉得和他对话，一定得猛言相激，一旦让他恼羞成怒，自己就可以一死了之了。于是冷冷地说道："堂堂的大将，居然干劫人绑命之事，与强盗何异？道路不同，何以切磋？强索恶要，何来讨教？"

郑道光道："这、这乱世之中，若、若要建非常之功，得、得有非常之举。采、采用非常手段，请掌柜来、来共商大事，迫、迫不得已，还、还、还望掌柜海涵啦！"

李天雷道："将军堂皇之言，却藏蛇蝎之心。在下看来，口蜜腹剑、笑里藏刀，说的就是将军这等无耻小人吧！这结结巴巴，何能理直气壮啊！哈哈哈哈……"

站在一旁的易守礼大声呵斥道："大胆李天雷，将军盛意相邀，你却不识好歹，难道要敬酒不吃吃罚酒吗？"

"无耻易守礼，你这卑鄙下作的狗东西！假意交好我李氏，称兄道弟，满口逢迎，却藏奸险恶毒、十恶不赦之龌龊用心！老子今日跟你拼了！"说罢，挥起拳头猛地砸了过去。易守礼猝不及防，脸上重重挨了一拳，一个趔趄之后，恼怒中猛地拔出八尺长剑，朝李天雷就刺。

"胡、胡、胡闹！还、还不住手！"郑道光怒道，"李、李掌柜是、是本都请来之贵客，岂、岂容你等放肆！还不退、退、退下！"易守礼连忙收了长剑，揖首施礼退到一边。

郑道光不愠不火，说道："在、在下这毛病，是当、当年玩火火药落下的。家、家父当年建、建火药军、军队，在、在下觉、觉得好玩，也、也凑热闹，没想、想道，一、一声巨响，吓、吓得就这这样子了。没、没关系的，只、只是让掌柜见见笑了。"

李天雷一惊问道："令尊大人是谁？"

易守礼帮着回答道："说出来吓死你！我们郑将军的父亲就是四十多年前，豫章之战中，第一次使用'发机飞火'炮轰龙沙门的郑璠将军……"

西门璞道："二哥，你不知道，四年前，河中之战中，和郭威的爆战军一起，大败北辽铁骑的南唐炮火营主将，就是我们的郑都监啊！如今，他已是天下数一数二的炮火武器专家啊！"

李天雷哈哈大笑："真是久闻大名、如雷贯耳！原来，将军令尊，就是第一次把火药引入战争的郑璠将军！真是有其父必有其子啊。郑将军子承父业，继承火药歧途，放炮杀人，荼毒生灵，一定会名列青史、遗臭万年的！"

西门璞怒道："好个李天雷，你当真不想活了……"

李天雷也不示弱："西门狗贼！我瑶池李氏待你如何？你却忘恩负义，叛国侍逆，将来一定死无葬身之地！滚一边去，狗东西没资格说人话！"

"掌、掌柜息怒！西、西门司马以、以天下一统为己任，堪、堪当大义，忍、忍辱负重，绝、绝非阴险小人。你、你等又是姻姻亲，有话好、好、好好说嘛……"

李天雷冷笑道："道不同不相为谋。你等要用火药攻城杀人、建立功业，我等却用火药治病禳灾、送福迎祥，家门规制各异，子孙志趣天壤，大路朝天、各走半边，何必欺人太甚！这，这还有什么好说的？将军就别期期艾艾的了，我李天雷就是身死，也不想和你们这群鼠辈谈了！要杀要剐，悉听尊便……"

……一通述说，听得大家唏嘘不已。大家也明白了，以至于后来，李天雷为何吃尽苦头。当李云博得知，这袁州炮火营都监就是当年炮轰龙沙门的大将郑璠之子，着实吃惊不小。虽然郑璠已经作古，但他的儿子郑道光却成为袁州炮火营的领军人物。看来，和这位被誉为炮火武器专家的都监将军过招，是迟早的事，你死我活在所难免，也很可能是一场长期而艰巨的殊死较量。

末了，李天雷说道："我以为，这辈子再也回不来了，再也见不到你们了。没想到，岫南和大家都浑身是胆，居然冒这么大的风险把我救出来，真是王室眷顾、祖上积德、众人帮忙、我来沾光啊……"说着说着声音哽咽，又一一朝大家拱手致谢，觉得还不够，于是跪倒在地，磕起头来。惊得大家连连把他拉起来。

李云博见状，说道："二叔今日大难脱险，骨肉重逢，喜极而泣，各位见谅。我二叔铮铮铁骨，不惧淫威，不怕酷刑，以死抗争，真乃我瑶池李氏忠烈家风之典范！二叔，请受侄儿一拜！"

李云浩道："爹爹，您好样的，作为儿子，我为你骄傲！请受儿子一拜！"说着拜着，也不禁潸然泪下。

李天骏道："二哥，能够虎口脱险，死而复生，真乃奇迹啊！这，就是我们湘水台一出山，就创造了如此气壮山河的功勋！兄弟姐妹们，好样的！！"

众人道："右老大人过奖了！为国赴死，何足道哉！"

刘如霜道："掌柜二叔大难不死，必有洪福。二叔，你得把这些经历一一录书，为我等揭露南唐不轨图谋提供有力佐证，让敌国阴谋大白天下，遍遭世人唾弃！"

李天雷道："折煞我也！各位夸赞，汗颜不已。我是死过一回的人了，还在乎这些吗？能活着出来重返家园，全仰仗各位鼎力援手！大恩不言谢。我李天雷发誓，一定全心为国，就算肝脑涂地，也在所不惜！录好文书，应有之义，定当竭尽全力……"

这样聊着哭着笑着，渐渐地，东方开始发白。

这时候姤卦执事飞马驰来，朝李云博禀道："报告少主，我等已到达金刚头，向左不出三十里就是大楚边关醴陵大营，向右走二十余里就到少主的家乡大瑶集市了。敢请少主，走哪条路？"

李云博猛然想起，这个金刚头，是由于爆竹发明并逐渐发展成一门手工产业后，火药需求大增，木炭的用量也越来越多，烧制木炭便分离出来，成为一些村落的主业。但凡邻近的地方都知道这么一句顺口溜："瑶池爆竹三源头：小瑶硝石七宝硫，木炭出自金刚头。"这是说，瑶池爆竹的原材料主要来自三个地方，硝石产自小瑶，硫磺来自浏阳东区的七宝山，而木炭主要产自金刚头。当然，还有做爆竹用的各种纸张和黄土等辅助材料，也产自瑶池内的几个村落。金刚头就是因为一些樵夫进山烧炭久而久之形成的村落群，虽然建里不到十年，全里却有20多个村落，人口密集，街市繁荣，金刚头也成为最有名的木炭产地。出了金刚头，再走二十里就到达大瑶集市了。

李云博想了想，问身边的朱雀将军："朱雀将军，阁下以为往哪边走好？"

朱雀将军拱手回答道："启禀少主，我等已经完成归国行程，这指挥大权理应交还给少主。现在是时候了，一切都由少主定夺！对了，昨晚少主以防万一、上呈太后的密书，如今安全回国，也该退还少主了。"

李云博接过书信，揣入怀中。然后道："非也！湘水台规制，三名长老是机构首脑，统领全军，责任重大，不可或缺，所以严禁参与具体行动，主要通过将领任免、指令下达和行动保障来实现执掌。非常时期，两名长老参与了这次南唐秘密行动，虽然请示过太后，但依然触犯台律。古人云：非常之时，得用非常之策，施行非常之举。我李云博也是迫不得已，希望将军见谅。以后一切行动仍然由将军、统领指挥，执事负责行动执行。"冯志远见状，也将密书交还了李云博。

朱雀将军正色道："少主胸怀，属下佩服。行动由属下指挥没问题，那就请少主下达指令吧！"

李云博哈哈大笑："将军睿智，堪比乐毅、吴起！湘水台有你这样的将军，王室之福也！好，那我就下达指令了！既然我等均已脱险，不如前往醴陵大营拜望，一来讨杯早茶喝，解解这一夜未眠之困乏，二来继续巡边事务，看看大楚边营，巡察一下防事、军务和战力。将军意下如何？"

朱雀将军拱手道："谨遵少主台令！巡察边防军务，办法有多种。我等是例行公事关前叫门，还是乔装入营明察暗访，甚至佯装敌军突袭，请少主明示！"

李云博不假思索地回答道："要考验战力，当然突袭大营！请将军按照正规军队偷营之法，出其不意攻其无备，杀他个措手不及！"

"属下得令！"朱雀将军一拱手，转身大声命令道："所有密使听令：少主代楚王巡边，考校醴陵大营战力，全体密使向左行进。离卦统领率领所属人马打头阵，一到醴陵大营，立即攻击，力争快马冲锋、雷霆压顶，控制大营所有防卫和哨所；本将军带领同人、无妄、讼卦、遁卦，在离卦得手后，即刻冲入大营，解除营内所有人马的武装，控制大营局势；少主会同右老大人、乾卦统领和紫金密使，带领其他将士作为后援，在我等得手之后，杀入中军主帅大帐，'俘虏'大营主将！各位注意，这只是演练佯攻，考校醴陵大营战力，千万手下留情，解除武装就行，切勿轻易伤人。万一碰到石阵、箭雨和炮火阻击，就努力避让甚至停止进攻；如果大营防范甚严，进攻受阻或者陷入重围，一律束手就擒，千万不要抵抗，以免造成无谓牺牲。都听清楚了吗？"

"听清楚了！"

"好，马上行动！"

"谨遵将令！"一阵雷霆般的吼声之后，离卦统领稍做安排，就带着人马疾驰而去，朱雀将军也清整队伍，随后出发。李云博对李天骏道："六叔，后援队伍就由你来指挥，如何？"李天骏道："岫南，我等出身乡野，从未正式参与作战。我看，还是由乾兄指挥吧。"李云博一想，也是，就对乾卦统领道："乾卦统领听令！攻占中军大帐之战由你指挥，右老大人和姤卦执事当你副手。赶快调军部署吧。"乾卦执统领一拱手道："属下一定竭尽全力，打个漂亮仗，回报少主与右老大人信任与厚爱！"

就在他们调兵遣将之际，李天雷满腹狐疑地问李云博："岫南，你什么啥时候成了少主？还冒出一个右老大人？何为湘水台？密使又是什么？卦队又是什么？两个月不见，亲侄子手下怎么多了这么多身手不凡的勇士？这是怎么回事呀？"

李云博大笑起来，正欲解释，身边的李云浩说道："爹爹有所不知。就在您秘密失踪后，岫南杜甫江阁赋诗，深得楚王和太后赏识，特赐进士出身，入天策府为学士；太后又甚是信任，委以湘水台重任，做了紫金长老，六叔和我也一起进了湘水台，六叔是黄金长老，我是紫金密使……"

李云博道："现在有急务在身，还不是解释的时候。六叔他们都出发了，二叔，我们快跟上吧！"

李天雷听了李云浩简单介绍，更加糊涂了，李云浩介绍的这些名称他闻所未闻，就连湘水台是什么也全然不知，黄金长老、紫金密使是个多大的官更无从知晓，具体情况也不怎么了解，不糊涂才怪呢！但有一点李天雷知道，李氏又多了几个朝廷要员，这让他甚是高兴。他不禁喃喃自语道："真是'牢中一日，外面数天'啊！没想到，被关了几个月，发生了这么多意外的事！"

"还有更意外、让您更想不到的事呢！"李云博策动马匹，靠近李天雷，指着前面已经和李云浩并驾齐驱的冯玉花，神秘一笑道，"二叔，你看，那位姑娘，漂亮吧。您要是急着想知道她是谁，就去问你的二小子，要是不急，等巡完这趟大营，小侄慢慢跟您禀报吧！"说罢，策马朝前方飞奔而去。李天雷愣了半晌，自言自语道："昨晚救我，达淼和这位冯姑娘一直冲在前面，这有何特别、算甚意外呢？难道，达淼这憨小子……"他也一振缰绳，朝李云博身后追赶过去。

◆ 二、醴陵大营里的雷霆之怒 ◆

李云博一行到达醴陵大营辕门的时候，但见离卦统领站在辕门指挥台上，正朝他们喊道："大营岗哨和警戒全部控制，朱雀将军已经前往各处解除大营武装，请少主直入中军主帅大帐！"

乾卦统领一听，大声命令道："大家杀进辕门，大帐前下马，跟我直入中军主帅大帐，请各位紫金密使保护好少主和李掌柜，等我等解决了里面的侍卫再请少主入帐，切勿轻举妄动。大家冲啊！"

李云博听了，跟着他们冲入辕门，在大帐前下了马，和李天雷、李天骏停在阶前等候。刘如霜、李云浩、冯志远、冯玉花仗剑围在他们周围。不一会儿，乾卦执事、着姤卦执事出了大帐，朝李云博拱手道："启禀少主，主帅大帐已被我们全部控制，统领吩咐我等，恭迎少主入帐！"

"各位行动神速，辛苦了！"李云博大是高兴，又转身对李天雷说："二叔、六叔，我们进帐吧！"一行人就跟在李云博身后进了大帐。

进得帐来，里面的气派、恢宏与豪华让李云博瞠目结舌，无论是萍乡的炮火营，还是袁州大营的主帅大帐，李云博都去过，简直一个天上一个地下，根本无法与这里相比。可是，如此富丽堂皇的主帅大帐和他统领的三千边防守军，让他们湘水台区区百人，不到半个时辰全部抓做了战俘。要真的是敌国军骑突然袭来，还不是顷刻间土崩瓦解！就连浏阳东部小小的瞿家寨边关，都比这堂堂都统坐镇的行营的部署严整得多。这大楚东南面的安全屏障，简直形同虚设！

李云博走到帅案前坐下，将王赐佩剑往案上一拍，大声喝道："哪位是大营都统，给我站出来！"

堂下半天没人吱声。李云博又道："怎么了？熊了？不敢站出来了？"

一个跪在地上的武甲侍卫怯生生地回答道："报告将军，我们，我们的都统刘大人还在后帐，他还没起床呢……"

李云博勃然大怒，一跃而起，冲进后帐。刘如霜几个人也跟了过去。但听李云博边走边吼道："来人，给我将这个还在酣睡的刘都统绑了，押到大帐问罪！"

李云博进到后帐，这里的陈设更加豪华奢侈：这哪里是军营大帐，几乎是达官贵人的府邸，完全可以和楚王的行宫媲美。李云博寻了一通，床上、书房、茶室等处都不见人。正在纳闷间，忽然见床沿微微晃动，李云博拔出剑来，大声喊道："你个孽种！我知道你躲在床下，赶快滚出来！如若慢了半分，定将尔等碎尸万段！"

不一会儿，一个上身赤裸、仅穿一条睡裤的男子颤颤巍巍地爬了出来，面如土色，头发凌乱，嘴里还一个劲地讨饶："将军饶命，将军饶命……"身后，两个同样吓得半死的年轻女子，用睡衣捂着裸露的胸前，头发同样乱糟糟的，也半死不活地往外面爬。

见到如此情形，李云博更加怒不可遏，大声命令道："给他们穿上衣服，都绑了，押到大帐里去！"

出了后帐，李云博重新坐到帅案前，厉声喝道："帐下降将，报上名来！"

中年男子哆嗦着身子，战战兢兢地说道："末将刘成璧，大楚国镇东将军，职司醴陵大营都统。敢问，将军阁下是何方神圣？贵国为何未下战书，破我大营？"

李云博压住怒火，道："大胆刘成璧，你管我是何方神圣！镇东将军，我看你是个嫖娼将军！我区区百人，半个时辰之间，未损一兵一卒，就将你这边防守军大营连锅端了。你这三千守军，都是吃干饭的？无能之将，还有脸问我是何人？"

刘成璧红着脸道："将军用兵如神，末将五体投地……"

李云博怒道："放你娘的狗屁！用兵如神，我都替你害臊！我们未费吹灰之力，攻进大营，你以为我们是神兵天降！告诉你，原因是你等根本就没有防范！守营的常识都没有，你说说，为何不设营前阻栏？为何不备高台石阵？为何不布强弩弓箭？为何不控机关暗哨？大楚国的江山，迟早会葬送在你们这帮废物手上！"

这时候，朱雀将军进到大帐，禀报道："少主，醴陵大营百夫长以上的军职将校全部俘获，请旨少主，如何处置？"

"都带进来！"

不一会儿，一批被解除武装的军官垂头丧气地进入大帐，大约四五十人，将大帐挤得满满的。这些尚未戎装的将领，一个个心怀愤懑，七嘴八舌地议论着：

"我等成了俘虏，都是被刘成璧所害，这个狗粮养的！"

"多次劝他整顿军备，加强防务，抓紧操练，严防敌国偷袭，这只猪，仗着老子是天策府的右司马，胆大包天，日日游山玩水，夜夜饮宴笙歌。现在好了，都成了阶下囚了。"

"我等都投降吧，这样的将领，这样的朝廷，迟早是要完蛋的。"

…… ……

"够了！"李云博怒火万丈，大声训斥道，"尔等承蒙楚王厚恩，得受王廷重托，担纲保疆安国大任，然而，驻镇边疆却不恪尽职守，防务懈怠，武事高搁，军纪松弛，队伍涣散，几乎一触即溃。尤其是你刘成璧，担纲行营主将，身处边陲却不思御敌之策，不能为王廷分忧解患，荒废军务，醉生梦死，空耗军饷，尔等知罪吗？"

堂下顿时鸦雀无声。安静一阵子后，众人面面相觑：听这口气，不像是敌国军队。一个胆子大的将领，试探性地问道："敢问将军阁下，你们是南唐的黑云长剑军，还是西蜀的捧圣控鹤军，抑或大汉朝的殿前侍卫禁军？如此厉害，我等服气。既然被俘，就是死罪。在下斗胆请将军告知藩属，也好让我们死个明白，知道是输在谁的手上！"

朱雀将军道："好，我替少主告诉尔等：我们既不是南唐的黑云长剑军，也不是西蜀的捧圣控鹤军，更不是大汉朝的殿前侍卫禁军。我们是大楚长直侍卫亲军。台上这位，是大楚国天策府学士李云博大人，奉楚王之命巡察边防军务，今日凌晨，特设下佯攻之计，考校醴陵大营战力，没想到，尔等不堪一击，几乎一干废物！"

跪着的刘成璧听到此话，马上站了起来，傲慢而轻蔑地大声道："我当是谁呢，原来是凭着三寸不烂之舌，得到王廷破格录用的瑶池山野小儿！一个小小的天策府学士，竟敢假托王命，带一帮匪徒攻占我醴陵大营。边防军事要地，岂容你等私闯，还不快快为本都统松绑，迟了的话，禀报天策府，定叫你等死无全尸！"

李云博大怒："来人，将刘成璧推出去杖责二十，杀杀气焰，然后再审！"

刘成璧更加张狂，破口大骂道："不知天高地厚的黄毛小儿，你敢打老子？不如斩了老子算了！你敢动老子一根毫毛，父亲大人定会诛你九族，让你瑶池李府血流成河！你打啊，老子怕你不成！！"

刚才那位将领连忙劝阻道："都统大人，您少说几句，快快冷静下来。已经捅了篓子，别再把祸惹大了！李学士奉旨巡边，自然有楚王诏书。如若有王上诏书，那么我等疏于军务，罪莫大焉，得甘受军法处置。如果没有，假传王命，私占军营，此乃欺君叛逆大罪。到时候我等再问罪不迟。"他又对李云博揖首施礼道，"学士大人息怒！我等军备松弛，防务懈怠，被大人一举击破，真是罪该万死。但天策府的将令，就是要我等驻守此处，做做样子，威慑敌军。我们也是奉命行事！请大人恕罪！"

朱雀将军怒道："天下奇闻！边关守军，居然做做样子，威慑敌军，真是天大的笑话！请问，这是天策府哪位大人的狗屁将令？"

"是右司马刘彦瑶大人的将令。我们的大营都统刘大人，就是，就是右司马刘彦瑶大人的二少爷。"

朱雀将军仰天长叹："楚国朝堂之上，天策府内，怎么让这些庸人执掌兵权啊！"

李云博也恍然大悟，冷笑道："原来是刘彦瑶大人的公子，怪不得既不懂布防，也不会治军，就知道吃喝玩乐，这王都无人不晓的花花二少居然做了镇东将军，天下奇闻啊。右司马大人又兼六军都统，位高权重，生杀予夺，我李云博还真不敢得罪啊！"

刘成璧得意非凡，趾高气扬地说道："知道我是谁了吧，害怕了吧。还不快快为本都统松绑！对了，李云博，你带了楚王殿下的诏书没有？带了的话，拿出来让本都统瞧瞧。如果没有，你的死期到了！"

"王上口谕，命我巡边，只赐王剑一柄，并没有给我什么诏书。难道，这受王上委派秘密巡边，还会有假？"

"李云博，我知道你巧舌如簧，本都说不过你。既然没有王诏，就是假托王命，图谋不轨，罪该万死！"

"先拉出去杖责三十，然后军法严惩！"

"是！"李云浩、冯志远推起刘成璧往外走。

"李云博，你今天打了我，明天我要你百倍偿还！"不一会儿，门外传来阵阵鬼哭狼嚎之声，又渐渐地平息了。

李云博被气得脸色铁青。他猛地站起来，拔出剑来，扬起用力一挥，只见一道寒光，帅案被削去一角。但听他说道："跟自己人斗起来，真是劲头十足、豪气冲天！好，我倒要看看，究竟我罪该万死，还是你死无全尸！！监军何在？"

刚才说话的将领拱手道："启禀大人，末将陈锦龄，职司醴陵大营监军。"

"你是监军！好。判官、推官、行军司马、押牙何在？"

帐下四人连忙应了声：

"在下是大营推官。"

"在下是大营判官。"

"在下是大营行军司马。"

"在下是大营押牙。"

李云博道："好，你们几个，赶紧过去把人都放了，将真相告诉大家，然后回来做个见证。"

"是！"几个人领命去了。

"掌书记何在？"

"在下鲍平，职司大营掌书记。"

"好，你来录书，照实全录。现在，我们一起审审这案子。麻烦陈监军对照军法条款回答，看看你们的都统大人所犯何罪，又该怎样处罚。如何？"

陈锦龄道："谨遵学士大人指示。"

"那好，我们开始。将罪将刘成璧押进来！"李云博道，"刘成璧，你可知罪？"

"本都统为国戍边，勤勤恳恳，不知有何罪过。"杖责之后，刘成璧的屁股被打得血肉模糊，一路哎呀哎呀地哼着，的确老实了许多。

李云博继续问道："那我问你，军营要地，私藏娼妓，荒淫无度，该当何罪？"

"他们不是娼妓，是我带来的伶人……"

"伶人能每晚都陪你睡觉吗？"

"这……只是偶尔陪一下。"

"偶尔陪一下？你不知道，边防大营，严禁酒色吗？陈监军，私藏娼妓，淫乱军营，该当何罪？"

"如若普通军职，该削去官职，贬为庶人，并刺配永州；如若行营主将及高级将领，该革职下狱，处以腐刑，以正军纪！"

"刺配永州，处以腐刑，好。我再问你，边关大营，疏于防务，全军被俘，主将该当何罪？"

"该枭首辕门，以儆效尤！"

"枭首辕门，很好。如果军营主将无理取闹，不听训示，辱骂王使，该当何罪？"

"该以不忠朝廷、叛国背主之罪论处，五马分尸，诛灭九族！"

刘成璧挣扎着想站了起来，但打得伤痕累累，毫无气力，只得躺在地上，火冒三丈地吼道："李云博，你有种就将王诏拿出来，没有就是欺君罔上，罪该万死！你骗谁啊，楚王殿下只知道狩猎、饮宴、拜佛，办节会、打马球、斗宠狗，哪管这等闲事！更何况，几个月前，礼部侍郎刘静仁已经巡过边了，边防军务均由天策府左右司马全权负责。我父亲是右司马，我还不知道？你小子别假装正经了，还不快快受死！"

朱雀将军再也忍不住了，伸手掏出湘水台将军印信——白银腰牌高高举起："湘水台朱雀将军陪奉紫金长老、黄金右长老大驾到此，如有人再胆敢忤逆湘水台长老，就地处死！"

话刚落音，大帐就炸开了锅：

"湘水台密使？传说中的王室私密武装，怎么可能？！"

"黄金长老驾到？在哪里？"

"紫金长老也来了？谁是紫金长老？"

"怪不得我们顷刻之间就被击溃，原来是湘水台干的，怪不得！"

……　……

李天骏也一举黄金腰牌，道："大帐肃静！我就是湘水台黄金长老。坐在帅案前的小将军，就是紫金长老大人。大家还不赶快参拜！"

大营的将领们，一个个面如土色。他们当然知道，楚国王室这支秘密部队现身，意味着什么。在大楚国的政界军界，湘水台被传得神乎其神。这支队伍，行踪不定，神出鬼没，不仅个个身手不凡，而且生杀予夺。不要说一般地方官吏将领为非作歹，只要湘水台知晓，肯定会被诛杀，就是州郡节度、朝廷大员作奸犯科，也一样可以先斩后奏；还有一种传说，湘水台同样可以诛杀荒淫无道、实施暴政的楚王。所以，近年来，楚国虽然有些由盛而衰，但贪官污吏还真不多，很可能是湘水台像幽灵一样让做官为将者心存忌惮，尽管这些年来，谁也没有遇到过真正的湘水台密使。当然，也有人怀疑是否真正存在这支秘密武装，但这并不影响湘水台对楚国王廷上下的威慑力。

众将赶紧磕头道："参见台老大人。不知台老大人驾到，适才冒犯，请大人治罪！"

听到这里，刘成璧也扑通一声跪了下来："台老大人饶命啊！都怪末将一时糊涂，顶撞大人，请看在我父亲的薄面上，饶了末将吧！"

李云博正色道："数十里之外，萍乡炮火营正磨刀霍霍，虎视眈眈，大楚已危若累卵。你倒好，堂堂大营主将，声色犬马，穷奢极欲，不理军务，祸害营门，如此败类，留你何用！来人啊，将刘成璧推出辕门斩首，以正军法！"

朱雀将军制止道："少主，我湘水台乃王室私密武装，不是军门部属，将领处罚，皆由天策府论罪定刑。少主杀将之举，还望三思啊！"

李云博取出紫金腰牌和权杖，往帅案上一搁，慨然道："太后赐我台老印信，凡楚国境内，无论皇亲国戚，还是朝廷重臣，只要背叛王廷，祸害家国，贪赃枉法，胡作非为，均可就地正法、先斩后奏。为国除害，有何不妥？"

青铜统领也劝阻道："少主切勿冲动！湘水台虽可诛杀叛逆，也可对贪赃枉法和胡作非为的官吏行刑，但军门主将，必须请示太后才行。更何况刘彦瑶权倾朝野，炙手可热，还是不惹为妙啊！"

"你们原来是怕我开罪刘大人啊。国之将亡，留身何用？大家不必为我担心，到时候，我向司马大人负荆请罪就是，要杀要剐随便他！"

帐下众将也齐声哀求不止。但听陈锦龄说道："杀不得啊，台老大人！如果刘都统被诛，我等四十多位将领都将身首异处，全营三千名军勇都将流放边地。'主将被诛，副将同罪，尉校连坐，全营遣散'，这是刘彦瑶大人就任天策府右司马后的新规啊！"

"天策府居然有如此荒唐的军令！真是气人！"李云博只得作罢。他朝刘成璧训斥道，"刘大人怎么生了你这样的儿子！你刚才不是很横吗？怎么，又熊下来了？你既然告饶，我就看在刘大人的面子上，看在众将苦苦为你求情的份上，暂且饶你性命。但死罪可免，活罪难逃。来人啊，以淫乱军营之罪将刘成璧打入军牢，听候天策府发落！"

"谢大人不杀之恩，末将一定痛改前非，效命朝廷……"刘成璧说着，身体已成一摊烂泥，就被两个辕门卫卒拖出大帐。

李云博又道："边关大营，担负看护国门重任。刘成璧玩忽职守，按罪当诛。但国难当头，诛杀大将，不利士气提振。你等规劝阻止不力，任其胡作非为，按律当罚。但念你们受制于人，天策府又有此军令，本台就不做深究。诸位当面壁思过，以此为戒，戴罪立功，立即着手整训军备，加强武事，防患未然，确保大楚边门不失。都记住了吗？"

众人拱手齐道："谨记大人教诲，我等一定枕戈待旦、永不懈怠，戴罪立功、报效王廷！"

李云博最后说道："好，巡边事务业已完结，我等要回都复命了。鲍平掌书记听令：此次事端，请据实写成奏章，不得有丝毫走样，大营百夫长以上的将尉均需审核具名，然后上报王廷，并请示天策府裁决处理。陈锦龄监军听令：在天策府委任主将之前，醴陵大营军务由你暂署，本台留下朱雀将军协助整军布防，操练人马。"

"谨遵大人将令！"

◈ 三、瑶池李氏的双喜临门 ◈

忙碌了两个多时辰，离开醴陵大营时，已经申时一刻了。李云博留下朱雀将军和离火卦队人马，并交代朱雀将军，抓紧整训军队，部署防务，旬月之后回都复命。然后和大家一起，踏上了通往瑶池的古道。

一路上，李云博心事重重。在他看来，边塞大营，应该坚壁清野，深垒高墙，多布哨探，严防细作，没想到这醴陵大营竟会如此松懈涣散，一切械备机关都形同虚设，就只差刀枪入库、马放南山了。虽然，湘水台密使的战力强普通军队数倍，但三千人马的大营，不到半个时辰就土崩瓦解、悉数俘获，这无论如何也讲不过去，李云博怎么会不吃惊？更让他恼恨的，是天策府的那条军令：做做样子，威慑敌军！怎么会颁布如此荒唐的军令呢？想到这里，李云博怒火中烧，暗暗骂道："真是一群蠢货！军政大权落到这些人手里，只怕这楚国江山社稷，残喘不了几日了！"突然，一个疑问冒了出来：如果天策府有此军令，为什么东边的瞿家寨守将、边关指挥使赵密只有区区五六百人，居然军备整肃、布防严实，操练巡查也毫不懈怠。这条军令哪里来的？自己怎么从未听过？

他突然对冯志远道："志远兄，你和无妄卦队辛苦一趟，重返醴陵大营，找陈监军仔细查查'做做样子，威慑敌军'这条军令的来源，我总觉得这条军令有问题。你想想，就是白痴掌权，也不会如此荒唐，更何况，刘彦瑶将军治军多年，不可能将军国大事当儿戏。记住，一定要查到天策府官文或者书牒，快去快回！"冯志远领命后，带着人马返回去了。

本来，凌晨脱险，李云博心情大好，是想通过佯攻试探，看一看大楚边关雄师战力几何。他希望边疆守军兵强马壮、戒备森严、雄踞隘口、坚如磐石，一切如己所愿之后，就进军营喝上归国后的第一顿早茶。可是没想到，这里的一切居然与自己的想象相差太远，不仅早茶搅黄了，只得在回程路上就些干粮、喝捧泉水了事，而且让他动了有生以来第一次雷霆大怒，真是扫兴之极！

过了东峰界口，李云博看到熟悉的山山水水，渐渐不去想这些烦心的事。他不觉动情地说道："兄弟姊妹们，再走十来里，就到我家了。诸位因为我李云博身涉险境，风餐露宿，不辞辛劳，如今完成使命，我要大宴劳苦功高的将士们，为诸位洗尘庆功。大家快点走啊！"

"好啊，快到少主他们家了，我们一定要扎实地吃上一顿、好好地睡上一觉！"

"对啊，南方爆业豪门，大宴一定很经吃啊！"

"瑶池李氏有种顶级好酒，叫什么来着？"

"少主，能不能一睹瑶池李氏炮火风采啊？……"

乾卦统领见他们一个个得意忘形的样子，没好气地骂道："还不赶快走，贫嘴有啥用？瞧瞧，你们就这点出息？"

"哎，我的统领大人，大家使命完成，轻松高兴也是应该的，再加上可以吃好睡好，谁敌得过这多重诱惑？让他们乐去吧！"李云博对乾卦统领说着，又朝大家大声道，"诸位放心，我一定以瑶池李氏最高规格，招待各位！"话刚落音，人群顿时炸开了锅，一个个欢呼雀跃。

李云博看见他们心花怒放的样子，也兴高采烈起来。他转过身去对李云浩说道："达淼哥，你和玉花姑娘快马加鞭、赶紧回去，向祖父大人禀报！我等随后就到！"

李天雷努努缰绳靠近李云博，轻轻问道："岫南，你说那位冯姑娘会不会看上了我家那二傻子？"

李云博笑道："看你这当爹的！达淼哥傻吗？他武功上乘，忠孝仁义，勇猛豪侠，近期还在认真地学习作诗，哪里傻呀！"

李天骏听见了两人对话，也笑道："要我说二哥呀，二傻子是你李天雷才对！达淼为了救你，多次身临险境，不惧生死，殚精竭虑，你还在背地里骂他是傻子，这爹，当得不咋样啊！"

李天雷看上去有些不高兴，一本正经地说道："你们两个别挤兑我，该知道我所言何事，故意找茬寻我开心不是？早知道出来还得受窝囊气，不如撞死在牢房里算了！"

李天骏一听，大惊道："我们闹着玩的，二哥，你当真了？"

李云博看着紧张不已的李天骏，笑得直摇头："六叔胆子真小，真是个实诚人。二叔常年经商在外，什么风浪没见过？这数月以来，等于差不多死过一回。就你我这点小伎俩，能蒙得过他？"

李天雷哈哈大笑："岫南真是人小鬼大，对什么都明察秋毫。今天看你调兵遣将、铺排事务，均周密严谨，尤其是审理一出，更见英雄气概、大将风度。我李天雷有了你这个亲侄儿，真是不甚荣耀啊……"

李云博笑道："看看，又来了，还动真格的，连最狠的捧招都使出来了，开始灌米汤了，我投降了。冯姑娘的事，你问六叔吧，我逃了。"说罢，一挥马鞭，扬蹄而去。

李天雷急道："我不是逗你，我说的是真话……"可是，李云博已经走远了。

"你上他小子当了！"李天骏道，"岫南是虚晃一枪，借机脱身。论智谋，我们两个加起来，也肯定是斗不过他的。这小子善良仁义，智勇双全，没有他，我们瑶池李氏早就完蛋了。"

李天雷也感叹道："真是有志不在年高、无志空长百岁啊！没有他的奇谋和胆识，我不知道还要在南唐的监牢里待多少年呢！六弟，二哥谢谢你们！"

李天骏道："二哥，哪里话！我们兄弟六个，手足情深，这样说不是太见外了吗？自你失踪之后，父辈和我们兄弟，还有一班儿侄，都夜不成寐，想方设法打听你的下落。还是岫南有办法，不但推理出你失踪的原因，而且猜到了你可能关押的地方，还想出这借船出海之计策，说动太后让湘水台密使秘密出境，收集他国密情，他自己带队亲往南唐洪袁诸州，力排众议并说服大家顺道萍乡，将你救了出来。岫南这一个多月的艰辛，又有谁知啊！"

李天雷热泪盈眶："好兄弟！你们的深情我永远铭刻在心！我们瑶池李氏，满门英豪，只要团结一心，什么艰难困苦，什么天灾人祸都不怕，没有过不去的坎。六弟，你说呢？"

"二哥说的是！"李天骏突然忧心忡忡起来，"只是，这次我们不仅将你救了出来，还让南唐图楚阴谋大白天下，又放火烧了萍乡炮火大营的炮药库，郑道光、江世敦、易守礼、西门璞他们怎会善罢甘休，疯狂的报复肯定会接踵而至！更何况，夺取瑶池大威力火药秘方、快速升级炮营战力，已经成为南唐的国家战略……只怕李氏的磨难，才刚刚开始呢！"

李天雷道："真正的强者，都是从磨难堆里苦出来的！对了，快到家了，别想这些难过的事了，说点轻松的吧。你说说，达淼和那冯姑娘什么关系？"

李天骏笑了起来，说道："你这么老奸巨猾，难道看不出来？他们呀，一见如故，两情相悦，快成了，你就等着筹钱办喜事吧，哈哈哈……"

李天雷大喜："这憨小子，还真行！看来人还是要到外面闯闯，见见世面、长长见识不说，多结交朋友就多一条路！他在瑶池十多年，也没听到有哪个姑娘喜欢，我还正愁他的婚事呢，没想到，出去几个月，就彻底消除了我的心头大患，哈哈……"

李云博一行到达瑶池的时候，已近午时。但见大瑶集市到处张灯结彩，喜气盈天，比两个多月前的爆竹节还要讲究，远远望去，大街小巷红得一塌糊涂。加上正值盛夏酷暑，又恰在烈日当空的正午，把正兴高采烈急着回家的李云博看得心花怒放：两月未回，难道家里又有大喜事了？他一运神，马上就想到了：肯定是二哥大婚！

的确，李云博猜得不错，这几天正是馥湘公主和李云铎的大婚良辰。公主下嫁瑶池李氏，这可是浏阳从未有过的大喜事，全县上上下下都很重视，不弄得热闹一些，怎么对得起王家恩宠？一贯节俭的李氏，也只得听从县府的安排了。

大伙儿正要起身进去，不想城门已被官兵把持。见五六十人的马队开过来，穿着奇形怪状的衣衫，守城官兵当场挡住一行人去路。李云博非常奇怪，这大瑶集市，从来都没有城墙，也没有城门，怎么，两个月不见，突然间筑起了高高的城墙，还建了这气势恢宏的城门。瑶池李氏的几个人，都不敢相信自己的眼睛，还以为走错了地方。

李天骏道："我李天骏和这几位都是瑶池李氏子孙，就住在大瑶集市里的楠竹山下，怎么，回家也不让进？"

为首的军吏道："奉天策府飞骑营统领吴峦将军命令：来往客商一律盘查，身份不明者一律免入。"

"我等回家也不行吗？"

"回家可以，请你的家人来接，或者到乡衙办一张出入文牒送来。只要我等确认了你的身份，就可以了。"

"为什么突然查得这么严呢？"

"亏你们还是本地人，连这个都不知道？出去多久了？"

"两个多月了。"

"难怪！告诉你们，这几日，是馥湘公主和驸马爷大婚吉日，瑶池大瑶集市全部戒严。你们是瑶池李氏的？不会和我们的李大人是亲戚吧？"

李天雷道："让你说对了！我是驸马爷李云铎的二叔李天雷，刚才说话的是他六叔李天骏，这位你们也不认得吗？他是天策府学士、李云铎的亲弟弟李云博大人啊！"

"名字倒是听说过，不知人是真的假的？反正，没有出入文牒，也没有家人来接，一律不准进入，这是军令！"

李天骏怒道："我等回家，也不让过，兄弟们操家伙，闯进去！"

没想到军吏带着十余人快速退回门里，大声喊道："有人闯关！快关城门！城上弓手弩手准备，一旦他们强攻，杀无赦！传信官，快去报告吴统领！"

正在说话间，一条大黄猎犬猛地从城门里窜了出来，朝李云博飞来。李云博一见，大喜一声喊道："阿黄，我的阿黄，你没事了？"只见阿黄缩耳晃身，摇起尾巴，两只前爪直往李云博身上挠，发出嘤嘤戚戚的声音。李云博道："阿黄，朝城里吠两声看看……"阿黄一掉头，恶狠狠地朝城门上的守军吠了起来。

剑拔弩张的双方，顿时被这情景给惊呆了。

正当李云博准备开口说话时，李云浩、冯玉花带着李云铎、馥湘公主和吴峦飞马赶到，吴峦对军吏嘀咕几句后，城门又重新打开。军吏施礼道："恭迎学士大人及诸位入城！小的有眼不识泰山，请大人责罚！"

李云博哈哈大笑："军爷执令如山，令人钦佩，何罪之有啊！楚国要是多有几个像你这样的校尉，何愁江山社稷不固啊！"

"二叔！"李云铎冲出城来，跳下马，一把抱住往地上跳的李天雷。不一会儿，李庆吉、李天亮听说李云博回来了，还救出了李天雷，喜不自禁，带着全家老少也都到了城门口迎接。李庆吉更是喜极而泣，扑通一声跪在城门前，面朝北方对天地行了三跪九叩大礼，动容道："瑶池李氏，一心向善，致使上苍眷顾，王廷垂青。孙儿刚刚进位驸马，如今又让小儿得脱危厄，真是双喜临门啊！李氏族人，更会遵循天道，恪守祖制，忠于我王，报效朝廷，舍生忘死，谋福瑶池！"众人一听，也都下跪感恩。礼毕之后，又一个劲地嘘寒问暖，倾诉离肠，南门乱作一团。

李云博见这样下去，会没完没了，于是大声说道："各位尊长，我们一夜未睡，都日过正午了，还没正儿八经地吃过一餐饱饭。大热天的，我这数十位兄弟姐妹就这样干等着，看你们一直悲喜交加下去？"

李天亮一抹眼泪，道："哎呀，只顾高兴去了，对不起。岫南，中午饭菜已经备下，在瑶池驿馆正厅，赶快进城吧。根据你祖父指示，晚上倾其所有，大宴各位胜利归来的勇士。请大家吃过午饭好好休息，晚上大家一定要尽情畅饮、一醉方休！"

一路上，李云博问李云浩："你和玉花怎么进城的？"

李云浩道："我表明身份，他们还是不让我进。我就只好要他们进去通报，三叔出来接应的。"

李云博道："你不知道交代守门军吏，我等还有大队人马在后面吗？害得我等费了许多口舌，也还是进不来。哎！"

李云浩一拍脑袋："哎呀，只顾着晋见祖父和给大家准备饭菜去了，忘了南门的事了！其实，你也可以叫他们去我们府上通报啊！"

李云博啼笑皆非，没好气地说道："刚才还在你父亲面前赞赏你呢！瞧瞧，一不留神，还是这样丢三落四、顾此失彼！如果还要我喊门、通报，那派你先回来干什么？懒得说你了。"

冯玉花也忍不住数落起来，道："我提醒了他。可他说，岫南聪明有办法，不会笨牛搁在高岸上渴死。还说什么兄弟姐妹们饿极了，准备饭菜要紧。自己跑到瑶池馆驿又是点菜又是订房，就一根筋地忙来忙去，无头苍蝇一样，不知道他心里怎么想的。"

"我怎么真成笨牛，快渴死了。"李云博听到冯玉花前面的话，有些不是滋味，但听着听着，渐渐转怒为喜，"这两件事倒是做到了点子上，是我错怪你了。好了，吃过饭，打发人去趟浏阳城，将二叔回来的消息告诉你母亲和兄妹们，让他们也早点放心！"

李云浩听见李云博夸他，反而满面通红，不好意思起来。他看了一眼身边的冯玉花，说道："嘿嘿，让你台老大驾久等，不好意思。浏阳我亲自去，立即动身，带上两张大饼路上啃啃，权当将功补过吧！"

"什么将功补过啊！"李云博笑道，"真长进了，知道孰轻孰重。误会你，还乐呵呵的，有胸襟啊！"

冯玉花听了，也不再数落李云浩了，说道："岫南哥，我也去吧。"

"怎么又成哥了，我的浩嫂大人？"李云博笑道，不假思索地点点头，"好，你也去吧，快去快回！"

◆ 四、初见未来公婆，侯门千金进退维谷 ◆

李云博陪着大家吃过午食，安顿密使们都进房休息后，也没有急着回家，就近在瑶池驿馆寻了间客房睡下。一个多月来，大家实在太紧张太劳累。而今天回家了，不用值守，不用议事，不用冥思苦想，也不用担惊受怕，可以放下绷得都快断了的神经，好好睡上一大觉了。

炎热的天气，汗液不经意就冒出来，弄得身体湿漉漉的。可能是大家实在疲惫极了，顾不得酷热，狼吞虎咽吃过午食进到房里，有的连冲凉都来不及，躺下就酣然入睡，整个驿馆顷刻间就了无声息。可是李云博躺了一阵子，脑子里总是有事情在打转，翻来覆去怎么也睡不着。"真是个劳碌命！"他骂了一句爬了起来，起身出了客房，在院子里的大树荫下徘徊起来。

没想到刘如霜也没有睡，正在院子里散步呢。李云博走到她身边，笑道："娘子怎么了，怕见公婆面，紧张着呢？"刘如霜一愣，笑道："是啊，从来没来过哥哥家里，今天公干路过瑶池，这丑媳妇不害怕才怪呢。"李云博道："丑媳妇总会是要见公婆面的，何况你美若天仙，怕什么呢！这方面，你得向玉花姑娘学学，她成天跟着达淼哥，就是一门心思让公婆瞧见，还不远数十里跑到浏阳见婆婆去了！"刘如霜笑道："我怎么跟她比！她是有了感情之实，只要图一个父母认可之名，跟来跟去，迟早会水到渠成。而我呢，空有个婚约之名，当着父辈祖辈装模作样地叫一叫，逢场作戏，没有任何实际意义。你说，将来被你休了，我还怎么嫁人？"

李云博听了，忽然明白，原来她是看到李云铎刚刚和馥湘公主大婚，有些怅然若失，于是大笑道："原来我这名义上的夫人还是想嫁人啊！可是，二哥已经娶了馥湘公主，这可怎么办呀？"

刘如霜顿时满脸通红，没好气地骂道："跟你说正经的，你却东拉西扯，懒得理你！你们李家，没一个好东西！"

李云博知道戳到她痛楚了，连忙赔礼道："妹妹受委屈了！都是我们兄弟不是人，让你蒙受感情和名声双重损失。如若将来天下太平，妹妹还是没有找到如意郎君，到时候姑娘将就一下，履行婚约，嫁给我李云博算了。"

刘如霜看着李云博一本正经的样子，破涕为笑道："夫人都变成妹妹了，还要坚持婚约，本姑娘看你还是没有坏到家。不过，就是当尼姑，也不嫁你李云博！"

李云博听出了刘如霜的言外之意。这些天的相处，他已经非常了解这个满身豪气、胆识过人的侯门小姐，虽然有些大大咧咧，但单纯天真，也不失温柔善良，更可贵的是没有多少豪门千金任性刁蛮的坏毛病。作为父母之命、媒妁之言的妻子，刘如霜应该无可挑剔。李云博觉得自己多多少少有些喜欢她了，特别是近来对自己的体贴、照顾与理解，让他倍受感动。但一想到一见倾心、私订终身的魏柳烟，还有揣在里衣口袋里的那方香罗手帕，不禁又黯然神伤起来。

刘如霜见李云博默不作声，又笑了起来："是不是紧张了？我当了尼姑，你要是求得厉害，本姑娘可以还俗嘛，看把你紧张的！"

李云博没好气地说道："你还是别还俗，我当和尚算了！"

刘如霜笑得更厉害了："你当了和尚，也是个花和尚！"

"你……"李云博一时语塞，不知如何回答。两人又走了一阵，都没了言语。突然，李云博想起什么，对刘如霜道："跟我回家看看，怎么样？"

刘如霜笑道："好，去见见公婆面吧！"两人进了馆边马厩，牵出脚力，策马往李府方向奔去。

一进门来，只见偌大的厅屋挤满了人、热闹非凡。原来，李天雷和李天骏早就回来了，大家在一起有说有笑。见李云博他们进来，都兴奋地围了过来，嘘寒问暖。

李云博施礼道："李云博见过各位尊长"

刘如霜连忙道了万福："未过门准媳刘如霜，见过阿翁阿婆、伯父伯母和各位尊长！公干在身，冒昧造访，望各位大人见谅！"

李太夫人早就知道，不久前李家已为李云博聘下了王都侯门千金，今天看见刘如霜如花似玉、礼数有加，落落大方，自然喜不自胜。不大好使的眼神一直盯着舍不得离开，嘴也喜得一直合不拢，还一个劲儿地叫好。李天亮和夫人也是第一次见到刘如霜，长子李云闪早已娶妻生子，次子李云铎刚刚和馥湘公主完婚，如今，小儿子李云博又聘

得礼部侍郎刘静仁的孙女，哪有不高兴的？夫人邱氏一把牵过刘如霜的手，笑道："我们岫南真有福气，定了这么一门好亲事。来，戴上，算是见面礼。"说罢，摘下手腕上的一枚翡翠玉镯往刘如霜的手上戴。

"这……"刘如霜大惊，赶紧推辞。

"戴上吧。娘的这个手镯可是老奶奶传给我的。这本是传给长房长媳的镯子，可是光升的婆娘手腕粗，只得另外定做了一个；公主殿下是金枝玉叶，也就做了个新的。我还生怕这镯子传到我手上传不下去了呢！戴上看看，蛮合适的。就你了，我放心了。"

"娘，你也太偏心了吧？"馥湘公主在一旁似乎吃醋了，"是不是我和大嫂都进了门，就不在乎了？这老三媳妇还未过门，家传的宝贝都拿出来了，如果她悔婚了，怎么办呀？"

刘如霜将镯子摘下来，说道："伯母，这镯子我不能要。你看，公主意见大着呢，送给她吧。"

夫人笑道："你信她，她逗你呢！娘给过她，她不要呢，她不愿戴我们乡下人戴过的玩意儿，你不嫌弃，就万幸了。"

馥湘公主一努嘴，没好气道："娘，你还是家族总执事太太、瑶池乡司夫人，没有了手镯，怎么行呢？我不愿夺你所爱呢。更何况，你刚才给她戴过了，本公主才不要呢。"

李云铎连忙扯了她一下："湘湘，你少说几句吧。娘不是那个意思。"

一脸笑容的馥湘公主听李云铎这么一说，马上停住了，嗔怪地看了一眼李云铎道："女人们的事情，你掺和啥？我逗逗弟妹，娘都看出来了，你真是个木头！"又抓起刘如霜手上的玉镯，帮她戴上，"好妹妹，别生气，我怎么会跟你抢？娘要送给你，是她的心意。看样子，你才是她的传人呢！你看看我这个，新做的，哪有你的好啊！"

李云闪的妻子也过来凑热闹，她将手腕伸出来，露出一个手镯，道："我的是六年前新做的，真的没有祖传的好啊！"

刘如霜看见易淑贞也在，上前招呼道："易姐姐也来瑶池了？"

易淑贞脸一红，正欲说话，但见馥湘公主笑道："易姐姐？我的木兰千金，整天忙着军国大事，这家里的事也得过问一下。她已经是你的三婶娘了！说不定，她肚子里都怀上小堂弟了……"

大家听了，都哈哈大笑起来，大厅里充满了其乐融融的气氛。

刘如霜很是尴尬，这易淑贞嫁给了三叔李天晨，她着实不知。而这个家传的手镯，也让她有点进退维谷。她抬头看了一眼李云博，示意他想想办法，帮忙拒绝这份厚礼。李云博却幸灾乐祸，装着没看见。刘如霜一急，暗中踢了他一脚。李云博"哎哟"地叫了一声，大家都莫名其妙地看着他。李云博无奈，就说道："如霜妹妹，你收下吧，这也是我娘和家里的一点心意。"

刘如霜一听，顿时怒火中烧：叫你帮忙，却帮起倒忙来，你这狼心狗肺的家伙！但事已至此，只得强忍着怒气，装着非常喜欢的样子，堆满笑脸道："谢谢伯母，把祖传手镯赐给我。我一定好好珍惜！"

馥湘公主又来劲了："见面礼都收了，还叫伯母？快改口，叫娘！"

"对呀，叫娘！"

刘如霜顿时满脸通红。大家催促了半天，她才迫不得已，鼓起勇气轻轻地说了一声："娘，谢谢您。"

可是，夫人的回答，却响亮而绵长："哎——自家人，谢个啥。"

馥湘公主和几个姐妹拉着刘如霜到房前屋后参观去了，房子里的妇女、小孩都跟着散去，厅堂里一下子清静了许多。李云博就和祖辈父辈们交谈起来。他得知，在他走后的这几个月里，瑶池发生了很多事情：楚王恩准在瑶池建立边关大营，并征调民夫数万，修筑城墙五里；瑶池的乡勇营扩充到两千人，改名神刀营，正式编入边关守军序列，李天晨暂署军务，李天威副之；乾祐三年七月初八，也就是五天前，馥湘公主和李云铎奉旨大婚，新任飞骑营统领吴峦率领一千骑勇沿途护卫，并在新婚期间全权负责瑶池防务，还利用闲暇指导神刀营训练新军；李天晨和易淑贞上个月已经结婚，如今有了身孕；西门璞被朝廷通缉逃走后，姑母整日以泪洗面，一家陷入绝境。种种情状，听得李云博唏嘘不已。李云博也将两个多月来的大致要情向全家做了介绍。

李云博介绍完情况，说道："这次南唐秘密之旅，侥幸全身而退。但袁州方面，绝不会善罢甘休，特别是获取瑶池大威力秘方、升级炮火武器，已经成为他们国家扩张战略的重中之重。我们瑶池李氏，以后的日子更加艰难了。他们劫持二叔，并未对火炮升级有任何帮助，现在被解救出来，反倒使他们夺取秘方、图谋楚国阴谋大白天下。而昨晚，我们又炸了他们的炮药库，南唐朝廷上下岂不震怒？看来，大规模的秘密行动会更加频繁和猖狂，报复性行动也会接踵而至，我们一定得做好最坏的打算啊！"

李天晨问道："岫南，南唐会不会大军入侵？"

李云博想了想，道："按照我的判断，南唐暂时不会大举进攻楚国。一来，和吴越争夺闽地大败，大将查文徽被俘，国力遭到重创，无力西进；二来图楚阴谋天下皆知，一旦用兵各国将谴责如潮，他们会投鼠忌器；三是南汉也蠢蠢欲动，他们也害怕两国拼得你死我活时，南汉趁机出兵，坐收渔利；四是李璟手诏也命令暂停军事行动，将获取瑶池秘方作为首要任务。但是，他们的灭楚之心不会死，一旦有机会，他们绝对不会放过。"

李天晨问道："既然没有大的军事行动，那么派出大量密探进入瑶池，不遗余力地弄走配方，就成为他们的当务之急。依你之见，这暗战之法，我等如何应对为妙？"

李云博笑道："三叔暂署军务几天，就俨然大将思谋了，瑶池之福啊！只是你的对手黑云长剑军，就在百里之间的萍乡城外，二叔就曾被关在那里，具体情况，你多向二叔问询吧。这支密探部队的首脑，一个是你的泰山大人、副指挥使易守礼，一个是你的姐夫行军司马西门璞，一个有勇，一个有谋，还有一个指挥使江世敦，虽然很少显山露水，能力绝对比他们强，不好对付啊！你得加倍小心、谨慎应对才是。至于细作防范，还是得坚壁清野，多布暗哨，严查过往，不留死角。特别是与敌国交界沿线，以隘口为据点，层层布防，连只苍蝇也不让他飞进来。我们还得加强与醴陵大营、瞿家寨以及平江、岳阳的边关联系，互通军情，相互策应，不让他们兴风作浪。"

李天晨豁然开朗："岫南点拨，茅塞顿开。只是我人手太紧，又是新兵居多，任务过于繁重。岫南，你的湘水台能不能也驻防瑶池，一起共防？"

李云博道："湘水台当前急务是回长沙解决兄弟争国的内乱，我只能留部分卦队协助。至于兵力不足，请二哥帮你。二哥，你可以建议王廷，让飞骑营吴峦将军就任神刀营统领，留下这一千骑勇担纲边塞军务，那么，神刀营就成为名副其实的边关大营了。如果此策得到王廷恩准，瑶池就万无一失了。"

李云铎道："好，我回去就上奏天策府，言明此事。"

末了，李云博将李云浩和冯玉花两人的事情讲了出来，一家人自然喜不自胜。于是定下，由欧阳管家做媒，向冯志远提亲。

利用下午的空闲，李云博顾不上炎热和劳顿，去到小瑶西门府第，看望了姑母一家。对于姑父的背叛，他已经无话可说。人各有志，不能强求。而这是男人间的事情，与一家老小毫无瓜葛。李云博只得宽慰姑母，要她照顾好表妹表弟，保重身体，也就心事重重地告辞了。

李云博回到家中的时候，冯志远和无妄执事正在厅屋等他。一见李云博进来，冯志远急忙站起来，说道："少主，事情不妙。天策府快马传到醴陵大营的公文和书牒根本没有'做做样子、威慑敌军'这样的军令，倒是要他们'加强戒备、严防偷袭'一类的训诫很多，无妄兄抄录了一些，少主你过目吧。"

李云博连忙接过，浏览了一遍，问道："没有漏掉文书吧？"

无妄执事道："绝对没有。我们是把这三年来的天策府下达的文牒翻了个遍，属下以人头担保，绝对没有遗漏。"

"那真怪了。"李云博踱着步子转了一会儿，又问："你们没有问问陈监军，这条军令是从哪里来的？"

冯志远道："问了。陈监军说，半年前，天策府调走了原来的大营都统，派刘成璧接替。他记得，刘成璧到任第一次升帐，口头传达了天策府的这条军令。当时，他和众将都面面相觑，都以为听错了。可是，刘都统却正色道：这是天策府的军令，不宜下文书，只口头传达，要求大家牢记在心。刘成璧还强调说，军令就是军令，没有为什么，也不得议论。他们以为上面是在做战略上的考虑，或许是在使用疑兵之计，麻痹敌人，又不敢问，只得松懈下来。陈监军说，以前，醴陵大营一直戒备森严、巡查很落实，只是这几个月来，才变成这样。"

"你们没有找刘成璧问一下？"

"当时他关在军牢里，时间又紧，来不及询问。"

"马上派人再去一次，请朱雀将军问问刘成璧，这条荒唐的军令究竟是从哪里来的。对了，既然原来大营防务不错，就请朱雀将军他们连夜撤回来吧。"

无妄执事道："少主，还是我带人去吧。为了慎重起见，属下建议少主修书一封，也好使朱雀将军对陈监军有个交代。"

"好，我这就去修书。"

◆ 五、空前绝后的李府夜宴 ◆

夕阳西下已经很久，可天边依然泛着红霞，暑热还在大地上蒸腾。成群的野鸟开始回巢，或款款而飞，或展翅盘旋，或冲来窜去，一拨接着一拨，在空旷灿烂的天际自由散漫地飞翔着，仿佛是夜晚派来的传信使者。

而太阳刚一落下，瑶池李府门前，一大群仆人就开始忙碌起来。浇水洗刷青石地面，铺上排排座席，摆好张张酒案，还在周围置起烛台布上巨大的蜡烛，直到天将近黑的时候，点上了蜡烛和府门前的灯笼，才算结束。不一会儿，摇着蒲扇、打着纸扇、挥着布扇的男女老少，三三两两往这边涌来，远远望去，偌大的广场灯火辉煌，人头攒动，喧声鼎沸，就像盛大节日里，即将开始的狂欢夜宴一般热闹。

酉时一到，瑶池李府的家宴快开始了。但见李庆祥起身拱手道："请诸位贵客嘉宾入席，夜宴即将开始。"见大家都坐下来，又道："家宴开始，鸣炮奏乐！"

但见广场边上，牛角铁炮响起，接连九声，震得大家耳膜发疼，一些女人赶忙捂住小孩的耳朵。接着，锣鼓响起，号角大作，也是九声长鸣之后，突然间停息下来，只是余音还在广场上空回荡。

"有请瑶池乡司、李氏总执事李天亮致祝酒词！"

李天亮站起来，深深一个鞠躬之后，大声说道："今晚，瑶池李府备下家宴，为胜

利归来的勇士们接风洗尘！一来，感谢英雄们为我大楚挺身而出、勇赴国难；二是感谢勇士们为我李氏安危舍生忘死、竭虑殚精；三是感谢兄弟们，为营救我二弟赴汤蹈火、奋不顾身。为此，经请示父亲大人，特准取出我李氏九世先祖亲手酿制、窖藏上百年的虎骨玉液老酒，以尽地主之谊、略表感恩之心！不过，在下提醒各位，此酒甚烈，虽经冰镇，劲道尤足，只能小杯酌饮，不可牛灌贪多。来，大家满上，先干一杯！"

"干杯！"

丰盛的菜肴也端上来了，鸡鸭鱼肉，猪牛羊兔，荤腥蔬野，应有尽有；汤熬蒸煎，爆烧炒炸，熟割凉拌，烹饪样式也极具瑶池特色。一个多月来，一直风餐露宿的密使们哪里见过如此丰盛的酒席，敞开肚皮大吃起来。

宴会刚开始不久，李天亮又说道："俗话说，早宴看茶，午宴捧酒，晚宴献乐，这是我浏阳最高规格的待客之道。我瑶池乡野，既无声乐管弦，也无舞艳歌女，只能凑合着听听这乡间角音锣鸣……"

"等等！"但见馥湘公主突然站起来，施礼道："父亲大人，李氏望族，倾其所有，豪宴上宾，岂能无大雅之乐！儿媳马馥湘愿意代表李氏族人，不揣浅陋，为贵客们献乐，以助酒兴！薄芹之献，各位权听！"她一说完，现场顿时兴奋异常、炸开了锅：

"好啊！"

"公主献乐了，我的天！"

"我等真有耳福啊！"

"不仅仅是有耳福，还有口福、眼福。你知道这是什么酒吗？虎骨玉液酒，三百多年前，爆竹老爷发明的；你知道马馥湘什么人吗？是公主，当今楚王的掌上明珠！"

"我这辈子还从未享受过如此礼遇……"

李天亮和家人也几乎不相信自己的耳朵。堂堂的金枝玉叶，就是楚王殿下要夜宴贵客，想让这个公主献乐，也得看看她的心情如何。而今晚，在这边鄙小邑的露天家宴上，几乎和村民的篝火狂欢的境况差不多，公主居然会主动献乐，李天亮一家能不震惊？他恭敬地朝馥湘公主揖道："多谢公主屈驾抚琴，为家宴锦上添花，李氏满门感激不尽！"

馥湘公主还礼道："父亲大人哪里话！馥湘既嫁瑶池，就是李氏一员，能为家宴尽些绵薄之力，理所当然。父亲如此说，真是折煞我也！"

这时候，侍女已经捧来桐琴，馥湘公主盛装而坐，千娇百媚地弹奏起来，两名侍女琵琶和之。她起先弹唱的是一首楚廷宴乐《勋颂》：

巍巍麓山兮，邦国倚望；猛士仗剑兮，驰骋沙场。

泱泱湘水兮，家园依傍；君子吐脯兮，德被四方。

雄哉，山不拒陵岭高亢；壮哉，水不畏川河流长。

国乱思干将，家贫盼贤娘。忧患得多福，骄奢道终殃。

燕雀巢堂，必生祸殃；鸿鹄高飞，社稷康庄。

得我猛士兮，定国保疆；厚我君子兮，乐民安邦……

　　煌煌大乐，醍醐灌顶。虽然没有庙堂钟鼓丝竹，也没有豪华演绎阵容，但馥湘公主的娴熟弹唱，已足以让人如坐春风。一曲终了，大家还意犹未尽。馥湘公主听到掌声雷动，自然也不扫众兴，又弹了一曲《凯歌》。李云铎突然起身抱拳施礼道："公主献乐，在下愿舞刀而和，为上宾助酒！"说罢，一个筋斗翻入酒席中间空地，拔出猎神刀舞了起来。本来，这首歌曲大家耳熟能详，见到此情此景，一个个忍不住随着琴声和刀影唱了起来。

　　一首慷慨激昂、荡气回肠的凯旋之歌，将夜宴的气氛推向了高潮。酒至半酣，馥湘公主也是兴致高涨，又命侍女取来古筝，弹唱了一首乐府古曲《春江花月夜》。曲声终了，满座宾朋纷纷举酒起身，叩首道："我等何德何能，让公主驸马屈尊献艺，愧不敢当啊！愿为公主驸马举酒祈福！祝公主驸马恩爱白头、洪福齐天！"说罢，都一饮而尽。馥湘公主和李云铎也端起酒杯起身还礼道："各位于我李氏，犹有再造之恩。区区薄献，略表心意。恭请各位安坐。"大家听了，齐声道："谢公主驸马隆恩。"都就又还礼坐下。

　　一般来说，按照当时礼仪，夜宴之上，主人献乐，客人不答礼附和，一首也就足矣。如果客人礼尚往来，也回礼献乐，主人应邀再来一曲，则表达主人的好客多礼和至深情意，已是宴礼极致。可这连献三首，就是对恩重如山之人的感恩戴德之献了。而在当时，艺人伶优，都是地位卑贱之人，或者依附豪门，或者藏身井市，为节日喜事之会卖艺谋生。所以社会地位较高的人，都不会轻易献乐，公主出身王室，自然明白这个道理。但今日巨献，看出她对这帮密使大义之举的感激与尊重，更是对下嫁李氏姿态的调整与确认。而各位起身举酒祈福，也是面对感恩之人作出必要答谢的起码礼仪。

　　献乐之后，李天雷起身敬酒："家门飞来横祸，在下惨遭绑劫。感谢诸位冒死搭救，再生之恩，永世不忘！"拜了两拜，一饮而尽。

　　众人回礼道："举手之劳，何足挂齿！李掌柜不必客气！"也一饮而尽。

　　李庆祥又道："接下来，请各位上宾观看李氏炮火。这些新制炮火，从未示人，是半年前为敀公三百五十岁整生大诞特意准备的，怕出意外没有燃放。今英雄贵客盈门，特献于酒塌之侧，与诸公共赏！光升孙儿，点火！"

　　"好咧！"李云闪应了一声，指挥专业爆手开始点火。广场外的平地上顿时火树银花，炮声大作。有的被掷到高空，突然爆响，只照得山川房屋如同白昼、红彤一片；有的骤然升起，红黄多色，在空中打着转，好一阵子才徐徐淹没；有的如新竹抽笋，节节攀升，升到几丈高空之后，又顺势开花，瞬间消失；还有的直冲云天，大有气贯长虹的气势。一时间，红光绿火，声色雾烟，争奇斗艳，琳琅满目，不一而足，只看得宾客们目瞪口呆、屏气凝神，脑袋舍不得动一下，眼睛不敢眨一下，生怕错过了一个精彩的火花，那将是多么的得不偿失。就连李氏本族的人，也从未见过如此美妙绝伦、异彩纷呈的炮火，他们的魂魄心思也几乎都被这巧夺天工的场景深深摄去了。

这是些怎样的发明创造啊！这是些怎样的智慧奇葩啊！这是些怎样的心灵圣火啊！缤纷的火花，划破了黑夜亘古久远、深邃神秘的沉寂，点燃了星空近在咫尺、伸手可及的璀璨，放飞了无数双眼眸里鸽翼般纯洁的祈望，照得大地光彩重生。就像一朵幸福之花，在人生某个时刻，突然千姿百态地嫣然怒放，烧得生命浑然透亮，虽然只有那么一刹那，却酝酿了半生，而又让另半生魂牵梦绕、回味绵长……

大约半炷香功夫，炮火表演结束。场上鸦雀无声，所有人的视觉依然朝放炮火的地方展望，久久不肯离开。过了好一阵子，掌声欢呼声此起彼伏，渐渐地，把盏临风，划拳斗酒，你来我往，又恢复了热闹。

李云博看到这些新型炮火不觉大吃一惊。这些炮火几乎都是李氏配方中的绝密，有几个配方还是李云博亲自试制成功的，包括前不久爆竹老爷三百五十周年大诞前，在东峰界响炮宰牲是用过的竹筒炮火。看着看着，他身不由己猛地站起身来，后悔自己没有事前了解到，这晚宴居然会放如此规格的炮火，真是倾其所有啊！在这多事之秋，敌国一门心思谋求瑶池李氏大威力火药秘方的节骨眼上，怎么把这些看家的玩意儿都拿出来了？要是这里混进南唐密探，后果将非常严重！但事已至此，阻止已经来不及了，他只得无可奈何摇摇头，悻悻地坐下来，端起酒杯又饮了一杯。本来，他今天不想喝酒，脑子里的事情太多了，他得集中精力应对。可是，自他长这么大，在家宴上还是第一次真正喝到祖上正宗的虎骨玉液酒，加上两个多月前在浏阳升冲观里那一次，总共也就两次。这么好的酒，千载难逢，不多喝几杯怕是今后想喝喝也没机会了。正在沉思间，李云薄偶然看见酒宴之外围观的人群中，有一个似曾相识面孔，四十来岁样子，神情并不像其他人那样诧异，倒是有一些紧张的神情，不时地往前边挤。李云博暗自思忖："这个人真有意思，怎么，一点也不为如此绚丽的炮火感动，奇了怪了。我在哪里见过他吗？"想了一阵，好像见过，但就是不记得是谁了。加上老酒性烈，搅得他心浮气躁、烦乱不堪，越想越记不起了。

"糟了，他肯定是南唐密探！"李云博联想到他极不自然、略微有些慌张的样子，突然醒悟，脱口而出，酒意全无。他马上站起来朝刚才那个人待着的地方奔去，可是到处都挤满了人，根本无法寻找。也可能，这个人已经早就逃之夭夭了。

李云博忽然觉得事态严重。他想命令密使们赶忙戒严搜查全城，设法抓住这个人。可是一想，大瑶作为神刀营驻地早就实行了宵禁，这样做几乎多此一举。而且，自己也就夜里瞥见一眼觉得那个人可疑，操什么口音、穿什么衣服、长什么样，一概不知。如果他和那次在瞿家寨抓到的几个被南唐收买的细作一样也是本地人，甚至就是瑶池的人，怎么可能抓住呢？更何况，湘水台所有的密使几乎都正在兴致勃勃地饮宴，扫了他们的兴不说，一个个酒气熏天，能开展行动吗？他想到这里，就又回到酒案边，满腹狐疑地坐到席子上，无意识地端起酒杯，心事重重地往嘴边送。正要喝时，猛然一愣，忍不住骂道："还喝，非要喝出个祸害来才罢休？"一生气，将酒杯狠狠地拍在酒案上。

李云博觉得，凭自己的印象，这个人肯定见过，而且不是那种一面之缘或者点头之交，应该有过接触，否则，不会有这么深的印象。可是，近期来没怎么休息，甚至连觉也没怎么睡，本来就头昏脑涨，加上晚上又多喝了几杯，脑子里更是一片混沌，根本没办法想事。情急之下，他离开酒席，跑到屋里去，进了自己住的院子里，打了桶井水，先是洗了把凉水脸，没什么效果，一气之下将脑袋放进桶里使劲地浸泡，忙乎了一阵子，似乎好了很多，渐渐地开始恢复和清醒。他停下来，一屁股坐在井沿上，呼哧呼哧地喘着粗气，可是还没过半刻钟，脑子又胀痛起来，而且越来越厉害，几乎就要炸开了。他悔恨之极，破口大骂道："李云博，这就是好酒贪杯的下场！酒是穿肠而过的毒药，你不知道吗？要是误了大事，你这颗脑袋就是砍掉千次万次，也无济于事！"

这时候，他听到有人进了院子，一边走一边叫着"少主，少主"，有也叫"岫南、岫南"的，看样子是谁在找自己。"谁呀？我在这里。"

"到处找你，你怎么跑到水井边上来了？"李云博听出是李天骏的声音，"岫南，无妄执事他们回来了，朱雀将军也一起撤回了。说是有急事禀报。别坐地上，快起来。"

"扶——扶我，到——到房里去。"

"怎么喝成这样？"李云博听出是刘如霜的声音，"我一直坐在你附近，没喝多少啊，怎么回事？"

"高兴啊，这叫酒不醉人人自醉！哈哈哈……"

进到房里，点上蜡烛，屋里顿时亮堂起来。大家七手八脚把李云博放到床上，又唤来家仆，吩咐炖些绿豆汤来。

李天骏道："朱雀将军，你看，岫南醉成这样，还是明天再说吧。"

"事已至此，只能这样了。"朱雀将军说道，"右老大人，这事还是先向您禀报为妙。少主吩咐的事，真的出人意料。那条荒唐的军令，基本上是子虚乌有。我审问了刘成璧，他怎么说，真把我气得半死：他老子刘彦瑶在他临行前为他饯行，酒至半酣，对他说，南唐不会跟我大楚开战，派他到醴陵大营，主要是历练历练混些资历。那个大营也就是个摆设，做做样子，威慑敌军。可没想到，刘成璧一到大营，居然讲这话当天策府军令传达。你说，这是一个怎样的废物？真是气杀我也！"

◆ 六、面对内奸外敌，密授疑兵机宜 ◆

李云博醒来时，已经夜阑人静。

昨天的宴会，他不知不觉酩酊大醉。一觉醒来，顿觉神清气爽，毫无醉酒的感觉，不禁有些奇怪。忽然想起药因道长说过，此酒虽烈容易醉人却不会伤身的话，亲身体察之后，不禁深以为然。灯亮着，只见刘如霜伏在案前瞌睡。可能是听得李云博下床的响动声，刘如霜突然直起身来，揉揉眼睛道："你醒了？"

李云博正忙着下床，没有注意，被她的突然问话吓了一跳，愣了一会儿道："嗯。什么时候了？"

刘如霜道："四更刚刚敲过，已近寅时。要不，我去看看计时水漏？"

"不必了。"李云博惊道，"这么晚了，你还在这儿陪我，怎么还不去睡啊？"

刘如霜没好气地说道："我是你未来的夫人，我不陪你，难道还叫你娘陪你？"

李云博知道她误会了，连忙笑道："我不是那个意思。你一个千金之身，怎么干这熬夜的苦差事，叫下人干不就得了。真是辛苦你了。"

"这有什么！我还不照样加入湘水台当了密使，又跟你出国，还干起了出生入死的差使了呢！"刘如霜也笑了，说道，"这叫演戏就得入戏，看上去像你准媳，别让人看出我们的秘密。你现在感觉好些了吗？"

"你真用心啊！"李云博感叹道，"我已经没事了。早就听阿翁说起过，这虎骨玉液酒，刚烈猛燥，不能喝多，没几个人受得了五六杯的。但是多喝一点也无妨，即便醉倒，一觉醒来绝不会有后患，头不会痛，身子也不会发软，甚至还会心旺气盛，精神百倍，看来，此言不虚啊！这是因为此酒能祛寒除湿，暖心护气，自然不会伤身。"

刘如霜听了，后悔不迭："怎么不早说！昨晚我可是滴酒未沾！早知道，也饮一两杯，体会体会！"

李云博替她惋惜道："这个机会，只怕难再有了！不过，姑娘家，还是不喝酒为妙。"

刘如霜道："我尝一尝，又能怎样的？"

李云博哈哈大笑起来："你是侯门侠女，你除外！"

"哼，我才不信呢！如若喝了，发起酒疯来，你不会又说我是牝鸡司晨、河东狮吼吧？"

"啊哈，怎么会呢……"

　　两人聊了一会儿，刘如霜呵欠连天。李云博坚持要刘如霜去休息，声称自己已无大碍，起身送刘如霜去客房歇息，刘如霜拗不过他，于是为他盛了碗绿豆汤粥，对他说道："汤粥桶里还有，饿了的话就自己盛出来吃。我先去歇一会儿！"李云博道："自己家里，我知道。走，我送送你吧。"两人就出了房门。

　　见刘如霜进了客屋房间栓好门，李云博就一路往回走，脑子里想着回都复命的奏章，也想静下心来认真考虑如何应对朗州起兵叛乱的事。

　　喝了碗绿豆汤粥，李云博就开始写起复命的奏章来，详细禀报此次秘密入唐经过和主要收获，以及下一步行动计划，奏请太后定夺。又给天策府上书，言明醴陵大营一事的前因后果，并请增兵两千，委派得力干将驻守东南要塞。他还准备回长沙后觐见楚王殿下，奏请出兵益阳和朗州，名正言顺地剿灭马希萼挑起的叛乱。因此，这说服楚王的理由和策略，不得不好好斟酌一番。

　　忙完之后，天已大亮了。他吹灭蜡烛，站起身开门走了出来，却见刘如霜正在院子里晨练。刘如霜穿了件紫色的紧袖开襟束腰裙，舞着的剑呼呼生风，衣裙也迎风袅袅，一副飒爽英姿，煞是俊秀，看得李云博有些呆了。过了好一阵子，李云博才说道："如霜妹妹，晨练完后，知会黑铁执事以上的将领来这里就早茶，我有要事商议。"刘如霜连忙收了剑势，回道："我这就去吧。"正说着，李云浩和冯玉花进了院子，问道："岫南，我们何时动身回长沙复命？"

　　李云博一见到李云浩，突然间想起，昨晚见到的那个有些眼熟的人是谁了，那不是浏阳李氏爆竹商行二叔家的何管家吗？"昨晚宴会真的有奸细混入！"李云博恼恨地一掌击在阶前石柱上，急忙问道，"达淼哥，你们何时回来的？"李云浩道："昨天黄昏时分就回来了，我母亲、姐姐、哥哥和妹妹也都来了，一家人团聚，真是百感交集。我们还参加了晚宴，怎么，你没看见他们？"

　　"昨晚人太多，我后来又醉了，没注意。"李云博回答后，又问道，"何管家也一起来了吗？"

　　李云浩道："他没有来。他留下看店铺。都走了，生意怎么办？"

　　李云博道："可是，我昨晚在宴会上看见他了。"

　　李云浩惊道："这怎么可能！！他真的想见我父亲，真的要来，完全可以一起来嘛，有必要这样偷偷摸摸吗？岫南，你是不是看错了？"

　　李云博道："怎么不可能！昨晚我一眼就看见他挤在围观的人群里，非常眼熟，可我喝多了，就是想不起他是谁。直到见到你，我才忽然想起他是你家的管家。"

　　冯玉花大惊失色："难道你所说的南唐奸细，就是何管家？"

　　"没错，就是他！"李云博肯定道，"其实，从二叔失踪，我就一直在找那个对你们

家了如指掌而且关系亲密的暗探了。而从瞿家寨被跟踪开始，我就怀疑何管家了。当时想叫魏大人和纳川哥他们注意监视，但又怕打草惊蛇，还想利用他施行反间。可是近期行动太紧张，不知不觉把这事给忘了。他肯定是被易守礼和西门璞收买，负责打探我们瑶池李氏的所有消息的。"

李云浩怒道："这家伙着实可恶！难道我父亲的失踪，也与他有关？"

"他应该是重要策划人和执行者之一。"

冯玉花怒道："真是喝你家的酒、醉你家的酒，抽你家的篱笆打你家的狗，饭碗底下养出了仇人啊！"

"这个吃里爬外的狗东西！老子非扒了他的皮不可！我去把他抓起来！"李云浩怒火中烧，拔出剑来，又折身快步往外走。

"你知道他现在在哪里？你去抓他能抓到吗？"李云博一把扯住李云浩道，"别急，浏阳境内远远不止一个何管家，现在还不是收网的时候。先不要声张，等到时机成熟，再抓不迟。而眼下，我们正好利用他传信给西门璞他们呢。"

"利用他传信？"

"对。你想想，昨天晚上那么多新炮火，他能不感兴趣？说不定，西门璞他们现在就已经知道了。接下来，他们会干什么？"

"那还用问！自然会派人来弄这些绝密配方呗！"

李云博点点头："对呀！如果我们事先弄些假配方、做些假炮火，放在一个地方做诱饵，又虚张声势，故意将神刀营兵力和布防情况真真假假地展示一番，他得到这些真假难辨的信息，然后带给西门璞他们，结果会怎么样？"

"那还有问！绝对上当，而且会吃大亏！"李云浩说着，渐渐明白过来，"我懂了。岫南，真有你的。"

李云博道："懂了就好，不过，这件事就你和玉花知道就行了，千万不要让家里人知道。达淼哥，你去知会祖辈父辈们也到餐屋里来，我们重点部署家里的安防。早茶过后，我等返回王都复命。"

不一会儿，一大群人就聚在李氏府第的餐屋里，一边就早茶一边聊。朱雀将军通报了那条啼笑皆非军令的荒唐由来，弄得大家哈哈大笑。最后，李云博对瑶池及李府安防进行了部署，重点强调对李氏嫡长人物的保护，有条不紊地讲了好一阵子。他一再嘱咐祖父、父亲和大哥，今后得多长个心眼，千万别被南唐抓了去。早茶完毕，他就留下李天骏、李云浩、冯玉花和离火大卦密使暂时驻守大瑶，协助神刀营整训新军，待神刀营一切步入正轨后再回长沙复命，自己带着刘如霜、冯志远、朱雀将军和所有乾卦密使，与大家作别，出了大门，上了官道，往浏阳方向去了。

第十二章
祸起萧墙
DISHIERZHANG

◆ 一、会春园进献平乱之策 ◆

七月长沙的早晨，笼罩在迷江大雾之中。对岸麓山寺传来的晨钟已经回荡了许久，待穿过湘江上的大雾之后，似乎变得气若游丝，惊扰不了任何人的晨梦。而悠闲惯了的长沙人，不到雾霭散尽、太阳高高升起，是绝对不会出来晃悠的。大街小巷、豪宅官邸以及寻常人家，包括楚王居住的碧湘宫，一切都在晨雾里静悄悄地酣睡着。

而碧湘宫后边的慈宁宫里却早早敞开了宫门。陈太后也起身很早，盛装之后，就过早茶，在一群太监宫女的簇拥下，兴冲冲地往会春园去了。

陈太后得知李云博昨晚已经抵达长沙的消息后，一个晚上都未睡着。这一个多月来，湘水台派出六大卦四十八小卦密使四处出击，获取了大量有价值的讯信，有的还是军国密情。李云博亲率天乾大卦，借巡边之机秘密入唐，探得南唐灭楚图谋，截获唐主密诏，了解到敌国近期动向，并救出李天雷，火烧敌国炮火营炮药库，不仅挫败敌国阴谋，而且让袁州大营颜面尽失、狼狈不堪，着实让人扬眉吐气。湘水台这支仅存于大家传闻中的秘密武装，在国难当头之际挺身而出，居然能发挥如此之大作用，她能不兴奋？而自己孤注一掷地将大任全权交给年未加冠的李云博，没想到这个天才少年的所作所为，比自己期望的还要好，真是惟斯有才、天不亡楚啊！

今天，她要在这里接见胜利归来的李云博，并商量犒赏事宜。没想到，她进了观花亭刚一入座，就听值事太监进来道："禀报太后，天策府学士李云博求见，已在门外等候多时了。"

"快请！"

"太后有旨，宣天策府学士李云博觐见！"

李云博进了大门，望见太后正襟危坐，笑容满面，快步走到她跟前，行了跪拜大礼："属下拜见太后！"

"快起来，大礼免了，坐吧。"陈太后回头对宫女吩咐道，"看茶！"

"谢太后！"李云博谢罢，起身入座。

"李长老这次担纲重任，亲身赴险，为国建功，可喜可贺啊！"

"太后过奖了！属下只是按照太后旨意，带领湘水台做了些力所能及的事情，太后谬赞，实不敢当啊！"

陈太后哈哈大笑："都说岫南自幼谦虚多礼，老成持重，今日看来，果不其然！立了这么大的功劳，还要说什么'力所能及'、'太后谬赞'，怪不得你入朝才几个月，就声名鹊起，广得人缘啊！"

李云博慌忙起身，揖首施礼道："太后如是说，真是折煞属下了！"

"好了，好了，不说这个了。"太后抬起手示意李云博坐下，"李大人，派出去的密使都回来了吗？"

李云博道："回禀太后，除了少数留守密使和离火卦队尚留瑶池帮助神刀营整训军务外，其余都回了。属下昨日一回，就召集派往各国的将军、统领们齐聚一堂，综合情况后又赶写了一份奏章，呈太后懿览。"说罢，取出奏章，双手呈上。

"很好，大意哀家知道了。哀家老眼昏花，看不真着。待回宫之后，再仔细拜读。"陈太后浏览一遍，就将奏章交给一个宫女后，又问李云博，"你奏章上说，当前，大楚外患暂不足惧，是何道理？"

李云博道："禀太后，据各路人马探报，当前，大汉虽是我宗主皇朝，但主少政危，将相失和，而北辽南寇、横行河北，枢密使郭威率大军北上御敌，借此拥兵自重，他们现在自顾不暇，不可能对我出手；西南后蜀孟氏，偏安一隅，流连享乐，不理政事；荆南与我唇齿相依，国小民贫，但求自保，而且一直与我交好，不可能有多大威胁；而南汉少主，虽是我马楚姻亲，却包藏祸心，早就垂涎管、桂，意欲侵我南疆。只是这个刘晟，虽然年刚加冠、奢靡残暴，但却深谙兵道，奸诈诡谲，绝不会强打硬攻，只是想做个趁火打劫的渔翁。而最大的对手南唐，一直对我虎视眈眈，厉兵秣马，蠢蠢欲动，图谋不轨。但是据属下亲临洪、袁所见和分析研判，目前，南唐已经放弃军事进攻，这原因很多，主要有三：一是阴谋败露，天下皆知，不敢妄动；二是图闽新败，实力受损，无力西顾；三是不想与我两败俱伤，让南汉、吴越坐收渔利。因此，南唐一年半载不会进攻我国，最大的可能就是派密探进境骚扰。依属下之见，这天下虽然四分五裂、乱象环生，但楚国四境，一时半会儿还真安如泰山、没人敢犯，暂无兵戈之灾。"

太后频频颔首，笑道："李大人一番解析，哀家茅塞顿开。你胸怀家国，胆识超凡，能谋善断，才具卓卓，国之柱石也。区区月余之行，就奠定如此固国功勋，真乃我大楚之幸、万民之福啊！"

李云博道："太后过奖了！虽说这国境四处暂无兵祸，但也只是暂时。如若不及时剿夷朗州叛逆，清肃溪蛮乱兵，一旦兄弟争国升级，你来我往，连年攻伐，田地必将荒芜，流民蜂然四起，三湘四水的乱局将无法控制。因此，当务之急，就是尽快把握这难得机遇消除内乱，这件事片刻都耽搁不得。如若不然，外稳良机稍纵即逝，我等的努力也将前功尽弃啊！请太后明察！"

"分析在理啊！"太后站了起来，拄着凤头拐杖踱了几步，道："依你之见，当务之急，就是以最快的速度，剿灭马希萼叛逆和围攻益阳、迪田等地的溪蛮乱兵？"

"太后洞若观火，一语中的。"

"那你说，大楚这个暂时的外部安稳会有多长时间？"

"这个，属下说不准。不会超过两年，但也不会少于一年。"

"如果在一两年内潭州、朗州各自为政，互有攻伐，情势如何？"

"国命堪忧啊！"

"堪忧何在？说具体些！"

"属下遵命！如今，马希萼已挑拨溪洞蛮兵围攻益阳，又策动梅山悍卒进攻迪田，而朗州则按兵不动，其用意昭然若揭：如果不能攻下，他则会继续观望，坐看两军厮杀，以逸待劳，等到时机，坐收渔利；一旦益阳、迪田失守，则从朗州至长沙已无险隘可守，西北门户洞开，朗州步卒马军将长驱而入直达岳麓；如果再遣水师从益阳入洞庭北进，绕道岳州沿湘江逆流而上，攻下平江，可直达浏阳河口的龙喜县城。如此一来，长沙将腹背受敌，危若累卵。无论是潭朗对垒、各自为政，还是兵临城下、长沙危亡，都将空耗财物、两败俱伤，不出一年半载，楚湘大地必然满目疮痍，民不聊生。这时候南方列强必然会趁机北上西图，只要有一支万人精锐，就会攻无不克、战无不胜，楚国必遭灭顶之灾，武穆王奠定的江山社稷必然毁于一旦。大楚垂亡，迟早而已！"

"李长老所言甚是。看来，图存楚国，只有剿灭叛逆这一条路了！只是如要速剿叛逆，你有何妙策？"

"妙策谈不上，但可以一战而定。存楚机遇，就只有眼下，只要拖个一年半载，纵然白起复生、诸葛再世，亦不能起死回生。当前，潭州、朗州未开战端，如若能说服殿下举倾国之力，遣十万之众，兵分两路，一路出其不意，兵临朗州，围他个水泄不通，区区朗州兵不过万，不出两月，必然不攻自破；另一路直捣沅水五溪蛮地，竭力肃清辰州、溆州匪患，围在益阳、迪田的蛮兵自然会回师增援，然后命守军跟踪追击，形成合围之势，一举全歼。不出半年，国内可平、大事可定矣。"

"此策甚妙！"太后懿颜大悦，喜上眉梢道，"如此一来，内乱消除后，再励精图治几年，楚国又可以雄立南方了！"

"太后高兴早了！此策只是纸上谈兵，执行起来却困难重重啊！"

"此话怎讲？"

"十万大军，归谁统领，王上绝对不敢轻易授人。但他又不愿意御驾亲征，肯定只会派小股军队去围朗州，三五年也不能攻克。还有，天策府一班军政权要，并无能臣良将，而且党同伐异，相互掣肘，倾轧不断。马希崇一直勾结朗州，路人皆知、人神共愤，王上却让他掌握着长沙的军政大权，如若他做统兵大将，未到朗州，十有八九就已倒戈附逆；刘彦瑫、李宏皋等人是拥立王上的功臣，倚功而飞扬跋扈、贪财好货、目中无人，处理朝中事务尚且蝇营狗苟、中饱私囊，如若统兵，德难服人，众将离心，必坏大事。去年，马希萼大举犯潭，楚王殿下不想兄弟相残，准备举国付与马希萼，被二人阻止。虽然仆射洲一战大胜，却坐视马希萼逃脱，促使兄弟之间仇恨更深，才有了今年的祸乱。如果当初就当机立断，斩草除根，哪会有今日祸端？要真正推行此策，必须扳倒这三人。"

"扳倒这三人？如何扳倒？"

"暗杀马希崇，罢免刘彦瑫和李宏皋。"

"以前哀家下达过一道密杀马希崇的命令，你却说为时尚早。现在可以了？"

"现在时机已经成熟。一来外患暂时解除，二来马希崇通敌证据确凿，三是王上迟迟不肯公开处理马希崇通敌之罪。看来，只有我们湘水台动手了。"

"这倒不难。只是罢免刘李二人，难度不小。"

"是啊！王上偏听偏信，视二人为心腹，待若上宾，言听计从。但此二人不除，国无宁日！"

"如何铲除刘李二人呢？"

"属下以为，太后可联络朝中老臣联名强谏楚王，罢免刘李二人。"

"可是先王有定制，妇人不能干预国事。更何况刘李二人并没有什么可供罢免的罪证，希广若以此拒绝哀家，如之奈何？"

"国难当头，不能循规蹈矩，得用非常之举。何况王上是孝子，尊佛重道，生性怯懦，不敢轻易忤逆太后。而二人罪证，我已罗列好了，比如结党营私，任人唯亲，贪污受贿，卖官鬻爵，样样都有铁证。"

"如若他还是不肯听哀家劝谏，为之奈何？"

"我等就铤而走险，秘密捕而拘之。"

"也只能这样了。不过，不到万不得已，不能动用湘水台密使，密捕王廷重臣。"

"这个，属下自有分寸。"

"如果此三人被除，谁可以堪当大任？谁又适合统兵伐朗呢？"

"纵观诸将，柱国将军、长直都指挥使张少敌大人文武兼备，久经沙场，原本就是六军都指挥使，即可堪当大任，也能统领大军；其他将领中，牙内指挥使崔洪琏、强弩指挥使彭师暠、马军指挥使李彦温、步军指挥使韩礼、岳州刺史王赟等，都是可用之将。"

"水军指挥使许可琼呢？"

"许指挥虽是武穆王臂膀许德勋将军之子，深通军旅，尤谙水战，但一直暗中经营，似有异志，乱象之中不可重用。"

"你二哥马军指挥使、驸马都尉李云铎呢？"

"李云铎虽然勇武多谋，但年纪尚轻，因为与馥湘公主喜结连理，才破格晋升指挥使序列，也是军中最年轻的大将。他出身武举，供职王廷，没经历多少战事锤炼。而且由于威望不够，难以服众，指挥调度也会困难重重。何况他身负王宫安保重任，不能轻易外派。"

"嗯，说得有理。我倒是想起一个人来，他若做统兵大将，肯定一战而胜！"

"属下驽钝，一时想不起还有人能当此任。太后所指何人，恳请明示。"

"哀家说的这个人，就是你李云博呀！你若统帅十万大军，讨伐朗州，追剿蛮兵，一定能所向披靡、马到成功！"

李云博一听，顿时脸色惨白，慌忙跪到地上，道："太后抬爱，李云博肝脑涂地，也无以回报。只是这统兵大将，非同儿戏。即便我李云博有此才具，但年未加冠，入朝两月，又是个并无实授专门为王上侍书的虚衔学士，就是再会识人用人的君王，也不可能把十万大军交到我手里。更何况属下只是学些谋略韬论，并无作战经验，充其量就是个谋事幕僚，绝非将帅之才。太后即便玩笑，也不能这样抬举我啊！"

"你不用如此紧张！哀家知道马希广不会用你，但哀家相信你有此才具。不然，哀家怎会将湘水台大权交给你？只是得想办法，找到一个堪当此任的将领，让你的谋划真正得以实施。否则，再好的谋略，所用非人，也一样枉然。"

"太后明察秋毫，属下佩服之至！"

"行了，佩服什么！别尽说些恭维话，哀家不喜欢。对了，此次湘水台首战告捷，哀家要在会春园大摆酒宴，为大家接风洗尘，并论功行赏，犒劳密使。麻烦你这个台老大人，先拿个功劳册递上来，如何？"

"属下遵命！"

"至于时间嘛，就这两天，你看怎样？"

"全听太后安排！"

"对了，你二哥、二嫂祭祖省亲的大婚假期也差不多满了吧？不知他们何时能回啊？这湘湘走了四五天了，哀家还真有些不习惯，忒想她了！"

"回禀太后，听我二哥说，他们过两天就回长沙了，说是国难当头，多事之秋，有忙不完的事，趁早回来多做些事情。"

"如果李云铎去年就是驸马都尉、马军指挥使，那该多好啊！"太后若有所思，喃喃地说。

李云博知道她的言下之意，也不住地点着头。

二、马球场强谏，楚王勃然大怒

第二天中午，陈太后借大宴湘水台的机会，邀请了朝中一班德高望重的老臣作陪，宣告非常时期，潜伏多年的湘水台开始活动，并将首次秘密行动取得的战果进行了简单介绍。在陈太后的要求下，李云博详细地介绍了大楚政权面临的状况，提出了目前急需解决的主要问题，那就是迅速扫平朗州叛逆，击败溪蛮贼兵。李云博指出，时不我待，如果错过了当前敌弱我强、尚可一战而定的大好机会，一旦叛军恢复了元气，那就麻烦了。因此，大敌当前，大家无论如何都要团结起来，为了楚国社稷安危强谏楚王，举全国之力、派出十万大军平叛等，不一一赘述。

李云博富有鼓动性的讲话，让一干赋闲多年而又悲观绝望的大臣热血沸腾。一时间，会春园宴会大厅顿时掌声雷动、欢呼潮涌，都为这突如其来的喜讯疯狂不已。太后还专门介绍了湘水台的主要将领，当大家得知，这些不世功勋居然是在年纪轻轻的李云博的带领下取得的，更加欣喜若狂：看来，气息奄奄的楚国朝廷有了一个运筹帷幄的治乱天才，如果让李云博执掌国政，说不定即将倾倒的王廷大厦就很可能转危为安。听着他们天真烂漫而又激情满怀的高谈阔论，李云博的心几乎凉到了底。他知道，这班喜欢议政却多年赋闲的大臣，已经很久没有参与政事了，他们的想法居然天真得像群懵懂蒙昧的小孩。但他转念一想，自己又何尝不是如此？明明知道，这楚国危局，难以匡扶，就算能够平定内乱，以马希广的能耐，也不可能励精图治，楚国也不可能东山再起，只是让楚国残口延喘几年而已，自己的所作所为也不是一场镜花水月吗？救亡图存，谈何容易！

但是，谋事在人，成事在天。当年，孔子还周游列国，数十年里矢志不渝，追逐着那"明知不可为而为之"的仁政理想，虽然功败垂成，但不也一样成为圣人了吗？身逢乱世，尽些为臣之责、为士之道，又有什么过错呢？想到这里，李云博不觉豁然开朗，也和大家一起谈笑起来。可能是酒过半酣，一个个信誓旦旦地表示，一定写好遗书，以死强谏楚王派出大军平叛。宴会过后，在刘静仁、拓跋恒、廖匡图、徐仲雅等几个天策学士的张罗下，大家就忙碌开了。

不到两天，这封长长的联名奏折就呈到了楚王马希广的上书房案头。楚王接到这份奏折，起先并不在意，丢在一边好几天也没打开。就在满朝学士老臣重生存楚希望的时候，马希广却大发雷霆，原因很简单：南唐抗议、指责和恐吓的外事国书时不时呈到他的案头，让他焦虑异常。

一天上午，他正和几个王室宗亲、嫔姬爱妾在马球场玩得正高兴的时候，刘静仁等一干老臣闯了进来，厉声质问他为什么不理朝政，关系楚国安危的联名奏折都呈上好些天了，既不回复，也不开朝议政，是不是要将武穆王开创的江山基业白白葬送？马希广莫名其妙，开始还好言抚慰，继而又想找个借口搪塞了事。拓跋恒怒道："殿下既然不愿忧劳国事，还是辞掉王位，拱手与人罢了！"

马希广道："拓跋大人为何又出此言？"

拓跋恒道："蛮兵已围益阳旬月，指挥使陈璠战死淹溪，益阳告急；群蛮又围迪田，守将张延嗣求救，情势危在旦夕。而朗州叛贼马希萼正调兵遣将，意欲东图长沙。殿下倒好，在这里寻欢作乐。看你还能享乐几日！"

马希广道："几个蛮兵贼将何足畏惧！这个陈璠也太不中用了，几个毛贼都对付不了，死了活该！寡人与希萼同为武穆王子，情同手足，我们已经约定，潭州、朗州分而治之，他已应承，必不会攻我。"

刘静仁谏道："殿下糊涂啊！这蛮兵围益阳、迪田，均为马希萼挑唆。殿下还是赶紧整军备战，围剿朗州、镇压蛮兵吧！"

马希广惊道："马希萼挑唆？不可能吧？左司马说是沅、醴水患，盗贼纷起，四处抢掠，怎么成了王兄挑唆的呢？"

刘静仁道："马希崇包藏祸心，私通朗州已久，湘水台密使已截获其通敌书信，罪证确凿，请殿下即刻下旨，处死马希崇！"

马希广怒道："你们这干吃饱了没事干的闲臣，白拿俸禄不干事不说，还在这里说东道西、挑拨离间！一会儿要寡人围剿哥哥，一会儿又要寡人诛杀弟弟，难道我等武穆王诸子，没一个好人，都该千刀万剐？你等究竟是何居心？你等干脆也将寡人一刀砍了得了！真是岂有此理！"

拓跋恒怒道："如若殿下一意孤行，假仁假义、妇人之仁，遇大事不当机立断，整日嬉戏游乐，不日之后，朗州兵临城下，就算你不吃不喝天天求神拜佛，也必然会死无葬身之地！"

马希广一听，将手上的球杆一扔，勃然大怒："好啊，你等诅咒寡人快死是吧？来人，将这班叛臣贼子都抓起来，打入大牢！"

刘静仁哈哈大笑："你这懦夫！我等一干公忠体国的大臣，都被你挤出朝廷中枢，不就是我等平时敢直言劝谏，不让你胡作非为吗？你看看你身边的那些重臣，要么中饱私囊、蝇营狗苟，要么通敌卖国、颠倒黑白，要么暗中经营、心怀不轨。你倒是好，不去惩罚奸人，而拿忠良开刀。也好，我等先去先王那里报到，反正你的死期也不远了，到了阴曹地府看你如何向武穆王交差！哈哈哈……"

"你？！快将这忤逆寡人的老东西都抓起来，打入死牢！"

廖匡图冷笑道："反正君将不君、国将不国，死在前头，倒还清净！感谢殿下恩赏一死！以后，我等就彻底解脱了，不再需要为这个扶不起的阿斗伤透脑筋、哭笑不得了！"

徐静雅道："各位大人冷静！国难当头，就这样死去，对得起马氏诸王三世厚恩吗？我王殿下，您无须动雷霆之怒！这干老臣，都是先王座上之宾，一直为楚国江山社稷殚精竭虑、鞠躬尽瘁，都是有着赫赫功勋的元老啊，何时有过忤逆殿下之举？只是王上您继承大统三年多来，不事军国政务，一味玩赏游乐，越闹越不像话了！如今内忧外患，正值宵衣旰食、励精图治之际，怎么还如此掩耳盗铃，心存侥幸，甚至连我等上的联名奏折都搁在一边看都不看一眼呢？难道真的要将我等一干忠良都枭首午门吗？殿下扪心自问，这等昏聩无道之举，对得起马氏的列祖列宗吗？"

马希广怒气未消，道："寡人一贯仁慈向佛，凡事都遵从佛旨，隐忍宽容，却料你等竟越来越胆大妄为、目无君上，居然还诅咒寡人快死，是可忍孰不可忍！先关起来，听候发落！"

"遵旨！"王廷卫士将大臣们押了下去，一群人骂骂咧咧地出了马球场。

李云博得知一群大人马球场强谏楚王被拘押之后，大吃一惊。他急匆匆地赶往慈宁宫，想把情况尽快禀报给陈太后。

其实这几天来，李云博一点也没有闲着。他一面派人前往朗州、益阳等地，及时刺探前线军情，一面命令朱雀将军做好密杀马希崇的行动策案和各项准备，同时，命令密使监视刘彦瑫、李宏皋等人的动向。他还是希望楚王能明辨是非，通过刑狱有司途径处决马希崇，但是这个无能昏庸的王上，居然对朝中大臣联名奏折都懒得看一眼，激怒众臣死闯球场，几乎到了你死我活的地步，这哪里像一个朝廷里的君臣啊！看来，只有太后出面，亲自处理这件事情了。

陈太后得知情况后，也气得直跺脚："这个畜生！居然连众臣们的联名奏折都不看，还把大家都关起来了，这还了得！来人，赶快备轿，走，去碧湘宫那边，哀家要打死这个不肖之子！"

楚王马希广的"球兴"被一干老臣搅得全无，怒气冲冲地往回走。可是，从马球场回来，刚进到上书房，怒气就差不多全消了。他也觉得自己有些过分，骂你死你就死了？寡人天天诵经念佛，命长着呢！如此对待一贬再贬的老臣，对不起如来佛祖不说，就是真的将来在阴曹地府遇见父王、王兄，还真是不好交代。看来，自己的佛学修为还远远未到家。想到这里，马希广想将功补过，找起那份联名奏折来。可是，那份奏折不

知道放到哪里去了。他赶紧唤来值事太监，命令他即刻寻找，要是半个时辰找不到，就罚抄经一月。

可能是值事太监命好，不到一刻钟，那份奏折就找到了。马希广已经大汗淋漓，一屁股坐在龙椅上，吩咐道："来人，多来几个，擦汗的擦汗，打扇的打扇！寡人已热得不行了，这奏折，你给寡人念念！"话刚落音，候在门外的葛公公赶紧领着两个宫女进来，吩咐为大腹便便的楚王擦汗打扇。值事太监应了一声，男女莫辨的嗓音便在上书房里回荡起来。马希广又道："太热了，寡人要吃冰甜瓜！葛公公，你派几个人到地窖里弄些冰块出来。"葛公公应了一声，出了书房赶紧去张罗。

"什么？诛杀马希崇？罢免刘彦瑫、李宏皋？这将相都处死的处死、罢免的罢免，谁来理政？要寡人吗？那个，寡人不会呀！真是乱弹琴！"马希广听到太监读到这一段的时候，火气又上来了。

"殿下，奴才还念不念？"

"念，接着往下念！"

"……臣等恳请殿下任命柱国将军、长直都指挥使张少敌为讨逆大将军、朗州行营都统，天策府内都押牙欧宏练为监军、朗州行营副都统……"

"张少敌？寡人刚刚把他的兵权夺了，调到长沙府来负责城隍事宜，怎么，又要让他统兵？他当初不是也想拥立那个马希萼吗？让他统兵，只怕队伍还未开到朗州，就会打回来吧！"

值事太监继续太监念道："……请殿下举倾国之力，发十万之兵，围剿朗州逆贼，诛杀溪蛮乱兵……"

"放屁！十万之兵，潭州加起来都不到十万兵马，都调到朗州益阳打仗，谁来保卫寡人？荒唐，真是荒唐！你停下来干什么，念，继续念！"

"……李云博虽然年未加冠，但才具卓卓，可堪大任，国之栋梁也。请殿下实授其天策府都尉之职，权知天策府事……"

"胡闹！这群赋闲老臣，你等当这治国理政是小孩子过家家吗？你们难道要寡人把这楚国朝堂的内政外交、军国大事，都交到一个乳臭未干的毛头小孩手上？这还不如直接交给马希萼，交给李璟算了！别念了！冰甜瓜还没来？真是一群废物……"马希广听着听着，忍耐已经到了极限，几乎快要疯掉了。

"回禀殿下，内容已经念完了。奏折的具名有数十人，要不要……"

"你个猪狗不如的东西！你要把寡人活活气死不是？念念念，念你娘个鸟毛！真是气死寡人了，来人，罚这个断子绝孙的阉货抄《金刚经》百遍，不抄完不准喝水、不准吃饭……"

"谁在上书房这个本该清静之地大发脾气？不想活了吗？"突然，一个苍凉而愤怒的声音传了进来，马希广一听，知道是母后来了。正在惊愕和思忖如何应对时，但见陈太后拄着凤头拐杖，在两个宫女的搀扶下蹒跚而来，颤颤巍巍地进了上书房。

马希广一见陈太后，赶紧匍匐跪地，叩首道："儿臣不知母后驾到，适才粗口，惊扰懿驾，请母后责罚！"

"是土儿，当今楚国王上呀！王儿不是天天念经诵佛吗？怎么，如此没有涵养？"陈太后强压住怒火，和蔼地问。

"适才看了一帮赋闲大臣的联名奏折，着实可恨！儿臣这个楚王，就像是他们的傀儡一般，想怎样就怎样！真是岂有此理！"

"联名奏折？拿来哀家看看！"

"哈哈哈，这帮老东西，真是要将军国大事当成儿戏啰！怪不得王儿大发脾气呢！"陈太后看罢，故作轻松地大笑起来，"不过，这奏折，倒是一挥而就，气势如虹，情文并茂，毫无做作之态，好文章啊，好文章，只怕又是东野先生这个五凤楼手，染翰操觚的吧。王儿，你起来吧。"

"谢母后恩典！母后真是心如明镜，是非曲直一照皆知。"马希广拖着肥胖的身子好不容易爬起来，见到陈太后为自己说话，不仅怒气全消，而且还兴高采烈起来。

"王儿，听说你对联名奏折也敢置之不理，因而犯了众怒，在马球场上恶语相向。然后，你勃然大怒，把他们都抓起来了，准备交有司问罪？"

"是。不过，他们，他们太不像话了……"

"还不将他们快放了，你想遭天谴吗？"太后的拐杖点地"得得"有声。

"是，母后。"马希广朝门外喊道，"来人，传寡人旨意，将今日大闹马球场的一干大臣无罪释放！"门外进来一个太监，领命之后又出去了。

陈太后坐下来，语重心长地对马希广说道："广儿啊，这帮大臣虽然言辞有些过激，但他们都是为了大楚好、为了你这个王上好啊！常言道，良药苦口利于病，忠言逆耳利于行。我看，这举全国之力、发十万之兵围剿逆贼，就是很好的安内之策。还有，诛杀马希崇、罢免奸臣刘彦瑫、李宏皋也是金玉良言啊！你看看，让这几个人主政，潭州内外被弄得乌烟瘴气，楚国州府也分崩离析，是该换换了……"

马希广一听，突然说道："回禀母后，父王有宫廷玉律：妇人不得干政！母后想违背先王遗训吗？"

"混账东西！"陈太后猛然起身，骂道，"别用你父王遗训压哀家，你也配谈武穆遗训？这几年，你干了些什么？你自己说说？整日不是狩猎饮宴就是马球歌会，不是厮守青灯佛堂就是四处游玩嬉戏，理过几天政事？这大楚的江山社稷都快完蛋了，还讲什么宫廷玉律、先王遗训？再不出来管管你，过几天，江山就要拱手让人，就没机会了！"

马希广振振有词："古人云：妇人干政，祸乱由始。母后真的想做吕后、武后，临朝称制吗？正好，寡人可以削发麓苑，正儿八经地出家修行。"

"你这个数典忘祖的逆子！我大楚基业，将断送在你这个不肖之子手里！你别忘了，哀家手里还有湘水台，随时可以以王室总执事的身份，将你这无道昏君诛灭！"

"母后息怒！儿臣不该忤逆母后，儿臣罪该万死！"马希广慌了，连忙跪下求饶。

"哀家怎么生了你这样的儿子！你有点骨气好不好……"突然间，太后晕了过去。

"母后，母后……快传太医，快……"马希广泪流满面地朝门外吼道。

◆ 三、燕雀巢堂，家国必生祸殃 ◆

话说刘彦瑫得知，众臣联名上奏罢免他的职务，顿时恼羞成怒。加上前些日子，他得知李云博考校醴陵大营，将他的二公子免职刑拘，还上奏举报他用人唯亲的问题，就已经很不高兴了。现在又遭群臣弹劾，更加让他颜面扫地。他觉得这两件事情一定有所关联，这帮老臣在楚王面前早就没什么分量，不可能和他过不去。究竟是谁在背后使坏呢？他怀疑过李云博，但又觉得可能性很大，因为一个年未加冠、入朝才两三个月的少年，能有多少人缘？他认为此事非同小可，于是差人去请李宏皋、李宏节、邓懿文、唐昭胤、杨涤等一干死党，晚上来府上议事。可是这一切，都被湘水台密使探得一清二楚。

夜幕降临之后，一干人如约而至。这干人等，大都是拥立马希广的所谓功臣。马希广即位后，这帮功臣都官居要职，逐渐地将刘静仁、拓跋恒、张少敌、廖匡图、徐静雅等重臣排挤出去，全面把持了楚国朝政。其中，刘彦瑫是领袖人物，而都统掌书记李宏皋是主要智囊。这些人禀赋各异，能力也良莠不齐，但有一个共同点，那就是品行修养太差。他们媚主专权，排挤异己，沆瀣一气，把楚国朝野搞得乌烟瘴气。刘彦瑫将他们请进书房，寒暄客套了好一阵子后，便看茶坐定，开始密谋起来。

刘彦瑫开场道："各位大人，今天把大家请来，是有要事相商。数日前，王上召本都进宫，给本都看了一份奏折。"然后，他将众臣联名奏折的主要内容介绍了一遍，又道，"在座各位都是当初拥戴殿下的有功之臣，都是拴在马希广这棵树上的蚂蚱，所谓一荣俱荣、一损俱损。这件事情如何应对，本都愿闻各位高见。"

杨涤道："司马大人所言极是。我等愿与司马大人患难与共、风雨同舟，誓死追随司马大人。大人有何主意，尽管吩咐就是，何须多劳口舌。"

刘彦瑶道："杨将军，非也。今日之事，本都尚无主意，请各位不吝赐教，献上妙计良策。邓大人，你有何高见？"

邓懿文道："司马大人，从这份折子的内容上看，不像是那班老不死的闲臣所为，他们没有这样的宏韬伟略。平心而论，这几条奏议，件件都切中楚廷要害。马希崇是策动马希萼争位的罪魁祸首，不杀他，天理不容！而历数刘司马和李大人的罪证，也样样都确凿无误；这举十万之众，来个出其不意、大兵压境，也是目前平定朗州叛贼的最好办法。只是弹劾罢免两位大人，等于拔了我等的主心骨，让我们群龙无首，这还真不好对付啊！"

李宏节问道："这幕后之人，究竟是谁呢？如果查出这个幕后主谋，我等也抓抓他的把柄，联名参他一本，那不就扳过来了吗？"

杨涤、唐昭胤异口同声道："李大人言之有理。可是，是谁呢？"

刘彦瑶道："本都怀疑一个人，但又觉得不可能，他没那么大的能量。"

"谁？说说看。"

"李云博。"

"不可能吧。一个毛头小孩，乳臭未干，会几句诗歌辞赋，哪里会有如此谋略，绝无可能！"

邓懿文道："我看不一定。数月前，长沙突降暴雨，满朝文武都不当个事，他却未卜先知般上奏，请营田使衙及早防范，我当时还笑他多管闲事呢！可是后来，若不是他说通张少敌借修建王都防御工事，筑起防洪堤坝，长沙早就被淹了，可能现在都还没有恢复正常。而安置难民，赈灾放粮，生产自救，我都委托他全权负责。他的才干，我是见识过的……"

一直未开口的李宏皋突然说道："就是他！你们千万别小瞧这个少年，六岁开始游历天下，得到许多高人隐士真传，可谓慧眼早开，博览群书，经史子集、天文地理、阴阳八卦无所不通。要不然，一个十四五岁的孩子，竟然秋闱竞秀脱颖而出，而且还是全长沙府第一。刚才邓大人说的六月水患，他竟敢冒着杀头的风险，说服张少敌暗中抢修河堤，不仅使长沙免于水患，还让一场饥民骚乱顷刻平息，一时间朝野称颂，真是垄中脱兔、万人齐呼啊！这等胆识才具，不是平常人能够具备的。而且，深居简出的陈太后居然一眼就相中了他，还把湘水台这么重要的权柄交给他，他率领湘水台一个大卦的密使，智救李天雷，火烧炮火营，闹得南唐洪袁一带鸡犬不宁。甚至还考校醴陵大营，带着区区百余人，不到一个时辰攻克大营。刘二公子手里可有三千兵马呀……"

刘彦瑶一听，红着脸插话道："我那不争气的二小子，把老子的脸都丢尽了！"

李宏皋继续说道："你们觉得奏折里举荐李云博主政，似乎有些幼稚，好像是在把国家大事当着儿戏，你们才是迂腐之见！这个李云博，是个乱世奇才！他能调动这么多大臣联名，足见支持之广。但老夫相信，他背后有更大的靠山！"

刘彦瑶道："你是说陈太后？"

李宏皋："对。没有太后的支持，他李云博绝对请不到这些老臣。但还有一个威望很高的人，那就是礼部侍郎刘静仁，虽然已经没什么实权，但他官居三品，为人正直，威望很高，一直又自命不凡，以天下为己任，在那班赋闲老臣中处于领袖地位。而他的孙女刘如霜，就许配给了李云博，而且瑶池李氏，已经下了聘礼。"

唐昭胤道："刘光辅那个女儿？那真是一朵带刺的绝色娇娥啊！刘大人曾经也为二少爷求过亲，被刘侍郎拒绝了，对吧？"

刘彦瑶道："对啊。本来，本都想与他结为亲家，把他拉拢过来为我所用，可那个老不死的刘静仁，说什么侯门千金怎能够下嫁市井无赖，真是气杀我也！"

李宏皋道："你也别怪人家，你那个二小子也确实不像话了，整日酒肆妓院胡闹，给他派个醴陵大营的好差事，他却带着歌姬入营，胆子也太大了吧。现在倒好，被李云博抓住了把柄，军营宿妓，误传将令，不整军务，忤逆王使，差不多条条都是重罪甚至死罪。刘司马，你也得多管教这个不争气的刘成璧了，要不然，我等苦心经营的事业，早晚得会毁在他手上！"

刘彦瑶听他一席话，顿时面红耳赤。他不得不承认，这个李宏皋，说得句句都很在理。于是对李宏皋拱手施礼道："奋举兄所言甚是。敢请讨教调教之策。"

李宏皋道："唉……先把他弄回来晾一晾，然后找个机会去王上那里求求情，等过了这个是非时节，派到管桂节度那边任个判官推官什么的，别再重用要职就差不多了。"

"哎，也只能这样了。"

李宏皋继续说道："各位大人，现在，到了我们生死存亡的时候了。楚国朝堂，自马希广即位以来，我等携手，已经全面掌控了朝堂局势。马希崇虽然位居天策府左司马，但王上知道他一直暗中勾结马希萼，所以一直将他悬在空中，不给实权，不足为患；刘静仁等清流一党大都被我等挤出朝廷，除了张少敌仍然掌握着王都戍卫一万多兵马外，已经没有其他兵权。可是，万万没想到，这时候偏偏杀出个李云博，情势就大为改观了。一来，他有楚国最厉害的王室武装湘水台，虽然只有区区数百人，可个个都以一当十，骁勇异常，更要命的是他能生杀予夺；而他的二哥李云铎，现在成了驸马爷，既是军中最年轻的大将，也是王上最信任的人。他手里的飞骑营和殿前军、银枪营都是王廷亲军，这近万人马更是楚国精锐，还有新成立的神刀营三千人马，在他的家乡瑶池，也是一支不可小视的力量。如果他们联手，再争取中间势力和地方将领支持，比如强弩指挥使彭师嚚，水军指挥使许可琼，岳州刺史王赟等，这些人一旦被他们拉过去，我们就没有优势了。如若她们联名逼迫王上罢免我等，军政大权就尽归他们了，我等就死无葬身之地了。"

李宏皋的一番剖析，听得众人如坐针毡，大汗淋漓。杨涤赶紧问道："李大人，难道我等就坐以待毙吗？"

"当然不能！"李宏皋拍案而起，道，"无论怎样，我们还是最强的一党。岳麓大营五万大军在我们手里，边关八座营寨近三万守军在我们手里，王廷粮财钱饷支配大权在我们手里，我们怕什么呢？"

大家恍然而悟，道："是呀，我等还是最强啊！怕他们作甚！"

"当前，最要紧的是力保老夫和司马大人不被罢免，保住了我俩的位置，其他就好说了。"

"如何保住？"

李宏皋道："这得分三步走。首先，请邓将军和二弟赶紧上奏，辩白我们的冤屈，力陈联名奏折里罗列我等罪状是子虚乌有，王上是个糊涂而怯懦之人，他不可能较真去查，就是彻查，我等也有应对之法；二是等到王上犹豫不决之时，我等再觐见王上，支持清流派诛杀马希崇、发十万大军围剿朗州之策……"

刘彦瑫打断他的话，道："支持他们？那不等于将固国功劳都拱手让给清流一党了吗？"

"非也。司马大人不用很着急，请容老朽慢慢道来。"李宏皋狡黠一笑，"这其中的玄机就在，我等深谙王上的性情，一来他整日侍佛，妇人之仁，绝不会杀马希崇；二来，他胆小懦弱，绝不敢举十万之兵，倾巢而出围剿马希萼。这样一来，清流一党的联名奏折，不就搁在那里了吗？"

邓懿文鼓掌叫好："妙计妙计，上柱国大人真是神机妙算、运筹帷幄呀！"

李宏皋不悦道："不要叫这个过时的官衔了！老夫以前还是刑部侍郎、尚书右仆射呢！有什么用！自降国格后，成了天策府掌书记倒还有些实权。"

刘彦瑫疑惑地问道："那么，马希崇就死不了了？"

"他死定了！"

"此话怎讲？"

李宏皋站了起来，慢条斯理地说道："王上不杀他，自有人杀他。"

"谁？"

"李云博。"

"李云博能杀他吗？"

"当然能！举国上下，只有两个人能杀他，一个是王上，另一个就是李云博。"

杨涤被他弄糊涂了，问道："李大人，您就别卖关子了，快点说吧，急死我了。"

"杨将军你想想，这个上奏王上诛杀马希崇的主意是谁出的？"

"谁出的？清流一党啊！"

"非也。"

"那是谁？"

"李云博。"

"他出的主意？"

李宏皋道："对。因为我等一干人，包括清流一党都知道，马希崇早就与朗州勾结，多年以来一直暗中往来，只是没有人抓到过硬的实证。可他李云博一出山，就将两边往来的书信截获，他现在是铁证在手。而且，他有湘水台这张王牌，可以借太后懿旨清理王室叛逆之名，轻而易举地将其诛杀。大家明白了吗？"

"末将还是不明白，证据到手都几个月了，他为什么还迟迟不动手呢？"

李宏皋道："这就是李云博的高明之处。他不希望一上台就大开杀戒，而且诛杀的是武穆王子，当今王上的亲弟弟。他想通过群臣上奏来压迫王上，迫其就范。一旦王上不动手，迫不得已，他肯定会出手。"

邓懿文笑道："都是借刀杀人，可李大人还是棋高一着、老谋深算啊！那第三步呢？"

"这第三步嘛，要在前两步走完之后再进行。如果前两步成功了，后来之事便水到渠成。如果我等没有被免职，大权仍然在握，出兵之事就由不得清流一党了。如果马希崇被诛，马希萼就没了内应，到时候我等就主动请缨，并发朗州，司马大人可亲率大军，一战而定。到时候，我等又有了靖乱之功，王上想不封我等，都不行啊！"李宏皋滔滔不绝，讲得有些累了，又坐下来道："大家试想，李云博杀了马希崇，王上还会重用他吗？"

"绝对不会。"

"不仅不会，还会迁怒于他。到时候，清流一党就完蛋了。"

"可是，他手里的湘水台，不好惹啊！"

"说得对！"李宏皋又站起来，道，"所以，大家千万别轻易去惹李云博，否则会招致杀身之祸。这个湘水台，沉寂里二十多年，又重出江湖，不好惹啊！我记得武穆王时，袁妃执掌湘水台，衡州有个县令强抢了一个民女做小妾，还未拜堂，就被暗杀。直到后来，我们才从武穆王口中得知，是湘水台干的。哎，那时候，吏治多么清明啊，当官的都兢兢业业，哪个敢贪污受贿、胡作非为啊！所以，这王都之内，都还在他们控制之中。但是，天下是我们的，长沙城是他们的，但迟早都会为我所有。"

"不一定吧。长直都指挥使张少敌刚刚调来不久，那些都是我的部下，柱国将军已经被架空了。哈哈。"刘彦瑫话锋一转，道，"我担心的不是张少敌，而是李云铎。他一路飙升，深得楚王赏识，而瑶池李氏火药，也是天下一绝，一旦装备军队，战力可提升数倍。听说南唐国主已经命令洪袁驻军，将获取瑶池李氏大威力火药秘方，作为当前首屈一指之要务。刘静仁侍郎不久前也曾强谏王上建立新的炮火营，听说为了让李氏献出秘方，两家人差点闹翻了。"

李宏皋点点头，道："瑶池火药，是当今天下威力最大的。谁拥有了这些大威力火药，谁就掌握了天下最先进的炮火武器，谁的军队也就能纵横天下，无人能敌。当前，他们只不过陷在祖上规制的泥沼里进退维谷，如若他们一旦转过弯来，绝对一流的炮火武器就会应运而生。到时候，纵然千军万马，又怎能敌得过他们！"

刘彦瑫不解地问："奋举兄，两个月前，王上要我等酌情筹建炮火营，你为何不强迫李庆吉献出绝密配方，制造大威力的炮火呢？"

李宏皋冷笑道："司马大人有所不知，因为你太不了解瑶池这个存在了三百多年的火药世家了。你逼他有什么用？南唐国抓走了李庆吉二儿子李天雷，什么也没捞到，偷鸡不成蚀一把米。对待这些家规甚严、道德自居和保密极强的家族，绝对不能胡来，他们的精神已融进血液，宁死不屈、宁折不弯，只能慢慢地来。一旦他们信任了你，什么都会拿出来，包括性命。所以，你们任何人都不能开罪李氏族人，要主动和他们交好，处处让着，力争把他们拉过来。这个想法一旦成功，我等就拥有了天下第一的炮火军队，我们就拥有了问鼎天下、逐鹿中原的最大本钱！别说一个楚国，就是整个江南，甚至中原大地，一年半载，就都可以收入囊中！"

众人一听，顿时热血沸腾。

李宏节突然道："兄长，还有一个人不好对付。"

"你说，谁？"

"张少敌。"

"这好办，你们过来。"李宏皋说着，就招呼几个人探过头来，如此这般地轻声嘀咕了一通，几个人不住地点头，露出了会心的笑容。说完之后，突然间爆发出巨大的笑声："哈哈哈哈……"

"安静！大家别得意太早，隔墙有耳，小声些。"刘彦瑫止住大家的满堂笑声，顿了顿突然对李宏皋说道，"李大人，我得到一条绝密消息，陈太后已经卧床数日，可能……"

"准确吗？慈宁宫的消息一直封锁很紧，你是如何得知的？"李宏皋突然定在那里，问道。

刘彦瑶道："你忘了，我的妹妹还是王上的才人呢！"

李宏皋道："哦！太后历来足不出户，不久前听说怒气冲冲地闯进上书房，母子大吵一场。据说太后被气得晕过去。没想到，她老人家这么快就病倒了？这可对我等是一个绝好消息啊！太后一完蛋，清流一党的最大靠山就没了。哈哈哈……"

"哈哈哈……"

众人得意地狂笑一通之后，刘彦瑶道："大事已毕，诸位辛苦，该享享乐子了！来人，吩咐夜宴开始，女乐弹起，我和各位大人就过来。对了，叫你们到春香苑请的几个最叫座的绝代名花都来了吗？今儿要诸位不醉不归，不乐不回……"

正当他们得意忘形的时候，窗外一个黑影迅速退去，蓦然间，消失得无影无踪。

◆ 四、十里长亭，张少敌再度预言 ◆

年逾七旬的陈太后本来就风烛残年，被楚王马希广这么一折腾，急火攻心，恶气郁结，继而高烧，整夜胡话，后来又咳血不止，渐渐地就卧床不起，不省人事了。

馥湘公主自从瑶池省亲回来后，一直住在驸马府里。虽然一到长沙就来慈宁宫看过太后一回，但一直在驸马府里料理着家里的大小事情，忙得不可开交，很少有时间陪陈太后。直到太后一病不起，她才感觉到情况不妙，赶紧搬到慈宁宫，日夜守护在太后身边。

陈太后卧床之后，楚王马希广日日诵经念佛，夜夜烧香祷告，以求上苍佛祖保佑母亲平安，益阳战事吃紧，他也懒得理会。旬月之后，蛮兵大破迪田，守将张延嗣战死，马希广觉得有些不妙，连忙派指挥使黄处超率五千兵马驰援，可是蛮兵士气正旺，黄处超也兵败身死。马希广慌了，急调牙内指挥使崔洪琏带领七千精锐屯守重镇玉潭，又派孟骈前往大汉京师，请求出兵平叛。可是与此同时，朗州马希萼又派掌书记刘光辅进京面圣，请求在朗州设置进奏事务机构，两人在京师汴梁住在相同的驿馆里，碰到了一块儿。孟骈见到刘光辅，没好气地说道："刘大人屈身事逆，尔父却联名上奏剿贼，真是父子相残、各为其主啊！"刘光辅道："孟公何出此言！小侄身在朗州，心在长沙，公若随大军围剿朗州，小侄必为公打开城门。"孟骈道："原来是老朽误会亲侄子了。亲侄子远来京师，有何公干？"刘光辅道："从马希萼请，置朗州进奏务。敢问孟公是何公干？"孟骈道："说出来气死人。马希广这白痴，请求汉朝皇廷敕封蒙州城隍神为灵感王，顺便请求援手平叛，真是气死人了！不过亲侄子，长沙乃楚国王都，已有进奏务，看来，马希萼是铁了心要分裂楚国、自立门户啰！"刘光辅道："马希萼倒行逆施，路人皆知，人神共愤。我等既然不期而遇，就别让他图谋得逞。"孟骈长叹一声："这马希广，也是个无能的主！我等这干做臣子的，都不知道该怎么办了，唉……"两人长吁短叹一阵，然后又合计一番，拱手作别，分别觐见大汉天子不提。

李云博得到密使报告刘彦瑫等人密谋之后，愤然作色："这干无耻国贼！国难当头、大厦将倾，他们倒好，都什么时候了还在结党营私，排斥异己，玩弄权术，争权夺利，真是罪该万死！"他还得知，马希崇近来惶惶不可终日，而且上蹿下跳，又是进宫觐见楚王，又是密会许可琼，几天后就深居简出，天策府也不怎么去了，躲在家里足不出户。马希崇还写信给马希萼，要他赶快起兵，救救他这个可怜的弟弟。但被密使截获扣压，信也密呈给了李云博。李云博暗自思忖："看来真是操之过急了！益阳战事吃紧，朗州也蠢蠢欲动，太后人事不省，王上又以尽孝为名日日鼓捣佛事，不理朝政。这样拖下去，如何是好？"

正在运神之际，突然刘如霜跑进来，道："岫南哥，大事不妙，昨日张少敌大人突然面见楚王，请求解甲归田，王上已恩准了。"

"什么？张大人要辞隐？朝中唯一能够堪当征伐大任的柱国大将，怎么突然解甲了呢？"

"原因不清楚。听密使禀报，前几天，李宏皋深夜到张大人府上造访过，昨天一大早，张大人就进宫告老去了。"

"哦？张大人准备什么时候走？"

"已经动身，可能快出北门了。"

"这么快？你快取些酒水银两来，走，我们去送送他！"李云博一边说着，一边奔出房来。忙碌一通，二人便上了仆人牵来的马匹，疾驰出了驸马府。

出了北门，已不见张少敌一行踪影。两人又快马加鞭追了十余里，在快到驿站的官道上终于看见了他们的车马。

"张大人留步！下官李云博特来饯行！"

前方的车马停了下来。但见车内一个人慢悠悠地探出头来。李云博飞身下马，倒头便拜："下官李云博拜见张大人！"须发斑白的张少敌见是李云博，连忙下了车。他已然一身平民装扮，连忙扶起李云博，喟叹道："李大人何须如此！王上已经恩准老夫致仕，不再是什么大人了。李学士请起！"

"大人为何突然解甲归田？就算离开，应该设法和刘侍郎、拓跋大人等一干老臣辞行吧？"

"老夫解甲一事，一来紧急，二来是王上密准。在这多事之秋，还有必要辞行吗？"

"那么，诸位大人都还无从知晓？"

"那是自然。无官一身轻啊！一介草民，何须讲究官场礼仪！"

"哎！国难当头，大人就忍心看着楚国江山社稷陷于危难，即将万劫不复，而坐视不管吗？"

"楚廷朝堂，已如浸水泥墙，何以匡扶？更何况老夫年事已高，已无力为国驱驰，不想尸位素餐，还是空出高位，让能者效命吧。"

李云博道："大人执掌楚国六军多年，堪称我大楚定国柱石。虽然前不久被调离马步军都指挥使要任，但转任的是长直都指挥使、长沙城隍都统要职，仍然掌管着一万多王都戍卒，这可是楚国安危的最后一道屏障啊！下官斗胆一问，大人匆匆离去，有何隐情？可否告知？"

张少敌仰天长叹："事已至此，告知何用？学士还是饶了老夫吧。天色不早了，老夫还要赶路。就此别过吧。"

"张大人不言，下官也能猜中一二。因为前日，湘水台密使探得李宏皋去过你府上，是不是这个老匹夫对将军说了什么？"

"这……"张少敌一愣道，"唉，李宏皋说，老夫曾经主张拥立希萼，又多次忤逆殿下，殿下不久罢了老夫兵权，说是做个摆设执掌都戍，但还是怕老夫助纣为虐，仍然寝食难安啦……"

李云博道："就是这干无耻小人，想独揽军政大权使下的离间毒计啊，将军万万不能往他们的笼子里钻啊！"

张少敌道："老夫何尝不知！自被调任城防戍将，老夫就知道了。可知道又有何用？一班老臣都被排挤出去，老夫一个人也是独木难支啊！"

"如今，有在下和二哥支持您啊，还不够吗？"

"老夫心如死灰，去意已决，大人就别再为难老夫了。"

李云博叹道："哎……今日一别，不知何日能够重逢。早就想拜会大人，只是事务繁忙，没想到永世都错过了。真是天意啊！"

"哦？大人有何疑虑，老夫愿意耳闻。"

"在下存疑一掌故，是关于大人的。想借今日之机予以求证。不知大人肯否赐教？"

"李大人有何见教？但说无妨，老夫尽力而为。"

李云博道："在下曾听人说过，三年前，文昭王薨，诸将议所立，大人曾言：国家大事，并非一成不变，变而能通，斯能长久，嫡出庶出无关紧要，重要的是德行和能力。希萼年长而性刚，必不甘为希广之下。若奉希广，当思长策以制希萼，使之贴然不动。不然，社稷危矣。有乎？"

张少敌道："有也。李大人真是博闻强记，老夫数年前的几句话，大人述得分毫不差。当时，老夫以为，立希萼为明智之举，若立希广，就得制服希萼，这和拓跋恒等大人不谋而合。可刘彦瑫、李宏皋等不听老夫之言，奉立希广而又不制希萼，反而将其从边远的永州调往富庶的朗州，真是自作聪明！本来想安抚希萼，没想到却放虎归山，真是愚昧至极！"

李云博道："大人预言，已完全效验。可是，像大人这般高瞻远瞩、一心谋国的股肱之臣，都离朝而去，楚国还有谁能挽狂澜于既倒、扶大厦于将倾？张大人，请您三思啊！"

张少敌道："老夫心意已决，不用多言了！李大人，你还是放过老夫吧，这数十口身家性命，还是保住要紧啊！容老夫也为子孙打算一回吧！"

李云博知道再怎么说也无济于事，无可奈何道："大人既然去意已决，我李云博人微言轻，也不可能说动大人回心转意。在下还有一问，不知大人为何不在楚国找个地方隐居下来，偏偏要回老家？此去长安，窈窕数千里啊！"

张少敌道："既然告老，就得还乡。这祸害，躲得越远越好啊！"

李云博道："在下虽然吃惊，但还是能理解。大人可要一路珍重啊！如霜，上酒，我要为大人饯行！"

刘如霜倒了酒，递到两人手上。李云博双手举起酒碗，道："晚辈敬张大人一碗，祝大人一路顺风，安度春秋！干！"

张少敌也举起酒碗，道："感谢李学士十里相送。也祝大人多多保重！干！"两人说罢，一饮而尽。张少敌正要上车，突然又折回，对刘如霜道："如霜啊，带老夫向侍郎大人问好，老夫走了，请他务必珍重！"

刘如霜行礼道："张爷爷，我一定转告。您老也多多保重！爷爷他也致仕了，却放不下这气息奄奄的朝廷，唉！"

李云博道："在下知道大人执掌楚国军机兵柄数十年，公忠体国，不谋私利，从来不置田买地，家中也无盈余。在下备了点盘缠，略尽晚辈拳拳之心，望前辈笑纳。"

张少敌正色道："老夫一生，从不受贿收礼。大人要老夫笑纳，是想陷老夫于不义而晚节不保吗？"

李云博道："此言差矣！如若大人在任，在下送你钱财自然可算行贿。但如今，您老已是一介平民，我这个小辈送您几两盘缠略表敬意，哪里与道德节操扯得上关系呢？更何况，在下是官，您老是民，哪有当官的行小民贿的？张前辈，您说呢？"

"哈哈哈哈，岫南真是巧舌若簧，老夫说不过你，这深情厚谊，老夫就不推辞了。"

张少敌笑了，又道，"岫南啊，你满腹经纶，才堪大用，只是生不逢时，未遇明主啊！这楚国朝堂，病入膏肓，烂到骨髓，谁都没办法了，你也救不了。其实，三年前，老夫参加完马希广的即位大典，还说过一句话，然后数日闭门不出。岫南，你想知道老夫说了甚吗？"

"在下想知道，前辈说的是甚，晚辈未曾听闻，请前辈赐教。"

"老夫说了五个字：'祸其始此乎！'"

"祸—其—始—此—乎！"李云博一字一顿地咀嚼着这几个字的意味，不禁恍然，"前辈真是犀光锐利、一语中的啊！"

张少敌道："老夫这话，不幸应验。收了你小子的银子，也为你再预言一次：不出一年半载，马氏必被南唐所灭！岫南啊，如果你相信老夫，就想办法快快脱身吧，是是非非，不用去计较了。迟了的话，无论陷在哪里，都是死局啊！"

"感谢赐教！前辈金玉良言，李云博一定铭记在心。前辈保重！"

张少敌忽然伤感起来："你们也多多保重！只是遗憾啦，老夫这一走，就喝不到你们俩的喜酒了！遗憾啊！"

正欲登车之际，张少敌微微犹豫了一下，突然转身走回来，拱手道："岫南，老夫早就有一言相赠，但又恐违你祖训。今日一别，不知何时相逢。敢请阁下，老夫说还是不说？"

李云博回礼道："前辈无须顾忌，但说无妨。"

张少敌道："那好，老夫就斗胆冒犯了。阁下胸怀大志，意欲廓清寰宇，安定四海，实现天下归一、人伦和合。但你知不知道，当今有一种最管用的神物，能让一统天下进程大大缩短，也能使攻城略地效用事半功倍。岫南，你知道是何物？"

"在下不知。请前辈不吝指教。"

"就是你们瑶池李氏享誉天下、威力巨大的火药！"

"什么？我们李氏的火药？此话怎讲？"

张少敌笑道："岫南你禀赋异常，是当真不知还是假装糊涂？如若觅得明主，运用贵府秘方装备炮火武备，助其驰骋南北，不出三五年，天下绝对会重归一统，阁下夙愿，亦当圆矣。"

李云博拱手道："前辈用心良苦，在下感激不尽。锥骨箴言，在下先收。只是兹事体大，又违祖训，还容后辈慢慢汲取。"

张少敌还礼道："狂放胡言，多有得罪。老朽告辞！"

"前辈走好！"

李云博目送他们远去，直到车马的背影消失得无影无踪，才恋恋不舍地离开。张少敌作为楚国统兵十多年的大将，多年来浴血疆场、出生入死，这样的话应该感同身受，不是随便说说。而且楚国朝堂，无论刘侍郎等资深老臣，还是像二哥这样崭露头角的年轻将领都有此意愿，南唐朝廷也将升级炮火武器作为国家战略，这绝不是巧合，而是英雄所见。但祖上规制，岂能随意违逆？李云博想到这里，已经进退两难、陷入死结。他不愿再想下去。转身之时，不觉视线模糊，什么时候，泪水已潮水般涌了出来。两人牵着马沿路慢慢地往回走，想聊点什么，却又找不到话题，不知说什么好。就这样一路默默地走着，大半天就没了。

两人刚刚回到驸马府上，天已经抹黑。没想到慈宁宫里的侍女已经等候多时了。

"三爷，你终于回来了。宫里的人已经等了一个多时辰了。"已经成为驸马府管家的郑大雄赶紧过来牵马。

"人在哪里？"

"禀报三爷，在客堂里。"

这时候侍女听到声音，跑了出来慌忙道："李大人，太后急召你入宫。快请吧。"

"发生了什么事？"

侍女看看左右，犹豫了一下，忽然贴到李云博的耳根上说了几句。李云博的脸一下子变得惨白起来，大惊失色道："快走，进宫！"

◆◆ 五、陈太后的临终遗命 ◆◆

李云博还是第一次进这慈宁宫的大门。

一路过来的时候，李云博问宫女："太后昏迷数日，什么时候醒的？"宫女道："今日未时刚过，她就突然醒来，除了虚弱之外，其他并无异常。大家很是高兴。没想到太后却说了句'哀家即刻行将就木，只是跟阎王爷告了会儿假，交代几件事情就过去。'然后不准禀报王上，要我等请学士大人您尽快觐见。""哦。"李云博应了一声，情知太后可能是回光返照，离大去不远了，心一下子沉下来，加快脚步往里走。

趁着夜色，李云博见到这后宫院落，不觉大吃一惊：院门狭小、墙壁斑驳、亭台陈旧，除了阶前棵棵茂密成荫的古木绿树和丛丛青葱油碧的兰花芳草外，其他无论是格局还是建筑，都乏善可陈。上了台阶进得屋来，里面的布置简单自然、清新素雅，几乎没有多余的物件，也谈不上装饰和点缀，就像一个寻常人家的陈设。李云博简直不敢相信，这个普普通通的小院，居然是当朝太后住的慈宁宫！他有些惶惑：如此深明大义、勤俭朴素的母亲，怎么会有马希范、马希广那样骄奢淫逸、荒淫无度的儿子！他也突然明白，为什么这慈宁宫从来不许外人进入，为什么太后从来不在此处接见客人。李云博一边走一边胡思乱想着，不知怎么的，泪水就夺眶而出，不禁暗自骂道：马氏兄弟，你们这群混账东西！！

来到床前，只见陈太后已经气若游丝。听说李云博来了，挣扎着要坐起来，被李云博按住。馥湘公主为她稍稍垫起上身，又在颈项下面塞好枕头，太后便猛地睁开眼，说话了："岫南，你，终于来了。哀家大、大限已到，只是要事未结，不肯咽气。你来了，就好。哀家说完，说完就走。"

"太后仁善恭慈，福寿齐天，上苍一定会保佑您长命百岁，不会有事的……来，让属下看看……"李云博连忙跪倒在地，动了哭声。

"没用了，哀家两年前就得了不治之症，延口残喘这么久，够本了！"

"大楚危局，还得太后匡扶！太后，您不能走啊……"李云博哽咽道，"我李氏有起死回生妙药，说不定可以……"

"哀家年过古稀，该是大去之时了。咳咳……"

"太后……"

"岫南，不要难过。生死有命，夫复何求！这楚国悲剧，木已成舟。哀家能在，能在败亡之前，撒手，能得善终，已是万幸……临行前，哀家，还有、还有几件事情，要跟岫南交代。你们，都退下吧。湘湘，你也退下。"

"是。"众人应声掩门而出。

等到屋里只剩下李云博一人后，太后吃力地拉过李云博的手，说道："岫南，哀家，哀家有三件事，要对你交代……"

"太后有旨，尽管懿示。李云博一定竭力驱驰，万死不辞！"

陈太后闭目养了会儿神后，开始说道："好。这第一件，平叛讨逆之事。哀家思虑，马希广绝不会举倾国之力、发十万之兵的。你势单力薄、人微言轻，管不了这件事，随他们去折腾吧。不管是谁取胜，这马氏政权还是没有易主。哀家给你的任务是，不管谁胜，都设法让其立稳脚跟，尽量创造些当政条件。如果胜者仍然荒淫无度、不思图存之策，你可出示武穆遗诏，取而代之！"

李云博道："太后，维护王权，属下本职，定当遵从。只是取代之事，万万不可！李云博不才，但还是读过诗书，身为人臣，怎能弑主自立，这是犯上作乱、大逆不道啊！"

太后道："你别急着拒绝，先看看马殷临终前的密诏吧。武穆王晚年虽然昏聩，但还是没有到糊涂的地步。这'兄终弟及'之传则，是建立在他儿子众多、总有能者的基础之上。如若这江山社稷，传子不传孙，岂不自然消亡，儿子总有死绝的一天。如今剩下的这几个，都不是力挽狂澜、扶厦将倾之主，就可以按照第二条'继贤而立'来谋国了。这晚唐以来，继子登位，比比皆是，后唐明宗，南唐烈祖概莫能外。哀家早就想好了，就替先王收你为继子，视同己出，取名马希博，奉武穆密诏和哀家的遗命废除无道之君，继承大统。这是武穆密诏和哀家的遗命懿旨，你看看吧。"

李云博闻到此言，吓得既不敢接，更不敢看，只是一个劲地叩首不迭，顿时冷汗直冒："李云博何德何能，让太后如此垂青！王权天命，非李云博所能担当！太后，快请收回成命吧，李云博万死亦不能从！"

太后道："要你一个未冠少年担此重任，真是为难你了。可你天生厚德，纯孝仁义，洞察事理，颖悟异常，加之好学善思，勤勉通达，是马楚'继贤而立'之不二人选。由你继立，是大楚能存的唯一希望啊！你若不就，马楚必亡、三湘必乱啊！岫南，这是哀家的命令，你不从也得从！为了大楚的江山社稷，你千万不能推辞啊！难道要哀家求你不成？"

李云博道："回禀太后，李云博誓死效忠王廷，但这取代之事，上违天命，下逆民意，如此人神共愤之举，不仅救不了楚国，而且会使楚国崩溃更快。到时候，就是将李云博千刀万剐，也悔之晚矣！请太后三思啊！"

太后道："岫南，你是怕背上谋逆篡位的千古骂名吗？"

李云博道："非也。属下一介乡野书生，只想为王廷多分担忧虑，为百姓多谋些福祉，至于生前死后之事，从未想过史家评判和后人品点。属下考虑的是，千古以来，王权更替只有父死子继、兄终弟及这两条铁律为世人公认，这'继贤而立'从来就根本不是传承规制，而是得位者粉饰自身的借口。一旦开了先河，任何手握重兵的将领，都会有非分之想，后唐也好，南唐也罢，正因为帝位来得不正，才用继贤而立掩人耳目，但迟早都会被人取代，这就是晚唐以来天下四分五裂、皇朝更迭频繁的乱源啊！如若属下按照太后旨意'继贤而立'，那么多节镇刺史、都统将军，都可以矫诏自立，还可以声称上承天命、下顺民意，到时候，楚国大好河山不就分崩离析了吗？太后，属下再次恳请您收回成命！"

太后叹道："唉，你饱读诗书，学富五车，哀家说不过你。可哀家不明白，这王廷龙椅、玉玺权柄，千百年来那么多人趋之若鹜、不计生死，可你却至死不从。天意如此，哀家也无力回天了！这就是定数，定数啊！唉，罢了！"

"太后明察事理，属下感激不尽！"李云博说罢，取过密诏、懿旨看也不看，用火点着，丢进熏香炉。

陈太后惊异地看着他的一举一动，半天说不上话来。她万万没有想到，李云博会如此果断地处理此事，而且连任何退路都不留。她无可奈何地摇摇头，或许是说了许久的话，有些累了，闭上眼睛喘了会儿气，好一阵子才睁开眼，继续说道："这第二件，就是湘水台的事。哀家一直考虑，哀家百年之后，这支队伍何去何从。作为紫金长老的你，又听命于谁、对谁负责。还有，一旦楚国危难，将如何作为；或者楚廷不复存在，他们将为谁效命。但思来想去，没有良策。哀家只给你两条要求，第一条，马楚还在，你就编入王室近卫序列，由张少敌将军统领……"

李云博插话道："禀太后，张大人已经告老还乡了。"

"什么？真是天亡楚国啊！既然如此，就只有归属你二哥指挥。如若马楚消亡，你就作为私家武装，带回瑶池吧。"

"禀太后，只要马氏王廷还在，属下一定带领所有湘水台密使听命楚王，效命王室。至于后者，万一有那一天，属下一定遣散众人，让他们自谋出路。"

"随便你。"太后继续说道，"第三件事，一旦楚国倾覆，长沙为敌国攻破，你得设法保障王室马氏子孙和家眷的安全，是战是降，是躲是迁，都由你。这一千余口身家性命，就拜托你了。"

李云博道："属下谨遵懿旨，一定竭尽全力，拱卫王室成员安全！"

太后道："哀家先谢了！这最后一件事情，那就是，哀家有一个不情之请，你一定得答应。"

李云博道："太后言重了，属下照办就是！"

太后的声音渐渐微弱了："好……我的丧事一切从简……但有一样，不能省，那就是，你们瑶池李氏的，特供炮火。哀家一身，布衣素食，粗茶淡饭，深居简出，简朴成习。但就是这炮火，哀家看了——这么些年，就没看够过。如若天下安定，百姓富足，每每——节会来临，晚上，放那么一炷——半炷香时间，与天下百姓，一同观赏，那将是——多么——开心幸福——的时候啊！哀家求你，在出殡前夜，你就放——半炷香时间，算是——为哀家——送行吧；如果——哪一天，天下——太平了，你就在，坟前放一炷香——时间，算是给——哀家——报——个——信，哀家——在——那——边，也——乐呵——乐呵……"陈太后仿佛是用尽了最后一点气力，声音越来越慢，越来越小，渐渐地没了声息，可是，眼睛仍然没有闭上……

"太后，太后，快来人啦……"

门外，一群人蜂拥而入，呼叫之声延绵不绝。继而，哭声四起。

"太后宾天了……"

这是李云博第一次面对生死。他突然悟出，人生原来是一个苦难的过程：从自己的

啼哭中开始，在别人的泪水中结束。而只有那些敢于担当、替人着想的高尚生命，临终之际，才承受得起这晶莹剔透的心灵圣水铺天盖地的浇灌和洗濯。就在那一刻间，李云博觉得自己真正长大了。

一夜之间，长沙城一片缟素，举国哀悼。母仪楚国二十多年的陈太后，带着她无限的担心和力不从心的遗憾走了，甚至死不瞑目。

李云博更是痛不欲生。四个多月前，在杜甫江阁的夜宴上，他才第一次见到这个年过七旬、端庄慈祥的老人，虽然年龄隔着五十多个春秋，可一见如故，转眼之间就成为相互信任、配合默契、唇齿相依的上下级——不，更确切地说，应该是惺惺相惜的忘年之交。由于目标相同，他们很容易沟通，对有分歧的问题也能够相互理解，很快达成一致。可是，他们真正打交道的次数还不上十次。你可以想象吗，一个太后为了挽救危在旦夕的江山，居然想到废掉自己昏庸怯懦的亲生儿子，把一个年仅十七的少年收为继子，然后以社稷重任托之，如果没有对他品行才具等各个方面百分之百的认可，谁敢这样做！而且，陈太后是历经四朝楚王，睿智贤良而且执掌着湘水台大权的后宫之主，不是老眼昏花，也不是心血来潮，而是经过深思熟虑之后的慎重决定。这样做需要多大的勇气，需要信任到怎样的程度啊！然而，正当自己解除了外部威胁，准备着手平定朗州叛乱、消除内部矛盾时，陈太后却离他而去，李云博如何不伤心欲绝？

这几天，李云博放下手中所有事情，亲自动手为太后的葬礼配制起炮火来。李云博万万没有想到，陈太后居然是个炮火迷。渴望天下太平，盼望每个人都在安宁祥和的环境中幸福快乐、自由自在地生活，不仅是太后的愿望，也算是他李云博的梦想，更是饱经战乱之苦的天下百姓的共同心声。李云博突然觉得，这位深居简出的陈太后，是当今能够深刻理解火药文明真谛为数不多的智者，也是瑶池李氏家族文化的知音，在精神上早就息息相通。"为什么呀，各国的朝堂，都不像太后这样热爱爆竹炮火、理解火药文明，而是一味想着，利用他来制造杀人的武器呢？大家有什么冤仇，需要你死我活地攻来杀去？都在一个天空下，难道不能聚在一起，共同欣赏我们李氏创造的夜空璀璨呢？"李云博想着想着，还是百思不得其解。但有一点他可以肯定，人类自诞生之日起，野蛮与文明、正义与邪恶、美好与丑陋就一直相生相伴，此消彼长，较量不断。因此，对待火药的态度与争斗，也是人性较量从未停止的最好明证。但是，无论怎样，野蛮终究会逐步被文明取代，正义一方总会战胜邪恶，丑陋也会被舆论锁进道德的牢笼。而只有向往光明的人，才会在黑暗中苦苦求索，试图用人性中的真善美，点燃生命的璀璨，照亮浩瀚无边的黑夜，给更多的人以希望……

内务府将作监贮存的火药威力太差，而且用途单一。李云博试制了几个爆蛋、花火、升焰，都不怎么理想。但是，李云博凭借着一生下来就玩火药的经验，凭借对原材料性能的熟悉和火药情状天才般的敏感，很快就把需要燃烧、爆响、色彩、烟雾、助推以及引索的火药配出来了，还配制了一点自己一直忌讳使用的牛角铁炮用药。这种爆炸类火药威力太大，使用不仅不安全，而且一旦被人窃去破解，那将后患无穷。可是现在，李云博顾不了那么多了，他要使出浑身解数，置办一场赏心悦目的夜空盛宴，为陈太后送行。为了确保制作成功和效果良好，他还专程派人回瑶池，请他的大哥李云闪火速赶来长沙帮忙。

也就是在这次简单的葬礼上，李云博将祭奠悼念时间改在了晚上，并将爆竹、铁炮和炮火燃放正式列进丧葬礼仪之中。当主持祭祀的太庙令根据太后遗命，勘定祭祀程式的时候，李云博提出三声铁炮启礼、哀乐爆竹齐鸣、燃放炮火送行等一系列设想，得到了大家的认同。那晚的祭奠现场，炮火异乎寻常地璀璨。李云博觉得，那不是一般的炮火，而是太后怒放的心花。特别是数百名湘水台密使拉响"天火闪"，数百道火花一齐飞向高空的时候，在场的人都被这空前绝后的人间奇观惊呆了，虽然瞬息而逝，但足够照耀千古，也足够大家铭记终生。这场有别以往的丧礼，将逝者的意愿体现得淋漓尽致，以至于以后各地的重大丧葬中，爆火和铁炮成为必不可少的礼仪用品。

◆ 六、盛怒之下，马希萼居然称藩南唐 ◆

张少敌的归隐、陈太后的离世，让李云博突然感到前所未有的孤独。

虽然，太后临终前叮嘱他不要再管兄弟争位的事，但他认为，不管谁最后胜利，都将使楚国元气大伤，制止争位是唯一避免楚国迅速衰亡的有效办法。如何制止呢？一是让马希广退位，拱手让出王位，还可能保住性命。但显然，马希广已经尝到了当王的甜头，不想退位，也装模作样地让了两次，那绝对不是出于内心，这条路基本走不通；二是立即出兵消灭马希萼，可这条路难度也很大。的确，他还有湘水台的兵权，还有二哥李云铎掌握着宫廷近卫，也还有刘静仁一干老臣力挺，但张少敌是整个楚国数一数二的统兵大将，军中威望很高，太后是唯一能够左右王上决策的人，是他实现计划的绝对靠山。要真正消除朗州叛乱，这两个人少了一个，都不可能，何况两人都几乎同时失去。他预感到，楚国局势已如张少敌预言，已如陈太后料想，没有人能够控制了。而刘彦瑶、李宏皋一伙，目光短浅，自以为是，看不到朗州之乱的后果，还一门心思玩弄权术，结党营私。真是气死人了！

而这几天收到的消息和发生的事情也让他食不甘味。就在太后治丧期间，南唐密探频繁地在瑶池活动，虽然布防很严，损失也不大，但一家老小惶惶不可终日，着实让他担心；楚王以大丧服孝为由罢去朝会，一个多月已经没有开朝议事了，一切政务军务都交给了刘彦瑫一伙；朗州已经集结万余精兵，由大将王逵、何敬真带领整日操练，四百多艘新成战舰和数千名新募水勇，也在日夜集训，看来马希萼正在等待时机，不久就会发兵潭州。李云博估计，这个出兵的时间应该就在益阳沦陷之日。更让他气愤的是，执行密杀马希崇的巽卦统领，提回来的人头却是一个易了容的替身，他们现在连马希崇在哪里都无从知晓！还有，刘彦瑫、李宏皋等人先后到驸马府登门拜访，都是一通恭维之后，愿意支持他出兵讨朗，还一个个力荐他出任天策府掌书记！李云博当然知道他们的伎俩，但也不能言明，表面上受宠若惊，感谢他们支持平叛，但还是委婉拒绝了天策府的要职。他不禁仰天长叹：南唐密行一路顺风顺水，可是回国后的几次行动，比如突访醴陵大营，联名上奏围剿朗州叛军，弹劾刘彦瑫等人，还有这密杀马希崇，每一件事都无功而返，这国内的事，怎么就这么难办！

李云博又想：如果当初，真如太后意愿那样，接受"继贤而立"取代马希广，罢黜刘彦瑫、李宏皋一伙，然后派出十万大军一举扫平朗州，楚国会安定吗？肯定不会，即使安定也是暂时的，很可能会爆发更大的内乱。太后的良苦用心他知道，但这个主意也太让人浮想联翩了，密诏？遗命？有谁会相信？别人会认为，你李云博可以弄到这些玩意，我刘彦瑫、马希崇弄不到？造假也造得太过分了！自己一门心思要挽救楚国，反倒成了谋权篡位的天下奸贼！说不定，还未登上王位就已经成了别人的刀下之鬼。太后，你想过这些了吗？这条路，绝对走不通啊！可是，这楚国的江山社稷，真如张少敌所言，无论怎样走，都成了死局吗？如果自己也和大家一样，等待观望，虽然无人指责，但是，自己的良心怎么过得去，将来能够心安理得吗？不行，绝对不能坐视不管！就是鱼死网破，也要搏他一搏！

李云博想到这里，起身出了房门。他决定去再次面见楚王，做最后的努力。可是，楚王就是不接见他。他也横下心来，在上书房门口跪了个昏天黑地，终因体力不支，晕了过去，被宫廷侍卫抬着送了回来。

当李云博醒来的时候，发现床前围满了人。不仅湘水台的将军们都在，而且拓跋恒等一干老臣也来了，甚至已经致仕的刘静仁都不缺。李云博惊愕道："出什么事了？扰得大家都赶过来了。"刘如霜回道："你自己在碧湘宫上书房门前跪了一天一夜，当真忘记了？你以为你是铁人吧，烈日当空下，滴水不饮，粒米未进，你当你是神仙啊！就算是神仙，也肯定受不了！"

李云博还是疑惑不解："王上接见我了没有？我怎么在自己的床上？我怎么回

来的？"

"王上忙着佛事，他哪里也不去，谁也不接见，说是要守满一百天大丧。你昏倒在上书房门口，是值守侍卫把你送回来的。"

"各位大人，我没事。有什么急事吗？快快道来。"

冯志远道："报告少主，昨日密使来报，马希萼在朗州接见南唐特使，领受南唐皇帝御封同平章事……"

刘静仁急忙拿出一封信递过来，道："光辅昨日加急来书，也专门禀报此事。这个马希萼，居然投降了南唐国，利令智昏，背祖求荣！"

李云博一听，慌忙坐起来，接过书信看起来。只见信上写道：

父亲大人钧鉴：

数日前，儿奉马希萼之命往京师汴梁，奏请朗州别置奏进务，汉廷不许。希萼大怒，又遣儿往南唐国都金陵称藩求封，并乞师援手。李璟见表大喜，加封马希萼同平章事，以鄂州全年赋税赠之，并派鄂州刺史何敬洙帅师相助……

李云博来不及卒读，连忙跳下床来，道："大事不好！这个马希萼，真是想当王都想疯了！南唐早就在图楚，一直找不到出兵借口。他倒是好，向南唐求助，不是正中他们下怀！如果南唐出军，直接介入楚国内务，那么，国内必将大乱。这如何是好？"边说着，便往地上跳，因为身子太虚，一下子跌到地上，半天都站不起来。

大家七手八脚地把他扶起来，只见他浑身哆嗦，直冒冷汗。他坐到床沿上，抬起头问刘静仁以及在座各位："岳祖大人，各位大人，有何高见？"

刘静仁道："岫南，老朽以为，马上差人去岳州，要岳州刺史王赟做好准备，不让南唐兵入关。"

廖匡图道："各位大人，当前，最要紧的是向大汉朝求援，以造成汉唐对垒，相互牵制。"

拓跋恒道："老夫觉得，可先派人前往朗州诘问马希萼背楚事仇，数典忘祖，然后派大军征伐。"

朱雀将军道："少主，派人立即密杀马希萼！"

李云铎也正好在家，听到李云博宫里求见楚王晕倒之事也过来看他。他想了想道："目前，依在下看，最要紧的是说服王上重启朝会，圣裁当前军机国务！"

徐仲雅点点头道："大家都说得在理！我等一定得设法，让王上从丧母的悲痛和佛事的慰藉中解脱出来，积极应对乱局。本来，这联名奏折都上了四五十天了，大闹马球

场后，已无下文，错过了平叛的最好时机。现在，朗州元气开始恢复，南唐又准备插手，真的难办了！岫南，你那么蛮干不行，得想些计谋让大王理政！"

李云博道："我真是太天真了，希望用自己的忠心感动王上，真是痴心妄想！我看这样，一边暗中进行应对，一边设法唤醒大王。李云浩、冯玉花，你们两个带几个人马上赶往岳州，将此信拿给王赟刺史看，并说刘侍郎拜托他一定要咬住鄂州那边，别让何敬洙越过岳州攻潭州东北门户。注意信件保密，阅后带回，并叮嘱王刺史为刘掌书记安危着想，切切保密。"

"是！"二人接过密信，拱手领命而去。

"东野先生，麻烦您赶紧起草一个奏折。把刚才所议几件急需王上圣裁的事情都简要归纳一下，替王上给大汉朝起草一份进表，告急于汉，文字短一点，情况写得危险一些。"

徐仲雅道："好！这件事我来办吧。这上奏大汉的文字，我都想好了，岫南你听听：'荆南、岭南、江南连兵，欲分湖南之地，乞发兵一万屯醴州，以扼江南、荆南援朗之路……'"

李云博一听，拍案叫绝："东野先生才思锐敏，信手拈来，不事雕琢，寥寥几字，览之即觉千军万马压来，妙极！"

"哪里哪里，岫南过奖了！"

"拓跋大人、廖大人，二老素来与我师弘道禅师交谊甚厚。岫南请你们马上过江，前往麓山寺面见弘道大师……"然后伏在二人耳边如此这般地嘀咕一阵。但见二人频频点头继而微笑着，慷慨领命而去。

"岳祖大人，您赶紧回信给我岳父大人，告诉他一定得想办法延缓马希萼出兵，为我们争取更多的时间。"

"好咧，老朽去也！"

"郑管家，给我准备点饭食，我吃了就去天策府，拜望刘彦瑶司马和李宏皋大人，恳请他们一定支持我等火速进兵的主张。"

郑大雄道："三爷，早就都准备好了，连续热了几次了，就等您上桌了！再有一个时辰就午食时间了，大家休息一会儿，一起在这里午食吧。"

话说拓跋恒、廖匡图过了湘江，登上岳麓山腰来到麓山寺时，早已气喘吁吁、大汗淋漓了。听到值守僧侣的通报，正准备午间禅坐的弘道大师连忙迎了出来："老衲不知天策府二位学士大驾光临，有失远迎，还望恕罪！大人光临鄙寺，真是蓬荜生辉啊，阿弥陀佛！"

两人回着礼，廖匡图道："大师言重了！事情紧急，未先通报就私闯佛境，冒昧搅扰大师午禅，罪过罪过！"

"二位施主麓山常客，何须客气！看这般光景，只怕急着赶路了，这午饭还没来得及用吧？"

"大师见微知著、料事如神，我等佩服！那就请大师与个方便，赐我等一顿午食，如何？"

"阿弥陀佛！六师弟，你通知斋房准备两个人的斋食，马上送到老衲的禅房里！哦，叫茶坊快沏一壶上等麓山老叶茶先送过来！"弘道大师吩咐后，又对两人道，"两位大人里边请！这寺庙饮食，清淡粗糙，亦无荤腥酒水，敢请两位大人将就着吃了，阿弥陀佛！"

拓跋恒道："这乱世之中，能有物果腹，不生饥馑，已是万幸了！何况岳麓名刹，山肴野蔬均天地精灵，岂是那闹市血臭荤腥所能比拟！匡图兄，你我有口福啊！"

廖匡图道："拓跋大人所言极是！我们先进去吧，这天气实在太热了！"

弘道说道："来里面坐，先凉快凉快！阿弥陀佛！"

拓跋恒笑道："这俗话说，心静自然凉！你瞧匡图兄那样子，火急火燎的。佛门净地，可不能带那么多俗念进来哦！哈哈哈……"

弘道合掌道："罪过罪过！老衲看两位此来，必有急务。我们不必客套，坐下来开门见山吧。只要与佛相关，老衲能够办到，一定尽力为之。阿弥陀佛。"

三人饮着茶，开始进入正题。廖匡图道："弘道大师，自从太后离世，已经月余，可是王上以守丧为由沉迷佛事，不问朝政。而朗州马希萼正集结大军，并称藩南唐，乞师相助，潭州情势已如累卵。我等一班闲臣已经无能为力，恳请大师援手，说服王上开朝议政。"

弘道大师道："老衲早入空门，一直不问世事。如若是参坐问禅、修心向佛、论经说道诸事，老衲尚略知一二。这朝堂之事，老衲可就无能为力了。阿弥陀佛。"

拓跋恒道："大师言之差矣！这佛学真谛，乃救苦救难、普度众生。如今，大楚危机四伏，如若王上仍然沉迷佛事，百万生灵即将涂炭。况且，王上修佛，误入歧途，已经没有人能够劝谏。大师得道高僧，深受楚王敬仰，大师若能以苍生为念，点化他重入修行正途，说服他开朝议政，努力实现楚国的安定、团结和统一，这将是一件功德无量的事情啊！"

弘道大师道："非也！所谓佛学真谛，历来众说纷纭、莫衷一是，正所谓仁者见仁、智者见智。楚王潜心修炼，一心向佛，这本志趣所向，老衲也不便干预，我佛慈悲，愿他早日得道。至于兵戈战事，与我深山老林相去甚远，亦不该过问。置身事外、独善其身，亦是佛家本分。阿弥陀佛。"

拓跋恒大声笑道："看来岫南说的，一点都不差啊！哎，如若真的讲道理不行，我等只有讲实情了。"

弘道问道："你是说老衲新收弟子李岫南？他难道早有预料？"

廖匡图回答道："对。"

弘道马上抢过话来道："他预料何事？"

"哈哈哈哈，原来大师还是真过问人间俗事啊！"拓跋恒笑着站起来，道，"对这李云博，大师知道多少？"

"一晌午煮茶论佛，而后结为师徒，可谓神交已久。"

"那好。李云博要在下告诉大师两件事情，说完之后我们就走。去不去全由大师自决。"

"两件事情？哪两件？"

"岫南要在下问一问大师，这麓山寺的大门上为何改成今日之麓苑？"

"这是因为晚唐武宗罢佛，撤除天下寺庙数百处，麓山寺也不例外。后来裴相当政，才得以恢复。恢复后就改了今名。"

"看来大师还是记得岳麓山历史上的往事，不错。"

"本寺惨痛劫难，理当历历在心。那第二件事情呢？"

"岫南要在下告诉大师的第二件事情，就是历史即将重演。朗州马希萼平素最恨佛事，扬言一进长沙就拆除岳麓山上所有寺庙道观，建一座行宫，养一千美女。我等说完了，该走了。"

弘道大师慌忙起身施礼道："这个俗家弟子，还真让老衲牵心。岫南之虑，不无道理。老衲独善其身之论，实在迂腐之极。两位别急，先吃了饭，我随两位大人一同过江就是。阿弥陀佛！"

"好，吃饭，吃饭，哈哈哈……"

◆ 七、刘司马兵败讨朗途中 ◆

经过几天的东奔西走，特别是经过弘道大师言佛论事、天策府军情急报、重臣联名急奏等办法，怯懦的楚王终于坐不住了，甚至害怕起来，决定暂停佛事，重开朝会，议决急需定下的几件大事。

九龙殿上又重新灯火辉煌、人声鼎沸起来。点卯朝礼过后，楚王马希广道："各位爱卿，近日马希萼言而无信，不安朗州之地，挑动溪蛮悍兵东进，益阳军情告急。又忘父兄之仇，屈身侍唐，背祖离宗，诚可恶也。各位有何良策，尽快奏来。"

拓跋恒奏道："启奏殿下，老臣以为，可先派王使前往朗州诘问马希萼背楚事仇，数典忘祖。如若不听劝诫，一意孤行，然后立即派大军讨伐。"

廖匡图道："启奏殿下，拓跋大人所言甚是。微臣奏请，尽快向大汉朝求援，恳请皇朝派兵襄助靖乱。东野先生已代拟一表，请殿下过目。"

马希广道："呈上来。"浏览一遍，说了句"甚好"，搁在案上。

拓跋恒道："启禀吾王，老臣还有一奏请，望殿下恩准！"

马希广问："何事？刘爱卿但说无妨。"

拓跋恒突然跪倒在地，大声说道："天策府左司马马希崇流言惑众，反状已明，证据确凿，请殿下颁诏诛之，为国锄奸！"

"刘侍郎要寡人杀王弟？左司马呢，为何不朝？"

殿值官上前道："回禀殿下，左司马称病，已告朝假。"

"王弟病了？寡人怎么不知道？"

拓跋恒道："马希崇自知通敌附逆，罪孽深重，畏惧殿下问罪，不敢朝会。他是装病啊，殿下！"

"起来吧，起来吧。马希崇虽然早就与马希萼暗中勾结，但他们毕竟都是寡人兄弟。寡人怎能自害兄弟，将来有何面目见先王于地下！这事就不要再议了！"

"我王殿下，马希崇罪大恶极，人神共愤，不诛不足以平息民愤、鼓舞士气，让此人逍遥法外，真是天理不容！请殿下三思啊！"

马希广怒道："寡人主意已决，你敢抗旨吗？"

拓跋恒道："老臣行将就木，为国谏言，死不足惜。请殿下当机立断，诛杀国贼！"

"大胆拓跋恒，目无君上，扰乱朝议，罪大恶极。来人，拖出去杖责二十，以示惩戒！"

徐仲雅连连下跪求情道："拓跋大人虽然忤逆王意，冒犯殿下，但他也是为国直言啊！而且他一直以来忧心国事，尽忠王廷，加之年事已高，不堪杖责，就请殿下网开一面，饶了他这一次吧！"廖匡图等一干老臣也赶紧求情。

没想到拓跋恒突然大笑道："刘侍郎曾说过，皮之不存，毛将焉附？这大楚国都快没了，还留着这皮囊何用！老臣斗胆恳请，殿下如若不杀马希崇，就杀了老夫吧！哈哈哈……"

"你倚老卖老，威胁寡人？"马希广更加恼怒，但还是强压住怒火道，"你以为寡人不敢吗？只是寡人不会这样做而已！一则寡人仁义佛心，慈悲为怀，厚待生灵，二来太后大丧未满，不宜滥开杀戒。来人，把拓跋恒赶出大殿，回家面壁思过，并罚抄佛经十卷，永远不准上朝！"

"你这无能昏君！优柔寡断，妇人之仁，迟早必被朗州所灭！先王啊，老朽无能，不忍目睹大楚江山社稷即将毁灭，先过来陪您吧！"拓跋恒说着，爬起来就朝大殿柱子上撞过去，被近卫一把抓住。但依然骂骂咧咧，被廷卫带着出了大殿。

"真是扫兴！好好的朝会，被这个老东西全搅了！"马希广怒气未消，悻悻地说道，"朝会结束，有事以后再议。退朝！"

李云博情急之下，连忙跪下大声喊道："殿下留步，微臣有要事进奏！"

"以后再说吧。"马希广已经拂袖而去。

谁都没有料到，好不容易争取到的一次朝会，什么事也未议决下来，就这样草草收场。更让人料想不到的是，这居然成了马希广的最后一次朝会。

虽然朝会不欢而散，但马希广对当前局势还是忧心忡忡。他没有料到，马希萼会这么快就恢复元气甚至磨刀霍霍，自己的将领们都那样不争气，屡战屡败。情急之下，他召来刘彦瑫、李宏皋等进上书房垂问对策。刘彦瑫道："殿下无忧。朗州兵不过万，马不满千，我都府精兵十万，何忧不胜！微臣愿领精兵万余、战舰百艘，径入朗州缚取希萼，以解大王之忧。微臣立下军令状，如若不克朗州，甘愿军法从事！"马希广大喜道："好！右司马愿赴国难，忠心可嘉。寡人加封你为战棹都指挥使、朗州行营都统，帅马步军一万，战舰两百，不日誓师起兵，讨伐朗州！李大人，你就专门为刘司马统筹粮草饷务。寡人就在佛事堂求神拜佛，为你们祈祷，并恭候凯旋佳音！"李宏皋揖首施礼道："老臣领旨！殿下，老臣还有一事，请殿下圣裁！"马希广道："李爱卿有话就说，不必多礼！"李宏皋道："廖匡图大人奏请，尽快向大汉朝求援，恳请皇朝派兵襄助靖乱。老臣以为此奏甚妙，不如请孟骈孟大人辛苦一趟。殿下意下如何？"马希广道："准奏。"

话说李云博自朝会一事未成之后，一直快快不乐。忽闻刘静仁得知朝议一事未决后，又重病不起，正准备前往探望，密使匆忙来报：天策府正紧急调拨麓山大营步卒骑勇和军需粮草！派人仔细打探，原来是楚王颁诏，派刘彦瑫率军伐朗，而只带一万士卒和两百艘战船，顿时大惊，连夜进宫求见楚王。这时候楚王由于讨诏已颁，心情大好，加之想到李云博多次觐见都被拒之门外，甚至长跪门外晕倒过去，忽然大发怜悯之心，叫葛公公宣他觐见。

李云博进了上书房，行了君臣之礼后，奏道："启禀我王，微臣获悉殿下已准许刘司马所奏。微臣以为，如此用兵，输赢尚难料定。"马希广道："哦？李学士少年英才，寡人用兵有何疏漏，还望补阙。"李云博道："近来，马希萼一意孤行整军伐潭，臣闻朗州已练成步骑精兵万余，新成舟艇艨艟船四百余艘，水军八九千。而数月以来，数千蛮兵攻益阳，破迪田，士气正盛。我若以一万孤旅之师劳远袭众，对方又得地利人和，这何以能克？而刘将军一直是职司王都戍卫的长直都指挥使，数月前才晋升右司马，从未作为统兵大将驱驰战阵。微臣以为，殿下若要开战，当派能征惯战之大将，以绝对优势之兵力，大军压境，一战而定，彻底剿灭。微臣恳请殿下举十万大军，倾巢而出，以迅雷不及掩耳之势击破朗州，平定希萼叛乱。"

马希广笑着问道："依学识高见，何人适合统兵？"

李云博道："楚国之内，能征惯战之将，屈指可数者，当为张少敌将军，其次为王赟刺史，再次为许可琼。只是张将军已经解甲归田，远在长安；许可琼一直暗中经营，似有异志，不可贸然委以重任。因此，微臣建议速调王将军回长整军西进，派李彦温将军前往岳州接替，防备鄂州出兵援手。"

马希广道："李学士忠心忧国，其志可嘉。但刘司马已立下军令状，不克朗州，甘愿军法处置！更何况，潭州境内，连城隍戍卫加起来，也不过十万，都调走了，谁来守城？这长沙城难道就不留一兵一卒了？"

李云博道："非也！启奏吾王殿下，都府之兵，共有六军。其中主力三军均在岳麓大营，马军步卒不下五万，虽然一个多月前殿下先后派遣陈璠、黄处超两位将军救益阳、迪田，损失六千多，崔洪琏将军率七千将士屯玉潭，但大营仍有主力不下三万五千，都可调往前线；湘江水师有战舰五百余艘，水军万余人，洞庭水师有战舰三百余艘，水军也有七八千，这两支水师都能征惯战，除大营各留百余艘驻守外，都可抽出由洞庭入沅水，进到朗州城下；还有一支铁军，那就是王都卫戍，包括城防守军约有一万步骑兵，王宫近卫亲军和天策府值守武勇也有近万人。王上可留一半守城，选调一万作为增援部队袭扰前线，随时策应。殿下还可以急发征召令给各州刺史，命他们派两千劲卒火速勤王，至少有两万多兵马。这样算下来，至少也有七八万大军参与剿朗，绝对可也全歼朗州兵马。如此一来，叛乱可平，楚国可定啊！"

马希广听罢，哈哈大笑，道："李爱卿可真会运筹帷幄、决胜千里啊！可是，杀鸡焉用牛刀！如此兴师动众，倾国所有，肯定耗资甚巨，你想过没有，一旦大战打响，战火纷飞，生灵就要涂炭、百姓立刻遭殃！更何况，如果南唐、荆南、南汉来攻，王都岂不危在旦夕？这如何使得？"

李云博道："启奏殿下，常言道，小洞不堵、大洞难填。如若今年六月间，马希萼刚刚挑唆蛮兵犯境，那时候王上就马上派出这等规模的军队讨伐，就绝对不会有益阳之围，也不会有迪田之败，几位将领也就不会仓促应战，兵败身死。现在，马希萼元气已经恢复，就战机而言过了祸端的萌芽期，开始发展了。这时候派万余军队就很难有所作为。如果一旦兵败，那不仅仅是耗费多少物资的问题，少部分地区百姓遭殃的问题，而是国内必然大乱，整个楚国百姓都将处于水深火热之中，或许，这武穆王开创的千秋大业也将万劫不复。孰轻孰重，王上不会仔细掂量一下吗？"

马希广怒道："你简直危言耸听！"

李云博道："王上，微臣绝非危言耸听。今天既然开口，就让微臣把话说完，说完之后，要杀要剐全凭王上处置，因为今天不说，只怕以后再无机会了！至于王都拱卫，王上无须多虑。此次进兵，并未抽调八座边防营寨之兵，而大兵压境，旬月之间就可剿灭叛贼。而得胜之师，回援不用数日，哪个邻国敢来送死？请殿下三思啊！"

马希广道："小儿之言，信口雌黄！你当这战争是过家家？真是岂有此理！你以前给寡人闯的祸还少吗？你借巡边名义秘密进入南唐，探大营，救人质，烧药库，南唐的抗议书一封接一封，弄得寡人焦头烂额。你为馥湘公主采购的嫁妆在哪里？还有，谁叫你突袭醴陵大营考校战力的？寡人念你年轻，一直未予追究，但寡人心里还是有本账的！你不用再说了，下去吧！"

李云博依然不死心："王上，若战，就要有必胜把握，如无，不如不战。一旦兵败，军心惶惶，就难以重振士气，而让对方所向披靡。微臣再次恳请殿下三思啊！"

马希广早就不耐烦了："你这是胡搅蛮缠！来人，将李云博打出上书房，赶出碧湘宫，寡人永远都不想再见到他！哼，真是气杀寡人也！不说也罢，寡人要进堂诵经了！"

李云博欲哭无泪地被内卫棒打而出，又被拖出了碧湘宫门。他颓然瘫倒在地，喃喃自语道："主存侥幸，将无良谋，兵无优势，这仗，怎么打啊？败局已定啊！楚国将陷入混乱啊！"

其实，这仗打得比李云博料想的还要惨不忍睹得多。刘彦瑫率领水军由洞庭入朗州地界，一路信心满满，招摇意得，趾高气扬地接受犒劳，到处张贴安民告示，慢吞吞地开到湄州，就被马希萼派来的先头部队堵住了。其实这里的军队多也不多，就只有六千蛮兵，百艘战船，绝非朗州主力。刘彦瑫真是饱读兵书，学起楚霸王过江东破釜沉舟、背水一战的那一招，为壮军心，将战舰过后的江面，运来竹木全部拦死，自断了后路。他还犯了个常识错误，没有让马军步卒一起行进、相互照应，而是派马军指挥使张晖带领近万人从另一条路线进击朗州。刘彦瑫根本看不起这小股敌军，急于取胜，用他亲手建起来的火箭营猛攻起来，一时间燃油球、火药球、点火箭直往对方战舰方向飞，顿时火光冲天。没想到天公不作美，突然刮起了倒风，将自己的战舰烧着，因为没了退路，两百多艘战舰、数千名将士全军覆灭，刘彦瑫仅带着几个随从逃回岳麓大营，躲了起来，连楚王的面都不敢见。而张晖呢，刚到龙阳，离朗州也还有百余里，就听到刘彦瑫兵败的消息，赶紧撤退。这时候益阳的绝大多数蛮兵都调到湄州去打刘彦瑫了，张晖趁机解了益阳之围，并屯兵益阳。马希萼湄州大捷之后，马上派指挥使朱进忠等带领三千精骑猛攻益阳。张晖这个贪生怕死的无能之辈，居然谎称出城搬救兵，带领一小部分骑兵从小门溜走，抄小路逃回了长沙。益阳城中，已无主将的九千多士卒，全部投降。马希广轰轰烈烈的讨逆行动，不到半月，近万骑军步卒，三四千水勇，两百艘战舰，灰飞烟灭，全部报销。

就在益阳城破之后的第三天，马希萼留下儿子马光赞守朗州，自称顺天王，倾巢而出分两路大举围攻长沙：一路由大将朱进忠率领，会同六千蛮兵，共万余精锐从益阳出发，向东直扑玉潭；另一路以大将何敬真为先锋，领三千步卒开道，马希萼亲率马步军万余、战舰四百余艘入洞庭，攻岳州，刺史王赟登城坚守不出，无懈可击。马希萼在城下大骂王赟，道："公难道不是马氏旧臣，不事我，反欲事异国吗？既为人臣，独怀二心，岂非贻辱先人？"王赟从容答道："亡父为先王将，亦破淮南兵，今大王兄弟构兵，乃与淮南厚利也。先王破淮南，后嗣称臣淮南，真是羞辱先王啊！大王若能罢兵，末将愿尽死事大王兄弟，怎敢别生二心！"希萼听他一席话，无言以对，又知道王赟能征惯战，一时半会不能攻克，于是绕过岳州，进湘江逆流而上，攻下湘阴县城，烧杀掳掠而过。而南唐鄂州刺史何敬洙奉命率五千人马援助马希萼，一时间又突破不了岳州，于是改道攻下平江，与马希萼会师一处，杀气腾腾直奔长沙而来。

听到全军覆灭和朗州大兵压境的消息后，马希广十分恐惧，似乎感到末日来临，再也无心诵佛，四处派人找刘彦瑫，找马希崇，找李宏皋，只有李宏皋带着邓懿文来了。马希广见他们来了，就像见到救命稻草一样，连连讨教退敌之策："李爱卿、邓爱卿，事已至此，如之奈何？"

李宏皋道："王上，常言道，哀兵必胜。我们手里还有数万大军，只要调遣得当，一定会反败为胜。更何况，出使大汉的孟骈大人派来信使禀报，大汉朝已经任命朱令温将军为定楚都部署，即将率领一万大军驰援。只要汉朝大军已到，内外夹击，朗兵之围即可解除。"

马希广大喜，道："辛苦两位爱卿立即将左、右司马找出来，组织守城防务。哦，告诉刘大人，只要能戴罪立功，守住了长沙城，湄州兵败一事，寡人就不再追究了！"

这急病乱投医，倒真是无可救药了。

第十三章
DISHISANZHANG

隔江对峙

◆ 一、橘子洲头，李云博预感大事不妙 ◆

这接二连三的打击，和一串接一串的不利消息，让李云博心力交瘁，甚至有些心灰意冷。本来，觐见楚王，所有殚精竭虑很长时间的剿叛规划全然破灭之后，又被一通取笑、嘲讽和指责，李云博就已经悲愤交加，急火攻心，一病不起。而这些源源不断传来的，比料想还要糟糕的消息，就使得病情雪上加霜，加上日夜忧思，夜不能寐，茶饭不进，李云博渐渐地人如枯槁，气息奄奄，似乎快要英年早夭了。

见到如此情形，湘水台的将领们，都无计可施，不知如何是好。这些群龙无首的将领们，眼看大厦将倾，浑身力气不知如何去使，一个个急得直跳。忽然，李天骏想到，李云博手上应该还有人参大补丸，他听药因道长说过，这东西可以补气养体，情急之下可以救命，几个月前还让刘静仁起死回生。于是灵机一动，在李云博衣服、床头和房里找了半天，终于在书案边找到了这些他曾见过的药丸。于是赶紧去来温水，让昏迷不醒的李云博服下一粒。这一招还真灵，半个时辰过后，李云博醒了过来。

"岫南哥，你终于醒了！"一直守候在李云博身边的刘如霜大喜过望，大声叫唤起来。众人听到叫声，都围了过来。

"我怎么了？快，快扶我起来！"李云博的声音还是有气无力。

"你都卧床半个月了，昏迷都三天了。"

李云铎安慰他道："三弟，你再躺一会儿吧。我叫人准备些进补汤水先吃下，静养一段时间，看看情况再说。"

"三天了？天啦，马希萼已经破了长沙？"

朱雀将军道："还没有。只是他的水陆大军正向长沙挺进。密使来报，楚军节节败退，朗兵蛮兵兵锋正盛，玉潭告急，岳州告急，长沙城不日就会被围。少主，只要您好起来，就有办法了。"

"哇……"一口鲜血从李云博的口中喷出，又昏了过去。

"岫南！"

"少主……"

一群人顿时惊慌失措。

"六叔，快请你爹来！"李云铎对李天骏说道。李天骏连忙跑了出去。

不一会儿，李庆如飞马赶到。望闻问切之后，他的脸色露出欣喜之色："说来奇怪，吐血之后，他身体虽弱，倒是气脉正常，像是大愈之兆。你们给他服用了何物？"

李天骏道："回禀父亲大人，孩儿给他吃了人参大补丸，哦，就是那次救刘侍郎的还魂仙丹。"

李庆如恍然大悟："怪不得！李云博本无恶疾，只是悲愤过度，忧劳郁结，他的体魄还是很结实的。这东西专门补气益心，活血清神，一旦胸中瘀血吐出，积恨就消，你是歪打正着啊。哈哈，我们的小神童很快就要好起来了！快，准备鸡汤甜食，这小子一醒过来，就会喊饿，要大吃几顿了！"

众人听了，顿时欢呼雀跃，屋里的欢笑顿时将近期笼罩在大家心上的阴霾一扫而光。

还真如李庆如所言，李云博醒来之后，风卷残云，像个饕餮怪物，一天数顿，不出三四日，顿时好了起来。可是，让大家惊奇的是，李云博跟换了个人似的，不问军情急务，对密使来报的所有消息只是"哦""知道了"地应一声，不再有任何反应，也不急于采取行动。似乎德怨两忘、恩仇俱泯，以前的悲伤苦痛，都随这场大病一样，远远地离去了。尤其是刘如霜，由于朝夕相处，她对这一变化感知最深，不由得纳闷起来：难道他大病痊愈之后，脑子却坏掉了？

其实，足不出户的李云博，比谁都清楚，这马希广很快就要完蛋了。他对马希广，已经彻底地失去信心：再对这个怯懦无能的王上进言，或者替他死守长沙，都是徒劳，只不过多死些人，多残口延喘几日罢了。哎，真是无计可施啊。

初冬一日，拓跋恒、廖匡图来驸马府，看望大病初愈的李云博。寒暄之后，两人的一席话让他目瞪口呆。拓跋恒说，如今马希萼即将大军压境，马希广气数已尽，大楚国命堪危，如若不及时和解，楚国将万劫不复。如若找不到兄弟言和的好办法，就只有帮助马希萼尽快攻下长沙了，只有这样，才能尽早结束兄弟争国的混乱，恢复秩序，以免南唐趁机入长。廖匡图也说，只要楚王还是武穆王子孙，这大楚国就还姓马，易主不易帜，楚国可能还有一线生机。李云博当时如堕五云，惊得半天都说不出话来：这大逆不道之举，岂是人臣所言所思？但过了几天，他渐渐有点想明白了。话虽不敬主上，突兀乖戾，但显示出王廷朝臣对马希广和刘彦瑫等人的绝望，饱含着对楚国江山社稷安稳的忧虑。是啊，只要这楚国的王上还姓马，还是武穆王马殷的儿子，就还是大楚国。渐渐地，他有些改变愚忠马希广的想法了，虽然心里还是有点怪怪的。

从此以后，他考虑的问题，已经不是怎样守城的问题，而是如何和解，尽早结束战争，尽量减少人员死亡，避免长沙城遭到血洗。他觉得，陈太后临终遗命非常正确，明明知道徒劳无益，为什么还要做无谓的牺牲呢？他要做的，就是减少内战带来的伤亡和损失，加紧推动战争进程，或者谋求一个双方妥协、寻求和解的结果，尽快恢复长沙正常秩序，替将来的执政者创造条件。

然而，在这一点上，却和李云铎发生了重大分歧。危亡时刻，李云铎又被委以重任，暂署王廷禁卫军都统。楚国一直没有禁卫军，也没有禁卫军都统这个官职，马希广预感到大难来临，一门心思要加强碧湘宫防务，就把负责碧湘宫、天策府内卫的殿前军八百快刀手、银枪都数千长枪大槊卫士和职司这两处重地外围巡逻戍卫的飞骑营两千精骑混编在一起，建成王廷禁卫军，临时增设了都统这个官职，相当于原来的长直都指挥使一职，只是处置紧急事务的权力更大一些，应变能力更强一些。而李云铎作为拱卫王宫大将，多年侍奉楚王，长期值守宫廷，深受马希广赏识与信任，如今又身为驸马，自然将楚王及其王室安危看得很重，自觉站在楚王马希广一边，与马希萼势不两立也不足为奇，甚至做好了誓死保卫楚王安全的准备。这让李云博忧心忡忡。李云博知道二哥的秉性，知恩图报，卓厉敢死，赴汤蹈火，玉石俱焚，他绝对是会说到做到的。他多次劝说李云铎以楚国大局为重，放弃抵抗，不要为昏庸无能的马希广做无谓牺牲，可是李云铎铁了心，九头牛都拉不回，誓死和数千禁卫军一起，与马希广同存亡。李云博的言辞，激起了李云铎的反感，甚至骂他软骨头，竟敢背叛朝廷，为马希萼说话。李云博一时来气，将湘水台指挥机构合二为一，迁回了橘子洲上的地宫里。

就在搬来橘子洲地宫的第二天黄昏时分，李云博约了刘如霜等几个人出地宫上橘子洲头散步透气，刚走出地宫，登上江神庙，但见岳麓大营火光冲天，整个营寨都烧着了。李云浩道："不好，岳麓大营失火了，营寨烧起来了！"李天骏道："没有喊叫声，也没有救火的声音，不像是大营失火。"刘如霜惊叫道："天啦，应该是朗兵杀过来了！这大营一烧，楚军主力就彻底报销了！"朱雀将军道："不像是敌人攻营的情形，没有厮杀声，营寨外面没有军队，也看不到旌旗阵型。有一点可以肯定，焚烧的是座空营。"于是转身对乾卦执事道："立马派人过江打探，一个时辰之内，马上报告。"李云博神秘一笑，道："不必探了。今天哪个卦队当值，找来问，就知道了。不过，为什么，大家往橘子洲尾走，就明白了。"冯玉花懵懵懂懂地说了一句："不会是刘彦瑫这个胆小鬼，弃营逃跑了吧？"李云博哈哈大笑："对，你猜对了！还是我们的玉花姑娘——不，我的浩嫂大人体察入微啊！依我之见，这肯定是刘彦瑫得知玉潭兵败，害怕朗兵杀来，弃营逃跑，然后一把火将营盘点着了！走，大家去洲尾看看，我料想他们正在渡江。"

一群人将信将疑，快步往湘江下游赶。穿过三五里以扶桑、枫杨等古木为主的茂密森林，橘子洲尾和湘江水面便一览无余：数百艘战舰桅悬帆张，层层叠叠，在湘江东西两岸来回穿梭，西岸的人搬着物什上船，到了东岸那边马上下船，应该忙乎老半天了，西岸的人马已经不多了。黄金左老大笑道："少主真是料事如神啊！下属佩服之至！"一群人也连连称奇，就差五体投地了。这时候，当值的密使来报：这些情况，中午就收到

了，早就报告给玄武将军了，将军说由他报告给各位长老！

黄金左老怒道："玄武将军呢？把他找来！"李云博制止道："这些消息，没什么大不了的，没必要计较。你就说说怎么回事吧。"当值密使就将岳麓山下发生的事情简单地介绍了一遍。

原来，三日前，朗兵蛮兵大破玉潭，牙内指挥使崔洪琏一通损兵折将之后，大败退回长沙，仅剩下不到三千人马。当退回到岳麓大营时，大营顿时人心惶惶，数万大军一夜之间逃走大半，剩下不到一万人马。已如惊弓之鸟的刘彦瑫慌了神，急命烧毁大营，全军撤过湘江，在长沙城外安营扎寨……

冯志远怒道："这个熊包！排除异己、结党营私、玩弄权术这些歪门邪道，他样样精通，可干起正事来，一点本事都没有！马希广真是瞎了眼！"

刘如霜感叹道："马希广不仅是个软蛋，还是个睁眼瞎，只要有点真才实学的，或者能干实事的，都被他罢免的罢免，赋闲的赋闲，这等曲意逢迎、溜须拍马之徒都被他重用，真是物以类聚啊！"

李云博道："你们看看，这个统摄六军的天策府右司马、马步军都指挥使，是个什么玩意儿。这哪里有一点军事常识！好好的岳麓山不守，偏偏要弃寨东渡。这样一来，顿时让长沙城失去岳麓山这座天然屏障，暴露在三面环水的江面之上。这一步臭棋，应了张老将军之言：这个刘彦瑫，行军打仗的的确确是个酒囊饭袋。看来，楚国真的完了！"

◆ 二、大军压境，湘水台夹在中间 ◆

冬十一月中旬，一路大捷的"顺天王"马希萼亲率数万水陆大军，浩浩荡荡开进潭州地界，进击王都长沙。四百余艘战舰停泊在湘江西岸，近两万马步军屯于岳麓山下，大败楚军于玉潭的朱进忠也引兵前来会合。一时间，湘江西岸水陆营盘林立，延绵十余里。而各地州府，望见兄弟争国，不知如何是好。于是一个个按兵不动，静观其变。这样一来，王都长沙成了一座孤城。

这时候，蛰伏多日的马希崇突然现身了，刘彦瑫得了戴罪立功的特赦令，留下从益阳溜回来的马军指挥使张晖镇守大营，自己也就堂而皇之回天策府了。他们两个各怀心思，纷纷请命担纲长沙守卫重任。六神无主的马希广，居然不假思索地答应，令刘彦瑫召集水师，会同水军指挥使许可琼，率战舰五百艘，驻守长沙城北津，经过西津，一直延绵到南津，仍然以马希崇为监军，与朗兵隔江对峙。又遣马军指挥使李彦温，领骑兵屯驼口，扼住湘阴路；步军指挥使韩礼，率步兵屯杨柳桥，扼住栅路；强弩指挥使彭师暠帅三千弓弩手沿湘江城垣布防，相约只能固守，不准出战，等待大汉定楚都部署朱令温将军援军一到，就里应外合，大破朗兵。就这样，两军相持数日，胜负未决。

自两军对峙以来，李云博一直忧心忡忡。从长远来看，长沙城是断难固守，必然被马希萼攻破。但这数万大军对垒，眼下一时半会胜负尚难料定。一旦开战，无论谁胜，有一个结果是可以肯定的，长沙城将化为一片火海，数十万生灵涂炭，楚国根基将受重创；而这样拖下去，也必然会导致国内动荡，人心惶惶，很可能被敌国利用，趁机发难甚至坐收渔利，这也绝对是他不愿看到的结果。李云博很清楚，这表面平静的对垒之下，一直在暗流涌动。双方都各怀心思，掐指盘算着利害得失，等待寻找着有利于自己的战机：楚王等待观望的，是大汉朝的援军，一旦定楚都部署朱令温的率领大军一到，将大大增加战争胜算；而马希萼一方，则是希望通过策反工作，将楚王阵营中的有生力量拉过来，增强实力，让胜利倒向自己一边。

"这拖也不是，战也不是，和解又绝无可能，如何是好？"李云博寻思着，不禁有些犯难了，"绝不能静观其变，得想办法避免大规模的战斗，减少伤亡，恢复秩序。"

正当李云博进退维谷之时，值守戍卫来报：留在大汉朝京师的密使回来了，有紧急情况求见紫金长老。

"快快请进。"李云博一惊，估计发生了大事，要不然，潜伏在汴梁城的密使不会千里迢迢赶回来。

"属下贲卦执事拜见台老大人！"

"执事远道劳苦，大礼免行。有何要事，速速报来！"

"是！"贲卦执事起身，拱手说道，"台老大人，大汉朝廷发生了血案，三位领政大臣全被皇帝杀了，这天国皇朝恐怕要完蛋了！"

"什么？！此话怎讲？快快道来！"

"不久前，汉朝少帝大开杀戒，总管国政的右仆射、同平章事杨邠，掌管宿卫的侍卫亲军都指挥使兼中书令史弘肇和负责财赋的三司使、同平章事王章，全被皇帝设计谋杀了，而且被诛了九族。正在北边邺都御辽的枢密使郭威、监军王峻在外身免，而在京家眷全被抄斩。郭威等人以诛杀朝廷奸小为名，举兵南下，都城汴梁将会不日告破。由于朝廷大乱，原先议定的援救楚国的朱令温将军，已经被派往北边抵御郭威南下大军，不会来援楚了……"

"啊？这些消息是否可靠？"

"回禀台老大人，都是属下亲自探访，千真万确！这里还有皇帝昭告天下的皇榜御告，讨伐郭威的圣命檄文，也有郭威南下的文书告示，一并呈上，请台老大人过目。"

"好！来人啊，带贲卦执事下去歇息，明日返回，继续打探京师消息！"

"是！属下告退！"

李云博将这些文告仔细地看了几遍，确信这些震惊天下的骇闻属实，于是吩咐所有的将军统领立即会商。不一会儿，将领们都快速来到议事厅里，看见李云博愁眉紧锁，一个劲地对着紫金台座背后那象征着湘水台的图腾壁画发呆，不知道发生了什么事，气氛一下子紧张起来。

"各位将军统领，刚刚收到密报，北方朝廷发生内乱，刚刚建立才三年的大汉政权危在旦夕，很可能又要改朝换代了。"李云博突然转过身来，扬了扬手中的文书告示，就想将刚刚收到的消息详细地对大家说一遍。可是还未说完，就被人打断了。

打断并插话的人是玄武将军，只听他声如洪钟、火急火燎地说道："台老大人，大汉朝虽是我楚国的宗主国，可是除了形式上的称臣、进贡和虚封官职外，并无实际意义上的控制。远在数千里以外的事情，属下建议不理为妙，还是多想想眼下这两军对峙的难题吧。"

白虎将军道："玄武兄言之有理。台老大人，自马希萼屯兵湘水西岸以来，我等一直静观其变，数日来无所作为。作为拱卫王室安危的秘密卫队，我们绝不能让他们兄弟就这样无休无止地斗下去，把好好的大楚给断送了！少主有何打算，跟大家说说吧，真是急死人啦！"

青龙将军道："是啊，少主。虽然太后遗训我等未曾亲闻，但维护王室安危是我等首要天职。如若王室倾覆，我等湘水台全体密使就得引颈自裁！请少主赶紧商讨应对之策，尽早平息这兄弟争国吧……"

"你们急什么！"黄金左老厉声呵斥，一摇权杖道，"湘水台还有没有规矩？台老大人训示，怎由得尔等随意插嘴！"

玄武将军道："台老大人数日不理台务，观楚国危亡而按兵不动，此是何意！我等问问，也不行吗？"

"放肆！"左老大怒，"玄武将军，你前日值守，有急情压而不报，今天又无故顶撞长老，搅扰台阁议事！我等密卫，台老大人享有绝对权威！冒犯台老，触犯台规，罪不容赦！来人，将犯上忤主的玄武杖责五十，从犯白虎、青龙杖责二十，然后暂停职务，关进囚室，面壁思过，听候发落！"

三位将军慌了，连连跪下道："我等一时心急，无意之中冒犯主上，甘愿受罚！"

李云博连连制止道："左老大人，他们并无忤逆之意，的确是一时心急，就饶了他们这次吧！"

黄金左老悻悻地说道："台老大人求情，就暂且饶你等一回，如若再犯，加倍惩罚！还不谢谢台老大人！"

"感谢台老大人、左老大人恩典！属下一定以此为戒，遵守台规！"

"起来吧。"李云博笑道，"其实，你们有些心急，但还是要让我把话说完。因为，大汉朝内乱只是背景，有了这个背景，大家才知道这事关我大楚安危的一条重要消息：楚王苦苦等待的援军没了，定楚都部署朱令温将军带领这一万精兵北渡黄河阻击郭威的南下大军去了。你们说说，这与我大楚有关没有？"

白虎道："援军不来了？少主，那就是说，这马希广守城无望了？"

李云博道："差不多吧。所以，把大家请来，商议对策。"

"这条消息倒是情系楚国王室危亡啊！"玄武道，"少主，适才属下心急，抢了您的话茬，冒犯了大人。真是罪该万死！"

"虽触台规，但事出有因，哪里来的罪该万死！玄武将军不必自责了！"李云博道，"这两军对峙已有数日，我等一直观望，的确无所作为。玄武将军，你说，我等该如何作为呢？"

"杀掉马希广，帮助马希萼兵不血刃登上王位！这样一来，既避免了不必要的流血，又可以解决一国二主的问题，岂不一举两得！"

黄金左老怒道："大胆玄武！居然敢说出如此大逆不道的话来！马希广是你能叫的？我等是王室密卫，怎么能诛杀在位的王上呢？你一个负责领军的将军，屡屡肆无忌惮，怎能如此过分！来人，将玄武推出去斩了！"

玄武也怒道："怎么，左老大人，一次次置我于死地，究竟为何？少主问我如何作为，我献计献策，有何不对？你说我大逆不道，可太后遗命里，已经授予了台老大人诛杀楚王的大权啊！"

左老大惊问："遗命？什么遗命？我等为何不知？"其他人也大惊失色。

"我……"

李云博问道："玄武将军，你如何知道遗命？那天太后临终时，只有我一人在场。那份遗命密诏我看都没看，当场就烧了。里面是什么内容，我也无从知晓真假，而且，太后交代的几件事情，我从未对其他人讲过，你如何得知？"

黄金左老声色俱厉地喝道："快说，你如何得知？"

玄武突然变得面如土色，慌忙跪倒在地，道："属下是听人说起，于是信以为真……"

"老实交代，听谁说的？"

"报告台老大人，属下是听慈宁宫里的值班宫女说的。她说她是在门外听见的。"

李云博怒道："撒谎！太后寝宫与门外隔了数丈，如何听得清？而且，太后当时气若游丝，我听都要屏气凝神，外面的人怎么可能听清！玄武，你投靠了谁，如何知道如此绝密，从实招来！"

"少主，属下对您一片忠心，绝不敢背叛！此事千真万确，属下绝不敢撒谎！如若有半句假话，甘愿千刀万剐！"

黄金左老叫道："那好，我等马上去慈宁宫对质！走！"

李云博道："不必了！我看玄武将军所言不虚，放开他吧。"

左老道："少主，这……"

"行了，此事就到此为止！"李云博说道，"太后临终前，交代我几件事，今天就跟大家说说吧。这第一件，就是要湘水台别管兄弟争国的事，让他们去斗；第二件就是不管谁胜，都为其创造较好的施政环境，谁要无道，湘水台可以诛杀；第三，如若一旦楚国倾覆，保护王室成员安全转移。太后遗命难违，这也是我为什么不再干预他们相互厮杀的原因。"李云博当然隐瞒了太后要收他为继子，而且要他"继贤而立"的事情。

大家都默不作声，被这突如其来的意外给弄得不知所措。正当大家面面相觑时，但听李云博继续说道："大家想想，潭州、朗州这样耗下去，一定会两败俱伤。现在，我等不管兄弟争国的事，但要为胜者创造较好的当政条件和基础。因此，我们当前的任务是，要尽最大努力，制止战争发生，即便发生，也要让规模缩小到最低限度，决不能让这兄弟争国一仗，将五十多年的大楚根基彻底动摇。眼下，因为大汉不能出兵，形势已经发生逆转，我等得让马希萼轻取长沙！"

黄金左老揖首施礼道："少主，您有何指示，尽管吩咐。我等一定遵照执行！"

"好！"李云博说着，开始部署，"玄武将军听令：命令你带人两天内必须诛杀马希崇！"

玄武将军犹豫一阵，道："属下敢问少主，是诛杀马希崇？"

李云博斩钉截铁回道："对，天策府左司马，楚王庶弟马希崇！他近期不知躲到哪里去了，这几天又突然现身了，此时不动手，更待何时！上次巽卦统领提了个易了容的人头回来，这次如若再失手，提头来见！"

"属下遵命！"

"白虎将军！"

"末将在！"

"将军派人潜入河西大营，全面摸清马希萼的兵力部署和下一步动向。"

"属下遵命！"。

"青龙将军听令！命你重点察看楚王和刘彦瑶、李宏皋、许可琼他们长沙城的防务，要仔细，把兵力部署摸准，越详细越好。"

"末将遵命！"

末了，李云博道："各位将军，辛苦大家了！一有情况及时上报！大家行动吧。"

"是！"

三位将军和所有统领走后，大厅只剩下四个人。黄金左老问道："敢问少主，这时候诛杀马希崇，还有用吗？更何况，玄武将军身份存疑，怎么还能委以重任？"

"左老大人真是明察秋毫！"李云博神秘一笑，"马希崇叛国通敌，罪不容赦，但目前情势，杀之已毫无用处！我敢断定，玄武将军已经投靠了马希崇，肯定会去通风报信。派玄武去诛杀马希崇，是想给他们施加压力，促成他们和马希萼联盟，这对及早结束对峙状态可能有益。左老大人，派人盯住他们！"

黄金左老恍然大悟："怪不得少主不去慈宁宫对质，而是将计就计，来个请君入瓮、不打自招，真是高啊！"

朱雀将军问道："少主，您刚才说，要为马希萼入城创造条件，现在又派玄武将军诛杀马希崇，是不是自相矛盾？"

李天骏哈哈大笑："朱雀将军，这是岫南故意露出个破绽，等着他们来钻。你想想，谁都知道马希崇与马希萼一母所生，现在又穿一条裤子，一边帮马希萼，一边又要杀马希崇，的确让人匪夷所思。将军想想，潭朗对峙，势均力敌，他们兄弟会不遗余力争取一切可以争取的力量，湘水台当然也不例外。但他们一合计，肯定会争取我等支持，甚至想借湘水台之手杀马希广，这样一来……"

李云博道："不错，右老大人的分析，很有道理。但还有一层用意，那就是，看看究竟谁是知道太后遗命之幕后黑手，他又是如何知晓的，这就是刚才左老大人所说的不打自招，到时候他们会自己跳出来。对了，朱雀将军，派人盯紧盯死马希崇和玄武将军，一定要隐秘，切勿轻举妄动！还有，密令驻守瑶池的乾卦统领和所有密使即刻回长，战端将启，形势诡谲，关联复杂，瞬息万变，得加强总台防务。"

"属下遵命！"

◆ 三、北津水营内，夜会许可琼 ◆

这隆冬时节的长沙，申时刚过，天早早就黑了下来。长沙城北津水营的纛旗被呼啸的寒风刮得哗啦啦直响。

一叶扁舟迎着凛冽江风顺流而下，朝水营辕门驶去。

还未靠近，就听那边值守军士喊道："你等何人，如此大胆，竟敢夜闯水军辕门！来人，把这几个朗州细作抓起来，送中军大帐！"

但听扁舟上一个声音回答道："军爷且慢！在下天策府学士李云博，有要事求见许可琼将军！烦请军爷通报一声。"

不一会儿，但见水军大帐闪出一干人来，为首的拱手说道："末将许可琼拜见李大人！不知台老大人深夜来访，有失远迎，敬请恕罪！大人请，帐内叙话！"

"许将军客气了！在下奉命巡营，多有打搅，还请海涵呐！将军请！"

进了辕门，一下子亮堂起来。李云博带着四个紫金密使衣冠楚楚，和许可琼一行款款行进，有说有笑，走进中军大帐。看茶坐定之后，李云博略微打量了一下许可琼，但见他四十开外的年纪，玉面羊须，儒雅俊朗，穿着银白铠甲，披着紫色帅袍，头戴的银色护盔上嵌着一颗大红玉，按剑而坐，威风凛凛。正在打量间，但听许可琼说话了："台老大人深夜到此，有何公干？"

李云博笑道："久闻将军将门世家，深通治军之道。在下一进军门，就见布防严整，军威逼人，深感此传不虚啊！"

许可琼也笑道："这两军对垒，必得枕戈待旦，应景而已，岂有他哉！大人见笑了。"

李云博道："将军世代为国驱驰，忠心耿耿，天地可鉴！如今朗州贼寇，进犯王都，将军又披坚执锐，身不离甲，手不释刃，坐镇湘江，坚如磐石，大楚之福也！请受下官一拜！"说罢，起身长揖。

许可琼慌忙起身，还礼道："身在军门，保家卫国，天职所在！大人何须如此礼下，真是折煞末将也！"

一通应酬答对，两人又重新坐定之后，李云博道："将军过谦了！只是在下听闻令尊故事，尚存些许疑虑，特来讨教，不知将军肯否点拨？"

许可琼道："大人少年天才，声动朝野，末将早就佩服之至，神交已久。今得一叙，实为幸事。至于家父故事，点拨不敢，大人有何见教，但说就是，末将一定知无不言、言无不尽。"

李云博道："将军真是爽快。那好，在下讨教了！下官偶闻，昔日令尊许老将军六败杨吴，功勋昭著。可在一次送别吴国被俘将领时，曾言：'楚国虽小，但旧臣宿将尚在，希望吴国切勿妄图，不然白费气力；待到他日群驹争槽之时，再图之也不晚。'有乎？"

许可琼一听大惊，忙屏退左右，起身揖道："大人此言，从何得知？末将未曾闻也。"

李云博起身笑道："奇哉怪也。此言遍传朝野，老臣宿将，无人不知。而将军近来不结朝臣，独守清流，暗中经营，其志何在？下官愿闻其详。"

许可琼连忙跪倒在地，顿首道："家父临终遗训：穆武王之后，众子骄奢不法，必争大位，楚国不日将乱，必为异国所图，要末将待机而动，好自为之。末将经营水师，旨在有朝一日敌国来犯，也好做网破之斗，并无他想。恳请台老大人明察！"

李云博扶起许可琼，道："原来如此！将军公心为国，不忘忧患，其志何其远也！在下错怪将军了！只是将军以为，何国会虎视大楚，图谋不轨？"

"家父认为，昔之吴国今之南唐，一直包藏祸心，意欲西图。末将以为然也。"

"将军所言大是！可这眼下，群驹争槽，潭朗之间兵戎相见，内乱已至。将军不如遣使南唐，图之如何？"

"末将岂敢！末将世代忠于大楚，岂会做出如此背国离宗、遗臭万年之事！如若末将有此逆心，大人尽管差派湘水台密使，手刃末将就是！"

"岂敢岂敢！将军真忠良也！国难当头，人心叵测，冒昧试探，权当玩笑。将军快快请坐，在下慢慢与将军会商便是。"两人又坐下来。李云博继续说道："两军对峙，战而不决，长此以往，敌国必生异心，举兵来犯，楚国必亡。将军对这旷日之相持，有何打算？"

"末将奉命督统水师，拱卫王都。数日以来，战之不能克，守之不能久。末将正为此事发愁呢。大人此次前来，料定必有良策，恳请点拨。"

"许将军，在下收到密报，北方汉朝发生内乱，原来既定遣派定楚都部署朱令温将军的一万援军北上了，楚王最后一丝希望已然破灭。将军看这局势，将如何发展？"

"援军北上了？"许可琼瞪大眼睛，问道，"此等骇闻，从何而来？是否可靠？如若为朗兵使诈，动摇军心，我等听信谣言，岂不误了大事？"

"湘水台密使星夜飞报，千真万确！"李云博将所带文书递给许可琼看。

许可琼看罢，大惊失色："真有此事！果真如此，长沙就断然守不住了！即便马上开战，也无济于事，根本胜不了朗军。孤城长沙，就是坚守不出，也只能坚持三五月，一旦粮绝草尽，困也会被困死。这，如何是好？"

"在下也不知如何是好，特来求教许将军。"李云博说着，站了起来，道，"在下姑且揣测：如若双方战事正酣，或者对垒数月，正值精疲力竭、战力耗尽之际，南唐出兵数万，兵临长沙城下，后果将会怎样？"

"兵不血刃，坐收渔利，王都长沙及潭州之地，将会悉数并入南唐版图！"

"对！南唐不费吹灰之力吞并楚国！"李云博愤然道，"当务之急，在于结束拥兵观望之势。最好是兵不血刃，握手言和。但这难度极大。退而求其次，就是助强抑弱，结束战争。"

"大人所言甚是。但如何助强抑弱，还望大人赐教。"

"哈哈哈哈，将军当真不知？"

许可琼惊愕地望着李云博，不解地说道："末将驽钝，恳请大人不吝赐教！"

"赐教不敢！在下不揣浅陋，暂为将军拆解这何为助强抑弱。去年十一月，马希萼东进，在仆射洲被打得大败，逮之犹如探囊取物，杀之犹如捻断草芥，而王上不为也，说什么手足相残，将来有何面目面见先王，相约分而治之，妇人之仁，坐失良机；今年六月，马希萼挑唆溪蛮之兵犯益阳，在下上奏殿下发十万之兵，一举灭掉朗州，并清剿蛮匪，殿下不听，只是先后派了几支小股援军被动增援，结果连连兵败，死伤惨重。直到九月底，蛮兵一路大捷，才匆匆忙忙地遣刘彦瑫这个熊包，率一万马步卒和两百艘战舰及水师，围剿朗州。这怎么会是元气已经恢复的马希萼的对手？湄州一败，真是惨不忍睹啊！这样一来，不仅损兵折将，而且让军队士气低落，以至于益阳被破，玉潭失守，岳麓大营闻败一夜之间溃逃了万余人。而刘彦瑫慌不择路，居然焚烧大营，移师江东，让岳麓这道天然屏障一夜失去，把长沙暴露在三面环水的湘江之上。这孰强孰弱，还用分晓吗？"

"可是，我等是楚王麾下之将，如何能背主叛国、助纣为虐呢？"

"将军言之差矣！希萼、希广，同为武穆王子，兄终弟及之传则，均可为王，哪来背主叛国、助纣为虐之说？我等只为大楚求存，不为某人任事。只要大楚内乱消除，国家秩序恢复，不被异国所图，人臣之责已经尽到。谁做这个楚王，又有什么关系呢？将军以为然否？"

"大人一言，茅塞顿开。只是这助强抑弱之策，如何实施？敢望指教！"

"这助强抑弱、安定楚国之策，关键就在将军啊！"

"在末将身上？愿闻其详。"

"长沙防卫，全系将军一人。如今，十万王都府兵已经所剩不多，五万岳麓大军仅存万余，都成了惊弓之鸟，毫无战力。而长沙王都戍卫也不到两万，虽然战力不错，但都是死守之士，并无野战攻伐之能。除了李云铎掌握的新建王廷禁军颇具战力外，其余守城之兵皆在毫无统兵能力的刘彦瑫手上，发挥不了作用。而长沙三面环水，这道屏障靠的是湘江水师。将军手上的五百战舰万余水军，一直未曾消耗，能攻善战，是唯一能和朗兵抗衡的力量。试想，如果将军倒戈，长沙还能守吗？"

"是啊，大人真是运筹帷幄、成竹在胸！只是，我世代受楚王厚恩，不忍背之。而且末将曾听闻，马希萼残忍骄横，亦非明主。一旦他上位称王，楚国将出现暴君当政，我等忠直之士亦将死无葬身之地。这，又如何是好？"

李云博道："将军勿虑。马希萼虽然残忍骄横，但也是未被拥立，心绪不宁，丧心病狂所致。一旦得位，该不会滥杀无辜。而且，众王子中，马希萼尚算精明能干，只要我等尽心辅佐，竭力规矫，应该还是能守住大业的。在下不日将过江求见希萼，与他约法三章，像许将军这样的大功之人，绝对会高官厚禄，永保子孙富贵。"

"大人谋国，深思远虑，胆识超凡，末将五体投地，今后就仰仗大人了。"许可琼揖首施礼道，"末将愿受大人差遣，为保大楚基业长存，万死不辞！"

李云博回礼谢道："将军明识时务，通晓存国大道，楚国之福也。在下代表数百万臣民叩谢将军扼腕之气概，匡时之胆魄！我们多通信讯，共图大计。在下告退！"

"好，一言为定，末将恭送大人。大人请！"许可琼将李云博和等在帐外的李云浩四人送出辕门外。

李云博一行登上扁舟，拱手作别，转眼间就消失在夜幕低垂的茫茫江面上。许可琼临着江风，若有所思地伫立许久，几乎忘了这冬天午夜间透彻骨髓的寒意，反倒觉得有些轻松畅快。一高兴，他居然拊掌而歌起来：

风萧萧兮湘水寒，横戈疆场不畏难；
匡社稷兮定江山，仗剑天下保民安……

歌声豪放激越，响彻湘水大营，于寒风中高扬翻飞着的纛旗一样，回环起伏，高亢悲壮，而且也仿佛被寒风吹得呼呼直响……

◆ 四、楚王屈驾造访湘水台 ◆

楚王马希广一直等待汉朝救兵，可是盼星星、盼月亮，盼来的却是幕僚高参孟骈失望归来而大汉内乱、援军北上的消息。听到这个消息，无异于晴天霹雳，他一下子瘫倒在龙椅上，号啕大哭起来。

孟骈奏道："我王殿下，军情紧急，哭之何益！微臣以为，当务之急，应该速速召集群臣，商议退兵之策。"

马希广泪水涟涟，一边号哭一边断断续续地说道："半年之中，兵败连连，十万府兵，折之过半。数日以来兵临城下，人心惶惶，如今又援兵断绝，孤城何以能久？死期已至，还议个甚？"

"殿下此言差矣！"孟骈一急，跪倒在地上，磕着头劝道，"启奏殿下，当下虽然情势紧急，但也不至于山穷水尽。况且湘江水师枕戈待旦，城隍戍卫剑拔弩张，全城百姓同仇敌忾，只要殿下振臂一呼，尽散府库之财犒劳将士，这王都长沙，马希萼一时半会儿还真无法攻破。"

马希广止了哭声，恨恨地说道："寡人本是治世之君，崇尚佛理慈心，不喜攻征杀伐。这祸国殃民之举，寡人无论如何都不想去干！可是，寡人那王兄步步紧逼，得寸进尺，与寡人约定分而治之，如今又贪得无厌，图谋长沙。可是，他不知道吗，兔子急了也会咬人！"突然间，他猛地站起来，将龙案上的酒壶狠狠地砸在地上，发出一阵乒乒乓乓的声响。

孟骈道："殿下息怒！常言道，运筹帷幄之中，决胜千里之外。谋定后动，战无不胜。况且兵不在众而在精，将不在多而在强。微臣恳请殿下启用贤臣良将，精密谋划，妥善部署，就算与朗人作殊死之搏，纵然身死国破，也会落个慷慨悲壮的千古英名。"

"哦？那依爱卿所见，马希崇、李宏皋还有你孟骈都算不得贤臣，刘彦瑫都算不上良将？"

孟骈道："回禀殿下，马希崇是王上庶弟，才智平平而又阴险狡诈，一直暗通朗州，绝不可重用为监军之职；李宏皋虽有韬略，却心术不正，暗交朋党，假公济私，绝不会为国效尽死力；至于微臣，空有满怀报国之志，打理府库钱粮、刑监讼狱、接外通邻等些许小事尚能应对，至于救亡图存、兵阵谋略，则志大才疏，难以胜任。而右司马刘彦瑫，本是平庸鼠辈，仰仗拥立殿下之功而身居高位，既无治国之才，也无战阵之能，职司右司马，半年以来屡战屡败，损兵数万。这样一个尸位素餐、百无一用的将军，指挥大军绝无胜算。"

"那么你说说，楚国朝堂，谁是贤臣，而谁又是良将呢？"

孟骈道："遍观楚国朝堂，若论忠直耿介之臣，机断政务之官，理民抚众之吏，不乏其人，比如刘静仁侍郎和拓跋恒、徐静雅、廖匡图等天策府学士，都是如此。但若论奇谋妙计、定国安邦，目前只有一人可以。而若论良将，也只有一人可担纲卫国重任。若此二人联手，那堪是珠联璧合，相得益彰，长沙之危即可缓解，围兵亦不日退去。"

"孟爱卿就别卖关子了，这二人是谁，快快道来！"

孟骈道："贤臣者，天策学士李云博也，良将者，水军指挥使许可琼也。"

马希广怒道："原来是这两个人！他们有什么稀罕的，真是一派胡言！"

孟骈道："殿下少安毋躁，请容微臣慢慢道来！这李云博，少年早慧，博闻强记，过目成诵，早就有'神童'之誉。虽然年未加冠，入朝为官也才半年，可在六月大水时挺身而出，才具大显，殿下不会忘了吧？尔后，太后一眼就相中了他，并将湘水台全权托付。这个李学士，半年前秘密前往南唐，搅得洪袁一带鸡犬不宁，让南唐灭楚的绝密图谋大白天下，使我大楚暂时消弭外患，就算是古之圣贤、当今名将也难有此功。而在消除内乱问题上，他主张以十万之兵、举倾国之力围剿朗州和溪蛮叛逆，当时我等都讥之为小题大做，没想到他的预断都一一应验。要解长沙之危，保社稷之安，非用此人不可！微臣建议，加封李云博为天策府都尉，暂署天策府军政要务，主持朝政。请大王恩准啊！"

"嗯，有些道理。那许可琼呢？"

孟骈道："许可琼乃开国大将军、右丞相许德勋之子，有其父之遗风。虽然一直经营水师，但才具卓卓，胸有韬略，能征惯战，可堪大用。王上可加封其为马步军都指挥使，赐爵定国侯，统帅三军，全权经略长沙防务。王上如此重用，他定当感恩戴德，勇赴国难，竭尽全力，不负王命，保全长沙。"

马希广道："主意不错。只是，只是马希崇、刘彦瑫、李宏皋他们如何安置？"

孟骈道："全都罢免职务，收监入狱，等解了长沙之围以后，再进行发落！"

马希广犹豫道："这样不好吧，毕竟，一个是寡人的弟弟，其他两个都是扶持寡人登上王位的功臣。难道爱卿要寡人干兔死狗烹、鸟尽弓藏这种不仁不义之事吗？"

孟骈勃然大怒："老夫为了王上，长期以来殚精竭虑，四处奔走。今天又苦口婆心，为您设谋荐贤，殿下却优柔寡断、犹豫不决，如此下去，如何得了！殿下也把老夫抓起来关进监狱算了！怪不得刘侍郎、拓跋学士等一干贤良，都觉得大势已去，闭门不出，原来是王上您寒了他们的心啊！你忠奸不清，能庸少察，是非莫辨，好坏难分，整日慈悲为怀，满口佛心仁义，当的是什么王啊！还不如将王位拱手让给马希萼，自己到麓山寺削发为僧算了！老夫不才，也要归隐山林，专门去学道游仙了！"说罢，起身宫礼也不施，骂骂咧咧往外走。

马希广急忙说道："爱卿，爱卿，等一等，等一等嘛，寡人又没有说不采纳你的奏议，还容寡人想一想嘛……"

孟骈怒气未消，冷冷地回道："我看还是算了吧。孟某才疏学浅，加上年事已高，百病缠身，早就心衰力竭。而面对眼下危局，业已江郎才尽、束手无策。我王殿下，你就好自为之吧。就此告辞！"

"孟爱卿，孟大人，你也要离我而去吗？这如何是好？好，寡人就依你，依你还不行吗？爱卿快传寡人口谕，宣李云博学士入宫觐见！"

孟骈道："都什么时候了，殿下您放低些身段好不好？王上不久前曾将他赶出碧湘宫，还说永远都不想见他，不出两个月，怎么，这么快就要召见他，他会来吗？老夫以为，您还是屈尊上门去请他吧。刘备三顾茅庐，请得诸葛孔明出山，而三分天下有其一；王上您为了保全楚国，就上一次门也不行吗？"

马希广道："那行，爱卿言之有理。寡人屈驾去找他吧——不，是上门去请，去礼贤下士，诚招贤臣。走，走。"

孟骈道："李云博住在哪里，殿下知道吗？"

马希广道："应该在驸马府吧，他跟驸马爷住在一起。"

楚王带着大批随从，在孟骈的陪同下，一路迤逦而行，好半天才来到驸马府。馥湘公主闻得父王驾临，赶紧出来迎接。问及怎么不见李云博，馥湘公主回答说，几天前，兄弟俩吵了嘴，李云博和湘水台的人都搬走了，劝也劝不住。孟骈又问，李云博去了哪里。馥湘说，不是去了长沙爆竹商行，就是住进了湘水台秘密地宫，究竟到哪里，她也不知道。

楚王大失所望，不想去找了。孟骈劝道："常言道，好事多磨。殿下礼贤下士，就得诚心诚意。若能感动了国士，长沙就定然有救了。"大腹便便的马希广喘着气，自我解嘲地说道："好吧，寡人来个二顾茅庐。"没想到赶到长沙爆竹商行，李云博近几天根本没来过，当然也不在。马希广一下子泄了气："哎，真是累死寡人了。走，回去休息，休息要紧。如若寡人累死了，还救这个长沙有何用！唉，先休息一下，吃点东西再去找吧……"孟骈赶紧拦住他，乐呵呵地说道："恭喜王上！这第二次登门不遇，是大吉之兆啊！俗话说，事不过三，已经沾边。这第三次就一定会见着。而殿下就是当今的刘玄德，三顾茅庐请出当今的小诸葛先生李云博，一定能天遂人愿，马到功成，救我大楚于水火，解我万民于倒悬，楚国江山社稷将固若金汤。微臣恭喜殿下！"

楚王本来不敢去湘江中央的橘子洲，因为对岸就是马希萼的大军，他害怕出意外。但被孟骈一通米汤灌下去，也乐了起来，顿时抖擞精神，麻着胆子出了湘春门，命人调来船只，往橘子洲上驶去。

接近未时，楚王一行上了橘子洲，却找不到地宫入口。一行人又慌了神。还好，运气不错，恰好洲上巡逻的密使发现了他们。这个密使认得楚王，赶紧进去通报。李云博闻讯楚王驾临，大吃一惊，赶紧出门，以臣下大礼迎接。

"李爱卿，您让寡人找得好苦啊，呜呜呜……"马希广一见李云博，放声大哭起来，"李爱卿啊，以前都是寡人不是，没听您的金玉良言，让楚国陷入混乱，使长沙面临危难。常言道，知错能改，善莫大焉；亡羊补牢，为时未晚。李爱卿，请您救救楚国，救救长沙，救救寡人吧！"

"王上快快请进，外边寒冷，进地宫吧。"

进了地宫，李云博将楚王迎上台老大坐。李云博正欲说话时，但见孟骈道："李学士，老夫陪王上找你，忙了整整一个晌午，去了驸马府、爆竹行，最后才上了橘子洲，真是三顾茅庐啊！王上还没有用午膳呢。你看……"

李云博大惊，赶紧吩咐道："玉花姑娘，麻烦你吩咐值守密使赶快为殿下一行准备午膳，要快！"

马希广道："对，一定要快，随便弄点吃的，寡人累坏了，也饿坏了。"

冯玉花问道："殿下信佛，要吃斋吗？"

马希广一愣，道："那倒不必。寡人是心中有佛，口身不忌。随便弄点就行了。"冯玉花听罢，应声匆匆下去了。

李云博道："王上屈尊驾临鄙台，不知有何旨意，敢望训示。"

马希广道："李爱卿，如今两军相持，胜负难料，加之大汉内乱，援军北上，已不可能指望他人了。形势紧迫，还望爱卿出手相助，保我长沙不失。爱卿对于破敌，有何良策啊？"

李云博道："回禀殿下，微臣受太后重托执掌湘水台，一定得听命于太后。太后临终之际，嘱咐微臣不要管这兄弟争国之事。微臣已领太后懿旨，遗命难违，恕微臣不能从命啊！"

马希广一听，急得站了起来，使劲地搓着手，道："看来，爱卿是不想帮助寡人了？就算不能亲自参与，爱卿出出点子也行。李大人，就念在寡人破格录用你为天策府学士的份上，你就帮帮寡人吧。"

这时候，饭食准备好了。李云博见了，连忙说道："王上别急，用了便膳再说吧。"

"也好，寡人确实饿坏了。"马希广确是饿了，也不推辞，更顾不得王上的体面，稀里哗啦地吃了起来。这饭菜倒是很普通，腊肉腊鱼，干菜两碟，冬天素菜一碟，可马希广吃得津津有味，一通风卷残云之后，不一会儿饭菜被吃得精光。

"这湘水台的饭菜，比碧湘宫里的膳食好吃多了。"马希广吃罢，还回味无穷，漱了口，还不停地唠叨着，"感谢李爱卿盛情款待。饭吃完了，那你说说，要如何才能救长沙？"

李云博道："王上，微臣确是犯难啊！不为殿下驱驰，有负王上盛恩，如若为殿下效力，就违了太后遗命。微臣也是进退两难啊！而且，当前朗州大军压境，长沙四面楚歌，微臣就算使尽浑身解数，也是为时已晚、无能为力啊！"

马希广道："晚了？无能为力了？长沙守不住了？"

李云博道："微臣以为，的确如此。殿下想想，以前作乱刚起之时，元气尚未恢复，刘彦瑫居然大败而还，现在兵锋正盛，又有南唐鄂州刺史何敬洙的五千精兵相助，而殿下一直盼望的大汉援军如今又已断绝，这胜负之数，王上觉得还有必要讨论吗？"

"这……难道真的败局已定，长沙之危已经无解？"

孟骈道："李大人，殿下已经下了决心，准备与朗兵做殊死之搏，就算不能固守，也要来个鱼死网破。殿下决定启用李学士，全权总领国政，又准备重用许可琼统领长沙军务，你们两个联手，一个胸有韬略，一个能征惯战。老夫以为，这样一来，这胜负之算，尚难料定。不知李大人以为然否？”

李云博道："孟大人言之差矣！兄弟争国，不是外敌入侵，绝对不能来个鱼死网破。这两败俱伤的事，是大楚四周的列国最希望看到的。这样斗下去，无论谁赢了，其结果都会是让他人坐收渔利，不费吹灰之力瓜分楚国。殿下希望看到，武穆王一手建立起来的江山社稷，因为您和王兄两个人之间的恩怨彻底葬送吗？这种亲者痛、仇者快的事情，王上真的还要继续自相残杀甚至鱼死网破吗？微臣请殿下三思啊！"

"这，这如何是好？看来，爱卿真的是不愿帮寡人了？"马希广闻得李云博的一通分析，顿时脸色煞白，瘫坐在椅子上，重重的身躯压得椅子摇摇欲坠。

孟骈突然跪倒在地，放声哭了起来，朝李云博叩头道："李大人，你有经天纬地之才，想想办法救救楚国，救救王上吧，老夫求你了！"

"孟大人快快请起！大人如此，真是折煞在下了！快起来！"李云博大惊，连忙扶住孟骈，往上使劲拽。

孟骈挣扎着，继续哭诉道："李大人，求求你了，你不答应，老夫就跪死在这里！"

李云博道："好吧，我尽力而为。您起来吧。"

"谢谢李大人，谢谢……"孟骈的声音哽咽，又磕了几个响头，才气喘吁吁地爬起来。

李云博道："王上要保全自己，保全长沙，保全楚国，只有一条路了。"

楚王和孟骈同时睁大了眼睛，几乎要放出光来："哪条路？"

李云博道："向马希萼求和，拱手让出长沙。这样，既可保住王上的性命，也可避免长沙遭受战火，更可以让楚国实力得以保存。王上以为然否？"

马希广惊愕道："让出长沙？那寡人到哪里去？王位也要让给马希萼吗？"

李云博道："王上，是王位重要，还是楚国的江山社稷重要？王上放弃王位，还可以到地方任职，至少保住了性命，而最重要的是，保全了楚国社稷；如若鱼死网破，不仅马氏王族数千人的性命不保，就连江山社稷也会断送。请殿下三思啊！"

马希广道："马希萼是寡人的王兄，寡人一直待他不薄，就算他攻进长沙，也不会杀寡人的。寡人这性命，无论怎样都保得住的，这无须李大人忧虑。"

孟骈急道："王上难道不知道马希萼的本性吗？他长期以来对殿下即位咬牙切齿、耿耿于怀，如若主动让位，还可能顾忌舆论，不敢轻易造次；如若费尽全力攻下长沙，他满腔的怒火必然洒向殿下，这样一来，殿下的性命堪忧啊！请王上三思！"

马希广道："寡人若求和让贤，马希萼会放过寡人吗？也不一定。那么这样吧，孟爱卿，麻烦你和李爱卿过江面见王兄，先探探口风再说吧。至于怎么讲和，寡人还得和大臣们商议以后再定。天都快黑了，寡人要回去了。起驾回宫！"

孟骈惊道:"这……殿下……"

李云博道:"我等恭送殿下！"

楚王马希广一行走后,孟骈问李云博:"李大人,适才王上令我等过江面见马希萼,说是为议和探探口风,真是气杀我也！李大人有何高见?"

李云博反问道:"孟大人以为,这如何是好?"

"唉,食君之禄,与君分忧。依老夫看,还是过江走一趟吧,这王命难违啊。"

李云博问道:"孟大人,您以为这议和一事,是闹着玩的吗？王上什么条件都没开,我等贸然过江,不是自寻死路吗？如若马希萼以为我等是借议和之名刺探军情,那还能回来吗?"

孟骈惊道:"是啊。老夫斡旋邦交多年,这一无底线,二无条件,我等过江何为啊?"

李云博笑道:"孟大人,您太天真了！您以为,王上真的是要我等过江议和吗？其实啊,他还是心存侥幸,以为两军对垒,鹿死谁手还不一定。而且王上认定,就算马希萼破了长沙,也不一定会加害于他。感谢大人举荐在下主持国政,在下哪有那等起死回生的本领,更不是理国辅政之才。王上绝对不会把军政大权,交到在下手上。"

孟骈道:"这是为何？他可是答应了老夫的！"

李云博道:"我们这个王上,一向优柔寡断,干什么事都瞻前顾后,就算破格升我为天策府都尉甚至右司马,我能总领国政吗？他会将刘彦瑫、李宏皋、马希崇等人罢免吗？不会,绝对不会,这些人虽无治国理政才能,可在王上眼里,他们都是恩人啊！有这帮人身居高位,他们会轻易放弃手中的权柄吗？如若事事掣肘,暗中捣乱,在下和许将军能有作为吗?"

孟骈猛然悟到:"李大人言之有理。唉,老夫也就抗旨一回,不过江了,告老回乡算了。"

"大人别急着走,这江还是要过的。"

"还要过江送死？为什么?"

李云博一把扯住急于离去的孟骈,说道:"敢问孟大人,这保住楚国江山社稷重要,还是保住楚王重要?"

孟骈道:"这……两样都重要。楚王不就代表了楚国的江山社稷吗？楚王没了,还有什么江山社稷呢?"

李云博道:"非也。大人想想,这不是外敌入侵,而是兄弟争国,谁胜谁负江山社稷依旧,马希广可以当楚王,难道马希萼不能当楚王吗?"

孟骈道:"你是说不管他们谁胜谁负,这楚国还是楚国,对吗?"

李云博道:"这只对一半。"

孟骈道："对一半？老夫不解，愿闻其详。"

李云博道："其实这道理，在下刚才已经跟王上讲到了。如果他们立马交兵，三五日内分出输赢，倒是与楚国大局无碍，最多也就是换了个楚王；如果长期斗下去，拼个你死我活，不仅楚王没了，大楚也国命堪忧啊。"

孟骈猛然醒悟过来："是啊，刚才大人已经说过，一旦兄弟相持，将会导致国力耗尽，让他国坐收渔利！到时候，楚国大好河山，将会成为别人的囊中之物！经大人点拨，老夫茅塞顿开：这保全楚国，比保全这个楚王马希广重要得多！"

李云博道："孟大人果然能够明辨是非！大人高风亮节，请受李云博一拜！"说罢，拱手鞠躬施礼。

"岂敢岂敢！老夫何德何能，竟遭李大人如此夸赞，惭愧惭愧！"孟骈连连还礼道，"李大人，既然保住马希广和他的王位已不重要，那么老夫以为，我等就只要做一件事情了，结束潭朗对峙，尽快恢复秩序，以应对敌国之不轨图谋！"

"大人一语中的，真是楚国之大幸啊！"李云博赞叹道，"可是孟大人，您想过没有，一旦如此作为，我等将会背上叛主附逆之骂名啊！"

孟骈慷慨激昂地说道："为图存大楚，个人背些骂名算得了什么！一旦国破家亡，纵然苟活残生，也绝对光彩不到哪里去，这亡国遗臣，难道还能留下什么千古英名？"

李云博道："好！孟大人真是一心为国，不计得失，在下佩服！是啊，我等死都不怕，还怕背什么骂名不骂名的！事不宜迟，我们稍稍合计一下，趁着天还未黑，马上过江吧！"

孟骈道："好！李大人，还有一事，老夫还得如实相告。不久前，老夫在大汉京师遇到您的岳父刘光辅掌书记大人，他曾信誓旦旦表示愿意为马希广伐朗充当内应。现在情况变了，是不是要事先与他取得联系，知会情状后，周密谋划，好生商量一番再说？"

李云博道："大人提醒得是！那我们吃了晚食后，马上连夜过江，先找到他！"

◈ 五、连夜秘密过江，李秀才遇到朗州兵 ◈

湘江西岸的岳麓山下，新建的大营虽然是临时搭就的，却比原来的正规营寨要恢宏气派得多。高耸的辕门矗立在湘江岸边，巍峨而雄伟。辕门上端竖着一杆冲天的紫色大旗，被寒风吹得迎天招展，"顺天王"三个鎏金隶书大字格外耀眼，在成千上万的帅旗、将旗和其他各类旌旗中鹤立鸡群、高高耸起，有一种唯我独尊、舍我其谁的霸气。沿江四处，水寨营盘绵延十余里，数百艘战舰桅帆林立，层层叠叠，看得湘江船上的李云博他们眼花缭乱，不知道如何靠岸。

"江中有人，可能是长沙细作，快将他们抓起来！"李云博正在选择泊船地点时，但听水营巡逻军士大声喊叫起来。

孟骈慌忙自报家门："我等是贵军掌书记刘光辅大人家的亲戚，特来过江探亲。"

"别听他们，先抓起来再说！"不由分说，巡逻军士将李云博和孟骈一行六人绑了，还蒙上眼睛，推来搡去一阵子，也不知道到了哪里。

一路上，李云博和孟骈使劲地解释："军爷，我等绝非奸细，真的是刘掌书记的亲戚。麻烦你带我等去见刘大人吧，求求你了……"

"别跟我们解释，我等只是当兵的，也是奉命行事，这是我们朗州兵的规矩。中军大人吩咐，两军对峙，大战在即，凡属过江者，无论是谁一律先拘押起来，关几天再审。你们别再吵了，再吵的话就地处决，听清楚了吗？"

李云博笑道："什么？多说几句就就地处决，哈哈，真有趣，这难道也是朗州兵的规矩吗？有这样的道理吗？"

为首的军士长得凶神恶煞，胡子拉碴，但见他大声说道："你是读书人？喜欢讲道理？你活得不耐烦了是吧？我平生最讨厌你们这些喜欢讲道理的穷酸秀才。你给我闭嘴，千万别再跟我讲道理！不然，怎么死的都不知道！"

孟骈怒道："为何抓我等？我等所犯何罪……"

李云博听到身边孟骈说话的声音，用绑着的臂膀狠狠地碰了碰他，孟骈明白过来，马上住了嘴。李云博知道，遇上这些蛮不讲理的朗州兵，自己真是倒了八辈子霉。他暗暗盘算着，得想想办法尽快何脱身。

当李云博被摘掉蒙眼的黑纱、松开绑绳时，看到的是一个临时监牢，关满了人，加上天已快黑，里面一片朦胧浑浊。李云博对为首的军吏哀求道："军爷，求求您帮帮忙，小人真的有急事面见掌书记刘光辅大人，烦请行行好，通报一声。这点小钱，不成敬意，军爷拿去买点酒喝。"军吏恶狠狠地一把夺过钱袋，道："一点小钱？这足足有五六百金，怪不得都说长沙人有钱，看来所言不虚。钱老子就收了，按你的吩咐待会儿一定去喝酒。你小子得记住，钱是你自愿给的，老子没抢啊。可是，事情没得商量，老子可不会去通报，先待几天再说吧。"说罢，得意地掂量着钱袋，大笑着往外走。

情急之下，李云博灵机一动，大声喊道："军爷抢钱哪，快来人了，军爷抢钱哪……"孟骈和冯志远、刘如霜、李云浩、冯玉花也跟着大声叫唤，牢里的其他人不明白发生了什么事，也跟着瞎起哄，一时间，昏暗的监牢里喊声四起，乱作一团。

为首的军吏听到叫喊，折身回来，大怒道："什么？老子抢你钱啦？放屁，明明是你小子给老子的。来人，给老子搂死这浑小子！"几个军士打开牢门，冲进去朝李云博一阵拳打脚踢。冯志远等人还未来得及松绑，只得用双脚和身体连忙还手，双方打斗起来，四处的喊声骂声喝彩声大作，监牢里更加混乱。

"快调人马来，把这几个细作给我全部就地诛杀！"为首的军吏怒不可遏，但听他一声令下，门外的军士一拥而入，顿时打斗升级。然而，四位紫金密使都是超一流的高手，虽然被解除了兵器，但是搏斗中都已经弄开缚绳，徒手对付一群普通军士，还是不会吃亏，双方一时难分高下。

"住手！"双方斗得正酣，忽然一声雷鸣般的吼叫声破门而入，紧接着一位全身黑甲的魁梧大将带着一队军士冲了进来，仿佛是从天而降，把双方都震住了。只见他怒气冲冲地问道："周巡尉，为何打斗？"

"报告中军大人，这几个刚抓到的长沙奸细策动监牢造反，属下正在清剿！"

"何将军，别来无恙？"孟骈认出来人是朗州步军指挥使、讨潭大军先锋大将何敬真，拱手打起招呼来。何敬真仔细一瞧，看见是孟骈，拱手道："原来是故人！都退下！这位是本将军的故交孟大人，你等竟敢如此胡来！都滚出去！"为首的军吏惶恐地应了一声，连忙掏出钱袋要交给李云博。孟骈赶紧说道："军爷，一场误会。这钱，的确是我等孝敬大人的，拿着吧。"军吏有些为难，看了一眼何敬真，何敬真没好气地骂道："还不快滚！"军吏不知所措地捏了捏钱袋，恋恋不舍地丢到地上，慌忙揖首施礼退去。

"走，到愚弟帐中说话。"何敬真捡起钱袋，塞到李云博手上。李云博推搡一阵，将钱袋交给了何敬真身边一个护卫才算作罢。何敬真又拉过孟骈的手，一行人往大帐走，"一别数年，孟兄别来无恙？"

"托将军的福，一切安好。"孟骈说道，"敬真贤弟，老夫介绍一下，这位是天策府学士李云博，就是你们掌书记刘光辅的乘龙快婿，这位是刘大人的千金刘如霜小姐，这几位都是李大人的近卫。"

何敬真道："您就是闻名遐迩的少年神童李云博？久仰久仰，各位大人，幸会幸会！来，里面请！"

李云博回礼道："何将军大名，如雷贯耳，今日一见，实乃三生有幸啊！"双方相互间客套一阵，进了大帐，让座看茶，自然不在话下。

李云博坐定之后笑道："何将军，你这布防周密得滴水不漏，真是治军有方啊！可你这朗州兵的规矩，倒真有些奇怪！"

"李学士过奖了！"何敬真不解地问，"李大人，有何奇怪？"

李云博道："适才我等过江，被巡逻军士逮住，他们蛮不讲理，还说什么讲道理者就地诛杀，可有此规？"

何敬真哈哈大笑："李大人受惊了！我等朗人蛮兵，胸无点墨，性情耿直，虽然勇武彪悍，但不会辨别真伪是非，容易上当受骗。于是本将军就下令，不准和从长沙过来的人争辩，怕他们遭受蒙骗，泄露军机，更怕混进楚军细作。这也是迫不得已而为之啊！"

"原来如此，害得我等一场虚惊！"孟骈也笑了起来，"何兄台真是思虑周全啊。"

"得罪得罪！"何敬真收了笑容，问道，"如今两军对垒，戒备森严。几位大人来此，有何贵干？"

孟骈道："我等奉命……"

李云博赶紧抢过话来，答道："哦，兄弟争国，社稷堪危。我等过江求教存楚之策，还望将军不吝赐教。"

何敬真道："何某生为军人，只听主上调遣，奉命行事，别无他为。家国大事，有主上考虑，我等岂能妄加干预！至于赐教，愧不敢当！"

李云博道："将军言之差矣！如若主上要将军兵刃父兄，践踏妻女，屠城毁室，断送国命，如此惨绝人寰之举，将军也会奉命行事吗？"

何敬真道："这……顺天王乃英明主公，只是觉得马希广是幼代长立，天理难容；加之当今楚王懦弱昏庸，日夜佛事，不理朝政，根本不配做大楚之王，故而兴兵夺位，赈挽大楚江山社稷，但绝不会如此倒行逆施的！"

李云博道；"何将军，如今数万大军对垒，一旦开战，将血流成河。王都长沙，数十万百姓也将惨遭屠戮。同室操戈，相煎何急！这亲痛仇快的无道之举，难道不是倒行逆施吗？"

何敬真道："是啊，这争来斗去，国力大耗，长此以往，国将不国啊！"

李云博道："我等不才，但不能坐视不管。因此冒险过江，想化干戈为玉帛，平息这场亡国危机。还望将军鼎力相助！"

何敬真道："李大人高瞻远瞩，舍生忘死，为国驱驰，何某佩服。不知在下如何援手？"

孟骈道："劳驾贤弟，将掌书记大人请来帐中，商议之后，一起觐见顺天王即可。不知贤弟可否？"

何敬真道："举手之劳，有何不可。来人啊，速去我王饮宴大帐请掌书记刘光辅大人来本将军帐中议事。哦，就说我何某找他，商议粮草筹运。快去快回！"

不一会儿，刘光辅匆匆赶来。大家见礼商议一通之后，就前往马希萼大帐中觐见。何敬真到了帐外，向值守军校说明一通之后，命他进去通报。

军校进了大帐，对马希萼道："禀报大王，天策府学士李云博、武安军节度参军孟骈求见。已在帐外恭候！"

马希萼道："嗬嗬，长沙派了使者，难道是过来求和？快请！"

马希萼的大帐正灯火通明，他的夜宴歌舞才刚刚开始。李云博等人进得帐来，远远望见马希萼端坐在大位上，正与两边宾朋饮酒把盏，评舞论色，笑声迭起，热闹非凡。李不觉皱起眉头：这个马希萼，就相貌看，既和他同父同母的弟弟马希崇相去甚远，也和马希广大相庭径：黑脸消瘦，下巴尖尖，却有着张飞一类的连鬓须，鹰钩鼻老长，还有一双三角眼，阴森森的。云博见得此人，心里猛地紧了一下。

马希萼起身，瞪着三角眼打量着李云博一行，一副若有所思的样子。突然间哈哈大笑起来道："怪不得刘大人刚才匆匆离席，原来是掌上明珠和乘龙快婿到了。哦，还有王弟的幕僚高参孟大人也来了。来人，贵客临门，铺席赐座，为大家接风洗尘！"在座的都被他洪亮的声音给定住了，就连舞女也停了下来。

孟骈行礼道："老朽孟骈拜见节度使大人！不想来得不巧，搅了大人的宴兴，还望海涵！"李云博等也施礼拜见。

"哪里哪里，孟公不必客气。请入席吧。"

孟骈道："大人忘父兄之仇，同室操戈，北面事唐，求兵为王位之争，此何异于袁谭求救于曹公耶！"

马希萼勃然大怒："何其无礼也！尔等一干长沙奸人，对垒之际秘密过江，定有不轨图谋。尔等酸儒，何其傲慢，见了本王既不下跪，也不行大礼，还依然叫着什么节度使大人，尔等不知道我'顺天王'之大号吗，真是岂有此理！本王好生待你，邀来宴饮，你却不识好歹，居然信口雌黄，辱骂揶揄本王。哼，本王与马希广，势不两立！大义绝矣，非地下不能见也！来人，将这无礼老儿孟骈推出去斩了！"

"且慢！"何敬真上前制止道，"大王息怒。两国交兵，不斩来使，更何况孟大人是先王重臣，一直以来，恭忠体国，耿直无私，绝非蝇营狗苟之辈。此次前来，必有要情。烦请我王问明原委，若真是长沙奸细，故意羞辱我王，再斩不迟。"

刘光辅也谏道："大王，今下官女儿、女婿邀孟大人一起过江，下官断定他们绝非前来为了图口舌之快、泄愤懑之气、滋无赖之事，应该是为了朗军破城献计献策来了。大王气吞日月，胸纳江海，岂能被这试探之言触怒？请大王暂且饶了孟大人的鲁莽之举，别为这一时之气坏我破城大事。请大王三思。"

"两位言之有理。先放了吧。孟骈，你有何说辞？"

孟骈拱手道："古者交兵，使在其间，骈若爱死，安肯此来！老夫之言非私于潭人，实为大楚江山社稷和大王谋也。如若大王信得过老夫，就请罢了这夜宴，容我等细细道来如何？"

"孟公果然忠义之士！好，立即罢宴。各位就不好意思了，都退下吧！"

"是！"大帐里的人闻言，连连起身告辞，一下子都散去了，只剩下李云博一行和马希萼及其亲从。

"各位请坐，各位请坐，本王介绍一下，这边是水军指挥使鲁公绾、马军指挥使张文表，那位是步军指挥使朱进忠，那边两位乃靖江军都指挥使王逵、副使周行逢，掌书记和先锋官你们都认识了。这里没有别人，都是本王的亲从，有话就直说吧。"

李云博拱手道："在下李云博拜见顺天大王，见过诸位将军。今夜造次，特为这罢息兵戈一事而来。大王以为，兄弟对垒，已有数日，相持不决，如之奈何？"

马希萼道："长沙已被本王围得水泄不通。本王纵使不战，围他个三五月，长沙定会不攻自破。探囊取物，瓮中捉鳖，守株待兔，难道神童学士还有异议？"

"可在下觉得，大王是在鹬蚌相争，不知黄雀在后，实则是缘木求鱼、竭泽而渔，与大王之如意算盘更是南辕北辙、大相径庭。"李云博道，"敢问大王，如若在大王围困长沙期间，南唐遣数万大军分两路由鄂州、袁州进击潭州、朗州，大王如何应对？"

马希萼道："这……本王已结好南唐，鄂州刺史何敬洙将军已率五千兵马抵达长沙助阵，他们怎么会偷袭呢？李学士过虑了吧。"

李云博道："南唐图楚，亦非一日。在下不久前就曾亲历洪、袁，那里陈兵数万，磨刀霍霍，一直找不到入楚借口。如若鄂州之兵乃南唐应邀而入的先头部队，到时候内外来攻，大王何以自保？"

马希萼道："天哪！果真如此，本王腹背受敌，楚国难以招架，社稷危在旦夕！"

李云博道："再问大王，如若正值潭、朗之兵进行着你死我活的酣战之际，倘若南汉刘晟遣兵数万，入侵我南疆桂、连、蒙、柳诸州之地，而仅靠一个兵不过万的靖江节度副使、知桂州府事的王弟马希隐，能对付得了吗？"

马希萼道："不能，一定尽占其地，幼弟必被南汉所掳。"

李云博道："三问大王，如若南唐、南汉、荆南三国趁大王兄弟争位之际，相约共击我等，瓜分楚国之地，大王如何应对？"

"应对个屁！楚国亡矣，马氏子孙必被生擒！"马希萼一身冷汗猛地站起来，"李学士果然慧眼独具，伶牙俐齿，才思过人，三问本王，竟然问得一身大汗，本王佩服！李学士洞察世事，高瞻远瞩，胸中必有韬略。依学生下之见，本王应该如何是好？"

李云博道："大王想过没有，如果不及早结束这对峙局面，或者意气用事，兄弟间大动干戈，刚才在下设问的情况随时都可能发生。这正是周边虎视眈眈的诸国一直期盼着发生的事情，大王，千万不能干这亲痛仇快、损己利人之事啊！"

马希萼道："学士一言，茅塞顿开。本王只想着争位去了，没想到，这一不留神，就很可能会使我大楚陷入万劫不复之地。若真如此，将来九泉之下，本王还有何面目去见先王啊！学士大恩，没齿不忘，请受马希萼一拜！"说罢，躬身揖首施礼。

李云博道："大王请起！李云博一介寒士，怎担当得起如此大礼！"

马希萼道："恳请李学士教我存国之策！"

李云博道："大王只要应我三件事，在下保证不出五日，大王即可入主长沙！"

"不用说三件事，就是三十件本王也应承！好，本王答应你，无论何事，绝对办到，如有违背，就如此案一样，身首异处、天诛地灭！"说罢，拔出佩剑扬起，一道寒光，"咔嚓"一声，身边的酒案已经劈成两半。

李云博道："好！大王决心如此，在下就直言不讳了。第一件事，就是进城之后不得焚烧掳掠、滥杀无辜，更不得血洗王都、祸害长沙！"

马希萼道："行，本王答应！"

李云博道："第二件事，就是不得记恨过往、滥杀朝臣，要择贤任用、励精图治、重整朝纲！"

马希萼道："没问题，绝对没问题。那最后一件事呢？"

李云博道："废掉马希广后，不得无故加害甚至取其性命，一定得好生善待！"

马希萼道："这更不消说，他是本王的亲弟弟，本王怎么会杀他呢！本王保证不加害王弟！"

"那好，就请大王信守誓言！现在，在下就献上破城之计，保证大王事遂人愿、马到功成！"李云博走过去，就俯在马希萼的耳边"如此这般、如此这般"的一阵嘀咕，听得马希萼一个劲地叫好，然后就喜上眉梢，甚至有些手舞足蹈起来了！

◆ 六、无计可施，楚王请来了神祇护驾 ◆

楚王马希广自屈驾造访湘水台后，这"三顾茅庐"的诚意虽然没有请出李云博，但对水军指挥使许可琼更加倚重了。他开始相信孟骈及诸位大臣的看法，认为刘彦瑫不堪重任，庶弟马希崇与王兄马希萼来往频繁，也不适宜掌管兵权，于是将守卫长沙的重任全权托付给许可琼，长沙城内外各路兵马统统归他节制调度。吝啬钱财的他，居然听了孟骈奏议，打开府库，拿出大量钱帛赏赐将士，每日给许可琼的赏赐，就多达数十万钱。

一天清晨，强弩指挥使彭师暠登城西望，发现有机可乘，于是入宫对马希广道："朗人骤胜致骄，行列未整，更有蛮兵夹入，益见喧嚣。若借臣步卒三千，从巴陵渡江，绕道湘江西岸，攻敌后面，再令许可琼将军带领战舰，攻敌前面，背腹夹攻，不怕敌人不走。一场败北，将来再也不敢轻易进入潭州了。"楚王马希广一听，觉得是条妙计，连连称善，便召许可琼入宫商议。他不知道，许可琼这几天与希萼密会湘水西岸，约为内应，约定两天后的晚上，但听李云博城中炮响，就临阵倒戈，一举攻下长沙。许可琼听到彭师暠的计议，反而瞠目结舌道："这是危道，决不可从，况师暠出身蛮都，能保他不生异心吗？"这一招还真灵，马希广犹豫一阵，终于作罢。反而多次感叹许可琼为良将，并且言听计从。这天下午，彭师暠收到探马密报，得知许可琼与马希萼秘密在江心相会，顿时大惊失色，马上赶到碧湘宫里，劝谏马希广道："可琼将叛，国人尽知，请速加诛，毋贻后患！"马希广大声斥责道："可琼世为楚将，岂有此事！"彭师暠退出碧湘宫，喟然长叹道："我王仁柔寡断，目盲耳塞，已经听不进任何忠言了。这样下去，大势已去，败局已定，就是神仙也救不了啦！"

第二天，长沙突降大雪，平地积了四尺多厚。两军苦于严寒，冻伤者不计其数。李云博这天黄昏时分就从湘水台地宫密道进了长沙城，为明天晚上的举事做最后准备。

自从那次过江回来之后，他一直在研究用什么样的炮火为对岸的朗军和湘江水师传递信号，而且还等到夜阑人静的时候，冒着冷入骨髓的严寒，到橘子洲上进行实地试验。最后，他还是确定使用那个他最钟爱的竹筒炮火——那个在先祖畋公三百五十周年大诞之日，他和父亲、大哥在东峰界上宰牲时无意开出的绝世花焰。他一直觉得，那次石破天惊的伟大发现，肯定是先祖畋公的在天之灵，冥冥之中送给他们的大礼，这更可能是畋公对瑶池李氏子孙始终都恪守着祖训、传承并探索着火药的奥秘，给予的最高奖赏。而他李云博，却成了数百年来最幸运的宠儿：因为，那个竹筒炮火，是他那晚夜宿东峰界避雨洞梦见了畋公之后，灵机一动偶尔为之的，没想到，这个心血来潮的举动，居然成了近百年来火药文化传承史里，最为重大的发明……想起这些，李云博感慨万千。而此时此刻，自己又在尝试火药新的用途，他为自己这种种奇思妙想激动不已。为了达到更好的信号传递效果，李云博选用了略微小一些的江南水竹制成的炮竿，这样一来竹筒的长度几乎增加了一倍，空腔较大，演示效果也比较理想，可以升上三四丈的高空——这，很可能又是一次了不起的创造！而这几天夜里，刘如霜形影不离，对李云博天才般的创造赞不绝口，甚至被迷得神魂颠倒，沉浸其中几乎到了如痴如醉的地步。她，这个出生侯门的千金，已经被李云博无所不能的火药技艺彻底征服了：一堆黑乎乎的东西——李云博亲切地称之为"黑乎兄"，被他捣鼓几下，就会变成各式各样的火花、烟雾或者爆响，在夜空里绽放和惊鸣。刘如霜太喜欢炮火了，太喜欢那些在黑夜里升起的、千变万化的花一样的火焰了。甚是因为对这些火药制品的热爱，而真的喜欢上李云博了。

信号炮火定型之后，李云博又派人与马希广和许可琼联系，约定在凌晨丑时进行信号预演，让各方看看这信号炮火像什么样子，以便更好地配合衔接。一切都完成之后，大家约定好时间，准备同步起事。

进入长沙城，当李云博登上城墙观察地形的时候，不禁被江面上的情状弄糊涂了：数十座高大无比、人鬼莫辨的造像横在江心，天神地煞妖魔鬼怪应有尽有。派人一打探，真是让他啼笑皆非。原来，迷信僧巫的楚王马希广，命人抟土做成鬼神样子，放到湘江水上，又用纸布做了一个巨大的城隍守护神，放到湘春门城楼上，举手指江，说是可以施展法力，吓退朗人。还命令众僧日夜诵经，向佛祷告，号召长沙全城的男女老少都必须诵经念佛，家家都得设置佛堂，供奉香火。马希广自己更是以身作则，披着缁衣顶礼膜拜，高念"宝胜如来"，说是可以消灾，声音响彻大街小巷。得知这些情况后，李云博的心不免悲凉起来，甚至同情起楚王。他的这些荒唐之举，足见他笃信佛事已经到了不能自拔的地步，甚至走火入魔了。山穷水尽的他，除了装神弄鬼、消极逃避、心存侥幸和聊以自慰外，还能干什么呢？

忙到深夜，李云博才带着众人回到驸马府休息。好久不见的二哥，根本不着屋，忙碌着碧湘宫的防务，经常通宵达旦地巡视。馥湘公主倒是很热情，对他这个小叔子关爱有加，不停地嘘寒问暖。那一晚，李云博听着弥漫在长沙城里的佛音馨响，就像是世界末日的丧钟，搅得他彻夜难眠。的确，楚王马希广待他不薄，如今为了图存大计，他李云博抛弃了他，这心里或多或少有些内疚。可是，一个人的得失和江山社稷的危亡比起来，又算得了什么？李云博想到马希萼信誓旦旦的三条承诺，甚至手刃酒案为誓，这心里又宽慰了许多。有时候，他觉得自己管得太多了：太后临终前，交代他别管兄弟争国的事，可是他，还是情不自禁地插手了，自己是不是有点聪明过头，这不会弄巧成拙吧。

天快亮的时候，他才迷迷糊糊地睡去。突然间，听到门外一阵嘈杂，刚要起身，但见陈太后破门而入，举起凤头拐杖朝他恶狠狠地打来："你这个不听话的小子，叫你别管，你偏要管，这不，弄出这国破家亡的是非来了……"李云博大惊，连忙爬起来告饶。情急之中跌了一跤，再抬起头时，发现太后已经不见了。忽然感觉到身上隐隐作痛，而且奇冷无比。定神一看，自己已从床上摔下来，原来是做了个梦！

"太后报梦给我，什么意思呢？"李云博已经毫无睡意，赶紧从地上爬起，穿好衣服。他认真回忆刚才的这个梦境，太后怒火中烧，责怪他管得太多，而且还说什么国破家亡的是非。他不由得惊恐万分：天啦，难道，自己真的不该插手？

门外的确有人在喧哗。惊悸之余的李云博连忙开门走了出来。之间院子里围满了人，找个仆人一问，不禁哑然失笑。原来是楚王派出的佛事巡视队，挨家挨户查看佛堂设置、香火供奉和诵经念佛情况，他们来到驸马府，发现既无佛堂也无香火，更没有人诵经念佛，吵闹着要上报楚王重重治罪，馥湘公主带着管家郑大雄和他们吵了起来。

李云博赶紧上前说道："军爷，没有人知会驸马府，我等不知家家户户都要供奉佛事。

◆ 一、雪国长沙，凌晨升起红彤火焰 ◆

　　冬十二月某日凌晨，鹅毛大雪稍稍停歇，厚厚的积雪将黑夜铺满，白茫茫一片。静夜四处，刺骨寒风依然呼啸，湘江两岸对垒的军营，除了辕门上几盏长明灯笼亮着外，也都黑灯瞎火，寂寥无声。只有那些被寒风吹得呼呼直响的旌旗，依然在疯狂地翻动和摇曳着。

　　就在这夜静眠酣时分，银装素裹着的长沙城，正西边的湘春门上空，突然三声巨响，次第升起三朵红彤彤的火焰，犹如雪域高原上迎风绽放的红梅，姹紫嫣红，光彩夺目，照得湘江两岸一片透亮。可是，转眼间又倏然消失，留下几缕青烟，在满地都是积雪的映衬下缥缈朦胧、若有若无，黯然得如不尽的忧伤。

　　与此同时，驻扎在湘江西岸的数百艘战舰，突然间桅悬帆张，一齐朝东边驶来。而湘江东岸延绵十余里的湘江水师也突然向城北津和南津两边退缩，将以西津为中心的数里江岸让了出来。几趟来回，不到一个时辰，两万余驻扎在岳麓山下的马步卒全部在湘江东岸登陆，天刚蒙蒙亮，就将长沙城团团围住。

　　朗州步军指挥使、先锋大将何敬真首先登陆，即率朗兵三千，第一个抵达杨柳桥，与韩礼大营近在咫尺。连营寨都来不及安扎，立即派遣早就换上楚军服装的小校雷晖，带领数十人冒充长沙兵士，混入韩礼寨里边，闯进中军大帐，挥剑击杀韩礼。猝不及防的韩礼大惊失色，急忙召集熟睡中的将士组织抵抗。何敬真乘乱掩入，楚营中来不及穿甲执兵的将士到处乱窜，大营乱作一团。楚军大溃，不到半个时辰就全军覆灭。韩礼重伤奔回家里，不治身亡。于是朗兵水陆齐进，急攻长沙。长沙指挥使吴宏，与小门使杨涤见到情势危急，商量道："强敌压境，城且不保，我等不誓死报国，尚待何时？"于是各引兵出战，吴宏出清泰门，杨涤出长乐门。两员将领一马当先，以一当十，奋战至午后，朗兵抵挡不住败下阵来。刘彦瑁一直在南门观战，没有出援，坐失战机。而驻扎在城外的马军指挥使张晖率领的大军，被团团围住动弹不得，不久营寨就被攻破，无心恋战带着数千人全部缴械投降。吴宏、杨涤势单力薄，加之士卒饥疲，只得先退入城，就食歇息。

　　朗兵数次攻城未果，到了下午，又组织大军从四面城门同时扑向长沙城。这时候，强弩指挥使彭师暠的弩箭、飞石和火球均已使用精光，于是挺槊带领数百人突然杀出，与朗兵交战城北，未分胜负。朗将朱进忠带兵赶到城东，纵起火来，城上守兵，为烟雾所迷，难免惊慌失措。马希广闻讯，忙传旨许可琼，令他率领湘江水师救城。而这时候许可琼已经临阵倒戈，带领全部水军助阵。守兵见许可琼降敌，一个个吓破了胆，都弃戈而走。朗兵于是一拥而入，从城门城墙四面八方攻进王都，长沙城陷落。蜂拥而入的朗兵及蛮兵，杀官民，焚庐舍，开始了烧杀掳掠，彻夜不休。一时间，闹得王都官绅庶民如惊弓之鸟，四处逃窜，长沙城人声鼎沸，烟焰迷离，遂陷入一片混乱之中。

何敬真带领大军猛攻碧湘宫，遭到了李云铎的强力抵抗。而入城之后朗兵蛮兵顾着掠夺民间财物去了，没几个把心思放在攻打碧湘宫上，气得何敬真直跺脚。他只得叫人围住碧湘宫，等待援军。

李彦温尚屯兵驼口，望见城中火起，急忙引兵来援。来到清泰门，朗人已据城而守，见有军队攻城，顿时箭如雨下、乱石横飞。李彦温正准备冒险进攻救城，忽有千余人绕城而来，统统都神色仓皇，十分狼狈。为首的大将凄声呼喊道："李将军快寻生路罢！"彦温定眼一看，正是刘彦瑶，便问："右司马怎么如此狼狈？"刘彦瑶道："我等被围住，只得强行突围，就剩下这千余人了。"李彦温又问道："王都情势如何？楚王安在？"彦瑶道："长沙城已破，大王不知下落；我已觅得先王及今王诸子女眷，从旁门逃出，幸与君相遇，正好结伴同奔。朗兵厉害得很，若不急走，恐一经追杀，必死无疑！"彦温被他一吓，也害怕起来，遂与刘彦瑶等同往东逃，直奔醴陵，进驻边关大营。后来又出了老口关，经萍乡到达袁州，投降了南唐边镐。

话说李云博点燃了三发信号炮火之后，立即带领湘水台密使从密道撤出，在橘子洲上密切关注着长沙城的战事。直到下午，见到城上火起，知道是朗兵纵火，大叫道"不妙"，于是带领湘水台地宫里所有密使从密道潜回了碧湘宫里。他们从慈宁宫边上的出口涌出后，就急忙朝九龙殿前的碧湘宫门奔去。

这时候，天色已经暗下来。碧湘宫四处，仍然银装素裹，白雪皑皑，寒冷彻骨。刚过巷道口，但见九龙殿前到处都是疲惫不堪的士卒。李云博一行数十人赶过来，居然没有引起他们的注意。正要过去，却被一队从另一边巡逻过来的禁卫军围住。为首的大声喝道："什么人？都给我拿下！"李云博一听这声音很熟悉，原来是飞骑营统领吴峦，于是马上连忙喊道："吴统领，是我，李云博。"

"李大人，你怎么来了？"

"我等见城中火起，知道长沙危急，特赶过来看看情况。"李云博回答道，"吴将军，你不是在瑶池神刀营吗，什么时候回来的？"

"五天前，李都统命末将回来守宫。"

"哦。现在战事如何？"

"数万朗兵已经入城，正在城中烧杀，只剩下这碧湘宫还未攻下。李学士，赶快走吧，这里太危险了。"

"我二哥呢？"

"在那边的营帐中，末将带你去见他吧。"

一行人跟着吴峦进了王廷禁卫军都统行营主帐。大帐内亮起了烛光，李云铎一身戎装，正神色严峻地在一张《长沙城隍地舆图》前来回走动。

吴峦进帐就大叫道："都统大人，你看谁来了？"

李云博也叫道："二哥，是我们！"

李云铎抬起头，一看见李云博，突然从帅案边的剑座架上猛地抽出王赐宝剑，朝李云博刺来，嘴里说着："你这个背主叛宗的逆贼！今天，我替楚国朝廷诛杀叛徒，为瑶池李氏清理门户！"

李天骏和李云浩大惊，赶紧抽出刀剑护住李云博，刘如霜、冯志远和冯玉花也在情急之下抽出了兵器。帐前护卫一见，也都围了上来。帐前顿时乱着一团。吴峦大声叫道："这是干什么？都退下，你们也都给我住手！"

李天骏不解地问道："自坚，你疯了吗？怎么要对岫南下手？你们可是亲兄弟啊！"

李云铎并未松开手上的剑，也没有理会吴峦、李天骏的制止，而是用剑指着李云博，问道："李云博，我问你，你得如实回答，不然的话，小心我不客气！"

李云博哭丧着脸，道："二哥，你为何如此待我？"

"别叫我二哥！我李云铎没有你这样的弟弟！现在，楚国王廷禁卫军都统李云铎问你，是不是你和孟骈勾结马希萼，又买通许可琼叛变投敌？"

"二哥，绝对不是你想象的那样……"

"回答本都，是还是不是？"

"就算是吧。"

"本都再问你，今日凌晨，湘春门上的三发炮火是不是你放的？"

"是！"

"这些炮火是不是给马希萼各部和许可琼传递的统一行动的信号？"

"是。"

"大胆李云博，身为王廷命官，竟敢勾结朗州叛逆，策动楚军大将谋反，该当何罪！而作为李氏子孙，竟敢违背祖训，不经允许私自运用家传火药秘方制造信号炮火，助纣为虐、荼毒生灵。今天，我也要代表瑶池李氏列祖列宗除掉你这个逆子！"

正当李云铎说话间，李天骏用刀架过李云铎的宝剑，跻身挡在李云博前面，大声道："自坚，按照你的说法，我等都是岫南属下，也是楚国叛贼、李氏逆子，把我等湘水台密使都杀了吧！"李云浩等几个人也都异口同声地附和着，上前护住李云博。

"六叔，这个李云博是主谋，你等都是受他蒙蔽，不关你们的事……"李云铎说着，

命令道，"吴峦统领听令：速调五百殿前禁卫军围住湘水台密使，解除他们的兵器，然后将罪魁祸首李云博就地正法！！"

黄金左老见状，急忙对朱雀将军命令道："朱雀将军听令：你快出大帐，命乾卦执事带全队一齐拉燃'天火闪'，告知长沙城内外各处潜伏密使，台老大人有难，速速救驾！快，一定得九发齐鸣！！"

双方剑拔弩张，气氛一下子紧迫起来。

李云铎怒道："左老大人，你们湘水台要和我们禁卫军开战吗？"

黄金左老厉声回道："李都统，我等绝对不想。但不知都统大人知否，我湘水台规制，台老大人被诛，所有随行人员将被悉数处死。既然都统大人要诛杀我紫金长老，我等也活不成了。不如倾巢而出，来个鱼死网破。何况，你禁卫军区区千人，而且窝在碧湘宫内，也不见得是我湘水台的对手。"

李云铎更加恼怒："你等不奉诏命，私闯王宫，进我防区，还敢在此口出狂言，来人，先将这个老匹夫乱刀砍死！"

"整个大楚国，都是我们湘水台的防区！区区碧湘宫，有什么不能进来的！"黄金左老哈哈大笑，"就凭几个近卫亲军也能将老夫乱刀砍死？"正说话间，黄金左老一拔佩剑，但见一道寒光，围过来的十余名横刀而入的禁卫全部刀断人倒，而这时，黄金左老的佩剑已经插回了剑鞘里。

"够了！大家都冷静一下。现在，长沙城破，朗兵正在奸淫掳掠，府衙被毁，民宅起火，官绅四散，百姓遭殃，你们还有心思在这里斗狠逞强！真有本事，还是用到制止骚乱上去吧！"李云博怒火中烧，大声呵斥道，"二哥，我等要拯救的，是整个大楚，整个王室，全天下的黎民百姓，不仅仅是一个软弱无能、优柔寡断的楚王！！"

"你李云博是天策学士，领导的是王室密卫，却对王上无任何敬畏之心。你等一干人，也助纣为虐，人言汹汹皆言可废。堂堂楚王，在位也已三年，虽无什么大的建树，也不至于人人喊杀吧。李云博，你这不忠不孝不臣不悌之徒，真是枉为楚臣..."

"二哥，谁要杀他了？先把刀剑收起来，待我把话说完，要杀要剐全由你，行不行？"李云铎听了，将宝剑一丢，大家也收了武器。

李云博继续说道："当务之急，是找到楚王殿下，将他救走。这碧湘宫，是绝对守不住的。二哥，如今楚王殿下何在？"

李云铎说道："早上都还在宫里，下午听到长沙城破，就不知躲到哪里去了。刘彦瑶大人也搜过，文昭王诸子和殿下其他家眷都被他救走了，就是不见殿下本人和夫人下落。我派人搜了几遍，也毫无结果。"

"碧湘宫里还有没有暗室和其他密道？殿下和夫人是不是已经出城了？"

"这个，我的确不知道。"

李云博道："二哥，既然找不到楚王殿下，依小弟之见，你等还是先撤出去吧，你的银枪都数千人，都是文昭王时期从富家官宦子弟选的，中看不中吃，一听朗军破城，早就一哄而散；飞骑营两千骁勇一天拼杀下来，死的死、伤的伤、跑的跑，也消耗得差不多了，禁卫军三大力量仅剩下这不到千人的殿前军，没必要再作无谓的牺牲了。"

"我的职责是保卫王宫，没有王上命令，我们是不会撤出去的。"

"二哥，王上说不定是自己忙着逃命去了，忘记给你下令了，你这是愚忠……"

"不要说了！"李云铎坚定地说道，"所谓树倒猢狲散，这本人之常情。但王上对我有知遇之恩，纵管他何等懦弱无能，终归是我们的王上，也是我夫人的父王，更是我李云铎的岳父。无论如何我不能离开他，誓死为他护驾！"

李天骏急忙劝道："自坚，你这是何苦呢？放着生路不走，偏要往死墙上撞！你也不为你的祖父、父母、兄弟想想？为我们李氏这些亲族想想？"

"二哥，我求你了，快撤出去吧，只要活着，什么都好说。难道，你要这近千禁卫军兄弟一起跟你以身殉国吗？这样做值得吗？他们不仅仅是几百条年轻的生命，他们还有妻儿老小，你要让无数家庭都随你一起死尽愚忠、陷入绝境吗？二哥，弟弟求你了！！"李云博"扑通"一声跪在地上。

正当此时，吴峦进帐报告："都统大人，五百禁卫军已在帐外候命，请将军号令！"

朱雀将军也冲进来，叫道："左老大人，湘水台密驻城内所有五大卦四十小队密使已火速赶到，请指示！"

李云博怒道："作甚？都不准轻举妄动！我李云博就是被处死，也不能兄弟相残、同室操戈！都退下！"

李云铎见了，也说对吴峦说道："都退下吧，这里没事了。"

两人都应声出了大帐。李云浩说道："自坚哥，岫南绝对不是你想象的那样背主离宗，他是为了大楚的全局啊！快点撤吧，请哥哥三思啊！"

李云铎叹道："人各有志，何可强求！各位要图存大楚，我李云铎绝不阻拦，但我要尽为将之责，誓死拱卫王廷，保护王上安全，你们也不用劝了，都赶紧走吧！三弟，有一件事情就麻烦你了。你二嫂已有身孕，下午已随刘彦瑶将军撤出了城。他们母子就拜托了！"

李云博道："二哥……如今，家族蒙难，国命堪忧，你是统兵大将，得知道死拼硬扛绝非明智之举。胜败乃兵家常事，李氏家族和楚国王廷都需要你呀！你绝不能一死了之，请二哥三思！"

"三弟，你不要再饶舌了，我心已决，毋庸多言，否则，就别怪我不客气！"突然，李云铎的语气缓和下来，"这长沙危亡，原因就是没有一支无人能敌的炮火军队啊！如若楚王殿下听从了刘侍郎的奏议，及早下令用我瑶池火药建立起大楚威力巨大的炮火营，马希萼岂敢轻举妄动？谋事在人、成事在天，身为护城主将，却无力保全王都和殿下，还有什么面目苟活于世……岫南，将来你若想安定天下，炮火武器是唯一捷径啊………"

李云博道："二哥，何至于此！大丈夫能屈能伸，何须在一时得失上计较！留得青山在、不怕没柴烧，你随我们一起走吧，你一定能东山再起，重握兵柄，驰骋疆场，报效王廷的！"

"大丈夫敢做敢当才是正道，不成功便成仁，死何足惧！你快走吧！"

李云博见李云铎油盐不进、软硬不吃、死活不听，心铁得像秤砣一般，只得放弃。他朝李云铎磕了两个响头，站起身来一抹眼泪，大声喊道："我们走！二哥，你就好自为之吧，千万记得逃生啊。"

二、太后遗命密诏蹊跷重现

李云博带着数百名密使从暗道出了碧湘宫，直达驸马府后门。没想到，这里已被马希萼占领，而且成了他的临时王府。

"冲进去吗，岫南？"李云浩问道。

黄金左老说道："李大人别急，老夫带几个密使先进去，探探情况，也问问这个顺天王，为什么不信守承诺，一进长沙就大开杀戒。台老大人、右老大人和众将军统领在此等候，如有异常，再采取行动不迟！"

李云博道："我也进去！"

"不行，太危险了！马希萼不讲道义，台老和他约法三章，他居然视同儿戏，什么事情都可能干得出来，此人不得不防啊！"

李云博道："这个人的品性和修为，关系楚国未来，得及早弄清他的真实面目！如果他出尔反尔、毫无信用，一旦登上王位，楚国将永无宁日，甚至万劫不复！今夜探他个仔细，真不是可以拥立之人，就执行太后遗命，围而诛之！"

左老道："也行！右老大人，就辛苦你在此警戒，我等随少主进去会会这个自封的顺天王！来人，撬开后门！"

门被一个精通此务的密使弄了几下就撬开了。李云博正欲进门，发现不远处有哨兵值守，突然一想不妥，对众人交代一番后，道："你们在此静观其变，我等从前门进去！朱雀将军，你也一起去吧。"

"是，少主。"朱雀将军又对其他人说道，"右老大人、各位将军统领，如若是紧急密杀任务，我就长啸三声；如若少主有难，我就拉燃天火闪；如果是两样一起发出，你等就一拥而入，解除这周围卫队武装，控制住整个局面。"

"遵命！"

此时，马希萼正沉醉在大破长沙城的喜悦之中，与几个帐前大将一边饮酒，一边商讨如何攻下碧湘宫。闻得李云博来访，三角眼一转，顿时大喜道："快请！"

李云博一行进得门来，步入驸马府客堂，里面的人让他大吃一惊：除了以前见过的几位将军，马希崇、玄武将军甚至半年前就已致仕的前黄金右长老也赫然在座。

马希萼大笑道："天助我也！一日之内攻下长沙，李学士首功！现在仅剩下一个碧湘宫，李学士来了，只要略施小计，必定手到擒来！李学士，快快请坐！"

黄金左老看见玄武将军和前黄金右老，顿时勃然大怒："老夫一直心存疑惑，为什么密杀马希崇的计划如此缜密，居然无功而返，会提一颗易了容的人头回来，原来真的出了内奸，是你们两个在捣鬼！朱雀将军，本台命令你立即取下他二人的项上人头！"

"慢着！"前黄金右老哈哈哈地笑了起来，站起来说道，"不错！密杀左司马大人的消息的确是玄武将军告诉我，我再知会左司马大人的！哼，李云博乳臭未干、未立寸功，年纪轻轻就执掌了湘水台大权，还把老夫赶出去，用了他的叔叔李天骏，真是岂有此理！"

李云博怒道："让你致仕，是太后懿旨，我也只是奉命行事！要我处理，你蔑视台阁主上，诅咒生身高堂，这不忠不孝的逆贼，早就成了孤魂野鬼，哪里还会在这里聒噪！"

"你……"

玄武将军也站起来，说道："李云博，你人小鬼大，心存不端，任人唯亲，一上台就想擅杀大将而树立个人威信，真是毫无人性，怎配做湘水台紫金长老！"

黄金左老怒道："一派胡言！湘水台规制，但凡台务，一切均由老夫经手，紫金长老的情况，老夫最为清楚。自任事以来，他一直殚精竭虑，忠心为国，哪里来的心存不端，又如何任人唯亲？"

玄武道："左老大人，你等也太天真了！我问你，为什么李云博一而再、再而三地要密杀左司马？"

"因为他暗通朗州，离间兄弟，权欲膨胀，祸害长沙，因此太后密令，诛而杀之。你这奸贼，少主命你诛杀马希崇，你倒是好，背叛台老，投敌门下，还敢在这里指鹿为马、颠倒黑白，志远大人，先下他的权杖和印信，然后绑回湘水台，处以极刑！"左老说罢挺剑而起。

"是！"冯志远一跃而起，冲了过去。

"你……"玄武将军被他驳得无话可说，正要拔剑相向，被马希萼一把按住。只见他说道："好了好了，都是自家人，争这些是是非非干什么！都坐下，来，正经事情要紧！李学士，对于如何攻破碧湘宫，还请赐教！"

可是大家都站着没动。李云博道："大王，在下斗胆问你，五日前夜里，岳麓山下、湘江岸边说的话还算不算数？"

"怎么不算数？当然算数！"

"然而，现在，朗州之兵自入城以来，一直在烧杀掳掠，你不是答应过在下，绝对不烧杀掳掠、血洗长沙吗？"

"哈哈哈哈，李学士也太大惊小怪了！这是溪洞蛮兵仗打得太久了，进城来寻点小乐子，找几个铅锡钱花，睡两个城里小妹，有必要如此较真吗？都不让他们得点好处，今后，谁还会打仗啊！这当然不是屠城啊！"

"你这是强词夺理！"李云博有些怒色，"常言道，民心向背，关乎社稷。大王，将士征战，那得论功行赏，怎么能放纵他们胡来呢？大王即将入主长沙，如此肆虐城池，骚扰百姓，弄得人心惶惶、怨声四起，岂不自毁长城、自掘坟墓，将来如何在此立足啊？"

马希崇突然拍案而起："放肆！好个李家儿郎，真是不知天高地厚！你以为你读了几卷破书，中了个秀才，就真的能够定国安邦、匡扶社稷了？做你的黄粱美梦去吧！你不是说我是暗通朗州的逆贼吗，不是连下两道密杀令，想诛杀我吗？来啊！你现在也和我一样，投靠了我王兄，不也是叛国逆贼吗？那么，湘水台是不是也要诛杀你呢？"

"王弟，你别再说了！都是自己人，以后还要一起助我共图大业，怎么能如此恶语相向、胡言乱语呢？"马希萼止住马希崇，又对李云博道，"李学士，你刚才言之有理啊！本王怎么能自毁长城呢？对，一定得叫他们停止下来。可是，从朗州出兵的时候，本王答应过他们，只要攻入长沙，就让他们快活三天，他们想干什么就干什么。现在长沙城破了，本王不能言而无信吧？李学士，你说呢？"

"荒唐！真是荒唐！就算有此承诺，那为什么还答应在下的条件呢？人而无信，不知其可！"

马希崇骂道："你这个书呆子！王兄答应你所谓的约法三章，是想借用你的脑瓜子和影响来破长沙城啊！这叫'兵不厌诈'，书上说的，读过没有？"

"马希萼，你这个无耻小人！居然跟你讲什么信用道义，是我李云博瞎了眼，高估了你了！"

马希萼突然变了脸："你这个乳臭未干的小东西！你以为本王真的把你当救命稻草了？对，你真的有点才，只是嫩了点，最后还不是被本王算计了！你帮本王说服许可琼，那真是帮了大忙啊！现在本王想尽快拿下碧湘宫，也要你帮帮忙，好生劝劝你二哥，投降本王算了，这样可以少死点人。你为破城屡建功勋，本王应该感谢你才是。但是，你得明白，本王已经缓过气来了，最艰难的时期已经过去了，现在长沙已是本王天下，有没有你帮忙，这碧湘宫迟早都会是本王的！实话告诉你，无论你帮多大忙，无论本王多么感激你，本王都不可能留下你，你必须得死！知道为什么吗？原因很简单：你手中有一把利剑，可以随时取我们马氏性命，那就是湘水台。这几百密使，个个都是顶尖高手，太可怕了。本王就是入主了碧湘宫，能睡得着吗？没办法，这卸磨杀驴虽然不厚道，但安全啊！今天是个好机会，既然来了，就别走了。来人，把这几个人都抓起来，但凡反抗者，格杀勿论！"

黄金左老怒道："慢着！你以为我等不知道你会下手吗？你以为只有这几个人特来送死吗？告诉你，湘水台除了这几个叛徒以外，都来了，还不知道今天是谁死呢！太后临终有遗命，这兄弟争国，无论谁赢，如若得国后荒淫无度，荼毒生灵，皆可诛杀！既然你如此残暴不仁，我等就奉太后遗命，为大楚诛杀叛逆！朱雀将军，发出紧急密杀令信号！"朱雀将军应了一声，一个箭步冲出门外，但闻他三声长啸，又拉燃了天火闪。埋伏在驸马府后门的数百密使一拥而入，顷刻之间，这驸马府全部被湘水台控制。

正当厅屋里的双方相持不下时，朱雀将军进来报告："禀告少主、左老大人，湘水台已经全面控制驸马府里里外外，是否立即取下座间逆贼们的项上人头？"说话间，李天骏带着数十名密使闯进了客堂。

玄武将军大惊，但听他喊道："内侍卫听令：快快现身，护驾顺天王！"只见后帐涌出数十名重甲武士，突然间长戟圆盾挡在马希萼等人面前。

马希萼有点慌了，发怒的脸色又变回来，满堆笑容地说道："别急，别急，李学士，有话好说，有话好说……"

黄金左老一把举起黄金权杖，大声喝道："奉太后密杀令，诛杀叛贼马希崇、马希萼、前黄金右老、玄武将军！"

马希崇一听也急了，大声说道："王兄，快摊牌吧，不然，就来不及了！"

"慢着！"马希萼抽出剑来，高高举起，"湘水台的兄弟们，这是个阴谋！杀了本王和王弟，正中李云博下怀，各位千万别上当啊！容我等把话说完，将李云博企图谋朝篡位的真相告白天下之后，就算千刀万剐，也心甘情愿！"

李云博哈哈大笑，说道："真是滑稽，我李云博要谋朝篡位？居然有这等事？好，就等等，看他们玩什么把戏！"李云博一挥手，一拥而上的密使们退了回来。

"我有真凭实据，看你还如何抵赖！"前黄金右老得意地笑了起来，"你们这帮笨蛋，都被李云博这小子骗了！被他卖了，还替他数钱，真是一群废物！这是何物，你们看看吧！"说罢，掏出一份绢质东西，扔了过来。黄金左老一手接过，看了一遍，顿时脸色苍白，待在那里半天出不得声。李云博见状，一把夺过来，展开一看，也顿时傻了眼：

这原来是那份太后临终时留下的遗命密诏！！

马希莩道："左老大人，现在明白了吧，李云博为什么要杀我们马氏兄弟！"

黄金左老道："少主，您不是说，遗命密诏您看都没看，就烧了吗？后来您传达的太后遗命密诏的内容，大部分都与这手诏一样，只是这'继贤而立'怎么从未听您说起啊？怎么回事？"

李云博道："我也奇怪，太后的遗诏，的确那天看都未看就烧了，怎么会重新出现呢？前黄金右老，你这叛贼，想搞什么鬼，从实招来！"

左老道："少主，你先解释清楚，什么是'继贤而立'，太后何时收你为继子，还取名马希博，这究竟是怎么回事？为什么您从来都未曾提及？"

李云博道："这一时半会儿，又如何能够解释得清呢！先杀掉他们，绝对不能让'继贤而立'这些根本不存在的事情流传出去！"

"不行！"左老大人制止道，"前黄金右老，你得给个说法！"

马希崇笑道："杀了我们，就中了李云博的奸计！"

看着他们的对话，厅屋里其他人如听天书，根本不知道他们在讨论什么，一个个面面相觑，无所适从。

"各位弄不清怎么回事，老夫知道，老夫就说说吧！"前黄金右老道，"老夫虽然被李云博赶走，但太后还是信任我的，老夫也一直在帮助太后处理一些事务。这遗命懿诏就是奉太后旨意由老夫代笔的，因此这绝密内容，一字不差都记了下来。老夫觉得这事关重大，就多书写了一张，并一起盖好太后印信，没想到真派上用场。那天太后临终时，将后事全部交代给李云博，老夫却在暗处一直偷听。没想到，李云博看都不看，一把火将武穆王密诏和太后遗命统统烧毁，然后又称只有口谕没有手诏，还把最重要的内容给隐瞒了。"

朱雀将军说道："最重要的是什么，你快说说！"

"这最重要的内容就是……"

李云博道："既然太后密诏被这个无耻的叛贼偷偷复制，现在又被他抛了出来，也就没必要隐瞒了。但这个前右老，用心极其险恶啊。太后临终时对我说，自古以来，王位传承，父死子继、兄终弟及。武穆王确立后者，但临终之际给她手诏，说是万一诸子无能，可以仿效后唐，继贤而立，确保大楚江山永固。太后还说，如今兄弟争国，内乱不止，如见武穆诸子中，无一人能扶厦将倾、力挽狂澜，就可以用'继贤而立'来图存大楚。不过，被我断然拒绝。"

马希崇道："断然拒绝？只怕别有用心吧？"

"我别有用心？十手所指，此心安可自欺？别有用心之人只怕是你吧！"李云博说着，就展开太后密诏，"我把这条内容跟各位念念吧！本宫懿旨：兹决定按武穆遗训，改王位传承为继贤而立，收李云博为继子，视同己出，取名马希博，奉武穆密诏和哀家遗命废除并诛杀无道之君，继承大统……"

马希萼道："李云博你告诉本王，为什么要隐瞒这密诏内容？"

李云博道："如果我领了这遗命，将这内容公开，试想，楚国朝堂还会有宁日吗？本来，'兄终弟及'就已经让楚国庙堂岌岌可危，你们几兄弟，为了王位，一个个都已成了仇人，如果再冒出一个'继贤而立'，岂不天下大乱？首先，谁会相信这会是太后遗命呢？大家很可能认为，这是我李云博伪造的，是道矫诏！其次，如此一来，谁都可以认为自己是贤能之士，谁都可以争一争大楚王位，谁都可以伪造一条懿旨来糊弄世人，这样下去，岂不天下大乱？更何况，太后知道在下不会同意，也知道这绝对行不通，只是无计可施后的一种空想。就算我李云博被碎尸万段，也绝对不敢留这道遗命于世。但只要我李云博一息尚存，安定王室、图存楚国之志就不会懈怠。可是，这个奸贼，居然敢冒天下之大不韪，将此遗命密诏留了副本，居心叵测，逆天而行，真是死上千回、诛灭九族也不能抵其罪过！"

黄金左老听罢，恍然大悟："原来如此！少主，我们相信您的良苦用心！您绝对是为大楚安危着想才如此行事！可是这干小人，却深谙阴谋之术，心有山川之险，胸藏滔天之恶，居心叵测，觊觎公器，尤其前黄金右老，你这祸国殃民的湘水台败类，今天非死不可，老夫亲自动手取尔首级！"

马希崇哈哈大笑："李云博，别演戏了！我来问你，你为什么三番五次来密谋杀我？然后又奏请发兵十万围剿我王兄？大兵压境，你为什么又背叛马希广，暗中帮助顺天王迅速击破长沙？为什么？"

李云博道："这很简单，为了保全楚国的江山社稷。兄弟相残，内斗不止，国力空耗，民生凋敝，一旦敌国来犯，潭州也好，朗州也好，大楚也好，都将成为他国囊中之物。我就是想尽快平定内乱，恢复秩序，整顿吏治，应对外患。至于你们兄弟谁当这个楚国的王上，倒在其次。"

马希崇骂道："荒唐！自古以来，忠臣不事二主，烈女不嫁二夫。你朝三暮四，心存不轨，还敢狡辩！还是我告诉大家吧，李云博是想先后除掉我们兄弟，为他篡夺楚国大权、登上大楚王位做好铺垫！"

马希萼突然冷笑起来："好个'继贤而立'！这个陈太后，真是胳膊肘往外卷，亏她想得出来！这么多儿子不立，为何偏偏要将王位传给外人？而且，大楚早有规制，妇人不得干政，她一个掌管湘水台的后宫之主，根本无权作此决定。可是人算不如天算，她的大义之举，却让李云博惹火烧身，马上就要落得个窃国篡位、死无葬身之地甚至遗臭万年的下场！"

马希崇道："王兄，别往一边扯了！这'继贤而立'，就是李云博谋朝篡位的绝好借口。李云博，你别再花言巧语哄骗大家了，小小年纪，就干窃国勾当，真是胆大包天，其心可诛、其行可鄙啊！"

众人一听，都目瞪口呆，惊奇万分地看着李云博。

李天骏怒道："放屁！我瑶池李氏，满门忠义之士，岂有祸害朝纲、弑主篡位之举！岫南自幼忠厚仁善，更何况入朝才短短半年，怎会有如此心思？你等别再血口喷人了！"

大家齐声道："对，少主绝对不会如此，你们别枉费心思了！"

李云浩道："左老大人，你就下令吧，将此等奸人全部杀了再说，以泄心头之恨！"

玄武将军大恐，仗剑道："你们可别胡来！我等已将李云博矫诏、试图篡位的消息传了出去，明天，这条惊天秘闻将会在长沙乃至楚国上下疯传，杀了我等，你们也会身首异处！"

左老道："死到临头了，还敢嘴硬！弟兄们，动手！"

前黄金右老大声笑道："哈哈哈哈……乱世之中，谁又会怕死！我等只不过先走一步，说不定，还未过奈何桥就又碰面了。现在，楚国上下已经议论纷纷，只要你们湘水台动手杀了我等，李云博窃国篡位的传闻就会变成绝对事实。来吧，我们等着呢。哈哈哈……"

朱雀将军怒道："你们骗三岁小孩？我们会上你们的当？兄弟们，动手！"

"慢着！"李云博道，"不管他说的是真是假，这太后的遗命密诏重现已经成了不争事实。杀他们，已经没有任何用处，只能增加混乱和死亡。我本为图存楚国，如今弄得血雨腥风，真是与初衷南辕北辙。事已至此，噬脐何及！只是如今楚国乱象横生，我李云博纵然被凌迟处死，也无力回天。只是还有一事，请顺天王三思。"

马希萼抹着头上的汗珠，回过神来，笑道："李学士有话请说。"

李云博道："如果不立即停止长沙城里的烧杀掳掠，就赶紧收拾家当，赶快逃命吧！我等不杀你，自然有人会来收拾你们！撤！"

黄金左老心有不甘，再次请命道："少主，这是一举剿灭此等奸人的绝佳机会，错过了就……"

"算了！谋事在人，成事在天。天意如此，何能强求！撤！"

"是！"

"学士请留步！"马希萼道，"李学士，本王姑且听你一回，立即命令停止掳掠。甚至放了马希广也可以，但你必须应承本王一事。"

"好。我再信你一回。说罢，何事。"

"你得把湘水台大权交给本王，或者遣散他！"

"好。朱雀将军，先收回玄武的权杖和印信，他已经不再是湘水台的白银将军了。"

"玄武，给他，一个破玩意儿，谁稀罕！"前黄金右老笑道，"告诉各位前同僚，老夫原名徐威，现在就改回去，有空过来坐坐！"

"再次饶你狗命，就不要再狂吠了。徐贼，你给我听好：只要你胆敢再多说半个字，叫你马上成为肉酱。"李云博看都不看他一眼，猛地抬起右手，用食指指向说话的徐威。平静低缓的声音，就像这冰天雪地里冷冷刮过来的风刀子，听得人阵阵战栗。大厅里也顿时鸦雀无声。见徐威没了言语，李云博就转身对马希萼说道："大王，只要你下令停止掳掠，待长沙城恢复了秩序，旬月之内，我就一定遣散湘水台！"

"此话当真？"

"绝无戏言！如有欺瞒，天打雷劈！"

"好！何将军，传令下去，立即停止掠城，违令者，斩！！"

何敬真双手胸前一抱，道："属下遵命！"

◆ 三、谣言四起，湘水台陷入绝境 ◆

天刚亮，寒风依然萧瑟。一夜未眠的李云博只身出了湘水台地宫，在白茫茫的橘子洲上踽踽独行。骤然大雪的长沙，几日之后气温大降，树上、藤蔓和枯草间挂满了硬邦邦的冰凌，河湾处也结起了厚薄不一的冰层，只有湘江中流，冰冷的江水在洁白雪花的簇拥下，依然湍急直下、奔腾不息。而对岸的长沙城，熊熊大火渐渐地暗下来，惊天动地的喊叫嘈杂声也慢慢退去。看到长沙城满目疮痍，李云博痛心疾首，不经意间泪如泉涌：且不说半年多的努力都付之东流，也不说自己一片赤诚图存大楚反而被诬陷成窃国大盗，就这眼下，成千的士卒死于征战，上万平民无辜遭殃，无数个家庭流离失所，这是他最不愿见到的景象！自己竭尽全力消除内乱，反倒弄巧成拙，兄弟争国愈演愈烈，弄得越发不可收拾。难道张少敌的预言、太后的料想，尤其是马希振下葬时掘的那道谶语，都是不可违逆的天意？李云博想到一路走来的艰辛，事与愿违的惨状，真想纵身一跃，跳进滚滚东去的湘江，一了百了。

当然，这只不过是一瞬之间的感念，挫折难免，自己怎么能死呢，还有很多事情等着他去完成呢。他预感到，毫无德行的马希萼一旦破了碧湘宫，楚王马希广是绝对活不成了。而另一个躲在暗处的马希崇说不定什么时候会跳出来，等到时机成熟，肯定会干掉马希萼。而这个马希萼，一直毫无戒备，把这个同母弟弟当成心腹，信任有加，委以重任。他不知道，这个马希崇离间他和马希广，挑起潭州与朗州的战乱的真正意图；他也不知道这个弟弟一直暗中培植势力，收买玄武将军和前黄金右老，绝对是别有图谋。可是，自己看得见又有何用？就凭现在处境，他李云博已经没有任何资格干预他们兄弟争国了：头上被扣了屎盆子，越动就会越脏！只要自己动了马氏兄弟任何一个，他们就会用"继贤而立"来对付自己和湘水台。更何况，这些草包，无论哪个上台，楚国都会土崩瓦解。

"楚国被这兄弟争国弄得病入膏肓，真的无可救药了。"李云博一边迎着凛冽寒风漫步江边，一边自言自语地说道。想到这里，他终于觉得已经没有任何必要干预兄弟争国的事，任何图存大楚的举动都失去意义。但是，他和湘水台还能干点什么呢？面对正遭战火摧残的家园，他的思绪跟长沙城里的景象一样芜杂繁乱，怎么也整理不出个头绪来。

"死局！！"

他围绕橘子洲转了不知道多少圈，忘记了寒冷，也忘记了时间，就反复重复着这两个字。突然间，长沙城中又起了大火，而且杀喊声震天。他判断了一下起火的位置，失声惊道："碧湘宫破了……"急匆匆地往地宫里奔去。

刚进宫门，没想到地宫里乱作一团。原来李云博出去已经整整两个多时辰了，大家都找不到他，以为出了意外，急得团团转。而一个上午数条紧急消息源源不断地传回，却找不到紫金长老，更让黄金左老急得直跺脚，继而暴跳起来，几乎要崩溃了。突然间见李云博回来了，一个个大喜过望，忙赶过来将他迎入殿内，汇报起情况来。

但听黄金左老禀报道："……这两个多时辰，总共传来了七八条要情。第一条是大汉京师密使传回来的，说是郭威已经攻破汴梁，小皇帝刘承祐死于乱军；第二条是南边传过来的，说是南汉突然增兵数万于我大楚边界，不知何欲……"

李云博想了想，道："大汉完了，中原又要改朝换代了。南汉增兵？楚王这个小外甥想干什么？真的是图谋靖江之地吗？看来，有的国家耐不住了，要动手了……哦，左老大人，长沙城情状如何？"

黄金左老回答道："回少主，从清晨开始，马希萼下令猛攻碧湘宫，一个多时辰不能攻下，马希萼恼羞成怒，下令放火烧宫。目前，碧湘宫已经危在旦夕……"

李云博顾不得多想，对李天骏道："六叔，麻烦您和达淼带几个人再进宫一趟，务必把王上找到，把二哥带出来。这可是最后的机会了。对了，多带几个人，万一我二哥不肯出来，就强行绑了，抬也要把他抬出来！"李天骏道："是！我等一定尽力。"说完，和李云浩带上十余名密使进了江底密道，径自过江去了。

送走李天骏一行，李云博又问道："还有别的消息吗？"

黄金左老愣了愣，吞吞吐吐地说道："另外，另外几条……"

李云博见他似乎有些不敢启齿，马上明白这些消息是什么了，于是笑道："是不是关于我李云博谋权篡位的事情啊？左老大人，不要忌讳，大胆说吧。"

黄金左老道："少主真是明察秋毫！这三四条消息，的确都是关于'继贤而立'和少主图谋篡位谣言的，有一条，居然是从衡州传过来的！"

李云博惊道:"衡州传过来的?怎么会如此之快?难道,州县也都无人不晓了?"

黄金左老说道:"属下也觉得蹊跷。昨天晚上太后遗命密诏才初现,不知怎么的,这一夜之间,太后矫诏'继贤而立'、少主要图谋篡位的谣言传遍了朝野,快得吓死人啊!"

李云博笑道:"这就叫'好事不出门、坏事传千里'!这谣言也好,坏事也罢,只要经过道听途说、口口相传,就会添油加醋,越传越神乎其神,而真相已经无关紧要。哎,真是俗话说得好:蛇咬一口、入骨三分啊!"

黄金左老忧心忡忡,说道:"大祸临头了,少主你还笑得出来!"

"这一旦被栽了赃,还能辩白得清吗?就像被扣了屎盆子,拿掉了盆,身子骨还要臭好几天呢!我哭就能把祸害哭没了吗?"李云博收了笑容,泰然自若地说道,"我个人背个骂名算什么!只是正值长沙城破、人心惶惶的混乱时刻,这条惊天谣传,肯定把危机四伏的王都弄得风声鹤唳、人人自危。你想想,那帮一直帮助我们的学士老臣会这么看?楚王和我二哥他们如果听到这条谣传会怎么看?被我说服放弃抵抗临阵倒戈的许可琼怎么看?还有一直把我等当成政敌的李宏皋一伙又怎么看?不管他们最终信否,但起初一听,联想到我近期的所作所为,肯定都会大吃一惊。特别是在权臣武将篡位比比皆是的当今,朝野上下有这种认识不足为奇。昨晚,我将半年来做过的事情都仔细地过了一遍,还真有点像要谋权篡位,连我自己都大吃一惊啊!马希萼、马希崇没这样的头脑,只怕是徐威老贼和前玄武的主意吧。这一招还真高啊,几乎没法子解了!"

黄金左老看样子也有些束手无策,听李云博这么一说,更加焦虑起来:"少主,得想想法子啊。徐威老儿心机重重,很会算计,是个颇具韬略之人,只是名利心太重。我与他共事多年,有太后信任撑腰,尚能镇住他。半年前少主初来,他装病不见,少主觉察,要斩之立威,太后调停才将他致仕,我以为他从此就死了这条心。没想到他一直对少主怀恨在心,居然勾结起马希崇,倒向了马希萼。至于前玄武将军,纯是他的爪牙而已,一个典型的武夫,谁给好处就替谁卖命,倒是不足为虑。如今,我等为这些流言困扰,任何行动都不可能进行,不仅对楚国危局无能为力,而且面对少主的不白之冤也束手无策。这,如何是好?"

李云博被算不上敌人的马希萼一伙过河拆桥、一招致命,而且百口莫辩。他长叹一声,说道:"常言道,达者兼济天下,穷时独善其身。王室的安危已经不是我等的首要任务了,眼下,还是先想想我们湘水台的出路吧。我不想因为我个人被人泼了脏水,而影响到湘水台和密使们的命运。"

左老道:"少主执掌湘水台,就是湘水台的象征,安危荣辱业已血肉相连,难分彼此,所谓一荣俱荣,一损俱损是也。少主真的要遣散湘水台吗?"

李云博道:"我已答应马希萼,他今天凌晨已经停止掳掠,我等怎能言而无信?"

左老道："少主，你太天真了！跟一个小人讲信用，大可不必。何况，如今被他们造谣中伤，背了个窃国篡位的黑锅，需要一支队伍来保卫您的安全。如果遣散了湘水台，您就成了案板上的鱼肉，任凭他们宰割了！请少主三思！"

李云博道："他不讲信誉，难道我也做小人？我这样做，全部是为大楚重建考虑！您想想，马希萼一旦得国，能容得下湘水台吗？他争到这个王位，可是费了九牛二虎之力的！一朝被蛇咬，十年怕井绳，他绝对会对其他势力心存芥蒂，必欲除之而后快。如今，十万楚军一哄而散，就是倒戈投降的，他也不会轻易取信，我等还是中坚力量，自然就成了他最大的心病。不遣散，大家就得遭殃！"

左老道："湘水台的存在，或许让他心有余悸，不敢恣意妄为，坐下来认认真真地治国理政，这未必不是存楚之策。少主，还是不要急于行事……"

李云博道："好了！我知道，您一直供职湘水台，而且执掌中枢机要。这里是您一辈子呕心沥血的事业，您舍不得，我能体会。但是，如今楚国大乱，湘水台朝不保夕、人人自危，遣散大家，也是为大家好，都带上家人远离是非之地，过几天舒坦日子，没必要再打打杀杀、提心吊胆了！"

左老道："这烽烟四起，民不聊生，大楚境内，哪里还能找到一个安居乐业的地方啊？"

李云博道："一言既出、驷马难追！应承了马希萼，就一定遣散！左老大人，此事不必再议了……"

四、驸马爷喋血碧湘宫

李天骏一行刚出暗道，一进碧湘宫，就遇见一群四处逃窜的禁卫败卒。李云浩急了，逮住一个军士问道："战事如何，赶快道来！"军士道："朗军爷爷饶命！我等还有妻儿老小，不能死啊！"李云浩道："我等不是朗兵，是湘水台密使，特来助你等脱身。你先说说战事经过和情况，简单一点！"军士道："吓死我矣！密使大爷，今日上午，朗州大将何敬真命令士兵在碧湘宫门前堆满柴薪，然后纵火焚宫，大火从碧湘宫门烧起，由于天气寒冷，积雪甚厚，只烧了宫门和附近几间木屋，大火就熄了。但宫门已经焚毁塌陷，朗兵一拥而入，驸马爷李都统率领八百多禁卫军浴血奋战。雪地上，双方短兵相接，展开肉搏，顿时血流成河，死伤无数。一个多时辰后，禁卫军就抵挡不住了，李都统和吴统领都战死了……"众人听了，惊得如五雷轰顶。

当李天骏和李云浩一行急忙赶过去的时候，本来洁白的碧湘宫雪地上，到处都是殷红的血迹和横七竖八的遗体，看样子战斗刚刚结束，碧湘宫已经被何敬真占领，场面都还没有来得及清理。李天骏命人剥了几套朗兵死尸上的铠甲服饰，穿好后装着巡逻的样子，兵分两路：李云浩带几个人寻找李云铎的遗体，李天骏带几个人进了碧湘宫四处搜寻楚王下落。李天骏刚进上书房，就听见后边传来一个朗兵校尉的大喊声："快来人啊，马希广躲在这个佛堂内！"李天骏和大伙赶过去，看见球一样的马希广灰头土脸，带着夫人跪在地上一个劲求饶。这时候，何敬真也带人赶到了。稍稍一审问，原来，长沙城一破，楚王马希广一下子慌了神，带着夫人躲到了佛堂里面的一个暗室里，谁也找不到。由于饿了一整天，实在不行了，就跑出来找东西吃，被巡查的朗兵逮了个正着。李天骏干着急，人手太少，眼睁睁地看着马希广被带走。李天骏吩咐李云浩去寻找李云铎的遗体，自己带着其他人跟着何敬真他们进了九龙殿。

这时候，马希萼已经进入碧湘宫，马希崇正引导他视察天策府，并命令关闭宫门搜捕马希广夫妇。其实，早在破城之时，他就已经下令紧闭城门搜捕右司马刘彦瑫，掌书记李宏皋及其弟李宏节，都军判官唐昭胤，营田使邓懿文，小门吏杨涤等，除了刘彦瑫、李彦温已经逃走外，其余都被抓住了。如今听说马希广被抓获，大喜，马上来到九龙殿坐在宝座上，非常惬意，宣布将被俘的将领押了上来。吴宏血满战袍，顾视希萼道："我不幸为许可琼所误，今日虽死，地下也好对先王有所交代了！"彭师暠也不下跪，见许可琼在立，破口大骂："尔父开国元勋，位及丞相，怎么出了你这个逆子！到了阴曹地府，看你如何向祖宗交差！"见许可琼低下头去无言以对，又对马希萼大呼道："师暠不降，情愿请死！"希萼叹道："这可谓铁石人了！忠心可嘉，放了他们！"众人一愣，连忙松绑，将他二人放了。

二人骂骂咧咧地出了九龙殿后，马希萼一拍王案，大声喝道："把废物马希广及其奸党押上来，本王要亲自审理！"话刚落音，但见马希广一行十余人被五花大绑推了进来。

马希萼看见马希广一副熊样，生气地问道："你我承父兄基业，难道不分长幼么？"马希广流着眼泪，战战兢兢地说道："王兄，我是迫不得已啊！将吏见推，朝廷见命，所以权受，并非出自本心。"希萼也不禁感叹起来，于是看着左右将领，说道："这是钝夫懦汉，怎能使奸作恶？徒受群小欺蒙，以致如此。先关起来！"于是命令将马希广押到监狱中关起来，听候发落。然后又审讯起了李宏皋、李宏节等人。

马希萼问道："大胆李宏皋，见了本王为何不跪？你知罪吗？"

李宏皋道："你一个武平军节度使，有什么资格让我都统掌书记下跪？我堂堂王廷重臣，何罪之有？本都倒要问你，你身处朗州，却一直觊觎王位，图谋不轨，去年仆射洲起兵谋逆，大败而归。我王仁厚，不忍骨肉相残，饶你不死，还愿意潭州朗州分而治之，希望你迷途知返，痛改前非。你倒是好，变本加厉，如今又兴师动众，攻破王都，争夺王位，让大楚生灵再次涂炭，你才是罪该万死呢！"

马希崇叫道："大胆奸贼！死到临头了，还不认罪！拉出去砍了！"

"慢着！"马希萼制止道，"李宏皋，本王问你，当初为何与刘彦瑫、邓懿文等贼人一道，执意拥立本王这个怯弱无能的王弟即位？难道本王才具，不及他马希广吗？更何况，三年前，本王是在世的诸王子中年纪最长的，当仁不让的一国之君！你不知道，自古以来，废长立幼都会将祸国殃民吗？"

"真是好笑！你祸国殃民，却想推卸责任，让我等替你受过！"李宏皋回答道，"废谁立谁，我等说了不算，要先王说了才顶用！武穆临终遗命，也没有立你的大哥马希振，而是立了二哥马希声！我等一干顾命老臣，是奉文昭王遗命和诏书行事的，不仅我等，拓跋恒、刘静仁、张少敌等王廷重臣当时都在场，黑纸白字、人证物证一应俱全。我等何罪之有？"

马希萼大怒："放屁！马氏江山，本来雄立南方，就是因为尔等蝇营狗苟、结党营私，卖官鬻爵、中饱私囊，弄得山河破碎，民不聊生。如若认罪，赏你个全尸。若不认罪，定让你等求生不得、求死不能！还不跪下认罪！"

唐昭胤道："我等奉先王遗命拥立王上，何罪之有？"

杨涤道："跪与不跪，一样是死。你不要再啰唆了，给个痛快吧！"

马希萼道："你想痛快，也很容易。跪下认罪，本王就让你等心愿达成。如何？"

众人都沉默了，只有李宏皋还在大骂不止："死有何难！老夫已经活够了！就是到了阴曹地府，也还会拥立王上的。马希萼，你这乱臣贼子，人人得而诛之，绝对不得好死！"

正在此时，邓懿文突然跪下了，说道："我书香门第，不想受凌尸之辱，给个全尸吧！"

马希萼笑道："哈哈哈，还是有人怕被辱尸啊！好，本王成全你们！来人，将李宏皋、李宏节、唐昭胤、杨涤等人暂且关押，明日午时绑出府门，千刀万剐，凌迟处死，分给蛮部的弟兄们下酒！邓懿文既然跪下认罪，枭首市曹，赏个全尸！"

"是！"一群军勇推着数人出了九龙殿。

正当此时，门外一位将领来报："启禀我王，末将在清理王廷战场时，没有发现禁卫军都统李云铎的尸体，是不是逃走了？"

何敬真急忙道："不可能！第一个冲进碧湘宫的是我何某！我等一拥而入，三千多将士围着李云铎、吴峦带领的七八百人展开肉搏，血战了一个多时辰，禁卫军几乎全军覆没，我等也伤亡过半。李云铎被重重包围，他一圈又一圈地砍杀，铁人一般。我放了一箭，射中胸口，可依然岿然不动，身负重伤、血肉模糊，还在劈杀。最后断气了，仍然拄着刀半跪在地上，怒目而视。本先锋打了一辈子仗，还未见到如此骁勇的将军！后来只顾搜寻马希广去了，没来得及清理战场，怎么会不见了呢？"

马希崇冷冷说道："只怕都争着抢劫宫廷里的财宝去了吧！"

"末将真的是搜寻马希广去了……"

马希萼道:"好了好了,都别说了! 一个敌将的尸体丢了,有什么关系? 只是这李云铎可惜啊! 武举出生,智勇双全,更难得的是,他有忠心耿耿、以死报国的担当啊! 这忠心卫主之举,各位可得好好学学啊!"

众人齐道:"大王训示得是,我等一定忠于大王,赴汤蹈火万死不辞!"

马希崇出来奏道:"王兄率万余精锐东进,一举击破潭州十万府兵,中兴之主也! 如今长沙已平,天下大定,恭请王兄上顺天意,下应民心,即刻称王,以继父兄千秋大业,安抚大楚百姓之心。"众将吏也一起劝进希萼称王。马希萼客套一通,于是自称天策上将军,武安、武平、靖江等军节度使,嗣爵楚王;任命希崇节度副使、判军府事,任命徐威为马步军都指挥使,统帅潭州三军。其余要职,悉用朗人充任。并宣布,三日之后举行登位大典,举国欢庆。

正当论功行赏之际,一个校尉匆匆来报:清理战场时,发现数十名朗兵尸体身上的铠甲头盔全被剥了,看来,有奸细混入……

马希萼大怒:关上宫门,全面搜捕,绝不能放走一个!

李天骏大惊,示意大家趁着混乱之机,偷偷地溜出来。刚到门口正欲离开,被一群朗兵觉察,围了过来。为首的叫道:"给老子追,别让奸细跑了! 抓住他们,大王重重有赏!"这振臂一呼,黑压压的朗兵涌了过来。

李天骏一看情况不妙,大声喊道:"兄弟们,一起将'逃身摔'使劲往地上扔!!快一点!"

顿时,一声声爆响,浓烟滚滚,瞬间将碧湘宫湮没。

李天骏带着众人迅速进了密道入口。刚走数十步,但见李云浩和郑大雄抱着一个血肉模糊的武将,泣不成声,另一群人拿着武器垂手而立,神色哀伤。李天骏心中一阵咯噔,冲过去仔细辨认,发现眼睛还睁着,真的是李云铎,顿时觉得肝胆欲裂,一股难以名状的悲痛袭上心头。

◈ 五、复仇之火让人丧心病狂 ◈

已是掌灯时分。湘水台橘子洲地宫大殿里,几个值守的密使正在把殿里四处的照明火笼和蜡台上几盏白烛点燃。灯色朦胧摇曳,忽明忽暗,将一群群正围着炭火取暖人的身影，毫无规律地丢来甩去，忽大忽小、忽长忽短、忽高忽低，魔焰魅影一般神奇。而这些人，都紧紧围着火堆，层层叠叠，不时还聊上几句。这天寒地冻的，一降风一吹，就更冷了。李云博却不停地在大殿内走动着，不言不语，神情焦虑，犹如困兽一样躁动不安。看样子，他已经这样很久时间，等待或者忍耐似乎已到达限。

这时候，黄金左老匆匆而入，快步走到李云博跟前，小声说道："少主，大事不好，李都统为国捐躯了……"李云博一听，顿时两眼一黑，一声没吭出来就瘫倒在地上，不省人事。左老大惊失色，赶紧叫人扶起李云博，抬到紫金座上，又猛掐人中，直到听到"哇"地一阵大哭，才松开手指。

正在忙碌间，李天骏他们抬着李云铎的遗体进来了。李云浩一见李云博，突然大哭起来道："自坚哥战死了！"顿时，大殿里，一群群人都围了过来，抽泣声、叹息声、号啕声，顿时将偌大的空间填得满满的，让人喘不过气来。只有李云博一个人，"啊"了一声醒来之后，又似乎哽噎在那里。他抱着李云铎血肉不清的头，仿佛傻了似的，盯着李云铎怎么也不肯闭上的眼睛，呆若木鸡。刘如霜也伤心欲绝，根本顾不上李云博了，一个人伏在李云铎身上，哭成个泪人儿。

过了一阵，黄金左老道："少主，请节哀顺变、保重贵体！现在，还远远未到能够尽情悲痛的时候，我们还有很多要事要办。先还是给李将军沐浴净身，修容更衣，让他安心去吧……"

"二哥！都是我害了你啊！啊呵呵……"李云博突然号啕大哭起来。大殿里刚刚停止住的哭声，又重新大作。

黄金左老也忍不住哭出声起来。但他还是哽咽着说道："少、少主，节哀顺变，赶快安排后事吧……"

"你这个傻……不要三弟了……醒下行吧……"李云博仿佛没听见一样，依然汹涌澎湃地哭着，其间还喋喋不休地说着些无法让人完全听明白的话，直到又一次晕了过去，但仍然紧紧地抱住李云铎，不肯松开。

黄金左老见这样子下去不是办法，下令将李云博和李云铎分开。他把李云博交给李天骏，自己就接过李云铎的遗体，伸手去合瞪得圆圆的双眼。可是，一连数次，都是合了又睁开了，怎么也合不上。

郑大雄哭道："左老大人，没用的，我们合了多次，一合上，驸马爷又睁开了……"

"郑管家，你是怎么找到李都统的？"

"昨天长沙城破，刘彦瑶将军急匆匆地来到驸马府，四处寻找馥湘公主，说是为了安全，要将她送走。我和几个家丁护送公主出城后，回来的时候，驸马府已经被占领，于是折身去碧湘宫寻找驸马爷。可是，这时候，碧湘宫已经被朗兵团团围住，进不去了。一个晚上我们都想方设法，试图溜进去，但都被发现了，未能如愿。直到今天上午，忽然碧湘宫门起火，才趁乱爬墙而入。这时候，大火已经烧垮了宫门，朗兵源源不断地往里面涌，大殿前短兵相接，喊声震天，杀成一团，白茫茫雪地上黑压压一片，根本看不清人脸。我又爬回去，站在墙上四处寻找驸马爷，但见他已被大量的朗兵围住。他手刃了一片又一片的朗兵，可又有一层围上来，驸马爷的四周，已经堆满了敌兵尸体，至少也有两百具……后来，他被一个指挥作战的将军张弓搭箭射中，不久就跪在了地上……驸马爷绝对是大英雄！他死的时候都未倒下……我们趁着朗兵涌进大殿之机，冲过去抬着他就走。……后来，就在驸马府后边遇到了浩爷他们……"

李云浩接话说道："我等当时在宫里四处寻找，就是找不到自坚哥。没想到被负责清理场面的校尉遇见，要我等帮着搬抬尸首。我等又反复查找一遍，还是没有。我当时心中一喜：难道自坚哥逃走了？于是趁机溜了，闪进密道，想到驸马府一带找找，没想到，一钻出来就碰见大雄他们抱着自坚哥哭成一团……"

"李云浩，本台命令你即刻带领乾卦卦队赶到碧湘宫门前，同时燃起天火闪，要城内外所有密使快快集结，准备血洗碧湘宫！"李云博突然爬起来，用嘶哑的嗓音喊道，"兄弟们，给我操家伙，杀进碧湘宫，将马氏兄弟和朗州将领全部诛杀！"

"是，台老大人！"李云浩领了命，叫上乾卦执事就往外走。而大家顿时惊得面面相觑，一个个脸都煞白了。

"且慢！"黄金左老急忙起身，止住李云浩，说道，"少主，您欲何为？！"

"复仇！我要替二哥复仇！驸马爷如此忠诚为国之将，居然被这帮逆贼杀害，留他们，还会祸害多少忠臣良将啊！大家赶紧准备！"

"少主，您如此行事，不仅会陷湘水台于不仁不义，而且还会导致兄弟们死无葬身之地，甚至让业已分崩离析的大楚国雪上加霜，从此万劫不复啊！少主，请三思啊！"左老说着，跪倒在地，叩头不止。

"我李氏子孙，满门忠烈，一心为国，却落到如此下场！如今，我李氏大祸临头，即将满门死绝，我还要这个楚国干什么！大家要打要杀，今天就杀个痛快！我李云博自入主湘水台以来，还没有开过杀戒，今天，就让满腔的仇恨，洒向这些恶魔一样的朗人吧！兄弟们，大家愿不愿意，跟我李云博一道，杀尽这群猪狗不如的畜生！"

"我等愿意，誓死为台老效命！"大殿的所有人都举起腰刀，呐喊起来。

黄金左老发现，李云博已经丧心病狂，失去理智，突然起身，点了李云博的穴道，李云博"啊"了一声，软了下来。

李云浩见状，怒道："左老大人，你干什么！想谋害台老吗？"

左老道："紫使大人息怒！适才，驸马爷阵亡，少主悲愤过度，两次晕厥，如今已

经失去理智，意欲复仇。可是，大家想过没有，这样做的后果，那将是旷无古今、惨绝人寰啊！大家真的要鱼死网破、同归于尽吗？这样做，不仅仅是身死战阵，而且会国破家亡，黎民百姓更会遭殃。大楚国的百姓已经够苦的了，年年几乎都在打仗，赋税、徭役、生命付出了多少！你等死了多轻松、够痛快，你等的父母妻小呢，也都去死吗？大楚国的百姓呢，也都必须死绝吗？湘水台可以没有，大楚国那绝对要存在！你们可以死，百姓得活着！就算今夜本台同意少主去这样做，他日后肯定会后悔不迭的！现在，少主昏迷，一切事务由本台做主，谁敢抗命不从，立即就地处决！"众人听了，都静了下来。

李天骏冷笑道："好！我们李氏家仇，我们自己报，不会牵连湘水台！李云浩，郑大雄，我们走，去杀了那几个狗娘养的！"

"我也去！"刘如霜一抹眼泪，高声喊道，声音里满是仇恨的怒火。冯志远、冯玉花随声附和。

"右老大人，紫使大人们，你们这是干什么！"黄金左老阻止道，"两军交兵，刀枪无眼，哪有不死人的！驸马爷是人，那些成千上万死在战场上的将军校尉、兵丁勇卒就不是人吗？"

李天骏狠狠地说道："我不管！谁杀了我们李家的人，我就得找他寻仇，这是我们瑶池猎户后人代代相传的铁则，千百年来我等都是这样行事！我不懂什么社稷民生的大道理，我要的是仇人的脑袋，好拿来祭奠被害亲人的亡灵！"

"右老大人，我知道你也不会听老夫的劝阻了。要么这样，老夫说一则关于少主的故事，如若您听了之后，仍然要一意孤行，老夫绝不拦你，任凭您等去复仇。如何？"

"好，左老大人既然要做战前训诫，我就洗耳恭听。笑话，还有什么比复仇更重要的事。反正，那帮贼人是死定了，让那几个猪脑袋在脖子多待几刻钟，也肯定丢不了，难道还能飞到广寒宫上去！"

"右老大人顶天立地，豪气干云，真是痛快！那老夫就饶舌了！"左老又清了清嗓门道，"记得少主入主湘水台不久，跟老夫不止一次地讲过，他曾经到天策学士廖匡图府上拜谒，提起廖母往事，唏嘘不已。老夫知道，那是天福四年冬天的事。廖大人胞弟、决胜指挥使廖匡齐奉王命讨伐溪蛮叛军，不幸战死，壮烈殉国。文昭王遣人吊唁，其母不哭，对使者说道：'廖氏三百余口，受王温饱之赐，举族效死，未足以报，况一子乎？愿王无以为念。'少主大加赞叹，称其家风忠义绝伦。少主还感叹说，人皆有七情六欲、爱恨情仇，而成大事者，却要抛却这亲恩私情。纵然父兄身死眼前，妻女求命于后，亲朋故交转眼成仇，都能不乱心智，不杂私念，坦然对之而秉公处理，这才是真正的君子啊！可是，这太难啦！少主还说，如若今后有此类事情发生在他身上，一定要竭力阻止。所以诸位，适才老夫所为，其实也是在执行少主台令啊！现在，如若大家贸然行事，绝对有违少主初衷。请各位三思而后行，老夫求求诸位了！"

众人听了，都默不作声，连李天骏、李云浩、刘如霜也都闻言伫立，哑口无言，渐渐平静下来。大家觉得，黄金左老一席话，以事说理，深入浅出，情真意切而又滴水不漏，几乎到了无可辩驳的地步，讲得实在是太好了。谁还能轻举妄动、贸然行事呢？

◆ 六、读心疗疾，台老大人劫后重生 ◆

一连几天，李云博一病不起，而长沙城内外的种种坏消息源源不断传到湘水台，让黄金左老一筹莫展。

先是，马希萼在碧湘宫九龙殿里大宴群臣，宣布犒赏三军将士，在碧湘宫门口现场活剐李宏皋数人，朗兵蛮兵生食人肉，一城老少皆见肉生呕、谈朗色变；继而又当着众人的面，勒死废王马希广，杖杀夫人，场面惨不忍睹；城东浏阳门外，莫名其妙建起一座无碑坟墓，据传是废王马希广的，还有人说是彭师暠收尸埋葬的，从此长沙人将此墓唤作"废王冢"。如今，又全城通缉"矫传遗命、密谋篡位"的叛贼李云博，诛杀"为虎作伥、祸害家国"的所有湘水台密使。幸好，老谋深算的黄金左老早有预料，感到叛变投敌的徐威和前玄武将军一定会痛下杀手，在不久前紧急号令转移了长沙城内外所有卦队的驻地，也急令秘密留守国内外的密使全部归巢，还下令填平橘子洲上的地宫入口，将湘水台总部撤到了东华山密林里，等到徐威带人杀来，早已人去楼空，才避免了被血腥屠戮。瑶池那边，李天骏、李云浩和郑大雄扶灵回到瑶池，李府老小闻此噩耗，顿时悲不欲生，年事已高的老夫人第二天就撒手西去，李庆吉也卧床不起。而李云博，一年里伤病不断，如今日见枯瘦，精神萎靡，一张口就是"泰山崩乎天柱折乎江海干乎大厦倾乎"云云，请了多名医道高手，把脉问症，都摇头叹息。刘如霜仿效李天骏的做法，再给李云博喂服了一枚人参大补丸，也似乎无济于事，甚至连无妄卦队的"赛华佗"也束手无策，左老大人和一班将领更是心急如焚。

左老在情急之下，断然决定执行一次密杀行动。但是李云博一病不起，黄金右老李天骏又不在，他不能擅自做主，于是找来青龙、白虎和朱雀将军，商议道："诸位将军，如今少主痛失手足，谣言缠身，身心疲惫，难断大务。湘水台又遭到清算，濒临绝境，人心不稳，前途堪忧。诸位将军说一说，这该如何是好？"

青龙将军道："如今多事之秋，少主遭受重创，密使面临厄运。依末将之见，当务之急，是想方设法让少主振作起来，再做打算不迟。"

白虎将军道："青龙兄所言甚是。少主聪明过人，慧眼早开，只是因为悲愤过度，才会一病不起。前日见他丧心病狂，乱了方寸，定是仇焰攻心，怒气郁结。末将倒有一读心拙技，先可一试，说不定能帮助少主渡过难关。"

朱雀将军道："两位兄台言之有理。的确，让少主康愈贵体，恢复心智，是当务之急。白虎兄乃读心医魂高手，定有良策。只不过，我等在少主康复之前，不能坐以待毙，一定要主动出击，有所作为。左老大人曾受太后委托，主台多年，又辅佐少主数月，一直深谋远虑，定有解困妙计。请大人吩咐，末将万死不辞！"

青龙、白虎一起拱手附和道："朱雀贤弟之言，是我等心声。左老大人，别再犹豫了，有何台令，快快下达，我等执行就是，绝不推脱！"

"好！既然诸位将军意见一致，那老夫就不转弯抹角了。"左老一拍大案，说道，"我等一边救治少主，一边为民除害，行动自救。白虎听令：将军尽快近身少主，观行读心，研制策案，力争救治有术，确保万无一失。"白虎将军揖首施礼道："末将领命！"

左老一亮黄金权杖，神情肃穆地对青龙将军说道："青龙听令：本台命你密杀前黄金右老徐威。此人包藏祸心，奸险狡诈，如今又得到重用，可能会权倾朝野。此人一旦得势，必将扰乱朝纲、祸国殃民，也肯定会挟带私愤，不遗余力地追杀湘水台，成为我们的大敌。你速速组织力量，力争就地诛杀，以绝后患！"青龙将军声音洪亮："属下领命！"

"朱雀将军听令：本台命你立即诛杀前玄武将军和一起叛逃的夬卦执事及其八名密使。白银将军和密使叛台投逆，影响极坏，罪当诛之。玄武此人虽无大才，但武艺超群，骁勇异常，又兼具遁地奇术，一旦为奸人所用，必然为虎作伥。将军一定要将其明刑正法，维护台规，以儆效尤。"

"属下领命！"几位将军说完立即行动起来。

话说白虎将军遍观李云博情状之后，大吃一惊，断定他得的是郁结妄思之症。这种病症，极其少见，得此疾之人一般都是仁人义士、堪堪大才。普通人遭到刺激、挫折或者失败，只需好言抚慰，调理几天，就无大碍。但对于那些自信非凡、学识超群而又胸怀大志的人来说，本来认为自己智能过人、无所不能，一旦受挫加上意外打击，急火攻心，气郁思迷，怀疑一切，久而久之就会导致自信丧失、心力衰竭，甚至心如死灰、郁郁而终。他不敢怠慢，连忙叫人扶起李云博盘腿坐定，双手摊在腿上，闭上眼睛，自己坐到对面，双掌放到李云博的双掌上两两相合，也闭上眼睛读起心来。很快，他的思绪就进入到李云博的妄思之中……

一个时辰下来，白虎将军大汗淋漓。将李云博安顿好之后，就认真揣摩起妄思中种种情景来。由于他对李云博近来的经历了如指掌，各种症状都迎刃而解，一一能够想到破解之法。但有一幻景在妄思中反复出现，他颇觉蹊跷：斜阳在山，堤岸杨柳，烟云浩渺，河风轻拂，吹得飞花满天。"此寓何意？难道少主心思中，还有不为人知的秘密？"白虎将军眉头紧锁，百思不得其解，"先化解这些容易的心结再说！"他不敢怠慢，连忙将疗治的策案拟定，又反复琢磨几遍，觉得已经几近完美，就开始进行触手交心。一天下来，数次意念疏导，除了那一处症像外，其余的一个个障碍都被白虎将军清除，李云博也渐渐地好了起来，只是有些反复，也还没有恢复到正常心智。白虎将军知道，这肯定就是那处心中死结没有破解的原因。他读心无数，极少遇到这种情况。按照常规，就算陌生之人读其心智，亦能从心迹幻象上看到因果，读心高手常常还能循循善诱，开启对方的心锁，只要知道何事何人，就可以排除郁结，疏通气脉，病也就自然好了。但是，窥探病人隐私，是读心者的大忌。只有在为了救死扶伤、迫不得已的情况下，才能去开人心锁，就算窥探了隐秘，读心者也会守口如瓶。由于找不到李云博郁结幻象的原因，白虎将军想开启李云博的心锁，但又觉得事关重大，需要请示左老之后，再做决定。

黄金左老听到白虎将军禀报之后，也犹豫起来。他害怕李云博的心机中，真有见不得人或者瑶池李氏的绝密，被人窥探了，会不会招致更大的麻烦？但他转念一想，白虎将军跟随他十余年，对他的人品及德行甚是了解，也知道他读心高人的操守，一般不轻易为人开启心锁，即便窥人隐私，也绝对不会泄露。由于事情紧急，救人要紧，斟酌再三，他还是同意白虎将军开启李云博的心锁。

开启心锁需要找到心锁。白虎将军就神思广运，进入了李云博的五脏六腑七窍中膻。以前，白虎将军与李云博交流不多，但从几次眼神对视中，他就知道李云博绝非等闲之辈。而这次的近距离灵魂交谈，让他对李云博的天赋深层了解之后更加惊叹：李云博的智慧星空里，慧眼闪耀，真是百年难遇！除此之外，他还有一颗大不可及的仁心和一副巍巍昆仑的肝胆！他记得师傅曾讲过，智者慧而不惑，仁者善而无忧，勇者威而不惧，这三样却在一个人身上同时具备，真是人伦绝无仅有！他读心数十年，有一样者，就是奇人异士，两者兼具的都很少见，何况三者同时具备，这让白虎将军被深深震撼了！更让他惊奇不已的是，李云博心窍极多，层层叠叠，真真假假，心锁根本找不到，弄得白虎将军苦不堪言。既然找不到心锁，就无法找到症结，李云博就没救了！想到这里，白虎将军痛心疾首："我自恃读心天下无敌，阅魂无数，怎么遇到心智如此高深莫测的人啊！"

两天下来，白虎将军悲喜交加：一来，他读心数十年，遇到了一个可以终身追随的主人，当然欣喜不已；二来，他无法为李云博清除最后的症结而又一筹莫展。一次读心前，他无意触到李云博的手掌，觉得有些异样，于是抓起左手看了起来：但见功业线清晰而坎坷，寿延线也顽强挺拔，只是婚媒一线，迷乱飘忽。他灵感大开，猛然悟到问题可能出在这里！他带着这个疑问再次触手读心，结果不出意料：所有幻象都倏然消失，只有这郁结之象围着他的思绪转，而且越来越强。白虎将军大喜过望，终于找到了！但他突然又惶惑了：少主刚刚聘得刘侍郎孙女，而且未婚夫人作为紫金密使朝夕相伴，情投意合，怎么会情思郁结呢？

带着这个疑问，他决定和一直守候在李云博身边的刘如霜进行一次长谈。

白虎将军说："紫使大人，少主病情日趋好转，看来不日之后，将会痊愈。你也得保重身体啊！"

刘如霜道："感谢将军不辞劳苦，日夜问症切疾，把脉疗伤，才有岫南哥今天的好转。将军真是医心高人，手到病除，在下佩服。"

白虎将军道："大人客气了！少主英雄少年，聪慧过人，能成为他的下属，真是三生有幸！为他疗疾，理所当然。只是末将有一事相求，还望姑娘成全。或许，末将若能知道些少主更多的往事，读心疏导，更为便捷，这对少主康复有利。"

刘如霜笑道："将军何须客气，有何疑问，尽管讲来。"

白虎将军想了想，问道："少主早年修道，刘大人知道多少？"

刘如霜道："这个，在下几乎一无所知。"

"他是哪年回瑶池的？"

"好像是天福八年，那年他十四岁。"

"他少年时代有多少玩伴发小？"

"男的女的都要说吗？"

"当然。"

"我看看，他的兄弟云海、云浩、云嵩……女孩子嘛，也有几位。李云岚是李云博的堂妹，二叔李天雷的次女；西门燕是他姑父西门璞的长女，李云博的表妹；欧阳雪是李府管家欧阳萧恒的女儿；慕容碧是上瑶里正慕容南的女儿。这有什么用吗？"

"试试看吧。"两人又聊了一通别的，就散了。白虎将军就记下这些女孩子的名字，觉得都不太像，触手读心也没太多反映，看来不是。"真是咄咄怪事。"他喃喃自语，这又让他疑惑了。一连几天，弄得他疲惫不堪。

正在绝望之际，刘如霜来找他，说有情况遗漏。只见她说道："白虎将军，我忽然想起一个人，她虽然不是岫南哥的发小，但可能很重要。我是在今天上午乔装改扮偷偷进长沙城抓药，顺便回去看看家人，偶然遇到一位前辈，而后突然想到的。"

"哦？那你说说看。"白虎已不抱希望，但出于礼貌，还是想听一听。

"回到家里，没想到浏阳县令魏迪勖到府上拜会祖父。他是朗州武陵人氏，马希萼当政，将他调进王都，升任潭州内押牙。"

"这跟发小有什么关系呢？"

"别急，您听我说完。魏大人的女儿是我的好姐妹，比我大一岁。那可是一位大家闺秀，琴棋书画、诗词歌赋、针线女红无一不通，而且生得貌若天仙。魏姐姐说，她和李云博是意气相投的好姐弟。"

白虎将军一听，突然睁大眼睛，问："敢问那位魏小姐芳名？"

"姐姐叫魏柳烟。听魏大人说，她也已经到了长沙。"

白虎一听，顿时豁然开朗：这"斜阳在山，堤岸杨柳，烟云浩渺，河风轻拂，吹得飞花满天"的幻象，不是她又是谁呢？！真是踏破铁鞋无觅处，得来全不费工夫！他压制住内心的兴奋，不露声色地说道："谢谢姑娘。这个情况，只怕也无甚用处。"

刘如霜看了他一眼，大失所望地走了。

◆ 七、不寻常的年关 ◆

年关到来之际，李云博大病初愈，又经过几天进补调理，已经彻底康复了。更让人欣喜的是，李云博不仅身体康复，而且心情大好，精神面貌也脱胎换骨，大难不死、劫后重生，就仿佛既换了身皮囊又换了副心肝似的。

这几天，他不断地知晓近期来自己的仇令智昏和鲁莽胡为，痛心不已。幸好，黄金左老镇定持重，才未酿成大祸。他对黄金左老在他卧病前后的明智决断感激不尽，也佩服不已。

虽然，前玄武将军和央卦密使悉数被诛，也收回了他们身上所有的印信，但是老奸巨猾的徐威早有防备，以致青龙将军没有得手。青龙将军自请责罚，黄金左老也要秉公处理，但李云博却认为，行动失败错不在青龙。诛杀对湘水台知根知底而又心机甚重、奸险狡诈的老狐狸，绝非易事，必须从长计议。他为朱雀将军记上一功，并赏钱一万，私赠白虎将军人参大补丸一粒，也没有责罚青龙将军，而是让他戴罪立功。而对于黄金左老，李云博更是尊敬有加，深信一层，并以师礼相待。大难不死的李云博，这重新理台之后的第一件事，办得不温不火，分寸拿捏得恰到好处，顿时让几位台阁领导刮目相看，觉得经历生死考验、重重磨难的李云博，更加成熟稳重了。

李云博觉得，对付马希萼、徐威这样的无耻小人，不能再讲什么仁义道德了。李云铎的死难，让他在痛定思痛之后，也对马氏政权彻底绝望。他不能再停留在图存楚国、维护王室这样的小义上，而是要着眼整个天下。他想起了几个月前，长亭送别张少敌归隐时，张大人的预言和寄语，如今看来，那是多么的睿智深刻啊！有这样的忠臣良将而不知道好好重用，还一贬再贬，最后使其被迫归隐，这马氏政权，断然气数已尽。而拓跋恒大人提到过马希振下葬时，挖出的那道碣石上的谶语，老将军许德勋曾经预计到马氏后继无人的言论，兄弟争国给三湘四水带来的深重灾难，都让他坚定了这一决断。"亦余心之所向兮，虽九死其犹未悔"。突然想起屈原这句诗，他感同身受，只不过，他与屈原的选择正好相反，不是愚忠，而是抛弃，走另外一条济世救民之路。因此，韬光养晦、等待时机甚至暗访明主，成为他实现天下一统、人伦和合、百姓幸福这一宏愿之第一步。

虽然，陈太后"明知不可为而为之"的慷慨悲壮，对他的知遇之恩和无限期许，甚至提出让他"继贤而立"的图存大计，又让他有些失落和揪心。但想到为天下人谋永福的宏愿，又觉得自己没有辜负太后的关爱和提携，而且彻底从家族的得失中走了出来，也不必再墨守太后保全王室的遗命了。湘水台这股精锐力量，是他宏图大展的基础和依靠，绝对不能放弃。特别是半年多的相处，湘水台里藏龙卧虎，个个身手了得，是完全可以信任的。他很侥幸能成为这支力量的领导者，也绝对不会放弃领导。但是，徐威的暗中不轨和前玄武将军的惨痛教训，让他想起弘道大师那次麓山煮茶的谆谆教诲：大道如海，岂有涯岸！大智若愚、大巧无术的境界，真是要有切肤之痛后才能体会。"害人之心不可有，防人之心不可无"，恩威并重，赏罚分明，这才是高超的驭人之道。他在深思熟虑之后，决定将自己新的想法和黄金左老沟通，他有信心取得这位师长的支持。

东华山清晨的山风吹起来还是很冷。李云博自大病以来是第一次出门，被冷风吹着，倒觉得神清气爽。一老一少在荒无人烟的密林里走着，渐渐就聊了起来。黄金左老道："少主……"才刚开口，就被李云博打断了："哎，左师，你我刚有约定，私下场合，我俩师徒相称，别赖账哦！"

"这……"

"没反对算是默认，这个常情，左师不会忘了吧？"

黄金左老一愣，顿时语塞，摇摇头笑道："老夫说不过你，就暂且依你，等到将来找到理由，再跟你理论！"

"左师，别找理由了，我是诚心的，您就叫我岫南吧。"

左老感动得一时无话，就点点头道："岫南，你大病初愈，本该多静养几日，岁末年初，山风肆虐，不如我们回去谈吧！"

"左师大人过虑了！古人有言：疾从心始，祸从欲来。我如今无心无欲，纵然冰刀霜剑，又奈我何？没事。我们师徒趁这个空当，好好聊聊。"

"哈哈……'疾从心始，祸从欲来'，好快的嘴！不过你的杜撰，还真有些古意玄理，老夫喜欢！……是啊，年关刚过，这打打杀杀又要来了，是得好好合计合计了！要不，有什么疑虑，少主——不，岫南，你问我答，如何？"

"行。我先请教，这湘水台饷钱供给，如何筹措？"

"很简单，主要是太后从自己后宫的俸银里挤出一部分，约每年五万两，折合大楚铅锡钱五六百万；近十年来湘水台基本上没有什么大行动，老夫于是就分派各卦自养。你知道，这湘水台里，个个都有绝活，做手艺呀、跑买卖呀或者坐家经营生意等，大部分都能自足，一年只发放一半的饷钱，开销两百万左右就足够了。"

"哦……按这样计算，十年下来，差不多节省了三十万两银子？"

"不止，有四十多万两，都是现银。"

"这么多！按这个数，发全饷，湘水台支撑十年应该没问题啰？"

"如果有行动还要其他开销。十年……不好说，但七八年足可以应付。"

"能撑这么久，那我就放心了！"

左老一听，两眼放光，看着李云博欲言又止。

"您说，让这些密使们去做爆竹生意，行不行？"

"当然行！"

"嗯。还是自愿吧，愿意做，欢迎，不愿做，多发点钱打发他走！"

"绝对不行！不愿意的，就得立即诛杀，以绝后患。岫南你不记得刚刚发生的事情了？将领和密使叛台，差一点就酿成全军覆灭的惨剧！"

"嗯。看来做生意不行，做爆竹生意更不行。"

"少主……你别打断，现在是谈公事，属下还得称您少主。您听属下一句，这湘水台绝对不能遣散！"黄金左老终于忍不住了，急不可耐地说道，"楚国虽然快完了，但山河依旧，人伦尚在，老百姓还得活下去。可是山河破碎，黎民仍在水深火热之中。不保大楚王室了，父老乡亲的苦难，我等绝不能等闲视之甚至袖手旁观啊！少主，请您三思啊！"

"哈哈，左老大人，您跟我想到一块儿去了……"

左老大喜，不等李云博说完就一把抱住他，使劲摇了一通，又突然松开，猛地跪下道："少主英明！老夫……老夫代弟兄们先谢过了！"

"左师，起来起来，您这是作甚？"李云博扶起左老的时候，发现他已满脸是泪。

"您不愿意遣散，应该为湘水台的前途考虑了很久。那您出个主意吧。"

左老抹了几下眼睛，就胸有成竹地凑到李云博边上，一阵耳语，听得李云博喜笑颜开，头点得跟鸡啄米似的。

两人又一路走着聊着，不知不觉来到山顶。放眼望去，东边去年新设置的龙喜县城历历在目，浏阳河也绕城而过。而西边，长沙城却隔得很远，在迷蒙的烟云里，若有若无，难以看得真切。突然间，东边传来一阵热闹的爆竹声。

"怎么，有人放爆竹？"

"嗯。看情形，不像是普通百姓之家。……听，还有锣鼓声……"

"肯定不是寻常人家。这连年战乱，官府加重税赋，横征暴敛，百姓早已一贫如洗，温饱都难保证，哪里还有闲钱买爆竹？"

"岫南所言甚是。那是在作甚呢？"

"今日初几啊？"

"初二，正月初二。从前，这年年正月里，从初一早上起，开财门，担福水，走亲戚，拜祖先，闹花灯，敲锣打鼓，舞龙唱戏，闹市游街，迎来送往，爆竹响彻大街小巷。可是战乱岁月，这传统习俗，只怕也无人问津了。难道有人办喜事？"

李云博长叹一声："真是山中无甲子啊！哈哈，不要猜了！初二，今儿肯定是县府里启衙，开门理政。俗话说'关门大吉、开门大发'，送穷闹市迎喜气，必须得打爆竹响锣鼓，图个启端吉利、诸事顺遂，博个开门红、满堂彩！"

"对呀，初二启衙日，开门大发打爆竹！官府还是打得起爆竹的。"黄金左老也如梦初醒，点点头。

"左师，您说说，这爆竹是什么，您又是怎么看的？"

"至于爆竹嘛……你是瑶池李氏长房子孙，研制火药配方，专门做爆竹的，你应该体察独到，感同身受，要老夫说甚？"

"我就是想多听听不同人的高见。您就不用客气，说说嘛。"

"好，那老夫就信口雌黄，满足你的好奇心。依老夫之见，爆竹首先是火药制品，然后才是礼俗用品，还有嘛，就是这人间幸福安宁之晴雨表……"

"人间幸福安宁之晴雨表？独到，大是！这深层含义，还望左师拆解。"

"哈哈哈……老夫信口所及，没有深思，如何拆解？岫南你还是饶了老夫吧。"

"您老这句话精辟啊！您看，人间安定祥和之年，这年啊节的，哪有不放爆竹舞龙狮唱傩戏闹花灯的，家家户户张灯结彩，大街小巷热热闹闹，哪里会像今儿这年关冷清得跟乱坟岗似的。是啊，这烽火四起、天下大乱的时代，到处田园荒芜，民生凋敝，凄惨异常；百姓饥寒交迫，朝不保夕，人人自危，还哪里有余钱去热闹，还哪有心思去欢喜，还哪里有条件去疯狂？左师，我把您老这句话换换样式，改改文辞，就变成这样：'爆竹者，出自火药，产于瑶池，用诸民俗，观之，而能见民生大计也。实乃人伦冷暖之表象，天下太平之使者也……'左师以为如何？"

"岫南思接千载，目游八荒，诗文更是冠绝江南，今之一见，五体投地，五体投地啊！"左老高兴至极，继而哈哈哈大笑起来，"这爆竹文章，寥寥数字，却精妙绝伦，和你去年望江阁夜宴上赋的《咏爆竹》的诗一样，都是不可多得的佳作啊！"左老觉得，这是他有生以来五十多年里，最开心、最快活，也最有意义的一天。

"左师褒奖了！"李云博道，"知我者，左师也！我李云博，就是要让瑶池李氏的爆竹、炮火甚至更为精妙绝伦的和平使者，开放在九州大地的每个角落，让人间永逸太平！"

两人一通言语极其投机，不觉间，已经心通彼此，默契无限。远远望去，但见绕城而过的浏水，河岸高出，水流细弱，却依然朝远处那云漫雾罩的湘江，曲曲折折、昼夜不息地奔去。

◆ 八、鸡鸣能唤醒这春寒冷夜吗？ ◆

三天后是正月初五，习俗上称"破五日"。这天夜里，星光点点，繁星稠密，东华山密林里，湘水台临时总部灯火通明。湘水台的长老们召集青铜统领以上的将领，汇聚一堂，商议遣散湘水台的事宜。

李云博见将领们都已到达，对黄金左老点点头，示意他可以开始了。李天俊、李云浩也赶过来了，让人蹊跷的是，乾卦执事也被通知与会。左老会意地回应了一下，于是大声说道："春寒深夜，劳苦诸位！今夜，召开湘水台最后一次台阁会议。先请紫金密使冯大人宣示辛亥年第一道台老训令。"

"最后一次台阁会议？真的要遣散湘水台吗？"正在众将惊诧不已的时候，台老发布的新年第一道台令，更让将领们如坠五云、摸不着北。但听紫金密使冯志远宣布道："新年伊始，紫金长老第一道台令如下：兹擢升天乾卦青铜统领为玄武将军，乾卦黑铁执事为天乾卦青铜统领……"还对其他略有空缺的岗位进行补充，并把协同前玄武将军一起叛逃的夬卦撤番，宣布从此湘水台总共六十三支黑铁卦队。

这一下，茅草屋里就一片哗然了：湘水台都要散伙了，还任命什么将军统领，你当是小孩子过家家啊！

但听左老道："诸位肃静！请冯大人宣布第二道台令！"

"紫金长老令：即日起，湘水台解散，层层收缴所有的印信和服饰，三日内一律上交总部，由左老大人负责，一件不缺送往天策府，违令者斩！……如有携带逃逸者，一律诛杀……"

茅草棚里又沸腾了：怎么回事？越听越不明白，是不是少主大病一场后，彻底疯掉傻掉，还是脑子进了洗脚水了？

但听冯志远继续宣道："……所有遣散人员，一律发放两年饷钱，三日内由右老大人组织将军、统领和有关密使送达各卦队驻地，不得延误，违令者斩！"

只听有人恍然道："真是要遣散了！原来，任命几位将领，就是要多给他们一些遣散的饷钱！哎……"

大家听了，顿时干巴巴哄笑几下，就都笑不出来了，继而又五味杂陈的样子，一个个哭丧着脸。

但听冯志远又念道："现在发布第三道台令：台老们一致决定，立即组建泰平阁，建制同原湘水台如出一辙，仍按阴阳、四象、八大卦和六十三小卦成军，人员号称'泰平密使'。有原湘水台密使愿意加入者，即刻对应录用，颁赐泰平阁新之印信和服饰，并赏一年饷钱……"

一个个呆若木鸡了好一阵子，突然间，终于恍然大悟："少主英明！我等誓死追随，赴汤蹈火，万死不辞！"所有将军统领和紫金、黄金密使，一个个欣喜异常，争先恐后地跪下，涕泪长流。

左老笑道："尔等都愿参加泰平阁？"

"我等愿意！"

"你们能保证属下密使参加吗？"

"我等以人头担保！"

"我看不一定！"黄金左老神情肃穆地说道，"参加泰平阁，是一件绝密大事！你们先不要急着应承，还是效仿总台程式，由统领召集黑铁执事、黑铁执事召集本卦密使层层传达。自愿加入的，我等欢迎，愿意离开的，我等也不留。但是，想要离开，须约法三章：一、不准泄露有关湘水台和泰平阁的任何秘密，必须签下生死状；二、不准在潭州范围内和县城以上城市定居，必须远走高飞；三、不准加入任何军队和组织，必须另谋生路；否则，只要一经发现，一律灭族；我们湘水台是出过叛逆的！都听清楚了吗？"

"听清楚了！"

"那好，既然各位将领都自愿加入泰平阁，那各位职司一律不变，变的只是名号。下面，请原湘水台紫金长老、泰平阁紫金长老训示……"左老话未说完，只听见掌声雷动，经久不息。

李云博示意大家停止鼓掌，开始说了起来："各位将军、统领及诸位大人，今夜，是遣散湘水台的日子。如若是长沙城破之时，就按照马希萼之条件立即遣散，我李云博绝对万分悲痛。可是今夜，我一点都不伤心，反而兴奋异常。为什么？道理很简单：湘水台是楚国王室秘密力量，它的任务是维护楚国王室安危。可是，楚国王室还有救吗？各位将军统领跟随本台半年多，呕心沥血、日夜驱驰，甚至焚毁太后遗命密诏，以图楚国江山永固，社稷长存。可是换来的是什么呢？换来的是年年战火、岁岁兵戈，生灵涂炭、百姓遭殃。本台断言，楚国还会乱，长沙还会乱，甚至还要乱上好些年。诸位说说，这样的大楚，保他何益？"

"少主英明！"

"可是，那些别有用心的人，却利用本台的善良动机，谋取个人生前荣耀，诬陷本台矫诏，说我意欲弑主篡国，真是逆天而行、罪大恶极！本台可以预见，徐威之流，绝对会死无葬身之地！"

"我等愿诛杀叛贼，为黎民除害，为少主雪耻！"

"诸君少安毋躁！我等退避深山，举步维艰，没必要飞蛾追火。更何况，我等还要兑现马希萼撤销遣散湘水台的诺言，更不能暴露行迹、因小失大。我等不杀他，自然有人灭他，诸位无须招他惹他。谁敢贸然行事，一定严惩不贷！！"

"属下严守律令，绝不轻举妄动！"

李云博顿了顿，又说道："而现在，三位台老一致意见，组建泰平阁，仍由在下来担纲重任，我李云博汗颜了！"

"少主聪明仁智，文武兼备，是紫金长老不二人选，我等誓死效命！！"

李云博道："感谢诸君抬爱！承蒙不弃，今夜，我李云博就勉为其难！本阁老今夜就任，要讲一讲这改号意旨。为何要改，原因也很简单，这支无坚不摧的精锐力量，不能落入那些贪权好利、残忍嗜杀的莽夫手上，也不能落到只顾自身享乐、不以苍生为念的诸侯强臣手上，诸位想想，那将是多么大的灾难啊！为什么改号泰平阁，顾名思义，我等就是要谋求江山一统，实现天下太平，农有田耕、工有事善、商有利图，黎民居有定所，百姓衣食无忧，乡村城镇安居乐业、百业兴旺，普天之下人烟阜盛、和合安详，这就是泰平阁之神圣使命！愿意留下一起共图伟业的，本阁老大礼欢迎；不愿留下想过一过自己日子的，我等绝不勉强，笑脸恭送。但左老大人刚才之约法三章，敬请遵守。如若有人胆敢挑战泰平阁之威严，为了大仁大义，我等绝对会痛下杀手，绝不留情！"

"我等绝不离开少主，愿意生死相随，共图大业！"

正当此时，一个值守密使匆匆而入，神色焦虑，见主要将领都在，不敢进来。李云博见了，道："请进！有何要情，尽管报来！"密使道："少主，绝对重大，刚刚收到长沙城里黄绢特级飞鸽传书……"黄金左老急道："快快呈上！"李云博接过，交给黄金左老道："你先看看，然后当众念念！"

李云博又继续说道："关于当前使命，本阁只有一条阁令：那就是，演好遣散这出大戏，然后养精蓄锐，等待战机。一旦机会来临，我等将倾巢而出，大干他一场。各位将军统领，有没有信心？"

"我等信心满满，大干他一场！"众人一片欢呼。

黄金左老惊慌失措："少主大事不好……"

"左老别急，容我把话说完！"李云博打断他的话，继续说道，"湘水台倾其所有，为各位发了三年饷钱，就是要大家把遣散这出戏演好，到时候左老大人会有更周到的安排，我就不再聒噪了。这以退为进，潜伏地下，就是当前头等大事。因为，只有这样，我等才有生存下去的可能，否则，任何宏图伟志、任何为民立命、任何造福人伦的设想都将成为空谈。诸位，有没有信心将这出戏演好啊？"

"有！"声音有些驳杂而低沉。

李云博道："似乎有些中气不足，这个，我能理解。各位侠肝义胆、义薄云天，要大家赴汤蹈火、慷慨驱驰，甚至掉脑袋、受活剐，大家眼睛眨都不眨一下。可是为了活命，要去忍辱负重演戏，不是诸位愿意为之的。为什么？因为各位是英雄，是勇士，是气壮山河的好汉，宁愿轰轰烈烈地死，也不愿窝窝囊囊地生！可本阁今天要大家隐忍苟活，真是委屈诸位了！但是，先贤说过，能屈能伸才是真正的大丈夫！为了保存实力，为了拯救万民，为了和平大业，本阁也是不得已而为之啊！而真正的英雄，就是要经得起这忍辱负重的磨难，天降大任、苦其心志嘛。诸位当下，就是要为我泰平阁之将来，苟且偷生地活下去！"

左老又插话道："少主，真的要出大事了，属下……"

"我的左师大人，您让我把话说完，就是天塌下来，也没有现在组建泰平阁重大啊！"李云博微笑着，又说了起来，"大家要假戏真做，以假乱真，真真假假，模糊敌人视听。只要这个难关一过，时机一到，本阁就会立即召唤各位，重新活动。本阁料想，这个时期可能不会太长，五年，三年，也可能一年。但这期间，一定得保护好自己，本阁绝不愿意有人回不来。能不能做到？"

"能！"沉默的草棚里一片吼声。

新擢升的天乾卦统领更是声若洪钟："少主用命，敢不效死！"

李云博道："你小子，我说了半天，白说了。谁要你效死了？大家都要好好活着！！"

听到李云博这句话，大家都轻松地哄笑起来。

"少主要属下活着，在下绝不敢死！"天乾卦统领的这句话，更让大家笑得人仰马翻。

"少主，老夫再也憋不住了，你杀了老夫，老夫也得说。"不等李云博回答，黄金长老就对他一阵耳语。李云博一愣，马上平复下来，说道："念出来吧。重大密情，让诸位将领都听听！"

"这……"

"大家静一静。"李云博道，"本阁指示您念，总行了吧。"

"是，少主。"左老的脸已经成了铁青色，喉咙也似乎哽住了。他使劲地咽了几下口水，大声念了起来：

归妹执事特级飞鸽传书，急报紫金及各位长老大人：

属下刚刚探得惊天密情，马希崇与徐威等密谋，令我台紫金长老遣散湘水台后戴罪立功，敦促瑶池李氏献出火药秘方，参与组建大楚国炮火营，提升军队实力。如若抗命，就地诛杀，灭其九族……

众人一听，顿时惊得目瞪口呆，气氛一下子紧张起来，空气都仿佛凝固了似的。

黄金左老说道："少主，别急着要大家潜伏归隐，先救一救少主及亲人乡邻再说……"

"对呀，少主，我等立即聚集人马，奔赴瑶池，做好殊死一搏的准备！"

"少主，别犹豫了，快下命令吧，我等有信心保护少主家人和乡邻！"

"本统领一定要宰了徐威这个狗东西……"

"够了！诸位好心，本阁代表家人谢了！"李云博泰然自若，一脸的微笑。突然，他脸一沉，大声问道，"对付一个徐威，要把整个泰平阁数百号身家性命都搭进去吗？处理家族危机，怎能动用尚未真正建立起来的泰平阁？泰平阁是我李云博看家护院的家丁吗？谁都不能轻举妄动，搅和到我李云博家事之中者，定斩不饶！"

众人被他的话镇住了，一个个无所适从。

"本阁再说一遍，诸位当务之急，乃演好遣散大戏，渡过难关。之后便韬光养晦，等待时机，绝不准私自出动，暴露行迹，贻误大计，更不得干预本阁家事。违令者，斩！！"李云博说罢，大步流星地走出门去，平稳、从容而坚定。望着他若无其事离去的背影，一干将领惊得面面相觑，你看看我，我看看你，不知如何是好。而一向遇事冷静、处事泰然的黄金左老，惊恐得连"罢会"都不记得说了。

而这时候，附近村落的鸡鸣声啼了起来，高亢雄壮，洪亮绵长，穿过宁静的料峭春寒，瞬间弥漫在黑夜四处……

可是，这山村鸡鸣之声，能啼醒春寒料峭的黑夜吗？

还是，拭目以待吧。

（第一部完）

2013年2月22日凌晨初稿，3月28日夜二稿，

5月14日晚改定于湖南浏阳安居园家中

2020年12月12日再版删改定稿

大飲師

大焰师

② 浴火豪门 大焰师

九州出版社
JIUZHOUPRESS

图书在版编目（CIP）数据

大焰师. 2，浴火豪门 / 梁木著. -- 北京：九州出
版社，2023.6

ISBN 978-7-5225-1769-8

Ⅰ. ①大… Ⅱ. ①梁… Ⅲ. ①长篇历史小说-中国-
当代 Ⅳ. ①I247.5

中国国家版本馆 CIP 数据核字(2023)第 068206 号

C O N T E N T S
目录
浴火豪门

第一章

DIYIZHANG

年关惊雷

◈ 一、逃难足迹踏进辛亥年关 ◈

五代后周广顺元年（公元951年），注定要成为历史上非同寻常的一年。这个辛亥年一开始，中原就战火纷飞，江南也变故不断，就连繁荣稳定了数十年的楚国长沙府东部边陲"爆都"瑶池，同样陷入了莫名的恐惧之中。

这一年年关，中原又改朝换代了。年前，北上御辽的大汉枢密使郭威因为汉朝小皇帝刘承祐听信谗言、滥杀大臣，以"清君侧"为名回师南下，攻克都城汴梁，小皇帝刘承祐死于乱军之中。除夕前后，堂堂的中原朝廷居然数日没有国主。大年初四丁卯日，郭威接受后汉皇室太后监国符宝，即皇帝位，国号为大周，改元广顺，立国仅四年的后汉政权便就此消亡。

这一年年关来临之际，楚国王室萧墙祸起，王都长沙陷入了前所未有的混乱。年前，马氏兄弟争国，朗州节度使马希萼向南唐称臣，搬得援兵，然后自称顺天王，大举进犯潭州，很快攻克长沙，绞杀楚王马希广，取而代之。朗人蛮兵入城之后，烧杀掳掠，无恶不作，让安宁祥和了半个世纪的长沙城瞬间成了人间地狱，成了马楚王都自立国以来最为悲惨的一个岁末年初。而即位那天，马希萼就宣布大楚纪年，由原来使用中原王朝的年号变成南唐国的年号，长沙府一带，这一年，称作大唐保大九年。

这一年的年关，更是浏阳瑶池李氏灾难频降的鬼门关。别处不说，就说长沙城遭受这场数十年不遇的战火，大街小巷乱象横生，爆竹商行的掌柜李庆如一家也遭了殃。破城之后，商铺便被洗劫一空，铺子和家中，里里外外都是骄横无礼的朗军蛮兵。为了活命，他和长子李天骄丢下城中的生意，带上一家老小，夹在逃难的人群中间，冒着大雪连夜逃出长沙，又东躲西藏、颠沛流离好些日子，最后终于翻山越岭到达了浏阳县城。

李庆如一家到达浏阳的时候，天还没亮，厚厚的积雪将古朴的小城银装素裹，跟白昼一般。冒着大雪纷飞的严寒，一家人又在城外等了个把时辰，直到卯时三刻，城门才徐徐洞开。大家急不可耐地进之后，发现里面的景象迥然而异：大街小巷的积雪全被清扫，一堆堆聚在四处，隆成大大小小不同样子的人形、动物和图案，各司其职地站在街道巷口，抢眼醒目而又恰到好处。而被厚厚积雪粉盖的楼台亭阁、官宅民居、商铺酒肆，除了椽子檐口边结满一根根直愣愣的硕大冰凌外，过道横梁边或者门楣吊瓜上，还挂满了通红通红的灯笼，把刚刚进城的李庆如一家看得目瞪口呆。

李天骄见状，突然问道："今儿什么日子？不会是过年了吧，这般张灯结彩？"

李庆如看都没看他一眼，继续往前走，一边琢磨一边说道："也差不多过年了。我算算……城破那天是腊月十二，第三日逃离王都，出来八日了……"他嘟哝一会儿便恍然大悟，脱口而出："啊哈，腊月二十三，今日应该送灶神爷上天了。"

李天骄随意找街边一家坐商伙计一问，果然是腊月二十三，于是说道："爹爹好记性！我们出来这么久了，天气如此寒冷，每天忍饥挨饿，还要担惊受怕、东躲西窜，真如丧家之犬一般。这个图谋篡位的马希萼不得好死！真是的，他们进了长沙，不管三七二十一便大肆洗劫，就连我李氏响当当的百年老字号商铺也不放过。这不管百姓死活的马氏江山，看样子也坐不了几日了……"

"胡说八道！"李庆如听到儿子的抱怨，将手中的干树枝手杖狠狠往地上一戳，猛地停止脚步，转身瞪了李天骄一眼，怒道："你小子如此胡言乱语，诋毁王廷，难道就不怕天谴吗？"

"天谴？他马希萼才遭天谴呢！"李天骄振振有词地说道，"爹爹，你看如今，这王廷还像王廷吗？为了王位，兄弟相残，本来就是禽兽不如；而王都子民，无端遭受牵连，死了倒还好，一了百了，不用遭这家破人亡、妻离子散、无家可归的罪。孩儿乱说了吗？"

"烈鹰啊，你的话是没错。王室乱起，遭殃的不仅仅是百姓，江山社稷、股肱重臣、官绅士子，不都一样处于水深火热吗？而我们瑶池李氏，世代受王室厚恩，不能因为现在马氏王室出了孽障，就诅咒大楚的江山社稷啊！更何况，如若大楚不存，国破家亡，受苦最深的还不是我们黎民百姓！我们一家，能从刀山火海里面逃出来，已是不幸中的万幸了！我们得感谢上苍眷顾才对！"李庆如说着，双手紧紧握住手杖，朝东边灰蒙蒙的天空打拱谢起恩来。

"爹爹见教的是！可是，俗话说，一朝天子一朝臣。楚王被他哥哥夺位诛杀，他即位后先王的故旧都会遭到冷遇甚至迫害，我李氏一族，虽然只是商人而非官家，但历来受先王厚恩，只怕日子没那么好过吧。"李天骄说着，就上前搀起父亲，顿了顿又说道，"天太冷了，赶紧到二哥家里歇歇。数日来，饥寒交迫，食不果腹，娘亲又旧病复发，再不找个地方避避风寒，真担心她挺不住。"

"唉，这将来的日子，只得听天由命了。走吧，去梅花东巷。"李庆如叹着气说着，迈开步子向前走。他突然喃喃自语："难道今年，全家要在这里举行灶祭？真是滑稽！"

这腊月二十三的灶祭，是民间在灶神回到天庭向玉皇大帝述职前，举行的一种祭祀仪式。有谚云："腊月二十三，灶菩萨升天。"按照当地习俗，这灶神上天，也算个不大不小的节日，过年的序曲，就是从"灶祭"开始，家家户户都要烧香燎纸、奠酒鸣

炮，客客气气、隆隆重重为这位辛勤操持了一年的神仙送行。送完灶神，第二天就是小年了。因此，在外做官、经商或者读书，无论置身何处，都必须在祭灶日以前赶回去过小年，与家人团聚，吃自家做的祭灶糖果，以求灶神赐福，来年全家平安。而从腊月二十四小年这一天开始，就预示着年关到了，开始过年了。

寒风冷冽的梅花巷口，李庆如、李天骄父子蓬头垢面，带着老少十余口，来到浏阳爆竹商行门前。李天骄举手拽起大门上的铁环，叩了几下，见无人应，就用手掌重重地拍着大门，又疑惑地对李庆如道："爹爹，二哥一家是不是回瑶池去了？怎么，扣了老半天，还是无人开门？"

李庆如强打起精神，走上前来，道："时值年关，大小商号早就关门歇业，回家过年很有可能。只是近日以来，大雪飘飘，天寒地冻，一家子老老小小，说不定还在等天气好转呢。再多扣几下试试。"

"是，爹爹。"李天骄应承一声，一边扣起门环，一边叹道，"唉，逃难出来，什么钱财物什都没带，带上的这几条命，也都只剩半口气了。再不找个地方歇歇脚，只怕都撑不住了……"李庆如瞪了他一眼，懒得理会他的抱怨，赶上前，帮忙喊起门来。

而此时，浏阳爆竹商行里，掌柜李天雷正和家人忙碌着，准备祭送灶神。他正为这大雪封门不能及时回瑶池而忧心忡忡。

从腊月十八日开始，他就吩咐关门歇业，打过封门爆竹，早早收拾好行装，天天都盼望着这连天大雪快点停歇下来，雪晴了冰融了路化了之后，他好带上全家老小赶回瑶池过年。可这冰天雪地、大雪封门，左等右等一连等了好几天，就是不见老天开恩，风刮得更紧，雪依然在下，要想回去，还真不怎么好走。但今明两天是回家最后日期，就是天上下刀子，也得往回赶。暂时回不去，看来这灶神归天的传统祭祀，只有在浏阳举行了——在浏阳商铺举行祭灶仪式，自他来这里做生意起，数十年里还是头一回。

天一亮，李天雷就招呼何管家，要他赶紧安排人，把院子里刚刚堆起的积雪铲掉扫净，因为点卯时辰一到，就要在露天接地的院子中央摆上香案，举行恭送灶神上天的仪式了。自己带着长子李云海，着手摆弄起香案和祭祀用品。李云海笑道："爹爹，这冒着大雪送灶神，倒是新鲜！天公作美，奇寒无比，将他老人家这张喜欢说三道四的嘴冻住，省得又在玉皇大帝面前说坏话！这样一来，'媚灶'就不必了！"

李天雷道："灶君受一家香火，保一家康泰；察一家善恶，奏一家功过。迭主阴阳，虽善善恶恶，均在修为；然是是非非，必恭记录。我们李家谨承祖训，兴爆竹产业，谋地方富盛，光明磊落，造福乡里，灶君必然看在眼里。但对他隆重相送，是我们对神的敬意。所谓讨好神仙、'媚灶'一说，是那些做了坏事的小人，自己内心恐惧而已。古人云：'若要人不知，除非己莫为。'这个道理，你要谨记啊。"

李云海道："爹爹，孩儿记住了……"父子俩正说着，忽然听到有人在门口叫喊，父子俩都定住思绪，相视而望。李云海放下手中的活计，一边往大门外走，一边对他父亲说道："我去看看。"李天雷点点头，继续忙着手上的事情。

"谁啊？早就歇业了，不做生意了。"正当李庆如父子两人绝望的时候，门突然开了。李云海嘟囔着，打开门一看，见是一群破衣烂衫、面黄肌瘦的难民，惊奇地问道："你们……找谁？"

"纳川亲侄子，是我们啊！"李天骄看见李云海，又惊又喜，"我是你四叔，这是你三叔公，还有你三祖母、四婶……我们一家子，从长沙逃难过来……"

李云海瞪大眼睛仔细辨认一通，终于认出了他们。他大惊失色地问道："三叔公、三祖母，四叔、四婶，还有几个弟妹，真的是你们？天啦，你们怎么成这副模样了？"

"谁啊？"李天雷正准备上香，突然听见大门外李云海在说话，于是赶过来问道。他一见李庆如和李天骄他们，顿时大惊失色："三叔，老四，这……这怎么回事？"

"逃，逃难……长沙出大事了……"李天骄回答道，"二哥，我们在冰天雪地里已经折腾了数日，快让我们进屋吧，等回过神了再慢慢跟你讲……"

"管家，快准备火炉、热水、衣物，还有赶快做饭，快点去！"李天雷一听到"逃难"两个字，顿时什么都明白了。他一边吩咐着，一边赶紧过来扶起李庆如，"三叔大人受苦了。都快点进屋，先暖暖身子再说。"大家应声之后，就往屋里鱼贯而入。李云海帮助李天骄扶着老太太，发现她有些有气无力，问道："三祖母，您怎么了？"李天骄替她回答道："哦，我娘亲病了好几日了。"李云海一听，也不多说，一把抱起老人，三步并作两步进了里屋。

洗漱、净身、泡脚、换衣等一通忙碌过后，大家就围着火炉烤火、吃茶。这时候赶做的饭食端上来了，饿坏了的一家人也不客气，管他三七二十一，痛痛快快吃了个十二分饱。李庆如倒是吃得不多，吃了一碗就起身，先为老太太号了脉，又开了个方子，交给李天骄要他去抓药。李天骄连忙放下碗正欲站起来，被李云海看见了，一把夺过方子，说道："交给我吧，四叔，你安心吃饭。"一转身就头也不回地出门去了。

李天雷一直陪在李庆如身边，见大家都吃饱喝足，缓过神来，于是问道："三叔大人，近期来天寒地冻，消息断绝，我们只知道王兄马希萼带兵围了长沙。你们刚才说是逃难过来，难道长沙被马希萼攻破了？"

"岂止攻破！"李天骄接过话来，说道，"二哥，你真的一点都不知道？长沙城在十多天前就被攻破了，马希萼占了碧湘宫，绞死了王上取而代之。长沙城被朗兵烧杀抢掠了一通宵，虽然次日天明就禁止掠夺和骚扰王都子民，但暗地里烧杀抢掠从未停止。我们的商行、住宅都被占了，迫不得已偷偷逃了出来。没想到，一路上走

得这样艰难！"

"什么？长沙发生战祸？我没听错吧？"李天雷听了，简直不相信自己的耳朵，突然神色严峻地问道，"不知道劲风、自坚、岫南、达淼他们可好？"

李天骄道："弄不清楚。反正蛮兵纵火烧城后，长沙一片火海，全城都乱了套，流言四起，人心惶惶，那真惨啊！"

李庆如道："我们出城后，听说朗州人一时半会儿攻不下碧湘宫，因为朝中最年轻的大将李云铎在那里镇守。后来又听说碧湘宫被攻下了，王上被抓了，后来确切的消息是，王上被绞死了。至于自坚的下落，有人说逃跑了，也有的说投降了，还有的说战死了……反正说法很多。但关于岫南他们，起初没有任何消息，就仿佛人间蒸发似的。可是两三天后，我们逃到平江县的一个集市休息的时候，突然听到有人议论，说是天策学士、湘水台紫金长老李云博矫诏谋逆，被新楚王通缉捉拿。也不知是真是假。"

"自坚战死了？岫南矫诏谋逆？不会吧，我们这里什么消息也没有啊！"李天雷大惊，"岫南入朝才几个月，而且随后就秘密入唐，大闹洪衮，救了我还烧了敌国的炮火营，屡建奇功，怎么会谋反呢？谁信啊！"

"这个中蹊跷，我们又如何知晓呢？但愿他们都别出事。"李庆如一筹莫展，想了想道，"浏阳被群山阻隔，加之兵荒马乱，又为这恶劣天气困扰，闭塞得很，什么消息都得不到。无论怎样，今日得往瑶池赶，那里靠近醴陵，消息可能还灵通一些。"

李天雷道："三叔说的是。正好，大雪渐渐停了，看样子，明日应该不会再下了。不如，我们今日祭了灶神，你们也好好歇息一晚，明日小年，一大早就动身回瑶池吧。您老来得正好，我正愁没个长辈老者执掌祭祀大礼呢，您来了，我就不必勉为其难，您名正言顺地主持祭祀，就连灶神爷也肯定觉得，很有面子。"

李庆如道："年年都在老家瑶池送灶神，今年在这里送？灶神爷不会怪罪吧？卯时都差不多要过了，我们赶紧吧。"

"好。"大家就一起行动起来。

不一会儿，厨房的门、厅屋的门和大门都已打开。李庆如点了几炷香，双手捧起又鞠了三个躬，就往灶头一插，说道："一炷香来一缕烟，灶君今日上朝天；玉皇若问人间事，为道和合又平安……响炮，请灶君离灶起身……"李天雷和李天骄在院子里点燃了爆竹，一时间，噼噼啪啪响了起来，一阵硫烟渐渐升起，夹在大雪中间若有若无，缓缓朝上空飘去。

李庆如捧着刚刚揭下的灶君像，缓缓步出厨房，来到院子里，在摆齐供品的几桌边停下，将神像放在供桌上，又焚香祭拜一通，接着一边奠酒一边说道："猪头烂熟

双鱼鲜，豆沙甘糖粉饵团。灶君请用此杯酒，上天言事降平安。响炮，向灶君诚心祷告……"此时，众人纷纷跪下，叩起头来。

李庆如拿过纸钱、篾马和各种祭祀物什烧了起来，端起第二杯酒，奠着说道："高头竹马粮草干，化串纸钱当盘缠。灶君再饮一杯酒，一路顺风达南天。……响炮，为灶君饯行……"大家起身朝大门拱手，与灶君作别。

李庆如将灶君像拿起点着，不一会儿就化为灰烬。他又端起一杯酒奠着说道："辛辛苦苦又一年，神仙不在厨台难。是是非非烟云过，除夕之夜请君还……响炮，礼成，关大门过年啦。"

李天雷拿起扫帚一路扫过去，一直扫到大门边，然后将大门掩上。李云海的母亲捧起一个大的竹篮，对大家说道："过年了，来吃祭灶糖果，关门大吉送神仙，甜甜蜜蜜又一年啊……"

大家一哄而上，院子里顿时热闹起来。雪渐渐小了下来，不一会儿，就完完全全停歇了。

◆ 二、冬雷震震间，霊耗纷至沓来 ◆

正当大家在院子里嬉闹得正欢的时候，突然，天空一道闪电由远及近、自上至下，斗折蛇行飞奔而来，照得灰蒙蒙的雪天顿时豁然透亮。接着就是一阵醍醐灌顶的霹雳惊雷，山崩地裂一般在头顶上轰响，强烈的震感拖着长长的余音，窜进欢快喜悦的人群。院子里正在欢庆的老老少少猝不及防，就仿佛头上被敲了一闷棍，嗡嗡直响，晕晕乎乎，眼冒金星，弄不明白发生了什么事，一个个木然定在那里发愣。

李天雷大声喊道："大家都赶快进屋去，这莫名其妙的冬雷闪电，危险得很！"大家听了，才回过神来，慌不择路地往厅屋里奔去。

李庆如一动不动地站在原地，若有所思地说道："冬雷震震，世间少有的五象之一，不祥之兆啊……"

李天雷也道："愚侄也正纳闷呢，几日前就响了大雷，这个冬天，怎么了？"

"三叔公，爹爹，大事不好……"正当大家往屋里去的时候，李云海左手提着几个药包，右手拿着一张大官告，慌慌张张地掀开大门冲进院子，大声喊着，"出事了，自坚哥哥战死碧湘宫了……"

"你说什么？"

"大街上到处贴着告示，自坚哥哥真的战死了……"李云海扬扬刚刚揭下的官府文告，上气不接下气地说道。

李天雷马上接过来，正待看时，李天骄一把抢过去，慌忙展开一字一句念了起来：

大楚国天策府昭告天下：废王希广以幼代长，主政数年，骄奢淫逸，沉迷佛事，不理朝政，朝纲混乱，民不聊生。武平军节度使希萼，乃武穆王子，目睹社稷危在旦夕，生灵将遭涂炭，勇担大义，起兵朗州，轻取长沙，力挽大厦于将倾，解救黎民于倒悬，民心所向，朝野拥戴，上应天命，下顺民心，继承大统。废王希广愧对江山社稷，有辱先王圣明，辜负黎民百姓，自缢身亡。李云铎、吴峦等愚忠到底，负隅顽抗，血洒王宫，死有余辜。更有天策学士李云博，受命太后执掌湘水台，却不为王室用命，年少轻狂，包藏祸心，觊觎王位，假传太后懿旨，意起不臣之心。今勒令其旬月之内自动缴械遣散湘水台，否则，以谋逆罪论处……

"天哪……"李天雷听着听着，还没听完就目瞪口呆，一屁股坐在雪地上，半天说不出话来。众人听罢，也惊惧不已，妇幼老小更难掩悲伤，失声痛哭起来。

李天骄说道："这告示，是刚刚贴出来的，我们进城时都还没有啊！只是奇怪，按照长沙惯例，腊月十八起，衙门就封印罢衙了，除了少数值守的衙役外，大部分官府吏员都放年假了，这时候为何还有公文送达？"

李庆如道："这还要问！王都发生惊天变故，王权更迭，血流成河，非常时期，还放什么假……"

正说着，没想到县令魏迪勋带着几个衙役也进了院子。李天雷见了，挣扎着站起来，施礼道："魏大人，您怎么来了？"

"出大事了。长沙那边，同室操戈，祸起萧墙了！"魏迪勋神色严峻地道着，突然看见李天骄手中的告示，说道，"看来这惊天变故，你们已经知道了。"

"何止知道，我们一家亲身经历！"李庆如接过话来说道。他拱手施礼道："见过魏大人。"

魏迪勋看见李庆如，吃惊地问道："叔仁掌柜，您也在！什么时候到的？"

李庆如道："在下早上刚到，从长沙逃难来的。唉……外面寒冷，都进屋坐吧。"

进了门，魏迪勋一坐下来就说道："今日卯时刚过，潭州府衙特派加急快马，送来了大批文书。魏某颇觉得蹊跷，官府大年封印期间，不会处理公务，除非发生意外。而且十数日来，一直没有公差抵达。这里大雪封门，消息断绝，今日才知晓王都发生了重

大变故……魏某一接到王廷诏书，一边急忙叫县丞找人往各乡邑发布，一边就赶过来，跟你们报信。叔仁掌柜，你们刚从长沙过来，那边究竟什么情况？王都已经乱得不成样子了吧？"

"真是一言难尽啊，我们在外边东躲西藏已经好些天了……"李庆如叹了口气，说道，于是，就将长沙城破、朗兵掠城、全家逃难的简单经过对他说了。

魏迪勋听了，说道："嗯……如您所言，大致有了印证。与诏告一起送达的，还有一大批文书，有的已经过期好些日子了。如今，马希萼已经占领碧湘宫自立为王，在这政权交替之际，还不知道这个年关还会发生什么意想不到的事情。你们李氏也是厄运连连，驸马爷李云铎都统以身殉国，天策学士李云博被通缉，至今下落不明，你们看看……"说着，将一批官府文书递给李天雷。

李天雷浏览一通后，不无悲戚地说道："想我瑶池李氏，自盛公、畋公以来，秉承'舍生忘死、谋福瑶池'之祖训，数百年来积德行善，传承革新火药，振兴地方产业，富裕乡邻闾里，乐善好施，惠及四方。可是，李氏仁善忠义家族，居然遭受灭顶之灾，天理何存，公道何在？老天爷啊，您睁开眼看看吧……"

魏迪勋道："鸣远掌柜，你别激动。人死不能复生，望诸位节哀顺变。如今家国危难，大难来临，大家还是冷静面对为好。"

李庆如叹息道："魏大人所言甚是。大难来临，厄运当头，适才冬雷震震，老天已经降下不祥征兆。自坚战死，岫南蒙难，馥湘公主下落不明，劲风、达淼也不知身在何处。但李氏家族还得想方设法趋利避害，不遗余力地活下去，因此大家一定得挺住，我们还远远未到号啕痛哭的时候。如此灾祸降临瑶池，不知道家里知道了没有。如果知道噩耗，想必也已乱作一团。我看事不宜迟，得尽快赶回瑶池，一家人聚在一起，也好商量个应对之策。"

魏迪勋道："叔仁兄言之有理。你们是要赶紧回去。对了，我从公差那里得知，刘侍郎又一病不起，汝成掌书记已经到天策府高就。还有更蹊跷的事情呢，正值假期，天策府居然调魏某到潭州府衙任职，而且要近日即刻赴任。"

李庆如拱手道："恭喜魏大人高升！李府上下，还得仰仗大人多多提携！"

魏迪勋道："叔仁兄不必客气了。这长沙乱起，调我入都，还不知是福是祸，权且勿论。刘侍郎是魏某的举荐恩人，你大哥是魏某的忘年至交，李氏兴业富民，于我魏某有扶掖之功。刘李魏三家，早就是相互扶持的世交了，李府有难，我等绝对不会袖手旁观。今后李家的事，我们自当竭尽全力……"

正在商议之际，突然，听见门外传来一阵异乎寻常的马嘶，听得出，这马肯定一路狂奔，已疲惫不堪，这叫声里居然能听见粗粗的喘气声。不一会儿，只见李云浩一身素孝，风尘仆仆地闯了进来，一见众人，倒头就拜："魏大人，三叔公，父亲，各位大人，孩儿奉命前来报丧：祖母大人过世了……"

"我的娘啊……"李天雷一听，突然两眼一黑，晕倒在椅子上。

李庆如连忙起身，掐住李天雷的人中穴位，直到他"啊"的一声醒过来。李庆如见他醒来，拿出一粒药丸转身递给李云海道："纳川，快拿杯水来，给你爹服颗定魂丹，他突然昏厥，定是悲情郁结，急火攻心，气脉不畅，先稳稳心神再说。"李云海应声接过，赶紧忙碌去了。

李庆如又对李云浩问道："达淼啊，你别急，先起来，缓口气慢慢说。"

李云浩应了一声"是"，就站起身，端起桌上一个大茶壶，杯子也不用，就咕隆咕隆地喝了一气，然后一抹嘴巴，寻了个位子坐下来，说道："自坚哥殉国后，我和六叔奉命扶灵归乡，大雪纷飞，道路断绝，一路走走停停，最后绕道醴陵，好几日后才回到瑶池。得知自坚哥哥战死，举家哀恸，祖母由于悲伤过度，一病不起，今日凌晨就与世长辞了……"

李庆如又问道："你祖父状况怎样？还有你大伯呢？"

李云浩道："祖父听说自坚哥阵亡、岫南昏迷不醒，就再也没说过一句话。祖母过世后，他已经成了木头人了，整天在那里发呆。大伯也病了，只是还强撑着，里里外外忙个不停。"

李天雷吃力地问道："岫南怎么了？"

"岫南从自坚哥阵亡后，就一病不起，不省人事。现在不知道醒过来了没有。这个马希萼，受徐威、马希崇蛊惑，出尔反尔，岫南帮他说服许可琼将军倒戈，一日之内攻进长沙，可是他不仅过河拆桥，而且还恩将仇报、倒打一耙，污蔑岫南和湘水台矫诏篡位，甚至出动大军绞杀湘水台。幸亏左老大人早有防范，才未酿成惨剧。现在，湘水台处境非常艰难，躲在深山老林里，几近绝路。哎……"

李天雷一听，惊愕不已："什么？岫南居然劝说许将军倒戈马希萼，背叛楚国王廷？这，这不就是为臣不忠吗……"

李云浩打断他的话道："爹爹，您说什么呀！岫南的为人，您不清楚吗？想当初，我和六叔跟他一起秘密入唐，大闹洪衰，还火烧炮火营，斗智斗勇救出了您，他怎么会不忠于王廷呢？凯旋之后，他又深谋远虑，上奏楚王，建言举国之力、发十万之兵，一举平定朗州之乱。可是楚王和天策府理都不理，岫南还为此跪在碧湘宫的广场上整整一天，最后昏倒在太阳下，被武士抬回来，就此大病一场，差点送了性命。若不是服用了起死还魂丹——哦，其实就是魏大人那次在岫南负伤后送给他的那盒人参大补丸，他或许已经成了游魂野鬼了……"

李天雷怒道："你跟他在一起，自然为他狡辩！我只知道，忠臣不事二主，烈女不嫁二夫。朝三暮四，卖主求荣，纵然有天大的本事，也绝非英雄豪杰，更是我瑶池李氏的耻辱！老子问你，你们真的矫诏谋国了吗？"

李庆如见李天雷又动怒了，急忙劝道："鸣远，你今天怎么了？岫南此举，是为了安定王室和稳固大楚江山，迫不得已而为之啊！古人云：事君以敬，事父以孝。大楚国的老百姓，只认得楚王是姓马的，管他是希广还是希萼，只要是武穆王的子孙就行。可是，如今大楚国的王上是马希萼，你们在这里咒骂他，不也是对王廷的不忠吗？达淼，你说说，马希萼为什么宣布他矫诏谋逆呢？"

魏迪勋听罢，急急地搓着手，说道："岫南糊涂！这王位之争，是王廷的家事，什么人都能卷入吗？站错了队扶错了主，弄不好是要杀头甚至诛灭九族的啊！"他突然间定在那里，似乎是为李云浩的话摸不着头脑："等等，达淼亲侄子，魏某什么时候送过人参大补丸给岫南？你是不是记错了？"

李云浩面对三人的轮番责问，有些招架不住，不知回答谁的问题好，于是一甩手，没好气地说道："我不知道，别问我了！这两日，我和六叔日夜被大家拷问同样的问题，我们都快被逼疯了，你们别再逼我了行吗？反正，叛逆也好，不忠也罢，矫诏谋国也行，都发生了，随便你们怎么认为。但是，我李云浩还是会跟着岫南，和他一起干一番惊天动地的大事业。各位长辈，跟岫南这几个月，我才觉得，乱世之中，男人如何做才叫男人，也分得清了，什么人叫君子，什么人是小人，什么样子的人，才算得上大丈夫！现在，我又忤逆了各位长辈，这也是大逆不道，可我不后悔，随你们怎么处罚，我都认了！"

大家听了李云浩的一席话，惊讶得面面相觑。他们没想到，一直是个闷葫芦的李云浩，居然说出这番感人至深的话来。就连李天雷适才的怒火也小了，尽管他不苟同李云浩为李云博的辩解。大堂里静了好一阵子，还是李庆如开口打破僵局："达淼啊，如今，馥湘公主有下落吗？"

李云浩回过神来，回答道："回禀三叔公，馥湘嫂子和一大群王族亲眷被刘彦瑶他们救走，听说在醴陵大营待了几日，随后又献营投降，如今可能已经过了老口关，去了南唐袁州了。哦，对了，自坚哥哥临别前交代岫南，说她已经有了身孕……"

李天雷悲愤的脸上露出些许喜色，喃喃自语道："她有身孕了？真是不幸中的万幸啊！至少，给自坚留下了一个后代，得想办法把他们接回来才好。"

"哎，又一桩让人牵肠挂肚的事！家中连去两条人命，岫南生死未卜，馥湘和肚子里的孩子又无下落，这真是屋漏偏逢连夜雨啊！"李庆如长叹一声，对众人说道，"大家赶紧准备，立即动身，往瑶池赶。"

李云海道："三叔公，您看，三祖母病得不轻，刚刚睡去，抓来的中药都还未煎服，如何经得起这寒冷而又遥远的路途折腾呢？还有我爹爹刚刚苏醒，走这么远的路也成问题……"

李天雷道："百善孝为先，母丧不奔，绝对会让人不齿。我没事，坚持得住。只是三婶的确不适宜再长途奔波了。我看这样，直系孝男孝媳及孙辈都回去，留下管家和另外几个人来照顾三婶。"

李庆如想了想，道："你三婶留下也好。能回的，都回去，留下管家和几个家仆足够。等到她病情缓解，天气转暖，再回不迟。"

"管家？"李云浩一听，突然想起他勾结敌国、出卖主子的事情，不禁勃然大怒，"何管家人呢？"

"二少爷，小的在这儿，有何吩咐？"正在外边忙碌的何管家听到李云浩大声问起自己，赶紧过来拱手施礼。

"你这个卖主求荣的奸人！"李云浩一见到他，飞起一腿将他踢翻，"你说，我家待你如何？为何要勾结黑云长剑军密探，绑架我父亲？"

何管家见事情败露，顿时面如土色，连忙爬过身子叩头求饶："二少爷饶命！小的一时糊涂……"

"怎么回事？"众人面面相觑。

李云浩指着跪在地上的何管家，愤怒地说道："这个狗贼，居然投靠江世敦、西门璞，做了南唐的内奸。劫持父亲、盗窃秘方、抢夺炮火都与他有关。今儿落到我手里，绝对让你不得好死！"说着，又是一脚踢了过去。

"什么？"李天雷如梦初醒，他怎么也不会想到，原来自己被秘密劫持，居然是跟了自己十几年的老管家干的！他摇摇晃晃地站起来，蹒跚着脚步走到他面前，热泪纵横地问道："老何，老夫一直以兄长之礼相待，也算待你不薄，可你为何要这等对我？为什么呀……"

"老爷，我……"

"来人，将这个南唐奸细拿了，带回去慢慢审问！"魏迪勋吩咐道。

何管家道："老爷，夫人，各位少爷小姐，小老儿一时糊涂犯下大错，也是迫不得已。主家的如山恩情，我来世再报吧！"说着，不等捕快上前，便爬起来一头朝墙撞过去。

"老何……"李天雷喊了一声，但已经来不及了。众人见状，也都惊呆了。

魏迪勋道："何管家背叛主子私通敌国，罪大恶极。撞墙自绝，死有余辜。来人，把尸体拖出去喂狗！"

"他的确不义，但还算有自知之明。就看在他跟我十几年的份上，还是找个地方安葬吧。"李天雷说道，又指挥仆人将尸体搬走。看着大家都默不作声，他又说道："出了这等意外，大家都别太在意，还是回过神来，好好想想赶紧回瑶池吊孝的事吧。"

魏迪勋道："魏某也一并前去吊唁。"

李庆如制止道："魏大人，不妥。家逢重丧，还不知如何治丧。更何况，大人刚刚接到调令，不去就任，恐怕遭新主猜忌。我等回去协理丧事，大人不去，除了礼数之外，别无他碍。依在下看来，当务之急，魏大人还是赶紧起程赴任，公干要紧啊！"

魏迪勋想了想，道："你说的固然是理，但魏某心知肚明，你不想我搅进李家的是是非非中去，受到牵连。你别说了，我就去准备，一同前往吧！"

李庆如道："大人想多了！如今李氏大难来临，如若都窝在瑶池，信息不通，新楚王究竟想把我李氏怎么样，徐威他们还会使出怎样的狠招，更是不得而知。刘侍郎又一病不起，掌书记大人公事私事两边应付，肯定顾不过来，甚至想找个商量的人都没有。大人去了长沙，至少能给我们传个信儿吧。请魏大人三思。"

李天雷道："魏大人，我三叔言之有理啊！您去长沙，又是公门中人，消息来得迅捷一些。大事不拘小节，你还是赶紧赴任吧。在下求您了！"

魏迪勋道："那好吧，恭敬不如从命。魏某就依大家之言，即刻启程赴长。礼数不周，对不住了。"说罢，起身告辞。

李天雷送别魏县令，大声喊道："全家老小，速速启程，奔丧瑶池！"

◆ 三、重丧礼制，难煞李府上下 ◆

李庆如、李天雷一大家子赶回瑶池的时候，已近凌晨丑时。

夜幕中的瑶池，寒风呼啸，大地被冰雪覆盖，恰似一张极大的素帷，将年关裹得严严实实。远远望去，府上灯火如昼，夜歌阵阵凄凉人耳，催人泪下。一行人马不停蹄，来到去年刚刚修起的城门外，通报验检之后，就进了城，匆匆忙忙赶到家中，进到灵堂放声痛哭。一时间，哭声震天，哀乐大作，爆竹之声不绝于耳。

灵堂早就搭就，灵堂内，两口黑漆棺木一前一后，兀然摆放在中央。老太太已经净身更衣，寿服穿得整整齐齐，神情安详地躺在棺木里，只是还未入殓完成，等待李天雷回来看上最后一眼。李天雷悲痛欲绝，伏在棺木上看着母亲憔悴枯瘦的脸，喊着"娘亲

娘亲"，死活不肯下来，直到又昏厥过去，执事人员才封好棺盖，完成了入殓的最后一道程序。

众人七手八脚扶起李天雷，重新将他弄醒，劝他进房中歇息，可是李天雷就是不肯，挣扎着跪在老太太灵堂前叩头、上香、烧纸，又要去给父亲请安，被众人劝住了。于是就跪在灵前，喊爷喊娘地号啕。大家没法，只得由他去。忙碌一通后，众人又草草弄了些吃的填饱肚子，就守在灵前商议治丧事宜。

李庆吉听说李庆如、李天雷等人回来了，于是抱病起身，来到灵堂里和大家见面。大家见他来了，都一个个站起来见礼。李庆吉道："大家坐吧。近来老夫卧病在床，大小事情都是如弘打理。可是家门不幸，灾祸频降，祖孙重丧，百年难遇。尤其这丧葬礼制，更难确定。你们有什么想法，都说说看。"

李庆如半年多不见大哥，没想到，一向硬朗精神的老掌门人，突然间变得如此苍老颓唐，满脸皱纹，胡子拉碴，头发几乎全白了。李庆如不禁鼻子一酸，落下泪来。他抹了一下眼泪说道："大哥，您身体不适，就别操心了。如弘亲侄子年富力强，又有我们几个扶持，这些事情都还能勉强应付。刚才一路上，愚弟也一直想着这丧制问题，可是思来想去，不好定夺。老太太年过七旬，儿孙满堂，是为白喜；而自坚孙儿才二十出头，白发人送黑发人，实乃黑哀。既然难以定夺，不如就按照以老为主、幼随长丧的原则，只发老太太的白喜丧帖，将自坚孙儿的丧事一带而过。"

老四李庆意一听，第一个站起来反对："三哥此言差矣！按照常规，如遇重丧，应该先逝者为主，后亡者随之。自坚孙儿阵亡数日后，大嫂才仙逝；而大嫂的去世就是因为自坚战死，悲愤过度而离世的。这一前一后，明白得很。再加上自坚是王廷大将，官居四品，又是驸马爷，怎么能草草带过去呢？"

李天亮道："三叔四叔都似乎言之成理。就我而言，母丧为大；中年丧子，也不是小丧，更何况自坚已经成年，结婚而且留下遗腹子，带过去有些不妥。如若同时发丧，白喜、黑哀，又不伦不类；先发子丧、后发母丧，又有违孝道。这还真有些难啊。"

"嗯……先男后女有理，先长后幼也有理，先官后民更有理。怎么发都不会错，只是白喜黑哀，当真有点不伦不类。"李庆吉一边说着，一边看着一直未开口的李庆祥，问道："仲义，你怎么不说话呢？"

"哦，大哥。"李庆祥从思索中醒过来回应道，"这祖孙重丧，千百年来有几家遇上？而遇上重丧，都是临时商量的办法，哪里能按照正常丧礼那样依葫芦画瓢啊。目前家族蒙难，过多讲究没有必要，我们得把精力放到应对更大的灾祸上来。就按简简单单的葬礼，不专帖发丧，请石霜寺的释晖禅师做三日道场，超度亡灵之后，就送上青山吧。"

李云闪一听，大声说道："二叔公，这未免也太简单了吧？我二弟是驸马爷，又是朝中大将，如今为国捐躯，连丧事都省掉，太随便了吧？祖母是前掌门夫人，又是现任总执事的母亲，年过古稀，儿孙满堂，这样简单操办，李氏百年望族的脸往哪里搁？我们瑶池李氏，这些年来，主事乡邑，尽职尽责，不仅要管着大家有事做，让乡邻闾里不受饥寒，还要出面为大家调解邻里纠纷家长里短，操持婚丧嫁娶红白喜事，也不知为多少死者办过葬礼，那场面上的爆竹炮火，都是我们送去燃放的！怎么，自己的大丧就如此草草了事？我以为，这样做绝对不行！"

李天骏道："光升，你别激动，祖辈父辈们不正是在商量嘛。哎，要是岫南在，肯定有办法。"

正跪在灵前烧纸的李天雷一听李天骏提起李云博，气不打一处来："老六，你别老是口口声声岫南岫南的，没有张屠夫，就吃带毛猪？岫南如今是死是活，还不得而知。而且，他目前被王廷通缉，能来得了吗？你们近期在一起，不知干了些什么。我真不懂，数月前还是好好的凯旋功臣，怎么突然间成了王廷叛逆了？"

李云浩一看父亲跟六叔急上了，慌不择言地劝慰道："爹爹，您这几日肝火太盛，情绪激动，已经昏厥过多次了。别见谁咬谁，少说两句，行不？"

李天雷一听，勃然大怒："你个不知死活的东西，居然教训起老子来，真是反了天了……"

李庆吉忙厉声制止道："大丧灵堂，吵吵嚷嚷像什么样子！鸣远，你怎么当兄长做爹爹的！劲风也不就念了声岫南，就惹着你了？达淼不就是劝劝你少动气以免伤害身体，言语是有些不妥，他一片孝心你就全当驴肝肺了？岫南、劲风、达淼他们被王廷通缉，丢了你的脸是吗？岫南怎样的人，大家都清楚，绝对不会有谋逆之心，这一点，大家一定要相信，我甚至可以用老命担保……"他一激动，剧烈地咳嗽起来，但他仍然克制住，继续说道，"岫南书读得好，博古通今，胸有韬略，丧制这个问题肯定难不倒他。看看我们李氏满堂儿孙，一个个就知道打打杀杀，练武功啊打野兽啊，配火药做爆竹啊，开铺子跑江湖啊，有几个能正儿八经读读书？几十口男女老少里面，也就出了个李岫南。劲风说得没错，大事来了，没有他还真不行！如今，岫南昏迷多日，也不知醒了没有。如若他有不测，瑶池李氏那就真的后继无人了！"

李庆如见李庆吉动怒，赶紧出来劝慰："大哥，你别动气，鸣远他也不是那个意思。岫南一直是我们李府上下的心肝宝贝，哪个能不把他当回事？俗话说，智者千虑、或有一失，何况他毕竟年幼，更事不多，自己失策也好，别人算计也罢，总归是出了问题。岫南如今生死未卜，大家肯定都提心吊胆、牵肠挂肚啊。劲风这个不肖之子适才提起他，岂不伤口抹盐，让大家在悲痛的同时更加伤心？"

李庆祥说道："三弟呀，劲风也只是顺口一说，肯定没有别的什么意思，你也别责怪他了。鸣远，你爹不是说你说错了，而是现在家里这么乱，千万不能轻易动怒。这一动怒，就容易说气话，这气头上的话，最容易伤人。大难当头，我们首先得相信自己的人，决不能互相猜忌、乱发脾气甚至自乱阵脚。家里的人要从心里头和睦才能成事。篱笆扎得紧野狗就钻不进，鸡蛋没有缝苍蝇就叮不进，我们全家必须铁板一样，携起手来，共渡难关……"

大家听了李庆祥的话，都平静下来。过了一会儿，李云浩说道："既然大家都这么关心岫南的情况，不如派个人去探一探。我们回瑶池也已经四五日了，是该回去看看了。如若岫南醒来，大家也好放心，正好让他知道祖母过世。这么大的事瞒着他也不是办法。如若大家没意见，就派我去吧。"

"这倒是个主意。"李天亮说道，"你是湘水台的人，轻车熟路，倒是合适。不过你是丧家直系孝孙，披麻戴孝期间外出不太合适。"

李天骏说："那我去，我去合适。如若岫南醒来，我还可以跟他讨个治丧的主意回来。"

李天祥道："劲风武艺高强，又是湘水台的长老之一，行事更方便。我看行。"

李庆吉也点点头："行。只是带个人去，也好有个照应。就郑大雄吧，他是驸马府的管家，又和你们熟，人也机灵，路上做个伴也好，以防万一吧。"

"是，伯父大人。我们立即出发。"李天骏起身，就出了灵堂。

李庆意道："好了好了，这事就这样定了，别扯远了。还是说说这丧制的事吧，别总是跑题了。"

大家就都不作声了。灵堂一下子静下来。这时候，天渐渐亮了。

突然，李天亮道："天已经亮了，一个通宵下来，还是没个结果。我看，大家都很疲倦了，待上过早香，都回房里睡一会儿，早茶时间大家再议如何？"众人一听，觉得有理，都点头同意。于是就响起锣鼓唢呐，焚香燎纸燃起爆竹，给逝者上起早香来。忙罢，就各自回房歇息去了。

李天亮回到屋里，妻子邱氏仍然披着衣痴坐在床上，长吁短叹、默默垂泪，看样子，她又是一晚未眠了。邱氏见他回房，就赶紧起身为他更衣，然后陪他躺下。李天亮躺了一会儿，怎么也睡不着。他能理解妻子的痛楚，自己也感同身受。家里人再怎么悲伤，都不可能和他夫妻俩同日而语。但是，家族这么一个大摊子压在自己身上，他得全力以赴去应对，怎么能和妻子一起向隅而泣、一味地沉浸于悲伤之中呢？作为新的家族总执事和瑶池乡司，他一上位就麻烦不断，先是诸侯列国觊觎李氏火药秘方，闹得瑶池一带鸡犬不宁；继而楚国王室兄弟争国，次子李云锋战死，小儿子李云博至今昏迷不醒，弄得他几乎肝胆俱裂；昨天母亲大人又因为两个孙子一死一昏，悲伤过度撒手西

去，更让他悲痛欲绝，但他是这个家族的领头人，他得强挺住，他得担当起维护家族安危的重大使命。这些天来，他咬着牙忙里忙外，在家人面前尽量装着没事一样，可是只要回到房里一背人，就怎么也忍不住，一想到战死的李云铎，不省人事的李云博，突然辞世的母亲，就不由得泪如泉涌、泣不成声。

"老爷，您可得挺住啊……"妻子突然说道。

李天亮一愣，突然感觉到有些失态，忍住悲伤道："我知道。这道坎再难，咱也得过去。你也多注意身体。我平素忙，没时间照顾你，你得自己照顾自己。"

邱氏道："我知道。也不知道，岫南醒了没有？"

李天亮道："哦，这个，过两天就会知道。六弟和郑管家已经出发去长沙，很快就会有消息。岫南他是大贵之人，吉人自有天相，你放心，不会有事的。"

邱氏道："但愿如此。哎，也不知道自坚媳妇她们母子现在在哪里？这个还待在娘肚子里的孩子，可是自坚唯一的骨血啊！"

李天亮道："你放心，等家里的事情弄完了，我一定想办法去找……"说着说着，李天亮就迷迷糊糊地睡了过去。

◆ 四、魏千金智解燃眉之急 ◆

话说魏迪勋在浏阳爆竹行与李庆如、李天雷一家辞别后，准备立即启程，带上一家老小前往长沙赴任。回到家里收拾行李的时候，魏柳烟赶来，问道："爹爹，听说你要立刻带我们去长沙履新。这任命刚刚下达，大雪封门，到处冰天雪地，急匆匆地走，这是为何？"魏迪勋道："烟儿啊，如今王廷刚刚变故，马希萼上台伊始，政局不稳，人心芜杂，莫名调为父升任潭州内押衙，不知是福是祸。为父与叔仁、鸣远两位掌柜商议，还是速速去长，探个究竟为妙。"魏柳烟笑道："俗话说，是福不是祸，是祸躲不过。爹爹匆匆上路，只怕不是为此吧。女儿见了昨日天策府昭告，里面诸多内容与瑶池李氏有关。女儿还听说，李云铎战死后，李云博一直昏迷不醒，而刚才随你前往商行的吴都头说，李云浩刚刚来浏阳报丧，李府老太太突然离世。我们魏家与瑶池李氏一直来往甚密，爹爹不去吊丧，只怕讲不过去吧。"魏迪勋叹息道："唉，什么都瞒不过你！"

突然间，魏迪勋想起李云浩说过关于人参大补丸的事，突然觉得这可能与女儿有

关。于是放下手中的活计，抱着双手，一本正经地瞪着眼睛问道："为父问你，家里那盒人参大补丸上哪儿去了？"

魏柳烟一愣，马上笑着回答道："哦，爹爹说那玩意儿啊，别用这眼神看我好不好？我从小贪嘴，身子又虚，觉得好玩，吃掉了。呵呵……"

魏迪勋道："一盒子补丸，足足十粒之多。这么贵重的东西，就当零食吃了？你骗鬼去吧，小丫头！"魏柳烟道："爹爹不信，我也没办法，反正吃掉了。"魏迪勋道："那我问你，李云博手上，怎么会有这玩意儿？还冒充什么起死还魂仙丹，救过刘侍郎的命。你说，怎么回事？"

魏柳烟一听，咯咯咯咯地笑了起来："蓟北千年老参，虽是天下奇物，我魏家有，百年豪门的李氏就没有？如今，爹爹手上有一颗县令大印，别的县令大印就都是爹爹的？"

魏迪勋道："你，你别狡辩，李云浩还说，岫南的人参大补丸，是我魏某给的。我何曾给个岫南这玩意儿啊？"

魏柳烟笑得更厉害了："爹爹给了没给，女儿又怎堪知？那夜家宴，李云博醉酒宿在府中客屋，后来不辞而别，莫不是他见财起了不义之心，偷走爹爹的宝贝不成？嗯，女儿看很有可能，偷了之后说是爹爹给的。他们家势显赫，谅你也不敢声张。呵呵……"

魏迪勋叹道："你如是说，为父还能说什么？哎，可惜一盒千年老参啊，那可是我珍藏了多年的宝贝啊！"

魏柳烟道："人间器物，纵然价值连城，总得派上用场，不然此等俗物，终归百无益处，徒生些利货之累，丢了倒好，图个轻松吧。"

魏迪勋道："为父知道是你给的，给就给了，狡辩作甚？为父问你，你不是对这个天才少年一见倾心吧？"

魏柳烟正色道："爹爹何出此言？岫南与我亲如姐弟，怎敢做非分之想？更何况，他与如霜妹妹有媒妁之约，我掺和个甚？爹爹不必多心了。"

魏迪勋道："那我问你，这些年来，为何各方聘媒登门，无论达官贵人、富豪子弟，还是青年才俊、世交门第，你为何都拒之门外，一概不许？你，都十八岁了，还未许配人家。你想当老姑娘嫁人，愁死我这做爹爹的？"

魏柳烟道："爹爹言重了。您就我一个女儿，我嫁人了，您和娘亲怎么办？我要守在你们身边，一辈子服侍你们。嫁不嫁人，有甚关系！"

魏迪勋怒道："胡说八道！男大当婚、女大当嫁，自古亦然。俗话还说，鸟大出窝、女大出阁。你不嫁人，老死娘家，让世人戳你爹你娘的脊梁骨啊，都是你娘惯坏的，

真是！"

魏柳烟道："爹爹息怒，以后有机会，瞧着有顺眼的，招个入赘的好不好？爹爹，不生气了，啊？"

父女聊了一会儿，就又扯到李府丧事上。魏柳烟道："爹爹，我估计，李府祖孙重丧，丧制难定啊。你看，自坚哥哥战死，全然为国捐躯，老太太悲愤过度，紧跟撒手人寰，一先一后，一老一少，一男一女，一官一民，谁主丧，谁当大事，都不好确定。足智多谋的李云博遭人诬陷，身陷绝境，不得脱身。这事，不太好办啊。"

魏迪勋道："你这么一说，还真是个问题。不过也还是有办法。如若老掌门以丧妻之礼发丧，李云铎是孙子辈，一带而过，应该无人闲话。"

魏柳烟道："不妥。老乡司已经解印让位，赋闲多日，怎么能当大事呢？而老太太年近七旬，儿孙满堂，丧妻之礼，太过寒碜了吧。"

魏迪勋道："那就由李天亮当大事，他是现任瑶池乡司，又是家族总执事，以母孝发丧，应该行了吧？"

魏柳烟道："我的爹爹，亏你还饱读圣贤之书，怎么连丧葬礼制都弄糊涂了？如弘大叔当大事，固然不差，但若以母孝发丧，李云铎的子丧怎么办？按照楚人古习，父母年过七旬而仙逝，儿女已然尽孝，是为白喜事，该发白丧。而李云铎二十余岁战死王都，作为大将，如若以殉国之礼对待，朝廷应该发国丧，显然，马希萼不会；作为人子，发的就是中年丧子的黑丧。一白一黑，一喜一哀，悲欢两重天，甚至连丧色都有天壤之别，如何能够同时发丧呢？人世之间，家遇重丧，极为罕见。我估计，李府上下已经愁坏了。"

魏迪勋道："这……为父可没细想。更何况，自古以来，书里书外，都没有重丧的礼制啊！"

魏柳烟想了想，道："自古以来，重丧虽无定制，但也有参考范本。比如国丧，比如官丧。君主王室崩薨，这是最古老的国葬，就不用多说；国家征战，统帅阵亡，抑或战争死者甚多，一般说来，朝廷都是发国丧，举行集体葬礼，胜负双方，莫不如此。至于官丧，那就更多：如遇灾年荒月，或旱或涝，或瘟或疫，百姓流离失所，饥馑冻绥，必然死亡无数。这种情况，都是各地官府组织收尸，然后寻个地方集体安葬。除了战乱之外，真正一个家庭连死数人的情况从来都没有规制，基本上是临时议定。要么是前者安葬之后，后者才身死；要么因为事故同时身亡，也就同时发丧。而像李府前者还未安葬后者跟着身亡这种情况少之又少。女儿认为，李府最好的选择，就是由县府衙门发官丧。"

魏迪勋道："甚甚甚？我的治区之内，一无兵荒马乱，二没旱涝灾害，三也不见瘟

疫流行，发什么官丧呢？真是岂有之理！"

魏柳烟道："爹爹想想，如今李府好发丧吗？"

魏迪勋道："不好发，难上加难。"

魏柳烟道："如若爹爹以浏阳县府衙门名义，为王廷大将和治内乡司望族老夫人发丧，难不难呢？"

"这倒不难。"魏迪勋想了想道，"如若按你说的，县衙来发官丧的话，那么，瑶池乡衙也可以啊，犯不着以县衙名义吧？"

"爹爹真糊涂！"魏柳烟骂了一句，"如弘大叔自己是乡司，哪有自己为自己亲人发官丧的，这不是假公济私吗？"

"也是……"魏迪勋被她骂得恍然大悟，"只是，我来发官丧，总得有个说法吧……"

魏柳烟火了："这很难吗？我看是名正言顺！李云铎是禁军都统，马希萼又没说他背叛朝廷，只说他死忠旧主，他的父母官为他发个官丧绝对不会有问题。瑶池李氏，百年望族，经营爆竹产业而名扬天下，浏阳能够成为楚国富庶之县，他们贡献卓著，当居首功。为一个地方望族掌门的老母亲发丧，不仅体现官府的亲民姿态，而且也是对李氏家族兴业富民、造福相邻业绩的肯定，更重要的是，帮了李府一个天大的忙。这样的好事，爹爹何乐而不为呢？"

魏迪勋听了，笑道："你这还是假公济私！不过，这主意还不错。问题是，你爹爹我，已经接到天策府的任命书，还能以浏阳县令的身份主持公务吗？"

魏柳烟大笑道："爹爹当官都当糊涂了！是不是那个潭州的六品府僚比这七品县令大呀，想早去体会体会？你忘了，这历来去旧履新，不到任上，就不算交割，你当的就还是原来的官。爹爹为李氏办完丧事，再走也不迟啊。难道是害怕迟去几天，那个官儿就被别人抢了不成？也就三五天，误不了你的履新！"

"你看看你，还像话不？把你爹都当成官迷了。真是的。"

"你本来就是……"

"你……"魏迪勋被她将了一军，堵在那里不知说什么好。突然，他总觉得这丫头有点不对劲，但又找不出哪里有问题，于是疑惑地问道："鬼丫头，为父不明白，近期来，你怎么老帮李家的忙？"

没想到魏柳烟却板起面孔，反驳道："呵呵，老爹，你得搞清楚，本小姐是在帮你忙，真是狗咬吕洞宾！早知道，不管才好呢！"也不招呼，就转身离去。

魏迪勋讨了个没趣，自我解嘲地说道："怎么，堂堂朝廷命官，怎么成咬人的狗了，哼，咬的好像不是吕洞宾，倒是个仙女……"

于是，魏迪勋赶紧命人准备县衙发丧事宜，第二天一大早，就带着大批人马出

发了。

魏迪勋一行到达瑶池时，李氏族人正在为发丧的事情一筹莫展。得知浏阳县令魏迪勋前来吊丧，大家回过神来，都连忙出门相迎。李庆如、李天雷对视了一眼，两人更是惊愕不已：不是说好了，魏大人即刻赴长履新，怎么又来吊丧呢？

正在疑惑间，门外的爆竹响起，魏迪勋带着魏柳烟和一群属官衙役，迎着凛冽寒风，到了李府门前。忙乱之间，李天亮马上命锣鼓唢呐响起，燃放爆竹炮火起声接应，然后赶上前去，和众人一起跪地迎接——这是孝家迎接吊丧贵客的大礼。本来，这丧礼操持，有专门的司仪，李天亮又是长孝，根本不能参与这些礼事，只能握着哭丧棒，一门心思做他的孝子。但由于尚未发丧，礼制一直未定下来，县令大人来吊唁，于是措手不及，只得勉强应付一番。

魏迪勋还了礼，扶起李庆吉，又示意众人起身，然后进了灵堂，带领众人行过吊唁大礼。李天亮又带领家人跪地还礼。礼罢，就迎入客堂叙话。

入座看茶之后，李庆吉抱拳施礼道："不知大人前来吊唁，这丧制未定，丧帖未下，礼数不周，请大人见谅。"

魏迪勋笑道："礼制未定？果真如此！老掌门不必拘礼！我们此次前来，就是为了这重丧礼制特发官丧而来，要不然，魏某今日就起身赴长了……"

众人很是讶异，李庆吉更是莫名其妙，不解地问道："特发官丧？魏大人，此话怎讲？"

魏迪勋道："事不宜迟，赶紧发丧，原因以后再说不迟。"

李庆吉道："魏大人思虑周全，铺排停当，在下叹服。大人大恩大德，李府上下没齿不忘。"

魏迪勋道："李魏两家，至交多年，区区小事，何足挂齿，老掌门不必客气。我带来的礼官司仪，都是魏某把他们从休假中紧急招回来的，你赶紧以县衙名义发丧吧。"

"是。"大家起身，就赶紧忙碌起来。

◆ 五、西门璞奔丧，引发轩然大波 ◆

发丧过后，一切就进入正轨。一连数夜没合眼的李天亮，一直在母亲灵前应酬着。到了出殡前一天，实在困得不行了，就伏在棺木上睡着了。突然间，传来一片喧哗吵嚷

之声。李天亮本来就睡得很浅，一听到声响，就醒了过来。他不知道自己睡了多久，也不知道发生了什么事情，于是翻身站起来，只见大家围着一个浑身素孝的男子，情绪激动，推推搡搡，在那里理论着。李天亮大声叫道："都停下！先妣灵前，如此拉拉扯扯、吵吵嚷嚷，像什么话！什么事情，不能好好商量吗？"大家一下子住了手脚，愣在那里，看着李天亮，也没有人再争论了。李天亮定神一看，自己也不觉怒火中烧：这个披麻戴孝的人，不是别人，正是去年勾结南唐黑云长剑军图谋李氏火药秘方、搅扰爆竹节盛会、劫持李天雷的妹夫西门璞！他强压住怒火，上前冷冷地问道："呵呵，西门官人，你大驾光临，有何贵干啊？"

西门璞挣脱大家的拉扯，整了整衣冠，施礼道："大哥，愚弟闻讯岳母仙逝，特地前来奔丧。惊闻噩耗，悲痛不已，在下不孝，连最后一面也没见着……"说着，就动起哭声来。

李天雷突然上前一把扯住西门璞，厉声呵斥道："西门小儿，别猫哭老鼠假慈悲了！你背叛家国，勾结南唐，见利忘义，祸害乡里，置我们家族于绝境，猪狗不如的东西，还有脸来奔丧？"

西门璞道："二哥，愚弟自知道上次劫持你，你心存愤懑，今天我来了，要杀要剐随便你。可是，岳母大丧，我岂能置身事外？这不孝的罪名，我可担当不起啊。"

李天雷道："背叛王廷，出卖家门，不忠在前，哪来的孝？你还有脸在这里聒噪！你不记得，在萍乡密事营里，我们不已经恩断义绝了吗？今日就在母亲的灵前，活剐了你这死不要脸的叛贼！"说罢，扬起手就打。

李天亮制止道："鸣远，你冷静点，母亲灵前，切不可造次胡来！西门璞，你应该清楚，既然已经屈身侍唐，勾结外人图谋李氏家传秘方，就应该想到，你已经是瑶池和李氏的公敌，这里已经没有了你的立锥之地。今日母亲大丧，我们不想大开杀戒，你赶紧走吧。要是父亲知道了，断然饶不了你。你给我记住，从今日起，我们李氏与你西门家族再无瓜葛！"

这时候，李天香不知从何得知西门璞归来奔丧的消息，带着一双儿女从后堂冲了出来，一见西门璞，丢开女儿西门燕和儿子西门策，扭住西门璞就打，口里还骂道："你这狼心狗肺的东西！常言道：滴水之恩、涌泉相报。你，你枉读了半辈子书，这么简单的道理，难道不知道吗？我瑶池李氏，待你不薄，你如何干出这种背祖离宗、让人唾骂的事来？你如此下作，我都替你害臊！你知道，这半年来，我们母子怎样度过的吗？你辜负了我、辜负了儿女、辜负了李氏，也辱没了西门家族……你，你还敢回来，我今天非打死你不可！"

"娘子……"西门璞跪倒在地，一把抱住李天香的脚，哭道，"娘子，我西门璞是什

么人，你不清楚吗？男人做的是建功立业、造福后人的大事，你又为何不细细体察？我这样做，还不是为了一展满腹经纶的才学，为了西门家族能门庭显赫，为了你和孩子们能荣华富贵？"

"放屁！你让我妹妹整日以泪洗面，在乡邻闾里抬不起头，还口口声声说是为了他们，你讲点良心好不好？"李天雷火冒三丈，指着西门璞骂道，"你想光宗耀祖、封妻荫子，也该走正道，靠自己的打拼来光大门庭，这等卖主求荣、为虎作伥的无耻行径，居然跟建功立业、造福后人扯上关系，我真替你害臊！"

西门璞甩开妻子，突然站立起来，道："大丈夫当志在天下，岂能为家室之安而苟活人世？这腐朽至极的楚国朝堂，还值得我等去报效吗……"

"好个志在天下的大丈夫！老夫瞎了眼，居然没看出，小瑶西门世家，出了个以天下为己任的伟丈夫！"突然间，门口传来李庆吉的朗朗之声，"你有经天纬地之才、经营天下之志，能够手转乾坤，运驭阴阳，呼风唤雨，撒豆成兵，待在我瑶池当一个小小的礼教执事的确屈才，说来说去，都是我李氏对不住你呀！早知如此，老夫也不会把小女嫁给你，我们高攀不起啊！今日你来奔丧，我们就把这个问题彻底弄清楚，西门官人，您意下如何？"

西门璞一见李庆吉，顿时两腿一软，跪在地上道："小婿跟岳父大人请安！岳父大人如此说来，岂不折杀小婿！小婿有得罪娘家的地方，还望岳父大人多多担待！小婿若是毫无廉耻、贪生怕死之辈，明明知道此次前来奔丧，是闯龙潭、入虎穴，可小婿还是来了！常言道，百善孝为先。岳母大人驾鹤西去，做女婿的不来送一程，那将被千夫所指、遗憾终身啊！纵然身死，又何足道哉！请岳父大人明察！"

一直在边上静观场面的李天威突然走过来，厉声问道："西门姐兄，你大言不惭、巧舌若簧，哄骗山野小儿尚可，我瑶池李氏，满门忠义之士，岂会相信你的鬼话！记得去年爆竹节那日早晨点卯之会吗？当时瑶池陌生客商云集，三哥以为不甚正常，还怀疑是受各国朝廷差遣的密探，你却用煌煌大言，什么大乱之中有小安，轻而易举骗过大家。今日，你阴谋败露、原形毕现，活脱脱一副小人嘴脸，还想再来一次巧言舌战吗？你说，你趁我等家门大丧，溜回来究竟意欲何为、有何勾当？来人，先将这卖主求荣的狗贼抓起来，等家门办完丧事，再细细审问，依法处置！"

"慢着！五舅爷真是明辨是非、正气凛然啊！当上瑶池大营的副统领，这说起话来都不同凡响，真是士别三日，当刮目相待啊！"西门璞哈哈大笑，拱手说道，"今日前来，一为岳母奔丧，二为解救瑶池。我之苦心，无人能懂，真是悲哀啊！道不同不相为谋，我苦口婆心，又有何用？好，既然敢来，就不惧身死。让我先吊唁岳母亡灵，再就汤镬之刑。大丈夫行事，光明磊落，为天下苍生而死，死得其所，又何足道哉！"西门璞说

罢，就甩开众人，径自走到老太太的灵柩前，号啕痛哭、三拜九叩地行起大丧之礼来。他的视死如归之举，让大家面面相觑。

西门璞起身之时，看见了李云锋的灵位。他顿时爬上前去，又号啕大哭起来："自坚吾侄，你早入行伍，精于战阵，实乃安邦定国之良将啊！年纪轻轻，就以身殉国，实折瑶池梁柱啊！可是，兄弟争位，你为何不和别人一样作壁上观，偏偏要抱住马希广这棵朽木死死不放呢？这样荒淫无道、腐朽至极的王廷，忠之何益？都战死旬月了，怎么还没有入土为安啊？真是痛煞我也，我的天哪……"他的一番告白，不像是逢场作戏的表演，大家一个个跟着拭起泪来。

李天香道："官人，你今日既然冒死前来，就把话说清楚，死也死个明明白白。你要是有勇气，求得李氏全家原谅，你死，妾身也跟你去。如若不然，我就牵儿带女，投入南川河，先死给你看，让你断子绝孙，悔恨终身！"

西门璞一听，急了，赶紧过来扯住李天香，说道："娘子，你为何如此绝情啊？一直以来，我们青梅竹马，情投意合，相濡以沫，夫唱妻随。何至于此，何至于此啊？就算为夫犯下罪孽，与孩子们何干啊？你千万别寻短见，千万别伤及无辜啊！"

"那你，把话说清楚！"李天香斩钉截铁地说道。

"好，我说。"西门璞站起来，朝天上拱手道，"看来今日，我西门璞性命将绝。但临死之前，苍天在上，星宿作证，看看晚生所为，是否大丈夫所为。"他清了清嗓门，环视着众人，继续说道："西门璞一介寒儒，承蒙祖上薄业和李氏关爱，能够养家糊口，安身立命，应当足矣。而身为礼教执事，本该安分守己，操持乡学，教益子弟，造福闾里。可是，天下分崩离析，诸侯年年混战，扩军备战、革新武器也成为各国首选。而自五十年前吴主杨行密部将郑璠，使用发机飞火炮轰豫章城龙沙门以来，火药武器成为天下兵家公认的战场利器。从此，瑶池李氏火药为天下人觊觎，看似风平浪静，实则危若累卵。如今，天下诸侯为得到这无人企及的火药秘方，提升军队实力，瑶池必将成为争夺的首要目标，我们将万劫不复。因此，在下一直在谋求保全瑶池之道，首先希望楚国朝堂能伸以援手，结果呢，令人寒心啊！虽然，大楚国自武穆王马殷立国以来，内修吏治，外拓疆土，二十余年造就了一个雄立南方的强国。可是，自从他撒手之后，数代楚王荒淫无道，沉迷享乐，不理朝政，卖官鬻爵，大道废弛，弄得楚国朝堂乌烟瘴气，民生日益凋敝，百姓苦不堪言。而近两年来，马氏兄弟争国，大楚社稷岌岌可危。这样的王廷，能保护瑶池吗？只怕，不出一年半载，马氏江山都会被他国所灭。然而南唐，近年来迅速崛起，主上英明，臣子尽责，政通人和，百业俱兴，实乃江南首屈一指之强国。如若瑶池李氏归顺大唐，献上绝世妙方，不仅可以避祸战乱，而且能建功立业，成为一统天下的有功之臣。天下诸侯混战厮杀，屠戮瑶池迟早而已，秘方终究要被迫献

出。反正都保不住，为何不主动献出，以此换来瑶池的和平与安宁呢？我们瑶池李氏，不是以'舍生忘死、谋福瑶池'为己任吗？大难来袭，如若僵守祖制，不思变通，定然是自取灭亡啊！"

李庆意怒道："西门小儿，原来，你的目的很清楚，那就是我们李氏的火药秘方，狐狸尾巴终于露出来了！"

"四岳叔少安毋躁，容在下把话说完。"西门璞见很多人都沉思不语，觉得趁热打铁的时候到了，"各位姻族故旧，大家睁开眼看看吧：瑶池李氏世世代代报效朝廷，结果呢？自坚由于兄弟争位白白战死，岫南一心平息内乱，却被马希萼诬蔑为'矫诏篡国'，这可是株连九族的大罪啊！这样的王廷，还要为之效忠吗？据我所知，下一步，马希萼就会派大军来血洗瑶池、诛灭李氏了！"他顿了顿，又朝李庆吉施礼道，"我的老泰山，小婿望您三思啊！"

李天雷怒道："西门璞，你是危言耸听，想搅乱我们阵脚不是？我们才不会上你当呢！"

西门璞道："我是危言耸听？二舅爷，你动动脑子好不好？你说，我刚才讲的是不是事实？而南唐国，对李氏的态度截然相反，就算岫南大闹洪袁，火烧了炮火营，也没有采取报复措施，而是耐心等待时机。对于瑶池李氏，他们已经仁至义尽了……"

李天雷更加来气："胡说八道！那你说，去年劫持我，关在萍乡一个山洞里差不多两个月，威逼利诱，软硬兼施，最后还不是大刑侍候！你以为，我们会相信你的鬼话？"

"我承认，我们中间有人急功近利，对你施以酷刑，可是我去以后，不都停止了吗？在南唐朝野，主张一举灭楚的不乏其人，还有很多将领都认为，要得到李氏火药秘方，建设天下无敌的炮火军队，最好的办法就是直接攻占瑶池，把炮火营建在这里。我是瑶池人，一直力主以德服人，只有感动瑶池李氏，才可能得到李氏的支持，强扭的瓜不甜嘛。现在，李氏家族面临灭顶之灾，所以我回来，就是想方设法帮助李氏和瑶池渡过难关。我也誓死保卫家乡的安全，这一点，请大家相信！"说着，西门璞从怀里掏出一封信，递给一直默不作声待在边上的李天晨，说道："三舅爷，这是你泰山大人给你和淑贞的信。他很牵挂你们，也祝福你们。"

李天晨迟疑地接过来，打开就念了起来："淑贞爱女、启明吾婿：见信如晤……"

"别念了，这是你们的家书，留着自己看吧。"李天亮打断李天晨，说道，"我再重声一次，瑶池李氏的火药，只能用于民俗医药，绝对不能制造武器杀人；我们李氏，只能为天下人送去欢乐、喜悦和祝福，不能制造死亡、痛苦和绝望；瑶池是生产爆竹的爆都，不是做军用炮火的作坊。谁要违背祖制家规，谁就是不孝之子、家族叛逆，谁要是想夺取李氏绝密配方，谁就是我李氏死敌。西门璞，你觊觎李氏绝密，帮助南唐获取我

们的火药秘方，仅这一条就绝对成为我们的死敌。你还是好自为之吧！"

"大舅爷，我知道这有违祖制。要是天下太平，李氏的火药自然是要用来制造爆竹、为天下送去幸福与欢乐的。可是，如今天下大乱，民不聊生，爆竹能送去多少欢乐呢？还有几家能燃放得起爆竹呢？结束这动乱了近百年的乱世，只有以暴力制止暴力，以武力消灭武装割据，最后换来天下太平。如若用李氏威力巨大的火药，制造炮火武器，然后装备军队，就可以天下无敌。不出一年半载，天下就可以重现太平，我们瑶池又可以用火药继续制造爆竹，为千家万户送去欢声笑语，这，有何不妥呢？……"

李庆吉突然接过话来，冷冷地说道："不妥就是不妥，这是规矩，没有道理可讲！"

易淑贞突然走过来，说道："官人，你把信拿来，要么当众念出来，要么当场撕毁。千万别弄巧成拙，让家里人把我们当成南唐奸细。"

西门璞道："淑贞姑娘多虑了。如今的楚王马希萼，都已经称藩大唐，纪年都改用了大唐纪年保大，大唐和楚国，已经亲如一家。哪来的奸细之说？"

易淑贞道："我一个妇道人家，不懂得什么国家大事，我只知道，既然嫁入李氏，那么我生是李氏人、死是李氏鬼，谁要图谋李氏绝密，和我李家过不去，就是我的死敌。你回去告诉易守礼，我没他这个父亲！官人，把信给我！"李天晨就将信递给大着肚子的易淑贞。易淑贞一把接过，毫不犹豫地撕得粉碎。

"你……"西门璞没想到易淑贞如此固执刚烈，一时语塞，讪讪地说道，"如今，大唐楚国，亲如一家，这并非空穴来风。我是瑶池人，如今就在南唐黑云长剑军效力。黑云长剑军的副指挥使易守礼将军，又是李氏的儿女亲家。哦，对了，馥香公主目前在袁州城里，她和孩子都很好，只是大着肚子，行动不便。等她明年生了孩子，就把她们母子送回瑶池来。刘彦瑶、李彦温两位将军也弃暗投明、归顺大唐，如今在边将军帐前听用。对待诚心投靠大唐的有识之士，朝廷一律好生抚恤，并重重赏赐，加官晋爵，量才而用……"

李庆吉打断他的话，平静地说道："行了，你对瑶池的好处，我们会记得。你一门心思要建功立业、升官发财、光宗耀祖，我们可以理解。至于天下大事，我们乡野人家，全然不懂。但你想获得李氏绝密，没门！今日抽荆大丧之期，我们李氏也不会对你痛下杀手。你还是带着妻儿赶快走吧，如若继续与我瑶池李氏为敌，我们只有兵戈相见了。"

西门璞愣了一阵，突然想起了什么，抱拳对李天晨说道："三舅爷，易指挥交代，想将夫人接过去团聚，还望给予方便。他还说，感谢你们李府对她母女二人的照顾。"

易淑贞道："你回去告诉他，我没他这个父亲！我去问问母亲，如若她愿意去，就麻烦你带她过去。反正，我已嫁进李府，生是李府人，死是李府鬼，不用他操心！"说

着，就进了后堂。

西门璞看着李天香，说道："娘子，你也跟我一起走吧。"

李天香道："我哪儿也不去，我们母子，死活都要待在瑶池！你走吧。"

李天雷道："怎么，就这样轻易放他走？父亲，此贼今日不除，后患无穷啊！"

"二哥……"李天香哭道，"他虽然罪在不赦，但他毕竟是你的妹夫、你外甥的父亲啊……"

西门策突然大哭起来，上前抱住西门璞："爹爹，你别走……"

西门璞蹲下来，抱住西门策，替他擦去泪水，哄道："卷厚乖，爹爹今天得走。但爹爹答应你，一定会回来接你的。卷厚，你和姐姐要听娘亲的话，听外公舅舅们的话……"

西门燕突然一把拽起西门策，道："弟弟过来，你让爹爹走！人各有志，何必强求！我们是瑶池人，不是南唐狗！爹爹要做狗，让他做狗去！我们要好好做人！"

西门燕的一通抢白，让西门璞脸上顿时羞愧难当、无地自容。他再也无话可说，一抱拳，转身出了灵堂。

李天雷急了，看着李庆吉道："父亲大人，就这样放他走了？"

李庆吉瞪了他一眼，没好气地说道："不放他走，还能怎样？你不是真的想你妹妹守寡吧？"

◆ 六、元宵临近，李府决定大婚冲喜 ◆

简朴但不失庄重地办完丧事，接着就是迎新春过大年了。天气转暖，冰雪开始消融。

由于家里遭遇重大变故，尤其是李氏长房总执事大孝在身，"头七"期间，五服以内的亲族，都得遵循不宴不乐的礼制，年过得简简单单，瑶池的大街小巷仍然素缟一片，毫无过大年那种张灯结彩的气氛，新春也没有往年那样热闹。更何况，未来的情况也未可知，大家的心里多多少少有些阴影，对待过年也提不起多少兴趣。李天亮一直想找个合适的办法冲一冲喜，把新年闹起来，扫扫过去一年的晦气。但是，家里刚刚办过丧事，自己又是守孝期间，不宜大张旗鼓地过新年。思来想去，毫无办法。于是借探望卧病的父亲，向他讨教。

李天亮问候之后，说道："父亲大人，俗语云：'身穿热孝，不登邻宅。'可是这大丧过后，全府上下个个郁郁寡欢，孩儿心急如焚，不知如何是好，烦请父亲教诲。"

李庆吉道："大孝礼仪，纷繁复杂。只是非常时期，没必要过多讲究。依我看，过了'头七'就不必整日披麻戴孝，该干什么干什么吧，有一份真正的孝心在，就足够了。哦，对了，你仔细清一清，家里有没有喜事可办，尤其是意外之喜，比如为新生儿办三朝、满月，为六十以上的老者做整生大寿等，能找件喜事办办，冲一冲晦气，也未尝不可。"

"父亲所言甚是。"李天亮听了，不住地点头。他想了想又道："李府一家人中，近期来没有添丁进口，启明续弦媳妇淑贞有孕在身，自坚的遗腹子也还在他娘肚里，看来这条路行不通。那么做寿呢？孩儿略微盘算一下，正月出生的，只有二叔。月底二叔六十四进六十五，虽然不是整生，但勉强可以做个半整寿。"

李庆吉听了他的想法，道："你二叔进六十五，是该做一做。但于冲喜而言，有些勉强。按照惯例，每年正月初四，是我瑶池去石霜寺进香的日子。不如，你借为石霜寺进香还愿和捐赠供奉之际，问一问释晖大师，看还有没有别的办法。"李天亮恍然大悟，于是就亲自到石霜寺走了一遭，把年供送去，借机向大师请教。

第二天一大早，李天亮就上石霜寺进香。上香完毕，释晖大师请李天亮禅房饮茶。李天亮道："年关前后，李氏遭遇重丧，犬子战死，家母辞世，大师亲披法衣，鸣鱼诵经，超度三日，在下不胜感激。"

释晖回答道："阿弥陀佛！出家人以慈悲为怀，为死者做法，本分而已，大香主不必挂怀。李氏家族以德立家，广施善举，兴业惠民，谋福瑶池，实乃世俗佛心。而自庆诸大师开山立寺以来，贵府自请为本寺大香之主，年年上香捐养，供奉我寺，实为石霜寺和老衲之衣食父母。此等作为，该老衲感谢贵府才是。"

李天亮施礼道："大师言重了。区区小事，何足道哉！只是在下有一困惑，还望大师指点迷津。"

释晖道："大香主客气。有何难事，尽管道来，老衲尽力而为。阿弥陀佛。"

李天亮道："李氏自先祖盛公畋公以来，以'舍生忘死、谋福瑶池'为家训，积德行善，谋福乡邻，一直家业兴旺，和合安详。可自去年以来，家门厄运频降，噩耗连连。佛说，善有善报，恶有恶报，一切恶果皆有恶因。可我李氏从来都未种下恶因，为何得这子死母亡的恶果呢？在下愚钝，未能参透其中玄妙，望大师拆解。"

释晖道："阿弥陀佛！大香主所言，难煞老衲。但凡人间，绝无绝对善恶，两者相生相伴。人之恶念，与生俱来，无人能够逃脱。前世恶因，谁又堪知？佛家提倡积德行善、慈悲为怀，皆是要人今生之时多种善因，来生在世少得恶果。而观诸人之一世，遭

遇种种劫数，或为前世恶因，或为今生欲火，归根到底是指引世人修行向佛，早日抛开红尘俗念，脱离苦海，成得正果，通达极乐世界。而欲达此境，却又磨难重重，佛家有云：九九八一难，功德方圆满。李府家门大难来袭，厄运连连，正是通向极乐世界的道道坎坷。大香主身心正遭劫数，有此疑问，不足为奇。只要看破红尘，潜心修行，定能觉悟妙谛，解脱妙乐，知色空相。"

李天亮道："大师一番指点，在下茅塞顿开。只是还有一俗事求教，可否垂询？"

释晖道："大香主不必客气，但问无妨。阿弥陀佛。"

李天亮道："家门不幸，遭遇重丧。全府上下悲观绝望，萎靡不振。想办些喜庆之事，提振精神。可是在下正值守丧之期，身负热孝，不能违背礼制。大师可有高见，帮我等除此阴霾？"

释晖禅师想了想，合掌施礼道："阿弥陀佛！出家之人，本不该过问俗事。既然大香主开口，老衲就依照佛旨，勉为其难。一般说来，守丧不办喜事，以显大孝至诚。但常言道：大难来临，不拘常理。当今乱世之时，李府厄运当头，绝密遭人觊觎，门庭又逢重丧，这可看着大难。那么，规避之策就可以不拘常理。而重丧之哀，得用重喜冲之，方可逢凶化吉，破去无妄之灾。"

李天亮喜道："哦？重丧之哀，得用重喜冲之？此话怎讲，在下愿闻其详。"

释晖道："所谓重喜，就是双寿齐贺，双婴齐诞，抑或双子齐婚。大香主回去查查，看看府上有没有两位六十以上的老者近期大寿，或者旬月以来有没有两个婴儿出生。但这都是难遇之喜。当然，府上有两对新人能结成百年好合，也可算重喜，但婚庆重喜，以一对孪生子同日婚配为上上重喜，兄弟同日完婚次之，一双儿女同日婚嫁又次之。这等重喜，更是难上加难啊！阿弥陀佛，罪过罪过！"

李天亮又问道："时值正月，本该共贺新春。只因年关重丧，举家哀恸，因此新年过得凄凄惨惨。敢问大师，若办喜事，可有吉日？"

释晖道："尘世之外，佛门净地，佛历日日都是侍佛参禅的好日子。但红尘之内，大都信奉儒道倡导的黄道吉日。依老衲看，若依旧俗，图个吉利，过了十五就是重喜大吉之日。你们不是常说，'大喜过望'，既望之日应该不差吧。老衲之言也是信口所及，供大香主参详。阿弥陀佛。"

李天亮谢过释晖禅师，回来就将情况向李庆吉作了禀报。李庆吉听了，喜上眉梢，说道："没想到一向不问红尘的释晖大师，居然肯做如此周详的拆解，还精心谋划这重喜之策，连日子都给选定了。看来，多年以来，李氏子孙聆听佛门梵音，虔心侍佛，积德行善，终归是老天不亡李氏。菩萨保佑！"

李天亮道："父亲大人之言甚是。只是这重喜之事，如何选用才好？"

李庆吉道："正月间，只有你二叔进六十五，其余就没有这个月寿辰的老者了；年关以来，本府也无新儿诞生，选来选去，只有婚姻一条了。诸孙之中，已有媒妁之约的是两个，岫南、达淼。可是岫南不在家。怎么办呢？"

李天亮道："要不，派人去找他们？"

李庆吉道："他们现在处境艰难，躲在哪里都不知道，加上岫南身体不知恢复了没有……唉，还真是个问题。"

李天亮道："依孩儿看，如今到了婚龄的诸孙之中，还有纳川、静宁。虽然他们都还未订婚，但离正月十六还有十来日，马上请来媒人去求亲下聘，时间还来得及。"

李庆吉想了想道："这主意不错，虽然有点匆忙，只要抓紧，还是顾得过来。如若按释辉大师所言，达淼、纳川一对孪生子，乃是重喜之上上之喜。如若马上为纳川聘婚，达淼的未婚妻冯玉花又能赶回来，正月十六他们同日完婚，岂不好上加好！当然，静宁那小子，有合适的可以将亲事定在那里，万一达淼赶不回来，他小子就顶上。"

李天亮道："父亲所言甚是。不如趁这个机会，找人说媒，立即下聘，把能够到了婚龄的孩子的亲事都给定下。然后选两对最有利于重喜的新人正月十六成亲。您看，行不行。"

李庆吉道："行。不过还是先征求一下他们父母意见，当然，有孩子们自己相好的，也成全他们。"李天亮应了一声，别了父亲，出门和各房沟通去了。

忙了几天后，到了正月初八，很快就有了结果：李云海与李府管家欧阳萧恒的女儿欧阳雪订婚，李云嵩与上瑶里正慕容南的女儿慕容碧订婚，李云岚也和上瑶里正慕容南的儿子、也就是慕容碧的哥哥慕容图订婚，他现在是瑶池大营的营门尉。订完婚，接下来就是确定结婚的那两对了。李云海是铁板钉钉要完婚的，李天亮赶紧派人送去六礼，取来八字，约好婚期。至于李云嵩这一对，大家觉得也好办，反正无论冯玉花会不会赶回来，李云浩完不完婚，也把李云嵩他们的婚事办了。一家人忙碌开了，为既望日的大婚张罗起来。

真是无巧不成书。就在一家人忙得不亦悦乎的时候，郑大雄带着冯志远、冯玉花兄妹回来了，他们还带回来一个天大的喜讯：李云博经过白虎将军的读心之术治疗和一段时间的调理，很快苏醒，年关过后，已经完全康复，再过几天，李天骏、李云博他们善后完毕，也要回来了！一家人听了，顿时欢呼雀跃起来。

原来，大年初五，湘水台召开台阁会议，宣布立即履行与马希萼的约定，遣散湘水台。三四天里，就收缴了所有的湘水台印信、服饰，全部上交到天策府，并发放三年的薪资，要求大家自谋出路。元宵节以前，大部分密使都已离去，只有几位台老、将军留在那里善后。

但是，他们也带来一条坏消息：湘水台遣散前后，密使打探到，马希崇、徐威正在密谋，打起了瑶池李氏火药秘方的主意。很可能对瑶池李氏采取更加残酷甚至血腥的行动。众人一听，心情又沉重起来。

这时候，整军巡逻的李天晨、李天威回来了，见大家闷在哪里不声不响，一个个神色严峻，表情各异，觉得非常奇怪。两人对视一眼，进了客屋的门。李天晨看见李云浩他们回来了，顿时猜到了几分。他不急于直奔主题，开口问道："我爹呢，怎么不见他？"

李天亮道："哦，二叔和四弟一起去了东乡，硫磺矿山塌方了，他们处理去了。"

李天晨应了一声，先坐下来，接过管家递来的茶，喝了一口后，问道："郑管家，怎么个情况，你简单说说吧。"郑大雄就又将事情的来龙去脉简单复述了一遍。

"哼，又是火药绝密，这真是个头痛的问题。"李天晨看了看刚刚说完的郑大雄，又问冯志远道，"冯大哥，岫南近期没给你交代什么吗？"

冯志远道："这几日，他的确没有说什么啊。"

李天晨沉思道："那就奇怪了。他什么也没说吗？"

"临别时很匆忙……的确没有交代。他可能考虑，他自己也很快就要回来了吧……"冯志远想了想，猛然想起什么，声音大了许多，"哦，岫南少爷曾经说过，无论遇到什么情况，务必请家人只能软，不能硬，更不宜鱼死网破死扛硬拼。"

李天威惊道："只能软，不能硬？岫南真的这样说吗？这，这不是要我们投降吗？"

李庆意瞪了儿子一眼，没好气地说道："这怎么是投降呢？岫南要我们以柔克刚，和敌人斗智斗勇。傻小子，你要学会动点脑筋，别信口雌黄。"

李天晨听罢，恍然道："看来，岫南对此还是有谋划的。家族面临灭顶之灾，岫南绝不会袖手旁观，但究竟如何谋划的，目前还不得而知，但我相信，他回来之后，一定会有办法的，我们李氏，也一定会逢凶化吉、渡过难关……"

李天威抢过话来道："大家也别过分忧虑，还没到山穷水尽的时候。俗话说，兵来将挡、水来土掩，我瑶池神刀营三千将士也不是吃素的！瑶池四面环山，易守难攻，没有个万儿八千的兵马，也不一定能攻得下瑶池。"

李天晨道："五弟你急什么，这刀剑弓弩，不到万不得已，是不能逞强斗勇的！"

李天雷却支持起李天威来："五弟言之有理！我瑶池李氏，猎神传人，有着舍生忘死、不畏强暴的侠肝义胆，死都不怕，会害怕困难吗？就是死，也要轰轰烈烈、气壮山河，绝不能畏畏缩缩、苟且偷生。在危难面前保持乐观，坦然面对，死也不过头点地……"

李天晨来了火气，于是打断他的话道："二哥，你怎么一开口，就是死呀活的，你

是英雄好汉，一家老小呢？"

李天雷一愣，满脸通红："你……"

李天晨继续道："俗话说，谋事在人，成事在天。因此，一味逞强斗勇，是应对不了这场危机的。依我看，我们得做两手准备，一是尽量解释斡旋，想办法让马希萼这条逼我献方、不得人心的王旨天下皆知，使得朝野人人反对，说不定南唐和其他诸侯也会站出来干预；二是积极备战，以防不测之需……"

李天雷倒不怎么服气，莫名其妙加了一句："我看还要加一条，那就是要勇敢面对，不畏艰险、敢于挑战。我李氏数百年以来，什么大风大浪没见过？因此，勇敢是必须的。"

李天威不等他说完，又抢话道："我还有话想说一说，如鲠在喉，憋着心慌。这火药武器的事，是我瑶池李氏一直忌讳的话题，刘侍郎说过，自坚说过，中原的骁骑都尉李处耘也说过。火药武器既然诞生了，就肯定会发展，也肯定会成为决定战争胜负的关键。去年爆竹节，天下诸侯都派密探来瑶池打探消息，就说明了这一点。既然瑶池李氏的大威力火药用于军队建设不可逆转，依我看，我们不如先下手为强，就此机会，立即在神刀营里，建立一支炮火军队，名义上是天策府的边关大营，实际上控制在我们手里……"

"五弟休要胡说！"李天亮怒道，"我瑶池李氏的火药，只能用于民俗，绝不能用于军事，只能为天下百姓送去欢乐，绝不能去杀人放火助纣为虐。各位谨记：谁敢用瑶池火药杀人伤人，谁就是李氏的逆子，轻者逐出家门，重者处以火刑！"

"大哥，老五我既然开了口，就得竹筒倒豆子，不留分毫。如若违反家规族律，你法办就是！"李天威继续着他的话题，"我们造福天下，不计生死，可是，谁在乎我们的生死呢？我们不能坐以待毙、只有靠自己！大哥，你是掌门人，你恪守祖上规制我可以理解，但这毕竟是一般情况。如今，天下大乱，李氏家族生死存亡，非常时期，得用非常之举。如若李氏子孙死绝了，秘方全部失传，那才是李氏的千古罪人呢……"

"行了！"李庆意喊道，"傻小子，你真的想被逐出家门吗？真是！"

李天威毫不收敛，依然滔滔不绝："我个人的生死算得了什么！更何况，我又不是长房子孙。但我想说的是，大难来袭，我们家族的观念，必须有所改变……"

李庆意怒道："真的反了，你再说，老子就将你赶出家门！"

李云闪插话道："五叔，如若建炮火营，我帮你研制用药配方，那可是一项全新的技术试验，说不定……"

"大胆逆子！亏你还是执掌火药坊的长房长子，说这话，简直是胡说八道！"李天亮恶狠狠地瞪了他一眼，大声呵斥道。他看见李天威还想理论，不悦地说道："五弟你也

住嘴！"李云闪和李天威相视一眼，一脸的无奈，不再说了。

一直未开口的李庆如见争执得有些火药味儿，赶紧接过话来。他平静地说道："大家少安毋躁。既然厄运注定不可避免，大家何不坦然面对。如若老天要亡我李氏，谁也不能逆天而行。如若老天有眼，看在我李氏积德行善、谋福相邻的份上，就一定会保佑我们渡过难关。但前提是，大家一定要齐心协力，这才能众志成城。就算有分歧也不可怕，可怕的是，因为意见不一致而相互猜忌甚至互不买账，导致心存芥蒂，让别人钻了空子。所以啊，求同存异、团结一心才是应对灾祸的根本。鸡蛋没有缝，还怕苍蝇叮？"

"说得好，鸡蛋没有缝，就不怕苍蝇叮！"李庆吉大声肯定李庆如的话，看了看李庆意，又看看儿子，说道："你们两个，别责怪凌霄，他说的也不是一点道理都没有。现在厄运降临、大敌当前，大家献计献策，有什么说什么，总比都把想法窝在肚子里强嘛。都不准人说话了，一张口就是祖制家规，怎么能激发众智、群策群力呢？至于采不采纳，怎么用，那是后面的事。更何况，现在需要的是一个空前团结、一致对外的家族。刚才，大家都发表了意见，都动了脑筋，很多想法都可以用。启明的应对策略很有针对性，而凌霄说的，虽然有违祖制，但绝非一无是处。尤其是不能坐以待毙、自己得想办法应对，就值得肯定！真的到了山穷水尽的地步，到了你死我活的地步，到了同归于尽的地步，还讲什么祖制！我瑶池李氏天字辈云字辈都成长起来了，一定要在此次浩劫应对中挑起大梁。如弘，你是老大，又是总执事，你牵头和几个兄弟们好好策划一下，拿个具体的应对策案出来。"

李天亮应声道："是，父亲大人。"

李天雷道："父亲大人，往年我和三叔过完正月，就离开瑶池去浏阳、长沙打理生意。今年，长沙商行遭劫，家里也是多事之秋。不如暂且将生意放一放，都留在家里，一起应对如何？"

"不做生意了，一家人喝西北风去？"李庆吉看了一眼李天雷道，"我们李氏，以爆业安身立命，任何时候都不能懈怠。生意一定要做，我看，不是不去，而且要提早去。办完喜事，都赶紧离开，别都窝在家里。对了，你们得想办法，到更远的地方开商行，万一家里出事，也不至于被一锅端。古人还说，狡兔都有三窟呢。猎鹰、纳川都能够独当一面了，让他们去北方或者西南，自立门户恰逢时机。当然，这个，由你们自己定。"

李庆如道："大哥，这样，不妥吧……"

李庆吉道："有何不妥！就这样定了。我提醒大家，舍生忘死也好，气冲霄汉也罢，归根到底是要保全家族，传承祖上基业，赢得李氏昌盛，这才是关键。都死了，轰轰烈烈名垂青史有什么用？因此，勇敢和不怕死只是基础，还得讲究智慧和策略，坚韧和顽强地活下去。眼看元宵来临，婚期临近，事务繁杂，执事房总管又去了东乡，这些家务

事就暂且先由老三总提调着吧。"

李庆如道："是，大哥。依我看，不如马上动员瑶池上下张灯结彩，龙狮舞起来，花鼓傩戏唱起来，快快活活地过个元宵，然后为纳川、达淼、静宁哥儿三个办场热热闹闹的婚事。"

李庆吉道："说由你提调，你尽管做主就是。但有一条，我李氏家风，讲究乐善好施，勤俭持家，大家热闹一番可以，但也只能按照往年的规矩行事，不得过分铺张。古人云：过犹不及。凡事过了头，就会乐极生悲。大家在欢乐的同时，别忘了'生于忧患死于安乐'的古训。你赶紧安排吧，千万得把分寸拿捏好。"

大家听了，都打起精神，忙碌开来。一时间，瑶池各处都在为闹花灯舞龙狮、敲花鼓唱傩戏准备忙碌着，爆竹之声不绝于耳，白天黑夜都有不同寻常的炮火轰响升腾，压抑了很久的情绪开始在快乐的筹备中释放。被冰雪覆盖旬月的瑶池，在欢天喜地的新春年意里沸腾起来。冰天雪地不见了，瑶池又恢复了生机。大家这才感觉到，年关已过，春天真的就到来了。

◆ 七、祸不单行的正月 ◆

自从决定闹元宵、办喜事之后，李庆吉的心情好起来，身体也硬朗多了。

但是，俗话说，天有不测风云。就在李府上下大闹元宵、大办喜事，在欢乐喜庆气氛里忙碌的时候，被视为家族福岭神山的楠竹山，被一场突如其来的狂风吹得七零八落，楠竹一大片一大片地拦腰折断，山顶上矗立了一百多年的竹声楼，也在那阵惊雷之中，突然坍塌了。李庆吉闻讯，大惊失色，他顿时感觉到，真正的厄运，很可能就要降临瑶池了。

其实这些天来，他心里依然很不踏实，不时犯着嘀咕：李云铎誓死保卫马希广、与马希萼势不两立，喋血碧湘宫后，当今王廷真的不追究了吗？被宣布为"矫诏篡国"的李云博，当真履行了遣散湘水台的承诺后，马希萼会放过他吗？窃取秘方没有得逞的南唐和其他诸侯，会就此罢手吗……这一连串的疑问，搅得他难以安身，经常一个人坐在那里发呆。而如今，屋后的楠竹倒了一大片，竹声楼也坍塌了，这可是件非同寻常的事情。他预感到，老天爷是在给他报信：更大的灾祸，可能就要来了！福不双至、祸不单行，该来的总是要来的。李庆吉很是感激上苍，因为每每灾祸降临，老天爷都会给他预

先的征兆和提示，这次也不例外。

　　李庆吉年近古稀，人生阅历很是丰富。他甚至觉得，他和老天爷心有灵犀。一直积德行善的他，坚信上苍一直在帮他，在帮李氏也在帮瑶池。去年爆竹节盛会，老天在祭祀大典的关键节骨眼上，突降暴雨，结果南唐、西蜀、南汉甚至中原朝廷都纷纷派了大量密探，考察瑶池李氏火药威力，南唐甚至动起手来，窃秘方、抓人质、抢炮火；年关刚到，又冬雷震震几度炸响，结果李云铎战死，李云博昏迷，妻子又悲伤过度离世。而元宵前后，老天又电闪雷鸣、狂风不止，还把楠竹山顶上的竹声楼给刮倒了。竹声楼矗立在楠竹山顶上百年了，一直稳若泰山，怎么会一阵风刮倒呢，这不是灾难又将袭来的前兆吗？正月间，冰雪刚融，春寒料峭，哪有这等惊电狂风！

　　果不其然，办完喜事才几天，这天一大早，辗转反侧、一夜未眠的李庆吉刚起身，像往常一样去猎神祠上炷平安香，才走出大门，就见李天骏骑着快马飞奔而来。一看见李庆吉，就滚下马来，大声喊道："伯父大人，大事不好……"

　　李庆吉强作镇定，扶起李天骏，说道："劲风亲侄子，你别急，天又不会塌下来，如此张皇失措作甚！有什么事，进屋慢慢说。"这时候，欧阳管家正从屋里出来，见了李天骏，问候道："六爷回来了。"

　　李天骏应了一声，一边往屋里走，一边说道："出大事了，王廷四处通缉岷南，徐威就要带领大军，前来瑶池兴师问罪……他们正在策动更大的阴谋，欲置岷南与我们全家于死地……"

　　李庆吉一听，顿时五雷轰顶般定在那里，半晌说不出话来。家人闻讯李天骏回来了，都赶到客屋里，静静聆听他带回来的消息。

　　原来，湘水台遣散之后，李云博和李天骏秘密进入长沙，一来探望重病在床的刘静仁，二来打探一些长沙的消息。他们趁着黑夜溜进刘府，发现刘侍郎的病情越来越重，几乎不省人事。李云博守在床前，把脉开方，煮药调理，办法使完了都无济于事。李云博知道，刘静仁的病情已经严重恶化，加之年老体衰，只怕过不了这道坎，离大去之期不远了。李天骏说，那几日，刘光辅大人不知从哪里得知，马希崇、徐威密谋更毒的计谋，欲置李云博和瑶池李氏于死地，正在策动楚王颁旨，兵进瑶池。根据李云博分析，徐威他们的阴谋，很可能就和湘水台密使打探到的消息一样，逼迫瑶池李氏献出火药秘方，意欲建设一个天下无敌的大楚炮火营。刘府上下都感觉到，马、徐二人不会轻易放过李云博及其家人，瑶池马上就要大祸临头，要李云博赶快走。而李云博实在放心不下昏迷不醒的刘静仁，就算他是大限来临，作为学生和晚辈，必须为他送终；同时又觉得，待在刘府和长沙城里实在危险。就在李云博进退两难的时候，昨天，徐威突然带领数百名禁卫军包围了刘府，声称奉楚王之命缉拿李云博，并将刘府里里外外翻了个遍。

多亏刘光辅应对及时，将他们二人藏到地窖里，才得以幸免。傍晚，刘光辅急匆匆地从天策府回来说，徐威没有抓到他们，绝不会善罢甘休，正在调集大军，布下天罗地网搜捕李云博，下一个行动目的地就是瑶池。李云博、李天骏一见大事不妙，连夜逃出长沙城。李云博觉得，如果他也回瑶池，很可能牵连到家族和乡亲们，于是让李天骏赶紧回瑶池报信，自己只身朝北方去了，说是找个地方暂时藏身。李天骏一路策马狂奔，连夜往瑶池赶……

李庆吉问："岫南说，徐威之流想逼迫我们献出火药秘方，建设大楚炮火营，这消息，可靠吗？"

李天骏道："岫南如此推断，应该八九不离十吧。而刘光辅、魏迪勋两位大人都在长沙枢要供职，消息应该准确。他们抓不到岫南，肯定会来瑶池，然后逼迫我们献方——他们明明知道，我们李氏族人是不会献出火药秘方的，这可是条欲置岫南于死地、将我们全家推进火坑的毒计啊！"

"是啊。他们如若真的兵临瑶池，大肆屠戮乡邻，岫南肯定藏不住，一定会现身的。这，可怎么办啊……"李天亮声音带着哭腔，说道。

李庆祥道："一直以来，列国都在觊觎李氏火药秘方，尤其以南唐、中原朝廷为甚。只有我楚国王廷，将火药看作是礼俗用品，大年小节都要求进贡。虽然刘侍郎等一干大臣有过借我火药强军的想法，但始终没有强行逼迫献方。如今，楚国权臣趁机也正式加入秘方的争夺，而且还以王廷名义逼我献方，真是恶毒之极！献吧，就违背祖制，数百年的火药传人、爆竹世家之声誉将毁于一旦，更可怕的是，火药秘方一旦传出去，无论哪国获得，都将是人类的灾难，多少无辜之人将死于非命，到时候，我们如何向列祖列宗交代？不献吧，王廷就将以抗旨重罪论处，诛灭九族、血洗瑶池，李氏子孙将被屠戮殆尽，瑶池数以万计的乡亲父老也要受到牵连……这就等于将我李氏逼上了绝路，根本无处求生啊！"

李庆如道："是啊，这是步毫无改着的死棋啊！不献方，肯定是死；献方了其实也活不成，还不仅仅是违背祖制、屠戮生灵、无颜见列祖列宗的问题。大家想想，一旦马希崇、徐威得到秘方，会留下我们献方家族的活口吗？他当然想独自占有，成为天下独一无二的绝密拥有者。还有，楚国得了秘方，这消息能不传出去吗？各国诸侯能善罢甘休吗？而如今楚国是最弱的时候，南唐、北周、南汉甚至荆平、西蜀都会参与进来，三湘四水将永无宁日甚至国破家亡，如若他们因为得不到秘方而一个个迁怒李氏，这还有我们活的份吗，还有瑶池乡亲父老活的份吗？不如，赶紧逃亡吧，能逃掉一个是一个，总比都待在瑶池等死强啊！"

"真是局死棋啊……"李天亮叹息道。

李云闪道："听二叔公、三叔公和爹爹的口气，仿佛秘方都还存在。问题是，所有祖传三百余绝密配方，已于去年的家族聚义大会上全部当众焚毁，当时大家都在场，父亲点的火，大家都没忘记吧，哪里还有什么秘方啊！要说有，也就是我们还能记住几个配方。难道，我们焚毁秘方一事，天下诸侯和诸位大人一样也都不相信吗？要真是这样，不如我们凭着记忆胡乱写几道配方献出去，先救救一家老小的命再说？"

"胡说八道！"李天威大声说道，"我瑶池李氏的绝密，烧了秘方，只不过是避免秘方帖册被盗，被不怀好意的人用于功征杀伐，秘方烧了就没有了，甚至失传了，别说诸侯不信，就连我们李氏自己的人也不会相信。现在，如若天策府一下命令，我们就急忙写出来献上去，那当初又烧它作甚？我李氏猎神后人，怎能做那贪生怕死之辈！他既不仁，我何必义！大不了大干一场，来个鱼死网破！"

李庆吉站起来，瞪了一眼李天威，道："知道你有本事，堂堂神刀营副统领，边关镇将，很了不起！哼，自坚没本事吗？四品武将，王廷禁军都统，他的官、他的本事比你大吧，还不一样战死了！都想着痛快，还不如举家自焚，关起门来一把火全部烧死，秘方和一家老小全部一了百了，岂不更省事！"

李庆意见大哥生气，朝儿子骂道："你小子尽给家里添乱！前几天大伯还表扬你，你就翘尾巴，信口雌黄甚至目无尊长，看老子不打死你！"

"你……"李天威看着李庆意高高扬起的手掌，转身躲过，又气呼呼地找张椅子坐下来，不再言语。

"四弟，你怎么动起手来了？坐下！"李庆吉见他要打儿子，连忙止住他，语气更加激越，"都死了，这火药文明谁来传承，这爆都大业谁来担纲，这李氏宗祠的香火谁来供奉？大难一来，不想一点办法，就是想着死，真要是这样的话，我李氏不早就死绝了！"

这时候，欧阳管家进来道："各位爷，午饭好了，大家先吃饭吧。"

李庆吉把话说完了，气也消了些。他纳闷道："我早茶都还未用呢，怎么就午餐了呢？"

欧阳管家道："各位爷一直在客屋里议事，老太爷的早茶都还在餐屋里呢。我过来催了几回，你都说不急，这一等，一个上午就过去了……"

李天骄笑道："正好，早茶中饭一起吃。"

李庆吉起身，道："先吃饭，都吃饭去。"

正在大家都起身往餐屋里走的时候，门外传来惊恐急促的声音："大事不好……"

众人一惊，只见是负责把守城门的营门尉慕容图，跟跟跄跄地跑进来上气不接下气

地说道："禀报乡司大人、都统大人，城门外来了好几千兵马，为首的自称大楚国潭州马步军都指挥使，说是奉楚王之命前来缉拿叛逆。他们扬言：如若不开城门，就杀进城来，血洗瑶池……"

"什么？"这声禀报，犹如霹雳惊雷，惊得众人都张着嘴巴瞪着眼睛定在那里，不知所措，本来喧闹的大堂，顿时鸦雀无声，死一般的寂静。

第二章

生死法场

DIER ZHANG

◆ 一、料峭春寒，湘春门外一片肃杀 ◆

刚刚遭受战乱的古城长沙，在春寒料峭的冷风中气息奄奄，全然没有春天的气息。

远远望去，湘江的河床高起，流水干涸见底，似乎一场战争之后，他的血液几将淌尽。弥江大雾渐渐消散，城里萧瑟寥落，寒风锁着残垣断壁，街上行人稀少，不见往日繁荣，到处都是惨不忍睹的凌乱。而往昔金碧辉煌的碧湘宫，除了少数几座在大火中幸免于难的宫殿外，大部分和城市的其他景象一样，灰头土脸，失了往日的颜色。不时刮过来的乱风，卷起一阵阵黄沙枯叶，在时断时续的凄厉犬吠声中直打哆嗦。

仲春二月的一天，湘江东岸的湘春门外，却意外地挤满了人。被数以千计的人群围着的，是一个临时搭就的刑人法场。正中央刑台高耸，旌旗摇曳，披着银甲戴着银盔的武士，挺着银枪大槊，规则整齐地站在四处，特别是通向刑台的大道，两边的银枪闪着寒光，格外密集整肃，威严逼人。武士一个个威武雄壮、严阵以待，注视着死寂的人群。

刚进申时，一群峨冠博带的官员从湘春门里鱼贯而出，个个神色肃穆。他们下了马，匆匆忙忙地登上刑台前边的高台，又依次坐了下来。一通交头接耳之后，但见行刑官何敬真站了起来，大声喊道："带人犯！"

两边的棋牌官得到指令，也齐声喊道："带人犯……"声音仿佛接力一般传递出去，不一会儿，一队囚车从碧湘门里驶了出来。囚车上的人犯，个个五花大绑，身着囚衣，头发散乱，背上背着一块写有"斩"字的亡命牌。囚车沿着银枪大槊夹道拱卫的过道缓缓行驶，来到刑台前，囚犯被押车的武士粗暴地带出来，推推搡搡押到台上，刀斧手们荷刀胸前，满脸杀气地立在他们身后。

刑台上，刀斧手强令他们面朝人群跪下。有几个一声不吭地跪下了。还有几个，任凭刀斧手强按硬拽，死活不依。只听一个道："我瑶池李氏满门忠义，何罪之有？如今蒙受不白之冤，天理何在，公理何存啊？"另一个道："有言道：君要臣死，臣不得不死，更何况是我等瑶池草民，砍头不过碗大个疤。可是我等无罪，断然不能下跪。死则死矣，跪什么跪？"还有一个雷公嗓的声音更大："我李氏男儿，宁愿站着死，绝不跪着生。老子驰骋沙场二十余年，什么时候怕过死？老子的项上人头，怎会跪着被人砍？小子，今儿李庆意成全你，砍一颗站着的人头，哈哈哈……"

"老不死的……"雷公嗓身后的那个刀斧手火了，"死到临头了，还横什么横？你不跪是吧，老子偏要你跪……"说着，一脚踹过去，正中人犯脚窝。人犯一个趔趄，单膝跪地，又摇摇晃晃地站了起来。

"老东西还真有两下子，见了棺材也不落泪……"刀斧手勃然大怒，挥起大刀朝人犯下身就砍，"老子砍掉你的双腿，看你跪是不跪？"

李庆意一跃而起，躲过刀斧手的屠刀，大声笑道："就凭你这猪狗一样的蠢货，还想作践你大爷，去死吧，哈哈哈哈……"一边笑着，一边飞起双脚，将刀斧手手上的大刀踢飞，钉在刑台边的一个木柱上。

"他娘的……"刀斧手见刀飞出老远，还稳稳钉在柱子上，顿时满脸通红，怒不可遏地飞身朝人犯扑去，气急败坏地骂道，"你这狗娘养的，居然敢踢掉我吃饭的家伙，真是胆大包天了？我叫你踢，老子跟你拼了……"人犯紧身一闪，刀斧手扑了一个空，一个"狗吃屎"摔倒在地刑台前。台下人见了，顿时哄笑起来。

"李庆意，你不要以为当过几年百夫长，就在这里斗狠逞能，欺负一个行刑小卒算什么本事？都要见阎王了，还逞什么能？真是死不悔改！"突然间，只见坐在监斩席位子上的官员突然腾空而起，一跃来到刑台上，顺手捡起人犯的脚镣，扬手一抖，李庆意便两脚朝天倒在刑台上。

只见李庆意一滚身坐在地上，破口大骂道："徐威狗贼，我瑶池李氏，与你素昧平生，远日无怨、近日无仇，为何不问青红皂白，将我等一家老小悉数绑赴法场，斩首示众？"

"我们当然没有私怨！"徐威狞笑道，"老夫身为王廷命官，奉命监斩法场，为的是大楚江山永固、社稷基业长青，当然不是为了个人恩怨了！"

李庆意不依不饶："老匹夫，那你当着王都百姓说说，我犯哪门子法，又因为何罪要被砍头？"

"犯哪门子法？你李庆意的好侄孙，那个所谓的天才少年、火药神童李云博，凭借一点小聪明骗得太后信任，执掌了王廷密卫湘水台，他不但不尽忠王廷，反而挑起王室祸乱，甚至矫诏谋逆。你们李氏族人，居然目无王法，窝藏王廷叛逆，让他至今逍遥法外……这是天下共知的事情，你是真不知还是装糊涂？"

离他们不远的李庆吉突然站了起来，悲愤异常地说话了："我瑶池李氏，以'舍生忘死、谋福瑶池'为己任，儿孙个个都是顶天立地的汉子，怎么会干那大逆不道的事情！你徐大将军和李云博有恩怨你找他寻仇去，把我一家老小拿来顶罪，算什么本事！"

徐威道："老乡司，你别激动。提刑有司，即刻宣布王廷公议瑶池李氏罪状！"

一个身穿大红官袍的官员站了起来，展开一轴文书大声宣道：

经天策府刑司衙门查明：原天策府学士、湘水台紫金长老李云博，身为人臣，却包藏祸心，假传太后懿旨，图谋篡夺王位。不臣之心，昭然若揭。瑶池李氏，生就此等顽劣，却又教导无方，管束不严，铸成大错。而后又纵容包庇，让其侥幸逃脱，至今逍遥法外。今奉楚王之命，将瑶池李氏罪人，悉数斩首示众，昭明国法，以正纲常……

宣示未毕，台下的人群听了，就开始议论和骚动起来。一些人窃窃私语，有的甚至大声责问起来：

"什么？李云博谋逆？扯他娘的蛋！李学士这样的好官，怎么会谋逆呢？"

"数日前，李学士还是有目共睹、享誉朝野的贤良，一心为国、忠君爱民的好官，怎么，突然间就成了谋逆了？"

"徐大人，你口口声声说，李云博矫诏谋逆，可有证据？"

"瑶池李氏，百年望族，谋福乡里，乐善好施，仁义忠诚冠绝天下，爆业翘楚更是四海扬名，他们何罪之有啊？"

只见李云浩也突然破口大骂道："徐威老贼，放你娘的狗屁！李云博和湘水台为了大楚江山社稷安危，不忍看到兄弟争国战火连天，帮你们轻而易举攻下长沙，尔等过河拆桥，反倒宣布他矫诏谋逆，真是颠倒黑白、血口喷人！楚国由尔等奸贼执掌权柄，岂能不亡！"

"放肆！"徐威怒道，"李云浩，你也是湘水台谋逆干将，自然会妖言惑众、混淆视听，死到临头，还要诅咒王廷，真该千刀万剐！还不快快认罪服法，不然，叫你死无全尸！"

李云浩道："狗贼！我李云浩死不足惜，更不怕你千刀万剐！有种的，就活剐了大爷，爷要是眨一下眼唤一声痛，就是龟孙子……"

听了他们的对骂，人群顿时炸开了锅：

"原来，一直疯传李学士所谓的矫诏谋逆，是被人陷害的！"

"李学士诗名远播，才具卓卓。去年长沙大水，修江堤，赈灾饭，深得民心。而后又深入南唐，智闹洪衰，火烧敌营，功勋卓著。如此国家良臣，绝不会干出大逆不道的事。一定是朗人当权，排除异己，网罗罪名！"

"徐大人，你投靠朗州攻破长沙，处死了王上，是不是谋逆啊？你也该满门抄斩啊！"

"这伙东西，祸乱长沙，还要诛杀李学士的全家。打死这群朗人的走狗……"

就在人群喧哗时，刑场外突然传来一阵阵号啕大哭之声。众人回头一看，只见一群百姓全身素衣，头上扎着白布巾，扯着一面面白色巨幡闯了进来。巨幡上写着："瑶池李氏，爆业翘楚，泽被乡里，德感天地""昭昭日月，国法何存""千古奇冤，万民同悲"不一而足。徐威见了，勃然大怒："何方贼寇，竟敢目无王法，搅扰法场，该当何罪？"

为首的老者，是醴陵李氏掌门人李丰业，只见他揖首说道："启禀大人，我等乃'爆竹金三角'业界人士，不是贼寇，而是大楚良民。听闻瑶池李氏飞来横祸，莫名获罪，绑缚刑场，特来请愿，求王廷开恩，赦免瑶池李氏。"

徐威大声道："瑶池李氏出了个矫诏篡国的李云博，王廷没有株连九族，已经是天大的恩惠了。然而他们还包庇王廷逆贼，让反贼至今逍遥法外。王上英明，下旨缉捕，午门行刑，昭明国法。你等速速退去，否则，就以扰乱法场、妨碍行刑之罪悉数捉拿！还不赶快退出法场！"

李丰业又一拱手，道："大人，瑶池李氏一直是我等爆业领袖，数万乡邻百姓的衣食父母。即使李云博罪不容赦，与其家人何干？百年以来，李氏兴业富民，泽被乡里，乐善好施，名闻天下，从来未曾作恶。更何况李氏一直忠心王廷，效命马氏，从来都没有不臣之心。如此树德仁义的豪门望族，怎么能说杀就杀，天理何存，公道何在？求大人看在民心请命的份上，格外开恩吧！我们求求您了！"说罢，一个个长声吆喝，跪在地上，叩起头来。

徐威做出一副爱莫能助的样子，叹息道："李氏有无罪责，王廷早有定论。李氏名动四海不错，享誉天下也不错，但犯了国法，就得受到严惩。你们要怪，就怪他们那个不肖子孙吧。老夫只是奉命行事，也无能为力啊。请各位见谅。"

众人听了，一个个义愤填膺，有的甚至说道："李氏惨遭灭门，爆业将毁于一旦，也没有活路了。王廷要株连，我等也是瑶池乡邻和业内人士，也在株连范围。大人，您就把我们这百十号请命的乡民，也一起问斩吧！"

徐威闻言怒火中烧，猛地拔出剑来，大声喝道："放肆！大胆刁民，竟敢搅闹法场，干预行刑，甚至威胁老夫，不想活了不是？银枪都的勇士听令，谁再敢胡言乱语，无理取闹，就地诛杀！"四周的银枪大槊一齐应了一声，突然横起武器，对准愤怒的观刑和请命的人群。

李庆吉发现人潮开始涌动，人群里接连不断的质问越来越激烈，有的人甚至破口大骂起来，如此下去肯定会激怒当政不久的朗人，也很可能殃及无辜，于是动情地对大家说道："各位父老乡亲，感谢大家声援！常言道，天地之间有杆秤，这杆秤就在大家心里！既然王廷认定，我瑶池不肖子孙李云博犯下谋逆大罪，祸国殃民，作为他的祖辈父

辈和族里尊长，也定然难辞其咎。既然天亡我瑶池李氏，我们也只能听天由命了——天命不可违啊！既然事已至此，我们死不足惜，大家千万别为了我们而白搭性命。我李庆吉求求大家了！"说罢，跪倒在地，朝人群叩起头来。

目睹李庆吉此番言行，愤怒的人群顿时安静下来，突然一个个跪倒在地，一片啜泣之声。

只见李丰业突然说道："大人，既然我等请命不成，瑶池李氏在劫难逃，求大人恩准，让我等代表爆业界举行活祭，送他们最后一程吧。求大人应允。"

"活祭？"徐威沉吟道，"瑶池李氏何德何能，怎么能享受活祭大礼？更何况，此等大祭，尚需上报王廷，由楚王殿下亲自恩准才行。老夫决断不了。"

"那就恳请大人即刻上报王廷，求王上恩准吧！"

"胡闹！午时即将到来，哪里还能来得及啊？不准！"

"大人，民意有愿，还望成全啊！王廷滥杀无辜，本已失信于民。现在连活祭都不准，这让我们情何以堪啊！这天地良心，大人定要违逆吗？"

"你等打着什么天地良心的旗号，纯属无理取闹，真是不想活了……"徐威怒道，"银枪都的勇士们，把这些搅扰法场的乱民，全部抓起来！"

"慢着！"这时候，行刑官何静真大声喝住，连忙走下来，小声说道，"徐将军，这事可别一味强硬。我们初来长沙，本来就人心不稳。如此下去，惹怒众怨，大闹法场，不仅我等交不了差，而且对王廷今后不利。依下官看，还是让他们活祭吧。"

徐威道："这怎么行！自古以来，举行活祭，都是功勋盖世的名臣，抑或名动古今的大贤，牵扯刑狱，关系国计民生，朝廷忍痛处决，才顺应民心允许活祭。李氏何德何能，断然不可恣意。"

何敬真和李云博有一面之交，也清楚李云博被徐威构害的内幕，本来就同情李云博一家，加上他性情耿直，早就看不惯徐威的胡作非为，不禁怒道："我是行刑官，这事，我说了算。"

徐威也毫不退让："老夫是监斩大臣，有权处置法场突发情势。"

"你监斩大臣只负责监督下官是否将人犯处决，其余诸事，有何某这个行刑大臣，不用你老费心。"他看也不看徐威，一转身，对李丰业说道，"本行刑官准许爆业业界生祭瑶池李氏。请诸位法场设祭，为他们身赴黄泉饯行。"

"多谢行刑官大人。"李丰业拱手谢道，瞥了一眼徐威道，"原来，您老不是行刑官，只是个监斩官，这事您做不了主啊。"

"你……"徐威见何敬真允许活祭，又被李丰业抢白几句，气得脸都紫了，半晌说不出话来。

李丰业又一挥手，对众人大声说道："请各位赶紧准备，立即开始祭祀，为瑶池李氏饯行。"众人应了一声，突然闪开，法场前空出一块地方。但见一群人忙碌开来：匆匆忙忙搬来早就准备好的竹薪，浇上松油，又简单铺设了些器具物什，换上款式颜色各异的服饰。而带着悲哀的人群，被这突如其来的特殊祭祀，甚至从未听说更不用说见过的所谓"活祭"惊得不知怎么办才好，一个个瞪大眼睛，看着他们有条不紊地忙乎着。

◆ 二、四处奔走的刘魏两家 ◆

与此同时，大楚国天策府掌书记刘光辅骑着快马，正从碧湘宫大门口匆匆忙忙往府上赶。春寒料峭的夜晚，待在跟户外差不多的王宫大门外，他的浑身已经透凉，冷得直打哆嗦。其实，他心里的失落更甚，情绪跌到谷底，甚至几近绝望。

新春过后，府上老老少少和魏迪勋一家，都被王廷突如其来的问斩李氏族人弄得手足无措。尤其是刘光辅，他与瑶池李氏，世交加亲家，如若李氏满门被抄斩，他这个天策府掌书记的面子是小，而誉满天下的爆业豪门瑶池李氏，当然不能就这样被无辜屠戮，而且，这也关系到女儿的未来。于公于私，他都责无旁贷，自然会心急如焚地四处奔走，想方设法挽救李氏族人性命。他一路思忖着：今年也不知道怎么了，一进年关就麻烦不断，王室萧墙祸起，长沙遭受战火，国力内耗，民生凋敝，江山社稷岌岌可危。从正月开始，他就更加没消停过，就任天策府掌书记，大事小事里里外外都得管；父亲的病越来越重，再加上湘水台刚刚解散，又被新楚王宣布为叛逆，并且通缉李云博，还以包庇纵容为由，抓捕了瑶池李氏。不到半月，如今又突然绑赴刑场，全部处死……这也太不可思议了吧。

为了求见楚王，收回公开处决瑶池李氏族人的成命，他已经在寒冷的碧湘宫门外等了整整一夜。让他气愤的是，每个时辰他都请求通报一次，而宵值的太监说，楚王殿下醉得很厉害，每次的回答都是"仍然没有醒来"。一个晚上，整整一个晚上，就这样白费了，这叫他如何甘心！当然，这样等下去，只怕王上还未醒来，李氏族人的头，早都落到地上了！他得回去，找魏迪勋和家人商量一下，看看还有没有别的办法，实在不行，就是冒死，也得先拦住刑场那边再说。

回到家里，他发现一家人都彻夜未眠。而魏迪勋和魏柳烟父女，也一晚上都在他家

待着，等待他进宫讨旨的结果。魏迪勋一直在客屋门口急得团团转，听到马蹄声，就急匆匆地跑出来。一看见刘光辅飞马进院，上前扯住缰绳问道："汝成贤弟，见到王上了吗？特赦王书拿到了吗？"刘光辅不待马立稳，就跳下来，摇摇头道："王上醉得不省人事，根本就没见着！"说着说着，脚一软，差点跌了一跤。

魏迪勋将马丢给闻声赶来的管家，赶紧将他扶住，一触到他的手，顿时大惊道："贤弟手心如此冰冷，不会是着凉了吧？难道，一晚上都候在大门外？"刘光辅在他的帮助下站起来，叹了口气道："不在宫门外候着，还能在哪里？早知道他醒不来，在那里白白耽搁时间，还不如赶紧回来想别的办法，唉……阿嚏！"

魏迪勋道："快进屋里，先烤烤火喝点姜汤暖暖身子吧！"起身来迎的刘如霜，赶紧吩咐家仆准备姜汤，自己又跑到火炉子边上，将火炉中的炭火拨旺。

"现在已过卯时，离行刑的午时三刻，也只有两个时辰。得赶在午时前想到办法……不然的话，后果不堪设想啊！"刘光辅进了客屋，一边在炭火边坐下，一边说道。家人看着他神色黯然，咳嗽不停，也都非常颓丧。

刘如霜的母亲一边将一床毛毯裹在他身上，一边说道："也不知老天爷是造的什么孽！名动天下的爆竹世家，好端端的一家人，说抓就抓说斩就斩，这新楚王才进长沙几天，杀了多少人了还嫌不够，这王廷究竟怎么了？"刘光辅道："现在还抱怨这个，有个啥用？大家都想想，看有什么好办法，能救下李氏一家。"这时候，姜汤做好了，丫鬟端上来，刘光辅接过喝了起来。没想到突然间，卧病在床的刘静仁听到响动，也在老夫人的搀扶下进了客屋。刘光辅见了，赶紧放下汤碗，起身行礼请安。其他人又都一样，接连不断地给他请安。

刘静仁坐下来，看到大家神情，顿时明白了几分。他开口问道："汝成啊，你没有见着那个假楚王是吧？这一点为父早猜到了，他肯定早就烂醉如泥了。马希崇呢，你找了没有？"

"父亲真是料事如神！可是，其间我也抽身去过天策府和马希崇府上，都没有人。"刘光辅疑惑道，"其实啊，我一直有些不明白，在这节骨眼上，王上是真喝醉了无法接见我，还是为了避开我而假装喝醉？还有，王廷如此重大的行刑活动，长沙城万人空巷，他总领国政的天策府大司马马希崇居然没去，而且还找不到人。会不会也躲起来了，避而不见我呢？"

刘静仁听了，说道："是有些蹊跷。大家先想办法，万一想不出来，就把老朽我抬到法场去，要斩李氏，先砍老朽，我看他们能把我怎么样！"

魏柳烟道："侍郎爷爷，您别着急。我总觉得，如此急匆匆地公然处决李氏，有些不合情理。大家看，都抓十来天了，未听说审理，也未见刑司衙门有过什么罪议，更未见天策府的罪牍文告。假如这一切都是秘密行事，那么处决李氏也就应该是秘密进行，他们要杀瑶池李氏一家人，早就动手了。但事实上恰恰相反，突然间就在湘春门外摆起法场，公然枭首示众，太不可思议。而且事情又如此凑巧，马希萼醉了，马希崇不见了。大家想想，这其中，会不会暗藏着什么玄机？"

"魏姑娘言之有理！"刘光辅道，"我也琢磨了一晚上，的确莫名其妙！如若只是要杀几个人，有必要弄这么大的场面吗？年前，他们绞死废王杖杀王后，脔食长沙一干旧臣，也没搞出这么大的排场。他们究竟要干什么？"

刘静仁也点点头，强打起精神说道："嗯，未审行刑，公开处斩，自古以来，闻所未闻，的确不合常理。难道他们搞这么大个场面，是做给别人看的？"

"我想到一点，应该是这个缘由，应该是，错不了！"魏迪勋突然说道，更像是自言自语。

"什么缘由？"大家都惊异地望着他。

魏迪勋道："他们是杀鸡骇猴，想借此机会镇住不满现状的长沙百姓！"

"荒唐！"魏柳烟看了父亲一眼，道，"要杀鸡骇猴，用得着李氏吗？连楚国王上、王后和天策府一干前朝重臣都被杀了，还起不到威慑效果？抓一群乡野村民带到王都处斩，这是无异于碾死蚂蚁吓大象，根本不起作用！"

刘如霜突然说道："自从湘水台遣散以后，马希崇、徐威策动马希萼，宣布李云博'矫诏谋逆'，继而四处通缉他，但一直如大海捞针，影子都未见着。或许，这法场枭首示众，不会是他们设局，诱岫南哥哥他们上钩吧？"

"对啊，我们怎么没想到呢！"众人听了刘如霜的话，都一个个如梦初醒，恍然大悟起来。

魏柳烟大是欣赏，赞许道："妹妹到底是湘水台的人，到底跟着李学士几个月，想问题能想到点子上，长进不小啊！大家都弄不清缘由的难题，你却能一语道破天机，不简单啊！"

刘如霜道："我也是突然想到，随口一说，瞎猜的！姐姐你这样夸赞我，倒让我惭愧！"

"有很多玄机，恰恰就在无意之中！"刘光辅道，"你们别说那些无关的事了！既然大家都认同霜儿的猜测，就照此来应对！魏兄，你看如何？"

魏迪勋道："嗯。既然不是动真格杀人，那么李氏族人就不会人头落地。我们要做的，就是阻止李云博上当。可是，他躲在哪里，我们又不知道。这事儿，还真不好办。"

刘光辅道："依我看，岫南聪明绝顶，这个设局他应该看得透，可能不会现身上当。"

魏柳烟道："刘叔叔，依我看啊，恰恰相反。李学士虽然能够看透奸人设局，但一定会现身。你们想，徐威摆出一副法场行刑处决他祖辈父辈，原因又是因他的李云博'矫诏谋逆'而起，他不现身，就是忤逆不孝，他李云博担当不起这样的恶名；其次呢，李云博一向以智慧出众、胆识过人自居，徐威设局算计他，他绝对会接招。他若不来，被徐威讥笑成缩头乌龟，这脸，没地方搁！而且，李云博肯定担心，他如若一直不现身，万一徐威恼羞成怒，借机公报私仇、假戏真做，眼睁睁看着祖辈父辈被无端杀害，这不是因小失大吗？因此我断定，李云博一定会现身！"

"那不一定！"魏迪勋道，"明知是陷阱，还往里面钻，岫南应该没那么傻！"

"嗯，都有道理。因为就目前情形而言，什么状况都可能发生。"刘静仁喘着粗气，顿了顿又继续说道，"既然是个局，我们自然要把它当着局来解，每个环节都顾及，那不可能，解局就得赌一把，我们就赌李云博不会现身。事不宜迟，再多讨论也没有必要。依老朽看，我们兵分三路，霜儿和柳烟姑娘调动一切力量布置在法场四周，绝不让李云博自投罗网；魏大人和汝成想尽一切办法分头去找马希萼和马希崇，无论用什么办法都要见到，晚上不见，这时候应该要现身了，说不定，他们的特赦王书早就拟好了，就等着你们上门呢；老朽嘛，就亲自去法场坐镇……"他说多了一些，已经上气不接下气，似乎是没办法继续说下去了。

刘光辅道："父亲大人，你久病未愈，身体虚弱，怎么经得起如此折腾！有我和魏大人，一定能行！"

刘静仁摇摇头道："我得去，就算事情不成，为亲家公送送行，也是应有之义……"话刚说完就想站起来，刚一起身立足未稳，就两腿发软栽倒在地。众人七手八脚将他扶起，没想到他突然两眼一翻，昏倒过去。刘光辅惊道："赶快扶他回房。管家，快请郎中来！家里的事，就交给你。我们动身吧，时候不早了。"

安顿好刘静仁，大家就准备分头行动。魏柳烟追上父亲和刘光辅，说道："两位爹爹请留步！我觉得，侍郎爷爷的判断虽然在理，但不保险。我们还是要做好李云博会现身的准备。"

刘光辅愣了一下，点点头道："柳烟姑娘言之有理。那你说，怎么样才能万无一失呢？"

魏柳烟道："这也不难。如若李云博不现身，估计徐威他们下手的可能性很小，你们找到马希崇，说出真相并把马希崇请到现场就行了。如若李云博现身了，我估计徐威要么就痛下杀手，以报过去驱逐和暗杀之仇；要么就会把李云博抓起来后，等待刑司衙门审判。当然，也有可能仅对家人下毒手。我的主意是，如若你们一个时辰后还是没有见到楚王和大司马，你们就赶紧到湘春门会合，一起去法场应对，无论如何要他们刀下

留人。万一不行，就称是王上口谕，要法场暂停行刑。"

"你是说，要我们假传王命？"魏迪勋大吃一惊，"这，这怎么行？假传王命是大逆不道的重罪，这可是要株连九族的啊。就算救了李氏一家，我等都得搭上身家性命，这样会得不偿失啊！你这鬼丫头，出的是什么馊主意！"

刘光辅道："我看你家姑娘的主意行！只要能让他们刀下留人，先保住一家老小的性命，以后的事情，我有办法应对，绝对没那么糟糕！"

魏迪勋看了女儿一眼，没好气地说道："你出的好主意！要是把你爹坑死了，你就不能嫁人，得女扮男装当孝子守丧三年……"

刘光辅道："哎呀，我的老兄，绝对死不了！最多也就罢官或者坐几年牢，没什么大不了的！"

"这样更好，我正不想嫁人呢！"魏柳烟笑着，又对刘光辅说道，"刘叔叔，你不知道，要我爹爹罢官，还不如死了的好！"说着，就往别处跑。

"你……"魏迪勋见她跑开，对刘光辅道，"你看我这死丫头，越来越不像话了，把她老子当官迷了！"

远远传来魏柳烟的声音："你本来就是了！"

刘光辅也笑道："好了，赶紧行动吧，别误了大事！"

◈ 三、法场活祭正酣，李云博突然现身了 ◈

湘春门外的法场前，活祭仪式正在如火如荼地举行。

"'爆竹金三角'业界，为瑶池李氏长房饯行大典开始，响炮奏乐，爆竹燎庭哎！"随着李丰业一声吆喝，难得一见的法场行刑前，活祭人犯的特殊祭祀开始了。

只听见六声牛角号吹起，"轰隆隆"三声铁炮巨响后，堆满的竹薪被点着，火堆突然冲起巨大火焰，哔哔啪啪声响大作。紧接着，唢呐锣鼓号角之声嘹亮响起，场边上，成架的型号各异的爆竹被依次点燃，此起彼伏地怒吼起来。整个法场就像一场突如其来的大劫难，转眼之间，狂风大作，飞沙走石，雷电交加，天崩地裂，把现场数千观刑的人们给震傻了。就在山呼海啸般的巨响余音还在湘春门前回荡，主祭人浑厚响亮的声音穿过迷烟传了过来："傩师做法，恭请神灵啰！"

只见一个戴着花鼓傩戏面具的巫师，一手摇着铜铃，一手挥着桃剑，颤颤巍巍地

走上前来。来到台前，傩师便急摇铜铃，桃剑舞得忽忽生风，口中念念有词。突然他一定身，大声高唱道："瑶池李氏诸公，今日蒙难法场。咿呀嗨哦……焚香燎纸，告慰天地山川诸神众仙，供奉东峰仙界列祖列宗……"顿时，一炷炷点着的檀香被插到了临时祭坛上。一串串冥币纸钱也被点着，有的被风吹起，纸灰、半燃不燃的冥纸和着烟雾漫天飞舞，有的还鬼使神差一般朝刑台上飞去。这时候，扮着各类神仙鬼怪的大小傩巫出场了，跳着情状各异的舞蹈，一时间乐声大作，爆竹响起。声音刚歇，主祭人读起了祭文：

> 哀我李氏，命殒王城。长冤泣血，天地悲悯。
> 想我李氏，百年豪门。舍生忘死，谋福乡邻。
> 传承火药，推陈出新。造就爆业，惠及苍生。
> 感我李氏，仁义门庭。为善瑶池，厚德远近。
> 帮难济困，周济弱贫。医痛疗疾，悬壶市井。
> 哭我李氏，爆业巨擘。飞来横祸，今将不存。
> 业界庵属，悲不欲生。迎福纳吉，何堪此景？
> 今将诀别，举酒壮行。呜呼哀哉，伏惟尚飨！

祭文读罢，又是一阵山崩地裂的锣鼓号角和爆竹之声。响毕，主祭人接着道："敬献祭品，奠酒送行啊！"

一案案荤腥祭品、一束束松柏绿枝、一坛坛自酿老酒被端了上来。人潮涌动，寂然无声，转瞬之间，献案前的祭品堆成小山，绿枝铺满了上刑台的过道，老酒的清香更是弥漫在法场四处。李丰业举起酒碗，三鞠躬后分别奠向天地，又斟满一碗走上刑台，递到李庆吉嘴边："李公一路好走！"李庆吉咬住碗边，一仰脖子喝了，又将酒碗狠狠砸在地上，道："多谢同仁。今生缘尽，来世再会！各位保重。"又一群业界人士端着酒碗给其他人喝了，一样地豪情万丈。

奠罢酒，李丰业走下台来，继续喊道："傩戏开腔，傩师喊魂了！"

傩师唱道：

> 客死他乡路，冤魂听我言：
> 生死当有命，富贵皆在天。
> 身本来自无，殁后复归山。
> 在家千日好，出门万事难。

不做野鬼荡，归根落叶安……

唱了一阵，就又喊了起来：

回去哦，都回去哦……

天南地北浮萍游，不及家中一日留。

无端殒命伤心事，苌弘化碧见冤仇。

归天不录阎王簿，东峰界上列祖忧。

回去哦，都回去哦……

牛首马面莫刁难，我等烧好过路钱。

大鬼小鬼莫使坏，一生二熟会有缘。

三魂七魄莫停歇，直下南川到间间……

正当傩师在那里如泣如诉地歌唱、傩巫们尽心尽力地舞蹈的时候，突然一个身影飞上了法场刑台。但见来者一袭白衣，一个筋斗翻过身来，稳稳地定在法场刑台中央。寒风吹来，他的衣袂不停拂动着，一副玉树临风的潇洒。

“哈哈哈哈，李云博，你终于现身了！”徐威一见，顿时欣喜若狂起来。

李云博冷笑道：“徐威老贼，你使这请君入瓮之计，晚生不来，你不就下不了台吗？我来，是给你捧捧场！我一人做事一人当，要杀要剐随你便，干我祖辈父辈何事？还不快放了他们！！”

“真不愧号称天才少年、火药神童，老夫如此心机，居然被你小子参透！”徐威说着，将剑插入剑鞘里，突然狞笑道，“你小子到底涉世不深，只知其一不知其二。不错，老夫抓你的祖辈父辈，法场行刑将你引出，然后一举擒拿，将你这‘矫诏谋逆’的罪臣绳之以法，这是其一；可是，老夫还有一招后手，你猜猜，该是什么？”

李云博道：“晚生当然知道。你徐威蛇蝎一样的狠毒心肠，怎肯轻易放过我的家人？无论晚生来不来，你都会下毒手，置我全家于死地，对不对？”

徐威得意非凡地笑道：“哈哈哈哈，果然聪明！常言道，斩草不除根，萌芽复又生。不把你们这叛臣逆子全家杀光，王廷就不得安宁。告诉你，老夫的五千精兵正围在瑶池，只要你一现身，那边就大举攻城，血洗瑶池，不留遗患！李云博，今日老夫报仇雪恨的时候到了……”

“岫南，你干什么？这么危险还跳出来送死，难道真要让满门灭绝吗？”李庆吉见李云博现身，又听见他们对话，大惊失色，一下子瘫倒在地，喃喃说道，“岫南，祖父求

你，快快逃走，给瑶池李氏留个种吧……"

徐威狞笑道："老乡司，你且宽心。你的宝贝孙子既然来了，就走不了了，他会陪你一起上路。来人，将王廷通缉的逆贼李云博拿下，与其祖辈父辈一起斩首！"

"慢着！"李云博大声喝道，转身扶起瘫倒在地的祖父，又走过来，一一安慰早已泪流满面、蓬头垢面的父亲和其他家人，然后说道，"各位尊长，都是孩儿不孝，被奸小构害而连累你们。孩儿给你们磕头赔不是了！"说着，扑通一声跪倒在地，又"嘭嘭嘭"磕起头来。顿时，台上台下，一片号啕大哭。

不一会儿，李云博站了起来，对徐威说道："徐都统，就缚之前，在下有一不情之请，还望都统成全。"

徐威说道："死到临头了，还卖什么关子？你不会是又想出了什么歪主意了？哈哈，大局已定，你纵然有三头六臂，也大势已去、回天乏术。哼，老夫倒要看看你还有什么鬼花招。"

"好。"李云博回应道，"临死之前，在下想弄明白一件事情，也好死而无憾。"

徐威故作深沉，感慨道："哦？天下居然有你不明白的事？天生奇才，勤学好问，都快身赴黄泉了，还泰然如斯，真是'朝闻道，夕死可矣'啊！老夫佩服之至。看在你活不过今日的份上，老夫就勉为其难，一定知无不言、言无不尽，为你解困释惑。问吧，老夫让你死得心服口服！"

"多谢都统。那在下就问了。"李云博揖身谢道，"敢问都统大人，那日在下和顺天王约法三章，如若在下遣散湘水台，朗兵就停止烧掠王城，并不再追究在下任何罪责。数日前，湘水台已经全部遣散，你为何还策动王上，宣布在下及湘水台矫诏谋逆，并四处通缉我等。这是为何？"

徐威更加得意："问得好！古人云：兵不厌诈。你诡计多端，这点权谋都看不透？这是我们英明的王上使用的缓兵之计。当时王上与我等被你们包围，陷入困境，为了脱身，以退为进，先稳住你，一旦转危为安，当然不能放过你。小子，弄明白了没有啊？还有，湘水台是否真的遣散，只有你自己知道。哈哈哈……"

"哈哈，原来如此！人如丧家之犬，自然摇尾乞怜。也是啊，口是心非之人，怎能一言九鼎，话语焉能抵信？看来是在下的错，高看你们了。哎，小人作态，言而无信，何必较真。"李云博大笑着，话锋突然一转，问道，"敢问都统大人，您在升任潭州马步军都指挥使之前，在哪里高就啊？"

"这……"徐威脸色一沉，"你小子又不是不知道，问这作甚？"

李云博笑道："在下当然知道，可王都百姓不知道啊。都统别不好意思，跟大伙儿说说。"

"你……"徐威一时语塞，沉吟半晌道，"这有何不能说的？老夫以前是王廷密卫湘水台的黄金长老。"

"哦呵，你曾经也是湘水台的人？"

"事实如此，老夫没必要隐瞒。"

"都统真是敢于担当啊！"李云博赞叹道，"那在下问你，既然湘水台数百号人马，都是你的亲从故旧，那你为何策动王上，宣布湘水台为叛逆，而且几欲屠戮而后快呢？"

徐威振振有词："因为在你小子的率领下，他们和你一起矫诏谋逆，老夫为了大楚的江山社稷，当然要不徇私情，大义灭亲。"

"都统真是为国吐哺，殚精竭虑啊！"李云博笑道，"敢问大人，你是怎么离开湘水台的？"

"被你小子赶出来的！你年纪轻轻，无才无德，却被太后错爱，突然身居紫金长老要职。上任伊始就玩弄权术，把老夫一脚踢开，你还好意思问？你说说，老夫和你素昧平生，为何一到湘水台，就要痛下杀手、置老夫于死地？不是太后出面求情，老夫早就不在人世了！"徐威被他说到痛处，声音有些颤抖了。

李云博义正词严地说道："为什么痛下杀手，问得好！今儿当着王都百姓的面，我就告诉你：因为你称母重病，召你不见。据在下调查，你母亲年过七旬，耳聪目明，活得好好的。原来你是在摆谱，故意让我难堪，要给新长老一个下马威。你不听长老将令，是为不忠；诳母重病，是为不孝。像尔等不忠不孝之人，留你何用？"

"你……"徐威勃然大怒，"李云博，你死到临头了，别在这里逞口舌之能了！银枪都的勇士，快快将王廷叛逆李云博拿下！"

"是！"一群手执银枪大槊的武士冲了上来。

"等等，让我把话说完！"李云博一声怒吼，转身对台下说道，"各位乡亲父老，年关之前，我李云博为平息马氏兄弟争位，不幸看走了眼，轻信小人承诺，不仅没能解救长沙危难，反而遭这伙奸人陷害，让湘水台陷入绝境，如今业已遣散。我李云博的的确确是千古罪人，死上千次万次也不为过啊。可是，今日李氏惨遭灭门，却都是因为这个狗贼，恃宠骄横，利欲熏心，嫉贤妒能，公报私仇。当年，他倚仗太后宠信，蔑视新任长老，尔后又背叛太后和湘水台，做了朗人的内应。如今王都长沙生灵涂炭，大楚江山岌岌可危，无数百姓命若倒悬，都是这个狗贼干的好事。有这伙奸人当道，一定会把大楚国折腾得千疮百孔，不久将被他国所破。只是我李云博比大家幸运，先走一步，看不到这一天了……"说着，便哽咽起来。

"胡说八道！"徐威急了，赶紧命令道，"快把他抓起来，堵住他的嘴，别让他再妖言惑众了！"

就在武士围住李云博的时候，台下又骚动起来，有的骂道：

"打死这伙奸佞小人！"

"把朗人蛮兵都赶出长沙去！"

"瑶池李氏无罪，绝不能滥杀无辜！"

"他们要杀李学士，我们就跟他们拼了……"

情绪异常激动的人群，大骂徐威残害忠良，祸国殃民，有的甚至动起手来，不断将石块、垃圾和各种物件朝徐威狠狠砸去。场面顿时混乱不堪。

徐威见到愤怒的人群，一下子慌了，甚至有些恐惧。本来，李云博现身，他欣喜若狂，但得意之下，掉以轻心，没想到被这小子反咬一口，自己颜面尽失，狼狈不堪，堂堂潭州马步军都统，转眼之间成了百姓眼中祸国殃民的小人。这让他在气急败坏的同时，又不免后悔和害怕起来：惹恼众怒，今后这日子，恐怕很难过啊。于是一不做二不休，干脆趁着这情势，先将他一家老小杀了再说！下定决心，他一边往监斩席那边后退，一边大声喊道："午时三刻已到，刀斧手，赶快行刑！银枪都负责好法场秩序，有胆敢扰乱法场者，杀无赦！"

"慢着！"行刑大臣何敬真突然说话了，"末将奉命行刑，处死瑶池李氏几个点名人犯，并无李云博。尽管李云博被宣布为叛逆，也被王廷通缉，但并不代表我等有权处死他。如此重要钦犯，如何发落，尚须刑司衙门审理后，交王上决断。来人，先将李云博拿下，押回刑司衙门严加看管，不日大堂会审，再定罪名严惩不迟！"

"你……"徐威怒道，"这里，我说了算！"

武士见行刑大臣和监斩大臣发布的指令居然截然相反，不知听谁的。一时间都愣在那里。一位胆大的班头小心翼翼地问道："两位大人，你们一个要抓了就杀，一个要先关起来，小的究竟听谁的？"

"当然听我的！"徐威、何敬真几乎同时喊道。

何敬真突然冲了出来，一拔宝刀高高举起，大声说道："何某是王上钦命的行刑大臣，当然听我的！谁敢违抗何某将令，一律就地正法，决不姑息！"

"你……"徐威见被他抢了先，气得两唇哆嗦一通，说不出话来。

"是！"一干武士听了，一拥而上将李云博绑了，正欲推着他下刑台。李云博一晃胳膊，道："在下有脚，自己会走。"说着，跪在地上朝李庆吉等人一一叩头，然后猛地起身，头也不回下了刑台，自己又钻上了一辆囚车。何敬真见了，赶过来朝李云博一拱手："李学士，得罪了！"又派了一队人马押着，往湘春门方向驶去。

◆◇ 四、观刑人群里，突然出现几个熟悉的面孔 ◇◆

囚车在那条由银枪大槊拱卫的法场过道上缓缓行驶。

这条临时过道，一头连着今日处决瑶池李氏重要人犯的刑台，另一头通向王都的正大门——湘春门。这两者间的距离，也不过数十丈远。

李云博反站在囚车上，看着渐渐远去的法场和即将被处死的祖辈父辈，胸口一阵阵剧痛。刚才，他一时冲动现身法场，根本不能解救亲人，反而还把自己搭上。他很清楚，徐威设下圈套布下陷阱等他来钻，他真的来了，现在看来还是低估了徐威这个对手。徐威，这个协理湘水台台务数十年的旧长老，怎么会在有利的时候，轻而易举放过他李云博的家人，他觉得自己有点太天真了。虽然，口舌之辩他绝对不会落下风，即使让徐威颜面尽失、威风扫地，又能怎么样呢？他的亲人还得死，自己也很可能被处以极刑，真是太不合算了。但是，回头一想，他除了法场现身之外，又能怎样呢？难道眼睁睁地看着祖辈父辈和长兄一个个被砍头，而自己做个缩头乌龟，躲在暗处置之不理甚至袖手旁观？那可不是正人君子所为！家人因为他受到牵连，他若不现身，就是大逆不道，就是不孝！他得赴汤蹈火挺身而出甚至慷慨赴死，这是他唯一的选择。想到家族的灭顶之灾，想到湘水台的举步维艰，想到自己匡扶天下实现一统之壮志未酬，如今银铐入狱即将身死梦碎……一股从未有过的挫败感袭上心来：成王败寇，千古亦然。真是"大风吹倒梧桐树，任由他人去评说"了！他茫然地看着两边不断涌过来的人流，更是五味杂陈，百感交集：曾经人烟阜盛的大楚王都，曾经摩肩接踵的繁华街市，曾经悠闲快活的长沙居民，这一幅幅安居乐业的盛世图景，如今已经不复存在，取而代之的，是一处处残垣断壁，一条条冷清的街道，一张张恓惶恐惧而不知所措的脸。想到这些，李云博突然感觉到一股酸楚冲了上来，视线渐渐模糊，最后什么也看不见了。

正当他胡思乱想、无限伤感的时候，突然传来一阵他非常熟悉的暗语传音。他仔细一听，这是湘水台遣散之后，由于泰平阁初创并转入地下潜伏，为了加强联络，减少失误，降低风险，他和黄金左长老一道，特意创制了这套暗语传音，教会每一位泰平密使熟练掌握。而真正实际使用，这还是第一次。传过来的暗语的意思是："少主受惊了。在下朱雀，奉左老大人之命带领天乾大卦已到法场，一定将您和家人救走。请少主随时

指令。"泰平阁密使来了？他大惊失色地睁开眼，可是泪水早已蒙住了他的眼睛，什么也看不到。他赶紧传音道："朱雀将军，切勿妄动。我现被押往刑司衙门，暂无大碍，不用费心。"很快，朱雀将军回音给他："左老将令：不惜一切代价，营救少主及全家。我等奉命行事，绝非私自行动。"

由于双手被反绑着，李云博使劲地将脸往臂膀的衣服上蹭，好不容易将冰冷的泪水擦掉，终于睁开了眼睛，远远看见一伙他熟悉的身影：朱雀将军，乾卦统领，还有一群乔装改扮但是他非常了解的伙伴，有的朝他微笑，有的朝他挥手，还有的用暗语跟他打招呼。突然，李云博看见刘如霜和魏柳烟也在他们之中，使劲地朝他挥手。他一激动，眼睛又湿润了，模模糊糊看不真切。他想起遣散湘水台那日夜里，自己义正词严地宣布，任何人不得干预他的家事，否则定斩不饶，那是因为，他不想刚刚成立的泰平阁马上暴露甚至陷入困境，也低估了徐威残忍而迅捷的手段。左老知道他的难处，用了这一招来维护他紫金长老的威信，让他更加信任和佩服这位亦师亦友的属下来。于是暗语传音道："感谢各位，行动小心，切勿暴露。先别管我，营救刀下之人要紧。如若联络中断，一切由朱雀将军决断。"那边朱雀将军回信过来："属下得令，少主勿忧，多多保重。"

看见近百名太平密使的到来，李云博悬在嗓门口的心终于可以暂时放下了。无论怎样，有泰平密使的天乾卦队出手，救下祖父父亲他们的命是不成问题的。但是，如若泰平阁劫了法场，后面会出现一系列的问题和麻烦，比如泰平阁可能会暴露，天策府会被激怒，身陷囹圄的自己，日子也绝对不好过。然而，人命关天，先救人要紧，其他问题只有等以后再相机去应对了。

就在他渐渐有些释然的时候，朦朦胧胧看见一个紫衣人，正挥着手，好像是跟他打招呼。他起初没有在意，没有去理会。可那人使劲摇着臂膀，与其他人挥手的姿势和幅度都不尽相同，觉得有点奇怪，看样子是在跟自己表达什么。于是又低头在衣服上拭了拭眼眶，眼睛渐渐能看清了。这没看清不要紧，一看清楚又几乎不相信自己的眼睛，把他吓了一大跳：这人不是别人，是几年前他在河中游历时结拜兄弟，去年爆竹节还去过瑶池的义兄李处耘！李云博一时兴奋过头，脱口喊道："正元大哥，你怎么来了？"可是现场太吵，根本听不见那边说什么。他只看见李处耘朝他笑了笑，又朝他挥着手，突然握紧拳头，用力晃了晃，满怀信心地点着头。

"不好！"李云博想起去年李处耘来瑶池的目的，不觉失口叫出声来，又一边思忖着，"看样子，正元大哥也会采取行动。如若两处人马不知底细打起来，那就麻烦大了！得想个法子啊……"

正当李云博思索间，突然一群黑衣人闯入了他的视线。这群人神情诡异，不时在那

里窃窃私语，低头商量着什么。李云博突然警觉，定眼望去，他惊异地发现黑衣人群中，一个他虽未见过、但形象却早就刻在脑海里的面孔，蓦地映入他的眼帘：黑里透红的脸，三角眼，酒糟鼻，尖嘴猴腮，稀疏鼠须，那双转个不停的小眼睛，正放着寒冷慑人的光，神色严肃、似笑非笑地注视着他。——这不是传说中南唐黑云长剑军萍乡密事营的指挥使江世敦吗？他来干什么？

这副尊容，去年里，李云博不止一次听到：爆竹节那天清晨，他诈称江和芳，堂而皇之地坐在瑶池驿馆里喝早茶；祖父曾惊惧地告诉他，一个名叫江和芳的金陵客商，居然用五两银子包下乡间驿馆的头号客房；秘密入唐时，湘水台的密使跟踪西门璞见过他，还从他们的谈话里，知道了很多秘密和阴谋，只是自己还没当面会见过。李云博曾经很想会会这位被天下传得神乎其神的黑云军将领，也曾相信肯定会有与之谋面的机会，甚至还设想过到底会在哪里遇见。而今天，他终于见着了这位神秘人物，他的相貌，居然真的长得和他想象中一模一样：黑里透红的脸，三角眼，酒糟鼻，尖嘴猴腮，稀疏鼠须……他只是没想到，见到这位敌手，却是在自己锒铛入狱之时，在被押往刑司大狱的囚车上！

这时候，他看见了另一张熟悉的面孔：他的姑父西门璞，也就是南唐黑云军萍乡密事营的行军司马，也穿着黑衣戴着黑巾，只是手中的那把纸扇还和原来一样，折叠着握在手里，依然风度翩翩，正站在江世敦右边跟他轻声说着什么。那么，左边的那位就不用猜了，肯定是三叔李天晨的岳父、三婶易淑贞的父亲、黑云军萍乡密事营的副指挥使易守礼无疑了。黑云军萍乡密事营的三位主要首脑人物，都齐聚他国王都大门外，来看一个称臣属国刑司衙门处决人犯的热闹吗？这太让人不可思议了！

想到这里，李云博有些热血偾张了：楚国王廷公然处决瑶池李氏长房传人，看来惊动了中原、南唐朝廷，这下子，有好戏看了。当前，各国诸侯都在不遗余力地结交李氏、拉拢李氏甚至劫持李氏人员，其目的只有一个，就是获取威力巨大的火药秘方，升级炮火武器，为他们称霸一方甚至一统天下奠定军事优势。他们来此，不会与此有关吧？这个念头一冒出来，简直把自己给镇住了。他努力让自己清醒下来，好认真揣摩他们来此的因由。突然间，一些杂乱无章的相关事件迅速在他脑海里闪过：东峰界窥视炮火试验、瑶池古道策马狂奔、大药房里半夜行窃、梅花巷劫持二叔李天雷、鹿角渡口抢劫特供王廷炮火……这些他们一伙去年在爆竹节前后的种种表现，让他恍然大悟：对了，他们绝对是为火药秘方而来。瑶池建了神刀营后，防范甚严，继续劫持瑶池李氏的人质很难，而今日大楚王廷要处决瑶池李氏长房人犯，掌握火药绝密的要员全部到齐了，如若黑云军出其不意突然下手，又有近在靖港的何敬洙的五千精兵的配合，秘密劫走李氏人员并顺利带走，那还不易如反掌！想到这里，李云博不禁全身直冒冷汗：他们

也是来劫法场的！！

从看见江世敦一伙到判断他们是来劫法场，李云博仅仅用了眨两次眼睛的时间。突然又冒出一伙劫法场的，李云博敢肯定，李处耘那边也带了不少人手，对劫法场行动绝对做了充分准备。现在仅他知道的，就已经多达三支人马，都是为了救李氏族人的性命而来，虽然每伙人的目的不一样。当然也还有这些可能：其他诸侯的密探也到了这里，只是他不认得，也无从发现。这些人都可能不知彼此，一旦行动起来，互相视为敌人，如若拼杀起来，会不会误伤到祖父父亲他们？如若一方失败，会不会干脆杀掉李氏灭口？……李云博越想越害怕起来，头上的汗已经变成了热气，在寒冷的风中缓缓升腾。

这时候，押解他的囚车已经到达湘春门边，眼看就要进城门了。李云博急中生智，突然用暗语传音给朱雀和天乾卦队的所有密使："朱雀将军，情况突变，法场发现多国密探，很可能是来劫法场、争夺瑶池李氏人质的。其中，黑衣是南唐黑云长剑军，紫衣是中原来的斥候。令你等不要直接参与行动，全力阻止黑云军，让紫衣一伙行事。不得有误……"正传音时，囚车已驶进湘春门。

李云博暗暗叫苦：糟了，如若朱雀将军没有收到暗语传音，真不知接下来，法场会发生怎样让人意想不到的情况！想到这里，李云博一下子瘫坐在囚车上，大口喘着粗气，欲哭无泪，后悔不迭，任凭囚车左右颠簸着，在碧湘大街行进。

"岫南，你怎么陷身囚笼了？"正绝望间，李云博听到有人叫他，睁眼一看，只见刘光辅正骑马飞驰而来，魏迪勋紧随其后。

"岳父大人，魏大人，是你们呀！这真是一言难尽啊！"李云博大喜，挣扎着站起来道，"您是否奉旨，阻止行刑？"

"没有！我们在宫里见不着王上，大司马马希崇是见着了，可他声称是王上旨意，不敢违逆，坚决不肯出面。从昨晚开始四处奔走，今日又忙碌了一个上午，还是毫无进展……"刘光辅急切地说道，"眼看午时三刻将至，我们只得先到法场拖住他们，然后想办法……"

"原来这样！"李云博听了，灵机一动计上心来，对他们说道，"魏大人，你赶紧回去对马希崇说，李云博已现身，而且被抓住了，请他立即下令暂缓行刑，快去！"

"这样行吗？"

"应该行。说不定，他们把赦免李氏的王书早都写好了！没时间解释了，快去！"

"好！事不宜迟，我就去了。"魏迪勋说着，就调转马头疾驰而去。

"岳父大人，你赶紧去法场，拖住他们！"

"好，时间紧急，不跟你说了，你多保重！"刘光辅也策马飞驰而去。

"岳父大人，多加小心。对了，记得告诉如霜姑娘，南唐和北周的人都来了……"李云博的话还没说完，刘光辅已经出了湘春门。

◈◈　五、一伙紫衣剑客劫走了人犯　◈◈

这时候，湘春门外刑台左侧，高悬着的日晷正指向午时三刻正牌。

"午时三刻已到，行刑校尉，立即行刑！"只听得行刑官何静真看了一眼日晷，突然起身，从案上抽出令箭，"哐当"一声掷在地上，大声命令道。

"得令！"行刑校尉捡过令箭，施礼之后，箭步奔向刑台。

行刑校尉一站定，高举令箭喊道："刀斧手，准备行刑！"

"嗨！"那排刀斧手们，一把拔起人犯身上的"斩"字牌，就势扔在地上，齐刷刷地扬起手中的屠刀，定格在空中。

就在闪着寒光的屠刀高高举起，定在空中的那一刹那，春寒料峭的湘春门外，死一般寂静。突然之间，没有了风吹草动，没有了身体晃动，没有了窃窃私语，就像置身亘古的荒野，到处都是寂然的石林，时间停滞，呼吸停滞，思维停滞，连空气都仿佛凝固了似的。

鸦雀无声的人群，一个个屏气凝神，无数双眼睛都注视着刑台上那一把把寒光逼人的屠刀。

"预备……"行刑校尉拖着长音，开始发出施刑号令。

"刀下留人！！"突然间，一声凄厉急促的喊叫声破空而来，犹如一镞林中响箭，呼啸着划破寂静法场凝固了的空气，把正全神贯注观刑人群提着的那口憋了很久的气，给彻底放了出来，一个个不约而同地"啊"了一声，眼睛也从那寒光凛凛的屠刀齐刷刷射向湘春门——

湘春门里正飞出一匹白马，马上的人一边大声喊着，一边扬着马鞭，使劲往法场里赶。

这声大喊，将法场上下的人都给镇住了，一个个不知所措地望着来人。

"楚王有旨，暂缓处决人犯，立即收监，听候发落！"刘光辅飞身下马，冲上刑台。

何静真问道："刘大人，你来阻止行刑，可有王书？"

"你们都把屠刀放下！"刘光辅上前，一边命令正举着屠刀的刀斧手，一边回答道，

"何将军，事情紧急，本使只奉王上口谕，未来得及拟写王书。难道，王上的口谕不一样吗？"

台上的徐威一看大事不妙，坐不住了，站起来大声说道："既然没有王书，就有假传王旨之嫌。先斩了这干人犯，再问你刘大人矫诏之罪！老夫奉命监斩，有权决断。刀斧手，赶快行刑！"

刀斧手又重新举起了屠刀。

"慢着！"刘光辅怒不可遏，大声质问道："徐威老贼，你敢违抗王命，该当何罪？"

"老夫奉命行事，何罪之有？"徐威狡黠一笑，顿了顿说道，"你和人犯是儿女亲家，也有窝藏叛贼李云博的嫌疑。法场行刑，你本该回避，却在行刑之际来传王旨，这其中难道没有玄机？更何况你没有王书，单凭一张信口雌黄的嘴，谁知道是真是假？依老夫看，你是利用官身假传王命，干预施刑，拖延时间，等待时机出手相援，老夫才不会上你的当呢。刀斧手，行刑！"

"本官职守天策府掌书记，执掌大楚王廷所有公文王书，也是王上派来的特使，怎么会假传王命？徐威，你若一意孤行，不奉王命，一定会死无葬身之地！"刘光辅理直气壮地斥责道，又大声对刀斧手命令道，"王上派本官阻止行刑，千真万确，难道，尔等也要抗旨不从吗？还不快放下屠刀！"

无所适从的刀斧手又将举起的屠刀放了下来。

徐威急了，一个箭步冲上法场，拔出剑来，直指刘光辅咽喉："大胆刘光辅，竟然假传王命，干预法场行刑。你再敢多说半个字，老夫先将你这目无国法、搅扰法场的罪人就地正法，以儆效尤！"

"徐威狗贼，你算什么东西！我堂堂大楚天策府掌书记，王廷四品大员，你竟敢口出狂言，要杀本官，真是猫扮老虎、蛇欲吞象，目无纲常、胆大包天！有种先砍了老夫！"刘光辅更是义正词严，毫不示弱。他身子一晃动，脖子触到剑锋，殷红的血液流了出来。

突然间，一支飞镖一闪，正中徐威剑身，长剑"喱"的一声落在地上。

"法场有湘水台叛逆，他们要劫法场！"徐威大惊，后退两步拾起回剑来，大声喊道，"刀斧手，立即行刑，别让叛逆诡计得逞！"

"哪里来的叛逆，这一镖是我何某人射的！"何静真大怒道，"都给我住手！本行刑官命令，暂缓行刑！待本官派使前往王廷，校验王上是否有此旨意，弄明真相之后，再来定夺！"

"是！"

何静真继续说道："如若王上真有旨意欲暂缓行刑，何某就要弹劾你徐都统抗拒王命、恣意滥杀之罪；如若王上无此旨意，何某就要拿下你刘大人，依假传王命之罪从重发落！谢大人，你是观刑大臣，又是王上近臣，麻烦你走一遭！"

"好，晚生去去就来。在我回来之前，任何人不得自作主张。"台上一个长得白净、眉眼清秀的年轻人，女儿情状般站起来，妩媚地应了一声，就匆匆往台下走去。他叫谢彦颙，职司碧湘宫小门使，自幼跟随马希萼，两人还有点"龙阳之好"的暧昧。

"使不得啊，谢大人。"徐威上前阻止道，"这自古以来，午时三刻行刑，昭明国法，早存铁律，哪里能够随便更改？这是刘光辅的拖刀缓兵之计。一旦过了午时，就不能开刀问斩了，最早也要等到下旬月忌，这一拖，又要等十来日。更何况，王廷颁旨行刑，如若恣意更改，似乎刑人正法如同儿戏，不但惹人笑话，有损国法严正，而且落下口实，败坏王上龙威。请谢大人三思啊！"

"徐都统，你一个统兵大将，一味小肚鸡肠、睚眦必报，何能服众？将军有点胸怀好不好？"谢彦颙不耐烦地答应着他，一边往下走，"王上命你监斩，你别公报私仇，这里，一切都得听何将军的。"

"你……"徐威被他一通抢白，脸顿时黑下来，说不出话来。

何静真道："谢大人说的是。我们初入长沙，人心不稳，更要以大局为重。所有刑罚都须秉公办理，得让百姓心服口服。王庭要犯，我等决不姑息，但若错杀无辜，惹来民怨，甚至失去人心，就会难以在长沙立足。徐都统，你说呢？"

"你们得了瑶池李氏什么好处，一个个竟为他们开脱！"徐威勃然大怒，"老夫就是被千刀万剐，今日也要坚决行刑，天王老子来了也挡不住！刀斧手，立即行刑！你们还站着看什么，这热闹很好看吗？难道，还要老夫亲自动手吗？"

谢彦颙见徐威翻脸，也不禁怒火中烧。他拖着略带点女人腔调的嗓音狠狠地说道："徐威，你别仗着统帅潭州数万兵马就想胡来！别看晚生官小，要取你性命，只要在王上面前嘀咕几句就成了。不信，你试试？"

"你这无耻憨货，妖孽一般，放着好好的男人不做，偏要当什么面首，男不男女不女的，人见人恶心，树见树羞死。你怎能仗着王上宠幸，干预法场行刑！老夫先宰了你这妖孽再说！"徐威几近丧心病狂了。

"老匹夫，你敢骂我？还要宰我？……我跟你拼了！"谢彦颙被人当众揭了短，白脸顿时涨得绯红，气急败坏地从身边一位武士手上抓过一根银枪，恶狠狠地朝徐威捅过来。徐威一让，用力过猛的谢彦颙扑倒在地。徐威哪里肯放过，挥剑就砍。情急之下，何静真飞奔过来挡了一刀，然后护住谢彦颙，用刀指着徐威道："徐将军，你该住手了！你再胡来，就别怪何某人不客气了！"

"哼，老夫结的仇家也不少了，多你一个也无妨。"徐威咆哮着，挺剑相迎。眼看，

一场大仗即将展开。

就在法场人声鼎沸、骚乱不堪之际，突然一个黑衣人走到江世敦身边，在耳边嘀咕道："马希崇来了，就快到湘春门。看样子，手里捧着的是王廷圣旨……"江世敦的脸色一下子煞白。他用黑纱将面蒙上，说了声"立即行动"。话刚落音，数十位黑衣蒙面人，一个个手持八尺长剑，鱼跃而起，铺天盖地飞向刑台，直扑仍然尚跪在地的李氏族人。

没想到，他们刚上刑台，又一伙衣着驳杂的蒙面人，也操着各式各样的武器，跟着飞上刑台。他们速度更快一些，不仅超过黑衣人，而且还在他们之前就落地，并回过头来手握刀枪摆开迎战架势，杀气腾腾地挡住黑衣人的去路。两伙人顿时兵戎相见，厮杀起来。台上刚刚开战，两三个紫衣人，也突然加了进来，他们绕过两伙正在打斗的蒙面人，直奔后路，也飞快地朝李氏族人靠近。几个黑衣人见了，怎么能善罢甘休，甩开蒙面人扑向紫衣人。一时间，小小的刑台上，几路人马一通混战：拳下脚上，刀来剑往，闪转腾挪，削砍劈刺，个个都是功夫好手，把台上台下的所有人都惊呆了，不明白突然之间发生了什么。

"有人要劫法场！"何静真顿时大惊失色，"武士们，快快护住人犯，别让他们劫走！"

四周执着银枪大槊的武士们听到命令也一拥而上，刑台被围得水泄不通，顿时，刀光剑影，喊杀震天。观刑的人群，一片惊恐。而围在里面的人，更被挤得死死的，无法抽身而逃。只得你挤我推，拼死挣扎，呼天喊地，慌成一团。

"来得正好！"徐威大笑道，"早就预料到你们有这么一招！湘水台余孽终于现身了！陈指挥，潭州行营埋伏了好几个时辰的千余将士早就摩拳擦掌了，命令他们立即出动，将整个法场团团围住，把这伙叛逆一网打尽，不留后患。你跟我听着，要是放走了一只苍蝇，唯你是问！"

只见一个全身戎装的武将站起来应了一声，一展令旗，湘春门上顿时旗帜招展，号角长鸣。听到讯令，早就潜在四处的潭州府兵呐喊着从四周围了过来，连湘春门城墙上都突然涌现密密麻麻张弓搭箭的弓弩手。一时间，整个法场被全副武装的军队围了个水泄不通。

何静真挥刀冲了进去，一会儿咬住一个黑衣人来了几回合，一会儿碰到个紫衣人打斗几招，一会儿又和正在捉对厮杀的两个交起锋来。可是，对手总是不与他纠缠，虚晃一招避他而去。气得他哇哇大叫，挥起刀来四下乱砍，无头苍蝇一般找不到对手。

吓愣了的谢彦颞慌忙爬到监斩席边，正奋不顾身地往桌子下钻。爬了好半天，寻了

个有空的地方，钻了进去，只是肥硕的屁股还露在外边，像一个高高挂起的大红灯笼被风吹拂，不停地晃动着，很是显眼。

刘光辅也不明白怎么回事，他一骨碌从地上站起来，冲到李庆吉身边，抽出剑来帮他砍开绳索，又过去帮其他缚着的人。

李庆意得了自由身，哪里闲得住？他操起一杆大枪，饶有兴趣地与两三个黑衣人厮打，一招一式有板有眼，吆喝喊叫神气十足，一副宝刀未老的样子。

李天骏被解开后，捡起一把钢刀，先将自己的脚镣砍断，又过去砍断长辈们的脚镣，护住他们想往外跑。李云浩顺手击倒一个黑衣人，抢过一把长剑，横在后边断后。可是人太多，根本出不去。

正当无法脱身时，突然一个白衣蒙面人来到李天骏身边，对他说道："右老大人，我等奉左老之命解救你们。紫衣人是中原密探，也是来救你们的，你们跟他们走。黑衣人是南唐黑云长剑军，我们来对付。"李天骏听出了说话人是朱雀将军，大喜过望，一抱拳道："有劳将军及弟兄们。"

正当两伙蒙面人杀得难分难解的时候，又一伙紫衣人一拥而上，架住李庆吉一家往外闯。人群突然不自觉地让开一条通道，他们紫云一般飞奔向外边。一个黑衣蒙面人大叫道："别恋战，赶紧甩开对手，截住人质！"其他几个黑衣人"嘿"了一声，纷纷甩开对手，往那边飞奔。对手又岂肯放过，连忙咬住，情势十分胶着。

困在核心的何静真大喊一声"不妙"，抽身往这边冲来，但一时脱不了身。徐威纵身奔向监斩席，举起长剑喊道："堵住紫衣人，别让他们跑了！"外围将士得令，潮水一般涌了过去。

这时候，李天骏不见李庆意跟过来，回头一看，只见他还在刑台上杀得正酣，急忙道喊道："四叔，快走！"

"老夫很久未临战阵，今日刚刚开荤，怎能就走！老夫再杀几个，好生痛快一回，再走不迟！"李庆意仿佛毫无退意。

李云浩也急了，朝他喊道："四叔公，都什么时候了，别逞能了。快走，迟了就来不及了！"

正说着，几个黑衣人冲向李庆意，围住他轮番厮杀。李庆意毕竟年过半百，久疏战阵，加上近日又受了牢狱之灾，脚上还戴着十几斤重的镣铐，体力明显不支。李天骏大急，冲过来挥刀撂倒几个黑衣人，拖着他就走。李庆意本不想走，被他一拖，一个跟跄栽倒在地。不远处地上的黑衣人见了，一瘸一拐爬起来顺手一剑，刺在他腿上。

"娘的！"李庆意大怒，骂了一句，挣扎着站起来，举起大槊结果了那个黑衣人，对

李天骏喊道，"你们快走！我右腿被碰了一下，看样子走不了了。这条老命留着何用？跟他们拼了算了！"

看见他负了伤，李天骏大惊，赶紧扶住他道："四叔，没事，我们一起快走！"几个紫衣人也回头过来帮忙。

为首的黑衣人一见，再次喊道："你们几个，赶紧晃过对手，那边有个李氏族人负伤了，都冲出去，先把他弄到手！"就近几个黑衣人一听，又都纷纷丢开对手，极力往这边赶。可是对手也不弱，不肯罢手，使劲黏住他们，气得为首的黑衣人哇哇大叫。他突然凌空跃起，一个筋斗飞向李庆意这边。李天骏、李云浩见了，赶紧挺身相迎。只见黑衣人将长剑一横，猛一闪身劈向李天骏和李云浩，两人没想到他的剑如此之快，手忙脚乱架起刀剑招架。而那人势大力沉，加上手中那把长剑锋利无比，但见一道寒光，李天骏手上的钢刀和李云浩手里的长剑都被拦腰削去一截。两人一见不妙，赶紧一个倒地翻滚，才免于被他拦腰砍中。

滚出半丈远的李天骏和李云浩连忙爬起来，握着只剩下半截的兵器对视了一眼，面面相觑，惊出一身冷汗。

"追身夺命剑！！"这一惊魂时刻，被落在后面的李庆意见了，他情不自禁地大声喊道，"你是什么人，居然会使袁州江氏的家传绝学？"

"老匹夫，你管我是谁！"黑衣人狠狠地说道，"快起来，跟我走，否则，性命不保！"

"哈哈，你蒙着面，虽然十几年未见，可这声音，可这举止，可这剑术，老夫是一眼就辨别出你是谁了。十数年不见，江校尉别来无恙？"

"老匹夫，你认错人了。"黑衣人否认道，"来人，把他架走！"

"还装，真不够意思。十数年前，我的猎神刀对你的追身剑，那也是不分伯仲。去年你来瑶池暗访爆竹节，也不打个招呼，偷偷摸摸哪有一点当年豪气干云的样子……"李庆意跟跟跄跄地站起来，喋喋不休地说着，猛一伸手去扯他的黑色面巾。可是只扯下一半，他就瞪大眼睛定在那里，嘴上还在喃喃地说道："江世敦，不是你还能是谁。老相识了，还，还抵赖个啥……"说着说着，身子就缓缓软下去，跪在地上不出声了……而他的身体，已被江世敦一剑刺穿。江世敦连忙把黑面巾戴好，拔出剑来一脚将李庆意踹倒在地，飞身朝李庆吉他们追过来。

"四叔……"

"四叔公……"

李天骏、李云浩见状，顿时悲愤万分，怒火中烧，飞身跃起，挥着半截兵器挡住黑衣人去路。这时候，紫衣人拥着李庆吉他们，已经冲破银枪大槊的人墙，离开刑台丈

余，正往北边奔去，眼看就要与外围的潭州府兵接上火了。说时迟那时快，两人架起李庆意跟了过去。

站在监斩席上的徐威急了，大声命令道："陈指挥，命令弓弩手，立即放箭，别让人质和劫匪跑了，射死他们！"

那个刚才传令的陈指挥连连拱首说道："都统大人，使不得啊。法场到处都是观刑百姓，还有百余名银枪都武士，上千号潭州府兵，而且目前短兵相接，混着一团。贸然大放弩箭，会伤到自己人和老百姓。请都统大人三思啊！"

"混账！"徐威怒道，"行刑法场丢了人犯，放跑了劫法场的湘水台余孽，此等大罪，哪个担当得起？还啰唆什么，赶快放箭！"

"是！"陈指挥犹豫着，还是领了军令，他一挥佩剑，大声喊道："城上弓弩手听令：放弩箭！"

顿时，箭如雨下。这潭州府兵弩箭，威力无穷。早在武穆王马殷时期，就有一支五百余人的强弩军队。到了废王马希广时期，强弩营扩建到两千人，指挥使是辰州人彭师暠。马希萼攻占长沙时，彭师暠被俘，其勇猛侠义、忠贞不贰和誓死不降的气概，深受马希萼赞赏叹服，因此没有杀他，只是贬为庶人。据说，废王马希广被绞死后，无人敢收尸。这个彭师暠闻讯，挺身而出，将马希广埋葬在长沙城东的浏阳门外，世人称作"废王冢"。后来，徐威收拢残部，重新建起了不足千人的强弩营。这强弩营，都是装备连发弩箭，箭长九尺许，机械发射，最大的弩箭发射机弓，可以一次性发射十支，而且能够连发十次，杀伤力极其惊人。因此，箭到之处，人一片片应声倒下，尤其是手无寸铁的观刑人群。侥幸未被射中的百姓，一下子四散而逃，甚至冲开围在外面的府兵包围圈，决堤般溃散了。

白衣蒙面人大惊，情急之下，他将两指伸进唇中，吹响了尖厉的哨声。哨声一长两短，在法场内外剧烈尖响。听到哨音，只见那些衣色各异的蒙面人纷纷掏出一个物件来，使劲地朝地上砸去。

顿时，响声大作，迷烟张天，刺鼻的硫磺气息扑面而来，熏得人睁不开眼。整个法场被浓浓的烟雾笼罩，各种各样的喊声哭声咳嗽声尖叫声掺杂其间，只是什么也看不清。

直到少半个时辰过后，烟雾才渐渐散去。而湘春门外的法场，已经一片狼藉。除了法场行刑的官员、刀斧手、武士和潭州府兵外，能逃走的没剩下一个。当然，还有一些不幸身亡者的尸身，受伤者的呻吟，以及在冷风中混乱不堪、惨不忍睹的法场。

一阵冷风吹过，卷起枯枝败叶、破布烂絮和黄沙烟尘，发出阵阵悲鸣声。徐威挂着剑慢慢睁开眼睛，望着同样狼狈不堪的何敬真、刘光辅、谢彦颙等人，目睹面前凄然景

象，惊愕得半晌说不出话来。

　　而在蒙面人开始劫法场之初就赶到了湘春门的马希崇，被这震撼激烈的场面吓破了胆，硬是缩了回去。等到渐渐平静下来，才在魏迪勋的搀扶下怯生生地从城门里探出头来，对眼前的景象更是目瞪口呆，捧着的那卷王书，从手中滑落，滚出老远……

第三章
DISANZHANG

南唐朝廷

◆ 一、边关急报连连，搅了朝廷春耕大典 ◆

这年二月初五丁亥日，是南唐皇帝耕籍大典吉日。民以食为天，农乃国之本，今日皇帝驾临都郊田野，亲自握犁农耕、示范子民，充分表达朝廷重视农事、奖励耕织的思想，这自然是新春过后，举国上下首屈一指的头等大事了。

虽然时迫仲春，但寂然的淮南大地，春天的消息似乎还迟迟未到。南唐江宁府依然春寒料峭，偌大的金陵城在急冷江风的吹拂下肃杀异常。而历经风霜的寒梅，毫不在意凛冽江风的咄咄来袭，已然争俏枝头，绽放得如火如荼、花团锦簇。

江宁府，这座相传建于春秋时期的石头城，从三国东吴开始就是多朝古都，名字也更迭不断，金陵、建业、建邺、建康等，多次经历战火，又多次重建，如今称为江宁，是南唐国都城，但习惯上人们仍然喜欢叫它金陵城。这座城池临江而居，北连辽阔的江淮大地，东接富饶的长江三角洲，西傍长江天堑，南部与秦淮流域丘陵岗地南界的横山、东庐山遥相呼应。古城既有群山环抱，又有河流萦绕，加上许多湖泊点缀于城中，与浩瀚的长江一起，组成了一幅山水纵横交错的南国佳境。难怪三国时，诸葛亮也不禁赞叹："钟山龙蟠，石城虎踞，真帝王之宅也。"虽然如今天下大乱，战火不绝，而金陵从杨行密建立吴国开始，四十多年来远离战火，是乱世之中少有的太平福地。到了南唐鼎盛时期，这里已经是富庶江南的大都市了：秦淮河两岸人烟阜盛，楼阁林立，集市兴隆，商贾云集，一派欣欣向荣的繁华景象。

一进二月，金陵城的大街小巷，一首广为传颂的童谣又被四处游戏玩乐的孩子唱响：

二月二，龙抬头，天子耕地臣赶牛；

三公九卿正培土，当朝太子把种丢；

正宫娘娘忙送饭，皇子皇孙捧水瓯；

春耕夏耘率天下，五谷丰登太平秋……

正如童谣里唱的"二月二，龙抬头"所揭示的，就是春季来临，万物复苏；蛰龙开始活动，预示一年的农事活动即将开始。对于以农为本的南唐朝廷来说，大典这一天，

立国以来一直就是举国上下共同瞩目的吉日。而今年仲春的第一个亥日——皇帝耕籍大典之日，却是在二月初五丁亥日。

这几天来，南唐朝廷三公九卿及有司衙门，都在为皇帝的新春启耕大典忙碌着。享誉大江南北的南唐大国士、户部侍郎韩熙载已年近半百，可依然神采奕奕、风度翩翩。他会同司农寺正卿（大司农）以及礼部司仪，四处操持奔忙，修整好农舍田屋，备好了御用的香案、耕牛、犁具，也安排好观礼的皇朝子民。今日也自不待言，早早就在金陵城东郊皇家屯田里候着，只待皇帝驾临，耕礼就可以开始了。

年近不惑的皇帝李璟也起得很早，天刚亮就住进了农舍，换上农人装束，只待吉时一到，就要"躬耕陇亩、示效天下"了。可是，还未进卯时，宫廷上书房掌书少监吴公公就慌慌张张地赶进农舍，禀报道："启奏陛下：中原探马，千里驰书，密情快报，急呈御览……"

"放肆！今日耕籍大典，还有何事比这更为要紧？"李璟不悦地看了一眼跪在地上的太监，整理着身上的蓑衣斗笠，站起来怒道，"你不晓得，开春耕礼是当前朝廷的头等大事吗？如若耕礼出了差池，你定然难辞其咎！"

侍立一旁的韩熙载稽首道："启奏陛下，今日启耕，满朝皆知。皇上躬耕，示范万民，教化天下，重农奖耕，此乃立国之本、新春首要。这千里驰书，不是万分火急，吴公公也绝不敢轻易搅扰。何况时候尚早，陛下御览之后，不会误了耕礼大典。"

"嗯，爱卿言之有理。你起来吧，快呈上来。"李璟说罢，坐了下来，接过秘折，撕开看了起来。但见写着：

　　大唐驻汴梁通好使臣胡志达密报吾皇陛下：保大九年春正月戊寅日，河东节度使刘崇在晋阳称帝，继承大汉国统，仍用原大汉国年号，称今年为乾祐四年。立国之后，即命刘承钧率领大军伐周，如今正攻打晋州……

"天啦，刘崇也称帝了，真是惊天骇闻！"李璟大惊失色，"新年刚过，就传来消息，郭威接受汉国太后监国符宝，即皇帝位，国号大周，改元广顺。这还才旬月之间，汉国末代小皇帝的叔叔刘崇又称帝了，还大举南下，真是意想不到啊……"

韩熙载赶紧拿过密折，浏览了一遍，神情严峻。他思忖一会儿，对李璟道："启奏陛下，中原朝廷一直主少国疑，去年小皇帝刘承祐密诛重臣，酿成宫廷惨祸，郭威北御，逃过一劫，但家小百余口无一幸免。幼主无知，小人挑唆，滥杀朝臣，业已众叛亲离。郭氏代汉，情势必然。这刘氏政权，短短三四年就被郭威取代，虽然有些意料之外，细再想想，倒也在情理之中。"

右仆射同平章事孙晟也看了密报，他接过话来道："是啊，陛下。只是旬月之间，刘氏皇室贼心不死，居然称帝，的确出乎意料。这年月，明目张胆称帝的，比占山为王的强盗还多。哎，天下恐怕又要大乱了！"

李璟叹息一声，道："天下大乱，风云莫测，一着不慎，祸害即至。这风云际会之乱局，朕将何为啊！"

韩熙载拱手道："陛下，这天下乱象，于我大唐未必坏事。中原朝廷祸起，周、汉两国仇怨甚深，北辽也会见缝插针、从中渔利，北方肯定会狗咬狗乱作一团，自然无力南顾，正是我朝励精图治、大展宏图之时啊。"

李璟摇摇头道："乱世之中，求得自保尚且不易，要大展宏图，谈何容易！朕自践祚以来，苦心经营，数年图闽，连连惨败，未建寸功，不仅损兵折将、空耗钱物，而且国库空亏、民怨载道；谋楚不成，反受重挫，实力大亏，还弄得灰头土脸，里外不是人……哎，如此庸庸碌碌，如何对得起九泉之下的先帝啊。"

孙晟道："陛下，图闽败局，皆因主战一党不谋长远、大意轻敌、贪功好名所致，陛下已将他们法办，贬官外任，戴罪立功。只是谋闽惨淡出局，又接连图楚，实在有些操之过急。不过，常言道，成由败中起、福从难里得。这艰难困苦和内忧外患，损兵折将之经验教训，正是陛下发愤图强的基石啊。"

韩熙载接着孙晟的话说道："孙相所言甚是。几年来，我朝实力虽然受损，但并未元气大伤。危厄艰难，必有穷期；重整旗鼓，必得众应；东山再起，必定大兴。年前，马氏兄弟争国，希萼得了长沙，杀了希广，三湘大地已经乱成了一锅粥。而南汉西蜀，虎视眈眈，不日之后，这楚国江山，必为他国所图。如今中原改朝，政权初创，也不敢轻开战端。微臣以为，当前，周围敌国自顾不暇，这是励精图治之大好时机。当此之时，我朝该结好邻国，轻言战事，专心致志整肃朝纲，刷新吏治，减轻赋税，奖励农耕，促使国力强大。这以不变应万变，是兴利除弊之首选啊。望陛下明察。"

"嗯。"李璟点点头，若有所思。他一抬头问道："韩爱卿意思是，目前我朝不宜继续扩张，应该采取守势？"

韩熙载回答道："陛下圣明。微臣以为，凭当前国力，宜用守势。不过，经过励精图治、养精蓄锐之后，必将一飞冲天、大有可为，这叫后发制人。"

李璟一边思忖着，一边问道："后发制人？也是一策……孙相，你有何高见？"

孙晟道："回禀陛下，老臣以为，韩大人言之有理。所谓后发制人，就是先发展、后发力。韬光养晦，富国强军，时机成熟，再图大计。"

李璟道："先发展、后发力……嗯，不错。你说具体点。"

孙晟道："老臣以为，具体而言，一是静观其变，增强实力，等待时机；二是革新武器，升级炮火，提升战力。我朝须在促使经济复苏、积蓄力量的同时，全力建设天下无敌的炮火军。只要我朝上下齐心协力，众志成城，通过三五年甚至更长时间，一定会府库充盈、兵强马壮，一旦天下有变，就可以趁势一统江南，继而问鼎中原，实现陛下天下一统之夙愿。"

李璟想了想，笑了起来："两位爱卿真是深谋远虑啊！想当初，朕要是听了你们的奏议，四年前如若进兵北上，可能已经坐拥中原，实现了天下一统；如若图闽用人得当，国力不至于如此受损；如若不谋楚国，炮火营也不至于毁于一旦。如今想来，真是追悔莫及啊！这回，朕一定听你们的。"

孙晟稽首道："陛下明察秋毫，从谏如流，自省自励，我朝之福也。吃一堑长一智，只要根基犹在，信心犹在，意志犹在，宏图大业就一定能够实现！不过，老臣还有一些浅见，不知当讲不当讲。"

李璟看着他欲言又止，于是打消他的顾虑："孙相无需顾忌，但说无妨。"

"谢陛下。"孙晟道，"去年炮火营惨败，主要原因还是急功近利。这个教训代价太大了，几乎让数十年积累毁于一旦。因此，通过武力强取，根本行不通。自炮火营正式成立以来，袁州方面，一直用强硬手段威逼上栗李氏掌门强献配方，他们被迫放弃了祖传产业，变成了瑶池爆竹的经销商主；去年又劫持瑶池李氏子孙索要秘方，弄得民心尽失。老臣以为，对付这种家风刚烈的名门望族，不能过于强硬，得用恩德怀柔感化。如若我朝以大国风度善待称臣楚国，厚施民生，轻徭薄赋，仁爱广播，让三湘大地的黎民百姓安居乐业，不出一年半载，李氏族人一定会感恩戴德，何愁楚民不附，秘方不得？望陛下明鉴！"

"说得好！孙相之言，字字珠玑、句句在理啊……"李璟听了孙晟之言喜不自胜，看着韩熙载在一边低头沉思，颇有些奇怪，于是问道，"韩爱卿，孙相所言，韩爱卿以为何如？"

韩熙载想了想，道："孙相之言，微臣不能完全苟同。"

李璟一惊，问道："此话怎讲？"

韩熙载道："孙相所言，似乎得到李氏秘方，就等于得到天下，此言大谬也。不错，如若有了李氏大威力火药，制造出天下无敌的炮火武器，的确在一统天下的竞争中占得优势，攻城无坚不摧，略地所向披靡，灭国探囊取物。但微臣以为，仅仅有军事优势，并不一定能争得天下，就算以此得了天下，只怕也难以守住。秦始皇承百年基业，灭六国一统天下，却不施仁政，二世而亡；隋文帝历尽艰辛，结束南北分裂局面，实现国家一统，而隋炀帝骄奢淫逸，大兴土木，大隋江山也灰飞烟灭……这样的历史兴

亡还少吗？"

孙晟见他如此针锋相对，有些不悦，冷冷问道："韩大人，你的意思是，统一天下不要绝对优势的军事实力，那要什么呢？"

"孙相少安毋躁，还容下官慢慢道来。"韩熙载说着，又朝皇帝施礼道，"启奏陛下，《尚书》有云：'皇天无亲，唯德是辅；民心无常，惟惠是怀。'微臣以为，一统天下之大业，皆须按天意行事。这个天意是什么，就是德政，就是民心，就是要我们为了争取民心而广施仁义，而非有目的的假仁假义，机关算尽，到头来还是会白忙一场，古往今来，概莫能外，这是我朝必须遵循的'道'；而用先进炮火武器装备的军队，只是仁义之师所利用的工具而已，这是所谓的'器'。道是魂，器是形，道器合一，不可偏废。如若这个先进的'器'为无道之人利用，天下不仅不能太平，而且会更加混乱不堪。微臣以为，皇上要一统天下，先要解决好'道'的问题，然后……"

李璟一听，脸上露出不悦神情，他打断韩熙载道："你是不是又要老调重弹，把那帮好战的武将们赶出朝堂啊？"

韩熙载道："党争痼疾不除，国无宁日啊，望陛下三思……"

正说着，也一身蓑衣斗笠的尚书令、兵马大元帅吴王李景遂走了进来。只见他大着嗓门嚷着，打断了韩熙载："皇兄陛下，吉时已到，是否开始新春耕礼？"

"立即开始。"李璟回答着弟弟，又看看仍然想说的韩熙载，又道，"韩爱卿，启耕的时间到了，你是享誉大江南北的大家，道器之说很有见地，朕以后就教吧。走吧，我们开始启耕大典。"说着，就走出了农舍，进入皇田，按照当朝规定礼仪，焚香燎纸、祭天拜地、鸣锣响号之后，颁布新年第一道圣旨，就耕起那一亩三分田来。

这南唐的春耕大礼，绝对不是做做样子，而是实实在在耕田撒种，绝不马虎。皇帝把这一亩三分田耕完播完，差不多要一整天。不事农桑的皇帝和他的兄弟、嫡子以及朝廷三品以上的紫服大臣，只得硬着头皮干了起来：皇太弟李景遂牵着耕牛在前边走，皇帝李璟扶着犁辕扬着牛鞭耕着地，一群皇室至亲和朝堂重臣则跟在后面，端的端盆，撒的撒种，施的施肥，盖的盖土，浇的浇水，忙得不亦乐乎。而应邀前来观礼的京畿官绅士民，在荷戟仗剑的皇宫武士的引导下秩序很好，一个个神情肃穆地跪在四处，沐浴着皇朝浩浩隆恩，接受着皇上躬耕陇亩、言传身教的驯化。

干了一个多时辰，一行人早已精疲力竭。加上料峭春寒，一个个冷得直打哆嗦。大司农高声叫道："晨耕已毕，恭请皇上草庐歇息……"听到叫喊声，一群王公大臣急不可耐地丢下手中的活计，垂首恭立，等待李璟上了田塍之后，才跟在后面走了出来。

没想到刚来到农屋边，掌书太监吴公公急得像热锅上的蚂蚁，在那里直打转，江世

敦和另一名信使也在一旁坐立不安。他们一见李璟进来，连连大礼相迎，跪在地上直叩着头道："参见皇上！"

疲惫不堪的李璟理都没理，就进屋去了。吴公公赶紧跟进去，稽首道："启奏皇上，黑云长剑军萍乡密事营指挥使江世敦紧急见驾，说是有急务密奏……"

刚刚从田里回来的皇上本来就很累了，水都没喝一口，就被太监缠上，还来了这么多信使要面呈，勃然大怒："真是不知死活的东西！又有何急事？郭威死了还是马希广活了？南汉攻占了洪州还是吴越逼近了江都，太庙失火还是太后崩逝？见驾见驾，你让朕喘口气行不行？况且，政务有宰相府，军机有枢密院，外事有客省使，怎么都往朕这里呈啊？"

吴公公的头磕得咚咚直响，战战兢兢地说道："启奏陛下，黑云军乃朝廷密卫，一直是皇上亲自统领，江指挥面圣，一定是有紧急要务。而鄂州刺史何敬洙居然连边关五百里加急特快都不用，专程派来信使，肯定是紧急军务，只得冒着杀头风险急呈陛下御览。奴才身家性命是小，误了军情要务传递，坏了江山社稷大事，就是把奴才千刀万剐，也悔之晚矣！望陛下明察！"

"嗯，你倒还有这等见识，倒也忠心可嘉。"李璟怒气稍稍消了些，一边擦着汗，一边坐下说道，"既然是军国要情，就叫他们进来面陈吧。"吴公公应了一声，出门传去了。不一会儿，江世敦和何敬洙派来的信使战战兢兢地走了进来，再次行了见驾大礼。

李璟道："你们平身吧。今日春耕大典，朕有些累了。你们先简单报上来，密折交给吴公公，转到上书房去，夜里朕再详览吧！"

那两个应了一声"是"，将各色密折交给掌书太监，就开始向李璟禀报。

江世敦道："末将江世敦启奏陛下：昨日，长沙密劫法场行动失败了，特来请罪……"

"甚甚甚？密劫法场行动失败了？真是一干酒囊饭袋，把黑云长剑军的脸面都丢尽了！这死罪还用请吗？"李璟拍案而起，龙颜大怒，"怎么弄的？还不赶紧奏来！"

"末将遵旨！"江世敦见皇上动了雷霆之怒，惊恐万分，脑子变得一片空白，把想好的话全忘了，跪在地上言不由衷地说道，"数日前，楚国潭州马步军都指挥使徐威亲率五千大军开进瑶池，围住大瑶，抓走李庆吉等一干要人，押进长沙，昨日在湘春门外法场行刑。不知怎么的一通折腾，楚王马希萼突然下旨，暂缓行刑，限李氏家族半月之内献出火药秘方，建设楚国炮火营。如若献出秘方，便饶恕李氏死罪；如若抗旨不从，逾期不献，将以抗旨之罪立即正法，并满门抄斩，诛灭九族……"

李璟听得有些不耐烦，道："真啰唆。朕是问如何失手的！你说重点！"

"是，陛下。"江世敦被他打断之后，倒清醒过来，"本来，对劫持法场，我等进行

了周密部署，对潭州方面部署的兵力也了如指掌，应该是胜券在握。可是，正当我们行动的时候，突然冒出几伙身份不明的密探，也参与进来，而且仿佛商量好了的，一伙蒙面人专门对付我们，一伙紫衣人负责解救人质。黑云长剑军腹背受敌，最后那一伙人放出个不知名的玩意儿，顿时炮声大作，迷烟张天，熏得大家睁不开眼。我等见大势已去，只得命令迅速撤离……"

"迅速撤离！逃跑倒蛮有理由！"李璟烦躁地来回走着，低头沉思一阵，问道，"对手是谁？那玩意儿是用什么做的？你们查过没有？"

"易指挥正派员密查，目前有了初步进展。紫衣人可能是中原探马，燃放烟雾的应该是李云博遣散了的旧部，也可能是瑶池李氏族人。至于那玩意儿，还没来得及查。但据我等分析，扑鼻的硝磺气味，烟雾又那么大，很可能是火药制品，一种我等还从未见过的新型武器。"

"可能是，应该是，也可能是，很可能是……真是一问三不知，这就是你江世敦给朕的要情？"李璟没好气地说道，"赶紧回去彻查，弄清楚了，再来见朕！"他见江世敦要走，又说了声"还是等等吧"，就一屁股坐下来，看着另一个使者继续问道："你又有何等要事上奏啊？"

另一个道："鄂州刺史、入楚指挥使何敬洙将军帐前牙将刘城禀报皇上：黑云长剑军密劫法场失手，瑶池李氏下落不明，李云博被楚廷羁押。徐威五千大军仍然围着瑶池，威胁李氏安全。何将军急派末将前来请旨，是按圣上原来旨意，密劫法场之后撤离长沙回国，还是……"

李璟思忖着，自言自语地说道："哼哼，徐威率大军围住了瑶池，逼迫瑶池李氏交出火药秘方，而且限期半月，不然要血洗瑶池。李云博被羁押，而长房要人下落不明……真是的，要是火药秘方交出去了，被他国弄走了，或者没有交出秘方把火药世家李氏的子孙都杀光了，我朝千方百计想得到秘方怎么办？炮火武器怎么办？炮火营怎么办？……这个马希萼疯了吗？杀害弟弟，篡夺王权，如今一坐上王位就大开杀戒，还是人吗？英明勇武的武穆王怎么生了这么个畜生！"他情急之下，也顾不得皇帝的九五之尊，居然当着臣子的面，站起来骂起了脏话。他低着头急匆匆踱了几个来回，然后抬起头来说道："江指挥，你先回去，你们黑云长剑军在弄清谁人劫走李氏族人的同时，不惜一切代价，保护瑶池李氏全族安全，要是有人少了一根头发，朕唯你是问！你也速速回潭州，告诉何敬洙，要他给马希萼施压，绝对不能血洗瑶池，不然的话，大唐朝廷将派十万大军，一举攻陷长沙！"顿了顿，又摇摇手道："等等……此事非同小可，你们先去馆驿歇息，待朕想出万全之策后，即刻派人传达给你们。你们跪安吧。"

见两人应声退出去后，李璟突然感到情势严峻起来。他顾不得启耕的辛劳，在草棚里踱来踱去好一阵子，就坐到案前，提起笔来，开始琢磨起应对之策。辛亥年还才刚刚开始，这启耕之日，还不到半日功夫，前前后后就来了好几路特急信使，看来，今年又绝对是一个不平凡的年份。李璟在密折上批了几行字，觉得不妥，于是放下笔来，又站起来离开案台，焦躁地来回走动。突然间，他似乎想起什么，转身问掌书少监吴公公："吴少监，你昨日说，冯延巳回京了？"

吴公公道："回禀陛下，奴才昨日申时启奏陛下，昭武军节度使冯延巳奉旨回京述职，陛下以今日要举行启耕大典为由没有接见。"

"冯延巳现在身居何处？他来参加启耕大典了吗？"

"没有。按照本朝规制，地方大员不需参加启耕典礼。奴才猜想，冯大人应该一直在家中候旨。"

"他仍然兼着太子少傅……"李璟一通急促的来回走动之后，又对吴公公说道，"吩咐下去，启耕大典由吴王景遂代朕继续，朕立即回宫，会商要事。立即传昭武军节度使冯延巳速到上书房见驾！"

"奴才领旨！不过，皇上早膳都还没用，要不，回宫用膳？"

"也好，回去再说吧。"

"是！"吴公公应了一声，出门忙碌去了。

二、"衣不如新，人不如故"

李璟赶回宫后，匆匆用罢早膳，就往上书房赶。没想到刚到门口，冯延巳已经在那里等候了。他一见李璟，倒头便拜："罪臣冯延巳叩见皇上！吾皇万岁万岁万万岁！"

李璟道："爱卿平身，快快起来。早就说过，私下场合你无须行君臣大礼。来人，给冯大人看座上茶！"

"皇上仁爱无边，关怀备至，罪臣感恩涕零！皇恩浩荡，罪臣永世不忘！"冯延巳又磕了一个响头，便一边说着一边用衣袖拭着眼角，然后就缓缓起身，坐了下来。

李璟道："常言道，'衣不如新，人不如故。'你是朕的童年发小，多年故交，又是朕的词令知音，文学知己。朕，孤家寡人一个，像你这样的朋友，天下也绝无仅有了。"

"皇上错爱，罪臣感恩不尽！"冯延巳站起来，整冠捋带，似乎又要行大礼了。

李璟道："好了好了，坐下说话吧。你外放昭武军节度使快三年了吧？"

冯延巳道："回禀陛下，臣左迁太子少傅四年有奇，外任地方节镇两年零九个月。几年前，罪臣辜负皇上倚重之恩，领政无方，思虑不周，导致图闽惨败，使国威扫地、实力大亏。臣之死罪，本应该千刀万剐，陛下却从轻发落，只是罢去相位，降职外放。陛下的再造之恩，臣就算肝脑涂地，也无以为报啊！"

李璟道："都过去了，不说也罢。这几年，在抚州那边过得可好？"

冯延巳道："回禀陛下，罪臣自到抚州后，每日寅时起床，面壁半个时辰，以赎曾经罪过，近三年来从未中断。而且，臣一直洗心革面，励精图治，以报皇上的不杀之恩。只是，只是……"

李璟道："只是什么？有话尽管讲嘛，不用遮遮掩掩！"

冯延巳道："臣在地方万事都好，只是担心再也不能面圣了！臣在抚州，很是牵挂陛下，想念陛下，放心不下陛下。有时候时常在梦中和陛下对弈品茶，作曲填词，泼墨吟诗。但臣乃戴罪之躯，只能将这些念想深埋心中，所以，几年来从不回京，也不表露心迹，唯愿兢兢业业，默默报效朝廷，感恩戴德，救赎罪过。臣就算老死他乡也是罪有应得、咎由自取。今奉旨回京述职，得以面圣已经心满意足，因此不免有些激动，让陛下见笑了。"

李璟道："你能有这个姿态和心境，朕甚是欣慰。你是以前的宰辅之臣，能谋善断，处理政务国事也很有经验。今天约你来，除了想见见你、叙叙旧外，还有件棘手的事想听听你的意见。"

冯延巳道："陛下有何忧思，尽管赐命。臣一定竭尽全力，为皇上驱驰。"

"是这样……"李璟就将三封密函密折递给冯延巳，并作了简要介绍。

冯延巳看罢密折，又听李璟一通介绍，想了想后说道："陛下，北方乱起，我朝就有了可乘之机。郭威称帝，立足未稳，晋阳又冒出一个汉国，加上北面辽国，一定会斗得你死我活。如若此时兵进中原，尽管有些冒险，但也不失一次一统天下的良机……"

李璟道："好了，北进中原一事，暂不议论。朕要你谈谈楚国的事。你要知无不言，言无不尽。"

冯延巳道："是，陛下。只是罪臣久居抚州，对图楚事宜知之不多，思虑甚少，因此不敢信口雌黄，害怕贻误了家国大计。"

李璟道："哦。那朕跟你仔细说说。年关前后，马希萼破了长沙，杀了马希广，抢得王位，而为之破城立下大功的李云博及部众被宣布为'矫诏谋逆'，并一度要灭其九族。你想想，我朝图楚，就是想通过占领潭州府地，将炮火营建在瑶池，利用李氏独绝天下的大威力火药来提升炮火军队实力，建成一支无人能敌的王者之师。如若李氏族人死绝，火药秘方失传，岂不竹篮打水一场空？今日得报，马希崇、徐威逼瑶池李氏献方建设炮火营，限时半月，不然要血洗瑶池。依你之见，如何应对为妙？"

冯延巳道："马楚朝堂处置逆贼，我国干预，名不正儿言不顺；可是我朝图楚，目标是瑶池的火药秘方。这不干预吧，李氏若被诛灭，的确如陛下所言，前功尽弃，火器升级遥遥无期；如若李氏为逼无奈献出秘方，楚国就会建成天下无敌的炮火军队，实乃我朝未来大敌。这真是个两难的问题啊。"冯延巳一边说着，一边看着李璟的脸色，他心里想的是，皇上想听什么。但在未琢磨透皇帝的心思前，他不敢贸然进言，于是就如此模棱两可地分析着。

李璟道："是啊。就是觉得两难，朕才丢开新春耕礼，回来找你商议嘛。"

冯延巳还是吃不准皇帝想听什么，于是试探着说道："感谢陛下恩宠信任。既然如此，罪臣就不避浅陋，说一说自己的想法，请陛下参酌。马希萼称藩乞师于我，只不过是想借助我朝实力争夺王位。如今虽然心愿达成，但人心不稳，元气大伤，一时半会儿还不敢开罪我朝。罪臣以为，楚国朝堂人心散尽，矛盾陈杂，我们可以利用这一点，借力打力，说不定能够弄到我们朝思暮想的火药秘方。"

李璟道："借力打力？卿家不妨直言，有何妙计？"

冯延巳终于摸透了李璟的心思，侃侃而谈起来："陛下，我朝为了弄到瑶池李氏绝密配方，已经空耗数年，很多方法都用过了，软硬兼施，高官厚禄，最后一事无成。罪臣以为，得变个法子来试试看，说不定会有奇效。不是还有十多日吗，就让他们去折腾，也让瑶池李氏吃点苦头，不到万不得已不要援手。而且，李氏族人虽然去向不明，但李云博还在楚国手上，他们绝不敢贸然将火药绝密献与他国，置瑶池百姓和火药神童于不顾。如若李氏献了秘方给楚国，我们再从马氏手上弄过来，岂不探囊取物？如若到了最后期限李氏还不肯献方，我们就赶紧从刀下将李云博救下，李氏全族不感恩戴德才怪呢！我等再恩威并施，说不定，李氏就会就范。只不过，这火候的拿捏，既要准确，又要及时，一点差池，就会人头落地、功败垂成。罪臣才疏学浅，韬略平平，出这么个不像样子的主意，还请陛下见谅。"

"好主意！"李璟一听，顿时龙颜大悦，拍案叫绝，喜滋滋地对冯延巳道，"你别谦虚，就这么办！来，你赶紧替朕写两道圣谕，交代何敬洙和江世敦他们依计行事。对了，还得提醒他们，一定小心谨慎，密切关注动静，千万莫出差池。"

"是，罪臣这就起草诏书。"冯延巳喜滋滋地站起来，提笔写开了。不一会儿，两道手诏一挥而就。李璟看了几遍，甚是满意，题款签章，盖好玺印，唤来吴公公，传旨去了。

事情办完，李璟道："你一来朕的身边，就办了件大事。还是那句老话说得好啊，'衣不如新、人不如故。'如今满朝文武，像你这样体己的知音真是太少了！好久不见，朕一个人独撑大局，天天不是批奏阅折，就是听政断事，忙得连坐的时间都没有了。今天机会难得，来，陪朕下盘棋如何？"

"罪臣遵旨！"

两人就黑白分明、你来我往地厮杀起来。

"数年不见，陛下的棋艺大长啊！罪臣自愧弗如！"

"哪里哪里，是卿家承让了。走，去翰墨亭，朕有两首新作，还请卿家品评。"李璟一连赢了三盘，心情大好，于是又开始讨论起来曲子词来。两人起身，往翰墨亭走去。

到了翰墨亭，冯延巳接过皇帝的新作，只见一首是《应天长》，另一首是《望远行》：

应天长

一钩初月临妆镜，蝉鬓凤钗慵不整。重帘静，层楼迥，惆怅落花风不定！

柳堤芳草径，梦断辘轳金井。昨夜更阑酒醒，春愁过却病。

望远行

玉砌花光锦绣明，朱扉长日镇长扃。夜寒不去寝难成，炉香烟冷自亭亭。

残月秣陵砧，不传消息但传情。黄金窗下忽然惊：征人归日二毛生！

冯延巳毕恭毕敬地在心中默诵两遍，不禁暗暗叫绝：真是大家手笔！这两首词勾勒的画面各异，描绘的却都是闺中少女少妇的离愁别绪、凄苦伤情。正当冯延巳聚精会神地琢磨李璟怎样通过男女情爱的曲折揭示人生苦痛的时候，李璟打断了他的思路："卿对朕的两首新词有何见教？"

冯延巳闻声赶忙回答："罪臣才疏学浅，不敢对陛下的大作妄加评议。"

李璟道："卿言差矣！今日是词友间促膝谈艺，大可不必囿于君臣之礼。卿如不言，当罚词一首。"

冯延巳为了摆脱言与不言都处于尴尬的境地，便顺水推舟地说："罪臣认罚。臣虽不才，但愿遵命献拙一试。然臣亦恭请陛下赐题。"

"嗯……爱卿就填首《谒金门》吧。"接着他传谕身边宫女，"取文房四宝来。"

"罪臣遵旨！"在等候宫女布置写作环境的当儿，冯延巳向亭外的荷塘扫了一眼：这正是仲春，虽然有些春寒料峭，但御花园翰墨亭已经泛起新绿，荷塘已露小荷尖角，突然一阵轻风掠过水面，带来无数涟漪。恰巧这时有个顽皮的宫女从杏林芳径走来，

信手将一把花瓣抛入池中，逗引双双戏水的鸳鸯，然后独倚斗鸭阑干低头观赏。不想头上传来一阵鹊噪，又使她惊喜若狂。由于举头过急，使得挽发的玉簪歪歪斜斜地沿着黑黑的长发向下滑落。冯延巳触景生情，词兴大发，稍加思索，便拟好了一阕《谒金门》：

> 风乍起，吹皱一池春水。闲引鸳鸯芳径里，手红杏蕊。
> 斗鸭阑干独倚，碧玉搔头斜坠。终日望君君不至，举头闻鹊喜。

冯延巳将墨迹未干的词笺拱手送给皇帝。皇帝看了，不住地点头首肯，赞不绝口。冯延巳这首词诱发了皇帝的词兴，他提笔一挥而就，填了两首《浣溪沙》：

其一

手卷真珠上玉钩，依前春恨锁重楼。风里落花谁是主？思悠悠。
青鸟不传云外信，丁香空结雨中愁。回首绿波三楚暮，接天流。

其二

菡萏香销翠叶残，西风愁起绿波间。还与韶光共憔悴，不堪看！
细雨梦回鸡塞远，小楼吹彻玉笙寒。多少泪珠无限恨，倚阑干。

前一首是写在春雨连绵的早晨，一位愁绪满腹的少女，无精打采地走到窗前，先用手缓缓地卷起珠帘，再用玉琢的帘钩把它牢牢卡住。这虽然是新的一天的开始，但她却没有任何新的感受，新的希望。她还和往常一样，觉得这重楼里充满了春恨。无意中她推窗探身朝下望去，只见落花随风飘荡，不由自主，便情不自禁地慨叹道：狼藉的残红啊！你的归宿何在呢？她由此联想起自己苦闷彷徨的心境：因为信使久久没有传递情人来自远方的音信，所以她的愁绪更加凝固淤结，就像雨中凄艳的丁香花蕾，愁上加愁。用什么办法才能消除这抑郁在胸中的愁与恨呢？只有回首遥望烟雨迷茫中的楚天江波，暗伤如烟的往事。

后一首则写在"荷尽已无擎雨盖"的深秋，经霜的荷叶由碧绿变成枯黄，萧瑟的秋风又助纣为虐，无情地抽打着池中的断篷残叶，往日飘溢在绿波上的荷香也消散殆尽。似乎这肃杀的季节，把韶光与少妇一并摧残，使得她们形象憔悴，令人目不忍睹。置身于"秋风秋雨愁煞人"氛围中的少妇，无可奈何地将梦魂从丈夫远去的鸡鹿塞收拢回来，独坐小楼如怨如诉地吹奏玉笙，置身事外，木然呆坐，直至夜寒袭人。她不知流下了几

多珠泪，也不知吐出了几多别恨，然而这一切都是枉然，到头来，她还是孑然一身，凭栏远眺，心系风雨同舟、相濡以沫的夫君。

冯延巳一直侧立在李璟的案头，目睹他创作《浣溪沙》的全过程。待李璟写完后一首最末一个字时，冯延巳惊喜道："陛下填词意境开阔，结句高远，情景交融，清新隽永。尤使微臣钦佩的是点石成金，超越前人。古人常以'丁香结'借喻愁思郁结，譬如李商隐《代赠》诗云：'芭蕉不展丁香结，同向东风各自愁。'经陛下点化，入'青鸟不传云外信，丁香空结雨中愁'句，李诗则黯然失色矣。再譬如李白《桂殿秋》词'仙女下，董双成，汉殿夜凉吹玉笙'句，经陛下点化，成'细雨梦回鸡塞远，小楼吹彻玉笙寒'句，又将列为千古佳句。"

听过冯延巳的赞誉，李璟不禁心喜，已经完全沉浸在词友情谊当中，忘记了往日在臣下面前那种不苟言笑的故态，并且诙谐地问冯延巳："卿曾身居相位，当理军国大事。'风乍起，吹皱一池春水'，干卿何事？"

应变能力极强的冯延巳当即回答道："罪臣愚钝，拙词浅薄，安能有陛下'小楼吹彻玉笙寒'独有的高逸清雅意境？况且，罪臣如今待罪抚州，身居相位是几年前的事情。远离京都，王风难至，唯心中感念圣恩沐浴罢了。"

"哈哈哈哈，知音难得，夫复何求！朕要将此次填就的几首新作，即刻送梨园乐坊排练，今晚就为爱卿接风！"很久未得诗词快乐的李璟已经乐不可支、忘乎所以了。

正当此时，内侍来报：客省使姚凤入宫面圣，说有紧急外务密奏。

李璟兴致正浓，想都不想就道："不见。明日朝会再奏。"

冯延巳道："陛下，姚大人求见，不是楚国使节来了，就是北汉使臣到了。这可都与我朝利益息息相关。陛下还是见一下吧。"

"嗯。"李璟点点头。

冯延巳立即行起告辞大礼，跪伏地上说道："陛下接见大臣、处理政务，罪臣留在内宫不好。罪臣告退，皇上万岁万岁万万岁！"

"等一等……"李璟有点恋恋不舍，想了想后，说道，"曾经因图闽惨败一事遭到贬谪的官员，无论主战的、主和的，大都已官复原职，就剩下你一个了。现在，朕赦免你无罪，爱卿就此回来吧，官复原职，继续当你的左仆射同平章事，和孙晟一起总领国政。你先留下吧，一起听听姚凤密奏何等急务。"

"谢皇上恩典！万岁浩荡隆恩，罪臣永世不忘！臣一定誓死尽忠，报效陛下，赴汤蹈火，万死不辞！"冯延巳大喜过望，头磕得地板"噔噔"直响。

◆ 三、早朝议政，延英殿里乱作一团 ◆

翌日清晨，天还未亮，金陵城皇宫外车水马龙，到处人喧马嘶。上朝的文武大臣陆陆续续地涌了过来，在宫门点卯楼验了印信签上大名，三三两两有说有笑往延英殿外候朝地点集贤阁走去。

韩熙载来到集贤阁，这里早已挤满了人，相互间扯着些无关紧要的闲话。天还是很冷，挤在一起可能暖和一些，他暗思道。但他没有往里面挤，不想凑这个热闹，就顺势在门边找了个空处站立，一边振着衣冠，一边盘算着如何应对即将要展开的论辩。昨日启耕之前，皇上探讨当前国事，特别是北方郭威称帝后刘崇又公然自立的消息，对皇上震撼很大，对他和孙晟发表的以静制动、后发制人的看法甚是赞许，应该就是皇上想励精图治、暂罢兵戈的暗示，也算是透了个信儿给他吧。有了这个底牌，对付那帮只知道打打杀杀的当权派，多多少少有些底气。但他还是有些担心，因为当今皇上，宽厚有余而果敢不足，在做决策时经常犹豫不决，缺少一言九鼎的霸气，甚至经常朝令夕改，让人无所适从。如果今日朝议被对手搅了，皇上很可能要改弦易张，那么，这国命就真的堪忧了。而在主和大方向一致的同时，却在富国强军的基本理念上，与孙晟多多少少有些分歧。突然间，韩熙载感觉到今日他肩负的使命如此重大，不觉一阵寒战，竟然猛地打起喷嚏来。

"哎呀，韩侍郎，怎么，贵体有恙？你这横飞而来的口水，居然和大人的文采一样，气贯长虹、酣畅淋漓啊，在下荣幸之至！"韩熙载抬头一看，只见前左仆射同平章事、现任昭武军节度使、远镇抚州的冯延巳站在对面，皮笑肉不笑地看着他，不停地用手擦着脸。没想到，这个喷嚏喷到了刚进门来、曾经权倾朝野的前宰相冯延巳脸上。

"下官罪该万死，这来得不巧的喷嚏，居然玷污相爷颜面。得罪得罪！"韩熙载大惊，他突然感到不妙，心一下子紧了起来。不知为何，这个外任封疆大吏，怎么会突然出现在新春启耕大礼后的第一次朝会上。而年前的最后一次朝会，皇上召回了导致图闽惨败的罪魁祸首、时任枢密使的陈觉和谏议大夫魏岑，也让上表弹劾他们的御史中丞江文蔚官复原职，今天，这个奸邪之人突然现身，难道他又要重新执掌权柄了吗？昨日皇上问政，为什么一点口风都没透？……韩熙载来不及多想，赶紧走过来，掏出手巾为冯延巳拭擦，勉强笑道："昨日郊外耕礼，不想偶感风寒。这冒犯之处，请相爷宽恕。不过，这无意之中的一个喷嚏，居然喷了您一脸。似乎老天有眼，相爷着实该遭人唾弃啊！哈哈哈……"

"韩大人客气。几年前，韩大人那问罪翰墨，笔如刀山，字似剑阵，气势汹汹，杀气腾腾，老夫都消受过，一点喷嚏口水算得了什么。国士文豪的唾沫星子，不是什么人都有福气消受的。别擦别擦，老夫要留着沾沾才气呢！"冯延巳笑道，"这下可好，你老兄终于欠我一个人情了。先记着，等在下想好了，是要你的宏诗大赋、巧词妙联还是书画墨宝，再跟你理论。哈哈哈……"

韩熙载拱手道："相爷见笑了！我那些打发时间的雕虫小技，怎堪入相爷法眼？相爷如此抬举，真是羞煞我也！"

冯延巳笑道："韩学士名噪天下，学冠朝野，为了得你一诗半词，尺牍书墨，多少达官显贵煞费苦心、趋之若鹜，老朽逮到这个机会，真是千金不易啊！对了，依老夫看，不如这样，这个人情啊，你在我死后，写篇墓志铭就算两清。得你宏文，老朽一定会流芳后世，借光了，呵呵……"

"千万别开这等玩笑，下官担当不起！相爷贵体康泰，福寿绵长，不多祸害人间几年，就轻易作古，把满肚子文韬武略一般的坏水，都带到阴曹地府去，是不是太可惜了？"韩熙载也笑道，"下官还比您年长一岁，说不定会死在你前头呢！不过，若真如你所愿，只怕流芳不成，或许遗臭万年啊！"

冯延巳道："彼此彼此，和你一起遗臭，在下值啊！可是，到时候你别光顾着纵情声色、吃喝嫖赌去了，赖了冯某人的账，那你就会和你那喜欢骂人的上司常麻子一样，肯定断子绝孙！呵呵呵……"

韩熙载听了，一阵恶心。户部尚书常梦锡也是个正人君子，不附权贵、敢于直谏，但曾经害过麻疹，而且没有子嗣，由上门女婿管理家务。这个奸佞小人，恃宠专横，毫无忌惮，骂起人来如蛇蝎豺狼，十分恶毒，不堪入耳。他正要分辩，但听执事太监高声宣道："吉时已到，请百官顺次入殿，候驾早朝！"

乱哄哄的集贤阁顿时静了下来，都一个个整冠拊带，按照官阶高低，文左武右排成两列，低着头，屏气凝神地往延英殿里走去。

满朝文武刚一站定，但听内务府总管吴公公大声宣道："皇上驾到！"

身着龙袍头戴旒冕的李璟从玉阶后面走了出来。只待他往皇帝宝座上一坐定，群臣就倒身便拜："参见皇上！吾皇万岁万岁万万岁！"

"众爱卿平身！"

"谢陛下！"

李璟道："今日新春首朝，朕想借此机会集思广益，定议国策。在议事以前，先请掌书少监吴公公宣布一道圣旨。"

吴公公应了一声，走上前台，尖着嗓子念道：

奉天承运皇帝诏曰：保大六年，冯延巳因力主伐闽，兵败建州，损失惨重，罪责难逃，朕特开恩，免去死罪，贬出朝廷。降职外任以来，面壁思过，勤勉任事，政声斐然。兹决定召其回朝，官复原职，仍为左仆射、同平章事，与右仆射、同平章事孙晟共掌朝政。钦此！

但见冯延巳喜得就地跪下，头依然磕得嘭嘭直响："罪臣谢主隆恩！吾皇万岁万岁万万岁！"

"平身吧。"李璟见冯延巳起了身，又说道："当前，天下纷争不绝，黎民苦不堪言。近日以来，急报连连，奸雄郭威篡汉，中原朝廷易主；刘崇太原称帝，北方祸乱横生；马楚兄弟争国，长沙战祸连连；南汉少主豺狼之心，国内民不聊生；仇雠吴越，更是贼心膨扩，得陇望蜀，磨刀霍霍。我大唐坐拥江淮二十四州，周边邻国莫不垂涎，若不早思良策、从长计议、防患未然，将来这大好河山必为敌国所图。众爱卿，都说说，如何应对？"

官复原职不久的枢密使陈觉站了出来，躬身拱手道："启奏陛下，如今中原分裂，三湘大乱，正是我朝开疆拓土之良机。微臣奏请任命枢密副使李徵古为大将，会袁州大营边镐将军兵发长沙，夺取潭朗之地；微臣愿率数万大军，北渡长江，问鼎中原，缉拿郭威、刘崇，为陛下扫除奸雄，一统天下！"

御史中丞江文蔚站了出来，厉声道："好个陈觉奸贼！你刚刚重掌军旅，就又想攻征杀伐，要让我大唐再次陷入绝境吗？陈贼，你难道忘了，建州一役，五万大军无一生还，呕心沥血数年的图闽大计功亏一篑。皇上仁慈，留了你条狗命，怎么，还要拿大唐的江山社稷做赌注，博取你那白起韩信一般功臣良将之美名？启奏陛下，微臣斗胆，再次恳请立即下诏，千刀万剐陈觉这个好战贪功的狂徒！"

枢密副使李徵古也不甘示弱，出班叫道："大胆江文蔚，你不也一样回朝吗？身为皇廷重臣，朝堂之上屡屡出言不逊，欲置我等军门将帅于死地，究竟是何居心？常言道，胜败乃兵家常事，战阵驱驰，刀风箭雨，哪有逢战必胜之理？陈军门为国效命，忠心耿耿，知兵晓阵，战功卓著，天地可鉴，朝野上下莫不敬畏。你倒好，一介狂狷儒生，凭着三寸不烂之舌跻身高位，总是嫉妒沙场功勋。你有本事，也上战场去试一试？真是无理取闹！"

江文蔚道："李徵古狗贼！你等结党营私，狼狈为奸，一个个跻身朝堂枢要，蝇营狗苟，中饱私囊，把大唐朝廷弄得乌烟瘴气。这江山社稷，本为造福万民，如何能连连用兵，贻祸四方呢？"

陈觉没有理会江文蔚的斥责，继续说道："兵法有云：进攻乃最佳之防御。要想江山社稷永固，就得不停地开疆拓土。只有天下尽归我大唐所有，实现了天下一统，才是下马理政之时。那时候，就可以刀枪入库、马放南山了。江御史饱读诗书，这点道理都不懂吗？"

江文蔚冷笑道："陈太尉真是熟读兵书，而且会活学活用，只是用得有点离谱了！你难道不知道，天下大乱之际，最忌讳的是轻言武事，乱开战端。因为，我们大唐地处江淮，四战之地，周围都是虎视眈眈的列强诸侯，一味地与他国打打杀杀，那就是空耗国力，两败俱伤，螳螂捕蝉，得益的是养精蓄锐、静观其变的黄雀。建州之战，吴越尽收闽国之地的教训，还没让你清醒？你以为，当三军统帅，就得时时刻刻攻城略地、征战杀伐？你这猪一样的脑子，愚昧至极，真是无药可救了！"

"朝堂重地，你竟然出言不逊！老夫宰了你……"陈觉大怒，拔出剑来，怒目而视。

冯延巳急了，站出来道："启奏陛下，江文蔚目无君上，秽语朝堂，臣请陛下降旨，将此人赶出朝堂，永不录用！"

户部尚书常梦锡说道："你们没有忘记吧，建州惨败后，江中丞那篇上书朝廷，追究失败责任的奏疏吧。那是何等的大雅之言！是不是要下官背一遍，让诸位再听听？"

冯延巳怒道："好个常梦锡，建州之事，皇上早下结论，既往不咎。今又重提，是何居心？"

常梦锡泰然自若、理直气壮地说道："下官光明磊落，坦坦荡荡，绝无半句不实之词。你倒是好，刚刚白麻拜相，就弄权公堂，驱赶忠良于圣前，斥声咆哮于百官，下官要问，你想干什么？"

"你……"

"宰相高位，朝堂公器，授予尔等奸小，犹如金杯玉碗装狗屎，真是大大糟蹋！"忍无可忍的右仆射孙晟说道，"江中丞博学多才，进士出身，是我朝开国以来首屈一指的礼学大师，国家礼仪章典，均出自江公之手，焉能不知朝堂之上，不能淫言秽语？今日皇上议政，是要众臣建强国之言，谋长远之道，思永固之策。你们倒好，一开口就轻言兵戈，宏论武事，一个小小的建州都弄得灰头土脸，还有什么资格大言不惭进兵马楚，问鼎中原？你们也多掂量掂量自己有多少能耐，我们还有多少本钱好不好？你等一通夸夸其谈，江中丞岂不愤怒？要处置江中丞，得先问清楚建州败局之责，丢失闽地之罪，究竟由谁来承担！"

冯延巳道："你不学无术，独霸相权数年，是怕老夫回来官复原职后，牵制你胡作

非为吧……"

孙晟也针锋相对道："你小看我，又不是一天两天了。若论赋诗填词，论辩是非，饮酒作乐，趋炎附势，样样都比不过你。但要说这德行，却比你强不止百倍……"

"各位爱卿，都别争了好不好？"李璟一见两派又争起来，有些害怕了，勉强作出一副威严的样子，"都回班列之中去，心平气和下来，有话好好说，别这样吵吵嚷嚷，这哪里像议政啊！"

没想到天威军都虞候王建封突然出列，扯着破锣般的嗓门大声说道："启奏陛下，既然孙大宰相说，授冯大人宰相位，是金杯玉碗装狗屎，末将恳请陛下，也多做个金杯玉碗，装一装我王建封这坨狗屎如何？"

"这个武夫，大字不识几斗，原来想当宰相，真是自不量力，癞蛤蟆想吃天鹅肉，呵呵……"顿时，延英殿里哄堂大笑，像炸开了锅一般。

皇帝李璟被弄得啼笑皆非，尴尬不已，但又无可奈何。等了好一阵子，笑声才停下来，他对王建封道："王爱卿，你不要再闹了……退朝！"

南唐君臣辛亥年首次廷议国策的早朝，就在这样的哄闹中，一事无成地草草结束。

韩熙载望着拂袖而去的李璟，悲愤异常。他冲上前去，一把扯住正欲转身的王建封，怒道："王建封，身为朝臣，就得恪守朝堂的礼仪规制。三年前，你贪生怕死、畏敌不前，私自放火烧了自家大营后逃遁，皇上仁慈，没有治你的罪，你倒更加肆无忌惮起来了！告诉你，这老账都还跟你留在那儿呢，可你今日又在朝堂之上公然惹是生非、忤逆皇上，真是活够了！老夫警告你，你再敢惹闹朝堂，忤逆皇上，老夫就新账老账一起算，联合御史台参你大不敬之死罪，将你一家老小满门抄斩！"

王建封一副不屑的神情，哈哈大笑道："不好意思，韩大人，我是随便说说，得罪得罪！要末将别闹，不必小题大做惊动御史台，只要你为末将画幅画，或者请末将赴一次贵府夜宴，末将就发誓不当那恶心的狗屎，这笔交易成吗？哈哈哈……"

"你……"韩熙载愣在那里，半晌说不出话来。

◆ 四、午夜急召心腹重臣 ◆

已是午夜过后，金陵城皇宫夜风冷冷，寒意习习。正殿后院大都已经熄灯睡去，皇宫出奇的安静，犹如置身无人的漆黑旷野一般。而上书房里，仍然灯火通明。

"来人！"突然间，但听书房里传来急切吼声，划破宁静的夜晚，快捷厚重得如一阵惊雷，破空而出，响彻暗夜，在书房内外激烈地回荡着。

侍在门外的掌书少监吴公公正站在门边栽着瞌睡，被这突然的吼声吓了一大跳，闻声惊起，没头没脑地推门而入，扑通一声跪在地上道："奴才在，陛下有何圣意，但开金口。"

李璟惊道："吴少监，这是作甚？是不是又瞌睡了？起来起来，真的的！快派两个宣旨太监，速召右仆射孙晟、户部侍郎韩熙载二人立即进宫，上书房面圣，要快！"

"奴才……奴才立即去办！"

"哦，对了，拿上朕的印信，从宫廷后门秘密出去，别惊动任何人。"

"是！"

"还有，吩咐御厨，准备三份夜宵，就平常那种，参汤莲子羹，两个时辰后送过来候着，听到朕的吩咐再端进来！"

"奴才领旨！"这时候，吴公公才彻底地醒了过来，行过大礼，匆匆告退。

吴公公走后，李璟仍然在偌大的书房里来回走动。自昨日以来，先是急报连连、耕礼被搅，回宫会见冯延巳刚解决好瑶池李氏命悬一线的问题，客省使姚凤紧急密奏，北汉新帝遣使求援，相约与辽国一起攻周，共同瓜分中原之地，这样他心烦意乱、举棋不定；而今天早朝又被搅局，大家不欢而散，李璟的心情一直很坏，窝着股无名火。到了下午，更让他意想不到，被赐号"国老"的镇南节度使宋齐丘借密陈军务不奉圣旨私自回京，更让他恼羞成怒：这简直是对朝廷律令的公然践踏！可是密陈军务的借口无懈可击，宋齐丘一回金陵第一时间就来面圣，而且禀报密陈之事，的确是件惊天要情：南汉国突然陈兵三万于两国边疆，这更让他忧心忡忡、坐立不安。草草用过晚膳，他就一直待在书房里，反反复复地看着那几道密折，来来回回地踱来着步子，总感觉心里没有底。

本来，按照往常习惯，白天忙完之后，他都要填上几首曲子，觉得不错，就送到乐坊那里交歌女练习后演唱，享受一番文字音乐带来的愉悦。可是，当这个皇帝也太累了。近十年来，守着父皇打下的地盘坐享其成，几乎没有什么大的建树，更找不到任何快感。进兵闽国损兵折将，北上中原无功而返，图谋楚国让人揭穿，天下舆论汹涌而来，特别是苦心经营数十年的炮火营，被人一把火烧得片甲不留，更让他陡然生出无限的挫败感来。特别是满朝文武，大都认为他是无能之君，经常轻视他挟持他甚至顶撞他，尤其那伙好战的武夫，根本不将他放在眼里。昨日早朝，王建封当着满朝文武的面顶撞他，就是个典型的例子。很多时候，他觉得是自己的宽容和忍让助长了这伙人的嚣张气焰，很想痛下杀手宰几个杀鸡骇猴，可就是下不了决心，害怕万一失

手弄出事端，那将威严扫地，甚至无法收场。而刚刚发生在中原的改朝换代，根源就是汉朝小皇帝想大权独揽而诛杀权臣，让郭威逮住了机会，导致了社稷倾覆、国亡身死。自己要是也这样做，说不定也会被人抓住把柄，让那伙炙手可热的权臣废掉，那将更加得不偿失。这家国天下，是最难经营的事业。为保住父皇创下的基业，尽管自己天天勤于政务，起早贪黑，临深履薄，从不懈怠，直至自己精疲力竭、衣带渐宽甚至有点未老先衰，但这江山社稷国命纵横，并没有因为他的努力而蒸蒸日上，总是不尽如人意，甚至每况愈下，他弄不清楚缘由，也懒得管究竟是为什么了。只有夜阑人静的时候，一个人静悄悄地待在上书房里，捧起几本诗书才有一种自我的感觉，有时候提起笔来填几首曲子词，安排嫔妃们演习弹唱，伴上曼妙舞姿，那种成就感真叫人愉悦！

而冯延巳让他拍案叫绝"妙计"，静下心来一想，是否能够弄到李氏的火药秘方呢？特别是突然心血来潮，让冯延巳官复原职，是否有些轻率？他反反复复地问着自己：宋齐丘无诏回朝，是否与冯延巳回来重新掌权有关呢？昨日朝会，一开始就吵吵闹闹，这如何能集思广益、深谋远虑呢？而如今，南汉少主刘晟又突然陈兵边境，这小子，要干什么？……尽管也已经很深了，他还是想不出个好办法来，于是决定找孙晟他们商议一下再说。

李璟正在思忖间，忽听门外传来吴公公的声音："启禀皇上，右仆射同平章事孙晟、户部侍郎韩熙载二位大人奉旨进宫，已在上书房外候旨！"

"宣他们进来！"李璟从沉思中回过神来，揉了揉满是忧郁的脸，整整衣服坐下来，准备接见连夜应诏而来的心腹重臣。

"微臣叩见吾皇陛下！"孙晟、韩熙载在吴公公的引导下进得门来，连忙施起君臣大礼。

"两位爱卿免礼，吴公公，赐座，看茶！"

"谢陛下！"

孙、韩二人入座已毕，李璟对吴公公道："吴少监，你去书房外候着，把好门风，不要让任何人靠近书房，朕有要事与二位大人会商。"

"奴才领旨。"

李璟道："深夜急召二位入宫，打扰歇息，朕甚是不安。情势紧急，迫不得已啊！"

孙晟道："陛下忧劳国事，宵衣旰食，午夜仍手不释卷，满朝文武之楷模也。而我等身为人臣，食君之禄，理当为君分忧。皇上深夜密召我等入宫，那是微臣的福分，陛下视我等为心腹，我等定当竭尽全力，效犬马之劳。"

韩熙载道："皇上不必客套，有何圣意，但宣无妨，我等一定如孙大人所言，竭力

效劳，以尽为臣之责。"

"二位忠心，朕甚是欣慰。其实也别无他事。朕只是为当前局势困扰，想请二位来分析一番，出出主意。"李璟道，"从启耕大典开始，就驰书不断，一连几封加急快报，送来的都是惊天骇闻、军国密情，搅得朕坐立不安，真不知如何是好。今日早朝，一干武将又蠢蠢欲动，真让朕焦心。还有，你们看看吧，国老宋齐丘秘密回都，面陈南汉突然陈兵边关，他们究竟意欲何为啊？哎……"

孙晟闪过以前见过的那一份，浏览了其余几封密折，接着就递给韩熙载，然后问道："陛下就为这几封密折乱了方寸？"

李璟道："郭威已篡汉建周，刘崇称帝自立，马楚要血洗瑶池，南汉正大兵压境，这件件都是关系大唐存亡之大事，叫朕如何能气定神闲、无动于衷呢？"

孙晟道："启耕那日清晨，老臣和韩大人不是为陛下拆解了吗？接好邻国，轻言战事，推行新政，后发制人。皇上不会忘了吧？"

李璟道："孙爱卿，你们拆解的只是郭威篡汉、刘崇复汉和中原乱局之事。如若瑶池李氏遵旨献出秘方，马希萼就捷足先登，大唐将不能独有瑶池火药绝密；如若瑶池李氏不肯献出秘方，马希崇、徐威血洗了瑶池，李氏绝密配方就要失传，我大唐袁州炮火营战力升级不一样遥遥无期了吗？无论发生哪种情况，都对我大唐不利啊！"

孙晟道："皇上无忧。据微臣所知，楚国权臣借献秘方、建设炮火营施压李云博及其家人，扬言血洗瑶池，是因为徐威公报私仇，想除掉曾经逼他致仕的少主李云博，并不见得是针对瑶池李氏的火药配方的。他们知道，瑶池李氏是绝对不会献出火药秘方的，这只是欲置李云博及其家人于死地的杀人毒计。我们只要设法不让他得逞就是。"

韩熙载看了密折，笑道："陛下，您这密折上的朱批不是很好嘛，'令鄂州刺史何敬洙施压马希萼，不然十万大军杀进长沙'，还急令黑云长剑军萍乡密事营，追查瑶池李氏要人下落，防止他们献秘方给马楚，并不惜一切代价保护好李氏全族安危。马希萼向我大唐称臣，何将军的话，他敢不听？马希萼不准许，他徐威敢胡来？因此，瑶池李氏并无性命之虞。"

孙晟叹道："唉，只是黑云军密劫法场失手，定会留下蛛丝马迹，对我朝不利啊！"

"那群饭桶做的好事！"李璟骂了一句，突然变得有点吞吞吐吐起来，"唉，这些朱批，只是刚才想想而已，还未，还未着手处理……"

韩熙载一听，顿时大惊失色："陛下，这期限迫在眉睫，还未处理？不可能吧？"

李璟见瞒不过去，就如实说了："实不相瞒，这朱批，是朕几日前在启耕大典的茅屋里随手写下的。后来冯相来觐见，征询了他的意见，觉得不错，就按他的主意办了。"

"陛下前日停下启耕大典，匆匆回宫，就是召见冯延巳？"孙晟、韩熙载面面相觑，终于明白昨日早朝，冯延巳这么快就官复原职的原因所在。

李璟道："正是。"

孙晟急忙问道："他出了个什么主意？"

李璟道："他说，先让马希崇和徐威去折腾，也让瑶池李氏吃点苦头，不到万不得已不要援手……"

"陛下，这怎么行！"孙晟道，"这样做太过冒险，万一出什么差池，或者让人揭穿，不仅民心尽失，而且火药秘方也绝对得不到了。"

"冯延巳也说，风险太大，还要朕慎酌呢。"

韩熙载想了想，说道："依微臣看，冯相这招，损是有点损，也的确有些风险，但如若稍加补救，略微点缀一下，就万无一失了。"

李璟急忙道："稍加补救，略微点缀？如何补救又如何点缀？韩爱卿快说！"

韩熙载道："我们现在可以肯定，马希崇、徐威，真正要杀的是李云博。拿他家人，只是借此向楚王马希萼施压。因为，自遣散湘水台后，徐威一直怀疑遣散是假，于是有了法场行刑、诱捕李云博一出。这突然之间又颁旨勒令瑶池李氏献方，就是明证。他们明知瑶池李氏，绝对不会将火药秘方献给如今乱象横生的马楚朝廷，于是顺理成章血洗瑶池，将李氏赶尽杀绝。微臣听说，马希萼又要遣使来我朝进贡，只怕还是为册封一事而来。因此，阻止他们的办法很简单……"韩熙载说着，就站起身来，在皇帝耳边一阵耳语。

"妙极，比起冯延巳那馊主意，韩爱卿的计策高明多了！"李璟听罢，点点头道，"就这样办。"

韩熙载想了想又道："微臣以为，想用此法得到秘方，根本不可能。不过，试一试，也没什么大害。"

李璟却信心满满："朕看，不一定。万一成了呢，岂不更好？"

孙晟一脸疑惑："韩大人说什么？这么神秘兮兮，三言两语就让陛下拍案叫绝，居然连我这个领政大臣都不能知道？"

李璟笑道："孙相多心了。这条计策，暂时还得保密。等寻了合适的机会，会让你知道的。哈哈哈……"

韩熙载道："依微臣之见，解救李云博和瑶池李氏族人，派孙相去施行，最为妥当。"

"朕看行，就这样定了！"李璟感慨万千地说道，"唉，真是的。李云博，你小子命真不坏！大闹洪袁，烧了朕的炮火营，朕还要想方设法救他。朕成了救苦救难的活

菩萨了？"

孙晟道："陛下仁义慈悲，以德报怨，定能臣服李氏，为我所用！"

"这个李云博可不简单啊！"韩熙载插话道，"听说他十五岁就在长沙秋闱竞秀中夺魁，去年望江阁赋诗一鸣惊人，被破格晋升为天策府学士，继而长沙大水运筹帷幄表现不俗，一时声名鹊起朝野震动。传闻他是受命陈太后，带着一队探马深入我大唐袁洪一带，闹得鸡犬不宁，让我朝颜面尽失，非常被动。马氏兄弟争国期间，他也积极作为，说动湘江水师倒戈，使得马希萼一天之内攻占长沙，差一点就使兄弟握手言和。可是没想到马希萼不讲信用，不仅杀了马希广，还捏了个矫诏谋逆的罪名加害于他。此等大才，如若为我朝所用，肯定大有作为啊！"

"韩爱卿言之有理。只是这小子，出手太狠，招招致命，真让人生恨！"李璟说着，又问韩熙载，"那北汉刘氏求援，南汉陈兵边塞，如何应对？"

"北汉求援，是想借我朝之力在南边牵制郭威，好联合北辽大进中原，我们不能上这个当。一来，真的灭了大周，我们不仅得不到任何好处，还失去周国这个天然屏障，直接暴露在北国面前，说不定会成为他们下一个进攻的目标；二来，如若联军反为周国所败，我们就开罪了郭威，邻国成仇，麻烦就大了。微臣斗胆建议，找个合适的理由，拒绝北汉算了。至于南汉陈兵边塞，根本不用去理他。"韩熙载扬了扬手中的那份宋齐丘的密折，继续说道，"南汉少主刘晟突然增兵楚国边界，意图很明显，是想借楚国内乱刚刚结束，还未恢复过来，一举夺取靖江节度之地，这里，可有桂、蒙、贺、连等十余州，刘晟垂涎已久。微臣料定，刘晟是怕我大唐趁火打劫，才派三万大军威陈我朝南疆关外，以防万一。也许不日之后，会派使与我国通好。所以，陛下尽管高枕，无需过分忧虑。只是，宋国老无旨回都，颇为蹊跷。陛下不得不防啊。"

李璟点点头道："韩爱卿一通分析，朕茅塞顿开。看来，是朕多虑了。至于宋国老无旨回都，朕也疑虑。新春首朝，冯延巳一回朝，陈觉等人就蠢蠢欲动、重言战事，宋齐丘就不召而回、密陈军务，这里面有着怎样的联系呢？"

孙晟道："陛下，当前，我朝外患不必过分担心。朝野上下，好战尚武之徒执掌枢要，鼠目寸光者比比皆是，只怕冯延巳等人早就鼓动朝野，要么打着为大汉诛贼的旗号进兵中原，要么高举帮助马楚御敌的旗帜挥师长沙，想借机开疆拓土。如若他们此举得逞，那将使我大唐陷入战争泥潭，甚至万劫不复。老臣以为，推行新政、后发制人，才是我大唐目前宜于采取之最好策略。望陛下三思啊！"

"是啊，孙相所言甚是。"韩熙载无忧无虑地说道，"我朝存亡威胁，主要来自朝廷内部，而不是他国。数十年来，无论南方还是中原，各国都是通使修好，有谁主动图灭淮南？没有，也不可能有。四年前，河中之战几国联军大败北辽，我们却将河套之地拱手让给了刘知远，错失入主中原的机会；近年来，宋齐丘、冯延巳急功近利，策动陛下发动吞闽战争，本来还是有胜算的。可是查文徽轻敌，陈觉假传圣旨擅自冒进，中了吴越埋伏，一下子损失五万大军，使得这一场旷日持久的灭国战争枉耗财物，国力大损，几乎让我大唐陷入绝境。而大张旗鼓地扩建淮南军，想尽早吞并楚国，使得府库更加空虚，百姓不堪重负。如此穷兵黩武下去，再强的国家也会被拖垮。皇上，当前，朝野流弊日深，好战骄功之气弥漫朝野，一些权臣甚至轻慢陛下。微臣以为，不解决好朝廷的这些问题，无论进兵中原，还是图谋长沙，都绝对不是明智之举。我朝还远远未到能够征服并经营这些地方的时候。没有实力而又贪大求洋，其结果必然劳而无功，甚至自绝后路，最终积贫积弱，变成任人宰割的案上鱼肉。"

孙晟见李璟沉默不语，于是想趁热打铁："皇上，韩侍郎言之有理啊！常言道：欲速则不达。要得到瑶池火药绝密，动用武力毫无用处，反而让他们反感。因此，要瑶池李氏心悦诚服、效忠陛下，必须循序渐进、慢慢感化，绝对不可以操之过急。而去年，他们急功近利，采用威逼利诱、盗窃配方甚至劫持人质、抢劫炮火等过激行为，已经将瑶池李氏推到了我等的对立面，导致李云博秘密入境，大闹洪袁，让积累多年的炮火营毁于一旦。老臣以为，应该采用攻心、结好之术接近李氏，以天下大义和坦荡胸襟怀之柔之，年长月久潜移默化，让其感受到皇恩浩荡，最后必定为我所用。此等长策，绝非一朝一夕可以达成。但日将月就、积沙成塔，精诚所至、金石为开，就看陛下是否下得了这个决心。"

李璟听了二人的拆解建言，喜上眉梢道："朕有二位爱卿，真是天助朕也！后日早朝，汇聚满朝文武共谋强国大计。二位爱卿一定要舌战群臣，说服大家众志成城，定下这推行新政、后发制人的国策，接好邻国，轻言战事，积蓄力量，等待时机，竭力使我朝重新崛起。吴少监，快快上夜宵！朕要犒劳两位深夜解惑的股肱之臣！"

吃着夜宵，韩熙载突然说道："陛下，微臣有一事一直闷在胸间，如刺鲠喉，不吐不快。"

李璟一愣，放下玉碗玉匙，道："韩爱卿有什么话，但说无妨。"

韩熙载道："陛下既然想推行新政、后发制人，就得重文抑武，励精图治，整肃朝纲，韬光养晦，一心一意谋求发展积蓄力量。而在此时，突然让冯相官复原职。这主战派一党重新执掌军政大权，新政如何推行得下去呢？"

孙晟也附和道："是啊，陛下。冯延巳一回朝，宋齐丘也借故回京，他们搅在一起，一定力主攻征杀伐、开疆拓土。昨日新春首朝，陈觉一伙已经蠢蠢欲动，好战之心已经初见端倪。再加上一个宋齐丘，定然会更加肆无忌惮。这，对推行新政极为不利啊。"

李璟后悔不迭，叹道："哎，朕真后悔，让冯延巳官复原职。可是，冯延巳是位老臣，外放节镇也已数年。他又是朕的多年至交，再让他远镇抚州于心不忍啊。这刚刚任命，怎么能立即罢免呢？先干一段时间再说吧。不过，朕已经交代他，一定要协助朕推行新政，少言开疆拓土之事。他虽然以前犯过错，但还是有能力的。相信他吃一堑长一智，不会重蹈覆辙。你们放心吧。"

韩熙载起身施礼道："陛下，臣有一计，定能让宋齐丘冯延巳一党自觉退出权力核心，而且心服口服、无半点怨言……"

"这个，你就别说了。"李璟打断他的话，突然话锋一转，"昨日启耕大典前，你不是说过什么'道'呀'器'的，当时吉时已到，没有说完呢。要不，你再说说？"

韩熙载突然没了心情。但皇上金口开了，他不敢抗旨，于是心不在焉地说道："微臣遵旨。易曰：形而上者谓之道，形而下者谓之器。孔子曰：君子不器。微臣以为，大凡成就事业者，小成在力，中成在智，大成在德。陛下要实现一统天下之宏愿，必先有替天行道之德……"

刚说几句，李璟突然打起呵欠来："说得好，真不愧为享誉大江南北的大国士，道器之说，儒家大成，儒家大成啊。只是，夜已经很深了，朕也乏了，下次听爱卿的高论吧。你们跪安吧。"

◈ 五、国老回都，开疆拓土之声甚嚣尘上 ◈

一连几次的早朝议政，满朝文武都围绕是战是和的问题争论不休，而且越斗越凶，几乎到了水火不容的地步。韩熙载筋疲力竭地回到户部衙署，对满案的公文提不起兴趣，揣摩着这诡谲莫测的朝堂论政，一时间忧心忡忡。

刚才，他又唾沫横飞老半天，使尽浑身解数，分析天下局势，又一阵痛陈时弊，阐述当前宜于采取守势，静下心来卧薪尝胆、韬光养晦，等积蓄足了力量再待机而动、后发制人，千万不能操之过急，以免实力不够、引火烧身……虽然得到许多有识大臣的支持，可是冯延巳、陈觉一伙借机发难，攻击他不思进取、贪生怕死，只顾个人安稳、不思国之将来，是个典型的苟活人世、胆小怕事的书生，不配谈谋国大道，还怒火中烧地动起手来，搅得朝堂一片混乱。皇上李璟见双方谁都说服不了谁，情势胶着、互不让步，也左右为难，万般无奈，只得息事宁人、散朝了事。……这样旷日持久地争论下去，

肯定不会有什么结果，韩熙载想着刚才的情景，更加烦闷异常。焦躁不安中，不免想起这颇让他担忧的政局来。

这南唐朝廷，虽然只是五代时期十国中的一个南方诸侯，但它的影响，一点也不逊色中原更迭的梁唐晋汉几个朝廷，甚至在文化、教育、艺术等方面大大超过混乱的中原王朝，也是南方实力最强、最有可能统一南方甚至问鼎中原的国家。但自烈祖离世，李璟即位之后，重用一批发小亲从、私友故旧，就渐渐地出现颓势了。由于这些人大都不学无术，就算有些能力，可德行很差，心里盘算的都是如何争功邀宠、跻身高位、执掌权柄，根本不把江山社稷和国家利益放在首位，更不可能对国家战略做长远的考虑。那些真正的有识之士，大都沉沦下僚，不得高位，而且大音希声，根本斗不过权倾朝野、炙手可热的宋齐丘、冯延巳一党。这党奸人对内媚主惑上、玩弄权术，结党营私、争权夺利，把朝廷里不肯与他们同流合污的大臣都排挤出去，让所有的权力都在他们的掌握之中，成为他们为非作歹、纵情享乐和中饱私囊的工具；对外实行扩张战略，动不动就攻征杀伐，不到十年，发动大小战争数十次，不仅未给大唐带来任何大的实际利益，反而到处吃败仗，损兵折将，实力大减，弄得府库空虚，民生凋敝，国家经济到了几近崩溃的边缘。若不及时悬崖勒马，停止开疆拓土，走上整饬吏治、发展生产、奖耕活商、休养生息的道路，仍然心浮意躁、好大喜功，不切实际地追求一统天下的黄粱美梦，国力肯定会被消耗殆尽，到时候人口锐减、经济衰退，既无御敌之兵，也无充饷之银，民怨四起、朝野悲观，最后的结局就是被强者吞并，国破家亡在所难免。

"天下乱象，就看谁有定力，不为时局左右，心无旁骛、韬光养晦，一旦急功近利、想入非非，冒险出击甚至穷兵黩武，那就是自取灭亡。"韩熙载思忖着，焦虑中更加相信自己的判断，"这几天朝议，皇上犹豫不决，这样争执下去，麻烦会越来越多。皇上本来就是个优柔寡断的人，得想办法让他断了北上中原和进击长沙的念头。"

韩熙载顾不得多想，打定主意后，决定立即去拜谒孙晟，商讨应对之策。可是，南唐规制，座衙时间，除正当公务外，严禁官员串岗走动，一旦发现，作玩忽职守、私结朋党论处。按照层级管理，孙晟是右仆射同平章事，是朝廷宰辅，只有六部尚书才可以去相府奏事，自己是户部侍郎，不能随便越级汇报，他得拉上顶头上司、户部尚书常梦锡才行。这个常梦锡，当他的上司不久，可做他的朋友已经上十年了，两人意气相投，勤于任事，短短两年，就把户部管得井井有条。拉上他，一点问题都没有。可是去了尚书署政的后堂、户部各司办公的中堂和接待来访会见客人的前堂，都没有瞧见他的尚书大人，问问值守，才知道，尚书大人今天散朝后压根儿就没来户部。

一下子，韩熙载傻了眼。没回来？尚书大人哪里去了？正在疑虑之间，只见户部值守带着一个传信衙役来找他："启禀侍郎大人，孙仆射传大人速去相府，这是相府前来传令的军爷。"

传信衙役施礼道："韩侍郎，快请吧。"

韩熙载道："相爷有何急事？尚书不在，如此匆匆召见侍郎，似乎不合规制。"

传信衙役道："大人放心吧，户部尚书常大人已在相府，是正常的宰相召户部要员议事，赶紧上轿吧。"

匆匆忙忙赶到相府，常梦锡果然在那里，还有御史中丞江文蔚、大理寺卿兼刑部侍郎萧俨也在，一个个正神色严峻地来回踱着步，只有孙晟一个人站在那里，对着高高悬挂于正堂位置一幅书着的"恭忠恕直"正楷大字条幅出神。

江文蔚第一个看见韩熙载来了，忙对大家喊道："叔言兄来了……"大家一下子围过来。

"户部侍郎韩熙载参见……"

"叔言贤弟，快起来，别见礼了，请坐吧。请你这个大国士过来，是因为刚刚发生了件大事，关乎我朝生死存亡之大事。我们几个都想听听你韩公意见。"孙晟一把扯住要行大礼的韩熙载，说道。

"大事？还是生死存亡之大事。不就是战和问题嘛，我等想个法子，让陛下尽快下定决心整肃朝纲、韬光养晦就是，还能有何大事。"韩熙载见他们一个个神色恓惶，料定事情不小，但为了给他们壮胆，免得一个个都乱了方寸，故意轻描淡写地说道。

江文蔚急忙道："不得了了！我得到密报，皇上应承了北汉所请，任命李金全老将军为定北招讨使，正在集结淮南大营三万大军，准备渡淮北上，帮助刘崇问罪郭威，靖乱中原。"

韩熙载大惊："皇上派李老将军率大军北上中原？不可能吧，这么大的事情，不可能议都不议就秘密颁旨，不合朝堂规矩。江中丞，这是哪里来的消息？"

江文蔚道："千真万确！适才上书房掌书少监吴公公偷偷来告，皇上采纳了冯延巳北进中原的奏议，发兵的圣旨还是吴公公去宣的呢！"

孙晟叹了口气，对韩熙载道："从那晚皇上密诏你我二人进上书房议事，得知宋齐丘回了金陵，老夫就预感大事不妙。其实你我都清楚，南汉突然陈兵边塞，目的是图谋靖江之地，有什么要紧的，他宋国老不知道？为这么点破事，守镇一方的节度使亲自进京面圣，未免也太小题大做了吧。"

萧俨道："节镇驻守大将，未奉圣旨，擅自回京，定是死罪！他这是找个由头借故回京，名为紧急军务需要亲自面圣，实际上是为了逃避私自进京的罪责。这个老滑头，真是一肚子坏水！"

江文蔚道："更麻烦的是，这宋贼一回，冯延巳就成天跟皇上泡在一起，喝茶下棋，谈诗论词，雅兴间进几句谗言，皇上如若沉迷棋局辞赋，耳根子就肯定软，他的奏请几乎都会一一被采纳。这如何是好？"

"这个唯恐天下不乱的可恨老贼！这贸然兴兵，孤军北上，不是自寻死路吗？郭威是什么人，我们能随便惹吗？新朝刚立，士气正盛，很想借机打一两仗，杀鸡吓猴，借此立威。诸侯各国躲都躲不及，这个奸贼，自己送上门去，真是愚昧至极！一旦交恶新建的周国，肯定会成为他首个开刀的对象。这群以战为乐、穷兵黩武的奸人！"韩熙载闻得如此重大讯信，惊愕不已，气愤异常。

江文蔚道："两年前，我等借建州兵败，费了九牛二虎之力，才将他们一党骨干赶出朝廷，贬官外任，目的就是别让他们几个奸人成天混在一起。现在，大部分都已回来，就差这个祸首宋贼了。他一回来，奸人一党就有了主心骨，皇上就受到冯延巳的蛊惑，准备振军北上，接下来，不知还要弄出什么祸端来。"

"来得正好！"孙晟一拍大案，胸有成竹地说道，"萧大人，你掌管刑狱，立即派人到南边查一查，我怀疑南汉根本就没有陈兵边关。如若这是宋齐丘急于回京捏造的假军情，我等借此机会将其缉拿，戳穿他名为急务面圣、实为串联朋党之本来面目，将他私自进京、图谋不轨之事公布于众，然后上书皇上，奏请斩之。就算皇上开恩，死罪可免，这活罪也定然难逃！"

"相爷的主意不错。"

"我看行。就按孙大人的意见办。"

"我去施行，先抓起来再说。"

韩熙载大声道："如此行事，断然不行！私自回京是我等可以抓得住的把柄吗？陈觉已经重掌枢密院，冯延巳也刚刚官复原职，要到兵部补办一纸密书还不容易！就算没有急召公文，非常时期，封疆大吏未带一兵一卒，只身入京，向朝廷禀报军情要务，也很难以私自回京、图谋不轨论处。还有，如若边关军情是真的呢，我们不就白白耗费气力！更何况，他已经正儿八经地面见了圣上，估计这边关军情也假不到哪里去！更重要的是，皇上似乎不想削弱主战派的实力。孙大人，你忘了那晚，下官献计皇上，可以让冯延巳、宋齐丘一伙主动退出权力中枢，可是皇上却要我谈什么道器之说，刚开口说两句，又要我等跪安。想当初，他们一个个贬出金陵，我们都没有扳倒他们，而现在，他们刚刚重返朝廷，大权在握，还扳得动吗？"

常梦锡点点头，说道："叔言兄言之有理！宋党一伙，一直是皇上亲从，凭我们几

个，绝对扳不倒他们。而且当前局势，本来就迷离扑朔，宋贼一来，肯定会屎棒子一样，搅个不停，朝局走向疑云窦生。因此，我等主要使命，还是阻止他们妖言惑主、怂恿皇上，出兵中原和楚国，绝不能陷于党争之祸。"

韩熙载道："常大人说的是！下官估计，肯定是冯延巳、陈觉一伙官复原职之后，要宋齐丘回来，商议如何说服皇上，趁当前混乱之际，起兵北上和西进，继续他们开疆拓土、一统天下的政治梦想。如若他们的图谋得逞，那么，大唐将处处树敌、众叛亲离，陷入四面楚歌、孤立无援甚至万劫不复的境地。因此，必须不惜一切代价，阻止他们。"

江文蔚道："宋齐丘一回，主战一伙肯定会空前团结，就是以前摇摆不定的中间分子，也会倒向他们一边。因为，宋齐丘影响太大了，门生故旧太多，还有那些胆小怕事、见风使舵甚至喜欢和稀泥的大臣，也都会旗帜鲜明地主张开战。而且，宋齐丘和冯延巳太能说了，不知何时他们觐见了皇上，花言巧语灌一通米汤，皇上招架不住又被蛊惑，改变立场支持起主战来。我估计，他们还会上蹿下跳，传播开战的好处，官民议论纷纷，说不定朝野上下已经蠢蠢欲动了。不出几日，请战的奏章会雪一般飞到皇上的手上，我等若不及时应对，恐怕就无力回天了。皇上这次秘而不宣地发兵，究竟是试探朝野反应，还是真的想北进中原？看来，皇上的国策大计还在摇摆不定，是战是和都还是未知数。"

韩熙载道："无论怎样，我们都得放手一搏，毕竟，这是关系江山社稷长治久安的大事。事不宜迟，我等也立即行动，一边舆论造势，大谈特谈罢息兵戈之重要，与宋党抗衡，为整肃吏治，推行新政做准备，一边立即进宫面圣，说服皇上，停止北上。"

孙晟道："宋党阴险小人，散布谣言、混乱视听很在行。我们不能干也干不好那下三滥的事。"

"那你说怎么办？"萧俨急了，"我们不能眼睁睁地看着，让他们把大唐重新拖进战争的深渊吧。"

韩熙载道："萧大人少安毋躁。启耕那日深夜，皇上急召孙大人和下官进宫，问计当前局势，还要我等朝会上力陈推行新政、后发制人战略的重要，可以看得出来，皇上是不想开战的。这是我们的优势。但是，这突然改了主意，肯定是宋齐丘、冯延巳的极力挑唆、曲意逢迎的结果。冯延巳自幼就和皇上亲密，两人又共同爱好诗赋文章，喜欢填词作曲，一直互为知音、惺惺相惜。因此，他的话皇上不会不认真考虑。如若他们成天泡在一起，吟诗赋词、下棋作画以及听曲观舞，冯延巳借机进谗，皇上耳根软，三番五次必有效果。这一点，冯延巳比我等更清楚。他如今官复原职，大权在握，

很想大有作为一番，洗刷过去的失败和耻辱。因此，他定会认为，时机已经到来，肯定会想方设法去说服皇上。而刚刚回京、诡计多端的宋齐丘在暗中出谋划策，不好对付啊！"

江文蔚道："叔言兄，你主意多，快快想想办法吧，真是急死人了。"

韩熙载说着，站了起来："我看这样，孙相知会六部，就整肃朝纲、革新税制和重开科考等重大休养生息政策问计朝野，命令各地驻外使节赶紧上呈结好诸侯的国书，主持各地边关大营积极进行军屯，给朝堂内外一种罢黜兵戈、奖励农商、关注民生、推行新政的印象，积极引导官民，给皇上减压，也给主战派奸党施压。我等要日夜会商，这新政纲要和细策都得尽快拿出草章，并借奏报皇上御览之机，保证时刻有人接近皇上，了解他的想法，也可以密切注视冯延巳一伙的动向。"

萧俨道："这样行吗？大计未定就贸然行事，皇上怪罪下来，那如何是好？"

江文蔚道："萧侍郎多虑了。你不知道，叔言兄这招妙着呢！问计民生，就是广开言路，看看各方对新政有何建言，又没有说一定就要推行新政，只是问问而已。其实，皇上早就不想打仗了，整肃朝纲、韬光养晦也是他的想法。"

孙晟喜道："老夫看行。我们先动起来，不再陷入争论的漩涡，扎扎实实开始富国强兵行动。大家赶紧回去，尽早抛出新政初步设想，然后想办法秘密觐见皇上，争取他的支持，也极力阻止我朝对中原用兵。"

"事不宜迟，我们分头行动。阻止大军北上之事，下官负责，立即进宫觐见皇上。其他诸事，烦请各位大人多多费心。"韩熙载告别众人，急匆匆地去了。

◆ 六、绯服戴罪，大国士力谏唐中主 ◆

整整一个下午，韩熙载守在宫门外，一次又一次求见皇上，可得到的回话都是两个字：不见。他心里很明白，李璟不见他的原因，就是改变了几天前亲口告诉他，不再大兴兵戈，准备整饬朝纲、韬光养晦、待机而动的基本国策，而是听从了冯延巳的奏请，决定联合北汉，北上中原、讨伐郭威。由于出尔反尔，有些不好意思见他。这个爱好文艺的年轻皇帝，最爱面子了。

但是，他必须见到这个又变了卦的皇上，不是去质问他讨个说法，而是要跟他晓之以理、动之以情，分析北进中原的严重后果，说服他放弃错误主张，回到推行新政、后

发制人的正轨上来。可是，他进不了皇宫，见不着皇上，再好的想法也一样枉然。眼看天就要黑了，这皇上还是不接见他，急得他直跳。正当无计可施的时候，只见户部一个司金郎中急匆匆地赶过来，一见到他在宫门边徘徊，仿佛见了救命稻草一般欣喜若狂，大声说道："待郎大人，找您一下午了，属下腿都快跑断了，原来您在这里！兵部都催六七回了，您不签名用印，这淮南大营北进大军的军需一分也拨不过去，如若粮草采办不到位、武器马匹置办不及时，延误了北进大计，属下小命不保是小，您和常尚书都会受到牵连！哎，真的吓死我了！"

"哈哈，有了，有了！真是踏破铁鞋无觅处，得来全不费工夫！"韩熙载一听，突然计上心来，大喜过望地喊道。他一把抓起郎中手里的公文卷宗，说道，"这事你别管了，交给我吧。回你家里去！"

"韩大人，有什么了？什么铁鞋呀功夫啊，属下全听不明白！"

"到时候你就明白了。"韩熙载扬扬手中的文书，神秘一笑，自言自语一般地说道，"嘿嘿，你不见我，有了这个，我就主动了。到时候，你肯定得到处找我。"

"大人说的，怎么属下一句也听不懂啊？"郎中一头雾水，疑惑地望着韩熙载，问道，"可是，可是兵部的军需官员，还在户部候着呢！"

"我是自言自语，你当然听不懂啰。"韩熙载回应一句，又道，"让他候着去！最好就立刻告到皇上那里，看他还见不见我！"韩熙载说罢，就往回走。正欲上轿，见那个司金郎中吓得几乎傻掉，又折身回来，对他说道："你不用怕，所有责任我一个人担着！这事，不是我韩某故意为难兵部，而是关乎江山社稷存亡大计，更是国家战略决策的最后较量。一旦兵进中原，大唐就要陷入困境。要么，你回户部衙署，告诉那位等候的兵部办差吏员，就说韩侍郎把所有的北伐军饷都扣下了，叫他回去禀报兵部尚书，要尚书大人即刻上奏皇上。"

"韩大人，您的脑袋不要了吗？我的天！"郎中放声大哭起来，"皇上御批的军需拨付文书，您也敢扣押！"

"别哭了，没事，我保证！"韩熙载笑着安慰他，"为了江山社稷的安危，个人得失，算得了什么。更何况，皇上不会把我怎样，你放心，快去吧。"郎中没办法，抹了把眼泪，只得上马飞驰去了。

韩熙载回到府上，立刻饱餐一顿，因为一整天里，除了上朝前吃了碗稀粥，散了朝跑到相府忙一通后，一直待在宫里候旨觐见皇上，粒米未进，也几乎忘了吃饭这事，更没有食欲。而现在，有这批军饷在手，根本不愁见不着皇上，只要待在家里守株待兔就行了！心情大好之后，也顿时觉得饥肠辘辘。吃完了，说不定皇上就找上门来了，也就有得忙乎了！

韩熙载吃饱喝足，洗了个熏香浴，换上他升任虞部员外郎、史馆修撰兼知制诰时，皇上特赐他的那套绯色官服。要知道，南唐官位高低，主要靠颜色区分，绯色至少得五品，员外郎是个六品官，越格穿绯，足见皇上对他的器重。如今他是户部侍郎，正四品，却又被赐紫服，这可是三品以上大员穿的官服颜色！他今天穿上这套绯色官服，一来表明他不忘皇上对他的赏识和恩典，二来提醒皇上，就算撤职查办或者再次贬谪流放边地，他也会坚持自己振兴大唐的长远规划，以报皇上知遇之恩。

正如他所料想的那样，刚刚忙得差不多了，吴公公就来宣皇上的口谕了，要他立即进宫，上书房面圣。

趁着朦胧夜色，胸有成竹的韩熙载跟着吴公公进了皇宫，眼看就要来到上书房外边候旨见驾的过堂时，远远听见上书房里传来喊叫声，韩熙载仔细一听，原来是李璟在里面咆哮："……真是无法无天了！你，你，朕怎么说你才好？冯延巳推荐你当户部尚书，你却嫌推荐的人品行不端，以之为耻，死活不肯赴任，自视清高得可以！朕爱才，不准奏，你才勉强就任，大事小事都不管，悉数委托给那个自命不凡、狂狷傲岸的大国士韩熙载，看看，这不出了大乱子了吗？朕的圣意都敢违逆，三万大军上前线的军饷都敢扣押，朕看户部郎官以上大官小吏全部都解甲归田算了！你们几个，哪里像是为朕分忧、为国理财的股肱之臣……"

吴公公进去禀报道："启奏陛下，户部侍郎韩熙载奉旨觐见，已在门外候驾。"

李璟怒道："这个胆大包天的大国士来了？好，宣他进来，朕看看他有何说辞！"

"宣户部侍郎韩熙载见驾！"

韩熙载跟着吴公公进了上书房，只见自己的顶头上司户部尚书常梦锡，一声不吭地跪在地上，也倒地便拜："罪臣韩熙载参见皇上！吾皇万岁万岁万万岁！"

李璟一副气昏了头的样子，满腔怒火看着韩熙载，也不喊"平身"，气呼呼地说道："哦呵，穿起了绯服自贬官阶，怎么成罪臣了？你文韬武略直追吴起，经天纬地堪比诸葛，诗赋文章胜过韩柳，修齐治平样样都行，朕的韩侍郎，大唐国士子们顶礼膜拜的韩公，你何罪之有啊？"

韩熙载道："陛下息怒！罪臣深知，扣押军饷之举，一定会使陛下龙颜大怒，但这也是罪臣黔驴技穷后，求见陛下的唯一办法啊！望陛下明察！"

李璟满脸怒气："你要见朕，朕不想见你，你就用这个办法逼朕？韩熙载，你也太过分了吧？"

韩熙载道："启奏陛下，罪臣这招顺手牵羊、守株待兔之计，的确胆大包天，欺君罔上，罪不容赦，但绝非是要忤逆皇上，我擅扣军需也是迫不得已啊！陛下想想，这一旦对北周宣战，那将是旷日持久的对垒。以我大唐现状，有这个实力和周国长期鏖战

吗？微臣一片为国忠心，那也是天地可鉴、日月堪知啊！"

李璟怒道："你之忠心，天地可鉴、日月堪知，那就是朕瞎了眼看不见，要你弄个是非出来，让朕睁开眼看看你这颗忠心是吧？别跟朕讲什么大道理了，朕不想听！"

韩熙载道："陛下不想听，可罪臣还是要说！等到说完了，陛下还是要北进中原，那就活剐了罪臣杀一儆百，让反对北上的朝臣都闭上嘴；也可以用罪臣的鲜血祭旗，鼓舞士气、提振军威。"

李璟更加怒不可遏："你想以死相逼，吐尽忠言，做个千古流芳的直臣，留名青史是吧？难道，当朝宰相冯延巳就尽是误国谗言，想把这大唐断送掉，做个万世唾弃的佞臣，遗臭万年？真是岂有此理！"

常梦锡见韩熙载来了，更加有了底气，他以头叩地大声说道："陛下，大奸似忠，大恶似善。冯延巳奸贼，逢迎媚主，恃宠骄横，结党营私，弄权朝野，陛下若不觉悟，江山将不保矣！"

李璟被他这么一说，简直火上浇油："放肆！你等真是铁了心，要和朕，要和满朝文武对着干了！好，朕成全你们，等你们那狗屁一样的金玉良言、治国箴言、谋国诤言都说完了，就等着去就戮。你等说说，是要枭首午门还是汤镬煮羹抑或千刀万剐让百姓脔食？都由你等自选！朕绝对成全你们！说啊，说！"

"陛下，身为人臣，竭尽忠心，死有何憾！"韩熙载看见李璟确实气得不轻，觉得大难来临，反倒心平气和、视死如归起来。他跪在地上，嘭嘭嘭磕了几个响头，直起身来道，"皇上继承大统，已近十年。想当年，罪臣南下避祸，适逢烈祖志在天下、握发吐脯、求贤若渴、招徕俊杰，毫不犹豫投奔麾下。烈祖对待我等，仁爱惠义、推心置腹，广开言路、从谏如流，还赐罪臣这个万人敬仰的大国士名号，一时间人尽其才、才尽其用，千帆竞发、百废俱兴，大唐国力蒸蒸日上。烈祖采取守势，从不轻开战端，十余年间国富民丰，留给陛下一个实力雄厚、府库殷实、雄立南方的大唐国。陛下即位后，罪臣和满朝文武一样，也主张开疆拓土、南平诸侯、北进中原，实现我朝一统天下之大业。可是图闽数年，辛辛苦苦打下的地盘，由于统帅轻敌、诸将争功、假托圣命、乱用兵权，结果误中吴越钱氏圈套，损失惨重，尽失其地。而正当建州争锋如火如荼的时候，北辽灭晋，中原大乱，罪臣当时建议，暂时放弃闽地，退出建州，与南方诸侯通好议和，高举驱除鞑虏、恢复中原大旗，尽起两淮之师渡江北上，名正言顺地问鼎中原。可是，冯延巳一伙，死活不肯放弃建州弹丸之地，还不遗余力鼓动陛下早图楚国，在洪袁一线扩军备战。即使这样，先南后北，先易后难，看准时机、借力打力，步步为营、稳打稳扎，也不至于几年间国力大亏。冯延巳、陈觉一伙，贪大求洋，急功近利，硬是坐不住，看见河套地区热闹，死活要插一脚，还调派袁州炮火营北进，以至于兵力分

散，没有重点，等赶走了辽人，却没有实力和刘知远、郭威他们对抗了，只得将中原拱手让人，这就是卖命打老虎，却连骨头都没分到一块，最后无功而返，空耗国力。罪臣从以前积极主张北伐，到如今坚决反对出兵中原，不是信口开河，也不是贪生怕死，而是权衡再三得出的判断。如今时移世易，格局大变，北伐已经坐失战机，如若强行为之，无异于火中取栗、缘木求鱼，有百害而无一利，这是鼠目寸光的冯延巳沽名钓誉、心存侥幸的轻率决断，陛下万万不能采信啊。"

韩熙载见皇上怒气小了些，仍然默不作声地听着，知道自己的话起了作用，于是继续说道："罪臣幸蒙皇上恩典，委以重任，辅理户部，对这国计民生、钱粮府库最为清楚。连连征战，国弱民疲，千孔百疮的大唐国，已经不能承担北伐这种规模战争的巨大消耗了。而且，郭威是乱世奸雄，多年前就崭露头角，如今已经羽翼丰满，决不能贸然与之为敌。虽然大周建国不久，但对淮南防守甚严，李金全老将军恐怕不是他的对手。如若一旦兵败，就不是无功而返、空耗实力这样简单了，那将引火烧身、国破家亡啊！罪臣今天绯服戴罪，绝不是要忤逆陛下，更不是想与陛下争什么理直气壮，而是国运维艰，决策须慎之又慎。常言道，一着不慎、满盘皆输。罪臣恳请陛下三思而后行啊！"

一通慷慨激昂、鞭辟入里、诚恳至极的陈述，听得李璟春风拂面、很是受用，这一时的戾气，也倏然消解了。他连连扶起韩熙载，道："爱卿快快请起！爱卿要见朕，要为国从长计议，应该走正常渠道，即使今日见不着，明日不是还有早朝吗，急什么呢！用此等下三滥的法子逼朕，让朕颜面扫地，情何以堪啊！常爱卿，你也起来吧。"

"陛下……"两人泣不成声，使劲地顿首。

"好了好了，起来吧。吴少监，赐座，看茶！"李璟一旦气消了，就显得温文尔雅，器宇非凡，"韩爱卿的确博古通今、见识超凡、深谋远虑，刚才一通道理，说得朕是大汗淋漓，真是目光如炬、入木三分哪。看来，根据当前情况，还是不宜北进中原。两位爱卿才具卓卓，忠心耿耿，朕今日当真见识了。哦，吴少监，去年马希萼进贡的点心叫什么来着？对对对，叫香酥脆油饼，还有没有？拿些出来，让两位爱卿尝尝。这东西，做得真绝，香气扑鼻，酥软爽脆，落口消融，甜而不腻，听说是用浏阳大围山上的蜂蜜、道吾山里的野果和东峰界上的野生茶籽油经过十几道工序制成的。来来，都尝尝！"

一通家长里短，气氛就缓和过来。君臣吃着油饼，喝着绿茶，聊开了。

一场危机虽然过去，但较量仍然没有停止。就这样，主战、主和双方都仍然在为各自的政治主张竭尽全力，各行其是，明争暗斗，大显神通。

正当南唐朝野战和两派的暗中较量进行得如火如荼、难见胜负的时候，两件看似平常的外事活动，突然间打破了平衡对垒的格局，也彻底改变了南唐国运的未来航标。

一件是，南汉少主刘晟遣使修好，印证了韩熙载关于南汉想趁长沙内乱之机，意欲图谋靖江之地的预料，这让李璟终于对南汉陈兵边疆的事情彻底放下心来。而另外更为重要的一件，就是楚国掌书记刘光辅奉命入唐进贡，为国主马希萼请表册封，让李璟终于下定了是战是和的决心。

第四章

DISIZHANG

风雨如晦

◆ 一、刘侍郎的临终遗命 ◆

天策府掌书记刘光辅捧着一卷王书，脸色沉重从碧湘宫里出来，钻进早在宫门等候的一顶绿呢官轿，闷声不响地往家里赶。迷迷茫茫的霏雨，迅速地将他们一行裹进渐渐暗下来的天幕之中。

没想到一进二月，湖湘大地便下起了菲菲绵绵的霖雨来。焦头烂额的刘光辅被这突如其来的细雨搅得心神不宁、烦闷异常。长沙的天气，一直是四季分明，春夏秋冬的更替，都有着明显的季节特征。湖湘雨季，一般在四五月间，正是江南梅子熟了的时节，俗称"梅雨"季节。杜牧有诗云："清明时节雨纷纷，路上行人欲断魂。"写的就是这梅雨刚到的情形。可这还才二月，就纷纷扬扬地飘起细雨来，而且一下就是好几天，来得有些过早了。《左传》云："凡雨，三日以往为霖。"人在这种茫茫阴霾里活着，湿乎乎、黏兮兮、冷飕飕，胸口被堵着，浑身不自在，着实有些难受。

轿子里的刘光辅，整个人就像被抽了脊梁骨一样，悬在空中，着不了地，跟着轿子的颠簸晃来荡去，又仿佛是被一张看不见的大网紧紧罩住，动弹不得，越想挣脱就越罩得严实，而心里更是乱得像一团麻。刚才，他被楚王召见，任命他为楚王特使，节钺奏表进贡南唐，而且要求立即动身。他急忙奏请马希萼，父亲病重，奄奄一息，脱不得身，恳请另派人选。可是楚王就是不听，说什么他刘光辅一直职司邦交大务，是出使南唐的不二人选，去也得去、不去也得去，毫无回旋余地。这一道来得不是时候的王命，弄得刘光辅措手不及、进退两难：父亲病危，如若奉旨入唐，一旦父亲撒手人寰，自己将无法送终，留下不孝的遗憾；如若留下来为老父送终，这边又有违王命，是为不忠。古往今来，这忠孝难两全，原来是如此让人倍受煎熬！更让他揪心的是，李云博身陷囹圄，李氏族人下落不明，王廷下旨限期李氏半月之内献出火药秘方，不然就大开杀戒，徐威之流正不知在策划什么更大的阴谋，他怎能在这节骨眼上离开？

冒着雾雨，轿子在人流稀稀落落的大街转来转去，不一会儿，就到了在朝宗大街最北端，刘府大门就赫然眼前了。刘光辅钻出轿来，立在大门飞檐下回头看了看灰沉沉雾蒙蒙的天际，忍不住叹了一口气。东边是长沙城的最繁华地带，现在裹在雨里面模糊不清，能见度极低。刘光辅的心里突然沉了下去，不免更加焦躁不安起来：这来得不是时候的霖雨，难道又是个大大的灾异之象？"这是什么鬼天气！"刘光辅骂了一句，就转

身往屋里去了。

这个年关，刘光辅过得十分的艰难，国事家事，让他手忙脚乱，焦头烂额。自己作为马希萼的掌书记，自进入长沙以来，自然就成了大楚国天策府的掌书记，一直没有消停过：国书昭告，典礼祭祀，交好邻国，出使南唐，等等等等，不一而足。尽管他对这个新楚王不理朝政的做法很是不满，但他仍然尽职尽责地忙碌着。与此同时，父亲因为马希萼纵兵掠城、绞死希广、杖杀王后、脔食大臣等一连串惨无人道的举止，悲愤交加，旧疾复发，一病不起。突然间得知瑶池李氏一家人法场行刑、李云博身陷囹圄，病情便雪上加霜，几近奄奄一息。刘光辅家里府衙两头牵着，像一头不知疲倦的黄牛无日无夜地来回奔忙。

他一进屋里，只见管家在门口候着："老爷回来了！"

刘光辅应了一声，边走边问道："老太爷今日怎样？好些了吗？"

管家应道："回禀老爷，老太爷还是昏迷不醒，也不进食，整日昏睡……"

刘光辅道："药还在吃吗？"

管家道："药一直在抓在煎，只是每次都只能为那么一两汤勺子，多一勺也喂不进去。这样下去，怎么得了？"

刘光辅道："再到药行里多请几家郎中给看看，我就不信，这病，就没法子治！"

管家慌忙道："老太爷的病，一直是李氏爆竹商行的三老爷和姑爷治，去年大病一场，还是姑爷使用救命还魂丹给医好的。年关前，三老爷一家就早没影了，姑爷又被关进了大牢。而如今，大多数的商行药铺都被乱兵洗劫，商人郎中都死的死、逃的逃，城里的药铺，只剩下王廷的御用大药房了，哪里还能找到郎中啊？我们抓药，有时候还要跑到龙喜县去。御药房的赵太医来过好几次了，他说老太爷的病，已经病入膏肓，还要我们准备后事……如今，真是无医可投啊！"

"哦，你好像说过，是我忘了……"刘光辅说罢，顺手将那卷王书交给管家，并吩咐他送到书房去，就急匆匆地往父亲的卧房走去。

病榻之上，刘静仁依然昏睡不醒。借着黯淡的烛光，只见他面容枯槁，呼吸微弱，时不时咳嗽一两声。刘如霜伏在病榻前，打着瞌睡，看样子，她又一天没睡，整日整夜地陪着。

刘光辅轻手轻脚地来到床前，拍了拍女儿，问道："霜儿，爷爷怎么样了？"刘如霜猛地抬起头，见是父亲回来了，揉了一把眼睛，赶紧站起来回答道："爹爹回来了！爷爷还是老样子，昏迷不醒，咳嗽不止，偶尔又有血痰吐涌……"

"这，如何是好？"刘光辅急得像只困兽，右拳使劲地往左掌里捶个不停，一个劲地叹气，"你爷爷这病，很可能好不了了，为父断然不能离开；可是，可是，唉……"

刘如霜问道："爹爹如此着急，难道遇到什么难事了？"

刘光辅道："唉，何止是难事，简直就是要我求生不得、求死不能！你爷爷可能就是这几日的大去之期，而王上要为父立即出使金陵，请求南唐朝廷册封他楚王爵位。"

"爹爹要出使南唐？这，这如何是好？"刘如霜惊道，"这个马希萼，也太不中用了，楚国已经立国五十余年，既然敢起兵夺位，就不敢名正言顺地昭告天下继承王位？他是武穆王的儿子，即位也算是继承他马氏的江山，还犯得着等别的国家来册封吗？"

"是啊，这个残暴不仁的家伙，杀王诛后、抢夺大位、惨无人道、脔食朝臣，弄得楚国乌烟瘴气，国不像国；可对别国却如此奴颜婢膝、迎奉巴结、出手阔绰、一掷千金，真是无耻之极！作为臣僚，真不知如何是好。这方面，还真不如你的爷爷，他敢直谏，即便触怒龙颜获罪下狱也在所不惜……"

"汝成回来了？"父女正在说话间，突然传来刘静仁的声音，"什么事啊，愁得这样手足无措。为父告诉过你，遇事要冷静，天塌下来也不能慌张……咳咳咳……"

刘如霜赶紧俯在床前，说道："爷爷，马希萼要爹爹出使南唐……"

刘光辅赶紧制止道："如霜，别急着跟爷爷说……"可是，刘如霜已经说出了口，收不回了，而且，刘静仁已经全部听见了。

心衰力竭的刘静仁一听到马希萼遣刘光辅入贡南唐这个消息，突然清醒，挣扎着坐了起来。他叫刘如霜回避一下，说是有重要事项跟刘光辅做最后交代。见她出了门，就要刘光辅坐到床沿上，语重心长地说道："汝成我儿，为父已经灯枯油尽，将不久于人世。今萧墙祸起，乱象横生，民生疲苦，国命堪忧。垂死之人，夫复何言！但有几件事，为父还是放心不下，大去之时特作交代，望你不计生死，依愿而为。"

刘光辅涕泪长流，跪下回道："父亲大人一直心慈体健，并无顽疾。只是近来尽忠国事，忧劳过度。孩儿请长沙最好的郎中来为父亲把脉诊治，一定能药到病除，绝不会有大碍。"

刘静仁道："古人云：枯鱼衔索、几何不蠹。为父病势，已入膏肓。你一片孝心，为父深感欣慰。而且人终将都有一死，今日趁着清醒，做好交代，望我儿谨记。"

刘光辅道："恭请父亲大人训示，孩儿一定谨遵父命，绝不违逆。"

刘静仁道："好。马希萼残暴荒淫，嗜杀不仁，谋逆篡位，弑王杖后，人神共怒。大楚国在他的治下，肯定永无宁日，王都长沙还会乱，大楚朝野还会乱。为父看来，这武穆王辛辛苦苦创建的江山基业，经历五十年的风风雨雨，即将为人所灭。只是我等老臣，如何去面见九泉之下的先王啊！"说着，不禁潸然泪下。

刘光辅回道："马希萼自毁长城、咎由自取，怨不得谁。子孙不贤，父兄先人也有失教之过，岂尽是臣工之罪！父亲大人不必自责。"

刘静仁道："话虽如此说，但哪个人臣希望看到社稷倾覆、国破家亡？马氏丢掉江山是他们咎由自取，可这大楚百姓也跟着无端受苦，真是天作孽、犹可脱，人作孽、不可活啊！你要做的事，就是不遗余力维护湖湘安宁，别让家园再起战乱。"

刘光辅道："孩儿谨记。只是要维护湖湘安宁，不知父亲大人有何良策？请父亲大人垂教。"

刘静仁深深吸了口气，又闭着眼睛休息一会儿后，说道："要说良策，绝不会有。如若两害相权取其轻，倒有一策可避免家园再燃战火。那就是，献图南唐，请师入长。"

刘光辅一听，大惊失色，反问道："这怎么能行？一来，这是卖国通敌的大罪；二来，南唐入长，不一样会爆发战争吗？这如何能实现和平呢？"

刘静仁道："的确，这是通敌大罪，可是为了三湘太平，纵然我刘氏一族身败名裂、死无全尸，能换来乡亲父老的安宁幸福，又有何不可？而南唐皇帝李璟，礼贤下士，好学勤思，尤善辞赋，虽然有些优柔寡断，但不失一个仁义之君。前几年图闽失败，一干武人奸小尽被废黜，如今由右仆射孙晟等文臣领政，兼有韩熙载、江文蔚、常梦锡等有德贤士辅佐，不日之后将崛起江南，与北朝一争天下也未可知。因此南唐入湘，一定会轻徭薄赋，施惠旧国，取信于民，不会再有攻争杀伐。当然，这，也只是为父的一种判断。这究竟是刮骨疗毒，还是饮鸩止渴，都不得而知。但也只能破釜沉舟、死马活医，为父也是迫不得已啊！"说着，长叹一声，伸手从枕下摸出一轴绢书递了过来，继续道，"这是为父珍藏多年的大楚国地舆图，现在交与你，望你好自为之。这是其一。其二嘛，就是如今岫南身陷囹圄，生死未卜。这个孩子，是将来真正实现三湘和平乃至天下一统的希望。你，要尽己所能地设法救他，保护他和他的家人，让他逃离这个是非之地，渡过难关。一旦时机成熟，有德之君主政，就说服他用他们祖传的火药秘方，建成天下无敌的炮火大军，一统天下将指日可待。这个梦想，为父没有完成，希望你有朝一日能如我所愿，到时候到我坟前打几响爆竹给我报个信，让为父在冥间也高兴高兴。对了，要记得早日为如霜儿和岫南完婚，以告慰老父在天之灵……"又反复交代，忠孝难两全，出使南唐、国家大事要紧，千万不要大办丧事，甚至可以弃尸荒野。还留下一句"朝堂四分五裂，家园生灵涂炭，此时西去，何能瞑目"之后，就又不省人事，夜间便溘然长逝，享年七十有三。

悲痛欲绝的刘光辅不敢声张，家人问起刘静仁的遗言，就只说了刘如霜和李云博完婚一事。国命堪忧、家中变故，让刘光辅措手不及。他君旨难违、父命难逆，顾不得许多，草草收拾，丢下尸骨未寒的老父，一咬牙，披麻戴孝匆匆东去。

◆ 二、面对仇敌快意，李云博有些挺不住了 ◆

自从身陷囹圄之后，李云博失去自由，见不到任何人，更无从知晓外面的任何情况。一连几天，他都在思考如何破解家族大祸临头这个难题。

昨日，马希崇前来传旨，命令他戴罪立功，劝说瑶池李氏掌门人以楚国安危为重，献出火药秘方，建设大楚炮火营。如若半月之内没有行动，将会被处以极刑，并诛灭九族、血洗瑶池。听到这道王旨，李云博立即明白并证实了两件事情：他的家人没有遇难，新的马楚王廷也在觊觎李氏家族的火药绝密！

阴暗的监牢很冷也很潮湿，一豆油灯将牢内照得若明若暗。旧桌上，放着一个有些缺口的粗瓷大碗，碗里盛着半碗清水，边上放着一本打开的书。李云博蜷缩在墙角的杂草堆里，无日无夜地想着这个棘手问题。按理说，马希萼要杀他，在遣散湘水台、上交印信和服饰的时候，就有机会抓他并置他于死地，为什么偏偏设下圈套，抓他的祖辈父辈，来个法场行刑诱捕他呢？如今还颁下王旨逼迫家族献出火药秘方，不然就处以极刑，真是咄咄怪事！楚王整日醉醺醺的，根本不理朝政，大事小事都托付给了马希崇，这献方一事，会不会是他们背着马希萼在捣鬼呢？问题是如今消息断绝，外面情况一概不清，应对起来还真是不容易啊。李云博觉得，当务之急，是要想办法打探消息，了解外面的情况，抓住一切机会出去。正思忖间，门外传来脚步声，还有人在说话，具体内容听不清楚。李云博猛地起身，整了整衣冠，坐在桌前，拿起桌上那本书看了起来。

门"哐"的一声开了。李云博抬头一看，只见徐威一袭裘皮大衣，头戴着同样颜色的皮帽，这身装扮，与上次法场上身着戎装的都统将军判若两人，倒蛮像个一夜暴富的土财主，那套上好裘皮衣帽穿在他身上，的确有点不伦不类。徐威面带微笑、春风得意地走了进来，后边跟着两个侍卫，其中一个手里提着一篮酒菜大食盒。他一见李云博，一边抖着身上的衣服，一边说道："李学士好心情啊，身陷囹圄仍然手不释卷，老夫五体投地啊！"

李云博放下书，站起来施礼道："徐都统，今儿有空，特来看晚生？真是荣幸之至啊！晚生这厢有礼了！晚生身陷囹圄，死罪在身，早就不是官身了。如此抬举，真是不敢当啊！"

徐威还礼道："学士大人委屈了！天策府又没有罢你的职，只不过是暂且羁押，这是王命，老夫也是迫不得已啊。只要事情一旦尘埃落定，大人还不一样是王廷重臣。王

上还盼望您宏图大展、为国效力呢！"

李云博见他还在抖着皮衣，于是问了一句："怎么，将军这身装扮，还一个劲地抖个不停，是要在下赞美你衣着豪华呢，还是一表人才？"

"岂敢岂敢，学士说笑了！哎，一进二月，大雪刚刚消融，几日前又莫名下起了老霖雨，整天雾茫茫一片，这老天爷不知怎么了。适才从大牢门口走进来，被裹了一身的雾雨子，粘在衣上湿漉漉冷冰冰的，拍掉一点，好受一些……"徐威进屋，一边漫不经心地解释着，一边吩咐侍卫将食盒篮搁在地上，然后说道，"你们在门外候着，本都有要事和李学士商议。你们去吧。"两个侍卫应了一声，施礼告退出去。

"这么多好菜，还有上等的白沙老酒，今儿什么日子，徐都统如此破费？"李云博看着徐威将大盘小碟的菜食和酒水源源不断地往旧桌子上搬，大是蹊跷，忍不住又问了起来。

"什么日子？李学士猜猜。"徐威头也没抬，一边说着，一边将篮子里的酒菜饭食一样一样取出，继续往旧桌上搁。

李云博问道："都统大人又升官了？是当上了右司马？对，肯定是，恭喜大人高升！"

徐威道："胡扯！不是，继续猜。"

李云博道："徐大人是不是发了财？对了，肯定是抄了哪位大臣的家，发了大财，对不？"

徐威道："你小子放屁！我徐威可从来没抄过哪位大人的家。你想骂我，也挑点有水平的玩意儿骂，这些下三烂，老夫才不会去做呢。再猜。"

李云博问道："徐将军讨了个如花似玉的小妾？"

徐威道："更离谱了。老夫年过花甲，早没那兴趣了。接着猜。"

李云博道："徐大人城府极深，心中有什么好事，脸上一点征兆都没有，晚生猜不出。您老还是告诉我吧。"

徐威道："都说你聪慧过人，老夫看你徒有虚名。我还能有什么事会如此高兴？只有一件，那就是，昨日，你令尊大人为了家国安危，已经把瑶池李氏的火药秘方而且是所有的秘方都献给了朝廷，真多，足足有半车……"

李云博惊道："啊？是吗，我的家人不是被你们处斩了吗？怎么，他们没事？"

"当然没事！"徐威一愣，又道，"昨日司马大人来传王旨，没有告诉你吗？"

李云博道："告诉我什么？左司马大人念完王旨就走了，什么也没说！"

"这个白痴……唉，还是老夫来说吧。法场行刑，一来是请你现身，二来是吓吓他们而已！老夫怎么下得了这等毒手呢？"徐威笑道，"这秘方可是我大楚国强军的基石啊！今日老夫受王上之托，特来向您表示感谢，还知会你立即官复原职，并兼任浏阳县令，负责大楚国炮火营建设。你说，这值不值得庆贺啊？"

"这么说，他们真的献方啰？"李云博一听，简直不相信自己的耳朵，头"嗡"地一下炸开，但他极力克制情绪，不一会儿就平复下来。只待心绪一镇定脑子一转，他突然明白了什么，哈哈大笑起来，然后有些语无伦次地说道，"好呀，很好。可是，你这玩笑开大了……"

徐威一愣："玩笑？你觉得老夫在开玩笑吗？"

李云博笑道："你没开玩笑？那你把王廷的任命拿来！"

徐威道："这……走得匆忙，忘了拿了。明日给你吧。"

李云博笑得更厉害了："瞧瞧，漏洞出来了吧？你一个掌管军旅的统兵大将，还管着地方官员的任命？在下如若没有记错的话，这档子事，应该归天策府都押牙朱进忠大人管吧？"

"你……真有你的。"徐威叹了口气，道，"老夫想了几天几夜的计谋，居然还是被你看穿了。佩服佩服！"

李云博不屑一顾："你这也叫计谋？假如，晚生父亲献了秘方，你来这里，就应该是放我出去，绝不会来陪吃喝。还有，瑶池李氏所有火药秘方去年就全部焚毁，这么短短一两天，从哪里弄来半车火药方子？我们瑶池李氏的火药秘方，你当是秦简汉牍啊，可以半车半车地运，你哄鬼去吧！真无聊，玩这种骗三岁小孩的鬼把戏！"

徐威不跟他理论，说道："好了好了，说正经的。今儿什么日子，当真不记得了？"徐威一脸的不屑，"你算算，今日二月几号？"

李云博想了想道："真是牢里无甲子啊！我算算……今日嘛，二月初九，怎么啦？"

徐威没好气地说道："怎么啦，真是贵人多忘事！二月初九是您老的千秋！你曾经是老夫的上司，虽然有些过节，但大人的生辰，老夫还是记得的。于是抽身军务，特备些粗蔬淡酒，为大人做寿。"

李云博恍然道："二月初九，的确是晚生的十八岁生辰。哈哈哈，在下进十九了，感谢大人记得晚生生辰，还备了酒水，真是涌泉之恩啊。"

徐威道："李学士千万别客气，老夫没什么涌泉之恩，也不需要你那滴水之报。其实，你我素昧平生，都曾经到湘水台供职，是老夫权欲心太重、利令智昏，见你年纪轻轻就执掌湘水台大权，心里不服气，想来个下马威整整你，惹得你动怒，将在下致仕。唉，早知道你有经天纬地之才，老夫也不会为难你。我们的恩怨，都是老夫引起的。今日借此机会，跟您道歉。"

李云博道："徐都统哪里话。晚生被太后错爱，年纪轻轻就入主湘水台，年少轻狂，不懂世事，开罪将军，真是追悔莫及啊！来，我敬将军一杯，权当赔罪！"

两人你来我往，真真假假地喝了起来，像一对久别重逢、惺惺相惜的忘年之交。

酒过三巡，徐威道："李大人，你看，如今王廷混乱不堪，朗州、潭州两方的新官旧吏形同水火，这祸乱迟早要来。加上几年内战，国库空虚，军心不稳，百姓也疲惫不堪，一旦外敌乘虚而入、趁火打劫，还真是不好对付啊。"

李云博放下酒杯，冷笑道："将军胸有韬略，如今又统领数万大军，乃大楚国之干城，自当有御敌妙计。将军忧心，不忘外患，令晚生肃然起敬啊！"

"大人如此说来，老夫汗颜啊！"徐威也放下酒杯，长叹一声道，"老夫一直以为，只要熟读兵书，执掌军旅大权，保家卫国就易如反掌。现在看来，老夫错了，保家卫国绝对没那么简单啊！"

李云博问道："将军何出此言？晚生不解，望大人不吝赐教。"

徐威道："李大人，你聪明绝顶，别装糊涂了。这王上攻下长沙之后，左司马虽然总领国政，老夫执掌军旅，但各个要害部门都是朗人充任。你说说，左司马的政令执行得下去吗？老夫调得动兵马吗？不怕您笑话，老夫想调支军队修缮一下刚遭战火毁坏的王都，都推三阻四，至今没人应承。这样下去，会出大问题的。唉……"

李云博道："原来这样。不过，这有何难，将军只要抓一个不听号令的将领，重重地军法处置，杀一儆百，不就得了？"

徐威叹道："谈何容易！那些朗人，一个个都是活土匪，又仗着是王上的亲信和有功之臣，根本不把老夫当回事。不过，如若学士肯帮老夫，你我二人联手，收拾这帮有勇无谋的家伙，肯定易如反掌。"

"呵呵？晚生一个戴罪之身，又加之才疏学浅，屡屡败在将军手上，还有机会和将军联手？将军抬举了。"顿了顿，李云博又道，"再者，你要杀我全家，我还可能为你效命吗？"

"哎呀，真是天大的误会！这是为了建设大楚炮火营迫于无奈之举，宣布你所谓的矫诏谋国，抓捕你的家人，都是为了大楚国的前程。李学士受惊了，老夫给你道歉。其实，那只不过是一个计谋而已，赦免王书早就拟好了！"徐威站起身，连连道歉。

"可那日法场行刑，晚生一现身，你老就得意非凡，话也不是这样说的！你说，你要把我和我的家人全部杀光，然后血洗瑶池……晚生没记错吧？"

"哎呀，那是吓吓你们，让你的祖辈父辈服软，然后听命朝廷……"徐威很无奈，一门心思圆着谎，但仍然漏洞百出，"事情都过去了，学士大人为何耿耿于怀呢？"

"一家人差点就没了，我还当没事一样？你触犯台规，我只不过将你致仕，没想到你却背叛台阁，投靠马希萼，迫不得已下密杀令诛杀你，你就要杀我全家。这事儿，摊上谁，谁都难以释怀啊！"李云博仍然装作不依不饶，突然将信将疑问道，"我的家人真的没死？"

徐威道："当然！老夫怎么会干这天诛地灭的事情！"

李云博问道："那你告诉我，他们在哪里？"

"他们已经被送回瑶池了，一个个毫发无损！围困瑶池的兵马，也都撤回来了。"徐威笑道，"如若学士不计前嫌，协助老夫建立一支天下无敌的炮火军队，将是功德无量啊！"

"徐将军真是运筹帷幄啊！谢谢将军手下留情！"李云博见徐威一个劲地卖人情，确信祖辈父辈被救走，这个徐威还在一味扯谎，心中不禁暗暗发笑，"这，这还真难杀晚生！一个手无缚鸡之力的书生，虽然被人称为火药神童，也只不过浪得虚名。况且，我李氏祖制，火药只能用于民俗，不得制造武器。您说没杀我全家，我还是不信。你还是到阴曹地府找他们献出秘方去吧！"

徐威知道李云博对他防范很严，一时不知说什么好，来回踱着步子好一阵子，然后叹息道："这真是个难题。可是，王上已经颁旨，你等若不献方，就是抗旨，定然会遭灭顶之灾。老夫也是进退两难啊。"

"这如何是好？"李云博也站起身，焦躁地走来踱去，心中怒火迅速蹿起，暗暗骂道，真是贼喊捉贼啊！但还是忍住了。他想了一阵，叹了口气道，"晚生估计，我的家人领到王旨，一定乱作一团了。不过，这火药秘方，将军无论如何都是得不到的。"

徐威道："老夫才不信呢。要不，老夫陪大人走一遭，到瑶池劝劝令祖、令尊再说？"

李云博估计家人要么被李处耘他们救走，要么和泰平阁密使在一起，根本不可能在瑶池，看来这老东西又在玩花花肠子，不免大声笑道："行啊，晚生就跟将军去。不过，晚生有言在先，这招没用！火药秘方是我李氏的命根子，谁要敢夺，就是瑶池仇敌！晚生劝说献方，就等于背叛祖宗、助纣为虐，轻者逐出家门，重者处以火刑。但是，为了徐都统的强军大计，就是被处死，也是为国捐躯，大楚国壮士，晚生觉得，值。"

徐威一听，猜想李云博可能知道了瑶池李氏要员都不在瑶池，于是马上笑了起来："你小子，正话反说吧？这个脱身的好机会，你肯错过？你就待在这里，等到秘方送来了，就放你出去。"

"将军哪里话！他们绝不会送来的，您就死了这条心吧。将军刚才还说，晚生的父亲已经献了半车秘方了！将军就用那半车秘方建设炮火营好了！"他说着，就回到桌前坐下来，径自饮起酒吃起东西来。

徐威也赶紧过来，陪他坐下，道："李大人，一个玩笑话，别当真。你觉得，你有几成把握能劝得动你父亲、祖父？"

李云博道："一成把握都没有。他们那死脑筋，绝对没戏。"

徐威道："不会吧。老夫听说，去年，刘侍郎也为献方建设炮火营一事和您祖父闹

翻，你出面调和，不仅达成了建设炮火营的计划，而且还使两家重归于好。你在瑶池李氏族人当中举足轻重，说话很有分量，一家老小都听你的。要不，老夫派人把令祖令尊接到长沙来，你当面劝劝好不好？"

李云博道："好。晚生尽力试试。不过，晚生断定，肯定没用。"

徐威道："这……不妥，不妥。不如，你给老夫个面子，写封信给令祖令尊，老夫去瑶池试试？"

"我看，还是算了吧，别瞎折腾了，没用的。"李云博端起酒杯，突然停在那里，若有所思地说道，"将军提醒，倒是让在下有了个主意。不知道行不行？"

徐威道："学士请讲。"

李云博道："将军是真心实意要建立大楚炮火营、真正使楚军强大吗？"

徐威道："当然。"

李云博道："那好。晚生有一个折中之策，那就是，将军负责炮火营的治军事务，我们李氏帮您制造火药，装备军队。你刚才不是说，楚王要在下官复原职负责炮火营建设吗？这样一来，火药秘方就不用献了，您的炮火军队也建成了。这不两全其美吗？"

"那不行。你小子，又故技重演，想玩一招拖延的把戏？老夫才不会和刘静仁一样，上你的当呢！建设炮火营，必须先交秘方，然后再具体实施。要不然，炮火营的命脉还是握在你的手心里，老夫才没那么傻呢。"

李云博道："那您说，您一旦有了秘方，自己就可以制造火药了，还要我们去干什么呢？"

徐威道："秘方将是在王廷手里，不是在老夫手里，李学士别弄错了！至于你们，哦，还是可以帮助训练药工，甚至生产火药嘛。"

"你骗鬼呢！"李云博站了起来，"我知道，你是想借这献方机会，置我和我的家人于死地，不献方，你就以违抗王命将我和我的家人悉数处死；如若献了方，您为了独占秘方，绝对会杀我全家灭口。反正献不献秘方都是死，就死好了。在下没什么好说的。"

"你……"徐威涨红了脸，气急败坏地说道，"老夫真心同你合作，你却狗咬吕洞宾、不识好人心，真是气杀老夫！李云博，老夫告诉你，又过去一天了，你剩下的时间不多了，再不劝说家人献方，就只有死路一条！"

李云博道："将军哪里话！晚生身在囚笼，怎么劝他们啊！"

徐威道："反正献方期限将至，你的小命在我的手里攥着，老夫不怕他们不现身。"

李云博道："哈哈哈，你不让我出去劝家人献方，也不肯让他们来见我，原来，你根本不知道我的家人在哪里……"

徐威道："果然是你们湘水台劫走了人犯！老夫估计的没错！你根本没有遣散湘水

台，而是转入地下。这可是欺君罔上的大罪啊！"

"放屁！"李云博灵机一动，决定把话题引开，于是一拍桌子，怒道，"昨日司马大人来大狱传旨，说得很清楚，法场被人劫了。还说是南唐的黑衣长剑军干的，司马大人的话，也有假吗？"

"什么？这个马希崇，真是个……"徐威听了，当场破口大骂，但一见李云博看着他的眼睛，马上停住了，"你不是说，他宣完王旨就走了吗？你，你想诈我？"

"在下诈你？真是，你回去问问马希崇，不就明白了吗？"李云博看到他的狼狈相，心里暗暗好笑，这个老东西，鬼主意还真不少，跟他说话可得小心。

徐威道："那你说，湘春门行刑现场，大规模的火药烟雾，是谁放的？"

"湘春门有人放烟雾？"李云博一惊，突然急中生智顺口编了个幌子，哈哈大笑起来，"那玩意儿，南唐炮火营早就有了。"

"你骗鬼呢！你还是主动配合吧，这样对大家都有好处。"徐威强压住怒火，冷笑道，"你是瑶池李氏的心肝宝贝，是他们的主心骨。有你在老夫手里，他们肯定不会坐视不管。老夫就不信，他们为了秘方，眼睁睁地看着你死，然后举家遭受杀戮！"

李云博笑道："徐将军，你太不了解我们瑶池李氏的家风和血性了。晚生还是那句话，如若将军真想为大楚强军着想，实现保国安民的目标，晚生愿意冒险，去劝说祖父他们参与建设炮火营。如若硬要逼迫献方，那绝无可能。您就早点死心，快点下手，血洗瑶池吧。"

"老夫还真不信那邪，哪有一个火药方子，比全家百余口的身家性命还要紧！李云博，老夫看你是不见棺材不落泪、不撞南墙不回头，有你欲哭无泪、生不如死的时候，我们骑驴看戏——走着瞧！"徐威说着，就气急败坏地往监门外走去。

"哈哈，这一切都是拜君所赐！没有你巧言令色、进谗献奸，哪有我李氏的灭顶之灾！棺材又怎样，南墙又如何，我李云博还真的想见识一下，你还有什么狠毒的招数，尽管都使出来！我们就走着瞧！"李云博回应道，端起杯来往嘴边送，发现杯子空了，提起壶来倒满酒，大声朝徐威的背影叫道，"谢谢大人的酒！"说完，一饮而尽。

突然，徐威折身回来，得意地对李云博说道："我早就知道，你们李氏，绝对不会献方。这一切，都是老夫为报仇雪恨定下的妙计，你们已经如瓮中之鳖，就等着受死吧，哈哈哈哈……对了，告诉学士一条坏消息，昨日夜里，你的岳祖大人刘静仁已经病故了。而你的岳父大人，却身负王命，今日清晨起身赴唐，到金陵城进贡请表去了。唉，真惨啊，堂堂三品大员，死了都无男掌丧，看样子，要弃尸荒野了，唉……"说完，又一声莫名其妙的怪笑，然后转身离去，头也不回地走了。

李云博愣在那里半晌之后，才回过神来。他木然地端起杯来往嘴边送，仰着脖子喝

了好一阵子，才发现杯子空了，于是提起壶来想倒满酒，没想到酒壶也空了。他猛地站起来，将杯子狠狠地朝外边砸去，酒杯穿过木阑干，飞到过道的土墙壁上顿时碎裂，发出乒乒乓乓的声响。他又举起酒壶，使尽全身力气朝地上砸去。酒壶同样碎裂，声音更加瘆人。

伴随着碎裂余音，李云博烂泥般瘫跪在地上，朝北边不停地磕着头，起先呜咽着，渐渐地，声音越来越大，最后便号啕大哭起来。过了半晌，他抹泪起身，从身上衣服边扯下一块白布裹在头上，就来到旧桌前，一挥袖臂将满桌的盘盘碟碟扫掉，找了半天，找出一个砚台，又取来墨块，磨了几下，提起笔在半白不黑的旧墙上题写起来，原来是一首《哭侍郎》的小诗：

一死一生师生间，阴阳两隔患江山。

国难当头终撒手，奈河桥边恨倚阑。

三湘天崩淫雨虐，四水桅断恶浪翻。

正道沧桑谁为继？孤囚血泪独泣然。

◆ 三、掌书记戴孝入贡金陵城 ◆

金陵城皇宫的上书房里，南唐皇帝李璟一个人坐在那里生闷气。掌书少监吴公公进门来报：客省使姚凤求见。

"不见！"

吴公公道："陛下，姚大人说，楚国使臣奉马希萼之命，前来朝贡，人已经到金陵了……情况紧急，必须面圣请旨啊！"

"马希萼又派人来朝贡了？"李璟突然眼睛一亮，突然说道，"快请姚大人上书房见驾！"

"老奴领旨！"

李璟见吴公公礼毕退出上书房，不由得思绪万千。

近日来，李璟的心情很坏。一方面，他精心布局的解救李氏、施恩瑶池的计划，居然被黑云长剑军萍乡密事营那干饭桶给弄砸了，除了李云博被楚国羁押外，其他李氏成员不知被哪里来的蒙面人悉数救走，这让他龙颜大怒之后，一直郁郁寡欢。

另一方面，主战、主和两派，为了兴国大计争得头破血流，两派争斗，形同水火，着实让李璟进退维谷、无所适从。自从他登基践祚以来，这武将主战、文臣主和的政见分歧从未停止过，尽管他采取了重文抑武的用人策略，实行武人治军不能问政、文臣领政不干军门的措施，没想到不仅没能弥合分歧，反倒使鸿沟日深，而且形成了党争。这武将一伙，自然喜好攻征杀伐，加上弄权营私，阿谀迎奉，事事都得长个心眼，一不小心就被他们坑了；而一干文臣，德行无可挑剔，但都自命不凡，以直臣雅士自居，舞文弄墨，痛陈时弊，说长道短，一点芝麻小事就上纲上线，常常让他颜面扫地、下不了台。他这个皇帝，当得确实有些窝囊……

"微臣姚凤参见吾皇陛下！"正思忖间，只见姚凤已经进了上书房，跟他行起君臣大礼。

"姚爱卿平身。"李璟示意他起身，然后问道，"姚爱卿，楚使真的已经抵达京师了？"

"回禀陛下，千真万确。楚国天策府掌书记刘光辅已到京师，带来大批珍奇异宝和地方特产，他还带了马希萼的奏请，恭请陛下御览。"说着，姚凤取出礼单和奏章，双手呈给李璟。

李璟接过来，看了起来。看着看着，突然愁眉紧锁，接着就自言自语，"马希萼进贡这么多珍奇异宝，不外乎是继续向我朝称臣。去年他向我朝借兵攻下长沙，这不等于朕承认他这个属国了吗？他是武穆王马殷的儿子，入主长沙自然是一国之主，还要朕册封他为楚王，岂不多此一举！"

姚凤道："非也。去年借兵之时，马希萼只不过是朗州节度使，是个地方节镇；而如今，他入主长沙，自然就成了一国之君。只是长期内斗，虽然赢了，然而实力不济，不敢贸然称王。他是想借我朝实力，真正成为名副其实的楚王。"

李璟点点头道："爱卿所言甚是。可是册封他，对我朝会带来什么好处呢……"

姚凤道："陛下一直有图取湘楚之志。如今马氏衰微，三湘四水一盘散沙，应该是个难得的机会。陛下何不开启小朝会，密诏孙相他们从长计议？"

"嗯，这很可能是一个机会……"李璟说着，突然龙颜大悦，兴冲冲地对姚凤说道，"开启小朝会……大可不必。姚爱卿，你就去知会刘光辅，明日卯时三刻，朕在御花园驾鹤亭接见他。"

"这……"姚凤一愣，道，"启奏陛下，我大唐礼法，皇帝接见属国使臣，都是在金銮殿上接受朝拜，怎么能在御花园里呢？这不等于是以私人礼仪接见吗，陛下可是大唐皇帝啊……"

李璟道；"对，朕就用私人礼仪。非常时期，得有非常之举。"

"微臣以为，这不合外事礼法。请陛下三思。"姚凤说着，突然跪在地上，磕头强谏。

"你呀，真是！"李璟看着姚凤极力阻止，有些无可奈何，"你以为，马希萼进贡请封，只是一件简单的外事交往吗？朕听说，这个刘光辅，是楚国四朝老臣刘静仁的儿子，他还是瑶池李氏那个天才少年李云博未来的岳父。这可是我朝重获李氏信任的好机会啊！朕私下见见他，有何不可？"

"这……"姚凤一时语塞，突然想到什么，"启奏陛下，微臣得知，楚国前礼部侍郎刘静仁已经仙逝……"

李璟一愣："刘静仁死了？你从哪里得知的？"

姚凤道："回禀陛下，微臣今日过河郊迎刘光辅，他浑身素孝，一问，才知道他父亲亡故了。而且第二天，就奉命启程来金陵朝贡，父亲的丧事都未来得及办……"

李璟将信将疑："有这事？"

姚凤道："千真万确！微臣和他交谈时，他亲口告诉微臣的。"

"真是千载难逢的良机！"李璟大喜，"朕就更要私下先会会他了。爱卿快起来，去知会他吧。对了，以最高礼遇接待刘光辅，明日朕还要在崇德宫赐宴，亲自为他接风洗尘！"

"微臣……遵旨。"姚凤起身，极不情愿地退出门去。

李璟见他离去，想了想，又对吴公公道："老吴，适才姚凤奏议开启小朝会，朕觉得大可不必。你说说，这事，要不要和冯延巳、孙晟他们商量一下呢？"

吴公公道："回禀陛下，老奴以为，朝中最具智慧谋略的大臣，莫过于韩侍郎和江中丞。陛下不妨……"

"算了，都别召了，他们啊，意见肯定相左，更让朕不好决断。朕今儿就自作主张一回。"李璟想到近几日朝会的情形，连连摇头。

吴公公急忙道："启奏陛下，老奴觉得……"

李璟大声说道："还不快去！"

吴公公赶紧施礼道："老奴遵旨！"

次日清晨，金陵城皇宫御花园早早敞开了大门。

春意氤氲，云阳暖暖，晨露滴滴，洒在遍地星绿的御花园四处，让这座豪华的皇家园林显得格外清新透润。李璟昨日闻知楚国掌书记刘光辅入朝进贡，兴奋得一夜未眠，早早就起了身，并传旨下去取消早朝，一来害怕两派又为是战是和争论不休，二来想先秘密接见这马希萼派来的特使，探探口风再说。于是，他洗漱完毕，用过早膳，穿上便装闲服，兴致勃勃地赶到驾鹤楼，准备以最高的私人礼遇来接待这个进贡使者，说不定，会有意想不到的发现和收获——这样放低身段接见一个藩国进贡的使臣，在当时的邦交礼仪中，从未有过。

今天，他要一个人接见这个楚国使臣，不要双方任何一个参加，免得又麻烦不断，

待自己心中有数之后，再按照正常邦交礼仪，升殿接受朝拜。

一路想着，李璟就来到御花园驾鹤亭。刚一坐定，但听掌书少监吴公公稽首道："启禀皇上，楚王特使、掌书记刘光辅奉旨见驾，已在门外恭候多时了。"

李璟盼咐道："快快有请！"

不一会儿，刘光辅一身素孝，在吴公公的带领下进了驾鹤亭大堂，见了李璟，倒身便拜："藩邦楚国天策府掌书记刘光辅受我主之命，特来朝拜大唐皇帝。藩臣参见圣朝皇上！"

李璟连连扶起刘光辅。道："刘大人快快请起！今日不在朝堂，只以近主远客身份相见，不用行此等君臣大礼，快快请坐，吴公公，看茶！"

刘光辅受宠若惊，稽首道："藩属小国之臣，怎敢受陛下如此隆恩重礼，真是诚惶诚恐！只是在下大孝在身，披麻戴素觐见皇上，多有不恭，望陛下海涵！"

"哦？刘大人家中变故，还仍然为国驱驰，忠心可鉴啊！"李璟一看见他使节服饰外面一身孝装时，装着满腹蹊跷，不好开口去问，见他提起此事，于是满怀关切地问道，"不知大人家中何人故去？"

"启奏陛下，微臣家父亡故了……"刘光辅一听李璟垂问，顿时涕泪涟涟。

"惊闻噩耗，朕悲痛不已。但人死不能复生，掌书记节哀顺变，保重身体要紧！"李璟一副惊愕表情，关切地问道，"令尊为何仙逝，病故还是……"

刘光辅道："唉，一言难尽啊！去年以来，楚国兄弟争国，再启战端，数千将士命丧疆场，无数黎民无辜遭戮。岁末年初，顺天王攻陷长沙，尸横遍野，流血漂橹，死伤更加惨烈。尔后活剐朝臣，脔食人肉，绞死楚王，杖杀王后。这令人发指、惨绝人寰的暴行，举国上下，莫不悲恸。而家父身为四朝老臣，自然忧心国事，因为王都人祸，悲愤异常，加上年事已高，不久就卧床不起，几日前已经辞世了……"

"国难家丧，一并而来，真是祸不单行啊！"李璟突然间大发慈悲，不觉拭起泪来，"只是朕有些蹊跷，令尊仙逝，理应告假辞官，丁忧守制，大人为何还受主差遣，披麻戴孝出使大唐？"

刘光辅道："国难当头，还顾得什么守制丁忧！先父临终前，要微臣弃尸荒野，不办丧事，投身国难，图存大楚。只是微臣这身不伦不类的装扮，让陛下见笑了！"

李璟问道："哪里哪里！刘大人家风忠义，公而忘私、国而忘家，真乃忠良也！朕想讨教，敢问令尊大名？"

刘光辅道："回禀陛下，先考讳名静仁，字安杰，曾是楚国天策府学士、礼部侍郎。"

"原来刘大人令尊，就是名震江南的四朝老臣刘静仁侍郎！堂堂楚国重臣，为了国家耗尽毕生，临终前还念念不忘家国大事，这是何等的高风亮节！如此贤臣，身殁之后怎能弃尸荒郊，这不寒了天下忠良士子的心吗？"李璟哽咽起来，突然间大声喊道，"吴少监！"说着说着，不免掩面而泣。

吴公公听到喊声，赶紧上前，应声道："奴才在！"

李璟问道："客省使姚凤呢？"

吴公公道："回禀陛下，姚大人送刘大人到了御花园，就回去了。"

李璟吩咐道："你速去宣姚凤来御花园面圣！朕要遣他前往长沙，代表朕和大唐国为刘侍郎治丧！"

"是，奴才遵旨！"吴公公应声去了。

刘光辅感动得一阵眼热，五体投地跪倒在地道："陛下德高仁厚，悲天悯人，真是天下明主也！如若陛下为先考操持大丧，微臣愿为大唐效犬马之劳，永不相负！"

李璟赶紧起身，扶起刘光辅道："刘大人快快请起！作为主上，当关爱臣僚、体恤下属，没想到马希萼居然是个不仁不义的小人，真是枉费朕的一片苦心！哎，现在啊，真后悔派兵助他攻取长沙，不仅让大楚国陷入混乱，还让长沙尸横遍野、流血漂橹，朕乃楚国之千古罪人啊！"

刘光辅起身坐下，赞叹道："陛下真仁义之主也！这祸起萧墙、兄弟争国，与陛下何干？陛下不必自责了！微臣斗胆，有一忠直之言，不知陛下是否愿听？"

李璟道："刘大人有何见教？但说无妨。"

刘光辅道："此事绝密，只能陛下一人知晓。请屏退左右，微臣便据实禀告。"

李璟一阵心动，预感刘光辅有重大机密或者隐情相告。看来，这次精心布局、请君入瓮的会见，当真有不小的收获！于是不露声色，对侍候在身边的太监宫女说道："你们，都给朕退下！"

"是！"左右宫人侍女应声退去。

随从走后，刘光辅道："先考临终前，对微臣说，马希萼残暴不仁，与王争国，挑起战乱，荼毒生灵，祸国殃民，实乃大楚的乱臣逆子。入主长沙以来，成天酒池肉林、醉生梦死，置国计民生于不顾，根本不把祖宗的社稷大业放在心上，绝非中兴之主，看来这马氏江山的确气数已尽。他老人家要微臣借替马希萼向贵朝进贡之际，'献图南唐，请师入长'，保我三湘四水安定和平。微臣不才，遵照先父遗训，恳请陛下兵进潭州，趁乱收取长沙。这就是先考珍藏多年的地舆图……"说着，从衣底拿出一轴图来，双手捧着，献给李璟。

李璟接过，打开一看，原来是一张绢质的《大楚地舆图》，绘制得清晰翔实、精美绝伦，大楚国河山尽收眼底，所有的关隘隐秘也一览无余，顿时大喜，但仍然惺惺作态

地说道:"李璟何德何能,敢受如此大礼!"

刘光辅道:"常言道:天下久合必分、久分必合。如今人间乱象已近百年,得有英雄站出来,一统天下了!陛下继承烈祖遗命,励精图治,厚惠民生,十年来使大唐雄立南方,无人敢来一争高下。陛下难道不想做这千古圣主吗?"

李璟道:"李大人,这一统天下,谈何容易!而且金陵、长沙,犹如兄弟手足,多年以来相互扶持,如今眼看败落,朕无力帮助他们重新崛起倒也罢了,怎么忍心派兵尽收他们的土地,这落井下石的缺德事,朕是绝对不会干的!"

刘光辅道:"如今,楚国百姓困于盘剥,将骄主昏,政局混乱,民怨四起,正是派兵入长、夺而取之的最佳时机。陛下兴仁义之师,解救楚国万民于水深火热之中,三湘父老莫不箪食壶浆以迎大唐入楚。大好机会,切勿错过。望陛下三思!"

李璟道:"此等大计,还须开朝提请百官共议而后能决。无论如何,刘大人深明大义,心系父老,厚恩我朝,朕永世牢记于心!"

刘光辅道:"启奏陛下,微臣还有一事相求,望陛下恩准。"

李璟道:"刘大人为我朝建下如此功勋,无论如何封赏,都不为过。大人有何要求,但说无妨。"

刘光辅道:"回禀陛下,微臣不要功名利禄。只求陛下即降圣旨,勒令楚廷放过微臣小婿李云博及其家人。"

"李云博?李云博是大人的乘龙快婿?"李璟一听,心中顿时窃喜。因为,自从黑云军密劫法场失败后,他很是恼火,错失了一次解救李氏脱困的机会。李氏家人失踪,李云博身陷囹圄,他一直找不到好的办法。如今施恩李氏的机会送上门来了,这不是天上掉馅饼吗?他装着毫不知情的样子,惊奇地问道:"李云博怎么了?遇到何种麻烦了?"

刘光辅道:"陛下不知。去年,马氏兄弟争国水火不容,他不希望兄弟因为争位而祸乱家国,于是帮助马希萼轻取长沙。可是,马希萼背信弃义,没有遵守约法三章,不仅杀了楚王马希广,而且还诬陷李云博矫诏谋逆,并将其家人悉数羁押,数日前突然法场处决。李云博法场现身,被他们秘密羁押,法场又被人劫了,徐威居然说是李云博的属下干的,要严加惩处。如今楚王颁下王旨,要李云博戴罪立功,说服瑶池掌门人献出李氏火药秘方,组建楚国炮火营,而且期限很紧,转瞬即逝。如若不然,就要严惩不贷、诛其九族、血洗瑶池。这时间都过去好几日了,皇上若不援手,李云博及其家人都将惨遭杀害。恳请陛下救救他们!"

其实这一切,李璟早就知道了。他装出一副震惊的模样,故作惊讶地说道:"原来如此!李氏百年豪门,致力于爆业繁盛,为一方富裕竭尽全力,何罪之有啊!身为一国之君,怎么能以如此下作之手段,逼人献方,真是卑污至极!只是楚国处置人犯,是他

国内政，我朝如何好去干预？这真是难煞朕啊！"

刘光辅道："陛下，皇朝设在萍乡的袁州炮火营，一直都想得到瑶池李氏的大威力火药秘方，如若李氏被灭门，南唐强军计划，不就彻底无望了吗？陛下，微臣求你救救他们！"

李璟支支吾吾道："这……有这回事吗？"

刘光辅道："陛下，事情紧急，请勿怪在下忤逆之罪。南唐要想一统江南，先进的炮火武器是支撑。如若得到瑶池李氏的支持，建立起天下无人能敌的炮火营，那将攻无不克、战无不胜。陛下这次若施以援手，救了李云博性命，说不定他们感恩戴德，愿意效力呢？望陛下三思啊！"

李璟现出一副若有所思的神情，点着头道："嗯……大人言之有理。刘大人，朕只有勉为其难，试一试了。若是侥幸成功，到时候，你这个泰山大人，可要多劝劝李云博，为大唐好好效力！"

刘光辅道："微臣一定能说服小婿，尽心尽力效忠大唐！"

"朕若得刘氏翁婿，真将是如虎添翼啊！"李璟喜上眉梢，转身喊道，"来人，送刘掌书记回馆驿歇息，以最高国礼好生招待。传朕旨意，晚上赐宴崇德宫，为刘大人接风洗尘！知会四品以上紫服绯服朝臣悉数赴宴，不准任何人缺席。明日早朝，延英殿接见大楚国使臣刘掌书记，共商两国交好事宜！"

◆ 四、无力回天，韩侍郎仰天长叹 ◆

金陵城国宾馆，天还没亮，人流嘈杂之声便闹哄哄地传开了。

刘光辅早早起身，使臣服装外依然一身素孝，手持节钺，带上所有随从和贡品，前往南唐皇宫，代表楚国新主马希萼上表进贡，答谢南唐皇帝出兵帮助他们入主长沙，并请旨大唐皇帝，对新楚王进行册封。

没想到进得宫门，这接待规制高得出乎他的想象：两边仪仗五彩缤纷、遮天蔽日；宫廷近卫华装盛服、持符排列，广场楼阁，台阶过道，林林立立，一直延伸到大殿前，场面甚是宏大，而客省使姚凤带着礼官早在夹道上等候了。刘光辅十分讶异，仿佛这不是称臣藩国的进贡，而是一场邦交盛会，着实让他诚惶诚恐。一行人小心翼翼地前行，来到大殿边，但见殿门上"延英殿"三个鎏金大字熠熠生辉。客省使姚凤上前对殿边值

守宫人说道："客省使姚凤受吾皇差遣，迎接大楚国掌书记、楚王特使刘光辅大人，大礼已成，殿外候旨，请公公禀报皇上。"一通忙碌之后，那个值守太监就高声宣道："皇上有旨，宣大楚国掌书记、楚王特使刘光辅进殿！"

一时间，大殿外号角齐鸣，惊得人震耳欲聋、睁不开眼，就连这大殿都似乎尘埃雨下、摇摇欲坠。

刘光辅顾不得这些惊天响动，命众人殿门待命，跟在姚凤后面，亦步亦趋地往里走。而进入延英殿，里面灯火辉煌，文武百官排成两列，都拱手而立，大礼相迎。这一下，刘光辅傻了眼：他作为马希萼的掌书记，长期从事外事应对，朝堂之上如此夹道欢迎的大礼，他还是第一次碰到。他眼眶一热，扑通一声跪倒在地，山呼万岁起来："楚国掌书记、朝贡特使刘光辅参见圣朝皇帝，陛下万岁万岁万万岁！"

"刘大人平身！"李璟和颜悦色，起身说道，"大人身负王命，不远千里来到大唐，一路辛苦了！来人呐，赐座！"

御史中丞江文蔚奏道："启奏陛下，大唐礼制，接见异国使节，一律按君臣之礼，无需赐座，更何况刘光辅是属国的进贡使臣！请皇上三思！"

刘光辅也赶紧说道："江中丞言之有理！启奏陛下，大国朝堂，岂能为使节赐座，微臣担待不起，请皇上收回成命！"

李璟笑道："朝堂之上，国礼当遵，但也不能僵守祖制，不做变通。大唐与大楚，山川相连，唇齿相依，今楚王殿下派来使臣探望淮南，就代表了整个大楚国之深情厚谊，此等殷勤，岂能怠慢？子曰：有朋自远方来，不亦乐乎？朕决定破格厚待，有何不可！"

刘光辅道："皇上，使不得啊！藩国使臣，奉主之命前来朝贡，以谢陛下护佑隆恩。这朝堂之上，岂能凌驾百官，自取其辱！陛下盛意，微臣谢了。恳请陛下收回成命！"

李璟道："荆楚古国，礼仪之邦，赐座小事，都能恪守礼仪，令人钦佩。既然刘大人不领座，就此罢了。"

"谢陛下。微臣受我主差遣，代表楚国臣民，特来朝贡，区区薄礼，请陛下笑纳！"刘光辅说着，取出楚王称臣表疏和进贡礼册，双手奉上。

"吴少监，将表疏和礼册呈上来！"

"这么多好东西，楚王还真客气，朕如何担当得起！"李璟浏览一通笑道，"吴公公，你来宣礼吧。"

"奴才遵旨。"吴公公伸手接过礼册，说道，"皇上纳贡开始！楚国国主为答谢大唐皇帝出兵助阵，一举攻克长沙，特敬献礼品如左：玳瑁宝装龙凤床一具、珍珠枕一对、蓝田玉雕鲤鱼一尊、九龙腾飞巨型浏阳菊花石雕一件，琉璃梳妆台、盘龙红木椅子、除夜游春图画卷、紫檀框绢质湘绣女侠画障屏风各一组，绢一万匹、白银十万两，麓山毛尖茶叶一千斤、白沙老酒一百坛、香酥脆油饼等特产五十箱……"

门外的随从，按照吴公公宣礼的节奏和顺序，一一捧着扛着或者抬着贡品，进了大殿，堆得延英大殿里落落大满，看得群臣瞠目结舌，他们想不到，这个手刃兄弟、活剐朝臣、血洗长沙的残忍家伙，对于宗主大国，出手居然如此大方。韩熙载隐隐觉得有些不对劲，如此高规格接待一个称臣朝贡的藩国使臣，应该没那么简单，里面肯定有玄机！但对于马希萼付出如此之多的财物寻找一个靠山，他则彻底看清楚了，这个楚王残暴的背后，居然是这等的奴颜婢膝和怯懦无能！

忙了好半天受完贡礼之后，吴公公道："启奏陛下，这楚国奏疏，是否当庭宣诵？"

李璟想了想，回答道："长长的表文就别读了吧。但是，他带了这么多好东西给朕，朕得知道，他想要什么。要不，请大楚国特使臣刘光辅掌书记简要面陈楚王的奏请吧。"

"是，陛下。"吴公公应了一声，然后大声宣道，"请大楚国使臣刘光辅代陈楚王奏请事项。刘大人，请！"

刘光辅上前一步，拱手施礼之后道："楚国国主奏请大唐国皇帝垂允事项有三：一、确认我主为武安、武平、靖江、宁远节度使，以利于三湘四水的安定与祥和；二、册封我主位天策府上将军，嗣爵楚国国王，以继承父兄基业；三、请求皇朝派大臣前往长沙举行册封大典。"

李璟听完，道："原来是要我朝给他册礼，这有何难，一律准奏外，还加封一个大唐国的中书令！……大楚国掌书记刘光辅，千里迢迢，数日跋涉，风餐露宿，劳苦功高。而家遭不幸，大孝在身，依然公而忘私，为两国友好竭力驱驰，其志可嘉，其行可壮！传朕旨意：赏刘光辅白银千两，皇室良驹宝马一匹、御赐镇国宝剑一口，赠大唐国中书侍郎三品紫色官服、印信各一套，以资褒奖！"

刘光辅诚惶诚恐地拒绝道："陛下，刘光辅何德何能，敢受如此恩赏？而且身为楚臣，怎能接受大唐官爵。无功受禄，恐为满朝文武和天下人笑尔！请陛下收回成命！"

李璟笑道："掌书记此言差矣。如今楚王已是我朝中书令，你这天策府掌书记加封中书侍郎也在情理之中。更何况作为两国通使，自然可兼异国之官。昔日苏秦游说天下，还佩戴六国相印呢。三品紫服印信，好方便大人出入关隘，歇脚四方，别无他意。这只是略表朕心，大人就不必客气了！姚大人，代朕送刘掌书记回国宾馆歇息。"

"谢陛下，微臣领旨！"姚凤和刘光辅行了告退大礼后，出了延英殿，回国宾馆去了。

待两人出了殿门，李璟说道："开春以来，朝野为定强国大计，已经酝酿月余。满朝文武，知无不言、言无不尽，建言献策，殚精竭虑，朕甚欣慰。今日，该是决断的时候了。吴公公，宣示我朝新年圣谕。"

吴公公展开一轴黄绢文书，大声朗诵道：

保大九年，岁在辛亥，仲春二月，大唐圣朝皇帝钦定国纲，晓谕朝臣：

天地玄黄，宇宙洪荒。乾坤倒转，星宿昏茫。诸侯纷起，天下崩离如乌合之乱；战事频举，黎民身贱似蝼蚁之躯。我朝自烈祖开国以来，以天下为己任，征淮南，平江西，伐河套，逐楚东，雄踞南方，威加四海。然近年大事不顺，建州之战，仇国构害，尽失南闽之地；河中灭狄，实力不济，中原拱手让人；谋楚事败，天下谴责，大国颜面无存。朕面壁思过，检视自陋，以为罪在心高，四面出击，以至于精力过散，劳而无功。朕痛定思痛，决定堪修国策，重图崛起大计。其旨如下：一、以固国强基为纲，整饬吏治，改革税制，奖励农商，推行新政；二、以结好邻国为本，息战休兵，保疆安民，养精蓄锐，等待时机；三、以安定邻楚为要，接好马氏，惠施湘人，一旦机会降临，便可振戈西进，趁弱图之。此三者，为我朝今后国事总要，望满朝文武，细读深究，烂熟于心，领会朕意，身体力行。愿君臣同心，和衷共济，一统天下之宏愿，必将指日可待……

吴公公尖利的嗓音在延英殿里回荡着，听得群臣面面相觑。无论是主和派还是主战派，都对这个新年圣谕很是意外，甚至有点听不懂，于是就议论起来。只见御史中丞江文蔚出列奏道："启奏陛下，既然我朝决定推行休养生息新政，那就得全面息战休兵，一门心思励精图治，全力以赴发展经济，积累国力，以图来日腾飞。而革新内政，就得结好邻国，罢息兵戈，为何处心积虑起兵图楚？"

枢密使陈觉出列奏道："启奏陛下，老臣以为，就目前局势而言，北周郭威初立，人心不稳，一举图之，必得中原，实乃天赐我大唐一统天下之良机啊。微臣恳请陛下，继续开疆拓土之策。一旦入主中原，区区潭州，还不是手到擒来。为何还要大谈定楚之计？"

众大臣也一个个不知何故，纷纷要出列上奏，眼看战和两派就要唇枪舌战了。

李璟看着众臣诧异的神情，连连摆手制止大家，得意地笑道："各位爱卿，静一静，对这个新春圣谕有些不懂是吧。那好，朕来解解。当前，国力空亏，不宜大肆开疆拓土，因此得推行新政、结好邻邦，不遗余力来休养生息，增强国力，等待时机；但也不能什么都不干，只要有机会，就得当机立断，趁势图之。自兄弟争国以来，楚国已经国弱民疲，怨声载道，人心涣散，对马氏特别是血洗长沙的马希萼恨之入骨。这是一个千载难逢的机会。各位想想，朕为何要以最高规格礼遇刘光辅，重赐厚赏，加官晋爵，因为这个掌书记将大楚地舆图献给了朕，劝说朕趁机入楚，保三湘四水安定和平，并信誓旦旦愿为大唐效力。而且他的主张和做法，居然是他父亲刘静仁侍郎的临终遗训。这说明什么，说明不仅老百姓对马希萼已经绝望，楚国朝堂的新臣旧僚也对他绝望。此时不取，更待何时？因此，大守小取，乃国策精义。"

见风使舵的冯延巳看见皇上主意已定，出列拱手道："陛下英明圣武，深谋远虑，

稍加点拨，满朝文武茅塞顿开。我等一定支持陛下推行新政的同时，积极做好图楚筹谋。"

韩熙载听到冯延巳的附和之声，顿时一阵恶心，这个马屁精，转变得真快。他们一伙，不是主张北进中原吗？一旦皇上下了决心，他们就毫无立场了，这马屁拍得正是时候。哎，人之为人，什么都有个度，马屁没有；什么都有个底，无耻没有。他压住心中的怒火，正欲说话，但听有人出班奏道："启奏陛下，老臣以为不可。"

李璟道："哦？孙爱卿以为，有何不可？朕倒是想听听。"

孙晟继续说道："老臣以为，江中丞所言甚是。这新春圣谕，观念糅杂，自相矛盾，看似稳妥周全，实则难以施行。"

李璟问道："此话怎讲？"

孙晟道："推行新政，基本条件有二：一是安宁稳定之周边环境，二是团结一致的朝廷气氛，而前者，又是首要条件。试想，将国策定位大守小成，也就是说，在推行新政的同时，灭掉楚国，这有利于营造安宁稳定的周边环境吗？一旦对楚宣战或者占领楚国，南汉、吴越、西蜀甚至北周、北汉，能够眼睁睁地看着我们把楚国变成我大唐国土吗？如若马楚向北周称臣祈求援助，各国也都可能会打着伸张正义、救援楚国的旗帜向我大唐开战，到时候，四面临敌，应接不暇，我们还有精力推行新政吗？这是其一。其二，力主推行新政的大臣们肯定会把心思放在内政整饬上，而力主开疆拓土的大将们自然会注重军备扩展，而我大唐人力财力物力毕竟有限，两派各干各的，互相掣肘甚至拆台，其结果，恐怕新政未能有效推行，图楚也可能劳而无功，因此，老臣以为不可。"

李璟道："孙爱卿，此言差矣。我大唐推行新政之意图何在？在于积蓄力量，后发制人。后发制人靠什么，一靠财物的强大支撑，二靠兵事技术领先于人。整饬吏治、励精图治、奖励农商、改革税制，是解决财力保障，而攻取楚国，国土意义倒在其次，战略根本是解决兵事革新。大家想想，如今，火药武器自登上历史舞台数十年来，但凡想有所作为的，哪个不在那里研制火药武器，建设炮火军队。将来，攻城略地拼的不是人多，也不是城高池深，甚至奇谋妙计都要退到次席，拼的是看谁的炮火武器厉害，这个道理难道不懂？而天下最好的火药就在潭州，就在浏阳，就在我们袁州萍乡边上的爆都瑶池！试想，一旦得了潭州，进驻长沙，大唐国就可以名正言顺地将炮火营建在瑶池，不出三五年，独霸天下的大唐国炮火营，将成为天下无敌的神军，到那时候，大唐国必定一飞冲天、一鸣惊人，实现一统河山之夙愿！"

江文蔚慨然大声说道："皇上用心良苦，专心致志，却一味在当捕蝉的螳螂，只关注眼前这只肥硕的蝉蛾，没有注意身后的黄雀啊！只怕蝉还没到手，自己就成了黄雀的盘中餐了！"

"你，你……"李璟猛地站起来，不悦地说道，"朕苦心想出的和战兼顾、内外齐修之策，怎么到你嘴里，成了两张皮了？你让朕说什么好呢？"

"大胆江文蔚！皇上新春圣谕已颁，就是金科玉律，但凡诟病者，就是违背圣意，忤逆皇上，这是抗旨重罪。身为股肱之臣，难道连这基本朝规都忘了吗？"冯延巳厉声质问道，"吾皇陛下，微臣奏请立即罢免江文蔚御史中丞之职，面壁思过，以儆效尤！"

孙晟怒道："冯延巳，你一回朝，就急着罢免老夫和江中丞等一干忠直之士，只有这样，才能重新独霸朝纲。老夫与你这等小人共掌相权，真是奇耻大辱！陛下，老臣当不当这个宰相无所谓，但绝不能让冯贼一手遮天、祸害朝纲……"

韩熙载终于站了出来，道："启奏皇上，微臣有话要说……"

"好了，你就别说了，你们也都别争了！"李璟怒道，"这圣谕一旦颁布，就是施政大纲，任何人都不得反对，更不得诟病和更改。吴公公，着秘书省即刻抄写校对，快马密传各州府和边关大营，不得有误……对了，一律改派内务府口头宣喻，严禁任何人外传。孙爱卿，你不用赌气了，这新政推行，由你担纲，吏部、户部、刑部具体落实；冯爱卿，图楚大计由你负责，枢密院、兵部具体实施。各位，都听清楚了吗？"

"谨记圣训！"

"好。下面，还有几件事情，得立即着手去办：一是右仆射孙晟为册礼正使，客省使姚凤为副使，立即启程前往长沙，加封确认马希萼为天策府大将军，武安、武平、靖江、宁远节度使兼大唐中书令，嗣爵楚王。注意，一定要把册封大典搞得轰轰烈烈、热热闹闹。同时，知会马希萼，以我朝礼部尚书之规格厚葬刘静仁，并确保瑶池李氏的安全。对了，命令江世敦、何敬洙两位将军，孙相抵长之后，一切悉听调遣，不得有误；二是左相冯延巳为钦差大臣，即刻前往洪袁，秘密传达新春圣谕，并任命边镐为袁州大营都督，领信州刺史，全权负责入楚筹备事宜。记住，一定要他秘密行事，准备期间切勿张扬；三是麻烦宋国老去一趟南汉，拜见少主刘晟，答应他议和之事，承诺两国间和睦一家，永远不发生战事。最后，朕强调一点，新春圣谕为我朝绝密，只在朝堂宣示，不另制发文书。任何人不得外传，违令者，杀无赦……"

听着听着，韩熙载的心渐渐凉了：这个自作聪明的圣谕，只怕是大唐真正由盛转衰、渐渐陷入灭亡深渊的开始吧。他没有想到，一个多月的努力，被这个楚国进贡的使节一来，全部搅黄了。于是长叹一声，感到自己是那样的渺小而无助，三十多年一统天下的理想，至此，应该是彻底破灭了。

一股万念俱灭的悲怆感涌上心头，韩熙载不由得颤抖起来。突然间，他对这变幻莫测的政局和明争暗斗的权谋，不免倦意顿生，更感到无限的厌恶。

第二天，南唐朝廷在金陵城郊十里长亭，为楚国掌书记刘光辅归国和孙晟等册礼使

节出使楚国，举行了盛大的欢送仪式。韩熙载托病没有参加。从此，韩熙载就没那么敬业和勤勉了，渐渐变得纵情声色起来，家里满蓄歌伎倡优，日日纵酒、夜夜笙歌，他的"韩氏夜宴"奢华高雅、品位极高，公卿大臣、士子名流趋之若鹜，和孙晟的家宴"肉台盘"一样，都成为金陵高档豪华生活象征。以至于天下士人，纷纷效仿，如若能有幸与会，那就是莫大的荣幸了。

只是他们消极避世和纵情声色的苦衷，却鲜有人体察罢了。

◈ 五、泥泞回程路上，刘光辅心惊肉跳 ◈

刘光辅带着孙晟、姚凤和一大队人马，走走停停两三日，踏进了潭州地界，已经好几天了。刘光辅长长舒了口气：还好，终于在王廷勒令献方的期限之内赶回了长沙，只要一到岳麓山脚下，长沙城就隔江在望了。

一路上，刘光辅心急如焚，因为，王廷勒令瑶池李氏献方的期限马上就要到了。李氏族人如今身在何处，生死几何，他都不得而知。虽然，李氏献方可能性极小，但是，为了营救李云博，万一他们心存侥幸干出傻事，那就等于自投罗网、白白送死，徐威绝不会轻饶他们。期限将至，这一百余口的身家性命，迟一天就会全部报销，这，岂能儿戏？因此，他一直催着孙晟、姚凤快点走。可是南唐的这两位正副册礼使却并不着急，从金陵到鄂州再到岳州，一路上游山玩水，什么黄鹤楼、岳阳楼，洞庭湖、武昌鱼，吃喝玩乐一样都不放过，根本不在意刘光辅的急切心情，他只差向两位爷求爹爹告奶奶了！而对于他一再追问，如何救李云博及其全家，皇上有什么密诏没有，是不是早就派人去了长沙等，两人都不置可否，经常"王顾左右而言他"，或者一笑了之，弄得刘光辅云山雾罩，一肚子的疑惑不解。刘光辅想：按理说，李璟答应了救李云博，就该有所部署，可这两个马大哈一样的册礼使，横竖装疯卖傻不知道，简直就是两个货真价实的酒囊饭袋，当真也只能办册礼这样傻瓜都能办好的差事了。

一进回龙关，刘光辅道："两位大人，我们已经过了岳州，踏进了潭州地界，前边不远就是回龙关了。再走一个时辰，就到达岳麓山下，过了湘江就是长沙城了。"

孙晟道："哦？就要抵达长沙了？都还未玩过瘾啊，不如，到回龙关住一夜，游一游回龙洲，刘大人意下如何？"

刘光辅急了："就到长沙了，一个小小的回龙洲，有什么好玩的？岳麓山、开福寺、望江阁、橘子洲，都是闻名天下的胜景，只要进了长沙，有你们玩的。"

姚凤道："我们是大鱼逃不脱，小鱼虾米不放过。常言道，境由心生，乐在其中。只要心情好，什么地方都好玩，哪儿都能找到乐子。下官好不容易陪孙相当一回差，不好好玩玩太浪费了。更何况，这二月细雨，冷飕飕的，落到哪里哪里就凉，风一吹，就仿佛掉进了冰窟，歇一夜也好。唉，贺老夫子那首诗怎么写的？……碧玉妆成一树高，万条垂下绿丝绦。不知细叶谁裁出，二月春风似剪刀——真是，洞庭湖这二月春风，似剪刀吗？"

"简直放屁，依老夫之见，这二月春风，就像冰刀，割得人生疼！"孙晟一边骂着，一边思忖，顿了顿又道，"古人云：三日阴雨为霖。奇怪，春季秋季的霖雨，大都出现在中原，今年洞庭湖南边，怎么出现这么长的霖雨呢？"

姚凤道："冰刀？妙极！下官也诗兴大发，和他一首：白玉铺成一山高，万千丝素满天飘。不知霖雨谁裁出？二月春风似冰刀。哈哈哈……"

刘光辅见他们停在雾雨中你来我往、煞有介事地讨论，更加耽搁时间，于是只得妥协："孙相，别胡思乱想了，先到回龙关歇息半个时辰，再走如何？"

孙晟道："刘大人，不用急嘛，在回龙关住一晚，明早去长如何？"

姚凤道："回龙关是个好地方，听说，当年蜀汉先主刘备派大将军关羽攻长沙，遇到老将黄忠，两员虎将大战几天几夜不分胜负，关云长的青龙偃月刀都砍缺了，于是对黄忠说，你等等，关某的刀不快了，得去磨一磨。于是叫他的马夫周仓到河边去磨刀。可周仓这个冒失鬼，刀还没磨好，就掉到河里去了。这下子，关公傻眼了，没有刀，怎么战黄忠？于是就飞报主公。刘备一听，急得不行，于是就带着一把赶制的大刀从荆州飞奔过来，刚走到这个回龙关，前边传来消息，二弟的宝刀捞上来了。刘备就在这里停下来住了一晚，第二天就回去了。因此，这里就叫回龙关了，听说，刘备还在关下的那片沙洲上邂逅了位漂亮的村姑，那片沙洲也就叫回龙洲了。刘大人，是这么回事吗？"

"胡说！"孙晟不等刘光辅回答，就抢过话来说道，"据老夫所闻，回龙关讲的是东汉光武帝的事。相传当年西汉被王莽篡位，刘秀南下逃难，跑到长沙来了，在这个地方落过脚。后来他光复汉室成功，再次南巡，重游此地，因此就有了这个名字……"

"两位大人，你们搜寻掌故、神杜妙撰、出口成章的功夫让在下领教了！可是，我刘氏大难来临，在下的女婿一家今日一过就要被满门抄斩、诛灭九族，再不快点赶回去，一百多号人的脑袋就都要掉地上了。等回去救了他们，你们无论讨论回龙关还是白璧关，回龙洲还是橘子洲，捞刀河还是浏阳河，岳麓山还是东华山，在下都随时恭候，奉陪到底，行不行啊？"刘光辅再也忍不住了，声音带着哭腔，终于发作了。

姚凤一听，顿时大惊失色："啊？是啊，真的忘了呢？不是说好三日内赶回去吗？

这一路游山玩水，差点误了大事！孙相啊，再不能耽搁了，不住了也不休息了，赶紧动身吧。"

孙晟也急了，慌忙说道："人命关天，是得走了，住不住回来的时候再看情况吧。刘大人，对不住了，回去救人，救人。"

刘光辅问道："二位爷，你们总得说个章程，怎么个救人吧，不可能冲进监狱里去抢吧？"

"章程？没想过，车到山前必有路，船到桥头自然直。你说什么，冲进监狱里去抢？"孙晟又是设问又是反问，一转身没头没脑地问姚凤："刘大人说，冲进监狱里去抢人，你怎么看？"

姚凤道："冲进监狱里去抢？这不是个好办法，但情势危急，却是个最直接最管用的办法，不妨一试。"

刘光辅越看越不对劲，有些火了："真是急死人了！你们的葫芦里究竟卖的是什么药？"

姚凤也无厘头般装疯卖傻："葫芦？哪里有葫芦？只见过用葫芦装酒，没见过用葫芦卖药。长沙城里，有人用葫芦卖药吗？"

"你……"

孙晟笑道："好了，姚大人，时间差不多了，别再难为刘大人了，我等也该干正经事了。刘大人，你别急，也不用多问，到时候，你会知道的。"

一行人就收了闲思，往岳麓山方向行进。刘光辅一边命令传书信使快马驰回长沙禀报楚王，一边心不在焉地又和孙晟讨论起这场来得蹊跷的霖雨来。

大约走了半个时辰，到了一个叫靖港的集市。突然，只见一支南唐旗号的军队列队相迎。为首的将军望见孙晟的旗号节钺，倒身便拜："大唐国郢州刺史、入楚指挥使何敬洙拜见孙相，参见客省使大人。末将奉命在此恭候多时了！五千精兵已经在大营集结，等候孙相调遣！"

孙晟道："何将军请起！立即前往靖港大营升帐议事！"

"末将遵命！"

一行人来到大营，刚到辕门，但见一位穿着黑甲、头戴黑盔并以皂衣蒙甲，腰上挎着长剑的将领在那里候着。一见孙晟现身，拱手见礼道："黑云长剑军萍乡密事营指挥使江世敦参见孙相，参见客省使大人。密事营四百死士均已按照皇上密令集结长沙，悉听孙相调遣！"孙晟道："免礼，江指挥一起进帐议事吧。"一干军机要员就都进了大帐。刘光辅被这接二连三的事情给弄晕了，心惊肉跳稀里糊涂也跟着进了中军大帐，提心吊胆地想：一下子来这么多兵马，连黑云长剑军也来了，这两位大爷，该不会是真的犯浑，冲进城去抢人吧？于是开口问道："两国交好，皇朝册礼藩国，为何动用大军啊？"

"自古以来，文事必需武备。此次也不例外，这，亦无不妥。"孙晟坐定之后，回了一句，也不再理会一肚子疑问的刘光辅，又问道，"何将军，皇上密令你监视马希崇、徐威围困瑶池的大军，他们目前情形如何？"

何敬洙道："回禀相爷，马希崇正陪同楚王马希萼在朝天门恭候相爷大驾，徐威正调兵遣将，估计明日会增兵瑶池。"

孙晟点点头，道："好。李云博现羁押何处？"

何敬洙道："李云博关在天策府刑司大狱，据传，明日午时将在午门行刑。"

孙晟又问江世敦："江将军，瑶池李氏如今身在何处？"

江世敦回答道："回禀孙相，事情蹊跷：李氏长房一干人被紫衣人法场劫走后，没想到几日后又回到瑶池。末将估计，那伙紫衣人应该是李云博的旧部……"

"什么？"孙晟一听，顿时觉得事关重大，连忙打断他的话问道，"何以见得？"

江世敦道："如若是中原或者其他诸侯朝廷密探所为，绝对是为李氏火药秘方而来。既然李氏长房悉数在手，哪有如此轻而易举放人的。还有，那一丢就炸响，同时生出大量烟雾的火药玩意儿，也只可能是他们有。"

刘光辅也吃惊地问道："湘水台不是遣散了吗？"

江世敦道："这个'遣散'，很可能是李云博策划的计谋，但末将仅是揣测，不能确定。"

刘光辅问道："有没有其他力量的可能呢？比如，他国密探，江湖义士，绿林好汉等。要知道，瑶池李氏的猎神刀在江湖中还是很有威望的。"

"不可能！"江世敦道，"他们的身手不是一般的江湖中人，而且武功套路招式不一，武器装备也不同，不是出于哪个门派，更像各国朝廷斥候。更何况，一般江湖门派，绝不会为了一些与自己不相干的人大劫法场，与官府对抗。"

"将军领教过他们的身手？那日你又不在现场，怎么如此清楚？对了，那日，在下赶到现场，首先发难的是一群黑衣蒙面人，手上的兵器也和将军的长剑一样，不会是……"刘光辅猛然醒悟过来，瞪大眼睛看着江世敦，惊愕异常。

孙晟急忙打断他的话道："不说这个了。目前瑶池情势如何？"

江世敦道："瑶池李氏近日来，一直被徐威围困，双方剑拔弩张，大有鱼死网破的气象。"

孙晟道："这瑶池李氏，还真是块硬骨头，为了个破方子，有必要玉石俱焚吗？刘大人，人马都到齐了，怎么救人啊？"

刘光辅大惊失色道："孙大人，各位，万万不可动武！这样，不仅救不了李氏家族，还会害了他们。刀枪无眼，绝对会伤及无辜，甚至连累两国的交好大计啊。"

孙晟道："动武的确不妥。敢问阁下，您有何高见？"

刘光辅道："孙相，其实救李云博及其家人，没那么复杂。只要等会儿见了楚王，问起李云博及其家人，让殿下了解真相，然后说明大唐皇帝陛下的旨意，不就行了吗？"

孙晟突然把脸一沉，没好气地说道："真是岂有此理！老夫堂堂大国宰相，如今又是钦差，低三下四去求马希萼放人，这脸往哪儿搁！更何况，李云博人小鬼大，作恶多端，去年大闹洪袁，火烧炮火营，让我袁州经营数十年的火器装备毁于一旦，罪大恶极，死有余辜！大唐皇上密旨，命我等借册礼之际，顺便缉拿，解回金陵，听候发落！"

"什么？"刘光辅简直不相信自己的耳朵，"孙大人，这，这是为何？"

江世敦奸笑道："为何？为了给满朝文武一个交代！去年炮火营毁于一旦，朝野震惊，皇上更是龙颜大怒，要追究洪袁方面之罪责。如若抓到了李云博，诸将就会免于惩罚。我等也是迫于无奈啊！"他顿了顿，突然问道："启禀孙相，如今瑶池那边，战事一触即发，我等是否借机点上一把火，让他们先斗起来，然后乘乱将李氏族人全部捉拿？"

"放肆！"孙晟呵斥道，"本来，劫法场不是我等干的，已经被怀疑了，这样一来，不就成了铁证？有了李云博在手，还怕什么！"

刘光辅顿时一阵晕眩，放声大哭道："怎么会这样啊！孙大人，姚大人，你们没有弄错吧？皇上答应在下，一定不遗余力解救李云博及其家人，这究竟怎么了？"

姚凤道："刘大人，没有办法啊，我等也是奉命行事。如若你遵守承诺，真心实意效命大唐，李云博及其家人又肯归顺朝廷，为大唐炮火营建设出力，老夫相信，他们一定会没事的。"

孙晟道："刘大人，对不住了。但老夫一定会竭尽全力，为李云博开脱罪责。"刘光辅已经六神无主，站在那里谢都不记得说一声了。看着他魂不守舍的样子，孙晟就懒得理他，一屁股坐到帅案前，一拍大印命令道："明日是李氏献方的最后期限，大家务必严阵以待，切勿让马希崇、徐威阴谋得逞。尔等任务，一是保护李云博及其家人不受屠戮，有一人丧命，军法从事！二是负责羁押李云博，然后秘密押回金陵，听候皇上发落！何江军，你率大军堵住徐威，别让他兵进瑶池；江将军，你带人秘密行事，负责抓捕李云博。记住，严防徐威下毒手，皇上要活的。听清楚了吗？"

"听清楚了！"

"那好，大家分头准备吧。"

"谨遵相爷将令！"

◆ 六、霖雨长沙，迎来了南唐册礼使 ◆

楚王马希萼接到快马飞报，刘光辅一行已经抵达靖港，即将来到长沙，非常高兴。当得知南唐皇帝李璟同意了他的奏请，并且派来右仆射同平章事孙晟、客省使姚凤来长沙为他册礼，更是大喜过望。很少出宫的他，也顾不得一连几天的霖雨，兴冲冲地亲自赶往朝天门外迎接——这就是郊迎大礼，一国之君亲自前往迎送，当是邦交外务中最高的迎送礼节了。

刚出碧湘宫门，但见大街小巷仍然破败不堪，甚至连两个月前烧毁的碧湘宫门都没有恢复原样，断垣残壁裹在细雨里显得更加凄凉落寞，路上更是泥泞满地，长沙城居然破败如斯！新年开春以来的头等大事——他要被正式认可的册封大典，怎么能在如此狼藉不堪的王都里举行，让大唐朝廷的钦差册礼大臣见了，他这个新楚王的颜面何存啊……想着想着，马希萼不禁勃然大怒：这些吃干饭的将领，进入长沙都两个月了，怎么一点行动都没有！看来这个王弟马希崇，当真是个草包，这样的小事都办不好，当什么天策府左司马，如何能总领得了国政！

心怀愤懑的马希萼来到城北的朝天门，已经是申时三刻。这城外的景象更让他气愤：满野的新绿和破败的城垣形成鲜明对比，这哪里是王都城郊，简直就是毁于战火的边野小城！他有些后悔不迭起来，早知道这帮无用的家伙一点正经事都不能干，还不如自己亲自来！可是，南唐皇朝的册礼使已经过了靖港，只要抵达北津渡口，登船渡过湘江，就到了长沙北门——朝天门，最多也不出半个时辰，哎，一切都晚了！

让他欣慰的是，负责郊迎部署和礼仪的潭州内押牙魏迪勋倒是个能吏，地毯、仪仗、乐队、王车、香案等，都按照最高的规制准备得周全妥当，特别是这临时拼凑起来的银枪都，一个个手持银枪大槊，还真像那么回事。这银枪都，是四哥文昭王创建的宫廷侍卫兼仪仗队，创建时多达八千人，都是长沙城里的官宦富商子弟，一个个高大威武，手持的长枪大槊一律银镀，身披的白盔白甲也一律银色，排成队列威风无比。到了马希广时期，银枪都和殿前军一起，成了宫廷和天策府内部卫队，银枪都人数减少，不到五千人。而后又与殿前军、飞骑营一起编入新成立的王廷禁军，由都统李云铎指挥。去年年底一战，王廷禁军全军覆灭，这银枪都本是些纨绔子弟，毫无战力，听到长沙城破就一哄而散，彻底报销。如今要作为仪仗队接待贵宾，还能到哪里寻人寻银枪大槊？

当时可愁坏了马希萼。没想到这个潭州府新任的内押衙魏迪勖自告奋勇，主动请命，声称一定能将此事办妥。马希萼大喜，于是将迎接南唐特使的所有礼仪和接待筹备事宜，全权交给他负责。这个魏迪勖，还真办得不错，就从眼前这威风凛凛、英武雄壮、排列整肃的近千人的银枪都侍卫队列，就足以证明这个姓魏的很会办事，这让他失落的心绪略微有些宽慰。这时候，满朝文武都已经抵达，见他已到，连忙跪下来，齐声颂道："参见我王殿下！"

"都平身吧。"马希萼不咸不淡地说了一句，又问魏迪勖，"魏大人，接待皇朝特使的下榻馆舍，都准备好了吗？"

魏迪勖道："回禀殿下，国宾馆前天开始就进行了清洗，日夜布置陈设，今日凌晨已经全部完工，整个馆舍已经焕然一新，保证让皇朝贵宾满意。"

"魏大人辛苦了。"马希萼又对刚刚站起来的马希崇说道，"王弟，你怎么搞的，早就叫你修缮王城，到现在，碧湘宫的宫门都还破破烂烂，整个城市就像难民窟一样，是谁负责该项事务？"

"启禀王兄，起先，臣弟安排天策府都尉、朗州步兵指挥使何敬真将军，可何将军说……"马希崇看见站在不远处的何敬真，欲言又止。

马希萼不耐烦地问道："别吞吞吐吐的，他说什么？"

马希崇道："何将军说，这长沙城是他率先带人攻克的，碧湘宫也是他攻占的，如若谁弄坏的就归谁去修，今后就没人去卖命地攻城略地了。"

马希萼道："有道理。何将军曾经是先锋大将，派他，不让人笑掉大牙才怪，这还真不合适。后面派了谁？"

马希崇道："后面，后面又派了朱进忠将军。朱将军说，湘春门和长沙城墙是他放火烧的，不适宜由他去复修。臣弟就又派了几位朗州大将，他们都说自己是攻城的功臣，不应该该归他们修。"

马希萼道："岂有此理！怎么老派朗州的军队呢？长沙就没有一个将军堪当此任了吗？"

马希崇道："王兄息怒！长沙的军队，都进行了改编，大部分都被朗州过来的军队瓜分了。只有湘江水师还基本独立。于是臣弟就请湘江水军指挥使许可琼担纲此事。可是，可是许将军……"

马希萼道："许可琼说什么？"

马希崇道："许将军说，他是掌管水军的将领，水军对修缮城池不在行，死活不肯接受，臣弟只得作罢了……"

"大胆许可琼，居然不听天策府军令，真是反了天了！"马希萼勃然大怒，"许可琼何在？"

马希崇道："他正率领舰队，在北津渡口迎接南唐特使一行。"

马希萼道："哼！倚仗自己倒戈献城有功，这点小事都不肯效命，看来，他的心里还是有鬼啊！"

马希崇道："启禀殿下，许可琼这次倒戈的确功劳甚大，王上没有封赏他，可能心存不满，胸怀异志，不如……"

"不如什么？不如封他做个大司马是吧？"马希萼更加恼怒，大声说道，"告诉你们，不要有一点功劳，就逼着老子封官赐爵。为老子和大楚国效命，哪有那么多条件讲的，有个一官半职，到处捞点油水，已经不错了。你们不知道，老子这金口一开，还可以人头落地呢！王弟，各州刺史有出缺的吗？"

马希崇道："回禀王兄，王兄登基大典时，都将出缺的地方大员一一委任，就连天策府和长沙府的大小官员，也都差不多填满了。"

"启禀殿下，靖江节度副使、桂州刺史、王上庶弟马希隐前日来书，称蒙州刺史病逝任上，他推荐了一个人选，连日来天策府忙碌着殿下册封事宜，属下还未来得及上奏司马大人。王上问起，下官就据实禀报。"说话的是曾经大破益阳、攻克玉潭、火烧长沙城墙的朗州将领朱进忠，他战功赫赫，现任天策府都押牙要职，负责吏治、财税等诸多要事。

"好，很好。传寡人旨意，调许可琼出任蒙州刺史，即刻赴任！湘江水师由鲁公绾将军接管。想升官嘛，还得看看有多少真本事，先到地方上干几年再说！"顿了顿，马希萼又命令道："王逵、周行逢二位将军听令：所有军队中，只有靖江军没有参与攻城略地，在长沙战役中寸功未立。寡人今儿给你们个机会，命你等率靖江军即刻修复长沙大街小巷，特别是碧湘宫门和附近的建筑，寡人册礼大典以前，不能看到一丝破败，进展得好，立即奖赏，否则，将领革职发配永州，士卒全部斩首！"

王逵、周行逢愣了一阵，两人对视一眼，只得硬着头皮接招："末将领旨。"说罢就匆匆领命离开了。

徐威突然出列奏道："启奏王上，微臣以为，让许可琼将军远赴蒙州万万不可。一者，许将军乃潭州水军主将，倒戈之功不说也罢，但就军中大将而言，擅长治理水军的将领，无人能出其右。如若王上不想用之，则该明升暗降，收之朝堂而束之高阁，这样的大将，贬任边疆，实留后患。王上，决不能放虎归山啊！请王上三思！"

马希萼道："徐都统真是深谋远虑啊！不过，一个水军大将，到地方当刺史，还能有甚作为？放得远一点，免得寡人心烦！"

正说着，远远望见湘江对岸的北津码头桅悬帆张、人头攒动，湘江水师迎接南唐特使的舰队已经缓缓朝东边驶来。

湘江水军指挥使许可琼只等船一靠岸，一跃上岸，冲上前来禀报："末将许可琼奉命迎接大唐特使过江，船已靠岸，请王上训旨！"

马希萼一整衣冠，大声说道："许将军辛苦。传令，满朝文武，行郊迎大礼！"

魏迪勖一听，一挥紫旗，大声喝道："行郊迎大礼，鸣炮，奏乐！"顿时，九声礼炮顺次炸响，管弦锣鼓号角齐鸣，旌旗招展，仪仗威严，城门外赶来看热闹的百姓，也一起疯狂地欢呼起来。

刘光辅引导孙晟、姚凤一行弃舟登岸，马希萼高举香案，率领群臣望风而拜："藩国之主马希萼恭迎大唐圣朝特使！"

"楚王殿下，快快请起！"华装盛服的孙晟赶紧上前接过香案，转身递给姚凤，扶起马希萼道，"马氏楚国，雄立南方数十年，一直就是天下公认之诸侯，此等大礼，我大唐使节可担当不起！这名扬天下的大楚国银枪都，振聋发聩的礼炮，真是名不虚传啊！"

"哪里哪里，大人过奖了！没有大唐圣主的出兵襄助，我马希萼岂能入主长沙。唐皇隆恩，没齿不忘！"马希萼涕泪涟涟，看见仍然一身素孝的刘光辅，又说道，"刘掌书大孝在身，仍然为国驱驰，劳苦功高，真乃千古贤臣也！传寡人旨意，加封刘光辅为天策府都统掌书记，协助左司马辅理国政。"

刘光辅得知南唐又要问罪李云博，心怀忐忑，想着其中蹊跷，愣在那里半天没有回应。

魏迪勖提醒他："刘大人，主上升你为天策府都统掌书记，还不快快谢恩！"

刘光辅反应过来，慌忙回应道："这……微臣寸功未立，加之才疏学浅，绝非理政能臣，殿下……"

马希萼道："哪里话！刘大人执掌邦交，既能请师皇朝，助寡人一举破长，又能说动上国，派要员来长沙为寡人册礼，这可是居功至伟啊！你就不必推迟了！"

"谢殿下隆恩！"刘光辅听了，有些尴尬，但还是跪地谢恩。

孙晟笑道："久闻楚王能谋善断，赏罚分明，今日一见，果不其然！"

马希萼道："孙相过奖了！"

孙晟一拱手，说道："楚王殿下，圣上除了同意殿下全部奏请之外，还加封殿下为我朝中书令。而刘大人劳苦功高，尤其是公而忘私之节操，尤其让皇上感动，被皇上任命为中书侍郎。如今殿下升任刘大人为天策府都统掌书记，真是英雄所见、不谋而合啊！"

"真的？我成了大唐一品大员，刘都统也是三品要职啊！如此说来，大唐楚国，今后就天下一家了？"马希萼道大喜过望，"孙相一行亲临长沙，为寡人册礼，真是不胜感激。远道而来，鞍马劳顿，快请国宾馆稍憩。大人请！"

"楚王册礼，天下大事也！吾皇雄才大略，一贯重视邻国邦交，此等盛典，自当委派朝廷要员。只是孙某无才无德，堪当此任，勉为其难。殿下请！"孙晟客套着，一行人就进了朝天门。可一进城门，琳琅满目的残垣断壁，颓废凄然的街景房舍，稀稀落落、面带惶惑的往来子民，让这位大使不免愕然。他情不自禁地感叹道："千年古城长沙，为何破败如斯？"

马希萼大是尴尬，红着脸道："不久前长沙大火，宫室房屋俱毁，还尚未修整完全。凄然情景，大人担待了！不过，大人住的国宾馆倒是翻修一新。走，国宾馆见礼！"

"殿下请！"

国宾馆位于长沙城西北角，就坐落在朝天门附近，只要上了朝宗大街，行进百余步左拐进一条名叫万国巷的石板街，国宾馆就近在咫尺了。

一通礼仪客套，双方相互介绍人员之后，就在国宾馆会客厅看茶坐定。进行了简单的外事互通后，诸如交换国书、商议册封事宜等，按照常规，主人就要告辞，让来宾休息。突然间，孙晟突然话锋一转，问道，"敢问殿下，刘大人父亲刘静仁侍郎的丧礼可曾置办？"

马希萼一愣道："这个……"连忙问马希崇，"王弟可知此事进展？"

马希崇道："回禀王兄，侍郎大人数日前已经入土为安。所有葬礼，系魏大人操持。刘静仁一直要清剿朗军，对抗王兄，因此，天策府没有出面治丧……"

孙晟道："如此草率，不妥。据孙某所知，刘侍郎乃四朝老臣，楚国自文昭王以来，未设尚书一职，侍郎为礼部主官。天策府军政合一，各部已无具体职司，各部侍郎也仅存刘大人一人。孙某临行之际，陛下交代，请以六部尚书之礼厚葬刘侍郎，以褒奖老臣忠心、抚慰在天之灵、激励天下士人，还望楚王殿下三思。"

马希萼听了，顿时一阵窝心。这册封大典来临之际，大谈什么葬礼，有些不高兴，但还是假惺惺地说道："孙相所言甚是。魏爱卿，命你即刻按照皇朝圣谕，以尚书之礼重办刘侍郎葬礼，不得有误！对了，魏爱卿近日筹办册封礼事，殚精竭虑，废寝忘食，精明强干，周到妥帖，是我大楚不可多得的治政能臣。传寡人旨意，升任魏迪勋为天策府客省主事，不日之后，接替刘大人职司邦交大务。"

"谢主隆恩！"魏迪勋喜不自胜，连忙大礼谢恩。

孙晟又道："楚王殿下，吾皇陛下还有一事，要孙某知会殿下，恳请垂允。听说，天策学士李云博，大逆不道，矫诏篡国，图谋败露，已被收监。可有此事？"

何敬真正要说话，徐威上前急忙抢先说道，"回禀孙相，李云博图谋不轨是真，目前逍遥法外，绝无收监之事！"

"胡说八道！"刘光辅大怒，"敢问徐都统，数日前，你为了引李云博现身，带领大军围住瑶池，抓捕李云博祖辈父辈数人，尔后又湘春门外设置法场，是不是要将瑶池李氏长房悉数斩首？李云博是不是被当场羁押？"

徐威一愣，说道："这……哎呀，那是为了诱引李云博上钩，不是真要杀他们。"

刘光辅怒道："你还要狡辩！刘某当时快马赶到，宣示殿下口谕，你居然一意孤行，理都不理。要不是法场出了意外，瑶池李氏恐怕都成了你刀下的冤魂了！"

徐威道："启禀王上，罪臣李云博，曾经答应殿下，只要长沙秩序恢复，就立即遣散湘水台，可是他言而无信，假意遣散，实则潜伏，现在还不知道躲到哪里去了……"

刘光辅大怒："你还在扯谎！湘水台没有了权杖印信，也没有了饷粮供给，怎么还不能算遣散？据下官所知，李云博早就遣散部众，我的女儿也回来了。法场行刑那日，李云博一现身，就被当场羁押，你怎么能大白天的睁着眼睛说瞎话？"

徐威针锋相对："老夫说瞎话？那日，湘水台数百人穿着各色衣服，当着数千百姓的面大劫法场，难道还有假？"

刘光辅厉声叱问道："你有何证据，表明是湘水台的人劫了法场？"

徐威振振有词："他们投掷火药烟雾，大闹法场，趁机救走了李氏族人，就是证据！"

"真是信口雌黄！"刘光辅气得不行了，他大声骂道，"你公报私仇，一心要置李云博及其全家于死地，真是个不要脸的狗贼！"

徐威亦不示弱："老夫为国除奸，怎么是公报私仇？你刘大人，一味袒护李云博，因为他是你的未来女婿。你才是法外徇情呢！"

刘光辅火冒三丈："你们明明知道，瑶池李氏祖训严格，火药秘方嫡长传承，绝不可能交给外人，你等怎么能策动殿下，要他戴罪立功，敦促其家人献出火药秘方，不然的话，就诛其九族，血洗瑶池，这不是将他往绝路上逼吗？现在又居然隐瞒实情，说李云博不知躲到哪里去了，真是无法无天！何将军，你说，李云博是不是被你羁押的？"

何敬真道："是末将羁押的。那天李云博现身后，徐都统要将李云博一起斩首，被何某制止，权且收监，听候王上发落。"

孙晟问道："李云博如今在何处？"

何敬真道："回禀孙相，李云博如今拘押在天策府刑司大狱。"

徐威怒道："何静真，你……"

"好了，别争了！"马希萼厉声喝道。这些不知轻重的家伙，居然当着南唐特使的面掰扯这些家长里短，让他颜面尽失，很是难堪。他压住怒火，强装欢笑地对孙晟说道，"孙相，李云博虽然矫诏谋国，意欲不轨，但也算是破潭的有功之人，而且少年无知，就算有错，也不至于处以极刑，诛灭九族。至于献火药秘方一事，当时寡人喝醉了，没细看……"他红着脸，又突然黑下来，扫视一眼几个垂手而立的臣僚道，"现在弄清了，就别逼人家了。既然圣朝特使都关注此事，我们自然要慎重对待。徐将军，这事你就别

管了。何都尉，你就把李云博放了吧。"

何敬真道："微臣领旨。"何敬真在进攻长沙时担任先锋大将，在攻城中立下大功，如今官至天策府都尉，掌管刑狱。

徐威大急，赶紧启奏道："殿下，万万不可！李云博矫诏篡国、罪大恶极，而且此人虽然年少，却胸藏奸险、诡计多端，一旦免他无罪，那一定会放虎归山啊，再图之就难了！而且李氏火药，威力巨大，天下无人企及，是提升军事实力之至宝，南北诸侯莫不图之，今若不取，必将为他国获得。到那时候，我等只有束手就擒的份了！请殿下三思！"

"混账！老子的话当放屁吗？"马希萼勃然大怒，朝徐威吼道，"些许小事，弄得寡人大发雷霆，真让大楚颜面扫地！李氏火药秘方是家族绝密，岂能轻易拱手与人？更何况，他们已经答应建设炮火营，这已经足够了。传寡人旨意，只要李云博和瑶池李氏真心诚意为王廷建设炮火营，就赦他们无罪……孙相、姚大人，对不住啊！"

孙晟听得他们一通争论，突然站起来，说道："楚王殿下，李云博真乃千古罪人也！他不仅犯上作乱，危害楚国，抗拒王旨，而且秘密入我大唐，大闹洪袁，火烧炮火营，真是罪大恶极！皇上密旨，命我等前来交涉此事，那就是，请将此人交给老夫，我们带回金陵，交我朝刑部有司发落，如何？"

"这……"马希萼大惊，结结巴巴地说道，"孙大人，李云博开罪圣朝，本王自当交刑司审讯问罪，然后依律严惩。只是本国官员交圣朝治罪，这不太好吧？"

孙晟冷冷地说道："也行。不过，这册礼一事，老夫看，就免了吧。"

马希萼一听急了，马上转变过来，道："也好。如今，大唐楚国，亲如一家，一个囚犯，大唐皇上居然想要，还有什么不能给的！何将军，你就把李云博交给孙相吧。"

"下官遵命！"

马希萼又对孙晟说道："孙相一行远来劳顿，还在这里扯这些毫无相干的事，真是怠慢了。好，大人先歇息吧，寡人告辞。传寡人旨意，今夜置酒嘉宴堂，寡人要为孙仆射、姚客省两位特使大人接风洗尘！"

◆ 七、许刺史临别探监，李学士举酒壮行 ◆

许可琼从何静真的府上出来，顾不得回家，顺手在大街边买了些东西，就连夜飞马出城，往城南监狱赶。

今日，他正式接到楚王马希萼的王旨，卸任湘江水师指挥使，调任蒙州刺史，而且要即刻赴任。这蒙州，地处楚国南部边陲，属于靖江节度使管辖，目前是武穆王庶子靖江节度副使、桂州刺史马希隐代行治权。

这靖江之地，幅员辽阔。当年武穆王马殷南征，与南汉久战不决，最后通婚议和，将女儿嫁给南汉国主刘岩，平分广西之地，结为永世之好。如今南汉在位的年轻国主刘晟，算起来还是马希萼的亲外甥呢。这块土地，是楚国的南方和西边大门，与南汉、南唐、西蜀等国接壤，武穆王为了加强管理，设置靖江军节度使，派大将长期镇守。后来马希萼也担任过靖江节度使，甚至到了朗州，还把经营多年的嫡系部队调过去，仍然称靖江军，目前归王逵、周行逢指挥，一直担纲马希萼戍卫。靖江一共有十多个州五十余县，边远荒凉，人烟稀少，蛮夷杂居。许可琼很清楚，到这个地方任职，就等于流放边地，要想回来，不知何年何月了。想起这些年来苦心经营的湘江水师，眼看就要拱手与人，这心里着实不是滋味。而临阵倒戈、帮助马希萼夺取王位，不知是对是错，落得今天这个下场，还真有些茫然。

许可琼本来是跟何敬真辞行的。许可琼几乎不与朗州将领来往，唯独和何静真有些交情。两人把酒话别，很是感慨。酒喝多了，话也就多了。两人无意之中说起李云博一家的遭遇，很是感慨。许可琼听说，昨日迎接南唐册礼大使时，马希萼亲自下令要何敬真交人。可是，等到嘉宴堂晚宴结束后，徐威匆匆赶来，密传王命让他暂时不要交出李云博，并和他一起将李云博转移并秘密羁押。出于对楚国江山忧心忡忡和身陷囹圄的李云博放心不下，许可琼感到此事非同小可，觉得面见李云博迫在眉睫、刻不容缓。

何敬真也很同情李云博，对主政的马希崇和统军的徐威颇为不满。他觉得许可琼就要远任蒙州，李云博又将交给南唐治罪，两人都是马希萼入主长沙的功臣，如今各奔东西甚至生死未卜，想在离开长沙前与李云博见上一面，毫不犹豫地答应了。

李云博被秘密转移，关在长沙南郊城南监狱的死牢里。有了何敬真的手令，许可琼乔装改扮，被一个狱吏秘密带进了监牢，轻而易举就在大牢最隐秘的一处牢房内见到了李云博。

李云博对于许可琼前来探视非常意外，对他的来意也不甚清楚，于是拱手笑道："将军别来无恙？晚生一个矫诏谋逆的死囚，别人唯恐躲闪不及，你倒是好，居然找到这等秘密地方来了。不过，俗话说得好啊：树挪死、人挪活，刚刚挪了个窝，许大将军就来探视，晚生肯定是要否极泰来了！"

许可琼本来就急得不行，加上有些心情不佳，见他如此生分，也揶揄道："李学士倒是好胸怀！身陷囹圄还如此乐呵呵的，难能可贵啊！矫诏谋逆，戴罪死牢，怎样面壁思过，也在劫难逃啊！可惜啊，一代天才少年、火药神童，就这样被毁了！末将在您大

去之前不来讨教，会后悔一辈子的！"

"原来，许将军是来为我黄泉路上饯行的啊！"李云博哈哈大笑，"死期已到，的确不假；绝处逢生，应有之义——吉人自有天相嘛。将军来了，就肯定有脱身妙计，我李云博厄运将尽，苦海到头。谢谢将军前来搭救！"

"末将如今泥佛过河——自身难保，哪里还有能耐救你啊！"许可琼一声长叹，又转身对狱吏道，"兄台去忙吧，许某和学士大人说几句道别的话，很快就走。"狱吏应了一声，将手中的提篮交给许可琼，转身离去。

"许将军真是客气，亲自道别，还带来这么多酒肉吃喝。将军盛意，岫南谢了！"李云博见许可琼一进来就摆弄起饭菜酒水，一副心事重重的样子，心里有些暗暗吃惊：看来，肯定发生了什么大事。可是想来想去又想不明白，于是装作若无其事的样子，一边将满桌子的书往床上堆，一边帮他摆着东西。

"今日来探视学士，别无他事，就是想和大人把酒畅饮，一醉方休！"许可琼说着，举起酒杯道，"来，李学士，末将敬大人一杯！"

李云博道："好，干！许将军，不要叫晚生学士了，戴罪之躯，早就不是官身了。更何况将军长晚生一辈，就直呼字号吧。酒逢知己千杯少，晚生与将军一醉方休！"

许可琼道："好！就叫你岫南。你刚才说，酒逢知己千杯少。那许某问你，你把许某当过知己吗？"

李云博道："将军何出此言？在下当初要是信不过将军，怎么会连夜求见，说服将军临阵倒戈？没想到马希萼过河拆桥，如此对待将军。早知今日、何必当初，还不如不闻不问。哎，是晚生害了将军啊！"

"好，就要你这句话！来，为我们这对患难知己干一杯！"许可琼一饮而尽，又道，"岫南你不必自责。此事许某心甘情愿，绝无半点后悔之意。只是岫南你一心谋国，却被奸小构害，落到身陷囹圄的困境。许某也差不了多少，前日被奸人进谗，让马希萼猜忌，被发配蒙州任刺史了！"

李云博一听，拱手笑道："得任地方大员，好事一桩，恭喜将军！"

许可琼一愣，问道："放任边地，几近流放，何喜之有？"

李云博笑道："将军此言差矣！将军功高震主，又是潭州方面仅存的唯一大将，数百战舰万余水军，兵柄在握，马希萼怎么会睡得着？将军离开长沙这个是非之地，远赴靖江，犹如龙入大海，虎进深山，定会有翱翔九天的时候。更何况，此去蒙州，马希萼、徐威之流就再也奈何不了了！这不是因祸得福吗？"

许可琼一听，恍然而悟，大声笑道："岫南一言，茅塞顿开。是啊，长沙之战，论破城之功，第一得数你岫南，第二就是我老许。可是你却待罪狱中，我将远赴蒙州。我们本为长沙免于战火，可还是没能阻止住朗人祸害长沙。哎，你我文不能安邦，武不能定国，真是楚国的千古罪人啊！来，干一杯！"

李云博道："将军此言差矣！如若不是我等竭力图存，马氏兄弟可能还在鏖战，多少将士和百姓还要死于非命，也说不定楚国早就被南唐、南汉、南平等邻国瓜分了！我等让一天之中战事结束，死亡不足千人，已经是不幸中的万幸了。来，为我们联手，建下如此无人认同之不世功勋，干一杯！"

"干！"

李云博一仰脖子，将酒喝掉，又问道："数日来，晚生身陷囹圄，耳闭目塞，不知世外之事。敢问将军，近来，有何大事发生？"

许可琼一听，就放下酒杯，将南唐册封、厚葬刘静仁、徐威扯谎等事情一五一十地说给李云博听。李云博听着，站了起来，又在狭小的监牢里走来走去，低头沉思着，一言不发。湘春门法场被劫，自己亲人被救走，几天后又都回到了瑶池，李云博全然明白了怎么回事，这一定是李处耘干的，不免默默感激起这位结拜的大哥来。当听说李庆意外丧生，愣在那里半天没了声响。这个年关，他失去了太多的亲人，二哥，祖母，恩师，现在又多了一个四叔公，接下来还不知道出什么意外，还有多少亲人离他而去。想着想着，不知不觉眼前一片模糊……

只听许可琼又道："岫南，缉拿你的家人，然后法场行刑，只不过是为了引你现身，其实，他们的目的是为了你们家的火药绝密。更重要的是，很多事情马希萼并不知情，包括那道逼迫献方的王书，都是马希崇、徐威在楚王酒醉之时进奏的。"

"原来果真如此！"听着听着，李云博恍然大悟，"然而，徐威可真动了杀机，在他那里，献方只不过是个借口，连马氏兄弟也被他蒙了。"

"对，徐威一心要置你们全家于死地，应该是这样。"许可琼点点头，继续说道，"还有，南唐特使说是奉皇帝密令，要将你押往金陵问罪。昨日，马希萼为了讨好南唐，不敢违背皇上意愿，只得答应。可是到了晚上，突然又改变主意，将你秘密转进死牢。我估计，这很可能又是徐威瞒着马希萼，或者趁他醉酒之时干的好事！"

"押我到金陵问罪？"李云博大吃一惊，疑惑道，"真是不可思议！将军想想，献方之期都过去一天了，也没见徐威对我下毒手，更没有血洗瑶池，这说明南唐在极力干预。他们既然保护我们，为什么还要拿我问罪？这事，既不合情理，又前后矛盾。"

许可琼道："是啊，南唐究竟是要拿你出气，还是要利用你作为人质，图谋你家火药秘方呢？"

李云博不说话了，只是一个劲地摇头。许可琼见李云博陷入沉思，不免有些焦虑起来。他问道："岫南，你看，南唐册封马希萼，有何玄机？"

李云博道："感觉有些不妙。南唐高调册封马希萼，又厚葬我岳祖，只怕是疑兵之计，表面交好，实则图之。我担心，大楚国不久将不复存在了！"

许可琼惊道："不至于此罢？我看，你现在倒是有危险。马希崇、徐威一直想置你于死地，可是南唐施压要人，马希萼也怕事情弄大，毫无主张。这群东西，一个个言而无信、出尔反尔、心狠手辣、睚眦必报，你不能在监狱里待了。"

"国命堪忧，个人的安危算得了什么！"李云博不置可否，继续他的思路："马希萼整日纸醉金迷、不理朝政，潭州旧吏、朗州新僚面善心恶，政出多门，各行其是，相互之间龌龊不堪，楚国当真无可救药了！"

许可琼道："好好的江山社稷，当真就这样拱手与人吗？"

李云博道："你不与，他们就会来抢！你以为，楚国当政的那干饭桶，有能力与南唐、南汉甚至北周较量吗？既然打不过别人，俯首称臣、拱手让地，不失为明智之举。这样的话，至少可以让家园免于战火，黎民百姓少受离乱之苦啊！"

"岫南你不是软骨头吧？一遇战事，首先想到的就是投降！兄弟争国，倒戈倒还讲得通；可这外敌入侵，不做殊死一搏，太没血性了吧？"许可琼猛地站了起来，"大楚立国数十年，能有今天，首先就是祖辈父辈驰骋疆场，甘效死力，从不退缩。如若遇到强敌，就拱手称降，哪里会有数十年安宁楚国？许某以为，就算以卵击石、螳臂当车，也要来个轰轰烈烈、玉石俱焚。"

李云博道："将军豪气干云、慷慨赴死，真乃忠义之士也！只是死有何难，但死却有轻于鸿毛，也有重于泰山。将军饱读兵书，不会不知道，这胜负之间，并不在于争一时长短，而在于看谁笑到最后。敌强我弱，如若不能与之抗衡，徒然以卵击石，除了图个壮烈之名，于国于家于苍生黎民又有何益？此之谓轻于鸿毛；如若能审时度势，从长计议，暂时俯首称臣、韬光养晦，等得时机并辅以奇谋妙计，一战而反败为胜，恢复家园、匡扶社稷，甚至一统天下，结束这四分五裂的乱世，实现真正太平，个人受多大的委屈，又算什么呢？即便身死，也死而无憾。此之谓重于泰山。不知将军以为然否？"

"岫南真是洞见烛照，入木三分，怪不得蜚声朝野、名满江南！今日一席话，让我雾霾散尽、拨云见日，如窥透了九天之上的苍穹！人之立志，当如岫南也！家国天下如日月于胸，山川江海似乾坤在手，好，好，好！我活了快四十年了，一贯以将门之后自诩，饱读兵书，深谙谋略，精于战阵，孤傲不群，自以为是安邦定国的大才，空留些生不逢时的感慨，连个真正知己都没有，真是空长春秋啊！今日一番教益，真是醍醐灌顶啊！岫南在上，请受许某一拜！"说着，就拱手躬身施起礼来。

"将军这是作甚？真是折煞我也！"李云博大惊，他万万没想到，一向孤傲自信的大楚名将，居然向他行礼来，这怎么能行呢？于是拜倒在地，行起后辈礼来，"将军兵家大成，在我大楚将领中首屈一指，我一个弱冠书生，岂能当此大礼，真是折煞我也！"

许可琼起身笑道："岫南不必过谦！记得去年九月，朝中老臣联名，举荐你为天策府都尉，总领国政；马希萼围长沙，孟骈大人又推荐你出任天策府掌书记总领国政，由我执掌军门，说是将相联袂，珠联璧合、相得益彰，当时我听了后嗤之以鼻，还以为这帮闲臣痴人说梦，现在想来，这是怎样的金玉良言啊！看来，大音希声，听之甚少、懂之甚微、纳之就绝无仅有了！惭愧啊，惭愧！"

一通肺腑之言，两人唏嘘不已，大有相见恨晚之感。于是又重新坐下来，喝起酒来。良久，许可琼道："岫南，我有一不情之请，可否应允？"

李云博道："将军何事，但请吩咐。"

许可琼道："许某愿追随岫南左右，做你定国安邦之马前走卒，说不定在将来事业中，能够助你一臂之力。不知岫南意下如何？"

李云博道："岂敢岂敢！将军国之柱石，如此说来，太让晚生无地自容了。何况我现在手无寸兵、举步维艰，图谋大业谈何容易！将军还是另谋高就吧。"

许可琼道："岫南信不过许某？"

李云博道："既然约为知己，何来无信？我身陷囹圄、待罪狱中，苟延残喘、朝不保夕，如何与将军共图大事？还是不必连累将军了。"

许可琼道："能有知己，生死与共，共图大事，何其快哉？岫南，你就答应吧！"

李云博见他主意已定，再推迟就讲不过去了，端起酒杯站起来说道："将军执意要患难与共，岫南要是再推辞，那就是不把将军当知己了。好，将军既然不弃，岫南愿与将军一道，共谋一统江山的大事。如有违逆，天诛地灭！干！"

许可琼也站起来举酒道："如有违逆，天诛地灭！干！"两人饮罢，将碗往地上狠狠一砸，然后两人双手紧紧握在一起。

过了一阵之后，许可琼道："当务之急，是想办法把你弄出去。不如，许某不去赴任，和你一起先逃出去，投奔一位明主，共图大业如何？"

李云博摇摇头道："不妥。我虽然身陷囹圄，也可能有小灾小难，却并无性命之虞。将军乃统兵之将，手无兵柄，就成了平川之虎、落地凤凰。去边远蒙州，天高皇帝远，正是养精蓄锐的好地方。而且那里只有一个桂州刺史马希隐，寻常之辈，你正好可以利用他，坐收靖江之地。但是，南汉刘晟一直觊觎这块肥肉，一旦他来攻取，你就放弃蒙州，退兵至管桂一带，保存实力，与马希隐一道，共同对敌。如若南汉穷追不舍，你就策动马希隐投降——当然是假降，不要和他鏖战，暗中积蓄力量。如若我大事得成，就派人与将军联络，然后合兵一处，共举大事。"

许可琼道："许某听你的，一言为定！"

　　"一言为定！"李云博说着，举起酒坛道，"岫南为将军远任蒙州、开创大业钱行！望自珍重！"说着就猛灌几口，将酒坛交给许可琼。

　　许可琼接过，说道："你也多多珍重！"也捧坛而饮。

　　李云博见他饮罢，突然站起来，对许可琼道："将军留步，在下还有一事相托。当前我李氏情势危急，思来想去，在下还是得出去。不过，不用麻烦将军，将军尽管赴任就是。但在远赴蒙州之前，去见一个人，只要对她说，我被关在城南监狱的死牢里就行了。"

　　"岫南要许某见谁？"

　　"魏柳烟。她是潭州内押牙魏迪勋的千金。她聪明过人，知道该怎么做。"

　　许可琼有点莫名其妙，于是问道："哦？魏迪勋的千金？魏大人近来办差甚得王上赏识，已经升任天策府客省主事了。许某把你关押地点，直接告诉刘大人魏大人不更好吗，为什么偏偏要找一个年轻女子呢？"

　　"将军有所不知。如今刘府已成世人焦点，徐威绝对会派人盯住。而将军即将外任，这时候无论找刘大人魏大人还是刘如霜千金，都太过于显眼，容易让人怀疑。更何况，在下岳父过于忠直而不怎么圆通，魏大人长于任事而不善权谋，他们应该都想不出好的主意，只有魏柳烟是个颇有才略的局外人，你托人把魏千金约出来，在大街上迎面碰上顺便告诉她，就行了。还有，为了让她相信这消息可靠，我把前日题在刑司大狱壁上那首《哭侍郎》的诗抄一遍，麻烦将军带给她，她认得我的字，就不会生疑了。将军也得赶紧启程，越快越好，以免他们警觉。"李云博说罢，取过笔来一挥而就，把诗稿交给许可琼。

　　"许某知道了。行，明日一早就设法会见她。"许可琼接过收好，告辞去了。

　　许可琼走后，李云博陷入了沉思。他万万没想到，是这个被他视为最大敌国的南唐，关键时刻，不遗余力地解救自己和家人，着实让他有些感动。可是为什么要兴师动众押他去金陵呢？是真要问罪还是特意保护？如若问罪，有必要这样高调要人吗？如若是特意保护，弄这么一出疑兵之计，明修栈道、暗度陈仓，当真是万无一失的上佳之策啊！看来南唐朝中有能人啊。自己大闹洪袁，火烧炮火营，当真南唐不计前嫌？难道这个词名蜚声大江南北的南唐皇帝李璟，是一个胸怀大志的明主？从去年秘密入唐的见闻看来，洪袁一带百业兴旺，人烟阜盛，萍乡炮火营的景象，也是天下绝无仅有。难道，自己一直追寻的明主出现了？如若真是这样，自己的壮志宏图岂不就立即可以付诸实施了？

　　想着想着，李云博不禁兴奋起来，但他心里又有些担心——凡事，都有一个过程，不可能这么快吧？上一次，轻信了马希萼，导致身败名裂，使得湘水台和李氏家族都陷入绝境。是啊，如若投错了人，后果将更加严重、更加不堪设想。看来勘查了解这位南唐皇帝，是当务之急了。

第五章

DIWUZHANG

王都乱象

◆ 一、收到李云博诗笺，姐妹俩又惊又喜 ◆

一大早，牛毛细雨笼罩的长沙大街上少有人行。魏柳烟撑着一把油纸伞，从家里出门，径自拐进朝宗大街，往菜市口去了。那帧缥缈空灵的倩影，在淫雨霏霏的清晨里若隐若现，宛如梦里穿行的天外仙子。

今晨天还没亮，就有人叫门，说是刘府千金约她清晨到菜市口的老凉亭边见面，一起去开福寺还愿。魏柳烟打发那人走了，心里一直犯嘀咕：刘府什么时候又雇了新人？这个下人好面生啊！唉，侯门千金自回来以后也不知怎么了，一改过去豪情女侠风格，总做一些让人摸不着头脑的事，女红针线、琴棋书画、逛街遛市、烧香还愿，简直一个淑女的样子了。这不，天还没亮，又要去开福寺烧早香，真是的！她无可奈何地摇摇头，一边想着，一边进屋收拾。不一会儿，就撑着伞匆匆出门去了。

刘府千金刘如霜，这个和她一起长大的童年玩伴，比她小两岁，两人一直以姐妹相称。虽然这几年，魏柳烟随父亲去了浏阳，彼此见面的机会也不多，但一直书信不断，情投意合，没有半点生分。自湘水台遣散以后，刘如霜回来后就一直待在家里。可没几天，祖父就溘然长逝，让她痛彻心扉。而家里仅有的顶梁柱——父亲刘光辅，又恰恰在这个节骨眼上出使南唐，面对老眼昏花的奶奶和六神无主的母亲，她连找个说贴己话的伴都没有，从未有过的孤独与无助铺天盖地般袭来。正当这紧要关头，魏柳烟来了，她父亲魏迪勋也来了。魏迪勋以世交儿辈身份，一身孝男之服为刘静仁操持丧事，让逝者入土为安。为了排遣刘府一家的悲伤，那几日，魏柳烟干脆住在刘府，与刘如霜朝夕相伴，形影不离。等到丧事过后，一切又都归于平静，她才离去，但还是不放心，隔三岔五来刘府探望……

思忖间，已不知不觉来到菜市口。魏柳烟走进老凉亭收了伞，停下来举目四望，怎么找也不见刘如霜，不免有些焦急。正在观望间，突然一个蒙面人走到她身边，警觉地看了看周围，然后轻声问道："敢问小姐就是魏府千金魏柳烟吧？"魏柳烟一惊，反问道："你是何人？"那人说道："在下是谁不要紧。刘千金根本没有约你去开福寺，你是在下约的。在下受李云博之托，前来见你。他要在下告诉你：他被关在城南监狱的死牢里。"说罢，将一张写有字的纸笺交给她，就转身离去。魏柳烟大惊，打开一看，原来是一首诗，的的确确是李云博的字迹！当她惊魂未定再寻找那人的时候，蒙面人已经杳

无踪影。她顾不得多想，飞快地朝刘府奔去。

来到刘府，管家正在院子里清扫。见魏柳烟进来，忙停下来，施礼道："魏小姐来了，早啊！"

魏柳烟道："管家爷早。你家小姐呢？"

管家道："哦，小姐昨日睡得晚，今早还没现身，只怕还未起床吧。"

魏柳烟又问道："老爷呢？"

管家道："老爷一大清早就出门了。说是今日第一次去天策府理政，早一点去，好到各办差衙署去打个照面。"

魏柳烟问道："刘叔叔去天策府理政，还是第一次？又升了？"

管家道："是。老爷前日刚回长沙，就被封为天策府都统掌书记。"

魏柳烟道："这可是个大官，恭喜。"

管家道："同喜。听说魏大人前日也升了，叫什么不记得了。"

魏柳烟道："我爹也升了？怪不得，这几日家也不回……哦，我知道了，您忙吧。我去房里找小姐去。"

魏柳烟来到刘如霜的闺屋前，敲了几下门，又叫了几声，屋里没人应。于是推推门，见门没关，于是推门而入：床铺已经整理得井井有条，刘如霜根本没在屋里。"这丫头，一大早，跑到哪里去了呢？"魏柳烟一边想着，一边折身出来，掩了门往回走。突然，从后面的花园里，传来一阵舞枪弄棒的声响。魏柳烟一听，突然明白了，转身朝后花园走去。

果然，绿角初露的荷塘边，刘如霜一身紫色箭袖紧身装，正在那里闪转腾挪，手中的佩剑银蛇游动，呼呼生风。魏柳烟看得出神，情不自禁地叫起好来："妹妹好武艺，无愧当今豪情侠女！"正舞得兴起的刘如霜看见魏柳烟已快到荷亭边，突然凌空跃起，一个翻腾过来便顺势收了剑式，站到了她跟前，笑道："哪里啊！姐姐来了，真早啊！好久没动，浑身不自在，这胳膊都僵了，还好武艺，笑话我不成？"

魏柳烟笑道："你也早啊。俗话说：懒人不早起，早起就碰鬼。呵呵，老姐今日犯了神经，天还未亮就去逛早市。没想到，菜市口没一个人，倒是真碰到了个活鬼。你是勤快人，不讲究这个。"

刘如霜疑惑道："碰到活鬼？什么鬼啊？饿鬼还是色鬼？你别吓我。"

魏柳烟道："不是饿鬼也不是色鬼，是个好心的蒙面鬼……"

刘如霜不悦地打断她的话，数落道："姑娘家的，天还没亮逛什么早市！现在世道有多乱，你不知道？姐姐这种绝色女子，鬼见了都会起色心，更别说一个蒙面人，多危险啊。就是要去，也得叫上妹妹我给你保驾护航。真是的……"

魏柳烟笑道："大白天的，能有什么事？"

刘如霜怒道："你说没事就没事？那些坏人，都听你的？"

魏柳烟服软让步了："妹妹说得对，总行了吧！今日事急，没来得及喊你，下次一定。"她没有说那人是以刘如霜名义约她开福寺上香，省得她担心。

刘如霜道："事急？什么事啊？这么急，也不考虑危险？"

魏柳烟叹道："唉，三言两语说不清楚。……这个蒙面人，居然是岫南派来的。"

刘如霜睁大眼睛看着魏柳烟："岫南派来的？岫南哥有消息了？姐姐，快说，怎么回事？"

魏柳烟笑道："怎么，一听见岫南，就魂不守舍了？外面冷，我们先回屋去，姐姐慢慢讲给你听。"

进了闺屋，魏柳烟先将那张诗笺交给她，道："你先看看这个。"

刘如霜道："这是什么呀？"也不等她回答，就打开念了起来："一死一生师生间，阴阳两隔患江山。国祸当头难撒手，奈河桥边恨倚阑。三湘天崩淫雨虐，四水断桅恶浪翻。正道沧桑谁为继，孤囚血泪独泣然。哭侍郎，辛亥春二月初九夜李岫南题于刑司大狱壁上，复记于城南监狱死牢……真的是岫南的诗、岫南的手迹。姐姐，哪儿来的？"

魏柳烟道："那个蒙面人给的。蒙面人说，岫南要他告诉我，岫南被关在城南监狱的死牢里。从诗的内容和题款时间看，这首诗是悼念侍郎爷爷的，写于爷爷去世的第二天夜里，严格来说就在当天，因为爷爷是在初九日凌晨去世的。也就是说，从爷爷去世到岫南知道，不到十个时辰。岫南特意留下写诗和抄诗的地点，这就是告诉我们，他是从刑司衙门监狱转到城南监狱死牢里的。一定有人给他传了消息，这个人是谁呢？"

刘如霜道："黑衣人吗？这个黑衣人又是谁呢？会不会是湘水台旧部……"

魏柳烟连忙制止道："瞎说！湘水台都遣散了，哪里来的旧部！这话可不能乱说，弄不好，就又会出大乱子！"

刘如霜吐了吐舌头，道："哦。可是，岫南要这个黑衣人告诉姐姐，他关在城南监狱的死牢里干什么？"

魏柳烟道："我也一直在想，岫南是什么意思。昨日刘叔叔从南唐回来，我爹就一直陪在那边，连个消息也不传回来。如霜妹妹，你爹昨日回来没有？"

刘如霜道："我爹昨日回来两次。一次是下午，回来了到家里报个平安做个交代。可是天黑时又出去了，说是楚王设宴款待南唐册礼使。不过晚上回了，还住在家里呢。"

魏柳烟疑惑道："我爹爹怎么没回呢？"

刘如霜道："听我爹说，魏叔叔本来是这次册礼使接待的担纲大臣，住呀吃的，晚宴礼仪统统要管，忙得自然不亦乐乎。哎，姐姐，你爹我爹都又升官了，这些男人，整

日官呀官的，似乎除了当官，就没别的事干了。无聊！"

魏柳烟道："刚才听管家说了。刘叔叔成了辅政大臣，不简单啊。哎，我爹升的是什么官？"

刘如霜道："听我爹说，魏叔叔升任的是客省主事。"

魏柳烟一听，若有所悟地说道："客省主事，职司邦交外务的主官，一下子成了五品要员了！怪不得，家也不回了，这个官迷！嘿嘿，还真有意思。我爹当了快二十年的官，多年七品府属，三年前到浏阳当县令还是七品，从文昭王到废王，挪来挪去就是升不上去。可这马希萼倒是慷慨，一个多月连升两次。"

刘如霜见魏柳烟一个劲地唠叨她爹当官的事，有些不可理喻："哎呀，姐姐，你爹当他的官，你在这里啰里巴嗦干什么！还是想想正事吧。"

魏柳烟道："嗯。那你说说，还有什么消息？"

刘如霜道："昨日下午，我爹回来说，南唐要把岫南押回金陵，治他大闹洪衰的罪。可是晚上回来又说，岫南被秘密关押了，找不到人，还怀疑徐威会暗中下毒手。爹爹说，楚国朝廷要置岫南于死地，南唐朝廷也不肯放过他，这次，他和他一家，真是在劫难逃了。"顿了顿又道，"爹爹还说，南唐国要以尚书规格为祖父大人举行国葬，而且是先下葬，然后为马希萼举行册礼大典。"

魏柳烟沉思道："这可是两条重要信息。对了，南唐要问罪岫南？这是怎么回事？我看，这很可能是南唐在想办法解救岫南和李氏家人，用了这招瞒天过海之计。嗯，很可能。岫南也可能知道了南唐在救他，可是南唐特使一行找不到他关在哪里。因此，岫南就派人告诉我，他关押的地点。"

刘如霜一听，也顿时开了窍："姐姐一番分析，我也觉得正是这样。我们赶紧把岫南的下落告诉父辈们吧。"

魏柳烟道："你别急，我再想想。南唐要为侍郎爷爷治丧，倒真新鲜！哪有外国朝廷为他国大臣治丧的？"

刘如霜道："是啊。爹爹为这事都愁坏了。"

魏柳烟道："也不一定是坏事。我看，喜忧参半。喜的是，南唐国如此重视侍郎爷爷的丧葬，派员前来治丧，而且按照尚书规格予以国葬，这等于肯定了爷爷的一生；但是，爷爷大丧过了好些天了，怎么能够重新挖出来再埋一次呢？这真不好办。我们都想想，等爹爹他们回来了，再赶紧商议吧。"

刘如霜点点头道："嗯，我听姐姐的。"

◆ 二、一石三鸟，魏千金智献救人策 ◆

话说刘光辅刚从天策府退班回来，径自走到客堂，坐在那里发呆。回想起一天忙碌而一无所获的情形，不禁长吁短叹起来。

今天，是他上任都统掌书记的第一天。点卯时分，他跟在左司马马希崇的身后，一一去了各处衙堂，天策府各个衙署拖拖拉拉、乱七八糟，办事官吏对他的履新一副皮笑肉不笑地应承着，让他非常不爽。按理说，在如今的天策府，除了楚王、左司马之外，就数他的官职最高了。以前，他一直职司邦交，长期在外奔波，很少在府衙里办事。可今天，这幅混乱不堪的衙门怪局，实在让他吃惊。作为辅政大臣，忙完礼节性的造访，他就开始清理起施政的头绪来。可是，满牍的公务文书，五花八门，文牒制式各异，语言文白夹杂，语义模糊，错字别字充斥其间，有些政令漏洞百出，甚至相互矛盾，让他啼笑皆非。忙了一个多时辰，也毫无头绪，只得暂且放下。忽然想起李云博还被拘押着，而且不知身在何处，不免有些焦急起来。

昨日，楚王迫于南唐威慑，当众许诺将李云博交给南唐朝廷发落，难道真的是为了报去年大闹洪衰、火烧炮火营的仇吗？他觉得有些不可能：一边要把李云博押回南唐问罪，一边又用外交斡旋加军事施压，保护着李氏族人，这不是自相矛盾吗？按理说，南唐解救瑶池李氏，目标很明确，那是为了他们家的火药秘方，将李云博抓去问罪，这不是开罪李氏？难道这中间还有其他目的？比如拿李云博作人质，胁迫瑶池就范；对李云博恩威并施，让李云博为南唐效力……凡此种种，均不能断定。但是，俗话说，"不怕一万、就怕万一"，万一这是真的，那么李云博被押往南唐，就是才出虎口又入狼窝。不行，得想办法先把李云博弄出来，然后再想办法……想着想着，不免心急如焚，于是起身赶往刑司公署。

天策府都尉何静真非常恭敬客气地接待了他。坐定之后，刘光辅道："何大人，按理说，公堂之上，不问私事。但李云博一案虽然牵扯刘府，但也是一紧急公务。王上许诺，要将军将李云博立即交予南唐特使，至此又过一日，为何还没有进展？"

何静真道："回禀辅政大人，虽然前日王上有此一旨，属下立即调取卷宗，仔细勘核，但正准备通知城南大狱有司交人的时候，突然接到王上密令，要属下暂且搁下李云博的案子，等忙完王上的册礼大典之后再交不迟。属下也是奉命行事，请大人谅解。"

刘光辅惊道："答应交人，如何又突然变卦？这是为何？"

何静真道："这个，属下就不得而知了。大人还是去问左司马或者王上吧。只要他们有旨意，属下立即放人。"

刘光辅道："李云博关在何处？我能见他一面吗？"

何静真道："原来关在刑司大狱，不过昨日接到密令后，已经转移了。皇上交代，在王上册礼其间，不允许任何人会见李云博。刘大人，下官对不住了，属下也是奉命行事。"

刘光辅道："何大人，我们共事多年，虽谈不上肝胆相照、生死相扶，也算得上相互了解、心意相通。我想见小婿一面，都不行吗？"

何静真道："大人多心了。只是王上密令，下官不敢违逆。请大人就不用难为属下了。大人尽管放心，李云博在属下手上，就一定安全得很，绝对不会有任何意外。"

刘光辅见他把话说绝，也不好再强求，只得站起来告辞，回头去找马希崇。可是，左司马大人点卯之时陪他逛了一圈之后，就不知去哪里了。他又急忙进宫去求见楚王。可是，楚王昨夜又喝多了，日上三竿还在后宫里没起床呢。刘光辅大失所望，心里更加焦急，但一时又找不到别的办法，只得悻悻地回到府上。他坐了一会儿，突然对管家说："何管家，麻烦您去一趟魏大人府上，请他到我家来议事。"突然又叫住他道，"对了，魏大人应该不在家里，很可能就在国宾馆，那儿近，你先去看看。"

管家应了一声，赶紧去了。

不一会儿，魏迪勋匆匆赶到。两人入座之后，魏迪勋道："汝成贤弟，你说，南唐要以尚书规格厚葬侍郎大人，这如何是好？真是难煞我也。"刘光辅道："是啊，父亲已经入土为安，又不是遗体还停在家里，如何举行国葬这样隆重的葬礼呢？还有，岫南如今身在何处，也不得而知。王上出尔反尔，南唐也气势汹汹，真不知道他们要干什么。唉……"两人就刘侍郎的国葬礼仪和李云博的下落问题商来议去，无计可施，急得团团转。

这时候，魏柳烟和刘如霜从后院里出来，听见他们谈话，又见他们长吁短叹，魏柳烟开口了："两位爹爹别急，我们有重要情况禀报。"于是将李云博带信的事说了，又把诗稿拿给他们看。刘光辅听了，说道："岫南终于有下落了，但要救他，还是很难。如若南唐要把他解回金陵，还不一样死路一条。还有，这国葬礼制，也是个难以解决的问题。"

魏柳烟道："这有何难！自古以来，死者为大。既然已经入土为安，就根本不存在重葬的道理。我估计南唐朝廷以为侍郎爷爷仍然停柩灵堂，还未下葬才出此策。我有一计，即可圆满办好南唐的差事，也会让马希崇徐威他们投鼠忌器不敢轻举妄动，还会让

李云博暂且能够特赦出狱，可谓一石三鸟。"

魏迪勋见她成竹在胸，没好气地说道："你个姑娘家，总是逞强，你懂个啥？大人都没法子的事，你倒是好，说什么一石三鸟，哪有那么轻巧的事！"

刘如霜道："我看不一定。魏伯伯，你也太武断了吧。姐姐可是个才女，肯定有好主意。"

刘光辅道："柳烟侄女秀外慧中、聪颖过人。听说，前不久难煞瑶池李氏的重丧礼制难题，就是她解决的。说不定她真的有办法，你让她说完嘛。柳烟姑娘，你说吧。"

魏柳烟看了一眼父亲，站在那里不出声了。魏迪勋道："既然刘叔叔都觉得你有好主意，那就说吧。哼，真是不知天高地厚！"

魏柳烟道："那我就说说看。我的办法是，可将侍郎爷爷入土多日的情况据实相告，根据湘人丧俗，重葬大不吉利。但是，侍郎爷爷之葬礼大有缺失，那就是下葬之日，家无嫡男奉孝服丧。我们建议王廷在侍郎爷爷大丧三七之日，以尚书葬礼祭奠，刘叔叔正好回了，恳请王廷特赦刘府孙婿李云博作为孙辈孝男，披麻戴孝，以示至诚。南唐朝廷特使、楚国王廷君臣也好趁机祭奠，这面子里子，不就都顾及到了吗？楚王当众许诺交人给南唐，尔后又变卦，估计是徐威他们在捣鬼。如若南唐册礼特使得知了李云博的下落，又知道楚国没有交人的真相，亲自出面调停，马希萼不敢不兑现承诺。"

魏迪勋一听，点点头道："主意倒是不错，南唐旨意没有违逆，王上也会顺水推舟，岫南更可能会因此得释。汝成贤弟，我看，就这样办，就由王廷举行公祭，请岳麓寺的弘道禅师亲自做法超度。"

刘光辅道："嗯，先父重葬的难题是解决了。可是，岫南虽然获释，也只是暂时的。如若南唐册礼之后要将其带回金陵治罪，或者未被带走，等他们一走，徐威还不是要下毒手，岫南还是在劫难逃。这个问题难办啊。"

魏柳烟道："刘叔叔多虑了。据小女揣度，孙相此举，定是为了救岫南使用的瞒天过海之计。岫南待在长沙，的确很不安全，但如若借此机会去了南唐，就可以逃脱马希崇、徐威的魔掌。而南唐要的，绝对不是要治岫南的罪，更不会要他的性命，他们想要的，是瑶池李氏威力巨大的火药秘方。叔叔想想，要得到李氏的秘方，问罪岫南，岂不得罪瑶池李氏族人，那还会得到秘方吗？"

刘光辅点点头道："嗯，很有道理！我也一直觉得他们自相矛盾，原来症结在这里。但是，如若他们软禁岫南，以此要挟李氏，岂不更麻烦？"

魏柳烟道："目前，岫南的安危最要紧。只要他安全了，一切就不是问题。有岫南在，后面的难关应该都能渡过。"

魏迪勋道："嗯。如若岫南去了南唐，瑶池李氏很可能有麻烦。"

魏柳烟道："马希崇、徐威要对付的是岫南，借他家人生死和逼献秘方来施压，只不过想置岫南于死地。岫南一旦离开楚国，他们对付瑶池李氏已经毫无意义。更何况，孙相已经言明，岫南和瑶池族人的安全楚国一定得保证，何敬洙的五千精兵就屯在靖港大营，黑云长剑军也公然在长沙现身，马希崇、徐威敢乱来？就算他们敢，马希萼也不敢。我认为，还是先把岫南弄出来最为关键。"

刘光辅听她一通分析，觉得剖析深刻，滴水不漏，而且还消除了自己多日以来的犹豫和顾虑，很是满意地称赞道："我看行。真是难为柳烟姑娘了，想出这个一举多得的主意。我这就去跟孙相商量。"

魏柳烟道："叔叔过奖了，我也只不过一时急中生智，想了个大胆的主意，让大家见笑了。"

刘如霜道："姐姐别谦虚了，谁不知道，你是湖湘才女啊！这点事情，难不倒你！我看，这楚国士子才俊之中，也就一个李云博配得上你！"

大家一听，顿时面面相觑。这刘如霜和李云博去年就有了婚约，刘侍郎临终前还特意交代，要他们早日完婚。今天从刘如霜嘴里冒出这么一句，当真让众人吃惊不小。刘如霜也觉得自己一时兴起脱口而出，也不知如何是好。魏柳烟的脸也一下子红了，揶揄道："妹妹说什么呢！爱姐姐也不至于爱到这份上，夫君也拱手相让？"

刘如霜大窘，讪讪地答道："我，我就一个比方……其实，也不是……哎，我究竟怎么了？"

刘光辅严肃地训斥道："平素我不在家，对你管教不严，以至于信口雌黄、胡说八道，不知道什么时候能长副心肝，都是你爷爷宠的！这父母之命媒妁之言的婚姻大事，也能当儿戏轻易拿来比对？这不，伤了柳烟姑娘不是？真是丢人！"

魏柳烟笑道："叔叔多心了！如霜一两句玩笑话，就把我伤了，还是什么好姐妹？更何况她是无心的，您就别责怪她了！"

魏迪勋劝道："汝成贤弟你也真是！如霜一贯有甚说甚，直来直去，大家都知道，小女也不会生气的。好了，后天就是侍郎叔父的三七忌日，忙正事要紧，别再扯这些闲事了。"

刘如霜一言不发，突然间转身跑回了后堂。

魏柳烟一见，扫视众人一番，赶紧跟了过去。

◆ 三、诈病奇计救了三千靖江军 ◆

第二天点卯之时，李云博突然被两个狱卒从死牢里带出来。

刚走进监狱衙署大堂，就听见一位穿着青色官服的狱吏，拿着一卷文书，反复看了看后，就对他大声叫道："死刑犯李云博！"

李云博道："在！"

狱吏道："从现在开始，你成为大唐国囚犯。只是在交接之前，你仍由我城南监狱看管！"

李云博道："是！"

狱吏道："李云博，你被特赦三日，三日后押回交给大唐特使。现在，你可以回去了！"

李云博道："特赦三日？这是为何？"

狱吏道："为何？上头命令，没说为何。本监提醒你：你是临时假释，是辅政大臣、天策府都统掌书记刘大人用项上人头担保的。你没有绝对自由，我们时刻都有明岗暗哨盯着，你好自为之。进入长沙城后，除参加刘侍郎的三七祭奠外，严禁出城，如若有出城逃走意图，就地诛杀，绝不留情，刘都统一家也脱不了干系……"

一通交代，李云博也不多问就一一应承，于是就出了城南监狱。

一踏出监牢大门，没想到刘如霜和魏柳烟早在那里等候。刘如霜一见李云博，就冲过来叫道："岫南哥哥，你受苦了……"眼泪就簌簌地往下掉。

李云博笑道："我这不好好的吗？如霜妹妹，哭个啥？"

刘如霜拖着哭腔道："我也不知咋的，见了你就情不自禁地落下泪来。"

李云博道："你不是豪情侠女吗，怎么如此儿女情长起来了？别哭别哭，让柳烟姐姐看笑话呢！"

刘如霜道："我不怕，她要笑话就尽管笑话好了。我就是忍不住。呜呜……"

李云博哄她道："好了好了，我出来了，该高兴才对。"

刘如霜道："我是喜极而泣。"两人一边聊着，一边往外边走。

魏柳烟看着他们的亲热劲，只是待在一边，笑吟吟地迎着。

李云博一走到魏柳烟身边，施礼道："感谢姐姐出手相救。姐姐大恩，没齿不忘！"

不等魏柳烟开口，刘如霜大惊道："岫南哥哥怎知道是姐姐的主意？天哪，难道你们真的心意相通？"李云博道："你瞎说，我是瞎猜的。"刘如霜道："咋猜得这样准呢？的确是姐姐想出这一石三鸟之计，你才得特赦呢！"于是，不管二七二十一，把那天魏柳烟想的这个计谋，一五一十地讲给李云博听。

一旁的魏柳烟终于忍不住了，她开口说道："如霜妹妹，求你别再说了……我这不是情急之下想了这么个法子嘛，什么一石三鸟啊，你当我是女诸葛，没那么神。"

李云博笑道："你这一石三鸟之计，只怕男诸葛也不过如此。反正我是长见识了。"

刘如霜道："我还要说，那天，我说了句，'这楚国士子才俊之中，也就一个李云博配得上你。'被一家人数落得鼻子不是鼻子、眼不是眼！依我看，还是你两个最搭调，用长沙话说，那就叫作般配！"

魏柳烟柳眉一皱，杏眼一瞪，花容顿时失色，对刘如霜厉声说道："如霜妹妹，这玩笑开一次，姐姐我倒还能理解。你一而再、再而三地开这种玩笑，就不怕我生气，不再理你？"

刘如霜也来了气："我不是玩笑话，我是当真的！你们一个才华横溢、风流倜傥，一个冰清玉洁、风华绝代，就是般配嘛。我这个没心没肺、好武尚侠的女孩，只怕配不上岫南哥哥……"

"看你，还在胡说，当真不理你了。"魏柳烟听了刘如霜的话，忽然觉得这个心直口快的傻丫头讲的真是心里话。自从去年李云博一行东出翟家寨路经浏阳时，刘如霜也这样说过。当时她以为，刘如霜一直怀疑自己和李云博之间有些暧昧，也或者两人私订终身的绝密被她猜透，时不时地试探着她。原来，这个自幼把她当亲姐姐的好妹妹，似乎一直在成全他们。她现在有些弄不明白了：李云博和刘如霜婚约，到底是真是假？而她和李云博两人偷偷私订终身呢，又算什么？于是试探道："如霜，你今后万万不能这样，这会害了我和你岫南哥哥！你和岫南已经订婚，侍郎爷爷临终前还交代，要你们早日完婚，以告慰他的在天之灵。依我看，等到侍郎爷爷大丧期满，你们俩就完成他的遗愿，赶快完婚吧。"说着，不免一阵伤悲，一股莫名愁绪涌了上来。

李云博越看越不对劲，那边刚刚好了些，这边又要开始了，于是赶紧说道："瞧瞧，尽说些甚呢！什么乱七八糟的！国难当头，门临大祸，战火纷飞，民不聊生，完哪门子婚啊！"

刘如霜道："岫南哥哥说的是。这婚约，本来就是假的……"

魏柳烟一听，突然怦然心动：当真这婚约有问题？但她不敢造次，依然装着没好气地说道："妹妹说得倒是轻巧！婚姻大事，父母之命、媒妁之言，这聘礼已下，六礼一来、花轿一到，拜了天地就得入洞房，还能有假？真是胡说八道！"

李云博一见刘如霜口无遮拦说出真相，有些急了："如霜妹妹你又胡说了！我跟你约定的是，天下不一统、世间不太平，我们就不成亲。等到天下太平了，还不是要完婚，怎么变成假的了呢？"

刘如霜也突然意识到自己说漏了嘴，但嘴上又不愿认错："本来就是嘛……哎，不能说了。"

魏柳烟听了李云博的话，心中不免泛起酸来："你们当我是傻子！你们有婚约，迟早要结婚，这是天大的好事，赖着我什么了！真是！"

李云博觉得这样无休无止地纠缠下去，会没完没了，老待在这监狱门口也不是个事，于是大声说道："哎，我的好姐姐好妹妹，你们别再说了行吗？成堆的大事要去料理，扯这些遥遥无期的事情干什么！要真的等到天下太平了，你们都还待字闺中，我就厚着脸皮，抬两顶花轿都娶回去，让你们天天吵个不停……"他知道如此一说，定会遭到群殴，边说边往拴着马匹的几棵树木那边走。

李云博的话还没说完，两姐妹顿时大怒，朝他追过去就打："想得美呢，你个贪花恋色不要脸的无耻之徒……"李云博赶紧跳上马背，一溜烟跑了。两个正在恼火的少女哪肯罢休，也跳上马背拼命追赶起来。两个武士急了，也策马赶过去。

一路上，几个少男少女追逐嬉闹着狂奔。马术方面，刘如霜是好手，她一策缰绳，就把李云博和魏柳烟甩在后面。走走停停，等一会儿又策马飞奔，不知不觉到湘春门外。刘如霜第一个跳下马来，招呼他们快一点。李云博跳下马来，眼前的景象让他大吃一惊：成群的士卒正在城门里里外外忙碌着，搬运的，砌墙的，扛木材的，也有指挥吆喝着的，来来往往蚂蚁一般。李云博自言自语道："做甚呢，这是？"

魏柳烟也跟着跳下了马，望着四处景象，正欲开口，但听见刘如霜说道："这是修城啊，有啥好瞅的？过两天，马希萼就要举行册礼大典，命令靖江军抢修长沙城，要是在大典之前修不好，就要军法从事，他们已经忙了好几天了。城墙楼台毁坏得这样厉害，没有十天半月，是修不好的。看样子，他们可惨了。"魏柳烟道："这个新楚王也真奇怪，都入主长沙两个多月了，这破败不堪的王都，从来都不想着修缮，大事来了，就急急忙忙赶，这平时不烧香、急来抱佛脚，哪里是治国之君啊！"李云博道："奇怪！这些人怎么都懒洋洋的，整个儿就一团糟，一点精神都没有。真的不要命了？"

正说着，但听城门边一员大将喊道："弟兄们，振作起来，抓紧时间啊，只有一天了。如若不在明日之前修完，我等就一起去见阎王吧。"话一落音，城内外就顿时炸开了锅：

"三千靖江军，能够在几天内将长沙城修好，做梦去吧！"

"妈的，我们在朗州呆得好好的，出生入死跑到这里来，未升官也没发财，还他娘

的干这苦差役，真是倒霉……"

"谁说我们是他马希萼的嫡系亲军啊？啊呸！我看是他的家奴还差不多！"

"累死都干不完，干脆不干了，反正死定了……"

刚才那位将领大声道："弟兄们，不用抱怨，因为抱怨没有用。我等唯一自救的办法，就是日日夜夜赶工，只要大家齐心协力，都肯卖力，扎扎实实地再干他两天两夜，肯定会创造奇迹的……"

"周将军，别自欺欺人了！再加三千也无济于事。"

"周将军，朗州有那么多兵，为什么不多派一些，只要有个万儿八千的人手，长沙城两天就能修好！"

"朗州有两万多马步军，长沙也有一两万，为什么偏偏要我们这个所谓的近卫亲军修啊？如若当嫡系尽干这些苦差事，攻城略地没我等的份，加官晋爵都是别人的，我等还当这个嫡系亲军干啥？周将军，请您回答我，为什么？"

"对，为什么？"

"不跟他马希萼当兵了……"

"诸位诸位，别再耽搁时间了……"那位将领有些控制不住场面了。

李云博突然记起，这个左额有块黥刑斑纹的将领，就是靖江军副指挥使周行逢，那次过江会见马希萼时，在岳麓军营大帐中见过。他想到马希萼背信弃义，不由得怒火中烧，对这个曾经刺配流放的近卫军将领毫无好感，成心想看看他们的笑话，于是赶紧上前，一本正经地招呼道："周将军，幸会！怎么了？"

周行逢一见是李云博，就像看到了救命稻草，上前施礼道："李学士，是您啦！王上要我们靖江军明日之前，将长沙城全部恢复原样，迎接他的册礼大典。我们已经没日没夜地干了三天了，这最后一两天，大家实在撑不住了。求大人帮帮忙，让这帮兄弟加把劲，免得真的完不成任务，受军法处置。"

李云博道："这有何难！按照你们朗人章程，将一两个挑头的拉出去当众活剐，杀鸡骇猴，看谁还敢抗命，如此一来，定然有效。"

周行逢听出了李云博的弦外之音。的确，马希萼自入长以来，倒行逆施，乱开杀戒，特别是即位伊始，活剐大臣、处死王上、棒杀王后，他也非常反感和震怒。加上马希萼赏罚不公、荒淫无度、不理政务，导致长沙政出多门、混乱不堪，也正处于彷徨犹豫、举棋不定的时刻。听见李云博如是说，于是讪讪地说道："学士见笑了。王上无道，胡作非为，马希崇、徐威之流独揽大权，长沙已经乱作一团。可是，这帮兄弟，都是跟了王上多年的亲从，出生入死，大家一直情同手足。而他们又有何过错呢？为了完成一个根本不可能完成的任务，用活剐这样的手段，于心何忍！大不了，大家一起死！"

李云博问道："兄弟争国，贻祸湖湘，将军依然不分是非，愚忠昏君，诚可悲也。在下曾经轻信马希萼，上了他的当，弄得身败名裂。将军千万别步在下后尘啊！纵然你们修好了城池，也一样会再遭毁坏。在下料定，一年半载之后，楚国必然分崩离析，长沙必为他人节镇。将军不为楚国的江山社稷和黎民百姓计议，也不为自身和兄弟们的将来打算？如此下去，祸不远也。"

周行逢道："学士言之有理啊！可当下，还得先解解这燃眉之急。望学士教我。"

李云博听了，觉得这周行逢也还有些良知，帮帮他未尝不可，想了想就问道："在下不明白，为什么偏偏要你们修呢？就算派你们修，也可以多增加些人手，或者征发些能工巧匠，他们一起修城，那将事半功倍啊！"

周行逢回答道："学士有所不知。年前攻打长沙，大部分军队都立有战功，将领升官发财，士卒休整享乐，好处都让他们占去了。只有我们靖江军，担任主帅近卫，日夜维护中军大帐安全，因此没有参与具体作战。王上论功行赏，我等既无斩首可献，又无俘虏可进，更没有缴获马匹武器，等于寸功未立，我和王逵将军是唯一没有晋升的统兵将领，靖江军也是唯一没有得到赏赐的军队。对此，将士们颇有怨言。这也倒罢了，可是，偏偏在这个时候，其他各部都认为立有战功，不肯修城，王上大怒，就将此项难事交给了我们靖江军。如今，营中怨声四起，若不早想办法，只怕要出乱子。李学士，您足智多谋，求求您，给末将想个法子吧。"

"没想到，马希萼的阵营中，也有如此仁义厚道的将领！"李云博突然觉得刚才有些过分，周行逢有这等见识，对他多了份好感，于是将他拉到城门转角边一个无人的地方，低声说道，"周将军，在下有一妙计，不过风险太大，就怕你不敢试。"

周行逢喜道："只要能救我们兄弟，没什么不敢。请大人指点。"

李云博道："你叫所有修城的将士们停下来，回营歇息。不许他们吃饭，全部躺下装病，制造一个满营病号、到处弥漫死亡气息和中药味儿的假象……"

周行逢大惊："这……这行吗？王上发怒了怎么办？"

李云博道："将军别急，听我把话说完。你就赶紧上奏王廷，说连日连夜奋战，修城士卒日日奔忙，大营暴发瘟疫，你和王将军怕祸及长沙，已经将修城士卒赶回靖江军营寨，全部隔离，是否继续修城，请王上定夺。马希萼册礼大典在即，肯定害怕瘟疫扩散，绝不敢再让你等修城。如此一来，不就免去了杀身之祸吗？"

"真是妙计！"周行逢一听，大喜过望道，"学士真神人也！难煞我等的难题，大人略施小计，就迎刃而解。再造之恩，末将感激不尽。"

李云博道："此计虽妙，但有死结。如若军中有人泄密，或者被人查出破绽，王上知道，一样会龙颜大怒，你等也难辞其咎。将军施行此计，一定得讲明利害，万万不能为他人知晓。"

"末将谨记大人教诲！"周行逢说着，突然涕泪涟涟，稽首道，"学士学富五车，胸有韬略，为了大楚江山社稷殚精竭虑、呼号奔走，如今却身败名裂、几临绝境，真让天下人寒心啊。今日又不计前嫌，救我朗人无义之兵，当真乃德高才卓之大义国士。请受末将一拜！"

李云博道："将军请起！你等本为有义之师，因为马希萼蛊惑，才犯下这等乱国之祸。如若就此罢手，不失为迷途知返、亡羊补牢。跟着马希萼，迟早会招来杀身之祸。请将军好自为之！"

周行逢道："学士所言大是！敢请学士教我全身大计！"

李云博想了想，道："将军既然心怀道义，那就应该志存高远，以廓清寰宇、匡扶社稷为己任，先求自保，养精蓄锐，然后等待振臂一呼之戡乱良机。将军既然抬举在下，在下就送将军八个字：远离长沙，坐等时机。"

周行逢听了，更加迷惑："如何远离，可去哪里？朗州吗？"

李云博道："这就无可奉告了！将军自己细细思量吧，在下告辞！"说罢，头也不回地往城里去了。

看着李云博一行进城消失的身影，周行逢似乎还没回过神来。突然间，他大声喊道："弟兄们，辛苦了，今日暂时干到这里，全部回营歇息！"他的话一落音，城内外顿时欢呼一片，乐颠颠地往营寨里去了。

◆ 四、闻讯献图南唐，李云博大惊失色 ◆

正在天策府忙碌的刘光辅闻报李云博回来，大喜过望。看来，近期的努力，终于有了成效。于是顾不得繁忙，搁下手上事务，叫人知会魏迪勋，就和家仆一道，匆匆往家里赶。

翁婿见礼之后，就坐下来喝茶。李云博道："听闻岳父大人进位都统掌书记，辅理国政，得以良机匡扶社稷，当真可喜可贺。"

刘光辅道："岫南见笑了。这楚廷乱局，何以匡扶？王上沉迷享乐，不理政务，马希崇、徐威弄权于前，朗州故旧掣肘于后，政出多门、各行其是，还有州县等待观望，你当我是管仲再世还是孔明复生，能够辅理好这乱象国政？"

李云博道："这病入膏肓的大楚，的确有些无可救药了。不过既被委以重任，也得殚精竭虑，多尽些人事为妙。如若落下个尸位素餐的口实，终归授人以柄。"

刘光辅道："岫南所言甚是。虽然，我知道自己并非理政能臣，更不是济世戡乱大才，但办些安民利国的小事，终归可以。比如眼前，这先考三七公祭和王上册礼大典，总得办个像模像样才好。"

李云博道："这其实都是些应景小事。小婿以为，大人还是把精力放在长沙秩序恢复和防范他国图谋不轨上才好。如今，长沙刚刚经历战事，民心本就不稳，马希萼又不想励精图治，整日醉生梦死，潭州、朗州新官旧吏互生龃龉，百姓对马氏已经极度失望，这民心一旦失去，马氏江山就难以为继了。而南唐觊觎长沙已久，南汉对靖江之地也早就垂涎，荆南、西蜀也说不定会借乱落井下石，这样一来，楚国就会风雨飘摇、四面楚歌，大人身上担子真的不轻啊！"

刘光辅笑道："岫南之言，似乎要我挺身而出，重蹈你救亡图存的覆辙？"

李云博故作惊讶，问道："难道大人早有谋划？小婿愿闻其详。"

刘光辅站起来道："也好。很多事情你都不知，不如去书房密谈吧。"

两人进了书房，坐定之后，当李云博得知刘静仁的遗言时，顿时大惊失色："什么？请师南唐？还献了地舆图？这不是通敌卖国吗？您没有这样做吧？"

"你觉得，这大楚还有救吗？"刘光辅反问道。

李云博道："楚国灭亡，马氏倾覆，迟早而已。就算被南唐灭掉，也在情理之中。但是，如若您掺和进来，将会有杀身之祸啊！岳父大人，你想过没有？"

"杀身之祸？没这么严重吧？"刘光辅也一惊，但他有些不相信，这请师献图会有如此严重的后果，"为了大楚百姓不再遭受苦难，让三湘大地早日归于安定，如此为之，有何不妥！这也是你岳祖的遗命，我怎能违逆？"

李云博道："岳祖糊涂！您想想，天下没有不透风的墙，这事迟早会朝野皆知。如若是在南唐灭楚之前知晓，您将成为王廷叛逆，这个卖国求荣、引狼入室之罪，不就要诛灭九族吗？如若是灭楚之后知晓，无论马氏旧故还是楚国百姓，都会把亡国罪责算在你头上。您担当得起吗？这个中厉害，您想过没有？"

刘光辅道："不至于此罢！一则，我无私心，全是为了三湘大地免于战火，让百姓免遭涂炭；二则，南唐皇帝待我甚厚，赐我钱物官爵，如今我又是南唐朝臣，怎么会有杀身之祸呢？"

李云博道："我以前不也一样这样想，以为只要大公无私，一门心思为国效命、救亡图存，就会得到大家的理解，于是策动许可琼倒戈，帮助马希萼一日之内攻下长沙。可结果呢？还不是被诬蔑为矫诏篡国。我还只是为了熄灭这马氏兄弟争国！作为臣子，

最怕沾上或者不能做的，一是谋逆，二是叛国。我被戴上一顶矫诏谋逆的帽子，而你此举，绝对是通敌卖国了！"李云博情急之下有些不择言辞，站起来烦闷地走来走去，"南唐此举，是个请君入瓮之计，就是为了笼络你，让您心甘情愿为之效命。如若长沙起什么祸端，就算他们仁慈厚道不想加害于你，但为了稳定人心，拿您当替罪羊的可能性还是有的。再退一万步说，南唐不拿您顶罪，而您献图请师、背主卖国这样的贰逆行为，哪个朝廷又能够容忍？这祸害，迟早是躲不掉的。"

"我可没想这么远！"刘光辅慌了神，站起来，但又有些心有不甘，他仍然大义凛然地说道，"更何况，马希萼已经称藩南唐，成为附属小国，迟早都会被人吞并。我这样做，只不过是加快这一进程！"

李云博道："加快进程，说得倒轻巧！楚国一直向中原称臣，只不过是形式上的臣服，并无实际占领，最多也就上表进贡，五十年了也没有被北朝吞并。马希萼称藩南唐，只不过是为了得到楚国王位。小国称藩，其实是一种自保策略。您想撇清与卖国求荣的关系，我看很难！"

刘光辅道："怕什么，这救国救民总得有人背骂名，有人就刑戮，有人家破人亡。舍小家而保大家，我刘光辅死了也值！"

"岳父勇气，着实让人钦佩。不过事已至此，还是得往好处想，况且小婿适才料想，也只是最坏的可能。如若应对得当，还是可以趋利避害的。"李云博突然觉得，事情已经发生了，再责怪他也不能挽回不利局面，于是口气缓和下来，若有所思地说道，"不知道这请君入瓮之计，是何人所为。如若是奸人设局，后果的确有些麻烦；如若是仁臣运谋，倒也不至于有大的忧患；如若是明君怀柔，其志倒是胸怀天下啊！"李云博说着，突然想到什么，于是说道，"大人献图请师，千万不能对任何人说，到此为止。"

"我知道。其实，我如此而为，是经过深思熟虑的。"刘光辅觉得李云博有些误会他了，于是解释起来，"那日，从离开长沙后一路上，我就认真琢磨着这事，想了很久，决定不能贸然行事，更不能一味遵照父亲遗命简单地请师献图了事，还是要看看这个大唐国和大唐皇帝的情况，是不是那种能够以国相托的国度和君臣，然后再作打算。为了弄清唐国底细，我一到南唐，就马不停蹄四处拜访了一些熟识的官员和老友。连日连夜忙碌我大体了解到，大唐朝廷上下正在为是战是和、是推行新政还是开疆拓土、是北进中原还是西图楚国的决策摇摆不定。当时，主战、主和两派斗得十分厉害，几乎到了水火不容的地步。就是见到了李璟，我仍然举棋不定，害怕他的所作所为是早就预谋好的……"

"南唐出现党争？"李云博打断他的话，惊讶地问道，"大人，请您说详细些。"

刘光辅本来就对南唐朝野政局非常熟悉，见李云博问起，就将几次出使南唐特别是这次在金陵待了近几天的所见所闻所思，毫无保留地说给李云博听。末了，他说道："从总体情况看，这李璟还算是个仁义之君。两派势力角力，主战派略强一些。但我以为，大多数有识之士都在主和一方，比如本次领衔出使我国的右相孙晟，还有户部侍郎韩熙载，御史中丞江文蔚，都是有识之士，力主结好邻国，轻言战事，推行新政，励精图治。"

李云博问道："韩熙载？您说的是避祸南下、名动江南的大国士韩熙载吗？他也主和？"

刘光辅道："对，就是他。为了结好我国，他还请我到府上宴饮，反复申明两国交好，永结同心。对了，韩大人对你大闹洪袁的事情了如指掌，对你的才智大加赞赏，称你为江南第一神童。我还跟他相约，有空带你去金陵拜谒他呢！"

"大国士满腹经纶，才艺卓绝，四海之内无人能出其右，有缘上门求教这么一位大国士，那真是荣幸之至啊！"李云博久慕韩熙载才情，听到韩熙载很是赞赏他，心里不免有些兴奋，于是继续问道，"我大闹洪袁、火烧炮火营，将南唐图楚阴谋晓谕天下，他居然还赞赏我，真是有点不可理喻。"

刘光辅道："赞赏你的岂止韩大人！右仆射孙晟、御史中丞江文蔚、镇南节度使宋齐丘等南唐重臣都对你的才识称赞有加，就是南唐皇帝，也亲口说你是未来栋梁，要我好好劝你，弃暗投明，为大唐效力。"

李云博眉头紧锁，摇摇头说道："可是，可是南唐皇帝要抓我去南唐，问那大闹洪袁、火烧炮火营之罪，这也太不一样了！"

刘光辅道："这事我也很是蹊跷。一边要把你解到金陵问罪，一边又不遗余力地保证瑶池家人安全，这自相矛盾，我也有些想不透。只是柳烟姑娘说，这可能是孙相他们救你的计谋，我也觉得很有见地。我去问孙相，他不置可否，真弄不明白，他们如此而为，究竟何意？"

听着听着，李云博心里一阵激动，正欲开口，突然一种不安涌上心头：这个李璟，去年还亲自下诏，命令不惜一切代价获取瑶池大威力火药秘方作为国家战略，怎么突然对李氏家族好起来了呢？这其中必有玄机。是变换了策略，还是另有打算？他觉得没有弄清以前，不好过多遐想，于是变换话题问道："孙大人和你交流多吗？"

刘光辅想了想道："多着呢。回程一路上，他与我探讨了很多安邦治国的策略，还谈起一些朝廷秘闻，不像是故意设局。比如，春耕大典当晚就和韩熙载一起被召见，皇上似乎决定推行新政、结好邻国，中间又突然发兵北上中原，韩熙载冒死强谏，皇上才急令召回即将北上的三万大军。"

李云博疑惑不解："这就让我匪夷所思了。主战派与您有接触吗？"

刘光辅道："有啊。国老宋齐丘为了南唐大军早日北上中原，一直待在金陵，还亲自到国宾馆看我呢。从他的言行上看，是想从我这里了解楚国更多的内政情况。而刚刚回朝官复原职的左相冯延巳，也力主与楚国结盟，希望楚国鼎力支持大唐国北进中原。"

李云博一边听着，一边不住地问话，突然间，他对刘光辅说道："我终于明白了。主和派想结好长沙，是想为推行新政，创造一个稳定的外部环境；而主战派结好楚国，是为了他们北上中原减轻后患，他们怕后院起火，也怕他国趁火打劫。只是这党争之祸，前朝教训多着呢，若不痛下狠手，将有亡国隐患啊！这个南唐皇帝李璟，真让人琢磨不透啊……"

刘光辅听了他的话，有些弄不懂了。他不解地问："岫南，你怎么替南唐朝廷担忧起来了呢？"

李云博道："您已经献图请师，这离弦之箭、怎可回头？这是覆水难收啊！如若这南唐皇帝不可依靠，朝廷政局摇摆不定甚至内斗不止，就绝对不是仁义之师，入了长沙，还不一样会祸害三湘百姓啊！我思虑的是，如若南唐真是仁义之师，他们入楚，就能够实现家园和平，百姓就少受离乱之苦，我们何乐而不为呢？——当然，这也是为了我们不受牵连。您想与此事一点瓜碍都没有，那是不可能的，但得想办法尽量撇清与南唐的关系。还好，你的献图，不是在大庭广众之下，是秘密私授。如若李璟真是胸怀天下、怀柔我邦，定然会为您保密。虽然最终会被人知晓，但那时，说不定楚国已经不复存在。这仅存的希望，就看这南唐皇帝，究竟有多大的心胸，有多厚的德行了。"

刘光辅点点头道："也只能听天由命了。"

正当此时，门外传来刘如霜的声音："父亲大人，魏叔叔来了，在客堂里候着呢！说是听说岫南哥回来了，特意过来看看。对了，他还说，明日祖父大人的三七公祭，都已安排妥当，看看还有什么遗漏的没有。你们过去吧。"两人听了，连忙站起来，往客堂里去了。

五、楚王的亲密男宠与左膀右臂

马希萼从刘静仁祭奠现场回到金华殿，非常不高兴。

由于南唐朝廷要先为刘静仁举行厚葬，才肯为马希萼册礼，各方商议变通之后，决定在大丧三七之日举行公祭活动，恰好这天就是册礼大典之日的前两天。刘静仁家眷、

亲朋好友，满朝文武和南唐使节，都汇聚马王堆墓地的南郊，声势浩大地举行了祭奠大礼。一个上午，马希萼都极力忍耐着，勉强参加完刘静仁的三七大祭，那种难耐滋味，就仿佛是自己死了一般，尸身僵挺，灵魂出窍，在另外一个世界打量着这场毫无意义的滑稽剧表演。特别是他看见了李云博，作为孙辈一身孝服在那里行着十分古怪而又费事的膜拜大礼，更加不可思议：人都死了，有必要如此麻烦吗？这些程式，他没见过，不知懂礼仪的南唐册礼使孙晟他们见过没有。李云博表情专注，悲伤忧郁，根本就没和他打照面，让他很是不爽。直到冗长的礼仪结束，听到最后的炮声大作，他的魂魄似乎才还回来。顾不得许多，匆匆忙忙上了大盖王车，一把扯下身上的孝装，一声不吭就往碧湘宫里赶。

本来，好好的册礼大典，偏偏要来这么一出，为一个和自己死磕到底的前朝老臣，举行如此盛大、几近国葬的祭祀大礼，不知这南唐朝廷想干什么。可是南唐客省使姚凤振振有词：为功勋老臣厚葬，显示王上仁义之心，对取悦民心、稳定长沙大有裨益。而且，册礼之前，埋葬过去，开启将来，一葬一册，实乃承前启后、继往开来，是楚国大兴之征兆。马希萼起初一听，顿时乐开了花。可是仔细一思忖，这即位和册封大礼前，祭奠一个死人，也太不吉利了吧……越想，这心里就越烦。

正当此时，上书房执事太监陈公公送来天策府急呈的奏折，顿时大怒："狗奴才，你不知道寡人不管这等破事吗？军政大小事务，不都由天策府左司马、都掌书记全权处理吗？报到寡人这里做甚？"

陈公公慌忙跪地道："回禀殿下，奴才知道。可是，可是司马大人说，此等事件，过于重大，一定要奴才即刻上呈殿下亲自定夺！而且此事的确火急万分，殿下不早点下旨，只怕，只怕……"

马希萼道："只怕什么？快说！"

陈公公道："只怕要出大麻烦！启奏殿下，靖江军出大事了！"

马希萼道："出大麻烦？能出什么大麻烦？王逵、周行逢他们不正在修复长沙城吗？难道是今夜之内，不能如期完工吗？"马希萼大惊，连忙抢过奏折看了起来。

陈公公道："只怕比不能完工更麻烦。王、周二位将军急报：靖江军日夜奋战，营中突发瘟疫，如今已是满营病号。为了避免瘟疫扩散，靖江军被全部隔离。将军请旨，是否继续修城？"

马希萼破口大骂道："还修，修你个头！断子绝孙的阉货，你着实不想活了不成？"马希萼自己看着奏折，非常烦躁太监在一旁聒噪，一通狂骂，又朝地上跪着的太监一通猛踢之后，问道，"昨日就发生了瘟疫，为何不早报？"

陈公公道："折子今日早晨才送过来，这一送过来，奴才就到处寻找殿下……"

正当此时，谢彦颙走了进来。他一身艳服，也没戴冠，长发垂肩，走起路来袅袅婷婷，一见马希萼雷霆大怒，地上还跪着个太监，于是嬉皮笑脸地问道：“王上，怎么又大发雷霆？说过多少次了，大动肝火会伤害身体。你是一国之君，犯不着跟这些奴才一般见识。陈公公，又怎样招惹王上生气了？”

陈公公答道：“回谢大人，适才一个急折上呈殿下……”

马希萼打断他的话道：“别啰唆了，赶快传旨，命令靖江军任何人不得出入大营，违令者斩！对了，叫太医院所有御医即刻会商，立即为靖江军治病。如若病治不好，所有太医也就陪他们一起去死吧！如若瘟疫扩散，唯王逵、周行逢是问！”

“奴才领旨！”陈公公慌忙爬起来，退出金华殿后，匆匆忙忙地去了。

谢彦颙取过马希萼手上的奏折，看了之后道：“王上，这奏折大是蹊跷。这早春二月，怎么会突发瘟疫呢？不合常理。王上攻克长沙已经两个多月，按理说，要发这等灾祸，也是尸横遍野、流血成河的战乱之时。好在，王上攻占长沙，是在冰天雪地的冬天。莫不是其中有诈？”

马希萼道：“有诈？不可能吧，靖江军是从桂州带过来的嫡系，一直担纲近卫亲从，王逵、周行逢也是寡人的心腹爱将，他们对寡人从来都忠心耿耿、说一不二，使诈绝对不可能。更何况天气转暖，长沙城自毁坏以来有没有得到及时修缮和清整，寡人估计，一些地方的尸首都没埋掉，这早春时节，也还是有发瘟疫的可能。”

谢彦颙道：“我倒不这样看。王上，靖江军自入长以来，未立寸功，全军上自大将下自步卒无一人得到封赏，心里肯定愤愤不平。王上又急调他们修缮城池，而且下了死令，明日不完工就全部受军法处置。而一两日之内，断然完不成工期。依我看，肯定有高人指点，让他们来个疑兵诈病之计，以避杀身之祸。”

“谢爱卿之言，不无道理。但眼下之急，是寡人册封大典，这事等几日再去理会。”马希萼说着，一把抱住青年，说道，“我的心肝宝贝，多么的烦恼，只一见你，就云开雾散了。你真是寡人的开心果。来，陪寡人聊一会儿，饮他几杯。”说着，就扯住青年人，斟满酒樽，对饮起来，又一把抱在怀中，两人嬉闹调笑起来……

这个谢彦颙，官居小门使，是马希萼的男宠，长得粉面娇嫩，仪态万种，深得马希萼的欢心。他七岁就进入马希萼府上为家童，多年来一直跟在马希萼身边。进入长沙以前，他这恋童癖好尚处于秘密状态，除了几个亲从和家人，没几个人知道。而夫人苑氏又于前年自尽身亡，更无人约束。当初，马希萼初次出兵攻打长沙的时候，她仗剑马前，以死相阻，马希萼不听，还命人将她拘禁。当马希萼大败而归，她见丈夫不仅不收敛，反而变本加厉，知祸乱将至，便投井而死。可如今，马希萼当了楚王，后宫无主，就更加肆无忌惮，也就渐渐地公开了。

正当两人玩得起劲的时候，但听门外传来值守太监的声音："启禀王上，左司马和徐威将军求见！"

马希萼道："寡人正忙着呢，不见！"

太监道："两位大人说，有紧急事宜，要向殿下当面禀报！"

"他娘的，真扫兴！"马希萼放弃了进行下去的想法，一把推开谢彦顒，整理起衣服来。过一阵子，就朝门外喊道："宣他们进来！"

两人在太监的引导下进了金华殿，行了大礼之后，马希崇见谢彦顒衣冠不整地坐在马希萼身边，不觉怒道："敢问谢大人，小门使职司何处？"

谢彦顒仗着马希萼的恩宠，并不把马希崇放在眼里，若无其事地回答道："王上召见，下官奉命侍驾。"

马希崇道："我等要议军国大事，你也侍驾吗？还不快出去候着！"

马希萼也觉得不妥，就对谢彦顒道："你先出去，待会儿再召见你。"

谢彦顒愤然起身，临出门时一手搭在马希崇的肩上，调笑道："到底比不过亲兄弟。"

马希崇大是恶心，一甩谢彦顒的手道："你这妖孽，别弄脏我的衣服！"

谢彦顒甩了一句"你也不是什么好东西"，就愤然出门。

马希萼不悦道："王弟，这是干啥。谢大人是跟了我十几年的亲从，情同手足一般。都是一家人，切勿生分。"

马希崇道："臣弟岂敢！王兄，这后宫美女如云，何故要总和一个小厮混在一起？"

马希萼道："这……哎，老和女人玩，没多少意思。这小厮的身子，比女人还柔滑娇嫩，味道好着呢。要不，寡人让你使使如何？"

马希崇怒道："王兄殿下还是留着自己享用吧！常言道，国之将亡，妖孽毕现。龙阳之好、断袖之癖，都是亡国征兆，王兄千万别忘了前车之鉴啊！王嫂投井之后，后宫已经多年无主，王兄还是择一端庄贤淑之女，立为正妃，管束内廷，母仪天下，这才是人伦正道啊！"

"不说这个了。"马希萼觉得理亏说不过他，转换了话题，问道，"哦，对了，叫你们去请归隐了的天策学士、武安军节度判官拓跋恒出来，为本次册礼大典总司仪，不知去了没有？"

徐威道："回禀王上，去过多次了。可是拓跋大人倚老卖老，说自己已经退隐，不再参与政务，坚决不肯出来主持册礼大典。"

马希萼疑惑道："拓跋恒原来不是一直力挺寡人即位吗？还曾经劝马希广把王位早些让给寡人，怎么，寡人真的入主长沙，他倒退隐了。去请，再去请！王弟，你亲

自去!"

马希崇揖道:"臣弟遵命。"

马希萼又问道:"二位爱卿急急忙忙前来,究竟有何急务?"

徐威道:"启奏王上,今日公祭刘侍郎,李云博为何突然现身?不是说好了吗,暂不交人,等到南唐特使走后,再行议决。殿下如何出尔反尔?"

马希萼怒道:"如何现身?寡人倒要问你呢。你不是说秘密转移无人知晓吗?怎么,孙晟如何知道关在城南监狱的死牢里?寡人赌咒发誓百般不认,可他要带着寡人去死牢当面对质,寡人怕露馅,只得同意。你呀,一点小事都办不好,如何统领三军!"

徐威道:"真是奇怪,转移李云博,是老臣同何将军秘密行动的。怎么会有人知道呢?难道是何将军泄露不成?"

马希崇道:"这不好说。王兄,臣弟认为,黑云长剑军密探的可能性更大。他们都是专门从事这些秘密工作的,再隐秘的行动,都难逃他们的眼睛。不久前湘春门外大劫法场,一干黑衣蒙面人首先发难,臣弟怀疑他们就是黑云长剑军。王兄啊,得想办法让南唐的军队撤出去,五千精兵驻扎在长沙城边,还有这么多密探,我们的日子不好过啊!"

马希萼叹道:"寡人何尝不想他们尽早撤军!这么一支精锐,就驻在城郊靖港,如鲠在喉,夜难成寐啊!可是,有什么办法!哎,请神容易送神难,这五千人的开销倒在其次,哪一天南唐皇帝不满意了,说翻脸就翻脸,这把尖刀就直接戳进大楚的心脏。凭楚国当前实力,能和他们翻脸吗?所以,得慢慢来。"

徐威道:"我们已经向南唐称臣,老臣以为,一时半会儿他们不会图楚。为什么,原因很简单,一旦图楚,其他各国不愿南唐吃独食,或者深感唇亡齿寒,岂能坐视不理?北汉、吴越甚至西蜀、荆平,都会趁火打劫,这一点,南唐朝廷心知肚明,绝不会冒险。因此,楚国暂无外患。老臣以为,当务之急,是强军备战,炮火营建设迫在眉睫。重新逼迫李氏献方,为安国大计之首要,绝对不能放过李云博啊!微臣恳请殿下颁旨,立即缉拿李云博⋯⋯"

马希萼冷冷地说道:"胡说!你们一直借炮火营建设,逼迫李氏献出火药秘方,想置李云博及其全家于死地,你们当真寡人是傻瓜呀?我们都清楚,李氏绝不会献方,这就是你杀他们的最好借口!寡人的特赦令已下,人都放了,而且答应交给南唐使节,又去缉拿,岂不让天下人耻笑!"

徐威道:"启奏王上,老臣有一计⋯⋯"

"寡人本来就答应放他,只是你两个反复说,李云博包藏祸心,必为将来大患。寡人当时觉得有理,就同意了。可是,那个狡猾的孙晟,一味地责怪寡人言而无信,还说

李云博不参加刘静仁的三七公祭，就不举行册礼大典。寡人无奈，只得命令何敬真先放人。而且，孙晟答应寡人，只要交出李云博，就立即撤军，这不更好吗？嗯，一个李云博，值得大惊小怪吗？他已经遣散湘水台，如今手无寸兵，还能翻了天不成？更何况，几日后，他就要被押往金陵，哪里还值得你们念念不忘呢！"

徐威道："王上糊涂啊！李云博人小鬼大，他的遣散湘水台之举，绝对是迷惑王上做出的假象。大劫法场那日，一干紫衣人和另一伙蒙面人联手救走人犯，我看就是他们所为。此人不除，后患无穷啊！他们瑶池李氏，拥有天下最好的火药，天下诸侯都在竭尽全力，希望弄到绝密配方。如若南唐借治罪之名救了李云博，李云博感恩戴德，说服家人献了秘方，岂不坏了大事！既然李氏决然不肯献方，我朝得不到，敌国也别想得到，这叫先下手为强啊！殿下，如今献方期限早就过去，微臣恳请亲自带队抓捕李云博，血洗瑶池！"

"大胆！你还在借火药说事，真是想哄骗鬼呢！"马希萼勃然大怒，"南唐特使都还在长沙，你竟敢违逆寡人意愿，再动杀机！徐威，老子告诉你，过两日就是老子的册礼大典，你要敢坏了老子的大事，老子先奸杀你妻女，然后灭你九族，最后将你活剐脔食！"

马希崇连忙求情道："王兄息怒！臣弟以为，徐都统如此作为，都是为了王兄和您的江山永固啊！李云博不除，楚国的王室就一日不安。他是您王位最大的威胁啊！而且，王兄重用刘光辅，也不是明智之举。王兄想想，他的父亲刘静仁一直力挺马希广，反对您入主长沙，他的未来女婿又是一个包藏祸心的逆臣贼子，他能够尽忠王兄吗？请王兄三思！"

"放屁！刘大人一直跟着寡人，多年以来兢兢业业，怎么会有二心！你是怕他分你的权，碍手碍脚是吧！"马希萼怒不可遏，"哼，你们这大楚王廷的股肱之臣，寡人的左膀右臂，真的把寡人当傻瓜？你们那点伎俩，寡人当真不知？刘侍郎反对寡人，是因为他是尽忠死节之臣，虽然有些愚憨，但也忠贞得可爱。原来一直支持寡人即位的拓跋恒等人，在寡人得位之后，不还是不肯出来任事吗？至于李云博矫诏篡国的罪名，那是寡人怕他功高盖主，不好封赏，才采用你等计谋。寡人难道不知道，那个所谓的'矫诏谋逆'是你们给他扣的屎盆子？寡人难道不知道，李云博如若真要谋权篡位，凭他的才智和实力，兼有太后遗命懿旨和武穆王的密诏，更有李云铎、许可琼和一干大将力挺，那还不是轻而易举？我们还能坐在这里扯淡，真是想哄三岁小孩！你们的心思我知道，李云博和你等有仇，曾经欲置你们于死地。可这一味地为个人寻仇，家国大事就抛在一边不管了，这像个执掌一国军政的左司马、都统领吗？今后别再拿李云博矫诏篡国说事了，没那么回事，你我都心知肚明。既然南唐皇帝亲自过问此事，你们就别管了，将李云博交由南唐处置，遂了你们的愿，也省得寡人落下个擅杀大臣的恶名。"

徐威急道："殿下，如若这是南唐欲救李云博而故意来这么一招，他一旦入了南唐，将是我们的大敌啊！既然李云博不肯为大楚效力，那就得斩草除根，以绝后患。请殿下三思。"

"杀了李云博，血洗了瑶池，后果是什么，你们得想清楚一点。何敬洙的五千精兵就在靖港大营屯着，黑云长剑军集结了数百死士就潜伏在长沙城的里里外外。只要他们稍不满意，觉得寡人失信，将是他们进兵长沙的绝妙借口！你们要是敢跟寡人乱来，寡人一定说到做到！左膀右臂，你们好自为之吧！"马希萼说完，气呼呼地拂袖出了书房，叫上谢彦颙，然后揽住他，有说有笑地离开了。

马希崇和徐威两人面如土色，你看着我，我看着你，面面相觑好一阵子，一句话也说不出来。他们万万没有想到，这个沉溺声色、整日酣醉的王上，对他们精心策划的复仇计划了如指掌，而且对他们所有的权谋都心中有数。作为一母所生的弟弟，马希崇对这个哥哥太了解了，这个新楚王绝不是昏庸无能、好哄好骗的主，他心里明白着呢，近期只是顾着享乐去了，懒得理这摊子事！他还有一个最大的特点，就是暴戾嗜杀！哪一天，他觉得享乐够了，想临朝亲政，或者对他们这左膀右臂不满意了，那还不是顷刻之间人头落地，甚至满门抄斩……两个人各怀心思地想着，战战兢兢出了金华殿。

到了碧湘宫大门，徐威突然对马希崇说道："司马大人，老夫觉得，无论如何都不能让李云博离开长沙，放虎归山不说，而且还留下隐患。最大的隐患是，南唐通过控制李云博，目的是逼迫瑶池李氏献方。一旦他们得了火药绝密，建成天下无敌的炮火军队，第一个灭掉的，肯定是我们楚国。"

马希崇一惊，马上站住了，回头看着他，问道："徐将军，那你说，怎样留住他呢？"

徐威道："老夫有一计，肯定可行。"于是附在他耳边一通嘀咕。马希崇大喜，说道："嗯，这办法行。明儿我去见王兄，设法留住李云博。"

六、册封大典上，东风吹折猎猎王旗

这一天卯时三刻稍过，册封大典就在碧湘宫太庙前如期举行。

整个碧湘宫里，更是张灯结彩、喜气盈天：太庙前，高高搭起的册礼台巍峨矗立，一排排手握长枪大槊的银甲武士傲然挺立，一个个朱红球身、黄色坠饰的灯笼挂满屋檐过道，一面面绣着"楚""马"等篆字的彩旗，五彩缤纷地散布四处，在春风中兴奋地飞舞着，静与动之间浑然一体，银白与杂色交相辉映。册礼台前，那柱直插云天高高耸起的紫色大纛旗尤为翻飞得狂烈，不定下来仔细辨认，还真难看清，旗帜中间圆形青黄底色上，巨大的猩红篆字是"马"还是别的什么字。而册礼台的背景，仍然是大紫色，一条翻滚的黄色巨龙腾空而起，身体、鳞甲和龙爪在紫色祥云里若隐若现，一幅神龙见首不见尾的图景。背景中央，一个硕大的篆体"楚"字赫然在目，古朴、庄严而又神圣。华服盛装的文武百官早就聚在台前，当然还有应邀出席的各国使节商贾、王都各界子民，挤得太庙前人山人海、摩肩接踵，一个个压抑着兴奋，小声谈论着什么，兴冲冲地等待着楚王册礼大典的到来。

但见身着大典朝服的天策府都统掌书记、册礼大典总司仪刘光辅一袭红袍，头戴紫色冠冕，手持一卷黄绢文书，突然走到册礼台徐阶边，长声吆喝道："黄道吉日吉时已到！恭请大楚国主登台受封！有请大唐国特使及各位嘉宾就位！"

马希萼一袭大紫色麒麟王袍，头戴玉冕王冠，腰佩一柄金饰长剑，在司仪的引导下从徐阶上了册礼台。紧跟着的是一班重臣和南唐特使，他们在徐阶便停住脚步，等待总司仪指令。

"大楚国国王册封大典开始。恭请王上启礼，上香奠酒，祭天拜地，敬告列祖列宗！……鸣炮奏乐！"但见马希萼接过香烛，按照总司仪的程序提示一一操作，刚刚奠完酒，就听见六声炮响，一阵钟鼓声长号声嘹亮地响起，最后由六道长长的号角声结束。

刘光辅道："有请大唐国钦差册礼使、右仆射、同平章事孙晟大人宣大唐皇帝圣旨，启大乐，鸣大炮！"接连九声炮响，又一阵钟鼓声长号声嘹亮地响起，最后由九道长长的号角声结束。炮火号角之声刚一结束，孙晟健步走上册礼台，展开一轴黄卷朗声念道：

奉天承运皇帝诏曰：楚国国主马希萼，恭忝仁孝，雄才大略，一统三湘四水，继承父兄大业，名副其实楚国之君。特加封马希萼为大唐国中书令，楚国天策府大将军，领武安、武平、靖江、宁远四镇节度使，嗣爵楚王。为表其挚意诚心，特赏金冕龙袍王服一套、黄金五百镒、秦淮美女二十，以资庆贺。愿大唐大楚两国唇齿相依、永结同心，睦邻友好、世代和平。钦此！

马希萼喜不自胜，跪地接过圣旨，口颂道："谢大唐皇帝隆恩。皇上万岁万万岁！"

刘光辅接着说道："请大唐国钦差册礼使奉大唐国皇帝之命，为大楚国王加金冕穿龙袍！鸣炮奏乐！"

礼炮礼乐大作。姚凤带着两个册礼官员，捧着金冕龙袍，款款走上册礼台。孙晟连忙迎了过去，在热烈喜庆的氛围里为马希萼加冕穿袍。一时间，欢声笑语不绝于耳，喝彩喧闹此起彼伏，观礼现场顿时乐翻了天。

就在大家沉浸在这欢乐喜庆的氛围之中时，突然一道闪电从天而降，直朝册礼台劈来，接着便是一阵惊雷在半空中炸响，声音比礼炮礼乐高过数倍，震得大家的脑门都快炸开了。正当轰响余音仍在头上盘旋，大家感到呼吸困难、不知何为的时候，一股狂躁的东风突然刮来，迅猛、激烈而又温润潮湿，吹得大家几乎站立不稳，人群像一簇巨大的海浪被风扬起，开始摇晃起来。只听"咔嚓，轰……"的一阵巨响，册礼台前那柱高高耸立的"马"字紫色大王旗被狂风拦腰吹断，倒下来砸在册礼台西北角上，大台顿时剧烈颤抖起来。这一突如其来的意外，把在场的人都吓傻了，一个个目瞪口呆。

"册礼台要塌了，大家快闪开……"不知谁在那里大喊道。

大家猛地醒悟过来，开始骚动，有的夺路而逃，有的使劲往外挤，也有的被别人推来搡去，人群顿时乱作一团。

正沉浸在快乐之中的马希萼也被这突如其来的变故给吓蒙了。当他弄清楚是东风吹折了王旗之后，顿时如五雷轰顶，大好的心情一下子降到了谷底。主持仪式的总司仪刘光辅见到这幅景象，不禁纳闷起来：这兆头，也太不吉利了吧？古人云："出征折旗，兵败如泥；封禅折旗，大位将移。"今日册礼虽不是出兵征战，也不是登基封禅，但算得上是加冕上号，当然是特别隆重的祭祀活动，这风折王旗，的的确确是不祥之兆！难道，这马楚江山，当真气数已尽？

但是，现场的秩序他得维持。于是顾不了许多，刘光辅一挺身，急忙大声喊道："大家不要惊慌！"说着，又一边匆匆登上册礼台，一边继续大声喊道，"常言道，'春雷闪金，东风送福。'这越是意外的春雷闪电，财禧就越多；越是猛烈的东风，福气就越好。今日我王册封大典，天降神异，定会社稷长存、国泰民安。这闪电雷声和东风，都是上苍眷顾我大楚之祥瑞，绝不会伤及无辜，更不会出意外，务请大家都待在原地，切勿走动！"

这一席洪亮慷慨的喊话，还真有用处。人群开始渐渐镇静下来。不一会儿，大风停止，一切又恢复了正常。马希萼听到刘光辅的喊话，顿时喜上眉梢：有道理啊！看来，选这个刚刚上任的天策府都统掌书记担任总司仪，虽然是迫于无奈，但事后观之，却是绝对的明智之举！

按照常规，这祭祀、封禅、庆典等重要的礼俗文化活动，都是由礼部主持，一般是选择天策府学士中德高望重、满腹经纶的人来担纲。马希广即位后，重用亲信，把几个

学士老臣都搁置起来，不让他们参与政事。那时候，大凡祭祀、典礼，一般都是天策府学士、掌书记、辅政大臣李宏皋主持，其他的学士老臣于是干脆称病不朝，祭祀典礼也很少参加，久而久之，礼部就毫无职司了，刘静仁也成了闲人一个。本次册礼大典，原计划是想请几个老资格的天策府学士，如拓跋恒、廖匡图、徐仲雅等来担纲总司仪，可是他们几位死活不依，那个早就归隐了的徐仲雅连个人影儿都没找到，只有廖匡图勉勉强强来了，但不愿担纲司仪，把马希萼气得半死。思来想去，他决定让刘光辅来担任总司仪，理由是：他是已故的礼部侍郎刘静仁之子，子承父业，名正言顺；他现任都统掌书记，辅理国政，这与前朝传统也一脉相承。虽然有些勉强，但事情紧急，也就只能这样了。没想到，眼看就要难以收场的混乱，被他一通喊话，给活生生地挽回了！看来，这个刘光辅，和负责张罗的魏迪勋，才是自己真正的心腹干将！

正在高兴地思忖着，只见魏迪勋指挥人马，搬走断杆，换了根新的，一炷香工夫就将王旗树又了起来。这时候，秩序已经完全恢复正常，刘光辅大声说道："册封大典继续进行。请大唐使者进献贺礼！"一群峨冠博带的南唐礼官捧着装满黄金的银盘、带着妖冶妩媚的秦淮美人来到册礼台前，喜得马希萼手舞足蹈，刚才的不快，早已经烟消云散了。

"请大楚国各地州府献上贺礼！"

各地参加册礼大典的官员带上贺礼一一献上，又忙乎了好一阵子。

刘光辅见献礼已毕，大声喊道："册礼大典最后一项程式，请王都臣民大礼参见我王殿下！"

众人一听，一齐跪倒在地："恭贺殿下受封，我王千岁千岁千千岁！"

刘光辅道："今日之后，大楚国王上即为天策府大将军，领受武安、武平、靖江、宁远节度使，是当之无愧的三湘之主。普天同庆，举国共欢，大赦天下，谋福万民。我王受封大礼已毕！恭请所有宾客到会春园就午宴！礼成，鸣炮，奏乐！"

册礼大典就在这喜气盈天的景象里结束。但王旗吹折事件和它留下的阴影，像一堵坍塌的泥墙，死死压在与会人的心头。加上近来，长沙子民对朗人破长之后倒行逆施深恶痛绝，对朝堂大小官吏巧取豪夺恨之入骨，对王都混乱不堪的治安强烈不满，也对这个新的楚王已经极度失望，听到册礼大典上王旗吹折，一时间坊间闾里议论四起，有的甚至诅咒起马希萼和朗人来。这大不吉利的征兆，经过不断地议论、疯传和发酵，更像一阵猝不及防的瘟疫，迅速在长沙内外扩散开来，雾霾般笼罩在长沙大街小巷和人们的心上。不久，长沙街头，出现了许许多多不同版本的谣传，其中一则童谣流传最广：

东风吹，王旗折，册礼大典雷霆烈。

天有眼，地有穴，神灵怒降征兆帖。

争大位，长沙劫，弑王诛亲如纣桀。

君无道，臣似蝎，敲骨吸髓心真黑。

民断粮，嚼树叶，乱世人命同草芥。

鞭儿抽，马流血，大楚江山气近绝……

◆　七、怡馨楼密会南唐册礼使　◆

册礼大典过后，李云博回到城南监狱，随即由南唐接管，被带到国宾馆看押起来。让他意想不到的是，就在国宾馆附近的怡馨楼，他秘密见到了孙晟。

这怡馨楼，最初是一处私人梨园，早在武穆王马殷晚期，王室子弟都经常秘密前往看戏听曲、私会伶优，渐渐发展成为替王室蓄养伶人、戏子和娼妓的地方。文昭王马希范即位后，对这里仍然情有独钟，经常公开进进出出，怡馨楼也成了融茶楼酒肆、歌舞戏曲，也兼具情色的大型综合娱乐场所，成为名满天下的快活之乡。能来这里快活潇洒的人，非富即贵。

李云博被打扮得花俏无比，一件粉底兰花士人长棉布衫，从未戴冠的他，居然结了一面紫色纶巾，走起路来玉佩叮当作响，简直就是个成天只知道吃喝玩乐、寻花问柳的花花公子。然后被两个同样乔装打扮的武士带到了怡馨楼。

刚刚经历战火的长沙千孔百疮、破败不堪，到处都是残垣断壁，可是这怡馨楼，却出人意料地完好。这里车水马龙，人流如织，灯火辉煌，歌舞升平，一幅和平盛世的都市繁华夜景。李云博做梦也没想到，长沙城里，这娱人耳目、乱人本性、消磨意志、使人堕落的藏污纳垢之所，生命力居然如此顽强！或许，越是身逢乱世，就越是看不到希望；越是看不到希望，就越需要及时行乐。放纵自己，追逐这些感官刺激，也许是麻醉自己、逃避现实的最好办法。

是啊，生生不息的人伦里，生命之脆弱与渺小，只有在缺乏安全的环境里，才真正暴露无遗；滚滚向前的红尘中，命运的乖戾无常，只有在家破人亡的离乱之中，才会有切肤之痛。想到这里，李云博不免有些悲凉起来。可是，这芸芸众生里，总得有人站出来，引导大家去抗争，人世间所谓的英雄豪杰也是被这些乱世造就的。……想着想着，一种擎天使命倏然而至，他顿时释然，突然间豪情满怀。

"公子快请进！公子，来听曲还是来看戏？有没有相好的？要不要给公子介绍一个？……"一个打扮得花枝招展的中年老鸨，眉飞色舞地跟他寒暄。

"别啰唆，带我们去玉东阁！"一个武士恶狠狠地吩咐道。

老鸨立即收敛了放浪，一声不吭地招呼他们上楼。李云博跟在后边，一起在楼道上穿行。突然迎面撞见一个熟悉的面孔：这不是去年和他一起密入南唐的湘水台姤卦执事吗？如今这番装扮，不仅美貌异常气质超凡，而且举止优雅老练稳重。看见李云博惊愕的表情，姤卦执事会意一笑，开口说了句"公子好走"，就转过身去。李云博一阵迟疑，不停地朝身后张望。突然，后边传来暗语传音："少主不必惊诧，姤卦姐妹目前在怡馨楼栖身。有何紧急，传音就是。"

李云博被带进了一个题名"玉东阁"的不太起眼的包间，没想到一推开门，里面的开阔空间和豪华陈设让李云博吃惊不小：两三丈见方的大客堂里，帷幔轻舞，物件井然，一眼就能辨别出分着几个功能区——正对门是一个棋台，摆着各种棋具物件；左手边是一个品茗之所，煮茶用具、酒爵果盘、射覆游艺等器具一应俱全；右手边是一个小舞台，古筝、桐琴、琵琶等管弦乐器更是琳琅满目。而作为背景和装饰的诗画墨迹、帘幕帷幔和各处花草，也都恰到好处、相得益彰，看得出是经过精心设计的。屋里，但见一个年近六旬的儒雅人士，正和一个二十多岁的绝色女子坐在左边品茶。那女子一见李云博进来，连连站起来，道了个万福："公子来了……"

李云博正要问话，但见那位儒雅长者道："公子请进来说话，里边请！"

李云博道："先生请！"

女子说道："两位贵人跟奴婢来吧，这边有个暖阁，隐秘着呢。你们放心地谈吧，外面什么都听不见。有什么吩咐就敲门三声，奴婢在外边候着。"说着，她对李云博淡然一笑，就送两人就进了密室。

一进来，发现这暗间暖阁虽然不及外堂那样开阔，但也比较宽敞，里面的布置却简单一些，就是一个兼可饮酒品茗和手谈对弈的大案，上面早就摆满了东西。谢过女子关好门，两人相互见礼寒暄之后，就坐下饮起茶来。

李云博双手捧起茶杯，道："相爷不辞劳苦远道而来，为我王册礼加封，晚生以茶当酒，恭敬大人。"

孙晟也不谦让，端起茶来一饮而尽，然后冷笑道："李云博，你知罪吗？"

李云博也笑了起来："晚生既是大楚叛逆，又开罪大唐圣朝，里外不是人了！相爷要来问罪，晚生无话可说！哈哈哈……"

孙晟道："你罪恶昭彰，何须讯问！那一把火，就把我们苦心经营多年的袁州炮火营，烧了个精光！你知道吗，皇上听说炮火营被焚，龙颜大怒，要追查肇事者的责任，严惩疏于职守的袁州将帅。不是我等求情，边镐、郑道光、江世敦这些人，要不革职查办，要不身陷囹圄，要不流放边地，说不定有的已经身首异处了。你小子，乳臭未干，怎么出手如此狠辣！"

"出手狠辣？还要追查肇事者的责任？在下就在眼前，将我绑缚金陵，千刀万剐得了！"李云博拂袖而起，正色道，"身为人臣，各为其主，李云博何罪之有？就两国而言，唐强楚弱，你不欺我，我敢惹你？你们为了图谋楚国，居然派边镐假扮僧人，在三湘四水游历大半年，所有秘密一览无余；你们为了得到我瑶池李氏火药秘方，升级炮火武器，派遣了大量黑云长剑军进入我国疆域，刺探机密，骚扰军民，窃取炮火，绑架人质，闹得我们惶恐不安。是你们失礼在先，我等以其人之道还治其人之身，有何不妥？而我入唐之后，发现袁州大营一直在为灭我楚国做准备，我等岂能坐以待毙！敢问孙相，如若是您亲眼看见邻国正在边界之上排兵布阵、磨刀霍霍，面对满库的火器药球，孙相将意欲何为？"

孙晟道："老夫会和你一样，一把火烧了它！"

李云博道："大国可以放火，小国就不许点灯吗？"

孙晟道："你小子要知道，两国间的道理，不是随便可以讲的！那得看实力！你烧了我们的炮火营，还振振有词，就真不怕我大唐兴师问罪吗？"

李云博道："倚强凌弱、仗势欺人，欲加之罪、何患无辞！李云博死不足惜，只是贵国朝廷如此待人处事，其亡亦不远矣！"

孙晟道："哦嗬，其亡亦不远矣。我朝待人处事，有何不妥？"

李云博更加理直气壮道："相爷，您的老祖宗孙子曾云：'上兵伐谋，不战而屈人之兵，为之上策。'大唐自烈祖以来，以礼邦交，结好邻国，从不轻开战端，国运蒸蒸日上，文化日益昌隆，已然成为江南诸国公认的礼仪大邦，一直以来雄立南方。可是当今皇上却一味开疆拓土，北进中原无功而返，南图建州元气大伤，西谋楚国也偷鸡蚀米，以至于南方诸国视为仇雠，名誉扫地，国威不存，他国躲避，犹防盗贼。在下断言，只要南唐再兴兵戈，南方列国必群起而攻之。想当年，大秦国如日中天，六国合纵与之对垒了近百年，不是他国内乱自起，合纵之间互生龌龊，大秦哪能一统天下？阁下想想，大唐实力与大秦相比，相差多少？而如今，大唐自不量力，仍然攻征杀伐，如此下去，国命堪忧啊！"

"危言耸听！"孙晟怒道，"以我大唐实力，灭你楚国，如伸手就桃、探囊取物，有何难哉！"

李云博道："我大楚虽然遭遇兄弟争国，但元气犹在。相爷想清楚，我大楚方圆千里之地、数百万之众，可不是建州区区弹丸之地，岂是你南唐小国就能征服？而图闽惨

败的教训，大人还要再重演一番吗？"

孙晟顿时语塞："你……"

"相爷别激动，坐下来慢慢说吧。"李云博见孙晟被问得哑口无言，于是笑道，"孙相一贯主和，是大唐朝廷少有的有识之士。不知今日如此试探小生，有何深意？"

孙晟坐下来，感慨万千地说道："李学士年纪轻轻，博学多闻，眼界开阔，察事精微，辩才堪堪，孙某服膺！三湘有此奇才，而楚国朝堂不知重用，还网罗罪名意欲除之而后快，看来，楚国真是气数将尽了！"

李云博道："气数将尽？大人为何如此论事？贵国的大国士韩熙载，名闻遐迩，才绝一时，南下避难已经二十余年，一直沉沦下僚，到现在，不还是个户部侍郎吗？凭他的才华，宣麻拜相、执掌国政应该绰绰有余吧。我李云博的学问才具，能与韩大人比吗？而我年未加冠，已经位列天策学士，这已经是破了天荒的啊！难道不重用韩大人，就能说大唐国气数将尽吗？"

孙晟道："哈哈哈哈……老夫驳不过你。但你要知道，韩大人一直是皇上的心腹重臣。"

李云博道："心腹重臣？我看未必。知其有治国大才，却不授予中枢权柄，仅让处理些文书公牍，打理起钱粮杂役，只是在无计可施时问计问策，最多算个幕僚高参。由此看来，大唐皇帝在识人用人上，绝非至圣。"

孙晟道："哦？那依你之见，如何铺排，才算得上是知人用人呢？"

李云博道："大人既然想考我，我就信口雌黄，权当书生之论吧。当今乱世，武夫当政、将帅篡位比比皆是。大唐得国，乃烈祖执掌权柄，取代杨吴，可以说不费吹灰之力。而拥兵权臣得国之后，绝对怕自己的江山被别人窃取，于是烈祖采取重文抑武之治国之策，奖褒诗书，以礼兴邦，大兴科考，轻言武事。淮南江西，一时间成天下文化之都，中原大批文人士子纷纷来归，韩公就是其中之一。数十年里，大唐国也成为江南头等富庶强国。可是如今的大唐皇帝，继位已经九年，年年都在兴兵打仗，如此一来，武将自然就势力膨胀，逐渐开始干预朝政。而更可怕的是，大唐自宋齐丘执政开始，就与掌军武将结为朋党，一齐左右国事走向。所以，贵国皇帝是夹在中间的软柿子，动弹不得啊！皇帝若不及早决断，大难至也！"

孙晟瞪大眼睛问道："你以为，如何决断？"

李云博道："以晚生之见，当务之急就是，剪除冯延巳奸党，任用韩熙载为相，罢息兵戈，整饬吏治，推行新政，奖励农商，韬光养晦，等待时机。不出几年，大唐就会物阜民丰，兵强马壮，只要天下有变，就可以见机出手，绝对会重新雄立于天下！"

孙晟道："岫南所言甚是！皇上仁慈厚道，又具有一统天下的大志，就是在处理这

干喜好攻征杀伐的武将问题上心慈手软，不愿落下残杀大将的恶名。殊不知，每次战败追责之时，都网开一面，久而久之，大将为所欲为，甚至不奉诏就调兵攻伐，这样下去还了得？建州惨败，冯延巳、陈觉等人都应当处死，可皇帝只将他们降职外放，几年后又都收回来了，如今冯延巳又重执了大政，陈觉又掌控了兵柄。在大唐朝廷，主战派与主和派，是你死我活的对头，这绝非仅仅因为个人恩怨，也非志趣喜好各异、品格高下不同，而是政治主张之你死我活啊！"

李云博叹道："常言道：众心齐、泰山移。自古亡国，外力之攻灭者，少之又少，大都是内生祸乱自相残杀，最后被别人抓住机会。所以孙相啊，大楚的前车之鉴，是兄弟争国，使得国力空耗、长城自毁，江山社稷岌岌可危，国运日渐衰微；而大唐的隐患，是在朝廷之内的党争，此等痼疾不除，迟早会两败俱伤，让他国图谋不轨逮到机会。这，绝非危言耸听啊！"

"你说得太对了……"孙晟感慨道，"好，我们言归正传。今日与你密会，一是想试试你的才情，二是征询你的意愿。你可能还不知道，将你押回金陵，乃皇上密授老夫的计谋，明修栈道、暗度陈仓、瞒天过海、借机脱身，救你跳出马氏火坑。"

"什么？救我？"李云博装作一头雾水的样子，惊奇不已。

孙晟笑道："对啊，这也是迫不得已，让你们受惊了。告诉你，老夫这瞒天过海的救你之策，就是韩熙载给皇上出的。嘿嘿，你没想到吧。"

李云博故作惊诧："什么？原来你们是要救我？不是说，要押我去金陵受审吗？"

孙晟大笑道："岫南，你聪明一世、糊涂一时，不会是装糊涂吧？我大唐仁义之师，怎么会问罪于你呢？我们是想救你出去。至于你何去何从，悉听尊便。"

李云博道："真的？"

孙晟道："当然。老夫的任务是，将你安全送出楚国。前些日子说奉命押你回金陵的话，是救你出去的借口。呵呵，害得你岳父大人和老夫死磕烂缠。对了，这计谋，目前还不能公开，一旦他们觉察，对你下毒手，那就麻烦了。而且近日来，他们一直想下毒手，都被江世敦他们及时发现而未能得逞。岫南，你岳父已经是我朝重臣，不如，你也跟老夫去金陵，面见皇上，我们一起开创大业，如何？"

李云博感叹道："孙相、韩公真君子也！只是，晚生去年大闹洪衷，火烧炮火营，这都是不赦之罪。皇上当真能放过我？"

孙晟笑道："真正的君子，是我们的皇上啊！皇上求贤若渴，一言九鼎，岂能有差！老夫以性命担保：如若你赴大唐有个闪失，就取下老夫的项上人头！"

两个人谈着谈着，几乎忘记了身份、国都、年纪，突然间成了忘年之交。李云博一阵沉默之后，说道："谢谢孙公美意，晚生走不开啊！若去国赴唐，马希崇、徐威一定会借机大肆发挥，弄个什么叛国罪名，我一家老小就性命堪忧了。更何况，我岳父大人已经献图皇朝，不久就会为国人知晓。这里面的麻烦，大着呢。加上他接受贵朝中书侍郎一职，更是随时都可能被人致命的把柄。唉，难啦。"

孙晟拍着他的肩膀，胸有成竹地说道："岫南多虑了。老夫已经通牒楚王马希萼，李氏出麻烦，我们就大兵压境，兴师问罪，谅他也不敢。而且你家人的安全，有黑云长剑军负责，大可不必担心。刘都统的事情，更不存在问题，他是我朝要员，对付他就是对付大唐朝廷，谁能有这个胆啊？只是人各有志，你何去何从，好自为之吧。"

李云博道："孙相，不如这样，你容晚生想想，明日回您的信。"

孙晟点点头："老夫恭候佳音。不过，你还有的是时间。出了楚国，进入金陵之前，你都可以决定。老夫会送你安全出境的。你要想清楚，留在楚国已不可能，徐威他们绝不会善罢甘休，背地里很可能在想方设法，置你于死地。"

李云博拱手道："谢谢孙相，晚生一定慎重考虑。"

孙晟道："好了，事情就说到这里吧。早就耳闻岫南棋艺了得，今儿正好讨教。我们出去一边品茗，一边对弈如何？"

李云博道："岂敢岂敢，相爷请。"

两人出了密室。孙晟喊道："小东姑娘，快来摆上棋局，我和公子杀几盘。"

"来了！"刚才那绝色女子又笑吟吟地推门而入，忙碌起来。

不一会儿，两人便昏天黑地地厮杀起来。

◆ 八、靖江军叛逃，乱了马希萼的阵脚 ◆

"姐姐，大事不好……"刘如霜从街上一回来，还没进门就大声朝里面喊。

"如霜，什么事又大呼小叫？慌慌张张，哪里有点侯门千金的样子！慢点慢点，先进屋来，喝口水，坐下来慢慢说。"魏柳烟听到她的叫唤，起身出门，走下石阶相迎。

刘如霜坐定之后，气喘吁吁地说道："昨日夜里有人看见，岫南哥衣冠楚楚，和几个浪荡公子进了怡馨楼……这个没良心的小子，是不是蹲了几天监狱，脑子进了水？"

"岫南不是已经移交给了南唐吗，你怎么能道听途说？"魏柳烟一惊，觉得这绝非李云博的为人，但刘如霜也不可能胡说八道，于是问道，"谁说的？"

刘如霜道："谁说的不要紧，只是这消息绝对可靠。"

魏柳烟装着生气，怒道："你个死丫头，你不告诉我谁说的，我怎么判断这消息是真是假？还有什么秘密瞒着我，说啊！"

刘如霜道："这……我不能说。说反正消息千真万确。"

魏柳烟道："你别瞒我了，我知道是谁。"

"什么，你知道？我们泰平阁的秘密，你也知道？"刘如霜一说出口，就后悔了。

"我怎么不知道！岫南都告诉我了。"魏柳烟还在诈她，"你信不过我，等明天，我们去国宾馆辞行，你问岫南就知道了。"

刘如霜道："哎呀，其实也没什么。这个消息，是原来的一个湘水台密使告诉我的。湘水台遣散后，她就在怡馨楼里做杂役，也顺带打听情况。"

魏柳烟道："如此说来，这个消息，肯定可靠。只是，你刚才说，泰平阁是怎么回事？"

刘如霜道："这个，不能说，姐姐就别问了吧。"

魏柳烟笑道："好，我不问。可是，岫南去怡馨楼作甚？年未加冠，就去这种地方，看来呀，绝对一个花花公子！"

"我也蹊跷着呢，姐姐。"刘如霜一副愁眉苦脸的样子，"你说，他现在处境很危险，处处有人盯着。而且，明日就要被押解去金陵受审，还有心思去玩？是不是他觉得此去南唐，凶多吉少，于是万念俱灰，及时行乐啊？"

"不可能。岫南是南唐在押人犯，哪有这种自由啊。"魏柳烟一边思忖，一边说道，"但依我对岫南的了解，不会是去寻欢作乐。难道，是做什么大事……或者，见什么重要人物，被安排去那里掩人耳目？或者是借故去那龌龊地方，装出一种颓废放荡的样子，麻痹敌手？"

两人正说着，李云博进了门来，见两人在客屋里说着什么，于是笑道："我的好姐妹，早啊！"

刘如霜见他进来，没好气地骂道："还早，都接近午时了！自从进了大狱回来后，就这样一副熊样！你曾经的豪情壮志都到哪里去了！堕落，真是堕落！"

李云博依然笑着，莫名其妙地应承着道："对，堕落。我已经堕落得不成样子了。人不可能总天天都精神抖擞，也该堕落一阵子了。"

刘如霜更加来气，冲上前一把拧住李云博，恶狠狠地问道："恶心！现在如此艰难，你得更加小心才是。没想到你如此不自重，枉费我姐妹一片苦心！你说，你三更半夜跑到怡馨楼去作甚？"

李云博道："怡馨楼……你怎么知道？你跟踪我？"

刘如霜怒道："若要人不知，除非己莫为！自己做的事，还想别人不知道？说，快

说，不然，本小姐可要动手了！"

"如霜，你这是作甚！一个千金大小姐，居然动起粗来！快放开他！"魏柳烟一见，有些急了，连忙上前劝阻。

"哈哈哈，原来是吃醋啊！"李云博挣开她的手，哈哈大笑道，"去那种地方，还能作甚！只是，那里的姑娘，那真是美貌如花，风情万种啊……"

魏柳烟疑惑道："你不是被拘押在国宾馆吗？怎么昨晚会去怡馨楼，现在又跑回来干什么……"

"你也信如霜妹妹的话？她肯定是看错了！"李云博笑道，"哦，明天启程，孙相要我回来收拾收拾……"

"撒谎！"刘如霜骂道，"东西都收拾了，准备明儿给你送过去。你这副样子，辜负我们一片好心！"

李云博道："就要离开长沙了，去开心一回，又怎么了？"

魏柳烟道："你别骗人了！我们知道，你肯定有难言之隐。至于作甚，你不说，我们也绝不过问。只是，气杀妹妹，可没好果子吃，她的拳头，饶不了你！"

李云博道："没什么好说的。事情都做了，瞒你们也无必要……"

正说着，刘光辅走了进来，一见几个年轻人在争吵，很是迷惑，问道："发生了何事啊？"

刘如霜的眼泪流了出来："爹爹，岫南昨夜去了怡馨楼……"

刘光辅大惊失色："怡馨楼？你是怎么知道他去了怡馨楼的？"

"我……"李云博急忙说道："岳父大人，小婿昨夜无聊，去怡馨楼寻开心，被如霜姑娘跟踪了！小婿行为有失检点，权请责罚！"一边说，又一边朝刘光辅暗暗使眼色。

刘光辅虽不清楚李云博去怡馨楼干什么，但他知道李云博已经移交给南唐，不可能自由出入，一定与孙相有关，坚信他有难言之隐，于是装着大怒道："就你多事，岫南被南唐接收，他有这个自由吗？你肯定是看错了！更何况，男人偶尔去寻寻开心，有什么大不了的！"

刘如霜一听，掉头就走，掩着面冲进后堂。魏柳烟一看不妙，也跟着去了。

李云博突然想起昨天偶遇婚卦执事，顿时明白了，怡馨楼有泰平阁的人。刘如霜留在长沙城，肯定与她们有联系。他被人监管着去了怡馨楼的情况，说不定有人知会刘如霜，这不奇怪。见只剩下刘光辅一人，他轻声说道："岳父大人，我去怡馨楼，是孙相安排的。他告诉我，押我去金陵，是朝廷瞒天过海的救人之策，和柳烟姑娘分析的一模一样。"

刘光辅说道："原来真是这样！这样很好，可以保证你的安全。不过，她们怎么会

知道呢？昨晚她一直在家，**魏**小姐也在我家，两人没有出过大门。你去那种地方，一定有人跟踪，徐威也很有可能知道。依我看，你留在长沙很危险，还是去南唐吧。"

"我再想想吧。"李云博心里还是没底，应承了一声，又问，"岳父大人，正值坐衙时间，您回来有事？"

刘光辅道："是啊。出大事了，今日凌晨，王逵、周行逢带着靖江军叛逃，跑回朗州去了。我刚从靖江军驻地回来，那里已经人去楼空了。楚王急召我回宫议事，我顺道去国宾馆看看你，也想听听你的想法，可是孙相说你回家收拾东西了。于是赶回来，让你拿拿主意。对于此事，你怎么看呢？"

李云博惊道："怎么回事，王逵、周行逢叛逃了？原因何在？您说详细些。"

刘光辅道："事情是这样的：王上派靖江军十日之内修复长沙城，可是任务太重，绝对完不成，可能要遭重罚。王逵、周行逢就想了个办法，诈称靖江军染上瘟疫，一个个装成要死的模样。王上一听，急得不行，于是下令全部回营，不再修城了。后来，小门使谢彦颙暗中得知，这是靖江军的自救之策，于是就上报马希萼。马希萼大怒，下令清剿靖江。可是吴公公与周行逢交情甚笃，于是连夜报信与他，要他赶快逃命。周行逢于是就和王逵商量，铤而走险，率领三千靖江军连夜杀出湘春门，开赴朗州去了。马希萼得知，更加恼怒，连夜派兵追杀，却在路上被周行逢伏击，三千兵马几乎全军覆灭……"

李云博道："这，可是绝对的大事啊！靖江军一直是马希萼的亲随近卫，居然反了，可见他已经众叛亲离。看来，马楚江山当真岌岌可危了。"

刘光辅看了一眼李云博，坐下来说道："马希萼手下的将领中间，真正有勇有谋的，就数这个周行逢。可是，他一直担纲近卫，得不到施展机会，年前攻打长沙寸功未立，估计心中早有怨气。可是，近期来，王上要他们修复王都，时间很紧，而且又不加抚恤慰劳，当奴才一般使用，这不是把他们往死路上逼吗？唉……"

李云博道："靖江军一反，无论朗州还是潭州的将领，心里就会各怀心思、待机而动，地方州府也会各自为政、不听号令。楚国眼看就要分崩离析了。"

刘光辅道："对了，还有一事，今日一到衙署，天策府就接到王上朱批，要你以天策府学士身份署政浏阳，负责炮火营建设。这条任命，我一时摸不着头脑。你看，你都被南唐接管了，还来这道任命，岂不多此一举？"见李云博低头沉思默不作声，刘光辅站起来，"你先想想。那边，楚王已经手忙脚乱、慌了大神，可能正在训斥他的百官呢。我还得回去，看看进展如何。"说罢，出门离去。

李云博听到这一消息，很是惊讶。他一时想不明白，早就想置他于死地的马希崇、徐威为什么会有这样的奏议。自己被宣布为矫诏篡国、大逆不道，声名已经一片狼藉。

可突然间又官复原职，而且实授浏阳县令，也太让人不可思议了。如若离开长沙到地方任职，这不等于放虎归山吗？楚王马希萼不怕自己暗中经营、图谋不轨？而且，楚王已经答应南唐，将自己交给孙晟带回金陵问罪，即将待罪异国，怎么还要多此一举？

他把近期发生的事仔细回想了一遍，认真梳理当前大楚王廷的各种势力和混乱局势，得出几条猜想：这条任命，要么，是马希萼在试探自己，一旦真的去赴任，就表明他想脱离王廷监视，肯定心怀不轨，然后找个借口除掉自己，这几乎讲不通；要么，是马希萼根本就不想杀自己，而是被马希崇、徐威奸言蛊惑，现在又被南唐施压，于是重用自己，给南唐表明姿态，做个顺水人情，这也不像；对了，肯定是马希崇、徐威报仇之心不死，用个任职的方式抵制南唐带走自己，或者他们已经觉察孙晟的瞒天过海之策，来这么一招留下自己，等南唐使节走后再下毒手。绝对就是这个缘由！因为，马希崇和徐威欲置他于死地，是无论如何也不可能改变的。自己曾经两度下达密杀令，诛杀这两个乱臣贼子，如今得势的阴险小人，必定睚眦必报，绝不会放过自己。看来，长沙真的不能待了。

到了晚上，刘光辅回到府上，向他道喜。李云博道："这不明不白的任命，何喜之有？"

刘光辅道："王上垂青，你又官复原职，还实授县令，署政浏阳。这不是你大展宏图之时吗？楚国危亡，迟早而已。我虽然被马希萼委以重任，但早就不想为他分忧了。你看看如今这个楚王，整日沉迷享乐，绝不是中兴之主。我得利用马希萼信任这一点，积蓄力量，尽早除掉祸害楚国的奸佞，为南唐和平入楚做好铺垫与策应准备，避免长沙遭受战火。你如若去了浏阳，建立一支可以支配的力量，岂不更好？更何况，我已和孙大人商议，如若你不想离开楚国，也可以留下来，去浏阳任职。既然马希崇他们愿意冰释前嫌，你留下来既可以帮我，又可以照顾家里，岂不更好？"

李云博大声说道："岳父大人糊涂！这样一个敏感之际，突然将我官复原职，而且还实授浏阳县令，你不觉得蹊跷吗？小婿猜想，这道任命，马希萼可能又不知情，应该是马希崇、徐威他们借马希萼酒醉甚至瞒着他弄出来的！这是他们的缓兵之计，借这个委以重任的借口，是想拖住小婿不离开楚国。这说明，徐威之流已经识破南唐的瞒天过海之计，他们清楚，南唐是在演戏，南唐其实根本不会问罪并惩处小婿，而是救我脱身。这一招，能让孙相深信不疑，他们已经不会加害于我，等到孙相一行离开，再作打算。"

刘光辅惊道："岫南所言甚是！这一招狠啊，连孙相也被蒙在鼓里！到时候孙相他们远在金陵，何敬洙将军也撤回郓州，就算知道你有麻烦，也是鞭长莫及啊！这个徐威，还真不是省油的灯，为了报这一箭之仇，真是什么恶毒的招都使出来了，还差点把

我和孙相都骗了。可恨！"

李云博道："看来，除了离开楚国已经别无选择了。不如，就假戏真做，我去金陵算了。"

刘光辅点点头："我看行，就这样定了。我就去跟孙相说。"

送走刘光辅，李云博来到后院花园里，只见刘如霜还在那里垂泪，魏柳烟一个劲地在劝她。

李云博走过去，说道："两位姐妹，你们多心了。其实，事情根本没有想象的那么坏。但究竟为什么去怡馨楼，现在还不能告诉你们。不日之后，我就要被押往南唐，你们多多保重。"

刘如霜一听，抬起头来，道："还要去南唐？刚才听管家说，你被官复原职，还要到浏阳当父母官，不是说好了留下来吗？"

魏柳烟道："如霜妹妹，事情哪有你想象的那样简单。我看，岫南离开长沙，是最好的选择。无论去哪里，都比待在长沙好。只是，远走他乡，消息断绝，妹妹可能更要牵肠挂肚了！"

刘如霜道："我才不会呢！这样一个花花公子，离得越远越好！"

李云博没有理会刘如霜的气话，对她说道："目前，没有别的法子了，只得走了。对了，如霜姑娘，麻烦你赶快联系一下左老大人，临行前，我还有几件事情，对他略做交代。事不宜迟，你就去办吧。记住，一定要隐秘。"

刘如霜应了一声，擦了擦眼睛，起身出门。

两人看着刘如霜远去，相视无语，都想说点什么，但都没有找到话题。待了好一阵子，还是李云博开口了："柳烟姐姐，你多保重。"魏柳烟应了一声："我知道。"顿了顿，又说道："你也一样，只身一人，很是孤单。不如，叫如霜和你一起去吧。她是你的未婚夫人，一起去，终归有个照应。寂寞的时候，有个人陪着，说说话也好。"李云博道："孤单算什么。如霜姑娘去不合适。虽有婚约，但毕竟不是夫妻。此去是福是祸，还很难料定。而且，如霜姑娘性情耿直，嫉恶如仇，这样凶险重重的远行，带她，会有麻烦。"魏柳烟知道他心里想什么，也真的很想陪他去。那句话几乎就要从嘴里冒出来：她比刘如霜合适。但这又是根本不可能的事情。于是叹了口气，起身往外走。

李云博突然叫住她："柳烟姐姐，请记住，我们天马山隐相台上的约定。"

魏柳烟回过头来，一阵莫名的感动。看来，刘如霜那天失口说出的话，似乎是真的。可是，李云博为什么要一再强调他和刘如霜的婚约呢？而刚才这句话，她又似乎能感觉到李云博对她的真心。从这几天的情形来看，如霜妹妹喜欢李云博，那是肯定的。她为什么偏偏说，自己配不上岫南呢？真是让人莫名其妙……正时思忖间，只见李云博

已经从另一边出了花园。她待在原地愣了半天，一句话也说不出来。

　　这时候起风了，吹得院子里飞沙走石，枯草乱窜。刚刚冒绿的新荷池塘，惊起一阵层层叠叠的波浪，猛地有几根飞来的杂草跌进，又猛地被卷起，继续无头无脑地东奔西飏。魏柳烟站在那里纹丝不动，目送李云博消失在花园门口。大风吹拂着，她玉雕一般定在那里，只是裙袂被风舞起，忽左忽右，忽上忽下，和她的心绪一样杂乱无章。

第六章

DILIUZHANG

客居金陵

◆ 一、飞鸿轩对弈西门璞 ◆

自三月开始，金陵就一直上演着美不胜收的江南景色，从江南草长、杂花生树、群莺乱飞的暮春起，到乱红缤纷、梅雨延绵、桃李芬芳的初夏，眼看就要进入炎日朗照、田野初黄、硕果满枝的盛夏了。秦淮河，莫愁湖，东庐山，栖霞寺，楼轩亭榭错落有致，堤岸垂柳倒影碧绿，海棠荷莲蜂蝶嬉戏，山石松竹、花木绿荫更是目不暇接……古都的胜景，让李云博纵情山水、乐在其中、心旷神怡、流连忘返。

不知不觉，李云博来到南唐西都江宁府已经数月。这几个月里，他一直隐身孙晟府上，等待发落。可是，南唐朝廷从来没有与他接触，没有下狱问罪，没有过堂受审。渐渐地，孙晟带他四处交游，结识了一班金陵才俊，整日诗书辞赋，游山玩水，过了一段从未有过的清闲日子。这期间，他投帖拜会了一些南唐文臣，交游过江淮有名的仕宦学人，眼界大开，学业猛涨。也受到金陵学界的欢迎和赞许，"才情卓卓，风流偶傥"，诗才文名崭露头角。他就这样待在孙府里，整日吃了玩玩了吃，读书宴饮，交游士林，过得还是有滋有味。特别是孙晟、江文蔚等一干文臣学士，对他以礼相待，奉为上宾，让他受宠若惊。唯一遗憾的是，他多次到韩熙载府上投帖拜谒，都无果而终。他很是蹊跷：刘光辅不是说过，韩熙载很想和他见面，如今怎么闭门谢绝呢？加之到了金陵，他一直想亲自会一会这个被称为"睿主"的南唐皇帝李璟，却也未能如愿，不免有些怅然若失。

虽然，他的行动很自由，却也仍然是"戴罪之身"。李云博心里很清楚，救他不是孙晟的个人行为，这里面，又会不会有什么玄机？去年南唐图楚，获取瑶池李氏秘方、升级炮火武器，已经成为南唐的国家战略。如若南唐借救他之机，扣他为人质，逼迫他的家人献方，家族又将导致怎样的灾难呢？这看似平静的金陵城，或许在皇廷内闱、机要署衙，日夜都在商议如何发落他这么一个似是而非的异国罪臣。他更不知道，这个皇上心里是怎么想的，最终会怎样处置他。如此看来，这看似无人监管，来去自由，很可能掩藏着不可告人的目的。越是这样，就越不正常，危险随时都会骤然而至。

数月里的耳闻目睹，李云博对南唐富庶和民众的安居乐业很是赞叹，也对朝廷惩处贪官赃吏、赈灾济民等措施比较认同，特别是近期来，淮南发生了蝗灾、瘟疫等几件大事，朝廷派出大批官员捕杀蝗虫、恢复生产，扑灭疫祸、赈济灾民，也让他由衷赞许。

但是，朝廷在大政方针上的犹豫和迟缓，让他多多少少有些失望。冯延巳、陈觉等主战一派如日中天，醉心于开疆拓土，积极扩军备战；而孙晟、韩熙载等主和一派，大力推行的新政，也屡屡受到掣肘，三个多月过去了，连个基本的新政策案都还未被皇上首肯，真正施行还不知道要等到猴年马月。根据孙晟日常中的言辞，他隐隐感到这个所谓的"睿主"并不怎么睿智，除了艺术上文辞出众、精通音律、丹青无敌，性情上仁慈恭孝、勤勉厚道、待人宽和以外，政治上似乎有点优柔寡断。朝廷党争，不及时处置，一旦弄到剑拔弩张、你死我活的时候，不仅朝野局势无法控制，而且对于至高无上的皇权也是个不小的威胁，甚至江山社稷的安危都会面临极大风险……

想到这些，李云博有些隐隐担心：如果李璟不是一个真正的"明主"，就不值得他李云博效力驱驰，也不主张他兵进长沙。因为，楚国那么复杂的地方，图之容易、治理极难，一般的人根本驾驭不了局势。不仅需要仁义爱民的宽广胸怀，更需要雄才大略的政治智慧，寻常之主，就算得到，也守不住，他不想让三湘四水重新陷入混乱。因此，在开心快乐的表象之下，深藏着他不乏忧思的赤子之心。但他终归是异国罪人，根本没资格也没机会发表这些想法，慎言慎行、静观其变，也许是当前最好的全身之道。而这难得的闲暇，正是自己埋头书海、养心强智、检视不足、理清思路的大好时机。南唐朝野大贤济济，这当然是一个难得的就教之机，他岂能错过？但他时刻提醒自己：一定得记住自己的待罪身份，千万别因小失大，泄露自己深埋心中的天机。

七月初的一天午时刚过，他从栖霞寺访客回来，已是大汗淋漓。正欲进客堂，但听屋里一群人谈笑风生。正欲退出避开，却被孙晟叫住："岫南回来了？别走，堂内见客。你看，谁来了？"

李云博抬头一看，只见西门璞一袭绯服，站起来朝他走过来，笑道："岫南，听说你到了金陵，早就想过来看看。可是，公务繁忙，一直未能成行，莫要见怪。今日从萍乡过来公干，特来看看你……"

"姑父？"李云博一惊，拱手见礼道，"小侄给姑父大人请安！"

西门璞道："岫南多礼了！来来来，我们姑侄坐下来说话。听孙相说，你到金陵之后，发狠苦读，才情见长，广交士林，声名鹊起，姑父甚是欣慰啊！"

李云博道："姑父大人过奖了！小侄待罪金陵，还不知道有司如何处理。看书交友，只不过打发空闲，哪来什么才情大涨、声名鹊起！"

"你小子还是如此谦虚！"西门璞见李云博不肯落座，也不好坐下来，"今日机会难得，真想和你好好聊聊，说不定，我这启蒙先生，早就不及你了！"

孙晟见状，说道："你们姑侄难得一见，好好聊聊吧。老夫先出去张罗一番，弄几道佳肴，请几个宾朋，来个最高等的晚宴……西门大人还是头一回来府上做客，老夫更要好好尽一番地主之谊。"

李云博道:"这……我戴罪金陵,有什么好聊的?只怕连话都没得说。"

孙晟道:"西门璞还是你的发蒙先生。你学道归来,仍然就教于他,也算得上你的业师。更何况,他还是你的亲姑父。常言道:一日为师、终身为父,这于情于理、于公于私,都得好好聊聊。"

李云博见躲不过去,站在那里不肯吱声。西门璞见了,笑道:"既然没话可说,不如找个地方对弈一番如何?一年不见,岫南棋艺也应该长进不小。麻烦孙相给我们安排个安静的地方,我们下下棋,手谈几局也一样。"

"好咧!"孙晟应了一声,转身吩咐候在门边的管家,"你赶紧将后花园的飞鸿轩收拾一下,摆上棋案茶水,让两位贵客对弈。"管家拱手匆匆去了。

孙晟带着两人来到后花园,但见一座气派的朱红楼宇矗立眼前。李云博对这里非常熟悉,常常来这里晨诵晨练,有时候也来这飞鸿轩打坐看书。进了楼内,又上了二楼,但见一切都准备停当。孙晟道:"你们先下棋,老夫还有点事。岫南,你也算得上府上半个主人,有何事情就吩咐下人,别怠慢了西门先生。记得,晚上一起就晚宴。"说罢,就作别离开。

李云博本来没有心思跟西门璞对弈,只是出于礼貌,勉强应付。输了一盘,便有些不服气,渐渐进入状态,接连三盘都杀得西门璞落花流水。

西门璞一丢棋子叹了口气站起来,伸了个懒腰,说道:"岫南棋艺大长,姑父甘拜下风!唉,后生可畏,后生可畏啊!"

李云博低头读棋,没有起身,淡淡说道:"侥幸而已,姑父承让了!再杀一局,如何?"

西门璞道:"不必了。我对棋艺,本来还自命不凡,没想到,被你连扳三局,一点信心都没有了。真是士别三日当刮目相看。我是你的手下败将,杀不过你。"

李云博道:"姑父言之差矣!胜负之数,又岂在一两盘棋之间?你刚愎自用,目中无人,小胜一局,就冒进贪功,不留退路。这可是棋家大忌啊!"

西门璞道:"你……哼,也是。这几盘都下得有些急躁。不过,你的棋艺,的确长进不小。"

李云博道:"姑父又说错了。你犯的错,不仅仅是急于求成的冒进,还有一些用神不专,心有旁骛。但你的棋艺,的确在我之上。"

西门璞道:"用神不专,心有旁骛?这个……姑父就不太明白了。"

李云博道:"您坐下来,一心一意、气定神闲地下一盘,就不言而喻。"

西门璞见李云博一门心思下棋,而且还读透他的心机,不免暗暗吃惊:这小子,可真是越来越不简单了！也顾不得多想，硬着头皮坐下来，重新操起棋子，继续厮杀起来。这盘棋，直杀得天昏地暗，一个多时辰才结束。结果，两人握手言和。

"和了。"西门璞如释重负，他看到李云博还在数子，笑着说了一声。

李云博道："嗯。的确和了。你若不放一虚子引我上钩，这盘，你就赢了。"

西门璞道："唉，有道理。本来，两人按部就班地走下去，我有可能赢。可是你小子，来个声东击西，我没读懂你的意图，仓促应对，结果，被你抓住机会，连扳数子。情急之下，就来了这么着诱敌深入之计。可是，你没上钩。"

李云博道："我连扳数子，也赢不了你。你想大获全胜，就虚晃一枪，浪费一子，可惜。如此看来，还是有点冒进。"

西门璞道："唉，真是一着不慎全盘皆输啊！"

李云博道："你根本不会输，输的本来是我。不过，现在和了。"

西门璞道："哈哈哈……和了。和了好，和了好啊！"

李云博道："是啊，和了好啊！你根本就不是来下棋的，当然和了好啊，和为贵嘛。可是，天下怎么就不'和了好'呢，偏要争个你死我活？"

西门璞道："岫南言之差矣！天下争端，虽然你死我活，但都是暂时的，最终也会实现和局，天下久分必合，这是历史不可能扭转的大势。岫南以为然否？"

李云博道："姑父言之有理。不过前提是，得有实现和局的远大志向。可是遍观如今天下诸侯，都是为了一己之私，攻城略地，荼毒生灵，这美好的和局，何时能够出现？这，不得不让人忧心忡忡啊。"

西门璞道："岫南真是忧心天下啊！依我之见，这天下和局，不久就会到来。"

李云博道："哦？愿闻姑父高见。"

西门璞道："高见谈不上。不过，我愿勉为其难，一吐所想。当今乱世，四分五裂，但已经分崩离析了近百年，天下人心思定，都渴望结束这战火纷飞的年月，这是民心基础；而就当今四海诸侯来看，中原王朝更迭了五代，农田荒芜，村野萧条，民力耗尽，满目疮痍，加上契丹不时骚扰，民众更是疲苦不堪。而年初，郭威代汉建立大周，晋阳刘崇也急不可耐地跟着建起了一个汉国，黄河流域已经乱得像一锅粥，根本没有人能统一北方。再看南方，楚国兄弟争国之后，实力大减，基本退出争霸舞台；西蜀孟氏坐拥西川天府之国却偏安一隅，成不了南方强主；南汉刘氏，虽然对天下虎视眈眈，却内乱多生，政局动荡，加之少主荒淫，滥杀兄弟朝臣，形成不了合力；吴越钱氏、荆平刘氏，国土狭小，夹在大国之间，加上主上都是鼠目寸光之辈，只求自保，毫无进取之心。只有我大唐，自杨吴开国以来，七十余年安稳富足，已然成为江南首屈一指的强国。而且当今皇上仁义贤能，满朝文武精诚一致，已经具备振臂一呼的实力。我看，只

要等得一统东风，大兴仁义之师，天下太平，指日可待！"

李云博哈哈大笑道："哈哈哈……好个'大兴仁义之师，天下太平，指日可待'！小侄权且问你，既然南唐国势如日中天，那么数年前图闽，为何损兵折将、寸土未得，而且还被迫与吴越议和？"

西门璞道："这……这只不过是偶然失误而已。天下之大，区区一个建州，得失之间，不足道耳！"

李云博道："偶然失误？据我所知，这是贵国将领贪功冒进，私自进兵，相互之间又争功掣肘，最后导致惨败。哪里来的满朝文武精诚一致？一个小小的建州，都不能拿下，还谈什么一统天下，真是痴人说梦！"

西门璞一愣："你……"

李云博道："我再问你，几年前辽人南侵，耶律德光攻破汴梁城，灭了晋国儿皇帝石重贵，贵国兵进河套，为何赶走辽人之后，又将中原拱手让给刘知远？而这代汉建周的郭威，就是当年和你们并肩作战的统兵大将！郭威是无能之辈？你们怎么会把中原拱手让给无能之辈？"

西门更是无言以对："这……"

李云博道："我还要问你，贵国洪袁一带，陈兵数万，良将如云，为何被小侄这么一个乳臭未干的少年闹得鸡犬不宁？如今你们要灭楚，当真能一战而胜吗？强行图楚，如若实力不济，绝对又是一个建州惨败的翻版。到时候，偷鸡不成反蚀米，赔了夫人又折兵，南唐从此就陷入四面楚歌的外患泥潭——这一点也没夸张！"

西门璞怒道："胡说八道……"

李云博道："是，我是在胡说八道。我还要继续胡说。若大唐党争痼疾不除，吏治不整，新政不行，迟早会生出内乱，别说攻城略地图谋他国，就算要固守淮南江西，也绝非易事……"

西门璞大怒："危言耸听！你冒充姑父，私闯袁州中军大帐，大闹洪袁，火烧炮火营，罪大恶极，按理当诛。可是陛下仁爱惜才，思虑再三还是没有问你罪责，我等也念在你年幼无知，确有小才，极力为你开脱。你倒是好，不知恩图报，真是不仁不义之徒，枉费我们一片诚心……"

李云博笑道："哈哈，身为人臣，各为其主，有何过错！你不知道，我还有更加罪恶之事呢。我曾经截获贵国皇上密诏，得知你们洪袁军旅的绝密军情，所以一怒之下，一把火烧了炮火营。要说不仁不义，你们在先。"

西门璞大惊："什么？你曾截获我朝皇上密诏？怪不得，去年在萍乡，我等还未反应过来，你就频频出手，弄得我们措手不及，而且损失惨重——原来，是你早就截获机要密诏。你，你这坏小子，真是坏了我们大事！"西门璞大怒，一拍棋案站了起来，道，"你说，为何不仁不义，我们在先？"

李云博大笑道："哈哈哈……姑父大人息怒。你既然要听，我就不妨说说。几年来，你们陈兵袁州，大肆扩建炮火营，目的就是要灭我楚国。而为了尽快提升火器的攻击能力，你们不遗余力地要弄到我瑶池李氏秘方，派出黑云长剑密探夜袭瑶池，搜寻秘方不成，又绑架二叔，打劫我们的特供王廷炮火。这一切一切，你们干的都是大仁大义之举吗？"

西门璞反问道："为了一统天下，这迫不得已的手段，又有何不可？"

李云博也反唇相讥："那小侄为了楚国安危，家乡父老免受战火屠戮，烧了你们的炮火营，又有何不可？"

西门璞有些气急败坏："你，你……你简直是强词夺理！但如今，你们楚国已经归附大唐，已经是一家人，为何还要站在对立面，和我做这徒劳无益的口舌之辩！"

李云博道："笑话！马希萼为了争夺王位和自保身家，称藩南唐，那是无能之君的全身之道。我是被马希萼出卖，送给你南唐国治罪的！"

西门璞道："我不跟你争，口舌之辩，我甘拜下风！只是，为了瑶池一家老小，你还是要顾全大局！"

李云博问道："瑶池李氏还有活路吗？楚国王廷逼着献方，差一点就都人头落地；南唐国救了我们，不一样是为了这火药秘方吗？你们的伎俩，骗鬼去吧！"

西门璞道："你讲点道理好不好？我们希望李氏援手，提升炮火武器，然后一起实现天下一统的太平梦想，有何不对？为何你们偏要僵守祖制，死死抱住火药的民俗功用不越雷池，真是因循守旧的一个家族！难道火药用于军事实现了天下和平，就不是造福人伦吗？求你们睁开眼睛，看看天下大势好不好？"

李云博道："笑话！你想要我们的宝贝，我们不给，还骂我们僵守祖制、因循守旧；那么，如若我想要你们的宝贝，你们给不给呢？"

西门璞："你要什么，说说看。"

李云博："你们把金陵古城送给在下，如何？"

西门璞："这……这是我大唐都城，能够送人吗？"

李云博："那我李氏祖传绝密，就能送人？"

西门璞："这怎么一样？"

李云博："这怎么不一样？"

西门璞："都城是皇帝居所，皇朝象征，能够轻易与人？"

李云博："秘方是瑶池李氏数百年积累的心血，是家族命脉，就能轻易与人？"

西门璞："一个小小家族，能够与泱泱大国同日而语吗？你们不献，我们定有办法弄到！"

李云博冷笑道："哈哈哈，狐狸尾巴终于露出来了！你干脆说就偷就抢，就威逼利诱、严刑拷打、杀人放火得了！可是我要告诉你，就算你们把李氏族人赶尽杀绝，也不可能得到秘方。原因很简单，所有秘方已经焚毁，都装在我们的脑袋里。你若不信，就将所有李氏族人的头砍下来，看能不能得到秘方！可是，金陵城摆在那里，谁也搬不走，你们不肯送人，自然有人来取。而且金陵城是六朝古都，也就是说，别人已经取过六次了……哈哈哈……"

"如此信口雌黄、大逆不道，真是不想活了！你不想活了，可得想想一家老小百余口啊，真是个不知死活的东西！"西门璞脸色铁青，突然甩手朝李云博打来。李云博猝不及防，脸上着实挨了一下。

"生又何欢，死又何哀？谁又逃得过一死……迟早而已。"李云博看到西门璞气急败坏的样子，一擦嘴边流淌的鲜血，淡淡地说道。

"怎么打起来了？真是的……"这时候，孙晟听到仆人禀报赶了过来，连忙拉起两人，往楼下走，"晚宴准备好了，走吧……"

两人都不悦地看了一眼对方，低头往楼下走去。

◆ 二、让人咂舌的"肉台盘"晚宴 ◆

李云博跟着孙晟出了飞鸿轩，穿过后花园的朱红拱门，就进了前院。他看了看立在院子中央的沙漏，只见指针刚过申时，已经指进酉时。来到孙府宴会厅，但见里面美姬艳女如云，一个个端着盘碗杯碟，捧着酒樽茶壶，站在那里纹丝不动。李云博走进大厅，着实吃惊不小：偌大的宴会厅里，居然真的没有餐桌，只有几把做得很特别的高脚椅子，这怎么吃饭？但听西门璞惊道："我西门璞何德何能，居然让孙相如此礼遇……这，这不会是传说中的'肉台盘'吧？"

李云博一听，突然想起来了。他一到金陵就听说，孙府的"肉台盘"家宴和韩熙载的夜宴一样蜚声朝野，谁要是有机会享受到这种礼遇，那不是孙府座上贵宾，就是孙相故交至友。李云博来到府上已经快两个月，孙晟曾经要为他摆"肉台盘"，李云博以待罪圣朝为由加以拒绝。而近期来，他听到的关于"肉台盘"的传闻越来越多，谈论者无不一副艳羡神往的样子。据说，这"肉台盘"宴会，每次摆宴不用桌子，让众多侍女端酒执壶捧菜环立周围，令府中蓄养的姬妾侍女们各自捧着一种食物围在客人面前……李云博一直不信，因为孙相的为人和品性，应该不是这等奢靡浪荡之辈，这些传闻，很可能是政敌故意制造的流言蜚语，因此常常一笑了之，不置可否。可是今天一见，原来和传闻的一模一样，李云博顿时目瞪口呆，傻傻地僵在那里。

李云博记得，史书记载，最早的奢华盛宴莫过于商纣王的"酒池肉林"了。纣王"以酒为池，县（悬）肉为林，使男女裸，相逐间，为长夜之饮"。以男女裸体相互追打，为酒宴助兴，这也许就是"肉台盘"的萌芽状态吧。到了晋朝，晋武帝时的骠骑大将军王济，曾在民间挑选上百名年轻美貌的少女专门为其陪侍贵宾。每次王济招待达官贵人时，一律不用餐桌，而让身着盛装、精心打扮的美女用手托着盛有美味佳肴的盘碟，叫着"肉台盘"，这是这个名字第一次见于记载、正式登上正史。宾客们一边品尝美食，一边欣赏美女，犹如进入神仙境地！唐玄宗时的宠臣杨国忠——就是杨贵妃的哥哥，他在家中设宴请客时，常常令府中蓄养的姬妾侍女们各自捧着一种食物跪在客人面前，也称作"肉台盘"。冬天，则让她们把宴席围成一圈，叫作"肉屏风"。这种种令人瞠目结舌的奢靡生活，常常是遭人诟病、令人挞伐的，主要原因是有违节俭传统，造成巨大浪费。而这些不劳而获的贵族阶层，把收刮来的民脂民膏肆意挥霍，待到穷奢极欲、民力民财耗尽，也就离灭亡不远了。

正在呆傻沉思间，只听孙晟说道："晚宴开始，请西门大人、李学士入座！"

西门璞看着琳琅满目的美食和侍女，顿时两眼放光，语无伦次地说道："我的天！'肉台盘'，果然名不虚传！都城排名第一的奢华家宴，仅是孙相府上才有，真是开了眼界啊！别说吃喝，光看一眼就足以铭记终生……"

孙晟笑道："西门司马休要客气。有朋远方而来，普通之家都会抹月披风、敲冰煮茗，老夫堂堂宰辅之臣，理应倾其所有招待贵客。西门大人劳苦功高，又是第一次光临寒舍，区区'肉台盘'，又有何不可？况且，岫南在府上已经委屈多日，也一直未盛情款待。今日机会难得，拿出这被人吹捧的玩意儿，表表老夫的一片深情。来来来，不要客气！"

李云博鄙夷地看了一眼西门璞，迈动灌了铅似的腿脚，走上一个圆形木质台阶，万般无奈坐在那张高高的椅子上。由于坐得太快，椅子一下子旋转起来，把李云博吓了一跳。原来这椅子，可以四周旋转！但听孙晟说道："岫南啊，你别怕，椅子会旋转，方便你取食，不会摔倒的。这是找乐子的玩意儿，你放开胆子吃喝玩乐。人生在世，建功立业，不就是为了享受吗？开宴！"

话刚落音，但见那群女子，一个个笑容满面，一字排开，捧着各种各样的盘盘碟碟依次走了过来。其中六个突然围在李云博周围，托着盘子呈在他的面前，活脱脱像一个被掏空的圆形桌子，外环上摆满了色香味俱全的菜肴美食。正在发愣间，一位侍女递给他一双玉筷子和一个玉碗儿，示意他尝菜。李云博勉强接过，伸手夹了一样放进嘴里，一股不曾有过的舒柔腻滑顿使口舌生津，浓郁芬芳的气息也直逼脑门，那味道，他今生似乎还未品尝过。"公子适才尝的，是金陵奶舒清蒸鸡子糕……"捧着那盘菜的美女温言细语地介绍道。李云博就又尝了几样，什么红烧黄鱼、黄焖趴蹄、红油咸蛋、洋花萝卜、爆炒龙虾等，每样菜都可口无比，可是，李云博却毫无食欲。

孙晟又说道："上酒！"

几个女子端着酒壶酒樽走过来，其中一个走到李云博旁边，倒了一樽递到李云博手上，然后站在身边一动不动。

"老夫先敬一杯，为西门先生洗尘，也为岫南正式接风。"孙晟说罢，一饮而尽。李云博只得客随主便，端起酒杯也一饮而尽。

酒过三巡，孙晟说道："我们金陵规矩，三巡过后，就是自饮和酒令环节了。今日瑶池最著名的两位文士来到金陵，一定得行行酒令，好好领略两位才情了……"

正说着，门外传来一阵嘈杂声，不一会儿，一群人闯进了宴会厅，只见为首的大声说道："孙相，你真不够朋友！来了贵客开了'肉台盘'，也不知会一声。好在我等及时得到消息，不然的话，那真要后悔终身了……"

李云博抬头一看，这三个人，后面跟着的两个他认识，江文蔚、常梦锡，说话的是一个五十开外，生得品貌奇伟，超凡脱俗，话语间透着一股浩然之气，李云博一愣：这人，十有八九就是他慕名已久的韩熙载了。只见孙晟站起来拱手道："不好意思。我今儿摆的这肉台盘，只够三五个人吃，你们不请自来，又想蹭孙某一顿饭，真是死不要脸……"

江文蔚道："我说孙大人，你别给脸不要脸！我们赶来给你捧场，你倒是好，嫌我们蹭饭。到时候，行起酒令对起诗赋，你招架得住这个瑶池神童？帮你忙还不知恩图报，真是狼心狗肺！"

常梦锡说道："别争了。来了，本来就是混混吃喝。有吃的，还讲什么脸不脸的！"几个人你一言我一语，宴会厅里顿时乱作一团。

突然，走进来一个少年书生，约莫十五六岁年纪，李云博从未见过。他的目光迅速掠过少年的脸上，不免大吃一惊：这个少年左眼为两个瞳孔，牙齿为整齐的龅牙，一个眼睛里有两个瞳孔正是古书提到的"重瞳"。古书曾载，有重瞳的人为圣人。虞舜和项羽就是历史上最有名的重瞳者，唐代诗仙李白曾作有"九疑连绵皆相似，重瞳孤坟竟何是"诗句，说的就是虞舜。比较整齐的龅牙是谓"骈齿"，自古以来也被认为是圣人之像。据载，帝喾、周武王、孔子都生有骈齿。正在惊疑间，只见那个年轻后生道："这孙府肉台盘名闻遐迩，但只听说，从未见过。本王今儿来，主要是见见肉台盘究竟是什么样子，吃不吃无所谓。哎呀，这等奢华，真是开了眼界啊！"

孙晟一见年轻人，赶紧站了起来，上前施礼道："不知郑王驾到，适才酒后胡言，请王爷治罪！"

年轻人笑道："孙相哪里话！从嘉不请自来，搅扰你的盛宴，哪来的罪责！只是我等既然来了，也不能干看着吧……"

孙晟一听，赶紧说道："是是是，马上开席！适才是和韩公几个老朋友的玩笑话。我府上请客，哪里能瞒过他们几个馋鬼，只要有一点风声，他们就会不请自来，其实，宴席早就准备好了……六王爷，各位大人，还不赶快入席？"

李云博听着他们对话，又听年轻人刚才的话，马上明白了这个年轻人是谁。他原来就是当今皇上的第六子，少年成名，辞赋诗文冠绝江南的郑王李从嘉。李云博赶紧站起来，不等介绍就上前施礼："藩邦楚国罪臣李云博拜见郑王殿下！"

李从嘉笑道："久仰久仰！早就听说江南神童学士到了金陵城，一直就想会一会，今日终于如愿了。哈哈……"西门璞更是慌慌张张从高椅上滚下来，过来见礼，头磕在地上，噔噔直响。李从嘉见了，扶起西门璞道："西门大人不必多礼了。起来吧。"

韩熙载笑道："王爷殿下，我们还等什么？大家都赶紧吧。"一群人笑着，就走上木阶，坐到那个高椅上。

"开席，上酒……"

顿时，宴会厅里热闹起来。又相互客套应酬了一番之后，李从嘉道："各位，这孙府豪宴，才子齐聚，已经酒酣至半，岂能没有酒令助兴？来个飞花令，如何？"众人一听，都连连称是，于是就讨论如何行令。

孙晟拱手道："六王爷系皇子皇孙，年纪轻轻，却早就才情卓绝，名满天下，这个飞花酒令题目，得由您出。"

李从嘉道："哎，这个，不妥。本王之见，应该请一德高望重、引领文坛的大雅之人来担当酒令官。就由大国士韩公来点题如何？"

众人一听，道："王爷言之有理！韩公名动江南，当之无愧。"

韩熙载道："古人云：凡是官者，尊贵为长。因此，这酒令官也不例外。今日饮这肉台盘的席间众人，要说尊贵，郑王首屈一指。这酒令官，六王爷当之最为妥帖。"

李从嘉道："大国士莫要谦虚。话虽如此，但也常有以长为尊、以名为大的规矩。你别推迟了，快快点题，莫耽误了这'肉台盘'之良辰美景。"众人也齐声附和。

韩熙载见推不过，就只好应承，起身道："既然如此，老夫就恭敬不如从命，勉为其难了。"

李从嘉见他应承，笑道："韩公，你不会又出对联令吧？"

韩熙载揖道："既然王爷有旨不对句，我们就来最常行的唐诗雅令吧。先来'酒'字令，附加条件是，起令之人说两句七言唐诗，接下的人跟着说两句也是唐诗，必须说出起令主题的那个字，而意思亦必须与这个主题相关。没有本字或与主题无关者，罚酒一杯，怎样？……既然大家没意见，老夫先开始起令：'劝君更尽一杯酒，西出阳关无故人。'左手边接声……"

坐在韩熙载左边的户部尚书常梦锡，他站起来道："这有何难：'兰陵美酒郁金香，玉碗盛来琥珀光。'这个酒字没丢啊！"他说着，端起酒杯喝了一口。

江文蔚接过来诵道："'千里莺啼绿映红，水村山郭酒旗风。'哈哈，轮到王爷了。"

李从嘉随口诵道："'借问酒家何处有，牧童遥指杏花村。'"

"接得好！"众人齐声赞道，"轮到主人了。孙相，请啊！"

孙晟将了将胡须，道："这行酒令，越到后面越难。容易的都让你们说了，老夫还能说啥？想了半天，想到一句窦叔向的诗：'明朝又是孤舟别，愁见河桥酒幔青。'"

西门璞站起来道："孙相之言甚是。我也搜肠刮肚，得了诗仙李白的一句诗，真是侥幸：'风吹柳花满店香，吴姬压酒唤客尝。'"

李云博站起来，道："金陵酒会，在下领教。就权拿杜工部的诗来凑数：'白日放歌须纵酒，青春做伴好还乡。'其实，张继这句'诗句乱随青草落，酒肠俱逐酒庭宽'有两个酒字，也该合题意吧。"

韩熙载道："第一令第二轮，七言改五言：'花间一壶酒，独酌无相亲。'此韵从右边转，多少落个公平。"

李云博道："红泥小火炉，绿蚁新焙酒。"

西门璞道："俗人多泛酒，谁解助茶香。"

"客怪身名晚，妻嫌酒病深。"

"酒伴来相命，开尊共解酲。"

"何当载酒来，共醉重阳节。"……

一阵过后，仍然没有人被罚酒。韩熙载道："第一令是热身，加上各位都饱读诗书，如此容易，自然难不了你们。看来要增加难度了。还是这个'酒'字令，但不能有此字。我先行：但使主人能醉客，不知何处是他乡。"

坐在韩熙载左边的户部尚书常梦锡，他站起来道："这有何难：'醉卧沙场君莫笑，古来征战几人回。'"

江文蔚接过来也诵道："'抽刀断水水更流，举杯浇愁愁更愁。'哈哈，不错吧。"

李从嘉道："我醉欲眠卿且去，明朝有意抱琴来。"

"满酌香含北砌花，盈尊色泛南轩竹。"

西门璞接着孙晟的诗句，念了张继《重经巴丘》的前面两句："昔年高接李膺欢，日泛仙舟醉碧澜。"

"哈哈不对，西门先生，日泛仙舟醉碧澜，这句诗哪里是写酒？罚酒一杯！"

西门璞一听，糟了，红着脸争辩道："醉了，当然是酒嘛，这……"

"不对呀，这是醉景醉情，喝酒，喝酒！"西门璞见众人起哄，只得将酒喝了。

"轮到李学士了。"

李云博起身，诵道："醉来忘却巴陵道，梦中疑是洛阳城。"

韩熙载道："第二令就这样了，西门先生失足，罚了一杯酒。这第三令，就更难了。依然是唐诗令，喝酒不言酒，规则大家自己揣摩，输了罚三杯。我开令了。"说着，看了一眼孙晟，便吟诵道："春眠不觉晓，处处闻啼鸟。夜来问主人，我该喝多少？"

"哈哈哈，韩国士，好才情，出了个诗句后接缀问的，难度不小啊！"常梦锡笑着，诵道："离离原上草，一岁一枯荣。好宴饮不尽，何时会嘉宾？"

江文蔚也不甘示弱，举起杯子看了一眼端着菜碟的女仆，出口诵道："床前秋月光，疑是地上霜。举杯邀美女，可否一起尝？"

李从嘉想了想，望着孙晟，诵道："白日依山尽，黄河入海流。欲买今宵醉，该上几层楼？"

孙晟道："人闲桂花落，夜静春山空。月出惊醉鬼，酣闹深山中。"

"哈哈，错了错了，没有问句，罚酒三杯，三杯！"众人起哄，孙晟大是惭愧，连饮三杯。

轮到了西门璞，他想了好久，才诵道："千山鸟飞绝，万径人踪灭。孤舟醉渔翁，能钓几天雪？"

最后一个是李云博。站起来，看了看孙晟，见他会意，于是诵道："锄禾日当午，汗滴禾下土。谁知三大杯，喝得有多苦？"

"好，接得真绝！"江文蔚一站起来，"只怕最合题意的，还是李学士啊！韩公，你评评！"

韩熙载道："嗯。这个酒令，看似容易，其实非常难。难在哪里，难在规则不明，全凭个人理解。其实，这个酒令有五个隐规则，但只要遵守了三个最基本的，就算过关：五言绝句唐诗中的前两句，然后符合问句收尾并合韵脚，就可以了。如若从严要求，还有两个隐含条件，一是与主人互动，问的应该是主人的事，这里只有六王爷和岫南做到了，江中丞问的是美女，也尚可；二是引用诗句是起兴，与要问的内容有一个意义上的暗合，这个做到的就很少了。老夫认为，一流的，是六王爷和李学士，二等的是常尚书和江中丞，三类嘛，就是西门大人和主人了。真是后生可畏啊，哈哈哈……"

"不，一流的，只有岫南一个！"李从嘉说道，"大家看，这个文意暗合得最好的，还是李云博，甚至比韩大人的令题还要贴切。韩大人的诗意前后连贯，但寓意不是很明确。春眠不觉晓，处处闻啼鸟。春日好梦，睡得糊里糊涂，于是夜来问主人，我该喝多少？有点勉强吧？可是岫南这令，很明白啊：孙相连喝三杯，以锄禾日当午为喻，喝酒喝得大汗淋漓，贴切形象，生动可感，好！"

李云博道："其实，最好的还是六王爷！这个令题，还有一个隐含的条件，那就是，第三句的格式，韩公的前两个字没有变。而对令中，把握了这一格式的，只有六王爷、孙相和西门姑父。而孙相、西门姑父的其他方面又不及六王爷。所以，六王爷应该第一！"

李从嘉笑道："岫南过奖了！这一条，你也做到了。所以，我还是觉得，你对的最好！"

孙晟道："除了老夫，都对得不错！来，下面继续吧。韩大人，今日开的是肉台盘，来个美女飞花酒对，如何？"

"好啊！"众人一听，都来了精神：这美女飞花酒对令，就是用古今著名的描写美女的诗文来行酒令，那将是多么的刺激和令人神往啊！

而李云博，却对这奢靡的盛宴提不起精神。一个辅政大臣，家里居然养了这么多美女，摆一次宴会，动辄上百，怎不令人咂舌？南唐官场奢靡的时风，让他有些隐隐不安。南唐的朝廷和皇帝，当真值得他信赖吗？

◈ 三、奇芳阁邂逅周行逢 ◈

一晃几天，整日无所事事的李云博依然过着舒适闲散的读书交游生活。他渐渐习惯了这种平淡的日子，对于金陵的大街小巷、人情风俗和名山胜景都已经了如指掌。加上他有着过人的语言天赋和超凡记忆力，来金陵数月后，他对淮南话也全然能够听懂，而且说出来也流利动听，似乎还带有标准的金陵口音——在孙晟看来，他已经俨然一个地地道道的金陵人了。每天，他起身很早，常常是参禅晨读之后，就洗漱完毕，然后出门上街去吃金陵早点，不时会到街市上转一会儿，或者逛逛书籍古玩商场，看看花鸟鱼虫

集市，然后回来又读书写字。对于早食，最让他钟情的，还是金陵最负盛誉的夫子庙"秦淮八绝"系列风味小吃，他都吃过，很不错。

这天早上，他刚刚吃完一碗奇芳阁麻油鸡丝浇面，付了账起身出了奇芳阁，准备去夫子庙看看。刚走几步，肩上猛地压来一只大手，按住了他，接着便传来一阵有些熟悉的问候声："李学士，别来无恙？"

李云博扭头一看，见是楚国叛逃的靖江军副指挥使周行逢，顿时大惊失色。周行逢一身书生装扮，儒雅不凡，只是面膛黧黑依旧，特别是左额那块黥纹很是刺眼，满面春风地看着他，全然没了大将模样。

"原来是周将军。啊，幸会幸会。将军何时到了南唐国都？"李云博回过神来，连忙招呼道。

"一言难尽！"周行逢叹了一声道，"这里不是说话的地方。我们找个清静的地方，好好聊聊如何？"

李云博平静下来，笑着说道："行。将军应该还没有就早茶吧。不过，金陵这边不叫就早茶，叫吃早点。这夫子庙前的秦淮八绝，什么魁光阁五香蛋、永和园蟹壳黄烧饼、蒋有记牛肉汤锅贴、六凤堂豆腐脑加葱油饼、奇芳阁麻油鸡丝浇面、莲湖苑桂花夹心小元宵、包顺兴薄皮包饺、好乐居清蒸大锅饺等，都很不错，吃什么，我请客。"

周行逢道："我初到金陵，只听说这里的早点很有名，特地过来尝尝。李学士已经来到金陵数月，肯定比我了解。那就恭敬不如从命，悉听尊便吧。末将先谢了。"

李云博就带他走进永和园，一边说道："这里的早点，各具特色，这永和园里的蟹壳黄烧饼，自然当是要首先品尝。"进了永和园，李云博喊道："店家，来一斤蟹壳黄烧饼，四个佐食小碟，再加两碗甜酒冲蛋，金陵玉楼春茶一壶。二楼还有没有小雅阁，安静一点的。我陪这位大爷聊点事儿。"

店家随声应和道："好咧——一斤蟹壳黄烧饼，四个佐食小碟，两碗甜酒冲蛋，金陵玉楼春茶一壶！二楼有雅阁，两位客官楼上请……"

进了雅阁，两人坐下，不一会儿，点心茶食都上到桌上。两人关了门一边吃，一边聊开了。

李云博端起一杯茶道："客居金陵数月，他乡遇故人，真是两眼泪汪汪啊！在下以茶代酒，敬将军一杯！"

周行逢道："学士客气！周某公干南唐，不想与学士不期而遇，真是大喜过望啊！学士请！"

李云博一阵蹊跷，问道："公干？将军此行，有何要务，能否告知？"

周行逢又叹道："公干倒容易说，只是这前因后果，只言片语还当真难以说清。"

李云博道："自二月离开长沙，已有数月。在下如今待罪南唐，而南唐一直又不闻不问，真是不知何欲。尤其生活隔绝，犹如盲翁瞽叟，什么消息都得不到，也不知楚国如今局势怎样。那么，将军先用早点，吃完就麻烦将军与我细细说来吧。"

周行逢道："好。不过，周某还要先谢谢学士的救命之恩。如若没有学士的诈病之计，周某和三千靖江军，早已成马希萼的刀下之鬼！来，周某敬学士一盏！"

李云博举起茶盏道："举手之劳，何须挂齿！"两人你来我往，又客气一番。

狼吞虎咽吃罢，周行逢就说了起来。原来，那日与李云博湘春门别后，周行逢就按李云博的计谋，诈起病来。可是不久，马希萼知道了，勃然大怒，要徐威率军围剿靖江军。周行逢从吴公公那里得到消息，立即和王逵商量应对之策。周行逢想起李云博临行前的话，说是要避祸，就得远离长沙，于是就决定带领靖江军开出长沙。可是去哪里呢？思来想去，还是决定去朗州，一来那里有根基，可以立足；二来朗州留后马光赞是马希萼的长子，不仅年幼，而且没什么本事，好哄好骗。于是就连夜召集众将士，晓以利害，没想到大家都一致赞成。于是趁着天未亮，他们就率领大军斩杀了城门守将戍卒，跑了出来就往朗州赶。第二天就杀回了朗州，骗过马光赞，说是受命回镇朗州。没想到，下午，指挥使唐师翥奉马希萼之命追赶过来。周行逢就在朗州城外伏击了追兵，两千多潭兵几乎全军覆灭，唐师翥被俘。王逵、周行逢不忍杀他，放他走了。而武平留后马光赞得知真相，勃然大怒，要惩治二人及其靖江军。周行逢当机立断，囚禁并废除了马光赞，拥立马希萼长兄马希朗的儿子马光惠为朗州留后……

李云博听了，大致明白他们到了朗州后干了些什么。他不等周行逢说完，问道："那如今，长沙不就乱成一锅粥了？朗州呢，也乱得不行了吧？"

周行逢笑道："长沙乱得一塌糊涂。马希萼遣使南唐告状，南唐就派人来抚慰，还派人到朗州诘难，说我等背叛楚国王廷，大逆不道。而马光惠也庸弱无能，整日沉迷酒乐，我等就商议，推举辰州刺史刘言为武平留后，绑了马光惠来金陵称臣，恳请册封刘言为武平军节度使。这不，周某就是受刘言、王逵之命，押马光惠到了金陵。"

李云博听了，惊道："原来，将军来金陵，是这个目的！只是不久前，南唐刚刚册封了马希萼，怎么可能又册封一个武平节度使呢？哎呀，这潭州朗州，只怕又要战火纷飞了。"

周行逢道："如今，马希萼已经众叛亲离，马希崇、徐威也对马希萼非常不满，何静真等一干大将也对他失去信心，两月前带领手下近万人马跑回朗州了，张文表去了衡州，鲁公绾告老还乡，潘叔嗣去了岳州，没几个旧将在他身边了。对了，你也劝劝你的岳父大人，赶快离开长沙，那里可是个是非之地，绝不能久留啊。"

李云博叹道："嗯。只是，如今潭朗对立，都在称藩南唐，南唐又支持长沙，你们

的日子不好过啊，说不定迟早会有一战。如此一来，四分五裂的楚国，当真要国将不国了。"

周行逢点点头道："学士真是明察秋毫啊。我等只为自保，背叛马希萼也是迫不得已。敢问李学士，可有良策，保我等不被吞灭？"

李云博想了想道："依我看，难啦！如今，楚国朝堂四分五裂，长沙也成了一座孤城。而南唐早就意欲吞并三湘四水，今年又将安楚定为国策。一旦进兵，大楚将毫无抵御之力，只有俯首就擒的份了。只是南唐入楚，若没有能主，也只不过是走马观花地待几天，断然难以长久。在下也确实想不出好办法啊。"

周行逢急了，站起来拱手道："李学士，您肯定有办法。请不吝赐教。末将求您了！"

李云博道："周将军，在下的确没有好办法。遍观朗州诸将，能成大事者，可能只有将军您了。想要求得一时安稳，将军肯定有办法。"

周行逢摇摇头："学士过奖了！周某只不过是一偏将，绝无过人之处，更没有全身之道啊，学士抬举了！"

李云博笑道："哈哈，你就别再蒙我了。虽然，如今朗州是刘言、王逵主政，可真正决策的，还是你这个副指挥使。决定叛逃，伏击追兵，废除光赞，拥立刘言，称藩南唐，只怕都是你的主意吧。"

周行逢道："这……学士真是目光如炬，居然察得这般准确。请受末将一拜！"

"别这样，在下可担当不起啊！"李云博连忙扯起他，说道，"将军还有更厉害的，你怕在下不知道么？"

周行逢道："更厉害的？学士所指何事，末将犯糊涂了，请大人明示。"

李云博道："还是不说了吧，免得你日后对我生疑，到时候，我可是小命难保啊！"

周行逢道："学士言重了！但凡日后末将有对不起大人的，一定五雷轰顶、天诛地灭！末将只把大人当知音，大人有何见教，不妨直说。"

"你敢发誓，我就不隐瞒了，不然，你还会怪我不把你当朋友。"李云博顿了顿，喝了口茶道，"其实，将军胸有大志，在朗军中素有人望，但混乱之际，你不显山露水，一直藏在幕后，让别人出头。须知，棒打出头鸟，你很知道韬光养晦，时机不成熟，你是不会站出来的。但一旦有了机会，你肯定不会放过。不知在下所言，是否是将军所想？"

周行逢一听，连连起身拱手道："学士当真神人也！在下确有廓清三湘乱象之志，解除父老乡亲涂炭之苦，重造家园和平安详之乐。无奈势单力薄，只能抱残守缺，沉沦下僚，等待时机。学士是三湘士子中独具深谋远识之仁人志士，既然体察我心，就请以

家乡为念，给我一个安家固国之长策吧！"

李云博道："长策不敢当。倘若要图一时的安全，在下倒有一计。不知将军可否肯行。"

周行逢道："在下洗耳恭听，一定言听计从。"

李云博道："如今楚国乱象横生，你们选择朗州立足，倒是上策。一来，武陵一直背靠大楚腹地，北临洞庭巨泽，西接辰沅五溪蛮地，东边和潭州又有益阳大原阻隔，退可守进可攻，亦可作长久经营。就算南唐进攻潭州占了长沙，也很难控制朗州及武陵地区。如今马希萼称藩南唐，你们也跟着向南唐称臣，却并非上策。"

周行逢问道："这是为何？"

李云博想了想，说道："无论如何，朗州仍然是楚国州郡。大楚早已经是南唐属国，你们跑到朗州据城自立，这于马氏楚国而言，就是叛国大罪。南唐册封了马希萼为楚王，就是继续承认马氏在三湘四水的治权，当然包括朗州。这时候，你们向南唐称臣，南唐如何能够承认你们独立藩镇的地位呢？如若他们想立即灭亡楚国，肯定先攻长沙占领潭州及附近州县，然后就会不遗余力地剿杀你们；如若一时半会灭亡不了，那么他们就会怀柔结好长沙，支持马希萼消除朗州叛乱，让潭朗之间相互攻伐，消耗楚国内部实力，继而借口帮忙讨朗，名正言顺出兵控制局势，湖湘大地唾手可得。无论怎么样，你们都是南唐的打击目标，他们不可能让你们拥兵自重，称镇割据一方。"

周行逢如梦方醒，点着头说道："是啊，南唐一直想灭亡楚国，怎么会让我等割据一方、养精蓄锐呢？那依学士之见，我等应当何为？"

李云博道："在我看来，你们自保之策，就是争取一个强大的邻国支持，进表称臣，最好是与南唐为敌的国家来支持，然后让南唐和马希萼有所忌惮，不敢轻举妄动。这样一来，就让湖湘之地不至于被外敌侵占，然后你们便积蓄力量，一旦有了时机，收复失地，重新统一湖湘大地。但是，此等复国大计，困难重重，稍有不慎，就全盘皆输，也绝不会一蹴而就，须得有坚韧毅力之非常能主，深察时局，胸无私虑，广结群雄，待机而动，才有可能实现啊。"

"真是一席良言、醍醐灌顶啊！学士之言甚是！"周行逢一听，顿时大喜，他拱手道，"学士一通教诲，让周某顿时拨云见日、眼界大开。周行逢代表朗州将士谢了。"

李云博还礼道："岂敢岂敢！将军不必客气。如此大礼，岂不折杀在下！"

周行逢道："学士少年多才，胸有韬略，志在天下，不如和我等一起回去，以图复兴大计，如何？更何况，你被他们软禁，随时都有危险。只要您愿意，末将一定保你平安回去。"

李云博道："将军好意，在下谢了。只是如此为之，很是不妥。如今我待罪异国，自身难保。如若偷偷跑了，定会惹怒南唐，在下身家性命是小，只恐我瑶池李氏一族又要大祸临头，说不定三湘大地，也会遭受无妄之灾。只要我待在南唐，不到处乱跑，他们一时半会还不会把在下怎么样。"他若有所思地说着，突然顿了顿问道，"你这次把马光惠带来了？"

周行逢道："对。马光惠还在客栈呢。"

李云博道："你接触过南唐官方人士吗？"

周行逢道："还没有。南唐客省使姚凤一直推脱不见，说是要等朝议之后，再定会见之期。"

李云博道："在下估计，他们是在商讨一个万全之策。你还是赶紧启程偷偷跑回去，等到他们有了主意，肯定是将你们抓起来，献给马希萼做个顺水人情。"

周行逢道："偷偷跑回去？"

李云博道："赶紧逃吧，再犹豫就来不及了。我估计，南唐不会料到你们会不辞而别，所以一拖再拖。你把称臣的奏章交给马光惠，要他设法递上去，推脱自己有急事离开，找一条近路赶回去。"

周行逢道："把马光惠留下？"

李云博道："对。马光惠是被你们废除的，还带回去干什么？留下来，他也不会有危险。"

周行逢道："好，那我们立即就走。学士保重，后会有期！"

李云博道："将军保重，后会有期！"

◆◆ 四、别出心裁的秋闱科考 ◆◆

李云博别过周行逢，刚回到府上，正碰到孙晟从相署退衙回来，还未坐下，就兴冲冲地对李云博说道："岫南，好消息，皇上决定立即举行抡才大典，重开秋闱进士科考，选拔治国理政大才。你终于有了出头之日。"

李云博道："重开秋闱进士科考？据晚生所知，贵国自升元以来，议者以文人浮薄，抡才科考，多用经义、法律取士，基本上没有开设进士科，十余年来只有少得可怜的两次。怎么会突然增开进士科呢，真是奇怪。"

孙晟道："这有什么奇怪的。如今天下乱象，征伐不断，各国都以武力来保家卫国，以求在乱世之中求得生存，因此，包括中原王朝，科举也不常举行，南方诸侯里就只有我大唐有科举考试。皇上觉得，我朝需要一批治政文臣，于是决定立即开科取士，时间、主考官都定下来了，时间就在今年八月初，主考由翰林学士、御史中丞江文蔚担任。凭你的才华，进三甲应该手到擒来，说不定，还会中个状元呢！"

李云博道："谢谢孙相美意。学生一个异国俘囚，待罪皇上辇下，有何资格参与圣朝国考？"

孙晟大笑道："你小子别装蒜了！入唐以来，何人要问你的罪责啊？如今过了是非之期，朝野也无人议论此事。你是不是闲得烦腻了，和老夫斗起气来？待罪辇下，从何说起？"

李云博道："相爷误会了。我日日诗书，夜夜佳宴，聆听教诲，乐此不疲，哪来的腻烦？只是异邦罪臣，哪能参与贵朝秋闱大考呢？"

孙晟道："岫南你有所不知。我朝惯例，南渡学人士子，只要投帖有司，即录为本国臣民。若有科考功名，则礼部视同进士，择优授官。比如老夫以及常梦锡、江文蔚、韩熙载等诸位大人，或者家门横祸，或者离避乱世，或者慕名前来，南渡到了金陵，现已成为朝廷重臣。若无功名，则参加科考，获得功名即可入仕为官。若非中原人士，一样可以照此办理。比如你的姑父西门璞，就是通过投帖科考，入仕为官的，现在职司黑云长剑军萍乡密事营行军司马，新近又加封了袁州大营记室参军，数日前，他就是到吏部述职听封的。这个，你可能还不知道吧？"

李云博道："什么？西门大人早就投帖南唐，参加科考？学生当真不知。"

孙晟道："对。他是前年参加律法科考，脱颖而出的。你在楚国是天策学士，虽未经过科考，但已经是士林中人，按理可以直接录用。然而，你是以问罪之名引入的，皇上九五之尊，天子龙颜，不好接见一个属国罪臣。如若你参加科举，考上进士，就自然取得大唐官籍，成了南唐臣民，并顺理成章跻身士林。如此一来，皇上就可以名正言顺地接见你，甚至录用授官，委以重任。这个道理，你也当真不知？"

李云博一愣，道："这个……世上还有此等好事，学生当真不知。"

孙晟道："哈哈哈……现在知道，也为时不晚。时间还有四十多天，你就趁着当下闲暇，多诵诗书，做好应试准备，力争考个好成绩，一举成名。"

李云博道："这……不好吧。学生以戴罪之身入金陵，但依然是楚国臣民。如今唐楚两国交好，圣朝问罪于我，自当甘愿受罚，毫无怨言。可是，入唐数月来，不仅免于罪责，还对学生礼遇有加，学生感恩不尽。只是如若参加科考，入得大唐官籍，那么就会被认为是背叛楚廷，按照大楚廷律，当车裂分尸、诛灭九族。西门璞秘密为大唐驱驰，已在瑶池无立锥之地，学生不能步他后尘啊！请孙相体察。"

孙晟道："哎呀，马希萼称藩大唐，楚国就成了大唐的附属藩国。藩国学子参加皇朝开科取士，天经地义，有何不妥？"

李云博道："非也。楚国自立国以来，一直是称臣中原，可是中原从未实际控制过三湘四水。乱世之中，楚国是一个独立的王国，无论称藩还是称臣，都只是保全自己的政治策略。如若晚生侥幸中了进士，入了大唐官籍，自己倒是利好之事，可是一家老小都成了叛国逆臣的亲眷。倘若马希崇、徐威借机发难，百余口亲族的身家性命不就危在旦夕？金榜题名，跻身士林，哪个学人不想啊！只是这事关家族安危，学生也是进退维谷啊！"

孙晟道："没你想的那样严重。你不记得数月前，他们借献方之机，欲置你和家人于死地，我等极力斡旋，还不是转危为安了吗？老夫担保，你一家老小，绝对安如泰山。"

李云博道："谢谢孙相！学生已在府上搅扰数月，如今又为小生的前程及家人安危奔波，真是于心何安呐！您的大恩大德，又何以为报？"

孙晟道："岫南说甚呢！老夫与你岳父，交情笃厚，你的事就是我的事，客气个甚！更何况，你是少年天才，天下大乱之际，正是一展才华的好时机。常言道：'好风凭借力，送我上青云。'这鲲鹏展翅，翱翔九天，先得有人助推。你是鸿鹄鲲鹏，宝马良驹，老夫若成助你成功的好风伯乐，也不失人生一大成就啊！哈哈哈……"

李云博道："孙相有伯乐之才，可是，我李云博却无千里马之能啊！"

孙晟道："岫南，你别再谦虚了，老夫认准的，绝对错不了！更何况，韩熙载、常梦锡、江文蔚等诸位大人也与在下看法一致，你绝对是可造之才。"

李云博回到房中之后，还是为这科考的事伤透脑筋。看来，自己料想得不错，南唐朝廷既不问罪，也不接见，看来是为这身份犯愁。而几日前孙府的"肉台盘"盛宴，郑王李从嘉出席，会不会是皇上特意命他以在这种私人场合，私下见见自己，或者是考校自己呢？这来得蹊跷的科考，会不会是为自己解决身份问题特意提前的呢？李云博有些弄不明白了。

如果这种推测正确，那么，自己是否参加科考，就得谨慎了。南唐朝廷急于正面接触自己，为的又是什么呢？是看中自己的才华，还是家族的火药秘方？如果南唐朝廷不是自己寻找的依靠，李璟也不是自己一直寻觅的明主，那么考中南唐进士跻身南唐官场，将会让自己陷入危险境地……想着想着，不免有些进退两难了。一连几天，他都为这事搅得心神不宁，总是做不出抉择来。

然而一连数日，一班文臣学士都来劝他参加科考，甚至还收到刘光辅的来信，鼓励他积极应考，一举中的，施展平生所学，效力南唐朝廷。这让他更加拿不定主意。经过权衡利弊，他最终还是盛情难却，决定勉强参加，胡乱应试一下，弄个落榜了事。这样的话，既可以对孙晟等一干学士的好意有个交代，也可以避免将来陷入危险的麻烦：参加了，没考上，除了责怪自己才学不够，别人也就不能看出别的破绽了。

但真正到了考试时，没想到真的遇到麻烦。南唐秋闱大考一共要考三科，经学、诗赋和策问。经学主要是检验儒家六经的学习情况，诗赋是作命题诗赋各一篇，策问是对治国问题进行策对，相当于写一篇命题的政论文。前两门草草应付之后，没想到要考策问时，李云博突然病了：高烧不止，头昏眼花，四肢无力，根本无法进得考场。他赶紧向孙晟报告，说自己病了，参加不了第二天的就考试。孙晟闻讯大惊，连夜前来探视。

李云博卧床不起，见孙晟来了，强行坐起，有气无力地说道："孙相，真是对不住了。你瞧，今日考完诗赋，回来不想淋了大雨，突然间发了伤寒，现在连动的气力都没有了。这病来得也真不是时候，真是有负大人期望啊。"

孙晟道："让老夫看看。哎呀，真是发高烧啊！这七月酷暑，淋场阵雨，怎么会烧得如此厉害？我就去请郎中。"

李云博道："不必了。常言道，病去如抽丝。就算能够止住高烧，可这伤寒猛疾，三五天也复不了原。带病之躯，前去应考，也写不出什么好文章来。依学生之见，还是放弃吧。"

孙晟道："那怎么行！这是你取得官籍跻身士林的台阶，也是改变命运的一次良机。你先养病，老夫进宫去裹报皇上，再做打算不迟。"说罢，匆匆出门去了。

孙晟很晚才回到府上。他请来郎中为李云博治病，并告诉他：朝廷决定推迟考试，等他的病好了再举行策问。理由是：策问试题泄密，得重新命题！

李云博闻讯，顿时大惊失色：原来，南唐处心积虑提前秋闱科考，很有可能是为了怀柔自己！！没想到自己这一病，几乎接近真相。但究竟是不是这个，他又不能确定，这个一直困扰着自己的疑团，还有待日后验证。可是，自己这场病，会不会让人产生更多的联想，甚至让皇帝觉得，自己是有意装病？如今自己真的病倒了，前两场应付式的考试，会不会也露了馅？想到这里，他惊出一身冷汗。

然而，这阵冷汗让他的病情得到缓解，第二天就能勉强起床了。他觉得，必须尽快参加考试，而且要使尽浑身解数，不然的话，后果会更加严重。

经过孙晟的确认和朝廷允许，第三天，策问就举行了。题目是：《论乱世之中何以安民》。李云博文思顿涌，两个时辰不到，就洋洋洒洒写就一篇两千余字的策文，提前交了卷，就出了考场，然后回孙府去了。

◈ 五、主考破例奏请，李云博获准殿试 ◈

　　南唐西都江宁府的贡院，坐落在秦淮河北畔。它毗邻夫子庙，东接桃叶渡，南抵秦淮河，西邻状元桥，北眺江淮大地，自古以来就是江南的"文昌盛脉、风水宝地"。一连几天，贡院的至公堂内，一直都在夜以继日、通宵达旦地赶阅试卷。

　　已近子时，御史中丞、钦命今科主考官江文蔚看毕初阅大臣呈上的最后一份策问试卷，有些五味杂陈。几天来，他都盼望有惊人的经解和诗赋呈上来，但一直没有见到。而且，他明知李云博是个难得的读书人，聪颖早慧，博览群书，才学他见识过，诗文他也见识过，怎么会一直见不到与他水平相当的试卷？难道，是徒有虚名？抑或狗肉上不了正席，仅仅一个怪才歪才而已？不像，从平时谈吐交游中看得出，绝非一个等闲之辈。这，也真是咄咄怪事。

　　可是，适才阅读策文，看见了一篇妙笔生花的好文章。这会不会是李云博的试卷？他不敢开启卷轴，怕再次失望。突然间，他传令道："将前几日的所有经解和诗赋试卷都拿过来，本主考要一一亲自审阅。"忙了一个通宵，待到天色发白才草草看完，的确和阅卷大臣初判的一样，没有拿得上手的好试卷，强一点的，都送给他终判了。他大失所望地放下试卷，疲劳至极，一仰脖子躺在了太师椅上，闭目养起神来。

　　正在蒙眬入睡之际，突然贡院外传来一阵太监的吆喝声："皇上驾到……"

　　江文蔚大惊，一骨碌爬起来，衣冠也来不及整，就跌跌撞撞往贡院门口赶。到了阶前，倒身便拜："微臣江文蔚叩见皇上。不知皇上驾到，有失远迎，还望恕罪！"

　　"呵呵，爱卿衣冠不整，只怕又和衣而卧、一宿未眠吧。"李璟笑着扶起江文蔚，道，"快快平身，进屋侍驾！"

　　"微臣遵旨！"江文蔚起身，只见皇帝身后跟了一大群紫服臣僚，不免有些蹊跷：这天还刚亮，皇上带着满朝大臣来贡院干什么？正在纳闷间，但听皇上说话了："朕今日将早朝取消，召集朝中学士大臣来贡院聚集，看看本届秋闱大考出了些怎样的人才。江爱卿，试卷都阅判出来了吗？"

　　江文蔚道："回禀皇上，科考试卷，微臣和阅卷大臣都看了。微臣怕遗漏人才，又忙了个通宵，把经解和诗赋的卷子都草草过了一遍。只是时间仓促，正在撤封汇总，还未来得及全面复阅，耽误皇上御览，请陛下责罚。"

"哎，爱卿为国选才，勤勤恳恳，废寝忘食，日夜操劳，何罪之有？朕是求贤若渴，迫不及待地赶过来看看，没想到搅扰了你们，是朕的不是。"李璟一边说着，一边对大臣们说道，"江爱卿这几日辛苦了。今日请你们来，是替他做一做复阅的事情。不耽搁他们汇总，先把选出来的卷子看一看，把能够用的人才选出来，然后准备殿试。复阅完成，就在贡院就早膳，然后议事。"众人应承着，都跟着往大殿里走。

江文蔚将李璟及一干大臣迎进致公堂，然后命令贡院主事将遴选出来的优秀试卷拿过来，供各位学士大人品评，又吩咐立即准备早点。

大家忙了一个多时辰，复阅完成。吃过早点之后，就又来到大堂，开始商议相关事情。这时候，所有的评判结果也都汇总出来，交到了皇帝手上。贡院主事开始汇报："……今科共有四百三十九名学子参加科考，根据科考规制，经解、诗赋和策问各取前五十卷为入围初额。复阅后，三科均在前十名者定为首录进士，此项共有三人；单科第一而其他两科进前三十者，也可次录进士，此项有两人；两科前五而单科前三十者，可作为补录人员，此项一人……"

李璟道："嗯。你看看，李云博的情况如何？"

贡院主事回答道："回禀皇上，楚国学子李云博经解排名第六，诗赋排名三十七，而策问却是第一。"

"真是奇怪。"江文蔚惊道，"李云博客居金陵已有数月。他的文才诗赋我等都是见识过的。按理说，诗赋夺个第一，倒不足为奇，怎么夺了个策问第一？真是咄咄怪事。"

左仆射同平章事冯延巳道："你把他的诗赋试卷拿来，让我看看。"主事应了一声，取来试卷，递给冯延巳。冯延巳看了一遍，又递给孙晟，道："孙相，你看看，这哪里是李云博作的诗赋？"孙晟接过，浏览一遍，说道："这样的辞章，的确稀松平常，绝对不是李云博的诗赋。陛下，微臣这里有他的旧作，比这试卷上的高出不止一两个档次。的确有些蹊跷。"李璟拿来试卷和李云博的旧作，略微对比一下，也觉得有天壤之别，不解地问道："这是怎么回事？哪有即席赋诗才情顿涌，贡院科考狗屁不如。奇哉怪也。"

江文蔚道："陛下，您看看这气贯长虹的策文，和这诗赋相比，谁会相信这是同一人之手笔？"

李璟拿过策文，看着看着，不免念出声来：

……乱世之中，欲求民安，实乃欺名盗世耳！天下大乱，国必不稳，家族离散，人若飘萍。当今之世，各朝募征壮丁以强兵，禁铁买卖以制戈，搜求民财以充饷，本为固国自保，却借保国安民攻征杀伐，命贱若洪荒饿殍，人死如枯山草芥，垒骨似乱岗弃石。而苛政酷吏，亦借此巧立名目、强取豪夺、横征暴敛，恨不得敲骨吸髓、掘地三尺，刮尽脂膏中饱私囊。民众饥寒无眼正视，田园荒芜少心体察，鸡鸣不再，城乡萧条，衣衫褴褛，难民漫道。敢问天下不安，何来国安；家国不安，何来民安？

"天下不安，何来国安；家国不安，何来民安？反问得好！"李璟反复诵着，拍案叫绝，他急不可耐地往下读去：

……或曰：乱世之际，治乱之策，安民之道，在与民食，在以愚民。民以食为天，有食者安，何以言乱？愚民纲常，深缚民心，则必无刁民作乱。此等腐儒之论，岂不大谬！古人云：宁做太平犬，不做乱离人。……由是观之，乱世无安民，安民在治世，此亘古恒常之理也。

……大凡欲得安民之世，得需有安民之心。安民之心，一言以蔽之，得有秦皇汉武之雄主，胸怀天下之志，腑纳百川之流，口吐周公之哺，手举仁义之旗，上承天意，下应民心，振臂高呼，天下响应，以百折不挠之勇气匡扶人间正道，一统天下，结束乱世……

"真的是绝世妙文！"李璟一口气读完，仍然爱不释手，"这个李云博，当真是个乱世奇才，若为我朝所用，将对朝廷未来大业定有襄助。只是，这策文如此大气，那科考诗赋，如何这等地捡不上手呢？"

孙晟道："启奏皇上，老臣也觉奇怪。李云博一直以异国俘囚、待罪辇下为借口，不愿参加科考。经过我等一干文臣反复劝说，才勉强答应参加。而考了两科之后，突然一病不起。微臣请示皇上，推迟三天才考完最后一科。老臣奇怪的是，好好的身体，两场都考得很一般，为何大病一场尚未痊愈，怎么偏偏考了个第一？"

"你们都被他耍了，这小子是在装病！"冯延巳突然大声说道，"这不很明显吗，他想胡乱应付一通，考了两科，于是装病，不去考策问，自然入不了围，也还了诸位大人一再勉励的人情。只是造化弄人，没想到弄巧成拙，皇上偏偏生就个爱才之心，为了他推迟考试。他这病自然就装不成了。哈哈。"

孙晟争辩道："李云博的病情，老夫验过，的确高烧不退，卧床不起。这，难道还有假？"

冯延巳道："好人想得个病呀灾的，那还不容易？孙膑为逃过庞涓迫害，在猪圈里抓屎吃，司马懿为了躲过曹真的眼线，装疯卖傻好些年，甚至连秉公执法的汉代名臣张释之为了辞官，也躲在家里装病。这些人，都是权谋高手，心机甚深，如此伎俩，岂能瞒得过老夫！这小子，去年大闹洪袤，火烧炮火营，按罪当诛。皇上不计前嫌，诚心待他，他却使诈，蒙蔽圣听，真是罪大恶极！"

孙晟道："那请教冯相，就算是装病，为何回来再考，他又会全力以赴呢？"

冯延巳哈哈大笑，站起来说道："这不明摆着的吗？他可能感觉到，这装病之事已经有人觉察，于是想将功补过、欲盖弥彰……"

"装病，也很可能。真是枉费朕的一片苦心啊！"李璟说罢，将试卷和诗稿狠狠地掷在地上。忽然觉得有些失态，又捡起来，想了想，看了一眼韩熙载，问道："韩爱卿，你怎么看？"

韩熙载道："常言道：诛心之词，不足为证。我泱泱大国，满朝学士，对一个年未加冠的少年，几场考试结果悬殊的原因妄加揣测，也未免太小家子气了。依老臣看，科举应试，全靠发挥，时好时坏，也合常理，并不值得大惊小怪。既然诸公觉得李云博人品一般，又不够录用资格，让他名落孙山也好。"

江文蔚道："韩大人言之差矣！李云博策论，的确非同一般。而经解一科，尚在前茅。虽然诗文略差，但也在四十位以前，并非差得一塌糊涂。陛下，依微臣之见，不如暂时录为预员，给他参加殿试的机会。如若一般，就取消进士资格。请陛下定夺。"

李璟道："嗯。你是主考。今科选士，你最有发言权。而这个李云博，还真是难以捉摸。但他们家族的火药秘方，一直是我朝想要得到之至宝。今见他的策论，又有天下一统之宏志，如若我朝恩科，又授以官职，说不定他会忠心大唐，说服家人献出秘方也未可知。各位爱卿，治政之才难得，但快速提升军事实力的火药秘方，却是绝无仅有！这一点，大家心里，一定要有数。好了，这事，就这样定了！"说着，就站起来，往外走。

"皇上圣明！"

但听吴公公大声吆喝道："皇上起驾！"

众大臣慌忙匍匐跪地，齐声颂道："恭送皇上！"

◆ 六、鹿鸣宴上，新科进士各显神通 ◆

接下来几天，李云博小心翼翼地应对了殿试，他没有锋芒毕露，也没有过分地藏锋守拙，只是按部就班、中规中矩地进行了作答。没想到，最后被皇帝钦点为三甲及第，同进士出身。殿试的第二天，朝廷就张布皇榜，然后赐鹿鸣宴于御花园，皇帝要亲自接见中榜的进士，所有新科进士全部应邀出席。所谓"鹿鸣宴"，意为科场取中，如鹿鸣呦呦，从此以后，便可以跻身仕宦，施展才华，名扬天下了。其实质，一半是朝廷对新科进士们学已达成、宏图大展的祝福，而另一半则是皇帝的殷殷期盼和切切勉励了。

李云博硬着头皮出席了鹿鸣盛宴，他的心情也异常复杂。一直以来，他盼望被这位传为"睿主"的皇帝召见，亲自相一相这位南唐国主究竟有没有"九五之尊"的龙颜君容——尽管他很少替人相面，也绝对不会以貌取人。但是常言道，百闻不如一见。这志在天下的经国大事，岂是一般人能够担当的。况且，相由心生，胸无大志，平庸苟且之人，就算生得潘安之貌，长有吕布之躯，服如屈原之奇，也能一眼望到底，如若谈吐几句，俗雅庸能顷刻毕现。而奇伟脱俗的大人物，无论怎样，都是装不出来的。在他见过的人物里，只有几年前在中原结拜的两位异性兄长让他觉得有些超凡脱俗，尤其是二哥赵匡胤，那谈吐挥洒间，一个典型乱世枭雄。大哥李处耘虽然也有英雄气，但杀气过甚，宽厚不足。这个李璟，昨日新科进士面圣之际，远远瞧了一眼，生得倒是风流倜傥，只是当时只能低头行了面圣跪拜大礼，不能抬头端详，那是大不敬的。而这宴会场合，倒可以近距离观察，甚至可以交谈，正是细心体察的大好机会。如今被录为进士，成了南唐的官身，不仅有了叛国的嫌疑，而且还得为皇上尽忠为朝廷卖命，是福是祸也只能听天由命了。这会不会牵扯到家族火药秘方上去，也很可能会给本来就危厄重重的李氏家族雪上加霜。

正在思忖间，但听太监尖厉的叫声从殿外传来："皇上驾到……"李云博扭头一看，只见李璟走了进来，他没有穿龙袍戴玉冕，一袭士人装束，羽扇纶巾，风度翩翩，只是服饰的颜色，仍能辨别出他的皇帝身份。皇帝的身后，跟着一群同样士人装束但颜色各异的大臣，也一起鱼贯而入。众人见了，慌忙跪地颂道："参见陛下，吾皇万岁万岁万万岁！"

"诸位平身！"李璟笑吟吟地招呼大家，"今日鹿鸣雅宴，虽然是秋闱科考的功名盛宴，其实也算得上是本朝的学士文人聚会，以文会友，相互切磋，别太拘泥君臣礼节。各位新科进士都放松些，吃好喝好，别太拘束。然后欢欢喜喜去治理天下，替朕分忧。"

听到这话，李云博吃惊不小：这鹿鸣之宴，从来都是朝廷官方的盛大活动，皇帝和朝廷重臣盛装华服高调出席，特别讲究规矩与礼仪，怎么会成了普通的文人聚会呢，真是闻所未闻！难道这个皇帝，有着非比常人的异禀？古人云：真天子没有排场！

这时候，乐声响起，奏响《鹿鸣》古乐，的的确确阳春白雪。一曲终了，李璟端起酒爵，高高举起道："这黄钟大吕之音，又响起了，我朝幸甚，朕之幸甚啊。各位寒窗十年，今日脱颖而出，登科及第，可喜可贺。来，满饮此杯，以表朕道贺之心！"

众人也举起酒樽："谢陛下！"

李璟道："这第二杯嘛，该是拜托之意。各位新科进士，都是学问上乘的治政之臣，

大唐的天下靠你们去治理，大唐的百姓靠你们去教化，大唐江山社稷也靠你们去固本强基。拜托各位……"

众人连连稽首后举起酒樽："我等一定恪尽职守，不负皇上圣恩！"也都一饮而尽。

李璟接着又道："这第三杯嘛，就算共勉之情吧。诸位学识，朕是见识过的。但要当个好官，仅凭学问是不够的，还要有好的品性、好的德行。你们的德行如何，朕还不好说，只有看你们今后的表现了。更何况，学无止境，德无止境，只要大家有这个信念，时常记得朕今日的话，政务之余，持之以恒地修身治学，做一个有能有德的好官，朕就心满意足了。"

众人更是感恩涕零，深鞠一躬举起酒樽一饮而尽："陛下圣训，牢记于胸！"

新科状元王克贞出列，端起酒樽高高举起，招呼大家一起回敬皇上："天子门生一起为皇上祈福：圣上隆恩，没齿不忘。圣上万年，大唐万年！"大殿里顿时想起雷鸣般的祝福声："圣上隆恩，没齿不忘。圣上万年，大唐万年！"

左仆射同平章事冯延巳一拱手，说道："启奏皇上，今日为新科进士举行鹿鸣盛宴，可以算得上是朝堂之上一次文人聚会，能文会诗者比比皆是。而当今圣上，更是一个诗词好手。老臣斗胆，请陛下赐题，行一轮酒令，热闹热闹如何？"

"好啊！"众人都随声附和。

"这……"李璟犹豫了一下，看了看身边的几个文人学士，都在那里颔首赞同，于是说道："既然诸位有兴致，朕就不扫大家的兴，勉为其难。"他说着，摸了摸下巴的山羊须，略微沉思一下，继续说道，"经文集解、诗歌辞赋和策案文章都考过了，再做酒令的话就是老调重弹，没新意。不如这样，大家一起来玩玩文字游戏。来个即席出谜猜谜，如何？"

众臣道："皇上圣明！"

李璟道："既然大家都同意，那就这样。冯相，你定个酒令章程吧。"

冯延巳道："皇上有旨，敢不遵从！谜语的内容太宽泛，不如就限定在字谜上，请皇上定夺。"

李璟想了想道："汉字造字法亘古悠远，博大精深，古老艺术，魅力无穷。朕看行。"

冯延巳又道："皇上，老臣以为，谜面可以是先贤们的诗作词句，也可以是成语民谚。谜面限用历史典故和人物旧事，谜底必须是一个字。如何？"

李璟点点头道："这点子好！具体章程呢？"

冯延巳道："皇上，具体章程，不如请大国士来定，他才学满腹，博古通今，而且办法点子也多。"

李璟看了看韩熙载，问道："嗯……韩爱卿，既然冯相举荐你，你就给朕定个章程，如何？"

韩熙载一听，气不打一处来：这老不死的，怕定的章程皇上不满意，一股脑儿推过来想难为我，不由得心中火起。但事已至此，皇上开了金口，他又能如何？于是拱手道："既然冯相有令，皇上垂允，微臣敢不遵命！这字谜章程本来不难，如若想有新意，倒还真有难度。老臣有一推陈出新的办法，那就是反其道而行之，由几位新科进士出谜面，我等一干朝廷大臣来猜，如何？"

冯延巳一听，急忙阻止道："不可，不可。这个章程乱了规矩……"

李璟听了，哈哈大笑："嗯，这很不错，有新意，就这样定了。只是，朕也参加，也可以邀朕猜嘛。那怎么个猜法呢？"

韩熙载道："启奏皇上，从状元开始，依次接下来命谜面，点名邀请一位来猜。猜中了，出谜的人罚酒一杯，没猜对，猜谜的人罚酒一杯。但如若谜面出得有问题，不合章程，就罚酒三杯。没猜对的谜语，可以继续邀人来猜。同时，猜对者可以回敬一谜面，如若答对，保留下一轮命谜权，猜错了，就淘汰出局。直到剩下最后一位为胜者。至于胜者如何封赏，就看皇上怎么定了。"

冯延巳道："这章程真难啊！依老臣看，谁能坚持到最后，谁就入翰林院。请皇上定夺！"

韩熙载道："冯相，不可。这游乐赏玩，娱人耳目，会心一笑，怎么能拿官职做封赏？官位，国之公器也，有德有能者才能居之，如此轻率，失之偏颇。而且，翰林学士，我朝文豪汇聚之地，更要慎之又慎。"

李璟想了想，道："两位都言之有理。但朕看来，新科进士，应该有这等大才。今日一试，来个重赏，胜出者，官拜六品翰林学士，亦无不可。就这样定了！"

皇帝这话一出，大殿里顿时炸开了锅，有的瞠目结舌，有的面面相觑，也有的满怀兴奋。李云博听了，却不免有些失望：这么玩一通游戏，胜了就入翰林院，真是荒唐！！他毫无兴趣，准备草草应付一下，以免生出什么事端来。但他转念一想，皇上金口玉言，应该一言九鼎，不知道说话算不算数，如若言而无信，就绝非一个明主。于是决定，好好应对一番，看他如何兑现。如若真的当了翰林，皇上肯定会接见自己，到时候，就有机会和这位所谓的"睿主"面对面交谈，好好看看他的真面目了。打定主意，他闭上眼睛养起神来。

这时候，猜谜酒令开始了。但听冯延巳宣布："请状元王克贞命谜！"

王克贞离席上前稽首道："臣有幸开张，请，请皇上猜谜——臣的谜面是：'徐州失去大半边，吕布杀落紫巾冠。大将骂他不骑马，孔明一心取西川。'臣有劳皇上赐谜底。"

李璟笑道："状元郎费心了，出了个容易的，怕朕出丑。那朕猜了，这是个'德'字。你喝酒吧！"

王克贞拱手道："皇上真是有才有德，我朝大幸啊！"说罢，端起酒樽一饮而尽。

李璟道："朕也回敬一谜：'关云长独行千里，赵子龙八面威风，猛张飞性如烈火，刘玄德一片忠心。'状元郎，你猜猜是个啥字？"

王克贞想了想，道："皇上真是忧国忧民啊！这是个'愁'字吧？"

李璟笑道："状元郎果真睿智！答对了！"

冯延巳道："状元过关了。下面请榜眼命谜。"

只见榜眼上前，道："臣请冯相猜谜——谜面是：黄飞虎反纣王，几无身还；姜子牙辅周室，志在有心。"

冯延巳想了又想，文不对题地讪讪说道："这个字，是个啥？大概是个'思'字吧……不好说。老夫干脆喝酒算了！"说罢，端起酒杯一饮而尽。

榜眼甚是尴尬，红着脸又说道："那就请孙相猜吧。"

孙晟道："这有何难，一个'虑'字而已。你喝酒吧。"

韩熙载笑道："看来，同为宰辅，左边的无思，右边的有虑啊！"

冯延巳怒道："大国士，你这是何意？猜不出谜语，就没有了思虑？真是荒唐！"

韩熙载道："冯相不必生气，游戏嘛，何必当真！"

李璟道："冯爱卿别胡思乱想，韩大人是说你猜谜没有用心思开个玩笑，生什么气啊！继续。"

冯延巳压住怒火，继续说道："请探花命谜！"

韩熙载道："冯相，孙相还没有回敬呢！这章程还是要讲的！"

冯延巳没好气地说道："孙相，请吧。"

孙晟想了想，道："敢情韩大人代劳。"

韩熙载道："也好。老夫替孙相回敬一谜：'鸿门宴相会，高祖有点无斯文，祝英台哭坟，今生今世失梁兄。'榜眼郎，请吧。"

榜眼一听，半天找不着北，待了一阵，道："这个字，晚生猜不出来。甘愿罚酒……"

冯延巳看了他一眼，又环视大家，道："有人猜得出吗？"顿时，宴厅里没了声响。突然，李云博道："小生猜猜，这应该是个'初'字。哈哈，韩大人的谜，出得真有点难啊。小生要不是在金陵待上数月，无论如何也猜不出这道谜啊！"

"'初'字？对，就是这个字。"众人恍然大悟。

冯延巳道："这个谜面有问题。祝字是'示'旁，不是'衣'旁。韩大人罚酒三杯！"

"哈哈哈，冯相又闹笑话了吧？"韩熙载笑道，"谁给他解释解释。"

李璟道："朕来解解吧。这高祖姓刘，没有斯文，就是去文，留下个'刀'旁，祝英台失梁兄，剩下个'示'旁……"

冯延巳急道："那一点呢？而且，'劉'字的左边也不是'文'字，所以，谜面有问题。罚酒，罚酒！"

李璟笑道："冯相又外行了不是？所以，韩大人说，高祖'有点'无斯文，这一点在这里嘛。而这个'劉'字，金陵大街小巷里，各种刘姓作坊的记名印刻都写成'刘'，颜真卿的楷书就有这等写法，而民间省事也这样写行草，也很普遍了。转了几个弯啊，这正是这个谜语出得妙的地方。"

冯延巳听罢，顿时满脸通红，无言以对。他突然悻悻说道："请探花命谜。"

探花起身道："我的谜面是——'神农氏著书立说。'晚生请恩师江中丞猜。"

江文蔚道："哈哈，这是个'苯'字。老夫也回敬一谜：'关云长刮骨疗毒。'探花郎，请吧。"

"这个——我猜，猜不出，认输。"探花说罢，涨红了脸，端起酒杯一饮而尽。

"哪个来猜？"

"晚生以为，这是个'诊'字。"状元王克贞答道。

"很对，关羽就诊嘛。"李璟听罢，大加赞许。

轮到李云博了，他想了想，道："小生请韩大人猜：'楚霸王乌江自刎。'"

韩熙载不假思索地回答道："项羽身亡，就是'羽卒'此乃'翠'字。我回敬你一谜：'关云长败走麦城。'"

李云博也脱口而出："韩大人好才情！关羽死难，也是'羽卒'，仍是个'翠'字。"

几轮下来，只剩下李云博和状元王克贞了。李璟道："剩下两位高手了。我看，就改过来，大家出题，难难他们，看谁更厉害一些。你们猜对了，出谜的人仍然要罚酒，你们还可以回敬，若猜不出要罚三杯！朕先来：'兔遁吴刚走，嫦娥下凡尘。'王克贞，这是个什么字？"

王克贞道："回禀陛下，月亮里面什么都没有了，这是个'腔'字。"

李璟喝了酒，又道："嗯，不错。'塞北跨骏马，志在通西域。'李云博，这是个什么字？"

李云博道："回禀皇上，这是个'骞'字。"

李璟道："当真不错。朕又要喝一杯了！你们不回敬吗？"

王克贞道："臣不敢。"

李云博道："微臣回敬皇上一谜，这是我家乡的顺口溜：'一飘三点头，盖条走马

楼，拿床破席子，牵头水牯牛。'恭请皇上打一字。"

"这是个字吗？"李璟被问住了。

冯延巳道："李云博，你违了章程，这里面没有人物典故……"

韩熙载道："皇上，这道谜出得妙！但凡君主，都希望如此人啊！"

李璟恍然大悟："原来是个'舜'字！生动风趣，朗朗上口，的确不错。而席、夕谐音，也是一法，还寄寓了对朕的期望啊，妙妙妙！"

李云博道："皇上圣明！"端起酒樽饮了。

李璟笑道："时候不早了。韩大人，你出个难的，如何？"

韩熙载道："老臣遵命！状元郎，听好了：谜面是：'一个大来一个小，一个跑来一个跳，一个喝血一个吃草。'"

"这是个啥字？"王克贞大窘，愣了半天，道，"晚生甘拜下风，罚酒！"说罢，饮了一杯。

"李云博，你猜得出吗？"

李云博道："这还真有点难。韩大人，您真是挖空心思啊。这谜面里，既无人物也无典故，只怕藏在谜底中吧。嗯……应该是个'骚'字，自古诗骚并称、风骚绝代，骚，乃屈大夫之《离骚》是也。韩公，对吧？"

冯延巳喜道："老韩，喝酒，喝酒！你出得妙，害得我又差点儿出丑，还以为既无人物又无典故，违章了呢，幸亏忍住了没说出口。没想到吧，你那九曲八拐的花花肥肠，居然有人看得透！哈哈哈，快喝酒，你这老狐狸，终于被罚了！"

韩熙载长叹一声道："真是后生可畏啊！"说着，端起酒来，连饮三杯。

李璟道："今日鹿鸣宴上，新科进士都各显其能，让朕大开眼界，我大唐的读书人里，真是人才济济啊。尤其三甲进士李云博，赢了最后的酒令。朕说话算数，李云博入翰林院，明日立即赴任！"

李云博连忙跪下说道："多谢陛下隆恩。只是，微臣有事要奏。"

李璟道："李翰林，有何事情，但奏无妨。"

李云博道："启奏陛下，微臣年未加冠，而且科考成绩平平，今日酒令得胜，纯属侥幸，在下无论才德资历，都不适宜居此高位。而状元王克贞，科举夺魁，适才猜谜行令又和学生不分伯仲。微臣斗胆，恳请陛下将此学人殊荣授予状元，才是实至名归。请陛下垂允。"

李璟笑道："小小年纪，居然有此胸怀，不简单啊。年未加冠没关系，我朝规制，十六岁就可以参加科考，出类拔萃者也一样授官。不如这样，今日朕高兴，又得贤良之才，就破例开恩，准你所请。王克贞听旨：朕拜你为庶吉士，与李云博一起入翰林院

侍驾！"

王克贞听到皇帝如此宣旨，简直不相信自己的耳朵，天下哪有这等好事！真是好运来了，门板都挡不住！适才猜谜输给李云博，还有一点不服气，没想到这个年纪轻轻的小子，居然要把入翰林院的资格让给自己，不免有点内疚，可听到皇上如此封赏自己，顿时喜得心花怒放，连忙跪下谢恩："微臣王克贞叩谢皇上隆恩。微臣一定竭力尽忠，为皇上效犬马之劳，赴汤蹈火，万死不辞！"

李璟笑道："王爱卿，你起来吧。你要谢，就谢李爱卿吧，这官，是他为你要的。哈哈哈……"

李云博揖道："启奏皇上，这绝非微臣功劳……"

李璟打断他的话，说道："朕开个玩笑，李爱卿别紧张。好了，你们继续宴会，朕还有些事要处理，先走一步……"

但听管事太监高声唱道："皇上起驾……"

◆ 七、状元郎一席酒话，李云博如芒在背 ◆

自从入了翰林院，李云博虽然一下子成了六品京官，但属于新员见习，没有具体职守，很少参与政务，难以被皇帝召见咨询国事，只是上朝时分点个卯，然后去翰林院读书。然而由于不时参与一些朝廷活动，和皇帝有过几次近距离接触，暗暗对李璟的龙颜有了全面的观察，也对他的性情和行事风格有了些体察。这个皇帝，生得可谓卓然不凡：身材伟岸，肤色玉洁，五官轮廓分明，天庭饱满，地阁方圆，直鼻挺耸，羊须稀垂，目光温和而深邃，看起人来如日光沐浴，温暖慈爱。举止更是温文尔雅，谈吐起来轻缓而充满善意，犹如春风拂面一样让人舒坦。整个感觉，给人一种见之欲亲的贤者气度，但幽邃的眼底深处，又不时透露出一股不怒自威、君临天下的王者之气。这副仁慈宽厚而又不乏威严的面相，天天在李云博的脑海里萦绕。细细分辨下来，让他陡生好感，这起码是一位贤君无疑！但是，李云博想到近年来，为何在国策大计上屡屡失误：图闽惨败，国力空耗，新政不力，又思图楚，甚至让朝廷出现党争……真让他百思不得其解。

这些天来，李云博在翰林院一边读书，一边收罗南唐旧事，尽可能多地了解南唐的古往今来，想能窥透些端倪来。他和王克贞的关系也处理得很好，这位新科状元，对他

的人品及学识大加赞赏，两人经常诗书互答，几近莫逆之交。但李云博的内心深处，却看到了王克贞一味升官发财、封妻荫子、光宗耀祖的士子本性，虽然表面上要好，却未引为知音。

临近中秋的一个下午的退班时分，王克贞又约他府上酌饮，李云博盛情难却推脱不过，只得勉强遂行。

王克贞，字守节，祖籍庐陵人，已过而立之年。今年秋闱科考中了状元入仕之后，就在离金陵城不远郊区买了一处三进三出的院子，把妻儿老小接过来住。李云博随他出了城门，一边聊着，一边沿着林荫小道策马款款西行。刚走一两里，忽然闻见阵阵桂香扑鼻而来。李云博抬头望去，只见不远处，比比皆是的民居院落，掩映在大片耀眼的红黄里。他不禁自言自语地笑道："久闻金陵桂花奇香，今日一见，果不其然！如此大片桂花古林，小弟倒是第一次见到。"

王克贞道："岫南贤弟，这金陵桂花，天下闻名。淮南有句俗话，叫着'金陵桂花开，香飘数十里'，一点都不夸张。而桂花品目，多达十余种，最有名的是金桂、银桂、丹桂和紫桂。金桂浓香，银桂莹洁，丹桂娇艳，紫桂高雅，都是桂中佳品。你看，这些杂居在一起的桂树，都上了百年，花色各异，香气扑鼻，一到秋天，芬芳缭绕，沁人魂魄，金黄遍地，蹑足而行，就如同置身广寒宫一般，心旷神怡，飘飘欲仙。"

李云博感慨地说道："古人云：'桂子月中落，芬芳云外飘。天香盈袖舞，不修品自高。'以前见书上这样写，还以为是文人骚客夸大其词，如今身临其境，方觉此言非虚啊。"

王克贞笑道："好个'不修品自高'！这话是古人说的？哪个说的，我怎未曾读过？哈哈，只怕是你这个古人信手拈来、直抒胸臆吧，岫南出口成章的功夫，在下佩服！"

李云博笑道："真的有人说过，谁说的，倒真不记得了。守节兄选择在此安家，可真是眼光独特，心性高雅啊！"

王克贞道："愚兄祖籍是庐陵，家里也种植桂花。可是远远比不上这金陵桂香村的规模。或许是这个原因，加上老父老母酷爱桂花的缘故，选择了这里。贤弟，你可能想不到，这桂香村数百户民众，主要依靠这桂花生存。"

李云博更加讶异："什么，依靠桂花生存？这，小弟还是第一次听说，愿闻其详！"

王克贞神秘一笑："快走，时间不早了，等会儿到了我家，就自然分晓。"

两人有说有笑来到住处，下马前行，但见这座小院门楼矮小，甚至有些破败陈旧，两个巨大的金桂树冠赫然在目。可是推门而入，却发现前院宽敞开阔，台阶白石砌就，门堂朱漆一新，里里外外收拾得干净整齐，俨然一个殷实之家的府第。一丛丛颜色各异的秋菊正在花圃里争奇斗艳，门前两株拔地而起的桂花树足足有人腰般粗细，树干虽不

是很高，枝杈却很大，枝蔓杈上开杈，造就一个奇大无比的树冠，绿叶层层叠叠，将院落遮盖得严严实实，黄灿灿的桂花在绿叶间泛着金黄。

进了屋里，客堂修饰得更加富丽堂皇。小坐之后，就进后花园品茶。穿过后堂过道，后面一个更大的院落豁然眼前：数十株老桂树环院挺立，中间的亭台楼阁林立，假山荷池散布其间，宛如江南仕宦园林。李云博暗暗惊叹：这个状元郎，到金陵才几天，居然整出这么一个官宦的府宅来！看来升官发财的仕途梦，早就深埋心间了！而这种不露声色、暗中经营的嘴脸，只怕是金陵士子的普遍心态吧。

两人到一个依山傍水的楼阁里坐定，这时候，丫鬟端来茶水点心，两人边吃边聊。李云博端起那细瓷茶盏，捻开盖来，看见里面一根根碧绿嫩针蒂下尖上地悬浮着，下不着底，上不露面，茶水清澈略泛微黄，很是惊奇。不及去嗅，一股奇香扑鼻而来，顿时直送脑门，眼前似乎幻化出云蒸霞蔚的联想。迫不及待喝了一口，一阵温烫浓润过后，清凉甜爽直逼五脏六腑，口舌生津，微汗沁出，毛孔如秋风拂过，浑身上下舒坦异常。李云博大声赞道："好茶！"

"招待莫逆之交，自然得用极品好茶了！"王克贞呷了口茶，笑着问道，"岫南贤弟博闻强记，而且是品茶好手。那你先来认认，这瓷盏，可有讲究？"

李云博道："小弟对于瓷器，是个地地道道的外行，仅仅是从史志典籍上知晓些皮毛。当今潭州醴陵、洪州浮梁、南闽德化、河北唐山为四大瓷都，定窑、官窑、钧窑、哥窑、汝窑为天下五大名窑。这玩意，都和书上记载的形状质地不符啊，应该是洪州官窑青瓷的变种吧。"

"哈哈哈哈，看来，你真是瓷器的外行。无论如何，这件东西，不可能是浮梁青瓷。青瓷四大特点是'白如玉、明如镜、薄如纸、声如磬'，这东西没一处像。"

"没想到，兄台还是瓷器行家，小弟佩服之至！守节兄，你就别卖关子了，快快说来，让小弟开开眼界。"

"行家谈不上，这件东西，还是知根知底的！告诉你吧，这样东西是密瓷。"

李云博大是蹊跷："密瓷？闻所未闻。何为密瓷？"

"不知道吧，其实天下也没几个知道。"王克贞得意起来，慢条斯理地说了起来，"其实密瓷又叫'秘色瓷'，是古代越州名窑进贡朝廷的一种特制瓷器，简称'秘瓷'。所谓'秘瓷'，就是釉料配方保密瓷器，正宗吴越王室的东西。诗人陆龟蒙《秘色越器》诗云：'九秋风露越窑开，夺得千峰翠色来'，描写的就是这种瓷器。吴越开国君主钱镠规定，越窑专烧供奉用的瓷器，庶民不得使用，且釉药配方、制作工艺保密。这套茶具，是家父十多年前往吴越国王室送茶叶，被国主接见，赏了一套秘瓷，全家奉为至宝。不是贤弟光临寒舍，家父绝对不肯拿出来。呵呵……"

"小弟真是孤陋寡闻啊！这东西如此金贵，怎能拿出来喝茶？哦，贵府是茶商？"李云博捧着茶盏，突然变得小心翼翼起来，又一脸疑惑地问。

"贤弟是皇上和大唐朝廷重的才俊，也是我大唐未来之栋梁。来到寒舍，已是给了愚兄和家人天大的面子，区区一套茶具，何足道哉！"王克贞不屑一顾地说着，又故弄玄虚起来，"贤弟先别急着问我家世，你来猜猜，刚才喝的茶水，是何种茗品？"

"天下珍稀，谁能尽知！何况小弟出身乡野，年未加冠，资浅历薄，哪里能遍尝天下极品。既然兄台考我，小弟斗胆一试，闹了笑话，兄台切莫见笑。"李云博小心谨慎地呷着茶，略一思忖淡淡地说道，"陆羽《茶经》小弟读过，却未有关于此等茗品的记载。他只是在茶叶产地出处的最后，记了一笔'某某某十一州未详'，袁州吉州在列，说是'往往得之，其味极佳。'小弟估计，只怕这就是兄台老家吉州庐陵的嫩叶。这制作工艺，应该加入了其他辅料，比如干花香薰之类，究竟是何等神物，小弟也说不准……"

"哈哈哈……你小子，真是过目不忘。《茶经》上如此轻描淡写一句，你居然也能记得。"王克贞大笑道，"不瞒你说，这正是采自庐陵石虎岭千年古树上的清明嫩叶，精选数十种桂花熏香而成，是江西极品茗茶，名曰'贵人茗'。家父曾经亲自前往杭州送到吴越王室的，就是这种极品。"

"好个'贵人茗'，小弟享受了君王的待遇啊！"李云博又猛喝了一口，说道，"这贵桂谐音，既道出了工艺，桂花熏制，又寓意稀世珍品，只有高贵之士才有幸品尝。小弟有幸，真是不虚此行！"

"贤弟哪里话，你就是我的贵人！你我同科进士，为兄侥幸夺魁，可与贤弟才学相比，真是汗颜哪！区区一碗茗茶，何足道哉！"

正说着，管家来报：晚席准备好了。这时候，夕阳落山，留下满天红云。

"端过来，我和李翰林在花园里坐等月升、把酒言欢。"王克贞吩咐道。

"是，老爷。"管家拱手去了。

李云博连忙制止道："不妥。小弟初谒贵府，当该见礼令尊令堂及嫂夫人。两人花园豪饮，成何体统！"

王克贞笑道："乡野人家，怕上正席。岫南是磐磐大客，一起就食他们会忸怩不安，还是别难为他们了。"

李云博道："既然如此，客随主便，那也得先见礼再说。"

"岫南礼数，当真周全。如此也好。"两人就起身，往屋里拜会家人去了。

一会儿回来，菜肴酒水已经摆上，两人客套一番，就开始对饮起来。酒过三巡，李云博道："这是何酒，颜色淡黄，芳香浓郁，入口似觉甜醪，三杯下肚又有飘飘欲仙之感，可见酒力刚劲。小弟不知，何种佳酿，能够性品温柔如斯，而又兼具这等刚烈？"

王克贞笑道："呵呵呵，这是我们庐陵王氏的祖传佳酿：桂花酿，天下名酒也！不瞒贤弟，我们是庐陵酿酒世家、制茶世家，举家迁至金陵，也是看中桂香村这取之不尽用之不竭的上等桂花。你尝尝这菜蔬，桂花糕，桂花羹，桂香蹄髈，桂花烧鸡，桂花酸辣鱼汤……不知是否适合贤弟口味。"

"原来如此，我李云博真有口福！"李云博胃口大开地吃着，猛然醒悟道，"小弟明白了，兄台一路所言的民众依靠桂花生存，原来就在这里！"

王克贞笑道："岫南贤弟果然慧根不浅，尝茶品酒，就能得此真意，愚兄服膺！来，愚兄再敬你一杯！"

李云博连连摆手道："小弟不胜酒力，再饮的话，一定酩酊大醉，不能再饮了！"

王克贞道："这酒精选五谷，采摘新鲜桂花酿制而成，又经过数十年窖藏，酒虽浓烈，却不会伤身，即便醉了，一觉醒来，清醒如初。"两人就你来我往，又饮了两杯。

突然，王克贞道："岫南贤弟，你知道，愚兄为何如此感激你吗？"

李云博故作惊讶状："兄台为何要感激于我？为何？"

王克贞道："那日鹿鸣宴上，贤弟猜谜拔得头筹，入翰林理所当然。可是贤弟却谦让，要让位于我。而皇上高兴，破例让愚兄也进了翰林院。你可知道，新科进士一般如何授官？"

"那本该是兄台的，小弟胜出，纯乎侥幸。"李云博回了他一句，又问道，"新科进士如何授官，敢请兄台赐教。"

王克贞道："本朝进士，一律先到地方任职，一般实授边远七品县令，以前科考功名列三甲，最好也就是州府所在地之大县就职，从六品。我等进了翰林院，直接就晋位正六品京官。到了地方，还不知要多少年才能混到这等要职。你说，愚兄不感激你，感激谁呢？"

李云博道："兄台千万别这么说！你能得此要职，一是皇上恩宠，二是你才华过人。如若没有我这个外乡人参考，这翰林院庶吉士，还不是你的！"

王克贞道："不对！你可知道，本朝图闽以来，科考就停止了。就算要科考，也是三年一次，算起来应该是明年。皇上提前恩科，就是想为你洗去异国罪臣的身份，如此说来，愚兄还是沾了你的光啊！"

"什么？皇上提前恩科，是为了我？"李云博一听，顿时大惊失色。

王克贞有些醉意，口无遮拦地继续说道："冯相亲口告诉我的，难道还有假？他说，凭你的才学，状元十拿九稳，是你故意考砸了经解和诗文，然后又装起病来弃考，就是不想入我朝为官。可是皇上偏偏看中你的才学修为，恩准推迟策论考试，就是想留住你这个大才。冯相告诉我，你策论考第一，可能是害怕朝廷察觉你没用尽全力……"

"这个冯延巳，简直话说八道！科考发挥有好有坏，而且人人都并非全才，怎能无凭无据就信口开河？"李云博闻到此言，酒一下子全醒了，脸也一下子白了。

王克贞道："是啊，他说得头头是道，愚兄也觉得不可能。愚兄的才学不及你，但运气好，更何况还有你这个贵人相助……哈哈哈哈……"

李云博问道："兄台，他还说了什么？"

"他还交代，李翰林客居金陵，没一个亲朋故旧，要愚兄多多和你交往，别让你在异国他乡，孤独寂寞，萌生，萌生去意。孙相也交代，要不遗余力地留住你，让你在金陵，在金陵安心做官……"王克贞醉意更浓，说起话来略显结巴，但半醉半醒、竹筒倒豆，将知道的一切，毫不保留地都说给了李云博。

李云博听着，顿觉大汗淋漓。原来这场突如其来的秋闱科考，真的是南唐朝廷处心积虑为他设置的！这让他对李璟这个本来有了些好感的"明主"大打折扣，不免有些失落起来。脑子变得杂乱不堪，突然间如芒在背，坐立不安。

这时候，月亮初升，皎洁而明亮。虽然日子已经接近中秋佳节，但是悬在清辉朗朗夜空里的那轮月亮，却总觉得不那么圆满。李云博猛然想起家乡花鼓傩戏《定情山》里有这么句唱词："十五的月儿十六圆，黄梨摘早味不甜。"或许是吧，更何况今夜还是十三呢。

第七章
DIQIZHANG

月到中秋

◈ 一、秦淮河边醉唱乡歌俚曲 ◈

中秋那日，李云博上交了中秋《祭月祝文》后，但依旧待在翰林院。由于出手了礼部交办文稿，闲得没事，拿起一本史官新编的《金陵通志》读了起来，居然入了迷，把孙晟交代的早些回去吃团圆宴的事情给彻底忘了。

其实中秋佳节，朝廷内外除了当值官吏，其余一律看假，只是晚上所有朝臣都要随皇帝到月坛举行盛大的祭月活动。南唐以礼治国、以文兴邦，继承周礼传统，一直就有春分祭日、夏至祭地、秋分祭月、冬至祭天的习俗。其祭祀的场所称为日坛、地坛、月坛、天坛，分设在东南西北四个方向。《礼记》载："天子春朝日，秋夕月。朝日之朝，夕月之夕。"这里的"夕月之夕"，指的正是夜晚祭祀月亮的风俗。历经汉唐变迁，如今秋分祭月渐渐淡了下来，仅剩下宗庙祭祀仪式，中秋节晚上祭月倒变成融祭祀与娱乐为一体，朝野举国狂欢的盛大活动，不仅朝廷祭月宴月，民间也拜月赏月。作为新晋翰林，李云博自然接到了朝廷的邀约。而李云博不知怎么的，今日有些不想在孙府上待，也很不想参加南唐朝廷的中秋盛宴。虽然他六岁离家，直到十四岁才回到瑶池，这期间绝大部分的中秋都是在外地度过的，经常跟着药因道长云游在外，有时候也一样在异国他乡，可从来没有如今这样的滋味：孤独郁闷，乡愁莫名，思念亲人，甚至萌生几许寄人篱下、身处危厄、天命无常的惆怅。"露从今夜白，月是故乡明。"是啊，只有在颠沛流离的旅途中，才能真正体会到，待在安宁祥和的家里，比什么都好。

来的时候一路上为所谓的愁绪困扰，坐下来捧着书也一样心神不宁。可是换了一册新编的《金陵通志》，没想到一下子就迷了进去，几个时辰过去也不知不觉。直到过了午时，孙晟派管家到翰林院请他，他才回过神来，合上书满怀歉意地赶回去。

刚策马走进大街，一阵芬芳扑鼻而来，李云博顿时神清气爽。他抬头发现，街道两边成行的老桂树的枝头一片金黄，桂花开得正盛。他扫视着两边已关门闭户的店铺和空空如也的大街，有些不可理喻。管家见他表情惊异，笑着说道："李翰林，今日中秋，过了申时就都关门歇业，回家团圆去了。金陵习俗，中秋佳节，家家户户在午时吃团圆饭，家人一个下午都在一起饮宴游乐，到了晚上，就在院子里摆出果盘酒水，拜月赏月，富家人还请来歌姬献唱，也有的夜游秦淮，彻夜狂欢。我们金陵的中秋，晚上大街小巷都灯火通明，游艺耍玩，最热闹也最好玩。今夜朝廷会在月坛举行盛大的祭祀宴月

活动，翰林大人今夜可要好生玩玩。"

李云博听了，油然生出些许"独在异乡为异客，每逢佳节倍思亲"的感慨，但嘴里说道："久闻金陵中秋热闹，今将亲历，真是三生有幸啊。常言道：百闻不如一见。我自然不会错过。"

管家道："只是有一样，不如过去了，真是可惜。"

李云博问道："管家爷，什么玩意儿不如过去，让您老人家如此感叹？"

管家道："翰林大人，您不知啊。我小时候，虽然中秋不及如今这等热闹，但有一样，让我们乐此不疲：那就是爆竹。早在数十年前的杨吴时代，每逢过年过节，大大小小、红红彤彤的爆竹用竹篓装着，摆在货架上，每家杂货店都能买到，有你们浏阳瑶池的，更多的是萍乡上栗的，价钱也便宜，一文钱就能买十来只。那时候，一到年节，家家户户都放爆竹，团年祭神，开财门迎新年，爆竹一响火药味一来，年味节气就来了。我们常常死缠着父母讨来铜钱，也有的拿出压岁钱买爆竹，一伙玩伴成天在大街小巷奔忙着，燃放各种爆竹，那真是开心极了。自从李氏建唐以来，火药成了军用物资，上栗李氏家族的火药都被迫送到炮火营里去，爆竹就不生产了，爆竹需要从你们楚国进口，价钱贵得吓人，平民百姓根本买不起。而且，朝廷下令，京城金陵严禁燃放爆竹……"

李云博一惊，问道："金陵城严禁放爆竹，这是为何？"

管家道："原因很简单：十多年前，烈祖的二皇子李景迁，就是当今皇上的亲弟弟——有一次放爆竹炸了手，从此落下残疾，后来又因病离世。从此以后，金陵的大街小巷就没有爆竹了。唉……"

李云博听着，不免吃了一惊。金陵早就严禁燃放爆竹，而去年江世敦一伙假冒金陵爆竹行混进瑶池，这么大的漏洞，自己居然毫无觉察！如若这些信讯早些掌握，何至于让黑云长剑军阴谋得逞！他近来多读金陵史志，对这个李景迁也知道一二。他本是烈祖最钟爱的儿子，干练强势，颇有政才，烈祖也曾动过立他为太子的心思，只是景迁过早去世未能成愿。看来南唐皇族对爆竹和火药的憎恶，由来已久，绝不仅仅是因为军事上提升战力的需求，更有这个皇子夭亡的心理阴影。在南唐皇室眼里，爆竹绝对是个不祥之物，都城禁放爆竹，就是很好的明证。可是，这样一起偶然事件，与爆竹本身有什么关系呢？真是"欲加之罪，何患无辞"啊！想到这里，李云博不禁有些不寒而栗：南唐皇族憎恶爆竹，自然会迁怒生产爆竹的家族，如此看来，他们与瑶池李氏有着天然的心理隔阂，这是任何东西都弥补不了的！

正思忖着，来到了孙府门前。两人下马，**管家招呼仆人牵去脚力**，就领着李云博进了府门。来了宴会堂，只见里面已经坐满了老老少少，孙晟一家已经等候多时了。李云博满怀歉意地拱手道："孙相，对不住了，晚生……"

孙晟站起来，拉住他道："李翰林，别说了，知道你是书痴，读书入迷了，古往今来，真正读书读到废寝忘食，能有几人，你小子算一个！你瞧我那两个不争气的东西，成天只知道东游西荡，斗鸡玩狗，博彩听戏，哪有一点心思放在读书上？真是……"

那边两个年轻公子听得满脸的不高兴，又朝李云博投来鄙夷的目光。李云博连忙打断孙晟的话，道："晚生的确不像话，耽搁了府上的团圆盛宴，真是抱歉！两位少爷近来学业精进不少，相爷没必要横加指责……哦，晚生先去更衣，各位先用，不必等我了！"说着，就匆匆进了后堂。

见李云博转身离开，孙府大少爷埋怨道："我不晓得老爹你是咋整的，让一个毫不相干的外人，在咱们家白吃白喝白住小半年了，图个啥呀？"二少爷也跟着起哄道："咱们家的团圆宴，等一个外人，真是滑稽！二爷的肚子都饿扁了，不等了。丫鬟们，上菜，二爷我先动筷子尝尝味道！"说罢拿起筷子示意女仆端菜过来。大少爷站起来道："大爷我也要尝！"可是女仆看看他们，又看看孙晟，很是为难，站着没动。二少爷不禁怒火中烧，站起来吼道："二爷的话是放屁吗？"

"放肆！"孙晟怒道，"今日中秋团圆佳节，老夫不想骂人。李翰林自来我府，加起来也只有两三次和你们同桌吃过饭。今日佳节，他身在异乡，我等给他一个过节的氛围，让他不觉得孤独，不行吗？李翰林是为父至交、楚国辅政大臣的女婿，不仅是我们的贵客，更是我们的亲人。他如今已是官身，在府上住不了几日了。今日，你两个孽障最好收敛些，别太放肆，坏了老夫的大事，看老子不活剐了你们！"孙晟的话声音不大，但语气严厉。两个少爷一听，就满怀愤懑地坐下。

这时候，李云博已经换上便装，箭步飞了出来："对不起，真是失礼多多，请孙相责罚！"

孙晟一边招呼李云博入席，一边说道："不说了，来，这边坐。一家人嘛，别见外。人到齐了，开中秋团圆宴！"

随着一声吆喝，侍女捧着丰盛的菜肴酒水鱼贯而入，一会儿，桌上就摆得满满的：山珍海味、鸡鸭鱼肉、菜蔬果鲜、醯酪醪醴，应有尽有。孙晟端起一杯酒，站起来说道："今年中秋，不同凡响，有幸邀得长沙名士李翰林共度佳节。来，老夫代表全家，先敬李大人一杯！"

李云博马上站起来，端着酒杯回礼道："孙相如此盛意，真是折煞我也。晚生在府上搅扰半年，承蒙照拂，温暖备至，他乡游子，如在家中。这一杯，应该在下来敬。瑶池李云博祝在座亲朋中秋喜乐，贵体康泰，福如东海，寿比南山！"说罢，一一向家人施礼，然后一饮而尽。

"同喜同乐！"众人应着，都开怀畅饮起来。一时间，觥筹交错，你来我往，热闹非凡，足足吃了个多时辰。

　　李云博今日喝了些酒，一时间精神亢奋玩性大发，吃过中秋宴，就出了门，往街上走去。

　　已是下午申时，街上酒肆茶楼也都开始张灯结彩，清理铺面，为通宵营业忙碌着。大街上已经有人三三两两、有说有笑地来往走动，讨论着什么，李云博听不真切，也没闲心理会。突然间，和一个人撞了个满怀，他连连道歉，然后跌跌撞撞径自来到秦淮河边，独自闲逛起来。

　　"两竿落日溪桥上，半缕青烟柳影中。"夕阳西下的黄昏时刻，深秋的秦淮河真是美不胜收啊。高远的蓝天之下，一望无际的江水泛着碧绿，江上来往的画舫游船在晚霞的映衬下越发妖冶艳丽。两岸业已熟透的谷物，在微微凉风中幸福地摇曳着，像一位即将临盆的母亲愈显安详。而那些变得五彩斑斓的各样树木，行行整齐的南归大雁，矗立高耸的巍峨楼阁，更让人觉得秋天实在是一个美不胜收的季节。秋天的天，那么蓝那么高，一尘不染，空旷幽远，让人的心纯净如水。秋天的风，没了夏日的燥热，送来徐徐清凉，让人心旷神怡。秋天的花，比夏花更绚烂，姹紫嫣红中充分展示生命底色……诸般景致，看得李云博心旷神怡、流连忘返。

　　正当李云博沉迷美妙秦淮江景的时候，突然传来一阵歌声，悠扬婉转而缠绵悱恻：

　　八月中秋，凉风微逗，菊桂却是花时候。谁家姊妹斗新妆，园林散步携手。
　　折得花枝，玉瓶随后，归来玩赏全凭酒。三杯酩酊破愁城，醒来孤身独守。

　　一曲终了，李云博定眼看见，这些曲子是从江心一艘画舫里传来的。正盼望间，那边又响起了管弦，女子又唱了一曲：

　　白云山，红叶树，阅尽兴亡，一似朝还暮。中秋夕阳芳草渡，月圆月缺，人来终归去。
　　阮公途，杨子路，九折羊肠，曾把车轮误。记得寒芜嘶马处，翠宫银筝，夜夜歌楼曙……

　　这些温婉的秦淮小调，听得李云博如痴如醉。他平素习惯了吟诗弄赋，很少留意这些民间俚曲，特别是这等离人怨妇的婉约之辞，他更是很少理会。而今日中秋佳节，他独身一人徘徊秦淮河边，这样的曲子却真似一片片乡愁，牵动着他脆弱的思绪。离开故国家园半年，家乡可好，家人安好？还有他朝思暮想的柳烟姐姐和那个曾经让他焦头烂额的如霜妹妹，如今又在干什么呢？想着想着，便百感交集，流下泪来。他借着酒兴，唱起了家乡的山歌小调：

水上浮萍不定根，荇草绚船船要行。大河涨水鱼分路，火烧芭蕉不变心。

橘子红来韭菜青，哥妹相交两不分。哥是橘子红到老，妹是韭菜四季青……

正当李云博趁着酒兴自我陶醉、唱得起劲的时候，突然一张巨大的黑篷朝他罩来。他还没有弄明白怎么回事，就什么也看不见了。很快，就被堵上了嘴，绑了手脚，又被一个力大无比的人扛了起来，颠簸着往别处飞奔。李云博顿时酒醒了大半，浑身直冒冷汗：真是乐极生悲！这下惨了，肯定是被什么人绑架了。可是，自己入金陵已有数月，也从未与人结怨，怎么会被人突然袭击来个绑票？难道是徐威派的人……一路沉思，李云博不敢想下去了。可是，他转念一想，事已至此，多想也没有益处，还不如听天由命，暂且安心、养足精神，到时候说不定还可以见机行事……想着想着，就昏昏睡去。

◆ 二、有惊无险，异国他乡重逢故旧 ◆

当李云博醒来的时候，发现自己坐在一张木椅上，嘴巴自由，手脚也松开了，不免有些蹊跷。他抬头一看，被眼前一张张熟悉的面孔吓一大跳：这些人不是别人，正是曾经和他一起出生入死、那日湘春门外奉命密劫法场的泰平阁乾卦统领、无妄执事、同人执事，还有一些熟悉的面孔：湘江鳄、云上飞、赛华佗、箭老七、地鼠神、半碟菜、过山猫、千里驹……他们正在那边或站或坐，小声说着什么。李云博不禁失声喊道："我，我不是在做梦吧？"

乾卦统领喜道："少主醒了！赛华佗，你的解酒丹还真有效，一吃，就醒过来了！"一群人围了过来，施礼道："参见少主！"

"看来真的是梦魇了！"李云博看着他们一本正经的表情，很是惊讶，几乎不敢相信自己的眼睛，于是猛地掐了一把自己的胳膊，"哎哟……原来不是梦啊……"

"少主，的确不是在做梦！"无妄执事道，"我们无妄、同人两卦队密使奉左老大人之命，秘密潜入金陵已经四月有余，暗中保护少主，确保万无一失。一直以来，我等都在暗处陪着少主。虽然身处异国他乡，其实您一点都不孤单。"

"原来如此！"李云博大喜过望，摇摇晃晃地站起来，一个个与他们拥抱，不由得热泪盈眶。过了一阵，李云博问道："既然到金陵这么久了，为何不与我联系？"

无妄执事道："回禀少主，这是左老大人吩咐的，说是为防南唐背信弃义，万一对

少主不利，就断然出手救走少主。其实，少主，在您刚到金陵的那两个月里，无论您走到哪里，南唐都有人暗中盯梢。如今您已是南唐朝廷堂堂翰林学士，自然松了些，但仍然有人不时跟踪。不与您接触，一是消除南唐对您的顾虑，二来也是为了泰平密使的安全。"

"左老大人虑事周全啊！"李云博点了点头，又问道，"刚才，我孤身一人在秦淮河边上，为何不好好打招呼，假扮绑匪？"

无妄执事道："少主受惊了，不礼之处，还望恕罪。左老大人交代，少主少年老成，遇事冷静，一般不会犯错，只有一种情况必须注意，那就是喝多了酒。说是少主一旦喝多，全然没了防范之心，甚至诗兴大发，东游西荡，口无遮拦，可能误事。由此命令我等，如若发现少主您喝醉了，必须及时处置，以防意外。而且，南唐四处都放有眼线，有没有人跟踪，也不能确定，因此我们的行动必须隐秘。"

李云博道："对，我就这死穴，大家都一清二楚。我戒酒多日，今日盛情难却迫不得已，的确喝多了点，但还未到醉的时候……"

"我看差不多了。"乾卦统领笑道，"少主，你出孙府的时候，被无妄执事撞了个趔趄，居然还说甚'小生冒失，请多见谅'，跑到孔庙里抱着柱子说了好一阵子话。直到秦淮河大声唱起曲子来，我等怕你出事，才迫不得已出手。怎么，您不记得了？"

"有这事？你不是杜撰些是非来臭我吧？……也许，是喝多了吧。"李云博听到他的话，不免一惊，他提到的几件事都不记得了，看来真的得禁酒了。他看着昔日生死与共的兄弟们突然出现在眼前，刚才那种孤独与思乡的情愫一下子消失得无影无踪，心中猛然涌出一股由衷的感动和欣慰。他笑着说道："弟兄们辛苦了！哈哈，刚才扛我到这里的，应该是千里驹兄弟吧？力大无比，健步如飞，真不愧是日行百里的'飞毛腿'！我还以为是莽山盗贼来绑票呢！"

众人一听，大声笑起来。千里驹涨红了脸，稽首道："少主猜得没错，的确是属下。"

乾卦统领道："少主，您胆子真大，被人绑了，居然还在他肩膀上睡着了呢！"

李云博道："当时有些醉了，很想睡觉。反正听天由命，急有用吗？千里驹兄弟肩膀，宽厚舒坦，正好休息。对了，这里，是何地方？"

无妄执事说道："哦，这里是淮江布行的后厅密屋。这间布行，是我们三个月前花七十两银子盘下的，用以兄弟们安身，也是隐蔽的好办法。这里的生意，还很不错。"

"很好。"李云博赞许地看着他们，又转身问乾卦统领，"乾兄，你也一直在金陵？"

乾卦统领道："没有，我们今日才到，奉左老大人之命，前来禀报紧急信讯。"

"紧急信讯？怎么不用飞鸽传书呢？"李云博问。

乾卦统领道："少主，您的酒还没醒吗？遣散湘水台成立泰平阁时，您亲自约法三章，其中一条就是暂停湘水台飞鸽传书等联络手段，启用暗语传音等新的秘密联络办法，绝不能暴露泰平阁行踪。而且左老大人觉得，半年来，三湘四水风云诡谲，变幻莫测，如此迷烟乱局，三言两语说不清，于是命属下来金陵，亲口向您禀报。"

"哎呀，真是喝了酒就不是人，把这么大的事情给忘了。"李云博一拍脑袋，记起以前的事情来，"那好，你就赶紧说情况吧。"

乾卦统领拱手道："回禀少主，楚国王廷已经矛盾重重，四分五裂，可能又要发生变故了。尤其是徐威等人，与马希萼的矛盾越来越深，已起不臣之心。左老大人不忍看见王都又重新陷入混乱，特派属下来请示如何作为。"

李云博道："什么，矛盾重重？左老意欲何为？"

乾卦统领道："对。左老大人想密杀二贼，但又怕过早暴露，犹豫不决，特派属下请示……"

李云博摇摇头道："嗯……密杀，密杀不行，解决不了根本问题。你先把情况说具体些，大家一起会商后定夺！"

"是，少主。"乾卦统领就开始详细讲起具体情况来——

原来，靖江军叛逃后，许多朗州将领也都先后离开长沙，或去故地朗州，或请求到其他地方任职，楚国王廷日渐分裂。楚王马希萼又荒淫无度，不理朝政，特别是宠幸小门使谢彦颙，引发众怒。谢彦颙恃宠生骄，经常凌辱大臣，就是手握大权的马希崇，他也不放在眼里。马希崇恨之入骨，众将士也是愤愤不平。特别是徐威，原本是潭州军队统帅，因为多次辱骂谢彦颙，被他进谗，马希萼果然大怒，降徐威为步军指挥使。他们虽为楚王的左膀右臂，但已无人臣之心，多次密谋，意欲杀掉那个恶心的娈童，并寻找机会解决楚王马希萼，由马希崇取而代之……

这些信讯，李云博大都掌握，不久前周行逢还来过金陵，在街上和他偶遇，趁着吃早点的时间，李云博听他介绍楚国情势，因此了解了个大概。只是马希崇、徐威密谋作乱的事，他自然无从知晓。不等他说完，李云博就问道："徐威又想作乱？这条秘闻哪里来的？可靠吗？"

乾卦统领道："这条秘闻，是潜伏在长沙城里的央卦密使暗中探到的，绝对可靠。"

李云博突然感到事态严重，酒意全无，怒道："这两个狗贼！王都本已千疮百孔，人心尽失，如若长沙萧墙祸起，朗人必借机攻潭，楚国又将重新陷入内乱。内乱一起，敌国就会以各种名义入湘，到时候，恐怕或会被吞并、或会被瓜分，楚国就不复存在了！"

乾卦统领道："少主所言甚是！而楚国四周，都一个个虎视眈眈、蠢蠢欲动。南唐已经秘密任命边镐为定楚招抚使，正在袁州整军备战；南汉小皇帝刘晟，调集了近十万大军陈于两国边境，看来正在等待时机，妄图一举夺走靖江之地。北周、荆南、西蜀等

国，也绝不会隔山观虎斗而置身事外，只要时机成熟，肯定会趁火打劫。一旦潭州朗州重新开战，就是他们动手的时候了。因此，必须制止内乱，防止他国瓜分楚国。"

无妄执事道："制止内乱，谈何容易！去年，楚国萧墙祸起，兄弟争国，我等竭力而为，不仅没能和平解决，反而让兄弟仇恨升级，长沙差点遭受屠城大劫，三湘四水陷入从未有过的混乱，少主和湘水台还被无辜牵连。而如今，楚国已经四分五裂，你攻我伐在所难免。不好办啊！"

李云博道："无妄兄说的没错。话虽这样说，但又绝不能袖手旁观甚至幸灾乐祸，楚国毕竟是我们的祖国，如若楚国陷入战争，受苦受难的是我们的父老乡亲。我等曾经也是王廷密卫，如今实现天下太平是我们的使命。于公于私于情于理，我们都得积极作为。只是如何作为，必须仔细谋划。大家说说，怎么办吧。"

于是，大家就讨论起来：

"依属下看，左老大人的主意不错，密杀马希崇、徐威，避免宫廷政变。"

"不妥。如今长沙乌烟瘴气，尽是一些阴险小人当政，马希萼残暴昏庸，杀一两个无济于事。楚国目前也没有一个有能力的人收拾局面。我看还是少去干预，保存自己要紧。"

"我看这样：想办法让马希萼主动向朗州承认错误，争取王逵、周行逢他们谅解，毕竟原来都是在一起的患难与共的故人，双方消除误会，或许内乱可以避免。"

"你真是太天真了！自靖江军叛逃之后，马希萼盛怒之下派指挥使唐师翥率兵追到朗州城下，被王逵伏击全军覆灭之后，就已经势不两立。消除误会，根本不可能。依我看，不如一不做二不休，将马希萼、马希崇、徐威都杀掉，支持王逵、周行逢入湘……"

"我有一个大胆的想法，不知可行否？"沉默许久的乾卦统领突然说道。

"什么办法？"众人已经眼睛一亮，齐声问道。

"如今，刚才有人说，三湘四水已经没有一个能人收拾残局，我看不一定。"乾卦统领意味深长地说道。

无妄执事看着他故弄玄虚的样子，问道："不一定？那你说，谁能收拾残局？"

"少主，我们的少主，一定能够，收拾残局！！"乾卦统领几乎一字一顿地说道。

"胡说八道！"李云博不悦地骂了一句。

"少主，你别急，听我把话说完。"乾卦统领似乎胸有成竹，他信心满满地说道，"马希萼倒行逆施，众叛亲离，马楚王室已无能主，江山岌岌可危。三湘大乱之时，群龙已然无首。这时候，如若有德高望重者以楚国安危为己任，挺身而出，振臂一呼，救民于水火，解民于倒悬，匡扶社稷，收拾人心，一定会有仁人志士纷纷响应。而遍观三湘大地，此等重任非少主莫属。为什么？一则，少主才智冠绝天下，去年理洪水，闹洪袁，火烧炮火营，朝野无人不知；二来，太后临终之际，有过'继贤而立'的遗命密诏，虽

然被徐威泄密，为马希萼他们构害成'矫诏谋逆'，楚国上下无人不晓，但只要我们渲染得力，一定会让舆论转过来，相信'继贤而立'确有其事，而不是'矫诏谋逆'；三是瑶池李氏百年望族，'舍生忘死、谋福瑶池'之忠义家风天下闻名，少主收拾残局，定会获得民众大力支持；第四，从军事实力上讲，我们泰平阁虽然只有数百号人，但控制长沙一点问题都没有，加上瑶池神刀营有三千精兵，初期起事足矣。而靖江军叛逃后，原来的蛮兵朗人大都回去或者另谋他路，剩下潭州府兵十有八九是许可琼、李云铎和张少敌的旧部，对马氏和徐威早存不满，只要方法得当，都可以争取过来。一旦我等控制了潭州，然后励精图治，养精蓄锐，厚待民生，不出三五年，一定会重新统一三湘四水，还百姓一个安宁的大楚国……"

"好了，别再说了。"李云博耐着性子听着，实在听不下去了，起身打断他的话道，"我问你，就算我们控制了潭州，楚国各地州县的刺史县令们会听你的吗？"

乾卦统领道："只要我们策略得当，大部分会。"

"大部分会？我看是大部分不会！"李云博语气十分肯定，"他们不借着为马氏报仇的旗号来围攻长沙才怪呢！现在还只有一个朗州和长沙对抗，到时候，各地州县纷纷勤王的军队，绝对不下十支，我们将成为其他所有州县的敌人。而更严重的问题是，如此一来，我李云博和湘水台所有弟兄的'矫诏谋逆'之罪，不就坐实了吗？"

乾卦统领道："那可不一定啊，少主！大争之世，哪个节镇诸侯不是靠兵柄起家的？哪个不是从无到有、从小到大的？武穆王马殷、南唐烈祖、北朝的各位君主，概莫能外。如今是您起家的绝好机会，望少主三思啊！"

李云博道："你这是赌博，拿泰平阁兄弟们的前途命运赌博，拿三湘四水的安危赌博，拿百万父老乡亲的身家性命赌博！风险太大了，断然不行！"

乾卦统领道："常言道，谋事在人、成事在天。少主，成大事者，哪能没有一点风险！"

"……好了好了，你别再说了！"李云博制止住他，说道，"你知不知道，如此而为，我等将再度陷入绝境，任何人都可以找到讨伐我们的借口。更何况，湘水台原来是宫廷密卫，是负责王族安危的臣子；现在的泰平阁，以天下一统为己任，但还是人臣，绝对不能有非分之想。旧主要灭我们，我们逃跑就是，躲起来，但绝不能干弑主谋逆的不义之事。将来如若择得雄主，也一样要尽人臣之责，这是我们必须恪守的道义底线！"

乾卦统领听了，不再作声。李云博见他不再言语，于是说道："乾兄，你的一片盛意，我李云博心领了。但干大事的人，千万不能只考虑自己的利益。我们要装着天下，装着饱受战乱之苦的黎民百姓。我李云博不是个图霸争雄之人，也不会为了一己之私而不计代价。我们的奋斗目标，是实现天下一统，这就需要联合有志之人一起努力，而且

要甘居幕后。靠自己单打独斗，绝不可能干成大事。"

乾卦统领听罢，突然稽首道："适才属下思虑欠周，少主见谅。刚才一通见教，让我等茅塞顿开。属下更对少主胸怀佩服之至，誓死追随。请受末将一拜！"

"好了，起来吧，你也不必自责。"李云博扶起他，又继续说道，"我看这事，先别急着插手，看看情势再说，我们还是保存实力要紧。对了，瑶池那边，情况如何？"

乾卦统领道："回禀少主，年初，我等配合北周都尉李处耘将军湘春门外大闹法场、救走您的家人，李将军极力邀请您的祖父、父亲和家人北上避难，被您祖父婉拒。李将军也就没有勉强，将他们交给我等，就带着那队紫衣剑士连夜回去了。我等想请少主家人暂且躲藏几日，等过了风头再回瑶池不迟。可是您祖父执意要回，我们迫不得已，只得连夜抄小路送他们回去……"

"正元大哥真义士也！"李云博感叹了一句，"他们回瑶池，的确是最佳选择！近来，那边有什么新信讯没有？"

乾卦统领道："回禀少主，右老大人不久前派人送信给左老大人，说徐威撤军后，神刀营加紧布防，已经全面掌控瑶池内外，还要请我等去瑶池安身呢。"

"这样的话，我就放心了。对了，天都快黑了，我还要参加南唐朝廷的拜月祭祀大典，得赶过去。你们先休息，有要事再联系。"李云博说着，就跌跌撞撞出了密室的门，又在他们的引领下，穿过几道走廊门庭，就进了大街，然后双方施礼道别，各自去了。

◆◆ 三、面对朝廷隆赏厚赐，李翰林半推半就 ◆◆

李云博赶回孙府的时候，一身紫服的孙晟急得像热锅上的蚂蚁，正在府门前转来踱去，不停地张望着。童仆已将官轿和马匹脚力备好，就等他到来。孙晟一见到他，就抱怨起来："我的翰林大人，你可回来了。朝廷如此重要的盛会，迟去了那是要被问罪的！快点更衣，慢了的话，就来不及了。"李云博一边抱歉着，一边换上官服，然后匆匆出门，一路策马狂奔。赶到月坛虽然已过酉时，但离南唐礼制规定的祭月时间戌时三刻还差小半个时辰。李云博放下心来，将马交给随行的童仆，又扶孙晟下了轿，就和孙晟往月坛那边走。孙晟又不停地唠叨起来，他微笑着懒得吭声，抬头观察起夜幕降临后的景色来。

皓月当空的秦淮河边，清辉朗朗，人流如织。高耸的月坛上，颜色各异的灯火将祭

祀广场照得如同白昼。林立的彩幡五颜六色，在清凉江风的吹拂下徐徐翻动。远远望去，秦淮河上的画舫游船也装扮得旌旗招展、流光溢彩，水泄不通地挤在河边，各显神通地招揽着即将通宵夜游的客人。回头望去，灯火辉煌的大街小巷里，摩肩接踵的人流正朝月坛这边涌动，只有那条早被封闭专供皇帝和皇族通行的御升街空空如也。

两人穿过停满官轿和马匹的华表广场，拾级而上，来到楼牌巍峨的月坛入口仪门边。两边值守的卫士向他施礼，示意他们拿出通门印信。他愣了一下，马上伸手掏出玉牌印信，跟着孙晟递了过去。

卫士双手接过看了一眼玉牌，连忙施礼，然后朝月坛喊道："右仆射同平章事孙晟大人、翰林学士李云博大人到！"

李云博又是一愣。他收好玉牌，健步登上了月坛广场，但见高耸的月坛前面，朝廷的朝会官员都差不多到了，峨冠博带黑压压一大片。

"李翰林，你可来了。"李云博抬头一看，只见同科进士、翰林院庶吉士王克贞正大汗淋漓地朝他走来，"愚兄都急得不行了，皇上祭月大典就要开始了，你们再不到，就麻烦了！"

李云博笑道："王兄不必担心，如此重要的朝廷祭祀，小弟焉有不来之理。只是适才路上遇到一个熟人，闲扯了几句。这不，还不是提前来了？"

正说着，但听仪门外一阵锣鼓唢呐号角之声，远远传来尖利的通报声："皇上驾到，臣民接驾——"两人连忙跪下，与众人一样齐声诵道："皇上万岁万岁万万岁！"

李云博偷偷朝下望去，只见南唐皇帝李璟坐在御辇上，沿着御升街巡游过来，众官宦和嫔妃相随，太监侍奉左右，仪仗前后遮天蔽日。跟随的队伍如一条长龙，弯弯直直两三里。

不一会儿，身着祭祀礼服的李璟来到月坛边，一边下了御辇一边微笑着说道："众爱卿平身！"

"谢陛下！"大家就都起了身，恭敬地侍立左右。

待到皇上一坐定，司礼大臣礼部尚书衷愉一袭盛装，朝着刚刚升上天空的圆月拜了三拜，扯开嗓子诵道："秦淮潮水连海平，天上秋月共潮生。花好月圆人团聚，祝愿苍生福长存。保大九年中秋月夜，皇上皇后驾临月坛，亲自主持祭月大典。恭迎皇上皇后登坛，领祭今夜盛典。鸣号，奏乐！"

一时间，号角齐鸣，乐声大作。李璟起身携着皇后款款走上祭坛，刚进台上，一对黄衣童男端来圣水，两人伸手洗濯，然后用绢帕擦干。

衷愉接着说道："祭月大典开始，焚香燎纸，恭迎月神！"

李璟接过点燃的檀香，皇后接过点燃的红烛，一起朝圆月揖首，各就各位的满朝文武也跟着一起揖首。拜了三拜之后，然后将香烛插在祭坛上。边上司仪连忙将纸钱点着，香炉顿时烟火升腾。

"上三牲及各类供品，奏献礼大乐！"

一身红装的宫廷祭司在仪仗的簇拥下，两两一对，抬着牛、猪、羊三牢以及月饼和其他果品，在煌煌大乐的节奏声中上了祭台，在祭坛边停下，然后又整齐规则地把祭品安放到祭坛上。

"行拜月大礼，奏颂月古乐！"

古乐声中，皇帝李璟亲自跪地，行起了三跪九叩拜月大礼。群臣及观礼百姓，也都纷纷跪下，虔诚地朝月亮叩拜。

拜礼完毕，衷愉又道："请翰林院大学士、左仆射同平章事冯延巳大人宣读朝廷《祭月祝文》。"

冯延巳也是一身紫衣礼服，意气风发，健步走上前来，展开一束黄卷朗朗有声地诵了起来：

时维辛亥桂月，中秋吉时，大唐皇帝沐浴熏香，斋戒数日，亲燃香烛，恭献三牲，率满朝文武，聚秦淮之月坛，寄胸襟于天地，敞心扉于晦明。以肃然之虔诚，尚禋祀之大礼，承古雅之文化，颂今夕之流光，为江山社稷祷告，替天下苍生祈福，与黎民共享佳节团圆之喜。其辞曰：

辛亥仲秋，夜露霓裳。皓皓太阴，驻足穹苍。

寰宇朗阔，辉映舒望。中天赫耀，指触微凉。

江川浩荡，辰宿列张。九霄环渺，群星拱裹。

青羽扶摇，银盘流光。澄镜洁隽，兰桂馨芳。

灵兔捣椎，冰蟾引堂。吴刚斧短，素娥袖长。

鄰波东海，烟寒西方。度越南岭，拂照北邙。

气象始新，生息勃盎。其物何瀚，其域何广。

委以时令，事便农桑。朝涌平潮，暮结清霜。

晦晴有变，圆缺何妨。天涯咫尺，不惧参商。

乾坤万世，日月久长。普天盛裕，心宙玄黄。

遥思古国，礼乐上邦。千载以降，势趋胡羌。

当时今日，礼教崩亡。亘古大道，荆棘芜荒。

大唐臣民，宏愿承扬。今夕佳节，云集四方。

继道天地，承德圣乡。泰乐既奏，愿永宁康。

社稷延嗣，六合八荒。得享烝尝，祚运隆昌。

圣德修容，理冠正裳。着褥成礼，吟诵我唐。

祭月祈福，奉敬娥嫦。克谨恭仁，天恩勿忘。

风调雨顺，百业兴旺。焚告圣明，佑我国邦。

兹呈斯文，饮此横觞。神祇俱在，惟伏尚飨！

祝文诵完，衷愉道："奠桂花酒，焚祭月祝文！"又起一阵宫廷煌煌大乐。李璟亲自朝天地和圆月奠酒，冯延巳将祭月祝文捧到祭案前化了。不一会儿音乐完毕，但听衷愉说道："祭月大典礼成，恭请皇上移驾看台，观赏祭月歌舞大演。"皇帝就又朝月亮揖首，然后扶着皇后下了月坛，往看台中央的大华盖座席去了。

这南唐的祭月歌舞，可谓出出都是阳春白雪，什么《霓裳羽衣舞》《春江花月夜》《嫦娥奔月图》等等等等，看得李云博目瞪口呆。一直生活在乡野的他，从来没有欣赏过如此高档奢华的顶级乐舞，与去年在望江阁看到的楚廷宴乐相比，赏心悦目的程度，不知高到哪里去了！

"祭月大演结束。恭请皇上颁赏——"司仪大臣衷愉的一声吆喝，把苦苦等待下一出歌舞开始的李云博给拽了回来：半个时辰的乐舞表演结束了。李云博猛然记起，按照南唐史书上记载的惯例，中秋之夜，南唐皇帝要在子时之前封赏大臣，名曰"月赏"。月赏之后，就是开始了通宵达旦的赏月玩月，吟诗作对，游街狂欢，泛舟笙歌，博彩游艺，应有尽有。但这种赏赐，大都是月饼、祭肉、御字御画等实物，大臣们开口索要皇帝题字，也都只是凑个热闹、讨个吉利，并不在乎得到多少实惠。皇帝还会给观礼的百姓发放赏钱，其实也就是拿出数十万枚大唐的"永通泉货"铜钱四处抛撒，让都城子民欢天喜地地去抢夺。

李云博正思忖着，只见李璟站起来，抓起一把钱币，大声说道："大唐江山，固若金汤；大唐百姓，太平永享！"说罢，朝下方掷去。

顿时，人群发出更加疯狂的欢呼声："大唐江山，固若金汤；大唐百姓，太平永享！"

就在此时，早就准备好的十多辆单马拉车一齐朝城里驶去，分别进入了不同的大街，每辆车上，一人驾马，两人在车上分撒"永通泉货"。突然间，人流呼喊着朝马车奔涌而去，金陵城立刻沸腾起来，中秋之夜彻夜狂欢由此拉开了序幕！

而月坛边的"月赏"更加热闹：有的得到皇家月饼，有的得到御制字画，也有人得到书籍古玩玉器以及文房四宝，一个个欢天喜地的样子。李云博不由得想起，今夜的故园瑶池，肯定也在赏月拜月，花鼓傩戏、龙狮大舞也正在上演吧。特别是爆竹之声，也应该不

绝于耳吧。他不由得诵起一句前人的诗来："今夜月明人尽望，不知秋思落谁家。"

"李翰林，你写的祭月祝文格调高古，行文潇洒，言辞俊雅，深得辞赋精髓，满朝文人雅士无不赞赏，自然是今夜祭月大典的首要功臣。你说说，想得到何种赏赐啊？"轮到李云博了，李璟微笑着问道。

李云博从思乡的愁绪里猛然醒悟过来，赶忙起身施礼，讪讪地说道："启奏陛下，微臣幸蒙恩科，侥幸入仕，寸功未立，未敢有非分之想。而见习翰林院，受命制文，乃是职守所在。只是初制祝文，在满朝饱学雅臣面前班门弄斧，早就诚惶诚恐，哪敢要什么赏赐？恳请陛下三思。"

"哎，这中秋月赏，贵在体现朝廷对满朝大臣和黎民百姓之关爱之情，人人有份，并不讲究论功行赏。更何况你还是有功之臣。"李璟说着，站起来，走下御座，拉起李云博的手，和颜悦色地说道，"李爱卿神童美名，早传天下，今日祭月祝文，牛刀小试，果然不同凡响，定是我朝未来之栋梁。今夜天下团圆之时，你却异国他乡，待守翰院，让朕感动不已。而你来金陵已有数月，一直客居孙相家中，朕真是粗心，怠慢了啊！传朕旨意：赐李云博宅第一处，供其暂且栖身。"

李云博一愣，连忙跪地叩首道："微臣何德何能，皇上竟如此厚恩赏赐，真是让微臣汗颜啊。如此眷顾之举，满朝文武何能服膺？恳请皇上收回成命！"

冯延巳笑道："皇上金口玉言，哪有收回之理？陛下一贯求才若渴，李大人年未加冠，饱读诗书，睿智过人，秋闱大考一举高中，皇上岂有不爱之理？这点赏赐，于我泱泱大国，何足道哉！哪位大臣将军没有府第，没有良田？李大人，绝对不会有人眼红的，你还是快快谢恩吧，别让皇上下不了台。"

李云博迫于无奈，于是叩头于地："谢皇上隆恩。皇上万岁万岁万万岁！"

"李爱卿请起。"李璟扶起李云博，又转身对后面的人说道，"内务府黄公公，明日你陪李大人去选购，要选金陵最繁华的地段，直到李大人满意为止。"

黄公公躬身揖首道："奴才遵旨！"

李璟想了想，又问道："李爱卿，今年贵庚几何啊？"

李云博道："回禀皇上，微臣空长十九个春秋。"

"十九了，可曾婚配？"

李云博道："回皇上，微臣已经聘有婚姻。未来拙荆是楚国都统掌书记刘光辅大人府上千金。"

"哎呀，瞧瞧朕这记性，刘大人曾经说过，怎么不记得了呢，差点闹出笑话了！"李璟一拍脑袋，大声笑了起来。突然，他又一边思忖一边说道："既然已聘有正妻，又不曾完婚，府第落成，这日常生活无人照料，如何是好？"

冯延巳又站了起来，笑着说道："皇上无忧。老臣有一拙计，可缓解李翰林燃眉之急。"

李璟道："冯爱卿请讲，朕看看可否。"

冯延巳道："老臣领旨。依老臣看，既然李翰林聘了正室尚未成婚，皇上可以赐他侧室婚姻。这官宦臣僚，哪个没个三妻四妾？如此一来，既解决了李大人的日常起居，又不违他正室之聘，一举两得。请皇上定夺。"

"冯爱卿好主意……"李璟听了，顿时喜笑颜开。

李云博大窘："这……"

"朕看行。"李璟看了一眼李云博，继续问道，"可是，哪里有让李爱卿中意的女子呢？"

皇后突然说道："启奏皇上，如若李翰林不弃，臣妾身边有个年方二八的侍女，虽是普通人家的女子，但自幼入宫，由我亲自调教，待若女儿一般。如今，不仅出落得亭亭玉立，甚是可人，而且琴棋书画、歌舞诗书无一不通。皇上，您看……"皇后一转身，对一个穿戴华丽女子喊道，"媛儿，你过来！"

"是，娘娘！"那个女子应了一声，踮起碎步飘然而至，腼腆地站在皇后边上，垂首而立。

"好，真是太好了。冯相运谋，皇后慷慨，玉成此事，你们真是帮了朕的大忙啊！"李璟爱抚地拍了拍皇后，就对侍女道，"媛儿，今皇后开恩，将你赐给李翰林为如夫人。能够侍候才高八斗的李翰林，是你的福气，见过自家官人吧！"

侍女连忙跪下道："谢皇上、皇后娘娘恩赏！奴婢一定好生侍候李大人，绝不辜负皇上、娘娘恩宠！"

李云博叹息一声，突然跪下道："皇上如此隆恩，微臣汗颜哪！而冯相所言一举两得之理，微臣不敢苟同。自古以来，天下纲常皆有定数，先上后下、先尊后卑、先长后幼，哪能未娶正妻，就纳小妾的？更何况，微臣瑶池李氏祖训，婚姻只有正妻，不准纳妾，只有正妻亡故或者休了，方可续弦再娶。如若今夜微臣应承此事，将无颜见列祖列宗和父老乡亲，更会被天下人耻笑。恳请皇上……"

"李大人哪里话！"冯延巳笑道，"俗话说，入乡随俗。李大人既然已是我大唐朝廷命官，当然得遵循我大唐礼仪。更何况，皇上此举，一片盛意，为的是你暂且有个内当家，照顾好你的日常起居，使你不为家事拖累，一心一意报效朝廷。你千万别辜负了皇上的关切之情啊！"

李云博一直听说，冯延巳巧舌若簧、能说会道，今日一见，果真辩才堪堪。他第一次遇到与人饶舌处处被动的情况，被他一通狂轰滥炸，有些理屈词穷了。因为，这个奸人，把纳妾这等龌龊的勾当，放到朝廷尊贤惜才上，就等于抬出了皇帝来压他，他还拿什么辩白？要是在楚国，他可以断然拒绝，以死相争，可是，如今他是在南唐，在金陵，他有什么办法呢？一通犹豫，他万般无奈地说道："皇上皇后抬爱，李云博七尺微躯，何以为报！"

李璟道："哎，李爱卿，你别客气，起来平身吧。真是郎才女貌啊！朕看，今夜中秋佳节，李爱卿喜得佳丽，不如朕给媛儿改个名，就叫秋月吧。李爱卿意下如何？"

李云博施礼谢道："谢陛下赐贱内大名。微臣定当结草衔环，以报涌泉之恩！"

皇后催促道："秋月，还不快见过你官人！"

侍女羞羞答答，朝李云博道了万福："妾身拜见官人！"

李云博满脸通红，对她说道："你起来吧，唉……"

李璟又看看左右，目光在一个面目清癯、胡须花白的礼部尚书衷愉身上停下，问道："衷爱卿，你是礼部尚书，您给朕掐掐日子，看看近期可有黄道吉日适宜婚嫁？"

衷愉一拱手，道："启奏陛下，明日八月十六，望日之喜，实乃黄道上上吉日，只是时间太紧。十七十八是甲辰乙巳覆灯火，甲不开仓，辰不哭泣；乙不栽植，巳不远行，也适宜婚嫁，只不过不是上上之吉。十九二十是丙午丁未天河水，丙不修灶，午不苫盖；丁不剃头，未不服药，都尚可……近十日之内，只有二十三二十四不适嫁娶：二十三庚戌是月忌日，诸事不宜；二十四辛亥日乃辛不合酱，亥不嫁娶。请皇上定夺。"

李璟道："嗯……朕看就明日完婚吧，时间虽紧，但办喜事就得赶个上上吉日，这才是天作之合嘛：八月十六办喜事——喜出望外。先成了亲，然后建府乔迁，岂不双喜临门！皇后啊，明日就以皇室郡主之礼，备好嫁妆，送秋月过门。孙相，这两件大事都由你来操持。哈哈哈……"

皇后道："臣妾遵旨！"

孙晟也连忙过来稽首道："老臣领旨！"

众臣也都过来道喜：

"恭喜李大人喜结良缘！"

"恭候翰林大人喜迁新府！"

"恭喜李翰林双喜临门……"

"同喜同喜！"李云博尴尬地还礼不迭，甚至还有点狼狈。

午夜风起，吹着盛开的丹桂芳香扑鼻。李云博心事重重，如同吃了只苍蝇般难受。但他强颜欢笑，似乎饶有兴致地加入了中秋之夜的举国狂欢，直至通宵达旦才回。

◆ 四、洞房花烛夜，新郎官手足无措 ◆

　　中秋彻夜游乐之后，李云博和王克贞家也没回，径自去上朝点卯。早朝会上，他被皇上准假十日，奉旨完婚。

　　来到孙府，只见正张灯结彩，忙忙碌碌为他张罗喜事。管家见他进门，施礼道："恭喜翰林大人新婚大喜！"

　　李云博没好气地说道："娶个小妾，有必要如此铺张吗？"

　　管家一愣，道："相爷吩咐，敢不照办……"

　　李云博觉得失礼，连忙拱手道："有劳管家爷。"说毕，头也不回就进到自己房里，饭也没吃，和衣倒头就睡。

　　"岫南，快起来，接亲哪！"正睡得香，突然被一只手揪了起来。李云博睁眼一看，只见孙晟华服盛装，焦急万分地朝他说道，"适才宫人来报：新娘的轿子都快到街口了，皇后娘娘亲自送亲。还传了旨，六王爷证婚，老夫主婚。还有呢，文武百官闻风而动都来了，恭贺你新婚宴尔……"

　　"什么？学生又不是大婚，纳房侧室居然如此大动干戈，这朝堂上下闲得没事干，凑哪门子热闹？"李云博大惊，一骨碌跳起来，就往床下去。没想到没有站稳，跌倒在床脚边。他爬起来叹道："他们只怕是来看笑话吧，未娶正妻，先纳侧室，满朝恭贺，万民戳脊，此等滑稽怪事，真是空前绝后、旷无古今啊！"

　　"怎么能这样说！我们淮南，没那么多讲究，都是娶妻，自然得热闹嘛。而娶得越多，证明越有能耐……"孙晟辞不达意地应付两句后，又急切地说道，"别再磨蹭了，赶快换新婚礼服，到府门外迎客接亲去！"不由分说，叫来侍女七手八脚脱掉李云博身上衣服，换上新做的绯色吉服盛装，匆匆忙忙拥着他出门去。

　　门庭已经车水马龙。李云博一边拱手作揖应承着大家的恭贺，一边往大门外去。这时候，送亲的唢呐锣鼓之声渐渐临近，不一会儿，一大群前呼后拥的彩轿逶迤而来。皇后、郑王李从嘉也都华服盛装，先下了轿，朝李云博道喜，又吩咐宫人送上皇室琳琅满目的贺礼，前前后后数十箱。李云博还了礼谢过，就上前去迎下头披大红盖头的新娘，然后进门去了。

　　等到拜过天地，送走客人，已近晚上申时。李云博假意醉醺醺地进到洞房，可一进

来，喜气洋洋焕然一新的洞房里，新娘还一动不动地端坐在床沿上，等着他去掀盖头、喝合卺酒呢，一时间手足无措。一天忙下来，婚礼上的装模作样，酒席上的精神抖擞，场面上的强颜欢笑，都还能够勉强应付。可是进了洞房，就要面对这桩突如其来的婚姻，面对这个美貌如花、却又一无所知的女人，他真的无所适从、不知何为，甚至有些焦头烂额。从赐婚到入洞房，还不到一天时间，急急忙忙，赶鸭上架，完完全全就是个傀儡，任凭别人摆布。李云博觉得，朝廷这一招儿，几乎击中了他的命门。

这洞房花烛夜，是他自去年来一直梦寐以求的事情。在他的料想之中，这样的夜晚，应该是和魏柳烟大婚之时，两情相悦，合卺交杯，然后剪烛西窗，携手言欢。然而造化弄人，去年，就在他邂逅魏柳烟的同时，又与刘如霜订婚，那时候，他为了家族的利益，与刘千金达成秘密协定，应承了这桩假婚约，应对还算勉强，虽然有可能对刘如霜造成伤害。而今夜彩床上坐着的，红盖头罩着的，红烛光照着的，却是这个南唐皇帝李璟硬塞给他的女人。更让他猝不及防的是，这一次，他连起码的心理准备都没有，就已经"生米煮成熟饭"，更不用说积极应对、妥善处置了！虽说娶的是个小妾，但对于还未婚配的他来讲，这是何等的难堪！他从未想过要纳妾，魏柳烟就是他的唯一。然而这是皇命，身处异乡的他不可能违逆，这不仅关系到他个人的生死，也关系到家族的安危，甚至与他天下一统的大志，也密切关联。他除了接受，还能如何？人生真是乖张乖戾、幽游无定啊！如此荒唐之事，怎么偏偏和他迎头撞上？他不禁一声长叹，坐在桌边独自酌饮起来。

新娘秋月等了他许久，不见李云博过来掀盖头，多多少少有些诧异。她见过李云博，风度翩翩，器宇非凡，也知道他的才情，更清楚皇上对他的赏识，一个宫廷侍女能嫁给他，虽然是侧室，那也是幸运至极。她当然明白李云博未娶正妻，就被皇上赐妾的心境，于是主动掀去盖头，笑吟吟地走过来，羞答答地道了万福："贱妾跟官人请安！夜已深了，陪您喝了这杯合卺之酒，妾身就侍候官人歇息吧。"说着，就过来倒了酒，递一杯给李云博，要和他交杯。

"你别过来……"李云博大窘，慌忙站起来往后退，被坐凳绊了一下，一个趔趄摔倒在地。秋月大惊，连忙跑过来扶他。可是看见他惊慌失措的样子，顿时又站住了，退了回去。

李云博爬起来，摇摇晃晃站定道："姑娘，我们这婚，是被逼的。俗话说，捆绑不成夫妻。姑娘金贵之身，李云博绝无非分之想……"

"官人何出此言！既然皇上皇后赐婚，就有了媒妁之言；既然拜了天地，就结成了世人认可的婚姻；既然入了洞房，就自然有了男女之实。合卺交杯，只是你我初夜相识的情分几何，但喝与不喝，都不能改变你我关系。官人既然不愿交杯，那是贱妾的福浅命薄，怨不得谁。不喝也罢，那就请官人上床歇息吧。"秋月大失所望，走过来，想替李云博更衣。

"姑娘自重！在下尚未大婚，应承婚事迫不得已。若不娶你过来，皇命难违。"李云博连忙躲开后，淡淡说道，"我李云博曾发过誓：一不狎妓，二不纳妾，皇命赐婚，不敢违逆。只是真的委屈姑娘了。"

秋月道："官人心性高洁，奴婢感佩之至！但古往今来，哪个达官显贵没有三妻四妾？官人所谓不妓不妾，只怕是看不上奴婢吧。奴婢出身贫苦，自幼入宫为奴，知道配不上官人……"

李云博一听，更加不知所措："姑娘哪里话。姑娘虽然生在乡野，却长在宫中，貌美如花，温柔贤淑，知书达理，我李云博也出身乡野，如今客居金陵，算个什么玩意儿，哪有看得上看不上之理！只是在下心有所属，已聘婚姻，不想违背心上人的解佩之约。我这等四海为家的流浪之人，着实不适合姑娘。"

秋月听出了言外之意。她不免有些懊恼和失落，坐下来有几分生气："官人已经有了心上人，这又何妨？奴婢心里有官人就是了。而官人既然当面应承，而且谢了皇恩，如何又要变卦？这岂是大丈夫所为？"

"大丈夫所为，一言九鼎是吧。那好，你就干待着，等着做侧室。不要到时候空守寂寞，怨天尤人。"李云博一时火起，说着，就起身往外走。

秋月道："大人，您新婚洞房，拂袖而去，是要置奴婢于死地吗？"

"置你于死地？此话怎讲？"李云博一愣，站住了问。

"大人想想，奴婢被赐嫁官人，无论如何也是明媒正娶的妻妾。大人新婚出走，那绝对是奴婢的不是，新婚圆房就惹怒夫君，肯定是违逆人伦、不守妇道，接下来就是休书与我，结束婚姻。等到皇上皇后知道了，奴婢哪还有活着的道理？"秋月说着，突然瘫倒在地，呜咽起来。

李云博一听，顿时傻在那里，不知该说什么好。

看见李云博定在那里好一阵子，秋月突然说道："李大人，既然您不要我做侧室，就做下人得了。我们既然已经拜了堂入了洞房，奴婢就绝对是您的人了，您不要奴婢，奴婢也是您的人，奴婢的生死捏在你手里。不做侧室，也一样伺候您。我们这样的下人，到哪里不伺候人？将来大人完了大婚娶了夫人，奴婢就伺候姐姐吧。"

李云博慌了："姑娘别这样！你是侍候皇上皇后的宫女，哪能降格伺候贱内？何况如今身处乱世，我也不知何时能够与她结成连理。昨夜赐婚突然，而且大庭广众之下，不好拒绝。在下明日觐见皇上皇后，说明原委，送你回去。"

秋月听他如是说，急了："大人原来，原来是嫌弃奴婢侍候过皇上，疑虑已经不是

清白之身……可是，可是奴婢从来未被皇上临幸，绝对还是处子之身，如不信，你就，你就试试……"

李云博道："姑娘误会了！在下绝对不是这个意思……哎，你要我说什么你才信呢？"

秋月道："看来，奴婢命中注定，苦难一生。欢欢喜喜嫁人，到头来还是一场空。一个侍候皇后的侍女，能够离开宫廷，已属万幸，奴婢已经知足了……哎，不说也罢。大人不要奴婢也罢，就留在你身边，做个上灶烧饭的丫头吧，只要不让奴婢回去。"

李云博见她哭泣哀叹，不觉怜悯起来，这也是个受到无辜牵连的善良女子。而且已经拜堂入了洞房，她又能如何呢？"嫁鸡随鸡嫁狗随狗，嫁个棒槌抱着走。"可能在她心里，女人嫁给谁，就得从一而终了。李云博甚是头痛，说道："哎呀，你快起来！"

秋月道："大人不答应，奴婢就一直跪着。反正回去活不了，还不如……"

李云博道："你先起来，我们一起想办法好不好？"

"我们？大人跟奴婢？一起想办法？"秋月被他的话给弄糊涂了。

"你是个好姑娘，我也不是个坏人。我被皇上逼着娶你，你被皇上逼着嫁我，我们为何要这样任人摆布呢？"李云博道，"我想娶谁而她又愿意嫁给我，这才是你情我愿的婚姻，这样才能够幸福。你也可以选择自己的如意郎君啊！"

"大人说什么？女人可以选择自己的如意郎君？大人不是喝多了吧？"秋月从未听到过这样的话语，眼睛瞪得很大，"像奴婢这等出身低贱的女子，就像是别人的东西一样转来送去，哪里有什么选择机会！"

李云博道："如今，我给你选择机会。你先在我这里暂且安身，到时候你看上谁，他也喜欢你，就为你提亲，然后嫁过去。"

"谢谢大人收留！"秋月谢道，"可是，奴婢怎么会看上别人呢！在世人眼里，奴婢已经是你的女人了。就算有这么一天，到时候李大人不是休妾卖妾而是嫁妾，那该有多么的轰动啊！"

"也是，那一定是天下奇闻！"李云博听到她语气幼稚而又道破天机的话，顿时被逗乐了，笑出声来，"你别老大人大人地叫我，得改改。哦，私下，你可以叫我岫南哥，我称你秋月。也不要奴婢奴婢地谦称，就说'我'。"

秋月道："是，奴婢尽量做到。"

李云博道："怎么又奴婢了？"

秋月道："哦，我一定做到，岫南哥。那，那大庭广众之下呢？"

李云博道："名义上，我们还是夫妇，该怎么叫怎么叫。"

秋月道："贱妾听官人的！"

"你……"李云博被又她逗乐了，说道，"今晚你睡这里，我去书房。"

秋月道："岫南哥，你睡床上吧，我睡靠椅上。这即便是名义上的夫妇，新婚之夜也得一个屋子睡啊，否则，不就露馅了吗？"

李云博听了，觉得有理，于是就道："你说的是。我睡靠椅，你睡床上。以后也得睡一个屋子。"说着，就在屋里东瞧西拣，挑来挑去，拿起个纺线的棒槌，递给秋月："我有夜游症，要是偶尔夜游到你床上，你就用这个使劲打，醒了就好了。更何况孤男寡女，女人吃亏，你得小心防着。"秋月被他弄得啼笑皆非，握着那根棒槌不知说什么好。李云博就又往靠椅那边走去，走到椅子边，突然回头对秋月说道："哦，下午内务府知会我，明日黄公公为我们选购府第，你们熟，就陪他去看看，我还有别的事情。千万别挑闹市区，我喜欢清静。对了，房子不要太大，七八来间就成。还有，刚才孙相府上的管家说，皇上赏赐、皇后彩礼和诸位大人的贺礼，光银子就有二十多万两，要我转过去。你留五万两给孙府，其余全权接手吧，等新府购得，需要添置什么，你就看着办，到时候府里府外你费心操持着。只是，难为你了。"说完，一头栽倒靠椅上，和衣睡去。

秋月定在那里，激动得说不出话来。过了好一阵子，她拿起一条毛毯，轻轻走过去，帮他盖上，又回到床边，熄了红烛，合上珠帘，也和衣躺下，却怎么也不能入睡。

◆ 五、乔迁新居，翰林学士有了新的打算 ◆

新婚过后，秋月看好了城南一处老宅子，说是前吴一位官宦的府第，病死任上后，家道就开始败落，仅有一个游手好闲的孙子，卖光了家产，只剩下这空宅子了，由于位置比较偏僻，房子也陈旧，卖了好几年，一直无人问津。宅子是处四合院，院子较大，一排正屋七八间，两边厢房也有十来间，大门两侧还有柴棚、马厩，应该正合李云博的心意，就是破旧了点。内务府黄公公死活不依，他看中秦淮河边离孔庙不远的一栋豪宅，要价两万多，据说是吴越一位瓷商购置的。近年来吴越和南唐因为争夺闽地，如今两国交恶，双方断了来往，商人的生意自然不好做，急着兜售。两人争执不下，就闹到李云博那里。李云博道："这事秋月全权做主，她说哪里就哪里。"黄公公道："李大人，如此不妥。皇后一再交代：只要李翰林看上，几千几万，后宫还拿得出，千万别省钱。可是，夫人选了这么一处旧屋，百十两银子就够了，你叫老奴如何向皇后交代？"李云博道："室雅何须大，花香不在多。只要住得舒适，管它大小新旧！皇后的钱不是钱吗，能省则省，没什么不好。"

秋月在一旁听了，知道房子买得越大钱花得越多，他黄公公的赚头也就越多，买这么间破房，只怕一个铜子也捞不到。于是笑道："黄公公，官人看上了这处旧屋，是因为出生在乡野，对这等房屋似曾相识，有亲近感，这才是家嘛。皇上皇后的意思，也只是要我家官人满意就行了，并未说一定要购置豪宅。公公不必犯难，就说'花了千余两银子买了城南一处住宅，两口子很满意'不就得了？"

李云博一听，也醒悟过来，笑道："秋月说得甚是。黄公公，就这么办吧，你好不容易出来当回差，怎能亏着你呢！秋月，这事办完，还拿二十两银子与黄公公喝茶！"

黄公公满心欢喜，拱手说道："这……这怎么好意思……也是，老奴办一趟差不容易。李大人如此慷慨，老奴谢过了！"

于是打定主意，一通讨价交涉，仅仅七十两银子就成交了，把房契钥匙交给秋月，自己喜滋滋地回去交差，居然报了两千银子的账。秋月花了百来两银子将房屋翻修一新，购置了些桌椅床铺、盆瓢锅碟、柴米油盐等家用物什，还花了三十两银子买了两个十三四岁的使唤丫头，忙了几日收拾停当，就择了个黄道吉日，将家从孙晟府上搬了过去。皇上皇后又差人恭贺，孙晟王克贞等故交新朋又来道喜，诸多琐碎之事，不必细述。

话说搬家过后一日，李云博突然将乾卦统领、同人卦密使带回家里，刚进门来，没想到秋月正在院子里收拾，撞了个正着。秋月很是奇怪，问道："官人，这十来人干什么的，从哪里来的？"

李云博一愣，灵机一动回答道："哦，今日在大街上看见他们，有的卖文鬻字，有的弄棒杂耍，还有的沿街乞讨，一问，原来是岳州大涝，几个落难同乡，从岳州过来的，家中遭灾，秋熟颗粒无收，流落金陵，甚是可怜。于是顺便带回来，暂住几日。等他们有了去处，再作打算。"

秋月道："既是同乡，又遭天灾，都是可怜人，住就住吧，不费事的。"

秋月说着，突然问道，"官人，贱妾有安置他们的想法，不知可否？"

李云博道："你说说看。"

秋月道："贱妾前日只买得两个丫头，想雇了几个厨子杂役，到处找人，都没如愿。他们闲着也是闲着，不如……"

李云博打断她的话，说道："这怎么行！"

乾卦统领慌忙道："夫人是菩萨心肠。我等大都是些农夫匠人，干活是行家里手，在下还略通文墨，曾经是个教乡学的先生。住着白吃饭，我等也待不了几日。李大人，我等愿意留在府上当差，只要管饭管住，没有工钱，也不打紧。"

其余几个也吵吵嚷嚷，随声附和："是呀，大人。我们出来逃难，一直想找事做，可是事情不好找啊，只得一路奔忙，流落到此。大人，兵荒马乱的年月，能有事干，有碗饭吃，不被饿死冻死，已属侥幸。大人，你就答应了吧！"

李云博犹豫一会儿，说道："既然你们愿意，那也只能这样了。你们在我府上暂时干着，有好去处，再另谋高就不迟。秋月，他们的事情，由你铺排，至于工钱，按照市价再加一成。"正说着，李云博突然变了一副面孔，一本正经地对他们几个吩咐道："几位老乡，今日起，你们就是大唐国朝廷正六品翰林学士李大人府上的雇工了，既然花钱雇了你们，你们就得遵规守矩，一切事情全听秋月夫人安排。"

几人喜不自胜，说道："是。"

秋月思忖一番，说道："既然老爷要我安排，我看，先与你们约法三章，能够遵从，就留下来当差，觉得难以适应，住几日可以另谋高就。如何？"

几人道："但听夫人吩咐，我等一定遵从。"

秋月道："好。这第一，要讲究尊卑礼仪，见了老爷要行大礼；第二，要绝对效忠主子，老爷有事随时听遣；三嘛，要厚道待人，与人为善，发扬瑶池家风，绝不允许有损害老爷和李府形象的言行。以上三条，能否做到？"

"夫人之命，敢不遵从！"几人喜滋滋地跪倒在地，叩着头大声说道，"奴才们参见老爷、夫人，谢老爷夫人收留，我等一定起早贪黑，认真当差，效命李府！"

李云博见到如此场景，不由得窃笑不止。秋月看了李云博一眼，本想说什么，但还是没说出来，转过脸去对他们说道："好了，你们起来吧。"几个人又千恩万谢一通才起身。

秋月瞅着乾卦统领，说道："我看，你比较老成持重，又通文墨，就当管家，月钱五两，住正屋最西边一间；其余人等，在东厢房住下，有何特长，都具实讲来，先告诉管家，然后我好量才而用，按事计酬……行了，你们先收拾住下，休息一宿，明日就立即开始忙活吧。"

"是，夫人。"众人应了一声，准备离去。

乾卦统领拱手施礼道："禀报夫人，我等不用休息，立即开始干活。"

秋月道："随你们便。活计听管家铺排吧。"

"是，夫人。"众人行了礼，欢天喜地地去了。如此一来，李云博的府上，顿时热闹起来：厨子、马夫、洒扫、杂役都各司其职。秋月又吩咐管家多购了几匹马来，以备日常来往之用。乾卦统领借机将他们自己的坐骑马匹弄了进来。

晚上李云博回到房中，从大床上搬来被褥准备睡觉，却发现墙角边他原来睡觉的木制长椅不见了，很是蹊跷。这时候，秋月走进来，看着他笑道："找木椅子是吧，撤掉了。"

李云博问道："为何撤掉？我睡哪里？"

秋月道："睡床上啊。深秋时节，天气乍凉，天天睡椅子怎么行？"

李云博气不打一处来："我睡大床上，你睡哪里？"

秋月见他变了脸色，也不生气，依然笑道："我难道那么不招人爱吗？拜堂成亲好些日子了，你还是不愿意和我同床共枕？你真要贱妾守活寡吗？"

李云博压住怒火问道："我们约定得好好的，你如何变卦？"

秋月道："你要做柳下惠，我可不愿做那投宿女！"

李云博勃然大怒："真是不知廉耻的贱人！我不是柳下惠，但绝非行尸走肉！你以为，人人都是见色起淫的猪狗？你要做货真价实的小妾，找别人去！"

秋月大声笑了起来，拉着他的手道："岫南哥哥，发什么火呢，我逗你玩呢！你不愿意，我还强迫你不成？"

李云博仍然怒气未消，甩开她的手气呼呼地说道："那你什么意思？椅子被你撤了，你是要让我睡地板？"

"睡地板？也成……"秋月又温柔地拉着他，往墙边走，笑道："你看，这是什么？"

李云博仔细打量了一番，发现这墙上多出一道门来。顺手一推，门开了，里面黑魆魆的，秋月点起蜡烛，里面顿时豁然开朗，原来这墙被开了一道门直通隔壁书房，书房里多出了一张大床，半天没弄明白，不免疑窦丛生。于是问道："我睡书房里，不也就露馅儿了吗？"

秋月嗔怪地看了他一眼，没好气地说道："亏你还学富五车呢，真是个书呆子！这达官显贵，哪个主家不是待在书房里，处理公务、拟写奏章、读书作画、接待知己，不在书房，难道要到小老婆的闺房去？墙边上多放一张床就露馅儿了？皇上的书房也有床呢！结婚这么多日了，你读书参禅，思谋大策，成日成夜也不是待在书房，几乎日日忙到深夜。官人在书房里待，那才是正经人！天一黑就进卧房，那是沉迷声色，肯定被别人暗地里戳脊梁。更何况，你在书房里办正事，我端茶送水照顾你也方便……只是没想到，落花浓如蜜、流水冷无情，好心当成了驴肝肺！奴婢真是不知廉耻，活脱脱一个贱人淫妇！"

李云博听了，不觉茅塞顿开，恍然大悟，意识到自己刚才失态误会了秋月，不免愧疚起来。他一时感动不已，拉住秋月突然笑了起来："亏你想得出，卧室后面开个后门！你真不怕哪日我淫心大起，溜进来上了你的床？"

秋月说道："看你这口是心非、不长心肝的小老爷！开个玩笑也漏洞百出，真是枉为神童了！睡在书房里会溜进来，打死奴婢都不信！躺在房里的木椅上都十来夜了，也没见你溜进被窝？当真偷偷摸摸的就香吗？"

李云博见她机敏伶俐，觉察出来，一时语塞，讪讪地说道："我是白痴，成了吧。

你真是机敏过人，不愧是皇后调教出来的……"

秋月突然一本正经起来："奴婢怕什么！手上有棒槌呢！"

李云博笑道："孙府上那根棒槌，也搬过来了？"

秋月连忙从枕间取来棒槌，笑道："当然！老爷赐给的宝贝，咋能忘了呢？"

李云博揶揄道："给根棒槌，就当宝贝，你大概是没见过宝贝吧……"

"你……"秋月不跟他饶舌了，突然落下泪来，动情地说道："官人，奴婢的心意，你明白，我生是你的人，死是你的鬼，今生今世，死活都会跟着你。奴婢知道，你有难处，不想违背君子之道，对不起姐姐。但奴婢心里清楚，你重情重义，不会丢下奴婢不管的。有个名分，就算没有夫妻之实，奴婢也已心满意足……"

李云博抬头看着她梨花带雨的面容，才真正第一次仔细打量她：明眸如水，黛眉弯弯，轻施粉脂，齿白唇红，腮边一颗小黑痣愈加显示出瓜子脸蛋的白腻粉淡，简直就是一朵几欲绽放的桃蕾，看得他春心荡漾。看着看着，不由得动起情来，一把搂过她娇小玲珑的身子道："好妹妹，你知道就好。你这般善解人意、体贴入微，是个持家的好内助。我李云博天生奔波劳碌的命，不能给你安定的生活。跟着我，会吃尽苦头啊！只怕我李云博辜负了你！"

"小心棒槌！"秋月破涕为笑，举起棒槌羞赧地推开他道，"不说这个了。跟你说件正事。"

"哦，棒槌！"李云博连忙松开手，有些不好意思，自我解嘲地说道，"好，不能沉迷女色了，说正事，说正事。"

"油嘴滑舌！"秋月丢下棒槌，过来拥着他在书房坐下，倒了一杯茶递了过去，也坐下来说道，"官人供职朝廷，如今又有了家室，该是建功立业、大展宏图的时候了。可这做官，也得有后方支撑，比如结交仕宦人缘，排场请客送礼，同僚红白喜事，都得使钱，更不用讲你将来要升迁外放，那更少不了银子开路。于是妾身思来想去，虽然这次完婚，有了数十万的进账，但是很多人情都得还。加之一下子来了这么多人，府上也只有那么点事情，都会养闲了去。而仅靠官人那点薪俸，迟早也会坐吃山空。奴婢想，趁着还有这么大笔的银子，人手也不缺，不如开两间铺面，做些营生，既能自养，做得好还有进账，岂不一举两得！"

"妹妹好机灵，居然想到这一层了！"李云博惊奇不已，道，"我看行。不能让那几个逃荒的养懒了去。妹妹觉得可行，就开吧，家里大小事情你做主，不用跟我说。"

"你这等放手，也不怕奴婢卷了钱财跟人跑了？"秋月得到他的认同很是开心，站起身，居然唱起一支曲子来，"奴婢看你是，甩手掌柜长袖舞，秋风吹破旧草庐，到头来不名一文，摸摸上下，仅剩光屁股！"

即兴的几句清唱，却千娇百媚，婉转悠扬，恍如天籁，听得李云博大是受用。他顿时来了精神，问道："妹妹真是貌佳艺绝，唱得这般好曲！这是什么戏词，我怎从未听过？"

秋月道："官人自然不曾听过，这是后宫评弹《蔡文姬》里，蔡母责怪蔡父的一句唱词。官人有此雅兴，奴婢拿来琵琶，为你弹唱一番如何？"

"愿意洗耳……"李云博大喜，可是转念一想，这样不妥，于是改口道，"愿意洗耳，来日恭听。夜阑人静，下人们都休息了，主人深夜弹曲欢歌，会让他们生厌。有机会，一定洗耳恭听。夜深了，你操持一天了，也赶紧休息吧。"

秋月听了，一脸的失望，但没有再说什么。她上前点了根新的蜡烛，就道了万福："官人早些歇息，奴婢告退！"说罢，掩门去了。

待她走后，李云博就脱了衣服，熄了蜡烛，躺到了床上。这些日子里，他一直坚持睡长椅，躺到了床上才发现，这崭新的铺盖比那硬板子舒服多了。可是，这一舒服，就又不适应了，翻来覆去怎么也睡不着，于是胡思乱想起来。他想不到，南唐朝廷待他如此之好，不仅既往不咎，而且特意为他提前秋闱大考，然后厚恩隆赏，送住宅，赐婚姻，好得有点过分甚至让人生疑；他怎么也想不到，自己居然在南唐娶了侧室，在金陵城里安家，而这个侧室还大对他的胃口；他更想不到，他和泰平阁的兄弟们，居然可以名正言顺地住在一起，而且依旧以主仆身份相称。南唐这样做，目的只有一个：就是要留住他。可是，留住自己，究竟是他有治国大才，还是图谋火药秘方？大国士韩熙载名门之后，堪称当时数一数二的治政能臣，在朝中也有十多年了，到现在还是个户部侍郎。这样的大才不用，却用冯延巳这等奸人执掌权柄、总领朝纲，还把性情刚烈、自命清高却又沉迷奢华、我行我素的孙晟放在右相位子上牵制他，这是如何用人的！自己这样一个未冠少年，会是他李璟眼里的堪堪大才？这一点，李云博无论如何都不相信。那么，死命地挽留自己，就只可能是为了得到火药绝密了。将他李云博留在天子辇下，就等于拿自己做人质，到时候，不怕瑶池那边不就范。李云博想着，还是不能确定，李璟的葫芦里，究竟要卖的什么药。但有一条他敢断定：一时半会儿，他绝对走不了了，只要提一个"走"字，很可能就会置身险境，甚至会给自己和家人带来灭顶之灾。

"既然走不了，就在金陵待着好了，韬光养晦，伺机而动，一样可以经营自己的天下之志。"如今泰平阁已经有人来到身边，自然可以秘密做一些事情。李云博暗暗提醒自己，无论什么时候，无论在什么地方，无论对什么人，都决不能提这"走"字。

◆ 六、泛舟秦淮河，对联结师徒 ◆

时值八月底的一个黄昏，李云博从翰林院回来，刚进门，管家乾卦统领迎了过来，说道："老爷回来了。韩府管家韩宝等了一个多时辰了，说是韩大人有事请您过去。"

李云博一惊：韩大人会有什么事？于是进了客屋，见一个中年男子起身来迎："在下韩府管家韩宝，见过李大人。"

李云博还礼道："管家爷好。韩大人召我，不知何事？"

韩宝道："我家老爷说，李大人到金陵已有半年，一直想亲自领略学士文才，今日有闲暇，特差小的过来，请翰林大人过去小酌。"

李云博问道："韩大人要宴请我？晚生几次拜会，他都谢绝，让我连吃闭门羹，今儿怎么了，居然派管家登门相邀，真是咄咄怪事……他没有请孙相吗？"

韩宝道："没有请孙相。老爷交代，说是翰林大人数次躬身登门拜访，都因为他身有小恙而未能如愿，颇感愧疚。今夜专门为李大人摆酒，特意举杯致歉，以释前嫌。"

李云博迟疑一下，说道："岂敢岂敢！既然如此，恭敬不如从命。我去换身便装，就与你去。"

换了装束，李云博就跟着韩府管家韩宝出门了。可是，策马前往的地方，不是韩熙载府邸，而是到了离孔庙边不远的秦淮河码头。李云博惊奇地问道："敢问韩管家，这是怎么回事？"

韩宝笑道："李大人休要惊怪，这是我家老爷吩咐，在下的确不知。大人请登船，我家老爷在那里等您，就是码头最东边那只最大的舫舟，有劳大人当面询问。小的就不去了……"说着，就牵着马，头也不回地去了。

李云博找着那只舫舟，刚迈上船头，就见韩熙载也一身便装，沐浴着秦淮习习秋风，披着傍晚灿灿余晖，笑吟吟地迎了过来："李翰林到了，老夫恭候多时了。来，里面请。"

李云博拱手施礼道："晚生何德何能，受大人如此厚待，真是受宠若惊啊！"

韩熙载道："哪里哪里。李翰林才高德厚，老夫钦慕不已，今日能约得翰林赴会，真是三生有幸啊。"

李云博笑道："大国士见笑了。在下多次登门求教，都被您拒之门外。大人一直超然世外、独守清流，今儿特意屈尊邀宴，受宠若惊的应该是晚生，三生有幸的还是晚生啊！"

韩熙载拱手道："李翰林言重了！你数次登门不被待见，也不全是老夫的错，因为你没弄清楚光临韩府的玄机。"

李云博顿时一脸疑惑："投帖拜谒还有玄机？此话怎讲？"

韩熙载道："当然。凡属登临我韩府的，都要在投帖通报的时候，捎上一副对联，这是金陵学人都知道的惯例。老夫知道你有才情，但这入门规矩，还是不能破啊！"

李云博恍然大悟："原来如此！为什么孙相明明知道晚生要去拜望先生，为什么不告诉我这个秘密呢？"

"孙晟那个老狐狸，一直好为人师，他呀，肯定是看上了你，怕你拜在老夫门下。"韩熙载笑道，"事情已经过去，不必耿耿于怀。今夜特地邀来一聚，以谢前日怠慢之罪！"

"谢罪之说，从何说起，真是折杀晚生了，晚生绝不敢当啊！"李云博口头应承着，但心里有些不是滋味。看来这南唐学人，讲究还真多。他不明白韩熙载约他过来究竟想干什么，于是话题一转，故意笑着调侃道："只是大人如此偷偷摸摸神神秘秘，弄得这般阴森诡谲，晚生年少胆小，只怕消受不起啊！"

韩熙载见他话里有话，也大声笑道："哈哈哈，事情秘密，是怕那几个饕餮食客知晓，闻讯赶来混吃混喝倒是小事，还酒后闹事，弄得秦淮河波涛汹涌，搅了翰林的雅兴就不好了。更何况，老夫夜宴，素来奢靡颓废，李翰林高雅之士，喜欢幽静恬淡，家中设宴恐有伤大人风雅，败坏了翰林名节，再加上那对联规矩也不好破例，思来想去就只能这般，所以一直想约大人来秦淮河赏月吟诗。可是中秋过后，翰林一直忙于家务，新婚乔迁，召仆开店，少了以前的野雅之趣。今日约你，小酌几杯，也成全你夜游秦淮之雅趣，别无他意。老夫事前未告知，翰林勿怪。"

李云博道："大国士见笑了！未妻先妾，贻笑大方，真是丢尽先人的脸面了！国士盛意，在下谢过。适才玩笑，大人勿怪。"两人寒暄客套一阵，就入了船舱，又宾主施礼坐了下来。刚一入座，但听韩熙载喊道："开船！"但听舱外应了一声"好咧"，船就开始摇晃起来，不一会儿，又平稳下来。于是诗文互答，你吟我唱，甚是投机。

过了一阵子，李云博问道："敢问先生，今儿如此破费，叫学生来，就为喝酒赏月，排遣思乡离愁？"

韩熙载愕道："当然！不如此，还能作甚？哦，还有就是对你几次投帖拜谒之敷衍，满怀愧疚，略表歉意。"

李云博道："承蒙大人关照，这夜泊秦淮的诗意，晚生今夜总算有机会品赏了。大恩不言谢，我先敬大人一杯。"

韩熙载道："李翰林不必客气。老夫也不喜欢这等虚文。来，我们先饮一杯！"

李云博道："先生别叫我翰林了，总想起那次猜谜酒令，觉得这翰林是皇上塞来的，脸上就一阵鸡皮疙瘩。先生就叫我岫南吧。"

韩熙载亦笑道："真是孺子可教也！才喝一杯，就叫起先生来。不过，如若你能对上我的对子，这个先生，老夫就应承了。如何？"

"哈哈哈……先生以前行酒令、猜字谜没过足瘾，玩这等孩童启蒙识字时的玩意儿？"李云博不屑一顾，接着又道，"不过，先生自掏腰包备酒收徒，如若又不要进贡束脩，学生还是愿意一试。"

韩熙载道："老夫从不刻意收徒，纳贡教资更是无稽之谈，如若气味相投，也可结缘切磋。而这对对子，正是意趣相投之人才有缘唱答。一般人认为对子有什么难的，其实学问大了去了。老夫曾经一个对子，难倒无数学人雅士。李翰林，你敢试吗？"

李云博道："一个对联，难倒无数学人雅士？呵呵，'遣将不如激将'，学生可不上当！"

韩熙载一改脸色，突然正襟危坐，一本正经地说道："你如若能够对上，说明我们今生有缘。老夫虽然不好为人师，但和你适时切磋，倒也勉为其难。不只岫南意下如何？"

李云博见他不像说笑，也收了轻松，站起来揖道："投身大国士门下，乃晚生梦寐夙愿。请先生赐题，学生尽力而为，如不中意，绝无遗憾！"

韩熙载道："好，老夫要的就是这种气概！那老夫就出题了：这下联是：老相小登科娶位如夫人。"

"先生不仅高人，而且睚眦必报、以牙还牙啊！适才学生玩笑了个'河舫鸿门宴'，先生就处心积虑、转弯抹角好一阵子，原来是取笑晚生！秋月是皇上硬塞给晚生的，晚生也奈何不得。"李云博想到自己刚刚被皇上赏赐一个侧室，又听他拿这个做对子题目，不免对号入座，于是又调侃道，"先生大才，出此冠绝古今的对子，一定会流传后世、彪炳千秋的！"

"哈哈哈哈……岫南，你误会了！"韩熙载忽然想起，李云博不久前被赐婚这件事来，突然觉得没交代清楚，于是说道，"没想到无心之举，却横棒绊倒无辜人，但老夫绝对不是讽刺你。你听老夫解释。这个对子是五年前，当朝宰相冯延巳又娶了个小妾，要我等去饮宴，老夫见他得意非凡，很是恶心，很想借机讽刺他一下，于是灵机一动冒出十个字，要他对。他愣了半晌，没有对出；在场的所有文人学士也对得不好。五年来一直没人对出上联，其实这个对子，老夫也没对出上句，因此至今无最佳对句。今儿就看你的了。"

李云博道："学生听了这段往事，已经汗颜了，真是小人之心啊，先生勿怪。这老相娶妾的荒唐，被你挖苦得入木三分，先生真是老辣啊！这个'如夫人'，可真是个难对的对子啊！这个如夫人不是夫人吗？是夫人；是夫人吗？好像不是，至少和夫人有点差距，这点差距就是'如'……这个'如'字，天下一绝，真是难死人了，如若男人都只娶一个女人，哪来这么多麻烦！看来，学生也只能举手投降了。"

韩熙载道："岫南分析，切中要害。给你一刻时间，想不出，就到此吧。老夫倒是

希望你对上，我们能继续开怀畅饮。"

李云博陷入沉思。他没有听见韩熙载说什么，只是一个劲地搜肠刮肚，顿时觉得束手无策——他从来都没有如此江郎才尽过。他想到自己身处南唐半年多，梦寐以求的就是到韩熙载那里讨教，今日对上对子，就是入室关门弟子，而且是衣钵嫡传！这样的机会，岂能放过！可是这个对子，也太绝了，几乎找不到恰如其分的上联。而客居南唐后发生的事，一一在他脑海闪过。就在他快要绝望的时候，一个词跳入脑海，那是秋闱科考后发榜那天，他去看皇榜，自己中了个三甲。一甲是赐"进士及第"，二甲是赐"进士出身"；而这个三甲，赐"同进士出身"。同进士，这个词，不是绝对吗？！

"同进士！"李云博眼睛一亮，不禁脱口而出，"少年大及第中个同进士"。

"同进士……同进士！就是它，这才是老夫想要的！绝对啊，绝对！"韩熙载拍案叫绝，举起酒杯贺道，"岫南果然机敏过人，这先生之名，老夫应了！"

李云博马上跪地，行了拜师大礼："恩师在上，请受弟子一拜！"

韩熙载道："这怎么行！老夫只应承这'先生'名号，却不敢枉为人师，快快起来！你我到底有缘，老夫不虚此邀啊！只是老夫要嘱咐你，你这对子，对得真绝，但不能示之于人。你想想，皇帝钦点的进士，虽然加了个'同'，一样是考取得功名；而这如夫人，就不一样了……"

李云博道："先生勿忧，这个玩笑学生可开不起，弄不好，是要杀头的。"

"知道就好。"韩熙载转换了话题，欣然说道，"今夜你我把酒言欢，知无不言，言无不尽。"

李云博起身拱手谢过，然后说道："先生卓卓大才，南渡至此，却一直沉沦下僚，捉刀文书，打理钱粮，这不是牛刀宰鸡、钟鼎唱戏吗？唉，大材小用，当真可悲啊！"

韩熙载哈哈大笑："这是何等学问，居然列在求教之首，你小子是在笑话老夫吗？"

李云博道："学生岂敢不尊师礼，耻笑先生！敢问先生，难道这处生立世，就没有学问么？"

韩熙载道："嗯，这个，那就也算一学。老夫避祸乱世，南渡入唐，能够跻身庙堂，紫服高官，位居要职，还有什么大材小用的？我看，皇上是将我这根稗草，当着稻粱来用！如今，我年俸百万，良田千顷，府邸百间，妻妾成群，家奴用人不计其数，过着钟鸣鼎食、仕宦显贵才有的豪华日子，还有什么不满足的？人生于此，可堪足矣！哈哈哈……来，喝一杯！"

李云博一饮而尽，起身笑道："堂堂宰辅大才，却自甘稗草，而且还洋洋自得什么钟鸣鼎食妻妾成群，皆是欺心之言啊！哈哈哈……"

韩熙载一惊，也站起来，问道："怎么，岫南不信？那请为老夫解之。"

李云博道："世间传言，当初先生南渡，正阳码头与同窗大士李谷作别，先生笑曰：

'我今南下，远赴杨吴，若得入阁拜相，执掌权柄，定当辅佐主上一统江南，继而挥师北上，问鼎中原。'李谷回答道：'中原如果用我为相，我取吴国如同探囊取物。'两人甚至劈帖为誓。敢问先生，此等传闻，有诸？"

韩熙载笑道："岫南真是博闻强记，而且还喜欢搜罗杂野巷传，就连此等陈年旧事也不放过拿来佐证？老夫做人还算磊落，不会讲过的话赖死账，岫南所言此事，的确有也。只不过是年少轻狂，胡言乱语而已，岫南见笑了。"

李云博反问道："当真年少轻狂？我看未必。先生二十出头就金榜题名，器局学问名绝天下，不是家门罹难也绝不会只身南渡，只怕早是某朝的官阁枢要了吧？"

韩熙载笑道："岫南好玩笑！如此抬举老夫，还真愧不敢当啊！"

李云博道："先生别再谦虚了！先生高才，可堪斗量！学生几次投帖拜访，先生要么推脱，要么应付，这其中玄机，学生是思忖过的。学生慕名先生已久，想投身门下磨墨事茶，但自认天资不足，怕污了先生美名，也就作罢了。"

韩熙载坐了下来，喝了一口酒，又吃了一筷子，然后道："你小子居然如此揣心度人，让老夫好生汗颜。说实在的，世间都传，大楚国瑶池出了个天才少年火药神童，老夫不信，可你自来金陵，暗暗观察数月，还真是所传不虚。既然你什么都明了，老夫也就不瞒你了。如今这世道，明哲保身已是学人首选，难道要做个直谏死臣，博个比干剖腹剜心一样的美名，让后人千古传颂？"

李云博也坐下来，说道："当真如我所虑啊。常言道：小隐隐于野、中隐隐于市、大隐隐于朝。看来先生对南唐朝廷已然绝望，然后就借歌宴酒乐来麻痹自己，放浪形骸，寄情山水，做个朝中大隐，图个安稳而碌碌一生？"

韩熙载笑道："老夫已尽心力，泰山将崩，无力回天。不如此，又能奈何。异国客臣，你也该有感同身受，不消老夫多说。"

李云博也笑道："先生所言大是，异国客臣，不说也罢。"两人就又喝起酒来，对着窗外的月色清风和迷人江景，一时无话。

◆ 七、大国士酌酒论雄主 ◆

夜色渐渐暗了下来。习习河风，吹得人心旷神怡。对着秦淮河满江秋月，李云博与韩熙载师徒二人推杯把盏，你来我往，畅饮闲谈，不知不觉到了酉时。两人惺惺相惜，大有相见恨晚之感。突然，李云博转换话题，问道："学生年少，有一不情之请，还望先生垂允。"

韩熙载道："不情之请？岫南但说无妨。"

李云博道："学生懵懂，客居金陵又有数月。对当朝些许事情，一直迷惑不懂。今夜机缘巧然，正好恭请先生耳提面命、不吝赐教。"

韩熙载道："我虽不好为人之师，但既然应承了你叫的'先生'，就该知无不言、言无不尽。有何困惑，岫南说来听听。"

李云博捧起茶，站起来施了礼谢了，说道："我朝烈祖，从杨吴手上取得江山，推行文治，是否是由乱而治、实现天下太平之正道？"

韩熙载一惊，想了想，道："然也。烈祖行伍出身，但胸怀韬略，见中原北朝更替频繁，自己也是手执兵柄上位称帝，自然会抑制武人专权，防范祸及子孙。但这只是小安之策，绝非天下一统之谋。幸也，罢息兵戈，淮南江西因此而得数十年安宁；悲也，今上守成，大唐偏安一隅而坐失问鼎中原、一统天下良机，再难雄起。"

李云博问道："大唐有过问鼎中原之良机吗？"

韩熙载道："当然有过。保大四年，北辽皇帝耶律德光大军南下，攻克汴梁，生擒晋朝皇帝石重贵，晋朝灭亡。当时中原群龙无首一盘散沙，若此时倾国之力一举北上，中原可定也。但主上竭力图闽，只派一支孤军深入河套，等各国联手竭尽全力，赶走了北狄却无实力与刘知远角力，只能将中原拱手与人，诚斯痛也。"

李云博道："哦，原来如此。今上继承烈祖遗志，广延士人，待之以礼，虚心请教，从善如流，委以重任。于是南唐由乱向治、由弱转强。不知为何在图闽大计上一败涂地？"

韩熙载道："由是说来，就复杂了。皇上乃烈祖嫡子，本是不二皇储，早早就确立为太子。但他偏好文艺，经常摆弄乐器，烈祖因他不恤政事，以为不能担国重任，心中不悦。烈祖曾经想废长立次，宋齐丘等此时也不看好皇上。但一向主张安定的烈祖担心会因此引起政局动荡，没有付之行动。比较烈祖诸子，次皇子景迁，颇具父亲风范，深得烈祖喜欢；又是前吴王上驸马，一直辅政中枢，多经历练，颇具政才。然造化弄人，景迁英年早逝，此事自然戛然而止。皇上也知自己不是烈祖心中嗣位人选，多次辞太子之位，就是在烈祖临终还举荐弟弟景遂继承大位。烈祖不许，今上就发誓传位弟弟，一即位就立景遂为皇太弟。皇上宽厚仁慈，爱惜臣僚，但柔弱有余而刚健不足，只能是守成之主，成不了强国之君。图闽惨败，也在情理当中。"

李云博问道："以学生数月耳闻目睹亲身体察，皇上龙颜扩展，神采飞扬，器宇不凡，大有前朝太宗风范，一个典型的睿主贤君面相。不知如此评判，先生有何说辞？"

韩熙载笑道："岫南也会相面？这天生容颜，岂是麻衣所定？所谓成事在天，还需人谋啊。皇上即位近十年，虽然殚精竭虑，不废政务，但偏好文事，沉迷雕章琢句、吟词弄月之中，又在长策大计上朝令夕改，摇摆不定。对待人事姑息旧交，不严刑律，赏罚混乱，过慈无威，于是权臣弄权，朝中出现是战是和的所谓党争，致使朝纲紊乱。老夫看来，皇上虽是贤君，绝非明君，最多算个睿主，但不是雄主。"

李云博大是迷惘，连连问道："先生之言，让学生陡生疑云。敢问先生，这贤君与明君，睿主与雄主，有何分别？"

韩熙载站起来，推开舫舟窗棂，望着那弯迟迟才从云层里探出头来、极其消瘦的下玄月，思忖道："所谓贤君，以德为先，心怀仁义，看重名节，大举礼孝之旗，体恤民间疾苦，休养生息，实惠民生，天下大治，和平之时，有此贤君，天下幸也。但大争之世，兵戈连连，豪强并起，仅仅一个贤君，只能抱残守缺，任人宰割，终究会失去立身大业；而所谓明君，以道为先，心怀天下，看重功业，高举一统大旗，眼观诸侯大势，深察时务政局，励精图治，韬光养晦，等待时机，一旦机会来临，起兵征伐，收拾乱象，实现人间和合太平。而所谓睿主，聪明绝顶，自以为是，刚愎自用，常常察事细微，纠缠末节，瞻前顾后，鼠首两端，忙忙碌碌之中忘了抬头看路，太平之时颇似贤君，乱世若出睿主，则与昏君等同。所谓雄主，放眼天下，不拘小节，胸有万丈豪情，吞吐江河日月，视他国为无物，霸气淋漓，唯以功业至上，不喜坐守其成；甚至嗜血贪婪，热衷于攻征杀伐，不计身后骂名。乱世出雄主，与明君相差无几；若太平之世出雄主，就与暴君无异。俗话说乱世造英雄、治世出仁人，情同此理也。生错了时代、颠乱了次序，绝非好事啊。当今乱世，要的是明君雄主啊！"

李云博听了，大是受教，连连拱手说道："先生一番点拨，如平地惊雷，唤醒懵懂，拨云见日啊！只是学生还有一处不解。乱世有贤君，若得强臣辅佐，坐拥祖上基业，继而励精图治，难道不能开疆拓土，一统江山？比如刘邦得汉初三杰，不一样一统天下吗？刘玄德有卧龙和五虎上将，不是也得西川之地，鼎立三国吗？"

韩熙载哈哈哈大笑，说道："岫南真是精明，这话问在点子上。我曾经也深信不疑，以至于全力事唐，望能助贤君睿主一统天下。但十余年来，总算看清了这其中缘由。你有所不知，如刘邦者，看似浑噩，实则雄主；刘玄德者，看似愚仁，实则明君。他们有一个共同点，那就是胸怀天下。其实这贤君明君，睿主雄主，也只是理念上的区分，实际中难加界定，全凭会心体察。"

李云博道："理虽如此，学生还有些将信将疑。比如我朝，皇上睿智贤能，朝中能臣贤士之多天下无二，帅才济济良将如云，只要君臣一心，文武同德，励精图治，共谋大业，就一定会使贤君成为明君，睿主变成雄主。做到这一点，问鼎中原、一统天下，还是会有这么一天。"

韩熙载道："岫南之愿，老夫亦然。但愿望归愿望，事实归事实，你不能混虚于实，一厢情愿。既然你穷追不舍，老夫今日也就穷其所有，底朝天跟你倒出来。大唐立国有一个致命要害，那就是烈祖身为强臣，冒了天下之大不韪，窃得大位。一方面，他要做出一番雄主明君姿态，不计前嫌，笼络前朝旧臣，又要招贤纳士，启用外来人士，巩固新生政权。这得位不正，心里便有死结，一来害怕别人说三道四，不敢轻易滥开杀戒，二来又得防范他人谋逆，觊觎到手的江山。于是，忌惮旧僚发难，也害怕外来客臣不忠。所以烈祖文治实质上是两条铁律：一是不让将领干政，是解决统兵大将作乱的策略；二是宰辅当政不治军，实际上是不让文臣执掌兵柄。这样一来，文臣与武将就分成两派，久而久之，朝野就自然出现党争。这虽然巩固了皇权，没有一派有实力与皇室对抗，但却使朝廷合力分化，为着自己的利益各行其是：武夫要升迁，就得攻征杀伐；文臣要建功，就得科举教化，这就少了将结束乱世、一统天下真正放在心上的人。于是打着国家利益的幌子争权夺利，相互倾轧，朝堂祸害也由此生出。因此，朝堂党争不除，就绝不会有真正强盛的一天。或许，大唐存亡，就在这党争痼疾之中，这绝非危言耸听。若真得明君雄主，不计身后骂名，一举痛下杀手，解决这朝堂痼疾，起死回生亦有机会。只是……唉！你我都是外来客臣，绝对受不了重用，更无机会出将入相。只是平生之志，成为少年轻狂了，真是虚有此生啊！"

李云博听罢，顿时豁然开朗，喃喃地说道："学生总算明白了。为何先生和孙相一干外臣，整日酒宴酣乐，原来是排遣苦闷啊。可是大唐朝野如此奢靡，又何能励精图治呢？"

韩熙载笑道："呵呵，你以为纵欲声色，仅仅是为了及时行乐吗？告诉你，这是求得自保的好办法。你读遍经史子集，老夫且问你，千年以前，秦将王翦领兵灭楚，倾国而出，六十万大军交到他手上，秦王会安心吗？"

李云博道："这……自然不会。"

韩熙载道："当然不会！你知道王翦是怎么做的吗？"

李云博想都不想，回答道："王翦临行时，秦王嬴政到灞上送行，王翦请求秦王赐给他良田、诸宅、园林、池塘甚众。秦王政问他为何。王翦说，'为大王将，有功终不得封侯，故及大王之乡臣，臣亦及时以请园池为子孙业耳。'行至关口，又停下了，不肯出关，遣使回咸阳向秦王讨要封地。如此三番五次，而秦王想都不想就答应了。学生每看此处，觉得王翦一生，傲岸千古，战功盖世，却留下如此贪财好货之丑行。诚可悲也。"

韩熙载笑道："哈哈，你小子和太史公一样，说王翦'不能辅秦建德，固其根本，偷合取容，以至笭身'，读错了意思。王翦这是表明心迹，要秦王放心，他没有谋逆的意图，这，正是他的高明之处。"

李云博猛然醒悟："原来如此！先生放纵声色，弄些污点在身上，也是叫皇上放心？"

韩熙载苦笑道："我等表的是忠心啊！"

李云博问道："乱世之中，还有忠心可表吗？"

韩熙载反问道："不表忠心，还能如何？"

李云博道："乱世仁人志士，当助明君雄主，一统天下。愚忠不明之君不雄之主，于天下何益？"

韩熙载叹道："岫南之志，何其壮哉！只是老夫空有壮志，如今老矣，奔波了一生，也不想纵横天下了。不能与你同途，就留在南唐颐养天年吧。但愿你能察我苦心，今夜酌酒赏月，也就没有白费了。"

李云博连连叩地而拜："恩师指点，学生铭记终生。学生一定继承国士大志，实现天下一统、人伦和合美好愿景！请受学生一拜！"

韩熙载连忙扶起他，道："你知道就好。老夫还有一事叮嘱：南唐朝廷，为你提前科考，入翰林，赏府邸，赐妻妾，集功名高官恩宠荣华于一身，其实不见得是看重你的才学，而是独钟你家的火药秘方。如若不是明君雄主，献了秘方却是贻害人间。这一点，你需切记。"

李云博听了，虽然印证了自己的揣测，但是心里还是有些存疑。他施礼说道："感谢恩师提醒。但依学生观察，当今皇上治政，虽然有些失策，尤其是面对党争痼疾心慈手软，但也不失明君气度。"

韩熙载见他仍存犹豫，于是笑道："唉，话已至此，多说无益。老夫多年体察，岂能有差。你若不信，老夫略施小计，定然分晓。"于是在李云博耳边一通嘀咕，听得李云博频频点头。

许久，李云博又问道："如今诸侯都觊觎李氏绝密，想借此建设一支无人匹敌的炮火大军，实现天下一统。难道，只有军事强大才能一统天下吗？"

韩熙载道："这个问题，却是难以三言两语讲清，老夫曾经专门跟皇上讨论过道与器的问题。老夫跟皇上说，一统天下之大业，皆须按天意行事。这个天意就是德，就是民心，所谓'得民心者得天下'，这是成就大业必须遵循的'道'；而先进的武器、精锐的军队、强大的财力等，都只是仁义之师所利用的工具而已，这是所谓的'器'。道是魂，器是形，道器合一，才能所向披靡。如若这个威力无穷的'器'为无道之人利用，天下不仅不能太平，而且会更加混乱不堪。老夫还引用孔夫子'君子不器'名言，借机阐述自己的观点：但凡成就事业者，小成在力，中成在智，大成在德。要实现一统天下之宏愿，必先有替天行道之德……可惜啊，皇上不想听。其实军事只是手段，根本在聚合力量，争得民心。炮火武器乃征伐利器，当然能够如虎添翼。若有明君雄主，即便没

有很强的实力，但他会招揽人才，发展经济，加强军备，然后一点点变强，最后成为众望所归，一统天下。只不过经历的时间长一些，过程曲折一些。有了天下无敌的炮火军队，一战而天下安定，黎民百姓要少受很多苦难。但这就看你如何取舍了。"

李云博听罢，顿时心领神会。他似乎悟到了韩熙载道器之说的精髓，不无感慨地说道："'小成在力，中成在智，大成在德'，简直入木三分！恩师的道器之说，完全可以与子思的大学之道相媲美！恩师耳提面命，学生醍醐灌顶，真是妙不可言啊！恩师在上，请受学生一拜！"

韩熙载笑道："你别客气，岫南这悟性，更是百年难逢，一点即通，而且举一反三，老夫也是乐在其中啊，这大概是孔老夫子说的'教颜回之乐'吧。能与你这等英才坐而论道，也是老夫人生一大幸事。"

李云博谢过韩熙载，又问道："敢问恩师，如今天下可有明君雄主？"

韩熙载想了想道："这，老夫还的确不知，就看你如何寻觅体察了。这一靠天意机缘，二来就看你苦心孤诣的程度了……"

说罢，韩熙载就起身钻出船舱，来到了甲板上。李云博跟了出来，两人无语，各怀心思观赏着秦河的月色，直到深夜才罢。

◆ 八、试献新政之策，李云博凉透脊背 ◆

过了几日，早朝过后，李云博按照韩熙载密授机宜，去上书房觐见皇上，说是朝廷赏赐厚重，当面叩谢皇恩。吴公公进门通禀，李璟准了，李云博就急步趋身而入。

李云博稽首道："微臣李云博叩见皇上！吾皇万岁万岁万万岁！"

"李爱卿平身！"李璟笑吟吟地起身说道，"中秋过后，新婚宴尔，家室可否安顿？"

李云博道："多谢陛下挂怀，一切皆已安顿。陛下隆恩厚赐，微臣何以为报！"

"哎，中秋赏赐，爱卿已经上过谢恩奏帖，何必亲自觐见叩恩呢！这一家人嘛，不必多礼，礼多了显得生分。爱卿年未加冠，却学富五车，大才堪堪，投身我朝，大唐之福也！区区薄赠，仅能立身养命，何足道哉！将来爱卿建功朝廷，高官厚禄，美姬爱妾，宝马香车，自不消说！"李璟笑着，拉起李云博的手，又朝身后喊道："给李翰林赐座，看茶！"

李云博谢恩坐定之后，李璟又问道："李爱卿入翰林已有数月，尚还适应？"

李云博拱手道:"回陛下,微臣见习翰林院,日日读书,就教前辈,涉猎旧事,甚是快意。"

李璟道:"爱卿好学上进,朕甚欣慰。多读书固然很好,但读书根本,还是为了职守。朕想问问,爱卿有没有即刻替朕分忧、职守一处的念头啊?若有此意,朝廷就实授职事于你。当然,去哪个部司衙门,爱卿可以向吏部建言,朕最后核准。"

李云博道:"回禀陛下,微臣自认学业不精,心智尚幼,阅历还浅,职守一处,难堪大任。而且我朝规制,新科进士留京,尚需见习两年之后任事。陛下如此关爱,微臣感激之余,诚惶诚恐。但微臣年未加冠而勉强守事,难孚众望是小,如若办砸了差使,辜负陛下厚望,将来何以在朝中立足啊!"

李璟想了想道:"嗯……爱卿这种不急于求成的心态固然好,但治政当差,理民料事,哪有不出差错的!而所谓资历阅历,体验经验,都是从当差办事的历练中甚至是失察失误中得来。至于两年见习,也得因人而异,不必拘泥成规,更何况你在楚国就是天策学士,也曾执掌湘水台要职,比一般新晋翰林历练得多。爱卿既然不愿意早些当差守职,朕看也是好事,就不强你所难,你就继续在翰林院见习吧。什么时候觉得可以办差了,就跟朕禀一声,朕叫有司安排。"

"多谢陛下。陛下仁德如斯,微臣定会好好见习,积累经验,早日学成,好替陛下分忧。"李云博起身施礼谢了,又道,"启奏陛下,微臣今日觐见,一是叩谢陛下浩荡隆恩,二是还有件不成熟的条陈,密奏皇上。"

"哦?爱卿有条陈密奏?"李璟大喜,对左右宫人侍女吩咐道,"尔等都退去,李爱卿有条陈密奏。"

"是,陛下。"众宫人侍女施礼后,就都退出了上书房。

李璟示意李云博递奏折,笑着说道:"入朝数月,这可是李爱卿首次主动上奏,而且还是密奏,朕甚欣慰。那还等什么,快快将条陈奏来。"

李云博从袖中取出密折,躬身叩首说道:"启奏陛下,微臣欣闻朝廷欲励精图治,整肃朝纲,推行新政,富国强兵,臣就一直思索,如何实施。月余之后,有了这条陈五事,呈陛下参详。"说罢双手呈上,递了过去。李璟如获至宝地接过,看了起来:

翰林院新晋学士臣李云博条陈五事,谨呈圣上御览:

臣闻圣上素怀大志,有廓清寰宇一统天下造福人伦之宏愿,每念及此,唯感佩之至、马首是瞻耳。见习翰林以来,读经明智,察史鉴今,通阅政疏,以观时弊。然数日忧思,不得要义;斗胆之言,唯衷以表;惴惴之心,谨陈陋见,以隆圣治事:

第一曰整肃朝纲,严刑峻法。江淮自杨吴以来,安定数十年,黎民丰足,社稷安稳。然安宁日久，浮华丛生，官署人浮于事，坊楼奢靡日盛，民间享乐成风。而乱世之中偶得小安，却了无忧患，大争之世自我陶醉，亦不察隐祸，此之谓"危机迫近，却人醉不知"也。圣上秉承烈祖孝高皇帝基业，以孝治国，以文辅政，以礼化民，盛德贤君也。但乱世之际，以孝治国，其治也虚，以文辅政，其辅也弱，以礼化民，其化也难，犹如"以言感人，其感甚浅"是也。古人云"重典以治乱世"，因由在此。严刑峻法，猛以济宽，不拘成法，此大争时代之首要也。

第二曰推行新政，固本强基。近年来，我朝图阋惨败，国力大伤。圣上欲励精图治，须举全力推行新政，壮大实力。新政治要，在于奖励农桑，通活商贸，促使人民富足，国库丰盈。微臣以为，当务之急，应该重颁国土新法，改革税制，使民有田耕，商有利赢，以至于民富而国盛。

第三曰选贤任能，罢奸黜庸。此乃整肃朝纲、推行新政之具体举措。当今我朝，和战两派，水火不容。圣上欲保国安民，永葆社稷长青，需以推行新政为契机，任用堪堪大才领政，擢升能臣理事，罢黜奸人庸吏，解决朝廷党争痼疾。左仆射同平章事冯延巳，机权善变，鼠目寸光，难以担当新政大任；右仆射同平章事孙晟，德高望重，耿直忠纯，但领政之能略显不足。微臣为圣上计，斗胆推举大国士、户部侍郎韩熙载担纲领政，并赋予其实际相权，推行新政，不出期年，定能卓有成效。

第四曰结交邻国，暂息兵戈。安定国境，交好他国，为推行新政腾出拳脚，心无旁骛也。暂不与争，是为将来大争；暂不与战，是为日后一战而胜之。鸿鹄高飞，常须三年之伏；蛟龙出海，尚有浅滩之困。韬光养晦，养精蓄锐，一飞冲天之必然潜势也。一味纠缠一城之得失，一地之归属，不足取也。

第五曰练武强军，待机而动。新政初有成效之际，就该在巩固新政之同时，大力推行军队鼎新。微臣以为，强军之要，在于加强战力提升。而提升关键，在于强化将领之战略意识，凝聚战士敢战之心，以战略意图为核心，重新编练专门性攻守队阵，形成协同作战之合力大军。一旦天下有变，时机来临，即可倾巢而出，一战而天下遂定……

李璟阅毕，沉思不语好一阵子，突然脸上露出欣喜之色。他赞许地说道："卿言五事，切中要害，尤以练武强军为甚。'强军之要，在于加强战力提升'，很有见地；'强化将领之战略意识，凝聚战士敢战之心，以战略意图为核心，重新编练专门性攻守队阵，形成协同作战之合力大军'等等，也颇具新意。那你说说，如何编练专门性攻守战阵啊？"

李云博见他首先沉默不语，知道李璟对他一针见血指出朝廷流弊颇有芥蒂，仅对最后"练武强军"这条感兴趣，不免有些失望。因为这五条，前面四条都是货真价实的"国是"，涉及吏治、刑罚、经济、邦交等大政，是一国之君必须重视和关心的。而第五条，看似涉及国家军队建设，其实讲的是军队的战阵演练，并不关系多少军队改革的问题。于是词不达意地说道："孙子有云：'故上兵伐谋，其次伐交，其次伐兵，其下攻城。'攻城略地，迫不得已而为之。微臣以为，增强将领战略意识，乃强军建设之灵魂……"

李璟打断他的阐述，道："你还是具体说说，如何编练专门性攻守战阵吧。"

要知道，在当时，诸侯纷争、天下大乱的时候，哪个君主会不关心军队建设？君主关心军队战阵演练本无可厚非，但这是些具体技术问题，应该由枢密院来考虑。君主更应该更关心将领们的军令执行、战略素养和士兵敢战之心，这就牵涉到指挥规制、军功奖励、战败责任追究等根本问题了。李云博之所以如此写，就是故意不谈军队改革等大问题，讲战术不讲战略，其实是卖关子，考考这位皇上。李云博见他如是说，无奈之下将话题转到他的题目上来："是，陛下。就进攻战阵而言，《墨子》上载，禽滑厘曾将当时主要攻城方法总结为'临、钩、冲、梯、堙、水、穴、突、空洞、蚁傅、礎辒、轩车'等十二种，放在战术上讲，最常用的也就只有水攻、土攻，以及火攻。编练进攻战阵，就是围绕不同攻击目标和具体战术，训练专司某项进攻作业之技能，数十种不同之专门攻击战阵一起参与进攻，那么战力将大大提升。比如水攻，历来作为奇兵诡计来应用，并未被当作专门的战阵训练。孙子曰：'以水佐攻者强。'因此对于进攻一方，只要条件允许，水攻可以纳入优先考虑。历史上水攻战例数不胜数，尤以秦国灭魏为甚。秦王嬴政二十二年夏秋之交，大将王贲攻魏，引黄河水灌淹大梁，溃北门入，穿东南门出，注涡水，大梁城坏，城中数万户皆没，魏国遂亡。水攻固然威力巨大，但是因其毁灭性常常带来风险，要对地势，水利进行精准测量，否则反而殃及自身。采用水攻办法，得趁天降大雨、河水暴涨之机，引水淹城，常常会城墙坍塌，决堤河水四溢，进攻一方反过来也可能受到洪水的淹溺。因此相较而言，土攻更为流行……"

李璟听得有些不耐烦了，但仍然言不由衷的赞许道："爱卿博览全书，居然对兵家典籍了如指掌，朕甚是欣慰。只是其他就不必多言了，你就重点说说，火攻之法，如何？"

李云博道："微臣遵旨。孙子《火攻》云：'火发于内，则早应之于外。火发而其兵静者，待而勿攻，极其火力，可从而从之，不可从则止。火可发于外，无待于内，以时发之，火发上风，无攻下风。……凡军必知五火之变，以数守之……'要说火攻之术具体运用，最多是以火箭或火炮的形式进行辅助进攻。火箭是指用弓或弩发射缚有蒿茅、薪刍、膏油等易燃物，焚烧城楼上一切'可燔之物'；另一种则是用抛石机，将油火、烟毒、药球等抛射到城中，其主要功效是将敌人炸死、迷倒或者毒伤，借机攻取城池。当然，历史上最著名的火攻战例，是三国时孙刘联军在赤壁之战中，一把火烧得曹操焦头烂额，全军几近覆灭，逃回北方之后，不再轻言南下……"

李璟终于忍不住了，又打断李云博的侃侃而谈，说道："李爱卿，你年纪轻轻，万万不能读书读成书呆子啊！这些历史久远的古代战法，当今还有哪国应用？如若当今火攻，还用蒿茅、薪刍、膏油，或者烟毒之球来作战，那不被对手笑掉大牙？"

"陛下圣明！微臣所言，自然是古代战法，而且是火药发明以前的事。"李云博见皇帝有些按捺不住，多少印证了韩熙载所言，虽然宽仁厚道，勤于政务，却在大政问题上优柔无定，甚至分不清主次，不免心意沉凉，于是想进一步印证他急于得到火药绝密而对自己滥施厚恩的意图，于是话锋一转说道，"启奏陛下，自火药发明以来用于战场之后，火攻之法成为当今军事最常用的战法。微臣记得，唐哀帝天佑元年七月，前吴君主杨行密派军围攻豫章，其部将郑璠使用'发机飞火'，炸毁该城龙沙门，顷刻之间大破守军，江西各州闻风丧胆，因此不费吹灰之力取得江西十数州。从此以后，火药就正式作为一种新式武器登上了战争舞台。尔后数十年，各国攻征杀伐，火药得到广泛运用，成为角逐战场之制胜利器。这方面，我朝一直走在前列，烈祖孝高皇帝即在袁州萍乡建立炮火营，成立了第一支用火药装备的正规军队。如今天下诸侯，都成立了用火药武器装备的军队。因此战阵演练，就是研究和训练如何利用火药武器实施打击，最大限度地发挥炮火武器威力。"

"爱卿所言大是，与朕不谋而合，真是后生可畏啊，哈哈哈哈……"李璟大喜过望，站了起来，说道，"爱卿不愧是瑶池神童啊，对火药认识如此深刻！朕得爱卿，大唐之福啊！"

李云博道："陛下过誉了！微臣初生牛犊，坐而论道，信口雌黄，陛下莫怪！"

"不不不，这绝非坐而论道，也不是信口雌黄，是正正经经的强军大道！"李璟有些得意忘形了，过来拉着李云博的手，无不忧思地说道，"岫南啊，我朝炮火营建设已有数十年，虽然在列国诸侯里尚属一流，除了规模较大外，威力也强不了多少。原因何在？那就是火药技术一直得不到提升。为此，朕夜不成寐，束手无策啊。"李璟看着李云博，语重心长地继续说道："爱卿年纪轻轻，就胸怀大志，朕之知音也！大唐要扫除江南诸侯，继而问鼎中原，靠的就是威力无比的炮火武器，这是朝廷上下的共识。去年爆竹节期间，黑云长剑军秘密进入瑶池，希望得到贵府支持。朕跟他们讲得好好的，只能好言相请，绝不能鲁莽动粗。可那干饭桶，偷窥宰生、盗窃秘方、抢夺炮火、劫持人质，尽干些不得人心的蠢事。以前这些不当之举得罪了贵府，还望岫南及家人海涵啊！"

"陛下真是仁义无边啊！"李云博口是心非地恭维了一句，立即转换了话题，"敢问陛下，朝廷一直想进兵楚国，目的就是为了瑶池之火药绝密吧？否则，以当前实力，就算取了楚国，也无法治理，加上周边诸侯趁火打劫，很难长久啊！"

"岫南真是洞察秋毫啊！"李璟赞叹了一声，说道，"朕自然知道，偌大一个楚国，仅凭当前实力，绝对无法控制，难以实现真正占领并划归治下。靖江十数州，早为南汉

刘晟觊觎，朗州及五溪蛮地，地势偏远复杂，蛮人彪悍匪野，一时半会儿也不可能教化得过来。因此，我朝图楚，只需得到潭州、岳州之地，在浏阳建设绝对一流的炮火营。可是朝中许多大臣，都没弄明白朕图楚的实际意图，一味反对图楚，奏请推行新政、休养生息。可你能够体察朕心，实属难得啊！要知道，一旦建设成功，将会无敌于天下，这可是结束百年乱世的最佳利器啊，统一战争将事半功倍。而此举成功与否，就看李爱卿是否愿意成全，竭尽全力效忠我朝了。"

李云博听了，惊出一身冷汗。他急忙稽首说道："陛下圣明！大争之世，军队战力提升必须摆在首位。陛下言下之意，是要微臣献出瑶池李氏祖传火药绝密，报效朝廷？"

李璟道："然也。"

李云博道："可是，微臣不是家族嫡长，并不知晓多少火药秘密。家规族法又早存铁律，这事难啦。不过，如若陛下需要，微臣即刻回去，说服家人献方如何？"

李璟道："即刻回去？不可。你有此心，朕心已是大慰。只要爱卿真心报效朝廷，到时候，自然有你建功立业的时候。"

李云博道："皇上恩宠，敢不效命！微臣随时听从陛下差遣！"

李璟道："哦，很好。对了，你那姑父叫什么……"

李云博道："回禀陛下，微臣姑父西门璞，职司袁州炮火营记室参军、黑云长剑军萍乡密事营行军司马。"

李璟道："对，西门璞，保大四年律法科入仕，朕看他是个治政之才。朝廷为加强入楚力量，准备在唐楚边界复置筠州，下辖高安、上高、万载、清江四县，用他做刺史，如何？"

"姑父虽然略有小才，但一直秘密供职军中。突然从军营六品辅职擢升为主政一方之四品大员，晋升过快，让人非议是小，祸害吏治根本是大。微臣以为，万万不可。但这些朝廷要事，全由皇上定夺……阿嚏！"李云博说着，突然感到一股寒意冷彻心扉，又似乎从胸口涌散，直抵脊背，不由得一阵寒战，狠狠打了个喷嚏。

李璟道："李爱卿，怎么了？"

李云博道："昨日受了些风寒，不碍事的。"

李璟道："来人，立即命御厨炖碗糖姜五味汤，为李翰林驱驱风寒！"

掌书少监吴公公连忙应道："奴才领旨，即刻去办！"

意欲离去的李云博，呆呆地站在那里，一句话也说不出来。

第八章
DIBAZHANG

南国烽烟

◆ 一、血溅端阳门，碧湘宫再次易主 ◆

话说楚王马希萼自从被南唐朝廷册封之后，认为有了南唐撑腰，执掌军政枢要的，又都是自己的心腹，坚信这个王位稳如泰山了。他整日沉浸在纸醉金迷的生活中，天天酒池肉林，夜夜烂醉如泥，加上刻薄寡恩、残暴嗜杀，不到几个月，臣僚离心，民众绝望，弄得朝野乌烟瘴气、人心尽失。可是这一切，忙着及时行乐的马希萼全然不当回事，依旧夜夜笙歌、我行我素，最终使楚国王廷分崩离析。究其根源，还得从马希萼与原来朗州那干将领的决裂，与马希崇、徐威等潭州旧臣的矛盾以及潭州旧部和朗州将领之间的恩怨说起。

与朗人的分道扬镳，是从靖江军叛逃开始的。靖江军本是跟随他十数年的心腹近卫，可是在南唐册礼使到来之时，强令他们修缮被战火重创的长沙城，而且不切实际，要在数日之内完工。靖江军在攻取长沙城时寸功未立，本来心存不满，如今又干这等几乎不可能完成的苦差事，不由得怨声载道，一个个悲愤交加。正当此时，周行逢听从了李云博的"诈病"之计，大祸临头的靖江军本来可以逃过一劫。可是小门使谢彦颙偏偏偶察军营，看出其中玄机，及时向马希萼报告了真相，这使得马希萼勃然大怒，下令剿杀靖江军。三千靖江军走投无路，在王逵、周行逢的率领下连夜杀出长沙，骗过马光赞，占领朗州。几个月后，原来朗州的主要将领何敬真、朱进忠、张文表等受到猜忌和排挤，先后离开长沙，有的回到朗州，也有的去了其他地方。至此，潭州朗州已经形同水火、势不两立。

与潭州旧臣的矛盾，主要体现在两个方面：一方面，没有正确对待许可琼的封赏，使他大失人心。本来，许可琼率领湘江水师倒戈，是他们能够顺利占领长沙的关键，应该计头功。可是，马希萼却猜忌他，不仅没有兑现承诺记功厚赏，也没有委以重任，反而将他外放蒙州，水军由鲁公绾接收，却遭到强烈抵制，爆发了水门哗变。这一下子，湘江水师人心涣散，逃离出走不计其数，让王廷失去了近万水师这个巨大后盾；另一方面，马希崇、徐威对这个日日夜夜沉迷享乐的王上很不满意，而且天策府各部要职都由朗人充任，做起事来处处掣肘。楚王也对这两个左膀右臂很不满意，乘机提拔刘光辅、魏迪勋牵制他们。而那个有号称"二王上"的小门使谢彦颙，更是炙手可热，仗势欺人，经常趁马希萼酒醉进献谗言，祸害大臣。马希崇、徐威恨他入骨，众将士也是愤愤不平。特别是徐威在湘春门外的法场上，当众辱骂谢彦颢，以及后来多次的矛盾冲突，被谢彦颢控告，最后惹怒马希萼，将他降职处理，这又为已经开始分裂的楚廷埋下了更大的祸根。

而潭州旧臣与朗州将领之间的恩怨，主要表现为双方你干你的，我干我的，互不买账。潭州旧臣身居高位，但发出政令军令无人落实；朗州将领都职司实权部门，根本不把天策府主官命令当回事。朗州一班武将，在帮助马希萼打下长沙的战役中出力不少，经常以功臣自居，目无法纪，不时受到潭州方面的警告和处罚，对徐威等人的做派也甚是不满，怀恨在心。主持军政的马希崇、徐威等人，根本看不起这帮来自朗州的"土包子"，时不时予以打压排挤，甚至经常半真半假地称呼何静真、朱进忠等人为"朗匪""溪蛮"，深受朗人厌恶。而马希萼没有协调好两方的关系，导致政出多门，相互倾轧，最后朗人大都离去，弄得两败俱伤。马希萼还念念不忘靖江军这群背信弃义的叛徒，多次要徐威等人率军攻打朗州，为王廷除逆。徐威等人迫于无奈，连续征战，又没有得到丝毫的好处，免不了怨声载道，对这个楚王已经绝望，甚至起了不臣之心，密谋已久，准备作乱。

常言道：天欲其亡，必令其狂。对时局全然不察的马希萼在后宫里玩腻了，居然翻起来新花样，开始游山玩水和四处夜宴。时值九月的一天，马希萼突然大发善心，想宴会群臣，就和谢彦颢商量："谢爱卿，寡人这些天来，只顾着自己吃喝玩乐，有些过意不去。玩了快一年了，也该犒劳一下那帮辛苦操持的大臣将领们了。你意下如何？"谢彦颢道："王上说得是，小的就去准备，一定让那帮土包子开开眼界。"于是一通商议，就将宴会定在戊寅日晚上，地点选在端阳门。

这天黄昏，长沙城南的端阳门外张灯结彩，座席满地，两边排列着手持银枪大槊的武士，宫人侍女穿梭其间，忙得不亦乐乎。许多大臣将领早早如约而来，等候着难得一遇的王廷盛宴了。可是，直到日落，也不见马希崇、徐威到来。等得不耐烦的楚王马希萼很是恼火，叫来谢彦颢，不悦地问道："怎么搞的？左司马、徐指挥还不到？"谢彦颢稽首道："哎呀，微臣该死，居然只顾忙活去了，把这等大事忘了！昨日小的亲自上门递帖，左司马说身体不适，要小的回禀王上，他不能来了。徐指挥说今日尚有军务，晚些过来。"

"真是不识抬举的东西。寡人一片盛意，怎能这等不领情！"马希萼怒骂一句，突然感慨起来，无不悲凉叹道，"寡人看，这满朝之中，没有几个忠心的了，许可琼心存犹豫，被打发了，王逵、周行逢寡人心腹，居然叛逃；何静真、朱进忠、张文表、朱全琇、张仿、潘叔嗣等旧将，也都一个个走的走，叛的叛。如今，就连寡人的同母胞弟，也不想理寡人了。难道，寡人真的成了孤家寡人了？唉，不等他们了，我们开始！"

于是声乐大作，歌女曼舞，你来我往，觥筹交错，君臣狂饮起来，好不热闹。这场楚国宫廷最后的夜宴，当然极其奢华，山珍海味、佳肴珍馐，美酒名点，歌女盛乐，自然一样不缺，应有尽有。吃得前来赴宴的官员一个个醉眼蒙眬，大呼过瘾。

正当酒至半酣之际，忽然喊杀声四起，徐威带着大队人马重重围住端阳门，不由分说，将银枪都武士一个个砍杀，又冲进宴会现场。顿时，现场大乱，哭爹喊娘之声不绝。马希萼见势不妙，急忙推开两边紧靠着自己身上的侍女起身就跑，正当要翻身上墙，被徐威一手拽住，拖了回来，命士兵绑了。徐威见谢彦颙半醉之间还抱着一个歌女在那里迷离调弄、浑然不觉，顿时火起，从身边的武士手中抓起一把大锤，猛地一锤下去，正中头顶，脑门对开，颓然倒地，顷刻之间没了呼吸。马希萼见谢彦颙当场毙命，伤心至极，想冲过去被士兵按住动弹不得，顿时立在边上号啕大哭："我的儿，咋就这样去了呢？你让寡人怎么活啊……"

徐威锤杀了谢彦颙，大声说道："诸位不要慌，都待在原地别动，否则格杀勿论！"现场很快安静下来。他见大家神色恐惧，有的想夺路而逃，有的还在小声哭泣，有的正在往桌子下钻，很是恼怒。只见他继续大声说道："马希萼自登位以来，沉迷享乐，不理朝政，江山摇摇欲坠，社稷岌岌可危，天怒人怨，罪大恶极。我等上承天意，下顺民心，替天行道，捉拿昏君。此事与各位无涉，还请少安毋躁，别再如丧考妣般干嚎了！"

马希萼看着仍然手执大锤的徐威，怒不可遏："徐威，你这狗贼，居然敢擅杀大臣，该当何罪！"

徐威道："马希萼，死到临头了，还凶什么！给老子老实待着，听候发落！"

马希萼一听，酒意全无，一下子发起龙威来："徐将军，夜宴请你不来，说是有军务办理。原来，你是要兵谏啊。是啊，大楚危难，寡人是该上朝理事了。可是，有话好好说嘛，动刀动枪的干什么？你逼寡人临朝理政，不知情的，还以为你要谋逆呢，你这玩笑，可开大了！"

徐威道："玩笑，谁跟你开玩笑？今日叫你死无葬身之地！"

"死，要寡人死？"马希萼一下子瘫倒在地，有气无力地说道，"寡人登位之时，你们一个个都是怎么说的？效忠殿下，万死不辞！今日却要寡人死无葬身之地！你们真是忠心耿耿啊！想想当初，寡人初入碧湘宫，放了彭师暠、杨涤他们，就是觉得他们忠于主子，死也不降，要你等好好学学，可是，可是……"

"你真迂腐，自己不好好做个让臣子们能够尽心侍奉的王上，却尽干些丢尽祖宗颜面、让人不齿的龌龊事来，让我等如何尽忠啊？"突然，马希崇从人群里钻出来现身了，他对着倒在地上的马希萼，厉声斥责道，"身为大楚王上，却整日尽干些游玩赏乐之事，甚至爱上了龙阳之好，玩起了娈童，真是猪狗不如！如此下去，大楚江山社稷不就断送

在你手上了吗？你还有什么颜面在此聒噪！"

"原来，原来这场祸乱，是你处心积虑暗中策划的！"马希萼一看见马希崇，顿时大怒，挣扎着站起来，骂道，"你我一母所生，怎能手足相残！为兄待你不薄，授以高官显爵，总领大楚国政，一人之下万人之上，你还有什么不满足的？你看上了这个王位，想当这个王上，跟寡人说说就是，寡人让给你。寡人算是瞎了眼，认为同胞兄弟、血脉相连，应该最靠得住。谁知，谁知……"

"你这蠢猪！"徐威骂道，"螳螂捕蝉、黄雀在后，这么简单的道理，你都不懂，还当什么王上啊！你能称孤称王，一母所生的左司马就不能？左司马蛰伏多年，就等着你先干掉马希广，然后等待时机干掉你。这楚王宝座，哪个姓马的王子不想坐坐？"

马希萼感知大祸临头，也不再顾忌什么，破口大骂："徐威狗贼，今日终于见了你的狼子野心！当初寡人答应李云博之约法三章，都给你搅了！如若当初，寡人接受李云博奏请，不杀马希广，和平解决潭朗纷争，不放纵朗兵洗掠长沙，然后励精图治，甚至重用他主持天策府军政，焉有今日之祸！希广王弟啊，为兄对不住你啊……哼，徐威狗贼，什么'矫诏谋逆、绝不姑息'，什么'诛灭九族、血洗瑶池'，什么全力剿杀湘水台，逼迫瑶池献出火药绝密……全是狗屁！你这些所谓的奇谋妙计，原来才是真正的包藏祸心，欲置寡人于死地，欲将大楚江山社稷白白葬送！徐威，你绝对不得好死……"

徐威狂笑道："哈哈哈哈，骂吧，尽管骂。你刻薄寡恩，纵情享乐，苛刑无度，丧尽天良，一切都是你咎由自取，怨不得谁。今日死期到了，还有什么，想骂尽管骂！"

"骂你，脏了寡人的嘴！寡人名正言顺的大楚国王上，继承大位，朝野拥戴，也是南唐册封的四镇节度使、领大唐中书令，你等发动政变谋逆，就算杀了寡人，大唐朝廷绝不会放过你们这等奸臣逆贼！"马希萼突然显现出王者气度，他整了整衣冠，高傲地昂起头，一副视死如归的神情。

"真是个痴呆！"马希崇笑道，"你是杀了马希广抢来的王位，你当真认为名正言顺，真是傻到家了，你这蠢货！哼，南唐巴不得楚国出事，他们等着王室内乱，好趁机来攻取这垂涎已久的湘楚大地。你胸无大志，仰人鼻息，还等着南唐豺狼来救你，做白日梦去吧！我这样做，就是不让南唐吞并楚国的阴谋得逞，以保父王辛辛苦苦创下的基业不被葬送。弄明白了没有啊？"

马希萼看着他，不屑一顾："就凭你，能够保住我们的马氏江山，真是痴人说梦！你那点本事，寡人还不知道？小鸡要当天鹅高飞，癞蛤蟆想跳到月亮上去，真是自不量力……"

"你怎么还寡人寡人的，今日之后，就不是寡人了，你是罪人……"马希崇顿时恼羞成怒，"你再寡人寡人的，我就杀了你！"

"别跟他多费口舌了，先处死他，然后登基理政，诏告天下吧！"徐威说着，示意左右动手。

"慢着！"马希崇制止道，"我们一母所生，杀了他，会让人落下残杀手足的坏名声，对今后王廷声望不利。不如这样，他杀了马希广，和彭师暠一定势不两立，不如交给彭师暠押到衡山看管起来，说不定，彭师暠为旧主寻仇，很可能等不到衡山，就会杀了他。"

徐威急忙劝道："这怎么行！斩草除根，自古亦然。放了他，将来后患无穷啊！"

马希崇道："怎么不行！他杀了王上，我可不这么干！就这样吧。"

马希萼见马希崇不杀他，顿时两眼放光，也不再理论，心里盘算着，一旦逃脱，绝对会干掉这几个不忠之臣。

于是大家就推举马希崇出任武安军统帅，主政长沙，继承楚国大位。

马希萼刚被押到衡山，朗州统帅刘言一得到消息，与王逵、周行逢、何静真、朱进忠等人商议后，立即上表北周朝廷，发布讨逆檄文，知会衡州刺史张文表、岳州团练使潘叔嗣、永州刺史张仿等一干朗州旧将，一起围攻长沙。不日之后，刘言亲自率领两万大军步步为营，逼近益阳，扬言要为王上报仇，诛尽谋逆奸党，血洗王都长沙。马希崇顿时仓皇失措，急忙发兵抵御。马希崇知道自己实力不如朗州，肯定打不过，就立即派人向南唐称臣请援，同时派人到朗州求和。可是，朗人对马希崇、徐威的排挤压制和作威作福怀恨已久，逮到了这个千载难逢的出气机会，岂肯放过？一时间，三湘四水上空顿时浓云密布，地下暗流涌动，潭朗大战，一触即发。

◆ 二、泰平商社里的不眠之夜 ◆

这日刚散朝会，李云博到翰林院，以风寒未愈为由告了病假，就坐着官轿回府上去，一路心事重重。虽然已进申时，可大街上依旧霜白满地，少有人行。

一进九月，金陵的天气变得有些冷热异常起来。清晨，整个城市时而被大雾笼罩，睁开眼什么也看不见，裹得人浑身上下直哆嗦；时而遍地都是厚厚的白霜，两天下来，盛开的菊花被冻得毫无生机，几近凋落了。而到了中午，太阳炽热地烘烤着，温度骤升，地上似乎又燃起了火。可是斜阳刚刚下山，河风一吹，夜里又冷得像冬天一般。这样的天气，李云博难以适应，不小心受了风寒，咳嗽不止。秋月为他请来郎中，把脉处方，抓药煎服，侍候得甚是细致入微，渐渐好了起来。为了早朝路上不被风吹，秋月不准他骑马，要他坐轿子上朝。

自从那次密奏新政之策、探知李璟貌似贤能，而实际主次不分、优柔寡断、刚愎自用的本性，以及对他过分恩赏的真实意图后，李云博埋在心底的那个"明君梦想"已然完全破灭，也无心思侍奉这个自以为是的皇帝，更没兴趣效命危机四伏的南唐朝廷了。水落石出之后，他反倒轻松起来，大半年里的忍耐、挣扎与期待，已经让他身心疲惫。而如今，这种备受煎熬的日子都终于一去不复返，虽然有些失望，但终究没有让人察觉他内心"良禽择木而栖"的想法，已经是万幸了。现在要做的事，那就是心无旁骛、屏气凝神地坐下来，认真思考另外的出路和抽身南唐的退路了。江南诸侯中实力最强的南唐，党争愈演愈烈，政纲紊乱如斯，皇帝绝无乱世雄主的胆识和才智。而其他诸侯的君主，不是年少就是傀儡：比如骄横残暴、癫狂随性的南汉少主刘晟，刚被拥立不久、几近傀儡的新吴越王钱弘俶，不思进取、追求享乐的西蜀皇帝孟昶，但求自保、故步自封的荆平王高保融，更不是他理想中的雄主了。而中原那边，刚刚建国的北周郭威、北汉刘崇两位皇帝，他更不熟悉，仅知道郭威是个文武兼备的大将，当了皇帝，会不会有作为，还需拭目以待。如今放眼天下，似乎没有欲投之人，他不禁迷茫起来。"难道天下已无明主？"李云博心里想着，不免长叹一声。

一进大门，管家乾卦统领早在院子里等候。见他回来，乾卦统领稽首道："老爷回来了！"

李云博下车应了一声走进屋去，看了一眼趋步跟过来的管家，问道："管家神情恓惶，有何急事？"

管家看看左右，见无人在，于是小声道："回禀少主，适才左老大人派使急报：楚国朝堂出大事了……"

李云博一惊，止住他道："府上不是说话的地方。等会儿去泰平商社，好好聚议。对了，你请夫人到书房来一下，我有事找她商量。"

送走管家，李云博转身进了书房。不一会儿秋月走进来，问道："官人找妾身，有何吩咐？"

李云博道："也没什么大事。你说，几日前，泰平商社开张了，可都铺排好了？"

秋月笑道："妾身当是什么呢，那点生意小事，老爷就别费心了。上月底，管家盘了沙洲老街的一处铺面，是经营布匹的，价钱公道，人手齐整，只是改了个名就开业了。开业数日，生意还算过得去。妾身想在边上接连再盘一两间，把铺面扩大些，生意可能会更好。"

李云博笑道："你真是会经营，娶了你，我真有福气。我只是蹊跷，泰平商社……"

怎么叫这个名字？"

"怎么会叫泰平商社？"秋月惊奇地看着他，问道，"官人怎么问起这个了？泰平商社这名字，是管家取的。说是金陵繁华阜盛之地，乃当今之时天下唯一太平之境，取这个名，含有祈福大唐永远泰平，我们做生意就稳赚不赔。官人觉得不当的话，可以改。"

李云博笑道："起初不明其意，听听解释，还很合适。这个管家，到底是读过书的，取个名也很讲究。今日有空，我下午过去瞧瞧。"

秋月急道："你的风寒刚好，就不去折腾了。这些事儿，管家应承得过来。"

李云博道："风寒快好了，何况下午的天气热着呢，没事。今日告了病假，反正闲着。你说得有道理，既然要安心在朝为官，就得搞好经营，积累些家产，到时候肯定用得着。我家也是做生意的，今儿过去看看铺面风水，测测那里是不是旺财的地段。如若不错，然后扩大不迟。"

秋月一听，喜道："官人有兴趣，妾身陪你去吧。"

李云博道："不必了，都耗在那里也不是个事，家里还需要你打理，管家陪我足够了。只是，夜里可能要晚些回来。"

挨到黄昏，李云博和乾卦统领就动身了。原来，这泰平商社，就是无妄执事他们经营的那家铺面，通过乾卦统领的秘密运作，经秋月审查同意，如今转给了李云博府上。来到布行，李云博用罗盘测了卦象方位，又四处查看地势脉络街衢风口，认真地堪舆了风水，说是万人朝会的商脉，天生旺财号铺，于是赞不绝口好一阵子。忙到日落，在铺上用过晚饭后，就吩咐关门打烊，召集几个统领执事进到后屋密室，开始秘密进行正事。

李云博坐定，问道："乾兄，长沙有何急事，快快报来。"

乾卦统领一边取着密函，一边说道："回禀少主，左老大人派来密使，说是徐威发动政变，囚禁了马希萼，拥立马希崇为长沙新主。"他说完，就双手将密函呈上。

李云博大惊失色地接过，反复看了几遍，顿时怒不可遏："真是庆父不死、鲁难未已！这个徐威狗贼，唯恐天下不乱！去年马希萼争位，一年下来，楚国就分崩离析、气息奄奄。如今祸端重起，三湘四水那不乱成了一锅粥！真是后悔，当初没杀了这个狗贼！信使在哪？快叫他详细说说！"乾卦统领应了一声，吩咐叫信使进来面奏详情。李云博仔细听着，禁紧锁眉头，半天没有吱声。信使说完，问道："少主，属下动身时，左老大人交代，要属下请示，楚国危急，是否采取行动，干预此事？"

李云博道："堤已决口，洪荒将至，如何干预？这大厦底陷，不日将倾，任何人都无能为力。我等挺身而出，已不能拯救即将倾覆的楚国了。只是如此一来，百万父老乡亲又要水深火热、苦不堪言了。"

众人听了，都神色严峻起来，不知说什么好。

"大家说说，下一步该如何打算？"李云博站起来，看着大家，问道。

见大家都默不作声，李云博又说道："我来金陵，目的只有一个，那就是看看南唐是否能够一统天下，这个皇帝是不是一个雄才大略的主子。可是半年多来，这个人的面目已经清楚，他优柔无定，刚愎自用，仁慈过分，毫无霸气，驭下乏力，绝非雄主，不可能有大的作为。既然如此，我们就得另谋他就了。可是遍观天下诸侯，谁又是雄主明君呢？我真是不知该何往了。"

乾卦统领道："启禀少主，属下有一言，不知当不当讲。"

李云博道："大家会商，有何不可！都畅所欲言，群策群力之后，再做定夺。"

"好，属下就先来说说心里想法。如有冒犯，少主勿怪。"乾卦统领清了清嗓子又顿了顿，然后开始滔滔不绝说了起来，"少主胸襟坦荡，聪明睿智，深受太后赏识，并委以重任，年未加冠就临危受命，全权执掌湘水台。如今回想起来，莫怪徐威不服，有意顶撞您甚至想给您一个下马威。其实，当是所有湘水台的将领中——包括我这个时任乾卦执事这等低级军吏，在未了解少主您以前，又有几个真正服气的？只是密使们是特殊军人，服从命令是天职，无论心里怎么想，都不会轻易表露，这自然是人之常情。然而少主短短几个月，亲赴洪袁，运筹帷幄，智闯主帅大帐，火烧炮火营，解救李掌柜，还让南唐突出阴谋大白天下，我等一个个心服口服、五体投地，少主确是天下少有的大才。而楚王不听少主直忠之言，坐失良机，不肯大军平朗，结果让马希萼喘过气来，咸鱼翻身，终于逮到机会，大军压境围困长沙。少主为制止萧墙之祸，断然决定扶强抑弱，说服许可琼倒戈，与马希萼约法三章，本来大事可成。如今想来，少主之计，仍然是当时解决兄弟争国的最好办法。可是，徐威老儿挟私报复，在朗人攻城得手、马希萼入主长沙之后，无耻抛出太后密诏，甚至诬陷少主'矫诏谋逆'，让我等陷入绝境。属下当时听到太后遗命，当真佩服太后睿智，居然想出'收命继子、继贤而立'的救国良策，也觉得此法乃大楚振兴的唯一办法。无奈少主定位人臣，不想授人窃国口实，而是改组湘水台，转入地下。今年以来，少主屡历险境，游走在火海刀尖之上，隐身南唐，目的就是考校南唐皇帝是否雄主。如今大梦已醒，方知天下已无雄主。少主是否想过，你本身就是一个雄主明君啊！少主正可趁楚国内乱又至之机，杀回王都，以马氏继子身份入主长沙，得到潭州立足之后，再图收拾三湘四水。少主，重新光复楚国、振兴楚国的时候到了，就看少主有没有这个气魄和担当！"

"乾兄好大口气！不过，仍然是老调重弹。"李云博不咸不淡地说了一句，回头问道，"你们认为统领的想法，可行吗？"

无妄执事几个密使连连拱手道："少主，我等只是执行密使，从不过问决策。少主

指向哪里，我等就冲向哪里！"

李云博道："那好。乾兄，我问你几点疑虑，你如实回答。"

乾卦统领道："是，少主！"

李云博道："其一，我泰平阁区区数百人，能够攻下长沙吗？"

乾卦统领道："能够！如今长沙兵不过万，大将出走，守备空虚，已如一堵泥墙，推之即倒。"

李云博道："其二，攻下长沙，各州联合起来围攻长沙，如之奈何？"

乾卦统领道："我等攻下长沙后，即可收拾残军、招兵买马，还有少主家乡瑶池神刀营三千乡勇，月余之中，整训一支一两万人的大军，应该不难。如若结好拉拢一两个实力较强的州府，各州来凑热闹的地方部队应该不战自退，就算真打起来，鹿死谁手尚还未知。"

李云博道："尚未可知。其三，我再问你，如若我们正和州府联军杀得难分难解的时候，南唐南汉或者荆平发兵来攻，其结果将会如何？"

"这……"乾卦统领一听，顿时涨得满脸通红，他讪讪说道，"我们，我们可以事先求和，结好邻国……"

李云博道："事先求和、结好邻国？以什么身份求和结好？是以已经遣散的湘水台长老，还是以太后遗命密诏里说的继贤而立的马希博？是以大楚国天策府学士还是以大唐朝廷的翰林学士？我这样的身份，去与别国结好，你觉得可能吗？"

乾卦统领道："这……"

李云博道："乾兄抬举之心，本阁能够体会。但是，这是绝对行不通的。你想想，马氏兄弟争国，尚且存在嫡庶之争、长幼之争，一个外人，那不是谋逆又是什么呢？兄弟争国也好，政变也罢，州县不能说什么，因为这是王室家事；但一个外人掺合进来，尽管有货真价实的太后密诏，可是会有人信吗？一旦这样做，天下野心勃勃的封疆大吏，于是打着勤王诛逆的旗号纷纷出兵，他们真的会来勤王吗？我看，不一定。混乱之际，饿死胆小的，撑死胆大的，哪个不想豪赌一把，浑水摸鱼占得要地，然后当个节度使什么的，甚至进位称王也不一定。到时候我等就成了冤大头，成为众矢之的，成为天下共诛之窃国奸贼。更要命的是，这天下大乱、荼毒生灵的所有罪状，都会扣在我们头上。我们会成为过街之鼠，绝无容身之地。好不容易保存下来的一点实力，一定会损失殆尽——这些后果，你想过没有？"

乾卦统领道："这个，属下思虑欠周……"

"岂止欠周，简直是异想天开！"李云博提高嗓门说了一句。可是话一出口，马上觉得自己有些过分，于是又缓和了语气，说道："乾兄，如若解除祸乱、匡扶社稷那么容

易，晚唐以来百余年，为何仍然诸侯林立、割据四方呢？梁武帝、唐庄宗明宗、晋朝高宗、后汉太祖，都不是平庸角色，都是起于乱世、纵横天下的英雄啊。而他们一个个称帝，除了过了一把皇帝瘾外，连北方都统一不了，更不用说进军江南、一统天下了。因此，一统天下的雄主明君，绝对是凤毛麟角，哪能遍地都是。"

"少主所言甚是！"乾卦统领似有不甘，继续分辩道，"但属下以为，所谓雄主明君，绝非天生就是，而是在不断失败中历练出来的。但关键是，他不仅胸有大志，而且胸有韬略；不仅宅心仁厚，而且心系民生；不仅意志坚定，而且矢志不渝。这些，少主都具备，甚至比刚才少主提到的那几位皇帝一点也不逊色。事业可以从无到有，地盘可以从一村一乡开始经营，军队从一兵一卒开始招募，钱粮可以从一分一粒开始积累，我等都愿意跟着您，慢慢开始……"

李云博道："你说的固然有道理，但今日我不愿和你过多争执，你有你的见解。反正我觉得，自己就是一个明君雄主一统天下的帮手，既不会出将入相，也不会裂土封侯，就是希望天下一统了，所有黎民百姓都不会再流离失所，不会再遭受豪强军痞无端的践踏蹂躏，不会再像草芥蛆虫般毫无尊严地活着。我们绝不能像徐威老贼那样，整日想着的，就是媚主博宠，执掌权柄，只为一己之私，图谋升官发财，不顾天下苍生——而这，正是天下纷争、你抢我夺最后四分五裂的根本因由。我们要做的，恰恰相反，不为自己的小利考虑，处处为天下大利着想，个人生死荣辱，都该置之度外。"

乾卦统领道："少主所言，也是天下诸侯们天天在说的大道理，一统天下，谋福苍生。可是，除了借此笼络人心之外，真正做到的，能有几个？"

大家听了，都紧张起来，默不作声。李云博见大家这副模样，平静地说道："'言行一致、知行合一'，学人毕生追求之境界，当然很难。要真正地做到不谋私利，一心为公，那就难上加难。但我们一定得有这个心思，否则，泰平阁的宏伟蓝图将如海市蜃楼般缥缈。定位好自身，是开始做任何事情的基础。为什么天下有那么多武将篡权，有那么多大臣上位，原因之一，就是自身定位不准，官当得大了，手上有了兵柄，就目无纲常，就野心膨胀。可是，到头来，这样建立起来的政权，绝大多数被别人取代，这叫因果轮回，上辈人欠的账，下辈人迟早得还。我不止一次地告诉你们，自从入主湘水台，我李云博的角色就被定死了，就是马楚王室安危的拱卫者。而马氏兄弟争国，终会有死有活有输有赢，马楚王室不保，我就想保楚国的江山社稷。可是，如此斗下去，楚国已经病入膏肓，无药可救。于是，致力于天下一统大业，就成了我们的使命，而且永远是辅助者，是推动者，不是缔造者。古人讲究'内圣外王'，只有大公无私、具有高尚精神境界的圣人，才宜于为王。你们是否记得，年初，在遣散湘水台时为什么改号泰平阁吗？"

无妄执事道："为什么改号泰平阁，属下记得：少主说：'……顾名思义，我等就是

要谋求江山一统，实现天下太平，农有田耕、工有事善、商有利图，黎民居有定所，百姓衣食无忧，乡村城镇安居乐业、百业兴旺，普天之下人烟阜盛、和合安详，这就是泰平阁之神圣使命！'少主，对吗？"

"哈哈，无妄兄真是好记性，复述得一字不差！"李云博笑道，"很好。现在我用一句话归纳泰平阁之宗旨，那就是：为天下谋一统，为后世开太平。这，绝不仅仅是说说，一定得做到！"

"为天下谋一统，为万世开太平。"众人听了，喃喃念道，"少主襟怀坦荡，一心为公，我等誓死追随！"

乾卦统领听了，情绪有些激动起来，他跪地叩首道："属下今日斗胆，终于把藏在心里的话全都说了出来，即便开罪少主，逐出阁门抑或枭首处决，也死而无憾。"

李云博扶起他，笑道："无论说什么，尽管说，怎么会因言获罪呢！"

乾卦统领谢了李云博，认真地说道："但属下还有浅见，甚至鄙陋不堪，少主勿怪。"他顿了顿，继续道，"少主独有一样天下所有雄主明君无法企及的宝贝，那就是瑶池李氏之火药绝密。如今南唐、北周为此争得你死我活，其他诸侯忌惮两个强国，只能在暗中角力，为什么，就是都想用它建成一支无人能够对抗的炮火军队。如若少主能够从炮火武器创制开始，渐渐走上强军之路，不出三五年，试问天下谁人能敌？"

李云博道："哈哈哈，乾兄真是大将之才，能够看到未来战场胜负之关键。但是，这等威力巨大的武器一旦研发出来，对人伦来说，究竟是福是祸，也未可知啊！的确，炮火武器可以让刀枪剑戟无用武之地，可以让快马飞骑黯然失色，可以让攻城略地事半功倍，但并非十全十美毫无缺陷。告诉你们吧，我曾经在配制火药的时候，就不小心炸伤了自己，也伤过别人。还有，火药最大的命门就是怕水，如若大雨滂沱敌人来攻你，除了束手就擒，那就是拔刀自刎。任何武器有长处就必有缺陷。攻城守关，就需要综合运用各种器械，扬长避短，形成各尽所能、互补策应的攻防效用。其实，任何先进的武器都是手段，掌握在谁手里，比谁的武器先进更重要。一个明君雄主，就算只有最普通的刀枪，也会有人归附，最后由弱到强，雄霸天下。为什么，因为得民心者得天下，因为他德感天地，因为天下百姓都支持他。如若这些先进武器被无德残暴贪婪之徒掌握，那，绝对是人类之灾难啊！"

乾卦统领道："少主所思所想，的确高人一筹，寻常之人定然难以理解。适才一通宏论，令我等醍醐灌顶，受益匪浅。属下发誓：今生今世，无论少主如何决断，末将终身追随，万死不辞！"

"哎，乾兄何出此言？仁者见仁智者见智，岂是兄台之过？更何况，道理不辩不明嘛。"李云博道，"好了，我们还得说说正题。如今楚国王室生变，内忧外患将会接踵而至：不仅朗州、衡州等地可能会借机发难，南唐、南汉甚至荆南都会隔山观火、待机而动，南方诸侯间将会爆发一场空前的大战，说不定所有国家都会卷进来。到时候狼烟遍地，家园又要烽火连天了，还不知会打成个什么样子。可是，谁先占了长沙，谁就会成为冤大头，谁就要倒大霉。我们还是得韬光养晦，别搅进这个危局里去。"

李云博见大家都不作声，就又对信使说道："你赶紧回去。告诉左老大人，切勿轻举妄动。我要知道各国诸侯动向，请他派员秘密打探周遭各国动向，急速报我。对了，紧急时候，重起飞鸽传书，重大要情都秘密发往金陵泰平商社。还有，请左老大人派朱雀将军和乾卦即刻来此，领导密使开展南唐朝廷绝密打探。"

"是，少主！"

信使拱首告别，正要出门，又被李云博叫住："依我看，长沙不日必有大祸。烦你知会刘如霜紫使，要他们想办法及早离开长沙，特别是她父亲和魏迪勋大人，都是马希萼一手提拔上来的，无论朗人还是马希崇、徐威，都是眼中钉。嗯……我还是写信，你带回去。"不一会儿，两封信一挥而就，交给他，他接过收好，告辞出门去了。

送走信使，李云博道："天都快亮了，就到这里吧。我该走了，不然，那个小老婆又该寻来了。"

"少主，这个秋月，会不会是南唐皇帝安插在你身边的眼线？"同人执事突然问道。

"这……"李云博愣住了。

乾卦统领道："不管是不是，少主留心为妙。属下猜测，他可能已经寻来了。"

李云博有些不知所措："寻来了？那如何是好？"

无妄执事道："少主无忧。这里已经准备好了。"

说着，拿出一幅双陆棋。几个人就出了密室，来到后堂，又取来酒食水果，一边吃，一边昏天黑地地杀了起来。

果不其然，刚玩得一两盘，门外传来秋月的叫门声。无妄执事会意一笑，站起来往外边走去。

◈ 三、惊天惨案，辅政大臣被满门抄斩 ◈

凭借接连几天收到的飞鸽传书，李云博预感到，马楚政权的灭亡已日益临近，这比他的料想还要来得快得多。

　　就在长沙发生政变后不久，刘言就被北周皇帝郭威册封为武平节度使，这使得朗州上下顿时信心百倍，立即起兵进击潭州。不几天，朗州大军已经攻克益阳，正势如破竹，杀向玉潭关。马希崇紧急向玉潭关增兵三千，又向各地颁发特急勤王诏书，却无一个州府积极回应，弄得马希崇束手无策。而马希崇本想借刀杀人，特地让彭师暠押着马希萼到衡山县关押，没想到弄巧成拙，彭师暠押送马希萼到了衡山，得知这是马希崇在借刀杀人，很是犹豫，他自己却不愿意背上这个弑君的罪名，于是就和衡山指挥使廖偃商议该怎么办。而这位廖偃，正是天策学士廖匡图的长子，与其叔父、节度巡官廖匡凝共镇衡山，大家觉得世代受马氏厚恩，杀了马希萼不义，于是就拥立马希萼为衡山王，以彭师暠为武清军节度使，改县为府，招募士卒，在衡山竖起大旗，公开反抗马希崇。没想到很多州县纷纷响应，不几天，就来了万余之众，喜得马希萼眉开眼笑。一时间，小小楚国，冒出了三个政权，而且相互为敌，互不买账——真是穷途末路，魑魅魍魉穷形尽现。

　　而周围诸侯各国，也一个个摩拳擦掌、蠢蠢欲动。首先发难的是南汉皇帝刘晟，他听说朗人起兵、衡山独立之后，立即不宣而战，派大将吴怀恩进入楚境，乘虚袭击了蒙州，蒙州刺史许可琼连夜逃往桂州，吴怀恩穷追不舍，随后乘胜进逼桂州。顿时，靖江之地也战火纷飞，杀成一团。荆南也想趁火打劫，准备派军队攻打岳州，却畏惧南唐武昌节度使刘仁瞻数万大军背后袭击，一万大军开到边界就停止不前了。只是南唐一直按兵不动，不知道在作何打算。

　　对于南唐的反常举止，李云博颇感意外。事不宜迟，李云博立即派同人卦队秘密打探。两天下来，情况基本摸清楚了：马希崇发动政变之后，迫于朗州压力，已经秘密派人到金陵称臣进贡并寻求援军讨朗，而马希萼也派了判官刘虚己向南唐求援剿灭叛臣，一先一后差不了几天。由于马希萼是南唐朝廷刚刚册封的湖湘之主，如果马希崇政变杀了马希萼倒还好说，可是马希崇却将他押到衡山看管，弄巧成拙让他自立为衡山王，无论如何不好打自己的脸，没办法正式承认马希崇主政长沙。两处的紧急求援，这事儿的确让李璟犯难，一时半会儿不好回音。而且兄弟争国重起，究竟支持谁，当然得看看再说。

　　正当此时，朱雀将军带着乾卦一行秘密抵达金陵。李云博闻讯，连夜赶到泰平商社，与他们见面。

　　半年不见，朱雀将军越发干练而沉稳了。他见李云博一进密室，带着全体乾卦密使倒头就拜："末将参见少主！"

　　李云博一把扶住他的双手，急忙说道："哎，将军免礼！不是说过嘛，泰平阁转入地下后，一切礼仪从简，尤其是置身异国他乡……好了，你们别多礼了，说正事吧。"

"好！"大家也不客气，就都坐了下来。但见朱雀将军神色严峻地说道："少主，昨日离长时，长沙发生了一件骇人听闻的重大惨案，只是，只是……"

李云博道："骇人听闻？重大惨案？将军别吞吞吐吐，你可不是这等优柔之人啊！"

朱雀将军道："末将就直言不讳了，少主可要挺住！"

"说吧说吧，我堂堂七尺男儿，年近加冠，有什么挺不住的？"李云博看见朱雀将军和大家脸上悲伤肃穆的表情，暗暗揣度，应该瑶池那边出事了。他强装镇定，不住地提醒自己：无论家里发生何种变故，一定得咬紧牙关，硬挺过去，别在兄弟们面前一副弱不禁风、毫无担当的熊样。

朱雀将军道："那好。昨日凌晨，少主岳父、天策府都统掌书记刘大人被满门抄斩，只有少主未来夫人刘如霜紫使侥幸逃脱……"

"什么？刘大人被满门抄斩？"李云博一听，顿时五雷轰顶、一阵眩晕。这可是他压根儿就未曾料到的晴天霹雳。他知道，刘光辅待在长沙有危险，可是无论怎么料想，革职下狱、发配永州甚至斩首示众，都不至于满门抄斩。几天前打发信使回去，还专程写信给了他们，提醒他和魏迪勋大人及早离开长沙。可这惊天噩耗，却突然从天而降……李云博极力控制住悲愤，松开紧咬了好一阵子的钢牙，一字一顿地问道："怎——么——回——事？"

朱雀将军道："回禀少主，我等奉命秘密入唐，急着赶路不敢耽搁，因此未曾细查，但已知会左老大人派员彻查。大致情况是：徐威昨日突然凌晨丑时时分出动数千人，黉夜将马希萼从朗州带过来的、仍然留在长沙的将领和大臣悉数擒斩。与刘光辅大人几乎同时遇难的，还有杨仲敏、魏师进、黄勋等十余人及其府上数百口全部人头落地……"

"少主，恳请立即下达密杀令，末将夜奔千里，将徐威狗贼立即正法！"乾卦统领勃然大怒，一抱拳请起战来。

"乾兄少安毋躁，身临大事，绝不能意气用事！"李云博挨过了一阵剧痛之后，略微平静下来。他强作镇定，问道，"还有别的情况吗？"

乾卦执事拱手道："少主，惨案发生后，刘如霜紫使不知去向。我等发动所有留守长沙的密使四处暗语传音，都未得到她的回复。朱雀将军想找到她，一并带到金陵来……"李云博认得，这个乾卦执事也是年初补缺新任的，他原来是黄金左长老的走书密使。

"如霜她要干什么？"李云博听了他的补充，一下子定在那里，嘴上却急切问着，但不知是问谁，更像是问他自己。

"回禀少主，属下也不知道。"乾卦执事怯生生地回答道。

"执事勿怪，我不是问你。"李云博看着，自责了一句。他极力克制着，喃喃说道，

"刘紫使自幼长在侯门，又年轻不更事，我怕她经受不住打击，干出什么傻事来……"

乾卦统领接过话来分析道："刘紫使当今木兰，侠肝义胆，嫉恶如仇，寻短见应该不会。她会不会因为府上惨遭灭门，满腔怨恨甚至失去理智，躲在哪里准备寻仇呢？"

"乾兄言之有理！"李云博赞许地点点头，道，"我看她已经不顾一切，准备为家人复仇。无妄兄，快快飞鸽传书，知会左老大人，不计一切代价阻止刘紫使擅自行动为家人复仇！"

"是，少主，属下这就去办！"无妄执事拱手应了一声，转身就走。

"等等！"朱雀将军喊住他，又对李云博拱手道，"少主，末将以为，阻止藏身暗处的刘紫使非常之难。末将有一计，定会让刘紫使现身。"

李云博道："将军请讲。"

朱雀将军道："少主，乾兄说得有理，徐威老贼已经不能再留了。请少主立即下一道密杀令，飞鸽传书过去，命令青龙将军即刻将他密杀。徐威一死，刘紫使大仇已报，定然不会再东躲西藏，应该会主动去联系左老大人。不然的话，她那么一个刚烈如火的侠女，肯定不会善罢甘休的。而她一个人单独行动，可能会有危险……"

"不行！徐威绝对不能我们密杀，刘如霜也不能私自仇杀！"李云博固执地坚持自己的观点，"你们想想，徐威的死，谁都会算在我们头上，这样一来，大家会认为湘水台还在，没有遣散，泰平阁不就暴露了吗？我们就会成为各路诸侯清剿的目标，那不是自寻死路吗？泰平阁绝不容忍为报仇雪恨而目无阁规的个人行动，这种不计后果的冲动之举，除了图一时之快，还会助长私斗仇杀之风，必须禁止。"

朱雀将军道："少主多虑了！徐威树敌甚多，朗州那边，衡山那边，还有被杀的十数位大臣的亲朋故旧，哪个不对这个狗贼恨之入骨？末将以为，他们怀疑不到我们头上。就算怀疑我们又能怎样？徐威都死了，马希萼跑到衡山那边去了，马希崇孤家寡人一个，四面楚歌、自身难保，哪有时间和闲心对付我们？至于朗州那边，应该高兴才对，毕竟排挤打压他们的徐威死了嘛。至于报仇雪恨，也不尽然，徐威已是国家公害，密杀他，也是从大局考虑。"

乾卦统领附和道："朱雀将军所言甚是。少主，事不宜迟，您就下令吧！"

"是啊，少主，赶快下达阁令吧！"众人都恳求道。

"绝对不行！"李云博斩钉截铁地说道，"朱雀将军分析，的确很有道理，按照常理应该如此。但是，徐威狡猾异常，防范甚严，难以轻易得手，青龙将军上次密杀失败充分证明了这一点。如今是非常时期，保存泰平阁实力是第一要务。无论怎样，这样的行动难有胜算，风险很大，谁也不能保证万无一失，我们绝不能因小失大。本阁命令：

飞鸽传书左老大人，不惜一切代价制止刘如霜冒险行动。并派密使四处暗语传音给刘如霜：'紫金长老阁令：如若刘如霜胆敢擅自行动，左老大人要么自裁，要么处死刘如霜！'要用原话，一字不漏地传过去！"

"少主……"众人一听，顿时惊讶万分：这刘如霜，可是他李云博未来的夫人啊。无妄执事也目瞪口呆，不知怎么办。

"还不快去，你要违抗阁令吗！"李云博朝无妄执事吼道。

"属下不敢。属下立即去办，少主！"无妄执事迟疑一阵，还是去了。

李云博看着大家愣在那里一个个默不作声，于是转换话题，说道："徐威这等残忍举动，的确匪夷所思。要处置马希萼旧部，应该早就动手，为何偏偏在朗人大军压境之时动手呢？他们刚刚向朗州求和，按理说，该讨好朗人才是。如此之举，不是更加激怒朗州吗？朗人打出的旗号，就是为旧主复仇啊！"

大家还沉浸在刚才让人难以置信的阁令里，没一个人回应。李云博笑道："怎么了？觉得在下不配当泰平阁领袖是吗？"

"少主……"乾卦统领突然呜咽起来，众人也泣不成声。

"别这样。既然大家投身造福人伦、谋求和平之神圣大业，就得放开个人恩怨，将荣辱、得失甚至生死置之度外。如若一个个都只顾着自己和家人，必定成不了大事，也结束不了这混战了近百年的乱世。"李云博平静而坚定地说道，"我已经经历过太多的生死和悲痛，太后离世，二哥战死，祖母悲愤而亡，四叔公不幸罹难……如今，恩师辞世才几个月，全家又遭此浩劫。我还不知道，接下来会发生什么。谁也不愿意家人不幸，谁都希望家人好好地活着。但这些个人的屈辱悲痛，与国家危亡比起来，算得了什么！我们的家园正遭遇战争浩劫，父老乡亲生活在水深火热之中，天下苍生已悲苦至极。只有仁人志士们都勇担道义、挺身而出，不畏艰难、舍生忘死，才能结束这纷争乱世，还黎民百姓一个太平和乐的世界。可是，要结束乱世，实现天下太平，就得流血，就得有人付出代价，这是大是大非，绝不能含糊，我们要做的，是尽量减少不必要的流血……"李云博依然滔滔不绝，但从他不时颤抖的身体和包含愤怒的眼神这些细微之处，大家不难发现，他的内心依然剧烈地冲突着。

"少主胸襟，在下佩服之至。请受末将一拜！"乾卦统领第一个开腔了，他猛地起身，抱拳施礼后"扑通"一声跪倒在李云博跟前，扎实叩了个响头。其他人见了，也都一个个行起大礼来。

"各位弟兄，干什么，都起来！"李云博急忙扶起大家，又一个个深情地拥抱他们，一群铁打的硬汉，突然儿女情长般动情痛哭起来。过了良久，大家收拾好情绪，开始认真讨论起局势来。

◆ 四、女扮男装，魏柳烟造访李翰林府第 ◆

一连数日，心急如焚的马希崇见派往金陵的使节毫无回音，情急之下，又派客省主事魏迪勋亲自赴金陵再次求援。

魏柳烟跟随魏迪勋到达金陵国宾馆，已过午时。她顾不上连日来的鞍马劳顿，甚至来不及正儿八经吃口饭，只是稍稍安顿好母亲，一改平时官家小姐出门的讲究，就连离家时那一身女扮男装也没更换，就带了两个一样装扮的丫鬟，骑马匆匆出门。

楚国天策府客省主事魏迪勋还有紧急公务，等待与南唐客省使姚凤照会，然后递呈国书，听候皇帝召见。而魏柳烟要去李云博府上，有更紧急的事情和李云博商量。她四处打听，好不容易找到城南李云博府上，已经快进申时了。

这是一条比较偏僻的小巷，地面用青石板铺就，岁月剥蚀，不怎么平整，看上去很是陈旧。高大但年久失修的马头墙，也一样显得沧桑斑驳。来到府门前，魏柳烟跳下马，两个丫鬟也跟着跳下来，将马拴在拴马石上，就上前敲门。

开门的是管家乾卦统领，他不认得魏柳烟，又见她一副公子打扮，于是拱手问道："敢问公子，你找哪位？"

魏柳烟道："请问，这里是李云博府上吗？"

管家道："正是。公子是……"

魏柳烟道："在下是李大人的故旧刘生，有急事求见李大人。麻烦通报一声。"

"既是故旧，公子请进。老爷还未回来，应该快了。"管家行了礼，开门请她们进了院子，继续说道，"在下是李府管家，还请公子多多关照。公子先到客屋看茶，老爷回来了，在下及时禀报。"

"多谢管家爷。冒昧打扰，还望海涵。"魏柳烟还了礼，就进了门来。

"听公子口音，是楚国潭州人？"管家一边引他们进屋，一边问道。

魏柳烟道："管家爷说的没错，我等从长沙来。在下与李大人相识多年，一直引为知音。"

管家道："既是老爷知音，公子请稍候，小的先去夫人那里通禀一声，就来会见贵客。"

"夫人？"魏柳烟一听，瞪大了眼睛，"李大人成亲了？"

管家道："对。中秋之夜，皇上恩典，赐我家老爷一座府邸和一桩美满婚姻，八月十六就拜堂成了亲。这是新买的府邸，才搬来不久。公子可是新府乔迁之后第一位远道而来的贵客。"

"南唐皇帝也够小气的，这么平常破旧的房屋，能拿来赏给大臣吗？"魏柳烟仿佛是突然被人猛敲了一闷棍，心里有说不出的酸楚，但依然谈笑风生，甚至调侃起来，"岫南不是有了婚约吗？怎么，皇上一赐婚，就屁颠屁颠地成家立业了？喜新厌旧，真是个忘恩负义的白眼狼……"

"管家，来客人了？"管家正无话回答、不知如何是好的时候，秋月笑着进了客屋。管家连忙施礼道："回禀夫人，这位是老爷的一位故友刘公子，从长沙来的，说是有急事求见。"

"刘公子好！在下李云博内人秋月，跟公子请安。公子大驾寒舍，真是蓬荜生辉啊！公子请上坐。小蕊，上茶！"秋月说着，道了万福。魏柳烟一紧张，差点也道了一个万福，幸好瞥见身边的丫鬟，连忙拱手回礼："夫人客气，小生愧不敢当。冒昧造访，多有搅扰，还请夫人见谅。"于是落座，喝起茶来。

秋月道："刘公子客气。既是奴家官人故旧，就别见外。我家官人入金陵已有数月，还从未有故人屈尊造访。俗话说，他乡遇故知，人生三大幸事之一也。官人回来后，一定会大喜过望。"

魏柳烟揶揄道："夫人抬举了！人生三大幸事，李大人已经完成两件：洞房花烛夜、金榜题名时。小生来访，居然就凑了个圆满，真是三生有幸啊！"

察事观色俱是上乘的秋月，听出了她话里有话。仔细看看她的模样，特别是刚才回礼的别扭，耳垂有眼，秋月突然发现，原来这个人是个女子。又听说姓刘，从长沙来，于是自以为是地妄加揣度，错把魏柳烟当作那位刘千金了。这些日子，她经常打听刘如霜的情况，还问过李云博刘姐姐是个什么样子、何种性情的人。李云博也毫不保留地告诉他，刘如霜是侯门侠女，能文能武，喜欢女扮男装，整天舞枪弄棒，不像一个千金小姐。这些，都和眼前女扮男装的魏柳烟十分相似。而且，听说刘府突然飞来横祸，满门被抄斩，只有这个姐姐侥幸逃脱，千里寻夫，应该是情理之中……这一切一切，都让秋月认定她就是刘如霜。情急之下，她对管家说道："辛苦管家走一趟，你去路上看看，老爷是否回来了。如若来了，就请他快来客屋会见故人。"乾卦统领应了一声，施礼告退去了。

管家一走，秋月突然跪在地上，行着大礼，道："姐姐在上，请受奴婢秋月一拜！刘姐姐终于来到府上，我们一家可以团圆了。"

"姐姐？"魏柳烟顿时花容失色，"秋月姑娘，你认出我是……"

秋月道："姐姐，我认出来了！官人天天叨念您，特别是贵府突遭横祸，官人成天心急如焚，担心您干出什么傻事来。您来了，真是太好了。"

"哎呀，你快起来吧，我不是……"魏柳烟一阵慌乱，有些语无伦次。一来，她没想到这个秋月的眼睛如此厉害，居然看出了她是女儿身；二来，她没想到秋月把她当成了刘如霜；三来，李云博被南唐皇帝赐婚的，居然是个侧室。还有就是，李云博成天牵挂的，居然是刘如霜，而不是她魏柳烟。可是魏柳烟是何种悟性的女子，转念一想，一切都在情理之中：他和李云博私订终身，除了两人之外，没有第三个人知道；刘如霜是名正言顺的订婚，而且家里刚刚变故，这种担心牵挂也很正常。她很快平静下来，于是笑着扶起秋月道："秋月妹妹快快请起，你弄错了！"

"弄错了？"秋月满脸疑惑，"姐姐不是从长沙来的吗？不是姓刘吗？怎么会错呢？姐姐不是怪官人娶了侧室……"

"这个……当然！"魏柳烟被她一提醒，突然来了火气。她想弄明白这个信誓旦旦的李云博，离开长沙才几个月，怎么变得让她陌生起来。于是装出一副不悦的神情，悻悻地说道："你家官人好威风！中了进士，入了翰林，居然就不知廉耻，干起这等勾当来！尚未大婚，就娶小妾，这成何体统！你说说，正室都未拜堂圆房，怎么就那般等不得了，先把小妾娶回来了？"

"姐姐恕罪！这不干官人的事，都是皇上和皇后娘娘中秋许婚，强令他完婚的。皇上得知官人已与小姐定亲，就要奴婢嫁给官人做侧室，好在小姐大婚嫁进李府之前，照应官人生活起居。奴婢原是皇后侍女，也只得听天由命……"秋月见这个刘千金果然是个火爆脾气，顿时吓得又跪在地上，心里直打鼓，已在经暗暗叫苦了：遇到这么个蛮横不讲理的正房夫人，这做侧室的将来还怎么活啊！

魏柳烟道："这个背信弃义的负心汉，辜负本小姐的一片痴情了！也罢，既然娶了你，我们两人的婚姻就退了吧。没有他李云博，我还不过日子了，真是！"

"姐姐息怒！"秋月大急，跪在地上哭了起来，就一股脑儿都交代了，"姐姐休怪官人，其实，官人死活不要奴婢，虽然已经拜堂，可至今还未同过床呢。我们名为夫妻，实际上……"她说着，忽然脸一红，停住了。

"嗯哼，有这等怪事！"魏柳烟听她这么一说，心里顿时明白过来。这皇上赐婚，谁又能够抗旨不从？这个假夫妻，可能和李云博与刘如霜的婚约如出一辙，的确是李云博的行事风格。但她还是做出一副不依不饶的样子，说道："好了，你先起来吧，这不关你的事。等那个负心汉回来，本小姐亲自找她算账！"

秋月抹着眼泪，战战兢兢地从地上爬起来，垂首立在魏柳烟身边，忽然觉得这里不是她的家了一般，站在那里不知道干什么。魏柳烟站起来，也不理她，四处观察起这客

屋的陈设来。看了一会儿，似笑非笑地说道："这屋子如此简陋，如何住得人！秋月，听你刚才说，这处房屋也是皇帝赏赐的，对吗？"

秋月回答道："是，姐姐。"

魏柳烟道："你们的皇上也太小气了，一个堂堂的翰林院学士，官居六品，就赏这么处破房子，只怕连百两银子也不值吧？"

秋月道："回禀姐姐，皇上要内务府黄公公选房，说是只要我家官人满意，金陵城里随便挑。吴公公看上秦淮河边一处豪宅，报价一万三千两，官人尚简不同意，亲自挑了这处房屋，只花七十两银子买过来的。"

魏柳烟佯装怒道："这个书呆子！豪宅不要，居然选这处贫民一般住处，今儿看本小姐如何收拾他！哼，你那黄公公，不知道赚了多少！"秋月站在一旁，大气不敢出，也没再吱声。

魏柳烟见她如此紧张，有些过意不去，于是说道："房子虽然破旧，可这陈设布置，倒还清雅别致。是你亲手弄的？"

秋月道："回禀姐姐，这房子好久没住人了，都是奴婢一手一脚慢慢修葺布置的。奴婢眼拙手笨，姐姐如若不喜欢，奴婢马上叫人改过来……"

"老爷回府了！"正在说话间，突然传来管家乾卦统领的声音。

原来，李云博在退班回家路上，遇见前来接他的乾卦统领，听说从长沙来了位姓刘的公子，还说和他自幼相好，引为知音，不免顿生好奇之心。听乾卦统领描述，他一点也想不起是谁，倒真有几分像女扮男装的刘如霜。可是，刘如霜乾卦统领认得。会是谁呢？他自然满脑子疑问。于是匆匆忙忙下了官轿，快步进了客屋，抬眼一看，这个年轻的公子他真的也不认识，又仿佛有些眼熟。于是拱手施礼道："刘兄何方神圣，居然自称在下旧识，可我李云博一时半会儿想不起来，真是愧对故人啊！"

正在那里逡巡陈设布局的魏柳烟一听到李云博的声音，顿时心花怒放。但她又不急于点破，于是也拱手施礼，还装腔作势地用粗嗓门说道："岫南贤弟，你真是贵人多忘事啊！入了翰林当了官，居然忘了曾经至交，我刘某来错地方了，哈哈哈哈……"

傻在一边的秋月惊奇地瞪大眼睛，结结巴巴地说道："她是……姐姐，就是官人，官人成天唠叨的刘千金，我的如霜姐姐……"

"刘千金？"李云博大吃一惊，听到有些熟悉的声音，再仔细一看，方认出是魏柳烟来，不禁大喜过望："姐姐来了，怎么会是你？真是喜从天降啊……"李云博激动得不能自已，于是顾不了许多，上前一把抓起魏柳烟的双手，有些泣不成声。这个日思夜想的红颜知己，突然在异国他乡的所谓家里出现，李云博不情不自禁、喜极而泣才怪呢。

"姐姐？"秋月一听，更加被弄糊涂了："官人不是说，如霜小姐比你小一岁，怎么成姐姐了？官人，你不会是见了夫人，大小都分不清了吧？"

李云博听到秋月说话，很是蹊跷，连忙放开魏柳烟的手，四处打量着，又仔细辨别了一番两个女扮男装的丫鬟，没发现刘如霜，问道："什么，如霜妹妹？如霜在哪里？"

秋月道："她不是如霜姐姐吗，怎么……"

"在下魏柳烟，是刘如霜的姐姐。"魏柳烟从他手里挣脱，满脸通红地道了万福，说道，"秋月姑娘，适才冒充刘千金，多有冒犯，请多包涵！"

管家一听，顿时明白过来：原来这个公子，是个女人，而且是魏迪勋大人的千金魏柳烟。于是对秋月说道："夫人，您认错人了。她不是刘如霜小姐。她是……"

"怎么，如霜姐姐又还有个姐姐？官人，你怎么从来未曾说起？"秋月已经不知道怎么回事了，她瞪大眼睛，一脸的迷茫。

"是这样……"李云博也意识到自己刚才失态，也有些涨红了脸，结结巴巴地说道，"跟你怎么说呢……魏姐姐比我大一岁，她和刘如霜是好姐妹，和我也是好姐弟……"

秋月问道："官人订婚的，究竟是哪位姐姐啊？"

"订婚的，当然是你的刘如霜姐姐啰！哎呀，光顾着闹去了，忘了大事了！"魏柳烟回过神来，机智地转换了话题，"岫南，今日我来，就是跟你商量如霜妹妹的事情的。"

"如霜妹妹的确让人揪心啊！"李云博叹息一声，又问道，"姐姐，你先说说，怎么突然来到金陵了？"

魏柳烟故意醋意满满地暗示他："怎么，贤弟是不是娶了爱妾，不欢迎我来打扰？"

李云博听出她的意思，于是回答道："不是不是，你的突然光临，小弟太意外了……哎，其实，我最想知道的，还是刘叔叔一家遇难的事……坐下来说吧。秋月，管家，我和姐姐说说话，你们忙去吧。"

魏柳烟见他们出了客屋，于是说道："哎呀，真是一言难尽！马希崇政变上位后，求和朗州，朗州留后刘言有些犹豫，掌书记李观象趁机建议，要马希崇先杀了马希萼在长沙的旧将，说是如此一来，取长沙就易如反掌了。刘言用了他的计谋，声称若要朗州退兵，必须诛杀暗通南唐、背叛朝廷的罪人刘光辅等。马希崇果然糊涂至极，真的杀死刘光辅、杨仲敏、魏师进、黄勍等十余人，还杀了他们的家人，朗州方面暂停进兵。如霜妹妹一家全部遇难的时候，只有她一人不在，因为那日她来我家送书，和我聊得很晚，没有回去才幸免于难。可是，得知全家遇难，我四处寻她，就再也找不着了。正好父亲接到马希崇命令，要他前来金陵进贡请援，情急之下，我和母亲也就一起跟过来了。"

李云博一听，顿时破口大骂："原来如此！这个马希崇，真是个白痴！杀了一干忠心耿耿的大臣，他以为朗人就不攻打长沙了吗？真是比猪还蠢！我一直觉得此事蹊跷，现在看来，这是朗人施的剪羽之计。"他顿了顿，又问道："如霜姑娘如今在哪里，当真没有下落吗？"

魏柳烟道："还没有。我估计她躲了起来，十有八九是要寻仇。她性情刚烈，怎能不报这血海深仇呢。可是，那个徐威，老奸巨猾，如霜怎么对付得了！更何况，下命令杀人的是马希崇，徐威只是执行者。当然，他借机公报私仇，将这些大臣的家人也一并杀害，真是可恶至极！"

"还没有下落，那就会有麻烦。"李云博听着，一筹莫展。突然，他又问道，"魏叔叔来了，怎么不一起过来？"

魏柳烟道："父亲要会南唐客省使姚凤姚大人，马希崇还等着救兵解围呢！他说，忙完了，就过来。"

李云博对门外大声喊道："管家，你进来一下。"

乾卦统领走进来施礼："老爷有何吩咐？"

李云博道："管家，麻烦你去一趟国宾馆，把魏大人和夫人接到府上来，这里住着，比驿馆方便一些，有事也好相互照应。"

"是，老爷。"乾卦统领应声去了。

◈ 五、入唐求援的魏迪勋束手无策 ◈

魏迪勋赶到李云博府上的时候，已近深夜戌时。

下午，乾卦统领奉命到国宾馆迎接他们，不料魏迪勋正在嘉鱼台与南唐客省使姚凤会见，没见着人，于是只得留下李云博邀请他光临府上下榻的话来，将魏夫人先行接了过去。

魏迪勋一再请求立即觐见皇帝，却被姚凤东拉西扯委婉拒绝了，甚至连国书递呈，都没按急件办理，只是作为寻常邦交公文在客省使衙阅办。他心里清楚，姚凤一直陪他闲聊，尽扯一些邦交远景、兄弟情谊，全然无涉援兵讨朗事宜，这是南唐朝廷故意为之的。这说明，南唐对是否援助长沙还仍然举棋不定。这种模棱两可的态度，让初涉外务邦交的魏迪勋感到压力巨大。劳而无功地会罢姚凤，魏迪勋仍然不甘心。天近抹黑，他

决定去私下求见右相孙晟。没想到，孙晟也推病不见。万般无奈之下，他只得暂且罢手，拖着疲惫的身躯往李云博府上去了。

李云博招待完魏柳烟她们，一直等着与魏迪勋见面。闻他到了，立即出门迎接。落座看茶之后，李云博见他愁眉不展，于是问道："魏公忧心忡忡，难道公干不顺？"

魏迪勋长叹道："哎，真是一言难尽啊！整整一个下午，姚大人左右言他，不涉正题。适才连夜拜望孙相，也吃了闭门羹，真是不知何为啊！"

李云博笑道："大人敬业，令人钦佩。只是如今大楚局势，魏公觉得南唐会如何援手？"

魏迪勋道："岫南江南名士，怎会有如此不经之问？大楚长沙，一国王都，自然是名正言顺的正统朝政，这还需犹豫个甚？"

李云博道："看来魏公以为，南唐一定会援手马希崇。可是，岫南以为，非也。"

魏迪勋一惊，问道："为何？"

李云博道："从邦交大道上讲，南唐朝廷册封的楚君是马希萼，马希崇是政变上位，而且马希萼尚在，又在衡山自立为王，如若帮助长沙，不是打自己的嘴巴吗？从南唐利益上看，如今大楚已经四分五裂，靖江之地丢失大半，朗州分治，衡山也扯起反潭大旗，而实际实力上，潭州马希崇最弱。马希崇请兵讨朗，想借助南唐力量自我保全，南唐会不计道义，帮一个谋逆上位的乱臣贼子吗？"

魏迪勋一听，点点头道："岫南言之有理。那你说说，南唐意欲何为？"

李云博道："很简单。如要晚生预料，南唐应该是在坐山观虎斗，待到两败俱伤之时，不费吹灰之力尽收潭州朗州之地。因此，晚生说句不客气的话，那就是魏公此行，竭力奔走，实乃搬起石头找蛇打，没事找事。"

魏迪勋听罢，有些明白过来，又被李云博挖苦一句，顿时脸色大不好看。李云博本想用句过分的话刺他一下，见他如此神情，也觉得这句话有些说急说重了，于是连忙站起来躬身施礼道："刚才晚生慌不择言，开罪大人，魏公休要见怪。"

魏迪勋也起身回礼道："岫南多虑了。常言道：忠言逆耳，老夫岂有怪罪之理。只是在你看来，老夫此次公干，白来了？"

"当然不是！"李云博笑道，"魏公请坐。容晚生慢慢道来。邦交大务，自然关乎战场输赢。可是，你越急，南唐就以为长沙越是吃紧，就会更加犹豫。你如若不紧不慢，说不定他们会改弦易张，早些决断。但是，请神容易送神难，晚生不主张向南唐借兵。去年马希萼请师伐潭，郢州刺史何敬洙出工不出力，攻下长沙还不肯走，五千大军住在靖港数月，空耗军饷不说，对王都一直是个不小的威胁。好不容易撤走，如今又请师伐朗，贻笑天下暂且不说，肯定又是后患无穷啊！"

魏迪勋道："岫南之言甚是！可是，身为人臣，不能为王廷分忧，岂不尸位素餐！"

李云博道："魏公此言差矣！古人云：达者兼济天下，穷则独善其身。大人是理政能臣，少涉邦交外务，更难以在天下大乱、攻征杀伐中大显身手。乱世当前，大楚已无安宁州县，何谈治民理政？既然无能为力，何不急流勇退，保个安全之身？晚生的意思是，大人既然离开危险重重的长沙，就别再回去了，以免重蹈刘大人覆辙。"

魏迪勋道："不回去了？这个如何能行！老夫身负王命，国难当头，岂能釜底抽薪，起步开溜！刘光辅大人惨遭杀戮，都是朗人施计，王上迫不得已而为之。我非朗州旧部，绝无性命之忧。"

李云博道："魏公三思啊！马希崇、徐威奸佞你小人，出尔反尔，焉能容得了正人君子！此次朗州一条并不高明的剪羽之计，为了换得一时安宁，居然对刘大人一干忠直大臣痛下杀手，让天下仕宦寒心。魏公及妻小既然脱离火坑，就借公干尚未办结留在金陵，然后相机行事，也不失一全身之策。"

两人正说着，魏柳烟走进客屋。她已经恢复了往日打扮，换上了一袭白衣素裙，头上装饰也很简单，反倒显得格外雅致脱俗。听了李云博之言，她说道："爹爹，岫南之言有理啊！不久前，岫南送来书信，说是长沙发生政变，碧湘宫易主，刘叔叔和您都有危险，当时说给你们，你们还不以为然，我当时也觉得小题大做。直到刘叔叔一家突然遇难，我才意识到这种预见的精准，于是说服您，带上母亲和我来金陵避难。爹爹，您就听岫南一句吧。"

魏迪勋道："什么？你不是说，来金陵是为了完成侍郎爷爷的遗愿，促成岫南与如霜姑娘早日完婚吗，还说，把母亲一人留在家里不放心，一起来金陵散散心，等到为父公干结束，就一起回去吗？原来，你这死妮子，是早有预谋！"

"如若女儿说了真相，您还会让我和母亲来吗？"魏柳烟反问道，"于我而言，如霜妹妹的事，自然是头等大事。她如今孤身一人、生死未卜。急着来找岫南，想方设法救她，当然是最要紧的。"

"也是。"魏迪勋说罢，若有所悟地看着魏柳烟，继续说道，"只怕如何解救刘千金，你早已有了主意吧。"

魏柳烟笑道："知女莫如父，那是自然。傍晚时分，我和岫南商量过这事，可是，岫南不同意……"

"那不行。"李云博道，"为救一个异国女子，请南唐朝廷出面，太兴师动众了。"

魏迪勋看着他们哑谜一样的对话，禁不住问道："你这死妮子，出了个什么主意，让老夫听得一头雾水。"

魏柳烟道："爹爹少安毋躁。我们离开长沙时，一直想找到如霜妹妹，把她带到金

陵来，可是忙乎一整天，连个影子也没见着。这就是说，如霜妹妹有意躲着我们。她最信任的就两个人，一个是我，一个是岫南。连我都不愿见了，说明她除了报仇，什么都置之度外了。而刘叔叔一直职司邦交大务，与南唐交情深厚，今年三月南唐还以尚书之礼厚祭侍郎爷爷。如今马希崇为了一时苟安讨好朗人，居然不问青红皂白，说他们私通南唐卖国求荣，命令徐威将他一家全部处死，殃及无辜很多，真是可恨之极！这条罪状，肯定激怒南唐：既然马希萼和刘叔叔通敌卖国，你马希崇还来金陵称臣求援作甚？女儿的主意是，麻烦岫南请南唐朝廷出面，通牒警告马希崇，并以滥杀大臣之罪公开处决徐威，而且不得伤害刘如霜。如此一来，妹妹大仇已报，我等都邀她到金陵来应该不难。万一不来，就建议大唐朝廷派出迎亲使节，为翰林学士李云博举行大婚。如若南唐把这件事当作外交来办，并作为是否援助长沙讨朗的条件，我不相信，马希崇会不就范。"

"好主意！"魏迪勋喜道，"这不仅为光辅贤弟一家报了仇，解救了如霜侄女，也了结了刘侍郎临终遗愿，告慰他们一家在天之灵，还帮了老夫的大忙，名正言顺完成了此次公干。岫南，就这样办吧！"

"如此而为，难啊！"李云博叹了口气，说道，"如今，如霜妹妹一心想着报仇雪恨，如何肯跑到南唐结婚呢？柳烟姐姐的计谋的确有些道理，只是这样办了，我等就永远被动了。南唐以问罪为名将我解到金陵，然后提前科考，中进士，入翰林，赐婚姻，买府第，各种隆恩厚赏，只不过是为了我们瑶池祖传的绝密配方。本来就欠了他们的人情，再麻烦他们，我们就被他们完全控制了：这献吧，违背祖制，祖辈父辈宁可杀头也绝不会就范；不献，就被人看作不懂感恩，不知图报。更何况，就算祖辈父辈献了秘方，一旦被别有用心的人掌握，天下还不血流成河，瑶池百年望族，将会成为历史的千古罪人。我已经被生拉硬拽上了南唐的船，难道还要绑上一家老小吗？"他突然抬起头，深情地看了魏柳烟一眼，哽咽道："还有，我和如霜姑娘有约定，天下不一统，我们绝不完婚！"

魏柳烟有些急了，她叫道："岫南，我知道你有难言之隐……可是，当务之急，是要救如霜妹妹。如若你今日不尽力而为，将来一定会后悔的！为了将来你我都不后悔，只要能救如霜，无论付出多大的代价，我都会觉得值！"说着，情不自禁地落下泪来。

李云博道："不行就是不行！"说着，不觉泪如泉涌。

魏迪勋见李云博和魏柳烟都落下泪来，有些莫名其妙，他当然不知道个中玄机，还以为他们是担心刘如霜。见两人落泪沉默，于是说道："好了，都是大人了，危难关头，可别儿女情长啊！岫南，你不愿意，我找孙相和姚大人去。"

见李云博没有反驳，魏柳烟还以为他同意与刘如霜完婚，于是破涕为笑，意味深长地看着李云博，说道："岫南，干大事，可别儿女情长啊……"

李云博突然抬起头，打断他的话道："姐姐别说了，这事儿没得商量。"

送走魏迪勋父女，李云博进了书房。没想到秋月还在油灯下做着针线。见李云博直接从书房门进来，于是站起来责备道："已过三更，怎么不从睡房进门？你是想穿帮是吧？"

李云博没有理她，一屁股坐到茶案前，显得非常郁闷。秋月过来为他倒了杯茶，他端起来一饮而尽，喝了又倒，倒了又喝，一连喝了三杯，然后坐在那里喘着粗气。秋月被今天的事情弄糊涂了，本来想问问他怎么回事，见他这个样子，也不敢张口了。

过了好一阵子，李云博道："你去休息吧，我再坐坐。"

秋月没有起身，抬头看了他一眼，又低下头去继续做着针线，想了想后说道："你不睡，奴家陪你坐吧。"

李云博见如此冷落她，她毫不生气，依然体贴如故，觉得有些过意不去，于是说道："你好像有什么疑问，就直接问吧。"说罢，又端起茶来，喝了一口。

秋月放下针线站起来，一边为他倒茶，一边漫不经心地说道："没有呢。奴家只是好奇，脑子里全是今儿来的那个魏姐姐。你看，她女扮男装，就活生生一个刁蛮势利的小姐，可是换了女服，那简直超凡脱俗、美如天仙，说起话来轻声细语，而且礼貌有加，还一个劲地跟奴家道歉呢。哎，官人，你是不是喜欢她啊？"

"啊咳……"李云博一听，顿时被茶水呛着了，脸也突然涨得通红。情急之下，他猛地站了起来，大声道："胡……胡说八道！我们情同手足，多年姐弟，怎能有那龌龊念头……"

"哎呀，看把你急的！奴家也就是好奇问问，是官人开口要奴家问的嘛。好了好了，奴家不问就是了……奴家睡去了，官人也早些歇息吧。"说着，站起身来道了万福，走过去打开那道隐门，进睡房去了。

李云博一时语塞，又端起茶杯喝茶，可是，茶杯空了，于是狠狠地将杯子拍在茶案上。他心烦意乱地坐了一阵，然后起身出了书房，到后面的院子溜达起来。

◆ 六、情感与道义，第一次两难抉择 ◆

金陵城深秋的夜晚已经很凉。李云博在院子里转了几圈，仍然不能平静，于是就在一个亭子里坐下，静静思索如何面对这个困局来。

夜阑人静，独坐亭中的李云博更加心浮气躁，漫无边际地思考着如何解救刘如霜。可是，他的脑子似乎不听使唤，找不到任何解决的途径。

"症结究竟在哪里呢？"李云博暗自思忖，"刘侍郎一家，无论对瑶池李氏，还是对我李云博，都恩重如山。如今李氏满门抄斩，就剩下一个和自己有一纸婚约的刘如霜。且不说这有名无实、遥遥无期的婚约，仅从两家几代人的交情上讲，无论是作为侍郎爷爷的门生，还是刘李两家世交的后辈子弟，不遗余力地解救刘如霜，帮助她报仇雪恨，自己都得义不容辞。可是，为了报恩，为了这家族的道义，就得舍弃自己的情感吗？除了和刘如霜完婚，就没有别的办法了吗？"他一遍又一遍地问自己，越这样问，他就越迷茫。而且，痛失亲人、孤身一人远在长沙的刘如霜，此刻不知身居何处。一向养尊处优从未经历大风大浪的侯门烈女，面对家门罹难，绝对不仅仅是伤心欲绝，因为仇恨，早已经丧失理智甚至丧心病狂了！而自己，又对潜伏在长沙附近的泰平阁密使下了死命令：绝不应许她私自寻仇。万一她不计后果地行动起来，无论成功与否，都将必死无疑！李云博第一次真正担心起刘如霜的安全来，也第一次感到自己江郎才尽，面对困局，他似乎真的束手无策了。

"岫南，你还在犹豫吗？"突然，身后传来熟悉的声音，他听出来了，是魏柳烟的声音。

"哦，是柳烟姐姐。怎么，这么晚了，还没有歇息？"李云博转过身来，赶紧起身，以礼相迎。夜色之中，看见依然一袭白衣的魏柳烟正朝他走来。

"你不也睡不着吗？"魏柳烟来到亭前，还礼之后，两人面对面地坐了下来。

"是啊。刘府一家满门抄斩，如霜下落不明，我如何睡得着呢？"李云博叹了口气说道，语气里充满了无助与惆怅。

"我也一样。前天一听说这个消息，我就跟疯了一样，根本不能冷静下来。"魏柳烟附和着道，"可是现在，我觉得自己已经恢复理智。你嘛，情绪可能还在控制之中。"

李云博听了，半天没有接话，只是望着她出神。

　　魏柳烟知道他的思想正在激烈地交锋，她知道，这情感与理智的冲突，都得有一个过程。她深情地说道："岫南，我们姐弟俩一见倾心，两情相悦，的确是人间可遇而不可求的真爱。这一点，你我绝对都不会怀疑。但是……"

　　李云博突然变得烦躁起来，抢过话来道："但是什么？我觉得没有但是。"

　　"你听姐姐说完。"魏柳烟依然心平气和，"茫茫人海里、滚滚红尘中，能够与你相遇相识，相知相恋，以至于心心相印，而且不顾一切私订终身，这已经是上苍莫大的恩宠了。这辈子，有个真正爱着的人，也有个爱着自己的人，我已经很知足了。如今家园涂炭，性命难保，还奢望什么琴瑟和鸣、白头偕老呢？当前，刘府遭此大难，如霜妹妹生死未卜，我们都得挺身而出，这不仅仅是出于道义，更多的还是情感羁绊。我和她自幼相识，情同姐妹。我不能眼睁睁地看着她以卵击石、飞蛾扑火。为了救她，我们还有什么不能舍弃的呢？更何况，她已经没有一个亲人了。"说着，她声音有些哽咽，似乎已经潸然泪下。但朦胧夜色中，李云博看不真切。

　　"柳烟姐姐，难道没有别的办法了吗？我不甘心……"李云博也不免落下泪来。

　　魏柳烟道："岫南，我问你，除了你和她完婚、做她的丈夫，我一如既往地待她如亲妹妹之外，还有什么能够唤醒她，让她淡忘仇恨，回归到正常的生活轨道上来呢？"

　　李云博叹道："我也不知道。但这是你的一厢情愿。况且我不能确信，这样做，她就一定能回归理智，放弃复仇。这很可能是白费力气。"

　　魏柳烟道："我也不能确信。但是，我们得尽力而为，只要是有可能的办法，哪怕是万分有一，我们都得试一试。或许，她会为我们的真诚感动呢？一旦她觉得有了依靠，有了牵挂，有了家的温暖，真正有了割舍不下之人，她很可能就会考虑后果，绝不会孤注一掷，丧心病狂地去复仇。"

　　"姐姐，我觉得你说得对，可是，我做不到。"李云博说着，不禁泪如泉涌，"为什么，这么多事情，都得我去承担？家族大业，家国天下，苍生福祉，人间太平，现在，为了救如霜妹妹，又得放弃我们的感情。我李云博也只不过是一个弱冠少年，我有那么多能耐吗？"

　　"男子汉大丈夫，就得有担当！你要是个胸无大志的白面书生，只知道吟风颂月、雕章琢句，我魏柳烟才看不上呢！我看上的，恰恰是你这匡扶乱世、造福人伦的齐天之志。"魏柳烟的语气突然变得严厉，"岫南，我知道你内心的挣扎，也知道你不是懦夫。正是这一次次磨难的浴火，让你练就金刚不坏之身，让你不断地成熟坚强，心胸也不断地开阔宽广。做大事，就得有包容天下的心胸啊。你说，为了实现天下一统，身家性命你都能够舍弃，还有什么值得瞻前顾后的呢？"

李云博道："生命是一回事，情感又是一回事，这怎么能等同呢？"

魏柳烟道："怎么不是一回事呢？孟子说过，鱼和熊掌不能兼得，舍鱼而取熊掌者也；生和义不可兼得，舍生而取义者也。如今，我们的感情重要，还是如霜妹妹的性命重要？岫南，你是读书人，还要我教你吗？"

李云博道："在我看来，你我的感情和如霜妹妹的性命，都是熊掌，都是大义，我如何取舍啊？"

魏柳烟道："你在诡辩！你说，如若我们只考虑自己，没有尽力而为，万一如霜妹妹鲁莽行事，丢掉性命，你说，我们会不会后悔？"

"会，肯定会。"李云博突然觉得，自己被说服了。

魏柳烟道："既然这样，鱼和熊掌就区别出来了。我这样说，不是看轻我们的感情，而是觉得我们的感情更加珍贵。真正感情的高尚，就是在关键时刻为了别人的安危，懂得放弃。更何况，我们私订终身的约定，本来就是遥遥无期啊！"

李云博道："我坚信，一定有一统天下的那一天。我们一定有……"

魏柳烟打断她的话道："哪一天呢？三年、五年，十年还是二十年？谁能料到，这久分必合的日子，什么时候来临？尽管我们坚信会有这么一天，我们也都在为这一天的早日来临不遗余力，可是，你能未卜先知晓得究竟是哪一天呢？或许，我们终了一生，也不见得能够等到啊！"

这几句话，犹如一把把利剑，直穿李云博死穴，让他彻底崩溃，全然绝望。是啊，究竟要等到哪一天，才能结束这军阀割据民不聊生的世道啊；究竟要等到哪一天，能够实现自己天下一统的梦想啊；究竟要等到哪一天，人间重现和合太平的景象啊！生逢乱世，险象环生，自己干的又恰恰是这随时都有可能掉脑袋的事情，说不定大业未竟宏图未展，自己也许早就命殒黄泉了。作为男子汉，一年前，自己在天马山上隐相台上，与这位冰雪聪明女子信誓旦旦的约定，原来就跟海市蜃楼一般虚无缥缈。所谓一言九鼎的私订终身，只不过是自欺欺人的谎言，年少轻狂的罪证。而这一切，魏柳烟早就看清了。自己一直以少年老成、遇事沉稳自诩，一直都认为自己成熟理智，如今看来，自己原来还稚嫩得很，甚至连眼前这个文弱的女子都不如！……想着想着，李云博突然站起来，挥起拳头朝亭子的石柱砸去。

"你干什么？"魏柳烟一惊，连忙站起来阻止，但已经晚了。

李云博不会铁拳神功，也没有击石成粉的神力，血肉之躯砸向大理石柱，其结果自然不言而喻。但他感觉不到疼痛，反倒畅快很多。他似乎隐隐觉得，身上那种难以言传的憋闷通过这样自虐的方式得到缓解，那汩汩流出的，不是自己体内的鲜血，而是郁结心中的烦闷。

"岫南，你这是何苦呢……"魏柳烟捧着他血肉模糊的右手，顿时泣不成声。

"柳烟姐姐，没什么，我好多了。"李云博的语气反倒轻松了许多。

魏柳烟道："都是姐姐不好，逼着你……"

"姐姐别说了。我真的没事了。"李云博连自己都弄不明白，为什么一瞬之间，变得如此冷静异常。

魏柳烟道："那你是说，你同意和如霜妹妹完婚了？"

李云博道："只要能救她，我什么都愿意。"

"那就好。我替她谢谢你。"魏柳烟的声音变得柔弱而伤感起来，她突然感觉到李云博一瞬之间强大起来的内心，似乎触摸到他刚健有力、节奏明快、活力十足的心跳，她也隐隐约约地听到，李云博那扇厚重朴实的情感闸门，突然间"轰隆隆"的一声关上了。那一刻，她悲喜交加，而又怅然若失。

李云博挣开她的手，淡淡地说道："这本来就是小弟的事，姐姐言重了。从此刻起，你就是我的亲姐姐。"

魏柳烟道："但愿如此。但是，在我心里，你永远都是我的男人，我心里永远只有你。我也永远都是你的女人，至少，我自己这样认为。"

李云博道："那是你的事情。我可能会有女人，但我心里谁都不会有，我心里只有天下。"

魏柳烟道："岫南，我们不可以依然做知己吗？就像以前一样，只要心中装着彼此，不一定要天长地久，也不在乎咫尺天涯，更不需要朝朝暮暮，这样不好吗？"

李云博道："这样很好，但也只是以前的想法。现在我觉得，乱世之中的热血男儿，就得以天下为己任，去努力完成他们该完成的事业。这由不得他们选择不选择，而是历史赋予他们的使命。他们不应该去爱，也没有资格去爱。姐姐，你想想，一个连自己的性命都朝不保夕的人，还能够给所爱的人幸福吗？"

魏柳烟道："我不需要你给我幸福，更不需要你承诺什么。我要的，就是一种牵挂。"

"我再说一遍，那是你的事情，反正我不会像你牵挂我那样牵挂你。你在我心中，就是一位好姐姐，亲姐姐那样的好姐姐。"李云博说着，伸出左手往胸口内掏了一阵，掏出一件丝织物品来，递到魏柳烟手里，继续说道，"这是你曾经送给我的定情之物，我一直带在身上，也视若性命、小心珍藏。现在，一切都过去了，还给你吧。对不起，我一直是在自欺欺人，差点耽搁了姐姐的终身大事。不过，现在觉醒，还为时不晚。姐姐也好自为之吧。"

"岫南……"魏柳烟捧着那方仍留体温的罗绢手帕，顿时目瞪口呆。

"夜已经很深了，小弟明晨还要上朝，得去歇息了。姐姐，你也早些歇息吧。"李云博说着，站起来笑道，"弟弟送你回去。"

"岫南，你的手……"魏柳烟被他扶起，突然触到他满是血迹的手背，不禁记起了他的伤来，语无伦次地问道。

"没事的，一点皮肉之伤，过几天就好了。"李云博依然若无其事，送她进了客房，然后折身回去了。

魏柳烟回到房里，关上门，毫无睡意。她将蜡烛的灯芯拨亮，呆呆地坐在梳妆台前，然后展开那方满是血污的罗绢手帕，满怀心思地看了起来。过了好一阵子，又从自己的袖中掏出一个玉佩来，这是李云博一年之前，和他私订终身时送给她的信物。她将玉佩轻轻地放在手帕上，静静地端详了半晌，突然间泪如泉涌，伏在案上，嘤嘤戚戚地痛哭起来。

第九章
DIJIUZHANG

山河破碎

❖ 一、南汉势如破竹，李璟终于坐不住了 ❖

十月首日卯时，李璟升朝，召文武大臣商议国事。朝礼之后，他开门见山地说道："各位爱卿，如今南国烽烟四起，楚国分崩离析，荆南兵压岳州边境，而南汉攻取靖江更是势如破竹，不久将尽收其地。我朝南方大国，岂能置身事外，坐视天下诸侯为所欲为！各位爱卿，有何良策，都快快奏来。"

枢密副使、兵部侍郎李徵古出班奏道："启奏陛下，楚国乱起，潭州、朗州、衡山各自为政，互为死敌，三湘四水已然千疮百孔。南方诸侯纷纷起兵，打着平息楚乱、解民倒悬的旗号，意欲瓜分楚地。如今靖江十数州已经快被南汉吞并，如若我朝依然按兵不动，潭、朗、岳、邵等楚国腹地，尽为他国所收。微臣恳请陛下立刻进兵潭州、岳州，站稳脚跟再取朗衡邵永之地，得到楚国大部国土之后，再与南汉刘晟一决高下，争夺靖江十数州。微臣愿亲率大军，为皇上开疆拓土。"

御史中丞江文蔚出列反驳道："启奏陛下，微臣以为不可。楚国内乱重生，南方各国趁火打劫，攻城略地，荼毒生灵，虽然热闹，但终究是空忙一场。俗话说，百足之虫死而不僵，一个曾经辉煌数十载的大国，那么容易被灭掉吗？更何况，我朝如今正处战后休养、革故鼎新、积蓄力量之关键时期，开疆拓土时机未到，更有吴越钱氏背后作梗，北方大周兵压两淮，如若战端一开，尽收靖江之地的南汉得陇望蜀甚至兵进江西，荆南也从北面和我们争夺岳州，我朝将与五国开战，必然四面受敌。微臣以为，实力尚不强大、羽翼有待丰满之时，还是先解决国内事务、发展经济为好。一旦内政修好，国势昌隆，再兴兵讨伐，一定所向披靡。如若不量力而行，强起兵戈，万一遭遇挫败，必将前功尽弃，甚至危害社稷安稳啊！臣请陛下三思。"

"江大人之言，何其荒谬！胆小如鼠不说，简直是腐儒言辞！"枢密使、兵部尚书陈觉也针锋相对，高声说道，"启奏陛下，当下，正是收取长沙之最佳时机。刚才李侍郎已经说过，南方诸侯纷起，就看谁敢挺身而出。乱世之中，饿死胆小的、撑死胆大的。至于北周、吴越，根本不足为虑。微臣得到密报，北辽、北汉已经组成十万联军，即将南下，共同讨伐郭威，北边战事吃紧，周国根本无力南顾。而且，我朝已与吴越议和结盟，又与南汉、荆南遣使通好，他们绝不敢侵我疆土，因为开罪我泱泱大国，那就是自寻死路。由此看来，收取楚国，十拿九稳。微臣奏请：立即命袁州边镐率军入潭，不出

月余，楚国大部国土，必为我朝州县。"

右仆射同平章事孙晟急忙出列奏道："启奏陛下，老臣以为不可。楚国已经称臣我朝，唐楚一家，取之不义。更何况江中丞所言，句句在理，此时取楚，风险极大。老臣恳请陛下，将好战黩武之祸国奸贼罢出朝廷，永不录用！"

左仆射同平章事冯延巳站了出来，他稽首道："启奏陛下，老臣有话说。孙相一干文臣，害怕武将立功，一再阻止起兵，有违今年皇上颁布的基本国策，恳请陛下法办。年初，皇上密定新春圣谕，其要旨是'稳中有进、大守小取'，这图楚大计，就是小取根本。如今已是初冬，一年将至岁末，如不立即实施，这国朝大策，岂不成了一纸空文！况且，长沙客省主事魏迪勋已经来到金陵，再次请求援兵剿朗，天赐良机，不取楚国，更待何时？至于长沙马希崇，政变上位，无辜诛杀十余名大臣，而且惨无人道，诛杀数百口家人，我朝中书侍郎刘光辅一家，除了千金小姐刘如霜恰逢外出幸免于难外，其他人全部遇难。尤为可恨的是，他们诛杀刘光辅等人的借口是：暗通南唐、卖国求荣。既然刘光辅奉马希萼之命结好南唐是通敌卖国，你马希崇来搬什么援兵！如此藐视我朝，岂能坐视不理！此等暴君，祸害家国黎民，留之何用！他既然邀我入潭，我们何不借机一举图之！老臣奏请：以援助长沙为名兵进潭州，攻取长沙，同时派武昌节度使刘仁瞻攻下岳州，然后合兵一处，围剿朗州和衡山。老臣预计，年底之前，楚国可定也。"

"嗯，冯相之言，甚是在理。"李璟听了战和双方的奏陈，对冯延巳的发言很是首肯。他看看站在靠后边的李云博，问道，"李翰林，你岳父一家惨遭不测，朕甚是悲痛，还望爱卿节哀顺变。这个仇，朕一定替你报！如今，爱卿还是赶紧派人，把未婚夫人接过来吧，唉……"

李云博揖首道："灭门之恨，不共戴天，妻门不幸，痛彻心扉！陛下挂怀此事，微臣感恩涕零！只是……微臣未婚夫人性情刚烈，一定想方设法报仇雪恨，如今不知身在何处，生死几何……"

"爱卿不必担心，朝廷派人去找！"李璟看见李云博焦虑万分的样子，当场表态。顿了顿，他又问道："李爱卿，对于双方战和主张，李爱卿有何高见？"

"多谢陛下。"李云博本不想发表意见，但被皇上点了名，也只得硬着头皮出列，他躬身道："启奏陛下，双方各执一词，难分高下。微臣以为，冯相之言，甚是在理，此时攻楚，绝对手到擒来。但臣有一隐忧，不知当不当讲。"

李璟道："哎，开朝议事，应当知无不言嘛。爱卿不必忌讳，但说无妨。"

李云博道："微臣岳父一家满门抄斩，实乃马希崇被逼无奈，病急乱投医，中了朗人的剪羽之计。马希崇滥杀大臣来求自保，不仅君臣无德，而且尽失民心，已经穷途末路。马楚江山即将倾覆，任何人都无力回天。此时取之，时机正好。但问题是，微臣以为取长沙易，得长沙难。"

"取长沙易，得长沙难……李翰林此言何意？"冯延巳听他支持进兵，不由窃喜。但听着听着，发现这末句一出，原来是正话反说，于是赶紧追问道，"取了长沙，不就得了长沙吗？一回事，真令老夫费解。麻烦学士不吝赐教，为我等拆解。"

李云博道："冯相客气了，岂敢岂敢。启奏陛下，微臣言下之意，是说出兵攻取长沙，已如探囊取物、易如反掌。但要真正统治长沙，将楚国臣民化入大唐治民，却是难上加难。楚国自马希广以来，已经出现分而治之的局面，州县各行其是，难听王室号令。如今兄弟争国重起，除了靖江之地即将全失之外，剩下诸州居然出现三处政权，各自为政，互相为敌，一盘散沙。此时即便取得长沙，要想收拾全境，难度不小。更何况湖湘之人一直将屈原视为国魂，甚至许多人都以其后裔自居，爱国之情隆盛，守土意识强烈。加之楚人好斗，野蛮成性，不服王化，一旦我朝兵进长沙，激发出湘人的爱国激情，说不定会空前团结，到时候……"

"哎，李翰林过虑了。"冯延巳生怕李云博搅了他发兵奏议，打断他的话，说道，"启奏陛下，李学士之言很有见地。他的话，提醒了我等君臣，要取长沙，更要得到长沙。此番进兵，不能大动干戈，而是兴仁义之师，讨无道乱贼，警惕滥杀无辜，祸害黎民百姓。因此，老臣建议，严令边镐将军整肃军纪，沿途秋毫无犯，并围困长沙，趁机逼降马希崇，力争不费一兵一卒，拿下长沙。然后广施仁政，惠及三湘四水，不出期年，三湘故民莫不拥戴，到此之时，长沙不就自然纳入我朝版图，湘人也不就成为大唐臣民了吗？"

"冯爱卿胸有韬略，思虑长远，朕甚欣慰。"李璟赞赏了一句，看着一直默不作声的韩熙载，问道，"韩爱卿，你为何一直不吭声啊？"

韩熙载出列道："启奏陛下，微臣奏议，年初就已上疏，并在廷前公论多次。既然微臣所言，与冯相大政南辕北辙，夫复何言！"

李璟道："韩爱卿，你赌什么气呢，朕不是提请朝会议决嘛。你还有什么话，就直说吧。"

韩熙载道："微臣以为，孙相、江中丞等人言之在理，是为陛下着想，是为江山社稷长治久安着想，是为大唐未来长远着想。冯相等人急功近利，是为自己着想，是为个人功名利禄着想，是为他们升官发财封妻荫子着想。李翰林的话，更让我等预料得出，此时发兵，祸害将临，不得寸土，空损国力。如若图楚的结果和图闽一样，陛下为何还要听信谗言，不鉴昨日，盲目出兵呢？微臣恳请陛下三思。"

"你……"冯延巳怒道，"尚未出兵，你就胡言乱语、动摇军心，真是罪大恶极！启奏陛下，韩熙载诅咒朝廷兵败，这于即将征战来说大不吉利。臣请以妖言惑众之罪，罢免韩熙载一切官职，打入死牢，待到大军出征之时，斩其首以祭大旗！"

"哈哈哈哈……"韩熙载大声笑道，"如若老夫的头颅，能够使得楚国平定，实现长治久安，大唐多了如此一块富饶国土，我韩熙载又何须吝啬一颗项上人头！冯相，不如暂且留着韩某人头，等到楚国安定、大军凯旋之时，再砍下来庆功也不迟啊！如若不成、恰得其反，冯相是否也肯献颗人头谢罪呢？哈哈哈……"

"你……"冯延巳怒不可遏，涨红了脸说不出话来。

"好了，都别争了。朝堂议政，言者无罪，怎能出口就是免职下狱问罪甚至斩首呢？"李璟站了起来，清清嗓门说道，"朕意已决，无需多言。传朕旨意：任命信州刺史、袁州大营都督边镐为江西诸道兵马大元帅、定楚都部署，统领洪、袁、饶、信各路兵马，立即着手攻取潭州，枢密院全权统筹军务，户部积极协助粮草钱饷供应。客省使姚凤先行出使长沙，告知马希崇，我朝愿意出兵协助讨朗，宣示我朝立场，具体事宜，着孙晟与姚凤一起会商议决，重点是要稳住马希崇。哦，对了，一定要他们公开处决滥杀无辜的徐威，此人不除，难平民愤。此次兴仁义之师，一定要严明军纪，秋毫无犯，不仅要取下潭州岳州甚至朗州，更要真正得到楚地民心，使三湘四水化入大唐圣治，永葆安定祥和。都听明白了吗？"

众臣齐道："皇上圣明，臣等谨遵圣训。"

孙晟奏道："启禀皇上，刚才陛下旨意，要朝廷派人寻找刘千金。老臣奏议，不如请客省使姚凤大人牵头办理，密令黑云军协助，将刘千金找到并送往金陵来，早日与翰林学士李云博完婚。"

李璟道："嗯，准奏。"

陈觉道："启奏皇上，由袁州方面独取长沙，力量单薄，时间可能会拖得太长，微臣恳请朝廷命武昌节度使刘仁瞻配合行动，先期率长江水师逆水而上攻取岳州，一方面给长沙制造压力，另一方面与袁州大军形成掎角之势，更有利于快速夺取潭州之地。"

李璟道："准奏。"

冯延巳出列拱手道："启奏陛下，入湘定楚，乃我朝一统江南大业之第一步，事关重大，一旦实施，必将惊天动地。老臣恳请陛下起驾南巡，歃血祭天，赐剑拜帅，登台点将，号令三军，然后誓师西进。"

"嗯，很好，准奏。三日之后，朕就起驾南巡，亲自前往洪袁登台拜帅。朝中政务，由皇太弟主持，孙晟协助。还有别的事吗？没有了，那就退朝！"李璟说罢，也不等朝臣山呼"万岁"叩恩大礼完毕，就转身进了后庭。

李云博上前扶起仍然匍匐在地的韩熙载，搀着他出了大殿。两人无话，一直到了宫门外，才分手离去。

◆ 二、登台拜帅，南唐将士气壮山河 ◆

第二天，李云博突然接到朝廷通知，他被朝廷挑选为南巡驾前侍书，作为随行官吏，两日后跟着皇帝一起南下，要他赶紧做好准备。

临行前，李云博对府上事务作了安排，尤其是对魏迪勋一家，反复交代一定得好生照顾。他还去了魏氏一家人住的东厢客屋辞行，说是长沙又将乱起，要他们眼前千万别回去，等过了这个是非时节再说。魏迪勋起初不肯，执意要回去复命，当听说客省使姚凤已经动身前往长沙，更加要起身去追赶。李云博道："姚大人已经走了一天了，你如何追得上？他本该和你一起去长沙，却没有知会你，这不明摆着的，是要你留下来吗？况且，现在回去，的确太危险。姚大人已奉皇上和朝廷之命，到了长沙会不遗余力寻找如霜姑娘，只要找到，就会把她接到金陵，跟我们一起团聚。"

魏柳烟道："是啊，爹爹。如若如霜妹妹来了，您就作为长辈，亲自为岫南他们操办喜事。"

魏迪勋道："老夫是职守大楚邦交的外事大臣，不是主持婚丧嫁娶的礼官，难道为了参加他们的婚事，什么事都不干了，就住在这里干等？"

魏柳烟道："那你说，如霜妹妹如若来到金陵，除了我们，还有谁做她的娘家人啊？如今要是回去了，难道他们大婚之时，我们再赶回来？我们先留在金陵避难，等到岫南他们完婚了，再回长沙去，也不迟啊！多好的事，就你偏偏不行！"魏迪勋被女儿抢白几句，才没有坚持。

李云博和满朝文武大臣一起，跟着皇帝李璟巡幸江西。一路上风光无限，走走停停，终于在三天后快近未时到达洪州。众臣僚都饿坏了，先送皇帝住进新修的行宫，然后就进驿馆住下来。草草用餐稍事休息之后，又随皇帝起驾巡视南昌城，还去了滕王阁观景。翌日就早早起身，前往袁州大营登台拜帅。

到了袁州城郊，远远望去，初冬的袁州大营校场里，军威震震，旌旗猎猎。李云博跟着大家一进辕门，但见刚刚搭就的点将台矗立高耸，突兀眼前，甚是引人注目。高台周围竖着"大唐袁州行营""江西诸道兵马大元帅""定楚都部署"等各种旗幡，台中一面紫色大旗随风招展，旗高丈余，上面金线绣成一个斗大的"帅"字，正在那里迎风招展。

吉时已到，李璟带领文武百官登上点将台，大盖御辇刚一现身，满营将士一起行了军礼："皇上万岁万岁万万岁！"

李璟见到这种场面，很是激动，他挥手示意道："众将士平身！"

"谢陛下！"

等到皇帝及诸位大臣安坐之后，枢密院使、兵部尚书陈觉身着紫色朝服，威风八面地站了起来，只见他走到台前，一定身就大声说道："紫气东来，祥云普照。今日，我大唐皇帝南巡洪袁，驾临袁州大营，军门幸甚，袁州幸甚！"

满营将士齐声高呼道："军门幸甚，袁州幸甚！"

陈觉双臂一挥，欢呼声戛然而止。他又说道："皇上驾临，只为一事儿来，那就是，登台拜帅，提振士气，誓师西进，戡乱长沙。本院宣布：吉时已到，仪式开始。鸣响战鼓三通，奏响军乐三章！"顿时战鼓雷响，军乐大作。

乐声停歇后，陈觉道："恭迎皇上沐手焚香，歃血祭天；领政大臣、左仆射同平章事冯延巳净手燎纸，礼部有司上三牲及各类祭品！"

一时间，烟雾缭绕，礼乐大作，牛、猪、羊等各类祭品琳琅满目，忙碌了好一阵子，才完成这大典的启祭仪式。

陈觉道："恭请左仆射同平章事冯延巳大人宣示圣谕！"

仆射同平章事冯延巳也一身吉服，站起来展开圣旨，大声诵道：

奉天承运皇帝诏曰：

诸侯争锋，天下大乱，烽烟四起，百姓涂炭。我朝邻属楚国，近年来兄弟争位，祸起萧墙，将领叛乱，臣僚失德。朗州刘言王逵等，背叛楚廷，投靠北朝，气焰嚣张，振戈东指，意欲尽收潭州之地，长沙危在旦夕。若不及时救援，湖湘大地必将战祸横生，国家分裂，黎民遭殃。为天下大义，朕决定施以援手，帮助马楚王室讨伐叛贼，平息内乱，还湖湘百姓一个安定祥和之家园。兹任命：信州刺史、袁州大营都督边镐为江西诸道兵马大元帅、入楚都部署，统领洪、袁、饶、信各路兵马，挥师西进，解救长沙燃眉之急。钦此！

冯延巳念罢，就大声喊道："请边镐接旨！"

边镐一身戎装，健步上台接了圣旨，跪地称颂道："末将领旨，吾皇万岁万岁万万岁！"

陈觉又道："恭迎圣驾，为大元帅颁印、授旗，并赐大元帅尚方宝剑！鼓乐齐奏，满营将士行见驾大礼！"

顿时，军鼓军乐大作，满营将士齐刷刷大礼见驾，然后齐声山呼："皇上万岁，大唐万年！"

李璟坐在御辇上，被一群健壮的御林军缓缓抬到前台。紧随辇后，一边是掌书少监吴公公，另一边为内侍少监黄公公，两人手里都捧着金灿灿的黄金盘，盘内放着一枚大元帅玉印、一口尚方宝剑和一盒大元帅令旗，在一群身着皇家盛服的宫人侍女簇拥下，跟上前来，只待辇车一定身，都跟着站定。御辇来到尚未起身的边镐跟前，李璟就起身，先将帅印颁给他，将令旗授给他，又将尚方宝剑赐给他，然后坐下来说道："边大帅身负朝廷重托，担子不轻啊。愿大帅竭尽全力，平定潭朗之乱！"

边镐三拜九叩行了大礼，口中不停地念道："陛下隆恩，边镐誓死以报。陛下重托，微臣赴汤蹈火，在所不惜！"

李璟道："爱卿平身吧。"

边镐又稽首道："吾皇万岁万岁万万岁！"说着就起身侍立。

陈觉又道："请边镐大元帅宣誓就任！"

边镐左手捧着圣旨、大印和令旗，右手握着尚方宝剑，神色凝重地走上前台，大声说道："将士们，皇上九五之尊，亲率满朝文武南巡，驾临袁州，登台拜帅，犒劳将士，提振军威，这是袁州大营建立以来的首次，给我满营将士带来莫大荣耀！边某不才，担此大任，着实如履薄冰、如临深渊哪！承蒙皇上信任，吾辈唯有精诚团结，竭尽全力，平定长沙，不辱使命，才能不愧于皇上恩典，不辜负朝廷重托！沐浴着浩荡皇恩的将士们，养兵千日，用兵一时，我们江西诸路兵马尽忠皇上、效命朝廷、为国驱驰的时候到了！"他突然高高举起尚方宝剑，高声喊道，"边某在此立誓：不定长沙，绝不生还！"

将士们也一个个摩拳擦掌，齐声喊道："不定长沙，绝不生还！"

边镐宣誓完毕，陈觉说道："恭请陛下圣训！"

李璟闻言，缓缓下了御辇，款款走上前来。他春风满面，不怒自威，环视着鸦雀无声的大营，清清嗓子说道："将士们！朕此次南巡，就是来拜托边镐大元帅，拜托洪、袁、饶、信各路兵马，拜托在场所有将士，把我们一衣带水的邻居楚国、陷入战乱的湖湘大地，从深重的灾难之中拯救出来，你们务必完成这重大使命！一直以来，大唐朝廷雄立江南，以文兴邦，以武定国，睦邻亲善，一言九鼎，担当着天下道义。如今马楚王廷分崩离析，江山社稷岌岌可危，黎民百姓苦不堪言，大唐若袖手旁观、不施援手，他国将会乘人之危、趁火打劫，楚国将被他国所灭，这是我们都不愿看到的。为什么，因为唇亡齿寒，因为楚国亡了，下一个就轮到我大唐国！将士们，愿不愿意看到，兄弟邻国陷入混乱，甚至受他国欺凌啊？"

"不愿意！"

"那就好，那就好！"李璟望着大家，继续说道，"各位将士，你们一定要记住，此次大军西进，不是攻城略地，不是消灭敌人，更不是灭国战争。你们是受马氏王廷邀请，入长平叛，为马氏铲除叛逆，恢复国家秩序。我们进入的，不是敌国，而是邻邦。因此，一路西进，所到之处，必须严明军纪，秋毫无犯。朕约法三章：禁止烧杀掳掠，禁止骚扰百姓，禁止践踏农田，违令者，杀无赦！"

"皇上圣训，誓死遵从！"

"很好！"李璟满意地点点头道，"刚才，边大帅说得好，养兵千日、用兵一时，将士们，你们报效朝廷、建功立业的时候了！孙子有云：不战而屈人之兵，是为上策。你们一定要展示我大唐仁义之师形象，要以我大唐军威，震慑叛军逆臣，迫使他们主动投降。一旦遇到冥顽不化者，坚决迎头痛击，绝不给喘息机会。你们要胜不骄败不馁，英勇顽强，不畏强敌。等到你们胜利归来，朕再来袁州大营，为你们摆酒庆功。将士们，你们意下如何？"

"皇上圣明！我等一定尽忠陛下，不辱使命，报效朝廷！"顿时，袁州大营声如雷动，气壮山河。

过了好一阵子，陈觉又道："登台拜帅程式结束。恭请陛下阅兵劳军……"

紧接着，李璟在枢密院、兵部以及袁州大营的主要将帅的陪同下，检阅了袁州大营万余大军，然后进入各个驻军地点，犒劳即将出征的部队。直到下午，才回到袁州大营中军大帐，会同冯延巳、陈觉、边镐等大臣，仔细商议起进兵长沙的具体细节来。

李云博作为驾前侍书学士，参加了所有的大典活动，他对南唐朝廷假仁假义的嘴脸和惺惺作态之举，很是反感，他也只能忍着。他没有资格参加中军大帐的战事密商，因此，也并不清楚西进长沙的具体策案。但李云博料定，有诡计多端的奸相冯延巳在场，暗中密授机宜，这进军策略一定会出人意料，甚至会让人瞠目结舌，湖湘大地又将会出现怎样的格局呢，他不知道……想着想着，李云博情不自禁地打起寒战来。

◈ 三、随驾南巡的不期之遇 ◈

忙了一天，疲惫不堪的李璟仍然顾不上休息，利用晚宴机会，在中军大帐里，接见了一批降将。他们主要是去年楚国内乱长沙城破后，逃出城来并投降边镐的刘彦瑫、李彦温等一干楚国将领，以及部分被解救出来的马氏王族。这次接见中，李云博意外地遇见了大半年不见的二嫂马馥湘。自从长沙城破、二哥战死以来，馥湘公主就一直杳无音讯，而且二哥曾经交代，馥湘公主已有身孕，远远看见她一眼，身体状况没有看真着，也不知道现在她生了没有。这次偶然撞见，挑动了李云博的神经，马上变得坐立不安起来。

在返回洪州行宫的途中，李云博上奏皇帝，声称边大帅和自己曾是旧识，想投帖拜望叙叙旧情。李璟想都不想，就准奏了，只是要他明日起驾回京之前赶回行宫来，并吩咐左相冯延巳调拨十余名御林军随行。

李云博立即起身赶回袁州大营，递上谒帖求见边镐。边镐一天下来，陪着皇帝和随行众朝臣祭天拜地，登台接受皇帝加封，就任兵马大元帅要职，还陪皇帝四处劳军，忙得骨头都快散架了，早已疲惫不堪。刚刚送别皇帝，一回到大营就听说有人投帖拜谒，想都不想就拒绝了："不见。"营门尉只得出来跟李云博说："翰林大人，边大帅忙乎一天累得不行了，得休息了，什么人都不见。"李云博道："敢问军爷，您告诉他，我是李云博了吗？"营门尉道："没有。我还未通报，他就将手一摇……"李云博连忙施礼道："有劳军爷了！只要您通报了在下名姓，然后帮忙递上谒帖，保证大帅一定会见在下。"营门尉迟疑道："这……那我试试吧。"

果不其然，边镐听到来访者是李云博，一把抓过帖册，大为震惊。他没想到，这个去年曾经乔装改扮私闯中军大帐、一把火烧了袁州炮火营、搅得洪袁一带鸡犬不宁的敌国少年，如今居然摇身一变，成了本朝的翰林学士，而且跟着皇上南巡洪袁，为他册礼加封，个中滋味，真有点五味俱全。今日可能太忙，人也太多，整个仪式紧张至极，倒没发现这小子来了。既然他找上门来，哪有不见之理！主意已定，边镐抖擞精神，大声喊道："敞开行营大门，卫士列队，军乐奏起，大礼恭迎翰林院李学士大驾光临！"

李云博也不客气，大摇大摆穿过仪仗拱卫的过道，然后在边镐的引领下进了中军大帐，分宾主坐定。李云博施礼之后，开口说话了："晚生此次侍驾南巡，荣幸之至。故人相逢，特来恭喜边大帅高升！"

"翰林大人盛意，边某先谢了。"边镐道，"只是边某心存疑惑，你我一直明争暗斗，也算得上故人？"

李云博站起来，哈哈大笑："怎么不是故人？去年爆竹节期间，你化名若边和尚云游到瑶池，大清早在南川河边和晚生狭路相逢，差点撞了个满怀。大帅不记得了？"

边镐道："当然记得！边某还借参观之名，偷偷察看火药库房和爆竹仓储，被你小子发现，赶紧离开了。"

李云博道："我当时就奇怪，一个云游僧，怎么会对石砌的老仓库感兴趣。原来你是项庄舞剑意在沛公，你是对我家的火药感兴趣！哈哈哈哈哈……"

边镐道："不瞒你说，边某当时就是想看看，火药在哪儿造，爆竹是怎么做的，可是你们家族有规定，不让参观。边某只得找个瞻仰庆诸大师墨迹的借口，到后山库房逛

逛。李翰林你别多心，边某当时倒没有打你们火药秘方的主意。"

李云博道："哦？晚生就弄不明白了。敢问边大帅，那你爆竹节前一天，和江世敦他们一伙人，从头到脚都披着黑斗篷，到西门璞府上干什么？"

边镐道："怎么可能？边某是一大早从石霜寺里出来的，怎么可能……"

李云博道："大帅真是贵人多忘事！你记不记得，出门的时候，你和玩耍回来的西门策撞了个满怀。当时你头上斗篷掉落，被人看得一清二楚。"

"这个……也有人看见？"边镐顿时大惊。

李云博道："何止这个！你云游岳麓寺、开福寺，参观各处集市关隘，打着云游僧的旗号到处东游西荡，名为讲经布道，实则踏勘地形，为你日后进兵楚国做准备。如今万事俱备，东风已吹，只要你一声令下，数万大军就要大举攻楚了！边大帅，晚生说得对不对啊？"

边镐见旧事被人揭穿，红着脸大窘道："哎呀，翰林大人，都过去了，就别再提了！"

"都过去了吗？"李云博不依不饶，"你边大帅一听到我李云博的名字，肯定恨得牙根痒痒。去年，晚生乔装成西门璞，夜入你的中军大帐，套得了许多军机要请情。尔后趁着你们麻痹大意的空档，一把火烧了炮火营。这些事儿，也都别再提了吗？"

边镐道："都别再提了。你李岫南少年早慧，足智多谋，我边某甘拜下风！"边镐终于放下架子，起身施礼道，"俗话说，不打不相识嘛！以前是各为其主，自然会你死我活。如今你我同朝，共辅大唐，应该齐心协力、同舟共济才是！尤其是图楚在即，将来边某还得仰仗大人和大人的父老啊！"

李云博道："大帅抬举，晚生可没那么多能耐！不过，刚才进营的时候，大帅又是仪仗又是军乐，仿佛在跟晚生摆谱……"

"翰林大人真是明察秋毫！适才边某一时糊涂，多有得罪，还望海涵！"边镐又起身谢罪，突然话锋一转，"李翰林事驾南巡，杀个回马枪，应该不是特意祝贺边某的吧？边某一介武夫，不懂多少虚文，大人有何差遣，尽管吩咐就是，无须拐弯抹角。"

李云博笑道："边大帅真是痛快！晚生有一私事，望大帅拔刀相助！"

边镐道："私事？没问题。只要边某力所能及，一定尽力而为。"

"多谢大帅。"李云博应了一声，就把想见二嫂马馥湘的事情说了出来，请边镐帮忙。

边镐一听，笑道："小叔子要见嫂嫂，那肯定不是好事。偷腥揩油还是……"

李云博骂道："你个老不正经的边和尚！你念的什么经啊，拜的什么佛啊，明儿我回了金陵，到栖霞寺大悲殿观音菩萨真身面前告你去！"

"别别别……玩笑嘛，李大人别当真！"边镐一听李云博要到观音真身面前告状，吓得赶紧收了笑容，认真地说道，"这事好办。馥湘公主和其他马氏王族刚才被皇上接见，应该回去了。她就住在袁州里清街西头，边某就差人送你过去。"于是起身叫人进来，一一作了安排。

李云博没费什么工夫就见到了马馥湘。可是见面时的情形让李云博很不痛快。

当他跟着一个官吏来到马馥湘住处，刚到院子里就听到里面有一男一女说话。

男的道："湘湘，我对你一直情有独钟，以前爹爹身居右司马，跟你父王提亲，你却以死相逼，拒绝这门亲事；现在你父王母后没了，夫君也战死了，流落他国异乡，还不能接受我吗？"

女的道："你别做梦了！我马馥湘虽然已经不是公主了，但仍然是马氏王室血脉，这人伦道德还是懂的。我既然嫁给了李云铎，就是瑶池李氏的人了。而且，我们的孩子已经出生，我要做一个好母亲，绝不愿意孩子将来受任何委屈……"

男的道："我一定当好他的继父，绝不会嫌弃他，你相信我好不好……况且，我答应你，只要你答应了我，我就立刻替你报仇！"

女的道："你刘成璧什么人，当真我不知道吗？我会信得过你，别在这里浪费口舌了。你别光说不干，有本事，提着马希崇或者徐威的头来，我立马就嫁给你！"

"马馥湘，你别把话说绝！"男的有些气急败坏，"我爹救了你的命，费了很大力气把你们从长沙救出来，你就没有一点感恩之心吗？俗话说，滴水之恩、涌泉相报，生当陨首，死当结草……你就当感恩我刘氏，嫁给我好不好？报仇嘛，得慢慢来……"

忍无可忍的李云博冲进屋里，只见馥湘公主抱着熟睡的孩子，刘成璧正在一边死皮赖脸，甚至要动手动脚。见此情形，李云博勃然大怒，上前一把扯开刘成璧，大声骂道："刘成璧，你也太无耻了吧！欺负孤儿寡母，算什么本事！"

刘成璧一个趔趄摔了个半倒，他恼羞成怒地爬起来站定，拔出剑来怒骂道："哪个不知死活的东西，竟敢管二爷的闲事！"

跟随而至的御林军一拥而上按住刘成璧，领头的校尉下了他的剑，扇了他几个耳光道："何方蟊贼，竟敢出言不逊，冒犯翰林大人，该当何罪？"

刘成璧定眼一看，眼前这个绯服官员原来是李云博，又听到御林军校尉称呼他是"翰林大人"，顿时吓得两腿一软，结结巴巴道："李大人恕罪！小的再也不敢了！"

李云博骂道："你这猪狗不如的东西！去年醴陵大营，本学士的手段你还没尝够吗？要不，再送你五十军棍？"

刘成璧大恐，顿时面如土色，求饶道："翰林大人饶命，小人一时糊涂，以后绝不敢了！"

李云博道："刘成璧，馥湘公主金枝玉叶，会看上你这纨绔子弟？你说，你除了吃喝玩乐嫖赌逍遥之外，你还会干什么？我告诉你，你再敢来骚扰她娘儿俩，我一定拧下你的项上狗头！马上给我消失，别脏了我的眼睛！"

众军士放开刘成璧，他就扑通一声跪下，使劲地磕头谢恩，还说了一大堆奉承话。

李云博道："还不快滚！"刘成璧听了，赶紧爬起来，一溜烟地跑了。

马馥湘见是李云博，顿时悲喜交加，不禁泪如泉涌，泣不成声。李云博命御林卫士门外候着，便施礼道："岫南见过嫂嫂。嫂嫂流落他乡，一直杳无音讯，请恕小弟不力之罪。"

马馥湘拭着眼泪道："岫南，我不会怪你的。我知道，你的日子比我更难过。这不，我们不是见面了吗？"然后，两人就聊了起来。相互得知近况，都唏嘘不已、感慨万千。

聊了一阵，李云博看见尚在襁褓的婴儿，于是问道："二嫂，侄儿出生多久了？"

马馥湘道："七月生的，已经满了百日。"

李云博道："可曾取名？"

马馥湘道："还没有。只是我平素唤他猪儿，他属猪嘛。叔叔既然来了，就给他取个名吧。"

李云博道："我瑶池李氏孩童取名，历来是家族大事。不仅要祭拜祖先，还要置酒问卦，最好是在晬盘之期，试试他的志向，然后根据辈分、兴趣等方面综合考虑。我哪有这等资格啊！"

马馥湘道："天下大乱之际，性命尚且不保，还哪能有那么多讲究！叔叔学富五车，博古通今，给他取个名字也是他的福分。"

李云博想了想道："那就恭敬不如从命吧！李氏族谱的辈分，云字辈后面，就是慕字辈。大哥的儿子五岁了，名叫慕光，字继业。大哥的字是'光升'，慕光的名字是从他爹的字里面来的。不如我们依葫芦画瓢，也照此法给他取名吧。"

马馥湘道："嗯，这法子不错。按此推算，那猪儿的名就叫慕坚，李慕坚。他爹的字是'自坚'嘛。"

"对，李慕坚。也取个字吧，《说文》云：'坚者，刚也。'就叫他守刚吧。"李云博说着，突然停下来，看了眼尚且熟睡的侄子，不无感慨地说道："二哥，你看看你的儿子吧。你若九泉之下有灵，一定要好好保佑他们母子平安！"话刚说完，李慕坚突然"哇"的一声大哭起来。马馥湘赶紧起身哄他，又连忙喂奶给他吃，不一会儿就不哭了。李云博伸手抱过他，没想到刚满百日的李慕坚并不认他的生，还和他咿咿呀呀对起话来，喜得李云博眉开眼笑。

马馥湘道："真是奇怪。平素啊，只要生人碰了，就会号啕大哭。你抱了好一阵子了，他依然笑个不停。"

李云博道："俗话说得好：人骨头不做假。亲就是亲嘛，我可是他的亲叔叔，他爹和我，一母所生！他不跟我亲，跟谁亲啊！"

叔侄玩了一阵，李云博就将婴儿交给马馥湘，问道："二嫂，你今后如何打算？"

马馥湘道："还能怎样？听天由命呗！"

李云博想了想，说道："不如，你回瑶池吧。那里，毕竟是家啊！"

马馥湘道："我也想回瑶池。可是，南唐这边不让，说是等到大唐一统三湘四水，再回去不迟。"

李云博道："南唐灭楚，就在眼前。我们三湘子民，眼看就要国破家亡了！这时候你们回瑶池，的确不妥啊！"

马馥湘道："这等既不能安民，又不能御辱的王室，亡了也罢。马希萼、马希崇，这两个王八蛋，亡国身死那是活该！只是遗憾，我这辈子，可能没机会手刃他们，为父王母后报仇了！"

李云博道："二嫂，俗话说，君子报仇、十年不晚。这仇，我们一定要报，但如今不是时候。等时机成熟，我们一定会报仇雪恨的。"

马馥湘点点头道："我相信，我们一定会报仇雪恨的！"

李云博看看时候不早了，站起来告辞，突然转身说道："二嫂，这个家伙老是来骚扰你，孤儿寡母待在这里不是办法。要不，你跟我去金陵如何？"

"嫂子带着侄儿，跟小叔子走，别人说起闲话喷起口水来，还不把我们淹死！"马馥湘摇摇头笑了，"但是你的好意，嫂子领了！"

李云博道："二嫂，我在金陵已经安家，皇上赐的府第，还赐了个小妾，管家杂役丫鬟十余人，府上一应俱全，方便得很，根本不存在什么流言蜚语。"

马馥湘大吃一惊，她没想到，李云博正房没娶，就纳了妾，正要开口问原因，只见李云博道："二嫂，时间紧迫，等过去后给你细说吧。"

马馥湘就不再问了，但又有些担心："我去金陵，袁州这边会同意吗？还是不行，我们孤儿寡母会给你带来很多麻烦。"

李云博笑道："二嫂放心，小弟有办法。你赶紧收拾，明天一大早我来接您。"他看看周围，见没有其他人在，低声说道："更重要的是，时机合适，我们好一起回瑶池。嫂嫂切记，千万保密！"

马馥湘听到这话一愣，随口回答道："我记住了。"他看见李云博远去的身影，咀嚼着这句无头无脑的话，半晌也没弄明白，究竟是什么意思。

四、蓄谋已久环环相扣，南唐逼降马希崇

马希崇会见南唐客省使姚凤之后回到上书房，喜忧参半。喜者，南唐终于答应发兵助他剿朗，有了南唐的帮助，不仅岌岌可危的长沙得以保全，而且他这个靠政变上位的大楚国君很可能被南唐国认可；忧者，南唐国书中明确提出要他立即公开处死残杀大臣、祸国殃民的奸贼徐威，还要他为刘光辅等一干冤死的大臣平反，这是南唐出兵的前提条件。马希崇犯难了。

虽然，马希崇知道，徐威为人阴险毒辣，喜好玩弄权术，甚至嗜杀成性，但一直以来都是自己的心腹，躲过湘水台的密杀，成功帮助胞兄马希萼入长，甚至为自己登上楚国君位立下汗马功劳，如今要拿他的命来讨南唐欢心，真有点下不了手。可是眼下，朗州刘言、王逵一伙步步紧逼，衡山马希萼、彭师暠也闹得很凶，南边靖江战事也甚是吃紧，刘晟的数万大军势如破竹挺进靖江，他不借助南唐保全长沙，还有别的办法吗？

正在犹豫之间，突然一个值守太监来报：连州刺史有紧急军务禀报，正在上书房外待召。他一愣，连忙说道："快传。"话刚落音，但见一个血满征袍的将领跌跌撞撞地进来，一见他倒头就拜："末将胡淮，参见我主。"

马希崇道："胡刺史免礼。有何军情，但尽禀来。"

胡淮道："回禀我主，南汉已经攻占蒙州、连州等数州之地，许可琼将军兵败已经逃往桂州，与桂州留后马希隐合兵一处，但随后被南汉大军包围……微臣兵败之后，连夜赶回长沙，面请丢城之罪。靖江十数州大半已归了南汉……而臣得知，南唐皇帝南巡袁州……"

"什么，南汉已占靖江大半，我的天啦……"马希崇一听，顿时瘫倒在龙椅上，"你丢了连州，这与南唐皇帝南巡有什么关系？"

胡淮道："启禀我主，靖江之地眼看就要落入南汉刘氏之手，而南唐朝廷也不甘人后，末将得到消息，南唐皇帝亲临袁州登台拜帅，任命边镐为江西诸道兵马大元帅、入楚都部署，看看就要攻取潭州，灭我大楚社稷……"

"胡说八道！大唐客省使姚大人刚刚走，说好了两国亲如一家，还要帮助寡人围剿朗州、衡山之敌呢，怎么会灭我大楚？"突然他一起身，拍案对地上的胡淮喝道，"身为一州刺史，丢失城池，还有脸进都谢罪，拖出去斩了！"

胡淮大声骂道："连州区区数千兵马，如何敌得过南汉数万大军的攻击？南唐大军磨刀霍霍，皇帝南巡钦点大帅，这一切就在两三百里外的袁州，而你等如瞎翁瞽叟，危机四伏、大厦将倾却视而不见。看来许可琼说的没错，回长沙报告军情，只有死路一条！如若听了他的话，也不至于白白送死！早知是死，何必千里奔驰，还不如就地自裁来得省事……"他一边骂着，一边朝马希崇唾去。

马希崇大怒："快拉出去，砍了！"看着胡淮骂骂咧咧地被推了出去，他又一拍书案，大声叫道："来人，传殿前军张统领即刻来见！"

不一会儿，殿前军统领张晖快步而入，跪地行礼道："末将参见我王殿下。我王千岁千岁千千岁！"

马希崇道："张将军平身。"

"谢殿下。"张晖起身问道，"殿下召见末将，有何旨意？"

"你们都退下，寡人有密务与张统领商议！"马希崇看看周围的太监侍女，吩咐道。看见他们都离开，于是说道："唉，如今大楚朝堂四分五裂，朗州祸起，衡山独立，刚才连州刺史胡淮来报，少弟希隐被南汉围困，靖江之地恐将全失……这如何是好？"

张晖道："末将听闻，南唐客省使姚凤大人不是已经知会殿下，愿意发兵助我讨朗吗？请殿下即刻下书，邀袁州大营边镐将军率军入长，先平定朗州祸乱，然后进剿衡山。等到湘北湘中平定之后，再设法收复南边靖江之地……"

马希崇道："唉，你看看这个吧，南唐国书。"

"什么？南唐要公开处决徐都统？"张晖看了国书，顿时大惊失色，"徐都统一直都是殿下的左膀右臂，如今掌握着潭州所有的军队，杀了他，不是自断羽翼吗？"

马希崇道："可是，南唐答应，只要杀了他，就立即出兵讨朗啊。不如此，又能怎样？寡人也是无奈之举啊！"

张晖道："殿下聪明一世、糊涂一时！想当初，朗州扬言大军压境为马希萼复仇，殿下派人求和，他们使用剪羽之计，说是马希萼旧将暗通南唐、作恶长沙，要殿下诛之就退兵，使得刘光辅等一干重臣惨死，既然是为马希萼寻仇，为何又要杀那帮旧臣，这不自相矛盾吗？可是如今，南唐故伎重演，殿下切勿上当啊！"

"寡人何尝不知！但是到如今，只有丢车保帅了！"马希崇无可奈何地叹息一声道，"没有别的办法，只能委屈徐都统了。你赶紧布置，今夜就带人将他缉拿，明日湘春门外行刑。哦，对了，请李公公和你一起去传旨吧。自今日起，你就是潭州马步水军都指挥使了。"

正在犹豫之中的张晖一听，顿时大喜过望，马上跪地叩头道："谢王上隆恩，末将领旨！"这个张晖，就是去年益阳临阵逃跑、而后又在长沙城外率军投降的那个步军指挥使，马希萼入主长沙后，他没有被重用，在潭州府任偏将，今年九月参与徐威政变，尔后被委以重任，做了负责碧湘宫警卫的殿前军统领，是个胆小怕事、投机钻营的无能之辈。听说杀了徐威就可以取而代之晋升高位，顿时热血沸腾起来。

可是第二天天还没亮，李公公就在寝宫门外求见，说是出了大事，张晖不仅没有抓到徐威，反而被徐威杀了。他听到侍寝太监禀报，一跃而起，披起衣服就往外赶。来到前厅，但见李公公双眼裹着白布，满脸全是血污，顿时大惊失色，惊恐万状地问道："李少监，这是怎么了？"

李公公放声大哭，摸索着跪在地上道："殿下，张统领已经为国捐躯，老奴也成了废上加废的瞎子了……请殿下为我等做主啊！"

马希崇大惊道："怎么会这样？你且，你且快快道来。来人，扶李公公起来，看座……"

"是，殿下。"待到坐毕，李公公就讲了事情的经过……

原来，耳目甚多并且垄断了天策府军政的徐威，早就得知了这一切。等到夜间张晖、李公公带人赶到徐威府上，反而被早就埋伏在周围的潭州府兵重重包围，张晖一看大事不妙，声称是被逼无奈，全部缴械投降。徐威勃然大怒，当场处死张晖，刺瞎李公公双眼，并和随行的数十名殿前军一起被投进城南监狱。几个殿前军勇士夜间秘密行动，利用城南监狱年久失修而且疏于监管的漏洞，将他救了出来，他第二天一大早就赶进宫来向马希崇报告情况……

"这，如何是好……"马希崇听罢，顿时手足无措，六神无主地待在那里。

李公公听到马希崇惊恐万状的声音，急忙说道："殿下，徐威抗旨并擅杀大将，已起不臣之心，殿下得及早防范啊！"

马希崇回过神来，急切地问道："以公公之见，该当何为？"

李公公道："如今天策府军政，尽归徐威掌握。王上除了殿前军、银枪都不到两千近卫军可以调遣外，已没有了任何可用保驾的力量。依老奴之见，当务之急，王上赶紧召见南唐客省使姚大人，向他说明情况，并遣使与他一道去袁州，邀请边镐将军入长平乱。除此之外，别无他法。"

马希崇听了，似乎找到一根救命稻草，连声说道："对对对，命徐守牧急召南唐特使姚大人，烦他去一趟袁州，请边将军星夜来长……"

话说徐威昨夜杀了张晖、刺瞎李公公之后，一夜都未睡安稳。他想着马希崇所作所为，恨得咬牙切齿："你既不仁，就休怪老夫不义！"于是决定一不做二不休，准备立即动手，除掉马希崇。天还没亮，他就起身，想马上调兵包围碧湘宫。出门走到院子里，黑暗中和一个人撞了个满怀。他没好气地骂了一句："谁他娘走路不长眼？"

那人道："都统老爷，是小老儿我，看门的老彭。"

徐威一定身，问道："老彭，慌慌张张的，有什么事？"

老彭道："回禀老爷，狱吏来报，城南大狱出事了，要急着见您。"徐威一惊，道："城南大狱出事了？快快叫他进来见我！"

正在说话间，突然，屋顶上飞出一个黑影，急速朝他奔来。徐威听得声响，扭头一看，只见一道寒光朝自己袭来。情急之间，他一退两让躲开剑锋，大叫一声"不好，有刺客！"黑衣人哪里肯放过，一抖剑横削纵刺地缠住他，两人在黑暗中厮杀起来。赤手空拳的徐威，只有招架的份，没有还手的力。被吓蒙了的老彭见状突然明白过来，猛地喊了一声："有刺客！来人呐……"府上顿时灯火通明，人声四起，家丁和值守府兵听到喊叫声，打着火把抄起家伙围了过来。黑衣人一见，于是急忙抽身，乱战之中被一个丁勇砍中，一个趔趄倒在地上。

"抓起来，要活的！"徐威大声喊道，"老夫要看看，究竟是谁要置我于死地！"

正当此时，突然，几个黑衣人翻墙而入，冲过来一阵砍杀之后，架起倒地的刺客就走。徐威急了，大声叫道："快围住他们，别让他们跑了！"几个黑衣人突然掏出一些物件来，朝地上一扔，一阵巨响，顿时浓烟滚滚，刺鼻硫磺气息弥漫四处，呛得人睁不开眼。等到烟消雾散，那伙人早已不见了踪影。这时候，天已经亮了。

徐威没好气地骂道："一干饭桶。"他看了一眼被吓愣了的老彭，突然想起了什么问道："城南大狱的人呢？还不叫他进来！"

早就进了门的狱吏拱手道："都统大人，小的在这儿。"

徐威看了看他，冷笑道："呵呵，适才进来看了热闹，还精彩吧。"

狱吏惊恐万状，突然跪地说道："都统大人，小的不敢！小的在门外听到喊声，知道大人遇到麻烦，情急之中就闯了进来……"

徐威道："好了好了，都过去了。看情形，肯定是湘水台余孽干的，只有他们有那放烟雾的火药球儿。快起来吧，你说说，城南大狱出了什么了不得的大事吧。"狱吏起身，说道："回禀都统大人，刚刚被投进监狱的李公公和十几名殿前军越狱逃跑了……"

"又一干饭桶，你们都是干什么吃的，几个人犯都看不住！"徐威一听气得他哇哇大叫，狠狠一脚将狱吏踹翻，"还不快滚，没用的东西！"狱吏赶紧爬起来，一拱手转身跑了出去。徐威顿时觉得情况不妙：李公公越狱，肯定已经跑去给马希崇通风报信去了，宫中绝对已有防范，这时候急匆匆地去抓马希崇，难度极大，看来得慢慢再想办法。而且适才刺客现身，看来湘水台又在对他下狠手，还是小心为上。于是打消立即动手的念头，转身悻悻地回房去了。

马希崇得知边镐亲率一万精锐部队抵达醴陵，顿时欣喜若狂，立即派客将徐守牧前往大营犒劳。徐守牧带着大批钱粮酒肉进得醴陵大营，受到边镐的热情款待。酒过三巡，徐守牧起身拱手道："边大帅受我主诚邀，亲率大军入潭，匡扶正义，解民倒悬，真仁义之师也。如今朗州叛将大兵压境，逆贼徐威又意欲作乱，大楚社稷堪忧，我主心急如焚。恳请将军即刻挥师北上，剿杀叛贼，平定叛乱，恢复楚国安宁治世。将军定国之功，将为楚国朝野千秋传颂。恳请大帅快快起兵。"

醉眼惺忪的边镐听了，站起来哈哈大笑："徐将军客气了。大军自袁州誓师启程，一路数百里，日夜兼程，早已劳顿不堪，早该歇歇了。今日抵达醴陵，就休整两日，然后北上不迟。将军少安毋躁，一两日，误不了大事。来来来，喝酒，喝酒！"

徐守牧一听急了，百般不解地问道："大帅一路劳顿，实在不假。可是常言道：兵贵神速。如若等两日再北上，潭州上下不知道乱成什么样子，说不定王都都已经被朗人攻破。边大帅，在下恳请大军即刻北上，帮助我主剿杀徐威后，平定朗州、衡山的叛乱吧。"说着，就要下跪。

边镐见了，一把扯住他，道："徐将军，你是否弄错了？本帅奉命入楚，是来平定王室内乱的，并非帮助马希崇剿杀徐威，也不会进击朗州，更不会帮他攻打衡山。本帅使命，就是问罪犯上作乱、发动政变的马希崇。你回去问问他，马希萼是大唐皇帝册封的新楚王，也是我朝的中书令，他从哪里长出来的狗胆，竟敢置我朝皇命于不顾，发动叛乱，流放楚王？要他等着，本都过两日就到长沙收拾他！"

徐守牧一听，顿时傻了眼。他惊恐万状地匍匐在地，战战兢兢地说道："边大帅，此话从何说起？数日前，皇朝客省使姚凤姚大人不是说得好好的，如若公开处决徐威，为刘光辅等一干冤死大臣平反昭雪，找到刘光辅都统大人的千金刘如霜，就立刻发兵帮助我主平定朗州之乱吗？怎么，大帅大军一进潭州，就变卦了呢？"

边镐冷笑道："变卦？本帅有吗？敢问徐将军，你们杀了徐威吗？刘如霜小姐如今身在何处？马希崇不兑现，却要我朝信守承诺，还要我们帮他剿杀徐威，这样公平吗？还不赶紧回去告诉马希崇，如若想活命，就马上献出潭州之地，举族投降。本帅承诺，只要他投降，我朝既往不咎，保他活命。"

马希崇听了连夜赶回来的徐守牧的禀报，吓得屁滚尿流，不知如何是好。正巧这时候，值守太监带来一个信使来报：南唐武昌节度使刘仁赡率领四五百艘战舰近万水军，突然闯过洞庭湖，围攻岳州，岳州危在旦夕，岳州刺史王赟派人连夜出城来长沙求救，请求潭州发军驰援。马希崇听了，顿时两眼一黑栽倒在地，一干宫人太医忙碌了半天才醒过来。他流了一阵泪后，对徐守牧说道："事已至此，投降是唯一出路。麻烦徐大人到天策学士拓跋恒府上走一遭，请他老人家来宫里，说寡人有要事相商。"见徐守牧去了，又气急败坏地朝门外吼道："来人，宣天策府判官刘虚已上书房制书！"

徐守牧领命去了大约个把时辰，拓跋恒被他带来了。拓跋恒是被两个武士架着抬进来的。马希崇一见，呵斥道："你们怎么搞的，竟然如此对待拓跋大人，真是不想活了！"说罢，一把推开两个武士，连忙将拓跋恒扶到椅子上坐下。

徐守牧稽首道："启禀我主，末将奉命去请拓跋大人，可是他老人家死活不肯来。末将迫不得已，才如此这般。拓跋大人，对不住了。"说着，连连赔礼致歉。

拓跋恒叹了口气道："老朽年近七旬，老眼昏花，半身没入黄土，近又恶病缠身，死期将至，早已不能为国效力了。大司马如此折腾，究竟为啥？"

马希崇流着泪说道："拓跋大人，真是得罪了！如今朗人大军压境，徐威图谋不轨，岳州被南唐攻占，楚江山不保，马氏社稷将倾。而边镐出尔反尔，寡人邀其入国平叛，他却大军进驻醴陵，按兵不动，逼迫寡人投降，否则兴师问我政变之罪。迫不得已，只有献城投降了。寡人思来想去，为表诚意，只有辛苦德高望重的拓跋大人，捧书去醴陵大营，向边镐请降了……寡人成了亡国之君，成了大楚国的千古罪人了！啊呵呵……"说着，失声痛哭起来。

拓跋恒长长叹息一声，没好气地说道："老夫七旬不死，留着这口气，原来是要为小儿送降书！真是羞煞先人啊！武穆王啊，您怎么生出这么一群孬种，窝里争斗一个比一个狠，可是一遇外敌，就都跟软蛋一般！您若地下有知，该作何感想！"

马希崇听了，拭泪不止，满脸羞愧，一句话也说不出来。

◆ 五、拓跋学士的最后一次王廷使命 ◆

拓跋恒捧着马希崇交给他的降书回到家里，唤来管家："你跟老夫多年，没过上几天好日子，真是难为你了。你素知老夫家无余财，儿女也不在身边，就将这府宅卖了，换几个钱分给大家，让他们都自寻活路吧。"管家一听，感到不妙，问道："老爷，您这是要干什么？"拓跋恒道："如今国将不国，留家何用？老夫明日去醴陵，替马希崇小儿送降书去！"管家素知他刚烈耿直，既然接受这趟差事，定然是回不来了，于是哭了起来："老爷，小的跟了您一辈子，您要效忠楚国，小的不拦您，小的效忠您，您也别拦我。我就按照老爷的意愿，卖了府邸，遣散童仆，明日跟您去醴陵吧，路上也好有个照应。"拓跋恒叹道："唉，留个收尸的也好。楚人爱国之心，顾家之情，敬主之谊，自屈原始，天下莫能敌也。而马氏后人，王室贵族，却不及老夫一个管家，悲夫！三湘恋国

之民不知惜，满朝忠义之士不为用，而为一己之私你争我夺、死去活来，终于招来亡国之祸。如今为了活命，居然献城投降，真是猪狗不如……"他发了通感慨又大骂一通后，吩咐管家赶紧去办，别误了明日行程。

管家办事利落，很快变卖了府邸、遣散了童仆，日落时分就交割完毕。拓跋恒道："如今，这府邸已经不是咱们的了，还住在这里干什么！走，咱们今夜去陪陪刘侍郎，和他道个别吧。"于是管家套好马车，又买了些果品酒水、纸钱香烛和几包爆竹，主仆二人就出了府邸，往城外去了。

已是初冬，夜幕降临的长沙城外，草木萧疏，寒气袭人。湘江河岸高出，滩干水浅。主仆二人来到郊外墓地，在刘静仁的墓前停下。摆好供品，化过纸钱，点燃香烛，一通祭奠之后，拓跋恒道："安杰兄啊，老弟看你来了。你运气好，先我一步走了，没亲眼看到我等苦心拱卫的马楚亡国啊！想当年，我等追随武穆王，历尽艰辛开创大楚基业，效命沙场，励精图治，终于造就一个雄踞江南数十年的大楚国，三湘大地安宁祥和，黎民百姓安居乐业，那是何等的气派啊！可是，武穆王辞世这十数年来，骄奢淫逸之风盛起，萧墙之祸愈演愈烈，我等一干老臣，虽然多次力规死谏，但都无济于事，这恐怕是天意吧！"说着说着，放声大哭起来。

这时候，管家拾来干草柴火，升起了一堆篝火，照得墓地顿时透亮。然而在死寂一般的野外，这堆篝火却是那般弱小、孤独与无助。他又将随身带来的食物烤熟，烧了一鼎罐开水，倒出一碗端过来说道："老爷，你一天都没吃东西了，天又这般寒冷，你好歹吃一点喝几口，暖暖身子吧。"

拓跋恒擦着眼睛道："我没事，先陪刘侍郎说说话，你先吃吧，待会儿饿了再吃。哦，你把酒拿过来，我敬侍郎大人几杯。"

管家道："好咧！我就去拿。"

拓跋恒端起两盅酒，跪在墓碑前，道："安杰兄啊，好久没来看你，你莫怪啊。你还好，好歹活了七十三。虽是抑郁而终，但活到古稀之年，得个善终，值啊！可我，活不到七十了。来，老弟敬你一杯！"说着，将酒盅对碰一下，一盅倒在坟头前，另一盅自己饮了。管家在旁，又替他斟满。只见拓跋恒又道："安杰兄啊，你不知道，汝成亲侄子和你全家死得惨啊死得冤啊！汝成亲侄子年富力强、老成持重，一直为大楚殚精竭虑，可是，马希崇发动政变上位后，轻信朗人离间之计，自断羽翼，将这样一位辅政重臣和近十位大臣悉数处死，还割了他们人头送至朗州，甚至连他们家人也不放过……这，的确是亡国之象啊！你临走时交代我，要不遗余力地帮助汝成。可是，老弟我年老体弱，百病缠身，加之马氏兄弟胡作非为，我能帮他什么呢？老弟对不起你啊！来，再饮一杯痛心酒，等我过来了，当面跟你道歉……"说罢，又饮了一盅，往坟头上倒了一

蛊。

"……安杰兄，告诉你，明儿我将替马希崇送降书，这是我等最后一次为大楚国效力了。这降书一送到，大楚国就算完了！老弟这趟公干，真是羞死先人啊！可这数典忘祖的无耻勾当，总得有人干。我们生是大楚人，死是大楚鬼，大楚国完了，我等绝不苟活！有这帮混账的王子，大楚国迟早要完蛋；与其被别人武力夺取，还不如开城投降，至少要少死些平民百姓，战火无情啊！干完这件事，楚国王廷就没了，我等楚臣也就没有公干了，使命了结了。至于三湘四水何去何从，那是后辈人的差事……临行前来看看你，你也为老弟壮壮行吧，来，干了！"

酒过三巡，拓跋恒起身，对管家道："放爆竹吧，跟刘侍郎道别后，我们上路。"

"是，老爷。"管家拿出爆竹，又从火堆里捡了根带火星的木柴，说道，"我就去放爆竹。您先来这边烤烤火，别冷着。喝点开水吃点东西，然后就到车上歇一歇，等小的忙完了就驾车往南门去，明日清晨和天策府节钺仪仗会合，然后启程去醴陵吧……"

拓跋恒一听，笑道："嗯，我有些饿了，是得吃些东西，我乃大楚忠良，绝不能做个饿死鬼。也别歇了，等放完爆竹，吃完东西，我哥儿俩就慢慢往醴陵去吧。都什么时候了，还讲排场，真是叫花子守夜，脱裤子放屁，画蛇添足，多此一举。就让那些仪仗节钺见鬼去吧。"

"行，我听老爷吩咐。"管家应了一声，起身放起爆竹来。顿时，坟场声光大作，硫烟升腾，仿佛是一阵阵刻骨铭心、痛彻心扉的愤怒，在寂阒无人的旷野里，尽情地宣泄和悲鸣着。

翌日申时时分，主仆二人经过一路颠簸之后，到达醴陵大营辕门外。管家停好车，走到营门前喊道："快快开门！我们是楚国使节，求见边大帅，来送降书的。"

睡眼惺忪的营门守卒看见停在面前的一辆破马车，笑道："大楚使节？你逗老子开心不是？快滚一边去！"

拓跋恒听了，走下车来。他全身穿着白色孝服，右手拄着一个大得有些夸张的哭丧棒，左手捧着一卷黄轴，正气凛然地对营门喊道："大楚国天策学士拓跋恒奉天策府左司马马希崇之命，前来谒见大唐定楚都部署边镐将军，请速速通报，过时不候！"守卒见了这副模样，不敢怠慢，连忙进主帅大帐通报去了。不一会儿，边镐全身披挂，率领全营将领出迎。

"拓跋大人这是为何？"边镐营门边见了礼，满脸不解地问。

拓跋恒道："国之将亡，缟素哀悼，何必大惊小怪！"

"既然举城投降，却又披麻戴孝，这是对我大唐大大不敬！"突然，边镐身后一员年轻将领窜出来，厉声呵斥道，"拓跋恒，你如此而为，该当何罪？"

"老夫身为楚臣，一生当然只为楚国着想，就算肝脑涂地，也在所不惜，为何要敬你大唐啊？"拓跋恒定眼一瞧，觉得这人在哪里见过，可又一时半会儿想不起是谁。

"岂有此理！楚国王上马希崇举族献城投降，作为朝堂大臣，焉有不听号令、臣服我朝之理？如今连马希崇都效忠我大唐皇帝了，你难道能够例外？"说话的将领似乎被激怒了，话语咄咄逼人。

"放屁！"拓跋恒怒道，"马希崇是楚国王上？他自立的还是你册封的？楚国王上年前就被马希萼绞死了，你们南唐册封的王上马希萼已被赶走，自立为衡山王，哪个能够代表楚国王廷？笑话，天大的笑话！你小子，不会连这个常识都弄不清吧？马希崇献城投降，我等也都要随他投降？去年，你们接受马希萼请降，分裂我大楚王室，是我三湘四水数百万楚人的仇敌！如今唐军入侵我们家园，还要我等俯首帖耳、奴颜婢膝吗？亡国之仇，不共戴天！"

"大胆拓跋恒，老不死的东西，难道不想活了吗？老子今儿先宰了你……"这个狐假虎威的将领是刘成璧，大怒之余，拔出剑来。

"放肆！刘成璧，滚一边去，这儿哪里轮得到你说话！"边镐厉声喝住他，又笑着对拓跋恒道，"拓跋大人言重了！自年初我朝册封马希萼以来，唐楚已经亲如一家。而楚国王室内乱不止，政变迭出，致使天怒人怨，朝堂四分五裂，百姓水深火热。本帅奉皇上之命前来平乱，就是要还三湘四水一个安宁祥和的治世，绝非要亡马氏江山。马希崇目无君长，兵变篡权，竟敢废掉大唐皇帝册封的楚王，罪大恶极。逼他投降，也是为了不动兵戈将之绳之以法，避免流血。我朝兴仁义之师，促进两国睦邻友好之苦心，还望老学士多多体察。"

拓跋恒冷笑道："大楚独立王国，何须南唐册封！马氏后人不惜江山，内斗不止，亡国之祸咎由自取，天不佑楚，焉有它哉！只是南唐图楚之心，路人皆知。此等暗度陈仓、假道灭虢之计，掩耳盗铃而已！边大帅何必遮遮掩掩！老夫告诉你，就算取了长沙，你们也守不住。楚人历来爱国护家之心甚重，你们图楚，注定是一场偷鸡蚀米的把戏！"

边镐见他心若明镜，知道多说无益，于是笑着岔开话题道："好了，这等是非难辨的事情，不说也罢，日后定然会见分晓。拓跋大人不辞辛劳，亲自前来磋商定楚大计，快请大帐内看茶。"

拓跋恒也不再说什么，正要起身，突然看见刘彦瑫在旁，顿时火冒三丈。他趋步上前，拱手冷笑道："刘司马，别来无恙？哦呵，想起来了，老夫想起来了，这位气壮河山的小将军，原来就是那位私带歌妓、祸乱大营的前统领，你刘司马的二公子！司马大人，你们父子也来收取楚国？"

刘彦瑫很是尴尬，他回礼道："在下安好，感谢拓跋大人牵挂。去年马希萼破长沙，在下情急之中救出王上亲眷，无路可走，只得带上他们投奔袁州边将军，如今听命大帅帐下。楚国朝堂生变，我们父子流落他乡，是边大帅好心收留，投桃报李，效命马前，情势必然。至于收取楚国，从何说起！"

"你当然安好了！可是，大楚可就要寿终正寝了。不是你等执意要立怯弱无能的马希广为王，不是你等掌权之后结党营私，排除异己，争权夺利，中饱私囊，不是你等把一个好好的大楚国弄得乌烟瘴气，焉有今日亡国之祸？当然，大楚是死是活，与尔等无关！叛国之徒，原本不值一提！"拓跋恒说着，唾了他一口。

刘彦瑫一听，顿时来了火气。他连忙抹了下满是吐沫的脸，说道："学士大人何出此言！在下忠心耿耿，为楚国安危不计生死效命疆场，何曾有叛逆之心？正是你等一干老臣时刻掣肘，助长了马希萼反叛之心。王上王后被马希萼处死，李宏皋一干良臣被他活剐，不是遂了你们要拥立他称王的心？如今国破家亡，这账居然要算到我们的头上，真是岂有此理！你看看你，堂堂楚廷使节，居然不带仪仗节钺，穿成这般如丧考妣的模样，像什么话！"

"哈哈哈哈……"拓跋恒一听，顿时哈哈大笑起来，"刘司马真是我大楚干城！国都要亡了，仍然念念不忘王室仪仗节钺，死到临头还要摆一摆王家气派的谱！老夫的确不配当这个请降王使，是马希崇强拉硬拽来的！是的，请降送书，要穿冠冕朝服，拉起仪仗节钺，一路上招摇过市，唯恐天下不知马楚向南唐投降了！可是，刘司马知否，家国不再，社稷将倾，还不如你死了娘老子？真是无耻至极！"

"好了，别争这鸡毛蒜皮的事了，进帐议事吧。拓跋大人里面请！"边镐见他们越来越激动，赶紧打断他们，伸手摆出一个邀请姿势。拓跋恒"哼"了一声，昂然而入。

递罢降书，拓跋恒也不入座，起身告辞出门。他出了营门，突然跪倒在地，向北边行了三拜九叩大礼，哭着说道："武穆王啊，老臣今日亲手将亡楚降书送给了敌国，您亲自缔造的江山社稷就算完了。老臣不才，无力匡扶您造就的大楚基业，但忠心不二，天地可鉴，日月当知，唯有一死以谢天下。老臣来了……"说罢，拔出剑来，朝脖子上抹去。

刚刚送他出门的边镐一行正往回走，被这突如其来的一切弄得傻了眼。他们赶紧冲出大营辕门，但已经来不及了，拓跋恒已经气绝身亡。边镐愣了半天，看了一眼刘彦瑫，喃喃地说道："马氏后人真是昏聩之极！朝中这等忠直之士不知倚重，一味地骄奢淫逸、恣意妄为，焉有不亡之理！传令下去：厚葬拓跋大人！"

只听管家说道："谢谢大帅好意！老爷对后事有交代：说是就地焚烧，不办葬礼。小老儿自会打理，无须将军劳神。"

边镐一愣，转身命令道："明日大军开拔，兵进长沙！"

◆ 六、进驻长沙，边镐打起了小算盘 ◆

边镐接了拓跋恒送来的降表，留下刘成璧镇守醴陵，立即亲率大军往长沙进发。不日就抵达长沙城下，屯军杨柳桥。徐威见大势已去，连夜带领数百名亲信往北逃走。翌日清晨，马希崇带领马氏王族数百人以及王廷所有文武大臣到城门外，顶香举案，跪拜迎接。边镐不费一兵一卒招降了马希崇，率兵进入长沙。于是，先后经历了五任楚王、存在了五十余年的马楚政权，退出了政治舞台，从此便宣告灭亡，这一天，是南唐保大九年、后周广顺元年（951年）十月十一日。

边镐入城后，将中军大营安扎在长沙东门即浏阳门附近，一面收编长沙军队，接管城市及周围布防，一边清整衙署官吏，发布安民告示，稳控长沙局面。而这期间，刘彦瑫一干原来的楚国臣僚纷纷来大营祝贺，称赞他靖乱定楚之功，并劝他上表朝廷，为长沙之主。一直忙着军政要务的边镐，起初还不在意，但一来二去说的人多了，不免有些动心。恰巧这时候，由于长沙接连战乱，加之潭州岳州夏秋大旱，城里闹起饥荒。边镐于是命令打开马氏府库仓廪，分发粮食赈济灾民。长沙百姓得到粟米度过了饥馑之荒，纷纷称颂边镐的仁义，甚至称他为"边菩萨"，把边镐乐得心花怒放。边镐也觉得自己定楚有功，加之百姓归附，觉得这是民心所向，不免心动起来。于是盘算着，如何使朝廷真正让他主政长沙。思来想去几日，苦无良策。一日在湘江边散步，猛然望见对岸的岳麓山，恍然大悟，不免计上心来：山上的麓山寺里，不是有个德高望重的老朋友弘道大师吗？于是赶紧换上僧侣服饰，又备了厚礼，过江去了。

麓山寺主持弘道禅师闻讯刚刚逼降马希崇、占了长沙的南唐主帅来访，觉得非常蹊跷。人已到山门，也顾不得许多，慌忙出寺相迎。不想来者并未带多少军马，只有随身十来个挑担端物的亲军，而且自己一身俗僧装扮，不觉十分讶异。弘道也不及细看，远远迎面合掌施礼说道："岳麓小寺，岂敢大帅屈驾，阿弥陀佛！"

边镐还礼道："大师多礼了。边某一到长沙，就想过江拜会老友，只是军政事务繁忙，一直未能拨冗成行。今日偶得闲暇，特来拜会，还望大师不吝赐教。"

弘道一听他出声，似乎有些熟悉，抬头一看，不免大吃一惊：这不是去年前来岳麓寺讲经布道的若边和尚吗，怎么，灭楚的主将居然是他？他一定心神，冷笑道："原来是若边大师！怎么，大师居然还俗了，而且成了入楚大军的主帅，真是可喜可贺啊！阿弥陀佛。"

边镐毫不理会他的冷笑，哈哈大笑一转话题问道："阿弥陀佛。去岁一别，一年有期。弘道大师别来无恙？"

弘道站住了，回答道："回禀大帅，老衲尚能一日三饭，只怕一时半会儿还无从圆寂，难得去见佛祖。老衲一心事佛，也想早日修成正果，怎奈无所长进，空耗春秋，让大帅见笑了。阿弥陀佛。"

边镐道："大师哪里话！边某虽然身在红尘，但也是修行之人，怎会有不德居心。此次拜望，匆忙得很，只是略备资财，权表寸心，感恩前次照拂之情，还望大师笑纳。"

弘道一愣，竖掌揖首道："大帅莅临寒寺，小寺蓬荜生辉。老衲世外枯客，何德何能，让将军如此破费。常言道无功不受禄，老衲断不能收。罪过罪过，阿弥陀佛。"

边镐道："大师言重了。边某红尘事佛，薄捐僧庙，聊表诚心，别无他意。大师就不必推辞了。怎么，大师不邀边某禅房一坐？"

弘道又施礼谢道："岂敢岂敢！大帅里面请。大帅盛意，老衲就恭敬不如从命了。阿弥陀佛。"

进了禅房，入座看茶已毕，边镐道："大师世外高人，应该不会怪罪边某冒昧搅扰吧。边某知道，在您这般得道高僧的眼里，边某是个假和尚。但佛家有云：只要心中有佛，何论在家出家，何必身着袈裟？若心中无佛，空诵经藏千卷，亦是枉然。边某以为，遁入空门与身在红尘，只是修行方式不同而已，但殊途同归。不知大师以为然否？"

弘道起身施礼答道："阿弥陀佛。大帅高见，老衲醍醐灌顶。"

边镐笑道："大师别太多礼，快快请坐，也别再口口声声大帅大帅地唤边某了，还是叫边某若边吧。大师不认同边某也没关系，但边某所为，一向遵从慈悲要义，绝对不敢违逆佛旨。"弘道听了，也没回应，端起碗来邀他饮茶。

边镐见他不作声，饮了一口茶，拱手道："青灯伴佛，敲鱼诵经，边某平生夙愿也。然身在凡尘，一心谋求人伦和合，实现天下一统，这虽与我佛普度众生如出一辙，但终为俗事烦扰，不得静心。如若来日天下太平，边某将来贵寺落发，追随大师修行诵经，不知大师肯否接纳？"

弘道回礼答道："边大帅说笑话了，阿弥陀佛。"

边镐道："大师当我是玩笑？出家真是边某所愿。如今迫不得已，率师进长平叛，还楚国一个太平治世。等到楚国安定了，边某出家，绝无戏言。"

弘道笑道："边大帅身在红尘，一心向佛，慈悲生灵，如今兴仁义之师，解我三湘百姓于水火之中，早已博得'边菩萨'之美名。此等善举，必将以'安楚大士'彪炳千秋，开佛家史册之先河。何须拘泥形式，耿耿于青灯古佛，念念不忘木鱼僧衣，此于东施效颦何异？阿弥陀佛。"

边镐道："大师见笑。不过大师所言甚是，心中有佛，何必拘泥形式！边某受教了。"顿了顿，他又问道："初来乍到，不识湘楚风情。边某有一疑虑，不知大师可否赐教？"

弘道大师想起他去年假扮僧侣，借讲经之名在楚国各地游历，对潭州各处地理风俗了如指掌，如今居然睁着眼睛说瞎话，心中很是鄙视，也知道他无事不登三宝殿，于是小心地试探着他的来意："阿弥陀佛。老衲性愚智钝，怎敢轻言教益。大帅如有佛学需要切磋，老衲勉为其难；若是他事，那就另请高明了。"

"是佛事，也不是佛事，就看大师怎么看了。说它是佛事，因为它关系到整个楚国数百万民生大计，体现我佛慈悲为怀要旨；说它不是佛事，因为这是一件俗不可耐的政务。大师还是将它当佛事看吧。"边镐说着，端起茶碗又饮一口，站起来下了座席，背着双手来回踱着，继续说道："楚国经历多年争位之乱，如今四分五裂，国弱民疲。边某虽然取得长沙，岳州也为我朝控制，然而马希萼仍称王衡山，朗人拥兵自重据有武陵，靖江十数州可能为南汉吞并。如何治理，还三湘大地一个清明，大师有何高见？"

弘道听了，顿时沉下脸来，立即立起左掌，闭上双目，右手捻着佛珠，口念阿弥陀佛，不肯作声。边镐见状，知他不肯建言，于是叹了一口气，复归案前坐下来，自言自语道："究竟谁来主政长沙，又用何策治理，关系三湘未来啊！如若继续用马希崇主政，朗州、衡山都不会臣服，分裂之势难以缓解，很可能又会再起兵戈；如若让马希萼重新回长理政，他又民心尽失，无人拥戴，祸乱还会重生。唉，真是难煞边某了。"他见弘道仍然充耳不闻，又站起来，在禅房里踱来踱去。过了好一阵子，他突然转身朝弘道大师说道："边某有一设想，不知大师以为然否？"

弘道睁开眼，看了他一眼，又闭上，继续口念阿弥陀佛。边镐急忙走过来坐下，兴奋地说道："我佛慈悲，佛法无边。如若由边某主政，以佛治湘，建立政教合一之新湖湘，不仅能够还三湘一个治世，还能让我佛普度众生之愿在人间实现，岂不妙哉！只是此策，边某有觊觎权力的嫌疑啊，不妥，不妥，唉……"他见弘道仍然闭目捻珠诵经，有些来气了："大师，你倒是说句话啊！"

弘道睁开眼。看着他，合掌行礼道："不知大帅想要老衲说什么？老衲世外枯客，从不问红尘俗世。你这是强人所难啊！阿弥陀佛，罪过罪过！"

边镐道："大师言之差矣！佛法之最高境界，就是普度众生，造福人伦，这才是真正的世俗佛心啊！大师怎能不顾苍生疾苦，追求自身修性觉悟，得道成佛，这与弘扬佛旨大相径庭啊！"

弘道听到边镐胡乱篡改佛法要义，牵强附会地说理，心中甚是震怒。但他还是客客气气地说道："老衲以为，佛法要义，仁者见仁智者见智。大帅之世俗佛心，老衲不敢苟同。俗家有云：道不同不相为谋，大帅还是不要勉强老衲了！阿弥陀佛！"说完，便闭上眼睛，再也不说话了

边镐见他很不领情，于是悻悻起身，揖首道："大师既然不肯赐教，边某多说无益。大师先想想吧，边某不日再来讨教。就此告辞。"

弘道也不睁开眼睛，淡淡地说了一句："大帅慢行，恕不远送。阿弥陀佛。"

◆ 七、"边菩萨"喜得安湘妙策 ◆

话说边镐在麓山寺碰了一鼻子灰，一连几天都闷闷不乐。这日，他从开福寺烧香回来，刚要进中军大帐，只见大营掌书记迎面禀报道："启禀大帅，有位自称徐湘的楚国旧僚，说有要事求见，已在营门客屋等候多时了。"

边镐听了，疑惑地问道："徐湘？以前清整衙署，并未见有此人，怎么，突然又冒出个旧僚来了？要事，什么要事？只怕又是来恭贺我边某不费一兵一卒攻取了长沙吧。不见。"

掌书记道："边大帅，此人自称原职守武安军判官，属下派员问了一下刘彦瑫参军，确无此人。不过，此人说，边大帅不见他，一定会后悔的。看他的样子，倒像是有什么要情……"

"徐湘，肯定是个化名。究竟是谁呢？莫非是……"边镐猛然想到什么，立即吩咐道，"快请，中军大帐热情款待。"见掌书记领命去了，健步走入大帐内。刚坐下，又似乎想起了什么，猛地站起来，朝大帐门口吼道："来人，架起刀山斧阵，本帅要好好款待这个贵客。"

边镐刚刚换了戎装，就听到掌书记在门外说道："徐先生，里面请。边大帅在帐内恭候。"

边镐一听，立马正襟危坐，只见掌书记带着一个身着便装的老者掀帘而入。但见那老者连忙拱手弓身道："原楚国武安军判官徐湘见过边大帅！大帅亲率仁义之师，进驻长沙秋毫无犯，不仅善待前朝旧官故吏，而且开仓赈灾，帮助百姓渡过难关。如此大恩，请受徐某一拜！"

边镐见他要行大礼，起身回礼道："徐大人不必客气。边某军务繁忙，让徐大人久

等，得罪得罪！"

那人道："罪臣初见大帅，焉能不跪？"说着，就跪下行起大礼来。

没想到边镐一拍帅案，大声喝道："来人，将这拒不归降、逍遥法外的贼人绑了，拖出去砍了！！"

那人一惊，突然哈哈大笑："边大帅真神人也。我们从未谋面，大帅怎知是徐某到了？"

边镐道："哼，边某对长沙七品以上的新官旧吏个个了如指掌，根本就没有叫徐湘的。如今，除了你堂堂潭州马步军都指挥使下落不明外，潭州府大小吏员一清二楚。徐威，你三番五次挑起王廷内斗，卖主求荣，祸害长沙，该当何罪？"

徐威冷笑道："边大帅真是明察秋毫啊！可是，没有徐某的内耗，你边大帅进得了长沙吗？老夫无意之中帮了你的忙，现在又来进献安湘之策，没想到居然被你当成贼人，老天负我，夫复何言！"

边镐道："你来进献安湘之策？边某自入长以来，马氏臣服，百姓归心，朝野称颂，还要你这个祸国殃民的奸人出来指手画脚？笑话，大萝卜还要用粪浇吗？真是自不量力、多管闲事！"

"都说你边菩萨自负非凡，今日一见，果不其然。你不让老夫开口，自然有你追悔莫及的一天。"徐威叹了口气，道，"如今，我身败名裂，罪大恶极，死有余辜。边大帅，动手吧，死在你手里，总比死在湘水台余孽和朗州那帮蛮匪手里强……"

"真是咸吃萝卜淡操心，你一个奸臣贼子，还能出什么好主意？"边镐说着，站立起来，"我边某信佛，一贯成人之美。既然你急着求死，死前憋着也不痛快，边某就成全你，等放完了屁再死不迟！说吧，别耽搁时间了。"

徐威道："大帅既然觉得长沙心齐气顺，自然固若金汤。老夫何必多费口舌。只是，老夫前脚走，你边大帅后脚就要跟过来。不听老人言、吃亏在眼前，哈哈哈哈……"

边镐依旧想吓吓他，一拍大案道："不说也罢。刀斧手，拖出去祭旗！"

"老夫早就活够了！只是，可惜啊，马氏王族随时准备复辟上位，各地州县也都磨刀霍霍收复潭州，主政长沙、节镇一方的美梦，大帅只怕要落空了。哈哈哈……"徐威一边大声笑着，一边往外走。

边镐听了，顿时大惊。他没想到，自己的几块心病，居然被这个奸人知道得一清二楚。于是猛然大声喊道："暂缓行刑，将他带回来！"又匆匆走下帅案，亲自为他松绑，"徐将军受惊了。适才试探，为辨真伪，请勿见怪。来，请坐。上茶！"

坐定看茶之后，边镐道："徐将军，自去年以来，楚国内乱不止，马氏多次请师靖乱，我大唐皇上怕落下个乘人之危的坏名声，一直未准出兵。如今马希崇一再恳求，甚至举族请降，边某迫不得已，才奉旨入长平乱。原本打算安定之后，就率师回国，没想到又发饥馑，就又勾留几日。可是楚国上下都极力挽留，说是我们一走，楚国又将祸起。唉，边某确实进退两难啊！"

徐威一听，起身道："边大帅，你们不能走啊！如今朗州拥兵自重意欲东来，衡山招兵买马试图再起，靖江那边即将被南汉所吞。将军一走，潭州又会成为他们争夺的对象。为了确保潭州安稳，将军一定得留下来，而且要长久地留下来。徐某求大帅了！"

边镐摇头道："不妥不妥。边某奉命助马希崇平叛，实在无心取这潭州之地。留下来，会给人留下乘人之危的口实。边某多待几日可以，但迟早得走。"

徐威话锋一转，问道："徐某这次从洞庭回来，路过岳州，正赶上武昌节度使刘仁赡进击岳州，耽搁了几日。大帅说说，刘节度进击岳州，意图何在？"

边镐说道："徐将军会错意了。我大唐与楚国历来交好，怎会有不轨图谋？三湘大地四分五裂，潭州朝不保夕，岳州偏处东北，荆南高氏早有觊觎之心。我朝派刘仁赡出兵，自然是牵制荆南，莫让岳州落入高氏手中，保全楚国岳州之地，岂有他哉！"

徐威笑道："原来如此！但是，如若要潭州、岳州保持安定，不再被他国图谋，大唐收之化为治下，是为上策。不知大帅以为然否？"

边镐假装一愣，问道："徐将军如是说，边某实在纳罕。愿闻其详。"

徐威道："潭州岳州是战略重地，而长沙一直以来都是湘楚王都，大家都会认为，谁占了长沙，谁就是三湘之主。试想将军一旦撤军，朗州衡山甚至南汉荆南，谁都会虎视眈眈甚至不遗余力，必欲取之而后称雄三湘四水。大帅难道忍心看到我楚人家园，再遭兵燹之灾吗？"

边镐一副如梦初醒的样子，点点头说道："是啊，徐将军之言，一语中的，边某怎么不曾想到呢？"顿了顿，又问道："那依大人之见，时下困局，如何应对？"

徐威似乎成竹在胸，坐下来呷了一口茶，慢条斯理地反问道："将军真正为难的，是怕遭人口实，侵占他国之地，还是为拥立马希萼或者马希崇主政犹豫呢？"

边镐一听，连忙站起来，拱手道："这两者，都很是为难。望将军不吝赐教。"

徐威起身笑道："其实这有何难。马希崇已经投降，而且靖江之地不日沦丧，楚国江山基业已经荡然无存。将军不费吹灰之力得了长沙，岂能拱手让人！而楚国自武穆王之后，继任楚王都穷奢极欲，大兴土木，不理朝政，民怨载道，加之近年兄弟争位不止，君臣离心，朝纲紊乱，天不佑楚，气数已尽，因此无论立谁，都不是上策。"

"嗯，真知灼见，真知灼见啊！既然楚国不复存在，我何必要忌讳他人口实！"边镐兴奋起来，继续问道，"既然立马希萼或者马希崇都非上策，依将军思谋，立谁为上策呢？"

徐威听了，哈哈大笑："这个……边大帅不会是明知故问吧？"

边镐道："徐将军何出此言？边某行伍出身，一介粗野武夫，这等治民理政大计，确实盲夫瞽叟，知之甚少。敢请将军为在下拨云见日、指点迷津。"

"岂敢岂敢！"徐威笑道，"如若大帅留下来亲自领军主政，一切疑难不就迎刃而解了吗？"

"这怎么行！"边镐连连摇头，道，"边某红尘事佛，不幸置身行伍之间，常历兵戈杀戮，时感罪孽深重。如若请命主政留守长沙，则有凡心不死、觊觎权力之嫌。这，怎么使得！"

徐威道："将军以佛修心，崇上慈悲为怀，如若主政长沙，实施善政，造福我三湘四水，岂不一样是普度众生吗？而得边大帅这等慈悲之主，乃我湘人之福也。至于要让朝廷首肯，将军自请，确实有觊觎权力、拥兵自重之嫌，但徐某有一计，保管朝廷认可，而且不会猜忌将军。"

边镐拱手道："请徐将军赐教。"

徐威神秘一笑，侃侃说道："其实很简单：大帅先上表朝廷，称潭州内乱已平，如若撤军恐会重新陷入战乱，请朝廷派有德有能的要员入潭治政。当然，大帅一定要声称自己使命完结，请命回袁州治军。然后我等一干楚国旧臣集体上书为民请命，称马楚王室气数已尽，而大帅入长广施惠政，三湘官绅士民无不称颂，请朝廷留边大帅镇守并主政长沙。大帅以为，朝廷将作何决断？"

边镐想了想，道："朝廷很可能会留边某镇守长沙。"

徐威道："不仅如此，朝廷肯定让将军就任武安节度使，真正的一方诸侯。徐某提前恭喜大帅！"

边镐摆摆手，道："哎，这镜中之月、水里的花，八字还没一撇就道喜，为时尚早。就算朝廷暂时要边某留守，可是，楚国马氏王室，如何安置呢？他们是故主，留在长沙或者三湘四水的任何州县，都是隐患甚至祸害啊！"

"哈哈哈哈……边将军也未免太急性了吧！"徐威大声笑道，"这执掌权柄、治民理政，得有个先后，一步一步来。如若大帅还未掌权，就跟朝廷大谈治湘之策，朝廷很可能怀疑将军有叵测居心，这不是弄巧成拙吗？"他顿了顿，略一思忖后，继续说道："其实，安置马氏，也很简单。一旦朝廷颁旨任命大帅主政长沙，大帅在上谢恩表册时，肯定会提出治湘之策。这时候，大帅要将妥善安置马楚王室作为治湘之第一要务……"

"徐将军不必悉数韬略，边某要的是如何安置具体方法。徐大人直奔主题如何？"边镐有点急了，打断他的话问道。

徐威走过来，伏在边镐耳边一通嘀咕，末了，又道："这是绝密，不到最后万万不能泄露。大帅谨记。"

"妙极，真是妙极！"边镐大喜，兴奋得不停点头，"将军一言，茅塞顿开，不愧为大楚王廷柱石。如若边某留守长沙，今后还得多多仰仗将军扶持。边某也将上奏朝廷，委以将军重任。"

徐威一听，心中乐开了花。他拱手谢道："徐某一直军门任职，保一方平安乃是分内之事。只要大帅看得起，徐某一定竭尽全力，效犬马之劳。"

边镐道："那封上奏朝廷、为民请命的联名书，还得请将军搦管挥毫、亲自操刀哦！"

徐威道："徐某当然愿意效劳！只是徐某声名狼藉，难担此任。不过，徐某有一人选，保管一呼百应，马到功成。"

边镐问道："谁？请将军直言。"

徐威一字一顿地说道："魏迪勋。"

边镐疑惑道："魏迪勋？他是何人，居然能担此重任？"

徐威道："此人任过浏阳县令，马希萼破长沙启用朗州故旧，魏迪勋因为祖籍桃源，升任潭州府内押牙，今年又因操持马希萼册封礼仪有功，再升客省主事要职。如今楚国王廷高官要么被杀，要么出走，能担此任的人已经不多。唯有此人，尚有人望……"

边镐道："魏迪勋，对了，边某想起来了，去年我秘密游历潭州，他时任浏阳县令，治内清明，城乡井然，不仅是个好官，而且有些能耐。他不是出使我大唐还未回吗？"

徐威道："据徐某所知，他昨日已经回了长沙。"

"哦？那好，就由他魏迪勋来牵头此事吧。"边镐一听，顿时犯起嘀咕，你徐威居然比我还清楚，看来，世传这个徐威老奸巨猾绝非虚言，以后得多多提防。

◆ 八、南唐兵临瑶池，李府上下准备殊死一搏 ◆

马希崇献城降唐、边镐进驻长沙的消息传开，楚国上下震惊万分，湖湘大地顿时笼罩在国破家亡、欲哭无泪的惊恐与悲愤之中。长沙府东部边陲的浏阳瑶池，当然也不例外。

最先得到确切消息的是李天骏，马希崇顶香举案、叩首称降刚刚结束，泰平阁左老大人就将这条重要信息飞鸽传书给他。他一接到消息，就立即赶到神刀营，与李天晨、

李天威商议如何应对。神刀营的正副统领，也被这条骇人听闻的消息弄得目瞪口呆。几个人束手无策，不知道怎么办才好，于是决定一起去找大哥李天亮商议。

李天亮起初并不相信马楚投降、南唐入长和即将国破家亡的消息，他看见三个弟弟惊慌失措的样子，笑道："边镐进入长沙，是帮助马希崇讨伐朗州，并非要夺取长沙，况且他只带一万兵马。你们说说，一万南唐兵，就能灭我大楚？真是天大的笑话！你们别道听途说，该干什么干什么，别乱了方寸。"

李天晨道："常言道，山雨欲来风满楼。大哥，不管这消息准不准确，宁可信其有、不可信其无，我们要做好应对准备，别到时候措手不及。"

李天威道："三哥言之有理。大哥，如今你是掌门人，大伯父不在家，一旦朝廷倾覆，家国生变，瑶池何去何从，这主意，还都得你拿。"

李天亮想了想，道："这有什么为难的？即使他马希崇投降了，还有衡山的马希萼啊。而且，马希崇政变上位，并非合法国主，楚国朝野没几个人真正承认他。因此他投降了，并不能代表楚国亡了。更何况，我们瑶池李氏，一直尽忠的是马楚王室，并不是马希崇个人。我们瑶池李氏族人，誓死效忠马楚王廷！"

李天晨道："大哥，伯父大人临行之际反复交代，无论遇到什么情况，都要以保全家族和安定瑶池为首要，提醒我等遇事多商量，切勿草率。我建议，立即派人去寻找伯父大人。他随药因道长外出云游，已经快两个月了，也该回家了。"

李天亮道："这个嘛，我知道。只是派人找他回来，大可不必。一来，楚国亡不了，就算你们说的是真的，南唐朝廷早就觊觎我李氏火药绝密，甚至多次图谋不轨，已经和我们结下仇怨。他们来了，肯定会打火药秘方的主意，怎么可能会放过我们？更何况，父亲大人曾经说过，谁打我们火药的主意，谁就是我们的死敌。因此，我也没有别的路走，就是满门死绝，也绝不能让家族绝密落入敌手。二来，老执事已经致仕一年多了，好不容易有时间陪老祖宗修道辟谷、游山玩水，怎么忍心打扰他呢。父亲大人想回来，自己会回来的。"

没想到过了两天，天策府的投诚告示满天飞，马希崇宣布大楚国归顺大唐，下令所有军营都不要抵抗，全部接受南唐改编；楚国各地州县，都成为大唐国州县，各官府衙门一律原地待命，等待大唐接收……

李天亮接到官府"待命交接"文告的时候，犹如晴天霹雳。他万万没想到，两天前兄弟们所说的一切，转眼之间都成了现实。悲愤交加的他，恶狠狠地把文告撕得粉碎之后，急忙召集家族紧急会议，商讨应对之策。

这时候，仍然身在瑶池的家族要员，庆字辈长辈只有管事房总管李庆祥，加上天字辈四兄弟，云字辈的李云闪、李云浩和李云嵩，一共才八人。大家义愤填膺、同仇敌忾，要么就是誓死不降，要么就是鱼死网破，商来议去，还是拿不出如何应对的办法来，这把李天骏给急坏了。他打断众人的激越悲愤，说道："各位尊长，国破家亡面前，我们现在不能自乱阵脚，都冷静一下，好不好？"

李天亮道："冷静，如何冷静？大兵压境，瑶池就要战火纷飞，父老乡亲即将任人蹂躏，作为他们的首领，能够心平气和吗？"

李天骏道："大哥，我是说，既然大家都觉得必须誓死抗争，我也无话可说。只是小弟有一提议，希望大家听听，再做决断。"大家见他有话要说，都安静下来。

李天亮道："六弟，你有什么话，就说吧。"

李天骏道："大敌当前，在做决定前，是不是问问岫南？"

李天亮不听则已，一听勃然大怒："你别提他！这个逆子，待罪南唐，却奴颜婢膝，居然参加科考，入了敌国朝堂为官！他还违背祖制，娶了侧室，而且是在未娶正妻之前，这让我们瑶池李氏长房的脸，往哪儿搁啊？这还要问吗，他的意见肯定是投降！"

李天晨道："岫南独自一人，身陷龙潭虎穴，他这么做，肯定有他的苦衷。大哥，你也不妄加揣测，万一冤枉了他不说，还错失了保全家族的大计……"

李天亮怒道："你们都别为他开脱了！他既然屈身侍唐、助纣为虐，就和西门小儿一样，都是我们李家的仇敌。我已经说过，他已被逐出家门，不再是我瑶池李氏的子孙了！"众人见他如此强硬，一个个都不再说什么了。

李天亮最后说道："既然大家没有别的意见，我看就立即行动。三弟、五弟，你们立即坚壁清野、严阵以待，一旦唐军来接管军营，就和他们先干一仗，杀杀他们的锐气。六弟，你和达淼负责军情打探，摸清敌军动向。二叔，你多筹些钱粮，这一旦开战，要的是花费。"大家振奋精神，分头忙碌去了。

南唐军队进入长沙后不久，根据边镐幕府军令，立即开始改编楚国军队，接收潭州各地县乡衙门。醴陵大营暂署军务刘成璧奉命整编瑶池神刀营，并负责接收浏阳县乡衙门。这天，他带着数百人马，大摇大摆、威风八面地来到瑶池。人马刚到瑶池城郊，没想到，城楼城墙上黑压压一片，都是横枪挺槊、张弓搭箭士卒，足足有上千人马。刘成璧麻着胆子，对着城楼大声喊道："本将军奉边大帅将令，前来收编瑶池神刀营。请李天晨统领出来说话！"

李天晨闻讯，带着家人赶到城楼。他看见刘成璧，大声问道："敢问来者何人，带这么多人马前来瑶池，有何贵干？"

刘成璧道："本将军乃醴陵大营统领刘成璧，奉边大帅之命前来接收神刀营。请李将军速速开门，顶香举案，接受大唐朝廷招安。"

李天晨大笑道："我当是谁呢，原来是刘家二少！你们父子背叛朝廷，投身敌国，如今又引狼入室，真是可恶至极！记得去年我家少爷李云博大闹醴陵大营，让你出尽洋相，而且还被撤职问罪。你今天来，肯定是借机来瑶池寻仇，诛杀我李氏族人的吧？"

刘成璧见他提起过去的丑事，很是恼怒。他想到不久前，在袁州马馥湘住处碰见李云博，恨得牙根痒痒，但他如今是翰林学士，深受皇帝器重，得罪不起。于是压住怒火，笑道："李统领说什么呢！如今，我们都是大唐臣民，一家人，寻什么仇啊！而贵府公子今年考中进士入了翰林，今后我等还得仰仗贵府呢！麻烦将军快快开门，别误了交接大事。"

李天威道："神刀营是由原来的瑶池乡勇兵丁改编，名义上是大楚国的边关大营，实际上是我瑶池李氏的子弟兵。你刘将军说要接收，就接收吗？你有种的话，就攻进来！"

刘成璧怒道："说话者何人？竟敢不受招安、抗命不从？"

"刘氏小儿，你管我是谁！"李天威骂着，又对身边两位兄长说道，"大哥，三哥，老五的手早就痒了，让我出城杀杀他的威风，如何？"

"反了，瑶池李氏反了！"刘成璧暴跳如雷，狠狠地说道，"你怕老子不敢攻城吗？区区两三千乡勇，能对抗大唐朝廷和边大帅幕府吗？"

"有什么不敢！"李天晨大怒，对李天威说道，"五弟，你出城去好好教训这个狗娘养的！"

"得令！"李天威一拱手，下了城楼，点了五百兵马杀出城来。刘成璧措手不及，被杀得丢盔弃甲往南边逃去。李天威也不追赶，得胜回营了。

刘成璧率领残兵败将逃到小瑶一带，将近下午申时。见没有人追来，就下令安营扎寨，埋锅造饭。可是，早上出发时，大家都认为会在收编后的瑶池神刀营歇息，然后起程去浏阳接受县衙，因此，帐篷、粮食、炊具等野外宿营的所有物资，几乎一样未带。听到这个情况，本来就满怀愤懑的刘成璧顿时火气，掴了副将一个耳光，骂道："一千饭桶！今天怎么办，都等着挨饿是吧？"

副将被打了一掌，虽然来了气，但仍然忍着，对他说道："刘将军，眼看天色已晚，我们人生地不熟，一旦他们追过来，还不束手就擒？不如我们先撤回醴陵，将情况禀报边大帅，再作计议，如何？"

刘成璧又踹了他一脚，骂道："遇到一点挫折，就想溜，哪有一点军人风范！知会各部，进村掠食！吃饱喝足，我们就强攻瑶池！"

副将也火了："有本事你和瑶池李氏干去，打骂属下，算什么本事！皇上登台拜帅时，就约法三章，你要进村扰民，就是抗旨大罪！"

刘成璧更加恼火："你还敢顶撞主将，不想活了吗？"

副将见他狗屁不懂，就知道犯浑，觉得跟着他迟早小命不保，大骂道："姓刘的，你才来几天，又是暂署军务，敢把我怎么样？老子还不伺候呢！"说着，带着一部分人马，夺路而去。

刘成璧被气得半死。生气归生气，这肚子可不能老空着，于是命令士兵进村吃"霸王餐"。他自己带着人进了西门璞家里。李天香倒是客气，还算热情地招待了他们。刘成璧吃饱喝足，正准备离开，突然看见西门燕从外面回来，顿时淫心大起，两眼放光，一转身对李天香说，他要在府上休息。李天香无奈，只得留他们住下。

西门燕看到这伙来历不明的官军进村掠食，又看见家里这位长官心怀鬼胎，连忙叫来弟弟，让他赶快去瑶池李氏府上报信。李天晨闻讯，立即亲自带人围住小瑶，命令将一干正在抢食的士卒全部抓起来。等他赶到西门府第时，西门燕已经被两个士兵架住，往刘成璧的房间里拖。李天香被推倒在地，哭爹喊娘。李天晨顿时怒不可遏，上前结果了两个士兵，扶起西门燕。他又一脚将门踹开，只见刘成璧已经脱去戎装，美美地想着他的好事。李天晨怒道："把这畜生抓起来！"

刘成璧没想到李天晨会这么快就追过来，顿时双腿一软，跪地求饶。李天晨骂道："你个猪狗不如的东西！吃了败仗，也不知道逃命，居然敢在我瑶池地界奸淫掳掠！你也不问问，这是谁的府上？"

刘成璧瞪大眼睛，怯生生地问道："这是，谁的府上？"

李天晨狠狠踢了他一脚，骂道："狗东西，连基本军情资讯都一无所知，还敢带兵打仗！告诉你，这是你们炮火营记室参军、黑云长剑军萍乡密事营行军司马，现在高就筠州别驾西门璞大人的府第，你居然要奸污他的长女，真是不想活了！来人，带走！"刘成璧两眼一黑，瘫倒在地。

边镐闻讯前往收编神刀营的数百人马折损过半，刘成璧纵兵掳掠、冒犯西门府第和被李天晨俘虏，又气又急，后悔不已。他万万没想到，他派人接收瑶池神刀营，李氏居然刀兵相见，抵制如此强烈。情急之下，他一边走马换将，增派人马进兵瑶池，又密调黑云长剑军萍乡密事营剑士倾巢而出，协助接收部队将瑶池围得水泄不通，一边紧急上书朝廷，请旨应对之策。

突然间，瑶池大地风云突变，双方坚壁清野、剑拔弩张。而瑶池李氏首战告捷，更是士气大振、信心倍增，一时间慷慨激昂、空前团结，誓死保卫家园、与南唐血战到底之声此起彼伏、不绝于耳。

一场你死我活的大战，似乎在所难免。

第十章

DISHIZHANG

脱身大计

◆ 一、捷报频传君臣狂欢，李云博不寒而栗 ◆

话说这天下午，李云博满腹狐疑地从翰林院出来，与王克定等一班翰林学士一边议论着，一边朝延英殿方向匆匆赶去。穿过垂拱门，但见广场上，纷至沓来的各衙署的长官要员们潮水般涌过来，都在相互探询和揣测着什么。看样子，他们对下午这场突如其来的紧急朝会，似乎也颇感意外。

接到朝廷申时朝会的圣谕时，李云博十分蹊跷：这历朝历代，上朝都是清晨，谓之"早朝"；而且南唐早朝是五日一次，早朝散后，衙署才开始办公。而申时已是下午，这个时间上朝，有什么紧急事情呢？况且，南唐皇帝李璟历来勤勉，"吏员五日一休沐"的假期过后，就是朝会之日，而且有着"有事奏报，无事散朝"的惯例，大小事务都在早朝上议决。就算有紧急政务军务，一般都是宰相府或者枢密院会商后上报皇上御批后施行，万分火急的要务，皇帝便会亲自在上书房开启小朝会，密召重臣议决后施行，根本不要通过朝会议决。可是联系到近期天下局势，他隐隐觉得应该与楚国有关：是啊，马希崇举族投降，刘仁赡又乘势攻下岳州，这一连串所谓的重大胜利，他李璟迫不及待要与满朝文武分享了！当然，得了潭州、岳州，如何治理，也可能需要集思广益，问策群臣……

"岬南贤弟，你说说，皇上如此急匆匆地召集文武百官，究竟要会商议决何事？"王克定一边走，一边问道。

李云博想都没想，就对他说道："你知道的，近日边大帅逼降了长沙，武昌那边又攻下岳州，只怕是长沙、岳州那边传来了好消息，也可能出了什么状况……"

"两位翰林说什么呢，不会是瞎猜皇上急召朝会的圣意吧？"李云博抬头一看，只见冯延巳迎面走来，皮笑肉不笑地看着他问道。

"下官参见冯相！"李云博、王克定赶紧施礼道，"下官不敢。"

冯延巳笑道："哎，这有什么。李翰林，你就说说，皇上急召朝会，究竟意欲何为？"

李云博拱首道："启禀冯相，下官愚钝，也正纳闷，不知何故，敢请相爷拆解。"

冯延巳道："哎，你是神童，那就猜猜看，皇上究竟要做什么。"

李云博道："常言道：风过留痕、雨过地湿。这风未来雨未落，下官怎能未卜先知。

下官一个翰林见习，尚无固定职守，怎能妄议朝政。相爷就不要难为下官了。"

"李翰林也太过谦虚了吧！俗话还说，山雨欲来风满楼，风来了，雨就不远了。按照惯例，你们翰林院见习，为期两年，但非常时期，急需用人，老夫跟皇上奏议，李学士本是楚廷旧臣，见习三五月就足够了。如今见习将满，正当展翅高飞，大有可为啊！"冯延巳见他执意回避，无关痛痒地闲扯几句，于是对站在一边的王克定问道，"状元郎，李翰林装蒜，那你说说，皇上要干什么？"

王克定拱手道："启禀冯相，下官就妄自揣度了。突然之间开启下午朝会，应该不会是会商议决要事，只怕有紧急要务知会群臣吧。如若尚需议决，等到明日早朝也不迟啊。但究竟知会何事，下官以为，只怕是冯相图楚之计大功告成，皇上要论功行赏了吧。恭喜相爷！"

"哦，图楚功成，论功行赏？王大人果然好智慧！"冯延巳突然哈哈大笑一阵后道，"图楚有成，所言不虚。只是，还远未到论功行赏的时候。"他又疑惑地看着李云博，突然贴在他的耳边，小声说道："你小子不会真不知道吧？肯定是装样子蒙老夫！哎，老夫跟你透个底，马希崇投降了，边镐占领长沙，楚国土崩瓦解，图楚战略初见成效。李大人如若想回乡任职，老夫愿为引荐，如何？"

李云博拱手推辞道："多谢相爷美意。下官年未加冠，初出茅庐，资历浅薄，恐怕辜负相爷厚望。王大人年近而立，新科状元，学识渊博，见识独到，他去楚地，肯定比下官胜任。不知相爷意下如何？"

冯延巳笑道："哦？这个，好说，好说……老夫料定，今儿皇上龙颜大悦，很可能要摆庆功酒，大宴群臣。等会儿，我们好好地喝上几杯，哈哈哈哈……"

李云博听了也不再言语。看着冯延巳洋洋得意远去的身影，心里很不是滋味。身边的王克定催他快些，李云博低头跟过去，两人就一起进了集贤阁。

不一会儿，延英殿里，李璟升座龙庭，群臣入见山呼万岁已毕，只见李璟拿着几样官文，乐呵呵地站起来说道："今儿下午大朝会，大家都觉得有些意外吧。朕也觉得，这个决定太突然。但是，没有别的办法，因为朕实在等不得了，要急着把这天大的喜讯告诉给满朝文武，和各位爱卿一起分享。近期来好事不断、捷报频传，上午就得到武昌节度使刘仁赡攻下岳州的捷报，不出两个时辰，又收到定楚都部署边镐大元帅平定长沙、请求朝廷派员主政的奏疏，数日之间连下两州，而且一个是楚国的社稷根本、王都要地潭州，一个是被称为'湘北门户'的文化圣地、洞庭明珠岳州。应该说，这是朕自登基践祚近十年来首屈一指的重大胜利，朕能不高兴吗？吴公公，你把这两道奏疏跟满朝文武念念！"

吴公公上前接了奏疏，扯开娘娘嗓子大声读了起来。不一会儿，读完，又将奏疏双手捧起，置于李璟身前龙案之上。满朝文武听罢，都为这突如其来的喜讯特别是占领岳州的捷报欣喜若狂，纷纷向李璟道喜：

"恭贺陛下喜收潭州岳州！"

"皇上运筹帷幄，决胜千里，天下雄主也！"

"天佑大唐，国运昌隆。吾皇英明，吾皇万岁！"

……………

君臣乐了好一阵子后，李璟又说道："如今潭岳已平，边镐上奏请旨朝廷，立即派要员入长理政。各位爱卿有何良策，尽管奏来。"

御史中丞江文蔚出列奏道："启奏陛下，常言道：取疆土易，得人心难。我朝乘楚内乱，取之甚易。但要潭州岳州并入大唐疆土，真正实现三湘四水长治久安，不能急于求成、一劳永逸。微臣以为，治长得一体规划、分步实施，先继立一位马氏后人为潭州傀儡之主，等到民心臣服，楚地大治，再将其调离他州，委任能臣领政长沙，通过移花接木、李代桃僵之策，无形之中王化楚民楚地，实现我朝扩充。"

枢密副使李徵古道："江中丞多虑了。楚地内乱，分崩离析；王子争位，人心尽失。我朝兴仁义之师入楚，所向披靡，万民拥戴，箪食壶浆，哪来的得人心难呢？自古以来弱肉强食，兵戈所向，强势占领，乱民贼子哪个敢不臣服？如今潭州岳州已成囊中之物，何必继立马氏，多此一举。微臣建议，直接设置武安军节镇，军政合一，让所取之地即刻化为我朝州县。"

枢密使陈觉接过话来说道："李枢密所言甚是。陛下，微臣以为，等到潭岳两州安顿之后，立即进剿朗州，收拾湘北湘西各州。时机成熟后就大军南下，与南汉一决高低，争夺靖江之地。等到楚地尽收，然后强推王化，不出期年，三湘大地定将大治……"

"胡说八道！"右仆射孙晟上前打断他的奏议，朝李璟躬身拱手道，"启奏陛下，这两个武夫又兴风作浪，又想穷兵黩武四处征伐，真是岂有此理！老臣以为，江中丞言之有理！当前楚国局势混乱，朗州拥兵自重，衡山希萼割据，靖江之地已被南汉尽收，我朝虽然取了潭岳二州，可是荆南高氏一直虎视眈眈，绝不会就此罢休。加之朗人已经向北称臣，我大唐取得长沙，北周郭威也会心有不甘，肯定会乘机暗中作梗。因此，安湘之策，需以怀柔为上，先取民心，广施善政，徐徐推进，等到时机成熟，再名正言顺归入我大唐版图。请陛下三思！"

"嗯，都言之在理。"李璟一边听着一边思忖，不咸不淡说了一句，忽然巡视一周，问道，"怎么，韩熙载呢，怎么又没来上朝？"

吴公公道："启奏陛下，韩大人告病，没来上朝。"

"韩熙载告病没来上朝？"李璟眉头一皱，突然哈哈大笑起来，"他是真病还是装病啊？不会是看到朕年初确立的'大守小取'的新春国策见了奇效，不好意思见朕了吧？孙爱卿，你说呢？"冯延巳、陈觉等主战派一听，都得意地哄笑起来。

孙晟道："韩大人确实病了，已经卧床数日，医治疗养各种方药都试过，均不见好转。近些日子都没来上朝，也没有坐衙理事，陛下怎么忘了？"

"哦，朕真的忘了。韩大人是真病了啊。也罢，有空朕瞧瞧他去。"李璟说着，又看了看冯延巳，问道，"冯爱卿，你有何高见？"

冯延巳道："正如陛下所言，适才几位大人都言之成理。的确，湘楚大地，图之容易守之难。要真正使三湘四水化入大唐治下，用人是关键啊！"

李璟道："冯相何意，朕听得不甚明了。你说详细些。"

冯延巳道："是，陛下。几位大人的分歧，在于用谁主政长沙，这当然是人选问题。陈军门、李侍郎主张建立节镇，实现军政合一，理由是边镐军纪甚严，一路上秋毫无犯，不费一兵一卒逼降马希崇，又开仓赈灾，深得人心。而孙相、江中丞认为楚地复杂，局势混乱，得小心为上，避免一招不慎全盘皆输的困局，建议先立马氏后人，等时机成熟再收不迟。前者的好处是，我朝开疆拓土之大业立竿见影，弊端是存在马氏复辟湘人反抗的风险；后者的好处是，利用傀儡政权先稳定局面争取民心，等到时机成熟再走马换将，实现平稳过渡，不足是时间太长，夜长梦多，也可能会给他人留下机会。老臣有一办法，可以将双方意见折中处理，定能取长补短、相得益彰。"

李璟道："爱卿快讲，别卖关子。"

冯延巳道："陛下，是这样，我们可以维护湖湘安宁为由，先任命一员干将为武安军节度使，驻镇长沙，增派大军驻守岳麓大营及周边州县，实现武力实际占领；但在治理方面，实行军政分开，废除原楚国军政合一的天策府，新设潭州府衙，启用楚国故吏，实行楚人治湘。"

"军政分开、楚人治湘？"李璟听了，咀嚼着这几个字好一阵子，然后点点头道，"有些见地。依爱卿之见，派谁担任武安军节度使合适？选谁担任潭州刺史呢？"

冯延巳道："老臣建议，武昌军节度使刘仁赡转任武安军节度使，郢州刺史何敬洙升任武昌军节度使。至于潭岳两州刺史，可以在原来楚国旧臣中遴选，也可以从我朝官吏的楚人中选择。如今长沙楚国王廷的能臣干吏要么被杀，要么逃走，要么隐居，能够用来担任州府主职的凤毛麟角。老臣推荐两个人，供陛下候选。一个是原楚国天策府客省主事魏迪勋，一个是我朝新科进士、翰林院新晋学士李云博。"

李璟道："嗯……刘仁赡镇守长沙倒是合适，可是边镐怎么办呢？"

冯延巳道："边镐上书请求回袁州统兵，陛下准奏就是。"

"有些道理，但尚可斟酌。"李璟想了想，又问道："翰林学士李云博，你是马楚旧臣，又是我朝翰林，对待楚国问题最有发言权。冯相推荐的两个刺史人选，你的意见呢？"

排在接近班末的李云博出列快步走上前来，稽首道："回禀圣上，微臣以为不妥。据微臣所知，魏迪勋虽然勤勉干练，颇有才具，政声人望都还不错，但他痴迷仕宦，做官成瘾，甚至有些自命清高，办事泥古缺乏变通，只怕难以胜任此等要职。至于微臣，尚在见习，未曾历练，甚至连一县衙小吏都未曾任过，加之年纪尚轻，资历浅薄，能力不足，更不能胜任此等要职，辜负皇上圣恩。但无论如何，微臣还是要感谢冯相亲睐举荐。望陛下明鉴。"

"李爱卿年纪轻轻，有此胸怀，实属不易，将来必成大器。"李璟说道，"朕以为，冯相的治湘之策可行，至于人选，也不急这一时，由冯、孙二位宰相牵头，组织吏部、兵部层层挑选，当然各位爱卿也可以上折举荐，最后报朕审定。哦，对了，今日双喜临门，连收两州，朕备下了庆功酒席，散朝后都去宴会堂饮宴。此等喜事，多年不遇，我们君臣自然要好好庆祝一番。散朝！"

大礼行毕送走皇上，群臣一个个奔了出来，延英殿外顿时热闹非凡，兴致勃勃地往宴会堂赶去。而落在后边的李云博，却怎么也高兴不起来。马希崇投降了，存在五十余年的大楚国亡了，虽然这个结局他已经预见，但这一刻真正到来，他还是感到无以复加的伤心。南唐入主长沙，后面会发生什么事情，谁又能意料得到呢？更何况，楚国山河依旧四分五裂，南唐有能力实现长沙的长治久安吗？拥兵自重的朗州、衡山会就此罢休不起事端吗？靖江沦陷，落入南汉之手，要想收回来绝无可能。奸相冯延巳当众举荐自己，究竟是何居心？而"皮之不存，毛将焉附"，国破之时，瑶池李氏何去何从……想到这里，李云博不寒而栗，似乎从这金陵皇宫初冬的冷风里，他嗅到了一股肃杀的气息，眼前猛然浮现出一幅异乎寻常的凄然景象：家乡瑶池，到处都是纷飞战火，流血漂橹，残垣断壁破败不堪，衣衫褴褛、惊恐万状的乡民流离失所……想着想着，突然一阵晕眩，差点栽倒在广场中央。

"岫南，你怎么又落在后边了？"王克定回身扶着他问道，"刚才冯相举荐你，你怎么当庭回绝了呢，多好的机会啊！"

李云博定了下心神，说道："兄台见笑了！小弟一个弱冠少年，怎能当此重任！如今我承蒙皇上隆恩，新科进士入了翰林，已经享尽了八代祖宗的阴德。我李云博何德何能，莫名骤升高位，满朝文武必然嗤之以鼻。这非功非德的意外福禄，我已经得了不少，不能再来者不拒了。天怒人怨是小，如若贻误朝廷治湘大计，我还有活的份儿吗？"

王克定道："你怎么如此谨小慎微！常言道，有志不在年高。非常时期，朝廷用人自然不必循规蹈矩，量才而用嘛。贤弟才高斗量，兼具济世情怀，得放州府要职，正是一展宏图的良机啊，可惜，可惜！"

◆ 二、二哥忌日临近，嫂嫂泪眼婆娑 ◆

李云博从朝廷的庆功宴会回来，已经接近午夜。刚进家门，只见管家乾卦统领在大门边等着他。李云博小声问道："怎么，乾兄还未睡？"

"老爷回来了。"管家应了一声，看看左右无人，又将他拉到院落僻静的地方，轻声道："长沙传来消息：如霜姑娘找到了。还有就是，岳麓寺主持弘道大师前日突然圆寂……"

"嘘……"李云博止住他，说道，"明日休沐之期不用上朝坐衙，我抽空过去吧。"管家会意，跟着他回到门前，一边往里走一边对他说道："知道了，老爷。哦，夫人吩咐了，等您回来，一定要将驱寒暖腹的麻丸汤热一热喝了。说是天气冷了，别凉着了脾胃。我就去热了端来。"

"不用了，你去歇着，还是我来吧。"李云博刚要进屋，又转身问道，"哦，管家，嫂嫂和侄儿已过来数日了。近期忙得很，过问得少，也不知道他们习不习惯？"

管家道："回老爷，夫人待馥湘公主和少爷很是周到体贴，还为小少爷专门请了奶妈婆子，真正地亲如一家呢！"正说着，只见秋月从房里出来，跟李云博打了照面道了万福，笑道："官人一回，就问起嫂嫂侄儿，把我这夫人放在一边，是何道理？"

李云博道："他们刚来，人生地不熟，我又很忙，一天到晚面都难得见上，怕他们不适应，顺便问问，你也见外？"

秋月道："我逗你呢！你放心去忙，我答应了你，要好好照顾他们，绝不会让他们受委屈。你回屋去，我将麻丸汤端进来。"说罢，就忙碌去了。管家见状，就转身退出门去。

李云博进了书房，想到马希崇投降楚国没了，恩师弘道大师圆寂，刘如霜找到了但又不知具体情况，心绪仍不能平静。秋月端着汤水走进来，看见他脸色煞白，满怀关切地问道："官人，怎么了？是不是又着凉了？"

李云博坐下来，强着笑颜道："哦，没什么。今夜皇上大宴群臣，多喝了几盅黄酒，有些头重脚轻，睡一觉就没事了。"

秋月一听，杏眼一瞪，说道："看看，又睁着眼睛说瞎话！冬日喝黄酒，暖肠热胃，驱寒祛湿，燥气上升，应该脸色通红才是。你倒是好，居然喝得面无血色。不是着凉了才怪！"

李云博笑道："你知道得还真不少。但《酒经》云：'酒味甘辛，大热有毒，虽可忘忧，然能作疾，所谓腐肠烂胃、溃髓蒸筋。'因此，不是所有人喝了都红脸的。我这柔弱体质，多喝几杯就成毒药了，犹如得了病，自然脸也跟白纸一般，有什么奇怪的。"

秋月道："我的见识自然没你的多！身体不适，还引经据典地跟我狡辩，我哪里说得过你！"她嗔怪几句，就用汤勺搅动着汤水，又用口吹了一阵子，然后递给李云博道："喝了吧。很晚了，赶紧睡一觉，我替你加床被子厚厚地捂着，发了汗就没事了。"

李云博接过来尝了一勺，温度正好，于是一仰脖子一饮而尽，放下碗来说道："明日休沐，我想去泰平商社看看，你一起去吧。"

秋月一边整理着床铺一边笑道："泰平商社是你家产业，你去那里不用跟我讲，想去就去。我明日约了茜清花行的郑老爹修葺后院，趁着冬天凋敝时节，把花圃池塘好好整肃一番，为你建个有格调的后花园，移花接木种兰植荷，待到明年，后院就可以芬芳满园了。到时候，供你闲暇品茶读书，休憩赏玩。"

李云博笑道："没想到秋月姑娘还是性情中人！不仅会持家过日子，而且还闲情逸致侍花弄草，李某真是三生有幸！"

"别好言妙语地胡夸乱哄，我不吃这一套！"秋月顿了顿，又说道，"告诉你，修葺后花园的主意，是你嫂子出的，她还画了图纸呢！她到底是楚国公主，眼界开阔，懂得很多，我佩服得五体投地！明儿我们妯娌俩，就要指导郑老爹他们施工了。"

李云博大喜，道："没想到，你们妯娌俩如此融洽，秋月姑娘，你费心了！"

"哎呀，费什么心，本来就是一家人嘛！我自幼进宫，孤儿一般，就是想多几个兄弟姊妹，她来了，我可是真心实意高兴，还有个快满半岁的宝宝，这才像家嘛！"说着，她突然停下手中活计，问道："官人，刚才管家跟你说什么？弄得你脸色如此难看！"

李云博一愣，但很快回过神来答道："哦，也没什么。他说，魏大人和柳烟姐姐回去后带信来了，说是马氏王室投降了，楚国灭亡了。他们回到长沙，国破家亡，乱象横生，不知是福是祸，我真为他们担心。"

秋月道："怪不得！对了，如霜姐姐有下落了吗？"

李云博道："还不知道。我明日去商行，想派个伙计到长沙去打探一下。就这样等，也不是办法。"

秋月道："是啊。如霜姐姐除了你这个未婚相公外，现已没有了一个亲人，怪可怜的。如今朝廷取了长沙，忙着整章立制除旧布新，自然顾不上你这等小事了。魏姐姐一家，见朝廷找不到如霜姐姐，你的大婚也遥遥无期，他们也只得回去了。你得上奏朝廷，引起他们重视，或者告假自己回去看看。这是你自己的大事，别人怎么上心，都比不得自己要紧。"

李云博听了她的话，心里暗暗吃惊：这个小丫头，居然什么都了然于胸，真是不能小觑她了。于是叹道："你说得甚是。可是，我一个客臣，皇上对我恩重如山，为了一点私事，怎能三番五次麻烦朝廷！相信如霜妹妹她是大福大贵之人，逢凶化吉，遇险呈祥，将来一定能和我们团聚。"

秋月也叹道："但愿如此！我明日起，天天都焚香诵经，为如霜姐姐祈福吧。床铺好了，你早些睡吧。"两人各自上床安寝。可是，李云博一个晚上都胡思乱想，尤其是弘道大师突然圆寂，更让他悲不自胜，并未怎么睡着。

翌日一大早天刚开眼，心急如焚的李云博就早早起身，准备去泰平商社。刚要出门，突然想到好几天都未与马馥湘打照面了，于是折身回屋，没想到与正欲出门的秋月迎头碰上。秋月问道："不是说赶早去商社看看吗，怎么又回来了？"

李云博道："近来早出晚归，也没跟嫂嫂问安，今儿休沐，正好陪他们吃吃早点。商社那边，迟一点过去，也没什么。"

秋月道："公主真可怜，孤儿寡母，你是要多陪陪。"她说着，就吩咐厨房准备早点，自己亲自去马馥湘房里请安去了。

李云博回到书房待了一会儿，仍然心浮气躁，干脆进了餐屋，坐在那里干等。不一会儿，早点上桌，秋月陪着马馥湘走了进来。李云博起身道："小弟跟嫂嫂道早安！"

马馥湘赶紧还礼："叔叔早！你那么忙，还记挂我们娘儿俩，真是过意不去。"

李云博道："嫂嫂别见外，自家人，不用客气。坚儿还没醒？"

马馥湘道："他在奶妈那里，睡得正香呢。"

秋月道："哎呀，坐下来边吃边说嘛！"两人笑了，都坐下来。

刚吃一会儿，突然管家走进来道："启禀老爷、夫人，茜清花行的郑老爹带着一群工匠来了，正在门口候着，说是夫人吩咐，要修后花园……"

秋月一听，站起来道："这郑老爹，也真早啊。你们慢吃，我去安排他们做事。"说罢，匆匆出门去了。

李云博问道："嫂嫂来金陵已有数日，可还习惯？"

马馥湘道："很习惯。你这个侧室，待我娘儿俩，好着呢。"

李云博道："听说，这修后花园的主意，是嫂嫂出的？"

马馥湘道："算是吧。"

李云博笑道："嫂嫂真是闲情逸致，王族风范啊！"

"连你也取笑我不是？"马馥湘叹了口气道，"我听你说过，迟早要回瑶池去。起初不明白这是何意，就连管家说，要多多提防秋月也非常迷惑。可是来金陵这些天，每天几乎都有内务府的人来嘘寒问暖，突然明白，原来你被软禁了。我知道，南唐朝廷一边对你滥施厚恩，一边又处处提防着你，看来他们对你还是心存疑虑。没想到你的处境如此艰难，真是为难你了。我出这个修花园的主意，也是让他们相信，你要在金陵长久安家。"

"多谢嫂嫂费心。"李云博很是感动，又低声说道，"其实，小弟接嫂嫂侄儿来金陵，除了能够好好照顾你们外，也有此意。小弟提醒嫂嫂，在府上，除了秋月和那两个丫鬟外，其他都是自己人。不过，说话做事，处处都得小心。"

马馥湘点点头，突然放下碗筷不吃也不出声了，眼泪夺眶而出，仿佛想起什么伤心事。李云博很是诧异，问道："嫂嫂，怎么了？"

马馥湘摇摇头，没有回答，只是更加伤心，情不自禁地抽泣起来。

李云博急了："嫂嫂遇上难事了？跟岫南说说吧。"

马馥湘止了哭泣，道："我看见你，想起你二哥了。下个月，就是他的周年忌，他已经离开我们一年了。可是我们娘儿俩，却一直流落异乡，连他葬在哪里都不清楚。想起这些事来，不免伤心。只是让叔叔见笑了。"

李云博也伤感起来。他安慰马馥湘道："二哥为国捐躯，死得正气凛然。六叔和达淼哥扶灵回乡，时任浏阳县令的魏大人为他发了官丧，与祖先一起，长眠在东峰界烂泥湖边。他如若知道坚儿和你都活得好好的，也该含笑九泉了。"

马馥湘道："叔叔说的是。为了不辜负他的一片忠心，我一定要好好把坚儿养大，让坚儿和他一样，做一个堂堂正正的男子汉。"

李云博道："嫂嫂放心，我一定想办法早日回去，好让你们为二哥上坟扫墓。"

马馥湘道："你不用为这事操心，迟早我们是要回去的，也不急这一时。只是你一定要多加小心，千万别操之过急。"

李云博道："小弟知道。如若二哥周年忌赶不回去，我们就在府上给他做祭奠，寄托大家的哀思。二哥他后继有人了，这个喜讯也要及时禀告给他啊……"

马馥湘点点头道："那好。到时候，麻烦叔叔了。"

"不用客气。嫂嫂慢用，我去一趟泰平商社。"李云博说着，就站起身来告辞。

马馥湘也站起身来道："我也吃好了，该去看看坚儿醒了没有。"

◆◆ 三、瑶池剑拔弩张，李云博苦无脱身之策 ◆◆

李云博和管家一起骑马来到泰平商社门前，只见伙计们正在开门清扫，忙碌着开张，看见李云博和管家来了，连忙上前打躬作揖。李云博下马装模作样闲问几句，又检视一番，便到后堂去了。

来到后堂进入密室，朱雀将军等一干将领早在那里等候了。李云博一进门就迫不及待地问道："什么情况？飞鸽传来的书信呢？"朱雀将传书递给他，李云博展开看了起来：

长沙阁左紧急密报少主三事：一、刘紫使刺杀徐威遇险，为我部救得，现羁押待令发落；二、马希崇献城前夜，徐威出逃，不知下落；三、玄武率部密入瑶池，与阁右会合。另：少主恩师弘道大师十月十六圆寂，两日前边镐曾登门拜望，不知有无因果……

还未看毕，只见乾卦统领道："少主，如今国破家亡，泰平阁不能再窝在暗处，我们更得想办法回去了。"

李云博将传书递给朱雀将军，抬头看了管家一眼，没有理会，突然问道："瑶池那边，有消息传来吗？"

朱雀道："暂未获悉。"

乾卦统领又道："少主，你既然决意不事南唐，得及早抽身啊！"

李云博说道："乾兄少安毋躁。徐威出逃，倒没什么，懒得理他；弘道圆寂，倒真蹊跷，大师一直体康魄健，怎么会突然仙逝？难道与边镐拜望有关？边镐找他干什么……"

乾卦执事道："我觉得，更蹊跷的是，刘紫使刺杀徐威，应该是在马希崇投降、徐威出逃甚至拓跋恒学士送降书自刎以前，上次飞鸽传来的，怎么只有这几件，而没有提及刘紫使的事呢？属下以前是左老大人的传书密使，对他很了解，应该不至于有这样的疏漏，前次很可能是故意没报……"

李云博听了，皱起眉头来："嗯……大家都说说，如何处置刘紫使吧。"

朱雀道："属下以为，刘紫使虽然违反阁令擅自行动，但终未铸成大错，理应从轻发落。"

李云博突然沉下脸来，冷冷问道："从轻？如何从轻？"

朱雀道："免去职务，戴罪立功。"

乾卦统领道："不妥。刘紫使身为台阁要员，居然不听号令，擅自寻仇，非常时期，还得从严惩处，以儆效尤才是。属下认为，按照阁律，应该废去武功，逐出门阁。"

李云博道："还是轻了。我曾经三令五申，有言在先：潜伏期间，任何人不得擅自行动，违令者斩。刘如霜居然为报私仇，公然脱离门阁，甚至不顾暗语传音迟迟不归，丧心病狂贸然行动，若不是左老他们及时赶到，可能业已暴露酿成大错，如此目无阁律，天理难容！密令左老就地处决！"

众人一听，大惊失色。乾卦统领急忙道："少主，刘紫使虽然有错，但罪不至死。请求少主从轻发落。"

同人执事道："是啊，少主。刘紫使家遭厄运，满门抄斩，伤心欲绝之际，难免有失当之举。更何况，她的复仇，是以个人名义，并未打泰平阁旗号，也并未造成多大损失。恳请少主三思。"

无妄执事道："少主，刘紫使罪过再大，也不能杀啊，更何况她并未犯下死罪。您想想，如今非常时期，密使潜伏四处，都可以各自行事，处罚过重，会觉得少主刻薄寡恩，毫无仁义可言。少主欲成大事，善待部众更会凝结人心。请您三思啊。"

其他人也纷纷求情。李云博听了，半晌不语。他看见朱雀一直未开腔，于是问道："朱雀将军，你的意思呢？"

朱雀却不直接回答，他绕开话题说道："少主，不久前，刘府灭门惨案发生后，刘紫使失踪，你曾命令传书左老：'如若刘如霜胆敢擅自行动，左老大人要么自裁，要么处死刘如霜！'刚才乾卦执事说了，左老是故意缓报。少主想想，如今，左老制止了刘紫使行动，应该可以按此令行事，但他还是传书请命，说明他不赞成处死刘紫使，也不想自裁。如若您下令处死刘紫使，左老大人为保住刘紫使性命，被逼自裁，那将如何是好？"

李云博一听，猛然想起前次的密令，不由得大惊，猛地站了起来说道："是啊。按理，他可以自行处置，没必要请示。而且，离长之时，我曾授权他全权处理阁里一切事务，他若自裁，泰平阁岂不群龙无首、一盘散沙？这可如何是好？"

朱雀道："属下有一计，不知可行否。"

李云博道："但说无妨。"

朱雀将军上前，拉着李云博坐下，说道："少主请坐，容属下慢慢道来。上次那道阁令，属下不赞成发过去。当时少主悲愤交加，怒火中烧，属下才迫不得已同意发出。其实，少主既然将阁里一切事务全部交予左老，就不该再发阁令，让其左右为难。少

主，您说呢？"

李云博听着，点点头道："将军言之有理，我是有些越界了，不该发那道阁令，当时气昏了头。以后，就只收消息互通信讯，不再轻易发布阁令。您继续说。"

朱雀道："如此一来，事情不就好办了。少主传书过去，自责自己上次乱发阁令，违背离长授权约定。今后一切事务请左老全权处置，不就成了吗？"

"将军妙计啊！"众人一听，都纷纷赞同。

李云博见大家都同意，也就点了头，说道："就依将军之计吧。"大家一听，都笑了起来。于是大家就又议论起徐威逃走、弘道圆寂等其他事情来。

突然，一个密使进来说道："启禀少主，右老大人有书传来。"

朱雀急道："快快呈上。"李云博接过一看，只见上面写着：

瑶池阁右急报：潭州沦陷，马楚祀绝，三湘大地，业已易主。南唐四处接管县乡衙署，如今兵临瑶池，李府上下正同仇敌忾，剑拔弩张，意欲殊死一搏。万分火急，请急赐良策，切切。

"这么快！"李云博大惊失色，"一占领潭州，就忙着接收地方政权了，不光是浏阳瑶池，肯定还有别的地方抵制接收，谁愿意做亡国之民啊……"

"但是，如若抵制，南唐定然会大军镇压，说不定三湘大地又将掀起一场血雨腥风。这如何是好？"乾卦统领道，"少主，我们赶紧回去吧，再不回去，家园就彻底沦亡了，我们的父老乡亲、妻子儿女都将任人宰割蹂躏……"说着，声音哽咽了。

"你哭什么，一遇事就急吼吼地乱嚷，回去回去，回去就能力挽狂澜解民倒悬吗？"朱雀将军见他很是失态，厉声说道，"我们的心情不也一样，莽撞行事，不仅不能救民水火，说不定把自己也搭进去。你先坐下来，冷静冷静。"

李云博拍了拍刚刚坐下来的乾卦统领的肩膀，平静地说道："国土沦丧，国破家亡，像乾兄这等英雄好汉，却只能眼睁睁地看着敌国入侵，不能挺身而出，不能与之抗争，不能白刃红刀大干一场，当然会悲愤异常，当然会万手抓狂，当然会潸然泪下。哭吧，男儿为国悲泪，不是耻辱。狠狠地哭一通，把泪水哭干，我们图大计如何？"说着说着，自己也忍不住落下泪来。他擦了擦眼睛，继续说道："哭一哭没问题，号啕大哭也可以，但不能哭着哭着就乱了方寸，就不顾一切回去拼命，就为了家人的安危忘记了泰平阁之神圣使命。谁说南唐占领长沙，就一定会滥杀无辜呢？边镐是逼降马希崇，并未开启战端。边镐这个人，我还是比较了解的，别的本事没有，信佛慈悲、沽名钓誉却是天下皆知的。我估计，你们的家人都不会有太大问题，都是平头百姓，只要不反抗，南唐方面不会为难他们。问题是我的家族瑶池李氏，祖上是猎户出身，豪侠尚武，不畏强暴，国破家亡时个个都会挺身而出，而百年来又是响当当的火药世家、爆业豪门，脾性跟火药爆仗一样，遇火就燃、点着就响，又有一支数千人的队伍，他们宁死不降、鱼死网破是绝对能够做到的。我都没有丧失理智，你急什么呢？"

"属下一时心急，差点坏了大事，请少主责罚。"乾卦统领止住了哭声，站起来拱手道，"少主撤了属下吧，只是别赶我走，让我戴罪立功。"

"有少主在，你坏不了事。"朱雀将军看了一眼乾卦统领，语气缓和下来道，"你是关系少主安危的乾卦统领，武艺高强无人匹敌，浑身是胆铮铮铁骨，忠心耿耿万死不辞，办起事来雷厉风行，就是这急躁的毛病，这可是统兵将领的大忌啊，一定要改一改……"

李云博止住朱雀道："将军别责怪乾兄了，他就这个人，不急躁，就不是他了。我倒是欣赏他这种心无城府、有啥说啥的性情。有你我在，他犯不了大事。"他看了一眼乾卦统领，笑着道："我撤了你，谁当管家啊，谁当泰平商社掌柜啊？想撂挑子，没门！"一通调侃，大家都笑了起来。乾卦统领也不好意思起来，涨红了脸，又摸着自己脑袋不出声了。

李云博又说道："是得想办法回去了，但回去非常困难，甚至可以说，几乎无解。现在南唐的策略非常明确，一是以潭岳二州为基础，时机成熟纳入南唐版图，然后攻取其他州县，进一步开疆拓土。大家恐怕还不知道吧，昨日朝会，南唐朝廷接到占领岳州的捷报，满朝齐贺；二是死死把我留在金陵，看上去很是优待，进士封官，赏宅赐婚，其实就是软禁我，将我作为控制瑶池李氏、逼迫他们献出火药绝密的把柄，好实现他们扩充军备、提升炮火武器实力的图谋。昨日朝会，奸相冯延巳公然上奏皇帝，举荐我出任潭州刺史，这其中玄机，深不可测啊！是借'楚人治湘'选个傀儡还是借机试探，是高官厚禄的怀柔之策还是暗藏杀机，是为图秘方的拉拢还是别有所图，甚至是其他什么企图，都不得而知。所以，弄不好，就会身首异处。在回去这件事上，一定要慎之又慎，大家要开动脑筋，多想办法，没有万全之策，绝不贸然行事。"

乾卦统领接过话来说道："嗯，少主所言甚是。大家想想，南唐图楚，根本目标就是瑶池李氏火药秘方，并希望将炮火营建在瑶池。南唐既然想实现利用瑶池大威力火药来提升军事实力，肯定会极力拉拢，高官厚禄金钱美色无所不用其极，甚至不惜一切代价。但倘若李氏满门偏偏不做亡国之民，南唐怎么办？怀柔用尽，自然会动用暴力。恩威并施是寻常之道，只怕少主家人，要吃些苦头了。"

朱雀将军笑道："你小子，神志一恢复，就头头是道了。你想想，如今少主置身龙潭虎穴，能够轻言回去吗？不仅不能回，就算朝廷让他回去，还得一推再推，表明立场，效忠朝廷，如若接下来，瑶池李氏要做殊死一搏，麻烦大不大，少主的压力大不大，你想过没有？所以今后，无论是谁，都不得轻言回去的事，要做出一心一意扎根金陵、经营事业的样子，别给少主惹事。"顿了顿，他又看着李云博问道，"少主，右老大人的密书，如何回复？"

李云博想了想，道："这是我们家事，与泰平阁无涉。你回信告诉他，烦他无论如何要设法说服我父亲及三叔、五叔，率领神刀营接受改编，家族也不得有任何抵抗。对了，还是我自己写封家书吧，烦用飞鸽传书递回去……"正欲动手，突然，门外传来密使的暗语传音："少主，夫人来了，说有急事……"众人大惊，连忙出了密室进入后堂大厅，大厅场面早就收拾齐整，大桌上摆满了糕点酥果，茶饮酒水也一样不少。众人忙赶过去坐下来，一边谈笑风生，一边吃起早茶来。

◆ 四、休沐品茗，皇帝密询治湘之策 ◆

一群人刚刚吃起来，只见秋月带着一个宫廷装扮的人走进厅来。不等李云博开口，那宫人笑道："李翰林真是好兴致，休沐之日也不闲着，一大早就跑到自己店铺里坐镇来了，叫老身好找！"

李云博一见，原来就是那位替自己买房子的内侍少监黄公公，连忙起身施礼道："不知公公驾到，有失远迎，还望恕罪。"又是让座，又吩咐看茶，然后看着秋月责备道："黄公公一大早就来家里，你怎么不好生招待，吩咐下人喊我回家就是，居然带他跑到店铺里来，也太不像话了吧！"

秋月笑道："公公光临寒舍，说有要紧的事急着见你，奴家拦也拦不住……"

黄公公吃了些点心，又喝着茶，口齿略微含混地说道："你别怪秋月了，是老身自己要来的。早就听说李翰林盘下一处旺铺，日进斗金，一直想过来瞧瞧。正好，赶上这趟公务，抽身过来，岂不一举两得？"

李云博道："什么日进斗金，公公见笑了！小本买卖，原本就是闲暇之余打发时间，图个热闹而已。不知公公此行，有何公干？"

黄公公笑道："公务嘛，不急不急。哎哟，这么大的铺面，打发时间图个热闹，李翰林真会说笑话啊！给我个天大的胆，我也不敢弄这么大的排场。不愧是爆业豪门、经商世家啊！佩服佩服！"

秋月道："公公好生见外！这泰平商社是我盘下的，与官人无涉。掌柜的，从账上支取二十两银子来，给公公买酒水喝！"乾卦统领听了，连忙站起来，应了一声出门去了。

黄公公听了一乐，笑道："小妮子嫁来不几个月，就学会了营生持家，还居然护起丈夫来了？真是嫁鸡随鸡嫁狗随狗啊！你们放心，公门中人暗中经商做买卖，又不是你们一家，老身还会告了密不成？"

秋月也笑道："公公取笑奴家不是！嫁鸡不随鸡，难道嫁鸡随狗不成？官人整日泡在翰林院，哪有时间管这个！他一读书人，中了进士入了翰林，才没把这营生看在眼里呢！就算休沐之日，他也不过是过来见见老乡拉拉家乡话，不时喝喝茶饮饮酒下下棋打发时间，他能会什么营生！"这时候，管家拿了银子过来，双手递给秋月，秋月叫他直接拿给黄公公。

黄公公早茶也已经用毕，推辞一阵接了，笑道："你别解释了，收了你的封口银，还说什么呢？只是上次买房子，得了那么多好处，又拿银子，怎么好意思！"

李云博道："公公别见外了，这只是一点心意，什么封口银不封口银的，说起来多难听！没有你老人家的照顾，我们能有今日？你快说吧，有什么公干，我好替朝廷当差去，省得在这里闲着。"

黄公公笑道："秋月姑娘，你看看，翰林大人天生大才，满脑子就是朝廷效命，不爱这养家糊口的勾当！皇上昨夜吩咐老身，今日休沐之日，要老身过来看看，说是差人采办了些潭州特产，送给大人品尝。东西已经送到府上，秋月夫人查收了。皇上还交代，如若李翰林抽得出空，就进御花园坐坐。"

"多谢皇上赏赐，吾皇万岁万岁万万岁！"李云博一听大惊，赶紧行了大礼，完毕后站起来又说道，"大冷天的，还有劳黄公公亲自奔波，情何以堪呐！对了，皇上召见，公公如何说得这等轻松？"

秋月笑道："官人别大惊小怪了！这是黄公公的一贯作风！皇上经常在休沐之期邀些文人雅士聚茶，点了些名单，但不一定都去，这得看公公的心情喜好。"

黄公公笑道："翰林夫人，你就别点老身穴位了！这点勾当，都让你说了出去，今后老身还如何当差！"

李云博道："公公多心了！当差不易，他只不过让下官明白，别让我辜负公公一片苦心。既然公公成全，事不宜迟，那我们就动身去宫里吧。"

黄公公道："不急。你收拾停当，过了午时，进皇宫御花园见驾吧。老身先回复旨。告辞。"

李云博起身，送黄公公出门，秋月说得先回府上招呼郑老爹修葺后花园，也一并告辞。李云博一行人回来，再无心吃了，就又进了密室忙碌着写信。不一会儿完毕，准备回去。朱雀将军问道："少主以为，黄公公仅仅是来传旨吗？"

李云博一愣，问道："不是来传旨，还能干什么？"

乾卦统领道："我看他就是个财迷，借口公干四处捞好处。这个老太监，一副见钱眼开的东西，能有什么别的意图。"

朱雀道："我看未必。表面上，他见钱眼开，其实心里明白着呢。说不定，他和秋月一样，都是皇帝监视少主的眼线。没什么事经常过来走走，其实是暗中看看少主在干什么。我们一定要慎之又慎。"

李云博想了想道："很有可能。自从入了翰林以来，朝廷明岗暗哨是少了，但绝对不是放下心来，对我还是有猜忌的。无论怎样，都小心为上。我就回去吧，等会儿还要进宫见驾。把这封信传出去，越快越好，千万别出什么事。"说吧，将信交给朱雀，出了密室，骑马回去了。

话说黄公公回到宫里进了御花园龙静阁，李璟正在用午膳。于是就把见着的情形以及李云博午时将来见驾的事情跟李璟详细禀了。李璟听完他的禀报，午膳已经用毕，一边漱口净手一边问道："前次秋月密奏，说李云博招揽了一批楚人进府，你看，那伙楚人家仆伙计有无异常？"

黄公公道："老奴去了李云博府上及商铺，未见异常。那商铺是秋月亲手盘过来的，李云博事后才知道。依老奴之见，招揽几个家乡人，只不过是言语相通，打发思乡之情，这对留住李云博，不无益处。"

李璟一皱眉头，又问道："你是否又得了李云博什么好处，尽为他讲话！"

黄公公大惊，慌忙跪地道："老奴不敢。适才去了泰平商社，秋月姑娘亲自打发二十两银子，说是老奴公干辛苦，送与买茶水喝。老奴推脱不过，只得收了。"说着，掏出银子包来，双手呈上。

李璟见了，笑道："看来你敛财之名，绝非浪得。这样也好，歪打正着，省得他们疑心。别跪着了，收起银子起来吧。你还是要经常去瞧瞧，别放松了那几个楚人伙计，不怕一万、只怕万一。嗯，开铺子做买卖，还将流落袁州的嫂子侄儿接过来，看来，李云博真是想一门心思扎根金陵，好啊。李云博少年老成，又聪明过人，好学上进，等到加冠之后，必堪大用。"

"陛下所言甚是。"黄公公说着，突然又道，"只是还有一小事，不知该不该禀报。"

"小事？当然要报，朕要你不漏任何细节嘛！"

黄公公道："是。刚才老奴去了他府上，看见刚到金陵不久的楚国公主马馥湘，正在帮秋月忙碌着建设后花园呢！她绘好图纸，设计得很是豪华气派。适才陛下提起马氏

母子，奴才猛然想起早上所见。这又印证了陛下推测，李翰林把马馥湘母子接到金陵后，应该有长期扎根金陵的打算。"

李璟一听，欣喜地点点头："嗯，这倒是个重要信息。看来，他已经适应金陵，很好，很好。"

黄公公又问道："启奏皇上，老奴蹊跷，陛下真的看重李云博才华，为什么不让他实守职司，早日历练呢？这更能留住他的心啊！"

李璟闻言，突然站起来，不悦地问道："怎么，得了好处，就急于知恩图报、还他人情了？"

黄公公吓得直掌自己的脸道："老奴该死！这不该问的事情，胡乱多嘴，罪该万死！"

李璟神秘一笑道："好了，掌几下够了。你有这个心思，也属正常。只是这个，反倒得讲究些，欲速则不达嘛，还是慎重为妙。他一个外来客臣，又年纪尚轻，先给个闲职看看再说。其实，就才具而言，李云博确有过人之处，但并不是真的如传说那样，什么天才神童，纯属瞎掰。朕之所以一直强调他的才华并且器重他，是为了笼络他和他的家人，恩威并施，让他们真心臣服我朝，最后效命朝廷。这样的家族，一旦得了他们的心，就什么都好说了，无论性命还是火药秘方。退一万步讲，只要把李云博留住，不愁瑶池那帮硬骨头不就范。"

黄公公如梦初醒，说道："陛下运筹帷幄，老奴佩服之至！"

李璟突然厉声道："这怀柔李氏家族，是提升炮火武器威力、建设新型军队之国家战略，你可要严守机密，决不能轻易泄露，就连秋月也不能知道，明白吗？"

黄公公吓得赶紧扑倒地上，叩头道："陛下宽心，老奴脑袋能丢，也不能丢了这等绝密。"

李璟道："好了好了，别装腔作势了。午时将近，李云博也差不多该来了。你下去吧。"

黄公公连忙稽首道："奴才告退。"

黄公公刚去不久，只见值守太监进来禀报：李云博已到御花园，正在龙静阁外候旨。李璟整了整衣冠，坐定之后说道："快传。"

满身华服盛装的李云博弓身进了龙静阁，行毕大礼，起身侍立。李璟站起身来，一边招呼李云博往一张巨大的茶案边去，一边和颜悦色地笑道："李爱卿，过来坐吧，这里不是朝堂之上，不必拘泥君臣大礼。今儿休沐之日，特差黄公公过到府上看看，既然有空，就来坐坐。我这里备了你家乡的围山嫩叶，不久前马希崇进贡的，叫你来尝尝。"

李云博说道："陛下隆恩，微臣没齿不忘。李云博何德何能，竟让陛下如此挂念。谢陛下赏赐。"

李璟道："李翰林年纪轻轻，就已才具卓卓，只要见习完毕，不日将堪大用。作为一国之君，能得这等大才，高看一等，厚爱一筹，有何不妥？朕只是觉得，对你的关心不是多了，而是少了。来来来，这边坐吧，别拘礼了。"

李云博迫不得已，再次行了大礼又侧身坐下，稽首说道："皇上求才若渴，敬贤爱才之心犹如商汤周文，我朝之大幸也。只是微臣弱冠之年，才具平平，陛下如此器重，微臣汗颜不已！"

李璟道："好了好了，朕没那等英明，而你却是我朝未来栋梁，这一点，不用质疑。来，尝尝如何？"他见李云博拱手应了声"遵旨"之后，郑重其事地捧起茶来，举过头顶，然后一本正经地饮了一口，不免莞尔，笑道："李爱卿，这是喝的什么讲究？"

李云博放下茶杯，叩头答道："回禀陛下，常言道：事君以忠，事亲以孝；忠孝之礼，恭敬为上。微臣今日有幸侍驾饮茶，自然要以恭敬大礼，回报陛下垂青之恩。"

李璟叹息一声，道："唉，要是大唐朝臣，都如爱卿这般事朕，我朝复兴大业，早已飞黄腾达了。"他看看左右，突然对他们命令道："你们都退下，朕要和李学士私下聊聊。这会儿，任何人来了，都挡在门外，不得觐见。"众宫女太监应了一声，都退出门去。

君臣二人饮了一阵茶，闲聊寒暄一通后，李璟无不忧思地说道："如今马氏举族而降，楚国已亡，我朝幸得潭岳二州，这还真不知是福是祸。只是冯相之策，虽则可行，但也未必万全。爱卿对此有何高见，但说无妨。"

李云博想了想，道："陛下兴仁义之师，唾手之间取了楚国王都要地，自然能垂拱而治。微臣以为，冯相之策虽不完备，但也并无不妥之处。微臣无能，想不出更高明的治湘妙策，让陛下见笑。"

李璟冷笑道："你秋闱科考所作策论，真是大言煌煌，气势如虹；你不久前条陈五事，也能切中要害，言之成理，怎么，今日真正遇到实际要务，难道丁点儿主意都没有了？"

李云博急忙叩首道："微臣坐而论道，空谈误国，枉费陛下垂询之恩，请陛下降罪！"

李璟缓过脸色，笑道："爱卿不必拘谨，这聚茶之间，聊些国事，不会有什么罪祸功过。哦，对了，今日清晨六百里加急，一封来自长沙的楚国旧臣联名上书，举荐边镐留守长沙。那爱卿说说，留边镐守长沙好呢，还是调刘仁赡过去强些？"

李云博沉思半晌，红着脸说道："陛下垂询，难煞微臣。一来，微臣对边镐和刘仁

赠二位将军知之甚少，二来，州府治民理政与这节镇驻守大将有啥关系，微臣也没弄明白。微臣不敢信口雌黄，贻误朝廷军国大计。"

李璟见他所言实在，心里暗暗好笑：真是读书读傻了，算哪门子神童？不过，他还是担心李云博有所保留不肯出力，于是继续问道："稳控湘楚大地，安置马氏王族最为关键。那爱卿说说，如何安置最为妥当？"

李云博又是一愣，想了半天才讪讪答道："启奏陛下，俗话说，成王败寇。既然马氏举国降唐，自然就成了大唐臣民。普天之下、莫非王土，率土之滨、莫非王臣，皇上怎样安置，都不为过。若要微臣拿主意……"他顿了顿，看了一眼正注视着他的皇帝，继续说道，"微臣以为，不外乎两条办法，一是就地安置，全部削去他们爵位，马氏子孙继续留在长沙，自谋出路；二是外迁安置，将马氏子孙在湘南或湘西划一块地方，让他们自己耕田种地，自生自灭……"

李璟听了，半晌不语。又过一阵子，但见李璟突然问道："昨日朝堂之上，冯相举荐爱卿出任潭州刺史，爱卿力拒，是何道理？"

李云博道："启奏陛下，微臣还是那句话：微臣未曾历练，年纪尚轻，资历浅薄，能力不足，骤然晋升高位，唯恐辜负皇上圣恩。如若潭州刺史由一尚在见习的新科进士担任，既会让天下人觉得朝廷对待国之公器犹如儿戏，也会贻误我朝定湘大策。如若陛下要臣回乡任职，放一县令已是天大恩赏。望陛下三思。"

李璟想了想，似乎若有所悟，点点头道："嗯，爱卿所言，在朕看来，句句在理，不是借故推脱。要你一个弱冠少年，堪此重任，实在是难为你了。其实，这是冯相的试探之策，你还算有自知之明，朕也就不为难你了，那就先不回去，留在朝中好好历练，等到楚国旧地安定下来，再回不迟。"

李云博稽首道："多谢陛下。"

李璟仍然继续着他的思路："至于潭州刺史人选，朕倒是想起一个人来……"他看了一眼李云博，又道："你姑父西门璞，刚刚升任筠州别驾，正在那边筹建筠州。调他过去，应该不差吧。"

李云博一惊，觉得如若再支支吾吾随意搪塞，恐怕让皇帝生疑，于是说道："启奏陛下，微臣一个见习翰林，上次条陈五事，妄议朝政，心中一直惴惴不安，因此定下规矩：不在其位不谋其政，见习期间绝不再妄论国事。今日皇上肝胆相照、虚怀垂询，臣为陛下屈尊求谏之心深深折服。今日就再次斗胆进言，如若违逆了圣听，请陛下降罪！"

李璟大喜，恍然大悟道："朕正纳闷呢，你一个学富五车之人，怎么遇到问题就左躲右闪、言不由衷，原来是为上次条陈的事耿耿于怀。爱卿不必禁忌，私密之谈，言者无罪。"

"多谢陛下！"李云博就做出一副释然的样子，清了清嗓门，慢条斯理地说道："微臣以为，西门璞与魏迪勋相较而言，略微胜任一些，但都不是上佳人选。"

"哦？都不是上佳人选？那你说说，谁最合适？"

李云博道："微臣以为，朗州靖江指挥使王逵最为合适。"

"王逵？爱卿说的，就是那个反叛马希萼、带兵杀出长沙的王逵？"李璟一听，简直不相信自己的耳朵，满脸愕然地问道，"李翰林不是开玩笑吧，他怎么最为合适呢？"

李云博道："对，就是这个王逵。陛下想想，如今，朗人拥兵自重，衡山马希萼自立，靖江之地尽为南汉所收，潭州岳州虽为我朝占据，但依然四面受敌，尤以朗州为甚。而朗州乌合之众，一面称臣北周，一面又推举刘言为首，实权仍然在以王逵、周行逢为首的靖江军手里。如若朝廷任命王逵为潭州刺史，岂不一举多得？一来探探虚实，借机分化朗州。如若就范，则朗州乌合自动瓦解，我朝不费吹灰之力再得朗州之地。而王逵一介武夫，主政长沙是他梦寐以求的事情，说不定会利欲熏心，臣服我朝。我朝实行军政分开，他没了兵权，就不可能兴风作浪。就算他不肯就范，但这离间之计会使朗人内部矛盾激化，定然失去信任彼此猜忌，迟早会分道扬镳，有人会自动来归，最终为我朝所收。二来，那就是断了北周染指湘楚大地的念想。朗州原本也曾派周行逢称臣我朝，当时朝廷犹豫不决，错失良机，他们为了对抗长沙，迫不得已臣服北周。而北周除了给了刘言一个武平节度使的名号之外，什么实际行动都没有。王逵主政长沙，就等于我朝接纳他们；对于北周而言，就是出尔反尔的背叛，刘言想投靠北周，估计王逵他们也不会答应。如若这时候任命原来的马光惠为武平留后，改任刘言为朗州刺史，毫无实力的刘言除了和王逵一样臣服我朝，别无出路。万一他拒不臣服，我朝可名正言顺兴兵剿之，大军压境，一战而定。其三嘛，那就是起到敲山震虎的作用，朗州归附，则衡山马希萼就没了犄角，迟早会献地请降，到时候，除去靖江之外，三湘四水尽为大唐所有。陛下，不知微臣浅见，有无道理？"

"嗯，一石数鸟，真是绝妙至极！"李璟听了大喜过望，使劲地点着头说道，"爱卿一言，让朕拨云见日，茅塞顿开。如若此计得成，三湘可定矣！来人，上酒，朕要和李翰林小酌几杯，一抒胸中快意！"

李云博稽首道："感谢陛下夸赞。微臣有一不情之请，望陛下恩准。"

李璟不解地望着他，说道："爱卿不必忌讳，请讲。"

李云博道："微臣此计，剑走偏锋，如若陛下采纳，千万为微臣保密。不为别的，就是不想让他人知晓，省得他人横生妒意，遭来麻烦。"

李璟点点头道："你进献妙策，却不贪功，真是可造之才也！准奏。"

◆ 五、寒江密约定下归途大计 ◆

近日里，朝廷上下都在为主政长沙的人选忙碌着，举荐奏折雪花一般飞来，忙得吏部兵部等相关衙门不得不挑灯夜战。可是汇总出来的情况几乎没什么用，因为最终还是那封楚国旧臣的联名上书起到了关键作用。很快，南唐皇帝下诏，任命边镐为武安军节度使，并命攻下岳州的大将刘仁赡回镇武昌，任命将军宋德权为岳州刺史，受长沙幕府和边镐节制。

过了几天，没想到边镐却上折力拒，声称自己能力有限，恳请朝廷另择能人。李璟对边镐的请辞大为欣赏，更加认为镇湘大将非他莫属，于是派特使飞抵长沙，一来安抚边镐，二来商议治湘之策。于是，边镐装着一副勉为其难的样子，给朝廷写了谢恩的奏折，明确提出了三条治湘之策：一是马氏后裔迁出长沙故地，东入金陵或南徙洪州；二是以佛治湘，广施善政，逐步怀柔和王化楚国其他州县官绅士民；三是提出择优使用楚国旧吏，并举荐目前负责长沙实际政务的前楚国客省主事魏迪勋为潭州府尹。李璟反复考虑并经朝议之后，很快回复了边镐：同意马氏王族东迁，并立即实施；任命魏迪勋为武安军节度判官；改称潭州府尹为潭州刺史，由朗州靖江军指挥使王逵担任；命令边镐火速遣使前往朗州，接受前番归附所请，任命马光惠为武平留后，刘言为朗州刺史。

李云博一直静静观察南唐朝廷的一举一动，收集三湘四水正发生着变化的所有资讯，也冥思苦想着离开金陵的脱身之计。而最让他放心不下的，还是家乡瑶池和李氏家族的命运。那帮出身乡野、忠直豪勇的铁血男儿，怎么可能仰人鼻息、任人宰割？昨日李天骏传书过来，说正在说服，但是难度极大，要他快想办法回来，否则要出大乱子。他又急忙写信过去，动之以情、晓以利害，劝他们赶紧称降……信传了过去，尚未回音，急得他夜不成寐。在这节骨眼上，万一一不小心弄出点什么是非，岂不大难临头、招来亡族之祸！看来自己回去直接应对，才是上上之策。可是如何脱身，他又束手无策。这走又走不掉、留下来又远水解不了近渴，真让他大伤脑筋。

正愁闷间，孙晟冒着严寒星夜找上门来，说是朝廷收到长沙急报，接管瑶池方面很是不顺利。李云博一听，知道麻烦大了，于是说道："那边究竟遇到什么麻烦？"

孙晟道："以你父亲为首的一家老小，都誓死效忠马楚王室，极力反对归顺南唐。李天晨、李天威坚壁清野磨刀霍霍，似乎有鱼死网破的打算。如今双方剑拔弩张，接管瑶池和改编神刀营的事情僵在那里。"

李云博问道："我祖父大人什么态度？"

孙晟道："尚不清楚。似乎你祖父不在瑶池。"

"祖父不在瑶池？那就怪了。"李云博想了想道，"为今之计，不如您奏请朝廷，让下官回去一遭，好好劝劝，说不定他们能回心转意。孙相以为如何？"

孙晟道："这……恐怕不成。你的姑父、筠州别驾西门璞多次上门，也被骂得狗血淋头。你父亲得知你在金陵入朝为官，说你是背祖离宗的不肖子孙，宣布将你逐出家门，彻底断绝父子关系。你回去，有什么用？"

李云博急道："这伙愚忠至极的老顽固，脑子怎么不转一点弯！大楚国都完了，马希崇都献城投降了，他们还效忠什么王廷！难道要为一个已经覆灭的王室殉葬吗？"

孙晟也叹息道："我朝已经承诺，只要瑶池李氏臣服我朝，神刀营接收改编，瑶池依然由李氏治理，甚至神刀营也只要易帜，军队仍旧由李氏掌管。可是，他们就是油盐不进，似乎要为马氏王室抱残守缺、玉石俱焚……哎，真没想到，他们会这样！"

李云博满脸愁云地坐下来，摇着头叹息道："哎，我的家人，我自然了解。他们世代受马氏王廷厚恩，又是名满天下的百年望族，忠君为国、造福乡邻的思想已经根深蒂固，要他们做亡国臣民，只怕一时半会儿转不了弯，就像一块硬骨头，得用文火慢慢地炖，说服他们不能急啊。"

孙晟道："常言道，识时务者为俊杰。如今马楚不再，社稷易主，可是山河依旧，人伦尚在，没马氏王廷，天又不会塌下来，日子总得过吧，这等道理焉能不懂？只怕，他们有什么解不开的心结吧。"

李云博一听，故作恍然，说道："哦，我知道了。他们肯定是曾经交恶大唐，害怕归顺之后招致报复，故而如此这般。"

孙晟疑惑不解，也坐下来问道："此话怎讲？"

李云博道："朝廷曾经一度想得到我李氏火药绝密，特别是黑云长剑密探多次进入瑶池骚扰，又是偷窥火药试验，又是盗窃秘方，又是劫持我二叔作为人质，又是抢走王廷特供炮火，李氏上下对此深恶痛绝。他们害怕一旦唐军入境，揪住火药绝密不放，一样会你死我活。这，如何是好？"

孙晟道："如此说来，倒真有不解心结。可是，你小子不是曾经大闹洪袁，火烧炮火营，袁州数十年的炮火积累被你付之一炬，弄得我们甚是狼狈。如今，我朝还不是既往不咎，让你入了翰林。我朝怎么可能秋后算账、恣意报复呢？这，又从何说起啊？"

李云博道："皇朝厚恩，我李云博感同身受。可是，他们却仍然陷在误会的旋涡里，转不过弯来也情有可原。因此，得想办法，让他们慢慢改变看法，感受我朝的仁义。下

官敢保证，一旦他们转过了弯，肯定会效命我朝，肝脑涂地也在所不惜。既然朝廷不让下官回去，那下官就写封信试试？"

孙晟道："也只能这样了。可是，长沙那边的忍耐是有限度的，一旦过了时机，影响定湘大计，恐怕……"

李云博起身施礼道："孙相，麻烦你多跟皇上美言几句，让朝廷宽限几日，容下官想想办法，行吗？"

孙晟点点头，道："唉，也只能这样了。岷南，你得抓紧啊！"

李云博写了一封长信，反复看了，交给孙晟审阅。孙晟看毕，笑道："这文采飞扬、说理晓畅的家书，谁看了都会动容，我想，你的家人应该会有改变吧。我就回去面圣，皇上同意后，就六百里加急，快马送往瑶池去。"

李云博谢道："有劳孙相。"

送走孙晟，李云博依旧在院子里转来转去，冥思苦想眼前困局。秋月走过来，问道："官人，怎么又在寒彻骨髓的冷夜里徘徊？真是的，着了凉可不是闹着玩的。快回屋里吧。"李云博没有吱声，跟她回到屋里，在火盆前坐下。秋月见他脸色凝重，问道："刚才孙相黄夜来访，不会是出了什么大事吧？"

李云博叹道："朝廷大军接收瑶池，遇到我家族的奋力抵抗，很是不想合作，麻烦大了去了。哎，真是不知如何是好啊！"

秋月惊道："这真是件大麻烦事啊！你还不想办法，李府上下百来口性命，可不是闹着玩的！"

李云博道："我当然知道！可是，远水解不了近渴，我在这里也只能干着急啊！跟孙相说了，让我回去劝一劝，可是他不同意，于是只得写封信，死马当活马医了。哎……"说罢，又长叹一声。

秋月道："官人，你看这样行不？贱妾明日进宫，求见皇后娘娘，让她跟皇上请旨，放你回去如何？"

李云博略一思忖，说道："你去了适得其反，去了的话，皇上还会多心。哎，只能听天由命了。要不，这样，你跟管家回瑶池，替我走一遭，如何？"

秋月一听，连连摇头道："这……贱妾和管家都走了，家里怎么办啊？"

李云博笑道："从金陵去瑶池，骑快马不过十日来回，快得很。更何况，有二嫂奶妈他们在，不会出什么麻烦。"

秋月也笑道："也是。那好，明日你就上奏朝廷，批准后立即动身。"

李云博正欲答应，突然想起大家对她的猜疑，也好确定她究竟是不是南唐皇帝的眼线，于是忙制止道："这事，千万不能上奏，万一朝廷不许，事情就麻烦了。你不是官

身，替我回趟老家探望尊长应该不会有什么问题，更何况这更是为朝廷出力。事不宜迟，明日见亮就动身吧。"

秋月惊奇地问道："不上奏朝廷办理紧急出关公文，怎么能通关到得了瑶池啊？"

李云博大笑道："看你说的！如今潭州都已经是大唐州县，哪里还用得着公文！你从洪州过去，萍乡的老口关早就成了集市，平民百姓也可以自由出入。你莫担心，便捷得很。"

秋月听了，点点头说道："那行，就按官人吩咐的办，贱妾就去收拾。"

李云博道："辛苦你了。"突然又喊住正往屋里去的秋月，详细交代道："你记住，你回去是替我探望父母。因为，我在大唐为官，已经被逐出家门，但你可以作为媳妇认认门庭、见见公婆。对了，你就说李云博违背祖训无脸回家，由你代劳探望亲长，……不如这样，你就说自己已有身孕，他们极看重子嗣后人，说不定会有奇效。"

秋月惊道："说我怀孕了？这不是欺骗尊长吗？这样行吗？"

李云博道："火烧眉毛了，自然顾不了许多，先想办法渡过难关再说。"秋月无奈，只得应承下来，转身进屋去了。

李云博又叫来管家乾卦统领，如此这般地交代一通，特别是秋月那边，肯定会密报朝廷，要他多加留意。又写了封信，要他先找到李天骏，然后秘密会见李天晨，亲手将信交给他，任何人都不能知道。管家收了信，领命收拾去了。

可是天公不作美，秋月、管家一行出发才一两天，突然下起鹅毛大雪，一夜之间堆起了半尺厚，急得李云博直跳脚。这日清晨，他冒雪前往皇宫正准备上朝，来到宫门前才知道，今日大雪，早朝取消，要各官府衙门紧急出动，检视冰雪灾害，以防百姓受冻挨饿。李云博到翰林院走了一遭，也没了心情去研经读史，加之天气寒冷，就抽身回到家里。刚进门来，但见韩熙载府上管家韩忠正在客堂里等候。他一见李云博回来，忙起身迎来见礼。李云博还了礼，有些吃惊地问道："韩管家冒雪前来，有何贵干？"

管家道："我家老爷说是多日不见翰林大人，甚是想念。今日特派小老儿过来，约李翰林淮叶渡垂钓。他一大早用过早点就出门了，估计早到那边了。"

李云博听了，更加疑惑不解："怎么，韩大人不是病了吗？他多日不曾上朝，也没有坐衙理事，天寒地冻的，居然跑到淮叶渡垂钓去了？这，生的是哪门子病？"

管家无可奈何地笑道："老爷前一阵子确实病了，刚好不久，正在恢复之中。不知怎的，他今日突发雅兴，说要寒江垂钓，磨砺一番意志，全府上下劝也劝不住。这不，还吩咐小的来请翰林大人一起去要要，说你听到他的淮叶渡垂钓之邀，一定会前往。真是莫名其妙！"

李云博突然明白了什么，对他说道："好，我知道了。晚生稍事准备，就立即前往。"管家道别，回府上去了。

李云博急忙披了蓑衣戴了斗笠，带了些必备物件和许多干粮酒水，独自一人骑马出了城门，往淮叶渡去了。沿着秦淮河东行三五里，淮叶渡就到了。刚勒住马正欲跳下来，远远看见白雪皑皑的江边，一身穿蓑衣头戴斗笠的人，正坐在一丛干枯的芦苇上垂钓。李云博连忙下了马，又将脚力拴在一个树桩上，拿了些东西就往钓者方向走去。

"大国士真是好雅兴！大病初愈，居然冒着严寒孤身垂钓，真是可敬可佩啊！"李云博快要走到离那人身边不过百十步距离时，突然笑着打起招呼来。

钓者也不回头，淡淡说了一句："大雪封门，天寒地冻，你居然还笑得出来？真是奇哉怪也！"

李云博听了，顿时明白他的言下之意，但也不急于请教，继续一边走，一边笑道："哈哈，先生真是高人啊！孤舟蓑笠翁，独钓寒江雪。先生是要效仿柳子厚，一遣自己大志难酬、孤独苦闷的旷世幽情吧？"

韩熙载终于转过身来招呼他，没好气地说道："你小子别瞎掰，老夫才没那等矫情呢！收了你这弟子，一点也不让我省心！你如今置身险境、麻烦不断，想回去又苦无良策，居然强作欢颜戏弄老夫，真是枉费老夫一片苦心！"

李云博闻言心中大喜，依然不紧不慢地说道："恩师曾经教我，要临危不惧，临险不乱，穷途末路，也要大笑三声。怎么，恩师忘了？"

韩熙载哈哈大笑："老夫试试你的成色，没想到，还真有我当年的豁达。既然如此，看来是老夫自作多情，你已经有脱身妙计。哈哈哈……"

李云博突然现了原形，连忙俯身跪地行起大礼道："恩师在上，请受弟子一拜！如今学生危局交困，请先生教我！"

韩熙载解颐笑道："哈哈，你小子到底幼嫩如斯，遇到老姜，就辣得屁滚尿流！起来吧，还不过来垂钓！"

李云博起了身，也撑起钓竿，忙碌一通将钓甩入水中，坐到了韩熙载身边，然后说道："先生称病不朝，却对天下局势了如指掌，也对学生深陷泥潭洞若观火。今日有幸陪恩师垂钓淮叶渡，定是为我指点迷津，让学生渡过难关。这地方异常寒冷，先生大病初愈，经不起这冷天折腾。先生就别卖关子了，就请不吝赐教吧。"

韩熙载看了他一眼，继续钓他的鱼，不紧不慢地说道："岫南你说，自古以来，有钓鱼三绝之说。你若记得，就与我道来。"

李云博想了想，道："学生搜肠刮肚，也只想起来两绝，一是姜子牙无钩垂钓，愿者上钩；二是就是刚才说到的柳子厚寒江独钓，抒发幽情；这三嘛，学生还当真不知。哦，不会是韩大国士天寒地冻约钓淮叶渡，指点迷津吧？"

"孺子，当真可教也。"韩熙载哈哈哈大笑，突然沉下脸来，不无忧思地说道："如今朝野因为取了潭州岳州，满朝文武拱手齐贺，称功颂德之声不绝于耳，骄慢之气四处弥漫，似乎开疆拓土大局已定，一统江南指日可待，其实，这是秋后蚂蚱一般回光返照。老夫不明白，既然得了潭州岳州，还图朗州作甚？真是自不量力，自取其辱。潭州岳州，一个楚湘王都，一个湖湘大门，即使取了，守得住守不住都是问题，还把朗州化入治下、图谋湘西湘北做什么？那么大的地方，朝廷哪里有实力控制？哎，任何自毁前程的事情，都是从贪心开始的！你小子，要切记啊！"

李云博听了应了一声，心中惊惧不已：他为南唐布下的陷阱，满朝文武都称颂皇帝高明，妙着连连，居然被韩熙载一眼看穿！这享誉天下的大国士，绝非浪得虚名！可是，如此磐磐大才，居然不知重用，看来南唐真的不可能有崛起之日。他叹息一声，问道："敢问恩师，如今学生留在金陵，已经毫无意义。这如何抽身，望先生点拨。"

韩熙载道："老夫知道你急于想摆脱困局，这确实是万分艰难之事。其实，换条思路，也不是难事。你想想，在朝为官，什么情况下，任何人都不能阻挡你解甲归田？"

李云博想了想，回答道："大唐律令明载：'本朝以孝治天下，无论朝臣还是地方官吏，父母亡故，必须丁忧守制，去职回乡，守孝三年。'仅此而已。"

韩熙载笑道："这不，问题就迎刃而解了！"

李云博疑惑道："这……学生父母健在，都活得好好的，如何丁忧？"

韩熙载瞪了他一眼，骂道："刚刚开了窍，又被糨糊迷住了！父母健在，老夫能叫他们真死？你就弄不出个让人深信不疑的事实来？你真让老夫操心！"

李云博恍然大悟，兴奋地跪倒韩熙载跟前，说道："恩师点拨，茅塞顿开，请受学生一拜！"

◆ 六、"赛华佗"的祖传绝技派上了大用场 ◆

李云博将韩熙载送回府后，冒着冰雪严寒匆匆往泰平商社赶。到达商社门口的时候，天仿佛暗了些许。街道铺满厚厚积雪，远山近楼也被白雪银装素裹，到处白茫茫一片。

适才韩熙载淮月渡垂钓的点拨，让他心存感激。为了安全起见，大国士居然不顾大病初愈，独自一人冒着严寒行走十数里，来到这野渡垂钓，这等用心，李云博更是心领神会。这大雪天里"渡口垂钓",看似荒唐,实则绝妙之极:大雪封门路难行的凄绝意象,寒江独钓孑然一身的幽远孤独,野渡垂钓邀君来的深刻寓意,只有他能够读懂,似乎他们这对忘年交,时刻都是心意相通的。一个"渡"字,心若明镜而又不露声色,含蓄玄妙而又明白晓畅,睿智通达里似乎还有点老谋深算,这简直就是普度众生的活菩萨对他直接的点化,他真的需要这样的雪中送炭,也只有他这等悟性极高的学生才配得上这样的恩宠!他觉得自己是个幸运儿,无论走到哪里,只要遇到困难,都有高人援手指点迷津,药因道长,弘道大师,刘侍郎,陈太后,包括萍水相逢而成为恩师的大国士韩熙载,莫不如此。老天既然如此眷顾于他,他如若不珍惜机会,竭尽全力地在乱世之中有所作为,那就真的会辜负了他们的谆谆教导与殷殷期望!

想着想着就下了马来,由于想着事情,没注意地上的积雪,刚一下马来就脚底一滑,没有站稳狠狠地跌了一跤。正在清理店铺场面准备打烊的伙计听到声响,赶紧跑过来搀起道:"老爷,怎么这么不小心,没摔疼吧?"

李云博一边起身一边意味深长地笑道:"冰天雪地里,没事。年轻人多摔摔跤,好事!他们几个,在吗?"

伙计有些不解,责怪道:"真有你的,摔了跤就跟捡了钱似的,还笑得合不拢嘴!他们,他们都在后边吃晚饭呢。老爷蓑衣斗笠风尘仆仆,只怕还未吃吧?小的吩咐后边添些菜蔬如何?"

李云博道:"你真神啊,居然能见微知著,到底是……"他突然住了口,庆幸没有在得意忘形之间泄露天机,回过神了继续说道,"只是没必要添菜了,就着吃一口,还有事呢。"说着,就进了后堂。

果然,朱雀将军他们都正在吃饭。见李云博进门,都起身见礼。李云博回应之后,也就盛了碗饭坐下来吃了起来。他就着残羹冷炙,狼吞虎咽一碗接一碗地吃,一边吃还一边不时点着头傻笑,也不管周围只是猛吃,神情十分怪异,看得众人莫名其妙目瞪口呆,不知道他是中了邪还是得了失心疯。无妄执事见情势不对,一把夺过李云博的碗筷,道:"少主,你怎么了?一连吃了五大碗了,再继续吃,会撑死的!"

李云博回过神来,一边咽着饭一边说道:"哦,五大碗了?我没怎么吃啊!既然不让我吃,那就撤了吧,密室议事!"说着就要站起来,突然却起不了身了,于是自我解嘲地说道:"哎哟,肚子确实撑了……我、我,成了饭桶翰林了!快快,抬我进去!"

大家一听,都笑得人仰马翻。朱雀道:"好了,大家别顾着乐呵了,别耽搁了正事。少主适才这番举动,定是想出了什么妙计,都赶紧进去吧。少主,我来扶你。"

李云博笑道:"知我者,朱雀也。扶就不用了,你当真我有那么傻,吃饭将自己吃残废了不成?"

同人执事笑道："那不一定，人倒霉的时候，喝凉水都塞牙！"众人又是一通哄笑。

李云博腆着胀鼓鼓的肚皮挪进密室，坐下来问道："瑶池那边有什么新情况吗？"

众人一听，都摇摇头，默不作声。朱雀道："秋月和乾卦统领都去好几天了，这大雪纷飞，道路阻隔，不知到了没有。少主适才冥思苦想差点把自己撑着了，应该有了解困之策吧？"

李云博点点头，笑道："不错，大雪天里跑到淮叶渡垂钓，鱼没钓着，倒钓到一条脱身奇计，韩公真是高人啊！"

朱雀道："韩熙载出的主意？他是南唐重臣，曾经很受皇帝赏识，不会是下的套吧？"

李云博道："不会。如今南唐朝野都认为取了潭州岳州，是开疆拓土的发端，是称雄江南的开始，是南唐复兴的征兆，独有韩公等少数几位有识之士，认为这将会使南唐陷入泥潭，甚至万劫不复。南唐图楚，有两个致命死穴，一是用人不当，边镐信佛好名，假仁假义，御下无法，优柔寡断，不具备节镇一方的大才，他根本控制不了长沙局面；二是得陇望蜀，他们侥幸逼降马希崇，居然想占有楚国全境，真是人心不足蛇吞象。当然，更深层原因是朝廷党争越演越烈，如今取了长沙，主战派之气焰更加嚣张，主和派只言片语的反对之声，却被认为是嫉妒和攻讦，关键是李璟也被突如其来的胜利冲昏了头脑，认为一统江南的大好时机到了。"

朱雀道："哎，又一个好大喜功、用人失察的主子！但是，属下不明白，韩公到底是唐臣，他为什么要暗中帮你呢？"

李云博道："你们不知道，自从南唐朝廷定下图楚战略之后，韩熙载就预感到大事不妙，自己努力多年的政治理想全然破灭，几乎一直称病，很少上朝。他帮我，不仅仅是师生之谊，更多的是，希望我继承他追觅雄主、一统天下的志向。这更说明，他对南唐朝廷已经不抱任何希望了。壮志未酬身先老，仍搏潮头励后人。这等胸怀，何其博大！"众人听了，都唏嘘不已。

"好了，不扯远了。下面具体商议脱身之事。"李云博摸摸肚子，似乎慷慨激昂地说了一通，这饭也有些消了。他转身盯着无妄执事笑道，"无妄兄，你适才抢我碗筷，真是有先见之明，是你们卦队大显身手的时候了！"

无妄执事兴奋不已，捋了捋衣袖说道："大显身手，好啊，我们的手脚都闲坏了，正愁没地方伸伸呢。少主，你说，怎么干？"

李云博道："快把手脚收起来，用不着。这次啊，不用拳脚，而是要用你们卦队的又一绝技。"

无妄执事一脸茫然，愣愣地看着他道："绝技？什么绝技？日行千里，百步穿杨，

机关暗器，还是翻江倒海？"

李云博摇摇头笑道："都不是。这次啊，用秘方，用药物秘方。"

无妄执事道："用药物秘方？什么秘方，火药毒药还是迷魂药？属下就连配耗子药的秘方，也没有啊！"

同人执事笑道："无妄兄，你才知道少主厉害啊！俗话说，千事万事吃饭是大事。谁叫你刚才抢少主饭碗，现在遭报应了吧！你别装傻了，还是快交秘方吧！"

无妄执事道："你小子尽胡说八道，少主是那样的人吗？我哪来的秘方？少主要什么秘方？"

同人道："少主当然不是那样的人，什么秘方，你当真我们不知道？交不出秘方，你就吃不完兜着走！"

无妄执事一听，脸一下子白了，正欲反驳，但见朱雀将军正色道："好了，同人，说正经事，别老逗着人乐，看把他吓的。"

李云博笑道："同人兄，你未免也太会说了吧？来金陵久了闲着没事，倒把你这东拉西扯的油嘴，给活生生历练出来了！这，也算一大收获！今后，凡有谈判或者唬人的活计，就算你的了！"

无妄执事方才明白过来，原来是同人作弄他，于是脸一下子红了，恨恨说道："少主，我看，明儿就派同人去丽春院卧底，天天拉客帮嫖去！"众人一听，都笑了起来。同人做了个鬼脸，又吐吐舌头，不作声了。

李云博道："无妄兄，你们卦队的'赛华佗'兄弟呢，请他进来。"无妄执事应了一声，就出了门，不一会儿，他带着"赛华佗"进门来了。

李云博看着"赛华佗"，问道："老赛，我记得'湘江鳄'曾经说过，你有让人起死回生的秘药，是真的吗？"

"赛华佗"道："启禀少主，'湘江鳄'所言非虚，确有其事。"

李云博道："那好。我再问你，你有没有让人假死数日，然后又能起死回生的办法呢？"

"赛华佗"道："当然有。不过，这是祖传绝密，不到万不得已不准使用，属下也很久没有用过了。"

李云博道："真的有这等绝密？那太好了！你说，当前我们困在金陵，算不算万不得已？"

"赛华佗"想了想，点点头道："我泰平阁担负着天下一统大业的重任，如今举步维艰，身陷绝境，当然算。"

李云博道："那就好，说明可以采用。那我再问你，一般可以假死多久，最长能维持死亡状态多久？有危险吗？"

"赛华佗"道："一般在十日上下，最长嘛，可以假死三十六日，只是属下从未试过。至于风险嘛，自然时间越长风险越大。因为时间长短靠药量多少控制，而且要根据使用对象生命状态决定。"

"最长可以假死三十六日？真是太好了！"李云博听了，兴奋地一拍桌子站起来，"那你说说，制造假死，风险究竟有多大？"

"赛华佗"一边思忖一边说道："五日左右，基本没有风险；十日嘛，风险很小，这个我有绝对把握；至于十五日以上，风险相对大一些。只要不出二十日，属下都能成功唤醒。再长，属下就不能保证万无一失了。"

"十天半月，足够了！"李云博似乎已经胸有成竹，非常满意"赛华佗"的回答，"只要支撑十来天，这个计划就万无一失。哼哼，他们不是要将我困在金陵城吗，我偏要离去！"

众人见他信心满满地说着一些不甚明白的话，都二丈金刚摸不着头脑，你看着我，我看着你，又不好随便问。无妄执事终于忍不住了，问道："哎呀，少主，您就别卖关子了，说说怎么办吧，都急死人了！"

同人执事笑道："无妄兄还不明白，少主是要装死，办完丧事，再扶柩回乡。"

李云博一听，没好气地骂道："你才装死呢！我若在金陵死了，朝廷若烧尸焚骨或者就地掩埋，岂不白白送了性命弄巧成拙！你小子想到哪儿去了！"

同人道："不是？哦，我明白了，是叫无妄执事替死，然后易容成少主模样，蒙混南唐朝廷。等办完丧事，少主再易容成无妄执事……"

李云博更加来气："你小子，越猜越不像话了！我能拿兄弟们的性命开玩笑吗？别瞎猜了，滚一边去！"

朱雀将军也急了，说道："少主，您就直截了当地说吧，究竟该谁死啊！这猜来绕去，不仅伤透脑筋，也浪费时间。"

李云博神秘一笑："都是我不好，事先没把话说清。不过，这等绝密，不到最后，怎能轻易示人。现在时机成熟，几乎万无一失，就告诉你们吧。都过来……"大家就聚在桌边，他于是，就将计划的所有事项如何如何和盘托出，又详细地作了安排，听得大家一个个拍案叫绝。正当大家为这天衣无缝的撤退计划欣喜不已时，突然一个密使捧着信鸽走进来，道："启禀少主，刚刚收到瑶池方面右长老大人的特级飞鸽传书，请少主收阅。"

李云博一惊，叫朱雀将军接信拆看，自己喃喃自语道："奇怪，现在已近子时，大约算算，应该是酉时末戌时初这个时候发的。冬日天黑得快，瑶池大约申时时分天就黑了。连夜放信鸽，那肯定就是有急事了……"

朱雀将军一打开书信，顿时大惊失色道："少主，瑶池那边出了意想不到的状况……李天晨降唐之后，他父亲李庆祥深以为耻，居然悬梁自尽了……"

"什么？二叔公自尽了？"李云博万万没想到，在这件事情上，平素与人为善、人缘极好而且最能变通的李庆祥，居然是第一个转不过弯来的人。他一把夺过书信，还来不及阅读，就两腿一软，瘫倒在地上。

众人大惊，连忙将他扶起。李云博甩开众人，厉声说道："立即启动脱身策案。无妄执事，你打头阵。明日见亮，你就带领全卦密使，秘密前往瑶池，见到阁右长老后，跟他讲明计划要领，千万不能出差错。朱雀将军，你着手谋划其余人等撤退事宜，记住，一定要秘密进行，不能出丝毫差错！"

"是，少主！"众人一拱手，都退出密室，忙碌开来。

第十一章

瑶池易主

DISHIYIZHANG

◆ 一、闻讯神刀营易帜，李庆祥蒙羞自缢 ◆

　　话说乾卦统领和秋月一行，冒着大雪日夜兼程，终于在五天后到达潭州浏阳瑶池境内。还未进入大瑶，就被城外坚壁清野的南唐军队抓获。

　　时值隆冬，天寒地冻，瑶池正在大雪纷飞。当值军吏见他们半夜三更去大瑶，不管三七二十一，将他们当作奸细扣押，关进了临时监房。乾卦统领反复辩解，说是回乡探亲，好说歹说要他们行个方便，还拿出一袋银子塞过去。军吏将钱袋一丢道："上头有令，关键时期，过往人员一律严加盘查。你们暂且在这里待着，等天亮再说。"说罢，就"哐当"一声关上牢门，再也不理会他们。军营里的临时监房寒冷异常，一行人仿佛掉进冰窟，冻得直打啰唆。

　　好不容易等到天亮，仍然无人理睬。秋月火了，开始大叫不止，其他人也开始跟着叫喊。不一会儿，一个胡子拉碴的军吏走过来，打开牢门，拔出长剑来高高扬起，怒气冲冲地骂道："狗娘养的，不想活了是吗？你再叫叫看……"

　　秋月大怒，冲上前去，隔着栅栏就是一个耳光："真是猪狗不如的东西！误了朝廷大事，你担当得了吗？你不要你项上这颗狗头不打紧，你全家的脑袋也都不要了吗？"

　　军吏被打蒙了。他没想到一个小姑娘居然如此凶狠，有点胆怯了。又见她衣着不俗，听出她是金陵口音，而且语气强硬，心想这伙人应该来头不小。于是强压住怒火，厉声问道："你们是什么人，到瑶池干什么？"

　　秋月见他有些怕了，胆子更大起来，又给了他一个耳刮子，骂道："我等什么人，是你该问的吗？还不快去通报，本夫人要见你们的最高长官！"

　　军吏听她如是说，嚣张气焰全无。捂着脸转身出去关了门，说道："你们等着，要是使诈，看我怎么收拾你。"然后，就一溜烟地报告去了。

　　乾卦统领笑道："夫人真是好手段啊！"

　　秋月道："管家过奖了！对付这等小人，就得狠一些。你越跟他讲道理，他就越蛮横。给他几下，他倒服帖了。"

　　正说着，军吏带着一个军官模样的人来到监房。乾卦统领一看，来者黑里透红的脸，三角眼，酒糟鼻，尖嘴猴腮，稀疏鼠须，顿时大惊，十有八九猜出他是谁了。只见他上前施礼道："末将黑云军萍乡密事营江世敦，不想夫人到了，手下的人有眼不识泰山，还望恕罪！各位，快请大帐说话！"

秋月道："将军不必客气，只是你的手下也太不讲理了。说好天亮就禀报，可是天亮了，仍然不理不睬。我等冰天雪地驰行千里，不明不白在这里关了一整夜，受冻挨饿是小，要是把这劝说李氏归顺朝廷的大事耽搁了，谁也担当不起！"

军吏一听，急了，连连拱手道："夫人恕罪，误会，全是误会……"

乾卦统领道听了，疑窦顿生：怎么，这秋月来瑶池，南唐朝廷如何这么快就知晓了？猛然想起李云博的交代，不觉恍然大悟：这秋月夫人，真还不是盏省油的灯！

只见江世敦道："夫人休怪。此事绝密，他们不知。这里太冷，敢请夫人进大帐说话吧。"又对军吏说道，"还不赶紧将功折罪，去为夫人一行准备热饭热菜！"军吏应了一声，又一溜烟地跑了。

进了大帐，一一见礼落座和看茶之后，江世敦道："前日收到内务府加急密函，说是夫人受李翰林之托，前来瑶池省亲。末将一直盼望夫人早些抵达，好助我一臂之力。不想，大水冲了龙王庙，让夫人受委屈了。"

秋月道："将军客气了。我家官人的家书，送去了吗？"

江世敦道："一接到密函，末将就将李翰林的家书送去了，但李氏归顺一事，仍然不见起色。李翰林真是料事如神，知道一封书信难以奏效，特派夫人前来，一定马到功成。"

秋月叹道："将军抬举了！李氏门风刚烈，哪有如此轻而易举的事。我这侧室婚姻，瑶池李氏承不承认进不进得门，都还是未知数。既然受命，无论如何也只能尽力而为了。"

乾卦统领道："夫人来了，肯定有办法。老爷反复交代，夫人一定得见到太老爷，他最疼我家老爷。夫人见了他老人家，又将已有身孕一事如实禀报，肯定会收到奇效。"

"管家也知道我怀孕的事了？"秋月一阵脸红，心里暗暗骂道，这个李云博，怎么把这等谎言到处宣扬，真让人好气又好笑。嘴上依然嗔怪道："官人也真是，这事儿怎能乱说呢？"

江世敦问道："管家爷，你说的太老爷，是老乡司李庆吉吗？"

秋月道："对呀，怎么了？"

江世敦道："老乡司离家多日，我们也不知道他去哪儿了。"

"这就麻烦了。"乾卦统领大惊，"怪不得，书信到了好些天了，也不见有什么动静。肯定是总执事老太爷顶牛了。"

这时候，饭菜端上来了。江世敦道："夫人，管家，先吃饭吧，都饿坏了。吃了，我们再商量。"

"好。"秋月说着，就招呼大家吃饭。

吃罢热腾腾的饭菜，又聚在一起商量了一阵子，然后秋月带着大家出了营门，往大瑶城门方向去了。

李天骏闻讯李云博派人回乡省亲，急忙赶到家里，进了客屋。只见乾卦统领和一个陌生的女子跪在地上，李天亮在那里破口大骂："……这个逆子，真是反了天了！屈身事唐迫不得已，老夫暂且不说，他怎么能破我祖上规矩迎娶侧室？而且是未娶正妻就先纳侧室，真是丢尽了祖宗的脸！我李氏祖祖辈辈，哪个娶过小老婆？况且，婚姻大事，怎能擅作主张？"

秋月道："公公息怒！皇上隆恩赐婚，官人如若拒绝，就是抗旨大罪……"

李天亮更加恼怒："放肆，谁是你公公？皇上赐婚，就可以违背祖训吗？脑袋掉了，有什么了不起的？他既然做了南唐的翰林，就不是我们李家人了！他想娶多少妻妾，由他自便……"

李天骏道："大哥息怒。岫南孤身一人在外，为了活命，娶了侧室，也是身不由己。更何况，哪朝哪代，皇上赐婚，还要经过父母之命、媒妁之言啊？"

"这……"李天亮被他问住了。

"六弟说的没错！"正巧，李天晨从房里出来，准备去巡营，听到他们的对话，也大致了解了事情始末。他见李天亮语塞，于是说道："大哥，不纳侧室，是我瑶池李氏的族规，不是南唐的国法。岫南入乡随俗，算得上什么罪过？你不分青红皂白，仅此一条就要将他逐出门庭，这是曲解了祖上立此规矩的本意。据愚弟所知，祖上也不是一成不变的死守门规，六世祖厚筠公正室没有生养，不娶侧室，我瑶池李氏还能传到今天吗？而到了九世祖年竹公的时候，他的弟弟年声老祖宗也是夫妻无子，他僵守祖制，活生生绝了户……这些家谱上记得明明白白的事情，你掌门大哥不会不知道吧？"

"你们两个，一唱一和，分明是替这个逆子狡辩！"李天亮心里其实也被他们说服，这正好替儿子不被赶出门庭找到理由，但为了老大的面子，他仍然气呼呼地争执着，"我不跟你们讲大道理，我只看重事实。违反了规矩，那就得秉公办理，不徇私情，不管他是我李天亮的儿子，还是你李天晨的儿子！"

秋月道："官人迫不得已，一切都是奴家的错。只是，只是奴家已有身孕，等到孩儿出生后，奴家一定以死谢罪，以维护瑶池李氏不妾门规！"

"什么？你怀孕了？"李天亮又惊又喜，嘴里依然骂道，"这个孽障，尽干些让人啼笑皆非的事。既然已有身孕，就必然是我李氏儿媳了。看来，挽救的办法，只有和刘府退婚了，我们要做无情无义、出尔反尔的无耻小人了，要对不起恩重如山的亲家了……哎，我们瑶池李氏百年豪门的脸，往哪儿搁啊……"

秋月急忙道："公公不可！刘姐姐婚约在先，奴家被赐婚在后。他们是你情我愿，我们是捆绑夫妻。更何况刘府满门被斩，只剩下如霜姐姐一个人了。奴家求求公公，千万别退了刘府这门亲事……"

李天亮叹息道："唉，这真是个进退两难的事啊……"

李天骏道："大哥别急，凡事都有改着，更何况，这桩婚姻麻烦，比起当前家族厄运，真不值一提。"

李天亮看着地上低头不语的乾卦统领，有些似曾相识，但又一时半会儿想不起是谁。李天骏早就认出了乾卦统领，见李天亮迟疑，急忙说道："好了好了，大哥你去休息，接下来的事，我来处理吧。"李天亮正骑虎难下，顺水推舟点点头："也好。我没办法了，你们看着办。"说着，就拂袖而去。

李天晨道："六弟，你先问问情况，我先去神刀营看看，回来再找你聊。"说罢，走出了门，骑上马飞驰而去，很快就消失在白茫茫的雪野之中。

李天骏道："你们起来吧。姑娘，你叫什么名字啊？"

乾卦统领抢先回答道："回禀老爷，这是我们家少奶奶，叫秋月，原来伺候皇后，后来收为义女，中秋之夜赏月之时赐予翰林老爷为如夫人。我是金陵翰林府上的大管家，也是老爷商铺的掌柜……"

李天骏一听，顿时明白他是在暗示什么。于是说道："好了，我知道了。秋月姑娘，无论怎样，你已经是我们李家人了。来人，带少奶奶去三少爷房间歇息。我还要问问管家，三少爷在金陵那边过得怎样。"于是又命欧阳管家安顿好其他随从，只带着乾卦统领到自己的院子里去了。

两人进了书房，乾卦统领倒头就拜："属下见过阁右大人。"

李天骏连忙扶起他，说道："乾兄不必多礼。我们好久不见，请坐下说话。"又亲自为他倒了茶。两人坐定之后，李天俊问道："乾兄，你们一行十几人回来，怎么一点消息都没透呢？"

乾卦统领道："回禀阁右，此事绝密，事关重大。少主吩咐，除了您之外，任何人都不能知晓。加上带了一个身份可疑的少奶奶，事情就更须谨慎了。我们一路上受到的关照，特别是刚才在黑云长剑军营中见到江世敦，从他和秋月的对话来看，南唐已经知道我们一行来瑶池了，而且知道秋月夫人是借省亲之机来劝降的。看来，得更加小心了。"

李天骏惊道："什么？你见到了江世敦？难道黑云长剑军来瑶池了，不会吧？"

乾卦统领道："怎么不会，我们是被黑云军抓住的，也见到了江世敦。看情形，他们好像刚来不久，可能是配合接收部队行动。"

李天骏道："瑶池被围困多日，我们日日窝在府上，外面什么情况都不知道。而少主有令，密使不得擅自行动，我们也不敢轻举妄动，以免暴露。更何况，这是我们李氏的家事……"

"国破家亡，怎么仅仅算瑶池李氏的家事！"乾卦统领道，"年初劫法场之后，无论楚国王廷，还是南唐方面，都认为我们没有解散，江世敦也参与了劫法场，他绝对没那么傻。少主命令玄武将军和所属卦队秘密进入瑶池，都过来了吗？"

李天骏道："一个月前就到了。我将他们秘密安插在神刀营里。只是要求他们安心当兵，停止活动。"

乾卦统领道："嗯。非常时期，泰平阁可以秘密地多做一些事情了。对了，这个秋月，得派人盯紧一点，她很可能是南唐朝廷放在岫南身边的眼线。少主将她支走，就是便于脱身。少主交代，要您设法将她留在瑶池，别回去坏了大事。"

李天骏道："这个秋月，果然有问题。留下她不难，我想办法。不过她怀了李氏骨肉，就是李氏的人了，哎，还真有点难办。"

乾卦统领道"婚姻和怀孕，都是假的。"

李天骏一愣，道："假的？"

乾卦统领附在李天骏耳边低声说了一通，末了又嘱咐一句道："这事，您知道就行了，更加要保密了。"

李天骏听了恍然大悟，笑道："岫南真是胸有韬略啊。这么难的事情，他都能一一面对，不简单啊。对了，你们此次来瑶池，究竟有何具体任务？"

乾卦统领道："少主听说南唐接收瑶池受阻，又得到你的传书，很不放心，要属下亲自来一趟，无论如何得说服李氏家族别做无谓的抵抗。"

"唉，真是难啊。"李天骏叹了口气，道，"我那坚贞不屈、气壮山河的掌门大哥，怎么劝他，他都不听，还说，这是大伯父临行前交代的。怎么可能呢？大伯父一直主张不生顶死扛，告诫大家要学会韬光养晦甚至委曲求全，先保住一家老小的性命再说。虽然也有人反对，但按照族规，这一切都得听他总执事的。要是大伯父在家，或者岫南在家，都绝不是这等剑拔弩张的局面啊。这样下去，后果不堪设想啊！"

乾卦统领道："大人勿忧，少主有办法了。您只要带属下私下会一会李天晨，就可以了。这都是少主的意思。"

李天骏也不多问，点点头道："刚才出门去巡营的那位，就是我三哥李天晨。行，晚上你们见面，我安排一个绝对秘密的地方。"

乾卦统领道："哦，对了，所有随行人员除了两个丫鬟外，其余的人都是阁里的密使，不是外人，右长老大人心中有数就行了。"

直到深夜，乾卦统领才见到李天晨，见面地点安排在神刀营中军大帐里的一间密室里。李天晨看了李云博的书信，又把信交给李天骏，低头沉思了一会儿，点点头说道：

"嗯，这倒是个好主意。我去投降，的确有两大优势：楚国神刀营的统领，南唐将领易守礼的女婿。楚军将领遵从王旨，不存在叛国，南唐将领的女婿归顺南唐，也不至于让他们过多猜忌。我原来一直希望，能够说服大哥，争取他的支持。可是，他却决心与南唐为敌，要抗争到底。现在看来，也未必是坏事，因为要争取他们从对立面转变过来，肯定需要花大量时间，这拖一拖，就会延缓他们逼迫献方的时间。我原来一直顾虑，如若一拖再拖也不是办法，终究要面对他们讨要秘方的日子，但岫南的判断让我茅塞顿开。他说南唐占领楚国不会长久，原因主要有三：用人不当，策略荒唐，兵力太少。仔细想想，还真是很有见地。你看，边镐这个人，虽然能说会道，满口佛心慈悲，但懦弱寡断，又刚愎自用，要长期节镇潭州，我看很难；他推行以佛治湘，到处修建寺庙，大兴佛法香火，这根本不适合三湘四水的传统和民情，的确有些荒唐；一万军队进驻长沙，的确太少，朗州那边就有两三万人马，衡山也有一万多，各州府的兵马也都不下万人。一旦打起来，边镐孤军必败无疑……"

李天骏道："嗯，很有道理。三哥你想，如若我们都突然间低眉顺眼地归顺，他们会想到什么？"

李天晨道："这还用问，肯定怀疑我们不是真心实意投降，是诈降。"

"对，如此轻而易举，倒让他们生疑。而心存疑虑的条件下，很可能下一步就是逼迫我等献出秘方，这麻烦，就更大了。"李天骏推测着，又转换了角度，分析道，"如若由你率领神刀营诈降，倒显得合情合理。而且你不放兵权，设法在暗处保护家人，可能更方便些。只是此举绝不能言明，家里的人肯定会误会你，一定会和你决裂，到时候，你就得两边受气，这委屈也太大了吧？"

"只要能保全家族，个人受点委屈，算什么呢？"李天晨继续思忖着，"只是岫南说，要谈条小人一点的条件，还真不好办……"

乾卦统领道："李将军，少主交代：条件是三条：一是一定得继续担任神刀营统领，绝不交兵权；二是不得强迫李氏族人，归顺全由他们自愿；三是帮助自己当上瑶池李氏家族总执事。信上不便写，要我口头传递。"

李天骏一听，疑惑道："前两条还好理解，这第三条……"

李天晨大喜道："我明白了，这就是小人一点的条件。六弟你看，我二房的人，想篡长房的权，这不是小人吗？"

李天骏道："你要篡长房的权，南唐会想到什么呢？"

乾卦统领道："这很简单，他李天晨是个利欲熏心的小人，要兵权，要族权，自然是为了满足个人的野心。有野心和私欲的人最好利用，这样，就能消除敌方顾虑。"

"对，这就是岫南的高明之处。"李天晨道，"看来，岫南谋划得比较周全，这个绝密的诈降计划，可以实施了。六弟，你将你的人都留在我的大营里，我调动不了，万一有紧急情况，怎么办？"

李天骏道："这很简单。你将玄武将军留在你身边当副将或者行军司马，我授权他全权指挥，不就行了吗？而且，他们是神刀营的将士，只要不涉及我们阁内秘密，你尽管调遣，都不是问题。"

乾卦统领道："计划是很周密，我们还得研究一些细节，特别是谈判的技巧，如何讨价还价，比如，可以利用一下秋月夫人，让她感觉到，这次瑶池之行她的身份起到关键作用，可以更大程度消除对方的怀疑……"于是，三人又认真推敲一通，直到五更才罢。

过了两天，李天晨就公开宣布神刀营易帜，接受南唐改编。这个突如其来的消息，顿时在瑶池特别是李府上下炸开了锅，李天晨虽然有心理准备，但仍然被弄得手足无措：瑶池李氏总执事、大哥李天亮勃然大怒，骂他是背祖离宗的不肖之子，宣布将他逐出家门；一向趣味相投、关系极好的五弟李天威对他的突然易帜恼怒异常，骂他是贪生怕死的软骨头，断然拒绝改编，还辞去副统领职务，发誓再也不认他这个三哥；就连即将成年的长子李云嵩，也义愤填膺，宣布和他脱离父子关系……

更让他猝不及防的是，那天神刀营正在举行的易帜仪式还未完毕，满营将士的情绪都还未抚平，他就收到一个惊人的噩耗：父亲李庆祥悬梁自尽了！！

这，几乎让李天晨五雷轰顶，任何人也都料想不到。

原来，父亲本来就接受不了儿子降唐的耻辱，又被愤怒的家人指桑骂槐无辜涉及，抱着"子不教父之过"的罪恶感，突然间上吊自缢。而全家上下老少和瑶池左邻右舍，几乎都把李天晨看作是李庆祥之死的罪魁祸首，是贪图高官厚禄荣华富贵的阴险小人，甚至有人当面骂他是"南唐豢养的一条走狗"……这所有愤怒的矛头，都像一根根利箭直刺他的心脏，让他胸中沥血而又百口莫辩。他这个以智勇双全著称、曾经享誉乡里的神刀营统领，突然千夫所指、众叛亲离，简直成了瑶池的过街老鼠。

一夜之间，年富力强的李天晨苍老了许多。

◆ 二、李天晨人生的第一次号啕大哭 ◆

神刀营改编完成顺利交接之后，已经到了腊月初。这几日来，虽然大雪纷飞，李天晨一直在枫林铺指挥神刀营将士，协助南唐军队建设新的营盘。那是南唐新的炮火营，只要初具规模，他们就会搬迁过来。

由于李天晨被逐出门庭，不能在孝堂亲自为父亲掌丧，只得在神刀营偏帐内设了灵堂，摆上灵牌燃起香烛日夜拜祭。临近出殡，他一整晚都守在灵牌前，直到五更时分才抽身进入寝帐客屋，一边整肃着全身素孝的装束，一边推开大帐的帘幕，但见大营里外白茫茫一片，格外宁静。寒风刮过，朦胧之间，刚刚换上的巨幅"唐"字赤色营旗，在飞舞着的漫天大雪中呼啦啦直响。他打了个寒战，回到大帐里，取了剑来挂在腰间，准备赁夜出门。因为今天，是突然亡故的父亲出殡下葬的日子，凌晨天不见亮，父亲的灵柩将移出府第，大祭过后将送往东峰界家族坟场安葬。

这几日里，他对着父亲灵牌想了很多，虽然心如刀绞有苦难言，但他绝不后悔。连日来，李府上下正在为父亲操办丧事，就连远在长沙的三叔李庆如和浏阳商行的二哥李天雷都闻讯赶了回来，自己却被拒之门外！作为瑶池李氏二房的长子，父亲大丧自然是他当大事，他得披麻戴孝、手持哭丧棒来大礼掌丧，现在，自己却只能窝在这里，摆个灵位香烛祭奠。而且，在家人眼里，他李天晨是逼死父亲的不孝之子，连去灵堂吊唁的资格都没有，哪里还能为父亲掌丧呢……想着想着，不免心智大乱，伤心欲绝。可是，一旦想到李云博的反复交代，"要以家族大业为重，做好千夫所指、备受煎熬之准备"时，不免又有些许释然，而且，还有六弟李天骏知道秘密，一起执行着这个计划。委屈总得有人受，刻意造成与家族的对立，可能是消除南唐怀疑的最好办法。非常时期，大丈夫不能拘于礼仪定规，得有超凡意志啊。虽然常言道，要举非常之事得有非常之能，真正遇上了，这煎心炸肺的疼痛，着实让人难耐。好在，续弦妻子易淑贞带着刚刚出生不久的女儿跟着他搬进了大营，总算是有个无论生死都不离不弃的人陪伴着，才不至于感到分外孤独。想着自己所做的这一切，都是为了瑶池李氏和家族大局，心情不免透亮起来，于是暗暗发誓：就是被五马分尸，也心甘情愿绝不后悔！

"无论如何，今儿就是被打死，也得去孝堂灵前拜祭，得去送他老人家最后一程，不然的话会后悔终身……"李天晨心烦意乱地想着，突然易淑贞抱着不足半岁的婴儿从后帐里走了出来，对他说道："官人，妾身还是陪你一起去吧。尽管是续弦，毕竟，我是你爹爹唯一的儿媳。"

"这……"李天晨一愣，连忙过来看了看她怀中熟睡的婴儿，亲了亲她的小脸蛋，说道："淑贞，你怎么了？昨日不是说得好好的，我一个人去送殡吗？更何况，你爹是黑云长剑军将领，现在又是炮火营大将，你作为他的女儿，去了不合适……"

易淑贞打断她的话，说道："妾身反复想过了，还是得去。我一个妇道人家，家国大事我不懂也不想懂，那是你们男人之间的事，但这克俭礼义的妇道，还是要遵循的。公公大丧，做儿媳的连出殡都不去，会被人戳脊梁骨的。我不相信，我去送殡，你李府会把我打死！"

李天晨叹了口气，说道："我为了家族安危被迫易帜，成了让人唾弃的软骨头，而你恰恰是南唐将领的女儿。虽然我的易帜行为与此无关，可是家人不这么想。如今他们都在气头上，你去了，若将你当作出气筒，把满怀怒火撒在你头上，万一弄出什么是非好歹来，不仅会激化矛盾，甚至家族也可能面临更大危厄。芳儿还不满半岁，她也可不能没娘啊……"

"没做亏心事，不怕鬼敲门！我去尽孝道，又不是招惹是非，我不相信他们不讲道理！退一万步讲，只要尽了孝道，就不会再有人戳着脊梁骨说三道四，就算死了，也会心甘！"她说话的声音有些过大，似乎是手脚使了很大的劲一般，没想到把怀中熟睡的婴儿给弄醒了，"哇哇哇"地大哭起来。

李天晨道："绝对不行。这样太危险。更何况，不日之后，你父亲就要随炮火营一起迁进瑶池，你们父女年多未见，在这档口，我不想你去冒险。你若有什么三长两短，我怎么向他交代啊！"

"你别提他，提他我就来气！"她一边哄着孩儿，一边继续说道，"他们为了什么一统天下，强拿恶要，杀人放火，尽干些丧尽天良的勾当，我死也不会认他！你爹爹就你这么一个儿子，也就我这么一个儿媳，我不去送送他，他会走得不踏实的。"

李天晨道："哎呀，怎么说你才好！谁是谁非姑且不说，无论如何，他毕竟是你的父亲啊。而且你母亲也离开瑶池一年了，难道也不想见她老人家了？一家人快团聚了，这时候去凑什么热闹？唉，如今啊，双方情同水火，你不能去火上浇油了！"

易淑贞道："我不管，我就要去！如今，你已经被逐出门庭，尽管是去送殡，也不见得不会有人干涉，万一有什么意外，有我在，也好有个照应。"

李天晨怒道："别说了，我说不能去，就是不能去！"

易淑贞也大声道："我就要去，这事儿没商量。"

李天晨见说服不了她，见她起了高腔，又觉得自己失态，赶紧缓和了语气："唉，我如今众叛亲离，也就你一个人能够体察。你想担当，我知道也拦不住你，我求求你别去。我会怎样，一切都只能听天由命了。"

易淑贞见拗不过他，就不再言语，抱着孩子转身进了卧房。

李天晨又收拾一会儿，独自一个人骑马出了营门。天气异常的寒冷，雪依然在下，风刮得更加凄厉彻骨。不到半个时辰，就进了瑶池大街。忽然一阵爆竹声响和锣鼓唢呐之声传来，李天晨抬头一看，银装素裹的李氏府第牌楼已经朦胧在望了，只要再走完连接李氏府第和乡司衙门的这条不足两里的笔直官道，就到达门楼牌坊前了。几日前，他就在那里被宣布脱离瑶池李氏，从此不得跨进门楼半步——那座门楼，曾经是他随意出入的家门，而如今，却成了他不能跨踏的禁地！李天晨长叹一声勒马跳下来，在雪地上三拜九叩地朝门楼跪拜了过来。不一会儿，就来到李府牌楼前。他整了整衣冠，一举哭丧棒，行了孝子大礼后，朝门楼里面喊道："不孝子李天晨特为先考进奠，望亲族不计前嫌，应允进门！"

叫了好一阵子，只见几个浑身孝装的人走了过来。走在最前面的李天雷一把夺过他手里的哭丧棒，狠狠丢在地上，骂道："狗东西，哭丧棒也是你能拿的？你还有脸来进奠！我瑶池李氏，没有你这贪生怕死的软骨头！滚回去做你的统领将军去吧，别在我李府门前跪脏了地方！"

李天晨哀求道："二哥，老三我易帜也是为了家族安危，迫不得已啊！就算千错万错，也不能不让我为父亲送丧吧！我求求你，让我在父亲灵前祭奠一回，尽尽最后的孝道吧。我求求你了，二哥！"

"父亲，谁是你父亲？放屁，简直是放狗屁！"李天雷一听勃然大怒，"你别叫我二哥，我没有你这个三弟！你卖身求荣，逼死二叔，竟然还不知廉耻，在这里大谈什么孝道！懒得理你！"

李天晨道："二哥，就算老三我所做所为该千刀万剐处以极刑，你们剐就是杀就是，但为父亲出殡送丧天经地义，一码是一码，何必不分青红皂白，不忠之下逼我不孝！"

"逼你，谁逼你了？"李天威也来了火气，大声骂道，"你既然不忠，定然不孝！二伯父一直健康硬朗，从来未曾生过大病。不是你卖身事唐，他会悬梁自尽？人都被你逼死了，前来吊孝进奠，就是尽了？真是痴长了四十岁，这个理儿，还要我教你？"

不知什么时候，易淑贞抱着婴儿也来到了楼门前，她跪在地上插话说道："伯伯叔叔们，我们一家前来送丧，不为别的，就是认个礼仪纲常。人非圣贤孰能无过，我们纵然千错万错都已晚矣，他老人家一时想不开，我们也追悔莫及。求你们给我们一个负荆请罪的机会，让我们送送他吧……"

李天晨回头看见易淑贞，大惊道："你怎么还是来了……"

"礼仪纲常，你们也配！"李天雷冷笑道，"就是你这南唐奸细，混进瑶池，日日在他耳边唠叨，夜夜在他枕边吹风，才使得他变成了软骨头！依我看，你才是害死二叔的罪魁祸首！"

李天威也怒斥道："你们南唐，根本不是东西，一直就没安好心！入室行窃，绑架人质，抢劫炮火，无恶不作，今年公然在王都长沙大劫法场，还杀害了我父亲……杀父之仇不共戴天，我与你们势不两立！"

"欲加之罪、何患无辞！我是不是害死公公的罪魁祸首，老天有双眼，在上边看得清清楚楚，将来也会自有公道。反正，如今我们夫妻已经里外不是人了。我们既然不要

脸，也就不怕死。我就不信了，死都不怕，还不敢给公公送丧！"易淑贞说着，从地上站起来，抱着孩子往里面闯。

李天雷、李天威两个人连忙将她挡住。易淑贞不顾一切往里面挤，被李天雷顺手一推，一下子倒在雪地上，婴儿从手上滚落，在雪地上滚了一圈被颠簸醒了，猛然间"哇哇哇"地大哭起来，把几个兄弟顿时弄傻了眼。这时候李天骏从屋里走出来，李天晨见状，一挺身怒吼道："好，国已破，家亦亡！兄弟成仇，亲族反目，看来也就无需顾忌什么了！今日既然来了，又进不得孝堂去，我就以死偿命，门前谢罪吧！"说着，拔出剑来，就要往脖子上抹。

说时迟那时快，李天骏一个箭步冲过去，一脚踢飞他的剑，又抱起雪地上哇哇大哭的李云芳，说道："你们这是干什么！二伯父尸骨未寒，你们一个个不是寻死觅活，就是恶语相向。芳儿才几个月大啊，你们的恩怨与她何干？这亲痛仇快的事情，能不能等到二伯他老人家入土为安之后，再说啊？"说着，就将哭闹着的小云芳交给已经爬起了身的易淑贞。

易淑贞感激地接了过来，道："谢谢六叔。"

李天骏道："没什么，对了，三嫂，你还是把芳儿给我吧，你们有错，与她不相干。我抱她进去给爷爷磕头去！"说罢，抱过一直在哭的婴儿进了门楼。没等众人反应过来，他已经进了孝堂。

门外的吵闹哭声惊动了孝堂里掌丧的李天亮。他站起来正准备出去瞧瞧，却见到李天骏抱着个哭闹不休的婴儿进来，仔细看了看，惊异地问道："这不是芳儿吗？她怎么来的？"

李天骏道："她爹娘来了，在门口，二哥他们不让进，乱作一团。我先抱芳儿来拜拜她爷爷。"

李天亮想了想，点点头道："芳儿是无辜的，你做得对。"说着，点了香在云芳小手里碰一下，又合掌拜了，边插便说道："二叔，您的宝贝孙女看您来了……"李天骏就抱着她跪在灵前，又替她磕了头。没想到，就在李天骏礼毕起身时，云芳突然住了哭声，伸手抓来一根燃着的檀香，咿咿呀呀地对着李天祥的灵牌说着什么，看得大家目瞪口呆。

正在一旁守灵的邱氏突然站起来说道："他二叔公，您显灵了，在和芳儿说话啊！"大家也似乎明白了什么，都不住地点头，有的拭着眼睛啧啧称奇。只见邱氏继续说道："他六叔，来把芳儿给我吧，这孩子爹娘有没有错我不知道，这孩儿绝对没错，她是我们李家的后代，你去告诉她爹娘，孩子留下了，我要亲手把她带大。"

李天骏一听，连忙把孩子递过去，道："是，大嫂！"说罢，就出去了。李天亮赶了几步追上他，一边询问着什么，一边也跟着出了孝堂。

李天亮明白怎么回事后，已经来到门楼前，只见双方已经没有了争吵，李天雷兄弟气呼呼地挡在门楼前，李天晨坐在雪地上泪流不止，易淑贞在一旁安慰他。李天亮走过去，对他们说道："大孝堂前，不论是非。李天晨，你既然来了，我就将话讲清楚，绝非故意为难你。家族既然将你逐出门庭，你就不是李家的人了。你不能以李氏亲族的身份祭奠送丧，也不能参与任何出殡下葬的仪式。在这里，按照礼仪规制，你不能穿着掌丧孝子的服饰，甚至连五服亲族的孝服也不能穿。你们父子一场，不让你进去看一眼，也是不近人情。你脱了这身孝衣，就以瑶池百客的身份进去上香吊唁吧，这已经是我们最大的让步了。至于李府门外，你想怎样，路祭也罢，做道场念佛经也好，甚至是埋衣冠冢，我们都不会干预。"顿了顿，他又回头又看看易淑贞，说道，"至于你，虽是明媒正娶进门，但仍然是灭我家国的南唐仇敌，也是我瑶池李氏上下的公敌，绝对进不了门。哦，告诉你们，芳儿没有错，仍然是瑶池李氏后人，已被贱内收养，你们不能带走她了。"

易淑贞听了，突然脸色苍白，什么话也没说，反而显得十分平静。过了一会儿，她突然跪在地上说道："谢谢大嫂，麻烦您一定将她拉扯大，拜托了！"拜了两拜，突然起身朝门楼牌坊边的石狮奔去，一边跑一边说道，"大嫂啊，有了您给她当娘，我就放心了。如今，她这个罪孽深重的生母，活在世上已经多余。官人啊，你保重，贱妾先走一步，为你到阴曹地府申冤去……"说着，就一头撞向石狮子。顿时，血流如注，把白茫茫的雪地间染得一片殷红。

"娘子……"李天晨大惊失色，赶紧跑过去，一把抱住她说道，"娘子，你怎能干这等傻事啊……来人啊，你们不能见死不救啊……"众人一见，又都被突如其来的变故惊呆了。

李庆如急忙奔过去，一查伤势道："不妙，赶紧抬到屋里去！"他看见众人都还愣在那里，急得破口大骂道："一群蠢东西，还愣着干什么，人命关天，你们想幸灾乐祸见死不救吗？"众人慌了，都冲过来七手八脚来帮忙。

"谢谢三叔，不用了。"易淑贞突然睁开眼，看见李庆如正蹲下来要为她把脉，摇摇头说道。她又含情脉脉地看着李天晨，有气无力地说道："官人，这辈子，能和你相识一场，已不枉有此生，妾身知足了！来生，我们还做夫妻……我易淑贞，生是李家人，死是李家鬼……别忘了，带着我，跟，跟爹爹送丧……"说着说着，就没了声息。

"娘子……"李天晨大声喊道，突然一把紧紧搂住起易淑贞，号啕大哭起来，"娘子，你怎么要这样啊。我们不是说好了吗，相守终身吗……啊哈哈哈……你有什么错，平白无故受此侮辱……你死了倒好，要我和芳儿怎么活啊……"

众人都默默站着，有的禁不住落下泪来。过了一阵子，李天晨突然擦了一把眼泪止住哭声，将易淑贞头上有些污损的白色孝巾取了下来，用衣袖将她满脸的血污擦干净，又理了理易淑贞有些凌乱的头发，将孝巾换了个边重新扎好，然后轻声对她说道："娘子，走，我们夫妻两个，跟爹爹进香去！我就算拼了性命，也一定按照你的遗愿，尽好这孝道！"说着就站起了来，抱着她软下来的身体，健步走进了门楼。

李天骏心如刀割，泪如泉涌，在雪地上愣了半天。李府上下其他人也一动不动，都静静地站立着，看着他们进了大门，又进了李天祥的孝堂。

门外，雪下得更大了，遮天蔽日一般。风也刮得紧，卷着雪花呼呼直响。

◆ 三、急不可待，大唐炮火营举迁瑶池 ◆

接连痛失亲人，让李天晨心力交瘁。刚刚送父亲入土，又忙着办理妻子丧事，整个人都走了形，瘦了一大圈。他也来不及多想，差人前往萍乡给易守礼夫妇报丧。这时候，易守礼已经升任袁州炮火营营屯都虞候，正忙碌着炮火营搬迁事宜，没有亲自前往，只是派人将夫人送过来，参加易淑贞的葬礼。老太太没想到女儿会突然离去，哭得死去活来，口口声声要找李家讨个说法，李天晨好言相慰，才勉强劝住了。

这天，郑道光留下易守礼看守大营，亲自带着炮火营十三监的将领们，冒着大雪齐聚瑶池，察看枫林铺新的炮火营寨营房建设，也参观了神刀营。由于一连数日天降大雪，枫林铺的大营建设几乎停止，他们对营盘建设的进度忧心忡忡，待在瑶池一筹莫展。而李天晨忙碌着妻子的丧事，也没多少时间和他们打照面。

办完丧事，李天晨给武安军节度使边镐写了封辞呈，说是父亲亡故，按照礼仪规制，需要丁忧守孝，而且妻子也不幸离世，自己心力交瘁，难以胜任神刀营统领要职，恳请派遣将领全面接管神刀营等。边镐接到上书后，觉得非同小可，立即前往瑶池，专程慰问李天晨。

李天晨闻讯边镐亲临瑶池，急忙起身出营迎接。李天晨施礼道："不知边大帅莅临，有失远迎，还望恕罪。"

边镐还礼道："边某初到长沙，军务政事忙得焦头烂额，得知贤弟家中连连变故，犹如晴天霹雳！边某来迟，还望海涵啊！只是人死不能复生，望将军节哀顺变！"

李天晨道："感谢大帅费心！末将家门不幸，有劳大帅不远百里，屈驾瑶池乡野，真是愧不敢当啊！"两人一路上客套一通，就带着一干将领随从进大帐坐定。

与众人一一看茶见礼之后，李天晨道："敢问大帅，末将上书请辞之事，可否恩准？"

边镐道："这可是万万不可。启明贤弟啊，如今，我朝入主潭州才一月有余，长沙正处于由乱而治、百业待兴的档口，正当用人之际啊。贤弟审时度势，弃暗投明，率领神刀营三千将士望风归顺，当今之俊杰也。而瑶池易帜也不过区区数日，大局初定，人心不稳，在这起承转合、除旧布新之际，怎能少了你这位中流砥柱啊。贤弟立下的汗马功劳，边某心中有数，正在上奏朝廷，为你请功加封。眼下这千钧重担，贤弟可万万不能推辞啊！更何况，我们是有秘密约定的。"

李天晨道："大帅厚恩，我李天晨没齿不忘！只是父死妻丧，万念俱灰，已经无心功名利禄。这礼仪规制，末将还得遵循，以赎所犯罪孽。况且，父母大孝，官员去职守丧三年，也是我大唐金科玉律。因为归顺皇朝，父亲蒙羞自缢，已经忤逆不孝，如若不能离职为父守孝，让天下人背后戳指，末将有何颜面活在世上？还望边大帅垂允！"

"久闻瑶池李氏，江南名门望族，爆竹百年豪门，果然是礼教传家！"边镐一听，颔首赞叹一句，就哈哈大笑站起来，拍了拍李天晨的肩膀，说道，"可是，启明贤弟知不知道，这丁忧守制礼数，也有特例。"

李天晨一惊，连忙站起来，拱手道："末将山野鄙民，孤陋寡闻，请大帅不吝赐教。"

边镐示意他坐下，自己也坐下来，呷了口茶，说道："赐教不敢。不错，我朝以孝治天下，朝中百官都实行大丧守制，而且三年期满，方可复职任事。但边某曾闻：身入行伍，不问家事。这守制规矩，都是治政文臣去遵守的大礼，我等军门之将，从未有这等讲究。试想，两国交兵，主将大丧，难道跟敌方说，这仗暂时停下来不打了，本将军要解甲回去守孝，或者临阵换将找人接替指挥，这岂不贻误战机，将国之安危视同儿戏？家门接连不幸，贤弟身心备受摧残，这个中痛处，边某岂能不知？但是，大丈夫应该以天下为己任，瑶池父老乡亲的安危，离不开贤弟啊！更何况，非常时期，贤弟家中那一帮强硬亲族，尚需你去说服开导，一旦贤弟离开军门，定然讳莫如深，旧怨未解，又添新愁，瑶池还哪有泰平的时候？至于所谓别人背后戳指之说，纯乎子虚乌有，贤弟舍小家为大家，天下人赞赏还来不及，如何会去飞短流长？还请启明贤弟化悲痛为力量，以大局为重，为父老乡亲多谋福祉，为我朝大业再立新功。"

"这……只是……"李天晨听了，正要分辩，不料边镐没等他开口，就继续说道："贤弟你且打住，边某知道你想说什么，请容我把话说完，你不用担心会误了军国大事。如今贤弟身疲力竭，大营军务也不必事事躬亲，休息几日也好。不如这样，边某给你选派一位助手，担任神刀营监军，帮你协理军务如何？"

李天晨听到边镐的这等安排，心中不由一紧：这刚刚易帜，就急着往里面安插亲信，心里很不高兴。但他又不好争辩什么，一时间默不作声。边镐见他沉默不语，于是笑道："既然不作声，就当默认了。刘将军，你还不快快见过你的上司？"

刘成璧连忙起身，朝李天晨施礼道："末将拜见统领将军！在下不才，前次被将军俘虏，真是五体投地！今后还请将军多多教益！"

"刘成璧……"李天晨看见刘成璧跟他施礼，顿时目瞪口呆。他意想不到，边镐给他派来的神刀营的监军，居然是这个百无一能的纨绔子弟，是真的不会用人还是故意为之？刘成璧接收瑶池神刀营时，被他迎头痛击，却不知道火速回营振军再战，一味逃跑，甚至纵兵掳掠，多次犯下兵家大忌，这么一个窝囊废，能干什么？更何况，刘成璧和瑶池李氏有过节，你边镐不是不知道……想着想着，他突然明白了，边镐名为派人协助，实际上，很可能是牵制自己，不由得怒火中烧。他勉强起身还了礼，又对边镐说道："边大帅，这，不合适吧……"

边镐笑道："有什么不合适的？俗话说，不打不相识嘛。不久前，你们交过手，他刘成璧绝对不是你的对手。但是，这个小将军，还是个可造之才嘛，很多楚国旧将都推荐他呢！李统领不能因为一次失败而彻底否定一个人吧……"他又转身对刘成璧道："你呀，从哪里跌倒，就从哪里爬起来！今后，多向李统领求教！"

刘成璧谄笑道："多谢大帅提携，末将一定谨记大帅教诲，时刻以李统领为榜样，报效朝廷！"

边镐见李天晨不愿搭理刘成璧，于是又说道："李统领，郑都监也在这里，反正他的炮火营还未搬迁过来，他也可以帮助你处理这神刀营日常杂事。贤弟意下如何？"

郑道光慌忙推辞道："神、神刀营军务，有、有李统领操持，足、足矣！更何况还有刘、刘将军襄、襄助，末、末将协理，多此一举！我还是一门心、心思，负责炮、炮火营事务吧。请边、边、边大帅三思！"他口吃的毛病，依然如故。

边镐道："哎，怎么是多此一举呢，郑都监不必推辞。按照朝廷谋划，枢密院要在浏阳、醴陵和萍乡三县这个'爆竹金三角'地带，建设一座规模宏大、甚至是空前绝后的大唐炮火大营。今后啊，你很可能就是这里三座大营的大都督……"

郑道光大惊，连忙制止道："边大帅，这、这……"

边镐见他使眼色，顿时明白过来自己失口，但话到了嘴边，也不好停下来。加上他觉得，李天晨迟早会知道，对他隐瞒没有必要，于是继续说道："所谓明人不做暗事，我朝光明磊落，这有什么不能说的！启明是自己人，早些知晓朝廷意图，也未尝不是好事。启明啊，将来这炮火营建设，还得倚重你们家族呢！"

李天晨道："末将一定竭尽所能，效命朝廷！"

边镐这个当和尚云游四海落下的、喜欢传经布道的老毛病似乎又犯了，仍然滔滔不绝地讲着："如今楚国马氏王廷不再，潭州已成大唐国土，醴陵、瑶池两座边关大营已经失去边防意义，数千将士，将全部纳入炮火军战斗序列。初步规划是，浏阳瑶池神刀营，主要负责火药武器研发、试验和生产；醴陵大营，主要负责炮身及其配套机械制造；萍乡大营，主要负责炮火武器效果测试和军队战阵配合训练。将来啊，这连成一片数百里的火药圣地，便是我大唐无人企及的新型军队的摇篮，它将融炮火军事技术之研发制造与部队实战训练为一体，输送成建制的炮战队，装备到大唐的各支军队之中。到时候，我大唐的军队，就真的无敌于天下了。这使命光荣之千钧重担，就落在诸位的肩上了。诸位务必团结一心，为早日建成天下无敌的炮火军队竭尽全力。"

众人拱手道："为朝廷效力，敢不唯命是从！"

边镐余兴未了，又大谈特谈起以佛治湘的设想，还要大家发表高见，听得大家如坠五云。还是江世敦忍不住了，打断他的话道："边大帅，治国大道，不是一朝一夕讨论得完的，以后一起听命大帅，有的是讨教机会。末将以为，您既然亲临瑶池慰问李统领，与其在此坐而论道，不如去李统领父亲和妻子坟上祭奠一番，如何？"

边镐一愣，突然明白自己的话的确有点多，于是有点不好意思地笑道："呵呵呵，瞧边某这东拉西扯的坏毛病！对对对，先去坟前祭奠，然后再去巡视枫林铺大营建设，晚餐过后，咱们秉烛夜谈，聊他个痛快，何如？"

"大帅之命，敢不遵从！"于是众人一齐起身，备了各色香烛纸钱及各样奠品，前去坟场祭奠不提。

晚上，李天晨在中军大帐摆下酒席，宴请边镐一行和郑道光、江世敦等人。酒过三巡，大家的兴致来了，猜拳行令热火朝天地闹了起来，尤其以刘成璧最为厉害，一则，他是客人，二来，他又将成为这里的主人，其三嘛，这吃喝玩乐，就是他的拿手好戏，于是来来往往不知喝了多少，可是他越喝越来劲。李天晨以大孝为名以茶代酒，略微应酬一番，就坐在一旁冷眼旁观。突然，他看见郑道光坐在那里，一边自斟自饮，一边长吁短叹。于是走到坐在帅案前边镐身边，朝郑道光那边努努嘴。醉眼惺忪的边镐放眼过去，看见郑道光如此，不觉有些奇怪，于是端着酒杯来到他的酒案前，问道："郑都监，今夜李统领置酒，宴请你我，应该高兴才是。你坐在那里喝闷酒，却是为何啊？"

郑道光大惊，摇摇晃晃站起来，结结巴巴"我、我、我……"了几声，却说不出话来，一着急便"哐当"一声栽倒在地。

邻案的江世敦扶他坐好，一捋稀疏鼠须，似笑非笑地说道："边大帅，他呀，除了炮火营，还能有什么呢？"

边镐更加奇怪，问道："江指挥，此话怎讲啊？"

江世敦道："回禀边大帅，由于入冬以来，一直天降大雪，枫林铺炮火新营建设几乎停止，原定年前炮火营迁址任务，怕是完不成了。枫林铺那边营寨一时半会儿建不成，但是炮火武器技术革新迫在眉睫，郑都监已经不能再等了。近来，他一直夜不成寐、忧心如焚啊！"

边镐思忖道："郑都监忠于职守、时不我待、只争朝夕的品性，实在是令边某钦佩！嗯，这确实是个不小的问题……"边镐又看看江世敦，见他似笑非笑，一副胸有成竹的样子，于是问道："江指挥好像有主意？"

江世敦狡黠一笑："主意嘛，倒有一个，只怕……"

边镐见他欲言又止，还不停地打量着主人席上的李天晨，不免有些恼火，于是没好气地说道："江老鼠，你小子有屁快放！"

江世敦笑道："边菩萨喝了几杯，怎么就成了怒目金刚了？看来，还是叫你边和尚，最为妥帖啊！哈哈哈……"

边镐见他如此调侃，骂道："洪州这边的人都说：'可以得罪龙，可以得罪虎，千万别得罪江老鼠！'看来，此言不虚啊！你这只两面三刀、诡计多端的老鼠，别老让人猜你的心思，有屁就放嘛！"

"放屁放屁，多难听！"江世敦说罢，声音突然小了下来，"末将的意思是，可以先迁过来。大帅说过，醴陵大营和瑶池神刀营，都已经失去了边关大营的意义，空着也是空着，不如先迁过来暂且安身，一边着手火药配方事宜，一边进行新营修造，等一切建设完成了，再搬进枫林铺营盘不迟。"

边镐听了，点点头道："先迁过来，果然是好主意！"

没想到有些醉意的郑道光一听，顿时从座席上跳起来，举着杯子叫道："多、多谢边大帅，这主意，真、真是解了末将燃眉之急啊！"

边镐大笑一通，意味深长地说道："你看看，这个郑结巴，一高兴，连结巴都好了！谢老夫干什么，还不知道李统领肯不肯，这里，永远都是他的地盘啊！"

江世敦三角眼一翻，冷笑道："哼，末将不信，边大帅发话，他敢不言听计从！"

于是就趁着酒兴，边镐叫来李天晨，与大家一起商量这事儿。边镐说，为了不误炮火武器战力升级大事，先将大营搬过来，马上启动炮火营各项技术试验。而新营寨，只有等到来年春天天气好了，再继续建造，恳请李天晨支持，等等。李天晨听了，知道麻烦来了，但又一时找不到推迟的借口，只得硬着头皮答应了。这样一来，就定下了炮火营迁进瑶池的大计。同时还商定，江世敦留在神刀营做准备，郑道光带领炮火营众少监，明日就回去，立即启动大营搬迁。

四、谋划拜访李府，边大帅不想去吃闭门羹

晚宴散罢，已是午夜子时。江世敦怎么也睡不着，出了寝帐在雪地上兜圈子。突然路过边镐住处，见里面亮着灯，于是转身偷偷溜进边镐寝帐。进来一看，只见边镐正指挥几个随从收拾东西。江世敦问道："边大帅，刚来，就准备走？"

边镐道："是啊，等登门拜访李天亮后，就立即回去。皇上准奏以佛治湘，那肯定得大兴佛事，岳麓寺得马上扩建，开福寺须及时翻修，永乐寺的佛像要塑金身，边某规划近两年内，乡里都得有座像样的寺院，忙得很啦。而长沙那边政务军务也多如牛毛，不赶回去，恐怕不行。怎么，这么晚了，江指挥还没睡？哦，对了，你是老鼠，夜里活动，呵呵呵……"

"看看，看看，你这个善变的大和尚，今儿又成弥勒佛了。"江世敦回敬他一句，叹了口气道："睡不着啊。"边镐看了他一眼，知道他有话想说，放下手中活计，对他说道："那就过来坐坐吧。这边请。"

两人在暖炉边落座，边镐又命人上茶。江世敦先开口了："大帅，自从您不费一兵一卒取得长沙，到现在这么久了，这炮火新营建设毫无进展。火药秘方暂且不说，就连这枫林铺的新营盘，也因大雪而停工。如今冰天雪地启动搬迁，进度也会大打折扣，建营计划又要一拖再拖。哎，真是老天都不帮我们！"

边镐道："你就别怨天尤人了。这事嘛，不能太急。你想想，我朝从发明炮火武器到现在的炮火营建设，快五十年了，进步了多少？我们以前太相信自己，总是认为，只要肯下力气不惜血本，一定会试制出高于他国的大威力火药。可是，事实证明，我们只是在军事实践中，有功能上改进，而火药威力谈不上实质性突破……"

"好啊，你，你们两个，躲在一边，说，说我老、老郑坏话……"两人的茶都还没喝半盏，郑道光却气呼呼地闯了进来，"这袁州炮火营，如如何没有进步？"

边镐慌忙站起来，施礼道："郑将军也睡不着？来来，一起坐坐。来人，将营帐全部封闭，我们有事秘商……"

江世敦故意激他："炮火营建了数十年，除了规模以外，还真谈不上什么进步。"

郑道光道："末，末将觉得，你们不能，轻，轻易抹杀炮火营功绩。"

"江老鼠，够了……"边镐连忙制止，对郑道光又是让座，又是倒茶，嘴里仍然喋

喋不休："炮火营建设是有成效，但在火药技术进步上，刚才边某没有瞎说。你老郑是火药武器的正宗传人，你的体会，应该更多。炮火营建设，是比攻城略地更为艰巨的任务，能够轻而易举弄好了，还能称得上国家战略吗？因此啊，得慢慢来，饭要一口一口地吃，路要一步一步地走嘛。"

郑道光喝着茶，他的语速很慢，反倒结巴得更厉害了："这、这道理，末、末将自、自然知道。真、真是奇怪，火、火药不、不是李氏独创，自、自它发明以来，千千万万的炼、炼丹家、药、药学家和其他行业，都、都在使用和，和推陈出新，未见有什么不、不同之处，为、为何独、独瑶池李氏就偏、偏有这无、无人企及的大，大威力配方？"

江世敦大声反问道："你怀疑，别的家族也可能有？"

郑道光被他大声一问，紧张起来，语速猛然加快，结巴倒好了许多："不！我们秘密走访过很多炼丹的道观古刹，也、也去过其他的爆竹作坊，都和我们制作炮火的火药大同小异。火、火药无非一硝二硫三木炭，历代各家的记载莫不如此，我、我老郑和他打了数十年交道，试验配方上千种数十万次，怎、怎么可能有超凡的威力呢？"

边镐也问道："你是说，李氏压根儿就没有什么大威力配方？"

郑道光道："对。您、您看，爆竹老爷李畋的后人，大、大都聚居在醴陵麻石铺、浏阳瑶池和我国萍乡上栗，都、都是火药世家，怎、怎么不见他们有什么神奇的绝密，独、独这瑶池李氏有！这是不是，他、他们为了抬高自己在业界的地位，故意吹嘘自己呢？去、去年，我们收购的瑶池爆竹，里、里面的火药，并不、不比我们自己生产的强多少。"

边镐道："你呀，还自称是个行家！那瑶池年年都放的祭祀炮火，还有去年老江他们冒险在浏阳河里劫得的特贡爆竹，又是什么呢？那威力，比一般的普通火药，不止大一两倍。还有，老江你说说，年初你亲自带人到长沙劫法场，那一甩就浓烟滚滚的玩意儿，你是不是亲眼见了的？"

江世敦回答道："末将亲眼所见，绝无虚假。"

边镐道："你听听，绝无虚假！三个地方的李氏，都是传人，但究竟如何传的，你知道吗？更何况三百多年了，家族分化和家风演进，各地的文化特质已经有了天壤之别，这继承中的创新，也就千差万别。你自己没弄出的玩意儿，别人也就一定弄不出？你也太自以为是了吧！"

郑道光道："我，我起初坚信不疑，可是忙乎了好些年，大、大威力火药秘方的影子都没见着，老江他、他们黑云长剑军可不是吃干饭的！近、近期，江湖上还传得神乎其神，说、说什么李氏将秘方一把火烧了，我、我看是他们怕露馅儿，影、影响他们在

业界的霸主地位……"

边镐有些生气了，打断他的话道："你呀，越说越离谱了！是知难而退，还是推卸责任？你没见着，就不相信有这玩意儿存在？你以为我们的黑云军神通广大无所不能，你要知道天外有天！本帅问你，你以前听说过湘水台吗？去年，你见识过湘水台的威力吗？哼，妄尊自大者，本身就是行事大忌！我看你郑道光，火药专家徒有虚名，自己不行还不相信别人有，妄尊自大，就是吃干饭的！"

江世敦一看边镐动怒，也觉得郑道光有些钻牛角尖，的确有些过分，赶紧起身拱手道："末将无能，大帅见教的是！郑将军是我军中少有的新武器专家，也是有什么说什么，直来直去。但吃干饭的是我老江，不是郑将军。不过，老郑你也太自负了，别转进死胡同出不来……"

郑道光连忙拱手赔罪道："其实，我、我也就是怀疑，对、对不起了，两位大人。"

边镐见他主动认错，话语也缓和下来："怀疑归怀疑，但在真相未能大白以前，不要轻易下结论。我们得相信，我们攻克不下的难关，有人在行。人人都能鼓捣出来，那还能叫绝密吗？刚进来几天，就想李氏一个个跪在地上，双手捧着秘方，哪有那么轻而易举的事！"

江世敦怕郑道光又捅娄子，赶紧接过话来道："大帅言之有理！末将以为，要攻破李氏堡垒，得选择薄弱环节，找准突破口。比如与我们比较亲近的李天晨，还有，得精心选择那些贪生怕死、贪慕功名利禄的子弟。"

"事情没那么简单。说服李氏族人将火药秘方献出来，肯定不是一蹴而就的事情，得软硬兼施、恩威并重，火到猪头烂嘛。我还是前面那句话：饭要一口一口地吃，路要一步一步地走。"边镐也起身踱着步子，捋了捋半白的短须，一边思忖一边说道，"我怀疑，这瑶池李氏的绝密配方，应该不是人人都会。人人都会的，只是普通配方，就是做爆竹除瘴气治伤口用的那种。……这件事上，边某有言在先，一定得心平气和、以礼相待，先亲近他们获取信任，然后逐步深入。在没有得到他们的真心归顺以前，绝对不得胡来。"

"是，末将一定遵照边大帅教诲行事。"江世敦说着，突然小眼一转，看着边镐道，"末将有个想法，不知当讲不当讲？"

边镐道："你讲！"

江世敦道："大帅，您去拜访李天亮，一定会吃闭门羹。末将认为，大帅还是别去为妙，等时机成熟了，再拜访不迟。"

郑道光道："我、我不同意你老江说的。大、大帅既然来了，名正言顺地登门拜访一下李氏掌门人，他、他敢不见吗？"

边镐自信满满地说道："边某堂堂武安军节度使，镇守长沙的大帅，他一个小小的乡司，敢将老夫拒之门外？"

江世敦想了想道："末将认为不一定。李天亮什么人，简直犟牛一头！不过，大帅吃吃闭门羹更好，至少我们理不亏，还可以一石二鸟：一来体现姿态，二来探探虚实。"

边镐听了他的分析，不觉心里发虚，开始犹豫起来："就目前这情势看，去了有吃闭门羹的可能。与其这样，让边某脸面全无甚至下不了台，还不如不去。"

江世敦道："大帅言之差也！他们见与不见，其实无关紧要。要紧的是，表明边大帅诚意。"

"嗯，这倒是个好主意，边某倒没想到。"边镐点点头道，"既然你讲的有道理，那就还是去吧，边某认为，于情于理，他李天亮还是会见我。好了，时候不早了，老郑明天还得回萍乡，也早点休息吧。"

两人告辞出门，又一起转进了郑道光的寝帐。江世敦一边进门一边说道："老郑，明日你将炮火营十三监的将领们都带回去，然后启动大营搬迁，这边还有什么需要交代的？"

郑道光反问道："交、交代，交代什么啊？"

江世敦道："我就是顺便问一声，没有什么的话，那我先去了。"

"搬迁一事，有、有易守礼将军，在、在那边坐镇，这边也是现成营盘，没甚什么大问题的。"郑道光结结巴巴地说着，似乎对搬迁一事心不在焉，"我、我老郑，一直在在琢磨……"

江世敦鼠眼一转，然后笑道："末将知道你在想什么。你心头有两大担忧，对不对？"

郑道光一惊，连忙站起来，笑着问道："嗯？江、江兄会读心术吗？"

江世敦道："不会。"

郑道光道："那、那你老江是，是俺郑某人肚、肚子里的蛔虫？"

江世敦道："差不多吧。末将配合将军两年多，你肚子里的那点小弯小拐，我还是清楚的。"

郑道光道："哦？那、那你说说看。"

江世敦道："好，末将斗胆，猜猜都监大人的心思。这第一嘛，就是瑶池绝密配方，有没有，在哪里，威力究竟有多大？"

郑道光道："嗯，这、这个，没什么大、大不了的，大家都知道。那、那第二呢？"

江世敦道："这第二种担忧嘛，就是李天晨突然易帜，弯转得太快，会不会是……"

"嘘……隔、隔墙有耳！"郑道光示意他小心，又钦佩地点点头，"如、如若其中有诈，后果将、将不堪设想。老、老江，那你说，哪点最值得怀疑？"

江世敦压低嗓音道："你看，瑶池李氏家风甚严，就连平常无赖之辈都很少有，突然冒出来个居心叵测的势利之徒，你老郑不蹊跷吗？"

郑道光道："嗯，二、二房觊觎长房权力，也、也不是什么怪事，谁都想、想成为真正的正宗传人。怪就怪在，他、他还想撇清责任，说、说什么，遵、遵从王旨易帜，不、不是叛国；李氏归顺与否，皆、皆遵自愿不得强迫，面、面子是做足了；可、可是最后这条秘、秘密协定，是、是要夺取李氏族权，就、就足见用心险恶了：他、他李天晨里子面子都要！"

"郑将军所言甚是。自古以来，里子面子都要的人，不是大奸，就是大恶！而他李天晨，恰恰文韬武略，稳健持重，这就更难对付了。"江世敦非常肯定地判断道，突然鼠眼一转对郑道光说道："末将有一计，可以一试真假。"

郑道光道："江江兄别别卖关子，快快道来。"

"你可以这样……"于是就在他耳边嘀咕一通。

郑道光一听，大惊失色道："这、这样，恐、恐怕不行吧。万一露了马马脚，李、李天晨倒打一耙，岂不，岂不坏了大事？"

"弄砸了也没关系。边大帅出面调停，就算他有看法，也不敢拿我们怎样。消除了我等心中的疑虑，总比成天心里不踏实强。"

"好，那、那只有冒险试试了。"郑道光仿佛被他怂恿得动了心，想了想又说道，"那、那就让，让炮火营的少监们自己回去，我、我留下来。"

江世敦道："你留下坐镇指挥，我带他们回去启动搬迁。"

◈ 五、依计而行的郑都监栽了大跟头 ◈

第二天一大早，李天晨陪着郑道光、江世敦用过早茶后，又将回程人员送出大营行辕门外，才抽身回来。回帐途中只听郑道光说道："李统领，刚、刚才，早茶怎么不见边、边大帅？"

李天晨道："可能是昨夜饮多了酒，还未起身吧。"

郑道光想了想道："大帅没起床？不会、会吧。他、他不会，不会是已经去、去了，

大、大瑶街市上的乡衙，或者楠、楠竹山下，你、你们李氏府第吧？"

"他去了乡衙或者李府？应该不会吧……"李天晨一愣，停住脚步问道，"郑都监，边大帅是否说过，他要去乡衙或者李府？"

郑道光回答道："哦，他倒、倒是没说。其实是、是这样，昨夜宴会过后，我见刘成璧，连、连夜准备着厚礼，一问，他神秘地说，边、边大帅要去、去拜访，拜访瑶、瑶池李氏总执事李天亮，还不让我告诉别人……现在，也不、不知动身了没有。要不，我们一起去边、边大帅歇息的营帐中看看？"

李天晨点点头说道："当然，还不快走，等个啥？"他说着就折身过去，一边走一边继续说道，"边大帅此举不妥，招惹我那油盐不进的大哥，肯定会自讨没趣。如若大帅还没去，麻烦都监大人劝劝他，千万别去捅那马蜂窝了。"

郑道光满脸疑惑地看着李天晨，不解地问道："边、边大帅作为镇抚潭州的最，最高统帅，来、来地方视察，拜、拜会名门望族，有何不妥？"

"三言两语说不清楚，先进去拦住他再说！"李天晨也不分辩，一把拽住起他的胳膊，就快步往边镐营中赶去。没想到郑道光猛地甩开他，冷冷地说道："李统领不、不说清楚，郑某就不、不去。"

"随你便！"李天晨也顾不上他，一声不响冲进边镐营帐，边镐根本不在帐中。问问值守军士，才知道，边镐一大早就出去了。问问去了哪里，值守军士说道："回禀统领，边大帅一身戎装，带着刘将军等一干将领，抬着十几担礼品，上大瑶街市去了。究竟是去乡衙，还是李府，小的确实不知。"

李天晨听了，一下子泄了气：这人，肯定早就到了李府。如若大哥李天亮不给边镐面子，甚至惹怒这个假仁假义、图名好誉的边大帅，接下来的麻烦绝对不会小，肯定会灾祸频降……想着想着，就急匆匆地冲出了营帐，与赶过来的郑道光差点撞了个正着。李天晨一让身，没好气地说道："你不是说不来吗，慌慌张张干什么，赶着去投胎啊！"

"李、李将军别、别生气，适才郑某考、考虑不周，多、多有得罪……"郑道光一站定，笑着问道，"边、边大帅，是不是还还没起床呢……"

李天晨更加来气，学起了他的结巴："边、边大大帅，早、早走了！这一下，麻烦可大了，唉……"说罢，长长叹息一声，又一个劲地摇头。

"麻烦？有、有什么麻烦？"郑道光见状，涨红了脸问道。

"什么麻烦？那我告诉你：我那冥顽不化的大哥，死活不肯效力大唐。你看，就因为神刀营易帜，他李天亮就宣布我为家族叛逆，还将我逐出李府，生不能踏进祠堂，死不得入葬祖坟，和我几乎到了水火不容的地步！边大帅去登门拜访，只怕是要吃闭门羹。你老郑想想，瑶池李氏得罪得起武安军节度使吗，万一边大帅动了雷霆之怒，说不定会将李氏族人拿来问罪，甚至，甚至满门抄斩！"李天晨有些夸张地说着，一副火急火燎的样子。

"不、不至于吧？为了大唐一统大业，边大帅不、不至于因为个、个人恩怨，大、大开杀戒吧，更何况，他、他是远近闻名的，边边菩萨呢！"郑道光瞪大眼睛，跟在他身后说着，"李、李将军受苦了！自将军易、易帜以来，已经出了多、多条人命，这、这是危险的信号啊！可是，可是不、不改善和李氏关系，炮火营就算迁、迁进了瑶池，也、也一样白搭。"

"就是嘛，我正在想办法说服他们，没想到弄出这么多是非！大帅这么一去，情况恐怕会更糟糕。他想作甚要作甚，怎么不事先跟我说说，真是！"李天晨叹道，"末将如今在瑶池，有如丧家之犬几近身败名裂了。这般苟且偷生，真不是滋味啊。唉，早知今日，还不如当初和他们一样，大不了玉石俱焚，至少不会如此窝窝囊囊活着。反正，如今也帮不了你们什么，唉……"

郑道光听了，脸色一沉，问道："李统领难道，后后悔了吗？"

李天晨也拉下脸来，道："事已至此，后悔有用吗？"

郑道光两眼放出凶光，冷笑道："那你说说，丧、丧家之犬，所指何意？"

李天晨也意识到自己失口，连忙解释道："这也就是一个比方，没有什么深意。"

郑道光道："哼哼，没、没什么深意，你、你是哄哄鬼呢！在、在下看你，身在曹营心在汉，归、归顺是假，保全家族是真！你、你这是诈诈降！"

李天晨一听，原来这个有点被激怒了的郑道光更加口无遮拦，突然觉得收拾他的机会来了，于是怒火中烧，满嘴脏话朝他吼道："娘的，老子投降你们南唐，父亲蒙羞自缢，妻子触石而亡，自己身负背祖离宗的骂名，现在倒好，你居然说老子是诈降！对，诈降，我怎么没想到呢！老子就是诈降，明儿就带领神刀营三千将士起事，和你们鱼死网破地斗一场，大不了同归于尽！！"说罢，气冲冲地往中军大帐奔去。

"玩、玩、玩笑话，李、李、李将、将军怎、怎么当真了？"郑道光猛然觉得自己的话确实太过分了，于是主动上前想拉拉回索，没想到这回一急，结巴得更厉害了。他见李天晨没有接茬，知道他真的生气了，情急之下连忙赶上去一把扯住李天晨，赔礼道："李统领息、息怒，在下失口冒、冒犯，在此大、大、大礼致歉……"说着，拱手作揖连声说对不起。李天晨余怒未消，一甩手进了中军大帐。

郑道光跟着进了中军大帐，再次跟他道歉。李天晨气呼呼地坐在帅案前，也不让座看茶，突然他冷冷地说道："玩笑话，有这样玩笑的吗？我看，你就是怀疑我不是真心易帜。我如今，真是猪八戒照镜子——里外不是人了！家族和乡里都说我是背祖离宗的叛贼，你们又说我是心存犹豫的诈降，我李天晨真是冤哪！兄弟反目，家人成仇，众叛亲离，家破人亡，真是生不如死……我这样做，真的错了吗？我有必要苟且偷生吗？"说着，泪如雨下。

"误会，天天大的误会……"郑道光真的急了，他着急的样子，很是吓人，涨红着脸，浑身颤抖者着，结结巴巴地"呃呃呃"了好一阵子，就是说不出话来。突然，他情急之下一通捶胸顿足后，就"噗通"一声跪在地上不停地磕着头，磕得大帐的木质地板噔噔直响。

正当此时，只听门外传来怒骂声。一个道："正是哈巴狗坐轿——不识抬举！大帅轻衣简从，亲自上门拜谒，礼遇有加，他李天亮居然摆起谱来托病不出，真是不见棺材不流泪啊！"另一个道："我看，他们是夹着一屁眼屎，不知香和臭！如今潭州，都成了我大唐的州府，这浏阳这瑶池能例外？拒不归顺已经罪在不赦了，边大帅不计前嫌亲自拜望，他们仍然死扛硬顶不知悔改，居然还摆起谱来，让边大帅吃了闭门羹……真是不知死活啊！"还有一个道："边大帅，末将带人把李府围了，统统抓起来，如何？"只听边镐说道："胡说八道！好了好了，就到李统领大帐了，你们的嘴巴，一路也没闲着，进去喝口茶吧，别再废话了！"说罢，众人都住了嘴，一群人就抬着东西掀帘而入。

边镐等人进入大帐，被眼前的情形惊呆了：李天晨气呼呼地坐在帅案前，见他们进来也未起身相迎；而堂堂大唐炮火营都统监军郑道光，却跪在地上一个劲磕头，不知发生了什么事情，一时间面面相觑。边镐冲上前去扶起郑道光，见他满额灰土，于是满腹狐疑地问道："郑都监，怎么回事？"

可是郑道光抽泣着，又捶胸顿足，指了指李天晨，又指着自己，还狠狠地捆了自己一个耳刮子，只是摇头叹息着，一句话也说不出来。边镐不明白他的意思，就转身问李天晨道："启明贤弟，怎么回事？"

李天晨怒道："你们都赶快滚吧！说不定，明日你我，就要兵戎相见了！"

刘成璧见李天晨如此放肆，忍无可忍冲过来，大声吼道："看来，你们瑶池李氏，个个都是茅厕里的石头，又臭又硬！你也敢对边大帅无礼，看我不……"说着，便要拔剑。

"放肆，你小子还嫌不乱，还要火上浇油用吗？"边镐本来威风八面地去拜望李天亮，尽管有心理准备，但真的吃了闭门羹，还是觉得脸上无光，正窝了一肚子的怒火，又见李天晨和郑道光两人不知何事干上了，更加烦躁异常，没想到刘成璧又来逞威风，怒声止住他道，"怎么个情况你都没弄清，就胡来，哪里像当过边关行营都统的样子！滚一边去！"边镐说着，就扶着郑道光坐下，又过来靠着李天晨坐下，压住嗓门问道："启明贤弟你别生气，有话好好说。如若是郑将军开罪了你，边某一定重重处罚他，但前提是，边某得知晓前因后果。你先说说，怎么回事啊？"

李天晨仍然不想搭理，坐在那里喘着粗气，一言不发。

这时候，郑道光稍稍平复，他断断续续地说道："末将……末将开个玩笑，得……得罪……李将军了！"

"玩笑，什么玩笑？"边镐的神情严峻起来。

李天晨抢过话来道："郑将军说我归顺南唐毫无诚意，是诈降……"

"诈降？"边镐大惊，看着郑道光道，"怎么回事？"

郑道光惊恐万分，说道："李、李统领，你别、别……断章取义。末、末将是说过诈降，但不是说……哎呀，老夫就、就是跳到黄、黄河，也、也洗不清了……"

边镐似乎明白了什么，猛地站起来指着郑道光的鼻子骂道，"郑道光，边某怎么说你好？你说，你一个统帅炮火营的主将，怎么能开这等玩笑呢？李将军真心诚意归顺大唐，才使得我等兵不血刃占领瑶池，你郑道光才能堂而皇之地进入瑶池，这个你多年以来就梦寐以求的地方。老夫说你什么好呢？真是不知轻重，枉为统兵大将！！"说着，一把推开郑道光，"还不继续磕头请罪！"

郑道光慌忙匍匐在地，说道："末、末将失口，罪、罪该万死，请、请边大帅军法从事！"

边镐叹道："真是屋漏偏逢连夜雨啊！你跟我磕头有什么用！边某刚刚在李府吃了闭门羹，你倒是好，又在神刀营中军大帐里惹恼李统领，今后，我们如何在瑶池立足啊！你说，你该当何罪？"

郑道光道："末、末将愿革除军职，负、负荆请罪，求、求得李统领谅解。"

边镐道："启明啊，郑将军为人，你可能不知道，一个沉迷火药技术的白痴，心直口快，有口无心！他既然真心认错，我边某为他求情，暂且饶他一回，让他戴罪立功如何？"

李天晨可不是省油的灯，他看了看边镐，一把鼻涕一把眼泪地说道："郑将军的玩笑话，固然没错，只是我李天晨可担当不起这等罪名！不错，我迫不得已投降，目的就是保全家族死于非命，使得瑶池乡里免于刀兵之灾。这屈膝投降的事，已经让我身败名裂了，难道还要扣一顶诈降的帽子在我头上，让我死无全尸，你才会甘心吗……"

刘成璧有些不耐烦了，他打断李天晨的话，说道："行了，李统领，别得理不饶人了！郑将军既然已经大礼致歉，就差负荆请罪了。大冷天的，如若真要赤身裸体背着荆棘前来请罪，我们这神刀营监军的脸，往哪儿放啊？"

"你少掺和！你等给我记住：李统领是我大唐炮火营都虞候易守礼将军的东床快婿，是我们联系李氏、结交李氏、感动李氏的唯一桥梁。他能主动易帜，这中间的诚意，大

家绝对不能怀疑。"边镐呵斥住他，又动情地对李天晨说道，"启明贤弟，不看僧面看佛面，如何处置郑道光，你发个话吧，只要合情合理，边某一定照准。"

李天晨觉得差不多了，于是上前跪地扶住郑道光，说道："将军请起，末将一时火起，竟忘了这尊卑礼仪。至于处置，从何说起！末将刚才一通气话，还望将军别往心里去！"郑道光激动地哽噎着，一把抱住李天晨，使劲地点着头。

边镐见他们和解，顿时喜上眉梢，上前搀扶起他俩，说道："哎呀，总算重归于好。郑道光，你这信口雌黄冒犯之罪，边某暂且记着，望你引以为戒，戴罪立功。好了，起来起来，说正经事。"

李天晨恢复过来，连忙命人上茶，一一为大家看座。他又命人取来热水，和郑道光洗脸净手。忙了一阵子，见两人都平复下来，大家才松了口气。

过了一会儿，边镐道："今日边某亲自拜访李天亮，却吃了闭门羹。这瑶池李氏掌门人避而不见，我们总不能去强闯入内。更何况，就算进去了，他李氏上下不合作甚至与我为敌，那就麻烦了。因此，能让他们真心与我们会面会谈，乃当务之急。大家说说，有什么好办法让他们能与我们会面。只要肯见面，什么条件，都可以提出来，那就好谈了。"

刘成璧道："边大帅，末将以为，动用武力最管用。我们先礼后兵，他们也就无话可说。末将请命，将他们抓起来……"

边镐怒道："你这小子，又胡说八道！要是武力能解决问题，老夫要大家商议个啥？一边去！"

李天晨道："末将以为，有一个人一定管用，但不知道他在那里。"

边镐问道："谁？"

李天晨道："药因道长。他是我瑶池李氏丰字辈唯一老者，德高望重，他的话李氏族人一定会听。不过，自去年爆竹节后，他就云游四海。不久前刚回来，又约了我大伯一起去大围山采药了，都快一个多月没有他们的消息了。"

刘成璧悻悻地说道："说一个行踪不定的出家人，等于白说。"

郑道光想了想，说道："如今，在、在我大唐朝廷为官，又与、与瑶池李氏，有、有些关联的，只有三个人了。一是筠州别驾西、西门璞，二、二是武安军节度判、判官魏迪勖，还、还有一个，就是身处金陵的翰、翰林学士李、李云博了。要不，请、请他们都来试一试，如何？"

边镐听了，点点头道："事已至此，也只能先试一试再说了。"然后吩咐道，"走，我们立即回长沙，先将魏迪勖大人请过来，让他打头阵！"

"小的遵命！"众人一拱手，分头准备去了。

◆ 六、军门殴斗，神刀营危机四伏 ◆

江世敦回到萍乡后，会同易守礼及众将领，召集全体将士做了动员，立即启动炮火营搬迁，着手筹建大唐炮火行营。按照南唐枢密院设想，大唐炮火行营包括三座大营，分别是萍乡大营、醴陵大营和浏阳神刀营，按照功能不同进行各自分工，形成一个方圆百里的炮火武器研发生产和训练基地。这首先要建立的，自然是总部和火药技术研发部门。经过夜以继日的艰苦努力，加之天气好转，江世敦和易守礼他们，只用了十天的时间就完成初期搬迁，大唐炮火行营正在组建的总部正式进驻瑶池。黑云长剑军萍乡密事营并入行营一起北迁，改称炮火行营戍卫监，成为总部的安保机构。由于神刀营难以容下如此庞大的机构，因此大营总部和戍卫监，就暂时移到瑶池乡司衙门里。一时间，迫近年关的瑶池人满为患。

李天晨对源源不断涌入神刀营的南唐机构和人员忧心忡忡。虽说是暂时借驻，但谁又说得准，他们要借多久？这鹊巢鸠占、喧宾夺主的事情，自古以来也屡见不鲜。他想起瑶池乡里有句俗话，那说得真是太好了：野猫子借鸡公——有借无还！不想办法将他们弄走，久而久之，大权就会旁落，没有了兵权，还拿什么保护家人？可是，又不能开口赶他们走，一时间苦无良策。

正在思索间，行军司马匆匆进帐禀报："李统领，出麻烦了：炮火营验药少监和神刀营军械司马打起来了！"这个行军司马，就是以前湘水台的乾卦统领，他现在的另一个身份是，泰平阁的玄武将军，只不过很少有人知道。

李天晨问道："打起来了？怎么回事？"

行军司马道："昨日，验药少监又来索要营房，说是地方太小，要我们再空一座营房给他们。刘监军指示，把军械库那座营房全给他们，可是军械司马不答应，双方打起来了……"

李天晨道："不是说好了，神刀营空出一半的营房给他们暂驻，我们让了六座，自己只留四座，怎么还嫌少呢？"

行军司马道："其实，自从让营开始，就一直冲突不断。炮火营的人，总把神刀营的将士当降卒，动作慢一点，就吆三喝四，有的甚至将神刀营的人当苦力，逼迫他们搬这搬那。我们的人已经忍气吞声很久了，要不是严令禁止对抗，早就干起来了。"

"这我知道。小节方面多让让他们吧,这是没办法的事。可是,他们不能得尺进尺,居然打起军械库的主意来……"李天晨心里盘算着,要是一旦冲突升级,这炮火营的开工时间,不就拖下来吗?得让矛盾更激化一些,"玄武将军,你说说,这军械库能不能让啊?"

"没了军火库,还叫军营吗?"行军司马玄武一听火气,然后压低嗓门说道:"李统领,依末将看,他们要营房是假,想把我们挤出去是真……"

没想到这话被急急忙忙冲进中军大帐的刘成璧听见了。他不悦地对玄武说道:"玄武将军,你是行军司马,这话,可不能乱说啊,影响了两营的团结,叫你吃不完兜着走!"

李天晨见他突然闯进来,很是吃惊,但仍然装着镇定,问道:"刘监军,你要将军械库空出来,让给炮火营?"

刘成璧道:"是啊,验药监那边要个大库房,本监觉得,现在天下太平,不要打仗了,军械库派不上用场,不如……"

"这么大的事情,你也不跟本统领商量,就擅自做主,这还了得?"李天晨怒道,"一支军队没有了武器,那还叫军队?一座军营的军械库都不要了,那还叫军营?你以为这军营是你家里,想种花就种花,想买妾就买妾,想玩歌姬就玩歌姬?你的胆子也太大了吧!"

刘成璧听他影射自己曾经的糗事,很是窝火,可是又不能分辨,毕竟,李天晨没有言明。虽然觉得理亏,但依然强词夺理:"我是边大帅委任的神刀营监军,这点小事都不能做主?更何况,现在,末将不是匆匆跑来跟你请示吗?"

"要不是双方争执不下动起手来,闹得下不了台,你会跑来跟我请示?"李天晨毫不示弱,"你监军之职,还没有这么大的权限吧?要不,我上报边大帅,这神刀营统领之职也一并让给你如何?到那时候,你就是将整个神刀营都交给炮火营,或者看不顺眼,一把火将大营点了,都没人管你!"

"这……"刘成璧一听,觉得自己的确有些过火,如若边大帅知道了,肯定会怪他操之过急,说不定为了平息事端,撤掉自己。这个官儿,是父亲求爹爹告奶奶好不容易说服边镐才弄到的,为一点小事丢了,也太不值了。想到这里,他也顾不得许多,扑通一声跪在地上,稽首道:"统领大人责怪得是!末将思虑欠周,犯下大错,请将军责罚!"

李天晨没想到,一直仗势骄横的刘成璧这么快就服软了,也不想把事情弄僵,于是冷冷说道:"你是边大帅的亲信,我李天晨得罪不起。军火库不能转作他用,我把中军大帐交给他,总算可以吧。"

玄武将军一听大急道："中军大帐怎能交出去？将军您住哪儿啊？"

李天晨道："我搭个行军营帐，将就住一阵子，等他们行营建成，再搬回来不迟。"

"这，这样不好吧？"刘成璧简直不相信自己的耳朵，他确信李天晨是要让中军大帐，惊愕得有点儿结巴了。

李天晨看着他那熊样，气不打一处来："有何不可？还不快去！"

刘成璧爬起来，行了礼一溜烟出了大帐。他飞马赶到军械库，双方已经差不多演变成群殴了。情急之下，他拔出剑来，不知如何制止，张皇四顾好一阵子，猛然瞥见军械库前有一排椿树，于是灵机一动冲了过去，朝一棵不大不小约莫碗口粗细的椿树一通猛砍，丈余高的椿树轰的一声倒下，巨大的声响把双方都给镇住了。这时候，他一晃宝剑，大声喊道："都给老子停下来！本监军命令：军械库营房交接暂缓进行。快住手，都散了吧！"

听了刘成璧的话，神刀营的人都住了手，可是炮火营的人不依不饶："你说好了给我们，现在又暂缓交接。你什么意思，成心让我们出丑吗？"

刘成璧道："少监大人，你别急，我姓刘的保证，两日内一定给您弄座营房来！只是麻烦您现在带着自己的人回营去，别再闹事了！"

"闹事，我们这是闹事吗？"验药少监田德凡大怒，"刘成璧，你一个小小的监军，算老几啊？你有什么资格在这里指手画脚？兄弟们，连这狗监军一起打！"话刚落音，几个军士随声附和，立即冲上去夺了刘成璧的剑，扭住他一通拳脚。神刀营的人本来就对刘成璧不满，一个个袖手旁观。刘成璧被暴打一通后，田德凡怕弄出人命，连忙叫属下停手，然后又要强行夺取营房，神刀营的人不让，双方继续冲突起来。

刘成璧见验药监的人丢开他，重新和军械库的人大打出手，顾不得浑身的疼痛，慢慢爬出一丈多远，趁机溜了出来。到一个背眼处，就摇摇晃晃站起来，急忙跌跌撞撞跑到歇马坪，在一名执勤士卒的帮助下骑上了马，一扬鞭朝炮火行营总部驻地瑶池乡司衙门赶去。

郑道光正在和江世敦、易守礼商量炮火作坊尽快开工的事情，忽然听见一阵急促的马蹄声，一个人在有气无力地喊："大事不妙，军械库……打起来了……"

几个人大惊失色地冲出门来，没想到刘成璧已经满脸是血，衣衫破烂不堪，还没和他们搭话，就滚下马来不省人事。

"刘监军，你醒醒……"几个人使劲地叫唤。

"快，快去神刀营……"刘成璧才说一句，就又昏厥过去。

"看样子，神刀营军械库出了状况。"江世敦觉得情况紧急，一边往外走，一边说道，"我带人先去神刀营，你们先救人，然后了解情况……"

"快传郎中！"易守礼急忙喊了一声，又和几个人手忙脚乱地将他扶起，放在一张长凳上。

很快，随军郎中来了，急忙为他验了伤，发现都是外伤，只是因为受伤之后奔忙过度，导致劳累性休克，并无大碍。郎中先用银针猛刺穴位将他唤醒，然后又给他服了一些药丸，然后给他治伤。

这时候，江世敦回来了，将肇事双方的领头的几个人都抓了，一并绑着带了过来。只见江世敦怒气冲天地说道："这些东西，居然在光天化日之下，大打出手，哪有一点大唐将士的样子，几乎与市井无赖一般，真是气杀我也！老郑，两伙人都被我抓了，你审审吧……刘将军醒了没有？"

"刚刚醒，还，还神志不清呢！"郑道光简单回复完江世敦的问话，突然狠狠地瞪了一眼验药少监，严厉地问道："田、田德凡，你说，怎、怎么回事？"

田少监道："启禀都监大人，卑职按您的吩咐，积极谋划本监开工事宜，却发现没有一个像样的库房，就算开了工，药品没地方储存，不仅安全隐患大，而且严重影响后续生产。于是就跟刘监军商量，请他帮忙找一处偏远一些的营房，用作仓储。刘监军答应了，说是把军械库给我们。可是我们去接收，却被军械司马等人无故阻拦，卑职一急，就跟他们动起手来……"

"动起手来，你说得好听！"军械司马愤然道，"作为军营的要害，军械库能够轻易让给别人？你们说得好好的，炮火营是暂且借驻在我们这里，不是兼并神刀营！更何况，你一无中军军令，二无有司文书，单凭刘监军的口令，就要接管我们的军械库，那不等于要我等缴械吗？况且，谁知道这道口令是真是假？"

田德凡道："刘成璧亲口答应我的，难道还有假？你们一群降卒，哪有那么多讲究……"

"放肆！"江世敦大怒，一脚将田德凡踹翻，狠狠地说道，"田德凡，你再敢降卒降卒地叫，老子活剐了你！我江世敦告诉你，神刀营是我大唐的军营，所有的将士都是大唐的将士！李统领明识时务，率军易帜，如今又帮我等建设炮火行营，是我大唐的功臣，所有神刀营的将士都是我大唐的功臣！你们几个，不明事理，不识大体，骄横无度，蓄意闹事，破坏两军合作，我看，你们是不想活了！"说着，赶紧把军械司马扶起，又连忙松了绑，说道，"我们管束不严，得罪了兄弟军营，我江世敦代表炮火营给神刀营的兄弟们赔罪了！"

田少监一看情势不对，慌得连连求饶："将军饶命，我等开工在即，库房又无着落，一时乱了心智，请将军……"说着又看了看郑道光，看样子，是要他帮忙说话。

郑道光没好气地说道："田、田德凡，我、我还没问你，这刘监军浑身上下都是伤，

这怎么回事？"

田德凡一听，顿时吓得面如土色，半晌不敢出声，只是一个劲地磕头。郑道光又看看其他人，一个个都战战兢兢大气不敢出。而军械司马那边几个人，都心存疑虑，欲言又止。

"是这么回事。"这时候，刘成璧吃力地坐起身来，说道，"我去请示李统领，李统领不同意交出军械库，说是要把中军大帐的那些营房全部让出来，自己准备搭一个行军的临时营帐。我觉得事关重大，得先向郑都监、江指挥报告，但又想到军械库那边正冲突着，决定先赶过去制止，没想到，还未开口，就被田少监叫人不问青红皂白，一顿暴打……"

不等他说完，郑道光已经按捺不住，勃然大怒："真、真是无法无天了，竟敢当、当众殴打，神、神刀营的监军！来、来人，将田、田德凡等凶手打入监牢，等、等候军法严惩！"

看着田德凡他们被押走，又详细询问了有关情况后，郑道光派人将刘成璧送回营中养伤，又好言相慰军械司马一行，命人备了午饭，吃后派马队送他们回去。忙完之后，易守礼道："这个刘成璧，成事不足败事有余！神刀营都占据大半了，居然打起军械库的主意，真是傻蛋一个！"

郑道光道："你也、也别责怪他了。这、这个刘成璧，虽、虽然以前是、是个恶少，花、花天酒地，不、不学无术，狗屁不懂，但、但现在，对、对我大唐还是蛮卖力的。我、我们要在楚地立足，得、得有这样的人，为我们卖命。这、这些人，虽然无德无能、头脑简单，但、但忠心还是可嘉的。"

江世敦道："郑都监，你别被他蒙了。他们效命的前提是，得给他们足够多的好处，一旦没有满足他们，他们什么事情都会做得出。贪婪和出尔反尔，是小人的本性。"

郑道光听了，若有所悟，点点头道："当、当然，你、你养条狗，要他听你的，你必须给它喂食，越多越好它就越听你的。何况人呢？"

易守礼叹了口气，道："你们说的都有道理。但眼下，炮火营开工的事，又得往后拖了。本来，李天晨空了六座营房，已经够多了，我们自己完全可以想办法，就算建座仓库也用不了几天。现在倒好，他要把中军大帐让出来，看你们怎么办。"

江世敦道："那肯定不行，怎么能占别人的中军大帐呢？而且，现在再到神刀营里建仓库，肯定会引起更多的误会。本来易帜的事，神刀营的将士心里就憋屈，自从大营搬过来，每天都有矛盾冲突，被这么一弄，矛盾就公开了。这神刀营，危机无处不在，潜流暗涌不知几多，亡国悲情随时都会迸发。老郑，以我之见，还是先放一放，等到枫林铺那边建得差不多了，再开工吧，急也没用啊。"

郑道光很是泄气，有气无力地道："事、事已至此，还、还能怎样！"

◆ 七、戴上眼纱罩子，魏迪勋游说李掌门 ◆

话说边镐回到长沙，立即将魏迪勋找来，要他抽空去瑶池一趟，劝劝李氏掌门人。又派人前往筠州请西门璞回来，也是劝一劝李天亮。他觉得，这其实和他登门拜望一样，一时半会儿都很难消除李氏的敌对情绪。他们即便去了，希望也不会太大，只是表明一下自己的诚心。于是就和魏迪勋商量着给朝廷上书，总共奏请了三事：一是赞扬李天晨主动易帜，归顺大唐，恳请朝廷在任命李天晨继续担任神刀营统领的同时，加封他为归远将军，以表彰他的卓著功勋；二是请求朝廷派遣李云博到长沙任职，顺便做一做父亲的说服工作；三是请调筠州别驾西门璞回炮火营担任掌书记，并兼任浏阳县令，声称这对大唐炮火行营建设大有裨益。不久朝廷回复，除了李云博回长任职一事外，其余都准奏边镐所请。

魏迪勋领到边镐前往瑶池劝降的命令后，不知如何是好。拖了几天，还是拿不定主意，回来后坐在客屋里长吁短叹。魏柳烟见了，问道："爹爹又为公务烦心？"

魏迪勋道："是啊，边大帅要我去瑶池当说客，真不知道去了怎么见人，唉……"

魏柳烟笑道："你有什么见不得人的！这世道越乱，主子换得越快，你的官当得越顺溜。去年还是七品县令，一年时间，连升三级，如今已是武安军节度判官，特别是南唐任命的潭州刺史没来赴任，这长沙政务仍然由节度使幕府管着，你是名副其实的位高权重啊……"

魏迪勋本来就为前往瑶池当说客的事烦心，又听女儿这么一通挖苦，顿时火起，骂道："都什么时候了，你还有心思开你老子的玩笑！你平时点子多，火烧眉毛了，也不帮爹想想主意，还在这里冷嘲热讽，存心让我难堪不是？唉，边大帅此举，明显是走走过场，结果也会劳而无功，为何偏偏要你爹去丢人现眼？"

魏柳烟笑得更厉害了："原来爹爹是怕丢脸啊！那好，爹爹戴上眼纱罩子把脸蒙起来，前去走一趟不就行了吗？"

"你这丫头，尽胡说八道！"魏迪勋一拍桌子吼道，"和你爹说话，正经点好不好？我，我怎么养了你这个鬼丫头！"

"爹爹别生气，我说的是真的。"魏柳烟收了笑声，"爹爹你想想，边镐为何要如此枉费心机，做这些表面文章啊？"

魏迪勋道："那不简单：他要给世人做出一副宽厚仁慈的模样！李氏越是不理他，他就越做得起劲，做给天下人看啊！只是这样做下去，李天亮就不理你，这有什么用呢？"

"看看，又糊涂了吧？怎么会没用？"魏柳烟瞥了一眼魏迪勋，责怪了一句，又继续说道，"这表面文章做到一定程度，主动权就掌握在他边镐手里了：我们仁至义尽，是你们瑶池李氏不领情，先礼后兵，我边大帅就可以动粗了。到时候，李氏就成了瓮中之鳖，任人拿捏了！边大帅身边有高人啊！"

"原来是这么回事！"魏迪勋如梦初醒，急忙问道，"那你说，什么法子，既让我能够交差不太丢人，又让李氏摆脱危厄渡过难关呢？"

"你以为我是神仙啊，有那么大的本事！"魏柳烟想了想道，"爹爹你说，李氏为何死不降唐？这种事情，一样发生在你身上，为何你没有抵制呢？"

魏迪勋怒道："你，你又想臭我是吧？"

魏柳烟道："哎呀，爹爹你真迂腐！都什么时候了，我臭你干什么，我是给你分析深层原因，然后对症下药。"

"哦，不是臭我。那我想想。"魏迪勋站起来，思忖着道，"李氏不肯降唐的原因嘛，一是仇恨，因为南唐屡屡侵犯瑶池，盗秘方，劫人质，抢炮火，还杀害了他们的家人；这二嘛，就是恐惧，他们害怕一旦归顺大唐，会招致灭顶之灾。"

魏柳烟接着问道："你再想想，他们会恐惧，你成了南唐官吏也在给南唐做事，你为何不恐惧？"

"这不简单，我和他们没有结仇啊！"魏迪勋张口就来，突然一拍脑袋，恍然悟道，"你爹我明白了，最根本的原因是，你爹我手里，没有火药秘方！！"

"对了，爹爹真是一点就通，老子可教也，哈哈……"魏柳烟调皮地夸赞了一句，继续说道，"这不就一目了然了吗？双方都心知肚明，一个不计代价就是要得到，一个死扛到底就是不给。你不给也得给，不然我就动粗；你动粗我也不给，杀了我你更得不到……"

"这样干耗下去，不就成了两败俱伤的死局！"魏迪勋不等她说完，大惊失色地说道，然后又一摊双手，待在那里一动不动。

魏柳烟看着惊慌失措的父亲，淡淡地说道："按理说，是这样。"

"按理说？还有别的可能吗？"魏迪勋瞪大眼睛，眨都不眨一下，满腹狐疑地问。

"当然。"魏柳烟过去拖着父亲的手要他回到座位上，将他按下去坐好，然后说道，"单纯看是这样。但是，将别的情况联系起来，就不一样了。"

魏迪勋道："我的大小姐，你别卖关子了，真是急死人了。快说吧。"

"是，魏大老爷！"魏柳烟又装着下人模样，一本正经地打了拱，然后说道，"这变数嘛，主要有三：一是朗州，二是边镐，三是李云博。——老爹你别打岔，继续听我说。你想，王逵、周行逢不来潭州就任已经一月有余，这说明什么？说明朗州那边不仅仅是和北周朝廷勾搭上了，不仅仅是简单的称臣，而且得到了非常肯定的承诺，甚至可能有不可示人的书面密约。他们有了郭威这个大靠山，还怕边镐吗？这处处受控制形同傀儡一般的潭州刺史，他们自然不想要，他们想要的，是自己做主的长沙府。一旦有了机会，他们会放过吗？"

魏迪勋点点头道："嗯，有道理。那边镐的问题在哪儿呢？"

魏柳烟继续问道："你的边大帅，节镇长沙应该长不了。你看，入长这么久了，他天天在干什么？不是修庙，就是拜佛，'以佛治湘'，说得轻巧，你觉得，他是傻呢，还是真信佛啊？"

魏迪勋点点头道："是啊，湘楚大地的传统，一是儒家正统思想，二是兼容道佛各家。以佛治湘，根本行不通。可是我劝他多次，他居然说，皇帝和朝廷都准奏了的，肯定没问题。哎，真是急死人啊！"

"爹爹你急什么！你以为，只有你一个人认为，这'以佛治湘'行不通吗？只要有点头脑的，都看得出。你记不记得，边镐刚进长沙，开仓赈灾，老百姓叫他边菩萨吗？"

魏迪勋道："这个，自然记得。"

魏柳烟道："那你知道，现在长沙暗地里叫他什么吗？"

魏迪勋道："叫他什么？"

魏柳烟道："叫他边和尚。"

魏迪勋道："叫他边和尚？"

魏柳烟道："对，叫他边和尚。这是说他不务正业，一个节镇大帅，不竭尽所能治军理政，天天和佛门打交道，甚至行军也要抬着菩萨罗汉，活生生一个职业和尚！你看看，来长沙才多久，政出多门，纲纪废弛，用人失察，连刘成璧这等草包，经别人一吹，就成了可造之才，居然派到神刀营做监军。这样下去，能长久吗？"

魏迪勋道："这个，我早就想到了，只是我职司节度判官，是他最主要的助手，一直忙着为他处理政务，也希望尽力劝他回归正道，不敢往深处想。唉……"

魏柳烟道："爹爹你别叹气，还有更麻烦的呢。我估计，李云博肯定在想办法离开金陵，他回来之日，就是边镐失败之时。"

"什么？有这样严重？岫南有这么厉害吗？"魏迪勋惊道，"不久前，为父还替边镐起草了一份奏折，有一条，就是恳请朝廷要李云博回长沙任职。可是，朝廷没答应。"

"哦？边镐还奏请过岫南回来？真是搬起石头砸自己的脚！可是，南唐朝廷不含糊啊，朝廷里有能人，他们怎么肯将这个致命的王牌，轻而易举放弃呢？"魏柳烟反问道，又满脸神秘地冲魏迪勋一笑，"岫南回来了，长沙一切都会改变，信不信，不久就会真相大白。"

魏迪勋道："你凭什么？"

魏柳烟道："凭我对岫南的了解。岫南，他有这个能力！"

魏迪勋道："哎嘿，我这当爹爹的就奇怪了，你以前成天不是经史子集诗文歌赋，就是琴棋书画游山玩水，什么时候开始琢磨起时政来了？特别是，对瑶池李氏的资讯和状况了如指掌，分析得也入木三分，一说到这个李云博，就岫南岫南地叫个不停。你告诉我，这是为什么？"

"哎呀，老爹，你怎么老把经念歪，跟边大帅似的！"魏柳烟生怕父亲揭穿她的秘密，撒娇般骂着，又赶紧转换话题，"为什么？为了你这个当爹的好好活着！你看，你任浏阳县令多年，和瑶池李氏渊源颇深，他们出事，能有你好过的？再说了，你生性迂直，朋友不多，但交往的几家，都是多年世交，刘叔叔家出事了，就剩下瑶池李氏了，再不好好帮帮他，我们良心上过得去吗？"

魏迪勋道："嗯，你说的有道理。不过，又觉得不全是，似乎有点不对劲……"

魏柳烟道："别瞎猜了，就是这个原因。所以啊，回到最初的话题上，你得去瑶池，而且要戴眼纱罩子，不丢面子，又能交差，这就是你要的两全其美吧。"

"嗯。你爹我明白了。"魏迪勋顿了顿又道，"丫头啊，你一直不同意我为边大帅做事，看来是对的。要是早听你的话，从金陵一回，就直奔桃源老家，隐居山林，最是安全啊！你说，现在请求告老还乡，还成不成啊？"

魏柳烟道："老爹，女儿早就说过，过了这个村，就没这个店了。现在告老归隐，边镐会放你走？就算他放你回了桃源，朗州那边会饶了你？真是！"

魏迪勋道："那怎么办呢？"

魏柳烟道："能怎么办，走一步看一步呗！"

魏迪勋道："鬼丫头，你不会见死不救吧？"

魏柳烟道："哎呀，没那么严重！你知道，我为什么没有再逼你回老家吗？"

魏迪勋道："为什么？"

魏柳烟道："因为留在长沙，有留在长沙的好处。一来可以继续寻找如霜妹妹，二来，可以帮帮李氏家人，这可是造就你忠义名节的最好时机了！"

魏迪勋道："唉，只怕忠义名节未成，反倒成为叛国逆贼甚至冤魂野鬼了！"

魏柳烟道："爹爹无忧，我知道爹爹的心病，保证你死不了，也不会背上骂名。我早就想好了，你到我的闺房来，我给你拿份东西，你派一位靠得住的亲信，秘密叫他送给朗州的周行逢。我敢肯定，你不仅没有性命之忧，更不会成为叛国逆贼而步刘叔叔的后尘，什么时候，谁来当政，你都是长沙百姓的好官！"

魏迪勋道："真的？"

魏柳烟道："你是我爹，我骗你干什么！"

"走！"魏迪勋大喜，起身跟着她往房里去了。

翌日，魏迪勋就按照女儿的意思，去了一趟瑶池，进门前特意戴上眼纱罩子。李天亮看在世交份上接待了他，见他戴着这玩意儿，很是诧异，问道："魏大人眼睛怎么了，要戴上眼纱罩子？"

魏迪勋连连拱手道："边大帅听说李魏两家世交，遣我前来劝降。不来吧，军令难违；来吧，又觉得无脸见人。只得把脸面儿遮盖起来，勉强应付了事……惭愧惭愧……"

李天亮很是感动："魏大人这般，迫不得已。这些日子，前来劝降的人都踏破了门庭，只有你魏大人，尚存这等情谊。没想到，国破家亡的生死关头，我们两家的世交，居然这般坚不可摧！好，真是太好了！"

魏迪勋叹道："唉，愚兄无脸见你啊！"

李天亮道："大人苦衷，小弟能够体察，这不是什么脸面不脸面的问题，魏兄绝对对得起我瑶池李氏。"

"惭愧惭愧……"魏迪勋坐了一阵，草草吃了一通茶，就告辞回去了。

过了两天，西门璞也奉命来到瑶池，试图劝说李天亮为了瑶池的泰平安宁和家族安危，效命大唐朝廷。没想到李天亮根本不见，在屋里破口大骂。西门璞碰了一鼻子灰后，回长沙复命。边镐知道情况，很是颓丧，只得吩咐他尽快去浏阳任职。

◆ 八、掌门人意外猝死，李府上下震怒异常 ◆

正当无计可施的时候，他的幕僚高参徐威对他说，他有一计，保管李氏就范，边镐听了，虽然心存疑虑，但还是让他试一试。于是，边镐就将计划写成奏折上报朝廷，飞马驰送金陵。朝廷很快回复：准奏。

边镐大喜，任命徐威为特使，专程前往瑶池犒赏李氏。徐威带着大队人马威风八面地来到瑶池，直奔李府门楼外，请李天亮及一家老少出门听封。

李天亮听说一直欲置他们全家于死地的徐威归顺边镐，今日又以特使身份来瑶池封赏，不知居心何在，心有余悸，不想应承。李天骏劝道："大哥，这徐威不是省油的灯。南唐要杀他，他居然都能躲过，而且还成为边镐座上嘉宾，只怕前来没安什么好心。如若不见，我等就是拒抗大帅府令，正中他的下怀，被他抓住把柄，如此一来就会陷入被动。我们不如以礼相待，看他有什么高招。"

李天亮道："又一个死敌，见他干什么！"

李天骏见四下无人，只有他们哥儿俩，于是附在李天亮耳边轻声说道："大哥，小弟觉得，这是个绝好的机会！前日夜里的事，你不记得了？无妄一行从金陵秘密回来，岫南定下的……"李天亮经他一提醒，猛然想到那晚的事，顿时明白了李天骏的意思。两人又简单商量了一会儿，李天骏就将一包药粉倒进茶里，搅了几下递给他，道："你就服下，两个时辰后药性发作，十五天里跟死人一模一样。你放心，家里有我们担着呢。"

李天亮点点头，一仰脖子喝了下去。然后命令管家打开府门，大礼相迎。一通吹吹打打的礼乐声后，只见徐威展开一轴文书，大声宣道：

奉天承运皇帝诏曰：

瑶池李氏，百年豪门。爆业翘楚，火药传人。忠勇爱国，造福黎民。家风刚烈，四海闻名。英才辈出，文武满门。文出进士，优选翰林。武有将尉，疆场驰骋。顺应大势，易帜大营。天下楷模，乡里归心。为彰显家族功勋，朝廷降旨，加封神刀营统领李天晨为归远将军，家族总执事李天亮为安乡侯，世袭罔替，并赐匾额四题，修建牌楼，垂范后世……

李天亮听着听着，脸一下子变得煞白，跪在地上不知如何是好。

徐威宣示完毕，见李天亮半天不接令谢恩，也不理会，命人立即悬挂匾额，先是命人取下牌楼中间的"李府"牌匾，将"安乡侯府"往上挂，又叫人将分别书有"火药正宗""爆业翘楚""功勋世家""百年望族"的四块匾额悬挂两旁。

李天亮急了，这一挂上去，不就等于家族接受了南唐封赏、承认自己是南唐子民了吗？情急之下，他一骨碌爬起来，大声叫道："慢着，老夫还有话要说！"

徐威笑道："李掌门，你有何疑问，尽管道来，老夫洗耳恭听！"

李天亮道："瑶池李氏，山野鄙民，仅靠一祖传薄业养家糊口，哪能算得上什么'火药正宗''爆业翘楚''功勋世家''百年望族'，如若悬挂在这寒碜的门楼上，岂不成了

沐猴而冠、葱鼻装象，这欺世盗名、让天下人耻笑的事，发生在我李天亮执掌家业的时候，我将来有何面目去见列祖列宗？而李天晨离经叛道，已被李氏逐出门庭，你们就是封他做公做王，我们也管不着。至于逆子李云博，先是成为千夫所指的大楚罪人，后来又被南唐俘虏待罪金陵，莫名其妙考中进士入了翰林，我等孤陋寡闻就更看不懂了。我李氏命贱，恪守祖制实业兴家，不会无功受禄，也成不了什么深海侯门。还请大人回禀边大帅，奏请南唐皇帝，收回成命吧！"

徐威道："李掌门也太谦虚了！所谓三十年河东四十年河西，此一时彼一时也。李翰林和李将军，如今都是大唐国之忠臣良将，更是你们瑶池李氏的骄傲。这匾额内容，乃边大帅亲自定题，不仅恰如其分，而且实至名归。徐某也是奉命行事，烦请李掌门就不要难为在下了！"

李天亮冷笑道："奉命行事，说得倒轻巧！想当初，你徐都统率大军围困瑶池缉拿我们，是奉命行事；湘春门外要砍我等一家老小的头，也是奉命行事；如今又捧着南唐皇帝诏书封赏我们，仍然是奉命行事。老夫不明白，如今这倒了个儿的差事，奉的究竟是哪门子命？真是荒唐！老夫问你，你究竟居心何在？"

徐威被他如此一堵，点到死穴，顿时也来了气："李掌门言重了！我徐某不是人，背叛湘水台，助纣朗人为虐长沙，而后又赶马希萼下台，如今还投靠边大帅，我为的只是在乱世之中求得一个延口残喘的机会，绝没有别的不良用心。老夫只知道，谁是我的主子，我就替谁效命。这，难道错了吗？"

李天亮大声笑道："哈哈哈哈……有奶就是娘，徐大人怎会有错！你替谁效命，我们乡野山民管不着，那是你自己的事。只是老夫不明白，我李氏和你近日无怨远日无仇，你何必处处和我们为敌，时时欲置我于死地而后快？求求您老高抬贵手，放过我们一家老小吧！"

徐威顿时怒火中烧："李掌门，你别把话说得这样难听！我徐威是小人，是势利之徒，但也是胸怀家国的识时务者。为了三湘四水父老乡亲的安宁，一直在殚精竭虑四处奔走，决不是要和你们全家过不去。大道理跟你讲不通，讲了你也不懂。但是府命难违，这朝廷封赏，你受也得受，不受也得受！"说着转身吩咐道，"给我继续挂，挂完了，好回长复命！"

李天亮道："我家的门楼，岂用你等操心！谁敢将这玷污我李氏门楼的牌匾挂上去，老夫就跟他拼命！"

徐威吼道："李天亮，你还是识相些吧。别为了那些虚无缥缈所谓节操，弄得家破人亡满门死绝！"

"徐威，我也告诉你，就算家破人亡满门死绝，也绝不准这侮辱门庭的破玩意儿，

挂在我李氏的门楼上！"李天亮勃然作色，突然冲过去抢过那块写有"功勋世家"的牌匾，猛地朝台阶下砸去。

只听一声巨响，牌匾顿时被摔成数块。这突如其来的举止，把众人都给镇住了，一个个站在原地，不知干什么好。李天亮却没有停止行动，他又冲过去抢另一块牌匾，却被几个士兵护着，夺不过来。

"保护牌匾，别让他再砸了！"徐威大急，急忙命令士兵护住其他牌匾，又对身后的卫士命令道，"先把这个蛮不讲理的李天亮给老夫抓起来！哼，居然敢违抗朝廷圣旨，真是胆大包天！"

卫士一拥而上，将李天亮制服，然后问徐威怎么办。徐威道："先送衙门关起来，等他老实一点，再说！"

李天亮骂骂咧咧："狗东西，有种就杀了老子！要老子背叛祖宗、仰人鼻息，没门……徐威，你算什么东西，害我们家害得还不够吗？今儿居然来更毒的招儿，往我们家族头上扣屎盆子……你们挂啊，只要老子还有一口气，就绝对不准将这些污我门庭、羞我先人的破玩意儿挂上去……"

李天威猛地从家人里冲出来，撂倒几个士兵，护住李天亮道："谁敢动我大哥，我李天威让他立刻见阎王！"

李天雷、李云浩等人也冲出来，想过来帮忙。李天骏急了，拦住他们道："大家冷静！我们全家老小手无寸铁，怎么能和他们硬拼？你们真的想看到满门死绝吗？这不，真中了徐威狗贼的下怀？"众人一听，都站住了。

李天亮道："你们都别动，六弟说的没错，千万别中徐威狗贼的奸计！五弟，回去！我李天亮一人做事一人当！大不了一死，死有什么了不起！我要是回不来了，家里一切大事小事，都听三叔和六弟的！"

徐威见李氏虽然住了手，但如若强行挂匾，肯定会再起事端。如果先将李天亮送走，李天骏倒显得胆小怕事，说不定好弄一些。于是说道："此事乃李天亮一人蛮横无理，与其他人无涉。李天亮不识好歹，先将他押到衙门去，弄得他服帖了，再回头挂匾不迟！"

就这样，李天亮被推推搡搡，押到原来的瑶池乡衙现在的炮火营总部驻地。可是，大家万万没有想到，一个多时辰后那边传来消息：李天亮死在炮火营总部里！这一晴天霹雳，让李府上下震怒异常。

关于李天亮的死，传闻很多：暴病而亡，被徐威打死的，被炮火营的人毒死的，也有人说，是李天晨为了篡夺长房大权害死的。但李天亮死的时候，李氏家人谁也没在现场。等他们闻讯赶过来，李天亮已经死去，他们看到的，已经是直挺挺的尸体。

炮火营的随军郎中反复勘验，确信死亡无疑。只是死因很蹊跷，郎中也说不出个子丑寅卯来，只是说意外猝死。情绪激动的李云闪，还当众给了期期艾艾的郎中两个响亮的耳光。

南唐进犯家园、灭掉楚国，李府上下和瑶池乡里早就心怀愤懑。而李天亮的意外猝死，李氏族人憋在心中的怒火终于爆发了。他们突然间众志成城、同仇敌忾，酝酿着保卫家园、誓死抗争的计划。李天亮被南唐害死的传闻，迅速在瑶池乡野扩散和发酵，愤懑的怒火犹如决口的岩浆，在乡间闾里恣意汪洋。

年关迫近，瑶池大地突然间喧闹起来。起初是一群人，却抬着一口黑色棺材，敲锣打鼓，吹着惨戚戚的唢呐，在各个村里奔走呼号，后来就在大瑶集市上不停地游行。渐渐地，瑶池各地的人群，都迅速往大瑶聚集，加入游行队伍，人数越来越多，人流越来越大。最后聚集在大瑶乡司衙门前，将炮火营临时总部围得水泄不通。

刚刚进驻瑶池不久南唐炮火营的将领们，对这突如其来、声势浩大的抗议行为，一个个束手无策。他们只得关门闭户，缩在衙门里一遍遍研究对策，又一遍遍否定。谁也不知道，究竟该如何是好。

失控的乡间闾里，犹如一锅岩浆，在冰冷肃杀的冬天里，酝酿着，躁动着，沸腾着，热浪滚滚，浓烟阵阵，轰鸣声声。这股憋在这群亡国奴心中的怒火，悲愤、炽烈而绝望。一旦喷薄而出，熊熊烈火，势必燎原。

而瑶池大地上，寒风依然在刮，大雪依然在飘，人群依然在聚。

（第二部完）

2014年9月28日凌晨初稿于浏阳安居园家中，

2015年4月22日二稿，2016年11月5日改定

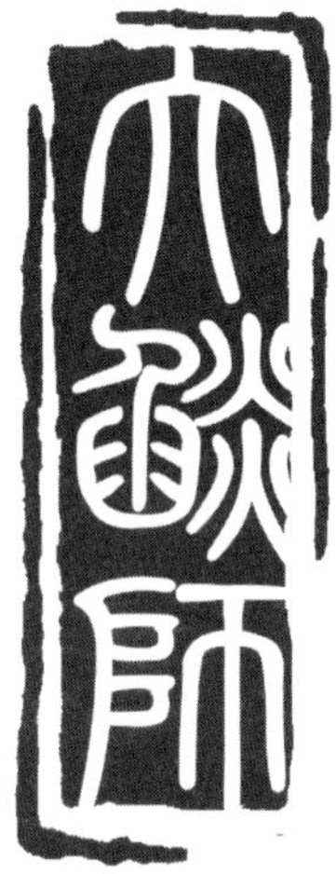

大焰师

③ 薪火传人

大焰师

九州出版社
JIUZHOUPRESS

图书在版编目（CIP）数据

大焰师. 3, 薪火传人 / 梁木著. —— 北京：九州出
版社，2023.6

ISBN 978-7-5225-1769-8

Ⅰ.①大… Ⅱ.①梁… Ⅲ.①长篇历史小说-中国-
当代 Ⅳ.①I247.5

中国国家版本馆 CIP 数据核字(2023)第 068203 号

C O N T E N T S

目录

薪火传人

掌门之丧

◆ 一、恭送马氏出境，李云博五味杂陈 ◆

南唐保大十年（公元952年）岁末，罕见的暴风雪肆虐江西腹地，狂风卷起雪花，铺天盖地地飞舞着，缥缈朦胧，肃杀异常。从袁州通往潭州的古老官道，早已被厚厚的积雪覆盖，杳无人迹，惨白一片。

这天清晨，朦胧之间，古道上隐约出现一彪数十人的车马骑队，一路朝老口关急奔，踏得冰雪嘎嘎直响。

一行人走了两个多时辰，就到了老口关前。这时候，大雪渐渐停歇，寒风依然凛冽，凄厉的声响呼啸而过，吹得人睁不开眼。只见为头的一身素孝，跳下马来说道："管家立即通关，通关完成后大家前往馆驿里暂且歇息，半个时辰后立即动身，无论如何，今日务必赶回瑶池！"

"是！"众人应了一声，纷纷下马忙碌起来。

这老口关，一直是南唐和楚国边界最大的关隘。如今楚国灭亡，这座关隘便成了袁州和潭州两州之间的一座寻常隘口。由于南唐国占领潭州不久，非常时期，这座关隘仍然需要通关文书才能进出。

为头的吩咐完毕，见众人忙碌去了，就牵着马来到后边的马车边，隔着帘子拱手道："二嫂一路辛苦，小弟特来请安！禀报二嫂，我们已经抵达老口关，不出两个时辰，就到家了。"

"岫南，你别太讲理数，嫂子我担当不起。"里面的妇人掀开帘子，连忙还礼。

"二嫂，还是拉上门帘吧，外面寒冷。通关过后，我们就去馆驿歇息。"这为头的急忙上前拉上帘子，然后一掀风雪帽，露出清秀俊朗的脸：他不是别人，正是奉旨回乡奔丧守制的南唐新科进士、翰林学士李云博。车上妇人，是一同回乡奔丧的马馥湘。

原来，几日前，得知父亲意外猝死，李云博知道李天骏已经启动了"脱身计划"的第一步，于是赶紧上书朝廷，请求回乡奔丧守孝，奏请很快就得到南唐皇帝李璟的恩准。他留下同人卦队看家，自己会同朱雀将军、乾卦统领、马馥湘母子和前来报丧的冯志远以及李云浩、冯玉花夫妇众人一起，立即取道江西，日夜兼程，匆匆往家里赶。一日两夜之后，便抵达老口关。李云博很清楚，过了老口关，就离家乡瑶池只有百余里了，快马也就一两个时辰。而有了皇帝和朝廷的特批官文，李云博到达任何关隘都畅通

无阻，而且就食投宿喂马都非常方便。这老口关，自然也不例外。

通关完成，李云博带着众人进到驿馆稍稍歇息，顺便吃些东西，喂喂马匹，好尽快赶回瑶池去。来到老口关官府驿站，朱雀将军递上朝廷官文请求歇脚。驿丞看了，慌忙上前，毕恭毕敬地施礼道："李翰林回乡奔丧，能来小驿歇脚，真是莫大荣幸！在下惊闻噩耗，悲痛不已。人死不能复生，还望翰林大人节哀顺变！"李云博还礼道："驿公客气。晚生奔丧匆忙，迫不得已搅扰贵馆，还望多多担待。"客套一通，驿丞带他们进入驿站，亲自招呼李云博一行歇息就食，又连忙唤来管事人员前去喂养马匹。

正在边吃边聊间，突然驿站外传来人群嘈杂声，由远及近，越来越大。渐渐地，便能隐约看到驿站外人头攒动，脚步声、车马声、哭喊声似乎汇成了河流，正汹涌澎湃而来。李云博不知发生何事，便向驿丞询问道："敢问驿公，外边人声鼎沸，究竟为何？"驿丞道："回禀大人，今日乃长沙马楚王室举族南迁的日子。那些呼天抢地、逃难一般的人群，都是久居长沙的马氏王室族人。"

"举族南迁？"李云博一听，猛然想起边镐治湘策略中，第一条就是尽迁马氏王室出长沙，没想到实施得如此之快。他想了解长沙更多的情况，于是拱手施礼道："晚生离开长沙已近一年，这边发生了什么，都无从知晓。恳请驿公不吝赐教。"

"大人客气，赐教不敢。李翰林也是楚人，在下就据实相告吧。数月前，南唐江西诸道兵马大元帅边镐，率领大军长驱直入，不费一兵一卒逼降马氏，尽收潭州之地，连我这边关驿站也成了南唐国的了，唉……"驿丞叹了口气，接着说道，"边大帅入主潭州之后，就上奏朝廷，请旨将居住在长沙的马氏王室人员，无论男女老幼，一律迁往洪州城居住。边大帅还下令，所有迁徙人员，务必在腊月二十前，全部离开故国，也就是必须走出老口关。否则，就由官府强行遣送，如有藏匿躲避没有前往的，一律按违抗圣旨、图谋复辟的重罪论处。"

"原来这样！"李云博回应一句，想了想又问道，"敢问驿公，为何边大帅不让马氏过完大年，等天气好转了再走呢？你看年关在即，天寒地冻，马氏王族老小被逼无奈，背井离乡真是凄惨啊！"

"谁说不是呢，真可怜啊！"驿丞拭了一把眼泪，低声说道，"年前逼他们迁走，用意也很明显。在下认为，这是他们急于消除马氏复辟隐患，尽快实现开疆拓土意图。大唐国占领长沙，潭州并入大唐国土，是保大九年而不是保大十年！将来史书上为朝廷记事，楚国灭亡都得提前一年！这个算盘，朝廷和长沙幕府，绝对会打啊！"

李云博心痛不已，长叹一声说道："原来如此！真想不到，武穆王开创的大楚基业，被他几个无用的儿子盘剥一通、挥霍一通、内斗一通后，就这样毫无血性地拱手与人了！"

驿丞有些激动了，开始骂将起来："真是一群草包！这群草包，对外没有一点本事，卑躬屈膝，苟且偷安，可是吃喝玩乐起来，兄弟相残起来，相互拆台起来，比谁都厉害！武穆王错就错在，不该贪恋女色，生这么多儿子。更严重的是，养不教父之过，生了这么多，没几个教育好的，更没培养出一个合格的继承人来。那位为了一己之私、处心积虑扳倒两个兄长、一心想当楚王的马希崇，虽然如愿以偿当上了国主，可是屁股还未坐热，王冕还没加封，就草草收场了。如今，不仅要把大位乖乖让出，而且要将祖宗基业拱手与人，甚至携家带口背井离乡……这么多子孙后代，都成了任人宰割的羔羊，武穆王九泉之下有知，该作何感想！"

李云博感叹道："是啊。此时此刻，不知该道他马希崇该是追悔莫及，还是欲哭无泪，甚至求生不得、求死不能呢？早知今日、何必当初啊！"众人听了，也都唏嘘不已。

李云博感慨一通，又说道："无论怎样，他们都是楚国的王室。大势已去，再品头论足说东道西，已经没有什么意义了。功过是非，还是让后人去评说吧。只是南唐还算仁慈，没有重起战火，也没有对马氏赶尽杀绝，……走，我们送送他们去吧。"说着，就站起来，大家也都站起来，跟他往外边走。

出了驿馆，只见官道两旁凌乱不堪的车马人群，正缓缓朝关门前进。成百上千的马氏王子王孙，有的神色恓惶，有的凄然木讷，有的泪痕满面，也有的正在掩面啼哭，犹如大灾之年流离失所的难民一般，真是惨不忍睹。

李云博低声问驿丞："请问驿公，贵处可有礼仪香案？"

驿丞道："有啊。鄙驿本是边境驿站，一直有两国使节歇脚，这迎来送往的宾仪礼器，一应俱全。"

李云博道："很好，那就借我一用。如今国破家亡，王族离境，正好用这送别的仪式哀悼一番，最后尽一尽人臣之义，也不失我等君臣主仆一场。对了，要来，就来个祖道大礼，古时候送别顶级的礼仪。"

"祖道大礼？"驿丞一听顿时大惊，"祖道是古代送别时祭祀路神和饮酒饯别的礼仪，这种礼仪我等都没有操持过啊……"

李云博一笑，说道："没事，学生知道。你按我说的去做，出不了差错。对了，多找一点爆竹来。"

"遵命！"驿丞听了，赶紧命令驿吏张罗。

一阵忙碌之后，很快就在驿站关前铺排安置好国礼器具。李云博见差不多了，就带着众人走近官道，顶香举案跪在路边高声喊道："故楚国原天策学士李云博、老口关边关驿丞邓如逊、瑶池李氏子孙李云浩等，代表楚地旧吏故民，恭送马楚王室离国远徙。我等无能，不能拱卫王室坐稳江山、安守社稷，谨以顶香举案大礼谢罪驾前，唯愿马氏

王族一路顺风，平安大吉……"

众人跟着山呼："唯愿马氏王族一路顺风、平安大吉！"紧接着，就是凄凉悲切的唢呐锣鼓之声齐鸣，随后爆竹骤然响起。

缓缓移动的人群被这突如其来的声响给弄愣了，乐声停止后，顿时一片寂静，一个个驻足张望。突然，马希崇从一辆大车里探出头来，又跌跌撞撞下了车，扒开人群走了过来。他来到李云博面前，轰然跪地，大放悲声地哭喊道："我马希崇千古罪人，失国亡家，愧对祖宗，愧对百姓，真是千刀万剐也不为过，有何面目受此大礼！"说着，便使劲地将头往地上磕。

李云博道："大楚社稷倾覆、国破家亡，你的确有不可推卸之责，但罪责又岂在大人一人？还望大人接受香案，起身说话！"

马希崇就又拜了数拜，捧过香案，起身交给身后侍从，扶起跪地的李云博众人后，泪流满面地说道："李学士，以前，我器量狭小与你为敌，而你今日却披麻戴孝为马氏和楚国送行，真是汗颜了……如今想来，我真是追悔莫及啊！"说着，就羞愧难当地抽了自己几耳光。

李云博连忙制止他道："大人言重了。事已至此，后悔何用！而当初李云博初出茅庐，目中无人，急功近利，行事鲁莽，多有得罪。但如今，这一切都过去了，将过去的那些不愉快都统统忘掉吧，因为无论怎样后悔，怎样痛不欲生，都回不去了，还不如面对现实重新开始，踏踏实实地过日子……"

"李学士，我还是要说，因为今天不说，我就再无机会了！"马希崇一副痛心疾首的样子，满怀真诚地说道，"其实，我马希崇不是个坏人，真的不是。除了有点小肚鸡肠，有点嫉贤妒能，有点贪名好利之外，真的没什么大的坏毛病，至少起初是这样。即使希广阿哥即位后，这一切也没有发生大的变化。你们可能认为我一定想借马希萼之力，自己上位，这都是误会啊！是马希萼闹得不像话了，我想拯救危难之中的楚国，加上徐威的威逼利诱之下，才迫不得已就范的，我哪有能力当这一国之主啊……现在看来，当王上有什么好啊，威风八面的背后，有多少苦楚艰辛，谁知道啊。而做了末代王上，千秋万代之后，这葬送祖宗江山社稷的骂名，我永远都得背啊！我真的不是坏人啊，怎么这么背时啊，啊呵呵呵……"

李云博道："唉，不说这些了！来，我等为马楚王室远行，行祖道大礼。"

"马希崇，你也有今天！"突然，一声刺耳女高音打断了正欲举行的道别仪式，大家都循声望去，只见马馥湘怀中抱着孩子，怒气冲冲穿过人群，来到仪式现场。

正当李云博惊愕间，只见她冲上前去，指着马希崇的鼻子，厉声喝道："你这个口蜜腹剑、奸险狠毒的小人，还好意思在这里避重就轻、大言不惭！你说，你为何勾结马希萼谋权篡位，绞死我父王，杖杀我母后，害死我夫君，弄得王廷分崩离析，最后葬送了祖宗基业？父王待你不薄，你却人心不足蛇吞象，到头来落得如此下场，这一切都是你咎由自取！你不是坏人，天下还有坏人吗？"

"湘湘，是你？"马希崇又惊又喜，被他一通指责，几乎无地自容，讪讪说道，"为什么啊，我自己也不知道……"

"你不知道，你不敢说！"

"湘湘，叔叔对不住你啊。你父王母后的死，李都统不肯投降战死碧湘宫，的确不能怪我，我怎么劝你希萼伯父，他都不听……"

"放屁！我没你这个叔叔！"

"湘湘，你不认我，可我还是你叔叔啊！我从小就胆小，连杀鸡都不敢看，你是知道的。怎么会变成现在这个样子啊？"马希崇大声哭了起来，"起初，我其实就是不服，因为按照你爷爷遗旨，我觉得应该轮到你希萼伯父即位，他最年长。没想到你二伯临终前，却将王位传给你父王，我就是想帮马希萼把王位夺回来，也绝对没有想要你父王母后的命——你可能不信，但这千真万确啊。的确，你父王待我都不薄，信任有加，委以重任，我一直就是节度副使、天策府左司马，一人之下万人之上，我干吗硬要帮马希萼争位呢……现在回想起来，我是被人利诱，我也追悔莫及啊！"

"说得好听，你是被人利诱，你还追悔莫及！都这样了，你还狡辩什么呢？让我告诉你吧：就是你挑起他们争位，让他们两败俱伤之后，你好从中渔利！你得逞了，可结果呢，却成了摇尾乞怜的软骨头，王座都还未坐热，就成阶下囚了！你这是罪有应得！"

"你，你血口喷人……"马希崇似乎被点到死穴，顿时满脸通红。

"血口喷人，我呸！我今天带着坚儿为他祖父奔丧，老天有眼居然撞见你，真是冤家路窄啊！不如将这性命拼了，为家人报仇雪恨！"马馥湘说着，抱着孩子一头朝他撞去。

"拉住她！"李云博大声喊道。

马馥湘被朱雀将军拽住，但仍然情绪激动，挣扎不止。

李云博道："二嫂，你听小弟一言，好吗？"

马馥湘泪眼婆娑："岫南，我……"

李玉博道："人世间，有两大心魔，一是贪欲，二是仇恨。一旦让其附身，人就会走火入魔，纵然好人也会丧心病狂、不择手段。那些事情都已经时过境迁，覆水难收啊！冤冤相报，你死我活，对谁都没有好处。俗话说，举头三尺有神灵啊！老天有双眼睛在云端上睁着，谁犯的错谁都将得到报应，为何用别人的罪过来惩罚自己呢？坚儿还不满周岁，你今日为了寻仇与他人玉石俱焚，坚儿怎么办，他可是你和二哥唯一的骨血

啊！未出生就失去父亲，您又要让他尚在襁褓之中就失去母亲，他有什么错，居然要承受如此巨大的苦难和不幸！二嫂，你想过没有？"

"我……"马馥湘一听，顿时泪如泉涌，说不出话来。

"送公主回驿馆歇息，这边祖道送别礼仪继续。我们先行祭祀路神，然后饯别吧。"李云博说着，就焚香燎纸，献上贡品，然后举起酒杯，"这第一杯，告慰天地日月和路道诸神：今日马楚王室离国远徙，恭请各位神灵保佑他们逢凶化吉、遇险呈祥！"两人将斟满的酒杯举过头顶，然后躬身，一齐将酒奠到路上后，跪地顿首祈祷，起身后鞠躬向路神致谢。

"这第二杯，我们谢罪列祖列宗：大楚江山断送在我们这一代手里，所有的楚人，都逃不过上天的惩罚，无论他是王公贵族，还是普通臣民，无论他是罪有应得，还是无辜牵连……"李云博还未说完，马希崇就抢过话来大声说道："是我马氏后人愧对黎民百姓，愧对列祖列宗，愧对江山社稷，一切都是我们玩火自焚、咎由自取，与大楚国臣民无关。恳请老天爷惩罚我们，厚待三湘苍生四水黎民，祈望列祖列宗宽恕我们这些不肖子孙，保佑大楚百姓不再遭受苦难吧！"说着两人又将斟满的酒杯举过头顶，奠了之后，两人跪地朝北稽首。

"这第三杯，我等旧吏故民恭送马楚王室出境：我等无能，不能拱卫王室坐稳江山、安守社稷，如今宗庙不保、背井离乡，甚至要仰人鼻息……"李云博说着有些哽咽，蹲身扒开雪层，从地上抓起一撮尘土，又站起来撒在马希崇酒杯中，"常言道，故土难离啊！这故国家园，就留在这杯酒中吧，留在各位的心中吧！祝你们一路顺风，大吉大利！"两人碰杯一饮而尽。

只听驿丞高声喊道："奏乐，鸣炮，行君臣道别大礼！"

鼓乐响起，爆竹齐鸣。这送行的人群又都跪下，一个个低头叩首后，匍匐在地，齐声喊道："恭送马氏王族！"

马希崇大窘，觉得此礼过重，也赶紧跪地还礼，所有王族人员跟着还礼。马希崇又带着众人朝北边长沙方向拜了九拜，方才作罢。乐声停歇，他起身感慨道："各位亲人，我们马氏罪孽深重，丧家之犬般仓皇离境，却得到李学士等一行，以情深义重的祖道之礼送别，我等该知足了！走吧，立即出关……"

"立即出关，走啰——"人群起身，缓缓移动，越来越快，最后潮水般往关口涌去。

凝望着他们渐行渐远的背影，目送他们出关远去，李云博若有所思，五味杂陈，久久不愿离开。

◆ 二、一连数问，骚乱人群默默散去 ◆

送别马氏王族，李云博就带着众人，马不停蹄、一路飞奔了一个多时辰，终于回到阔别了一年多的家乡瑶池。

虽然这次也是从南唐回来，也是走这条道，也差不多是这帮人，可是与一年前大闹洪袁载誉而归的回国，已经不能同日而语了。"回来"和"回国"，一字之差，意义却大相径庭。个中滋味，对于任何一个国破家亡的人来说，都会有切肤之痛。至少，去年还有一个大楚国，还有一个马氏王廷，这里还是楚国的疆土，而如今，已经物是人非，徒留下"国破山河在"之类的感慨罢了。

那天赶回瑶池的时候，已过午时。让他意想不到的是，自父亲猝死之后这几天里，瑶池乡里对于李天亮的死因，由起初的多种怀疑揣测，经过不断地谣传发酵，渐渐演变成一条被大多数人认可的理由：那就是南唐炮火营的蓄意谋害！愤懑的怒火犹如决口的岩浆，在乡间闾里恣意汪洋。李云博一进瑶池，还未下坡，就远远看见骚乱的人群在集市里搅闹着，声动如雷，同仇敌忾，怒气冲天……这里，已经乱成了一锅粥。

大惊失色的李云博连忙勒住缰绳，伫马山岗上极目眺望，满怀狐疑地审视着人声鼎沸的家园。他发现，紧挨大瑶商市的乡衙前，大雪覆盖的广场上，聚人最多。李云博自言自语道："奇怪，人怎么都围在乡衙前啊？"

紧跟他身后的李云浩回答道："岫南，乡衙被接管后，大伯死活不肯再当南唐的乡司，其他乡衙执事也都没有出来任事，衙门也就一直空着。不久前，南唐炮火营搬进瑶池来，总部就暂设在那里。"

"原来如此！"李云博恍然大悟，立即估计到这里发生了什么。他顾不得多想，带着众人快马加鞭直奔乡衙而去。

通往乡衙的商市被挤得水泄不通。朱雀将军奋力高喊着，指挥密使费了九牛二虎之力才疏通出一条勉强过马的通道，又费力牵马挪动，终于穿过拥挤的人群，来到大门紧闭的乡衙门前。衙门两侧，都是张弓搭箭、荷枪挺戟的武士。看样子，双方已经僵持了很久。李云博下马跳上乡衙的台阶，被几个武士挺枪围住。他赶紧和一位领头模样的军官交流几句，很快得到许可，然后转过身来。这时候他才看清，台阶下，木栅栏围成的防卫圈子外，放着一口黑漆棺木，领头的李天雷和李天威全身素孝，伏在棺材上正悲愤

万状地控诉着。原来，他们在抬棺游行，以示对李天亮死因不明的抗议。

李云博匆匆忙忙下了台阶，李云浩、冯志远、冯玉花也紧随其后，他们几个隔着栅栏朝李天亮的灵柩跪地磕了三个响头，然后又回到台阶上，高声喊道："父老乡亲，大家静一静，我是李云博……"可是，人群声音太大，他的喊叫根本没人听见。李云博急中生智，冲到乡衙前的大鼓边上，想擂鼓引起大家注意，可是一时又找不到鼓槌。情急之下，他又冲到栅栏边拔出一根木头，回到大鼓边使劲地擂了一气。巨大的鼓声将沸腾的人群惊觉，一个个停止喊骂，抬头张望，现场顿时安静下来。

李云博大声说道："父老乡亲，我是李云博，回来奔丧了！"

"岫南回来了！"

"三少爷回来了！"

"总执事冤死，你一定要为他报仇啊……"人群顿时议论起来。

李云博举起双手示意："大家静一静，先听我说几句好不好？"

李天骏也纵身跃上台阶，大声喊道："父老乡亲，岫南回来了！大家静一静，先听他说几句，好不好？"

"好，先听岫南说说。"大家就又满怀期待地看着他，都停止了喧嚷。

李云博道："总执事猝死，究竟什么原因，目前还不得而知。在未弄清真相之前，大家抬棺示威，聚众闹事，如此下去，如若朝廷开罪，后果不堪设想啊……"

"胡说八道！"李天雷第一个站出来怒道，"你父亲就是被南唐蓄意谋害而丧生的，这还用质疑，还用调查？你究竟是我瑶池李氏的子孙，还是南唐的走狗啊？"

"对！总执事一直身强力壮，从未得过什么大病小灾，怎么会一进乡衙就猝死？这分明是南唐人设下的圈套！"

"你居然替南唐说话！你做了南唐的翰林，就是和西门璞、李天晨一样，是瑶池的叛逆！"

"别信他李云博的，他已经成了南唐的走狗了……"

李云博急了，大声说道："我李云博的确做了南唐的官。大家认为我是南唐的走狗，我就姑且认了。那好，我问诸位几个问题，问完之后，要杀要剐随你们，我李云博死而无憾。如何？"

"好，看他如何便狡辩！"

"要是不能服众，你就等着受死吧！"

"大家安静，让他问吧！"

李云博见众人都安静下来，等待他的辩解，他清了清嗓子，大声问道："这第一嘛，敢问父老乡亲，我父亲临终之际，有谁在现场？"

"这……"大家都回答不上来。

"看来，没有人在。"李云博语气肯定地说了一句，突然看见李庆如，于是继续问道，"三叔公，您是我李氏族人中医术最好的郎中。父亲遗体，您勘验过没有？"

李庆如道："勘验过。遗体没有外伤。而银针所到之处，也不见毒物，看来绝非下毒致死。"

李云博道："我三叔公的话，大家听见没有？没有外伤，不会是暴打身亡，不见毒物，也不会是下毒致死。那就只有身体出了状况……"

"说不定，是他们羞辱总执事，引发了突发疾病呢……"

"这种情况，也很有可能。"李云博点点头，继续问道，"请问诸位，他们为何要羞辱总执事？"

"为何，我们怎知道！总执事铁骨铮铮，誓死不降，他们就软硬兼施呗！"

"这就有点讲不通了！"李云博大声质疑道，"据我所知，事发前，边大帅派特使册封我瑶池李氏，而且赐爵安乡侯，这是大唐皇帝和朝廷的旨意。我父亲不肯接受，已经忤逆朝廷。他又大闹册封现场，蓄意闹事，徐将军迫不得已，才将父亲抓起来。大家想想，难道炮火营的将领吃了豹子胆，敢违抗圣意，羞辱堂堂的侯门总执事大老爷？"

"这……反正，他们就是要害死总执事。"

李云博反问道："敢问阁下，他们为什么要害死总执事？"

"为什么？那不明摆着的吗？他们要占领瑶池，建设炮火营。"

李云博继续问道："请问，他们害死了总执事，还能在瑶池建设炮火营吗？"

"这……恐怕很难。"

"不是恐怕很难，而是根本不可能！"李云博提高嗓门，一摊双手道，"没有了李氏的支持，得罪了瑶池上万百姓，他们根本不可能在瑶池立足。这一点，炮火营的头头们难道不知道，还犯这种低级错误，害死我父亲？退一万步讲，他们真的要置我父亲于死地，用得着用这下三滥的手段吗？他们完全可以派兵将父亲抓起来，宣判他拒绝归顺、反抗朝廷的死罪，斩首示众不就得了，用得着如此大费周章吗？"

众人一听，都沉默了下来，也没有人再接话了。李云博见机会来了，就对李天雷问道："二叔，你说说，瑶池李氏的诸多家规之中，我等必须恪守的家训是什么？"

李天雷没好气地回答说："这还问我，谁不知道？'舍生忘死，谋福瑶池！'"

李云博道："'舍生忘死，谋福瑶池。'二叔倒是记得！请问，您带头抬棺示威，聚众闹事，虽然是舍生忘死，可这是为瑶池谋福吗？"

李天雷道："当然是！这是为弘扬我瑶池道义，效忠家国，绝不投降，誓死不做背祖离宗的亡国奴！"

"弘扬道义，效忠家国。您说得倒轻巧！"李云博冷笑道，"请问二叔，马氏王室都降唐了，都已经举族迁往洪州城了，马楚江山已经不复存在，国在哪里？如此生扛死顶，眼看就要横尸遍地、家破人亡，家又将在哪里？您是要把瑶池的父老乡亲，带进一条鱼死网破的不归路，您这是造哪门子福啊？"

"我，我……"李天雷被他一通反驳，涨红了脸哑口无言。

李云博见他不再出声，于是语气缓和下来，意味深长地说道："古人云，国家兴亡，匹夫有责。在国难当头之际，我们该挺身而出，赴汤蹈火保护家园，拯救社稷拱卫王室。可是，马氏王室都投降了，我等忠心捍卫一个业已不在的王室，白白地去送死，还有什么必要呢？马楚的江山已经不复存在，难道数百万大楚子民，都得为他殉葬吗？"李云博说着，环顾四周，看见大家都在默不作声地听着，又继续说道，"可是，大家别忘了，古人还说过一句话，叫作'识时务者为俊杰'！什么是时务？时务就是王朝更替、江山易主，无论谁得了天下，我们老百姓总得活着，也必须让我们活。我们李氏族人，舍生忘死追求的，就是瑶池数万百姓平平安安、和和乐乐地活着，除此之外，还有什么更重要的呢？各位父老乡亲，你们说，是不是这个理啊？"

李庆如首先响应，他大声说道："岫南说得对！王权更迭，朝廷纷争，那是他们达官贵人的事。我们平头百姓，只关心自己是否活得下去。南唐兵马进入瑶池以来，并未烧杀抢掠，也未横征暴敛，我看他们是要善待瑶池百姓。如若不是这样，我们聚在炮火营总部大门闹事，早就血流成河了！大家说，是不是啊？"

李天骏也附和道："我爹说得对！大家想想，南唐要真的害我李氏，害我乡亲，还用得着这样退让吗？数千兵马血洗瑶池，那可是不费吹灰之力的事啊！"

"是啊，他们既然一再忍让，我们如此而为，也太过分了！"

"他们既然不想生事，我们又何必捕风捉影呢？"

"死的是他李云博的父亲。他都这样了，还干我们什么事呢？"

"还是看看他们今后的表现，再说吧……"

听了有人议论附和，李云博又拱手说道："各位父老乡亲，对于父亲的死，我比你们更悲痛。悲痛归悲痛，但绝不能因为悲痛而胡乱生事，影响瑶池的稳定与和平。父亲尸骨未寒，大家不去料理他的后事，居然抬棺游行对抗朝廷，这让我等子女情何以堪啊！我们先让他入土为安好不好？我李云博有一不情之请，那就是，恳请大家，都回去吧。我也在此承诺，等办完丧事，我一定会查明真相，给大家一个交代，请大家相信我……我李云博求大家了……"说着，突然跪地顿首，声泪俱下。

众人听了，都一个个摇头叹息。李天雷带着家人，默默抬着李天亮的棺材首先退却。紧接着，人群开始缓缓退去，不到一炷香工夫，广场上便空旷起来。

这时候，衙门突然开了。只见郑道光、江世敦、易守礼、西门璞、李天晨、刘成璧等迎了出来，都朝李云博施礼。江世敦小眼睛一转，捋了捋鼠须，满脸堆笑地说道："没想到李翰林回来了，真是及时雨啊！我等已被围困了两天两夜，都快挺不住了。翰林大人一来，一通慷慨激昂的劝说，骚乱便戛然而止。平息此次骚乱，拯救我等摆脱危厄，李翰林功莫大焉。救命之恩，末将没齿不忘！大人在上，请受末将一拜！"说着，就要跪地叩首，众人也跟着要行大礼。

李云博连忙止住他们，回礼道："区区小事何足挂齿，将军过奖了！学生这些父老乡亲，都是乡野粗人，没什么见识，开罪各位，还请诸位将军别放心上，学生在此替他们致歉了！"说着，连连揖手。

李天晨道："岫南不远千里奔丧回家，鞍马劳顿，早就疲惫不堪了。大家别站着，屋里说话吧！"

郑道光不等李云博落座，就夸赞起来："李、李翰林才高八斗，胸、胸有韬略，一现、现身瑶池，就、就帮我、我等逃过此劫，我、我等佩服得五体投地啊……"

李云博道："郑都监过奖了！晚生也是误打误撞，说服乡亲们纯属侥幸，将军如此谬赞，晚生真是汗颜呐！"

易守礼道："哎，一点也不为过。此次令尊猝然离世，我等惊愕之余也措手不及。人死不能复生，还望大人节哀顺变！"

李云博听了，动起了哭声："感谢易将军关心！闻讯家父突然亡故，真是晴天霹雳啊！家父年未过半百，怎么就这样离我而去了呢？啊呵呵……"

西门璞道："岫南，你真的要节哀啊！这瑶池局势的维持，你举足轻重啊！你回来就好了，还有很多事情，要你协助啊！"

李云博道："姑父哪里话！维护瑶池稳定，我李云博当然义不容辞！只是朝廷准我奔丧守制，就一定按照朝廷礼制，三年之内，一心尽孝，绝不会理会与此无关的事情。还请各位监督，学生如若有违礼制，一定早些提醒，以免辱没朝廷以孝治天下的美名。如今学生虽是官身，但已无职守，形同草民一般，最大的事就是回去办丧事。各位对不住了，学生告辞！"说罢，就和李天骏等人一起，起身出了乡衙。

◆ 三、盛况空前的掌门人丧事 ◆

李云博回到家里，父亲不仅没有入殓，而且"送三"之期也已过了两日。可是，无论是家人还是请来的禅师道长，都被这是先"入殓"还是先"送三"的问题给难住了。

原来，按照当地习俗，一般治丧的程序，应该是从逝者尚未断气开始，挺丧、报丧、招魂、送魄、小敛、大殓等，然后就进入治丧期。由于大殓是亲人与逝者的最后告别，礼仪非常隆重，何时大殓，还要请阴阳先生根据丧亡时辰推算，然后避开老黄历的忌讳，选在吉日吉时，但一般也都会在两天之内，不会等三五天。而"三朝送三"，意为逝者的灵魂在家里待了三天后，家人举行祭祀，送他的灵魂去阴司报到。可是李天亮死得蹊跷，都想弄个明白，于是迟迟未能入殓，转眼又过了"三朝"。如若现在按照程式先入殓，时间较长，而且近几日没把心思放在治丧上，所有入殓仪式的准备都还不齐备，等到准备好了去完成入殓仪式，本来就过了的"送三"时间将被一拖再拖，也是大不吉利；如果先"送三"后入殓，就有违反规程之嫌，怕人说是非。

李云博得知后，当机立断地说道："这有什么！父亲英年早逝，事发突然，猝不及防，全家乱了阵脚，没什么值得别人说三道四的。反正都过了正常的时间，不如就赶紧送三，同时做好入殓准备。"

于是赶紧张罗"送三"。李府特聘升冲观惠玉真人做阴阳先生，他还带来了十来个道士，过来主持丧殓。只见他挥动桃剑，念咒起法，焚香祷告之后，烧了报关帖，又烧了几架豪华纸马纸车，加上四个纸箱，箱里装满了纸锭纸钱，让他进入阴界一路畅通。一通忙碌之后，"送三"便完成了。

"送三"刚刚完成，郑道光、江世敦等人连夜前来，商议治丧事宜。李府上下要从简，只做"头七"，南唐方面要按高规制操办，要满做"七七"。所谓"做七"，亦称"斋七""理七""烧七"，即人死后（或出殡后），于"头七"起即设立灵座，供奉牌位，每日哭拜，早晚供祭，每隔七日做一次法事，设斋祭奠，依次至"七七"四十九日除灵为止。一般情况下，大都只做"头七"，也就是说治丧期为七天，治丧期间举办佛会或者道场超度亡灵，开展各类吊唁活动，然后出殡下葬，下葬之后，仍然每七天到坟上祭祀一次，直到七七四十九天期满。而满做"七七"，就是治丧期为"七七"四十九天，先在家中设置灵堂治丧，然后出殡移柩寺庙继续做水陆道场，每逢七天一大祭，直到"七七"满期为止，最后下葬，这是当时最为隆重的丧葬礼仪。双方都坚持己见，互不相让。

江世敦道："李大人，总执事德高望重，年富力强，突然间撒手西去，无论是李府亲眷，还是瑶池乡里，都悲痛不已，我们炮火营上下，也都是如此。如今，为总执事治丧，是头等大事。近日来，瑶池乡野盛传总执事突然离世是我等蓄意陷害，真是天大的冤枉啊！我等竭尽所能地办好丧事，正是消除误会的大好机会。听说，边大帅已经决定，征召潭州境内所有得道高僧齐聚瑶池，由岳麓寺弘法禅师掌坛，举行盛大佛会，为李掌门诵经超度。我们炮火营也下了命令，总执事大丧期间，瑶池爆业作坊一律歇业致哀，以示悲痛之情……"

李云博惊道："这怎么行！瑶池李氏一直崇尚节俭，如此大规模操办丧事，不仅有违家风，也会招致乡邻白眼啊！更何况李府何德何能，怎么担当得起如此隆重盛大的佛仪……"

江世敦道："怎么担当不起！边大帅指示，李总执事葬礼，按侯爵规制来办！"

李云博道："俗话说，无功不受禄。家父生前并未立有军功，居然册封他为安乡侯，的确让人匪夷所思啊……那就麻烦各位劝劝边大帅，万万不可如此操办！一个未入流的末品乡司，居然按公侯规制治丧，岂不让天下人耻笑！恳请各位联名上书大帅，一定请朝廷收回成命！"

李天晨道："各位将军，末将以为，岫南说得对。葬礼要办，并不一定要办得如此排场！"

江世敦道："李统领言之差矣。据悉，边大帅已经以长沙幕府名义发了官丧，而且，皇上遣使前来吊唁，如今已在路上了。我们如若简单从事，对不起瑶池上下不说，如何向朝廷交代啊？"

李云博大惊道："一介草民过世，举乡歇业，帅府发丧，朝廷吊唁，自古以来，闻所未闻！既然皇上和朝廷如此重视，我们也都别犟着，都退一步，如何？"

西门璞道："岫南所言，句句在理。按照瑶池传统，如此大办丧事，不仅有违家风，而且劳民伤财，加上年关迫近，大年大节停丧也不吉利。依下官之见，不如折中一下，治丧礼制既不违背家风，也能向朝廷交差，我们何乐而不为呢？"

江世敦点点头，问西门璞道："西门大人，那你说，如何折中呢？"

西门璞道："下官以为，这个，还是征询丧家意见为好。"

江世敦道："李翰林，你看如何治丧为好呢？"

李云博想了想，说道："父亲离世已经五日，而如今离除夕之日，也不到二十日。姑父说得对，大年大节停丧大不吉利。我们就赶在大年之前，把丧事办完。按照丧制规程，不如从今日开始，做七日的水陆道场，然后移枢石霜寺做三天的安灵道场，然后下葬；'三七'那日，做一场收关法事。如此算算，正好进了小年。而且对于丧事来说，也算做到了'三七'，规格已经很高了。还有，所有爆竹作坊歇业致哀，虽然能显恭敬之心，但上万爆工，拖家带口的，都得吃饭啊，这一条，我看就算了吧。"

江世敦听了，还是不同意，说是无论如何要做满"七七"，举乡歇业，也是长沙幕府的命令，不执行就交不了差。李天晨道："我看行。俗话说得好：入乡随俗。我们都是瑶池人，当然要按本地风俗治丧，而且做到'三七'，已经按照朝廷旨意破例了。至于歇业致哀这条，无关大节，除服以后复工，损失也只有那么大。我来写奏报，立即飞报边大帅，大家都签上大名吧！"

大家听了，都默不作声。郑道光带头响应道："启、启明贤弟说的，的、的确合情合理。老、老夫第一个签名！"大家见郑道光表了态，也都纷纷赞同。江世敦见大家都同意，也就没再坚持。李云博虽然觉得歇业致哀很是不妥，但看见其他方面达成一致意见，也就不再坚持。因为他最担心的，还是那个不为人知的秘密，万一疏忽很可能就会露馅，甚至弄假成真铸成大错。于是，治丧程式经过各方会商之后，就这样定了下来。

这天夜里，李云博会同家人忙到第二天凌晨，根据礼仪规制将治丧的各项具体事宜定了下来，从定制"五服"孝衣，到印发讣闻给亲友报丧，确定治丧总提调和办差执事，再到搭建孝棚、礼聘法师道士，定出丧仪仗制、酒水宴席规格等，又对人员进行分工，不一会儿就调派停当，有的因为事情紧急，连夜开始忙碌起来。

第二天一大早，李天亮的大殓按照古礼规制来操持。这时候，孝堂已经搭就，伙计工匠正在上下忙着搭棚，在院子上方搭出了五六尺的高席棚。正对停灵的对面房上，也正在搭建法师念经的"佛坛"，灵前与大门持平的地方，搭一座参灵行礼用的"月台"，在孝堂、佛坛和月台不远处，就是几个正在忙碌着搭建的"扎彩铺""家伙铺"，扎彩铺正在灵前月台上，架着以竹排白布扎成的各种装饰，排上缀满黄、白、蓝色花朵，街门两旁和上方也架好彩排；而家伙铺则正运来桌椅板凳、各种坐垫，供悼念仪式和宾客上香祭拜时用。

吉时已到，仪式开始。李天亮静静地躺在板床上，穿戴得整整齐齐，神态安详，头前置有油灯，身上盖着"经被"（一种印有经文的绸布）。石霜寺觉能禅师敲打起木鱼，口诵经文《往生咒》，为逝者"转咒"，大意是让死者早去托生，而不长期为鬼。阴阳先生惠玉真人过来伺候大殓，只见他焚香燎纸，挥动拂尘，大声喊道："奏乐响炮，棺进孝堂！"不一会儿，一阵哀乐炮火响动之后，八个夫役一律黑衣，把棺材抬进孝堂。

惠玉真人又是一阵祭告，口里念着咒语，最后大声喊道："披麻戴孝，亲眷成服！"只见门楼前升起白色孝幡，祭祀人员正式启动孝装，李云闪、李云博身披重孝，穿戴了白唐巾孝冠孝衣，腰里扎了三根麻绳，手持哭丧棒，合家"五服"大小亲属都披麻戴孝，按照丧礼规制各穿孝服，灵前拜礼。

家眷哭了一阵之后，惠玉又大声喊道："开棺入殓，孝眷哭别！"一群道人打开棺盖，抬尸入棺。然后亲人孝眷一一绕棺躬身，瞻仰死者遗容，算是生离死别看他最后一眼。一时间，一家大小有的哀哀啼哭，也有的掩面而泣，有的甚至失声号啕。别过之后，阴阳先生指挥入殓人员放下了七星板，搁上紫盖，四面用长命钉一齐钉起来，孝眷都用哭声跪送尸身。阴阳先生宣布"入殓完毕，大礼告成"后，又是一阵哀乐雷动，炮声大作。入殓过后，街坊邻居、亲朋好友都来吊问，烧纸祭奠者，不计其数。全家伙计都是巾带孝服，上香之时，里里外外一片皆白。

到了头七，就开始了规模宏大的水陆道场。岳麓寺新任主持弘法禅师按照武安军节度使边镐命令，带着二十四名遴选出来的高僧汇聚瑶池，披上袈裟为李天亮超度。只见他登上佛台，执经开坛，诵《法华经》，拜三昧水忏。一时间满门缟素，梵音缭绕，哀乐不绝，爆声雷动。这期间，潭州各地政要、乡里名流、爆竹业界都纷纷前来吊唁，车水马龙，人流如织，迎来送往，不必一一细说。

话说首场佛会完毕，李云博陪众位法师入卷棚用斋。用罢斋饭，弘法禅师招呼大家暂到临时搭就的禅帐歇息，晚间准时开坛，继续为亡者超度，众僧都应声去了。弘法见只剩下李云博，对他说道："李施主，麻烦你随我来，老衲有事要和你密谈。阿弥陀佛。"李云博一愣，起身施礼道："大师赐教，求之不得。"于是就跟着他，进了主坛法师的禅帐里。弘法进了禅帐，关上门帘，拿出一张黄色揭帖交给李云博道："李翰林，这是师兄弘道禅师圆寂之前，要老衲尽快交给你的佛偈。"李云博听了，连忙接过来，只见上面写着两句佛偈：

佛门清净地，可寓乱世怀；养气多劫数，心静少尘埃。

岂是孤诣事，能见明镜台；治心在觉悟，湘水莲花开。

李云博看罢，大是蹊跷，不明白弘道禅师留这么一个佛偈，是什么意思。他问弘法道："师父圆寂前，还有什么交代吗？"弘法道："没有，他就只要老衲将此佛偈交给你，说你聪颖过人，一看就会明白。"李云博听他如是说，也不好再问什么，等到有空再去细细琢磨。他想起不久前老大人的飞鸽传书，说过边镐曾经拜访过岳麓寺，见过弘道禅师，两天后，弘道禅师就坐化了。于是问道："听说，师父圆寂前，边大帅造访过岳麓寺？"弘法道："的确如此。师兄和边大帅禅房饮茶大约半个时辰，当时老衲不在场。边大帅离开时，师兄没有送出门去，是老衲代替他送的。阿弥陀佛。"李云博道："师父圆寂，与此有关吗？"弘法道："这个，老衲就不清楚了。阿弥陀佛。"李云博隐隐感觉到，师父弘道禅师的圆寂，与边镐有关，但又不明白原因何在。他小心收好佛偈，对弘法立掌施礼道："大师不惧辛劳，亲批法衣为亡父超度，晚生不胜感激。"弘法道："出家人慈悲为怀，超度亡魂，应有之义，李施主不必客气。阿弥陀佛。"李云博又施礼谢过，然后弓身告辞出来。

◆ 四、边大帅亲临瑶池祭奠 ◆

到了第二天，边镐亲自陪同南唐特使前来上祭，猪羊祭品、金银纸山、缎帛彩缯、冥纸炷香共五十余抬，锣鼓细乐吹打，喧闹簇拥而至。逶迤的队伍排成长龙甚是壮观，马行人走，地吊高跷，旌旗飞扬，五颜六色，看得瑶池乡民个个都傻了眼。

李云博听到响动，得知是边大帅亲自陪同朝廷特使奉香吊祭，急忙命人响炮起乐回应，然后和长兄李云闪一起，带领全家老小大礼出迎。兄弟俩一戳哭丧棒，跪在地上哀声说道："瑶池李氏不孝男李云闪、李云博，率全家老少泣跪禀报朝廷特使与边大帅驾前：先父亡故，悲不欲生；稽首之礼，以报噩耗。大孝在身，哀哀失态，望大帅海涵！"

边镐和特使连忙拱手躬身还礼道："岂敢岂敢！人能生而有命，身体发肤父母所赐，长大成人又是父母所养，敬孝先考以报养育之恩，如何悲恸都不为过。只是逝者往矣，生者继也，生死有命，悲伤有度，还望节哀顺变！"然后扶起李云博，示意报丧孝眷起身之后，就带领众人在灵前叩首上香，哀声祭奠。不一会儿，献礼已毕，李云博及家人仍都跪在地上，听官府司仪大声朗读祭祀文章：

时维保大九年，岁在辛亥，腊月戊子期，越十三日庚寅，大唐皇帝谨以清酌庶馐之仪，致祭于故安乡侯、爆业翘楚瑶池李氏总执事大人之灵曰：呜呼！风云失色，大河断音；典型失望，闾里同悲。英年早逝，闻之则肝肠寸断；音容宛在，见者皆泪似泉涌。豪门继业，望隆山斗；施恩乡里，品重圭璋。大业初创，掌门偏猝然离世，实乃天妒英才；倚马而待，君侯却撒手西去，痛恻生者肺腑。白鸡应梦，空伤感逝之篇；青鸟使来，遽赴游仙之约。桂兰挺秀，正当佳境尝甘，松筠贞完，应见艾年待颂，而乃天意难知，人功莫挽。鸿仪抑抑，方柱石之常瞻；鹤驭迢迢，意帡幪之顿失。朕居迩松荫，世联兰臭。凤荷命提之益，未伸报答之私。兹当执拂有期，辆车将驾，敬陈絮酒，原君侯更进一觞；聊慰泉台，恨此别竟成千古……呜呼哀哉，伏维尚飨！

祭文念完，又是一通锣鼓哀乐，奠酒礼成，李云博稽首答谢。特使和边镐连忙扶起孝家，出了灵堂，携手往后院孝棚去了。灵堂里外继续诵经作法，超度亡灵。

李云博将边镐迎进孝棚内，选了间铺设豪华的雅厢坐定，吩咐按照上宾酒席款待。这种治丧期间专为款待前来上香吊唁贵宾而搭建的孝棚，其实就是在李府院子周围，联排支起木架盖上卷席和茅草，下面摆上数十桌大席，一天到晚都供应饭食酒水，便于及时招待来来往往吊丧的客人，乡间俗称"流水席"。李云博端起茶杯道："特使和大帅莅临寒舍，亲自为先考致祭，学生感恩涕零。古礼大孝，沐浴斋戒，不能尽觥筹之兴。学生就以茶代酒，聊表寸心，以恕不周之罪。"边镐道："李学士博古通今，亦是礼学大家，净身事孝，边某敬然，何罪之有？"几个人就你来我往，客套起来。

过了三巡，边镐道："岫南啊，本来，边某一番好意，上奏朝廷，为李氏加官晋爵，没想到徐威那个没用的东西，偏偏把这件功德无量的好事给办砸了，还让总执事意外……哎，真是对不住啊！"

李云博道："大帅哪里话！瑶池李氏，何德何能，大帅如此眷顾？而先考意外，纯属偶然，与徐将军何干啊？"

边镐释然道："你能这样想，边某感激不尽。只是徐威这个人，我还是不放心啊！"

李云博没有吱声，继续劝酒。边镐见他不接话，于是问道："岫南你说说，徐威此人，可堪大用？"

李云博道："大帅此问，究竟何意？徐将军和我李氏有仇，世人皆知。我岂能妄加评判？"

边镐笑道："岫南见识非凡，而且公私分明，边某此问，的确未免唐突。只是长沙百业待兴，急需能人志士。像徐威这等优缺互见的楚国旧臣，用与不用，如何驾驭，边某有些进退维谷啊！要是总执事不出意外，岫南回长沙帮我理政，那该多好啊！"

李云博正色道："大帅过奖了。学生承蒙皇上恩典，以异国罪臣之身跻身士林，应该万死不辞报效朝廷。可是翰林院见习未满，突遇家中变故，辞官守制，既是朝廷惯例，也是万般无奈。至于协助大帅理政长沙之说，就算学生没有守制，也绝无可能。"

边镐疑惑道："哦？绝无可能？边某愿闻其详。"

李云博反问道："不知边大帅知否，冯相曾在朝堂之上，举荐学生出任潭州刺史，弄得满朝文武哄堂大笑？"

"有这种事？边某确实不知。不过冯延巳看人，常常有独到之处，岫南你满腹经纶，又少年老成，当真可堪大任。边某蹊跷，为何满朝文武要哄堂大笑呢？真是荒唐！"

"是啊。冯相如此而为，究竟是何居心，你我姑且不论。但是满朝文武哄堂大笑，说明一个基本事实：一个乳臭未干、年未加冠、尚在翰林院见习的新科进士，凭什么突然晋

升如此高位！由是观之，大帅举荐学生回长沙任事，心意岫南领了，但是绝无可能。"

边镐恍然大悟，道："怪不得，边某不久前所奏诸事，其余都已准奏，只有恳请朝廷派你回乡任职这一条，被朝廷否了，唉！可是，朝廷莫名其妙地任命王逵为潭州刺史，已过月余仍然不见其前来赴任，真是难煞我也！岫南你说说，朝廷如此而为，究竟意欲何在？"

李云博想了想道："这朝廷用意，不好妄自揣度啊！难道任命诏书里，没有言明意图吗？"

"没有啊。只是轻描淡写提及几句，说什么'王逵曾请降我朝，由于刚刚册封马氏，不好再承认他割据朗州、拥兵自立，而他背叛旧主，也不道义。如今马氏称降，准许归降适逢其时……'看得边某一头雾水。你看，王逵以前请降，朝廷没有下文、不了了之，都过去半年多了，你同意他归顺，他们倒不怎么在乎了。再说，同意他投降，为什么还要他出任潭州刺史呢？真让人莫名其妙。"

"为什么？这是朝廷的怀柔之策！"李云博急忙说道，"大帅想想，如今三湘四水，对长沙威胁最大的，是谁啊？"

边镐想都不想道："这还用问，自然是朗州一伙。"

"朝廷此举，就是要像收取长沙一样，不动兵戈再下朗州。若能怀柔王逵，继而分化朗州势力，岂不一举两得？"李云博说着，突然问道，"大帅不会还没有派人专程去朗州，宣示圣旨公布任命吧？"

边镐道："去了，都派了三拨人去了。可是，他们就是一拖再拖，弄得老夫毫无办法。"

李云博沉思道："嗯……那就再派人去，一直不停地派人催促他们来潭州上任，直到王逵到任为止。"

边镐道："如若都无效果，怎么办好呢？"

李云博道："如若十次未果，说明他们心怀不轨，不愿归顺，这样一来，就可以名正言顺派大军进剿，一战而平定朗州。"

"一战而平定朗州？"边镐惊道，"这如何使得？边某已经奏请朝廷，以佛治湘，圣上已经恩准，岂能擅动兵戈？"

李云博道："边大帅，以佛治湘之前提，是我三湘四水归于一统，可眼下，靖江十数州已归南汉姑且不论，而朗州、衡山拥兵自立，邵州、永州、郴州等地也在等待观望，我朝真正控制的，只有潭州、岳州。而诸州之中，尤以朗州实力最强，更兼有湘西数州溪洞蛮兵支持，他们的野心也更大。如若朗州不定，三湘必然不稳，安定朗州迫在眉睫。如若怀柔不成，那就只有动用武力了。若不及时解决朗州问题，一旦养虎为患，贻害无穷啊！"

"嗯……言之有理啊。"边镐点点头道，"看来，当务之急，除了炮火营建设之外，就是及时妥善解决朗州问题了……"

正说着，李云浩突然走进来，在李云博耳边一阵嘀咕，听得李云博一愣，但马上又恢复到正常的表情，对李云浩说道："就请总提调按礼仪规制接待吧，我这边有贵客，抽不出空。"李云浩听了，向边镐施礼之后，退了出去。边镐见他走了，问李云博道："岫南，什么大人物来了？"李云博笑道："哦，算不上什么大人物，可指派他的人，倒是个大人物。"边镐一愣，手上夹着菜的筷子定在空中，问道："大人物，什么大人物？"李云博慢条斯理地说道："西蜀皇帝孟昶，遣使吊丧。这，真让人有些吃惊啊！"边镐若有所思，疑惑地问道："西蜀皇帝孟昶？他也千里迢迢地来凑热闹？这当真有些蹊跷啊！"

"学生也满腹狐疑啊。"李云博看着他，也若有所思，依然不急不慢地说道："我瑶池李氏，除了前楚马氏王室之外，从来不跟他国朝廷打交道，更不用说这西蜀孟氏了。学生纳闷，先考一介乡野村夫，最多也就是个爆业世家的掌门人，旧楚诸州要员派人吊唁，各国都市爆竹业界前来哀悼，倒都还说得过去；可是吴越、荆平、南汉、北周诸国的朝廷都争先恐后遣使吊丧，如今西蜀也来了，就只差北汉刘氏了，个中蹊跷，真让人揣摩不透啊。"

边镐感叹道："看来瑶池李氏，已不仅仅在业界是翘楚、是领袖，在地方是豪门、是望族了，已经成为各国朝廷争相结好的火药世家了！在这天下纷争的当今，这其中原因，已经成为公开的秘密，你来我往，心照不宣……"

"特使大人，边大帅，上了我瑶池乡间最具特色的美味，来来来，赶紧尝尝！"李云博似乎没听见边镐在说什么，他看见家仆端着一个大茶盘，毕恭毕敬上到大席中间，知道是压轴大菜上桌了，于是捡起盘中大叉，挑起一块放到特使盘中，又替边镐挑了一块，饶有兴致地说道，"这叫三'羊'开泰，其实就是清蒸野山羊排，茶盘里面，姜盐酱醋，花椒蒜泥，样样都有。两位大人喜欢什么口味，就蘸什么吧。"

"细嫩酥软，肥而不腻，连骨头都一咬即碎，不错不错。"特使吃着，点头夸赞起来。可是边镐的心思似乎还停留在刚才的问题上，夹了一块停在空中说道："岫南，你丁忧三年，都在瑶池。边某会经常过来，和你探讨局势，你多帮我出出主意，应该不会拒绝吧？"

李云博看了一眼特使，正色道："这如何使得？我朝规制，丁忧守制期间，一心一意尽孝，不准过问政事，边大帅难道忘了？特使大人，您说呢？"

特使道："翰林大人所言甚是。朝廷以孝治天下，人无孝敬，安有忠诚！朝廷律令明文规定：丁忧守制官员须结庐墓旁，一心尽孝，除读书治学之外，不得理事，昭显朝廷以孝治国之根本。若心存杂念，暗理家务政事，但凡一经参劾，罢黜官籍永不录用……"

边镐也看了一眼特使，顿时起身施礼道："朝廷规制，边某岂敢遗忘！只是非常时

期，这朝堂礼仪，也可适度变通……"

李云博道："这个，学生可不敢变通！要是被朝廷知道了，吏部也好，御史台也好，刺史县令也好，无论是谁，只要有真凭实据，然后上奏朝廷，那就得罢黜官籍，永不录用。我可不敢践踏朝廷律令啊！特使大人在此，要不，大帅上书朝廷，据实说明情势，恳请皇上恩准，如何？"

特使一个劲地享用着美味，一个劲地忙碌着，不时地赞叹一两句，对他们的话就仿佛没听见似的。

"这……"边镐一愣，又看了一眼特使，叹息道，"皇上以孝治天下，丁忧守制，皇上如何肯变通？唉……"

◈ 五、为父报仇，李云闪欲炮轰炮火营 ◈

送走特使和边镐，李云博回到灵堂，只见母亲邱氏抱着熟睡的李云芳，依然木然坐在父亲的棺木边上。灵柩右侧跪着大嫂杨氏，她正在训斥不怎么遵守礼仪的长房长孙、大约五六岁的李慕光；二嫂马馥湘抱着未满周岁的李慕坚，疲惫不堪地在那里答礼；当然，还有自己那个假装怀孕的侧室秋月，也披麻戴孝正在灵前烧纸，只是独独不见大哥李云闪——按理说，作为当大事的长房长子，他应该不离灵堂，手握哭丧棒一门心思来掌丧，这才是大孝子在治丧期间唯一该干的正事。

李云博正要发问，少不更事的李慕光突然窜到他跟前，一把抱住李云博的大腿，说道："三叔，你带我去玩爆竹好不好？我娘亲不准我玩……"

李云博道："光儿，现在不行。阿翁大孝期间，子孙不得玩乐，这才是对阿翁的尊敬啊！为了一门心思办丧事，作坊制作爆竹用的火药都停止配送了，我们怎么能丢下阿翁不管，去玩爆竹呢？"

慕光问道："三叔，阿翁真的死了吗？"

李云博一愣，道："当然。"

慕光一听，突然哭了起来："阿翁死了，真的不会回来了吗？"

李云博想了想，道："一般情况是这样。但是，如若他的子孙全心全意尽孝，灵前接连不断地跪拜磕头、上香烧纸，说不定会感动神仙，将阿翁的魂魄送回来。以前，发生过这样的事情。"

慕光听了，放开李云博，突然变得乖巧懂事起来，一副诚心诚意的样子，跪在蒲团上磕起头来，磕罢，取了檀香点着，作了揖，然后又去取纸钱来烧，忙得不亦乐乎。杨氏见了，笑道："这个顽皮小子，谁哄他都不听，你三言两语，就服服帖帖。还是三叔有办法啊！"

李云博也笑了，道："教孩子嘛，得揣摩他想什么。其实只要了解他的脾气，顺着找个杆儿，让他自己主动爬，千万来不得硬的。小孩子啊，你懂他，他自然懂你，很多时候，他们比大人还讲道理呢！"

秋月看了李云博一眼，说道："你也真是！大嫂就夸你一句，你倒没完没了了！"

杨氏道："小月啊，你不知道，我们全家老少，从不嫌岫南啰唆，都信他的话，他讲的，都很在理！"

秋月道："大嫂，话不能这样说。自古以来，长幼有序，他是小叔子，小的怎么能教训大的呢！"

李云博收了笑容，拉长了脸看着秋月，冷笑道："我这是在教训人吗？"

秋月道："反正不能这样跟大嫂说话！"

李云博道："你一个小妾，就能这样跟官人说话？皇帝赐的婚，你也是侧室！进了李家的门，就得守李家的规矩！"

"我知道你看我不顺眼！"秋月来气了，说道，"我知道，你们李氏不准娶妾，是我丢了你的脸，坏了你们的规矩！要不，你休了我就是！"

杨氏一看两人斗起嘴来，赶紧圆场道："都是我不好，你们别争了……"

一直在旁边守灵的马馥湘和秋月一直相处得很好，觉得她今日有些异常，怎么在孝堂里乱发脾气，很怀疑她的居心，于是说道："秋月，你怎么了？公公灵前，吵吵闹闹，像什么样子！"

没想到秋月冷笑一声，把火气朝她撒来："马馥湘，你们马氏楚国已经不复存在了，你还在这里，摆什么公主的臭架子！"

马馥湘见她不领情，顿时来了气。她说道："马楚亡了，可我是货真价实的公主；而你，无论怎样都是侧室。要不是怀了李家骨血，你有资格在灵前守丧吗？听说如霜妹妹已经在来瑶池的路上了，她一来，你身上的重孝，只怕不好再戴了吧……"

邱氏见妯娌间忽生龃龉，于是说话了："好了，都少说两句，行不？小月有孕在身，情性不稳，你们两个是嫂嫂，让着孕妇一点，有什么关系！你们公公突然走了，倒的是急头，大凶啊，入殓迟了，送三也迟了，超度了几日，还不知道魂魄去了那边没有。要是阴魂不散，还在孝堂里看着你们吵吵嚷嚷，他能走得安心吗？"秋月被马馥湘说到痛处，脸上一阵青一阵白，正要分辩，没想到婆婆出来说话了，于是不再言语，气呼呼地烧着纸钱。

李云博赶紧问杨氏："大哥呢？"

杨氏听到问话，连忙回答道："你大哥啊，他去了火药坊，有好一阵子了。"

李云博一皱眉头，又问道："火药坊？他去火药坊干什么？"

杨氏道："不知道，我没问。"

李云博上了香，又磕了几个头，起身正欲往后堂去，突然回头对秋月道："你去歇歇吧，别在这里添乱了！"秋月一听，起身哭着跑出了灵堂。马馥湘看着秋月跑出去的身影，忽然间若有所思，不禁自言自语道："在金陵没听说怀孕，怎么几天不见，就怀上了呢！怪事！"

李云博来到火药坊，推门要进去，却发现大门栓住了。他一寻思，估计是李云闪在里面，说不定又在鼓捣什么新玩意儿，于是大声喊道："大哥，是我，开门，让我进去！"

不一会儿，李云闪开了门，有些意外地看着李云博，问道："你怎么知道，我来火药坊了？"

李云博一边进门，一边说道："我问大嫂了。即使大嫂不告诉我，我也猜得出，你十有八九在这里鼓捣。不是商议好了吗，爹爹治丧期间，不配制火药，你来这里干什么？"

"我……"李云闪又栓上门，冲进屋里准备收拾，但李云博跟了进来，看见满是炭末硝粉硫磺，还有数十种辅助材料，摊了满满的一地，仿佛一下子明白了什么，气愤地质问道："大哥，你在配制炮火？你做炮火干什么？"

李云闪支吾一阵道："没干什么……爹爹大丧，做儿子的想弄几个新玩意儿，给他老人家送行！你看，这东西怎么样？"说着，从一个竹篓里拿出一串玩意儿提起，得意地展示给李云博看。

"这是什么？"李云博看着他手里提着的用线串起的爆竹串，这个新鲜玩意儿，自己从来都未曾见过，瞪大眼睛惊奇地问道。

"我也不知道，这是什么。"李云闪右手仍然提着爆竹串，左手搔着后脑勺，突然眼睛一亮，"你问得好，它该有个名字。岫南，你书读得多，就给它取个名吧。"

"你得告诉我，你做这玩意儿的想法，为什么要做这个。"李云博突然明白，他这个醉心于火药和爆竹创制的大哥，可能又有新的发明了。他压抑住自己的兴奋，淡淡地问道。

李云闪见李云博问起他的创意，一下子来了精神："岫南你看，我们祖宗传下来的爆竹，最早的叫'爆竿'，是在一根竹子顶部切开，灌上火药，压紧后点着，就炸响了——这也太麻烦了。后来用纸代替竹筒，将纸包的爆竹塞进竹竿里，虽然方便很多，但也费事不少。现在的爆竹都是用架子燃放的，将单个爆竹一一插进爆架上的眼里，然后一个一个点。虽然较以前改进不少，但仍然费事，而且不安全。如若用一根引线连

起，固定在一根长长的竹竿上，只要点一下，就都一个接一个地炸响了，这样一来，不仅省事，而且安全。你说，这是不是比以前的爆架有进步啊？"

"岂止进步，这简直是一项名副其实的重大发明！"李云博是何等聪明，听了他的简单陈述，自然就什么都明白了。他欣喜万分地说道，"大哥，你不愧为长房长子。虽然这玩意儿只是实际运用中的一次改进，但对于爆竹的普及和推广，意义非凡。正如你说，现在的爆竹，燃放起来费事，而且不安全，婚丧嫁娶都得专业人员燃放，就是过年过节，也都是大人来燃放。你解决了爆竹燃放中的安全和效用问题，不仅安全，而且省事，打爆竹变得更简单，大人小孩都可以。大哥，恭喜你了！如若这项技术应用到爆竹生产和销售上，爆竹大业一定会如日中天。"

"这……你别夸我了，快取个名字吧！"李云闪对他的赞许有些不好意思，连连催促道。

"名字嘛，让我想想……最初的爆竹叫'爆竿'，不如倒过来，叫'竿炮'，怎么样？"

"竿炮？嗯，不错。只是怕会和以前的'爆竿'混淆。我看就叫线炮，用线连接在一起的爆竹，怎么样？"

"线炮？"李云博想了想，"就暂时叫'连线竿炮'吧，等它的样子成型了，可以进入市场了，再正儿八经给它取名不迟。走，我们去屋后试试效果！"

"连线竿炮，好是好，就是有点啰唆……"李云闪弯下身子，将那串被李云博暂定名为"连线竿炮"的玩意儿放进去，搬起竹篓站起身来，又抓起常不离身的猎神刀，急不可耐地往外走，"对，先试试效果，我也等不及了！"

兄弟俩来到楠竹山下，砍来几根长瘦的竹子，又忙碌一通，终于准备好了。李云闪将绑牢了爆竹的竿子举起，然后斜放在石坎上。李云博取出火引，打开吹了吹，火子就亮了。他上前正要点时，李云闪走过来一把夺过火子，笑道："让我来！"说毕，就将上头的引线点着了。

顿时，噼噼啪啪的声响延绵不断，甚是好听。只是仅响了十几下，就被炸熄了。

"哎呀，怎么熄火了呢！"李云闪很是失望。

"第一次试验，这样子已经很成功了！"李云博安慰道。

李云闪突然眼睛一亮，从颓丧中摆脱出来，兴奋地说道："岫南，我有新主意了！我们把爆竹扎牢靠一些，用竿子挑起，从下点着，可能会好一些。"

李云博想了想道："行，那就试一试吧。"

忙碌一通后，果然，这一次效果很好。李云博笑道："你的连线竿炮成功了！只要稍做改进，就可以投入市场了！"

"只是……"李云闪沉思着，摇摇头道，"还不行！你想，这连线竿炮运输多不方便，如何将这么长的竹竿装进竹篓呢？"

"哈哈哈，天才近乎傻瓜，这话一点都没错！"李云博闻言哈哈大笑，"大哥，你除了火药和爆竹之外，还真有点白痴！你是白痴，别人也是白痴？难道别人连一根竹竿子都不知道准备吗？"

李云闪若有所悟，但仍然心存疑虑，一本正经地问道："你是说，我们生产连成线的爆竹，燃放的人自己去准备竹竿？"

"当然！你只要在装篓时，加一张介绍燃放方法的纸条子，提醒一下燃放人自备一根竹竿，不就行了。"

"太好了！"李云闪恍然大悟，"有你这个鬼小子在，何愁我李氏爆业不兴！"

李云博突然忧心忡忡："有你这个火药圣手，肯定能创制出空前绝后的火药制品，这一点我深信不疑。可是，当今这个乱世，尤其是国破家亡的现实，我们想创造家族伟业的想法，只怕很难实现啊！"

李云闪很是纳闷："岫南，我们是做爆竹的，不管什么家国大事，谁当权，都不可能不准放爆竹。我们做爆竹又不犯法，怕他们干什么！"

"大哥，你呀，就一心一意做你的爆竹，别的事，你不用管了！"李云博知道，跟大哥说这些没有用。

"我不仅仅要做爆竹，还要把你做的那个好看的花焰做得更好看！"李云闪雄心勃勃地说道。

"有志气！"李云博突然感慨道，"爹爹不在了，家族的大业，全靠大哥你了！"

李云闪听了李云博的感叹，突然变得凶神恶煞，他狠狠地骂道："娘的，爹爹就这么不明不白地死了，谁甘心啊！狗日的南唐，我恨不得一炮都把他们炸死！！"

"你说什么？"兄弟俩开始收拾东西，准备回火药坊去。李云博听到他这样一骂，想起刚才火药坊里满地的材料，不免起了疑心。他赶紧放下手中的竹篓，拉起李云闪往火药坊跑去。

"哎呀，你拉我干什么？"李云闪一把甩开李云博的手，很不耐烦地说道。

"你老实跟我说，除了这个连线竿炮，你还做了什么新东西？"

"没做什么，就做了这个……"李云闪支支吾吾，一脸憨笑。

李云博突然变了脸："大哥，你的眼睛告诉我，你在骗我！"

"没有……"

这时候，两人进了火药坊配料间。李云博指着地上的各种材料问道："这数十种辅助材料，是做爆竹用的吗？你还在撒谎！"

李云闪见李云博真的生气了，只得说了实话："岫南，你别生气。大哥说实话就是了。我其实也就是想配几个新玩意儿，送送父亲！"

李云博急了，骂道："荒唐！谁叫你配的？爹爹葬礼上能用这么大威力的炮火吗？这几日，各国王廷各路诸侯纷纷遣使吊丧，你当是他们真的来烧香送纸吗？他们干什么，你不清楚吗？在这节骨眼上，居然动用绝密配方，这不是白白要把秘密泄露，将家族推进火坑吗？"

李云闪的火气也来了："我管不着！爹爹死得不明不白，我咽不下这口气！你倒好，一回来，就讨好边镐他们，趴儿狗一样，哪有点李氏子孙的样子！你为了前程，做猪做狗我都拦不住你。可是我干什么，你也别管！你走你的阳关道，我过我的独木桥，谁也别管谁！狗日的徐威老贼，狗日的南唐，老子要弄几个好东西，活活炸死他们！我还要把他们的炮火营，炸得个稀巴烂！"

李云博听了他的气话，终于明白他要干什么了。他这个大哥的脾性，他最了解。性子急，心里藏不住事，三言两语一激，就会竹筒倒豆全吐出来。李云博想了想，不跟他争论了，反而笑道："大哥真是英雄啊！好，我也做个瑶池李氏的英雄男儿，轰轰烈烈、痛痛快快地大干一场……你说，先炸哪里，先炸死谁？我跟你一起去！"

李云闪被他的话给镇住了。他停下手中的活计，瞪大眼睛看着李云博，痴痴地问道："岫南，你说的是真的？"

"当然！"李云博笑道，"我们举全家之力，和他们鱼死网破，玉石俱焚，然后让瑶池大地血流成河，李氏家族满门灭绝，爆竹大业轰然坍塌，火药绝密就此绝迹。慕光、慕坚、云芳尚未成年就命丧襁褓，近亲远房的妻女任人蹂躏，黄发垂髫都给别人当牛做马……大哥你看，这样行不行啊？"

"这……"李云闪一听，像个泄了气的皮囊，一屁股坐在地上，哭了起来，"这样干的后果，我是知道的。可是，杀父之仇不共戴天，我是长房长子，如何能咽下这口气啊？"

李云博道："对啊，要出这口气，就得付出这样的代价！要报仇，就得做好这样的打算，也得准备接受这样的结局啊！你是大哥，你的一言一行，都得考虑清楚后果！"

"为出一口气，把满门的身家性命都搭进去，太不值了！"李云闪嘟哝着，但似乎又心有不甘，绝望地看着李云博，问道，"三弟，父亲的仇，那我们，就这样算了？"

李云博扶起他，坐在一张凳子上，狠狠地说道："有仇不报非君子！只是，君子报仇十年不晚！我们先忍着，把仇恨记在心里。等到时机成熟，我们新仇旧恨一起算！"

李云闪的眼里突然有了光泽。他一挺身站起来，道："行，大哥听你的，先把账记着，到时候，新账老账一起算，甚至要他们加倍偿还。来，帮我把药收好，我们守灵去！"

忙了一阵子，兄弟俩就出了火药坊，锁了门，往前边孝堂里去。穿过后花园时，李云博道："大哥，如今是非常时期，你千万别轻举妄动，别把自家的那点家底全亮了出来。后日爹爹出殡，千万别用大威力的配方做炮火，就用你刚才新研制的'连线竿炮'，真心诚意送送爹爹。你赶快吩咐庆都作坊和天时作坊连夜赶制，四五十篓应该足够了。"

李云闪兴奋不已："行，我就去安排！"

◆ 六、久别重逢，姐妹互诉衷肠 ◆

魏府上下得知李天亮突然去世的消息，异常震惊。震惊之余，一家人为如何前往吊丧各持己见。魏迪勋道："这瑶池李氏，也真是多灾多难。自去年以来，一直噩耗不断，自坚喋血碧湘宫，老夫人悲痛而亡，庆意四叔法场战死，不久前庆祥二叔蒙羞自缢，如今掌门大哥猝死，不知老天爷为何总是闭着眼，也不保佑这一直积德行善、造福乡里的家族。李掌门偏偏不明不白死在炮火营里，瑶池乡里盛传是南唐蓄意谋害，这一下子，麻烦可大了，也不知道家里乱成什么样子。我们得赶过去，及时表达关切问候之情。"

魏柳烟道："是啊。两个世交家族，刘府是没了，就剩下如霜妹妹；李氏接连灾祸频降，已经数人意外身亡，真是厄运当头啊。阿爹，我们是不是等等如霜妹妹，一同前往，如何？"

魏迪勋道："能等到她一起前往，当然最好。可是，自从她家门罹难之后，就一直没了音讯。南唐客省使姚凤派人四处寻找，也一无所获。听说，上个月徐威遇刺，会不会是她呢？"

"很有可能。"魏柳烟想了想道，"如若是她行刺的话，按理说，应该就潜伏在长沙，没有走远。爹爹，你看，她遇刺失手，险遭不测，却又意外脱险，真是蹊跷。"

"听徐威说，刺客腿上受伤，是被一群蒙面人救走的。而且和年初劫法场的人一样，使了个什么玩意儿，往地上一扔，顿时浓烟滚滚……"

魏柳烟道："如此说来，很可能是湘水台的人救了她。这样看来，她应该就在长沙附近。我们再等等吧。"

魏迪勋不同意："如若她不现身呢，那怎么办？我们不仅错过了吊丧的最佳时间，而且很可能让李氏误会，好像我们是有意躲闪，不愿近场似的。还是赶紧过去吧，越快越好。"

魏柳烟道："还是必须先找到如霜妹妹，她是刘府仅存的后人，又是李氏未过门的儿媳，如若知道这个噩耗，一定会来找我们会合；更何况刘府惨遭灭门时，我们一家正好出使南唐，数十余口家人的丧事，都是作为亲家的李天亮赶过来收尸，丧事也是他和家人一手操持的。如今瑶池掌门猝死事件，潭州各地无人不晓，如霜妹妹一定会知道。只要她得到消息，于情于理，都会前去吊丧。她一现身，我就有办法留住她。这也是找到她的绝佳机会……"

"哎呀，我的闺女，你一直都很听话，今儿怎么这么倔呢？"魏迪勋叹了口气，"如若刘姑娘要去吊丧，她也可以自己去。瑶池的路，她又不是不认得！真是！"

魏柳烟一瞪凤眼，来了脾气："魏老爷，你这像个当叔叔的人说的话吗？她如今孤身一人，除了你我，还能依靠谁？更何况，灭门仇恨的怒火，一直在她胸中熊熊燃烧。如若我们不给她关爱，不用亲情温暖她，不帮她走出痛失亲人的悲愤，她的创伤会越来越痛，这'血债血偿'的心魔，一定会驱使她接二连三地去复仇，如此一来，迟早是要出事的。到时候，魏大官人，你如何向九泉之下的刘府一家交代？"

"你……"魏迪勋被她一通抢白，顿时满脸通红，"既然你要坚持，那么就等一两日，两日没出现，说明她已经远走高飞，或者，去了瑶池。"

接下来一连几天，父女俩经常争执，谁也说服不了谁。魏柳烟又四处打听刘如霜的下落，因此吊丧也一拖再拖，眼看就到了治丧的最后两天，还是不见刘如霜的踪影，父女俩急得直跳。他们最后决定，不管刘如霜出不出现，明天一大早，无论如何都得前往瑶池吊丧了。

就在魏氏父女出发前那天深夜，没想到刘如霜犹如天降，突然出现在魏府门口，父女俩大喜，连忙把她拉进屋里，姐妹俩相拥而泣。魏迪勋放下心来，对她俩说道："你们姐妹俩好好聊吧，不过，不能睡得太晚，明日一大早，就得赶路呢。"

"爹，知道了。"魏柳烟应了一声，就拉着刘如霜进了闺房。她点燃蜡烛，又命丫鬟拿来茶点水果，招呼刘如霜坐下。数月不见，魏柳烟发现，刘如霜已经憔悴不堪。看得出这些日子里，突然遭遇飞来横祸的她，是怎样度过的。魏柳烟百感交集地拉着她的手，说道："妹妹，姐姐知道你难过，但事情已经发生，无论怎样悲伤，家人都不能活过来。既然你能逃过此劫，说明老天爷还算有眼，你得好好活着，不然，怎对得住死去的家人啊！"

刘如霜道："老天有眼？我看他早瞎了！我爷爷心系大楚江山社稷，忧劳国事，抑郁而终。我爹爹没日没夜地为国操劳，爷爷大丧都不能操持，披麻戴孝出使南唐……老天爷的眼睛，难道看不到吗？我不知道，这等腐败至极的王廷，他们为何还要极力辅佐。我更不理解，为何好人偏偏遭受灭顶之灾？这因果报应之说，原本就是自欺欺人的把戏！"

魏柳烟见她依然仇恨满腔，继续开导道："坏人作恶，好人蒙难，自古以来多了去了。俗话说，善有善报、恶有恶报，不是不报、时候未到。如今马氏降唐，大楚灭亡，也算是遭到报应。你不能因为坏人害人，于是也就做坏人，也去害人。这样下去，不仅害了自己，害了别人，甚至伤及无辜。"

刘如霜道："这个道理，谁都会说。可是，一夜之间，家人无端遭受屠戮，我就天天拜佛念经，等待老天爷惩罚恶人？这血海深仇，怎能不报？姐姐，我知道你是为我好。你也别劝我了，大仇不报，我就无法向死去的亲人交代！"

魏柳烟叹道："俗话说，君子报仇，十年不晚。姐姐不是叫你不去复仇，但是不能因为复仇，而铤而走险，这得讲究策略。姐姐问你，不久前，徐威遇刺，是不是你干的？"

刘如霜狠狠地说道："只怪我习武不精，没有一剑刺死那个老贼！"

魏柳烟道："你看，这贸然之举，不仅报不了仇，还差点搭上性命。如若不是有人及时搭救，后果是什么，你不清楚吗？"

刘如霜道："我当然清楚，大不了一死。自从家里出事，我就没抱着活着的打算。就算死了，也是死得其所。"

"你人都死了，还怎么复仇？所以，留着自己，复仇才有希望。你孤身一人，仇家人多势众，不能蛮干。所以啊，这事不能急，得从长计议。"魏柳烟见她油盐不进，知道此时多说无益，于是转换了话题，说道，"南唐朝廷下旨，要你和岫南及早完婚，这也是侍郎爷爷的遗愿。这次去吊唁掌门，姐姐请你魏叔叔将完婚一事提出，等到李府除服后，你们就及时完婚吧。"

刘如霜道："大仇未报，完什么婚！如今除了复仇之外，我什么事情都不考虑。姐姐好意，妹妹领了！"

"你呀，真是！我说你什么好呢？"魏柳烟急了，站起来说道，"去年你们就订了婚，侍郎爷爷临终之际又有遗愿，岫南也回来了，此时不成亲，更待何时？你成了家，就有了归宿，这也有利于你走出困境，重新回到正常的生活中来。姐姐都是为你好啊！"

刘如霜道："妹妹知道，姐姐是为我好。但是，姐姐你不知道，我和岫南的婚约，本来就是一纸空文。更何况，如今妹妹复仇心切，也不想牵连瑶池李氏。他们家，也够惨的了！"

魏柳烟惊道："一纸空文？此话怎讲？"

刘如霜道："实话告诉你，去年爷爷许婚后，李府上门提亲，我和岫南哥哥都不同意。当时，我提出反对意见，爷爷气愤之下，顿时吐血昏厥。我不想让爷爷难堪，就暂时应承了这桩婚事。后来和岫南约定，天下不太平，就不完婚。这只不过是为了应付两家世交长辈们情上加亲愿望的一种策略。岫南说，时机成熟，就解除婚约。就这么回事儿。"

"原来如此！这个李云博，居然拿侯门千金的婚姻大事开玩笑，着实可恨！"魏柳烟听了，确信他们的婚约是假的，很是感动李云博对她的情谊，但如今刘如霜危险重重，割舍自己的情感成全他们，或许是救她唯一的办法。她骂了一句，继续劝道："我跟岫南谈过了，他很是担心你的处境，愿意和你完婚。你那么喜欢岫南，如何不理会他的情意呢？"

刘如霜道："我喜欢岫南不假，但他喜不喜欢我，我心里清楚得很。其实，妹妹早就看出来，你们两个才是两情相悦、情投意合。你不是说过，你们自幼相识，青梅竹马，两小无猜，那才是真正的天造地设、珠联璧合啊！"

"姐姐我说过这话吗？"魏柳烟笑道，"我怎么可能和他自幼相识呢？他自幼跟药因道长云游四海，我一直以来在长沙长大，四年前才随父亲到浏阳，从来都未曾谋面。要说青梅竹马、两小无猜，我们姐妹俩还差不多。"

刘如霜一本正经地说道："当然说过！去年我和岫南他们奉命秘密入唐，路经浏阳到你府上拜望，你亲口对我说的。怎么，姐姐忘了？"

"是吗？我怎么不记得了？"魏柳烟想了想道，"不管怎样，我和他从未交往，更谈不上什么两情相悦、情投意合。"

"姐姐骗人！"刘如霜来气了，她质问道，"那你说，那日在你家后院里，为什么一提起李云博，你就两眼放光？我还听说，李云博参加魏叔叔举办的夜宴，你破天荒抚琴献歌，李氏兄弟赋诗舞剑，李云博居然喝醉了，晚上就睡在你们家里。也就在那日晚上，他因为拒绝和我订婚，居然遭到老族长痛打……难道，你们就是在那天晚上，一见钟情？"

"什么一见钟情……哪有的事，妹妹怎能胡乱猜测！"魏柳烟万万没有想到，一直粗心大意的刘如霜，居然对他们的事情如此清楚，震惊之余，也就慌不择言，"那次嘛，也是第一次见面，他李云博早就扬名，姐姐也是好奇，破例出席了晚宴。可是，那又能说明什么呢……"

刘如霜见她支支吾吾，突然狠狠地说道："说明什么？说明你魏小姐对他倾慕已久，说明你早就想和他认识，更能说明，他李云博，早就是你心目中的如意郎君！魏柳烟，你说和我自幼相识、情同姐妹，我看未必！你还有什么瞒着我？今儿你不说实话，只怕我们这姐妹，也做不成了！"

魏柳烟大窘，满脸通红地分辩道："没有的事，真的……"

"你这是此地无银三百两！"刘如霜见她满脸羞涩，觉得自己的怀疑八九不离十了，于是站了起来，瞪着她的眼睛，问道，"你说，你是不是和他有个什么，或许，私订了终身？"

魏柳烟被她这样一问，以为她知道了真相，顿时阵脚大乱。加上一直以来，刘如霜和她无话不谈，今日又连假婚约的事情都说了出来，再瞒下去，就觉得对不起她了。这

些事情早些说清楚，对于帮助她早日完婚，也许有好处。更何况，刘如霜诈她说，她不说清楚，姐妹都做不成了，她真害怕刘如霜不理她。情急之下，也顾不得多想，就一五一十将那日晚上的事情说了出来，还把隐相台上私订终身的事情前前后后和盘托出。末了，她语重心长地说道："如霜妹妹，我们一见钟情不假，私订终身是实，但那都是年轻无知所致。两年来，出了这么多事情，姐姐我们早就觉得，私订终身很不现实。更何况，我和岫南约定，要等到天下太平之后，才考虑婚姻大事。天下什么时候一统，人伦何时又复归太平，谁也说不准。因此，这个私订终身，其实也是遥遥无期的。姐姐说了实话，你可别不认我这个姐姐。如若知道你们要订婚，姐姐也不会如此草率，和他有隐相台解佩之约。"

"哈哈哈……没想到，浑身机窍的魏大小姐，今儿被我刘如霜给坑了，居然说出了实话。"刘如霜大笑起来，坐下来喝了口茶，说道，"很好，妹妹要的就是这句实话。说了实话好，这倒让我彻底放下。岫南哥哥有了你这样的好女人，我就放心了。"顿了顿，她又笑道："仔细算算，你们私订终身，和我们订婚，居然是在同一天。原来，我们和这个火药神童，还真有缘啊！"

"妹妹，你别这样，你听姐姐说……"

刘如霜道："我不听了，睡觉，明日还得赶路呢！"说罢也不理会她。就起身朝床边走去。

魏柳烟听她这样说，后悔不迭，但已经迟了。她愣愣地坐在那里，一个劲地摇头，泪水一下子就涌了出来。

◆ 七、三个女人一台戏，李翰林后院乱了套 ◆

魏迪勋带着魏柳烟、刘如霜姐妹俩赶到瑶池的时候，已经是李天亮治丧的最后一天，俗称"开悼之日"，这最后一晚就是"伴宿之夜"。

根据治丧规程，开悼之日过后，治丧就结束了。而过了伴宿之夜，明儿一大早就要出殡，移柩石霜禅寺，再做三天的安灵道场，然后送往东峰界祖坟地安葬。他们来到李天亮灵堂的时候，超度亡灵的水陆道场也接近尾声。高僧正在开方破狱，传灯照亡，参拜阎君，拘捕都鬼，延请地藏王，开金桥，引幢幡；那些道士们正伏章申表，朝礼三清，叩拜玉帝；又有十二众青年尼僧，搭绣衣，靸红鞋，在灵前默诵"接引！"诸咒，场面十分热闹。

刘如霜却不肯以孝媳名义穿"齐衰"之服吊丧守灵，坚持要和魏柳烟一样，作为世交晚辈穿上"五服"末孝——"缌麻"，上香烧纸祭拜，这让李府上下大感意外。李天雷见状，质问道："刘姑娘，你和岫南早有婚约，虽未过门，按照礼仪规制，你仍然要服子媳之丧。而你如今却只穿'缌麻'末孝，这是为何？"刘如霜道："掌柜二叔，我和岫南虽然已有婚约，但我并未过门。而且一年之中，祖父母及双亲俱亡，家门大仇未报，双亲冤魂未度，难以为他人披麻戴孝，还请叔叔及各位见谅。"李天雷道："自古以来，无论何种理由，都没有子媳不为公公守孝的道理。除非，除非解除了这个婚约。"刘如霜道："小女前来，一为吊唁掌门伯父，二为前来解除婚约。如今我刘氏满门被灭，仅剩下小女一人，已经配不上瑶池李氏爆业豪门，还请李府成全。"

魏柳烟一听，急了，上前拉住她道："妹妹你干什么！掌门伯父灵前，怎能说出如此不合礼仪的话来？婚姻大事绝非儿戏，怎能说退就退？你就算要退婚，也得等到办完丧事再说，快快住口！"

刘如霜凛然道："姐姐你休要劝我！我曾立下誓言：不报大仇，绝不嫁人！如今瑶池李氏归顺南唐，已和那帮弄得国破家亡的卖国之徒沆瀣一气，绝不会助我刘府报仇雪恨。我刘府无人，但礼义廉耻还是要讲的，与李氏决裂，迟早而已！"

"你……"本来就憋了一肚子气的李氏家人，被她说得个个怒目而视，脑门青筋直跳，但又不知如何对付。

李云博见状，一把扯住刘如霜道："你胡说八道些什么！"又对大家说道："刘姑娘家中罹难，悲伤过度，话语有些过头，大家别太计较。按照纲常礼仪，她未出嫁，自然属于待字闺中，不适服子媳之孝；按照家乡旧俗，既然定亲，就该以夫家媳妇的身份守丧。所以说两者皆有说法，她说的并没有什么不对。加之她近期因为沉湎悲痛，丧失理智、神志不清，大家别逼她，等我先把她请到后堂，劝劝她再说吧。"也不等众人反应过来，就拉着她出了灵堂，往后堂房中去了。

出了灵堂，刘如霜甩开他，怒道："你才丧失理智、神志不清呢！"李云博又拽住她，一边继续往后堂走，一边笑道："是我丧失理智、神志不清，这样总行了吧！"魏柳烟见状，也匆匆行礼完毕，跟了过去。

穿过弄堂进入天井，就是李云博的院舍。刚进门来，只见秋月正在门前逗着一群小狗玩。正玩得起兴，突然见李云博拖着一个不认识的姑娘走过来，她便连忙轰散狗群，站起来惊愕地问道："官人，你们这是要干什么？这位是……"

"原来，和传闻的一样，当了南唐翰林，真的娶了小老婆，看样子也真的有了身孕……"听到这个肚子微微隆起的女子叫李云博"官人"，刘如霜顿时来了火气，朝李云博吼道，"李云博，你这狼心狗肺的家伙！"

"如霜妹妹，你胡说八道些什么！"魏柳烟跟着进了院子，见刘如霜对李云博大吼大叫，连忙制止道。

"魏姐姐，你也来了！"秋月看见魏柳烟，赶紧迎了上去。

魏柳烟道："秋月妹妹，这位，就是你日思夜想的如霜姐姐。"

"秋月见过如霜姐姐。"秋月朝刘如霜行了大礼。

刘如霜冷笑道："你这个南唐贱人！你说，南唐皇帝派你到岫南身边，究竟是干什么？怀柔他，拴住他，还是监视他？你说啊！"

虽然从未谋面，但长期以来道听途说，秋月本来就有些害怕刘如霜，见她如此劈头盖脸一问，吓得大气不敢出，只是战战兢兢地回答道："姐姐何意？皇上皇后一片好意，命妾身侍候李翰林日常起居，哪有这么多龌龊念头。更何况，在我们金陵，男人三妻四妾，很正常嘛……"

"三妻四妾很正常？你弄清楚，这里是瑶池，不是金陵城！"刘如霜瞪了她一眼，勃然怒道。她看着秋月畏畏缩缩的样子，很是窝心，又看着尴尬不已的李云博，没好气地数落道："李云博，你也是读书人，还考取了功名。你看看你自己，把什么都颠倒了。和你拜堂成亲的这个女子，是你连人都不认得的南唐皇宫里面的侍女，而且是正妻未娶先纳小妾，如今连孩子都怀上了；和你订婚的所谓正妻，是你并不真心喜欢的我，我和你的婚约呢，偏偏又遥遥无期一纸空文；而真正和你心意相通、两情相悦的柳烟姐姐，却形同陌路，仅仅以姐弟相称……你说，你年未加冠，为什么就把事情弄得如此一塌糊涂？"

秋月瞪大眼睛："什么，婚约是假的？官人真正喜欢的，是魏姐姐？"

李云博正要反驳，魏柳烟急忙拉着刘如霜的手道："妹妹，大吼大叫作甚！别在这里胡说八道，都进屋去说。这是哪儿跟哪儿啊，别人听见了，多丢人啊！"又拉起秋月的手，往屋里去。

一男三女都进了李云博的房里，在一个小客屋里坐下来。魏柳烟坐在秋月身边，摸摸她的肚子，满脸疑惑地问道，"怎么，不是说未圆房吗，原来不是真的！"

秋月道："的确是未……"

李云博怕假怀孕的事情传出去，跟家里不好交代，于是抢个话来道："拜堂的时候的确未圆房，当时也决定兄妹相称，造一桩假婚姻。可是后来，孤男寡女，就……"

秋月羞得满脸通红，望着李云博道："你……"

刘如霜看着秋月羞愧而惊讶的表情，气愤地说道："李云博，你不会，造假骗人成瘾，难道秋月肚子里的孩子，不会也是……"

秋月的眼睛瞪得很更大了："姐姐如何知道……"

　　眼看就要露馅儿，李云博急中生智慌忙道："她肚子里的，当然是我李云博的，怎么会是别人的呢？"他顿了顿，深情地对刘如霜说道："你不喜欢，我就叫秋月吃药把他弄掉！我们马上完婚，你是正室，生儿育女的话，当然要在她前面生！"

　　刘如霜的眼眶一热，但她马上忍住了，淡淡地说道："岫南哥，你得弄明白，这婚约一开始，你我不是约好了，天下不太平，就不谈儿女私情。更何况，你是南唐丁忧守制官员，大孝在身，除服之后才能拜堂成亲，这也是个不小的障碍。"

　　"这虽然有点麻烦，但不是问题。"李云博道，"在父亲去世之前，朝廷就有你我完婚的圣旨。只是当时找不到你，才没有如期完婚。只要我坚持，朝廷不会为难我。"

　　刘如霜有些理屈词穷："你别再劝了，道理我讲不过你。反正我不会和你完婚的，我有自己的事情要做。"

　　魏柳烟道："傻妹妹！姐姐知道，你那么喜欢岫南，和他完婚当然是你梦寐以求的！更何况，你和岫南婚约的真相，也是昨晚你才告诉我的。现在，姐姐只想你过得好，你跟岫南，应该会很幸福……"说着说着，不免有些哽咽。

　　刘如霜道："我喜欢岫南哥，但不懂岫南哥；岫南哥你不讨厌我，但也不懂得我。如若仅仅是出于对我家破人亡和悲惨遭遇的同情，就算成了亲，我们将来很可能会后悔。更何况……"她看着魏柳烟，顿了顿又对李云博道，"在我心中，柳烟姐姐，你和岫南是天生一对、地设一双，你们在一起，是上辈子就注定的缘分。为什么我不愿意和你完婚，原因其实很简单：这样做，你李岫南的确对得起自己的良心，却对不起自己的感情。而我刘如霜呢，如愿以偿成为岫南的妻子，会觉得对不起任何人，一辈子都不心安啊……"

　　魏柳烟急了："你又胡说八道些什么！"

　　李云博道："如霜妹妹，你这是什么话啊！你对我好我知道，如若成了亲，我也会对你好的。你是我名正言顺的未婚夫人，这是天下皆知的事情。你别再拒绝了！"他看着刘如霜，语气缓和了下来，"如霜妹妹，我们在一起，不仅是两家长辈的遗愿，也是二哥为了成全我们做出的选择。你不会忘了，二哥在和馥湘公主订婚前说过的话吧？"

　　刘如霜大惊道："自坚哥哥和我说了什么，你如何知道？"

　　李云博道："他后来告诉了我，我当然知道。"

　　"那你说说，他说了什么？"刘如霜似乎有些不信，她的眼睛一直瞪着李云博。

　　李云博道："他说，他真正喜欢的，还是你刘如霜。但是，为了家族安危，他选择了接受王廷赐婚，他也会一心一意对公主好。他还说，他爱我这个弟弟，胜过爱自己。图存楚国、保全刘李两家，希望就在我身上。但是我自幼体弱，需要人照顾和护卫。你武功好，如果留在我身边，就多了一道安全保险……"

"他还说，只要三弟安全，没什么不可以放弃的，包括地位，包括性命，也包括个人幸福……对不对？"刘如霜得知这些她和李云铎私底下交流的话，李云博早就知道，不免更加气愤，"我真后悔听了他的话，一直待在你身边。我被蒙在鼓里倒没什么，本来就是假婚约嘛，只是成为你们两情相悦的绊脚石，真不应该啊！你们千万别因为我无依无靠可怜我，我不需要这样的恩赐。"

"你怎么还胡说！我和柳烟姐姐，真的是姐弟，不是你想象的那样。"李云博道，"俗话说，捆绑不成夫妻。但自古以来，婚姻都是父母之命媒妁之言，哪能擅自做主的。我们有婚约，只是想天下安定以后再完婚。但是，现在情况变了，我们可以提前完婚嘛……"

魏柳烟道："如霜妹妹，这婚姻大事，你一定得听姐姐的。有我在，你就不会孤独，我的父母就是你的父母，我们是一家人。如若四处流落，你让我们怎么放得下心？你和岫南完了婚，就等于有了归属……"

刘如霜急了，大声说道："你们别逼我好不好？难道，非得要我说出你们私订终身的真相吗？"

"什么？"李云博大惊失色，看来他并不知道，刘如霜已经知晓他和魏柳烟私订终身的事情。

"你……你说好替我保密，怎么言而无信呢……"魏柳烟大窘，她看了眼李云博惊愕的表情，顿时涨红了脸。李云博听了她的话，顿时明白了发生了什么，他万万没想到，这个冰雪聪明的才女，居然犯了这样让人难以理喻的错误。他像个泄了气的皮球，一屁股坐在椅子上。

"原来，你们又私订了终身？"秋月也几乎不相信自己的耳朵，目瞪口呆地看着他们，喃喃说道。

刘如霜意识到自己说漏了嘴，瞪大眼睛捂住嘴巴不说话了。李云博也用双手抱住脑袋，使劲地前后搓揉着头发，一言不发。魏柳烟几次想跟秋月解释，但心乱如麻，不知从何说起，低着头懒得说话。顿时，客屋里突然安静下来，静得有点吓人。

过了许久，还是李云博打破了沉寂。他说道："是的，我李云博是个造假高手，私订终身，却身不由己兑不了现；答应两家订婚，却是为了维护世交不至于破裂；拜堂成亲不圆房，也只是为了应付皇上……你们以为，我李云博愿意造假吗？哪一步，都不是被逼的，都不是迫于无奈出此下策？哪一次，不是我李云博放弃个人的意愿，为了别人，为了家族，甚至为了大局……我有机会选择吗？你们说说，我该怎么办？"

李云博看着这三个与他关系最为亲密，而且都貌美如花的女人，不免有些激动。看见她们都认真倾听着，对他的质问也没有回应，于是努力平复了一下自己的情绪，继续说道："不错，我是喜欢柳烟姐姐，而且是一见钟情。可是数月前，在金陵的时候，柳烟姐姐说，如霜妹妹家里飞来横祸，无家可归，已经没有了一个亲人……她说服我无论如何要履行婚约。我思考了整整一夜，还是同意了。如若侍郎爷爷在，光辅叔叔在，我可能会和如霜妹妹，在合适的时候解除这个假婚约。可是，现在情况变了，我无论如何，都不放弃婚约。如霜妹妹，你如若愿意，随时可以成亲。"

秋月似乎真的弄明白了这几个人之间感情的复杂，也为彼此之间都为他人着想的真诚打动。她喃喃地说道："你李翰林是有福气呢，还是没福气？说你没福气吧，那么多女孩喜欢，年未加冠就妻妾成群，连小老婆都娶回家了；说你有福气吧，可是没一个真正要嫁给你的，就连我这个侧室，虽然明媒正娶，但也几乎是塞给你的。要不，我们就可怜可怜这个翰林学士，都假戏真做，如何？"

她的一句无意的自言自语，倒把几个给逗乐了。

刘如霜道："要做你自己做！你肚子都这样了，早就假戏真做了，还想欲盖弥彰？我可不这样，不管他同不同意，我都要退婚。我还有更重要的事去做。"

李云博道："咱们先不讨论这些乱糟糟的事情行不？你们就先给我个面子，帮我继续演完这妻妾成群的戏来。等父亲的丧事办完，要怎么样就怎么样，我们再细细掰扯。今夜是伴宿哭丧之夜，一通宵都得陪灵，大家趁早休息一阵子，免得晚上支撑不住。"

魏柳烟道："也好。咱们散了吧。"

刘如霜突然说道："岫南哥，我还想告诉你，我不能跟你一起在泰平阁待了，我要退出，我有自己的事情要做……"

李云博见她突然间口无遮拦，情急之中就移花接木张冠李戴，打断她的话道："不待就不待吧，不在长沙，也可以和秋月一起去金陵，那里也有泰平商社啊！"

秋月听到刘如霜的话，顿时二丈金刚摸不着头脑。正要细问，却被李云博抢过话去，虽然圆上了，但隐隐觉得很不对劲：泰平阁就是泰平商社吗？怎么，他要我回金陵？……

正在思忖间，只见李云博对她说道："秋月，你有孕在身，要好好保重身体。晚上的挽歌之夜，你也得和孩子一起去。听清楚了吗？"

秋月回过神来，看见李云博凝重的神情，刘如霜也有些不自然的表情，只有**魏柳烟**充满关爱满脸笑意地看着她，怔怔好一阵子，莫名其妙地点了点头。见他们三个离去，秋月仍然满腹狐疑地东猜西想，却又琢磨不出什么门道来。她觉得待在瑶池李府跟坐牢一样，既然要我回金陵，咱就回去。一气之下，吩咐丫鬟晚上就收拾东西，准备等到出殡过后，立即回金陵去。

◆ 八、伴宿之夜，李云博梦遇云雨事 ◆

晚饭过后，李云博回到房里，只见秋月正指挥两个丫鬟收拾东西。她看见李云博进来，没好气地说道："李大官人啊，你来得正好，快写休书吧，我不想给你丢脸，也不愿意日日装成孕妇，这提心吊胆的日子，我过不下去了！你女人多得很，我在不在无所谓！"

李云博示意两个丫鬟出去，关上门问道："还生气？我跟你道歉，昨天对你发脾气，刚才还说如霜姑娘跟你回金陵，我不是有意的。"

秋月道："可我是有意的。"

李云博道："我知道。"

"你知道？你怎么知道？"秋月听他淡淡回答，吃惊不小，"昨天爹爹灵前，你是故意发我的脾气配合我吗？这太恐怖了！"

李云博道："我刚才不是说了吗，我不是故意的。昨天我真的来气了，无意之中说那些伤人的话，你别介意。"

秋月道："我不介意，只是感到害怕！我不明白，既然你不是故意发脾气配合我，那你怎么知道，我说那么多气话是有意的？"

"你一直性情很好，怎么可能乱发脾气，而且见谁咬谁呢？我昨晚想了一宿，觉得不对劲，仔细想想突然明白是什么原因。"李云博道，"你怀孕的事情路人皆知，也正是这个原因，你才被我家人接纳。可是，真相只有你我知道。继续这样下去，肯定会穿帮。而且，你来我家已经月余，留下来的时间越长，穿帮的可能性就越大。于是，你在找机会，想离开这里。我说得对不对？"

"你还知道我这大肚子是装的啊！"秋月没好气地说道，"你不知道，这一个多月里，我在遭什么罪！就那安胎的补药，都不知吃了多少！再不离开，我就要疯了！"

李云博突然若有所思，想了想说道："休妻不妥，这样会陷我于不义，何况皇上赐婚，如何休得？不过，也有别的办法……"

秋月看着他，充满期待："你有办法了？"

李云博道："当然，而且办法不止一种。"

秋月愕然："不止一种？你说说看！"

李云博道："这最佳方案嘛，就是真的怀上……"

"你说什么？"秋月简直不敢相信自己的耳朵，"真的怀上，跟谁？"

"谁都可以。"李云博突然变得严肃起来，"只要怀上了身孕，自然就不用提心吊胆了！"

秋月怒道："李大官人，你当我是什么？你还可以说，我上吊自杀了，跳到南川河里了，或者用刀抹了脖子，就不用担惊受怕了！你，你怎么这么坏！！"

李云博道："你讲的几种情况，也可以用，不过，代价太大太不值了，还是货真价实怀孕最好。"

"你……"秋月被他气得说不出话来。

李云博笑道："我？我不行。我正在为父亲守丧，大孝期间，斋戒禁欲，我帮不了你，你还是找别人去吧！"

秋月更来气了："李云博，你玩够了没有？"

"小声点，好不好？"李云博示意她小声些，"我真的有办法了，就看你敢不敢试。"

"呵呵，你也有死穴啊！"秋月见他不敢声张，突然有了办法，"你就别卖关子了！你再不说正经的，我就要大吼大叫了！你们来看啊，李府三少爷父亲大丧期间，要和他怀了孩子的小老婆……"

"别别……"情急之中，李云博一把抱住她，一只手将嘴巴死死捂住，"姑奶奶，别大喊大叫，我就说……"

可是刚一松手，秋月又大喊起来："快来看啊，李翰林在造孽啊……"

李云博道："我说，我就说，你别再叫了！"

"好，你快说！"秋月见他终于服软，挣开他坐在椅子上，"说啊！"

李云博道："有两个办法由你选，但是都得吃些苦头。一是我借你今日吵闹灵堂的事情，动起家法，把你打一顿，说小孩子流掉了；二是你故意跌一跤，把孩子摔坏了……"

秋月一听，顿时泄了气："怎么，又要造假？你怎么这么喜欢弄假的？婚姻是假的，孩子是假的，现在弄掉孩子又要装模作样造假……李云博，你还会不会来真的？上了你的贼船，我还有别的办法吗？我怎么这么倒霉！"

李云博道："你怎么这样想？只要达到目的，又不危害他人，真的假的，有关系吗？"

"你还有什么瞒着我？"秋月突然站起来，瞪着一双冷冷的杏眼看着李云博，"你不会说，你什么都是假的吧？"

李云博道："至少，我这个人是真的。"

"谁知道！"秋月变得有些焦躁，满脸惶惑，"现在，我一肚子的疑虑。和如霜姐姐的婚约是假的，和柳烟姐姐居然私订终身；一到瑶池，第二日，李天晨就易帜了；过不了几天，你的爹爹又猝死；如今，你又被恩准回家丁忧守制……这么多的蹊跷，都是巧合吗？"

"不是巧合，能是什么！"听了她的话，李云博吃惊不小，但他依然镇定自如，"难道你认为，这一切，都是我特意安排的？我有那么大能耐吗？"

秋月想了想，回应了一句："也是。你就想安排，也没这本事。你以为你能通天啊！"

李云博可以断定，这个秋月，的确如乾卦统领所言，就是李璟安排在他身边的眼线。让她回金陵，似乎不妥，这些被她怀疑的地方很可能成为南唐朝廷的怀疑；留在身边，也不知道她会不会觉察出更多的事情，一时不知如何是好。秋月见他不出声，叹息道："跟你在一起，太累了。就按你说的，打我一顿吧，就现在。狠一点，让我浑身上下都舒坦起来，然后装着流产的样子，可以名正言顺回金陵……这比时时刻刻担惊受怕强多了。"

"打你一顿……那行，我就不客气了。"李云博回过神来，一边说着，一边准备动起手，可是，试了几次，都不忍心打她。秋月转身从床铺下拿出一根棒槌，道："孙相家的那根，我带过来的。本是防你不轨，可你是正人君子，一直没用上。哎，闲着也是闲着，不如先借你用用？"

"用棒槌？这如何使得？"李云博听了，大吃一惊。

"如何使不得？"秋月说着，高高举起棒槌，朝自己的脚肚子上打去。

"你……"李云博被她突如其来的举动给镇住了，一把夺过棒槌，张大嘴巴说不出话来。

"哎哟……你别客气，打呀。"秋月说着，闭上眼睛，脸上出现痛苦的表情。

"真打？"李云博接过棒槌，犹豫不决。

"当然。"秋月斩钉截铁地回答道。

"男人打老婆，我下不了手。"李云博丢下棒槌，一掉头出了房间。

秋月睁开眼睛，呆呆地坐在那里，惊讶得说不出话来。

夜幕降临，李府的挽歌开始了。

从申时起，佛道执礼人员就开始奉经做法，开启了"伴宿"大礼的前奏。然后，和尚忙着"送疏"，道士忙着"送库"。

先是和尚"送疏"。只见觉能禅师净手焚香之后，带领十六名送疏和尚披上"偏彩"（就是在僧袍外，斜着加披各种彩色绸缎），开始鸣鱼诵经，将写好的告天告佛的疏文，用黄色裱纸折成长方形，双手捧着交给李云闪，李云闪更是手捧净盘托举着疏文，恭恭敬敬地朝灵位三叩首之后，弓身退出了灵堂。刚一转身，爆竹声响大作，硫烟漫天，女孝眷动了大哭之声，跪在孝堂里相送。李云博及众兄弟紧跟其后，在和尚们的引导下，一路吹拉弹唱，来到街口土地庙前，向西跪拜焚化。这个"送疏"，意思是佛家为去世者的灵魂乞求免罪升天的文书，已经上达天庭了。每个时辰送一次，一共三次，直到戌

时末才罢。

　　"送疏"是向上天请求宽恕逝者的罪过，而"送库"则是为逝者送东西，怕到了阴间钱财物什不够用。送疏第一轮刚罢，惠玉真人在蓝色道袍外披上"鹤氅"（一种宽可及腕的大幅道袍），挥动桃剑，口念咒语，指挥道众搬动纸糊篾扎而成的高台楼阁、快马大轿、金银珠宝以及其他各种冥器，还有四个装满纸钱的箱笼，都送到门楼外的广场上焚烧。与送疏不同的是，每轮前来送库的，都不一样：第一次是所有直系亲眷，第二轮是亲朋好友，第三轮是邻里乡亲，都一个个捧着形制各异的冥器，跟着道众逶迤而来。每次来到府前广场上，都是爆声雷动，鼓钹齐鸣，把三四座楼库和七八个箱笼烧掉。送库也是每时辰一次，总共三次，直到亥时才烧完。

　　伴宿是丧仪中的大典，至亲戚友都要来吊唁。"吊"是凭吊死者，"唁"是安慰丧家孝眷。送疏、送库第一轮结束，这伴宿大典紧接着就开始了。首先是高僧齐聚，放"传灯焰口"，场面甚是宏大。大经座前，挂起许多菩萨画像，两旁有多幅佛家故事画像。对面大座为几张方桌连接成的长案，两边各坐十二个高僧。正面独坐的"正座"上坐着的，是佛事的掌坛长老弘法大师，他也披上"偏衫"，头戴"五佛冠"，左手摇着铜铃，右手做各种手势，撒法水、撒粮米、撒干果，领导两边高僧群唱，或他自己独唱，宛转悠扬，自有腔调。在佛像前有两根长绳子，直通"正座"长老桌前。桌上也有铁架支着长绳子，有三四个六七寸高的木制小彩人吊在绳子上，都手捧小盘，盘上放一泥碗，内有香油纸捻，点燃之后，由专人拉动绳子，小人就从佛像一面转动向前，经过长案，直达"正座"上的长老面前，正好一圈，寓意"轮回"。每唱念到某个阶段，小人捧灯碗来到"正座"面前时，弘法禅师就取下灯碗摆在面前。每传一盏，门外就响炮提示，孝眷起身答谢。大约花了两个多时辰，就这样传送了七七四十九盏的灯碗，最后摆成七级浮屠的形式。长老将灯碗摆成的浮屠添了香油，又一阵浅咏高唱之后，就宣布超度完成，率领众僧撤出佛坛，孝家早就备好夜宵斋饭，吃了之后歇息去了。

　　"传灯焰口"过后，就是哭丧，这也是伴宿的重要程式。其实，从丧事定下、择日仪式之后便开始哭丧。因此哭丧贯穿在丧仪的始终，大的场面多达数次。为了区别于其他哭丧，人们常常把这一晚的哭丧称作"挽歌"，不仅仅要哭，而且要边唱边哭。因此，这出殡前的哭丧仪式也最受重视，因为通宵挽歌一唱，逝者就要出门，出门之后，从此就真正地阴阳两隔，大概可以算作家人与逝者最后的生离死别仪式吧。亥时一到，所有亲眷，无论男女老幼，都齐聚灵堂，按照五服次第，一圈一圈围着棺材，都各自哭诉着，整个灵堂哭声如潮，此起彼伏。李云博也和家人一起，扶棺而啼，声泪俱下，哭述着父亲以前的功绩、品行和美德，也感慨着作为人子的遗憾。这种挽歌的哭唱声，大约要维持一两个时辰，子时一过，就有专门的挽歌班子顶上来，专门替孝家哭灵，俗称唱

"夜歌"。

哭丧完毕，夜歌唱起了好一阵子，李云博依然毫无倦意。一来，家人都以为是生离死别，而他心里清楚，自己不过是在演戏，所以样子做得很像，其实没怎么卖力；二来他一边唱着，一边想着心事，根本没有那种肝肠寸断、身心俱焚的伤痛，不可能耗费多少力气。看看周围，很多亲族都累得不成样子，一个个伏在椅子上或者趴在桌子上打盹，身边的刘如霜和秋月也睡了过去。他看着两个熟睡的女人，一个未婚妻，一个娶来不久的侧室，虽然都是假的，但又不得不承认，她们其实都是很好的女人，要是真的娶了她们，倒真是莫大的福气……想着想着，心里不免有些躁动。正在胡思乱想间，上午的场景突然浮现出来，他一下子又忧心忡忡起来。这个刘如霜，怎么可以随便说出关于泰平阁的秘密呢？看来，仇恨已经让她丧心病狂，得想办法让她平复下来，回到正常的人生轨迹上来。而那个身份存疑的秋月，是否从刘如霜的话里，嗅到了什么密情？而她对李天晨易帜、父亲猝死、自己回来都似乎有所怀疑，如若她猜测出湘水台没有遣散，一旦回到金陵，后果就不堪设想了。看来，得想个办法，绝对不能让她回去……想着想着，也不知不觉睡了过去。

刚睡不久，只见魏柳烟笑吟吟地走过来，偷偷对他说道："岫南，你不是要想办法留住秋月吗？姐姐有一计，定能留住她。"李云博道："现在正值伴宿时候，我如何离得开？"魏柳烟道："你骗别人可以，就别骗我了。掌门伯父其实并没有去世，只不过是你为了脱身，而使用的请君入瓮之计……"李云博连忙起身，看看周围熟睡的亲眷，大惊道："姐姐休要再说了……这满屋的人，听见了如何是好？"魏柳烟道："那你赶紧出来，我们外边说去。"李云博顾不得许多，跟着她出了孝堂。

也不知怎么的，李云博跟她进了一间房里。屋里漆黑，朦胧间被她推进一张大床。李云博大急，叫道："姐姐要干什么？"但听她说道："干什么？你不知道吗？今夜姐姐教你男女之事……"李云博突然血脉偾张，但又惊恐万状，想脱身，却又动弹不得。正在半推半就间，突然听到一个熟悉的声音，似乎是秋月在喊："你，你干什么？"李云博大恐，惊慌失措地从床上滚下来。猛地睁开眼睛，原来是个梦，自己仍然待在孝堂里。惺忪之间定眼一看，自己抱着身边的秋月，被她一喊，吓得从椅子上跌下来。他赶紧松开手，红着脸道："没什么，梦魇了。"忽然感到裤裆不对劲，偷偷一摸，湿了一大片，脸红得更加厉害了。

秋月见他怪异的表情，顿时明白了什么。她偷偷笑道："爹爹就要出门，你倒是好，做起春梦来。"李云博从地上爬起来，又坐回椅子上，道："你别胡言乱语，没有的事。让别人听见了，被人笑话事小，大逆不道的帽子，扣在头上就惨了。"秋月就戛然住嘴，但仍然心有不甘地看着他，几欲开口，最终还是忍住了。

李云博不知道该如何面对，索性闭上眼睛，装作睡去。可是，他满脑子都是刚才的梦境。那种温存狂野的感觉，让他几乎晕眩。正在躁动间，忽听秋月说道："官人，我有些冷，你抱抱我，好吗？"李云博睁开了眼，惊讶地看着正含情脉脉看着他的秋月，一股浓情直达肺腑，几乎将他融化。秋月见他愣在那里，也不说什么，俯身伏在他双腿上，温柔如一只酥软的绵羊。

正当不知如何是好时，李云博突然想到梦境中魏柳烟的话，不觉恍然大悟：真心对她，说不定是留住她最好的办法。即便她是南唐朝廷布在自己身边的眼线，也肯定可以通过自己的真诚将她感化，说不定，这个自幼入宫、不知家为何物的女子，也许会一心一意跟着自己，这对缓解眼下危局，是再好不过的。况且，虽然瑶池李氏家族严禁娶妾，但因为秋月谎称怀有身孕，已经被父亲和家人认可。"自己明媒正娶的女人，有什么抱不得的？而且在他人看来，秋月正处怀胎之期，也正是自己关爱之时……"他心里想着，甚至有点坏坏的冥想，于是将秋月紧紧地搂在怀里，心中涌现出许多从未有过的温存。

正在心猿意马之间，突然，左边的刘如霜醒了。他看见李云博和秋月如胶似漆的情形，不由得愣在那里好一阵子。突然，她咬紧嘴唇，鼻子一酸，一行热泪潸然而下。紧接着，她一抹泪水，松开牙关，叹息一声，脸上露出了凄然的笑，然后又俯下身去，重新装作睡去。

李云博知道她醒了，但一直装着入睡，虽然没有看她，却能感受到她微妙的举止。他没有吱声，心里却翻江倒海，五味杂陈。他知道，由于自己一时疏忽做下这等卑劣的举动，将以前的努力化为虚有，本来就被仇恨困扰的刘如霜，适才又看见这样的情形，终将不会履行婚约，永远离他而去。但他又不能突然放开秋月，这假怀孕的事情一定得瞒住这位心直口快的姑娘。

那一刻，李云博后悔不迭、心乱如麻，却又不知该怎样去做。

"天意如此，难道还要逆天而行吗？唉，一切都听天由命、顺其自然吧。"李云博想着，觉得再怎么后悔，怎么埋怨，也都于事无补了，不免有些释然起来。

第二章

石霜禅寺

DIERZHANG

◆ 一、移柩石霜寺，安灵道场盛大开锣 ◆

寅时三刻天还未亮，出殡仪式就开始了。灯火摇曳之中，早就悬挂齐整的白色祭幡正迎风飘拂，各种纸扎亭台安置停当，僧道、鼓手、细乐、仆役都各就各位准备就绪。神刀营统领李天晨派来的数十名丁勇，全都孝装打扮，几名鸣锣开道，几名打头引路，柩前还有十几名，管收祭祀，看管冥器。新伐楠竹堆满庭前，爆竹大架沿道铺设，一直延伸到大路旁。特别是新近特制的"连线竿炮"成行成排地挂在竹竿上，不停地随风摆动，景象蔚为壮观。只听阴阳先生惠玉真人一声呐喊，鼓乐齐鸣，爆声大作，纸钱横飞，哭声震天，李天亮的灵柩和棺木被搬出灵堂，在牌楼前停下。随后，点燃早就堆好的竹薪，又将孝堂撤去，都丢在熊熊大火里烧了。僧道法师又焚香烧纸，祭天告地，按照规制一通做法祭祀，出殡就完成了。值得一提的是，出殡礼仪中，保留了瑶池李氏家族传统祭祀内容，那就是，起棺之前，仍然举行了"爆竹燎庭"仪式。而新的"连线竿炮"的使用，接连不断的爆响声，引得人们啧啧称奇，更是为隆重的丧礼增色不少。

阴阳先生择定卯时起棺，李云闪哭着跪在柩前摔破陶盆，李云博手持哭丧棒在地上打滚，众亲属抚棺痛哭不愿放手。一通忙碌后，二十四人上扛，有道人立于增架上，敲打响板，指挥抬棺人上肩。响炮起棺后，转过大街口望西走。哀乐炮声之中，家眷孝子、亲戚世交、邻里朋友齐来送殡，一时间哀声四起，车马喧呼，填街塞巷。家里除了看守门户的几个，其他也都披麻戴孝跟在棺材后面。这一天，正值天降微雨夹雪，两边观看的依然人山人海。出了大街，沿途各方路祭孝棚鳞次栉比，炮火营、神刀营，临近州县，爆业各届，乡绅世交等，一直排开了一两里，都是按当地礼数，箪壶引浆，送香烧纸，洒酒祭奠，而且都是炮接炮送。

两个多时辰后，接近午时，送丧队伍抵达石霜寺。

石霜寺，全名石霜崇圣禅寺，始建于唐玄宗天宝年间。大德高僧庆诸禅师主持期间，唐僖宗下旨大规模扩建，并由宰相裴休监建，后成为一座地位显著、佛缘殊胜、大师辈出、法脉流长的著名寺院，只是到了这战乱纷扰的五代末期，略微有些衰落。远远望去，只见规模宏大的寺院矗立在霜华山上，寺宇坐北朝南，群山环抱，气势巍峨。前有浏翠峰，晴岚雨雾，春花秋月，气象万千；后有凤翔峰，状若凤凰展翅，护卫着层层叠叠的红色建筑群。狮子峰居左，象王峰居右，有如狮象拱卫门庭。"真是块风水宝地

啊！"李云博很久未曾踏入家乡这驰名远近的佛门圣地了，如今扶灵移柩来此，虽然天气雨雾朦胧，还是由远及近看了个仔细，不由得暗暗叫绝。

释晖禅师早就准备妥当，带着众僧侣等在寺庙山门前接灵。不一会儿，移柩偏殿，做起安灵道场。道场一开锣，许多送丧的人就陆陆续续离去，也有一些亲朋好友留下来，等到首场法事结束才回去。剩下的法事，一律由直系孝眷应答，而且他们都得在寺庙中住下来，直到道场的所有法事结束，送上坟山下葬之后，才能回去。尔后逢"七"均需复墓，都要请僧道做法事，直到"七七"之期。而刚刚入仕的李云博，还要按照南唐官场上丁忧守制的规矩，作为服丧孝子，结庐墓旁，守孝三年。

话说魏迪勋父女随同众人送丧到石霜寺之后，就要告别李氏族人，欲回长沙。李云博和家人送他们出来，刘如霜也跟了过来，准备随魏氏父女一起回去。魏柳烟阻止道："妹妹，你还是等掌门下葬之后，再回来吧。你是未过门的儿媳，这时候离开，甚是不妥。"

刘如霜道："我已决意退婚，前来送丧，已够世交晚辈礼数。更何况，治丧期间，我已经披麻戴孝，未过门儿媳之礼也都尽到了。如今和你们回去，有何不妥？"

李天雷一听，顿时火起："如霜姑娘，你和岫南的婚姻大事，是你祖父许婚，双方长辈亲自定下的。你说退就退？哪有那么简单的事情！"

刘如霜反问道："天雷二叔，既然不是简单的事情，那你说，退婚应该怎么办？无论怎样复杂，我都要退婚！"

李天雷被他反问得面红耳赤，讪讪说道："我说这不是简单的事情，当然也不是个复杂的事情，这是个规矩问题。自古以来，休妻退婚的权利都在男方，哪有女方提出来退婚的呢？"

刘如霜冷笑道："我终于懂了。二叔的意思是，我没有权利提出退婚啰？那好，李云博，你过来，你就写休书，休掉我吧！"

李云博见双方吵将起来，对李天雷和其他家人笑道："二叔，各位尊长，你们先去忙，我来送魏大人。"李天雷正下不了台，就与魏迪勋拱手道别，气呼呼地回去了。其他人也都跟他去了。

李云博又对刘如霜道："如霜妹妹，这事也不急。等我家办完丧事，再处理如何？"

魏柳烟连忙附和道："岫南说得对，这事先放一放吧……"

刘如霜怒道："不行！"

魏迪勋见刘如霜动了怒，有些急了，数落她道："李家上下包括李云博在内，都不同意退婚。如今你父母双亡，又无别的亲人，我这个世交伯父就是你的长辈，我也不同意退婚。这婚姻大事，怎由得你一个女孩子，要退婚就退婚，传出去遭人笑话不说，怎么对得起你九泉之下的祖父和家人！刘侍郎临终前，还交代你们要早日完婚。你父母在世时，也多次提到要早日为你们完婚。倘若他们地下有知，也一定不会同意你退婚的！"

"魏伯父，您别提我的祖父和家人了……一提起他们，小女就仿佛万箭穿心一般。我失去家人，已经欲不痛生，你们别再往我伤口上撒盐了……"刘如霜眼眶湿润了，他看着魏迪勋，说道，"魏伯伯既然不想带我一起回长沙，也就是不想收留我了。那好，我自己回去。"刘如霜说着，就往寺门外走。

魏柳烟一把扯住她道："谁不想收留你？你不能这样固执，看谁都跟仇人似的！你知不知道，自从你失踪后，我们全家，还有瑶池李氏，有多担心，都在没日没夜寻找你！你家人的丧事，还是掌门老爷办的呢！如今掌门老爷也突然离世，你不好好留下来送他入土，居然要中途离开，于情于理都讲不过去！"

刘如霜道："我管不了那么多！欠他们的情也好义也罢，只有等来世还了！无论如何，我都得离开，远离这个是非之地！"

魏柳烟道："你孤身一人，又能去哪里？好妹妹，你要暂且放下仇恨，好好过日子，好不好？"

刘如霜站住了，听到魏柳烟的一通说辞，无可奈何地笑了："大仇未报，还能好好地过日子？姐姐不是在说笑话吧……"

李云博道："如霜妹妹，柳烟姐姐是要你暂且将仇恨放一放，不是要你不报仇。你知道，自从马氏兄弟争国以来，我李氏家族死去的亲人还少吗？如今，我父亲也死得不明不白。我不想报仇吗？仇恨不用吊在口上，要深埋在心里。这血海深仇，不是不报，而是要等待时机。因此，我同意把婚事先放一放，等李府办完了丧事，我们都坐下来，仔细商量一番，是完婚还是退婚，都好说。你看，这样如何？"

刘如霜道："我真的不愿再待在这破庙里浪费时间了……"

李云博道："我理解你的心情。俗话说，欲速则不达。上次，你冒冒失失地去刺杀徐威，不仅报不了仇，还差点搭上自己性命，甚至还连累别人……凡事，都得三思而后行啊！不过，我跟你说，这账，咱们迟早要连本带利一起讨回来！"

"你说话算数？"刘如霜听他这样说，惊愕不已，抬起头看着他，问道。

"当然。"李云博回答得很干脆。

刘如霜看着他，说道："君子一言，驷马难追！你发誓！"

"男子汉大丈夫，当然一言九鼎！我发誓：不报我岳祖岳父一家的血海深仇，我李云博天打五雷轰、死无全尸……"李云博举起左手，信誓旦旦地说道。

"那好，我就暂时留下吧。"刘如霜见他很是挚诚，于是应承下来，又对魏柳烟道，"姐姐，你也留下来，如何？"

魏柳烟一愣："我留下来……不好吧？"

刘如霜灵机一动，突然计上心来，对魏迪勋道："魏伯伯，贵府是瑶池李氏的世交，掌门下葬，你家不会没人参加吧？"

"这……当然！"魏迪勋明白她的意思，她这样一说，还真是想到了点子上。与其过几天再从长沙赶过来，还不如叫女儿留下，等下葬完了，整个治丧仪式完结再回去，省得又要往返跑一趟。于是就对魏柳烟说道："我看，如霜姑娘的主意不错。你就留下来，等下了葬，就和如霜一起回来吧。"也不等她回答，就与李云博作别，径自离去。

"爹爹……"魏柳烟起身追过去喊道，"我怎么能留下来呢？"

"怎么不行！我魏某没有儿子，只有你一个女儿，你就代表魏府参加瑶池李府掌门人的下葬仪式。就这样定了！"魏迪勋回头看了她一眼，依然迈开大步，朝车驾那边走去。

刘如霜拉起魏柳烟的手，说道："姐姐，既然伯父大人要你留下，那就留下来吧。陪陪我也好……"

魏柳烟道："你倒是好，居然出这么个馊主意，把我留了下来，真是好心没得好报！你留下来，是孝媳，答礼安灵道场，天经地义。我一个外人，凭什么留下来？"

"你这是父命难违啊"！刘如霜看着魏柳烟和李云博，笑道，"只是要找个理由，还不简单！你们私订终身，姐姐也可以是未过门的儿媳啊！"

"胡说八道！"魏柳烟顿时满脸通红，"你如此取笑我，我更不能待了，这样下去，非出乱子不可！"

李云博被她们弄得啼笑皆非。他也笑道："姐姐多心了，她是逗你玩呢！姐姐在庙里的确不方便，等用过斋饭，我派人送你回瑶池馆驿里歇息。等做完安灵道场，再派人接你过来。"

刘如霜一摊双手道："姐姐，事已至此，也只能这样了。"

魏柳烟叹道："都是你干的好事！真是枉费姐姐的一片好心！"她又对李云博道："谢谢岫南，还是你想得周全！"

刘如霜突然望着寺庙山门上那苍劲古朴的大字出神。她突然说道："柳烟姐姐，你看，这'石霜禅寺'的门题里，有一个'霜'字。我的名字里，也有一个霜字，我和这里还真有缘！"

魏柳烟笑道："你这鬼丫头！刚才还说，不愿在这破庙里待了，现在又说有缘了，这变得也够快了吧？"

"此一时，彼一时嘛！"刘如霜勉强应承一句，继续着她的缘分话题，"姐姐，你看，我的名字叫'如霜'。你说，爷爷取这个名字的时候，是不是预料到，我是要入石霜寺住一阵子？更或许，老天早就安排，我与佛家有缘，总有一天，我会入石霜寺出家？"

李云博和魏柳烟一听，顿时大惊失色。这句有意无意看似玩笑的话语，道出了刘如霜复仇无门的心中，已经万念俱灭、心如死灰。这谶语一般的话，听得两人心惊肉跳。

魏柳烟惊慌失措地连忙拉住她的手，说道："妹妹又胡说八道，乌鸦嘴似的！赶紧呸呸呸，三声过后，就当没说！"

刘如霜笑道："这有什么啊……呸呸呸，我什么也没说！"

◆ 二、拜谢释晖禅师，李云博求借藏经阁 ◆

自从移柩石霜寺，李云博就一直掐指数算着日子，父亲自服药"猝死"已近半月，眼看就到了药效的最后时期。

这天傍晚用罢斋饭，李云博和大哥李云闪一起，前往释晖禅师的禅房，向他致谢。

释晖禅师刚刚安排好晚上的佛事，看见兄弟俩进来，连连起身还礼。李云博说道："家父猝死，移柩贵寺，搅扰佛门，很是冒昧。而大师亲批法衣，为亡父超度，真是有劳了。"释晖道："阿弥陀佛。李翰林见外了！佛家人以慈悲为怀，区区一场安灵道场，何足道哉！而敝寺虽为皇家寺院，但晚唐以来，朝廷自身不保，谁还顾得上这边远小寺？寺院僧侣虽然耕种几亩薄田，但仍然入不敷出，一直都是瑶池李氏捐养，你们才是我们的衣食父母。该言谢的，应该是老衲才对。"李云博道："区区薄献，何足道哉！大师言重了，不必客气。"于是坐下来喝茶。

茶过三巡，李云闪道："近期以来，瑶池李氏大劫连连，不知佛祖有知，该作何感想？"

李云博连忙制止他道："大哥，你胡言乱语什么！如今置身佛门禅堂，怎能侍佛不敬，嗔怪佛祖呢？"

释晖一愣，说道："阿弥陀佛。大少爷心怀愤懑，嗔怪佛门，事出有因，情有可原。更何况李氏以爆业造福乡里，繁荣昌盛了好几代，又积德行善，广施恩泽，百年豪门更是声名远播，按理应得到老天眷顾。可是如今天下大乱，人伦纲常尚且不保，李氏遇到灾祸，也就不难解释了。乱世无净土啊，阿弥陀佛。"

李云博道："'日中则昃，月满则亏。'瑶池李氏繁盛好些年，盛极而衰，也在情理之中。上苍灾祸频降，就是要折腾瑶池，磨砺李氏。我李氏后人，岂能被些许小灾小难打倒？真金不怕火炼嘛！适才大哥冒犯佛门，还望大师恕罪！"

释晖道："李翰林饱读诗书，能参透上苍玄机，老衲佩服。李氏有翰林大人这等后人，一定能逢凶化吉、遇险呈祥，堪当大任、造福苍生！大少爷无心之言，又岂能开罪佛门？阿弥陀佛。"

李云闪见他们聊得火热，自己又似懂非懂，坐在那里很是难耐。李云博见他如坐针毡，于是说道："大哥，你要是坐不住，就回房歇息。酉时一过，父亲的安灵道场又要起锣。那边，你多照应着点。"

李云闪如临大赦，一脸轻松地站起来，跟释晖禅师道别，快步出了禅房。

李云闪走后，两人又谈论了一些佛学禅理，很是投机。李云博突然觉得，这个释晖禅师不仅学养深厚，而且生就一颗菩萨心肠，对他家的遭遇甚是同情。于是，有了新的打算。慢慢地，就将讨论的问题从深奥的佛学引向了世俗。李云博问道："敢问大师，家父生前处事公道，乐善好施，从无罪孽，甚至连小错都不曾犯过。佛家有云：善有善报，恶有恶报。上苍为何要如此对他，居然让他瞬间猝死？"

释晖说道："阿弥陀佛。李翰林所问，老衲一直未能参透，心中也是迷雾一团。自从老衲掌经石霜寺，就一直与令尊来往，常常饮茶对弈，谈佛论经，甚是惬意。可以说，我们是二十多年的老朋友了。可是……"他说着，有些哽咽。

李云博见状连忙劝慰道："常言道：天有不测风云，人有旦夕祸福。晚生不该多此一问，牵动大师俗念尘心，真是……"

释晖道："非也。我们佛家讲究宿命，对于生死，看作轮回。只是老衲纳闷，总执事积德行善，施惠乡邻，而且慧根颇深，很有佛缘。按照佛法常理，应该定有善终，不应该是暴毙猝死。只要潜心侍佛，修成世俗佛心，皈依我西方胜境，亦在情理之中。老衲曾经沐浴斋戒，焚香鸣鱼，执经问佛，推来算去，当下都不该是总执事归去的时日。究竟是老衲觉悟不够，道行尚浅，还是其中藏有什么蹊跷，老衲也不得而知……阿弥陀佛，罪过罪过！"

李云博闻言，顿时大吃一惊。他万万没有想到，这等绝密玄机，释晖居然能够通过问佛推演，觉察出些端倪，看来他的佛法深厚到何等地步！而且近期来，自己也一直侍佛参禅，悟出很多真谛，一下子就能够感觉出，眼前这个禅师是个真正的修行高僧。他压制住自己内心的兴奋，淡淡问道："大师以为，晚生佛缘如何？"

释晖抬起头，看了他一眼，合掌拉过他的手，闭上眼睛，静默一阵，突然紧紧握住，然后放开，又合起掌来贴近鼻尖，一个劲地"阿弥陀佛"，怎么也不肯说话。李云博感觉到他手掌的温暖，似乎那一握之间，他的所有的心思被这个慈眉善目的高僧触到，却又很是疑惑他的沉默。于是问道："大师缄默不语，看来晚生不是修行之人？"

释晖还是不出声，依然闭目沉吟。李云博叹道："看来，晚生该告辞了……"说着，就合掌施礼，站起身来。

"阿弥陀佛。翰林且慢。"释晖睁开眼，一脸的静穆。他站起来施礼道："适才老衲怠慢之举，还望海涵。老衲冒昧触脉问缘，没想到翰林生就一颗菩萨心肠，问问佛祖，原来是菩萨转世。菩萨俗身在上，请受弟子一拜！"

李云博目瞪口呆。他慌忙扶住释晖禅师，结结巴巴地说道："大、大师……何出此言？晚生，晚生俗物一个，怎么、怎么和菩萨扯上关系……"

"翰林的确是菩萨转世！"

"会不会是大师弄错了……"

"老衲一直神游佛界，心通佛祖，触脉一问，便能知晓前世今生，绝对错不了！阿弥陀佛！"

"有这等事？"李云博顿了顿道，"晚生幼年出家学道，回来后修习世俗学问，从未涉足佛学。只是去年在岳麓寺偶遇弘道禅师，受他点拨才开始参禅。对于佛学从未钻心研习，偶然诵些经文，也大都是一知半解，怎么会是菩萨转世呢？"

释晖道："阿弥陀佛。翰林会错意了。老衲说你是菩萨转世，并不是说你就是菩萨。菩萨是你的前世，你是菩萨的今生。你生就慈悲，种下佛根，这是有前世的因由。菩萨也是从人开始修炼的，他一心向佛，慈悲生灵，积德行善，苦心觉悟，并不断地超脱尘世，达到佛境。老衲之所以说你是菩萨转世，是你慧根渊源深厚，非一般凡夫俗子能够比拟。你只参禅一年半载，却已到了很高的境界。其实老衲应该说，翰林大人是菩萨俗身的今生。"

李云博还是不信。他把话题一转，问道："那敢问大师，晚生是哪位菩萨俗身转世？"

释晖合十道："阿弥陀佛。老衲已经破戒诳语，道破天机，再说下去，就要违背佛旨了！恕老衲无可奉告！罪过罪过，阿弥陀佛！"

李云博见老和尚一本正经，不像是开玩笑，尽管将信将疑，也只得硬着头皮姑且认下，再反驳下去，就是对得道高僧的大不敬了。他施礼道："大师一言，醍醐灌顶。既蒙点化，弟子该谨记教诲，一心向佛，潜心修为，争取早日修成正果。"

"此言差矣！"释晖禅师示意他入座，添满茶盏，也坐下来，喝了一口，说道，"翰林大人已是菩萨，无论前世今生，这个亘古不变。你是菩萨，被佛祖派往人间超生，肩负着特殊使命，才有了这转世俗身。使命完成，你就要脱离尘俗，回归佛境，侍奉佛祖，不存在潜心修为、早成正果之说。"

"肩负特殊使命……"李云博被他说糊涂了。

"阿弥陀佛。"释晖笑道，"翰林不必讶异，不明白也没关系，日后慢慢自会觉悟。你谨遵佛旨，来人间普度众生，眼看乱世就要海晏河清，天下复归泰平，黎民苍生即将重享安宁，这是人间的造化啊！"

"大师言重了！"李云博疑惑道，"天下浩劫，乱象百年。晚生弱冠之躯，也不是真正的佛法无边的菩萨，岂能拨乱反正，让人伦重归大道？"

"翰林别小看自己，我们拭目以待。"释晖起身微笑道，"时辰不早了，令尊夜间的安灵道场又要响锣。老衲就不奉陪了。阿弥陀佛。"

李云博道："哦，晚生接受大师教化，耽误了大师休息时间，真是抱愧。只是……"

"哪里哪里，阿弥陀佛。翰林还有事？"释晖回头看着他，问道。

"时间仓促，晚生就直说了。晚生想在先考停枢贵寺期间，研习佛经，意欲在藏经阁参禅诵经，恳请大师垂允。"

"借藏经阁参禅诵经？"释晖禅师很是愕然，"令尊大孝，停枢敝寺，李翰林不用守灵应答？"

李云博道："这是自然。但休息时间，总可以诵诵经书。但这也只是一方面，其实，晚生还有其他考虑……"

释晖道："阿弥陀佛。父亲大丧，你却面无哀色，谈吐自如，老衲也多多少少看出了一些端倪……"

李云博道："大师心如明镜，晚生佩服得五体投地。只是此事绝密……"

释晖禅师摇摇手道："翰林不用解释了。菩萨要借藏经阁，岂有不给之理？老衲立即请监院与你交割。翰林借去何用，悉听尊便，老衲一概不知。阿弥陀佛。"

李云博小声说道："隔墙有耳，不便多说。时机成熟，晚生一定会和大师详谈，而且还需大师鼎力相助。"

"佛家讲究缘分。翰林若有需要，但凡吩咐，老衲竭尽所能，效尽绵薄之力。阿弥陀佛。"释晖说着，合掌告别，如释重负地走出禅房。李云博愣愣地想了好一阵子，猛然醒悟过来，也抬脚出了禅房。

晚间道场完后，李云博陪做法僧侣用罢夜斋，安顿好早已疲惫不堪的家人，自己没有回房歇息，坚持整夜守灵。接近丑时，偏殿里仅剩下他和李天骏两人。他跟李天骏交流几句，就密令朱雀将军指挥无妄卦队密使，趁着半夜三更将安放在偏殿的棺木打开，取出沉睡不醒的李天亮，然后重新盖上棺盖，恢复得一模一样，看不出丝毫破绽。忙碌一阵后，李云博留下李天骏继续守灵，自己带着大家将父亲秘密转移。身强力壮的"千里驹"背上李天亮，神不知鬼不觉地来到寺院僻静的藏经阁，进了一间早就收拾好的禅房里。这里偏僻隐秘，远离前殿，是李云博和朱雀将军反复比较后，选择给李天亮暂时

隐身的地方。大家七手八脚将李天亮平放在床铺上，然后拉紧窗帘，点燃蜡烛。顿时，漆黑的房里透亮起来。

"赛华佗"仔细查看了李天亮的身体状况，然后说道："少主，掌门老爷状况良好，可以唤醒他了。"李云博听了，顿时放下心来，说道："好，你就施药吧。""赛华佗"点点头，对"过江龙"他们几个道："先帮他换衣服，把那些寿衣都脱下，换上他的日常衣帽。"几个人应了一声，就忙离开来。他又对无妄执事道："无妄兄，麻烦你准备的开水、米粥、鸡汤，都带来了吗？"无妄执事笑道："神医交代的，敢不遵命！"说着，就将一个大布袋子轻轻往桌上一搁，一样一样取了出来。"赛华佗"认真检查了一遍，道："嗯，一样不少，只是觉得有些凉了。"

李云博惊异地问道："老赛，你不是说过，唤醒假死之人，一定要使用解药吗？要这些玩意干什么，难道这些就是解药？"

"当然不是，解药也一定要用！""赛华佗"笑道，"只是少主有所不知，一旦掌门服药醒来，第一感觉就是又渴又饿。但是，他沉睡了十余日，肠胃还没苏醒，不能吃别的东西，就只能饮水，小解之后，勉强可以吃点稀粥喝点鸡汤。养一两日后，没有大碍，就可以正常进食了。"

"原来这样！"李云博恍然大悟，"'草上飞'兄弟，你走一趟，到做道场的偏殿里，搬个火炉子来！""草上飞"应了一声，出门去了。

这时候，"赛华佗"取出一粒药丸，用温水化了，喂李天亮服下。大约过了小半个时辰，李天亮醒了过来。他一睁开眼，看见李云博，惊喜万分，想说什么，却怎么也张不开嘴，急得不知如何是好。李云博也很是激动，握住父亲的手，使劲地点头。"赛华佗"说道："掌门老爷受苦了，您千万别说话，只听我说，就可以了。掌门老爷，您已经假死十五日，刚刚被唤醒，还需要一些时间逐步苏醒。来，先喝些热水暖暖身体，等会儿小解一次排排体毒，然后吃点东西。凭您老的体魄，不出两日，就全然恢复了。"李天亮听了，不再着急，按他说的喝了水解了小解，又喝了些稀粥和鸡汤，一个多时辰后，能够坐起来说话了。他第一句话是："我不是在做梦吧？"

父子俩正要交谈，只见朱雀将军说道："少主，现在还不是说话的时候。一来，掌门老爷刚刚醒来，身体还非常虚弱；二来，凌晨已近卯时，天就要亮了，安灵道场就要开始，后天，还有很重要的下葬仪式。为了安全起见，属下以为，先让掌门大人好好休息，我们先把这个假葬礼办完。葬礼期间，人多眼杂，最好不要见面，留下'赛华佗'几个兄弟悉心照料，等这里清静了，你们父子再叙不迟。"

李云博听了，点点头道："将军所言甚是。天快亮了，得立即赶过去，千万别露了马脚。爹爹，您先安心休息，有这几位兄弟照顾您，很快就会好起来。我们还得把您的

丧事和葬礼办完。等过了这个是非之期，孩儿一定和您聊个痛快。"

李天亮点点头，欣慰地笑了。

于是，李云博一行撤出了藏经阁，回到安灵偏殿，等候法事开锣。

◆ 三、女眷们的私密闲话 ◆

忙碌两天后，李云博感觉到身子都有些散架了，仍然坚持晚上守灵。让大家感到意外的是，刘如霜居然留下来，继续披上孝媳的"齐衰"之服，参与三天的安灵道场，而且将以子媳之礼哭孝送葬。

因为是在寺庙里做道场，为了体现孝道，也为了安全起见，所有亲眷都男女分住，而且规定女眷不独处一室，李云博还密令乾卦统领布了暗哨。恰巧，刘如霜与马馥湘住在同一间禅房。两人原本就认识，虽然以前交往不多，但自从李云铎和马馥湘结缘后，逐渐就有了来往，马馥湘也跟着李云铎称刘如霜"妹妹"，而刘如霜又与李云博订婚，姊妹加妯娌，似乎亲上加亲；特别是李云博和刘如霜曾住在驸马府，几乎天天在一起，性情相近，彼此很是投缘。如今，相差无几的悲惨遭遇更让她们同病相怜、彼此温暖，两个孤女有了亲人生离死别后重逢一般的感觉，在一起分外亲切。特别是为了报仇，两人更有说不完的话。

第二天夜里，道场结束，两人回到房里就又聊开了。马馥湘喂罢孩子，将他抱在怀里哄睡之后，就蜷缩在被窝里，说道："如霜妹妹，你跟我说说，驸马爷究竟是怎么战死的？"刘如霜一愣，眼圈马上红了，说道："公主姐姐问这干吗？我一想到自坚哥哥宁死不屈、血肉模糊的样子，就心如刀割，恨不得杀了那帮祸国殃民的狗贼……姐姐，你还是不知道详情的好，那真是太惨了。"马馥湘道："妹妹，你为我好，怕我伤心，我知道。但作为他的夫人，如若他的死永远只是道听途说，你觉得我会心安理得吗？我是他的妻子，我有权利知道真相。听说他临终之前你们都在，你给我说说吧。"刘如霜见她如此坚决，也不再犹豫，就将一年前马希萼攻下长沙城后，李云铎喋血碧湘宫的事情原原本本讲给她听。当然，李云铎阵亡的事情，刘如霜也没有亲眼看见，但根据多人复述的情况，刘如霜讲给马馥湘的版本，更加生动具体，其中也不乏刘如霜的想象和加工。

马馥湘听着刘如霜的叙述，眼中噙满泪水，喃喃地说道："自坚哥哥，你是好样的！我马馥湘没有嫁错人！如若下辈子遇见你，我还嫁给你……"

刘如霜道："自坚哥哥是个好男儿，铮铮铁骨，义薄云天，忠贞不渝，视死如归，只是可惜，二十多岁就战死……"说着，流下泪来。

马馥湘见她也流泪了，突然破涕为笑道："哭啥，傻妹妹！我选的驸马，还会差吗？一直以来，你和自坚情同兄妹，亲眼见到他遇难，真是难为你了。我要是见了那场面，不知道还能不能活下去。"

刘如霜突然想到什么，一骨碌从被窝里爬起来，说道："姐姐，你猜猜，岫南哥看见他二哥血肉模糊的遗体，是什么反应？"

马馥湘看着她，反问道："三叔他什么反应？"

"你猜一下嘛。"

"嗯，好，我猜。岫南应该呼天抢地，哭得像个泪人儿。他二哥长他五岁，兄弟俩的感情一直很好。"

"起初没哭。你再猜。"

"起初没哭？那晕过去了？"

"对！晕过去了。然后被大家弄醒。我当时倒哭得像个泪人儿，但哭了一通，就完事了。可是李云博这个家伙，先是晕死，醒来就使劲地朝自坚哥扇耳光，骂骂咧咧不知说什么。一通乱扇之后，居然连站的力气都没有了，一屁股坐在地上，就又昏过去了。第二次被救醒过来，他干了什么，你再猜猜？"

听得惊心动魄的马馥湘被她吊起了胃口，急不可耐地说道："妹妹别卖关子了！我猜不出，你快告诉我吧。"

"那好。"刘如霜很是扫兴，但他又不想扫马馥湘的兴，于是顿了顿，说道，"他一醒过来，不知从哪里来的力气，一下子从椅子上跳起来，拔出宝剑吼道：'湘水台全体密使听令：立即杀进碧湘宫，将马氏兄弟和朗州诸将全部诛杀，为李都统报仇雪恨……'"

马馥湘道："什么？岫南要不计一切代价，为驸马报仇？"

刘如霜道："对！当时他已经失去理智、丧心病狂了！是左老大人点了他的穴道，制止住了。如若当时顺其发展，恐怕长沙就要血流成河了！"

马馥湘道："后来呢？听说岫南一病不起，是真的吗？"

刘如霜道："何止一病不起，几乎要命归黄泉了！那天之后，他就疯疯癫癫，跟傻子一样。白虎将军说他患上了郁结妄思之症。什么办法都用过了，就是不见好。最后啊，还是白虎将军使用祖传绝技，替他读心疗疾，才把他治好。"

马馥湘道："原来这样！看来复仇的火焰，的确能使人丧心病狂！你我如今经历之后，也能体会这种感受！只是岫南真不简单，他能最终克服心魔，将个人的恩怨情仇放

在一边，一门心思应对家族危局……"

"何止这些，他满脑子想的，都是天下安定，黎民百姓有个泰平的日子过。"刘如霜说着，又摇摇头道，"这样的心胸，不是什么人都能做到的。比如我，原来也自认为是个巾帼英雄，可是听到全家惨遭灭门后，就四处找马希崇、徐威报仇雪恨，想不到刺杀徐威还差点丧命，幸亏左老大人派人及时赶到，我才捡回了一条命……"说着又伸出左腿撩起睡裳给马馥湘看，"你看，这被徐威的剑刺穿的。回去后，也想放下个人恩怨，跟着他为天下苍生谋福祉，可是，一想到父母的死，就心智大乱，咬牙切齿，夜不成眠，怎么也控制不好情绪。到如今，复仇欲望愈来愈烈。我终于明白了，要我忘记个人的仇恨根本办不到，摒弃私心杂念非常难，要去拯救黎民苍生，以天下为己任，也不是每个人都能做的。每个人来到世间，都有自己该干的事，不能违背本心，勉为其难。思来想去，还不如顺其自然，该干什么干什么，为何要为难自己！"

马馥湘点点头道："我也何尝不是如此！一年前，我怀着坚儿待在洪州，也天天以泪洗面，真是不想活了。可是想到肚子里的孩子，想到这是自坚哥留下的骨血，我就下定决心，一定得把他生下来并抚养成人，让他为父报仇，那时候，孩子是我活下来的理由。可是生下来以后，见到他天真无邪的模样，我觉得不能把仇恨传给一个孩子，把报仇这样艰难的重任交给下一代，让他一生下来就背负巨大压力。这很不合适，毕竟他是无辜的。因此，我父王母后和夫君的仇，还得我自己来。于是现在，报仇成了我活着的动力。只要能为夫君报仇，能为父母报仇，怎样的屈辱和苦痛，甚至付出生命代价，我都愿意。这仇，今生今世无论如何我都得报。"

刘如霜道："你父王母后惨死，夫君驸马爷也阵亡，的确仇深似海。我奶奶、父母、弟弟及管家婢仆都惨遭杀害，也是满门血债。哎，大道理我们都明白，天下若不安定，很多家庭也会一样，妻离子散家破人亡。可是，我在佩服岫南他们的同时，又感慨自己的渺小与无能为力，对于是报仇雪恨，还是以天下为念，有时候，常常处在进退维谷之中。唉，真是难啊！"

"是啊，天下分崩离析已久，战乱四起，民不聊生，这个混乱的世道也该结束了！瑶池李氏的男儿，个个都是好汉！"马馥湘感叹道。突然，她想起什么，问刘如霜道："你昨日来公公灵前上香，说什么瑶池李氏投降南唐，已和那帮奸人沆瀣一气，绝不会助我刘府报仇雪恨，'与李氏决裂，迟早而已！'……还说要和李云博退婚。这是什么意思？听得我一头雾水！"

刘如霜突然不说话了，愣了一会儿，一头扎进被窝里，说了句"太晚了，睡觉吧"，就不再言语了。

马馥湘满腹疑惑，但又不好多问，也跟着钻进被窝。可是，这个疑问，一直在脑海

里盘旋。

　　话说李云博母亲邱氏和李云闪妻子杨氏、秋月住一个大房间里，邱氏带着四五岁的李慕光和尚在襁褓里的李云芳睡在大床上，杨氏和秋月睡在临时搭建的卧铺上。就在马馥湘和刘如霜神聊的同时，这边大房里，李云芳早早睡了，李慕光却一直闹个不停，好不容易将他哄睡，秋月也睡着了。杨氏起身，蹑手蹑脚来到大床边坐下，看着邱氏，几次欲言又止。邱氏见她神经兮兮的样子，没好气地说道："我说大嫂子，三更半夜的，你又要干什么？"

　　杨氏压低嗓音说道："娘，我发现一个大秘密，不知该讲不该讲。"

　　邱氏瞪了她一眼，没好气地说道："哎呀，有话就快说吧，都什么时候了，难道要等天亮再说？真是！"

　　杨氏道："昨晚，我看见秋月起来小解，却拿着棉布包出去，当时没在意。今日守灵回来，她又一样。正巧我也去上茅房，发现茅坑里有棉布包，上面还有血迹。我第一反应就是，原来秋月的月红来了。可是，仔细一想，把自己吓一大跳：她不是怀孕了吗？"

　　邱氏一听，惊异地张大嘴巴，两眼发直，半晌说不出话来。她皱紧眉头想了想，严肃地看着杨氏的眼睛，问道："你没看错吧？"

　　杨氏道："绝对没看错，肯定是她留下的。"

　　邱氏仍然不相信："也不一定。隔壁就住着公主二嫂和岫南媳妇，说不定是她们的。"

　　杨氏道："哪有那么巧的事！我看见她两次拿绵包上茅房，然后又看见茅房里有带血的棉布包，不是她丢的，还能是谁！"

　　邱氏觉得她说得很有道理，不能不信，但仍然将信将疑，于是说道："如若她没怀孕，为什么要谎称自己怀孕了呢？这件事情，岫南知不知道呢？"

　　杨氏道："那我明日问问岫南。"

　　邱氏道："这事你别管，我想办法证实真假。其实怀不怀孕倒不是问题，问题是，她为什么要说谎骗我们呢？"

　　杨氏想了想，道："她不是想借怀孕为名，进位岫南的正室吧？"

　　"想都别想！"邱氏鄙夷地看了一眼睡得正香的秋月，冷冷地说道，"我瑶池李氏，严禁子弟嫖赌逍遥，更不许纳妾狎妓，要不是她身怀六甲，早被他爹赶出门去。如若怀孕是假，我等绝对家法从事，不会手下留情！这样的人，连基本礼义廉耻都不知道，还想当正室，门都没有！"

　　杨氏突然想到什么，又对邱氏说道："娘啊，前日，如霜姑娘来吊丧，当着那么多

人面，说要和李氏决裂，还要和岫南退婚。是不是因为这个秋月啊？"

邱氏似乎恍然大悟："对对对，肯定是这个原因！长沙刘氏侯门大族，家风刚烈清正，这等名门出身的大家闺秀，才是我瑶池李氏长房子孙的佳偶。更何况如霜姑娘又与岫南早早订婚，无论瑶池乡里，还是家族亲戚，都已广泛认可，只有这个刘如霜，才是我家老三最理想的媳妇。只是，这孩子，也太不幸了，突然之间遭受灭门之祸，成了孤儿。我们更不能因此放弃婚约，让天下人戳脊梁骨！"说着，忍不住落下泪来。

"娘说的是！……好困啊，我睡去了。"杨氏打了个呵欠，站起来朝邱氏道了万福，转身走了回去。

邱氏叮嘱道："大嫂子，这事在没弄清楚以前，别跟任何人说，知道了吗？"

"知道了，娘。"杨氏一边应答着，一边钻进了被窝。

◆ 四、掌门暴亡让老族长欲哭无泪 ◆

就在安灵道场的最后一天，药因道长和李庆吉赶了过来。李云博闻讯，马上迎出殿来，跟老祖宗和祖父大人请安。李庆吉一看见李云博，张皇失措地问道："这是怎么回事？白发人送黑发人，一茬一茬的，何时是个尽头？"不等李云博回答，药因道长说道："元德你别急，等上完香，我们找个清净的地方说话吧。"于是进了偏殿，上香祭奠之后，就在释晖禅师的安排下，来到一间禅房内看茶说话。

近一年不见，李云博发现祖父虽然面带悲伤神情凄然，但依旧看得出，数月的云游，让他闲云野鹤般了无牵挂，日子过得很是开心惬意，不仅身体健康硬朗，面色黝黑圆润，而且有了些仙风道骨的韵致，甚至连白发也少了一些。李云博问道："这数月，祖父随老祖宗游历，去了些什么地方？"

李庆吉道："去的地方可多呢！中原的名山大川、道教圣地，几乎走了个遍。唉……"

李云博又问道："你怎么想到，要随老祖宗去中原游历呢？"

李庆吉道："一言难尽呐。岫南啊，今年年初，一家老小被绑赴刑场，差点遭受灭门之灾。幸亏你的义兄李处耘将军带人大劫法场，将我等救出，全家才幸免于难，尔后又力邀我们北上避难。只是当时你已经主动现身，马氏王廷宣布将你羁押，只要我们献出火药绝密报效王廷，就既往不咎。我们在东华山盘旋几日，正赶上南唐派遣特使为马希萼册封，突然宣布我等无罪，只是将你交给南唐特使，押往金陵治罪。我们还是觉得回家为好，就婉拒他的盛意。后来得知，这一切，是老祖宗告诉他的。你的这位义兄，真义士也！"

"正元大哥义薄云天，当然是真义士！"李云博附和一句，又对药因道长说道，"多谢老祖宗，出家不忘家！您一直在北方，如何知道家里遭受这灭顶之灾？"

"无量天尊，你小子居然跟我老道客套起来，真是多此一举！"药因道长道，"事情还真是机缘巧合。老道我去年去了华山云台观拜会陈抟老祖，谈经论道甚是开心，于是逗留了数月，居然不知不觉过了年关。年关过后就带着两个俗家道童往回赶，还未到长沙，就听说大楚国兄弟争国，马希萼杀王自立，你被通缉，瑶池出了事，全家被马希崇缉拿，并以押解到长沙。情急之下，我们就进长沙城看个究竟。不看不知道，一看吓一跳，湘春门上张贴着布告，说是五日之后，瑶池李氏族人因为窝藏矫诏谋逆的李云博，将被斩首。得到这五雷轰顶的消息，贫道也顾不上回升冲观了，又折身北上，拜访了正在滑州驻防的赵匡胤。他闻知此事，立即找来李处耘，商量过后就决定由李将军带队，前来搭救我们一家。"

"原来如此！真的多亏了他们！"李云博叹道，"可是，这与祖父北上中原有什么关系呢？"

"关系大着呢！"药因道长道，"那日别过李将军，老道我随他们一起回到瑶池，这时候，徐威的大军撤走了，家里又像从前一样，都恢复了平静，于是住了几日。由于家里突然变故，你二哥战死，祖母去世，法场混战中你四叔公也出了意外，你祖父很不开心，老道我就想带他出去散散心。陈抟老祖早就对我瑶池李氏的火药技艺仰慕已久，曾说要亲自南下拜谒，瞻仰药王和畋公庙堂。无奈正在帮赵匡胤的忙，一时脱不开身。而你祖父已经退养，无事可做，贫道建议他去华山会会道行高深的老祖，也正好去面谢帮家族渡过难关的两个义士。他虽然放心不下家里，但对修道一直向往，你爹也劝他出去散散心，几日后，就同意了。"

李庆吉说道："是啊，想到拜会陈抟老祖、感谢你的两位结拜哥哥，我就欣然北上。唉，原本出去散心，没想到，这一走就是大半年，真有些忘情山水，几乎乐不思蜀了。更是万万没有料到，这一回来，更是面目全非：江山倾覆，家园沦陷，瑶池易主，家里也接二连三地出事。难道家族浩劫，如何问仙祈福、积德行善都不能化解吗？"

"无量天尊！天道忌盈，业不求满；水满则溢，月盈则亏。红尘劫难，也自有定数。所谓化解，所谓改着，也都只能尽力人事之后，听天由命了。"药因道长叹道，"然而，道家还有云：福兮祸之所伏，祸兮福之所倚。祸福相生相伴。虽然有一些亲人离我们而去，但对于拯救整个家族，或将大有裨益啊！"

李庆吉道："三叔说得甚是。既然老天要磨砺我李氏，我们也就无话可说。只是但愿今后，少出这等意外。唉……"顿了顿，又道："岫南，你在南唐待罪这一年间，如何逃过一劫，居然回来了？"

李云博就将在南唐的遭遇，一五一十地都跟他们讲了，只是没有告诉他们，父亲之死是南唐大国士韩熙载为他设定的脱身计策。

药因道长听了，若有所思地说道："真没想到，南唐朝廷为了得到我李氏的火药绝密，居然动起这等心思来，名为问罪，实则庇护，提前恩科，破格入仕，还点了翰林，尔后又赏宅赐妾，滥施厚恩。如今，炮火营已经进入瑶池，这以后的日子，只怕愈发艰难了。"

"是啊，对付他们，既要保护好家人的安全和瑶池的稳定，又要不至于开罪南唐炮火营，还要保证家族绝密不落入穷兵黩武的敌国手上，的确是个不小的难题。"李庆吉一时间忧心忡忡，看了看李云博，突然开导起药因道长来，"不过，三叔也无须过多忧虑。愚侄回来了，岫南也回来了，这办法，总会有的。"

李云博道："对付他们，的确困难重重。特别是那个江世敦，不仅剑法了得，而且诡计多端。我们以静制动，以不变应万变，应该出不了大麻烦。"

药因道长看见李云博有些底气，而且相信他这次只身一人南唐历险，都能全身而退，那么回到了家里，力量更大，应该能够渡过难关。他赞许地点点头，说道："但愿如此。看来，这期间，老道我也不能离开浏阳了。多一个人，就多一分力量。"

李云博道："老祖宗，其实你也不必留下来。对付他们，有我和祖父大人足够了。你得继续北上中原，联络好陈抟老祖和正元大哥、匡胤二哥，万一今后我们和南唐闹翻，北方朝廷就是我们可以依靠的力量。您跟我说说，如今中原那边，形势如何啊？"

药因道长道："无量天尊！我一个出家的老道，今儿也破例就谈一谈北方局势。自郭威建立大周以后，刘崇也在晋阳称帝，并联合北辽攻打周朝。可是郭威不是吃素的，又兼有一干能征惯战的大将，把两国联军打得落花流水。如今郭威已经御驾亲征，挥师北上，意欲将契丹彻底赶出中原，然后回师东指，消灭北汉，真正统一北方。你的结义二哥赵匡胤，已经奉旨整军，也将率领大周爆战军，助战漠北。"

李云博一听，顿时心中一震：这大周朝的开国皇帝，难道是个有雄才大略的明君？如若能去北方，亲自会一会他，或许会水落石出。但这是心中的绝对机密，不可能透露给任何人。于是想了想，道："这个郭威，当真是个纵横天下的枭雄！如若北方统一了，那么四分五裂的江南，也很可能会实现一统。那就得看，谁有这个实力了。"

药因道长道："不错，郭威是个英雄，可是，陈抟老祖却看好另一个人。只是他这话，连我也不信。"

李云博一惊，问道："老祖看好谁？"

"他说，你二哥赵匡胤有王者之气，还不止一次地对我说，将来统一天下者，就是这个赵匡胤。"药因道长轻声说道，"你说，赵匡胤现在只不过是滑州爆战军指挥使，能否成气候还很难说，要成这等大器，谈何容易！"

"这……"李云博被他这话给震到了，"这可别乱说，如若郭威他们知晓这等流言，那不得把我二哥活剐？"

药因道长道："这个，老道我自然知道。只是赵将军，相貌奇伟，胆识超群，意志坚定，胸襟坦荡，的确算一个乱世英雄！"

李庆吉对他们聊起的北方不感兴趣，他的心思仍然在李天亮的丧事上。于是突然插话问起李天亮的丧事和下葬时间，李云博就将家里的一些情况简要地说了，重点告诉他们，是南唐朝廷要高规格置办丧事，在他极力斡旋之下，才勉强做到三七，水陆道场、安灵道场、下葬日子等，都是边镐会同炮火营的将领们一手敲定的，三天安灵道场做完，一大早就送到东峰界烂泥湖边的李氏祖坟山里安葬。末了，他叹了口气，说道："其实，父亲午时猝死，有犯恶煞之嫌，很不适宜清晨安葬。老祖宗，麻烦你再算算，看看能否有改着？"

药因道长掐指推演一阵，推演不出什么犯煞之象，很是蹊跷。他疑惑地看着李云博道："家族掌门猝死，都毫无征兆，而去世的日子和时辰，倒是起死回生之吉日吉时。看来这麻衣之术，倒也不见得样样精准。"

李云博见他如此一说，生怕露了马脚，心里不免有些着急，但事关绝密不能明说，于是连连使着眼色说道："老祖宗精通易理玄机，这掌门猝死，倒的又是急头，定然是恶煞作祟。午时暴亡，依照孙儿推算，晚间下葬最好……麻烦您再仔细推演一番，如何？"

药因道长见他如此肯定，又连连使眼色，虽然不能确定李云博暗示他什么，但他知道其中必有玄机，于是又装模作样重新推演一遍，然后神色严峻地说道："嗯，的确有问题。如弘年富力强，英年早逝，午时暴亡，这是犯冲地煞呀，如何能够清晨安葬？必须得改，夜间安葬为好！依老道我看来，就提前到凌晨子时吧！无量天尊！"

◆ 五、弄巧成拙，魏柳烟追悔莫及 ◆

就在安灵道场即将结束的时候，魏柳烟从大瑶过来，参加李天亮的下葬仪式。到了石霜寺，就在做道场的偏殿门口，碰见杨氏带着李慕光从偏殿里出来，撞了个正着。魏柳烟问道："大嫂干什么去？"

"魏小姐来了！"杨氏见是魏柳烟，笑着骂道，"这个孽障，刚刚撒完尿，还不到一炷香工夫，又要拉屎。真是懒牛懒马屎尿多！"

魏柳烟不觉莞尔，责备道："嫂子怎能这样骂他！小孩子，拉屎撒尿正常嘛，他不拉不撒，你这当娘的，才该着急呢！"

杨氏道："姑娘见教的是！我也就顺口一说，有口无心。"

没想到小慕光拉着他娘喊道："你老婆子快点好不好？小爷我都憋不住了，拉在裤裆你，你可别怪我！我还要赶回来给阿翁上香烧纸呢！"

两人听了，相视而笑。杨氏道："就拉到那草丛里吧，娘在这边等你。"慕光应了一声，急匆匆跑到草丛中痛快去了。

魏柳烟问道："听说，掌门老爷提前到子时下葬？"

杨氏回答道："嗯。阴阳先生原来测的时辰是明日卯时。今日一大清早，老祖宗药因道长和老太爷赶回来了。老祖宗掐指一算，说是老爷大白日里突然离世，犯的是地煞，夜间下葬比较好，于是就定在凌晨子时。"

"药因道长和老太爷回来了？"魏柳烟一惊，心想，不知为何老族长一直未露面，也想了解清楚，于是继续问道，"老太爷一直不在家？"

"嗯。三四月间，老祖宗云游回来，约老太爷一起去大围山采药，这一去就是好几个月，一直杳无音讯。不久前管事房的二叔祖上吊自尽，家里就派人找过他，没有找到。公公都去世十几天了，他才得到消息，赶回来了。"

"原来是这样。"魏柳烟恍然应了一声，正准备告辞到里面进奠，却被杨氏叫住："魏小姐，我告诉你一个秘密，你可别对他人说啊！"

魏柳烟回过头，疑惑地看着她道："秘密？什么秘密？"

杨氏道："你得先答应我，绝不告诉别人。我是答应了婆婆的。"

魏柳烟道："好，我发誓，一定不告诉别人。"

杨氏附在她耳边轻轻说道："秋月怀孕是假的！"

"假的？你怎么知道？"魏柳烟听了，吃惊不小。

杨氏道："我和她住一间房，昨日发现，他来月红了。"

魏柳烟想了想道："哦……这件事情，关系重大，可真别到处说，弄不好，会出人命的。"

杨氏道："这我知道。还有，我娘说，秋月这样做，可能是要夺嫡，上位争正室。你自幼和如霜姑娘情同姐妹，得帮帮她啊。"

魏柳烟道："当然。大嫂，这事除了掌门夫人之外，还有谁知道？"

"没有了，就你我和娘知道。我信任你，想你也帮帮如霜姑娘，才跟你说。"杨氏正说着，那边慕光大解完了，吵着要他娘去擦屁股。杨氏就过去了。而魏柳烟依然站在原地没有动。她想的是，李云博为什么不惜被刘如霜误会，也要极力维护这个假象呢？这是他的有意安排，还是有其他什么苦衷呢？一时间，也琢磨不出什么门道来。

杨氏带着慕光走过来，见她愣在那里，说道："一起进去？"

魏柳烟回过神来，道："好啊。"她伸手牵过李慕光的手，有意岔开话题，问道："光儿，你刚才说，大解完了之后，急着给阿翁上香烧纸，这为什么呢？"小慕光一本正经地回答道："这很简单啊。三叔说，只要子孙后代全心全意尽孝，灵前接连不断地跪拜磕头、上香烧纸，说不定会感动神仙，将阿翁的魂魄送回来。他还说，以前，就发生过这样的事情。我一定好好尽孝，感动神仙，让阿翁又活过来！"

"光儿真有孝心啊！"魏柳烟感叹道，"走，一起进去给阿翁上香去。"

魏柳烟和他们娘儿俩进了偏殿，只见一群僧人正在那里敲打鸣唱，梵音四起，声绕梁栋。而灵柩前，所有孝眷都神色悲戚，披麻戴孝聆听佛音。她一眼瞥见李庆吉和药因道长盘腿坐在蒲团上，神情凄然，满脸悲伤。李云博见魏柳烟来了，连忙叩首答谢。魏柳烟还了礼，上香祭拜之后，又向药因道长和李庆吉请安。

又一场法事结束。休息期间，李云博对魏柳烟说道："魏小姐特意留下来为亡父送葬，真是太感谢了。"

魏柳烟道："这是我们应该做的。只是父亲公务繁忙，实在抽不开身，特意要我留下来代表家人参加下葬仪式，送掌门大人最后一程。前天你在场，还客气个啥？"

李云博道："三番五次来回折腾，真是过意不去，麻烦你们了。"

魏柳烟道："李翰林别客气。两家世交，这么大的事，怎么说得上麻烦呢。"

正说话间，刘如霜过来插话道："你们真是相敬如宾啊！"

李云博见她话里有话，问道："如霜妹妹，你什么意思？"

刘如霜道："我说的是真的。姐姐本该留在这里，我才是多余的。"她说着，抬头看了看李云博，用略带严厉的语气说道："这孝，我替姐姐尽了，你可别做对不起姐姐的事。"

魏柳烟见她又口无遮拦，马上抓过她的手将她带出来，在一个僻静的地方停下来，没好气地说道："如霜妹妹，你怎么又信口开河？我和岫南是姐弟，不是你想的那样。"

刘如霜道："可我一直认为，你们才般配！可那个李公子，跑到南唐做了翰林，这心，只怕也变了吧。姐姐你要看紧点。"

魏柳烟道："你说什么呀！你我都很清楚，岫南是个好男儿，他绝不是那样的人。他这样做，一定有他的苦衷。"

刘如霜道："苦衷？什么苦衷？他不是做什么见不得人的事，都有苦衷吧？姐姐你告诉我，你们私订终身，苦衷是什么呢？"

魏柳烟道："哎呀，我和岫南当时都是一时冲动，才私订终身的。这既不合礼制，也不切合实际。你看啊，既然你们是父母之命，又有媒妁之言，你们在一起，才是合理合法的。……前几天在来瑶池的路上，我跟你说了那么多，你一句都没听进去吗？"

刘如霜道："我为什么要听你的！我还是那句话：没有报仇雪恨，我绝不嫁人！"

魏柳烟道："你仍然在怪我，没有早些将私订终身的事情告诉你，是吗？"

刘如霜道："不是，我为什么要怪你啊。你们你情我愿，两心相悦，我没有资格管你们的事。"

魏柳烟道："你在说气话！"

刘如霜道："姐姐，我绝对没有！我觉得你比我更适合岫南。"

魏柳烟道："那你是怪岫南未和你成亲，就先娶了侧室吗？"

刘如霜道："我怪他干什么！我只是他名义上的未婚夫人，和他私下约定，先答应双方热心的家长，等时机成熟就退婚。他娶小老婆，与我何干！"

魏柳烟道："你们约定的，不是说天下一统后就成婚吗？怎么成了时机成熟就退婚呢？"

刘如霜道："那不一样！什么时候天下会一统啊？"

魏柳烟道："你一定要退婚吗？"

刘如霜道："当然。这事，谁都拦不住。"

魏柳烟道："都是我害了你。当初要不是我和岫南相遇，又那么冲动，也不至于让岫南先拒婚，然后又假订婚。"

刘如霜道："姐姐何必要自责呢？这事，与你何干？这是我和他的事情，迟早要解决。我现在还有更重要的事去做，我也不想拖累他们。"

"除了报仇，你什么都可以不顾，什么人的话都不听了，是吗？"魏柳烟见她主意已定，伤心得落下泪来。

刘如霜淡淡地说道："不是。俗话说，杀父之仇不共戴天，那么灭门之仇不共什么呢，只怕冰雪聪明的姐姐也想不出。因此这仇，一定得报。其他的事，以后再说。无论怎样，你都是我的好姐姐。"

"真是气死我了！"魏柳烟气得丢下她，掩涕而去。

刘如霜的眼眶也湿润了，她喃喃说道："姐姐，对不起。如若有来世，我们还做姐妹，那时候，我一定什么都听你的。"

李云博正在一个写着"南无观世音菩萨"的照壁前活动筋骨，忽然看见魏柳烟哭着跑过来，不知道他跟刘如霜之间发生了什么，于是上前拦住她，问道："柳烟姐姐，怎么了？"

魏柳烟见是李云博，连忙站住了，有些不好意思起来。她赶紧擦了擦眼睛，道："也没什么，就和如霜姑娘争了几句。"

李云博一愣："争了几句？只怕你又是去逼她和我成亲，惹火了她吧？"

魏柳烟道："唉……她现在除了报仇，什么都不想，谁的话都听不进去！这样下去，迟早会出事。岫南，你想想办法吧，我真是无计可施了。"

"她这样下去，肯定会有麻烦。可是我也想不出什么好办法啊！"李云博突然感到事情的严重，"柳烟姐姐，不是我说你，你不该过于急迫，甚至逼着她和我完婚。而且，你在处理我们几个人关系的时候，犯了一个大错误，你知道吗？"

"大错误，我有吗？"魏柳烟一听，瞪大满是泪痕的眼睛，疑惑地看着李云博问。

李云博道："你不该把我们私订终身的事情，毫无保留地告诉如霜妹妹。我原来还有信心慢慢说服她，可是你把我们以前的秘密告诉她了，我就知道，她已经不可能嫁给我了。"

"为什么？"魏柳烟瞪大眼睛，不解地看着李云博，"上次来瑶池吊孝，我和父亲为了找她，一直等到最后时间她才出现，差点误了大事。晚上和她来你家的路上，她告诉我说，你们的婚约是假的。见到她如此真诚，我就将我们私订终身的事，也毫无保留地说了出来，还把金陵之行的相关事情也告诉了她。我以真心换真心，有什么不对吗？"

李云博想了想道："你这样做，似乎没什么不妥。只是你知不知道，这就等于说，我们是两情相悦，而她刘如霜，则是一厢情愿。你和她情同姐妹，她如何能横在中间夺你所爱呢？于是不计后果地伤害你，其实是想成全你。当然，一心想报仇雪恨，也是她

目前考虑的最重要的事情。"

魏柳烟恍然大悟："原来这样！我怎么没想到呢？我还以为，我敞开心扉毫无保留地对她，为的是获得她真正的信任，没想到，事与愿违。"

李云博叹道："你是聪明一世、糊涂一时，当局者迷嘛！但是，并不是如霜不信任你，而是太信任了，更不愿意和你争什么。其实我还知道，如霜肯定不会嫁给我，你也不会。"

魏柳烟惊道："为什么？"

李云博道："你觉得如霜妹妹可怜，全家惨死，无依无靠，和我成婚，既可以让她有所依靠，又可以通过婚姻生活和天伦之乐的慰藉，平复仇恨带来的巨大创伤。所以你宁愿放弃和我之间的约定，而且不惜背上骂名将此事告诉她；而刘如霜呢，一直觉得我和你最般配，得知你我有过秘密约定后就一直想成全你我，所以放狠话要和李氏决裂，不遗余力要退婚。于是，我李云博被当着东西推来让去，其结果，必然是两头脱空。不过，如今天下乱象横生，四分五裂已经到了无以复加的地步，我也没有心思成家立业，正好一心一意琢磨琢磨一下这天下大事。但是，如若我和她完婚，能够拯救她，我一定不遗余力。"

"你知道就好。"魏柳烟看着他，淡淡地说道，"我有一个想法，不知道行不行。"

李云博道："你说说看。"

魏柳烟道："你记不记得，南唐朝廷当时派姚凤出使长沙，答应马希崇出兵讨朗，条件就是处死滥杀大臣的徐威，并且找到刘如霜，传旨要她前往金陵完婚。可是后来情况发生变化，南唐朝廷只是借此麻痹马希崇，马希崇下令捕杀徐威未就，不久就献城投降了。而你们的婚事，因为没有找到如霜妹妹也就耽搁了下来。你看……"

"我明白你的意思。主意不错，不妨一试。但是方式一定得让如霜妹妹能够接受。我是怕如霜妹妹抗旨不从，那麻烦就更大了。"李云博思忖着，突然抬起头看着魏柳烟道，"只是，柳烟姐姐，我可就要辜负你了！"

魏柳烟道："岫南哪里话！我们永远都是知己，心意相通，彼此牵挂，有无结果，何必强求！"

李云博道："只是要做知己，谈何容易！身逢乱世，无论承诺什么，都是镜花水月。你不用等我，有合适的好男人，趁早嫁了吧。"

魏柳烟道："我的事不用你操心，我自己会拿捏，你就顾你自己吧，别担心我了。无论怎样，你都是我心中真正的男人。"

李云博听着她的话，一股酸楚扑鼻而来，心也如刀绞一般。他背过脸去，看着远处的群山没了言语。

沉默一阵，魏柳烟平静地问道："岫南，有一事一直心存疑虑。我想要知道，你明明和那个秋月是假夫妻，怀孕也不是真的，你为什么要借此伤害如霜妹妹？"

"她怀孕是假的？谁告诉你的？"李云博一听，回过头来吃惊地看着她。

"谁告诉我不重要。但我告诉你，不止我一个人知道，至少，你母亲也发现了。我想知道的是，你为什么刻意要隐瞒？"

李云博一愣，本想说出真相，突然转念想到，她居然将私订终身的事情透露出去，看来人会失足、马会失蹄，再聪明的人也会有犯错误的时候。非常时期，还是谨慎些为妙。于是继续坚持秋月怀孕的说法："我没有隐瞒，因为秋月真的怀孕了。我自己做的事，我自己清楚。"

魏柳烟气愤地质问道："你为什么要狡辩？"

"我没有。既然有缘无分，又何必强求。都解脱，也未尝不是好事。我已经对不起你和如霜妹妹了，我不想再对不起秋月姑娘了。"李云博突然觉得自己变得成熟起来，笑着看了一眼魏柳烟，继续说道，"经历了太多的生死，我偶然发现，这个世界上，的确还有比尊重感情和兑现承诺更为重要的事情去做。柳烟姐姐，这不是我们的感情变了，而是我们都在不断经历着的苦难中，真正长大了，已经知道取舍，懂得要承担怎样的责任。乱世之中，沉迷于儿女情长，显然不合时宜。或许秋月，是我目前最好的选择。"

魏柳烟听着，突然惊愕得张大嘴巴瞪大眼睛，简直不敢相信这是她亲耳听见的，李云博亲口说出的话。李云博看着她吃惊的神情，依然平静地说道："所以想办法拦住如霜姑娘去复仇，是我们当前要做的最重要的事情，拜堂成亲也好，赴汤蹈火也罢，我都愿意，只要能够帮她克服心魔，别干下丧心病狂的事情。这事，你也多用点心。"他说着，施礼告辞，又进了偏殿，应答父亲的安灵道场去了。

魏柳烟六神无主地望着李云博渐行渐远的背影，不由得泪如泉涌，半晌说不出话来。

年关时节，石霜寺里里外外都寒风彻骨。魏柳烟呆呆地站在那里，纹丝不动好一阵子，任凭凛冽的寒风肆意狂虐。她的心情和她不时被风掀动的衣裙一样，忽上忽下，忽左忽右，忽徐忽急，凌乱而找不到方向。

◆ 六、子时下葬让江世敦疑云顿生 ◆

那天一大早，郑道光、江世敦带领炮火营主要将领赶到石霜寺，前来参加李天亮葬礼。没想到下马到了寺院，眼前的景象大大出乎大家意外：积雪上的屐痕残乱，满地都是纸钱，除了冷冽的寒风依旧刮着，寺院上下安静得很。进到偏殿一看，里面空空如也，灵柩、棺木、花圈、祭幡、道场以及守丧的孝眷都不见了踪影，只有凌乱的场面似乎提醒着大家，这里刚刚做过道场。大家不免你看着我，我看着你，一个个面面相觑。一问，才知道下葬时间提前到子时，送葬队伍早就随棺木、灵柩和亲眷们去了东峰界烂泥湖坟岗了。

一行人被这意外的消息惊得目瞪口呆。江世敦简单地和郑道光交流几句，就吩咐众人"立即赶过去"，带着大家出了寺门，上马朝东峰界奔去。

下了山路上了官道，快马不到半个时辰，一行人来到东峰界烂泥湖边。大家跳下马，往李氏祖坟山上赶。来到坟场，只见坟山里多出一座新坟，没有看到一个人。原来，下葬仪式早已结束，送葬的亲友和孝眷早已离去。江世敦大是恼火，但又不能发作，只得带着众人洒酒祭奠一番，然后悻悻离去。

这时候，李云博带着一群家仆随从，个个手里拿着刀斧绳索，往山上来。他们是来搭建草屋的，以便李云博守孝居住。李云博突然看见祭拜已毕、正欲离开的江世敦一行，一副惊慌失措、感激涕零的样子，跌跌撞撞上前施礼道："先考刚刚入土，众将军就来祭拜，李岫南感佩之至！"

看见仍然一身孝服的李云博，江世敦大喜过望。他连连还礼道："翰林大人不必客气。不瞒你说，我们大伙是过来参加掌门老爷葬礼的。可是，来迟了没赶上，只能坟前吊唁了。唉……"

"葬礼早结束了！真是过意不去，麻烦你们白跑一趟。"李云博很是尴尬，一脸的无奈。

"这是谁的主意？"江世敦鼠眼一转，满眼疑惑地问道："原来不是商议好了，定在卯时下葬吗？为何突然提前了？"

"药因道长，我们家族中辈分最高的长辈。"李云博看了一眼疑云重重的江世敦，继续说道，"药因道长前几日回来了，和我祖父达人一起回的。他老人家精通易理玄机，回来掐指一算，说什么'如弘年富力强，英年早逝，午时暴亡，犯冲地煞，卯时下葬，诸多不吉……'听了他的解释，大家觉得有理，就同意了。后来根据他的推演测算，就将下葬时间就提前到凌晨子时了。"

"老、老道长回家了？老族长也回来了？"郑道光突然接过话来，"这、这事，怎、怎么我们不知道？"

"郑都监你别打岔……"听了李云博看似滴水不漏的解释，江世敦突然感到这个下葬时间的提前有些不同寻常。他赶紧打断郑道光的话，反问李云博道，"犯冲地煞，卯时下葬，诸多不吉……此话怎讲？"

"这个嘛，在下也不甚明了，要问老道长，他对这阴阳之术了如指掌。"李云博说着，突然皱紧眉头问道，"不过，在下要问江将军，先考下葬，是我李府家事。我们听从精通阴阳的老道长的意见，将其提前到子时，有何不妥？"

江世敦笑道："李翰林，别误会。如若不改时间，或者改动时间告诉我们一声，我等也不会错过掌门的葬礼啊！"

李云博道："你们没说要来参加下葬仪式啊！因为我们这里，民间习俗一般的丧葬礼仪，出殡送丧之后，就算结束，葬礼都是亲眷参加。先考因为是暴亡猝死，也就是我们乡下人常说的'倒的是急头'，得做做安灵道场，多停了几日。下官以为，神刀营、炮火营都在出殡那天举行了路祭，规制已经很高了，因此下葬礼仪，就不用劳烦各位大驾了……"

"李翰林这是什么话，太见外了吧？"江世敦提高了声调，似乎在虚张声势地表明，他有些不满了，"炮火营能够入驻瑶池，全靠李氏成全。而且掌门意外身亡，与我等进驻瑶池多多少少也有一定关联。真心诚意为李掌门治丧送葬，能表明我们的歉意……这么好的机会，白白耽搁了，唉！"

郑道光不悦地看了一眼江世敦，说道："事、事已至此，后、后悔，有、有用吗？"

"各位盛意，晚生领了！晚生虑事不周，耽误将军们的大事不说，还以小人之心凭空揣度，斤斤计较，真是无地自容！一切都是我们的错，没能及时将有关情况禀报将军！"李云博说着，突然跪在地上道，"晚生代表全家，向各位将军负荆请罪，请将军们责罚！"

"翰、翰林大人，干、干什么？"郑道光连忙扶住李云博，"没、没参加掌门葬礼，已、已经让我等，羞、羞愧难当。翰、翰林大人为何还要，还要如、如此折煞我等？"

"晚生不敢！"李云博被郑道光扶住没能跪下地去，于是拱了拱手，正色道，"这事情，的的确确是我们的疏忽……"

江世敦越看越觉得李云博似乎在演戏，不免更加相信自己的直觉。他又一转鼠眼，突然满脸堆笑，上前牵过李云博的手，说道："哎呀，李翰林不必自责。这事，与你毫无干系，是我们忙着炮火营建设，把掌门葬礼的事给疏忽了。事情已经过去了，我们就都释怀了吧。不如这样，掌门五七道场由我们炮火营来做，以弥补未能参加葬礼的遗憾。李翰林，你意下如何？"

李云博惊道："炮火营做五七？这怎么好意思……"

郑道光立即附和起来："翰、翰林大人别客气，老、老夫看，就、就这么定了！"

"都监将军都发话了，那就恭敬不如从命。"李云博露出一副被逼无奈的神情，又似乎欣喜不已。他想了想，又道："晚生还有个不情之请，请将军垂允。"

江世敦道："李翰林有何见教，吩咐就是。"

"岂敢岂敢，江将军客气。"李云博回应一句后，继续说道："各位将军，我李氏一直以来，崇尚朴素，勤俭持家，凡属婚丧嫁红白喜事，都是能省就省，节俭操持。因此请炮火营在为先考做五七时，一切从简，切勿铺张。"

"入乡随俗嘛，我等一定谨遵李翰林吩咐，一切从简，绝不铺张。"江世敦很痛快地应承下来，"既然这事定了下来，令尊大人坟前也已祭拜，我们就不打扰李翰林结庐守孝了，更何况炮火营初来乍到，事务繁多，就此告辞。"说着，就放开李云博的手，拱手施礼。

"各位好走，大孝在身，恕不远送。"李云博拱手一一道别，又目送他们上了官道骑马扬尘而去，心中掠过一丝莫名的惶惑：这个江世敦，是不是嗅到什么味儿了？

而江世敦回来一路上，满脑子的疑问。这个突如其来的提前下葬太让人生疑了。李氏为什么要提前下葬，仅仅是卯时下葬不吉利吗？无论哪里的丧葬习俗，都很难看见凌晨子时下葬的，难道这个边界小邑例外？如若是旧有习俗，以前出现过，那倒也无所谓；但如若是有人故意为之，那就是在遮掩什么。他进一步大胆设想：如果这个人是李云博，他精心布局的棋局中，这子时下葬算哪一出？他赶在夜里下葬，究竟要隐瞒和掩盖什么呢？——难道，李天亮的死，有问题？

这个念头只是在他江世敦的脑海中一闪而过。这根本不可能！李天亮营中暴亡他亲眼所见，军医郎中验查了尸首，确实死亡无疑。但生性多疑的江世敦还是不能百分之百地说服自己，依然觉得这事有些非同寻常。不能说服自己，他常常会假设它成立，反复问几个为什么：退一万步讲，假设李天亮是诈死，后果也不过如此，绝对严重不到哪里去。但是，他为什么要诈死呢？这么一问，江世敦把他自己吓一跳：如若这是李云博布的局，那就是个天大的陷阱，进来的人，谁也逃不掉！！

"这小子，能有这等能耐？"江世敦想着想着，忍不住大声地问起自己来。突然又哈哈大笑起来。他觉得，自己太把李云博当回事了。

"江指挥说谁呢？"江世敦身边的验药监少监田德凡看见他神经兮兮般自言自语，忍

不住问道。

江世敦猛然醒悟，回应道："哦，老夫在琢磨一个人……哎，老田，你和李云博打过交道。你说，这小子，有多大本事？"

"李翰林呀，他有多大本事我不知道，但我知道，我一百个田德凡加起来，都抵不过他！"

"你也太小看自己了！"江世敦不屑一顾，但他还是不能放过此事。凡事，都得小心为妙。

一回到炮火营，江世敦立即找来黑云剑士中的几个得力干将，面授机宜之后，兵分几路，立即着手，秘密调查起这件让他颇感异常的凌晨子时下葬的事情来。

第三章
DISANZHANG

结庐守孝

◆ 一、结庐烂泥湖，李云博潜心爆竹新品 ◆

葬礼过后，李云博按照朝廷礼制丁忧规制，在东峰界东麓、烂泥湖旁边，离父亲坟墓不远的草地上搭建起茅屋，简简单单搬了些日用物什，住了下来，开始了漫长的守制生涯。

过了两天，天开始放晴，远山近处的冰雪渐渐消融，可是刮过来的风依旧寒冷彻骨。屋里，李云博捧着一卷书，看着凌乱不堪的场面，就将书放下，想收拾一下，又不知该从何处开始。犹豫一阵，还是捧起书看起来。看了一会儿，又心不在焉，不知做什么好。由于是刚搬进草庐不久，屋里的格局尚在铺陈当中，有些物什还未添配整齐，搬来了的东西似乎都是随意放置，一切都显得杂乱无章。其实李云博的心思不在这里，这几天来，他想着的，满脑子都是父亲和瑶池上下的情形。因此收拾起来，显得不在状态。于是干脆坐下来，懒得去拾掇其他东西，整理起书册来。尽管手头在忙碌，可脑子仍然闪念着这些事情。

虽然父亲已经被成功唤醒，被秘密安排在石霜寺里，目前身体已无大碍，但李云博依然过得提心吊胆：父亲诈死的秘密，一旦为人觉察，后果将不堪设想。而下葬那天江世敦皮笑肉不笑的神情，也让他莫名不安。

几天来，表面上，他独身一人守在坟边，用读书和参禅，来打发守丧时间，其实内心却无时无刻不在牵挂家里的事情。随着时间推移，南唐在枫林铺新建的炮火营营房已经初具规模，一旦建成，这火药配方的问题自然会提上日程，他还没有想好应对举措；而且秋月假怀孕的事情会不会露出马脚，虽然迟早会露馅儿，但他更担心过早被人揭穿，因为那些被他说服了的郎中们会不会有意无意露了口风，他也没有多少底气；加上秋月近期越来越想回金陵去，他正在想方设法留住她，一旦她要执意离开，如何应对也还没有万全之策；刘如霜丧心病狂的复仇火焰随时都可能燃烧起来，而魏柳烟将两人私订终身的秘密透露给她，简直是弄巧成拙，与她完婚已不可能，如若她又铤而走险，麻烦会很大。当然，来自各地密使传来的信息，也让他时刻保持着对天下局势的洞察……李云博根据这些资讯判断着各国的动向，相互之间的复杂而微妙关系，以及可能出现的新格局。

就在百无聊赖的时候，李云博无意之中翻到一本《习禅心悟》的小册子。这本手写

书册，是几年前拜会麓山寺主持弘道禅师时，临别之际赠给他的，是弘道禅师一生侍佛参禅的心血积淀，也是他修行悟道的智慧精华。由于近期忙于应对家中事务，他已经有好些日子没看它了。正在感慨时，他突然想起一件几乎被他遗忘的事情来：不久前，岳麓寺新任主持弘法禅师亲临瑶池为父亲主坛超度时，秘密转交了弘道法师圆寂前留给他的佛偈。惊叹之余，他一骨碌站起来，四处寻找那张佛偈。可是找寻一通，不见踪影。他越是努力回想，越是急吼吼地东翻西找，就越是回想不起，自己究竟把那张佛偈顺手放在哪里了。

"哪里去了呢，难道落在家里了？"反复搜查几次，都毫无结果。李云博看着被翻得七零八落的书籍，茫然不知所措，心里乱糟糟的。他不能原谅自己，居然把如此重要的东西给丢了。但是，常年参禅的李云博知道，后悔归后悔，恼恨归恼恨，如此心浮气躁，是根本找不到佛偈的。侍佛不仅仅讲究一个"静"字，更讲一个"缘"字。想到这里，李云博叹息一声，坐了下来，重新拿起那本《习禅心悟》翻开，选了那则名为"静则心净"的篇章仔细研读起来："人生而静，天之性也；感物而动，性之欲也。有动则心垢，有静则心净，外动既止，内心亦明。始自觉悟，患累无所由生也……"这几句话，几乎说到了他的心坎上，真是一针见血！近期来，他因为担心家事和瑶池安危，总是心浮气躁、瞻前顾后，越是机关算尽就没有底气，生怕别人揭了他的老底，甚至晚上常常难以入眠，就是入睡了也老做噩梦，这不正是"感物而动"吗？看来这天天打坐只是个形式，没有这"静"的功夫，禅机就根本没参进去！

一通领悟，李云博茅塞顿开。欣喜之下，他就接着读了进去，渐渐入了迷。正读得起劲的时候，突然，一张便笺从书中滑落，纷纷扬扬一阵后落到地上。正沉浸书中的李云博无意识地站起身来，一边盯着书一边弯下腰，把那张便笺拾了起来。正要夹回书里去，没想到不经意间扫了那张黄色便笺一眼，几行佛偈便跃入眼帘：这不正是弘道禅师圆寂前留给他的那张佛偈吗?

李云博努力压抑着自己的激动，可是手还在不停地颤抖。"心净则静，静则心净，这互为因果。看来自己的心时常被外物所感，还是不够净啊！"他长叹一声，突然想起恩师的教诲，甚至去了极乐世界依然忘不了点化他，而自己，恩师圆寂数月，除了参禅之余为他诵经之外，居然连亲临坟前祭奠的愿望都未实现过，真是愧对他老人家了……想着想着，不免潸然泪下。他合上书，找来找去找到一块上好的楠木，取来工具一通修整，又拿过笔墨在上面写上"恩师岳麓寺弘道禅师之尊位"，一块灵牌就做好了。然后恭恭敬敬将它摆上神龛，拿来香烛果品祭拜了一番。

忙碌一阵，李云博的心绪渐渐平复下来。他就又坐下来，拿出那张佛偈认真揣摩起来。这两首佛偈，从字面上理解，都是参禅侍佛的领悟，而且内容也平凡，见不到独特的领悟，根本没有《习禅心悟》里那些文字深刻，不免有些失望。但他有预感到，恩师圆寂前郑重其事地留这张佛偈给他，还说自己"聪颖过人，一看就会明白"，不会没有含意，肯定是要告诉他非常重要的事情。可是自己看了半天，任何玄机都看不出来，真是枉费恩师一片苦心。但李云博是绝对有智慧的，字面理解不通，那就得找别的途径。他又将佛偈诗认真读了一遍："佛门清净地，可寓乱世怀；养气多劫数，心静少尘埃。岂是孤诣事，能见明镜台；治心在觉悟，湘水莲花开。"玩味一阵，然后就颠三倒四地读起来，回环、拆字、嵌尾等他都一一试过，经过几次试探比较，都没有发现特别含义，排除了这些可能。正在心灰意冷之际，李云博突然瞥见这八句诗的头一个字正好组成一句话："佛可养心，岂能治湘。"不觉豁然开朗：这不是弘道禅师在告诉他，边镐"以佛治湘"的策略长久不了吗？原来，它是一首藏头诗，恩师要他坚信，能够普度众生的佛法，虽然可以慈悲芸芸众生，可以助人超脱尘世，也可以慰藉心灵苦难，但并不是无所不能的，边镐用它作为施政理论，在儒道传统影响深远的三湘四水，那绝对是行不通的！！

　　"这简直是醍醐灌顶啊！"李云博万万没想到，一直远离红尘、一心事佛的恩师，却这般牵挂湖湘大地和父老乡亲安危，而且了解之深、洞察之透、点戳之准，几乎让他顶礼膜拜。原来佛学真正的要义，依然是人伦大道，依然是民生福祉，依然是天下太平！

　　想着想着，颖悟异常的李云博终于领悟到弘道禅师佛偈的真正含义，突然间觉得笼罩自己的心头的阴霾一扫而光，整个人被照得透亮。早在南唐决定国策的时候，韩熙载就说，当前图楚，是惹火上身，几乎大多文臣都赞成他励精图治、结好邻国的主张，反对主战派穷兵黩武、开疆拓土的攻伐路线，这在李云博看来，是很有远见卓识的。当边镐乘虚而入，不费一兵一卒占领了潭州，满朝文武弹冠而庆的时候，他犹豫了：长沙沦陷，马楚政权消亡，如若此时采取得当的举措，比如轻徭薄赋、厚施民生，逐步将湖湘州县化入南唐治下，也不是没有可能。可是韩熙载却说，南唐大难将至，于是称病不朝、闭门不出。李云博觉得，这是韩公对南唐复兴已经失去了信心，而自己仍然心存疑虑，南唐要是派遣能人治湘，结局很是难料。李云博曾经认真分析过韩熙载判断的原因，不外乎三：一是国力不足以支持灭国大战，二是周遭诸侯会趁火打劫，三是朝廷内部出现党争，皇帝李璟采取"大守小取"的策略，虽然兼顾了战和两派，实际上是助长了朝廷主战派的气焰。一年来推行新政的毫无建树，就足以证明，南唐朝廷在制定国策时，审时度势是有问题的。也就是说，韩熙载看到的是，朝廷在大政方针决策上，出现了严重失误。而如今，弘道虽然讲的是同一问题，角度却完全不同，它是基于用人失策上说的。边镐信佛好名，不是戡乱良将，也不是治政能臣，提出"以佛治湘"的施政方针，根本就没有弄清三湘四水的文化传统、政治环境和民风民俗，这样的政纲居然被南唐朝廷认可，真是荒谬至极！基于两位恩师的判断，李云博更加坚信，南唐占领潭州岳州是暂时的，迟早是要失败的。

一阵拨云见日的思考，李云博已经胸有成竹。有了这个大势上的判断，接下来只需要考虑具体的应对措施了。想到这里，他满怀信心地站了起来，出了草屋，任凭凛冽寒风肆意狂虐，似乎越是猛烈，越就惬意万分。

"岫南，这么冷的天气，怎么能在屋外闲逛呢，真是！"李云博听到熟悉的声音，回头一看，原来，李云浩和冯玉花夫妇给他送饭来了，责怪他的，自然是比他还小的"浩嫂"冯玉花。自从嫁到李府，冯玉花就再也没叫过他"岫南哥"，俨然一副嫂嫂的派头了。

"呵呵，浩哥浩嫂来了，有饭吃了！"李云博笑着迎了上来，又嬉皮笑脸将他们请进屋里，然后毫不客气，掀开食盒就大吃起来。李云浩被他的举止弄糊涂了："岫南，你没生病吧？这几天来，一直不苟言笑、愁眉紧锁，怎么，突然之间又乐呵呵的……"他还赶紧伸出手来，用手背试了试李云博的额头，又嘟哝开了："怎么回事，没有发烧啊？难道得了失心疯？"

"你这呆瓜，岫南能有什么事！"冯玉花瞪了一眼李云浩，没好气地骂道，"你这还看不出来？岫南人逢喜事精神爽，一定是有了什么好主意！"她连忙过来取出筷子递给他，又给李云博盛饭，笑道："岫南你再高兴，也不至于弄得这般狼狈，你可是读书人，又是朝廷的翰林，如此这般斯文扫地，传了出去也不怕人笑话？"

"知我者，浩嫂也！"李云博哈哈大笑，"其实也没什么。就是读了几首好诗，突然觉得心旷神怡……"

"国破家亡，还有闲心读诗，你的雅兴够可以的！"李云浩大失所望，"岫南贤弟，你还是把你的聪明才智用在瑶池李氏的正经事上吧！"

"正经事？我们瑶池李氏的正经事……"李云博正往口里扒饭，口齿有些含混。他一急，也顾不得仔细咀嚼，囫囵地将食物吞下，然后若有所悟地点点头道，"哦，小弟知道了，我得好好干干正经事。浩哥，你明天来，顺便多带些火药、纸皮和爆竹以及制爆工具，我等写个单子，你照着取，尽量多带一些来。我呀，要趁着这个空挡，好好研究一下爆竹新品。大哥不久前发明了个连线竿炮，思路很好，不过，存在安全隐患，使用也不怎么方便，要想规模生产，成为我瑶池李氏引领爆竹潮流的拳头产品，仍然需要改进。小弟多下点功夫，力争早日定下技术规标，尽快投产。"

李云浩气不打一处来："李云博，你还是那个一举夺魁、名动江南的少年秀才吗？你还是那个临危受命、大闹洪袁的天策学士吗？你还是那个以天下为己任的泰平阁紫金长老吗……"

"隔墙有耳，你别胡说八道……"冯玉花突然变了脸色，用手封住李云浩的嘴，制止他口无遮拦。

"没事，这荒山野岭的，迫近年关，又是天寒地冻，谁会来啊。"李云博吃完了一碗，伸手将碗递给冯玉花道，"浩嫂，再来一碗。"又放下筷子，对李云浩笑道："可我仍然是闻名遐迩的火药神童啊，这才是我的老本行！"

"唉，我懒得跟你说了。"李云浩失望之极，一副不可理喻的样子。

"你这个呆瓜，岫南逗你，还真信了呢！"冯玉花又好气又好笑，一边将盛满了的饭碗递给李云博，一边骂道，"你不会忘了吧，年初的那次台阁会议……岫南这是韬光养晦，待机而动。这一门心思研究爆竹，可以麻痹对手，让他们放松警惕……达淼哥，非常时期，你得学会忍辱负重，遇事，多动动脑子！别一遇到什么事情，就急吼吼的！"

"哦，原来这样！我知道了。"李云浩似懂非懂，不知所以地应了一声。

◈ 二、烂泥湖边的除夕之夜 ◈

转眼之间，一年一度的新春佳节就到了。李云博一直在东峰界东麓的烂泥湖边，按照朝廷规制，毕恭毕敬地服丧守孝，一门心思研制着爆竹新品，闲来也读书参禅，就连大年夜也没有回去。

李云博没有想到，除夕之夜却迎来了两批神秘客人。更让他惊奇的是，这几位访客之间，素不相识、从未谋面，居然一前一后，不约而同地在大年夜里，前来荒山野岭祭奠父亲，并陪伴自己辞旧迎新。

第一批访客来到的时候，正值日落时分。李云博刚好从烂泥湖边散步回来，看见有人带着一个十二三岁的孩子，正在父亲坟前晃动，还以为是南唐黑云军密探，于是闪在暗处看了个仔细：只见那人和孩子披麻戴孝浑身通白，焚香烧纸祭奠之后，跪在坟前磕头作揖，口中喃喃说道："孩儿忤逆不孝，大丧之期未能灵前守丧，真是愧为七尺之躯。爹爹在上，我和老二给您磕头了……"说着便号啕大哭。李云博被他的举止弄得莫名其妙：这人，大年夜里跑到这荒山野岭里来，口口声声称自己"忤逆不孝、愧为人子"，难道父亲除了我们兄弟三人之外，还有私生的儿子？而且听他的口气，这儿子还不止一个，会不会是有人上坟走错了地方？

李云博顾不得多想，冲出来大声质问道："来者何人？这东峰界坟场，历来就是我

瑶池李氏祖先的安身之地。阁下祭拜的是在下先考，你为何在此口称'爹爹'？敢问阁下，你是不是大年上坟，走错了地方？"

那人起身，看见李云博，惊喜而说道："原来是三弟！我们好久不见了……"

这时天色已晚，看不真切，朦胧之间只能隐约看见他满面的连鬓胡须，一副邋遢落魄的样子。李云博大是蹊跷：这人又口称自己"三弟"，他高大威猛的身形，倒是有些像李云铎，不会是二哥吧？这个念头一冒出来，李云博的心头直麻：二哥都去世一年多了，难道自己真的遇到鬼了？转念一想不对，他刚才还口称"和老二给您磕头了"，他必然是老大了，莫非是……正惊异间，只见那人说道："三弟，为兄在草庐边等了你好久……我是你结义大哥李处耘啊！"

李云博大惊道："正元大哥？真的是你？你怎么成这副样子了？这位孩子是……"

"他是你匡胤二哥的三弟……"那人长叹一声，道："唉，一言难尽那！"

孩子主动施礼道："我是赵匡义。岫南哥哥好。"

"匡义贤弟，你好。走，到屋里去说话！"李云博拉起赵匡义的手，招呼李处耘往屋里走去。

三人回屋坐定，李处耘就简单地讲述了他的遭遇。原来，不久前，他被人诬告贪污军饷，被皇帝郭威贬到宜禄县做县尉，而老上司折冲阮将军坚信他没有不法，上书为他辩诬，也受到牵连。他于是告假去滑州找赵匡胤，想请他帮忙，却从他那里得到李天亮去世的消息，于是就急忙赶过来吊孝，没想到丧事已经结束，只好来坟前祭拜。李处耘还告诉他，北方又要打大仗了，二哥赵匡胤接到朝廷急令，立即率领爆战军北上，对付北汉和辽国的联军，因而不能一起南下吊唁，特派他的弟弟赵匡义代替他过来，请李云博见谅。

李云博听了，说道："感谢两位哥哥牵挂。自古以来，乱世之中，不拘成礼。但凡有一颗敬心，就足够了。大哥不远万里前来上坟，已经是义薄云天了。"

李处耘道："岫南哪里话！我们结拜之时，就许下了'既为兄弟，亲人互亲'的誓言，你的父母，自然是我们的父母。如若不知讯信，倒还情有可原，既然知道消息，除非朝廷有急务不能抽身，一般情况都会以孝子之礼前来服丧。只是噩耗知晓太晚，未能灵前守孝，还望海涵。"

李云博正要说话，突然听见门外又有响动。三人起身，掀开窗棂往外瞧，借着坟前的火光，只见一个书生装扮的男子正在坟前焚香燎纸，上供祭拜。三人大惊，连忙出来看个究竟。

走近一看，这人不是别人，是和李云博有过几次交道的朗州靖江军副指挥使周行逢。李云博上前施礼道："除夕之夜，举家团聚之时，周将军却不远千里来先考坟前献奠，李云博感恩不尽。"

周行逢还礼道："李学士太客气了。俗话说，滴水之恩、当涌泉相报，学士多次救在下和靖江军于水火，闻讯令尊噩耗，岂有不来吊唁之理？只是当前潭朗之间局势迷离，不敢轻易造次，在大庭广众之下叩首焚香。周某来迟，还请学士不要见怪。"

李云博道："岂敢岂敢！举手之劳，何足挂齿，将军请屋里说话！"

大家就又进了茅屋，相互介绍寒暄认识之后，便坐下说话。借着昏暗的烛光，李云博看见他们满脸疲惫，神情倦怠，似乎劳累之极，突然想到他们都是忙着赶路，应该还未就食。于是问道："两位兄台一路奔走，应该还未用晚食吧？"

他们也不隐瞒，异口同声回答早饿坏了。

李云博大窘，不好意思说道："那真是对不住了。我结庐守丧以来，一日三餐都是家里派人送过来，茅草房里什么吃的都没有……"

李处耘道："没事。我还带的有干牛肉和烙饼，你烧壶开水，我们几个将就吃点充充饥，就行了。"说着，就取下身上的包袱，一个劲地往里掏。

"那怎么行！"李云博打断他的话，站起来搓着双手好一阵子，突然抬起了头说道，"这烂泥湖边，有个金刚头集市，就在通往醴陵的官道边，那里有一家刘记小酒家，不知这大年三十夜里，是否还在营业？不过没关系，那刘掌柜下午还来过这里，给我父亲送年饭呢！临别时邀我去他们家，我不愿意搅扰他们。现在不同了，你们没吃晚饭，我求求他们煮点饭食办几个菜蔬，应该不是什么大问题。走吧，两位兄台，还有匡义贤弟！"

一行几个人来到金刚头刘记酒家，只见桃符高高挂起，大门紧闭，但能听得出一家人正乐呵呵地张罗着过大年夜，屋里充满了欢笑。李云博敲了门，说明来意，并愿意出重金付酬。开门的是一位妇人，见有客人来就食，有些为难，说道："各位客官，小店早已关门歇业，这除夕之夜，举家团聚的时刻，我们不能与你们方便。真对不起。"

李云博道："是掌柜夫人吧？请问刘掌柜在吗？就说，瑶池李云博，求他帮帮忙，招待一下两位前来拜会的远方贵客。"

妇人一听他介绍，慌得立即朝里面喊道："他爹，瑶池李府三少爷来了，你快出来迎客。"

掌柜刘凡兆闻讯赶了出来，见真的是李云博，喜不自胜，连忙拱手迎道："不知三少爷驾到，有失远迎！适才贱内得罪，请多包涵。快请，里面坐！"

李云博道："哪里话！刘掌柜，这是我的两位兄台和一位小兄弟，大年三十连夜赶过来给先考上坟，还未吃饭呢。这时候搅扰贵店，实在过意不去。"

刘凡兆道："少爷言重了。除夕之夜，能有您这样的贵客盈门，请都请不到呢！我们刘家，还不是得到你们李氏的恩惠，这日子啊，才过得有些起色。别站着了，外面冷，两位贵客进屋说话吧。"就带着大家进屋。他又对婆娘吩咐道："赶快，好吃好喝尽管上！除夕之夜贵人光临，是我们刘氏祖宗八代修来的福分！"婆娘应了一声，就乐呵呵地忙碌去了。

李云博和他们两个谦让着，进了屋里。屋里一个老妇及三个儿女，正在那里围炉嬉闹，见来了客人，都怯生生地定在那里，不知该怎么办才好。刘凡兆吼道："还不赶快给客人让座！"几个孩子就站起来往外跑。突然，那个大一些的女孩子看见李云博，睁大的眼睛似乎格外明亮，一抬手指着李云博，兴奋地对老妇人大声说道："阿婆，他就是去年被我泼了茶，还给我们一整贯钱的那个哥哥！"老妇听了，激动得突然跪在地上，说道："三少爷哪，你是我们的恩人哪！老妇我有幸见到少爷，死也瞑目了！恩公在上，请受老妇一拜。"

李云博大惊，赶紧上前扶起老人，道："阿婆如此大礼，真是折煞我也！些许小事，举手之劳，我早就不记得了，何必言谢？何况新年大节，说什么死呀死的，多不吉利啊！"

老妇道："滴水之恩当涌泉相报。这个理儿，我们明白。凡儿啊，恩公有事相求，你们可别怠慢了！"

刘凡兆道："娘亲放心，孩儿绝不怠慢！"他见李处耘和周行逢惊诧的表情，知道他们不明白这究竟是为什么，于是就将去年爆竹节那天上午，李氏父子三人在他店里吃东西的事情，原原本本地讲了一遍。末了，他很是感慨地说道："掌门老爷真是仗义！小女当时将茶水弄泼了，溅得大少爷满身都是。可是，老爷和三少爷一个劲地安慰小女，还数落颇有些怨气的大少爷。而且临别时，留了整整一贯钱，让我刘凡兆得以还清债务、摆脱饥馑，过上还算安稳的日子。可是……"他突然停下来，哽咽道，"掌门老爷他……"

李云博打断他的话道："刘掌柜，大过年的，多想些开心的事。孩子们围着火塘守岁，是我们瑶池人历来的习俗，怎么能够叫他们走呢！不如这样，你帮我们收拾一间雅室，我们兄弟好久不见，边吃边聊如何？"

刘凡兆想了想点点头道："也好！不过说好：今儿大年夜，我们一起守岁，一起辞年，一起迎新，你看，爆竹我们都买好了，瑶池庆都作坊产的，上等货！"说着，将挂在墙上的一篮爆竹取下来给李云博看。

李云博用手捡起一枚大红爆竹，捏一捏后，又倒过来看了看道："嗯，庆都的货，好东西！"又看看周行逢和李处耘，见他们没有反对，轻轻放下爆竹说道："行，到时候，我们一起打爆竹，一起辞旧迎新！"顿了顿，又道："我这几日，改进了一批爆竹新品，到时候，一起试试。"

一通忙碌之后，二楼雅间收拾好了。刘掌柜就带着他们走了进来，只见里面点起几盏大大的年宵灯，安放大盆炭火，碗筷杯盘已经置放齐整，只等客人入桌了。李云博他们也不客气，就分宾主坐下。刘掌柜捧出一坛酒道："自家酿的杨梅酒，你们尝尝！"

李处耘制止道："岫南守孝期间，不宜饮酒。"

李云博道："现在是在刘掌柜家过年，和两位大哥聚在一起辞旧迎新，哪能没有酒呢！"

刘掌柜听了，马上倒满，端起酒碗道："我刘记小店，除夕之夜有幸迎来几位贵客，先干为敬！"说完，一仰脖子喝了。他放下酒碗道："你们慢用，有什么吩咐叫一声，我们就在楼下堂屋里。对了，后面还有几样菜，一会儿上上来！"说完，也不等回答，"噔噔噔"下楼去了。

酒过三巡，你来我往好一阵子，来客的肚子也填得差不多了，几个人就聊到了眼下的局势上来。李处耘道："如今天下诸侯蜂起，各自为政，也不知道猴年马月实现一统。北方更不消停，我从河套来，了解那边的情况。北汉皇帝刘崇正勾结辽国，进贡称臣，联手南下，扬言要灭掉我大周朝廷。皇上已经御驾亲征了，看来不打垮辽人，我大周国永远别想南下争雄。"

周行逢听了，恍然悟道："我们多次上书皇朝，恳请出兵助我攻取长沙，朝廷都以'不宜起兵'为由，没有支援，原来是北边战事吃紧啊。唉，我们这三湘大地，早已分崩离析，现在不知何去何从。特别是南唐的武安军节度使边镐三番五次遣使催促，逼得很紧，要王逵将军即刻到长沙赴任，真不知如何是好。"他看见岫南埋头苦干只顾吃喝，仿佛没听他讲话似的，于是对他问道："岫南你看……"

李云博依然没有抬头，只是应了一声："看什么？我乃丁忧守制的翰林，不能过问政事。过年就过年，扯这些干什么！"

"国破家亡，生灵涂炭，你李云博真的还有心思过年？"周行逢有些生气，看着仍然不予理会的李云博，不悦地说道。

李云博不置可否："不过年干什么？难道还和自己过不去？"

周行逢道："不是。我是说，该多想想当前的局势。自从南唐占领长沙，马希崇举族迁往金陵后，马希萼也被迫投降，带着亲眷随从被迁到了洪州。南汉尽收靖江之地后，马希隐、许可琼归顺了南汉……马氏的大楚江山，就这样没了。但话又说回来，虽然南唐占了潭州岳州，南汉占领了南边靖江十数州之外，湖湘大部分州县，仍然在我们自己手里，尤其是朗州和五溪蛮地，绝不能再落入他人之手。岫南，我想问的是，这光复家国的大计，你是怎么考虑的？"

李处耘见李云博不理睬他，便接过话来问道："周将军，我还想问你呢！你们既然结好我朝，却又称臣南唐，还就去不去潭州就任犹豫不决，这脚踏两只船的做法，究竟想要干什么？"

周行逢一愣，讪讪地回答道："这不是权宜之计吗？我们已经向贵国朝廷称臣，当然想得到贵国的驰援。援军不至，和他们交恶甚至干起来，没有必胜的把握。我们假意答应南唐的任命，是在等待时机啊，这怎么能算脚踏两只船呢？我们不能败啊，三湘四水的老百姓已经苦不堪言，再也经不起折腾了……"

李处耘质问道："我听说，你们在结好我朝以前，曾到金陵请降。有没有此事啊？"

"李将军真是明察秋毫啊。"周行逢一愣，接着就笑道，"当然有。当时岫南也在金陵。他要我别向南唐求和，而是结好你们大周。我听了，一回来就派人去了汴梁。"他又看着李云博，问道："岫南，你不会不记得了吧？"

"我当然记得！"李云博突然接过话来道，"可是，边镐占领长沙后，我可没叫你们不来赴任哦！你知道不知道，边镐一忍再忍，你们再不来就任，他可要动武了！"

"动武？我们才不怕呢！"周行逢一拍桌子，怒道，"他敢撕破脸，我们肯定奉陪！这几年，但凡攻打朗州的主子，没一个好下场：你们数数，马希广、马希萼、马希崇，都打朗州，不仅没有把朗州打垮，反而被朗州打垮拖垮。边和尚若要动武，结局肯定一样——这条铁律，是我们朗州人克敌制胜的精神法宝，人人都耳熟能详，还有童谣在街头四处传唱呢，有一句唱着什么'铁打的朗州，纸糊的长沙。来时雄鸡叫，去时头挂花。'就是说，只要我们以守为攻，就能战无不胜。我觉得很有道理呢。"

"你就自己吹吧！"李云博说道，"你不要以为，边镐是个和尚，'以佛治湘'、慈悲为怀的策略荒唐可笑，可是，他也是有底线的。一旦他觉得仁至义尽了，你们再挑战他的底线，这个慈眉善目的边和尚，说不定就会变成怒目金刚。你们要做的，就是避免潭朗之间重燃战火。"

"不让潭朗之间重燃战火，根本不可能！"周行逢饮了一口酒，继续说道，"你以为我们一再忍让，是怕他边镐吗？我们是为三湘四水大局考虑。要不是我拦着，刘言、王逵那帮莽夫，早起兵打过来了！他们怎么说，你们知道吗？"

李处耘瞪大眼睛问道："他们怎么说？"

周行逢道："他们说，南唐小儿，占我王都，灭我家国，还要我们做他们的走狗，欺人太甚！要做潭州刺史，我们可以攻下长沙，自己去取，要他封赏么……你们看看，这伙不知天高地厚的家伙！"

李处耘问道："你们能够攻下长沙吗？"

周行逢道："我看，有四五成胜算！"

李处耘问道："此话怎讲？愿闻其详。"

周行逢道："你们看，边镐在长沙的兵力只有区区一万人，攻下岳州后，刘仁赡已经撤回武昌，炮火营刚刚搬迁到瑶池，一时半会儿还装备不了军队。我们朗州，马步军超过两万，还有水军战舰五百余艘，他们出兵讨伐朗州，胜算很小。我们攻长沙，兵力上也有两倍以上的绝对优势，因此取长沙，我有至少五成胜算。"

"五成胜算，我看一成都没有！"李云博终于放下筷子，认真地说道，"你既然想听我的意见，我就仔细跟你算算账。不要以为，边镐只带一万兵马人长，你就能够一举打败他。长沙东边的岳州连着武昌、鄂州，西南又有洪州、袁州，都有南唐的兵马行营，离长沙也就五六百里，两处加起来，至少能派出十万兵马。只要你们一出兵，不出三天十万大军就蜂拥而至。如若三天之内你攻不下长沙，还有活路吗？就算你们攻占了长沙，十万大军压境，足足可以将长沙城围上好几圈，即使他们不攻城，不出月余，你们就得活活饿死。这样的后果，你想到过没有？"

"这……"周行逢听了，惊出一身冷汗。

李云博看着他，继续问道："周将军，你想想，南唐十万大军开进潭州，湘人还有机会光复大楚社稷吗？"

周行逢道："绝无可能！"

李云博道："十万大军住在潭州，父老乡亲还有好日子过吗？"

周行逢道："苛捐杂税，水深火热，从此仰人鼻息。"

"知道就好！"李云博缓和了语气，继续说道，"和南唐，和边镐，一定不要轻易交恶。我们要做的，就是暂时委曲求全、暗中积蓄力量，不露锋芒、韬光养晦。"

"很有道理。"周行逢眼睛突然亮了，兴奋地问道，"那你告诉我，该怎么做啊？"

李云博道："以静制动，等待时机。"

周行逢道："具体意见呢？"

李云博道："那就对不住了。我也没有想好，这就真的无可奉告了！"

◆ 三、爆竹燃放有讲究，异乡客大开眼界 ◆

正说着，楼梯传来轻柔的脚步声。几个人连忙止住了谈论。只见那个女孩子端着个大茶盘，稳稳当当地上楼来，看得李云博很是惊讶：这两年不见，变化还真大！而且模

样，长得标标致致，甚是讨人喜爱。女孩放下茶盘，又将食物一样样有板有眼地取出，整整齐齐放到桌子上，还不停地介绍着："这是糖炒年糕，这是清炖羊肉，那个嘛，是年年有余——红烧大鲤鱼！"

李云博笑道："呵呵呵，两年不见，至少长了一个拳头高了，变成大姑娘了！你叫什么名字？"

小姑娘道："回大哥哥，我叫刘杜鹃，小名花儿。"

"多大了？"

"快满十四岁了。"

李云博继续问道："我记得，去年的时候，你端着盘子还跌跌撞撞。怎么一年不见，居然长进如此之大啊？"

刘杜鹃见李云博问这事，一点也不忸怩，反倒饶有兴趣地回答起来："回大哥哥，那次失手后，我记得哥哥对我爹多说，孩子还小，以后别让她干这么重的活。我当时听了很生气，我都十三岁了，还什么小孩子？打泼茶水只不过是意外。可是你还说，打了茶水事小，让孩子受到惊吓，着实让人心疼！我们穷人家的孩子，没那么娇贵！这以后，我天天起早贪黑练端茶盘子，不出半年，就稳如泰山，再也没有出过意外，而且，不知怎的，人也突然长高了！"

"哈哈哈……"几个人被她一本正经的神情和略带童稚的声音，特别是被那倔强的性情给逗乐了，都笑出声来。

"这有什么好笑的！你们慢用！"杜鹃还是不急不慢，道了个万福后，从容离去。

没想到，刚下楼梯，雅间内爆发出更大的笑声来。

这个刘杜鹃，突然感到不爽起来。她折身回到雅间，看着他们一个个笑得人仰马翻，依然静静地站在进口处，也不出声，满脸莫名其妙的神情。李云博首先发现她回来了，忍住了笑声，连忙示意两人停下来。几人回头也看见了她，硬生生将笑憋了回去。李云博问道："花儿，你还有事吗？"

刘杜鹃没有回答他，而是一本正经地反问道："很好笑吗？"

李云博道："哦，我们见你小小年纪一本正经，太可爱了……你别误会……"

"误会？我才不会误会你们呢！"刘杜鹃杏眼一瞪，"我一个乡野丫头，有什么可爱的？鬼才信呢。你们达官贵人，拿我们乡下人寻开心，真是！"

李云博没想到这个丫头这般敏感，真是误会他们了。他想了想，道："花儿，你说，我们不是坏人吧？"

"我又没说你们是坏人。"刘杜鹃回答道，"你们要是坏人，我才不会给你们端茶送水呢！"

"既然我们不是坏人，怎么会拿你寻开心甚至取笑你呢？你看，你才十四岁，就懂这么多道理，还聪明伶俐，又吃苦耐劳，我们是被你这一副小大人的模样给逗乐了。"李云博说着，又指指身边的周行逢道，"他呀，也是贫苦出身，上额这块黥纹，是他以前贫贱时犯法留下的，还被官府发配边关做苦役。我们真的没有恶意，而是佩服你年纪轻轻就帮家里做这么多事。"

周行逢和李处耘也过来帮腔。周行逢道："是呀，大年三十，除夕之夜，我们无家可归，你们全家这般款待我们，我们感激都还来不及，怎么会取笑你呢？"

李处耘道："花儿姑娘，要是我等适才无意之中伤害了你，我们跟你道歉。要是你还不信，我们对天发誓：谁要是拿我们可爱的花儿寻开心，天打五雷轰！"

赵匡义道："是啊，小姐姐，几位大哥是真的佩服你呢……"

"那就相信你们吧……"刘杜鹃见他们一个个都真心诚意，甚至对天发誓，自然就信了。她舒展开柳眉，不好意思起来，"是我多心了！"

"怎么，送份菜看来了这么久？"突然，刘凡兆也上楼来，"你个小丫头，在这里磨蹭什么？说好了，亥时一到，就请各位老爷下楼放爆竹辞年，你说了没有？"

"哎呀，这事，我倒忘了……"刘杜鹃怯生生地往那边退，生怕父亲打她。

"你……"刘凡兆真的扬起了手掌。

"掌柜的，干什么呢！大过年的，干吗发火？姑娘家嘛，得看重一点，别动不动就响家伙！"李处耘站起来，连连止住刘凡兆，说道。

"是是是……"刘凡兆马上止住了行凶的动作，满脸堆笑地说道，"不过，我们乡下人的野孩子，没人看得那么重！常言道，棍棒底下出好人。乡下人要忙着生计，成天累死累活才能求个温饱，哪有时间跟他们讲道理？"

李云博道："刘掌柜，再忙再累，孩子还是要教啊！花儿这么大了，很懂事理。不是什么大错，就求你千万别再责罚她了！"

"小的听三少爷的！"他笑着回应了李云博，又对刘杜鹃吼道，"免去了一顿好打，还不快过来谢谢恩公！"

刘杜鹃就走过来，向他们道万福，然后快步溜下楼去了。

"您看看您，这哪里像个父亲，简直就是活阎王！"李云博看见他依然如故，有些生气了。但又知道，这是他长期下来形成的坏习惯，得想办法治治他这坏毛病……他略一沉思就有了主意，于是一边板着面孔说着，一边朝两位使了下眼色，"刘掌柜，您以后不能这样了！如若今后您对孩子还这样大呼小叫，我就不理你了！"

刘凡兆急了，连连弓身施礼说道："三少爷，你们一家，是我老刘家的大恩人，您千万别生气……我听您的，老刘我今后一定改！"

周行逢摇摇头，一摊手不置可否："刘掌柜，你这习惯了的家长作风，你改得了吗？"

刘凡兆急道："这位爷，您别不信，我刘凡兆从来都说到做到！"

李处耘也冷笑道："哪有那么容易的？我也不相信你能改得掉！看来，李家三少爷要和你断交了！"

李云博点点头："两位仁兄说得对，我们还是走了吧。我来得匆忙没带钱。这顿饭钱，明天给你！"说着，李云博起身离座，招呼两个下楼。

"三少爷，三少爷，您不能走啊！你这一走，小的就是忘恩负义的小人了，我老刘的脸往哪儿搁啊……"刘凡兆上前扯住李云博，说道，"您有什么具体旨意，尽管吩咐，小的一定照办！"

李云博回过头道："我看还是算了。女儿是你的，卖掉送人都可以，更何况打骂。这事儿，还轮不到我李云博管。要打要骂，悉听尊便。"

"三少爷，小的听您的还不成吗？我老刘指天为誓：今后若再打骂孩子，天打五雷轰！"刘凡兆真的急了，声音都带了哭腔。

"您自己赌的咒，不是我们逼你的！"李云博站住了，看着刘凡兆道，"好！你赌了咒发了毒誓，就等于答应我了，以后就要做到！"

周行逢道："少爷，我看还要具体一些。比如，不能让孩子这么小，就干这么重的活……"

"周兄言之有理！"李云博笑了，"其实，我觉得也别太复杂，就简单三条：不打、不骂、不干重活，刘掌柜，能做到吗？"

"能，一定能做到！"刘凡兆点着头，跟鸡啄米似的。

"嗯……我还有个主意！"李云博回到座位上，笑着对刘凡兆道，"我相信你能做到。但是，我还有个好办法监督你。我一个人在东峰界守制，一共要守制三年，有的是时间。反正你家是开酒家的，大年过后，我就跟家里说，不用送饭了，一日三餐就在你家店里吃，天天盯着你，你想不改都不行。"

周行逢和李处耘几乎异口同声说道："这个主意好！"

"这真是太好了！有少爷监督，小的这个毛病，肯定是改掉了！"刘凡兆搓着手，点点头道，"您能来我家吃饭，真是太妙了！我们天天都能见到少爷，沾沾您的贵气……哦，你要是偶尔有事不能下来吃，我就吩咐花儿给你送上去！"

"行！"李云博点了点头，继续说道，"这饭嘛，当然也不会白吃你的，每月跟您结一次……"

刘凡兆道："少爷，你别见外，什么钱不钱的。您能来吃，就是天大的面子……"

周行逢道："这话我不爱听！堂堂瑶池李氏府上的少爷，还能吃饭不给钱？那不把爆业豪门的脸都丢尽了！刘掌柜，我看还是少爷的主意好，每月结一次，绝不能让你吃亏。"

李处耘道："岫南贤弟，如若刘掌柜不收钱，你就别来了吧，还是叫家人送过来吧。"

李云博点点头："有道理……"

刘凡兆又急了："哎呀，小的算服你们了，都听你们的，还不成吗？"

"那行，这事儿，就这么定了。"李云博说着，就招呼刘凡兆过来，"来，刘掌柜的，你坐下吧。新的一年就要来了，来来来，我们大家一起干一杯！"

刘凡兆很是激动，他搓着手坐下来，赶紧斟满酒，又站起来说道："现在离新的一年只有一个多时辰了。我们干完这杯，各位爷赏个脸，就一起去放爆竹，辞旧迎新！"

李云博三人也端起酒杯站起来一起喊道："掌柜客气！来，干杯，一起去放爆竹，辞旧迎新！"

一行人笑着走下楼来。出了堂屋，只见门前的炮架已经摆上，刘凡兆从里屋取来一小筐爆竹，准备往炮架上装。李云博猛然记起他那里还有一些正在试验的"连线竿炮"，于是对他说道："掌柜的，您先慢慢装，装好了就等着。我回草屋将那些新玩意儿取来，今儿机会难得，正好试一试。"

刘凡兆道："夜很黑，看不见，路又不好走。依小的看，还是别去了。这里的爆竹也不少，辞年足够了。"

李云博道："没事。我点个大火把，不会有什么事。"

李处耘、周行逢一齐道："我们一起去，刘掌柜总该放心了吧。"

刘凡兆将他们送走后，就开始装起爆竹来。刚刚装完，李云博几个就回来了。赵匡义举着火把走在前面，李处耘和周行逢抬着一个大箩筐走在中间，李云博走在后边，一手打着火把，一首拿着一捆竹竿，有说有笑来到屋前。李云博将火把送到远处，然后指挥他们几个装"连线竿炮"。赵匡义、刘杜鹃从来没见过这么多爆竹，领着更小的几个又蹦又跳，欢喜异常。周行逢、李处耘很少有机会放过爆竹，而且今天夜里还是最新产品，兴奋得跟孩子似的，高兴得忙这忙那，全听李云博调度。

李处耘问道："岫南贤弟，这过年放爆竹，有什么讲究吗？"

李云博一边指挥他们忙乎，一边说道："这辞年的炮火，要从堂屋门口向外排，点炮也是从里往外燃放，表示把年送走。"

"我头一次听说，还真新鲜！"赵匡义一边麻利地忙碌着，一边插话道，"岫南哥，这规矩是哪里来的？还真很有道理呀！"

李云博道："这其实也不叫规矩，顶多算个讲究。爆竹你买回去，想怎么放就怎么放，没人能把你怎样。但我们瑶池是做这玩意的，爆竹的产生与民俗紧密联系，比如驱邪除瘴、祈福求安、吉祥如意、欢乐喜庆等，我们的所有操作都含有民俗特殊意义，乱放就不好了。"

周行逢也不停地忙碌着，接过话问道："那你给我们讲讲，还有哪些讲究？"

李云博道："过年过节主要突出的是喜庆欢乐，但也有祈福神灵、平安健康甚至保佑发财的寓意。等会儿进了子时迎新春，就恰恰相反，要从外向里，寓意将新年迎进门，一家人都得到年神的保佑。还有，清晨天不见亮打爆竹叫'开财门'，要把堂屋的门全部打开，爆竹要大半在门槛里，小半在门槛外，寓意将财禧引进门，然后在堂屋里炸得满堂红。放完了，要赶紧把他们关上，意思是把财禧留住，别让它们跑了……"

李处耘感慨道："真是大开眼界，今夜来此，真是值了！"

周行逢也叹道："这瑶池李氏爆业豪门，还真不是个简单的产业家族，这么多深刻的寓意，难怪名满天下！"

刘凡兆在那里检查了一遍，确定无误后，对李云博说道："少爷，行了，开始吧！"

李云博道："好，一起点！"

"好！"

两人就一起点起引线来。顿时爆声如雷，响彻山野。

巨大的声音引来了村里很多人来观看。老老少少都欢呼着朝这里聚集，有的还载歌载舞。这本来很是寂静的山村的除夕之夜，突然间热闹起来。

"这爆竹一响、起几阵硫烟，老老少少这么一闹，年的气氛就来了……这过年过节啊，没有爆竹还真不行！"刘凡兆感慨道。

"哎哟……"赵匡义哪里见过这种阵势，只顾忙着点爆竹，然后就瞪大眼睛看着这浓烟滚滚、响声震天和烈焰四起的场景，忘了手里还拿着一段快要燃尽的短香，直到烫着了手，才失声叫唤起来。

◆ 四、新火药研制，难煞都统监军 ◆

自炮火营迁入瑶池以来，郑道光对炮火营建设特别是新火药的研制一直忧心忡忡，甚至是束手无策。

正月初十这天，郑道光与江世敦商议道："年、年关以来，瑶池一直事、事故不断，麻、麻烦连连。原、原本计划新年过后，就、就启动新火药研制计划，可、可李府出了这么多事，我、我们如何好启齿，要、要他们献方呢？"

江世敦道："这事嘛，依末将看来，还是要循序渐进，急躁不得。如若万一再得罪他们，我们就里外不是人了。"

郑道光叹道："贤、贤弟言之有理啊。但、但这样等下去，也、也不是办法。"

江世敦想了想道："末将一直在想，我们进驻瑶池月余，怎么会莫名其妙发生如此之多的事情，是真的巧合，还是有人背后策划？可是推敲起来，又一件件天衣无缝。唉……"

郑道光道："你、你的疑心也太重了！前、前次试探李天晨，弄、弄得我下不了台！要取得信任，首先要、要以诚相待，老、老疑神疑鬼，别、别人怎么信任你？"

江世敦道："我也不想啊！非常时期，一着不慎、满盘皆输，不能不防啊！"

郑道光不耐烦了，他白了江世敦一眼，道："你、你这样前怕狼后怕虎的，什么时、时候，才、才能启动新火药研制啊？你得出、出主意！"

"都监大人所言甚是，我们绝不能坐以待毙！"江世敦说着，突然鼠眼一转，继续说道，"将军是否记得，李天晨在易帜之前，三个条件中有一条，那就是要我们帮助他出任家族总执事。这倒是个好的切入点。你想想看，如若李天晨当了李氏掌门，自然就有了决定权。到时候，要他配合新火药研制，献出火药绝密，他敢不从？"

郑道光一听，顿时大喜，道："嗯，好、好主意！"

江世敦接着说道："江某看这样，元宵佳节临近，我们置酒宴请李氏族人和瑶池名流，一来改善关系，二来探探口风，趁机说出李天晨出任瑶池李氏总执事的事情，说不定会有奇效。"

郑道光点点头："行，就、就这么办。"于是就决定下来，在神刀营中军大帐摆酒，邀请李氏及乡里要员参加。

李云博收到郑道光元宵宴会的邀请后，思虑再三，还是以守孝为由婉拒了。郑道光仍然不死心，亲自到东峰界烂泥湖边来请。李云博闻讯，连忙放下手里的活计，上前迎接。

李云博施礼道："学生何德何能，敢劳都监将军大驾，亲自来这荒郊野外看望？"

郑道光还礼道："哪里、哪里，翰、翰林大人回乡守孝，我等初来乍到，更要多来陪、陪才是。只、只是军务繁忙，少、少有闲暇，来、来得甚少，还、还望大人多多包涵。"

"将军不辞辛劳，屈驾荒郊野岭，应该是无事不登三宝殿吧。既然如此，就请屋里

说话。"李云博让身进屋，两人就落座喝茶说话。

郑道光道："翰、翰林大人真、真是明察秋毫。那末将就、就不多费口舌，直奔主题。新、新春之际，炮火营上下，为、为感谢大人和瑶池李氏厚爱，决定元、元宵佳节置酒、宴、宴请大人和家人。怎、怎奈大人不给薄面，末将也、也只得厚着脸皮，来、来此恳请大人，一定得赏脸啊！"

"将军说哪里话！"李云博连连欠身赔礼，"将军有所不知，乡间俗语云：家逢热孝、不登邻宅。学生大孝在身，尚未除服，如若四处走动甚至赴宴，一来是对先考不敬，二来是怕给别人带来晦气。将军初来瑶池，不识乡俗，可别冤枉了学生啊！"

"原、原来如此，末将还、还以为大人借故推脱，真、真是小人之心啊！"郑道光满脸羞愧地说道，"只是，只是，哎……"

"不知者不为过嘛，将军不必如此自责。"李云博不咸不淡地回了一句。他见郑道光欲言又止，于是问道，"将军似乎有难言之隐？"

郑道光道："大、大人不知，我等初到瑶池，一直以、以礼相待，谨小慎微，意欲结、结交贵府，并、并和乡里各界搞好关系。可、可是万万没想到事与愿违，相互敌视，麻烦不断，甚至出、出了多条人命，其实，这、这都是意外，不、不仅绝非我们所为，而且与、与我等毫无干系啊！"

"没有人说，是你们所为啊！但要说一点干系都没有，似乎也讲不过去。"李云博知道他的来意，有意将他一军，于是冷笑道，"将军试想，如若朝廷军队不逼迫我三叔易帜，我二叔公就不会蒙羞自缢；如若二叔公健在，我三婶就不会触石身亡；如若边大帅不派那个瑶池李氏死敌徐威前来册封，也不至于闹得剑拔弩张，学生父亲更不会突发恶疾猝死……这一切，将军难道真的认为，数条人命，与炮火营进驻瑶池，一点关系都没有吗？"

"这……"郑道光一阵语塞，然后思忖半晌，讪讪说道，"翰、翰林大人言重了！大、大人如如此攀牵，倒、倒是难脱干系，末将真、真是百口莫辩。更、更何况我、我一个老结巴，如、如何在辩才堪堪的大大人面前，讲、讲得清理呢！"

"学生言下之意，是说我家遭受如此飞来横祸，绝非瑶池李氏平时为富不仁、作恶多端、横行乡里所遭的天谴报应，而是事出有因。这原因是什么，你我都心知肚明。将军可别曲解。"李云博看着他，想到他们不择手段图谋家族祖传的火药绝密，更加怒火中烧，话语也有些刺耳，"其实，我们家族祖祖辈辈都尊天敬神，安分守己，乐善好施，谋福乡里，绝对没有招谁惹谁。可不知道究竟为何，要遭此劫难！"

"究竟为何，让江某人来回答你吧！"郑道光正要接话，没想到茅草屋外传来江世敦的声音。李云博一惊，连忙起身出来相迎，施礼道："江指挥屈尊前来，蓬荜生辉啊。

到底是黑云军的长官，这隔墙听音的本事，学生真是佩服得五体投地啊！"

江世敦一边进门一边哈哈大笑："李翰林不会如此小肚鸡肠吧？江某急务前来，碰巧听见你含沙射影挖苦郑将军。你巧舌若簧，和一个结巴子争长论短，算什么本事！"

李云博一边请他入座，一边倒茶，也笑着说道："看来，江指挥是要路见不平、拔刀相助了？"

"当然！"江世敦一落座，话语也咄咄逼人，"究竟为何，江某就不避浅陋，试说一二。"

李云博道："学生愚钝，洗耳恭听。"

江世敦喝了一口茶，借着喝茶的机会瞥了李云博一眼，然后放下茶碗，胸有成竹地说道："常言道，识时务者为俊杰。李氏之所以大劫连连，根本原因，就在于不识时务、逆流而动。"

李云博冷笑道："哦？李氏劫难，原因是不识时务、逆流而动？将军高见，听得学生醍醐灌顶、大汗淋漓。只是学生愚钝，不明所指，愿闻其详。"

江世敦大笑道："李翰林是当真不知还是装糊涂？如今天下大乱，民不聊生，而结束乱世还世间一个太平，既是天下黎民的夙愿，也是有志之士的共识。各路诸侯雄踞四方，都有强军逐鹿之心。而强军首选，就是建成无人能敌之炮火大军。而要建设威力无穷、无人企及的炮火大军，结好瑶池李氏，得到威力无穷的火药秘方，自然成了各路诸侯生死角逐的焦点。然而瑶池李氏，却死守门规、不懂变通，置天下大义于不顾，苟安于爆业制造这等民间俗物，忙碌于强业兴家、小惠乡里，沉溺于驱邪送吉、迎福纳祥。如此不思进取、偏安一隅、坐井观天甚至逆流而动，怎能够在乱世中立于不败之地？敢问李翰林，您的科考策论中，满怀豪情的所谓'天下不安，何来国安；家国不安，何来民安'的诘问，难道都是书生之论？翰林还说：'乱世之中，欲求民安，实乃欺名盗世耳！天下大乱，国必不稳，家族离散，人若飘萍。当今之世，各朝募征壮丁以强兵，禁铁买卖以制戈，搜求民财以充饷，本为固国自保，却借保国安民攻征杀伐，命贱若洪荒饿殍，人死如枯山草芥，垒骨似乱岗弃石……'翰林的妙笔弘文，难道还要江某在此诵吟一遍吗？"

李云博一听，顿时面如死灰。这个江世敦，居然将家族的不幸，归结于不思进取、偏安一隅，真是颠倒黑白！他更没有想到，江世敦对他的科考策论，居然能倒背如流，一时间怒不可遏，他拍案而起反问道："真是欲加之罪、何患无辞啊！按照江指挥的逻辑，我李氏如若将家族绝密献给天下诸侯，就可以趋利避害、永葆基业长青？"

江世敦道："当然不是。你们得选择有能力一统天下的国家。"

李云博道："阁下高论，学生就更不懂了。请问江将军，我们应该将绝密献给谁呢，

第三章　结庐守孝　091

方能保家族平安？将军别急着回答，学生按照将军的逻辑猜一猜，应该是献给大唐朝廷吧？”

江世敦道："这不明摆着的吗？当然是雄踞江淮的大唐国啊……"

"哈哈，将军真是站着说话不腰痛！"李云博冷笑道，"我瑶池李氏，的确偏安一隅，没见过世面，怎么知道大唐国能不能一统天下啊？要是天下诸侯都说自己能一统天下，我们究竟给谁啊？而且，我祖祖辈辈数百年积累的心血，你当是萝卜白菜，说送人就送人吗？……更何况，在学生看来，我李氏要是献了秘方，要么早就被其他诸侯屠杀殆尽，要么就是被得到秘方的人灭口！亡族之举，居然被你说成全身之道，真是滑天下之大稽！"

"你们家族若能献方，我江世敦以人头担保，绝对保证全家安全。不仅如此，还会加官晋爵，富贵至极！"江世敦的话语突然缓和下来，他一摊手，叹息道，"李翰林，我们如今同朝为臣，应该齐心协力才是。您看我们郑都监，为了提升军队战力，把一生都用在了火药革新上。李翰林可能还不知道吧，炮火营搬迁时，郑都监已经给枢密院立下了军令状，炮火营要在今年六月前能够装备军队。如今进驻瑶池都已数十日，一点进展都没有，他都快要愁死了。李翰林再不援手，他恐怕在劫难逃了！"

李云博怒气未消，压住怒火说道："学生一个丁忧守制官员，管不了那么多事！"

郑道光一见两人针尖对麦芒，你来我往，火药味儿越来越浓，不免着急起来。几次插嘴都没接上话，急得朝江世敦喊道："好了好了，都、都别争了！江、江老鼠，你、你别多事。我、我立的军令状我来担当，关你屁事！我、我和翰林大人聊得好好的，哪、哪里有争长论短？你、你才跟他争长论短呢……"

江世敦鼠眼一转，皮笑肉不笑地干咳两声，没好气地对郑道光道："你个死结巴，我替你打抱不平，你倒好，反怪我多事，真是好心没得好报。"

李云博接过话来，一语双关地说道："这个乱世，弱肉强食，恶人当道，我退一尺、人进一丈，哪里会有什么好心得好报呢？"

郑道光听李云博反唇相讥，更加急了："江、江老鼠，你、你真的别再多事！那次，你、你要老夫试探李统领，结、结果呢，让、让老夫下不了台，到现在，还、还抬不起头……你、你这个小人，老、老夫再也不信你了！"

江世敦没想到郑道光居然当着李云博的面翻他的老账，也没有想到一直未曾提过此事的郑道光居然对这件事如此耿耿于怀，更害怕李云博听出什么端倪，于是慌不择言地喊道："我是老鼠，本来就是小人！只是结巴子，你自己得罪李统领，怎么赖在我头上！你不一样也是小人！"他又对李云博施礼道："适才江某言辞过激，多有冒犯，还望林翰林海涵！"

"岂敢岂敢，学生也是一时冲动，将军不要怪罪。"李云博听到他们的话，顿时心中一震。他记得，李天晨曾经跟他说过，炮火营迁进瑶池前夕，郑道光说他是诈降，李天晨勃然大怒，要彻底与他们决裂，要不是边镐正好在瑶池，亲自出面调停，后果可能不堪设想。李天晨一直不明白，为人诚实、待人忠厚的郑道光为何平白无故说那样的话。李云博也不能肯定，这是郑道光个人无意之举，还是南唐将领们的蓄意试探。现在听了这番话，不免恍然大悟：原来，这一切都是江世敦在幕后策划！而且南唐炮火营将领中，一直就有人怀疑，李天晨的易帜，是诈降！想到这里，李云博心惊胆战，但又故作镇定，装作一头雾水的模样，问道："试探？试探什么？两位将军说什么，打谜一般，学生怎么一句也听不懂？不会真的是正月十五你们摆酒席，请我去猜灯谜吧？"

江世敦看着李云博懵懵懂懂的样子，终于放下心来，笑着说道："哦，没什么。那次边大帅来瑶池安抚李统领，在酒桌上，我和老郑打赌，李统领那晚会不会饮酒。我说绝对不会，因为李统领父亲和夫人都刚刚去世，还未除服，按照习俗不能饮酒；而郑都监说，李统领一定会饮酒，因为边大帅来了，而且军门不受丧礼约束。结果呢，这个死结巴，硬要缠着李统领喝酒，说是试探他的酒量，结果李统领勃然大怒，弄得不欢而散。后来边大帅出面调停，才平息风波。事情就是这样。"

坐在对面的郑道光听了，气得满脸通红，猛地站起来道："你……"

李云博算是领教了江世敦的奸诈，这个顺手拈来、信口雌黄的故事，有鼻有眼，像模像样，如若自己事先没有了解真实情况，说不定会相信他的胡诌，被他的花言巧语骗了。李云博一阵恶心，看来整个炮火营里，这个江指挥最难对付，自己以后得多加小心才是。然而现在，他只能继续装糊涂。他站起来拍拍郑道光的肩膀，示意他坐下来，笑着说道："哎，一点小事，两位将军就别再斤斤计较，切莫伤了和气！来来来，喝茶！"

两人见李云博居然当起了和事佬，也就不好再理论什么。过了一会儿，李云博问道："江指挥，你刚才不是说，是急务前来，敢问有何急事？"

"李翰林，对不住啊。刚才和结巴子争吵去了，竟然把正经事给忘了。"江世敦放下茶碗，从怀中取出一件公文递给郑道光，说道，"是这样，适才长沙幕府驰书，边大帅闻讯炮火营要在元宵置酒，宴请瑶池各界，很是高兴，特意来书知会，他要亲自参加。事情紧急，而郑都监又来这里了，不得不也跟着赶过来，向他禀报。"

"边大帅要来？"李云博大吃一惊，他万万没有料到，边镐对炮火营宴请这样的小事，居然如此上心。看来这个宴会，绝对不能随便应付。于是笑道，"边大帅还真是有心啊！"

江世敦道："李翰林，边大帅吩咐，一定要请您出席。您不来，我们可不好交差啊！"

李云博道："边大帅都发话了，学生还有什么好说的呢！"

郑道光喜道："翰、翰林大人肯赏脸，那、那事情就好办了。"

李云博一愣："事情？什么事情？"

江世敦道："李翰林别听他的，没什么事情，就是饮宴。老结巴，既然李翰林答应赴宴，我们就别再搅扰，也该回去了吧？"

郑道光起身道："好。我、我们告辞，后、后天中军大帐，末、末将恭候翰林大驾！"

李云博拱手道："都监大人客气。承蒙盛意，学生恭敬不如从命！"

告别李云博，郑道光和江世敦来到官道上，吩咐候着的军勇开拔。正欲上马，郑道光问道："老、老夫很是蹊跷，边、边大帅真的会来吗？"

江世敦看了他一眼，道："会来个屁！我不演这一出，你请得动李云博吗？"

郑道光大惊，扯住他问道："江、江老鼠你又搞什么名堂？到、到时候大帅不来，如、如何跟李翰林交代？坏、坏了大事，我、我唯你是问！"

江世敦一把甩开他，气不打一处来："你真是个白痴！到时候，就说大帅有紧急军务，就不成了吗？我怎么说你好呢？真是！"说罢，也懒得理会他，跳上马背，一挥长鞭，径自扬长而去。

"你、你……"郑道光看着他策马而去、渐行渐远的背影，一句话也说不出来。愣在那里半晌后，才上马，踏上回程的路。

◆ 五、西门燕的锥心之痛 ◆

李云博送走郑道光、江世敦一行，依然捡起手中的活计，一边忙碌着爆竹新品的改进，一边琢磨这炮火营举办元宵佳节宴会的事情来。他感觉到，江世敦没安什么好心，可能是想借宴会消除以前误会的机会，打火药秘方的主意，基本上可以肯定这是一场"鸿门宴"。但李云博不怕，因为他总觉得，从当前形势来看，南唐只会一门心思结好李氏，暂时还不会把他和他的家人怎么样。

"岫南哥……"正在沉思间，突然听见一个熟悉的声音叫唤他。他回头一看，只见西门燕什么时候已站在他的身后，满脸愁云地看着他。李云博连忙放下手中的活计，站起身来，笑道："燕儿妹妹，你来了？进屋去坐坐吧。"李云博说着，扬扬两只满是灰尘的手，就上前招呼她往屋里去。

进了屋，李云博洗了手后，倒了杯水给西门燕，两人就坐了下来。西门燕喝了口水，也不作声，一副心事重重的样子。李云博很是奇怪，这西门燕，知书达理、秀外慧中，一直文静温柔而又不失开朗活泼，今天是怎么了？他试探性地问道："燕儿，出什么事了？你怎么了？还是，有什么事？"

西门燕抬起头，说道："没什么事，我就来看看你。你还好吗？"

"谢谢，我很好啊。"李云博看她欲言又止，感觉到有些不对劲，于是又关切地问道，"你，究竟怎么了？"

"我……也没什么。"西门燕说着，突然泪如雨下，"就是想和你说说话……"

李云博见状，更加坚信自己的直觉。但是他思来想去，也猜不出西门燕有什么不痛快的事。而且从她涕泪涟涟的模样看来，这个不痛快，还不是件小事情。这样直截了当地问下去是问不到任何结果的，只有试探着把她肚里的话套出来了。于是改了一副轻松自如的神情，笑嘻嘻地说道："好，我们好好说说话。你大舅过世后，我回来也这么久了，天天忙这忙那，从来都没消停过。我们从小就很合得来，而且无话不说。妹你来得正好，我正要找个体己的人说话呢。"

西门燕一愣，梨花带雨般看着他，说道："你哄我开心是吧？"

李云博道："我怎么哄你了？是你说，就是想和我说说话嘛。"

西门燕道："哦，我随便一说，你当真了。"

李云博见她前言不搭后语，知道继续下去就会让她把不痛快说出来，于是故意装着生气："你原来不是要和我说说话啊……"

西门燕急了，连忙说道："岫南哥哥，你别生气，我不是这个意思……"

李云博道："妹妹有心事，是不是？想找哥哥讨个主意，是不是？"

西门燕瞪大了眼睛看着他，点点头，又摇摇头。

"女孩子的心事嘛，也不好猜。可是不好猜也得猜，谁叫我是你哥呢。"李云博见她左右为难，有了主意，"你不肯说，可能是难以启齿。要么我问，你答，怎么样？"

西门燕点点头。

李云博就站起来，一边踱着步子，一边说道："这一嘛，是不是姑父姑母给你定了亲，而且逼你嫁人？可是那个未来夫婿，你不满意？"

"你，你怎么一猜就中？"西门燕说完，惊愕得眼睛瞪得更大了，樱桃小嘴张开了就忘了合上，露出洁白整齐的皓齿。

"原来是这个……"李云博自己也没想到，这一出口，就把西门燕的痛处给点着了，露出一副无辜的神情，"我真的是侥幸猜到的……"

"你别谦虚了，谁不知道你是天才，是神童，是点子篓子！"西门燕见他一副无辜的样子，破涕为笑，"那你就出出主意吧，反正我不嫁到洪州去。"

"唉，我真的是一无所知，我不知道姑姑，还有姑父给你许了人家……而且，地方那么远……"李云博听她这么一说，顿时变得语无伦次起来，"可是，自古以来，婚姻大事，父母之命、媒妁之言，我一个晚辈，如何干预此事？"

西门燕见他支支吾吾，有些不悦："哎呀，岫南哥哥，谁要你干预？我只是要你出出主意嘛……"

"主意？嗯，让我想想……"李云博应承着，"你呀，也是不小了，早就该谈婚论嫁了。一起长大的，欧阳雪、慕容碧去年都嫁进了李府，一个成了纳川哥的夫人我的海嫂，一个是静宁弟弟的媳妇，连云岚妹妹也嫁到上瑶慕容府上去了，远近闻名的'瑶池四美'就剩你一个了……依哥哥看，还是嫁了吧，啊？"

"嫁了？嫁到洪州南昌城去？"西门燕急了，"我要是遵从父命嫁了，还来找你干什么？呜呜……"说着，又哭起来。

"哎呀，妹妹你别哭嘛……那咱不嫁，不嫁到南昌城去！"李云博一边顺着她的意思哄着她，一边寻思着，一时没了主意。

"不嫁就行了？这不等于白说！"西门燕见他六神无主，只是顺口应付，有些失望了，"你这神童，也不神了，点子篓子，也出了大窟窿不灵验了……"

"哎，要不这样……"李云博刚一出口，就停住了。

西门燕道："咋样？你快说！"

李云博道："你既然不愿意远嫁南昌城，近嫁总可以吧？你说说，瑶池上上下下有没有你西门大小姐瞧得上的后生？要是有，我就找你外公去，让他训训你爹娘，然后找媒人上门提亲……"

"这主意，倒是不错。只是我也想到了，行不通啊。"西门燕大失所望。

"为什么行不通呢？"李云博有些意外。

西门燕道："去年过年以后，你们府上遣媒来我家为纳川哥哥提亲，被我拒绝了。爹爹不在家，你们又赶得急，正月十六就要成亲。怕误你们家的冲喜大事，我就跟娘亲商量，干脆拒绝了。"

李云博一惊，这事他不知道，没人跟他说过。他觉得，这似乎不是拒婚的理由，于是反问道："这只怕是托词吧？"

西门燕道："其实真正的理由是，那时候楚国还没亡，爹爹就投靠了南唐，背叛了瑶池背叛了李氏，我没有脸面嫁进李府。"

李云博听了，叹息一声，问道："这么说，你的意中人是纳川哥哥啰？他娶了欧阳雪啦，这可怎么办？真是过了这个村就没这家店了！"

"错过就错过，我也不稀罕！"西门燕一改以往的温柔，突然板起脸来，质问李云博道，"我的意中人是谁，岫南哥哥当真不知道？"

李云博很是蹊跷："妹妹的意中人，我怎么知道？"

西门燕问道："你难道忘了，十多年前，外公和大舅父送你随药因道长学道，临行前你偷偷跑来跟我道别，你和我做了什么，又对我说了什么？"

"我出门学道的时候，才六七岁呀！我做了什么，又说什么来着？"其实李云博被她一提醒，脑海里依稀有些童年时两人有过情投意合的记忆。只是这么多年来，把它当小孩子过家家之类的儿戏而已。如今两人都长大了，难道会把小时候的一句承诺当回事？但是，他仍然装作记不起来的样子，拍着后脑勺一个劲地回想。

"当真记不得了？"

"当真不记得了。"

"我当你说过的，就是一言九鼎，就是山盟海誓呢……"可能是说者无心听者有意，没想到比李云博还小一岁的西门燕一直记得这句话，而且当真了。

"哥哥骗你干啥？当真不记得了……"李云博摇头晃脑，一脸的无奈。

"怪不得，这两年来，你又是和刘如霜下聘定亲，又是与魏柳烟私订终身，还跑到南唐娶个小妾秋月回来……"西门燕说着，满脸委屈，又落下泪来，"原来，你早就忘了，一直是我一厢情愿、痴心妄想……"

李云博连忙坐下来，说道："好妹妹，你快说，十多年前，我究竟做了什么说什么了？"

西门燕叹道："事到如今，说它还有意义吗？"

"这事儿就算是哥的错，是哥对不住你，但你总得让哥知道，哥错在哪儿吧？"李云博见她不肯说出真相，知道她内心很是受伤，也知道再怎么劝也无济于事。于是痛心疾首地说道："那我就猜吧。我说过要娶你还是……"

西门燕见他急成这样，觉得他真的是忘了。她收了眼泪，脸一下子飞满红霞："哎呀，事到如今，我还是告诉你算了。临行前的夜里，你跑来我家，把我扯到院子里，拉着我对着月亮拜天地，拜完之后还哭着对我说：'我们拜了天地，就是夫妻了。妹妹你等我回来，我们就进洞房……'你难道没一点印象？"

"我……"李云博被她这么一说，顿时羞得满脸通红。这事，他还真的没什么印象了。他只记得，小时候过家家，两人经常玩扮演夫妻的游戏。在那些青梅竹马、两小无猜的岁月里，还真有些真情实意。只是这些年来，游历天下，求学修道，心系苍生，建功立业，不怎么记得这小时候儿女情长的事情了。他没想到，西门燕一直把这事放在心上，而且一直拒绝各方提亲，原来是在等他兑现承诺！自己清楚，童年时期顽皮捣蛋是出了名的，以至于祖父和父亲管教不了，下了狠心把自己送到升冲观学道，怎么还干出这等荒唐事来！那时候才多大啊，就拉着小表妹拜堂成亲，还要别人等着回来进洞房，这是儿童干的事吗？可如今，别人等了这么多年，自己却早就忘记了……想着想着，李云博难过起来，他真的不能原谅自己，因为儿时的冲动和无知，耽误了表妹的婚姻大事。他沉痛地说道："燕儿妹妹，都是我的错……小时候的李云博，真不是人……"说着，狠狠地扇了自己几个耳光。

"你别急嘛。如今说开了，你早忘了，就没事了。"西门燕看见李云博一副窘样，站起来连忙制止他，可是说了几句又欲言又止，"只是，只是……"

李云博六神无主地问道："只是什么……"

"只是……不说了，都过去了。"西门燕破涕为笑，突然轻松起来，仿佛是心头一块巨石卸掉一般，"岫南哥哥，我今天鼓足勇气来，就是想把话说清楚。既然说清楚了，就没事了。你也不必太自责。小孩子的话，焉能当真？"

"你不想说，就算了。"李云博觉得自己第一次这等无地自容，恨不得找个地缝钻进去。

"岫南哥，我跟你说个事。"

"你说。"

西门燕道："南唐兵围困瑶池时，有一个攻城的将领叫刘成璧，他被三舅打得大败，退到我们小瑶时进村掠食，就带人进驻我们家。他看见我，居然要施暴，幸亏三舅他们赶来，不然我就被糟蹋了。要是真这样，我就不活了。"

"这个畜生！"李云博勃然大怒，"上次在醴陵大营饶了他，没想到他依然贼心不改，居然敢在我瑶池作恶。有机会，我一定替你报仇！"

"我倒不是这个意思……"西门燕笑了，突然又神色凝重起来，"我是觉得，爹爹投靠的南唐朝廷，居然重用这等歹人，会有什么前程！我知道，你被迫在南唐做官，其实是在韬光养晦，有机会一定会反戈一击，恢复家园的。"

"这……"李云博听了他的话，大吃一惊。他万万没想到，西门燕居然有这样的洞察力。

"哥你别担心，我不会说出去的。"西门燕平静地说道，"我说这件事，就是担心爹爹将来没有个好下场，他们是斗不过你的。因此，我拜托哥哥一件事，那就是将来要真有那么一天，我求求你，放过我爹爹吧。"

李云博看着她消瘦的面容，心中一阵疼痛。他认真地点点头道："燕儿你放心，我答应你。"

◆ 六、临别之际，药因道长密授机宜 ◆

元宵节前一天，李云博回了一趟家。他准备在赴宴以前，和家人好好商量一下应对之策。但是，这几天他的脑海里总是浮现西门燕的影子，总觉得西门燕那天的表情很不对劲，可是又琢磨不透她究竟要干什么，于是趁机顺道先去了小瑶西门府第。一问管家，才知道姑父西门璞尚在浏阳，表弟西门策上学堂去了，只有姑姑李天香在家。他很是奇怪，管家居然没有说起西门燕，她难道已经远嫁南昌城了……可是转念一想，这种可能性很小：这西门府第上上下下没有一点婚嫁气象，就算匆忙出嫁，总得有个基本的礼仪规程；而且，表妹出嫁这么大的事，家里肯定会知会他一声。

李云博听着他的回答，思忖一会儿，停下来看着引路的管家问道："管家爷，大小姐呢？"

"唉……"管家一声长叹，欲言又止，突然摇着头指指客屋道，"三少爷，你还是进去问夫人吧……"说着，一边唉声叹气，一边弓着腰往里面走。

李云博快步进了客屋，只见姑姑李天香独自一人在那里垂泪。李云博上前行了礼，问道："姑姑，您怎么了？"

李天香抬起头，看见是李云博，一个劲地直摇头，哭得更加厉害。李云博急了，上前扶住她，焦急地问道："姑姑，发生什么事了？您告诉我！"可姑姑还是摇着头，一个劲地哭。李云博觉得这事非同小可，有些害怕了，用颤抖着的声音问道："是不是，为燕儿妹妹的事，伤心啊？"

李天香一愣，点点头。

李云博问道："燕儿妹妹究竟怎么了？远嫁洪州了？"

"不、不是，比这更坏啊……"李天香哽咽着的声音很含混。

"那是……她不会寻短见吧……"李云博的头嗡嗡直响，仿佛要炸开了。

"倒没那么严重……"李天香抽泣着，渐渐止住了哭泣，从手里展出一方信笺，递给李云博道，"她前天留下这封信，就悄悄地走了，也不知去了哪里……"

李云博松了口气，赶紧接过信，看了起来。只见上面写道：

双亲大人台鉴：

　　不孝女西门燕无法遵从父命远嫁南昌城，不是女儿有意忤逆父母，而是女儿早就心有所属，非他不嫁。而他又背弃前约、妻妾成群，看来此生女儿注定孤独一生。但若终身不嫁、老死闺中，留在府中侍奉父母，虽是一策，却会使父母颜面扫地，西门府第蒙羞。思虑再三，决意削发为尼，余生青灯古佛、鸣鱼诵经，替父母祈福，为自己忏罪。此生尘缘已了，只是不能侍奉父母，万分遗憾。养育之恩，来世再报。万望父母保重贵体，康泰永年……

　　"我的天啦，燕儿出家啦……姑姑、姑姑，对不起，都是我的错……"李云博来不及看完，犹如五雷轰顶，大叫一声，两脚一软扑倒在李天香膝前，语无伦次地说着，放声大哭起来。

　　"是她死心眼，不关你的事……"李天香看着号啕大哭的李云博，一把抱住他，狠狠地说道，"要怪，就她那官迷心窍的爹爹。他一心只想着自己升官发财，暗通南唐，背叛瑶池，引狼入室，还要把女儿的幸福也搭进去。我真是看错了他！"

　　悲愤交加的李云博从西门府第出来，一路心事重重。来到家里，见了管家朝他施礼问候也忘了答礼，径直朝屋里走。欧阳管家很是奇怪，这个知书达礼的少爷，今儿怎么了？他跟上去，重复说道："三少爷，您回来了？"

　　李云博站住了，回头看着他，问道："管家爷有事？"

　　欧阳管家道："午餐时辰早过了，您吃了没有？"

　　"没事。就算吃过了吧。"李云博应承一句，又想了想，问道，"老太爷在哪里，他身体还好？"

　　"吃过午餐就回房了，一直没出来。"欧阳管家道，"老人家又卧床了。他得的是心病，但身体还好。少爷你说，成天闷不作声，可能是老爷的不幸，对他打击太大了吧。长此以往，当然会憋出病来。您回来了，多开导开导他吧。"

　　"嗯。"李云博点点头，正欲进屋，又突然抬起头，问道，"药因道长走了没有？"

　　管家道："老道长还在呢，午餐还是我亲自送到仙缘居的。不知为什么，他这次住这么长时间。他以前三五日就走了。"

　　"哦？那我先去看看他，等会儿去看阿翁吧。"李云博说着，就别了管家，往后边去了。

　　进了仙缘居，只见药因道长正在院中亭子里打坐，两个俗家弟子李云嵩和李云典正在屋里收拾东西。李云博上前施礼道："小徒李云博叩见道长老祖宗！"

　　药因道长微微睁开眼睛，左手掐指起了一下掌，右手摇了摇拂尘，笑道："无量天

尊！老道我掐来算去，估计你要来了。起来吧。"

"老祖宗真是料事如神！"李云博起身，侍在他身旁，又看了看屋里两个忙碌着的堂弟，问道："怎么，老祖宗要走？"

"早该走了！岫南，你来坐吧。"药因道长示意他坐下，"老道我揣摩，近日来你忙着你爹的丧事，也未好好叙聊，如若一走了之，也不知何时再见，徒留下许多遗憾。于是一拖再拖，多住了些许日子。昨日府上收到炮火营元宵宴会请柬，居然要一个出家多年的牛鼻子老道出席。今日不走，恐怕就授人以柄了。无量天尊！"

李云博叹道："都是徒儿虑事不周，让老祖宗空等数日……"

"你何错之有？别这样说……"药因说着，又朝屋里喊道，"伟长徒儿，拿棋盘棋子来，再倒两杯清茶，我要和岫南手谈几局。"

于是，两人一边喝茶，一边下起棋来。李云博好久未下棋了，加上心事重重，静不下心思，连输两局。于是叹道："老祖宗棋艺高绝，徒儿远不能及。"

药因笑道："无量天尊！你心浮气躁，如何下得出好棋？再来！"

李云博也笑道："老祖宗等待数日，难道只是为了和徒儿手谈几局？"

药因依然走着棋子，一脸的不高兴，淡淡说道："不为这个，难道还有别的？"

李云博道："若为下棋，天下道观名士多了去了，走到哪里都有对手。徒儿的棋艺老祖宗一清二楚，有必要留下来，而错过那么多好局吗？"

药因道："老道我要考考你，看看有无长进。如此三心二意，真让老道失望！你用点心思好不好？"

"徒儿遵命！"李云博听了，顿时一阵脸红。老祖宗对他仍然了如指掌，看来不认真点，是过不了关的。于是屏气凝神，渐渐静下心来，心无旁骛地走棋。几盘下来，虽然输多胜少，但子目也就一两枚，无论谁输谁赢，也在伯仲之间。天色已近黄昏，药因道长一推棋盘，笑道："哈哈哈，你小子长进不少，棋艺已在老道之上。这样一来，老道我就安心走了。无量天尊。"

李云博如释重负，放下棋子说道："老祖宗夸奖了！这数日以来，从未和人对弈，长进从何而来？"

药因道："你以为，棋艺长进靠天天打谱、靠与人切磋吗？这功夫在诗外！你以前啊，眼快手快，出奇制胜，虽然能旗开得胜，却没有后劲。一旦被人熟悉棋路，后程就难以为继了。而如今，你懂得韬光养晦，甚至会装疯卖傻，看似步履维艰，实则试探虚实，平稳多了。"

李云博疑惑道："经历这么多事，不得不小心隐忍。这，亦会影响棋道吗？"

"世间物理，大道相通。正是经历了这么多事，让你的性情有所涵养，为人处世的

风格自然变得沉稳。这不和棋道一个理么？"药因道长顿了顿，又道，"只是你下棋要再上境界，还得注意多在乎过程，少关注结局。本来就是游戏，输赢其实没有那么重要啊！"

李云博茅塞顿开，施礼道："老祖宗点拨，徒儿牢记于心。"

药因吹了吹茶水，呷了一口，正欲再饮一口，突然放下茶盏，看着李云博小声问道："你小子告诉我，你爹究竟怎么回事？我这几日反复掐算，他没到大限之期，明明还有……"

李云博看看左右，站起来在他耳边嘀咕一阵，听得老道频频颔首。他听罢，恍然大悟地说道："明白了。你要将下葬时间提前到子时，就是为了掩人耳目。自从你父亲下葬以来，老是有人在石霜寺和东峰界瞎转悠，看来，这些人是炮火营黑云剑士乔装改扮的。他们已经起了疑心了。"

"他们已经着手调查了？这个江世敦，嗅觉真灵敏啊！"李云博听了，有些惊诧，想了想道，"看来得及早应对了。"末了，他就又坐下来说道："此事绝密，天知地知你知我知……"又略微沉思，计上心来，突然带着一副不屑的神情笑道："老祖宗就为这件事一等再等？"

"当然不是……"药因道长脱口而出，猛然醒悟过来，对李云博说道，"哎呀，一不小心，又落入你小子设的圈套！哈哈哈……"

李云博笑道："老祖宗不打自招，好啊！"

"无量天尊，我们言归正传吧。伟长，你们两个把好门风，我和你们的岫南哥哥有事密谈，若有异常，立即吆喝提示。"药因道长收了笑容吩咐完毕，看着两个道童出门，一晃拂尘站了起来，对李云博道，"进屋里来。"

"好。"李云博跟着起身，两人并肩而行，进屋而去。

坐下来后，药因道长道："我要走了。临行前，还是对你要做些交代。如今，马氏王室消亡，大楚江山不再，三湘四水又陷入了混乱之中，还不知道何时能有个泰平的时候。老道我也不知道你怎么想，但从你的棋局上看，你在积蓄力量，将来可能要有所作为。但要顺势而为，切勿造次。以柔克刚，保全瑶池。"

李云博道："徒儿记下了。"

"嗯，记住就好。"药因道长看了他一眼，继续说道，"南唐朝廷图楚，看似轻而易举，唾手可得，实则自不量力，自取其辱。理由很简单，南唐地处江淮，诸侯群顾，四战之地，守成尚且不易，还要开疆拓土，必定空耗国力，走向没落。这些年来，他们图闽惨败，北上中原也无功而返，就是最好的证明，这是其一；其二嘛，就是皇帝李璟本来继承了一个好的基业，自己却好诗赋词乐，沉迷于琴棋书画，大兴文事，朝野享乐成风，吏治日趋腐败。这时候，励精图治尚存生机，却偏偏听信谗言，抛弃其父烈祖结好邻国、不开战端的国策，不审时度势，穷兵黩武，这也是一条不归路啊；其三嘛，就是朝廷之中，主战与主和纷争日烈，明争暗斗，相互倾轧，迟早要大打出手，你死我活。这内乱一生，无论哪派得势，都会削弱朝堂力量。而就湖湘而言，用一个假仁假义、信佛贪名的边镐为帅，也必将成为历史笑柄……"

李云博道："老祖宗真是明察秋毫，洞若观火，徒儿佩服得五体投地！"

"老道我这些浅见，只怕你早就了然于胸吧！"药因道长见他一片虔诚的模样，有些不相信他一无所知，"你是我的弟子，不会如此浑浑噩噩。但无论你知与不知，我都要跟你强调。这些年，我游历天下，到过所有的诸侯王国，校验过他们的内政吏治和民生状况。老道我认为，一统天下的希望，仍然在中原朝廷。信不信由你。"

李云博疑惑道："何以见得，请老祖宗明示。"

药因道："这也只是一种直觉判断，我也不想跟你论证解释，但老道我的直觉，常常是不会出错的。你要好自为之。"

李云博道："徒儿谨记。"

药因道："我此去中原，仍然是考校中原朝廷，了解他们的兴国大计。如若出了雄主明君，一定第一时间知会与你。你若遇到麻烦，尽管来中原找我。我应该长住华山云台观陈抟老祖那儿，即使我不在，也有办法找到我。"

李云博点头道："徒儿知道了。"

"来，我们一起就晚餐吧。吃完这顿，也不知何时才能相逢。但老道坚信，相逢之日必是我瑶池李氏大兴之时。"药因道长说着，就吩咐候在门外的道童："赶紧备饭，吃完我等师徒好早些上路。"

"是，师父。"门外的李云嵩和李云典应声去了。

第四章

DISIZHANG

投鼠忌器

◆ 一、为报血海深仇，公主女侠一拍即合 ◆

话说那天魏柳烟参加完葬礼，邀请刘如霜和她一起回长沙居住，甚至苦口婆心劝她，却被刘如霜无情拒绝，闹得姐妹俩不欢而散。魏柳烟虽然放心不下，但送葬礼仪已经完结，已无理由继续留下，万般无奈，只得作别众人，悻悻地回长沙去了。临行前，她探望了一下秋月，两人低声细语说了一通，然后交代她保重好身体，为李云博生个大胖小子。秋月很是感动，支支吾吾应允一通，就送她出门。负责李府日常事务的大管家欧阳萧恒不放心，安排冯志远带着八个家丁和魏府的几个随从一起，护送她回去。

而刘如霜不知怎么地，自从和马馥湘在石霜寺一起住了几夜后，几乎天天黏在一起。给掌门老爷送完葬，马馥湘带着李慕坚回到瑶池李府，她也跟了过来，两人依然住在一起。一天晚上，两人聊着聊着，就有扯到与李府退婚的问题上。马馥湘问道："那晚深夜，在石霜寺的禅房里，一提到和李氏决裂、与李云博退婚的问题，你为什么就缄口不言了呢？"

刘如霜道："公主你不知道，岫南哥和我订婚，其实是为了应付两府世交长辈们的热情，就是他们所谓的'情上加亲'。当时，我和岫南哥都不主张订婚，这么乱的世道，成什么婚啊！他因为反对，遭到祖父的毒打；我因为反对，把爷爷气得昏死过去。其实那时候，岫南哥哥和柳烟姐姐两个早已心意相通，而且私订了终身……"

"私订终身？"马馥湘一听，大惊失色，"婚姻大事，自古以来，都是父母之命、媒妁之言，哪能自作主张呢？魏姑娘一个官宦小姐，知书达理，这等荒唐不经之事，她怎么会做呢？"

刘如霜道："嘘，你小声些……我也是刚知道不久，但这可是千真万确。不久前，她告诉我的。如若没有和我订婚，李府也会向魏府提亲。如今柳烟姐姐极力撮合我和岫南完婚，目的很明确，那就是看到我孤身一人可怜，更需要一个家庭。可是，她这种好心不是我不领情，而是承受不起，这种事情，哪有推来让去的。他们两个那样般配，男才女貌，又两情相悦，我才不会去插一脚呢！而且，面对满门的血债，我哪里有心思想别的？"

"原来如此！你要和李氏决裂，目的就是和岫南退婚啊！唉，感情的事，真的没有

对错。"马馥湘顿了顿，继续说道，"你们刘李两家是世交，驸马爷考中武举后，就直接进了飞骑营，听他说，经常去你们家，还教过你武功和剑术，你们应该很熟。我记得那次麓山狩猎，当时我给他暗送秋波，他木头人一样不解风情，还听说太后母后派人提亲，他非常地不愿意，我当时很奇怪，也很生气。如今想来，我突然明白，这事，肯定与你有关！"

刘如霜道："与我有关?"

"对！"马馥湘道，"自坚哥哥自幼习武，也没听说瑶池家乡有相好的女孩子；十八岁就来到长沙，一直在军营里摔爬滚打，也没机会接触多少女孩子。因此，不当值或者例休的时间，几乎都待在你家里。我断定，自坚哥心里一直装着你。"

"装着我? 怎么可能！"刘如霜的脸一下子红了，"我不瞒你，其实我一直就很喜欢自坚哥哥。可是，那天得知你们即将订婚的晚上，我质问他的时候，他却说，我和他之间，兄妹之谊远远多于儿女之情，他会一心一意对公主好，也会像对待亲妹妹一样，对待我。"

马馥湘道："那肯定是他骗你的！自坚哥是个有责任感的男人，他知道，一旦王廷赐婚，是无论如何不能拒绝的。为了家族利益，也为了大局，他把自己的感情割舍掉了……都是我不好，如若不是我在不明真相的前提下横刀夺爱，他没当这个驸马爷，也不至于战死碧湘宫，至少还好好地活着……可是，我并不知道你喜欢他，也不知道你们之间的事。如霜妹妹，对不起啊！"说着说着，又不免泪眼婆娑起来。

"这有什么对不起的，你有什么错！我们喜欢同一个男人，这是我们的缘分。可是，自坚哥哥对你，那可是一心一意的，这一点，你得明白啊！"刘如霜笑了，突然脸色变得严峻起来，两眼还放出凶光，"如今你我一样，喜欢的男人战死了，父母和全家都被无端杀害，血海深仇不去讨还，我们还有什么面目活在世上啊！"

马馥湘同仇敌忾地响应道："对，一定得报仇雪恨，为我们的男人，为了我们冤死的父母和所有惨死的家人，杀掉徐威、马希崇和朗人奸党，就算肝脑涂地，也在所不惜！"

"那是自然！但依我看，目标不要太多，咱们一个一个地来。"刘如霜倒显得胸有成竹，"而且，报仇需要周密谋划，绝不能大仇未报，自己先报销了。我们的仇人不少，马希萼杀了你的父王母后，马希崇杀了我的全家，何静真等人围攻碧湘宫让自坚哥哥战死，都是我们的仇人。但是，一切一切，都是因为徐威被赶出湘水台后，投靠马希崇又勾结马希萼而引起的。他为了一己之私，弄得王室兄弟争国，大楚江山四分五裂，以至于遭来灭国之祸。我看，他才是楚国的千古罪人！因此，我们第一个要干掉的，就是老贼徐威！"

"对，就是这个徐威！我们先想办法干掉他！"马馥湘提到徐威的名字，牙咬得咯咯直响。两人又多次密谋着具体的实施策案，经常一直商量到深夜。

而李府上下对于马馥湘和刘如霜的形影不离颇感意外，特别是欧阳管家更加惊奇不已：这个口口声声要和瑶池李氏决裂、并坚持退婚的侯门千金，是不是忘了以前说过的话，居然赖着不走了呢？虽然是未过门的媳妇，但如今无依无靠、无家可归，留在李府也是情理之中的事……自己一个管家，管不了那么多，好好侍候就是了。突然，欧阳管家转念一想：她一个未来的三少奶奶，住在二少奶奶屋里，不合适吧？就过去跟掌门夫人邱氏请示道："启禀夫人，刘千金虽未过门，但毕竟是聘有婚约的堂堂三少爷的正妻，是翰林夫人，搭伙二少奶奶住，多少有些看低了她。三少爷在东峰界下的烂泥湖边守孝，而秋月虽然有孕在身，但毕竟是一个侧室，居然占着三少爷的院子，将正室撂在一边，真有些讲不过去。该怎么办好，还请夫人明示。"

邱氏听他说完，想了想道："管家虑事周全。只是这事嘛，也别太讲究。而且刘千金未过门，住进来还是有些不妥。刘姑娘和公主亲近，妯娌间住一起说说话，也没什么不妥，更何况她全家遭遇大难，老三又在东峰界服丧，她一个人孤孤单单，和公主母子待在一起，正好有个伴。你去街上请个郎中来，先给秋月把把脉，看看她肚子里的孩子怎么样了。"管家口里应着"是，夫人"，却站在那里，一动不动。邱氏感到奇怪，问道："管家，怎么还不去？"管家道："回禀夫人，三太爷回来已有月余，他是长沙城里知名的郎中，为何要舍近求远到街上去请呢？"邱氏恍然道："管家提醒的是。那你去请他过来，到老三的院子里去，给秋月号号脉吧。"她见管家去了，就也起身往李云博院子去了。

秋月见婆婆来慰问，赶紧起身应答。邱氏笑道："你有身孕，还是躺着休养吧。一会儿郎中来了，给你看看。"正说着，管家和李庆如来了。李庆如给秋月号了脉后，对邱氏说道："胎儿很正常，只是母亲有些血气不旺，可能是近日劳累所致。我开两服药，吃吃就没事了。"邱氏听了，暗暗吃惊：怎么，还真怀上了？但她马上镇定下来，看着李庆如开了药方，又谢过，送他走了。管家正准备去抓药，突然见李庆如折身回来道："先服这两服药，那些安胎的药，都先停下吧。"说完，就又转身离去。过了一会儿，欧阳管家也起身要走。

邱氏跟了出来，叫住他道："管家，先别急着抓药，还是派人到街上请个郎中来，再给秋月好生号号脉。"管家一惊，不解地问道："三太爷医术，那是绝对一流！夫人信不过他？"邱氏道："不是。多找个郎中号脉，也是对孩子和孕妇负责。"管家虽然心存疑惑，但又觉得夫人一向行事慎重，没再争辩什么，于是过去马上安排人到街上请郎中。可是，请来的郎中也和李庆如说的一样，也开了副差不多的药方，这让邱氏大感意外，但仍然不死心，又派丫鬟秘密去街上，再找一个郎中来，可结果还是一模一样。这样的结果，邱氏满怀疑惑，甚至有些弄不懂了。

"大媳妇不是说，她来月红了吗？怎么，郎中却说有身孕了，这是怎么回事？"邱氏暗自思忖，"自己是过来人，怀了孕的女人，怎么会来月红呢？这中间，要么大媳妇看错了，要么几个郎中都误诊，没有第三种可能。"她仔细分析着，觉得三个郎中都误诊的可能性很小，那么，就只有大媳妇看错了。她又找来云闪妻子询问，云闪妻赌咒发誓亲眼所见，绝不会看走眼。这样一来，邱氏就不知该如何是好了。

正在左右为难时，吃过晚饭的李云博刚刚送别药因道长从仙缘居出来，看见母亲在客屋里发愣，于是过去请安。邱氏看见李云博，气不打一处来，劈头盖脸问道："你说，秋月究竟怎么回事？"李云博问道："秋月怎么了，惹您生气了？"邱氏道："怎么了，都是你小子干的好事！你说，她既然怀孕了，怎么还来月红？"李云博道："怎么可能？儿子做的事，难道还能有假不成？"邱氏道："你大嫂明明看见，千真万确，你娘我还哄你不成？"李云博笑道："大嫂那张嘴，见风就是雨，你也能当真！"邱氏见他嬉皮笑脸，疑惑道："不会是这个秋月贱人骗你吧？"李云博道："我的娘亲，这种事怎么能骗得过去？要不，你请个郎中过来，号号脉，不就什么都清楚了吗？"邱氏道："看过郎中了，都说是怀孕了，可这和你大嫂见到的，全然相反！"李云博道："既然郎中都说怀孕了，还能有假！你相信郎中还是相信大嫂？真是的！"邱氏叹了口气，看着李云博道："不管是真是假，事情总会有水落石出的时候！我就不信，弄不清真相！等到八九月份，她要是生不出孩子，看你还有什么话说？"李云博笑道："要是生出来了呢？"

"你……"邱氏被他问住了。

"哎呀，娘亲，这点小事，有必要大惊小怪吗？别人说，由他说去！还有更要紧的事情，等着我们去做呢。"李云博看见母亲心有不甘，于是转移话题，问道，"阿翁回来后，听说闷闷不乐，好些没有？"

邱氏忧心忡忡地说道："又卧床了。他本来好好的，一回来见你爹突然离世，还得知你二叔公自尽了，几天茶饭不思，哪能不憋出病来！这两年里，家里频频出事，去年自坚阵亡，老祖母故去，今年四兄弟中走了两个，本已经够他受了。可现在又老年丧子，岂不雪上加霜，他如何经受得住！你过去看看他吧，唉……"说着，不禁落下泪来。

李云博施礼道："孩儿遵命，我这就过去跟他请安。"

◆ 二、祖孙秘密遴选新任掌门 ◆

李云博起身，作别母亲，穿过弄堂，又快步走进就李庆吉卧房，上前请安问候。

李庆吉见李云博回来了，挣扎着坐起来，道："岫南孙儿啊，我随药因道长云游数月，不想回来之后，家里发生了这么多的事情。这一别数月，回来之后忙着你爹的丧事，也未曾详谈。岫南啊，你近来一切可好？"

李云博没想到几天不见，祖父须发几乎全白，看来父亲的死，对他打击甚大。他看着祖父颓然悲戚的脸，几乎落下泪来。他上前握住李庆吉的手，一边切脉一边哽咽道："阿翁，孙儿一切都好。那日在石霜寺见到你和药因道长，虽然瘦了些，但精神很好啊。怎么几天不见，您怎么病成这样？来，孙儿替你瞧瞧。"说着，又换了只手，继续替李庆吉号脉。

李庆吉叹了口气，道："我真想不到，走了几个月，家里发生如此之多的事情。我当时想，反正你爹已经理事，我也该歇歇了，而且云游名山大川，追随三叔修道，是我一直以来的愿望。现在看来，真的是不该离家啊！如若我在，你爹他们就不会死扛硬顶，拒绝归顺，你二叔公就不会蒙羞自缢，启明的媳妇也不会白白送命。还有，你爹也不至于情急之下突发恶疾，猝然身亡。有我在，相互间的沟通和理解会好一些，我至少会尽力说服大家。唉，这一切，都是我的错啊！"

李云博道："阿翁不必过于自责！虽然话是这样说，有你老人家在家，或者有我在，情况会好一些，但这也仅仅是假设。而且事已至此，再怎么自责，也都于事无补。我看当前主要是家里要团结一心，集中精力，积极应对危局。这病嘛，还是郁结所致，没什么大碍。只是阿翁别再过度悲伤了，继续这样下去，麻烦可大了。"

"应对，还如何应对啊！一切都听天由命吧。"李庆吉说罢，不禁仰天长叹。

李云博道："阿翁啊，您千万不能如此消沉，全家老少都看着您呢！我和您都回来了，情况绝没有您想的那样悲观。我有把握，一定能和家人一起，挺过这个难关！只要李氏不死绝，火药绝密就一定会得以传承，爆竹大业就一定能够复兴！"

李庆吉道："你有把握？"

李云博道："绝对有！"

李庆吉道："如若南唐炮火营逼我们献方，如何应对？"

李云博道："拖，而且一拖再拖！"

李庆吉道："把他们逼急了，下毒手怎么办？"

李云博道："暂时不会。他们一边隆赏厚赐，企图怀柔我们，一边又暗中施压，甚至软硬兼施，目的就是图谋火药绝密。只要他们还没得到，就绝不会撕破脸面，更不敢赶尽杀绝，他们投鼠忌器啊！我们正好利用这一点，不跟他们正面冲突，反正什么都含糊答应，真真假假帮他们建设炮火营。只要拖个一年半载，这楚国故地，肯定会风云突变，潭州是不是南唐的天下，也还很难说。到时候，他们难在瑶池立足，还能把我们怎么样啊！"

李庆吉道："你确信，天下还会生变？"

李云博道："我确信！这一判断，是得到多位高人的指点后，我又经过多日的观察思索，得出来的，南唐不可能长期占据潭州。有空，我详细跟您谈谈。只是阿翁，请您相信我！"

"你有见识，我相信你！"李庆吉突然来了精神，"有你在瑶池待着，我就有了底。如若我没猜错，你应该是为明日炮火营元宵宴会的事回来的吧。"

"正是。"李云博回答道，"还有就是，父亲的'五七'之期快到了，江世敦想以炮火营名义做道场，以弥补未能亲自下葬的遗憾。孩儿本想父亲'五七'那天，请九龙寺主持海月禅师带着几个僧侣，做了一场超度法事。仔细想想觉得还是得顾全大局，给炮火营这个面子。至于邀请什么人参加祭奠，还请阿翁定夺。"

"这个嘛，你定就是。要注意的是，可别让你二叔、五叔以及你大哥几个火药桶，与你三叔他们那帮南唐将领碰见，那可真是水火不容啊，碰在一起，肯定会坏大事。最好一帮上午，一帮下午，分开祭奠。"李庆吉叮嘱着，顿了顿又说道，"你回来得正是时候。明日元宵佳节，炮火营要宴请瑶池乡里名流望族，我们李氏首当其冲。你看看，他们会不会借机施压我们，要我们献出火药绝密啊？这宴会，会不会是个鸿门宴？"

李云博道："这几日来，我也一直在琢磨此事。南唐炮火营初来瑶池，瑶池上下都对南唐灭国心存芥蒂，抵触情绪严重。而近期发生了这么多事，特别是二叔公自尽、淑贞婶婶触石身亡、父亲意外猝死，南唐方面又局促不安。这时候他们应该会放低姿态，结好李氏，争取人心，寻求支持。至于火药绝密，虽然双方对此心照不宣，但必究没有摊牌，而且此时就提出这事，肯定是适得其反，他们没这么傻，应该不是这个。但仅仅是为了修复关系，又太简单了。他们一定会促成一两件什么事情。"

"那究竟是什么事呢？"李庆吉疑惑道。

李云博想了想道："孙儿估计，应该是与火药有关的事情，很重要的事情。"

"看来是很难猜出。既然猜不到，我们就以不变应万变，及早提防就是。"李庆吉说着，突然转换了话题，"我还有更重要的事情，一直想找你商量。"

李云博问道："阿翁，重要的事情，什么重要的事啊？"

李庆吉道："俗话说，家不能一日无主。你父亲离世已近月余，家族得选新的掌门人了。还有，你二叔公自缢之后，管事房是你二叔暂时管着，也得明确正式人选。"

"管事房嘛，二叔也行，三叔公更合适。"李云博笑道，"你这个老族长回来了，不就有了主人了吗？更何况，你一直是家族的族长啊！"

李庆吉道："管事房倒好办，叫你三叔公留下来接替总管一职，长沙商行里毕竟还有你四叔，他已经可以独当一面了。难就难在总执事人选。族长是族长，总执事是总执事，族长执法，总执事任事，两码事。我年事已高，既然退位了，哪有理由再出来任事的？你想想看，哪个最合适？"

李云博道："这个……孙儿不好信口雌黄。按理，应该是大哥继任。长房长子，名正言顺。"

李庆吉道："可你大哥那火急火燎的脾性，难以担此重任啊！其次嘛，就是你二叔，可是，他虽然年过不惑，却依然遇事也急躁莽撞，刚直过头而韧性不足。其实，你来当家族的总执事，最合适不过。可是，你又是南唐朝廷的守制官员……唉，真是难煞我也！"

李云博赶紧回绝道："我绝对不行！有大哥在，我如何能出来啊？而且，我年未加冠，担此重任，难以服众。二叔也确实不够稳重。我推荐一个人，应该合适。"

李庆吉道："你说，谁可以啊？"

李云博道："三叔可以。"

李庆吉道："启明？可他是二房的。这家族总执事历来由长房嫡出继承，他当总执事，不合祖上规制。"

"非常时期，没有那么多规制可讲！他当此职的好处是，可以麻痹对方。而且，他现在也是南唐炮火营将领，兼顾起来，容易和南唐方面协调。不利的方面，想在家族中取得支持和信任很难。"李云博看着李庆吉困惑的神情，顿了顿，突然想起李天晨易帜前自己的嘱咐，顿时明白南唐方面急于宴请瑶池李氏的原因，别的不好下手，看来十有八九就是极力促成李天晨出任总执事的事情了。于是说道，"孙儿估计，南唐方面很有可能有这个考虑。"

"南唐会干涉我李氏的家务事吗？"李庆吉大惊，"这，如何是好？"

李云博反问道："阿翁你想想，南唐为何要急不可耐进入瑶池？"

李庆吉道："那不明摆着的吗？他们想得到我李氏的火药绝密，建设他们无坚不摧的炮火神军！"

李云博道："其他人当总执事，他们会配合吗？"

李庆吉道："绝对不会。"

李云博道："那么，如若是三叔担任，会给南唐怎样的联想？"

"他们会怎样想？"李庆吉略一思忖，恍然大悟道，"总执事肯执掌家族大事小事，也一定会掌控火药绝密。他们会认为，启明当了总执事，一定有决定配方的权力。"

"对！"李云博赞叹一句，"我们绝对不能献方，但又不能断了南唐的念想。如此一来，就可以不用撕破脸皮，继续往下拖。这一拖再拖，我们就有翻身的机会。说不定，这次宴会，他们就是要促成此事。"

"你说得很对，应该就是此事！只要能渡过眼前难关，祖上留下的规制，的确也不必过多遵从。你不必担心，我会不遗余力说服大家。"顿了顿，李庆吉又道，"唉，你阿爹走得太匆忙，真是可惜啊！"

李云博见他如此伤心，真不忍心再隐瞒他。正欲启齿说出真相时，突然窗外有人影晃动，赶紧住了嘴。只见秋月推门走进来，跟李庆吉请安。李云博没好气地说道："进到祖父大人房间，也不通报一声，真是太无礼了！"

秋月连忙跪地说道："妾身该死！妾身听说你回来了，就四处找你。得知你在阿翁这里，就欢天喜地赶了过来，一时忘了礼节，请阿翁责罚！"

李庆吉道："快起来吧！你是皇上赐给我李氏的福分，又有孕在身，千万别出了什么岔子！"

李云博也突然跪地道："孙儿违背祖制，私纳侧室，请祖父大人按家法从事！"

李庆吉道："这笔账，先记着，等老夫身体好些，肯定会从严发落。秋月啊，没你的事，你怀了李氏的骨肉，就是李家的人了。"

秋月施礼道："秋月谢谢阿翁！"

李云博道："好了，已经很晚了。我们就别再打扰阿翁休息了。走吧。"

"秋月恭祝阿翁晚安！"两人就告辞出门，回屋去了。

◈ 三、不欢而散的元宵盛宴 ◈

元宵佳节那天，李云博赶到神刀营的时候，天快黑了。

原本李云博准备和家人一起去赴宴，但得知南唐黑云军在秘密调查父亲子时下葬的事情，就招来朱雀将军和乾卦统领，要他们积极应对，将父亲秘密转移。自己还连夜赶回了烂泥湖，别让对手趁自己离开的空档，偷偷开棺查验。并安排密使连夜偷尸入棺，而且将尸首做了易容处理。第二天也就是元宵节那天，他整天装模作样忙着爆竹新品制作，和往常没什么两样，一直拖到黄昏才出发赴宴。

李云博快步走进中军大帐，发现已经座无虚席，南唐将领沿着右边座席一字排开，连醴陵大营新任统领易守礼、浏阳知县西门璞也来了。在左边，李府天字辈以上长辈和大哥李云闪都悉数到场，乡里各界要员也都到齐了。而正中间东向席（主人席）上坐着郑道光，他左手边的贵宾席空着。李云博环视了一下大帐后，连忙施礼道："真是对不住了，晚生来迟，请各位多多包涵。"

郑道光见李云博来了，连忙起身相迎："不迟不迟，翰、翰林大人快请上座。"

李云博惊道："不妥不妥！学生守制之身，如何能坐上座？更何况，这么多尊长都在……不是说，边大帅会来吗？"

紧挨着主人席、北向而坐的江世敦起身答道："哦，边大帅刚才派人来说，有紧急军务，来不了了。还特意交代，跟李翰林说声抱歉。来来来，请入上席吧。"

李云博一听，突然明白，自己被江世敦他们骗了。但他仍然不露声色地推辞道："这怎么行！学生虽是官身，但在乡守孝，就得按当地礼俗排定座次。哪有祖辈父辈在场，后辈能坐上席的！"

郑道光尴尬道："这，这……"

江世敦想了想，道："李翰林博学多才，礼家大成。也好，那就请老族长上座吧。"

李庆吉起身推辞道："老夫已经退隐，如何能在官宴场合坐上席呢？依老夫看，启明是神刀营统领，又是朝廷册封的归远将军，坐在那里才是实至名归！"

坐在右边将领席上的李天晨慌忙站起来，施礼道："伯父大人，我李天晨虽然是朝廷将领，但在您和三叔面前，永远是小字辈。任何时候，愚侄都绝不敢妄越雷池、凌驾尊长。请伯父大人明察。"

李庆吉愣道："这……"

江世敦一看，觉得这样下去，宴会一时半会儿开不了，就将皮球踢给李云博："这个问题，我等确实决断不了。李翰林，你读的书多，知书懂礼，精于此道，你看怎么办吧。"

李云博笑道："既然江指挥点将，学生就勉为其难。既然是炮火营宴请瑶池各界，学生看还是德高望重的老族长坐上席，我三叔作为李氏最大的官员，坐在副宾席上，应该不会有人反对吧？"

李天晨道："不妥。我坐二哥下手吧。"也不等人回应，就离开右边座席，走到左边

来，将李庆吉请上上席，又把李庆如送至左边次席，还和李天雷推搡一阵，坐了下来。李天雷本不想搭理他，但顾忌李庆吉的告诫，只得移了座次。李云博转身，坐到了李云闪的下手。

坐定之后，郑道光举杯说道："今、今日元宵佳节，有幸请、请到瑶池李氏和乡里贤达，略、略备薄宴，共、共聚一堂，欢、欢度良宵。郑、郑某代表炮火营，感、感谢各位乡贤鼎力支持，先、先干一杯，谨表、表敬意！"

众人跟着举杯道："感谢将军赐宴！"说罢，也一饮而尽。

江世敦道："自从边大帅入主长沙、瑶池神刀营易帜以来，唐楚亲如一家。江某预料，只要我们精诚一致、和衷共济，不出一年半载，三湘四水将重现太平景象。在座各位，都是瑶池安宁的功臣，都是长沙和平的功臣，也将是三湘四水实现大治的功臣。江某敬各位一杯！"大家也都举杯，各怀心思地应承着喝了。

李庆吉端起酒杯道："我等故楚遗民，幸得朝廷举仁义之师，化干戈为玉帛，收降马楚王廷，家园免受涂炭，黎民未遭屠戮。老夫不才，借花献佛，感谢皇上浩荡隆恩，祝福大唐永享太平！"

于是就觥筹交错、你来我往，一开始似乎热闹非凡、其乐融融。酒过三巡，醴陵大营统领易守礼端起酒杯起身，来到李庆吉的上席边上，举酒说道："老族长谙悉事务、深明大义，回来之后掌控家族，全力配合我等。为表敬意，末将敬老族长一杯。"

李庆吉起身答谢道："亲家公客气，岂敢岂敢。"说罢，也一饮而尽。

易守礼落泪道："老族长啊，你喊我一声亲家，我这心如刀割啊！小女有幸嫁入李氏豪门，是她修来的福分。可是，可是，想不到我等刚进驻瑶池，一家人还未来得及团聚，她却出了意外……"

李庆吉也垂泪道："淑贞是个好媳妇啊！她嫁入李府，相夫教子，恪守妇道，临终之前还口称'生是李府人、死是李氏鬼'，响当当一个贞妇烈女！唉，可惜可惜！"两人又一阵感慨，对饮几杯。

过了一会儿，易守礼道："亲家公啊，如今，我们是名副其实的一家人了。你可要多帮帮我们啊！"

李庆吉道："一家人嘛，相互帮忙，那是自然。亲家公有何难处，但说无妨。"

易守礼道："如今炮火营建设，举步维艰。你得多多提携我等，尽快启动新火药研制。不然，我们都不好交差啊！"

李庆吉一听，脸色便沉了下来，他看着易守礼，冷冷地问道："多多提携？亲家公客气。敢问亲家公，您要老夫如何效命？"

易守礼刚才连饮几杯有些醉了，没注意到李庆吉的脸色，他以为李庆吉被他说动了，于是笑着说道："这对老族长而言，举手之劳而已。只要你把祖上的火药秘方献给朝廷，你将成为我大唐的头号功臣！"

李庆吉闻言，勃然大怒道："李氏祖传绝密，就凭你三言两语就拱手于人？你让我如何向列祖列宗交代？火药配方经过李氏数百年积累，业已成为民俗用品，怎能擅自改变用途，让你们生产杀人放火的武器？你要老夫成为千古罪人吗？"

易守礼听他一吼，顿时火起，趁着酒兴恼羞成怒道："有何不可？如今连大楚江山都是我大唐的，区区家族秘方，朝廷降旨，你不献也得献！"

李云博听到这边争执起来，赶紧过来问明原委，他对易守礼问道："易统领，你手里有朝廷圣旨吗？"

易守礼一愣，道："目前还没有。"

"还没有！"李云博怒道，"你竟敢假传圣旨，该当何罪？"

易守礼被他一反问，惊醒大半，慌忙赔罪道："末将酒后失言，请翰林大人恕罪！"

江世敦一看情况不妙，赶紧过来打圆场。他朝易守礼破口大骂道："你个不知死活的老易，怎能够借酒装疯，胡说八道！你自己一厢情愿，怎能够假借朝廷压人！朝廷从来没有这个意图，李氏献方与否，全凭自愿！他们愿意主动配合，我们求之不得；若不愿意，朝廷绝不会强迫他们！你要再胡言乱语，一定军法从事！"

易守礼满脸羞愧，拱了拱手，掉头回了座位。李天晨赶紧起身，过去好言相慰。

这时候，酒至半酣的神刀营监军刘成璧起身，前往贵宾席敬酒。大家都碍于情面，和他一一饮了。敬了一圈，他又来到上席，朝李庆吉道："老族长，在下再敬你一杯。"

李庆吉一惊，道："监军大人为何要饮两轮？"

刘成璧道："俗话说，好事成双。宴会之酒，双杯方显恭敬。更何况在下还有要事相求。"

李庆吉饮罢道："敢请将军吩咐。"

刘成璧道："在下有一不情之请，不知老族长可否成全。"

李庆吉道："请将军不吝赐教。"

刘成璧道："这事，还真不好启齿。既然老族长客气，在下就斗胆相求。老族长可否将李云铎遗孀马馥湘，赐予在下为妻？"

现场声音嘈杂，李庆吉还以为自己听错了，他于是又问道："将军说什么，老夫没有听清。麻烦您大声一点，再说一遍。"

趁着酒兴、胆大包天的刘成璧大声朝他喊道："请老族长开恩，让我娶马馥湘为妻！"

这好比一声惊雷，在饮宴正酣的酒席间炸响。偌大的中军大帐顿时静了下来，都定

在那里，朝这边投来千奇百怪、惊诧莫名的目光。

李庆吉大怒，扬手将酒杯猛砸地上，站起来狠狠地说道："你也算是南唐将领，有头有脸的人，居然有这等非分之想！凡嫁入李氏的女子，都是坚守妇道、从一而终，何曾改嫁他人？"

刘成璧没想到自己的声音太大，觊觎人妇这等丑事，不经意间变得众人皆知，也不免恼羞成怒。他也将酒杯一砸，真的就借酒撒泼起来："馥湘公主本来就该是我刘成璧的女人。当初我爹身为天策府右司马，就曾经跟楚王马希广提过亲，王室上下都同意了，就是公主本人不愿意。楚王怜爱女儿，只得作罢。后来得知，原来公主爱上了李云铎，把我到手的亲事白白给搅黄了……现在李云铎不在了，我们不能再续前缘吗？"

李氏众人一听，都一个个"霍"地站起来，怒目而视。李云博闻言，一个箭步冲过来护住祖父，劈头盖脸就是几耳光，又是一脚，将刘成璧踹在地上，然后骂道："刘成璧，你家祖宗三代的脸，都让你丢尽了，你还好意思在这里说？是不是要在下把你在醴陵大营干的丑事，都说出来给大家听听？我还听说，你父亲还曾经跟刘侍郎提过亲呢，是不是在下也把未婚妻让给你啊？真是无耻至极！"

没想到刘成璧被几个耳光打得更晕了，他在地上装疯卖傻起来："哈哈，对呀，还有刘府千金如霜姑娘，我也是爱慕已久。既然李学士慷慨，我就恭敬不如从命，把你翰林大人的嫂子老婆都娶回去，左拥右抱的日子，我早就向往着呢……"

江世敦没想到这个刘成璧酒后居然如此猪狗不如，把一个好好的酒会给搅了，气得鼠眼冒烟、短须直抖。他走上前来，一把揪住刘成璧道："你个不知廉耻的窝囊废，居然在大庭广众之下要强娶人妻！天下两条腿的蛤蟆难找，两条腿的女人多的是，为何偏偏要娶瑶池李氏的媳妇，你这不是找死吗？"

这时候，刘成璧已经酒兴大发，又犯起糊涂来："江老鼠啊，你是饱汉不知饿汉饥……要不，你给我找个女人……"

"放肆，江老鼠也是你能叫的？简直是无法无天了！"西门璞也怒不可遏，冲上前来一把拽住刘成璧，怒道，"天底下居然有你这等不知廉耻的东西！南唐炮火营的脸，都让你丢光了！"

刘成璧眼睛乜斜着，看了一阵见是西门璞，大声笑道："呵呵，是西门大人。要不，你把你那宝贝女儿嫁给我做老婆算了。她，她叫什么来着，燕儿，西门燕，燕儿，我的宝贝儿……"

坐在主人席上的郑道光忍无可忍，大声喊道："来、来人，将、将酗酒闹事、有辱军颜的罪将刘、刘成璧打入军牢，明、明日军法从事！"

"是！"四名大营军勇应声而入一拥而上，将烂醉如泥但仍然在骂骂咧咧的刘成璧，拖出了中军大帐。

一场意想不到的酒疯，顿时将满座的热闹气氛一扫而光。郑道光尴尬起身，端起酒杯道："各、各位，真、真是对不住，没想到这、这个刘成璧，喝酒之后居然如此混账！都、都是我郑某律下不严，扫了大家的兴，我、我郑道光跟大家赔不是了！事、事情过去了，大、大家继续喝！"说罢，一饮而尽。

李庆吉起身回礼道："刘成璧酒后胡言，与将军何干！既然李氏在此受辱，再留无益。我们还是告辞吧。"

江世敦道："老族长真是对不住啊！好好的宴席，被一个酒疯子搅了，大家都别往心里去。再饮几盅，我们今夜要一醉方休！"

李云博起身道："阿翁，既然郑将军、江将军一再挽留，盛情难却，还是留下来多饮几杯吧。"

李庆吉见李云博说话了，一声不吭，坐了下来。于是大家又开始相互敬酒，你来我往，重新继续宴会。只是，气氛大不如前。

江世敦走到李庆吉案边，举酒说道："老族长深明大义，江某感佩之至。来，我再敬一杯！"

两人饮罢，江世敦索性侍坐在李庆吉的案角边，似乎欲言又止。李庆吉见状，问道："江将军居然侍坐老夫，真是不敢当啊。"

江世敦道："老族长是长者，晚辈侍坐有何不可？"

李庆吉笑道："一个山野匹夫，如何担当得起？江将军有话讲吧？"

江世敦笑道："老族长真是明察秋毫啊。江某的确有事相求，还望老族长垂允！"

李庆吉道："将军有话直说，只要能够办到，老夫定当从命。"

"痛快！"江世敦赞叹一声，也不转弯抹角，就将想请李氏支持，由李天晨担任李氏总执事的事情，直言不讳地和盘托出，还分析了其中利害。李庆吉思索一会儿，道："将军所言，不无道理。只是总执事继任，一直都是嫡长传承，而且由家族会商确定。这事，不太好办。"

江世敦道："在下知道事情难办。不过，当前非常时期，为了双方的精诚合作，由李天晨统领兼任家族总执事，可能妥当一些。老族长能否为了大局，说服说服家人？"

李庆吉道："既然将军开了金口，老夫再若推辞，就不近人情了。也好，自从犬子李天亮不幸猝死之后，我李氏已经有月余没有总执事了，也该物色新人选了。不如借今日家族要员和乡里名流都在，问问大家的意见。若无异议，那就是行得通；若大家说不行，老夫也就无能为力了。"

两人说妥之后，江世敦就起身过来，与郑道光交流一通之后，但听他大声说道：

"各位贵宾，大家都安静一会儿，一边饮宴，一边听江某说。有一件重要的事情，老族长想和大家商量。老族长，您说几句。"

李庆吉站了起来。他清了清嗓子，说道："各位乡亲里友，自从我李氏总执事李天亮不幸去世之后，这瑶池乡司和李氏家族总执事一直空着。俗话说，国不能一日无君，家不能一日无主。今晚大家都在这里，我们把总执事的人选定下来，大家说行不行吧。"

"但听老族长吩咐！"大家齐声赞成。

李庆吉环视一阵，见没有人提出异议，于是继续说道："那好。既然大家都赞成，那就借此召开家族大会，来确认新的总执事。按照过往惯例，理所当然嫡长继承。由于老夫尚在，嫡长就有两种含义：一是兄终弟及，二是父死子继。按照第一条规则，应该是老夫次子李天雷；按照第二条，应该是老夫长孙李云闪。大家说说，他们两个中，哪个更适合担任家族总执事啊？"

大家听了，都默不作声。李庆吉看着李天雷，问道："鸣远，你的意见呢？"

李天雷起身施礼道："回禀父亲大人，孩儿认为自己难当此任。孩儿负责浏阳商行，常年在外，对家族内部事务涉足甚少。孩儿以为，总执事一职，还是让光升担当为妙。"

"你对自己倒是很了解。"李庆吉听了，点点头说道。又看看李云闪，问道，"光升孙儿，你的意见呢？"

李云闪慌忙站起来说道："使不得，阿翁！我李光升不是当官的料，我只会习武打猎和配火药。我不当总执事，还是叫二叔当吧！"众人见他语无伦次，顿时哄堂大笑。李云闪突然变了脸，没好气地说道："这好笑吗？我就是不行嘛……"

"你们倒是很谦虚，总执事的位置居然推来让去。"李庆吉见众人停止哄笑，一边思忖一边说着，突然看见次宾席上的李庆如，问道，"三弟，你的意见呢？"

李庆如起身道："大哥，这是你们长房的事，我说什么好呢？"

李庆吉道："三弟言之差矣！如今非常时期，掌门执事的人选非常关键。因此，担此重任人选，定当不拘一格，绝不能有门房之别。既然嫡长两位人选都自认不合适，那就扩大范围，选贤任能，只要合适，谁都可以。"

李云闪突然说道："阿翁，我觉得，最合适的人选，应该是岫南，他最合适。"

"对，岫南最合适。"众人齐声响应。

李云博站起来道："感谢各位尊长抬举。只是晚辈身为朝廷守制官员，三年期间，不能担纲任何职守，这是大唐律令里明文规定的。我感谢大家好意！"

"岫南虽然不是嫡长，但若按选贤任能的标准，的确是个很好的人选，只是身为翰林，大孝在身，得一门心思守丧服孝，唉，可惜。"李庆吉叹息一声，又问道，"岫南，你觉得谁担此任最合适？"

李云博道："回禀祖父大人，恕孩儿直言，遍观家族成年男子中，仅有一人，能够胜任此职。"

"仅有一人？谁？"众人都瞪大眼睛，望着李云博。

"我三叔，李天晨。"李云博几乎是一字一句地说道。

"什么？李天晨？"大家惊愕不已。

李天雷更是忍不住了，他看着身边默不作声坐着的李天晨，大声说道："他李天晨已被逐出家门，还有资格当总执事吗？我不同意！"

李云闪也跳起来，坚决反对："他一个软骨头，怎么能够领导家族？还不如让二叔当！"

李天晨站起来，说道："伯父大人，岫南，我担此任，的确不合适。你们别为难我了……"

李天威一听他的辩解，从邻桌猛地站起来，破口大骂道："李天晨，你装什么蒜！自从你易帜之后，就一直谣传，你想篡夺家族总执事大权，现在看来，这些都是千真万确！我甚至怀疑，大哥的死，可能与你有关！"

李云闪一听，顿时冲了出来，上前要和李天晨动手。李云博和李天骏扯住他，不让他上前。李云闪动弹不得，于是骂道："算我瞎了眼，一直把你当亲叔叔！你也配做人，自己的大哥都下得了手……"

李天雷也激动了："老五这么一说，还真有道理！父亲大人，这总执事，还真千万不能让李天晨这个卑躬屈膝、心术不正的人当！"

"都给我安静下来！"李庆吉一声大喝，大家都住了声。但听李庆吉说道："老夫认为，岫南的意见很有见地。瞧瞧你们，哪一个遇事有点头脑，能够在这非常时期带领家族前进？不可能。只有启明可以。为什么？原因很简单，他遇事冷静，懂得权衡，懂得识时务。你们可好，大楚国都亡了，你们还要效忠王廷，可是王廷叫你们投降，你们为何不遵命呢？你们效忠什么王廷，你们是效忠你们自己……"

李天威不等他说完，突然插话道："反正，他李天晨当家族总执事，我就宣布脱离李氏家族！"说罢，就要起身冲出大帐，被李天骏一把按住，只得又坐下来，气呼呼地不出声了。

"反了！"李庆吉大怒，"还有要脱离李氏的吗？我一个都不留！"

李云闪站起来，说道："阿翁，我有些喝醉了，先告辞了！"也要疾步冲走，被李云博扯住，也只得坐下来。

李庆吉也坐了下来。他缓和了语气，说道："非常时期，这家族总执事人选非同小可。为什么，因为如今不仅仅是做做爆竹生意，还要和朝廷配合，维护好瑶池稳定大

局。你们想清楚，有不同的意见，就当面说出来，一旦家族大会通过，他就会行使总执事权力，所有的人都必须遵从，绝不允许无理取闹。请各位发表意见。"

过了好一阵子，见大家都默不作声，李庆吉又开腔了："好！既然大家不反对，就这样定了。各位乡亲里友，从明日起，李天晨就是瑶池李氏的总执事。我们请他来说几句。启明，你请吧。"

李天晨站起来，开始说话了："承蒙各位抬举，让我李天晨担此要职。其实我知道，我李天晨不配。按理，应该是光升父死子继，兄终弟及也应该轮到二哥，如若论才华，岫南自然是首选。但既然大家都信得过我，我就勉为其难，暂代这掌门之职。等到时局定下来，我再把这总执事的位置交还长房……"

李天雷不等他说完，突然起身，冲了出去。

众人一愣，都待在那里不知所措。南唐将领们又举杯祝贺，只是气氛有些尴尬。大家强颜欢笑了一阵子，便纷纷告辞。

◆ 四、孝子母命难违，秋月喜上眉梢 ◆

元宵宴会之后，李云博从神刀营出来，没有直接去东峰界烂泥湖守孝，陪祖父一行回到府上。可是送别祖父回到自己院内，看见屋里没有亮灯，很是蹊跷。进屋点了灯，发现秋月不在。满腹狐疑地坐了一阵子，出来问问管家，才知道是秋月带着两个丫鬟天一黑就上街去了。

夜不是很深，李云博看见母亲邱氏屋里的灯亮着，估计还没有就寝。于是出了院子往母亲的院子里走去。来到厅屋门前，正要推门而入，突然听见里面有人在说话，不禁站住了。仔细一听，原来是母亲和刘如霜在说话，心里一下子紧张起来：这刘如霜，只怕又是来退婚的吧。也没有进门，闪身躲在暗处，听听她们说什么。

只听刘如霜说道："掌门夫人在上，请受小女一拜！"

邱氏说道："你这是干什么？"

刘如霜道："小女深受李氏厚恩，只是大仇未报，不能信守婚约，还请掌门夫人见谅！"

邱氏道："如霜姑娘，这报仇归报仇，完婚归完婚，两码事，怎么不行呢？"

刘如霜道："大仇不报，如若只顾自己，如何对得起冤死的父母和一家老小？况且，我和岫南有约，天下不一统，我们就不完婚。然而，天下什么时候统一？如此看来，这个婚约，遥遥无期，等于一纸空文。我若信守婚约，又想要复仇，就肯定会连累李氏。望夫人明察！"

"果不出所料！"李云博心里想着，忍不住来到窗户边，借着缝隙向里张望：但见母亲扶起刘如霜，伤感地说道："如霜姑娘，我们李氏，乡野人家，与你们结亲，原本就是高攀。如今你家惨遭灭门，我们怎能置大义于不顾，因为怕受牵连而退婚呢？退婚一事，万万不能！"

"夫人隆恩厚义，如霜在此谢过！"刘如霜落下泪来，"只是这婚，一定得退！"她说着，就脱下那个邱氏去年亲手戴在她手上的祖传的翡翠色玉镯，塞在邱氏手里，然后扑倒在地，拜了几拜后冲出门去。刚走几步，没想到和正欲躲闪的李云博撞了个满怀。见是李云博，也不言语，匆匆离去。

李云博就进了房间，就看见母亲独自坐在火炉边，手里拿着一个翡翠色的玉镯子在那里发愣。愣了半晌，一行热泪潸然而下。过了一阵子，她喃喃说道："你一个孤身女子，要复仇，谈何容易啊！"

李云博正要下跪请安，没想到邱氏一看见他，突然收起愁容，劈头盖脸地问道："你个兔崽子，老娘正要找你呢！你说，秋月那贱人假怀孕，究竟怎么回事？"

李云博一听，心想糟了，一定是秋月急着回金陵，自个儿把假怀孕的事情招了。但他依然假装镇定，跟母亲请罢安，说道："娘亲，你说什么，孩儿怎么听不懂？"

邱氏骂道："还装！秋月她自己都招了，你小子还抵赖！"

"娘亲，你喊什么！"李云博急了，连忙阻止道，"秋月她招什么了？"

邱氏道："她说，前几天不小心跌了一跤，孩子流掉了。"

李云博一听放下心来，但又装着吃惊的样子问道："娘哎，你们怎么不好生照看，让她跌倒了呢？这，这如何是好？"

"就你小子好骗，你居然还信她！"邱氏看着儿子，满脸怒气地说道，"她怀孕本来就是假的，好几个月了，肚子还没有鼓起来，现在要现原形了，居然用这样的谎话骗人，真是罪大恶极！"

"不可能吧？"李云博疑惑道，"三叔公他们不是为她把了脉，确认她怀孕是实吗？郎中的话难道有假？"

"这……为娘我也一直觉得蹊跷……"邱氏被问住了。她叹了口气道，"娘是过来人，看她的样子，不像是怀孕。可是，郎中们偏偏都说她怀孕了。如若不是真的怀孕，那这个贱人，就真不是什么好东西！"

"怎么，跌跤流掉了，就成了假怀孕了？这下可好了，她可以借机回金陵了！"李云

博一副火急火燎的样子，看了邱氏一眼道，"如若她真的回了金陵，皇上就会怪罪我们没有善待她，问罪下来，我们可担待不起！"

"这……"邱氏又是一愣，急忙说道，"这个，老娘可没想到啊！你得想方设法留住她，别让他回金陵告状！"

"那我这就去。麻烦以后，你们千万别得罪她！"李云博正要往外走，突然想起母亲手里的玉镯子似曾相识，于是停下来，回头问了一句："娘亲，你为何拿着这玉镯子发愣啊？"

"唉……"邱氏叹了口气道，"刚才刘姑娘来过，她前脚走，你后脚就进来了，看来你们真是没缘分啊。这个玉镯子，是前年你们一起来瑶池的时候，和家人见面，我送给她的那个祖传玉镯。这个宝贝，听说传了好几代了，而且一直都是掌门夫人佩戴。你大嫂的手腕太粗，戴不进去；你二嫂怎么也不肯收，说是你二哥身为朝廷武将，做不了家族的领头人，她收这个玉镯名不正言不顺。后来趁机送给了如霜姑娘。现在可好，退回来了。这传了好几代的宝贝儿，难道在我手里传不下去了？"

李云博假装不知道，于是问道："这么说来，如霜妹妹刚才是来退婚啰？"

邱氏叹道："是啊，她刚才进来，坚持要退婚。我也正为这事犯愁呢。"

李云博又问道："刚才，她说，她要去哪里吗？"

邱氏道："她没说，我也不知道。"

这时候，秋月带着两个丫鬟进来，赶紧跟夫人请安。李云博问道："这么晚了，去了哪里？"秋月道："哦，大街小巷都在闹元宵，舞龙狮、唱傩戏、放花灯，我们几个上街看热闹去了。"一个丫鬟慌忙笑道："老爷你回来了！夫人不知道，知道肯定不会去街上观灯。"另一个丫鬟道："老爷，没想到，瑶池这么一个小镇，元宵的灯会居然这样热闹，特别是爆竹打得热闹非凡，我们还是头一回看到！"

李云博看着两个丫鬟一唱一和打圆场，心里想：你们两个还跟我玩这一招，闹元宵怎么不跟家里的女眷一起去？一定是去了什么别的地方，这此地无银三百两一样的圆场，等于不打自招！但母亲在场，他不能发作，于是对她们说道："你们回去歇息吧。"两人应声退出房间。

两人走后，李云博又瞪着秋月问道："刚刚听说，你不是流产了吗？怎么，还到处乱跑？"

"你要我假装怀孕，我实在受不了了，跟夫人扯谎，说跌了一跤流产了。我把谎言戳穿了，自在多了。现在，随你怎么处罚我，我不怕！"秋月说着，满脸羞愧地看着邱氏，"掌门夫人，对不住啊。假怀孕的事，是他要我装的。"

"假怀孕？我要你装的？你……"李云博见她有恃无恐，大吃一惊，"我为什么要你装，你不知道原因吗？我尚未大婚，因为皇上赐婚，才被迫先纳你为妾。可这是违背李氏家规的！若不这样，你能进得了李氏的门？"

邱氏似乎明白了一切。她不悦地看着李云博，说道："果然是假的，你小子真是一肚子的坏水！这样的馊主意，也只有你想得出！你把我李氏的脸都丢尽了！"

李云博任凭母亲数落。他仍然责备着秋月："你倒是轻松了自在了，可我现在怎么下台。你这样鲁莽行事，想干什么？"

"我不想干什么！你若看我不顺眼，让我回金陵好了！"秋月淌下泪来回应道，"我一听说你回来了，就匆匆忙忙兴高采烈地赶过来见你，没想到得到的是一顿好骂。早知道，我才不上你的当，替你来瑶池探望父母呢……"

李云博见她当着母亲的面顶嘴，更加恼火："你就是想回金陵，让皇上好治我和家人的罪，是不是？"

秋月哽咽道："不是。待在这里，这有名无实的婚姻，就是在守活寡。我实在受不了了！你放过我，让我回去吧。"

邱氏又突然疑惑起来，像是问他们，更像是自言自语："你说什么，你们的婚姻有名无实？"

"娘亲，你别听她乱说！"李云博见秋月更加肆无忌惮，不明白她是伤心之际的口无遮拦，还是为了回金陵而故意为之。她竹筒倒豆一样见了底，什么事情都瞒不住了，不禁恼羞成怒，于是吼道，"你越来越不像话了。你把我们的约定忘了？嫁鸡随鸡嫁狗随狗，这是你自己说的。我在哪里，你就得在哪里。回去，回哪里去？我在哪里，哪里就是家。哪有离开我回金陵的道理？"

"深更半夜的，你们吵什么？"邱氏看见小两口争吵得越来越厉害，厉声制止道。她看了一眼李云博，没好气地数落道，"你也真是，一回来就吵，这日子不过了？"李云博气呼呼地看着秋月，一屁股坐在椅子上不作声了。秋月见邱氏满脸怒气，也不敢出声了，垂头丧气立在一旁。邱氏又道："你们，先把这什么乱七八糟的有名无实的婚姻说清楚。岫南，你说！"

"我……"李云博慌忙站起来，看了母亲一眼，却无从启齿，一甩手又坐下来。

邱氏站起来，抚摸着李云博的头，充满慈爱地说道："岫南啊，你书读得多，满腹经纶，娘知道。可这些才学得用在正经事上，不应该用来欺骗长辈蒙蔽家人。娘也知道，你是为了家族不受牵连才这样做。就算违了祖制，但是皇上赐婚，也没什么大碍啊！何必要编谎话，骗家里骗老娘呢！你一直都很听话，你这样做，娘很伤心啊！你爹不在了，二哥也战死，娘就剩下你和你大哥了！"

李云博听了，突然落下泪来。他连忙跪地叩头道："娘见教得是！孩儿不孝，欺骗

尊长，请母亲责罚！"

秋月见她母子都动了情，也跪下来道歉："岫南哥，对不起，一生气就把真相泄露了。"见李云博没有理睬，她又对邱氏说道："掌门夫人，都是我不好。岫南哥被迫娶了我，新婚之夜我们约定，对外以夫妻相称，私下当兄妹相处。我没有遵守约定，惹岫南哥生气。都是我的错，您处罚我吧，求您别责罚他。"

邱氏闻言，气得直摇头。她坐下来道："听你们这么一说，我倒是弄清了个大概。儿啊，你看看你，青梅竹马的燕儿被逼出家，订婚的未婚夫人要退婚，娶来的侧室又是个假的，我还听说，你居然跟魏大人的女儿私订终身，现在两个也好像弄掰了。我不明白，这一个个如花似玉的姑娘，就没一个你中意的？如今，我不清楚如霜姑娘究竟是因为你私订终身的事情退婚，还是因为未大婚就先纳了妾而退婚……"

李云博被她说得无地自容："娘亲啊，你别再说了，行吗？"

邱氏看着手上的那个祖传手镯，长叹一声道："刘姑娘刚才将定亲的玉镯子退回了。她是铁了心要退婚，老娘我也想不出什么法子留住她。你看看，这事该怎么办啊？"

李云博站起来拿过玉镯，沉思一会儿道："她刚才说了什么？"

邱氏道："她说，大仇不报，不能只顾自己，还说什么你们有约定，天下不一统，就不完婚，这个婚约，遥遥无期，等于一纸空文。她啊，是怕因为复仇连累李氏……"

"她还是真的放不下仇恨，那么，麻烦就大了！"李云博突然间忧心忡忡起来，"我估计，她可能会去长沙。得想办法，别让她离开瑶池！"他突然意识到秋月在场，说这样的话题可能会引起不必要的麻烦，突然转移话题，"这事儿，先放在这里吧。明天我走之前跟她说说……"

"刘姐姐真的要退婚？"秋月听到他俩母子对话，突然插话道，"刘姐姐真是不幸啊，一夜之间全家都被抄斩。官人，如霜姐姐太可怜了，你一定得好好劝劝她，千万别铤而走险，到时候家仇未报，还把自己搭进去。"

李云博道："难得你有这份好心！刘姑娘那样的个性，一旦下了决心，只怕九头牛也拉不回！你看，这祖传玉镯都退回来了，证明她去意已决，想挽留她，只怕很难！"

秋月想了想道："夫人，官人，我有一计，可能让她回心转意。"

邱氏一直若有所思地看着秋月，听到她有主意，将信将疑地问道："你有什么锦囊妙计啊？"

秋月见李云博也吃惊地看着她，倒有些不好意思了。她拿过李云博手上的祖传手镯，一边爱不释手地玩弄着，一边说道："官人和如霜姐姐订婚，已经无人不知，包括皇上和朝廷。上次朝廷派客省使姚凤到长沙商讨出兵援助马希崇的时候，就有一条，要马楚王廷协助找到刘如霜，并降旨命令官人和如霜姐姐赴京完婚。由于当时没有找到如霜姐姐，因此这事也就拖了下来。如今如霜姐姐现身了，我们可以禀报长沙幕府，恳请边大帅落实此事。如霜姐姐再倔强，也不敢抗拒皇命。只要官人和如霜姐姐完了婚，有了家有了牵挂，肯定会淡化报仇雪恨……"

"这怎么能行呢？"李云博直摇头，"你啰里巴嗦讲了这么多，还是老调重弹，逼迫刘姑娘成亲。牛不喝水强按头，根本没用啊！"

"这婚姻大事，自古以来就是父母之命、媒妁之言，哪有那么多你情我愿的！"邱氏站了起来，白了一眼李云博，又扫了一眼秋月，然后低头来回走了几步，突然抬起头说道，"依老娘看，秋月姑娘这主意，倒还真有些道理。其实刘姑娘这退婚之举，看似背信弃义，实乃大仁大义，她是不想牵连我们李氏。如若拜堂成了亲，她刘如霜就成了我李家的人。这样一来，她的生死就和瑶池李氏绑在一块儿了，绝不会不顾一切贸然行动。"

"哪有这么简单的事！"李云博见母亲支持秋月的主张，有些无可奈何。她突然想起魏柳烟曾经对他说过类似的话，估计这主意，十有八九是魏柳烟给她出的。于是又说道："不妥。我在守孝期间，怎么能不顾丧制礼仪，拜堂成亲呢？"

秋月道："丁忧守制是朝廷规制，拜堂成亲是皇上颁旨，这二者不矛盾，而且理所当然。如若朝廷认为守制期间完婚有违孝道，就可以等到服丧期满除服后再拜堂成亲……"

李云博见她说得头头是道，打断她的话道："你不是害怕如霜姑娘吗？她要是和我成了亲，你会有好日子过，怎么还在这里献计献策？刘姑娘那样的脾性，会乖乖听朝廷的安排？我是怕你弄巧成拙……"

"我看行！"邱氏没想到这个小女子这等有主张，不免刮目相看。看见秋月对玉镯子爱不释手，为了不让她回金陵告状，于是心一横下定决心留住她。她指着李云博对秋月说道："秋月，我问你，你是不是真的很喜欢我这个小儿子？"

秋月被问住了。她停下来，看了一眼李云博，涨红了脸说道："是。可是，他不稀罕我，也不愿和我在一起。"

邱氏道："你既然对他有意，娘就做主了，让你们做名副其实的夫妻。这个镯子，就归你了！从今天起，你就是我李氏名正言顺的媳妇！只是，娘有言在先，刘姑娘是大，你是小！"说着就站起来，从秋月手里拿过玉镯子，帮她戴上。

秋月大吃一惊，愣在那里不知所措。她又抬起头来看了李云博一眼，赶紧低下头，不出声了。

"岫南，你表个态吧！"邱氏催促道，她见秋月一副胆战心惊的样子，说道，"你别怕他，有娘做主呢！"

李云博道："这不行！我们有约在先，而且娶妾有违祖制。以前按约定好了的，她也不能有非分之想！"

"是，我不该有非分之想！可是，我就是有非分之想！"秋月突然抬起头，泪水夺眶而出。她大声说道，"既然不被你们待见，那就放过我吧。"

"你这是得寸进尺！"李云博怒道，"你别以为我不知道，你近期都干了些什么！你急匆匆地要回金陵，是想告我李云博的御状吧！"

"我……"秋月听他这么一说，突然涨红了脸，讪讪说道，"我干了什么，我为什么要回京告你的状？"

"放肆！皇上赐婚，皇后送亲，王爷证婚，满朝恭贺，你倒是好，全当儿戏一般，一点都不像话！怎么，翅膀硬了，连娘的话都不听了？"邱氏怒声呵斥着李云博，又对秋月说道，"你本来就是他用八抬大轿抬进府的，想和他做真正的夫妻，算什么非分之想！这婚姻大事，父母之命媒妁之言，你爹不在了，娘就替你做主。他答应也得答应，不答应也得答应！"邱氏顿了顿，又对李云博道："今儿起，就得同房，老娘我住进你的院子，亲自监房，要亲眼看着你们同床共枕。李云博，老娘今儿与你约法三章：第一，一定要真心实意对待秋月姑娘，第二不能再做假的夫妻，第三，早生贵子，老娘要抱孙子。如若一年之后秋月还未生下一儿半女，或者我发现你不待见秋月，就别再叫我娘，我没你这个逆子！"她见李云博不作声，继续道，"不反对就是同意。对了，今晚就圆房，什么时候有了夫妻之实，什么时候回烂泥湖边守孝，也带上她！"

李云博一听，急了："先考坟边守孝，怎么能带着妻妾，真是荒唐！"

邱氏看见他这副熊样，突然笑道："我说傻儿子，守孝带着媳妇一起，更为妥帖。夫妻一起为亡父守孝，人家会说啥呀？秋月没随你一起去，是她身怀六甲不方便。现在怀孕既然是假的，那就一起去吧。"

秋月听了，喜上眉梢，连忙施礼道："多谢婆婆恩典！奴家一定陪着官人尽心尽力，尽好孝道。"

母命难违，李云博还能说什么呢。秋月喜得满面春风，接着又是涕泪涟涟，还一个劲地讨好邱氏。她侍候过皇后，迎合奉承取好卖乖自然娴熟至极，看得李云博都起了鸡皮疙瘩。他瞥了秋月一眼，长叹一声，不说话了。

◆ 五、馥湘公主的锦囊妙计 ◆

李云博、秋月两人正欲告辞，马馥湘抱着熟睡的李慕坚走了进来。她看见李云博，弓身施礼后笑道："三叔回来了！"

李云博连忙还礼道："见过二嫂！"

马馥湘上前跟邱氏请安后，对李云博说道："三叔你们等一下，我有话说。"又回头对邱氏道："婆婆，我有事相求，还望垂允。"

邱氏道："你有什么话就说吧。"

马馥湘道："几天前接到边大帅文书，说是将原来的驸马府交还我们李氏。如今自坚不在了，我要那府邸有什么用？可是思来想去，还是留着的好。马氏举族外迁，我因为嫁入李氏没有被列入外迁名册。这驸马府，也成了马氏唯一的落脚点。过两天，我想过去收取。只是坚儿还小，带着不方便，烦请婆婆帮忙带几日。"

邱氏笑道："我说二嫂子，你说哪里话，婆婆带孙子，天经地义，我还带着你三叔的小女儿呢，多一个少一个一样地带，你放心去吧。"

李云博很是吃惊，问道："二嫂要去长沙？你一个人去？"

马馥湘道："是啊。只是不是一个人，是和如霜姑娘一起去。她思来想去，还是回长沙投奔柳烟姑娘去好一些。要不，跟我一起住也行。"

李云博道："兵荒马乱的，到处跑干什么。我觉得，你们留在瑶池，留在李府，还是最为妥帖。"

邱氏道："长沙有个落脚的地方，有什么不好！这样吧，郑大雄是你们驸马府的管家，你带上他吧，顺便把丫鬟和仆人都带过去，也好有个照应。对了，叫管事房多支些钱，到那边需要什么尽管买就是。来来，把坚儿给我吧。"

"多谢婆婆！"马馥湘谢了一声，却不肯递过孩子，"这两天还没走，还是我照看吧。等走的时候，我再送过来吧。"

"也好。"邱氏缩回手去，突然垂泪对李云博道："你二哥战死，她孤儿寡母可怜啊！你这个做叔叔的，要多多担待一些！"

李云博施礼道："娘亲放心，等坚儿牙牙学语，到了晬盘试周、择物明志的时候，我一定替二哥尽父亲之责，好好教导他！"

马馥湘也突然落下泪来，躬身谢道："麻烦叔叔了！有你这位当翰林的叔叔教导他，我就放心了。"

李云博和秋月走后，马馥湘站起身来正欲告辞，看见邱氏坐在那里长吁短叹，很是意外。她试探着问道："婆婆怎么了，遇到麻烦事了？"邱氏回过神来，也不隐瞒，就将李云博和秋月的事说了。末了她叹息道："虽然我强令他们做夫妻，壮着胆子说夜夜守着，可这事……老娘我总不能时时刻刻看着他们同床共枕吧……唉……"

马馥湘一边抚弄着孩子，一边说道："真没想到，这个岫南，居然和别人做假夫妻，这不是让人家姑娘守活寡吗？我原也蹊跷，在金陵没看见秋月有什么不适，离开时也没听她提及，一回来她却怀孕了，原来是岫南这个孝子骗人的，真是！"

邱氏猛然想起什么，于是问道："对呀，你回瑶池前，曾在金陵住过。秋月这姑娘，究竟怎样？"

"是的，我在他们府上住过。秋月这姑娘，不算太了解，但基本性情还是知道的。她虽然是皇宫里的人，但自幼孤苦伶仃，也还知书达礼。"马馥湘说着，顿了顿又道，"婆婆想要成全他们，这夜夜监房也的确不妥啊！"

邱氏道："就是！可是，我想不出更好的主意啊！"

马馥湘笑道："婆婆你是聪明一世、糊涂一时。若要促成这等好事，其实也不难……"

"你有更好的办法？"邱氏抬起头，看着她急忙问道。

"我有一计，保定能成。"马馥湘说着走上前去，在邱氏耳边一通嘀咕，听得邱氏频频颔首、眉开眼笑。

邱氏起身，对马馥湘道："好，很好。就用你这办法，成功的话到时候重重谢你！"

马馥湘道："那好，婆婆你先过去稳住他们，我去取壶酒来，帮他们圆房。"

于是两人作别，马馥湘抱着熟睡的儿子回去，邱氏带着两个丫鬟往李云博的院子里去。

话说李云博和秋月回到屋里，也不说话。李云博坐在客屋里发呆，秋月回到卧房，收拾停当，点燃两支红烛，等李云博进来就寝。可是等了好一阵子，也不见李云博进来。她有些急了，出来对李云博道："官人，夜深了，进来歇息吧。"

李云博没好气地说道："你真是，怎么不守前约，偏偏要做真正夫妻。我们做兄妹，不是挺好吗？"

秋月见他反悔，有些生气，说道："刚才在掌门夫人那里，你为什么不说？难道，真要等夫人过来监房？那多难堪？"

李云博怒道："娘亲监房，我也不从！"

"大胆逆子，连娘的话都不听了？"这时候，邱氏带着丫鬟进来了，听见他们争吵，不悦地骂了李云博一句。

李云博见母亲来了，心里慌了："娘亲，哪有这等强迫儿的……"

"看看看看，你李云博才高八斗、学富五车，原来也就这点出息？"邱氏见他局促不安，突然笑了，"儿啊，娘是想你早些圆房，我好抱孙子。刚才还说，要坐在这里监房，那是吓唬你的！你也不想想，瑶池李氏百年望族，如若出了这等奇闻，传出去还不让人笑掉大牙！娘过来，只不过是帮你们圆一下房，只要你们合卺交杯，我这个做娘的心意也就算到了，接下来，老娘就管不了了。娘也只能做到这里了。愿不愿意行夫妻之实，还得看你自己。"

"真的？"李云博如临大赦，"娘亲，你不会骗我吧？"

邱氏道："男欢女爱、两情相悦，这种事，你不愿意，老娘我怎么骗你啊？"

"也是。"李云博放下心来，"反正，我们拜了堂，进了洞房，多喝一杯交杯酒，也没关系。"

正说着，马馥湘捧着一个茶盘进来了。盘中有一壶酒，还有一对金杯。身后跟着两个丫鬟，手里捧着一些大红大紫的衣物。她一进门，就笑着说道："岫南，你是读书人，应该懂得人伦纲常。婚姻大事，自古以来就是父母之命、媒妁之言，你倒是比常人幸运，被朝廷赐婚，还挑三练四不愿行夫妻之实，真是身在福中不知福！你在金陵娶了秋月，虽说是被逼无奈勉强应承，但你也不该让秋月守活寡啊……"

李云博红着脸道："二嫂，话虽如此，可我李云博不能做背祖离宗、有违家训的事啊。李氏家训严禁娶妾，而且我是正妻未娶，就纳侧室，这如何对得起列祖列宗？更何况，我和秋月姑娘有言在先，先以兄妹相称，等过了这个档口，就跟朝廷上书说明真相，然后请旨，解除婚姻，到时候将她嫁出去就是，怎么会让她守活寡呢。这，有何不妥？"

"亏你还是读书人，怎么这等异想天开？"马馥湘突然板起来了面孔，"既然朝廷有此旨意，谁人还能更改？秋月嫁给了你这个翰林大人，哪个人还敢娶她？你不要她了，她不守活寡，那就只有出家的分了！"

"二嫂，你如是说，这……"李云博被他说得面红耳赤，说不上话来。

可是马馥湘不依不饶："还有，所谓违背祖制一说，纯属托词。过世的掌门老爷不是认可了吗？老族长那里，也没有反对。刚才娘跟嫂子我也说了，想成全你们做真正的夫妻。你年近加冠却不肯婚配，不为李氏生儿育女、续承香火，你不知道'不孝有三、无后为大'吗？"

李云博顿时哑口无言，无地自容。

"所以嘛，就算你不为家族着想，也得替秋月姑娘想想。她奉皇命下嫁于你，就绝

不敢抗命嫁给别人。而且，她一心一意跟着你，你别不识好歹，辜负了她的一片真心！"马馥湘见李云博无言以对，语气缓和下来，"嫂子觉得这件事情，于情于理都讲得通。你一时半会儿想不通，可以理解。但嫂子相信日久生情，这么聪明伶俐、知书达礼、貌若天仙、温柔似水的姑娘，你迟早是会喜欢的。"

邱氏见李云博低着头不说话了，语重心长地说道："我儿啊，你二嫂说得对！我们且不说什么抗旨不从忤逆圣意，也不说对得起对不起祖宗，按照瑶池的道义传统，既然娶了秋月，就得对得住人家。我们也不逼你，但作为家长，我们得表明态度，通过圆房，确认你们的夫妻关系。无论如何，这假夫妻不能做，这样我们李氏会招来骂名的。要是以后硬是觉得不合适，到时候好聚好散，休了她便是。"

马馥湘道："掌门夫人说得对，这婚姻大事，可不能没了规矩。你们拜过堂，却未有夫妻之实。今晚我和你娘亲一起，给你们补一补这圆房礼仪。"说着，就将茶盘放在桌上，牵过两人的手，指挥两个丫鬟帮他们穿上吉服，然后站在客屋中央，让他们拜了天地，拜了高堂，夫妻对拜，最后牵着他们进了卧房。

进了卧房，马馥湘替他们铺了床铺，将二人拉到床沿坐下，行了坐帐之礼。这边邱氏斟满酒，送到二人手上，笑吟吟地看着他们说道："来吧，你们合卺交杯吧，娘和嫂嫂也只能做到这一步了。喝完交杯酒，你好自为之。"

李云博无奈，勉强挽住秋月的颈项，将酒一饮而尽。秋月也一样，将就喝了。

不一会儿，李云博突然觉得头昏脑涨，正欲说什么，还未来得及开口，就倒在床上不省人事。

秋月大惊，连忙扶住他，惊慌失措地看着邱氏和马馥湘。

马馥湘笑道："婆婆，好事成也。"

邱氏点点头："嗯。这孩子还是比较听话，被你一通教训，还真喝了这合卺交杯酒。看来，我这儿子还是比较实诚。"

秋月惊愕地问道："婆婆，你们说什么？岫南晕倒了，怎么办啊？"

马馥湘笑道："傻丫头，怎么办，这还要问？他如今晕过去了，你想怎么办就怎么办。"

邱氏走过来，抚摸着秋月的头，和颜悦色地说道："秋月啊，你既然喜欢我这个儿子，今后就要一心一意对他，决不能做对不起他的事情。我和你二嫂，为了帮你实现做真夫妻的想法，将酒里下了药，他一时半会儿不会醒来，今晚，他就是你的了。你给我记住：明天醒来，你赤条条地将他抱住，让他明白，你们已经有了夫妻之实。我这个儿子心地善良，既然和你同床共枕，就绝对不会弃你而去。除非，除非你做了对不起他的事情。"

秋月听了，连忙滚下床来，跪在地上将头磕得砰砰直响："多谢婆婆成全之恩！婆婆教诲，妾身永记于心。今后一定俯首帖耳，惟夫人命是从！"

邱氏扶起她，笑道："好了好了……这主意，是你二嫂出的，你得谢谢她才是。"

秋月一把抱住马馥湘："多谢嫂嫂，秋月一定不负嫂嫂成全之恩。"

马馥湘笑了："这有什么，举手之劳嘛。我还得感谢你，我和坚儿在金陵那一段时间，多亏你照顾！"

"照顾你们，那是应该的……"秋月擦着眼睛，感动得稀里哗啦。

邱氏道："好了，我们该走了，你好生照顾岫南吧。"说着，就与秋月道别，关好门，都离开了。

送别夫人一行，秋月回到床上，看着熟睡不醒的李云博，顿时心潮澎湃起来。她紧紧抱住李云博，抚摸着他那张清秀俊俏的脸，一时不知该如何是好……

◆ 六、是命中注定，还是阴差阳错？ ◆

第二天直到太阳升起老高，李云博才醒过来。这不醒不要紧，一醒过来，见到眼前情形，几乎把自己吓得半死：自己一丝不挂，尚在熟睡之中的秋月也一丝不挂，依然紧紧地搂着他。这不是梦吧？他使劲地掐了下自己的胳膊，的确很疼，这不是在做梦。怎么会和秋月睡在一起了呢，可是如何上的床，为什么一点印象也没有呢？……他努力回想着，记忆在时空里到处搜寻，突然一定神，想起昨晚母亲和马馥湘为他们圆房的情形，顿时恍然大悟：很可能是那盅合卺交杯的酒有问题。原来，母亲和二嫂早就合计好了，要成全他们做真夫妻！

"这，难道真是天意？"李云博后悔不迭，怪自己太大意，一不小心掉进了母亲和二嫂设的局里，可是后悔已经来不及了。他不由自主地长长叹息了一声。但事已至此，他也只得认命。既然做了真正的夫妻，或许留住她，已经不难了，这也许不是坏事。他只是觉得，有些对不起魏柳烟。但转念一想，魏柳烟一心促成他和刘如霜成亲，他们已经不可能在一起了。乱世之中，自己一心要以天下人为念，儿女私情是顾不上的。还是古人说得好：儿女情长，英雄气短啊。

李云博一边心事重重地想着，一边轻轻拨开秋月的手，想起身穿衣服。没想到刚刚拨开她的手，秋月醒了，又一把抱住他，弄得李云博很不舒服。他生气地说道："如今，

你如愿以偿，总不至于就这样赤条条地在床上搂一辈子？"

秋月将脸贴在他怀里，温柔如水地说道："官人，要是能在你怀里躺一辈子，妾身就是死也心甘。"

"又胡说八道！"李云博推开她，一跃而起，悻悻地说道，"你明明知道，我的心里早就有意中人了。你不顾廉耻，乘人之危，我看错你了。"

"我不在乎！"秋月笑道，"如今生米煮成熟饭，你想赖账，只怕不成。再说了，我这是遵从婆婆的旨意，没有趁火打劫。反正，我们已经有了夫妻之实，我已经心满意足，死而无憾……"

李云博有些不耐烦了："好了好了，别老是死呀活的。我李云博不是赖账的人。你今后要好好侍奉尊长，相夫教子，千万别搬弄是非，丢我李云博的脸！"

秋月喜道："妾身一定恪守妇道，遵循礼义，绝不丢你的脸！"

"那还赖在床上？"李云博穿着衣服，看着她洋溢着幸福的脸，心一下子软了，"哪有口口声声恪守妇道的媳妇，太阳都晒屁股了，还赖在床上的？"

秋月道："官人说的是，妾身就起来……你，你转过去，我好穿衣服。"

李云博笑道："你的身子都是我的了，还遮遮掩掩，有必要吗？"

秋月道："那不一样……"

"有什么不一样？"不知怎么的，李云博突然欲火焚烧，他一下子甩掉正要穿上的衣服，一边钻进被窝一边狠狠地说道，"贱人，看我怎么收拾你！"

秋月也不反抗，任由他折腾。李云博人生第一次有了这种欲死欲仙的狂野，却因为是初行房事，瞎折腾半天也没找到窍门。秋月也很生疏，只是浑身痉挛，不知道怎么配合。两人盲人瞎马般忙乎一阵，还是成了。大汗淋淋的两个喘了一会儿气，又缠绵一阵，就拾掇着起身。掀开被子，没想到床单被一丝血迹染红，李云博惊愕得说不出话来。再看看自己的下体，也有血迹。李云博恍然大悟："你居然还是处子之身？昨晚……"

秋月羞赧地说道："昨晚，妾身就是脱了你的衣服，也没干什么啊……"

李云博顿时五雷轰顶："昨晚你就脱衣服，其他什么也没干？"

秋月应承道："是呀，怎么了？"

"谁叫你这么做的？"李云博突然觉得，既然秋月还是处子之身，肯定没有这方面的经验，应该想不到用这一招来诱他上当，可能背后有高人指点，"你告诉我，是谁教你这样做的？"

秋月道："没人教，是，是我自己……"

李云博厉声说道："你撒谎！你不从实招来，我就休了你！"

"官人，您别生气……我说，我说……"秋月急了，赶紧老实交代，"是婆婆要我这么做的……"

"又是我娘，唉……"李云博一听是母亲要她这样做，一下子没了脾气，"天意如此，母命难为啊。"

秋月道："依妾身看，既然天意如此，你我姻缘就是前世注定。你想方设法逃避，终究是一场空，绝对逃不了宿命。官人饱读诗书，应该知道，想要改变命里的事，那可是逆天而行！"

"逆天而行，嗯，这话有道理，是要遭天谴的，天命不可违啊。"李云博没想到秋月还有这等见识，但多多少少心有不甘。他不明白，他和秋月的情分，究竟是命中注定，还是阴差阳错？可是事情已经发生，再怎么计较都于事无补，还不如坦然接受，顺其自然。于是也就不再纠结，点点头道，"秋月，既然老天爷一定要把你送给我，我也就顺承天意，不再逃避了。你给我记着，从今往后，你就是我李云博的夫人了。我会好好待你的。"

"不对，是如夫人，也就是小老婆……"秋月纠正道，"妾身等的就是这句话！妾身也发誓，今后一心一意侍候官人，妾身生是李翰林的人，死是李翰林的鬼！"

李云博道："哎呀，你也真是，张口闭口死呀活的，多不吉利！"

秋月道："官人说得对，妾身要好生侍候翰林大人一辈子，不能张口闭口说这些不吉利的话。我以后就说，妾身举案齐眉，和相公相濡以沫、白头偕老……"

"你有完没完？"李云博有些不耐烦了，突然问道，"那你告诉我，我李云博初到金陵，无才无德，也未建功立业，朝廷为什么要如此对我隆恩厚赐？"

秋月一愣，道："这个，妾身也不清楚……反正，皇上皇后交代，就是要妾身照顾您日常起居。"

李云博两眼冷冷地瞪着她："仅此而已？"

秋月也毫无表情地瞪着他："仅此而已。"

"你没说实话。"李云博仍然看着她，笑道，"我李云博不是三岁小孩，那么好骗吗？你想想，我曾经大闹洪衰，火烧炮火营，被朝廷缉拿押回金陵，本是戴罪之身，却莫名其妙特准科举，高中进士不说，还意外点了翰林。然后呢，写了篇《中秋祭月祝文》又被朝廷厚赏，送府邸，赐婚姻，天底下的好事，都被我李云博占尽了。你说，朝廷如此待我，我能不惶恐吗？"

秋月道："朝廷看重你经天纬地之才，希望你将来为国效命，报效朝廷。你可能想多了。"

李云博叹了口气道："你既然不愿交心，我也无话可说。我们都是朝廷的人，都得

效忠皇上。你有你的难处，我不强求你。我只是隐隐觉得，朝廷有些不信任我。"顿了顿又道，"我们做了夫妻，我要你见证，我对朝廷的赤诚之心。"

秋月突然间感动了，扑在李云博怀里，哽噎道："官人真是明察秋毫！朝廷的确对你有所疑虑。官人如此待我，妾身再要隐瞒，就不是人了。实话告诉你，朝廷要妾身留在官人身边，监视你的一举一动。不过，妾身自从嫁入李府，就一直相信，官人会忠于朝廷，绝不会有二心。"

"原来真是如此！看来不是我想多了，而是确有其事！谢谢你，对我说实话。"李云博道，"那我问你一件事，近来，江世敦他们，为什么要秘密调查我父亲下葬的事？"

"这个，你也知道？"秋月大吃一惊，"其实，也没什么。江指挥怀疑你使诈，定好的清晨下葬，突然提前到凌晨子时，他觉得不对劲，甚至怀疑，你父亲突然过世是你使诈，但终究没找到什么证据……这个江老鼠，真是没事找事。"

"哦？这个江老鼠，真是无中生有，唯恐天下不乱！"李云博暗暗庆幸及时补救，也为江世敦的敏感嗅觉大为震惊，"秋月，朝廷猜忌我，你可要为我说话啊！"

秋月道："当然，我不维护我夫君，我维护谁啊？"

李云博道："嗯。时候不早了，我们起床吧，一起去给娘亲请安。"

秋月道："是，官人！"

李云博突然想起什么事，说道："对了，听说刘姑娘要跟二嫂去长沙，明天找时间去挽留她，你跟我一起去，好不好？"

秋月喜道："妾身愿意效命！要是留住了如霜姐姐，我们三个，一起去东峰界守孝，好不好？"

"要是能留住她，你就大功一件！她那犟脾气，只怕九头牛也拉不回来！"李云博说着，起身穿衣服，"不管留得住留不住她，你都要和我去东峰界，你已经是我的老婆了，尽孝理所当然。"

于是两人赶紧起来穿衣梳洗，洗漱完毕，前往邱氏屋里请安不提。

◆ 七、火药坊里，刘如霜密会李云闪 ◆

刘如霜退婚以后，终于如释重负。放下这个包袱，她就一门心思想着尽快回长沙，开始她的复仇行动。

这天下午，她前去拜会长房李云闪。来到李云闪的院子，只见小慕光正在那里哭闹，杨氏在一边哄儿子："光儿，你阿翁的确不在了，你就是天天给他上礼烧香，他也回不来……"慕光哭道："你瞎说！三叔说，心诚就能感动天地。只要坚持，总有一天，阿翁会回来的。"杨氏道："你三叔聪明绝顶，那天见你哭闹，哄你的！"慕光道："你个死老婆子，又胡说八道！三叔对我好着呢，怎会哄我？"

"大嫂子，慕光是不是又问他阿翁回来没有了？"刘如霜听了他们娘儿俩的对话，大概明白了什么。李慕光肯定是又吵着问，他的阿翁怎么还不回来，为这事，一家人很伤脑筋，谁也没想到，李慕光这孩子会如此之倔。她一进门，问了一声后，就埋怨道，"都是李云博鬼话连天，害得我们光儿走火入魔。"

"是刘姑娘来了，进来坐吧。"杨氏看见刘如霜来了，连忙起身一边将她迎进客屋，一边说道，"这小子，成天要烧香磕头，哭着闹着要他阿翁……这怎么能怪岫南呢，他也是好心。"

刘如霜搂过李慕光哄了一阵，小家伙也不哭了，就和刘如霜逗乐起来。闹了一阵，就坐下来喝茶。喝了一会儿，刘如霜问道："怎么没看见光升大哥，他不在家？"

杨氏道："他呀，吃完中饭就没回屋。姑娘找他有事？"

刘如霜笑道："也没什么大事，就是想在临行前，再见识一下瑶池李氏的炮火，看看光升大哥有没有办法，晚上弄几个放一放。你不知道，我是个炮火迷，见不得那些花花绿绿的火花，一看见，人就痴了……"

杨氏一惊，笑道："姑娘真会开玩笑！如今瑶池上下，就连爆竹都全部停产了，说得好听，是为掌门歇业致哀，说得难听一点，那就是……"她突然将声音压低，"那就是瑶池的火药，全部都将被炮火营强行征收……火药都不能配制了，哪里还有炮火？"

"也是啊。"刘如霜满怀失落地站起来，拍了拍李慕光的脑袋，笑道，"其实过来，也算辞行吧。多谢这些日子大哥大嫂的照顾，过两天就要走了，还真有些舍不得。麻烦大嫂子转告大哥，刘如霜谢谢他了。"

"我一定转告他。"杨氏听了她的话，也感伤起来，"其实，你和岫南多好的一对，为什么造化要这般弄人，让你们各奔东西？"

刘如霜笑道："这怨不得老天，是我们自己觉得不合适……"

"唉，说起来没劲，不说这个了。"杨氏说着，想起什么，顿了顿突然道，"嫂子觉得，你要跟你大哥道别，还是亲口跟他说说，可能更妥帖一些。你大哥很可能待在火药坊里。要不，嫂子带你过去找找看？"

刘如霜施礼道："谢谢大嫂，还是我自己过去吧，你要照顾光儿呢。"说罢，就告辞出门，径自往后边去了。

来到火药坊门前，刘如霜叫了好一阵子，李云闪才灰头土脸地打开门，见是刘如霜，很是意外。李云闪道："刘姑娘，你怎么找到这里来了？你不知道，这里是李府禁地，外人不能进来？"

刘如霜施礼道："我知道。我明日就要走了，找你有点急事，我不是要进火药坊去。要不，你出来，我们一起去爬山，到山上聊一聊，行吗？"

李云闪想了想，摇摇头道："哥哥跟未过门的弟妹爬山，会招人笑话，不妥。那你进来，我们不进屋，就在亭子里说事吧。"

"好吧。"刘如霜就进了门，李云闪立即将大门关上，两人在门前的小亭子里坐下。

李云闪道："有什么事，姑娘就请说吧。"

刘如霜道："那我就直说了。我想弄些炮火带回长沙，最好是明天就能带走。大哥能不能帮帮忙？"

李云闪一惊："你要炮火干什么？这东西性子烈，带着危险！"

"干什么？"刘如霜沉思着，"我思忖，父母蒙冤被徐威之流害死，已经快半年了。我一直东躲西藏，直到掌门意外过世，才敢现身。我想在清明节来临的时候，做场像样的道场，好生祭奠他们。若能有李氏炮火助阵，那该多好！"

"清明节还远着呢，现在将炮火运回去，一遇潮霉天，就不好用了。"李云闪觉得她的理由有些勉强，"姑娘要是真相替父母超度，或是清明上坟，需要炮火，我到时候准备就是。"

刘如霜道："多谢大哥。可是，我还是想明天带走。"

"刘姑娘，你没说真话。"李云闪看着刘如霜，突然问道，"你是想用炮火，炸死仇人，为父母及全家报仇，是不是？"

"不是，不是……绝对不是……"刘如霜心中一震，连忙矢口否认。

"你别否认了，我知道你心里怎么想的。"李云闪，依然看着她，继续着自己的思路，"可是你知不知道，你这样不仅会害了你自己，还会连累我们李氏。"

"这……"刘如霜没想到，自己和马馥湘商量了好多次的计划，居然被李云闪看穿，但她又觉得这样轻易放弃，有些心有不甘，"掌门也是被南唐害死的，大哥就不想报仇？"

"怎么不想！大哥我做梦都想炸死南唐那帮王八蛋！"李云闪咬牙切齿地说道，"只是利用炮火去复仇，无论是你还是我，都风险太大，弄不好，会使瑶池血流成河。"

刘如霜一惊，问道："大哥，此话怎讲？"

李云闪道："原因很简单：在三湘四水，能够拥有大威力的炮火，只有瑶池李氏。只要炮火一响，有人死伤，查都不用查，就会认定是我们李氏干的。还有一条更加致命，我们瑶池李氏祖训，火药只能用于民俗，比如驱邪除瘴、迎福纳吉、增添喜庆，范围再大一点，最多也就治病救人或者猎杀野物，绝对不能杀人伤人。这违背祖训的事，不仅会招致骂名，受到业界严惩，瑶池李氏将名声扫地，被迫退出爆业界，还很有可能被南唐炮火营抓住把柄，祸及家族和瑶池百姓。因此，你要复仇，千万不能打火药的主意。祖宗之法不可违啊！"

"哈哈哈……"刘如霜大声笑道，"没想到大哥和李氏族人一样，也如此迂腐可笑！这火药武器登上历史舞台都数十年了，天下诸侯都在积极研发火药武器，没想到你们还在僵守祖制，什么只能用于民俗，什么绝对不能杀人伤人。你们真是抱着金饭碗讨饭吃！敌人都把国家灭亡了，把家园占领了，把我们变成奴仆了，你们还在大谈特谈什么'祖宗之法不可违'！试想，你们李氏如若听从我爷爷建议，早些献出火药秘方，大楚国早就建成了天下无人能敌的炮火军队，哪会有今天的亡国之祸？"

"你……"李云闪被她一通慷慨激昂的数落，顿时满脸通红，"姑娘是说，大楚国灭亡，是因为我们李氏没有献方，帮助楚国建设炮火军队？"

刘如霜道："可以这么说。"

李云闪道："姑娘的意思，我们李氏是导致国家灭亡的千古罪人？"

"那倒不是。家国沦亡的罪魁祸首是马氏祸起萧墙、兄弟争国，得国者又骄奢淫逸，不顾百姓死活。其次就是，一帮奸臣争权夺利，弄得朝堂乌烟瘴气，最后气息奄奄，被南唐逮到机会，兵不血刃占领国都。"刘如霜讲到国破家亡的时候，忍不住泪如雨下，"我们复仇，就是要杀掉那些让国家败亡的奸人，悍然入侵我们家园的仇敌。这样虽然不能拯救家园于水火，解救百姓于倒悬，但总会让我等出出恶气，让他们知道，作恶多端是要遭报应的……我们其实是在替天行道。"

李云闪淡淡说道："姑娘说的有道理。但是，我也绝对不允许，为了你的复仇，把瑶池上万人的身家性命都搭进去。真要是这样的话，这出口恶气的代价，也太大了。"

刘如霜道："我们就不能想想办法，既能复仇，又能使瑶池父老乡亲得到保全？"

"你有什么好办法吗？"李云闪瞪大眼睛问道。

刘如霜摇摇头道："暂时还没有，不过，我相信，一定会有这样两全其美的法子。"

李云闪大失所望："那就等你想好了，再说。"

刘如霜道："大哥你也好好想想，要不，我们再合计合计？"于是，两人便商量起来。

话说李云博用罢晚餐，带着秋月来到二哥的院子里，特意去挽留刘如霜，想把母亲的想法告诉她，请她务必留下来。

一进院子，只见马馥湘抱着李慕坚，指挥郑大雄一班家仆打点行李。郑大雄看见李云博走进来，赶紧上前道招呼："三少爷来了！"

李云博问道："郑管家，你们忙什么呢？"

郑大雄道："回禀三少爷，公主指示，明日启程去长沙收取驸马府邸，要我等收拾一下，免得明日手忙脚乱。"

"哦。"李云博应了一声，就带着秋月跟马馥湘行礼。秋月行过礼，就从马馥湘手里抱过坚儿，咿咿呀呀地逗起来。他们搜寻一阵，没有发现刘如霜，于是问道："如霜姑娘呢？"

马馥湘道："哦，刘姑娘去大哥院子了，说是去辞行。只是去了老半天了，也该回来了。"

正说着，刘如霜走进了院子。

马馥湘看着她，笑道："真是说曹操曹操就到。"

刘如霜很是蹊跷，疑惑道："你们是在背后说我吗？"

"没有，我们过来看看你。"李云博走到刘如霜跟前，又问道："如霜妹妹，听说你也跟公主一起去长沙，是吗？"

刘如霜应道："是啊。"

秋月插话道："如霜姐姐，你就留下来吧。妹妹一定好生侍候姐姐……"

刘如霜冷冷地说道："你侍候我，这不是取笑我吗？我一个破落女子，没那福分，也担待不起！"

"姐姐多心了，我是真心诚意的。"秋月说着，抬手拎了拎婴儿的帽巾，别让它遮住小孩子的眼睛，"姐姐订婚在前，我被赐婚在后，姐姐大，我做小，以后全听姐姐使唤……"

"南唐贱人！这里有你说话的份？"不等秋月说完，刘如霜破口大骂起来。原来，就在这一瞬间，她瞥了秋月一眼，突然间看见自己戴在腕上好些日子的玉镯，居然戴在秋月的手上，不免勃然大怒。她又看着李云博，冷笑道："你们郎情妾意，本姑娘才不瞎掺和呢！"

秋月顿时满脸委屈，怯生生闭了嘴，不知如何是好。马馥湘过来打圆场："如霜妹妹，你干什么呢？不愿意留下来就跟我一起走，有话好好说嘛……"

没想到刘如霜更加来气："公主姐姐，你说得倒轻巧！跟这对狗男女，还能好好地说话吗？看见他们成双成对进进出出，我就来气！爷爷真是瞎了眼，居然看上这个道貌岸然的东西，强令我和他订婚！柳烟姐姐也瞎了眼，居然和他私订终身！什么火药神童，什么天才少年，全是狗屁！李云博，你也算是读书人，简直是在亵渎读书人这几个字！我问你，什么是礼义廉耻，什么是伦理纲常，你不懂吗？"

李云博被她骂得睁不开眼，只得硬着头皮说道："如霜妹妹，我李云博猪狗不如，辜负了你，还不成吗？"

刘如霜道："李云博，你别绸缎铺里买中药，走错了地方！本姑娘懒得理你！反正，我跟掌门夫人已经说清楚了，我们的婚约解除。从此以后，你走你的阳关道，我过我的独木桥，你我再无瓜葛。你要弄清楚，你没什么对不住我的，你对不住的，是柳烟姐姐！"

站在一旁的秋月，再一次见证了刘如霜的火爆脾气。因为和李云博有了夫妻之实，特别是看见李云博被骂得狗血淋头，很是心痛，也有些火了，胆子不知怎么也大了起来，于是说道："如霜姐姐，您是侯门千金大家闺秀，怎么跟泼妇骂街似的！下人看了笑话不说，传出去多难堪啊？有话好好说，行吗？"

"小贱人，本姑娘的是与非，还轮不到你教训！"刘如霜瞪着眼看着她，那正熊熊燃烧的无名火又猛往上蹿，"我不想跟你们多说，反正去长沙，是铁板钉钉的事。"说罢，头也不回就进了屋里。

李云博望着她的背影，愣了半晌，一句话也说不出来。

第五章

DIWUZHANG

飞来横祸

◆ 一、翰林学士的成人加冠礼 ◆

马馥湘和刘如霜刚去长沙，边镇派遣的特使就到了。这次派遣的特使不是别人，而是李府世交、浏阳前任知县魏迪勋，他如今官居潭州节度判官，是边镇治民理政的得力帮手。由于李云博带着秋月回到东峰界坟山的草庐里守制，魏迪勋在瑶池李府传达完长沙幕府令之后，还特意赶到烂泥湖边探望李云博。

对于魏迪勋的到来，李云博有些意外。寒暄之后，几个人就在草庐里坐定饮茶。茶过三巡，一同陪同前来的李天晨笑道："岫南，魏大人前来瑶池公干，没有在府上见到你，非要赶过来亲自探望你不可。还不快快谢谢魏大人？"

李云博起身施礼道："魏大人公务繁忙，不辞鞍马劳顿，还特意来这荒郊野岭，如此厚意，晚生感激不尽。"

魏迪勋道："岫南客气了。自从金陵一别，我们很久不见。令尊治丧期间，虽然前来吊唁，也是匆匆忙忙，一直未能屈膝长谈，魏某甚是遗憾。而这趟公干，与你相关。前来拜望讨教，也是应有之义。"

李云博问道："大人言重了。敢问大人，边大帅有何钧旨？"

魏迪勋道："大帅派下官前来，主要是为了两件事，一是要你不拘成礼，百日除服后，立即和刘如霜姑娘成亲；二是你生辰临近，长沙幕府接到皇上圣旨，要长沙幕府知会与你，皇上已经委派特使，要为你这位回乡守制的翰林学士举行加冠大礼。"

"什么……"李云博大吃一惊，怀疑自己听错了，"朝廷要为我加冠，边大帅一定是弄错了！"

魏迪勋笑道："错不了，礼部尚书衷愉已经启程数日，即将抵达瑶池！"

"这如何是好？"李云博觉得此举过于小题大做，就仿佛是犯了什么过错，将被人推出去游街示众一般忐忑不安，"和刘姑娘完婚，尚能讲得过去。去年朝廷就派客省使姚大人来长落实此事，因为刘姑娘失踪，于是不了了之。如今刘姑娘现身，督促完婚尚在情理之中。可是晚生加冠一事，倒是有些蹊跷。一个回乡守制的六品翰林，加冠之礼如此郑重其事，居然派礼部尚书亲自主礼，自古以来，未曾有也。"

魏迪勋道："翰林大人慧眼早开，少年成名，年未加冠就高中进士，鹿鸣宴上又一鸣惊人，被皇上破格点为翰林，这在当今绝无仅有，就是历朝历代也凤毛麟角。皇上求贤若渴，能得翰林大人这等大才，岂不高看一等、厚爱一筹？今年正值大人加冠之年，过几天就是生辰。你是天子门生，皇上特意派要员为你主持冠礼，关爱之深、倚重之厚、期望之高，显而易见啊。"

李云博道："大人所言甚是。只是晚生尚在守制期间，如何能举行加冠大礼呢？"

魏迪勋道："按照旧制，官吏父母大孝期间，不婚不礼，以示孝道。可是乱世之中，就讲不得那么多规矩了。既然朝廷令你百日除服完婚可行，那么这丧期内举行加冠大礼，也就不会有人非议，这毕竟是朝廷的旨意。"

李云博连忙跪地稽首谢恩，起身后长叹一声道："话虽如此，可是晚生何德何能，让朝廷如此眷顾，真是诚惶诚恐、惴惴不安啊！"

李天晨道："岫南你也别太谨小慎微了，不就是一个加冠之礼嘛，有什么诚惶诚恐的？朝廷厚待我们李氏，我们竭尽全力，效忠朝廷就是。没必要大惊小怪的。"

"李将军所言甚是。"魏迪勋接过话来，"其实今天来拜会你，主要还是受边大帅之托，征求你的意见。边大帅说，你是礼学大师，看看这加冠大礼，如何举行为妙。"

李云博想了想，道："朝廷既然派了衷尚书前来主礼，肯定有朝廷的规矩。我们在此商讨礼仪，应该是多此一举。"

魏迪勋看着李云博，感觉到他心中有些隐隐不快，于是劝道："岫南，朝廷派衷大人前来为你加冠，这是你莫大的荣幸，你该珍惜才是。边大帅的意思是，你正值大孝期间，问问你乡里习俗有何忌讳。我们既不能违逆朝廷，也不能坏了乡俗。"

"莫大的荣幸？"李云博看着魏迪勋，又看着正在里屋忙碌的秋月，压低嗓门说道，"这还不知是福是祸……大人，这里不是说话的地方。晚生的意思是，既然朝廷恩典，也就不用考虑乡里风俗了，只是服丧期间，别搞得太排场，让天下人耻笑。"

魏迪勋一愣，突然明白了他的意思，站起身笑道："岫南你记住：我们李魏两家，世代交契，永远都站在一起。你明白我的意思吗？"

"这个，晚生从未怀疑。"李云博看着他坚定而殷切的神情，心里一阵感动。他不想继续这个话题，于是问道，"敢问魏大人，完婚一事，如霜姑娘知道吗？"

魏迪勋道："应该还不知道。我以为她还在瑶池，不知道她回长沙了。等你加冠礼成，我就回去知会她。如今，她的父母长辈都不幸离世，在长沙亲戚朋友中也就剩下我这个世交伯父。到时候，我还要作为她的长辈，为她准备嫁妆，当女儿一般把她嫁过来。"

李云博叹道："还不知道她愿不愿意。前几天，她跟我母亲提出退婚，还把定亲信物都退回来了。要是她抗旨不从，麻烦可就大了。哎……"

"什么，她提出退婚了？这个丫头，真不懂事……"魏迪勋听了，顿时大惊失色，

"这父母之命、媒妁之言的婚姻，如今又有皇上赐婚，这如何能够退掉？她若拒婚，就是抗旨大罪……这可如何是好？"

李云博道："那就得麻烦你们全家了。特别是柳烟姐姐，她俩比较要好，得下些功夫劝劝她，或许有些效果。但是晚生还是没有把握，如霜姑娘很可能已经铁了心，一定要退掉这门亲事。她惨遭灭门，父母及全家都死于非命，复仇成为她最当紧的事情。她那么倔强的个性，只怕谁的话也听不进去。前几天我去挽留她，被她骂得狗血淋头。魏大人，我们要做好她抗旨拒婚的准备。"

魏迪勋急了，连忙问道："嗯。万一她抗旨不从呢？"

李云博道："这个，我已经有主意了，只是有些冒险。不到万不得已，我们不必出此下策。因此，具体办法，还是暂且保密，以后再说吧。"

"唉，真是急死人啊！"魏迪勋叹了口气，正要说什么，忽然一个骑勇飞马赶来，进屋报告道："启禀魏大人，袁州刺史遣使加急来报：礼部尚书衷大人已经抵达萍乡县城，即将到达老口关。边大帅得知消息，特遣在下前来禀报魏大人，并请大人会同浏阳县令西门璞一道，关前迎接。"

"这么快？"魏迪勋大惊，连忙起身道，"李翰林，下官告辞。你做好准备，参加朝廷特意为你举行的加冠大礼吧。"说罢，拱手作别，跟着一队骑勇，上马飞奔而去。

"晚生遵命。"李云博说着，送魏迪勋出门。看着他们远去，他回头对李天晨说道："三叔，赶紧回瑶池吧。一是要瑶池驿馆做好迎客准备，朝廷派来二品大员，随行的祭祀和礼仪人员也不会少，得有个像样的招待；二是这加冠仪式，是达官显贵们的礼仪，我们乡野人家没这个讲究。我们取名赐字，小时候晬盘试周、择物明就完成了，不用等到加冠之年。只是朝廷出面为官员加冠，那就得行古礼，程式复杂，法度甚严，你是家族总执事，得回去精心准备，闹出笑话是小，别让他人戴了个藐视朝廷、轻慢重臣的帽子，那可就麻烦了。"

李天晨点点头："好，那我先回去，你行礼那天赶回来也不迟，有什么不懂的，我派人问你。待日子定下来，我再知会你。这守制之事，千万要慎重，别让他人抓了把柄。"李云博应了一声，看着李天晨远去，才心事重重地回到草屋里。秋月问这问那，和他说话，他也前言不搭后语，一副心不在焉的样子，依然想着这令人啼笑皆非的冠礼来。

李云博饱读诗书，"男子二十而冠"，这是儒家经典屡屡提到的成年礼，是专门为跨入成年人行列的男子举行的加冠礼仪。相传冠礼是从氏族社会盛行的男女青年发育成熟时，参加的成丁礼演化而来。就当前情形，一般人家的冠礼由家族长者或者父亲主持，因为二十岁以前的男子，都被认为是少年，不是成年人，没有承担社会责任，也没有具

体工作。可是李云博少年早慧，不到二十岁就考中进士入朝为官，已经是官员身份，因此朝廷派要员为他行加冠之礼，虽然有点小题大做，但从情理上讲，还是行得通的。

举行加冠礼，首先要挑选吉日，选定加冠的来宾并准备祭祀天地、祖先的供品，然后由父兄引领进太庙祭告天地、祖先。冠礼仪式的主要部分，称为始加、再加、三加，就是三"加冠"、三"易服"和三"祝辞"。简便通俗地说，就是先后要为冠者加三种形式的帽子：首先加用黑麻布材质做的缁布冠，表示从此有参政的资格，能担负起社会责任；接着再加用白鹿皮做的皮弁，就是军帽，表示从此要服兵役以保卫社稷疆土；最后加上红中带黑的素冠，是古代通行的礼帽，表示从此可以参加祭祀大典。可这都是上古礼制，只有士大夫以上的贵族，才能使用。而当今使用古礼的，也只有皇室贵族或者达官显要的子弟，一般人家就算家道殷实，子弟加冠礼仪也都大大简化，不必按照古礼规制一一到位，省去了很多繁文缛节。但是"以文治国、以文兴邦"的南唐，派来的是礼部尚书，礼仪程式就肯定没那么简单。如若在瑶池这个边远小邑上演这么一出煌煌古礼，那将是多么滑稽可笑。可是，李云博想到这里，却怎么也笑不出来。

朝廷处心积虑为一个回乡守制的翰林学士行加冠礼，这等恩宠，自古以来都很少见。李云博心里明白，朝廷这样做，仍然是在怀柔李氏，觊觎李氏火药绝密的心思自然昭然若揭。他料想，朝廷这般兴师动众的举动，就是尽量放下身段，感化瑶池李氏，然后让李氏族人真心诚意效命朝廷，为朝廷的一统大业搭上整个家族。他们如若不愿意接受这份荣耀，朝廷仁至义尽之后，他们的大棒和斧头，随时都可能朝他们挥来……想到这里，李云博心里堵得慌，跟吃了闷棍一般难受。"哪个奸人出了这等馊主意，将来一定不得好死！"他越想越烦躁，没头没脑地骂了一句。他嘴里骂着，心里一直在揣测究竟是谁出的这个馊主意，想来想去，觉得奸相冯延巳怀疑最大。

没想到这句没头没脑的话被秋月听见了。听见了也就听见了，倒没什么大问题，问题是秋月把话听错了。秋月把"奸人"听成了"贱人"，于是放下正在忙碌的活计，满腹委屈地和李云博理论起来："我这个贱人，可没出什么馊主意……"

李云博见她生气了，才从沉思中回过神来，知道她误会了，对她说道："我不是说你！我是说……"

秋月不等他说完，就没好气地说道："妾身知道你不愿意，可是这主意不是我出的。婆婆要成全我们做真夫妻，在酒里下的药是馥湘公主给拿的，与我一点关系都没有……你要是对妾身不满意，休了妾身就是，何必诅咒妾身不得好死！"

"哎呀，这哪儿跟哪儿啊，真是牛头不对马嘴！"李云博被她说得哭笑不得，"我说小娘子，你别胡说八道好不好？我既然和你有了夫妻之实，就一定会好好对你，怎么会骂你呢？"

秋月定了神，问道："你不是骂我？那你骂谁？"

李云博急忙说道："我是说，不知哪个奸人，出了这个为我加冠的馊主意。亏他想得出，居然要皇上派礼部尚书来这乡间闾里，为一个回乡守制的翰林学士举行加冠典礼。这就等于把我李云博的皮剥了，还要放在火上烤！"

"啊哈哈哈……"秋月听了，顿时哈哈大笑起来，"妾身把'奸人'听成了'贱人'……都是我不好，听了半句话，误会官人了……"

"这没什么。"李云博见她笑得人仰马翻，懒得跟她计较，反而屏气凝神地问道，"那你猜猜，这个馊主意，会是谁给皇上出的？"

秋月想了想道："这朝中大臣，最有智慧的，要算韩熙载。可韩大人是正人君子，不会干这勾当。那帮主和的文臣，都很有学问，人也正直，知道用国家礼制给个人加冠，是有损朝廷形象的，他们绝对不会。可是那帮好战的将领，只会打打杀杀，没几个有这等计谋……"

"嗯，有道理。我突然想到是谁了。"李云博被她一说，更加相信自己的判断了。

秋月问道："是谁？"

李云博道："我敢肯定，不是左相冯延巳，就是国老宋齐丘，也或许，是二人一起出的！"

"对，就是他们！"秋月听了，连连点头，"其实啊，这也未必有你想得那么糟。不就加个冠嘛，朝廷要这般折腾，由他们折腾就是。反正又不是我们家求他们的。别人要去笑话，也不会笑话我们瑶池。官人，你说呢？"

李云博叹了口气道："唉，也只能这样想了。"

正式加冠那天，李云博硬着头皮走完十几道程式，还被郑重其事赐字"安邦"，足足忙乎了两个多时辰，累得满头大汗。那个主礼的年过花甲的礼部尚书衷愉，更是忙得上气不接下气，只差没背过气去。他没有想到，朝廷为他专门举行的成年加冠礼，规制之高、排场之大、礼仪之盛、法度之严，远远超出了他的想象，让所有观礼的人都瞠目结舌：七八个太庙祭师，数十名礼部司仪，近百人的宫廷礼乐队，甚至还响起了黄钟大吕，真让人醍醐灌顶。而作为主角的他，却像一个傀儡一般，任由他们戏要，那滋味，还真不怎么好受。

让李云博更好笑的是，去年给尚未加冠的他赐婚的，依然是这个南唐朝廷。既然要遵守礼仪，未加冠未成年如何能够成婚呢？先娶侧室，再行成人礼，而且冠礼居然在大孝守制期间举行，这荒诞不经、漏洞百出的怀柔行动，只能说明一个问题，那就是，为了得到绝密，他们已经急不可待了！

◆ 二、刘如霜应承婚事，李云博很是意外 ◆

加冠典礼过后，李天晨和家人送走礼部尚书衷愉及各方宾客，着手筹划李云博和刘如霜大婚的事。按照大婚程序，先是差人前往长沙刘府奉送"六礼"，求取女方的"八字"，然后请阴阳先生测配两人"八字"，据此确定婚期，又要派家族要员携带大礼登门，告知对方婚期，这就是民间俗称的"送日子"。送完日子，就等于得到女方完婚的认可，双方就分别着手准备嫁娶事宜了。大家商量过后，决定让李云闪前往长沙奉送六礼，求取刘如霜"八字"。几天过去，李云闪回来了，事情进行得非常顺利，刘如霜居然一口应承婚事。李云闪一回来就赶到东峰界烂泥糊边跟李云博道喜，没想到这个消息，把李云博弄糊涂了。

按理说，刘如霜从小在侯门长大，性情火爆、说一不二，前不久才退了婚，一意孤行要去复仇，怎么可能想都不想就一口应承了呢？他反复追问大哥："如霜姑娘真的答应完婚，你没听错吧？"

李云闪笑道："我又不是聋子，这话还能听错？真的是她亲口告诉我的。"

李云博接着问道："大哥，那天你没喝酒吧？"

李云闪一愣："岫南你真是的，这趟长沙之行是送'六礼'啊，不是去玩！我是瑶池名门李府的执礼人，那么重要的场合，还能喝酒？你当大哥是三岁小孩？"

李云博又问道："大哥，你确认她是同意嫁给我李云博吗？"

李云闪就不耐烦了："岫南你烦不烦？如霜姑娘是三岁小孩？前年刘侍郎许婚的是你李云博，不嫁给你，还能嫁给谁？你是不是天天守孝，把人给守傻了？"他说着，站起身就往外走，一边走一边嘟哝道："好心好意来给你道喜，却这等不相信人！不相信拉倒！"

李云博赶紧起来扯住他："大哥，谁不相信你了，你急什么！你也不想想，如霜姑娘几天前才跟母亲退婚，还把母亲送给她的祖传玉镯都退还了。才过去几天，现在就来个大逆转，居然同意完婚。你不觉得有些蹊跷吗？"

"刘姑娘退婚了？我怎么不知道？"李云闪似乎是第一次听说这件事，突然停住脚步，回过头来吃惊地看着李云博，"什么时候的事？"

李云博想了想后说道："就是正月十五那晚吧，炮火营举行的元宵宴会结束后，由于是晚上，我就没有赶回烂泥湖，正好陪祖父回家。当时不算太晚，于是跟母亲去请安，她从母亲房里出来，正好碰上。过了两天，她就跟着二嫂，离开瑶池去长沙了。"

"没人跟我说起过……也可能我整天待在火药坊里，没注意这些事吧。"李云闪使劲回想着，突然想起什么，又对李云博说道，"我好像有点什么印象……对了，父亲治丧期间，刘姑娘随魏迪勋大人一家前来吊孝，当时在孝堂里好像说过这事，二叔还和她起了争执。不过，后面不是好好的吗，我当没事了呢。"

"她如今满脑子都是复仇的念头，怎么会没事？"李云博应承他一句，接着问道，"大哥你再好生想想，她收下六礼答应完婚的时候，有什么异样吗？"

李云闪答道："异样？看不出啊。她当时笑得合不拢嘴，说什么早就盼着这一天了。"

李云博看着大哥呆头呆脑的模样，又好气又好笑："唉……就你这心中只有火药的脾性，就算有什么异样，你也不可能觉察到。好了，辛苦大哥了，你请回吧。"

李云闪一边笑着往前走，一边回头对他说道："呵呵，这世界上，只有你最了解我。我就回了，火药坊的那些'黑乎兄'们，还在等着我呢！为了你的婚事，我们好几天都没见了！"

送走李云闪，李云博还是不能相信，刘如霜同意和他完婚。越不相信，他就越疑云重重，越疑云重重，就越让他坐立不安，这也太出乎意料了吧。他隐隐约约觉得有些不妙：她应承婚事，肯定有玄机，说不定秘密进行着复仇一类的计划。而和他待在一起的马馥湘，也一心想报仇雪恨，她们两个在一起，就只有复仇这件事可做了。说不定，还没等到大婚之期，惊天动地的大事已经发生。"这样不行，得想办法阻止！"李云博突然感到事情的严重，觉得应该想办法积极应对，但转念一想，是不是自己太过敏感，把揣测和推断当成了事实。思来想去，还是得找几个人商量一下，听听他们的意见之后再做决定。于是等到夜深人静，秋月睡去之后，自己连夜赶到神刀营，秘密召见朱雀、玄武两位将军商议此事。

来到瑶池城门外，李云博决定走秘密通道。这条密道，知道的人很少，是前些年刚刚建立神刀营，修建大瑶城防时为了应急特意暗设的。李天骏、玄武将军先后带着一批泰平密使秘密进驻瑶池后，大部分都隐身在神刀营里。根据安全和联络需要，李天骏经过请示家族总执事，专门对密道机关进行了重新设计和改造，密道变得更加隐秘。李云博回来后，李天骏将这条秘密联络紧急通道告诉了他。李云博下了马，看看四周，就将马拴在一棵树上，在马腰间取了几样东西，然后渐渐朝密道出口走去。这唯一出口，设在一丛灌木里。黑暗中，李云博借着淡淡的星光，找到了那丛灌木，然后轻轻拨开杂草，进入了密道。钻进洞口以后，发现里面太黑了，什么也看不见，要想前进，简直

不可能。李云博摸索一阵，将火把点燃，里面顿时透亮，道路就随着摇曳的火光铺在眼前。

走了好一阵子，李云博就来到一扇小石门边。按照以前的秘密约定，他重重地叩了三下，又用暗语朝里面说道："紧急要务，少主密会玄武将军。"一连说了几声，石门便开了，玄武带着几个密使，赶紧施礼："不知少主深夜密访，属下来迟，还请海涵。"

"事情突然，迫不得已。还望将军见谅。"李云博说着就熄了火把，随着他们进到一座大营帐里。玄武将军问道："少主深夜密道来访，有何要事差遣？"

李云博没有立即回应，而是笑着问道："这密道，要是没人看守，我就是叫一晚上，也进不来啊。"

玄武道："少主放心，这里日夜有密使看守，绝不会误事的。"

"哦，那就好。非常时期，我可能会经常走这里。"李云博点点头，又对他说道，"你把朱雀将军、乾卦统领请来，有件急事商议一下。"

"遵命，少主。"玄武转身吩咐两位密使去了。

不一会儿，朱雀将军和乾卦统领来了，连连朝李云博施礼。李云博还礼之后，就把刘如霜答应完婚的事和盘托出，还把自己的想法都说了。乾卦统领道："这事的确蹊跷。刘紫使刚刚提出退婚，可是边镐帅府一下告令，就一口应承，这里面肯定有玄机。"

玄武将军道："少主，会不会是您把事情想复杂了？因为皇命难违，要是抗旨不从，将会招来杀身之祸，刘紫使不会不想到这一点。更或许有这种可能，刘紫使去了长沙后，经过开导，想通了，真心想和少主结成百年之好？"

李云博点点头："这种可能也许会有。"他又看看朱雀将军，问道："朱雀江军，你怎么看？"

朱雀将军想了想道："刘紫使究竟怎么想，是真心诚意，还是暂且应承，都还无从知晓。据属下看，愿意也好，被迫也罢，我等都没必要去揣测，我们必须尽快弄清刘紫使想干什么。如若是真心实意想和少主完婚，那就会一门心思梳妆待嫁，忙碌着做她的新娘；如若别有所图，甚至明修栈道暗度陈仓，重启复仇计划，那她就会明里暗里采取行动，做好复仇的准备。因此，应该派人去监视刘紫使，别让她贸然行动，影响少主和泰平阁的未来大计。"

"将军言之有理，不管她怎么想，关键是看她干什么。"李云博被他一通话点醒，突然豁然开朗，"嗯，就按朱雀将军的意见办。"

乾卦统领一抱拳，主动请缨道："少主，我带人去吧。老窝在神刀营里无所事事，人都快憋出病来了。"

朱雀将军不悦地看了他一眼道："小子，你当这是散心啊！干大事，就得耐住寂寞！"他又对李云博说道："少主，我等潜伏在神刀营里已经有些日子。虽然派人出去，大问题没有，但神刀营一直为炮火营戒备，一旦查起来，少了这么多人，也说不清楚。这是不怕一万只怕万一啊，请少主明察！"

乾卦统领仍然据理力争："属下就带一个小卦队人马，不会影响……"

"些许小事，没必要动用瑶池的人马。"玄武将军打断乾卦统领的话，又对李云博说道："少主，属下有一主意，不知是否可行？"

"将军请讲，不用客气。"

"属下立即飞鸽传书，请阁左大人派人执行此事，如何？"

"好主意！"李云博听了，顿时首肯，"这三个臭皮匠，远比一个诸葛亮强啊！这事，就这样定了，有消息，立即知会我。"

"是，少主！"

"已过子夜，我该走了。"李云博说着就站起来，突然想到什么事，就对乾卦统领说道，"不久前，我从秋月那里得到证实，江世敦对提前下葬的事情起了疑心，幸亏你处理及时，不然，要是他偷偷开棺发现里面没有尸身，那还不坏了大事！你说说，你是怎么骗过他们的？"

乾卦统领一看李云博赞许他，顿时来了精神："这个，还真是朱雀将军领导有方。得知江世敦对掌门下葬时间提前一事心存疑虑，将军密召我等开了诸葛亮会，一致同意偷尸入馆，为了保险起见，我们还特意请无妄兄给尸首易了容。这天衣无缝、以假乱真的易容之术，骗那帮笨蛋，还不轻而易举？"

李云博笑道："怪不得，他们查来查去，什么破绽也没查出来，这还真是道高一尺魔高一丈！你们真行，辛苦了！"

乾卦统领道："少主过奖了！为少主效命，万死不辞！"

李云博没好气地骂道："怎么又死呀活的胡言乱语！你小子给我好好记着：只准活着，不准其他，听明白了没有？"

乾卦统领脸一红，施礼道："谨遵少主台令，属下一定好好活着！"

神刀营密会之后，李云博就一直在等待消息。可是一连几天，左长老那边传来的消息，都很正常，并无异样。数日过去，李云博觉得没有必要继续监视，吩咐把人撤了。因为这毕竟是私事，不能总是动用泰平阁密使办这些私人事务。但他那颗不安的心，一直悬在那里。

◆ 三、驸马府里，突然间火锅爆炸 ◆

眼看就到了李天亮大丧百日大祭。按照朝廷旨意，数日过后，李云博就得除服完婚。就在这档口上，意想不到的事情发生了：三月初五早上，长沙那边就传来消息，驸马府出事了。李云博的消息仍然是泰平阁密使传递的，原来左老大人并未撤去暗中监视刘如霜的密使。而传过来的内容很简单，就几句话：驸马府内发生爆炸，刘成璧死，徐威残，公主及管家入狱，刘紫使不知去向。

李云博没想到一直担心的事还是发生了，大呼"不妙"，立即招来乾卦统领等几个亲从，马不停蹄往长沙赶。一夜狂奔，天不亮就到达。只是长沙城已经今非昔比，都处在边镐的掌控之下，各处渡口、关隘和城门，都有重兵把守，得等到天亮才能来往进出。没办法，李云博吩咐众人在浏阳河口就地宿营，自己却陷入了沉思。他把近期来刘如霜和马馥湘两人的所作所为联系起来，突然明白了：原来，刘如霜答应完婚是为了稳住各方，她很可能知道泰平阁密使会在暗中监视她，于是一直装作乐滋滋地筹办婚事，而两人一直处心积虑地进行着她们的复仇计划！

恍然大悟的李云博闻大骂自己一通后，还真是后悔不迭。近期来，他一门心思思考和应对着家族危局，没怎么把马、刘二人成天待在一起的事情太放在心上。他怪自己太大意，低估了她们两个的能力。从传来的消息来看，李云博虽然能够大致判断，可能是马馥湘把徐威、刘成璧请到驸马府里，然后用油脂或火药之类的易燃易爆物品实施复仇，仇家徐威被炸残，而算不上仇家的刘成璧成了冤大头。但他想不明白，狡猾的徐威如何肯到驸马府去，这又和刘成璧有什么关系呢？……刚这样发问，一些与此相关的事情，便接二连三地浮现眼前：去年自己事驾南巡，就撞见刘成璧想非礼马馥湘；不久前神刀营里的元宵盛宴上，当时醉酒的刘成璧居然当众表示，要迎娶马馥湘；而更远的事情还有，刘彦瑫在任天策府右司马时，曾向当时的楚王马希广替儿子刘成璧求过婚……原来，刘成璧一直觊觎马馥湘的美色！

"一定与此有关！"想到这里，李云博恍然大悟。但他仍有疑虑：比如，从未听说过火锅爆炸，长沙的火锅，一般是烧木炭，就算用白蜡、松油等易燃物作燃料，爆炸的可能性很小，就算出了事故，也不会炸死人，顶多烧伤。既然炸死炸伤了人，就肯定是放进了火药，这火药从哪里来的，会不会与李氏家族有关；比如，徐威去干什么，他什么时候和刘成璧搅在一起了；再比如，如若刘如霜、马馥湘把徐威定为仇家的话，方法多得是，花钱雇凶，买通下人下毒，或者干脆暗中一把火将他府第烧掉，就算失败也不至于暴露，怎么偏要把他请到驸马府，而且用火药包实施爆炸这么笨拙的手段？这几乎是想同归于尽……他越想越糊涂，越想越生气，觉得这两个疯狂的女人已被仇恨的恶魔附身，简直到了走火入魔的地步了！

但是，等到他费了好大力气终于见到边镐，弄清真相的时候，他万万没想到，事实居然是那样的不可思议！

事情大致是这样的：那天，马馥湘在驸马府设宴，邀请徐威和刘成璧，一起商议订婚事宜。原来，马馥湘答应了刘成璧的求婚，但要德高望重的原潭州马步军都指挥使徐威做媒，才同意订婚。小心谨慎的徐威起初不愿意，而刘成璧一再恳求，迫于无奈难以一而再再而三地拒绝，加上他转念一想，自己一辈子没做几件好事，觉得年事已高，也该积点阴德，就半推半就答应了。酒至半酣，马馥湘借故溜了出去，刘成璧和徐威两个越喝越高兴，又多喝了几杯。突然间管家郑大雄走了进来上菜，捧着一个大火锅放在酒席上，点燃之后居然一声轰响，已经大醉的刘成璧当场被炸死，徐威被炸成重伤，管家也被炸伤了。马馥湘闻讯大惊失色，赶紧命令家人快快报官。魏迪勋闻讯带人赶过来，处置好现场，吩咐将在场的人都羁押起来。没想到在送伤者救治的时候，还未出驸马府的门，刘如霜冲出来，朝徐威刺了一剑。大家都猝不及防，躺在担架上的徐威本来处于半昏迷状态，一直在那里呻吟，却被刘如霜一剑刺在大腿上，一声惨叫醒了过来，大呼救命。刘如霜又是一剑砍下去，徐威无法躲闪，悬在担架边上的左胳膊被活生生地砍掉。魏迪勋大惊，命人护住徐威。刘如霜见势不妙夺门而去，转眼就没了踪影……

李云博听罢边镐的案情介绍，问道："真是奇怪！按理说，火锅爆炸，是一起意外事故。可在下不明白，为什么刘姑娘突然跑出来，却要置徐威于死地？"

边镐道："意外事故？我看未必。"

李云博道："这是为何？"

边镐道："为何？只是在没有弄清真相之前，边某也不能妄下结论。但有一点可以肯定，这不是意外事故，很可能是蓄意谋杀。江世敦昨日已经来了，正在调查，真相很快就会出来。"

李云博惊道："蓄意谋杀？怎么可能？"

边镐冷笑道："怎么不可能？李翰林，你听说过火锅爆炸吗？火锅爆炸能有这么大的威力吗？这个非比寻常的火锅，很可能是特制的杀人武器。"

李云博顾不得多问，告辞边镐去找魏迪勋。魏迪勋没有在公署里，听衙役说魏大人回府上了，于是又马不停蹄地赶到魏府，终于见到了魏迪勋。魏迪勋偷偷告诉他，火锅里面压根儿就不是白蜡松油，全部是火药！为了替她们遮掩，他把现场和火锅残片全部处理了。李云博松了一口气，但听魏迪勋无可奈何地问道："只是刘姑娘刺杀徐威一事，就无法遮掩了。"

"无法遮掩？"李云博想了想，狠狠地说道，"你们矢口否认行刺一节，刘成璧被炸死，就剩下徐威一人，徐威找不到证人，也不能定刘如霜、马馥湘她们的罪。要不然，那就索性弄死徐威，让他死无对证！他，早该死了！"

"你是急糊涂了吧？"魏迪勋没想到，聪明绝顶的李云博居然说出这样的话来，不免大觉意外，"徐威身上两处剑伤，一条胳膊被齐刷刷剁下，不是被炸掉的，那可是铁证！"魏迪勋看了他一眼，见他哑口无言，继续说道："江世敦早想到了，为防杀人灭口，已经派人将徐威严格保护起来。"

李云博叹息道："魏大人，我们就眼睁睁地看着公主她们等死？"

魏迪勋道："也不一定。只要郑大雄不说是谁幕后指使，至少可以设法帮公主洗脱干系。刘姑娘不露面躲起来，也不会有性命之虞。我担心的是，江世敦他们，会不会在火锅里的火药上大做文章。一旦他们查到蛛丝马迹，甚至故意栽赃，就肯定会牵连到李府，你们就被动了。"

李云博听罢，默不作声。忽然，一个熟悉的声音传来："岫南，事已至此，急也没用。依我之见，南唐方面迟早会发现火锅里面放有大量的火药，你要做好这方面的应对。"

李云博抬头一看，不知道魏柳烟什么时候进了客屋，连忙站起来施礼，然后问道："魏姑娘有何高见？"

魏柳烟见他如此生分，心里很不痛快，但她仍然彬彬有礼："你得赶回去认真盘查一下，弄清楚火药是从哪里来的。只有弄清了这个，你的应对才能对症下药。"

魏迪勋道："如今，这几个被南唐怀疑的人，一个是你嫂嫂，一个是你未婚夫人，还有一个是驸马府的管家，都和你们李府密切相关。南唐会自然想到这一层。如若他们借题发挥，认定你和李府是幕后主谋，你们随时都有杀身之祸。"

李云博说道："是啊，不管有没有牵连，他们这样栽赃认定，我们李氏也百口莫辩。唉，这两个女子，怎么在这时候干这等傻事，真让我们本来艰难的处境，更加雪上加霜。"

魏柳烟道："事已至此，埋怨无益。我认为，南唐不会拿你们怎么样，更不会痛下杀手。他们一直绞尽脑汁，寻求你们主动配合建设炮火营的机会，但近期事故连连，越来越被动。现在，这个机会来了，他们肯定不会放过。他们的目的，是要火药秘方，不是你们李氏族人的性命。这一点，你比我更清楚，如何应对，不需要我多费口舌。"

李云博点点头，拱手谢过便告辞出门。魏柳烟送他出门，临别时说道："对不起，岫南，我太大意了。我没想到如霜妹妹天天和马馥湘泡在一起，是密谋这样的大行动。如若早些觉察，及时制止，也不至于弄成这个样子。"

李云博道："姐姐无须自责。凡事都有定数，天意如此，岂是人事所能改变。你放心，我一定尽力为她们开脱。"

"嗯。"魏柳烟恋恋不舍，深情地看了心急如焚的李云博一眼道，"这事一来，格局就变得被动了。你万事都得慎之又慎，千万别急躁。"

李云博一阵感动，但他没有回头，只是说了语句："多谢姐姐提醒，我会注意的。"

没想到魏柳烟却哽咽了："千万要保住如霜妹妹的性命。要不然，你我都会抱憾终身。"

李云博一愣，回过头来道："你放心，我会尽力而为，不出意外，不会有太大的麻烦。你也别太伤心，自己多多保重。"

◆ 四、调查爆炸案，江世敦精心设局 ◆

事不宜迟，李云博顾不得多说什么，又马不停蹄面见边镐，请求探视马馥湘。边镐本来没有应允，但刚刚从驸马府勘查完事故现场回来的江世敦，却劝边镐同意。他说："李翰林是朝廷命官，肯定与此事无涉。他去见了当事人，对案情调查有利。李翰林，你探了监之后，我们一起回瑶池吧。案情复杂，马馥湘和刘如霜，一个是你的寡嫂，一个是你的未婚夫人，而且令尊治丧期间，他们一直都在你们李府。我们得去瑶池仔细盘查，看看那里有没有同谋。到时候得罪之处，还请多多见谅。"李云博心中一震，看来，江世敦真要大做文章了！但仍然不露声色，一口答应一起回去，也应承一定配合调查，然后起身告辞，前往城南监狱探监。

李云博走后，边镐不解地问道："我说江老鼠，你居然让李云博去见马馥湘，难道你不怕李云博帮他们串供？"

没想到江世敦没理会他的问话，突然哈哈大笑："老天有眼，我们终于时来运转了！自从进军瑶池，先是攻城不利，损兵折将，好不容易说服了李天晨易帜，可是他父亲自缢，夫人无端殒命，更意想不到的是，总执事李天亮居然猝死在我们炮火营里……这接二连三的事端，让我们处处被动，落在下风，几乎喘不过气来。现在可好了，机会

来了，我们要彻底扭转局面了！只要把握住这次机会，新型炮火武器之诞生，就指日可待了！"

边镐被他弄糊涂了："你个江老鼠，这个案子就是一个复仇杀人案，怎么跟新型火药研发扯上关系呢？刘成璧白白送命，徐威几近残废，他们都是我们目前需要倚重的楚国旧将！你真是，还笑得出来！"

江世敦道："我说边和尚，你不是成天抬着菩萨念经，是把经给念歪了，还是把自己给念傻了？刘成璧不学无术，贪色成性、嗜酒如命，被炸死全是他咎由自取；徐威奸诈无比，心存杂念，他绝不是真心降唐，只不过楚国亡了无处栖身，迟早是要与我们为敌的。如今生不如死，省得我们动手，有什么不好？"

边镐听他如是说，更加来气："都说你江老鼠'心肝无血、嘴上无德'，看来不假！照此说来，他们死得好啰？马馥湘刘如霜是为民除害，不应该被绳之以法啰？真是荒唐！"

江世敦见边镐是真的没开窍，情绪从兴奋状态渐渐平复，坐下来笑道："大帅，我老江也忙乎一上午了，水都没喝一口。你是不是先上杯茶，让我解解渴？"

边镐道："你先回答我的问题，我满意了，才可以考虑！"

江世敦懒得理他，起身四处找水喝，可是客屋里没有水，看见客座大桌上有一茶盏，是李云博刚才喝过的，也不管三七二十一，一仰脖子喝了，又把边镐的茶也喝了，还把茶叶都拣出来吃掉。他一边嚼着茶叶，一边说道："你个边和尚，我可是你请来查案的，茶都不上一杯，你那满肚子的慈悲为怀都到哪里去了？这是你们和尚的待客之道？"边镐被他的行为弄得目瞪口呆、啼笑皆非，他觉得这样对待同朝大将，的确有些过分，于是连忙吩咐快快上茶。

茶和点心很快就端了上来。江世敦也不客气，狼吞虎咽地吃喝了起来。

"人也骂了，茶也喝了，说吧，为什么同意李云博探监？"边镐见他一个劲地喝茶吃点心，仿佛是忘了刚才的事情，有些急了，于是耐着性子笑着发起问来。

"我在想事呢，别打岔！"江世敦仍然一副不急不慢的样子，头也不抬地吃着喝着。

"你……"边镐勃然大怒，"你这是不识抬举！"

"哈哈，笑佛变怒佛，我要的就是这个怒目金刚！"江世敦终于吃够喝足，一抹嘴巴又拍了拍手，说道，"大帅，我这叫顺水推舟、欲擒故纵，借这个火锅爆炸事件，演一出请君入瓮、借题发挥的好戏！"

边镐大是蹊跷："你又冒什么坏水？我堂堂长沙幕府，勘查这么一个小小的爆炸案，还要动用阴谋诡计？真是！"

江世敦道："这个案子不复杂，马馥湘和刘如霜为了报仇，要杀徐威。这一点你我清楚，李云博也清楚。我们之所以把它复杂化，是想借此机会把瑶池李氏扯进去。哼，我们已经被动多日，一直想着要扭转局面。今儿机会来了，岂能放过？"

边镐疑惑道："你说什么？把李氏扯进去？难道此案与李氏有关？真把我弄糊涂了！你别卖关子快快道来！"

江世敦眨着小眼睛，仍然在故弄玄虚："你我都很清楚，此案绝对和李氏无关。李氏的确和徐威有仇，但李云博是什么人，会在这个节骨眼上犯这种低级错误，动用火药去杀他？"

"火药？你在驸马府发现了火药？"边镐大吃一惊，连忙问道，"火锅爆炸，闻所未闻。边某认为的确有人将里面放了易爆物品，但何以见得是火药呢？"

"现场的确没有发现火药。现场被清理得很干净，这可能是有人故意为之。但是我们发现桌子被炸飞了，墙上有杯盘扎伤的痕迹，说明火锅里绝对不是松油蜡烛等普通燃物，肯定是火药，而且是威力不小的火药。"说着，就从袖中拿出一小块墙砖递给边镐道，"你看，这块砖都被炸损了。我闻闻，没有味道，但仔细一看，明显是有人用刀刮过，还擦洗过。驸马府这样的地方，会客厅的墙面，不可能是这个破败样子。这说明什么，说明有人在破坏现场，目的是销毁证据。"

边镐看着墙砖，猛然悟道："看来，真的可能是火药。如若能够证实，那就很可能和李氏有牵连……"

江世敦不等他说完就纠正道："不是可能，而是肯定！这种大威力的火药，只有李氏族人才可能有！"

边镐听了，站起来摸着精光的脑门，点点头道："杀人不是李氏所为，又和李氏有牵连，这文章还真有得做！"

江世敦看见边镐终于明白了他的意思，于是也站起身来："对！你我都知道，用火药杀人，是瑶池李氏的大忌，他们的族规中，有一条就是敢用火药伤人杀人者，轻者逐出家门，重者处以火刑。所以，这起杀人案，绝非李氏所为。但是，我们可以把案子往上面靠，生拉硬拽也要做成幕后主谋就是李氏族人的样子。"

边镐看了他一眼，满怀狐疑地问道："此话怎讲？"

江世敦凑近他，说道："边大帅，你想一想，李云博去看马馥湘，就可以给人一种感觉：杀人未遂，事情败露，然后去串供。如若监狱关的那几个人出了点什么事，那就更好办了。李云博提出探监，不是自己往我们的口袋里钻吗？所以说，这叫顺水推舟、请君入瓮。"

"这计谋不错，就是太损了点……"边镐听完他的计策，先是首肯，接着又怀疑起来，"这样能行吗？李云博是我朝守制官员，你把屎盆子往他头上扣，朝廷一旦追查下来，那可是栽赃官员的大罪啊！"

"不把李云博控制住，就永远别想控制瑶池李氏！李天晨当个什么总执事，一问三不知，什么事也决定不了。"江世敦恨恨地说道，"我们这样做，是为朝廷一统天下着想。不出狠招，难以得到李氏的绝密啊。我们亦是迫不得已，就算出了事，我心甘情愿受罚。更何况，我们把证据做足，到时候他们百口莫辩，朝廷也抓不住什么把柄！"

边镐大惊，问道："证据做足？怎么做？"

"我早就想好了。"江世敦站了起来，一副胸有成竹的样子，"我把这块砖拿回去，用火药一烧，不就成了现场铁证？"

边镐一听，大惊失色："这，不等于造假吗？这能行吗？"

江世敦奸笑道："当然行！我们这样做，有一个前提，那就是认定火锅爆炸绝对是火药引起的，清理现场的人肯定知道。他们做贼心虚，肯定会认为是自己疏忽，没有清理干净，这就等于恢复了证据。然后，想办法把驸马府的那个管家结果了，制造出一种自杀假象。而李云博去过监狱，谁都会认为，是李云博说服他自杀了，目的为了保住马馥湘，采用的丢卒保车之策。"

边镐有些不屑一顾了："这就是你所说的借题发挥，欲擒故纵，还有什么请君入瓮之计？"

江世敦得意地笑道："对，这就是借题发挥、欲擒故纵、请君入瓮的连环计。"

边镐打心里鄙视这个要阴谋手段的江世敦，但又为他的老谋深算所深深折服。他想了想后，问道："李云博有那么傻吗？会往你的口袋里钻？"

"就是因为李云博太聪明，觉得自己是旷世奇才，他才会往里面钻。这个，我有绝对把握。"江世敦冷笑道，"也正是因为李云博没有参与此事，他不会想到，我正在布口袋；而且他救人心切，常常会顾此失彼。"

边镐仍然顾虑重重："那我问你，李云博邀请你一起去探监，你为什么不去？你又为什么要邀请李云博一同回瑶池？"

江世敦道："这就更简单了。我在场的话，就成了他清白的证人。我不在场，他自然百口莫辩。至于邀请他一起回去，就是要他放松警惕，至少现在他认为，我们还没有怀疑他和他的家人。大帅放心，这次搞定李氏，我有十足把握。"

边镐问道："你有把握？此话怎讲？"

江世敦道："如若我们把这起故意杀人案子的主谋设定为李云博，将所有的罪责都往他头上戴，他一位丁忧守制的翰林，大孝期间干了这等恶事，会有什么后果？"

边镐想了想，道："按照本朝法令，丁忧守制官员行凶杀人，那可是大逆不道，十恶不赦啊！"

江世敦道："大帅好记性！我朝法令明文规定：丁忧守制官员须结庐墓旁，一心尽孝，除读书治学之外，不得理事，昭显朝廷以孝治国之根本。若心存杂念，暗理家务政事，但凡一经参劾，罢黜官籍永不录用……"

边镐听得不耐烦了，打断他的话道："你要把皇朝律令背一遍吗？要边某赞许你好记性吗？真是！"

江世敦道："边大帅莫急，这皇朝律令里，关于丁忧守制官员之规定很细，足足有十五条之多。这最后一条，就是……哦，就是'如若寻恤滋事故意杀人者，一律诛灭九族、满门抄斩！'"

"你也太狠了，居然要置李氏家族于死地！"边镐一声长叹，一个劲地摇头。

江世敦两手一摊，一副无可奈何的样子："不出狠招，李云博不会就范，末将也是迫不得已！"

边镐大发感慨道："唉，为了达到目的，你居然下此狠手，真是心肝无血啊！我边某以佛治湘大略，慈悲为怀美名，只怕要被你这个诡计多端的江老鼠给毁了！还可惜折了两员干将！"

江世敦一听他的数落，怎么也忍不住心中的怒火，没好气地骂道："真是经念多了，念成菩萨心肠了！我老江提醒你边大帅，就你那抬菩萨念佛经的办法，如若能够治民理政，我江字倒写！什么以佛治湘，狗屁！我江某奉劝你，你还是好生收敛一些，别一味沉迷佛事，坏了朝廷大事。最好想办法多征些税赋，为朝廷建设炮火营减轻一些负担！"说罢，也不施礼，冲出门去。可是没过多久又回来了，一脸不悦的神情看着边镐道："对了，我还提醒你，徐威、刘成璧也算得上干将？我告诉你，他们一死一伤，是对朝廷做出的巨大贡献！没有他们，我这请君入瓮、借题发挥之计，还不好施展呢！好好厚葬刘成璧，厚赠徐威吧！"

"你当你是枢密使还是兵部尚书，居然敢教训起边某来了，越来越不像话了！不管怎样，边某还是堂堂的江西诸道大元帅，还是武安军节度使！你江世敦算老几……这以佛治湘，是皇上和朝廷恩准了的，你居然敢对皇上不敬……"边镐怒不可遏，拍案而起，厉声呵斥道。可是江世敦理都没理他，头也不回径自出门去了。

边镐看着他出门，又骂骂咧咧好一阵子，还是不能消气，于是进了禅房打起坐来，可是江世敦那讨厌的形象，老是在眼前晃着，怎么也进不了参禅的境界。

◆ 五、无法认定真相，李云博忧心如焚 ◆

在城南监狱的死牢里，李云博见到了马馥湘。马馥湘的伤势不重，但右脸下方被火灼伤，有的地方开始溃烂。

"我说嫂嫂，你们怎么这么傻呢，用这种笨拙的办法。要杀他们，什么办法不行呢？你们不知道，君子报仇十年不晚吗？"李云博气急败坏地说道。

马馥湘笑道："徐威老奸巨猾，暗杀得了吗？下毒能行吗？这是最好的办法！什么君子报仇十年不晚，我们可等不及了！更何况，这个法子解恨啊！"

李云博道："你们只顾着痛快，没考虑后果吗？"

"后果？什么后果？"马馥湘说着，又突然叹息道，"唉，只是老天不公，没有把徐威炸死！你别说了，反正事情已经做了，要杀要剐全凭他们！"

"后果很严重，你知不知道！"李云博道，"我问你，火药包哪里来的？"

马馥湘道："这个不用你管，反正，不会牵连你们李氏。"

李云博道："你以为南唐那么傻吗，不会想到哪里来的？只要稍微查一下，就会一清二楚。如若怀疑是我李氏幕后主谋，我们一家老小还有活路吗？真是成事不足败事有余！"

马馥湘惊道："是啊，这样还是会给你们带来麻烦！可当时，我们没想那么多！"

李云博平静下来，他说道："事情已经出了，责怪你们，也已经没有用了。你们告诉我，这个威力巨大的火药包，是不是我大哥给你们做的？"

马馥湘摇摇头道："不是，绝对不是。我们，我们是买了很多爆竹，一个个剥开收集而成的。"

"撒谎都不会，居然还敢设计杀人！"李云博说道，"我问你，如霜姑娘跑到哪里去了？"

马馥湘急忙说道："这事是我一个人做的，与如霜姑娘无关！我一人做事一人当，不会连累别人！"

李云博火了："胡扯！徐威的手都被她砍掉了，还说与她无关？"

"反正，是我干的，与他人无关！"马馥湘一口咬定是自己干的后，就再也不肯开口，任凭李云博怎样劝说，就再也没有开口。

李云博取出一个包来，打开一个木盒，用一个小竹片搅拌几下，为马馥湘治疗灼伤。忙完了又交代马馥湘："二嫂，你每天敷几次，不出十天半月就好了。只是，这花容月貌的形象，绝对毁了。"

马馥湘哈哈大笑："毁了更好，省得那群色鬼天天惦记。自坚哥哥离去之后，我就再也没有心思活了。更何况，我的死期已到，还治什么伤啊！"

李云博道："你还在胡说八道！你是我的嫂子，二哥不在了，还有我们，还有坚儿啊！你如此鲁莽，真的想让坚儿成孤儿吗？"

马馥湘突然泪眼婆娑："岫南，死到临头，我死而无憾。坚儿就是我唯一放心不下的，就拜托你和婆婆了……"

李云博道："你也别担心，有我在，你死不了。只是求你，好好给我在牢里待着，千万别轻举妄动，一切都听我的安排，别再惹是生非了。"

他又去看望了郑大雄，这个家伙，也一口咬定是自己干的，与他人无关，其余什么都不肯说，气得李云博不知说什么好。李云博反复交代一通后，就从城南监狱里出来，一行人行进一两里便上了官道。一路上，他总是回想起二嫂马馥湘死活不肯开口的情形，似乎将所有的责任揽在身上，就可以让瑶池李氏脱得了干系。

其实李云博不辞劳苦前往城南大狱探监，主要目的还是想知道真相，包括这起案件是如何策划的，复仇有很多方法，为什么要用火锅；火锅里的火药是哪里来的，刘如霜为什么会突然出现……但是，马馥湘视死如归，除了遗憾没有炸死徐威之外，其他一切都只字不提。"这两个成事不足败事有余的疯狂女人！"李云博在心里狠狠骂道。

大家一直往东走，不一阵子就来到长沙东门——浏阳门前的渡口，没想到江世敦带着数十名黑衣长剑卫士早备好了船只，在路边等他了。两人简单寒暄客套几句，就急匆匆过河，然后上马往瑶池赶。一路上两人忙着赶路，没有多少机会停下来说话。到达瑶池时，天色已晚。两人在街口分手后，李云博往北去了家里，江世敦往南边的炮火营总部方向去了。

李云博一进大门，急匆匆往里走，看见欧阳管家，黑着脸劈头盖脸就问："看见大少爷没有？"

欧阳管家一愣，跟着李云博往客屋里走，回答道："回三少爷，晚饭时，大少爷就出去了，已有半个多时辰。"

李云博问道："他说他去哪儿了吗？"

欧阳管家道："他没说。只是看他的样子，好像是去办一件急事。"

"去办一件急事？"李云博站住了，回过头来问道，"何以见得？"

管家道："一家人吃晚饭的时候，吃着吃着大少爷突然双眼一瞪，大叫一声'不

好'，丢下碗筷就匆匆出门了，等大家反应过来，六爷还跟上去想问个所以然时，他已经上马冲出老远了，到现在还没回来。"

李云博又问："六叔当时没有去追他吗？"

"没有。六爷回来继续吃饭，吃完饭也出去了，不知道是不是找他去了。"管家说着，看着火急火燎的李云博，又问道，"三少爷还没吃饭吧，我叫人安排？"

"天都要塌了，还吃什么饭！管家爷，你立即组织全府上下的人都去寻找大少爷，半个小时之内务必将他找回来。"李云博想了想又问道，"近两天，府上发生什么事情没有？"

管家道："我正想跟您禀报呢！近两日里，炮火营的人一直在火药坊和各地库房搜查，郑道光亲自带队，说是掌门大丧期间，例行公事，怕有人不遵禁令，私自生产爆竹。"

李云博一听，更加焦躁万分。他神色严峻地对管家说道："赶快不遗余力找到大少爷。如若找不到，就要出大事了！"

管家大惊："出大事？什么大事？"

李云博道："别问了，一时半会儿说不清。你还不快去！"

管家连连说是，就匆匆忙忙去安排人寻找李云闪。李云博转身入了后堂，又进了李庆吉的院子。

李云博进门，发现祖父仍然躺在床上，赶紧上前请安。李庆吉见李云博来了，连忙挣扎着坐起来，焦急地问起情况来。李云博把驸马府火锅爆炸的事情简单说了，又把自己的推测和南唐可能要做文章的事情做了分析，然后忧心忡忡地说道："这一次，只怕躲不过去了。"

李庆吉道："躲不过去了？你指的是家族还是……"

"一家老小倒不至于有什么大碍，我说的是火药绝密。"李云博道，"如若南唐要借题发挥，目的是要逼我们献方。自从炮火营进驻瑶池后，一直以来，都是我们占据主动，而他们处处被动，甚至投鼠忌器，不敢轻举妄动。这个火锅爆炸事件，可能是个转折。一来，两个主谋，一个是长房二媳妇，一个是未来的三媳妇，都是和李府关系密切的人；二来，这火锅里面究竟放的是什么，估计南唐会全力追查，迟早要牵扯到火药上来。"

李庆吉惊愕道："你不是说，魏大人把现场都处置好了吗，怎么还会……"

李云博道："阿翁糊涂！火锅爆炸，能有那么大的威力？谁都会联想到火药。而且公主虽然不肯透露火药来历，我已经猜到，肯定是大哥给她们配的。"

"这个孽障，尽干一些没头没脑的事！你把他叫来，好好问问！"说着，突然剧烈地咳嗽起来。

"他不在家，晚饭时就出去了。我已经吩咐管家寻找去了。"李云博见祖父情绪激动，连忙将他扶住躺下，又倒了一杯热水给他喝了几口，见他略微好了些后，继续说道，"目前瑶池还有个不能不解决的大问题，那就是瑶池上百家爆竹作坊，上万名爆业工匠，自父亲去世后，一直都停产歇业，眼看百日除服在即，他们能不能恢复爆竹生产，还得看南唐的态度。对此，炮火营一直模棱两可，还真是个不小的问题。"

李庆吉叹道："是啊。炮火营借你父亲大丧，命令作坊全部歇业致哀，我回来一听说，就觉得不对劲。我李氏自古以来，无论发生什么事情，都没有让爆竹作坊歇业。这明摆着的，就是要逼我们就范，替他们生产火药嘛。这数千工匠及上万家眷总得吃饭啊，不能干等着饿死。如今百日已过，我们申请生产开工，看看他们会做何种反应。"

李云博道："三叔早就提过了，只是一直没有得到回复，他们就是在拖。一旦爆竹作坊迟迟不开工，乡亲们的生计就会出现问题，没得饭吃，就会人心惶惶。如若南唐借此挑唆，我们就会更加被动。"李云博替祖父轻轻拍着胸口，好让他出气容易些，"我看，与其被动挨打，还不如主动让步……"

李庆吉一惊："主动让步？如何让步？"

李云博道："这个，孙儿还没想好。只是思路得往这上面走。以退为进，丢卒保车，这也是不得已而为之。"他又附在李庆吉耳边一通嘀咕，听得李庆吉频频颔首。

李云博告辞祖父回到客屋，等候各路人马寻找李云闪的消息。可是各路人马回来禀报，都没有发现李云闪的下落，这让李云博忧心如焚。他思忖着：眼下形势危急，只有找到李云闪问明真相，才能真正做到对症下药。可是，大哥会在哪儿呢？……从他晚饭刚扒几口就大呼"不好"连忙出去的情形，应该是知道长沙驸马府火锅爆炸的消息。这足以说明，驸马府火锅里面的火药，是大哥提供的，而且，近来因为自己的婚事，大哥作为长兄来往奔波于瑶池和长沙之间，有输送炮火的便利条件。如今出了事故，大哥肯定会想到官方调查，那么他那些备用炮火就不能留了，晚饭时分跑出去，很可能是销毁处理剩下的炮火了。所以，肯定不在火药坊，也不在库房，而是在哪家爆竹作坊。可是作坊这么多，大哥会选择哪家呢？……可是，形势不容许他一一进行筛选，他决定立即派人到附近的爆竹作坊寻找。李云博明白，这漫无边际地一家家作坊去排查，无异于大海捞针，但事已至此，也只能盲人瞎马地到处碰运气了。

李云博下定决心以后，立即召集家人及刚随他一起回来的泰平密使们，兵分数路，前往附近火药作坊寻找李云闪。他将每路人马的大致区域做了区分，又对大家说道："各位都知道，长沙驸马府火锅爆炸，可能会牵扯到瑶池李氏。我估计，炮火营的人马也一定行动了，他们也在寻找与此相关的证据，只要有蛛丝马迹，他们很可能添油加

醋，大做文章。因此，先找到火药坊总管，让他安安全全待在家里，比什么都重要。大家听明白了没有？"

大家齐声道："听明白了！"

"好，立即出发，拜托大家！"

◆ 六、发现庆都作坊炮火，郑道光欣喜若狂 ◆

话说郑道光按照江世敦去长沙时的交代，一直明察暗访长沙爆炸事故的火药来历。可是一连两天，亲自带人四处搜查，甚至将李氏的火药坊翻了个底朝天，仍然一无所获。这次搜查回到炮火营，听说江世敦回来了，连忙去会他。一进门来，借着昏暗的灯光，看到江世敦正拿着一块黑乎乎的砖块，在那里得意非凡地赏玩。一会儿丢进火里烧烤，一伙儿又往上撒些黑色粉末，独自一人玩得不亦乐乎。郑道光以为他是在把玩古物，没好气地骂道："真、真是不务正业！又、又从哪里，弄、弄了块秦砖汉瓦，这、这等爱不释手！都、都什么时候了，还、还干着无聊至极的事情，真、真是！"

"这个，比秦砖汉瓦贵重多了！"江世敦开心地笑了起来，小心翼翼放下那块破砖头，抬起头来问道，"结巴子，你找到什么线索没有？"

郑道光道："什、什么线索也没发现。这、这就怪了。除、除了李氏，难、难道还有别的人，也、也会造这等威力巨大的火药？会不会是弄错了？"

江世敦道："不可能，火药绝对是瑶池李氏造的。"

郑道光问道："你、你怎么这么肯定？"

"我有铁证！"江世敦说着，就把刚才那块砖头指给郑道光看，"这个，就是在驸马府客屋里，火锅爆炸现场发现的。"

郑道光连忙捡起那块黑玩意儿，如获珍宝地握在手上，感觉到它似乎还有余温，不免有些蹊跷："真、真的？怎么，还、还是热乎乎的？"

江世敦狡黠一笑："我老江忙乎两天，就捡到这玩意儿，能不当宝贝吗？我一直揣在胸口上，当然是热的！"

"嗯，的、的确是火药灼烧过的。"郑道光闻了闻又刮了刮，突然想起江世敦刚才的行为，不免将信将疑，"你、你江老鼠放、放屁！老、老夫刚才明明看见你在火上烤，还、还什么揣在胸口上，你、你当我老郑是傻子！既、既然是在现场拣到的，你、你不好好保全证据，还、还一个劲地，烧、烧烤个啥，你、你江老鼠有病啊！"

江世敦笑道："这个嘛，叫作铁证如山！捡到的时候，没这么黑，火药味也没这么浓，我加加工，不就成了铁证吗？"

"这、这么说，这、这块砖头还真是现场拣到的？"郑道光有些信了，一边端详着黑砖块，一边问道，"江、江老鼠，这、这场爆炸案，会不会是、是李氏主谋？"

江世敦道："有李云博在，应该不会。但我可以肯定，这与李氏族人有关。如此威力巨大的火药，肯定是李氏造的。问题是，李云博现在知不知道这件事，还很难断定。我估计，他一回家，就会着手了解此事。"

郑道光见他胸有成竹，于是问道："既、既然你如此肯定，那、那现在怎么办？"

"继续搜查！我就不信，他们制造如此威力的火药包，就不会留下蛛丝马迹！"江世敦信心满满，从他手上拿过那块黑砖块，用绢帕包好，藏到内衣里，狠狠说道，"趁他们尚未做出防范，我们扩大范围仔细搜！既然李氏火药坊和各地库房都查过了，下一步，就搜查所有的爆竹作坊！事不宜迟，我们兵分两路，先从瑶池最有名的爆竹作坊查起！"

应该说，这一次郑道光的运气不错。他第一个搜查的，是瑶池最有名气的庆都作坊。这个作坊，曾经在瑶池历届爆竹节会竞爆比赛上屡屡夺魁。运气更好的是，他们抢在瑶池李氏的人到来之前，先赶到这里。

庆都作坊坐落在中瑶，离大瑶集市不过三五里。郑道光赶到这里的时候，远远就发现里面有灯光，一下子警觉起来。他吩咐军士先围住作坊，然后亲自上前敲门。

庆都作坊的掌柜姓黄，五十多岁年纪。他打开门看见大队人马到来，顿时战战兢兢，麻着胆子问道："敢问大人，带这么多人，围住我们作坊，有何贵干？"

跟随郑道光一起前来的验药监少监田德凡上前，拱手说道："我们是神刀营卫士，常规巡夜，忽然发现贵作坊里有灯光，怀疑违反禁令，在李掌门大丧期间私造爆竹，特来勘查。得罪之处，还望见谅。"

"我们乡野小民，纵然有天大的胆，也不敢违反军令！"黄掌柜听说是神刀营的人，放下心来，回头对里面喊道，"大少爷，没事，是神刀营巡夜的。"借着火把的光亮，他突然看清为首的是郑道光，顿时惊诧万分，面如土色，口中喃喃自语："这……这不是炮火营郑将军吗？"一下子瘫在地上叩起头来，大声喊道："小人有眼不识泰山，怠慢将军，请将军恕罪……"

"本、本都监只是例行公事，黄、黄掌柜不必害怕。"郑道光扶起他，突然问道，"大、大少爷？谁……谁在里面？"

黄掌柜突然大汗淋漓，结结巴巴说道："里面，里面没有人……"

"刚才还喊着什么大少爷，现在又没人了，这就怪了。"田少监看着他紧张的神情，更加怀疑起来，他对郑道光说道，"看黄掌柜样子，应该……"

郑道光突然来了精神，居然不结巴了，一顿一字地说道："给——我——搜！"

大队人马一下子撇开黄掌柜，打着火把鱼贯而入。

作坊里亮着灯的那个制作间的门也被打开了。制作间里，到处都是制作爆竹使用的各种原始器械：裁纸刀，卷筒器，碎土池，装药台……琳琅满目，不一而足。在制作爆竹的案板边里，李云闪正慌慌张张收拾什么东西。见大批官军蜂拥而至，李云闪连忙转过身来，摊开满是药物的手，不知所措。

全副武装的军勇控制住现场后，郑道光和田德凡进了这间规模不小的制作间，被眼前的情形惊呆了。他们万万没有想到，刚才黄掌柜声称的"大少爷"，居然是瑶池李府长房长子、火药坊总管李云闪！李云闪见来者为首的是堂堂炮火营都统监军，也不免愣住了。

双方互相端详了一会儿，田德凡施罢礼先开口了："原来真是李大少爷，幸会幸会！这么晚了，大少爷在这爆竹作坊里，忙乎什么？"

李云闪也慌忙见礼，词不达意地说道："哦，没干什么。父亲百日大祭在即，想做点爆竹祭奠时用……这，不违反炮火营禁令吧？"

郑道光道："少、少爷亲手，为、为掌门祭祀做爆竹，当、当然不违反禁令！"他走上前去，仔细察看起来：只见李云闪身边一口大水缸，里面全是黑乎乎的浆水，地上全是剩下的纸皮和外壳，看样子，是处理完什么药物后剩下的。他突然明白，李云闪不是在制作爆竹，而且是在销毁火药制品！从销毁的遗留来看，很可能就是威力巨大的炮火！凭着职业的敏感，他一下子觉察到什么，三步并作两步赶过来，伏在案板上仔细打量：案板上，还剩下几个一包包扎好的药物，他连忙小心翼翼地打开，凑上去一瞧，顿时目瞪口呆：这些，都是配制成型的炮火，只等装了引线，套上安全盒，就可以马上使用了！郑道光心中一阵狂喜：真是天不负我，踏破铁鞋无觅处，得来全不费工夫！

郑道光压制住内心的喜悦，看着李云闪问道："大、大少爷，你、你不老实啊。你、你是在销毁炮火，不、不是在制作爆竹！"

李云闪顿时惊慌失措，他一个劲地摇头，又转过身去，想将剩下的几个火药包丢进水里，可是，已经晚了，他已经被军勇牢牢按住，动弹不得。

田德凡对郑道光一阵耳语，得到他的首肯后，大声说道："各位将士，郑都监有令：立即查封庆都作坊，一队留下来保护好现场，二队立即将李云闪和黄掌柜押往炮火营，三队负责将剩下来的火药和炮火，丝毫不留地弄回炮火营！立即行动！"

"是！"众军勇齐声应道，立即开始行动。

　　吓得不知所措的黄掌柜又瘫在地上，他抱住郑道光的腿，一个劲地求饶："将军饶命！小的不知大少爷在里面干什么，我只是个望风的，我什么都不知道……"

　　郑道光所有的心思都在案板上，那些玩意儿把他的七魂六魄都勾去了，哪里还有心思理会黄掌柜。他一脚将黄掌柜踹开，目不转睛地看着那些玩意儿，就像见到自己刚刚出生的儿子一样，惊喜万分而又手足无措，只能用慈祥的目光百般呵护着它们。黄掌柜又爬过来央求田德凡："大人，您听小人解释嘛，我真的不是……"

　　田德凡鄙夷地看了他一眼，打断他的话道："有话到军牢里面去说！带走！"

　　正当此时，李天骏带着一队人马恰好来到这里。看见作坊里的动静不小，他赶紧叫人闪在暗处，把李云闪和黄掌柜被郑道光抓走的情形看得一清二楚。

　　李云闪在庆都作坊被带走，这是他们最不愿看到的结果，李天骏脑子"嗡"了一下，不知如何是好。他想立即动手抢人，可是郑道光带了上百人，自己只带三五个密使，根本不是对手。他觉得还是不能轻举妄动，一旦失败，后果将更加严重。思虑再三，他觉得还是得先回去报告再说。

　　事不宜迟，待郑道光一行走后，李天骏赶紧带着大家往回赶，想尽快把李云闪被抓的事告诉李云博。

第六章

DILIUZHANG

貌合神离

◆ 一、意外不断，李云博苦思脱困之策 ◆

李云博得知李云闪在庆都作坊被抓走的消息后，彻夜未眠。

而更让人意外的是，李天骏刚刚把这个消息带回来，炮火营就差人来知会李云博，说是炮火营例行公事夜间巡查，不巧遇到大少爷李云闪在庆都作坊试制火药，于是请到炮火营问个究竟。前来知会消息的是炮火营的一名校尉，说是奉都监将军郑道光之命，特意带着炮火营的官文印信，向他和李府通报的。这个过于正式的通报，着实让李云博吃惊不小。

前来通报的校尉跟他说："大唐炮火营都监郑将军，差遣末将特地前来贵府禀报翰林大人：贵府长房长子李云闪在令尊大孝期间，私自前往庆都作坊制造爆竹，说是掌门百日大祭在即，做些爆竹献礼。我等例行公务，请回去了解详情，做些笔录。若无他事，弄清情况之后即刻送大少爷回府。得罪之处，敬请海涵……"李云博不露声色，若无其事地跟他打哈哈："哦？制造爆竹，这可是违反炮火营禁令的事情。俗话说，王子犯法与民同罪，更何况一个乡野家族的长子！没事，你们问好了，如若违法，该怎么办就怎么办……"但心里，急得直打鼓。而更让他震惊的是，校尉前脚刚走，管家就带着庆都作坊黄掌柜的儿子慌慌张张地进来了，他将李云闪、黄掌柜被抓经过详细地说了一通。李云博终于印证了自己的判断，驸马府爆炸案中，火锅里威力不凡的炮火，果然是大哥制作的！制造的地点，就在庆都作坊。而让李云博更加头痛的是，李云闪销毁炮火，居然被郑道光抓了现形。

送走黄公子后，他几次准备起身前往炮火营查看究竟，可是转念一想，去干什么呢？他们例行公务调查情况，也不是什么了不起的大事。连夜赶过去，就等于告诉郑道光江世敦他们，他李云博心急如焚，甚至心中有鬼。关键时刻，还是得有定力，千万不能自乱阵脚。在不明真相的情况下，按兵不动、以静制动是唯一的选择。

将近亥时，李云博回到自己的房间里，顺势盘腿坐在坐榻上，静静地打起坐来。可是，脑子里总是出浮现李云闪惊慌失措、语无伦次的样子，怎么也静不下来。更鼓一次次地敲，雄鸡一遍遍地叫，好不容易熬到鼓敲五更、鸡叫三遍，突然听到外面有哭喊声。他猛地睁开眼睛，发现黎明似乎还遥遥无期。他连忙起身，赶紧跑出房间来到大客屋里，发现母亲在那里垂泪，大嫂哭得死去活来，几个女眷在一旁宽慰着。一问，才

知道是因为大哥被炮火营抓走彻夜未归，肯定犯了什么大事……李云博就把李云闪被抓一事的前因后果简单说了，然后好言相慰，劝她们别太担心，大哥应该不会有什么大麻烦。众人听李云博这么一说，有的信了，也有的将信将疑，但哭的人都止住了，只是大嫂杨氏还不停地抽泣着。经过一阵劝慰，不一会儿，大家又陆续回房歇息去了。

李云博估计，江世敦不会把大哥怎么样。他们这样做，无非是想将这起爆炸案往李氏头上扯，争取主动，逼迫李氏就范。问题是，火锅爆炸的现场，有没有留下什么证据呢？他去过现场，那间屋子被清理得很干净，应该没有大问题。但是阴险狡诈的江世敦，会不会无中生有，陷害李氏呢？这个，就说不准了，毕竟，如此威力巨大的炮火，只有瑶池李氏才会制作，而直接设局杀人的三个人，都和李氏有关系。他们要是有意栽赃，那么李氏就是跳到黄河也洗不清啊！

如此看来，江世敦一旦借题发挥，瑶池李氏是逃不掉的，他李云博就算使尽浑身招数，也是无力回天的。屎盆子往自己头上扣，就算洗清，也会有一股屎尿味儿，更何况这个案子，本来就无法撇清。看来，主动退让，迎合炮火营意图，是脱困的唯一出路了。

天快亮了，李云博仍然一个人在客屋里来回走动，犹如热锅上的蚂蚁。突然，乾卦统领带着几个密使匆匆赶来，神色严峻。见了李云博，来不及施礼就说道："少主，大事不妙，适才阁左大人传来消息，郑大雄自杀了！"

"什么，郑管家自杀了？这怎么可能？"这个消息犹如晴天霹雳，震得李云博目瞪口呆，"昨日我去城南监狱探望馥湘公主，他都还好好的，怎么才过一晚，就突然自杀了呢？这消息是怎么得来的？"

乾卦统领道："具体情况也不清楚。前来通报的信使只是说，驸马府出事以后，他们根据阁左大人安排，一直秘密潜伏在边镐幕府和城南监狱。子时刚过，突然间城南监狱就哗然起来，密使暗中查看，原来夜里，郑大雄被有司传唤过堂，被打得遍体鳞伤，回牢房不久，就咬舌自尽了。"

"这就奇怪了。"李云博思忖着，"江世敦专程调查的人马已经回了瑶池，怎么会连夜过堂呢？就算郑大雄过堂后不堪忍受咬舌自尽，也不会立即被人发现……看来是他们故意弄出动静……前来禀报情况的信使呢？"

乾卦统领道："通报完情况，就回了。说是阁左大人指示，非常时期，为了安全起见，不能面见少主。"

"阁左大人做得对。"李云博猛然想起以前的约定，原来是自己情急之下乱了方寸，居然把这等重要的规定给忘了，"他们有没有打探如霜姑娘的下落？"

乾卦统领道："信使说，阁左大人正在派人打探，目前暂无刘紫使消息。"

李云博道："你们暂且回去，有什么情况及时禀报。注意安全，千万别让炮火营觉察。"

送走乾卦统领，李云博突然沉重起来。李云博突然记起，昨天他探过监，还和郑大雄见过一面。郑大雄当时精神状态很好，口口声声说，一人做事一人当，全力保护公主。他万万没想到，郑大雄会咬舌自尽，这个硬汉，是他曾经在长沙街头收留，带到驸马府当管家的。他了解，郑大雄是响当当的好汉一条，是绝对不会经不起过堂折磨而自杀的。那么就只有一种可能：他是被人杀害，伪装出自杀的现场，尔后又散布流言，目的可能是引诱他们上当。想到这里，脑子里猛然闪现昨天的情形，顿时恍然大悟：当时他跟边镐请求探监，被边镐以案情尚未查清为由拒绝了。可是江世敦却极力为李云博说话，说是翰林大人要探监，还望边大帅网开一面。李云博突然明白了，原来是江世敦刻意设局，让他去探监，然后把自己牵扯进去：你李云博探过监，见过马馥湘和郑大雄，肯定做出了什么安排。如今郑大雄自杀了，你李云博就是此案主谋，要郑大雄丢卒保车！

"这一招狠啊！"李云博后悔自己情急之下太过大意，没有深思当时江世敦力主他探监的意图，现在可好，一不小心被他设局，掉到了陷阱里，只怕在劫难逃。

"老狐狸，想玩死我，我可没那么傻！"李云博突然愤怒了，"既然你出手如此之狠，就别怪我李云博以其人之道还治其人之身了！将来，我李云博一定叫你死无葬身之地！"

正当愤怒之间，秋月带着两个丫鬟进了客屋，这让李云博吃惊不小。李云博问道："你怎么回来了？什么时候回的？"

秋月道："官人赴长之后，我回府上取些衣物，正好等你一起回烂泥湖去。官人什么时候回的？"

"简直睁眼说瞎话！"李云博压住怒火，问道，"我问你，现在什么时候了？"

"什么时候？凌晨寅时上下吧……"

"一个妇道人家，半夜三更回来，衣物那么当紧，需要你摸黑来取？"李云博冷笑道，"我黄昏就回了，一直没看见你。晚上回房睡觉，你也不在……你老实交代，你究竟干什么去了？"

秋月急忙道："官人，你别激动，这里说话不方便，还是回房说话吧！"

李云博见她还算冷静，知道她回来必有要事，于是跟她回到屋里。秋月叫丫鬟出去望风，关上门对李云博说道："官人，你千万别误会。我半夜三更赶回来，就是有要事告诉你。"

李云博冷静下来，说道："要事？什么要事？"

秋月道："天刚摸黑，江世敦就亲自来到烂泥湖，向我交代道，驸马府火锅爆炸，

很可能是李云博的主谋，要我加紧盯住你……他还说，火锅里面的火药，不是一般的火药，而是李府的大威力炮火。经过查明，这些炮火就是李云闪提供的……妾身觉得事关重大，就连夜赶回来了。"

李云博问道："你知道我回了瑶池？"

秋月道："知道啊，江指挥说，你和他一起回来的。"

李云博笑道："那你回来，是给我通风报信，还是监视我呢？"

秋月见他如此这般，有些委屈，没好气地说道："官人说什么话！妾身是你的人，怎么会监视你呢？我天天和你在一起，知道你不是主谋，这是他们故意陷害！我连夜回来给你报信，没想到好心没得好报，真是蚊子遭扇打，就因嘴巴多！早知道，妾身不回来就好了！"

"对不起，是我错怪你了。"李云博伸手揽过她，说道，"家中突然飞来横祸，这时候不小心一些，恐怕全家都要死无葬身之地！"

"没事。"秋月笑了，抱着李云博道，"我相信官人会忠于皇上、忠于朝廷，也一定会为朝廷出力。那些不怀好心的人，就是嫉贤妒能，怕官人出人头地，抢了他们的功劳。因此无中生有，设计陷害。官人放心，妾身一定竭尽全力为官人洗清冤屈，还以清白。"

"多谢娘子。"李云博谢过秋月，又嘱咐道，"江世敦这些人，诡计多端，总以为我们是亡国降民，老是对我们瑶池李氏缺乏信任。你也要小心一点，一旦被他记恨，那就麻烦了。"

秋月道："我知道。你也得小心点。"

"好。"李云博说着，扶秋月站起来，"哎，你合适的时候去一趟炮火营，就跟江世敦他们说，李云博急得像热锅上的蚂蚁，气得七窍生烟，准备密奏皇上，申辩不白之冤。"

秋月道："那行，我明天就去密报，让他们也紧张紧张。"

◆ 二、江世敦砸出砖头，李云博招架不住了 ◆

天渐渐地亮了。忧心如焚、悲愤交加的李云博彻夜无眠。他安顿好秋月主仆，就一个人来到客屋里，静静等候和江世敦过招。他明白，江世敦之所以急急忙忙会见秋月，就是要让他知道，他已经将屎盆子扣下了，你李云博认也得认，不认也得认。但人在稳操胜券的时候往往会得意忘形，这好好的棋局却出现破绽。比如，江世敦刚刚回来，也就是郑道光还未到达庆都作坊前，江世敦就出发去了东峰界，随后告诉秋月，驸马府爆炸案里的火药是李云闪提供的，他李云博是主谋。这等于提前告诉李云博，他江世敦就是冲他李云博来的。江世敦亮底牌的目的，就是给李云博头上悬个屎盆子，然后要他和瑶池李氏乖乖听话，否则，就全部完蛋。李云博知道了底牌，自然就不怕他们折腾。你要我们听话，我们就乖乖听话，就是屁话咱也听，你还能把我们怎么样？还有，反正你江世敦都是揣测臆断，没有坐实的证据，我李云博跟你打太极，你又能奈我何？

于是乎，他就静静等候，他知道，江世敦会急不可耐地找上门来，于是吩咐管家注意动向，有动静及时禀报。正当他等得有些不耐烦、也不知该干什么的时候，突然欧阳管家兴冲冲地跑过来，一看见他就说道："三少爷，正如您料想的那样，炮火营把大少爷送回来了……"

说话间，只见江世敦带着一队黑云剑士已经穿过门楼。李云博赶紧迎上去，施礼道："江将军一大早，就亲临寒舍，不知有何贵干？"

江世敦看见是李云博，连忙拱手笑道："李翰林，对不住啊！昨夜我等例行巡查，在庆都作坊碰见贵府大少爷，于是请到营中问个究竟，本来想问清楚情况就即刻送大少爷回来，没想到这一问，就问了个通宵。真是让贵府上下担心了！天一见亮，我们就将大少爷送回来了，不当之处，还望大人海涵……"江世敦又回头看着李云闪，满脸愧疚地说道，"大少爷，我们为了弄清真相，害得你一夜未眠，真是对不起……"

李云博看着李云闪一副若无其事的样子，不知道他究竟说了些什么，于是问江世敦："敢问将军，事情调查得怎么样了？"

"唉，一言难尽啊！"江世敦一声长叹，"情况再清楚不过了。只是，只是……"

"既然将军有难言之隐，不说也罢。"李云博见他吞吞吐吐，欲言又止，也不勉强。出于礼貌，他又说道，"将军一夜劳苦，不如到府上喝杯早茶，一来解解乏，二来嘛，也好商量商量，驸马府火锅爆炸一案，不知长沙刑司衙门究竟如何处置，晚生也忧心如焚啊！"

"翰林大人言之有理！那末将就恭敬不如从命了！"江世敦一听，连忙点头，也不客气，就跟着李云博进了客屋。一边往里走一边又说道，"至于案件如何处理，李翰林也不必过分担心，末将一定竭尽全力说服边大帅，尽量从轻发落。"李云博连忙致谢，吩咐管家上早茶，特别交代多上些点心，并好生招待一起前来的黑云剑士。心里想着，既然找上门来了，我李云博也不会客气。

茶点上来，吃了一通之后，李云博道："江将军，听说，昨夜你们在庆都作坊发现了新制的炮火？"

江世敦一边吃着一边点点头："对啊。而且你大哥说，那批炮火，是他亲自制造的。"

"这是自然。"李云博淡淡一笑，"在瑶池这个地方，别说炮火，就是做爆竹的火药，也只有我们李氏能够配制。"

"李翰林看来还不知道，这批炮火，和驸马府的爆炸案有关。不信，你问你大哥。"江世敦放下筷子，喝了一口茶，说道，"你大哥已经承认，驸马府火锅爆炸用的火药，就是这批炮火里面的。"

"什么？"李云博听了，大惊失色，转身对正在吃点心的李云闪问道："大哥，这，究竟怎么回事？"

李云闪道："哦，父亲百日大祭临近，我想做些炮火在祭祀的时候使用。可是不久前，馥湘公主和如霜姑娘回长沙的时候找到我，说清明节快到了，要给父母上坟扫墓，问我要些响亮一点的炮火。我正好在配制炮火，于是就给了她们一些。我怎么晓得，他们会把炮火放到火锅里面去……"

李云博一听，脸顿时变得煞白。他没想到江世敦居然设下了圈套，让头脑简单的大哥不知不觉往里面钻。他神色严峻地看着李云闪，问道："大哥，你怎么知道，驸马府火锅爆炸，原因是里面放了火药？是你亲眼所见，有人往火锅里面放火药？"

"这……"李云闪一愣，然后不屑一顾地说道，"可是，火锅怎么会平白无故爆炸？三弟你听过还是见过？若不放些有威力的火药，怎么会炸死人呢……"

李云博怒道："既然非你亲眼所见，那你就是主观臆断，不足为据。大哥，你说话一定要有真凭实据，千万别信口雌黄。"李云闪"哦"了一声，有些不服气地嘟囔着嘴，低下头继续吃他的点心。

江世敦道："李翰林言之差矣！末将可是去过现场的！白蜡也好，松油也罢，无论怎样，放到火锅燃炉内做燃料，都绝对不会爆炸。就算没控制好而引发事故，也只可能突然起火，绝不会将人炸死炸伤。可是现场，一死两伤，如若没有大威力的火药，绝不会有这等严重后果！"他顿了顿，放下手里的茶盏，看着李云博说道，"据末将调查，正好马馥湘手里有炮火，而且清明节尚未来到，都还没有使用。因此，为了报仇，他们利用宴请徐威之机，想把他炸死。李翰林，末将这样推测，应该合情合理吧？"

李云博道："将军真是神探，推理得天衣无缝！只是，这仅仅是推测，没有直接证据表明，火锅里放了火药；也更不能就此推测，这火锅里放的，是我李氏的火药。"

江世敦，突然鼠眼一转，冷笑道："李翰林说得倒轻巧！不瞒您说，边大帅和郑都监，都怀疑这场蓄谋已久的谋杀案，是你和家人幕后指使的，你李翰林是主谋！"

李云博道："他们要这样怀疑，晚生也没办法。但是怀疑终归是怀疑，总得找到证据吧……"

江世敦叹息道："问题是，现在很多证据都表明，这一切都恰恰和瑶池李氏有关，和你李翰林有关。末将很是担心，一旦坐实人证物证，李大人及其家人，都难脱干系！"

李云博冷笑道："江将军，你吓唬谁啊？想诈我们？"

江世敦道："李翰林，您是朝廷命官，虽然丁忧守制，但仍然是官身，江某人有那么大的胆子吗？你要不信，末将给你瞧样东西……"说着，就从袖中摸出一个红包，小心翼翼地打开，将里面那块黑砖块递给李云博，"这是那天末将在驸马府里的爆炸现场发现的。虽然现场被清理得很干净，什么物件都没留下。但是，百密仍有一疏，墙壁上被炸破了一块砖头。有劳李翰林看看，一定会有启发。"

李云博暗暗吃惊：魏大人不是说，现场被清理得很干净，怎么，墙上会留下一块炸坏的砖头？但他还是强作镇定。他拿过来漫不经心地看了看，又将砖块丢还给他，不置可否地说道："一块砖头，能证明什么？将军不必大惊小怪了！"

"大惊小怪？末将一直替您考虑，想为您开脱，您却说我大惊小怪？"江世敦听他如此一说，不禁动起怒来，"长沙刚刚传来消息，昨日夜里，驸马府管家郑大雄在城南大狱自尽了！你说，这是不是你昨日探监之际，趁机跟他说了什么？"

"什么，郑大雄自尽了？"其实李云博早就知道了郑大雄咬舌自尽的事，但依然装作大惊失色，"但是，我昨日去探望二嫂馥湘公主，和郑大雄只是见了一面。将军此言，是何居心？"

郑道光道："反正没有其他人在场，您要那样说，我也没办法。但是，边大帅和刘大人认定，郑大雄是为了保全马馥湘及其幕后主谋，而咬舌自尽了！李翰林，我们知道你聪明绝顶，但是，我们也不是傻子。你想想看，凶手是你几年前从长沙街头收留的逃荒农人，他后来成了驸马府管家，你对他有知遇之恩，他对你一直心存感恩，也一定言听计从；两个要报仇的主谋，一个是你嫂嫂，一个是你未婚夫人，而火药，恰恰是你大哥提供的。郑管家自杀，时间又恰恰是在你去探监的这一天晚上。您帮末将分析分析，这事儿，当真和你们李氏一点关系都没有？"

李云闪突然站起来道："那徐威，早该死了！只是可惜……"

李云博怒道："大哥，你又胡说八道！徐威死不死，和你有什么关系？"

李云闪道："他和我李府有仇，和你我更是势不两立！这杀父之仇，不共戴天……"

江世敦一听，心里顿时乐开了花。他拖长口音，故意问道："大少爷，那你的意思是，早就想徐威死罗？"

"当然！"李云闪道，"不瞒你说，我早就想炸死他……"

"大哥，还不赶快去给祖父请安！"李云博一声大吼，催促李云闪快走。李云闪见李云博动怒，觉得自己肯定又说错了话，赶紧站起来转身进了后堂。李云博平复了一番情绪后，对江世敦道："将军，你们如此处心积虑，将我们往这件事上扯，究竟为什么？"

"李翰林哪里话！我们亲如一家，怎么会平白无故陷害你们？"江世敦突然一副满腹委屈的样子，说道，"您不信，我也没办法。反正人给你们送回来了，案件也基本上查清楚，就等边大帅最后定夺了。既然人已送到，这早茶也就了，末将也该告辞了。感谢李翰林盛情招待，末将告辞。"说完，起身施礼毕，就往外走。

李云博送他出了门楼，正要转身回来，江世敦突然停住了，拱手说道："李翰林，末将有一疑问如鲠在喉，一直想当面讨教，不知当问不当问。"

李云博道："讨教不敢，将军客气。将军有话，直说就是。"

江世敦道："那好，末将就斗胆了。如今查明，驸马府火锅爆炸的火药，的确是你大哥给马馥湘的，我有他的供词。你大哥究竟是无意为之还是有意为之，我们都很难坐实，按目前的证据，国法难以追究他。但是，近日来，末将听说，在瑶池，用火药杀人伤人，违反你们族规，轻者逐出家门，重者处以火刑。不知是真是假？……哦，这些，都是末将道听途说！既然李翰林为难，我看就算了，还是不用回答了吧！"

李云博听出了他的言外之意，心中甚是震怒，但仍然客客气气地回答道："当然是真的！如若证实长房长子真的用火药杀人伤人，胆敢触犯门规，也一样会受到家法处置，绝不姑息！"

"李翰林真是痛快！"江世敦似乎仍然没有离去的意思，他凑在李云博耳边，压低嗓门说道，"如若这起案子是你李云博主谋，一死两伤，江某我要是使坏参劾一本，作为朝廷守制官员，翰林大人将为如何应对啊？玩笑话，玩笑话，哈哈哈哈……"

"这……"李云博如五雷轰顶，待在那里半晌做不得声，以至于江世敦一行扬长而去，他依然定在那里，动弹不得。

李云博知道，他遇到真正的对手了，真正的大麻烦来了。虽然有所准备，似乎胸有成竹，但他万万没有料到，江世敦的棋局里，居然有块做实证据的砖头！而这块砖头砸向的，正是他这个守制官员李云博！看来这一次，江世敦对他下的是死手。他手里有这块砖头，有李云闪承认给了马馥湘炮火的口供，再加上他李云博在郑大雄自尽之前探过监，就足以把他李云博认定为幕后主使。他熟读过南唐律令，当朝翰林丁忧守制期间行凶杀人，那可是大逆不道的重罪，只要被人参劾上奏朝廷，那是要诛灭九族、满门抄斩的！他更没有料到，江世敦的棋局，居然如此缜密精准，这可不仅仅是扣个屎盆子，而是点到他李云博的死穴，几乎可以一招致命。但李云博心里仍然清楚，江世敦只不过下个套子拴住他，盯住这个死穴不放，逼他妥协退让，得到他想要得到的东西，并不见得要置他于死地。既然被人捏住了命门，那就只有乖乖听话了：要保住李府上下百十口老少的性命，要为马馥湘、刘如霜开脱罪责，他已经没有任何退路，只能妥协退让了。

想到这里，李云博虽然怒火冲天，但又无可奈何。他不由得仰天长叹了一声，顺势坐在椅子上，努力让自己渐渐平复下来，然后暗暗在心里说道："姓江的，你造下的孽，迟早都得自作自受！"

◈ 三、破解危局，李府决定献出火药绝密 ◈

心绪平复下来后，李云博开始着手应对这场突如其来的灭顶之灾。他觉得，当务之急，是要召开一次家族会议，说服家人一定要忍辱负重，以退为进，切不可贸然行事。打定主意，于是起身一边想着一边往回走，没想到情不自禁地进了后堂，往祖父的房屋里走去。——没错，这么重要的事情，首先得和祖父大人商量，有了他的理解和支持，事情就会好办得多。可是刚走几步，李云博又停了下来。他突然想起大哥李云闪回来了，觉得还是得先到他那里去问问情况，详细了解他在炮火营那里说了些什么。于是转身朝李云闪的院子走去。

刚进院子，只见大嫂杨氏正在客屋里哄着小慕光穿衣服。看见李云博来了，赶紧上前打招呼："岫南来了！多亏你啊，你大哥早上就回来了，真的没事了。"小慕光看见了李云博，顿时挣开母亲的手，扑了过来："三叔，你可来了！光儿天天都在给阿翁上香，阿翁怎么还不回来？我娘说，你是骗我的。是真的吗？"

李云博赶紧抱住他道："三叔怎么会骗你呢？只是时候未到而已。到时候三叔亲自带你去见阿翁，好不好？"

"好！三叔最有本事，他说的，怎么会错？"李慕光得意极了，又朝他母亲吼道，"你这老婆子，还信二婶的话，说三叔骗我，真是个坏家伙！"

李云博突然变了脸色，严肃地对李慕光说道："光儿，怎么跟大人说话的？赶紧跟你娘道歉！"

李慕光委屈道："她和二婶背后说，三叔说的不对……"

李云博问道："那你说，她们说什么了？"

李慕光道："她们说，阿翁已经去世了，不可能回来了。还说我就是上再多的香、烧再多的纸，阿翁也不可能起死回生，三叔说的不对，是哄我的。可是你告诉光儿，只要心诚，天天上香烧纸，求神拜佛，就一定会感动神仙，把阿翁送回来的。她们跟你说的不一样，究竟哪个说的对呢……"

李云博道："这……你娘她们说的，自然有她们的道理。但我们有我们的道理。我们不能因为她们和我们的意见不一致，就骂她们，恨她们，甚至与她们为敌。对一件事，每个人都可以有自己的看法，我们不能强求别人认同，我们只要坚持我们认为是对的道理就行了……"他觉得讲的道理有些深了，于是就此打住，问小慕光，"我讲个故事，光儿愿听吗？"

李慕光道："嗯，我最喜欢听故事了，三叔快讲！"

"好。"李云博想了想道，"一口水塘里浮着一个东西，一个人说是葫芦，另一个人说是瓢，你说，哪个说的对？"

李慕光想了想，回答道："这个，有可能是葫芦，也有可能是瓢。把它拿上来看一看，不就知道了吗？"

李云博循循善诱道："如果天气很冷，水又很深，又没有船，拿不上来，怎么办呢？"

李慕光一摊手，无奈地说道："那只有各持己见了！但总有一天，等到天气好了，或者有船了，就一定会真相大白的！"

"就是嘛！"李云博笑道，"所以，看法不一样不要紧，总有一天会知道真相的。那么，你刚才骂你娘，还叫她什么老婆子，应不应该道歉？"

"应该……"李慕光声音突然小了，扑通一声跪在地上说道，"娘亲，对不起，光儿以后不再叫你老婆子了，亦不骂你了……"

杨氏激动地一把抱住儿子："地上凉，快起来，娘不怪你……"

李云博道："你娘原谅你了，是你的福气。还不赶快起来，穿好衣服？"

"是，三叔大人！"李慕光一骨碌爬起来，乖巧地穿好衣服，又过来要和李云博玩耍。李云博道："三叔今天没空，找你爹有要事商量。等有空一定和你玩，好不好？"李慕光有些失望，但还是点点头。

李云博又问杨氏："大哥在哪呢？"

杨氏道："一回来就睡了，说是昨晚在炮火营过堂受审，一夜未合眼。"

李云博道："事情还有些麻烦，他的觉也睡不成了。麻烦大嫂把他叫起来，我有事问他。"

"好。"杨氏说着，就带着小慕光进了卧房。

等了好一阵子，李云闪还没出来。李云博急了，喊道："大哥，你磨磨唧唧干什么？天都快塌了，你还有心思睡觉？"

杨氏赶紧走出卧房，连连道歉："岫南，对不起，不知怎么的，你大哥睡得跟死猪似的，叫不醒。他从来不这样……"

"什么？"李云博惊得霍地站起来，冲进卧房。只见李云闪睡在床上一动不动，他连叫几声都毫无反应，于是探探鼻息，没想到呼吸很正常，平缓而有节奏。李云博又拍打他的脸，拖着他坐起来，甚至猛掐人中，还一边不停地叫唤，都无济于事。赶紧给他号脉，号了好几次，脉象也看不出有问题，不免一下子愣住了。

杨氏垂泪道："岫南，你大哥没事吧？"

李云博道："还不知道。大嫂，你赶紧去叫三叔公来，我怀疑，大哥很可能是被人下了药……"

"我就去……"杨氏推开怀中的儿子，慌慌张张、急急忙忙出门去了。

不一会儿，李庆如来了。他先是号了脉，又望闻问切一阵子，就拿出一根银针，朝腹部刺去。捻了几下就抽出来，用一块手帕擦了擦，就将手帕放在鼻子前闻闻。然后肯定地说道："是蒙汗药，症状对头，这胃里的气味也无异常。"于是调了一碗解药，扎住李云闪的耳朵灌将下去。李庆如道："没事了。他可能还要没半个时辰，就会如大梦初醒一般回过神来。"

李云博常常舒了口气："大嫂，你好好照顾他，我们先办事去。等他醒了，请他来祖父房请安，我也在那里。"

杨氏行礼道："是，三叔放心，等他醒过来，我一定告诉他。"

李云博别了杨氏，就来到祖父屋里，给卧病在床的祖父详细汇报了严峻的事态，又和他交流了父亲百日大祭的设想，准备忙完父亲的大祭除服之后，集中精力应对驸马府火锅爆炸事件，得到了祖父的首肯。李云博道："祖父大人，为了应对困局，孙儿觉得，我们得做些实质性的让步，好让家族渡过难关。"

李庆吉道："让步，如何让步？是帮助他们制造火药吗？"

李云博道："帮助他们制造火药，那肯定是不够的。现在，他们把驸马府火锅爆炸的事，往我们李氏身上扯，甚至要认定我是幕后主谋。他们的意图很明显，那就是按住我们的命门，逼迫我们让步。如若不献些火药配方，只怕我们逃不过这一劫。"

李庆吉惊道："献方？老祖宗留下的宝贝，当真要交出去？"

李云博道："不是要把真正绝密的配方交出去，找一两个威力略微比普通配方大一点的配方，先应付一下。阿翁你想，驸马府引起火锅爆炸的火药，的确是大哥配制的，他们还在庆都作坊抓了大哥的现形，所有的成品和基础材料都被郑道光弄走了，我们不交，凭郑道光对火药的悟性，迟早也会琢磨出些门道来。所以，孙儿就想，不如把那道配方献出去，做个顺水人情。"

"你大哥使用的配方，威力不是很大，提供给他们成品还是稳妥一些。因为一旦将配方献出去，火药配制的绝密思路就泄露了。"李庆吉说着，又挣扎着做起来，继续说道，"你知道，所有的火药传承者，之所以无法提高火药威力，原因就是只知道在一硝二硫三木炭上变来变去，不知道添加辅助材料。我们李氏火药的门类众多，功效大不相同，就是因为辅助材料多达近百种。我担心，这个方法别人知道了，李氏在业界的地位，将大打折扣。"

李云博道："有些绝密，迟早会被别人破解。这次大哥泄露了一个制作炮火的现场，几乎可以说，这个方子泄密了，说不定，郑道光已经着手破解了。与其让其破解，不如送给他，还做了个人情。至于一两道秘方的暴露，绝对影响不了我李氏火药独领风骚的地位，我们家族的秘方，多达数百种，是历经十几代人数百年积累起来的，他纵然是天才，也要一次次去试验，哪有那么快啊！"

"但愿如此！"李庆吉长叹一声，"就献这道方子……另外嘛，把那个药因道长做逃身摔的方子，也献给他们。反正，这两样东西，他们见过，不给他们，他们迟早会上门来要！"

祖孙俩又商量了一些相关事宜，并就晚上立即召开家族秘密会议形成共识，并将做出三个重要决定：一是解禁瑶池李氏火药制造垄断权，所有作坊都可以自行配制火药，但必须接受李氏指导监管；二是向南唐朝廷进献两道火药配方；三是根据家规，严惩提供杀人炮火的李云闪。

末了，李庆吉道："真的要将你大哥逐出门庭吗？是不是处罚重了？"

李云博道："父亲过世后，大哥是长房长子，是他们急于得到的人才。将他逐出，其实是保护大哥。大哥喝了断魂药，就神志不清了。就算他们将他留在炮火营，也帮不上任何忙。"

李庆吉道："真喝了断魂药吗？你大哥可就废了啊……"

李云博神秘一笑："我让大哥残废三五个月，阿翁不会不同意吧？"

李庆吉又惊又喜："你小子有这本事？"

李云博道："我没有。可我的朋友有。"

李庆吉道："那就好，那就好！这可是绝密，只有你知我知。"

李云博道："当然！"

正说着，李云闪进来给李庆吉请安。李庆吉道："你不是被人下了药，醒来了？怎么回事啊，你仔细说说吧……"

李云闪摸不着头脑，讪讪说道："回来还好好的，还和岫南、江指挥一起用了早茶，孙儿也不知怎么回事。"

李云博问道："你仔细想想，自从到了炮火营，你吃了什么喝了什么没有？"

"这个……让我想想……"李云闪思忖一阵，突然说道，"那就只有一种可能，他们在茶里下了药。我记得，凌晨时分，他们说事情弄清楚了，要送我回府，江世敦递杯茶给我说，有劳大少爷积极配合调查，辛苦一晚了，喝口茶吧……我就将茶喝了，然后随他回来了。用过早茶，就觉得很困，上床就睡了。"

李庆吉觉得蹊跷，问道："岫南，你三叔公说下的是蒙汗药，应该喝了就倒，怎么会拖那么久，差不多小半个时辰？"

李云博想了道："这很简单，他们下药很轻，不会立即见效。这可能是他们早就预谋好的……好了，没必要讨论这个事了。祖父你继续休息，好好养病。我到后边好好问问大哥，看在炮火营里，江世敦他们问了些什么。"

"好吧。"李庆吉应了一声，躺下身来。李云博和李云闪就告辞出门，往后边去了。

李云博兄弟俩来到火药坊，关好门，进入密室。仔细问了所有情况后，李云博放下心来，至少，大哥提供的情况，没有证据表明，他们李氏与这件事直接关联。而且，李云闪也一口咬定他也不知情，是马馥湘刘如霜她们以清明上坟为由，讨要了些炮火过去。这样看来，李云闪真的没有参与此事，至少没有证据表明他参与幕后策划，这个情况很重要。如若李云闪承认自己参与了杀人策划，将会按照家法处以火刑，这是多么惨痛的结果！如此看来，一切都是江世敦全凭个人臆断，无中生有往他们头上栽赃。这让他非常确信，炮火营为了得到瑶池李氏的火药绝密，已经急不可耐、不择手段了。

得到这个判断，李云博有了主意。他看着大哥，神色严峻地说道："大哥，你记不记得，我们家族的深仇大恨，迟早是要报的。当时我说，不是不报时候未到。很快，这个机会就要来了。"

李云闪听了，摩拳擦掌，兴奋地问道："四叔公刑场遇难，二叔公蒙羞自缢，父亲也死得不明不白，这种种恶气，早该出了。三弟，你说，我们怎么干吧！"

"这事，还是不能急，得一步一步来，千万不能操之过急。不然的话，家族就要遭受灭顶之灾。"李云博看着他，一副心事重重的样子，"我们得先稳住江世敦他们，让他们放下戒备，信任我们。然后趁其不备，一网打尽……"

李云闪道："哎呀，急死人了！你就直接说，大哥我该干什么吧！"

李云博道："有一件很重要的事情，只有你能做。只不过，你要吃些苦头，而风险太大了。"

李云闪急了："大哥我死都不怕，害怕吃苦？真是的！只要能报仇雪恨，挽救家族于危亡，我李云闪赴汤蹈火、万死不辞！你说吧，大哥全听你的。"

"那好。"李云博贴在他的耳边，嘀咕一通，将机宜全部讲给他听。末了，他站起来反复交代：一定要保护好自己，千万别以身试险，误了大事。

李云闪也站起来，信心十足："岫南你放心，大哥干这种事，一点问题都没有！不就是装疯卖傻嘛，这个我在行！"

四、抱病起身，老族长当众执行家法

李天亮百日忌辰，全家上下又忙乎一天，做了一场法事。按照服丧习俗，百日大祭之后，全家都除服理事，只有李云博是官身，仍然需要丁忧守制。

做法事那天，江世敦过来上香。他特意和李云博套近乎，含沙射影地说道："翰林大人，末将以为，瑶池这边的事情，还是别惊动朝廷了。惊动了朝廷，一旦刑部介入，那可是两败俱伤啊！末将上次说参劾你，那是开玩笑的……你也别上书申冤辩诬了。我们的事情我们自己坐下来，和和气气地解决，好不好？"

李云博大惊道："怎么，将军没有参劾晚生？这，如何是好？可是，可是我的密奏已经发往京师，说不定皇上正在御览呢！"

江世敦一惊，突然奸笑道："李翰林你不会的。你不会用李氏百余颗人头开玩笑的。"

李云博笑道："你我同朝为臣，本该同心协力，报效朝廷。你却用心良苦，巧设妙局，把我一大家子都牵扯进去，死死捏住我李云博的命门。你觉得我会放过你吗？"

江世敦道："大人想多了。我们要的不是瑶池李氏的人头，要什么，我们心知肚明。"

李云博冷冷地说道："好！我会给你一个交代，会让你绝对满意。不过，我有言在先，你敢动我瑶池李氏家人的一根汗毛，我李云博就使尽全力反戈一击，让你鸡飞蛋打空欢喜一场，大不了鱼死网破同归于尽。"

江世敦痛快地回答道："好，我们一言为定，谁敢胡来不守信用，就被五雷轰顶、万箭穿心！"

除服过后，李府上下恢复了往日秩序。两天所的一个清晨，抱病起身的李庆吉一出门，被眼前的景象惊呆了：李府门楼前，到处都是静静伫立的人群。原来，全家老少和瑶池乡里要员，还有附近的乡民，得知今日李府要执行家法，男男女女老老少少，早已经把猎神庙围得水泄不通。

这个迟迟到来的春天，还是有些冬天的影子，吹来的风透着阵阵寒意。李庆吉一阵剧烈咳嗽，嘴唇哆嗦不止，脸色铁青。他颤颤巍巍地穿过人群，蹒跚着脚步来到猎神庙前，早在那里等候的庙老为他披上黑色法衣。李庆吉环顾了一圈人群，说道："各位父老乡亲，今日，我李庆吉代表李氏列祖列宗执行家法，大家既然来了，都做个见证。"他又净手上香，一通忙碌之后，突然声色俱厉地喊道："恭迎猎神！"

庙老躬身从神龛上取来猎神叉，捧着呈上。李庆吉跪地迎接，突然双手抓紧猎神叉，高高举起。众人一见猎神叉，都纷纷跪地叩头喊道："猎神英明，保佑瑶池！"

"诸位请起！"李庆吉缓缓起身，站起来之后将猎叉往地上一拄，继续说道，"自畩公一来，李府就立下规矩，凡我李氏儿孙，使用火药，只能驱邪治病，只能迎福纳吉，只能谋福乡里，绝不能用于杀人伤人。李氏不肖子孙李云闪，居然将私造炮火秘密送人，被人用于蓄意谋杀，造成一死两伤的严重后果，这是违背我李氏门规的重罪！今日老夫以族长名义宣布：经家族会议议决，决定对李云闪杖责四十，然后逐出门庭！"他一挥猎叉，又大声喝道："家族护法，带李云闪！"

只见李云闪反剪双臂，被两名手持法杖的黑衣护法押了上来。李云闪哭丧着脸，一边甩开推搡着自己的两名护法，一边怒气气冲冲地吼道："推什么推，我自己有脚！"

李庆吉见了，没有理会他的恼火，继续说道："先下了他的猎神刀！"

"阿翁，这不行啊……"李云闪听说要下他的宝贝，立即哭出声来。

"有什么不行！猎神宝刀，是我瑶池勇士至高无上的荣誉，只有侠肝义胆的勇士，通过猎神刀会比武夺魁，才有资格佩戴。而你作为长房长孙，作为李氏首选继承人，却不需要比武，加冠之年就获得这等殊荣，这是先祖立制时，给嫡长的最大恩惠。而你呢，珍惜过这非凡的荣誉没有？"李庆吉情绪激动，他百感交集地看了一眼李云闪，继续说道，"你不仅没有好好珍惜，还给祖宗脸上抹黑，居然将私自配制的炮火偷偷送人，虽是无意为之，但酿成了瑶池李氏火药伤人致死的惨剧。你说，你还有资格佩戴猎神刀吗？"

"我……"李云闪被摘了刀，顿时号啕大哭，一屁股瘫坐在地上。

李庆吉懒得理会他的情状，又喊道："执行家法！"

"慢着！"正当两名护法将李云闪拖起按在木凳上准备杖责的时候，远远传来一声大喝，众人顿时愣住，目光齐刷刷朝大门外望去。

只见郑道光、江世敦、西门璞在一群军勇的簇拥下飞驰而来。他们急匆匆地下了马，朝这边奔来。

江世敦道："老族长，大少爷虽然有错，但不是有意为之，怎能如此重罚？"

李庆吉冷冷地说道："各位大人，执行家法，这是我李族家事，与尔等何干？"

江世敦道："老族长话虽不错，但作为我朝驻守瑶池的军门，过问地方豪门家事，此等关心也不为过吧？"

李庆吉道："过问可以，但不能横加干涉！"

江世敦笑道："老族长代表家族执法，我等外人，岂敢干涉？敢问老族长，如若有人持刀杀人，是否还要追究制刀铁匠的责任？"

"这……自然不会。"李庆吉点点头说着道，"可是，瑶池李氏祖上规制，又岂能随意更改？"

江世敦道："可是江某觉得，李氏祖上规制早该改了！"

李庆吉问道："什么？将军此言何意？老夫听不明白！"

"如此简单明了的话，老掌门居然听不明白？"江世敦说着，也觉得话太唐突，一转鼠眼，拱手笑道，"那好，江某先请教几个问题，说不定就不言自明。其实，江某心中一直有些疑虑，如鲠在喉，不问不快，早就想请教老族长。今日瑶池乡亲都在，不知老族长给不给江某这个就教机会？"

李庆吉连忙抱拳揖首道："将军有何疑虑，但问无妨。老夫定当知无不言、言无不尽。"

"老族长真是痛快！"江世敦回礼道，"那好，江某就不客气了。在下早就听闻，瑶池李氏以'舍生忘死、谋福瑶池'为己任，而且数百年来代代相传。不知是否属实？"

李庆吉道："这是家门祖训，当然属实！"

"好！"江世敦一声赞叹，继续问道，"江某想知道，如今瑶池李氏爆业冠绝天下，火药传承创新更是无人企及。敢问老族长，这家族事业如日中天，为何族法祖训依然墨守成规、一成不变？"

"这……"李庆吉一愣，不知道他想说什么，于是问道，"老夫愚钝，没有听懂将军言下之意，还望将军赐教！"

"不是老族长的问题，是我江某人没把话说明白！"江世敦连忙自责一通，又抱拳施礼道，"老族长你看，如今李氏拥有如此规模的家业，比起当初小门小户的李氏，扩大不止千万倍。但是，当初李氏先祖提出的'舍生忘死、谋福瑶池'之家训，是很符合当时实情的，因为，当时李氏的影响力，也仅仅在瑶池。可是数百年的传承发展，李氏已成天下名门望族，绝非当时开门立户之李氏所能比拟。这家训亦应该与之匹配，立足天下，造福人伦。可是，如今李氏却僵守祖制，不知变通。敢问老族长，为何这祖训，却不能与时俱进呢？"别看他身材五短，其貌不扬，但说起话来中气十足，声音洪亮，只是仍然满口淮南话，让人听起来有些吃力。他说话的时候还挥手舞脚，极具煽动性和感染力。

李庆吉还是半懂不懂。他满脸惭愧地拱手道:"如此抬举,老夫真是汗颜哪!但将军之言深奥莫测,听得老夫如坠五云。我等乡野鄙民,听不出将军的弦外之音。麻烦将军有话直说,别再转弯抹角了!"

"老族长不会是真的不懂吧?也好,那今日我江某,就打开窗子说亮话,决不再遮遮掩掩!"江世敦爽朗一笑,"江某是说,李氏的族法家规,也该改改了!"

李庆吉总算听明白了:这位大唐炮火营的将领,是来帮他改族法家规的。他把脸一沉,冷笑道:"敢问将军,这族法家规,如何改正?"

江世敦道:"李氏家规祖训,江某也曾通读。要做到家族文化与家族大业相匹配,首先要修正家训。江某有一新词,可供老族长参详。"

"修正家训,还连新词都想好了,真是煞费苦心啊!哈哈哈哈……"李庆吉意味深长的一声大笑,"我李氏满门,愿洗耳恭听!"

"江某就不客气了!"江世敦更是信心满满,他清了清嗓子,继续说道,"我看瑶池李氏之家训,可否改成'心系苍生,造福人伦'这八个字,老族长?"

李庆吉道:"将军才情,老夫领教了!只是文采虽好,却文不对题。心系苍生,那是朝廷和官府的事,我瑶池李氏也在芸芸众生之中,尚需要朝廷眷顾,因此这一句与我乡野人家无关;谋福人伦,就扯得更远了,我瑶池李氏偏居一隅,犹如井底之蛙,谋福瑶池都尚需披星戴月、废寝忘食,才能勉强维持。我李氏何德何能,居然敢将'谋福人伦'此等高帽,戴在自己头上,岂不是沐猴而冠、葱鼻装象吗?"

"老族长言之差矣!"江世敦继续着他的话题,"当今天下乱象,群雄蜂起,诸侯纷争,战火延绵,百姓苦不堪言。结束军阀割据、实现天下一统,重现人伦大治,既是天下百姓之夙愿,也是有识之士的共识。瑶池李氏作为天下爆业首领,江南望族豪门,人才济济,文武满门,难道不应该为天下一统出力吗?"江世敦见李庆吉没有接话,以为被他说动了,话语更加直接:"如今我大唐皇帝英明,以天下一统为己任,宵衣旰食、励精图治,就是要再造一个安定祥和的太平盛世。如若李氏能放眼天下,将造福人伦作为家族立业之本,就不会吝啬家族火药绝密,协助我朝建成天下无敌之炮火神军。一旦我朝大业得成,瑶池李氏将成为一统天下的头等功臣,不仅会光宗耀祖、封妻荫子,而且会名垂青史、万古留名。老族长,此等有百利而无一害的好事,您何乐而不为呢?"

"哈哈哈哈……老夫被你说糊涂了,你这是帮我们改家训,还是要我们献秘方啊?"李庆吉仰天大笑,"江将军,依老夫之见,不如将我李氏家训改成'火药强军、报效朝廷'算了,这是不是更合将军之意啊?"

站在一旁的郑道光闻言大喜,情不自禁地说道:"这、这自然,就、就好得不能再好了!"

江世敦看了一眼手舞足蹈的郑道光，心里暗暗骂道：这个白痴！他又对李庆吉意味深长地说道："老族长，我们为什么要来瑶池，你我都心知肚明，只是近来事故不断，一直没将这层纸捅破。江某认为，一统天下时不我待，朝廷大计号角长吹，炮火营建设迫在眉睫。我们携手合作、共图大业的时机到了。"

李庆吉正色道："老夫已经退养，怎样报效朝廷那不是老夫分内之事，自有管事的和你们接洽。今日是家族执法，望将军不要横加干涉！"

江世敦道："大少爷乃李氏家族火药奇才，不可多得。更何况他是受人利用，不是主犯，无意之间犯下大错。因此恳请老族长看在我们炮火营的薄面上，手下留情、从轻发落。"众人也都纷纷求情，恳请李庆吉从轻发落。

李庆吉想了想道："既然将军代表军门求情，父老乡亲也都悲悯李氏，那老夫就顺水推舟，做个人情。家族护法，免去杖责，直接驱逐！"

"是！"两名护法将李云闪扶起，撤去用于杖责的木凳邢台，准备执行脱门礼。

江世敦惊愕不已，问道："能否不将他驱逐出门？"

李庆吉斩钉截铁地说道："不行！"

江世敦问道："既然李府不要他了，那把他交给我们，如何？"

"他去哪里，谁愿收留，都与李府无关。"李庆吉说罢，也不理会江世敦，将猎叉交给身边的李天晨，又从李庆如手上接过药葫芦，走到李云闪面前。突然，他大声喊道："拿酒来！"

管家欧阳潇恒取来酒坛，倒了两碗呈上。李庆吉端了一碗递给李云闪，自己又端起一碗，看着这个苦心栽培二十年多的长房长孙，语重心长地说道："光升啊，不是家族狠心，阿翁狠心，是你自己不争气。今日破例，为你离家饯行。喝了这碗酒，吃罢乱魂药，你就不是我们李家人了。妻儿有我们照看，你放心去吧。"

李云闪泪如泉涌，他一仰脖子喝了酒，将碗一扔说道："孙儿不孝，铸成大错，给祖宗丢脸，为李氏抹黑了！我不能为您尽孝了，孙儿就磕几个响头吧！"说着，就跪倒在地，磕起头来。又站起来，抓过那个药葫芦，一仰脖子将葫芦里的药酱全部喝下，然后摇摇晃晃往外走。两名护法手持木杖，上下挥动，将其驱逐。

江世敦大惊："敢问老族长，这逐出家门，为何要喝乱魂药？"

李庆吉道："但凡长房子孙，被逐出门庭，都得乱其心志，废其精神，防止他泄漏家族绝密。仅此而已。"

"什么？"江世敦瞪大眼睛，一句话也说不出来。

一直默默站在人群里的李云博，望着大哥远去的身影，偷偷会心地神秘一笑，一句话也没有说，更没有和江世敦他们照面，径自离去。

◆ 五、爆竹作坊改号，遭到普遍抵制 ◆

边镐对李氏执行家法、驱逐李云闪等积极回应的举动大加赞赏，特别是得到李府决定解禁制药、献方朝廷的消息，更是欣喜若狂。他立即命令魏迪勋发了一道幕府通告，对驸马府火锅爆炸事件进行了定性。通告指出，刘成璧贪酒好色，意欲强娶人妇，甚至私闯民宅，并借对方招待之机，调戏良家妇女，被前来客屋送火锅的驸马府管家郑大雄看见，将燃烧的火锅砸向刘成璧，刘成璧被烧死，死有余辜。如今真相已经查明，凶手郑大雄已经畏罪自杀，其余人都无罪释放。同时，通告声称驸马府火锅爆炸纯属意外，与谣传的故意杀人无关……

通告一出，把正在养伤的徐威气得半死。当管家念完通告时，他简直不相信自己的耳朵：刘成璧调戏民女，死有余辜；自己被炸伤一条腿，又白白被人砍去一条胳膊，通告居然只字未提。他突然明白了边镐为什么一直没有对他委以重任，只是有什么难事问问自己，不冷不热，看来是仍然对他心存芥蒂。这次被炸伤，虽然不是因公负伤，但毕竟伤得不轻，可是边镐连看都没来看他一眼，真让人寒心！他一直期待边镐为他主持公道，因为数月来，自己一直鞍前马后出谋划策，就算你不重视我，这几个蓄意杀人的罪犯，也该绳之以法吧。但是，这个通告一出，他的心彻底凉了：自己干的那些事情，是很难得到别人的理解和原谅的。原来在他边大帅眼里，自己只不过是一条祸害王室、背叛马氏、走投无路的丧家之犬，用得着的时候呼来唤去，用不上了就弃若敝屣。看来，不是所有的主子，都像马氏兄弟那样容易对付。一连几天的思索，让他幡然而悟：他冒着被杀头的危险回来献计献策，不少是帮他渡过难关的锦囊妙计，以为一定会博得边镐的赏识，看来自己打错算盘了！而且，马氏灭亡，他的风光不再，甚至没有一兵一卒，仇家又不少，李云博和他潜在暗处的湘水台，随时都可以要他的命。就说这一次，自己一辈子精于谋略，没想到却被两个小女子设局，真是阴沟里翻船啊！他越想越伤心，越想越悲观，于是暗暗打定主意，等到伤痛痊愈，立即远走高飞，离开这个是非之地。

当然，南唐皇帝李璟得到李氏献方消息的密报，同样欣喜若狂。他即刻派出左仆射同平章事冯延巳、枢密使陈觉会同武安军节度使边镐，一起到瑶池宣布大唐炮火军正式成立，任命郑道光为炮火军大都督，江世敦为诸军都监，西门璞为营屯都虞候，下辖三座大营，李天晨为浏阳神刀营统领，易守礼为醴陵大营统领，右卫将军、袁州刺史陈宏

铭为萍乡大营统领。一时，新落成的南唐炮火军枫林铺军营，顿时热闹非凡。根据皇帝密诏，他们还厚赏李氏族人，正式册封李天晨为安乡侯，把"李府"的门匾换成了"安乡侯府"，并将那几块搁置了很久的牌匾全部挂在李府门楼上，同时宣布浏阳免税三年。

炮火军成立伊始，郑道光就带领众将开启了炮火大军的建设事宜。正在这个时候，爆竹作坊的几个掌柜相约前来李府，商议爆竹作坊复工的事。

自从李天亮猝死以来，炮火营以李氏掌门人大丧为由，下令爆竹作坊停止生产，为李天亮服丧致哀，以示真诚。这一停就是百余日，各家作坊的存货早已告罄，上万名作坊爆工和一家老小仅靠作坊发放的基本薪资活命，如若继续这样下去，各家爆竹作坊都得倾家荡产，他们已经撑不住了。因此，李天亮百日大祭过后，他们请求李氏尽快生产并供应火药，以便作坊恢复生产。

李天晨闻讯赶了回来，并在客屋里接见了他们。李天晨道："各位掌柜，大家少安毋躁。等我们商议后，一定给大家一个满意的答复。"

第二天中午，瑶池所有的爆竹作坊掌柜，被请到了神刀营中军大帐饮宴。南唐炮火军的将领们都参与了会见。酒过三巡，只见李天晨站起来说道："各位掌柜，今日请大家来，有重要事情跟大家商议，有请大唐炮火军江都监宣布重要事项。"

江世敦站起来，清了清嗓门，道："掌柜们，我们进驻瑶池一来，一直忙碌着炮火军的建设，如今，瑶池已经成为大唐炮火军总部的所在地，今后还要仰仗各位多多支持。由于李掌门突然过世，为表达哀悼，所有爆竹作坊停工致哀。如今停工已有数月，数千工匠待业在家，妻儿老小嗷嗷待哺，大家着急，我们理解。只是近来事务繁杂，怠慢各位了，是我们对不起大家。江某代表炮火军向各位赔罪了……"

有人问道："将军别客气，也请将军别转弯抹角了。能不能复工，什么时候复工，请给句痛快话吧……"

"这位掌柜也太心急了，不过，我江某就喜欢直来直去的人。"江世敦笑道，"好，我就说正题。由于瑶池是军事要地，朝廷已经下令，严禁在瑶池生产爆竹。"

"什么，严禁生产爆竹？"帐里数十位掌柜闻言，面面相觑。大帐顿时人声鼎沸议论开来。

"不准生产爆竹了，我们干什么啊？"。

"没得活干了，我们一家老小喝西北风去？"

"我们在自己家里做爆竹，你们凭什么要禁止？你们讲不讲理啊……"

"诸位，听我说完。"江世敦大声喊道，"近日，我们炮火军和李氏商量了一个两全其美的办法，炮火军将各家爆竹作坊统一征召为朝廷军药堂，各作坊的工匠都征召为药工……"

话未说完，有人就站起来质问道："江将军，也就是说，瑶池所有的爆竹作坊将不再生产爆竹，而是为炮火军配置军用火药啰？"

"对。"

另一个惊愕地问道："什么？我们被征召了？"

又一个道："为你们做事，给多少钱啊？"

还有一个道："我们只会做爆竹，不会配制火药，我不干！"说着，他站起来就要走。大家又议论纷纷起来，大帐内炸锅一般。

"大家静一静，这位掌柜也别激动，容江某把话说完。"江世敦双手抬起示意大家，等到安静后又接着说道，"我们炮火军不会亏待大家，所有作坊由炮火军租用，药工统一发放军饷，薪资一律上涨三成……"

此话一出，大帐内顿时鸦雀无声。掌柜们你望着我，我望着你，目瞪口呆。过了一会儿，有人问道："敢问将军，此话当真？"

江世敦道："军中无戏言。如若掌柜们愿意，可以当场签下合约，即可兑现。"

突然，一个年近花甲的老掌柜站起来，大声说道："老朽不干！我们瑶池乡里，数百年来，以制作爆竹为业，以为天下人送去欢乐和喜庆为己任，这是瑶池人坚守的业界精神，也是爆竹承载的文化使命。我们虽然微不足道，但也乐此不疲，并以此安身立命、养家糊口。我们喜爱爆竹，也愿天下人都幸福安康。我们绝不能做用于杀人的火药，瑶池的火药，不能成为杀人的帮凶！"大家抬头一看，原来是瑶池响当当的李成作坊老掌柜李守云。他的话一出口，立即就有人附和：

"对，不能做用于杀人的火药，这不是瑶池火药的应有之义！"

"用火药杀人伤人，违背祖宗铁律，轻者逐出家门，重者处以火刑！"

"是啊……不久前，大少爷还因此被逐出家门了呢……"

"我也不干，回去改行干别的……"

当然，也有人犹豫："不干这行了，干什么呢？去打猎、种田还是砍柴卖啊？那样能讨生活吗？"

"是啊，我们能干什么呀……"

看得出，很多人都很挣扎。出于谋生需要，替南唐人配制火药，的确待遇优厚；出于人伦道义，他们不愿意放弃代代相传的精神信仰，去干那有违良知的事情。

"李掌门，你有什么话要说吗？"突然，李守云大声对李天晨问道。

李天晨被问急了，回答道："李掌柜，你要我说什么？"

李守云道："说什么！你举族降唐，气死父亲，害死大哥，篡夺族权，如今又要我们干这伤天害理的事。你不该给我们个说法吗？"

"大胆！"江世敦怒道，"李将军为了瑶池乡里安宁，为了大家不受战乱之苦，勇担大义，弃暗投明，如今又效命朝廷，实乃我大唐的功臣也！你这小老儿却颠倒黑白，信口雌黄，真是不想活了！来人，将这个老东西推出去斩了！"

"慢着！"李天晨急了，连忙制止道，"江都监息怒！李掌柜性情耿直，说话鲁莽没注意分寸，请将军饶恕他吧！"

李守云冷笑道："死又何妨！与其干这伤天害理的事，还不如清清白白地死了好呢！"

江世敦怒不可遏："你……不是李将军求情，你以为我不敢！真是不知天高地厚！"

李守云仍然犟着嘴："不干就是不干，死了也不干……"

"老掌柜，求你别说了……"李天晨气得直摇头。

江世敦道："我们大唐朝廷，以德为本，以礼为先，以孝治天下，凡事都是先礼后兵。这事情，没得商量，干也得干，不干也得干。请各位不要敬酒不吃吃罚酒！谁愿意先来，本都监赏银百两！"

庆都作坊的黄掌柜第一个站起来："我愿意！"

江世敦大喜："好！黄掌柜，你过来，签字画押后，这百两银子钱就是你的了！瑶池最大的作坊掌柜带了头，大家都赶紧过来吧！"

"不好意思，这头筹又被我黄某人拔得了！"黄掌柜趋步上前，在合约文书上签字画押后，喜滋滋捧着银子回了原座，朝大家拱手作揖。

"败类！"李守云骂道。黄掌柜听了，顿时满脸通红，坐下来不吱声了。

又有几个掌柜见钱眼开，也上去签了合约，得到数十两几两不等的赏赐。但绝大多数掌柜都没有签约，有的不为所动，有的心急如焚，也有的不知道该怎么办，坐在那里直哆嗦。大帐里的气氛，顿时僵住了。

西门璞见状，站起来说道："各位乡亲，晚生说几句。数月前，边大帅挥师北上，不费吹灰之力取了潭州，开仓放粮，体恤百姓，三湘父老莫不拥戴。炮火营进驻瑶池，也一样军纪严明，秋毫无犯，这说明什么？说明大唐军队是仁义之师啊！大家知道，如今马氏归顺，长沙州县已成大唐国土，我们都是大唐臣民。为皇上尽忠，为朝廷出力，都是我们的本分。能为这样的朝廷效命，是我等的福分啊！如今朝廷将炮火军建在瑶池，是我们建功立业最好的机会。大家都知道了吧，皇上下旨，免除浏阳三年徭役赋税，这在历史上从未有过，比起马氏王廷来，不知要强多少倍！而且为朝廷当差，待遇优厚，我们何乐而不为呢……"

"西门小儿，你暗通敌国，出卖乡里，引狼入室，还有脸在这里聒噪，啊呸！"天时作坊的掌柜姓胡，他不等西门璞说完，义正词严地打断他的话说道。他的话不多，说完还朝地上啐了一口。

"放肆！"江世敦大怒，猛地站起来，"你们这帮贱骨头，当真要敬酒不吃吃罚酒吗？"

"胡兄，此言差矣。"拔得头筹的黄掌柜站了起来，对刘掌柜说道，"常言道，识时务者为俊杰。我黄某人俗人一个，不是什么俊杰，但这点好坏还是分得清的。大唐朝廷待我们好，我们就跟他干！大道理我不想讲，也不会讲，但我们平头百姓，得讲实惠，我们得讨生活啊！管他马氏当王李氏称帝，谁上台都与我们无关，只要让我们活下去有口饭吃，就行了。胳膊扭不过大腿啊。好好的活不干，硬要为了什么祖宗法则抱残守缺，难道活人还要被尿憋死吗？"

"活人不能被尿憋死！"江世敦听了黄掌柜的话，心情平复下来，语重心长地说道："黄掌柜所言甚是！大家想想吧，我们厚待诸位，是因为我们是一家人，都是大唐国的臣民。你们是我们的衣食父母，我们是你们幸福安康的后盾。军民鱼水，本该亲如一家啊！望诸位三思！"

可是大帐中依然静悄悄的，没有人为之所动，一个个闭目养神，一副油盐不进的样子。

江世敦见状，强压住怒火，说道："你们先考虑考虑吧。谁签字画押了，谁就可以回去。我倒要看看，谁敢跟我大唐朝廷过不去！你们几个，给我守着，直到签字画押，方可放人！"

"是，将军！"

江世敦又对几个签了约的掌柜道："辛苦各位，你们可以回家了。"说罢，和一干将领悻悻离去，只有李天晨依然坐着没动。看样子，他是要陪下去的。

◆ 六、李云博午夜新解"爆业使命" ◆

李云博闻讯爆竹作坊改号受到全面抵制的消息后，连夜从东峰界烂泥湖赶了过来。这时候，已近凌晨丑时。

"翰林大人驾到！"随着值守校尉一声大喝，席地而坐的人群半睡半醒，突然被喊声惊觉，朦胧之间张皇四顾。

李云博健步走了进来。他一边走一边拱手说道："我李云博来迟，委屈大家了！我

跟诸位赔不是了！"

"三少爷来了！"大家清醒过来，兴奋地说着。大帐顿时骚动起来。

坐在帅案前打盹的李天晨也醒过来站了起来。李云博迎上去，两人简单交流了一会儿，得知众掌柜已经被软禁五个多时辰，晚餐也没吃，很是生气。他怒气冲冲地说道："怎么搞的！晚餐也没安排？"

李天晨道："安排了。可是掌柜们都拒绝就食，怎么劝也不听。"

"三少爷，你来了，可要为我们主持公道啊！"

"是呀，三少爷。买卖得你情我愿，哪有这样强行逼迫的！"

"我们就算是饿死，也不会昧着良心制造杀人的火药……"

李云博听着众人的抱怨，想了想道："诸位前辈，我李云博不才，也不劝大家了！大家先回去休息，炮竹作坊改号的事，明天再说，如何？"

"真的？"大家简直不相信自己的耳朵。

李天晨急了，连忙制止道："岫南，这怎么行！江都监下了死命令，不签字画押，谁也不准离开……"

"三叔，你傻吧？"李云博笑道，"炮火营自从进了瑶池，干过缺德事没有？江将军是吓吓大家，想尽快启动火药生产。"又对大家说道："你们别着急，朝廷和炮火军不会把我们怎么样。他们敢行凶，我们就把他们赶出去！而且，炮火营想在瑶池立足，就得依靠我们，就得对我们好，就得让我们满意。大家记得吧，大唐太宗皇帝说过：'君，舟也，民，水也，水能载舟，亦能覆舟。'当今皇上也是大唐后人，皇上仁爱睿智，身边的贤臣良将很多，这个理儿都会懂。江世敦敢乱来，我李云博就进京告御状，让他滚出瑶池！"

"呵呵呵……"大家一听，乐了。有了这位翰林大人在，他们不用怕了。他们一个个轻松地站起来，有说有笑往外走。

"慢着！"突然李守云叫住大家后，又对李云博问道："我说岫南，你刚才说，作坊改号的事，明天再说。你是说，我们还是要替南唐生产杀人的火药啰？"

李云博笑道："老掌柜，大家都困了，先回去，这事，明天再说吧。"

"不行！"李守云斩钉截铁地说道，"我们被困四五个时辰，要的就是一个说法。今夜不弄明白，回去也睡不着。我等一干老朽，绝对不是不讲道理的人，还请李府给我们一个说法，只要有理，我们绝不会胡搅蛮缠。"

"老掌柜明白事理，在下佩服。"李云博赞叹一句，又小声问李天晨："三叔，目前中军大帐值守的丁勇，都可靠吗？这里说话方便吗？"

李天晨伏在他耳边道："今夜行军司马玄武将军当值，都是我们的人，绝对没问题。"

"很好。"李云博一边说着一边走下来，站在大帐中央，示意大家都坐下，"那好，如若诸位信得过，我说几句。这事嘛，在我看来，是大好事。"

"大好事？"众人听了，面面相觑。

"当然。"李云博应承一句，突然反问道，"请问各位，我瑶池李氏干过数典忘祖、坑害亲邻的事没有？"

"李府一直谋福瑶池，从未有做对不起乡里的事情。"

李云博道："那就好。在下再问大家，如今朝廷严禁炮火军所在地生产爆竹，大家都没事干了，怎么生活？"

"这……"

李云博话锋一转："我跟大家讲个故事。一群鸡蛋碰见一块巨石，双方僵在那里，都不肯让路。你们说说，鸡蛋们是硬碰呢，还是躲开？"

"当然不能硬碰，躲开他好一些。"

李云博继续讲故事："如今这块大石头不仅没有追着砸鸡蛋，还让鸡蛋跟他干活，而且还发薪资，鸡蛋说，不行，我要碰死。你们说，鸡蛋蠢不蠢？"

"不仅仅是蠢，简直愚不可及。"有人附和道。

李云博道："那就好。话只能说到这个份上，否则，就会落下口实。如若大家信得过李氏，信得过我李云博，而又不想做愚蠢的鸡蛋，就都把合约签了吧。"

李守云恍然大悟，他走上前说道："岫南三言两语，就把道理说得如此透彻。我签字画押！"众人也都纷纷表示，愿意签字画押。

李天晨大喜："没想到炮火军头头们束手无策的难事，岫南你三言两语就解决了……"

"你别赞许我，快置办夜宵，掌柜们早都饿坏了。"李云博说着，又转身对掌柜们说道："大家别急着签字，先吃了饭再说。"

"吃的早就准备好了。"李天晨大声喊道，"来人，上夜宵！"

一个掌柜蹊跷地问道："三少爷，为什么不先签了合约，然后吃饭呢？"

"问得好！"李云博笑道，"这个嘛，得有些讲究。我讲一个故事，就把大家说服了，炮火军的将领们能相信吗？还以为我们私下里密谋了什么，而且，这个鸡蛋石头的故事，迟早会传到他们的耳朵里去。所以啊，我们还得把石头请回来，你们也要耐着性子，听我讲一通大道理，也趁机跟他们讲讲，我们瑶池的火药精神和爆竹文化。当然，在下还得多跟各位争取些好处来。你们意下如何啊？"

众人大喜："我等愿意，全力配合少爷的讲究！"

"你们先吃饭吧。"李云博说罢,又对李天晨道,"三叔,你去知会郑大都督和江都监他们,说我已经说服掌柜们吃饭了,目前正在磋商,天亮以前可能会有结果。"

神刀营与枫林铺炮火军之间也就三五里,隔得很近。不一会儿,李天晨带着郑道光、江世敦、西门璞、易守礼等一干将领连夜匆匆忙忙赶了过来。刚到门口,江世敦示意停下,要大家先听听再说。只听李云博在里面大声开导,可谓苦口婆心、声泪俱下:

"……你们啊,要我说什么才信呢? 朝廷如此眷顾我们,高价征召,配发薪资,这比做爆竹不知要强多少倍。各位掌柜,大家要听我劝,还是签字画押了吧……"

"李云博,你一样不是什么好东西! 我们给你面子,肯吃这顿饭,已经不错了。要我们为炮火军生产杀人用的火药,门都没有!"

"我说李老掌柜,我们也是本家。我们平头百姓,总得吃饭吧,妻儿老小都一起跟着你们饿死?"

"就是饿死,也不能数典忘祖、违背良心!"

李云博的耳力极好,听见帐外有响动,突然又没了,知道他们在门外听,于是神秘一笑,用手指了指门外,长长叹息一声,继续说道:"我刚才说了这么多,看来都白说了。刚才那个故事,也白讲了。胳膊能够扭得过大腿,鸡蛋碰石头不是找死吗?"

"我们愿做碰死的鸡蛋,也绝不做杀人的火药! 我们只会做爆竹!"

"好,我就讲讲火药和爆竹。你们说说,我们瑶池李氏配制火药,交给你们做成爆竹,然后销往各地,除了养家糊口谋生存之外,意义何在?"

"你李翰林学富五车、满腹经纶,还要老夫教你?"李守云大怒道,"那好,老朽就班门弄斧,跟你说说。先说火药吧。火药传入瑶池,始于先祖敀公学医。他用火药救死扶伤,尔后又驱邪除瘴,后来他老人家发明了爆竹,渐渐变成礼俗用品,成为节日典礼和婚丧嫁娶不可或缺的用物。说穿了,爆竹已经成为瑶池人爱好和平的精神象征。况且,敀公在世时就立下规矩,瑶池李氏的火药,只能为天下送去祝福、欢乐和喜庆,决不能用于伤人杀人,轻者逐出门庭,重者处以火刑。而如今,你们要我们为朝廷配制军用火药,这不是违背祖宗立下的规矩吗? 你这数典忘祖的东西,听明白了没有啊?"

李云博道:"老掌柜,您切莫动怒,别气坏了身子。那我问你,如若火药杀的是敌人是坏人是欺压百姓的恶霸,可不可以呢?"

李守云想了想道:"这个嘛,老祖宗没讲,按理说,也不可以。"

李云博看了看四周,问道:"庆都作坊的黄掌柜呢?"

"他呀,第一个签字画押,中午就回去了!"

李云博感慨道:"看来,我们瑶池还是有识时务的,他就是你们的楷模啊! 你们知道,不久前,长沙驸马府发生火锅爆炸,那里面是有火药的,这火药,就是我大哥在黄掌柜的作坊里制造的。可是，炸死的是坏人，你们看，朝廷就没有追究吧？可是我祖父大人，偏偏要按照祖制执行家法，将我大哥逐出门庭。你们看，这规矩是不是可以改改了？"

"怎么，你的口气和江世敦的一模一样？"

李云博懒得理他，继续说道："这该改的族规暂且不说。现在，你要恪守祖制，为天下人送去祝福、快乐和喜庆，请问在这天下大乱、人人自危的世道上，你还送得出去吗？"

李守云道："你小子别扯远了！我们知道，你自幼聪慧过人，悟性奇高，早就博得天才少年、火药神童的美誉，前年望江阁赋诗，你的《咏爆竹》一鸣惊人，传唱乡野；我还从如霜姑娘那里，抄得一篇你写的《爆竹赋》美文，深深为你的才情折服，并抄写数十份送各作坊研习，你一直是我们的骄傲啊。如今，老夫万万没有想到，你对爆竹的喜爱，原来是叶公好龙……在座的掌柜，有谁还记得这篇绝世妙文，念几句给他听听！"

"我记得！"好几个人都站起来，要背诵这篇文章。

"那就请天时作坊的胡掌柜背吧……"李守云指着一个中年人说道。

"好，我来背诵。"胡掌柜清了清嗓门，背了起来："爆竹者，出自火药，产于瑶池，用诸民俗，观之，而能见民生大计也。实乃人伦冷暖之表象，天下太平之使者也……"

"够了！"李云博大声吼道，"文人哪个不泛酸呢？在下年少无知，写了几篇关于爆竹的酸不溜秋的诗文，有什么大惊小怪的！"

李守云针锋相对："我还要诵你的诗呢！'红妆袅袅出作坊，满载豪情衣里藏。四海五湖欢乐送，千家万户祸灾襄。骨飞溅起长天笑，胆裂喷腾日月光……'咏爆竹最后两句怎么来着……"

"造福人伦何惧死，丹心燃尽血一腔！"附近有几个人几乎异口同声地抢着替他回答。

"对，就是这句：'造福人伦何惧死，丹心燃尽血一腔！'"李守云重复着，厉声斥问李云博，"你写得如此铁骨铮铮，为什么一遇到强手，怎么就成了软蛋了呢？"话还没说完，帐内顿时哄堂大笑。

"你们……你们羞辱我，有什么用呢？"李云博满脸通红地说道，"大家还是面对现实吧。恳请告诉我，在这个诸侯林立、天下纷争的乱世，你们造福人伦的爆竹，送得出去吗？"

"这……"李守云被问住了。

李云博道："让我来替你回答，难上加难！为什么，因为到处都在打仗，爆竹运到的地方少之又少，而且战火纷飞，军阀盘剥，还有几个人打得起爆竹呢？我们的爆业，

销量年年都在萎缩，各家作坊也是勉强维持，哪里能继承先辈遗志，把爆竹产业发扬光大啊？如今，瑶池成了朝廷炮火军的总部所在地，已经明令禁止生产爆竹。敢问老掌柜，你拿什么去送祝福送欢乐送喜庆，去造福人伦啊？"

"我……"李守云羞得满脸通红，也没有人抢话，帐内顿时安静下来。

李云博神色严峻地环视着众人，平静地说道："如今凌晨时分，过一会儿炮火军的将领们会过来。趁着这个空当，晚辈跟大家说几句掏心窝子的话，大家也一定想听我心里是怎么想的。"他顿了顿，又道，"我们瑶池爆业，历经数百年传承，到了如今这个乱世，已经举步维艰。我们回顾一下，火药和爆竹的发展是不是一帆风顺呢？不是，绝不是，每一次进步，几乎都是被逼出来的。因此，舍生忘死，已成了我们爆业人的基本精神之一。从无到有、从大到小，从治病救人到驱邪除瘴，从迎福纳吉、增添喜庆到制造欢乐、造福人伦，爆业精神一直都在积淀中丰富着，承担着不同时期的历史使命。如今适逢乱世，爆业又将如何作为呢？"

大家听得似懂非懂，一个个瞪大眼睛望着他。大帐里出奇地安静。只见他又继续开讲了："晚生以为，要让爆业真正实现造福人伦的理想，就得有大心胸、大眼界、大气魄，要跳出瑶池看瑶池、跳出爆业看爆业。近期来，晚辈在东峰界烂泥湖边守孝，对这个问题思考得比较多。如若从更高的层次观察爆业，晚辈认为，如今爆业承载之使命，应该归结为两句话，那就是，'向往幸福美好、谋求天下太平'。"

"向往幸福美好，谋求天下太平？"众人听了，更加云里雾里。

李云博转过身去喝了口茶，又回过头来，看着众人惊愕的表情，笑着说道："各位不太明白，是吧。不过，不明白也没关系。大的道理就不讲了，这两句话，我也不拆解了，讲点实际的吧。你们以为，我们帮炮火营配制火药，是为了朝廷吗？我是帮我们自己！你们想想，如若我们帮助朝廷实现了天下一统，到时候，我们不仅成为朝廷的功臣，而且，天下太平了，我们依然可以重操旧业，做我们的爆竹，朝廷能不支持我们吗？那时候，全天下的市场，就都是我们的，我们的销量，会数以百计千计甚至万计地增长，到时候，瑶池必将迎来爆业的复兴，瑶池爆都的名号，又会重新响彻天下！现在我们遇到困难，为什么不能为了长远，而暂时放弃爆竹生产呢？"

李守云听了，想了想道："你是说，我们生产军用火药是暂时的，将来还可以做爆竹？"

李云博点点头："当然！只要朝廷统一了天下，在下用人头担保，朝廷一定会把瑶池还给我们，我们绝对可以重操旧业！"

李守云道："这倒是一说！如若你是炮火军的头头，就好办了！"

李云博道："我会不遗余力地说服朝廷和炮火军。对了，我还想过了，这百日以来，你们都因为我父亲意外身亡而停工服丧，这期间的损失，我也尽量替你们要回来，至少，炮火军得出一半，我们李氏也出一半——但是，我府上这部分我有把握，炮火军那部分，我只能尽力而为。"

天时作坊的胡掌柜说道："你讲的固然在理，也很能说服我们。只是，你表态，不作数啊！"

"我、我表态，作、作不作数？"郑道光说着，就闯了进来。其余将领也都跟了进来。

李云博惊道："大都督，江都监，怎么，几位将军你们都来了？"

"辛、辛苦了，翰林大人。请、请受老夫一拜！"郑道光被李云博的一席话也说得热泪盈眶，他突然觉得自己太小人了，以前处处提防着李云博，刚才还偷偷听他说话。没想到，李云博从来都是在为朝廷着想。他放下这个三品将领的架子，朝李云博行起了军中大礼。众将见状，都朝李云博行礼。

"各位将军请起，学生承受不起！"李云博赶紧回礼。

"哈哈哈……李翰林，你又立了大功！"江世敦说着，又朝各位掌柜说道，"各位掌柜，刚才翰林大人和你们的对话，我们都听见了。一切都按翰林大人和大都督的意思办。本都监代表炮火军再加一条，那就是，李掌门治丧期间，爆竹作坊服丧停工的损失，由炮火军全部负责补偿！"

李云博突然说道："大都督，晚生有一不情之请，不知当讲不当讲？"

郑道光道："李、李翰林，有、有话请讲，我、我等洗耳恭听。"

李云博道："自大唐入主潭州一来，马氏铸造流通的铅锡钱全部禁止流通，我三湘四水的百姓损失惨重啊。晚生建议，朝廷应该顾及百姓生计，拿出银子来兑换铅锡钱，这可是功德无量、安抚百姓的大好事啊。请大都督上奏朝廷，解我百姓燃眉之急。"

江世敦点点头道："好，只要炮火军建设进展顺利，一切都好说！我等尽快联名边大帅上奏朝廷，及时落实此事。"

顿时，大家兴高采烈齐来："那真是太好了！我们签字画押吧！"

"行！"

"不签字画押，才是傻子呢……"一时间，神刀营中军大帐沸腾起来。

李天晨突然兴奋地喊道："行军司马何在？马上知会行营粮料使，立刻上酒！把朝廷犒劳我神刀营将士那五十坛金陵春都搬进来，我们要和诸公开怀畅饮，不醉不归！"

◈ 七、新药研制成功，大都督喜极而泣 ◈

爆竹作坊改号成功后，炮火军的各项建设事宜也就都步入正轨。郑道光将军中事务悉数交给诸军都监江世敦和营屯都虞候西门璞打理，自己一门心思钻研起火药新方的研制来。原因很简单，炮火武器的研制，火药技术是核心，李氏秘密献上的配方还需要认真试验，甚至根据作战需要，进行运用上的改进。只有等各类火药技术定型之后，才能投入生产。

一晃就是月余。这一期间，他认真琢磨李氏献来的两道绝密配方，其中用于制造烟雾的配方倒还说得过去，做成炮火，效果不错，但这种炮火，对于战场特别是攻城略地的实际应用价值不大，只是对于刺探军情等秘密行动在危急时刻脱险有些帮助。而那道据说威力巨大的配方，做出来的效果不尽如人意，比普通火药强不了多少。"原来传说中的威力巨大的火药绝密，也不过如此。"郑道光想着，不免大失所望。

这一天，他收工回来，和江世敦讨论起来。江世敦听了情况后，疑惑道："不至于吧。驸马府火锅爆炸，那威力绝不仅仅是普通火药能够达到的。难道李氏献出的秘方，不是那一道，或者，他们留了一手？"

郑道光鄙夷地看了他一眼道："我、我说江老鼠，你、你别总是以，小、小人之心，度、度君子之腹，好、好不好？常、常言道，疑、疑人不用，用、用人不疑。我、我们要在瑶池立足，就、就得信得过李氏。依我老、老郑看，瑶、瑶池的火药绝密，就、就这点成色。"

江世敦火了。他骂道："你个结巴子，还在怀疑李氏火药绝密的真实性，真是自负得过了头！你要钻进死胡同，那可就没得救了！很多玩意儿，我是亲眼见的。你看那个'逃生摔'，效果和我见过的一模一样。可能是你没掌握其中诀窍吧。"

郑道光生气了："你、你是说，我、我老郑不行？拿、拿到手上的的秘方，居、居然都不知道……"

"没有没有，你想多了。"江世敦打断他的话，忧心忡忡地说道，"朗州那边死活不肯来长沙赴任，看来只有用武力解决了。边大帅都催促多次了，要我们尽快用炮火武器装备一支成建制军队，配合他征服朗州。要不，就用传统的炮火武器，先装备一支军队给他……"

郑道光摇摇头道："这，不、不表明，我、我大唐炮火军的将、将领们无能吗，如、如何使得？"

"也是。朝廷将炮火营升格为炮火军，又得了李氏的绝密配方，如此装备军队，不仅我们自己脸上无光，朝廷那边也不好交差。"江世敦觉得他说得对，可又无可奈何。突然他眼睛一亮，计上心来，"我忽然想到一个法子，不知道行不行。"

郑道光道："你、你又有什么鬼点子，说、说看！"

江世敦道："这个办法应该可行，就算不行，试一试也无妨……你看，李云闪被逐出家门已经月余，虽然他喝了乱魂药，如今神志不清，但也不可能一点东西都记不得。我们把他找来，他是个火药迷，给他些原材料，他肯定会配制火药。你看看他的操作过程，说不定会有新的启发。"

郑道光不置可否。他心里想的是，在束手无策的情况下，无论怎样，试一试也未尝不可。江世敦出动黑云长剑军费了一番周折，终于在东峰界狩猎场的山洞里找到了李云闪。他当时已经瘦骨嶙峋、衣衫褴褛，精神严重失常，而且不能言语，几乎不成人样了。面对这样一个废人，郑道光大失所望。郑道光让他休养几天之后，抱着试一试的态度，每天将他带到验药监一个很大的库房里，看看他的反应。可是，一连数日，李云闪就跟个傻瓜似的，要不就龇着牙咧着嘴咿咿呀呀地怪叫，要不就呵呵呵呵朝他傻笑，有时候居然把木炭、硫磺抓起来往口里塞，气得他直摇头。

正在绝望之际，郑道光突然想到查抄庆都作坊时，收来并封存的那些炮火及其原材料，由于近期一直沉迷在李氏秘方的试验上，把这些玩意儿给忘了。要不是因为见到李云闪，他可能还一时半会儿想不起这些东西来。他兴冲冲地命人取来，原封不动地摊在一张大案上，认真仔细地研究起来。这些东西，有几件成品，也有几样半成品，绝大部分都是原材料。让他蹊跷的是，这些东西，除了主要的木炭、硫磺、硝石粉之外，还有许多形状颜色各异的物质，而且多达十几种。他拿出一个成品，装上辅助装置，然后来到南川河边的沙地上，试放了一下。没想到拳头大小的炮火，不仅响声振聋发聩，而且顷刻之间将地上炸了一个一丈见方、三四尺深的大坑，这让他目瞪口呆。

"我、我的天！原来，瑶、瑶池真的，有、有、有如此巨大威力的火药！"郑道光感叹着，既然如此，事情就简单了，就请李氏牵头，组织个军药堂按照此方来配制火药得了！正当欣喜之余，突然又觉得不妥：火药是有了，可是怎么配制的，依然没办法掌握，这将受制于人；另外，李氏已经将秘方献了出来，如今由他这个炮火军大都督掌管，而他这个子承父业、享誉天下的炮火武器专家，居然不知道如何使用，传出去肯定会让人笑掉大牙，他这张老脸将往哪儿搁！"绝、绝对不行，一定得、得弄个明白！"郑道光一边望着大坑出神，一边自言自语。强烈的自尊心和荣誉感，让他的犟脾气又

犯了。

突然之间，他仿佛明白什么，匆匆赶回来，走进验药监，从密室里取李氏的那道秘方，认真对比起来。李氏的配方与他常用的传统配方没什么不同，原材料都是硝、硫和木炭，只是比例有所增减。他验试过多次，效果与普通火药强一些，但强不了多少，绝对和刚才试验的炮火不是一回事！难道，李氏真的留了一手？他疑惑了。

突然，从库房里传来一阵巨响。他大惊失色，连忙冲了出来，只见泥墙被炸了个巨大的窟窿，几乎可容人自由出入。而屋顶，摇晃着，摇摇欲醉。数丈多远的墙角边，李云闪蹲在地上捂着耳朵，咿咿呀呀地傻笑着。他跑过去扶起他，问道："你没事吧？"

李云闪站起来，摇着头，拍着手，不时大笑着，欢快至极，活蹦乱跳。

他突然懊恼起来：怎么把这个疯子给忘了。他赶紧将李云闪带出库房，吩咐值守将士抢修房屋。

等到他带着李云闪重新回到库房，不免大吃一惊：他原以为，李云闪是点燃了他留在大案上的炮火成品，没想到，成品半成品一个不少！原来，这个被点燃的炮火，是他自己做的！！

他突然灵机一动，将李云闪带到案边，仍凭他鼓捣。李云闪也不客气，迅速拿过一个石臼抓了一把硝石丢进去，使劲捣碎，然后倒在一个瓷碗里，又抓了一些硫磺和碳粉丢进去，用另一只瓷碗盖上，使劲地摇晃，摇几下，就从桌上抓一点各种不知名的粉末放进去，前前后后抓了好几次，看得他眼花缭乱。不一会儿，李云闪打开瓷碗，将粉末倒在一张油纸上，轻轻包裹，动作很慢，包了三四层，然后用一根竹签轻轻钻了个洞，插上一根火索，笑嘻嘻地递给他。只见李云闪又跑到刚修好的泥墙边，用手掏了个洞，挥着手朝他示意。他顿时明白了，李云闪要他把刚刚做好的炮火放进去。

郑道光顿时欣喜若狂。他捧着这个大约只有鸡蛋大小的弹丸，兴冲冲地跑向李云闪，按照他的办法，将弹丸塞进墙洞，然后取出火石，划燃将导线点着。

李云闪一下子就跑到对面的墙角里去了，他郑道光不肯错过爆炸场面，双眼死死瞪着燃烧的火索，慢慢往后退……突然一声巨响，爆炸的气浪将他推出老远。新砌的泥墙轰然倒塌。

李云闪冲过去，将他扶起来，郑道光满脸都是黑乌乌的血，衣服也被炸得破烂不堪。他摇摇晃晃地站起来一把抱住李云闪，大声喊道："爷啊，你、你是我大爷！"突然听见屋顶有响动，他大叫一声"不好，"急忙拖着李云闪往外走。还未出库房，屋顶"轰隆"一声坍塌了，两人即将被埋在里面。

他一边用身体护住李云闪，一边大声喊道："来、来人啊，快、快来人啊……"

听到响声的验药监值守将士早就朝这边奔来，听到他的叫喊，一拥而入，深刨硬拽把两人救了出来。

身强力壮的李云闪毫发无损，他见到房屋被炸塌了，兴奋地手舞足蹈，被当值校尉狠狠扇了一记耳光后，一屁股坐在地上号啕大哭。这时候，制药监少监田德凡也带着人赶了过来。

哭声惊动了血肉模糊、呻吟不止的郑道光。他不知从哪里来的力气，一骨碌从担架上爬起来，看见校尉还要行凶的情形，勃然大怒，对田德凡喊道："将、将值守校尉打打入军牢，听候发落！"说罢，摇摇晃晃走过去，蹲身抱住李云闪，由于体力不支，突然瘫在在地上，也号啕大哭起来："啊哈哈哈……老、老天有眼，不、不负我心！快报告江都监，成、成了，终、终于制成了……"还未说完，就晕了过去。

第七章

DIQIZHANG

运筹帷幄

◆ 一、边大帅定下讨伐朗州之期 ◆

边镐听闻新药试验成功、郑道光重伤的消息，又惊又喜又是担心，连忙赶到浏阳瑶池，亲自探视郑道光。

一到枫林铺大营，没想到重伤的郑道光并没有卧床养伤，而是叫人用躺椅抬着，依然在验药监忙碌，指导田德凡他们，进一步对大威力火药配方做最后的技术定型，明晰火药配制的操作详规，并检测新方的稳定性，准备交军药堂生产。边镐见到此情此景，不由得热泪盈眶，又是感动，又是心疼。他责备身边的江世敦："江老鼠，你要知道，大都督是当今世上绝无仅有的军火奇才，是我大唐国新型军队的开创者，也是朝廷强军的希望所在。你们怎么搞的，居然让他伤成这个样子！"

江世敦满腹委屈："大帅息怒！这个中厉害，末将自然懂得。只是大都督钻研起技术来，从来都是如痴如醉、忘乎所以。为此，末将专门组建防爆卫队，分成三组，分别由一名校尉带领，日夜跟随保护他，可他却以军事绝密、严格保密为由，只允许他们在门外守候……"

"好了好了，别跟边某解释了。这件事，边某肯定如实上奏，恳请朝廷降你江世敦的职。出了这么大的意外，责任全由你担！"边镐打断他的话，不耐烦地喊道，"还不快去，把大都督抬到大帐里去！"说着，就怒气冲冲地往前走。

江世敦跟上他，也来气："边和尚，你别贼喊捉贼，这一切，都是你造成的！大都督出了意外，谁也想不到啊！要说追究责任，首先得问罪你边大帅。要不是你下令，半年之内要见到成建制的新型炮火军队，不是你接二连三地催促，大都督能不计生死地去玩命吗？是的，大都督意外重伤我有责任，但不是全责，你别把屎盆子全往我头上扣！你长沙幕府的大元帅能上奏，我炮火军的诸军都监就不能上奏？"他一甩手丢下边镐，疾步走过去跟郑道光打招呼："大都督，回帐歇一歇吧。长沙的边和尚看你来了。你若再不回去，边和尚就要上奏朝廷，弹劾我了。"又一挥手，示意近卫把他抬回去。

"末、末将参见边大帅！身、身子骨略有小恙，不、不能行礼，还、还请见谅。"郑道光大惊，连忙对边镐点点头。边镐道："好了好了，别多这些虚文了……都伤成这样了，还略有小恙，你别这样强充硬汉好不好？这炮火武器慢一点没关系，你要是真有个三长两短，那麻烦可就大了！"

"多、多谢大帅关心，炮、炮火军尚未建成，朝、朝廷大业未竟，阎、阎王爷是不会收我的。"郑道光说着，吃力地转了一下脖子，吩咐道，"都、都封存起来，谁、谁也不许动，等、等老夫回来再说！"

不一会儿，一行人就进了大都督军帐。边镐仔细查看了郑道光的伤情，嘘寒问暖一阵之后，问道："听说李氏进献的绝密试验成功，何时可以装备军队啊？"

郑道光躺在椅子上，兴冲冲地回答说："按、按照目前的进展，不、不出一个月，就、就可以装备军队了。"

"太好了！"边镐大喜，"有了天下无敌的炮火军队，边某要让朗州那伙土匪死无葬身之地！哼哼，刘言啊，本大帅忍你很久了！你的好日子也快到头了！幕府多次请你长沙赴任，你借故推脱；朝廷召你进京面圣，你居然托病不去，真是不想活了……"他咬牙切齿地喃喃自语着，弄得大家莫名其妙：如此重大军情，怎么可以在大庭广众之下，儿戏一般地说出来呢？

江世敦连忙命令近卫们都退出帐外，大都督军帐里面只剩下他们三个。

边镐也觉得自己失口，但又死要面子，觉得都是自己人，没什么大不了的。突然间，大威力火药试验成功，触发好奇心，他对火药来了兴致，于是问道："大都督，你跟边某说说，瑶池李氏这大威力炮火，奥妙何在啊？"

郑道光见边镐问起火药的奥秘，挣扎着要坐了起来，可是挣扎了几下，坐不起身来，于是只得放弃。他清清嗓子正要开口，没想到江世敦抢了话茬，如数家珍地说了起来："回禀边大帅，这大威力炮火的奥妙嘛，其实也很简单。关键诀窍就两条，一是添加辅助材料，二是制作过程严密……"

"原来诀窍就这么简单！"江世敦若有所悟地回应了一句。

"简、简单？这、这可是他们，经、经过数百年实践得来的，很、很不容易啊！他、他们摸索出这套经验，不、不知付出了多少血的代价！"郑道光突然坐了起来，完全不认同江世敦所言，甚至有些为李氏鸣冤，"你、你江老鼠，一个外行，懂、懂个屁！"

"江老鼠当然是个外行，他除了满肚子的馊主意，还能有什么！"边镐见郑道光不满江世敦，心里很是畅快，对火药绝密更来了兴致，"那我就向你这个行家讨教一二，如何？"

郑道光瞥了一眼江世敦，说道："大、大帅客气，末将不敢当啊！既、既然大帅感兴趣，末将就、就恭敬不如从命了！所、所谓行家看门道，外行看热闹。这、这其中玄机，岂、岂是三言两语说得清的？江、江老鼠说的没错，就、就两条，添、添加辅材，精、精细操作，可、可这里面的窍门多着呢！我们原来啊，一直只知道在一硝二硫三木炭上打转转，多放点硫磺，多放点硝，根、根本没想过添加辅助材料，因此功效很难提高；而且制作工艺粗糙，有时候还任意为之，此所谓'差之毫厘、谬以千里'也，这、这也影响了火药的威力。我原先纳闷，一张单方，怎么要用上十页的说明，很是厌烦制作流程的啰唆，还居然把一些辅材给忽略了，如、如今看来，是自己的经验把自己禁锢了。唉……"说起火药和炮火来，他突然变得不怎么结巴了，倒像一位侃侃而谈的演说家。

他歇了口气，继续说道："其、其实，这看似简单的药方，却、却是思路和方法上的重大突破，不仅是火药发展历史上的一次飞跃，而且是军事史上的一次技术革新，火药武器主导战场胜负之构想，即将成为现实。郑某断定，从此以后，火药武器和炮火军队的发展，必定一日千里。郑、郑某幸运啊，能、能够亲历这种变革，真是不虚此生！"

边镐点点头道："这炮火军建设，你大都督居功至伟。边某要上奏朝廷，为你请功！"

郑道光道："大、大帅盛情，末、末将领了，但、但绝不敢贪天之功。若论功劳，首、首功应该归为李氏。如、如若没有李氏献出秘方，没、没有李云闪制弹启发，郑、郑某就算忙乎一辈子，也、也悟不出这等道理啊！"

江世敦笑道："那好，就请边大帅一并请功！"

"江、江都监太性急了吧？我们，还、还远远未到请功的时候！"郑道光没有理解江世敦的玩笑话，还以为江世敦真的支持边镐请功。这炮火军的功劳，别人可以请，就是自己不能请。他吃力地想了想，突然对边镐说道："末、末将有一不情之请，还……还望，大、大帅成全……"他的话突然又结巴起来，而且非常吃力。

"大都督请讲，边某一定尽力而为。"

郑道光因为伤势很重，刚才一通兴奋演说，体力透支，忽然没力气说话了。他示意江世敦代劳。江世敦和他商量过为李云闪治病的事情，顿时明白其意，说道："边大帅，这次新方试验成功，全得李云闪演示的启发。他是李氏长房长子，本该成为掌门人，却因为我们的牵扯，变成一个废人了。但是，他绝对是这个世上不可多得的火药奇才，应该为朝廷所用。虽然他在被逐出门的时候，喝了李氏的乱魂药，疯疯癫癫，不能言语，但对火药的悟性并没有完全消失。大都督想请边大帅上奏朝廷，遍访天下名医，为他治病。如若把他治好了，我大唐又将多一位炮火武器专家。大都督，是这个意思吗？"

郑道光躺下身子，点了点头。

边镐道："请朝廷遍访名医，这有何难！只是这药物致残，要想治好，恐怕很难。更何况，如若他的毛病治好了，恢复常人心智，还会不会为我大唐炮火军效力呢？边某可能是想多了……不过，无论怎样，都值得试一试。"

江世敦道："大帅所言甚是。至于如何防他，那是后话，当前要研发更多功能的火药新方，以适应不同作战使用，如若他能效力，必定如虎添翼。至于天下医道，据末将所知，江南最为知名的神医，莫过于金陵城的海大夫，他治疗疑难杂症，天下无人能及。末将以为，大帅可以上奏朝廷，说明原委，请求将李云闪送到金陵疗疾。如若海大夫都医不好，那就说明，李云闪就这样了，我们也就没什么遗憾了。"

"我看行。那就以炮火军和长沙幕府的名义，联名上奏，如此一来，朝廷会更加重视。"边镐点点头，突然抬起头又对江世敦说道，"既然月余之间，大威力的炮火武器就可以装备军队，那我们就在五月初，起兵讨伐朗州如何？借此机会，好好商议一下。江都监，你主意多。对于攻取朗州，有何高见？"

江世敦本来就对边镐"以佛治湘"的治政策略大为不满，在尚未巩固潭州治权的情况下，又见他要用武力解决朗州问题，觉得他是贪功冒进，风险极大，不想参与进来，于是敷衍道："我们炮火军，只是为朝廷研发火药武器，培训炮火军队，并不参与攻城略地。这个嘛，末将还真未认真研究过。"

边镐悻悻地说道："你作为军中大将，居然说出这等话来……你以前的那些鬼主意，都到哪里去了？"

江世敦见躲不过，于是提出了相反的意见："边大帅，如今离五月初，已经不足一个月。末将以为，目前攻取朗州，时机尚不成熟……"

边镐一愣，不悦地问道："时机尚不成熟，却是为何？"

江世敦道："末将以为，如今潭州虽为我朝收取，但人心尚未归附。此时兴兵，很可能失去长沙百姓支持，这是其一；其二嘛，那就是炮火军建设刚刚起步，大都督又重伤在身，真正建成一支熟悉炮火武器操作，而且能够协同主力大军作战的队伍，还尚需时日。如若此时贸然讨朗，军队之间的协作威力难以发挥。其三嘛，那就是大帅麾下只有一万兵马，即便倾巢而出，兵力也远不及朗州。如若其他州府乘虚而入，长沙必定不保。再加上朝廷已经派遣统军使侯训领兵五千，助阵全州刺史张峦围攻桂州，与南汉争夺靖江之地。同时在两地作战，兵力分散，保障乏力，因此胜算不大。敢请大帅三思！"

边镐听了，不以为然："你简直是杞人忧天！我大唐一万精锐，加上有炮火军的支持，攻下朗州，犹如探囊取物。如今朝廷已经和南汉开战，一时半会儿还难见分晓。我们得速战速决，把三湘四水全部控制，为增援桂州做好准备，也为朝廷全收靖江十数州建立一个巩固的后方。这事没必要商议了，边某再多给你们一个月时间，五月底，你们必须把一支成建制的炮火军队交给边某。六月讨伐朗州，然后各个击破，全收湖湘之地！"

江世敦急了："这么大的行动，大帅还是上书朝廷，请示一下吧！"

边镐不屑一顾："这个，就不用你都监将军操心了。到时候来跟你交接队伍，自然会有枢密院和兵部的官文。你们就等着瞧吧，看我如何收拾朗州那帮乌合之众！"顿了顿，又想起什么，朝门外大声喊道："来人……"

"大帅有何吩咐？"

"你们速去东峰界，把尚在守孝的李翰林给我请来……"突然间，边镐又改变了主意，"算了，还是本大帅亲自走一遭，看看这位饱读诗书的翰林大人有何高见！"

◆ 二、治伤枫林铺，李云博参观炮火军 ◆

对于边镐的来访，李云博很是意外。

他虽然独处荒野，埋头改进他的爆竹新品，但仍然目观四极耳听八方，知道边镐正在调兵遣将，准备讨伐朗州；郑道光得了秘方之后，正在夜以继日地试验新火药；南汉得了靖江之地，南唐又有些不甘心，准备兴兵西进火中取栗；北方大周朝廷大败辽汉联军，正在不遗余力地统一北方。而这时候边镐来访，要干什么？

两人寒暄一通，七扯八扯就扯到郑道光试验火药成功、身负重伤的事情上。只见边镐叹道："眼看大功告成，就在这节骨眼上，大都督居然身负重伤，真是天不助我啊！"

李云博道："大帅千万别说着丧气话！大战在即，主帅的信心尤为关键。你都动摇了，这仗还如何打啊？"

边镐点点头道："李翰林所言甚是。那么边某请教，应对朗人抗旨一事，翰林大人可有良策？"

李云博想了想道："良策不敢当，但就目前形势而言，还是缓攻为妙。只有等到万事俱备，才能一战而胜。"

边镐心里有些不愉快，但嘴里仍然道："李翰林高见，边某会三思而后行。"

李云博看出了边镐的心思，于是话锋一转，说道："……其实现在，讨朗也不是不可以。既然新型炮火武器已经诞生，那么就立即装备一支军队，不用多大规模，开到朗州城外小试牛刀，只要炸毁一道城墙，估计朗州那帮乌合之众看见，肯定闻风丧胆，说不定就开城投降了呢！"

边镐大喜道："嗯，好主意！边某也是这么想的，真是英雄所见略同！"

送走边镐，李云博仍然站在烂泥湖边的路口，想着这位大帅有意无意透露的消息，眉头紧锁，神色严峻，不知不觉陷入了沉思。

边镐特意上门求教讨朗之策，他有点心不在焉，勉强应付一通，不咸不淡地恭维几句，然后支持他启用新型炮火武器的想法，听得这位急于教训朗人的大帅如坐春风。虽然，他对边镐六月攻打朗州的决定大吃一惊，但炮火军新药研制成功、一个月后就能够装备军队的消息更让他震惊，这比他预想的要早得多。"真是小觑他郑道光了！看来这享誉天下的军火世家传人，绝非浪得虚名。"当然，得知李云闪将赴金陵疗疾，也同样让他吃惊不小。

想着想着，李云博有些懊悔起来。近期以来，他依然在烂泥湖边守孝，自己表面上在研制和改进新的爆竹，但实际上注意力都在天下的大势上，在诸侯各国的动向上，反倒对眼前的炮火军建设关注甚少，郑道光受伤以及新药研制取得重大进展这些事情都不甚清楚，而大哥被炮火军找到、协助郑道光制作炮火是他意料之中的事，但他没想到，他们居然会把他送到金陵疗疾。"真是灯下黑啊！"他长叹一声，就收起了遐思，转身往回走。

刚走出数十步远，秋月正好从屋里出来，两人迎面碰上。秋月问道："官人，你送边大帅，怎么去了这么久啊？"

李云博道："一个节镇长沙的大元帅，亲临荒郊野外来看我，难道送一送，也不应该吗？"秋月正要说话，突然"哇哇哇"地吐了起来。

李云博一惊，问道："怎么了，哪里不舒服？不会是吃坏什么东西了吧？"

秋月脸一红，眨眨满是眼泪的眼睛，笑道："没事没事……"还没说完，又吐了起来。

李云博见状，恍然大悟：自己也太粗心了吧！转念一想，自己天天和她在一起，很多事情都受到限制，一直苦于无法脱身，如若她真的怀孕了，这不正是个让她离开的好机会吗？于是满怀关切地扶起她，责备道："你有身孕了，也不告诉我，什么意思？"

秋月道："妾身还以为你什么都不懂呢……这个月没来月红，还以为推迟了呢……妾身也是这几日才开始有些不适，还不能确定是不是害口。可是想想你一个多月来晚上的所作所为，应该是怀上了……"她不时地想呕吐，说起话来语无伦次。

"来，我给你把把脉……"李云博把她扶到一块石头上坐下，认真切了她的脉象，点点头大喜，"真的是喜脉，我要当爹了！既然怀了孕，这荒郊野外就不能待了。事不宜迟，我送你回府上去！"

"这有什么！女人怀孕，没你想象得那么麻烦！更何况，我不想和你分开！"秋月突然想起什么，满眼疑惑地看着李云博，"我说李云博，你不会又骗我吧？一次假怀孕，已经够丢人了！如若这次又是假的，我就死无葬身之地了……"

"什么死呀活的，简直胡说八道！"李云博听她如是说，大觉不吉利，心头猛然颤抖一下，连忙止住她道。突然觉得自己太过敏感，声调过高，于是就哄她道："我绝对没有骗你！这荒郊野外的，有什么事，连个人都找不着。你要是真的有个三长两短，我如何跟娘亲交代？你住在府上，有母亲她们照顾，对孩子和你都好。更何况，你要是不相信我，回去看看郎中，不就清清楚楚了吗？我们分开是暂时的，我会抽时间来看你的……听话，我送你回去。"说着，就扶起她往回走。秋月见他主意已定，也就不再分辨什么，回屋就吩咐丫鬟收拾东西去了。

把秋月送回府后，李云博特意到李庆如那里取了些专治火药烧伤的药物，就与李天骏一道就去了枫林铺，上门看望郑道光，想证实一下边镐所言是否属实。

到了枫林铺大营门口，李云博递上谒帖，军门回大帐通报。不一会儿，江世敦带着几名将领就笑吟吟地迎了出来，连连施礼道："不知翰林大人驾到，有失远迎，还望海涵！"

李云博还礼道："江将军多礼了！晚生守制在家，本不该搅扰军门。只是闻讯大都督不幸重伤，心急如焚，特来探望。大都督伤势如何？"

江世敦道："唉，伤得很重，不过已无性命之虞。李翰林，里面请，中军帐中看茶叙话！"

李云博这是第一次踏进新建立的炮火军总部大营。不久前，南唐朝廷获悉瑶池炮火营新址落成，瑶池李氏又献出火药秘方，觉得建立一个方圆百里的炮火武器军事基地的时机已经成熟，就派左仆射同平章事冯延巳、枢密使陈觉等要员亲临瑶池，并知会地方长官武安军节度使边镐到场，宣布大唐炮火营升格为大唐炮火军，不再受淮南节度使节制，成为直属兵部管辖的独立特殊部队。李云博由于是回乡守制官员，没有参加此次成立典礼。可是一踏进枫林铺军营，林立的营盘、高耸的箭楼、防御的碟械，明里暗里错综复杂而又井然有序的岗哨，这些蔚为壮观、蒸蒸日上的景象，着实让他大吃一惊：看来这郑道光不仅是火药武器奇才，还是个治军的行家里手！

进入中军大帐，刚刚坐下，茶都还未上桌，没想到重伤在身的郑道光听说李云博来访，命人抬着自己进了中军大帐。李云博大吃一惊，连连起身过来相迎，倒头就拜："大都督为了朝廷大业，殚精竭虑、奋不顾身，不幸身受重伤，晚生闻讯感佩之至，请受在下一拜！探视来迟，还望大都督见谅！"

躺在椅子上的郑道光努努嘴，看样子是想说话，可是试了几次都不成，还是摇摇头作罢。江世敦起身过来说道："大都督的意思是，李翰林不必多礼，受之有愧，感谢大人前来探视。"

李云博起身，靠近郑道光，详细查看着他的伤情。站在一旁观看的江世敦，又经历一次目睹焦煳糜烂的痛苦，心里发麻，几乎不敢正视，于是感慨万千地说道："哎呀，

不知道他怎么弄的，灼伤如此之重，简直惨不忍睹！只怕要落下终身残疾，这如何是好？唉……"

"大都督和火药打了一辈子的交道，不知道它们的脾气？真是！"李云博继续检查着伤情，突然大惊失色，摇摇头道，"江都监，你请的是哪里的郎中啊？居然用碱盐涂抹伤口？你不知道，这样会使皮肤的热散不出去，导致更深层肌肉受伤吗？长此下去，肌肉坏死，那麻烦还不更大？还说什么没性命之虞，这样下去大都督就绝对瘫痪了，保住性命，有个啥用！幸亏我今天过来探视，要不然，大都督就被你们毁了！这个庸医，当真可杀啊！"

江世敦听李云博这么说，顿时涨红了脸。他仍然有些将信将疑，于是说道："给大都督治伤的，是军医胡郎中。他在军中行医多年，不可能不知道这个吧……"

李云博火起，厉声骂道："胡郎中，这姓就他娘没劲，真他娘的糊涂蛋！行医多年，居然缺乏治疗烧伤的基本常识，你们医务监是吃干饭的？"

"医务监还在建立之中，目前只有两名郎中……"江世敦听见李云博破口大骂，知道他不是说着玩的，有些急了，连忙喊道，"来人，把那个胡郎中给我抓来！大都督要是有个好歹，我江世敦砍他的脑袋！"

"行了，别叫他来捣乱了！有这个时间，还是忙正经的吧！"李云博白了他一眼道，"虽然错过了最佳处理救治时间，但所幸只是被火药灼伤，除了大腿有明显皮肉创口外，没有伤筋动骨。有了我的治疗火药烧伤的特效药物，大都督很快就会好起来的，并无什么大碍。只是当下很是难熬，熬过十天半月就没事了。"

江世敦一听，迫不及待地问道："李大人说什么？大都督并无大碍，老江我是不是听错了？"

"大都督吉人自有天相，当然无大碍！"李云博起身，从李天骏那里取来药物，取出一颗药丸，一边叫人帮郑道光服下，一边说道，"这是我李氏祖传大补药，叫作定魂丹，先帮大都督补补元气。"服下之后，就准备为郑道光疗伤。他又一边忙乎着，一边介绍道："这火药灼伤，第一时间得冰敷，找不到冰，用凉水也行，千万不能涂涂抹抹。来人，将大都督的衣服全部剪掉，先用凉开水冲洗。"

可是大营里没有凉开水。江世敦急了，立即命令道："赶紧派人将开水制冷，多派些人，越快越好！"

不一会儿，几个军勇抬着凉开水进来了。李云博舀了一瓢，撒了些粉末，为郑道光冲洗。接二连三冲洗过后，就将几种药物混在一起，然后在他身上涂抹一遍，最后用干净的纱布包裹好。忙乎了大半个时辰，终于完毕。他大汗淋漓地站起来，说道："处理完了。记得，每隔半个时辰搽一次，两三天以后就会止痛，三五天以后就会发痒，然后每天坚持擦几次，十天半月就好了。"

"李翰林真是多面手！没想到还能治疗灼伤！末将代表大都督和炮火军将士，多谢大人出手相救！"江世敦感激万分，一个劲地施礼，只差给李云博磕头了。

李云博笑道："岂敢岂敢！我李云博出生火药世家，虽然浪得火药神童虚名，但这些小伤小疾，还是能够药到病除的。你不知道吧，我李氏先祖，可是药王孙思邈的关门弟子！"

"翰林大人家学渊源深厚，末将佩服之至！"江世敦真的被他的行为感动了，觉得自己以前过于小人，几乎要陷李云博于不忠不孝不仁不义的境地，很是内疚。他感激地说道，"大人高风亮节，以德报怨，江某在此给大人赔罪了！"

"将军这是干什么？起来起来！"李云博扶起意欲下跪的江世敦道，"治病救人，也是李氏祖训，分内之事，何足挂齿！"

江世敦的眼眶有些湿润了，他没有想到，李云博居然如此胸怀，但又不好言明以前做的那些不光彩的事情，于是转换话题道："敢问翰林大人，你这特效药，怎么称呼？"

李云博擦着汗，回答道："这个，叫天一清凉散，专治火药灼伤。这里还有一些，过两天我再回去特配一些过来，保证大都督药到病除，健好如初！"

"多、多谢李翰林，出、出手救治……再、再造之恩，郑、郑某永世不忘……"正当大家忙完治疗事情，准备送郑道光回帐静养，稍事休息在一边闲聊之际，突然传来郑道光的微弱声音。大家发现，郑道光居然能够开口说话了！一群人惊喜地围过去，激动不已。江世敦真的服了，对李云博道："这起死回生、立竿见影的奇效，江某还真是第一次见！佩服佩服！"

李云博淡然道："是定魂丹见效了！大都督自伤以后，粒米未进，早就没力气了。我这是给他补补气血，这没什么大惊小怪的。"

没想到郑道光又说话了："江、江都军，麻、麻烦你替我，陪、陪同李大人，参、参观一下大营，等、等会儿，好好招待翰林大人……"又对李云博道，"还、还望翰林大人多多指教！"

江世敦道："末将遵命！翰林大人请！"

李云博再三推辞，江世敦死活要带他参观。李云博盛情难却，告别郑道光，出中军大帐去了。

一行人就在大营四处转悠一通。李云博一边听江世敦兴致勃勃地介绍，一边暗暗吃惊：这炮火军营里的林林总总，还真让人眼花缭乱！这十多个监门，门类之多，分工之细，技艺之精，可能天下绝无仅有。要是真的建成成建制的为各支部队配备专门的炮火战队，那还不是轻而易举的事情。如此一来，南唐的军事实力将大大提升，谁遇到，都将处于下风……想着想着，不免忧心如焚。

但听江世敦说道："如今，得了贵府的绝密配方，技术问题解决了，可是火药威力很大，发射器械跟不上，总是出现爆筒事故。有关监门和醴陵大营的易统领正在加紧研制新的炮身和发射器械。翰林大人，你出身火药世家，对此有何高见？"

李云博摆摆手笑道："我们做的是爆竹，不是炮火武器。对于这个，我可是个地地道道的外行！江将军，你就别难为我了！"

江世敦道："翰林大人误会了。大都督早就跟我说，您是火药神童，对火药配制和炮火生产很在行，早就想聘请你担任炮火军的技术总教习。请示朝廷，朝廷说你是回乡守制官员，朝廷不能下旨任命，但如若征得你本人同意，可以由炮火军聘任。你放心，我江某以人头担保，绝对没有人敢抓你的小辫子。炮火军新建伊始，百事待举，我们真的很需要你帮忙……"

"这个嘛，我还真的不能接受。"李云博一副谨小慎微的样子，看着他笑道，"不怕你笑话，我是一朝被蛇咬、十年怕井绳。你江老鼠要是故技重施，再给我李云博下个套子，那还不是死无葬身之地！"

"唉……"江世敦一下子脸红了，干笑道，"怎么会！上次的事，确实我江某过分，大都督知道后，把我骂得狗血喷头。我们同朝为臣，尔虞我诈的事有时候的确难免。但我江某绝对没有私心……"

李云博大声笑道："将军误会了！晚生也就信口一说，你别在意。要不，你说的这事，我了解一下，再给将军答复，如何？"

江世敦大喜，施礼道："请翰林大人三思，末将恭候佳音！"

◆　三、诡异偏方居然让老族长起死回生　◆

用罢江世敦盛情款待的晚宴，李云博一行别了炮火军的将领们告辞出门，离开枫林铺回到家里。

刚进客屋，只见里面聚集着很多人，神色恓惶地议论着什么。看见李云博和李天骏回来，李庆如迎上来说道："今日午时过后，老族长突发恶疾，高烧不止，胡话连天，脉象乱杂，不省人事，只怕这郁结之症病情恶化，可能离大去之期不远也……"

"什么？"李云博心头一震，简直不相信自己的耳朵，"祖父大人一直心强体健，并无致命恶疾。只是近期来因为家人连遭不幸，前前后后走了好几位亲人，心生郁闷，日复一日，积忧成疾，得了这郁结之症，但也绝对不是什么大病……走，带我去看看。"

来到李庆吉卧房，李云博赶紧上前为祖父号脉。号着号着脸一下子变得煞白。他喃喃自语道："怎么回事啊？月余不见，祖父大人的脉象变得如此虚弱？气血两虚，搏力不足，取均无力，重按空虚。看来他心中痛楚，日思夜想，茶饭少进，体质极虚。这郁结不解，只怕会形成湿邪留滞之症。"

李庆如点点头道："老族长虽无痼疾，可得的是心病。这郁结之症，的确不是什么恶疾。但是医家有言：心病无药医啊！加之他年事已高，经不起折腾。长此下去，气闷留滞，湿邪缠身，不仅会拖垮身体，同时会导致系统紊乱，诸疾并发，就算华佗再世，也无能为力啊！"

"三叔公所言甚是。我这里还有一粒人参大补丸，先为祖父补补体虚，再想办法解开他心结，说不定，能起死回生。"李云博说着，就从怀里掏出药来，又叫人端来一碗温酒，将祖父扶起，帮他服下。

李庆如惊道："怎么，这宝贝还有？"

李云博道："最后一颗了。"

李天骏道："你会法术？每次都是最后一颗？"

李庆如叹道："人参大补丸虽是救命的宝贝，可治得了病，治不了命啊！你父亲意外猝死，他怎么放得下？他这心病，只怕没得解了！"

李云博想了想，神秘一笑，说道："也不一定。我想了个偏方，说不定会有奇效。"

李庆如看着他，将信将疑。于是不解地问道："这悬壶济世、治病救人之术，我比你强。我都束手无策，你小子还能有什么办法？偏方能治他这郁结之症？"

李云博笑道："当然！这悬壶济世、治病救人之术，孙儿的确不及你三叔公。可是这读心医心之术，孙儿却是高你一筹啊！"

正说着，李庆吉睁开了眼睛。他看见这么多人围在床前，纳闷道："我怎么了？"

李庆如道："大哥你不知道，你已经昏迷了一个下午。刚才岫南赶回来，给您服用了一粒人参大补丸，您才醒来。"

李庆吉叹道："三弟啊，我这郁结之症，只怕好不了了。刚才做了个梦，梦见你二哥和四弟，还有你嫂子他们。看来他们是来叫我过去。我这大限之期，已经临近。岫南你还浪费那宝贝干什么啊！"

李云博道："阿翁的命，比什么都宝贵。这东西，不救命，还有什么用！"

李庆吉的神思似乎还留在梦里，他定了会儿神，说道："奇怪，这梦里，连你二哥都看见了，怎么独独不见你爹呢？"

"这梦里的事，焉能当真？你可能是想我爹想得太厉害了，梦里倒是见不着了。"李云博笑道，"阿翁，你也别胡思乱想，不会有事的。你心强体健，只要熬过这一关，将来一定会长命百岁的。"

李庆吉道："岫南，你别宽我心了，我自己的状况我清楚……"

李云博打断他的话道："阿翁，孙儿不是宽你心，绝对没有戏言。俗话说，治人治心、医病医根，我想了一味偏方，只要阿翁同意试一试，我敢保证，一定会药到病除。"

李庆吉一愣，笑道："岫南，你不是糊弄人的孩子。我这病，还有偏方能治？"

"当然有！"李云博回答道，"阿翁放心，有病，就有治疗的药。所谓魔高一尺道高一丈，一物降一物嘛。阿翁的病不仅能治，而且是一定治好！"

李庆如赶紧问道："老夫好奇，岫南，那你说说，究竟是哪味药啊？我行医数十年，读过不少医书，可没有听过见过，一味单方，能治疗郁结之症。"

李云博见他一味询问单方，自然不能将父亲李天亮诈死、如今隐身石霜寺的真相说出来，想了想，于是胡诌道："我听南唐大国士韩熙载说过，郁结之症，一定是遭受精神重创之后，神思凝结，气滞血瘀，然后就会日日怀思，夜夜忧叹，时间久了，必然生成心魔。因此，心疾的病灶就在心魔。孙儿还听他说过，这驱除心魔之术，或用佛光普照，或用道家法术，心魔除尽，病就自然好了……"

"韩公名满江南，会有这通高论？是不是你小子借他名号信口雌黄……"李庆如行医一辈子，也没听说过这等治病方法。他相信医道，却不信鬼神，听李云博一通神侃，不免有些火气，"你如此而为，与民间巫婆神汉们装神弄鬼何异？你还不如请个捉妖的道士，画几道鬼符、舞一通桃剑得了！你小子中了邪吗？"

李云博道："三叔公少安毋躁。孙儿此法，有一味中药，那就是寺庙里的纸钱灰。求神拜佛之后，取些灰来，用温水冲服，就能药到病除……"

李庆如更是不信，正要分辩，站在一旁的李天骏突然明白了李云博的意图，因为他是李氏家族中，极少几个知道真相的人之一。但听李天骏说道："大伯病得不轻。俗话说，油多不坏菜，礼多人不怪。不管岫南这法子管不管用，试一试，总比不试强。万一有用呢，这个，谁也说不定。只怕大伯大人不敢试。"

李庆吉叹道："老夫病入膏肓，喝碗纸钱灰，有什么不敢？不管有没有用，这片孝心，老夫我还是要领！好，就依岫南的主意吧，明日就上石霜寺拜佛去！临终之前，上山烧香还愿，也不失为善事一桩！"

李庆如没好气地看了一眼李云博，又看看李天骏，冷冷说道："明儿，看你们怎么收场！"

第二天一大早，大家抬着李庆吉前往石霜寺烧香拜佛，为李庆吉祛除心魔。

李云博趁早会见释晖禅师，说明来意，听得释晖都忍不住笑了。他一口应承，安排好相关事宜，就披起僧衣，来到大殿，先是焚香燎纸，敲响木鱼，撞鸣洪钟，然后升坛做法，为李庆吉开启佛缘。半个时辰过后法事完结，他就取了香炉中的纸钱灰，用开水冲了，要李庆吉喝下。李庆吉也不含糊，一饮而尽。饮罢，禅师就请各位茶房歇息，命人将李庆吉送往藏经阁，说是请众僧诵经，恭迎佛光，为病人驱赶心魔。

李云博安顿好一起前来的家人，让他们茶房饮茶用斋，自己和李天骏一起，背上祖父，跟释晖禅师去了藏经阁。到了藏经阁前，释晖禅师合掌道："阿弥陀佛！老族长大人，藏经阁到了。里面有位如弘师父，会为您做法，破解您的心结。愿大人虔诚许愿，一心向佛，沐浴佛光，早日康复。"说罢，就转身回去了。

"阿弥陀佛，多谢大师惠施。"李庆吉在李天骏的背上，不好还礼，就直接表达了谢意。正在蹊跷间，他已经被带进了一间禅房，里面坐着一个身披袈裟但并未落发的僧人，正在那里诵唱经文。只见李云博拱手道："如弘师父，我们来了……"

李天骏轻轻将李庆吉放下，刚刚坐定，但见如弘师父扑通一声跪在他跟前，泪如泉涌地磕头说道："孩儿不孝，迫不得已隐身寺庙，让父亲大人受苦了……"

李庆吉顿时二丈金刚摸不着头脑。他惶然地看着李云博，不解地问道："岫南，这，究竟是怎么回事啊？"

李云博上前扶住如弘师父，说道："爹爹，您抬起头来，让阿翁看看！"

李天亮抬起头，泪流满面地看着李庆吉，说道："父亲，是我啊，我是如弘啊……"

李庆吉定神一看，这个满脸胡须的俗家僧人，的确是自己的长子李天亮。他狠狠地抽了自己两个耳光，说道："我、我，不是在做梦吧？"

李天骏笑道："大伯，您不是在做梦。大哥并没有死，这只不过是岫南为了脱身金陵、回乡应对、保全家族的计谋而已。你们聊吧，我出去望风。"说罢，就出了禅房。李云博送他出门，就将房门关上，转身回到他们身边。

但见李庆吉一把抱住李天亮，放声大哭起来："如弘我儿，想死我了……我还真的以为你离我而去……白发人送黑发人，个中苦楚，谁人能知，真是生不如死啊……"

李云博急忙道："阿翁轻声些！父亲隐身石霜禅寺，只有三叔、六叔和我知道。此事绝密，绝对不能被其他人知道。一旦传出去，家族将会遭受灭顶之灾。要不是阿翁得了郁结之症，已然气息奄奄，这绝密玄机，我们也不会透露给您。隔墙有耳，声音尽量轻些……"

"哦……"李庆吉反应过来，喜极而泣，"你小子，把我害得好苦！不过，你这瞒天过海之计，做得真好，连我们都被你蒙了！"

李天亮道："岫南这也是迫不得已！只是我倒还好，把你们害苦了。岫南，你就把

这秘密原原本本地告诉阿翁吧，省得他担心。"

"是，父亲。"李云博应了一声，就坐下来，把这件事的前因后果仔仔细细地讲了一遍，听得李庆吉频频颔首。末了，李云博道："对不起，阿翁。其实，好几次看见阿翁因为父亲猝死的事情伤心欲绝的样子，每次我都想将真相告诉您，可是害怕府上有南唐耳目，唯恐走漏风声。不是孙儿不信任阿翁，而是……"

李庆吉打断他的话道："岫南你别解释了，你做得对！如此绝密的计谋，知道的人自然越少越好。我能在有生之年与你爹见面，已经死而无憾了。"

李云博道："阿翁说什么话！爹爹隐身，是暂时的。等到赶走南唐仇敌，父亲一样会回家，执掌家族大业。"

李庆吉叹道："朝堂倾覆，国破家亡，家园被人侵占，恢复家园也不知要得到什么时候。甚至还不知道，会不会有那么一天。阿翁老了，那一天，只怕等不到了。"

李天亮道："父亲大人，您要相信岫南。他说，快的话一年左右，慢的话两三年。"

李庆吉问道："两三年？岫南你有把握？"

"这个虽说不准，要看时机。不过从目前形势来看，很可能年关前后，就能见分晓。"李云博道，"即使这一天可能阿翁等不到，只要你想见父亲，我可以为你秘密安排啊。"

"那就好！只要你爹爹活着，见不见我所谓。再说了，见你父亲，总有风险。如若一不小心走漏风声，麻烦可就大了。"李庆吉兴奋地点点头，顿了顿又充满信心地说道，"嗯，我要好好地活着，等你父亲回家了，我再放心地走！"

李天亮对李云博道："岫南，听说朝廷为你举行了加冠大礼。作为父亲，没能为你执礼，真是惭愧啊！"

李云博道："爹爹，这有什么！孩儿长大了，早就担当起家族重任。加冠只不过是个形式。在您心里，我早就是大人了嘛。更何况，我们瑶池乡里，小时候就取名命字了，没有上层士林那些讲究……好了，我会和以前一样，定期来看您。只是苦了您，有家不能回，整日整夜待在寺里，活得人不人鬼不鬼的。"

李天亮笑道："这没什么。你娘他们可好？"

李庆吉笑道："家里的人都很好。说起你那媳妇，我就有气。本来，岫南和秋月是假结婚，应付朝廷的。她的假怀孕，是应付家法的。岫南他娘活生生地要他们做真夫妻，还用了迷魂药，你说气不气人？"

李云博道："阿翁，这也不能怪我娘。秋月是朝廷留在我身边的眼线，我和她做了真夫妻，就等于把她争取过来，成为我们的线人。娘亲只不过是配合我，好让她死心塌地跟着我。对了，他现在真的怀孕了，到了年底，就要生了。"

李庆吉喜不自胜，笑道："原来这样，那太好了，是我错怪你娘了。"

祖孙三人聊了很多，甚是畅快。去了心病，从此以后，李庆吉的病就彻底好了。

后来李庆如见大哥的病真的好了，对李云博佩服得五体投地，他还以为佛光普照真的能祛除心魔。让人意想不到的是，他后来渐渐地信起佛来，三天两天到庙里烧香许愿，甚至研究起纸钱灰的药用功效来。李云博知道后，笑得差点岔了气。

◆ 四、花儿童言一语，"编炮"正式诞生 ◆

时间如白驹过隙，一个月一晃就过去了，眼看就到了四月。四月十八，是"爆竹老爷"李畋先师的诞辰。按照以前的传统，这一天，是"爆竹金三角"地区两年一度的爆竹节。而今年，瑶池的爆竹作坊全部被朝廷征召，改成了炮火军的军药堂。这样一来，爆竹正式全部停产，"爆竹之都"瑶池没有了爆竹，这还怎么举办爆竹节呢？面对年年都热闹非凡的节日，今年即将变得冷清寻常，瑶池李氏族人的心里空荡荡的，那种失落的滋味，的确很不好受。

爆竹节不办了，祭祖活动还是要举行。李云博参加了家族的祭祀活动。没想到祭祖这天，南唐朝廷派出特使赶来瑶池，又是一通重赏厚赐，好不热闹。让大家瞠目结舌的是，朝廷居然册封"爆竹老爷"李畋为"火神"，弄得现场一片哗然，李云博更是哭笑不得。紧接着，在枫林铺炮火军总部大营，朝廷特使宣读圣旨，册封首次使用火药攻城的将军、也就是现任南唐炮火军大都督郑道光的父亲郑璠为"军神"，并派人铸造了两尊镀金神像送来瑶池，安放在枫林铺大营校武场前。李云博本来不用参加封神活动，当他听说朝廷特使前来封神，还抬了两尊金身神像，简直不相信自己的耳朵：以孝治国、以文安邦的南唐朝廷，没这样荒唐吧？就算小人弄权欺瞒皇上，那帮学富五车、忠直敢言的文臣学士，难道不去强阻死谏？雄踞江淮的南唐，虽然实力不差，但还没有到称霸诸侯的程度。难道有了新型炮火军队，就可以公然宣称南唐是天下之主了吗？……李云博想着，被这几近脑残的圣旨弄糊涂了。于是决定以观礼名义，亲自前往炮火军驻地察看。

南唐朝廷派来的特使，确确实实是来封神的。李云博看着这两尊不伦不类的神像，觉得实在太滑稽了，但怎么也笑不出来，只是一个劲地直摇头。爆竹老爷发明爆竹，怎么能和火神扯上关系？一般官方民间都认同的"火神"是祝融，传说他是钻木取火的发明者燧人氏，后来掌管天下火事，是上古三皇之一。将一位民间爆竹的发明人尊为"火

神", 真是张冠李戴、无中生有! 自己作为爆竹老爷的后人, 听了这个册封都汗颜不止, 不知道瑶池的父老乡亲感受如何。而册封郑璠为"军神", 就更不靠谱了。自古以来, 似乎还没有"军神"一说, 军队之神, 是军队的保护神, 是通晓军事理论满腹韬略的"兵圣", 还是天下无敌的"战神", 谁也解释不清。兵圣倒是有一个, 那就是《孙子兵法》的作者, 战国著名军事家孙武; 战神也有一位, 那就是秦朝一统天下的大功臣、战无不胜的上将军王翦, 也有人认为战神是白起。可是这些兵圣战神, 是当时一种口口相传的尊称名号, 并不是朝廷封赏。更何况, 郑璠仅仅用装了火药的火球炸毁了南昌城的龙沙门, 帮助朝廷攻取了豫章之地。这样的战功, 能和孙武白起王翦相提并论?

但是, 李云博看到了这个非同寻常的举动背后, 是南唐朝廷急不可耐、称霸天下的野心。这种有功必赏、赏罚分明的思路虽然有其合理性, 但方法和手段也太狂妄了! 李云博知道, 其实朝廷的用意很明显, 封官赐爵都不足以肯定这两家人的功绩, 于是通过册封他们的祖先, 来表达朝廷的谢意: 封"爆竹老爷"为"火神", 那是感激瑶池李氏献方, 为南唐即将建立强大的炮火军队提供了坚强的技术支持; 封郑璠为"军神", 是肯定他首次使用火药武器的创举, 表彰郑道光作为继承者, 立下建成了天下无敌的炮火军队的不朽功勋。而这种无所畏惧、敢封神仙的心态, 就是天下无敌、唯我独尊的霸主嘴脸。赐个公侯之类的封号不一样吗? 干吗要封神呢? 这八字才刚刚写了一撇, 就如此狂妄自大。他敢断定, 这般荒唐之举, 肯定是那帮不学无术的主战派的武将们, 在取得潭州岳州后, 野心膨胀, 串通冯延巳、宋齐丘那帮小人, 鼓捣出来的。这是一个明显的信号, 南唐朝廷马上就要开疆拓土攻征杀伐了! 看来, 天令其亡, 必让其狂。居然敢冒天下之大不韪, 封起神来了……李云博心里暗暗想着, 预感到天下很可能又将迎来巨变。

参加完封神典礼回到烂泥湖, 李云博一直琢磨着这件事情, 但手里仍继续改进他的爆竹新品。这次从家里过来, 又带了一大筐爆竹和许多物什, 继续一门心思钻研起爆竹制作来。自结庐守制以来, 他就一直念念不忘大哥曾经发明的那个"连线竿炮", 觉得仍然有改进的空间。设想很美妙, 可是心里有事, 老是定不下心来, 虽然反复试验很多次, 还是没有达到他想要的效果。

不久前, 枫林铺那边的炮火军火药配制取得重大进展, 正在紧锣密鼓地试验效果, 设计制造新的发射装备, 一旦试制成功, 必将大规模生产, 天下最先进的炮火武器和炮火军队就要诞生了, 这对天下百姓来说, 绝对不是好事。每每只要一想到这件事, 他就坐立不安, 不知怎样应对才好。可是, 南唐朝廷封神的事, 让他看到了转机。就是这个封神事件, 李云博断定, 南唐占据长沙的日子不多了。几天来一直郁郁寡欢的心情, 突然变得轻松起来, 做起事情来, 也专注多了。

秋月怀孕被李云博送回去后, 这草庐里仅剩下李云博一个人。这几天来, 他似乎心情大好，又尝试新的办法，神秘兮兮地忙碌起来。他用细线将爆竹成对结编，顺次扎紧，同时用一两根粗引线贯通，点燃后，爆竹依次爆响，比连线竿炮方便多了，可以用手提着尾部，亦可以挂起来，甚至可以铺在地上，而且那根竹竿也变得可有可无了。"这可是一大进步！"李云博想着，"只是炮竹的引线是插进去的，这一头用线固定了，一不小心，炮竹筒子就掉下来了。要是想个办法两边都能够固定，那就好了。"

他入神地鼓捣和不停地试验，引起了前来送饭的小姑娘刘杜鹃的好奇心。自从秋月跟他到烂泥湖守孝后，就没有要府上的人每天送饭，一日三餐就在刘记餐馆吃，有时候掌柜刘凡兆会派人送过来。秋月和丫鬟回家后，刘杜鹃几乎天天给他送饭。见他一个人在场地上满头大汗忙这忙那，不忍心打搅他，一直默默地注视着。等到李云博将成串的爆竹点着，噼里啪啦的响声和阵阵升腾的浓烟，使她再也难以自已，情不自禁拍手叫好起来。这时候，李云博才发现她来了。

李云博问道："花儿，你什么时候来的？"

刘杜鹃道："岫南哥哥，我刚来的，给你送午饭，见你忙得起劲，没敢打扰……"

"时间过得这么快？唉，一个上午又过去了。"李云博应了一句，便准备收拾家伙。

刘杜鹃道："都过午时了，先吃饭吧，饭菜都快凉了。等会儿收拾也不迟。"

李云博放下手里的活计，点点头道："好，先吃饭。"于是进屋，坐下来吃饭。

刘杜鹃坐在他对面，双手托着腮帮，一边看着他吃，一边问这问那："岫南哥哥，你做的那爆竹，是什么玩意儿啊？"

李云博狼吞虎咽地吃着，不时回答着她的问题："一种新的爆竹。如今使用的这些爆竹品种，燃放起来不方便，我想改进一下。"

刘杜鹃问道："什么叫改进？"

"什么叫改进？"李云博道，"让我想想……哦，就是把现有的东西，变得更加好使。"

刘杜鹃继续追问："那你说，改进后，好使在哪里呢？"

李云博道："这个……对了，现在的爆竹，都得用炮架装好，然后一个个去点，不仅麻烦，而且有些危险。不久前，我大哥发明了一种取名连线竿炮的新玩意儿，虽然不用个个去点，也安全许多，但是用起来不方便。我预想，改进以后，什么人都可以放了，不一定要有经验的成年人去燃放，也不用请专业炮手。"

刘杜鹃问道："我们小孩子也可以放吗？"

李云博道："当然。"

刘杜鹃道："那真是太好了！岫南哥哥，你吃完饭，教我放，好不好？"

李云博道："当然可以。但是要等到试验成功。不仅教你放，还教你爹和你做。到时候，你们家就买些爆竹回来，按照我的方法编好，然后去卖，一定能赚大钱。"

"真的？我回去告诉爹爹！"刘杜鹃听到李云博要教他们做爆竹，欢喜得直叫好，"大哥哥，这种爆竹，叫什么来着？"

李云博问道："连线竿炮。不过，改进后，就不一定要用竹竿了！"

刘杜鹃道："既然不用竿子了，还叫什么竿炮！得另外取个名字！"

"你说得对！让我想想……"李云博想了想，道，"就叫线炮吧！也不妥。"

刘杜鹃道："不好听。岫南哥哥，我看见你，用线把爆竹编起来，一串一串的……"

李云博问道："叫串炮？"

刘杜鹃道："哎呀，你听我说完嘛……你用线编成一串一串的，不如就叫编炮，怎么样？"

"编炮？就是它，这种新爆竹，就叫编炮！"李云博大喜，没想到童言无忌的花儿，帮了他的大忙。

刘杜鹃道："岫南哥哥，你刚才说，编炮是谁发明的？"

李云博道："是我大哥发明的。"

刘杜鹃道："你的大哥？是不是两年前，被我泼了一身滚浆热茶的那位大哥哥？这个是他发明的？看不出，他还有这本事！"

李云博道："就是他！他样子是有点凶，可本事大着呢！以前，他掌管家族的火药坊，所有瑶池作坊做爆竹的火药，都是他配制的。"

"怪不得，他的脾气跟火药似的，一点就着！"刘杜鹃一副恍然大悟的样子。

李云博道："其实，他就是个火药脾性直肠子，人很好啊！"

刘杜鹃道："不对，我没点火，我打掉的是茶水和豆浆，应该说一泼也着……"

"扑哧……"李云博听到她充满天真的话，又看着她若有所思的样子，不免想笑，突然呛到了，忍不住喷出饭来。

"这有什么好笑的！"刘杜鹃仍然一本正经。

"啊哈哈哈哈……"李云博笑得更加厉害了，不停地咳嗽着，满脸眼泪鼻涕。

"你看看你，这哪里像吃饭的样子，还是李府的少爷呢，真是！"刘杜鹃涨红了脸，有板有眼地数落着。

◆ 五、反复权衡，李云博决定援手周行逢 ◆

"哈哈，满屋的欢声笑语，没想到李翰林守丧的日子，过得居然如此舒坦！"两人正在忘情的交谈之中，突然门外传来一阵笑声，两人顿时愣住了。

茅屋的门开着，只见一个全身黑衣的蒙面人走了进来。李云博见状，一挺身站了起来，护住吓得脸色煞白的刘杜鹃，厉声问道："你是什么人，竟敢不请自入？"

"岫南贤弟，别紧张，你看看我是谁？"那人说着，扯开面纱，"不好意思，把花儿吓坏了！"

刘杜鹃瞪大眼睛说道："你就是过年时，和岫南哥哥一起来我家吃饭的那位叔叔？"

那人道："花儿好记性！对，今年过年，我的确到你家吃过饭。"

李云博见是周行逢，长长松了口气，责怪道："哎呀，大白天的，你弄成这样干什么，吓得我一大跳！"

周行逢道："非常时期，掩人耳目。对不起，吓着你们了。"

"花儿，给周将军倒茶！"李云博请他坐下，又叫刘杜鹃倒茶，问道："周将军，你来到这荒郊野岭，不知有何贵干？"

"啊呀，一言难尽……"周行逢喝了口茶，叹道。

刘杜鹃说着，抽身要走："你们大人有事，我回去了。"

李云博道："等等，把碗筷收拾一下，都带回去。"

刘杜鹃道："你还没吃完呢，我晚上一起收拾。"

李云博道："不吃了，半餐也饿不死。带走吧。……对了，晚上我和周叔叔到你家里吃，告诉你阿爹，多准备点饭菜！"

"知道了！"刘杜鹃应了一声，连忙收拾完东西，风一样跑了。

两人饮了会儿茶，李云博道："你坐一会儿，我把手里的活忙完，再跟你说话吧。"说着，起身要出门。周行逢连忙站起来道："岫南，眼下，到了我们生死存亡的时候。边镐已经派大将李建期屯兵益阳，看样子，他要动真格攻打朗州了。"

李云博还在想他的编炮改进，没有应声，出门去了，干起他的活来。周行逢跟了出来。他见李云博对他的话无动于衷，又忙编编爆竹，不由得火冒三丈："李云博，亏你还是个满腹经纶的读书人！都什么时候了，居然还忙乎这等玩意儿！"说着，一把夺过他手里的爆竹，狠狠地扔了出去。

"你干什么！"李云博大怒，站了起来。

周行逢道："边镐要攻打朗州了！"

李云博道："边镐攻打朗州，管我什么事？"

周行逢道："你，你……这是玩物丧志！"

李云博道："笑话，我李云博是爆业世家的子弟，做爆竹，才是我的本行！"

周行逢道："岫南，别闹了，好不好？我是来跟你说正经事的，不是看你怎么做爆竹的！"

李云博道："我又没请你来。我做爆竹，不需要别人看！"

"你……"周行逢被他气得说不出话来。

李云博过去将那串刚刚开始编制的爆竹捡回来，心平气和对他说道："周将军，请少安毋躁。这个地方，是南唐炮火军腹地，又靠近官道，随时都会有军勇巡逻，说不定还布有暗哨，能谈什么正经事？先看我做爆竹，要么拜我为师，我教你编爆竹也行。至于你说的事情，晚上和你谈，好不好？"

"好，对不起，我错怪你了。"周行逢长长舒了口气，"只是在下的确没有心思跟你学做爆竹。你先忙，我进屋躺一会儿，好几天都没合眼了。"说着，就进屋去了。

吃罢晚饭，李云博带着周行逢去爬山，天黑的时候，终于上了东峰界狩猎场，进了避雨洞。李云博点了灯，里面顿时亮堂起来，床铺、桌椅、日常用具一应俱全。

周行逢很是惊奇，问道："这个地方，有人吗？"

李云博将洞帘放下，没好气地说道："你我不是人，是鬼吗？"

周行逢笑道："我不是那个意思。我是说，这深山老林里，居然有这么个落脚的地方。"

李云博道："这有什么奇怪的！我们祖上是猎户，以前就住在烂泥湖边，打猎的时候，在山上一待就是十天半月，不找个地方住，早被野兽吃掉了。如今啊，仍然是我瑶池李氏的狩猎场，有人专门看护。到了狩猎时节，家族尊长还住在这个避雨洞里。"

李云博说着，拿出一坛酒，开了，倒了半碗递给他，自己也倒了一些，取了些干果之类的小吃，两人坐下，饮起酒来了。喝了几口，周行逢就先说起朗州的麻烦来。

李云博听了他的话后，半晌不语。周行逢急了，问道："我这次来，一是请你帮忙拿拿主意，二是说服你出山，驱逐南唐仇敌，恢复你我家园。"

李云博道："我帮你拿什么主意？"

"这还用问，当然是如何对付边镐啊！他的先头大军已经进驻益阳，就要围困朗州了！"周行逢看着李云博无动于衷的样子，急得不行，"年前马希崇举族东迁，紧接着，马希萼也放弃了衡山，带人投降了。我们朗州没了犄角，孤立无援，胜负还很难料定。但是听说，南唐炮火军业已建成，一个月内就能够装备军队，到时候，想战胜他就难上加难了。唉……"

"我看未必。"李云博淡淡说了一句，"你看，刘仁瞻攻下岳州后，就撤回了武昌，派了一个名叫宋德权的草包当刺史，他斗得过你的老朋友、岳州团练使潘叔嗣？张文表、何敬真等原朗州将领，都在各地当刺史、团练使，怎么说你们孤立无援呢？还有，南唐遣师攻打桂州你知不知道？许可琼派人来信，全州刺史张峦要攻打桂州，南唐还从洪州这边，派了一支不到万人的援军，问我怎么办……"

周行逢惊道："你跟许将军有联系？他不是和马希隐一起投靠南汉刘晟了吗？"

李云博反问道："你们也不一样，投靠北周郭威了吗？你们比他更恶劣，先降南唐李璟，别人不要，你们被逼无奈，才投靠北方的。"

周行逢反问道："这怎么是一回事呢？"

李云博道："这当然是一回事。你看，我不也投降南唐了吗？我还是南唐的新科进士、翰林学士呢！"

"原来如此！"周行逢如梦初醒，又突然问道，"这南唐得了潭州岳州，屁股都还未坐稳，就急急忙忙和南汉争夺靖江之地了。岫南，这其中有何玄机？"

"问得好！"李云博站起来，走了几步，说道，"这说明，南唐朝野在取得长沙之后，骄气日盛，信心满满，肯定是主战派占了上风。你知不知道，几天前，南唐朝廷居然派特使来瑶池封神，这意味着什么？"

周行逢蹊跷道："封神？封什么神？"

李云博道："他们封我瑶池李氏祖先'爆竹老爷'为'火神'，封炮火军大都督郑道光的父亲、也就是第一次在战争中使用火药的将军郑璠为'军神'，还为他们塑造了两座金身，供奉在枫林铺炮火军大营里。"

周行逢疑惑道："南唐朝廷能干这等荒唐事？自古以来，只有天下共主或者一统天下的皇帝，才敢封神，他们一口气封了两座神，看来是对他们新型的炮火军队信心十足，相信凭借先进的武器，他们绝对能够一统天下！即便是这样，也不该事情还没成功，就急不可耐地昭告天下啊，这不等于自绝后路吗？"

李云博道："是啊，他们可能说服皇帝，重启开疆拓土战略。这边要攻打朗州，那边要攻打桂州，听说最近和吴越、荆南也摩擦不断，看来，不收楚国全境，他们绝不罢休！可是，这四处开花、多线作战，简直是一条自取灭亡的不归路啊！"

周行逢大喜："这么说，我们有必胜的把握？"

李云博摇摇头道："不，还未到时候。这场恢复家园的战争，要有绝对把握，尽可

能减少伤亡，才可以。因为只要有丝毫风险，万一失算，毁坏的是我们的家园，流血献身的是我们的将士，饱受战争蹂躏的是我们的父老乡亲。更可怕的是，一旦失手，要想卷土重来，就几乎不可能了。现在算起来，还只有七八成胜算。"

周行逢问道："七八成还不多吗？那你要等到什么时候？"

李云博道："至少还要三个条件：其一，攻打桂州的南唐军惨败，这个，我已经回老许的信了，请他务必和南汉军队联合，一个不留地全歼；其二，那就是等到炮火军的大威力炮火装备了军队后，让他们空欢喜一场；以上两条，我有把握。其三，那就是，在边镐那边安插好内应，只是一直还未物色好人选。"

周行逢一听，喜道："这有何难！魏迪勋大人早就有这个意思，去年边镐刚入长沙，他从金陵回来，就给我写了封信，大意就是如此啊！"

"真的？"李云博有些不敢相信，突然想起什么，不免有些气愤，"我的岳父大人刘光辅都统，一心一意为马氏兄弟卖命，你们几个，却说他私通南唐，逼迫马希崇将他全家满门抄斩，他曾经和你们共事十多年，你们怎么下得了手？我的未婚夫人为报家仇，铤而走险，多次失手，几经逃亡，至今还杳无音讯……周将军，如今又把魏大人牵扯进来，你们想干什么，还想如当年一样，过河拆桥、卸磨杀驴吗？"

"刘都统一家遇难，我也很难过。这都是掌书记李观象那王八蛋出的馊主意，等我知道后，前去阻止，已经迟了！刘大人是多么好的一个辅臣啊，可惜！你多次救了我们，可我们却以怨报德……是我对不起兄弟，我给你赔罪了！"周行逢说着，一脸的无辜样子，满眼的惋惜神情。说罢，又向李云博跪地谢罪。

"好了，不说这个了……"李云博收起伤悲，扶起他说道，"周将军，对不起。刚才在下失态了。哦，对了，你们别急着行动，等我的消息。还有，我告诉你，万一他们炮火武器装备成功，也不用怕，你知道火药武器的命门是什么吗？告诉你吧，一个是水，一个是火。到时候，想办法一把火烧了他的火药库，或者灌水将他们的火药弄湿，那些玩意儿，就什么用处也没有了！"

"原来如此！"周行逢大喜，又问道，"这次前来，还有一个任务，那就是请你出山。我们一直认为，你才是三湘四水一呼百应的人物，能文能武，智勇双全，而且深得人心，比我们任何一个都强。如若你肯出面领导群雄，我们就奉太后遗诏，共同奉你为大楚国王！"

"你简直信口雌黄、胡言乱语！"李云博大惊失色，"这是谁的主意？"

周行逢道："不是哪个人的注意，是我们大家一致商议的结果。"

"我才不信呢！"李云博笑道，"谢谢你们的好意，这事儿，我不能干。一来，早就有关于我要篡夺马氏王权的传闻，如今马氏亡了，我站出来，不是篡位是什么？二来，如今我大孝在身，大楚的天策学士也好，南唐的翰林学士也罢，都是朝廷命官，都得服丧三年。这事儿，没什么好说的。"

周行逢道："既然你不愿意，我们也不好强迫你。你再考虑考虑吧，别把话说死了！"

李云博笑道："依我看，你比我行……"

周行逢惊道："怎么可能？我一个副将，绝不会背叛主公！"

李云博道："我随便一说，老兄别往心里去。"

两人又聊了一些其他的事，直到深夜才罢。

◆◆ 六、借军药堂事故整改，李云博暗中布局 ◆◆

自从决定援手周行逢后，李云博开始筹划配合行动的策案。这必须要尽量考虑得周全些，而且要做到万无一失。因为这仗在自己的家里打，弄不好稍有不慎，换来的将是家园被血洗和屠戮的惨重代价。

这一天，正当李云博遣神运思、不知从何处着手的时候，突然李云浩飞马赶来，一看见李云博，就跳下马来说道："岫南，大事不妙，炮火军命令炮竹作坊夜以继日地配制火药制作炮火，已有几处作坊操作不当，引发事故。昨夜，庆都作坊发生重大爆炸事故，死一人，炸伤数人……"

"什么？"李云博大吃一惊，"你爹不是暂管火药坊，指导各作坊的火药配制吗？怎么还会引发这么多事故呢？"

李云浩道："爆竹作坊自从改成军药堂之后，每家作坊都有炮火军验药监专门派去的军药师，大的作坊三五名，小的也有一两名，负责军用火药制造的技术指导，原来作坊的工匠，都在他们的监管下工作。炮火军的军药师们垄断和控制着火药的绝密配方，关键环节由他们自己操作，工匠们只是打打下手跑跑腿，主要任务是采购原料、搬运货物。我们火药坊的人根本插不上手。加上原来的爆竹作坊是用来制作爆竹的，工匠们没有任何配制火药的经验，而作坊根本达不到配制火药和制作炮火的安全条件。这样急急忙忙赶鸭子上架，不出意外才怪呢！"

"原来这样！"李云博恍然道，"我立即去一趟炮火军大营，跟他们晓以利害，让他们停下来，立即开展火药配制的技术培训，进行作坊的安全改造，等到业务操作和作坊安全达标了，再生产不迟。"

李云浩叹道："你说得轻巧！作坊的掌柜们为这事，多次到炮火军请愿，希望暂时停产，不要赶工，等工匠们熟悉操作以后再生产不迟。可是炮火军下令，无论什么情况，每家作坊都必须夜以继日地生产，不准停工。真是荒唐！如今，他们都跑到我们府上，请求我们出面。我爹爹命我请你马上回去！"

"原来这样。走，回去看看。"李云博一直找不到如何对付炮火军的办法，如今作坊事故不断，突然觉得，这是延缓炮火军生产炮火装备军队步伐的一个大好时机，只要成建制的炮火军队没有建成，边镐攻打朗州就遥遥无期，而南唐贸然进军与南汉争夺靖江之地的行动，也就会必败无疑。这样一来，就给自己和周行逢他们赢得了充足的备战时间。看来，从这里入手应对，是个好的突破口。他一边想着，一边上马，两人一路狂奔往家里赶。进了家门，各家作坊的掌柜仍然在客屋里声泪俱下，李天雷、李天威、李天骏他们也是一筹莫展。

李云博简单了解了一下情况后，急忙说道："事不宜迟，各位掌柜你们回去立即停工！"

掌柜们为难道："这……炮火军的头头们不准啊！"

"这样下去，会出更大的事故，死更多的人！这种急功近利、不计生死的错误做法，必须立即阻止！"说着，李云博又对李天雷说道，"二叔，赶紧派人前往各作坊宣布停工，无论如何，先把危险的生产停下来，其余事情以后再说！"

"宣布作坊停工？如今，我们火药坊有这个权力吗？"李天雷急忙道，"爆竹作坊都成了炮火军的军药堂，我们强行干预，会招致杀身之祸的！"

"不停下来，瑶池将尸横遍野。"李云博想了想道，"你就说是我李云博的意思。我是大唐炮火军特聘的技术总教习，有权对炮火生产安全负责。传令下去，所有工匠都马上参加技术培训，所有作坊都立即着手改造制药间和制作坊，必须经过安全检查，才能开工生产。出了问题，我李云博一人承担！"

李天雷惊道："什么时候，炮火军聘请了你？我们怎么都不知道？"

李云博笑道："这是不久前的事。这等绝密，自然要保密。你们赶紧去吧，别误了大事。"

李天雷道："就这么办！事不宜迟，各位赶紧回去，按总教习的指示办。"

李云博对李天骏道："六叔，我们一起去炮火军找大都督去！"

"好。"李天骏应了一声，就和李云博出了家门。两人飞马到了枫林铺，营门校尉认得李云博，也不通报，直接就让他们进了辕门，吩咐值守军士牵去马匹，亲自带他们进了中军大帐。

大帐内，郑道光也和江世敦正在商议军药堂事故不断的事情。两人见李云博来了，赶紧起身相迎。李云博见了郑道光，连忙问道："大都督身体可好了些？"

郑道光道："好、好多了，只、只是皮肤瘙痒，晚、晚上睡不着，其、其余都不碍事了。多、多谢翰林大人出手相救。"

李云博道："大都督不必客气，举手之劳，何足挂齿！"

江世敦责怪道："不碍事，说得轻巧，昨天才能下床行走，腿还是瘸着的！"

郑道光红着脸道："郑、郑某没那么金贵……"

江世敦问道："李翰林风尘仆仆屈驾枫林铺，有何指教？"

李云博道："出大事了！晚生得知消息，近期军药堂事故不断，死伤多人。这样下去，会毁了炮火军的。因此特来报告，讨教应对之策。"

郑道光喜道："翰、翰林大人，来、来得正好！我、我等也在会商此事……"

江世敦打断他的话，笑道："区区几个小事故，翰林大人不必大惊小怪。朝廷将炮火军作为强军战略的头等大事来抓，死伤几个人，算不上什么大事。"

李云博怒道："江将军，你如此而言，就是你的不是了！朝廷要强军备战，提升作战实力，炮火军是唯一希望。这些工匠本来是制作爆竹的，根本没有配制火药的经验，也没有制作过炮火。你急功近利，要求各堂不分昼夜地赶工，怎么会不出事故？更何况，原来的爆竹作坊，也不具备配制军用火药和制作炮火的安全条件，如此草率行事，是在断送炮火军的前程！"

"是我太急了，翰林大人所言甚是！"江世敦见他说中要害，连声致歉，"大都督近日卧伤在床，大小事务都是江某操持。江某一个外行，自然弄不清其中要领。大都督的身体刚刚有些好转，不宜过度劳累。目前这情形，还真不知如何应对。翰林大人，您知道，朝廷要攻打桂州，急令炮火军装备炮火军队；边和尚要打朗州，也要我们输送炮火战队支持。我也是迫不得已啊……"

郑道光眉头紧锁，无可奈何地说道："江、江监军所言是实。郑某想去一线指导，他、他又不许。可、可是任务压头，不、不强行赶工，就、就会误了朝廷大计；这、这夜以继日地生产，又、又会事故不断，到、到头来会断送了炮火军。我、我们也是左右为难啊！"

李云博道："你们的难处，晚生知道。可这炮火军建设，绝不可能一蹴而就，短者三两年，长则七八年，怎么可能这样一哄而上瞎作为呢？成天事故不断，弄得人心惶惶，将来谁还敢替朝廷出力呢？你们想想，做出来的炮火安全性没有保障，甚至发射器械都不能匹配，上了战场，杀敌不成反自伤，还不一样帮倒忙？"

江世敦听了，顿时忧心忡忡。他问李云博道："翰林大人有何高见？"

李云博道："高见谈不上。晚生的意见是，再次上书朝廷，言明实情，一定要等到炮火武器试验达到安全标准后，再装备军队。"

江世敦叹道："可是枢密院和兵部催得急，说是两个月内，必须装备一支成建制的炮火战队，协助袁州大营攻打桂州。在这节骨眼上，上这种违逆朝廷旨意的奏折，不是自寻死路吗？"

李云博道："这总比炮火战队自损人马后，被朝廷追责要强！我们上书是我们的事，他们不同意，硬要强行上马，出了事故，就不是我们的责任。炮火军建设，关系到朝廷一统天下的大计。如若现在还没成功，就草草应用，一旦出了事故，后患无穷，将来炮火军的声誉，一定会大受影响。这种自毁长城的事情，我们千万不能做啊！"

郑道光点点头道："翰、翰林大人所言甚是。江、江将军，就、就按翰林大人的意见办。我、我们就上书朝廷，言、言明实情。"

江世敦听了，觉得李云博讲得很在理，也点点头道："末将遵命！"他似乎突然想起什么，又对李云博道："李翰林，末将曾经跟你提过的事情，考虑得怎么样了？"

郑道光也说道："是、是啊，翰、翰林大人。这、这个时候，您得出手帮、帮我们啊！您、您就答应我们，担、担任炮火军的总教习吧！"

江世敦以为，李云博仍然对他过去的做法抱有成见，于是自责道："翰林大人，末将过去得罪过您，但您大人不计小人过，我江世敦今后要是做了对不起瑶池李氏的事情，一定天打雷劈，死无全尸！"

李云博再三拒绝，但郑道光和江世敦死缠烂打，再三恳求，李云博见差不多了，正要开口应承，这时候，几个军药堂的军药师来报：各大堂口说是奉了炮火军总教习李云博的命令，全部停工，等待整改以后恢复生产。他们前来，打探此消息是否属实。并请示大都督，是否遵照执行。

郑道光大喜道："坚、坚决按总教习指令办！今、今后炮火军技术事务，一律、一律由李翰林全权负责！"

"是！"

看着他们领命而去，江世敦笑道："原来翰林大人早就想帮我们了！大都督，我们煞费苦心，终于感动了翰林大人！"

"刚才事情紧急，担心发生更大事故，晚生迫不得已，才下了道伪军令。假传军令，罪责不小，还请大都督军法从事！"李云博连忙躬身请罪。

江世敦哈哈大笑道："李翰林临危果断，处事机敏，帮了我们的大忙，何罪之有啊？看来，这总教习一职，你干也得干，不干也得干！没想到军药堂出了点事，倒帮了我们的大忙！哈哈哈……"

李云博听了，顿时后悔不已，他有点担心，这可能又是江世敦设的局。但仔细想来，又觉得不是。他江世敦不是神算子。于是揶揄道："看来，晚生又中了江老鼠的欲擒故纵之计了！我是真的逃不出你的手心了！"

江世敦连连摆手道："李翰林过奖了！我江世敦有那么神吗？你太抬举我了！这还真是无心插柳啊！如今，大人军令都已下达，各部业已遵循，再不答应，就是翰林大人不讲信用、儿戏军机了……"

李云博叹道："事已至此，晚生也只有勉为其难了。但是，晚生有言在先，既然是总教习，那么军药堂的一切技术事务必须经我首肯，比如怎样规范操作，如何培训工匠，甚至改造制作作坊，要我干，我就得全部负责，不允许有任何操作失误和事故发生。要是做不到，那在下绝不蹚这趟浑水！"

"好，我们一言为定，军中技术事务，全由听翰林大人定夺！"江世敦大喜，"大都督，你早就准备好了的任命书和特制印信呢，还不赶紧呈给李翰林？"

"对对对，我、我就去拿！"郑道光也高兴坏了，起身用力过猛，伤口被弄痛了，"哎哟哎哟"叫唤了两声，但仍然一瘸一拐去了。不一会儿，他兴冲冲地回来了，双手将文书和官印递给李云博，道："有、有劳翰林大人辛苦！大、大人扶掖之恩，郑、郑某没齿不忘！"

李云博突然神情肃穆，跪在地上双手捧过，举过头顶，拜了三拜道："大都督垂青信任，李云博感动万分！就是肝脑涂地，在所不惜！"

"翰、翰林大人，您、您这是干什么！快、快起来，快起来……"郑道光大惊，赶紧上前搀扶，"这、这是我们求你啊，大、大人不必如此，真、真是折煞我也！"江世敦也觉得李云博太多礼了，也连忙上前扶他起身。

李云博起身，说道："这份信任，很是难得。可信任就是责任啊！这千钧重担要是挑不好，耽误了朝廷大计，影响炮火军前程，那就辜负了两位将军的一片期望啊！"

大家又寒暄一阵，商讨了炮火军下一步计划，一致认为暂时停工整顿，是当前最重要的事情。受郑道光委托，李云博亲手起草奏折，向朝廷言明眼下实情，恳请朝廷宽限装备军队的时间。李云博表示，一定抓紧时间整改，一旦初见成效，就立即复工。江世敦信誓旦旦全力支持李云博抓整改。郑道光对这样的铺排很是满意，一门心思考虑起装备军队的大事来。

从此以后，李云博正式接手炮火军火药配制、炮火制作、人员培训、作坊整改甚至炮火器械改进等重要事务。他立即投身工作，没日没夜地干了起来。也就是在这个当口，他开始将神刀营里的很多亲从，安插进军药堂各个机要部门，为他日后全面控制炮火军制作部门做好了准备。同时，他抓紧时间完善起事策案，秘密动员各部，随时准备投入战斗。一时间，瑶池上下热闹起来。郑道光和江世敦还以为，李云博为了炮火军早日建成，动员军民全都投入到整改中来，对李云博的能力和做法，大加赞赏。

七、视察醴陵大营，总教习密会陈监军

这时候，李云博一边抓军药堂整顿和技术培训，一边指导醴陵、萍乡大营开展发射器械的升级改造和发射试验，成天奔波在几座大营之间，忙得不亦乐乎。

这天午时已过，他从萍乡大营回来，路过醴陵大营，一路人困马乏，于是进营歇息。醴陵大营统领易守礼会同一干将领，热情地接待了他。午餐期间，大家就七嘴八舌讨论起了炮火军三座大营的分工问题。监军陈锦龄道："翰林大人，根据总部分工，我们醴陵大营主要承担炮火军设备的研究制造，可是，我等原来是马楚时期的边防守军，都是正规作战部队，技术工匠严重缺乏。目前虽然从萍乡大营调来部分工匠，也积极招募各种工匠，但因为熟练工太少，设备器械制作进展缓慢，这不利于总部快速装备军队的要求。如此下去，会拖整个炮战军的后腿。"

李云博看着易守礼，问道："这也的确是一大问题。易统领有何高见？"

易守礼道："翰林大人，陈监军所言，不无道理。这三座大营的功能布局，的确存在问题。您看，枫林铺总部大营和神刀营领导各大军药堂，夜以继日进行新型火药的研发和配置，火药供应没有问题。我们升级发射器械如此滞后，使得萍乡大营没有现成的炮火试验，如今大都闲着，这大营之间忙闲不均，的确影响进程。而且，验试场地设在萍乡，总部配制的火药和我们制造的器械，都要往那边运送，路途遥远，很是不便。如若将验试场地设在我们醴陵大营，正好在瑶池和萍乡的中间，火药运送的路程要缩短一半，发射装置的设计制造，萍乡大营也熟练一些。末将以为，如若总部能够调整功能分工，可能会加快炮火武器装备军队的进程。"

李云博点点头道："易将军所言甚是。我回去后，跟大都督言明此事，将你们的设想跟他禀报，至于结果如何，是否采信，还是由大都督来定夺吧。"李云博说罢，于是拱手道别。陈锦龄道："翰林大人，目前，我醴陵大营炮身制作遇到困难，还请您亲临指导。"

李云博看着他，想了想道："也好，那就去看看。"又看着易守礼，问道："易将军一起去看看？"

易守礼道："这炮身制作，由陈监军全权负责。我已经和行军司马约好，下午到炼铁监去，看看他们正在研究制作的铁箍和铁轮有无进展。翰林大人，真是抱歉了。"

李云博道："这炮火军建设，千头万绪，困难重重。易将军不必客套，你们忙吧，那就麻烦陈将军和我一同前往炮身监看看。"于是大家就起身施礼，各自忙碌去了。

于是，李云博就跟着陈锦龄前往炮身监查看有关情况。两人一路无话，并肩而行。快到目的地时，陈锦龄对身后随从说道："你们在此等候，我和李总教习进作坊就可以了。"众人领命，停止前行。李云博一愣：这炮身制作，并非什么绝密，有必要让他们禁入吗？

自进入醴陵大营这个把时辰，李云博一直觉得，今儿这个陈锦龄，有些蹊跷。虽然，他的言行举止看不出什么大的破绽，但多多少少有些异样：要么看着他发呆，要么欲言又止，甚至吃饭的时候光只顾往嘴里扒饭，居然不记得夹菜了，似乎在思索着什么。他记得，初识这个年轻将领，还是在数年前他带着湘水台密使大闹洪袁凯旋的时候，路过醴陵大营，心血来潮佯攻这座边关大营，意在考验一下大楚国边关驻军的战力。没想到不到一个时辰，他带领的百余密使将这座三千多人的大营攻克，上至统领下至马夫全部被俘，这让他勃然大怒：他万万没想到，这肩负边防重任的边关老营，居然如此松懈！年轻气盛的他，于是绑了大营统领刘成璧，并要严惩不贷。这个陈锦龄，就是当时大营的监军，他的一通说辞，让李云博了解了事情的原因，更对王廷某些重臣徇私舞弊、任人唯亲的做法很是气愤。他平息了愤怒，没有自作主张处理此事，而是责令陈锦龄写出具状，上报天策府处置。那一次，李云博对他印象颇深，觉得是个治军之才。今天这等举止，一定有什么话要说。现在陈锦龄这样做，一定有他的道理，于是也没有说什么，和他一起往前走去。

正要进入作坊大门，只见陈锦龄拱手道："翰林大人，烦请借一步说话。"

李云博跟他来到作坊右侧的背弯处，不露声色地说道："陈将军，有话请讲。"

陈锦龄神色严峻地说道："末将一直有一困惑，早就想请教大人。不过这个问题事关重大，不知该问不该问。"

李云博道："你我虽不是故交，但也有过几面之缘，算得上是信得过之人。陈将军有何困惑，但问无妨，晚生一定知无不言言无不尽。"

陈锦龄道："那好。末将看来，李大人少年成名，胸怀韬略，应是戡乱定邦、保家卫国之大才。如今为何屈身事唐，效命异国？末将觉得，这和大人初出茅庐时大闹洪袁、考校边军、怒责罪将等忠直之举大相径庭。不知大人有何说辞？"

李云博见他如是问，一时间不知如何回答才好。他笑了笑，无可奈何地说道："常言道，识时务者为俊杰。如今长沙易主，大楚王廷不复存在，不久之后三湘四水也会被

大唐收归治下，国已破，难道不顺从朝廷，还要家也亡吗？"

陈锦龄笑道："李大人饱读诗书，居然说出这等词不达意的话来，真是让末将一头雾水！敢问大人，古人云：皮之不存、毛将焉附，都成亡国奴了，还谈得上家吗？"

李云博故作吃惊状，问道："陈将军的言下之意，是晚生迂腐了？"

陈锦龄叹道："非也。此所谓此一时彼一时也，在下一个边关大营的监军，偏将一个，又能如何！"

李云博道："听将军口气，当这亡国之奴，心有不甘？"

陈松肯看了他一眼，更加失望："身为边关将士，谁会心甘情愿当亡国奴啊！更何况，天下兴亡、匹夫有责啊！"

李云博看看四周，说道："将军大义，晚生佩服。只是如今时过境迁，这等大逆不道的话，还是不说为妙啊！若是有人听到了，那可是要杀头的。"

没想到陈锦龄哈哈大笑："听到又如何，大不了一死！与其苟延残喘，不如一死了之。李大人尽管去告密，末将早就不想为南唐仇敌效命了……"

"如此大逆之言，将军切莫乱说！"李云博见他仍然口无遮拦，连连打断他的话，又看看四周，惊慌失措地说道，"将军言下之意，是怪罪晚生乱世苟安，讥讽晚生不尽人臣之责，反而助纣为虐？"

陈锦龄道："非也！末将并无责怪甚至讥讽大人之意。大厦已倾，覆水难收，人人自保，作鸟兽散。马希崇都举手投降了，我们为谁尽忠啊？"

李云博问道："敢问将军，意欲何为？"

陈锦龄道："我等醴陵大营数千将士，一直不甘忍受南唐奴役，只是为了避免发生流血事件，甚至牵连家园重起战火，所以都一忍再忍。我等虽有复国之志，但没有一个胸怀韬略的领头人，所以只能静观其变，等待时机。末将听闻，翰林大人此番回来，名义上是为父守孝，实则是胸有大志……"

李云博怒道："胡说八道！我李云博既然决意事唐，就绝无二心！你不要再说了！你要干什么惊天动地的事，复仇也好，复国也罢，我既不知道，也不想参与。"

陈锦龄笑道："翰林大人不必动怒，今儿既然开了口，就让末将把话说完。要杀要剐，悉听尊便。"

李云博见他不像是使诈，于是缓和了语气说道："陈将军，隔墙有耳！这里不是说话的地方……"

陈锦龄道："翰林大人放心，这里绝对安全。这炮身监，全部是我大楚旧人，没一个南唐士卒。况且，他们都正在就食午休，这儿没人。"

李云博见他心中有数，于是放下心来，问道："你们真的不怕死？"

陈锦龄凛然道:"保家卫国,何曾惧死!"

李云博道:"那好,将军就请直言,有何设想,晚生洗耳恭听。"

陈锦龄道:"大人客气。末将是想,翰林大人振臂一呼,联络朗州及各地将领,一举围攻长沙,生擒边镐,大破南唐炮火军,光复家园。末将愿追随大人,虽肝脑涂地,在所不惜!"

李云博很是感动。但是,它又不想过早泄露自己的计划,于是想了想道:"将军有此壮志,实属难能可贵。不过,目前时机尚不成熟。如蒙将军不弃,我们一起来谋划此事。等到有了万全之策,我们各司其职,联合行动,力争一战而定,不留后患。"

陈锦龄大喜,拱手道:"有翰林大人出头,光复大计必定马到成功,大获全胜。大人在上,请受末将一拜!"说着,就施起军中大礼来。

"晚生何德何能,怎受得起如此大礼!将军快快请起!"李云博连忙扶起他,继续说道,"此事绝等机密,你要保持高度警惕,处处小心,确保万无一失。"

陈锦龄道:"末将谨遵大人将令,一定积极筹备,处处小心,不出差池!"

李云博道:"感谢将军信得过晚生。今日之约,算是君子协定。晚生既然应承此事,就绝不会失信于你。"

陈锦龄道:"大人君子,一言九鼎,末将绝对相信。如若大人不放心末将,末将就在此劈木为誓:今日约定,事关绝密,天知地知你知我知。陈锦龄在此起誓:如敢泄露,一定天打雷劈,五马分尸,万箭穿心,不得好死!在下所言,句句肺腑之言,若有半句不实,犹如此木下场!"说罢,抽出长剑,挥向身边一棵碗口粗的杨梅树,只听"哗啦"一声,树被拦腰削断,倾倒下来。

"一言为定,晚生绝对相信将军!"李云博点点头,说道,"好了,时候不早了,晚生也该回去了。时机成熟,晚生会派人与你联络。晚生必须重申,在具体任务下达之前,你必须一切照常,切勿轻举妄动!"

陈锦龄收了剑,拱手道:"末将领命!从现在起,末将一切,悉听大人差遣!"

从醴陵大营回来的路上,李云博心中甚是欢喜。他一直担心这座醴陵大营不好对付,没想到居然还有不甘亡国的将士,找上门来一起举事,而且心甘情愿听他调遣,这让他非常欣慰。回来后,他就着手构建起指挥班底,建立秘密指挥所,铺排好各种职司,并反复推敲策应朗州的各项具体作战计划。不到一个月,一切都准备就绪,只等朗州那边行动了。

第八章

DIBAZHANG

尘埃落定

◈ 一、听闻炮火战队被毁，江世敦怒杀特使 ◈

边镐派大将李建期率三千兵马进驻益阳后，但进军朗州的计划却一拖再拖。一来，南唐朝廷围攻桂州惨败，领军使侯训率领的五千增援兵马全军覆没，自己也战死城下，全州刺史张峦兵马折损大半，带领残兵败将退守全州，朝廷急令炮火军马上装备一支炮火战队，准备再度围攻桂州，继续与南汉争夺靖江之地；二来，郑道光重伤在身，炮火军的所有技术事宜全由江世敦这个外行主持，训练过程中事故不断、进展迟缓，特别是炮火武器的发射装置与大威力炮火不相匹配的问题，始终没有得到很好的解决，需要全面更新。边镐为此大为恼火。而另外还有一个边镐并不知晓的原因，那就是李云博接手之后，借口安全之名全心全力抓军药堂整训，也是有意拖延进展时间，这就让朗州有了充足的时间备战。

半月之后，李云博完成作坊整改、药工培训后，炮火军各军药堂重启开工。一晃又是一个多月，新型炮火终于成批出产，由李云博设计试验、醴陵大营制造的新型发射装置也出了成品，喜得郑道光、江世敦眉开眼笑。郑道光拖着尚未痊愈的身子，会同炮火军将领们夜以继日地忙碌，终于在七月底装备了一支完整的炮火战队，集结于萍乡大营，准备交付袁州大营，助阵朝廷攻打桂州。边镐不知从哪里得到消息，派人赶到枫林铺，强行要求郑道光把炮火战队交给他讨伐朗州使用。郑道光左右为难，和江世敦商议道："江、江都监，你、你看，边、边大帅强讨恶要，不、不给吧，我、我们毕竟在他地盘上，他、他就要给我们小鞋穿；给、给吧，兵、兵部和枢密院那里，又、又交不了差。原、原本就商议好，这、这首批炮火战队交付袁州大营后，就、就将炮火军下属两座大营的功能，进、进行对调，醴、醴陵大营改为验试场所，萍、萍乡大营变成生产发射器械场所。从、从醴陵那里输送炮火给边大帅，要、要方便得多。他、他如今强讨恶要，这、这如何是好？要不，请、请李翰林商量商量？"

江世敦想了想道："没必要吧。不过，知会他一声，也行。如今，炮火军已经走上了正轨，重新装备一支炮火战队，也就十天半月。不如现将这支队伍交给边镐，虽然麻烦一点，总比他成天拿我们说事要强。我们就把首支炮火战队给他，他攻不下朗州，就与我等无关了。袁州大营那边，等装备出新的队伍，再交割不迟。兵部要是追责，就把责任往边和尚头上推，是他强讨恶要嘛。推迟十天半月，只要袁州大营不告状，也没人知道。更何况，袁州大营一直和我们关系不错，只要调停得当，应该不会有什么麻烦。"

郑道光想了想，点点头道："也、也只能这样了。"

商定之后，又征询了李云博的意见。李云博觉得可行，只是反复交代，要加强护送兵力，因为朗州那边很可能知道消息，说不定会在运送途中使坏。两人觉得李云博有理，于是就开具军令，派人到萍乡调军，并知会边镐，派大军随行看护，一路上都得有人接应。边镐立即派了一支三四百人的亲军赶过去随行护卫，又知会一路上的县乡武装加强警戒。这支大约两百人的炮火战队和随行扈从的数百人，加上带着大批的器械和炮火，从萍乡出发，浩浩荡荡，走走停停，到达浏阳县城已经过去十多天。其实，不走这条线路，直接从醴陵去长沙，应该快一些。但是为了安全起见，而且到了浏阳再走水路，要省掉很多搬运器械和炮火的力气。炮火军屯田都虞候、浏阳县令西门璞早就备好了船只，接应他们从浏阳河顺水而下。没想到行进一半，在浏阳河道一个拐弯的地方，突然冒出一股来历不明的力量，有的将船掀翻，有的将船点火，顿时，河面上响声大作，迷烟张天，喊声四起，弄得大家措手不及。等到大家醒悟过来，那伙人早就撤离，消失得无影无踪。

双方的将领清点了一下损失，有两艘运载弹药的兵船没有及时扑灭大火全部爆炸，死伤了四十余名官兵；有八艘船只被打翻，有的器械沉进了河底，炮火全部溶入水中，所幸人员没有伤亡；还有的船只被凿穿，船进了水，大量的炮火被水弄湿，基本上没有什么用了。总共加起来，除了发射器械大部分尚在外，炮火损失了绝大部分。大家只得强打起精神，重新上路，往长沙赶。

边镐听闻炮火战队遭人破坏，勃然大怒，他当场下令斩了前去接应的领兵校尉，又和炮火战队的指挥使商议如何补救。指挥使道："边大帅，炮火战队的大部分器械完好无损，只需要补充炮火。您派人去枫林铺说明实情，恳请大都督赶制一批炮火给您就是了。"边镐觉得有理，只得硬着头皮派人求郑道光他们帮忙。

郑道光和江世敦得知炮火战队出了意外，震惊不已。震惊之余，便是心疼得仿佛失去了儿女一般：这些他们视为心肝宝贝的家当，忙碌了大半年才弄出来的，就被这个麻痹大意的边大帅全部毁了。两人气得直骂边镐是个窝囊废。听到来人说，边镐要他们赶制一批炮火，江世敦火了："你以为这做炮火是烧窑砖啊，可以成千上万的做啊！他奶奶的，真是不要脸！你回去告诉边和尚，这炮火，没了，有也不给他了！"

那人一愣，说道："都监大人，攻取朗州可是朝廷统一湖湘的第一步棋，也是枢密院下的死军令，没了炮火，如何进攻啊？上头要是怪罪下来……"

"放你娘的狗屁！"江世敦大怒，伸手捆了那人一掌，骂道，"你算什么东西，竟敢在炮火军都督大帐里指手画脚，甚至威胁老子！炮火战队给你们了，是你们自己没保护好！出了麻烦，还想把屎盆子往炮火军头上扣？边和尚不是自称能征惯战吗，为什么总是对炮火武器念念不忘？我看他，就是有了炮火战队，一样打不赢朗人！还不快滚，要等老子砍你的头吗？"

郑道光见状，连忙扯住江世敦，对那人说道："你、你快回去吧，惹、惹怒了江都监，肯、肯定没好果子吃！还不快走！"

那人被掴了一掌，也动了火气："江世敦，虽然你是大将，我是走卒，可我是边大帅派的特使，你打我的脸，就是打边大帅的脸！你等着，看边大帅怎么收拾你！"

"小小参将，竟敢狗仗人势……"江世敦火冒三丈，一把推开郑道光，拔出长剑来就朝那人刺去。那人也怒火中烧，加上行伍出身会两下子，伸手拔剑相迎。

郑道光大惊，连忙喊道："快、快跑啊，你、你还敢还手？你、你不知道，黑、黑云长剑一出鞘，死、死不就白死了吗？"话音未落，那人还没过上一招，江世敦那把崭亮的长剑，已经刺穿了那人的胸口，他瞪大眼睛，倒在了地上。他哪里知道，江世敦仍然有一个秘密身份，那就是黑云长剑军炮火军密事营指挥使，直接对皇帝负责，享有先斩后奏的特权。

郑道光吓得面如土色，走上前去，伸手试试那人的鼻息，已经只有出的气、没有入的气了。郑道光骂道："江、江老鼠，你、你这是干什么？我、我们和边和尚，本、本来就有了隔阂，如、如今又杀了他的特使，我、我们虽然不受武安军节制，可、可、可我们是在他的地盘上，这今、今后，炮、炮火军的日子，怎、怎么过啊？你、你呀，居、居然和一个无名小卒较劲，真、真是！"

"边和尚身边，居然都是这般无能之辈，一招都接不住……死了，倒是帮了他爹娘的忙，免得这种猪狗不如的杂碎，白白活在世上凑人数！"江世敦一边骂着，一边拔出长剑，用剑拨了拨他的脸，又很是惬意地踢了他一脚，"小东西，横躺着，舒坦多了吧？哼，竟敢忤逆上将，还敢动武，真是不知天高地厚！"他看见郑道光战战兢兢的样子，安慰他道："结巴子，这事，你别担心，我会密奏皇上的。"说着，就用衣角擦了擦剑上的血迹，然后插入鞘内，一副轻松自如的样子。

郑道光急了："密、密奏皇上，这、这不是添乱吗？你、你还嫌这边不乱？还、还有，边、边镐催制炮、炮火武器的事，怎、怎么办呢？"

江世敦狠狠地说道："怎么办，坚决不给！本来就不是他的，他却仗势欺人强讨恶要，要去了又麻痹大意、看护不力，让我朝装备的第一支全新炮火战队蒙受重大损失，我当然要参他一本！"

"如、如今大战在即，将、将领之间又互生龃龉，这、这，如、如何是好……"郑道光忽然觉得大事不妙，心里生出很多担心来。

江世敦懒得理他，对外喊道："值守校尉！"

"末将在！"门外应了一声，一个全副武装的校尉走了进来。

"请边大帅特使的随行护官入帐！"

"是！"校尉应声去了，不一会儿，带着几个人走了进来。那个为首的护官见特使死在地上，不知发生了什么，目瞪口呆地傻在那里，连军礼都忘记行了。但听江世敦道："你们给我听着：这个鸟参将居然目无长官，忤逆上将，还要和老夫动手，老夫一失手，把他杀了。你回去告诉边大帅，就说江世敦杀了他的特使，有什么事冲我来。至于炮火武器，现在一时半会儿做不出来，等个一年半载再说！"护官也不敢问，指挥几个随行护卫过来，战战兢兢抬着特使的尸体，告辞出了大帐上了官道，回长沙交差去了。

◆ 二、讨朗不成，边大帅迁怒炮火军 ◆

边镐见炮火军不仅不肯给炮火，而且杀了他派遣的特使，勃然大怒。近期以来，他就为讨伐朗州一拖再拖的事情烦闷焦躁不已，炮火战队被毁，更是怒气冲天，现在江世敦居然敢杀他的特使，无名怒火顿时喷涌而出，也不管三七二十一，带领大队人马前来炮火军兴师问罪。到了枫林铺大营，他命令大军立即解除炮火军营门监卫队的武装，又率领近卫亲军将都督大帐围了个水泄不通，然后怒气冲冲地闯了进来。

帐中，郑道光正和西门璞交谈着，对边镐的突然到来很是诧异。两人连忙起身相迎，西门璞施礼道："参见大帅！什么风把边大帅吹来了？"

边镐满脸怒气地说道："什么风？你们炮火军的杀人歪风！江老鼠呢？边某今日要剥了这只臭老鼠的皮，抽了他的筋！"

郑道光道："江、江都监前往醴陵大营，巡、巡查军务去了。大、大帅，别、别动怒，有、有话好好说……"

边镐的火气更大了，在大帐里咆哮："我先把你的人杀了，然后好好和你说话，你干不干？派人把江世敦叫回来，边某今日要他偿命！"

西门璞道："大帅息怒！江都监失手杀了特使大人，的确罪大恶极。但特使忤逆大将在先，还要和江都监动武，事出有因啊！江都监是我大唐炮火军的主要将领，如今大战在即，装备炮火战队迫在眉睫，他的作用不可或缺啊！请边大帅手下留情，暂且留他一条性命，让他戴罪立功，行不行？"

"不行！你西门大人站着说话不腰疼！"边镐怒火未消，"边某先把你们枫林铺夷为平地，然后说事出有因，也戴罪立功，行不行？"

西门璞一愣："这……"

郑道光道："我、我说边大帅，江、江都监失手杀人，按、按罪当诛。但、但老夫也在现场，没能阻止，也、也难辞其咎，老、老夫在此跟你赔罪了！只、只是就算杀了江老鼠，特、特使也活不过来，还、还损失朝廷一员大将。如、如若朝廷追责，你、你我都脱不了干系啊！"

边镐道："大都督，这不是你的错，你别掺和。边某今日来，只找江世敦一人！还不快派人去，把他给我找回来！"他见郑道光没动，更加恼火，"难道要本帅亲自带人去捉拿吗……"

双方就这样你来我往地争论起来，一个多时辰过去了，也没说清楚该怎么办。其实，边镐一到瑶池控制了枫林铺大营，早就有黑云军密使飞报了正在醴陵大营忙碌的江世敦。江世敦觉得非同小可，放下手中的事务立马赶了回来。一路上，他想，边镐讨朗不成，满肚子的火没地方发泄，如今迁怒炮火军，真是当有此理！路过金刚头时，他探望了李云博，邀他一起前往会见边镐，调停一下双方的矛盾。李云博二话没说，跟他来了。而李云博，自从大哥李云闪从金陵疗疾回来后，一直都没见过，他还有很多事情要跟大哥交代，这个机会，他岂能错过。

两人带着数十名黑云军随从，赶到枫林铺的时候，江世敦发现大营值守卫队全部被缴了械，顿时勃然大怒。他拔出长剑朝身后喊道："黑云军的兄弟们，亮家伙！"只听"嘿"的一声，数十名密使将长剑亮了出来。江世敦快马上前，对营门吼道："本将军是黑云长剑军炮火军密事营指挥使江世敦，奉命拱卫枫林铺大营安危。你等何人，居然敢占领炮火军总部大营，还不快快报上名来！"

负责警戒的将领一听，顿时傻了眼。南唐军队的大小将领，谁不知道黑云军的厉害，那是唯一一支由皇帝亲自掌握的秘密队伍。但他有些不相信，于是施礼说道："江都监，你是大唐炮火军的诸军都监，怎么成了黑云长剑军的将领呢？末将秦毅北，职司行军司马，奉边大帅之命，来此执行军务，请将军莫为难在下。"

江世敦见他说话客气，也缓和了语气："秦将军，江某不会蒙你。不信，你问问李翰林。"

李云博拱手道："秦将军，在下翰林学士李云博，因为父亲离世，奉旨回乡守孝。江都监所言不虚。烦你赶紧禀报边大帅，请他务必撤出大军，将大营防务交还给江都监。占领炮火军总部驻地，这是谋逆重罪，而江都监丢失大营防务，也是死罪一桩。这事要是让朝廷知道，麻烦可就大了。"

秦毅北听他说得头头是道，正欲命人进帐禀报，突然，身边的副将对他说道："秦将军，边大帅交代过，没有他的命令，不得进入都督大帐，更不得向任何人移交防务。

如若大帅怪罪下来，我们岂不吃不完兜着走？"

秦毅北恍然大悟："是呀。我差点忘了。"于是对江世敦道："对不起，大帅有令，没有他的命令，任何人不得进入都督大帐。我等执行军务，请将军多多担待。"

江世敦听了，顿时火冒三丈，他朝营门喊道："秦将军，命你立即交出大营防务，否则，杀无赦！"又对身后一名副将说道："快鸣响火急号令，传所有黑云军密使即刻行动，夺回大营防务！"只见一个军士吹响了牛角，呜呜呜呜，急促而响亮的号声迅速传遍四处。不一会儿，到处都是黑衣长剑的密使，飞檐走壁，悄无声息，黑压压朝都督大帐涌来。秦毅北他们还没明白怎么回事，已经被全部缴械，一瞬之间，都督大帐防务全部被黑云军接管。

江世敦一行飞马进入大营，他飞身下马，一把拧起被绑了的秦毅北，怒气冲冲地闯入大帐，又将他往地上一丢，用长剑指着边镐吼道："边和尚，你居然敢出动大军占领炮火军总部，你想谋反吗？"

这时候，边镐和郑道光他们都争得上气不接下气，没想到江世敦突然闯了进来，又见秦毅北被绑了，江世敦用剑指着边镐的鼻子，不知道发生了什么事情，一个个慌了大神。边镐愣愣地问道："江老鼠，你想干什么？"

江世敦瞪着小眼睛，恶狠狠地吼道："干什么！你连炮火军总部都敢占领，我不敢宰了你吗？"

李云博连忙上前，收了江世敦的剑，大声说道："都跟我打住！你们这是干什么！皇上派你们前来湖湘，本该精诚团结，共图大业。你们倒好，为了一点小事就剑拔弩张。江都监你也真是，和一个小小士卒较劲，还失手要了他的命；边大帅，你可是坐镇长沙的节度使，为了给一个参将报仇，居然攻占炮火军总部，你说说，你怎么会干这等糊涂事呢？"

边镐听了，一阵冷汗，语气一下子软下来："李翰林，你来得正好，你给我评评理……"

江世敦冷笑道："评理，你还有理了？你也太小瞧我炮火军，太小瞧我黑云长剑军了。只要江某人一声令下，区区千把军队的人头，就都得落到地上了……"

"好了！"李云博大怒，"你们还嫌不乱？既然不要我调和，我一个小小的六品翰林，的确管不了你们二三品大将们的纠葛。既然如此，你们就继续吧，猪朝前拱、鸡往后爬，把天捅个大窟窿，如何？在下不想掺和，也恕不奉陪，告辞！"说罢，用手就走。

"翰、翰林大人，请留步，老、老夫求您了！"郑道光见李云博要走，连忙起身拦住他。

李云博吼道："这两个不识抬举的东西，让他们闹，闹到朝廷去，然后都五马分尸、身首异处，甚至诛灭九族！"

两人见李云博动了怒气，而他说的话句句戳在死穴上，顿时心惊胆战，全然都没了脾气。又连忙上前，跟李云博道歉。李云博指着两人的鼻子骂道："亏你们还是领军一方的大将，一个大开杀戒，一个兴师问罪，你们有一点大将风度没有？小肚鸡肠，斤斤计较，自以为是，不辨是非，你们这个样子，能为皇上分忧、能为朝廷效力吗？"他见两人都沉默不语，就对江世敦说道："我知道，你江世敦是黑云军大将，有先斩后奏的特权，杀人不用偿命，但这特权是皇上的信任，怎能草菅人命？我现在骂你，也忤逆了你，你也把我杀了？你真是笨得可以！"

江世敦连连拱手道："岂敢岂敢，李翰林所言甚是，骂得句句在理。在下一时糊涂错杀了特使，请边大帅责罚……"又连忙跟边镐道歉赔罪。

李云博又对边镐道："你边大帅，兵柄在握，节镇一方，居然兴师问罪，把堂堂炮火军总部给占了，这是什么？这是谋逆，这是要抢皇上的兵权，你知不知道？有本事，你把朗州给我拿下来，给大家瞧瞧，那才算得上真本事！你呀，居然搞起窝里斗，简直愚不可及！"

边镐满脸通红，顿时浑身哆嗦着连连认错："边某利令智昏、一时冲动，虽然占领炮火军总部，但绝非谋逆，请翰林大人明鉴！郑都督、江都监，边某无意之中犯了死罪，请高抬贵手……"

遭到一通劈头盖脸的大骂，两人都冷静了下来。李云博见状，心平气和地说了起来，但语气仍然严厉："炮火战队遭人破坏，你们不去追查真凶，却互相指责，甚至杀人放火、兵戎相见，要是朝廷知道，后果将不堪设想！这件事，任何人都不准上奏朝廷，就到此为止！同意的话，你们两个，也赶紧握手言和。"边镐和江世敦听了，赶紧握起手来，甚至拥抱在一起。

李云博又问郑道光："郑都督，炮火战队是你的宝贝，被人毁了当然可惜，谁也不愿意啊！更何况，边大帅也不是有意的。一种武器再厉害，但如若不用在战场上，仅摆在家里把玩，这等宝贝有啥用？我们及时给边大帅补充些炮火，应该没问题吧？"

不等郑道光回答，江世敦马上表态："绝对没问题，我们及时赶制。"

李云博笑道："好，那就一起吃午饭，我请客，来个杯酒释前嫌，如何？"

"怎能要您翰林大人破费呢！"江世敦大喜，一转身喊道，"传令下去，炮火军为长沙幕府边大帅接风洗尘，立即准备午宴！快将所有羁押的兄弟，都放了！等下，谁绑的，谁去赔罪，听到没有？"

"是，都监大人！"一位将领应声，解开秦毅北后又扶他起身，两人都出帐去了。

郑道光心情大好，见李云博一而再再而三地帮他，欠他的人情太多，一直想报答他。忽然想起李云闪刚刚回来，于是问道："翰、翰林大人，有、有个好消息，郑、郑某要告诉你。"

李云博诧异道："军中乱作了一团，还有什么好消息？你别卖关子了，快说。"

郑道光道："恭、恭喜翰林大人，你、你大哥从金陵回来了！"

李云博早就知道大哥回来了，但仍然装作吃了一惊，马上又恢复一副若无其事的样子，淡然说道："李云闪回来了，与我何干？他被逐出家门，我们形同陌路。他的生和死，是他自己的事。"

郑道光道："话、话虽如此，但同胞共奶，亲似手足，怎么会一点念想都没有呢？等、等会儿午饭时候，请、请他过来一起吃，见、见面如何？"

李云博道："多谢将军盛意。大哥是被家族逐出家门的罪人，是不允许公开接近的。我看还是算了。"

江世敦道："你们兄弟俩，都在炮火军效力，是我们倚重的特殊人才。将来，你们还要联手，研发出更加先进的炮火武器呢！李大人，既然不能公开见面，我安排你们私下会见吧，大人意下如何？"

李云博听了他的话，眼眶湿润了，想了想，道："大哥待我情深义重，说不想见他，那是屁话。我私下见见可以，但是你们得为我保密。要是让祖父知道了，肯定会执行家法，打我个半死。"

"绝对，没问题！"郑道光听了，一口应承。他回答得很干脆，居然不结巴了。

◆ 三、秘密探望大哥，兄弟俩相拥而泣 ◆

虽然事态平息，边镐心里仍然很不舒坦。他憋着一肚子火，拒绝郑道光共进午餐的邀请，借故军务在身，匆匆告辞。郑道光、江世敦心里别扭也不多留，例行公事送他出了辕门，就陪李云博去见李云闪。李云博怀着忐忑的心情，跟他们往验药监试验作坊走去。

一路上，李云博的心情异常复杂：一方面，他非常担心大哥的身体，虽然服用的不是断魂药，但这种功力强劲的蒙汗药，也一样会伤害身体，特别是这次去南唐就医，如若碰到庸医乱下药，后果将不堪设想；另一方面，三个多月过去了，大哥体内药物，可能已经失效。恢复心智之后，就他那耿直异常、口无遮拦的个性，说不定会惹出什么事来，这不仅让他危险重重，时刻都会有性命之忧，而且会贻误他们一举破唐、报仇雪恨的大计……正想着，不知不觉间已经进了作坊，只见李云闪赤裸着上身，面前一张大案，他正在一堆药物间忙这忙那。

只见江世敦道："大少爷，你的翰林弟弟探望你来了！"

李云闪仿佛没听见似的，依然在全神贯注忙着他的事情。他一会儿抓起几把药物放在石臼中鼓捣，一会儿又将药物倒出来，用纸包起，拿起笔来写了一通就放在一个满是纸包的竹篮里。

李云博吃惊地问道："敢问江将军，我大哥他怎么听不见声音了？"

郑道光道："翰、翰林大人，大、大少爷的耳朵，是、是有一点问题……"

江世敦连忙打断他的话，对李云博笑道："只是一点小小的问题，不是什么大问题。他如今，只要一配制起火药来，就心无旁骛，身边打雷他都听不见。但是不工作的时候，和常人差不了多少。"

李云博觉得很是蹊跷，喃喃自语道："出了什么意外吗？怎么会这样呢？"

"没有……为什么？我们也不知道。"江世敦勉强应承着，他不想让李云博继续追问下去，于是转移话题，信心满满地道，"李翰林，大少爷自从回来以后，身体不仅好多了，而且工作起来，干劲更足。有这位绝密传人帮忙，在不久的将来，我大唐炮战军一定能无人企及，所到之处，必将攻无不克，战无不胜，摧枯拉朽，所向披靡！"

李云博心不在焉地应承道："都监将军所言甚是！如今我炮战军已经走上正轨，只要假以时日，这天下无敌的神军将应运而生。而这一切，大都督和江都监呕心沥血，将是我炮火军首屈一指的大功臣啊！"

江世敦摇摇手道："要说炮火军建设的首功，郑大都督应该当仁不让，其次就是你们瑶池李氏。我江某人，不敢当啊！"

郑道光道："如、如今，炮、炮火军初建伊始，威、威力几何，尚、尚未可知，也、也还没到论功行赏的、的时候。江、江老鼠，你、你别扯那么远，先、先让翰林大人会会大少爷，等、等会儿一起用午餐。下、下午，还、还要研究，如、如何应对边大帅那边，赶、赶制炮火武器的事。"

江世敦道："大都督所言甚是。李翰林，好久不见你大哥，你们兄弟先好好聊聊吧，午餐备好时，我差人请你们。"说着，就跟李云博拱手道别，与郑道光一起往门外走。

李云博激动地还礼道："多谢大都督和江将军成全！两位大恩，晚生定当涌泉相报！"

江世敦笑道："翰林大人，我们同朝为官，如今又在一起共事，些许小事何足挂齿！要说感谢的，应该是我的大都督……"

郑道光有些不耐烦了："江、江老鼠，别、别啰唆了，让、让他们兄弟说说话吧。

走、走，快、快走！"说着，拖着江世敦出门去了。

见郑道光、江世敦他们都走了，李云博上前招呼道："大哥，好久不见，你近来可好？"李云闪仍然没听见似的，一副无动于衷、我行我素的样子。李云博大惊：难道，大哥的耳朵真的聋了？他顾不得许多，冲上前去抓住李云闪胳膊，在他耳朵上大声喊道："大哥，大哥，李云闪，你听得见吗？"

"你干什么，没看见我正在忙吗？"李云闪吓了一跳，一屁股坐在地上，药物撒了一地，顿时大发起脾气来。当他抬头看见是李云博，顿时惊喜万分："三弟，你怎么来了？"

李云博大喜："原来，大哥的耳朵没聋啊！"说着，就将他搀扶起来。

李云闪道："谁说我聋了？"李云闪看着李云博，又看看四周，道："三弟，隔墙有耳……我们换个地方说话。"说着，捡起一件衣服披上，拉着李云博进了一间密室，顺手将门关上。

李云闪道："这是那个结巴子大都督专门为我准备的写方间，我每做完一次试验，就将配方、过程和效果记录下来，然后送他审阅。这里，除了大都督，任何人都不能进来，就是江老鼠，也不例外。"

李云博随手翻看了几卷抄方，轻声问道："这些配方，都是你近来验试过的？"

李云闪似乎没听清，反问道："岫南，你说什么？"

李云博提高了嗓门道："我是说，这些配方，都是你试验过的吗？"

李云闪道："对啊。不过，岫南你放心，大部分是些普通方子，偶尔也记一些略有威力的配方。我没那么傻，把发明的好东西，都白白送给他们。"

李云博放心了，突然想起什么，问道："大哥，你的耳朵出了什么问题？"

李云闪道："以前有一次试验，把作坊都炸塌了，结巴子差点送了命，我的左耳朵有点背，声音小了听不清。"

李云博恍然大悟："原来这样！是不是那次，就是郑道光终于将我们献出的那道秘方，试验成功的那次？"

李云闪道："对，就是那一次！我当时懵懵懂懂，可是对火药仍然有模糊的记忆。一通鼓捣，就把配方试验出来了。"

李云博叹道："没想到，一道现成的秘方，还是你帮他们试验出来的！看来他这个炮火武器世家的传人，也是浪得虚名！"

李云闪摇摇头道："非也！郑道光对火药悟性很高，我都要千方百计糊弄他，才勉强逃过他的眼睛。而且，自从他知道，火药威力的提升，在于辅助材料的运用之后，也真的配出了一些颇具威力的方子。这样下去，南唐炮火军肯定会名扬天下。"

兄弟俩聊着，李云博又问起了大哥的身体，李云闪一一做了回答。原来，那天祖父执行家法，将李云闪驱逐出门，他开始神志不清，可是不到一个月，就开始恢复心智。但为了实现复仇计划，他就天天装疯卖傻，后来被江世敦找到，带他来到枫林铺。在完成绝密配方试验之后，他们又送李云闪去金陵治病，两个月后就回来了。其实，他现在除了右耳有点问题外，其他方面均无大碍，只是为了掩人耳目，依然要疯疯癫癫，有时候甚至还得装着发一通癫痫。末了，他问道："岫南，你说，我们家族的大仇，什么时候可以报啊？"

李云博道："快了，年内就会让他们滚蛋！"

"真的？那真是太好了！"李云闪听了，顿时摩拳擦掌，"那你说，我该干什么？"

李云博道："你得想方设法逃走。你留在炮战军总部，随时都有危险！"

"不行，我得留下来，干点什么！"李云闪的头摇得像拨浪鼓，"这么多天，我都熬过来了，怎么在大战来临前，当逃兵呢？"

李云博道："你留在这里太危险了！一旦他们觉察不妙，你就是他们握在手里的一枚棋子，到时候，我们就被动了。"

李云闪道："这不可能！一来，我是一个疯子，谁会防范我呀？二来，我已经被逐出家门，已经不再是瑶池李氏的长房长子，他们不会把我怎么样的。况且，我有武功，一旦大事不妙，这地形，我熟悉得很，随时都可以溜走。"

李云博想了想，仍然摇摇头道："这……无论如何也不能确保万无一失。还是不行，你得设法离开。"

李云闪道："这打仗报仇，怎么可能一点危险都没有？俗话说，不入虎穴、焉得虎子。为了给爹爹报仇，给自坚报仇，给二叔公、四叔公报仇，担一点点风险，也是值得的。岫南，你别劝我了，就说，我该干什么吧。"

李云博知道大哥的脾性，他一旦决定的事，九头牛也拉不回来。他明白多劝无益，而且时间紧迫，于是只得同意。他说道："大哥，你要留下，我劝也没有用，我知道你的个性。既然要留下，一定得保护好自己。我失去了二哥，不能再失去你了！你要是出了什么事，我如何向家里交代？"

李云闪道："岫南你放心，大哥我一定好好的，不会有事的。"顿了顿，又道，"我留下来，该干什么呢？你多少也给我点差事干啊！"

李云博思忖道："要说差事，倒有一件要紧的事，非你不可。"

李云闪急忙问道："岫南你别绕弯子了，快说，大哥该干什么！"

李云博道："如若要赶走南唐炮火军，最大的麻烦就是这验药监的配方和正在批量研制的大威力火药。一来，如若攻打这里，他们可以利用火药，及时组织起防御，就算攻下，也得付出惨重代价；二来，这些配方，绝不能让他们带走。大哥你要做的，就是在我们起事之后，将这里全部毁掉。三弟跟你讲，这样做……"说着，就附在李云闪的耳边嘀咕一通，听得他连连称妙。

李云博突然道："大哥，时候不早了，我们在一起，快半个时辰了，江世敦的午餐应该准备好了，我们得出去聊。"

李云闪一听，点点头道："好，我们出去聊。"

李云博突然泪如雨下，一把抱住李云闪："大哥，为了这个复仇，真是难为你了。你受苦了。"

李云闪也将李云博揽在怀中，动情地说道："岫南，真的没什么，为了复仇，大哥受这点苦，不算什么。只是，有时候一个人太孤单，太想你们了。还有，老是想起你大嫂和光儿。原来在一起，觉得没什么，还经常吵吵嚷嚷。可是这一旦分开，原来家人是这般重要，不知为什么，老是想他们……也不知道，他们，家里其他人，都可好……"说着，忍不住也落下泪来。

"他们都很好。"李云博擦了擦眼睛道，"等到赶走了南唐仇敌，我们一家又可以团聚了。这一天，离我们不远了。"

李云闪轻轻抚摸着李云博的头，点点头道："大哥相信你，这一天，就要来了！"

聊了一会儿，兄弟俩收拾好心情，出了密室，又在那张巨大的案板上闲聊了一阵，李云闪又脱掉衣服，继续忙起其他的活儿来。这时候，只见中军值守校尉走进来，拱手道："禀报总教习大人，卑职奉都监将军之命，前来请大人前往中军大帐就食。将军还吩咐，请大少爷也一同前往。"

李云博道："将军辛苦，我们这就去。"又对李云闪说道："大哥，走吧！"

李云闪嘟哝道："你都耽搁我半天了，我才懒得去呢！"

校尉拱手道："大少爷，这是都监将军的命令……"

李云闪道怒："放你娘的臭屁！我这道配方不试验完，误了大都督的大事，小心他把你的脑袋拧下来！"

李云博连忙劝阻他道："大哥，江将军也是一片好意……"

李云闪道："谁是你大哥，我已经被逐出家门，你怎么劝，我也不可能去的。大都督待我很好，我要跟着他建功立业，报效朝廷！"

李云博无奈，只得对校尉拱手道："抱歉了，他还是有些疯疯癫癫，得罪之处，还请将军海涵。"

校尉笑道："翰林大人，你这是少见多怪！大少爷一直就是这样，他不疯癫，就不是大少爷了！我们谁没让他骂过？他不过去，我差人将饭食送过来就是。翰林大人，请！"

李云博道："唉，就由他去吧。我们走。"说着，就跟李云闪道别。李云闪依然忙他的，谁也没理睬。

◆ 四、朗军兵临城下，边镐金蝉脱壳逃走 ◆

边镐从枫林铺大营回到长沙幕府后，一连睡了好几天。

那天他去枫林铺兴师问罪，差点闯了大祸，要不是李云博出面调停，自己可能已经身陷囹圄甚至身首异处。这次有惊无险，全靠翰林学士李云博出面调停，他和炮火军的将领们一样，对这个年轻人佩服不已。因为矛盾全部解决，而且他最想要的炮火一两天就送过来，一高兴，边镐就破戒喝了酒，而且喝得酩酊大醉，回到幕府就呼呼大睡，直到三天后才醒过来。可是一醒过来，左右禀报的第一件事情，足以让他如五雷轰顶目瞪口呆：益阳失守，将军李建期战死，副将带着折损过半的残部退守玉潭……

"什么，益阳失守，李将军战死……什么时候的事情？"边镐闻言，衣服都没穿，就一跃而起跳下床，由于头重脚轻，跌跌撞撞走了几步，就摔倒在地。

"昨日得到消息，前日晚上益阳城就被破了……"禀报的内侍一边说着，一边赶紧上前扶起他，又连忙帮他穿衣服。

边镐道："这就怪了……自从侍佛以来，老夫就戒酒了，数十年来第一次破戒，没想到就出了这么大的麻烦……看来酒是毒药，喝酒误事，菩萨一点都没说错啊！这清规戒律，破不得啊！"他大发着感慨，又问道，"枫林铺那边，将炮火送过来了没有？"

"送是送过来了，可是……"

边镐追问道："可是什么？"

"可是刚刚交接点验完毕，还未来得及搬运上岸，突然天降暴雨，接货的刘彦瑶将军想等雨停后再说。没想到晚上，不知怎么的，装载炮火的船只，全部沉了……"

"一群废物……"边镐痛心疾首，破口大骂。又觉得刘彦瑶没有错，下雨天的确不宜搬运火药制品，淋湿了或者回潮，炮火就全报废了。他长声感叹道："菩萨啊，难道这是天意？"

内侍又问道："昨日以来，玉潭那边接连紧急求援，大帅看……"

边镐想了想，问道："魏大人他们呢？"

"他们一直都在幕府政事堂，整整一晚没睡！"

边镐道："走，立即去政事堂！"

边镐慌忙冲出卧房，快步进入政事堂，只见魏迪勋和一群将领，急得像热锅上的蚂蚁。他们见边镐衣冠不整地走进来，连忙上前施礼。边镐问道："西边战况如何？"

魏迪勋回答道："启禀大帅，益阳失守后，朗军进逼玉潭，玉潭告急，已经接连三次派人求援。大帅一直昏睡不醒，我等没有大帅将令，不能擅自发兵增援，大家都急得不行了。"

"都怪边某好酒贪杯又不胜酒力，才把军务给耽误了。"边镐自责道，"赶快起草军令，立即命岳州刺史宋德权火速增援！五百里加急，要快！"

"是！"幕府掌书记应声忙碌起来。

边镐转过身来，对魏迪勋道："魏大人，麻烦你立即亲自去一趟瑶池，告诉大都督，朗人破了益阳，逼近玉潭，长沙告急，刚刚送来的炮火，全部被雨淋湿了，没法用了。请他赶紧再送一批炮火过来救急！"

"是，大帅。事不宜迟，下官立即动身！"魏迪勋说罢，告辞出门。

边镐又对刘彦瑫说道："刘将军，边某估计，玉潭那边顶不住几天，玉潭一失守，朗军就会围困长沙城。你是前楚国的马步军都统，熟悉长沙防务。边某任命你为长沙防御使，全权负责保卫长沙。边某立刻上书朝廷，请求支援。边某相信，只要坚守十天半月，武昌和袁州两处数万大军就会蜂拥而至，朗人自然不战自退！"

刘彦瑫连连拱手："多谢大帅信任，末将一定竭尽所能，不辱使命，誓死保卫长沙！"

"辛苦你了。"边镐回应他一句，又对众将说道，"我等攻朗计划，尚未如期付诸实施，没想到反被他们攻打。如今潭州万分火急，大家务必团结一心，誓死保卫长沙！你们都得听从刘将军调遣，如有抗命，贻误军机，严惩不贷！"

众将一拱手，齐声说道："谨遵大帅将令！"

边镐挥挥手，道："好了，都去备战吧。"

"是！"众人应声去了。

没想到战局的发展比边镐想象的要快得多。才到傍晚，各路兵败军报接踵而至：先是玉潭失守，朗军势如破竹，正向长沙推进；继而就是岳州刺史宋德权率军增援玉潭，不料半途被朗州将领潘叔嗣伏击，几乎全军覆没，宋德权带着残部突围，刚回到岳州城外，没想到城池也被朗人占领，宋德权贪身怕死，丢下残部逃跑了，如今不知身在何处；还有就是衡州刺史张文表率大军突袭醴陵，醴陵大营告急……边镐闻报，顿时目瞪口呆。他心里清楚，自从去年九月入主长沙以来，他上书朝廷，恳请"以佛治湘"，早就刀枪入库、马放南山了。就算近期计划攻打朗州，也主要是拉练攻战队伍，对于防御想都没想过。他掰着指头算了起来：城防年久失修，兵马久疏战阵，武器装备他就更没底了。再加上长沙所有的防御部署，没有两三天，是到不了位的。朗人兵分多路，先取外围州县，最后合围长沙，那么就败局已定：岳州、醴陵这两个战略要地，是东边和南边进入长沙的门户，而且易守难攻，如今岳州失守，醴陵危在旦夕，一旦也丢失，就等于说武昌和袁州救援的通道被截断了，大军很难及时增援长沙。如若长沙成了孤城，朗人纵然围而不攻，三两个月下来，长沙困也会被困死……想着想着，边镐觉得大势已去，几近绝望了。

但是，边镐到底久经沙场，加上他笃信佛事、相信天命，真正到了山穷水尽的时候，倒有一副临危不乱的好脾性。"天意如此，又岂是人事之过！"绝望中的边镐感慨一句，突然不那么烦躁了，他干脆只身进了禅房，打起坐参起禅来。

两个时辰的静坐，他没有等到菩萨的点化，却突然想到古人兵法上常常使用，而且屡试不爽的妙策：三十六计走为上。这条计策在脑海里一闪现，他的眼睛就睁开了：对啊，与其等死，为什么不跑呢？地盘丢了还可以再攻取，可是脑袋丢了，就再也取不回来了……不行，就这样临阵脱逃，皇上会要他的命，脑袋还是保不住，那怎么办呢？边镐想着，犯难了。

他继续在禅房里冥思苦想了大半个时辰，终于开怀大笑地走了出来。

边镐一出禅房，就立即传令连夜升帐，召集所有大小将领齐聚中军大帐，商讨迎敌之策。很少身着戎装的他，更是全身披挂，威风八面地进了大元帅中军大帐。

"各位将军，自从益阳城破之后，接连玉潭沦陷，岳州失守，醴陵大营危在旦夕，长沙情势，更是万分火急。看来一场你死我活的苦战，在所难免。"边镐不等将领们见礼完毕，就开门见山地说了起来，"朗人攻势迅猛，战局发生逆转，你等肯定更是始料未及，本帅也甚是震惊。有的人可能心生恐惧，甚至悲观绝望，认为长沙不保。但是，刚才本帅问佛禅房，跪求退敌之策。三个时辰的诵经念咒，终于精诚所至，感动菩萨，冥冥之中赐我一佛偈，佛偈云：'固若金汤，安然无恙，无需空愁菩萨肠。'既然天意如此，我等就要充满信心，誓与长沙共存亡！"

他用坚定的眼神凝视着众将，见大家将信将疑，于是又说道："本帅知道，大战突如其来，时间过于紧迫，防御部署刚刚开始，备战事务千头万绪，一旦朗人攻来，我等只能仓促应战，甚至被动挨打，这个，本帅认为是暂时的。我们有我们的优势，本帅替你们数数：天助长沙，菩萨保佑，这是天时在我；长沙三面环水，易守难攻，这是地利在我；上下一心，援军将至，这是人和在我。我们还有朗人不能企及的炮火战队，还有强大无比的大唐朝廷，这道难关我们一定能够渡过，长沙城一定固若金汤、安然无恙！"

众将听他一通鼓舞，顿时抖擞精神，齐声回应："天助长沙，菩萨保佑！"

边镐点点头，继续说道："虽然我们最后必胜，但目前困难重重，我们还是要做好最艰难甚至最坏的打算。本帅最为担心的是浏阳、醴陵两处炮火军的大营，这是朝廷花了巨大心血建设的新型武器研发制造基地，一旦落入敌手，后果不堪设想。本帅想听听你们的意见，如何让炮火军不受损失？"

一个将领先开腔了："启禀大帅，末将认为，不如我们暂弃长沙，将大军开往浏阳

和醴陵，誓死保卫炮火军。而且，只要醴陵在我们手里，我们就能和袁州洪州保持联络畅通，进可攻、退可守，而且还能让炮火军毫发无损！"

另一个道："大帅，末将以为，放弃长沙万万不可。长沙是潭州甚至整个湖湘的核心，放弃长沙等于承认失败，这如何向朝廷交代？末将以为，当务之急，是派重兵控制醴陵，决不能落入朗人之手。末将愿率三千兵马星夜驰援醴陵大营，彻底消灭张文表。"

"分出三千？长沙总兵力也就万余人，李将军守益阳损失了两千，还分出三千驻守醴陵，长沙用什么守？你这怕死鬼，不是想借增援之机开溜吧？"另一个将领讥讽他一句，接着说道，"启禀大帅，末将以为，当务之急，就是立即着手构建防御工程，初步是三道防线，岳麓山阻击工程，湘江及橘子洲水军防御，以及长沙城防。末将愿意带两千精兵过江死守岳麓山。只要长沙尚在，炮火军就绝对会安然无恙！"

又有几位将领发言，内容大同小异。边镐听了他的话，点点头道："嗯，都不错。"又看看刘彦瑫，见他欲言又止，问道："刘将军，你的意见呢？"

刘彦瑫道："启禀大帅，末将以为，各位将军都是真知灼见，尤其吴司马三道防线固守长沙，甚合我心！只要能守住长沙，炮火军就会安然无恙。但是，李都尉说牢牢控制住醴陵，也很有战略眼光。只是如今长沙幕府麾下不足万人，如若分兵，本来就兵力不足，部署起来一定捉襟见肘……"

边镐见他还是有所顾忌，于是说道："刘将军，你是长沙防御使，你的意见就是本帅的意见，无须顾忌，请大胆构想部署策案。"

刘彦瑫道："那好。末将就谈谈具体部署，一是按吴司马的方略，立即启动长沙防御工程；二是调瑶池神刀营统领李天晨率三千兵马驰援醴陵大营，我们可见机行事，万一战事吃紧，适当派小部队增援；三是以防万一，建议炮火军做好撤退准备，随时可以退回萍乡。另外，末将以为，要等到朝廷那边下令增援，一来时间已经来不及了，二来，岳州失守，潭州东大门就被截断，武昌、鄂州那边的军队过不来。末将建议，大帅可以用江西诸道兵马大元帅的名义，急调洪州、袁州等地兵马入潭，以醴陵为大本营，分别攻取衡州、邵州，然后集中兵力攻打朗州，抄他们的后路。朗州大军已经倾巢而出，后备空虚，一旦得手，朗军必定回援，这时候我们也倾巢而出，两路大军合围，一定能全歼朗州叛逆。这样一来，不但长沙之围可解，而且朗州之地也将化入大唐圣治。"

"很好，刘将军到底身经百战，深谋远虑一点都不为过！"边镐说着，霍地站了起来，一拍帅印大声说道："众将听令！本帅命令：其一，立即启动长沙防御工程，由刘将军负总责，吴司马具体组织实施；其二，立即调李天晨增援醴陵，务必击退张文表，留一条与洪袁联系的通道；其三，迅速调集洪袁大军在醴陵大营集结，发起收取邵州、衡州的战斗，成功之后抄朗州后路；另外嘛，从今日起，大帅府兵符印信，一律交刘彦瑫将军把控，全权代表本帅指挥长沙诸路大军。本帅要集中精力全心侍佛，干一件造福长沙的大事，那就是启动寺庙大兴佛事，本帅亲自登坛做法，为长沙祈福……"

众将一拱手："谨遵大帅将令！"

边镐交代完军务，抽身回了后堂。他好好饱餐一顿，又沐浴更衣，开始忙碌起佛事来。第二天一大早天未见亮，就匆匆前往岳麓寺、开福寺、新华寺等处，讲经布道、登坛作法，祈福苍生。两天过后，长沙城将破之际，他又故技重演，扮成一个邋里邋遢的云游僧，从新华寺讲经场所，连夜偷偷溜走，骗过瞿家寨守将，经铜鼓关隘过境，逃回洪袁，后来又到金陵请罪去了。

◆ 五、疯癫李云闪，一把火烧了验药监 ◆

魏迪勋押着炮火军赶制出来的大批炮火从枫林铺出来，往长沙运送。到了浏阳，刚装好船，起身到浏阳县衙跟西门璞辞行，没想到西门璞正急匆匆地来码头寻他，两人在大街上碰了个正着。西门璞下马，连忙施礼道："魏大人，大事不好，适才收到长沙幕府急报，朗军已经攻破长沙，刘彦瑶将军正在组织兵力顽强抵抗，他感到长沙不保，特意派信使赶过来送信，要炮火军赶紧撤离……"

魏迪勋大惊失色，问道："是刘将军派人来的？这不符合幕府规制……那么，边大帅呢？"

西门璞道："听信使说，三日前，大帅连夜升帐，安排好军务，又将兵符帅印全部交由刘将军把控，就一心一意诵经侍佛，前日又出城前往各大寺庙大兴佛事去了。如今，谁也不知道他在哪里。"

魏迪勋赶紧和西门璞来到县衙，仔细向信使问了情况，得知他还要赶往枫林铺炮火军大营传递公文，决定和他一起去瑶池，找郑道光、江世敦他们商量一下应对之策。

魏迪勋立即命令运送炮火的船只停止起锚，全部待在浏阳休整，就与信使一起，连忙赶回枫林铺。一路上，他很是蹊跷，大敌当前，边镐怎么会不知去向了呢？周行逢给自己的任务，就是稳住边镐，时机成熟一举活捉。现在边镐不见了，回长沙也没了意义。不如前往炮火军大营，说不定，边镐会在哪儿呢！

到了枫林铺，进了都督大帐，只见郑道光和江世敦正在那里激烈争吵。一问原因，才知道两人因为长沙幕府要他们做好撤退准备的事情意见相左：江世敦预感大事不妙，坚决主张立即撤退，郑道光认为边镐能够守住长沙，炮火军没什么危险，根本没必要准备撤退事宜。

魏迪勋说道："两位将军别吵了，朗军已经突破湘江，长沙城破，清晨尚在激战，如今长沙很可能已经被朗军占领了。边大帅两天前就离开长沙城，到各大寺庙讲经布道、登坛作法去了，长沙军务悉数交给了刘彦瑶。如今大帅身在何处，任何人都不得而知。"说着，示意信使将紧急官文呈给他们。

两人赶紧接过，凑在一起看了起来。郑道光还没看完，顿时两眼发直，嘴唇哆嗦，面如土色，一屁股瘫坐在大案上。江世敦看罢，气愤地将文书一扔，骂道："这个贪生怕死的边和尚，口口声声与长沙共存亡，要大家齐心协力，保卫长沙，他自己倒好，居然脚底抹油，早就溜了。"

"什、什么，边、边镐跑了？"郑道光听到江世敦如是说，更加不相信，"江、江老鼠，你、你可别信口雌黄！文、文书上只是说，边、边大帅只是、只是到各大寺庙做法去了，没、没说他逃跑了啊！"

"你真是个白痴，刘彦瑶他们，能看透边镐的心思？"江世敦白了他一眼，说道，"这是边和尚使用的金蝉脱壳之计，好把众将稳住替他守城，自己就借求神拜佛之机，装神弄鬼迷惑众人，以方便自己开溜。我们大家，都被这个假仁假义的臭和尚给骗了！"

"原、原来如此！"郑道光如梦方醒，破口大骂道，"这、这个臭和尚，身、身居一方节镇，又、又是统领诸路军马的大、大元帅，居、居然贪生怕死，临、临阵脱逃，误、误军误国，就、就算千刀万剐，也、也不为过！"

魏迪勋大为疑惑，问道："我说江都监，你为何认定，边大帅是逃跑了呢？"

江世敦道："魏大人，边镐这个人，江某还是了解的。满口的慈悲为怀，自称再世菩萨，其实，不过是标榜自己、欺世盗名罢了！但边镐对战局还是有洞察力的。自从益阳一破，岳州一丢，他就知道长沙守不住了，也知道刘彦瑶保卫长沙的三道防线形同虚设，不能延缓朗军破城的脚步。只是他这么一走，把我们炮火军害惨了！"

魏迪勋还是不解："江都监，此话怎讲？"

江世敦叹了口气，道："我们炮火营，都是匠工为主，只有护卫监和神刀营有作战能力，一直都是靠当地军队保护，长沙万余大军作鸟兽散，我们自然无所依存了。而且神刀营李都监已被派去增援醴陵了，就只剩下护卫监这不足千人的黑云军密使。如今要撤出去，家当丢下暂且不说，这么多匠工，要多少时间撤回萍乡啊……"

郑道光一听，江世敦要丢下他配制火药和制作炮火的家当，头摇得像拨浪鼓："不、不行！没、没了这些家当，还、还叫什么炮火军！老、老夫就是死，也、也不会丢下他们！"

"哎呀，我的大都督，都什么时候了，先顾顾性命吧！"江世敦急了，对他说道，"只要人在，什么家当不能添置？更何况，丢了这些东西，我们得到了李氏大威力炮火的秘方，这一趟，也没白来，值啊！大都督，赶快下令吧，命令所有的人只带兵刃弓箭，立即集结，马上撤离！"

郑道光坚持道："其余都可以舍、舍弃，只是验药监那些器械，一、一件都不能丢！"

江世敦拗不过他，只得答应："好吧，就起运验药监那些家当……"

突然传来一阵巨响，顿时人声鼎沸。

江世敦大惊，连忙问道："哪里爆炸了？快去看看！"

"报！"几个人正说着，准备往外走，突然验药监少监田德凡进帐急报，"大都督，郑都监，大事不好，验药监起火了……"

"什么？"江世敦问道，"验药监一直是我炮火军要害部门，有四五重岗哨，不可能有人进得来……"

郑道光一拍脑门，起身就往外走："坏、坏了，李、李云闪这几日，一直帮我做烟幕球，以、以备不时之需。是、是不是，他、他的试验走火了？他、他没事吧？"

田德凡道："回禀大都督，听值守卫士说，李药师不知怎么的，又突然发疯了，在库房里到处点炮火，这验药监大火，是不是他试验炮火走火引起的，还不能确定……"

江世敦急了，大声喊道："我估计，肯定是有人蓄意破坏，时间紧迫，没必要查这些事情了……传令下去，所有人员除了武器之外，任何物件都不准带，立即集结，马上撤离。"

"末将这就去安排！"值守校尉应了一声，转身出大帐部署去了。

这时候，没想到李云闪蓬头垢面，疯疯癫癫地走了进来。他手里拿着一个炮火，乐呵呵地说道："大都督，成了，成了，我点一个给你瞧瞧……"说着，点燃炮火就往地上丢。

江世敦见状，大声喊道："闪开……"一个箭步冲过去，将已经点着的炮火拿起，迅速跃出窗外，将炮火丢出老远，落在数丈之外。只听"轰隆"一声，顿时尘土飞扬，气浪冲天，就连远处的炮火军营门，也被震垮了。

"这哪里是烟幕球，简直比我们的炮火威力还大得多！"江世敦很是震惊，他没想到，这个疯疯癫癫的李云闪，原来是个真正的天才，在神志不清的情况下，居然又造出了威力更大的炮火！惊喜之余，生性多疑的他又觉得有些不对劲，一股不安涌上心头：这次他李云闪把验药监烧了，还要炸毁都督大帐，会不会是有意为之，甚至是装疯呢？……如若是真的疯了，那就绝对要带回萍乡去，将来定有大用；如若是装疯呢，那么麻烦就大了。看来，试一试他，很有必要。

想到这里，江世敦一骨碌爬起来，又冲进了大帐。他一把抓住李云闪，大声喝道："臭小子，你原来是在装疯！你告诉我，烧毁验药监，又要炸掉都督大帐，是谁指使的？"

李云闪大恐，连忙挣脱，躲进了郑道光的怀里："怕，我怕……"

郑道光制止道："江、江老鼠，一、一个疯子，怎、怎么跟他一般见识……"

魏迪勋也说道："都监将军，他帮了你们的忙，别为难他，把他交给我吧！"

江世敦不依不饶："我看他是装疯！你说，你做的这一切，是不是李云博指使的？"

郑道光大怒："江、江世敦，你、你怎么能诬陷李翰林！李、李翰林对我炮火营，可、可是恩重如山啦！"

江世敦拔出剑来，指着李云闪恶狠狠地问道："你说，这，是不是李云博要你放火烧营的？"

郑道光用身体护住李云闪，骂道："江、江老鼠，你、你也疯了吗？大、大少爷本来就身中剧毒，救治未愈，这、这次试验炮火，失、失手烧了验药监，罪不至死。你、你逼他干什么？他、他可是我们炮火军未来的希望啊！快、快、快放下剑，别、别吓着他！"

江世敦也来了火气："郑道光，你真是白痴！都什么时候了，还相信他们！我告诉你，如若这一切，都是李云博暗中策划，我们将死无葬身之地……"

这时候，值守校尉进来禀报："报告大都督、江都监，所有人员都集结完毕，请两位将军训示！"

江世敦收了剑，大声说道："还训示个屁！指挥大家立即撤离。我们务必在两个时辰内，通过老口关，如若朗州及时派兵增援醴陵，我们就回不去了。知会所有黑云军密使，以最快的速度开道，特别是醴陵大营那边，务必请李统领和易统领不惜一切代价，挡住张文表的进攻，保护各监所有工匠顺利过关！"

"是！"

趁着撤离的混乱场面，魏迪勋带着信使跑了出来。他本来想带走李云闪，可是郑道光、江世敦时刻和他形影不离，试了几次都未成功，只得作罢。为了支开信使，他命令信使前往浏阳知会西门璞，说炮火军已经撤离，要他好自为之。交代完毕，他自己策马抄小路赶往金刚头，和李云博会合去了。

◆ 六、狗急跳墙的江世敦大开杀戒 ◆

江世敦指挥着炮火军大队人马，沿着官道迅速往南唐边境的老口关撤退。刚过金刚头，打头阵的黑云长剑军密使就飞马来报：衡州刺史张文表已经攻下醴陵大营，正在攻打老口关，我们出不去了！

"什么？"江世敦大惊，连忙问道，"李天晨将军呢？他的三千神刀营将士，难道是吃干饭的？易守礼将军呢？"

密使道："回禀将军，李将军见衡州兵马攻势甚猛，放弃醴陵大营，抢占了老口关，并已经掩护易统领和大营部分人马撤回萍乡。但是，前往老口关的大路被衡州兵马截断，目前，李将军正在全力反攻，力争夺回醴陵大营。"

江世敦大急，命令道："立即组织黑云军及所有能战力量，组成敢死队，不惜一切代价，从背后夹击醴陵大营，全力协助李将军攻下大营，打通去老口关的通道！"

"是！"

江世敦带着数百死士，飞马赶到醴陵大营背面的山上，发现战事已经结束，醴陵大营严阵以待，老口关也坚壁清野，顿时满腹疑惑。只听负责打头阵的黑云军头领慌慌张张地飞马过来，跟他禀报道："都监将军，大事不妙，李将军突然停止攻营，回师老口关，将关隘把守得严严实实。张文表占领大营后，也没有进攻关隘，而是分兵抄小路朝浏阳方向去了……"

江世敦放眼望去，只见醴陵大营旌旗招展，到处都是剑拔弩张的军士；而远处的老口关，也一样刀林剑阵，杀气腾腾，顿时明白过来，这两处大军是在等他们，自己上当了！他顿时大惊失色，情不自禁地喊道："不好，李天晨倒戈了！"

头领如五雷轰顶，惊愕地问道："江将军，这，怎么可能？他送走了易统领和大批兵马，还回师攻打张文表……"

江世敦道："你被他骗了！他送走醴陵大营部分人马，又佯攻醴陵大营，是诱引大队人马赶过来，然后抄后路包围我们！一旦包抄得手，我们就陷入他们布下的口袋，那就只有死路一条了！命令大队人马火速撤退，向东突围，从铜鼓关过境！"

"是！"头领应了一声，转身策马而去。

数千人马立即掉头开拔。由于大部分人员都是未上过战场的工匠，一看这幅场面，吓得纷纷往后拥挤，这一挤，顿时踩踏不断，哭爹喊娘，乱作一团。江世敦见了，连忙带人冲了下来，大声喊道："诸位别慌，请按秩序撤退。后面的不要拥挤，如此下去，我们会全部死在这里！"但是场面已经无法控制，大家只顾着逃命，没有人听他的。情急之下，他拔出剑来，对身边的人说道："这些人带不回去了！立即砍开一条路来，保护大都督先行撤退！"黑云军听了他的命令，跟着他冲进官道上的人群，挥刀砍开一条血路，找到郑道光，丢下众人朝原路奔去。

还没到东峰界界口，没想到被一支军队挡住去路。为头的不是别人，正是醴陵大营监军陈锦龄。江世敦突然意识到，这一切，都可能是李云博策划的。情急之下，他大声命

令道："敢死队分成两路，一路由田德凡率领，护送大都督冲过界口。田少监，你给我记住，到了浏阳，与西门大人会合，不要停留，直接往东，从铜鼓关撤回，务必保证大都督安全回去！另一路，跟着本将军侧翼进攻，突出重围之后，负责断后，掩护他们撤退！"

"谨遵都监将令！"

顿时，东峰界界口古道上，一场血战展开。数百黑云军死士几轮拼杀，终于杀开一条血路，护着郑道光向东逃去，江世敦带着另一支队伍，挡住追赶而来的大军。他们且战且退，过了金刚头，转眼就进入了瑶池腹地。冲出重围，江世敦的身后，已不足百人了。

看着郑道光他们远去，江世敦松了一口气。想到这次兵败，特别是忙乎了大半年的炮火军片甲不留，他不由得痛心疾首、怒火冲天。而这一切，除了边镐这个无能之辈外，就是李氏家族的蓄意破坏，尤其是李云博，这个城府极深的天才少年，更是难辞其咎。想着想着，他几近疯狂了：能够让大都督脱险，已经是不幸中的万幸了，自己带着这百十号人，看来是走不掉了。既然走不掉，那不如来个鱼死网破！

回头看看后面没了追兵，江世敦勒住缰绳纵身下马，命令队伍停下来。他拄着长剑，对大家说道："大都督他们，只要到了浏阳，就安全了。我们不能撤了，得留下来对付追兵，一定得拖住他们，决不能让他们追赶上大都督！"

众人道："愿意跟随都监将军，誓死保护大都督！"

"好，到底是黑云军死士！"江世敦赞叹一句，"如今我们身陷绝境，炮火军也几乎全军覆灭，但是，只要大都督安然无恙，只要大威力火药秘方还在，炮火军就一定能够重建。"顿了顿，他突然问道："大家想过没有，这次灭顶之灾是谁造成的？"

有人答道："回禀将军，是边大帅兵败所致！"

也有人说道："是李天晨、陈锦龄他们倒戈。"

还有人说："是朗州衡州背叛朝廷……"

"你们说得都有道理，但是在本将军看来，罪魁祸首是李云博……"江世敦话还没说完，众人都瞪大眼睛不敢相信。

江世敦看着大家满腹疑虑的神情，继续说道："为什么，本将军跟你们说说。他一直躲在幕后，策划了这出诈降大戏。他先是归顺朝廷，考中进士，入朝为官，尔后要李天晨诈降，并与我们合作，甚至献出绝密配方来博取我们的信任，如今，他煽动朗州攻打长沙、岳州，勾结衡州攻打醴陵，欲将我们置于死地。如今天罗地网，无处可逃，这真是一招致命啊。大家说，他是不是罪魁祸首？"

有人回应道："江将军所言甚是！害得我等丢盔弃甲的，就是这个李云博！"

江世敦问道："你们说，现在怎么办？"

"杀了李云博，杀了李氏全家，为炮火军报仇！"

"好，我们就以死相拼，报仇雪恨！"江世敦点点头，看见有人不是很响应，又说道，"就算有人不愿相信，这些都是李云博干的，我们也得将李氏族人全部杀光！为什么，原因很简单：火药秘方除了我们得到的，李氏手里还有，甚至比我们掌握的还要厉害得多。杀了他们，其他诸侯就不可能得到，我们将来，就能建成天下无敌的炮火神军，到时候，大唐就能无敌于天下。为了我大唐朝廷的一统大业，为了皇上的江山社稷，为了我们的妻儿老小父老乡亲能够安居乐业，今日虽身逢绝境，也要背水一战。凭各位的本领，逃命轻而易举，但是，各位将士，我们是皇上亲自统领的黑云密使，是大唐国独一无二的神武铁军，也是天下人闻风丧胆的黑衣剑士，即便逃出去，将来也抬不起头，我们不能有辱黑云长剑军的威名！更何况，我们还有更重要的使命没有完成。各位兄弟，养兵千日、用兵一时，跟本将军一起，轰轰烈烈干他一场，如何？"

"为国效力，万死不辞！愿随将军赴汤蹈火！"

江世敦见战前动员已经完成，于是一挥长剑，大声说道："李云博，你既然不义，就别怪我等不仁！黑云军听令：立即杀向瑶池李府，一个不留地全部杀光！"

不到半个时辰，大队黑衣剑士杀进瑶池李府。没想到，四处搜寻后，李府里，居然一个人都没有！江世敦大惊："不好，他们早有准备！快撤……"

刚出大门，四处的箭羽雨点般飞来，一批黑衣剑士躲闪不及，应声倒下。

"有埋伏，快冲出去！"江世敦一边用长剑挡着飞箭，一边大声喊道。几个没有中箭的剑士跟了过来。他们冲出箭阵，上马落荒而逃。

慌不择路地狂奔，加上不敢走大路，在山里转来绕去，他们迷路了。江世敦看看身后，只剩下数十人了。连吃败仗，而且败在乳臭未干的毛头小子手里，江世敦心中的无名火直往上蹿，他忍不住破口大骂道："李云博，你这臭小子，老子这辈子不剥了你的皮、抽了你的筋，誓不为人！"骂了一通，渐渐平复下来，决定先带着大家躲进荒无人烟的深山里，然后寻找机会下手。

真是无巧不成书。也许是老天冥冥之中早有安排，他们转来转去，一边寻找吃的，一边查探地形，渐渐地，来到了烂泥湖边。

江世敦一见到烂泥湖，马上明白了，这是李氏家族的祖坟山，他来过多次了，自然一眼就认得。忽然间灵光闪现、恍然大悟：李云博和他的家人，肯定转移到这里来了！

他朝身后几个剑士挥挥手，示意他们别出声，又指指湖边的茅草屋，示意大家摸过去围住茅屋，抓住里面的人。

一群人破门而入，把里面三个说话的女人吓得大气不敢出。江世敦一眼就认出了大着肚子的秋月，上前一把扯住她，问道："秋月姑娘，李云博呢？"

"你拉拉扯扯的，干什么！"秋月一看是江世敦，顿时来了气，"江将军，你们破门而入，这是要干什么？"

"离这不到两三里的地方，刚刚经历了一场大战，她居然一无所知，真是奇了怪了。"江世敦疑惑地看着秋月，暗自思忖着，于是试探着问道："有点急事，跟翰林学士商量……江某问你，刚才路边那些喊杀声，是干什么？"

"干什么？你不知道？"一个丫鬟鄙夷地看了他一眼，"今日是李氏秋狩吉日，外边在围猎呢！等会儿，跟我们一起吃野味吧！"

江世敦明白了，秋月被李云博一样蒙在鼓里，什么都不知道。他继续问道："你怀孕后，不是一直待在李府吗，来到这荒山野岭干什么？"

秋月不耐烦了，坐下来对另一个丫鬟道："本夫人累了，你跟他说吧。"

另外一个丫鬟没好气地说道："我说江将军，你有完没完？李氏家族围猎，男女老少倾巢而出，连卧病在床的老太爷也都上山了，我们夫人挺着大肚子，爬山不方便，就留在这烂泥湖边了。"

江世敦问："翰林大人他们呢？"

一个丫鬟道："这还用问，自然是上东峰界狩猎场了！"

"没想到，踏破铁鞋无觅处，得来全不费工夫！"江世敦得知李云博及其家人的行踪，顿时大喜过望，哈哈大笑道，"千虑必有一失，百密必有一疏。真没想到，你也会留下破绽啊！李云博，你的死期到了！"

秋月闻言大惊，杏眼一瞪，站起来道："江世敦，你说什么？"

"把她们绑起来！"江世敦突然来了精神，"贱人！皇上让你侍候李云博，是要你看好他，弄清他的动向，不是要你和他两情相悦、卿卿我我！没想到你，真的跟他做起夫妻来，还怀上了他的孩子！你把皇上的密旨早就忘得一干二净了吧？"

秋月挣扎着，怒道："江世敦，你是不是疯了？皇上当着众臣的面，将我许配给李翰林，还风风光光地嫁进翰林府，我们本来就是夫妻！没错，皇上要我看着李云博，可是，他效忠皇上，一心一意为朝廷分忧，也为你们炮火军出了大力，没干什么出格的事情啊。你这样说，真是欺人太甚！"

江世敦被她气得咬牙切齿，狠狠地骂道："你这个蠢得像猪的女人，死到临头还护着他！贱人，你被他骗了，知不知道？"

秋月仍然不相信："他怎么骗我了？"

江世敦道："让我来告诉你：长沙破了，边大帅生死不明；枫林铺大营被一把火烧了，醴陵大营被衡州军攻占了，炮火军全军覆灭了，只剩下我们几个；老口关被李天晨控制了，我们都回不去了……而这一切，都是你的好夫君李云博一手策划的！你明白了没有？"

秋月大惊，摇摇头道："不可能！我天天跟他在一起，他干什么，我还不知道？"

"别跟她啰唆了！"黑云军头领对江世敦说道，"将军，事不宜迟，我们先宰了这个叛徒，然后上东峰界诛灭李云博及其全家，为死去的兄弟们报仇吧！"说着，就指挥剑士动手。

"慢着！"江世敦制止道，"带上她！有了这张王牌，到时候，就不怕李云博不来送死！不过，这两个丫头片子，留着累赘！"头领会意，手起剑落把两个丫鬟杀了。

而这一切，被前来给她们送午饭的刘杜鹃看得一清二楚。机灵的小姑娘还未登上山坡，就见屋里屋外有很多人，赶紧闪进路边的草丛里藏了起来。他们前脚刚走，花儿就飞快跑回家报信。

江世敦哪里知道，他苦苦寻找的对手李云博，就在离茅屋不到两里的刘记酒家里。而他下到官道前往东峰界，路经刘记酒家，看见天上有鸽子在飞，还喃喃自语："怎么，这小小山寨里，居然也有人养鸽子……"却没想到，这是传递战场重要资讯的信鸽，更没想到，让他彻底失败的这场战役的指挥中枢，就在他眼皮底下。由于急着上山，老谋深算的他，居然把如此重要的细节给忽略了，又一次与近在咫尺、让他恨得咬牙切齿的李云博失之交臂。

◆ 七、东峰界上，李云博挺身入危局 ◆

李云博得知秋月被一群黑衣人带走，惊得半晌说不出话来。当刘杜鹃说，为头的是一个尖嘴猴腮、小眼髭须的中年人时，他马上明白，这人十有八九就是江世敦了。可是，江世敦既然没有往东走，就应该停下来，阻击追兵，掩护郑道光撤退。可是他们偏偏朝南边去了，难道要趁其不备，从老口关闯过去？不可能啊。挟持着这个女子做人质想闯关，风险太大，几乎不可能。那还去干什么？

魏迪勋见他发愣，走过来说道："岈南，适才探马来报，江世敦去李府扑了个空，转进了深山，怎么会突然出现在烂泥湖呢？"

"他们真的去过我家里？幸亏防范得早……哎呀，大事不妙！我明白他们要去哪里了！他们肯定是要去东峰界猎场！"李云博恍然大悟。

李云浩摇摇头，他不相信李云博的判断："去东峰界猎场？不可能吧。深山老林的，远着呢！而且，他们怎么知道，我们家人在那里？"

乾卦统领也不相信："是啊，逃命也不是这个逃法！就算去那里，也是误打误撞！"

冯玉花却赞同李云博的判断，她想了想说道："岫南，我在想，他们杀回来，是不是狗急跳墙出不去，回来寻仇，来个鱼死网破啊？"

"还是浩嫂想到点子上！我想，他们要么是来复仇，要么就是灭口我李氏，然后独占火药秘方！"李云博急匆匆说着，有些悔恨地叹着气，"他们肯定从秋月她们口中，知道了家人下落……哎呀，我真是小看他江世敦了！"

魏迪勋急了："这如何是好？我们身边，不足二十人，怎么对付得了那么多黑云剑士？"

李云博想了想，道："事不宜迟，我们分头行动：致远兄，麻烦你带两个人速去醴陵大营，知会我三叔，请他命玄武将军率领所部速来东峰界猎场，还有，让他们把所有的战俘放过关去；魏大人，你留下坐镇，有什么要情及时派人送来；朱雀将军，你和无妄卦队留下来保护魏大人。两位乾兄，浩哥浩嫂，我们走，先赶上山去，想办法拖住他们！"

李云博一行赶到东峰界狩猎场外的时候，已近申时。李云博示意大家小心，然后猫着腰，蹲在一丛刺蓬下面，观察情况。乾卦统领、李云浩夫妇紧随其后，乾卦执事以及八名密使在两边和后面警戒。透过层层叠叠的藤叶枝蔓，隐隐约约看见避雨洞前聚集着很多人，还有一些人正被黑衣人往避雨洞前的大草坪上驱赶。草坪中央，有几个黑衣人正在点燃篝火，还有两三个乡民在黑衣人的监督下，正在那里剥着兽皮，清理着动物的骨肉。见到这幅景象，李云博马上明白了：江世敦已经完全控制了局面，前来避难的李府家人和附近乡亲数百人，都成了他的人质。

李云博命令乾卦执事带着两个密使盯紧他们的一举一动，然后和其他人后撤数丈远，在一个石坎下停了下来。李云浩焦急地问道："岫南，你看见祖父没有？"李云博一愣，愕然道："好像没有。"其他几个人也都摇摇头。李云浩带着哭腔道："难道，他们把我阿公……"

"别胡思乱想！"冯玉花止住他道，"我说浩哥，跟你说过多少次了，遇事别慌，六神无主的，能够应对危局吗？真是！"

李云博安慰他道："嫂子说得对！阿公吉人自有天相，不会有事的。"

冯玉花看见他不作声了，数落道："你呀，比岫南还大，他倒像是你哥哥似的！"

李云浩跟没听见似的，一直在使劲回想着，突然道："不过，我看见秋月了。她被绑在马桩上。"

冯玉花道："对，我也看见了。"

李云博道："我看，虽然局面被他们控制住，但人质应该暂时安全。看样子，他们还没吃东西，一时半会儿还不会把人质怎么样。我们先弄清情况，等玄武将军他们过来后，再想办法。大家分头行动，多加小心，半个时辰后在这里会合。"

"是！"

天近黄昏，玄武将军、冯志远带着百余名泰平阁密使赶到东峰界猎场，协助李天晨管理军务的李天威、正在东峰界口驻守的陈锦龄也一起来了。众人聚在一起，匆匆吃了些玄武他们带过来的军食，然后商议起行动策案。大家都觉得等到天黑后，营救行动成功的概率更大。李云博听着大家的发言，半晌没作声。大家急了，都等着他拍板。

李云博道："这次行动，非比寻常。而我们的对手，是南唐将领中，最为诡计多端的江世敦。他来这里，就是要鱼死网破。一个多时辰过去了，他们居然没有任何动静，足见江世敦已经算到了，我们肯定会来救人，他在等我们出手。如若我们一来就出手救人，就中了他的圈套，我们现身，他就会指挥黑云剑士大开杀戒，最后同归于尽。"

乾卦统领点点头，摩拳擦掌道："少主言之有理。你就直接下令，我们怎么干吧！"

"乾兄别急，听我说完。"李云博道，"我们先不动武，先得和他斗智。也不能一味等到天黑，得见机行事。只有他们沉不住气了，我们才会有机会。我看，就这样……"对几个负责指挥的将领交代一通后，他又反复强调：一定要沉住气，切勿轻举妄动。

江世敦吃饱喝足，看看天色已晚，而他预料的情况还未发生，有些沉不住气了。身边的黑云军头人更加焦急，对他说道："都监将军，李云博既然不在这些人当中，是不是不知道我们来了这里？要不，把这些人都杀了，然后去追杀他？"

"不行！"江世敦道，"杀了他们，除了报仇泄愤之外，毫无意义，也有辱我黑衣剑士的威名。我们要消灭的，是李氏长房掌握火药绝密的成年男人，尤其是李云博。这些手无寸铁的，只不过是我们的诱饵而已……"江世敦说着，突然放声喊道："李云博，你这个缩头乌龟！我知道你在这里，你要是有种，就现身给老夫瞧瞧……"

正说着，一个剑士匆匆跑过来报告："将军，我们山后巡逻时，在一个废弃的陷阱里，抓到一个老头儿，好像是李府老太爷……"

江世敦大喜："李府老太爷？带上来，让我瞧瞧？"仔细一看，果然是李庆吉，他得意非凡地上前招呼："老族长，别来无恙？"

李庆吉拱手道："托将军的福，老朽还有一口气，但只怕过不了今日了。这把年纪了，能陪着都监将军一起上路，真是荣幸之至！"

江世敦道："老族长多虑了。我们来此，找的是李云博他们那几个反叛朝廷的乱臣贼子，与老族长何干？你只要说出他们在哪里，我们就立刻放了大家！"

"啊呸！"李庆吉啐了他一口，"老夫活了六七十年，你还当我是个三岁小孩，好哄不是？南唐贼寇，别做梦了！"

"你真是敬酒不吃吃罚酒！"黑云头领火了，"将军，别跟他啰唆了，先拿他开

刀吧！"

"好，就拿这个老太爷开刀！把他吊起来，先痛打一顿再说！"江世敦眼珠一转，来了主意，"还有，把背叛皇上那个臭婊子也带过来，一起出出气！"

"别动我大哥！你们居然连一个孕妇也不放过，算什么本事！"李庆如见他们要拷打李庆吉，慌了，从人群里钻了出来，"江世敦，你有种的话，冲我李庆如来！"

"太好了，这招很管用。"江世敦见李庆如现身了，喜不自胜，"把这个李三太爷也一起吊起来，给我狠狠地打！"

"给我打！"江世敦狞笑着，一边看着黑云剑士打人，一边喊道，"李云博，你这个龟孙子！你忍心看着自己的祖辈挨打，自己的老婆受罪，就算不敢出来露个脸，吭一声也行啊！你还是不是人？还有你们李氏子孙，你们不是一向尚武豪侠、义薄云天吗？怎么现在，都成了软蛋了？"

秋月哭喊道："官人，千万别信他，千万不能现身啊！"

李庆吉大声笑道："喊吧，狗贼，李云博他们，根本不在这里。你就是把喉咙喊破了，也是白搭！哈哈哈……"

江世敦大怒："那好，江某就如你所愿！来人，先把这三个斩了！"

"是！"

人被放下来后，又被五花大绑，几个剑士过来准备行刑。江世敦仍不死心，于是又大声叫唤道："李云博，这可是最后的机会了！到时候，你别怪老夫没给你机会！你不现身，就留着狗命，去哭丧吧！"

"哈哈哈，江将军，晚生来迟，让你久等了！"突然，李云博纵身一跃，来到猎场中央，"哎呀，胜负乃兵家常事，江都监为何因为一次败仗，如此丧心病狂、大开杀戒呢？"

"李云博，你终于现身了！"江世敦扭头一看，真的是李云博，不由得欣喜若狂。

◈ 八、手刃江世敦，李天威报了杀父之仇 ◈

李云博看见几个亲人要被问斩，故意装作大惊失色的样子，慌慌张张冲上前去，推开剑士，给他们松了绑，泣不成声地将他们扶起。忙了一通，他愤怒异常地说道："江都监，你如此对待我的亲人，究竟为何？"

"为何？你不要明知故问了！"江世敦愈发得意，"看来，江某这敲山震虎、打草寻蛇之计，还真用得不错！"

李云博收了眼泪，满腹委屈地说道："哎呀，江都监，你真的误会了。你看，我匆匆从神刀营赶过来，满头大汗。你江将军要见我，我岂能不来？"

江世敦道："你又在撒谎吧？我问你，既然你不在此，那你是怎么知道我会来这里的？"

"你真是聪明过了头！"李云博一边安慰着满脸是泪的秋月，一边揶揄道，"仗都打完了，这些上山逃难的父老乡亲，居然一个没回，你说，我难道想不到吗？"

"这，也是一说。"江世敦道，"那好，你既然敢来送死，肯定有所准备。你说，你带了多少人？"

李云博坦然自若："笑话，我来送死，要多少人陪葬？我就只身一人，不信，你瞧瞧！"

江世敦将信将疑："我才不信呢！你小子诡计多端，你以为我不知道？"

李云博道："你把我绑了吧。只是临死之前，我有一个愿望，把这些乡亲和我的这几个家人，都放了，别让我死不瞑目，如何？"

"别来这一套，老夫今日，就是要和你们李氏族人同归于尽！"江世敦开怀大笑道，"我们一起上路，多一些伴，有什么不好？哈哈哈……"

"你我之间的恩怨，为何要牵连这些无辜的百姓！"李云博站起来，义正词严地叱问道，"江将军，在下问你，就算我有罪，我李府有罪，这些无辜百姓有什么罪？就算我该死，我内人该死，可我还未出生的孩子，他也该死吗？"

江世敦冷笑道："这……我说李翰林，口舌之争，我不是你对手！今日下了决心玉石俱焚，也不想讲理了。今日江某要你们死，你们就必须都得死！"

"是啊，强盗哪有什么道理讲！"李云博长叹一声，"江世敦，不如，你我临死前，做笔交易，如何？"

"交易？难道还想多赚些钱，带到阴曹地府去？"江世敦哈哈大笑，"你原来和我一样，也脱不了俗，功名利禄、钱财美女放不下啊！"

"人都是父母所生、父母所养，吃五谷杂粮，有七情六欲，哪个能够免俗！只是这次，还真的和你不一样！"李云博道，"你是想黄泉路上多几个伴，我是想死的时候少些人无辜丧命。"

江世敦赞许地点点头："李翰林之境界，真是高啊！那请说，什么交易？"

李云博道："用瑶池这数百乡亲的性命，换你炮火军数千兵马的性命，如何？"

江世敦一愣："炮火军那数千人马，全部被俘了？你们没有处死他们？"

"除了你逃命时砍杀的数十名工匠外，其余的全部被俘，我当然没有处死他们！"李云博慨然道，"无论如何，你们炮火军的工匠也好，瑶池这些百姓也罢，他们都是无辜的！"

"一个换十个，这笔交易成了！"江世敦万万没有想到，李云博居然没有诛杀降卒，这批熟练匠工，是炮火军的宝贝啊！他顿了顿又道，"你这样说，空口无凭，到时候，你们反悔了呢？"

李云博笑道："笑话！我们瑶池人一言九鼎，岂能说话不作数！要不，你派人过去，等醴陵大营放了人之后，再放这些百姓不迟！"

"老夫相信你最后一次！"江世敦说着，有朝身后吩咐道，"张头领，你带几个人过去，把那批工匠全部送过老口关，然后回来……"

正说着，突然几个黑衣剑士跌跌撞撞冲了过来，一个领头的说道："报告都监将军，我们上午被俘……午后，我们炮火军两千多名兄弟，被醴陵大营释放，一个多时辰前，兄弟们全部过了老口关。属下听说将军在东峰界猎场，就没过关，偷偷带着两个弟兄赶过来了！"

江世敦定眼一看，这个剑士以前是他的亲信副将，后来西门璞调任筠州别驾，就提升他为行军司马。他几乎不相信自己的耳朵：李云博已经把人放了！但他仍然将信将疑："吴司马，数千炮火军工匠，真的都回去了？"

行军司马道："禀将军，千真万确！"

李云博道："我说过，我不会骗你。就算你今天不放过我，不放过这些乡亲，我也会下令，放了那些工匠的！"

"为什么？以德报怨吗？"江世敦怒道，"皇上对你隆恩厚赐、恩宠有加，朝廷也待你不薄，你说，你为何要背叛朝廷？"

李云博道："我们本来无冤无仇，可以相安无事。但是，你们处心积虑，要怀柔我们，觊觎我李氏火药绝密，而且不讲道理，悍然入侵我们的家园，还要逼迫我们为你们制造杀人武器，然后说，以后就是一家人了，你不觉得荒唐吗？试想，我冲进你家里，把你的一切都抢了，然后对你说，我们亲如兄弟，以后就是一家人了……你会怎么办？"

江世敦道："我肯定会杀了你，把丢掉的一切，都夺回来！"

李云博道："对啊，我们做的，就是这样的事！"

江世敦突然哈哈大笑："李云博，你上当了！老夫反悔了，不放你们的人了！"

"我早就知道，你江世敦是言而无信的小人！"李云博装作镇定自若，他估计拖了这么久，玄武将军他们已经得手了吧。正想着，突然听到了玄武的暗语传音："禀报少主：外围和后边的黑衣剑士全部被秘密解决，一共三十七人；两边各有六人看守着乡亲，场中有黑衣剑士十五人，包括刚刚到来的三人。我等三十名密使，已经全部换上黑云军衣装，等不声不响解决两边十余人后，随时可以突进来围住他们。请少主尽可能让太爷、夫人离他们远一些，属下随时恭候少主命令……"

"这地方，怎么会有如此奇怪的鸟叫？是鸽子吗？"江世敦听不懂暗语传音，抬起头愕然四顾。

"你听不出这是什么声音吗？这是阎王爷的催命咒语！"李云博说罢，上前用右手又搀扶着李庆吉，又叫李庆如搀着李庆吉的另一边，左手扶着秋月，故意大声说道，"今日我们过不去江都监这道坎了，不如坦然去死。能和阿公、三叔公以及秋月姑娘一起死，也不枉来此生！走，到那边去，死也要和乡亲们在一起！"李庆吉兄弟听了，百感交集，泪如雨下，使劲地点着头。

秋月突然停止了哭泣，他满眼是泪地笑道："官人，我们一家三口，到阴曹地府一样过日子！"在场人闻言，无不动容。

江世敦大声制止道："停下！你们要干什么？"

李云博笑道："干什么？等着你挥动屠刀啊！"

江世敦命令道："兄弟们，赶快动手……"

"是！"只见四周的黑衣人全部闪了出来。

李云博用暗语道："兄弟们，赶快动手……"

那群黑衣人突然朝猎场中央围过来，手挥长剑，刺向猝不及防的十余名剑士，那些人顿时气绝身亡，只剩下了江世敦、行军司马和那个头人。

"快杀李云博！"江世敦大惊，挺剑冲了过来，玄武挥剑相迎。黑云剑士头人也往这边助阵，被乾卦统领挡住去路，厮杀起来；行军司马一转身，数发飞镖射向李云博。

"官人快躲开……"秋月见状，将李云博祖孙三人推倒，自己躲闪不及，连中数镖。李云浩夫妇正从另一边杀过来，一刀一剑同时将他结果。

"秋月……"李云博回过头来，抱住她，号啕大哭。

猎场中央，乾卦统领和那个头人斗了几回合，卖了个破绽，一剑将他刺死。

一瞬之间变成了孤家寡人的江世敦，被团团围住。他很是愕然，大声问道："你们究竟是什么人？为何数十名天下闻风丧胆的黑云军，顷刻之间被你们诛杀殆尽？"

李天威道："狗贼，他们都是我神刀营的将士！"

江世敦不屑一顾："神刀营？猎神刀法有什么稀罕！当年李庆意也用这玩意儿，根本不是我的对手！去年长沙湘春门外大闹法场，老子还一剑取了他的性命呢！"

玄武命令道："别跟他啰唆，兄弟们，杀了这个老贼！"

"原来，我父亲是被你害死的，老东西，拿命来！"李天威听到江世敦亲口说出父亲被杀真相，顿时怒火中烧。他大声喊道："都闪开，让我来替父亲报仇！江世敦，你们去年蒙面大劫法场，杀了我的父亲，我还一直只知道是黑云剑士干的，没想到你如今自己说了

出来，真是死到临头了！猎神刀法的确没什么了不起，那你今日看看，什么是猎神刀法！"

"好！"江世敦一通狂笑，"今日又被李云博算计，输得精光。本想自尽一了百了，没想到有人寻仇！老夫就成全你，省得到了阴曹地府见了那个百夫长还不好意思。俗话说，龙生龙凤生凤，老鼠养儿会打洞。李天威，老夫倒要看看，李庆意这个手下败将的儿子，究竟有何能耐！来吧，小子，让你尝尝我江氏追魂夺命剑的厉害！"

众人闪出空地，两人格斗起来。刀来剑往，甚是精彩。

而李云博这边，秋月已气息奄奄。李庆如察看了伤情，大惊失色道："镖上有剧毒！从情形看，这种毒应该是天下第一奇毒'见血封喉'，而且中了数镖。能够解这种毒的，只有红背竹节草，云南那边才有的……"

李云博连忙取出仅存的一粒人参大补丸，放在口里嚼碎，给她吞下。他每次救人性命时都称是"最后一颗"，而此刻拿出来的，才是真正的最后一颗。

李庆如摇摇头道："人参大补丸可以补气，可以祛疾，甚至可以救命，但就是不能解毒，没用了……当然，补补气，也许可能回光返照醒过来……"

不一会儿，秋月真的醒了，他对李云博道："官人，请娘过来……"

听到喊声，邱氏和几个妯娌都围过来。只听秋月断断续续道："娘，这次秋月是真的怀孕了，绝对没有骗你……"

邱氏紧紧握着她的手，流着泪道："娘知道。"

秋月又道："谢谢你让秋月有了幸福的家，有了这么好的夫君……只是，秋月不能再尽孝了，您的大恩大德，秋月来世再报吧……其实，其实官人心里，只有柳烟姐姐，您答应我，一定成全他们……这个，本来就不该是我的，还给你……"说着，将手腕上的翡翠玉镯摘下，送到邱氏手上。

"不！我现在心里，只有你啊……"李云博哭道，又一把抓起那个玉镯要往地上砸，"什么破玩意儿，谁戴了谁倒霉……"

邱氏抢过玉镯，哭道："我们祖祖辈辈的主母，不都这样戴吗？哪个出了事啊？是你命硬，干玉镯啥事？既然秋月和你成了婚，又有了你的孩子，如今出了意外，就让这个镯子陪着她吧！"说着，就又将玉镯戴了回去。

"谢谢娘……官人，妾身得去金陵那边交差了……来世有缘，我们，还……"秋月说着，嫣然一笑就慢慢地闭上了眼睛。

"秋月……"一家人顿时泣不成声。

而那边，李天威手起刀落，将江世敦劈成两半。

这时候，斜阳西下，彩霞满天，就仿佛天空，也被鲜血浸染过一般。

◆ 九、无颜江东的郑大都督拔剑自刎 ◆

一家人回到府上，已近戌时。刚到楼门，悲伤之中的李云博抬头看见安乡侯府和四块匾额，不由得怒火中烧，他大声喊道："管家，把这些破玩意儿撤下来，一把火烧了！"

这时候，已赴瞿家寨的李天骏派人来报：向东逃窜的黑云军在瞿家寨全部被围歼，只是没有发现郑道光，也没有李云闪的踪影。李云博急了，连忙从悲伤中挣脱出来，星夜往瞿家寨赶。

到了瞿家寨，听了李天骏和守将赵密介绍具体情况后，李云博立即组织人马连夜搜山，直到黎明时分，也没有他们的下落。

李天骏问道："大围山地势险峻，这瞿家寨是通往铜鼓关的唯一关隘，他们难道飞了不成？"

李云博想了想，道："既然山上没有，那就只有两种可能：要么从悬崖上跳崖走了，要么就根本没过来。"

赵密道："跳崖不可能！因为边境线上全都部署了岗哨，而且大围山的七星岭一带，都是数百丈的悬崖峭壁，从那里翻过去，也绝无生还可能。"

李云博恍然大悟道："我们的思路错了！他们肯定兵分两路甚至多路，一路来冲关，其余的应该还在半途。如若冲关不成，他们很可能改道向北，绕平江、汨罗一线设法过境。赶紧带人沿途搜寻，并知会长沙、岳州方面在边境线上严加盘查！"

于是兵分三路，往回搜寻。李云博会同玄武将军，带人飞马直往北去。一路询问，都没有重大发现，直到到了龙伏、社港一带，有村民说，昨日以来，大批的难民往平江方向去了，上午还有一群衣衫褴褛的乞丐从这里经过。

李云博大喜，立即快马加鞭，使劲追赶，终于在一个名叫长寿的集市追上了这群乞丐，人不多，只有六七个人，衣衫褴褛，正在集市街上行乞。冯致远下马上前跟他们攀谈了一阵，施舍一些铜钱，就回来告诉李云博，这些乞丐不像是溃散的士兵，也不是江湖上的丐帮弟子，而是从益阳那边逃荒过来的难民。大家听了，很是失望，于是大家上马继续往前走。

这时候已近中午，大家已经饥肠辘辘。玄武将军问李云博："少主，要不，先找个酒家吃点东西，再搜寻如何？"

李云博想了想道："这个地方，我以前云游的时候来过。再过去十余里，就是龙门铺了，也是平江最东边的集市了，再往东，就是南唐的修水地界。如若他们往北来了，这个地方是最理想的过境地点，距离最近，消息闭塞，又只有一个普通驿关，无重兵把守。先到那里看看再说。"

大家又快马前行，不一会儿就到了龙门铺。李云博道："致远兄，你带几个人立即前往边关哨所，发现形迹可疑的人，一律扣押。其余人三五人一组，在附近搜索一遍，看有没有发现，午时三刻前都前往龙门客栈集结，一来交换信息，二来填饱肚子。我和玄武将军在那里等你们。哦，客栈就在大街最繁华处，很好找。"众人领命去了。

李云博一行进了龙门客栈，喊来店家要了些吃的，然后思考着郑道光可能去的地方。不一会儿，一个密使来报：集市东边发现了大量的难民，有的聚在一起商量着什么。李云博闻言猛地站了起来，对玄武道："走，去看看。"又对无妄执事道："你留在这里，等他们回来后，都到集市东边来。"

的确，这里聚集了数百名难民。李云博估计，郑道光他们，就躲在里面。他命人逐一查看，特别留意他们是否带有武器，身上是否有创伤，自己也在人群里寻找起来。不经意之间，他看见几个难民用黑纱遮着脸，很是奇怪：盛夏的中午，很是炎热，为何要用纱巾遮脸呢？他上前去，一个个扯开黑纱，那些人不悦地睁开眼睛看了他一眼，继续打盹懒得理他。突然，他发现一个人捂着胳膊，连忙上前用力拍了他一下，那人大叫一声，站起来就跑。

"抓住他！"李云博喊道，"郑道光和南唐败兵，就在这些人中间。大家一个个查看，绝不能放过他们！"

大家又找出了几个有伤的南唐士卒，可是，就是不见郑道光和李云闪。忙碌了大半天，还是没有找着，大家有些泄气了。

突然，一个声音传过来："岫南，郑道光在这里，他们都易容了……"话刚落音，那人"啊"的一声惨叫，倒在地上。

李云博听出是大哥李云闪的声音。他立即冲过去，只见他已经倒在血泊之中，胸口上插着一把匕首。他周围的难民都站了起来，摆开架势，护住后边的几个人。李云博大急，招呼玄武将军他们过来帮忙。玄武将军带人冲了过来，将几个站起来的人悉数解决，然后围了过去。

李云博扶起李云闪，撕开他的假面皮，只见李云闪已经不省人事。"大哥……"李云博悲痛万分，抱住李云闪泣不成声。可是李云闪，已经闭上了眼睛。

玄武他们上前，将那几个仍然席地而坐的难民的面皮都撕了下来，郑道光、田德凡、西门璞，一个个露出真面目来。

"还、还是被你们找到了……"郑道光看着李云博，长长叹息一声。

玄武将军问道："少主，如何处置这几个南唐将领？"

李云博没有理会他，抱起李云闪，将他扛在肩上。由于李云闪健壮硕大，李云博几乎使尽了全身力气，才将李云闪扛起，然后吃力地朝集市外边走去。

玄武追上去，又问道："少主，如何处置这几个……"

李云博回过头来，淡淡地说道："带他们去龙门客栈，让他们吃饱喝足，然后，送他们过境！"说完，头也不回地走了。

玄武将军简直不相信自己的耳朵，愣了半晌，冷冷地说道："几位将军，请吧！"

就在大家吃饭的时候，李云博抱着他大哥，一直在客栈外的石阶上坐着，不吃不喝，不言不语，跟傻了一般。他把李云闪的头紧紧搁在胸前，出神地望着远处。玄武将军走过来，问道："少主，您还是吃一点吧？"李云博仍然一声不吭地摇摇头。玄武突然想起，前年李云铎战死时，他也是这个样子，后来还得了妄思之症，神志不清好些天。他急了，上前一把将李云闪的尸首抢过来，急切地问道："少主，少主，您没事吧？"

"我能有什么事！"李云博见他夺走了李云闪，顿时来了火气，"快把大哥还给我！"

玄武更加急了，大声喊道："大少爷已经被南唐人杀了，你知不知道？"

"杀了？怎么可能？我大哥健壮得像头公牛，武功又好，谁杀得了他！"李云博满脸愕然，他又从玄武手里将李云闪夺过来，喊道，"大哥，醒醒，该吃饭了！"

"刚才，就在你眼前，他被一个黑云剑士用匕首捅进了心脏！"玄武声音带着哭腔，"少主，你不能有事啊！"

"李云闪，你不能死啊！你死了，我如何向家里交代啊！啊哈哈哈哈啊……"李云博终于号啕大哭起来，"都是我不好，要你铤而走险，到炮火大营当什么眼线……"

这时候，郑道光他们已经吃得差不多了，突然听到李云博的哭诉，顿时面面相觑。三人对视了一下眼神，走了出来。

郑道光道："李、李翰林，人、人死不能复生啊，请、请节哀顺变！"

"别叫我李翰林！"李云博看了他一眼，道，"你们赶快过境吧，不要等到我改变了主意，你们就走不了了！"

郑道光道："大、大少爷是、是郑某手下的人杀的，我、我替他偿命吧！"

田德凡急了："李大人，大少爷虽然是黑云剑士杀的，但主意是西门大人出的……"

"什么？"李云博听了，顿时勃然大怒，"西门璞，你是我们的亲姑父，你出了什么样的歪主意？"

西门璞被他一声大吼，顿时吓得两眼发直，浑身哆嗦，口里不停地说着："不是我，不是我……"说着，又撒腿就跑，一路疯疯癫癫地喊道："不是我，不是我……"

郑道光大惊："难、难道，西、西门大人疯了？"

"快抓住他，别让他跑远！"李云博又问田德凡，"田少监，你说，你们是如何密谋的？"

田德凡脸一红，说道："回禀李大人，我等随大都督逃到浏阳后，与西门大人一起商议如何保护大都督逃走。西门大人说，派一路人去瞿家寨冲关，引开你们的注意力；我们扮着逃难的难民，直接取道平江，从龙门铺过境。我建议说，李云闪就别带走了，他有时候疯，有时候又好了，带上他，是个大麻烦。大都督说他是个火药奇才，舍不得丢下。西门大人说，暂且带着，能带回国更好，万一他有麻烦，就立马处决，还专门派几个剑士时刻跟着他……"

郑道光问道："李、李大人，你、你刚才说，是、是你要他做眼线的？难、难道他没疯？"

李云博道："他当然疯了。但是，他的疯是暂时的。因为家法会上给他喝的，不是真正的乱魂药，而是过量的迷魂药，只要过了两三个月，他就会自动恢复心智。他从金陵回来以后，其实已经很正常了，是我要他继续留下的……"

"原来他在装疯！"田德凡恍然大悟："怪不得昨日，他一把火烧了验药监，还要将都督大帐一炮轰了！"

郑道光问道："李、李大人，如、如今，炮、炮火营灰飞烟灭，我、我们几个已经束手就擒，你、你为何要放我们一马？"

李云博冷笑道："为何？我本来是要杀你们的，除恶务尽嘛。但是，我大哥的死，让我幡然而悟：应该说，大家都不是坏人，如若天下太平，不用在战场上见，你我很可能还会成为忘年交。可是如今，却为了不同国家在效命，钩心斗角，尔虞我诈，甚至兄弟相残，亲友反目，杀来杀去，死的都是些无辜的人。"

田德凡道："因此，一统天下，是当今百姓的夙愿，也是志士仁人的追求。我大唐虽然败了，炮火军也片甲不留，但在下以为，统一天下的，仍然是我大唐！"

李云博冷笑道："何以见得？"

田德凡道："我大唐仍然是南方首屈一指的大国强国，物华天宝，人杰地灵，更有皇上睿智，满朝文武齐心，如今图楚虽败，但我们得到了你瑶池李氏的火药绝密，等建成了天下无敌的炮火神军，一统天下指日可待！"

"田少监真是豪气干云，令晚生钦佩啊！"李云博道，"但晚生以为，你不了解你的皇上，不了解你的朝廷，更不了解文臣武将的真实状况。告诉你吧，贵朝权力中枢出现党争，而且愈演愈烈，这就是近年来建州惨败、北上无果、图楚失利的深层原因。至于你说的，有了炮火军队就能一统天下，更是滑天下之大稽。贵朝满腹经纶的大国士、户部侍郎韩熙载有一知名学说，叫'道器说'，讲的就是内容和形式、主要和次要的关系，很有见地，你们回去拿来看看吧。其中有一至理名言，是这样讲的：'大凡功业，小成在力，中成在智，大成在德。'仅凭武力逞强斗狠，只能是割据数州称霸一方；一味依靠奇谋妙计，最多能够在诸侯中做个领头羊，却没办法真正领导他们，更不用说兼并他们了；一个国家想要实现天下一统，一定得有尊天之德、仁善之德、好生之德，这样才能得到上苍眷顾，得到民心垂青。你们想紧紧依靠先进的武器，是不可能一统天下的，能够守住淮南江西，就不错了，最多也就小成。"

郑道光喃喃自语道："'小成在力，中成在智，大成在德。'说说得太好了，简直、简直入木三分啊！"

田德凡不服气，说道："如今你们赢了，竟然敢放我们回去，不怕我们将来复仇？"

李云博哈哈大笑："来吧，我李云博奉陪到底！侵占别人的家园，永远都是注定要失败的，因为，它是掠夺战争。捍卫自己的家园，是每一个热血男儿的天性，也是他们的使命。我等着你，而且我断定，你们一定赢不了！"

郑道光叹了口气，道："老、老夫今日受教，顿、顿时如醍醐灌顶、豁然开朗。如、如今年过半百，总总算活明白了！"

李云博道："大都督言重了，晚生惭愧！时候不早了，两位将军赶紧出关吧！"又对属下说道："送还两位将军的剑！"

来到关隘前，李云博拱手道："两位好走，恕晚生不能远送！"

郑道光回首看了看周围的群山，又审视了对面的南唐山河，感慨万千，不禁仰天长叹："老、老夫戎马一生，致、致力于炮火军建设，到、到头来原是南柯一梦！我、我郑道光，还、还有何面目面对江东父老……"

突然间，郑道光老泪纵横。他整了整破烂不堪的衣冠，一字一句缓缓地说道："纵然，炮火军，建成了，大唐朝廷，又能怎样？皇上啊，末将无能，愧对朝廷，那就，先走一步了……"说着，他突然拔出剑来，朝脖子抹去，顷刻之间便倒地身亡。这番决绝的话语，可能是他这辈子说得最顺畅的一次。

众人被这突如其来的举止惊呆了。田德凡也大惊失色，连忙扶住他，号啕大哭，悲痛欲绝。过了好一阵子，他才抱起业已断气的郑道光，步履蹒跚地过关去了。

李云博目送他们远去，不由得热泪盈眶。

第九章

DIJIUZHANG

重振爆业

◆ 一、梵音入脑忘却凡尘，李天亮拒回瑶池掌事 ◆

大破南唐炮火军之后，李云博立即组织力量坚壁清野，严防南唐报复性反扑。他让李天晨坐镇神刀营，调李天骏回来协助李天晨，李天威、陈锦龄守醴陵大营，又派冯志远和李云浩、冯玉花夫妇协助赵密镇守瞿家寨。小小的浏阳边界，一时间云集了数千大军，明岗暗哨，层层叠叠，将边关隘道封得水泄不通。

短短几天，边镐的一万大军灰飞烟灭。从不费一兵一卒占领长沙到只身一人逃之夭夭，前后还不到一年。而李云博全歼南唐炮火军、大获全胜的消息不径自走，长沙兵变让南唐朝廷和八方诸侯目瞪口呆，也让三湘四水的老百姓欣喜若狂。

虽然没有血流成河，但这次胜利，瑶池李氏依然付出了巨大代价：大少爷李云闪意外丧生，李云博已有身孕的侧室秋月死于非命。胜利的喜悦和丧亲的悲痛，李氏家族喜忧参半。家里的主要骨干都投身军营要务，只有李天雷带着家眷打理着李云闪和秋月的丧事。正当大家悲伤之际，李云博突然宣告，李天亮没有死，过几天就接他回来！这个意外的好消息，顿时让全家欢喜不已。

多事之秋，丧事简简单单，三五日就结束了。又过了几天，李云博会同家人，前往石霜寺接李天亮回家。自从南唐炮火军入驻瑶池以来，人心惶惶，爆业停产，虽然后来炮火军将爆竹作坊征用，替他们生产军用火药，爆业工匠薪资也大涨，可大都欠着并未及时兑付，民众的生活依然困苦不堪。赶走南唐军队之后，瑶池上下又重新恢复往日安宁，然而刚刚经历战乱的家园满目疮痍，百业待兴，爆竹生产也迫在眉睫。因此，请李天亮回来主事，已经迫在眉睫刻不容缓。

这天一大早，家里老老少少都收拾停当，欢天喜地前往石霜寺。时值深秋，一家人款款山行，东峰界十月的景致，像一幅美丽的画卷，铺在众人眼前：天高云淡，风清气爽，澄明的天空点缀着几朵闲云，青蓝洁净，一派风和日丽。清晨的薄雾如蚕丝般缥缈，缭绕在山岗峦谷四处，轻盈、随意而又自然。秋霜的凉意已被刚刚出来的日头驱散，阳光也不见了炎夏的浮躁，显得温驯而柔和。大地更是流光溢彩，田野泛金，稻菽飘香，一派收获的气象。漫山遍野的绿树红叶更是五彩缤纷，各自演绎着秋色的风采，看得一路上山的李氏家人一个个心旷神怡、赞叹不已。而这支队伍本身，也是一幅美不胜收的风景：跑在人群最前面的，是猎犬大黄带着一群已经长大的狗崽，时而活蹦乱

跳，时而欢吠几声，时而嬉戏追逐，时而狂奔不止。六七岁的小慕光依然身着孝衣，一个劲地往前飞奔，不时回头喊一句"三叔快点"；李云博牵着马紧跟着他，也不时喊一句"光儿慢点"；接着就是李天雷陪着李庆吉和李庆如，一边有说有笑聊着，一边汗流浃背地往上走。最后边是几顶女眷的轿子和一群牵马担物的家仆，沿山而上一路斗折蛇行，迤逦盘旋数十丈。

不过一两个时辰，一行人就抵达石霜寺山门。李云博将马拴好，就拉着小慕光进门来。李云博看见一个僧人正在山门打扫，施礼道："阿弥陀佛，瑶池李氏全家前来上香，感恩佛祖慈悲，还我瑶池安宁。有劳高僧禀明释晖大师一声。"正在洒扫的僧人认得李云博，连忙施礼应答后，丢下扫帚慌慌张张进去通报。

李慕光好奇地问道："三叔，是不是我天天烧香拜佛，感动了神仙，将阿翁送回来了？"

李云博笑道："当然。"

李慕光道："既然如此，我继续天天烧香拜佛，求神仙把我阿爹也送回来。"

李云博一愣："……这个嘛，信则有、不信者无。关键是，阿翁本来就没有死，而你爹爹已经……"

李慕光哭道："三叔你把我弄糊涂了！为什么阿翁可以，爹爹就不行呢？爹爹没有死！我一定天天烧香拜佛，求神仙把爹爹送回来！"

李云博一阵心酸，一把抱过小慕光道："光儿，你还小，等长大了，就明白了。"

正说着，只见释晖禅师迎了出来，老远就朝他施礼道："李学士光临寒寺，有失远迎，还望恕罪！阿弥陀佛。"

李云博道："阿弥陀佛。大师多礼了！近期多次搅扰贵寺，有劳大师费心，特来致谢。"

释晖道："岂敢岂敢，阿弥陀佛。"

这时候，家人陆陆续续都到了，一一和释晖见礼，然后进茶堂叙话。茶过三巡，释晖禅师命大弟子觉能禅师去藏经阁请李天亮过来与家人见面。觉能应了一声告辞出门去了。

释晖道："李学士胸怀韬略，运筹帷幄，一举将南唐奸人赶出瑶池，恢复家园居功至伟，可喜可贺啊！"

李云博道："大师过奖了！这恢复家园大计，我辈勠力，众志成城，弟子参与其中，侥幸得成，这岂是一人之功？大师身居红尘之外，依然出力劳心，弟子又怎能置身事外？"

释晖疑惑道："阿弥陀佛！老衲久居古刹，不问红尘，这戡乱复国之功，何曾出力劳心？"

李云博笑道："大师不必过谦！这戡乱复国，三湘大地妇孺老幼，皆人人有份。大师奔忙援手，焉有无功之理？"

释晖问道："敢问学士，老衲何处劳心，何处出力，而功又从何来？"

李云博笑道："家父为了家国大计，诈死数月，搅扰佛门多时，多亏大师照拂。而这诈死蒙敌之计，就是晚生抽身南唐、韬光养晦的第一步。大师亲批法衣，开启道场，亲自为家父超度安灵，而后又借我藏经阁，为家父提供隐身之所。大师这些善举，不正是为戡乱复国出力劳心吗？"

释晖恍然道："原来如此，老衲沾光了！阿弥陀佛。"

李云博道："启禀大师，晚生此次前来，一来举家上香拜佛，感恩佛门佑我瑶池重现安宁；二来答谢大师厚恩，多日以来照顾家父。些许薄礼，还望笑纳。"说罢，就命管家将谷物钱粮等几担东西抬进来。

释晖连连摇头又道："学士此言差矣！石霜古刹，一直是李氏捐养，年年供奉，月月香火，都不曾少过。而替掌门分忧，举手之劳，也是理所当然之事。常言道，无功不受禄，李学士这等布施，老衲受之有愧。阿弥陀佛。"

李云博道："大师不必客气。南唐此次入侵，虽未屠戮苍生，但他们入驻以来，就强令爆竹作坊歇业致哀，虽然已被赶走，但当前瑶池满目疮痍，民生极其疲苦。我们李氏大半年没做生意，手头拮据，这点香火钱粮不多，着实拿不出手，但能表明我们心意，还望大师切莫嫌少，笑纳为妙。"

"阿弥陀佛！"释晖起身施礼道，"误会误会！李学士切莫多想。话都说到这等份上，老衲再不从命，就会让天下人耻笑了！"转身吩咐掌事僧人立马交割。

李云博看着他们交割去了，又对释晖禅师说道："启禀大师，这次家人除了烧香还愿之外，还有就是接父亲大人回家。家园初定，百废待举，这么大一家子，没有他回家主事，还真不行啊。"

释晖禅师点点头道："掌门大人为了大局，先是服药停命、假死旬月，而后又孑然一身、隐身鄙寺，虽然没有性命之虞，但也算得上劫难一回。如今拨云见日，家园初定，功德圆满，也该回去，重掌大业了。只是老衲就不能和他继续煮茶对弈、谈经论佛了，还真有些不舍啊！阿弥陀佛。"

正说着，只见觉能禅师慌慌张张跑了进来，上气不接下气地说道："启禀师父，李施主说他正在参悟佛经，尚未觉悟，不想过来会见客人……"

释晖大惊，问道："你没有说，是他家人来了吗？"

觉能道："弟子说了。可他说，这时候什么人也不想见。"

李庆吉大怒，突然间拍案而起，骂道："这个逆子……"

"祖父大人少安毋躁！这是佛门净地，请勿动怒……"李云博安抚着祖父，顿时暗暗叫苦：这个老爹，居然侍佛参禅入迷了。父亲信佛，一直与释晖禅师有来往，而且两人情谊深厚，这一点，李云博知道。这大半年里，为了掩人耳目，父亲隐身石霜寺，常

常一个人躲在藏经阁内，无事可干，正是靠研读佛经打发时光，这倒成全了他研习佛经、觉悟妙谛的心愿。但李云博万万没料到，父亲居然钻了进去了，而且不想出来了。他来不及多想，起身对释晖禅师施礼道："父亲既然不愿过来会客，我们一家人到藏经阁看他，总可以吧？"

释晖禅师摇摇头道："不妥，不妥。侍佛参禅之人，捧经悟道期间，是不会见任何人的。这没关系，等他收课之后，我去请他过来，应该不会有什么问题。天近午时，老衲命人准备斋饭，到时候请他过来一起用斋。至于回家一事，等见面之后再说。"

李云博叹道："也只能这样了。"一家人很是失望，尤其是思夫心切的邱氏，听到这个消息，更是脸色苍白，坐在那里半天没有吱声，连茶都不记得喝了。

午斋时分，李天亮果然出来和家人见面，一家人其乐融融。用过斋饭，李庆吉说道："如弘啊，这些日子里，你受委屈了。如今瑶池光复，百业待兴，你赶紧回家，主持爆业大局吧。"

李天亮惊道："要我回去主持家族爆业大局？新年过后，家族不是推选了三弟担任总执事吗？我回去，他怎么办？"

李云博道："那是迷惑南唐炮火军使用的障眼法，骗他们的。现在，南唐图楚惨败，已经恼羞成怒，随时随地都可能反扑。三叔担纲神刀营和一切边关军务大任，也不可能有精力打理家务。"

李庆吉道："是啊。这一年来，爆竹作坊歇业，瑶池经济遭受重创，你得赶紧回来，把爆竹生产和销售赶紧抓起来。"

李天亮道："父亲大人，孩儿这些天，日日念经，夜夜拜佛，虽然有些孤独，但也自得其乐。更何况，侍佛参禅一直是我的心愿，没想到，这次意外倒成全了我修行悟道的心愿。我觉得这才刚刚入门，我还不能跟你们一起回去，孩儿不孝，烦请父亲大人恕孩儿忤逆之罪。"说罢，俯下身子给李庆吉磕头。

"你……"李庆吉见他执意不回，有些生气，"我说儿啊，你侍佛念经是好事，在家里也可也悟道参禅嘛，何必硬要离门去家抛妻别子，留在深山古寺里呢？"

"父亲大人，那孩儿就实话实说吧。"李天亮起身，对众人说道，"这些日子里，我一个人静静地想了许多。终于发现，人世间一切都是过眼云烟。这些年来，家里经历这么多事，亲人离去，意外不断，让我痛苦不堪。可是在寺庙里修行，我可以什么都不想，什么都不问，什么都不管，自然就省去了很多痛苦。原来这红尘之外的佛门，才有大化之境，才是极乐世界。各位亲人，我意已决，准备出家为僧，过几日就请释晖禅师为我剃度。"

众人听他如是说，一个个如五雷轰顶，目瞪口呆。小慕光突然窜出来，上前抱住李天亮，哭道："阿翁，出家就是不回家了吗？阿翁不要光儿了吗？"

李天亮摸着小慕光的头，若有所思一阵子，淡淡说道："光儿，你还小，很多事情你还不懂。等长大了，就会明白……"

小慕光道："都说我还小，我都七岁了！为什么道理要等到长大了才会明白？阿翁要出家，我也出家，天天陪阿翁烧香拜佛！"

李庆吉更是怒不可遏，站起来大声呵斥道："你侍佛修身，诵经参禅，没有人拦你。可是你是李氏掌门，你承载着家族重任，瑶池百姓祈望。你怎么可以为了追求自己的极乐世界，置人间道义于不顾，放弃自己的责任呢？"

李云博见李庆吉又动了怒，起身劝道："祖父大人，父亲久居寺院，诵经参禅，一心侍佛，依孩儿看，这是他的造化。他既然去意已决，我们又何必强人所难，逼他回去呢？俗话说，人各有志，不能勉强啊！我们不如暂且回去，然后抽时间过来，慢慢开导，说不定他会回心转意。"

李庆吉道："瑶池李氏长房，自古以来就只有责任和担当，没那么多自由。他既然要剃度出家，我就当没他这个长子！"

"午禅时间到了，我要前去诵经了。对不住各位，在下先行告退。"李天亮也不理论，推开李慕光，起身施礼，告辞出门。

大家都呆呆地坐在那里，不知如何是好。突然间，邱氏站起身来，追出门去。

"老爷，您等等，我有几句话说……"在通往藏经阁的小路上，邱氏终于看见李天亮的背影，朝他喊道。

李天亮一愣，停下脚步，却没有回头。

邱氏追过去，在离他两三步时停下来，说道："老爷，你真的是要出家吗？"

"是。"

"你舍得下满堂儿孙？"

"舍得。"

"你放心年事已高的父亲？"

"放不下，但没有办法。麻烦你替我尽孝。"

"那我怎么办？"

"这……"

"几年里，我失去了两个儿子，只剩下老三岫南了。岫南又是一个以天下为念的孩子，注定四海为家。你要我独守空房、活寡终老吗？"

李天亮听着听着，眼眶湿润了，他回过头来，说道："夫人，你知道，我心里累啊，心里苦啊。几年里，我承受的太多太多。家族重担，生离死别，亡母之悲，丧子之

痛……特别是自坚不幸殉国，光升意外身亡，日不眠夜不睡，我几乎快要崩溃。这段时间，我迫不得已隐身寺庙，没想到获得意外快乐。我突然明白，我只有一心念经，不去想他，才会稍得安宁。你是好女人，就成全我做个快乐的人吧。"

"我知道你心里苦，可是，我不一样吗？"邱氏涕泪涟涟，"你不知道，得知你突然离世，我都不想活了，这些日子以来，天天躲在暗处以泪洗面……可得知你还活着，我高兴得几夜没睡，天天盼望早点见到你。没想到，你又要离我而去……"

李天亮又道："你来得正好，我有一事，拜托你帮我达成。"

邱氏道："什么事情，你说。"

李天亮道："哦。烂泥湖边的那座坟墓，帮我平了吧。我既入佛门，就会老死深山，父亲大人也不会准许我葬在祖坟山上。"

邱氏道："老爷说的事情，我尽力而为。"

李天亮道："谢谢你了……我对不起你。"

"老爷，你别这样说。你能活着，就是不幸中的万幸了。既然你去意已决，我不留你。我是你妻子，你做任何决定，我都支持你。家里的事，你就放心吧。你多保重。"邱氏说着，含泪跟他道别，转身就往回走。

李天亮看着妻子离去，心乱如麻，几次想喊住她，但终是没有开口。

◆ 二、临危受命，李云博暂行掌门之责 ◆

李天亮不肯回家，这让一家老小都非常失望，李庆吉更是火冒三丈。接近申时，大家只得作别释晖禅师，起身告辞。释晖禅师将李氏一行送出山门。

看着家人闷闷不乐下山去，李云博心里也非常郁闷。正要上马，没想到释晖禅师走过来施礼道："李学士，请留步。"李云博回过头来，还礼道："大师有何见教？"释晖将他拉到一旁，说道："阿弥陀佛。老衲有一要事，须和大人密谈。走，进老衲禅房看茶叙话！"李云博二话没说，重新拴好马匹，跟他进了禅房。

茶早就煮好。只见释晖禅师刚一坐定，就一边倒茶一边说道："学士无忧。掌门今世确有一段佛缘，但并不会成为职业僧侣。"

李云博问道："大师是说，父亲大人将来可能会回心转意？"

释晖道："不是可能，是一定。"

李云博一惊，又问道："大师此言，可有凭据？"

释晖道："当然有也。学士是否记得，年关之际，老衲亲披法衣，为掌门做了一场安灵道场？"

李云博道："当然记得。"

释晖问道："期间，学士是不是问老衲借用藏经阁？"

李云博道："是啊，大师还为弟子触脉问缘，还有一场精彩佛学讨论。但是，这与此有关吗？"

释晖笑道："当然有关。后来，大人告知老衲真相，安排掌门隐身敝寺，并委托老衲照顾，从而印证了老衲以前关于掌门并非大限之期的推测，这说明，佛理推测并非虚妄。后来，老衲趁对弈之际，也为你父亲触脉问缘，进入佛境问了你父亲的命程，结果他是半路弟子，不会剃度出家。"

李云博将信将疑，笑道："又是触脉问缘。大师不会是安慰弟子吧？"

"阿弥陀佛，非也。出家人不打诳语。"释晖见他有些疑惑，于是继续说道，"老衲以为，更为重要的是，他在红尘之内，有一个必须担当的角色。一直以来，掌门秉承祖上遗训，以家族大业为己任，将造福瑶池作为平生追求，无论如何，这一点都不会变。只是自接替老族长主政以来，意外不断，厄运连连，家国破碎，亲死子丧，使他承压过大，几乎喘不过气来。而因为诈死之计，他隐身寺院，无须担当，一门心思研习佛经，流连其间，忘却苦痛，得到少有的快慰，于是萌生去念，也是情理之中的事情。但他刚进佛学之门，也就是你们儒生常说的'登堂而未入室'。待到他学业精进，到了一定境界，一定会明白佛学慈悲为怀、普度众生的真谛，也自然不会逃避他作为瑶池之主的责任。"

"大师一言，拨云见日，弟子就教了。"李云博闻言大喜，"这么说来，等这段佛缘过后，他一定会幡然而悟，重新回归尘俗？"

释晖道："正是。老衲也会借论佛之机开导他，让他重回人伦大道。"

李云博听他这么一说，顿时放下心来，又施礼道："大师耳提面命，弟子如坐春风。敢请大师费心，多为家父指点迷津。"

释晖笑道："学士不必客气，还请大人切莫着急。时机成熟，一切都会水到渠成。在此之前，拜请大人切勿泄露天机。阿弥陀佛。"

李云博道："弟子谨记教诲。大师厚恩，没齿不忘！阿弥陀佛。"于是又是一通感谢，然后作别下山，快马加鞭追赶已经离开的亲眷。

李云博骑马追了大约半个时辰，刚到烂泥湖，远远看见母亲邱氏正在下车，于是赶过去，跳下马来问道："娘亲，阿翁、二叔他们呢？"

邱氏答道："他们在前面，就我一个落下了。我知道你在后边，有意等你一起回去。"

李云博又问道："娘亲下车，有何事情？"

邱氏道："我想到你爹坟前看看。"

李云博一愣，下了马，道："娘亲到坟山上去干什么？父亲那座坟，是假的。"

邱氏道："这个，我自然知道。可是，不知怎么的，我还是想去看看……"

李云博听了，马上明白她的百感交集、悲喜交加的感受，于是说道："那好，孩儿陪娘亲去墓前看看。"

于是娘儿俩就上了山，摆下酒水供品，焚香燎纸祭奠一番。祭奠完毕，只见邱氏说道："岫南，你爹托付我一件事，我不知道该怎么办。你替我拿拿主意。"

李云博道："孩儿遵命。娘亲你说，什么事情吧。"

邱氏道："你爹说，他已经遁入空门，自然将老死寺院，不会被允许葬入祖坟。还要我替他把坟平了。你说，这墓，平还是不平呢？"

李云博不知道母亲的想法，于是试探道："这个……娘亲是想留着？"

邱氏叹了口气，说道："也不是。以前吧，以为他不在了，来这里，就跟见他似的。可是他现在还活着，来这里似乎没必要了。可是，他当了和尚，我也不能总跑到石霜寺里去见他吧，留着这座墓，有空来看看，多少有个念想。"

李云博笑道："那就先留着，娘亲有空就来看看。"

邱氏道："可是，你爹托付的事情，总不能失信于他吧？娘也是进退两难。再说了，你爹还健在，留座活人墓，多不吉利。"

"那就……平了它！"李云博想了想，又道，"不过，这座坟墓，平不平它，也不急在这一时。等回去请了阴阳先生，翻过黄历，找个黄道吉日，再动土不迟。这样的话，对爹也算有个交代。"

邱氏听了，点点头道："也好，那就暂且留着，等过上一段日子，再说吧。"

母子俩说着，就一路往山下走去，然后返回官道，上车上马继续赶路。

没想到母子二人刚到家门口，欧阳管家黑着脸走过来，说道："老太爷大发脾气，你们进门多注意点。"

李云博一听，估计祖父因为父亲不肯回家而恼怒，很可能会迁怒到母亲头上，于是问管家："阿翁是怪我们回来迟了？"管家道："刚才是提到你们怎么还不回来，好像也不是因为这个，根子可能还是掌门不肯回来，打乱了他重振爆业的步骤。他现在似乎满腔怒火，大发雷霆，谁也不敢接话。"李云博心中有了底，谢过管家，于是就扶着母亲小心翼翼地进了客屋。

李庆吉看见李云博他们进来，满脸不悦的神情，问道："怎么才回来？天都快黑了。你们去哪里了？"

邱氏道了万福，说道："回禀公公，路过金刚头时，我和岫南顺道去了趟烂泥湖边的坟山，看了眼他爹的墓，所以回来晚了些……"

"他又没死，一座活人墓，有什么好看的！"李庆吉本来就憋了一肚子火，一听他们去看李天亮的墓了，顿时火上浇油，站起身骂了起来，"这个孽障，身为李氏总执事，居然置家族大业于不顾，要剃度出家，这可是瑶池李氏开门立户三百多年来头一回！我李氏自畋公以来，还从来没出过这等不负责任的掌门人！天要下雨、娘要嫁人，谁也奈何不了他了！既然如此，老夫就宣布，他自动脱离李氏门庭，从此就不是我李家人了！鸣远，你明天带几个人，把那座空墓给平了！"

李天雷道："父亲大人，这不好吧？大哥不是那样的人，他是一时糊涂，我相信他一定会回心转意的。我们还是等一等……"

李庆吉大怒："放肆！你也想翻天，想忤逆不孝是吧？"

李庆如见李庆吉大动肝火，赶紧上前劝道："大哥，你别动怒，这样会伤身体的。弘如自接班以来，家族正值多事之秋，他本来就是新任，又遇这么多事，全要他一人应对，压力太大，负荷超常，身心已经疲惫至极。大哥你执掌家业三十多年，遇到过这么多事情没有？我们也设身处地为他想想吧。或许，鸣远说得对，他是一时糊涂……"

"你们别为他开脱！"李庆吉可能是气疯了，"我李庆吉，怎么生了这么个不争气的东西……"

"阿翁，事已至此，现在还说这些气话，有什么用？"李云博见李庆吉伤心落泪，很能理解他的心情。是啊，自己精心培养多年的接班人，却在关键时刻做起了缩头乌龟，这让英明一世做了数十年掌门的他，情何以堪哪！于是走上前去，搀扶他坐下，故意把话题岔开，"当务之急，不是讨论我爹的事，也不是研究那座活人墓怎么办，而是要尽快做出决定，家族大业该怎么办……"

李庆吉还在生气，打断他的话道："掌门人都出家了，还谈什么家族大业……"

"死了张屠夫，就吃带毛猪？没了他李掌门，瑶池的日头就不出了吗？如若这次他不是诈死，而是真的离我们而去，我们整个家族就完了吗？我们传承数百年的爆业就此销声匿迹了吗，我们瑶池李氏上百号人就都不活了吗？"李云博大声说道，看着大家瞪大眼睛望着他，知道自己的话起了作用，于是缓和语气继续说道，"如今瑶池千疮百孔，百废待举，乡里困顿之极，孺子嗷嗷待哺。我们如若依然为这事争论不休，如何对得起期待我们振兴爆业的父老乡亲？父亲大人心疲力竭，不愿出山掌事，我们就不能再在这件事情上纠缠，得推举能够担纲家族大业振兴的新掌门，这

才是最要紧的。"

"岫南说得对，这才是值得大家讨论的最重要的事情。"李庆如首先响应，他叹了口气，继续说道，"唉，本来，这是个根本不用讨论的问题。总执事是他李天亮，这等重任他不担当谁担当啊？可是，天有不测风云，谁曾料到，他李天亮居然不愿回来主事了。因此，当务之急，是要有一个人站出来，凝聚人心，恢复生产，领导家族和瑶池百姓走出困境。依我看，还是大哥你出来重新主事吧，你是老执事，经验丰富，声望极高，这时候挺身而出，绝对是最佳人选。只是难为你了……"

李庆吉摇头叹道："这……我百病缠身，心力不济，难当这等重任啊！"

李庆如道："这只是过渡时期的权宜之计，您别担心，有我和鸣远协助你。"

这时候，李庆吉情绪也渐渐平复。他听李庆如这样说，顿时急了，头摇得更加厉害，"这怎么行？我已经隐退一年多，加上年事高，无法胜任啊！更何况，一直以来，朝廷也好，家族也罢，都是父死子继、兄终弟及，我既然让贤，把位置交给他，怎么能又去接儿子的位置？这传出去，还不让人笑掉大牙？不行，绝对不行！"

李天雷道："父亲大人的确年事已高，自从回来以后一直生病，虽然大有好转，看样子还没痊愈，不宜再劳心费神了。依我看，就请三叔主事吧，他目前执掌管事房，挑这副担子，应该也没问题。"

李庆如道："不行不行，我不是长房，不能担这副重担，这会乱了祖上规矩。老族长一再推迟，那么就请鸣远暂代掌门之职吧。"

李天雷连忙推辞道："我管着火药坊，负责技术事宜尚可，要是主持大局，我没那个能耐。"

邱氏突然插话了："各位尊长，按理说，这家族的事，轮不到我妇道人家插话。大家推来让去，也不是办法。我推荐个人，说不定你们都会认同。"

李庆吉吃惊地看着她，说道："非常时期不拘常理，你有何建言，那就说吧。"

"多谢公公。"邱氏道了万福，然后说道，"你们怎么把岫南给忘了呢？他出任总执事一职，不仅天经地义，而且绝对胜任，甚至是众望所归。"

"是啊，怎么把岫南给忘了呢？"大家几乎异口同声地说道，"对，就他岫南了，没有人比他更合适了！"

李云博暗暗叫苦：母亲一直知道自己有天下之志，不会偏安一隅，承担家族重任，这样会分散他洞察势局的注意力。母亲这样做，是要干什么……他也顾不得多想，连连摇头，慌不择言地说道："这个，我不行，祖父、三叔公、二叔，谁都可以，就是我不行。"

李天雷道："岫南，你别介意。我们刚才讨论人选，居然把你忘了。这原因嘛，很简单，大家都把你当成朝廷命官，正在丁忧守制。可是现在，炮火军都被你一举歼灭了，难道还要做南唐朝廷那狗屁翰林？更何况，你爹还活着，守孝也讲不过去啊！"

李庆如道："岫南，你大哥、二哥都不在了，长房云字辈，就剩下你一个了。最重要的是，这千钧重担，也只有你能挑得起啊！望你以家族大局为重，以瑶池苍生为念，就接过这副重担吧！"

李庆吉也说话了："岫南，我们知道，你是干大事的，不会留在瑶池操持家务。别的话我也不想多说，当前家族很艰难，你就暂代这总执事之职，先帮家族渡过难关再说！"

李云博道："这……"

李庆吉打断他的话道："你如今没得选择，干也得干，不干也得干，谁叫你是长房子孙呢？除非，你将你那个要当和尚的老子，请下山来接替你！"

李云博连连推辞道："祖父大人，由我来担纲家族大业，的确不妥……"

李庆吉看了他一眼，高声说道："有何不妥？这事，就这么定了！从现在起，家族大小事务，一切听岫南调度！大家，都散了吧。"他说完，也不等李云博辩驳，就起身离开客屋，径自回房去了。大家也一个劲地连连称是，都赶紧回房去了。

李云博呆呆地站在原地，望着空空如也的客屋，不知如何是好。

◆ 三、上任伊始，代掌门遇上大麻烦 ◆

迫不得已、临危受命，李云博就暂时负责起家族的事情来。

这虽然不是他很愿意去做的事情，但他也理解家人的苦衷，父亲不肯回来，祖父年事已高，三叔公李庆如忌讳不是长房出身，二叔李天雷是个火药迷，又长期在外经商，的确不谙管理之道，另外几个叔叔大都在军营里担当重任，更是无暇顾及家族事务，除了自己，也确实没有合适的人担当这一角色。思来想去，既然推脱不掉，就坦然接受，尽心尽力把这份差事干好。更何况，目前家园初定，三湘四水的节镇、刺史们或许又会兴风作浪、挑起战乱，他还得静观其变，防范家园重燃战火，因此一时半会儿还不能离开。这个空当，沉下心来帮助家里重振产业，也不失为一件正事。况且，李云博心里清楚，父亲迟早是要回来掌事的，尽量为他减轻压力，给他打下一个好的基础，作为儿

子，自然责无旁贷。

打定主意，李云博二话没说，立即着手爆竹作坊复工的事宜来。他将生产事务委托给掌管火药坊的二叔李天雷，采购销售拜请管事房总管李庆如，自己却闭门不出，一门心思琢磨起爆业未来的蓝图来。他隐隐感觉到，新型的编炮，很可能是爆竹产业未来的主打产品，于是潜心研究编炮投产及市场推广的事情来。他反复验证这一爆竹新品的安全性能，确定制作规程，评估市场前景。就这样夜以继日、专心致志，忙碌了几天，终于将生产推广编炮的初步策案拿了出来。

这天，正当他觉得振兴爆业的规划蓝图大功告成，准备着手实施的时候，没想到李庆如和李天雷急匆匆地来找他，说庆都作坊出事了。庆都作坊不汲取以前替炮火军配制火药引发重大事故的教训，居然急功近利，违章操作，今天上午作坊发生爆炸事故，多人受伤，虽然没有死人，但这给爆竹安全生产敲响了警钟。

李云博大惊，说道："走，去看看！"于是三人出了门，上马朝庆都作坊飞奔而去。

来到庆都作坊，只见几间房屋已被夷为平地，现场凌乱不堪，满目狼藉。黄掌柜哭丧着脸，带着几个人正在清理现场。他看见李云博他们来了，赶紧起身迎过来。

李云博上前问道："黄掌柜，你怎么搞的？"

黄掌柜道："回禀三少爷，我们就是利用原先剩下的火药，想做一批爆竹应应急……"

李天雷怒道："你还想狡辩！你明明是私自配制火药，又不按规程操作，酿成了这起爆炸事故！早些天你怎么说的？你跟岫南少爷说说！"

黄掌柜支支吾吾道："早些天，我没说什么啊……"

李天雷道："没说什么？你告诉我，既然李氏解禁了火药秘方，就不能继续独享火药配制权，而且经过炮火军的技术培训，各家作坊都基本掌握了基础火药的配制，火药可以由各家作坊自行生产。你还说……"

"够了，二叔，现在出了事，他已经受到了惩罚，这血的教训，够他记住一辈子了！"李云博打断李天雷的话，转身问道，"伤了多少人？"

黄掌柜道："五个。"

李云博又问道："严重吗？"

黄掌柜道："除了制药间的一名药工伤势较重外，其余的都是轻伤。"

李云博道："那名药工伤到什么程度？"

黄掌柜道："眼睛炸瞎了，还丢了一只胳膊。"

李云博叹道："我们一家，祖祖辈辈和火药打交道，最清楚它的脾性。你以为我们控制火药的配置权，仅仅是出于家族利益吗？你们不讲规矩如此胡来，一定会倾家荡产!"

黄掌柜顿时满脸通红,施礼道:"少爷见教得是,老夫再也不敢了!"

李云博道:"你马上停工,绝对不能再干傻事了!"

回来一路上,祖孙三人牵马而行,讨论起爆业复工的事情来。李云博了解到,这几天来,爆竹作坊复工的事情进展得很不顺利,原因是各家爆竹作坊与李氏在生产经销的方略上产生了严重分歧。李庆如、李天雷主张按照原来的规制,李氏配制并提供火药,作坊负责制作,爆竹成品由李氏统一回收,然后专人校验品相质量,装篓贴上标签,最后发往各地经销。但一些作坊掌柜认为,既然李氏解禁了火药秘方,就不能继续独享火药配制权,而且经过炮火军的技术培训,各家作坊都基本掌握了基础火药的配制,火药可以由各家作坊自行生产。还有少数作坊掌柜提出,李氏有健全的销售网络,收购成品统一销售仍是主要渠道,但作坊也可以自行销售爆竹。甚至个别作坊不经李氏允许,已经配制了一批火药,开始私自制作产品。

听完他们的介绍,李云博不悦地说道:"二叔,你早就发现了问题,怎么不早说?"

李庆如抢过话来道:"是我让他别打扰你。我们看见你整日整夜关在屋子里,知道你在酝酿爆业振兴的大计划,怕你分神。你要怪就怪我吧。"

李云博满脸歉意道:"三叔公,对不起,是我心急了。我们来商量一下怎么办吧。"

作坊要求自制火药,有的还想自产自销,这样下去,爆业将各自为政,一盘散沙,绝对壮大不起来;但是,如若不做变革,继续垄断火药配制权,那么私下造药的现象肯定禁止不了,这样下去,爆业很可能就完蛋了。这真是个非常棘手的问题。李云博一边思索一边说道:"自从有了爆业以来,李氏家族一直掌控火药配制,一是出于家族利益,二是为了作坊安全。炮火军征用爆竹作坊,并替他们制造军用火药,这一掌控才开始打破。但是,炮火军并未公开火药配方,所有的技术秘密都由军药师掌握,作坊的工匠虽然参与军用火药配制,但并不知晓配方,于是一知半解,以为自己会了,如若允许各家作坊制造火药,会出现大麻烦。若不放开,继续由我李氏掌控,肯定会有作坊私下配制火药,这样下去麻烦会更大。况且,抛开安全问题不说,像这样家家作坊都配火药,卷纸筒,包引线,直到制作完成,前前后后六十四道工序,太费事而且效率低下。我们得找一种方式,既能调动作坊的生产积极性,又能避免安全事故。至于销售方式,主要关系到我们家族的利益,倒是可以商量。"

李天雷听了,摇摇头道:"这等两全其美的办法,只怕没有。我还是主张按原来办法进行产销,谁要不愿意,我们就取消他的生产资格。而且,销售一块,一直也都是我们李氏掌管,我们家族的收入,主要来自爆竹销售。他们自产自销,我们李氏家族的收益在哪里呢?没有收益,你让我们一家老小喝西北风去?"

李云博道："二叔你别急，俗话说，车到山前必有路，办法总比困难多。更何况，一味打压取缔，会弄得天怒人怨，这既不利于瑶池稳定，也不利于爆业进步。爆业传承了数百年，规矩太严，流弊甚多，业界封闭，思想保守，有些条文，应该是到了非改不可的地步了。这项重任，也许就落在我们这一代肩上了。"

李庆如听了李云博的想法，疑惑不解地问道："非改不可的地步？按你的意思，将来爆竹作坊自行配制火药，自行制作爆竹，自行销往各地，我问你，那我们李氏家族干什么？"

李云博道："这个，我还没有完全想好。不过，我们可以做的事不少，比如，我们可以帮助他们指导技术，防范安全，监管质量，也可以专门从事购销产品业务。"

李庆如道："这不成了我们帮他们保障质量，他们坐着数钱了？祖宗定下的规矩，怎能说变就变？自畋公发明爆竹以来，我们李氏都把控着火药配制权，这既是我们的特权，也是火药和爆竹质量的保障。如若放开了，安全事故可能会增加，爆竹质量就会良莠不齐，肯定会影响瑶池在爆业界内的声誉。我们李氏，数百年来就是瑶池之主，是爆业的翘楚，也是江南名门望族，怎么能放弃火药配置权和经销的掌控权呢？一旦大权旁落，家族地位就会被削弱，过不了几年，我们将会成为寻常之家，很难在瑶池立足，这可不是闹着玩的！"

李天雷附和道："三叔说得对！岫南，你想想，现在就有人想撇开我们自立门户，如若真的如其所愿，他们还不翻了天？到时候，他们要是联合起来对付我们李氏，我们还能有立锥之地？我也不同意放开，还是按照原来的规制好！"

李庆如道："我们意见不同，不如一起去找老族长，听听他怎么说？"

"这个……不急。"李云博见眼看就要僵持下去，而且加上自己也没有成熟的意见，没必要征求祖父意见，于是笑道，"三叔公，二叔，你们想多了。我没有说要将祖制全盘推翻，重新制定新规程，我们只是改掉少许不合时宜的部分。我看不如这样，我们先都好生想一想，明日先把所有的掌柜请来，我会会他们，听听他们的真实想法，综合各方意见拿出一个初步策案，然后跟祖父禀报。你们看，这样如何？"

李庆如点点头道："我看行。我立即派人去知会各家作坊掌柜。鸣远，你带些人去把乡衙收拾一下，明日是岫南代理总执事以来，第一次跟掌柜们见面，你把场面搞得威严正式些，别太随意。"

眼看就到了家门口。李云博道："场面无所谓，关键是，每一位掌柜必须亲自到场，一个都不能少。"

"好，我们尽力而为，一定保证掌柜们全部到齐。"两人说着，拱手道别。

李庆如和李天雷送李云博回房去了，也都往自己的院落里去。正要分手，恰好路过李庆吉院落。李天雷看着李庆如，停住脚步说道："三叔，岫南为了应对作坊掌柜们提出的新要求，要变革祖制，还真不知是福是祸。"李庆如想了想道："这事很难说。要改变祖宗定的规制，说得倒轻巧！祖上定的规矩，哪有轻而易举能够改的？但话又说回来，常言道，是福不是祸，是祸躲不过。"李天雷道："也只能听天由命了。我们还是告诉父亲一声，如何？"李庆如点点头："也行。这事让他先知道一下，也不是坏事。"两人就顺道进了李庆吉的房里。

推开院门，只见李庆吉正在院子里打坐。他身披白色鹤氅，双腿盘起，两手合在前面护住丹田，两眼紧闭，唇齿翕动，屏气凝神，一副道家高士风范。李庆如见状，悄悄对李天雷道："老族长正在用功，还是别打扰他吧，等他有空的时候，我们过来。"李天雷犹豫一下，点点头应了一声："嗯。"于是两人轻手轻脚掩上门，转身要走。

"既然来了，就进来坐坐吧。"正当两人准备离开时，但听李庆吉开腔了，"不过我先声明，只要是家族爆业事务，问岫南去，我一概不管！"

两人愣了愣，对视一眼就进了门，只见李庆吉收了阵势，招呼他们来坐，又叫人赶紧上茶。李庆如刚刚坐下来，就迫不及待地说道："大哥，出大事了，爆竹作坊……"

"好了！"李庆吉打断他的话道，"我已退养，不再管事了。"

李天雷道："父亲大人，这事还真不是小事……"

李庆吉道："别说了！你们两个大忙人，不到万不得已，不会来找我。我还是那句话，只要是家族事务，问岫南去，我一概不管！"

李天雷激动了，脱口而出："父亲，这事非同小可，儿子非说不可！爆竹作坊提出，他们可以自行配制火药，自行制作爆竹，自行销往各地，岫南为了满足作坊的新要求，准备变革祖制……"

李庆吉怒道："行了！如今，岫南是一家之主，一切都是他说了算！我们得相信他，让他放手去干！本来，他就不愿接手家族事务，是我逼他上台的！如若他用个什么计谋趁机溜掉，这么一个大摊子，你们谁能担当，是你李庆如，还是你李天雷？"

两人被他这么一说，顿时哑口无言。沉默一阵后，李天雷仍然心有不甘，争辩道："可是，他要改变祖上规矩，这可不是一般的小事情……"

"那我问你，要不是岫南设计献方，争取南唐炮火军信任，我们能够恢复家园？这不也是破了祖上的规矩吗？规矩是人定的，不合时宜了，还坚持抱残守缺，迟早要完蛋！这件事连你们两个都没想通，可想而知，岫南的压力有多大！"李庆吉看着他们两个，继续说道，"你们两个也真是，岫南什么人？你们不知道么？难道他能干数典忘祖的事？马氏王廷、南唐朝廷他都能玩转，区区几个作坊掌柜，能翻得起大浪？岫南虽然年轻，但做事一贯有分寸，你们别胡思乱想，更不能背后掣肘，无论怎样，就是无条件地支持他。别说变革祖制，就是李云博要把瑶池李氏卖了，你们也得替他数钱！或许，重振家族大业的希望，就在他手上！"

两人被李庆吉数落一通，虽然心里憋屈，但还是开了不少窍：也许老族长说的不错，满腹经纶、处事干练的李云博，也许有这个能耐，通过变革，化解这场危机。然而心里还是犯着嘀咕：李云博究竟要怎样变革呢？不会真的把李氏利益都割舍掉吧？两人见李庆吉把话说到这个份上，也就不敢多说什么，连忙起身告辞，带着一肚子疑虑各忙各的去了。

◆　四、李云博纵论爆业振兴大计　◆

翌日清晨，李云博赶到乡衙的时候，政事堂已经座无虚席。他一走进政事堂，众人起身施礼道："恭迎代总执事！"

"晚辈来迟，请多包涵！"李云博拱手还礼，笑道，"各位掌柜不必多礼，快快请坐！"

大家寒暄一通，李庆如开腔了："各位，今日把大家请来，一是三少爷履新，暂代家族总执事一职，与大家见面；二是自南唐炮火营入驻我瑶池以来，各家作坊已歇业多时，急需恢复生产。而前段时间，老夫与掌管家族火药坊主事李天雷，就开工事宜与各位协商过，但未达成共识。今日岫南少爷特意前来，听取大家意见，以图齐心协力，共谋爆业发展大计。我们先请代总执事岫南少爷训示！"

"训示不敢！各位都是业界前辈，我李云博初出茅庐，前来讨教兴业大计，还需各位前辈教导，怎敢轻言训示！"李云博站起来谦让一句，继续说道，"大家知道，总执事因为久慕佛学，暂居山林，一时半会儿不能回家主事，家族商议，由晚生暂代掌门一职。晚生迫不得已勉为其难，还望各位前辈多多扶掖！"

众人道："我等一定同心同德，唯代总执事马首是瞻！"

李云博道："岂敢岂敢，前辈抬举，晚生汗颜呐！"

一位掌柜说道："岫南少爷过谦了！少爷自幼聪颖异常，火药神童更是名满江南。少年就考中秀才，入王廷为官，选为天策学士，屡建奇功；去年只身入金陵，中进士，点翰林，刚刚又大破南唐炮火军，可谓胸怀韬略，神机妙算，如此堪堪大才，掌管爆业，众望所归，瑶池之福也！还请少爷不要谦让，带领我等再创爆业辉煌！"

众人附和道："少爷堪堪大才，执掌爆业，众望所归，瑶池之福也！还请少爷不要谦让，带领我等再创爆业辉煌！"

"承蒙各位不弃，晚生一定竭尽全力，誓为瑶池爆业效力！"李云博拱手谢过，突然正色道，"晚生知道，我一个刚刚加冠的年轻人，这副千钧重担，是无论如何也挑不起的。但是，我还是想试一试，想为瑶池爆业振兴出一份力。今日我等共聚一堂，共商产业发展大计。大家对爆业发展有何妙策，把心里话都说出来，力争知无不言、言无不尽。在开始商议之前，晚生通报一起事故。昨天，庆都作坊又发生了爆炸，虽然没有死人，但这给作坊的安全作业敲响了警钟。我估计，还有人在私底下蛮干。爆业这行当，可不是寻常行业，一定得规规矩矩，如若各行其是、各自为政，急功近利、不讲规矩，那是要出大麻烦的！"

庆都作坊黄掌柜听到李云博的点名数落，很是不高兴。他涨红了脸站起来，讪讪说道："既然是共商大计，我就先开个头。自炮火营进驻瑶池以来，我们大半年都没有生产了，再不开工，我们都要破产了。庆都作坊发生事故，也是忙中出错，是个意外。可我们不能讳疾忌医……"

有人突然问道："敢问代总执事，既然你们解禁了秘方，放弃了火药配制权，能不能允许我们配制火药，自主经营？"

李天雷急道："这怎么可以？你这不是……"

李云博止住他道："二叔你别急，让他们把话说完。"

那位掌柜冷笑道："为什么不可以？如今，我们已经掌握了火药配制技术，你们就应该遵守承诺，让我们配制火药。就算你们不允许，我们也可以自己干，各吃各饭各穿各衣，碍你们什么事呢？"

李天雷怒道："你……"

黄掌柜说道："刘掌柜这话，道出了大家的心声。既然我们已经掌握了制药技术，就可以不受李氏制约，独立自主经营。"

有人马上响应道："是啊，一直以来，李氏独享火药配制权，我们为你们李氏制作爆竹，分得多少利润？这样公平吗？"

还有人说道："不要以为，没有你们李氏，我们就活不成！我们可以各干各的……"

也有人说道："这只怕不好吧？瑶池李氏一直是我们的领头羊，怎么能各自为政呢？"

"笑话，生意本来就需要公平竞争，没了瑶池李氏，我们就活不成了？"黄掌柜笑道，"依在下看，我们会把生意做得更大，钱赚得更多！"

这时候，有人听不下去了。只见李成作坊老掌柜李守云站了起来，他环视众人道，

"敢问诸位，李氏掌门一族，可曾做过对不起乡里和大家的事？"

"好像没有……"

"不仅仅是没有，而是从来没有！"李守云义正词严地说道，"今天我要说句公道话，说完了，你们要怎么干就怎么干，我李守云还是会和瑶池李氏一条心，把爆竹老爷传下来的宝贝发扬光大。做爆竹，虽然能够挣几个钱，但不能钻到钱眼里去，我们还有传承发展的责任！你们丢了责任，还算爆竹人吗？"

李守云德高望重，一向在瑶池颇有声望。大家听了他的话，顿时又安静下来。只见他清清嗓门，继续说道："这几天，我万万没想到，管事房总管和火药坊主事出面协商开工事宜时，大家各行其是，有人要自制火药，有人要自产自销，还有人无视行规，居然违规操作。大家都各行其是，迟早是要出大乱子的！大家刚刚齐心协力赶走了南唐敌人，一转眼就要窝里斗了！瑶池李氏，一直以舍生忘死、谋福瑶池为己任，什么时候只顾自己利益，不管大家死活啊？"李守云环视着鸦雀无声的众人，又语重心长地说道："各位是否记得，南唐炮火营逼迫大家为他们配制军用火药的那一晚，岫南少爷是如何在神刀营中军大帐慷慨激昂说服大家的。当时他劝说以退为进，韬光养晦，并说将来一定有机会光复家园，重振爆业。可是，如今这一天真的到来了，没想到是这样一个局面……为了瑶池的安宁与幸福，李氏族人付出了多大代价啊！死了多少人啊……可是你们呢，有的人为了蝇头小利，居然不顾大局，任意妄为，我李守云痛心啊！"

听他如此一通陈词，大家都满脸羞愧，不作声了。

李守云见大家都不说话了，于是说道："既然大家都不说了，那就请代总执事说几句吧。三少爷，你说说。"

"多谢李掌柜。"李云博点点头，笑道，"好，晚生说几句。刚才大家发表的意见，虽然有些刺耳，甚至针锋相对，我看很好，至少大家把真实想法说出来了，特别是李老掌柜的话，才是真正的识大体顾大局。爆业发展就需要大家齐心协力，同舟共济。众所周知，我们瑶池爆业，已经传承数百年，不仅名满天下，而且成为业界领袖。但不久前南唐入侵，家园涂炭，爆业也遭受前所未有的重创。如今赶走仇寇，是该坐下来，好好商议振兴大计了。但是，我们即将制定的产业振兴大计，一定得着眼长远，顾全大局，不应该在一些小事上纠缠不清。数日以来，晚生闭门不出，就是在考虑一件事情，那就是，如何让我们的爆业突破窠臼，实现繁荣发展。"

李守云拱手道："代掌门闭门数日，应该成竹在胸。就请面授兴业大计，为我等拨云见日，洗去迷茫。"

众人都站起来施礼道："恳请代掌门面授兴业大计，为我等拨云见日，洗去迷茫。"

"老掌柜过誉了，各位抬举了！"李云博还礼道，"那好，我就将数日的思考，毫无保留地说给各位听。但是，晚生先要声明，这还只是初步设想。讲得不对，大家可以讨论修正。我就从爆业的大环境开始讲。如今，还不是爆业发展的最佳时机，为什么？因为天下四分五裂，战争经年，民生凋敝，爆竹生产得再多，一是运不出去，二是百姓穷困，尚不能有足够的余钱剩米来消费爆竹。什么时候是爆业之春天？应该等到天下一统，实现和平，社会安定，民众富庶。什么时候，天下才会实现一统？常言道，'天下久分必合'。依晚生看，应该快了，国家已经分裂了数十年，少则三五载，长则十余年，就会归于一统。而我们楚地更快，不出两三年，湖湘大地就会重归统一。是不是要等到天下统一了，我们再发展爆业呢？当然不是，我们现在就要做好准备。准备什么？准备两样东西：一是爆竹产品要改进，二是生产的方式方法要革新。产品改进主要是把爆竹都做成编炮，这不仅安全，而且更有利于燃放，如今技术问题都已解决；而生产方式的革新，就是改变如今家家作坊都做爆竹的状况，实现工序流程分工合作，比如做原产料就单独做原材料，配火药就只配火药，卷纸筒的就专门卷纸筒，还有做爆竹的、编编炮的，专门从事销售的等等都实行专门分工，这样一来，技术就变得简单，只要专心一两道工序就可以了。大家想一想，如此一来，我们做出来和卖出去的爆竹，是不是会多很多啊？"

他的一通畅想，说得大家云山雾罩，都一个个张大了嘴瞪大眼睛愣在那里。

还是黄掌柜反应快。他站起来问道："代总执事，您的意思是说，允许大家自行配置火药，自行制作爆竹，自行对外销售？"

"当然！行业要合作，更要竞争！"李云博点点头，笑道，"但是，行业的规矩还是要讲，所以，合作多于竞争。没有行规，产业将一盘散沙！"

"分工合作，这的确是个好主意！"李守云一边兴奋地站起来，一边沉思道，"爆竹生产的六十四道工序，被分成各个环节，生产效率会大大提高，如此一来，大家相互依存，同环节的作坊间又有了竞争，谁的东西好就用谁的。你做的东西差，没人买，不需要哪个来管，自然淘汰。"

一时间，大家议论开来。有人道："这样一来，做出的爆竹不是成倍增长吗？"

又有人道："何止成倍，至少十倍以上！"

还有人道："这个办法好！要是分工，我们作坊就专门卷纸筒，这个，我最在行！"

也有人道："办法是好，就是一时半会儿成不了现实家里都快揭不开锅了。"

"是啊。作坊分工的话，就要重新改造，就得投入。可眼下得想办法做些产品，卖出去养家糊口啊！"

"都把爆竹做成编炮，这能卖出去吗？"

……

"大家静一静。"李云博示意大家停止讨论，继续说道，"大家别担心，这还只是个设想，但今后，爆业肯定会朝这方面走。如今迫在眉睫的是，就是尽快开工，解决大家生计，缓解燃眉之急。我的意见是，开工还是按原来的章程办。我们一边生产一边转型，逐步实行流程分工，各家作坊可以根据自己的特点来选择，完全自愿，绝不强迫。还有，大家对编炮的销路存在疑虑，我们李氏先来做，打开销路后有愿意做的，我们传授编织技术。我承诺一句，实行转产和作坊改造的钱，如有需要，由我们李氏垫付，赚了钱以后归还。我想，经过三五年的变革，到时候天下太平了，我们的爆业转型也实现了，那将是大有可为的时候。"

有人满腹疑惑："垫付？李氏能拿出这么多钱吗？"

李云博道："暂时拿不出很多，十来家改造的钱，还是可以想办法的。但是，大家不可能一哄而上吧？我们得有计划分批次地进行，这样，不就够了吗？"

"太好了！"众人听了，顿时议论开来，一个个喜笑颜开。

李云博又道："各位，振兴爆业之具体策案，还需要提交家族会议议决，力争年内出台。大家有什么想法，尽快跟管事房联系，我就不多说了。我最后要强调的是，爆业是我们瑶池的骄傲，也是我等安身立命之本。今天，传承发展之重任落到了我们肩上，我们不能为了蝇头小利而急功近利，败坏瑶池在业界的良好声誉，断送祖宗传下来的基业。谁要敢胡乱作为不讲规矩，谁就是瑶池的敌人，谁就是爆业的敌人，也是我李云博的敌人。晚生可要把丑话说在前头，谁要是敢为了一己自私不守行规，贻误了爆业发展大计，别怪我李云博心狠手辣、六亲不认！"

五、同人卦队全身而退，李云博大喜过望

不几日，各处作坊都顺利开工。经过家族会议的多次商议，大家一致同意李云博改进爆竹制品计划，但对爆业流程分工尚存分歧，尤其是对作坊改造的费用由李氏垫付的承诺颇有微词，因为家族生意一年来几乎停滞，坐吃山空，没有多少盈余，拿不出多少钱来为各家作坊分担了。

李云博知道，万事开头难。如此庞大的产业变革蓝图，大家看不了那么远，一时半会儿难以接受，是可以理解的。因此，忙于恢复生产的各位掌柜，没有一家申请改造的作坊，他的爆业振兴规划也没有人关心过问。李云博虽然有些失望，但还是觉得这很正

常，大家都在为一家老小的生计拼死拼活，一时半会儿不会有人用实际行动支持流程分工。看来，这个头，只有自己来开了。他又斟酌很久，决定先扩建火药坊，然后新建一家专门从事编炮生产的作坊，以此带动产业的流程分工。可是这都需要大笔的钱，家里经济拮据，明显不支持……李云博一下子犯难了。

这天上午，正当他一筹莫展、不知如何是好的时候，突然接到管家通报：有客来访。

"是谁啊？"

欧阳管家道："回禀三少爷，来者只说是您的故人，我也不认识。他是和朱雀将军几个一起来的。"

"朱雀将军？走，去看看！"

李云博满腹狐疑地来到厅屋，只见来者倒头便拜："属下参见少主！"李云博定眼一看，来者不是别人，是一年前他离开金陵城时，留下看家的同人执事。他大喜过望，一把扶起同人执事，兴冲冲地问道："同人兄，你们卦队的兄弟们都撤回来了？"

同人执事道："回禀少主，按照您的临别交代，自去年底我等就积极谋划撤退，开始变卖家产商铺，将全部所得兑换成金银，分批运出南唐国。接到飞鸽传书的撤退阁令后，我们将最后一家店铺贱卖，又潜伏了几日才离开金陵，绕道荆南穿越湖区，历经十余日才来到瑶池，兄弟们都全身而退，无一例外。"

"干得漂亮！"李云博赞赏道，然话题一转，问道，"你说说，边镐丢了长沙、炮火军惨败后，南唐朝廷有何反应？如今有何动静？"

"也正是想留下来打探南唐动静，我们一直将返程日子推了又推。"同人执事顿了顿，便开始介绍其情况来，"边镐丢了长沙、炮火军折戟瑶池的消息传开后，一时间震惊天下，更是震惊南唐朝野。'偷鸡不成蚀把米'，这也自然成了南唐图楚惨败的笑柄。消息传到金陵，南唐朝廷顿时炸开了锅，你骂我喊，乱作一团。那些曾经深埋在战和两派之间的矛盾，又突然爆发出来：主和派们就将失败归结为主战派的策略失误，请求皇上罢黜穷兵黩武、开疆拓土的将领们，及时调整国策，避免国破家亡；主战派死不认输，不承认是战略错误，一律将罪责推给边镐，说他不战而逃，断送朝廷图楚大计，一个个奏请诛杀。而皇帝李璟，也被这突如其来的意外惊得目瞪口呆，他看着前来负荆请罪的边镐，一句话也没说，就直接命人将他抓了打入天牢。而面对战和双方依然不断地吵吵嚷嚷，这个温文尔雅的皇帝终于忍无可忍、斯文扫地，突然间龙颜大怒、痛下狠手：他先是削去边镐一切官职，贬为庶民，流放边关；然后不管三七二十一，将主和、主战两派各打五十大板，免去了冯延巳、孙晟的左右宰相职务，贬黜出京，其他有关官员将领也不同程度遭到牵连，一时间，数十名文武大臣离朝而去，被贬职

外放……"

李云博仔细听着，突然发问道："我的恩师大国士韩熙载大人近况如何？"

同人执事道："韩公因为一直称病不朝，没有受到牵连，算是逃过一劫。据可靠消息，朝廷有重新重用大国士的想法，只是我们临行前，还未见南唐皇帝颁旨，不知是真是假。"

"韩公真是料事如神啊！他说南唐图楚必定失败，不到一年就见分晓了，不愧是享誉南北的大国士！"李云博赞叹道，他看着一年未见的同人执事，也不禁赞赏起来，"同人兄真是智勇双全啦，全卦全身而退，还撤出了所有资财，连金陵的任何消息都不放过！"

同人执事有些受宠若惊，连忙起身拱手道："多谢少主赞誉，属下不才，侥幸而已。"

"同人兄谦虚了！"李云博摆摆手，示意他坐下，继续问道，"敢问兄台，这批家产有多少？现存何处？"

同人执事道："回禀少主，粗略计算，大约有十多万两银子，还有黄金一百多两，如今大都存在江陵和长沙的钱庄里，少部分大约五千两银子送到阁左大人手上，用于总部日常支出。"

李云博问道："这么多！这些钱，都是阁里的公产吗？"

同人执事道："公产不多。我受阁左大人差遣秘密回金陵时，只带一千两银子。少主买下店铺时，盈利一千多两，少主花三千两买下店铺，加起来近五千两，都交还给阁左大人了。剩下的都是少主的私产。"

李云博惊道："不可能吧？我怎么会有这么多钱？"

同人道："少主大婚，南唐朝廷赏赐加上官员们的贺礼，就有十万两银子，黄金近八十两。后来增开了几处商铺，半年里赚了好几千，商铺房产变卖出去，也有好几千。"

"真是天无绝人之路。同人兄，你真是我的大救星！有这些钱，兄弟们可以做大买卖了！"李云博大喜，"没想到去一趟南唐，发了笔不小的财，这可真是帮了我们的大忙。朱雀将军，麻烦你会同同人兄，将所有银子的一半，交给阁左大人充公，这一年兄弟们辛苦了，都增发半年薪资；另一半取出来，我们做生意。黄金暂且别动，以便日后急用。"

朱雀将军道："末将遵命，我等这就去办。"

李云博止住他道："等等，也不急这一时。先让同人卦队休息两天，后天启程去办。晚上，我在府上设宴，为他们接风洗尘。"

朱雀将军拱手道:"属下遵命!"

"多谢少主!"同人执事说罢,几个人就拱手告辞。

望着朱雀他们几个离去的背影,李云博喜不自胜,顿时心里有底了。正要出门,突然间二叔李天雷进来,于是说道:"二叔,火药坊扩建的事情,您考虑得怎么样了?"

李天雷一愣,道:"扩建火药房的事……我还没考虑呢。现在瑶池上上下下都在赶制爆竹产品,火药的需求量很大。我们得集中精力配制火药,哪里还有空啊?更何况,自从南唐占领长沙后,货币改用白银,所有马楚时期铸造和使用的铅锡钱都作废了,说好兑换可还没有来得及就被赶出去了。如今铅锡钱仍然不能用,家里哪里还有银子开展火药坊改造啊?"

"钱你别操心,我想办法。"李云博顿了顿,又道,"如今配制火药、满足生产的事情已步入正轨,你可以交给其他人打理。你得一门心思来抓火药坊扩建。"

李天雷叹道:"火药坊扩建不难,就是钱的问题。只要你能拿出银子来,我立即动工。"

李云博笑道:"那好,我负责筹钱。我想将火药坊整体从府上迁出,搬至楠竹山东北角下,规模至少扩大一倍,二叔您说,需要多少银子?"

"这……"李天雷被他问住了,他想了想道,"整体搬出,还要扩大一倍……这等于新建一个规模更大的火药坊嘛……这至少得要两千两!"

李云博道:"行,我们一言为定。十天后,我给你五千两,应该够了吧?您老赶紧谋划,尽早开工,把火药坊给我建好!"

"什么……你哪来那么多钱……"李天雷听了他的话,惊得半晌才说了这么一句。他看着李云博出了门,又牵来马匹,一跃而起上了马背,径自上了官道,不一会儿就无影无踪了。

话说李云博快马加鞭,大约不到一个时辰,就来到了东峰界,直奔刘记酒家。他下了马,只见刘杜鹃正在门前搬柴。李云博叫道:"花儿,你爹在家吗?"

"岫南哥哥……"刘杜鹃抬头看见李云博,顿时喜上眉梢,应了一声就连忙丢下柴火朝屋里喊喊道,"爹,李府三少爷来了……"又上前替李云博牵了马拴好,接着就取草料打泉水喂马。

刘凡兆听到喊声,连忙出来迎道:"不知三少爷驾到,有失远迎,恕罪恕罪!"

李云博笑道:"刘掌柜哪里话!在下有事登门,冒昧打扰,掌柜不必客气。"于是进屋,坐下来看茶说话。

茶过三巡,刘掌柜道:"少爷光临寒舍,说是有事登门,让小人受宠若惊。不知少爷有何吩咐?"

李云博笑道："在下跑了一个多时辰，肚子早饿了，麻烦掌柜先弄点吃的吧，我们边吃边聊，怎么样？"

"哎呀，你看我……得罪得罪……"刘掌柜连连自责，一起身，就对后边喊道，"孩子他娘，赶紧炒几个好菜，把地窖里那坛陈酿老酒取来开了，我要和三少爷一醉方休！"

李云博道："不喝酒，我喝酒会误事。更何况没必要如此破费，掌柜太客气了……"

刘掌柜坐下来，正色道："你是我家的大贵人，也是我心中的大英雄，一坛酒算什么！记得几月前，你在我这个小酒店，指挥千军万马大破南唐炮火军，我这小酒店也沾光啊！可是……唉！"

李云博一愣："可是什么？"

刘掌柜道："可是，我逢人就说，三少爷的指挥部，就设在我家酒店的阁楼上，你猜猜，别人什么反应？"

李云博道："别人什么反应？"

刘掌柜道："居然没一个人相信！气得我直骂娘！我赌咒发誓也没人信，真是一群无知小人！"

李云博笑道："要是我的指挥所连山野村夫都猜得到，我还怎么大破敌军，将南唐炮火军赶出瑶池啊？"

"那是！"刘掌柜点点头道，"少爷用兵如神，当然要出其不意！反正，你是在我家的阁楼上指挥作战，这可是一点不假，千真万确！"

"那当然！"李云博应了一声，"在下还要感谢你，冒着杀头的危险，把阁楼借给我们。你也是大胜南唐敌军的英雄呢！"

"我也是英雄？"刘掌柜顿时涨红了脸，有些不好意思起来，"我又没上战场。"

李云博道："当然是。试想，你不借阁楼给我们，不为我们提供掩护，这仗，打得有这么顺吗？这场战斗，瑶池的父老乡亲中还有很多英雄啊。正是大家不畏生死、同仇敌忾、齐心协力，才有这次大捷。"

"少爷真会讲道理！那好吧，我就是英雄了！"刘掌柜喜不自胜，"这英雄不英雄，倒还只有那么回事。自从仗打完了，你就没来过，小人可是天天盼哪……"说着，他的眼眶有些湿润了。

"我这不是来了吗？"李云博笑道，"你不知道，我父亲不肯下山主持家族大局，家族要我暂代掌门之职。上任伊始，瑶池上下百业待举，所有作坊要开工，大家等着赚钱吃饭，因此忙得焦头烂额……"

正说着，里面传来刘杜鹃的声音："三少爷，爹爹，菜上桌了，快进来吧。"

"好！"两人起身，进了餐屋，边吃边聊开了。

在掌柜的热情邀请下，李云博勉强喝了两杯。这时候，李云博道："刘掌柜，今天我来，是有事相求，还望掌柜成全。"

刘掌柜道："少爷太客气了！只要我能办到，上刀山下火海，万死不辞！"

"我要的就是这句话！"李云博一拍桌子道，"我想和你合伙做生意，你意下如何？"

"合伙做生意？"刘掌柜顿时瞪大眼睛，问道，"做什么生意？"

李云博道："爆竹生意。我们一起办个规模超大的编炮作坊，你敢干吗？"

刘掌柜一愣："办爆竹作坊？这……"

李云博道："你怕了？"

刘掌柜犹豫道："不是。我这小本生意，一无本钱，二无做爆竹的经验，怎么做？"

李云博道："这你别担心。你只要说，你敢不敢干？"

刘掌柜道："这……我怕拖累你。"

"怎么会呢？"李云博端着茶杯站起身，踱了几步道，"你不知道，前几天，家族召集各家作坊开会，我提出振兴爆业大计，其中之一就是开发新产品，把编炮推向市场。可是大家都担心编炮的销路，不怎么支持。我必须自己带头，先干出个样子来，大家才会跟着来。可是，我得选个好的当家人替我分忧。我思来想去，你刘掌柜人可靠，又吃苦耐劳，也有经营经验。特别是近年来麻烦你不少，心存感激，一直无以为报。这事要是办成了，就是你刘掌柜发家致富的好机会……所以，我就上门找你了。"

"原来这样！"刘掌柜恍然道，"那好，我把酒店卖了，跟着你干，怎么样？"

"不需要卖酒店，我有本钱。"李云博喝了一口茶，继续说道，"我拿出五千两银子做本钱，你负责建作坊招人手组织生产，我负责销售。利润嘛，我们五五分成。如若亏损了，全部算我的。你看，怎么样？"

刘掌柜听了，连连摇头："五五分成？这怎么行！我最多拿一成利润！就是一成，那也是个大数目啊！"

"掌柜的，这没什么值得讨价还价的，就这么定了。"李云博坐下来，将茶杯放下道，"刘掌柜，你知道，我要赚的不是钱，是各家掌柜的心。只要我们的编炮有大的利润，各家作坊就会跟着来。这对我们瑶池爆业的转型发展，创造新的辉煌，有着重要意义。我要的就是你赚大钱，你明白吗？"

刘掌柜听了，顿时热泪盈眶。他倒了一碗酒，双手捧起道："就冲三少爷这句话，我刘某人干了！小人知道，您这是提携我，让我有机会出人头地。别的不说了，我刘凡兆喝完这碗酒，就是你的手下了！我在此立誓：今后，你要我往东，我不敢往西，此生愿为您效劳，肝脑涂地，在所不惜！"说罢，一饮而尽。他一抹嘴巴，又

道，"如有违逆，如同此碗！"说着，将碗往地上狠狠一砸，"砰"的一声，酒碗被摔得粉碎。

李云博惊道："刘掌柜，我们是合伙，今后得一起共事……"

刘凡兆道："我是替少爷干事，若不这样，我就不干了……"

"怎么了？"刘杜鹃听到声响连忙跑进来，看见地上的碎碗不知发生了什么事情。他望着李云博问道，"岫南哥哥，我爹他……"

李云博笑道："花儿啊，没什么。我们喝多了，你爹他发酒疯呢！"

刘杜鹃没好气地数落道："你这当爹的，就会发酒疯！这碗不要钱买是吧？还骂我是败家子，我看你才是败家子呢……"

"你个丫头片子，懂个屁！"刘凡兆突然火了，"三少爷提携我们，很快就要发达了，一个碗算个屁……我这是向少爷表决心立毒誓，你知道不……"

"还在胡说八道，三少爷会提携你，你做梦吧？"刘杜鹃以为父亲醉得不轻，懒得理他。就对李云博道："岫南哥哥，我爹醉得稀里糊涂，他说酒话，您别在意。"

李云博笑道："花儿，他说的是真的。是我要和你爹一起做生意。"

刘杜鹃疑惑道："你和我爹一起做生意？做什么生意？"

李云博道："编炮生意啊，你不会忘吧？不久前，在改进编炮的时候，我就说过，将来要把做编炮的技术教给你爹，现在是时候了！"

刘杜鹃道："怎不记得，我只当你顺口说说，哄我玩呢。没想到，你当真了，还说到做到！"

李云博也有几分酒意："男人说话，怎能信口雌黄。我对你说的，句句算数。"

"岫南哥哥是大丈夫，说话当然要算话！"刘杜鹃喜道，"怪不得我爹摔酒碗呢！那真是太好了！岫南哥哥，您慢用，我出去帮您添些菜来！"也不等李云博回应，她就转身出了门去。

◆ 六、愤怒的老掌柜动起了家法 ◆

转眼间，一个多月过去了。忙碌之中，李云博突然发现，瑶池似乎又回到了从前，社会安宁，秩序井然，到处都是繁忙的景象，爆竹产业又重新焕发出勃勃生机。更让李云博高兴的是，火药坊的扩建事宜进行得很顺利，不到一个月就完成大半工程；而刘凡兆负责的编炮作坊进展更快，他雇用了大批人员，日日夜夜在烂泥湖边施工，自己更是守在工地上，指挥调度从不懈怠，一个月下来，土建工程就全部完成，数十间用于编炮生产的作坊就已成型，只剩下添置设备了。

这天，李云博从烂泥湖边的工地回来，一路上琢磨这编炮制作设备的改进，显得有些心不在焉。路过中瑶的时候，突然远远听见村子里有人在争吵。他很是蹊跷，大白天的，忙不完的活等着人去干，哪个还有闲心吵架？真是奇了怪了！想着想着，越想越不对劲，于是就策马进了村寨，想看个究竟。又一路循声而去，渐渐地，声音就越来越清晰了。他没想到，这争吵声是从著名的爆竹作坊——李成作坊里传出来的。他顾不得许多，急忙下马将马拴好，快步往那边赶。这时候，远远传来一个苍老熟悉的声音："……老子白养你们了……全瑶池，都在轰轰烈烈地改造作坊，你们几个倒好，一个月过去了，一点动静都没有，还骗老子说，没一家作坊在做爆竹业升级换代的事……火药坊的扩建快完工了，烂泥湖边的鞭炮作坊都要开业了，这不是升级是什么？我们中瑶李氏的脸，都让你们丢尽了，真是烂泥巴扶不上墙，一群没用的东西……"李云博听得出，这是老掌柜李守云的声音。看样子，他是在训斥什么人。于是更加着急，连忙闯了进去。这一进来，眼前的场面把李云博给看傻了：原来，李成作坊不是在吵架，而是李老掌柜在教训他的三个儿子，甚至动起了家法。只见三个后生跪在地上，李守云老掌柜手里拿着根皮鞭，一边狠狠地抽打着儿子，一边愤怒地大骂着："……你们几个嫌我老了是吧，啊？老子的话都敢不听……"

李云博见到眼前的场景，又仔细听了老掌柜数落儿子们的话，大概明白了是怎么回事。他上前一把夺过李守云手里的皮鞭，说道："老掌柜，您这是干什么，有话好好说嘛，动什么家法？传出去的话，还以为中瑶李氏尽出忤逆不孝的子孙……"

"三少爷，您什么时候来了？"李守云大惊，听了李云博的话，更加来气，"他们不思进取，哄骗老子，居然阳奉阴违，敢做有违爆业振兴大计的事，这，这就是忤逆不孝！"

"老掌柜您别生气。"李云博挽住李守云的胳膊，扶着他坐下，又上前去扶跪在地上的几个后生。可几个年轻人望着老掌柜，不敢起身。他扶了一阵，毫无效果，只得摇头望着老掌柜，叹息道："老掌柜，就权当给我李云博个面子，先让他们起身，好不好？"

李守云有些难为情，扫视了儿子们一通，然后没好气地吼道："三少爷要你们起来，还跪在地上干啥？来了贵客，还不赶紧看茶，真是一群废物！"几个后生赶紧起身。"我去倒茶。"最小的那个说了一声，就转身进屋忙碌去了。老大老二垂手而立，一副垂头丧气的样子。

"您老先消消气。"李云博在老掌柜的身边坐下，问道，"您口口声声说，他们阳奉阴违，究竟发生了什么事啊？"

李守云怒气未消。他气呼呼地道："真是一言难尽啊！三少爷，老夫真是难过啊。数日前，您的一席话，让我等醍醐灌顶、茅塞顿开，这将是瑶池爆业走向辉煌的开始。如今爆业革新在即，谁能顺势而为，勇立潮头，谁就占据主动，赢得发展先机。本来，老夫一回家，就做了规划，三个儿子每人负责一个作坊，老大做卷筒，老二做爆竹，老三做编炮。可是这群小子，只顾眼前蝇头小利，放手做爆竹，忙着赚几个现钱，把老夫的铺排抛在脑后。老夫催促多次，依然毫无进展。你说说，这气不气人？"

"老掌柜，您大发雷霆，就为这个？"李云博听了，笑道。"您老能有这等见识，把爆竹生产的产品革新和流程分工，当成眼前的大事，已经难能可贵了。爆业振兴，要循序渐进，不可能一蹴而就，天下没有如此轻而易举的事！晚生告诉您，我这个代总执事也是孤掌难鸣、举步维艰啊！不是所有的人都能看得长远，这没什么好奇怪的。我们得一步一步地来。为此生气，大可不必啊！"

李守云道："自古以来，这成事之道，就是得有先见之明，快人一步。我中瑶李氏一族，也是爆业名门，李成作坊的名头，在业界也是响当当的啊！凭什么？就凭这快人一步啊！如若都随大流，整日为了蝇头小利忙忙碌碌，能成就我李成作坊？老夫多次晓以利害，全力推进作坊改造，他们偏偏置若罔闻，真是气杀我也！"

这时候，小儿子端着茶水进来，见父亲还在为这事喋喋不休，有些来气了。他上了茶，问道："阿爹，你要推行作坊改造，我们兄弟全力支持。可是您一下子上那么多工程，哪里有那么多银子？我们几个商量了，多出几批货，等有了钱，就立即着手改造。这还只有一个多月时间，才出两批货，钱不够啊！"

李守云骂道："混账东西！老子跟你们说了，先别急着做产品，砸锅卖铁先改造，你们怎么不听？"

小儿子反驳道："我说老头子，你不是老糊涂了吧？咱家这点家当值几个钱？砸锅卖铁也不够啊……"

李云博怒斥道："你怎么能这样跟你爹说话！还不快快住嘴……"

李守云更是大怒："你敢反问老子，真是不想活了……"

李云博见小儿子住了声，劝慰道："俗话说，话语多了伤人，计较多了伤神。吵来吵去就会吵成仇。都别争了，坐下来心平气和地说话吧。"

大家听了，都没了声响，一个个坐在桌边，呼呼直生闷气。

还是李云博打破僵局。他问道："老掌柜，我不是说过了吗，作坊改造的钱，我们李氏帮你们垫付，你们怎么不申请呢？"

李守云道："这是我们自家的事，怎么能麻烦你们？这一年多来，你们也没做生意，手头也不宽裕，贴着本帮我们，凭什么啊！"

"凭什么？凭我李氏是瑶池的领头人，就该有这等担当！"李云博大声说道，"我们瑶池李氏，一直就是把父老乡亲的事放在心上，舍生忘死、谋福瑶池，这既是祖训，也是职责所在。"他深深地为老掌柜的超凡卓识折服，也为他替人着想的精神感动。于是问掌柜的大儿子："大公子，你们改造作坊，需要多少银子？有多大缺口？"

大儿子道："回禀三少爷，我们粗略估算一下，大约需要五百多两，出了两批货，赚了上百两，加上本钱，有三百多两，还差两百多。"

李云博站起来，说道："那好。你们的作坊改造计划，就按老掌柜的铺排，我觉得很好。依我看，干脆都建新的，老作坊留着继续生产。我借你们一千两，不收利息，等赚了钱再还不迟。如若怕亏损，那么我就入股，风险共担，股权比例好商量。但是，晚辈有一个要求，那就是，你们要把新作坊建成爆竹作坊的样板，五十年都不被淘汰。你们能做到吗？"

"这……"老掌柜一家人听了，顿时目瞪口呆。

李云博笑道："老掌柜，有问题吗？"

李守云连忙站起来拱手道："俗话说，无功不受禄。你李云博凭什么要这么帮我们？这，这怎么行？"

李云博正色道："看看看看，老掌柜你又来了！凭什么？就凭你老掌柜德高望重无人比肩，就凭你对我实施爆业振兴计划的真心理解和鼎力支持，就凭你自觉担起瑶池爆业发展的重任！这些理由还不够吗？自从晚生宣布就任代总执事一来，我原以为，对于爆业振兴计划，没有一家作坊积极响应、身体力行，晚生只有自己干。于是推动火药坊搬迁，联合刘凡兆掌柜新建编炮作坊，我也是迫不得已啊！我万万没想到，您老一直在推动作坊改造，儿子们也只是迫于经济压力而暂缓执行，原来，我不是形影相吊，孤掌难鸣啊，还有你这个忘年知己！晚生今天这么做，虽说是帮你们，但也不仅仅是为你一家啊！我要你们先行动起来，做出一个好榜样，带动所有作坊都参与进来，积极推动作坊改造，实现我瑶池爆业振兴之宏伟蓝图！"

"三少爷……"李守云哽咽了，"您真是瑶池的大救星啊！有您领导瑶池爆业，真是我等的福气。少爷在上，请受我全家一拜！"说着，就"噗通"一声跪在地上，磕起头来。其他人见了，也都纷纷跪在地上，一个个把头磕得砰砰直响。

"老掌柜，您这是干什么？快起来，晚生担当不起……真是折煞我也！"李云博大惊失色，连连将李守云扶起。

"你担当得起！"李守云起身，顿时老泪横飞，"你们李氏总是雪中送炭，不计得失，高风亮节，胸怀全局，老夫打心里佩服啊！"

李云博也热泪盈眶："老掌柜过誉了！瑶池李氏，本是一家，您这样说，就见外了！乡里乡亲，本该互帮互助、相互扶持啊！"

李守云破涕为笑，一拍桌子道："好，我李守云领你这份情了，这钱，我们借了！不过，利息还是要算的。不然的话，我这心里，还真过意不去！"

李云博道："老掌柜，真的没这个必要！瑶池爆业传承了上百年，只要天下太平，就有我们赚钱的机会。我是怕祖宗传下来的基业，毁在我们这一代手上。我知道，我一个二十出头的后生，突然冒出来执掌家族大业，没几个人相信我能胜任。而今天，你能替我分担，支持爆业振兴计划，我已经很感激了。只要我们的计划成功了，到时候，瑶池就是淌金流银之地，家家户户都丰衣足食，安居乐业，那才是我们希望看到的。区区几两银子，算得了什么！"

"少爷真是大气，了不起啊！"李守云感慨道，"好，就依你的。天色不早了，您留下来吃晚饭吧，我们好好聊聊这爆业振兴大计，来他个一醉方休如何？"

李云博笑道："掌柜的心意，晚生领了。只是眼下太忙，什么事都得过问，喝不得酒啊！晚生一喝酒就误事，已经不是一两回了，这您是知道的。等忙完这阵子，我一定会登门拜访，我们再好好聊聊，一醉方休如何？"

李守云点点头道："好，我们一言为定！三少爷日理万机，今日老夫也不勉强。今后，只要您用得着老夫的地方，你尽管吱声就是！"

"看您说的！有事来了，您什么时候退缩不前？好了，时候不早了，晚生得告辞了！"李云博说着，就将皮鞭递还给了李守云，"老掌柜啊，家法这玩意儿，得慎用啊，它不仅伤人身，还伤人心哪！"

李守云一愣，接过来，拱手道："三少爷一语，切中要害，老夫一定铭记于心。三少爷慢走，老夫恭送！"

"各位留步！"李云博拱手回礼，刚走出屋子，他又突然回过头来道，"银子的事，我明日派人送过来。"

李守云道："这怎么行？我派老大来取，顺便把借据签了。"

"什么借据不借据的！君子之约，一言九鼎，我还怕您不还银子？就这么定了！"李云博说罢，拱手上马，疾驰而去。

"这……老夫一家受宠若惊啊！"李守云说着，就和儿子们一起送出门来，拱手作别，又看着他扬尘远去，感慨万千。良久，李守云看着儿子们道："你们看看，同是李氏子孙，他比你们还小，早就名扬天下，如今，又担起如此重任，替父亲执掌爆业，振兴瑶池经济。你们几个，得好好学学！"

小儿子道："这怎么比？岫南少爷这等天才，瑶池数百年也才出一个！我们才没那么傻呢，跟一个天才比高低！"

"你……"老掌柜被他一句反驳，噎在那里说不出话来。他突然扬起的皮鞭，举了良久，却怎么也没有打下去。

第十章

DISHIZHANG

安定湖湘

◆ 一、潭朗纷争让李云博忧心如焚 ◆

自从暂代父亲执掌家族大业之后，李云博主要的精力都在实施他的"爆业振兴计划"，整天忙里忙外，没有丝毫空闲。但他依然时刻留心着天下大事，尤其关心湖湘大地各处军镇的动静。阁左大人出动多路密使，全面收集各州要情，并及时将消息传递给李云博，让他时刻了解情况，这是他研判时局必要的前提。特别是年关过后，瑶池上下对爆业振兴达成了共识，所有的改造计划都步入正轨，他才从产业发展的具体事务中抽身出来，认真研究起时局来。

大破南唐之后，王逵、周行逢率军进驻长沙，全面控制了潭州。不久，王逵派指挥使蒲公益领兵东进，攻下岳州，又亲自挥师南下，从南汉手里夺回了郴州。而武平留后刘言以朗州为中心，基本上控制了湘西北的局势，张文表等人占据了衡州等地，楚国故地除了靖江数州被南汉占领外，大都回到楚国旧将手中。虽然，湖湘大地基本上在朗人的控制之下，但并没有实现统一，这其中缘由还相当复杂。

本来，边镐不费一兵一卒取了潭州占领长沙之后，楚国旧将齐聚朗州，与潭州对峙，尚能团结一心，对抗边镐。然而一旦赶走了南唐，内斗就避免不了，这一点，李云博很清楚。同时，李云博知道，朗州之所以敢和南唐叫板，是因为朗人称臣北方朝廷，有大周这个靠山。郭威之所以支持朗人，肯定有他的深意，仔细揣度起来，不外乎两个方面：一是他早就有一统天下之心，只是北方战事不断，还没有精力南下；二是他不愿意看到南唐吞并楚国，更不希望南方出现一个强大的对手。因此，李云博断定，北周朝廷绝不会让楚国复国，也不会让湖湘之地重新统一，分而治之是必然选择。

果不其然，广顺三年（公元653年）正月，北周朝廷颁旨，任命朗州留后刘言为武平军节度使、同平章事，节制武安、靖江等镇的军事，治朗州，是名义上的湖湘之主；以王逵为武安军节度使，驻长沙，何敬真为靖江军节度使，周行逢为武安行军司马。这个安排，看似有主有次，其实玄机很多。首先，让毫无实权的刘言做湖湘之主，而且治所远在朗州，根本驾驭不了其他势力，这不乱才怪；其次，朗人中最具实力的王逵、周行逢得到湖湘的中心潭州，却受刘言节制，这个尾巴肯定会不断长大；再次，给素有战功的何敬真一个靖江节度使的虚衔，连个落脚的地方都没有，不仅让他内心不满，也让其他有战功而且占据州县的将领生出攀比之心，进而割据一方。因此，这个任命一出来，李云博就预感到，湖湘又要大乱了。

很快，潭州朗州就狗咬狗斗了起来。事情起因是这样的：何敬真等人本来就看不起王逵和周行逢，对周朝这样的政治安排心生不满，于是就辞归朗州。到了朗州又觉得刘言懦弱无能，不听从刘言的指挥调度，甚至想取而代之，这让刘言大是恼火。刘言本来就害怕王逵，因此误以为何敬真是王逵派来的卧底，决定将他们灭了了事，还扬言要讨伐潭州。

王逵得知刘言要讨伐他，也有些害怕，就和周行逢商量："这个刘言，我等好心好意推他为主，他想卸磨杀驴、过河拆桥，这可怎么办？"周行逢道："刘言一直不与我们同心，何静真等人又耻居公下，我们正好将计就计，一个个把他们解决罢了。"正好遇上南汉入侵全州、道州、永州，周行逢请命："我愿单身到朗州劝说刘言，让他派遣何敬真南下讨伐，等他们到达长沙，设计捉拿，犹如掌中之物。"王逵听从此计，就派周行逢去朗州会见刘言。刘言果然中计，就任命何敬真为南面行营招讨使，率领牙兵百余人会合潭州军队来抵御南汉。两人到达长沙，王逵亲自出城到郊外迎接，相互见面显得非常欢喜，设宴畅饮接连几天，还用如花美女款待引诱他们，让他们声色犬马，不思南御之事。王逵乘何敬真大醉，派人假装成刘言的使者，斥责何敬真："南面敌寇大举入侵，你身为招讨使，不立即挥师南进为国御辱，日日在此寻欢作乐，该当何罪？我等奉刘太师之令，将你捉拿，押回朗州问罪。"趁机将何敬真等人逮捕并关进监狱，不久就将他们斩首示众。

得知何敬真等人被杀，刘言才知中计，愈加痛恨起王逵来，公开宣称和王逵势不两立。矛盾一公开，王逵干脆一不做二不休，留下周行逢守长沙，自己亲自带兵突袭朗州，一战而定，并把刘言抓起来，后来又派潘叔嗣把他杀了。一时间，原本还算团结的"朗州帮"作鸟兽散，三湘四水重陷各自为政、分崩离析的乱局之中。李云博看在眼里急在心上，一时间忧心如焚。

李云博深知，一盘散沙的湖湘大地，四面都是虎视眈眈的邻国，很有可能再次陷入外敌入侵的危局。得有一个能力出众、广泛认可的人站出来，振臂一呼，凝聚力量，严刑峻法，励精图治，真正把湖湘大地统一起来。可这个人是谁呢？

几天下来，他一一盘点朗州那帮旧将，很快有了人选。早在刘言、王逵共同经营朗州的时候，一共任命了十位指挥使，其中有三人比较突出，周行逢能谋，张文表善战，潘叔嗣果敢，而且都对王逵忠心耿耿。而王逵这个人，李云博了解不多，但从他近年来的作为，能力水平都不及这三个人，而他诱诛何敬真、突袭朗州、杀害刘言这些事情，是湖湘大地再次四分五裂的起因，都是不得人心的。李云博觉得，王逵的位置是坐不稳的，迟早会被他人取代。比来比去，李云博觉得这人可能是周行逢。

　　说起周行逢，李云博觉得，他们是老相识了。他记得，他们第一次遇见，是在数年前马希广、马希萼兄弟俩争国的时候，马希萼率朗州大军围困长沙，李云博为了避免潭朗大战，于是夜渡湘江，只身前往岳麓大营会见马希萼，那时候周行逢还只不过是马希萼帐下的一员偏将：靖江军副指挥使。他记得，这个人面膛黧黑，特别是左额间有一块黥纹，让李云博印象极为深刻。因为这样的烙印，都是犯过罪的人被官府抓获，发配边关时烙下的，是一个人永久的耻辱。一般情况下，一旦刑满获释，都会尽快将这个烙印想方设法弄掉，就算弄不掉，也会遮掩起来。可是这个偏将，偏偏让这块不光彩的黥纹光明正大地留在额际上，是提醒自己罪有应得千万别再犯傻？还是告诫他人不要重蹈他的覆辙？甚至可能是让别人对他心生畏惧……凡此种种，均有可能。但究竟是何初衷，李云博不得而知，但他当时就断定，这个人不简单！后来的湘春门相遇，不知怎么地就替他出谋划策，再后来，在金陵城大街上两人意外邂逅，李云博依然为他打算。李云博脱身南唐回到瑶池后，两人来往就多了，特别是联手大破南唐军后，两人的情谊更加深厚了。

　　李云博知道，周行逢出身贫贱，却胸怀大志，而且深藏不露，甘居幕后，也很有智谋。特别是他内敛谦逊的个性，在朗州将领中素有人望，而勤勉俭朴的农家本色，又深得普通士卒的拥戴。不仅王逵对他信任有加，就连张文表、潘叔嗣也对他非常敬重，亲如兄弟一般。比较而言，张文表会打仗，很有军事韬略，但没有多少政治智慧；潘叔嗣忠勇果敢，属于有勇无谋一类。但是，周行逢极深的城府，多疑的秉性，善变的性情，干什么都不露声色，又让李云博很是担忧。不过，李云博也认为，金无足赤、人无完人，这样的缺点掩盖不了周行逢作为一方领袖的光芒。而如今，王逵身在朗州，迟早会对主政长沙的周行逢有所猜忌，这样一来，潭朗之间的争斗很可能又将重起……想到这里，李云博突然意识到，一定得想办法，防止潭朗之争的悲剧重演，别让兄弟反目、亲痛仇快的事情再次发生，至少不能让周行逢和王逵交恶，不能让周行逢的声望受到影响。他觉得，保护好周行逢，就等于保住了家园和平稳定的希望。

　　因此，李云博决定站出来，帮周行逢的忙。但是怎么帮呢？一时又觉得无从着手。正在苦无良策之际，金刚头的刘凡兆掌柜前来府上找他，说是编炮作坊生产出了第一批产品，要他前往检验，并商议对外销售的事。他茅塞顿开，一下子有了主意。于是就跟他去了烂泥湖，检验了产品，并吩咐将这批货物全部运往长沙销售。为了体现这次外销的重要性，他决定亲自押运，前往长沙和商行的掌柜也就是他的堂叔李天骄会商营销策略。

◆ 二、借故押货长沙，李云博拜访周行逢 ◆

　　不几天，李云博押着出产的第一批编炮到了长沙，和李天骄交割完毕，就只带了乾卦统领一人，策马前往碧湘宫，递上谒帖拜望周行逢。可是，宫门校尉看都不看一眼，一把抓过谒帖，恶狠狠地扔回来，还劈头盖脸骂道："滚一边去！周将军吩咐过：读书人一律不见。"

　　李云博一听，觉得不对劲："我说这位军爷，周将军是在下故交，喜好读书，广交士人，怎么会有不见读书人这等荒唐命令啊！"

　　门尉根本没理他，正对一个商人模样的中年人大吼大叫。李云博万万没想到，他的嘴里居然冒出一模一样的言语："滚一边去！周将军吩咐过：生意人一律不见。"

　　没想到那人并不生气，反而嘻嘻哈哈地说道："小的知道，小的知道。只要有钱先生引荐，周将军一定会见我们生意人的！"说着，从袖中摸出一袋银子，塞到门尉手里。那门尉拽在手里掂量了一下，似乎够重了，突然变了一副嘴脸："哈哈哈哈，胡老板够意思。麻烦您等一等，本校尉这就派人进去通报……"

　　见到此情此景，李云博恍然大悟：原来这家伙，是索要"通报费"。本来，他准备也拿点好处给这个贪婪的门尉，他李云博不缺钱。可转念一想，周行逢平生最恨这种搜刮民脂民膏、不顾百姓死活的贪官污吏啊，究竟是这个家伙借机搜刮，还是他周行逢律下不严呢？如若他如此纵容下属，那肯定成不了大事。那么，这次专程前来主动找他谋划未来，也就多此一举了。想到这里，他准备故意把事闹大，看看究竟是怎么回事，也想看看周行逢如何处理。

　　打定主意，李云博朝身边的乾卦统领使了个眼色，见他心领神会，就大摇大摆走上前去，赔笑道："军爷，在下真的是周将军的故交，可是我的银子早花完了。等见了周将军，我问他讨些银子，给您做通报费好不好？"

　　门尉一听，没好气地骂道："放你娘的臭屁！本校尉哪里收过什么通报费，真是胡说八道！你小子想使诈骗老子，没门！呵呵，周将军会有你这样的故交？你哄鬼呢！还不快滚！"

　　李云博道："你不怕我真是将军的故交吗？他要是知道了你在门口捞钱，还把我堵在门外，你知道后果是什么吗？"

门尉恼羞成怒，上前推了李云博一把，骂道："后果个屁！朗人进了长沙，哪有不捞钱的？笑话，你会是周将军的故交，除非老天瞎了眼，我还是他的兄弟呢！还不趁着老子心情不坏滚远点，再敢胡搅蛮缠，就别怪老子不客气了！"

李云博一个趔趄摔倒在地。他突然爬起来，冲上前去一把扯住门尉手中的钱袋，大声喊道："快来看啊，堂堂武安军行署值守长官，居然公然索拿卡要，收受来客的通报费！"

"他娘的，不想活了吗？"门尉火了，恶狠狠地一把推开李云博，可是李云博死死扯住钱袋不放，突然"嘶啦"一声，钱袋扯破了，银子"叮叮咚咚"滚落一地。

"老子宰了你……"门尉恼羞成怒，拔出刀来，朝李云博就砍。

说时迟那时快，乾卦统领一个箭步冲上前去，但见一道寒光，高高举起的大刀断成两截，门尉手里握着的，只剩下刀柄。只听乾卦统领大声喝道："小小宫门校尉，竟敢对李大人无礼，真是自寻死路！"说着，长剑已经架在了门尉的脖子上。

还没反应过来的门尉顿时蔫了。他扔掉刀柄，面如土色，一个劲地求饶道："小的有眼不识泰山，罪该万死……好汉饶命，大人饶命……"

李云博道："在下最看不起你等这类欺软怕硬的东西！我不要你的命，周行逢也不要你的命，我要听听长沙城的老百姓怎么说，他们若要你的命，你就得死……"

"宰了这个索拿卡要的贪官污吏……"人群围拢过来，一个个义愤填膺，纷纷要求处死门尉。一时间，碧湘宫大门口人声鼎沸，热闹非凡。

正当众人声讨门尉、乱作一团的时候，早有人将事情飞报给周行逢。他丢下手里的事务赶了过来。众人见周行逢带了数十武士过来，都赶紧收敛，不作声了，现场一下子安静下来。周行逢一看见李云博，顿时喜出望外，上前施礼道："末将周行逢，参见学士大人。"

李云博没想到周行逢依然这等抬举他，连忙回礼道："周将军多礼了！晚生如今平头百姓一个，如此大礼，担当不起！"

周行逢道："学士大人不必客气。您是末将的救命恩人，也是末将的贵人。区区礼数，何值一提！"

这个门尉，看见周行逢如此礼遇李云博，顿时吓得魂飞魄散，一下子瘫倒在地上，口里直喊着："大人饶命，将军饶命……"

"怎么回事？"周行逢看到眼前这么多人愤怒的神情，又见门尉直喊饶命，回过头来大声叱问道。

"我我……"门尉浑身哆嗦，一个劲地磕头，已经结巴得不能言语。

乾卦统领收了剑，说道："李大人送货长沙，顺道拜望将军，没想到被这厮挡住，

索要通报费。李大人不给，于是就扭将起来……"

"混账东西！你不知道我周行逢最痛恨什么吗？竟敢在官署衙门前索拿卡要，真是胆大包天！李大人是谁，是我前朝的天策学士，是我周行逢的老上司，也是我湖湘大地的人杰！你小子竟敢有眼无珠，开罪李大人，真是不想活了！"周行逢勃然大怒，大声喊道，"来人，将这个贪赃枉法、索拿卡要、开罪李学士的混账东西推出去斩了！"

"是！"几个武士一拥而上，拿住门尉就往外拖。

门尉回头看着李云博，歇斯底里地叫道："李大人救命啊！小人有眼不识泰山，罪该万死……求求你开恩，饶我一回……小的再也不敢了……"

周行逢怒道："周某三令五申，严禁以权谋私，盘剥百姓。你小子倒好，居然敢在督署衙门前索贿，还有脸求饶！刀斧手，立即行刑！"

"刀下留人！"李云博开口了。周行逢给他面子，他不能不领情。但若这个门尉因为得罪自己而被处死，他就成罪人了。于是上前止住周行逢，说道，"门尉贪赃枉法以权谋私，的确罪大恶极，但罪不至死。求周将军看在晚生的薄面上，暂且收押，交付有司按律问罪！"

周行逢见李云博求情，只得改口说道："既然李大人求情，算你小子命大。但是死罪可免，活罪难逃。学士大人，这东西竟敢在督署衙门前公然索贿，引发公愤，证据确凿，没必要移送有司审判。刀斧手，砍下他那只索拿卡要的脏手，通告全城，以儆效尤！"

"是！"武士们听了，抽出刀来，将门尉的右手剁了下来。门尉一声惨叫，晕了过去。众人齐声欢呼。

只见周行逢道："各位父老乡亲，我周行逢教导无方、律下不严，愧对父老乡亲的支持和厚爱。我给大家赔罪了！"说罢，突然跪倒在地，扎扎实实磕了几个响头。

众人也都跪地还礼，齐声说道："周将军英明神武，大公无私，秉公执法，长沙子民真心拥戴！"

"诸位快快请起，如此大礼，周行逢担待不起！"周行逢起身，看见众人都站了起来，又对身边武士们说道，"你们给我听着：我周行逢再次重申，严禁贪赃枉法以权谋私，不许盘剥百姓骚扰民众，更不得横行霸道欺男霸女。谁敢再犯，定斩不饶！"

众武士拱手道："我等谨遵将军将令，若有违反，自请受死！"

一阵果断处置，民众很是满意地散去。李云博跟着周行逢离开了碧湘宫门，往他的府上去了。

推开一扇大木门，李云博看到眼前的景象，顿时惊呆了：小院子五间正房，右边是三间厢房，左边是柴棚杂间，鸡鸭满地都是。院子中间是一块菜地，一个农妇模样的女人带着一个十来岁的丫头正在地上忙碌……他不敢想象，这就是周行逢的家！身为武安行军司马、留守长沙主将的周行逢，如今在湖湘大地，应该算得上赫赫有名的人物。他没有住在碧湘宫里，也没有选择稍微敞亮一些的宅子，却住在农舍一般的旧院子里，过着俭朴的生活。这让李云博唏嘘不已，他不仅感慨万分，也对周行逢更加刮目相看。

看到有客来访，忙碌的妇人连忙放下锄头起身，笑脸相迎。周行逢道："岫南贤弟，这是贱内严氏。"

李云博赶紧施礼道："瑶池李云博见过嫂嫂。"

严氏听了，先是一愣，接着便露出欣喜的神情。她赶紧拍了拍身上的泥土，又整整衣服，煞有介事地道了万福："叔叔多礼了！初次见面，农妇我这么一副狼狈相，真是失礼了！"他看着李云博身后的乾卦统领，又问道："这位爷怎么称呼？"

乾卦统领连忙施礼道："见过将军夫人！小人是李大人管家，姓乾。"

严氏道："钱管家，不必多礼。还是你们大人有学问，选管家都得姓钱。姓钱好，当管家更好，不会受穷啊！"

李云博哈哈大笑道："嫂嫂说什么呢！是乾坤的乾，不是钱财的钱。"

周行逢也笑了，他对李云博说道："她不识字，你跟她说什么乾坤、钱财，等于白说。"

严氏道："奴家是不识字，可道理还是懂的。这样钱那样钱都是钱。有钱才能过好日子，这才是硬道理！老周你发达了，不能只会替自己捞钱，得想办法让老百姓有钱，让他们过上太平日子，你这官才没白当……"

周行逢道："看看，又唠叨起来了……"

李云博道："嫂嫂话虽粗鄙，道理却深刻啊！"

周行逢叹道："你是第一次听，觉得新鲜。我老周天天都要聆听，耳朵早都起茧了！"

李云博突然明白，周行逢住在这里的原因，他无不感慨地说道："这金玉之言，能有人念叨，是你老周的福气！看来古人云：家里有位贤妻，胜过十位谋臣，这话一点不假。"

严氏看了周行逢一眼，叹道："什么贤妻不贤妻的，只要不被人嫌弃，就万幸了！"

周行逢一本正经地说道："老周不敢！"

严氏道："你以为我不知道……"

李云博见他们斗起嘴来，赶紧岔开话题道："嫂嫂贵为将军夫人，仍然不忘本色，亲事农耕，着实让小弟钦佩。"

"奴家本来就是乡野农妇，干农活才是我的本行，这有什么值得您称道的？"严氏

笑道，"老周多次对我说过，瑶池出了个神童，十几岁就名扬天下，还不止一次救过我们家老周的命，你是我家的大贵人啊！今日得见，真是三生有幸啊！贵客上门，快快进屋！老周你陪他喝茶，我弄饭去！"说着，一边往里走，一边吩咐丫头上茶。

李云博连忙说"惭愧惭愧"，和周行逢并肩进屋。这农舍般的院子，没想到厅屋里却井井有条。屋子还算宽敞，帘布洗得有些发白，桌椅器具虽然陈旧，却擦得铮亮，陈设也大方别致，简陋中透着一些清雅。李云博笑道："将军府上，格调高古，真是个卧龙庄啊！"周行逢笑道："岫南见笑了！这才是真正的寒舍啊！不过兄弟你的光临，就即刻让寒舍蓬荜生辉啊！"两人笑着落座，边喝茶边聊了起来。乾卦统领见他们聊起来，抽身退出了门外。

两人正聊着，一个六七岁的孩童闯了进来："爹爹，您回啦，您早出晚归，孩儿很久都没见着您了……想死我了。"一边说着，一边就往周行逢怀里扑去。

周行逢连忙搂着儿子，连忙对他说道："保权我儿，快快见过李叔叔……这位，就是爹多次跟你说起的岫南叔叔，他可是个了不起的大人物啊……"

周保权连忙起身，跪在地上行起了大礼："李叔叔在上，请受侄儿一拜！侄儿久仰叔叔大名，今日一见，三生有幸！"

李云博大惊，连忙起身扶起周保权："李公子快快请起！我何德何能，受此大礼！"

周保权起身，一本正经说道："我爹说过，要保权将来一定做一个像李叔叔这样的英雄。叔叔今日来了，就收侄儿为徒吧！"李云博听他这么一说，顿时目瞪口呆，不知如何回答他才好。

三、彻夜长谈，李学士进献安湘之策

晚餐还算周正，现杀鸡鸭，时令菜蔬，还有米酒，看来严氏是倾其所有招待李云博这位贵客。晚饭过后，李云博起身告辞。周行逢道："岫南贤弟，你我二人久不相会，今日你屈尊来访，自然要抵足而眠彻夜长谈。况且，我早就想前往瑶池登门讨教，只是公务繁忙，一直未能成行。今儿这个机会难得，你怎么能说走就走呢？"

李云博道："小弟本来就是送货长沙顺道探望，看见兄台一切都好，已经心满意足。怎么好意思再添麻烦呢？"

周行逢不悦道："岫南你说什么话，这就见外了！这家虽然简陋，可留你住的地方还是有的。其实，我这心里有一肚子委屈，还真想找个知心人聊聊。你不请自来，真是天大的喜事。看来我们心意相通啊！"

李云博又推辞一阵，最后还是同意了。两人洗漱完毕，就在厢房的客屋里饮茶叙旧，渐渐地聊开了。

只听周行逢说道："岫南贤弟，看见你屈尊来访，我知道，我有救了，长沙有救了，整个湖湘大地有救了。"

"周将军为何如此抬举我？"李云博一愣，疑惑道，"此话怎讲？烦请兄台说明白些。"

"这怎么是抬举，我老周是真的盼来了救星。只是，一言难尽啊……"周行逢叹了口气，继续说道，"自从大破南唐之后，原以为复国大业指日可待。可谁又没想到，一夜之间，潭朗战火重燃，你攻我伐战事不断，平白无故争来斗去。这样下去，迟早又会两败俱伤，为他国渔利。几年努力，只怕又要付之东流啊！"

"将军忧心国事，真乃湘人之福啊！"李云博叹道，"这兄弟争国祸起萧墙，才过去几年啊，说什么也不能重演！内忧外患，将军的日子不好过啊！"

周行逢道："何止不好过，简直就是如坐针毡！"

李云博道："那你把情况详细说说，小弟替你分析分析。"

"我就等你这句话！你不说，我也要开口说了！"周行逢眼睛一亮，露出欣喜的神情。他低下头理了理思绪，然后抬起头，介绍起这段时间里，潭州朗州之间的恩恩怨怨来。这些情况，李云博大都了解，只是有些细节和角度略有不同。末了，周行逢道："本来，何敬真谋反，诛之即可，没想到刘言如此耿耿于怀，居然公然与潭州决裂。而王逵也逞强斗狠、不顾大局，我怎么劝也不听，偏偏要攻打朗州。打是打下来了，耗费了多少财力物力，双方死伤多少兄弟？特别是抓了刘言，把他杀了，弄得众将人人自危，离心离德。这人心一下子散了，想要再聚拢，比登天还难啊！人心不齐，各自为政，长此下去，内耗殆尽，迟早成为他人囊中之物。"

李云博道："兄台所言甚是！这人心一散，要想聚拢，几乎不可能。王逵将军这件事做得的确有些过火，无论怎样，他刘言是北方朝廷册封的湖湘之主，而且你们众人拥戴他在先，朝廷册封在后。你跑过去攻打他，就是以下犯上，而置他于死地，就是谋权篡位，都是大逆不道不得人心的。"

"你这话，切中要害啊！"周行逢点点头，又心事重重地说道，"何敬真死了，刘言死了，张仿、朱全琇也死了，原朗州十多位主要将领一下子去了四位，还不知道下一个是谁。唉，也说不定，下一个就是我老周啊！"

李云博惊道："兄台何出此言？"

周行逢道："贤弟啊，你不知道，王逵他现在虽然身居朗州，可心里啊，时刻惦记着长沙。我怀疑，他是不放心我了，这猜疑久了，若有一两个小人从中挑唆，他十有八九就会当真。告诉你吧，昨日他派特使过来，说是要和我调防，他来长沙，我去朗州，这不是将军国要事当儿戏瞎折腾吗？我竭尽全力维护大局，搞好团结，可是，唉……我正为此事烦恼，还不知如何应对才好。岫南贤弟，对此，你有何妙策？"

"兄台知道这一点，就不会有性命之虞了。"李云博笑道，"小弟怕的是，你现在的想法，和不久前的王逵一样。王逵觉得自己不比刘言差，而你很可能觉得自己不比王逵差。他可以做湖湘之主，你为什么不行？这和北方朝廷梁唐晋汉周的取代更迭，如出一辙。这种一旦兵权在握，个人私心权欲就极度膨胀的野心，正是当今天下四分五裂的根源。如此周而复始，不断取代，何时是个尽头？因此，抑制私心，别让权欲膨胀生出野心，是保全自己的灵丹妙药。"

周行逢道："岫南，我对王将军忠心耿耿，这个你放心，我老周绝不会以下犯上。"

李云博道："这个，我相信。但是，兄台只看到内部症结，没有看透造成这一局面的真正原因是外人故意设局。"

周行逢神色严峻，似乎一头雾水："外人故意设局？周某愿闻其详。"

李云博站端起茶盏来，踱了几步道："年初，北周朝廷人事安排的深意，你认真琢磨过没有？"

"这个，我没深究过。"周行逢回应了一声，又问道，"朝廷任命有何深意？"

李云博道："小弟帮你分析一下。朝廷任命刘言为武平军节度使、同平章事，节制武安、靖江等镇的军事，是名义上的湖湘之主；王逵为武安军节度使，驻长沙，何敬真为靖江军节度使，你周行逢为武安行军司马。这个安排，看似有主有次，其实玄机很多。首先，让毫无实权的刘言做湖湘之主，而且治所远在朗州，根本驾驭不了其他势力，会导致州县不听节制，一盘散沙。其次，朗人中，最具实力的是靖江军，也就是王逵和你周行逢领导的旧部，让你们坐镇湖湘中心潭州，这个尾巴肯定会不断长大，甚至超过刘言的实力。再次，给素有战功的何敬真一个靖江节度使的虚衔，他连个落脚的地方都没有，不仅让他内心不满，也让其他有战功而且占据州县的将领生出攀比之心，进而割据一方。因此，这个任命一出来，何敬真、朱全琇就不服，带头谋反；虽然你们及时解决了他们，可潭朗之间的裂痕公开了，这时候王逵犯傻了，为了几句威胁的话兴师动众，一举将刘言灭了，虽然胜利了，可是损兵折将实力大损。接下来，还不知谁会野心膨胀，挑起战争……其实，这一切都是朝廷有意安排的。他们就是想看到湖湘大乱，等到你们内力耗尽，时机成熟，轻而易举将湖湘收入囊中。"

周行逢若有所思，将信将疑："这是故意安排的？那你说，怎样安排才更妥帖呢？"

李云博道："如若真正想让长沙复国，就该恢复长沙府，将政治军事中心迁过来，最多册封一个节度使就足够了。其余诸地，仅置州县，委任刺史、县令，负责经济及民生要事，不插手军务。在战略要地派驻军队，建立行营或者边关，只负责保卫疆土，不插手地方事务。军政分开，就能避免军镇割据，防止尾大不掉。朝廷在湖湘设置三个节度使，就是让我们互相争斗消耗下去，直至羸弱无比，任其拿捏。你想想，当初马楚亡国之祸，不正是国内设了三个节度使吗？马希萼不当武平军节度使，他有实力和长沙抗衡吗？"

周行逢恍然大悟："言之有理，言之有理，你继续说。"

李云博继续说道："北周皇帝郭威，是个了不起的皇帝啊。他的每一步棋，都是经过深思熟虑的，看似平常，实则处处玄机。他要一统天下，就得处处布局，帮这个打那个，都是有用意的。如今北方还没统一，北汉联手辽国，天天跟他闹事，他不得不把主要力量放在北边，还腾不出手处理南边的麻烦，所以只能使用外交手段，看似好心，实则祸水。"

"难道朝廷如此阴险？不会吧？"周行逢道，"可是，没有郭威撑腰，我们赶不走南唐啊！他对我们的确有雨露之恩啊！"

李云博道："哪个朝廷有这个好心？还不都是为了自身的利益。你说，你们投靠过南唐，而南唐支持马氏，你们就另攀高枝，投靠北周，不都是出于自身利益吗？你们难道是真心诚意归顺北周吗？不是，绝对不是，你们是要找个靠山！"

周行逢被他弄糊涂了："可是，这投靠北周的主意，是你李云博出的啊！"

"没错，是我出的。但我也是出于家国的利益啊！"李云博说着，看了看满脸疑惑的周行逢，不知道他是真不懂，还是装傻。他坐下来继续说道，"你们投靠周朝，这正好符合郭威的政治要求。他忙着北方战事，没精力顾及南方。假如楚国真的被南唐灭了，南唐实力会大大增加。到时候，即便他统一北方，再南下就会遇到强大的对手。如若南唐继续发展，吞并了其他邻国，甚至统一了南方，郭威南下，还有胜算吗？"

"岫南分析，鞭辟入里，高屋建瓴，让周某茅塞顿开。你真是个旷世奇才啊！"周行逢感叹道。

李云博道："兄台过誉了！因此，我们得从这个高度来认识内部团结的重要，坚决防止窝里斗，别让北方朝廷的阴谋得逞。"

"一定要搞好团结，防止内乱。"周行逢点点头，似乎还有疑虑，他又问道，"我还有个问题，需要讨教。假如王逵仍然一味猜忌我，又如何是好？"

李云博道："那就以坦诚对待猜忌！小弟知道，这很不容易。既要凡事都得考虑周全，谨小慎微，韬光养晦，还要防着小人诬告，不留把柄，有时甚至还得委曲求全。可是为了湖湘安定，你不得不这样做。"

"这的确太难了！"周行逢叹息道，"我有时候想，如此战战兢兢，还不如解甲归田，和贱内一起回老家算了。"

李云博道："临阵脱逃，知难而退，这可不是你周将军的做派！你若归隐了，那些有勇无谋、占据州府的将领们必然权欲膨胀，争权夺利在所难避免，湖湘必然大乱，这可是我们都不愿看到的啊！有你在，只要策略得当，就不会大乱。"

周行逢笑道："我老周有那能耐？"

李云博反问道："你周行逢是谁啊，你不知道？"

"我周行逢是谁啊？"

李云博道："据我所知，你是朗军中最得人望、最有智慧也最能忍耐的人，湖湘大地的将领中，没有人不服你的。但是你甘居幕后，不与人争权夺利，说明你胸怀大局，为家园安宁考虑，为父老乡亲着想。"

周行逢道："为大局考虑得多倒是事实，但我绝对没你说的那样强。"

李云博道："你不承认说明你谦虚。但是，你能找出第二个这样的人吗？找不到。所以，你得主动担当起维护家园稳定的责任。对待王逵，你尽心尽力，他要你干什么，你毫不推辞。比如这次调防，你乐呵呵地去就是；或许待上一年半载，很可能想家了，又想换回去，你就又换回去，这有什么关系呢？他如此折腾，换来的是别人对他的失望，而恰恰能使你周行逢更加让人佩服。因此，你问我有何妙策，我觉得妙策没有，笨办法有一条，那就是顾全大局，搞好团结，禁止窝里斗。谁敢内斗，就收拾谁。我就只能出这样的主意了，供你参考吧。"

周行逢听了这番话，突然豁然开朗："这个办法，虽然有些笨拙，但这绝对是一个维护稳定、消除外患的原则，也是今后内政外交的纲领。有了它，我心里就有底了。我说的没错吧，你这贵人一来，我就有救了，哈哈哈……"他很是感激李云博的建议，而且猜到了李云博来看他的深意。天快亮了，依然有些恋恋不舍，于是说道："岫南，你如今赋闲在家，不如过来帮我吧。我请示王将军，请你出山做潭州刺史，如何？"

"这怎么行？刚才还说你有智慧，一不小心就犯傻了！"李云博没好气地笑骂道，"王逵对你起疑心，你把我这个所谓的'神童'留在身边委以重任，这不明摆着网罗人才吗？你网罗人才干什么，王逵会怎么想？"

"哎呀，我的天，差点犯了大错！"周行逢一拍脑袋，如梦初醒，大声叫了起来。

李云博笑道："这是常识，你不会不知道。你可别跟我装疯卖傻啊！对了，你身边有个魏迪勋，虽不是个谋略出众之人，但是个理政能臣，忠诚可靠，务实勤勉，是个难得的好帮手。有他帮你处理日常政务，足够了。还有，如若今后遇到难题，随时知会我一声就是。这不一样吗？"

"行，我听你的！"周行逢感激地点点头，站起来道，"天都快亮了，贤弟睡一会儿吧，周某告辞！"

"好吧。"李云博打了个呵欠，站起来送他出门。

周行逢突然转过身来，动情地说道："你亲临寒舍指点迷津，周某感激不尽！大恩不言谢，你的情意，周某永记于心！"

李云博笑道："兄台干吗变得如此婆婆妈妈起来？快回房歇息吧，明天还有大量公务等着你呢！"

没想到周行逢一拱手，跟他一本正经地行起大礼来："末将遵命！"

李云博一愣，看着他离去的背影，睡意全无，待在那里半晌说不出话来。

◆ 四、几路人马四处寻找，刘如霜仍然杳无音讯 ◆

别了周行逢，李云博没有直接回爆竹商行，而是带着乾卦统领过了湘江，去了一趟岳麓山，拜会弘法禅师，并祭扫恩师弘道禅师墓。近期来，他忙于家族事务，很少来长沙，因此，很多一直想做而一直未做的事情，他都想借机了结心愿。给弘道禅师扫墓，便首当其冲。

时值暮春，草长莺飞。在明媚春光的映衬下，长沙古城更显得陈旧落寞。湘江依旧绕城而过，城市的倒影不时被风吹皱，一副摇摇欲坠的样子。伫立恩师墓前，李云博感慨万千。他想起弘道禅师圆寂前留给他的佛偈，依然能够熟记于胸："佛门清净地，可寓乱世怀；养气多劫数，心静少尘埃。岂是孤诣事，能见明镜台；治心在觉悟，湘水莲花开"，暗示他"佛可养心，岂能治湘"。如今"以佛治湘"的边镐已经彻底失败，验证了禅师预见的准确。可是，湖湘大地何去何从？未来的命运又将怎样？禅师没有预言，但李云博相信，只要他们团结一心，与内贼和外敌做殊死搏斗，终究会实现和平。想到这里，李云博更加自信，又平添了很多勇气。

下山路上，李云博问乾卦统领："乾兄，不知阁左大人现居何处？"

乾卦统领道："回禀少主，去年，阁左大人将泰平阁总部秘密迁回长沙城，如今就在碧湘宫后花园外，也就是原来的驸马府。"

李云博有些意外："哦？这个，我为何不知道？"

乾卦统领道："属下也不知道，阁左大人为什么没有向你禀报。听朱雀将军说，这

消息也仅限于统领以上的将领知道。阁左大人这样做，是怕分了少主的心吧，让你一心一意应对危局。"

李云博点点头道："很有道理。阁左大人一向知道轻重，这么做自然有他的理由。更何况，我离开长沙去金陵的时候，就特意交代过，阁内一切事务，由他全权做主。台阁总部本来就是绝密，这个主，他能做。"顿了顿，又问道："原来的驸马府，边镐主政时，不是退还给了我二嫂马馥湘吗？怎么又转到了我们手里？"

乾卦统领道："据属下所知，馥湘公主被释放后，一直在寻找刘如霜紫使下落。为了等她回来有地方居住，公主花了大笔钱从一个朗州将领手上，购回了原来刘侍郎的府邸，后来索性搬过去住，驸马府就空着了。左老大人得知消息，就派人从公主手上租过来，作为台阁总部的秘密住所。当然，这一切是秘密进行的，馥湘公主不知道是我们租用。"

"阁左大人思虑周全，真是一位好当家人。"李云博赞叹一句，又问道，"既然重回驸马府，那么橘子洲上的地宫恢复了吗？"

乾卦统领道："这个，属下就不知道了。若要属下估计，应该恢复了吧？要不，阁左大人为何偏偏要租驸马府呢？"

李云博恍然道："乾兄推测有理。刘紫使杳无音讯大半年，我早就拜托左老大人派人搜寻，怎么仍然毫无下落呢？真是奇了怪了。"

乾卦统领道："按理说，边镐一宣布她们无罪，刘紫使就应该得到消息，那就没必要躲躲藏藏。属下推测，要么刘紫使已经远走高飞，离开长沙甚至湖湘大地，她不知道边镐撤销了对她的通缉，也不知道边镐已经被赶出了潭州；要么就是，出了什么意外……当然，后者可能性小一些。"

李云博道："有道理。我泰平阁密使都找不到，只有远走高飞了……要不，我们回驸马府看看？"

"行啊。"乾卦统领应承道，"不过，任何外派密使回去，都要事前请示……你回去，应该不用请示吧。"

李云博笑道："这个，必须按规矩来，我也是外派密使嘛。那就先回商行，吃点东西，你想办法联络请示，我去刘府那边，会会馥湘公主，看看她过得怎么样。"

乾卦统领道："属下遵命。"

两人回到爆竹商行，已是下午未时。吃罢午餐，两人分头行动。

李云博拐进万国巷，又策马走了一会儿，就来到刘府大门前。没想到大门紧闭，怎么敲也无人开门，这让他纳闷得很。他很是失望，退下台阶，打量起这座府邸来：朱红大门上方，醒目的"刘府"大匾依然高悬。这里是马氏王廷重臣的府第，曾经人来人往，门庭若市，而如今却人去楼空，冷清寂寥，让人情何以堪呐！那曾是多么和乐幸福的一家老小，如今大都成了冤魂野鬼，唯一存世的刘如霜又大半年没了音讯，这个巾帼不让须眉的豪门侠女，究竟躲到哪里去了呢？……想着想着，李云博不仅心如刀绞，内疚不已，而且更加痛恨起这罪恶的战乱来：天下不定，任何人都没有好日子过啊！

他黯然神伤了好一阵子，渐渐回过神来，开始向左邻右舍打听，问这家主人上哪里去了。邻居也没人知道，只是说，好像十天半月没见人进出了，这让李云博疑虑顿生：难道，出什么事了？

他越想越着急，打算翻墙而入看个究竟。转念一想，大白天的，这样做，万一被人发现，会招致不必要的麻烦，还是等到晚上再说。于是百无聊赖，走来走去一阵子，加上昨晚睡得少，不免有些乏了，坐在门前打起盹来。

正当睡意蒙胧之间，突然感觉身边有人，把什么东西往自己身上轻轻地搭。他无意中一摸，软绵绵的，好像是一条毡子。李云博吃了一惊，猛地睁开眼睛站起来，把正在替他裹毛毡的魏柳烟吓了一跳。

"岫南，你醒了？"魏柳烟很快就定了神，笑着说道，"都是我不好，把你弄醒了。"

李云博睡眼惺忪，接二连三地问道："柳烟姐姐？你怎么会在这儿？我不是在做梦吧？"还用左手狠狠地掐了一下大腿，痛得他"哎哟哎哟"直叫唤。

"哪里是梦！"魏柳烟笑道，"我过来看看馥湘公主她们回来没有，没想到你在门前打盹。看你睡得香，不忍心叫醒你。这春日黄昏，凉意袭人，怕你受了风寒，于是就从车里拿了条毡子给你盖上。没想到弄巧成拙，反倒把你惊醒了……"

"姐姐真是体贴……"李云博一阵感动，但清醒过来之后，他觉得说这些毫无意义，话刚出口就打住了。他将毛毡交还给魏柳烟，转换话题说道："姐姐刚才说，看看我二嫂回来了没有？她难道出远门了吗？"

魏柳烟收了毡子叠好，交给丫鬟后，说道："你二嫂出门快一个月了。而以前出去，半个月左右就回了。不知这次怎么去这么久？"

李云博问道："她经常出去吗？他出去干什么？"

"唉，一言难尽。"魏柳烟叹道，"她出去，是为了寻找如霜妹妹……这事情，一时半会儿说不完。你看天色已晚，不如到府上一聚，晚上和我爹小酌几杯，我爹他也很想你呢。然后，我前前后后仔仔细细跟你把这事讲一遍，如何？"

"这……"李云博有些为难，"我晚上还有事，明天得赶回去……这件事难道半个时辰都讲不清楚？"

魏柳烟道："能讲清楚，可是，要把馥湘公主这一年的遭遇讲清楚，至少得一个时辰。你既然不愿去我家，我就跟你简单讲讲吧。"

李云博道："不是……姐姐别误会。"

魏柳烟生气道："可我已经误会了。"

李云博道："是这样。我和家人来长沙送货，他们办别的事去了。现在我若就这样去了你家，家里人都不知道……"

魏柳烟笑道："亏你还是中了进士点了翰林的人，撒个谎都漏洞百出，看来你这个翰林是个水货。你去了我家，我不会派人到爆竹商行知会李掌柜吗？"

李云博大窘："姐姐说的是，我是个水货……我跟你去还不成吗？"

魏柳烟笑道："这还差不多。"说着，又转身对一个丫鬟道："你去香椿大街爆竹商行禀告李掌柜，说三少爷到魏迪勋大人府上拜望去了，今夜住府上，明早派人送回来！"

"是，小姐。"丫鬟应声去了。

李云博听她吩咐丫鬟的话，顿时有些无地自容："姐姐何至于此！'今夜住府上，明早派人送回来……'你当我是三岁小孩？"

魏柳烟一边上车，一边说嗔怪道："看看，你又多心了。我这是要李掌柜放心，从现在到明天早上，若有事情，随时都可以到我家找你！刚才说你是水货，我看不止水货，简直快成白痴了！"

李云博闷闷地上马，不回应她了。他心里想：这明摆着是说给我李云博听的，要我安心住在她家，别想着吃完饭找借口溜走，偏偏说什么让李掌柜放心，真是骗鬼呢！还有，马馥湘去哪儿了，要一个时辰才说得清，我才不信呢！她总是能自圆其说，李云博也就不想跟她争辩什么了。其实，李云博自己也不知道，每次见了魏柳烟就总是魂不守舍，傻不拉几，总想躲开却又恋恋不舍，有时候其实不是躲不掉，而是假装躲几下，然后就被她牵着鼻子，心甘情愿跟着她走。他不止一次暗暗发誓，为了天下大事，这辈子绝不再提及感情，他得将自己感情的闸门彻底堵死，而且，几乎和他有过感情的女人，没一个有好下场，秋月怀着孩子被人杀害，刘如霜全家被满门抄斩，如今生死不明，就连青梅竹马的西门燕，也因为他出家了，他没有理由再连累别人。但是，现在他又情不自禁地跟着她走，或许，是她答应告诉他马馥湘的有关情况的这个借口，让他无法推脱吧。

魏迪勋对于李云博的来访非常高兴，但他不知道，这是女儿把他拽进门的。一顿丰盛的晚餐过后，魏柳烟就将马馥湘的有关情况详细地告诉了他，足足说了大半个时辰。李云博听着听着，不免有些懊悔起来，魏柳烟没有骗他，马馥湘在长沙的经历复杂异常，原来是自己多心了。

原来，马馥湘和刘如霜两人一起来长沙的目的，就是为了复仇。她们把徐威定为第一个目标。但是复仇事件败露，马馥湘入狱，刘如霜出逃，还连累瑶池李氏，让她深深自责。出狱后，她下决心要找到刘如霜，开始四处打听刘如霜的下落，积蓄花光了，就把首饰全卖了，带着仆人丫鬟开店铺做生意。这时候朗人攻打长沙，赶走了边镐及南唐军，有个朗州将领要强占她的府第，还有几个朗州偏将要强娶她为妻，几个人为此斗了起来，后来被周行逢知道，她和驸马府才躲过一劫。而当时，刘侍郎的府第一直空着，被一个朗州将领看上，带人闯入强行霸占。馥湘公主得知后，把府上值钱的东西都卖掉，包括父王母后在她结婚时送给他们的礼物——一尊和田黄脂玉雕送子观音。好说歹说从那位朗州将领手里买了刘如霜他们家的府第。后来，为了省钱，她把原来的驸马府租了出去，搬到刘府居住。目的是干什么，她不说，大家也都知道，她要等刘如霜回来，要把这个家还给她。可是，刘如霜杳无音讯，她就决定自己去找，从去年开始，每月出去一趟，一边游商四处做些小买卖，一边寻访刘如霜妹妹的下落。如今，附近的州县她都去过了，一般十天半月就回。这次她临行前跟魏柳烟说，要出趟远门，没想到一个月了还未回来……

魏柳烟的叙述有条有理，一件一件，时间地点人物，都清楚得很。她以局外人的口吻来讲述，更让事实客观清晰。但是，李云博还是听出了她在整个事件中的担当、参与和奔忙，比如魏迪勋怎么知道，潭州府衙要强占驸马府；又比如，几个见色起淫的家伙争先恐后要强娶马馥湘的事，周行逢怎么会知道并严惩几个偏将；再比如，为了买刘府，马馥湘变卖家财的很多贵重物件，魏柳烟都及时赎回，后来又要交还给马馥湘；还有，马馥湘每次出门都为什么要告诉她，还要她照看店铺和家里……这足以证明，在寻找刘如霜这件事上，两人高度一致，到哪里寻找、怎么寻找，她们应该是商量过的。而魏柳烟都将其省去，把所有的作为都放在马馥湘身上。这些李云博能听出来，只是不便说破，也没有追问，但更加欣赏魏柳烟的睿智与大度。

听了漫长的介绍，李云博不由得暗暗佩服，这几个不同寻常的女子，都这样重情重义，他李云博倒显得刻薄无情了。马馥湘，居然倾家荡产也要找到刘如霜。而自己，近来忙于振兴爆业不假，但也不至于一点时间都没有，除了交代泰平阁左老大人派人寻找外，自己居然毫不费心。而二嫂在长沙过得如此艰难，也从来没有过问过，所幸没有大碍，如若遭遇不测，这怎么对得住九泉之下的二哥……想着想着，不由得伤感起来。

这期间，李云博有很多疑问，但他都一直耐心听着，没有发问。当他听到要强娶马馥湘而且强占刘府的人，居然是同一个人，而且这个人是朗州马军指挥使张仿时，再也忍不住了，于是插话问道："张仿？昨夜周行逢说，他不是死了吗，怎么回事？"魏柳烟道："这个没错，他就是因为要强娶马馥湘，还破门而入占了刘家的府第，才惹恼周行逢。周行逢跟王逵说：'张仿身为大将，进城后欺男霸女、抢夺民宅，长此以往，将士必然争相效仿，这于我等立足长沙大为不利。将军要早日警觉，不能留下祸患。'后来，王逵就请张仿赴宴，把他毒死了。"李云博大吃一惊，没想到，张仿的死，居然和周行逢有关。

听完她的讲述，李云博问道："姐姐赎回二嫂的那些物什，一共花了多少银子？"

魏柳烟不悦道："你问这个干什么？"

李云博道："你看，你把我二嫂的东西赎回来，要交还给她，她怎么也不肯收，说是有钱了，再从你手上买回去。如若我们李氏出了这笔钱，从你手上买回去还给她，她就肯定会收啊！"

魏柳烟点点头道："是啊，她是你二嫂，是你们瑶池的人，你们赎买，她会认账。这些贵重物件，与其放在这里闲置，还不如听你的，转一下手，还回到她手里去。这样吧，你给我三百两银子，东西你就全拿去。"

李云博愕然："三百两？太少了吧？我知道，仅那尊和田玉佛，就值上万银子……"

魏柳烟笑道："这些东西是值钱，但是她是典当出去的，折上加折，也就几百两而已。你写个字据给我，就写两千两吧。"

李云博道："看来，姐姐真的花了不少钱。我也不跟你瞎掰扯了，我明天派人送三千两过来，过几天，姐姐就把东西送到爆竹商行去，等我二嫂回来后，麻烦我天骄四叔送回去。字据怎么立，你跟我四叔去交涉。"

魏柳烟直摇头："真的没花那么多……"

"别争来争去，好不好，我的柳烟姐姐？"李云博不容他分辨，继续说道，"驸马府租出去，太可惜了。不如让我住吧，现在爆竹生意开始好起来，可能要经常来长沙，也好有个落脚的地方。我每年给二嫂一千两，应该够她开支了吧。"

魏柳烟笑道："小叔子要住嫂嫂的房，不怕别人嚼舌头说闲话？"

李云博被她的话呛到了："你……谁愿嚼舌头，谁就嚼去！反正舌头长在别人嘴里。我李云博身正不怕影子歪！"

魏柳烟道："你急个啥，跟你开个玩笑，就跟你们瑶池爆竹似的，一点就着，真是！我知道你干什么用……"

李云博吃了一惊，正要开口，只见管家进来，跟他们说道："禀报小姐、李大人，李大人府上的乾管家来访，说是有要事禀报。"

魏柳烟道："哦？快请！"

管家道："是。"

李云博一听，知道左老大人那边有回信了，决定趁机告辞。他心里真的很是担心刘如霜的安危，他得亲自部署继续搜寻事宜。于是管家刚走，李云博便神色严峻地站起来，一副焦急的神情："有要事禀报？会是什么事呢？"

魏柳烟笑道："我敢肯定，是瑶池那边发生了意外。我还知道，这事情，非得你这个代掌门回去处理不可……"

不一会儿，门外传来脚步声和说话声，是管家和乾卦统领客套寒暄，只听乾卦统领说道："真没办法，瑶池那边星夜来报，说是府上发生了意外，非要代掌门三少爷回去……"

李云博一听，顿时尴尬不已。他装作很吃惊的样子，像是喃喃自语，又像是对魏柳烟说："怎么会这么巧呢……"

◆ 五、周行逢挥泪斩了潘叔嗣 ◆

一晃两年过去了。

这两年来，李云博一边尽心尽力地打理着家业，一边关注着天下局势特别是湖湘各路诸侯的动向，同时也经常过问马馥湘的情况以及刘如霜的下落。

除了小的纷争之外，湖湘大地总体还算安宁。李云博知道，这是周行逢的功劳。他也为周行逢能听从他的建议而欣慰。王逵来回折腾，周行逢就唯命是从，反复几次，最后觉得周行逢可靠，仍然让他镇守长沙，并向朝廷上书，加封他为武安军节度使、权知潭州军府事，成为湖湘大地上仅次于王逵的第二号人物。

由于政局的相对稳定，三湘四水的生产便恢复发展，民生得到极大改善。因此，瑶池的编炮很快打开市场，销量大增，并取代传统爆竹，成为爆业最主要的产品。瑶池生产编炮的刘记编炮作坊、李成鞭炮作坊一跃成为业界最知名的编炮作坊，也成为当地最富有的作坊。那些原先抵制流程分工、作坊改造的掌柜，在竞争中产品滞销，几乎倒闭。为了生存，他们不得不改造作坊、调整生产格局。就这样，李云博推行的爆业振兴计划不到三年就全部实现。

这期间，北方发生了一件大事，北周开国皇帝郭威驾崩，他的继子柴荣即位。李云博预感到，天下又要变了。果不其然，过了两年，柴荣举全国之力，御驾亲征，南下讨伐南唐李氏，两国在淮北淮南展开激战。朝廷拜王逵为南面行营都统，调集大军攻打鄂州。李云博知道，这是南北两个实力最强的国家之间，进行的一次殊死较量，这次战争，很可能决定谁将是统一天下的王者。李云博知道北周皇帝郭威的英武，却不了解这位继任新皇帝的任何情况，因此对这场战争无法进行准确预测，于是紧急调动泰平阁密使，收集这位皇帝的所有资讯，并密切关注战争动态。

正当他研判时局时，突然接到周行逢的求援急报，说是出大事了，要他赶快去长沙会商。他来不及多想，带上乾卦统领和一队亲从，马不停蹄往长沙赶。一路上，他猜不出究竟出了什么大事。他向信使打听情况。信使也不清楚具体情况，只说朗州那边出大事了。李云博更加觉得蹊跷：王逵不是在围攻鄂州吗？会出什么大事？难道又有人作乱……他不敢往下想，更加心急如焚，一行人快马加鞭往长沙飞奔。而一路上，只要信使一亮特别通关符，所有的城池关口，都纷纷打开，畅行无阻。

李云博赶到碧湘宫的时候，已近黄昏未时。他刚一下马，只见周行逢早在宫门口等候了。看见李云博一行到了，他迎上来道："岫南贤弟，你终于到了，急死我老周了！走，进大营说话！"

李云博问道："朗州那边出什么事了？"

周行逢道："先别急，等会儿说。你们都赶了一天一夜的路，人困马乏，先吃点东西吧！都安排好了，我也没吃。我们兄弟俩进大帐边吃边聊，如何？"

李云博道："行。"

两人进了中军大帐，坐下来吃饭。李云博心情沉重，草草吃了一些就放下碗筷，他问道："周将军，说吧，究竟出了什么事？"

周行逢一边吃饭一边说道："天塌了，出大乱子了，武平节度使兼中书令王逵将军被潘叔嗣杀了。"

"什么？"李云博大吃一惊，"王逵不是奉旨东进，在围攻鄂州吗？"

"唉，一言难尽，你听我慢慢道来。"周行逢放下碗筷，说道，"圣上御驾南征，下诏任命王逵为南面行营都统，让他领兵进攻南唐的鄂州。王逵大军经过岳州，岳州团练使潘叔嗣亲临驻地犒劳，准备了丰厚的饮食粮草，设宴招待非常恭敬。可是，王逵手下的人贪得无厌，向潘叔嗣索贿，遭到潘叔嗣的拒绝。这个小人，恶人先告状，就对王逵说潘叔嗣的坏话，说他谋反。王逵听了大怒，愤然而去。潘叔嗣因此非常恐惧，也很是愤怒。他集合将士道：'我事奉王令公好得无以复加了，如今他反而听信谗言对我发怒，军队返回来的话，必定攻击我，我不能坐着等死，不如一不做二不休，先下手为强。你们能和我一道西进攻打朗州吗？'部众都很愤怒，请求出兵，潘叔嗣率领所部向西袭击朗州。王逵听说这消息，大惊失色，立即调回军队追赶，追到武陵城外，与潘叔嗣交战，结果中了埋伏，被乱兵所杀……"

李云博勃然大怒："这两个有勇无谋的家伙，怎么不动动脑子，就知道打打杀杀！为了几句小人谗言，居然同室操戈，如何得了！这好不容易维持的安宁局面，被一个小人几句谗言全给毁了！先找到这个小人，将他碎尸万段！"

周行逢道："这个小人，早被潘叔嗣杀了！岫南贤弟，事已至此，如何是好？"

李云博怒气未消，问道："潘将军如今身在何处？他有何打算？"

周行逢道："他回岳州了，派了团练判官李简率领郎州将领官吏来到长沙，要我出任武平军节度使，主政朗州。我不知该如何是好，于是万般无奈之下，只得派人请你过来会商。你说，该怎么办？"说着，就抽出一封信，递给李云博。李云博看了，是潘叔嗣写给周行逢的信，请他入主朗州。

李云博看罢，又问道："李判官如今何在？"

周行逢道："还在长沙会馆待命。"

李云博道："速速传他过来，先把情况弄清再说。"

周行逢听了，立即命人去传李简速来中军大帐。

不一会儿，李简奉命来到。李云博看见他进来，问道："李判官，潘将军占了朗州，杀了王太尉，自己又回了岳州。他究竟是怎么想的？"

李简道："回禀大人，有人劝说潘将军就此占据朗州，潘将军却说：他只不过自救保命，怎么敢自己称尊称王，应该将朗州督府交归德高望重的潭州周行逢将军，他自己戴罪岳州，听从周将军发落。临行前委派下官率领郎州将领官吏前来长沙，迎接周将军主政朗州。潘将军被小人逸害，攻取朗州迫不得已，恳请周将军从轻发落。"

李云博略微沉思道："嗯。潘将军遭人逸言，为了自保，出此下策攻打朗州，虽然鲁莽，但的确情非得已。而攻下朗州又未自立，还戴罪让贤，可钦可佩。李判官，潘将军有没有什么其他要求？"

李简听见李云博没有怪罪潘叔嗣的意思，于是说道："潘将军临行时说，他主动让贤，请求周太尉安排他出任武安军节度使，替周将军镇守潭州。我等朗州将领也有此意，恳请周将军前往朗州，让潘将军驻守长沙吧。"

李云博道："你们的意见，周将军会慎重考虑。好了，你下去吧。"

李简走后，周行逢道："这次潘叔嗣的确闯了大祸，可是事出有因，而且自己并没有拥兵自立，不如遂他所请，让他镇守长沙如何？"

李云博道："这如何使得？虽然是被小人构害，可毕竟是以下犯上、罪不容诛、大逆不道的重罪！这几年来，湖湘大地之所以能够相对安宁，就是因为大家认同王逵这个共主。如今又出现弑主之事，若不严惩，湖湘必乱啊！"

周行逢急切问道："岫南贤弟，你觉得如何严惩为好？"

李云博斩钉截铁地回答道："杀无赦！"

周行逢叹道："杀？潘公一向嫉恶如仇，为人耿直，勇猛异常，是位不可多得的战将。有人往他眼里揉沙子，他怎肯忍气吞声？况且，他与我周某交情笃厚，我如何下得了手？"

李云博道："无论什么原因，身为臣下，绝不能犯上作乱，更何况他是弑主谋逆。周将军不会忘了，小弟曾跟您说过，安湘之策，团结为上，绝不允许有人乱起兵戈。潘叔嗣杀害主帅，罪该灭族。这怎么能因为兄弟情谊而赦免他呢？"

周行逢道："他杀害主帅，的确应该诛灭九族。可是他仍然有可以宽恕的地方，先是小人谗言陷害，后是王逵不察动怒而去，他即使取朗州而也不占有，主动交给我。就凭这一点，应该免他死罪吧？况且，他的为人我清楚，对我绝对没有二心。我还是想把长沙交给他。"

李云博叹道："既然兄台要免他死罪，还想重用他，小弟也无话可说。但不能马上起用他为武安军节度使。为什么？原因很简单，如若你这样做，天下人就会认为你周行逢和他是同谋，你到时候有口难辩！小弟建议，现宜暂时任命他为行军司马。等过了一年半载，如若他能检讨自身，安分守己，再授予其节度使的职权不迟。"

周行逢听了，点点头道："贤弟此计甚妙。"于是命莫弘万临时主持潭州政务，魏迪勋协助，自己率领部众进入朗州，自称武平、武安留后。并向朝廷报告情况。

潘叔嗣听到自己被任命为武安军行军司马消息，异常恼怒，称病不到任，仍然滞留岳州。周行逢闻讯，赶回长沙，又会见李云博，讨教如何应对。他说："行军司马，我曾经做过，权力与节度使大致相当，潘叔嗣却还不满意，难道还想对我图谋不轨吗？"

李云博道："这说明他从未反省自身，杀了主帅，还嫌官小，真是罪大恶极！而谋逆弑主，一旦开了先河，就会停不下来，你以为他不敢对你下手吗？"

周行逢慌了，问道："这如何是好？"

李云博道："既然他已长出反骨，就不能再手软了。小弟有一计，帮你剪除后患。你就从其所愿，请旨任命他为武安节度使，让他到长沙都府来接受任命，他肯定会欣然前来，到时候抓了便是！"周行逢大喜，听从此计。潘叔嗣自仗素来以兄长之礼事奉周行逢，相互亲善，大喜之余，于是登程，不加怀疑。周行逢派遣使者一路上迎接等候，一经到达，还亲自出城到郊外慰劳，又送他到馆驿歇息，两人把酒言欢，甚是高兴。第二天，潘叔嗣入府谒见，还没到中军大营，周行逢便派人拘捕他，让他立在厅堂下，斥责他说："你做了个小校并无大功，王逵起用你为团练使，你却突然反过来杀死主帅。我因往昔的情谊，不忍心杀你，请旨任命你为行军司马，竟敢抗命不受！"

潘叔嗣大呼上当，但为时已晚。周行逢在大营辕门设置刑台，将潘叔嗣斩首示众。临行前，周行逢道："潘公与我兄弟一场，今临诀别，周某痛不欲生。为兄给过你机会，是你自己不珍惜，自找死路。兄弟，你别怪为兄心狠手辣啊！你还有什么话要说？"

潘叔嗣道："谢谢周兄为小弟送行。小弟性情鲁莽，为求自保杀了主帅，自知罪孽深重，难逃一死，一切都是我咎由自取，怨不得谁。死又如何，二十年后我老潘又是一条好汉！只是周兄，我的全家是无辜的，求你放了他们。"

"你之罪孽，本该诛族。但念在你平素为人正直的份上，周某答应你，赦免你的家人。"周行逢说着，端起酒碗递到他嘴边，"时候不早了，兄弟上路吧。"

潘叔嗣将酒一饮而尽，哈哈大笑道："多谢周兄，来世，我们还做兄弟！"

周行逢也一饮而尽，道："兄弟好走，来世再聚！"说罢，泪如雨下。他猛地转过身去，将手一挥，只听身后"咔擦"一声，潘叔嗣人头落地，鲜血溅了周行逢一背。

◆ 六、全面了解柴荣之后，李云博惊喜万分 ◆

自从帮助周行逢处理完潘叔嗣兵变事件以后，李云博一直没有离开长沙，待在泰平阁秘密总部湘思居——就是原来的驸马府里，与黄金左长老及青龙、白虎将军仔细研究各路密使送来的情况，静观周唐两国大军厮杀。这时候，北周已经攻下淮北，皇帝柴荣又指挥各路大军渡过淮河，进击淮南。南唐调遣十余万大军拼死拱卫淮南腹地，双方你争我夺，各有胜负，战事逐渐陷入胶着。

随着了解的逐步增加和研究的不断深入，李云博突然觉得，中原这位即位不久的年轻皇帝很不简单。说也奇怪，真正了解这位皇帝，居然是从一篇文章开始的。不久前，白虎将军从汴梁得到一篇署名王朴的《平边策》，他起先不在意，后来有空看了一下，这一看就爱不释手，拍案叫绝，整整看了两天，几乎倒背如流，他深深地为这位具有战略眼光的王朴所折服。这篇策论，据说是一年前皇帝柴荣广开言路，要满朝文武广泛讨论安邦定国之策时，时任兵部郎中的王朴写就进献的。而不久之后，王朴就被破格提拔，晋升为开封尹，成了皇帝的左膀右臂。李云博突然明白了：这个皇帝，不仅心中有一统天下之志，而且还有战略家替他谋划具体一统天下的实施方略。这篇文章不足千字，治国安邦的策略却论述得很全面，见解非常独到。试看其中关于治国方略和一统天下的精彩论述：

自唐晋以来，前朝之所以失天下，主要是人主昏庸于上，而人臣弄权于下，军人骄横跋扈，渐成积弊。现陛下胸怀四海，当首先近贤臣远小人，人如墨朱，近者如也。言而有信，奖赏有功而惩戒过失，天下人就都愿为陛下效死。陛下应提倡节俭，不然上行下效，奢靡风起，就将动摇陛下的统治根基。

至于边患，臣认为南方诸国实力较弱，比北方契丹容易对付。尤其是江南李唐，据有淮南千里沃土，其主李璟昏庸无道，国内宵小为党，国势渐衰，陛下可先取淮南，定江北之地。然后休养时日，再传檄岭南、两川、闽浙，令速早降，不然王旗指处，四方披靡。南方平定之后，大周实力就会得到极大增强，就可以抵消契丹凭仗十六州时常南犯的优势。而河东残贼是我朝死敌，对他们只有用武力强行解决。刘氏自高平败后，已经没有和大周相抗衡的实力，不过借着契丹的威风苟延残喘而已。

我大周兵强马壮，万乘大国，何惧鼠窃之辈。陛下英武，三军用命，现在就可以开始准备，一步一步完成统一大业……

在《平边策》中，王朴的战略意图非常明显，就是先易后难，先近后远；先取江南，后取北方；战术上用避实就虚、杀一儆百的方法，来逐步实现兼并天下。先南后北的深层原因是，北边两国是联盟国，穿一条裤子，而南方各国一直四分五裂，称王称帝的政权多达六个（还不包括刚刚灭亡不久的马楚），数十年来你来我往攻伐不断，几乎是一盘散沙。而南唐并不像王朴说的那样不堪，至少，它仍然是江南诸侯中最强大的，但王朴看准了南唐的弱点：那就是外强中干。那么王朴建议先打南唐，就是在先易后难的总体策略基础上，再来个先大后小，先强后弱，对南方其他小国形成巨大威慑，让他们最好是不战而降，也是很有见地的。看来，这深谋远虑灵活多样的统一战略，是非常实际而且可行的。李云博将其概括为"以大而脆者为易，小而坚者为难，易者宜先，难者宜后"。那么，柴荣这次大举南征，就是开始了一统天下的第一步。基于以上，李云博断定，这个柴荣，很可能就是他多年以来苦苦寻觅的乱世雄主。想到这里，他不由得欣喜若狂。他记得，几年前他在金陵的时候，他和恩师韩熙载泛舟秦淮河纵论天下，专门讨论过乱世明君雄主的问题。韩熙载给他判断乱世雄主的标准，那就是"志在天下，雄才大略，朝野拥戴，天下归心"十六个字，对照一下，除了"天下归心"尚不明朗外，其余这些柴荣都具备。

首先，柴荣不仅胸怀天下，而且胆识过人。

他一即位，北汉皇帝刘崇就联合辽国，在郭威驾崩、新帝初立、人心不稳的节骨眼上大举南下，打着"为汉复仇、收复故都"的旗号，向他宣战。柴荣沉着应对，把两国联军打得落花流水，不久，刘崇就病死了。这时候，他觉得北方威胁基本解除，于是就起兵南下，敢和当时南方最强的诸侯南唐较量，这是需要勇气的，说明他胆识过人。李云博记得，郭威在世时，虽然对南唐屡屡骚扰南疆、勾结辽国、北汉等挑衅行为忍无可忍，但苦于北边两国联手，一直谨慎从事，不敢贸然南下，客观上有北边威胁，但说穿了还是缺乏信心，勇气不够。李云博认真分析过，柴荣不是年少轻狂心血来潮，也不是好大喜功穷兵黩武，更不是皇权不稳借开疆拓土来树立威望，他是在告诉天下诸侯，他柴荣是奉上苍之命，来一统天下的！这，需要多大的胆子！

按照常理，新君即位不久，以巩固皇权为要，一般都会大赦天下，休养生息，不会轻易发动对外战争。就算为了树立威望去打一仗，自然要选软柿子捏，不会去碰强大对手。如若上一次和辽汉联军开战是迫不得已、被动接招，而这次攻打南唐显然就是主动出击了，而且挑的不是软柿子，而是南方头号强国——南唐这块硬骨头，在常人看来，他肯定是疯了！而李云博却不这样看。李云博认为，他举全国之力大举南下，肯定有他的理由，这个理由就是对自身驾驭权力的绝对的信心：后院不会起火，没有权臣敢趁机篡位；有对时局精准独到的把握：天下分崩离析，各地诸侯都以明哲保身为要，战事不明朗，都会静观其变；有非同常人的超凡胆识：北边防御非常稳固，辽国北汉不敢趁火打劫。特别是那道非常有意思的圣谕，别人叫什么"讨某某檄文"，这是国与国之间的战书。而他的战是怎么写的呢？他写的是《谕淮南州县吏民书》，这篇檄文的气势，简直让人侧目：

朕自缵承基构，统御寰瀛，方当恭己临朝，诞修文德，岂欲兴兵动众，专耀武功！顾兹昏乱之邦，须举吊伐之义。蠢尔淮甸，敢拒大邦！因唐室之凌迟，接黄寇之纷扰，飞扬跋扈，垂六十年，盗据一方，僭称伪号。幸数朝之多事，与北境以交通，厚启兵端，诱为边患。晋、汉之代，环境未宁，而乃招纳叛亡，朋助凶慝，李金全之据安陆，李守贞之叛河中，大起师徒，来为援应，攻侵高密，杀掠吏民，迫夺闽、越之封疆，涂炭湘、潭之士庶。以至我朝启运，东鲁不庭，发兵而应接叛臣，观衅而凭陵徐部。沭阳之役，曲直可知，尚示包荒，犹稽问罪。尔后维扬一境，连岁阻饥，我国家念彼灾荒，大许籴易。前后擒获将士，皆遣放还。自来禁戢边兵，不令侵扰。我无所负，彼实多奸，勾诱契丹，至今未已，结连并寇，与我为仇，罪恶难名，神人共愤。今则推轮命将，鸣鼓出师，征浙右之楼船，下朗陵之戈甲，东西合势，水陆齐攻。吴孙皓之计穷，自当归命，陈叔宝之数尽，何处偷生！一应淮南将士军人百姓等，久隔朝廷，莫闻声教，虽从伪俗，应乐华风，必须善择安危，早图去就。如能投戈献款，举郡来降，具牛酒以犒师，纳圭符而请命，车服玉帛，岂吝旌酬，土地山河，诚无爱惜。刑赏之令，信若丹青。若或执迷，宁免后悔！王师所至，军政甚明，不犯秋毫，有如时雨。百姓父老，各务安居，剽掠焚烧，必令禁止。须知助逆何如效顺，伐罪乃能吊民。朕言尽此，俾众周知！

这等于是说，我才是你们的皇帝，你们那个姓李的皇帝是假的！这无异于告诉天下

诸侯：我大周朝廷，统一战争的号角吹响了，先把这个一直想统一天下的南唐国打残了，看还有谁敢跟我叫板！谁要不服，老子一个个收拾！这种非凡气魄，是能够吓坏很多庸碌之君的。虽然，起初大家很可能都嗤之以鼻，不以为然，但也不无担心，万一他成了呢，这时候得罪他，不是成了下一个目标吗？还是看一看，静观其变是首选。

其次，柴荣即位是众望所归，深受朝野拥戴。

他不是郭威的亲生儿子，郭威将他定为继承人，说明他绝非等闲之辈。郭威的厉害，周遭诸侯是见识过的，朝臣也是信服的。李云博清楚，郭威本来是没有机会登上帝位的，偏偏后汉小皇帝任性，想大权独揽，于是残杀权臣。郭威北御，逃过一劫，但他的全家老小被满门抄斩，这给他借口"清君侧"起兵提供了条件。一旦大权在握，皇位的禅让也就水到渠成。但是，郭威在皇位的继承人上遇到麻烦，儿子死光了，就算多娶几个妃子再生一群儿子，毕竟黄毛小儿当皇帝，那是靠不住的，前朝教训太多了。英明的郭威没有这么做，他在自己旁系后辈中培养继承者。虽然他一直喜欢柴荣，也收他做养子，但这种非血统的继承人，肯定去除了私心杂念，评价自然会客观，选择也会更准。从这个角度看，郭威对柴荣倚重和欣赏，并将皇位传给他，说明柴荣能力非常出众，他当这个皇帝是众望所归。

举国南下这样的重大决策，居然得到朝臣的一致拥护，说明他威望极高，深受拥戴。而就这场战争的决策而言，应该是基于国情国力，凝聚了朝野共识，不是柴荣一个人的主意。这足以证明，大周君臣对南唐的所作所为积怨已久，都希望狠狠地敲打一番来扬国威，出一出憋在心中很久的这口怨气。柴荣看到了这一点并感同身受，从而加以利用，形成强大的合力和战心。这更有利于朝野上下空前团结的政治氛围的形成，为胜利奠定了坚实基础。

按理说，天下久分不合，晚唐乱象百年，是该出雄主的时候了。但是，曾经不止一个人跟他说起南唐李璟是个明君，说起北周郭威是雄主，但他只身入唐，结果李璟令他大失所望。而后又忙于应对南唐入侵，没机会北上，对于郭威也就无从体察。虽然柴荣与他们相比，都是有过之而无不及，他也非常相信自己的判断，但他仍然心存疑虑，任何事情都是耳听为虚、眼见为实，他觉得，是时候会会这个年轻的皇帝了。

于是，他开始盘算起这场战争大周朝廷究竟有多少胜算。起先，周朝军队势如破竹，一举全收淮北之地，他认为胜算至少在六成以上。而一旦南渡淮河，战事陷入胶着状态，他的看法改变了。淮南是南唐国腹地，夹在淮河与长江之间，易守难攻，而且是南唐国都金陵所在地，全国精锐部队都集中在这里。况且，虽然以前南唐朝廷出现党争，但如今面临亡国灭种的危险，所有力量都会空前团结，会誓死保卫都城安全。加之北方军队不习水战，久入江淮很可能会因为水土不服而爆发瘟疫，后方补给也越来越困难……凡此种种，都对周朝不利。如若这次南征失利，大周朝廷很可能就此一蹶不振，不仅会失去雄踞北方的优势，而且会丧失一统天下的良机，甚至有可能被各路诸侯落井下石，群起攻之，到时候，结局如何就更难料定了。

"不行，得想办法帮助他彻底击破南唐！"李云博脑子里冒出这样一个想法，连他自己都吓了一大跳。但这个想法一冒出来，李云博又确信，它是无比正确，而且来得非常及时的。于是，他放下顾虑，思考起具体办法来。

正当他苦思对策的时候，没想到周行逢带着李处耘来找他，他顿时大喜过望，暗暗庆幸：真是天遂人愿啊，老天总是不会辜负有心人的！

多年不见，李处耘变得更加成熟稳重。草草就了些饭食，他开始介绍起战情来：皇帝夜不能寐，淮南水道纵横，城高墙坚，易守难攻，北方士卒不习水战，伤亡较大。他担心淮南久攻不克，后援难以为继，北方将士久居江淮，很可能发生瘟疫。而且皇帝久离帝都，也怕北方乘虚而入……因此，皇帝派他来会见周行逢，要他派军助阵淮南。

听着他对战局的介绍，李云博一直沉默不语。他确信，大周皇帝遇到麻烦了。皇帝担忧的这些事情，几乎和李云博担心的大同小异。看来，这位皇帝，是位雄才大略的雄主无疑了。只听周行逢问道："岫南贤弟，朝廷有旨，要我湖湘出兵助阵，你有何高见？"

李云博看了他一眼，没有回答，而是问李处耘道："正元大哥，如今匡胤二哥何在？"

李处耘道："匡胤贤弟虽是殿前军都虞候、领严州刺史，实际上仍然掌管大周爆战军，爆战军辎重较多，因此没有随前锋部队行进。圣上已经颁旨，让他率领爆战军快速行进，即刻南下，攻取清流关，进击滁州。他已经进入淮北，就要渡过淮河了。"

"好！"李云博大喜道，"这爆战军，是坚城厚墙的克星。二哥大军一到，肯定摧枯拉朽，所向披靡。"他又对周行逢道："周将军，王逵将军因为奉旨助阵，攻打鄂州，后方空虚，引发内乱，害得他死于乱军。如今朗州初定，长沙这边兵力空虚，你不宜亲临淮南助战。不如这样，你给小弟五百精锐，小弟替你前往，保证让我湘军扬威疆场。"

周行逢吃惊地问道："五百精锐？这也太少了吧？圣上追究，那可是死罪啊！"

李处耘笑道："兵不在多而在精。这运筹帷幄之间，决胜千里之外，更是战场取胜之道。岫南去了，敌得过上万精兵！周将军，我拿人头担保，圣上绝不会拿你问罪，到时候，岫南建功立业，你这上司，少不了封赏！"

周行逢一听，点点头道："那好，我们一言为定！周某这就回去，为你们挑选死士！"说罢，就起身告辞。

周行逢走后，李云博问道："正元大哥，你如今职司何处？"

李处耘道："在你二哥殿前军帐下，职司都押牙。"

李云博又问道："这么说，皇上圣旨一到，你就赶过来了？"

李处耘道："对呀，我就是听到皇上传旨，要匡胤贤弟率军南下后，立即马不停蹄赶来你这儿的。"

李云博笑道："看来，你是假传圣旨，皇上根本没有命周将军出兵助阵。你来借兵是假，要我帮你们是真！"

李处耘笑道："岫南真神人也！有了这个借口，不至于落下擅离军营的罪名嘛！"

李云博又说道："要我帮你们的主意，是二哥出的，对不对？"

李处耘大惊："天啦，这也被你猜着了！有你协助攻打滁州，那还不是手到擒来！"

李云博叹道："我这两位结义大哥二哥的胆子，真够大啊！"

◆◆　七、驰援赵匡胤，爆战军威震江淮　◆◆

经过紧张的准备之后，李云博、李处耘带着潭州五百府兵精锐，会同泰平阁朱雀将军及其所属卦队百余人，匆匆上路了。他们马不停蹄、星夜飞奔，不到三天，就在涂山西麓与殿前都虞候、严州刺史、爆战军指挥使赵匡胤汇合了。三个义结金兰的兄弟终于聚在一起，边饮边叙，聊起了河套的相遇，聊起了各自的经历，聊起了今日的重逢，一个个脸红脖子粗，都开心至极而又唏嘘不已。

一通狂侃之后，李云博问起战况来。赵匡胤道："王军攻下淮北之后，都已困乏疲惫不堪。加上闻讯我军渡过淮河，南唐朝廷迅速集结数十万精锐，密密匝匝布置了多道防线，进攻难度大大增加。而拱卫都城金陵的各州城池，护城河很宽，城墙高大厚实，各路大军都遇到南唐守军的顽强抵抗，进展很不顺利，战事陷入胶着。尤其是围绕西都金陵这个核心，在淮河南岸东起东都扬州，往西经滁州、寿州直至庐州这一线，防御得密不透风。如今，圣上正率大军围攻寿州，久攻不克，命我等截阻增援之敌，策应寿州。而这一线上，南唐奉化节度使、同平章事皇甫晖为北面行营应援使，率十五万大军坐镇滁州，他已派兵马都监何延锡率一万余众星夜疾驰，赶往寿州增援，即将抵达涂山。而我手上，只有三四千禁军，这仗不好打啊！"

李处耘道："是啊。虽然禁军神勇，可三四千对付一万余众，兵力还是太悬殊了。不过，我们兼有一支爆战军，虽然只有数百人，可打伏击战，是能发挥巨大威力的。"

"大哥所言甚是。这一仗，我倒有十足把握。我现在考虑的是，打完这一仗，后面怎么办。"李云博一边听着，一边比划着壁上的地舆图说道，"就算我们这次打败了何延锡，他们仍然会派援军，若走涂山，我们几千兵马是守不了多久的。若绕道甚至同时派出多支军队西进，我们无法分兵，阻击援军的战略意图就没有实现，圣上那边会腹背受敌。因此，不能一味在涂山坚守，我们得找机会，拖住皇甫晖甚至找机会打败他，让他自身不保，他还有什么能力西进增援寿州呢？"

李处耘一听，顿时跳起来喊道："打败他？岫南你是在说笑话吧？三四千人打败十余万大军，你以为你是白起、是卫青、是诸葛亮？"

李云博笑道："我不是白起，也不是卫青，更不是诸葛亮，我是李云博。我李云博以为，这打仗，讲的是出其不意攻其不备。谁都料想不到的事，你敢去做，那么取胜的机会就大。你说说，皇甫晖想得到我们区区数千人，会大败何延锡吗？有胆子攻打清流关吗？甚至长驱直入直奔滁州而去吗？他想不到！不仅他想不到，除了我李云博，谁都想不到，包括你们两位久经沙场的大将！要我说啊，他们是想不到，而你们是不敢想！"

赵匡胤闻言大喜："岫南贤弟可真是看得远啊！按照这个思路打，肯定能拖住敌人，不让他们增援寿州，真正实现圣上阻击援军的意图。就算全军覆灭，也值！"

李云博笑道："还是二哥有大将气度！到了战场上，就要拼尽全力，发挥自己最大的作用。老是留一手，前怕狼后怕虎的，迟早要赔得精光！这就是所谓'置之死地而后生'嘛！"

李处耘一听，有些不高兴了："哎，岫南，我李正元可不是贪生怕死之辈……"

赵匡胤道："大哥，三弟可不是这个意思。他是说……"

李云博道："我的意思是，大哥就是一匹夫，有勇无谋……"

李处耘气得脸都紫了："你……好，我就一莽汉，你满意了吧？"

李云博笑道："常言道，君子和而不同。我们三兄弟，二哥是帅才，有勇有谋，指挥若定；你是猛将，沙场之中取上将首级如探囊取物，攻无不克，战无不胜，敌将闻风丧胆；我嘛，就算半个军师，跟你们出点主意还行，真打起来，我就躲得远远的啰！"

李处耘一听，转阴为晴："呵呵，这还差不多……"

赵匡胤道："好了，别扯远了。听岫南贤弟把他的想法说完，我们再研究作战细节。"

李云博听了，注意力回到地舆图上，继续说道："大哥二哥，你们看这扬州至庐州，绵延数百里，州县关隘星罗棋布，不下百十座。南唐是守势，虽有数十万大军，分到州县及关隘要塞，也就几千兵马而已。我们要打哪里，如若速战速决，兵力都不会吃亏。"

赵匡胤道："贤弟言之有理。嗯，你继续说。"

李云博道："我们打的目的，不是攻城略地，而是扰乱对方，拖住对方。因此这打法，一定要灵活机动，看准了再打，让对方摸不着头脑。如若首战成功，打败何延锡，皇甫晖肯定会继续增派援军，他要么继续走涂山，要么绕道别处。他目前最重要的是，把援军派到寿州去。你们想想，他会以为我们怎么应付？"

李处耘道："皇甫老儿肯定会以为，我们会死守涂山关。"

李云博道："对！这可能是他的第一判断。但是，他毕竟是能征惯战的大将，不可能只想到这里，他会把所有的可能都想到。我们不管他怎么想，他能想到的，我们都不去做。我们做的，偏偏是他没想到的。"

赵匡胤大喜："岫南贤弟真是胸怀韬略、满腹经纶，这奇谋妙计真是妙极！你的意思是，他万万不会料到，我们会打清流关？"

"当然！"李云博道，"一旦我们放弃在涂山一带阻击，直奔清流关的话，他在大觉意外之后，紧接着一定会猜测我们的意图：这个赵匡胤，是真打清流关呢？还是声东击西，或者继续在涂山设伏？这样，我们先把他弄晕了，让他把增援寿州的精力用在对付我们身上。他猜来猜去，无非是这样的几种可能：要么直接进攻清流关，要么绕道先打光州或者和州，要么孤军深入攻打滁州。他应该料定我们打不下清流关，因为这里易守难攻，而且布下重兵。因此，他可能会主要防范我们孤军取滁州或者绕道打和州、光州。我们就多制造假象，让他疑神疑鬼，不敢轻举妄动。如若拖住他的意图实现了，我们就一不做二不休，动真格打清流关。"

赵匡胤拍案叫绝："真是妙计！能有你岫南助阵，胜过十万雄兵！"

李处耘这时候也有点开窍，他懵懵懂懂地问道："岫南，你的意思是说，这涂山首战，是真打，后面的是假打？"

李云博道："这对也不对。说你对，这第一仗，打得越狠越好，即使不能全歼，也要打它个半死，让皇甫晖坐镇率领的这十五万大军知道赵匡胤的厉害；这后边的仗，主要是拖住他们西进，有机会，就打，没机会就陪他们玩捉迷藏的游戏，反正我们有的是时间，而他们没时间，就想尽快灭掉我们好西进增援。这期间，皇甫晖若急于求成，说不定一不小心犯个错，我们难道还会放过他？"

李云博的一通战略战术分析，听得两人热血沸腾。李处耘来精神了："岫南贤弟，大哥问你，如若我们真的打下清流关，那皇甫老儿会怎么办？我们又怎么应对？"

不等李云博回答，赵匡胤说道："这清流关很难打，一是兵力不够，二是地势险要易守难攻，打下的可能性很小啊。刚才，我也想过，孤军深入，绕过清流关抄小路直捣滁州。但是，一旦被他们包围，那就是死路一条。况且，我们背靠淮河，没有退路，无论攻打哪座城池，都有被敌军抄后路的危险。一旦后路被断，那也是凶多吉少。如若全线出击，我们加在一起，只有三五千人马，兵力也绝对处于劣势啊。"

李处耘也有些泄气："这座清流关，夹在两山之间，高居山腰，易守难攻。就算你兵马再多，可是摆不开阵势，那也白搭啊！他们躲在关隘里，以逸待劳，兼有高大关防，石阵木阵火油阵，他们样样齐全。而我们的炮火箭弩又够不着，真是难啊。"

李云博想了想，道："清流关的确很难打，但也不是一点可能都没有。刚才二哥说，镇守清流关的守将是怀远节度使姚凤，这个人我熟悉，原来是南唐客省主事，一个负责外事的文职官员，打仗可能是个外行。清流关虽然险要，但方圆数十里，就没有别的小路？事在人为嘛。真如大哥所言，打下了清流关，那就有好戏唱了！"

赵匡胤也激动起来，问道："真打清流关？此话怎讲？"

李云博道："兵法有云：擒贼先擒王。如若我们真打下清流关，占领战略要地，皇甫晖必然惊慌失措，而我们等于有了一个可以固守的关隘，这样就不怕被敌军抄后路了。而且，一旦我们坐拥清流关，他们增援寿州的援军无论从哪条道走，都随时有可能被我们吃掉，这就等于驰援寿州无望了。因此，清流关一旦失守，皇甫晖必定率大军来夺，我等设下伏兵，围而攻之。皇甫晖久经沙场，不可能轻易上当，如若他中了埋伏，就一举歼灭；如若他心存疑惑不敢冒进，我们派一员大将猛攻滁州，他必然回防滁州，我们趁机追击，他腹背受敌，必败无疑。皇甫晖一败，北路军必然溃散纷纷后撤，这就等于突破了南唐北边防线。这消息传到寿州战场，南唐守军必乱，我军士气大振，圣上又指挥若定，这寿州不日必克。"

李处耘顿时摩拳擦掌道："太好了！到时候，我带兵去打滁州！"

赵匡胤叹道："这八字还没一撇呢，你急什么！"

李云博道："二哥你说的不对。这打滁州，非大哥莫属。"

李处耘大喜："看来我这有勇无谋的莽汉，也有派得上用场的时候啰！"

李云博道："二哥，我知道你担心什么。我们的确有很多劣势，兵力不足，对手强大，人地生疏，不习水战。可是，我们有无人企及的爆战军，只要用得对路，以弱胜强亦不是没有可能。这，一靠抢抓战机，二靠奇谋妙计，三靠主将战心。而主将战心最为重要。只要你下得了决心，这仗就有得打！"

赵匡胤点点头，哈哈大笑道："好，就按你的思路打。我看，有你这个张良在世，我赵匡胤怕啥？打，坚决打！"

大计初定，天快亮了。兄弟几个就研究起涂山阻击来。商量一通，大家一致认同，在涂山西南麓涡口设伏较好。于是顾不上休息，又前往涡口实地勘察，决定先在战场埋满火药包，四周布满弓弩手和炮火手，只要敌人一进来，就关门打狗。

这仗打得也确实太轻松了。何延锡急于西进增援，他想不到赵匡胤会这么快就到了涂山，贸然进入涡口，被赵匡胤打得落花流水，自己也身死乱军。一场大胜，全军将士士气大振。赵匡胤又挥师南进，直逼清流关。皇甫晖闻讯何延锡兵败生死，赵匡胤放弃涂山直奔清流关，大惊失色，连夜召集众将商议对策。众将一致认为，赵匡胤区区三五千人马，不敢攻打清流关，就算他敢打，也打不下。他如此而为，只不过是引诱我们上当，阻止西进增援寿州。皇甫晖以为然，但他又担心赵匡胤在涂山设伏，于是决定多派几支部队走不同的路线火速增援寿州。

一到清流关，李云博命乾卦统领立即勘察清流山地形，看有没有小路可走。果然，清流山北面悬崖峭壁上，有一条小路直达清流关内。只要从东面小路绕上山顶，就可以入关了。李云博大喜，命令乾卦统领率领数十密使上山，朱雀将军带领五百长沙府兵埋伏山间，随时接应，约定好时间，趁夜阑人静之时潜入城中，不要恋战，直奔城门而去。打开城门后，点燃"天火闪"为号。又请李处耘领重兵埋伏关外，只等"天火闪"一升上天空，就里应外合一起攻关。李云博还特意交代，有意放掉守将姚凤，千万别伤害他。那天夜里，正值初夏，梅雨初来，清流关守军万万没想到，周军从天而降，被打了个措手不及。姚凤趁着乱战，穿上普通士卒的衣甲，带着几个侍从偷偷逃出关去，向皇甫晖请罪去了。

闻听清流关失守，皇甫晖勃然大怒，要斩姚凤，几个将领求情，方才作罢。他连夜率领五千精兵，赶过来夺关。来到离关口十余里处，心生狐疑不敢冒进，于是下令安营扎寨，等天亮再说。可是天还没亮，就传来周军突袭滁州城的急报，这令他惶恐不已，急忙赶回滁州救援。赵匡胤率大军乘胜追击，皇甫晖腹背受敌，一通混战，损兵折将之后躲到滁州城里，不敢出来了。赵匡胤听从李云博建议，围而不攻，等待时机。

第二天上午，赵匡胤率军挑战，皇甫晖高挂免战牌，等待援军。李云博于是修书一封给姚凤，扬言若不投降，将以大威力炮火夷平滁州城，并差人用箭射到城中。姚凤得到李云博的信函，惊得目瞪口呆，他万万没想到，自己的对手居然是李云博，怪不得败得如此狼狈。于是急忙将此事禀报给皇甫晖，商议对策。

皇甫晖听了，哈哈大笑道："我滁州池深城高，坚不可摧，什么大威力的炮火能射进城来？这是黄毛小儿吓唬你的，别信他！等到援军一来，我们里应外合，一举全歼。"

姚凤道："皇甫将军，这小子诡计多端，而且说到做到，大闹洪袁、火烧炮火营、瓦解炮火军，我们吃他的亏还少吗？你不信，是要倒大霉的！"

可是，皇甫晖不以为然。

有了两天的准备，李云博赶制了一批大威力炮火，于是架起发射器械炮轰滁州城。顿时，炮声隆隆，火光冲天，惊得人震耳欲聋，滁州城墙塌垣垮，里里外外惊恐万状、乱作一团。皇甫晖顿时方寸大乱，披挂之后上了城楼。只见赵匡胤白旗白马，银甲银盔，威风凛凛严阵以待。皇甫晖大声喝道："北狄小儿，犯我疆土，取我城池，杀我百姓，为何欺我太甚！"

赵匡胤道："南唐贼寇托名唐室正宗，实则欺名盗世。赵某问你，你等勾结辽人，屡屡犯我国境，却是为何？而你皇甫将军身为中原名将，却不为保中原王室，投降南方贼寇，还有何面目活在世上？尔等既知礼义，为何不讲廉耻？"

皇甫晖怒道："赵将军一言，老夫无以言对。多说无益，人臣各为其主，愿许老夫列阵而战。"

正当皇甫晖整军列阵，还未摆开，只见赵匡胤挺剑跃马，直扑过去。他一边飞奔一边喊道："本将军只取皇甫晖，不与他人为敌！"正当众人纳闷时，他已冲到皇甫晖跟前，一剑下去，砍中脑门，顿时跌下马来，昏迷不醒。唐军大乱，李处耘、李云博率军趁机掩杀，不到一个时辰，占领滁州城，皇甫晖、姚凤都被生擒。

于是，赵匡胤五千禁军大破皇甫晖十万大军的消息不径自走，而爆战军的威名更是让南唐守军闻风丧胆，不战自退。随后，皇帝柴荣大喜过望，下令全线出击，各路大军攻城略地长驱直入，大破淮南守军，很快攻克了扬州、光州、舒州、和州、黄州等淮河南岸的大半州县，只是寿州一直久攻不下。尔后，李云博随赵匡胤大败南唐齐王李景达于六合城，斩首万余级。赵匡胤因为出奇制胜立了头功，不久后就被柴荣加封为殿前军都指挥使，全权掌管近卫禁军，跻身朝廷大将序列。

◆◆ 八、初次面圣，李云博被皇帝的话惊到了 ◆◆

这时候，南唐皇帝李璟慌了，接二连三割地求和，柴荣不许，一个劲地猛攻寿州。

已经攻下六合原地待命的赵匡胤、李处耘有些不解：这大半城池都攻克了，怎么这个寿州，这么难打？两人有主动请缨、攻打寿州的想法。李云博摇摇头道："不可。圣上御驾亲征，就因寿州久攻不克，更换了南征主帅，让朝廷第一大将李重进代替宰相李谷担任淮南行营都部署，如今又亲自坐镇围攻寿州，你们算老几啊，是要和宰相、太尉争功呢，还是想让圣上龙颜扫地？"

李处耘惊道："是呀，这如何使得？"

赵匡胤想了想道："三弟，你说，这寿州什么时候能够打下？"

李云博道："这还真不好说。一来，寿州守将刘仁赡，原来是武昌节度使，精通兵法，很会用兵，几年前南唐灭楚时，他半天就攻下岳州，是南唐最会打仗的将领，没有之一，和李重进太尉更是棋逢对手。兵法有云：兵贵神速。这攻坚战一旦相持不下，我们是客他们是主，天时地利人和在他们一方，越往后拖，胜算就越小。而且，知耻而后勇，你如今把南唐打疼了，对方求和圣上又不准，他们肯定会拼死反抗。小弟估计，不仅寿州攻不下，其他攻下来的城池，很可能也守不住。如若一拖再拖，朝廷一旦出了什么意外，这大半年的心血，只怕要白费了。"

李处耘不信。他说："圣上英明神武，兼有李太尉亲自统兵，不可能……"

"我觉得三弟说的，很有道理。"赵匡胤打断他的话，又对李云博道，"三弟，你说说，圣上预料一定能攻克寿州吗？"

李云博惊道："这个，妄自揣测圣意，是大不敬啊……"

李处耘道："岫南，我们兄弟几个，绝对没事。"

赵匡胤道："你不说，我来说。圣上想树龙威，应该不是做做样子，故意攻不下。既然久攻不下，为什么又不知难而退，接受对方求和呢？圣上究竟犹豫什么？"

李云博想了想，笑道："圣上在主持殿试，考察李璟这个皇帝的智力。"

李处耘一头雾水："殿试？圣上又不要开科取士，难道还要让李璟中个状元不成？"

赵匡胤恍然道："大哥，三弟的意思是说，圣上此举，相当于一场考试。他要看看，这个自称李唐皇室正宗的李璟，究竟有多大的政治智慧。通过了，圣上就会撤军，通不过，就补考，直到达标为止。"

李处耘道："唉，这么麻烦。既然已经大获全胜，接受南唐求和就是，哪需要这等费事。"

对此，赵匡胤也有些不解，听见李处耘的闹骚话，于是也问道："圣上此次南征，是要威震敌国，不是要灭亡南唐。按道理，兵临金陵城下，这个目的已经达到了。南唐使臣已经来两三批了，难道还不及格？"

李云博想了想道："圣上天下雄主，自有他的算计。俗话说，百里之虫死而不僵。南唐江南大国，即便战胜，也无力收取全境，即便收了，也无法化入圣朝治下。更何况圣上是要借此次战争立威天下，臣服诸侯，不是要灭人宗庙。而南唐皇帝不识时务，居然只知道割地，不知道屈尊。就说这次，派司空孙晟捧书请降，只献上淮北及大批金银，而淮南大半州县，均在我军手中。这等迂腐，圣上焉能罢休？"

李处耘问道："圣上究竟想要什么？"

李云博笑道："圣上最想要的，是南唐皇帝臣服。李璟若能明白，就得去帝号，降国格，割让整个淮南之地。可是，把都城都割让出去，这南唐朝廷是绝对不会答应的。

所以，胜负依然在较量之中。"

赵匡胤恍然而悟，若有所思地说道："皇上此举，是要天下诸侯明白，这普天之下，只能有他一个皇帝！"

李云博点点头："大哥所言甚是！圣上雄心，在于一统天下。他敢冒天下之大不韪，昭示一统天下之壮志。而且先敲打强者，让弱小者心生胆寒，不敢有觊觎中原之心。圣上知道，北方连年混战，民生凋敝，经济困难，需要一个相对安定的政治环境来发展生产。因此，这场战争的胜利，意义重大。如若彻底打垮南唐这个强敌，就没人再敢和朝廷动武。小弟估计，圣上一班师回朝，就会着手整饬内政，发展经济，增强国力。等到国富兵强四海归心，一统天下也就水到渠成。"

过了几天，柴荣亲临淮河渡口犒劳战功卓著的殿前军，饮宴颇酣。李云博也受邀在座，目睹柴荣帝王风采，很是欣喜。赵匡胤举酒引荐李云博，说是湖湘之主周行逢差遣助阵，这设伏涂山口、智取清流关、大破皇甫晖，均出于李云博妙计。

柴荣听了，笑道："久闻江南出了一个火药神童、天才少年，今日一见，果然不凡！朕有一事蹊跷，马氏王廷、南唐朝廷那般笼络你，你为何不为其效命，却不远千里来助朕大破淮南，这是为何？"

李云博道："陛下明察秋毫，草民过往琐事，没想到圣听尽收，草民感恩不尽。马氏与南唐，高官显爵笼络草民，唯图我瑶池李氏绝密配方也。他们想制造新型大威力炮火武器，借此保国安民甚至一统天下，此乃大谬也。而草民此番助阵圣朝，乃周将军差遣也，无他耳！"

没想到柴荣哈哈大笑："'此乃大谬也'，真是一语中的啊！好一个'乃周将军差遣也'！李学士这冠冕托词，倒也能掩人耳目。"

这时候，有人奏道："启奏陛下，此番大破清流关，智取滁州，赵匡胤将军居功至伟。微臣以为，此番大捷，爆战军当居首功。而李学士慷慨出手，配制大威力炮火，是涂山大捷、奇袭清流关、攻克滁州的首要原因。为此，微臣奏请陛下，邀请李学士北上，引领我大周爆战军革故鼎新，全面提升军队战力，进而与天下诸侯一决高低。请圣上三思。"

李云博大惊，定眼一看，这人不是别人，正是恩师韩熙载昔日同窗好友李谷，他是当朝首辅宰臣，原本是此次征讨淮南的前军都部署，只因攻城不力，被皇帝撤换了。

柴荣道："爱卿建言，朕甚苟同。只不过，这天下之事，却非快马飞刀、强弓硬炮所能成全。"他突然看了看李云博，继续对李谷说道："李爱卿，如若朕没有记错的话，你和这位年轻的李学士的恩师，曾是同窗好友。"

李谷大惊，慌忙稽首道："微臣驽钝，未曾听说哪位好友，收了这江南神童为弟子。

敢请陛下赐教。"

柴荣道："朕再提示提示你。世间传言，三十多年前，李学士的先生因家族大祸临头而南渡避难，在汴梁城正阳码头与爱卿作别，先生笑道：'某某今日南下，远赴杨吴，若得入阁拜相，执掌权柄，定当辅佐主上一统江南，继而挥师北上，问鼎中原。'爱卿回答道：'中原如果用我为相，我取吴国如同探囊取物。'两人甚至劈帖为誓。敢问李爱卿，此等世人皆传之事，你是否还记得？"

"多谢陛下提示，微臣当然记得！"李谷谢过皇帝，惊奇地向李云博问道："敢问李学士，老夫昔日同窗好友韩熙载，是你的业师？"

李云博道："回禀李大人，正是。晚生是恩师韩公的入室弟子。"

李谷又问道："这就怪了。虽然韩公大雅门庭，欲入者趋之若鹜，但他只交文友，不收弟子。他那无人能过的进门规矩，什么对联收徒、和诗收徒、对弈收徒，将天下学子挡在门外。所以，他只有朋友，没有弟子。敢问李学士，你是靠哪一条成为他的入室弟子的呢？"

李云博道："晚生年少曾游学天下，只要有一技之长者，皆可成为吾师。但从未有束脩之献，成为谁的入室弟子，而韩先生是个例外。晚生记得，那日应邀和他泛舟秦淮河，不小心对出了他的对子，被他生拖硬拽进了门，成为他的首位也是最后一位弟子。"

李谷恍然道："原来是韩公的入室弟子，怪不得如此了得！"

柴荣道："李爱卿，你说，李学士还会跟朕北上中原吗？"

李谷道："这个……就不好说了。可惜啊，韩公天下奇才，不幸流落江南，虽然名列公卿，实则沉沦下僚，满腔抱负，均付诸东流。尔后白日游山玩水，夜间饮宴笙歌，借此打发时间，聊寄余生。而我李谷，有幸随圣上远征淮南，大破南唐，能追随陛下建功立业，此生足矣。"

柴荣笑道："呵呵，李爱卿，就凭你刚才那番看似恭谦惋惜，实则洋洋得意之词，你的境界就不及韩公。"

李谷一听，有些不服气，于是施礼道："陛下训示得是。微臣境界，的确不及韩公，可是……"

柴荣道："看来，爱卿有些不服。好，今日犒军，朕有些醉了，那就好好说说你不及韩公的地方。"

李谷垂首而立道："微臣洗耳恭听。"

柴荣大饮一口，站起来道："李爱卿，朕以为，你跟韩公才情，伯仲之间耳。适才朕说你洋洋得意，说的不是才情，而是为人境界。爱卿处顺境，虽能为国建功，但尚存功利之心，不能淡泊名利；而韩公身处逆境，颠沛流离半世，南唐皇帝庸庸碌碌，知其不可有成，功业雄心渐渐老去，于是看透红尘，寄情山水，此其一也。而你见李学士之火药秘籍威力无穷，就想恩威并施或者强讨恶要为我所用，是为见利忘义；而韩公虽然屈身南唐，半仕半隐，却未忘记天下大统，虽不轻易收徒，但见李学士之大贤器宇，于是留而教之，传其所学，为戡乱蓄才，此其二也。韩公学识，博古通今，而且继先贤绝学，著书立说，创下'道器'之论，当今学者贤士无人能及，此其三也。李爱卿，有此三点，可否服气？"

李谷顿时满脸通红，拱手谢道："圣上点拨，微臣汗颜不已。适才沐浴圣训，顿感茅塞顿开。"

"爱卿有此觉悟，朕甚是欣慰。"柴荣余兴未尽，继续说道，"朕曾读过一部韩公大著，其中有一著名学说，让朕受益匪浅，这就是刚才说的道器之论，这等高论，让朕获益良多，至今仍能背诵。朕得其立论精髓，而今付诸实践，真乃幸事。因此，朕虽未入室，但也算是韩公弟子。今与李学士同门幸会于此，真是相见恨晚哪！"

李云博大惊，他万万没想到，这个年轻有为的皇帝，居然自称是韩熙载的弟子，这让他诚惶诚恐。他赶紧起身，稽首说道："陛下九五之尊，却能屈尊韩门，草民佩服得五体投地！草民何德何能，居然沾沐圣光，汗颜不已！"

柴荣笑道："李学士快快请起。自古以来，学问只有真假，并无贵贱。天下英雄，不问出处。今日同门相聚，甚是难得。李学士，你深得韩公真传，不如为朕满朝文武，讲一讲这道器之说，如何？"

李云博起身，一阵莫名感动。既然皇帝开口要他传经布道，弘扬恩师绝学，他又岂能推辞。于是拱手说道："承蒙圣上抬举，草民就献丑了，说的不对，敢请指教。"他清了清嗓子，有条不紊地说道，"韩公道器之论，真乃孔孟大道正学。此篇开头，韩公引用了《周易》的话写道：'易曰：形而上者谓之道，形而下者谓之器。道者，天道也，地道也，人道也。道之根本，在其恒常。恒常之要，在于千古不易。日月星辰流转，春夏秋冬更替，生老病死繁衍，此乃自然恒常大道。而人伦之道，实与之同。尚书有云：'皇天无亲，唯德是辅；民心无常，惟惠是怀。'为政以德，君之大道也。德盛则国盛，德衰则国衰，此亦恒常之理也。器者，道之居也，天下唯器而已。道器相生相克，相依相斥，犹如皮与毛、形与影、身与魂。孔子曰：'君子不器。'君子承载，乃天下大道；反之，天下公器，唯有德者居之，此言得知。故曰：大凡成就事业者，小成在力，中成在智，大成在德。……"

李云博讲述一通，听得一个个云里雾里。柴荣见了，说道："这等高深学问，肯定有人听不懂。朕跟你们解释解释。比如，这一统天下之大业，皆须按天意行事。这个天意是什么，就是德政，就是民心，就是要我们为了争取民心而广施仁义，而非有目的的假仁假义，机关算尽，到头来还是白忙活一场。古往今来，概莫能外，这个德，就是为政者必须遵循的'道'；而先进武器和精良装备，只是仁义之师所利用的工具而已，这是所谓的'器'。再比如，李学士祖祖辈辈是做爆竹的，那可是个好玩意儿，朕很是喜欢。而他们的绝密配方，更是为天下诸侯垂涎。他们上门强讨恶要，滥杀无辜，这就是逆天而行，背道而驰！他们不可能得到！而朕征讨淮南，李学士却亲自前来相助，这凭什么？凭的就是朕上承天意、下顺民心，干的是谋求民生安居乐业的沧桑正道。道是魂，器是形，道器合一，不可偏废。如若这个先进的'器'为无道之人利用，天下不仅不能太平，而且会更加混乱不堪。因此，一统天下，就得先要解决好'道'的问题……"

他看着众将依然困惑，继续说道："朕再把话将透一些。朕这次南征，仅仅是想要淮南之地吗？非也。再大的疆土，也只不过是'器'而已，朕若无德，得到了也守不住。那么朕要什么，有谁知道？"

李谷站起来道："回禀陛下，微臣以为，圣上要的是李唐去帝号、降国格，俯首称臣。"

柴荣笑道："这看似有理，其实不然。李璟迫于我朝大军压境，勉强俯首称臣，他绝不是自愿的。"他看着一张张茫然的脸，看着李云博道，"李学士，麻烦你替朕告诉他们朕想要什么。"

李云博站起来道："草民遵旨。草民以为，陛下此次南征，要的是天下归心！"

柴荣大喜："天下归心！李学士果然与朕心意相通啊！诸位爱卿，朕这次南下，顺应天下民意，高举统一大旗，凝聚有识之士，共图千秋大业，让这个分裂已久的天下重归一统，让苦难不堪的百姓重见太平。而如今，像李学士这样的大雅英才，都主动助阵淮南，朕一统江山的夙愿，还远吗？"

众将如梦初醒，一个个起身施礼道："陛下英武神明，必能一统江山，开创千秋伟业！"

宴会散后，皇帝柴荣又单独召见李云博，问他湖湘情况。李云博向进行了如实禀报。李云博认为，目前有周行逢主政湖湘，应该不会出问题，建议朝廷早日任命。皇上答应了，又征求他的意见，问他是否愿意在故土任职，刺史甚至节度使都可以。李云博谢绝了，他说："草民无意为官，志在协助乱世雄主一统天下，然后把家族产业发扬光大。此生只要二者之中干成一件，都是了不得的大事。"柴荣很是赞同，更对他刮目相看。柴荣又说，有人建议借此次南征大胜之际，出兵收取荆南、湖湘，被他否决了。李云博深以为然。他说："陛下初登大位，应该高举仁爱之旗，以德治政、以利惠民，发展经济、充盈府库，轻徭薄赋、改善民生，同时结好诸侯，轻言战事，不起兵戈。三五年之后，中原朝廷必将雄立于天下。而天下百姓，无不向往中原，各路诸侯，必将诚心归顺，陛下不战而屈人之兵，实乃一统天下之最高境界也。"

柴荣大喜："李学士辅弼之才，将来一定助朕成就大业。不过，如今学士何去何从，朕想知道。"

李云博道："多谢陛下夸赞！草民家族大事未了，爆业振兴方兴未艾。若有机缘，草民一定效命朝廷，为圣上大业驱驰。"

柴荣喜道："君子有约，九鼎何堪！好，一言为定！"

李云博稽首道："草民遵旨，一言为定！"

那一晚，李云博彻夜难眠。多少年来，自己都在苦苦追觅乱世雄主，而今天，终于出现在眼前。他想，回家处理完事务，即刻北上，协助朝廷完成一统天下大业，实现自己造福人伦的宏愿。

又过了几天，寿州城依然没能攻下。而东边传来消息：唐军大肆反扑，扬州失守。柴荣大怒，准备渡河去扬州，寻找唐军主力决战。随军的另一名宰臣范质死谏道："圣上御驾亲征，大军坐镇淮南，已有数月。如今军心浮躁，长久如此，极为不利。望陛下班师回朝，等养足了精神，再战不迟。"柴荣犹豫不决。正当这时候，京城六百里加急来报：皇后病危，命在且夕。柴荣大惊失色，留下李重进继续攻打寿州，就下令班师。

唐军看到周军班师，立即北上攻取原先被周军占领的州县，不久，和州、舒州、蕲州也回到南唐手中。

第十一章
DISHIYIZHANG

婚姻大事

◆ 一、祭扫秋月墓，李云博号啕痛哭 ◆

闻讯李云博从淮南战场得胜归来，周行逢大喜过望，带领潭州大小官吏，前呼后拥出了湘春门，以最高规格的礼仪郊迎十里，欢迎李云博他们凯旋。

本来，不久前李处耘前来传旨，要他出兵助战淮南，他是不想去的。朗州刚发生内乱，王逵被杀，湖湘不稳，这时候自己离开，于公于私都是弊大于利。他权衡过后，不好定夺，就带着李处耘找李云博商量，请他出个主意。没想到李云博一眼看穿他的心思，自己请命前往，而且只要五百府兵，不由得暗暗高兴：派出五百精兵，一来好给朝廷交差，二来不用自己亲往，这何乐而不为呢？但当李云博协助赵匡胤大败皇甫晖的消息传来，着实让他大吃一惊。可仔细一想，虽然意料之外，但都在情理之中：这个李云博，是个乱世奇才！更让他惊喜万分的是，朝廷因为他派军助阵有功，加封他为朗州大都督、武平军节度使，总领武安、靖江诸镇军事，成为主政湖湘、统帅各路兵马的大都督。没出什么力，轻而易举被朝廷承认为湖湘之主，这自然会让他对李云博感激不尽。

李云博对一向节俭的周行逢郊迎十里的接待规格很是意外，但仔细想想，看来朝廷论功行赏的圣旨已经到了，这老周是在投桃报李，也不客气，接受了凯旋之礼。然后周行逢回碧湘宫，在九龙殿前大摆筵席，为李云博庆功。周行逢还拿出了数目不小的钱财厚赏将士，对于李云博举荐的几名表现出色的将士，也都予以提拔重用。

喝了几个时辰，李云博见天色将晚，起身告辞。周行逢意犹未尽，说道："岫南贤弟，今儿还回去，回哪里去？"

李云博道："回禀大都督，在下要回瑶池。"

周行逢吃了一惊："这时候还回瑶池？我老周没听错吧？"

李云博道："是回瑶池，千真万确。"

周行逢酒醒了大半，站起来挽住李云博的胳膊，说道："岫南贤弟，你刚刚凯旋，我周某加官晋爵，这叫双喜临门。今日我们兄弟一醉方休，好不好？"

李云博道："真对不住了，兄台，我明日有要事要办，今日必须赶回去。"

周行逢道："要事？什么要事？"

李云博道："明日，是小弟贱内秋月及未出生的孩子四周年忌日。小弟得赶回去，为他们扫墓。冒昧辞行，请兄台成全。"

　　周行逢一愣，无不感慨地说道："贤弟重情重义，周某佩服不已。可这人死不能复生，贤弟节哀啊。秋月去世都四年了，你也该考虑考虑自己的终身大事了。"

　　李云博道："多谢兄台挂念。事不宜迟，小弟告辞。"

　　周行逢道："那好。既然贤弟有要事要办，为兄也不强留。只是，如今湖湘虽然看似平稳，其实暗流涌动。你忙完了，得出来帮帮我啊！湖湘大地的安宁，需要你这等大才啊！"

　　李云博道："多谢兄台抬举，到时候再说吧。"说罢，与大家告别，带着朱雀将军、乾卦统领一行告辞而去。

　　翌日，李云博独自一人来到东峰界烂泥湖，亲自祭扫秋月墓。刚刚下马正要登山，碰到刘记编炮作坊掌柜刘凡兆。刘凡兆一见李云博，连忙上前替他牵马，兴冲冲地说道："三少爷回来啦！听说您这次助阵淮南，大破唐军，真是为我瑶池父老出了口恶气，我等脸上都有光啊！"

　　"刘掌柜过奖了，晚生汗颜啊！"李云博拱手回应道，"敢问刘掌柜，编炮作坊生意可好？"

　　"好得不得了！"刘掌柜一边哄着马，一边喜不自胜，"跟您说，三少爷，我们这作坊，天天都有客商催货，日夜生产，都还忙不过来。岳州卢掌柜都等五日了，这货还没凑齐，我都不好意思了。这不，赶紧到作坊督促。无论如何，今儿一定要把他的货发了。"

　　李云博道："那就好。刘掌柜，我可得提醒你，越是生意好，越要保证质量，切不可因为生意好有人催，就马马虎虎，一旦产品质量不好，那可就毁了我们编炮的声誉啊！"

　　刘掌柜道："这个，小的知道，一定按少爷的旨意办。"他似乎还意犹未尽，继续说道："我刘凡兆何德何能，一个小酒家生意人，承蒙少爷提携，这才两三年，就成了瑶池屈指可数的巨富。您真是我的贵人！少爷大恩，我刘凡兆这辈子……"

　　"看看看看，你又来了！"李云博打断他的话道，"掌柜的，你别这样。虽然生意是我们合伙，但那时我毕竟困难重重，没有人愿意帮我改造爆业流程，你愿意和我共担风险，其实是你在帮我。你能致富，是你的造化。今后，麻烦你别这样客气，整天对我感恩戴德。"

　　刘凡兆道："少爷说的是……不过，小的知道，这滴水之恩，当涌泉相报。少爷简直是涌泉之恩……不说了，不说了，要不然，少爷又要不高兴了。"顿了顿，才想起李云博单独一人来烂泥湖，于是问道："少爷要去哪里？前边就是厂区了，是不是要到作坊看看？"

李云博道:"我去上坟,今儿是秋月的忌日……既然来了,陪你去作坊看看也好,我出去大一个月多了,好久都没过来了。"

刘凡兆听了,顿时没了话语。他不明白,这个少爷,自从秋月不幸遇难后,也不再谈婚论嫁,至今孤身一人,而且每逢忌日都来祭奠,也不知他心里是怎么想的。良久,他才喃喃说道:"三少爷真是重情重义啊!秋月姑娘九泉有知,也会高兴的。"

路过一片空地,只见这里已经开挖,正在奠基。李云博有些疑惑,问道:"刘掌柜,你准备在这山腰上,又建一处新作坊?"

刘凡兆道:"不是。没有你的准许,小的怎么可能乱建作坊呢?我这是,要修一座庙。"

"修一座庙?"李云博一愣,"修什么庙?"

刘凡兆道:"少爷,是这样。我们如今发达了,可是啊,我想,这不能忘本。瑶池爆业的源头在哪里,保佑我们兴旺发达的是谁?是我们的爆竹老爷。我想在作坊上边,建一座始祖庙,为畋公塑一尊金身,供在里面,让我们的子子孙孙都记得,我们的好日子是从哪里来的。这事儿,没跟你您商量……"

李云博一听,顿时欣慰不已。他万万没想到,这个大字不识几个的刘凡兆,居然有这等感恩之心。看来,他对自己和李氏的感激,是真心实意的。而这个主意,的确不错,爆业得到了振兴,但渊源还是祖先们辛辛苦苦开创的,记住他们,才是最好的感恩。于是笑道:"掌柜有心了!这可是件功德无量的大好事。这样吧,修庙的钱,我也出一半,从作坊的利润里扣。"

刘凡兆急了:"这个不行!庙是我自己要建的,怎么能要少爷的钱!你帮我发了大财,我无以为报,就让我单独一个修座庙吧,求您了……"

李云博听了,觉得他有理,于是笑道:"那好!这树碑立传的大好事,我就不掺合了,否则,别人还以为我李云博往自己的祖宗脸上贴金!"

刘凡兆喜道:"多谢少爷成全!落成那天,小的请您亲自来上香!"

李云博道:"好,一言为定!"顿了顿,又道,"刘掌柜,我跟你提个意见,今后我们之间,是朋友还是合伙人,千万别小的小的地作践自己,你已经是瑶池爆业界的数一数二的大掌柜老爷了。以后,您就叫我岫南吧!"

刘凡兆一听,顿时支吾起来:"这……"

李云博不高兴了:"这有难处吗?"

刘凡兆一本正经地说道:"那不行,您就是我的少爷,这万万不能变的。我一个贱民,哪有资格和您平起平坐,就算万贯家财了,也是您给的,岫南少爷!"

李云博拿他没办法,泄气一般说道:"刘掌柜,随你便,你叫我少爷,我心里

别扭！"

刘凡兆道："别扭我也得这么叫！我刘凡兆绝不做见利忘义、数典忘祖的事！我知道自己是谁！"

李云博说不过他，只得由他去。参观完作坊，李云博很满意。刘凡兆邀请他等会儿一起就午餐，他答应了。于是就上山扫墓去了。

来到墓前，望着杂草丛生的坟茔，李云博百感交集。一晃四年了，这个含苞待放的异乡姑娘，已经离开他四年了。而这四年里，李云博怎么也不能释怀：一个素昧平生的女子，作为笼络他、也是监视他的工具，被南唐皇帝送到他身边，他们之间的婚姻，是多么的荒唐可笑！但是，李云博不认为这个女人有多坏，反而觉得她单纯善良而又通情达理，甚至还有点"是非不分"。按理说，她是朝廷的卧底，监视他李云博才是本分，应该先以色相勾引他，取得他的信任，尔后开展情报工作。可是她，却把做侧室当成了首要，死心塌地、心甘情愿要跟着他一辈子。为了这个理想，她甚至不惜将朝廷的使命置之脑后，最终被江世敦抓起来当作人质诱他上当。即便大难临头，她还是站在夫君一边，甚至不惜生命保护他，这让李云博尤为悔恨。作为局中人，李云博清楚他一直在利用秋月，替他洗清嫌疑，让朝廷不再怀疑他。即便两人圆了房，李云博仍然防范着她，甚至后来秋月真的怀孕，他也没有把她看成是自己的女人，一切行动都想方设法避开她，不让她知道。特别让李云博痛心的是，他们已快出生的孩子，也在那场反击南唐入侵、赶走炮火军的战斗中胎死腹中，和秋月一起离开了人世。想到这里，李云博一屁股坐在地上，号啕大哭起来：他的心中只有天下，只有人伦的幸福安宁，没有一心考虑家人的幸福。他不是个好丈夫，更不是个好父亲！

正因为如此，自从秋月母子意外身亡之后，李云博暗暗发誓：如若自己一统天下的大业未完成，他再也不会娶妻生子，他不愿再牵连任何一个无辜的女人。

哭了一通，他的悲愤得到释放，郁结渐渐缓解。于是站起身开始清理杂草，打扫墓前的枯枝败叶，又添了些土。弄了一阵，就开始焚香燎纸，洒酒祭奠。最后，他拿出写好的祭文，朗朗有声地读起来：

祭秋月母子文

时维丙辰桂月既望，瑶池李岫南祭亡妾秋月及未世子于东峰界大荒山，并掩涕而诵之曰：

青山寂寂，草木冥冥。风云失色，大河断音。霜飞秋月冷，落红满地悲。何堪回首那，花折阵前，香消玉殒，天妒红颜谁薄命？慨叹人间世，未落瓜蒂，竟遭毒手，阴阳两隔父子恨。痛亦是痛，为人夫者见妇杀，却无护眷之力；恨却难恨，当人父者睹婴天，空有舐犊之情。长歌当哭，天下战乱何时了；掩涕还流，悲苦苍生哪日休？玉箫阵阵，哀咽嘶鸣透胸背；弦瑟声声，一语千行断肠肝。河川淼淼，秋水长空谁共赏？天地悠悠，遗世孤心独跄然……

之乎者也一通吟诵，悲伤又一次席卷而来，不觉又涕泪涟涟、哀号恸地，竟然忘记了时间。正要着手焚烧祭文，只听身后有人哽咽着说道："岫南哥哥，你也别再难过了，该回去吃饭了……"

正沉浸在悲伤之中的李云博回过头来，只见刘杜鹃站在那里，哭得跟泪人儿似的。蓦然之间，李云博觉得，眼前这梨花带雨般的刘杜鹃，亭亭玉立，楚楚动人，已经长成大姑娘了。他连忙问道："花儿，你什么时候来的？"

刘杜鹃道："来了一阵子了，看见你正在那里诵读祭文，不忍打扰，也就跟着难过起来。"她哽咽着说道，"我都被这场面感动了，竟然把事情忘了。我爹要我过来，请你前往府上共进午餐。"

"哎呀……"李云博一拍脑袋，恍然大悟，自己只知道悲伤去了，居然忘记了约定的时间，把应承的事情给忘了，"花儿，我焚烧完祭文，就下山去，都过午时了，你爹他们肯定久等了呢！"说着就点起火来。

◈ 二、邱氏为儿子的婚事愁白了头 ◈

李云博从东峰界回来，已经下午。刚进厅屋，只见母亲邱氏独自一个坐在那里垂泪。李云博一惊，心想，又出什么事了，估计是哪个孙子调皮，惹她生气了。于是问道："娘亲，您怎么了？是光儿还是坚儿惹您生气了？"

邱氏看了一眼李云博，没好气地说道："光儿坚儿都听话，是你这个孝子惹老娘心里不痛快！"

李云博一头雾水："我说娘亲，我刚回来，可没招您惹您，说我惹您不痛快，这话从何说起！"

邱氏站起身，拉着李云博坐下，疼爱万分地说道："三儿啊，你是娘的心头肉啊！你最小，娘一直最疼你！你也争气，学有所成，无论是娘不懂的天下大事，还是振兴家族爆业，都干得风生水起，无人不交口称赞。你也知书达礼，听话孝顺，哪里都好，娘很满意，也以你为荣。可是，你这……"

李云博一听，知道母亲又要说什么了。他打断邱氏的话，笑道："哎哟，我的娘亲，你又要说我的终身大事了，是不是？我跟你说过多少次了，古往今来，忠孝不能两全，大业未竟，我就不完婚。孩儿不孝，娘亲你就责罚孩儿吧。"

邱氏道："儿子啊，你这是说什么话！男大当婚女大当嫁，自古以来就是如此！娘知道，你还为秋月和孩子的事耿耿于怀。每到祭日，你都要去坟山祭奠，都四年了，这个坎，你得过啊！你都二十四了！你到瑶池问问，哪有二十多岁还没成家立业的年轻汉子啊！"

李云博望着母亲，耐心地听着。他突然望见母亲满头的白发，不禁一阵难过。他知道，这几年，母亲所经历的事情，已经足够她煎熬了：大哥二哥都是英年早逝，父亲又出家修行，按理说，他的婚事不应该再成为母亲的心病。可是，他又有什么办法？他要干的事情，随时都可能人头落地，他已经连累了秋月了，还能牵连其他无辜吗？

邱氏见他沉默不语，继续说道："娘知道，你要干大事，娘不懂，也不干涉你。可是，你是我李氏长房云字辈里唯一在世的男人，你孤家寡人一个，娘受不了闲言碎语不说，你至少得为自己留个后吧？俗话说，不孝有三，无后为大，你难道真的想要你娘让人戳脊梁骨？"

李云博道："娘亲，我知道你是为我好。可是，孩儿实难从命。你看，和我有过交集的女人，哪个有好下场？两小无猜的燕儿妹妹居然出家了，订了婚的如霜姑娘全家被满门抄斩，她至今生死不明，被您逼着圆房的秋月和孩子也死于非命……你说，这些事都是巧合吗？就算你这么认为，我也不敢再试了。我以为，是我命硬，碰到我的女人，都难得善终。既然如此，我还有什么必要去尝试，万一再连累他人，你让我怎么还有面目活下去？"

邱氏叹道："这些，当然都是事出有因，怎么能算在你命硬的头上？你是讲道理的人，那么娘问你，男大当婚女大当嫁，这个道理你不懂吗？"

李云博道："这个道理，孩儿当然懂。但是……"

邱氏打断他的话道："儿啊，你满腹经纶，大道理我讲不过你。娘亲也不是不讲道理的人。娘就认男大当婚女大当嫁，婚姻大事，得听父母之命媒妁之言。跟你讲过多少回，你都借故推托，搪塞了事。凭我们李氏门第，凭你的人才作为，哪有这么大年纪了，还光棍一条的？你知不知道，瑶池上下、方圆百里人家，无论富豪巨贾，还是乡绅望族，甚至官宦世家，都想结下这桩姻缘，门槛都被媒人踏破了，你就不能听娘一回？娘跟你保证，只要你看上的，一定帮你娶回来！"

李云博笑道："没想到，我李云博这等走俏！可是，这哪儿跟哪儿啊！不是孩儿不喜欢谁，是孩儿不能娶任何人。孩儿难处，请娘亲体察！"

邱氏怒道："你这算什么难处，老娘我不体察！老娘没听说过，干大事的人，都孤家寡人一个，真是岂有此理！这事儿，无论如何也不能再由着你的性子来了。除非，你不认我这个娘亲！"

李云博道："您是我娘亲，我怎么会不认您呢？"

邱氏道："那好，你若不想我们母子恩断义绝，那就听娘的。今儿浏阳粮油行掌柜托媒提亲，带了画像，你看看。若不踏实，就亲自上门瞧瞧。没看上，那没办法。娘会安排所有的人家带人过来，让你一个个挑上一遍……老娘就不信，这瑶池方圆百里，就没一个你能看上的！"

李云博见她如是说，也不好再忤逆母亲。再说了，这么多人家，一个个看下去，得要多少时间，而且事到如今，也只有走一步看一步，能拖多久就拖多久了。于是笑道："娘亲费心了，孩儿从命就是。"

邱氏没想到他竟然一口应允，有些意外，又怕他肚子里藏着什么幺蛾子，想了想说道："你小子别想跟老娘耍花招，又走马观花搪塞老娘，等看完所有的姑娘，你得挑一个，跟她完婚！"

李云博想都不想就答应道："好，我答应您！"

听说李云博答应完婚，各地媒人又纷至沓来，李府顿时门庭若市。可是李云博看来看去，横挑鼻子竖挑眼，没一个满意的。更让邱氏意想不到的是，李云博出手阔绰，凡是登门说媒的一律厚赏，喜得媒婆们眉开眼笑，生怕李云博看上哪个姑娘，耽误了他们挣钱的机会，气得邱氏直瞪眼，但她又拿李云博没办法。她这个做娘的当然知道，这个鬼儿子，肚子里到处都是曲曲拐拐，你想跟他斗心眼，没门儿！

邱氏知道李云博重赏媒人是逼她放弃，这样大把大把银子天天往外流，万贯家财也经受不住这等挥霍，她邱氏不心疼才怪呢！更何况天天有媒婆登门，如若把方圆百里有女子待字闺中的人家都说个遍，而后又没一个中意的，还不让人笑掉大牙，将来瑶池李氏的脸面往哪搁？万般无奈之下，只得下令谢绝媒人上门了。可是邱氏仍不死心，要他在见过画像的姑娘里挑一个。没想到李云博说了句话，把她气得半死："我李云博是一个也没看上。娘要是看上了哪个，帮我娶回来就是。婚姻大事绝非儿戏，全由母亲大人做主！"她邱氏是瑶池李氏掌门夫人，不可能不讲道理乱点鸳鸯谱，这儿子娶亲，又不是自己买丫头，这媳妇首先还得儿子满意。就算真的她来横的挑一个姑娘娶进门，李云博肯定又会有新办法对付她，到时候说不定真的祸害了人家姑娘。"这小子，真是吃定他老娘了！"邱氏想着，不免长长地叹了口气，但又无可奈何。

正当邱氏绝望的时候，金刚头刘记编炮作坊的掌柜刘凡兆亲自上门说亲，声称要把大女儿刘杜鹃嫁给李云博做侧室。而且一再强调，这是他女儿的意思，她是非李云博不嫁。他家姑娘还说，她知道自己出身卑贱，配不上李府少爷，也不配做正室，如若侧室也不行，就终身不嫁，而且自请为奴，上门伺候掌门夫人，替李云博尽孝道……刘掌柜的一席话，听得邱氏目瞪口呆。这个刘杜鹃她见过，虽不是什么大家闺秀，却也是新晋富家的大小姐，生得聪明伶俐、有模有样，凭她如今的家境，随便找个好人家，那还不是轻而易举的事，为什么偏偏要嫁李云博，你李云博不娶，她就终身不嫁，上门做婢女，伺候你老娘；而且，刘掌柜以前确实是小门小户，一般人家，但如今已是瑶池数一数二的大户，哪有这等提亲的，要送自己大小姐上门做侧室，甚至可以当奴婢！这可是闻所未闻的天下奇闻！

刘兆凡看着邱氏愕然的神情，红着脸说道："掌门夫人，小人亲自上门说这事，的确有些唐突，而且毫无礼数……本来，聘个媒上门会规矩一些。可是，我家那死丫头非要小的上门。她说，刘家有今天，全是拜三少爷所赐，全是李氏老爷们的眷顾。刘氏老少都该是李府的家奴，自己人说事，还用得着外人？而且李府已经谢绝媒人上门了。她甚至威胁小的说，当爹的不敢上门，她就亲自去！小的怕她来府上丢人现眼，于是厚着脸皮上门来了……冒犯之处，还请夫人莫要见怪……"

邱氏听了他的话，从惊愕中回过神来。她站起来施礼道："刘掌柜说哪里话，邱氏这厢有礼了！你刘府这大小姐，真不简单啊！年纪轻轻就有如此气魄，知恩图报，敢做敢当，而且不达目的誓不罢休……我不明白的是，我家那小子，居然有这等福分，但凡见过他的女子，没一个不喜欢他的。你家大小姐是如何喜欢上他的呢？"

刘掌柜起身还礼道："回禀夫人，这事，还得从五六年前说起。小的记得，那年四月十八，是瑶池李氏的老祖宗、'爆竹老爷'畋公的三百五十岁大诞，瑶池上下都在为爆竹节忙乎着……"他滔滔不绝地讲起了两人怎样认识，后来李云博奉旨回乡守孝，一起研制炮竹新品，秋月陪李云博在烂泥湖守孝，刘杜鹃还负责送饭，到再后来秋月被江世敦抓走，还是刘杜鹃跑回来报的信……这期间，包括掌门大老爷爆竹节那天送他家一整吊铅锡钱，李云博大破南唐炮火军的指挥所就在他家的阁楼上，李云博出钱让他办编炮作坊等等等等，竹筒倒豆般一点不漏地讲给邱氏听，听得邱氏又一次目瞪口呆。末了，他又说道："夫人，您知道，我们这样的家庭，无论如何也是高攀不上李氏的。可是，我们能有今天，全靠李府的贵人提携啊！小的也想报答少爷和你们的厚恩，别说一个姑娘，就是把那两个小的都送上门做丫鬟，我刘凡兆也毫不吝惜！"

邱氏听得入神，没想到李云博这小子还有这么一出！她被刘凡兆感动了，大喜过望，可又觉得有些不妥："掌柜的，什么高攀低就的！您这样说，邱氏可就担待不起了！您如今也算是瑶池数一数二的大户，怎能这等作践自己！您要知恩图报，这等情分我邱氏代表家人领了。可是，你们帮我们的忙，这还少吗？岫南守孝期间，饮食全靠你们照顾。特别是岫南要振兴爆业，推行流程改造，数百家作坊除了李守云老掌柜，没第二个响应。是您接受岫南邀请，不辞辛苦，日不眠夜不睡，帮他招募工匠兴建作坊，然后又全权负责生产经营，你们发达了，都是你们应该得的。如今，我听说您正在为爆竹老爷修庙，那更是让我们感激不尽啊。我们两家已经唇齿相依、休戚与共，如今居然要把小姐送过来做侧室甚至丫鬟，这让我们情何以堪啦！更何况，瑶池李氏早存族规，子弟一律不许纳妾。你这不是为难我们吗？"

刘凡兆道："夫人，虽然李氏族规严禁纳妾，可是前几年，三少爷娶了秋月做侧室，而且得到老掌门的认可，这就等于承认少爷纳妾。夫人看不上小女做少爷侧室，那就依她所愿，留在夫人您身边，当个贴身丫头吧。"

邱氏急了，连连摇头道："掌柜误会了！我是说，你家大小姐，决不能做侧室，更不能做丫鬟。我倒是想，如若岫南愿意，娶你家大小姐做他的正室，也是一桩两全其美的事情，既了结了我为儿完婚的心愿，也替你们实现了报恩的想法。这样一来，刘李两府成了儿女亲家，今后相互扶持共同发展，岂不皆大欢喜？"

刘凡兆听了，头摇得跟拨浪鼓似的："这怎么行！我们出身贱民，因为少爷提携，刚刚有个安稳的日子，就如此高攀，这跟猪鼻子插根葱装象有何区别？不行，这真的不行！"

"什么不行啊？"这时候，李云博从外面办事回来，看见刘凡兆一副断然否决的神情，满怀疑虑地问道，"刘掌柜，您什么时候过来的？"

"三少爷……"刘凡兆看见李云博，一脸尴尬地站起来，连连施礼道。

邱氏看着李云博，笑道："你这小子，不知道上辈子积了什么德，瑶池方圆百里的名门望族，都争先恐后地要把女儿嫁给你。刘掌柜也来提亲呢……"

"什么？"李云博大惊失色，"刘掌柜真会开玩笑！"

刘凡兆顿时愣在那里，不知道该说什么好。李云博见了，笑道："掌柜请坐！看样子，你不是在开玩笑，也是来凑热闹的。那你说说，哪个女儿嫁给我啊？"

刘兆凡坐下来，使劲地搓着手，结结巴巴地说道："少爷，你知道，我最大的女儿十六七岁，其他两个，没满十岁。您要不嫌弃，就娶花儿，做个侧室吧……"

李云博听了，哈哈大笑道："这倒是新鲜！这些天来，都是给我说亲的，可说的都是正妻，你倒好，送妾上门了！说不定啊，过几日，这送三房、四房、五房的都会上门，甚至有人送烧火丫头的。娘亲啊，这趟浑水是您搅起来的，您自个儿慢慢澄清，孩儿我不玩了！"说着，就要往后边去。

"臭小子，你给老娘站住！"邱氏见他要走，马上站起来，喝道，"你还没听个究竟，就想撂挑子，让老娘难堪，是吧？"

李云博站住了，问道："那好，你把事情说清楚。孩儿洗耳恭听。"

"你老实给我坐下，我跟你讲。刘掌柜是贵客，你这样走，还讲不讲礼数？你那么多书，不都白读了么？"邱氏过来，拖着李云博坐到椅子上，就说起这事的前前后后来。末了，她又道："刘掌柜和你一起开作坊，他的为人你不清楚？而这一切，都是大小姐的意思。我正跟他商量着，你要是愿意，就娶花儿。我先声明，决不许你再纳妾，这是祖上的规矩！"

李云博听了，突然明白，这是刘杜鹃在帮他。近日来，瑶池上下因为李府要为他李云博完婚，闹得满城风雨，而刘杜鹃知道，李云博因为秋月母子的意外，在他完成大业之前，是绝对不会完婚的。如若她刘杜鹃进门做了侧室，和他假扮夫妻，母亲就不会再为难他。想到这里，李云博一阵感动。但是，李云博又有些害怕，如若刘杜鹃真的爱上自己，自己大业未竟，不见得能给她幸福，那不是害了她么？正室也好，侧室也罢，李云博都不能这样做。和秋月假扮夫妻，最后也不是假戏真做，到头来还是牵连了她……他想到这里，于是对刘凡兆道："刘掌柜，适才晚生误会，真是抱歉。晚生给您请罪了！"说着，就起身一边施礼，一边继续说道，"您的一片好意，晚生心领了。只是我李云博真的不能接受，辜负花儿姑娘一片真情，望她谅解。你们刘府，如今已是瑶池大户，小姐怎么能跟别人做小，甚至当丫鬟呢！花儿那么标致可人，你找个好人家，把她嫁了吧。"

刘凡兆连连还礼道："少爷抬举了！既然如此，小的也就石头落地，让那丫头死心。那好，时候不早，小的就此告退！"

邱氏连忙站起来，挽留道："刘掌柜，别急嘛。既然来了，也不急这一时，吃过午饭再走不迟！"

刘兆凡道："唉，不了。都怪那小丫头，尽给我出洋相！小的这是把鼻涕往脸上抹——自找难看啊！再待下去，总觉得浑身不自在。小的还是告退吧！"说着，就拱手作别。

母子俩把他送出门，看着他上马远去，依然待在那里出神。

过了一会儿，邱氏看了李云博一眼，叹道："你这鬼小子，什么时候也让老娘省省心！看来，再过几天，我这头发，只怕一根黑的也找不到了！"说着，丢下李云博，头也不回地进屋去了。

李云博一愣，一股酸楚扑鼻而来，呛得他几乎快要落下泪来。

◆ 三、自请为奴，刘杜鹃跪倒在李府大门前 ◆

第二天一大早，未睡踏实的李云博早早起身，想爬爬楠竹山，平静一下心绪。昨日，刘凡兆掌柜居然替女儿提亲，真让他啼笑皆非，这事搅扰得他一夜未安：李刘两家关系一直很好，一旦为这事互生芥蒂甚至交恶，真是不值……正思忖间，只见欧阳管家慌慌张张跑过来禀报道："三少爷，禀报三少爷……大门台阶下，跪着个人……"

"大门外跪着个人？"李云博听了，也觉得蹊跷，又看见他语无伦次，安慰他道，"管家爷，您别急，慢慢说。我问你，门前跪着个什么人？"

管家定了定神，说道："禀报少爷，今儿一大早，天才麻麻亮，老奴起身开门，正忙得不亦乐乎，不经意间，朦朦胧胧瞥见台阶下有团什么东西，把老奴吓得一大跳。过一阵子，老奴就轻手轻脚走过去，原来是个人儿。再走近一看，是个下人装扮的小姑娘，跪在地上一动不动。我于是问她是谁，跪在地上干什么，她好像没听见似的，毫不搭理。我就扶她起身，她也不肯。我以为她是个聋哑人，于是说了句'真是起早了，碰到鬼了'，没想到她突然说话了：'我是人不是鬼，要见你家岫南少爷。'我又被吓了一跳，于是匆匆跑来，跟您禀报……"

"会是谁呢……这可又是件怪事。"李云博喃喃自语，突然预感到什么，于是对管家说道，"走，去看看。"

两人飞奔来到大门前。这时候，天渐渐亮了，秋雾依然迷蒙。而天阶下空空如也，什么人也没有。李云博问道："人呢？"

"刚才，这明明有个人，怎么会眨眼之间就……"欧阳管家也顿时傻了眼：怎么去了一趟李云博院子，一转眼就不见了呢？

李云博道："管家爷，您是不是看花眼了？"

管家有些急了："少爷，我真的看见这里有个小姑娘，还和她说了话，不可能是看错了……"

李云博道："您别着急。要是真有个姑娘跪在这里，她应该就在附近，我们找找吧。"

管家道："是，少爷。"

两人就下了台阶，沿着府第围墙从右往左找了起来。转过猎神庙、畋公祠和药王

堂，穿过后花园，来到马圈柴棚一线，欧阳管家突然发现一个人正在马棚里面喂马。他
兴奋地对李云博说道："少爷，您看，那里有个人，说不定就是她呢。"

　　李云博定眼望去，远远看见一个健美的身影，在那里娴熟地忙碌着。李云博瞪着那
边，慢慢往前走，这个身影便渐渐清晰起来：的确是个女孩子，乌黑的头发结成长辫，
一圈一圈盘起，像是戴了顶大黑帽子。她一身短褐装扮，双手执耙，正忙着往马槽里添
草料。又只见她放下木耙，走到井边摇动辘轳，打上一桶水来，倒进马槽里。然后放下
木桶，捡起一把扫帚，在过道上扫了起来。李云博终于看清了，这姑娘不是别人，正是
刘凡兆掌柜的大女儿刘杜鹃。

　　李云博快步上前，站到她的跟前，问道："我说花儿，你好好的大小姐不当，跑到
我家里喂马，你想干什么？"

　　刘杜鹃看也没看李云博，继续扫地。李云博一把夺过扫帚，扔在地上道："你个小
丫头，大清早的，跑到马圈里干什么？这活儿，是你这刘府大小姐干的吗？"

　　刘杜鹃懒得理他，捡起扫帚又扫起来。李云博火了，大声质问道："我说小丫头，
你来干什么？好歹说句话，行不？"

　　刘杜鹃依然忙她的，仿佛没听见一样。

　　李云博知道她有话要说，可是外人在场，不好开口。无奈之下，就对管家道："管
家爷，你先忙去。这里，我来应付。"欧阳管家应声去了。

　　李云博耐着性子，对她说道："花儿，我知道，你想帮我，我没领情，惹你生我的
气了……可是，我真的不能……"

　　刘杜鹃抬起头，看了他一眼，没好气地说道："你不能什么？我帮你忙，不谢也就
罢了，还对我爹说什么，'小姐怎么能跟别人做小，甚至当丫鬟呢！花儿那么标致可人，
你找个好人家，把她嫁了吧'。我做大做小，嫁人不嫁人，关你啥事？我标致可人吗？
真是！"

　　李云博曾经看见过她这副面孔，他记得那是四年前，他刚刚从金陵脱险回来，守孝
烂泥湖的那个大年三十的晚上。他和周行逢、李处耘一起在她家喝酒，他们几个看见刘
杜鹃端茶送水，小大人一般模样有板有眼，说话又一本正经不苟言笑，忍不住哈哈大
笑，因此惹恼了她。当时，她就是这个样子：杏眼圆瞪，柳眉倒竖，鼻孔翕动着，说起
话来跟连珠炮似的。看来，这次，她又真的生气了。

　　李云博想了想，问道："花儿，我们两个一直那么要好，兄妹一般，何必生气呢？
你想帮我的忙，我感激你。但是，你得为你自己想想……"

　　刘杜鹃一撑扫帚，打断他的话道："为自己想想？你为自己想过吗？你不仅不为自
己着想，也没替掌门夫人着想，更没为整个家里人着想。你看看，夫人为你的婚事，头

发都快全白了，你真的要让她老人家把心操碎吗？天下，和平，江山，大业，这些事情，关你李云博什么事呢？你要管你的天下，可我刘杜鹃没惹你，你管我刘杜鹃嫁人干什么呢？你呀，就是瞎操心！替这个想，替那个想，我老刘家发家致富你要管，瑶池爆业如何繁荣你要管，这天下统一你也要管，你什么时候，也管管自己的事，好不好？"

李云博没想到，这丫头说起理来一套一套，骂起人来更是气势如虹。又一通连珠炮似的骂声，李云博听出了许多关心和担忧，他李云博在她的心上，原来不仅仅是个大哥哥！李云博有些害怕了。他看着她怒气未消的脸，一时不知道说什么好了。

刘杜鹃见他不说话了，突然缓和下来，有些不好意思地笑道："岫南哥哥，我认识你的时候，才十二岁呢。不知怎么的，从那时起，就盼着天天见到你。老天有眼，这些年来，一直有机会待在你身边，让你看着我长大，我已经心满意足。我不瞒你，我喜欢你。但我也清楚，我一个乡野丫头，配不上你。我真的不求什么，只想待在你身边，甚至能远远看着你就好，若能替你分担一些，帮上你什么忙，那就开心极了。既然你不要我帮忙，我也不强求。我知道，秋月姐姐的事让你过不去，你不愿再和我假扮夫妻。可是，你让我待在府上，好不好？如若你要远行，干你的大事，我就替你尽孝，照顾夫人，行不行？岫南哥哥，我求你了……"说着，她的声音有些哽咽，泪水在眼眶里直打转。

李云博听了她的话，语重心长地说道："花儿，你知道，我一直把你当妹妹看待，就像亲妹妹一样。你不能留在府上，更不能当丫鬟。你们刘家，如今是瑶池有头有脸的人家，一个大小姐替别人当丫鬟，这怎么行呢？你将来还要嫁人，你应该有自己幸福的生活。这事儿，你听哥的，好不好？"

刘杜鹃道："这事，我不能听你的，我有自己的主意。你不同意，我求夫人去。"说着，就放下扫帚，往外走。

李云博急了，一把扯住她，吼道："你这小丫头，怎么这么不听话？一个大小姐，在别人府上做丫头，你们刘家的脸往哪儿搁？你们不要脸，我们李府还怕别人戳脊梁骨呢！"

刘杜鹃也火了："我的事不用你管！我就是不要脸，死都要赖在你府上！"她一把甩开李云博，气冲冲往大门跑去。李云博紧紧追赶着，没想到她跑得比兔子还快，抓了几手都没抓住，反而一个趔趄差点摔倒。他站定之后，刘杜鹃已跑出老远，直奔大门而去。

只见她来到大门前，扑通一声跪在台阶下，大声喊道："掌门夫人，救命啊……"说着，又"嘭嘭嘭"磕起头来。

李云博赶过去，使劲扶她起来，她就是不从。李云博怒火中烧，放开她道："死丫头，你要作践自己，随你便！你的事，我李云博不管了！"说罢，气冲冲回屋去了。

这么大的动静，早把大家惊动了。老老少少都围过来，看见李云博冲回屋去，又见一个不认识的小姑娘跪在地上磕头直喊救命，都不清楚究竟发生了什么，于是交头接耳议论纷纷。李府大门前，一下子热闹起来。

邱氏正在梳妆，突然听见外面吵闹，赶紧要丫鬟去看看。不一会儿丫鬟回来说："不知道发了什么事，可是我一出门，就撞见三少爷怒气冲冲往院子里去，跑到大门口，看见一个姑娘跪在台阶下，一个劲地喊着'夫人救命'，家里的人都被惊动了，里里外外围了好几层……"

"什么？走，去看看。"邱氏一听，也顾不上梳妆了，草草盘起头发，就连忙从房里赶了出来。来到府前，只见刘杜鹃跪在地上哭得个泪人儿似的，顿时大惊失色。她回想起丫鬟说李云博怒气冲冲地走了，虽不清楚什么原因，但大概能够判断，她和李云博起了冲突。于是赶紧上前去扶她，说道："刘姑娘，快起来！这一大清早的，你跪在地上干什么，又哭又闹，还喊着救命……你告诉我，究竟发生了什么事？"

刘杜鹃看见邱氏来了，哇的一声大哭起来："夫人，您救救我吧……"

邱氏道："你先起来，我们有话好好说。"

刘杜鹃摇摇头，哭得更厉害了。邱氏急了，就问道："花儿姑娘，我问你，是不是岫南那小子欺负你了？"

刘杜鹃一愣，摇摇头，又突然点点头，然后就使劲地哭。

邱氏虽然摸不着头脑，还以为李云博干了什么见不得人的事，不免勃然大怒："欧阳管家，赶紧带几个人，把那不孝的东西给老娘找来，他若不肯来，绑也给老娘绑过来！"

"是，夫人。"欧阳管家也是刚刚赶过来，也还没弄明白。这姑娘是他开门时发现的，刚才还好好地在马圈里干活，打了个转身，事情怎么就成这样了？听到夫人这样吩咐，也只得应了一声，招呼几个人进门找李云博去了。

邱氏蹲下身子，怜爱地抚摸着她的后背，慈祥地看着她说道："我说刘姑娘，你起来好不好？这秋日清晨凉意袭人，你是大户人家的千金小姐，如若受了风寒，我们李府可担待不起啊！我跟你保证，如若有人敢欺负你，我一定替你做主，讨还公道。"

刘杜鹃哽咽道："我恳请夫人您答应我一件事，我就起来。"

邱氏道："一件事？一件什么事？"

刘杜鹃道："你得答应我，我就起来。我保证，我一定不会为难您！"

邱氏想都没想，"好，不管什么事，我都答应你。你说吧，什么事？"

刘杜鹃道："我要留在李府做丫头，求求夫人收留我。我被我爹赶出来了。"

邱氏一听，长长舒了口气，看来不是李云博造了什么孽。但她还是不相信，刘凡兆会把女儿赶出家门。她说道："看你说的，你乖巧伶俐，有模有样，这么好的姑娘，刘掌柜居然把你赶出家门？这怎么可能？"

刘杜鹃道："禀报夫人，我爹说我要进李府为妾为奴，觉得丢了他的脸，大发雷霆，说是不认我这个女儿了……"

邱氏想了想，笑道："那好，不管是真是假，我权且信了你。我收留你，你就留在我府上，那个刘掌柜来要，老娘还不给呢！但是，做丫头不行，你就做我李府的小姐吧！"

刘杜鹃听了，顿时破涕为笑："谢谢掌门夫人！"

邱氏笑得更厉害了："那你还不起身，快快起身进屋说话！"

"是，夫人。"刘杜鹃就站起身来，对众人施礼道："各位伯伯叔叔、婶婶阿姨、哥哥姐姐，从今儿开始，我就是瑶池李氏府上的一员了。我不再是什么刘家大小姐了，也担当不起李府小姐这等殊荣，我是来府上做丫鬟的……"

"我反对！"这时候，李云博被管家找来了，他看见刘杜鹃说服了母亲，让她留在府上，顿时大急，冲过来连忙阻止。

邱氏瞥了一眼气喘吁吁的李云博，道："反对无效！这事儿，老娘能够做主！你不要这如花似玉的姑娘，老娘我要了！我生了一大堆儿子，就是缺一个女儿呢！今天，总算是达成心愿了！花儿，从今天起，你就是我瑶池李府长房的大小姐，听清楚了没有？"

"娘亲，孩儿听清楚了！"刘杜鹃喜不自胜，连忙跪下去行见面大礼。邱氏受了，又万分欢喜地把她扶起。刘杜鹃起身时，偷偷看了一眼有些狼狈的李云博，不免暗自得意。但她没敢有任何显露。

邱氏不管李云博的尴尬，对众人说道："你们也给我听着：从今往后，花儿就是你们的大小姐，谁要敢对她不恭敬，或者背后说三道四，别怪老娘我翻脸不认人。都听明白了吗？"

众人纷纷施礼应答道："我等听明白了。请夫人放心，我等一定侍候好大小姐，绝不让她受半点委屈！"

邱氏道："那就好。都散了吧！"

"是，夫人！"大家就轰的一声散开了。

刘杜鹃挽着邱氏胳膊，娘儿俩一边往里走，一边有说有笑，理都不理李云博。

大门前只剩下李云博一个人。一阵风吹来，他情不自禁地打了个寒战。他抬头望着仍未散去的迷雾，呆呆地站在那里好一阵子，不知如何是好。百无聊赖之间，他早饭也没吃，就骑马出门去了。

◆ 四、魏府来了位不速之客 ◆

话说马馥湘多次出门寻找刘如霜下落，都是无功而返，不免怅然若失。

这天，她又来到魏府，和魏柳烟商量："我又要出门去寻找如霜妹妹了。柳烟妹妹，你点子多，替我出出主意，往哪里去好呢？"

魏柳烟想了想道："馥湘姐姐，你还是别去了。妹妹以为，能找的地方，你都去过了。不仅你在找，我爹在找，岫南也在派人找。况且，天下这么大，要找一个人，犹如大海捞针一般。三年多来，你一直没有放弃，几乎每月都出去一趟，也尽了心了。更何况，她要是真想见我们，不可能这么久了还不现身。"

馥湘摇摇头道："那可不行！是我连累了她，我一定要找到她，否则，这良心日夜不安。我只有继续找，这心里才会好过些。"顿了顿，又道，"妹妹，你说，这死丫头，能躲到哪里去呢？三年多来，能找的地方，我都找了，还是不见踪影。我担心，这如霜妹妹不会是出什么意外了吧？"

魏柳烟道："这个，我倒觉得可能性很小。一来，如霜妹妹武功很好，一般人没能耐把她怎么样。再说，她一去杳无音讯，应该去了离长沙很远的地方。如若离长沙不远，应该会知道，边镐早就下令取消了对她的通缉，而且仇家徐威跑了，边镐都败逃三四年了，长沙已经没人和她过不去了。她若回来了，应该现身了。我相信如霜妹妹吉人自有天相，不会出大事的。"

马馥湘叹道："但愿如此！可是，我还是要出去。这周围州县都去了，不如这次去洪州，说不定她在那边。"

魏柳烟摇摇头道："不可能！洪州远在江西，如霜妹妹一生之中，也只和岫南到过一次。她平白无故跑到那里干什么！"

马馥湘道："我听说，我那个杀我父母的王叔马希萼降唐之后，就被派往洪州镇守。虽然已经被调往外地，说不定……"

魏柳烟打断她的话道："你这是抓瞎！你和马希萼有仇，如霜妹妹和马希萼又没仇！刘府的仇人，一个是马希崇，一个是徐威，还有就是刘言和王逵。如今这些人，死的死，走的走，她上哪里去寻仇啊？"

马馥湘突然说道："我突然记起来，当年，李府惨遭灭门之前，朗人兵临长沙，采用剪羽之计要马希崇诛杀刘叔叔等十位大臣，我听说，这计谋是朗州掌书记李观象出的。他会不会去朗州找他报仇啊？"

魏柳烟笑道："姐姐是想找人想疯了吧？这剪羽之计，是不是李观象出的姑且不说，但李观象现在就在长沙，给周行逢当掌书记。如霜妹妹要找他寻仇，自然就得来长沙啊，还跑那么远干什么呢？"

马馥湘道："我是说，现在的仇家中，要么不在了，要么失踪了，就这个有些嫌疑的李观象尚在长沙。如果如霜妹妹知道，迟早会找过来。那么，我们就坐在长沙等她，一旦她回来，再也不能让她走了。"

魏柳烟听他这么一说，觉得这是让马馥湘放弃外出的好理由，于是赞同道："我误会姐姐了。姐姐说的是，我们就留在长沙，等她出现？"她突然想起什么，又说道，"姐姐，你这些年来，只顾着四处寻找如霜妹妹，你别忘了，你还是一位母亲。坚儿都四五岁了，一直留在瑶池由你婆婆带着，你也没回去看他一回。我想，他只怕连你这个母亲的模样，都不记得了。"

马馥湘闻言，立刻伤感起来："是啊，我这些年来，为了弥补遗憾，四处寻找如霜妹妹，把坚儿给忽略了。我是该回瑶池看看他了。"

姐妹俩正说着，突然管家来报，说有人求见小姐。魏柳烟一听，不悦道："管家爷，您没看见我这里有贵客吗？我们正商量事呢。不见。"

管家道："启禀小姐，来者说，有要事当面禀陈，十分火急，无论如何请求一见。"

马馥湘起身道："妹妹，来了客人，又有要事，你去忙吧。我也来了好一阵子了，也该告辞了。"

魏柳烟道："姐姐好不容易来一趟，怎么说走就走呢！留下一起吃午饭，我们还得好好聊聊呢！"

马馥湘笑道："你看你，还跟我客气啥？我如今不外出了，有的是时间过来。你忙你的，就别留我了。"

魏柳烟无奈地站起身道："唉，那好吧。麻烦姐姐记得常常过来，妹妹有空，也过去看你。"

"我，我们一言为定。"说着，马馥湘就告辞出门。

送走马馥湘，魏柳烟接待了来访者。她一看见来访者的衣着，就知道这位来访者很可能是李云博的人。虽然，李云博并没有告诉她什么，但她知道，李云博并没有真正遣散湘水台，而是转入地下，一直在秘密开展工作。看见来者施礼，魏柳烟连忙让座，又吩咐看茶。寒暄之后，魏柳烟道："今日贵客登门，又不自报家门，不知有何贵干？"

来者道："在下受大人差遣，不便透露身份，特来禀报一件魏小姐最为关心的事。

这事我们不好出面，小姐是最佳人选。不过此事绝密，烦请小姐借一步说话。"

站在一旁的管家道："敢问阁下，你连姓名都不通报，要我家小姐如何信你？"

来者道："小姐聪颖过人，不会不知道我从哪里来。既然心知肚明，就无须明知故问。"

管家道："我魏府官宦门第，书香之家，一直以礼待客。老爷定下规矩，非常时期，凡是来客一律通报姓名。可你说，你受人差遣有急事知会小姐，见到小姐一定通报，我就信了。可如今……"

魏柳烟连忙止住他道："管家爷，您别死死揪住礼节不放。魏府礼仪之家不错，可也得分什么时候。况且这位阁下除了不通报姓名之外，也未有其他失礼之处。好吧，你退下。"

管家急道："小姐，你让这个不明身份之人留下和您单独相处，万一出了意外，小的如何跟老爷夫人交代？"

魏柳烟道："管家爷过虑了。我虽然不认识他，也不知道他来干什么，但我知道，他从哪里来，肯定有特别紧急的事，他不会有什么恶意。你去吧，给我看好门，我不叫您，任何人都不许进来。"

"是，小姐。"管家犹豫一阵，还是关上厅屋的门，出去了。

见管家出去了，来者拱手道："魏小姐果真卓尔不凡，不仅猜出我从何而来，还对在下信任有加，在下佩服之至！我家大人知道小姐府上会有这么一出，特意带来了印信，秘密送给您急用。这是本门绝密，万望切切收好。有此为凭，小姐应该对在下深信不疑了吧。"说着，掏出一块紫色腰牌，站起身双手递了过去，"我家大人还说，如若小姐有困难，随时可以去湘思居，也就是原来的驸马府找他。"

"从你进门那一刻，本小姐就知道你是何门何派，没有丝毫怀疑。"魏柳烟吃了一惊，更确信了自己的判断。她连忙起身接过，只见这块紫色印信上铸有"泰平阁"三个篆字，一时间惊喜不已。她赶紧将印信收好，施礼道，"承蒙贵阁抬举，居然将如此绝密物件交与小女子使用，真是受宠若惊！麻烦您跟我来，我们找个僻静的地方说话。"

魏柳烟带着他进了后堂一间小的密室，请他坐了，说道："这里绝对没有耳目，阁下有何吩咐，就请直说，小女子一定尽力而为。"

来者道："近几年来，在下受大人差遣，专门负责寻找刘紫使下落。可是探访多年，一直毫无结果。近日，我等在朗州德山上的翠雪庵发现一尼姑，很像是刘紫使。但是我等不好接近，难以证实她的身份。在下派人盯紧尼姑，回来向大人禀报，讨教指令。大人寻思再三，觉得魏小姐曾和刘紫使是世交姐妹，感情要好，而且机敏过人，想请小姐借上香之际接近她，看个究竟。如若是刘紫使，我们再禀报少主，由他定夺以后事宜。"

听了来者的一席话，魏柳烟喜不自胜：天天盼望的刘如霜音讯，虽不确切，但终究还是有了下落。她连忙施礼道："多谢阁下数年来苦苦寻觅，小女子代表她已过世的家人感谢你们。我一定听从贵阁安排，前往翠雪庵烧香。"

来着也站起身还礼道："小姐客气。我等奉命行事，追觅多年，由于势单力薄，大海捞针，如今才有一点消息，真是愧对大人器重，辜负众人期望。那好，既然小姐欣然接受，在下就回去复命，安排好之后，在下会恭迎小姐启程。事不宜迟，在下不便久留，就此告退。"

魏柳烟点点头："好，小女子静候佳音。阁下请。"

魏柳烟带她出了厅屋，只见管家招呼了许多家人，手持兵刃在门前焦急地等待。见他们出来，管家才放下心来，对众人道："小姐没事，都散了吧。"

魏柳烟不悦道："管家爷，您这是干什么？这就是你说的魏府是官宦门第，是礼仪之家？这事儿，绝不能有第二次了！"

管家一时理亏，但又有些不服气："小姐，俗话说，害人之心不可有，防人之心不可无。小的这是以防万一！"

来者笑道："魏小姐别责怪他们了。有这等忠心耿耿的家人，是您的福气。"他又拱手对管家道："在下冒昧打扰，还望管家海涵。"

管家也拱手道："得罪得罪！小的好奇，究竟是何等绝密的事，居然只能和小姐一人面谈？老爷要是问起这不速之客来，小的怎么回话？"

魏柳烟笑道："实话实说呗。这位兄台的大人，是朗州府内一位青年才俊。他对本小姐仰慕已久，说是要遣人上门提亲，又怕本小姐不答应，于是派这位阁下来探探口风。对了，这里还有他写的诗稿呢，管家爷要不要瞧瞧？"

管家一愣，知道自己管多了，连连摇手道："不不不，小的不懂诗，也丢不起那个人。"

来人一听，附和道："我家大人可对小姐是仰慕已久，小姐能否再考虑考虑？"

魏柳烟道："谢谢大人垂青。我心意已决，还望你家大人多多见谅。"

管家一听，明白过来小姐拒绝了，赶紧说道："小姐，你也真是，都二十好几了，还待字闺中！唉，都是那个什么狗屁神童，害得我们家小姐……"

魏柳烟怒道："怎么了，管家爷？当着来客的面，说起粗话来了？"

管家自知失态，连忙闭了嘴，拱手道歉，又引着来者出门去了。

魏柳烟看着他们出了门，心里一阵激动。她一高兴，忍不住哼起长沙胡同小巷里的民谣小调来：

白沙井，历史久，一年四季不断流。

可当镜，照油头，美得浣女难罢休。

舀一瓢，喝两口，沁人心脾爽悠悠。

挑一担，走几走，清澈透明桶里留。

烹老茶，酿新酒，甘香醇厚绕梦游……

这天晚上，魏迪勋因为公务回来较晚，一进门，管家就将上午发生的事如实说了。他一听说朗州有位青年才俊派人造访，而且是仰慕魏小姐已久，害怕像其他人一样被断然拒绝，于是差人投石问路，没想到还是被魏柳烟委婉谢绝，很是生气。立即命管家把小姐叫到书房来，他要好好教训这个赖在家中不肯嫁人的"不孝女"。

魏柳烟听到父亲传唤，十有八九知道他要干什么，于是赶紧起身往书房赶。刚要进门，只听魏迪勋当着夫人的面在数落着："这死丫头，都是你这当娘的惯坏了，真是要气死老夫吗？人家派人过来探口风，你连见一见都不愿意吗？我魏府也算一个官宦之家，有个老大不小二十好几的千金小姐，死活嫁不出去，你让我这老脸往哪儿搁？"

魏夫人流着泪，说道："她不嫁人，怎么就是我惯的呢？你这当爹的，什么都由着她，现在老了，嫁不出去了，就埋怨起我来了……"

魏柳烟进了门，跪在地上大声说道："不孝女魏柳烟跟父亲母亲大人请安！"

魏迪勋见她进来，没好气地说道："请安请安，你要老在娘家闺阁，我跟你娘能安然吗？起来吧。你自个儿说说，怎么回事？"

魏柳烟起身，笑道："爹爹急什么！你不是说过，只要女儿不满意，你和娘亲都不会逼我出嫁。话都是你们说的，你们可别赖我不懂事啊！"

魏夫人道："可你也不能一个都不满意，这辈子不嫁人吧？"

魏柳烟道："当然不会！娘亲，您别急嘛，女儿相信，总有一个会满意的。"

魏迪勋道："我看，这一次，要来狠的，决不许你挑三拣四。既然朗州胡公子对你有意思，就这么定了，我明天派人去提亲……"

"爹你是病了还是疯了？"魏柳烟制止道，"朗州胡公子，你听说过吗？女儿嫁人，总得弄清楚有没有这个人，或者家境怎样，人才又如何，你们不能因为我年纪大了，就随便找个人嫁了吧？"

魏夫人瞪了女儿一眼："哪有像你这样挑三拣四的！自古以来，婚姻大事，都是父母之命媒妁之言，就你偏要看看人才如何，家境怎样，你这是要把我跟你爹愁死！"

魏柳烟故意赌气道："好，你们想早些丢包袱，我也无话可说。那好，我就听你们的，嫁到朗州去，一辈子也不回来！"

魏迪勋道："你们娘儿俩都别争了！这事儿，虽然急，但也不能什么情况都不知道，就答应人家。我看这样，既然是朗州府里的青年才俊，那我就敢肯定，一定能打听得到他的情况。等情况清楚了，我们还是按照老规矩，你乔装打扮，去朗州暗地里瞧瞧这个胡公子，看上了的话，就立即提亲，年内完婚。我可把丑话说在前头，不管这次究竟如何，今年年关以前，你必须嫁人，否则，我就将你赶出家门！"

魏柳烟一副迫不得已、勉为其难的样子："是，爹！哼，要是被赶出去更好，那就没人天天催我嫁人了！"

◆ 五、上香翠雪庵，刘如霜心如止水 ◆

过了几天，魏柳烟遵照父母的旨意，女扮男装，暗中会同泰平阁密使，悄然前往朗州，名义上是暗中看看那个在朗州都督府当差的"胡公子"，实际上是和泰平阁密使一起，证实翠雪庵那个尼姑是否刘如霜。他们一行连朗州城都没进，就径自前往城郊德山上的翠雪庵进香去了。

深秋的德山掩映在一片苍松翠柏之中。魏柳烟一行拾级而上，来到翠雪庵前，她让密使们庵外等候，自己带着两个和她一样女扮男装的丫鬟，进庵上香。

从斑驳的门墙和陈旧的壁画来看，这翠雪庵倒是有些年月了。进门以后，却发现里面很狭小，门内就是正殿，神龛上供奉着观世音菩萨的坐像，也是颜色黯淡，一副落寞景致。殿内香雾缭绕，木鱼钟磬之声不绝。中间的香案前，一位中年尼姑闭目诵经，左掌竖立胸前，右手敲着木鱼，几位善男信女正在案前焚香祷告。左边是买卖香烛供品的地方，一位年轻尼姑正在忙碌，右边是一位老尼，正在为香客们解祸禳灾。魏柳烟没想到，如此破落的小庵，香火居然如此鼎盛。

魏柳烟仔细观察一阵，发现大殿里就三位尼姑，都不是刘如霜。她有些失望，于是带着两个丫鬟闪进后堂，没想到观世音的后背，居然有个后门，于是走了出去。

这正殿的后面，倒还宽敞。中间一块空地，一条石板路直通后边禅室，路两边有几株参天古木，下面种着一些菜蔬，再往后，左右两边都是厢房。她四处转了一圈，发现除了一位正在阶前打扫的老尼姑以外，再也没有其他人。她于是上前施礼道："敢问师傅，这翠雪庵一共有几位僧尼？"老尼抬起头，茫然地看了她一眼，又继续扫地。魏柳烟见她表情木然，估计是位聋哑人，于是比画着说道："我是问，这座佛庵里，一共有几个僧尼？"

这回老尼似乎听懂了，咿咿呀呀跟她比画，又伸出左手卷起大拇指，示意她是四个。魏柳烟想跟她继续打听，但看见她如此费劲，估计也难有什么情况，于是就告辞，往正殿里走。她一边走一边寻思：总共就四个人，都不像是刘如霜，看来，这趟白来了。可是转念一想，刘如霜的模样，泰平阁密使不可能不认得，根本没必要请自己过来近距离辨认。而且，她记得为头的密使还说过，这个小庵里，有位年轻的尼姑面容虽然相差甚远，但身影很像刘紫使。她突然想到，刘如霜会不会乔装打扮呢？于是赶紧起身，入了大殿，径自往正在卖香烛的年轻尼姑那里走去。

"麻烦师傅请两炷高香，两对红烛，四叠冥钱，本少爷要拜拜观世音菩萨，求她保佑父母康泰。"魏柳烟来到左边案前，一边紧紧盯着年轻尼姑看，一边大声说道。

"四钱银子。"年轻尼姑回应一句，看也没看她一眼，就低头帮她取来香烛冥钱，一样样摆在柜台上。

可是，这声音太耳熟了！魏柳烟一下子听出，这是刘如霜的声音。她们两姐妹从小一起长大，成年后又亲如姐妹来往不断，尽管这声音不像以前那样天真而且充满豪情，但这平淡而沧桑的声音，依然是那样的熟悉。为了印证自己的猜测，她从丫鬟手里取来银子，递过去继续说道："小师傅，给！这是一两官银，剩下的就当捐赠，不用找了！"

年轻尼姑接过银子抬起头，突然愣在那里。她呆呆地望着魏柳烟，嘴唇嚅动了一下，似乎想说什么，但马上就停住了。她意识到自己失态，连忙施礼道："多谢公子慷慨解囊！小尼这就给您把祭品拿过去。还有您这捐赠的钱，得另行登记入簿。"她一边说着，一边动手忙碌起来。魏柳烟跟在她身后，发现这尼姑的背影，几乎和刘如霜一模一样！魏柳烟看到这个背影，激动得热泪盈眶！

从说话的声音和刚才的背影，特别是她看见自己的表情，魏柳烟断定，这个小尼姑，就是刘如霜无疑了。她压抑住内心的兴奋，可是转念一想，这面容，为何差别如此之大呢？带着疑问，她没有声张，默默关注着她的一举一动，耐心等待着与她相认的时机。

魏柳烟上完香烛烧完冥钱，又跪在蒲团上做了一通祷告，默默祈求观世音菩萨保佑刘如霜妹妹能平安无事，并与她相认。忙碌一通，就睁开眼起身，却发现刚才那个很像刘如霜的年轻尼姑不见了，这让她顿时傻了眼。她一时慌了，连忙跑到正在替人禳灾的老尼姑跟前，焦急地问道："师父，刚才那个卖祭品冥器的小尼姑，去哪儿了？"

老师父正在替人渡关解节，根本没有理会她，依然口中念念有词。魏柳烟仔细一听，似乎说着什么"……文殊师利菩萨、观世音菩萨等而为上首。皆悉通达大深法性，调顺易化善行平等。修菩萨道。一切众生真善知识。得无碍陀罗尼。转不退法轮……"，估计是哪部佛经内容，她听也听不懂，于是只得耐着性子等她忙完，见她打发这位香客走了，这才客气地问道："敢问师父，晚生……"

"你要问刚才那位小尼姑哪里去了不是？"没想到老尼打断她的话，板着脸看着她，反问道。

魏柳烟一惊，但马上赔笑道："是是是！师傅真是菩萨转世，居然如此料事如神。师父在上，请受晚生一拜！"说罢，就要行大礼。

"她不是在那边吗？"老尼朝旁边努努嘴，没好气地说道，"她刚才，去茅房了！"

魏柳烟朝对面望去，只见她真的回来了，又在那边帮人卖祭品冥器。她长长舒了口气，拱手对老尼说道："多谢大师指点迷津！大师厚恩，晚生没齿不忘！"说着，就要赶过去。

"你给我站住！"老尼站起来，对她喊道，"贫尼这翠雪庵，可是佛门清净之地，怎容你这好色之徒放肆！"

魏柳烟大惊失色，连连解释道："师父误会！晚生一路赶来，路途遥远，已经口干舌燥，困乏得很……哦，适才晚生跟她说，烦她为我主仆三人收拾间茶房，容我等歇息一阵，顺便用些斋饭茶水，等会儿还要赶回去呢……至于费用，晚生可以多拿一些……"说着，就命丫鬟拿银子。丫鬟掏了一阵，将钱袋子递给魏柳烟。魏柳烟将手伸进去，抓了一大块，足足有十两，双手捧上，恭恭敬敬地递给老尼。

"原来这样！"老尼不接她的银子，若无其事地坐下来，渐渐舒缓了僵硬的面容。但见她对那边喊道，"灵姑，这几位施主要进茶吃斋，你领他们进厢房茶屋去吧。他出手阔绰，这些银子，就当是他沐浴佛光，开悟妙谛，感恩布施，捐赠佛门吧！"她又警惕地盯着魏柳烟道："老尼警告你，这佛门圣地，你可别心怀不轨，妄生邪念。观世音菩萨就在你头顶上盯着。施主好自为之，阿弥陀佛！"

小尼姑遵照师父吩咐，带着魏柳烟一行出了后门进入茶堂。她安排她们几个坐定，就吩咐厨房准备斋饭，又过来端茶送水。魏柳烟喝着茶，对小尼姑说道："敢问小师傅法号，俗家贵姓？"

小尼姑道："小尼法号灵妙，大家都叫我灵姑。俗家姓李。"

魏柳烟道："小师傅很像我一位失散多年的妹妹。敢问小师傅，你是哪年出家的？"

小尼姑道："小尼自幼父母双亡，被师父收养，从小就出家了。"她说着，就施礼道，"施主慢用，等会儿斋饭好了，小尼就吩咐厨房端上来。小尼还要去前殿招呼其他施主呢。"

魏柳烟突然看见她的下颚边有一道皱痕，顿时起了疑心，笑着道："小师傅等等，我看你脸上，好像有点污了，像是粘了什么东西……我这里有手绢，帮你擦擦。"说着，就起身掏出手绢，要帮她擦拭。

小尼姑慌了，连连躲闪道："施主自重！古人云，男女授受不亲。更何况小尼一个出家人，怎敢劳施主大驾？"魏柳烟趁她不备，要撕那道皱痕。那小尼姑慌乱之中一掌过来，将魏柳烟击倒在地。

小尼姑一看魏柳烟倒在地上，连连说"对不起"，上前扶她起来。两个丫鬟也大吃一惊，赶紧上前去扶魏柳烟。魏柳烟趁着混乱，一手撕掉她脸上的面膜，小尼姑顿时露出真容来：这张熟悉的脸，除了多出几块疤痕，就是她魏柳烟朝思暮想的刘如霜！她一把抱住刘如霜，号啕大哭道："如霜妹妹，你怎么这么狠心，丢下我们就走了……你让姐姐找得好苦啊……"

刘如霜愣在那里，半晌没有出声。她易容隐身翠雪庵数年，如今被魏柳烟发现，她还有什么好说的呢？

"妹妹，我们终于找到你了！我再也不让你离开我们了！"魏柳烟说着，紧紧抱住她，生怕她又离她而去。

两位丫鬟见状，连忙施礼道："奴婢这厢有礼了，见过刘小姐。"

刘如霜百感交集。她淡淡说道："两位免礼。我早就家破人亡，如今已遁入空门，再也不是什么千金大小姐了！"

一个丫鬟道："小姐跟我们回去吧。馥湘公主这些年什么都不干，就是四处寻找您。还有瑶池李少爷，他也在等您回去啊！"

魏柳烟也说道："如霜妹妹，岫南一直在找你……"

刘如霜打断她的话道："求你别说了！自我来到这翠雪庵，就不再关心什么姐姐妹妹，什么岫南岫北，我真的不想听！你们慢用，小尼告辞！阿弥陀佛！"说着，就挣开魏柳烟站了起来，又合掌施礼，快步出了茶堂。

"你等等……"等魏柳烟反应过来，连忙从地上爬起来，赶到门口，刘如霜早已不见踪影。她又赶到前殿，也没有发现刘如霜。这时候，她倒冷静下来，觉得还是跟这里的师父说清楚为好。于是走过去，说是出了大事，好说歹说把老尼姑拉到茶堂，就一五一十地把所有真相告诉了老尼姑。又掀开纶巾将长发垂下，显出女儿本色来。又吩咐两个丫鬟也一样做。

老尼姑听完她的叙述，又看见她们的确是女扮男装，相信了她们，也为她们数年来一直没有放弃寻找刘如霜而深深感动。她感慨道："老尼真不知道，这灵姑居然是长沙名臣刘侍郎的后人……阿弥陀佛，罪过罪过！"于是就将如何救下了刘如霜的前前后后都告诉了魏柳烟。

情况大致是这样的：三四年前的一天，老尼姑前往德山顶上采药，在悬崖下捡到一个气息奄奄的姑娘。当时，发现这个姑娘时，老尼姑以为她死了：满脸是血，浑身重伤，已无呼吸。她仔细摸摸，发现这个姑娘还有心跳，胸口也是热的。于是赶紧将她背回翠雪庵，想方设法将她救活，又开方配药为她治伤，经过几天，她便苏醒过来。她醒来的第一句话就是："为什么不让我死？大仇未报，我还活着干什么……"老尼问她的情况，她什么也不肯说。老尼姑也没再问她，继续慢慢帮她调理，两个多月后，姑娘便渐渐康复。老尼姑白天很忙，晚上就陪她聊天，她仍然不怎么说话。突然有一天，她主动告诉师父，她姓李，名叫灵雨，长沙人氏，父母被歹人所害，这几年一直在寻仇。老师父就天天开导她，为她诵经讲法，让她忘掉仇恨，忘掉过去，忘掉世俗红尘，早些脱离苦海。就这样她渐渐迷上佛学，而且很有佛缘，颇具慧根，几年下来觉悟很多。这后来某一天，她突然说道：师父，您收我做徒弟过吧，我跟您出家。就这样，老尼姑收了她做入室弟子，发号灵妙，并将平生所学都传授给她，要她将来传承衣钵，执掌翠雪庵。这以后，她就彻底改变了，再也不提什么报仇雪恨之类的事了……末了，老尼姑道："这姑娘的身世，一直是个谜。你们如今找上门来，老尼我才知道真相。现在回想起来，刘府世代显赫，没想到被满门抄斩，如此深仇大恨，她受我佛点化，渡过劫难而皈依佛门，也算一大幸事。阿弥陀佛。"

魏柳烟听了她的介绍，无不感慨地说道："如霜妹妹出身名门，祖辈父辈们视若掌上明珠。她能文能武，兼具一副侠肝义胆，没想到被一场灭门之灾所害，不计后果地开展复仇行动。我不知道后来究竟发生了什么，使她万念俱灭、但求一死，说明她复仇无望，很可能是选择了轻生。如今她遁入空门，这可如何是好？"

老尼姑道："人生因果，常常荒诞不经。但无论红尘之中多么显耀，都会是一场虚空，经历怎样的劫数，也不过是灵魂的生死轮回。或许这一世，皈依佛门就是她的定数。阿弥陀佛。"

魏柳烟叹道："唉，这可如何是好？他的未婚夫家，我们全家以及几个世交家族都在寻找她，多少年了，如今终于找到了，可她偏偏削发为尼，我又如何向这么多关心牵挂她的人交代？"

老尼姑道："她既然心意已决，只怕是谁也劝不了她，她的性情老尼还是了解的。施主放心，我们出家人一切随缘，如若她愿意还俗，老尼决不强行阻拦。"

魏柳烟喜道："多谢师父成全，小女子和她情同亲生姐妹，一定能劝她回去的。"

老尼姑合掌道："但愿如此，阿弥陀佛！"说着，就带着魏柳烟来到刘如霜的禅房。推门进去，只见她静静地坐在蒲团上发呆，看到师父进来，连忙起身施礼。

老尼姑道："灵姑，你的一切这位姑娘都跟我说了。既然这么多人都在寻找你，这么多年一直都未放弃，足见他们对你牵挂之深。你的这位姐姐想你跟她回去，你自己决定吧。"又转身对**魏柳烟**道："施主，你和她好好聊聊吧，多年不见，你们肯定有很多话要说。老尼先去忙，等会儿斋饭备好，老尼差人请你们过去。"说罢，就抽身关门去了。

魏柳烟上前，又一把抱住刘如霜，失声痛哭。刘如霜也难以抑制自己的感情，跟着哭了起来。两人哭了好一阵子，渐渐平复下来。**魏柳烟**道："妹妹，你跟我回去吧。"刘如霜没有吱声，只是一个劲地摇头。**魏柳烟**道："妹妹，姐姐跟你说几件事吧。咱们先说岫南。她自你出事之后，就极力和南唐斡旋，甚至主动退让，献出火药绝密，由此获得南唐信任，驸马府的爆炸案，被定论成刘成璧调戏妇女，死有余辜，馥湘公主被无罪获释，你的通缉也被撤销。那年秋天，岫南联合朗州大破南唐，又协助周行逢初步实现了湖湘一统。你是巾帼不让须眉的豪门侠女，饱读诗书，浑身武艺，现在正是你大展宏图的时候啊。"

看见刘如霜仍没有作声，**魏柳烟**继续说道："妹妹，姐姐跟你说，自从你失踪之后，岫南就一直未谈婚论嫁，他是在等你呢……"

"什么，岫南哥哥还没有谈婚论嫁？"刘如霜听她这么一说，忍不住插话道，"我以为，你们早成眷属了。"

魏柳烟道："妹妹，姐姐跟你说，岫南是君子，他不会言而无信。他说过要娶你，就一定能做到。这辈子，姐姐和他永远是好姐弟，这一点，你要绝对相信我们。"

刘如霜又问道："那个名叫秋月的小妾呢？"

魏柳烟道："秋月很不幸啊。那年大破南唐，她被江世敦抓获作为人质要挟岫南，在乱战中为了救岫南，挡了贼人一支毒箭，死了。还有她肚子里都快六个月的孩子……"

"阿弥陀佛，罪过罪过！"刘如霜听罢，连忙合起双掌，祈祷起来。

魏柳烟又道："我们再说说馥湘公主吧。自从你离开后，她觉得是她连累了你，于是什么事都不干，一心一意四处找你。她每月外出一次游商，一住就是十天半月，几年来周边州县都去了。对了，她还卖掉所有值钱的家当，从一位朗州将领手中赎回了你们家的府第，说是等你回来，好有地方住。作为母亲，她连儿子都顾不上，几年来就是前不久去看过一次。坚儿都快五岁了，居然不认识她了……"

"真是难为馥湘姐姐了……"刘如霜听到这里，忍不住又泪如泉涌。

魏柳烟继续说道："这些年来，你们的泰平阁按照岫南和左老大人的旨意，一直有一个统领负责，在专门寻找你。他们日夜奔忙，这大江南北差不多被他们挖地三尺地翻了一遍。我能来这，就是那位统领发现这翠雪庵有一位尼姑的背影很像你，于是请我过来帮忙辨认……"

"你们大可不必这样啊……"刘如霜情不自禁地说道。

魏柳烟觉得时机成熟，于是问道："妹妹，这么多人都在牵挂你，你能告诉姐姐，这些年来，你是怎么过的。特别是究竟发生了什么，让你万念俱灰，遁入空门？"

刘如霜道："我现在过得很好，一心念佛诵经，参禅悟道，这应该就是我的命。事情都过去了，过去的事我都已经忘记，您要我说什么呢？麻烦姐姐就别问了。"

魏柳烟道："既然你不想说，肯定有难言之隐。不说就不说吧。姐姐求你，你跟姐姐回去吧，好吗？"

刘如霜道："我已出家，就不可能回头了……"

魏柳烟道："出家怎么了？出家可以还俗嘛，刚才姐姐问过师父了，她说，一切全由你定夺。"

刘如霜叹道："姐姐你不该来啊！我本已忘却仇恨，忘却过去，忘却尘世，你来了，又搅动了我的凡心。这几年来，我真的过得好啊！"

魏柳烟以为她动心了，赶紧说道："人怎么可能忘掉一切呢！人食五谷，有七情六欲。你年纪轻轻，就这样天天木鱼石磬，夜夜青灯古佛，孤寂一生吗？更何况，你若就此皈依佛门，让我们这些牵挂你的人，会一辈子不安心啊！"

刘如霜道："姐姐这样说，我就更不能回去了！既然已经欠下孽债，就不在乎多少了。佛家有云：苦海无边，回头是岸。我既已脱离苦海，无论如何也不可能回去了。我求姐姐一件事，你无论如何得答应我。否则，你此生就再也见不到我了。"

魏柳烟大惊，赶紧说道："妹妹请说，无论什么事，姐姐都答应你。"

刘如霜道："是这样。我出家这件事，只能有你一个知道。你回去跟他们说，翠雪庵这个尼姑，不是我刘如霜。也请你转告岫南哥哥和馥湘公主，就说刘如霜死了，麻烦他们别找。如若姐姐不依，妹妹我只有死路一条了。"

魏柳烟一听，知道多说无益了。看来，这一时半会儿要劝说她回心转意，是不可能了。只有多来几次，甚至让她换个离长沙近一点地方经常来往，或许能有转机。她想了想，于是说道："好，姐姐答应你。你就安心侍佛参禅，悟道修行吧。"

刘如霜道："多谢姐姐成全。"

魏柳烟道："那好。你也答应姐姐一件事。"

刘如霜道："姐姐请说，我尽力而为。"

魏柳烟道："这翠雪庵，远在朗州，姐姐经常过来看你也不方便。不如换个地方。我听说东华山的东华寺下边，也有一处庵堂，妹妹不如转到那边去，一样能够皈依佛门。那里离长沙近，姐姐也好经常过去看你。"

刘如霜道："这个，我不能答应你。这修行是佛，离城市越远越好。更何况，师父将毕生所学传授与我，是要我继承衣钵。我怎能辜负她呢？"

魏柳烟道："你若不答应姐姐，我也就不答应你的委托。我跟你保证，只要你过去，姐姐绝对替你保密。至于师父那边，你不用担心，我会跟她说，也会替她找一个继承衣钵的尼姑来。妹妹，你再考虑考虑，如何？"

刘如霜思虑良久，说道："那好，我也愿意天天看到姐姐。你要跟我保证，我出家的事，只能有你一个人知道。"

魏柳烟大喜："姐姐指天为誓：如若泄露妹妹出家的事，我魏柳烟天打雷劈，不得好死！"

刘如霜连忙制止道："好了好了，姐姐快别赌咒了……"

六、拒绝潭州任事，两人不欢而散

这年初冬，周行逢到醴陵大营巡视军务，顺道来瑶池探望李云博，李云博热情地接待了他。两人把酒言欢，甚是投机。酒过数巡，周行逢道："岫南贤弟，老周我多次邀请你出来任事，潭州刺史，武平军节度副使随便你挑，你一直说考虑考虑，都快过去半年了，还没考虑清楚？你出山吧，帮帮我。"

李云博道："多谢大都督盛意。近年来，家中变故甚多，特别是两位兄长先后为国捐躯，祖父又年事已高，父亲又一心向佛不肯回来掌事，我只得留下来主持家族大局。我要一走，这副担子没人挑啊。更何况在下已无意仕途，但求在乱世之中过一些平凡日子，此生足矣。如今魏迪勋大人权知潭州都快两年了，我看他是个理政能臣，上奏朝廷任命他为刺史，已经顺理成章。何必一定要我出来呢？"

周行逢见他直接回绝，很是郁闷。他端起酒杯一饮而尽，猛然问道："岫南，你是不是觉得一州刺史太小，不够你施展大才？要不，我们上奏朝廷，重开长沙府，等到恢复了楚国旧制，你来出任天策府左司马，总领国政，一人之下万人之上，如何？"

"什么？你想称王……"李云博正夹着一大筷子菜蔬往嘴里送，听到他的话，一着急嚼也没嚼就往肚里吞，被噎得半死，好半天才缓过气来，"这是谁的主意？只怕又是那个自以为是的掌书记李观象吧？"

周行逢有些不好意思，笑了笑说道："岫南你紧张作甚？你也真是行啊，一下子就猜到是他，许多将领也都有此意。不过，老兄我不为所动。"

李云博喝了口茶，被呛的滋味好受些，他严峻地看了一眼周行逢，道："我说周将军，你觉得统一了湖湘，就有实力开府称王称霸吗？一点小成功，可不能野心膨胀啊！如今湖湘大地刚刚安宁，目前最重要的事情，就是减轻税赋，奖励耕织，发展经济，壮大实力。你倒是好，居然为了自己的称王梦想，又想折腾了不是？"

周行逢有些不痛快了："哎呀，我也就是随便一说，我怎能听信他们呢！不过，要想湖湘立于不败之地，这建国之事，迟早要摆上议事日程。"

李云博道："兄台，此言差矣！马氏楚国灭亡后，南唐图楚又惨遭失败，淮南一战南唐已经元气大伤，丢了淮南还降格称臣，已经失去了竞争天下的资格。如今天下诸侯已经认同湖湘大地归属北方朝廷，因此近几年来，你才有精力收拾其他割据势力。你是不是觉得，你的实力很强，周遭诸侯不敢惹你？你错了，南唐也好，南汉也罢，甚至荆平小国都不是怕你，而是怕你背后那个强大的周朝。如今称臣大周，虽然委曲求全，但也是韬光养晦时期最好的自保策略，将来很长一段时间，都得继续坚持。如若为了一个名不副实的封号，成为天下诸侯人人共诛的对象，到时候羊肉没吃到，还弄得一身骚，何苦呢！更何况，你已经实际拥有湖湘大地的治权，已经是名副其实的长沙之主，周老兄，我们根本没必要冒险啊！"

周行逢连连点头，诚恳地说道："岫南所言甚是！自马氏兄弟争国以来，连连征战，国力大亏，好不容易安定太平了，也得让父老乡亲过几天好日子。我老周不要虚名，只要这来之不易的实际。你放心，我一定不会干这祸害自身、祸害家园的蠢事。不过，要想父老乡亲长长久久过上好日子，就得励精图治、推行新政，魏迪勋、李观象他们，都难当此任。岫南，你还是出来，帮帮我吧，帮帮家乡父老，我们真的很需要你。"

李云博笑道："你这样想，很好。不过，我不出来任事，一样可以帮你啊。就像以前那样，为你幕后谋划，不一样助你统一湖湘大地了吗？我如今致力于家族爆业繁荣，编炮销量与日俱增，这其实也是帮你充盈府库啊！"

周行逢无可奈何地摇摇头："人各有志，不能强求。我老周真不明白，你是治国之才，为什么要沉迷于这等家族经济事务？你不在，你二叔年富力强，家业也一定能够兴旺发达。"顿了顿，又道："其实你们家族的火药，不仅可以富国富民，而且可以强国强军。你既然执意不肯出来理政，就帮我建一支炮火军队如何？保家卫国，自然离不开先进的武器啊。"

李云博听了，心中很不是滋味，原来，周行逢也一直惦记着他们家族的绝密。而且刚才的一通对话，看似酒后顺及，但李云博敏锐地觉察到了周行逢权力膨胀之后更大的野心，一时间不寒而栗。

周行逢见李云博埋头苦干没有吱声，以为他默认了，于是继续说道："淮南一战，大周爆战军不仅威震江淮，而且名扬天下。这炮火武器，是安邦定国的一大利器啊。南唐炮火营举迁瑶池，还成立了炮火军，赶走他们后，这些营盘设施一应俱全，只要稍加修缮就可以用了。钱财人手甚至官职，你尽管开口。"

李云博抬起头来哈哈大笑："周将军真会说笑话！你以为有了炮火军队，就能无敌于天下吗？南唐的教训，已经足够深刻了！你为何还要重蹈覆辙？"

周行逢脸一下子黑了，冷冷地说道："我们情同手足，唇齿相依，为了三湘四水父老乡亲的安宁与幸福，你李云博为什么要吝啬家里的火药绝密呢？"

李云博道："不是吝啬，你要炮火武器，我可以帮你制造一些，但不能帮你训练专门的炮火军队，这是为你好，也是为我好。"

周行逢被他说得一头雾水："此话怎讲？"

李云博笑道："如若我帮你做这件事，只怕兄弟都做不成了！"

周行逢更加蹊跷："为何？"

李云博正色道："这中间，至少有两条理由。其一，如今湖湘已经向中原称臣，这已经不是原来马楚小国对中原宗主国的臣服，而是地方对中央的服从。你扩军备战，大肆发展新式武器来装备军队，中原朝廷会怎么想，你想过没有？"

"是啊，如若中原朝廷知道，还以为我周行逢有二心呢！"周行逢如梦初醒，"那还有一条呢？"

李云博道："兄台你再想想，我李氏家族里，已经有了一支边防军，全部是神刀营的乡勇改编的，如今由我三叔五叔担纲，在醴陵帮你镇守南大门。如若我在瑶池帮你操练建炮火军队，你周老兄还能在长沙睡得着觉吗？你不怕哪一天你得罪了我，或者我李云博看你不顺眼了，两个时辰就可以攻占长沙。你希望这样的事情发生吗？"

"这……你不会的。"周行逢听他这样一说，顿时直冒冷汗，"你李云博既是我的恩人，我们又是患难之交，你不可能这样对我！"

李云博问道："我问你，当年你们朗州起事时结义的十兄弟，哪个不是患难与共？这些人，如今只剩下你和衡州刺史张文表了，那八个兄弟，不都是因为权力或者恩怨，死于非命吗？"

周行逢火了："他们一个个要么诛杀上司，要么聚众造反，还有的尽干些祸害百姓的事。这十兄弟的关系，怎么能和你我之间一样呢？更何况，潘叔嗣是你一定要我杀的，我本来不想杀他。"

李云博道："潘叔嗣是以下犯上，这是十恶不赦的大罪……唉，跟你讲不清。他们之中，有些人的确过分，但有些人也罪不至死，可你想方设法把他们都处决了。你难道能够保证，自己将来一点错误都不会犯？过去很多王室里，为了争夺权力，兄弟相残的比比皆是，刚刚灭亡的马楚王室就是例子。所以啊，利益面前，特别是权力面前，这些都是讲不定的……"

"好了好了，我老周就一粗人，大道理讲不过你，你不愿意建炮火军就算了，东拉西扯干什么，真是！"周行逢说着，窝了一肚子火，将杯中的酒一饮而尽，又将杯子狠狠地砸在桌子上。

李云博把他的酒杯添满，说道："周兄，别生气嘛，这真的是为我们好。常言道，兄弟莫合伙，合伙恩怨多。牙齿和舌头都会有打架的时候。你如今执掌了湖湘权柄，我就做个乡间隐士，不对你构成威胁。你有难处来找我，我有空去你府上坐坐，闲来饮上几杯，忙的时候打个照面，常来常往，不涉是非，有什么不好？君子之交，就该淡如水嘛。"

周行逢听着听着，不说话了，只是一个劲地饮酒。李云博觉察到，他们之间开始有了隔膜。他很后悔，自己不应该把这些本该埋在心里的话，都讲出来。看来所谓的知己，一旦在地位上有了悬殊，就不能掏心窝子了。古人说得好啊，时位之移人！

正当两人有些别扭的时候，邱氏带着两个姑娘前来添菜，见他们闷声不响，很是奇怪。周行逢连忙站起来行礼："侄儿跟婶婶道安，有劳婶婶费心！"

邱氏还礼道："周将军别客气，您又不是第一次来，就当是在自己家里，别多礼了。"上完菜，就要走。突然想起什么，回来又道："周将军，刚刚得知你来了，也没什么好东西送给你。夫人有风湿，家里还有半坛虎骨玉液酒，你带过去；另外还准备了两封文家市油饼，权儿爱吃，装了几篓特制的长挂编炮，他也爱打个响儿……走的时候，要记得带上！"

"婶婶太客气了，愚侄替贱内犬子谢谢婶婶！"周行逢说着，突然看见其中一个漂亮的姑娘很是眼熟，而他的穿着一点都不像普通丫头，瞪着看了一阵，就是想不起来。李云博笑道："你是不是看上这个姑娘了？"

周行逢笑道："我老周是那种人吗，会夺人所爱吗？我是觉得这丫头，在哪里见过，可有一时半会儿又想不起来！"

李云博没好气地说道："周大都督真是贵人多忘事啊！你吃了她家多少次饭了，还把别人给忘了。"周行逢又瞅了一阵，还是想不起来是谁。

邱氏笑道："大都督，这个姑娘，不是丫头，而是金刚头刘掌柜的大小姐……"

"原来你是花儿！天啦，三四年不见，都长成大姑娘了！"周行逢恍然大悟，自作聪明地说道，"花儿，恭喜你啊，居然嫁进了李府……"

刘杜鹃脸一红，问道："谁嫁进了李府？"

周行逢道："当然是你啰！你是不是给岫南做了侧室啊？"

刘杜鹃一听火了："亏你还吃过我家的饭，亏你还是大都督，居然说出这样的话！

我是来报恩的，不是来卖身的！要嫁人就嫁人，做什么侧室！我们瑶池的大老爷们都是一夫一妻，没人三妻四妾……"

周行逢故意逗她道："你们岫南少爷，不是娶了个秋月吗？"

"不准提这事，你真是太可恶了！哼，懒得伺候你了……"花儿话还没说完，人已经冲出去了。

"对不起，这姑娘平时野惯了，开罪将军，还望海涵！"李云博见花儿如此抢白周行逢，很是过意不去，连连道歉。邱氏也过来说一定严加管教。

"这有什么。我也是寒门出身，有什么说什么。而且，她说的一点都没错，是我胡说八道嘛。"周行逢却一点也不在意，乐呵呵地说道。

邱氏道："这个花儿姑娘呀真让人不省心。本来嘛，刘掌柜亲自上门提亲，要她嫁给岫南，可是岫南不同意，唉……岫南这小子的婚事，把我都愁死了……"

李云博道："母亲大人，看看，你又来了……"

"好好好，我不说了……"邱氏见李云博不高兴，赶紧转到花儿的话题上，"唉，花儿这个死丫头，第二天一大早，居然跪在门前自请为奴，弄得我们很是难堪。迫不得已，我就收了她做干女儿，留在府上陪我说说话……"

"原来这样！"周行逢一听乐了，看着李云博道："贤弟，老周我猜对了！哈哈……"

李云博没好气地说道："大都督真是料事如神，这等破事也能一语中的！小弟佩服！要么，我佩服得五体投地表达一下敬意？"

"别别……贤弟别生气，我不说了，还不行吗？"他看见李云博没再计较，也就不敢再说下去，于是转换话题问道，"婶婶，刘掌柜一家，如今怎样？"

邱氏道："他们家啊，原来开了一处酒家，前几年岫南在烂泥湖边守孝的时候，他们很是照顾，饭都是在他家里吃。岫南为了感谢他们，就将编炮的做法悉数传授，还一起办起了作坊，如今刘氏已经成了瑶池数一数二的大掌柜了。一个大小姐，在我们家算个什么事啊！可这个姑娘啊，成天陪着我，做事情可是一把好手啊！"

周行逢听了，就对李云博说道："岫南，自从如霜小姐失踪、秋月姑娘意外之后，你就再也没有遇到称心如意的姑娘？你也不小了，该娶妻生子了。我看，这个花儿，很不错哦！要么，你看上谁，我跟你上门去提亲，如何？"

李云博突然变了脸，冷冷说道："多谢将军关心，但是，这等闲事，还是不用将军费心了！"

"哎呀，不同意就不同意，板什么脸呢！周将军也是一片好意，你别狗咬吕洞宾，不识好人心啊！"邱氏数落着李云博，又跟周行逢道歉，"将军你别介意，他呀，就一根筋，谁跟他提这事，他就急。他的婚事呀，把一大家子都愁坏了。你说，我们这样的名门望族，哪里有二十好几的少爷，还光棍一条的啊？真不知道，他撞了什么邪！"

"婶婶多心了，我们是生死兄弟，怎么会介意呢。"周行逢若有所思地说着，又看着李云博笑道，"贤弟，你告诉我，是不是还忘不了如霜小姐，还是秋月姑娘啊？"

李云博怒道："周将军，您还要提这些破事儿，在下就要端茶送客了！"

周行逢也勃然大怒："有什么事情，不能说开吗？老窝在心里，你是要憋死自己，还是要愁死父母啊？"

"这事儿，天王老子也不能管，谁管我跟谁急！"

"我周行逢偏要管！"

"欧阳管家，送客！"

"这儿也是我的家，送我也不走！"

"你不走，我走！"李云博说着，怒气冲冲地出了房门。

◆ 七、大都督请旨赐婚李学士 ◆

周行逢回到长沙后，心中一直闷闷不乐。他想不明白，李云博为什么要找那么多借口，死活不肯出来任事，也不想成家立业娶妻生子，而且一提到婚事，就暴跳如雷。回到长沙大都督府，也不想到前厅政事堂去，直接进了后堂。这座大都督府，就是原来马氏王室的碧湘宫，边镐入主长沙，改作大元帅府，周行逢来到这里，改称大都督府。除了名字变来变去之外，其他也看不出有什么大的变化。

"夫人呢？是不是又到会春园里开荒种地去了？"周行逢一进后堂，发现妻子严氏和大大小小的奴仆婢女都不在，只留几个看家的，心里更加不痛快。

"回禀大都督，正是。"

"跟她讲了不知多少次了，她堂堂大都督夫人，不下地干活，难道会饿死吗！"周行逢数落一句，"走，带我去看看！"

来到会春园，周行逢被眼前的景象惊呆了：远远望去，马氏父子建设了数十年的具有王家风范的林苑，经过夫人严氏的大半年经营，如今已经大变模样：假山荷塘被改成了鱼塘，庭院楼阁变成了鸡棚鸭舍或者猪栏羊圈，名贵的花草树木砍的砍、烧的烧，更是一片狼藉。正值秋熟季节，原来花香扑鼻、芬芳满园的气息，已经被农庄那种特有的焚烧稻草麦秸并混合着鸡屎牛粪的味道取代。他万万没有想到，近期忙于公务，他一直神往而来得很少的会春园，几乎变成了他老家武陵乡下的农舍！

"都给我停下来！真是一群败家子……阿嚏！"周行逢被混合的烟雾呛到了，气急败坏地喊道，"夫人呢，你们的夫人在哪里？"

一个丫鬟匆匆赶过去报信："禀报夫人，大都督来了，到处找您呢！"

"他来干什么？人呢？"

"在人园处的凉亭边……"

一副农妇装扮的严氏抬起头来，沿着她指的方向望去，终于看见了周行逢。她朝大家挥挥手道："快近午时了，大家先回去歇会儿，吃了午饭后继续干！"

"是，夫人！"众人连忙放下手里的活，乐颠颠地回去了。

周行逢看见严氏朝他走来，怒道："我说夫人，你这是干什么？一个贵为大都督府的主妇，朝廷册封的诰命夫人，如何要和农人一样，天天下地干活，这是何苦啊？你让我这大都督的脸，往哪里搁？"

严氏笑道："你当了大都督，可我还是农妇啊！除了干农活，我还能干啥？"

周行逢道："什么不可以干？相夫教子，管导奴仆，听曲看戏，烧香还愿，甚至吃喝玩乐，你难道不会享享清福？亏你还是官宦人家的千金，是个书香门第的小姐！"

严氏道："没错，我出身高贵，可是你出生低贱啊！你家里是个地地道道的武陵贱农，你周行逢是个被发配靖江充军的杀人罪犯啊！你没有忘记你脸上的这块黥纹吧？我嫁给你时，你也不过是个伍长。那时候，我要是在你家里，什么都不干，成天一副千金大小姐的做派，你还不吃了我！"

周行逢望着毁坏殆尽的园林，痛心疾首地说道："我说严氏，你知书达理，琴棋书画样样精通，这王室园林，一砖一瓦一草一木，有多么名贵，你难道不知道吗？"

严氏淡淡说道："不错，十多年前，我是大家闺秀，当然知道这些。这楠木阁楼，这太湖山石，这百年紫薇，这波斯红菊，样样价值连城。想当初，我二八年华，情窦初开，盼望嫁一个才学满腹、风度翩翩的秀才，然后举案齐眉、相濡以沫，或者夫唱妻随、琴瑟和鸣，过着那种书香庭苑的高雅日子……可是，我万万没想到，父亲贵为王廷侍讲，怎么会把我嫁给一个受过黥刑、流放边关的武卒……你不知道，我想死都想过多少回！我看你人还实诚，对我也还上心，就将就着活下来了。如今有了几个孩子，也舍不得走了……"她说着说着就动情起来，不停地抹着眼泪，"扯远了……还是说说这园子吧……乱世之中，种在园子里的名花异草，不能吃也不能穿，还不如种上庄稼，至少能填饱肚子！"

"夫人下嫁于我，真是委屈了，但那时贫贱，你亲侍农耕，迫不得已。"周行逢见她伤心了，话语也平和下来，"如今我们富贵了，你为何还要这般苦自己呢？"

严氏道："我可没有想到你会有今天！我如今倒是常常想，将来还会不会有今天，你拥有的今天，还会有多久。我们总不能盼望老天爷，天天都给咱们好日子过，将来一旦苦日子来了，总还是得过下去吧……"

"你……"周行逢被她堵住了，又来气了，满脸涨通红，又不敢对夫人发作，只得强憋着。

"好了，我不跟你争了，咱回去。"严氏说着，突然问道，"你既然去了醴陵，难道就没有顺道去看看岫南他们？掌门夫人还好？他们都快两个月没来咱们家了！"

周行逢道："去了，掌门夫人还给你们带了虎骨玉液酒、文市油饼和特治长编炮。为了一点小事情，还和岫南弄得不欢而散！"

"掌门夫人真是客气！"严氏疑惑地看着他，问道，"不欢而散？是不是你又逼着岫南出来替你做事？我跟你说过多少次了，人各有志，他不出来当官，一定有他的道理……"

周行逢道："他胸有韬略、满腹经纶，不出来为我分忧，还能有什么道理？"

严氏来气了，跟他理论道："哎呀，我说周大都督，你别把自己的想法强加在别人的头上！岫南年纪虽轻，可多次帮了你的大忙，多次救你于危难，又帮你出谋划策，上位当上这大都督，他可是你的大恩人哪！而如今，瑶池李氏一家，帮你镇守南疆，还重整爆竹产业，帮你充盈府库、壮大实力。可是你说说，你帮他们做了什么？你不要以为，你如今统治着湖湘，别人就得理所当然都听你的！难道他们都欠你的？真是！"

周行逢道："我知道，没有他，我不可能有今天。但我的所作所为是为了自己吗？我是为了湖湘的安稳，为了父老乡亲过上好日子。天下兴亡、匹夫有责，他李云博不该出来任事吗？刘备请诸葛亮，也才三顾茅庐，我都去了快十次了，这足见我的诚心了吧？他李云博要是嫌官小，我这个大都督也可以让贤嘛！"

"看看，居然说起气话来了！就凭这一点，你就没有岫南的胸怀。"严氏笑道，"我知道，你如今得力帮手不多，而且都不是治国大才，你想岫南帮你，这都没错。但无论如何也不能生拉硬拽，这样只会是适得其反。岫南心里想什么，你得去细细揣摩，弄清楚深层原因，然后帮他解决后顾之忧。你不能老想着别人帮你，你也得对别人的事情多上点心啊！绝不能因为意见分歧，就起了疑心甚至交恶，更不能过河拆桥啊！古人云：贫贱之交不可忘，糠糟之妻不下堂。你没有休掉我这个糠糟之妻，而且什么事情都跟我商量，我觉得你还不错，没有忘本。没有忘本就说明，你可以干大事，可以造福黎民。但是，你如若把贫贱之交都忘了，你的大事业就没有帮手，孤家寡人一个，这个大事业迟早是要垮台的！"

"夫人言之有理，是我太心急，做得不好。"周行逢听了严氏的开导，突然开朗了很多，他主动承认自己的不是，又思忖起来，"要说岫南怎么想的，我真还没认真琢磨过……至于他的后顾之忧，我就更不知道了。"

"你呀，到底是书读少了，还不及我这个整天干农活的妇人。"严氏嗔怪他一句，笑了，"依我看，岫南有两个心结，一是害怕像以前一样，功高盖主，让人背后下黑手；二嘛，他的终身大事很不顺利，和刘姑娘订婚，可偏偏刘府被灭门，刘千金为报家仇铤而走险，至今杳无音讯，南唐给他赐了个小妾，可刚刚勉强接受，有了感情还怀了孩子，偏偏又意外身亡。这自然对他产生巨大影响。他不走出这个阴影，一辈子都成不了亲。"

"夫人一通点拨，令我茅塞顿开！你这样的高人，天天在这里开荒种地，真是大大浪费！"周行逢听了，点点头笑了，突然又愁眉苦脸起来，"夫人的意思是，先帮岫南解决个人问题？可是昨日在他家里，我一提这事，他就勃然大怒。这事儿，也不好办啊！"

"婚姻大事，虽然说自古以来，父母之命、媒妁之言，但还是得讲缘分。"严氏道，"掌门夫人不止一次说过，他和魏千金曾经私订终身，后来因为如霜姑娘惨遭灭门，两人才放下私情，履行和刘氏的婚约。可是，如霜姑娘执意报仇才未能如愿。我估计，岫南心里还是放不下如霜姑娘，找了多次也不见下落。你要是有心，帮他找找，或者撮合他跟魏小姐也行。这事儿绝对不能强迫，要多多开导，一旦他想通了，自然水到渠成。"

周行逢大喜："我知道怎么做了。"

不一会儿，两人来到府上，正要进门，严氏突然板着脸对他说道："老周，你杀伐太重，驭下过严，将来没人愿意跟着你，你一定得改一改。我告诉你，你千万别干对不起李家的事，你已经对不起好些兄弟了。要是再敢干恩将仇报的事，我就带着儿女，搬回武陵老家种地去，永远离开你！"

周行逢一愣，然后拱手施礼，嬉皮笑脸地说道："夫人教诲，周某谨记！周某要是敢恩将仇报，你亲手宰了我！"

这以后，周行逢一门心思替李云博谋划起婚事来。他多次派人四处寻找刘如霜的下落，但都无功而返。于是决定撮合他和魏柳烟。魏迪勋也一直为女儿不肯出嫁而烦恼，看见周行逢亲自提亲，对方又是大名鼎鼎的李云博，自然喜不自胜。而魏柳烟却不置可否，她认为岫南的心已死，根本不可能。周行逢不信，于是请来媒人上门说了几次，李云博还是不肯松口。这让周行逢无计可施。

这天，周行逢筋疲力竭地来到政事堂，处理了一会儿公务，怎么也提不起精神，坐在那里唉声叹气。掌书记李观象走了进来，看见他这副样子，问道："大都督又为何事烦心啊？"

周行逢道："李云博这样的人才，却万念俱灰、无意功名，死活不肯出来任事。我听从夫人之言，想好好帮帮他，为他早日完婚，从这等情形中解脱出来，说不定他会出来帮助我们。可他油盐不进，真是难煞我也！"又跟他详细说了事情的经过，仍然一筹莫展。

李观象听罢，笑道："大都督好兴致，居然做起红娘来了！不过，这件事，我有一计，保证让大都督如愿以偿！"

周行逢大喜，连忙问道："李公有何妙计，快快道来！"

李观象道："李学士虽然有些看破红尘，其实是为情所困。与刘千金订婚，本来就是父母之命媒妁之言，只因刘如霜家中飞来横祸，为了慰藉她，才强烈要求履行婚约；而身怀六甲的秋月意外身亡，让他悲不自胜，三四年了都还难以释怀。李学士是那种信心满满的饱学之士，他敢担当敢负责，但也会把什么事情都揽在自己的头上。他总以为刘千金的失踪和秋月的意外都是他一手造成的，这让他的心理负担太重，以至于不想婚配，怕连累别人。"

周行逢点点头："嗯，有道理。你继续说。"

李观象看了他一眼，继续说道："其实，岫南真正喜欢的，应该还是魏大人的千金魏柳烟。传言两人曾私订终身，这就可以肯定，他们是两情相悦，只是由于这样或者那样的原因，未能终成眷属。属下想，李云博既然为情所困，我们不如推波助澜，让他没有压力……"

周行逢被他说糊涂了："如何推波助澜？李公的意思是……"

李观象道："其实很简单。李云博软的不吃，我们就来硬的。他拒绝媒说，我们干脆来个赐婚。他胆子再大，亦不敢抗拒皇命，那可是要诛灭九族的！"

周行逢惊得从椅子上蹦了起来："什么？赐婚？你是说，要我请旨朝廷，让皇上下旨，命他完婚？"

李观象得意非凡地笑道："正是，大都督！"

周行逢想了想，摇摇头道："不行！万一不成，反倒把他逼上绝路。"

"大都督多虑了！"李观象笑道，"李云博绝顶聪明，又顾全大局，难道会为了个人的婚事，拿一家人的性命开玩笑？万一不行，我们也可以二次请旨，赦免他们。"

"那就试试。"周行逢也觉得可行，点点头道，"你立即起草奏章，亲自去汴梁跑一趟，越快越好！"

"属下遵命！"李观象一副胸有成竹的样子，又一拱手，告辞去了。

第十二章
DISHIERZHANG
绝密传人

◆ 一、觉察有人别有用心，李云博决定北上中原 ◆

周行逢得知大周皇帝柴荣派礼部侍郎窦仪为特使，专程前来长沙传旨赐婚李云博的消息，兴奋得从座椅上跳起来，连忙赶往湘春门迎接。他举行了隆重的欢迎仪式，并在特使下榻的博宾馆设宴，为朝廷特使接风洗尘，直到深夜才罢。这座博宾馆，由马楚时期的国宾馆改名而成。翌日，他又亲自带着李观象等人，陪同朝廷特使前往瑶池宣旨。一路上，大家有说有笑，甚是融洽。

到了瑶池，香案礼仪已具，但听特使展开圣旨宣道：

奉天承运皇帝诏曰：

潭州学士李云博，少年早慧，胸有韬略，在湖湘一统中屡建奇功。而年二十有四，无意婚配，忤逆父母尊长，有悖人伦孝道，难以垂范乡里。权知潭州府事魏迪勋之千金魏柳烟，秀外慧中，温恭贤良，知书达礼，今朕做主，特许二人结为秦晋之好，并限一月之内完婚，成家立业，侍奉尊长，和合人伦。钦此！

窦仪宣罢，对跪在地上的李云博说道："李云博接旨！"李云博愣在那里，半天没有声响。周行逢见他不接圣旨，急了，朝他轻声喊道："岫南，快快接旨，你想抗拒皇命吗？"李云博回过神来，道："回禀特使大人，近年来，家中历经劫难，顿悟人世虚幻。如今学生看破红尘，一心想追随得道高士云游四海，或者独来独往游历名山大川，做个逍遥自在的隐士，不想有家室之累。敢请大人回去禀报皇上，收回成命！"

"放肆！"窦仪大怒，"李云博，你竟敢抗拒皇命，那可是诛灭九族的大罪！是按照圣上旨意如期完婚，还是一意孤行让瑶池血流成河，你自己好好掂量掂量！"

李天雷急忙上前捧过圣旨道："草民李天雷，是李云博的叔父。草民教侄无方，忤逆特使大人，恳请大人恕罪！草民以项上人头担保，一定督促李云博如期完婚，绝不让大人为难，更不会让朝廷难堪！"

"哼！李云博，你给我听着，皇上乃当今雄主，金口玉言，一言九鼎，岂容你乡野小儿恣意妄为！如此一桩美妙姻缘，你却推三阻四，是何道理！你别不识抬举，敬酒不吃吃罚酒！"窦仪说罢，气冲冲地转身就走。周行逢见了，气得长叹一声，也和李观象

跟着特使一起离开。

　　看见他们远去，一家人顿时没了主意，都跪在地上唉声叹气。邱氏哭道："三儿啊，你这次可把天捅破了！你不成家也就罢了，可如今抗拒皇命，一家人都陪你一起死吧，啊呵呵呵……"

　　"娘亲，你不觉得他们是在演戏？"李云博扶起母亲，哈哈大笑，"自古以来，朝廷什么时候给平头百姓赐过婚，今天在我们瑶池发生了，这真是天下奇闻！你们想想，我李云博成不成家、立不立业，娶不娶妻、生不生子，与北方朝廷何干？窑头老胡都快六十了，至今仍然光棍一条，没看见朝廷管管，官府怎么不也赐个老婆给他？"

　　"你还笑，还在这里说东道西，你小子闯了大祸，是不是想全家都死无葬身之地啊？"李天雷火了，猛地扬起手，想掴他一掌，但还是下不了手，"你是平头百姓吗？你跟老胡比个啥，他是年轻时家里太穷，耽搁了！如今我替你接了圣旨，就替你爹做一回你的主，这婚，成也得成，不成也得成！"

　　"二叔，你别担心，家里不会有事的，我保证！成婚的事，我再想想吧！"李云博安慰着李天雷，又对大家说道，"都回去吧，绝对没事！万一不行，我就和魏姑娘成亲呗！"看见大家都离开，他又对李天雷道："二叔，我们一起去见阿公吧，他还不知道发生什么事了呢！"

　　叔侄俩来到李庆吉的院子，只见他正在和李云芳、李慕光、李慕坚、李慕川、李慕达等一群大大小小的孩子玩耍，最大的慕光十岁光景，最小的慕达才一两岁。鹤发童颜的李庆吉正玩得开心，看见他叔侄走进来，问道："发生什么事了？"

　　李天雷道："回禀父亲大人，大周皇上派人下旨，要岫南成亲！您看，这是朝廷圣旨。"

　　李庆吉一愣："这事就怪了，俗话说，天高皇帝远，民少相公多。没想到北方的朝廷还真管得宽，居然管起南边山野人家的婚嫁来了！"他唠叨着，接过看了，想了想，突然笑道："这朝廷还真歪打正着，帮了我李氏的大忙！岫南，这次，你可躲不掉了，一定得把婚姻大事解决了，也好去了我和你爹娘的一块心病！"

　　李云博搂过李慕光，对他说道："光儿，带着芳姑姑和弟弟们去外边玩，小心点，多照顾点小慕达。我们要和祖阿翁说些事。"

　　"是，三叔。"慕光应了一声，招呼他们出去。

　　李云博又道："别走远了。今日的书还没讲呢，等会儿这边忙完了，就给你们讲。"

　　李慕光道："知道了，三叔。"

　　李云博看着他们活蹦乱跳的背影，突然黯然神伤，喃喃自语起来："要是秋月不出意外，我的孩子如期临盆，如今也一样在这里活蹦乱跳，他可比慕达还大一岁啊……"

李庆吉看见他伤感起来，安慰道："岫南，你失去秋月和孩子，我们也难过，但事情已经发生，再怎么后悔，也都于事无补。都过去三四年了，你居然还未释怀，阿公替你担心啊！"

李云博道："都是我不好！如若我坚决拒绝南唐皇帝赐婚，就算自己被处斩，也不会连累秋月；就算我接受赐婚，而坚持原来的假婚姻，秋月也就不会死心塌地跟着我，也就不会有孩子，更不会出此意外……这一切，都是我的错！"

"生死有命，世事难料，又岂是某人之过！"李庆吉道，"你呀，别把什么责任，都往自己身上揽！你得从这种心境中走出来。我看啊，既然有人一心想成全你和魏小姐，你就答应了吧，这也是秋月临终前唯一的遗愿啊！"

李云博摇摇头道："不行啊！我早年跟药因叔祖学道，云游四海，逍遥自在，可能天生就是个出家人的命！你们想想，这些年来，只要和我有点姻缘的，哪个有好结果？青梅竹马的燕儿妹妹出家了，订婚的如霜妹妹被满门抄斩，她至今仍下落不明；秋月嫁给我，却身中毒镖，母子双双惨死……你们还要我继续祸害魏姑娘，继续祸害其他女人吗？"

李天雷道："你小子怎能这样想呢？这几件事，都只是意外！下瑶王掌柜，五娶五丧，娶到第六个老婆，不就没事了吗，还为他生了一大堆儿女！你不能因为前两次意外，就不敢去尝试了！"

李庆吉长叹一声，道："是啊，一朝被蛇咬，十年怕井绳。岫南的担心，有他的道理。但是，如今朝廷赐婚，这是躲不掉的。你不能因此就让全家老少都赶赴黄泉吧！"想了想，突然脸色凝重起来，又说道："我看，这事儿，绝对没那么简单。这里面究竟藏着怎样的玄机，不日之后，就会见分晓。我预感到，这事儿不妙。说不定啊，有人设局，又是冲着我们家的火药绝密来的。"

李天雷听了，吃惊地问道："什么？北方朝廷也在觊觎我李氏绝密？"

"姜还是老的辣啊！"李云博看了一眼李天雷，又对祖父说道，"阿公能看透这一层，真是目光犀利、明察秋毫啊，孙儿佩服！不过，这一次，觊觎李氏绝密的，应该不是北周朝廷，而是长沙都府！"

李庆吉道："嗯，没错，就是周行逢！你小子别给我戴高帽子了，其实这一切，你早就看透了，别让你二叔一惊一乍的，让他听个明白吧！"

"我也是刚刚想明白的。"李云博道，"这个手法，和前几年马希崇、徐威他们污蔑我矫诏谋国，然后把你们抓起来逼迫献方如出一辙，也和南唐赐婚然后厚赏我们颇为类似，不同的是，前者霸王上弓，后者笑里藏刀。而这一次，把这两个一起用上了，先给你糖吃，你不领情，就正好用棒子打。而他们的目的，却不仅仅是火药秘方啊！"

李庆吉很是疑惑，问道："不仅仅是火药秘方？他们还想要什么？"

李云博淡淡说道:"还想要,赶我走。"

两人大惊,惊恐地对视一眼,几乎异口同声地问道:"赶你走?谁要赶你走?周行逢吗?"

"不是,其实说穿了,也是。你们别急,容我慢慢道来。"李云博缓缓起身,开始分析起来,"要说周行逢这个人,还是很不错的。出身贫寒,书虽读得不多,但很会笼络人心,也讲义气,遇事喜欢动脑子,因此也是朗州将领中最具谋略的,也最受士卒拥戴。他能剿灭群雄成为长沙之主,绝非侥幸成功。但他也仅仅能做个长沙之主,这其实已经超出了他的能力范畴。而问题是,他认为既然能够成为长沙之主,就有可能成为天下之主。他需要帮手,需要比魏大人他们更强的帮手。他认为,这个帮手有两个,一个是我,另一个是我们家的火药。我之所以不肯出来任事,就是因为他的野心与他的能力不匹配,到时候不仅不能成就大业,而且会带来杀身之祸。而他身边有一个自命不凡的李观象,此人颇具胆识,谋略也不错,就是有点嫉贤妒能,总想成为一人之下万人之上的辅弼重臣,可周行逢念念不忘我的帮助,认为我才是他的辅弼之臣,这不就让这个李观象耿耿于怀吗……"

李天雷打断他的话道:"等等,李观象嫉贤妒能?那我问你,李观象仅仅一个掌书记,上面还有很多比他大的官,比如魏大人是武平军节度判官、权知潭州府事,就比他大吧?他为什么不嫉妒魏大人呢,偏偏要嫉妒你?"

李云博道:"如今,武平军节度副使、潭州刺史都空着,他李观象肯定是朝思暮想。他能和魏大人共事,就是因为他认为魏大人对他构不成威胁,这也是我不肯到长沙任事的另一个原因。我估计这个请旨赐婚的主意就是他出的。他此举目的,与周行逢截然相反,是想置我于死地或者赶我走,就不会有人对他构成威胁了;而周行逢就是想逼我出来帮他,没想到中了他的连环套……看来,我不离开湖湘,家里绝对没有好日子过。"

"原来如此!"父子俩恍然大悟,"那怎么应对呢?"

李云博笑道:"这还不简单,我走就是!只要我一走,周行逢就断了念想,李观象就如愿以偿,他们还会把你们怎么样呢?"

李天雷慌了:"难道,你和魏小姐的婚,不成了?"

李云博道:"成不成婚无所谓,他们只不过拿这事当借口,就算成婚了躲过这一劫,他们还会想到别的办法。我们何不顺水推舟,一走了之呢?"顿了顿,又道:"但卜择吉日、求亲下聘还得如常进行,不能让他们抓住把柄。"

李庆吉见李云博去意已决,不免悲伤起来:"你这一去,不知什么时候回来,还不知道,阿公在有生之年,还能不能见上你一面……"说着,忍不住落下泪来。

李天雷安慰他道:"父亲大人身体健朗,岫南也就是出去避避风头,用不了多少时间就会回来，你们祖孙俩，一定能见着！"

"但愿如此！"李庆吉说了眼泪，突然问道，"岫南，你走后，万一周行逢盯着火药绝密不放，以你抗旨拒婚为名，痛下杀手怎么办？"

李云博想了想道："这应该不会。既然这个主意是李观象出的，就肯定瞒着嫂夫人严氏。为了稳妥起见，麻烦母亲大人过两日专程前往长沙，拜访周将军夫人，好好感谢周将军帮了我李氏的大忙，然后把赐婚的实际情况说一说。嫂夫人智慧过人，又贤德仁义，一定能听明白怎么回事，她肯定不赞成周行逢这样做，有她出面，我们家里就没有了任何隐患。其实啊，我这位嫂夫人，倒是女中豪杰，他周行逢治理长沙，有这个嫂夫人辅佐足够了，他偏偏要找个什么辅弼之臣，真是！"

李天雷追问道："刚才你祖父问你，如若你走后，周行逢咬着火药绝密不放，如何应对，你还没回答呢？"

李云博道："这个，你们不用担心，临行前，我会安排好，也会亲自和他当面讲清楚。"

其实，自从淮南得胜归来以后，李云博一直在找机会北上中原。这个机会不好找：一来要瞒过周行逢他们，不至于让他离开之后，家人遭遇不幸；二来要瞒过家里人，他是北上中原投奔雄主，实现一统天下的理想，万一走漏风声，那是要出大事的。而现在，机会终于来了，他当能错过？

◆ 二、李观象的一句话让周行逢如梦初醒 ◆

回长沙的途中，周行逢一路心事重重。

李观象骑着马跟在他身边，他看看前边官轿，对周行逢说道："主公，特使大人来往奔波，鞍马劳顿，很是辛苦，还是多赠些盘缠吧！"

周行逢没好气地回他一句："这点小事，还要问我？两倍三倍随你吧。"

李观象道："依卑职看，要给就干脆给他十倍！他帮了我们的大忙，得好好感谢才是。我们慷慨一点，他在皇上那里美言几句，说不定，长沙建国的事，也许……"

"十倍？"周行逢一听更加来气，"请旨赐婚这事儿，是帮忙还是帮倒忙，如今还很难说，至于称王建国这事儿，你别再提了。你呀，尽出些馊主意！"

"主公还在为李云博抗旨的事情烦心啊！"李观象笑了，说道，"主公，你明不明白，通过这件事，至少可以看清一件事，主公不想知道？"

周行逢勒住缰绳，疑惑地看着他，问道："看清一件事？什么事啊？"

李观象道："李云博不想为你尽忠。他可能……"

周行逢反问道："不想为我尽忠？他可能什么？"

李观象道："他可能想另谋高就。"

周行逢道："此话怎讲？你别吞吞吐吐的，有话直说！"

李观象神秘一笑，突然反问道："属下斗胆一问：主公与南唐皇帝李璟相比，何如？"

周行逢道："李璟堂堂南唐皇帝，我一长沙节镇，如何能比？"

李观象道："李云博自视很高，连南唐李璟都没看上，怎能肯尽心为主公效劳？"

"胡说八道！"周行逢火了，"我与岫南情同手足、亲如兄弟，理当和衷共济、共图大业，你别再挑拨离间了！"

李观象道："主公息怒，属下讲的是实情！如若李云博真愿为主公分忧，为什么不肯出任潭州刺史？他李云博如若视主公为明主，为何不肯倾其所有，把火药绝密拿出来，为主公建设一支天下无敌的炮火军队？"

"这……"周行逢被问住了。

李观象乘虚而入，切入主题："他李云博是在韬光养晦，等待时机！"

"他等什么？"周行逢疑云顿生，问道。

李观象道："自然是寻你漏洞，取而代之！"

周行逢道："他如若能有此心，那才是湖湘之福也！想当初，我们准备反攻潭州，大家一致同意奉太后遗诏，拥戴李云博为楚王，你不也同意了吗？可李云博却断然拒绝，而且施以援手，让我成为湖湘之主。他若真愿出来任事，我这个节度使也可以拱手相让！"

"主公说的是真心话？"李观象望着他，笑道。

周行逢道："当然，这有何不可？"

李观象叹道："主公啊，那时候，推举李云博为湖湘共主，一是借他的影响来凝聚人心，二来胜负尚难料定，找个人来承担风险。李云博没那么笨，他不会冒这个险！"

周行逢不悦道："你又在胡乱揣测，简直是以小人之心度君子之腹！"

李观象道："主公，你也太宅心仁厚了吧？你大概忘了一个简单的道理，所以一直把李云博当兄弟。其实这争权夺利的权谋，只有弱肉强食，没有兄弟之情。"

周行逢一愣，问道："简单的道理？什么简单的道理？"

"一山不容二虎！"李观象几乎是一字一顿地说道。

"一山不容二虎？"周行逢听罢，顿时心头一震。

李观象道："自古以来，两虎相斗必有一伤，甚至两败俱伤。李云博明白在个道理。因此，他不想明争，不想两败俱伤，让他人渔利。于是就躲在暗处静观其变，伺机下手。李云博这一招，确实高啊！"

"原来如此！"周行逢恍然大悟，"那你说，我们如何应对？"

"如何应对？我们不是在应对吗？"李观象一副胸有成竹的样子，"这请旨赐婚，就是给他设下的圈套。他已经钻进去了，只能是束手就擒！"

周行逢大惊："什么？这请旨赐婚，是你设下的圈套？"

李观象道："当然。这是属下经过深思熟虑，为主公除去心腹大患的锦囊妙计！只要李云博敢拒婚，我们就能置他于死地！没想到，他真的敢抗旨不从！主公，这是千载难逢的绝佳机会，你千万可别手软呐！"

"这……"周行逢一时间进退两难，"他对我有救命之恩，又对我一统长沙有扶掖之功，我周行逢怎能恩将仇报呢？更何况，他若想通了，真的成婚了呢？"

"要是真的成婚了，那就说明李云博对主公没有二心，婚后出来任事也就水到渠成，这岂不更好？"李观象说着，又苦谏道，"只怕李云博不会领这个情，他会抗旨到底！主公啊，常言道，无毒不丈夫！一旦妇人之仁，错失良机，我们都可能成为他的刀下之鬼！只要除掉李云博，然后卖个人情，跟皇上请旨，留下瑶池李氏其他人的性命，您可就是他们的再生父母，如何要求他们都不过分。更何况，除了李云博，其他李氏族人大都有勇无谋，很好控制。到时候，潭州炮火军就能建成，有了无敌于天下的炮火军，主公还怕不能造福天下吗？还望主公三思啊！"

"李公言之有理啊……"周行逢思虑良久，突然狠狠说道，"为了湖湘大地的安稳，为了父老乡亲的幸福，也为了天下太平，我周某就做一回小人吧。岫南，你就别怪我心狠手辣了！"

李观象大喜："主公英明！回去之后，我立马安排，让他插翅难逃！"

两人又计议一通，商定了除去李云博的策略。不一会儿，到了长沙，进了湘春门。周行逢一行送特使回馆驿歇息后，就借军务繁忙抽身回去。两人牵着马一路走一路聊，突然看见潭州府衙外人头攒动，不知发生了什么事情，两人连忙下马过去看个究竟。

原来，正值冬藏时节，潭州官府正在收取城郊农户税赋。一般情况，农民缴税，都是到乡司衙门或者县衙缴纳，但长沙城郊一些地方，特别是城中也有种庄稼的，直接隶属潭州府衙，因此，每年秋熟后也要征收一次。两人觉得没什么新鲜，准备往回走。突然，周行逢看见严氏带着一群家仆，担着谷物赶着牲口，正在那里交割。周行逢火了，冲进去说道："我说夫人，你这是干什么！你要把本将军的脸，都丢尽吗？"

严氏一回头，看见周行逢，笑道："你嚷什么！农人照章交粮，这是千百来历朝历代的规矩，也是你周大都督主政长沙后亲自定下的章程。我在会春园开垦了近百亩良田沃土，今年收成不错，不该给官府上税吗？"

周行逢怒道："交租纳粮，那是乡野农民干的事情，你堂堂的大都督夫人，开荒种地只不过是自娱自乐打发时间，府上没有你种地，也饿不死！更何况，谁敢要你缴纳赋税啊？"

严氏突然变了脸，放下手中的活儿，对他说道："我说周大都督，你如今是堂堂的湖湘之主，但你别忘了，你曾经也是武陵山野的一贱农！你是大都督，可我还是农妇啊，而作为你的家人，我们更要遵循法度，做出表率，这样才能赢得父老乡亲的支持！你如今发达了，我们就该鸡犬升天是吧？我们全家就该成天骄奢淫逸、狐假虎威，甚至欺压百姓、无恶不作，那和马氏兄弟主政长沙有何差别？你若这样想，还能造福三湘四水，还能谋求长沙长久和平吗？我看未必！周行逢，老娘告诉你，你若忘了本，这江山就坐不了几天了！"

他的一通说辞，顿时赢得人群的阵阵掌声。李观象见了，上前施礼道："夫人德高贤淑，通晓大道，仁义广施，勤俭持家，既能母仪湖湘，也将懿德后人，真是我等家眷效法的楷模。夫人在上，请受李观象一拜！"

被感动的人群也都纷纷施礼，一个个赞不绝口："长沙之主有此贤内助，真是我们黎民百姓的福气啊！"

"是啊。常言道，家有贤妻，不寒不饥；族有贤母，尊老爱幼；国有贤后，泰平之秋。长沙终于有好日子过了！"

"如若当官的家眷，都像大都督夫人这般，那么长沙一定能长治久安……"

周行逢看到这样的场面，顿时羞得满面通红，站在那里一句话也说不出来。

严氏安抚好众人，施礼道："乡亲们呐，我周家无才无德，全凭侥幸入主长沙。周将军曾经有过誓言，那就是，一定要为父老乡亲谋福祉，保长沙长久太平。自马氏兄弟争国以来，天天打仗，年年战乱，兵役徭役赋税多如牛毛，我们老百姓吃尽了苦头。如今好不容易安定了，这就要我们人人都珍惜它，爱护它，决不允许有人把这刚刚开始的安宁生活断送掉。你们有责任，但更多的是当权者心里要有杆秤，要能装着我们老百姓。我们作为家眷，就得带头，就得和大家一样，种庄稼干农活，绝不能有什么特权，更不能坐享其成。马氏王室的前车之鉴，我们绝不能重蹈覆辙啊！乡亲们，周将军要是食言了，我们就毫不客气把他拉下马，让他回老家种地去！"

"夫人真是仁义无边啊！"众人更是感动得五体投地。

周行逢突然朝人群施礼道："周某不才，今后还仰仗各位支持！谢谢大家了！"说罢，告辞而去。

李观象正要跟着离去，却被严氏一把抓住："李大人，请留步！"

李观象一愣，施礼道："夫人有何见教？"

严氏问道："听说，大周朝来了特使，专程去瑶池给李云博赐婚去了。这怎么回事？"

李观象笑道："周将军为感谢李学士戡乱定湘的扶掖之功，特意上奏朝廷，为他请功讨赏。不想，李学士不愿为官，于是皇朝就赐婚与他。就是这么回事。"

"他为岫南请功了？"严氏疑惑道，"怎么没听他说过？"

李观象道："大都督可能太忙了，忘记跟您说了……"

严氏突然厉声问道："李观象，你肚子里的那几根弯弯肠子，我还不知道？你说，是不是你又给他出了什么馊主意？"

李观象道："怎么会呢，下官所做的一切，都是为了主公啊！"

严氏正色道："李观象，老娘告诉你，你要敢再出什么歪点子，不择手段对付李云博和瑶池李氏，老娘我决不轻饶你！"

李观象信誓旦旦地说道："下官要是敢胡来，夫人你把我的头拧下来得了！"

"但愿如此！"严氏将信将疑，淡淡地说道。

"下官还有公干，夫人您慢忙，就此告辞！"李观象见她迟疑着，害怕她缠住自己继续追问，赶紧抽身溜了。

◆◆ 三、参透佛理幡然而悟，李天亮终于回家理事 ◆◆

李云博打定北上中原的主意后，第二天一大早，就立即赶往石霜禅寺。这一次，他带上李慕光、李慕坚、李慕川等一大群侄子一同前往。释晖禅师闻听瑶池李氏代总执事来了，赶紧出门相迎。他对李云博的来意心知肚明，因此一见李云博，就笑道："学士来得正是时候。这几日，老衲跟令尊李掌门谈经论佛，李掌门突然觉得，他的所作所为不符合佛学要义，很是羞愧。老衲以为，李掌门应该悟出佛家普度众生的真谛了，很可能已有归心。阿弥陀佛。"

李云博喜道："多谢大师指点。家父生性忠直，多年来一直向往佛学，而且越来越笃定。这几年来，学生没少过来打探，看看他有无觉悟，没想到他的禅心一直未能开化。如今总算有了进展，参得佛理，也该幡然而悟回家理事了。"

一行人来到茶房，释晖禅师请他们入座饮茶。寒暄之后，李云博就让乾卦统领带着一群孩子留下又在慕光、慕坚两个大侄子耳边一阵低语，然后就随释晖来到李天亮禅房。释晖吩咐小沙弥看茶，又施礼道别，让他们父子俩叙话。

李天亮不悦地问道："你怎么又来了？我不是说过，我已皈依佛门，你们不用来了吗？"

李云博说道："孩儿此次来，主要是闻听父亲近日佛学精进，参透佛理，觉悟妙谛，孩儿特来道喜……"

李天亮心里一动，但仍然冷冷说道："修炼多年，偶有所得，何喜之有？"

李云博话锋一转，说道："适才孩儿和释晖大师论禅，他说，佛家普度众生，其要义在于造福芸芸众生。父亲作为瑶池总执事带发修行，不理瑶池数万乡邻福祉，而求个人修成正果，这可不是佛家所为。"

李天亮叹道："为父近几年所作所为，都非佛家正道啊！可是，既然出家，哪有回头的道理？"

李云博道："父亲本来就是俗家弟子，只是因为一场意外暂居佛门，又未剃度出家，什么时候都可以回去啊……"说着，突然剧烈地咳嗽起来，让犹豫不决的李天亮莫名其妙。

这时候，门突然开了，只见李慕光、李慕坚两兄弟带着其他兄弟们闯了进来，扑到李天亮怀里，"阿翁、阿翁"地哭喊起来。李天亮一愣，看着这群很久未见的孙子，很是激动：长孙李慕光已近十岁，个头长高了，很有些像他的父亲李云闪。而他见李慕坚的时候，尚是襁褓之中的婴儿，如今也四岁多了，生得虎头虎脑，很是惹人喜欢。他想到如今两个儿子都不在了，看着他们渐渐长大的后人，而弟弟李天雷的几个孙辈也个个活泼可爱，不仅欣喜万分，一高兴，也"孙子孙子"地跟他们亲近起来。过了一会儿，他擦擦眼睛，问道："家里可好？"

李慕光哭道："阿翁，太阿翁和奶奶都想来，可是太阿翁病得很重，走不动了……奶奶的头发全白了，怕阿翁看了伤心，于是没来。我和坚弟可是发了誓的，不把阿翁请回去，也就不回了，跟阿翁一起出家！"

李慕坚也扯着李天亮的衣角哭道："阿翁，家里的人都盼着您回去呢，你就回去吧，千万别让我也当和尚……"

李天亮听了两个孩子的话，顿时啼笑皆非。听说父亲病重，妻子头发全白，心里一阵难过。他问李云博道："你祖父大人又病了？你母亲怎么样啊？家里都还好吗？"

李云博道："启禀父亲大人，家里都还好。祖父大人还是老样子，近期受了些风寒，又卧床不起了。母亲痛失大哥二哥，您又出家，她夜不成寐，积劳成疾，头发全白了。"他看着父亲百感交集的神情，于是试探着问道："父亲，你还是回去吧，家里人都盼着你回呢！"

李天亮顿时满面愧色："为父抛家弃任，隐身古刹，一心侍佛，希望有一天能立地成佛。可没想到，我这所作所为，居然离佛学妙谛越来越远：为子者未能尽孝，为兄者没有悌义，为夫者不察妻苦，为父者不教儿孙，美其名曰向佛修身，实则消极避世……每每念及这些，为父也后悔不迭啊！特别是作为一家之主、一族之首、一乡之长，放弃责任和担当，躲在石霜古刹念经诵佛，真乃大谬也！幸亏有你替我担着，不仅让爆业走出困境，而且推出新产品，又推行产业流程改造，让家族大业实现巨大发展，让我这个做父亲的羞愧难当啊……"

李云博道："父亲此言差矣！大凡人要欲为，皆以为有理可据，其实不然。儿子以为，人在轮回之中，一切皆是佛缘所定。况且，当时南唐炮火军刚被驱逐，南唐朝廷肯定心有不甘，或者再度入侵，或者寻机报复，很多事情都可能还有反复；而湖湘各地还战乱不堪，如若被心胸狭隘、野心膨胀的主政者借题发挥，或以投靠南唐卖国求荣之罪大加屠戮，或以保国安民为由讨要秘方建设炮火军队，家族或许会再度大祸临头，因此，父亲躲在暗处静观其变也不失为一明智选择，您不愿回家主事，我也就没有强求。而如今，南唐淮南一战元气大伤，不会再有什么图楚阴谋，我湖湘大地也已经实现一统，而且安宁数年，该是父亲出山的时候了。更重要的是，儿子如今被人排挤，应该是到了非走不可的时候了……"于是，就将当前形势和有人别有用心的情况说了，恳请他回家理事。末了，又道："父亲出家，原因是身为瑶池掌门人，一接任就麻烦不断，压力空前，挑战巨大，一个偶然机缘隐身古刹，觉得青灯古佛才是自己想要的清静，于是决意出家；现已参得妙谛，发觉侍佛参禅什么地方什么时候都可以，并非一定要出家。如今我一旦离开，瑶池大局非常需要父亲出来主持，就只有父亲能担此重任了……"

李天亮听他如此一说，虽然开朗了许多，但仍然顾虑重重。他叹息道："唉，一切都逃不过你的眼睛。可是我这样回去，有何面目见父老乡亲啊……"

李云博道："父亲多虑了！这个，儿子已经替你想好了：北周皇帝刚刚颁布了禁佛诏书，其中明文规定不允许寺庙广揽僧侣，也不准容留俗家弟子。而且，你的儿子被朝廷赐婚，不日将举行婚礼，你是正正当当的主事，受潭州大都督周行逢之命回家为儿子卜测婚期、置办六礼，最后给儿子完婚。"

李天亮听了，顿时高兴起来。他点点头道："是啊，为父是该回去，办正经事了！"

用过午斋，李天亮就收拾行李，跟李云博回家。临别之际，李天亮对释晖禅师说道："弟子潜身佛门，修行数年，多蒙师父照拂。师父每日耳提面命，谆谆教诲，如今悟得禅机，回家理事，还望师父多多保重。师父在上，请受弟子一拜！"说罢，就施起大礼来。

释晖禅师扶起他笑道："李掌门何出此言！佛家有云：众生无相，亦皆为相。掌门命中该有一段佛缘，此乃天意。如今你虽然离开寺院，但求佛之心依旧。为师愿你不忘初心，参禅侍佛，尽心履职，造福红尘。阿弥陀佛。"

李天亮道："弟子谨记师父教诲。阿弥陀佛。"

释晖见四下无人，小声说道："李掌门，老衲有一事恳求……"

李天亮道："师尊客气。弟子不才，洗耳恭听。"

释晖道："岫南少爷是菩萨下凡，你们名为父子，其实你我，都是他座下弟子。他此番来到人间，有重大使命。为师命你尽自己所能，帮他完成使命。阿弥陀佛。"

李天亮大惊："这……什么使命？弟子又如何帮他？"

"天机不可再泄……阿弥陀佛！"释晖说罢，施礼径自去了。

回到家里，李天亮丢下李云博等人，径自入后院去了，李云博叫也叫不住。只见他匆匆忙忙进入李庆吉的院子，又快步入房，看也没看就倒头跪在床前请安："不孝子李天亮给父亲大人叩安！儿子不孝，隐居古刹，参禅侍佛，没能好生侍候父亲，请求父亲责罚！"一连数声，不见反应，抬头一看，发现床上没人。于是起身，不免感觉蹊跷：这儿孙们都不是说，老掌门偶感风寒，卧病在床吗？怎么……

正纳闷间，只见李云博领着李庆吉进房来了，连忙给李庆吉请安。李庆吉扶起他道："儿啊，回来就好，回来就好，老夫责罚你干什么呢……"说着，不免泪湿眼眶。

李天亮起身问道："父亲大人的身体……"

李庆吉一听，笑道："为父近来身体有些小恙，不过不碍事，哪有他们说的那么严重。而你回来，就是灵丹妙药，这病自然就彻底好了！"

李天亮大喜，突然恍然大悟，回头看着李云博道："你这鬼小子！带着光儿坚儿，又说你阿翁病重，只怕是你害怕请不回我，故意为之的吧？"

李云博一脸坏笑："这……儿子也是迫不得已……"

李天亮不悦道："作为后辈子孙，哪有诅咒老人家病重的，这是大逆不……"突然想到释晖禅师的话，突然打住了。

李庆吉笑道："我一把老骨头，说我病重就病重了？真是！这是我的主意，你别怪岫南了！"李天亮听了，就不作声了。于是坐下来说话。

李庆吉道："如弘啊，你回来了，这家族的担子，得赶快挑起来，岫南可能要走了。"

李天亮拱手起身道："孩儿谨遵父命，一定竭尽全力，操持家业。"又对李云博拱手道："谢谢岫南这些年来替我履职，要是没有你挺身而出，为父可能成千古罪人了！"

李云博赶紧起身回礼道："父亲大人言重了。孩儿替父尽职分忧，既是孩儿的福气，也是孩儿的本分。只是如今孩儿被人排挤，不能替父分忧，敬请父亲海涵。"

李庆吉挥挥手道："都别客气，都坐下吧。父子之间，这般礼尚往来，就生分了。"

李府上下得知李天亮回来了，都赶过来道喜，围着他嘘寒问暖，一个个喜不自胜。到了晚上，就连身在军门的李天晨、李天威、李天骏都赶回来了，一家人团聚在一起，重聚大餐，欢迎总执事回家，偌大的餐屋顿时杯盘交错，热闹非凡，直到深夜才罢。

家宴散后，李天亮沐浴更衣，回到房里，已近子夜，没想到邱氏卧在床上，仍在等着他。李天亮拱手道："老夫愚钝，这些年藏身古刹，冷落了夫人，让你活寡了多年，一头秀发几乎全白……真是罪该万死！"

邱氏道："老爷说什么话！夜已经很深了，上床睡吧。"于是起身一边帮他更衣，一边继续说道，"唉，你能回来，就是万幸了！这头发要白，岂是守寡所致？"

李天亮一惊，问道："你不是因为我出家，急白了头发？"

邱氏嗔怪道："也只有你这呆子，才信有这等事情！人老了，头发自然会白。我的心结啊，主要是岫南的婚事。"

李天亮上了床，很是失望："这小子，他娘为他的婚事急白了头，居然说是老子出家……"突然又打住了。

邱氏道："你这呆子，怪岫南干什么！我这头发，是为他一个人愁白的吗？你们哪个能让老娘我省心？"

李天亮被弄糊涂了，于是说道："唉，都是我不好，让你们担心了！"

"你别再怪这怪那了，回来了，就好了！"邱氏说道，"如今，我最愁的，还是岫南的婚事。你说，他自从如霜姑娘失踪、秋月姑娘意外之后，怎么也不肯谈婚论嫁。现在倒是好了，朝廷赐婚，不由得他不从。可是这小子，好像是想溜。这一次，绝对不能让他跑了。"

李天亮道："岫南说，他完婚之后，就得走。因为有人排挤他，不走不行。"

邱氏道："这个我知道。可是，完婚之后就走，又让人家魏姑娘守活寡，这怎么对得起她和我们亲家？这婚姻也是人生大事，他李云博怎么就跟儿戏似的？也不知道，这小子是走的什么运，侯门千金，大家闺秀，豪绅小姐，甚至乡野丫头，一个个都愿意跟他……"

"你也真是！他不完婚，你愁得日不眠夜不睡，喜欢他的人多，你又嫌他走狗屎运！"李天亮责怪一句后，又得意地笑道，"这说明，我们生了个好儿子，有本事，招人爱呗！"

邱氏白了他一眼："看把你美的！儿子是我生的！"

李天亮笑道："这没错，是你生的。可是，这也说明，我播的种好啊……"

"看你这没正经的，还当和尚呢，你也配！"邱氏笑骂道，"说正经的，我原来担心，儿子大婚，又是朝廷赐婚，潭州府的大都督证婚，你又出家，我一个女流，如何应对得了！你回来了，就有人掌事了，我也就放心了。"

李天亮道："如今我回来了，岫南的婚事，自然由我操持。"顿了顿，又问道，"不知道，东峰界我的那座假坟，平了没有？"

邱氏一愣："这个，没有。岫南不让，说是留下，做个见证。我不知道他要见证什么。要不，明天我叫人把他平了？"

李天亮想了想道："岫南说的对，留着做个见证。我李天亮死过一回，又当了几年和尚，这应该是死而复生。留着吧，也好让后人看看，他们的先人，多么不易。"

夫妻俩久别重逢，满肚子的话一直说到天快亮了，才渐渐睡去。

◆ 四、老族长和总执事密立绝密传人 ◆

李天亮回家掌事以后，立即着手筹备李云博的婚事。虽然，作为家族总执事和瑶池乡司，重新接管家族和乡里事务，儿子完婚，算不上什么难事。但是，他心里很清楚，李云博是朝廷赐婚，当然非同小可，不容许有任何差池，而且这又是他出山之后主办的第一件大事，当然是办得越精彩越好。于是格外卖力，什么占卜婚期、置办六礼、与会亲家、求取八字、喜送日子等，他都事必躬亲，按照官方礼制一样样办得完美周到，无可挑剔。又分派家人礼聘司仪、乐师、舞美，置办仪仗、花轿、祭祀用品，安排食宿、宴会及府第内外的各种装饰布置，一切都按规程的事项有序地进行着。到了十月二十八，他派出十路快马四处驰送婚典喜帖，就已经万事俱备，只等下月十八吉日的东风了。

正当李天亮忙得差不多的时候，这天，李庆吉突然把他叫进卧房，关上门后说道："如弘，你自从回家以来，又是调度爆业产销，又是筹备岫南大婚，忙里忙外，甚是辛苦。眼下，岫南大婚在即，可老夫这心里啊，总是七上八下的，硬是有些不踏实。究竟是哪里不对劲呢？"

李天亮道："父亲大人多虑了。儿子虽然回家不久，办些差使还是驾轻就熟，累不到我。父亲尽管放心，有儿子尽心操持，岫南婚事也绝不会出任何差池。儿子一定尽力把婚事办好。"

李庆吉摇摇头道："我说的不是这个。虽然是朝廷赐婚，这对你来说，的确不是难事。前次自坚也是马楚王廷赐婚，你才刚刚接任，办得几乎尽善尽美。我担心的是，岫南被人排挤，这婚事背后，会不会有什么玄机。"

李天亮想了想道："父亲大人是说，有人想借岫南完婚，搞阴谋诡计？"

李庆吉道："很有可能。你看，岫南自从秋月姑娘母子意外之后，一直不肯婚配。原因很简单，岫南志在天下一统，在此期间不愿婚配，是不想连累其他人。可是周大都督却偏偏请旨赐婚，这就是在借朝廷龙威逼迫岫南完婚。你再想一想，岫南一直帮他周行逢统一湖湘，他为什么要逼迫岫南完婚？"

听罢，李天亮突然明白释晖禅师所说的"重要使命"是什么了。他站起来，说道："儿子听说，周将军多次邀请岫南到潭州任事，都被岫南拒绝了……儿子也有些疑惑，周将军这样做，究竟是帮他解决个人问题，让他安心出仕，还是借机试探他，是否怀有二心呢？"

李庆吉道："按理说，滴水之恩当涌泉相报，岫南帮了他那么多忙，他应该感激才是。如若请旨赐婚，是他希望借助强权帮岫南解决个人问题，那么问题就简单了；若是试探他是否忠心，那么麻烦就大了。可是，岫南说，这朝廷赐婚，是有人在排挤他，要赶他走，这怎么跟朝廷赐婚扯得上关系呢？我思来想去，百思不得其解。"

李天亮恍然道："父亲大人，会不会有人嫉贤妒能，对岫南的才华耿耿于怀呢？"

"这个……我倒没想过。"李庆吉突然若有所思，"就我所知，如今周行逢身边，和他一起起事的将领大都被他除掉了，仅剩一个远在衡州的张文表。前不久，他又设宴，以叛逆之罪诛杀了对他颇有怨言的十多位将领，他身边，除了一些有勇无谋的武夫之外，就只有少数几个能谋善断的文臣了。这一个是魏迪勋，帮他辅政，还有一个，是专门出谋划策的掌书记李观象。魏大人是我们世交，如今又是你的儿女亲家，绝不会嫉妒自己的女婿，难道是李观象对他下了狠手？"

李天亮道："依我看，很有可能。岫南察事一贯精准，他如是说，肯定有他的道理。李观象这个人我们不了解，他若想做周行逢的辅弼之臣，岫南就成为他的障碍。而周行逢多次邀请岫南出任潭州刺史，要真是这样的话，所有疑点就对上了。如若岫南抗旨拒婚，那么就是死路一条，很可能我们全家也都得搭进去；如若岫南和魏小姐完婚，又违背他的意愿。他之所以答应完婚，是怕连累家人。唉，真是为难他了。"

李庆吉看着儿子，没想到他修行数年，分析问题也越来越有条有理层次分明，很是欣慰。他点点头道："你说得对，很可能就是这个李观象！"他顿了顿，又道，"如若仅仅如此，倒还好应对，我更担心的是……"说着，就打住了。

李天亮看着父亲焦虑的神情，坐到他身边，探过头去问道："父亲大人，您还担心什么呢？"

李庆吉道："我担心，此事若与周行逢有关，麻烦就大了。"

李天亮顿时一头雾水："这，如何会与周将军有关呢？"

李庆吉道："我听说，周行逢曾多次来瑶池，一是请岫南到潭州任事，岫南婉拒；二是跟他商量，创建炮战军的事，也被岫南拒绝了。"

李天亮大惊道："有这事儿？我可从未听说！"

李庆吉道："你刚回家不久，自然不知道。我也是间接知道的。你想想看，如若周行逢想建一支炮火军队，岫南不同意，他周行逢会不会借朝廷赐婚来做文章？"

"这……"李天亮愣住了，"南唐炮火营为了得到火药秘方，高官显爵，恩威并施，各种手段无所不用其极。这周行逢要是野心膨胀，那么我们的日子也会不好过啊！"

"俗话说，害人之心不可有，防人之心不可无啊！"李庆吉说着便站起身来，继续说道，"自南唐炮火军建立以来，火药制造的垄断已被打破，各家作坊都会配制火药，而且献给南唐的那两道中级秘方，也不再是绝密，火药秘方的传承必将更加绝密。虽然岫南说他离去后，家中不会有事，但不怕一万只怕万一，还是提前布局为好。本来，云字辈传人是长房长孙光升，可是他偏偏英年早逝。如今云字辈子孙中，长房仅剩下岫南，也只有岫南更让我们放心。要不，我们就决定下来，让岫南成为云字辈的秘密传人，如何？"

李天亮也站起身来，拱手道："谨遵父命，一切全由父亲大人定夺！"

李庆吉道："好，就这样定了。事不宜迟，今晚就按祖制，举行火药绝密传人册立仪式！"

"是，父亲大人。儿子这就去准备。"李天亮说着，跟父亲道别，健步出了李庆吉的卧房。

这天晚饭过后，李云博显得格外轻松，于是独自一人去了楠竹山散步。难得有个清闲的时候，他一边走，一边思考着，他在为北上中原着准备。

自从父亲回来后，李云博已经逐步将总执事和瑶池乡司的权力进行了交接，除了金刚头刘记编炮作坊还有些事情需要打理和安排之外，基本上没什么事情了。再加上他大婚在即，父母都强烈要求他好好休息，不让他过多参与家族事务，这更让他清闲自得。就要离开这生他养他的家乡了，看着这熟悉的青山绿水和人烟阜盛的瑶池大地，李云博心中泛起一阵莫名的哀愁，离开家园，还真有些不舍。但事已至此，也只能接受。"离开是为了回来，为了将来再也不用离开。"李云博想着，很快就释怀了。

回来后，他就一头扎进书房，看书入了迷，直到夜阑人静。回到房里，他像往常一样静坐参禅半个时辰，完毕后，正准备就寝的时候，父亲在外敲门："岫南，睡了吗？"

李云博回道："阿爹，还没呢，正准备就寝。"他说着，闪过身来开门。

李天亮道："你阿翁有要事找你相商，要我叫你过去。"

李云博熄了灯，边走边问道："要事，什么要事？"

李天亮道："我也不知道。过去就知道了。"

父子俩一时无话，就匆匆往李庆吉的院子里赶。刚到院子门口，李天亮四处看看，就拉着李云博进门，又把大门关上，还加了一根大杂木棍，死死顶住门闩。院子很黑，也不见李庆吉房里有灯光。李云博很是诧异，正要说话，只听李天亮小声说道："岫南，你别说话，跟我来就是了。"李云博也就不好问了，满腹狐疑跟在父亲身后。只见李天亮用力推了几下院墙，这道墙便开了，露出一条狭窄的石阶来。李云博更加吃惊：原来，这道墙是可以移动的！

只见李天亮一手将李云博拽进来，又一推院墙，院墙便合上了。李云博跟着父亲摸索一阵下了石阶，就渐渐宽敞了。他们打开一扇石门，没想到里面灯火辉煌，原来，这是间偌大的密室！室内陈设庄严肃穆，"爆竹老爷"李畋神情凝重，端坐在神龛上。李庆吉头戴竹冠，穿着一身紫色长袍，活脱脱一个巨型爆竹模样。见他们来了，起身迎过来道："你们快过来，先焚香祷告吧。"

李云博顾不得多想，就和父亲一起点了香烛，叩首拜祭，又起身将香烛插在香案上。

正当他疑虑之间，但听李庆吉高声喊道："爆竹老爷畋公在上：今夜后辈子孙举行火药绝密传人册立仪式，恭请畋公首肯！"说着，就拿起阴阳木卦，叩了三叩，往地上掷去。只见木卦应声落地，正好一阴一阳。李庆吉又叩首道："多谢畋公垂允。"说罢，对着李云博喊道："李云博，请跪地听令！"

"这怎么行！我我我……"李云博听了他的话，惊愕不已，连连反对。

李庆吉道："这是家族的决定，又有畋公旨意，也关系到家族的兴衰成败，不是你个人的事！还不快快下跪！"

"是，祖父大人！"李云博应了一声，只得硬着头皮跪下，心头立刻沉重起来。

李庆吉道："李云博，你给我听着：自今日起，你就是我瑶池李氏火药绝密配方第十三代传人，也是李氏云字辈中唯一传人。你成为绝密传人之后，务必恪守祖训，传承创新，舍生忘死，谋福瑶池。你听清楚了吗？"

李云博应道："李云博听清楚了。"

李庆吉道："那好。你起来吧。下面进行秘方交接。如弘，你来吧。"

李天亮走过来道："是，父亲大人。"说着，就走过去，打开一处窗橱，取出一个精致的铁盒子来。

李云博惊奇地问道："绝密配方？几年前，不是焚毁了吗？"

李天亮笑道："亏你还聪明过人！那次焚毁的，只不过是一些普通配方，为了掩人耳目而已！真正的绝密，怎么可能随意焚毁呢！"

李庆吉指着铁盒子里的秘方说道："这些宝贝，是我瑶池李氏祖祖辈辈辛辛苦苦积累了数百年，秘密传承的配方精华。如弘，你给他简单做些介绍吧。"

"是，父亲大人。"李天亮应承一声，就对李云博说道，"瑶池李氏所谓的火药秘方，历来就是个谜，外界传得神乎其神，除了嫡系传人之外，谁也不知道什么样的配方算是秘方，真正的秘方又在哪里，甚至连火药的分类和保密等级都弄不清楚。岫南，你如今是绝密配方的第十三代传人，就必须准确无误地知晓这一切。"他看着李云博，从里面拿出一册来递了过去，继续说道，"李氏火药的配方，总共有五大类别近三百种，那就是：药用类、声响类、光火类、燃烧类、爆炸类，每类都差不多有数十种。而从保密等级上分，共有四级，一二级为普通配方，主要用于生产爆竹、医药消毒止痛，由火药坊掌管，指导药工配制，然后将成品分送到各个爆竹作坊和药号；三级属于原来比较先进，但由于新的技术不断进步，被逐步解密出来的半保密状态的配方，但外界一般认为是发明的新配方，威力比较大，仅限于李氏家族总执事掌管，指导长房子孙配制使用，这就是外界通常所说的火药秘方。而还有一级不为人知的配方——绝密四级……"

"什么，绝密四级？还有绝密四级？"李云博简直不相信自己的耳朵，忍不住问了起来。

李天亮道："你别打岔，听完再问。这些绝密四级配方，历经了数十次乃至上百次试验后才定型成方的，都是数百年来李氏世代嫡传掌门呕心沥血积累的精华，或者是新发明的妙方，配制复杂，威力巨大，而且一直都使用暗语记录，特别是这种暗语和绝密配方一样，只有长房嫡长传人一个人掌握。就算有一张绝密而又威力巨大的炮火配方放在你面前，就算你认得那几个字，也不会知道什么意思。所以，简而言之，要传给你的绝密，其实就是这十几道绝密四级配方。你弄明白了没有？"

李云博听着这些闻所未闻的介绍，一副似懂非懂的样子："有些明白……可是，不明白的地方太多了……"

李天亮笑道："我第一次听说这些，整个人都蒙了。"

李庆吉也笑了："你有些明白，已经不错了。有什么疑问，尽管问吧。"

李云博却神情严肃："好。我来问问。我几乎一出生，就和火药打交道。我接触的火药，都是普通配方吗？"

李天亮道："不错。你小时候玩的，都仅限于一级配方，连二级都算不上。"

李云博道："我们献给南唐朝廷的那两道配方，算得上几级？"

李庆吉道："'逃身摔'用的是二级，而另一道是刚刚解禁的三级。"

李云博又问道："父亲你刚才说，三级配方有家族总执事掌管，指导长房子孙配制使用。可不可以这样理解，如今家里的所有成年男子，都知道使用？"

李庆吉道："这不全对。这要看掌门人是谁。比如，我做总执事的时候，你爹爹和你二叔都可以使用；你爹爹做总执事的时候，你们三兄弟都可以使用。所以，能够使用而且知道三级配方的人，也不多，如今算算……"

李云博道："这个，我算出来了，那就是，三叔祖药因道长，祖父及祖父的同胞兄弟，父亲及父亲的同胞兄弟，我们三兄弟，对不对？"

李天亮道："非常正确！只是，你三叔公是个特例。"

李庆吉补充道："也算不上特例。因为我叔叔去世早，父亲就将他视为己出，因此也一样知道使用。"

李云博继续问道："这些年来，绝密四级用过没有？"

李天亮回答道："当然用过。比如王廷特贡炮火，比如畋公三百五十整生大诞猎杀野生三牲，都有用到绝密四级中的某个配方。但是，使用的机会很少。"

李云博继续发问："那次东峰界猎杀三牲，我偶然之间发现的那个冲天花火，定型之后属于几级配方？"

李庆吉道："属于绝密四级！这个配方，是第一个由不是总执事或者嫡长发明的，而且也是第一道进入绝密四级的光火类配方。所以，你不简单，选你做绝密传人，也是实至名归！"

"惭愧惭愧！"李云博顿时有些不好意思，又开始问了起来，"如今，知道这绝密四级的，就我们祖孙三人。但是，这秘方簿册只有一册，由谁保管呢？"

"问得好！"李庆吉说道，"按照常理，这绝密配方，是由现任总执事掌管。也就是说，如今由你爹爹掌管。一般情况下，掌门人是终身制，都是总执事在临终之前将绝密传给下一任。我是个例外，提前传位了。现在是非常时期，因此在两任总执事都还健在的情况下，提前册立绝密传人，也是保证绝密绝对安全而又不至于失传的特殊手段。而且，我和你爹爹商量好了，这绝密簿册，由你李云博保管！"

李云博直摇头道："这，怎么行！我将离家北上，带上多不方便！"

李庆吉笑道："这本册子，和普通抄书无异。不瞒你说，这本绝密，是我命你爹爹抄写的，由你带上。你拿着这个，如若不记住密码和查询办法，一点用处都没有。好了，现在就让你爹爹，告诉你如何破译密码吧。你在临走之前，必须全部学会，印在脑海里，绝对不许传抄或者记录。好了，你们开始吧。"

"是。"父子俩说着，就开始忙碌起来。

◈ 五、预感大事不妙，魏千金求见黄金长老 ◈

魏柳烟接到朝廷赐婚诏书，预感有些不妙。一连几天，她都一门心思琢磨这朝廷赐婚的深意。当她从父亲口中得知，这个主意，是掌书记李观象出的，很快明白了他的别有用心。这时候，瑶池李氏总执事按照规程一步步在走，下聘礼、合八字、卜佳期、商礼仪，越是婚期临近，她的心越是焦躁不安。

这天一大早，她匆匆用过早茶，就带着两个丫鬟出了城，前往东华山上的碧云庵，秘密探望已经如约而来进庵修行的刘如霜。其实，她的心里一直很矛盾：按理说，和李云博完婚，是她梦寐以求的；但是，李云博心系天下不想完婚，而且因为刘府惨遭灭门，为了拯救失去理智一心复仇的刘如霜，两人又有过取消私订终身的约定，这桩婚姻不仅不是你情我愿，而且也对不住刘如霜。如今朝廷赐婚，她不能抗旨，但她还是想见见刘如霜，跟她说清楚。

来到碧云庵，却发现刘如霜不在。一问，才知道她云游去了。还留给她一封信。惊异之间，她来不及多想，匆匆拆开信看了起来，信上写着：

柳烟姐姐：如晤！

妹妹按照约定，已来碧云庵修行多日。感谢姐姐常来照拂，也感谢姐姐兑现承诺，一直对妹妹的事情守口如瓶。提心吊胆在庵里待了些日子，总是害怕遇见熟人，到时候，不知会带来多大的麻烦。思来想去，还是决定去云游四海，一来开阔视野增进业力，二来离开这个是非之地，少给姐姐添麻烦。妹妹既已出家，就绝不会回头，姐姐不用找了，如若妹妹想姐姐，自然会回来看姐姐。

听说朝廷赐婚，衷心祝愿姐姐和岫南哥哥新婚大喜、百年好合。

顺颂

冬安！

灵妙居士　合十

魏柳烟读罢，顿时大惊失色：刘如霜不辞而别！这封信，离去的理由非常实在，而看似平淡无奇的一句祝福，却让魏柳烟恍然大悟：刘如霜应该是得知朝廷赐婚的消息后，觉得自己再待下去，会影响她和李云博的婚姻，才决意离开的。刘如霜这么做，是真心诚意成全她和李云博，不想因为她留在长沙而节外生枝。

想到这里，魏柳烟后悔不迭。可是，就算刘如霜没有离开，她又能改变什么呢？思来想去，只得叹息一声，招呼两个丫鬟下山而去。

回到家里，魏柳烟还是不能释怀，一个人闷在闺房里发呆。但是，这样下去也不是办法。她突然想起，还有要事得办，于是晚餐也没吃，就女扮男装独自一人出门去了。

只见她转过几条巷子，绕过碧湘宫门前，径自来到会春园后边的湘思居。魏柳烟记得，那天马馥湘带着李云博交接房子的时候，她也在场，李云博望着大门上业已斑驳的匾额，觉得这院子仍然叫"驸马府"不妥，就建议马馥湘把名字改了。马馥湘道："这

院子已经是我们瑶池李氏的，你愿怎么改就怎么改。况且，你饱读诗书，就改个好听的名字吧。"李云博道："二嫂你说什么话！不是说好了，我只是租用，院子还是你的吗？"马馥湘笑道："看来，是你见外了！我马馥湘就不是你瑶池李氏的媳妇？我们长房什么时候分过家？这院子，当然不是我马馥湘一人的，是大家的！"魏柳烟笑道："你们都别争了！这房子是谁的都一样，还是想想改什么名字好，行不行啊？"几个人就不作声了，想了一阵取了几个名，都觉得不合适。只见李云博突然说道："有了，就叫'湘思居'，怎么样？"马馥湘一听，以为是取义"此物最相思"诗句里面的"相思"二字，摇摇头道："不行……相思居，谁和谁相思啊？"魏柳烟一听，马上明白李云博的用意，笑着对马馥湘道："公主姐姐，你会错意了。这个'湘思居'中的'湘'字，不是'愿君多采撷，此物最相思'中的那个'相'字，而是你名字马馥湘中的这个'湘'字。岫南这名字，取得绝妙极了，我看就用这个吧！"马馥湘这才反应过来，突然明白原来李云博这样懂得她的心思，也体会到了他的良苦用心，不由得一阵感动。她笑着点点头道："那好，就取这个名吧。"

魏柳烟站在新做的"湘思居"大匾下面，端详了好一阵子，往事历历在目。她来不及多想，站在门前说是要求见老主人，并掏出一块紫色腰牌递给值守。那值守起先并不在意，可是接过腰牌一看，顿时大惊失色，还了腰牌之后连连施礼道："大人快请！"于是领她进了门楼，又施礼道："属下不知紫使大人驾到，没有预先通报阁左大人，还望见谅！阁左大人在书房里，大人快请！"魏柳烟一听，知道他把自己当成泰平阁密使了，但她不知道，这块腰牌，居然代表这里面的一位名叫"紫使"的大人，这让她吃惊不小。她笑着还礼道："哦，兄台客气，不必多礼。在下有些不知了：如今潜伏时期，为何我来见阁左大人，还要先通报呢？"

值守密使道："正因为潜伏时期，我们都是秘密行动。少主发明了暗语传音，外派密使要回总部办差，一律得先行在门外传音请示，得到阁左大人批准方能入见。"

这下子，魏柳烟顿时更加好奇，于是装作他们的样子，恍然道："是啊，我怎么给忘了呢？瞧我这记性！"她一边拍着脑袋，一边又问道："那刚才，我没有暗语传音，你为何领我进来呢？"

值守密使被她问蒙了，瞪大眼睛说道："你是紫使大人，是专门替少主传令的特使，你进出，当然不需要啊！大人不是受少主之命，特意巡查总部岗哨的吧？"

魏柳烟终于明白了这个"紫使"是个什么官了，于是连连摇头道："不是不是，你别误会。我是奉少主之命，向阁左大人报告情况的。"

刚到书房门口，只见值守密使喊道："阁左大人，少主派紫使大人知会情况。"话刚落音，只见泰平阁黄金左长老开门相迎，见是魏柳烟，一愣，突然明白了怎么回事，笑道："紫使大人，里面请！"又对值守密使说道："你去吧，看住门，别让任何人靠近！"值守密使应声去了。密使一走，黄金左长老施礼道："不知少主夫人驾到，有失远迎，还望恕罪！"

魏柳烟赶紧还礼道："小女子见过阁左大人！适才被值守误会，把他吓成那个样子，真是过意不去……"

黄金左长老笑道："魏小姐，你不知道，你拿的这块紫色腰牌，是什么东西吧？"

魏柳烟装作一无所知的样子揖道："小女子不知，敢请大人赐教。"

长老道："你这块紫金腰牌，原来是刘如霜紫使的印信。她要复仇，害怕连累我们，就主动退出了。这紫金密使，是我们泰平阁紫金长老也就是少主李云博驾前的传令密使。自我们潜伏地下以来，一切行动停止。即便有行动，也都是靠暗语传音进行。而总部搬到这里，还从没有紫金密使上门过。你掏牌求见，不把他吓坏，才怪呢。"

魏柳烟恍然道："原来如此！我也是迫不得已，有急事跟您磋商，才贸然求见。真是抱歉！"

长老道："哪里哪里！魏小姐聪慧过人，能谋善断，一般问题只需略施小计，都能迎刃而解。今日既然找到这里来，肯定是遇到大麻烦了。来，这边请坐，我们一边饮茶一边说事，看能不能帮到你。"

"大人过奖了！"魏柳烟也不过多客套，就入座饮茶。茶过三巡，魏柳烟说道："大人，如今中原朝廷赐婚我们，我担心有人使诈。"

黄金左长老一惊，问道："此话怎讲？老夫愿闻其详。"

魏柳烟就将朝廷赐婚前前后后和盘托出，也发表了自己的看法。末了，她说道："周行逢多次要岫南出来帮他理政，被岫南拒绝，而且我听说，周行逢一直想建设一支炮火军队，也被岫南拒绝了。这个赐婚的主意，又是掌书记李观象出的，周行逢采纳了，这说明周行逢对岫南不肯出仕、拒绝建设炮火军耿耿于怀，而且开始猜忌岫南了。"

黄金左长老点了点头，神色顿时严峻起来。他说道："得知少主被朝廷赐婚，老夫也一直在琢磨这事儿。起先，老夫以为，这是周行逢成人之美，还少主多次帮他的人情。可是后来，越想越有些不对劲。周行逢为人谨慎多疑，而且苛刑峻法，杀戮太重。自入主长沙以来，已经有许多将领死于非命。虽然，他和少主交情深厚，也得到少主和我们泰平阁的多次援手，但他掌权之后，如若野心膨胀，什么事情都可能发生。如若请少主出来任事，是他求贤若渴，需要治国大才，倒还说得过去，可是要建设炮火军，就有些膨胀的嫌疑了。再加上，老夫听说他身边这个李观象，虽然有些谋略，可是嫉贤妒能。他曾经在朗州是刘光辅大人的属下，刘大人随马希萼来长治政，他接替刘大人担任朗州留后马光惠的掌书记。可是后来王逵、周行逢叛逃，夺了朗州，潭朗交恶，他献出翾羽之计，让刘光辅等十位大人惨遭灭门，这个人，绝非善类。无论如何，我们还是得小心为妙。"

"大人所言甚是。"魏柳烟说道，"如若我没猜错的话，李观象是想借赐婚，置岫南于死地，除掉他成为周行逢辅弼之臣的最大障碍。岫南也很可能是觉察到他的险恶用心，才决意离开的。大人，我还有一事不明，虽然是涉及贵阁绝密，但关系要情判断，我还是想知道，恳请大人赐教。"

长老道："赐教不敢。小姐已是本阁知情人士，有话请讲，老夫知无不言。"

魏柳烟道："我听说，几年前，湘水台名义上是遣散，实则是改称泰平阁潜入地下。而近年来，湘水台也在秘密活动。这一切，周行逢知道吗？"

"这……"长老一愣，想了想道，"湘水台遣散时，马希萼他们就曾怀疑过，当时他周行逢就在马希萼帐下，应该不会不知道。况且，联合朗州大破南唐，替少主传递消息给他周行逢的，也是我们的人。按理说，这么多年的来往，他周行逢肯定知道，少主手下还有一只秘密力量。"

"这就更麻烦了。"魏柳烟道，"周行逢本来就城府很深，而且生性多疑，岫南有一支秘密武装，而且他们瑶池李氏又掌握着南边的醴陵大营、神刀营，加上岫南又不肯来长沙帮他理政，他不怀疑才怪呢。因此，这朝廷赐婚的背后，一定是他在试探李云博，如若岫南就范，那么他就有理由逼岫南出来任事，如若抗旨，就说明岫南有二心，借抗旨大罪来除掉他，也就水到渠成了。"

"言之有理。"黄金左长老听她一通分析，顿时坐不住了，站起身来急急忙忙转了几圈，抬头问道，"魏小姐，你是最了解少主的。你觉得，他会不会知道这些阴谋，又会如何选择？"

魏柳烟道："依我对岫南的了解，他对这一切应该明察秋毫。他一面按旨行事筹办婚事，一面安排好家里，很可能随时准备离开。"

"少主要离开？"长老一惊，疑惑道，"如若老夫没猜错的话，他应该是北上中原。按理说，他离开之前，应该会召见老夫，交代好阁里的事。可是，到如今也没有任何交代啊！"

魏柳烟笑道："我估计，他应该是在婚后离开，因此，眼前给您交代还为时尚早。婚后离开的原因，一来顾及周行逢的面子，二来不至于连累家人。但是，若是他婚后仍不出来任事，而是要北上，周行逢会放过他吗？"

长老想了想，道："少主机智过人，自有应对妙计。只是，他若婚后离开，只是苦了魏小姐啊！"

魏柳烟道："大人多虑了！岫南的心中，一直只有天下一统，为了这个，他可以放弃一切。尤其是如霜姑娘失踪、秋月夫人和孩子意外后，他已经断了家室之念。我今夜来求见大人，就是想和您一起，商量一个万全之策，保证他安全北上，万无一失。至于我个人，为了他的大业，做什么都不在乎。更何况如若和他完婚，即便守活寡，也断了父母要我另嫁他人的念想。"

长老道："夫人聪颖如斯，这等体谅和支持少主事业，真是少主知音，我泰平阁之大福也！夫人在上，请受老夫一拜！"

"大人如此大礼，小女子担待不起，真是折煞我也！"魏柳烟大惊，连忙止住他道，"大人受岫南委托，为了这天下大业日夜操持阁内事务，才是真正体谅和支持岫南的知音。我们也别客套，一起计议岫南脱身的万全之策，如何？"

长老很是感动，拱手道："只要少主平安脱险，老夫赴汤蹈火，万死不辞！"

两人就仔细商议起来，直到深夜。商议完毕，黄金左长老又派来数名密使，护送魏柳烟回去。他送别了魏柳烟后，就着手推敲起这个绝密计划来。如何具体实施，才能做到万无一失，而在做好实施准备的同时，一定得对形势变化有所预判，得多做几套应变预案。谁知道，这场即将来临、看似平静的大婚背后，不知有多少人心怀鬼胎，各自打着如意算盘……想着想着，黄金左长老的神色突然凝重起来。

◆ 六、李学士上门送死，周将军无地自容 ◆

眼看李云博的婚期临近，周行逢的心情也越来越复杂。

一方面，他希望李云博奉旨完婚，这也算还了他一个人情。但李观象说的没错，"一山不容二虎"，李云博留下来，对他的权力是一个极大的威胁；而另一方面，他又希望李云博抗旨不从，这是除掉这个对手的绝佳机会。可是如此一来，他就是恩将仇报，就是一个十足的小人。更要命的是，夫人严氏得知事情的真相，跟他闹翻了，带着一家老小全部去了武陵老家，临行时还数落他："你如此听信逸言，倒行逆施，以怨报德，滥杀无辜，祸害已经不远了！我们不想和你一起走上不归之路！等到你大祸临头，我们远在乡野，逃命的话可能还快一些……"这更让他首鼠两端、不知何为。

这天中午，周行逢刚从岳麓山大营视察军务回来，就听说后堂客屋来了客人。一进门，也没来得及问是谁，就匆匆赶往客屋。刚走上台阶，远远看见李云博一身书生打扮，捧着一本书看得出神。周行逢大惊，想回头溜掉，慌张之中没想到转身太快，一脚踏空，摔了一跤。李云博听到声响，赶紧起身，看见周行逢的狼狈样，笑道："周将军，怎么，看见小弟来访，不欢迎还是心里有鬼啊，居然在自家门前摔了跟斗！哈哈哈……"

"在自家门前摔跟斗，岫南贤弟这话，好像是话里有话，哈哈哈……"周行逢连连起身，笑着掩饰着尴尬，"我在岳麓大营忙碌了一上午，腿脚都麻木了，一看见你来，太高兴了。这人一高兴，一不留神，就……哈哈哈……"他做了一个摔倒的动作，又拍拍身上的灰尘，继续大笑不止，走进客屋和李云博寒暄起来。

看座上茶已毕，周行逢问道："怎么，贤弟大婚在即，不好好准备做新郎官，来我这里有何贵干？"

李云博笑道："听闻兄台要我性命，特来送死耳！"

周行逢听他如是说，很是吃惊，差点把茶都弄泼了，满脸惊愕地问道："贤弟何出此言？"

李云博苦恼万分地说道："如今，大街小巷传得沸沸扬扬，你周大都督为我请旨赐婚，就是给我李云博设的圈套。你明知我自幼学道，一心想做个云游四海的隐士，不想有家室之累。而你呢，偏偏上书朝廷给我赐婚，我若不接受恩典，就是抗旨，死路一条；如若奉旨完婚，却又违背本心，也活不长久。思来想去，还不如送上门来，一刀让你宰了，倒是一了百了，少去很多烦恼！"

周行逢心里发虚，但仍装得义正词严："你简直、简直是胡说八道！那大街小巷的传闻，都能当真！真是岂有此理！"

李云博看着他的眼睛，说道："街上传闻不能当真，不听也罢。难道嫂夫人的话，也能有假？"

"你嫂子她说什么了？"

李云博笑道："嫂夫人离开长沙之际，带话给我母亲，说你周大都督听信李观象谗言，借请旨赐婚，要置我李云博于死地。她反复交代，要我赶紧跑，晚了的话就会人头落地……"

周行逢一听气昏了头，失口大骂道："这个臭婆娘，怎么吃里爬外起来，也跟着信谣传谣、信口雌黄！"

李云博又沮丧地摇摇头："兄台啊，自从接到圣旨，我为了保全家人性命，还是决定领你的情，和魏千金成亲算了，你毕竟是为我和我的家人好。要出家的话，以后还有机会，也没有谁说过，成了婚的人就不能出家了。可是，当听到嫂夫人带过来的话时，小弟仿佛被当头一棒，简直万念俱灰：反正是死，还连累人家魏姑娘干嘛……"

"岫南贤弟，没这回事，别听你嫂子胡言乱语。你快快成亲，就什么事都没有了！"周行逢见计谋被他识破，有些慌了，"我们情同手足，怎么会置你于死地呢……"可能

是很少对李云博说过谎话，他说话的语气有些颤音。

李云博看着他慌乱不堪的眼神，心里暗暗好笑，但仍然一副无奈相："我李云博万万没想到，五年多的兄弟情谊，无论我如何规避退让，如何极力维系，甚至不遗余力地帮你，终究还是逃不过时位移人、反目成仇的宿命结局。我没有什么好说的，但求问心无愧，死又何妨！"

这句话，一下子击中了周行逢本来就犹豫不决的心。他实在忍受不住了，突然间无地自容，抱着李云博号啕大哭道："岫南，为兄该死，听信李观象谗言，欲置你于死地。你怎样惩罚我，都不为过，只求你别离开，我真的需要你帮助。其实为兄的本意，不是这样……啊呵呵呵呵……"

李云博连忙扶着他坐好，突然板了起面孔："周兄，我怎么说你好呢！我知道，你如此而为，是要逼我出来帮你，可是，我不是跟你说过吗？你主政长沙，我留在乡野，一样可以暗中帮你啊！你中了李观象的圈套，你知不知道？"

"什么？李观象给我下了套？"周行逢故意装作一无所知，吃惊地问道，"他怎么下我的套呢？"

"你要借请旨赐婚还我人情，好让我们感恩戴德之余，投桃报李、出来任事，甚至为你建设炮火军，是不是啊？而李观象，一直打压同僚，排除异己，想方设法取悦于你，想做你的辅弼之臣。而你呢，又偏偏把这个位置留给我，这不就让他嫉妒吗？他利令智昏，要借这个机会除掉我，然后得到你的垂青。他跟你说了什么，我不知道，但他这个龌龊的心思，我心里是有数的。我不出来任事，就因为看清了这一点，避免臣僚争宠，相互倾轧，这可是朝堂之大忌啊！"李云博痛心疾首地说着，不免潸然泪下。

"这个狗东西，居然蒙起我来了！"周行逢一副恍然大悟的样子，"岫南，你别走，我将他发配得远远的，让他永世不得翻身，然后你来担纲长沙军政要务，好不好？"

李云博摇摇头道："不妥。都说你律下过严，滥施威权，看来也不是空穴来风。经过数年的战乱，许多有才能的贤臣良将，大都死于非命，湖湘朝野，已经没几个可堪大任的人了。李观象这个人，虽然揽权好名，嫉贤妒能，但他对你可是忠心耿耿，而且清廉务实，能谋善断，你只要把控得当，还是一个难得的人才。用人嘛，还是要扬长避短，切不可因为小过而弃之不用，瑕不掩瑜嘛。我建议你，不仅不能贬斥他，而且还要重用他，立即上书朝廷，让他出任节度副使，一旦他得到他所想要的，就会更加为你竭尽全力。"

"你真是以德报怨啊！"周行逢感动得热泪盈眶，"可是，他心里总是打着小算盘，还一直离间我们兄弟，说什么'一山不容二虎，'我怎能咽得下这口气？不狠狠地责罚他，我誓不为人！"

李云博笑道："看看、看看，这就是我湖湘大地的统帅，为了这点小事就耿耿于怀，你怎能成就大业？你历经千辛万苦，实现湖湘一统，很不容易啊！而要守住这份基业，实现长治久安，更加不易啊！做大事情，就得有胸怀。尤其是对人才，得学会包容，懂得珍惜。但凡有些非凡能耐的人，哪个没几样臭毛病？这个世上，根本找不到完人！而了解他们，宽容他们，信任他们，并时刻注意他们的弱点，自己把握好方向和分寸，就可以放手让他们去干，你的事业何愁不成功呢？"

周行逢点点头："听君一席话，胜读十年书，真让我获益匪浅啊！我听你的，就重用他吧。"

李云博见他终于有些笑容了，继续说道："今天我来，说是上门送死，那是气话，其实，是特意向你道别的。"

周行逢焦急地问道："你真的要走？"

"不走不行啊！你我都闹到这个份上，留下来只会给你添麻烦。"李云博喝了口茶，站了起来，道，"小弟知道，要你安安心心治理湖湘，就得一门心思用在理政治军上，如若老是想着有人觊觎你的权力，哪一天突然会冒出来，取而代之，这心里不踏实啊！我走了，你就安心了。虽然，你不见得时时刻刻在猜忌我，但人言可畏，加上不时有人煽风点火，总有一天，这假的也会变成真的。"

周行逢见他去意已决，顿时悔恨交加："为兄小人之心，以怨报德，真是愧对你我之间的这份情义啊！"

"你又错了。"李云博笑道，"大凡成就大业的，首先要抛开个人私情，以事业为重。你要杀我，从谋政角度一点也不为过。如若这是你的谋划，倒是值得称道。可是你是听了别人的，而且中了他的圈套，就有问题了。你今日不杀我，将来还是会后悔的！"

"后悔？不不不，我绝不后悔！"周行逢连连摇头，"我发誓，今后无论如何，一定不会对不起你和你的家人。"

李云博道："这我相信。我走之后，就是希望兄台善待我的家人。"

"为兄一定做到。"周行逢说着，突然哽咽道，"你这一去，不知什么时候还能再见面。我真是舍不得你走啊！以后要找个说体己话的人，都没有了！"

李云博道："理政治军做大事者，自古以来就是孤独的，任何志同道合或者盟友，都是暂时的。你得学会孤独，什么事情自己得拿主意，别人帮得了一时，帮不了一世。"

周行逢道："岫南贤弟，我记住了。临行前，你还有什么要交代的？"

李云博道："别的没有了。我最担心的，就是你的心灵深处，仍然潜伏着一个称王建国的梦想。从道理上讲，恢复楚国旧制，也是造福湖湘的善举，但这只是个美好的愿望。这件事情我们聊过多次了，我不想多说。提醒你的就是，仅凭目前实力，或者再过了十年八年甚至更多时间，仍然不可能建国。为什么？因为自唐末战乱一来，诸侯割据已近百年，天下久分必合，这是必然规律。你若无力一统天下，就好好守着湖湘，顺势而动，必然创造一个安居乐业的湖湘；你若逆势而动，长沙又要重燃战火，百姓又要流离失所，你们也会碰得头破血流。这个道理，望您切记。"

周行逢听了，佩服得五体投地："我一定谨记贤弟教诲，绝不再提建国的事。"

"兄台言重了，我岂敢教诲于你，仅仅提醒而已。"李云博想了想，又道，"还有一件事，你可以在战略要地装备炮火武器，我会叫家里人帮你。请您务必记住，这一定得秘密进行，千万别大张旗鼓组建什么潭州炮火军。如今诸侯之中，长沙最为弱小。一旦炮火军问世，天下诸侯就会觉得你将是他们最大的威胁，必然群起而攻之，就是大周朝廷，也会觉得你怀有二心，到时候，你招架得住吗？"

周行逢道："你放心，我明白了。"

李云博看了他一眼，坐了下来。突然又想起一件事："还有，你目前要干的第一件事，就是去趟朗州，把嫂夫人从武陵乡下接回来。我这个嫂夫人，是难得的女中豪杰啊！其实，你遇事多跟她商量，用用她的智慧，治理湖湘足够了。你别小看她，她的所作所为，都是具有大智慧的啊！躬耕农亩，缴纳赋税，勤俭持家，与人为善，都是治国理念里的最高境界，是大成之道啊！我曾经跟你说过，我在金陵时，大国士韩公教导我的'道器说'，里面最为经典的名句，你还记得吗？"

周行逢道："这个，让我想想……大凡成就大业，小成在力，中成在……在什么来着？"

李云博道："中成在智，大成在德。"

周行逢道："对对对，中成在智，大成在德。"

"你记都记不住，还如何以此施政？"李云博笑了，"你看夫人做的，都是以德怀人，以德服人，以德化人。有她在，我绝对放心，长沙出不了乱子，即便有人利欲熏心，想要谋反作乱，老百姓也不会答应的。"

周行逢道："你说的没错，为兄一定去老家把她接回来。"

李云博起身道："好了，该说的我都说了，也该告辞了。"

周行逢也站起来，拉住他的手："留下来，吃完饭再走吧。要不，你动身时，我亲自为你饯行！"

李云博笑道："好意小弟领了，但不必兄台费心。过几日就要奉旨完婚，还有得忙。这事总得办了吧，免得你不好交差。"

周行逢拍着胸脯说道："没事。你不愿成婚，我不逼你。朝廷那边，我有办法交差。"

李云博想了想道："这样更好。我一个既无心仕途，又不愿被家室拖累的人，即便完婚，也会云游四海，让人家独守空房。还是不成亲的好，免得耽误魏姑娘。只是六礼已下、婚期已定，如今突然变卦，魏府追究的话，那就麻烦了！"

周行逢道："这你不用操心，我去跟魏迪勋说。"

李云博拱手道："那就谢谢兄台了。"

"别这么客气。"周行逢觉得自己答应下来这些事情，心里轻松了许多。但他对李云博的离去，依然恋恋不舍，"那，好吧。你不喜欢热闹，你要独来独往，就由你，我不勉强。"

"好，后会有期！"李云博又拱手道别，出门去了。

"一路顺风，后会有期！"周行逢把他送出大门，怅然若失，不知如何是好。但他觉得，李云博既然决意离开，是对他能力的轻视，他周行逢，不是乱世英雄，成不了大器。一狠心，大声吩咐道："来人，速传掌书记李观象来见！"

七、瞒天过海惊世骇俗，魏柳烟下药破困局

从大都督府出来，李云博过了湘江去了趟岳麓山，前往麓山寺拜访弘法禅师。用过斋饭，又到弘道法师墓前拜谒。然后回来，径自去了魏迪勋府上。

李云博来到门前的时候，已近傍晚。而这时候，魏迪勋一家正在吃晚饭。听见管家慌慌张张的禀报，又见李云博风度翩翩地进门，都惊得目瞪口呆。只有魏柳烟依然吃着她的饭，对李云博的到来虽然意外，却毫不讶异。魏迪勋道："岫南来了！还没吃吧，一家人了，将就吃点。"

李云博见了礼，道："好啊。有饭吃，就不错了。我没那么多讲究。"

魏夫人慌忙喊道："管家，赶紧吩咐加两个菜，新姑爷第一次上门，怎能马虎。弄碗荷包蛋来，多加点糖。"管家听了，应声而去。魏夫人突然放下碗筷站起来，喃喃自语道："荷包蛋还是我亲自煮吧。"也出门而去。

魏迪勋疑惑道："岫南，过几日就要成亲了，你怎么能不顾礼数，上姑娘家来了？你不是不懂礼仪的人啊！"

李云博正欲说话，没想到魏柳烟接过话茬道："我说爹爹，我和岫南情同手足，见面又不是一两次。岫南肯定是去办要事，顺道来看看我们。你别多想啊。"

魏迪勋道:"扯淡!皇上赐婚,大都督主婚,李府六礼俱全,婚期已经卜得,你还说什么情同手足,仿佛是同娘共奶似的!还没嫁呢,就开始护着他了,还要不要我这个爹呀?真是!"

魏柳烟道:"我说爹啊,如霜妹妹下落不明,岫南心结未解,朝廷逼我和岫南成亲,一定是有人别有用心。这事啊,你别瞎掺和!"

魏迪勋火了:"我说烟儿,我魏府嫁女,大喜事一桩。你倒是好,要我靠边站,这怎么行!我知道,岫南与刘千金有婚约,他要信守婚约,这没有错。可是,我们都寻找了四五年了,也不知道如霜侄女身在何处、是死是活。如若找不到,你们就一辈子干等着?"

魏柳烟道:"如若她回来了呢,我们完婚了,把她往哪里放?"

"你……"魏迪勋被他一反问,半晌说不出话来。想了想好一会儿,又道,"你别以为我不知道,早在五六年前,你们就私订终身了。如今朝廷赐婚,你们郎才女貌、两情相悦,成家立业理所当然。她不回来,很可能是有意逃避。就算回来了,这婚是皇上赐的,也有理由交代,这也没什么对不住她的啊!"

李云博道:"魏大人,依小侄看,这婚还是不能成……"

魏迪勋大惊失色:"什么?你小子真的是来退婚的,你要抗拒皇命?这可是诛灭九族的重罪啊!"

李云博道:"魏叔叔,别那么紧张。上午,我见过大都督,他说,这婚姻大事,虽然是皇帝赐婚,但俗话说,捆绑不成夫妻,如若真是不愿意完婚,他可以二次请旨……"

魏迪勋怒道:"荒唐!皇上金口玉言,这圣旨一出,怎么可能收回成命呢?周大都督再有能耐,也不可能把皇上的圣旨当儿戏吧?你要抗旨,他上书请求皇上收回成命,这不是自寻死路吗?把自己搭进去,他周行逢有这么傻?我看,你是读书读糊涂了!"

李云博一愣,道:"这……小侄可没想到!如今,我已经看破红尘,无意功名,一心想游历名山大川,不想有家室之累,也不愿耽误柳烟姐姐。得罪之处,还望海涵!"李云博说着,起身请罪。

"真是岂有此理!"魏迪勋大怒,站起来道,"自古以来,婚姻大事,父母之命媒妁之言,而你享尽恩宠,皇上亲自赐婚,还不知足?更何况,这完婚规程,下聘六礼,测合八字,定择佳期,都一一走完了,只差吉日一到,拜堂成亲了!哪能什么事情都率性而为,自己做主的呢!你如此而为,让我这张老脸往哪儿搁?你要自个儿自在不要紧,可我们这一大家子,不愿意陪你去死啊!"

"魏叔叔,这话从何说起……"李云博被他数落得睁不开眼。

"爹爹,你吃完了没有?吃完就去休息吧。这事儿,我跟岫南说清楚。"说着,魏柳烟起身，赶父亲走。

"这婚，无论怎样都得成，这没商量的余地！哼，真是胡闹……"魏迪勋正在气头上，哼了一声，拂袖而去。

刚出门，遇见上菜的魏夫人。魏夫人见他怒气冲冲，问道："老爷怎么了？"魏迪勋道："怎么了？问他们去吧！你的女儿要老死闺中了！我怎么生了这么个女儿！"

魏夫人一时间莫名其妙，看着他离去，赶紧进门，将一碗荷包蛋放到李云博面前，道："吃吧，这是新女婿进门规矩。"李云博大窘，不知如何才好。

魏柳烟笑道："吃吧，你不愿意，没人强迫你，吃了荷包蛋也一样。"

魏夫人听了女儿的话，更是二丈金刚摸不着头脑，问道："烟儿，什么强迫不强迫的？你跟娘说清楚。"

魏柳烟道："岫南说，他不想成亲。"

魏夫人也来气了："怪不得你爹爹怒气冲冲地走了，原来你小子是来退婚的！可是，退婚还轮不到你，要你爹娘亲自上门啊！我这如花似玉、知书达理的女儿，还怕没人要？这荷包蛋，你还是别吃了吧！"

魏柳烟道："娘，你干什么！岫南是放心不下如霜妹妹，觉得没有找到她之前，突然完婚对不住人家。依照我对她的了解，我估计，如霜妹妹要么就出家了，要么，就不在人世了。尽管我们不愿意她有意外。等到这一切都水落石出了，岫南还不是你的女婿？岫南这不是无礼，而是有情啊！这么好的女婿，你就不能等等？"

魏夫人听了，转怒为喜道："是呀，我只顾自个儿去了，真是。不过岫南，你们都二十好几了，不能一拖再拖了。给你一年时间，再找不到如霜侄女，你就一定回来和我家烟儿完婚啊！你们聊吧，我再弄些菜来。"

李云博正要开口，见魏柳烟使眼色，于是打住了。魏柳烟说道："娘亲，你多弄几个菜，取些好酒来，我要为岫南践行。"

魏夫人蹊跷道："饯行，饯什么行？"

魏柳烟笑道："你不是说，岫南要去寻找如霜妹妹吗？"

魏夫人恍然大悟："对对对，瞧我这记性！娘就去！"

见夫人离去，李云博笑道："姐姐真会说话，听起来跟真的似的。"

魏柳烟笑道："你是夸我呢，还是损我呀？难道要让他们把你赶出府去！帮了你的忙，不谢谢也就罢了，还来挖苦本小姐，真是！"

李云博连忙解释道："姐姐误会了，我不是那个意思……"

"怎么，一句玩笑就急了？我们没那么生分吧？"魏柳烟嗔怪一句后，突然问道："如若姐姐没有猜错，你应该不是来退婚，而是专程来跟姐姐辞行的吧？"

李云博一惊，但仍然如无其事地说道："姐姐聪颖过人，这点小事，自然瞒不过你。长沙待不下去了，只能离开。在这里，碍别人的手脚，迟早要给家里惹麻烦。"

魏柳烟道："知弟莫如姊。你怎么想的，姐姐一清二楚。你要去哪里，去干什么，那是你自己的事，你不会让我知道，我也不想知道。反正，你干什么我都不反对，包括娶我还是不娶我。姐姐只是要你，无论到了哪里，都最好捎信回来，也好让大家放心。"

"姐姐放心，我一定尽力而为。"李云博说道，"其实，今日我来，真的是有件紧急事要提醒姐姐。如若不是这件事，为了退婚或者辞行，专程来你家，大可不必。"

魏柳烟听了，吃惊不小。她转念一想，马上猜出李云博想说什么了。于是笑道："你这专程来办的事情，其实早就是老调重弹了。你不会又来催我嫁人吧？"

"姐姐慧眼犀利，明察秋毫，岫南佩服得五体投地！"李云博为魏柳烟的睿智折服，他想不到，魏柳烟对他心里想什么，居然如此清楚。

"我们心意相通，你要干什么，我还不清楚？"魏柳烟掩口笑道，"只是这事，你没必要劝姐姐了。自从与你隐相台私订终身，我就认定这辈子只能嫁给你了。就算不嫁给你，心里也只有你。要是嫁给别人，同床异梦，貌合神离，有什么幸福可言？这样的话，无论对我还是对那个人，都是不公平的，毁了自己不说，还要毁了人家啊？"

"可是，可是……"李云博不知该说什么了。

魏柳烟道："不要可是了。我耽误的是自己，我愿意这样耽误，你管得着吗？"

这时候，菜和酒都端上来了。魏柳烟突然说道："管家，这餐屋也该收拾了。麻烦你把酒菜都端到我的房里去，换新的碗筷杯盘，我要和岫南单独小酌几杯。"

"是，小姐。"管家连忙吩咐僮仆丫鬟忙开了。

两人进了魏柳烟闺房，开始酌饮起来。酒过三巡，李云博道："柳烟姐姐，今日一别，还不知这辈子能否有缘重逢？来，小弟敬你一杯！"

魏柳烟一饮而尽，说道："怎么，这么没有信心？等到你大业完成，载誉归来，姐姐我还等着你来迎娶呢！"

李云博道："虽然说，天下一统大势所趋，然而我不清楚，这时间是三年还是五年，是十年还是二十年，甚至是三十年还是五十年。这一切，都只能听天由命了！"

"岫南你别悲观。虽然说啊，这一切都在天意，但有志于此者，必定要尽力而为，荀子还说过，人定胜天！如若许多人都一起竭尽全力，这天下一统的进程，肯定会不断加快，说不定，还不要三五年呢！"说着，魏柳烟端起酒杯，"来，祝愿岫南宏愿早日达成，我敬你一杯！"

你来我往，又喝了几巡。这时候，李云博出房如厕去了，魏柳烟一思忖，赶紧起身，在自己的檀香柜中搜寻一通，最后拿出一个小小的青瓷瓶来，回到酒席边，拿去瓶塞，将瓶内的黄色粉末，往李云博的酒杯倒一些，又用酒壶将杯添满，端起来轻轻摇了摇，然后收起青瓷瓶，重新坐下，等李云博。

不一会儿，李云博回来了，已经有几分醉意。魏柳烟端起酒杯，道："岫南，夜已经深了，饮了这杯，就送你回客屋休息。祝你一路顺风！"

"好。我们干了！"说罢，李云博端起酒杯碰了一下，然后一饮而尽。不一会儿，他就伏在案上，不省人事。

魏柳烟将他扶起来，送到自己的床上，脱了鞋盖好被子，然后出门，又将门关上。

她来到客屋，点燃蜡烛，砰砰嘭嘭弄了一通声响，就吹了蜡烛，关上门，前往她父母房里。

魏迪勋和夫人还没睡，见她走进来，问道："岫南怎么了，喝醉了？"

魏柳烟突然跪在地上，哭着说道："女儿不孝，丢尽你们的脸，请父母责罚！"

夫人大惊，扶着她问道："你哭个啥，出什么事了？起身说。"

魏柳烟道："适才酒后乱性，我和岫南有了夫妻之实……"

魏迪勋勃然大怒："真是个不争气的东西！这这……唉！"

夫人一下子瘫倒在地上，哭道："你一个冰清玉洁的女子，怎么能……"

魏柳烟道："岫南说，既然做了这种事，就一定负责，同意如期完婚。只是，他没脸见你们，已经回客房歇息去了。"

"什么，他同意完婚？"夫妻俩转忧为喜，异口同声问道。

魏柳烟道："回禀父母，千真万确。"

魏迪勋想了想，道："既然事情已经发生，也没得什么好说的了。而且这事情，只有你们俩和我们知道。等过几天一嫁过去，就没事了。唉，这真是眼看山重水复疑无路，一起偶然事件，柳暗花明又一村，典型的坏事变好事。"

魏柳烟告辞出来，叫来丫头："我要沐浴，赶紧把我房里的浴桶装满热水，记得，多熏几炉檀香。"

"是，小姐。"

回到房里一会儿，浴桶热水灌满，房里檀香缭绕。魏柳烟命丫鬟回去歇息，说是时间很晚，这里明天收拾。等丫鬟去了，她栓上门，关紧所有的窗户，将窗帘拉得紧紧的。然后和李云博一起沐浴。沐浴完毕，他又将李云博擦干净，把赤条条的汉子扶回床上，用被子盖好。她折身回来点了两支红烛，也赤条条地上床钻进被窝，紧紧抱住李云博，突然间泪如泉涌。

抱了一会儿，魏柳烟对着酣然入眠的李云博低声诉说起来："岫南，你此去中原，前程未卜，凶多吉少，还不知道能否重逢。但是，你必须离开。因为留在长沙，迟早会有人要你的命。更何况你志在天下，更不能偏安一隅。周行逢疑心很重，而且喜怒无常，他说的话，很多都靠不住。姐姐今天替你做了决定，这婚，我们就这样成了，不坐花轿不拜堂，就点两根红烛，直接进洞房。我是自私了点，但更是为你好。你要出去闯荡，就不能有家室之累。天下大乱，烽火连连，你投身其中，随时都会有性命之忧。你都二十四了，成天想着天下大事，我还是瞒着你，给你留个后吧……

"岫南，名字我都取好了，我们的孩子，就叫李慕南，什么字号，你回来取吧。为什么？因为你们家慕字辈，都是以父亲的字号为名，大哥云闪字光升，儿子就叫慕光，二哥云铎字自坚，儿子就叫慕坚，李云海字纳川，儿子叫慕川，李云浩字达淼，儿子叫慕达，你小字岫南，儿子不叫慕南叫啥？南唐朝廷为你加冠时赐的那个什么安邦的字号，还是不用为妙。今晚你得争点气，别让我白忙一场……

"岫南，我告诉你，其实如霜妹妹在哪里，我知道，还亲自去找过她好几次。她出家了，落发为尼了！我之所以不告诉你，是因为我和如霜妹妹有约，她不准我告诉你她的下落，否则就自尽。如若她肯还俗，她愿意履行婚约，我一样会成全你们。姐姐知道，在你心里，如霜妹妹的婚约，是一道你迈过不去的坎，而秋月和孩子的死，又让你痛不欲生。因此，你就蒙上阴影，觉得自己背后有一个灾星，哪个女人跟你，就会倒霉，于是发誓不再婚配。其实，这都是巧合啊！姐姐不怕，姐姐火焰高，你背后的灾星，它撂不倒我！

"岫南，你听我说，我就是要嫁到你家去，绝不让他们的阴谋得逞……当然，你不会知道这一切。告诉你，几天前我偷偷去湘思居，找过阁左大人，跟他们说了你的处境，他们一致认为，必须将你秘密送走。他们已经做好瞒天过海的策案，确保行动万无一失。而我，就是行动最为重要的环节……成亲的事啊，你就别操心了，因为原计划是你拜堂成亲之时，将你用药蒙倒，秘密将你送走。然后找一个替身，在瑶池待一段时间。但现在得改一改，你必须提前离开，那么，这事就与你无关了。婚期越来越近，这几晚你得争点气，得让我把孩子怀上，因为大婚以前，你就得走了……哎，还是告诉你，我的谋划是，阁左大人找个跟你身材长相差不多的年轻人，易容之后，代替你迎亲拜堂，然后进洞房——你别小气，是假装的。这出戏演完，你就不辞而别，谁也不知道你去哪儿了。姐姐这样做，是出了点格，但也是迫不得已啊！姐姐要你无牵无挂地走，又要保证你家里平平安安，才这般出手对付他们啊！

"岫南，你知道我给你下的是什么药吗？你绝对听都没听过！它叫迷神销魂散，既是蒙汗药，又有春药的功效。你起码得三天后才能醒来，我下手很重哦！本来，我是想在新婚之夜对你下手的，我知道你即便和我完婚，也不会和我有肌肤之亲，没想到你自己送上门来！这药我从哪里弄来的，你别管，反正是阁左大人给的。告诉你，为了应对这请旨赐婚，我足足准备了大半个月。你说，周将军同意你不奉旨完婚，你居然信了，他肯定是骗你的，你这个傻瓜。我知道你太善良，容易相信人。那些人，我们不能不防啊！只有做得滴水不漏，他们挑不出刺也抓不住把柄，就不敢把你家人怎么样……

"岫南，你放心去吧，我会为你侍奉父母，孝敬尊长，友善邻里。如若可能的话，还会帮你勤俭持家，哺育儿女，教导他们像你一样好学上进，做个顶天立地的人。你一定吉人自有天相，当回来的时候，看见家里的一切，特别是茁壮成长的南儿，你一定会目瞪口呆……"

魏柳烟低声喃喃自语，畅想，又似这些场景就在眼前。说着说着，睡梦中的李云博开始躁动起来，突然紧紧抱住她的腰，接着便叫唤着："姐姐，柳烟姐姐……"

"岫南，姐姐在这儿呢！"魏柳烟听到他的叫唤，停止了地对空似的诉说，胸口怦怦直跳，一激动，狠狠地亲着他的脸。她终于明白，无论发生什么，在李云博的感情世界里，她魏柳烟才是唯一。虽然她一直坚信如此，但真正得到确认，依然会热泪盈眶。

等待了多年的燕尔新婚，也设想过多次的洞房花烛，今夜却是这样一番光景。但是，魏柳烟更加觉得幸福无比。艰难时刻甚至是生离死别的时刻，她更愿意把自己的所有，都毫不保留地献给李云博，献给这个她一见钟情、私订终身而又即将高飞远走、生死难料的男人。

"柳烟姐姐……"迷迷糊糊的李云博开始动粗了，可嘴里依然叫个不停。

"慢点，慢点，你猴急什么，没人跟你抢……"魏柳烟幸福地轻声说着，尽管她知道，李云博神志不清，但她仍然嗔怪地说着。

而冬天长沙的夜晚空旷寂静，繁星点点，似乎一切都在睡梦之中。只有奔腾不息的湘江，依然在滚滚流淌。

这时候，夜，已经很深了……

（第三部完）

2016年4月8日初稿，于湖南浏阳安居园家中
2016年12月11日二稿，2017年12月5日改定

大焰师

④ 大焰师
圣火奇兵

九州出版社
JIUZHOUPRESS

图书在版编目（CIP）数据

大焰师. 4, 圣火奇兵 / 梁木著. -- 北京：九州出版社，2023.6

ISBN 978-7-5225-1769-8

Ⅰ. ①大… Ⅱ. ①梁… Ⅲ. ①长篇历史小说-中国-当代 Ⅳ. ①I247.5

中国国家版本馆 CIP 数据核字(2023)第 068201 号

C O N T E N T S
目录
圣火奇兵

中原雄主

◆ 一、皇后崩逝，大周皇帝肝肠寸断 ◆

五代后周显德三年（956）盛夏时节，暑气正盛，久未降雨的中原大地骄阳似火，热焰升腾，山川田野被炽烈的酷暑烘烤着，正拔节生长的麦苗颇显疲惫，一副无精打采的样子。

大周东京开封府汴梁城，更是笼罩在一片燥热之中，像一座巨大的火炉。偶尔从巷口刮来一阵南风，也都干燥灼热，不能给人带来半点舒爽。偌大的京城，也许只有汴河沿岸能享受到一丝清凉吧。

突然间，狂风大作，原本晴朗的天空变得乌云滚滚，紧接着雷声轰响，不一会儿就下起暴雨来。大雨持续了大约半个时辰，大地久逢甘霖顿现生机，山川雾气蒸腾，汴河也涌起了滔滔洪水。

夜幕降临的时候，大周皇帝柴荣行色匆匆，先沿着汴河湿漉漉的官道一路狂奔，不久就拐进林荫，直往城里奔来。今年正月，他没有采信皇后符氏的劝谏，而是准备御驾南征。符氏见劝阻无效，便决意要跟随他南下江淮。柴荣说不过她，只得带上她南征。没想到旬月之间，符氏便水土不服，染上了疾病。到了四五月间符氏病情加重，他立即命人将皇后送回京城养病，自己继续留在淮南指挥与南唐的战斗。而南征日久，征人思归，加上天气一热，军中也有士卒染疾，斗志消退。这时候，柴荣接到皇后病危消息，于是留下大将李重进继续攻打寿州，自己撤军北归。

从淮南前线回京以来，这位年轻有为的皇帝也一直在为国事奔忙着：督修扩建京城，组织民力引水抗旱，检查被裁撤的寺庙是否死灰复燃，视察新编禁军的操练情况，当然也时刻关注着皇后的病情，哪一天都没闲着。适才，他去了汴京南郊的"金明池"水军大营。在汴河下游开凿"金明池"并训练水军，是他北归后干的第一件大事。这次他御驾亲征淮南，久攻寿州不克，就是因为这北方军队不习水战。军港建成后，数百艘大小战舰已经投入使用，刚刚征召集结的两万年轻水军正在那里操练。他刚才观摩了他们的操演，那虎虎生风的朝气，让他预感到，这支队伍将是他南征北战一统天下的中坚力量。

皇帝一行策马进了城门，又沿皇城大街一路飞奔，气势恢宏的宫门便矗立眼前。他还没下马，只见内侍少监韩公公带着几个太监早在那里候着，一个个垂头丧气。一看见柴荣，他们纷纷跪在地上奏道："启禀圣上，皇后崩逝了……"

"什么？"柴荣顿时眼前一黑，差点从马上栽倒下来。好在随从眼疾手快，几个人连忙奔上前，将他扶下马来。没想到柴荣怒气冲冲地推开他们，摇摇晃晃地往前走，可是没走几步，就"扑通"一声跌倒在地，顿时晕了过去。

"传太医，快扶皇上进宫……"韩公公一边急急忙忙地吩咐着，一边快步上前，指挥大家七手八脚扶着柴荣往后宫去了。

这大周朝母仪天下的符皇后，是柴荣的第二任妻子。符氏出身名门闺秀，是个明理果敢而又胸怀大志的女人。她的祖父是后唐名将符存审，父亲是为天雄军节度使符彦卿，祖上数代都是国之名将。她原本是前朝后汉河中节度使李守贞长子李崇训的发妻。李守贞长期经营河中地区，羽翼渐渐丰满，便生不臣之心，但又一直犹豫不决。一天，李守贞听说有城中来了个有道之人，能从一个人的声音判断他未来的运程，于是花重金把他请来，让自己的家人一个个说着话从他身后走过。当符氏走过，听见她的声音后，那个有道之人惊呼道："此天下之母也！"李守贞听了大喜，说道："儿媳尤为天下之母，吾取天下复何疑哉！"于是就起兵反叛朝廷。后汉枢密使郭威奉旨讨伐，大获全胜。李氏父子见大势已去，畏罪自杀。临死前，他要先杀死全家人，免遭他人奴役。可是符氏不想死，于是偷偷隐匿于帷幔后，李崇训四处都找不到妻子，便自杀身亡。等到汉军破城，符氏从帷幔中走出来，对冲进来的军士说："我乃魏国公符彦卿之女，郭将军与吾父交往甚厚，敬请速报。"郭威闻报，非常欣赏符氏果敢，立即前来相认，认她为义女，并把她送回魏府，让她与父母团圆。守寡在家后，她的母亲认为她能侥幸生还，已是万幸，要她削发为尼，以谢天恩。她不同意，说道："生死有命，天也。天命小女不死，小女不死可也。为何要削发出家呢？"

当时奉命镇守澶渊城的柴荣听说符氏的情况后，惊奇不已，认为她是个有胆有识的奇女子。不久，后汉朝廷就发生重大变故，郭威被牵扯进来，府上被满门抄斩，柴荣的发妻刘氏也一起冤死，仅郭威本人和养子柴荣因为外出平叛得以幸免。夫人去世后，柴荣便对符氏很是在意，暗生爱慕之心。郭威得知后大喜，亲自提亲，柴荣遂纳符氏为继室。

郭威崩逝后，柴荣即位，册封符氏为皇后。符皇后谦和仁善，聪颖贤惠，知书达理，很有懿德。柴荣虽然胸怀天下，精明强干，但脾气暴躁，容易动怒。自从与符氏成婚以后，符皇后既能晓之以理、动之以情，又能因势利导、切中要害，常常会心平气和、从容劝说，每次都让事情圆满解决。与她相处，柴荣就是没有脾气，自然亦师亦友、获益良多，因此改掉了很多坏习惯，特别是易怒暴躁的脾气得到很好的克制，这让柴荣更加看重符皇后。甚至可以这样说，他们两情相悦，琴瑟和鸣，感情深笃，互相依

靠，称得上是历史上为数不多的帝后模范。

而如今，皇后崩逝、皇帝昏迷不醒，自然会惊动朝野，股肱重臣、礼官太医、近卫宗亲都急急忙忙赶了过来。一大群人在柴荣的寝宫里好一阵忙碌，柴荣才醒了过来。一睁开眼，他便放声痛哭道："痛杀朕也！痛杀朕也！皇后走了，留下朕一个人，如何活啊……啊呵呵……"

闻讯而来的宰相范质稽首道："启奏圣上，皇后自母仪天下以来，仁德贤能，六宫和谐，百姓敬仰，朝野称颂，实乃朝廷之幸、万民之福也。而今天不眷顾，妄降大难，满朝同悲，举国震惊。可是，皇后驾鹤西去，不能复生，还望圣上保重龙体、节哀顺变！"

众人都跟着稽首道："还望圣上保重龙体、节哀顺变！"

柴荣没有理会大家的劝谏，看了看跪地的众臣，目光便定格在一位须发花白的人头上，有气无力地问道："刘翰林，皇后随朕南征水土不服，并非夺命顽症。自回京以来已见好转。为何突然不治而亡？"

翰林医官使（太医令）刘若熙稽首道："回禀圣上，一直以来，皇后体质，易感伤寒，虽无顽疾，但自从随驾南征后，水土不服，引发腹泻，而后又染上风寒，导致五脏失调、经络紊乱。加之皇后千金贵体，本来脾胃两虚，从未久居江淮，数月之间，小疾便集成大患……"

柴荣听着，突然龙颜大怒，打断他的话道："你堂堂国朝太医令，居然连水土不服、腹泻伤寒之类的小病小痛，都无能为力吗？"

太医令顿时面如土色，一个劲地往地上叩着头，说道："老臣无能，医术不精，未能医好皇后病症，请圣上重重责罚！"

"当然要重重责罚！"柴荣怒气尚盛，"来人，将这庸医拖出去斩了！"

"末将遵旨！"几个彪形大汉闻声而入，就要拖起太医令往外去。

"且慢！"端明殿学士、左散骑常侍王朴急忙奏道，"圣上息怒！皇后病故，人神同悲。虽然刘太医难辞其咎，但是罪不至死。况且皇后贤良仁德，在其尸骨未寒之际就贸然动用酷刑，绝非逝者所愿。望圣上三思！"

司空李谷附和道："王大人所言甚是。圣上英明神武，胸怀天下，励精图治，更兼皇后宽厚仁德，补缺圣失，善待臣僚，一扫历代中原王室靡靡没落之气，使我朝君臣同心，百姓拥戴，国力日上，冉冉崛起，凛然大国气象。今日圣上因为悲伤过度而擅杀大臣，不仅非皇后所愿，事后也会追悔，更会寒了臣僚的心。更何况俗话说得好：良医能治病，不能医人命。皇后星宿下凡，今日西去，乃天意也。望圣上明察！"

皇帝听了几位重臣之言，一时间默不作声，平息了怒气。只是悲痛依旧，便不顾龙

颜威仪，继续哭诉道："都是朕的错！要是朕不御驾南征，皇后就不会拼死相随，也不会染上恶疾……啊呵呵，朕这个狗屁皇帝……"

范质道："古人云：生死有命、富贵在天。皇后驾鹤西去，此乃天意。恳请圣上不必自责，保重龙体！"

宰臣这样一说，柴荣也觉得有失龙威，停止了哭诉，叹了口气喃喃说道："不必自责，保重龙体！可是朕做不到啊！"悲不自胜之间，偶然瞥见内侍少监韩公公欲言又止的样子，问道："韩公公，看样子，你有话要说？"

"圣上英明，洞察秋毫。"韩公公见皇帝垂询，于是开口奏道，"回禀圣上，其实皇后自回京以来，病情并未好转。皇后怕圣上分心，影响圣上励精图治一统天下之大计，严令我等及太医院不得泄露病情，违者重责。皇后每日侍驾，说自己病好多了，实则是故作轻松，强颜欢笑。我等奴才，既不敢欺君罔上，又不愿违逆皇后懿旨，只能看在眼里、急在心上啊，圣上……"他说着，失声痛哭起来。

"痛杀朕也……"柴荣闻之大惊，更加肝肠寸断。他强忍悲痛，问道，"皇后是什么时候走的？"

韩公公道："回禀圣上，皇后是在未时三刻时崩逝的。"

柴荣猛然一惊："是不是今日午后那场大雨来临之际？"

韩公公道："正是。"

柴荣哭道："皇后啊，你走了，还不忘朕日思夜想地祈雨啊！"他止住泪，对众臣说道，"各位爱卿，今日未时，朕冒着酷暑驾临西郊大营检校禁军，一直是烈火骄阳，酷日当空，没想到转眼之间狂风大作，正在诧异间，又乌云滚滚、雷声响起，下起了瓢泼大雨。朕大喜之余，突然间狂风吹折了大营纛旗。朕心里猛然一惊：不会是皇后出了什么事吧？于是冒着大雨往回赶。没想到这一念之间，居然成了谶语，回来便阴阳相隔了……"

众人齐道："皇后仁义，护佑我朝。我朝大幸，百姓万福啊！"

"朕温柔贤良的皇后真的就这样走了？朕不信，她不会丢下朕的！扶朕起来，朕要去德殿看看！哦，老韩，皇后临终前，留下了什么话没有？"依然沉浸哀痛之中的柴荣已经方寸大乱，说起话来都慌不择句。

韩公公道："圣上，皇后早就知道大限将至，数日前就留下遗书，要奴才在她崩逝之后转呈圣上。临终前，还念念不忘圣上易怒，无人敢劝，担心圣上悲伤过度乱了方寸……"

柴荣一愣，猛地坐起身来："皇后遗书？快快呈上！"

"奴才遵旨！"韩公公赶紧双手呈上。柴荣迫不及待地打开，只见符皇后写道：

吾皇陛下：

臣妾病入膏肓，大限将至，多有无奈。然则若论生死，十年前臣妾就该就戮河中。可老天不许，托梦死前，说是使命未成，待命人间。谁料居然是圣上垂青……尔后圣上龙显中原，面南背北之日，即册封臣妾皇后。臣妾偷生数年，妻以夫贵，母仪天下，此生足矣。圣上待臣妾情深义重，恩宠一身，夫妇人至此，夫复何言！愿圣上切莫怨天尤人，亦无须儿女情长、伤情自伤。圣上龙体安康，才是万民之福。

臣妾一生，大幸三事：夫家谋逆而大难不死，寡妇之躯却幸嫁君王，圣上宠信能补缺拾遗。臣妾至此，本无遗憾。然过身之后，却为圣上忧心：一统大业刚掀序幕，民生福祉尚需竭力，尤其是圣上秉性刚烈，不仅有碍龙体，更会伤害臣心。臣妾在时，圣上尚能看在薄面，有则改之、无则加勉，臣妾去后，谁敢冒犯龙颜！由此臣妾最后仍要唠叨一句：君王之大，不仅有纳天下之心，更有容天下之量。白玉有瑕、臣工有失，自古亦然。望圣上开阔胸襟，善听逆耳忠言，善纳直谏良策，善待体国臣工。臣妾坚信，离德之行、祸国之举、意气之事圣上必不妄为。圣上英明神武，臣僚同心同德，黎民望风拥戴，如此一来，大周必兴，大业必就，天下一统更是指日可待，臣妾亦含笑九泉！

君王者，本为天下生，不受家事累。臣妾亡后，丧事尽量从简，望圣上开恩，成全臣妾凤愿……

柴荣读罢，更是泪如泉涌。伤痛之余，长哭之后，也就渐渐平复下来。他定了定神，大声喊道："皇后崩逝，举国哀伤。夫子云：逝者如斯夫。颁朕口谕：按皇后遗诏办理丧事，任命礼部尚书王溥为治丧总提调，会同有司人员，勘定礼例仪制，卜测推演丧期，让皇后早日入土为安。册立皇后之妹符氏为贵妃，待皇后下葬之后，再行册封仪式！朕累了，要休息了，你们都下去吧！"

众人齐颂道："吾皇圣明，微臣领旨！"一下子，众人都跪安退去。只是太医令仍然跪在地上泣不成声。柴荣见状，顿时心生悔意，对他说道："刘爱卿，适才朕悲伤过度，差点铸成大错。朕已经收回成命，赦你无罪。你也下去吧！"

太医令号啕大哭："圣上啊，求您赐老臣一死吧！的的确确是老臣学艺不精，没能挽救皇后性命，真是罪该万死……皇后娘娘，您大仁大德，应该长命百岁啊……老朽这庸医，辱没医道，败坏家门，无能透顶，愚不可及，还有什么面目活在世上……"说着，就爬起来，蹒跚着往龙柱上撞去。

"快拉住他……"柴荣惊道，"快点……"

几个太监连忙冲过去，围在龙柱前面，眼疾手快的韩公公奔上前一把抱住太医令，骂道："你个老刘，竟敢在皇宫自尽，难道要圣上背下骂名吗？"

太医令一屁股坐在地上，哽咽道："我这老不死的，求死都不得啊……可是活在世上，心何以安啊！"

柴荣安慰道："刘爱卿，你医术高超，朝野皆知。朕及王公大臣都还需要你保全健康呢！近日皇后病重，爱卿也日夜操劳，甚是辛苦。皇后病逝，此乃天意，与爱卿何干？爱卿无须自责，还是好好回家休养去吧！"他说着，又对韩公公道，"老韩，辛苦你一趟，亲自送刘大人回府吧。你给朕记住：刘大人要是有个三长两短，朕唯你是问！"

"奴才遵旨！老奴保证：刘太医绝不会有事！若刘大人少了根汗毛，老奴提头来见！"韩公公应承着，抹了抹头上的冷汗，扶起老太医令颤颤巍巍出宫去了。

◈◈ 二、闻讯多州复失，柴荣动了雷霆之怒 ◈◈

一时间，汴梁城尽皆缟素，举国上下为皇后服丧。礼部会同有司更是日夜忙碌，明晰礼制，卜问葬期，制发讣告，安排祭祀，商定谥号，林林总总，不一而足。等到皇帝颁旨之后，治丧就按照礼制，有条不紊地进行着。根据符皇后遗愿，丧葬从简，于是就出现了最为简单的皇后丧礼：皇子、皇室宗亲及朝臣服丧，五日，五日后除服；京城百姓服丧一日后即可除服；地方州县官员及百姓不必服丧，一切照旧。除服之后，皇后灵柩就移出皇宫，送往皇家寺庙超度亡魂，直到下葬吉日吉时来临，再送到陵寝之地依礼安葬。让人意想不到的是，汴梁城许多百姓都对皇后感恩戴德，服丧一日后依然在披麻戴孝，为符皇后哭丧守灵，有的甚至过了"头七"还不愿除服。柴荣闻讯感动之余，颁旨强令除服，违者严惩不贷。圣旨一出，汴梁城就又恢复了正常。

符皇后出殡之后，柴荣立即重启朝会。众臣参拜完毕，柴荣说道："自宣懿皇后崩逝以来，朝廷依循礼制为皇后服丧，暂闭了朝会。朕及各位臣工也依礼守制，国事政务都几乎停滞。昨日皇后灵柩已移驾东相国寺，只等吉日吉时下葬了。从即日起，一切回归原样。各位爱卿，近日有何要紧的军务政事，或者需要朝会决断之事，快快奏来。"

枢密使**魏仁浦**出班奏道："启奏圣上，旬月以来，南唐趁我朝班师北归，背信弃义，引大军大举进攻维扬之地，如今，舒州、蕲州、和州相继陷落，扬州、滁州、泰州也危

在且夕。淮南节度使向训及扬州刺史韩令坤奏请撤出扬州，会广陵之兵并力攻打寿春，以解李重进将军长期对垒寿州城久攻不克之困……"

"什么？舒州、蕲州、和州相继陷落，扬州、滁州、泰州也危在且夕？韩令坤、郭令图这帮刺史是怎么当的？向训这个淮南节度使也是酒囊饭袋？"柴荣听见连失数州，顿时勃然大怒，"朕御驾亲征，坐镇淮南半年多，将士们拼死拼活，辛辛苦苦攻下的这些州县，朕北归才月余，居然丢失大半……真是岂有之理！让他们拼死也要夺回来！……赶紧拟诏，朕要告诉他们，夺不回来，就烦他们自行了结，埋骨他乡，永远别回来了！"

魏仁浦道："圣上息怒！向镇抚、韩刺史皆为开国元勋，又都是朝中名将，身经百战，胸有韬略，这次维扬失利，一定事出有因。老臣以为，他们暂时退出扬州合兵寿春，是可行的。只要攻克寿州，江淮便门户洞开，淮南之地唾手可得。请圣上准奏。"

柴荣怒气未消："攻克寿州，寿州那么容易攻克吗？刘仁赡天下名将，有多么厉害，你魏太尉难道不知？朕亲自带着你们上阵，围了他数月，寿州依然固若金汤；李重进战功赫赫，也是当今名将，至今已和他对垒大半年，一样毫无办法。他向训就一定有办法？哼，丢城失地皆是重罪，既然你魏太尉说事出有因，那就查明原因，再按军法处置！"

魏仁浦急道："圣上……"

"好了，这事就到这里！"柴荣打断他的话，扫视静默无声的臣僚问道，"其他爱卿，还有事要奏吗？"

宰相范质奏道："启奏圣上，臣北归以来，奉旨督修京师新城。年初，朝议就定下汴京规划和建设策案，今年年内完成皇城修缮和内城营造，并启动外城建设，三年内完成。为此，圣上南征之前颁诏征发十万民力，按理应该接近完工。可是半年多过去，内城都还有六成尚未完工，更不用说启动外城建设了。如此下去，只怕五年都修不完。老臣以为，这是工部尚书段希尧及属臣办事不力、调度无方所致，请圣上依律惩处，以儆效尤。"

工部尚书段希尧出列奏道："启禀圣上，范相所言甚是。老臣无能，办事不力，调度无方，忧心如焚，心衰力竭。帝都扩建很可能不能如期完工，请求圣上责罚。老臣恩请圣上开恩，准许老臣致仕，并选年富力强、能力出众者接任工部……"

"哎，各位爱卿，不必如此。前些时日，朕巡视都城，确实感到扩建事宜进展缓慢，有些生气。不过，朕当时集中精力开掘金明池建设水军，没时间过问。段爱卿多次求见要面陈详情，都被朕推了，他上的奏折，朕也没有详细批阅，请求致仕事项，也没回

复。看来，这是朕的错，不必责怪段爱卿。"柴荣顿了顿，继续说道，"都城扩建，事关我朝一统大计。如今汴梁城道路逼仄，拥挤不堪，一般街道不过十几步宽，最宽也不过二十几步，朕的车辇都过不去！况且胡搭乱建无法无天，茅舍菜地散落四处，坟墓更是随处可见……这种种怪象，众爱卿不会不知。一国之都总得有个样子，因此改造势在必行。再者，要使汴京真正成为世人景仰的帝都，这等规模，远不及洛阳、金陵，甚至连成都、长沙都比不上，如何让天下归心？更为重要的是，汴梁四战之地，既无山川之险，又无江河之隔，虽利于攻，但不利于守。只有将城市扩大，将城墙增高筑厚，护城河凿宽挖深，修缮箭垛守堞，并构建完整的防御体系，才能纵横捭阖，攻守兼备，进退自如，利兵利战。"

殿中侍御史冯瓒出列奏道："启奏圣上，据微臣所知，京城闾里巷间闻知朝廷扩建帝都，将城内所有不合规划的建筑全部强迫拆毁，并且将城内所有坟墓迁往城外重新安葬，民间议论颇多，谤言谤语，甚是难听，有些言语很是刺耳……"

柴荣笑道："朕知道，这件前无古人之壮举，遭到一些误解、非议和唾骂，甚至有人会骂朕是隋炀帝，朕不怨他们……"

"可是，民怨沸腾，不利人心啊！"冯瓒继续说道，"古人云：民心不可违。唐太宗亦言：水能载舟亦能覆舟。微臣恳请圣上三思！"

柴荣听了微微苦笑道："如此浩大工程，朕当然知道，一定会遭来怨怼！只是随着国力日盛，王土扩张，这件事情总得有人来做 ——现在冯爱卿为朕着想，认为朕没必要如此招惹民怨，保朕一个万民拥戴的名声，这份情朕领了。但是，这扩建都城是既定国策，任何人都不能改变。这种做法的好处，朕敢断言，数十年后，汴梁城将成为天下之要，总舟车之繁盛，控河朔之咽喉，通荆湖之运漕，这将是何等气派！……既然如此，不妨让朕来做一个植树者，所有的非议由朕来承担，让后人来乘凉吧！"

柴荣站起身来，略微思忖又道："可是，有些势利之徒因为一己之私，心怀鬼胎、漫天要价，不配合官府拆迁，散布谣言，误导民众，甚至说朕好大喜功、贪图享受，真是颠倒黑白。朕警告这些人，你等不要钻在钱眼里出不来，更不要把朕的一统大计当儿戏，千万好自为之。对于京城扩建，朕再重申一次，这与朕整顿佛寺、疏通河道、发展漕运、兴建水军一样，都是一统天下之战略举措，朝野一定要形成共识，更不允许暗中掣肘。"顿了顿，他又道："既然胡爱卿请求致仕，朕就做个顺水人情，准爱卿所奏，以尚书之衔致仕吧。至于工部尚书人选，由宰相府会同吏部遴选合适人员，报朕初定后提交朝会议决。工部事务暂由侍郎卢琰主持，并全权负责京城建设事宜。"

段希尧赶紧稽首："谢主隆恩！"

工部侍郎卢琰也跪地道："微臣领旨，绝不辜负圣上期望！"

"两位爱卿平身。"柴荣说罢，又看看众臣，问道，"还有何事？"

户部尚书李涛出列奏道："启禀圣上，自六月以来，天不降雨，多地大旱，而七月一场暴雨，又让一些州县陷入洪涝之灾，犹以兖州为甚。微臣恳请圣上颁旨，令州县官府开仓赈灾，以助百姓度过荒月。"

柴荣道："准奏。只是不能仅依靠地方，中央也拨发一些赈灾钱粮下去。具体多少，由宰辅与户部会商。"

"是，圣上。"

柴荣又问道："还有事吗？"

端明殿学士、左散骑常侍、权知开封府事王朴出列奏道："启奏圣上，微臣与司天少监王处讷大人奉命编撰国朝历法，历时数年，三易其稿，如今书成，奉呈圣上御览之后，如无不妥，朱批钦定，并赐名颁旨全国推行。"

"历法编撰完成了？太好了，快快呈上！"柴荣喜道，他接过便一边翻阅，一边说道，"一朝历法，天时流转之因，春夏秋冬之律，载天之道而利民之行也……不错，很不错，王爱卿费心了。爱卿博古通今，犹通天文历法，更兼司天监依时验校，应该合乎阴阳，顺应人事。依朕看，就取名《显德钦天历》，请有司配合司天监认真校对、刊刻付梓，并诏告天下，来年正式通行。"

王朴道："多谢圣上谬赞。微臣为圣上效命，为天下堪历，天职所在。微臣一定会同有司，竭尽全力做好新历颁行事宜。"

"王爱卿尽忠王事，可敬可佩。"柴荣赞赏一句，继续问道，"众爱卿，还有事就快快奏来……"

就这样，朝会议的事一桩接一桩，足足忙了两个多时辰。

退朝回到滋德殿，柴荣想到南征近半载辛苦攻下的城池转眼即逝，心里很是气恼：常言道，杀敌一千、自损八百，虽然大败唐军，但是自己也损兵折将，并且耗费巨大，更何况与自己情投意合的宣懿皇后符氏，随驾南征而水土不服，不久前撒手崩逝，多多少少也与此有关。如今多州失守，看来真是得不偿失啊……想着想着，更加懊恼不已。正在心烦意乱之间，他的右手突然碰到左手腕上的佛珠，这是几年前他和符氏在澶州城洞房花烛之夜，符氏亲手戴在他手腕上的。这是一串天竺菩提佛珠，一共十三颗，颗粒硕大，质地细腻，颜色褚红，他一直戴在手上，从未离过身。他摘下佛珠，一边捻转起来，一边数着数字，不一会儿，心渐渐平复下来。睹物思人，他突然想起，年前符皇后极力劝谏他不要御驾南征，给他历数倾巢而出、大动干戈的种种弊端，但他当时因为北伐大获成功而信心满满，对她的劝谏听不进去，如今回想起来，基本都印证了皇后当时的判断。他很是后悔，更加记起符皇后的好来，也越发思念起她了。

正思忖间，内侍少监韩公公禀报，午膳时间到了，请他用午膳。

"好。"他应承了一句，接下来就心不在焉地吃起饭来。草草用罢午膳，他对韩公公说道："备马，朕要去东相国寺。"

韩公公正在吩咐太监宫女收拾碗筷，听到皇帝的话愣了愣，说道："圣上要去东相国寺……可是，宣懿皇后的灵柩移驾于此，尚元禅师正在升坛做法，为她超度亡灵……"

柴荣不耐烦地说道："朕就是想去为她烧炷香，不行吗？"

韩公公道："圣上九五之尊，怎能去那种地方？"

"怎么不行？"柴荣看着他，心里猛然一惊，似乎明白了什么。

韩公公道："回禀圣上，去年朝廷限佛，圣上颁布《禁佛令》，明令朝廷官员除了几个特殊的节日外，一律不准进寺庙参神拜佛……"

柴荣打断他的话道："朕是皇帝，不是官员，不在此列！"

韩公公道："朝廷还规定，丧葬一律从简。凡出殡除服之后，只许移柩寺庙超度亡灵，不准孝家入寺守丧。圣上作为皇后孝家，已经除服，而且……"

柴荣道："朕不是去守丧，只是去上上香而已……"

韩公公正色道："皇后临终前交代老奴，说是她大去之后，务请圣上以大业为重，不必挂心。况且皇上亲自颁布的《皇后国丧礼制诏》中也说得更清楚：七日出殡，移柩佛寺，超度亡灵，除服之后，不准探视……"

"看来还真不能去了……那就不去了。"柴荣叹了口气，又定了定神道，"前几日为皇后服丧，好久没理政务了，那就去上书房批阅奏章。你把不久前工部尚书的奏章找出来，朕先御览。……哦，对了，还有枢密院关于淮南战况的折子，以及淮南将领给朕写的密函，都找出来。"

韩公公道："老奴遵旨，立即去办。"

◆ 三、上书房紧急会商淮南战事 ◆

整整一个下午，柴荣都在上书房批阅奏折。工部的奏折他仔细看了，他觉得这个上了年纪而且有些迂腐的老尚书，的确不适合再继续干这件费力不讨好的累活了，让他致仕，看来是非常及时的，他得考虑选拔年富力强的能吏，来抓这项关乎全局的大事。

眼下，都城建设虽然进展不顺，但在他看来问题不大，只要用人得当，把旧屋拆除和坟墓外迁的事情办下来，其余都会迎刃而解。当前最让他忧心的，还是淮南战事。阅罢枢密院战报和前线大将密奏，他弄清了维扬战局为何处处被动。大体原因应该是这样的：自从朝廷回师北归之后，还留在淮南的禁军将士们见皇帝走了，反正没人管了，老毛病又犯了，开始撒起野来，各部主将纵容士兵四处掠劫百姓财物，甚至欺男霸女。淮南民众大失所望，也不做"大周顺民"了，跑到山上或湖边，聚众自守，一时间混乱不堪。一些将领见淮南百姓不仅不臣服，反而聚众闹事，震怒之余就调集大军赶来征剿，没想到居然被这些老百姓给打得落荒而逃。这一乱象被唐军看到，立刻北上趁火打劫，攻取先前被周军夺去的州县，没多久，舒州、蕲州、和州等地均被唐军收复，扬州等地也岌岌可危……

"这群混蛋！朕再三强调的'严明军纪、秋毫无犯'，他们一个个置若罔闻，真是旧习不改！看来不从严惩处，这南征战果，就要被毁于一旦了！"柴荣站起来，将奏折狠狠地扔在地上，怒不可遏地骂道。

他认真掂量了一下淮南的几位主要将领，觉得自己用人还是不够谨慎。上次南征，用宰臣李谷为主帅，没想到他在淮南尽干混账事，攻不下城撤退的时候，居然把自家的粮草烧了，换了李重进就稳妥多了；北归之后，让一直留守京师的向训出任淮南节度使，虽然向训品行和能力不容置疑，但他刚刚出镇扬州，手下那帮大将服不服管，这就很难说了。发生军队掠民事件，很可能就是将领们各自为政、不听号令的结果。向训上奏恳请退出维扬转战寿春，虽是无奈之举，但也不乏远见卓识……想着想着，就渐渐有了方向，更觉得必须做出决断，否则，拖下去，很可能会更加被动。于是对侍在一旁的韩公公说道："传旨，命宰相范质、枢密使魏仁浦、兵部尚书张昭，上书房见驾。"

"老奴领旨！"韩公公施礼之后，就要退出门外。

"等等，把端明殿学士王朴也叫上。"柴荣叫住韩公公，又吩咐了一句。

"是，老奴就去传旨。"

不一会儿，几位大臣奉旨来到了上书房，一个个恭问圣安。

柴荣待他们坐定，又命上茶之后，就叫韩公公关上大门，吩咐任何人见驾都拒之门外。他看着几位大臣，就开门见山问道："各位爱卿，今日朝议，魏爱卿上奏有关淮南战事，维扬之地多州得而复失，真是让朕失望。关于淮南战事，各位有何高见？"

几位重臣都你看着我，我看着你，一个个噤若寒蝉。他们都了解这位皇帝，虽然从谏如流，但自己很有主见。而且，他们也知道，一般情况下，这位年轻的皇帝，自己没主意，是不会把他们招来讨主意的。召他们来的目的，是看看他拿的主意行不行，行的话又如何实施。因此，在未弄清楚皇上的意图以前，还是少开口为妙。

柴荣却很讨厌这一套。他知道他们的心思，但他不怎么在意。当然他也知道，这几位心腹大臣一个个博学多才，还是很有主意，而且敢说真话的。事前不轻言，是尊重他这个皇帝。要是觉得皇帝的决策有问题，他们会据理力争、旁征博引，甚至冒死强谏的。尤其是宰相范质，身为几朝老臣，为人耿直是出了名的。况且他清正廉洁的作风更是很得人心，深受朝野敬仰。看见大家都不发言，他开始点将了："魏爱卿，你是枢相，应该知道维扬困局必须当机立断。你就先说说看法。"

魏仁浦道："回禀圣上，如今维扬多州已失，扬州已是孤城，也将难以守住。既然明知不保，微臣还是坚持朝议时的意见，以为主动撤出是上策，以便我朝保存实力，来日再取不迟。"

"朕思虑再三，也觉得，这是上策。"柴荣点点头，他看了看兵部尚书张昭，于是问道，"张爱卿，你是兵家大成，又职司兵部，前年奉旨编撰的《制旨兵法》十卷，更是当朝兵律圣典。爱卿以为，淮南困局如何破解？"

"圣上过誉，微臣汗颜。"张昭谦虚一句后，面对皇帝的问题，也就不转弯抹角了。他引经据典地说了起来："回禀圣上，微臣以为，魏相所言甚是。用兵之要，贵在权衡；兵不宜久，退不容迟。孙子有云：'夫兵久而国利者，未之有也。故不尽知用兵之害者，则不能尽知用兵之利也。'眼下淮南连失数州，已呈墙倒之状、溃堤之势，扬州失守已成必然，就算白起再世，也无力回天。微臣恳请圣上准奏。"

"兵不宜久，退不容迟……嗯，很有见地。"柴荣肯定他的见解，继续追问道："那爱卿说说，这次淮南困局，更确切说是维扬败局，因由何在？"

张昭道："回禀圣上，微臣以为，这维扬败局，因由有五：一则圣上北归，征人思乡，此乃道不在我；二则不服水土，军心涣散，此乃天不在我；三则南唐地利，乘虚而入，此乃地不在我；四是众将失度，民心已失，此乃将不在我；五是南征日久，补给难继，此乃法不在我。故就维扬而言，兵之五事，道、天、地、将、法，皆不在我，此时不撤，将会更加被动，望圣上明察。"

"兵之五事，皆不在我……嗯，那就撤吧。"柴荣点了点头，终于说出了他的意见。他又问道："爱卿看来，这退出维扬以后，是开往寿春之地，协助李重进将军围攻寿州，还是退到淮北，休养生息呢？"

张昭道："回禀圣上，关于这一问题，微臣与魏枢相探讨多日，虽然有些相左，但大同小异。古人云：将在外，君命有所不受。向镇抚身在战场、亲临一线，更了解战情，也更明白如何应变。微臣以为，还是尊重他的意见为妙。"

柴荣一听他和魏仁浦意见有分歧，于是问魏仁浦道："魏爱卿，你有不同意见？"

魏仁浦道："回禀圣上，张大人见解独到，甚是周全。微臣只是有一点不敢苟同。"

柴荣道："爱卿别绕弯子，说说哪点不同。"

魏仁浦道："微臣赞成向镇抚转战寿春，但微臣以为，这只不过是避其锋芒、保存实力之权宜之计。如若依靠这几万撤退的兵马助阵，寿州亦不能克。"

柴荣一听，有些吃惊，急忙问道："为何？"

魏仁浦道："圣上知道，数月以来，南唐一边派使臣媾和，一边调兵遣将，不仅乘虚攻下多处州县，还在金陵四周部署数十万重兵，并派齐王李景达、枢密使陈觉分别统兵援助寿州。圣上也知道，南唐朝中谋臣良将甚多，可是南唐国主偏好文艺，缺乏治国韬略，更不会用人。因此，一班有德有才之士位沉下僚不得重用，而人称'淮南五鬼'的冯延巳、陈觉等一群奸小把持权柄，尤其是枢密使陈觉除了贪权好名、结党营私之外，一无是处，他哪里懂用兵？而齐王李景达有勇无谋，李璟将数十万大军交到他们手上，原本不足为虑。但是，南唐朝中不乏高人，韩熙载、常梦锡、萧俨、徐铉等都是有德有能之臣，一旦李璟被他们说服而幡然醒悟，罢免这帮奸小，重用像寿州节度使刘仁赡这样的良将，来统帅大军与我朝对垒，不仅向镇抚的数万人马不保，说不定，甚至连李都统的殿前军也会被其重创……"

"哈哈哈……魏爱卿分析得太透彻了！"柴荣大声笑了起来，"尽管这只是假设，但这种可能性还是有的。执掌枢密院，调配各路兵马，就要有这种以防万一的思维，绝不能百密一疏。这一点，值得肯定，朕也很欣赏。不过，这种可能性有多大呢？"

魏仁浦道："回禀圣上，微臣以为，一旦寿春危急，随时都有可能发生。"

柴荣站起身来，又来回踱了几步，手中仍然捻着那串佛珠，点点头道："那爱卿以为，向镇抚如何退却为好？"

魏仁浦道："这就要看圣上采取攻势还是采取守势。若攻，就让向镇抚引军从寿州东边进攻，都检点张永德率军从西边进攻，李都统正面攻击寿州，以攻代守，寿州迟早必克；若守，圣上就召见尚在汴梁的南唐特使、司空孙晟，接受南唐媾和条件，划清界限，共治淮南。微臣以为，以攻代守是上策。"

"嗯，很有见地。"柴荣很是赞许，他看了看一直没有开腔的宰相范质，问道，"范爱卿，你是首辅，你的意见呢？"

范质拱手道："回禀圣上，老臣以为，两位大人所言在理。退出维扬，迫在眉睫、刻不容缓。就退到何处，老臣认为，应该采取守势，接受南唐议和，让向镇抚、李都统以及张检点等各路征淮兵马，都退守淮北，等待时机。一旦时机成熟，圣上……"

"退守淮北，等待时机？"柴荣打断他的话，问道，"范相以为，现在尽收淮南，然后进击江南，时机尚不成熟？"

范质道："老臣以为，眼下，无论如何，也不能尽收淮南之地，更无从渡江作战，征讨江南。圣上自继承大统以来，北伐南讨，年年征战。可是国力有限，民力也有限。况且，圣上在南征北战的同时，一直在征发民力，建造都城、疏浚河流、开掘军港、招募新军，国力民力已经不堪重负。如若再次倾国而出，又不能速战速决，一旦战事持久拉锯、陷入胶着，很可能出现国库亏空，粮草补给无以为继，继而民生凋敝、怨声四起，麻烦可就大了。如若这时候被北方契丹和北汉乘虚而入，黄河天险若被突破，后果将不堪设想！古人云：欲速则不达。圣上志在天下，眼下战局不利，完全可以退守淮北，休养生息，等待时机，再战不迟。而纵观南唐，虽然主上昏庸，奸佞当道，但一直地域辽阔，人烟阜盛，国富民强。平时看来一盘散沙，但真的到了国运存亡时刻，他们反倒会万众一心，誓死保卫都城金陵。更何况，塞翁失马、焉知非福，我们主动退让，是为了将来一战而定。请圣上三思。"

柴荣道："看来，范相铁了心，主张退兵、采取守势啰？"

范质拱手施礼道："是，圣上。"

柴荣突然看见端明殿学士王朴在那里闭目沉思，心想，这家伙一副事不关己的样子，很可能心中早就有了主意。虽然，这几个人中，王朴仅仅是个从四品的学士，加散骑常侍，开封府尹也是暂代（权知开封府事），按理说，这样高级别的秘密会议，王朴够不上资格，也与他的职司毫不相干。但他是柴荣的老部下，深受柴荣器重。柴荣南征，就是按照他所献的《平边策》的战略规划实施的。把他叫来，自然有他的用意。于是，柴荣就朝他问道："王爱卿，范相想从淮南撤军，退守淮北，你怎么看？"

可是，王朴仍然闭目沉思，根本没有听见。坐在他旁边的张昭急了，推了他一把道："王大人，快醒醒，圣上问您话呢……"

王朴睁开眼，看见各位众臣都焦急地看着他，皇帝也非常吃惊地张着嘴，连忙起身稽首道："微臣该死，居然在圣上议事旳上书房开起小差……请圣上治罪！"

柴荣没好气地说道："起来起来，治什么罪啊！那你先说说，刚才想什么去了！"

王朴道："回禀圣上，微臣想起一则旧事，越想越不得其解，于是钻进了死胡同，出不来了……"

"想起了旧事？"君臣几个几乎异口同声地问。

王朴吞吞吐吐说道："也不算，也不算什么异闻，就是……"

"还不快快奏来！"王朴不紧不慢的样子，把柴荣急着了。

王朴道："是，圣上。微臣适才想到的，就是东晋大诗人陶渊明不愿为五斗米折腰的事。微臣思忖，一位堂堂的县令，拿着朝廷俸禄，居然连腰都不愿折一下。若要他折腰，他宁愿不要这五斗米的俸禄，辞官回家种地去了……"

范质叹道："这件事无人不知，有何想不通的？真是！"

王朴正色道："范相博古通今，一定能为下官解困释惑、指点迷津。下官困惑颇多，敢请范相不吝赐教。"

范质一愣，道："圣上驾前，岂敢赐教！"

柴荣突然明白了王朴是要借事说理，于是笑道："讨论学问，只有师生，并无君臣。你们切磋吧。朕等几个也好开开眼界。"

"多谢圣上。"王朴不等范质应承，就开腔了，"这疑问一就是，一位连对上级腰都不肯折一下的读书人，能做官理政，造福百姓吗？"

"这……"范质顿时语塞。

王朴继续道："这疑问二，下官想不通的是，如若给他的俸禄是十石米百石米甚至一千石米，他陶诗人会不会折腰？"

"啊？"范质更不知道如何回答。

王朴又问道："这疑问三嘛，他写的《桃花源记》，称得上绝世妙文。可他钟情的理想社会，却是与世隔绝的世外桃源。即便这个政治理想，自己也不愿意去努力奋斗、全力开创，甚至都不愿参与治理，难道要等上苍掉馅饼吗？"

"……"范质更是无言以对。

王朴还有问题："这疑问四就是，后来的仕宦之人那么推崇陶翁，认为他是读书人的道德典范，可是他们在痛恨官场的同时，为何又如此留恋官场，而不学学陶渊明的样子，辞官归隐去种地呢？辞官当农人，陶翁一甩袖子就走了，他们就那么难吗？"

范质有些生气了，没好气地说道："你这是哪门子学问？问的尽是些歪理！"

没想到张昭也开腔了："范相息怒。王大人四问，虽不是谋国治军的学问，却是做人修德的根本，每问都问在我等臣僚的心坎上啊！"

魏仁浦也若有所思："王大人高问，魏某佩服！"

范质突然明白了王朴拿这个典故说事的用意，但作为一人之下、万人之上的首辅宰臣，他的威严是不容冒犯的。他悻悻地问魏仁浦道："魏大人，老夫愚钝，您佩服什么，给老夫说说看。"

魏仁浦道："下官不才，试解一二。这第一问，就是说，没有政治才干的读书人，是做不好官的。王大人，这样解，如何？"

王朴拱手道："魏大人高见，下官就教了！"

柴荣也说道："会写诗，不见得会做官。在朕看来，这就得量才而用，人尽其才。"

张昭感叹道："圣上所言甚是。可见，作诗和治国不是一回事。可是南唐李璟这个

大词人，却偏偏当了皇帝，把填词和治国混为一谈，尽用一些投其所好、阿谀奉承的小人，这江山不被葬送才怪！"

范质问道："那这第二问呢？"

魏仁浦道："这第二问嘛，魏某以为，为官的真正目标，是为皇上尽忠、为朝廷分忧、为百姓造福。陶公要是真觉得这不是自己所长，面对糟糕现状无能为力，就是给他千石的俸禄，他也不会折腰。"

柴荣道："这个疑问好，魏爱卿也解得好，说出了从政者的根本追求。我朝要造福苍生，首先得结束这纷争已久的乱世，消灭各地割据势力，实现天下一统，而后励精图治，发展生产，还百姓一个太平世界。"

范质赶紧起身拱手道："圣上心系天下，眷顾苍生，目标宏远，志在一统，我等誓死追随，虽肝脑涂地，也在所不惜！"

其他几位也都纷纷拱手道："我等誓死追随，虽肝脑涂地，也在所不惜！"

柴荣道："你等忠心，朕自然知晓……范爱卿，你就给王朴一个面子，解解他后面两个疑问吧。"

范质道："这……老臣遵旨。嗯嗯，这第三问嘛，讲的是政治理想要靠行动来实现，不能等靠要。这第四问，讲的是一些仕宦之徒，装着一副清高模样，甚至打着为民请命的幌子，满口仁义道德，实则蝇营狗苟、追名逐利，把为官当成谋生手段，真是让人唾弃……其实，王大人他哪里不知道其中因由，只不过借这个事情，挖苦我等故步自封、不思进取……"

王朴拱手道："范相误会了，下官并无此意……"

柴荣道："好了好了，别再纠缠这个典故了。王爱卿借事说理，是很有深意的。就拿《桃花源记》来说，政治理想决不能空想，更不能一味等待。天下四分五裂这么久，各方诸侯偏安一隅，鱼肉百姓，逍遥自在，尽情享乐，有些诸侯虽有一统天下的意愿，却没有采取任何行动。既然天降大任于我朝，我等就得为天下苍生肩负起使命，同心同德，共赴艰险！"

众人道："我等一定不辱使命，追随圣上，共赴艰险！"

柴荣站起身，道："刚才扯远了。不如这样，时候也不早了，你们都留下来，和朕一起共进晚膳，然后再继续会商淮南战事吧。"

"微臣遵旨！"

四、是战是和，柴荣伤透了脑筋

君臣几个用罢晚膳，也顾不上休息，就继续议事。

关于向训的奏请，大家都达成一致，当务之急，必须退出维扬之地。至于退到哪里，宰相范质坚决主张退守淮北、休养生息，魏仁浦倾向于对淮南继续用兵，暂时转战寿春。张昭观点不是很明朗，而王朴还没有具体意见。柴荣理解范质的难处，他是宰辅，又是首相，统领一国军政，对国力民生最为了解。这打起仗来，耗费巨大，而老百姓的负担越来越重，不利于社会稳定和发展。如若一旦攻下淮南，紧接着又要渡江南下，如若万一出了差错，不仅前功尽弃，甚至整个国家都会陷入万劫不复之地。

王朴见范质固执己见，知道他不同意，皇帝是很难下决心的。于是也就不再转弯抹角、旁敲侧击了，他站起身来，拱手道："今日圣上召集重臣会商淮南战事，微臣有幸聆听，的确开了眼界、获益良多。既然来了，微臣也不避浅陋，冒昧再献一言，供圣上及各位大人参详。"

魏仁浦喜道："昔日朝廷广开言路，王学士献上平边之策，从数十位朝臣奏疏中脱颖而出，圣上龙颜大悦，我等也醍醐灌顶，而后稍加完善，成为我朝国策。魏某断言，今日大人再献平淮之策，必被圣上垂青，成为攻取江淮之钦定方针。王大人快讲，我等洗耳恭听。"

范质不悦道："王大人平边之策，虽是国家大计，但并非要一蹴而就，这只能当远景规划。更何况，这个策略要实现，并非依葫芦画瓢，还得在实践中不断修正。"

"岂敢，魏枢相过奖了！平边之策乃圣上之思，微臣捉刀而已，惭愧！范相所言，也不无道理。"王朴谦让客套几句，就进入正题，"刚才各位大人分歧所在，是继续用兵淮南，还是退守淮北。简言之，就正如魏枢相所言，是攻还是守。这攻守分歧，直接影响向镇抚之转兵计划，而且对退守何处、接下来如何行动干系极大。因此，大方向不定，圣上就不好下旨……"

张昭道："王学士所言甚是。这次我军是'转兵'，不是败走，是面对战局不利暂时退出，而不是兵败如山弃城逃窜……"

魏仁浦接过话来说道："说得对，这一点很重要。这次退兵，是战略撤退，是避其锋芒、以退求进，绝非败亡逃命，打回去是迟早的事。"

"魏枢相、张尚书所言甚是。"王朴道,"既然如此,丢了几座城池,就连寿州也不攻取了,甚至把淮南其余州县也都让出来还给南唐,让大军退守淮北,是不是有点反应过度,甚至有些荒唐?如此一来,持续大半年的南征就彻底以失败告终,这样不仅伤我军士气,更会长他人威风!"

范质问道:"按王大人的意思,是要继续用兵淮南啰?"

"当然!"王朴斩钉截铁地回答道,"下官不仅支持魏大人以攻代守、继续用兵,而且微臣奏请圣上,再次御驾亲征。"

"奏请圣上再次御驾亲征?你这不是胡闹吗?"范质急了,反问道,"王大人以为,圣上再次南征,有几成胜算?"

王朴回答道:"下官以为,圣上若再次亲征,必定大败南唐,尽收淮南之地,迫使南唐李璟俯首称臣,再无实力与我朝抗衡!得到淮南之后,我朝稍做休整,进军江南,灭掉这个大国。只要南唐一灭,周遭诸侯再无人敢与我争衡,天下一统,指日可待!"

范质怒道:"指日可待?王大人真是书生之论!古人云:百足之虫、死而不僵,南唐方圆千里,人口数百万,岂是你说灭就灭得了的?你当我范某,对军事一窍不通吗?"

王朴也生气道:"范相以大儒之名晓畅军事,这一点无人不晓。然而大人有此一问,真让下官失望。范相是朝廷首辅,不会不明白,圣上南征、灭掉南唐,是我朝一统天下的第一步吗?"

范质道:"这个,老夫当然知道,灭掉南唐,就等于得到半个天下。可是理想是一回事,现实又是一回事。圣上首度南征,是想尽收淮南,可并没有实现啊。这说明,灭国大战,没有绝对实力,是不可以轻易实施的。无论怎样,南唐仍然是南方头号强国,不可能一战而彻底消灭。启奏圣上,老臣恳请,暂时罢兵,休养生息。等到国力强大,时机成熟,再南下不迟……"

王朴道:"启奏圣上,如今寿州久攻不克,双方相持一年,已经到了最后时刻。这时候撤兵,实乃兵家大忌。一旦退到淮北,再要重返淮南,就困难重重了。因此,微臣还是建议,圣上二度南征。"他看着大家都默不作声,又一心想说服范质,于是继续说道:"圣上,各位大人,大军班师北归以来,禁军得以休整,河流疏浚顺利,漕运得到发展,水师训练也突飞猛进,再有半年的准备,一切就绪,圣上就可以再次南征,一举攻克寿州。一旦圣上亲率大军驾临寿州,旬月之间,寿州必克。"

范质道:"老夫要问,你为何如此武断,认为旬月之间,寿州必克呢?"

王朴道:"凭什么?凭三条:一是南唐大将刘仁赡被我军围困了大半年,就算他是铁打的,也有弹尽粮绝的一天。下官断定,到了明年,寿州必被拖垮;二是派来的援军

主将是南唐枢密使陈觉，此人胆小如鼠而且不懂战机，居然陈兵百里之外的濠州，袖手旁观，隔山观火；三是圣上亲征，加上新军练成实力大增，前线将士闻讯，士气必然大振。有这三条，寿州必克。"

范质道："前两条姑且不论，这第三条，就荒唐至极。难道圣上不亲征，寿州就攻不下吗？圣上九五之尊，本该坐镇京师，诏令天下，抚慰四方，为何非得亲自东伐西讨、南征北战呢？"

王朴道："圣上不亲征，寿州也可攻下，但有自乱阵脚的风险，也达不到震慑南唐朝野的目的。"

范质不解地问道："王大人，你如此说来，老夫就更是一头雾水了。"

王朴道："这很简单。下官要问范相，圣上不坐镇，谁来统领各路人马？"

范质道："这还不简单，圣上命谁为主帅，就由谁指挥。"

王朴笑道："范相以为向镇抚如何？"

范质道："向训文武全才，可以胜任。"

王朴反问道："维扬之地，是怎么丢的？下官告诉您，就是他向训刚任淮南节度使，各州将领不听号令！他向训连几个刺史都指挥不动，还能调遣李重进、张永德、赵匡胤这帮大将吗？"

"这……"范质愣住了一阵，说道，"那就任命李重进为主帅。"

王朴道："真的可以吗？下官要问，李重进是侍卫亲军都指挥使、庐寿招讨使，向训是淮南节度使。作为地方节镇诸侯，向镇抚守土有责，淮南战事，应该由他出头，朝廷大将最多是来协助。若圣上命李重进为主帅，向训会服气吗？"

范质想了想道："那就都不任命，让他们一起攻城。"

王朴道："让他们一起攻城，范相不是开玩笑吧？李重进围了大半年，辛苦且不说，你向训丢了扬州数郡跑过来抢功，他会同意吗？向镇抚呢，刚刚丢了维扬之地，攻打寿州，是他将功折罪的大好机会，他会放过吗？到时候，两人争功，明里暗里斗起来，反而会误了大事！如若要决胜淮南战场，禁军主力也得参战，殿前军都点检张永德和殿前军都指挥使赵匡胤，他们要是也搅进来，情况会更复杂。只有圣上亲自统兵，谁都无话可说！"

柴荣被他说到心坎上，听得入迷，情不自禁地点点头道："王爱卿所言大是！看来，朕御驾亲征，拿下寿州，势在必行了！"

范质叹道："这南征策略，纸上谈起兵来，近乎完美无缺。可是真正实施起来，任何一个细节，都会影响结果。圣上，老臣以为，收取淮南，不急一时。等到国力强盛，一战而能定之。望圣上三思！"

柴荣道："范爱卿为人谨慎，希望开疆拓土稳打稳扎，没有十足把握，绝不冒任何风险。作为首辅重臣，爱卿谨小慎微、常怀忧患，如履薄冰、如临深渊，这对治国理政，有百利而无一害。可是，一统大业是既要文谋运筹帷幄，又要武功决胜千里，更何况古人云，谋事在人，成事在天。不冒一点风险，怎么担得起这一统天下、造福人伦之大义？"

范质道："圣上英明神武，将一统天下、救民水火当成己任，满朝文武莫不拥戴。可是，这一统大业，并非一蹴而就，需要时机成熟，才能实施。再请圣上慎酌。"

王朴见范质仍然固执己见，说道："范相之顾虑，不外乎三：一怕圣上南征，万一失利，得不偿失，国运式微；二怕战事胶着，空耗国力，影响民生，引发内乱；三怕北方契丹，联合北汉，乘虚而入，侵犯中原，范相，对吗？"

"正是。"范质看着他，点点头道，"王大人以为，这些顾虑是杞人忧天吗？"

王朴道："非也。范相误会了。要说这些顾虑，的的确确有发生的可能，但可能性极小。其中危害最大的，要数北狄入侵。可是，前年高平之战，契丹北汉联军被我歼灭大半，加上刘崇数日前崩逝，刚刚继位的小皇帝没那个胆子南下；去年易州一战，契丹人被圣上打怕了，更何况辽国朝廷刚刚发生内乱，耶律璟上台，一时半会儿还不敢与我朝作对。加上北边关隘，陈有十余万精兵，兼有魏王符彦卿、建雄军节度使杨廷璋等一千良将镇守，应该万无一失。"

范质叹道："万无一失？百密还有一疏呢！万一这个万一变成现实，那可不是一般的危险，而是后路被断，国家危亡，王大人考虑过没有？"

王朴道："一统天下，哪有不冒一点风险的？敢问范相，这国力何时能够强大到灭亡南唐的时候？一年，两年，五年，还是十年？这一拖下去，要耽搁多少年啊？总得有人站出来，冒这个险吧？更何况，我们的胜算，远远大于失败！"

范质更加针锋相对："胜算远远大于失败，这只是你个人的揣度！你凭什么做出这样的结论？我朝首度南下，虽然取得数州，那几乎是倾国所有！可还不到百日，就几乎丢失殆尽！按你王大人平边策的设想，南唐地域辽阔，纵深两千多里，可以从防备最薄弱的地方开始进攻，他们防备东方，我们就进攻西方，他们守备西方，我们就搅乱东方。他们一定会奔走救援，在奔走之间，我们就能看出他们的虚实、强弱，然后我们避开防卫坚固的地方，攻击武力薄弱的地方，这样一来一定战无不胜。老夫原来也觉得，这个策略很好。可是这次连丢数州，老夫就反复思考，为何如此呢？如今总算明白了，那就是，他们地域辽阔，在不易防守的同时，也有我们疲于进攻、战线过长的麻烦。加上我们是远征江淮，人地生疏，不习水战，军纪松弛，大肆掳掠，犯了兵家大忌，失去了民心。况且，南唐人口众多，物产丰富，看似一盘散沙，一旦面临亡国灭种的困境，他们一定会团结起来保家卫国。因此，在实力达不到绝对优势之前，不能轻易开展灭国大战。"

王朴道："这就又回到原来的问题了。敢问范相，开展灭国大战，在什么时候呢……"

"好了，你们都别争了，这件事一时半会儿扯不清，先放一放……"柴荣见两位直臣针锋相对，觉得这样争论下去，不仅不会达成一致，甚至会影响臣僚关系，于是出口制止。他觉得，当前最要紧的任务，是向训撤军的事。于是说道："先这样吧，**魏爱卿**，你即刻起草诏书，同意向训奏请，并令他暂时移师寿春之地，协助李重进围困寿州。要他注意，只是围困，不得擅自进攻。请他务必整饬军纪，所到之处，秋毫无犯。若有违反，军法从事！别忘了告诉他，丢城失地之罪，暂且记下，等全取淮南之地后，功过是非一起清算！"

魏仁浦叩首道："微臣遵旨！"

柴荣继续道："各位爱卿，今日会商淮南战事，虽无结论，但战和两方都亮出了观点，有利有弊。这利与弊，我们是得好好权衡，绝不能顾此失彼。今晚无结论，不等于明日无结论。各位爱卿回去，都好好想一想，要战，就务必一战到底，既要有必胜的信念，又要有万一失败的准备。要退，就要彻底罢兵，好好休养生息，韬光养晦壮大国力。朕强调一点，在未有定论以前，任何人不准在朝堂外议论，也不能有丝毫松懈，否则一旦定下南征大计，朝野措手不及。时候不早了，你们都退下吧。"

"遵旨。"几个人稽首道安，然后都退出上书房，又一起一个个心事重重地出了宫门，相互间拱手道别。

◈ 五、广聚天下贤士，夜半虚席陈抟老祖 ◈

过了几日，柴荣召见宰相范质、枢密使魏仁浦以及礼部、吏部要员，会商有关官员任免、开科取士以及广纳天下贤才的事情。

柴荣对吏部草拟的新晋官员名册大都认可，只是不见工部尚书提名人选。于是问道："工部目前事务繁重，尤其是京城扩建和河流疏浚，都需要能吏强力推进。而老尚书致仕，这个位置怎能空缺？"

范质道："工部尚书人选，老臣与吏部商议很久，也没找到合适人选。现任官员中，既够资历又能胜任的，大都司职要位，拆东墙补西墙也不是办法。况且不久前，圣上朝议刚刚宣布侍郎卢琰主持工部事务，老臣以为，既然有人主事，暂时空缺也无妨。"

"爱卿此言，也是一说。"柴荣顿了顿，又道，"依爱卿所言，谁最适合？"

范质道："回禀圣上，就人岗相适而言，端明殿学士、权知开封府事王朴最为适。但是他主管京城政务，责任重大。老臣等觉得，卢琰任侍郎虽然资历尚浅，倒也干练，让他以侍郎之职代行尚书职权，倒也是历练他的机会。"

柴荣思忖道："嗯，爱卿所言甚是。让卢琰历练历练也好。只是年轻人主事，尚有些不放心……不如这样，范爱卿，你就别再督修京城了，一心一意为来年南征筹措军需粮草吧。就命王朴督办工部，主抓京城扩建。"

范质一愣："这……启奏圣上，王大人职守为权知开封府事，如何能督办六部之一的工部呢？"

柴荣道："王朴是端明殿学士，有何不可？就命他以端明殿学士身份督办工部。"

"启奏圣上，范相意思，就是王朴学士官秩品级，低于六部侍郎，甚至和郎中平级，不利于他督办工作。"魏仁浦道，"微臣有一计，可保证圣上人事安排妥帖。"

柴荣道："魏爱卿请讲。"

魏仁浦道："王大人能谋善断，而且执行坚决，是朝廷里最能干的大臣之一。微臣恳请圣上让王大人升任枢密院副使，这不仅可以顺理成章督办工部，也肯定对当前战事大有裨益。请圣上恩准。"

柴荣道："嗯，这个嘛，倒是好主意。当前南征在即，枢密院军务繁多。你们几个都要多参与枢密院军务……依朕看，王爱卿就升任枢密副使吧，范爱卿意下如何？"

范质道："圣上圣明，老臣完全赞同。王大人权知开封府事两年了，业绩彰显，办事得力。老臣还建议，正式升任王朴为开封府尹，这样就更利于京城扩建。望圣上准奏。"

"准奏。"柴荣点点头，又道，"魏爱卿，大战在即，目前各路将领也都补充到位，你赶紧集结整训禁军，对年老体弱或者战力不强者，一律裁撤；一定要保证年关以前，十万大军无一赢卒！命兵部尚书张昭督办战舰操练、水军整训以及漕运事宜，一定要注重实战演练。"

魏仁浦道："微臣遵旨！"

议定官员任免，柴荣听取了中书侍郎兼礼部尚书、集贤殿大学士王溥关于秋闱科考的准备事宜，这是他登基以来的第一次科举大考，因此也格外重视。他对礼部的准备工作很满意，对这位德高望重、博学多才的老主考官更是敬重有加，情不自禁地说道："抢才大典、为国选贤，王爱卿费心了。只是如今距离年关不到半年，各科考试之后，

要赶在正月间发榜并举办鹿鸣宴，时间稍稍有些紧迫……"

王溥道："老臣为国选材，职责所在。请圣上放心，时间虽紧，老臣即刻会同有司，精心谋划、严密组织，一定误不了正月十五，圣上亲自召开鹿鸣盛会，赐宴新科进士。"

"王爱卿办事妥帖，朕甚是欣慰，甚好，甚好。"柴荣满意地赞赏道。

王溥施礼道："多谢圣上谬赞。老臣食君之禄，为国分忧，尽忠而已。"

柴荣点点头，突然想起什么，又问道："王爱卿，朕年初诏告朝野举荐贤能，各地纷纷响应，推举贤达名流十余人。而后安排礼部遍访天下、考校真伪、甄别贤愚，半年多过去了，如今结果如何？"

王溥道："圣上立志削平天下，广纳四海贤良，此乃家国振兴、天下一统之大道也。各方举荐贤达，大都已经考校完毕，贤者量才使用，次者入太学深造，伪者决然淘汰。不过，有四人例外。"

柴荣道："四人例外？哪四人？"

王溥道："其一者，南唐名满天下的大国士韩熙载，司徒李谷举荐，如今身在金陵，无从考校；二是南唐司空孙晟，曾经奉唐主李璟之命出使我营，觐见圣上，请求两国议和，被圣上扣留，并随圣上北归来京，此人系端明殿学士、开封府尹王朴举荐；三是长沙府天策学士李云博，殿前军都押牙李处耘举荐。此人身在潭州，无从考校……"

柴荣打断他的话，笑道："这些天下闻名的贤能，倒是实至名归。朕的导师大国士韩熙载满腹经纶，实为天下头等贤才，不料南唐李璟不知重用，真是可惜！待朕破了金陵，一定请他北上，执掌枢柄，引领百官！这贤相孙晟，铮铮铁骨，敢于担当，耿直忠诚，胆识过人，如今正在汴梁，待他彻悟之后，必定归降朝廷；至于李云博，可以说，是当今天下绝无仅有的少年才俊，兼又出身火药世家、爆业豪门，更何况，他是朕的同门师弟，又兼得恩师韩熙载真传，无论是其才能还是其家族绝密，都是当今稀世珍宝。今年五月间，他曾奉命助阵淮南，与朕有一面之缘。他协助赵匡胤大破皇甫晖，一举扭转被动局面，可谓功劳甚大。可是，立下赫赫战功，他却谦虚礼让，把功劳让给别人，真不简单！他曾答应过朕，处理好家事就会北上。朕估计，他应该快到中原来了。范爱卿，你们要时刻关注，最好派专人跟踪，一有消息，立即禀报！"

"老臣遵旨！"范质领了圣谕，继续奏道，"启奏陛下，说起李云博，老臣这里还有一件关于他的奏请。老臣刚刚接到客省使转来湖湘方面一封加急上书，说是武平军节度使、朗州大都督周行逢上奏，请圣上降旨，为原长沙府天策学士李云博赐婚。这是奏折，请圣上御览。"说罢，从袖筒中取出，双手呈上。

"哦？周行逢为李云博请旨赐婚？李云博还未婚配？"柴荣有些吃惊，连忙拿过奏折

看了起来。看完折子，柴荣笑了起来："这个周行逢，还真是有两下子。他这么做，一是还李云博人情，他知道，他这个节度使是李云博帮他挣来的；二是进一步笼络李云博，要李云博死心塌地为他周行逢卖命。这家伙，也太自不量力了，敢跟朕抢人，哈哈哈……"

范质道："圣上所言甚是。依老臣看，李云博才具，远远在周行逢之上。凭李云博的志向，绝非偏安一隅，割据地方。这样一来，两人迟早会决裂。万一周行逢动了杀机，李云博及其家人，很可能会遭遇不测。"

柴荣思忖道："范爱卿言之有理。这事，得急着办。朕先给他周行逢这个面子，就依他所奏，以朕名义下旨赐婚。这得派个有分量的大臣去，王爱卿，你是礼部尚书，是最合适的特使，可是秋闱科考在即，抽不开身；客省使袁桓又有南唐使节孙晟、钟谟要招呼，也走不开。那就派礼部侍郎窦俨去吧，给李云博撑撑面子……对了，要他敲一敲周行逢，要是敢对李云博及其家人下毒手，朕就第一个灭了他周行逢！"

"微臣遵旨！"王溥道，"启奏圣上，这可是我朝考校李云博的最佳机会，是不是命窦大人，好好考校一下李云博呢？"

柴荣笑道："李云博的才华，朕已经亲自考校了。这次去，主要是探明虚实，表面上是考校，实际上是了解李云博的处境。因此，得一明一暗。明的，由礼部侍郎窦俨去颁旨赐婚，顺便警告周行逢，不得伤害李云博及其家人；暗地，要派人保护跟踪，这事，由范爱卿秘密安排。"

范质道："老臣遵旨！"

"这事，就到这里吧。"柴荣顿了顿，又问道，"那，还有一位贤才呢？"

王溥道："回禀圣上，最后一位名叫陈抟，亳州人氏，字图南，号扶摇子，贤名甚剧。能为诗文，数举不第。而后似乎看破后尘，慨然有世外之兴，痴迷道学，隐居华山云台观，以醉酒为乐，以游山为趣，却无丝毫入仕之意。老臣以礼部之遣多次征召，均不见应召。"

柴荣问道："陈抟？是不是揭穿南唐国老宋齐丘剽窃谭峭《化书》为己有、让所谓《齐丘子》臭名远扬的那位陈长老？"

王溥道："回禀圣上，正是。"

柴荣又问道："此人是何人举荐？"

王溥道："回禀圣上，此人乃时任殿前都虞候、现任殿前都指挥使赵匡胤举荐。"

柴荣喜道："赵爱卿举荐，绝非等闲之辈。观其不得志而隐，必有奇才远略。"

王溥道："此人道学深厚，颇具胆识。而世间传闻会飞升黄白之术，不知真假。但近些年来，陈抟不时前往滑州爆战军，指点赵将军配制军用火药。我大周爆战军闻名天下，陈抟亦有襄助之功。"

柴荣道："中原既然有如此高人，那就得以诚待之，厚官显爵，征入朝中，为朕所用。"于是传旨，以皇命发布征召令，不日遣使送达华山云台观。

陈抟接到征召令，觉得皇命难违，拒之不恭，从之勉强，犹豫再三，万般无奈之下，只得带上两个道童，随特使入都。当他来到汴梁城的时候，已经是深秋。当时汴梁城正在大兴土木，处处工地，人人奔忙，声响不绝，与正值秋收之际的辽阔旷野倒也辉映成趣。不过久隐深山的陈抟过惯了清净的生活，面对错综芜杂的场景，不免皱起了眉头。

柴荣得知陈抟奉诏入京，大喜，立即命内侍少监韩公公迎入宫中，安排在滋德殿边的圣清观歇息。没想到这陈抟老祖，一进卧榻，就打起坐来，不吃不喝，闭目养神，接连睡觉。柴荣每日进观探望，刚走近陈抟居室，就听见鼾声如雷。他命道童不要禀报，免得打扰。每次来时，只是轻轻走近窗前，拉开扇户，但见陈抟依旧熟睡如故。柴荣无奈，只得由他睡去。

这样连续过了几天。忽一日夜里，柴荣处理政务有些疲倦，不知不觉伏案睡了过去。正恍惚间，只见一个鹤发童颜的道人，倒骑着毛驴飘然而至。柴荣大惊，正欲起身相迎，只见那道人跃下来席地而坐，拱手笑道："江陵一别，已过十余载。圣上别来无恙？"

柴荣猛然想起，这道人，是他曾与邺中大商颉跌氏往返江陵贩卖茶货时，为他卜卦的王处士。当时，他们听说江陵有位王处士卜卦很灵，就前往住处请他卜卦。王处士刚刚布卦，忽有一蓍草跃地而出，卓然而立，卜者大惊说道："我家用筮占卦已有十余世了，常记曾祖遗言，凡卜筮而蓍跌出者，其人贵不可言，况又卓立不倒，莫非天下之主乎！"连忙退了卜资，并急起再拜。柴荣虽然装作不信，但内心却非常高兴，于是连忙中夜置酒，与颉跌氏酣饮过半，便开玩笑地说："王处士说我当为天子，若一旦到此，足下要何官，请言之。"颉跌氏说："三十年来，凡到京洛，每见税官坐而获利，一日所入，可以相当商贾数月，私心羡之。若柴兄为天子，我愿作京洛税院官长，也就满足了。"柴荣笑道："兄台为何要求如此之低呀！"转眼十多年过去了，不是见到这位道长，他真想不起这件往事了。

柴荣理清思绪，施礼道："原来是故人！敢问王道长如今仙居何处？"道人说道："实不相瞒，贫道多年前已得道升天，位列八仙之一，名曰张果老。想起当年卜卦江陵，预言圣上将登大位，圣上不信，今特来验证。"柴荣道："朕凡夫俗子，当时一介草民，怎能有如此非分之想！今日能统御中原，全靠上苍垂青。仙翁莫怪！"张果老道："圣上乃星宿下凡，必秉承上天旨意，结束乱世，一统天下，还百姓一个太平。"柴荣道："仙翁教诲，铭记于心。朕有一疑问，还望仙翁赐教。"张果老道："圣上请问，贫道知无不言。"柴荣道："朕寿命尚有几何？"张果老回道："贫道固陋，辄以所学推之，三十年后非所知也。"柴荣大喜道："如此，朕当以十年开拓天下，十年休养生息，十年致太平。"张果老道："圣上英明神武，励精图治，削平天下指日可待。但圣上秉性刚烈，遇事易怒，须记事不宜急，循序渐进，切忌杀伐太重，以免折了阳寿。贫道有紫金护阳伞一把，《道经》一卷，供圣上研习修炼，以达处变不惊、临危不乱之境……"言毕，人驴忽然不见。柴荣诧异不已，连忙起身，没想到跌了一跤，惊愕之间便醒了过来，原来是南柯一梦。起得身来，突然看见案前一把金色大伞，一卷青皮道经，更加惊奇。

正在诧异间，柴荣突然听见殿外传来朗朗吟诵之声，于是便快步走出大殿。朦胧之间，发现声音是从圣清观传来的。歌声洪亮，清晰可辨：

臣爱睡，臣爱睡，不卧毡，不盖被，片石枕头，蓑衣垫背。震雷掣电，鬼神惊，臣当其时，正鼾睡。闲思张良，闷想范蠡，说甚孟德，休言刘备。三四君子，只是争些闲气！怎如臣，向青山顶上，白云堆里，展开眉头，解放肚皮，且一觉睡，管甚玉兔东升，红轮西坠……

听见歌吟，柴荣明白了，陈抟老祖睡醒了。他会心一笑，又进殿里，对正在瞌睡的韩公公道："传旨，召陈抟道长觐见！"

陈抟奉旨入见。礼毕，柴荣和颜悦色地说道："先生适才午夜吟诗，看来是睡醒了。"

陈抟道："贫道久居山林，懒散惯了。一觉醒来，顺口吟诵，忘却身居禁中，惊扰圣驾，还望恕罪。"

"先生言重了。"柴荣道，"朕欲励精图治，需要广纳贤才。先生大才，可否教朕？"

陈抟道："臣山野鄙人，只懂修仙，何能治国？"

柴荣道："先生通飞升黄白之术，朕闻得而延年益寿，甚至长生不老。先生可否指教一二？"

陈抟答道："圣上贵为天子，应当专心励精图治，造福于民，何用这种黄白之术呢？况且，生死有命，怎能寄希望于道家之术？"

柴荣道："先生期朕致治，用意可嘉，朕愿与先生共治天下，还请先生留侍朕躬！"

陈抟推辞道："臣山野鄙人，未识治道，且百岁老朽，身已入土，气若游丝，心力衰竭，如何能辅佐圣上呢！"

柴荣一再挽留，任命他为左拾遗，陈抟再三谢绝，只得作罢。两人又谈起了许多道家故事，把酒言欢，甚是惬意。告辞之际，陈抟道："圣上志在天下，广纳贤才，实为天下明君。贫道不才，不能效力陛下，还望见谅。不过，贫道曾经点化过一幼童，此子慧眼早开，颖悟异常，立志建功立业，近年来名满江南。加上他对火药悟性极高，兼具家传，圣上若能得之，一统大业必能如虎添翼。山人断言，此子将来必为宰辅。"

柴荣道："敢问先生，此子何人？"

陈抟道："此子乃潭州瑶池李云博也。肺腑之言，圣上慎酌。"

柴荣道："多谢先生指点。朕一定访得此人，共创大业。"

陈抟道："圣上半夜虚席，臣感激涕零。只是还有一不情之请，望圣上垂允。"

柴荣道："先生请讲，朕准奏就是。"

陈抟道："臣一山林野道，承蒙陛下隆恩，亲迎至禁中道院下榻。大睡之时尚且不觉，醒来之后，如坐针毡。请圣上开恩，让臣移居宫外，以免搅扰圣驾。臣聊住几日，便好回去。"

柴荣道："先生自便，来去随意。只是久居深山，难见都市繁华。先生多住些日子吧，以便朕若有疑问，也好当面讨教。"

陈抟道："多谢圣上，臣不敢。"说着，便起身告辞。柴荣将他送出殿外。

翌日，柴荣命人前往邺中查访故旧，很快就找到了颉跌氏。柴荣立马召见，并兑现承诺，授以颉跌氏官职。

◆ 六、夜宴国宾馆，孙晟假意表忠心 ◆

这天将近申时，柴荣穿着便服，从水军大营视察回来，路过国宾馆，突然想起南唐使节孙晟、钟谟尚在汴梁待诏。以前他常来探望，也不时召他们宴饮。近期事务繁忙，来得少了，于是决定顺道进去看看。

这个司空孙晟，德高望重，对南唐朝廷忠心耿耿。一路上，柴荣想起年初亲征淮南，亲自督阵李重进围攻寿州，可是刘仁赡坚壁清野，誓死抵抗，久攻不下。正巧唐主李璟派孙晟前来求和，柴荣就让孙晟去劝刘仁赡投降，孙晟假意答应，来到城下远远和刘仁赡说话。刘仁赡望见孙晟，重甲朝孙晟下拜，孙晟大声对刘仁赡说道："刘将军！

你现在只有死路一条，别想活着回金陵见圣主，杀敌不成，则杀身成仁！若失节事周，遗臭千载，不足为将军计！"刘仁赡在城上痛哭流涕。柴荣见他叫刘仁赡死守，知道上了当，大骂孙晟："朕让你去招降刘仁赡，你却要他誓死坚守……你难道不知，朕有利剑，可以随时取你性命吗？"孙晟理直气壮地说："我是唐朝宰相，天下哪有宰相让守牧屈膝降敌之理？陛下神武明理，能容忍这样的事情吗？"柴荣顿时理屈，只好作罢。这件事情以后，柴荣更加敬重孙晟，一心想说服他归降，为朝廷出力。于是班师北归之际，就将他顺道带了回来，安置在国宾馆里好生招待。

孙晟、钟谟闻讯柴荣驾到，慌忙出来迎接。柴荣吩咐馆驿中丞摆酒，要与孙相共进晚膳。这可把馆丞吓坏了，连忙命人准备，又紧急差人向客省使袁桓禀报。柴荣叫他别紧张，有什么就吃什么，没必要另行准备，只是上些上好的醇酒，就行了。馆丞闻言，领命而去。

闲暇之间，柴荣问起南唐朝廷事宜，孙晟道："唐主畏陛下神武，事陛下绝无二心。"

柴荣道："唐主无二心？何以见得？"

孙晟道："年初，陛下莅临淮南，我主便派微臣前来觐见陛下，愿以淮南数州之地进献，年输金帛百万，罢息兵戈，奉陛下为天下共主。"

"罢息兵戈，奉为天下共主……孙相哄谁呢？"柴荣笑道，"当时，朕的大军，已经夺取大半个淮南，收取淮南全境指日可待。你以为，朕不知道李璟打的什么算盘吗？"

孙晟道："孙某愚钝，请陛下赐教。"

柴荣没好气地说道："你就跟朕装傻是吧，那朕就告诉你，李璟这皇帝瘾还没过够，他要死守江南，和朕争天下。如此雄才大略之人，怎么可能拥戴朕为天下之主呢？"

孙晟急道："陛下息怒！我主绝无此心……"

"绝无此心？"柴荣继续说道，"那好，朕跟你数数。几年来，李璟先后攻取闽楚数国，只是因为用人不当，均得而复失，真可谓偷鸡不成反蚀一把米。一直以来，我们两国以淮河为界，缔结盟约，永世修好。可是，朕刚刚即位，契丹联合太原刘氏，大举南下，要灭我大周。你主倒是好，不增援也就罢了，却趁中原大乱，勾结契丹，犯我边境。这些年来，淮北之地屡遭侵扰，民众苦不堪言，朕也忍了很久。如今我朝大败北狄，有时间和精力来算旧账了。李璟这等阳奉阴违之举，你还说他事朕无二心，这不是睁着眼说瞎话吗？"

孙晟赶紧谢罪道："陛下息怒！我主受奸人蒙蔽，听信谗言，妄开战端……可是孙某一直劝谏我主，千万别北上……"

"看来贵国攻袭淮北，不是李璟之过啰？孙相极力劝阻，真是忠心可嘉啊！"柴荣笑道，"敢问孙相可有二心？"

孙晟道："孙某事唐数十载，自然忠心耿耿。"

柴荣笑道："你对李璟真是忠心耿耿！今年朕攻寿州，孙相受唐主差遣，来朕大营求和。朕要你去劝降，你却假意答应，到阵前喊话，要刘仁赡死守尽忠……帮了朕一个大大的倒忙。"

孙晟道："陛下莫怪。孙某还是那句话：孙某身为唐朝宰相，天下哪有宰相让守牧屈膝投降之理……"

聊了几句，这时候袁桓赶来见驾，禀报酒饭准备好，迎皇帝及客人入席，礼毕坐定。酒过三巡，孙晟道："圣上亲临国馆宴请异国俘囚，孙某感激不尽。"

柴荣道："异国俘囚，孙相何出此言？"

孙晟道："数月前，罪臣奉我主之命，奉书乞和，祈愿两国修好，化干戈为玉帛。不料圣上将我等扣押，继而解来汴梁。兵家有云：两国交兵、不斩来使。圣上将我等押至京师，软禁于此，这不是俘囚，又是什么？"

柴荣笑道："孙相误会了。敢问孙相，自古以来，可有俘囚被安置在国宾馆待若上宾呼？"

孙晟道："未尝有也。"

柴荣道："你等行为，有人监视限制吗？"

孙晟道："表面上看，没有。暗中是否有人监视，不得而知。"

柴荣哈哈大笑："孙相多虑了。我中原朝廷，一向光明磊落，岂干这等偷摸勾当？让孙相等暂居国馆，一来朝廷正在商议两国议和之事，未有定议以前，朕不好召见使臣；二来觉得贵国朝廷混乱，小人当权，忠直耿介如孙相这等大才，担心会被奸邪构害，朕求贤若渴，借机带孙相北上，实为保护。这些日子朕忙里忙外，怠慢了孙相，还请多多包涵。"

孙晟趁着酒兴，亦哈哈大笑："圣上厚意，孙某领了！但在孙某看来，圣上这般说辞，似乎有些牵强。"

柴荣问道："孙相何出此言？"

孙晟道："圣上言孙某耿直，孙某就不避冒犯，以小人之心度君子之腹，圣上莫怪。圣上说，贵朝正在商议两国议和之事，可是这一议数月，何时是个尽头？据老臣所知，圣上一边说要议和，一边又疏通漕运，招募水军，筹措粮草。孙某不才，倒也不至于愚蠢到家，连这备战之举都看不出来。再者，圣上说，带某北上，实为保护，避免小人构害。可是数日前，开封府尹王朴大人亲临国馆，极尽恭维之词，吹捧孙某是当今贤相，陛下何等赏识。孙某愚钝，倒也能听出言下之意，那就是要孙某弃暗投明，报效圣上知遇之恩。不知王公来访，是个人行为，还是圣上授意？"

柴荣笑道："孙相果然明察秋毫！孙相大才，天下共知。年初，我朝开启荐贤之举，当时朝臣荐贤的十余名大贤之中，贵国就有两人，除了王朴署名举荐孙相之外，时任宰相的李谷还举荐了贵国大国士韩熙载。朕欲秉承天意，一统天下，结束天下乱象，还百姓一个太平，就得汇聚四方英才，广纳天下贤能，同心同德，共谋大业。见孙相前来议和，于是动了纳才之心，邀孙相北上。如今既已言明，朕就不再转弯抹角，诚邀孙相入朝效力，共图大业。"

孙晟笑道："圣上厚意，愧不敢当。更何况，忠臣不事二主，烈女不嫁二夫。孙某虽算不上忠贞之士，但起码的羞耻之心，还是有的。背主求荣、卖国之事，不敢为也。"

柴荣道："孙相此言差矣。常言道：识时务为俊杰。天下大才，首先一点，就是以天下兴亡为己任，能审时度势，顺势而动，不存在门户国别之见，择木而栖、择主而事，为天下一统、国家兴亡建功立业。孙相明知南唐李璟绝非明君，为何要誓死愚忠、抱残守缺？更何况，刚才孙相说，李璟事朕无二心。这就是说，他已臣服朝廷。既然李璟都是朝廷之臣，孙相入朝为官，哪来背主之说？"

"这……"孙晟酒醒大半，一时语塞。

柴荣见孙晟沉默，以为他被说动了，于是趁火打铁："孙相知不知道，唐主为何派你为使节？"

孙晟道："我主知道老臣为人忠直，不会卖国求荣！"

"孙相此言差矣！"柴荣感叹道，"那朕就直言不讳，告知于你。孙相刚直不阿，颇胜大任，可是李璟昏庸，不知用人。你为冯延巳所排挤，罢免了相位，又让你充当使节，这是明明欲借刀杀人，聊泄私愤而已。你仗节至周，理直气壮，而寿州阵前对刘仁赡数语，虽然感天动地，却是死期将至。朕知道这是那帮奸党诡计，偏偏保全你性命，让他们的阴谋落空。朕之苦心，孙相可否明白？李璟有此忠臣而不能用，无怪其日削日弱，几近危亡也。"

"陛下一言，如雷贯耳！"孙晟应了一句，他何尝不知道，派他出使周朝，那是冯延巳一伙的借刀杀人之计。但是，他又不愿背主叛国，早就立下必死之心。如今话都挑明了，心里就更没有什么忌惮的了。看来，这个大周皇帝也不愿成全他，让他舒舒坦坦成为死节之臣。可是，转念一想，既然自己脱不了身，就留在周国朝廷里，什么事都可以一目了然，找到合适时机，将柴荣及所有军政要情都传回去，岂不一举两得？自己死都不怕，还怕什么呢？只要心在南方，一样可以为国效力，管他什么手段！这本来早就该死的人，能为国多做些事，无论将来怎么死，也是赚了……思忖良久，于是打定主意，一副心悦诚服的样子，站起来拱手道："陛下教诲，让我茅塞顿开。如今想来，臣之所谓贤能，纯乎浪得虚名。人为虚名而求速死，真是愚不可及！如蒙圣上不弃，老臣愿留在朝中，聆听圣上教诲！"

柴荣大喜："精诚所至，金石为开。今得孙相辅助，一统大业，必将如虎添翼。那好，就请孙公为中书侍郎、守司空，钟谟为卫尉少卿，明日起参与朝政！来，朕和爱卿再干一杯，欢迎二位入朝效力！"

"多谢圣上！"孙、钟二人连忙举酒谢恩。柴荣好言相慰一番，然后起驾出门。

柴荣当真觉得孙晟被他说服了，得到一位贤臣，又喝了点醇酒，很是开心。他又好言抚慰一通，才依依不舍地离开馆驿。

◆ 七、闻讯李云博北渡，柴荣大喜过望 ◆

正当是战是和难以定夺之际，柴荣突然看到礼部侍郎、中书舍人窦俨的上疏，奏请命令有司，讨论古今礼仪，作《大周通礼》，考正钟律，作《大周正乐》。柴荣觉得这个奏章有意思，于是看了起来：

为政之本，莫大择人；择人之重，莫先宰相。自有唐之末，轻用名器，始为辅弼，即兼三公、仆射之官。故其未得之也，则以趋竞为心；既得之也，则以容默为事。但思解密勿之务，守崇重之官，逍遥林亭，保安宗族。乞令即日宰相于南宫三品、两省给、舍以上，各举所知。若陛下素知其贤，自可登庸；若其未也，且令以本官权知政事。期岁之间，察其职业，若果能堪称，其官已高，则除平章事；未高，则稍更迁官，权知如故。若有不称，则罢其政事，责其举者。又，班行之中，有员无职者太半，乞量其才器，授以外任，试之于事，还则以旧官登叙，考其治状，能者进之，否者黜之……

又奏请，命令盗贼自相揭发，以盗窃财物的一半作为奖赏。还叙述了新郑县村团自结为义营的事情。这个地方的乡里，各立将佐，一户为盗，累其一村；一户被盗，罪其一将。每有盗发，则鸣鼓举火，丁壮云集，盗少民多，无能逃脱。因此邻县盗贼猖獗而这个地方一境独清。他请求朝廷全国效法、大兴礼治，说这是"止盗之一术"。柴荣看罢，很是赞许。但他正为淮南战事忧心，没怎么放在心上。

话说陈抟自那晚带着道童连夜出了圣清观,又出了皇宫,便在京城一处不起眼的小道观里暂住。柴荣得知,命汴梁城各大道院争相邀约陈抟入观讲道,以便多留他些日子。陈抟起初还能应付,渐渐悟出了点什么,于是不再出门讲经布道,闭门打坐,酣睡起来。这样又逗留数日,百无聊赖,于是不辞而别。临行时,他吟诗一首:"十年踪迹走红尘,回首青山入梦频。紫阁峥嵘怎及睡?朱门虽贵不如贫。愁闻剑戟扶危主,闷听笙歌聒醉人。携取旧书归旧隐,野花啼鸟一般春。"

柴荣得到诗,知道陈抟去意已决,很是惋惜。本来,他想借京城的繁华留住这位高人的凡心,为朝廷出力,如今,一切都不可能了。面对这等心游物外的世外高人,柴荣更加敬佩他们的修为。但是,他心有不甘,仍然希望用自己的真诚感动陈抟,于是抱着最后一丝希望,手诏华州刺史,命他及时照拂华山云台观及陈抟老祖。不久,又命翰林学士陶谷起草《敕陈抟》之文,遣人送至华山,慰问陈抟。

陈抟得诏后,明白皇帝用意,于是又作诗一首,答谢皇帝。接到陈抟回赠诗句,柴荣终于死了心。看来,陈抟寄情山水,无意仕途,绝非怩怩作态,而是真心醉心道学,向往自由。他长叹一声,只能作罢了。

这日,柴荣正在滋德殿处理政事,忽然韩公公来报:殿前军都押牙李处耘求见。柴荣一愣,觉得这个级别不高的将领,有事怎么不向殿前司汇报,或者向兵部甚至枢密院禀报,为何越级直接向他面陈?正觉蹊跷之间,又觉李处耘不是不懂规矩之人,于是就传李处耘见驾。

李处耘进得殿来,连忙行礼:"末将参见圣上!"

柴荣脸一黑,问道:"李处耘,这朝廷规矩,你不懂吗?为何越级面圣?"

李处耘道:"回禀陛下,朝廷规矩,末将自然懂得。只是事情紧急,前往相府没见着范相,就直奔皇宫来了……"

柴荣更加奇怪:"你堂堂殿前军将领,有事应该跟赵都统汇报,或者向兵部、枢密院请示,如何跟范质汇报呢?"

李处耘道:"陛下有所不知,数月前,末将被范相召见,说是圣上密旨,有一件紧急绝密军务要末将亲自前往。末将受命后,南下数月,如今有了眉目……"

"朕下过密旨,要你亲自前往……哦,范相原来安排将军秘密前往湖湘……"柴荣忽然想起数日前对范质的交代,恍然悟道,"好了,不说这些细枝末节了,那你就奏报什么事吧。"

李处耘道:"末将遵旨!启奏陛下,李云博北渡黄河了!"

"什么?李云博北上了?真是天助我也!"柴荣闻讯,大喜过望,"李将军,快快起来,朕错怪你了!来人,赐座!"

"圣驾面前，末将不敢，还是站着禀报吧。"李处耘受宠若惊，连连推迟。

柴荣笑道："这趟公干，很是辛苦，朕赐你坐，有何不敢？来来来，坐着说吧。"

"谢陛下。"李处耘战战兢兢地坐下后，开始禀报起情况来。

原来，那天上书房议事，柴荣诏令范质，密切关注李云博动向并及时禀报情况。范质回府后，思虑再三，决定把任务交给与李云博有旧情的李处耘。他反复交代李处耘，此项工作是皇帝密令，一切都得秘密行事，只能向他一个人汇报。李处耘连夜赶往潭州，多日以来一直都在暗处，了解潭州和李云博的动静。他带着几个禁军勇士乔装打扮到达长沙的时候，正赶上皇帝特使、礼部侍郎窦俨前往浏阳瑶池传旨，赐婚李云博。他们一行暗中跟随。回到长沙后，又偷偷尾随窦俨去了权知潭州府事魏迪勖府上传旨。从赐婚到完婚，也就短短十余日，可是，李处耘总觉得有些不对劲，比如李云博抗旨拒婚，坚决不从，后来又不知怎么的，突然答应完婚；还有周行逢，老是和一个叫李观象的幕僚鬼鬼祟祟，似乎想借这个机会干什么勾当；礼部侍郎窦大人传旨过后，本该回朝复命，可一直留在潭州，直到李云博完婚后才离开……反正疑点很多，但又找不出哪里不对劲，更不明白原因何在。直到完婚那一天，李处耘决定冒险一试，决定现身，以义兄之名，特地赶过来参加了李云博婚礼，没想到现场那个李云博，居然不认识他。突然间恍然大悟：原来那个和魏柳烟完婚的李云博，居然是个假的，真的李云博已经离开湖湘大地！

"假的？李将军如何知道？"柴荣瞪大眼睛，不解地问。

李处耘道："回禀陛下，末将与李云博有八拜之交，他总不至于不认识我吧？"

"你和他打了照面？"柴荣问道，"这样一来，岂不是暴露了吗？"

李处耘道："当然。按理说，作为义兄前来道贺，他不会不理睬我吧。而在往常，李云博见了我的第一句话就是：'正元大哥，真的是你？'而那次婚礼现场，这个假李云博只是象征性地拱拱手、道声谢，和其他客人没什么两样。从那眼神里，我一下子就认出，他绝不是李云博！"

柴荣迷惑道："从哪里冒出来个假李云博呢，这事，闻所未闻！难道，他有位孪生兄弟？"

"末将听说，李云博二叔生了一对双胞胎，他们就是李云博的堂兄，李云海和李云浩，李云博没有孪生兄弟。"李处耘道，"末将起初也感觉感觉蹊跷，后来经过仔细调查，花了好些天时间，终于弄清楚了：这个假的李云博，是李云博的手下，经过易容之术假扮的。他们这样做的目的，就是为了让李云博脱身，然后北上中原！"

"这么说，这是李云博的金蝉脱壳之计啰？"柴荣恍然大悟。

"圣上所言甚是。只不过，据末将调查，这计谋，是李云博夫人魏柳烟设定的，李云博可能不知道。"李处耘说着，就将那日晚上，他跟踪李云博到魏府，看见他和魏柳烟饮酒，然后醉倒在房里的有关情况又都仔细说了。他当时没怎么在意，觉得过几天就要完婚了，再瞪着人家小两口亲热，太不厚道，于是就离开了。直到婚礼上发现这个李云博是假的，他才明白，李云博很可能就在此后的某个夜晚，被悄悄送出了长沙城。

"将军是说，李云博可能被未婚夫人灌得酩酊大醉，然后被偷偷送走了？"柴荣费尽心思地想着，"这么说来，这位魏千金，还真是个有胆有识的巾帼英雄？"

"圣上所言甚是……对了，很可能是魏千金下了蒙汗一类的药物。我突然想起来，魏柳烟趁李云博出门小解之际，好像起过身，拿过什么东西……"李处耘想着想着，自己也恍然大悟。

"李云博能有这样的女人，真是他的福气！"柴荣赞叹着，突然又问道，"那么，魏柳烟夫人如今身在何处？"

李处耘道："回禀圣上，末将离开时，魏柳烟已经身怀六甲，作为李云博明媒正娶的夫人，正在瑶池李府侍奉亲长。还有，一直隐身石霜寺修佛的瑶池李氏总执事，也就是李云博的父亲李天亮，也回家主事了。"

"李掌门也回家了？这真是太好了！……嗯，魏夫人这么做，真是一箭双雕：既让李云博无牵无挂地北上，实现他一统天下、造福苍生的宏愿，又要让李云博如期完婚，以免被周行逢抓了把柄，向他的家人举起屠刀。这女子，不简单啊！"柴荣也感叹道，"李将军，你是在什么地方追上李云博的？"

李处耘道："回禀圣上，末将探明真相之后，立即率部离开长沙，在江陵附近发现了他们的踪迹。他们在江陵城郊逗留了三晚，然后直接北上。当时末将心里大喜，以为他会直奔汴梁城而来，进京面见圣上。没想到，他突然绕过洛阳，径直朝孟津古渡奔去。更让末将不解的是，他居然遣散部众，一个人渡河北上……末将觉得事关重大，星夜赶回来向范相密报，没想到，范相亲自前往汉中征粮去了。末将慌不择路，于是违反朝规，决定向圣上面奏……"

"李将军果然有大将风范，遇事冷静，果断面圣，好！这李云博北上来朝，记你李处耘头功！"柴荣非常赞许他的做法，"适才，朕错怪你了，还望将军不要在意。"

"末将岂敢！"李处耘也放下心来，他喃喃说道，"那么，李云博不来京师面圣，渡河北上作甚……"

"北渡黄河，作甚呢？哦……"柴荣思忖一会儿，突然神秘一笑，"他要去作甚，朕倒是猜到了几分，这小子，倒真有心啊……可是，天机不可泄露！李将军，朕告诉你，这个李云博是你兄弟，更是朕的师弟，将来，很可能是朕的辅弼重臣，你得格外小心，绝不能出丝毫差错！你就别管他去作甚，你把自己的事干好，就行了！"顿了顿，转身从御案上拿起一块金牌递给李处耘："将军拿上它，到时候，说不定会帮上李云博的大忙。"

李处耘一愣，也不敢多问，起身双手捧过，收在怀中，然后施礼道："末将遵命！"

柴荣也起了身，走到李处耘跟前，在他耳际一阵嘀咕，说得李处耘频频点头，然后心领神会，告辞去了。

第二章
DIERZHANG

潞州遇险

◆ 一、临渡道别，李云博演说会盟台 ◆

初冬时节。黄河南岸。孟津古渡口。

远远望去，收获过后的大地，被浓重的白霜覆盖。山坡、田间、原野，仿佛是从五彩斑斓的深秋褪去了颜色，落寞、浑厚而古朴。北风掠过黄河两岸，黄草漫漫，芦花纷飞，水天一色，长河落日。"黄河之水天上来，奔流到海不复回"，千百年来，黄河这条华夏大地的大动脉，始终承载着民族兴衰，和着历史的律动，一往无前，千回百折，劈开中原大地，流入汪洋大海，滚滚东流，奔腾不息。

孟津渡口南岸码头上，即将登舟北渡的李云博，正与一路随行而来的乾卦统领一行，伫立会盟台上，凭栏远眺，谈古说今。

只见乾卦统领感慨道："……中原风景，就是开阔大气、雄强壮丽，真让人心旷神怡。这声名远播的孟津古渡口，确实蔚为壮观啊！"

李云博笑道："孟津千年古渡，岂止是风景了得？"

乾卦统领疑惑道："敢问少主，这孟津渡除了风景之外，难道还有什么非同寻常之处？"

李云博说道："你们随我来。"

于是带着大家来到一座石碑前，指着上面的字，说道："这上面篆刻记录的，就是当年名闻天下的旧事。谁认得，念给大家听听。"

众人辨识了半天，也没有人认得。只听有人说道："少主，这些古文字，他认得我们，我们却不认识他啊！"引得大家哈哈大笑。

李云博也笑了，他等大家笑够了，便说道："这块碑刻，相传是周公为铭记武王灭商功绩而立下的。但从篆刻文字来看，显然是东周以后的事情。因为碑刻的文字，接近六国古篆，不像是西周文字。周公立碑只不过是传说而已，不能采信，但所言史实，在历代史书上均有确切记载，其中《史记》记载最为详尽。这'八百诸侯会盟津'七个古篆，那真是大有来历。"

众人一听，顿时来了兴致。于是大家要李云博给他们讲讲这会盟台的由来。李云博盛情难却，于是说了起来："……相传殷商末年，纣王无道，天下百姓苦不堪言。渭河流域的周国武王姬发决定攻打朝歌，推翻商朝的残暴统治。进军之前，他采纳军师姜尚建议，先来到这孟津，观察地形，选择路线，随后屯军于此，日夜操练，并举行军事演习，实则是试探商朝及天下诸侯的反应。没想到各路诸侯闻讯后不期而至，纷纷表达对纣王无道的愤慨，愿意追随武王，讨伐昏君。可是，武王认为伐纣时机还不成熟，不能贸然兴兵，便劝说诸侯暂回封国，韬光养晦，等待时机，自己也还师西归。两年后，纣王更加昏庸暴虐，百姓苦不堪言，周武王便再次召集诸侯会师孟津，抢渡黄河，在朝歌附近发动牧野之战，一举灭商。孟津因'八百诸侯会盟津'而得名，孟津古渡口作为黄河中下游重要渡口及古都洛阳的北边门户，在历史上有着举足轻重的地位。而让它声名远播的，自然要数这武王伐纣的故事了。它开始发挥重要的军事要塞作用，也应从这里算起。"

众人全神贯注，一个个听得出神。只见乾卦统领问道："敢问少主，属下听说，这孟津渡也叫河阳关，这里面，有什么来由？"

李云博见他们饶有兴致，也意犹未尽，于是继续说道："乾兄知道的还不少啊！好，我就将这孟津的有关情况都跟大家说说。这孟津关的由来，还得从黄巾暴乱说起。汉灵帝中平元年，妖贼张角在幽州冀州聚众造反，兖豫荆扬等数州同时并动，一时间，天下风云突变，逆贼攻城略地、所向披靡，朝廷危在旦夕。大将军何进当机立断，在孟津渡设孟津关，作为八关之一，成功地拱卫了京师洛阳。后来天下勤王之师联手剿灭了黄巾军。虽然后来勤王诸侯尾大不掉，割据一方，各自为政，直接导致了汉末的诸侯纷争并出现三国鼎立的局面，但黄巾军终究未能南渡黄河，也没有攻占洛阳灭亡汉室，这孟津关当然功不可没。之后的西晋及北魏诸朝，也均在孟津渡附近临水筑城，设置关隘，守卫洛阳的北大门。据史料记载，北魏时，朝廷在孟津渡附近的黄河南岸、北岸及河中沙洲上又置河阳三城，作为洛阳北边门户。因此，孟津关也叫河阳关，成为历朝历代著名的军事重镇。唐朝以来，这里的战略地位更加明显，唐肃宗时，常置重兵守河阳三城；唐德宗时，置河阳三城节度使。自唐至今，这里更是血雨腥风不断，围绕河阳三城进行的大小战争，竟然达百次之多。'诗圣'杜甫在《石壕吏》及《新婚别》中分别有'急应河阳役''守边赴河阳'等诗句，可见当时河阳战事频仍，进行过无数次惨烈的厮杀。"

"少主真是博闻强记，我等五体投地啊！"众人纷纷赞叹起来。

"各位夸奖了！"李云博道，"读史明智，知兴亡事，前车之鉴，后事之师，这可是最了不起的学问啊！虽然，孟津会盟已经远去，而那些挥戈挺戟的正义之声，犹如这滚滚东流的黄河水一般，一直滔滔不绝。如今天下战乱百年，我泰平阁一定得站出来，像当年八百诸侯会盟于津一样，追随有德雄主匡扶正义，凝心聚力，讨伐无道，结束这为人不堪的乱世，还天下百姓一个太平！"

乾卦统领拱手施礼道："少主平天下之大志，我等牢记于心！我等誓死追随少主，完成天下一统之宏愿！"

众人听了，也一个个拱手施礼道："我等誓死追随少主，完成天下一统之宏愿！"

李云博道："感谢各位义士誓死相随！如今，我即将渡河北上，踏上追随雄主、光复天下的征途。常言道：送君千里、终须一别。时候不早了，我等就此作别吧。"

众人闻言，都不应声。

李云博知道他们恋恋不舍，其实，他心里也一样。是啊，大家在一起战斗了多少个日日夜夜，今日分别，或多或少都有些感伤。但是，要干大事业，就必须接受分离甚至诀别的痛苦，绝不能儿女情长。他深情地看着大家，说道："各位兄弟，我知道大家不舍。但道理已经跟大家说过了，我一人北渡，绝对安全，大家尽管放心……"

乾卦统领突然问道："少主，一路北上中原，属下一直有一疑虑，如鲠在喉，不吐不快。不知少主可否奉告？"

李云博道："乾兄不必客气，有话但说无妨。"

"多谢少主。"乾卦统领道，"属下的疑虑是，少主既然是北上中原，投奔明主，应该是取道汴梁城、直接进京面圣，为何要绕道洛阳，来到这孟津古渡，北渡黄河深入河套地区，这究竟是为何？"

众密使听了，一个个都感同身受："是啊，我等疑惑多日，可是，又不敢询问。一路北上，我等都愁死了。请少主赐教！"

李云博道："各位兄弟，我不是说过了嘛，在正式追随中原雄主、投身一统大业之前，我想完成两个心愿，一是正式拜望义兄李处耘尚在上党老家的亲人，二是兑现加冠之年再上华山探望陈抟老祖的诺言。大家知道，一旦投身天下一统事业，东征西讨，血雨腥风，随时都有生命危险。因此，我希望趁早了结心愿，不想将来留下遗憾。怎么，这两个理由，站不住脚吗？"

乾卦统领道："少主这两个理由，虽然有些牵强，但作为属下，本不该多问。可是……"

李云博笑道："乾兄有话，就直说吧，别再婆婆妈妈的了！"

乾卦统领见他如是说，于是豁了出去，说道："好，今日我就冒着犯上之罪，斗胆问个明白。"

李云博道："泰平阁从不因言获罪，除非涉及阁内重大机密。临别之际，请乾兄放下顾虑，有啥就问，冰释疑虑，不留遗憾。"

乾卦统领拱手道："那好。依属下对少主的了解，少主志在天下，以身许国，从来都是公而忘私、先公后私甚至有公无私，因为少主心中，天下不定，小家无安。况且，

古人云，忠孝不能两全，尤其乱世之中，一切都得以国事为先。如今少主北上投奔明主，理应时不我待、只争朝夕，尽快面见圣上，竭尽全力效命朝廷，没想到花上大把时间拜望师门、探望亲人，这不是自相矛盾吗？"

李云博一愣："这……"

乾卦统领继续说道："再说，潞州与北汉交界，兵灾匪患时有发生，并不是个安全之地；西岳华山地处陕府，位于秦岭深处，'自古华山一条道'，偏远艰险，历来是人迹罕至的地方。少主孤身一人前往，应该是只身赴险。少主一向谨慎，如若没有其他玄机，少主断然不会拿自己性命开玩笑。别的不说，万一出了什么差池，我泰平阁近千密使的命运何去何从，少主想过没有？"

有人附和道："对啊，这明明是置身险境，可少主刚才还偏偏说什么'一人北渡，绝对安全，大家尽管放心'，这叫我等如何放心啊！"

又一个道："是啊，我等如何放得下心！"

也有人道："少主，统领大人说得对啊。您刚才还说，'如今我即将渡河北上，踏上追随雄主、光复天下的征途。'少主北渡黄河，是拜访义兄家人，探望陈抟老祖，还没有踏上追随雄主、光复天下的征途啊！……少主不会有什么事，瞒着我们吧……"

一通七嘴八舌的议论，把李云博的心给搅乱了。他忽然觉得，弟兄们其实大都猜到他渡河北上，绝不仅仅是访亲探友。可是，再这样下去，他过不了黄河了。于是把心一横，说道："好了，别再胡思乱想、胡乱揣度了。原因已经给大家讲了，信不信，随便你们。我意已决，请大家不要再说了。"

乾卦统领拱手道："少主此次北渡，孤身一人，我等实在放心不下。属下再次恳请，带上我等，路上也好有个照应。"

众人附和道："是啊，少主。我等本来就是奉阁左大人之命，护送少主北上的。少主带上我等，也是应有之义啊！"

李云博摆摆手，笑道："各位好意，岫南心领了。孤身一人北渡去潞州和华山，的确是私事并非公务，带上你们，有违阁规。更何况，天乾大卦近百人，带上你们四处奔走，劳累不说，这动静也实在太大了。中原大地，我曾游历多次，熟悉得很。这里也没几个人认得我李云博，他们为难一个书生模样的陌生人作甚？你们大可放心，我不会有事的。等到我办完私事，再回汴梁，请得圣旨，自然会征召你们前来效力。"

无妄执事道："少主胸怀韬略，一般情况不会有事。少主觉得人数太多，就带上我们无妄卦队吧，我等请命随您一起前往，也是以防万一。少主要独身一人去哪里，尽管去就是，我们就在指定地点待命，一定不会影响少主行事。就算我等帮不了什么大忙，留下来帮您传信也好啊！"

乾卦统领也附和道："无妄执事言之有理！少主，要不就带上一两个卦队十来个密使随行，应该可以吧？"

乾卦执事道："少主，带上我们吧，我们乾卦本来就是负责少主安全的！"这乾卦执事一争不打紧，没想到其他几个卦队执事也都争着要随李云博北上。

"都别争了，给我安静下来！"乾卦统领见他们争执起来，很是恼火，"我等整个天乾大卦八个卦队七十三人，都是负责少主安全的！看看你们，像什么话！你们当这是街铺井肆，可以和少主随便讨价还价吗？你们哪里有一点泰平密使的样子？"

看见统领生气了，几个执事都噤了声。李云博看着他们，不知该说什么好。于是就对乾卦统领说道："乾兄你别生气，他们也是一片好心替我着想，只是我的主意已定，谁都不带，就只身一人北渡。你们放心吧，我绝对不会有事的。"他看见大家依依不舍，情绪低落，顿了顿又说道："我们泰平阁潜伏这么多年，眼看就要拨云见日了，这黎明前的黑暗，是最难熬的。请大家相信我，我们造福人伦、建功立业的机会，就要来了！码头上的船家，已经等候多时了，岫南该动身了！"李云博说着，就招呼大家下了会盟台，一齐往码头方向走去。

乾卦统领跟在李云博身后，将一个包袱递给他，轻声说道："少主，衣物和盘缠都在里面，您小心保管，一路珍重。"

李云博将包袱接过来，搭在肩上，笑道："多谢乾兄，你也多多珍重！"趁着拿包袱的机会，他又低声在乾卦统领耳边小声说道："刚才，戏演得不错。昨晚和你研究的策案，你务必牢记：目前，我们不清楚对方是谁，为何跟踪我们。你们回程路上，一定要小心，并按计划行事……"

乾卦统领道："少主放心，属下记住了。"

来到码头，登船之际，李云博和他们热情拥抱，一一道别。牵了马上船之后，他依然伫立船头，跟大家施礼："诸位保重，后会有期！"

众人也拱手道："少主珍重，后会有期！"

◆ 二、拜访义兄家人，没想到误入了土匪窝 ◆

话说李云博渡过黄河，独自一人策马东进，往潞州方向行进。他年少时曾随药因道长多次北上游历，去过很多地方，但却从未到过潞州。这一个人独行，容易东想西想。

想着想着，突然间，一个被他忽略的事情从脑海里冒出来：他记不起是从哪里离开故土的，从长沙或者瑶池，还是其他地方，甚至不记得是怎样离开的，脑子里唯一的印象，就是在魏府喝醉了，一觉醒来，就到千里之外的江陵城郊了。

"我李云博什么时候记性这样差过呢，难道失忆了？"这话从他嘴里一冒出来，就把他自己吓愣了，勒住缰绳在路边呆呆立了半晌，想了半天，还是想不起来。他只得下马牵着缓缓前行，一边走一边想，渐渐地，为何去魏府，去魏府以前去了什么地方，都一一回忆起来。看来，问题就出在魏府上。那天，好像是和魏柳烟喝酒，喝着喝着就什么也不知道了。然后一觉醒来，就到了江陵城郊……离开江陵这些天的事情，却又历历在目。

"哎，要是早点注意这个疑问，问一问他们，不就什么都清楚了吗？"他很是后悔，但现在只能存疑，等有机会聚首时，再去问他们了。想到这里，他觉得没必要再纠缠下去，于是又重新上马，继续赶路。

这次北上中原，李云博原本计划直接进入汴梁城，可是从离开江陵之时，他就发现有人跟踪，而且不止一路人马。这几伙人一直若即若离，特别是有一位身着白衣的人，像个女鬼一般时刻跟在他们周围，一直尾随到了中原腹地。因为是在异国他乡，他不敢轻举妄动，于是决定先不进汴梁，而是绕道洛阳，没想到这几伙人仍然跟随而至。由于不知对方意图，更不清楚对方来历，李云博就和乾卦统领秘密商量：干脆独自一人北渡，借口前往潞州拜访义兄李处耘的父母，上华山探望陈抟老祖，引对方现身。由于这是一着险棋，他不愿其他密使们知道，更担心人多嘴杂泄露机密，于是就和乾卦统领定好计策，在渡江之前演了一出"双簧"，才勉强说服兄弟们，孤身一人渡河继续北上。其实，李云博渡河北上，还有一个不为人知的目的，那就是，在拜见皇帝柴荣之前，希望送他一份大礼。

李云博知道，李处耘是潞州上党人氏，而李氏又是潞州望族，只要先到了潞州，这上党李氏应该不难打听。于是一路上边走边问，几日之后终于抵达潞州。进得城来，不觉大松一口气。

时值正午，李云博口干舌燥，肚子也饿得咕咕直叫，看见街上一处名为"悦来客栈"的酒家，于是决定进去歇歇脚，等吃饱喝足再继续赶路，还可以顺便打听一下去上党的路程。思忖之间就下了马，门口的小二赶紧上来拱手道："客官，敢问您是歇脚还是住店？"

李云博还礼道："晚生歇歇脚。吃点东西，喂喂马匹，还要接着赶路呢！麻烦店家了！"

小二赶紧吆喝道："好咧！客官里面请……老张，赶快把这位爷的坐骑牵过去喂喂，

用上等草料！"一阵忙碌，李云博交了马匹，就进了店里。

点了一些饭食，李云博闲得没事，就起身过去，跟掌柜的打听上党李氏。掌柜忙得很，简单应承两句，就又继续忙这忙那。李云博觉得不好再打扰掌柜，就回到桌子边，闷闷不乐地喝起茶来。

这时候，隔座的一位书生打扮的中年人，趁机过来跟他攀谈起来。那人问道："在下适才听见，兄台询问掌柜上党情况。敢问兄台是否要去上党？"

李云博一愣，抬头看着他，施礼道："很是抱歉，晚生顺便问问而已，并非一定要去上党。"

中年书生也觉得自己问得唐突，一脸的愧色，连忙还礼道："真是抱歉，是在下唐突，冒犯兄台，还请海涵。"

李云博道："哪里哪里，先生客气。看来先生也是一个人，不如坐下喝茶吧！"

"多谢兄台！"书生说着，就坐下来，李云博为他倒了茶，他喝了一口继续说道："哎，都快未时了，这时候还得赶回上党，真是急死人了。"

李云博一听，赶紧问道："先生是上党人？"

"对啊，在下正是上党人。"书生回答道，顿了顿，又问，"听兄台的口音，好像不是潞州人？"

李云博道："晚生姓魏，名秀男，字云柏，洛阳人。敢问先生尊姓大名？"

书生道："在下免贵姓刘，单名一个充字，字敬哉，号上党野客，人称'敬哉先生'，家住上党县刘家湾。"

李云博见他报上家门，觉得他还算坦诚，于是就客套起来："先生大名，如雷贯耳，晚生有眼不识泰山，还望敬哉先生海涵。"这时候，李云博的饭食上桌了，就邀请他一起吃。敬哉先生也不客气，吩咐小二将自己点的饭食拿到这边来。李云博还叫来一壶酒，两人边吃边聊开了。

原来，这刘充是上党知名秀才，刚刚从京师汴梁城参加秋闱科考，等到发榜，又名落孙山，这是第四次落榜了。失望之余，只得往回赶。李云博很为他惋惜，一辈子读书，就想考取功名，一来光宗耀祖、封妻荫子，二来倾其所学、效命朝廷，真正实现读书人的价值。可是造化弄人，偏偏让他失望。李云博举起杯来，安慰道："先生不必气馁，过几年再考，一定会榜上有名。"说罢，一饮而尽。

刘充摇摇头，也一口喝了，叹道："不考了，再也不考了，还是得认命啊！"

李云博问道："此话怎讲？"

刘充道："兄台有所不知。在下十岁那年，就已经是村上远近闻名的神童，天生早慧，过目成诵，刘氏家族便把在下看成未来希望。可是有位道人路过村里，给村上看风水，说这里一百年也出不了大人物。又给在下相面，说在下生就一副教书匠相……哎，真被他说中了……"他说到伤心处，眼圈都红了。

这时候，小二过来上菜，看见刘充这副样子，笑道："敬哉先生，又给客人讲自己屡考不中的往事了？先生啊，听小的一句劝，你就是一教书的命，别再考了，浪费钱财啊……"

李云博听了店小二的话，基本确信这刘充的身份属实，渐渐打消了顾虑。于是问道："敢问先生，既然你是上党人氏，回去应该轻车熟路，为何说下午赶回上党，急死人了呢？"

刘充道："魏兄有所不知。这潞州是两国交界处，毗邻北方汉国，兵灾匪患时有发生。从潞州到上党，虽然只有四五十里，可是必须经过清风岭，山上有一伙土匪，多达数百人。方圆数百里，就数清风岭的土匪臭名远扬。"

李云博听了，心中暗暗吃惊，幸亏问得及时，要不然，落入土匪手里，麻烦可就大了。他又问道："从潞州去上党，除了清风岭这条路外，没有别的路了吗？"

"就这一条路，没有别的了。"刘充说着，突然惊奇地问道，"魏兄又不去上党，问这做甚？"

李云博道："实不相瞒，晚生也要去上党。只是人生地不熟，等几日再走不迟。"

刘充喜道："既然魏兄要去上党，那么我们可以结伴而行。不知魏兄意下如何？"

李云博想了想道："结伴倒是可行。只是，两人结伴，土匪还不一样拦路抢劫？"

刘充道："话虽如此，但两人总可以壮壮胆，有个照应。话又说回来，我等读书人，能有什么油水？山上土匪也不一定有兴趣。万一把我等截上山，还要破费供几日饭食，多不划算！哈哈哈……"

李云博还是有些犹豫。因为出门在外，别人的话也不能全信。刘充似乎看出了他的心思，也不再劝说，吃完饭，就要去结账。李云博拦住他道："这顿饭，我请！"

刘充跟他客气着，一边起身一边往柜台前走。刚到柜台处，李云博取下包袱，正要打开，没料到刘充一把按住他的手道："魏兄，你初来乍到，这顿饭无论如何也得在下请，尽尽地主之谊……"没想到，李云博一抬手，打开的包袱一滑，银子都滚到地上，足足有百十两。刘充连连道歉，赶紧替他收拾，也不再坚持，就让李云博替他付账了。

送走刘充，李云博不知道怎么办了。他甚至有些后悔，应该答应刘充结伴而行。正在失落之间，准备离开酒家时，没想到刘充兴冲冲地又进了酒家，一看见他就说道："魏兄，在下还以为您离开了呢，真是急死人了……在下刚才去了永兴镖局，那里正好有一趟去上党的重镖，只怕有十位镖师上路。这可是去上党的绝佳机会。在下赶过来，没想到魏兄真的还在这里……您真是有福之人不落无福之地，走到哪里，都有上佳运气……"

李云博一听，大喜："多谢先生。先生出手相助，晚生感激不尽……"

刘充道："哎呀，客套什么，赶紧走吧。再磨磨唧唧，就赶不上镖局的人了。"

两人就匆匆忙忙出了客栈，往永兴镖局去了。

永兴镖局确实有一趟镖发往上党，押镖的有七八位镖师。李云博放心了，就和刘充一起，和他们同行。走了约莫个把时辰，只听刘充道："前边就是清风岭了……但愿别遇上土匪。"话刚落音，只见马道前方闪出一彪人马，为首的将刀一横，大声喝道："此路是我开，此树是我栽，要想从此过，留下买路财……弟兄们，围住他们！"

刘充大窘，骂道："瞧我这张乌鸦嘴！这么一念叨，就真的……"

李云博安慰道："先生无须自责。这路匪打劫，岂是你念叨就灵验的？他们只求财，并不会伤人性命。"

只听为首的镖师说道："各位好汉，我等是永兴镖局的。这趟重镖，我家掌门已和贵寨大寨主禀报，还望高抬贵手，放我们过去。"

为头的山匪说道："永兴镖局的？好说好说。那就麻烦各位等等，先上山喝杯茶，容我等禀报寨主，确认业已知会，再放行不迟。"

于是一行人就跟着山匪上了清风岭。李云博万万没想到，一进山寨，这伙人立刻原形毕露，不由分说，把镖局的货物和李云博都扣押下来，刘充和镖局的人都去喝茶了，只有李云博被绑了，和那些货物在一起。更让李云博吃惊的是，那几个人喝了茶，走出来打开箱子，镖局的货物箱里，什么东西也没有！

只见刘充笑嘻嘻地走过来，为李云博松开绳索，说道："魏兄，真对不起，在下也是清风岭土匪，专门干些打家劫舍的勾当。不过，你放心，我等只图财，不害命。你把银子和贵重物什，都留下，我们就放你走。"

李云博后悔不迭。看来，悦来客栈、永兴镖局，和这清风岭匪徒是早就串通好的。不过还好，钱乃身外之物，只要人平安，就不会有大碍。于是放下包袱，递给他笑道："敬哉先生哪里话！只是晚生没带多少银子，让你们兴师动众，晚生真是过意不去。这点盘缠，敬请笑纳。"

刘充过来，取了包袱，又搜了李云博的身，突然摸到李云博插在靴子里的一把腰刀，也收去了。

李云博急道："敬哉先生，这是晚生多年以来随身之物，看在相识一场的份上，还是留给晚生吧。"

刘充玩赏着腰刀，没有理会李云博，自言自语道："潞州李氏……好东西，只怕也值个百十两银子！这下子，老刘发了……"

李云博又道："请先生成全晚生，还晚生的腰刀吧……"

刘充抬起头，踢了李云博一脚，骂道："你可曾听说过，强盗抢了别人的东西，有退还的道理吗？还不快滚！等老子改变了主意，你小子就没命了……"

李云博见多说无益，只得忍痛割爱，赶紧和他道别。可是正要离开寨门，突然，一个苍老的声音从背后传来："等等，这不是楚国天策府学士、南唐翰林学士李云博吗？楚国亡了，阁下如何流落到清风岭来了？真是冤家路窄啊……"

李云博回头一看，顿时面如土色：天下事情，居然有这等巧事，难道真的老天作弄，在这荒郊野岭的陌生地方，偏偏要来个"冤家路窄"？

◆◇ 三、清风岭山寨门前，老冤家狭路相逢 ◇◆

来者不是别人，正是当年拘捕瑶池李氏、设刑场于湘春门诱捕李云博，而后又抄斩都掌书记刘光辅及十余位长沙府大臣全家、祸害长沙的大奸人，湘水台原右长老、潭州马步军都指挥使徐威。这家伙投靠南唐定楚都部署边镐后，被马馥湘、刘如霜设计炸得血肉模糊，失去了一条腿和一只胳膊。伤愈后就偷偷逃离潭州，几年来一直杳无音讯。没想到，他居然跑到潞州来了，还上山当起了土匪，怪不得刘如霜这些年来，一直寻不到他的下落。看着他一瘸一拐地走过来，李云博知道，这命中大劫，又要降临了。

徐威笑道："李学士，好久不见，别来无恙？"

李云博拱手应道："呵呵，原来是徐大将军。晚生一向无病无灾，多谢将军挂念。倒是阁下一别数年，没想到栖身草莽，不知近来安好？"

徐威道："哈哈，托你的福啊。老夫大难不死，借机脱身，逃离虎口，一路北上，到了潞州。原本以为此生大仇，无以为报。没想到老天有眼，居然让你送上门来，真是冤家路窄啊！"

李云博笑道："晚生以为，阁下已经洗心革面，退隐山林，安度晚年。没想到狗改不了吃屎，旧习未除，又添新恶。想当初，阁下弄权王廷，结党营私，扰乱朝纲，荼毒生灵。今日来到这荒郊野岭，仍然不废祸害天下的本领，打家劫舍，鱼肉百姓，敲骨吸髓，丧尽天良。晚生斗胆问一句，像你这般猪狗不如的东西，还活在世上作甚？将来九泉之下，如何面见你的列祖列宗和父母双亲啊？"

徐威被他一通奚落，不禁勃然大怒，骂道："好个乳臭未干的臭小子！逞口舌之便，老夫自然不是你的对手。死到临头了，纵然你的唇枪舌剑再厉害，又有何用？等会儿老夫割下你这如簧巧舌，看你还逞什么能！李云博，吃我一剑！"说罢，抽出长剑，迎面就刺。

李云博跃身一闪，躲了过去。没想到这徐威，虽然身体残疾，缺胳膊少腿，可是武功依然高深莫测。李云博躲过一招，可是他接连出招，压得李云博只有招架的份，没有还手的功。几个回合，眼看李云博抵挡不住，就要束手就擒了。

正当此时，山寨的人听到打斗声，都围了过来。一位留着连鬓短须的彪形大汉朝徐威喊道："怎么回事？余公快快住手！"

徐威听到叫声也不回应，忽然挺剑直刺李云博胸口。看样子，情急之下，他要取李云博性命。

彪形大汉见状，纵身一跃，飞起一脚，将徐威的长剑踢到丈余外，徐威失去重心，一下子跌倒在地上。彪形大汉扶起徐威，问道："余公一向温文尔雅，没想到武功居然如此深不可测！敢问余公，为何出手如此之狠，要置人于死地？余公不知道山寨的规矩，只图财，不害命吗？"

徐威气喘吁吁地站起来，狠狠地说道："仇家寻上了门，焉有不以命相搏、报仇雪恨之理？"说着，四处寻找武器，一时没有找到，于是就赤手空拳，朝李云博扑来。李云博躲闪不及，胸口被他打了一拳，一个趔趄倒在地上。

"分开他们，弄清缘由再说！"彪形大汉朝众人吩咐着，又对徐威喊道，"余公，你别激动。山寨自然有山寨的规矩，绝不能滥杀无辜。如若这小子真是你的仇家，我曹某绝不横加阻难。等弄清了缘由，一定替你主持公道，要杀要剐，随你便！"

徐威被几个山贼拉住，动弹不得。他喘着粗气，朝彪形大汉喊道："大寨主，今日先让老夫报了大仇，出了这口恶气，今后一定为大当家的马首是瞻……"

李云博听了他们的对话，突然明白徐威为何要急急忙忙置自己于死地了。这位匪首称徐威为"余公"，这说明徐威隐瞒了身份，大当家的不知道徐威的过去。或许揭开真相，说不定自己会有一线生机。打定主意，李云博大声骂道："徐威老贼，你这祸国殃民、滥杀无辜的奸人！你杀了我又如何？就算到了阴曹地府，千千万万被你杀戮的生灵，会放过你吗？"

徐威听了，知道李云博会泄露他的真相，更加想结果李云博的性命。可是，他只有一只手、一条腿，被三五个大汉扯住，如何动弹得了？一时间暴跳如雷，可是又没办法，只得骂骂咧咧，任凭他们往大寨里拽。

进了大寨聚义堂，大寨主朝李云博问道："这位兄台，你刚才称呼余公什么？"

李云博道："启禀寨主，晚生适才叫他徐威老贼。"

寨主问道："你跟他有深仇大恨？"

"岂止深仇大恨，简直不共戴天。"李云博说着，就不管三七二十一，把徐威过去如何败坏朝纲、作恶多端、陷害忠良的事，一五一十都说了出来。这个千载难逢的机会，他李云博岂能错过？他能说会道的功夫，旁征博引的气势，引人入胜的情节，一连说了个把时辰，把在座的山贼们听得如痴如醉，目瞪口呆。他们万万没想到，这个自称"余公"的残废老人，居然是原楚国弄权庙堂、权倾朝野、杀人如麻的马步军都指挥使！可是徐威在一旁插不上嘴，直气得哇哇大叫。他真想一个箭步冲上前去，一把扭断这个揭他伤疤、诉他恶行、亮他老底的仇人的脖子。可是，他已经气得浑身哆嗦，连站起来的力气都没有了。

大寨主听了，半晌才回过神来。他看着气急败坏的徐威，屏气凝神地问道："敢问余公，这小子说的是真？"

徐威缓了口气，说道："大当家的，别听他胡说八道……"

李云博笑道："徐将军，你是否敢起誓，你不叫徐威？"

徐威道："老夫是叫徐威，可是你小子说的这些……"

李云博道："敢问徐将军，你是不是原潭州马步军都指挥使？"

徐威道："老夫的确当过潭州马步军都指挥使……"

李云博更是咄咄逼人："那请问，你是不是一夜之间，将长沙十余位大臣满门抄斩？"

"这……"徐威被他问得节节败退，丧心病狂地吼道，"你小子再敢胡说，老夫弄死你……"

"慢着，我问几句。"大寨主打断他们的争论，看着徐威，问道，"余公，这么说来，你不叫余直昌，你叫徐威？"

徐威看着他，回道："是，大当家的。"

大寨主继续问道："那么，你不是因为得罪了江陵的地主老爷，被他暴打致残，而是杀人过多、树敌太多被仇家寻仇，才被打断了胳膊和大腿？"

徐威急忙道："这……是又不是，至少不全是……"

大寨主怒道："好个徐威，你为何要欺骗我们，说是被东家老爷暴打致残？可就你这武功，只怕那位老爷早被你打残了呢！我们落草为寇，被迫打家劫舍，大都是被贪官污吏给逼的。原来你就是那种真该千刀万剐的狗官！"

徐威说道："大当家的，老夫绝非您想象的那样。您别听他一面之词。您容老夫慢慢给您解释……"

李云博接过话来说道："晚生说的，若有半句虚言，天打雷劈！"话一出口，李云博觉得自己说过火了。这个当口上抢话，简直是引火烧身。

果不其然，大寨主马上恶狠狠地打量着他，一下子站起来，走到他跟前，气势汹汹地问道："你小子如此伶牙俐齿，那也不会是平头百姓。那你说，你又是何方神圣？"

徐威赶紧接过话来说道："他是李云博，潭州浏阳瑶池爆业世家的三少爷……"

"让他自己说！"大寨主瞪了一眼徐威，又咄咄逼人地问道，"你小子，还不自报家门？"

李云博道："晚生李云博，潭州浏阳人氏。路过贵地，打扰寨主，敬请海涵。"

大寨主道："那么李少爷，你不远千里，来我潞州作甚？"

徐威赶紧插话道："他家是做爆竹的，他家的火药天下闻名。老夫估计，他是要投靠敌国……"

"徐公，我的徐军师，你少说几句行不行？你再敢打断老子的话，信不信老子将你的舌头割下来？"大寨主最讨厌别人胡乱插他的话，一句狠话堵了徐威的嘴，又问李云博道，"李少爷，麻烦你告诉我，你来潞州作甚？"

李云博如实回答道："晚生要去上党，拜会一位义兄的家人。"

大寨主哈哈大笑："这个理由，倒是能自圆其说。可是，你小子，当我们这些山大王是傻子吗？哈哈哈，有意思。没想到，我们这个天高皇帝远的山寨，居然遇到一对生死冤家。这个嘛，本来与我等无关。可是，既然发生在老子的地盘上，老子今天就要做一回县太爷，好好断断这起冤家案。反正，我曹某人，有的是时间。老子要陪你们慢慢玩！来人，把这小子先押下去关起来，等老子吃饱了喝足了，想清楚了，明日慢慢会审，看老子断案，是不是比你们这些狗官强！退堂，吃饭去！"

"好，真是太刺激了……"

"我觉得，我们这个军师很可疑……"

"我认为，这位少爷是来寻仇的……"

"要不，我们赌一把，看谁最后赢下官司。你押多少？"

"依我看，他们，都是当官的，没一个好东西……"

这些打家劫舍的好汉，平素的生活可能过于单调，突然听说大寨主要当县太爷升堂办案，一个个来了精神。他们议论着，猜想着，甚至打起赌来，兴冲冲地往伙房那边赶去。

李云博被押下去了。大堂只剩下徐威一个人。他盘算了好一阵子，等到似乎有了主意，才气急败坏地出了大堂。

夜幕降临。李云博在一间潮湿阴暗的石头房里，思考着如何应对这个困局。逃是逃不掉了，万一逃不成，惹恼了这个大当家的，那绝对是死路一条。要是这个山大王真的来了官瘾，甚至秉公办案，那将对徐威大大不利。难道徐威会坐以待毙、善罢甘休？肯定不会。他最大的可能，就是在大寨主升堂以前，把自己干掉。怎么干掉自己，李云博想到了种种可能：下毒，夜间趁机下狠手，甚至买通看守的人……想着想着，不免有些害怕起来，送来的牢饭也不敢吃。但李云博又是遇事格外冷静的人，他把各种可能都想了一遍，一一做出应对预案，然后起身布置好防身机关，什么也不想，饿着肚子就蜷缩在草堆里，呼呼大睡起来。

不知过了多久，李云博正睡得香，梦见他正在和魏柳烟喝酒，你一杯我一杯，好不痛快，喝着喝着有些醉了，不知怎么的，两人就上起床来。正当宽衣解带之际，突然，听见有人轻轻喊他，猛地醒了过来。睁开眼一看，原来是刘充。他打着个火把，对李云博说道："兄台，都是在下害了你。赶紧逃吧。明儿天一亮，你准没命了……"

李云博被他骗过一次，不敢信他了。他起身，小心绕过机关，装着一副无辜的样子，说道："这样能逃得掉吗？要是明天大寨主过堂，找不到人，你们不是都得吃不完兜着走？还是别逃吧，大寨主会秉公处理的。"

刘充骂道："真是个书呆子！在下给个你机会，你不走，那就等死吧。"说完，气冲冲地走了。

又过了好一阵子，朦胧之间，李云博听见门外有响动，立马警觉起来。他连忙爬起来，纵身一跃，躲到房间边上的矮墙上。借着过道暗弱的光，李云博看清楚了，来者是个蒙面人，但从身形和一瘸一拐的样子来看，十有八九是徐威。只见他单手握长剑，劈开牢门上的锁，冲进来朝那堆乱草就砍。可是砍了一通，却发现地上没人，慌乱之间似乎踩到了什么东西，正要定眼瞧个明白，没想到突然一声轰响，顿时浓烟滚滚，牢房里就什么也看不见了。蒙面人惨叫一声，连忙夺路而逃。

等到看押的人打着火把闻声赶过来的时候，浓烟已经散去，尚能闻到一股硝烟的气息。而李云博依然呼呼大睡。除了门上的锁被人砍断，似乎什么也没发生。

当大寨主闻讯亲自赶来的时候，发现牢房的地上，多了一把长长的剑。他拾起来，端详一阵，不免皱起了眉头。

四、看见潞州李氏腰刀，山大王大惊失色

第二天一大早，大寨主真的升堂了。更让人哭笑不得的是，他居然穿了一身县太爷的官服，不知道这身衣服，是叫人连夜赶制的，还是派人星夜抢劫的，更或许是曾经抢

劫过过路的县令，早就为今日的审案准备的——这一切，都不得而知。唯一确定的，那就是，大寨主穿上这套官服，乍一看，就是一个地地道道的钟馗。

堂审开始了。大寨主命人带来人犯李云博，又命人去请徐威。李云博带到，可是徐威说自己病了，不肯过堂。大寨主大怒，吩咐道："老三，我们先礼后兵，你带人把徐军师请来，再不肯来，就说明心里有鬼，那就把他抓过来！"

"是，大哥！"三当家的是一位矫健干练的年轻人，他领了命，连忙带人去请徐威。

还有一位当事人没到场，这堂审不应该继续。可是大寨主不管这些，他一拍惊堂木，大声喊道："本官现在开始审案。堂下何人？家住何处？快快报来！"

李云博很是配合，跪在地上说道："草民李云博，家住潭州浏阳瑶池。"

大寨主继续问道："罪犯李云博，你所犯何罪？你可知罪？"

李云博道："启禀青天大老爷，小人冤枉啊！"

大寨主怒道："冤枉？大胆，本官说你有罪，你就有罪！"

李云博赶紧道："是是是，小人有罪，小人有罪……"

大寨主见他识相，有些得意，继续问道："那你可知罪，所犯何罪？"

李云博道："这个，小人就不知道了。请老爷告诉小人吧，老爷说小人所犯何罪，小人就是何罪……"

大寨主一愣，自己也被问住了："你小子不知道自己所犯何罪？本官如何定罪？这……"

大家也觉得，这小子太不像话了。"县太爷"问他犯什么罪，他自己居然不知道！可是仔细一想，这小子犯什么罪呢？于是这些看热闹的山贼们就七嘴八舌地议论开来：

"他和军师有仇，就定个害人抵命罪！"

"胡说八道，军师又没有死，还活着，抵什么命！顶多也就砍只胳膊剁条腿！"

"你这是什么罪名啊？军师的手和脚又不是李云博弄断的！"

"我看就定泼脏水罪，他把脏水都泼在军师身上！"

"你这土包子，这个叫诬陷诽谤罪！但是，万一他说的属实呢？"

"依何某看，就定他个被抢劫罪！"

"又一个土包子！被抢劫也有罪？你是想反了吧，居然弄出这样的罪名，你还不如说，我等都犯抢劫罪！"

"哎哎，何某不是这个意思。何某是说，他钱带少了，我等兴师动众，就得这百十两银子……"

"那还不如定他个钱太少罪，不够我等抢劫……"

一时间，大家哄堂大笑。大寨主觉得这也太胡闹了，哪里像升堂审案？于是一拍惊堂木，打断他们道："安静，都给老子静一静……这里是公堂，谁要再敢胡说八道，别怪本官不客气！"

大堂顿时安静下来。有人道："那敢问老爷，该给这小子定什么罪呢？"

大寨主一时间被问住了，他也还没想好，该给这小子定什么罪。于是就说道："本官想集思广益，大家一起来定。但是，千万别胡说！"

"我看，就定他个叛逃罪！他是楚国人，居然跑到我大周国来了！"

"对，这个罪名好，他居然叛国，就是死罪！"

"好，就定这个罪！"大家一听，纷纷赞同。

大寨主也觉得这个罪名好，而且可以判处死刑。于是得意叱问李云博："你小子背叛祖国，你可知罪？"

李云博道："这个不对！楚国早亡了，潭州朗州都臣服了圣朝，小人也是大周臣民，如何叛国？"

"这……"大家全愣住了。

大寨主被李云博一反问，也觉得这个罪名不妥，一摆手道："这个不行，大家继续想，快一点。"于是，大家又七嘴八舌讨论起来。

这时候，三寨主带着徐威赶来了。徐威听见了他们的议论，说道："依老夫看，就定他这个叛国通敌罪！"

大寨主道："请问军师，叛国罪不行，加上个通敌就可以呢？"

徐威道："这很简单。这小子从江南跑到北边，是对我大周国不满，看样子，他是要过境去北方汉国了，也可能去契丹人那边的辽国。这不是叛国通敌，又是什么？"

"对对对对对，就是这个叛国罪！到底是军师啊！"大家一听，一个个很是赞同。

大寨主也觉得这个罪名很是妥帖，于是问道："李云博，你不服我朝统治，准备北上投敌。你可知罪？"

李云博道："青天大老爷，小人冤枉啊！小人是去上党探亲，并不是要北上投敌。更何况，历来堂审，都得讲究证据。可是，小人哪里有北上投敌的行为呢？这罪名不实啊，大人！"

"对啊，这小子还没过境呢。怎么通敌？"

"也有道理啊……"

"哎呀，干脆定个死罪，杀了算了……"

"这个土包子，死罪是量刑，不是罪名。"

"哎，打家劫舍，我们在行。这坐堂办案，还真不是我们土匪山贼干的事。隔行如隔山啊！"

"他刚才顶撞我们大当家的，就判他个以下犯上罪……"

大寨主觉得他们越来越不像话，尽干些丢人现眼的事，有些生气。他感觉到，靠这些乌合之众断案，简直是异想天开！突然，他看见徐威额间一片乌黑，像是被什么熏过了，有些感觉蹊跷，于是问道："军师，你的额头怎么了？"

徐威道："没什么。早上起来觉得有点冷，生火时，被烟熏了……"

"你呀，怎么如此不小心？"大寨主笑道，"你来了就好办了。有什么冤情，如实报来，本官一定替你做主。"

徐威道："大当家的，这个李云博，与老夫有不共戴天之仇。老夫这条腿，就是他设计炸断的，这只手，是他的夫人砍掉的。请当家的为老夫做主，杀了这个畜生……"

大寨主道："等等，军师啊，你不是说过，你的手和腿，是被江陵的地主老财打断的吗？怎么变成李云博弄断的呢？他就是那个地主老财？"

徐威道："老夫仇家多，行走江湖，编些假话，是为了防身，大当家的莫怪。老夫敢赌咒，的确是李云博一家害得老夫成了残疾……"

大寨主道："不怪不怪。只是据本官所知，你要杀他全家，还把他岳父一家满门抄斩，他只弄掉你一只胳膊一只手，本官如何判他死罪呢？……这样吧，你也砍他一只手一只脚，既不违背我们山寨只谋财、不害命的规矩，又成全本官秉公执法、还你公道的心愿，你看，如何？"

"好……"堂下一片喝彩。

徐威急道："不可！李云博包藏祸心，不杀了他，贻害无穷啊，大当家的！"

"你既然不同意，那就不好办了……"大寨主摇摇头，又问徐威道，"军师，你说说，这小子如何包藏祸心，不杀他会贻害无穷呢？"

徐威道："李云博昨晚想逃跑，老夫得知后赶过去，他才未得逞。没想到这小子，居然把火药包埋在地上，老夫不小心踩到了，差点被炸死……您看，这额头上还留有伤呢！"

"你不是说，头上的黑块，是早上生火时熏的吗，怎么又推到李云博头上？"三寨主火了，"大哥，依我老三看，我们这个军师有问题，他成天尽扯谎，把我们大家都骗了！他才是真正的包藏祸心呢！"

徐威有些害怕了。他问道："三当家的，老夫可没骗你啊！"

三寨主道："那好。大哥，接下来我帮你调查。刘充，你说，昨晚为何要放李云博逃走？"

刘充上前道："回禀三当家的，昨天军师找到我，要我帮他下药毒死李云博。我不同意。后来，他就说，要我放李云博走，只要他敢越狱逃跑，就必死无疑……我想想，

也就同意了……"

三寨主问道："军师给了你什么好处，你居然这样做？"

刘充道："没给什么好处……他是军师，在下不敢不听……"

大寨主怒道："大胆刘充，还不从实招来！如若敢说半句假话，小心狗命！"

刘充赶紧跪地求饶："大当家的饶命！在下不想李云博死，但希望他快点离开，所以就……"

大寨主道："为什么？"

刘充吞吞吐吐道："因为，因为……"

三寨主火了，上前踢了他一脚："还不快说！"

"是……"刘充的声音有些发颤了，"因为在下奉命搜光李云博所有的财物后，把银子物什都上交了，只是有一把腰刀，在下很喜欢。当时李云博求我还他，我没同意。当时没人，于是就……"

"你竟敢利欲熏心，私藏财物，真是反了天了！"大寨主怒不可遏，骂道，"老子这是审的什么案啊，军师害人性命还未弄清楚，又冒出个贪赃枉法的……你们这些家伙，把我清风岭的脸，都丢尽了……"

徐威道："这有什么奇怪的？我清风岭，本来就是一伙强盗啊。我们聚众山林，对抗官府，打家劫舍，无恶不作，如若交给官府审判的话，这是聚众造反，个个都是死罪……"

三寨主大怒，看着徐威道："放屁！我等落草为寇，都是迫于无奈。况且，我们只惩贪官，不反朝廷；只图钱财，不害性命。谁愿意被人骂做土匪？你有种，居然自称强盗！"看着徐威不说话了，他又问刘充："腰刀呢？还不赶快上交！"

刘充慌忙从袖中摸出一把腰刀，双手呈给三寨主。三寨主一把夺过，看着上面的字，大惊道："潞州李氏……大哥，这是上党李氏家族的东西！"说着，就上前把腰刀递给大寨主。大寨主接过一看，顿时大惊失色，他看着李云博问道："李云博，你说，这刀从哪里来的？我李家的东西，如何到了你的手上？"

李云博道："这是数年前，我的结义大哥李处耘到我府上拜望尊长，亲手送给我防身的……"

大寨主道："你认识李处耘？"

李云博道："当然。他是晚生的结义大哥。晚生此次就是去上党，拜望正元大哥的家人。"

"真是大水冲了龙王庙！原来，我们是一家人！你看看，这种信物，我也有一把。"大寨主大喜，说着，将另一把一样的腰刀掏出来，递给李云博道："贤弟快快请起，适

才冒犯，多有得罪，望贤弟海涵！"

李云博接过来一看，顿时明白，原来这位大寨主不姓曹，姓李，很可能是大哥李处耘的同宗，于是满怀欢喜，拱手施礼道："李大哥哪里话，不打不相识嘛……"

徐威看见情况不对劲，想乘机溜掉，被大寨主觉察。大寨主喊道："军师，这案子还没断完，好戏还在后头呢，怎么急着要走？"

徐威站住脚步道："大当家的，既然贵地不能容我，老夫还是另谋出路吧。"

大寨主笑道："也好。只是还有一样东西，军师还是一并带走吧。"说着，就从案下取出那把长剑，递了过去。

"哈哈哈哈，昨夜听说李云博要逃，没想到中了他的圈套，剑也丢在牢屋里了。早上去捡，怎么也没寻着……原来是当家的替我收了……哈哈哈……"徐威脸色凝重，脸上肌肉一跳一跳，此起彼伏，两眼露出凶光。他强装镇定，缓缓朝案前走来。突然间，他一个箭步冲到案前，抓过剑来，顺势搁在大寨主的脖子上，大声喊道："都别跟老夫玩心眼！谁敢胡来，大当家的性命，就不保了！"

满堂的人都被这突如其来的变故给吓蒙了。这堂庭审，剧情也太曲折了，他们不蒙，才怪呢。

大寨主举着双手命令道："都别动，听军师的……"

"那好。都听老夫的就好。"徐威觉得占据了主动权，就开始发号施令了，"来人，先把李云博就地处死！等李云博的人头扔过来，老夫就放了大当家的！"

"这……"大家顿时傻了眼，一个个不知如何是好。

"快动手！你们想看到大当家的人头先落地吗？"徐威咄咄逼人。

大寨主道："你还是杀了我吧，这是我的兄弟……"

"你别说话！再说的话小心脑袋！"徐威的剑贴了下去，顿时，大寨主的脖子现出一道血口子。

李云博镇定自若，整了整衣服，对徐威说道："好，晚生甘愿受死。来吧，砍我的头！"又对大寨主拱手道："李大哥，今日一见，三生有幸。来世，我们还做兄弟！要是见到正元大哥，替小弟问候一声！"拜了三拜，转身对徐威说道："来吧，晚生死了，你也活不成了！"

但是，堂前的人都静静地站着，没一个人要动手。

三寨主道："我说军师，你也别太过分。就算杀了李云博，杀了我大哥，你还能活吗？"

徐威道："事已至此，我还能活吗？既然老夫不能活，那就鱼死网破，玉石俱焚！别啰唆，快动手！"

大寨主道："这又何必？我有一个主意，我当你的人质，陪你下山，如何？"

"大哥……"堂下的人都齐声呼叫道。

徐威急道："不行，老夫不会上你的当！你别说话，再说的话，别怪老夫不客气……"

正当双方僵持不下的时候，突然一道白影闪电般飞了进来。只见来者扬手往徐威头上扔了个什么玩意儿，一声轰响，浓烟滚滚，大堂什么也看不见了。浓烟之中，李云博觉得这身影似曾相识，顿时醒悟过来，赶紧往门外冲去。赶到寨门口，忽然看见那个白衣人蒙着面，提着一颗血淋淋的人头从身边飞过，连忙喊道："如霜姑娘，我知道是你，你别走，等等我……"

白衣蒙面人一愣，在不远处定了一下身，回头看了一眼李云博，突然，就头也不回狂奔而去，一刹那间，消失得无影无踪。

李云博认得那熟悉的眼神。他不顾一切穷追猛赶，捕风捉影，东奔西窜，丢魂失魄。可是，一切都是徒劳，那个蒙面人轻功了得，早已经不见了踪迹。本来就没什么力气的李云博，终于瘫倒在地，气急败坏地骂着自己。过了一会儿，李云博冷静下来，他突然明白了：原来，一直跟着他们北上的那个白衣人，竟然是自己的未婚夫人！这么多年来，她一直在暗处，默默保护着他……李云博想到这里，泪水便夺眶而出。

等李云博回到大堂的时候，烟雾已经消散。这些山贼们哪见过这阵势，一个个惊诧不已，大半天了，都还未回过神来。李云博查看了现场，除了大寨主脖子上有道血口子之外，其他人都没有受伤。

当然，案前地板上，还躺着一具缺胳膊少腿的无头尸体，唯一的那只手里，还紧紧握着一柄长长的宝剑。

◆ 五、大寨主李啸林决定弃暗投明 ◆

一场惊天变故之后，一切又似乎恢复了平静。只是这场惊心动魄的堂审和出人意料的结果，仍然在这伙草莽的心里和茶余饭后继续发酵，不断演绎出更富想象、更加曲折、更为传奇的情节。当然，口头流传的故事，也渐渐偏离了事件本身，李云博和那位白衣蒙面女子自然而然成为事件的主角，书生与侠女，本来就是或可谈论、值得讴歌并千古传颂的永恒主题。

　　就在那天下午，大寨主和山寨的大小头目大摆筵席，热情款待远道而来的兄弟李云博。酒逢知己千杯少，英雄对酒惜英雄，李云博居然破了几年来滴酒不沾的戒律，大仇已报，劫后重生，又结新朋，都是很值得庆贺的，也都能成为破戒的理由。但是，真正的原因只有他自己知道。铮铮铁骨、豪气干云的侠客，运筹帷幄、决胜千里的策士，金戈铁马、气吞山河的英雄，无论他们多么狂放不羁，多么豪情万丈，多么视死如归，其实内心深处都有不能碰触的软肋，这些林林总总的愧疚、遗憾，甚至悔恨，虽然不是他们人生的主流，若是一旦不小心碰触，那种崩溃一定会像决堤的潮水，几乎可以将自己整个人生和信仰淹没——英雄气短，儿女情长呐！

　　就是这个下午，李云博知道了这位大寨主的情况，更对他敬重有加。他本姓李，名啸林，是李处耘的族人，一起长大，原来也在军门供职。几年前北汉勾结辽人入侵中原，他作为应援校尉在大将樊爱能帐下听差。可是高平之战，担任左军主将的樊爱能居然置莅临战场中心的皇帝安危于不顾，临阵退却，落荒而逃，自相践踏，损失惨重。李处耘当时正在赵匡胤手下为将，奉命带领千余敢死队火速增援前方，和正在待命、负责应援的李啸林遇上。当时，李啸林并不知道樊爱能已经逃跑了，不知道是忘了他们，还是没来得及通知他，直到李处耘告诉他，他才感到大事不妙。李处耘叫他一起增援，他就率领手下五百多士卒跟着李处耘火速救驾。虽然高平之战大获全胜，但由于是樊爱能部下，他也没逃过被追责的命运。最后皇帝问责，将左路军百石以上的将尉六十九人全部斩首，并整编樊爱能残部，将大部分士卒遣散回家。他虽然没被处死，但依然被遣散。后来，他带着一帮兄弟回上党老家，没想到在清风岭遇到土匪。正在气头上的李啸林大怒，带领兄弟们一举攻下清风岭，杀了匪首，取而代之，从此隐姓埋名，和兄弟们一起落草为寇，过上了打家劫舍的日子……

　　举酒豪饮之余，李云博也将自己如何与李处耘相识相知、义结金兰的事情都说了，还把自己这几年的经历大略讲了一遍，两人更加惺惺相惜。李啸林还特意介绍了三寨主王成刚，他一手带大的这个小兄弟，也是条响当当的好汉。李云博有些奇怪，问怎么不见二寨主。王成刚说，二哥今年三月，因为不守山寨规矩、强抢民女、弄出人命，被大哥正法了，几个人唏嘘不已。李云博又问起，这徐威是怎么上山的？李啸林说，徐威是原来匪首的军师，听弟兄们说，他几年前就上山了，觉得他是个残疾人，也还算老实，有些谋略，就留下来继续当军师。具体情况，要问原来的老伙计。李云博觉得，徐威都死了，再过问他的情况，已经毫无意义了。

　　就这样，喝着聊着，聊着喝着，清风岭山寨，如过节一般热闹。李云博和李啸林、王成刚几个，更是喝到深夜，一个个酩酊大醉，不省人事才罢。

　　翌日，李云博起身告辞，前往上党拜望李处耘家人。李啸林、王成刚苦苦相留，说是刚刚经过生死，又喝多了酒，暂住两日休养好之后，再走不迟，他们甚至愿亲自陪他前往上党。李云博无奈，只得逗留了一日。

这日一大早，早饭时间，李啸林又要开饮。李云博推迟道："俗话说，莫饮卯时酒、昏昏醉到酉。早上喝了酒，一天就昏昏沉沉，什么也干不了。"

李啸林道："那怎么行！俗话也说，无酒不成席。反正也没什么事，多少喝一点。"

李云博道："其实，小弟早已戒酒。只是昨日初识仁兄，开心至极，破了次例。酒这东西，能解千古愁，能乐知己情，可也是穿肠而过的毒药啊！小弟曾经嗜酒如命，逢饮必醉，误了几次大事，于是就彻底戒了。昨日，还是几年来头一回开怀饮酒。"

李啸林点点头："那好，就依贤弟所言，我等就不喝了，那就喝茶吃点心。"正准备开吃，忽然，一个小伙计慌慌张张跑进来禀报："大寨主，大事不好，不知为何，突然一伙蒙面紫衣剑士闯进山寨，快到堂外了……"

李啸林大惊，连忙起身道："走，去看看。"大家拿起刀剑，就往门外冲。

果然，远处，一群紫衣剑士，全都蒙着面，健步迎面奔来。李云博跟在李啸林身后，和大家一起朝对方拦去。大约三四丈远处，双方都定下身来，剑拔弩张，怒目对峙。李啸林喊道："来者何人？为何不经通报，擅闯我清风岭山寨？"

为首的答道："一伙蟊贼，口气倒不小！我等听闻，你们清风岭，只图财，不害命。可是昨晚，我等得到线报，清风岭出了人命。好一伙言而无信的狗贼，杀人越货，不知廉耻，还不快快束手就擒！要是有半个不字，我等杀你个片甲不留！"

李啸林大怒："真是岂有此理！我等以礼相待，你却口出狂言，真是活得不耐烦了！还不快快报上名来，速速就死。我清风岭曹大王，向来不杀无名之辈！"

为首的答道："废话少说，那么我们就刀兵相见！兄弟们，杀！"

李云博赶紧上前，拱手大声说道："慢着！俗话说，冤家宜解不宜结。我们远日无怨、近日无仇，为何要刀兵相见？你们擅闯山门，失礼在先，却又咄咄逼人，是何道理？更何况，真的动起手来，就你们这数十人，岂不以卵击石？"

为首的看见李云博，先是一愣，继而哈哈大笑："你这书生，真会讲道理！你可知道，这乱世之中，除了手上的刀剑，还有什么道理可讲？那好，你就跟我的长剑讲道理去吧。看我先宰了你再说。"说着就纵剑冲了过来。

"休伤我兄弟……"李啸林大惊，连忙挥起大刀，朝他冲去。

眼看两人就要交起手来，没想到那个蒙面人纵身一闪，冲到李云博跟前，将长剑一扔，一把抱住他，兴高采烈地说道："岫南贤弟，想死我了！"但见他掀开面巾，原来是李处耘！

李云博大喜，喊道："原来是正元大哥，也想死我了……你看看，这位曹寨主是谁？"

李啸林也认出了李处耘。他笑着抱拳施礼道："正元大哥，好久不见！你这阵势，是要剿灭我清风岭啰？"

李处耘掉头一看，诧异道："啸林贤弟，怎么是你？几年不见，居然落草为寇、占山为王了？"

"一言难尽啊！"李啸林叹道，"走，进大堂叙话！"

王成刚喊道："一场误会，大家都是自己人！都进大堂喝茶。老刘，多弄些饭菜，好生招待这些贵客！"

进了聚义堂，大家坐下来，一边喝茶一边聊了起来，甚是惬意。李云博问道："正元大哥，你不是在淮南前线吗？如何跑到潞州来了？"

李处耘反问道："你不是在潭州吗，怎么也跑到潞州来了？"

李云博笑道："我来潞州是探亲，探望我结义大哥的家人。你也来探亲吗？"

李处耘也笑道："是啊，我来探望探亲的兄弟啊！"

说罢，两人哈哈大笑。其他人听不懂他们说什么，也都跟着哈哈大笑。

李处耘对李啸林笑道："啸林贤弟，你知道岫南是何方神圣吗？"

李啸林道："小弟落草清风岭，天天在屁股大个地方打家劫舍，哪里知道外面的事。那请你告诉小弟，岫南贤弟是何方神圣啊？"

李处耘道："愚兄告诉你，岫南是当今天子的同门师弟，是圣上渴望多年的辅弼重臣。愚兄这次从淮南战场北上，就是奉圣上之命，迎接这位运筹帷幄、决胜千里的贤士，进京辅佐圣上廓清环宇，一统天下，结束这百年乱世，还天下苍生一个太平！我等这些将领，将来，都得在岫南手下混饭吃！"

"正元大哥，别胡说八道，你也太抬举小弟了……"李云博被他的话惊到了，他不明白，一向稳重谨慎的李处耘，怎么会说这样无根无据的话。

李处耘辩驳道："我可没乱说，这是圣上亲口告诉我的。我奉命南下找你，继而跟随你们北上，都是圣上密旨、宰相亲自安排的……"

突然李云博明白了，这一路北上，为何总有人跟踪。原来除了刘如霜之外，还有他朝思暮想的正元大哥。他若有所思地说道："看来这一路上，保护我们北上的，就是大哥无疑了！"

李啸林喜道："岫南贤弟，我这山大王，真是有眼不识泰山啊！想起昨日心血来潮，居然自命县令，私设公堂，跟跳梁小丑似的……"

李云博道："李大哥哪里话！小弟绝非正元大哥说的那样。不过，如今，能一统天

下、结束乱世的，只有当今圣上和大周有这个实力。不瞒你说，小弟此次北上，就是投奔圣上，效命朝廷，为一统大业尽绵薄之力。"顿了顿，又问李处耘："大哥为何知道小弟在清风岭呢？"

"这个，还真有些离奇。不过，我先说说更早一些的情况。"李处耘想了想，继续说道，"不瞒贤弟，自从你们出了长沙，刚到江陵城外的那家客栈，我们就发现了你们，于是一路远远跟随。本来，我以为你会直奔汴梁面见圣上，没想到你突然绕道洛阳，然后赶往孟津渡，甚至遣散部众，独自一人北渡黄河。这可把我吓傻了。我想了很多种可能，比如上华山云台观探望陈抟老祖，比如来潞州拜会我的父母，或者是踏勘设立爆战军营的地方，甚至想到你投敌……就是没想到，你会来清风岭落草为寇，哈哈哈……"李处耘玩笑一句，接着说道，"可是后来，都一一被我否了。你李云博什么人，在这大战在即的节骨眼上，难道连个公私都不分？带着种种疑虑，我就星夜回都面见圣上。没想到圣上淡然一笑，说知道你干什么去了。而且要我别管，耳提面命吩咐我去上党家中等候。可是等了几天，不见你来，这可把我急坏了……"

"圣上知道我来潞州？还知道我干什么？"李云博很是吃惊，但转念一想，他和这位皇帝，还真有些心意相通。于是又说道，"圣上英明神武，小弟这点伎俩，怎瞒得过他？"

李处耘道："是啊。到现在，我还不明白，你们俩究竟指的是什么？是去探望我的家人吗？"

李云博道："当然。不过，这只是一个借口。其实我北上，有三个目的，一是想去你家看看，还想上华山云台观拜望一下陈抟老祖，二是想摆脱跟踪的人，逼迫他们现身，没想到，这些人居然是正元大哥。看来我是多心了……"

李处耘道："原来如此！圣上居然知道，我等跟踪你，会被你发现……圣上真是明察秋毫啊……那，还有呢？"

李云博道："还有？没了。"

李处耘道："你刚才不是说，有三个目的吗？你只说了两个。"

"哦。第三个嘛……过几天告诉你吧……"李云博突然卖起关子来，对李处耘道"你还是先说说，怎么知道我在清风岭的吧。"

李处耘就进入了正题："我在上党李家湾积善庄等了几日，不见你来，就有些急了。于是派人四处打探，可是一直没有你的消息。我当时想，按道理，你应该在我们到达上党后，一两日后也会到达，谁知道，你居然上了清风岭，真是！"

王成刚插话道："都是我不好。我们一个手下，看见岫南包袱里有不少银两，见利弃义，做了笔小买卖，把他骗上山来……要不是发现岫南身上有把腰刀是你们潞州李氏的，岫南可能就……"

李啸林道："哎，岫南是什么命？他是星宿下凡。走到哪里，都有贵人相助，逢凶化吉，遇险呈祥，我早就看出他不是一般人。"

"李大哥过奖了。"李云博谦虚地回应一句。他急于知道，李处耘是怎么知道他的下落的。于是又问李处耘道，"正元大哥，那后来呢？"

李处耘道："今日天未亮，一位白衣蒙面女子，突然闯进我们积善庄，也不说话，丢下一封书信就走了。我捡起来，打开一看，上面写着：'清风岭发生命案，李云博可能会身遭不测……'顿时大惊失色。也顾不上调集人马，带了数十名殿前禁军就杀奔过来……"

李云博惊道："书信？大哥你拿来，让小弟瞧瞧。"

李处耘取出书信，递给他。李云博打开一看，果然是这两句话。他望着这两行熟悉的文字，顿时泪如泉涌。

李处耘看着他悲痛的表情，问道："这女子是谁？你很熟，是吗？"

李云博点点头，道："她和你们一样，一直在暗中保护我。她就是我的未婚夫人，我李云博这辈子最愧对的人……我，欠她的太多了……"

王成刚恍然大悟道："昨日诛杀徐威的，居然是岫南的夫人？我的天，这故事，也太离奇了吧？"

"这个豪门侠女，曾经跟着岫南贤弟出生入死，真不简单啊！要不是她全家被徐威灭门，独自走上寻仇的道路，很可能早就和岫南结为秦晋之好了，我的小侄子，也快长这么高了……"李处耘感叹着，又疑惑地问道："看来，如霜姑娘已经知道我们是谁，为何跟踪你了。但是，既然她亲手杀了徐威报了大仇，为何不将你救走，而是通知我们上山？她又是如何知道，我在上党呢？还有，她写这句骇人听闻的话，也太过火了吧，真是吓得我半死……"

李啸林笑道："李大哥是儒将，能文能武，怎么连这其中玄机都不懂？小弟我都听明白了。我虽然不认识刘姑娘，但她和岫南贤弟一起经风历雨，能差到哪里去？我听岫南说，她提出退婚后就一直寻仇，几年来不知下落。她当然知道，岫南正在找她，她救了岫南，如何面对呢？小弟估计，她肯定暗中听见了我们的堂审，发现我这个山大王不坏，不会加害于岫南。至于你在哪里，这点小事，还能难住她？我看，其余的，还是你自己去想吧。至于那道书信，不吓吓你，你会火急火燎地赶上山来？"

李云博收住悲伤，勉强笑道："看来，正元大哥是员虎将，啸林大哥才是儒将，哈哈哈……"

看见李云博笑了，几个人都松了口气。李处耘突然问李啸林："啸林贤弟，这落草为寇，只是权宜之计。你今后有何打算？"

李啸林故作生气道："有何打算？这要我打算吗？我的两个好兄弟，一个是能征惯战的朝廷猛将，一个是皇上的同门师弟未来的宰辅，都在这里，还要我打算？你当不当我是兄弟？告诉你们，这山大王不当了，我要弃暗投明，知道吗？"

李云博笑道："啸林大哥，小弟告诉你，正元大哥有时候就是转不过弯，他脑子不好使……"

李处耘一愣："岫南说得对，我猪脑子。"

李云博道："正元大哥，我开开玩笑，你就当真？真是。依小弟看，啸林大哥就守在这清风岭上，等到圣上将来北伐，我们就把爆战军大营安置在这里。啸林大哥，你也别急，等我们回京之后，禀明圣上，再收编你们不迟。"

李啸林大喜："好，就这么定了！李大哥来得正好，今日兄弟聚齐，我们再饮个一醉方休！"

◈ 六、离开积善庄，李云博做出意外决定 ◈

潞州上党李家湾的积善庄上，这几日自然是张灯结彩，热闹非凡。

由于李处耘早年从军，很少回家，李老太爷已经好些年未见到孙子了，如今看见他穿着将军戎装，带着一帮虎背熊腰的勇士，英姿飒爽、威风凛凛，好生欢喜。老爷子觉得，这事儿给他长脸了，成天高兴得合不拢嘴，脸上更加红光满面。他又听李处耘说，孙子的结义兄弟要专程来李家湾积善庄上拜望尊长，这孙子的结义兄弟，不也是孙子吗，多了一个孙子，老爷子有不高兴之理？更让他充满期待的是，孙子李处耘还说，这个义孙不简单，出身于江南爆业世家，少年早慧，满腹经纶，而且是当今天子的同门师弟，是未来的宰辅之臣。听了之后，老爷子顿时就心花怒放了：本来，积善庄出了个三品武将，已经是破天荒了，将来再出个宰相，那可真是光宗耀祖、宏达门庭了！

李老太爷紧急召开了家族会议，部署接待事宜。末了，他强调说："我潞州李氏，也是百年望族。今江南同宗子弟北归认亲，可是件了不起的大事。你们一定要尽快筹备，安排妥帖，千万不要失了礼数，让天下人笑话。"于是，积善庄的李庄主——也就是李处耘的父亲，推开一切事务，带领家人全力以赴，筹备起接待贵客的各项事宜来。

转眼之间，积善庄翻修一新，到处洋溢着热闹喜庆的气氛。

话说李云博离开清风岭山寨，随李处耘前往上党。李啸林等一直送他们到了大路上。临行前，告别李啸林、王成刚，李云博反复叮嘱：清风岭不再是土匪窝了，绝不能再打家劫舍了，这段日子，以整顿军纪、安抚军心为要，闲暇之余，要多练练兵，将来上了战场，才有用武之地。末了还交代，粮草费用、军需物资的事情，近期会设法解决……李、王二人一一应承。交代完毕，兄弟们依依不舍，拱手道别。

离开清风岭，又沿官道差不多走了一个多时辰，就到了上党县城。李处耘招呼众人进一家客栈歇息，又吩咐两个禁卒先去李家湾报信，并告诉家里，大家吃点东西休息后就动身，半个时辰就能到达。两位武卒带了点吃的领命而去，大家就坐下来喝茶吃东西。吃饱喝足，就又出发离开县城，往李家湾去了。

众人策马走进李家湾，远远听见前边锣鼓不断，人声鼎沸。李云博抬头一看，不远处有一个很大的村庄，家家张灯结彩，处处人头攒动，真是热闹非凡，宛如过节一般。看到这幅景致，李云博有些感觉蹊跷，于是问道："正元大哥，前边村庄，不会是积善庄吧？"

李处耘点点头："正是我家积善庄。"

李云博一听，愣住了。如此看来，家里正在办喜事，他没任何准备，这可如何是好？他连忙问李处耘道："正元大哥，积善庄装扮得如此喜庆，难道是家里在办喜事？"

李处耘笑道："当然。"

李云博想了想，又问道："谁办喜事，办什么喜事？"

李处耘道："我也不知道，进去就明白了。"

李云博喃喃自语："不会是正元大哥娶亲吧？"

李处耘哈哈大笑："大哥我都快三十了，你侄子侄女都一大堆了，怎么可能未完婚呢？"

李云博笑道："小弟是说娶亲，不是说完婚。小弟知道大哥早已完婚，所以说大哥娶亲嘛。大哥常年在外征战，好不容易衣锦还乡，这么好的机会，老爷、老太爷他们，还不千方百计为你多收几房？"

"李云博，你小子原来不仅仅是机灵鬼投的胎，投胎路上还碰到个缺德鬼！"李处耘恍然大悟，骂道，"你以为我李处耘，像那些京师的纨绔子弟，只知道寻花问柳、花天酒地吗？纳妾收房，亏你想得出！我李处耘再不是东西，娶个小老婆，还要专门凑在你小子登门拜访的档口？再说，大哥我有那份闲心吗？真是……"

李云博听他一阵好骂，笑得更加厉害了："那好，你告诉我，庄上办什么喜事，我就不乱猜了。"

李处耘佯装怒气："随便你猜！反正，为兄不知道，就是知道，也不告诉你……"

就在两人怒骂嬉闹之间，马队已经来到积善庄大门前。李云博抬头一看，只见庄门牌楼三门四柱，巍峨耸立，气势恢宏。中间大门顶上，"积善庄"三个隶书大字金光闪闪，石狮拱卫牌楼两边，楹联匾额琳琅满目，木刻和各色瓦檐更是目不暇接，古朴庄严而又和谐统一，处处都显现出这座牌楼里的村庄悠久的历史和厚重的文化底蕴。

正当李云博准备下马步行时，突然锣鼓大作，礼乐齐鸣，李氏一族老老少少，都华装盛服，出来相迎。李云博大惊，连忙下马见礼。李处耘也下了马，一一介绍家人，李云博更是诚惶诚恐，按照辈分和规矩，一一行了见面大礼。

见礼之后，众人簇拥李云博、李处耘迎入家族大客堂看茶，互相寒暄问候之后，就开始吃进门餐。李云博反复解释，他们在上党县城已经吃过了，没必要再吃了。李处耘解释道："这不仅仅是吃饭，更多的是一种礼仪。来，为兄陪你一起吃。"李云博一听，怕失了礼节，就跟着李处耘吃了起来。这可能是他这辈子吃得最奇特的一餐：一碗小米饭黏巴黏巴，不是硬米饭也不是稀饭，也不配菜，只是在饭上加了一大勺蜂蜜。李处耘见李云博犹犹豫豫不敢吃，自己示范了一口，笑道："这进门餐俗称'黏心饭'，吃黏心饭是我们潞州的旧俗。你看看，我家里所有在场的人，都在吃。"

李云博看看满屋子的男女老少，的的确确都端着碗在吃。他听说过吃"进门餐"这种习俗，这和自己的家乡，准姑爷第一次进门吃红糖荷包蛋差不多。可红糖荷包蛋只有女婿可以吃，毕竟和这黏心饭有差别。他也吃了一口，除了满口钻、到处黏，口感略差外，其实味道不错，香甜可口。他问李处耘道："正元大哥，这吃黏心饭有何讲究？"

李处耘道："其实嘛，也没什么多讲究。每逢过年过节，或者平素亲戚来往，长辈们招待小字辈，煮碗黏心饭，意思是将亲人们心和心黏在一起，越来越亲。我这次回来，前几日已经吃过了，这次是托你的福，再吃一碗，哈哈哈……"

"黏心饭，将亲人们心和心黏在一起，越来越亲……嗯，这个寓意好。"李云博点点头，又猛吃起饭来。

吃过进门餐，李氏大少爷李处畴、二少爷李处耘就送他到客房歇息。进了客房，坐定之后，李处畴就介绍起接下来的有关活动、礼仪和规制，大致安排是：今晚举行接风洗尘酒宴，明日上午行祭祖大礼，下午举行入谱仪式，晚上是家族宴会……听得李云博一头雾水。李处耘问道："大哥，这么复杂的程式，是谁定的？"李处畴道："这都是老太爷亲自定的，说是贵人认亲，马虎不得……"李云博问道："贵人认亲？处畴大哥，这么高规制的接待，原来是为小弟探亲准备的？"李处畴笑着点点头，就将前因后果仔细讲给他们听。

李云博听罢，满脸羞愧地说道："小弟前来探望长辈，居然闹出如此之大的响动。这可如何是好？"

李处耘笑道："我潞州李氏，一直就是礼仪之家。我家老太爷满脑子的孔孟之道，有事无事，就爱折腾礼乐。你想想，听说有个孙儿上门拜望，他还不大动干戈干上一场？"

李云博道："你这礼仪之家，果真名不虚传。只是小弟上门探望尊长，是为了兑现你我结拜之时，承诺的亲人互亲的盟誓。如今庄上张灯结彩，喜气洋洋，又是接风酒，又是祭祖礼，又是家族宴，还动了入谱仪式……我李云博可担当不起啊！传出去，还不让人笑掉大牙！"

李处畴道："贤弟无忧。在我们潞州，好热闹、讲礼数有数百年传统。别说兄弟上门认亲，就是小孩出生，什么三朝席、满月酒、百日宴都要按礼数大操大办。办得风光，说明你是礼仪之家，绝不会有人笑话。"

李云博叹道："小弟上门探亲，本来就是临时决定，毫无准备。如今两手空空，怎对得起这等礼数？"

李处耘笑道："这个，贤弟尽管放心，为兄早就准备好了你的上门礼。晚上为兄会差人送过来，你只要在明日各种活动现场，照单派发就是了。"

李云博惊道："正元大哥，您这等破费，如何使得？"

李处耘生气道："如何使不得？你我生死兄弟，不远千里上门探望我的家人，我们感激还来不及呢，还谈什么破费？你是不是太见外了，真是！"

李处畴也说道："岫南贤弟别太见外了！老爷子爱热闹，又喜欢操持礼仪，我们小辈趁这个当口，遂他一个启动礼仪的心愿，何乐而不为呢？贤弟上门探亲，让我积善庄有了这个办喜事的机会，我等还得感谢你才是。"

李云博见他们这样说了，尽管有些尴尬，但还是很感动。于是也就不多争论什么，只得听从安排。李处耘突然说道："岫南贤弟，为兄和你商量个事……"

李云博道："正元大哥，有事就说，吞吞吐吐作甚？"

"是这样……"李处耘还是觉得难以启齿，"我是想……"

李处畴见二弟吞吞吐吐，于是接过话来道："岫南贤弟，还是大哥说吧。明日祭祖，李氏嫡亲后人，都得佩戴潞州李氏腰刀。可是听我二弟说，几年前，他和你互换了家族信物。为了不违反族规，他想和你暂时换一换……"

李云博笑道："正元大哥，就这事，还开不了口？你也真是！"说着，就摘下腰刀递给他。李处耘要把猎神刀还给他，李云博笑道："不必了。我既然将入潞州李氏

的族谱，就是积善庄的儿孙。老太爷也不至于那么小气，连家族象征的信物也不赐我一件？"

兄弟俩觉得他说得有道理，就依他了。

接下来，李云博就依着礼数，晚上参加了接风洗尘酒宴，第二天一大早，跟着全家老少进了李氏宗族祠堂，参加了祭祖盛典，紧接着又出席入谱仪式和家族宴会，都是按照积善庄长房子辈的身份规规矩矩全程参与。特别是入谱仪式上，李老太爷郑重其事，大动宗族礼乐，一通喧天锣鼓和管弦鸣奏之后，作为族长的他，亲自在列祖列宗的牌位前上香燎纸，祷告祖宗，又卜卦问询，然后摊开族谱，要李云博亲自将自己的名字填入潞州李氏宗谱。老太爷又亲自动笔，在李云博的名字下，记了一句"江南潭州浏阳瑶池爆业豪门李氏子云博字岫南，与本族子弟处耘字正元结为兄弟，大周显德三年冬十月乙未日，北上潞州省亲，入我李氏宗谱，列上党李家湾积善庄长房第三"才罢。李云博本来就对儒家礼仪规制甚是谙熟，他对每一个程式都把握得恰到好处，捧酒，行礼，叩首，上祭，馈赠等，举止优雅，文质彬彬，风度翩翩，这让李家上下在满心欢喜的同时，无不交口称赞，李老太爷更是喜上眉梢，逢人就夸个不停。

这个出乎意料的认亲仪式完结之后，李云博和李处耘以军务繁忙为由，向家人告辞。李老太爷虽然舍不得，但知道如今朝廷励精图治，正是儿孙们建功立业的时候，于是也不挽留，亲手将"潞州李氏"的腰刀系在李云博的腰间，热热闹闹送他们走了。

值得一提的是，入谱仪式那天夜里，李云博喝了点酒，睡到半夜突然梦见魏柳烟和他同床共枕，两人一阵颠鸾倒凤之后，李云博从梦中惊醒。他很是无奈地起身换了睡裤，不明白究竟为何做这龌龊不堪的梦。更让他百思不得其解的是，这以后，只要他一喝酒，就会做这个奇怪的梦，让他沉迷期间而又胆战心惊。他甚至怀疑，那晚在魏府醉酒之后，可能酒后乱性，做了对不起魏柳烟的事。但他又不敢继续往下想，越想就觉得越心虚，有时候，觉得这个梦境，跟发生过一样。

刚刚出了李家湾，李云博勒住缰绳，对身边的李处耘神秘一笑："正元大哥，现在，是时候告诉你小弟来上党的第三个目的了，你想听吗？"

李处耘一愣："还是先上华山云台观，探望陈抟老祖吧……"

李云博道："不去华山了。那本来就是借口，为了让跟踪者现身，更是为了掩人耳目。你们现身了，目的就达到了。我们现在秘密进行下一步行动，就是我来潞州的真正目的。"

李处耘疑惑道："秘密行动？真正目的？你小子肚子里有多少弯弯曲曲？哎，你不想去华山了，不如赶紧回京复命、面见圣上吧。皇上正准备御驾南征，就等着你呢。"

李云博道："不急。我这行动，也是南征的重要准备之一。大哥你过来，我告诉你吧……"李处耘将马匹靠过去定住缰绳，两人在马背上一阵耳语，听了李处耘精神百倍，连声叫好。

听完李云博的耳语，只听李处耘大声说道："全体将士听令：立即快马加鞭，赶往上党北疆要塞……"

"遵命！"大家调转马头，直奔北边飞驰而去，一瞬之间，便消失在滚滚黄尘里。

第三章

DISANZHANG

南征江淮

◆ 一、君臣把酒，纵论天下英雄 ◆

冬十一月中旬，李云博一行，冒着鹅毛大雪，回到了汴梁城。

离开积善庄后，李云博会同李处耘，带着数十名殿前禁军武勇，历时月余，行程千里，在北边边关隘口走了一遭。这次北上巡边，是李云博在正式投身一统大业之前，对中原局势进行的一次实地考察，也是他赶在觐见皇帝柴荣以前，做好建言献策的最后准备。这次漫长的旅程，他们用尽了考校守军的所有招数，有时候试探边关守备，有时候连夜袭寨，有时候冒险攻关，有时候甚至突破边境，刺探敌国军情。虽然多次历险，但凭着李云博的智慧和李处耘的骁勇，大都机智脱身、化险为夷。只是有一次夜袭晋州，没想到建雄军节度使杨廷璋戒备森严，防御工事完备，营垒扼住要冲，城池固若金汤，明岗暗哨鳞次栉比，一伙人误入陷阱，全被活捉。杨廷璋虽然认得李处耘，仍然不听他"奉旨巡边"的解释，要以叛国罪将他们斩首。李处耘只得掏出御赐金牌，杨廷璋确认是皇帝信物无疑后，方才相信他们所言，连连请罪，并为他们摆酒压惊。李云博对边防守备甚是满意。

在回程路上，还有一件事值得一提，那就是他们南渡黄河到达孟津渡，恰好遇到了北归的陈抟老祖。李云博得知陈抟被朝廷征召但又不肯出仕之后，大为感慨，更加敬佩老祖的笃定。临别之际，陈抟老祖送了他一本书，说道："此《推背图》，尽藏历史玄机，预判未来大事，岫南闲暇，偶读养智，以定去留。"李云博从未听说过此书，也不怎么相信阴阳预测之说，只是出于礼貌，拱手谢了，收入囊中。

没想到柴荣并没有急于召见李云博，而是传旨将他安排在开封府驿馆里歇息，并赐他一道通行令牌。众人都很吃惊，甚至连宰相范质都疑惑不解，多次觐见苦劝请皇帝召见李云博。柴荣微微笑道："李学士这趟冒险巡边，太辛苦了，让他歇一歇……"就再也不肯多言。范质急了去见王朴，王朴笑道："范相少安毋躁，圣上体恤臣僚，这才是英明之举……"也就不愿多言。范质无奈，只得去探望慰问李云博，连连致歉。李云博笑道："范相多心了，这是圣上点了大题，要微臣备考……"听得范质一头雾水。

其实，李云博知道，柴荣要他干什么。李云博也不迟疑，顾不上休息，就接连拜望朝廷重臣，走访有司衙门，观看禁军操演，了解漕运情况，成天早出晚归，忙得不亦乐乎。当然，他听说孙晟也来汴梁，而且入朝任事，很是惊讶，也特地前往国宾馆拜望。

这时候，乾卦统领根据以前约定，待其他卦队返回以后，就带着无妄、同人两个卦队来汴梁城与他会合，一起参与李云博的事务。李云博更是着眼前瞻、提前行动，在淮北一带寻找适合对淮南作战的炮火军营寨和基地来。经过几天实地考察，他们选定了亳州的一个小镇，这个地方离淮水较近，而且多山，比较隐蔽，不易发现，是很好的营地。就在从亳州回汴梁的路上，他们抓住了两个形迹可疑的人，搜身之后发现一封无头无尾的信，看是平常，但李云博知道用的是暗语，怀疑是南唐密探。而且从书信的口气来看，像是南唐朝廷的什么指示，似乎知道中原朝廷要再次南征的信息。如此一来，那么朝廷里出了内奸无疑。会是谁呢？他想起那天见到孙晟的情景，不由得大吃一惊：孙晟对他冷嘲热讽，还说他忘恩负义，他只得悻悻地离开了……他不敢大意，命人将两个可疑人员押回去，交给开封府处理。

李云博一行回开封府驿馆后，不几日，李云博接到圣旨，要他在集英殿觐见。李云博知道，大考来了。

李云博带上大卷图稿，急忙赶到集英殿。一进门，看见眼前的情形，顿时愣住了：新落成的大殿里灯火辉煌，只见柴荣一袭便装，高高坐在大殿之上，殿下坐满了同样便装的文武百官。看见李云博来了，柴荣起身笑道："各位爱卿请起身，朕的贵客到了！"众文武都起身相迎："恭迎李学士！"柴荣又快步下殿，拱手对李云博笑道："李学士快快请进，大家都到齐了，就等你一人了。"

李云博大惊，连忙稽首道："微臣何德何能，居然让圣上起驾相迎，让百官拱手垂礼？"

柴荣道："李学士不必多礼，快快平身。今日朕设宴集英殿，不为他事，专为李学士接风洗尘。这几日国事繁忙，怠慢了李学士，还望见谅啊。来来来，快快入座。"

"多谢圣上。"李云博起了身，一边往里走，一边说道，"启奏圣上，微臣既无才德，亦无寸功，怎担得起如此恩宠？真是无地自容、愧不敢当啊！"

柴荣道："李学士何出此言？今年朕首度南征，爱卿随赵匡胤将军大破南唐军，助朕夺得淮南数州，如今二度南征在即，爱卿又秘密北上，驰骋千里，历时月余，巡视边关，考校营垒，这等功勋，怎担当不起一个小小的宴饮呢？别谦让了，来来来，今日同门师兄弟久别重逢，一定要一醉方休！"

"圣上谬赞，微臣汗颜……"李云博就不好再说什么，可是来到席案前，一时间又愣在那里，不敢坐下。

柴荣回到殿上，见李云博呆呆站在那里，问道："李爱卿，为何不入座啊？"

李云博施礼道："回禀圣上，微臣一介草民，如何能坐在百官首席？"

范质拉着他笑道："李学士是圣上同门师弟，又是今日贵宾，这里不是朝堂，是圣

上的家宴。这酒宴的银子，都是圣上自己掏的……你就别再客气了，快快请吧。"

柴荣笑道："只是这接风酒宴，太寒碜了点，酒是前几年皇后亲自酿的几坛黄谷醪，菜蔬也都寻常得很，没有一样山珍海味。李学士是大雅之士，也知道朕又要南征，不会怪朕小气吧……"

"怎么会呢……"李云博又吃了一惊，懵懂之间，就被范质拉进了席间。

见李云博入座，柴荣举起酒樽说道："各位爱卿，今日李学士入朝效力，共图大业，这是天下大幸，朝廷大幸，更是朕之大幸。各位和朕一起，连敬三盅，略表至诚之心。"

众臣都举起酒来："我等致敬李学士，来，连饮三杯！"

李云博诚惶诚恐，这样的礼遇，他顿时乱了方寸，也连忙端起酒樽，饮了三盅。

君臣们觥筹交错之际，宫廷乐队演奏起了黄钟大吕，歌师们和着曲调演唱起来：

畟畟良耜，俶载南亩。

播厥百谷，实函斯活。

或来瞻女，载筐及筥，其饟伊黍。

其笠伊纠，其镈斯赵，以薅荼蓼。

荼蓼朽止，黍稷茂止……

李云博听出来了，这是《诗三百》里的周颂。随着音乐和歌声，李云博的眼前浮现出了远古周人安居乐业的生活图景。这是一幅春耕夏耘的画面：当春日到来的时候，男人们手扶耒耜在南亩深翻土地，尖利的犁头发出了快速前进的嚓嚓声。接着又把各种农作物的种子撒入土中，让它孕育、发芽、生长。在他们劳动到饥饿之时，家中的妇女、孩子挑着方筐圆筐，给他们送来了香气腾腾的黄米饭。炎夏耘苗之时，烈日当空，农人们头戴用草绳编织的斗笠，除草的锄头挖进土中，把杂草统统锄掉。杂草腐烂变成了肥料，大片大片绿油油的谷子长势喜人……听着听着，李云博的眼眶湿润了：这不是如今仁人志士为之奋斗、天下百姓日日期盼的生活图景吗？可是，这分崩离析的乱象不除，你攻我伐的战乱不止，天下何来太平，百姓何以安居乐业？

"诗言志，歌咏言。"李云博听懂了这位忧国忧民、志在天下的君王志向，不由得深深感动。一曲终了，他站起来为柴荣上寿："启奏陛下，微臣初来京师，荣幸忝列圣上酒宴，这大雅之乐一入耳，便已闻到雄主天下之志，臣工拥戴之心，朝野聚合之声。微臣斗胆，愿为吾皇祝寿：愿圣上万年，大周万年！"

众臣也都纷纷起身，齐颂道："愿圣上万年，大周万年！"

柴荣也起身，举酒道："多谢李学士，多谢众爱卿。"说罢，一饮而尽。他兴奋地看

着李云博，问道："李爱卿，你刚才说，朕是天下雄主？"

李云博道："回禀圣上，微臣以为，当今天下，唯有圣上，才配得上雄主这一称号。"

柴荣问道："何以见得？"

李云博道："圣上莫急。容微臣也发一问，如何？"

柴荣道："好。李爱卿请问吧，朕和众大臣洗耳恭听。"

李云博笑着反问道："微臣敢问圣上，何为英雄？"

"何为英雄？"柴荣思忖着，道，"问得好，今日朕薄宴群臣，正缺一个助兴的主题。况且当今乱世，缺的就是英雄……那么，大家就来个英雄论，助助酒兴，如何？"

众臣一听，都齐声叫好。看见众人都赞同，柴荣就说道："各位爱卿，你们可知道，这刚刚入朝的李学士，是何等人物，你们都可能听说，他的事迹早已传遍大江南北。今日，朕再次跟各位爱卿做个介绍。他李云博，出生在潭州浏阳瑶池，江南闻名天下的爆业豪门，五岁能诗，七岁能文，十四岁参加长沙府竞秀夺得头魁，十七岁入选楚国天策府学士，十八岁被羁押金陵，被迫参加科考，胡乱作答居然一举中榜，并破格选为南唐翰林学士。这是一位火药神童、天才少年，是天下诸侯竞相笼络的少年英才！更重要的是，他居然是被称为天下第一贤才的南唐大国士韩熙载的唯一入室弟子，连朕这个皇帝，也只是韩公学问的追随者，韩公道学的景仰者，韩公思想的实践者，不是他的入室弟子。朕这个韩门弟子，是朕自封的。韩公眼光多高，从来不开门收徒，因为他的条件，就是匡扶乱世、一统天下的辅弼之臣，无人能够达到。李爱卿能够入他门下，你们就得掂量掂量，我这个师弟，到底有多厉害。因此，接下来的英雄对，你们也得争争气，别让李爱卿笑话朕朝中无人。"

李云博大惭，连忙拱手施礼道："圣上如此夸赞，微臣无地自容！这大周朝廷，谋臣满阁，良将如云，圣上怎会说无人，是想把微臣放在火炉上烤吗？那好，微臣就帮圣上数数：这数位宰辅，范公文素，廉慎公道，忠直耿介，稳重大气，本已是首辅莫属，而以儒者晓畅军事，则世间不多见也；李公惟珍，厚重刚毅，博学能言，擅长谈论，而又知人善任，可谓治吏良臣；王公齐物，精通史籍，礼家大成，文扬四海，撰写《唐会要》一百卷，为当今史学巨著；枢密使魏公道济，博闻强记，清静俭朴，宽容大度，足智多谋，人言'一点浩然气，千里快哉风'，不为过也；兵部尚书张公潜夫，博洽文史，旁通治乱，君违必谏，其《制旨兵法》《周祖实录》藏于秘阁，集兵家之大成；更有王公文伯，通晓易理，制作礼乐，考定声律，堪正星历，修编刑统，使我朝百废俱起，兼具理财建造之能，容人荐士之量，可谓旷世奇才，然其平边大策，实乃救世奇谋，堪称策略大家。再看看将帅，魏王符彦卿，大将李重进、张永德、赵匡胤，节度使向训、杨廷璋、王彦超、韩通等，哪个不是能征惯战之帅、攻城拔寨之将？在座各位，谁又没有一两项看家绝活？如此人才济济，圣上还说朝中无人？微臣加冠后生，乳臭未干，怎能与诸公相提并论？"

柴荣闻言大喜："就凭爱卿这通言论，就足以立足贤才之列。爱卿来京不过数日，评品人物，就能言之凿凿，且无半句不实之词。天下人都传，爱卿是天才神童，依朕看，求知若渴、奋勉笃行才是你的本真。朕甚是欣慰啊！"

众臣被他一通评价，也都肃然起敬。他们没有料到，这个加冠少年，眼光居然如此犀利，怪不得皇帝如此器重他了。只见柴荣又道："好了，下面进入正题。关于英雄，谁先开题？范相，你先来吧。"

范质起身施礼道："老臣遵旨。这开题之要，在于说文解字。老臣以为，才能出众为英，强健有力为雄。因此，英勇雄强者，方为英雄。"

"范相开题，立足造字本义，甚好。"柴荣点点头，又对众臣道，"各位爱卿，接着往下说。"于是，大家就纷纷发起言来：

"所谓英雄者，敢为人之所不敢为，敢当人之所不敢当。"

"所谓英雄者，挽狂澜于既倒，扶大厦于将倾。"

"所谓英雄者，坚强刚毅，屡败屡战。如此之人，方可称为英雄！"

"楚霸王力拔山兮气盖世，是为英雄，汉高祖大风起兮云飞扬，亦是天下英雄。"

"泰山崩于前而面不改色，江河决于后而气定神闲，临危无惧，遇险不乱，方显英雄本色。"

"于百万军中摘上将首级，如无人之境探囊取物，英雄之大气也……"

众大臣都争先恐后，发表着自己的英雄之论，一个个慷慨激昂，甚是壮观。柴荣瞥见远远坐着的开封府尹王朴一言不发，笑着问道："王爱卿，李学士赞你是旷世奇才，你绝不能辜负他，赶紧也出一论吧？"

王朴起身施礼道："李学士盛言夸赞，微臣实不敢当，惭愧，惭愧。至于何为英雄，仁者见仁、智者见智。既然圣上点将，微臣也发一言。微臣以为，所谓英雄，当以上苍之心为心，以天下之任为任，以圣贤之道为道，以民生之命为命，不负上苍，不负天下，不负圣贤，不负民生，方为英雄。"

"好个不负上苍，不负天下，不负圣贤，不负民生！"柴荣听了，连连颔首。他看见众臣都在细心品味，知道这话说得带劲，心中甚是喜悦。他看见李云博亦频频点头，知道他也非常赞许王朴的表达。于是乘机问道："李学士，这个问题是爱卿提出来的，爱卿应会有真知灼见。能否赐教一二，让朕及满朝文武一饱耳福？"

李云博起身施礼道："回禀陛下，各位大人金玉之言，令微臣醍醐灌顶，获益良多。正如王公所言，这英雄之论，仁者见仁、智者见智。微臣拙见，不敢示人，望圣上体谅。"

柴荣道："李爱卿不必过谦。既然是英雄论，就都说说嘛，相互启发，以正视听。"

李云博道："常言道，恭敬不如从命。微臣以为，这所谓英雄，其实就是一群心怀敬畏的人。他们敬畏神明，敬畏上天，敬畏苍生，敬畏权力，敬畏朋友，敬畏敌人，甚至敬畏自己。有了敬畏，他们才不敢懈怠，不敢贪腐，不敢徇私，更不敢放纵自己。有了敬畏，他们才会修身齐家，才能治国平天下。心存敬畏之人，才会变得无私，无私才能无惧。无论什么时候，心存敬畏之人，他们无惧艰辛，无惧强暴，无惧利诱，甚至无惧生死。敬畏与无惧，一体两面，互为因果。若以韩公'道器说'来阐释，那么敬畏是道，无惧是器；敬畏是魂，无惧是形，敬畏是里，无惧是表……总之，微臣以为，但凡心存敬畏之人，方为英雄。微臣这等拙见，与众位大人特别是王公相比，不值一提。"

"哈哈哈……心存敬畏，方为英雄，真是言简意赅，一语中的！说得太好了！"柴荣拍案叫绝，"李学士真是过人一筹啊！你所说的英雄，真是很接地气，不看重天赋神力，不计较智慧绝学，也不在乎功勋业绩，只要有心，人人都可以为之，这才是朕要的英雄！"看见皇帝首肯，众臣也纷纷赞叹。

范质道："李学士一言，我等茅塞顿开。那么请问，何为雄主？"

李云博道："回禀范相，下官以为，所谓雄主者，群雄之首，英雄之领袖也。"

范质又问道："当今圣上，何其成为天下雄主？"

李云博答道："关于雄主，下官曾讨教恩师韩公，问何为贤君明君，何谓睿主雄主。韩公之论，可谓鞭辟入里。韩公说，所谓贤君，以德为先，心怀仁义，看重名节，大举礼孝之旗，体恤民间疾苦，休养生息，实惠民生，天下大治，和平之时，有此贤君，天下幸也。但大争之世，兵戈连连，豪强并起，仅仅一个贤君，只能抱残守缺，任人宰割，终究会失去立身大业；而所谓明君，以道为先，心怀天下，看重功业，高举一统大旗，眼观诸侯大势，深察时务政局，励精图治，韬光养晦，等待时机，一旦机会来临，起兵征伐，收拾乱象，实现人间和合太平。而所谓睿主，聪明绝顶，自以为是，刚愎自用，常常察事细微，纠缠末节，瞻前顾后，首鼠两端，忙忙碌碌之中忘了抬头看路，太平之时颇似贤君，乱世若出睿主，则与昏君等同。所谓雄主，放眼天下，不拘小节，霸气淋漓，敢冒风险，胸有万丈豪情，吞吐江河日月，视他国为无物，唯以功业至上，不喜坐守其成；甚至嗜血贪婪，热衷于攻征杀伐，不计身后骂名。乱世出雄主，与明君相差无几；若太平之世出雄主，就与暴君无异。俗话说乱世造英雄、治世出仁人，情同此理也。生错了时代、颠乱了次序，绝非好事啊。当今乱世，要的是明君雄主啊！这是恩师原话，几乎一字未改。若以韩公之论，当今圣上，既是明君，又为雄主，可谓百代不

遇啊！"

柴荣笑道："韩公高论，真是入木三分！看来恩师心中，这南唐中主李璟，最多算个睿主。而以朕之能，也远远不及明君雄主啊！如要勉强对号入座，依朕看，朕和这个雄主最像！还好，朕生在乱世，要是出在和平时代，朕就是个暴君了！来，各位爱卿，再饮一盅！哈哈哈哈……"

"圣上不要误会。"李云博继续说道，"那天，微臣还问：乱世有贤君，若得强臣辅佐，坐拥祖上基业，继而励精图治，难道不能开疆拓土，一统江山？比如刘邦得汉初三杰，不一样一统天下吗？刘玄德有卧龙和五虎上将，不是也得西川之地，鼎立三国吗？"

范质道："李学士这问题问得好，也是我等疑问。敢问学士，大国士如何回应？"

李云博道："恩师回答道：他曾经也深信不疑，以至于全力事唐，望能辅助贤君睿主一统天下。但十余年来，总算看清了这其中缘由。他说，如刘邦者，看似浑噩，实则雄主；刘玄德者，看似愚仁，实则明君。他们有一个共同点，那就是胸怀天下，志在一统。其实这贤君明君，睿主雄主，也只是理念上的区分，实际中难加界定，全凭会心体察。"

柴荣点点头道："大国士真是高明，一个全凭会心体察，倒是说中了要害。哈哈哈……"

◆ 二、学士献上平淮之策，雄主闻言喜不自胜 ◆

李云博回到驿馆，已近戌时。虽然喝了几盅酒，但是头脑非常清醒。

他没料到，柴荣在集英殿召见他，竟然是为他摆设家宴接风洗尘，而且还邀请文武百官作陪，举酒之间大谈特谈什么"英雄论"，对他早就准备好的对策只字不提。这让他之余，也觉得这位不按常理出牌的皇帝高深莫测，难以捉摸。

按理说，柴荣处处抬高他的身价，什么同门师弟，什么江南神童，什么未来宰辅，这种略带笼络嫌疑的称谓，李云博心里是别扭的。但李云博不是那种斤斤计较的人，自己既然决定北上效力，就不会在乎什么身价官爵，有用武之地，就行了。他相信，这一点，皇帝是心知肚明的。那么，南征在即，他有很多重要建议必须面陈，或者该要他承担的事务，应该尽快让他说让他做，而不是这等表面光鲜实则无用的虚文。如若再等上些日子，大军开拨，就毫无用处了……"难道，圣上还在怀疑自己的真心？"这个念头

冒出来，让他不禁打了个冷战。

这样一想，李云博的心都有些凉了。他突然冷静下来：既然如此，那就做两手准备，等待奉旨召见的同时，写好奏折。若再等个十天半月，那么就说明，柴荣不会用他，自己也得回程了。天气很冷，他加了些木炭将火烧旺，又泡了杯浓茶，坐到案前，拨亮灯盏，摊开纸砚写起奏章来。可是刚开了个头，写了几行，听见外边起了嘈杂之声，将他的思路打断。他很是败兴，起身推开窗户，只见雪花飞舞的院子里，有几个人一边交谈一边往这边走来。夜色朦胧，他看不清是谁，心里想着奏折的事，加上天气寒冷，也懒得去管那些闲事。于是又回到案前，正欲坐下，只听门外有人说道："李学士，看你房中亮着灯，还未睡吧？"

李云博一愣，这声音很熟悉，好像是开封府尹王朴，这个人他交道打得多，很熟悉。于是走过去打开门一看，顿时大惊失色，原来，披着斗篷一身便装的柴荣立在门外，笑吟吟地看着他。后边跟着开封府尹王朴和内侍少监韩公公，还有就是天天为他忙碌的馆驿丞。他连忙稽首道："微臣不知圣上大驾光临，有失远迎，恳请恕罪！天气如此寒冷，圣上深夜冒雪前来探望，微臣感恩涕零！"

柴荣笑道："爱卿快快平身！是朕冒失，深夜造访，也不准他们通报。今日设宴洗尘，听爱卿一通宏论，兴奋不已，也睡不着，就过来探望爱卿，哈哈哈……"

"圣上里面请！"李云博起身，将柴荣迎进房中，说道，"圣上深夜看望微臣，微臣感恩不尽！"

"爱卿几个，也坐吧。"柴荣坐到书案前，对馆驿丞问道，"刘爱卿，你怎么让李学士住这么狭窄的小客房？没有更大一点、更舒适一点的客房了吗？"

不等馆驿丞开口，李云博连忙说道："启奏圣上，房间是微臣自己挑的，这房子虽然偏僻一点，狭小一点，但是很安静。微臣喜欢静。这，不是刘大人的错。"

柴荣道："原来如此。刘爱卿，是朕武断了。正好，朕想起，这开封馆驿里最有特色的夜宵小吃是莲子雪梨羹，李学士这几日用了功很辛苦，晚上又喝了酒，辛苦你做几份来，朕和王大人几个也正好沾沾光。"馆驿丞领命去了。

"吾皇陛下，微臣此次北上，意欲追随圣上……"柴荣突然看见李云博案桌上刚写几行的奏折，忍不住念了起来。刚念两句，就停下来，惊愕地看着李云博，问道，"爱卿这是……要走？"

李云博大窘："不是……"

王朴也起身走过来，拿起奏折看了看，笑道："启奏陛下，微臣路上还在说，李学士什么人，我等怠慢不起！他那七孔六窍，到处都是心机。一点点疏忽大意，他都会多心。"

柴荣大笑道："李学士莫怪，是朕疏忽。看来，这连夜拉上王大人过来，算是亡羊补牢、将功折罪啰？"

李云博起身施礼道："是微臣小肚鸡肠，岂敢怪罪圣上？只是微臣这几年身处险境，不多个心眼，小命早就不保了！"

王朴道："李学士所言甚是。常言道：人当有节，树自有皮。君子自重，绝不苟且，这是学人志气，老夫佩服。冒着大雪随驾过来，一定不虚此行。"

柴荣道："俗话说，好饭不怕晚。朕等知道，这次李学士北上，肯定有满腹的韬略要面陈，时候也不早了，我们言归正传。韩公公，你到外边把门看好，没有朕的旨意，谁也不准打扰。"韩公公领命去了。

李云博听了，激动不已。他平复好心情，摊开数日来精心准备的图册文稿，也不谦让，滔滔不绝地讲起自己的见解来：分析天下形势，研判诸侯状况，巩固边疆防御，以及统一天下的路径和办法。尤其是谈到，如何结合《平边策》的战略思想，进一步推进一统天下的步伐，俨然一个策略行家，听得柴荣和王朴频频颔首。

谈到淮南战局，李云博首先提出一个问题："朝廷以王公《平边策》为蓝本，将'先近后远、先易后难、先南后北'作为一统天下的基本方略和实现路径，这是非常具有战略眼光的。但是如今刚一实行起来，朝廷内部的分歧，为何如此之大呢？这分歧的原因，究竟在哪里呢？"

王朴一听，说道："在下以为，首次南征，无功而返，有人一遇挫折心生胆怯，甚至信念动摇，开始怀疑这个一统天下的战略，可能存在缺陷。我也常常问自己：这个战略存在缺陷吗？无论怎样，这还是目前最好的统一路线图。"

柴荣也道："正如王公所言，这的确是最好的路线图。怎么一遇到困难，就临阵退缩、改弦易张，甚至将国家战略变成远景规划了呢？"

李云博道："圣上和王大人言之有理。微臣原来也这样认为，只要灭了南唐，就得了大半个天下。微臣知道，在圣上首度南征之前，朝野对于南征大获全胜的看法，那是绝对的一致，认为淮南唾手可得，灭亡南唐，指日可待。可是这几日，微臣拜访了很多重臣，几乎超过八成的大臣认为，目前灭唐，几乎不可能，包括卧病在床的重臣李谷大人。"

柴荣道："怎么，李谷曾是宰辅，又是首任淮南招讨使，他也觉得，这灭唐战略，难以实现？"

"正是。"李云博道，"李公认为，由于寿州不克，未收淮南全境，圣上班师，维扬失守，直接让原本信心满满、高度统一的朝廷出现分歧。他找了很多分歧的原因，有些在理，有些微臣不敢苟同。但他有一点说得非常好：若圣上要继续南征，首要问题是消解这种分歧。若意见不能达成统一，南征很难取得重大战果，朝廷也会面临分裂危险。"

"嗯，李司空这话，倒是说在点子上。"王朴点点头，又问李云博道，"李学士以为，这分歧因由，究竟何在？"

李云博道："依晚生看来，问题还是出在对平边策这个战略本身的认识上。"

柴荣一惊，问道："此话怎讲？"

李云博道："微臣以为，任何战略制定，都应该考虑实现条件。因此，范相觉得平边策应该是远景规划，不是具体路线图。李公认为，这平边策只是一种战略预期，或者统一天下的主导原则，具体的实现路径，应该根据实际情况一步步制定。微臣也认为，平边策是国之大计、国策总纲，这个总则是不变的，但是，具体的实现路径、方法甚至策略，都应该灵活多样，决不能一成不变。如若套用军事上的观点，也就是说，战略是既定不变的，但战术绝对要灵活应变。"

王朴一听，觉得有理："对，问题就出在这里！我们把一统天下的战略规划和实现路径、实施办法、具体策略混为一谈了！"

"嗯，问题就出在这里！"柴荣恍然大悟，点点头，又问道，"李学士，你觉得如何解决这个问题，消除战和之间的分歧呢？"

李云博道："办法倒是有，就怕圣上……"

柴荣道："爱卿说说，若有道理，朕一定采信。"

李云博道："回禀圣上，只要缩小本次南征目标即可。"

"此话怎讲？"柴荣、王朴诧异不已。

李云博道："缩小南征战略目标，具有三层含义：首先，我朝一统天下的平边大策绝不会改变，我朝灭亡南唐也是迟早的事；其次，首度南征未达目标，说明开展灭国大战实力不济、人心不齐、时机不对；其三，虽然一时半会灭亡不了南唐，但尽收淮南之地绰绰有余。这样一来，就让主和的大臣有一个心理缓冲，圣上既尊重他们的意见，又保护了主战者的积极性，如此一来，两边分歧自然消除，并都拥护圣上再度御驾南征。"

"是啊，朕怎么想不到这个折中方案呢？"柴荣一听，顿时豁然开朗，"爱卿详细说说。"

李云博道："圣上首度南征，只不过是试水江南，没有明晰的战略指向。经过几月的交战，如今大家都知道，无论怎样，南唐仍然是南方头号强国，不可能一战而彻底消灭。此次兵进淮南，绝非灭国大战。如此一来，我朝此次南征的战略目标就明晰起来：尽收淮南之地，削弱南唐实力。那么动武只是手段，得到淮南才是根本。因此敲敲打打、打打停停、文武两手、软硬兼施都得用上，得和李璟斗智斗勇，以便以最小的代价，获取最大利益。为此，这平淮之策，也得全盘谋划、分步实施。"

柴荣听了，顿时眼前一亮，说道："全盘谋划、分步实施？李爱卿快快说来。"

李云博道："回禀圣上，依微臣之见，这平淮之策，就目前的形势而言，得分三步走……"

"分三步走？"柴荣、王朴君臣二人都瞪大眼睛，惊愕地看着他，几乎是异口同声地问道。

李云博道："对，分三步走！这第一步，就是兵进淮南，试探虚实。不久前，圣上御驾南征数月，战略意图已经实现：除了寿州之外，我军兵戈到处，所向披靡，南唐兵马，望风而逃，足见南唐军队各自为政，军心涣散，毫无战力。而这深层根源，主要是主上昏庸，奸佞当道，党争内耗，朝野离心，尤其是能臣良将大受排挤，自然不堪一击，微臣曾在南唐朝廷一年有余，这个体会很深。由于皇后病重，圣上不得不回师北归，中断了扩大战果的机会。如今尽管丢掉了几个州郡，但是我们也获得了许多水上作战经验，并且及时反思，总结教训，查找出南下作战的不利条件，比如水师远远不如南唐，部队补给很难跟上，军队纪律还要坚决整肃等。因此圣上一回京，就开凿金明池，招募水师，疏浚运河，发展漕运，接下来肯定要整饬军纪……"

柴荣道："对，一定得严惩那干掠民丢城的将领！丢城失地、纵兵掳掠都是军法重罪，一定得追究！况且，朕北归之后，这些留在维扬的将领们骄横跋扈、恣意妄为，甚至不听号令。不狠狠治治他们，将来难堪大任。"

"圣上所言甚是。"李云博继续说道，"北归以来，我朝禁军得以休整，河流疏浚顺利，漕运得到发展，水师训练也突飞猛进，等到年关前后，一切准备就绪，就可以实施第二步了，那就是圣上再次南征，攻克寿州。如今寿州阵前两军对垒，相持数月，势均力敌。而陈觉、李景达奉命增援，没想到他们严令自守、拥兵观望，坐失解救寿州之危的良机。如若我朝让向镇抚帅维扬之师助阵寿春，那么陈觉之流绝不敢迎战，更加会躲在城中，以求自保。只要这种平衡保持到年底，圣上亲率大军驾临寿州，旬月之间，寿州必克。"

"嗯。"柴荣突然站起来，说道，"李爱卿，攻下寿州后，那第三步怎么走呢？"

王朴抢着回答道："回禀圣上，若取了寿州，淮南已无险可守，只要乘胜前进，随时都可以打到长江北岸，南唐都城金陵就仅一江之隔，这就等于打中了李璟的命门，他不疼才怪呢。李学士的策略应该是，圣上就派大军一路南下，直抵长江北岸，形成对峙金陵、意欲渡江作战之态势，让南唐朝野认为，我大周朝廷要攻占金陵、灭他南唐。李璟自然会割地求和，只要他舍得淮南之地，而后自降国格臣服我朝，圣上就可退兵。"

李云博道："王公所言甚是。攻下寿州，李璟的心理防线已经决堤，陈兵江北，他肯定闻风丧胆，这就为我朝兵不血刃夺取淮南创造了条件。只要策略得当，让他感到大

难临头，肯定会割地求和，圣上一定会尽收淮南之地。"

柴荣喜道："真是妙计！岫南此策，解朕困惑，真让朕豁然开朗！"

王朴思忖道："可是，微臣依然担心，范相不见得会支持，因为他最担心的，就是国力不济，害怕圣上走上穷兵黩武的道路。"

柴荣叹道："范相这种担心，也是远见卓识。他的顾虑不打消，这二度南征的事，根本无法进行。"

李云博道："微臣倒觉得，降低目标，范相会支持南征，但不会支持圣上御驾亲征。他的顾虑，就是害怕战争削弱国家实力。只要把这个道理跟他讲清楚，他肯定会全力支持。"

王朴问道："这个道理，哪个道理？"

"王公别急，我来一步步说。"李云博顿了顿，问柴荣道，"圣上知不知道，近百年以来，中原朝廷更迭不断，尤其是晋朝以后，中原朝廷为何弱小不堪？"

柴荣道："这还不简单，那就是，石敬瑭为了当皇帝，居然将燕云十六州割让给北辽，使中原领土人口大幅减少，特别是战略要地失去，北方安全屏障没有了，他也只能当儿皇帝了……"

李云博道："圣上目光敏锐、洞察秋毫。中原朝廷弱小的根本原因，就是失去了燕云十六州大量的土地和人口，也失去了北方这道安全屏障。圣上要一统天下，增长实力便是基础。国力要强大，首先得有发展的地方，有足够的人口，有必需的资源和保障。环顾四周，只有淮南这个地方，既容易攻取，又非常富饶。取了它，足以弥补丢失燕云十六州的损失。范相他们担心常年征战，财力物力人力难以为继。淮南有十四州方圆数百里，数百万人口，粮食物产非常丰富。如若取了淮南，就不用担心国力亏空了，这样一来，不仅增强了国力，而且完全消除了南唐威胁，于是在南方，再也没有国家能和我朝抗衡。"

"嗯，这个理由太充分了，定能解除范相忧虑。"柴荣点点头道，"按照岫南的意思，取了淮南，就暂时放下江南，对不对？"

王朴笑道："圣上只知其一，未知其二。岫南是要修改我朝一统天下的战术。"

"王公见笑，修改岂敢，只是完善。"李云博回应道，"那么，接下来呢，我朝的最大威胁在哪里？当然是在北方了。燕云十六州本来是中原地区的屏障，有阴山、燕山等山脉和长城的保护，易守难攻。如今失去了燕云，北方游牧民族可以轻而易举踏足中原，对中原甚至是南方都是很大的威胁。收复燕云，使得中原地区有个可靠的天然屏障，保卫我朝的安全，不受外敌侵犯。因此，微臣建议，全收淮南之后，可以稍做休整，就挥师北上，收取幽燕之地。继而围绕国之四周，不断开疆拓土，不断增强我朝实力，削弱他国。如若我们跟范相他们讲清这个道理，他能不支持吗？只要持之以恒，坚持下去，并注重软硬兼施、刚柔相济，一统天下，为期不远矣！可是现在，我朝还没有能力收复燕云十六州，那大片的国土收复，应该是下一步战略。"

柴荣听罢，顿时喜出望外。他一拍书案道："爱卿之策，可谓奇谋，策划得天衣无缝，令朕茅塞顿开啊！依朕看，王公就先去说服范相，请岫南去听听李谷意见，只要他们思想通了，这攻取淮南之策，就可以定了！"

"圣上英明！"王朴也兴奋地点点头道，"岫南此策，真是大家手笔，王朴自愧弗如！……真是后生可畏啊！"

◆ 三、李云博请命建设爆战军 ◆

李云博的建言，更完善了君臣既定的思路，又具有操作性，很受柴荣、王朴认可。当然，他的有些小建议也很有建设性，比如，对战机的把握。当李云博建议，过了新年就请皇帝御驾亲征，理由是南唐君臣尚在欢度新春佳节，心里会毫无防范，而且一些城池官吏甚至军队尚在假期，这时候大军南下会造成对方混乱甚至心理恐惧，对战局有利。再比如，前几天，他从亳州回来，路上遇到形迹可疑的人，因此怀疑朝廷里有奸细，在给南唐传递情报，建议尽快严查，否则南征军情会悉数被南唐朝廷掌握，将对战局非常不利。而王朴会同有司审理的结果，恰恰证明了这一点，而且基本上锁定怀疑对象。

应该说，在没有真正了解李云博以前，大周朝廷除了皇帝柴荣，其他人包括王朴，对李云博的真实才能是有所怀疑的。但今夜收取淮南的对策，王朴是非常满意的。因为李云博做出的分析、判断和建议，都是建立在大量的信息和实情之上的，而且这些信息和实情，大都来自他的亲身体悟和实地探勘。比如建议北方应设一位统一能够调动十余万边防守军的统帅，而且建议由建雄军节度使杨廷璋来担纲，理由是他在历时月余、行程上千里、明察暗访上百营寨关隘的巡边过程中发现，杨廷璋的防御体系是最完备的，防范意识也是最强的，自己还被他活捉。他们万万没想到，李云博这么年轻，就有如此务实的硬功，这人不是未来的辅弼之臣，又是什么？

两个时辰下来，听得柴荣、王朴满面春风。柴荣觉得，这个李云博，已经是他的臣僚了。如若再说些感谢赞许的话，显得见外而多余。得到这等大才，求贤若渴的他，岂有不狂喜之理？而王朴呢，心里的疑虑顷刻之间烟消云散：虽然，名气大的所谓贤才，大都言过其实；可这韩熙载的门生，绝非浪得虚名，而且比传言的，还要厉害很多！

这人一高兴，就忘乎所以，话也不过脑子。听到尽兴处，柴荣居然一把抱住李云博道："岫南，若由你来总领军政，朕一统天下，指日可待！"

王朴笑道："圣上选才用人，真是石破天惊！不过，微臣举双手双脚赞成！"

李云博大惊，连忙稽首道："万万不可！常言道，君无戏言！这话传出去，我李云博将死无葬身之地！请圣上收回成命！"

柴荣也觉得自己失态，尽管这个话是他的心里话。他连忙扶起李云博说道："李爱卿快快请起。朕适才言不由衷，让爱卿受惊了。不过，以爱卿之才，绝对可以。只是朝中老臣旧僚，精于事故，升迁授爵，除了军功政绩之外，讲究论资排辈。如若把你置身高位，的确会害了你。你应该知道，以这位王大人之能，区区一个开封府尹，真是大材小用。可是，他和你一样，说什么他是朕的老属下，怕朕落个任人唯亲的口实，不肯接受重要职守。但朕相信，不久的将来，你会和王公一样，是朕的左膀右臂。"

"王公节操，李云博五体投地，一定奉为楷模。"李云博起身，又对柴荣说道，"微臣事圣上，不为官爵而来，是为一统出力。有个差事，能够使尽平生所学，为天下百姓谋福祉，也就不负此生，心满意足了。请圣上千万别破格任用，到时候差事办砸了，让圣上龙颜无光。"

"岫南，这是什么话！"柴荣道，"这官位品爵，乃国家公器，唯有德有才者居之。如若高官显爵都被无才无德的小人占据，朝堂岂不乌烟瘴气？你别推迟了，依朕看，你先是楚国的天策学士，而后又是南唐国翰林院学士，来我大周，任你个集贤殿大学士也不为过……"

李云博惊道："这如何使得？集贤殿大学士是内阁辅臣或者相位封爵，连王公也只不过是端明殿学士，微臣如何担当得起？"

王朴道："启奏圣上，李学士言之有理。如若一下子就把他放在那么高的位置，反倒遭人记恨，不利于他日后成长。依微臣看，就比照南唐的官位，先赐他翰林学士吧。因为我朝所有的学士之中，只有翰林院学士，大多为实授，其余皆是虚衔。"

"这怎么行！"李云博急道，"翰林学士仅次于大学士，在诸殿阁学士之上。微臣以为，这些文官封爵，其实只是面子而已，仅仅能增加一点俸禄。如若圣上一定要赐爵，微臣恳请，就赐个显文阁学士吧。"

"不可，绝对不可！"柴荣摇摇头，"这显文阁在学士中位置最低，与岫南才学太不相配。如若朕这般封爵，还不被满朝文武和天下人耻笑。我看王公的意见很好，就赐个翰林学士吧。"

李云博还想拒绝，连忙说道："启奏圣上……"

王朴打断他的话，笑道："我说李学士，这赐爵封官，本是圣上御裁，这可不能一味讨价还价的哦！"

"可是王公，晚生初来乍到，寸功未立，就受这等高爵，如何让满朝文武信服？"李云博分辨着，又对柴荣施礼道，"恳请圣上收回成命！"

柴荣故作生气道："难道朕赐你个翰林学士，你都不肯受，让朕如何面对天下学人？好了，就这样定了！"

王朴道："李翰林，还不赶快谢恩！"

李云博见如何推迟都于事无补，只得叩首谢恩。

柴荣见他受了，笑着扶起他道："李爱卿，朕知道你不是惺惺作态，而是真心推却。但这封爵，得讲个公道。你能接受，朕甚是欣慰。至于具体职司，我看，就先入六部或者枢密院供职吧。"又对王朴问道："王公想想，岫南何处供职为妙呢？"

王朴想了想道："回禀圣上，微臣以为，岫南有三个职位都很适合，一是翰林院知制诰，直接留在圣上身边做内臣；二是做枢密院承旨或兵部郎中，负责军机大计谋划；三是直接和微臣共事，负责京城扩建，职务可以是工部、户部的郎中，也可以到开封府任少尹。当然，这若能征询岫南本人意愿，那就更好。"

柴荣于是问道："岫南，你自己想去哪里，朕都支持。不过有一点，那就是朕一旦御驾南征，你必须时刻在朕身边。"

"微臣遵旨。"李云博认为王朴建议的职位太高了，他觉得一定得从基层实务做起，而且，他这次北上，就是要利用家族的绝密配方，把大周国的爆战军全面改造提升，成为无人能敌、攻无不克的强大利器，于是就说道，"既然圣上如此关爱，微臣也就不客气，亲口跟圣上讨个官职，就给个爆战军指挥的职务吧。微臣想建设一支全新的爆战军，成为圣上南征北战的一把利剑！"

"什么？"柴荣听到这话，惊得哑口无言。李云博要任军职，而且是级别较低的军职，这太出乎意外；况且他居然亲口提出，建设全新的炮火军队。这更出乎意料了，君臣两个张大着嘴，你看着我，我看着你，不知如何是好。这件事的分量，在任何一个国家君臣的心里，绝不亚于增加了一倍以上的兵力！柴荣心里当然知道，如若得到这位诞生在爆业世家里的火药神童的帮助，建成了威力巨大的炮火军队，这攻城略地，还不手到擒来！

而王朴有些不相信自己的耳朵："李翰林，你这是真心话吗？南唐朝廷为了得到你们李氏的火药绝密，花了多少心思，动了多少力量，高官显爵，软硬兼施，最终……"

"王公的意思，是我李云博在开玩笑？"李云博打断他的话，冷冷地说道，"曾几何时，马楚王廷，南唐中主，包括周遭诸侯，哪个不想得到我李氏绝密，创建名副其实的炮火军队，在战场上立于不败之地呢？那下官要问了，难道圣上和朝廷，就不想得到我李氏绝密吗？这么多年来，我的义兄李处耘，每每找着这样那样的借口，来到我瑶池，难道和这绝密，一点关系也没有吗？"

王朴道："没错，我们也想得到。可是，我们不会去偷，也不会去抢啊！"

李云博冷笑道："可是，我亲自送上门来，王公为何怀疑下官的诚意呢？"

柴荣道："岫南，你可能会错王公的意了。你的诚意，朕及王公一点也不怀疑。记得今年四五月间，朕和你有过会面。当时，你就提出过这个问题，你还记得吗？"

李云博道："微臣记得大概。当时圣上设宴庆功，微臣有幸在座。圣上命微臣讲解韩公道器之论。讲完之后，圣上借题发挥，讲到了我李氏绝密。微臣记得，圣上说，先进武器和精良装备，只是仁义之师所利用的工具而已，这是所谓的'器'。圣上还说，我家祖祖辈辈是做爆竹的，那可是个好玩意儿，圣上很是喜欢。而我李氏的绝密配方，更是为天下诸侯垂涎。他们上门强讨恶要，滥杀无辜，这就是逆天而行，背道而驰！他们是不可能得到的……"

"岫南好记性！"柴荣笑道，"正如王公所言，爱卿家里的绝密，朕也想要。可朕的大周禁军，是仁义之师，绝不干那种强讨恶要的勾当！朝廷也从未想过，把爱卿弄过来，逼迫爱卿为朝廷效力。朕更知道，你瑶池李氏，祖上早有铁律，火药绝密只能送喜庆，添欢乐，不能用于杀人。要违背祖训，这等于要你们瑶池李氏的性命！这等毫无道义之举，朕绝不会去做！"

王朴道："圣上所言，无半句虚辞！岫南可能误会老夫适才所说的话了。不瞒你说，为了这个问题，朝廷一些重臣，也曾动过歪念，包括曾经的宰辅、如今的司空李谷。但是圣上就是不准任何人采用所谓奇谋妙计而巧取豪夺。圣上和朝廷，不想让你和你的家人为难。"

"原来如此！"李云博说道，"这样看来，是下官多心了。但是，这次北上，我就是冲建设炮火军队来的，恳请圣上成全。"

柴荣道："那朕问你，你将贵府火药绝密用于军事，这绝对是违背李氏祖上铁律。要是家族追究起来，那可是要被处死的，你想明白了没有？"

李云博道："不瞒圣上，微臣之所以敢这样做，就是看到圣上一统天下的决心。圣上以战争来结束乱世，还世间一个太平，这和我李氏家族造福人伦的祖训基本一致，并无违逆。更何况，微臣并无家族秘方，而是凭借自己的经验和悟性，配置一些威力较大的火药，用于装备炮火军队。这应该不算违背祖制。"

柴荣道："爱卿虽然这样说，这个道理朕是懂，可是家族的人不见得会懂啊！依朕看，爱卿还是别冒险了。"

李云博急了，说道："圣上难道硬要逼迫微臣说真话吗？好，微臣豁出去了，但这话，只能我等三人知晓。万一泄露，炮火军队就建不成了。圣上和王大人，可否对天起誓，绝不泄露今晚秘密？"

两人一愣，随后就对天起誓。李云博见他们起誓完毕，就轻声说道："实不相瞒，微臣已经是瑶池李氏家族火药绝密第十三代唯一传人，拥有大威力炮火绝密的绝对处置权。这样一来，圣上，王公，你们可放心了？"

"什么？"两人一听，顿时惊愕不已，继而欣喜万分。他们万万没有想到，这个李云博，这次北上，居然准备得这样充分！

欣喜之余，王朴忧心忡忡："岫南，你真要去爆战军？你知道，我朝爆战军没有南唐炮火营地位显赫，仅是属于殿前军管辖的一处特殊军营而已，一个指挥军职，连个校尉都算不上，这也太屈才了吧……"

李云博道："官职越小，越有利于保密工作。况且，我只制造火药，并不会献出配方。这一点，请圣上和王公见谅。"

"看爱卿说的，朕绝对理解。"柴荣顿了顿，又道，"王公啊，依朕看，岫南的意见没问题，他既然想为朕建设全新炮火军队，就让他就去吧。至于官职也没问题，一旦新的炮火军队建成，朝廷可以将它从殿前军分离出来，单独建军，与各大禁军并驾齐驱。这件事，下次朝议，重点会商。"又对李云博道："岫南，朕把整个营寨都交给你，由你任指挥使。你尽管放手去干，朕绝对相信你。"

"多谢圣上。"李云博道，"不过，启禀圣上，一去爆战军，就任指挥使，这恐怕不好。还是请位将军担任主职，微臣协助为妙。他来主持军务，我来负责技术。"

柴荣愣道："这……"

王朴道："岫南所言在理。至于谁担任爆战军的指挥使，微臣建议，李处耘将军可以胜任，他和岫南熟悉，又是结义兄弟，肯定配合得好。"

柴荣想了想道："嗯。先这样吧。这个，还得跟范相和魏仁浦他们通通气，再决定。"

接下来，李云博又详细地谈了建设炮战军的设想，让柴荣很是欢喜。这个很不寻常的夜晚，君臣几个聊了个通宵，但仍然毫无睡意。君臣几个又一起用了早点。更好笑的是，那道莲子雪梨羹的夜宵，却也变成了早点。

吃过早点恭送圣驾之后，李云博也来不及休息，立即赶往李谷府上征询南征意见。卧病在床的李谷亲自写了封奏折给柴荣，支持朝廷南征。范质等一班心存顾虑的众臣知道缩小了南征目标，也都积极支持南征。这样一来，皇帝御驾南征的事，就铁板钉钉定了下来。又过了几天，李云博就接到圣旨，命他以大周翰林学士的身份监军爆战军，与殿前都押牙、爆战军指挥使李处耘共赴滑州，建设新的大周爆战军。

◆ 四、特使求死得逞，翰林披麻治丧 ◆

李云博临行前，特地前往国宾馆向孙晟辞行。没想到刚到国宾馆门口，只见会馆被禁军围得水泄不通。惊诧之间正要询问怎么回事，只见孙晟被押了出来，李云博顿时明白了几分：这个为南唐朝廷传递情报的，不是别人，正是这个南唐特使。孙晟看见李云博，拱起戴着枷锁的手笑道："李翰林，孙某誓死效忠大唐朝廷，不愿改弦易张，今日事情败露，临死之前尚能见阁下一面，死而无憾。愿阁下好自为之，多多保重。哈哈哈哈……"说着，孙晟气定神闲，仰天大笑而去。李云博连忙问前来执法的王朴怎么回事。王朴就将孙晟秘密传递情报并被当场抓获的事说了，并把他亲笔写给南唐皇帝的信给李云博看。李云博看罢，叹道："孙相处事公道，待人宽厚，下官就曾受他恩惠。他为臣忠诚，事主不二，值得嘉许。还请王公看在他忠贞事主的份上，莫计前嫌，多做疏导，一旦他幡然而悟，必能为圣上尽忠，为朝廷效力。"王朴应承过后，两人拱手作别。

李云博心事重重地回来，然后就和李处耘起身前往滑州。一路上，他几次想回汴梁面圣，替孙晟求情，可总是找不到说服自己的理由，只得作罢。几年前，他被押解金陵，孙晟对他百般照顾，虽然此举是南唐朝廷想怀柔他的策略，但毕竟孙晟是他的恩人，况且孙晟不是奸佞小人，算得上是耿介忠直之士，为自己的国家效力，又错在哪里呢？可是孙晟已经接受了周朝官职，并且参与朝政，如今坐实为敌国传递军机要情，岂不是死罪？这乱世之中，是非曲直又如何辨别得清……想着想着，李云博长叹一声，不由得暗暗替孙晟担心。

到达滑州爆战军大营，李云博就马不停蹄地开展起大周爆战军的建设来。他和李处耘议定，按照上报朝廷的规划，以滑州为总部，全面启动新营寨建设：大周爆战军下设三座大营：滑州炮火营、亳州炮火营和潞州炮火营。滑州炮火营由李处耘坐镇，继续进行军用火药研制、炮火弹药生产和发射器械升级改造，并立即启动炮火专业作坊扩建；李云博亲自带队前往亳州，夜以继日地着手新营寨的建设。同时，李处耘还亲自前往潞州清风岭，正式招安李啸林、王成刚这伙近千人的草寇，为他们送来军资饷银，更换旗帜军服，并派去一批技术军士，要他们着手炮火营建设。按照李云博的要求，李处耘抽

调王成刚带领三百多名刚刚招安的士卒，前往亳州协助李云博，开展军营建设。一时间，南、中、北三处炮火营同时开建，在一个多月的时间里，都初具规模，特别是李云博亲自指导的亳州炮火营，短短时间就全面完成新营房建设。营寨刚刚建成后，立即启动了各项生产，又将滑州的新品和设备运过来，开展新炮火的试验——看得出来，李云博已经在积极为南征做起准备来了。

就在李云博如火如荼开展炮火军队建设的同时，朝廷上下也在为南征的事情做准备。正是在这个敏感时期，柴荣知道了孙晟暗中向南唐递送情报的事，本来就心生不快。可是屋漏偏逢连夜雨，恰恰这时候，围攻寿州多时的李重进密呈南唐皇帝李璟给他的招降书，于是展开读了起来：

李将军足下：

语曰：知己知彼，百战不殆。今闻足下受周主之命，围攻寿州，顿兵经年，此危道也。朕守将刘仁赡，有匹夫不可夺之志，城中府库，足应二年之用，撄城自固，捍守有余。朕弟景达等近在濠州，秣马厉兵，养精蓄锐，将与足下相见。足下自思，能战胜否？况周主已起猜疑，别派张永德监守下蔡，以分足下之势，永德密承上旨，闻已腾谤于朝，言足下逗留不进，阴生二心。以雄猜之主，得媒蘖之言，似漆投胶，如酒下曲，恐寿州未毁一堞，而足下之身家，已先自毁矣。若使一朝削去兵柄，死生难卜，亦何若拥兵敛甲，退图自保之为愈乎？不然，择地而处，惠然南来，朕当虚左以待，与共富贵。铁券丹书，可以昭信。惟足下察之……

柴荣阅毕，龙颜大怒。他亲自前往监狱里，厉色质问孙晟："你屡向朕言，说你主决计求和，并无他意，为何行反间计，招诱我朝大将？我君臣同心一德，岂听你主诳言？但你主刁滑得很，你亦明明欺朕，该当何罪？"说着，立即将书信掷下，叫孙晟自己看看。

孙晟取来看罢，神色自若，一本正经回答道："贵朝以我主为欺，亦思贵朝果真心相待否？我主一再求和，如果慨然应允，理应班师示诚。为何一直围我寿州，经年不撤，这是何理？臣奉使北来，原奉我主谕意，订约修好，迄今已住数月，未奉德音，怪不得我主变计，易和为战了！"

柴荣怒道："朕前日还都，原为休兵起见，偏唐兵不戢，夺我扬、滁各州，这岂是真心求和吗？"

孙晟回答道："扬、滁各州，原是敝国土地，不得不夺。"

柴荣拍案道："你真不怕死吗？敢来与朕斗嘴！"

孙晟愤然道："外臣来此，生死早置之度外，要杀就杀，虽死无怨！"

柴荣更加愤怒："好你个孙晟……以前你劝刘仁赡死守，朕觉得你是忠贞之士，很是钦佩，已饶你不死；数日前你又秘传军情与敌国，朕念你忠心旧主，也不愿深究。可是，今日如此，还有何说？"

孙晟也不怕他，抗言请死："臣身事唐朝数十年，不能救国家于水火，留此躯何用？请陛下赐死，以全臣节！"

柴荣怒道："朕将你引入汴梁，赐爵封官，参与朝政，你倒是好，念念不忘金陵那个昏庸无能的李璟，替他传递军情，为他开脱辩护，是何道理？难道，朕比不过他，不值得你效忠吗？"

孙晟道："陛下此言差矣。老夫知道，陛下英明神武，绝非我主能够比拟。但老夫身为唐人，死是唐鬼。请陛下勿用费言，赐老夫一死。"

柴荣勃然大怒："既然你只求一死，朕就成全与你。"说罢就拂袖而去。

回到滋德殿，柴荣越想越气愤，觉得孙晟不会臣服朝廷，更不会屈节事己，于是便派都承旨曹翰去赐死孙晟。曹翰来到监狱，先和孙晟喝酒，没喝两杯，曹翰站起身来笑道："圣旨已下，相公有罪我朝，今赐相公死。"孙晟纵声大笑："知有今日事。"于是立即穿上南唐朝服，持笏朝着金陵的方向伏地痛哭："臣晟未能成陛下事，当死以谢陛下，愿天佑我唐，晟死无憾！"于是将孙晟赐死于东相国寺。但是赦免副使钟谟，贬为耀州司马。

李云博得知孙晟被杀，顿时号啕大哭。他没想到，柴荣居然中了孙晟求死保节之计，这么快就杀了他，一时间悲从中来，伤痛不已。他来不及多想，连夜冒着大雪启程回汴梁，替孙晟收尸入殓，又披麻戴孝，就地依礼治丧。

这天下午，东相国寺长老刚刚超度完毕，正在准备夜间守孝和明天出殡的事，突然王朴前来吊唁。李云博陪他吊完丧，行毕礼，就招待他入内室饮茶。两人刚刚坐定，王朴起身，拱着手施起礼来，满脸愧疚地说道："李翰林，真是对不住了。都怪老夫太大意，没有早早采取保护措施。我本以为，孙晟被捕入狱，此案尚未审结，暂无性命之虞。本打算拖延一段时间，等圣上南征了，再请求从轻发落，保住孙大人性命。没想到圣上得知孙晟传递军情，又收到李重进呈上的南唐皇帝招降书，龙颜大怒，亲自跑到监狱里去质问，孙大人又性情刚直顶撞圣上，圣上一怒之下……"

李云博还礼道："王公多心了。孙相之死，罪有应得。但他是为国捐躯，算是死得其所。下官曾经受其恩泽，也佩服其节操，不经请示，擅自为通敌罪犯治丧，还请王大人依律治罪！"

王朴摆摆手道："哎，岫南这是什么话！你和孙相有旧，这我们知道。为自己的恩公治丧，这纯属私人事务，更显得你李翰林知恩图报，这何罪之有啊？"

李云博道："话虽如此，但如此而为，还是冒有风险的。既然做了，下官敢于承担风险，大不了，撤职查办，我回老家好了。"

王朴道："这怎么会？岬南尽管放心，有老夫在，绝对保你没事。要是你这等忠义之举都受到惩处，那我王朴，也该辞官归隐了！"

"王公仗义！"李云博赞叹道，"哎，只是像孙晟这样的忠臣，在当今之世并不多见。孙相本不该死，留下来岂不是更好，可惜了。"

王朴叹道："这样的忠良，南唐朝廷却不知重用，悲哀啊！更可悲的是，圣上这般赏识器重，并恩宠有加，他却痴心不改，效死南唐，哎……"

李云博道："孙相虽然是个文人，但更是乱世英雄。他忠胆照天，以德为先，矢志不渝，至死不悔，实在让下官钦佩。英雄不怕死，怕死不英雄，人生苦短，难免一死，但为了保全名节，真的是虽死何憾吗？"

"乱世英雄？"王朴听出了李云博的言下之意，他突然问道，"岬南的意思是，孙晟是为了名节，自求一死？"

"是啊，我们都上了他的当。"李云博说道，"王公想想，这朝廷再度南征，早已不是什么秘密。他为何要传书给南唐朝廷？然后事情败露，从容入狱，又借招降之事顶撞圣上，这不是求死，又是什么？"

"原来如此！"王朴感叹道，"当今乱世，保全性命、委身变节者多了去了，为何要这般作践自己？"

李云博道："这怎么是作践自己？常言道，人各有志。当今乱象根源，除了封疆大吏为了一己之私割据四方，就数这臣下事主不忠了。我朝就有冯道六朝为相，还恬不知耻自以为得计。这种管你谁上台，他都能稳坐泰山的心态，就是中原政权更迭的深层原因。如若为臣的都像孙相这般，把忠义放在首位，哪来这朝臣大将篡权不止、三五年就改朝换代的乱象啊？"

王朴道："岬南所言甚是。为臣不忠，为子不孝，为人不义，天下之大耻也。可是如今，已经司空见惯。这个官场积习不改，王权难以巩固啊！可是，孙晟即便不被赐死，这种局面也难改变啊！"

"王公此言差矣！"李云博道，"如若圣上明白，他孙晟是故意求死，圣上能一怒之下杀了他吗？孙相虽然绝非经天纬地之才，但他德义昭彰，心存大节，留在朝中，那绝对是个模范。就凭这一点，肯定会让那些见风使舵的墙头草有所忌惮。这两日服丧，想得很多。今日见王公来吊唁，有些乱不择言，说得有些多了……"

"岬南这是什么话？还怕老夫告密不成？"王朴笑道，"你看，这满朝文武，除了你李云博为他治丧，我王朴前来吊唁以外，还有谁敢来啊？"

李云博道："晚生实不相瞒，真还有人敢来。"

王朴一愣："谁？"

李云博道："枢密使魏仁浦。"

"枢相也来过了？"王朴一愣，若有所思地说道，"看来，我朝文武之中，也有看重名节的忠贞之士，绝非都是见风使舵的墙头草啊！"

李云博道："还会有人来。"

"还会有人来？"王朴又是一愣，问道，"谁还会来？"

李云博神秘一笑："呵呵，这个嘛，王公只要稍等片刻，立马就会见分晓。"

王朴满脸疑惑："岫南猜到还有人回来？老夫也猜一猜……啊哈，我猜到了。肯定是他！你李云博这般大张旗鼓为孙相治丧，朝野上下早有耳闻。他不来，不可能！"

李云博笑道："王公既然猜到，那就说说，这人是谁？"

王朴也笑道："天下还有谁，会为处死孙相这件事情遗憾和后悔，又会立刻采取补救措施呢？"

李云博拱手道："王公果然高明……"

两人正说着，只听外边一个尖嗓高音喊道："圣上驾到……"

两人会心一笑，立马迎了出去。只见柴荣披着一身白袍便服，亲自灵前献祭，一边忙着一边哭诉道："孙公啊，你如何这般无情？朕待你不薄，你为何要故意获罪，继而冒犯龙颜，仅仅是唯求速死、保全名节吗？是朕一时糊涂，盛怒之下上了你的当啊。你倒是好，成全了自己保全名节的夙愿，可是，朕失去了弘扬君臣大义、尽忠王事的良臣啊……"

上香祭奠完毕，只见柴荣又说道："孙相忠贞不贰，居然以死保全名节，勇气可嘉啊！这等舍生取义、绝不苟且之风范，是朝廷每位臣工的楷模。传旨：加赐孙晟为集贤殿大学士，追封靖节公，谥号文忠，特准不日之后，扶枢运棺南下，回归故里安葬。"

这时候王朴、李云博出来参拜，君臣礼毕，又入后堂看茶叙话。柴荣捶胸顿足自悔道："有臣如晟，不愧为忠！朕前时待遇加厚，每届朝会，必令与俱，且常赐饮醇醴；哪知他始终恋旧，不愿受恩，如此忠节，朕未免误杀了。"一时间捶胸顿足，追悔莫及。

李云博和王朴安慰他一阵，又建议，将贬谪为耀州司马的钟谟官复原职为卫尉少卿，柴荣准了。

◆ 五、爆战军大显神威，南唐军闻风丧胆 ◆

显德四年新年刚过，柴荣留下开封府尹王朴留守汴梁，便亲率大军，御驾南征。李云博接到圣旨，要他会同李处耘，携亳州炮火营前往寿州助阵。当时，虽然准备工作基本就绪，但是炮火战队尚在编排演练，于是就请旨延时一月，柴荣准了。

而寿州城外的李重进带领大军继续围困刘仁赡，可打了一年多，还是没有攻下寿州城。

城中的刘仁赡日子过得更加艰苦，这一年来吃的都是陈粮，而且城外救援根本送不进来。南唐齐王李景达想立点功劳让朝中对自己不满的人瞧瞧，会同南唐军将领边镐、许文稹等部，从濠州出发，沿淮河西上，来到紫金山下，准备里应外合，击溃李重进部。但李重进哪肯给南唐军这个机会，当下就杀了过来，南唐军大败，又退了回去。刘仁赡见救兵无望，而且身患重病，已经下定了以身殉国的决心。

但是，偏有一个人不想跟着他送死，那就是他的小儿子刘崇谏。刘崇谏趁刘仁赡不注意，想逃出城投降周军，没想到被宵值军校抓了回来。刘仁赡二话不说，将他最疼爱的小儿子斩首。众将哭拜求免："少将军一时糊涂，还请大帅饶他，为刘家留条血脉。"刘仁赡咬牙不许。刘仁赡之妻薛夫人哭告将士："刘崇谏犯了军法，罪当论斩，如果有罪不惩，我和刘将军还有什么脸面见三军将士？"刘仁赡将儿子首级挂在城墙上示众，三军将士无人不哭。

三月初，柴荣率禁军驾临下蔡。来不及安营扎寨，又夜渡淮水，来到寿州城下的前沿阵地。他简单听完李重进的军情汇报，就身披重甲，策马在城下来回巡视。他远望寿春，见城上的南唐旗帜高高飘扬，守备严整，对刘仁赡这个老对手不由肃然起敬，暗暗叹道："这个刘仁赡，真是个了不起的帅才！"一通巡视，远远望见寿州城外有三处援军：紫金山上营寨是南唐大军主力，濠州先锋寨盘踞在东南边，山北还有一处犄角营，看看这旌旗和营盘规模，估计不下十万人马。特别是看见紫金山还盘踞着数万南唐军，觉得威胁不小，一心想解决这个隐患。于是忧心忡忡地问李重进道："这外围援军，统兵何人？"

李重进道："回禀圣上，这统兵主帅为齐王李景达，他和督军使边镐在紫金山上坐镇；山北犄角营守将是永安军节度使许文稹。上个月，他们想策应寿州，补给军需，被我军打得大败，都退回去了。濠州先锋营主将原本是北面招讨使朱元，不久前，朱元不听调度，南唐已经派武昌节度使杨守忠取而代之。"

柴荣道："要取寿州，先得解决掉这几处外围援军。"

李重进道："圣上所言甚是。可是他们都缩在山腰间，易守难攻。如若强攻的话，代价太大……如若圣上要强攻，末将就去准备。"

柴荣道："不急。等等再说。"

过了几天，李处耘、李云博率领炮火军队抵达下蔡。柴荣大喜，命爆战军协助殿前军都指挥使赵匡胤，先攻南唐先锋营。李处耘、李云博接到命令，立即率军渡河，与赵匡胤会合。兄弟三个重逢，很是欢喜。但是军情紧急，他们顾不上叙旧，连夜查看地形，回来又商议起攻取先锋寨的事情来。

经过一整天的部署，一切准备就绪。第二天夜里，李云博命令炮火战队炮轰先锋营，顿时炮声隆隆，火光冲天，城墙被炸塌，营盘烧了起来，尚在熟睡之中的南唐军乱作一团，哭喊声震天。赵匡胤看见时机已到，亲自率领禁军趁乱杀入寨中，杨守忠弃寨逃跑，朱元帅万人投降。过了几天，他们又如法炮制，轻而易举拿下山北犄角营。柴荣闻讯大喜，命他们继续攻打紫金山，并派数万禁军协助，围剿唐军。

李云博不敢怠慢，连夜炮轰紫金山营盘，众将士领命，争先恐后地闯入南唐军中，东杀西砍，大破南唐军，边镐、许文稹、杨守忠等人被活捉，李景达等人沿淮河南岸向东撤退，周军乘胜追击。柴荣也亲自上阵，带着几百精锐骑兵在淮河北岸平行追击，炮火军队紧跟其后，并急命河中周军水师速来劫杀南唐军。周军水陆炮火诸兵种联合作战，南唐又是伏尸数十里，淮河里飘满了尸体，惨不忍睹。李景达等人勉强保住性命，逃回金陵去了。这几次大战，都是由炮火军队打头阵，所到之处，无坚不摧，所向披靡，南唐军更是闻风丧胆，数百里阵地、数十万守军土崩瓦解，外围的南唐军主力基本上被歼灭，寿州又成了一座孤城。刘仁赡得知援军大败，顿时吐血不止，从此一病不起。

柴荣回到寿州城下，觉得南唐军已经不再对自己围攻寿春构成什么威胁了，决定彻底解决寿州城的刘仁赡。有将领建议炮轰寿州城，但柴荣担心如果炮轰城池，会伤害到刘仁赡，他一心要收下刘仁赡这位孤胆忠臣。于是连夜召集众将，会商攻取寿州之策。

快近酉时，各路将领纷纷从驻地赶来柴荣的指挥大营。大营灯火辉煌，将领们因为节节胜利，一个个眉开眼笑，聊个不停。柴荣见大家都到齐了，于是升帐议事。众将参拜完毕，只见柴荣说道："各位爱卿，这次朕御驾南征以来，大家众志成城，奋力杀敌，一举歼灭南唐主力，如今只剩下寿州城了。只要攻下寿州，这淮南之战就宣告全胜。各位劳苦功高，朕感激不尽。"

众将道："圣上英明神武，指挥有方，才是获胜根本。"

柴荣道："这大胜之功，人人有份，朕当然也不例外。诸位功劳，朕都记着，待战事结束之后，一一论功行赏。不过，今夜召集大家，不是论功行赏，而是会商攻取寿州之策。"他站起来，环视着大家，又道，"有人对朕说，我大周爆战军新的炮火战队已经建成，威力无穷，这次攻城拔寨已大显神通，敌人已经闻风丧胆。他向朕奏请，炮轰寿州。一旦城墙坍塌，城门毁坏，攻入寿州，易如反掌。朕回答他说，寿州已是一座孤城，再用这种武力强行征服，有损我仁义之师的威名。更何况，这天下闻名的大将刘仁赡就在城内，朕一直想收入麾下为朕所用，这炮弹又不长眼，万一他丧生炮火，朕背上骂名是小，失去一员良将，岂不可惜！各位都说说，如何既能取了寿州，又能不伤刘仁赡？"

李重进道："回禀圣上，末将以为，如今寿州城已经孤立无援，弹尽粮绝，只要继续围它数日，他们必然饥寒交迫，若不开城投降，就会全部饿死。到时候，寿州城不攻自破。"

柴荣听了，不置可否："李爱卿，这主意……也行吧，只是不到万不得已，不能用这惨绝人寰的围城之术。"

"圣上所言甚是。"都检点张永德说道，"李都统之计，从兵法上看，倒是最省事、也是最不费力的战术。不过，这个计策有一个致命弱点，那就是，万一刘仁赡至死不降，活活饿死，这不是坏了圣上招降刘仁赡之大计？"

李重进被他一说，脸顿时红了："张都检，你这只是假设。我估计，即便刘仁赡不降，他的部下以及城中百姓，成天饿着肚子，有个三五天，长则十天半月就受不了了，肯定有人会开城投降……"

"十天半月？我超数十万大军集结寿春，就是眼睁睁地看着寿州城的守军和百姓活活饿死？"淮南节度使向训接过话来说道，"李将军，我大周禁军乃仁义之师。圣上此次御驾南征，是收取淮南之地，更是收复淮南人心。这围城之术，断然不可实施。收取寿州事大，收拾民心事情更大。如若失去了人心，淮南民众必不肯归附，我朝不仅要继续背上北方贼军的骂名，而且给今后的治理带来很大困难……"

李重进冷笑道："向镇抚，你在扬州待得好好的，为何不收拾好民心，却纵兵烧杀抢掠，激起民变，敢问你仁义何在？要不是你等纵容部下，南唐军队能够乘乱而入，尽收维扬数州之地？你这败军之将，跑到寿州来指手画脚……"

柴荣道："李将军，这话过火了……"

向训拱手道："李将军，请息怒。维扬失守，向某罪责难逃。但向某不是被赶出来的，是主动撤出来的，而且请示了朝廷。为什么要撤出来，因为我朝留守军队，失去了民心。不瞒将军，以向某当时兵力，完全可以收复丢失的那几个州县，但是代价太大，而且攻城略地，会伤及无辜百姓。为什么会失去民心，正如将军刚才说的，一些将领不听号令，纵兵掳掠，逼得老百姓聚众反抗，若不整顿军纪，维扬会弄出更大麻烦。于是紧急上奏圣上，请求暂时退出。圣上准奏，我等才撤军啊。李将军，正是因为有维扬得而复失的惨痛教训，我等在寿州问题上要慎之又慎，绝不能犯同等错误啊！"

"好了好了，二位将军别扯远了。"李重进还要说什么，被柴荣止住了，"如今我强敌弱，寿州守军已不是从前那般能够与我军抗衡的寿州军了，刘仁赡也不是从前那个健康如初的刘仁赡了。这时候，既不需动武，也不能用这等困兽之计，你们都想想，除了炮轰之术、围城之策外，还有什么更好的办法没有？"

于是，众将都议论起来，有的说挖条地道，潜入城中；有人说干脆派人混进城里去，趁机打开城门；也有人说派人进城招降刘仁赡，或者收买几个部将……总之，主意很多，柴荣觉得都不甚妥当，或许，顾虑太多的战役，本来就难有万全之策。他看见立在一旁沉思不语的殿前都指挥使赵匡胤，于是问道："赵爱卿，你有何良策？"

赵匡胤施礼道："回禀圣上，末将以为，我等一干指挥打仗的武将，想点出奇制胜或者以少胜多的点子，倒还不难。如今我强敌弱，收取寿州易如反掌。可是圣上既要保全刘仁赡，又要争取民心，还要不用武力，这仗，我等没法打。这是文臣谋士们干的活啊！"

柴荣点点头："嗯，将军所言有理。可是，朝中谋臣大都不在朕身边，范相忙于征集调派粮草，王朴坐镇京师……"

赵匡胤道："启奏圣上，末将虽然没什么主意，但我殿前军中倒是有个高士，他肯定有主意。末将举荐一人，保证手到擒来。"

柴荣一听，连忙问道："将军快说，举荐何人？"

赵匡胤道："末将举荐翰林学士、爆战军监军李云博。"

"李云博？真是，朕倒是忘了……"柴荣一听，大喜，"李翰林如今何在？怎么没有前来议事？"

赵匡胤道："回禀圣上，李云博如今尚在紫金山脚下的炮火战队营地，夜以继日配制军火用药，试验新型火器。他们爆战军不是单独成军，而是隶属我殿前军，因此，没有奉命前来。"

"哦。"柴荣略微思忖道，"嗯。这次南征，爆战军威震天下，屡建奇功。朕以为，应该让爆战军单独成军，将来为各路军队配备专门的炮火战队。诸位以为如何？"

众将一听，喜道："圣上英明！我等有了炮火战队，攻城略地，那还不轻而易举！"

"那好。"柴荣宣布道，"传朕旨意，从即日起，爆战军升格，独立成军，与各大禁军并列。升李处耘为爆战军都指挥使，李云博为副都指挥使，并仍以翰林学士身份，继续监军爆战军。"

各路将领听到柴荣将爆战军升格，以后专门为各大禁军训练并装备成建制的炮火战队，顿时喜上眉梢。这新型大威力的炮火战队，他们是见识过的，那绝不是几年前那种不起眼小打小闹的玩意儿。李云博改造后的炮火战队，特别是攻城拔寨，那简直无人能挡！有了这种特殊战队，那建功立业，还不是探囊取物一般容易！

只见柴荣有又说道："既然如此，那么这会商就此结束。各位爱卿，都暂且回营歇息。等朕见了李翰林，定下破城之策，再调兵遣将，一举拿下寿州！"

◆ 六、夜间阅兵，炮火盛宴照耀寿州城 ◆

柴荣送别诸将，带上赵匡胤连夜赶到爆战军驻地，探望犒劳炮战队将士，并告知爆战军独立成军事宜。其实，主要目的不言而喻，是问计李云博，如何才能兵不血刃拿下寿州。可是君臣几个进了大营，只见李处耘在帐中批阅公文，不见李云博。

李处耘突然看见柴荣驾临，慌得从大案前跃起，赶紧上前参拜。不知是用力过猛，还是力不从心，扎扎实实摔了个狗吃屎。柴荣连忙上前扶起他，道："李将军怎么不小心？摔疼了没有？"

赵匡胤笑道："启奏圣上，末将这位大哥，是铁打的身躯，不仅摔不疼他，而且，一天不摔几个跟斗，他不舒服。呵呵呵……"

李处耘看了赵匡胤一眼，吐了吐舌头，赶紧对柴荣施礼道："末将不知圣上驾到，有失远迎，还望……"

柴荣哈哈大笑："你这叩首大礼都见了，还施什么军礼！来来来，过去坐吧。"

君臣坐定，李处耘命人上了茶。柴荣喝了几口，道："这连夜忙碌，朕是茶都没喝上一口。嗯嗯，这茶不错……李将军，怎么不见岫南？"

李处耘说道："回禀圣上，李翰林去试验新制炮火去了。这家伙，真不要命，整日整夜在作坊里忙碌。末将怎么劝他，他口头应承，可是一转眼，就当耳边风。于是，末将也只得陪着他熬夜……圣上可要好生管管他啊。"

"朕一定管他这不要命的作业狂！他要是把身子骨弄垮了，朕的大周爆战军怎么办，朕一统天下的大计怎么办？真是……"柴荣听了，心里很是感动。他一边唠叨着，一边起身说道，"走，去作坊看看。"

君臣几个出了大帐。暮春时节，淮南的夜晚，天上繁星点点，野外春意盎然，蛙鼓虫鸣更是不绝于耳。只是夜色暗淡，加之战事频仍，君臣也没闲心欣赏风景。走进军药堂，岗哨层层叠叠，里里外外戒备森严。李处耘递了印信，交代卫士门口警戒，就引着柴荣和赵匡胤进了军药堂。只见里面数十间作坊一字排开，都有专人把守。来到最里面也最为隐蔽制药坊前，一名卫士挡住他们："赵将军、李将军，敬请留步……"

赵匡胤大声道："大胆，皇上巡营，你敢挡驾，不想活了吗？"

卫士拱手道："回禀赵将军，卑职不敢！卑职一名小校，尽忠职守才是正道。爆战军有令：制药坊里，除了李监军之外，任何人不得入内，连您身边的李将军也一样！卑职只不过是奉命行事，请将军见谅！"

"你……"赵匡胤被他说得哑口无言。

"真是对不住，二弟。"李处耘先跟赵匡胤道了歉，又赶紧拱手对柴荣道："启禀圣上，适才末将忘了禀报了。这制药坊里，乃是全军绝密，因此岫南下令，除他本人之外，任何人不准进入，违令者斩！末将也从未进去过呢……不如，末将问问岫南，圣上想参观制药坊，能否破例……"

"岫南真是治军严谨，朕甚是欣慰！"柴荣感叹道，"李将军，不用了，朕就在门外等。这军门法度，任何人都得遵守嘛，朕和你们，都不能例外！"

正说着，只见门开了，李云博从屋里走了出来。原来，李云博听见门外有人说话，凭他那隔墙听音的能力，知道是谁来了。他看见柴荣一行，赶紧施礼道："微臣不知圣上驾到……"

"好了好了，行什么大礼！"柴荣一把扯住他，道，"这么晚了，还在忙？得注意身体！你这位大哥都有意见了，搬出朕来管管你！岫南你也真是，怎么这么玩命？"

李云博道："回禀圣上，别听我大哥的。大敌当前，哪个将领不是夜以继日？"顿了顿，又问道，"圣上半夜三更，来军药堂作甚？"

赵匡胤道："岫南贤弟，这次南征，爆战军立了大功。圣上已经下诏，升格爆战军单独成军，与各大禁军并列。圣上一高兴，就想看看这炮火，是如何做出来的。"

李云博笑道："那好，圣上请吧。先参观一下制药坊？"

柴荣摆摆手道："这是我大周军队核心机密，爆战军又有军规严禁他人入内，朕也得照章办事啊。"

李云博道："圣上误会了。其实，微臣禁止他人入内，原因很简单，主要是配制军药非常危险，弄不好就会爆炸。当然，保护绝密配方不泄露，也是原因之一……"

柴荣道："岫南你别解释了。反正朕会遵守军纪。这间屋子专门配药，那接下来呢？"

李云博就一一介绍起各个作坊的功用来，听得柴荣兴奋不已。李云博又带他们参观了器械堂，分别介绍了各种发射装置，还去演练场地实地查看，前前后后忙了大半个时辰。柴荣饶有兴致地参观完毕，就回大营饮茶。

李云博对柴荣黰夜前来犒军十分讶异：这就奇怪了，大半夜里，皇帝前来参观炮火作坊，探望慰问将士，闻所未闻！而爆战军升格，明日派个特使前来传旨就可以了。看来必有玄机。他沉住气，一副感恩戴德的样子，和李处耘一起又将圣驾迎入大帐。没想到柴荣并不惺惺作态，单刀直入地说道："岫南，朕黰夜前来，名为犒军，实为问策。这次南征，新型炮火战队神勇无比，屡建奇功，功莫大焉……不瞒爱卿，适才朕召集各路将领，会商兵不血刃拿下寿州之策。一通商议，这些武将，要么是硬拼强攻，要么是挖道使诈，要么是围城等待，都不是上上之策。赵爱卿举荐岫南，说你定有破城之策。于是连夜赶了过来。还望岫南不吝赐教。"

"圣上过誉了。身为人臣，尽司其责而已。"李云博回应一句，又看了赵匡胤一眼，笑道："二哥一个统兵将才，你都没办法了，小弟会有什么好办法！你这是要出我的丑，真是！"

赵匡胤笑道："贤弟你谦虚个啥？谁不知道，你肚子里，那么多弯弯拐拐，全都是主意！只是圣上一时半会儿没想起你，为兄只是提醒圣上而已。你还想卖关子，圣上可是明察秋毫！"

李处耘道："岫南贤弟，既然圣上屈驾垂询，你还谦虚个啥？真是！"

柴荣看着他们打趣，亦笑道："朕和两位将军一样，认为你一定成竹在胸。爱卿就别客气了。"

李云博收了笑容，说道："既然圣上硬要逼微臣献策，那微臣就出一拙计，供圣上御裁。"他沉思片刻，继续说道，"寿州一座孤城，硬打硬拼，以石击卵，胜之不武。陛下既要彰显仁义之师风采，又要招降刘仁赡及全城军民，其实方法很简单。"

"很简单？"柴荣一愣，赵匡胤和李处耘也一脸惊讶。

李云博道："当然。寿州已被围困两年，将士早生休心，百姓苦不堪言。这时候，只要我们点一把火，让这厌战情绪猛然迸发，城中军民自然会开城献降……"

"点一把火？怎么个点法？"李处耘忍不住了，抢话问了起来。

李云博道："也很简单，要义三条：一是命令全军退避三舍，送去粮草衣物，先解城中饥寒之苦，让军民感受我朝仁义；二是致信城中军民及刘仁赡，言明我朝兴师江淮之由，统一天下之心，造福人伦之志，而且破城之后，所有一切既往不咎；三是开展一场夜晚阅兵，展示我军强大实力，让对方彻底绝望，失去对抗信心。据微臣所知，刘仁赡病重，可能已经不能理事，这是执行这三步策略的关键所在。微臣估计，不出三五日，寿州必定举城而降。"

柴荣闻言大喜："嗯，妙计！就这么办。"

李处耘疑惑道："岫南，这夜晚阅兵，有何深意？"

赵匡胤道："大哥真是糊涂！小弟问你，圣上这次御驾南征，为何如此轻而易举破了南唐主力？"

李处耘道："这不简单！当然是我大周爆战军有了新型炮火战队！"

赵匡胤没好气地说道："大哥你既然知道，那还问个啥？只有晚上，炮火战队的威力才能充分显现。岫南贤弟的意思很明确，在寿州城外来一场炮火军演，这是要告诉城中军民，如若这些炮火都打进城中，寿州城早夷为平地了！"

"哦，原来如此！"李处耘听了，顿时摩拳擦掌，他这个都指挥使，又要风光一把了。

柴荣回营后，立即依计而行。大军后撤三十里，为城中军民送去粮草衣物，并制发告示文书。又命人带着亲笔写的劝降信来到寿州城里，劝刘仁赡速降，刘仁赡这时已经病重卧床不起，但还是不降。

第二日晚上，柴荣整饬军容，挑选孔武有力的数千禁军进行了阅兵仪式。李云博特意配备了一些发光发彩以及多色的炮火，让寿州城上空雷鸣轰响，五彩纷呈，看得城内的军民心惊肉跳，瞠目结舌。柴荣和周朝将士，也是第一次目睹这空前的炮火盛宴，那一朵朵盛开的火花，缤纷驳杂的造型，繁花似锦的堆砌，五彩斑斓的颜色，不时伴着振聋发聩的巨响，着实让他们大开了眼界，也大饱了眼福。特别是柴荣，本来就喜欢炮火，自然被这盛大绝伦的场面给震撼到了。他目瞪口呆地望着天空，不禁想起儿时曾经燃放爆竹的情景，忍不住落下泪来。

李云博自己也被震撼到了，他望着这些第一次亲手配置的特殊炮火，此起彼伏地在夜空里绽放，不由得百感交集。他突发奇想，要是天下太平了，如若这精妙绝伦的炮火，在节日和喜庆的夜空里燃放，把这无与伦比的美好和欢乐，送到千家万户，那将是多么开心的事情啊！

不到一刻时间的炮火早已逝去，可是城内城外依然静悄悄的，一个个屏气凝神，他们以为，这精彩绝伦的焰火，等一会儿还会升上天空。

虽然，刘仁赡想做大唐忠臣，可是他手下的那些刚刚吃饱穿暖的将士和百姓，感受到周军仁义，而昨晚又看见那场声势浩大、精妙绝伦的炮火盛宴，一个个吓破了胆，更不愿意杀身成仁，有好好的活路可走，为何要送死？军民纷纷涌至大帅府前，恳请刘仁赡献城投降。刘仁赡抱定必死决心，不准投降。悲愤之中，又昏厥过去。监军周廷构、营田副使孙羽等人无奈，于是商量一番，就私下冒名刘仁赡给柴荣写了一封降书。柴荣阅毕大喜，和他们商定第二天在城下受降，又赐刘仁赡诏书，深表器重之心，要他自择祸福。其实，这时候的刘仁赡，已经不能开口说话了。柴荣立即任命淮南节度使向训为武宁节度使、淮南道行营都监，负责接收寿州城，并将兵戍镇寿春。

这天，柴荣华服盛装，亲临寿州城北，接受寿州献城投降。周廷构命人将几度昏厥过去的刘仁赡放在卧榻上抬到城北，去"主持"受降仪式。旌旗猎猎，号角嘹亮，皇恩浩荡，军威齐整，柴荣不费一兵一卒收取了寿春之地，唯一遗憾的是，他喜爱多日、一心招降的刘仁赡，却躺在病榻上昏迷不醒，不省人事。惋惜之余，厚赠刘仁赡家人，命人速将刘仁赡抬回城中治疗，派最好的御医，用最好的药，不惜一切代价也要救活刘仁赡。

柴荣批准向训奏请，将寿州的治所迁到下蔡，发布诏告，安抚吏民，大赦天下，赈济饥民。又任命刘仁赡为天平节度使兼中书令，并制发诏书，通告朝野，称赞刘仁赡："尽忠所事，抗节无亏，前代名臣，几人堪比！朕之伐叛，得尔为多。"但此时的刘仁赡对身边发生的一切都没有了知觉，周显德四年，即南唐保大十五年（957）三月二十四日夜，南唐名将刘仁赡病死于寿州城中，享年五十八岁。刘仁赡死讯传来，城中父老伏拜痛哭，泪水盈城。刘仁赡夫人薛氏痛心丈夫此生辛苦，连哭五日，绝食而死。

柴荣闻讯，失声痛哭："朕取寿州，非为城池，唯愿得将军耳！今将军撒手西去，朕情何以堪啊……"立即命向训主持治丧，厚葬刘仁赡，追赐刘仁赡彭城郡王爵。又亲自前往吊唁，灵前大哭不止。出殡那天，柴荣仍泪流满面，不住地感叹。三军肃立，默默无语。

金陵中的李璟得到刘仁赡殉国的消息，哭昏数次，捶胸顿足，后悔万分，亦赠太师，追封卫王。

◈ 七、三度南征所向披靡，唐中主俯首称臣 ◈

夏四月初，柴荣留下向训守寿春，又命李重进率大军南下，继续向长江北岸推进，自己就带着赵匡胤、张永德、李处耘、李云博等诸将及各路兵马，班师回京。

回到汴梁，柴荣对淮南之战论功行赏之后，做的第一件事就是处理殿前军马军都指挥使韩令坤之父、前许州行军司马韩伦贪赃枉法被州民告发一案。因为韩伦仗着儿子是朝廷大将，于是胆大妄为，干预政事，贪污不法，徇私舞弊，引起公愤，犯罪情节比较严重。柴荣征求很多大臣意见，大部分人都模棱两可，悉听圣裁，只有王朴、李云博少数几个建议不徇私情，按法严惩。柴荣接受他们建议，准备杀一儆百。

韩令坤得知是王朴、李云博建议严惩父亲，怀恨在心，从此交恶。但他仍不死心，多次苦苦哀求柴荣，说父亲罪孽深重，但为人子，愿意以功劳和官职替父抵过，求皇帝网开一面、宽恕老父一死。韩令坤素有军功，又见他孝心可嘉，柴荣实在驳不过面子，只得免去死刑，从轻发落，将韩伦发配到沙门岛，不久之后又把韩伦特赦。这本来是给他儿子面子，也考虑到他年迈体衰，给他改过自新的机会，没想到回来后迁居洛阳，与光禄卿致仕的柴守礼（即柴荣的生父）及王溥、王晏、王彦超等朝臣之父游处，沆瀣一气。这些老爹们仗着儿子们的地位，在洛阳胡作非为，好事不干，坏事做绝，弄得洛阳城中经常鸡飞狗跳。洛阳百姓对他们头疼不已，又不敢招惹他们，称他们为"十阿父"。

柴荣对这些老子们的所作所为当然气愤不已，但又毫无办法。恰巧此时，他接到报告，生父柴守礼越来越不像话，因为一件琐事杀人，被死者家属扭到了官府，要求惩治柴守礼。地方官一看是皇帝的老子，吓得魂飞魄散，趁人不注意溜了。换是别人，地方官还敢管，这可是当今万岁的生父。即使柴荣继位后至死不见柴守礼，但毕竟骨肉相连，这个官司谁都不敢接啊。柴荣知道后，也颇感棘手，虽然"王子犯法、与庶民同罪"，换成同辈或小辈的，柴荣早就动手了。这是"皇上他爹"，治与不治都不妥：治吧，有违孝道，破坏伦理；不治，又伤天理，践踏法制。既然没有上策，只得求其次。柴荣根据两人建议，亲自上门赔礼道歉，出钱厚葬死者，并给出巨额赔偿，这事才得以平息。

这两年里，柴荣在淮南费了不少心思，感觉也比较累，本来希望趁这次回京好好休息一下，但老爹这帮人实在太不像话，让人抓了把柄，柴荣自然很不高兴，常常觉得愧对天下，满怀抑郁，经常和李云博聊这件憾事。李云博宽他的心道："圣上连韩令坤的父亲都能赦免，宽恕自己的父亲，有什么内疚的呢？"

柴荣叹道："宽恕别人的父亲，那是仁慈，宽恕自己的父亲，那是徇私。朕这位生父，真是丢人现眼。"

李云博道："《公羊传》曰：子不复仇非子也。儿子要不为父亲报仇，那就不配为人之子。可圣上若将自己的父亲置于死地，那就是大逆不道啊。"

柴荣道："《孟子》曰：于礼有不孝者三，谓阿意曲从，陷亲不义，一不孝也；家贫亲老，不为禄仕，二不孝也；不娶无子，绝先祖祀，三不孝也。朕是这第一不孝：阿意曲从，陷亲不义。见父母有过错而不劝说，使他们陷入不义之中，朕多少有不孝之嫌啊。"

"圣上这话就扯得更远了。圣上自幼过继郭氏，从伦理来说，早就不是柴氏子弟，也未和他们生活在一起，哪里来的阿意曲从，陷亲不义？"李云博笑道，"孔子曰：君君臣臣，父父子子。意思是，君臣父子都要各行其道，各负其责，否则，就会乱套，就要出事。如今圣上作为皇帝，以天下一统为己任，励精图治，已经尽到职责；作为人子，并未做出忤逆之事，还替他赔罪致歉，也算是尽到了儿子的孝心。圣上道法自然，对待这件事情采取无为而治、顺其自然，也是迫不得已啊。"

柴荣听了，连连称善，于是释然起来。

通过这几件事，李云博反思了长期战乱让天下法制不修、礼崩乐坏的现实，上书柴荣修订法制、恢复礼乐。柴荣阅罢，豁然开朗，突然想起张湜正在修订刑律，又想到去年窦俨上奏关于讨论古今礼仪作《大周通礼》、考证钟律制定《大周正乐》的事情来，于是命"法律专家"、右庶子剧可久协助侍御史张湜，重新编集刑书，命中书舍人窦俨修制礼乐。

上次出征淮南前柴荣曾经下诏命王朴督修扩建汴梁城，这时的汴梁城已经初具国际大都市的规模，但汴梁的水运交通还比较落后，各地物资运抵汴梁的成本太大，柴荣想到了疏通水道，动用民夫开始疏通汴水和广济河，将两条河道沟通后，山东河北的进京物资就可以走广济河，这样将节省大量的运输成本。

而这时，从淮南前线传来南唐的濠州监军郭廷谓率领水军毁掉涡口的浮桥，并在定远打败武宁军节度使武行德，死伤千余，武行德侥幸逃命。柴荣不禁深锁眉头："这帮饭桶，成事不足、坏事有余。"

柴荣决定第三次出征淮南。本来，按照平淮战略，攻取寿州之后，就陈师江北，逼迫李璟割地求和。可是南唐李璟见柴荣班师北归，又心存侥幸起来，不仅没有求和意愿，甚至调集大军反扑。李云博知道这是秋后蚂蚱，想做垂死挣扎，当机立断建议柴荣南征。这年十一月，柴荣升枢密副使、户部侍郎、开封府尹王朴为枢密使，仍令留守东京，自率禁军南下，三度亲征淮南。这次南征历时一年，周军一路摧枯拉朽、所向披靡，荆南、吴越等诸侯也派兵助阵，南唐节节败退、州县望风归降。到了第二年年底，除了庐州、舒州、蕲州、黄州之外，绝大部分淮南之地，尽被周军占领。

这时候，看到柴荣在江边不走，李璟坐不住了，大为担心起来："这柴荣是不是要过江？朕难道真是陈后主投胎转世，要做亡国之君？"吓得日不眠夜不睡，终于想了一个好办法：传位。要当亡国皇帝，也要拉个垫背的。于是修书一封，乞求大周皇帝恩准自己把皇位传给皇太子李弘冀，并保证李弘冀绝对听从于大周皇帝。柴荣不听，回信言称："汝果诚心归顺，何必传位？且江北郡县，尚有庐、舒、蕲、黄四州，未曾归朕，如欲乞和，即须献纳，方可开议！"命李重进猛攻庐州。

　　李璟见柴荣这回是来真的，万般无奈，派兵部侍郎陈觉（这个陈觉原任枢密使，因为图楚惨败、救援寿州不力被降职）来见柴荣，乞望求和。柴荣在驻跸的迎銮镇接见了他。陈觉这个人，让他去利国利民，他没这本事。但如果让他祸国殃民，绝对是把好手。来到迎銮后，陈觉看到周军兵甲强盛，心中打起了小算盘："再打下去，江东必然不保，我在江东还是个人物，如果到了汴梁，我又算老几？"

　　初见柴荣，陈觉还装模作样："微臣受我主差遣，前来媾和。愿陛下看在天下苍生屡遭涂炭的份上，就此化干戈为玉帛……"

　　柴荣道："朕欲取江南，亦非难事，不待我军鼓勇争先，就是荆南、吴越，也助顺讨逆。"说着，即取出荆南王、吴越王上书的请战奏表，让陈觉看。陈觉一一接过，看了起来：一表是荆南王高保融，奏称本道舟师五百艘，已至鄂州，一表是吴越王钱弘俶，奏称已发战棹四百艘，水军一万七千人，停泊江岸，候命进止。阅罢两表，陈觉顿时现了原形，不由得形神戁觫，磕了无数响头，信誓旦旦地对柴荣说道："陛下神武，天人共知，我主不敢有违天命，淮南之地，已属大周。至于庐舒四州，请陛下遣臣手下去金陵，良劝我主，早割四州，以求南北安息。"

　　柴荣当然愿意，就打发陈觉手下刘承遇回去，嘱咐一定要把他的亲笔信交给李璟，劝李璟早识天命："朕与江南国主言，但割江北，朕必撤兵。"这时的李璟根本没有选择的余地，力保柴荣不过长江是李璟外交斡旋的重中之重，只要柴荣不渡江南下，让他干什么都成。

　　柴荣见李璟屈服，就下令罢兵，颁诏江南，遣还陈觉等人，诏命吴越、荆南军撤回去，赐钱弘俶犒军帛二万匹，高保融帛一万匹。唐主李璟遣同平章事冯延巳、给事中田霖为江南进奉使，进献犒军银饷十万两，绢十万匹，钱十万贯，茶五十万斤，米麦二十万石，奉上降表颂文，俯首称臣。柴荣收到降表，大喜，特在行宫赐宴，招待冯延巳、田霖一行，并厚赏使者。

　　显德五年（958）三月，南唐皇帝李璟向周朝称臣，自降国格，去掉帝号，改唐交泰元年为周显德五年，贱称江南国主，并割让庐、舒、蕲、黄四州，连同先前周军攻下的十州共十四州，一并割让，约定以长江为界，以北属周，以南属唐。并每年向周朝进贡财帛茶米共百万。同时，李璟为避周朝祖讳（郭威爷爷的爷爷名叫郭璟），更名为景。

　　征讨淮南的战略目的终于达成，柴荣就下令班师。回汴梁之后，下诏犒赏禁军将士，追恤临阵伤亡各家属，子孙并量材录用。新得淮南十四州六十县，所欠赋税，一律免除。又授唐将冯延鲁为太府卿，充江南国信使，以卫尉少卿钟谟为副使，令赍国书及本年《钦天历》，还赴江南。并赐唐主李景御衣玉带，锦绮罗绢共十万匹，金器千两，银器万两，御马五匹，散马百匹，羊三百匹，犒军帛上万匹。

　　至此，双方鏖战长达三年多时间的淮南之战宣告结束。但真正实现战局转折的，却是第二次南征。在短短一个月时间，就歼灭南唐十余万大军，彻底改变了两国势均力敌的对峙局面，为第三次南征全面收取淮南十四州奠定了胜局，也为日后一统天下，打下了一个坚实根基。当然，这场战争，李云博创建的新型炮火战队，旗开得胜，居功至伟。从此以后，大周爆战军所到之处，对手无不胆寒。

第四章
DISIZHANG

北伐幽燕

◆ 一、惩戒贪墨，柴荣怒斩孙延希 ◆

就在柴荣大军南征时，北方的契丹乘虚而入，多次出兵抄掠内地，干了不少坏事。好在边关守军得力，坚壁清野，严防死守，不和他们正面交锋。契丹人每次都只不过是来骚扰一下，捞点好处就开溜了。淮南战事结束后，柴荣觉得收拾契丹人的时候到了，但考虑到三次南征军队和国力都消耗很大，必须进行休整。然而他不能容忍北狄对他的蔑视和挑衅，于是诏命殿前军都检点、镇宁军节度使张永德带着五万禁军北上，作为北伐先头部队，去狠狠教训了一下骚扰边关的契丹人，北方边疆告急的局面才得到缓解。

南征大捷之后，柴荣一直在积极为北伐做准备。他派遣李处耘、李云博赶紧北上潞州，征召集训北伐需要的炮火战队，两人得令，连夜赶往潞州清风岭大营，会同李啸林夜以继日忙碌开来。同时，以户部侍郎高防为西南面水陆制置使，右赞善大夫李玉为判官，打退西蜀国来犯之敌，进一步加强西南防御。随后，柴荣征调民夫，由殿前马军都指挥使韩令坤率领，将汴梁城外的汴水开渠引入蔡水。差遣漕运副使周景加紧河流疏浚和汴河港口修建，又命枢密使、检校太尉王朴巡视汴口，督建斗门。蔡水是连接汴水和颍水的重要水道，打通之后，淮河中下流的运输船队就可以直接溯蔡水北上进入汴梁，使京师汴梁又多了一条南方进京水道，对汴梁交通和经济的发展大有益处。

时光荏苒，眼看就要进入冬季，柴荣更加忙碌不停。

河南隆冬一来，立刻天寒地冻，各处建设工程都得停下来，河流结冰，疏浚工作也无法进展。而受旱涝灾害地区的百姓，很可能要受冻挨饿。更何况北伐在即，征召而来正在集训的将士们也得及时配备寒衣。柴荣诏告州县官府体恤民间疾苦，做好过冬准备，绝不准饿死冻死一人，若有违者，一律严惩。委派官吏赴重灾州郡查巡灾情，监察御史黄如海检视兖州，太长博士张纠检视密州，文阁侍讲刘智检视忻州，要他们仔细巡查，了解详情，并与地方官员及时会商，早早做出应对。又命左库藏使符令光尽快预备军士御寒袍襦，内供奉官孙延希督修永福殿，要求他们在隆冬到来以前完成。他自己更闲不住，成日起早贪黑，会商要事，批阅奏折，四处巡查，督促进度，特别是对备战北伐的各项事务，过问也十分频繁。

这天，柴荣冒着严寒，前往各处建设工地巡视，忙到傍晚才回宫。晚膳是在一处工地草草吃的。忙了一整天，他确实有些累了，正欲回宫歇息，突然想到永福殿开工也快两个月了，一直没去看看。于是就下马来，前往永福殿的工地上。此时正值晚餐时间，当柴荣看到应召而来的工匠居然用瓦片盛饭，用树枝当筷子，饭是照得见人的稀粥，菜是一盆有些变味的泡菜，一盆不泛一点油星的葱汤，工匠们围在凌乱的砖土烂泥前埋头苦吃。柴荣有些累，看见这幅景象，还以为自己走错了地方，来到哪个赈灾的粥棚边，错把这些就餐的工匠当成了兖州难民。再三问询之后，确认这是永福殿的工地，他的心被刺痛了，不由得火冒三丈：朝廷拨的钱款，难道不够这些工匠吃几顿饭的，为何会寒碜得如难民一般？

"来人，把孙彦希给朕叫来！"柴荣勃然大怒，对韩公公喊道，"建造宫殿的匠人，都是从全国各地征募而来的能工巧匠，膳食开成这样，他们哪有力气干活？真是不知深浅的东西！快去，把监工、御厨使们都抓过来，看他们有什么话说！"

吓得面如土色的韩公公带着一班殿前禁卒匆匆忙忙去了。不一会儿，监工内供奉官孙延希、御厨使董延勖、副使张皓等都被悉数带到。正在气头上的柴荣，看着他们，也不说话，当着他们的面，盛了一瓦稀粥，喝了一口，捡起一根柿子树枝折成两段，夹了一筷子泡菜吃了，又舀了一勺葱汤尝了尝，对他们说道："各位大人，你们是不是也学学朕，体验一下工匠们的生活？"皇命难违，几个吓得魂飞魄散的官吏连忙颤颤巍巍地争相品尝，孙延希更是手足无措，一连喝了三瓦粥，吃了两大筷子泡菜，又猛喝了几口汤，他哪里还顾得上滋味，只怕连肚子胀得快要破了都不知道。

柴荣看着他们张皇失措的样子，强忍着愤怒，说道："既然这饭菜如此可口，今后，你们就天天吃这个，如何？"

孙延希瘫在地上，叩着头道："奴才奉……奉旨监工，只顾……只顾催赶工期进度，疏忽了工匠膳食，请圣上责罚……"

柴荣听见他狡辩，更加怒气冲天："朕给你拿了那么多银子，修建永福殿，一再交代，这些能工巧匠，不惜抛家别口进京替朕效力，一定要尽心善待。你们倒好，居然克扣起他们的膳食来，真是天理难容！你说，贪污了多少银子？"

孙延希道："皇上饶命！回禀陛下，这工匠膳食，一直由御厨使董延勖、副使张皓等负责，奴才不敢……"

董延勖急了，连忙稽首奏道："启奏陛下，永福殿工程由孙大人监工，我等只是按照他的指示烹饪饭食，从未经手银钱。"

柴荣怒道："好个董延勖，朕亲自交代过你，永福殿的工匠膳食，一律由御膳房指导烹饪，目的就是要让他们吃得好。可是你，知道孙延希克扣工匠膳食款银，为何不报？还有，没贪银子就没过错了？你难道连碗筷钵盆都不能准备一些吗，搭一个就餐时能够遮风挡雨的草棚，也那么难吗？你这是什么行径你知道否？"

"我……"董延勋一个劲地叩着头，说不出话来。

柴荣又看着浑身哆嗦的孙延希，道："大胆孙延希，你居然还敢当着朕的面说瞎话，欺君罔上，该当何罪？"

韩公公道："大胆奴才，还不从实招来！"

孙延希结结巴巴道："奴才……奴才没贪多少，就百十两……奴才知罪，罪该万死……"

柴荣喊道："罪该万死，这可是你说的！那好，朕就让你死！朕不要你万死，只要你死一次！来人，将这欺君罔上、贪墨无耻的阉人就地正法！"

"遵旨！"几个殿前禁卒一拥而上，将孙延希押到丈余远处，咔嚓一声，砍了首级。

杀了孙延希，柴荣怒气渐渐消了些，并罢免御厨使董延勋、副使张皓，罚他们继续留在工地做苦工，又重新任命监工和御厨使，并命令改善工匠们的伙食和就餐环境。对于看得目瞪口呆、尚在进餐的工匠们，柴荣不惜九五之尊当面自责、好言抚慰，众工匠顿时感激涕零、山呼万岁。

没想到刚刚怒斩了孙延希，又传来一些官员推诿塞责、拖沓懈怠甚至拒绝执行皇命的消息，让柴荣恼怒不已，这也让他背上了易怒嗜杀的骂名。先是太常博士张纠密报，他奉旨检视密州灾情，向密州防御副使侯希进转达皇帝的命令，侯希进以没有接到皇上的直接命令而拒绝，不同意放粮赈灾。柴荣闻报大怒，也不问青红皂白派使臣去杀了侯希进。同朝为官，应互相扶助。再说，张纠也不敢假传圣旨。侯希进可能嫌太长博士官小，想摆摆架子，有他的错处。柴荣正在气头上，也没有仔细调查，就把人杀了，确实有些过分。正巧这时候，左库藏使符令光奉命预备军士御寒的袍襦，符没有按时备齐，柴荣一听，十冬腊月，军士没有棉衣怎么打仗！柴荣怒火中烧，又命斩之。符令光出身勋阀之家，长期在朝廷工作，担负繁重任务，清慎自守，很有廉洁名声。柴荣本来很重其为人，每加委用。为此，宰臣范质等一些大臣一起朝见柴荣，为符令光说情。柴荣一甩袖子回了后宫。符遂就戮于市。不久，楚州防御使张顺私扣专项税款五十万，官丝绵两千两，这是明目张胆利用职权之便贪污挪用公款，数量巨大，被人揭发。柴柴荣岂能饶恕，下令赐死。

这几件事，引起了朝廷上下不小的震动。一些宰辅之臣联合御史台几个御史，上书规劝柴荣，要皇帝施行仁政，切勿连杀臣工，说这样滥施刑罚，会导致朝臣离心，君臣失睦。柴荣冷静过后，反思了自己的行为，还专门召开朝会，讨论自己行为失当、大开杀戒的得失。宰相范质第一个站出来，严肃批评皇帝不听规劝、冲动杀人的事实，特别是不经调查、意气用事的滥杀，造成了极坏的影响。大部分朝臣认为，定罪判刑应该交由有关部门经过调查核实后，再按罪量刑，按律惩处，就是皇帝也不能不按程序，随意赐死。讨论着讨论着，大家觉得，制定规范的刑罚规矩，就迫在眉睫了。柴荣不愧为圣明之君，他胸襟坦荡地接受了大家的批评，表示今后一定不搞斩立决，所有死刑都必须由有关部门，经过严格的侦查审判程序之后，交由专门部门执行。他还命令有关部门，加快刑罚的修订。

事情过后，柴荣想起符皇后临终一再叮嘱他，要他"开阔胸襟，善听逆耳忠言，善纳直谏良策，善待体国臣工"，说白了，就是克服急躁易怒性情，千万别滥施刑罚。又想起数日前张果老托梦给他，要他别杀伐过重，免遭天谴，折了阳寿，觉得这几件事上，自己有些刑罚太重，非常后悔，于是诏令厚葬死者，重金抚慰家属。

◆ 二、王朴过劳而逝，柴荣呼天抢地 ◆

休整期间，柴荣还办了几件大事。一是试行《大周刑统》，二是颁布了《均田图》，三是编集了《大周通礼》《大周正乐》。这几件事，都是继抑制佛教、建立禁军、整饬吏治、扩建都城、疏通河道等举措实行之后，又一批突破传统、影响深远甚至泽被后世的大手笔。

通过怒斩孙延希等一系列案件，柴荣认识到了法不完备的麻烦，尤其对于五代时期以严酷出名的法律认识更加深刻，自己也成了滥施刑罚的一员。于是积极推动法典的修订完善工作。有司人员根据柴荣命令进行了彻底修订，于显德五年七月完成，并赐名《大周刑统》颁布试行。这部法典不仅在体例上具有开创性，而其在内容上也有重大突破，影响十分深远。如废除了随意处死的条款，取消一些凌迟之类的酷刑，以人道措施善待犯人，规定必须打扫监狱，洗刷枷拷，给犯人充足的饭食，允许探视有病的犯人，无主的病人由官府负责治疗，严禁使犯人无故死亡，私自杀死犯人的官员被斩首等。他更是以身作则，严以律己，认为自己"涉道犹浅，经事未深，常惧昏蒙，不克负荷"，因而要求"内外文武臣僚，今后或有所见所闻，并许上章论谏。若朕躬之有阙失，得以尽言；时政之有瑕疵，勿宜有隐"。《大周刑统》颁行后，上至皇室宗亲，下至平民庶人，都得遵循朝廷律令，依法办事，不得违反；任何死刑犯都必须进行复核，禁止任何形式的斩立决，诉讼不公、官官相护、滥施酷刑等司法腐败现象明显好转。

自从唐末以来，连年战乱，百姓流离失所，一方面土地被大量兼并，另一方面造成大面积的荒田。有地种的百姓要接受中央、地方藩镇和地主的多重压迫，负担很重，柴

荣即位以后，便有了改革土地制度的想法。他看了唐朝大诗人元稹的《均田表》，感觉很有价值，下诏称赞此表"较当时之利病，曲尽其情；俾一境之生灵，咸受其赐"，又亲自草画了《均田图》，赐给诸道节度使、刺史，让各级地方长官看看，心中有数，然后要求各地按照《均田图》主动积极改革赋税制度。派遣左散骑常侍艾颖等32名学士御史作为特使，巡行诸州，丈量土地，以据田亩，均定税赋。连历代受优待免纳租税的曲阜孔氏，也被取消特权，按照平民标准例纳租赋。又下令免收以前人民所欠两税，取消两税外的苛捐杂税和一些徭役。均田制度首先在河南六十州推行，很受百姓欢迎，成效非常显著。

这年新春佳节，柴荣觉得北伐的一切准备工作都做好了，心情大好，于是在刚刚落成的永福殿大宴群臣。多年来朝廷只顾着打仗了，哪有心思和时间欢度佳节？君臣难得在一起过年，酒至半酣，柴荣觉得一味喝酒太单调，想用黄钟大吕之类的音乐歌舞来助助兴。于是召集乐师将钟磬陈列，可是乐师演奏得不伦不类，有几处黄钟如同虚设，居然未闻击响。柴荣有些扫兴，召问乐师："为何不击钟磬？"

乐师说道："回禀陛下，向例如此，不敢妄击。"

柴荣道："为何演奏得如此难听？"乐师一个个一问三不知，大多不能回答。于是问中书舍人窦俨："窦爱卿，朕命你考辨雅乐，定校音律，这么久了，也没什么进展？"

窦俨道："回禀圣上，微臣才疏学浅，虽懂音律，却不识古乐。考证多年，不得其法。请圣上降罪。"

柴荣道："爱卿夜以继日，考律定音，然雅乐久亡，难觅其踪，何罪之有？可是，礼乐乃盛世的象征，如今天下大势初定，统一江山指日可待，这礼乐规制，还需赶紧勘校。"

窦俨道："启奏圣上，通晓雅颂，精熟乐音，臣不如枢密使王朴，微臣请王大人指点迷津。"

柴荣听了，于是问王朴道："王爱卿，窦爱卿说你通晓雅乐，朕以为然。你对古乐有何高见？"

王朴道："臣闻礼以检形，乐以治心；形顺于外，心和于内，然而天下不治者未之有也。是以礼乐修于上，而万国化于下，圣人之教不肃而成，其政不严而治，用此道也。夫乐生于人心而声成于物，物声既成，复能感人之心。"柴荣闻言大喜，改令王朴修订礼乐。

本来就忙得不可开交的王朴接到任务，不敢怠慢，只得抽出时间校勘礼乐，常常通宵达旦。不久，他就写出礼乐规制奏章，上报柴荣：

……昔黄帝吹九寸之管，得黄钟正声，半之为清声，倍之为缓声，三分损益之，以成十二律，旋相为宫，以生七调为一均，凡十二均，八十四调而大备。遭秦灭学，历代罕能用之。唐祖孝孙考正大乐，其法始备，安史之乱，十亡八九，至于黄巢，荡尽无遗。时有博士殷盈孙，铸钟十二，编钟二百四十。处士萧承训，校定石磬，今之在悬者是也。虽有钟磬之状，殊无相应之和，其钟不问音律，但循环而击，编钟编磬，徒悬而已。丝竹匏土，仅有七声，黄钟之宫，止存一调；盖乐之缺坏，无甚于今。

陛下武功既著，垂意礼乐，以臣尝学律吕，宣示古今乐录，命臣讨论。臣谨如古法，以秬黍定尺，长九寸径三分为黄钟之管，与今黄钟之声相应，因而推之，得十二律。以为众管互吹，用声不便，乃作律准，十有三弦，其长九尺，皆应黄钟之声，以次设柱，为十一律，及黄钟清声，旋用七律以为一均。为均之主者，宫也，徵、商、羽、角、变宫、变徵次焉。发其均主之声，归于本音之律，迭应不乱，乃成其调，凡八十一调，然后配以笙簧，间以钟磬，凡四面乐悬，无不协响，合成节奏。无论何种歌曲，但好谱入乐声，均能应腔合拍，不疾不徐……

王朴又称，此法失传很久，仅是个人独见，建议集朝中百官校正得失。柴荣觉得广集群智也好，就下诏令百官再行参酌。百官多半是门外汉，晓得什么音律奥旨，彼此同声附和，几乎异口同声称赞"王朴高才，我等无所能及"。乃命乐工演试，果然五声有序，八音克谐，乐得柴荣心花怒开，极称盛事。于是颁旨通行。

这天，汴口斗门告竣，王朴亲自前往验收，忙碌一天，还顺道探望曾任宰相、如今守司空卧病在床的李谷。李谷已经病得很重，一边说话，一边握着王朴的手泪流不止。王朴很是伤感，突然间晕倒座上，随从仆役将他抬回府中，他就再也没有醒过来，享年四十有五。

真是天有不测风云，人有旦夕祸福。就在柴荣雄心勃勃地准备统一天下之时，被柴荣深为倚重的朝廷第一重臣——枢密使王朴，突然没有任何先兆地病倒了，仅仅一夜，便溘然长逝。柴荣闻此噩耗，大惊失色，急急赶到王府，看到前几天还在一起谈笑风生的王朴，此时已经魂归西去。柴荣痛不欲生，多次以王钺叩地，放声痛哭："朕与尔，名称君臣，实则挚友，朕为尔心，尔为朕臂，心臂如一，天下可致太平。尔奈何舍朕先行？独忍朕寥落于世间乎？"赠侍中，命将其画像供奉在宫中功臣阁内，以示褒奖。

王朴可是柴荣的无价之宝。王朴在大周朝廷的地位，相当于三国时期蜀汉刘备的诸葛亮。一代奇才说没就没了，柴荣如何能平静得下来？任凭众人苦劝，柴荣呼天抢地，无动于衷，哭累了，休息一会，接着再哭，凄声哀念，让人揪心不已。王朴为人刚毅，长于辩才，非常投柴荣的脾气，所以君臣关系极佳。每次柴荣亲征，总是留下王朴坐镇后方，王朴有才，忠心不二，柴荣非常放心。如今这个股肱重臣离世，柴荣怎能不伤痛至极？

李云博得知王朴突然离世，连忙向李处耘告假，从潞州赶回京师吊丧。一路上，他也悲痛万分。应该说，满朝文武里面，李云博最敬重的，就是这个枢密使王朴。两年多来，两人亦师亦友，甚是投缘。李云博心里清楚，这王朴，应该是积劳成疾而累死的。

王朴本是柴荣身边的亲从。柴荣镇守澶州，王朴为节度掌书记；柴荣封晋王、任开封府尹，拜王朴为右拾遗、开封府推官；柴荣即位后，王朴先后担任兵部郎中、左谏议大夫，知开封府事，左散骑常侍、端明殿学士，户部侍郎、枢密副使、开封府尹，直至枢密使、校检太尉。柴荣三次出征江淮，王朴为东京副留守、留守。在柴荣即位后的这些年月里，他生怕辜负皇帝的重托，尽职尽责、从不懈怠，鞠躬尽瘁、死而后已。王朴在协助柴荣治国理政中，既要谋篇布局，规划一统天下的路线图，深思熟虑完成《平边策》，又要埋头实务，主政开封府，督修扩建汴梁城，勘校撰成《钦天历》，考证雅乐制定"律准"……这些浩繁宏大的工程，哪一样不是劳心劳力的难事？李云博想到这些，不由得潜然泪下，嘴里忍不住冒出一句："出师未捷身先死，长使英雄泪满襟！"

到了汴梁，李云博赶到王朴府上吊完丧，就马不停蹄去宫中觐见柴荣。他知道，这时候的皇帝，肯定悲伤过度，心智大乱。他前去觐见探望，多多少少能让柴荣的悲痛有所缓解。

这几日，柴荣除了参加王朴的葬礼之外，什么人也不接见，一个人待在滋德殿里，干什么都静不下心来。突然听韩公公说李云博觐见，连忙命令传见。李云博躬身进入滋德殿内，但见柴荣静静地对着墙上挂着的王朴画像，独自神伤。李云博上前叩首道："微臣李云博参见圣上。"

柴荣也没转身，说了句："李爱卿平身吧。"

李云博就站起身来，对柴荣道："启奏圣上，王枢相积劳成疾，英年早逝，举国哀痛。圣上痛失贤臣，怎么悲伤都不为过。只是一统大业刚刚开始，万望圣上节哀顺变，保重龙体啊。"

柴荣闻言，失声痛哭起来："我朝攻克淮南，平边之策初显战果，朕的股肱重臣，却离朕而去。这一统大业，还如何进行啊！"

李云博道："回禀圣上，王公猝然离世，微臣也悲痛万分。可是，人死不能复生，无论陛下如何悲痛，王公也不可能回来。王公离世，只不过断去一臂，圣上安康，才是我朝万福啊！斯人已逝，唯有我等生者，将未竟大业继续下去，才是对逝者的最好慰藉啊！微臣肯请圣上节哀！"

"是啊，只有将未竟大业继续下去，才是对王公最好的慰藉！"柴荣听了，抹了把眼泪转过身来，"岫南过来坐吧。都是朕不好，什么大事难事，都交给他干，根本不知道惜才。这通宵达旦的忙碌，谁能吃得消？王公是被朕给累死的啊……"

李云博道："圣上此言差矣。王公生于乱世，长于乡野，科举入仕，沉沦下僚。有幸追随圣上运筹帷幄，继而执掌京师，位极人臣，此生之大幸也。为臣如此被君信任，他岂不焚膏继晷、宵衣旰食、鞠躬尽瘁、死而后已，报圣上知遇之恩？为了天下一统，而满朝文武，哪个不是在夜以继日地忙碌？更何况，生死有命、富贵在天，人之生死，上天早有定数，岂是圣上委以重任之故呢？我等只有化悲痛为力量，振作起来，继续前行，以慰王公在天之灵。只有我朝大业完成之日，才是王公含笑九泉之时啊。"

"岫南所言甚是啊……"柴荣点点头，说道，"是啊，斯人已逝，悲伤何益？只有我等继续按照王公平边大策，推进一统天下大业，才是对王公最好的慰藉啊！还好，朕虽失去了左膀，还有你岫南这只右臂。朕知道，你也是个拼命三郎，办起差来不要命。王公英年早逝，对朕，对你，对各位臣工，都是个警醒啊。岫南，你一定要注意身体，无论为朕着想，还是为国分忧，甚至为家人和自己负责，都必须保重身体。朕要你切记，万万不可大意。"

"多谢圣上关切，微臣会注意的。"李云博说道，"启禀圣上，微臣奉旨北上潞州，数月以来，爆战军已经全面建成。如今规模，比南征之时扩大了整整一倍。"

"扩大整整一倍？"柴荣听了，高兴起来，"岫南你说说，这些炮火，和淮南之战使用的，有何异同？比如，威力如何，能装备多少禁军？"

李云博道："回禀圣上，这次潞州炮火营建设，因为时间充裕，微臣就全部重新设计和制造。如今潞州炮火营，炮火型号更多，分为头号炮火、二号炮火、三号炮火和连弩火箭，都是经过技术改进后全新制造的新火器，能够成建制装备近二十支炮火战队，每支战队可以配备头号火炮一门，二号火炮三门，三号火炮六门，火箭连弩九张。以前淮南战场使用的火炮只有一种，威力介乎二号与三号之间。如若按照各大禁军序列，每五千步卒配备一支炮火战队，则可以同时装备近十万大军。不过，微臣奏请，暂不装备各大禁军，还是由微臣统一调度指挥。"

"暂不装备？"柴荣觉得感觉蹊跷，赶紧问道，"岫南，你说暂不装备各大禁军，这是为何？"

李云博道："回禀圣上，这原因很多，主要是出于安全考虑。具体说来有三：一是由于这些新研制的炮火武器，刚刚生产出来，还从来没有进行过实战，安全与否、可靠与否还有待检验；二是潞州炮火营里的炮火军卒，大部分是潞州新兵，虽然经过培训，但从没有炮火实战操作经验；三是各大禁军将领对火药武器的危险缺乏深刻认识，装备到各大禁军之后，如若胡乱指挥，不按规章操作，很可能会发生意外，一旦引起爆炸事故，整个军营将毁于一旦。因此，微臣以为，只有等到技术成熟后，再来装备军队，才更为妥帖。爆战军作为一种特殊的军队，安全问题非常突出，即使将来装备禁军，也都应该是临时征调。因此微臣还奏请，以后各禁军只有在出征之时，才可以申请配备炮火战队；战事结束，必须立即归还。这既有利于保持炮火战队的独立地位，防止瞎指挥，也有利于炮火武器远离禁军军营，保障军队安全。"

"嗯，岫南所言甚是，就按你说的办！"柴荣大喜，"这新型炮火战队，不仅威力大大提升，而且可以成建制装备各大禁军，那么，不远的将来，无论攻城还是野战，都会先发制人。你是这方面的专家，这些建言很好，都麻烦你写成奏议，朕也好批转到枢密院和兵部去认真执行。朕跟你说，这些日子里，朕就是等你那边消息。如今潞州炮火营已经准备好了，那么，朕就御驾亲征，挥师北上，一举收复燕云十六州！"

◆ 三、誓师清风岭，王师北伐剑指燕云 ◆

显德六年（959）三月初三这一天一大早，潞州城北官道旁的驿站里，一位驿卒正在洒扫清理，突然远远传来一阵声响，忍不住停下来张望：只见南边的官道上，一彪快马飞奔而来。渐渐地越来越近，他看清这彪人马官差打扮。凭他多年的经验判断，如此快马飞奔，这彪人马应该是加急特使。正思忖着，只见那位为头的，一扬手中金牌，在马背上喊道："朝廷六百里加急，请驿站速备快马……"驿卒听了，不敢怠慢，连忙向驿丞禀报。驿丞按照规矩，牵出最好的快马，备上便当，校验过官文印信后，招呼他们更换脚力。这帮官差换了马，也不进站歇息，抓起便当一边往口里塞，一边扬鞭赶路。转眼之间，这彪人马已经驰进通往上党的那条官道，绝尘而去。

暮春时节的潞州，自然是新叶连天绿，春花开满枝。晨雾正在缓缓消散，晶莹剔透的露珠在草叶间温润欲滴，星星一般不时眨着眼。江河涌动，风来树摇，田野更是热闹繁忙，处处都透露出生机勃勃的气息。

而此时的潞州，特别是上党，一改往日边州小县的冷清与落寞，突然间变得热闹而繁华起来，军营越来越多，兵马越来越多，道路上来来往往的车辆也越来越多。看到这幅景象，饱受北汉和契丹骚扰之苦的边关百姓，突然间心里踏实多了：朝廷在边关派驻这么多兵力，成天操练忙碌，看来，是要好好教训这些北狄胡人了。特别是处在潞州和上党之间的清风岭，原来是个土匪窝，经常打劫来来往往的过路人，老百姓深受其害。

不知怎么的，三年前，清风岭突然变成了大周朝军营，这条令人胆战心惊的山路又变回了官道，大家又可以毫无顾忌地走在宽敞的大道上，在潞州与上党之间来去自如了！

这彪官差一到清风岭山麓，便下了官道，朝山上奔去。

大周爆战军潞州炮火营就坐落在清风岭山腰间。官差一望见营门，大声喊道："圣——旨——到！请爆战军都指挥使李处耘，翰林学士监军、副都指挥使李云博，速速接旨！"

李处耘、李云博闻言，赶紧迎出门来，顶香举案跪地候旨。只见特使翻身下马，展开圣旨高声宣道：

奉天承运，皇帝诏曰：北狄契丹，野蛮异族。滔天罪孽，罄竹难书。其饕餮贪婪，欲壑难填；尔狼子野心，企灭我种。燕云十六州，至今深陷铁蹄之下；同胞两百万，仍处水深火热之中。朕痛定思痛，决心举全国之力，北上燕云，征讨仇寇，解救同胞，誓雪前耻。命爆战军都指挥使李处耘，翰林学士监军、副都指挥使李云博亲率炮火战队，于半月之内赶到沧州集结，不得有误！钦此！

"臣李处耘、李云博接旨！吾皇万岁万岁万万岁！"两人接了圣旨，招待并送走朝廷特使后，就商量起奉旨出兵的事情来。两人很快达成一致，于是就升帐，召集炮火营各制作坊少监、炮火战队指挥使以上的将领齐聚中军大帐，安排部署出征事宜。

看见众将到齐，李处耘就说道："各位将领，今日，圣上派出特使，前来潞州炮火营传旨，命令本都会同李监军率领爆战军半月之内开赴沧州集结，看来，北伐契丹、收复幽燕的战斗，马上就要开始。诸位知道，淮南之战以前，我爆战军隶属殿前军，因为在淮南战场上摧枯拉朽，屡建奇功，的的确确打出了威名。圣上颁旨，升我爆战军为独立建制，与各大禁军并驾齐驱。而这次北伐燕云，是我大周爆战军升格之后，第一次以独立的禁军建制开赴战场。这可是我爆战军驰骋疆场、扬名立万的时候，也是诸位报效朝廷、建功立业的时候。务请诸位振作精神，奋勇杀敌，打出我大周爆战军的军威来！都听明白了吗？"

"听明白了！"

"听明白了就好！"李处耘看着大家一个个摩拳擦掌，精神非常振奋，也不住地点着头，"下面，请翰林学士、监军李云博大人，部署出征事宜！"

"末将遵命！"李云博走了出来，"诸位，李都统将这次北伐要旨说得很清楚，本监军就不再重复。本次出征，大周爆战军北伐部队，下辖四个爆战团和一个连弩火箭队，建制如下：新成立头号炮团，配备头号炮六门，成立二号炮团，配备二号炮十八门，成立三号炮团，配备三号炮三十门，分别简称第一炮团、第二炮团、第三炮团，炮团正副指挥使由各类型号炮火验试场都尉、校尉担任；原有第一至第五炮战队维持现有成建制，除不再配备连弩弓箭手外，其余火力配备不变，编成混合爆战团，简称第四炮团，以爆战军行军司马王成刚兼任指挥使；专门成立连弩火箭队，配备两百名连弩火箭弓箭手，以潞州炮火营行军校尉何思勇为领军。潞州炮火营统领李啸林率领其余炮火部队留守大营，并做好后援策应准备。从现在起，给大家两天时间准备，后天早上卯时，大军在演武场集结，誓师之后，开赴沧州前线。都听明白了吗？"

众将道："听明白了！"

李处耘道："听明白了，那就好。事不宜迟，都去准备吧。"

众将听了，都应声散去。

李处耘要李云博、李啸林留下，简单会商了一下当前分工：李处耘负责集结整顿出征队伍，检查武器装备情况；李云博负责战前动员，并起草大周爆战军北伐宣言；李啸林负责与潞州府衙联络，紧急征用粮草马匹，做好应援和后勤准备工作。

李云博回到住处，立马开始起草爆战军北伐誓师词。不到一个时辰，初稿就起草好了。他又精心修改后，命令大营掌书记带领一帮文书，连夜赶抄数百份，第二天一大早，分发到各团各队，组织将士们学习吟诵，并在潞州及各县张贴。一时间，军营内外上上下下都在争相传诵这篇北伐誓师词，他们知道，后天的誓师大会上，所有出征的将士，都要齐声朗诵这篇誓词。

转眼之间，两天过去了。这日清晨，潞州炮火营演武场早已经人声鼎沸，旌旗猎猎。点将台上，各色帅旗迎风招展，"大周爆战军"尤为醒目。演武场上，数千名将士全副武装，整装待发：有的架着火炮，有的推着马车，有的握着弓箭长矛，排着整齐的队列，在晨风的吹拂下威风凛凛。看来，大家都准备好了，只等主帅一声令下，他们将毫不犹豫开赴沧州前线。

卯时三刻，誓师大会正式开始。爆战军都指挥使李处耘，翰林学士、监军李云博，潞州炮火营统领李啸林等检阅了出征部队。阅兵完毕，回到点将台后，只见李云博一闪身，大声喊道："吉日吉时已到！大周爆战军北伐誓师仪式开始，鸣炮，奏乐！"

但听三声炮响之后，一阵锣鼓声唢呐声牛角声嘹亮地响起，最后由三道长长的号角声结束。声音还拖着尾子在四周缭绕着，李云博又开腔了："焚香燎纸，敬告上苍！"

只见祭司捧出香案，在祭坛上忙碌开来。一阵青烟飘起之后，但听李云博说道："皇天后土，诸位神灵：今我大周爆战军奉天子之命，北伐契丹，收复失地。特备三牲，以告上天。恳请上苍保佑我正义之师，旗开得胜，一路大捷，攻无不克，战无不胜！上三牲祭品！"

祭罢天地，李云博又说道："请爆战军都指挥使李处耘将军率全军将士，集体宣誓！"

李处耘健步走了过来，一站定，突然从腰间拔出宝剑，高高举起，大声吟诵起来。台下将士们见了，也都纷纷扬起武器，跟着他大声吟诵道：

爆战将士，尔肃尔听：北狄契丹，野蛮异类；侵我疆土，虐我子民。燕云诸州，深陷铁蹄；同胞百万，火热水深。吊民伐罪，残厥凶酋；还我河山，复我天伦。

爆战将士，尔听尔行：禁军前锋，唯我神军；攻城略地，再显威名。丹心碧血，为国效命；建功立业，同德同心。毋惧强敌，毋惮艰辛；壮烈之死，荣于偷生。

爆战将士，尔行尔铭：保此家国，佑此人民；奋不顾身，勇往前行。我不牺牲，国将沉沦，我不流血，民无安宁。遵奉军律，听从号令；严禁掳掠，不扰百姓。

嗟我将士，矢尔忠诚；嗟我将士，偕作同仇；嗟我将士，生死与共；嗟我将士，相爱相亲。养兵千日，用兵一时；存亡绝续，决于今兹；不率从者，军法无私！

这誓师词的吟诵，把仪式推向高潮。数千人的慷慨激昂的吟诵，顿时让清风岭地动山摇，林间回响，震撼长空。诵罢誓师词，李云博发表了热情洋溢的讲话，他说道："诸位将士：养兵千日、用兵一时。本监军算过，淮南大捷凯旋之后，我爆战军奉旨北上，从亳州大营移师潞州大营，已经休整了整整五百天。前日，我爆战军接到朝廷圣旨，命我军半月之内赶到沧州集结，与各大禁军一起，北伐契丹。因此，我大周爆战军，又要奔赴战场、大显神威了。本次圣上御驾亲征，目的就是要与北狄契丹决战，收复我朝丢失已久的燕云十六州。这是我朝一统天下又一重要步伐。诸位将士务必牢记誓言，尽忠圣上，效命朝廷，严明军纪，听从号令，奋勇杀敌，多立军功，为早日实现天下一统、再现和平安宁盛世，赴汤蹈火，万死不辞！"

将士们闻言，齐声喊道："尽忠圣上，效命朝廷，赴汤蹈火，万死不辞！"演武场又是一阵雷鸣般的吼叫声。

"祭旗！"李云博大喊一声，只见刀斧手将牛宰了，鲜血溅得到处都是。祭旗过后，又是三声炮响，鼓乐齐鸣，长长的号角响起，誓师仪式结束，大军正式开拔，渐渐离开营寨，往沧州方向去了。

沿途百姓都箪食壶浆，夹道相送，场面甚是壮观。

◆ 四、连下数州，爆战军再显神威 ◆

三月下旬，柴荣留宣徽南院使吴延祚守东京，宣徽北院使昝居润为副留守，三司使张美为大内都部署，共同主政开封事务。飞诏义武军节度使孙行友率领所部扼守西山路，防备北汉。然后亲率三军，离开东京，挥师北上。柴荣在淮南养成了坐船的习惯，让归德军节度使韩通率马步军沿河北上，自己率水师沿河直进。其余诸将，各领马步禁军，及大小战船，驰赴沧州。不日之后，大军行至沧州集结，与已经到达的李处耘、李云博率领的爆战军会合。柴荣任用左谏议大夫薛居正为刑部侍郎、沧州安抚使，发布皇榜，安抚沧州百姓。

柴荣亲自前往爆战军驻地慰问，看见爆战军军容威整，装备精良，很是满意，笑道："有了威力巨大的炮火战队，一定会摧枯拉朽，所向披靡。李爱卿，你们大显身手的时候到了！"

李云博道："启奏圣上，这威力巨大的炮火，的确会摧枯拉朽，所向披靡。但是，一炮下去，会使城池坍塌，重创对手，同时也会毁灭家园，杀伤无辜。更何况这幽云诸州，数百万百姓，都是汉人，都是我们同胞。微臣以为，不到万不得已，绝不能炮轰城市。"

柴荣道："爱卿所言甚是。朕攻城略地，目的是要消灭北狄蛮夷和割据势力，一统天下，当然不能针对百姓。任何地方的黎民大众，将来都是朕大周的子民。仗要打，的确尽量不要伤及无辜。"

说了一通，又和李云博商议进兵之策。李云博道："启禀圣上，我军初来乍到，谨慎为宜。这不战则罢，一战就要旗开得胜，方能鼓舞士气。边关数州，诸如宁莫瀛易诸州及瓦桥、益津诸关，都是汉人守将，他们屈受异族统治，饱经欺凌之苦，应该不会决然死守。微臣奏请，先做试探攻击宁州，看看敌方各处反应。如若能够兵不血刃招降宁州敌军，接下来会引发连锁反应，说不定会取得奇效。"

柴荣连连称善，又问道："对于招降宁州，爱卿有何妙策？"

李云博想了想道："回禀圣上，微臣愿意打这个头阵……"于是就在柴荣耳边嘀咕一通，听得柴荣频频点头。于是连夜召集众将商讨进兵策略，规划路线，指示军机，谋划得甚是严密。翌日，下令首先进攻宁州。大军抵达城下，柴荣命令爆战军打头阵。李云博调来第二炮团一个炮火战队，六门二号大炮齐轰宁州城，几炮下去，宁州城门顿时垮掉，把守将辽国宁州刺史王洪吓得半死，马上献城投降。柴荣大喜，任命王洪仍为宁州刺史，留守宁州。

旗开得胜得了宁州，柴荣马不停蹄继续向北进军，全线出击，命赵匡胤攻打瓦桥关，韩通攻打莫州，李重进取瀛洲。赵匡胤得令，亲自督军攻城。守将姚内斌得知宁州失守，闭门坚守不出。瓦桥关地势狭窄，扼住险要，马步军攻不进去。赵匡胤请旨，让爆战军协助。柴荣派李云博前往协助攻关。李云博带领第一炮团第一炮火队，来到瓦桥关前。架好大炮，就朝城内喊道："关内守军听好了：我是大周爆战军监军李云博。就在前日，本监军使用二号炮火，几炮就将宁州城门轰开。如今本监军携带头号炮火三门，只要一点火索，你等这瓦桥关即刻夷为平地！今日王师前来，所向披靡，单靠这偌大关隘，万难把守，若见机投顺，不失富贵，否则玉石俱焚，幸勿后悔！"说着，就命炮火队朝关隘边上的山丘开了一炮，一声巨响，火光冲天，飞沙走石，顿时将山丘夷为平地。姚内斌心生畏惧，方答言明日回信。赵匡胤也不强迫，便按兵不攻。静守一宵，次日大清早起来，不见动静，决定再往攻关。正要引军出寨，忽然探骑飞马来报："敌将姚内斌，开城来降。"赵匡胤大喜，乃迎姚内斌入帐，稍坐片刻，就带他觐见柴荣。姚内斌拜倒座前，柴荣好言抚慰，任命他为汝州刺史，姚内斌叩首谢恩，随后引周军入关。与此同时，莫州刺史刘楚信、瀛洲刺史高彦晖及淤口关守将先后献城献关投降。

连下数州，柴荣乘胜前进。朔方州县，自从石晋割隶辽邦，好几年不见兵革，突然闻讯周师入境，一个个吓得魂飞魄散。所有官吏人民，望风四窜，周军顺风顺水，一路凯歌，大军直抵益津关前。柴荣不急于攻关，下令安营扎寨，思忖着如何招降这益津关。他又故技重施，命令李云博架炮，恐吓守军。李云博奉命赶来，说道："启奏圣上，微臣听说，这益津关守将终廷辉，与宁州刺史王洪是儿女亲家，如今王洪举城献降，而且仍旧为宁州刺史，如若终廷辉得知，一定会不战而降。微臣奏请，圣上可召王洪前来，面授机宜，一定会马到功成。微臣不才，愿意陪王刺史前往招降。"

柴荣大喜，立即召宁州刺史王洪前来，密授机宜，王洪带上李云博领命而去。益津关守将终廷辉，登阙南望，但见河中军舰，一字儿排着，旌旗招展，矛戟森严，不由得心虚胆怯，连打了好几个寒噤。正在设法摆布军阵，可巧有两人到来，连呼开关。终廷辉定眼一看，前面那个乃是自己的亲家、宁州刺史王洪，后面那个年轻随从他不认得。终廷辉知道王洪已经献城，于是喊道："亲家，你已经背叛朝廷，举城降敌，如今来此，有何贵干？"王洪说道："亲家公，战事紧急，王某有要事相商，须入关面谈。"终廷辉见他两人两骑，不足生畏，乃开关纳入，私下晤谈。

进了城来，终廷辉酒水招待。酒过三巡，王洪先自述降周的原因，大周皇帝御驾北伐，数十万大军振戈北上，特别是新建成的大周爆战军威力无穷，多少兵马都无济于事，劝终廷辉快快献城出降，可保关内百姓平安。还介绍随行者不是别人，正是研发新型炮火武器的江南浏阳火药世家传人、大周翰林学士、爆战军监军李云博。终廷辉大惊失色，慌得连忙喊道："来人，将敌将李云博及王洪拿下，明日决战，斩使祭旗！待大破周军，表奏请功！"

"慢着！"李云博站起身来说道，"终将军，在下有几句话，说完之后，要杀要剐，悉听尊便！"

终廷辉勉强笑道："李翰林，你不是来劝降的吗？老夫效命大辽，誓死不渝，才懒得听你的说辞呢！你们还愣着干什么，快快拿下，先关起来！"

一群士卒一拥而上，将李云博和王洪绑了，就往门外涌去。李云博哈哈大笑，说道："天下真是有不知死活的人啊！居然捉拿我等使节祭旗，天大的笑话啊！只怕你功还没请到，这益津关早被夷为平地了！可笑，真是可笑！"

终廷辉早就听说大周爆战军的厉害，听到李云博如是说，连忙喊道："等等，李云博，你这话，什么意思？"

李云博道："在下刚才要说几句，终将军却又不让。你现在要在下说，在下想去大牢待待，不想说了。"

王洪骂道："两国交兵，不斩来使，终廷辉，你这头蠢猪，居然连这个都不知道吗？我王洪以前只听说爆战军的厉害，以为淮南战场，炮火战队摧枯拉朽，只不过是传闻。几日前，我才真正见识爆战军的厉害！几炮下去，我宁州城门就如烂泥菱地，城墙也四处垮塌。可李监军用的还只是二号炮火，不是威力最大的。你这益津关，经得起李监军几发炮火啊？你究竟是要螳臂当车，自寻死路，还是要满城百姓，一起为你殉葬啊？我王某人是你亲家，才求着李监军别急攻关，冒死前来跟你说道说道。你这家伙，狗咬吕洞宾，不识好人心，是我错看你了！"他愤怒至极，朝终廷辉唾了几口。

终廷辉听罢，一挥手道："先放了他们，你们都退下！"亲自上前为李云博和王洪松绑。他一边解开绳索，一边说道："老夫当然知道，两国交兵，不斩来使。老夫身为益津关总兵，也是左右为难啊！二位请重新入座，先来一杯，压压惊。李监军有什么吩咐，末将洗耳恭听！"

李云博和王洪重新入了座，举杯饮了。李云博道："敢问终将军，你这益津关区区三千人，能抵得住我大周十余万雄师吗？"

终廷辉一愣，说道："这个……当然抵挡不住，可是……"

"何止抵挡不住！只要我李云博一声令下，益津关顷刻之间，将夷为平地！"李云博突然间咄咄逼人，"在下看在王将军说情的份上，看在你同是汉人饱受异族欺凌之苦的份上，看在满城百姓都曾是我中原子民的份上，才没有立即攻城，跟他一起前来，对你晓之以理、动之以情。王将军归顺朝廷，仍不失刺史之位，你要是献城，也一样仍为守关镇将。没想到你不识好歹，居然拿我等祭旗，真是岂有此理！"

终廷辉被他一通训斥，顿时满脸通红。但他生性怯懦，尚在狐疑，王洪又道："此地本是中原版图，你我又是中原子民，从前为时势所迫，没奈何归属北廷，今得周师到此，我辈好重还祖国，岂非甚善！何必再事迟疑？"终廷辉听了这番言语，自然心动，便同意出降。

仅仅不到一个月的时间，周军以未伤一人、未发一矢的代价，夺回了三州、三关、十七县。周边的契丹军寨早就听说了柴荣的大名，更听说新建成的爆战军攻无不克战无不胜，没人愿意逆势而动，纷纷投降。

连连大捷，柴荣自然喜不自胜，置酒遍宴群臣。席间，商议进取幽州事宜。殿前都指挥使赵匡胤奏道："陛下出师，只不过月余，兵不过劳，饷不过费，便得关南各州，这都是由于陛下英明神武，所以得此奇功。我军应一鼓作气，奋勇前进，直取幽云。"

宰相范质道："启奏圣上，本次北伐，初战告捷。究其原因，一是大军初征，兵锋正盛，所到之处，势如破竹；二是宁莫诸州，本是汉人，数年前被割让给辽国，受尽异族欺凌，并不愿意为异族效死，因此我军一到，皆望风归降；三是北伐以来，我军还未遇到辽军主力，还未遇到真正的抵抗。而接连克敌制胜，军队骄气日盛，易于轻敌，甚至冒险出击。老臣以为，幽州为辽南重镇，必有重兵把守，契丹也必定调集大军前来增援，将来旷日持久，必有恶战。北伐已经月余，应当略做休整，以守为攻，等待战机。惟望请圣上三思！"

柴荣看见将相犹存分歧，于是招呼大家饮酒，默然不答。散了宴后，独自回帐闷闷不乐。正在烦心之间，忽报李云博求见，连忙传他进来。李云博入了大帐，行礼之后说道："圣上此次御驾北征，月余之间，未费吹灰之力，连取三州、三关、十七县。当此之时，士气正盛，正是一举北上、大败契丹、收复失地的大好时机。圣上为何犹豫不决？"

柴荣叹道："朕何尝不知道，此时是北进大好时机啊！可是宰相为人谨慎，宴会上一席话，很能蛊惑人心啊！朕知道，除了赵匡胤、韩通等将领之外，李重进、张永德等禁军大将都似乎不愿冒进，其实是想停下来歇一歇。这大将都缺了战心，仗还如何打啊？"

李云博道："启禀圣上，战机难得，稍纵即逝。一旦辽国朝廷调兵遣将增援幽燕，再要攻坚厮杀，代价可就大了。如今有人想裹足不前，圣上就拿着鞭子，狠狠地抽。要是他们阳奉阴违，不听号令，先斩他几员大将，看看还有谁敢贻误战机！"

"岫南所言甚是。不抽抽他们，他们怕是要翻天了！"柴荣说罢，便召都指挥使李重进入帐道，"我军前来，势如破竹，关南各州县，不劳而下，这正是灭辽扫北的机会，奈何中道还师！且朕欲统一中原，平定南北，时不可失，决意再进！汝可率兵万人，翌日出发，攻取易州。朕即统兵接应，不捣辽都，定不回军！"李重进本想劝柴荣退兵，听见他如是说，料难劝阻，只好应声退出。柴荣又传旨定州节度使孙行友，率骑兵五千名前来助阵，往攻易州。

李重进于次日启行。这时候先锋都指挥使张藏英也破契丹数百骑于瓦桥关以北，攻克固安县，又弃城往北追击残兵。李重进行至固安，城门洞辟，守吏已经遁去。

李重进令军士进城安营，另派哨骑四处探路。探马回来禀报，固安县北，有一安阳水，既无桥梁，又无舟楫，可能是辽兵害怕我军前往，所以拆桥藏舟，阻我去路。李重进闻报，不知如何是好。正在犹豫间，突然忽闻柴荣驾到，惊慌失措，连忙出城迎接圣驾，禀明前途阻碍。柴荣锐图进取，听出李重进有休兵潜辞，装着不知。当即与李重进前往视察河流，果然水势汪洋，深不见底。巡视一回，便对李重进道："此水不能徒涉，只好速筑浮梁，方便进兵。"李重进心里不愿，但不敢抗命，只得应命。于是命令军士采木作桥，限三日之内修建好桥梁，三日后大军过河，围攻幽州。他安排好修桥事宜，又亲自率亲军还驻瓦桥关。

◈ 五、进攻幽州前夕，柴荣突然卧病不起 ◈

天有不测风云，人有旦夕祸福。正当准备大举北上围攻幽州之际，柴荣忽然得病，一连几天咳嗽不止，吃了些御医开的药方，也不见好转。这时候，前线传来消息，定州节度使孙行友已经攻下了易州，擒住刺史李在钦，献入行营。

柴荣抱病升帐，问李在钦愿降愿死，李在钦偏抗声不屈，誓死不降，触动柴荣怒意，即命推出去斩首。柴荣动了肝火，浑身大汗，四肢无力，自觉支持不住，退入寝所歇息。又过了两日，药汤轮换，只是病情仍然不见好转，一下子卧床不起，这把满朝文武给吓坏了。

宰相范质更是着急，就把各路禁军主要将领都召集在殿前军中军大帐会商对策。他忧心忡忡地说道："当前战事频仍，正当大举北上、围攻幽州之际，圣上突然病倒。这可如何是好？"

赵匡胤道："我朝此次北伐，一路顺风顺水。如若继续下去，收复燕云十六州指日可待。末将建议，请圣上移驾回京养病，我等继续北上，横扫燕云。"

李重进道："赵将军所言，看似有理，却难实行。长期以来，我大周禁军，不相隶属，均由圣上统领。南征之所以尽收淮南之地，就是因为圣上御驾亲征，亲自统帅。如若圣上回京养病，这北伐大军，谁能统一调度？如若无人能够统一指挥，各路禁军各自为政，请问赵将军，幽云十六州，还能攻得下吗？"

赵匡胤道："李将军多虑了。圣上回京养病，自然会任命一位德才兼备的将领统帅北伐大军，范相可以，魏枢相也可以。他们两个都是宰辅重臣，怎么不能统帅北伐大军呢？"

张永德道："二位将军别争了。收复燕云十六州，是我朝一统天下的既定国策，北伐固然重要，这毋庸置疑。可与圣上龙体比较，孰轻孰重，不言而喻。燕云十六州暂时不取，以后可以再来图之，可是圣上万一有个不测，后果那将不堪设想啊！我等多次经历中原朝廷更迭，多少年了，才出圣上这般雄才大略的君主。末将以为，只要圣上龙体安康，燕云十六州，迟早会是我们的！"

范质道："诸位将军都言之有理。范某以为，北伐刚刚拉开序幕，圣上就病倒了，这是不祥之兆啊。看来天意如此，我等又怎能违逆？既然大多数人都认为圣上龙体安康更为重要，依范某看，还是劝谏圣上暂且休兵，等养好了病，再北伐不迟。诸位意下如何？"

众将听了，都纷纷表示赞成，赵匡胤、韩通等人也不再作声。于是商议如何劝谏。由于柴荣病重，大家一起前往，会吵到柴荣，影响他养病，决定推举一两位柴荣信服的人去说服柴荣休兵。大家知道柴荣的脾气，都不敢前往。推来让去，范质道："依范某看来，赵将军最适合。不久前，圣上置酒，会商围攻幽州计策，我等曾劝圣上暂作休整，只有赵将军坚决支持北上攻打幽州。圣上笑而不答，过两天却派李将军率大军北上，打通进击幽州的通道。如今，如果赵将军前往劝谏休兵，那么圣上一定会认为，所有将领都不主张继续北上。我等又联名上书，以圣上龙体安康为由，劝谏圣上暂且休兵，圣上不会不同意。赵将军，辛苦你了。"

赵匡胤正要推脱，没想到众将都打着拱手，一个个拜托他，就纷纷离开他的营帐，把他一个人撂下。他默默地待了半晌，很是烦闷。突然间莫名其妙地被人塞了个烫手的山芋，这去也不是，不去也不是，真不知如何是好。正当无计可施的时候，他突然想起李云博，这次会商，爆战军只有李处耘来了，他应该没被邀请。于是就急忙出了大帐，连夜上马朝爆战军驻地奔去。

李云博还在作坊里忙碌着。这大半夜的，看见李处耘和赵匡胤走进来，很是有些惊诧。问明原因，李云博笑道："二哥也主张退兵？"

赵匡胤道："圣上龙体欠安，久治不愈，闹得满营人心惶惶。我要是继续坚持北伐，万一出了意外，那我就吃不完兜着走！"

李云博问道："前几日，圣上还好好的，怎么突然病倒？圣上患的是何种急症？"

赵匡胤道："圣上病患，从来保密，御医不敢说，我们怎么知道？只是听说，圣上浑身疼痛，茶饭不进，已经卧床不起了。"

李云博突然有一种不祥的预感。这北伐刚刚开始，柴荣却病倒了，眼看就要收复的燕云十六州，很可能又要失之交臂。这箭在弦上，却要松下劲来，再要拉起，谈何容易！万一柴荣有什么不测，再谈收复这丢失已久的失地，恐怕就难上加难了……想到这里，李云博突然打了一个寒战。

赵匡胤见李云博不出声，有些急了，问道："范相和众将委托我前往劝谏，我心里一点底都没有。岫南贤弟，你给二哥拿拿主意吧。"

李云博回过神来，想了想道："大家说得对，圣上龙体安康，比什么都重要。二哥就拿这一点，劝说圣上暂且休兵，应该没问题。"

赵匡胤道："万一圣上龙颜大怒，臭骂我一顿是小，影响龙体休养甚至加重病情，那岂不坏了大事？你快想想办法吧，二哥求你了。"

李处耘也急了，对李云博说道："岫南，你二哥遇上难事了。你快想想办法，帮帮他吧。你是圣上的同门师弟，又深受他器重……要不，你陪二哥去见驾如何？"

赵匡胤听李处耘这么一说，突然间似乎捞到了根救命稻草，死活抓住不放了："大哥说得对，你是圣上的同门师弟，又深受圣上器重。你一同前去，一定有办法说服圣上休兵，而且，保证圣上不动怒气。"

看见义结金兰的大哥、二哥苦苦哀求，李云博万般无奈，只得答应。赵匡胤大喜，一把抱住李云博道："岫南贤弟，不，岫南大爷，你可救了我的命啊！"于是相约，明日两人一起前往柴荣行营探疾，叩问圣安。

送走赵匡胤，李云博也无心做事了。一起和李处耘回到大帐，又闷声不响地坐了一阵，李处耘早就呵欠连天，跟李云博道别，回寝帐去了。

偌大的营帐里，只剩下李云博一个人。柴荣突发恶疾，让李云博深感不安。柴荣究竟得了什么病，这是朝廷绝密，他不能问；可这是关系到大周朝廷的命运，甚至关系到天下一统、世间和平的大事啊！柴荣年富力强，雄才大略，一统天下非他莫属，在这节骨眼上，绝对不能出任何问题！可是一个人的生死，无论是贵为天子，还是贱为奴仆，谁又能够主宰得了呢？自己是懂些医理的，也曾替人把脉疗疾，但终究不是专业郎中，根本比不上太医院御医的医术。如若明天自己冒着天下之大不韪去了解病情，说不定会招来杀身之祸，甚至会牵连他人。若不了解柴荣究竟身患何疾，会不会危及生命，他这心里又不会踏实……

想着想着，李云博犯难了，这可是他有生以来，遇到过的最不好办的难事之一。他追随雄主一统天下的愿望，此时显得飘忽不定。原来世间的事情，居然如此玄奥，眼看就要唾手可得，却又偏偏触不可及。李云博的心，突然悬到了半空中。他唯一能做的，就是默默祷告上苍，保佑大周天子逢凶化吉，遇险呈祥，灾祸让路，吉星高照！

翌日，一宿没睡的李云博早早就起了身，前往殿前军中军大帐去见赵匡胤。赵匡胤也早就起身，见李云博来了，就要拉着他去柴荣行营。李云博扯住他道："这一大早，就去搅扰圣上，怎么行呢？圣上正卧床养病，只怕还没起身。我还没就早点呢。"

赵匡胤想想也是，一拍脑袋道："呵呵，我也没吃呢。你瞧，我这是急糊涂了，连这起码常识，都给忘了。"于是就吩咐近卫亲军准备早点。

不一会儿，早点上了桌，两人都没胃口，就漫不经心吃了起来。赵匡胤突然放下筷子问道："岫南你说说，圣上会同意休兵吗？"

李云博没有回答他的问题，反问道："敢问二哥，圣上以前有无恶疾？"

赵匡胤想了想道："我跟圣上认识很早，对他比较了解。圣上习武出身，一直身强力壮，从未听说有什么恶疾。"

李云博道："那就奇怪了。按理说，圣上年届不惑，正当年富力强，就算偶感风寒，或者不服水土，三五天就会药到病除。更何况圣上三次南征，驾临江淮一年有余，也都没有患过疾病。这次北伐刚开始就病倒，怎都好些天了，还不见好转……"

"对了，我想起来了……"赵匡胤突然说道，"我记得，几年前，符皇后崩逝，圣上哭得死去活来，多次昏厥过去。那以后，圣上就郁郁寡欢，更加容易动怒。"

李云博问道："这么说，圣上是那种任意挥洒喜怒哀乐的人？"

"是的。"赵匡胤道，"圣上虽然待人宽厚，但性情刚烈，大喜大悲都写在脸上，特别易于动怒。以前符皇后在时，尚能多加规劝，自从符皇后去世后，圣上这动怒的时候，越来越多了。不久前，王朴大人去世，他又哭得死去活来，多次昏厥。"

李云博忧心忡忡地说道："王大人英年早逝，主要是忧心国事，宵衣旰食，劳累过度，日积月累，终成大患。圣上和他脾性相类，也是没日没夜地操劳，就算再强壮的体魄，也会被拖垮啊！更何况性情刚烈之人，肝火太旺，易伤脾胃，也会引起心肺两虚，这五脏六腑一旦不能调和，就会心烦意闷，失眠多梦，甚至通宵不寐，久而久之，常常会引发系统紊乱。圣上的病，如若是这个原因引起的，问题倒不是很大，但也得赶紧调理，一旦发生紊乱，后果将不堪设想啊！"

赵匡胤道："圣上病情，是朝廷绝密。我等决不能打探圣上的病情啊！这可是要掉脑袋的事情，岫南，你要切记！"

李云博应了一声，就又继续漫不经心吃起饭来。两人吃着聊着，直到进了申时，两人才往柴荣驻跸的行营方向去了。

柴荣听说赵匡胤和李云博求见，勉强坐了起来，传旨宣见。君臣礼毕，柴荣问道："二位爱卿前来，所为何事？"

李云博道："微臣听说圣上龙体不适，特来探望。万望圣上保重龙体，永享国祚！"

柴荣咳嗽一通，有气无力地说道："多谢二位爱卿挂念。朕只不过是偶感风寒，并无大碍，多休息几日，就会好的。"

李云博道："圣上励精图治，志在一统天下，经年累月忧劳国事，又多次南征北战，就算是铁打的身子骨，也会受不了啊……"

柴荣打起精神，勉强笑道："岫南，你和赵爱卿前来，依朕看，这探视病情是假，劝朕休兵是真。朕说得没错吧？"

李云博道："回禀圣上，微臣和赵将军觐见，的的确确是忧心圣上龙体，特来恭颂圣安。只是微臣以为，圣上龙体，国之根本。圣上龙体康泰，才是万民之福……"

"好了好了，朕知道了。"柴荣打断他的话道，"朕知道，这北伐燕云，不得不停止了。你们还不知道吧，今日一大早，范相就联合各路将领和随征大臣，联名上了道恭问皇帝安康的奏折，要朕保重龙体，还说什么悠悠万事，兹事体大……哎，这满朝文武都请求朕回京养病，朕不从，又能如何呢？只是此次北伐，半途而废，真是遗憾啦！"

赵匡胤道："启禀圣上，这北伐燕云，既然是我朝战略，即便今日不取，将来也必定来取。圣上放心，这燕云十六州，迟早是我大周疆土。"

柴荣长叹一声，点点头道："赵爱卿所言有理。但愿如此，但愿如此啊！"

于是柴荣就下旨，改称瓦桥关为雄州，任命陈思让为雄州刺史；改称益津关为霸州，留检校太尉、镇安军节度使韩令坤为北面都部署，居守霸州，然后下令班师。

第五章
DIWUZHANG
陈桥兵变

◈ 一、雄主崩逝，大周朝廷猝然停摆 ◈

北伐军队返至澶渊城，柴荣感觉病情轻松许多，下令大军暂且停下休整，于是十多万禁军在澶州城外安营扎寨，逗留了好些天。

柴荣入城养病，讨厌这班喋喋不休劝他赶紧回京的臣僚，于是下令宰辅以下，只能在寝门外问疾，不许入见。大臣和各路将领都惶惑得很，于是聚在一起议论纷纷：有人认为，皇帝是以退为进，等待时机继续攻取幽州；有人认为，这是皇帝的病情有所好转，等病好了再重新北进；也有人认为，皇帝不肯放弃收复幽云十六州的机会，无论病情如何，都在想办法继续进兵幽燕。但是大家都一致认为，皇帝龙体最为重要，继续北伐，会牵动皇帝的神思，不利养病。于是就商议，怎样阻止皇帝北上，班师回京安心养病。可是皇帝下旨，都不许入内探望，这可把大家愁坏了，宰相范质更是急得团团转。正当无计可施的时候，范质想起李云博就在澶渊城外不远的黄河边上宿营，于是飞马过去求教。

李云博和李处耘接到撤退命令，率领爆战军在黄河岸边驻扎。由于爆战军是辎重部队，撤退行进迟缓，好些天才聚拢到驻地，又因为是暂且休整，不能按照战时的爆战军营垒要求建立营寨，就搭了些窝棚来暂且栖身，一连几天无所事事。突然闻报范质来访，便立即猜出他来干什么了。

范质看见爆战军这么一副乱七八糟的景象，很是心酸。他简单安慰一番，也不过多嘘寒问暖，开门见山说道："李翰林，如今圣上驻跸澶渊，看样子是想等病好转，继续北上。可是大军半道逗停休整，人心惶惶，不仅不利于提振士气，也不利于圣上养病。这样拖下去，不是办法啊！"

李云博道："圣上班师半道驻留，看样子是病情有所好转。等到圣上痊愈，再图北上，岂不更好？"

范质道："圣上要是能够痊愈，那当然再好不过。可这仅仅是设想。圣上得的是什么病，我等都无从知晓。如若圣上的病情有所反复，待在这里，久而久之，必生祸乱。一旦契丹闻讯趁机南下，半道之师何来战心，很可能一触即溃。如若这样，那后果真是不堪设想啊！"

李云博想了想道："范相所言甚是。为了稳妥起见，确保万无一失，还是要劝谏圣上回京养病。"

范质叹道："可是，圣上下旨，宰辅以下，只能在寝门外问疾，不许入见。就是说，连老夫这个首辅宰臣都无法面圣。这可如何是好？"

李云博笑道："臣僚不能觐见，可是皇亲国戚可以啊。"

"皇亲国戚？"范质一愣。马上反应过来，拱手道，"李翰林真是高人啊，一句皇亲国戚，就让老夫茅塞顿开。那依李翰林之见，李重进和张永德两位皇亲重臣，哪个去更适合呢？"

李云博道："李重进是圣上表兄，张永德是圣上妹夫，应该都可以。只是李重进曾经劝过圣上罢兵，反被圣上北调，前往固安架桥开道，如若再次劝谏，很可能触犯龙颜。张永德为人敦厚，又遥领澶州节度使，其妻寿安公主深得圣上宠爱，他去，应该更为合适。"

范质听罢大喜，拱手道别了李云博，就前往张永德驻地，跟他晓以利害，请他面见圣上，请求班师回京。

于是，澶州节度使兼殿前都点检张永德，听从范质之言，连夜入城面圣。作为郎舅皇亲，张永德获得进入皇帝寝所觐见探望的机会。但是，张永德万万没想到，他的这位大舅爷皇帝，正为一则传闻头痛不已。而这则传闻，恰恰与他有关。在这个节骨眼上来劝他回京，也活该他张永德大触霉头。

原来，柴荣因病南还，行至澶州稍有好转，觉得过不了几日，就会痊愈，于是下令全军休整暂不回京。心情大好之际，就从囊中取出文书，准备批办奏折。忽然，从书囊中掉出一件东西。柴荣漫不经心捡起来，拿在手上一看，原来是一块方形直木，长约三尺，上面有一行字迹，乃是"点检做天子"五个字，不由得大吃一惊：满朝文武中，只有他的妹夫张永德，官居殿前军都点检，他做天子，岂不是要谋朝篡位？他也不便询问左右，仍然将直木收贮囊中，心情一下子沉重起来。应该说，具有文韬武略的乱世雄主柴荣，从前很少注意大周政权可能被人取代的事情，原因很简单，一是自己很年轻，即位不久，还轮不到别人有非分之想；二是他自信御下有术，满朝文武，尽在他掌控之中。可是这次重病，他不能不正视这个问题。而满朝文武之中，有这种可能和实力的，不外乎两个人，一是表兄李重进，二是妹夫张永德。这两个人，都是太祖皇帝郭威非常赏识器重的人。郭威称帝后，李重进为殿前都指挥使，张永德为殿前都虞候，全权掌管殿前亲军，都是郭威倚重的亲信。

李重进是沧州人，他的母亲是郭威的四姐福庆长公主，也就是说李重进是郭威的外甥，柴荣的表兄。后晋、后汉时期李重进就跟随舅舅郭威四处征战，颇具军事才能。于情于理，他和郭威是实实在在的甥舅关系，论资历他丝毫不逊于柴荣，而且李重进比柴荣还年长，但皇位却轮不到他。历经沧桑的郭威也明白李重进的心情，在临终前颁布遗命时，特意让李重进彻底放弃幻想，向柴荣下拜，行臣下之礼，定君臣之分。而与李重进不同，张永德与郭威没有血缘关系。但他却娶了郭威唯一存活下来的女儿寿安公主。俗话说"女婿半个儿"，郭威戎马一生，仅有一个女儿，因此对她格外照顾。从小就过继给郭威当儿子的柴荣还知道，郭威与张永德的父亲张颖关系莫逆，便将女儿嫁给张永德，此后兵荒马乱，音讯全无。多年后已经事业有成的郭威率兵途径宋州，当地人前来围观，人群之中有一女子说"此吾父也"，众人以为她是疯癫，便驱赶她。郭威听说后，与她相见，方知真是自己的女儿，父女相拥而泣，郭威便将夫妻两人带到军中。郭威重点培养他，二十几岁的张永德就在亲军中担任重要职务。

柴荣即位后，也是非常看重这两个有能力的亲戚，丝毫不怀疑他们会有二心，更是委以重任，以姑表兄李重进为侍卫亲军马步军都虞候，妹夫张永德接任殿前都指挥使，分掌侍卫亲军和殿前亲军。李重进、张永德本以姻亲之故，在数年间不断擢升，后来都在战争中展现出过人的军事才能。在决定后周生死存亡的高平之战后，李重进以战功加使相衔，升侍卫亲军都指挥使；而张永德以战功加检校太傅，授义成军节度使。三次南征淮南，李重进是寿庐都部署，成为围攻寿州各路大军的统帅，张永德是殿前军都检点，也是禁军统帅之一。当时两人相互告状，有些杂音，但柴荣丝毫不加怀疑，甚至亲自出面，化解二人矛盾。但是，如今他身患重病，这两个皇亲国戚，都手握重兵，他又如何不心存疑虑呢？

更何况，他想起晋朝皇帝石敬瑭就是唐明宗李嗣源的女婿，后来篡唐称帝，建立晋朝，如今张永德也是驸马，难道我周朝天下，也要被他篡夺么？左思右想，无从索解。恰巧这时候，突然听说张永德入城觐见，心中不生嫌隙才怪呢，于是传令召见。

柴荣就起身，单独接见了他。张永德恭问圣安之后，趁机婉言进谏道："启奏圣上，天下未定，根本空虚，四方藩镇，但望京师有变，可从中取利。今澶、汴相去甚远，车驾若不速归，益致人心摇动，愿圣上俯察舆情，即日还都为是！"

柴荣一听，怫然道："驸马爷，谁教你这般言说？"

张永德一愣，知道瞒不过柴荣，于是说道："群臣皆有此意。"

柴荣看着张永德，没好气地说道："朕亦知你为人所教，来劝说朕班师回京的。可是，你是朕的妹夫，大周朝的驸马，统帅殿前禁军的大将。你身居要职多年，难道从来都没有明白过朕的意愿么？你呀真不长进！"张永德听了，大气不敢出。只听柴荣又摇头说道："朕看你福薄命穷，怎能当此重任！"张永德闻言，一时间莫名其妙，只管俯首沉思，心中疑团顿生。正迟疑间，猛听柴荣厉声道："你且退去，朕回京就是！"

张永德慌忙退出柴荣寝所，部署各大禁军，准备开拔回京。忙碌之间，总是想起柴荣那句莫名其妙的话。一向待他宽厚的皇帝，今日说出这番让他心惊胆战的话，着实让他百思不得其解。柴荣也随即出帐，宣布班师回朝，自己乘辇还都。

李云博奉命返回潞州大营以后，继续开展爆战军建设，尽管他不知道，柴荣什么时候开始第二次北伐。而对于柴荣的病情，由于不能过问，也没有亲自把脉诊断，他也只能凭感觉来判断。而在澶州时，他听说柴荣的病情已好了大半，于是就认为是风寒所致，没怎么放在心上。他回来后，就将全部精力投入到新炮火的开发和研制上，一心一意改进和完善他的装备。一统天下的步伐，得从收复幽州重新开始，他相信，这一天一定会到来。

柴荣回京后，病体略松，过了几日便临朝理政了，这让大臣们松了口气。宰相范质上书，又在早朝的时候当面奏请，以国家安定、朝廷安稳、王室安全为由，恳请皇帝册立储君，以备不时之需。经历一场大病，柴荣也觉得有理，于是便册宣懿皇后胞妹符妃为皇后，封长子宗训为梁王，次子宗让为燕国公。命范质、王溥同时为相，参知枢密院事。授魏仁浦为枢密使，兼同平章事，吴延祚亦授枢密使。都虞候韩通兼任宋州节度使，加检校太尉；赵匡胤为殿前都点检，加检校太傅，兼忠武军节度使。此外文武百官，大多数人都有升迁奖赏，交流易任。唯独张永德，被免去了殿前军都点检这一重要官职，也不兼任澶州节度使，这就是说，张永德不领兵也不驻守节镇，仅仅剩了个虚得不能再虚的检校太尉，加了个有职无权的同平章事，留在朝中任职。朝臣们听到这个人事变动，大都匪夷所思、惊疑不已，起初并不知道柴荣葫芦里卖的什么药。但随着张永德被免，"点检为天子"的流言不径自走，满朝文武在背后窃窃私语、啧啧偷议，也就不足为怪了。

罢免了张永德，尚在病中的柴荣，又对掌握京城重兵的表兄李重进不放心了。于是颁旨，命李重进出镇扬州，把他远远地打发了事。然而流言仍然在蔓延，柴荣为之苦恼不已。这人一苦恼，病情就又加重了。这天，柴荣正在卧床休养，恍惚间复见从前送给他大伞和经卷的仙人张果老，前来索要大伞及道经。柴荣当即交还，又欲向张果老探问后事，仙人不答，拂袖而去。柴荣大惊，赶紧追曳神衣，突闻一声大喊，他被惊醒了过来。开眼一瞧，原来是南柯一梦，手中牵着的衣袂，乃是榻前的侍臣。就是梦中听见的声音，也无非侍臣惊问，不觉自己也好笑起来。可是转思梦中情景，甚觉不祥，便起身对侍臣叹道："朕梦不祥，想是天命已去了。"

侍臣答道："圣上春秋鼎盛，福寿正长，梦兆不足为凭，请圣上安心！"

柴荣道："你等哪里能知？朕不妨与你等说明。"随后，柴荣就将前后梦象，略述一遍。侍臣仍然劝解，可是人这一旦得了心魔，便真是无可救药了。柴荣得梦以后，病情迅速恶化，渐渐地不能起身了。

显德六年（959）六月十九癸巳日，柴荣忽至弥留，急召范质等人受顾命，嘱立梁王宗训为太子，正式确立了皇位继承人。临终前，他对范质、王溥、魏仁浦三位顾命宰辅说道："朕没想到，这么快就撒手人寰……尔等切记，即刻召翰林学士李云博前来，立即升任中书侍郎参知政事，兼任枢密副使，和你们一起同列相位，辅佐幼主，他也是朕的左膀右臂……对了，朕的丧葬一切从简，但是，朕有一愿望，各位爱卿帮朕实现……"

范质哽咽跪地，不停地叩首道："圣上有何夙愿，臣等一定奉诏！"

这时候，柴荣说话已经十分困难。他闭目好一阵子才睁开眼，用尽最后一点力气说道："江南瑶池爆竹，一直名闻天下。朕自幼就非常喜欢。而寿州一场炮火盛宴，更让朕大开眼界。朕本来打算，待到天下一统，命李云博好生置办几场烟火，好好庆祝战乱结束、四海升平的大治景象，谁曾想到，天下还未能统一，朕就要西去了……传朕口诏：命李云博在朕的葬礼上，好好放一场烟火，让朕走得开开心心……"话还未说完，就昏了过去，再也没有醒过来。这是皇帝口谕，也是临终遗诏，明明确确下旨任命李云博为相。可是范质等人，当面应诺，及退出宫门，范质就和王溥、魏仁浦商议道："翰林学士李云博，年纪尚轻，资历尚浅，难以服众，怎堪为相，圣上怕是病糊涂了……愿彼此勿泄此言。"大家皆点头会意。这天晚上，柴荣病崩于万岁殿中，享年三十九岁。

宰相范质等顾命大臣亲受遗命，拥立梁王柴宗训，即位枢前。服国丧期间，不改年号，一依旧制。

柴荣的崩逝，让蒸蒸日上的大周朝廷猝不及防，朝野上下被这突如其来的变故惊得目瞪口呆，犹如五雷轰顶一般。而英明神武的雄主突然离去，留下了一群从未涉足权力的孤儿寡母，也留下一个群龙无首、突然停摆的朝野格局，更留下了一片让人心生觊觎、产生无限联想的权力真空。

◆ 二、职司礼仪炮火，李翰林纵声吟哦 ◆

大周皇帝柴荣崩逝、年仅七岁的梁王柴宗训即位的消息不径自走，瞬间传遍大江南北，天下顿时炸开了锅。有幸灾乐祸的，有大舒一口气的，也有扼腕叹息的。

而举国缟素的大周朝野，却沉浸在无限的悲痛之中。雄主突然崩逝，蒸蒸日上的中原王朝的崛起，又被蒙上了一层阴影。胸怀大局的有识之士在为朝廷的未来担忧，谋求安稳得过且过的官绅吏民则变得提心吊胆起来，而一些心怀不轨之徒便暗暗打起自己的小算盘来。国丧期间为防不测，宰相范质等几位宰辅，一边紧急调派军队加强边关防务，一边下令，严禁地方节镇和各处大营驻将进京吊丧。这时候，政局的稳定，自然是压倒一切的大事。

李云博接到朝廷圣旨，要他按照先皇临终遗命，进京职司大行皇帝葬礼的礼仪炮火。此消息犹如晴天霹雳，李云博顿时眼冒金星，瘫倒在地。柴荣突然崩逝，这是他从来没有想到过的。这突如其来的变故，让他措手不及，他甚至连最起码的思想准备都没有。柴荣年富力强，上马征战四方，下马治国理政，怎么可能说没就没了呢？他强忍住悲痛，跟李处耘道别，带上一队人马星夜赶往汴梁。一夜马不停蹄的飞驰，凌晨时分，他们就到达汴梁郊外。一路急行，早已人困马乏。李云博看看时间尚早，命令大家暂且歇息片刻，等缓过劲来再通关进城不迟。大家应了一声，都勒住缰绳，然后纷纷跳下马休息。

李云博也停了下来，倚马远望：这时候天还未亮，正是伸手不见五指的暗夜，六月的汴梁城，依然被令人窒息的黑暗笼罩。浓浓的晨雾开始升起，偌大的京城，只有几处微弱的灯火忽明忽暗，似乎稍来一点风，就会被吹灭了去。寂静。寂静。死一般寂静。远远望去，城里的景致更是模糊得很，连基本的轮廓都无法分辨。头上浓云密布，不见一丝光亮，更是压得他喘不过气来。

这是什么样的黎明前夜啊，让人这般烦闷心焦而又无法忍耐！星光和黑夜连成一片，死寂和浓雾混淆一起，时间停止，空气凝固，生灵沉睡，偶尔吹来一点晨风，就好似有人用刀切割他的灵魂一般，疼痛不已。他忍不住仰天长叹：泰山倾倒，江河绝流，天塌地陷，长歌当哭！

天渐渐亮了。李云博带着众人，通关进城，到礼部报到。根据礼部治丧礼仪和规程，他赶紧策划国丧环节的炮火规制，组织人员赶制炮火，夜以继日地忙碌起来。李云博记得，柴荣曾经不止一次说起过，他非常喜欢江南李氏爆竹，当时，他并不怎么在意，认为是为了笼络他，信口所及而已。然而，柴荣遗诏命他职司葬礼炮火，让他开开心心地走，看来柴荣对爆竹和炮火的喜欢，绝非口是心非。在大行皇帝的葬礼上，燃放炮火，这可是空前的壮举啊！

从这道遗诏里，李云博读出了柴荣那颗英明神武、志在一统的雄心，读到了他关注民生、向往和平的博爱，也读懂了他寄希望于后来者，不遗余力实现人伦幸福的凤愿。火药文明承载的所有，原来与这个雄才大略皇帝的心意，如此息息相通！这是多么了不起的遗诏，这是多么大的荣耀，这是多么激动人心的差事！柴荣此举，更是对他李氏家族事业的绝对肯定，也是和他心意相通的最好明证。本来，渴望天下一统、热爱人间和平，这不仅是天下有识之士的共同追求，更是所有黎民百姓的殷殷期望。柴荣如此喜欢爆竹和炮火，足以说明，他李氏家族传承数百年的爆业文化，是值得发扬光大的！因此，他李云博，这个瑶池李氏火药绝密的第十三代唯一传人，要借这次国葬礼仪之机，把家族的所有精华，都毫无保留地展示出来，这既是对柴荣知遇之恩的报答，也是对家族未来事业充满信心，更是对皇帝未竟大业毫不动摇地继往开来！李云博要燃放的，不仅仅是一场炮火，也不仅仅是对逝者的哀悼送别与知恩图报，它承载的，更是一种对和平热爱与向往的象征性表达！

这是李云博首次为皇帝葬礼编排礼炮规制。他按照治丧流程，将所有环节中，需要奏乐、起号的地方，都加入了"鸣炮"一出，还在守夜、出殡和下葬的时候，安排了专门的炮火燃放。这是炮火作为必备礼俗制品进入朝廷丧葬文化的开始。

根据柴荣遗诏，大行皇帝的葬礼举办得简朴而庄严。但因为有了炮火礼仪的加入，变得丰富而别开生面。《礼记·王制》载："天子七日而殡，七月而葬"。虽然办得简单，但古代礼制中的程序一个也不能少，初七之期，挺丧、报丧、招魂、送魄、小殓、大殓等，都是按照古制依礼进行。大殓后，大行皇帝的梓棺便移放在滋德殿，皇室及王族等高级贵族人员各自回家进行斋戒，各部院大臣和官员要到本衙门宿舍中集体住宿斋戒，不许回家。至于散闲官员，则齐集于午门斋戒住宿。斋戒期满以后，王公以下文武官员不准作乐，禁止婚姻嫁娶活动。在京的军民百姓要在二十七天中摘冠缨、服素缟，一个月内不准嫁娶，一百天内不准作乐，四十九天内不准屠宰，二十七天不准搞祈祷和报祭。服未除前，京城自大丧之日始，各寺、观鸣钟三万次。 第二天，还在太庙前举行了颁布遗诏仪式。礼部等有司衙门根据规制，勘探陵寝，卜测葬期，发出告讣敕书，安排祭祀和吊唁活动，一切都在有条不紊地进行。头七最后一天，就开始为守丧和出殡做准备。

守丧之夜，李云博精心编排的炮火仪礼开始了。他创造性地利用种各样的炮火，将这场视觉盛宴添加了哀思内容，取名《龙之颂》，并按照守丧流程，依次进行呈现。

龙是皇权的象征，龙的出现，更是一种吉祥的征兆。李云博选定这个主题，自然是对柴荣这位了不起的皇帝表达敬意，用他卓绝的才华给这位大业未竟的皇帝送行。当然，它采用九发雷鸣，五章辞颂，也是暗合柴荣"九五之尊"。一开始，九发雷鸣之后，鞭炮响起，炮火升腾，李云博随着炮火，开始吟诵起第一章《龙之初兴》：

龙之将兴，天下分崩。百年乱象，民不聊生。凄凄苦难，无边无垠。漫漫长夜，人若飘萍。白骨露野，鸡声不闻。大道沦丧，圣人悲声。中原大地，有龙初生。出于东方君子之国，翱翔四海天地之间。龙潜之际，化身万象，或游琼树，或拣枝栖，或在云岭，或隐深渊。非梧桐不止，非练实不食，非醴泉不饮。龙之兴，天下一，太平将至，盛世欲来，万千黎民，翘首以盼。潜龙勿用，大德隐也。

一章完结，又开始守丧流程。先是"送疏"。只见法师净手焚香之后，带领送疏道人，开始鸣鱼诵经，将写好的告天的疏文，双手捧着交给小皇帝柴宗训，小皇帝更是手捧净盘托举着疏文，恭恭敬敬地朝灵位三拜九叩之后，弓身退出了灵堂。刚一转身，爆竹声响大作，硫烟漫天，女孝眷动了大哭之声，跪在孝堂里相送。皇后及众多皇族紧跟其后，在法师的引导下，一路吹拉弹唱，来到太庙前，向西跪拜焚化。第一次送疏之后，李云博开始吟诵起第二章《龙之遨游》：

龙之游也，修齐与治。逍遥云水，物外遨游。天降大任，苦其心志。流沛民间，察天下事。历经风雨，感怀天理。上苍眷顾，练就五字：胸间有仁，鳞甲有义，尾端有礼，头角有智，爪趾有信，奉天时，就地利，得人和，身披金色鳞甲，魂镶五德纹理。志在天下，起于闾里。见龙在田，利见大人。

二章完结，开始"送库"。送库是为逝者送东西，怕到了天界钱财物什不够用。真人挥动桃剑，口念咒语，指挥道众搬动纸糊篾扎而成的高台楼阁、快马大轿、金银珠宝以及其他各种冥器，还有许多装满纸钱的箱笼，都送到滋德殿外的广场上焚烧。送库的时候，爆竹锣鼓钟磬之声不绝。同时，炮火的第三章《龙之啸鸣》开始了：

龙之啸矣，于彼高冈。龙之鸣矣，于彼朝阳。一声怒吼，气冲霄汉；振臂一呼，响彻寰宇：一鸣天下一统，二鸣人间太平，三鸣百姓安乐，四鸣五谷丰登。振聋发聩，声播四方。万众归心，志士来襄。宵衣旰食，发愤图强。革故鼎新，广聚贤良。励精图治，国运日昌。啸声如雷，鸣响绝唱。如箫笙，如磬鼓，如钟吕，大雅之声，不绝于耳。时不我待，舍我其谁！惕龙乾乾，跃龙在渊，三省吾身，崛起当前。

在继续进行的丧礼流程里，李云博随着炮火阵阵，分别吟诵了四、五乐章：

第四章：龙之舞蹈

巨龙腾飞，一飞冲天。遮天蔽日，空中蹁跹。天下影从，相率起舞。上承天意，下顺民心。披坚执锐，讨伐无道。吊民伐罪，蹈火赴汤。一统天下，剑拔弩张。穿越硝烟，虽九死而犹不悔；南征北战，图大业问鼎中原。凭谁问，此番辛苦为哪般？只为那，妖雾尽、阴霾散，乾坤朗朗照人间。龙出江海，风调雨顺；龙舞原野，物阜民丰；龙腾九霄，天下大治。飞龙在天，利见大人。同声相应，同气相求。天下臣服，威震四方。

第五章：龙之栖息

龙栖云端，人神静穆。百鸟曼舞，万兽朝拜。月色溶溶，河清海晏。流光泻于洲头，黎明正待破晓。风云不测，旦夕祸福。大业未竟，中道崩殂。呜呼，天下齐哭，万民同悲；哀哉，浩渺乾坤，不假我年。亢龙有悔，不成我愿。龙战于野，其血玄黄。逝者已逝，生者当生。继承遗命，不忘初心。称颂吾皇，功盖千秋；恭请吾皇，佑我国运；祈愿吾皇，九霄安息……

李云博的这场空前绝后的炮火杰作，感动了在场的每一个人。他为五章炮火燃放，配上情文并茂、声泪俱下的真诚演绎，确实精彩纷呈，让人叹为观止。

翌日凌晨时分，出殡吉时已到。柴荣的灵柩就从正殿中抬出，摆放在靠近皇宫东门的正前方。站在队首的六十四名宫人，举着旗幡缓缓前行，风吹着那旗幡迎风飞扬。跟在后面的卤薄仪仗队，人数很多，举着丝绸做的幡旗，还有各种兵器及要烧的东西。七十二名杠夫扛着棺木缓缓前行。皇帝后妃及皇亲国戚、满朝文武在那里凄凄惨惨地哭着，目送出东门。和尚道士们身着法衣，手执法器，不断地吹奏、诵经。送葬的队伍很长，走的路也长，沿街都有些身着丧服的老百姓观望，一样都哭得死去活来。大行皇帝的灵柩移进了大相国寺，接下来便要超度亡灵。

出殡之后，受命追上先帝尊谥的翰林学士兼判太常寺窦俨，已经完成尊谥事宜，尊谥大行皇帝为睿武孝文皇帝，庙号世宗。这年冬天，群臣披麻戴孝，奉葬庆陵。

当然，无论出殡还是下葬，爆竹和炮火都无处不在，大放异彩，自然也无须赘述。

◆ 三、暗流涌动的汴梁城 ◆

周幼主柴宗训嗣位，一切政事，均由宰相范质、王溥等主持，尊小符皇后为皇太后，恭上册宝。新皇即位，自然大封群臣，宰辅范质、王溥、魏仁浦、吴延祚四人，均加公爵。封晋国长公主（即张永德妻）为大长公主，驸马都尉兼检校太尉张永德为许州节度使，进封开国公。侍卫亲军都指挥使李重进为淮南节度使，而宋州节度使兼检校太尉韩通，回京仍充侍卫亲军副都指挥使，遥领郓州节度使。改许州节度使赵匡胤为宋州节度使，仍充殿前都点检，兼检校太傅。

幼主刚立，宰相范质以国朝大丧、稳定政局为由，开始采取守成策略，柴荣钦定的一统天下的路线图被搁置下来。本来，在柴荣崩逝、幼主刚立之初，这一策略无可厚非，也得到朝野的广泛支持，但比较保守的范质却一味强调稳定，推行休养生息政策，将国家一统大计束之高阁，甚至借大权在握之际，通过人事安排削弱大将兵权，这就招致许多主张继承世宗皇帝遗命、完成未竟事业的将领的不满，就连一些文臣也颇多微词。大部分将领基本上都主张继续北伐，收复燕云十六州。他们非常担心先皇崩逝后，幼主年少，一切军政大权都落到宰相手中，如若宰辅们在国家大政方针上彻底改弦易张，大周朝廷的崛起将变得渺茫，他们追随先帝一统天下的理想将无法实现，这样一来，军中将士看不到希望，很可能会对朝廷未来失去信心。更有少数将领，仍然沉浸在柴荣崩逝的伤痛之中，他们认为，随着先帝的离去，大周朝崛起的希望也随之而去，更不用说什么一统天下了。

李云博时常会遇到一些将领跟他讨论，如何继承先帝遗志，继续北伐；也有的人提醒他，尽量少提一统天下的战略；甚至不时会看见一些人聚在一起议论纷纷，看见他来了，就赶紧闭嘴，匆匆离去。京城内外，看似平静，其实暗流涌动不止。这说明，朝廷内部开始出现分歧。李云博看到这样的局面，自然忧心如焚。他想借职司国葬炮火礼仪、身处京师之机，通过沟通协调弥合这种分歧。因此，他决定首先前往相府，拜访宰相范质。

李云博知道，柴荣崩逝，朝廷格局的微妙变化，是有深层次原因的。这不得不从大周朝廷权力格局说起。

此时，朝廷内阁身居相位的，除去藩国加封，以及向训和张永德是虚职（向训从淮南节度使任上因为军功加同平章事、领武宁军节度使，后又转任山东节度使，镇西都洛阳；张永德被免了殿前军都点检后，加同平章事，领许州节度使，都是在地方任职，没有实际相权），实际上只有四位，即范质、王溥、魏仁浦、吴延祚。范质是首辅。魏仁浦是枢密使兼中书侍郎、同平章事，也就是说，他是军队的最高统帅，即通常上所说的枢相。王溥是礼部尚书、监修国史，加封门下侍郎，虽然一直主张推进统一进程，却主要从事礼仪文化工作，柴荣在时还很能出谋划策，柴荣去世后，他在内阁里有名无实。吴延祚是宣徽南院使，授枢密使同平章事，位列宰辅，但主要职司仍然是郊祀、朝会、宴享供奉等事宜，也没有多少实际权力。范质、王溥、魏仁浦三人是顾命大臣，而范质、王溥、吴延祚又参知枢密院事，俗话说，"龙多天旱"，这样一来，军政大权实际上都在范质手里。范质治国理政一把好手，是个难得的好宰相，但柴荣应该明白，他一直主张休养生息、惠及民生，并不是自己一统天下的坚定支持者和执行者。试想，如若王朴尚在，用他入阁，他和魏仁浦、王溥一起，应该是能够制衡范质，继续推进天下一统的进程。然而，王朴去世，这种可能就没有了。因为能够掌控全局，而又不会谋权篡位的，只剩下范质了（当然，论才能还有一个前相李谷，这时候已经致仕在家，卧病不起）。或许，留任范质继续担纲首辅宰相，是柴荣迫不得已的选择。

柴荣生前应该知道这几位宰相权力分配的情况，因此临终前反复交代，要让李云博入阁为相参与政事，并兼枢密副使，实际上是利用李云博掌控着爆战军来平衡权力，继续推进天下一统。但是几个顾命大臣借口李云博资历尚浅难以服众，隐瞒了皇帝的口谕，不能不说一点私心都没有。这也说明在这一点上范质老辣，而王溥、魏仁浦缺乏深谋远虑，居然听从了范质保守秘密的提议，这个严重抗旨行为的后果，不久就会显现。李云博当然无从知晓这等绝密，他也只能勉为其难了。

范质听说李云博来访，连忙借故推脱。李云博接连上门三次，范质才勉强接见。双方礼毕，范质问道："李学士有何要事，一连三次登门拜访老夫？"

李云博拱手道："回禀范相，先皇崩逝，举国哀悼。国丧期间，范相主政朝廷，劳苦功高，下官借职司炮火礼仪间隙，特来拜望，以表恭敬之心。"

"李翰林过誉了。身为人臣，为国效命，天经地义。"范质说着，看了一眼李云博，继续说道，"李翰林，先帝突然崩逝，如今主少国疑，内忧外患，老夫是战战兢兢、如履薄冰哪。我等唯有同心同德，辅佐幼主，一心一意维护朝廷稳定，才对得起先皇的恩宠啊！"

"范相所言甚是！"李云博回应一句，继续说道，"如今圣上年幼，国家大计均出范相。下官有一疑问，如鲠在喉，不知范相能否指教？"

范质笑道："李翰林博古通今，也有疑虑？只是指教不敢，李翰林若有疑虑，老夫定当知无不言、言无不尽。"

李云博问道："敢问范相，先帝即位以来，为何几年之间就让我大周朝廷蒸蒸日上、崛起中原？"

"为何？"范质一愣，想了想道，"先帝英明神武、雄才大略，深受朝臣拥戴。这应该是我朝崛起之根本因由。"

"范相所言甚是。"李云博肯定一句，继续问道，"请问范相，先帝为何深受朝野拥戴呢？"

范质道："这还要问？先帝英明神武啊！这样的明君，谁不拥戴呢？"

李云博道："下官再冒昧一句，先帝英明神武，体现在哪些方面？"

"李翰林是在考校老夫吗？"范质有些不悦，他悻悻地说道，"先帝一登大位，就北上大败契丹北汉联军于高平，继而又兴利除弊，改革内政，建设禁军，限佛控佛，奖励耕织，发展漕运，扩建都城，诸如此类，举不胜举。这些年，又三度南征，尽收淮南之地……这些，还不表明，先帝英明神武吗？"

李云博道："下官岂敢！不过下官以为，先帝英明神武、朝野拥戴，并不仅仅是因为这些具体举措。范相知不知道，圣上兴利除弊、励精图治，到底是为了什么？"

范质道："李翰林来我府邸，就是要难为老夫吗？老夫不知道为什么，这总行了吧？"

"下官以为，范相知道，只是在回避而已。"李云博也有些恼火，他出于对宰相的尊敬，还是压住怒火，继续说道，"下官以为，先帝所做一切，就是为了结束乱世，一统天下，还黎民百姓一个太平！"他看着范质铁青着脸，也不管三七二十一，继续往下说道，"正因为先帝有此大志，并身体力行，他才能包容一切，选贤任能，凝聚了各方有识之士，共图一统大业。我等唯有继承遗志，继续推进未竟事业，才对得起先帝之重托啊！"

范质闻言，"霍"的站了起来，怒道："李翰林，你是军中将领，如何对老夫施政说三道四？你不知道，在军不言政吗？"

李云博也站起来，道："先帝九五之尊，尚能屈尊讨教，开门纳谏，从善如流。范相刚刚顾命主政，辅佐幼主，就想独霸朝纲、闭目塞聪，因言治罪吗？更何况，下官还是翰林学士呢，如何不能言政？"

"你……"范质知道说不过他，而且这独霸朝纲的帽子扣下来，他更是担当不起。他压制愤怒，缓和语气说道，"李翰林请坐。老夫一时失礼，还请莫要见怪。"

李云博坐下来，也拱手道："下官一时冲动，顶撞范相，还请海涵。"

两人就都坐下，默不作声饮了一会儿茶，范质又开口了："李翰林，老夫知道，朝中很多大臣跟你一样，都希望老夫继承先帝遗志，继续北伐，收复燕云十六州。可是眼下，新皇初立，外敌虎视眈眈，朝野人心不稳。如若这时候大举北上，恐生祸乱啊。这一点，李翰林不会不知道啊。"

李云博道："范相处事谨慎，为求政局稳定，实施保守策略，本来无可厚非。然而一味强调守成，就会造成朝廷改弦易张的误会。如若要保住两代先帝创下的基业，仅仅守成是不够的。况且，不提一统天下国策，将先帝制定的路线图束之高阁，会寒了为了天下苍生奋不顾身效命沙场的将士们的心。俗话说，人以群分、物以类聚；道不同不相为谋。朝野没有了原来的共识，如此一来，合力不在，人心将散，久而久之必生嫌隙，这不利于朝野稳定，也不利于国家的长治久安啊！"

范质叹道："老夫何尝不知道，休养生息、韬光养晦的策略，会让那帮能征惯战的大将离心离德。可是，李翰林，你想过没有，新政权初立，最怕什么吗？"

李云博道："这个，下官自然知道。这新帝初立，一怕权臣谋逆，二怕外敌入侵。"

范质问道："那敢问李翰林，如今我朝有无此类风险？"

李云博答道："当然有。不过微乎其微。"

"微乎其微？老夫看来未必。这外患还好办，加强边防就是。可这内忧，当真棘手啊！"范质神色严峻地说道，"不知李翰林听说过没有，京城内外，到处都是流言，说什么'点检为天子'，先帝生前都为此恐惧不已，罢免了张永德殿前司都点检之职。"

李云博笑道："流言终归流言，岂能当真？"

范质道："如若这是别有用心的人，故意散播的呢？"

李云博道："那就严令彻查，依法治罪。"

"流言如何查啊，这能够查出真相吗？"范质看着他，叹息道，"如若此时派大军北伐，派谁领军呢？无论谁率领十万禁军北上，一旦他兵柄在握，对朝廷都是个巨大威胁啊！"

李云博沉思道："范相忧思，不无道理。但是如若一味防范大将谋逆，很可能弄巧成拙。下官还有句肺腑之言，不知当讲不当讲。"

范质道："李翰林有何指教，老夫洗耳恭听。"

李云博道："防止大将篡位也好，抵御外敌入侵也罢，关键一条，就是不能在一统天下大政方针上改弦易张，防止朝廷分裂。尽管当前不能南征北战开疆拓土，但是，先皇的遗命，绝对不能束之高阁。这，很可能成为某些别有用心之人大逆不道的借口。望范相三思。时候不早了，下官告辞。"说着就起身告辞。

范质起身相送："多谢李翰林赐教，老夫一定权衡利弊，妥善从事。"他望着李云博离去的背影，一时间五味杂陈，呆呆站了半晌，居然不记得回身。

李云博又继续拜望了其他几位宰相。吴延祚和他讨论的基本上是出殡那天的炮火，热情非常高。他认为，太庙的祭祀规制中，也可加入炮火礼仪。李云博不愿扯远，聊了一阵就起身告辞。王溥虽然也谈到炮火，但不是重点，他的重点主要是如何坚持春秋笔法、秉笔实录历史真实。说到这里，他还叹了口气，说做官比做学问难得多，而做个好史官，那就难上加难了。特别是跟魏仁浦交谈，总觉得他有些奇怪，似乎欲言又止。他知道，魏仁浦作为枢密使，一贯支持柴荣南征北战，如今入阁为相，又是三名顾命大臣之一，怎么突然就变得首鼠两端了呢？而他们几个辅相，一提到政局和朝廷大政方针，几个人就噤若寒蝉，不愿多说。他满腹疑虑，总感觉到不大对劲，但又不明白究竟发生了什么事情。

面对柴荣崩逝之后的朝野乱象，李云博痛心不已。他知道，朝野对于国家大政方针的分歧，是朝廷分裂的开始。不用说别人心存疑虑，自己又何尝不是如此？主少国疑，人人自危，这种危机要是被别有用心的人利用，后果将不堪设想！想着想着，不由得冷汗直冒，甚至在大热天里打起了寒战！

◆ 四、李处耘秘密进京，李云博突感异常 ◆

转眼就进了深秋。这时候，国丧已过七七之期，停在东相国寺的先帝灵柩已经超度完毕，只待下葬日期一到，便送往庆陵安葬。

李云博继续在为先帝葬礼的炮火礼仪做准备。但是，他心里，仍然为朝廷的前途忧虑。几个月来朝野暗流涌动，人心惶惶，各种流言愈演愈烈，而宰相范质并没有改变他休养生息的政策，这让他大失所望，从未有过的绝望涌上心头。

这天，他百无聊赖，于是来到赵匡胤的府邸走走，没想到碰到了李处耘。李处耘看见李云博，连忙上前招呼。李云博问道："大哥何时回京的？"

李处耘闪烁其词道："呵呵，来几天了……闲得无事，进京探望一下你二哥。"

李云博感觉蹊跷道："朝廷有令，国丧期间，严格禁止州郡长官和节镇大将进京吊丧。大哥居然不奉诏令，擅自进京？"

李处耘道："我不是进京吊丧……"

赵匡胤道："岫南多心了。岫南你知道，自从我接任殿前都点检以来，殿前司领军将领奇缺，忙不过来，于是就奏请朝廷，调你大哥重回殿前司任职。本来，你们炮战军仍然隶属殿前司，调你大哥过来，也不过是殿前司将领内部调整。"

"哦。"李云博应了一声，"请问，大哥调任何职？"

赵匡胤道："枢密院只是同意调任，至于职务，尚未明确。估计是原来的都押衙。"

"枢密院同意？"李云博一听，觉得很不对劲，于是说道，"殿前司、侍卫司各大禁军，一直由圣上亲自统领，别说殿前司铁骑军、控鹤军、爆战军的主将，就是各军下属的指挥，也都由圣上亲自任免。枢密院怎么能管禁军将领的任免呢？"

赵匡胤一愣，说道："岫南，你说，圣上年仅七岁，能够亲自统领十余万禁军么？圣上已经颁旨，委托范相和魏枢相，今后朝廷军队，均由枢密院掌管。"

李云博听了，顿时大惊失色。这么大的军队指挥权调整，居然连他都不知情。他知道，朝廷军队建制，分两大系统，中央军和地方军。中央军就是禁军。禁军又分为两大系统：殿前司，侍卫司。其中，殿前司有两大主力：铁骑军（马军），控鹤军（步军），以及负责宫廷警卫的内殿直和散指挥等兵马。侍卫司有两大主力：龙捷军（马军），虎捷军（步军），以及南征北战时期建立起来的水军。后来爆战军从殿前司控鹤军分离出来独立成军，与各大禁军并列，是一支新生武装力量。需要注意的是，殿前司人少一些，但更具有战斗力，深受后周皇帝柴荣信任。禁军是朝廷的绝对主力，都是在高平之战后，柴荣从各地挑选的精兵强将，加起来大概二十万。而地方部队，主要有节镇驻军和边关守军，以及这些年开疆拓土收编的北汉"效顺军"、西蜀"怀恩军"、南唐"归德军"降卒，总兵力在三十万左右，略微多于禁军，但地方军分散在各处，战斗力无法与禁军相比。中央军由皇帝亲自掌管和调动，地方军由枢密院和兵部管理，根据皇帝圣旨调动。枢密使管理调动军队，却不能直接领军；将领领军但不能随意调动，只能执行枢密院和兵部的军令，这有利于皇帝对军队的直接掌控。如今圣上年幼，黄毛孩童，知道什么兵权，还不听任宰相们摆布！将中央禁军的指挥权委托给枢密院，军权如此集中，朝廷的风险将会大大增加！

李处耘见李云博默不作声，安慰他道："如今圣上初立，大事小事都委托宰相，我等又能如何？大哥我过来帮你二哥掌管殿前军，也是出于军中稳定需要。只要殿前军牢牢控制在我等手里，朝廷就不会生变。"

李云博听他如是说，也就不再争辩。他问赵匡胤："大哥调任殿前司，爆战军谁来统兵？"

赵匡胤道："你大哥爆战军都指挥使继续兼任，只是由你这个监军负责日常军务。圣上葬礼过后，你就得回去，掌控好爆战军，不能有任何差池。这可关系到朝廷稳定和国家安全啊！"

李云博听罢，心事重重地告辞出门。他哪里知道，李处耘根本没有得到调令，而是秘密进京的。由于先帝下葬之日临近，他得加紧为炮火礼仪做准备，也没有去证实这一事件的真伪。更或许，他对义结金兰的大哥二哥过于信任，对他们的话根本就没怀疑过。他更不知道，李处耘进京，是受好友侍卫司马军都指挥高怀德，掌书记赵普，与赵匡胤之弟赵匡义等人相邀，密商大事。就在这天夜里，高怀德、李处耘等人背着赵匡胤，在高怀德的龙捷军中军大帐里，秘密召集殿前司、侍卫司一些主要将领，商讨军机大计。

这天夜里，高怀德下令全军戒严，并在中军大帐外围部署三层岗哨。前来与会的十多位将领，都与赵匡胤关系密切。只听殿前司掌书记赵普开门见山说道："诸位将军，自先帝崩逝、幼主继位以来，主少国疑、国命堪忧。此话怎讲？赵某以为，我朝之所以能够崛起中原、威震列国，就是因为先帝英明神武、雄才大略，以一统天下为己任，高举仁义大旗，励精图治，富国强兵，凝聚四方英豪，共图一统大业。一时间，众志成城，天下归心，数年之间便脱颖而出，成为天下第一强国。可是，大业未半，先帝却中道崩殂，岂不痛哉！圣上年幼，一切军政大计均出宰相。而宰相范质等人，却置先帝一统天下大业于不顾，军国大计改弦易张，下令休养生息、改善民生。这是背弃先帝遗志、大逆不道之举！我等有志于天下一统之士，义愤填膺之余，却又一时间群龙无首，只能扼腕叹息。如此下去，人心必散，朝纲必乱，国将不国啊！今夜请各位将军前来，就是想听听各位，对当前形势，有何看法；如何破解困局，又有何良策。赵某知道，这近半年来，各位将军都憋坏了，务请各位坦荡胸襟、畅所欲言，知无不言、言无不尽。"

近期来，禁军将领也确实憋坏了，听他这么一鼓动，就纷纷说起心中的忧虑与不快，又有人对宰相的施政大放厥词。一时间，愤懑的洪水在大帐中汹涌澎湃。

李处耘见大家都不满宰相维稳策略，觉得时机到了，就振臂高喊道："各位将军，大家静一静。容我李某说几句。这些年来，我等军中将领，追随先帝南征北战、出生入死，究竟为何？"

"这还用问？自然是为了天下一统、实现人间太平！"

李处耘道："各位所言甚是。可是，如今先帝崩逝，幼主初立，宰相把持政权，下令休养生息，凡是有言北伐者，一律军法从事。你们说说，一统天下大业，还有希望吗？"

"如此下去，一味守成，不仅一统大业无望，甚至国朝安危，也令人担忧啊！"

李处耘道："那么各位，我等都是先帝旧将，自然都是先帝遗命的坚定拥护者和执行者。常言道，一朝天子一朝臣，新帝刚立，先帝倚重的大将李重进、张永德都被外放节镇，大家说说，这究竟为何？"

有人道："这是范质等人在排斥异己，打压我等军中大将。"

也有人道："话不能这么说。张李二人解除禁军指挥权并被外派，这不是范相所为，而是先帝为了防范大将谋逆，所做的特意安排。这笔账，不能算在范相头上。"

又有人道："这究竟是先帝所为，还是范相所为，姑且不论。但有一点可以肯定，范相他们之所以不敢继续先帝未竟事业，就是怕大将拥兵自重，甚至谋朝篡位。如此下去，我等禁军将领，不仅报国大志无法施展，无法为国效命疆场，说不定哪一天，也会被削去兵权，排挤出局。长此以往，先帝一手创建的禁军，就要落入他人之手，甚至土崩瓦解！"

殿前司副都点检慕容延钊突然站起来道："各位言之有理。因此，保住禁军，就是保住我大周江山的根本。大家要明白，范相所为，绝非为了一己之私，他也是为了朝廷安危，在殚精竭虑。我们知道，大将拥兵自重，确实为朝廷隐患，前朝政权数次被大将篡夺，根本原因就是兵权落入他们之手。范相不敢轻言北伐，道理就在这里。但是，范相他应该明白，如若不继承先帝一统天下遗志，继续北伐收复燕云十六州，朝廷立国根本就会动摇，文臣武将就会心生隔阂，长此以往，朝廷人心不在，国命堪忧啊！因此，当务之急，就是要说服范相，继续北伐，推进一统大业，以此保全禁军建制，凝聚朝野人心，确保我大周朝廷继续崛起。"

在所有出席秘密会议的将领中，慕容延钊职位最高，他的话得到大多数将领的赞同。但是也有人提出疑问。比如高怀德就提出来，如今枢密院明令军中有敢言北伐者，一律军法从事，说服范质北伐，是根本不可能的事；比如殿前都虞候王审琦发问，我等一干禁军将领私下密会，会商继承先帝遗志、推进一统大业，而殿前、侍卫两大禁军的统帅都不知情，一旦有人泄密，后果谁来承担？比如侍卫步军都指挥使张令铎说，就算范相为了凝聚人心同意北伐，由谁领军而又能有效防止他不拥兵自重谋权篡位？……这些具体问题一提出来，大家都默然以对。虽然，也有人主张禀报殿前都点检赵匡胤、殿前都指挥使石守信、侍卫亲军副都指挥使韩通，要他们牵头集体上书朝廷，请命北伐，但有人认为这样做会牵连禁军统帅，甚至泄露禁军将领秘密集会的事，风险太大，招致大家一致否定。也正因为如此，这场旨在保护朝野合力、继续北伐幽燕的秘密会商基本上流产了。赵普当然害怕泄密，于是组织大家歃血盟誓，绝不泄露秘密后，才让大家散去。

但是，高怀德、李处耘、赵普几个人投石问路的目的达到了。因为所有与会的禁军将领，都表达了对当前朝廷的忧虑、疑惑甚至不满，而他们对先帝柴荣一统天下大业的至死不渝，正是他们拿来拉拢诸将、凝聚人心的最好借口。于是，一场改变历史的惊天阴谋，开始酝酿起来。而这场阴谋的主角，却一直站在幕后，始终未露一丝马脚。

◆ 五、掌书记赵普密谋窃国大计 ◆

就在大周主少国疑、危机四伏的当口，一个读书不多、但满脑子权谋的年轻书生突然站到了历史台前。赵普，这个号称"半部论语治天下"的历史名相粉墨登场了。

赵普，字则平，蓟州人，后唐末年，相继迁居常州、洛阳。后周显德年间，先后为永兴军节度使刘词从事，滁州、渭州军事判官，显德三年被赵匡胤收在帐下，并举荐任同州、宋州节度使推官、掌书记。他被赵匡胤赏识，原因也很简单，就是南征之时，赵匡胤大破滁州，抓获了百余名匪盗，经过赵普的审讯，原来这些人都是被逼无奈落草为寇，不是真正意义上的强盗，也没有什么大的罪行，赵普就放了他们。这件事情让赵匡胤大为惊奇，于是对他刮目相看，很是倚重。两人经常一起饮酒谈天，纵论时事，非常投缘。赵普对于赵匡胤的知遇之恩自然牢记在心，时常思图报效。

机会来了，不到四十岁的赵普暗自庆幸跟对了主人。应该说，历史给予没读什么书，而又手无缚鸡之力的柔弱书生的机会，少得不能再少。他们过不了科考当不了官，也不能通过征战疆场获得军功，教教书或者当当别人幕僚，已经很幸运了，要跻身显贵基本上不可能。但是一旦机会来临，这些人以小博大、投机冒险的胆量那是无人能比的。原因很简单：名利危中来，富贵险中求。与其庸碌一生，不如孤注一掷，赢了就飞黄腾达，输了就早点归西。人终究都得死去，失败身死虽然比料想的要早，但是有一大堆高官显贵陪着他掉脑袋，他反正是小人物，屎盆子扣下来自然有别人顶，谁会在意他呢？问题是，万一赢了呢？心存侥幸的人一般都会输，但赵普是个例外，不是因为他胆大包天，也不是因为他才华出众，而是因为这个机会确实太好了，用百年不遇、千载难逢形容都不为过。

首先，是这个盘子好，绝不是个烂摊子。大周虽然也是篡夺过来的皇权，但那是个烂摊子，经过郭威、柴荣两代皇帝的治理，大周朝已经蒸蒸日上、称霸四方了：国力日益强盛、制度逐步完备、军队战力非凡，还有一帮务实勤勉的文臣和能征惯战的大将，这时候接过来基本上不需多大努力，就可以坐享其成。

其次，是无人提防、没有对手。柴荣年富力强，能力又出众，而且一统天下的政治目标和路线图非常明确。这时，朝廷上下同心，百姓拥戴，几乎没有人对这个皇帝不满意，更不用说有人谋反了。柴荣突然崩逝，接班人年仅七岁，这批文武百官都是柴荣选拔出来的，绝大多数都是德才兼备，没有几个小人。他们首先想到的就是如何报答先帝的皇恩，辅佐好幼主继续先帝未竟大业，确保大周朝廷继续崛起。就连有条件上位的张永德、李重进也基本上都没去想这码事，而柴荣临终前为了防范大将谋逆，偏偏削去他们的兵权，这正好提醒了那些躲在暗处的小人。勉强算是对手的两个重要皇亲国戚提前出局，谁还有这个资格和实力，站出来篡位呢？而宰相范质一干宰辅，成天喊着防范权臣谋逆，就像管家替主人守宅子防盗，也总有打瞌睡的时候。

再次，就是自己跟的主子被任命为殿前司都点检。赵匡胤莫名其妙成了禁军最高统帅之一，绝对是天上掉馅饼。柴荣要是在世，这个位置不可能落在赵匡胤的头上。原因很简单，柴荣在位，妹夫、表哥当然比好兄弟可靠，张永德是殿前都检点，李重进是侍卫司都指挥使。可是突然间大病袭来，随时可能撒手西去，那么妹夫、表哥担任禁军统帅就成了皇权最大的威胁。但他千不该、万不该，将统帅禁军这样的大权交给好兄弟，而且是能力出众、素有人望的好兄弟，兄弟比亲戚可靠？这恐怕无人相信。选不出人，空在那里不行吗？柴荣英明神武，却百密一疏，真让人扼腕。柴荣一生很少犯错，可是犯这一回错，就把自己辛辛苦苦打下的江山，拱手送人，这可真要命啊。在巨大的利益诱惑面前，亲父子亲兄弟都靠不住，称兄道弟的交情，算个啥呢？

应该说，这三者缺乏任何一条，赵普绝不敢冒天下之大不韪，动他那一举成名的歪心思。可是历史偏偏这样巧合，把天时、地利、人和以及连王炸都凑齐了，君子不屑这等手气，可是小人等待的，就是这个！要说赵普的优点，也就是这一点，他看到了机会之后，果断出手，而且稳准狠！

其实，赵普的手法也不算高明。他先是打出北伐幽燕、收复燕云十六州的旗号，让赵匡胤率领禁军北上，"将在外、君命有所不受"，全面控制禁军之后，再回师中原，夺取孤儿寡母手上的政权，这其实是在学习借鉴郭威夺取后汉政权的做法。但是禁军将领们提出了种种疑问，他赵普肚子里就那么点货，根本解答不了他们的疑难，于是继续北伐的阴谋破产。特别是以范质为首的这帮宰相可不是吃干饭的，他们总结前朝教训，就算暂时搁置柴荣一统天下的路线图，也不会让大将有篡权的机会。这难不倒读过论语的赵普，他肚子里学问不多，可是歪点子不少。

那时候，禁军的将领们成天研究怎么领兵打仗建功立业，没几个人琢磨阴招，也都不屑于权谋。赵普另辟蹊径，开始了他不同寻常的功业之路。这个出身卑微的幕僚，算准了赵匡胤的心思，而且利用掌书记这个官职不高可是影响不小的身份，开始日思夜想、四处奔忙。他沉下心来对朝中文臣武将逐个摸排，也对地方将领一一筛选，初步框定出三类人：赵匡胤的好友、亲朋和部属，中间分子，一心维护后周政权的敌对分子。对待亲友故旧，重点依靠；对待中间分子，尽量拉拢；对于敌对分子，坚决打击。那晚秘密集会的，故旧居多，也有中间分子，特别是侍卫司的几位重要将领也都和赵匡胤没有过节，这让他看到了赵匡胤全面控制禁军的希望。因为这时候，李重进的侍卫亲军都指挥使虽然兼着，但是人在扬州，实际担任的是淮南节度使，指挥不了侍卫司，侍卫司的实际指挥权在副都指挥使韩通手里。可是韩通是柴荣的绝对亲信，也是赵普名单上的敌对分子；马军都指挥使高怀德是赵匡胤的铁杆哥们，步军指挥使张令铎属于中间分子，只要拉拢到张令铎，韩通就会被架空，完全可以绕开他韩通。如若完全控制禁军，这事儿，就成一半了。

经过数月的周密盘算，赵普心里越来越有底了。你范质越怕什么，我赵普就偏偏给你送什么。你不是怕外敌入侵吗，我就来个契丹人南下。他选定这一着棋，是看准了驻守霸州的北面都部署韩令坤是赵匡胤的铁哥们。更重要的是，韩令坤的父亲曾经犯罪，差点被柴荣处死，虽然后来柴荣赦免了死罪，但被流放。因此他断定韩令坤不会是大周朝廷的殉道者，要他造个假，谎报个军情，绝非什么难事。但是万一韩令坤不愿意呢？看来得派个重要的人亲自去一趟。派谁呢？思来想去，他想到了李处耘，这个人，也是韩令坤的好朋友。还有一个原因，他是爆战军的都指挥使，前往潞州炮火营视察，顺道北上霸州，不会有人留意。

盘算到这一步，就得研判一旦朝廷得到北狄入侵的消息后，有什么反应，又该如何应对。赵普挖空心思做出了设想：第一种可能，就是不信北狄入侵，派人北上证实。这个好应对，继续造假，买通或者干掉信使，甚至要韩令坤进京面奏敌情，都绝不会露出破绽。但是这种可能性很小，一般情况下边防大将急报军情，谁会怀疑呢？而且，谎报军情，那是要满门抄斩的！第二种可能，朝廷信了，决定出兵，但是不派赵匡胤统兵北御。当然，除了赵匡胤外，李重进、张永德也是合适人选，但他们是朝廷防范对象，这种可能性几乎没有。其余的人，为数不多，但还是有的。比如，派韩通率领侍卫亲军出征，留下赵匡胤统帅的殿前军拱卫京师，是非常不错的选择。韩通能征惯战，无论南征还是北伐，都屡建奇功，侍卫司龙捷军、虎捷军两大主力也有七八万禁军，再从各地抽调数万兵马协助，组织十多万的大军北上，胜算还是蛮大的。要是范质这样安排，麻烦可就大了。第三种可能，朝廷派赵匡胤率领殿前司的铁骑军（马军）、控鹤军（步兵）、爆战军出征，韩通率领近卫亲军留守京师，也是很好的选择。但是这两种可能，都还达不到全面控制禁军的目的。看来，一定要实现第四种可能，那就是既要让赵匡胤出征，又要把所有禁军四大主力都带出去。这是成败的关键，绝不能留下后患。为了这个，赵普整整冥思苦想了大半个月，始终没有想出解决的方案。

恰恰这时候，正值柴荣下葬日期。朝中文武大臣都赶往庆陵送葬，他这个掌书记级别太低，没资格为皇帝送葬，一个人就出了营寨，策马往北边走。不出数十里，就来到陈桥驿。这是一处地势开阔的平地，时进寒冬，原野上万物萧疏，寒风凛冽，更没有人出没。赵普走在旷野间，有一种前不见古人、后不见来者的孤独感。是啊，干这等空前绝后、惊天动地的大事，不孤独，才怪呢。他一边安慰着自己，一边苦苦思索着他的策略。

不知不觉间，他来到一处山丘前，只见一个猎户，正在那里诱捕野稚。他停下脚步，仔细观察起来：猎户将一只野稚放出去，任凭它叫唤游走，不一会儿，就招来另一只野稚。等到野稚踏进早已布好罗网的区域，猎户一扯机关，罗网顿时落下，两只野稚都落入网内。猎户上前，逮住那只新来的野稚，又将原来那只放出去。如此周而复始，半个时辰，逮住了好几只。赵普大是疑惑，趁猎户休息的时候，上前与他攀谈。赵普问道："敢问老人家，这只野稚为何不走呢？"

老猎户笑道："它是在下养大的，是只熟鸡。"

赵普更加惊奇，连忙问道："怎么能够养熟呢？你放它走，不怕它不回来吗？"

猎户道："在下捡来野稚蛋，让家鸡孵化，天天带在身边，一来二去，自然熟了。无论你怎样放它，它一听到在下的叫唤，很快就循声而来。"

赵普恍然大悟，继续问道："野外野稚听它叫唤，会跟它来吗？"

猎户道："在下这只熟稚，是只雌鸡。被它引过来的，都是雄稚。其实，这也不是什么新招，勉强算得上是欲擒故纵，预先取之，必先予之；若欲擒之，必先纵之。放出去，是为了更多地得到。呵呵呵呵……"

"真是妙计啊！"赵普豁然开朗，他连连拱手道，"老伯一言，令晚生茅塞顿开。他日事成，必将厚报！晚生谢了！"

赵普告别猎户，就往回走。这一路上，他心花怒放：这欲擒故纵之计，历史上上演过多少回，为何自己没想到呢？诸葛亮七擒孟获，石勒智破王浚，都是闻名天下的欲擒故纵掌故。如若变通使用这一招，让赵匡胤拒绝出征，说不定会有奇效……想着想着，他突然停下身来，环顾这陈桥旷野，非常肯定地自言自语道："就是这里了，这个陈桥驿，就是我赵普功成名就的福地！"

◆◆ 六、接到南下亳州军令，李监军顿时目瞪口呆 ◆◆

柴荣葬礼过后，李云博就按照朝廷旨意，准备返回潞州。临行前，他想起李处耘调任禁军殿前司，于是赶过去辞行。

可是到了殿前司衙门一问，根本没人知道李处耘来殿前司任职的事情，这让他吃惊不小。于是就前往主帅大帐拜会赵匡胤。主帅大帐值守校尉认得李云博，于是告诉他，赵都点检偶感风寒，已回府上休养，好几日没过来了。

李云博急忙赶往赵匡胤府邸，刚要上前通报，正碰到掌书记赵普从门口出来，连忙招呼。赵普还了礼，笑道："李翰林差事完结，怎么，还没有回去？"

李云博道："正准备走，特向赵二哥辞行。"

"都点检身体略有小恙，正卧床休息，这几日闭门谢客。不过，你们是兄弟，都点检会接见的。"赵普说着，就转身跟看门值守打了招呼，命他进去通报，又将李云博送进客屋，就说有事要办，拱手告辞。

赵匡胤听说李云博来访，于是起身进客屋会见。李云博行了礼，问道："适才听说二哥贵体欠安，很是着急，特意过来看看。二哥你坐下，小弟帮你号号脉。"

赵匡胤还了礼，吩咐看茶后就坐了下来，将手伸给他笑道："没什么大病，就是这几日为先帝送葬，只顾悲伤去了，加上天气寒冷，不小心偶感风寒。吃几服药，休养几天就没事了。"

李云博替赵匡胤切过脉，确实感染风寒，放下心来，说道："二哥，你得多注意身体。常言道，小病不治，久拖成患。二哥身居要职，平日里军务繁忙，一定得注意身体啊！先帝以及枢密使王大人，就是日夜操劳，积劳成疾，英年早逝，留下多大的遗憾啊！"

赵匡胤叹道："是啊，先帝和王公不幸早逝，国朝一下子陷入困境，这是多么发人深省的教训啊！多谢贤弟关心，我会注意的。"他顿了顿，又问道："岫南你公干结束，也该回去了吧？"

李云博道："正是。小弟差事完结，就要回潞州，特意前来跟大哥二哥辞行。"他说着，突然停下来，看着赵匡胤，问道，"大哥不是调回了殿前司吗，怎么我去殿前司，不仅没有见到大哥，还听那里的人说，居然都没听说大哥调任殿前司这件事……真是奇怪！"

赵匡胤道："这个嘛，也没什么奇怪的。你大哥调任殿前司，是我的奏请。枢密院口头上应承后，一直未能明确大哥职守何处，可能是都忙于先帝丧事，忘记办理任命书了。"

李云博又问道："那大哥人呢，好些日子不见他了。小弟也想临行前，跟他道个别。"

赵匡胤道："你来京城职司先帝炮火礼仪数月了，你大哥也来了一月有余，朝廷担心北方边关不稳，也担心潞州炮火营两位主将都不在，怕出意外，数日前命他回潞州署理军务了。"顿了顿，他又继续对李云博说道："你大哥只暂时回去，迟早会来殿前司协助我统兵。爆战军和炮火营的重任，就靠岫南你了。如今先帝崩殂，圣上年幼，朝中人心不稳，周遭诸侯虎视眈眈，真是多事之秋啊！岫南，你身上的担子，可不轻啊！"

李云博道："二哥放心，小弟一定尽心职守，绝不辜负朝廷重托！那好，小弟立刻启程，回潞州打理军务！"说罢，起身告辞。

"等等，岫南……"赵匡胤突然叫住他，"你年纪轻轻，就担当重任，也一定要注意身体。我等兄弟一场，我这个做二哥的，整日整夜忙于军务，对你关心甚少……你，不会怪罪我吧？"

李云博一听，突然笑出声来："二哥，你说什么呢！想当年，我们兄弟三人，在河间结义，歃血盟誓，气冲霄汉，要为天下一统竭尽全力。这些年来，我们追随先帝，一直为当初的誓言浴血奋战，驰骋沙场，不惧生死。今天，你怎么了，突然变得如此儿女情长起来了？"

赵匡胤也勉强笑道："岫南见笑了。我只是觉得，这人生时事，太变幻莫测了。想我与先帝，曾经起于闾里之间，一起奋斗，终究成了一番事业。没想到，大业刚兴，先帝突然崩逝，如今已经阴阳两隔了！我等也是兄弟，也有可能……"

李云博道："二哥别说这些丧气的话！常言道，生死有命、富贵在天，这生死轮回，可是我等凡夫俗子所能左右？我等既然降临人世，就要轰轰烈烈，干他一番事业，绝不辜负此生。至于其他，又何须过多在意？"

"岫南之言甚是！"赵匡胤站起来，对李云博道，"岫南你等一等，我有件东西要送你。"说着，就走进内室，不一会儿就出来了。他拿着一把短匕，递给李云博道："这是我升任殿前都指挥使时，先帝赐予我的御制金匕，我甚是珍重，从不示人。今日转赠于你，望我等牢记先帝遗命，不忘一统天下初心。"

李云博连连推迟道："先帝遗物，专赠二哥，人物相配，无价之宝。小弟何德何能，敢受此物？请二哥快快收回成命！"

赵匡胤道："常言道：情不言重，礼不言轻。岫南与我，刎颈之交。贵重物件，当然要送至交。岫南你就别客气了。"

李云博无奈，收下金匕，告辞出门。赵匡胤抱病送出门去，一时间依依不舍。

李云博带着众人回到潞州清风岭大营，却不见李处耘，更加感觉蹊跷。一问李啸林，才知道李处耘来过潞州，还在清风岭大营住过一晚，第二天一大早，就孤身一人匆匆北上，说是奉命巡视边关防务。

"巡视边关防务……"李云博听了，更加摸不着头脑。这巡视边关防务，一直是枢密院和兵部职责，怎么会派一名殿前军将领，而且是孤身一人前往呢？他联想到李处耘奉调殿前司，而朝廷并没有任命职司，更感觉蹊跷的是，这位没有具体职司的殿前军高级将领，却又奉命巡边，奉的是谁的命呢，兵部，枢密院，还是殿前司？就算正如赵匡胤所说，圣上统一军队指挥权，将禁军的将领任命委托给枢密院，但枢密院和兵部不可能派一位没有任命的将领巡视边关防务吧，这等低级错误，魏仁浦和张昭，是绝对不会犯的。那么只有殿前司了。可是殿前司只负责京城守卫和外出征战，什么时候有过巡视边关的职权呢？这里面，难道有不可告人的玄机？……想着想着，李云博糊涂了。

带着满肚子的疑问，李云博也静不下心来，没有像曾经那样一门心思钻研他的炮火升级。他只是巡查了一遍炮火营各作坊的情况，略微部署了一些要紧军务，然后就苦苦思索这其中缘由。

这几个月来，他在汴梁城听到很多风言风语，其中流程最广的就是"点检为天子"，都点检张永德因此被罢黜禁军指挥权。起初李云博还以为，柴荣为了防患未然，小题大做，没想到后来这流言如洪水猛兽一般，迅速漫遍朝野。而如今的殿前都点检是自己的结义二哥赵匡胤，如若说者无意、听者有心，动起了歪心思，那将后患无穷啊！这个想法一冒出来，把自己吓得浑身冷汗！而联想到李处耘的种种异常，特别是想到驻守霸州的北面都部署韩令坤，也是赵匡胤、李处耘的故旧，李处耘又孤身一人北上巡边，他几乎可以确定，是他们在背后密谋什么。要是李处耘不是奉调殿前司而是受人之邀秘密入京，又受命北上联络，殿前司图谋不轨就基本上可以认定。可是，当时他听说李处耘奉调进京，就有些怀疑，几日前离京返回潞州前夕，前往辞行也发现异常，但因为太信任这两位结义兄弟，而没去枢密院或者兵部一探真伪。这可是个致命的疏忽啊！……想到这里，他后悔不迭。

正当他忧心如焚的时候，殿前司一纸军令更让他目瞪口呆：

殿前司都检点军令：当前先帝崩逝，幼皇初立，朝野流言四起，京师人心惶惶。南北异国，群狼环顾，蠢蠢欲动。尤其南唐李氏，趁我朝大丧之际，调兵遣将，意欲图谋不轨，重返淮南。命爆战军监军、副都指挥使李云博火速赶往亳州炮火营，积极备战，以防南唐犯我南疆。且限两日之内务必到达，否则，军法从事……

李云博看罢，就更加感觉蹊跷了：爆战军原属殿前司控鹤军，可是升格独立成军以后，虽仍然隶属殿前司，但是殿前司只有在出征作战时才有指挥调配权，平时将领任命、兵力调拨、军务下达都由皇帝直接颁布圣旨，什么时候，殿前司可以调遣爆战军的主要将领呢？这绝对不可能！为何，原因很简单：圣上年幼，宰相们可一个个都是阅历丰富的老臣，他们绝对不可能不知道，禁军大将统兵，但不能调兵；枢密院调兵，但不能统兵。调兵遣将是决策权，这支部队由谁率领，调往何处，征战何方，这一切都由皇帝和枢密院说了算；而具体统兵领军，是执行权，得到皇帝圣旨或者枢密院军令后，就去具体执行。殿前司都点检虽然是禁军的最高统帅之一，但仍然是执行者，绝对没有权力把他这个爆战军监军任意调来调去！

更让他恐惧的是，他返回潞州不到三天，殿前司就来了这道感觉蹊跷的军令。可是临行前，赵匡胤明明白白告诉他，要他赶紧北上潞州，防范北狄犯边。怎么，一转眼，南边敌军又蠢蠢欲动？这怎么可能？辽国、南唐要借柴荣崩逝生事，应该趁国朝大丧之初，就立即大军压境，这都快半年了，才想到这是个可乘之机？辽主耶律璟、南唐李璟都是痴呆，反应如此之慢？这怎么说得过去……更何况李云博知道，辽主耶律璟本来就是沉湎酒色之徒，根本无志南侵，当朝廷北伐一路大捷，他听到关南各州失守时，曾对左右道："燕南本中国地，今仍还中国，有什么可惜呢？"而柴荣三次南征大获全胜，李璟损失惨重，丢掉整个淮南，根本没有实力敢北上淮南，况且能征惯战的李重进坐镇扬州、向训镇守寿州，他李璟会不知死活以卵击石？

按理说，在军中历练多年的赵匡胤谙熟军务，不会犯这等常识错误。难道真的是紧急时期，朝廷将调兵权力下放了吗？宰相范质会这样做？李云博无论如何都不肯相信。那么就可以肯定，有人要借机扰乱视听，投石问路，然后浑水摸鱼！

但是，既然是军令，虽然心中存疑，他还是要执行。于是交代潞州炮火营指挥使李啸林，要做好迎接大战准备，严格炮战队训练，加强戒备，提高警惕，保证大营安全，然后带着乾卦统领、行军司马王成刚等一千亲从，连夜赶往亳州去了。

而刚到亳州不久，一则枢密院密发各地大营的军报，更让他心事重重：

北面兵马都部署韩令坤，奏败辽骑五百人于霸州。北狄蛮夷，亡我之心不死，此番大捷，振我军威。适逢朝廷大丧，举国悲痛，人心不稳，不宜鏖战。当前外敌群狼环顾，国丧前后，未暇用兵，但望各处节镇及行营关隘，整饬边戍各将，慎守封疆，毋轻出师……

◆ 七、六百里加急，边关飞来北狄入侵消息 ◆

年关迫近，朝廷上下在柴荣崩逝之后的阴霾中，彷徨犹豫地迎接新年。宰相范质在战战兢兢的煎熬中过了大半年，新年来临，预示着不幸远去，好运将至，免不了松了口气。好不容易过了残年，朝廷仍未改元，沿称显德七年，以示对先帝恭敬。正月朔日，幼主柴宗训，也未曾御殿升朝，但由文武百官依照旧制，进表称贺。

正当周朝上下喜迎新春的时候，突然接到北面兵马都指挥使韩令坤的加急军报，契丹勾结北汉，集结十余万大军，直扑镇州、定州，已出井陉口大举南犯，边疆告急！

宰相范质闻报，立即召集宰辅王溥、魏仁浦、吴延祚商议对策。枢密使魏仁浦道："这就怪了。不久前，韩令坤奏报，在霸州大破辽军五百骑。不出月余，如今又大举南下。镇、定地处契丹和北汉的结合处，战略地位极为重要，是我朝河北第一等军事重镇。既然契丹军和北汉军直扑镇、定，为何不见驻守镇州的成德军节度使郭崇、驻守定州的义武军节度使孙行友的军报，而是驻守霸州的韩令坤加急来报呢？这有点说不过

去啊。"

范质道："韩令坤是北面兵马都部署，由他奏报，也无不可啊。"

魏仁浦道："范相糊涂！节镇大将，紧急军务，一直是直接急报朝廷。就算韩令坤统筹北边防务，也应该同时急报朝廷和北面行署。更何况，从镇定方面直接急报朝廷，要比绕道霸州然后报过来，快上百里。郭崇、孙行友连这个常识都不懂吗？"

范质道："军情紧急，如今还讨论这个，一旦敌军突破镇定一线，朝廷危矣。事不宜迟，还是先禀报太后，尽快出兵御敌为宜。"

魏仁浦道："范相知兵，朝野共知。外敌入寇不可怕，怕的是我们自乱阵脚。这敌情真假尚未可知，就急急忙忙出兵，一旦这个军情有误，岂不坏了大事？"

范质道："魏枢相多虑了。韩令坤朝廷名将，怎么会弄错军情？就算他有天大的胆，也不敢谎报军情。军情火急，我等立刻觐见太后。"

临朝的小符太后和小皇帝柴宗训孤儿寡母哪懂什么军情，都吓得不知所然，范质道："兵来将挡、水来土掩，请陛下发兵征讨便是。"太后以为然，便命宰相们全权处理。

几位宰辅就商议出兵的事。但是争论又开始了，派谁统兵，出兵多少，范质和魏仁浦又出现分歧。禁军统兵大将人选不多，就赵匡胤、韩通、慕容延钊。范质主张首选赵匡胤率领殿前军出征，会同北面各地守军也有十余万兵马，抵抗入侵绰绰有余，韩通率领近卫亲军留守京师，万一军情告急，再派韩通增援不迟。派韩通率领侍卫亲军出征，留下赵匡胤统帅的殿前军拱卫京师，也是非常不错的选择。韩通能征惯战，无论南征还是北伐，都屡建奇功，侍卫司龙捷军、虎捷军两大主力也有七八万禁军，再从各地抽调数万兵马协助，组织十多万的大军北上，胜算还是蛮大的。他的目标，是抵御外敌入侵，不是要彻底打垮敌人，而且京师安全也非常重要，必须留一半禁军拱卫京师。魏仁浦则不然，他坚决主张派出所有禁军主力大举北上，一举歼灭契丹、北汉主力，让他们再无喘息机会，也不敢再生事端。统兵人选上，他更倾向于韩通为主帅，慕容延钊为先锋，赵匡胤带领少数兵马守京师。两人争论一通，最后魏仁浦还是妥协了，由赵匡胤率领殿前军出征，慕容延钊为先锋，留下韩通守京师。

于是就召赵匡胤前来，令他率领殿前军出征。赵匡胤道："启禀范相，末将以为，赵某不宜领军。恳请另选他人。"

范质惊道："大敌当前，正需大将为国效力。赵太尉何出此言？"

魏仁浦道："难道赵太尉风寒未愈，身体欠安？"

赵匡胤叹道："非也。一点小疾，赵某怎会推脱为国效命？只是赵某心中，有所顾忌。"

范质道："有何顾忌，太尉但说无妨。"

赵匡胤道："先帝崩逝，朝野流言四起。说什么'点检为天子'。张永德将军因此被罢免禁军统兵权。如今这都点检一职，落在赵某身上。多日以来，赵某寝食难安，也曾想辞去殿前军职务，出镇地方，以解心中块垒。如今大敌当前，一旦赵某领军出征，临敌决杀，心无旁骛，自然会随机应变，抢抓战机。而将在外，君命有所不受。赵某远离朝廷，兵柄在握，难道范相不怕，这流言蜚语，困扰朝廷吗？"

魏仁浦道："赵太尉所言甚是。受命御敌，怕的就是朝廷猜忌，心存顾虑。如今流言汹涌，赵太尉心存郁结，怕是难以用兵自如，胜算不多。范相，不如……"

范质道："魏枢相何出此言？如今大敌当前，朝廷自然用人不疑、疑人不用。赵太尉乃先帝选拔，一直忠心耿耿，即便有'点检为天子'之流言，也不必心存忌讳。因此，赵太尉是出征统帅之不二人选。"

赵匡胤道："赵某深受先帝厚恩，个人名誉是小，朝廷安危事大。只要朝廷大业存续，赵某即便粉身碎骨，也在所不惜。末将以为，为了朝廷安稳，领军将领，还是谨慎为妙。如若对赵某留守京师也觉不妥，亦可奏明太后圣上，免去赵某殿前军职务，出镇地方。恳请范相三思。"

范质道："赵太尉忠直如此，我等佩服之至！北狄南寇，大战在即，还望太尉勿用理会流言，切莫推迟，即刻号令三军，挥师北上，痛击敌人。"

赵匡胤道："圣人曰，君子不立危墙之下。这既给朝廷又给自己带来隐患的事，赵某断然不为。即便赵某被削职为民、身陷囹圄甚至掉了脑袋，也绝不能给朝廷带来任何风险，恕赵某实难从命。请范相以违抗军令之罪，严惩赵某吧。"

赵匡胤说罢，跪在地上，请求责罚。几个宰辅，被他这番举动，弄得不知如何是好。范质无奈，只得命他先回去，等禀报太后圣上，再做决策。

赵匡胤走后，范质和宰辅们急得团团转，不知道如何禀报太后。情急之下，范质问魏仁浦道："魏枢相，你有何高见？"

魏仁浦道："回禀范相，依下官看，还是派韩通领军出征吧。难道死了张屠夫就吃混毛猪？"

宣徽南院使、同平章事吴延祚道："不可。新年刚至，外敌入侵，已属不祥之兆。临阵换帅，用兵大忌，更添不祥。下官看来，赵太尉心存疑虑不愿出征，原因有二：一是受流言困扰，还怕祸及朝廷；二是殿前铁骑、控鹤二军主力，加起来不过六七万兵马，对抗契丹北汉十余万联军，胜算不大。关键还是后面这一条。常言道，为将者，绝不打无把握之仗。赵太尉南征北战多年，肯定有所预料。如若能给他充足兵力，又解除他的后顾之忧，他肯定会领军北上。"

礼部尚书、同平章事王溥附和道："吴相言之有理。赵太尉为人，一向忠直无私，素有君子之风、大将气度，先帝信任，同僚敬畏，我等也甚为佩服。况且他敢于直面流言，坦陈自己顾虑，实属难能可贵。尤其是身居禁军统帅高位，时常敬畏兵权，战战兢兢，如履薄冰，如临深渊，几欲辞之而后快，这等坦荡之人，我等还疑神疑鬼，是不是太有点小气了？若要换着别有用心的小人，早就巴不得手握重兵，然后拥兵自重，图谋不轨。还请范相、枢相切莫犹豫，及早定下出征大计，一再拖延，定会坏了大事。"

魏仁浦还要反驳，只见范质止住他道："事不宜迟，这事，就别再争论了，就这么定了。用人不疑、疑人不用，既然大家都觉得赵匡胤可靠，我们就别再疑神疑鬼了。魏枢相，你即刻起草出兵诏书，禀报太后过目，马上前往赵匡胤府上传旨，令他立刻率领殿前司、侍卫司四大主力，振军北上，迎击来犯之敌。"

魏仁浦领命之后，连忙办理调兵手续，前往赵匡胤府上传旨。没想到赵匡胤死活不从，请求另换他人。他还说，这十多万禁军在他一个人手里，威胁皇权，隐患极大，还不如杀了他。魏仁浦大怒，以抗旨之罪将赵匡胤羁押，然后回去复命。范质听了，顿时束手无策。他既不敢禀报太后，因为抗旨，是要满门抄斩、诛灭九族的；也不敢擅作主张、临时换帅，这更是犯了征讨大忌。倒是吴延祚主意多，他对范质说道："赵公素来仁义，自己和家人生死，他可以置之度外，如若殃及他人及其三军，这等大恶，赵公断不会为。下官建议，就请魏枢相再拟一道圣旨，言明如若赵匡胤不以军国大事为重，抗拒皇命不肯领军北上御敌，就以谋逆之罪，将禁军指挥以上的将校一律处斩，所有禁军士卒一律流放边关。他赵匡胤再怎么执拗，也不会拿整个禁军开玩笑。"

魏仁浦大惊："吴相这是在逼赵匡胤领军出征？"

吴延祚苦笑道："这也是迫于无奈，不得不如此啊！"

范质想了想道："边关军情火急，朝廷危在旦夕。这等强人所难之举，虽不情愿，也只得为之了。"

魏仁浦连忙赶到监狱，对赵匡胤再度宣旨。赵匡胤听罢，号啕大哭："我赵匡胤犯了什么错，居然要连累三军……"万般无奈，只得答应领军出征。

◆ 八、陈桥驿前，赵匡胤黄袍加身 ◆

翌日，就是正月初三。大周朝廷以归德军（宋州）节度使、殿前军都点检赵匡胤为统帅，镇宁军节度使、副都点检慕容延钊为前锋，率领殿前、侍卫总共十五万禁军主力，北上征讨契丹、北汉联军。留下韩通、石守信拱卫京师。这时候，拱卫汴梁城的禁军都非主力，而且兵力不到五万人。

赵匡胤在校场点齐兵马，祭旗祷告之后，便集合三军出了汴梁城向北进发，小符太后、幼主柴宗训以及满朝文武前往校场相送。当大军开拔到汴梁城北不远的陈桥驿时，突然不走了，说是要休整一下。高怀德、郭延赟、李处耘等人四处走动，交头接耳不知说些什么。军中有个算命的八卦先生苗训，在大庭广众之下，招呼赵匡胤的侍卫楚昭辅过来欣赏太阳。苗训有些神神叨叨："楚兄，你看到没有，太阳下面还有一个太阳。啊呀，这真是天意啊，天意啊！"

楚昭辅心领神会，立刻大声附和道："真的耶！大家快过来看啊，出稀罕事了！"

众人都过来瞧稀奇，不住咋舌。大伙开始议论开了："这是怎么回事？"

"哪里？我怎么没看到？"

"你眼瞎啊，那个地方，就是在两块乌云白云之间，看见没有？"

"真的，是好像有两个太阳！"

"天上怎么能有两个太阳呢？昔日天下十日同出，天下大乱，民不聊生，还是后羿射掉九个，人间才恢复太平啊！"

"天无二日，要我们除掉了一个吧。"

"别胡说！"

"你怕什么？你难道没听说'点检为天子'的谶言吗？"

"你是说……赵太尉？"

"我还听说，赵太尉不愿出征，是朝廷下了一道死命令，说如若继续抗拒皇命，不肯领军北上御敌，就以谋逆之罪，将禁军指挥以上的将校一律处斩，所有禁军士卒一律流放边关。赵太尉为了保全我禁军将士，才迫不得已，领军北上！"

"赵太尉真是仁义之主啊！"

魏昭辅开始串联煽动："大行皇帝已崩，皇帝年少无知，就算我们在前线立了功，功劳肯定都被朝中大佬们给贪了去。我们当应天意、顺人心，拥立赵太尉为皇帝，然后再北征不迟。"

大伙一听，很多人都积极响应，甚至有人还鼓起掌来："言之有理！"

殿前军都押衙李处耘装模作样地沉吟道："这话是有理，但事关重大，涉及全军生死，还得要请示太尉。不过太尉军务繁忙，怕没闲暇来问此事，不如去找太尉弟弟供奉官赵匡义，请他代我等知会太尉。"李处耘找到赵匡义和掌书记赵普，商议起来。赵普心里明镜儿似的，说道："此事还有何疑？世宗崩，少主立，国势飘摇若海上孤舟。能扶大厦于将倾者，除了赵太尉，还有谁？请赵太尉火速还京，以成大事。"

三人正在商议间，众将各持兵器拥入，大呼："我们已经商议好了，奉赵太尉做天子！请供奉大人早下决断。"

赵匡义说话了："我兄不知此事，皆是你等所为，不过天意如此，我也无话可说。如今先帝崩逝，主少国疑，范质等一干宰相改弦易张，摒弃先帝一统天下大业遗诏，推行休养生息政策，长此以往，国家危矣。我等如若要继续先帝大业，就得要选出一位能够继承先帝遗志的人，带领我等继续南征北战，结束乱世，重现人间太平。大家既然觉得我兄长可以担此重任，那我就跟他说说，看他同不同意。但万事不可轻莽，更不可胡来。我先去找我兄长吧。"

赵匡胤晚上临睡前喝了点小酒，然后美滋滋地睡去。等醒来才"惊异"地发现，他手下的那帮好汉身披重甲，各持利刃，把他赵匡胤团团围住，举刀大喝："幼主愚弱，纵然我等上刀山下火海，拼得一死，也不知我等辛苦，今请太尉自为天子！然后北征。"说罢，众人山呼。

赵匡胤听了他们的主意，吓得面如土色，连连摆手："尔等胡闹，再乱言者斩！"众人哪里肯罢休，有人当下就呈上一件黄袍，上前强行给赵匡胤穿上，然后跪地高呼万岁。

赵匡胤"欲哭无泪"，连连不肯，大发雷霆："这如何使得？谋朝篡位，那是要诛灭九族的！你们的性命事小，朝廷安危事大，这等危害国家之举，赵某断不会为！"众人抽出刀剑，有人还架在他脖子上再逼问一句："赵太尉，你是禁军之首，这个天子，你做也得做，不做也得做。这是天意，由不得你！"赵匡胤还要推辞，众人不由分说，竟将他扶掖上马，逼迫他回汴梁。看到这些人如此"凶狠"，赵匡胤揽着缰绳道："你等能从我命，方可还都。否则就是被你等砍头，我也断然不从！"众将都说，愿意听从。赵匡胤乃与约法三条，一是不得惊犯太后圣上母子，二是不得欺凌公卿大夫，三是不得侵掠朝市府库。众将士齐声答应之后，赵匡胤迫不得已，长叹一声道："我赵某何德何能，居然让各位如此抬爱。事已至此，赵某恭敬不如从命。"然后下令回师汴梁，整肃队伍入都。

周朝大军这时不再朝北行进，而是调转头来杀回汴梁。这天已是正月初五上午。百官早朝，正议论陈桥消息，忽见客省使潘美，驰入朝堂，报称都点检赵匡胤由各军推戴，奉为天子，现已入都，专待大臣问话。满朝文武仓皇失措，范质更是惊愕不已、又悔又恼，急得如热锅上的蚂蚁，在那里团团转。他突然握住王溥的手说："王兄，怪老夫太大意了，结果惹出这场泼天大祸来！"王溥惨叫一声："范相，你掐痛我了。"范质一看，王溥手上多了几个血印子，羞愧不已。魏仁浦顿时捶胸顿足："千错万错，都是我等宰辅之错啊……只怕这外敌入侵的消息，也是有人故意为之的假报军情！事已至此，悔之晚矣！"宰臣中间，只有吴延祚表情平静，看不出悲喜。

负责守卫汴梁城的侍卫亲军副都指挥使韩通，慌忙退朝，立即赶往大营，准备调兵抵御。刚出城门，就在路上遇着赵匡胤部校王彦昇，只听他朗声呼道："韩太尉快去接驾，新天子到了！"

韩通大怒道："天子自在禁中。大胆奸贼，竟敢谋逆，你等贪图富贵，去顺助逆，实属可恨！韩某劝你快快回头，免致夷族！"

王彦昇被他说得面红耳赤，恼羞成怒，也不待说完，便即拔刀相向。韩通刚刚下朝，手无寸铁，怎能与敌，没奈何回身急奔。王彦昇紧紧追赶，韩通跑入家门，门都没来得及关上，就被王彦昇率军闯入。王彦昇手下，又有数百名骑兵，一拥进去，韩通只有赤身空拳，被彦昇手起刀落，砍翻地上，以身殉国。王彦昇已杀死韩通，索性闯将进去，把韩通一家老小，杀得一个不留。可怜一家老小百余性命，都成了冤魂野鬼。韩通是陈桥兵变周宋禅代之际唯一殉于柴家的将军，忠烈昭彰，令人扼腕。后来赵匡胤听说韩通殉周，痛心不已，怒责王彦昇，并下令追赠韩通为中书令。

殿前都指挥石守信、都虞候王审琦，已接赵匡义密报，立即做好策应工作。他两人与赵匡胤兄弟，素来莫逆，留下来也是预先谋划好了的。于是便暗中传令禁军，放赵匡胤全军入城。禁军将士乐得攀龙附凤，自然没有人不从。赵匡胤等竟安安稳稳，趋入汴梁。天刚亮占领都城，先遣属吏楚昭辅，回府告慰家眷亲属。这时赵匡胤父亲赵弘殷已经故去，独老母杜氏在堂，闻报惊喜道："我儿素有大志，今果然出此！"一家人喜得欢呼雀跃。

赵匡胤由三军拥戴进城，觉得这时穿黄袍不妥，便脱了下来。刚登上明德门，手下的弟兄们就把宰相范质、王溥给押了过来，赵匡胤知道范质名望隆重，不敢造次，望着范质便连忙施礼，又是一通被逼无奈的哭诉："末将受世宗厚恩，被三军胁迫至此，惭负天地，奈何奈何！末将有负朝廷重托，请范相治罪！"说着，倚身下拜。范质等人面面相觑，六神无主，仓促之间不敢答言，也不敢扶他起身。范质认识赵匡胤也十多年了，一向敬重有加，却不知人心隔肚皮，恍然大悟之间，也只能摇头叹息。

赵匡胤旁边的都虞候罗彦瑰连忙扶住赵匡胤道："圣上贵为天子，怎能向臣子下拜！"他见范质等人还傻傻站着没有动静，一按剑柄大声喝道："我辈无主，今日愿奉点检为天子，如有人不肯从命，请试我剑！"说着，即拔剑出鞘，露刃相向，吓得王溥面色如土，降阶下拜。范质迫不得已，亦只好对赵匡胤行了三跪九叩大礼，以定君臣之分。唯有枢密使魏仁浦昂然而立，不愿下拜，罗彦瑰举剑吆喝，不料被魏仁浦怒目一瞪，吓得退了回去。一帮殿前禁卒涌上前来，围住魏仁浦。魏仁浦哈哈大笑道："尔等先帝近卫，如今有人谋逆，却不挺身而出，居然助纣为虐，就不怕天打雷劈吗？"

赵匡胤一看不妙，赶紧上前呵斥道："都给我退下！魏枢相乃赵某上司，何许人也，岂是你等能够冒犯的？还不快快退下！"禁卒见了，一个个退了出去。赵匡胤上前，朝魏仁浦施礼道："魏枢相，事已至此，末将又能如何？还请枢相赐教。"

魏仁浦正色道："又能如何？还能如何？点检为天子呗！我等一干宰辅耳聋眼瞎，成天想着朝廷稳定、防人不轨，却还是没有防住。只是千想万料，没想到你这位先帝心腹，却也包藏祸心。你赵点检既然得逞，我等也只能俯首认输。顾命大臣有负先帝，未能完成所托，断送江山基业，老夫羞愧难当，也只能一死以谢天下！先帝啊，老臣请罪来了……"说着，就朝殿中龙柱纵身撞了过去。

"拉住他……"赵匡胤喊道。众人连忙上前扯住他，幸好，只是头上磕了道口子，没有什么大碍。赵匡胤愤怒起来，指着众将破口大骂："都是你们，用刀架着我赵某的脖子，说什么点检为天子，是上承天意，下顺民心。我赵某何时想过要谋朝篡位？来人，将魏枢相送回府中养伤，速派御医随同治疗。魏枢相要是有个三长两短，你等都脱不了干系！这个皇帝，你们谁愿意当就谁当，反正，我赵匡胤不做乱臣贼子！你们这，干的是什么勾当……"说着，失声痛哭，就要转身离去。

众将慌了，苦苦扯住他道："圣上息怒！如今木已成舟，悔之晚矣！还望圣上以天下为念，赶紧升阶登陛，君临天下，国不可一日无主啊！"

说了半晌，赵匡胤才息了怒火，哭哭啼啼地连忙扶起范质等人，引导他们入座，与他们会商即位事宜。掌书记赵普在旁，便提出"法尧禅舜"四字作为证据，提出了"禅让"。

事已至此，范质也别无选择了，即使是他为后周殉节，也于事无补。范质只好对赵匡胤说："如果你答应不辜负先帝的厚恩，发誓把皇太后当母亲看待，把少主当儿子抚养，绝对保证他们的生命安全，颐养天年，就可以举行禅让仪式，登上帝位。"

赵匡胤听到这句话，立即止住了哭声，当即宣布："一切都听范相公的安排。"禅让事不宜迟，仪式连夜举行。将士们高举着用芦苇扎成的熊熊燃烧的火把，把大殿照得如同白昼。范质等人也只好唯唯相从。遂请赵匡胤诣崇元殿，行受禅礼。一面宣召百官，天亮之际，文武百官都聚集到了崇元殿。

可当文武百官排列已毕，赵匡胤、范质等才猛然发现，忘了准备好小皇帝"自愿"让位的诏书。一时间都愣在那里，不知如何是好。这时候，翰林学士承旨陶谷闯了进来，解了燃眉之急。

原来，宫中的符太后和小皇帝柴宗训也知道前线哗变，叛军已经入宫，但他们孤儿寡母，又能如何？早就由翰林学士承旨陶谷带着已经起草好的"禅让诏书"闯进宫来，逼迫符太后和小皇帝具盖印玺。孤儿寡母哪里还敢违抗，就将印玺取出，陶谷一把夺过来，往上盖好，便风一般赶到崇元殿，交给吴延祚。吴延祚展开，大声宣道：

天生蒸民，树之司牧，二帝推公而禅位，三王乘时以革命，其极一也。予末小子，遭家不造，人心已去，国命有归。咨尔归德军节度使、殿前都点检赵，禀上圣之姿，有神武之略，佐我高祖，格于皇天，逮事世宗，功存纳麓，东征西怨，厥绩懋焉。天地鬼神享于有德，讴谣狱讼附于至仁，应天顺民，法尧禅舜，如释重负，予其作宾，呜呼钦哉！祗畏天命。

后周显德七年正月初五日（960年2月4日），周世宗柴荣最器重的大将赵匡胤非常不情愿地在宣徽南院使吴延祚的引导下，临御崇元殿，被服冠冕，在大殿之上接受以范质为首的文武跪拜山呼："吾皇万岁、万岁、万万岁！"并建国号为"大宋"，改周显德七年为宋建隆元年，定都开封汴梁城，仍号称东京。

十年前，郭威在澶州发动兵变时，无论如何都不会相信，有人会照搬照抄他的老文章，把他从汉朝手中夺来的天下轻而易举地变成了赵家天下，而且比他还省事，几乎不费吹灰之力。

赵匡胤自正月初三日"北征"，到初五日建宋，仅仅两天！而策划这场惊天阴谋的功臣赵普，却并没有出现在朝拜的队伍中间。他安排好禅让事宜，就静悄悄地离开了。或许，是因为他自认自己官职太低，目前还没有资格跻身朝臣；更或许，这半年多来，他殚精竭虑、日夜盘算，从来就没有睡过安稳觉。如今事成，可能大舒一口气，很可能回去补觉去了。但是日后他的显赫，在赵匡胤登基之日，就已经奠定了。这个时候在不在场，其实是无关紧要的。

赵匡胤奉幼主柴宗训为郑王，小符太后为周太后，迁西宫居住。宋开宝六年（973）三月，周逊帝柴宗训死于房州，年十九岁，死因不明。

说也奇怪，那契丹、北汉两国大军联合南下大举犯边的事情，竟然再无人提起，什么原因不言而喻。华山隐士陈抟，得知赵匡胤受禅登基，欣然说道："天下从此太平了！"陈抟老祖曾经协助赵匡胤创建大汉爆战军，两人交往甚密。而柴荣曾经以大贤之才征召入朝效力，被陈抟婉言谢绝。陈抟曾经说过，赵匡胤"人中之龙、有天子气"，这等数年前就有所传闻的预言，仔细推敲起来，真是玄机满满，令人感叹。

第六章

华山悟道

DILIUZHANG

◆ 一、两难之间，从未有过的绝望涌上心头 ◆

陈桥兵变、赵匡胤黄袍加身的消息传来，李云博顿时如五雷轰顶，尽管在他的心中，朝廷变故是迟早的事，但万万没有想到，会来得这么快，而这个谋权篡位的，居然是自己义结金兰的二哥赵匡胤。

虽然，他对这一切有所察觉，李处耘秘密入京四处奔波，赵匡胤称病休养隐身府邸，自己被莫名其妙调来调去，赵普也不时露出意味深长的微笑……如今回想起来，这一切，其实都还是有迹可循的。但他人微言轻，朝中大事还轮不到他指手画脚。更何况，随着柴荣的崩逝，他一直深陷于悲痛和迷茫之中，忙碌于炮火礼仪的具体事务，根本没有心思往深处想。如今，他日夜忧心的事情，这么快就发生了，他却只能置身事外，什么都干不了。说真的，柴荣突然崩逝，他的一统天下的梦想几乎烟消云散，幼主年少，根本无力驾驭皇权，文臣辅政，自然会战战兢兢，不敢继续开疆拓土，一切都得等到小皇帝长大亲政以后再说。这十几年里，谁能保证不发生什么意外？而一干跟着柴荣南征北战的将领，怎么会甘于刀枪入库马放南山地休养生息呢？他们必须得在一统天下的征战中加官晋爵，没有了战场，他们就什么也不是。群龙无首的武将，没有那么多花花肠子，"有奶便是娘"，这是他们信奉的生存之道，只要有人说得出道理，能够给他们实惠，他们会全然不顾什么礼仪纲常，甚至会铤而走险。而这些别有用心的人，举着"继承先帝遗志、推进天下一统"这面旗帜，进行煽风点火、图谋不轨，正中了他们的下怀。

李云博早就厌倦了改朝换代这样的陈词滥调，没想到如今，又老调重弹了，这让他痛心不已。然而，痛心之余，又让他看到一统天下的希望。赵匡胤取而代之成了新王朝的皇帝，凭他的能力，如若继续柴荣未竟的大业，应该是可以实现的。除了谋权篡位这一条怎么说都站不住脚以外，其余，赵匡胤其实都还是说得过去的。当然，要以君主来比较，赵匡胤是不是乱世雄主，现在还很难说，也许比不上柴荣，但赵匡胤的人望，也不会比柴荣差太多。从这个角度说来，他只要能够继承柴荣留下的事业，把一统天下坚定不移继续下去，谋权篡位也不见得是坏事。毕竟，这场斗争以阴谋得逞，没有怎么流血，中原朝廷由他执掌应该不会失色，崛起在望，一统天下或许指日可待。可是一直以来，李云博对大将谋权篡位深恶痛绝，他又怎么可能认同赵匡胤的政变呢？虽然，大周的天下也是谋权篡位得来的，但是这不等于说，谁都可以谋权篡位啊！中原朝廷越来越羸弱，根本原因就是大将拥兵自重，朝廷不断更迭，天下分崩离析，百姓生灵涂炭，长此以往，谁又能保证，赵氏的天下，又不会被他人篡夺呢？……

自从得到消息的那一刻起，李云博无时无刻不在这两种情结里纠缠，一会儿是天下一统、民生福祉，一会儿又是忠于朝廷、为君效命；一会儿是人伦理想，一会儿是礼仪纲常；一会儿是君臣大义，一会儿又是兄弟情谊。他自幼聪明过人才思敏捷，也饱读诗书胸有韬略，无论遇到什么事情，他都能体察入微，权衡利弊，而后能够得出结论并做出选择。然而今天，在实现自己一统天下理想和尽到作为人臣职责之间，他无法选择，仿佛怎样选择都是错的，而摆在面前这道二选一的难题，又逼迫他必须做出选择。整整一昼一夜里，他静静坐在亳州炮火营中军大帐冰冷的案前，不吃不喝，眼都未闭一下，几乎快要崩溃。年纪轻轻的他，突然之间长出了丝丝白发。

天似乎亮了，可是黎明依然在雾色里若隐若现。这时候行军司马王成刚和禁卫都尉乾卦统领进来禀报，说是刚刚接到朝廷急报，声称所有节镇幕府、边关营寨和州县乡里，都必须改旗易帜，五品以上的军营主将和七品以上的地方主官都得上表称贺，否则，一律按谋逆论处。深陷纠结之中的李云博一把拽过朝廷官牒，看都不看就撕得粉碎，怒道："真是岂有止理！一群乱臣贼子，却要我等忠直之臣俯首帖耳助纣为虐，如若不从，反倒成了谋逆，这天理何存，公道何在？"

王成刚说道："监军大人息怒！赵匡胤冒天下之大不韪，居然谋权篡位，天理难容！末将以为，这大逆不道之举，一定会招致天下人的反对。我们不如首举勤王大旗，调集兵马赶往京师，四方节镇一定会纷纷响应。如若各方兵马围困汴梁，赵匡胤的朝廷，还不一定吃得消。就算兵败身死，我等也绝不会背上叛国谋逆罪名。请将军速做决定，发兵勤王！"

李云博怒气未消，猛地站起来点头说道："王将军言之有理！赵匡胤包藏祸心，起兵谋逆，太后圣上被人挟持，大周朝廷危在旦夕，我等大周将领，岂能坐视不理！走，即刻校场点兵，进京勤王！"

乾卦统领大惊，连忙制止道："少主且慢，末将以为不可！"

"有何不可？"李云博道，"乾兄如若怕死，就别去了！"

乾卦统领道："末将追随少主多年，岂是贪生怕死之辈……"

李云博怒道："既然不怕死，就一起去！别拦着我，你再这样，我就先斩了你！"

乾卦统领死死抱住李云博，大声说道："即便是死，末将也要把话说完。少主要是觉得末将说得不对，末将即便粉身碎骨，也一定追随少主，共赴危难！"

李云博一天一夜滴水未进、粒米未食，早就筋疲力竭，被这位健壮如牛的猛士这样抱住，根本无法动弹。挣扎一通，也似乎没了脾气。他叹了口气，道："好吧，我让你把话说完，你快快放开我！"

乾卦统领放开他，将他扶到帅案前坐下后说道："少主想想，赵匡胤逼迫幼主禅位，已经登基上位，谋权篡位已成事实。这时候起兵勤王，是不是为时已晚？"

李云博一愣："这……他阴谋窃国，天下人谁会答应？"

乾卦统领道："少主真是聪明一世糊涂一时！在他登基以前，如若谋逆阴谋败露，说他窃国，证据确凿。可是他如今已经接受禅让，面南背北，君临天下，一切就都合理合法了。他手握二十万禁军，各地节镇又有很多兄弟故旧，谁敢和他抗争？只怕很多旧交，盼着他登上帝位，等着皇恩眷顾呢！少主勤王，孤掌难鸣，不是自寻死路吗？"

李云博道："那又如何！大义在我们手里，他明明是谋逆篡位，雨过地湿、风过树摇，这个铁证他赖得掉？谁又知道，这受禅诏书，是真是假？"

乾卦统领道："少主是真糊涂还是装糊涂？赵匡胤已经御驾临朝，文武百官都顶礼膜拜，说明他已经名正言顺地坐上了龙椅。末将试问，赵匡胤不傻吧，他难道连张受禅诏书都弄不到？天下禅让诏书，会有真的吗？谁会心甘情愿把皇权拱手让人？可是，谁都心知肚明，这禅让是假的，是被逼的。可是谁又敢说这是假的呢？少主发兵征讨，小皇帝说，他自觉自愿地将皇位禅让给他，不行吗？他敢说，他是被逼的吗？少主现在起兵，不是谋逆，又是什么？"

王成刚听他这么一说，顿时浑身冒汗，说道："李大人，乾兄所言甚是！末将一时冲动，差点把大人送上绝路！"他说着，又问乾卦统领："乾兄以为，如何是好？"

乾卦统领看了他一眼，道："天意如此，我等又能怎样？既然已经改朝换代，事情不可逆转，我等只能顺势而为。我等军中将领，以服从命令为天职，只知道效命疆场，不干预国家政事。我们顺势而为，听从军令，无人会说长道短。"

李云博叹道："我不仅是军中将领，还是朝臣……"

乾卦统领道："没错，少主以翰林学士监军爆战军，可是，主要职司是爆战军副都指挥使，而且从未参与朝政，当然只能算作禁军将领。"

李云博听了，一时间默不作声。他有些吃惊，他这位倚重的心腹大将，几年下来，变得如此成熟，大事面前还真头脑冷静，这让他非常欣慰。当然，冷静下来想想，这个道理，他李云博，怎么会不懂呢？

王成刚见李云博不作声了，知道乾卦统领的话说服了他，于是说道："既然如此，末将就准备改旗易帜相关事宜。李大人以为如何？"

李云博道："王贤弟先去准备吧。何时改旗易帜，容我再想一想。"

王成刚一愣："既然决定顺势而为，自然是越快越好。这，还有必要想一想吗？"

乾卦统领道："王贤弟莫急。少主虽然承认事实，但是观念还没有通。你先去准备吧，让他多想一想。"

王成刚听了，告辞出门，准备去了。乾卦统领也转身出了大帐，不一会儿又回来了，端上一大盘热气腾腾的早食，对李云博道："少主，你已经一天一夜没吃东西了。就算是铁打的身子骨，不吃饭怎么行？更何况大事已经发生，再怎么难过也都于事无补。依属下看，这天塌了，也轮不到我们顶着。先吃东西，吃饱喝足再大睡一觉，这个坎，总会过去的。"

李云博没有说什么，端起碗就大吃起来，一连吃了三大碗，也不知道吃了些什么进去，反正肚子被胀得鼓鼓的。吃完，就一声不响回到寝帐蒙头大睡。一醒过来，他一骨碌爬起来，直奔大帐。只见王成刚和乾卦统领在那里急得团团转。两人看他来了，连忙迎了上去。

李云博看见他们火急火燎的样子，连忙问道："我睡了多久？"

王成刚道："将军这一睡，足足睡了一天一夜。现在，已经是第三天清晨了。"

李云博惊道："怎么睡了这么久？出什么事了？"

王成刚道："这改旗易帜的事，朝廷都催了三次了，问为何亳州炮火营还不见易帜的回文。他们还问询，李监军的称贺奏折为何还没有到？"

"我当是什么大事呢，他们问吧，别理他们。"李云博笑了，又问道，"滑州炮火营和潞州炮火营改旗易帜了吗？"

王成刚道："滑州那边已经易帜并已回复，潞州那边，李啸林急书来问，要不要改旗易帜？"

李云博一惊，说道："用加急快马，要李啸林赶紧改旗易帜。要快！"

乾卦统领道："少主勿慌，昨晚已经派信使去了。因为三天期限，眼看就到。我和王将军看见少主还未醒过来，就商量决定，先将潞州大营改旗易帜。我等知道，少主也会如此决定。末将先斩后奏，恳请少主责罚。"

李云博长舒一口气，点点头道："你们做得对，何罪之有？这件事情，是我李云博个人的事，绝不能影响到潞州炮火营的兄弟们，当然，也不会影响到亳州炮火营。"

王成刚问道："那将军的称贺奏折，何时进上啊，再迟，就来不及了。"

"我是不会上称贺奏折的，谋权篡位，本该揭发抨击，檄文声讨，我不这样做，已经手下留情了。还要我称贺，真是岂有此理！让他们做梦去吧。"李云博愤愤不平地说道，"你们别管我的事了，赶紧回复朝廷，就说亳州大营已经改旗易帜。记住，别说其他，就说这么一句：'大周爆战军亳州炮火营改称大宋爆战军亳州炮火营'，一个字也不用多写。"

王成刚愣了一下，想说什么，但听见李云博语气非常肯定，脸色也很是严峻，没有开得了口，领命去了。

乾卦统领见王成刚出了大帐，于是问道："少主真的不准备上称贺奏折吗？"

李云博看着他，反问道："乾兄以为我，是在开玩笑？"

"不是。"乾卦统领道，"少主不上称贺奏折，是想表明自己对谋朝篡位的态度。但是，这也会给自己带来灭顶之灾啊，少主想过没有？"

李云博叹道："这个，我当然知道。先帝崩逝，我等追随雄主一统天下的夙愿，就灰飞烟灭了。如今赵匡胤篡位，很可能又重燃希望。但是，我也不能确信，他能否继承先帝遗志，继续推进统一大业。实话对你说吧，我是在试探他，也是在逼迫他。他如若杀了我，说明他心胸狭隘，痴迷皇权，甚至听信谗言，根本成不了大事，我即便死了，也无所遗憾；如若他舍不得杀我，说明他还有可能继续一统天下的步伐。"

乾卦统领道："可是，这过于冒险了。除此以外，难道就没有别的办法了？"

李云博道："是要冒险，但绝对没有那么危险，这个，我心里有底。唉，我们东奔西走这么多年，就是为了实现天下太平。如今除了中原朝廷，谁还有这个实力，统一天下呢？如果赵匡胤不能继续这项事业，恐怕，这乱世怪象，仍然会延续下去。我等苟且于世，又有何用呢？"

乾卦统领一听，很不对劲，他惊道："少主，你这是以死相逼，万万不可啊！"

李云博苦笑道："不如此，还有什么更好办法呢？乾兄不必担心，我自有分寸。"

乾卦统领急忙劝道："少主……"

李云博打断他的话道："好了，别说了。我主意已定，只能如此了。你忙去吧。"

看见乾卦统领很不情愿地退出大帐，李云博的心头百感交集。他知道，乾卦统领的担心，绝对不是多余的。但是，在这进退两难之间，是坚守纲常道义，还是推进天下统一，他真的无法取舍。而要在这两者之间做一下平衡，也只能以死相搏了。他自有生以来，也没有这样悲观过。想着想着，一股从未有过的绝望，突然之间涌上了心头。这剑走偏锋的决断，既是无奈之下的孤注一掷，也是绝望之中的义无反顾。

打定主意，他突然轻松起来，于是转身进了寝帐，沐浴更衣，准备迎接生死未卜而又关乎生死存亡的挑战。

二、首次上朝的赵普居然弄错了时辰

　　春寒料峭的凌晨，寒冷彻骨。刚刚改朝换代的汴梁城与往日一样，依然在睡梦之中。不时穿巷而过的寒风，仿佛是夜梦中偶尔惊起的梦呓，在睡眠边上似有似无地游走，静谧灵动，而又缥缈不定。

　　汴梁城繁华的街市上，一座豪门大宅临街矗立，灯火辉煌。宅门前，一排新挂的大灯笼红红火火，在冰冷的晨风中惬意地摇晃着，气定神闲而又卓尔不群。醒目的朱红大门上，"赵府"两个硕大的紫色颜体字熠熠生辉。

　　这是赵匡胤刚刚赏赐给功臣赵普的府邸。赵匡胤践祚称帝，自然会大赦天下，封赏功臣。除了这座府邸和大量财物，赵普还受封为右谏议大夫，充职枢密直学士。这是个四品之职，虽然看似个闲职，但从一个六品的掌书记，破格提拔连升几级，已经破天荒了，赵普从此由一个幕僚正式跻身朝堂士大夫行列。俗话说一人得道、鸡犬升天，更不用说立下首功的赵普，这样的官位，确实有些委屈他了。赵匡胤原本想直接升他为礼部侍郎，但是被赵普拒绝了，他说官职国家公器也，唯有德者居之，自己官位太低资历尚欠而且德薄才疏，受之有愧，而且提拔太快会招致朝臣不满，影响皇帝威望。赵匡胤一想也对，于是就封了这么个不显眼的位置给他。当然，赵普心里明白，这仅仅是他升迁之路的开始。

　　天还没亮，赵普就早早起了床。其实刚刚带领家眷乔迁新居，这几日，累得他也够呛的。他一直担任低级幕僚，过着清贫的生活，突然之间高官新贵豪门大宅，他还未来得及引进奴仆丫鬟，家事国事都得费心，不累，又能怎样呢？他没有惊动家人，用冰冷的水沐浴之后，打了几个寒战便缓过气来，换上赵匡胤赐给他的绯色官服，捧着朝笏，就坐上官轿赶往宫中，心里有说不出的高兴。

　　这是他第一次上朝。来到宫门口，发现候朝的过道上空无一人。好不容易等到寅时，宫门打开，办理完早朝手续，就往紫宸殿走去。这紫宸殿，就是赵匡胤第一次登基的崇元殿，后来就将名字改了，用作视朝的前殿。每月朔望的朝会、郊庙典礼完成时的受贺及接见外国使臣都在紫宸殿举行。赵普一看殿前沙漏，才知道时辰尚早，刚进寅时三刻。"首次上朝，居然看错了时辰……不过，第一次来，自然越早越好。"赵普这样安慰自己，然后就倚在柱子上闭目养神起来。刚刚睡着，突然看见柴荣迎面撞了过来，朝他骂道："你个乱臣贼子，包藏祸心，图谋不轨，窃取大位，还不速速受死！"赵普大惊，两脚一软扑通一声瘫在地上，开口大喊："圣上饶命，圣上饶命……"两个禁卒上前架起他就往外拖。他大是惊恐，突然间睁开眼一看，原来不是禁卒，而是宫中值守太监过来搀扶他，问道："赵大人，你怎么了？"

原来是个梦！这个梦，可把他吓得半死，浑身上下已经湿透。他装作若无其事地站起来，笑道："没什么。上朝来早了，借机打个盹，没想到睡着梦魇了……没事没事，你去忙吧。"

太监满腹狐疑地施礼离开，而他，再也睡不着了，于是就在殿前漫无边际地游走。好不容易挨到接近卯时，才看见文武百官陆陆续续朝这边涌过来，不时交谈着。赵普趁机混进人流，就像刚刚到来似的，跟着大家候朝去了。

这时候，紫宸殿已经灯火辉煌。只听司仪太监纵声喊道："卯时已到，请各位臣工进殿，恭候圣驾。"文武百官就排成两列，鱼贯而入。

刚刚站定，只听太监喊道："圣上驾到！"

大家就纷纷跪地叩首："恭迎圣上！吾皇万岁万岁万万岁！"

赵匡胤冠冕华服，现身殿上。他一摊双手，说道："众爱卿平身。"

"谢陛下。"大家礼毕，就站起身来。

赵匡胤也坐上龙椅，继续说道："众爱卿，有何要事，尽快奏来。"

已经升任枢密使的吴延祚出班奏道："启禀圣上，新朝刚立，天下归心。四方邻国藩国郡国纷纷上表称贺，有的还遣使进贡，臣服我朝。真是可喜可贺。"

赵匡胤道："嗯。吴爱卿，上表遣使的，有哪些啊？你给朕和臣工们说说。"

吴延祚道："回禀圣上，上表并进贡的藩王有：吴越王钱元俶、南唐王李璟、荆南王高保融，另外西平王、定难节度使李彝殷，魏王、天雄军节度符彦卿，武平军节度使、朗州大都督周行逢亦上表称贺，南汉皇帝刘鋹、西蜀皇帝孟昶均遣使修好。"

赵匡胤道："我大宋初立，各方藩国及周遭邻国大都遣使上表，说明朕践祚中原，四海归心。唯独北狄契丹与北汉刘氏，一直与中原为敌，诚可恨也。待到朝野稳固、国力强盛之后，朕一定北上亲征，直捣胡廷！"顿了顿，又问道："各处节镇、州县及各地大营，都改旗易帜、上表称贺了吗？"

吴延祚道："回禀圣上，朝廷诏告一出，节镇驻将、州县官员纷纷上表拥戴，如今各地及营寨都已改旗易帜。只是尚未收到少数几位主将主官上表称贺的奏折。"

"朝廷限定三日，如今五日都过去了，还没上表？"赵匡胤皱起眉头，问道，"吴爱卿，你说说，未上贺表的，还有谁啊？"

吴延祚道："回禀圣上，未上贺表的有：原枢密使、现尚书右仆射兼中书侍郎、同中书门下平章事魏仁浦，中书令、检校太尉、淮南节度使李重进，侍中、检校太傅、昭义军节度使李筠，翰林学士、爆战军监军、副都指挥使李云博等人。微臣以为，有些奏折，很可能还在报往京城的路上。"

赵匡胤听了，说道："吴爱卿言之有理。不过，魏仁浦身为宰辅，为何不上表呢？……也罢，等等再说。各位爱卿还有何事？"

兵部尚书张昭出列奏道："启奏圣上，圣上初登大位，当追崇祖考，立上亲庙，庙祀既定，方可祷告苍天，追上尊号，祭祀典礼，开启新程，保我大宋国运昌隆。"

赵匡胤点点头道："张爱卿说得甚是。自古以来，朝堂礼仪，祭祀为首，奉天尊祖，太庙为大。那么依照礼制，新建太庙，立几庙为妥呢？"

张昭道："回禀圣上，依照礼制，上溯四代，立四亲庙，考皆为皇帝，妣皆为皇后，在世父母尊太上皇、皇太后。"赵匡胤准奏，于是尊高祖眺为僖祖文献皇帝，曾祖珽为顺祖惠元皇帝，祖父敬为翼祖简恭皇帝，父亲弘殷为宣祖昭武皇帝，每岁五享，朔望荐食荐新，三年一祫，五年一禘。尊母杜氏为皇太后，册立继室夫人王氏为皇后。

几位大臣又上奏了一些事项，赵匡胤经过朝堂会商之后，见无异议，一律准奏。

赵普第一次上朝，虽然未奏一事未发一言，但他还是非常高兴。这是什么地方？一般人能够登上这家国庙堂？他赵普居然来了，这说明他赵普已经不是一般人了。散朝之后，赵普在宫中用过御赐的朝会早膳，就往西侧的垂拱殿走去。这座宫殿，原来一直称作上书房，是柴荣日常处理政务和读书的地方。赵匡胤将他改名垂拱殿，仍然作为自己平日听政、办公的处所，习惯上，还是称作上书房。来到门前，赵普估计皇帝赵匡胤可能还没用完早膳，于是也不通报，就进到候召的大堂里，坐下来饮起茶来。喝了两三盏，觉得时间差不多了，便起身出堂，向执事太监通报，求见皇上。

执事太监不一会儿就出来了，大声喊道："圣上有旨，宣右谏议大夫赵普觐见！"

赵普拱手施礼谢了一声，就进殿面圣去了。没想到宰臣王溥早就来了，正在那里和赵匡胤说着什么。赵普赶紧稽首道："臣赵普叩见圣上！"

赵匡胤道："赵爱卿平身。刚散朝会，赵爱卿有何要事，这么急着见朕？"

赵普道："回禀圣上，微臣听说，还有几位节镇大将上的贺表还未到达，觉得其中必有些感觉蹊跷，特来提醒圣上，切莫掉以轻心。"

赵匡胤道："嗯，两位爱卿不谋而合，正好一起商议。朕被众将拥戴，被迫上位称孤，虽然众望所归，毕竟是取代前朝，有人不服也在情理之中。爱卿说说，如何应对为妙？"

赵普道："回禀圣上，这数人之中，微臣以为，除了李云博，都不足为患。"

王溥一惊，看了赵普一眼，说道："不会吧？老夫倒是以为，除了李云博，其他三人才是大患。你看，魏仁浦不进贺表，是表明他忠心前朝，不会为圣上效力，但他朝中威望极高，故旧部僚甚众，在老夫看来，还是要防着点。李筠长期镇守北边要塞，苦心经营泽、潞诸州，一直拥兵自重，由于忌惮世宗神武，未敢轻举妄动。这次未进贺表，看似路途遥远，实则包藏祸心。李重进本是前朝皇亲重臣，又曾与圣上同为禁军统帅，被夺兵权出镇淮南，近在咫尺，却不及时进贺，应该是在犹豫观望之间，这进贺表册肯定会上，但是否出于真心，很难说得清楚。这二人，也是必须防范的重点。至于李云博，他与圣上义结金兰，于情于理应该不会反对。究竟为何迟迟不进贺表，老夫以为，可能是路上耽搁了。"

赵普说道："王相公之言，看是在理，其实不然。亳州离汴梁不足一千里，快马一日就到。李云博迟迟不上贺表，原因为何，微臣倒是不敢妄断。正因为如此反常，才须要更加引起重视。"

王溥道："李云博反常？难道其他几位不上贺表的大臣将领，就不反常吗？"

"这几位倒是很正常。"赵普继续说道，"圣上，王相，微臣先分析一下其他三人情况。魏仁浦未经科举，因为忠直能干，深受世宗皇帝赏识，由一介赳赳武夫升至枢密使高位，自然会抱残守缺，效死前朝。况且圣上得位之时，他便要一死殉节，如今积忧成疾，卧病不起，只怕来日不多。圣上善待于他，让他高官显爵，官居一品，却罢免枢密使实权，他纵然想帮助幼主复辟，已然力不从心，不足为患。他若一味称病不朝，那就让他自生自灭。李筠和李重进，虽然存在反叛可能，但都是一介武夫，有勇无谋，无论他们勾结北汉还是串通南唐，绝非朝廷对手，只要他们敢起事，到时候剿灭就是。"

正说着，只听值守太监进门禀报："启奏圣上，相府急报，刚刚收到淮南节度使李重进、昭义军节度使李筠称贺表册，要奴才尽快转呈圣上。"

"还真如你们所料，他们会上贺表的。只不过这两个天南地北相隔数千里的表册，居然同时到达，如此默契，真是奇了怪了。"赵匡胤首肯一句，便对太监说道，"快快呈上！"

君臣几个就一起看了一下二人贺表，但见用之夸张，恭维之极，一看就是言不由衷的假话。王溥道："启禀圣上，老臣以为，这两个人，实有异心，不得不妨啊！"

赵匡胤道："王爱卿所言甚是。以朕看来，这二人迟早会反。不过，赵爱卿也言之有理，他们一介武夫，就算谋反，也翻不起大浪，不足为患……只是，你说李云博贺表未到，又意味着什么？"

赵普道："回禀圣上，微臣觉得，这李云博，既不会像李筠、李重进那样心存野心、举兵反叛，也不会像魏仁浦那样抱残守缺、为求一死，而是他的特殊身份过于敏感，因为他是圣上结义兄弟。如若他公然反对圣上即位，甚至颠倒黑白，四处鼓噪陈桥兵变是圣上阴谋发动，其危害甚大，影响十分恶劣。微臣以为，李云博如若不能为圣上所用，迟早必成为心腹大患。这，倒让微臣难办哪……"

赵匡胤听见赵普说李云博是朝廷的心腹大患，非常吃惊。于是急忙问道："爱卿说说，李云博为何难办？"

赵普道："因为此人既不能杀，也不能留，也就是说，他不能死又必须死。圣上说说，这是不是很难办？"

"既不能杀，也不能留……他不能死又必须死。"赵匡胤仔细复述着赵普的话，问道，"这是为何？"

赵普道："李云博能文能武，是个难得的人才，他既有满腹经纶，能够治国理政，又有家传绝学，可以驰骋疆场，当今天下绝无仅有。可是，他若不进献贺表，就违抗圣旨和朝廷军令，死罪一条。圣上若依法杀了他，一是军用火药绝密从此绝迹，我朝爆战军威力不再；二是圣上处死结义兄弟，会背上不义骂名；他不进贺表，就是公然反对圣上取代前朝，若不治罪必然难以服众。圣上说一说，他得死又不能死，这是不是很难办？"

赵匡胤一听，觉得事情要比他想象得严重，于是勉强笑道："爱卿言重了。李云博与朕情深义重，怎么会对抗朕呢？就算是出于大义闹一闹，也是在间接帮助朕稳定朝纲。他胸有韬略，大才初具，将来一定会是朕的股肱重臣。"

王溥道："圣上所言甚是。李云博绝对未来国之栋梁，前朝先帝也是这样认为，看来，英雄所见略同。圣上有所不知，先帝在临终前，反复交代，一定要急诏李云博进京，入阁为相并兼任枢密副使。"

"什么？"赵匡胤惊道："如此重大遗命，如何宰辅们没有执行？"

王溥道："范相以为，李云博年纪较轻、资历尚浅，担任宰辅难以服众，说什么皇帝病糊涂了，还要我等几个顾命大臣保守秘密……如今前朝已然过去，说出来，也无关紧要。"

赵匡胤看了一眼赵普，喃喃自语道："如若李云博入阁拜相当了宰辅，朕这皇位，只怕还是柴家的……这下好了，朕上位称帝他肯定会来帮朕，让朕之大业如虎添翼，一统天下指日可待。"

赵普这样一听，心里不免有点泛酸，但也无法让人察觉丝毫。他为赵匡胤谋划并成功篡夺了皇权，成就了不世之功，居然都没听他说过自己是股肱重臣。而这个毛头小伙，根本未参与这场兵变，他凭什么是股肱重臣？但是，他认同赵匡胤的说法，李云博的确是个人才。若不及早将他排挤出去，自己一味苦心孤诣谋求的，那个一人之下万人之上的首辅之职，很可能就要旁落他人之手。这是他不允许的。他对赵匡胤说道："圣上所言甚是。微臣要问，如若李云博真的不上贺表，陛下如何处置？"

赵匡胤想了想，道："那就罢免他的官职，将他依法严惩。朕不相信，他敢不进献贺表。"

赵普道："万一呢？"

赵匡胤若有所思地看着他，平静地道："肯定会上，没有万一。"

王溥道："老臣也相信，李云博一定会上贺表的。"

赵普苦笑道："微臣也但愿如此。不过，微臣还是坚信自己的判断，李云博绝不会主动进上贺表……"

赵匡胤道："好了，李云博的事就别再议了。他的事情，尔等都不用管，朕来亲自处理。对了，今日议决朝廷开设太庙的事情，正好借这个机会，来一场盛大祭祀，就称作开朝大典，如何？"

王溥、赵普异口同声说道："圣上英明！"

赵匡胤道："那好，你们去准备吧。对了，献贺表这件事到此为止，不要再纠缠了，你们都去忙吧。"

"遵旨！"

赵匡胤看着两位心腹大臣告辞出门，心中仍然有些不快。如今，凡是须上进贺奏折的朝廷命官，除了魏仁浦，就剩下李云博了。他要干什么？对于李云博不上贺表，赵匡胤越想越不对劲，于是对值守太监喊道："来人，速传客省使兼枢密承旨李处耘觐见！"

◆ 三、面对李云博诘问，魏仁浦无地自容 ◆

李云博刚刚到达汴梁城，还未进城，就被早已等在城门口的李处耘撞了个正着，也不管三七二十一，吩咐手下对李云博及其随行人员强拉硬拽，都拖进了国宾馆。李云博没有想到李处耘这么快就知道他进京的事，还亲自到城门外守株待兔，看来，亳州炮火营里，他们的眼线不少。

李云博冷笑道："李大人，你这是作甚？假公济私吗？难道升任了客省使，就可以把国宾馆当自己的家吗？这个地方，是接待外宾用的！"

李处耘一愣："李大人？你叫我什么？"

李云博道："李大人啊，客省使李大人啊，我没叫错吧。"

李处耘道："你……你别废话，先住下来，等会儿，大哥有话问你。"

李云博道："我是说真的，这地方，我不能住。我还是住开封府驿馆吧。要不，住殿前司大营也行。"

李处耘怒道："你敢！在事情没有弄清之前，你哪儿也不能去，只能待在这里！"

李云博也火了："事情，什么事情？只能待在这里？我偏不！"

"你跟我进来！"李处耘万般无奈，拖着李云博进了一间客房，又把门关上，问道，"你说，你为何不上贺表？满朝文武，就你和魏仁浦两个人没上！魏仁浦卧病不起，已经获得赦免。现在就剩下你了。你是成心让你二哥——不，当今圣上难堪不是？你倒是好，不仅不上贺表，还不经诏唤私自进京，你这不是自寻死路吗？"

李云博道："是的。我待在亳州炮火营好些天，也未见你们禁军武勇过来抓我。于是就主动上门，唯求一死。"

"你胡闹什么？"李处耘怒道，"你真的想被满门抄斩吗？"

李云博大怒道："我胡闹？你们居然连谋朝篡位都敢干，而且还得逞了！我就只不过是懒得写那毫无意义的虚文，进京亲自递交辞呈，难道也要问罪吗？你说说，谁在胡闹？我要是被满门抄斩的话，你们就得诛灭九族！"

李处耘急了："递交辞呈？你究竟要作甚？岫南，你可别乱说！这里人多嘴杂，隔墙有耳，请你说话注意分寸！圣上是接受禅让，不是谋逆……"

李云博冷笑道："你还可以说，赵匡胤一再推辞，怎么也不肯接受，是将领们拿着刀，逼他当这个皇帝的！我李云博就奇怪了，这等好事，怎么……"

李处耘知道说不过他，更加着急，一把捂住他的嘴道："大哥求你别说了，行不行？你有什么苦楚，等会儿圣上来了，你当面跟他说……"

李云博道："圣上？那是你们的圣上，不是我的圣上！我才不见他呢。我还是住开封驿馆吧，这地方，我住不习惯……对了，李大人，我们曾经兄弟一场，你帮我个忙，将这封辞呈交给他吧，反正我也不想见他。我明天一早，就回长沙去。"说着，就拿出一封信，交给李处耘。

李处耘道："我不会替你送的，要送，你自己去送吧。可是，你就算要辞去官职解甲归田，也要朝廷批准啊……"

李云博道："我的朝廷已经没了，我只能跟你和赵匡胤打个招呼，你们是我曾经的上司。现在，你们已经不是大周的官员了，所以，不存在批不批准的问题。我还有一些私事要处理，处理完，我就回去。"

"你以为，你一走了之就可以了吗？你以为你，走得了吗？"李处耘怒道，"如今新朝刚立，人心不稳，这个敏感时期，任何不支持当今圣上称帝的，都是谋逆大罪！你别逼我好不好？"

李云博笑道："真是笑话！谁称帝与我何干呢？我效命的是大周朝廷，它如今不复存在，我就一定要投靠你们吗？不投靠你们，就是谋反？我回家做生意不行吗？"

李处耘叹了口气，道："我说不过你，你真是不见棺材不掉泪？"

"我死都不怕，还怕棺材？"李云博仍然不依不饶，见他没了话说，就夺门而出，带着大家前往开封驿馆下榻去了。李处耘也没再拦他，赶紧前往宫中向赵匡胤禀报。

李云博在开封驿馆住下来，草草吃了中餐，就起身前往魏府，探望卧床养病的魏仁浦。

魏仁浦听说李云博来访，抱病起身，带他进书房叙话。看茶过后，魏仁浦看着李云博号啕大哭："李翰林，我等千防万防，没想到素来忠直诚信的赵某人，居然谋逆篡国……"

李云博赶紧打断他的话道："如今已经改朝换代，中原天下已经姓赵。这话，可不能乱说啊！"

魏仁浦道："说又何妨！他敢谋朝篡位，还不容人说了？老夫说了，大不了一死！"

李云博叹道："这自古有言，窃钩者诛，窃国者为诸侯。大周朝廷大势已去，你既不上称贺表册，也不出来任事，还在这里指桑骂槐，当真要抱残守缺一死了之？人固有一死，就是死也要死得其所。你这样逆流而动，一旦触怒了当权者，就白白搭上性命，还要连累一家老小。这样去死，真不值得！"

"难道真没有办法了吗？"魏仁浦捶胸顿足，"都是我等的错啊！北狄入侵，真假都还没有弄清，就急急忙忙发兵，这不正中了他们的圈套吗？"

"如今木已成舟，为之奈何！"李云博道，"晚生这次来，就是劝你，千万不要与他们对抗，即便不出来效力，也千万别干傻事。"

魏仁浦道："老夫听说，你也没上贺表。而你却要老夫不闻不问，这是为何？"

李云博道："没错，满朝文武、地方节镇及大营主将，就是大人和晚生没上贺表。晚生不上贺表，不是要对抗新朝，而是另有隐情。"

"另有隐情？不能说吗？"魏仁浦问道，"你不会是要设定计谋，诛杀叛贼吧？"

李云博道："大人怎么这般糊涂？你以为，你这府邸，就没有耳目？这等话，以后千万别再说了，就算是抱怨的话，也要一律烂在肚子里。"李云博见他点了点头，就问道，"晚生听说，北狄入侵消息传来，大人力主侍卫亲军副都指挥使韩通北征，可否属实？"

魏仁浦道："当然。先帝崩逝，主少国疑，禁军两大系列绝不能被一人统帅，这是先帝临终前反复交代的。我等一直坚持这一遗训，确保朝廷稳固。"

李云博问道："可是后来，怎么都交到了赵匡胤手上？"

"哎，这个，说来话长。"魏仁浦叹了口气，继续说道，"当时，究竟派何人出征，范质跟老夫是有分歧的。范质坚持派赵匡胤出征，老夫建议韩通出征，都只率领本部人马。可是，万万没想到，赵匡胤死活不肯出征，说什么朝野传闻，点检为天子，他是殿前军都点检，要避嫌，绝不领军出征。为此，他还身陷囹圄。当时北边一连几道加急军报，说是契丹和北汉联军，已经突破井陉口，大举南犯。情急之下，就逼迫赵匡胤领军北上，不然满门抄斩。可是赵匡胤至死不从。这时候，吴延祚献计，说赵匡胤是嫌兵太少怕不能取胜，才会抗旨不从。建议把禁军主力都交给他。范相无奈，就依计而行。没想到，赵匡胤还是不从。老夫当时很愤怒，建议斩了赵匡胤。范相也很恼怒，却说什么大敌当前，斩杀大将，是为不祥。又是吴延祚出了个馊主意，要朝廷再颁了道逼赵匡胤出兵的诏书，言明如若赵匡胤不以军国大事为重，抗拒皇命不肯领军北上御敌，就以谋逆之罪，将禁军指挥以上的将校一律处斩，所有禁军士卒一律流放边关。还说什么'他赵匡胤再怎么执拗，也不会拿整个禁军开玩笑。'范质病急乱投医，信了他的……他们，其实是一伙的啊……"

李云博听了，长叹一声道："你们，中了他欲擒故纵之计啊！看来，他们此举，密谋已久、精心布局，看似险棋，其实环环相扣、天衣无缝，他们是志在必得啊！"

魏仁浦追悔莫及："要是当时解除赵的兵权，另派他人北上，就绝不会有陈桥之变了！"

"就算没发生陈桥之变，会不会发生其他变故，这很难说。"李云博道，"幼主年仅七岁，长大成人还需十余年。这期间，会发生什么，谁也不知道。只是先帝崩逝才短短半年，尸骨未寒，就遭此劫。他从太祖手上接过大周江山，励精图治，百废俱兴，可是刚刚崛起便拱手让人，真令人心寒啊！"

"是啊。老夫整日以泪洗面，无论怎样追悔，也无法弥补这泼天大祸。老夫是千古罪人啊！"魏仁浦依然在自责，仿佛，这大周朝廷被人取代，是他一人之过。

李云博看着他，知道他作为枢密使，让兵权旁落，的确难辞其咎。但他受制于范质，又岂是他一人之过？于是想起王朴，忍不住叹道："要是王公仍然掌握着枢密院，他们定难有此侥幸！"

"是啊，王枢相要是不英年早逝，何来此祸！"魏仁浦说着，突然说道，"先帝临终前，有一人事安排。不过范质以为不妥，没有执行……"

李云博一惊，问道："什么安排？又为何没有执行？"

魏仁浦道："哎，事到如今，也无用保守秘密了。先帝临终时反复交代，即刻召翰林学士李云博前来，立即升任中书侍郎参知政事，兼任枢密副使。还说，要你和我等一起同列相位，辅佐幼主……"

李云博怒道："什么？先帝遗命，这么大的事情，你等敢抗命不从？"

魏仁浦道："范质说，你年纪尚轻，资历尚浅，难以服众，怎堪为相，圣上怕是病糊涂了……于是几位顾命大臣相约，一定保守这个秘密。当时，老夫也觉得你年纪轻轻就入阁为相，很是不以为然……要是你在相位辅佐幼主，恐怕……"

"恐怕什么？恐怕朝廷不会被人篡夺？"李云博厉声叱问道，"你们几个顾命宰辅，身居要职，担负国家安危，却不照章办事、严行律令，居然连先帝遗命也敢抗拒，还私下约定，保守秘密。有尔等宰辅，这大周江山，迟早会被人取代！你说，先帝命你等千万别将禁军大权集中在一人手上，你们为何不誓死坚持，上了别人的当？"

"我……"魏仁浦顿时羞愧难当，无地自容。

李云博继续叱问道："身为辅弼重臣，有旨不遵、有诏不从、有命不行，这是私心在作怪！在下一介书生，入阁守职会分了你等的权？我现在可以这样断言，先帝临终两条重要遗命，但凡只要有一条坚持，就不会有此大劫。在下入阁帮助范质理政，不会一味休养生息，会说服范质让一半禁军北上攻取幽燕，继续先帝未竟事业。这样一来，就算燕云十六州攻不下，也不会让禁军将士无所事事，成天拿先帝一统天下的战略说事；而协助你掌握兵权，自然会谨小慎微，处处防范，绝不会让军权过于集中。你等可倒好，将先帝留下的规矩一点点抛弃，先是枢密院居然可以调配禁军，而后殿前司可以任意调动将领，你们这样乱改制度，朝廷即便不被人篡夺，也会乱象横生！这个范质，我临行前提醒过他，他倒是好，半句话都没听进去！"

魏仁浦一个劲地摇头叹息："李翰林所言甚是！都是我等一干鼠辈，身居要职却尸位素餐，心怀私欲而有令不从，是亡国的罪魁祸首。就是万死也不能抵过啊！我就算拼了这把老骨头，也要揭露他们谋逆的阴谋！"

"阴谋得逞，假已成真，事已至此，谁都无力回天了！"李云博看着已经虚弱不堪的魏仁浦，觉得自己刚才太过激动，有些后悔。他平息怒气，安慰道，"魏大人还是别去想这些了。我等使命虽未完成，但是这场变故，未曾流血，也未让百姓生灵涂炭，这已经是不幸中的万幸了。既然无力回天，我们就接受吧。我等要做的，就是想方设法让他们保证太后幼主及所有皇室成员的安全，要让现在的朝廷，继续推进一统天下战略，让先帝未竟大业，继续下去。"

李云博从魏仁浦府上告辞出门，就吩咐乾卦统领买来香纸祭品，然后策马出城。刚出城门，乾卦统领问道："这么晚了，少主要去祭奠谁？"

李云博道："去看看在这场变故中，唯一敢于抵抗，而且以身殉国的侍卫亲军副都指挥使韩通韩大将军。"

乾卦统领惊道："这个多事之秋，去祭奠韩将军，妥当吗？"

李云博冷笑道："当今圣上，不也追封他韩将军为中书令吗？有何不妥？"

乾卦统领道："杀了他全家，然后追赠个官爵，这是做样子，给天下人看的。少主聪明绝顶，这都看不出来？少主素来与韩将军没有来往，也谈不上交情，何必蹚这趟浑水？"

李云博道："不错，我跟韩将军从未交集，也毫无交情。他们能够做样子给天下人看，我就不能做样子，给他们看？更何况，乱世之中，这些所谓的文臣武将，平日里信誓旦旦效忠朝廷，可是一朝闻变纷纷倒戈附逆，美其名曰顺势而为，实则蝇营狗苟，毫无礼义廉耻。韩将军死节，至少还能保留一点忠臣节操。就凭这一点，我也得心存敬意，前去瞻仰祭拜一番。"

◈ 四、开封驿馆里，兄弟差点反目成仇 ◈

祭罢韩通，李云博和乾卦统领刚刚回到开封驿馆，还没进门，就见驿丞焦急万分地在门口候着。他一看见李云博，就急忙上前施礼道："李翰林，你可回来了。圣上和客省使李处耘大人已经来驿馆多时，你赶紧去见驾吧。"

李云博一听，甩手就要走："他们来了，我就去别处。麻烦驿公前去告诉他们，别等我了，请他们回吧。我等忙了一天，早已饥肠辘辘……"

驿丞声带哭腔打断他的话道："李翰林，你可别难为下官……圣上驾临驿馆，口谕只要翰林大人一回来，立刻带你去面圣，否则，唯下官是问……圣上和李大人也没用晚膳呢，下官已经按照李大人吩咐，在后厅摆下宴席，让大人侍驾用膳呢！"

李云博见躲不掉了，也不想连累别人，于是说道："呵呵，这里备有宴席，那好，就省得我等去外面将就一顿了。走吧，先吃饭。千事万事吃饭是大事嘛。"

驿丞听了，顿时眉开眼笑："翰林大人深明大义，体察下官难处，下官先谢了。来人，将翰林大人马匹牵过去，好生伺候！"一边说着，就一边将李云博往后厅引去。

乾卦统领道："多谢驿公，只是马匹我们自己能够喂养，不麻烦驿公了。"说着，就牵过马，又跟李云博道别，往住处去了。

李云博进了宴会厅的门，只见赵匡胤和李处耘都穿着便装，正聊着什么，在那里等着，饭菜满桌，热气腾腾，也都没动一下。驿丞通报一声后，赶紧关门离去。两人见李云博来了，连忙起身相迎。

李云博懒得理他们，径自走到席间坐下来，大快朵颐。两人相视而笑，尴尬不已。李处耘见李云博如此无礼，不免有些生气，对他喊道："岫南贤弟，圣上在此，还不赶快见驾……"李云博仿佛没听见似的，依然吃个不停。赵匡胤见状，赶紧打圆场道："岫南贤弟肯定是饿坏了。来来来，正元大哥，先吃饭。朕也饿得不行了。"

李处耘连忙坐下来，道："多谢圣上。如今圣上九五之尊，以后就别再叫微臣大哥了……"

赵匡胤笑道："今日在此，我们只讲兄弟之情，不论君臣之礼。兄弟几个好久不聚，来，先干一杯。"

李云博还是一个劲地吃着他的饭，仍然没理。赵匡胤也不计较，对李处耘道："正元大哥，我们兄弟先干，岫南急着填饱肚子，由他去。"

"多谢圣上。"李处耘赶紧起身，和赵匡胤碰杯后一饮而尽。

就这样不尴不尬好一阵子。这时候，李云博吃饱了，他站起身，看着他们俩跟不认识似的，抱拳施礼道："在下吃饱了。多谢二位盛情款待，在下还有事，先行告退。"说着，就要转身出门。

李处耘火了，站起来吼道："李岫南，你闹够了没有？"

李云博停下脚步，回过身来，问道："敢问李大人，在下在闹什么？"

李处耘道："你没有无理取闹？圣上听说你回京了，特意命我去城外接你，还要我将你安排在国宾馆好生款待。你却不领情，偏偏跑到开封驿馆来。圣上也不计较，百忙之中抽出时间来看你，还安排这顿酒席，为你接风洗尘。你倒是好……"

赵匡胤连忙拉住李处耘坐下来，笑道："大哥你别发火，岫南在生朕的气呢。他是误会朕了……"

李云博道："我李云博小人一个，不知礼数，得罪二位，还请多多包涵。在下真的还有事，先行告退……"

李处耘真的发怒了，他冲上前扯住李云博道："李岫南，你别太过分！如今，你的结义二哥，已经是当今大宋皇帝，无论你是官绅还是黎民，都得行大礼。无论你心中有多少怨气，这个规矩，还是得讲！"

李云博扑通一声跪倒在地，将头磕得"咚咚"直响："草民李云博，叩见圣上。草民故意冒犯陛下，罪该万死，请赐全尸！"

赵匡胤虽然有些生气，但他知道李云博为何如此这般。他起身扶住李云博，说道："岫南，你快快请起。我们兄弟，情同手足，有什么解不开的结呢。你这般折杀朕，到

底为何？"

"我们兄弟，情同手足？"李云博站起身来，头上已经流满了血，他愤怒地说道，"是的，你是当今圣上，我李云博有此兄长，理应叩谢长天，喜极而狂，然后攀龙附凤，平步青云。可是，我李云博愚昧无知，死活也没有想明白。你说到此，那么在下就得讨教，先帝也是你的结义兄弟，你为何不讲兄弟情谊，在他尸骨未寒之际，趁着孤儿寡母之危，干下这窃国勾当？"

"是啊，朕对不起先帝。朕千错万错，就是不该受众将威逼，接受太后和幼主的再三禅让。一念之差，千古罪人啊！朕愧对先帝，愧对兄弟，愧对天地啊！"赵匡胤突然一屁股坐在地上，失声痛哭起来。

李处耘被这场面弄傻了。他的两个结义兄弟，一个满脸是血，站在那里咆哮不止，一个瘫倒在地，坐在那里捶胸顿足不停。他满肚子的怒火，不知该朝哪里倾泻。他强压住怒火，恨恨地说道："我们兄弟三个，一直胸襟坦荡，无话不说。今天都怎么了，要这般相互作践？"他又上前，想扶起赵匡胤。赵匡胤甩开他的手，继续号啕大哭。

李云博对李处耘吼道："我的话还不清楚吗？我在问他，为何要干下这谋朝篡位、大逆不道的勾当？"

李处耘也吼道："够了！李云博，我告诉你，你别以为我们是兄弟，就不会把你怎么样！你不上称贺表册，已经让圣上很难堪了，圣上为平朝臣不满，迫不得已，把我叫去，替你伪造了道进贺奏折。你私自进京，按律当斩，圣上又是格外开恩，说是密诏你前来叙旧。你别不识好歹，一回汴梁就探望魏仁浦，还前往祭奠韩通。你这般接二连三冒犯圣上，难道真的不怕死吗？"

李云博道："多谢你们让我李云博暂时还活着！可是我一点也不觉得，你们轻车熟路伪造文书，有何高明之处！是的，我也怕死，不过，怕死就能不死吗？作为大周朝廷遗臣，死比活，更痛快！我既然已经冒犯大宋皇帝，还是那句话，我罪该万死，请赐全尸！"

李处耘忍无可忍，朝门外喊道："来人，将忤逆圣上的罪臣李云博，拖出去砍了！"

门外的禁军听到命令一拥而入，上前拽起李云博，就往外走。

"慢着！"赵匡胤一骨碌爬起来，说道，"大胆李处耘，朕在此，还轮不到你发号施令！你们，都退下！"禁卒闻声拱手退出。

李云博笑道："这是玩的哪一出？李大人，你的命令不准确，应该是'将冒犯圣上的前朝遗臣李云博，拖出去砍了……'我是遗臣，不是罪臣。"

李处耘怒不可遏，冲上前掴了李云博一掌，骂道："死到临头了，还这般咬文嚼字……你这样闹下去，谁都救不了你！作为大哥，你听我一句劝，好不好？你想死，为前朝殉情，要陷我等兄弟于不义吗？"

李云博更加得意，叹了口气道："都怪我有眼无珠，结拜了你们这帮兄弟！自命乱世英雄，却干些险恶勾当，我真是后悔莫及啊……"

李处耘被他这么一将，顿时气急败坏，伸手又要打李云博。赵匡胤上前挡住李处耘的手，说道："岫南忠义之士，对改朝换代义愤填膺，怎样痛骂，都不为过。大哥，你别再为难岫南了。一切都是朕的错，岫南怎样怪罪，朕都认了。岫南贤弟，可是事已至此，你说说，你想二哥怎么办呢？只要你肯原谅二哥，你提出任何要求，二哥都答应你，包括将皇位归还给前朝。"

李云博被他问住了。是啊，事已至此，你要赵匡胤怎么办呢？这皇位，能像东西一样，送来送去吗？……李云博呆了半晌，坐了下来，突然间一下子瘫倒在椅子上，号啕大哭起来。

赵匡胤见李云博失声痛哭，也不免垂下泪来。他喃喃说道："是啊，先帝对我们有知遇之恩，我等理应知恩图报，辅佐幼主，拱卫朝廷，绝不能乘人之危，接受禅让。可是，先帝突然崩殂，主少国疑，内忧外患，江山社稷岌岌可危，我等在万分悲痛之中，也很绝望啊！在这种情势之下，先帝毕生致力的统一大业，还如何推进呢？"他看了一眼李云博，见他没有反驳，继续说道："如今，你二哥我接受禅让，背上窃国骂名，也一定会遗臭万年，这个，二哥一点都不怕。为何，因为二哥可以继承先帝遗志，继续我们一统天下、实现人间泰平的理想。只要能够结束这分崩离析的百年乱世，重新实现人伦和合，从此世间没有了割据，没有了战争，没有了凄凄白骨，天下繁荣昌盛，百姓安居乐业，我赵匡胤就算万死，也不在话下，还怕背什么骂名！你不是说过，乱世之下用重典，得有非常手段。只要大业有成，又在乎什么手段呢！二哥想，只要心存大义，就算先帝九泉有知，也一定会宽恕的。"

李云博的哭声渐渐小了，但依然哽咽不止。赵匡胤继续说道："二哥我知道，你是饱学之士、儒学大家，讲究礼义廉耻、君臣大义。违背纲常之举，的确让你难以接受。如若这接受禅让的是别人，二哥也会和你一样，至死不渝。二哥会给你时间，让你好好想想，二哥盼望你回心转意，和以前一样携起手来，共图大业！"

李处耘听了，顿时也没了脾气。他接过话来，开导道："岫南，圣上所言甚是。这次变故，来得太快，我们也是猝不及防啊！我们兄弟一直以来心心相印，如今圣上面南背北，正是我等大展宏图的时候！更何况，我们曾经歃血为盟，指天为誓要有福同享有难同当。圣上这次受禅，没有流血，更没有生灵涂炭。朝野拥戴圣上，说明朝廷内外，都渴望有人继续先帝一统大业，这即是天意，也是人心啊！你不知道吧，陈桥驿前，圣

上坚决拒绝禁军将士拥戴称帝，刀架在脖子上也宁死不屈。直到最后，圣上万般无奈，与他们约法三章，大家同意后，他才勉强答应。你知道是那三条吗？大哥告诉你：一是不得惊犯太后圣上母子，二是不得欺凌公卿大夫，三是不得侵掠朝市府库。有此三章，足见圣上仁义啊！如今少主虽然退位，但仍然获封郑王，和符太后住在西宫。岫南，你是通情达理之士，一定要体察圣上苦衷啊！……"

李云博突然抬起头，说道："求你们别再说了。这些大是大非，我们就不说了。既然你们不让我死，那就准我解甲归田吧。我心已死，留在朝中毫无用处，更无益处。恳请圣上恩准！"说着，就稽首恳求。

李处耘道："这……这怎么行？圣上的结义兄弟都解甲归田，你让圣上情何以堪，又如何面对满朝文武？岫南，你也得替圣上想一想啊……"

赵匡胤赶紧扶起李云博，又打断李处耘的话道："好的，二哥答应你。你想离开，大哥二哥随时欢送，你想回来，我们时刻等着你。"

"多谢圣上，在下告辞。"李云博谢恩起身，正要告辞出门，突然，赵匡胤喊住他道："岫南，二哥求你一件事，在你离开前，你最后帮我一个忙，行不行？"

李云博停住脚步，回过头来，说道："我们兄弟一场，别说'帮忙'二字。只要我能够做到，一定尽力而为。二哥，你说。"

赵匡胤听见李云博叫他"二哥"，顿时喜上眉梢，他说道："是这样，这件事目前还未最后定下来，一旦确定了事项和日程，二哥就通知你，好不好？"

李云博道："那行。那小弟就先行告退，静候佳音。"说着，便拱手道别，出门去了。

李处耘惊奇地问道："圣上说的，是什么事？"

赵匡胤道："朕也不知道，只是见他要走，强留不行，情急之中的缓兵之计。这也是为了先留住岫南，迫不得已。岫南是信义之士，一定有求必应。至于什么事，回去一起好好想想吧。如今，岫南脑子还没转过弯来，留他数日，说不定就想通了。他刚直忠贞，眼睛又揉不得沙子，而且满肚子都是计谋，和他绝不能来硬的，也不能耍心眼。只能够是以心换心，以情动情。朕相信，只要我们有足够的耐心，软磨硬泡死缠烂打，最后会冰释前嫌，他也一定会回心转意的。"

李处耘道："圣上英明，心胸更是开阔啊，微臣佩服！"

赵匡胤叹道："朕要是连自己出生入死的兄弟都容不下，还配当什么皇帝！"

◆ 五、开朝大典拒执炮礼，李云博身陷囹圄 ◆

李云博回到住处，乾卦统领早就在那里等着。他看见李云博满头血污，吃惊不小，连忙问道："少主怎么了？"

李云博道："没什么。只是，不小心把头碰了一下。我累了，想睡一会儿。你也去休息吧。"

乾卦统领道："你这副样子，怎么睡？属下取些热水来，你洗一洗，再睡。"正要转身出去打水，只听李云博怒斥道："你没听见吗？我说困了，想休息。洗什么洗！"

乾卦统领一听，知道肯定是这场晚宴吃得不痛快。李云博一直比较讲究衣着仪表，就是大冬天里在野外，也得洗冷水澡，怎么今夜这个样子呢？一定是面圣时出了事情，很是担心，但又不敢多问。他过去为李云博铺了床，然后关上门，默默离去。李云博一头倒在床上，和衣而眠。

睡到午夜时分，李云博醒了过来。夜阑人静，这里的一切，都和他初来汴梁的时候，一模一样。他想起数年前雄心勃勃地北上中原，在北方边境转了一圈之后，初到汴梁，就住在这里。特别是那个非同寻常的夜晚，天下着大雪，柴荣和王朴风尘仆仆地前来看他，垂询定国安邦大计。那个寒冷的凌晨，是多么的温暖，多么让他热血沸腾啊！而如今这个凌晨，已经是初春了，天气也渐渐好转，却让他如处冰窟，寒冷彻骨。转眼之间，时过境迁，自己追随的雄主已经不在人世，耳提面命的恩师不幸英年早逝，大周朝廷的辉煌也戛然而止，知遇之恩、器重之情、教益之惠，他又如何能够忘怀？如今这个结义二哥，当真能够如他所言，担当起一统天下的大任吗？乱世用重典，非常之时得有非常手段，这些道理没错，可是将非常手段用在恩人留下的孤儿寡母头上，是不是恩将仇报呢？

但是，李云博觉得，赵匡胤没有说一句假话。说实在的，为了继承先帝一统天下的遗志，由他这等英雄人物领导群雄，继续南征北战开疆拓土，是最好的选择。他万万没有想到，他请求解甲归田，赵匡胤居然一口应承，这让他又有些失落。难道赵匡胤不想留住他？他要是走了，爆战军怎么办？没有了爆战军，他们攻城略地的威力将会大大减弱，这，又将会多付出多少将士的生命啊！……想到这里，李云博叹了口气，他真想留下来，和他们一道浴血沙场，追逐他们一统天下的理想。可是，一想起他们阴谋窃国的勾当，又让他怒火中烧。他从来没有这么左右为难过，也没有如此孤独过。看来，这个坎是过不去了。俗话说，两害相权取其轻，如今仿佛已经不是权衡利弊的事了，既然过不去，那就放弃吧。

打定主意，李云博就决定解甲归田了。他大舒一口气，似乎卸下了这些天来压在心头的块垒。正觉轻松之时，突然想起昨夜宴席之间，答应了赵匡胤，回去之前最后帮他一个忙的事情，又不免沉重起来。难道赵匡胤看准他是有求必应的热心肠，利用这个弱点，来个缓兵之计？如若这是真的，那么，赵匡胤是绝对希望他留下来。他想起昨晚对赵匡胤的百般无礼肆意刁难，觉得有些过分，人家毕竟是皇帝嘛。但赵匡胤自始至终都未反驳一句，甚至一味自责，无论是真是假，起码能够说明，这位二哥的心胸，是无比宽广的。两位结义兄长相比，赵匡胤的确稳重大气得多，城府很深而且有容人雅量。一直以来他和李处耘来往多一些，了解得透一些，而对于赵匡胤，仔细回忆起来，却没有什么像样的事情值得提及，记忆里的空白甚多。原来，自己对他其实知之不多，更不用说完全了解了。

正当李云博搜肠刮肚回忆有关赵匡胤的点滴时，一个潜伏很久的话语，不经意间涌现在脑海："赵匡胤人中之龙，有天子气。"这句话，犹如一道咒语破空传来，泰山压顶一般，瞬间将李云博孤独的夜晚填满。这话是谁说的？药因道长，李处耘，陈抟老祖？好像他们都说过。……对了，药因道长曾不止一次对他说过，陈抟老祖曾经预言，赵匡胤有天子之气，将来会坐北朝南一统天下，他当时以为玩笑。如今看来，这预言前半句已经实现，那么后半句呢，会不会也能成真？陈抟老祖他曾经拜见过，是一位道行深厚的隐士，他能够参悟天机，预测未来，很多事情已经验证，况且他还曾帮助赵匡胤创建爆战军，因此，他的话不能说全是诳语。"如此看来，二哥受禅登基，或许也是天意啊！"他忽然之间豁然开朗，既然是天意，我李云博又为何要和自己，要和他人过不去呢？

想到这里，李云博有了主意。他得会一会陈抟老祖，证实一下这预言的其中玄机，以及他不肯为大周朝廷效命的缘由。或许，这是解开自己心结的最好办法。突然想起几年前在孟津关渡口遇到陈抟老祖时，老祖送给他一本《推背图》，于是四处寻找，终于在背囊里找到了。他把油灯拨亮，看了起来。看了一会儿，觉得此书过于玄妙，令人难以信服，就放下书，又和衣而卧，继续酣然入睡。

过了几天，李处耘捧着诏书来到开封馆驿，一进门就大声喊道："圣旨到！翰林学士李云博，速来接旨！"

李云博正在翻阅《推背图》，看见李处耘来传旨，不紧不慢地走出来，站在那里不肯跪下。

李处耘急了，小声提醒他道："岫南，快快跪下接旨！"

李云博道："在下又不是朝廷命官，为何要下跪？"

李处耘道："你不是答应过圣上，帮他一个忙吗？"

李云博道："我答应帮他的忙，但没有答应他任职啊！"

李处耘道："圣旨都还未宣，你怎知道是要你任事？快快跪下，听完再说！"

李云博觉得也对，就跪下听旨。

只听李处耘展开圣旨，大声宣道：

奉天承运，皇帝诏曰：天朝初立，万象更新。自古以来，朝堂大义，祭祀为首，奉天尊祖，太庙为大。依照礼制，新建大宋太庙，改万寿节为长春节，隐喻天朝国运昌隆。兹定于首个长春节即二月十六丙申日为开朝大典之日，举国休沐，斋戒三日，祭祀天地祖宗，庆贺天朝诞生。任命翰林学士李云博为开朝大典炮火礼仪总司仪，立即着手筹备，确保祭祀炮火依礼燃放。钦此！

"什么，要我为开朝大典司仪炮火？"李云博简直不敢相信自己的耳朵，他嘀咕一句，就抬起头，看了一眼李处耘，问道："李大人，你没弄错吧？怎么要我司职开朝大典炮火礼仪？"

李处耘道："没错，圣上要你司职开朝大典炮火礼仪。还不快快接旨！"

李云博道："在下又没有答应为朝廷效力，也没有接受任何官职。这个翰林学士，是前朝官职，如今大周朝廷都不复存在，我哪里还是什么翰林学士？你总不能让前朝官员，为当今朝廷司职炮火礼仪吧？这个圣旨，我不能接！"

李处耘一听，急了："岫南，你不是答应圣上了吗，说是在临行前，帮他最后一个忙？圣上所说的，就是在开朝大典上，请你司职炮火。你怎么能出尔反尔呢？"

李云博突然站起来，说道："这不是我出尔反尔，而是不小心进了你们的圈套。你们明明知道，我李云博坚持什么，反对什么。你们要逼迫我做我不情愿做的事情，还不如杀了我。我一而再再而三违抗命令，知道逃不过你们的罗网。这个司仪在下断不领命，要杀要剐，随便你们！在下还是那句话，我罪该万死，请赐全尸！"

李处耘大怒："好个李云博，你简直是无法无天，又一次抗旨不从！我再问你一句，这道圣旨，你接还是不接？"

李云博淡然道："在下不才，礼义廉耻还是要讲！替窃国者司职礼仪，在下宁死不从！"

李处耘见他死活不接圣旨，知道多说无益，于是将圣旨收了，大声喊道："来人，

将抗旨不从的罪臣李云博抓起来，打入死牢，听候发落！"

"遵命！"一群禁军猛士应声而上，将李云博五花大绑，押往城北天牢里去了。乾卦统领在一旁见了，顿时目瞪口呆，一时间束手无策，不知该如何是好。思来想去，决定先派人知会亳州大营，要他们尽快准备开朝大典礼仪炮火，以备不时之需。或许，只有完成了开朝大典炮火礼仪的任务，李云博才能够逃过一劫。于是起身回到住处，写好给王成刚的信，告诉他李云博抗旨下狱的事情，并请他做好开朝大典炮火制作和燃放准备，派人马上赶回亳州炮火营去。自己则前往城北天牢，开始打探李云博关押的相关情况。

赵匡胤得到李云博抗命下狱的消息，一点也不吃惊。他笑着对李处耘说道："大哥不用担心。岫南抗旨不从，在朕意料之中。他要是奉旨了，就不是李云博了。这样一来，他就被我们留住了。先让他待在牢房里，好好静一静，不用审问，也别让人探望。不过，要选一间上等的监牢，好好款待，需要什么就给他什么。等他想得差不多了，我们再去探望他。对了，把李云博抗旨下狱的消息传播出去，让天下人尽知，免得浪费了岫南一片苦心。"

"圣上所言甚是，微臣遵命！"李处耘应了一声，他对赵匡胤后面这句话摸不着头脑，于是问道，"微臣请教圣上，什么是'岫南的一片苦心'啊？"

赵匡胤看了他一眼，神秘一笑："这个嘛，你不明白也罢，以后会知道的。"

李处耘不敢多问，想了想又问道："那开朝大典炮火礼仪的事，怎么办呢？"

赵匡胤道："开朝大典，本来就是顺应满朝文武和天下百姓的心意，那只是个形式。没有炮火礼仪，也一样举行。朕只不过是拿此当借口，留住岫南。"

很多大臣特别是和李云博有过过节或者心存忌惮的人，都纷纷觐见赵匡胤，建议杀了李云博。韩令坤是第一个觐见的。他说："李云博作为圣上义弟，居然多次抗旨，公然反对天朝，这是明目张胆为前朝抱残守缺，影响极坏，引起朝臣公愤，微臣请圣上早日决断，不留后患。"赵匡胤知道，韩令坤的父亲曾经犯法，李云博向柴荣建议杀一儆百，差点被柴荣采信，韩令坤因此记恨李云博。他不置可否地说道："韩爱卿，你的意见朕知道了。"赵普也曾建议严惩李云博，他的理由更危言耸听："圣上想留住李云博，目的是让我大宋爆战军继续保持战场上的绝对优势。可是圣上想过没有，一旦李云博叛逃他国，那将是朝廷最大的威胁啊！请圣上三思……"赵匡胤知道赵普有些嫉贤妒能，就敷衍几句了事。

过了几日，正值二月初九，赵匡胤和李处耘带上丰盛的饭食酒水，秘密前往城北大牢，探望李云博。这间牢房非常宽敞，走进去，与各地馆驿客房无异，没有一点牢狱的样子。李云博见他们进来，还带了这么多吃喝，有些吃惊，笑着施礼问道："两位兄台，备好膳食美酒，这不是要送小弟上路吧？"

李处耘没好气地说道："你小子，不知心里想着什么……我们做兄长的，难道……"

没想到赵匡胤打断他的话，神色严峻地说道："岫南不愧为江南神童，真是料事如神！如今你抗旨不从，满朝文武都义愤填膺，说你对抗朝廷，倒行逆施，为前朝抱残守缺，万万留不得啊！他们还指责朕徇私包庇，纵容不法，朕也是左右为难。思来想去，只得成全你尽忠周朝的美名了。你放心，朕一定如你所愿，留你一个全尸。今日朕和你大哥，特意前来跟你践行……"说着，不禁落下泪来。

李云博一惊，看看他的样子，不像是在玩笑，心情顿时暗了下来。又看看李处耘，一副惊愕的神情，顿时明白，赵匡胤是在逗他，于是就也装出一副万念俱灰的样子说道："多谢圣上成全。我李云博，总算可以解脱了……"

李处耘急了："圣上，岫南，你们这是唱的哪一出啊！进来还说得好好的，看看岫南这阵子过得怎么样，给他过个生日，怎么，突然要送他上路……"他说到这里，突然跪倒在地，一个劲地跟赵匡胤磕头："微臣肯请圣上收回成命，岫南乃我等兄弟，又是朝廷复兴的得力干将，千万杀不得啊！"说着说着，便哭了起来。

赵匡胤看见李处耘被骗了，还这幅伤心欲绝的样子，不忍心再捉弄他，扶起他没好气地骂道："看看你这做大哥的熊样！我跟岫南闹着玩，没想到把你给吓到了……起来起来，我们替岫南过生日呢！"

李云博哈哈大笑："有大哥在，我李云博死不了！圣上还是别跟他玩笑了！这个武夫，有勇无谋，力大无比，胆小如鼠，真是！"

"常言道，君无戏言啊！"李处耘破涕为笑，骂道，"你们两个，就会捉弄大哥！"

李云博一想，今日二月初九，的确是自己二十七岁生日。他很是感动地说道："多谢两位兄长，兄长大恩，李云博没齿难忘！"

兄弟几个就一边吃喝，一边聊开了。

赵匡胤摆摆手道："岫南说什么呢！今日特来看你，一是为你做生，二是表示感谢。你这抗旨下狱，是条妙计啊！来，朕先敬岫南一杯！"

李云博道："圣上不必谢我，要谢，就谢大哥吧，是他把我关进监狱的。我们一起干吧！"

李处耘一头雾水："这，又是唱的哪一出？"说着，端起酒来一饮而尽。

赵匡胤道："岫南这是借下狱的机会，试试朝臣德行，看看各路节镇的反应。果不其然，有人以大局为重，求情求免，有人就跳出来，喊砍喊杀，地方上也有心存不满的大将蠢蠢欲动。这以后，朕要重用谁，要防着谁，都一目了然了。"

"原来如此！"李处耘如梦初醒，他喝了一杯酒，突然问道，"敢问圣上，再过几天就是长春节了，既是圣上诞辰，也是开朝大典的吉日。既然岫南没问题了，那就放他出去，司职炮火礼仪如何？岫南做的炮火，可精彩呢！"

李云博道："你啊，就是不用脑子。圣上要我司职炮火礼仪，目的已经言明。其实圣上明白，这开设太庙，祭祀祖先，还没必要使用炮火。"

李处耘问道："那什么时候用呢？"

李云博道："这个还不简单？等到天下一统，庆贺四海归一，就可以大张旗鼓地使用了！"

赵匡胤会心地点点头："嗯，岫南所言，正是朕心里想的！"

李处耘道："那么，岫南就这样在监狱里待着？他什么时候出去呢？"

赵匡胤道："岫南心结还未彻底打开。他如今待在这里，是最好的地方，既可以为朝廷谋划，也可以确保安全。至于他什么时候出去，首先得等朕平息了地方的叛乱，朝廷站稳脚跟之后，重启一统天下战略。那时候，我们就可以一起南征北战，岫南自然会协助我们。"

李处耘一惊："地方会叛乱？"

李云博道："朝廷兵不血刃得了天下，肯定会有人不服。虽然如今看似平静，其实暗流涌动。当前要做的，就是紧紧盯住势力较强的地方节度，看谁先冒出来。只要一露头，就狠狠地揍，绝不能让他们得逞。一旦这种势头没被遏制住，一些心存犹豫的节度使就会拥兵自重，随时可能反叛。"

赵匡胤问道："岫南以为，要重点防范哪些节镇？"

李云博想了想道："重点嘛，自然是边关镇将，他们兵多将广，长期经营，根基牢固。具体而言，就是淮南节度使李重进，他是前朝皇亲，一直心中也有想法；昭义军节度使李筠，他主要是长期经营潞州泽州，拥兵自立想法由来已久；义武军节度使孙行友，他是狼山劣匪，先帝破格晋升之人。当然，还有一些节度使也是如此。这些人，圣上心中应该也都有底。"

李处耘问道："除了密切关注以外，还有什么好的办法防范呢？"

李云博道："最好的办法，就是节度使定期换防。比如三年一小调，五年一大换，不让节度使在一个地方经营太久。圣上不妨先将这些可疑的节度使换一换，说不定，他们就会狗急跳墙，起兵谋反。"

赵匡胤眼前一亮，点点头道："嗯，好谋略，朕即刻去办。"

◆ 六、陈抟老祖的锦囊妙计 ◆

长春节过后，赵匡胤密切关注着地方节镇的动向。果不其然，北方李筠联络北汉契丹，欲图不轨；扬州李重进，也与南唐互递秋波。赵匡胤沉住气，不停敲打南唐北汉，让他们认清时势，千万别助纣为虐。然后积极调兵遣将，妥善应对。时机成熟，他就按照李云博的主意，将一些节度使相互换防，李筠、李重进等纷纷上书，借故请求推迟，均不肯赴任。赵匡胤均不准奏，遣使催促，限期一月，再不赴任就削职查办。少数已生异心的人终于坐不住了，起兵造反，潞州李筠首先发难。赵匡胤派石守信为大将，会同客省使、枢密承旨李处耘、昭义军节度使慕容延钊、彰德军节度使王全斌征讨叛乱。

赵匡胤觉得，李筠一反，肯定还有人会跟着来。那么，听一听前朝枢密使、如今依然位居宰辅重任但是称病不朝的魏仁浦的意见，很有必要。这天，赵匡胤驾临魏府，探望卧病在床的魏仁浦。魏仁浦看见赵匡胤来了，也不起身，闭目假睡。赵匡胤讨教治国治军方略，也不答话。又垂询平叛之计，也毫无回应。赵匡胤无奈，只得好言相慰，又传太医上门问疾，交代家人细心护理。正欲起驾回宫，只听魏仁浦突然说道："李重进必兴师讨宋。"赵匡胤回过身来问他为何，他又闭上眼睛，不出声了。他知道魏仁浦是在提醒他，做好李重进反叛的准备，这让他欣慰不已。于是谢了一声，就起驾告辞。

刚回到福宁宫，便听内侍少监胡公公禀报：李处耘和一位中年官吏，说有重大密情禀报皇帝，正在宫门外等待召见。赵匡胤听说是扬州来的人，而且是李处耘带来的，肯定是关于李重进的事，也想更多地了解李重进动向，于是对胡公公道："快快传到上书房来，朕要详细问问。"

李处耘带着这个官吏进了上书房，见礼之后正要介绍，只见那名官吏叩首见驾："微臣翟守珣，拜见圣上！"

赵匡胤一听，笑道："翟守珣，好久不见！原来是故人，快快平身！多年不见，你一向可好？为何要面见朕？"

翟守珣道："回禀圣上，微臣如今在淮南节度使李重进帐下任参军。李将军听说李筠举兵，派微臣北上潞州联盟，定议南北夹攻。微臣深感事关重大，又感念与圣上

有一面之缘，便特来汴梁，拜见故交李处耘将军，征求他的意见。李将军也觉得事关重大，于是一道前来向圣上如实禀报。"翟守珣于是就将李重进所有预谋反叛的情况，一五一十地说了。

赵匡胤听了，思忖半晌道："李将军无非是害怕朕加罪于他，于是心怀恐惧，想方设法以求自保，依朕看来，这是他没有安全保障，而对时局反应过度。朕今赐他丹书铁券，誓不相负，他肯定会放下顾虑，不会再干傻事了。"

翟守珣道："微臣见他终有异志，愿陛下事先预防！"

赵匡胤点头道："朕与你相识多年，所以你特报朕，可谓不负故交了。但朕欲亲征潞州，恐李重进乘虚掩袭，多一掣肘，烦你回扬州去，好生规劝重进，令他暂缓起事，休使二凶并作，分我兵势。待朕平潞之后，再征讨李重进，那么就容易多了。"翟守珣一一遵旨。太祖厚赐翟守珣，又承诺将来一定会厚待并重用他，命他返回扬州，牵制监视李重进。过了几日，又派六宅使陈思诲为特使，带着诏书和铁券，前往扬州安抚李重进。

刚刚送走陈思诲，胡公公又来报：有一位老道人在宫门外静坐不走，说是有要事求见圣上。赵匡胤正为李筠叛乱、李重进将叛的事烦心，便说不见。胡公公道："此人自称药因道长，是受陈抟老祖之托，前来面呈锦囊妙计。圣上还是见见为妙。"

"药因道长？"赵匡胤听说是陈抟老祖派来的，一时间喜上眉梢。又突然想起，这位药因道长，是李云博的叔祖和师尊，十多年前曾在河中见过，还是他们三个义结金兰是的见证人，是一位德高望重、道行高深的居士，顿时喜上眉梢："快快传他觐见！"

年过八旬的药因道长依然鹤发童颜，健步如飞。他一进宫门，晃了一下拂尘，就稽首叩拜："贫道药因叩见圣上！"

赵匡胤赶紧起身，走过来扶起他道："道长爷爷快快平身！不知仙君驾临，有失远迎，还请道长爷爷包涵！来来来，请这边坐！"他扶着药因道长坐下，又吩咐看茶。

药因道："贫道冒昧搅扰，圣上如此恭敬，真是折杀老朽也！无量天尊！"

赵匡胤道："道长爷爷朕之祖辈，岂敢怠慢！要是岫南贤弟得知朕怠慢祖爷爷，还不把朕骂个狗血淋头！"

药因问道："岫南可好？贫道也好久不见他了。"

赵匡胤一愣，笑道："他好着呢。大宋朝廷初立，百废待兴，朝廷上下忙得焦头烂额，他倒是好，独自一人躲在监狱里，享清福呢！"

"躲在监狱里，还享清福？"药因听他这话不对劲，连连问道，"他抗旨下狱，这个，贫道是知道的。敢问圣上，岫南为何下狱？"

"他呀，认为朕是谋朝篡位，这儿还没转过弯来啊！"赵匡胤笑着指了指自己的脑门，然后就将他抗旨拒命的事情，简单讲了一遍，然后笑道："道长爷爷放心，岫南迟早会想通的。"

"这个岫南，也真是的！圣上君临天下，老祖早有预言，这既是天意，也是人心。上天注定的事，岂是我等凡夫俗子能够左右的？"药因道，"陈抟老祖真是料事如神！他老人家已得知岫南抗旨下狱，就笑着对贫道说，这个李岫南，还真是一根筋！老道有办法，让他转过弯来！当时贫道一头雾水，就问他为什么。他笑而不答，取出一个锦囊递给贫道，说道：'麻烦道长亲自去一趟汴梁城，觐见圣上，呈上锦囊，一切自然迎刃而解。'这不，贫道就连忙启程，赶来觐见圣上……"说着，就取出锦囊，双手呈给赵匡胤。

"道长爷爷专程为岫南而来，真是帮了朕的大忙！"赵匡胤大喜，接过锦囊，取出书信看了起来。只见上面写着：

华山云台观道人陈抟恭问大宋皇帝陛下圣安：欣闻圣上登临大位，数年前预言得已验证。然四海之内，未见太平，九州之地，分崩离析。望圣上励精图治，讨伐无道，剪除百年乱象，实现江山大治。而瑶池李云博，乃上苍馈赠圣上之戡乱奇才，望陛下珍爱倚重，大胆驱驰。某闻其抗旨下狱，欲为前朝抱残守缺，实乃思脉不通也。今邀药因道长特来觐见，望圣上下旨一道，命李云博出家修行，悟道华山。某收之门下，调教数日后，全身奉还。此事绝密，千万守口。切切，勿念……

"哈哈哈，老祖真是神人也！"赵匡胤阅罢，顿时喜不自胜，他紧紧握着药因的手道，"道长爷爷，你们可是朕的大恩人、朝廷的大功臣啊！岫南要死守忠义，不肯出来任事，还要请求一死，留他全尸，把朕都急坏了……老祖道行深厚，能识天机，一定会有办法，让他拨云见日，重振雄风！道长爷爷一路劳顿，真是辛苦您了！"

药因道："贫道游历四海，早就习惯。这举手之劳，称得上什么功臣！圣上客气，贫道愧不敢当！无量天尊！"

聊了一通，赵匡胤要盛情款待药因，被他婉言拒绝。相约明日前往城北监狱接人，药因就起身告辞。赵匡胤又要厚赠，也被拒绝。无奈之下，只得依依不舍送他出宫。

翌日一大早，内侍少监胡公公奉命前往城北监狱，对着李云博宣旨道：

奉天承运，皇帝诏曰：翰林学士李云博，因抗旨不从打入死牢，本当按律处斩以儆效尤，然满朝文武念其才具，纷纷求情。朕亦怜其身怀奇技，更兼忠贞之志，有意宽宥为怀。然死罪可免，活罪难逃，自今日起免去其一切官职，贬为庶人，并勒令终身隐居华山，出家为道，面壁思过，以图改过自新。未经允许，不得离开华山半步！如有违反，决不轻饶！钦此！

"隐居华山……这是什么意思？"李云博听完，百思不得其解：这就怪了，自己想去华山拜会陈抟老祖，正愁没办法脱身，怎么，偏偏这个时候，朝廷免了他的死罪，要他上华山修道，还是"活罪难逃"呢！更让他感觉蹊跷的是，这件事情纯属巧合，还是有人猜出他的心思，特意安排呢？赵匡胤吗？不可能，他没有这么精深的洞察力。那会是谁呢？这人也太高深莫测了……李云博一下子愣住了。

"李云博，还不快快接旨！"胡公公朝他喊道。

"草民李云博接旨！吾皇万岁万岁万万岁！"李云博回过神来，赶紧双手捧过圣旨，叩了头谢过胡公公，便收拾着准备出狱。他知道，这圣旨很管用，不仅是他的护身符，也是他出关的通行证。如今"奉旨修道"，名正言顺上华山，很快就能见到陈抟老祖，真有些心想事成的惊喜。他也不再去想，这究竟是巧合还是别的什么，是谁暗地帮忙还是老天施恩，反正这当前最大的愿望突然间实现了，真是逢凶化吉、遇险呈祥，也就是俗话所说的"吉人自有天相"吧。

胡公公带着李云博带出了监狱，然后回宫复命去了。

李云博刚走出监狱的大门，突然见药因道长带着两个年轻的道士，站在路边候着，一看见他出门，赶紧走过来，并向他挥手示意。他简直不相信自己的眼睛，也连忙上前，一把抱住药因道长，欣喜若狂地说道："三叔祖老祖宗，好久不见，想死我了，您可是越活越年轻啊……哎，这不是文远贤弟和伟长贤弟吗，好些年不见，你们都长成大小伙了！你们来汴梁城，干什么呢？"两位堂弟李云典、李云韬赶紧施礼。

药因道："贫道奉陈抟老祖之命，特来接你上山！"

"原来这一切，都是老祖帮的忙啊！"顿时明白怎么回事，满心欢喜。他回了一趟开封驿馆，安排乾卦统领暂回亳州，自己就跟着药因道长和已经长大成人的两个兄弟，上华山修道去了。

得知李云博已经奉旨上了华山，赵匡胤非常高兴。这时候，北方传来石守信大破潞州李筠的消息，更让他龙颜大悦。他见大局已定，于是决定御驾亲征，彻底平息李筠叛乱。皇帝一到前线，将士们自然个个奋勇争先、唯恐落后，不出半月，潞州、泽州均被收复，李筠蹈火而亡，北方叛乱彻底平息。

◆ 七、参悟《推背图》，李云博窥得天机 ◆

转眼之间，李云博来华山云台观已有数日。他抛开尘世烦扰，一边专心致志聆听陈抟老祖讲授《道德经》《南华经》以及《指玄篇》，静修道家经典旨要，一边继续参悟《推背图》，认真读起这部唐人撰写的图文并茂的预言谶语。

这本书的体例及其内容，让李云博一头雾水。虽然出自《周易》，可其谜语一般的画面及其谶语，却又玄奥晦涩，模棱两可，似乎在玩文字游戏，不知道他们究竟隐喻什么。看着看着，便失去耐心，丢在一旁不管了，干脆游山玩水起来。起先，还有李云典、李云韬两位兄弟陪着，可是不久，药因道长又出去远游，带走了两位堂弟，只留下他一个人，独自纵情山水了。

初夏时节，五岳之一的华山，愈发钟灵毓秀、美不胜收。山上山下，山前山后，奇峰路回之际，飞瀑流泉之旁，崖宪台坪，幽洞密室，庙祠宫观，星罗棋布，无不点缀着华山的灵奇，积淀着岁月的神秘。劈山救母的悲壮，老君犁沟的情怀，吹箫引凤的浪漫，恰如华山的沟沟壑壑，演绎着不同的春秋。而璀璨的道教文化更是浸润在峰峦野花香溪里，交融于白云清风明月中，朱楼青磬，钟鼓歌吟，仍在莲花座前的香火中绵延飘曳，李云博流连其间，常常乐不思返。这里纷争绝迹，时间停止，忘却自身，徜徉其间，就自然得到一处远离尘世的宁静，一份毫无功利的寄托，一种得见前世、相遇来生的虚无。李云博开始领悟到，生命的自由，其实就是无羁无绊、无他无我、无生无死的自然状态，餐云饮雾，天床地席，御风而行，来去无踪，这种道家骨子里的豁达通透，渐渐浸润着他的灵魂。

陈抟老祖见他成天游山玩水，有些感觉蹊跷起来。一日讲道完毕后，又见李云博要出门，忍不住问道："岫南，你入我道门，整日独与天地相往来，可真忘却了尘世？"

李云博道："弟子奉旨修道，岂敢心存杂念？"

陈抟笑道："哈哈哈哈，老朽问你，你来修道，道者为何？"

李云博想了想，信口便道："弟子以为，物有本末，事有始终。知其先后，则近道矣。"

陈抟一愣道："你这是道家之道吗？"

李云博道："非也。弟子所言，乃儒家之道。弟子奉旨修道，什么道不行呢，何必

分门分派？更何况天下之道，均出于易。道家之道，其理实同。弟子道法自然，也是想知其先后嘛。"

陈抟道："道法自然、知其先后？难道道家旨要，就是游山玩水？"

李云博道："弟子身居华山，道家圣地，可骨子里还是儒家影子。正是想通过独与云山大川对话，领略些自然之理。自然者，道家之要旨也。"

陈抟哈哈大笑："你小子是在骗我，还是在蒙自己？老朽看你，已经褪去尘俗，泯灭良知，哪里还有儒家影子？可是你别弄错了，道家之道法自然里，除了清静无为之外，还讲究和谐。在这一点上，儒道是一致的。"

李云博也笑道："师父终于忍不住开口了？那好吧，教弟子儒道共生之学吧。"

"你个鬼小子！"陈抟老祖故意骂了一句，说道，"那你说，儒道对于和谐，有何异同？"

李云博依然嬉皮笑脸："师父考我了？也好。那弟子就胡说八道了。道家之道，讲的是人与自然万物间的和谐，突出的是人如何融入自然；而儒家之道，讲的是人和人、群体与群体之间的和谐，突出人如何融入社会整体。"

陈抟点着头道："嗯，老朽知道，凭你的悟性，这样的问题难不倒你。那老朽再问你，送你的那本《推背图》，参悟得何了？"

李云博顿时傻了眼。这些天来，他几乎快忘掉这本书了。他顿时垂头丧气道："《推背图》么，弟子不知道丢到哪里去了。李淳风、袁天罡这两个牛鼻子道人，写的简直是天书，什么象、图、谶、颂，卦不像卦，图不像图，诗不像诗，什么乱七八糟的东西！"

"胡说！"陈抟老祖怒道，"《推背图》是李淳风、袁天罡两位大师，按照阴阳易数之理，结合六甲干支与周易卦象，仰观天文，俯察地理，以明人事，来推演人间兴衰治乱的预测奇书。老朽参悟了数十年，才悟出一些天机来。他们从唐初推演，到如今三百多年十余象件件应验，怎么会乱七八糟呢？你看不懂，这是自然。但看不懂之书，就是胡说八道？真是！"

"预测奇书？件件应验？"李云博一惊，"那师父帮弟子讲讲，哪些事情都应验了呢？"

陈抟老祖看了他一眼，道："你自己悟去！你经史子集无所不通，可对于这些玄机预判、阴阳易数，却是七窍通六窍——简直一窍不通。老朽给你点拨一下，你看，每象之后，就是干支和卦象，前者代表年份，也就是这件事发生的大致时间，后者是易经中的卦象，这暗示这件事情的性质；下面一幅图画，隐喻具体事件；配有谶语，点出人物和事件联系；最后是颂诗，对事件进行补充说明。你将这些与历史事件、人物对照起来，一定会有重大发现。"

"多谢师父！"李云博豁然开朗，从此以后，就按照陈抟老祖的方法，专心致志研读起来。他按照六甲轮回，从甲子年推演，对照着历史和事件，研读起来。这不读不知道，一读吓一跳：还真如老祖所言，前面的十几处，都能和历史上的重大事件一一对应！

在解第一象"甲子、乾下乾上、乾卦"的时候，起初有些不明了，于是就跳过去解第二象"乙丑、巽下乾上、姤卦"，一幅图画是一个大盘，里面放着21颗李子。谶曰："累累硕果，莫名其数。一果一仁，即新即故。"颂曰："万物土中生，二九先成实。一统定中原，阴盛阳先竭。"这也太明显了：一盘李子，其数二十一，自唐高祖至昭宣共计二十一位皇帝。二九者指唐朝先后共二百九十年。阴盛者指武则天当国，这不是预言唐朝国运吗？

李云博有些不敢相信，认为是巧合，于是继续往下推演：第三象"丙寅、艮下乾上、遁卦"，图画是一个华服盛装的贵妇，谶曰："日月当空，照临下土。扑朔迷离，不文亦武。"颂曰："参遍空王色相空，一朝重入帝王宫。遗枝拨尽根犹在，喔喔晨鸡孰是雄。"这意象更加一目了然："日月当空"为"曌"，"不文亦武"就是姓"武"，这不是讲武则天当国，废中宗於房州，杀唐宗室殆尽，最后称帝了吗？先武氏削发为尼，故有"参遍空王色相空"之句。高宗废后而立武氏，故有"喔喔晨鸡孰是雄"之兆，这明明就是说，唐朝母鸡司晨、阴盛阳衰，最后被武则天篡权。接下来，从第四象至第十象，都基本上能和历史上的大事件吻合，特别是安史之乱、马嵬坡之变、藩镇割据、黄巢起义、朱温篡唐等，都非常具体翔实。李云博还是不信阴阳易数推演得如此精准，他怀疑，有人借推演来伪造文本，可是这究竟是人为杜撰还是历史巧合呢？ 然而转念一想，此书早在初唐就成书了，要有杜撰，也只能添枝加叶附会其中，不可能有大的杜撰；而说的巧合，就更不可能了，难道这么多的吻合，都是巧合？

李云博沉默了。难道历史天机，真的可以通过阴阳易数，结合干支、易卦来推理？这门学问，他从未注意过，但自己未曾涉足的学问，或者自己不认同的事物，就不存在吗？他满怀疑虑，继续往下推了起来。到了第十三象，他就能一眼看出，在"汉水竭，雀高飞。飞来飞去何所止，高山不及城郭低"这句谶语里，很明显指的是郭威代汉建立大周。这就等于，将历史推演到了眼前。李云博沉住气，耐心往下推了起来。他渐渐发现，《推背图》里预测了晚唐以后天下分崩离析的历史现实，第十四象的颂曰："金木水火土已终，十三童子五王公。英明重见太平日，五十三参运不通。"自然说的是乱世之中称王称霸的皇帝和藩王，他仔细数了数，正好中原经历五朝更迭，颂诗里指出的正是金木水火土五行轮回，而其他地方大小十三个国家。那么，"五十三参运不通"指什么呢？他又数了一下自朱温篡汉建梁以来，到大宋建立，也就是从梁太祖开平元年（907）到周恭帝显德七年（960），正好五十三年！原来，《推背图》预言晚唐以后的乱象，是五十三年，换句话说，大宋朝的建立，是结束天下分崩离析的开始。谁都知道，"天下久分必合"这是规律，可是预测得如此精确，让李云博惊叹不已。原来，陈抟老祖数十年前得到了这部奇书，而且早就参透了其中奥秘，窥得历史天机。难怪他早就预言天下乱象即将结束，天下即将统一。难道，统一天下的人，就是大宋皇帝赵匡胤吗？

带着这样的疑问，李云博继续往下推演。可是，第十五象里，并未暗示赵匡胤一统天下的任何事情。他接着往下看，但是，后来的卦象除了说天下结束乱世、实现大治以外，仍然没有大宋和赵匡胤的相关信息。这，把他难住了。他放下书来，苦苦思索。一连数日，他都废寝忘食，日夜参悟，还是弄不明白，陈抟老祖为何预言赵匡胤将一统天下。

他终于坐不住了，决定讨教陈抟老祖。这天夜里，吃罢斋饭，他就前往陈抟老祖的道房，讨教《推背图》里面的困惑。陈抟正在打坐，李云博不敢惊动他，就也捡了一处蒲团，坐下来陪他打坐。可是怎么也静不下心来，总是不时睁开眼睛，关注着老祖的动向。这是他第一次认认真真地打量陈抟，这位世外高人，身体颀长，骨格清癯，脸廓方正，耳垂近肩，慈眉善目，鹤发童颜，尤其是眉毛出奇得长，白胡子也足足有两三尺，跟传说中的老寿星差不多。他除了讲道之外，就是打坐酣睡，以前还偶尔出门游历一番，如今几乎不出门了。他总是穿着一件奇大无比的太极道袍，手里捧着拂尘，就是睡觉也不离身。李云博不知道他的年龄，有人说年过九十，也有人说百余，甚至说将过两个六甲快到一百二十岁，但是十余年李云博初次见他的时候，就是这个样子。而药因道长说他年近半百的时候，见到陈抟老祖，也差不多是这个样子。如今药因道长也年过八旬，按此推算，那么老祖绝对是百岁老人了。他对老祖的长寿充满好奇，也对他的道行五体投地，如今成为他座下的关门弟子，自然会认真研习他的著作。虽然，《指玄篇》八十一章以及《无极图》等传世之作，都是内丹道法的扛鼎之作，但这究竟和养身长寿有没有关系，李云博没有亲身体察，但从陈抟身上，他看到了些端倪。如若这样下去，老祖一定会得道成仙。因此，追随老祖修炼悟道，成了李云博如今最向往的事情了。得到真传的睡功"锁鼻术"，李云博已经悟得几成了。

正在那里想着，也不知过了多久，突然听见老祖说道："酣然入睡中，道房有清风。掐指手一算，客来问老翁。"说着，就睁开眼，看着李云博道："你有何事，要问老朽？"

李云博大惊，连忙叩首道："弟子参见师父！不知师父缘何知道，弟子有事请教？"

"老朽正睡得香，你来搅扰，惊走了一场好梦，可惜可惜！"陈抟老祖一晃拂尘，说道，"也罢了。老朽缘何知道，你有疑问？一掐指，不就算出来了？"

李云博道："师父道行高深，弟子五体投地。弟子按照师父点拨，近日参悟《推背图》，虽有所得，但还是一知半解，特来仙师座前，聆听教诲。"

陈抟老祖听了，哈哈哈大笑："老朽参悟半生，也只得其皮毛，你参悟才几天，居然能一知半解了，可见慧根独具，颖悟异常，真是后生可畏。老朽收你为关门弟子，看来不虚此生啊！"

李云博道："师父过奖了。弟子能入室修行，已是莫大荣幸。求师父赐教。"

陈抟老祖一伸懒腰，又打了个长长的呵欠，定了神，说道："你来云台观已经数月，课业用心，道行精进，为师甚慰。为师之道，这天下一般的学问难不倒你，而这《推背图》，却让你茫然四顾、如坠五云。嗯，既然心存疑虑，也该到请教的时候了。那好，你说说，有何疑虑？"

李云博道："回禀仙师，弟子可否先问几个毫不相关的问题？"

陈抟答道："问吧，只要为师知道，一定知无不言，言无不尽。"

李云博道："那好，弟子开问了。首先，弟子听闻，仙师本有大志，通读经史子集，然而数举不第，继而厌五代之乱，于是脱离尘俗，寄情山水，成为隐逸之士。敢问仙师，你这是厌世还是弃世？"

陈抟一愣，心里想道，这个鬼家伙，居然一点就点到老朽死穴上。但他很是平淡，漠然回答道："这个嘛，既是厌世，也是弃世，更是出世。我欲大展宏图，可朝代更迭，科考束我手脚，故志不得展，世道既然厌我，我自然厌他；我欲匡扶乱世，可天下分崩，刀兵斩我羽翼，故学不能用，世道既然弃我，我自然弃他。为师看破尘世，退隐山林，寄情山水，修身悟道，成为出世隐士。这既是天意，也是人心。"

李云博继续问道："那么，仙师既然出世，为何总是叩问天机，参悟《推背图》，推演历史将来，念念不忘人间俗事，关心天下离散，过问朝代更替，甚至曾经为当今皇帝建设爆战军研制火药？"

"这……"老祖又是一愣，这似乎又被问在点子上。他长叹一声，说道，"所谓出世之人，不关尘世，皆是虚妄之说。道家修行，渴望得道成仙，于是向善行善，乃至悬壶济世、助人成功，都是集赞业力，增强道行。况且，向善之人，谁愿意人间战乱不休，黎民生灵涂炭呢？"

李云博道问道："既然如此，前几年大周世宗皇帝广纳群贤，征召仙师入朝为官，仙师为何断然拒绝，不肯为天下一统、造福苍生出力呢？还有，您为何肯帮助赵匡胤，而不愿帮助柴荣呢？"

"你小子的问题，真是刁钻！"陈抟老祖骂了一句，反问道，"你说，一个百岁老道，入朝为官，何曾有过？朝廷老臣，年逾七十就基本致仕退养。为师这么大把年纪，还去朝堂里效力，你朝廷不怕人笑话，老朽还怕呢！至于帮助赵匡胤，那也是机缘巧合，窥得天机，顺应天命而为。这，有何不可？"

李云博笑道："仙师百岁高龄，依然耳聪目明，弟子五体投地。敢问仙师，弟子听闻，仙师曾经为柴荣预测寿诞，说他尚有三十年阳寿。为此世宗皇帝还高兴一场，说什么'朕当以十年开拓天下，十年休养生息，十年致天下太平。'可是柴荣年仅四十而终，是仙师预测有误，还是故意蒙骗？"

"你小子察事，居然如此诛心，难煞老朽也！"陈抟老祖豁然起身，一甩拂尘，说道，"老朽参悟《推背图》，知道大周朝廷不会长久，柴荣面相，也非长寿之人。但圣驾面前，为师敢说他只有三五年阳寿吗？老朽不撒个谎，又能如何？"

李云博道："弟子还要问，这《推背图》里，只讲晚唐五十三年而尽，并未说大宋和赵匡胤一统天下。仙师许多年就说，赵匡胤有天子气，预言他必登大位，一统天下。仙师是如何察觉天机的呢？"

"你啊，要为师道破天机，折了阳寿不是？哎，反正已经过了百岁，活在世上已是多余，就跟你说个透彻吧。"陈抟老祖叹了口气，就又坐回到蒲团上，"这窥探天机，法无定法，全靠颖悟。你怎么能够按照一成不变的套路，一象一象进行推演呢？"

"请师父赐教，这里，要如何推演？"李云博一听，知道自己道行和业力不够，于是开口请教要领。

陈抟道："你将十四象、十五象和十六象连起来一起推演，不就得了吗？真是！"

李云博凭着他超凡的记忆，将三象连起来，推理一番，突然之间，他大叫一声："原来如此！师父耳提面命，弟子茅塞顿开，多谢师父！"

陈抟老祖很是吃惊，他万万没想到，李云博会在一瞬之间完成这个推演，有些不信，于是说道："那你说说，有何收获？"

李云博道："这三象之中，出现了两次'天水'，而赵匡胤虽然出生于洛阳夹马营，但是祖籍正是涿郡天水。而'枯木逢春只一瞬，让他天水自荣华'一句颂诗，说的是大周朝廷枯木逢春，但是只在一瞬之间不会久远，天水之人也就是赵匡胤继承他的事业，一定会繁荣昌盛。这里面，应该还有另一层隐喻，那就是赵匡胤的事业，是继承'荣'的，'天水自荣华'嘛，周世宗的名字，正好是荣。这三象里，分别暗示了大宋立国、扫荡群雄、一统天下，实现人间太平。弟子如此解释，仙师以为如何？"

陈抟老祖开心地大笑起来："孺子可教也！你终于窥透天机，可喜可贺啊！"陈抟老祖想了想，又道，"你跟老朽切记，一是天机不可泄露，泄者将遭天谴、会折阳寿；二

是将来回去辅助圣上，要死死抱住第十六象的最后一句，'天将一统付真人，不杀人民更全嗣'。这是大宋王朝长治久安的立国之本啊！"

李云博听得一头雾水，连忙问道："这是为何？"

陈抟道："天机不可泄露！你自己慢慢领悟吧。"说罢，就闭上眼睛，睡了过去。不一会儿鼾声大作，怎么叫也叫不醒了。

第七章

DIQIZHANG

大宋王朝

◈ 一、宋主御驾亲征平定扬州之乱 ◈

自从出镇扬州以来，李重进一直闷闷不乐。

李重进是周太祖郭威外甥。他和郭威养子柴荣、女婿张永德一样，都是郭威重点培养和非常倚重的心腹干将。郭威称帝之后，柴荣成为开封府尹，执掌京师大权；张永德升任驸马都尉、殿前都虞候，不久又升为殿前都指挥使。李重进也一样，一直在禁军中担任主要将领。虽然，他们年纪轻轻都身居要职，不排除因为是郭威的得势而青云直上，但是郭威的识人用人能力，还是独具慧眼的，这几个人都非常出众。柴荣继位后，改组禁军，设殿前司和侍卫司，两大禁军主力的统帅就是张永德和李重进，一个是殿前都点检，一个是侍卫亲军都指挥使。对于郭威的政治安排，李重进和张永德一样，是绝对服从的。况且，柴荣的雄才大略，他也非常认同。可是柴荣在崩逝之前，被"点检为天子"的流言吓到，免去张永德的殿前司统帅职务，不久又命他出镇地方。李重进也受到流言影响，虽未被免侍卫亲军都指挥使之职，但出镇扬州，实际上也是被削去了禁军统帅的兵权，这一点，李重进是有看法的。假如他和张永德仍然统领着禁军，任何外人都没有谋权篡位的机会，更别说崛起不久的赵匡胤了。你柴荣信不过血脉相连的至亲，却相信什么拜把子兄弟，这下可好，一夜之间，江山白白让给了姓赵的，俗话说得好："肥水不流外人田"，如今流到了外人田里，那是活该！

赵匡胤受禅称帝后，加授李重进为淮南节度使、中书令。此前，虽然赵匡胤也同为禁军统帅，但是李重进的资历也比赵匡胤老得多，威望也不相上下，李重进心里是很不服气的。但是，木已成舟，就眼下局势，他即便不情愿，但还得顺势而为，区区淮南之地，又是刚刚从南唐手里夺过来，怎么会是赵匡胤的对手？于是考虑再三，还是上表称贺。但是，赵匡胤不久又命他移镇青州，这让他大动肝火：他来扬州的时间不长，根本不需要换防。这不是明明白白告诉他李重进，赵匡胤猜疑他，朝廷对他不放心。他知道，扬州还算有点根基，一旦离开扬州，前往青州任职平卢节度使，什么机会也没有了。他不能坐以待毙，于是借口水土不服大病未愈，请求延期到任。

这时候李筠在潞州举兵谋反，消息传到扬州，李重进觉得这是个机会，于是特遣亲信幕僚翟守珣，往潞州寻求联盟，定议南北夹攻。可是他哪里知道，翟守珣背着他秘密绕道汴都，密报了赵匡胤。翟守珣回扬州后，见了李重进，说李筠兵少将寡，又得不到

北汉支援，难成大器，建议李重进拥兵观望，暂时不起兵声援。李重进信以为真，于是按兵不动。

翟守珣的前脚刚回来，赵匡胤特使陈思诲的后脚也到了扬州。他赍奉诏书慰问李重进，并奉皇帝旨意赐予丹书铁券。其实，这时赵匡胤已经御驾北上，害怕李重进袭他后路，才遣使慰问，这也是和翟守珣商量好了的。陈思诲对李重进说道："圣上准备御驾亲征，他说他和李将军交情甚笃，不相信将军会生异心。特遣下官捧诏前来，赐丹书铁券为盟，以示永不相负。"

李重进自然知道这是赵匡胤的缓兵之计，但目前势单力薄，起事时机还不成熟，于是装出一副感恩戴德的样子，叩谢了皇恩。为了稳住陈思诲，好给起事做准备，李重进又留住他，说等到皇帝得胜还都，一同入朝当面称谢。陈思诲无奈，只得留在扬州馆驿里，实际上是被软禁，哪里也去不成。

李重进就积极行动起来，他秘密派人前往金陵联络南唐，想借兵一起北上中原，共同讨伐赵匡胤。李璟早在柴荣征讨淮南时，已震慑于赵匡胤的威名。如今李重进来信，请求南唐出兵援助他反宋。如何敢贸然答应！而对于李重进，也是素来厌恶，他曾经率领大军围困寿州一年多，是南唐大败、丢失淮南并一蹶不振的罪魁祸首，如何肯帮他出兵？又得知赵匡胤御驾北征，大破李筠，更是心惊胆战。于是他与臣下商议之后，决定一面敷衍李重进，一面暗地派了使臣带上厚礼，前往汴京贺捷，破财消灾，还把李重进致南唐的密书带上，来了个变相告密。

李重进天天等待南唐的消息，可是等来等去，却等到赵匡胤平息李筠之乱奏凯回来的消息。李重进害怕了，马上整理行装，准备跟随陈思诲一起进京面圣。李重进的部将向美、湛敬，听说李重进打算入京朝见，便一齐前来劝阻。

向美道："明公乃是周室至亲，那宋主终究会对你不放心，如果贸然近京朝见，落入他掌握之中，再回扬州，恐怕就难了。"

李重进沉吟道："如若抗命不去，宋主必然震怒，他要兴师问罪，叫我如何办呢？"

向美道："俗话说，水来土掩，兵来将挡。目前赵匡胤亲征潞州刚回，兵力必然疲惫。所以，如在扬州等他兵来，倒不如先发制人，以迅雷不及掩耳的手段，出兵直捣汴京，使宋廷措手不及，必定可成大功。"

李重进听后摇头道："我兵不足五万人，要去对抗汴京数十万禁军，恐怕无济于事。"

湛敬道："不然，我们已与南唐联络，再次派人求他们出兵支援。如果有唐兵相助，何惧之有？"

李重进听从了他们的意见，遂拘留陈思诲，不让他北返，并且修书，派人再赴南唐联络。一面修整城池，操练兵马，准备与宋兵决战。

赵匡胤平定潞州之乱回到汴京之后，大宴群臣，为李处耘、韩令坤、慕容延钊、石守信等随征诸将庆功，都加官晋爵、大加赏赐。另外升赵普为兵部侍郎、枢密副使，御弟赵光义为泰宁军节度使。

过了几天，赵普入宫觐见，奏道："南唐派了使臣来京，贺潞州大捷。"

赵匡胤立刻传旨紫宸殿觐见。只见唐使捧着贺捷表书，并附淮南节度使李重进借兵密函呈上。赵匡胤展开书信，看了起来：

大周淮南节度使李重进，奉书南唐主麾下：重进，周室之懿亲，藩镇之旧臣，世受先帝深恩，不忍背负，今将举兵入汴，乞大王援助一旅之师，联镳齐进，声罪致讨，若幸得成功，重进当拱手听命，还爵朝廷，少效臣节于万一，宁敢穷兵黩武为哉？惟大王垂谅焉……

赵匡胤看罢，勃然大怒道："朕待李重进不薄，近又派陈思诲去，赐他丹书铁券，他竟敢暗地勾结南唐反朕！"

遂即吩咐南唐使者回国，转告唐主，切不可用兵支持李重进叛乱。

随后，赵匡胤便点石守信、王审琦、宋延渥、李处耘四将，领军五万，水陆并进作先锋，赵匡胤自领兵五万，随后起程，御驾亲征。吩咐不许声张，偷偷发兵江淮，征讨欲图不轨的李重进。留下吴延祚、高怀德守京师，一再叮嘱关注各地节镇及京师朝臣动向，以防不测。

由于一路封锁消息，秘密行军，大军开到高邮，离扬州不足百里，才被李重进知晓。赵匡胤命令大军停止行进，安营扎寨，准备围剿扬州叛乱。

李重进一直在扬州操练兵马，单等唐兵到来后即行誓师北征。可是连等二十余日，不见唐兵到来。这一日正在帅府与部将向美、湛敬议事，忽见旗牌官匆匆来报说："宋主赵匡胤御驾亲征，前部先锋由石守信、王审琦率领马步兵；宋延渥、李处耘率领水师，沿着漕运河南下，大兵已过高邮了。"

听到赵匡胤御驾南征，突然神兵天降，李重进慌了。他连忙问道："唐兵尚未到达，宋兵已至，如何是好？"

向美道："养兵千日，用兵一朝，今来兵既到，正应与他一决雌雄，何足惧怕。"

湛敬也道："宋兵远道而来，必然疲劳，如今趁他立足未稳，末将愿领兵前去，截住厮杀，定能大获全胜。"

李重进应允，让向美、湛敬二人，领兵一万，前往高邮路上迎敌。

石守信正领兵向扬州前进，忽有探马来报，淮南兵前来迎战，只有十里之遥了。石守信命令宋延渥、李处耘领导水师船队在高邮湖上结阵，并安排旱寨，自己同王审琦引军二万迎战淮南兵。

又往前行了几里，只见向美、湛敬已引军到来。那王审琦一见，高喝道："无知小辈，胆敢抗拒天兵，速速下马受死！"

向美也骂道："你们都是周臣，敢来我们扬州耀武扬威。快快反戈一击，尚可放你一条生路。"

王审琦大怒，舞起双刀，直取向美。向美也摆双枪急架。那边湛敬见了，舞宣花大斧出阵，与石守信战在一处。

石守信那一杆银枪如蛟龙出水，风驰电掣，湛敬如何能够抵挡。战不到十合，招架不住，拖斧败走。向美吃了一惊，稍一分神，早被王审琦挡开双枪，一刀拦腰扫去，早已肚破肠出，翻身落马。

淮南兵见主将身死，顿时大乱，四散退走。宋兵见了，如潮水般地蜂拥追来。石守信勒马大叫道："缴械不杀，叛贼覆灭在即，难道你们还要为他殉葬吗？"

又让宋兵一齐呐喊："缴械不杀！"

淮南兵纷纷投降，最后只剩下湛敬一人一骑，拼命冲开一条路，逃回扬州去了。

那李重进自派向美、湛敬二人出兵之后，坐在扬州帅府，心中一直焦躁不安。傍晚时分，只听门外一阵喧哗，湛敬浑身血污，盔甲不整，狼狈地走进来禀道："启禀主公，大势不好，向美阵亡，一万兵马覆灭，只有末将一人，拼命才逃得回来。"

李重进见大势已去，顿时面如土色。突然听到城外喊声大震，鼓角齐鸣，料知宋军杀到，急忙登城眺望，但见宋军如蚁，矛戟如林，迤逦行来，长约数里，簇拥着那位宋天子，不是别人，正是赵匡胤。

赵匡胤看见李重进，驱驾来到城下，大声说道："李将军，朕与你一同侍奉先帝，南征北战出生入死，也算是有些交情。前不久，有人说你勾结李筠，联络南唐，蓄意谋反，朕不相信。直到南唐使节送来你的密函，铁证面前，朕不得不信。你为何不讲情义，反叛朝廷？"

李重进骂道："奸贼赵匡胤！你还有脸面在此提及先帝！先帝待你不薄，委以重任，授以兵柄，你为何在他尸骨未寒之际，不顾大义，乘人之危，大逆不道，阴谋窃国？说我李某谋反，你才是真正的谋反呢！"

赵匡胤道："李将军此言差矣！朕一直忠心耿耿，辅佐幼主，从未有不臣之心。将军应该知道，去年契丹北汉联合犯边，朝廷命朕率军御敌，朕至死不从。言明大将重兵，不利于朝廷稳固，还因此获罪下狱。可是宰相范质等一干宰辅，策动幼主太后下了一道死令，说要是朕不出征，就将禁军校尉以上将领一律斩首，禁卒发配边关。朕实属无奈，才统兵北上。没想到路过陈桥驿，禁军将士得知逼朕出兵消息，早对朝廷株连之法心存怨恨，停下来不走了。朕突然被禁军将士劫持，被迫黄袍加身。回朝之后，太后幼主下旨禅让，朕也是迫不得已接受啊，朕根本无意当这个皇帝！要是你李将军觉得朕不配称帝，那朕就将皇位，禅让给你好了！"

李重进怒道："逆贼赵匡胤，真是说的比唱的还好听！你等蓄谋已久，真当我不知么？你能欺骗天下，却瞒不过我李某！窃国奸人，快快受死！"说罢，就张弓搭箭，射向赵匡胤。

赵匡胤何等人也，会被明箭射中？他一闪身，笑道："李将军，你如今山穷水尽，又能如何？朕此次南下狩猎，将军如何闭门不出？既然撞了南墙，就得知难而退，为何自不量力、螳臂当车？难道真要见了棺材才流泪吗？朕劝你，赶快认清时务，顺势而为，早早开城献降，仍不失州郡之位。若一意孤行、负隅顽抗，定杀你个片甲不留、死无全尸！"

"哈哈哈哈，我李重进顶天立地，岂是贪生怕死之辈！事已至此，多说何益……"李重进知道已经无力回天，徒跟他逗口舌之快，已经毫无意义。当下一声长笑，下城墙回府，连忙召集众将道："我本周室旧臣，理应一死报主，今将举族自焚，你等可自往逃生罢！"左右请杀陈思诲，聊以泄恨。李重进道："我已将死，杀他何益？"说罢，立即命令家人取来薪草，举火焚着，先令将妻子投入火中，然后自己拉着儿女，奋身跳了进去，一道青烟，顷刻之间都化为焦骨了。

李重进一死，淮南军群龙无首，四散而逃，顿时全城大乱。赵匡胤下旨，当即命令李处耘率军攻城，很快就破城而入。占领扬州之后，李处耘命令清肃叛贼余党，拿住湛敬等数百人，随即迎接赵匡胤入城。赵匡胤颁旨安民，查处逆党，对罪大恶极的叛军首领一律斩首。突然想起派遣前来扬州的使臣陈思诲，连忙命人查找。不一会儿有将士探报，陈思诲已被逆党杀了，横尸牢狱之中。赵匡胤很是痛心，声泪俱下叹惜之后，命厚礼殓葬。

悲痛之余，赵匡胤又想起向他告密的翟守珣，亲自带人四下寻找。找了半日，好不容易在一处破庙里找到，样子已经非常狼狈。赵匡胤紧握他的手说道："翟爱卿，陈思诲已被乱军杀害，你能存世，朕心稍安哪！"

翟守珣叩首道："微臣背叛主公，告发他谋反，已是大逆不道。而后奉命回来，置身险境，能活至今，已属侥幸！李重进闻讯圣上御驾南征，知道微臣蒙骗了他，四处派人抓捕微臣。迫不得已，微臣就乔装改扮，躲了起来。微臣死不足惜，只是留条小命，处理扬州后事而已。请圣上开恩成全。"

赵匡胤道："翟爱卿大局为重，向朕禀报实情，继而回来稳住李重进，为平定扬州赢得了时间，功莫大焉。爱卿可随朕回朝，不失大夫之爵。"

翟守珣道："今日有幸复见圣上，不啻重逢天日。但微臣跟随李重进多年，不忍见他暴骨扬灰，还望圣上特别开恩，允许微臣收拾烬余，藁葬野外，臣虽死亦无恨了。"

赵匡胤道："翟爱卿仁义之士，忠心可鉴，值得嘉许。那好，就依爱卿所奏，准许你为旧主收尸安葬！"

赵匡胤见扬州已平，就升李处耘为宣徽北院使、枢密副使，权知扬州府事，留下来治民理政、坐镇善后，然后宣布班师回朝。

翟守珣谢过皇恩，就前往李重进府上，但府邸已经化为灰烬。于是就在灰烬中捡拾起一些白骨，买了棺木装了进去，然后运到城外埋了。又洒酒祭奠，叩首哭拜一通之后，就跟着赵匡胤的南征大军，北上还朝去了。

◈ 二、得知宋廷南征，魏仁浦图谋复辟 ◈

这段时间，赵匡胤忙着北上南下，征讨平定各地叛乱，可谓忙得焦头烂额。有一个一直闲着的老臣，这时候也突然忙碌起来，他就是前朝枢密使、顾命大臣，现在一直称病不朝的魏仁浦。

在周世宗满朝文武之中，魏仁浦是唯一一位没有通过科举却升任宰辅的人。柴荣器重他相貌雄伟、精通文史、擅长骑射、胸有智谋，一直委以重任。显德六年六月，柴荣决定魏仁浦入阁为相，升任中书侍郎、集贤殿大学士同平章事，依前充枢密使，遭到首辅范质等人的反对，说他"不由科第，不可为相"。柴荣坚持己见，说道："自古以来，皆用文武才略为辅佐，岂尽科第邪。"魏仁浦一直兢兢业业，忠于职守，为周朝的巩固发展立下了汗马功劳。

但是，素来小心谨慎的魏仁浦万万没想到，自己却被人算计，大周兵柄旁落，政权更迭。作为宰辅，自己又是负责军务的"枢相"，自己难辞其咎。更何况，柴荣对他有知遇之恩，而且又是顾命大臣，他如何能够背主求荣？因此，他一直不能接受赵匡胤的新王朝，时刻想着以死殉国，绝不苟且。于是采取不合作的态度称病不朝，等待朝廷降罪赐死。可是，赵匡胤对他们这些前朝宰辅没有任何加害之意，反而高官显爵，让他参与朝政。他知道，这是赵匡胤借他们的威望巩固政权，一旦他坐稳了江山，就算不大开杀戒，到时候也会靠边站的。

但是，魏仁浦心里又是很清楚的，自己这等不合作，赵匡胤能够如此宽容，甚至连他的自由都不限制，说明赵匡胤也不是等闲之辈。他觉得，也只有赵匡胤才有可能继承先帝一统天下的遗志。他和李云博一样，也陷入了君臣大义和一统天下的纠结之中，不同的是，他一直没有从这种纠结中走出来，加上自己对于大周亡国责任的自省和追悔，他的抱残守缺思想占了上风。"既然自己连死都不怕，还有什么不敢做呢？"魏仁浦想到这里，决定一旦有机会，一定得铤而走险，尽忠到底。

这个机会，不知不觉就来了。魏仁浦得知赵匡胤御驾北征，于是开始四处试探，却没有一个朝臣响应他，还有很多原来的同僚旧友，都避而不见，视他若瘟神一般。这让他非常失望。他觉得这样干不是办法，于是冥思苦想哪些人可能和他一道，坚决反对大宋王朝。这样一想，还真想起了几个人来：魏王、天雄节度使符彦卿，他是先帝岳父，周太后之父和幼主的外祖父，应该对赵匡胤窃国心存嫉恨；检校太尉、许州节度使张永德，中书令、淮南节度使李重进，这两个人同样是皇室至亲，应该也心存不满。对了，还有翰林学士、爆战军监军李云博，明目张胆反对赵匡胤篡位，前面三人都是地方节镇，算起来也有五六万兵力，而李云博执掌过爆战军，又是唯一一位控制火药绝密的人，一旦联起手来，乘着汴梁空虚，占领京城复辟周朝，也不是不可能。想着想着，一盘盛大的棋局在他头脑里酝酿。

但是，这些人都天各一方，联络起来非常不容易。怎么办呢，他决定写信给他们，派人送过去。路途遥远，来回也得十天半月，而且一旦对方不愿意，事情就会败露。犹豫几日，没想到赵匡胤大破李筠班师回朝，这让他彻底绝望。他非常后悔自己的犹豫不决，又庆幸自己没有贸然行事，纠结之中，便就罢了手。恰巧这个时候，赵匡胤突然秘密率军南下，一打听，原来是李重进联络南唐，准备谋反，被南唐告发了，赵匡胤是去剿灭李重进的。他大喜过望，平定扬州李重进，少说也得数月，这光复大周的时机，不又来了吗？更何况，李筠、李重进的起事，说明许多地方节镇，表面上拥护新朝廷，实际上是迫于无奈顺势而为，内心是不认同的。只要有人振臂一呼，说不定会八方响应……于是就赶紧差人给符彦卿、张永德、李云博等几位送信，还暗中与一些朝臣联络，希望他们趁着京师空虚，联起手来率军勤王，一起会师汴梁，声援李重进，继而推翻赵匡胤政权，复辟周廷。

信使派出去之后，他就日思夜盼，静候佳音。等了一个多月，也不见一个信使回来，他心里慌了，担心出事了。但是，魏仁浦毕竟是久经沙场、见过大风大浪的，他冷静下来，四处探听消息，既不见朝廷动静，也没有信使回音，这让他百思不得其解：这些派出去的亲信，怎么可能人间蒸发呢？

带着疑虑左等右等，眼看秋天过去，还是没有任何回音。凭着经验和直觉，魏仁浦估计出事了。于是送走妻儿、遣散家仆，独自一人静静地在府上待罪。直到他听说赵匡胤平息了扬州叛乱，已经班师回朝，仍然不见朝廷动静，也不见信使回来，这让他更加忐忑不安了。他一直等着进监狱，等着为国赴死，可是，赵匡胤回来了，还是没有动他的意思。这究竟怎么了？

原来，留守京师的吴延祚、高怀德根据赵匡胤的交代，密切注视着京城内外的异动。这一直称病不朝的魏仁浦突然间活跃起来，自然引起了吴延祚的警觉。于是派高怀德安排禁卒日夜盯防，几位信使刚出大门，就被高怀德捉住，带回去搜出密信，仔细一审，魏仁浦联络各路人马谋反的罪证就被坐实了。但是吴延祚不敢擅自做主，一边派人向远在扬州的赵匡胤密报，一边继续死死盯住魏仁浦的一举一动。直到赵匡胤班师回京，他紧急密奏，当面展示证据证词，并请旨问罪魏仁浦。

赵匡胤得到吴延祚的密报，不相信魏仁浦会谋反复辟，说是等他回京再说。回来看到完完整整的证据，又不能不相信，魏仁浦复辟绝对是真的。但是，如何处置魏仁浦，成了他一个非常棘手的难题。要是抓起来，就等于将魏仁浦谋反的罪行公之于众，谋逆是十恶不赦的死罪，还会要牵连其他的人；要是不抓人，他会不会继续干傻事，引起连锁反应呢？两难之间他一时半会儿不好定夺，于是命令封锁这骇人听闻的消息，并派人暗中将魏府团团围住，严禁魏仁浦与外界保持联系。

对于魏仁浦的谋逆复辟行为，赵匡胤虽然有些生气，但还是肯定他的忠心，不愿意用严酷的刑罚来处理他。一回到汴梁，第一件事情就研究如何处理这起谋逆复辟的事件，连夜召集一干心腹重臣到上书房来紧急会商。应召而来的，是四位大臣：枢密使吴延祚、开封尹赵光义、殿前都检点慕容延钊和兵部侍郎、枢密副使赵普。他先让吴延祚简单介绍了一下有关情况后，神色凝重地说道："各位爱卿，朕南下扬州平叛之际，魏仁浦秘密策动有关节镇将领，意图推翻大宋政权，复辟前朝。今夜请各位爱卿来，就是会商一下，此事如何处理为妙。愿各位畅所欲言，以便朕早做决定。"

吴延祚首先开口说道："启奏圣上，魏仁浦密谋复辟，证据确凿，老臣以为，朝廷应当立即将他绳之以法，以绝后患。"

慕容延钊附和道："吴相所言甚是。魏仁浦早在圣上受禅之际，就不肯俯首称臣。圣上念他忠于旧主，不仅没有降罪于他，反而高官显爵，盼他认清时务，幡然而悟，效命朝廷。可是他面对盛德，却不知悔悟，甚至以怨报德、变本加厉，干出这大逆不道的事情来。微臣以为，这等谋逆复辟的行为，若不严惩，必将助纣为虐，后患无穷。恳请圣上三思！"

赵光义道："启奏皇兄，魏仁浦是前朝宰辅，又是顾命大臣，他想复辟前朝，应在情理之中。我朝接受前朝禅让，本来就有很多朝臣不服，只是大部分人都是墙头草，表面上顺应大势，实际上是苟全性命，静观其变，这些人靠得住靠不住，还很难说。反倒是魏仁浦，一直以来就站在对立面，宁愿殉节，不肯合作，倒是有些骨气。魏仁浦为官清廉，勤于任事，威望甚高，是不可多得的能臣。臣弟以为，朝廷应该尽量包容他，让他转过弯来，最后为朝廷出力。更何况他如今手无寸铁，自身都难保，还有何能力复辟前朝呢？如若像魏仁浦这样的忠贞之士最后都归附大宋，那还有何人胆敢谋逆呢？肯请皇兄宽恕他，尽量从轻发落。"

"嗯，几位爱卿都言之成理。"赵匡胤简单回应一句，看看一直没有出声的赵普，问道，"赵爱卿，你有何高见？"

"回禀圣上，这事，不难办。"赵普当然知道赵匡胤内心的想法，他要是想杀魏仁浦，这一年多来，魏仁浦都不知道死了多少回了，"这件事，就像当初圣上被黄袍加身一样，可以是谋逆死罪，也可以是接受前朝禅让，顺顺当当开朝立国。这两者的区别在于，前者是非法，而后者合法。圣上想杀他，谋逆复辟证据确凿，杀了他，没有任何问题；不想杀他，就可以理解为，圣上为了朝廷安稳，密令他假意写信给各地诸侯，试探有无谋逆之心，这不，就保他无事了吗？杀与不杀，就看圣上如何权衡利弊了。"

吴延祚连忙摇头道："这怎么行！赵大人的计谋，是魏仁浦谋逆，却要圣上背锅！"

赵普笑道："吴相此言，一点不假。可是，圣上背的锅，还少吗？禁军将士拥戴圣上，黄袍加身，这锅圣上背了，李云博誓死不肯上贺表的锅，圣上也背了。魏仁浦复辟的锅，圣上也可以背啊！就是杀了魏仁浦，圣上就不用背锅吗？一样得背，圣上得背滥用酷刑、杀害前朝忠臣的恶名这口黑锅。为了朝廷的江山稳固，让满朝文武真心实意效忠圣上，多背几口锅，又有何不可？"

赵匡胤觉得，还是赵普高明。他只说出杀与不杀都可以，要他这个皇帝"权衡利弊"。看着两种截然相反的意见，赵匡胤开始权衡利弊起来：杀吧，的确可以表明朝廷对谋逆叛乱的态度，坚决予以严惩，绝不姑息，但是他就得背上滥杀大臣的恶名；不杀吧，可能会争取到很多人心，也保住了自己宽宏大量的名声，可是各地节镇大将和朝臣就可能以身试法，借机叛乱，如不杀一儆百，到时候群起作乱，很难收拾。就此而言，很难说哪种选择就一定能够利大于弊。

正在无从定夺之时，突然间内侍少监胡公公出现在门口，说有急事密报。赵匡胤就命他进来，他却欲言又止。赵匡胤不知道他有何急务，看看左右就明白过来，于是对大家说道："今夜商议，暂时到此。在此事未议定之前，绝对保密。各位爱卿，都回去歇息吧。"

几位心腹大臣走后，赵匡胤说道："胡公公，有何急务，快快奏来。"

胡公公说了声"是"，就走上前，将一封密信双手呈上。

赵匡胤接了书信，展开书信一看，顿时喜上眉梢，问道："这陈抟老祖的密函，什么时候送来的？"

胡公公道："刚刚收到。来者自称是老祖座下弟子，说是奉师父之命，前来替老祖传书，要奴才立即将密函面呈圣上，一刻也不能耽搁。他还说，圣上委托老祖之事，已经办妥。奴才不知何事，于是就……"

"你做得对！"赵匡胤赞赏了一句，突然说道，"麻烦公公，速去将赵光义唤回来……不，等到他回府以后，再去他府上，传他立即上书房见驾！"

"老奴遵旨！"胡公公应了一声，施礼出门去了。

◆ 三、勒石盟誓，太祖定下大宋铁律 ◆

根据赵匡胤的密旨，赵光义连夜赶往华山云台观，两日后见到了李云博，对他说道："圣上平息了扬州叛乱，刚刚班师回朝，就得知魏仁浦密谋复辟，如何处置，进退两难。圣上特派我前来见你，讨教处置之道。"于是就将魏仁浦写信给符彦卿、张永德和他李云博的事情大致说了一番。

"什么，魏仁浦密谋复辟？还牵扯到我？"李云博听了大吃一惊，"如今，魏仁浦身在何处，是否被捕下狱？还有，这件事是否已经朝野尽知？"

赵光义道："这件事情处于秘密阶段，还只有极少数人知道。魏仁浦派出的信使，被高怀德抓获，魏仁浦尚在家中，不过，已被严密监视。"

李云博问道："光义贤弟，圣上私底下找你会商过没有？"

赵光义道："找过。皇兄一回朝，就召集吴延祚、赵光义、慕容延钊和我，紧急会商此事。吴延祚、慕容延钊主张立即将魏仁浦抓捕问罪，赵普说两者皆可，全凭圣上权衡利弊。至于小弟，当然是主张从轻发落。皇兄没有立即表态，看来是在权衡利弊。"

李云博有些着急起来，于是开始琢磨这件事的应对策略。他突然想起，那晚陈抟老祖和他谈论《推背图》时，老祖说的最后一句话莫名其妙冒了出来："你将来回去辅助圣上，要死死抱住第十六象的最后一句颂诗，'天将一统付真人，不杀人民更全嗣'。这是大宋王朝长治久安的立国之本啊！"他当时想，不滥杀无辜，这算什么玄机呢？这魏仁浦的事件一出，牵连到这么多大臣，不免豁然开朗：这里面的玄机，原来就是在"不杀人民"里的"人民"二字上面！这个人民，不仅仅指老百姓，更多的是指文武百官和天下学人啊！也就是说，上天将一统大业交付给赵匡胤这位真命天子，他若要大宋江山长治久安，那么就必须禁杀朝臣，争取天下学人的支持，这应该是给子孙积德的最有效的好办法。想到这里，他立刻有了主意，于是忧心忡忡地对赵光义道："这件事情，处理要非常细致，绝不能随随便便杀了或者放了，这稍一疏忽，就会酿成大错。看来，我得回去了。只是，我奉旨修道，如何脱身呢？"

赵光义大喜道："你能回去，这事情一定能得到妥善处理。皇兄早有谋划，说是你若有回朝之意，就要小弟我即刻宣旨，命你回朝听旨。"

事不宜迟，两人就作别陈抟老祖，即刻启程，赶往汴梁，连夜觐见赵匡胤。赵匡胤得知李云博回京了，立即召入上书房，垂询复辟事件处理策略。双方见礼之后，赵匡胤说道："岫南贤弟，你终于回来了。你满腹经纶，胸有韬略，回来了，一切就好办了。这阵子，地方谋反，重臣复辟，忙得朕焦头烂额。今夜在此，你得好好替朕和大宋朝廷，谋划一番安邦定国的策略。只有朝廷稳固了，才能继承先帝遗志，推进统一大业啊！"

"圣上不用着急。眼下，还是先解决这大臣复辟的事情吧。要谈稳固政权，收复文臣归附之心，真正拥戴新朝，才是根本啊。"李云博说着，顿了顿便问道，"敢问圣上，高将军截获的密函，现在何处？"

赵匡胤道："这事情关乎多位大臣生死，自然马虎不得。如今都在朕手里。"

李云博道："敢请圣上拿来，让微臣一睹。"

"好的。"赵匡胤应了一声，就取出那几份密函，交给李云博。李云博展开看了，然后收入怀中，说道："圣上无忧。这件事交与微臣处理，微臣一定确保这些臣僚真心拥戴圣上，绝不会再生出异心。"

赵光义见李云博把密函收了，急忙说道："岫南兄，你要这些证据作甚？若要从轻发落，也该立即销毁为好。即便不销毁，留着也是控制他们的把柄。"

李云博道："贤弟糊涂！正如圣上所言，当前，朝廷要的是和谐稳定，李筠、李重进谋逆虽然平息，但各地节镇大将，观望等待的居多。如若让魏仁浦图谋复辟的事情传出去，万一各地都借机起事，岂不天下大乱？朝廷有能力四处应对吗？如今这件事情，知道的人很少，销毁证据，就是不给人借机生事的机会。你想想，天雄军节度使、魏王符彦卿，坐镇大名府，与京师汴梁只隔数百里，随时都可能围困京师。他要是知道魏仁浦给他写过信，策动他复辟，而密函又在圣上手里，这就等于被朝廷抓住了把柄，他不反也得反啊！即便朝廷出兵，其结果那也是两败俱伤，国力大损！这件事，得悄无声息地处理掉！你别管，我会处理好的。"

赵匡胤道："岫南言之有理。这件事情，就让岫南全权处理吧！"

赵光义还是半懂不懂："岫南兄，你会如何处理呢？"

李云博道："圣上的江山，是经过禅让从前朝手里接过来的，可以说不费吹灰之力。但是取过来容易，要巩固皇权，让他们真心诚意拥护朝廷，绝非易事。我曾经说过，四方的节镇大将，会有人谋反，李筠、李重进首先发难，这比我预想的还要快。如今虽然平息，但稍有疏忽，就会有人接二连三地跳出来。因此，圣上必须要从根本上解决地方节镇拥兵自重的难题。还有，朝中大臣虽然表面平静，但一有风吹草动，趋炎附势的绝不会少。要解决这个难题，圣上就得立下铁律，告诫子孙，绝不擅杀大臣，包括天下的读书人。他们占据着朝野的舆论主流，安抚好他们，才能确保朝廷的根本稳定。只有皇权稳固了，我们才能开启一统天下的战略啊！"

赵匡胤道："岫南所言甚是！你具体说说，如何立下铁律，取信于天下？"

李云博想了想道："圣上被禁军拥戴黄袍加身时，曾经有过约法三章，一是不得惊犯太后圣上母子，二是不得欺凌公卿大夫，三是不得侵掠朝市府库。这只是口头约法，能够管一时，不能管一世。圣上可以在此基础上，拟定几条，勒石刊刻立于朝堂之前，告诉满朝文武，大宋的天下，是大家一起接受前朝禅让得来的，是天下人的天下，圣上要彰显善待天下人的决心，要和天下文臣武将共治天下。"

赵匡胤道："太好了，共治天下，很好的主张！"

赵光义道："这勒石盟书，不等于把我赵氏皇族和后世子孙，都绑架了吗？"

李云博道："圣上若想大宋江山传之后世，不会被人篡夺，就得言出必行，言而有信。如若害怕铁律束缚，朝廷不会长久，迟早会生出变数，甚至被人取代。这五朝乱象，教训还不深刻吗？"

赵匡胤点点头："朕看行。具体文字，岫南贤弟，你草拟如何？"

李云博摇摇头道："微臣以为不可。为何，原因很简单，我李云博是戴罪之躯，从今往后都不可能担当重任，就做圣上的幕后臣僚吧。这件事情，圣上可以先听取宰辅们的意见，然后交给赵普他们去办。"

赵匡胤惊道："你是宰辅之才，为何要甘居幕后？"

李云博道："我李云博在大宋王朝建立之时，不仅未立寸功，而且还反对圣上接受禅让。如若让微臣身居高位，恐怕会有裙带之嫌，也会让有功之人心存嫉妒。在微臣没有立功之前，一个翰林学士，已经足够。圣上何必在乎，微臣身居何职呢？"

赵光义道："这怎么行！你得出来，担任要职，这样，才不至于让朝廷大权旁落。因为我们是兄弟！"

李云博笑道："贤弟真是糊涂得可以！那我问你，圣上和先帝，是不是兄弟？我要是身居权力中枢，你皇兄不怕我篡位吗？"

赵匡胤摇摇头道："你不会的。就算是篡位，朕也同意，因为你一定比朕的继任者，要强出许多！"

李云博道："好了，这件事别再议论了。就让微臣待在这个位置上，有何差事，临时指派吧。当务之急，是妥善处理魏仁浦这起所谓的复辟事件。微臣唯愿圣上开阔心胸，不要和前朝旧臣包括前朝王室过多计较。宽容和善待他们，就是善待大宋的江山社稷啊！"

赵匡胤点点头，说道："岫南的话，金玉良言，字字珠玑啊！朕一定牢记于心，绝不杀害臣僚！"他看见李云博满脸疲惫的神情，觉得既然李云博已经转过弯来，而且回来了，有的是机会和他商议国家大事，于是说道："你们连夜奔驰，甚是辛苦。我们有的是机会商议，先回去歇息吧。"

"微臣遵旨。"两人起身施礼道别，出了宫门。赵光义邀请李云博到他的府上歇脚，被李云博拒绝了，他说他还是回开封驿馆更好，于是约定明日一大早在魏府前会面，一起探望魏仁浦。

第二天一大早，李云博赶往魏府，可是赵光义还未到。刚到府门前，就被禁军拦住。李云博道："高怀德将军呢？请他出来，翰林学士李云博前来颁旨，请高将军接旨！"

高怀德闻报，赶过来接旨。李云博道："圣上口谕：从即日起，解除对魏仁浦府之监控。钦此！"

高怀德哪里肯信！他看着李云博道："翰林大人，你被圣上赐旨修道，何时回到京城的？只怕，是偷偷跑回来的吧？……李云博，你居然假传圣旨，该当何罪？来人，将图谋不轨的李云博抓起来……"

"慢着！"只听远处传来赵光义的呵斥声，"姐夫，圣上有旨，即日起解除魏府监视，你们都回去吧。"

"末将领旨！"高怀德见是赵光义，方知自己出了错，于是笑道，"圣上一道口谕，怎么派两位大臣来传，真是怪事。翰林大人，末将适才冒犯，还望海涵。"说罢，就对禁军将士喊道："收兵回营！"然后就拱手道别，策马离开。

两人就入府拜会魏仁浦。魏府上下空空如也，只留一位老仆照顾他日常起居。魏仁浦看见他们两人进来，很是诧异，笑道："李翰林奉旨修道，如今得道归来，可喜可贺啊！"

李云博道："魏大人说什么呢！下官临别之际，跟您说的，怎么全忘了？"

魏仁浦叹道："前朝遗臣，不能光复周廷，等死而已。翰林的话，老夫如何能听？"

李云博道："下官临别之际，曾经说过，我等使命虽未完成，但是这场变故，未曾流血，也未让百姓生灵涂炭，这已经是不幸中的万幸了。既然无力回天，我们就接受吧。我等要做的，就是想方设法让他们保证太后幼主及所有皇室成员的安全，要让现在的朝廷，继续推进一统天下战略，让先帝未竟大业，继续下去。你为何不仅不听，反而阴谋复辟。你想让朝野再生动荡，让中原血流成河吗？如若朝廷生变，各方势力相互攻伐，朝野陷入混乱，你魏仁浦，将成为千古罪人！你的一世英名，就被这一时糊涂给彻底毁了！"

魏仁浦一听，顿时目瞪口呆："啊？天啦，老夫只想成为死节之臣，没想到会留下千古骂名啊！"

李云博见他痛心疾首，继续说道："你策反的这些人，会和你一起作乱吗？你别忘了，魏王符彦卿，不仅是先帝的岳父，也是当今皇弟赵光义的岳父，作为外戚，你问问光义贤弟，他的岳父会冒这么大的风险吗？张永德呢，已经被前朝怀疑，心生恐惧，还会干这蠢事？至于下官，更不会了，因为天下以安定为要，无论是复辟前朝，还是维护纲常，甚至争权夺利，都只会尸横遍野，生灵涂炭，不能改变大宋建立的事实。下官更不希望，好不容易建立起来的安定，被这些似是而非的理由，全部搅乱了。魏大人，你说呢？"

魏仁浦道："事已至此，老夫又能如何！既然计划失败，就只得认命。老夫成事不足败事有余，就算死上千次万次，也不能弥补罪孽。就请朝廷赐我一死吧。"

李云博道："你倒是好，一死了之，圣上将背上滥杀朝臣的罪名！你不仅不能死，还得好好活着！"说着，就取出那几封密函，让魏仁浦看了一眼后，说道，"这是你谋逆复辟的罪证，朝廷除了极少数人知道之外，并无他人知道。圣上宽厚，要下官替你销赃。你看着，我将它们立即销毁。"说着，就打燃火石，点着，然后丢进回炉，顷刻之间化为灰烬了。

魏仁浦顿时老泪横飞，扑通一声跪倒在地，哭道："圣上宽厚仁德，老臣羞愧万分！就算结草衔环，也无以为报啊！翰林大人大恩，老夫没齿不忘！"

李云博扶起他道："好了，都过去了。既然大人思路已经活络通透，那就接回家人，好好过日子吧，你且安心，从此朝廷不会问罪于你。最后，请魏大人切记，这等蠢事，干一回，圣上看到的是你的忠贞，再干的话，就是抱残守缺，死有余辜了。望魏大人振作起来，早日为朝廷效力。"

魏仁浦道："老夫戴罪之身，一定洗心革面，绝不再干愚蠢之事，也绝不会对当今圣上再生二心。老夫在此起誓：如有违逆，天诛地灭！"

李云博和赵光义又好生安慰了魏仁浦一通，直到他情绪平复下来，才告辞出门。

过了几天，赵匡胤将草拟好的誓词交给李云博看。李云博说他不看，只要圣上认可，就行了。赵匡胤又觉得将盟誓的内容公之于众，不甚稳妥，问李云博可否秘密立誓。李云博知道他不希望子孙后代被这铁律绑架，不置可否。于是赵匡胤就秘密歃血盟誓，勒石刻铭，立在太庙寝殿的夹壁室内，谓之"誓碑"。"誓碑"用销金黄幔遮蔽，夹壁室门封闭甚严。并诏敕有司，立下规矩："从此以后，天子岁时祭祀，及新天子即位，到太庙礼毕后，要由有司奏请，恭读誓碑上的誓词。"届时，只有一个不识字的小黄门侍者跟从，其余的侍从一律站在远处，不得窥见。这时，皇帝要到"誓碑"前，拜跪、瞻仰、默诵，完毕后再拜，最后退出。群臣近侍，皆不知皇帝在此有何盟誓。从此以后，宋朝历代帝王都要按此铁律行事。碑高七八尺，阔四尺余，誓词三行：

柴氏子孙，有罪不得加刑，纵犯谋逆，止于狱内赐尽，不得市曹刑戮，亦不得连坐支属。

不得杀士大夫及上书言事人。

子孙有渝此誓者，天必殛之。

四、赵匡胤杯酒释兵权

魏仁浦复辟事件悄无声息地解决之后，已经到了建隆二年春天。赵匡胤在迎春苑请李云博、李处耘饮宴，要中书令、开封府尹赵光义作陪，讨论稳定朝纲的下一步计划。这时候，李处耘刚刚从扬州任上回京述职。他跟随赵匡胤平息李重进叛乱之后，一直留在那里镇守扬州。赵匡胤想要李云博接任客省使、枢密承旨，被李云博拒绝，仍在翰林学士一职上赋闲，没有具体职司，有时候应赵光义之邀，前往开封府帮他处理一些具体事务。

酒过三巡，赵匡胤道："新年一过，朕受禅已经一年。这一年来，诸侯叛乱，重臣复辟，北狄西戎屡屡犯边，走过来真不容易。如今朝纲虽有起色，但仍存在诸多隐患。今日聚会，一是重叙兄弟之情，二来新年伊始，讨教安邦定国之策。还请两位不吝赐教。"

李处耘道："圣上面南称孤，不忘曾经盟誓，记得兄弟之情，微臣感恩涕零。只是微臣一介武夫，上阵杀敌义不容辞，这运筹帷幄之事，还是交给岫南贤弟为好。"

赵匡胤笑道："正元大哥快人快语，倒是爽快。岫南贤弟，你就说说，当前，采取何种策略，继续稳固朝廷。"

李云博敬了两位兄长一杯，又和赵光义干了一杯，放下酒樽略微思忖，便说道："圣上垂询国策，微臣敢不献言，讨教就不敢当了。微臣就不避浅陋，权当美芹之献，供圣上御裁。圣上通过制定铁律，勒石盟誓，可以解决朝臣的后顾之忧，但是，地方节镇的拥兵自重，还是要继续坚持定期不定期换防，一旦时机成熟，可以推行削藩。微臣建议，除了边关以外，其余地方，实行军权和政事分开，委派文臣出任州郡主官，负责治民理政，武将只负责地方治安，不断弱化内地节镇的军事功能，逐步去掉尾大不掉、拥兵自重的地方格局，实现真正意义上的中央集权。"

"嗯，好主意！"赵匡胤听了，觉得这条主意真是说到了点子上，与他不谋而合。如果能够推行，一定可以彻底解决地方势力过于强大的局面，于是继续问道，"具体而言，如何落实呢？"

李云博道："圣上别急，微臣只提一些思路，圣上可以将思路提交给宰辅们去制定策案，再择机试行。这其实不是什么创新，而是恢复郡县旧制，实现文臣治政、武将守边。具体而言，就是要实行区划和治权改革，凡边关隘口，成建制设立军砦营寨，委派防御使、都部署统一调配指挥，将军队逐步往边防调动，切实加强边关防御。而内地州郡，除了必要的关隘驻军防守，一律取消军事驻镇，重新划分州县和管理层级，比如将整个疆土划成几个大区，下面设州，州下置县，县下为乡里，县以上均由朝廷委派文臣治理。这样一来，地方的治权得到强化，而军权就大大削弱了。圣上通过对地方官吏的考校任免，加强了对地方的直接控制，从而实现中央集权。"

赵匡胤点点头道："自始皇以来，这郡县制度的确立，的确加强了中央权力。可是唐末至今，诸侯割据，军政一体，造成了百年乱象，中央的权力大大弱化。恢复郡县文官制度，的确是迫在眉睫啊！"

"圣上所言甚是。"李云博继续说道，"除了恢复郡县、文臣理政之外，巩固皇权还有一件事，也是迫在眉睫。"

赵匡胤、李处耘听得如坐春风，这些稳固朝廷的大计，一直困扰着他们，李云博对症下药，切中要害，他们自然信服。当听说还有迫在眉睫的事情，两个人不免瞪大了眼睛问道："什么事情？"

李云博看着他们，神色严峻地说道："禁军统兵权！"

李处耘问道："禁军的统兵权，不是在圣上手里吗？"

李云博道："不错，是在圣上手里。可是，你们想一想，如若当初，先帝将殿前司、侍卫司的兵权分散，圣上有机会掌控十多万禁军吗？"

赵匡胤吓出一身冷汗："是啊，如今禁军，枢密院可以掌管调动，殿前都指挥使、侍卫亲军都指挥使也可以调动，权力太集中，是要分散些为妙。如何分呢？"

李云博道："这很简单。先想办法将石守信等一干手握重兵的大将明升暗降削去兵权，再将禁军指挥权分散，可以分成六军甚至十军，直接由圣上掌管调动，包括军一级的将领任免，都直接由圣上钦命。还有爆战军，以后只输送成建制的炮战队，有战事，圣上就颁旨调派，随军出征，战事结束，交回几处大营，不再承担出征任务。也就是说，任何一位将领，最多只能统帅一万禁军。这些将领都直接听命于圣上，那么，谁都没有实力和皇权抗衡了。"

"绝对妙计！"赵匡胤喜不自胜，说道，"岫南此计，解朕心头大患。这两条计谋如能全部实施，大宋江山，可高枕无忧了。"

接着，李云博建议开科取士，为文臣治政做好人才储备，赵匡胤接纳了。他又向赵匡胤提出，可以经常微服私访，以便观察臣僚动态。临别之际，李处耘说道："圣上征讨李重进之时，翟守珣冒死密报军情，立有大功。此人还念旧主，帮李重进收尸。此等有情有义之人，可堪大用。"赵匡胤听了，很是认同。

第二日，赵匡胤就让翟守珣补官殿直，不久又升为供奉官，作为可靠亲从，微服私访的时候，经常带在身边。

汴梁一连几日的大雪，道路难行，又值新年休息期间，所以百官很少有出门的，都躲在家中，围炉取暖，家宴寻乐。这天晚上，赵普坐在书房，独自观书，忽见门官来报："门外来了几个人，自称是宫内来的，请老爷亲自出门接旨。"

赵普听后，吃了一惊，忙走出大门，只见雪地里站着几个穿便服的人，由于天色昏暗，一时看不清何人，正待询问，只见前边那大汉除去斗笠，原来是赵匡胤。

赵普看得清楚，顾不得满地积雪，慌忙倒身下拜，赵匡胤将他扶起，说道："不必多礼，到里边再说。"

赵普忙把皇上让入大厅，坐下又向赵匡胤朝拜行礼："陛下万乘之躯，出于安全考虑，望陛下以后切不可如此，有事可召臣入宫即可。"

赵匡胤道："新年大雪，正欲与故人一叙，一时动兴，便踏雪而来。朕已派人通知光义，一会也要来。今日咱们不妨免叙君臣之礼，重温过去故交之乐如何？"

赵普连忙称"遵旨"。即使呼唤仆人，去准备酒肴。

赵匡胤又道："大厅广阔风寒，咱们就去你书房中说话吧，朕这两个侍从，可另安排地方招待。"

赵普便吩咐门官，领两位侍从到客房款待，自己便领匡胤到书房中来。

进入到书房，落座之后，赵匡胤道："朕自去年即位以来，一年之中，讨平二李，

天下得以相安。然朕思及自唐以来至今五十余年，中国共有八姓十二君，变乱不休，刀兵不断，百姓苦不堪言，因而朕总想能找出个长治久安的方法，不知先生有何见教？"

赵普听了，想了想奏道："见教不敢。圣上能提及此事，实为天下苍生之福。以臣愚见，五代之乱，病根实际上早在唐朝时，已经种下了。自唐末以来，方镇之权日重，各地一切军、政、财权统归节度使手中，甚至发展到父子相互承袭职务，俨然成为称霸一方的诸侯，朝廷法令难以推行，天下分裂，势在必行。所以臣以为，要长治久安，首要的是减削方镇的权力，地方行政要由文官治理，由朝廷统一任免管理，节度使不能干预，至于各地驻军，也另置统军指挥使，听命于朝廷。至于节度使，可给战功累累的资深大将，专作地位崇高的荣誉官衔。这样，即使是德高望重的大将，也没有发生变乱的实力，国内必然安定了。"

赵普说着，顿了顿又道："至于禁军殿前司、侍卫司所属军队，以殿前都点检来统帅诸军，权力也过大。故不宜再设置都点检职务。主要将领任免都由兵部负责初选，奏请陛下批准后执行。枢密院则负责制订边防计划，军队编制和军需供应，不直接指挥军队。而枢密使一职，也以由文臣担任为宜。"

赵匡胤听后，觉得赵普这些观点，很大一部分和李云博不谋而合，不由点头道："先生言甚是有理，朝廷军事政制度，就烦先生拟出个章程，提交内阁讨论，最后送朕阅后执行。"

赵普道："臣只是有些想法而已，如要拟定章程，非窦仪不可。"

赵匡胤道："既然如此，就烦卿家代朕示意窦仪，你们共同制定吧。"

赵普道："微臣遵旨。臣尚有一事启奏。目前掌典禁军的诸位将帅，功名显著，不宜再典禁军，还望万岁及早采取措施，以免一旦有变，补救也来不及了。"

赵匡胤听后，却不以为然，哈哈大笑道："你说的是慕容延钊、韩令坤、王审琦、石守信、高怀德等人吗？这些都是朕多年故交，绝不致生变，卿家不必顾虑太多。"

赵普道："不然，臣绝不是怀疑这些功勋的不忠，而是据臣观察，诸将领虽然都颇有人望，但均欠缺统驭部下之才，如一旦部下生变，他们就身不由己了。"

赵匡胤道："此言也是，容朕深思解决。"

赵普道："战乱时靠武将，太平时靠文臣，以礼仪治国，树立天子绝对权威，教导臣民恪守礼义，自然国泰民安了。"

赵匡胤道："很好，朕今后当注意使用文臣，也望先生多读些书，以礼义教化群臣、百姓。"他觉得时候不早了，于是起身，准备起驾回宫，突然停下来转身说道，"新春雪夜，朕未尝耽情花酒，何必出外微行。正因国家初定，人心是否归向，尚未可料，所以私行察访，未敢少怠哩。"

赵普稽首相送,听了这话,恍然大悟,于是说道:"圣上无忧。但教权归天子,他人不敢觊觎,自然太平无事了。"

赵匡胤觉得这个赵普也是聪明,连连点头称是,命他谋划此事,随即回宫。

赵普就根据皇帝旨意,冥思苦想,和窦仪一起拿出一个将禁军高级将领调往地方的策略,报赵匡胤定夺。赵匡胤看了,连连称善。可是日复一日,过了数月,禁军内外各将帅,依然如故,并没有变动消息。赵普私下着急,但又不便时常进言,更害怕触怒武夫,没办法只得隐忍。到了闰三月间,方调任慕容延钊为山南东道节度使,撤销了殿前都点检一职。不久,就召赵普入便殿,喟然道:"这些功勋将帅,于朕都是故交,要按照先生之法,将他们一一罢去,于心不忍啊!可是,不这样做,又威胁到朝廷安稳。这些日子里,真有些左右为难。"

赵普拱手回答道:"圣上提及此言,正是人民之福。依臣愚见,方镇节度,禁军大将,兵权太重,久而久之,势必君弱臣强,尾大不掉。若将他兵权撤销,稍示裁制,何患天下不安?臣新春雪夜围炉先生勿复再言,朕自有处置。"

赵普不知赵匡胤葫芦里卖的什么药,长叹一声,默然退出。

这天,赵匡胤晚朝,命有司设宴紫宸殿,召石守信、王审琦、张令铎、赵彦徽等入宴。酒至半酣,赵匡胤屏退左右,乃对众将道:"朕非卿等不及此。但身为天子,实属大难,不若为节度使时,尚得逍遥自在。朕自受禅以来,已是一年有余,何从有一夕安枕哩。"说罢,长吁短叹,闷饮不止。

石守信离座,举酒问道:"陛下还有什么忧虑?"

赵匡胤微笑着,突然大声说道:"朕与卿等都是故交,何妨直告。这皇帝宝位,哪个不想就座呢。"

石守信及众将听了,一个个面面相觑,正在畅饮的将领,听到这句话,也吓得面如土色,端着的酒樽居然定在手里,不知道往嘴边送了。石守信等伏地叩首道:"陛下奈何出此一谕?如今天下已定,何人敢生异心?"

赵匡胤推己及人,无奈道:"卿等原无此心,倘若麾下贪图富贵,暗中怂恿,一旦变起,将黄袍加在尔等身上,尔等虽欲不为,也变做骑虎难下了。"

石守信等泣谢道:"臣等愚不及此,乞陛下哀矜,指示生路!"

赵匡胤道:"各位爱卿,快快请起!朕有数语,与卿等会商。"石守信等遵旨起来,赵匡胤就继续说道:"人生如白驹过隙,忽壮忽老忽死。总没有百年寿数,所以萦情富贵,无非欲多积金银,厚自娱乐,令子孙不至穷苦罢了。朕为卿等打算,不如释去兵权,出守大藩,拣择良好田园,购置数顷,为子孙立些长业,自己多买歌童舞女,日夕欢饮,借终天年,朕且与卿等约为婚姻,世世亲睦,上下相安,君臣无忌,岂不是一条上策吗？"

石守信等人恍然大悟，原来皇帝看见他们兵权在握，怕他们谋权篡位。看来，这兵权不交出来，迟早会成为赵匡胤的心头大患。石守信心中掠过一丝悲凉：常言道，兔死狗烹、鸟尽弓藏，如今大宋江山已经稳固，是该他赵匡胤卸磨杀驴的时候了。在这战乱时代，能够保个晚年安康，得个善终，就不错了。他于是带着众将稽首谢道："陛下怜念臣等，以至于此，真所谓生死肉骨了。臣等叩谢皇恩，一定照办。"是日君臣开会畅饮，尽欢乃散。

第二天，石守信等一干禁军高级将领纷纷上表称病，请求罢去兵权，解甲归田。赵匡胤大喜，于是任命石守信为天平节度使，王审琦为忠正节度使，张令铎为镇宁节度使，赵彦徽为武信节度使，皆罢禁军宿卫，就职节镇。就是驸马都尉高怀德，也出为归德节度使，撤去殿前副都点检。诸将先后辞行，赵匡胤又特加赏赐，都欢欢喜喜地去了。这些将领，从此安享天年，也从大宋的政治舞台上彻底消失。

接下来，朝廷禁军改革如期推行，将原来十余万禁军分成十六军，分属殿前司、马军司、步军司"三衙"管理，但将领任命和军队调派，必须由皇帝颁旨。赵匡胤真正实现了兵柄独揽，他人也再也没有机会拥兵自重，更谈不上觊觎皇权了。

五、反对赵普投机策略，李翰林咆哮朝堂

这年六月，杜太后病重，赵匡胤日夜侍奉，不离左右，但仍然不见好转。太后自知不起，乃召集子孙，并请兵部侍郎、枢密副使赵普同至榻前，先对赵匡胤说道："你身登大宝，已一年有余，可知得国的缘由吗？"

赵匡胤答道："都是祖考及太后余德，所以得此幸遇。"

太后道："你想错了！周朝先帝使幼儿主天下，所以你得至此。这大位传承，虽有父死子继，但也须兄终弟及。你百年后，帝位万万不能传未成年之人，当先传光义，光义传光美，光美传德昭，国有长君，乃是社稷之福，你须记着！"

赵匡胤泣道："敢不遵教！"

太后又看着赵普道："你随主多年，差不多似家人骨肉，我的遗命，烦你亦留心记着，不得有违！"

赵普受命，就于榻前写立誓书，先书太后遗嘱，末后更连带署名，写了"臣赵普谨

记"五字，即收藏金匮中，命妥当宫人掌管，成了大宋传位的开国成规。原来，杜太后生五子，长子匡济，次子匡胤，三子匡义，四子匡美，五子匡赞。匡济、匡赞早亡，赵匡胤即位，为了避讳的缘故，将所有兄弟原名，统改匡为光，所以太后遗嘱中，也称光义、光美。德昭乃赵匡胤长子，即原配贺夫人所生。几日之后，太后即崩于滋德殿，年六十，谥曰明宪皇后。

杯酒释兵权之后，赵匡胤加封吴延祚为中书门下平章事，罢枢密使。任命赵普为枢密使，入阁辅政，并主持军队改革。赵普就尽收宿将兵柄，削弱藩镇重权，遴选将帅，加强国门防御。先后任命赵赞屯延州，姚内斌守庆州，董遵诲屯环州，王彦昇守原州，冯继业镇灵武，控扼西陲蜀国。李汉超屯关南，马仁瑀守瀛洲，韩令坤镇常山，贺维忠守易州，何继筠领棣州，防御北狄契丹。又令郭进镇西山，武守琪戍晋州，李谦溥守隰州，李继勋镇昭义，对抗北汉太原。诸将的家族，一律留居京师，好吃好喝地供着。规定每年边关镇将定期入朝述职，皇帝亲自考校面试，奖优罚劣，赐宴厚赠，因此诸将多尽死力，西北得以安宁。而羁留家属以防他们反叛，优加赐赏以买他们欢心，这驭将之道，可谓抓住了要害。

又命令礼部、户部、吏部等有司开科取士，勘定郡县疆界，选拔德官能吏出知州县，进一步加强对地方的治理。从今以后，节度使不再参与地方政务，地方政务交还州府官员掌管。随着厢兵大量外调，节度使失去了军政大权，逐渐成了一种虚衔，没有具体职司。不出两年，中原大治。

到了建隆三年，大宋完全巩固了政权，赵匡胤开始谋划统一天下的事情了。这一年多来，赵普实际主持军政大事，兢兢业业，让他满意，但对他过于痴迷权力，特别是嫉贤妒能，多次以范质等人为前朝宰辅、不宜继续留在相位上为由，请求罢免，甚至多次打压李云博，让他心生不快。在赵匡胤心中，赵普不是学问大家，不是他理想的首辅人选。赵普出身贫寒，靠工于心计、察言观色、敢于冒险而登上权位，免不了贪权好名，穷怕了的人，也不会清正廉洁，这样的人来执政，赵匡胤心里不踏实。但是，他理想的人选李云博，当前资历人望都不高，而且李云博毫无权力欲望，这让他很是惋惜。更让他无法释怀的是，他和赵普之间有着不可告人的秘密，两人心知肚明，是一条船上的蚂蚱，你这大宋江山，至少有他赵普一半的功劳。不用他赵普，又用谁呢？

这期间发生了几件大事，赵匡胤觉得，不将一统天下提上议事日程，就会坐失良机。一是南唐中主李璟病逝，六子李从嘉继位，改名李煜，这就是大词人南唐后主。二是湖湘的武平军节度使周行逢也病故，年仅十一岁的儿子周保权继任。三是荆南那边，两年间去世了两位国主，高保融的长子、高保勖的侄儿，不满二十的高继冲继位。这些地方藩王都纷纷上表，奏请中原朝廷颁旨封爵。突然之间，周边诸侯都纷纷离世，老道世故、久经沙场的对手撒手了，留下一批全无经验的毛头小孩主理朝政，这可是个天大的机会。赵匡胤心中窃喜，心想，这个千载难逢的机会，岂能错过？当然，他知道，李云博和赵普，也应该都有思考，他就事先分别找两人商议了一番，两人都觉得朝刚已经稳固，是得着手统一天下了。但是，李云博主张先难后易，收复燕云十六州之后，再图其他；而赵普主张，先易后难，消灭南方小国之后再北上。两人的理由都很充分，一时间，他犹豫不决。

赵普在赵匡胤垂询一统天下的大计之后，以为赵匡胤要有动作了，没想到迟迟没有行动，起初觉得感觉蹊跷，仔细一想，一定是有人提出不同的主张，想来想去，觉得这人应该是李云博。他觉得，必须让李云博放弃，他才能说服赵匡胤，按照他的思路推进统一进程。他决定亲自上门，探探李云博的口风后再说。

这天夜里，赵普亲自前往开封驿馆，拜会李云博。李云博见是赵普亲临住所，连忙迎了出来。李云博拱手施礼道："赵相深夜造访，不知有何贵干？"

赵普道："李翰林博学多才，赵某佩服之至。今夜闲暇，特来讨教。望李翰林不吝赐教。"

李云博道："岂敢岂敢。"就将赵普迎入室内。

进屋坐定看茶之后，赵普道："如今朝廷已经稳固，是该开启统一大业了。老夫听说，圣上曾经向李翰林垂询大计，是否属实？"

李云博一愣，也就不做隐瞒，如实相告。赵普感觉蹊跷道："圣上也曾问计于我，怎么这么久了，还不见动静？"

李云博想了想道："圣上英明神武，一定是在等待时机。"

赵普道："李翰林言之有理。可是机会是由人创造的。圣上在等，我们一起推他一把，如何？"

李云博一惊，问道："敢问赵相，如何来推？"

赵普道："既然你我主张一致，都希望继承先帝路线，先难后易，先北后南，不如由李翰林打头炮，老夫随后附议策应，满朝文武必定响应。这样一来，圣上就一定会下定决心，开启统一大业。李翰林，你看如何？"

李云博道："下官一个四品翰林，如何能在朝堂之上，提议这等国家大计？还是选一位宰辅提议为好。"

赵普道："如今宰辅之中，除了我和赵光义以外，都是前朝旧臣。由他们提出来，只怕圣上会生误会，以为我等既无胆量、也缺谋划。而光义是圣上亲弟弟，他提出来，圣上更会以为我等串通一气，臣僚必不敢反对。据我所知，圣上早有南征北伐之心，但也只垂询于你我二人。这件事情，只有你我提出，最为合适。而你我相较，由你先说，由我附议，更为妥帖。"

"既然如此，下官谨遵赵相钧命。"李云博觉得他说得有理，也没细想，就点头答应了。

翌日升朝，君臣齐聚紫宸殿，山呼万岁礼毕，赵匡胤道："各位爱卿，有事上奏，无事退朝。"

李云博出班奏道："启奏圣上，微臣以为，自开国以来，圣上励精图治，积极推进改革，如今社稷稳固，朝野拥戴，文武同心，国力日盛，是该继续前朝先帝遗志，推进一统大业的时候了。微臣奏请，朝廷立即颁布新年圣谕，晓喻朝野，举全国之力讨伐无道，剪除四方割据诸侯，实现天下一统，还天下百姓一个太平之世。"

赵匡胤没想到很久未在朝堂之上发声的李云博，突然提出这个问题，很是欣慰。他笑着说道："李爱卿奏议，很值得朝堂会商。当今之世，我中原王朝四周，北有契丹刘汉，南有南唐、吴越、南汉、荆楚，西有后蜀孟氏，国家处于割据局面，爱卿以为应如何着手为妙？"

李云博道："回禀圣上，微臣以为，这一统天下的路线图，先帝已经制定。我朝只需按照这先难后易、先北后南的原则，燕云十六州为首要目标。微臣恳请圣上御驾亲征，一举收复北方故土。"

赵匡胤点点头道："爱卿所言，甚是在理。燕云十六州为中原旧土，已经沦陷了数十年，是得趁早收回。各位爱卿，尔等意下如何？"

赵普出班奏道："启奏圣上，臣以为不可。纵观当前天下形势，我朝唯一劲敌，乃是契丹。近数十年来，中原地区群雄竞起，兵灾不断，民力疲惫。而契丹因地处北方边远之地，建国四十年来，国内稳定，没有战祸蹂躏，五谷丰登，国库充盈，现拥有精锐骑兵五十万，而我大宋禁军精锐，不到二十万，故此，目前当不宜与契丹争锋。"

赵匡胤道："既然契丹强大，那么，我们兵进太原，先取北汉如何？"

赵普道："北汉虽弹丸之地，国力软弱，但地处于我大宋与契丹之间，如果一旦将其攻克，那么，北方契丹侵扰的边患，就要由我们独当。因而，不如暂留北汉，作为缓冲地带，我们就可集中力量图南了。"

李云博大惊，知道自己被赵普当枪使了，很是气愤。但他既然开口，又如何能够轻易罢休。于是强压怒火，开口说道："启奏圣上，微臣以为，还是首先收复燕云十六州为好。原因在于，燕云十六州是中原故地，收复故地，是中原崛起、实力强大之后的正义之举，名正言顺，他国想要趁火打劫，也师出无名。况且，西南各方诸侯，大都出现旧主离世，幼主初立，绝不敢贸然与我朝为敌。如若我朝收复燕云，其他割据诸侯，很可能会称藩归附。只要我朝策略得当，找准时机，四方诸侯迟早都得献土归降。微臣预见，不久将来，无须大动干戈，天下之地，均将纳入大宋治下。"

赵普道："启奏圣上，微臣以为，李翰林之策，是照搬抄袭前朝路线，看似在理，实不可取。因为我朝定国安邦大计，并非完全继承前朝，而是圣上立足当前，着眼前瞻，审时度势，深思熟虑之国家大策。如若生搬硬套，圣上难道不怕后人笑话？更何况，老臣不同意圣上御驾亲征。想当年，圣上南征北战平息二李之乱，就有朝臣借机串联，图谋复辟。圣上坐镇禁中，遣将东征西讨，更为妥当。微臣以为，先难后易、先北后南，不若先易后难、先南后北。老臣恭请圣上御裁。"

李云博没想到，赵普居然拿这样的话来压赵匡胤，真是胆大包天！知道这是赵普盘算已久，手段老道，步步死着，自己已经无力回天。但是，他还是要把道理讲出来，否则，将来这燕云十六州，就怎么也收不回了："启奏圣上，微臣以为，赵相所言，句句在理。但是，我朝一统天下，是为黎民苍生谋求幸福，实现太平凤愿。幽云之地，一直以来就是中原土地，数百万同胞尚在胡人铁骑蹂躏之下，若不及早解救，反而四方征讨，何来仁义之师之名？况且，契丹辽国，如今是昏君耶律璟当政，他嗜酒成性，沉迷享乐，滥杀无辜，离心离德，正是契丹实力最为暗弱的时期。圣上知道，辽国历来出雄主，一旦耶律璟被有为之君取代，先不讲他是否会觊觎中原，至少，这燕云十六州，就很难收复了。再者，幽云为中原腹地，这块战略要地不及早收复，会成为朝廷安全的极大隐患。错失了这千载难逢的机会，将会成为朝廷千古憾事。微臣肯请圣上三思！"

赵普道："李翰林之言，危言耸听！老臣以为，只要我朝统一了江南西南，国力必然空前强大。再北上灭掉北汉，然后举全国之力收复燕云，只需对付一个北狄契丹，不足为惧。收复燕云十六州也不是难事。望圣上三思！"

李云博怒道："启奏圣上，赵相精心算计，巧舌若簧，微臣佩服！但这个策略，非常冒险，而且胜算不大。为何，因为要想通过起兵征讨一统江南西南，少则需要五年，多则需要十年甚至更长时间。等到这第一步实现，北方变数甚大，因此不是最佳策略。如若先取幽云，最多不用一年时间，而且彻底解决北方隐患。微臣妄加推测，如若赵相这个路线图得以实现，实属侥幸，微臣也唯愿如此。但如若将来未达所愿，燕云将从此不属中原，我等必将成为千古罪人！微臣奏请，万万不能采纳赵相之策！"

"启奏圣上……"赵普又要反唇相驳，刚开口，就被赵匡胤打断了。

"好了，你们俩的奏议，各位爱卿应该听明白了。"赵匡胤见他们各执一词，互不相让，站起来说道，"这一统天下大事，今日朝议已经定下。那么，接下来，就请各位臣工，仁者见仁、智者见智，各抒己见、无须保留。大家都发言吧。"

众大臣看见他们针尖对麦芒，火药味十足，一时间也都莫衷一是，噤若寒蝉。

赵匡胤见大家不作声，开始点将了："范爱卿，你是首辅宰相，你的意见呢？"

范质道："回禀圣上，老臣以为，二位大人所言，都甚是在理。如若要老臣发言……"他支吾一阵，回头看了一眼李云博，又朝身边的赵普瞅了一眼，说道，"老臣年迈体衰，不愿在相位上尸位素餐，请圣上罢免老臣，准许致仕。"

赵匡胤道："不准。今日只议定国安邦之策，其他事务，以后再议。"

范质见赵匡胤不同意他辞职，也就无可奈何，站在一旁不出声了。

朝臣们见首辅范质要辞职，就附议赵普之策，都纷纷表示，赵普的路线图，更为妥当一些。

赵匡胤听了他们的附议，叹息了一声。他知道，两人的奏议都有道理，但从内心来讲，他更倾向于李云博的策略。可是，朝臣们一边倒，他又为之奈何？而赵普说的那些狠话，他不能不考虑，什么不宜御驾亲征，什么抄袭前朝策略会被人耻笑，为了保持自己的威望，他不得不顺从大家的意见。更何况，这两者之间的区别利害，他也认为没有李云博说的那样严重。于是就打定主意，说道："各位臣工觉得赵相的意见可行，那么，朝廷就以此为纲，推进天下一统进程。请问赵爱卿，你以为具体如何推进为好？"

李云博急了，突然跪在地上喊道："启奏圣上，赵普此策，看似先易后难，实则投机取巧。全然不可执行。微臣斗胆，恳请圣上收回成命！"

吴延祚出班说道："启禀圣上，李云博目无君上，诋毁重臣，藐视朝堂，罪不容赦。老臣奏请，将李云博打入监牢，依法治罪！"

李云博骂道："好个吴延祚！下官为国直言，论理朝堂，何来目无君上、藐视朝堂？欲加之罪、何患无辞！既然你想堵住我的嘴，今日就不计生死，说个痛快。赵普大人，昨晚你不是说，你与我意见一致，都主张先北后南，为何朝堂之上突然改弦易张，出尔反尔？"

赵普笑道："李翰林，赵某何时找过你啊？"

李云博怒不可遏，骂道："我万万没想到，你居然连亲口说出的话，都矢口否认！原来，你是拿我李云博当枪使！你这等阴险小人，如何能立身士大夫之林，执掌军政要枢？"

赵普道："没错，我赵普出身微贱，不是科考出身，不能跻身朝堂。可这不是赵某的错啊！要怪，就怪圣上吧，是圣上让赵某身居要职。"

李云博第一次被人这样算计，他没想到，这个赵普，句句话都不留余地。看来和这等老谋深算的小人争斗，绝对是占不到便宜的。但是，这一统天下的线路图，是万万不可随意而为的。他什么也顾不上了，站起来厉声喝道："赵普奸贼，你知不知道，你如此而为，是以断送大宋的江山为代价，换取你一人之下万人之上的显赫！你说说，中原失地尚未收复，如何开疆拓土、南下西进？"

赵普道："赵某才疏学浅，论理不是你李翰林对手。但是这个一统天下的路线图，不是我赵普一个人的意见，是满朝文武的意见。更何况，圣上已经认可，你在此咆哮朝堂，意欲何为？"

吴延祚怒道："启奏圣上，李云博咆哮朝堂，辱骂重臣，当着满朝文武以身试法，是可忍孰不可忍！老臣恳请将李云博抓起来，按律问罪！"

赵光义出列奏道："启禀圣上，李翰林虽然咆哮朝堂，触犯龙颜，但他是为国言事，仗义执言。还请圣上看在他忠心为国的份上，从轻发落。"

赵匡胤也忍不住了，喊道："来人，将咆哮公堂的李云博抓起来，关进刑部大狱，听候发落！"

门外值守禁军一拥而上，将李云博抓起来往外押去。

李云博依然骂道："满朝的文臣武将，都成了墙头草了？我告诉你们，我李云博死了不要紧，将来燕云十六州收不回来，你们就是千古罪人……哈哈哈哈……"

看见李云博被押走，又见自己的奏议已被采纳，赵普很是高兴，他一振身躯，施礼道："启禀圣上，几十年来，中原地区，连年征战不息，民力已疲。臣以为，要想富国强兵，应先取巴蜀为宜。巴蜀地方，号称天府之国，粮食充盈，自唐末以来，未受战祸波及，十分富饶。而且当前其国主孟昶，昏暗无能，日日沉湎酒色之中，朝政荒废，此正是我伐蜀的良机。故应以伐蜀为先，取得巴蜀之地，取其粮米以济军需，然后再伐南汉、南唐，便可收事半功倍之效……"

吴延祚赶紧附议道："臣以为，赵相之言甚是。不过，臣以为，要在取巴蜀之前，还应先取荆、楚二地，以切断他与南唐、南汉之间的联络，然后关门打狗，就可稳操胜券了。荆楚二地势小国弱，高保融、高保勖及周行逢先后离世，新主要么懵懂年少，要么嗷嗷孩童，取之若探囊取物，大约也费不了多大事。请圣上定夺。"

赵普赶紧说道："吴大人所言极是。微臣觉得，完全可行。"

没想到告病归来第一次上朝的魏仁浦突然说话了，他连班列都没出，直接开口道："启禀圣上，老臣以为两位宰辅所言甚是。对付孤儿寡母、老弱病残，是我朝强项。先取湖湘荆南，一定手到擒来。老臣也附议，恳请圣上御酌。"

赵匡胤看着他们，铁青着脸道："准奏。退朝。"说罢，也不等他们山呼万岁，就径自退回了后殿。

◆ 六、待罪大狱，李云博再次领教了赵普的厉害 ◆

赵匡胤退朝回到文德殿，一脚将凳子踢翻，破口骂道："都是些什么狗东西！朕这般对你们，你们一个个要么跟朕耍心眼，要么跟朕撂挑子，要么往朕的心尖上捅刀子……你们，真的以为朕不敢开杀戒吗？"

殿里的太监宫女一个个吓得面如死灰，跪在地上大气不敢出。这个皇帝，是出了名的好脾气。自登基践祚以来，从未发过脾气。今天早朝回来，如此大发雷霆，他们从未见过，也不知道出了什么事情。内侍少监胡公公知道缘由，他也被赵匡胤的暴跳如雷给吓蒙了，跟在赵匡胤身后，也不敢劝。于是朝太监宫女一挥手，示意他们出去。太监宫女就一个个轻手轻脚退出门去。胡公公也退出了门，一转身，只见吴延祚、赵普远远走来，有说有笑。他们看见胡公公，赶紧过来招呼道："胡公公，我们要觐见圣上，麻烦通报一声。"

胡公公面有难色："这个……圣上退朝后，正在大发雷霆，你们还是……"

赵普道："圣上是对李云博咆哮朝堂、魏仁浦冷嘲热讽不满呢，没我们什么事。还望公公前去通报一声，我等有要事禀报圣上。"

胡公公硬着头皮进了门，对赵匡胤说道："启奏圣上，吴延祚、赵普二位大人觐见。"

赵匡胤一听，更加恼火，咆哮起来："觐见个屁，叫他们滚回去！传旨下去，今日什么人朕都不想见！起驾，回福宁宫！"

门外的赵普和吴延祚听得很明白，赵匡胤大声咆哮，这分明是给他们听的。这说明，皇帝的愤怒，也有他们的份呢。赵普突然跪在地上道："微臣遵旨，这就滚回去！"说着，就在地上真的翻滚了起来，一直滚出数丈转弯处不见了，看得目瞪口呆的吴延祚才醒悟过来，赶紧追了过去。

赵匡胤没有理会赵普的表演，依然起驾回了福宁宫。

福宁宫是赵匡胤的寝宫。这汴梁城的皇宫，是自大梁皇帝朱温建都以来，历代中原朝廷皇帝代代相传的宫殿。各朝虽有兴建，到了大宋赵匡胤手里，规模仍然偏小。皇宫的正殿叫做大庆殿，是举行大典的地方。大庆殿之南，是中央政府办公机关，二者之间有门楼相隔，大臣们朝会过后就会前往这里办公。大庆殿之北的紫宸殿，是皇帝视朝的前殿，每月朔望的朝会、郊庙典礼完成时的受贺及接见外国使臣，都在紫宸殿举行。大庆殿西侧的垂拱殿，也称上书房，是皇帝平日听政的地方。紫宸、垂拱之间的文德殿，是皇帝上朝前和退朝后稍做停留、休息的地方。宫中的宴殿为集英殿、升平楼。后宫有皇帝的寝殿数座，其中赵匡胤住的是福宁宫，除后妃的殿宇外，后宫中尚有池、阁、亭、台等娱乐之处。宋初，皇帝为了表明勤俭爱民和对农事的重视，在皇宫中设观稼殿和亲蚕宫。在后苑的观稼殿，皇帝每年于殿前种稻，秋后收割。皇后作为一国之母，每年春天在亲蚕宫举行亲蚕仪式，并完成整个养蚕过程。赵匡胤一般退朝之后在文德殿休息片刻，就会前往垂拱殿办公，有时候也会在文德殿用早膳。今天他没去上书房，而是负气回了寝宫，看来确实被气坏了。

赵匡胤在寝宫草草用了早膳之后，余怒仍然未消。他不是生范质的气，也没有过多在意魏仁浦的冷嘲热讽，而是对赵普当面跟他玩心计耿耿于怀。满朝文武，只要赵普放个屁，就都跟着瞎起哄，这朝会还有什么用，你赵普还不是首辅呢，就这般炙手可热、一手遮天，那还了得！朕好不容易削了藩废除了节镇制度，杯酒释兵权改组了禁军，没想到朝廷内阁又出现辅相专权。更让他气愤的是，自己信任有加的吴延祚也跟他串通一气，一唱一和，这还有别的大臣说话的份吗？他最对胃口李云博，何等的远见卓识，居然在朝堂之上被孤立，连个附议的大臣都没有，这让他何等难堪！武人治国靠气力，文人执政在权谋，他这个皇帝明知有人串通一气，但是为了朝廷稳固，也只得顺势而为，得站在大多数这一边，权衡利弊，他也不得不这样啊……想着想着，这气就渐渐消了，倒是替李云博难过起来。

仔细对比一下李云博和赵普的策略，李云博的策略还是稳妥得多，这不仅是经过前朝多方论证、反复推敲的结果，更是满朝有识之士的集体智慧，按照这个线路图走，几乎没有风险。而赵普这个路线图，看似改良，其实更多的是投机取巧，虽然先选软柿子捏容易实现，但很可能失去收复燕云十六州的机会。纵然江南西南都被收入大宋治下，而燕云十六州这块失地没有收复，中原朝廷还是没有实现统一。而反过来，只要收复了燕云十六州，中原朝廷就完成了北方的统一，换句话说就是大宋朝廷完成了历史使命，再取江南西南，就属于开疆拓土、统一全国了，这可是空前绝后的盖世奇功！赵匡胤越想越觉得赵普太没器宇眼界，大宋朝廷在他手里鼓捣，绝对成不了大器。但是，这朝廷刚刚站稳脚跟，赵普又是功不可没的。当前，朝廷还需要他的权谋。况且，赵普讲的两条理由，也不无道理：当前朝廷刚刚稳固，御驾北征不是上策；而真的按照前朝统一路线图去实施，也的确会让人觉得是在一味地照搬照抄，他这个皇帝太过无能。尽管不满赵普所作所为，他又能怎样，也只得先忍着点。

赵匡胤想通了，这心情也就舒展开来。他决定去看一看李云博，和他再进行一次长谈，看一看有没有办法补救赵普策略里的漏洞，并顺便安抚一下他。可是，李云博刚刚咆哮朝堂，立即去监狱看他，也怕赵普等人知道后，又拿来说事。思来想去，只得作罢。

李云博再次入狱待罪，没有心思关心自己的生死，一直在思考着赵普策略里的缺陷。他没有过分难过，也不会背后骂别人卑鄙，这是他一贯的做法。既然自己认为最好的路线图被否，就没有必要再寄希望于皇帝改变主张，接受自己的计划。况且，一个被朝堂众臣孤立的方案，就算被皇帝采纳，却要持不同意见者去执行，那还不同样大打折扣！那么，就得想办法完善被朝廷通过、被皇帝采信的方案，这虽然也是没有办法的办法，但总比看着朝廷失误而听之任之要强得多。但是，思来想去，多次论证，还是觉得赵普的策案漏洞太多，因为若不先收复燕云十六州，这个路线图怎么完善，都不是上佳策案。

中午的时候，赵光义心急如焚地来刑部大狱探监，说想派人前往扬州，将李云博下狱的事告知李处耘，自己也在想办法救他出去。李云博谢过赵光义，说他没事，别让远在扬州的李处耘担心，赵光义只得作罢。

没想到晚上，赵普亲自来到刑部大狱看他。赵普一见李云博，连连致歉道："李翰林，实在对不住……赵某赔罪来了……"

李云博看见赵普，顿时气不打一处来。但他强抑怒火，冷笑道："赵大人，你阴谋得逞，应该见好就收。何必前来这里，狗尾续貂、锦衣夜行呢？"

赵普道："李翰林此言差矣。赵某本来只想你提出议项，没想到你死死抱住前朝路线图不放，为了这个，还辱骂赵某，咆哮朝堂……赵某也是始料未及啊！无论怎样，没有你的提议，今天朝议就不会有结果。虽然你身陷囹圄，可还是大功一件啊！赵某前来，是真心诚意道歉啊！"

李云博道："大功一件，真心诚意，你真说得出口！你是文臣，也要一将成功万骨枯吗？在下生死，何足道哉！只是你提出的这个路线图，居然把收复燕云十六州，放在最后，这就等于放弃燕云十六州。因此你的策案，无论怎样修补，都有个致命的缺憾。你知不知道，一旦失去这个机会，将来想重新获得，几乎不可能了。"

赵普道："李翰林言重了。其实，赵某也想先收复这块失地。可是圣上犹豫，朝野反对，我赵普又有什么办法呢？话又说回来，将西南江南都统一了，区区燕云数州，还不是唾手可得？"

李云博道："那是你一厢情愿！朝廷要一统天下，第一必须得收复失地。失地都没收回来，谈什么开疆拓土、一统天下？何况，统一西南江南，少说也要五年，甚至十年都还未完成，这些年间，北方存在变数，不仅仅是契丹，定难、女真、吐蕃都在不断发展，一旦成了气候，我朝又没有了燕云这个战略要地，别说向北发展，就是要守住中原，也不是件容易的事啊！所以，赵相，统一天下的路线图，必须把收复燕云放在首要位置。现在不考虑这个问题，一旦北方生变，失去收复燕云十六州的机会，我朝恐怕永远要受制于人！如若真是这样，我等就要成为千古罪人！"

赵普道："李翰林所言甚是。只是圣上已经准奏，一统天下先南后北，金口玉言，这是不容更改的。李翰林的建言，赵某会努力争取。但是，谋事在人、成事在天，能不能有这个机会，那就看老天了。哎，如今一统天下大计已定，要是你李翰林，能够驰骋沙场、建功立业，那该多好啊！你先委屈几天，等圣上气消了，我会想办法，早日让你出去。你还有什么要求，尽管提出来，赵某尽量满足你。"

李云博叹道："我唯一的要求，就是希望赵相记得，这一统天下的重中之重，是收复燕云失地。没有这一条，一统天下就是一句空话……对了，你告诉我的行军校尉，让他带些书来，我如今待罪狱中，正好无事，是读书的好机会。"

赵普笑道："李翰林饱读诗书，就连坐牢也手不释卷，真让赵某佩服！"

李云博道："读书是生活，读书人哪能离开书本？赵相也是读书人，难道不能感同身受吗？"

赵普一愣，笑道："赵某书读得不多，才疏学浅，一知半解，算不上读书人，就连论语也只读通半部。可是，这半部论语，也不一样治天下吗？"

李云博哈哈大笑："半部论语治天下，那也只能治半个天下！既然我大宋朝廷，确立以文治国，堂堂辅相，却不读诗书，岂不是让天下人笑话！要开创前无古人的文治盛世，仅靠一点权谋和吏治，是成不了气候的。"

赵普被他说到痛处，很是郁闷。但城府极深的他，丝毫没有流露。他装出一副虚怀若谷的样子，朝李云博施礼道："李翰林说的是。赵某一定多读诗书，不给朝廷抹黑。"

李云博知道他内心不服气，有意将他一军："赵大人，下官有一言相劝，不知赵大人是否愿听？"

赵普拱手道："李翰林赐教，赵某洗耳恭听！"

李云博一本正经地说道："常言道，知书达礼。书不仅能明智，更让人知廉耻。赵大人以阴谋起家，又以阴谋安身立命，最后也会死于阴谋。为何，因为阴谋可以对付君子，但对付不了小人；阴谋角逐的朝堂，培养不了君子。如若朝堂君子死绝，都剩下些趋炎附势、蝇营狗苟的小人，整日争权夺利、相互倾轧，任何人都可能成为阴谋的获利者，也都能成为阴谋的牺牲品。你若不放弃阴谋、好好读书，将造就一个小人横行的无耻时代。果真如此的话，下官可以断言，你将会因为不读书而流芳千古，也因此而遗臭万年！"

"哈哈哈哈哈……知我者，李云博也！"赵普闻言，仰天大笑，"李翰林，你太抬举赵某人了！赵某没想过要流芳千古，也不怕遗臭万年。但是，翰林大人一席话，真是醍醐灌顶，胜读十年书啊！赵某知道，翰林大人是正话反说，教导赵某好好读书。谢谢李翰林不吝赐教，赵某一定废寝忘食，发奋读书，既长见识，又知廉耻，还可以放弃阴谋，光明磊落立身朝堂，绝不辜负翰林大人的一片苦心！"

李处耘近年来镇守扬州，已从宣徽北院使又升任宣徽南院使，仍兼枢密副使。赵匡胤多次想调他回来掌管枢密院，七月派内客省使王赞代知扬州，没想到王赞赴任途中，却意外地在闸桥下覆舟溺死，李处耘只好继续留任扬州。这时候，赵匡胤也觉得赵普有些不像话了，得派个得力的人帮他掌管枢密院，牵制一下赵普。赵光义又反反复复说李处耘文武全才，是掌管枢密院的最佳人选。他还希望李云博早日出来，协助他提调京城事务。赵匡胤觉得弟弟说的没错，就把正与赵普打得火热的内阁辅臣吴延祚打发到地方去，任命他为雄武军节度使，出镇秦州，又一纸诏书调李处耘回京，让他司职枢密院。李处耘一回来，听说李云博被关在刑部大狱，勃然大怒，立即找赵普理论。赵普觉得事情已经过去，又见吴延祚被打发出去，也只得做个顺水人情，就跟赵匡胤请旨，奏请放了李云博。

过了几天，赵匡胤把李云博放了出来，命他待在开封驿馆里，停职反省。李云博也不多问，整天就读书思考，"面壁思过"。也不敢去开封府帮赵光义，怕人拿来说事。

李处耘很同情李云博的遭遇，经常来到驿馆探望，但司职枢密院，非常繁忙。而顶头上司枢密使赵普十分苛刻，两人经常有些摩擦。加上李处耘得知李云博下狱的原因，以及赵普有意打压李云博之后，就对赵普更加不满。这两位曾经在陈桥兵变时亲密无间、配合默契的生死同盟，由于多方原因渐渐疏远，为日后李处耘的不幸埋下了祸根。

第八章
DIBAZHANG

奇袭江陵

◆ 一、李云博进献平湘之策 ◆

建隆三年（962）隆冬时节，东京汴梁城又被厚厚的大雪覆盖。大宋王朝刚刚建立的这几年里，朝廷少有战事，中原大地得到了前所未有的休养生息，年关之际，城内外呈现出少有的安宁与祥和。

自从年初定下一统天下的路线图，大宋朝野都积极为此准备着。枢密使赵普更是忙得不亦乐乎，他根据赵匡胤的旨意，厉兵秣马，筹集粮草，整训禁军，修造战舰，不觉秋去冬来，已近岁末。眼看年关迫近，忙碌了一年的朝廷，开始闭衙放假，准备迎接新年。

这时候，武平节度使周保权传来告急文书，说是衡州刺史张文表叛乱，侵占长沙，乞求朝廷派兵援助平乱。荆南节度使高继冲也发来文书报告此事。赵普不敢怠慢，慌忙带上两封文书，来上书房觐见赵匡胤。

自古至今，湖湘的统治中心，一直在潭州长沙府。而这武平节度使的驻地在朗州。早在唐朝末年，唐将马殷进入湖南，任潭州节度使时，便成为地方割据势力，后来自立为楚王。马殷死后，其儿子马希萼与马希崇争夺王位，为南唐李璟所灭。马希萼的部将王逵、周行逢等又起兵反南唐，把南唐兵击败，统一了湖湘，继续向后周称臣。不久，王逵被部将杀死，周行逢遂成为湖南的实际统治者。周世宗柴荣为了削弱周行逢的影响力，封他为武平节度使、驻朗州，而不是武安军节度使、驻潭州。宋初，又加封中书令，而实际上周行逢依然是军、政、财权独立的割据势力。

荆南与湖南情况基本一样。在五代后梁时，高季兴任荆南节度使，被封为南平王，便成为割据势力。后来也名义上向后周和宋称臣，取消王号，改称节度使，而仍然政令独立。现任荆南节度使的高继冲，乃是高季兴的曾孙，高保融之子、高保勖之侄。

武平节度使、朗州大都督周行逢统治湖湘七年，清廉勤政，治理有道。这一年重病，快要去世时，把节度使职务传给自己儿子周保权，这时周保权仅十一岁，临终前，他召集部下吩咐道："衡州刺史张文表和我一同起兵，资历相等，后来他因没有当上节度使，而常常怨恨，我死以后，他必然要叛乱，可以让杨师璠去讨伐他。"说罢，便去世了。果不其然，张文表听到周行逢去世，立周保权为节度使，大骂道："我与周行逢一同投军起兵，削平湖南，立下功勋，如今却要我去下拜这个小孩！"决定起兵取而代之。于是就亲率大军袭取了潭州，杀了潭州留后廖简，夺得大印，自称代理长沙留后。也上表给宋，申述自己功勋，要求授自己为武安节度使。

而荆南节度使高继冲，害怕张文表占领朗州，统一湖湘，自己南面门户洞开，危及自身，也便上表请求中原朝廷出兵平叛。

赵匡胤看了以后，哈哈大笑，对赵普说道："朕久欲南征，收取荆楚之地，如今机会终于来了。"

赵普道："圣上所言甚是。这两个地方的诸侯，纷纷上奏请师平叛，这是我朝收取湖湘荆南的上佳机会。微臣请圣上即刻发兵，平定荆湘大地。"

赵匡胤道："爱卿啊，朕等这个机会，等了这么多年，终于等到了。爱卿以为，这次兵进荆湘，派谁领军为宜？"

赵普道："收取荆湘，如若委派地方将领担任主帅，山南东道节度使慕容延钊驻守襄阳，离那边最近，而且他久经沙场，能征惯战，应该可以胜任。如若派禁军将领为主帅，圣上统领禁军，各位将领都很熟悉。至于派谁，还是圣上定夺为妙。"

赵匡胤笑道："你这个枢密使，关键时刻尽撂挑子。依朕看，就派枢密副使李处耘，收取荆湘如何？"

赵普道："这……慕容将军曾经是殿前副都检点，一直是禁军主要将领，前年才出镇地方。李处耘将军虽然骁勇，但是他一直是慕容将军的下属，这样安排，会不会……"

赵匡胤想了想道："爱卿言之有理。那就调换一下，慕容延钊为兵马都部署，李处耘为兵马都监，如何？"

赵普道："圣上英明！不过，微臣有一奏请，不知……"

赵匡胤道："爱卿有话直说，何必吞吞吐吐！"

赵普道："是。微臣奏请，派翰林学士李云博一同前往，一定事半功倍！"

赵匡胤一惊："派李云博去？他坚决反对你提出来先南后北、先易后难的路线图，他肯参与么？"

赵普道："微臣以为，湖湘乃李翰林故乡，派他前往，好处甚多。一是他熟悉荆湘风土，行军作战轻车熟路；二是他在长沙素有人望，故交甚多，可以通过他的影响力，不战而屈人之兵；三是他胸有韬略，常常能够出奇制胜；四是他是爆战军将领，由他带领一支炮火战队协助作战，肯定能够威震荆湘，所向披靡。收取荆湘是我朝一统天下的第一步，有李云博在，一定会万无一失。"

赵匡胤听了，点点头道："爱卿不计前嫌，还有这等见识，的确难能可贵。可是，李云博是个死性子，他要是不愿意，如何是好？"

赵普道："圣上多虑了。李翰林不是那种斤斤计较的人，他处处都会以大局为重。圣上只要屈尊前往开封驿馆，告知他湖湘请师平叛的实情，他一定会欣然前往。"

赵匡胤觉得有理，就起驾出了宫门，叫上弟弟赵光义，一起前往开封驿馆，探望李云博。

李云博也得知张文表占领长沙的事情，正在苦思对策，一时间忘了用午餐。等他有了眉目，才想起午餐还没吃，就决定先吃饭，等会儿再继续思考对策。

这个略微有点迟些的午饭还未吃完，一袭便装的赵匡胤，与皇弟赵光义一起到了。李云博估计这朝廷一统大计确定以后，赵匡胤会来找他，但没想到这么快。他闻报之后丢下碗筷，赶紧起身，出门相迎。没想到赵匡胤来得更快，不等他出门就已经进门了。

李云博俯身便拜："罪臣不知圣上驾到，有失远迎，还望恕罪……"

赵匡胤扶起他道："什么罪臣，简直胡说！快快免礼。今日为兄来看贤弟，只有兄弟，没有君臣。怎么，才吃午饭？看来，朕来得不是时候，你慢慢吃饭，吃完再说。"

李云博道："启奏圣上，微臣吃饱了。来人，将盘碗撤下。快快看茶，上等好茶。"说着，就引着赵匡胤进了他小小的书房。这个地方，李云博一进汴梁就住在这里，而且住了多年，虽然简陋狭小，但经过李云博的布置陈设，一点也不像驿馆格局，更像一个读书人的家。

李云博将高大威猛的皇帝迎至案前坐下，自己便侧身侍在旁边。赵匡胤翻了一会儿书，突然看见一本《推背图》，拾起来翻了一阵，问李云博："岫南贤弟，这玄幻预测之书，你也经常读吗？"

李云博道："这些道易玄学，微臣一直不感兴趣，这次华山修道，陈抟老祖耳提面命，手把手教微臣参悟的。"

赵匡胤道："原来如此。陈抟老祖曾经帮朕相面，说朕有天子之气，将来会面南背北，当初虽有些吃惊，但还是不信。没想到如今应验了。看来这道易之学，还是能察天机的。"

李云博道："圣上所言甚是。这数十年以来，《推背图》突然大行其道，朝廷民间都争相传阅，一时间谶纬预测之术盛行，可是道易学问泥沙俱下，难辨真伪。微臣以为，这道易预测之术，高士隐者拿了可以窥得天机，而凡夫俗子拿了，就会盲目对号入座，若有巧合便喜之若狂，若未被言中便弄虚作假附会其中，真是滑天下之大稽。更何况天行有常，万物有道，借此类预测窥探天机，并非合乎道义，窥探多了就真假难辨，甚至借机造谣，妖言惑众，严重危及人伦纲常。因此，微臣奏请，在合适时机，朝廷禁了这本书，免得它祸害天下。"

"嗯。"赵匡胤应了一声，合上《推背图》卷起握在手里，叹道，"其实谶纬预测也好，权谋天下也罢，谁又能说得那般精确无误呢？就像年初那次早朝，你和赵普为了一统天下的路线，争得你死我活。岫南贤弟，你说，先北后南、先难后易与先南后北、先易后难，区别有那么大吗？"

李云博道："回禀圣上，这权谋天下与谶纬预测，有本质区别。要一统天下，依据的是当前天下的现实环境，一条一条进行对比筛选，反反复复进行推理论证，将所有的可能都列出来，权衡利弊之后，选取最为优化的策案，然后推行。谶纬预测则依据的是道易五行、星象占卜等玄学理论，对未来进行的预测，它的方法是玄奥的，结论也是模糊的。至于微臣和赵大人对于统一的天下策略的异同，区别还是很大的。一是燕云十六州是中原故土，绝不能坐视不理，而且要从辽人手里夺回来，是要看时机的。二是凡事先易后难，到后面就基本上推不动了，容易虎头蛇尾；而先难后易，开始一鼓作气攻克最难的部分，其余皆会迎刃而解，事情易于达到圆满。其实圣上也心知肚明，只是迫于满朝文武的一边倒的现状，不得不支持绝大多数人的意见。看来赵普在朝中的威望和影响，倒是不能小觑啊。"

赵匡胤道："是啊。赵普这个人，书读得少，但喜欢投机取巧玩弄权谋，朕对他早就不满意了。一个宰辅之臣，坑来坑去，居然坑到朕的头上了，也太胆大包天了吧！"

李云博摇摇头道："圣上之言差矣。赵普这个人，的确书读得不多，也算不上什么大贤，但并非一无是处，至少他治国理政还是有一套的，况且他对圣上的忠心，更是毋庸置疑的。年初朝议一统天下的路线图，也不能全怪他，微臣也有责任。是微臣太大意了，被他利用当枪使，害得圣上很可能失去了收取燕云十六州、创建千古帝业的大好机会。"

赵匡胤惊道："太大意了？被他利用？此话怎讲？"

李云博道："朝会前那日夜里，赵普来找我，说是圣上早就有启动一统大业的计划，还垂询过我们两个。他怕圣上一拖再拖贻误战机，就和微臣商量，说是明日朝会，要逼一逼圣上，让圣上早下决心。微臣也是，虽然起初拒绝，但没有深思熟虑，最后还是答应了。其实，是我不在状态，没有认真辨清真伪。圣上您要一统天下，这是满朝文武皆知的事情，征求了微臣的意见，也应该征求了别的大臣意见。如若微臣跟赵普及其更多的人意见一致，圣上不会犹豫不决这么久。要将这些意见统一起来，最好是在私下会商讨论，不宜在公堂之上争辩。这各执一词、难决高下还好办，可以择日再议，而一旦出现一边倒的情况，大多数人都支持一方，圣上就只有决策了。微臣没有往深处想，连这些起码的问题都没梳理清楚，就草草上阵，不败才怪呢。"

赵匡胤听了，叹道："听岫南的口气，是想告诉朕，即使赵普的路线图不是最优的，也得按照这个施行？难道就没有办法改过来吗？"

李云博道："没有，绝对没有。圣上决定采用赵普的路线图，是当着满朝文武的面，做出来的。君无戏言，更何况这是国家的大政方针，更不能轻易改变。如若朝令夕改，朝臣们无所适从不说，更麻烦的是，这会失去满朝文武的心啊！"

赵匡胤怒道："这个赵普，为达目的居然什么都敢做，真是胆大妄为……"

李云博道："圣上息怒！赵普的路线图，虽然有些瑕疵，但也并非一无是处，只要不忘收复燕云十六州这个重点，至少能算得上是上等策案。但是，它的风险在于，一旦失去了收复燕云十六州的机会，只恐怕，燕云之地，就永远也收不回了。这也是，微臣认为他投机的原因……"

"永远都收不回了？"赵匡胤惊奇地看着他问道，"这不可能吧？尽收江南西南，国力空前强大，还收不回燕云十六州？"

李云博道："微臣也但愿能够收回来。但是，当前是绝佳时机，如今错过，有没有更好的机会，这很难说。一旦契丹人改朝换代或者突然觉醒，凭他们的实力，最多能够打个平手。而女真人、定难军和吐蕃各族，都在兼并整合，如若这些部族也都崛起，北方的威胁就更大了。更何况，我朝推行文臣治国，越往后面，武将的权力越受限制，况且战略要地被敌方控制，别说收复失地，能够保住疆土不失，已经很不错了。"

赵匡胤知道不信不行了，但仍然不死心："岫南贤弟，你说，假如由你总领军政，不能改变这统一天下的路线图吗？"

李云博笑道："圣上这是说什么话？微臣一个奏议，就在朝堂之上被群臣孤立，微臣还有能力执政吗？圣上要明白，推行文臣治国，就得顺应主流意见，站在多数人中间，只有这样，才能受到朝野拥戴。因此，对待文臣，首先得恩威并施，其次得讲权谋。文臣比武将难驾驭，他们会明里暗里耍手段、使绊子，我李云博斗不过他们。这个，赵普比我在行。"

赵匡胤叹道："你李云博是君子，赵普一伙是小人，君子如何斗得过小人呢？但是，国家要有大器局，就得有君子执政。你别灰心，一定有那么一天，你堂堂正正入阁为相，主持朝政。"

李云博笑道："圣上还是别说以后，就说现在吧。微臣听说，如今湖湘发生内乱，这是平定荆湘的绝佳机会。而朝廷既定的战略，就是先攻取湖湘荆南。圣上屈驾前来，应该是为了此事吧。"

赵匡胤大笑道："正是。你跟赵普，相恨相杀，却又惺惺相惜，虽然政见不同，倒是都以国事为重。告诉你，赵普举荐你平定荆湘呢！"

李云博听说赵普举荐他前往湖湘平叛，这让他吃惊不小。他一直认为赵普嫉贤妒能，工于心计，为了权力不择手段，没想到他居然也有心胸开阔的一面，真让他捉摸不透。他感慨地说道："赵相器局，也许不是我等能够估量。这些年来，他兢兢业业，忠于职守，为朝廷的稳固立下汗马功劳。微臣要是再和他计较，那就太小人了。"

赵匡胤道："岫南贤弟也非等闲之辈，绝不会为了个人好恶而贻误家国大事，否则，你就不是李岫南了。既然你愿意出征，那就谈谈这收取荆湘之地的策略吧，朕愿意洗耳恭听。"

李云博道："我大宋兵强马壮，平定荆湘，易如反掌。只是朝廷兴仁义之师，扫平地方割据，实现一统天下，就得以黎民百姓的安宁为要，切不可烧杀掳掠，祸害百姓。若能以和平手段，兼施谋略奇计，不战而屈人之兵，方为上策。微臣以为，这次兴师南下，可以平定湖湘为由，借道江陵，以假道灭虢之计突袭荆南……"

"假道灭虢？妙计！"赵匡胤拍案而起，说道，"如若借道江陵，顺势取之，这几乎不费一兵一卒，就可尽收荆南三州十余县。"

李云博点点头道："圣上所言甚是。只要策略得当，应该如此。荆南兵不过万，高继冲又年少，不可能有对抗之心。只要朝廷保证让他不失节度爵位，然后调任外地，委派官吏治理江陵，荆南之地必然尽归我朝。然后兵进湖湘，先围困长沙消灭张文表，继而西进直逼朗州，微臣愿劝降周保权。这样一来，朝廷不费多少周折，也可以尽收湖湘之地。"

赵匡胤皱起眉头问道："湖湘大地，十余州六七十县，也能用此法吗？"

李云博道："湖湘自周行逢以来，一直臣服我朝。如若张文表一灭，其他州县便无人敢反。而周保权年幼，一切事务皆由节度判官李观象主持。此人虽无大才，但还是识时务的能吏。圣上无忧，微臣一定有办法劝他早日归顺。"

赵匡胤大喜，说道："岫南贤弟胸有韬略，你既然有把握，那朕也就放心了。"

李云博道："湖广之地，实属江南鱼米之乡，取了这个粮仓之后，圣上要记得，下一步，一定是北上幽燕，收复失地。这很可能是最后的机会了。"

赵匡胤道："好，到时候，朕一定御驾亲征，收复燕云十六州。你想一想，还有其他要朕办的事吗？"

李云博道："在出师以前，朝廷还必须先办两件事，一是下旨命张文表进京请罪，看看他的反应。微臣估计，他一定害怕朝廷降罪，必不敢来，到时候就师出有名。二是给荆南高继冲颁一道旨，命他调发三千水师，协助朝廷讨伐张文表。高继冲不是害怕张文表袭击江陵后路吗，要他协助，也在情理之中。他分兵湖湘，江陵必然空虚，到时候顺势取之，更加容易。微臣此计，也未仔细思量，望圣上斟酌。"

赵匡胤喜道："此计甚妙，就这样办。"赵匡胤一高兴，就对赵光义道："三弟，你去找驿丞，准备些酒菜，朕要为岫南贤弟出征荆湘壮行！"

赵光义领命去了。李云博又在赵匡胤耳边嘀咕一阵,听得赵匡胤连连称妙。

不一会儿,酒菜备上,三人就饮了起来。喝了几杯后,赵匡胤有些醉意,突然说道:"岫南啊,前朝之所以被取代,就是继承人年幼,让满朝文武看不到希望。朕不会犯这个错误。"他看着赵光义继续说道,"朕这个弟弟,少年从军,一直跟着朕,将来啊,就兄终弟及。你我是兄弟,光义也是你的弟弟。你得多教教他,让他好好守住大宋江山!"

李云博大惊,说道:"圣上龙体康健,又年富力强,如何提起身后之事?"

赵匡胤笑道:"古人云,凡事预则立、不预则废。你想想,前朝先帝,也不一样龙体康泰、年富力强吗?他要是早做谋划,不至于让一统天下的进程暂停这么多年,朕也不可能取而代之。这不仅是朕的意思,母后临终前,也反复强调,还立下了'金匮之盟'呢……"

赵光义大惊,打断他的话道:"皇兄,你喝多了吧?"

赵匡胤乜斜着眼,笑道:"岫南自己人,让他知道,也是为了将来大宋朝廷不会被人篡夺。岫南知道的秘密,比你还多呢!"

◆ 二、会商军机大计,主将之间生出嫌隙 ◆

建隆四年(963)新年过后,赵普已将人马粮草准备齐整,只待皇帝颁旨出征。正月初七这天,赵匡胤下旨,任命山南东道节度使慕容延钊为湖南道兵马都部署,宣徽南院使、枢密副使李处耘为兵马都监,翰林学士李云博为军师,起兵南下征讨张文表。三日之后,李处耘和李云博别了前来送行的赵匡胤和满朝文武,率领一万禁军,离开汴梁,赶赴襄阳,与驻守襄阳的慕容延钊合兵一处,一同南征。

数日之后,兄弟俩来到襄阳,命令大军在襄阳城外安营扎寨,就带上一干亲从进入襄阳城。来到中军大帐,去见主帅慕容延钊,宣示圣旨。没想到慕容延钊卧病在床,闻讯圣旨到了,赶紧抱病起身出来接旨。李云博见慕容延钊来了,展开圣旨宣道:

奉天承运,皇帝诏曰:衡州刺史张文表,乘人之危,起兵作乱,攻占长沙,自任留后,并向朝廷讨旨封赏。朕本着仁爱之本、宽厚为怀,命他前来朝廷请罪,即可既往不咎。不料此贼胆大包天,抗旨不从,罪大恶极。命山南东道节度使慕容延钊为湖南道兵马都部署，会同宣徽南院使、枢密副使、兵马都监李处耘，翰林学士、军师李云博率领一万禁军，征召调发安、郢等十州兵马两万人，入湘讨逆，安定湖湘。钦此！

慕容延钊接了圣旨，见是李处耘、李云博和他搭档南征，心里老大不高兴。他听老朋友赵普说，朝廷杯酒释兵权和削藩政策，都是李云博出的主意，自己从殿前副都点检被派到地方任节度使，还兼一个一文不值的虚衔同平章事，地位很高，实权没了，一点都不开心。其实他哪里知道，改组禁军、削弱藩镇赵普出力最多。李处耘以前只不过是一个小小的禁军将领，通过陈桥兵变、平息二李叛乱突然升至高位，成为皇帝驾前最得力的干将，这让他也有些嫉妒。但是，这次平定荆湘朝廷任命他为主帅，这肯定是赵普给他一个立功的大好机会，他岂能错过？于是抱病升帐，研究进兵事宜。

慕容延钊问道："这次朝廷命我等征讨张文表，两位将军，有何高见？"

李处耘道："慕容将军，朝廷这次南征，名为平叛张文表，实则收取荆湘。末将以为，当务之急，先得将地方厢兵调拨到位，集结整训，与此同时，我等率禁军先定荆南，等到大军集结完成，三万大军齐头并进，收取湖湘。"

慕容延钊听了，没有回应，又问李云博："翰林大人有何妙计？"

李云博道："李将军所言甚是。圣上已经密授妙计，在大军集结之时，以假道灭虢之计，先袭江陵，取了荆南之后，再入湘征讨。"

慕容延钊见他二人一唱一和，又拿皇帝压他，心中有些不快。要是在自己集结大军的时候，而李处耘带领禁军取了荆南，这头等功劳，岂不拱手让人？他思忖道："两位将军远道而来，甚是辛苦。不如先休整两日，待老夫集结了大军，一同南下，先取了荆南，再入湖湘，如何？"

李云博道："启禀大帅，在下以为，还是一边整军，一边行动为好。兵法有云：兵贵神速。大军出发，各地已经知晓。要是荆南方面知觉，做好防范，那就贻误了战机，攻取荆南将付出巨大代价。还望大帅三思。"

慕容延钊见李云博也反对，有些恼火。他说道："李翰林言之有理。只是老夫身体欠安，大军尚未集结，更何况一旦老夫率军倾巢而出，襄州空虚，得请旨朝廷派人继任为好，免得让南唐趁火打劫。老夫以为，还是缓缓再说。"

李处耘见他固执己见，也有些火了，说道："这怎么行！这么好的机会，几乎可以不费一兵一卒收取荆南三州十余县，有必要等吗？更何况荆南兵不过万，有我一万禁军足矣……"

慕容延钊悻悻地说道："老夫是主帅，这事老夫说了算！"

李云博见两人都来了火气，知道多说无益，于是说道："既然如此，就听大帅的吧。

在下想先行潜回长沙，为大军进湘做好准备。恳请大帅垂允。"

"也好。"慕容延钊见李云博改了主意，又听他说要先回长沙做准备，正好省得他两人一唱一和对付他，连忙应允。他突然想起什么，问道："李翰林，这次南征，朝廷为何没有派遣爆战军？那是攻城拔寨的利器啊！"

李云博道："这收取荆湘，是朝廷一统天下的第一步，兴的是仁义之师。因此，朝廷强调智取，以不战而屈人之兵，不到万不得已，不攻城拔寨，免得伤及无辜。不派遣炮火战队，因由在此。不过，大帅放心，若是遇到困难，在下是潭州人，那里还有炮火老营，随时可以恢复建制，任大帅调遣。"

商议一通，李处耘闷闷不乐地出了大帐，跟在他身后的李云博叫也不听，气冲冲地往前走。李云博冲上前去拦住他问道："大哥，你这是作甚？大敌当前，你要冷静，切不可意气用事。"

李处耘骂道："这个老东西，居然不顾用兵常识，贻误战机。他是病糊涂了，还是怕我们抢了他的功劳？"

李云博道："大哥切不可乱说！这次我等奉旨出征，他慕容延钊是主帅，任何功劳都有他的份，怎么会有抢了功劳一说？或许，他正在病中，身体不适，想休养好了再出兵。更何况，地方厢兵召集还要些时间，说不定，等到大军集结完成，他的病就好了呢！退一万步说，就算迟几天进兵荆南，也误不了大事。大哥，外出征战将帅团结最为重要，有事多商量沟通，凡事还是往好处想，切勿胡乱猜忌。"

李处耘虽然不痛快，但是李云博说得在理，于是就不再言语，和他一起回到城郊临时住所，静候慕容延钊进兵消息。

次日，李云博与李处耘道别，临行前，他拿出一卷文书塞到李处耘手里道："这是我特意向圣上讨的密诏，你拿着，到时候会派上用场。"李处耘接过，就要展开。李云博制止道："别急着看，等会儿，偷偷躲在寝帐里仔细看，千万别让任何人知道。"然后将如何收取荆南详细说了一番，又反复交代，一定要冷静从事，听从调遣，切不可与主帅再起嫌隙。李处耘收好密诏，点头答应。李云博就拱手作别，带着十数名亲从连夜赶往长沙去了。

就在慕容延钊集结厢兵、请旨派人坐镇襄州、遣使荆南的时候，李处耘多次请命先袭江陵，慕容延钊不许。这一天，他闷闷不乐地从襄州幕府出来，漫不经心地走在大街上，突然看见街头一批禁军士卒围在商铺前，正在争论着什么，双方互不相让。李处耘觉得感觉蹊跷，一想，肯定是这些京城的老爷兵，来到襄阳城强买强卖，欺压百姓。正在气头上的李处耘一时火起，赶紧上前大声喊道："你等奉旨出征，难道忘了军纪吗？"

几位禁卒捧着几个饼饵，看见李处耘，连忙见礼，一个个大气不敢出。他们知道李处耘的暴脾气，而且一向军纪严明，只要有损百姓的事情，从来都是严惩不贷。李处耘见他们不说话，就问商贩："店家，是不是他们在此生事，欺负你们啊？"

店家看见来了位将军，又听他大骂禁卒，还问他是否遭到这些禁卒欺负，顺口就说道："启禀将军，这些兵痞，强卖小人饼饵，还想不给钱……请将军为小人做主啊！"

"尔等竟敢知法犯法，不想活了吗？"李处耘闻言大怒，吩咐身边亲从，"将这些无法无天的东西抓起来，军法从事！"

李处耘怒气冲冲地将禁卒带回来，拿起马鞭抽了几下，骂道："真是不知死活的东西！本将军出征之前，一再强调要军纪严明，秋毫无犯，尔等为何都当成耳边风，竟敢违反军纪，欺压百姓？你们如此这般，究竟为何，还不从实招来！"

一个军校模样的下级军吏壮着胆子说道："启禀将军，我等是供需处的火头军。近日粮草未到，都押牙大人前往襄州方面联络给养，也没有消息。眼看大军断炊，我等奉都押牙大人前往襄阳城内购买饼饵，暂解大军燃眉之急。没想到城中商贩，纷纷抬价，居然要数倍价钱。我等正与他们争执，不巧，被将军撞见了。我等有幸跟随将军南征，军纪军规牢记于心，如何敢强买强卖，欺压百姓？望将军明鉴！"其余士卒也都同声附和。李处耘一听，觉得他们说得有理，就命人把都押牙叫来对质。都押牙将实情说了，果真如此。这一下，把李处耘气得半死。他赶紧扶起禁卒，将鞭子交给刚才说话的那位军吏，说道："刚才本将军不分是非，错罚了你们。来来来，你将刚才那几鞭子，抽回去！"

这位军吏，如何敢打将军，慌得连连跪在地上，一个劲地磕头。李处耘生气了，就将鞭子交给身边一位执法军校，说道："他们不敢，你是执法的，你来。将军犯法，与士卒同罪。刚才本将军打了几下，你就打几下。别做样子，狠狠地抽！"执法军校知道李处耘的脾性，毫不犹豫地接过来，一连抽了十余鞭，才住了手。

李处耘被抽舒服了，但心里的气还在，突然他计上心来，对大家说道："嗯，这帮刁民，借机抬价，反而诬告我大宋禁军，欺压百姓、强买强卖，真是岂有此理！明日，本将军和你们一起，再次上街，讨还公道！"这群受了气的士卒顿时喜笑颜开，连连称善。

翌日，李处耘乔装成一名普通士卒，带上一群禁卒进襄阳城买饼饵。果然，所有商铺都哄抬物价，少则两倍，多则五六倍。李处耘大怒，命令将所有哄抬物价的店主都抓了起来，送到慕容延钊的大营里，请他发落。没想到慕容延钊为他们开脱，说什么百姓无知，朝廷大将没必要和他们计较，甚至有意包庇他们。又说他正在筹措军粮，今晚就会送到，请他高抬贵手，放了他们。

李处耘心里虽然有气，但考虑没必要和慕容延钊闹翻，将来还得一起打仗，就做出妥协，放了大部分商贩，留了两个带头的，要慕容延钊严惩。慕容延钊答应了，可是等李处耘一走，没想到手下的人，平素得了这些商贩的好处，偷偷地将他们也放了。这本来是小事，慕容延钊没必要过分袒护，交代手下关几天或者罚没一些钱财，事情也就过去了，李处耘也不会深究。可是，李处耘万万没想到，第二天，他在街上又看见了这两个人，不由得怒火中烧，将两人抓了，又送到慕容延钊那里，质问道："慕容将军，这究竟是怎么回事？你是把我李处耘，当猴耍么？"

慕容延钊知道理亏，说道："这事，老夫不知情，肯定是手下人背着老夫干的。不过，这些商贩，也没犯什么大错，就饶了他们吧。"

李处耘以为是慕容延钊故意给他难堪，不由得勃然大怒："将军是地方长官，爱民如子，但是爱得有些过头，连不法刁民也会袒护。那好，你不处罚，我来！来人，将这两名不法商贩，推出去斩了！"

几名禁卒一拥而上，将两名商贩拖了出去，砍去了脑袋。

李处耘哼了一声，带着一干禁卒扬长而去。

慕容延钊铁青着脸，咬牙切齿好一阵子，呆呆站在那里，一句话也说不出来。

◆ 三、荆门犒军，李处耘大戏开场 ◆

荆南节度使高继冲，自去年底向宋廷请兵平叛长沙以来，一直盼望大宋王师南下，解除他的后顾之忧。过完新年，正在等待朝廷消息，忽然闻讯赵匡胤遣使送来诏书，令荆南准备水师三千、战舰两百，过洞庭湖人湖湘，先行前往救援潭州，宋兵随后就到。高继冲不敢违旨，便派将领整顿水师，遣发战舰，准备沿长江而下，南渡洞庭，逆湘江而上助阵长沙。

刚刚送走援湘大军，忽报宋朝山南东道节度使、湖南道兵马都部署慕容延钊派遣丁德裕，到了江陵，说有要事求见。

高继冲不敢怠慢，便令请丁德裕人府相见。见礼之后，高继冲问道："不知丁将军前来，有何要事？"

丁德裕道："回禀高都督，末将受湖南道兵马都部署慕容延钊、都监李处耘差遣，前来传书。慕容大帅亲自修书一封，具体何事，末将也无从知晓。还望都督亲自拆阅为妙。"说罢，取出书信，双手呈上。高继冲接过来，拆开一看，原来慕容延钊奉旨进军湖南，征讨叛臣张文表，要借道荆南，从荆门关直下澧州，进入湖湘。高继冲想了想道："借道入湘，自然不在话下。不过本都有一疑问，这朝廷平叛潭州，理应过长江出岳州，从东边进入湖湘，不出两日便可到达长沙。而走北面，由澧州经朗州益阳再到长沙，少说也得五六日。近路不走，为何要绕道而行？"

丁德裕道："回禀都督，末将只负责送信，并不知晓内中因缘。不过，帅府如此决策，自然有他的道理。末将斗胆，恳请大都督在慕容大帅率大军到来之后，亲自问他，一定会知晓缘由。"

高继冲见他如是说，不好再问，于是点头应允。当下送丁德裕入宾馆休息，派人设宴招待。自己急召部下文官武将会聚都督府，商议对策。

荆南节度兵马副使李景威说道："宋兵虽然称借道收复湖湘，但是不能保证他趁此机会袭取我江陵。俗话说，害人之心不可有，防人之心不可无。因此，末将以为，提防他们，方为上策。末将不才，恳请主公给我三千兵马，设伏于荆门险要之处，如若他们真是借道，就放他们过去，如若发现图谋不轨，待其兵马经过，突击攻之，擒其上将，则宋兵必退。然后，我再回军攻入湖湘，擒张文表献于宋廷，这自然是一件很大功劳。等到湖湘一平，主公释放宋朝上将，他们便不敢欺我无人，也不会小觑荆南。末将以为，这才是长保荆南的上策。请主公恩准。"

节度判官孙光宪摇头道："李将军此策，听起来很不错，但未免有点纸上谈兵之嫌，实行起来，并不容易。中原自周世宗开始，便有统一天下之志，宋朝初立，兵精粮足，势力又超过周世宗数倍。如今大军征伐张文表，有如泰山压卵，必然平定湖湘，收入宋朝版图，那时岂能容许荆南独立，而长年累月借道行政湖湘吗？所以不如早日主动归顺朝廷，则荆南可免战争之祸，主公也可长保富贵。如依李将军之计，派军进行伏击，一旦激怒宋兵，必然会引起大兵直捣江陵。试想我们兵不过万人，如何能够迎敌，那时玉石俱焚，悔之晚矣。"

李景威道："既然孙判官觉得此计过于冒险，那么末将这里，还有一条不用冒险的策略。宋廷不是要前往长沙讨伐张文表吗，就请主公断然拒绝借道荆门，说服他们直接由长江口渡江，抵达岳州，我们甚至可以提供所有运送船只。同是借道，明明可以走近路，却偏偏要绕道荆门尔后南下，这的确让人生疑。荆门关离我江陵府不足两百里，如若他们执意要走津门关，其中感觉蹊跷不言自明。到时候揭露他们的阴谋，绝不让他们得逞。"

孙光宪道："李将军啦，这话是可以这样说，可是我荆南地小力弱，知道他们图谋不轨又能如何？乱世之中，强者为王，弱者只能任人宰割。我荆南小国，早已去了王号，附属中原。如若早早纳土称臣，还政中原，即可不失节度地位，也让百姓免遭涂炭，这迟早要来的事情，为何还要心存侥幸，而鱼死网破、以卵击石呢？"

高继冲听了，自知自家弹丸之地，兵力太弱，实在不敢采用李景威那冒险作法，弄不好鸡飞蛋打，于是点头道："孙判官之言，甚是在理，值得考虑。"

当下计划尚未完毕，李景威回到家中，觉得高继冲年幼无知，在危险关头还犹豫不决，预感大事不妙。思来想去，深感绝望，夜深人静之际，他叹息道："想我荆南自武信王立国始，已历四世五王四十年，虽然一直存于夹缝，倒也八面玲珑、游刃有余，保持了数十年的安宁。如今小子既无胆略，又缺智慧，听信逸言，优柔寡断，荆南大势已去矣！"当晚就沐浴更衣，跪拜先王及祖宗后悬梁自尽。高继冲得到消息，哀悼不已，命令厚葬，亲往吊唁，在李景威的灵堂前放声大哭。而对于当前时局，这个二十出头的年轻人，更不知如何是好。

正在悲伤犹豫之际，忽然探马来报：宋兵三万大军，在枢密副使、湖南兵马都监李处耘率领下，已经到达荆门了。

高继冲慌了手脚，赶紧回到都督府，连忙请来叔父高保寅密商。叔侄商量半晌，最后决定由高保寅以劳军为名，先到荆门探看宋兵虚实，再做决定。当下就挑选肥牛数十头，美酒百坛，由高保寅亲自押送，前往津门宋营劳军。

高保寅来到荆门，带上肥牛美酒，直奔大宋兵营。刚到大营门口，还未来得及通报，就远远看见一位大将，带着十余名将领出来相迎。高保寅刚一定神，只见那员大将朝他拱手说道："末将李处耘，拜见高大人。高大人亲临大营犒劳将士，我等感佩之至。荆南厚恩，没齿不忘！请受末将一拜！"

高保寅慌忙还礼道："岂敢岂敢！下官久仰李将军大名，今日一见，三生有幸！我主听闻朝廷定湘大军一到，顿时欣喜不已，特派下官前来慰劳，以尽地主之谊。只是来得匆忙，区区薄礼不成敬意，还望将军笑纳！"

二人礼已毕，携手入门，来到大帐，李处耘推高保寅上坐，自己在下首相陪。寒暄几句之后，摆上宴来。李处耘请高保寅入席，又唤来几个将领作陪，推杯把盏，舀羹添菜，好不亲热。

酒过三巡，高保寅突然想起，这定湘大军的主帅是慕容延钊，既然到了中军大帐，为何不见主帅出来相见，难道他另有图谋？……想着想着，不免心中惊疑，因此问李处耘道："李将军，下官来到中军大帐，也有个把时辰了吧。下官感觉蹊跷，为何独独不见慕容大帅？"

李处耘道："回禀高大人，末将奉慕容大帅之命，率领先锋部队，先行入湘。大帅亲率主力尚在后边，明日必可到达。今日委屈高大人暂住本营，明日便可与慕容大帅会见了。"

"原来如此！慕容大帅名满天下，要是能够一见，真是不虚此行！"高保寅听了，心中直打鼓，暗想自己进营时，偷偷观察估计宋兵营帐，兵力当已有三万，如果只是前部，那么宋兵恐怕要在五六万以上。想到此处，不由得心中恐惧，脸上变色。于是又壮着胆子问道："敢问李将军，这衡州张文表，虽然兴兵作乱，攻占长沙，也不过区区两州之地，兵马也不过万人。为何朝廷如此兴师动众，仅仅先锋部队，就达数万人马之多？"

李处耘笑道："高大人有所不知。这次朝廷之所以派七八万兵马入湘，不仅仅是征讨张文表，更是要维护湖湘荆南的和平稳定。大人想一想，一旦长沙发生内乱，谁会趁火打劫？"

高保寅想都不想就回答道："这还用问，肯定是南唐呗！他们多次图谋湖湘之地，但都惨败而归，得不偿失啊！"

李处耘道："高大人果然明察秋毫！要对付张文表，又要防范南唐，不多带几万人马，高大人，您说行吗？"

高保寅点头说道："是是是，朝廷思虑，真是周全！我荆南有朝廷庇护，便可高枕无忧了！"

李处耘见他脸色苍白，知道是被吓着了。于是连忙起身举杯敬酒，说道："荆南早在周朝，已归顺朝廷，咱们早已是一家人了，何必如此拘束。今日借道入湘平叛，又有荆南水师相助，一定会马到成功！到时候，这功劳自然有你荆南一份。出征在即，今日你我一醉方休！"

高保寅只好强作欢笑，也举起杯来。

席间，高保寅试探地问宋兵对荆南的态度。李处耘则说道："这次出兵，旨在讨平湖南叛逆，至于荆南，早已是一家，荆南节度藩镇地位绝不会变，这一点，敬请高公放心。当今大宋皇帝英才天纵，早在布衣之时，已经以任侠尚义而闻名天下，岂是见利忘义之人。将军不必多虑。"

这一席话，说得动听，高保寅才放下心来，逐渐恢复常态。李处耘及众将官竭力奉承高保寅，使他越喝越来劲，越说越兴奋，直到午夜尽欢才散。

李处耘已在营内为他安排了住处，随行押送劳军牛酒的百余士兵、差役也都做了妥善安排。高保寅见李处耘十分热情有礼，便修下书信，让部卒飞马回江陵向高继冲报告情况，这边一切正常，让他尽管放心。

其实，李处耘早在襄阳之时，就派人与荆南节度判官孙光宪联络，晓以利害，要他协助，和平纳降荆南。这时候，慕容延钊就在营内，宋兵也实有三万余人，而不与高保寅见面，乃是事先就谋划好了，用这个办法先吓吓高保寅，然后稳住并羁留他，方便夜袭江陵。

就在这天夜里，李处耘却悄悄点起五千铁骑，离开荆门，连夜南下奔袭，直取江陵去了。

四、大宋铁骑神兵天降，高继冲纳土归降

趁着月黑风高，李处耘下令偃旗裹甲、钳马衔枚，带着禁军骑勇沿着官道一路南奔，黄夜时分便到达离江陵府不远的纪山脚下。突然间看见不远处有很多火把闪动，以为是荆南伏兵，不免大惊，连忙下令军队停止前进，派探马前去打探虚实。没想到对方朝这边大声喊道："李将军，在下孙光宪，在此恭候多时了！"

李处耘一听是孙光宪，顿时大喜。他命令点起火把，连忙下马，上前与孙光宪见面。孙光宪迎上前来，相互见礼。孙光宪道："李将军，在下接到书信，就劝我主高继冲纳土归降。可是节度兵马副使李景威坚持坚壁清野，还要设伏截杀王军，被在下阻止。李景威见大势已去，决心以死殉国，前天晚上已经悬梁自尽。在下趁着高继冲为他治丧之际，已将城中及周边人马调离，江陵府已经毫无防御。将军取江陵，犹如探囊取物也。"

李处耘闻言，大喜过望："孙大人能识时务，又为攻城扫除障碍，此乃大功一件。待到王师收取荆南，李某一定上奏朝廷，力荐大人不失州郡之位。"

孙光宪道："在下升迁，不足道哉。只是在下此举，全为主公及荆南父老打算。荆南国小地狭，县不过十，兵不过万，何能抵挡数万中原王师？思虑再三，觉得将军之言，甚是在理。今日背着卖主求荣的骂名，前来协助将军收取荆南，也是迫不得已。在下之所以连续数日在纪山南麓等候将军，是有话要禀明将军，望将军垂允。将军请到前面茅舍，那里备有茶水，我二人边饮边谈，将军意下如何？"

李处耘点点头："甚好。"

两人就进了茅屋，坐下来饮着茶，聊了起来。

李处耘道："孙大人有何建言，李某洗耳恭听。"

孙光宪道："李将军信上说，此次收取荆南，无意刀兵相见，一心希望荆南和平易帜。此话当真？"

李处耘道："这是自然，岂能有假！"

孙光宪道："那好。将军信上许诺，如若我等纳土归降，一定保证我主不失节度之位，江陵府依然保留节镇。敢问将军如何保证？"

李处耘道："孙大人担忧，情理之中。圣上已经料到，地方将会有此一问。因此，出征之前，圣上就特授李某密诏，说要是高都督愿意纳土归降，就将此诏宣示给他。既然大人问及此事，李某就不避忌讳，先行告知。只是圣意难违，不能事先让大人一睹为快，还望孙大人见谅。"

孙光宪听说李处耘手里有大宋皇帝的密诏，放下心来，连连称善。他又问道："将军能否承诺，在我主主动归降以前，保证不强攻城池，也不进入城市？"

李处耘道："不仅可以，而且绝对。"

孙光宪继续问道："将军一向纪律严明，那么如若即便需要，大军进了江陵府，能否不扰吏民，秋毫无犯？"

李处耘回答道："这个，更不消说。李某以项上人头担保，要是有军吏胆敢侵犯百姓，烧杀掳掠，我李处耘把他们抓起来，任你孙大人处置！如若没有抓或者包庇祖护，你取我首级便是！"

孙光宪道："约法三章，空口无凭，将军能否与末将歃血为誓，永不相负？"

李处耘道："我李处耘一向光明磊落，一言九鼎，歃血为誓，有何不敢！"

孙光宪就倒满两碗酒，取出匕首往手臂上一割，将血滴入碗中。李处耘也不迟疑，同样取血入酒。两人捧起酒碗，指天为誓道："我李处耘、孙光宪为了荆南和平，促成纳土归降，今夜约法三章，如有违逆，天诛地灭！"两人说罢，将酒一饮而尽，然后狠狠地将碗砸碎，两人又相拥一阵，哈哈大笑。

末了，孙光宪道："将军能一言九鼎、言而有信，此事就圆满了。但是兵法有云：兵者，诡道也。如若将军是在使诈，末将也不惧怕。早在昨日，在下已经吩咐下去，命令近万厢兵埋伏于江陵城四周及纪山要塞，如若我孙某惨遭不幸，或者王师进城屠戮，甚至凌辱我主，他们便坚壁清野，封锁关隘，里应外合，反攻宋军，就算鱼死网破，也在所不惜。士可杀不可辱，将可降不可欺，到时候玉石俱焚，也无怨无悔，省得朝廷小觑我荆南无人！"

李处耘听了，更加佩服孙光宪的胆识和谋略，他大加赞赏地说道："孙大人安排如此周全，就算李某想使诈，也是枉费心机，自取其辱。孙大人，多说无益，你就看我李某人日后所作所为吧！"

孙光宪点点头道："在下也但愿如此。事不宜迟，我们前往江陵，说服我主纳土归降吧！"

于是两人就出了草屋，带着大军继续前进。天还没亮就到达江陵城北郊外。李处耘吩咐将士在离城十里处停止前进，稍稍歇息，只等天亮之后见机行事。

高继冲正在江陵都督府等候高保寅消息，当天深夜，见到高保寅派人送来的书信，心中略为宽慰。哪知次日天刚黎明，只闻探马慌张来报，说宋朝铁骑黑压压一片奔袭而来，就快到达江陵了。高继冲吃了一惊，连忙带领一干亲从，登上北楼观望。远远望去，只见宋兵盔甲鲜明，军容整齐，在数里之外列阵以待，顿时吓得浑身颤抖，一下子瘫倒在城墙上。这时候，几位主要官员也慌慌张张奉命赶到，看见城外景象，一个个目瞪口呆。正当君臣张皇失措之际，远远看见两人两骑飞驰而来，转眼就到了江陵城门楼之下。高继冲定眼一看，原来是节度判官孙光宪，带着一位孔武有力的大将，顿时明白过来，这位他平时倚重的帐下谋臣还不等他做出决定，已经替他行动了。也就是说，荆南的将来，就得按照他孙光宪安排的路走了。想到这里，不免火起，站起来朝孙光宪大声喊道："孙光宪，本都待你不薄，你为何窜通宋军，引狼入室，卖主求荣？"

孙光宪听见高继冲的叫骂声，拱手说道："启禀主公，为何如此，前日在会商之时，属下已经言明，无须赘述。属下这样做，绝非引狼入室、卖主求荣，全是替主公打算，替数十万荆南百姓考虑啊！古人云，天下大势，浩浩荡荡，顺之者昌，逆之者亡。中原王朝一统天下之势不可阻挡，如若我们顺势而为，即可保住江陵现有地位，也可让我荆南百姓免遭涂炭。下官之所以先斩后奏，是因为那日主公说过，属下之策，甚是在理，值得考虑。下官更害怕主公犹豫不决，误了大事。恳请主公当机立断，赶紧打开城门，纳土献降，归顺朝廷。这位是大宋朝廷枢密副使、湖南道兵马都监李处耘将军，特来代表朝廷，商议献降具体事宜。"

李处耘接过话来，拱手说道："末将李处耘，参见高都督！孙大人之言，甚是在理。都督知道，自朱温代唐建梁以来，中原朝廷更迭，天下分崩离析，战乱无休无止，黎民水深火热。古人云，天下久分必合，这是历史规律。我朝上承天意、下顺民心，兴仁义之师，举一统大旗，目的就是要结束乱世，重现太平景象。希望高都督认清时局，顺应潮流，为推进天下一统做出贡献。"

高继冲听了李处耘的话，知道这已经亮了底牌，突然间什么也不怕了，大声笑道："呵呵，原来是闻名遐迩、大名鼎鼎的李大将军，久仰久仰！你说的比唱的还好听！你们打着一统天下的旗号，倚强凌弱，坑蒙拐骗，尽是些强盗伎俩，算什么英雄好汉？本都问你，朝廷不是兴师讨伐湖湘乱臣张文表吗，怎么冲着我江陵府来，冲着我高继冲来呢？是的，我荆南弱小，没有说话的份。可是我们并没有做错什么，也没有违抗圣上和朝廷的旨意啊！朝廷要借水师三千战舰两百，我们借；你李大将军要借道荆门，我们也借；你如今是来借江陵城还是我高继冲项上人头，我们同样不敢不给。既然朝廷要灭我荆南，为何绕这么多圈子，编这么多冠冕堂皇的理由，直接说出来，岂不更好！"

李处耘道："都督误会了！我大宋朝廷与你荆南一衣带水、唇齿相依，年年交好，往来不断。若是都督所言，我朝想以大欺小倚强凌弱，强占你江陵，真的不费吹灰之力。这些年来，我朝并没有这样做。今日末将统兵前来，也未围城强攻，而是驻扎在城郊数里之外，足见我们是有诚意的。至于借兵借道，也的确是为了入湘平叛，并无其他用意。只是昨晚高保寅大人前来金门劳军，酒席之间说都督有意纳土归降，孙光宪大人也前来劝说此事，这才连夜点了五千骑勇，赶了过来。既然献降不是都督本意，而是都督叔父一厢情愿，甚至是酒后胡言，那我等就此告辞，入湘平叛去了。适才冒昧打扰，望高都督见谅。"说罢，准备离开。

孙光宪见状，赶紧劝道："主公真是聪明一世、糊涂一时啊！李将军若要攻城，此时江陵已经陷落。主公还不知道，属下已经将江陵守军全部调离，江陵已成一座空城。更何况，我已与李将军歃血为誓，约法三章，如若主公纳土归降，一定保证主公不失节度之位，江陵府依然保留节镇；主公主动归降以前，保证不强攻城池，也不进入江陵城中；即便主公献降，将来大军进了江陵府，也一定秋毫无犯，绝不会骚扰吏民。这是我荆南归入朝廷、真正实现和平千载难逢的机会，一旦错过，必将面临刀兵之灾！即便这次主公不纳土朝廷，南唐也曾觊觎江陵多时，迟早会北上攻取。到时候，我们还好意思恳请中原朝廷出兵援救吗？主公想一想，南唐染指过的南闽、马楚诸国，哪一个有好下场？属下再次恳请主公，三思而行啊！"

高继冲一时沉默不语。官员们听了，觉得他们说得很在理，不管是否属实，但荆南的现实出路，纳土归降是首选。于是大家纷纷劝高继冲开城，迎李处耘进城谈判，如若他们说的是真的，就纳土归降；如若不实，杀了李处耘和孙光宪，然后血战到底，同归于尽。高继冲听了，只得点头同意，打开城门，让李处耘、孙光宪进城。

江陵城北门打开。高继冲带着一批官员出了城门，迎接李处耘进城。双方见礼之后，李处耘道："既然高都督愿意纳土并入大宋，就当这第一步已经完成，接下来只要商议具体细节。如今城中空虚，如若有人图谋不轨，乘虚而入，煽动荆南士兵对抗，既影响城中治安，也影响到吏民的安全。不如由末将和孙大人，共同领兵维持城内外治安，如何？"

高继冲正要回答，没想到孙光宪说道："李将军所言甚是。下官这就去安排。"说罢，拱手作别，飞驰而去。

高继冲见自己已经没有说话的份，又是害怕，又是气愤。但事已至此，他又能奈何。李处耘倒是竭力安慰他几句，二人便并马入城。一到城中，孙光宪带了一队精锐卫士随高继冲进入帅府，其他宋兵在将领校尉的率领下，不待分说，已经扼守了四门和分据城内要冲，把全城控制起来了。

高继冲这时吓得面如土色，自己和江陵已落入宋军掌握，只好听天由命。还是李处耘对他百般安慰，一再声明不会动摇他的节度使位置。之所以将宋军在城内布防，是因为怕荆南部下尚有像李景威那样的人，趁宋兵进城，扇动荆南士兵扰乱，影响城内治安，危及高继冲和百姓的安全，才这样做，也是为了防范流血事件，影响大局稳定。

高继冲见李处耘连李景威想伏击宋兵的事都了如指掌，哪里还敢再作别的想法，只得将李处耘迎进师府，商讨具体事宜。

李处耘一进师府，就向高继冲宣示了赵匡胤的密旨。高继冲接过来一看，只见上面写着：

李处耘将军：荆南如若愿意归政朝廷，自荆南节度使以下，大小文武官员，一律照旧供职，有功另加升赏。如不愿为官者，悉听尊便，厚赐安置。所有纳土还政事务，一切由将军全权处置。如若高都督不愿意，切不可强讨恶要，更不得兴兵攻打。朕与高氏，情同兄弟，望将军借道南下，整肃军纪，秋毫无犯。切记切记……

后面是"赵匡胤御笔"和日期，还盖有玉玺大印。高继冲看到了这道密诏，终于放下心来，与李处耘商议起具体交接事宜。

直到下午申牌时刻，慕容延钊和高保寅等方才领大兵到来，在城内外分头安排驻扎。

当晚，高继冲大摆宴席，为慕容延钊、李处耘等接风。所有宋兵，均有犒赏。

次日，慕容延钊、李处耘请高继冲、高保寅以及荆南主要官员孙光宪等议事。

慕容延钊开口说道："我朝自开国以来，圣上以天纵英武之姿，来治理国家。力求民康物阜，天下太平。回观近几十年来，国家四分五裂，政权更迭，战乱不断，百姓遭殃，其祸根在于唐代节镇势力日益膨胀，各自割据一方所造成的。所以，当今天子从拯救百姓出发，决心改革制度，使大家都过太平日子。今后，要实行文官治理地方，权力统归朝廷。这不是说不要节度使了，高官照样做，只是不可生出异心，一切要听朝廷的。"

他顿了一下，用眼扫下高继冲，接着说道："其实，割据一方称王称霸，表面上威风一时，权力很大，其实这种割据多了，并非好事，比如湖南的马殷一家，淮南的杨行密，以及朱温这些人，威风几年，换来的是性命不保，子孙家族被杀，家财荡尽。可见割据一处，并不能永保富贵。"

这时，李处耘又补充说道："这次末将出京，圣上特别交代，荆南如若归政朝廷，自高节度使以下，大小文武官员，一律照旧供职，有功另加升赏。如不愿为官者悉听尊便。不知诸位有何打算。"

停了片刻，高继冲说道："我自然要听圣上旨意，还政朝廷。"

当天，高继冲便备了文表，上奏大宋皇帝，坚决表示还政于朝廷，恳请及时派员治理，并附上荆南三州十七县版图，户口清册，派使臣五百里加急，送上汴京。

◆◆ 五、痛责小校又怒斩马夫，主帅都监再度交恶 ◆◆

不费一兵一卒和平收取了荆南，慕容延钊和李处耘很是高兴，吩咐大军休整，等待朝廷回复，将荆南的事情处理完毕，再南下湖湘。

这天，李处耘正在营中处理军务，突然见孙光宪满脸怒气地冲进来，质问道："李将军，你我歃血为誓，约法三章，还算不算数？"

李处耘见他怒气冲冲，连忙拉着他坐下来，又倒了茶，笑道："你我歃血为誓，约法三章，天地作证，肝胆为凭，怎么会不作数呢？孙大人别急，有话好说。"

孙光宪道："那好。今天早上，客将王玉河哭哭啼啼来找我，说是几日前一位将领，带着一干亲从，擅自闯入他的家中，声称官军远征辛苦，你王客将又是负责外交接待的武将，得好好招待他们，并要借宿几日。王客将推辞说，你要都督府接待，应该去江陵馆驿，这是私人住宅，如何接待官军？那位将领说馆驿哪里有将军家里更舒服，如今大宋荆南已是一家，请将军不要见外。王客将见推不掉，只得将他们安排住下，好生招待。没想到这些人借酒生事，居然调戏主妇，强奸女仆。将军不是向在下保证过，大军进城，一定整肃军纪，秋毫无犯吗？"

李处耘闻言大怒："什么？私闯民宅，借酒生事，调戏主妇，强奸女仆？这还得了！我李某再三强调军纪，严禁扰民滋事。竟然有人充耳不闻，以身试法，真是不想活了！走，孙大人带我前去，问个究竟。我一定将肇事者抓起来，交给大人处置！"

两人飞马进城，带了一干执法禁军骑勇赶往王玉河家中。一进门来，凌乱不堪的场面让两人面面相觑：庭院里到处都是乱七八糟的杂物垃圾，客堂里杯盘狼藉，横七竖八的被子里，躺着几名正在酣睡的士卒。再看看主人卧室和厢房，也是如此。李处耘大怒，吩咐道："把这些无法无天的兵痞给老子抓起来，交给孙大人一律严惩！"

执法禁卒一拥而上，将正在睡梦之中的士卒全都揪起来，用绳索绑了。从睡梦中醒来的士卒见状，顿时吓得一个个跪地求饶。

李处耘问道："你们是哪位将领的部下，如何敢不奉军令，私闯民宅？"

一个士卒道："回禀将军，我等是慕容大帅的亲从……"

这时候，只听从主人卧室里传来一位士卒的叫骂声："你等狗胆包天，居然敢抓我司义！你们不知道我是谁吗？说出来，吓死你们！还不快快把老子放了，如若不然，定让你死无全尸！"

李处耘闻声赶了进来，看见这个正在拒捕叫骂的年轻将官，是慕容延钊帅府的传令校尉司义，顿时怒火中烧，上前一脚将他踢倒，骂道："本将军管你是谁！天王老子也得遵纪守法！你再敢抗拒军法，立即斩首！"

司义见是李处耘，顿时有些害怕起来。但是，他自认为是慕容延钊的亲信，嘴巴还是硬得很："呵呵，原来是李将军。慕容大帅要我等露宿街头，这春寒料峭，着实冷得不行。正好王客将与我洽谈公务，相邀府上做客，在下盛情难却，只好……王客将，你说是不是？"

孙光宪见站立一旁的王玉河不敢出声，叱声问道："敢问司校尉，到人府上做客，为何喧宾夺主，占据主卧，酗酒滋事，祸乱家室？天下有你这等做客之道吗？"

司义见孙光宪斥责他，顿时火起，回敬道："好个卖主求荣的孙光宪！我堂堂大宋帅府校尉，岂是你一个荆南降将能够教训的？如今，你等都是我们的俘虏，有何资格教训老子？"

李处耘顿时暴跳如雷，上前又是两脚，踢得司义嗷嗷直叫。只听李处耘喊道："来人，将违反军令、辱骂地方要员的不法校尉司义，推出去斩了！"

司义听到李处耘要斩他，吓得连连求饶："李将军，在下酒后失言，冒犯虎威，罪该万死。请将军看在慕容大帅的面子上，饶了我吧！"

李处耘怒道："你以为，你是慕容延钊的亲从，我李处耘就不敢责罚你吗？你错了。我李处耘从来只认王法军令，不管你的后台是谁。就算慕容延钊犯法，我李处耘一样严惩不贷！"

司义没想到抬出慕容延钊会更加激怒李处耘，才知道李处耘不好惹，吓得面如土色，爬上前抱住李处耘的脚哭喊道："将军饶命，小人再也不敢了……您大人有大量，就饶了小人这条狗命吧……将军，将军……"

孙光宪见李处耘要斩司义，觉得一旦得罪慕容延钊，会影响荆南大局，于是开口道："李将军，司义虽然违反军令，罪大恶极，但罪不至死。更何况他已有悔意，就饶他一次，给他一个改过自新的机会吧。"

站在一旁的王玉河也怕事情闹大，跟着求情。李处耘见他们站出来求情，仔细一想，杀了司义，会让慕容延钊颜面大损，本来两人就生出嫌隙，很可能会让两人的关系雪上加霜，于是松了口，说道："司义小儿，你给我听好了，本将军斩你，是你违反军令，胡作非为，况且你抗拒执法，辱骂官员，按罪当死。但是，孙大人和王将军替你求情，这个面子我给。如若这般轻饶了你，你会觉得自己是大帅亲从，无人管得了你。今日叫你长长记性，死罪可免，活罪难逃。来人，将司义拖出去重责五十军仗，其他不法从犯仗责三十，通报全军，以儆效尤！"

这司义及其一干帅府不法亲从，被打得皮开肉绽之后，被送回了城外的中军大帐。李处耘又向王玉河致歉，拿出一些银两赔偿损失，安抚家人，然后和孙光宪告辞而去。

回来的路上，孙光宪忧心忡忡地说道："将军此举，固然是执法如山，但是，重责慕容大帅亲从，很可能开罪慕容大帅。将军可要小心啊！"

李处耘笑道："无妨。我李处耘行事磊落，不怀私心，从来对事不对人，他慕容大帅又奈我何？"

孙光宪叹道："将军忠肝义胆，铮铮铁骨，不畏强权，敢作敢当，下官佩服之至！只是常言道，明枪易躲、暗箭难防，将军还是小心为妙！"

这个小校司义，被李处耘重责，回到营寨痛得呼爹喊娘，自然怀恨在心。这时候，慕容延钊尚在江陵城中，并不知晓司义被重责。几日不见传令校尉司义，就问身边的人，司义去哪里。身边的人就将原委说了，气得慕容延钊大发雷霆，于是回到中军大帐看望司义。司义一见慕容延钊，顿时号啕大哭道："大帅可回来了。小的还以为见不到大帅了……都是小的不好，违反军令，私闯民宅，可这是王客将邀小人到家里做客啊……李将军不分是非，抓住小的就要斩首，要不是王客将求情，我这小命早没了……是小的无能，让大帅颜面尽失、脸上无光……小的真该死啊……"

慕容延钊查看了司义的伤情，的确伤得很重，很是气愤。他将信将疑，问道："真的是王客将邀你回家做客吗？"

司义道："小的不敢撒谎！不信，大帅把王客将请来，当面对质。"

慕容延钊道："你只是上门做客，没干别的坏事？"

司义道："小的受大帅教导多年，一直谨言慎行，生怕给大帅脸上抹黑，怎会干不法的事？"

慕容延钊还是不信，继续问道："这就怪了。李处耘将军这些日子不在城里，他怎么知道，你没有住在江陵馆驿，而是到王典客家住去了呢？"

司义就继续往下胡编："是江陵节度判官孙光宪，有一次夜里巡查，听见王客将家里大半夜了还在大声喧哗，进来一看，是我们还在喝酒喧闹，就将情况告诉了李将军。李将军连夜赶进城来，将我们抓住，不分青红皂白，就要处以极刑。李将军当时说的话，可难听呢。小的都不敢禀报大帅，怕大帅听了生气，还以为小的搬弄是非呢。"

慕容延钊问道："他说了些甚？"

司义道："他说……大帅还是别问了，太难听了……"

慕容延钊道；"你别怕，有老夫给你撑腰呢！"

司义故作胆战心惊的样子，说了起来："李将军说，本将军管你的主子是慕容延钊还是慕容卵钊！天王老子也得遵纪守法……他还说，你以为，你是慕容延钊的亲从，我李处耘就不敢责罚你吗？你错了。我李处耘从来只认王法军令，慕容延钊算个什么东西，也算得上是后台吗？告诉你，老子的后台是当今皇上。就算慕容延钊犯法，我李处耘一样严惩不贷！他还当着众人的面，说大帅无德无能，律下不严，不配当主帅……"李处耘的话被这小子断章取义添油加醋一说，已经面目全非了。

"什么？"慕容延钊听了，顿时怒不可遏。他悻悻地说道，"这个李处耘，也太不像话了。你这哪里是打一个小校，分明是打我慕容延钊的脸。常言道，打狗还得看主人呢。原来你真是冲我来的。既然你对我不仁，就别怪我不义，哼！"

高继冲的纳土奏表，由慕容延钊使用五百里军情加急传递，不到十日，朝廷圣旨就到了。赵匡胤加授高继冲为马步军都指挥使，荆南节度使职务如故，并赐衣服、玉带等物。孙光宪调任黄州刺史，高保寅为怀州刺史，其他各官各加三级薪俸，照旧供职，并厚恤李景威家属。又过了二日，新任荆南都巡检使王仁赡到任，就地从原来荆南官员中选任了一批州县官，其中七品以上官员上报朝廷同意后任命到位。这样一来，荆南三州十七县的主官都使用文臣，而且都由朝廷任命，荆南就完全统一了政令。

到了二月下旬，荆南军政事务交接完毕，慕容延钊和李处耘就别了高继冲，离开江陵，取道醴州，准备从那里入湘。这时候，他们接到李云博的军报，潭州叛乱已经平定，张文表被俘，由杨师璠押到朗州去了。两人大喜，觉得兵贵神速，立即开拔，向湖湘挺进。

可是还没到醴州，在一个名叫白湖的地方宿营时，李处耘看见有军士违反军纪，私自闯入民舍，不久就听到屋里有人大呼求救。李处耘带人赶过去，拘捕犯事的军士，一看竟是慕容延钊的马夫。李处耘更加恼火，觉得这个主帅，也太纵容下属了，一个替主帅喂马的后勤军士，也如此胆大包天，公然进民舍行凶抢劫。大将律下不严，各位将领也会上行下效，这样下去，后果不堪设想。为了整顿军纪，他将慕容延钊的马夫鞭责五十，罚饷半年。慕容延钊得报，以为李处耘就是冲他来的处处和他过不去。加上司义等人煽风点火，有意挑唆，让慕容延钊恼羞成怒。在颜面大损的情况下，也迁怒这帮亲从太不争气，盛怒之下斩了马夫。这一举动，既是向李处耘示威，也是发出警告，更表明跟他决裂。他还不顾李处耘反对，率领两万大军离开白湖，直接南下，渡过长江，奔岳州去了。

自此，慕容延钊与李处耘矛盾日深，情同水火。

第九章
DiJIUZHANG

重召密使

◆ 一、寻访东野先生，不期而遇灵妙居士 ◆

大宋建隆四年（963）正月间，李云博带着乾卦统领等一干亲从，南渡长江取道岳州，不日便秘密抵达长沙。一过回龙关，又马不停蹄继续飞驰十数里，岳麓山便遥遥在望了。

李云博勒住缰绳倚马观望：云雾缭绕之间，熟悉的岳麓山依然巍峨秀丽，层次分明的树木依稀可辨，若隐若现的山腰间，似乎传来阵阵木鱼磬鼓之音和朗朗诵读之声，李云博唏嘘不已。时值新春，湖湘大地虽然也是料峭春寒，但决然没有中原大地那番冰天雪地、寒冻彻骨的景象，倒是能在微风轻拂、晨露流滴的酣意中，嗅到几分万物复苏的气息。

李云博叹道："这北进中原，一别数载，还是这故乡之地，见了亲切依旧。湖湘大地，我李云博归来了！"

乾卦统领也感慨道："是啊，在家千日好，离家一日难。我等离开故土七年，经历了多少坎坷，有幸能够回到家乡，也算是大幸之事啊！"一起随行的密使们也都喜不自胜，动情呼喊。

乾卦统领问道："少主，我们已经抵达长沙。是进城里前往泰平阁，还是回浏阳瑶池？"

李云博想了想道："不急。我们先去拜访一位隐士高人。他被周行逢流放邵州，如今周行逢离世，他可能已经回来了。你们随我来。"说罢，一策坐骑，飞奔而去。众人听了，也跟着策马奔驰。山间古道上，留下阵阵烟尘。

日暮时分，李云博一行上了东华山。他下马前往寺庙打听东野先生的下落，可是这里的人都不知道有东野先生徐仲雅这个人。后来遇到了一个老道士，他认识徐仲雅，但他说，自从他拒绝出任节度判官，被周行逢流放邵州之后，就再也没了音讯。这时候天渐渐黑了下来，李云博垂头丧气地牵着马，来到东华观那棵古老的偃松虬枝前，这棵古老的松树苍翠依旧，遒劲依旧，只是不见当年的东野先生。李云博睹物思人，很是伤感。十多年前，他曾夜访徐仲雅，没有见着，就是在这棵偃松前吟诵起东野先生的诗，东野先生突然出现，两人把酒通宵达旦，甚是欢愉。于是不禁脱口诵了起来："半已化为石，有灵通碧湘。生逢尧雨露，老直汉风霜。月滴蟾心水，龙遗脑骨香。始于毫末后，曾见几兴亡。"

这次就没那么幸运，吟诵一阵，东野先生并没有出现，这让他大失所望，只得招呼大家下山。

正要下山，忽然乾卦统领对李云博说道："启禀少主，有一旧事，属下不知当讲不当讲？"

李云博看着他，有些吃惊，于是说道："旧事？我不知道？……那你讲吧。"

乾卦统领道："据属下所知，几年前，刘紫使因为谋杀徐威不成被通缉，从此销声匿迹多年。阁左大人曾秘密派员寻访多年，终于在朗州翠雪庵寻到。后来魏柳烟秘密将她安置在东华山的一座尼姑庵里，好像叫碧云庵。只不过她住了一段时间就离开了……"

"什么？魏柳烟早就知道刘如霜的下落？她为何不告诉我？"李云博很是吃惊，他没想到，这么大的事情，魏柳烟居然瞒着他，更没想到刘如霜可能就近在咫尺，来不及细问，于是说道，"走，去寻那个碧云庵。"

这个碧云庵，就在离东华寺南边不远的山窝里，不到半个时辰就找到了。李云博急匆匆地来到庵前，叩门喊道："有人在吗？开门，开门！"

一个小尼姑开了门，夜色之中也看不清面目，一脸诧异地问道："阿弥陀佛！敢问施主，你们来到敝庵，有何贵干？"

李云博道："请问小师父，贵庵有没有一位姓刘的道姑？"

小尼姑道："敝庵之中，只称法号，不呼俗姓。况且据小尼所知，庵中一共六位尼姑，好像没有姓刘的。"

只见乾卦统领上前问道："小师父，敢问灵妙居士，是否尚在庵中？"

小尼姑恍然道："原来你们是要寻道长！她在呢！只是她一心修道参佛，从不接受来访。你们是……"

乾卦统领道："原来如此。我们是灵妙居士的故交，麻烦小师父通报一声道长，就说长沙故旧，有要事求见。"说罢，掏出自己的泰平阁腰牌，递了过去。

"各位施主稍后，小尼就去通报。"小尼姑迟疑一下便接过腰牌，看了一眼，就进去通报了。

不一会儿，只见一位白衣道长出来相迎。尽管夜里她戴着面纱，李云博还是从她的身形上，一眼就认出，她就是六七年前，在潞州清风岭上，救了自己性命的那位蒙面人。

只见灵妙道长前来施礼道："阿弥陀佛！不知故人驾临敝庵，有失远迎，还望恕罪！各位施主，里面请！"

一行人于是就进了庵堂。刚一坐定，道长就将腰牌交还，突然看见李云博，顿时"阿弥陀佛"了一声，双手合十，捻动佛珠，闭目默诵，待在那里打起坐来。

李云博正要开口，只见乾卦统领说道："灵妙道长，我等北上中原，已有七年之多。今日秘密回到长沙，不敢贸然入城，于是决定来东华山暂时栖身。偶然遇着碧云庵，一问，没想到原来是故人隐居于此。于是递了腰牌，请求接见。冒昧之处，敬请道长海涵。"

看见灵妙居士依然不吭声，李云博急了："如霜姑娘，我是李云博，我知道是你，你让我找得好苦啊……"说着，便哽咽起来。

乾卦统领见李云博情急之下犯了糊涂，赶紧抢过话来说道："灵妙道长，我等一路南下，风餐露宿、日夜兼程，到了长沙早已筋疲力竭、饥肠辘辘。在下冒昧，能否讨一桌斋饭充饥？"

灵妙道长听了，睁开眼看着他们一阵，就朝门口站着的那位小道姑吩咐道："如荷，你去后堂告诉大师姐，说是有贵客投宿，要她清整安排几间厢房，备两桌斋饭，好生招待几位施主。"

小尼姑道："是，师父。不过，弟子冒昧一句，我碧云庵是尼姑庵，佛门清净之地，留宿男施主，会遭同门耻笑……师父看……"

灵妙道长说道："施主是我故交，他们落难，留宿一晚，有何不可？更何况清者自清，岂是流言所能困扰？你不必多言，快快准备去吧。"

"是，师父。"小尼姑应了一声，施礼去了。

李云博道："多谢道长。我等享用斋饭之后，就下山去投宿。其实也不用这么麻烦……"

灵妙道长道："也好，那就悉听尊便。吃完斋饭，你们下山去吧。贫尼还要参悟夜禅、静修功课，就不陪各位施主了。阿弥陀佛……"说着，就站起来，合掌施礼要进后堂。

乾卦统领赶紧起身施礼道："不不不不……我家少主近来偶感风寒，高烧数日，一直神志不清。近日稍微有点好转，因此说起话来颠三倒四，没头没脑，恳请道长不要见怪。况且这春寒料峭，山野夜里冷得死人，还望道长惠施我等，借宿一晚，明日天亮，立即离开。"

灵妙道长也没回头，说了声"各位施主，悉听尊便"，就急匆匆地回了后堂。

六神无主的李云博坐在庵堂里，不知如何是好。这可能是他一生之中，最为意料之外，而且又毫无主意的一次境遇。自从十七岁那年出仕楚国王廷天策学士、并秘密接掌湘水台以来，十多年里出生入死，经历过多少坎坷，多少险境，多少生死，但基本上都能冷静面对、从容化解，而今夜，突然与久无音讯的刘如霜不期而遇，他却不知道如何面对，甚至束手无策了。悲喜交加？五味杂陈？百感交集？都是又都不是，反正整个人都傻了，坐在那里木偶一般。大家看见李云博这个模样，也不知道说什么好，就都跟着他静静地待着，不停地喝茶。好在这时候，小尼姑前来请他们去斋堂用斋，才避免了继续尴尬下去。

用罢斋饭，他们又在小尼姑的带领下进入厢房歇息。一个晚上，李云博辗转反侧，不能入眠，苦苦思索如何让刘如霜回心转意，重返泰平阁。直到天快亮了，才迷迷糊糊地睡去。突然间，听到一个熟悉的声音："岫南，你回来了……"李云博睁开眼睛一看，原来是魏柳烟，他欣喜若狂地爬起来，叫道："柳烟姐姐，你还好吗？"魏柳烟笑道："我都好呢。你回来了，就得兑现承诺，和如霜妹妹完婚呢……"李云博大窘，说道："柳烟姐姐，我……"魏柳烟突然变了脸色，说道："你是七尺男儿，就得一诺千金，如今天下即将太平，你们的婚约，可以兑现了……"李云博心里想，自己和你魏柳烟还曾私订终身，也要兑现啊……正要争辩，突然魏柳烟不见了。李云博大吃一惊，以为她生气离开，于是站起来就要追赶，突然"砰"的一声，撞在柱子上，头上顿时嗡嗡直响，身子也疼痛不已……定神睁眼一看，发现自己是从床上摔下来，原来是个梦！

李云博坐起身，觉得很奇怪。他自离开故土远赴中原，这已经不是一次梦见魏柳烟了，尤其是近两年来，几乎三两月就梦见一回。他记得，柴荣崩逝时他远在潞州呼天抢地，陈桥兵变后，而他抗旨不上称贺表册、不肯为朝廷司职炮礼而身陷囹圄，奉旨修道初上华山，以及为了一统天下而咆哮朝堂再度入狱，很多在他身陷绝境而又孤立无援的时候，都会梦见魏柳烟。特别是喝酒以后，还经常和她颠鸾倒凤，欲死欲仙……而今日刚回长沙，夜里又梦见了她。这是怎么回事呢？看来，去探望这位和他心意相通的姐姐，前去道一声安，应该是迫在眉睫的事情了。

打定主意，李云博就起了身，招呼大家准备下山。刚刚洗漱完毕，只见乾卦统领兴冲冲地赶过来，说道："禀报少主，刘紫使同意回归泰平阁，跟我们一起下山了！"

"如霜姑娘同意下山？"李云博不相信自己的耳朵，继续问道，"乾兄，如霜姑娘同意下山，你确信没弄错？"

乾卦统领道："怎么会呢，刚才，她亲口告诉我的！她还备了早斋，请少主过去，说是交代好庵里的事，用罢早斋，就和我们一起回泰平阁。"

李云博大喜："那真是太好了！走，去吃早斋！"一路上，李云博问乾卦统领，刘如霜是怎么想通的，还问他是否找过她，乾卦统领都一脸无奈，说他也不知道，刘紫使早上过来找他，告诉他，要和他们一起下山，当时他也蒙了。李云博总觉得这里面有感觉蹊跷，但又说不出哪里有问题，既然刘如霜决定回归泰平阁，这已经是再好不过的事情，至于其他，还有什么必要过多计较呢？想到这里，也就不再追问，跟着他去斋堂。

早斋很简单，就是大米粥、蒸红薯加咸菜。这群离开长沙数年的密使，几时见过大米和红薯，一个个眉开眼笑地吃了起来。李云博更是狼吞虎咽，这可能是他近些天来吃得最为开心的一顿了。灵妙道长刘如霜却只吃一块红薯、喝了半碗粥就不吃了，心事重重地看着李云博。李云博注意到了她的神情，以为她是为离开碧云庵而黯然神伤。李云博吃得差不多了，放下碗筷，似乎觉得还没过瘾，就又拿起碗来盛了半碗，故作轻松地说道："如霜妹妹，你准备一直就这副居士打扮，不改穿泰平阁装束吗……哦，对了，今日凌晨，我又梦见柳烟姐姐了，不知近年来，为何老梦见她……如霜妹妹，等会儿我们进了长沙城，你陪我去看看她，好不好？"

刘如霜一听，顿时变了脸色。她缓了好一阵子，面无表情地说道："魏姐姐举家迁往了朗州，我们在长沙，如何见得着？"

李云博一愣，差点被粥噎住了："举家迁往朗州？什么时候的事……哎，也没关系，不几日，朝廷就要收取朗州，迟几日见，也无妨啊！"

刘如霜和乾卦统领对视一眼，同时露出了惊恐的神色。还好，李云博正在捧碗喝粥，没有注意到他们的表情。

◆ 二、紫金长老密发泰平阁集结令 ◆

吃罢早斋，李云博就和刘如霜一起，带领大家离开碧云庵，下山往长沙方向行进。不到一个时辰，就来到东门外。张文表占领长沙不久，全城正在戒严，凡是进城人员一律严加盘查。乾卦统领见状，觉得十数人都带着马匹长剑，会被城门守卫察觉，建议不走城门入城，等到晚上由橘子洲密道进入。这一天的时间，正好摸一下长沙外围的情况。李云博想了想，觉得这样太费事，命令同人卦队带着马匹器先摸排外围情况，晚上由橘子洲密道入城，自己和刘如霜、乾卦统领带着无妄卦队分散从东门进城，并约定大家在湘思居也就是泰平阁秘密总部所在地门前汇合。同人执事领命去了。李云博一行就分散分批通过检查，由浏阳门进了长沙城，又在湘思居前会合。乾卦统领见人到齐，就用暗语传音向内通报信息。

黄金左长老听说李云博回来了，带着青龙、白虎将军早在门口迎接。进了湘思居，大家才一一见礼，多年不见，都非常亲热。特别是离开泰平阁多年的紫金密使刘如霜回归台阁，更让大家分外惊喜。

年近七旬的阁左大人已经满头白发，但精神矍铄，一副仙风道骨模样。他向李云博详细汇报了这些年来，泰平阁潜伏活动的情况，特别是根据李云博的指示，除了特殊情况参与行动之外，所有密使全部停止一切秘密行动，鼓励大家成家立业，包括姤卦密使也都嫁人，过上了平凡人的生活。李云博听了，非常高兴，就问起了张文表占领长沙后的情况。

阁左大人说道："去年年底，武平军节度使、朗州大都督周行逢病逝，年仅十一岁的儿子周保权继任，招致衡州刺史张文表的不满。不久，周保权害怕南汉、南唐的进攻，就派兵驻防永州，途中经过衡州，张文表不让通过，还把来兵驱逐出境。当时行军司马廖简知潭州留后，他素来轻视张文表，丝毫没有防备。那日廖简正在与下属宴饮，突然闻报张文表率大军前来围攻长沙，廖简酒至半酣，对大家说道：'张文表黄口小儿，至则成擒，何足患也？'饮宴谈笑如故。张文表轻而易举攻入长沙，率领将士径入府中，廖简大醉，想取刀剑拿弓弩，可是站都站不稳，但仍然乜斜着眼，按膝呵斥张文表。张文表大怒，命人绑了廖简及饮酒将士，骂道：'你等一干废物，不知勤政爱民，整日沉迷酒宴，也不知道周行逢怎么会用你等废物留守长沙。如今周行逢已死，这湖湘大地，从此以后就姓张了！'然后就命令把廖简及坐客十余人，拖出碧湘宫门外斩首示众，并派人前往中原，恳请朝廷任命他为武安军节度使。周保权听说张文表杀了廖简占了长沙，慌了，一边派使前往中原求救，一边派大将杨师璠领军讨伐叛将张文表。如今，杨师璠的大军已经过了益阳，即将抵达玉潭关下。"

李云博听了，说道："这周行逢治湘数年，虽无大的建树，但至少维持了三湘稳定，百姓安居乐业，家园免遭战火。没想到他一离世，张文表就作乱。如今长沙城及潭州各县，治安如何？"

阁左大人道："回禀少主，自张文表占领长沙后，属下派遣密使四处打探情况，各县情况都还不错，没有引起骚乱。只是长沙城破之初，遭到衡州兵抢掠，但很快就被张文表叫停，现在也已恢复正常。我们也秘密派人制止士卒抢掠，特别是原楚国天策学士徐仲雅听说张文表占领长沙，从邵州赶过来，面见张文表，跟他当面交涉，晓以利害，动以真情，恳请他不要纵兵掳掠，张文表听了。这对恢复长沙秩序，起到关键作用。"

"东野先生来长沙了？"李云博一听，大喜，问道，"先生如今身在何处？"

阁左大人道："据属下所知，徐学士说服完张文表后，就被张文表强行留下，要他辅佐安定湖湘。徐先生没有同意，就被张文表扣留，如今软禁在碧湘宫里。"

李云博感慨道："想当初，天策府十几位学士，如今要么离世，要么各奔东西，只有东野先生为家国奔走，真不愧为我的先生。如今潭朗之争又起，我奉命回来平息叛乱，帮助朝廷收取湖湘，希望这一次，和平解决潭朗之争，让我湖湘大地归入大宋朝廷治下，彻底消除军阀割据、争权夺利的战乱格局，让我湖湘父老，从此永享太平！"

阁左大人及所有密使，听到这话，都欣喜不已。阁左大人激动地说道："启禀少主，我等奉命潜伏，等候这一天已经十余年，如今，终于等到了！请紫金长老下令，召集密使，共赴湖湘一统大业！"

"好！"李云博也振奋起来，说道，"阁左大人，麻烦你即刻颁发阁令，征召所有泰平阁密使立即集结待命，并知会执事以上将校在泰平阁总部地宫集会，本长老要做战前动员。也请阁左大人，启动所有泰平阁联络通道，做好战前准备。"

"属下得令！"大家应了一声，正要离去，只见李云博接着说道："对了，阁左大人，取出全阁所有密使信息花名表册，核实真实姓名和相关信息，不能有误。"

青龙将军愕然道："真实姓名？我们从加入湘水台开始，就只用职务、外号和印信，真实姓名只怕自己都不记得了吧？"

李云博道："那就自下而上重新登记，必须实名。这是事关我泰平阁数百位兄弟前程的大事，马虎不得。快去办吧，今晚就得完成。"

"遵命！"大家就忙开了。

李云博用过午餐，就带着刘如霜出门，前往长沙爆竹商行，探望那里的亲人。

来到长沙爆竹商行，李云博径自穿过商铺进入后堂。台前店员不认得李云博，赶紧拦住他说道："客官，请留步，请留步。要谈生意，这边请。"

李云博道："在下不做生意，是来找人。"

店员道："客官要找谁？还容在下进去禀报。"

李云博道："在下要见李天骄。你别拦我，我自己知道进去。"

店员慌了，道："这不行。我家掌柜吩咐过，凡是来客，都得先行禀报……"

恰巧，一个年轻的道士从里面出来，看见李云博，大声喊道："岫南哥，你也回来了？"

李云博扭头一看，这个一身道袍的道士不是别人，正是自己的堂弟李云韬。李云博上前一把抓住李云韬的手，喜道："伟长贤弟，难道三叔祖老道长也回来了？"

李云韬道："正是。几天前，老道长说长沙又遭战乱，就结束云游往这边赶。昨天才到呢。"

李云博问道："道长他人呢？"

李云韬道："正在里屋和四叔说话呢！"店员看见他们这等亲热，知道是家里人来了，赶紧进去通报。

李云韬将李云博和刘如霜领进后屋，只见药因道长、李天骄和李云典都起身，正要往外迎。看见李云博他们进来，连忙上前招呼。李云韬跟李云博说了声"回头见"就又闪身出门，说是奉道长和四叔之命，请二嫂一家过来见面。

见礼之后，一家人就坐下来叙话。药因道长笑道："这朝廷一出兵平叛，我掐指一算，就知道你会回来，匆匆忙忙往家里赶。没想到前脚刚进长沙，你小子就到了。这下可好，我们一家人，又可以团聚了。无量天尊！"

李云博也笑道："老祖宗一向料事如神，我回乡这等小事，还需老大人掐指吗？只是三叔祖大人此番回来，有何打算？"

药因道长感叹道："老道这些年云游四海，总盼着天下太平，如今，已经为期不远了。老道已年逾八旬，也该歇歇了。这次回了昇冲观，就哪里也不去了。对了，文远和伟长也已长大成人，他们两个都精通道学，武艺见长，身手不凡，而且一个精于针灸，一个擅长药学，既可以帮助家里打理产业，也可以悬壶济世。你小子如若需要，也可以帮你平定天下。哈哈哈……"

李云博道："真是太好了！老祖宗为了家族大业，耄耋之年仍呕心沥血培育后辈，真是功莫大焉。三叔祖大人在上，请受孙儿一拜！"于是起身，倒头便拜。

药因道长连忙起身，扶起他说道："你小子一个朝廷命官，四品翰林，怎么朝我这山人下拜！真是折杀老道也！快快起来！"

李云博起身，说道："我李云博虽然是官身，但见了长辈，还是知道自己是谁。跪拜尊长，天经地义！"

这时候，只见马馥湘带着李慕坚兴冲冲地进门来，看见这些久别的亲人，高兴地带着儿子一个个见礼。她突然看见刘如霜，简直不相信自己的眼睛，突然放开李慕坚一把抱住刘如霜，失声痛哭道："这位是……这不是如霜妹妹吗？姐姐总算见到你了……姐姐找你找得好苦啊……如霜妹妹，这么些年，你去哪里了？嫂嫂找你找得好苦啊！怎么，这一身装扮，你出家了……"

刘如霜笑道："馥湘姐姐，好久不见！妹妹也早就知道，姐姐四处寻找我的下落，可谓散尽家财、尝尽艰辛寻找妹妹，可是我有隐情，不能和姐姐相见。这些年，我隐姓埋名隐居庵中，让姐姐费心了！姐姐在上，请受小妹一拜！"姐妹俩抱在一起哭成一团。

"如霜妹妹，姐姐终于找打你了，终于见到你了，老天开眼了……"马馥湘激动万

分，一个劲地朝老天磕了几个响头，就起身上前又抱住刘如霜，失声痛哭起来。

刘如霜也垂泪道："姐姐辛苦了！我一出家尼姑，姐姐何必如此大费周折，找我做什么呢？"

马馥湘哽咽道："妹妹说什么话！想当初，我们都被满门抄斩，侥幸存世，又是一家人。为了寻仇，你不计生死，不找到你，姐姐怎么活啊……"

李天骄的夫人过来，牵过李慕坚对她们说道："我们几个妇道人家，到后边说话吧。"刘如霜和马馥湘听了，就随她往后边去了。

晚上李天骄大摆宴席，一家十余口团聚在一起，好不热闹。特别是已经十二岁的李慕坚长得酷似李云铎，缠着李云博说再说那。李天骄的两个女儿一个年近二十，已经许配人家，一个十五六岁，最小的是个男孩，也快十岁了。问起以后的打算，马馥湘说，这些年为了寻找刘如霜，一直待在长沙，如今她回来了，也已了结心愿，准备带着儿子回瑶池侍奉公婆。李云韬和李云典都请求跟随李云博，为天下一统出力。李云博欣然同意了。突然间，马馥湘看着李云博，泪眼婆娑，喃喃说道："哎，要是柳烟妹妹还在，那该多好……"

李云博有些醉意，没怎么听清，连忙问了一句："柳烟姐姐，怎么了？"

刘如霜赶紧接过话来，说道："哦，馥湘姐姐是说，要是柳烟姐姐还在长沙，那该多好。"他瞪着马馥湘，提高嗓门说道："柳烟姐姐一家，早就搬回朗州去了。"听了这话，知情的人都面面相觑，惊愕一阵，又都醒悟过来，点着头说道："是啊是啊，他们搬到朗州好些年了……来来来，喝酒喝酒，吃菜吃菜……"

家宴结束，李云博和刘如霜带着李云典、李云韬起身告辞，药因道长和全家人送他们出门。望着他们远去的背影，马馥湘叹道："岫南真是命苦啊……魏柳烟都病逝三年多了，儿女都六七岁了，他还一点都不知道。可是，这一切，他迟早会知道啊！"

李天骄也深有同感，他也感慨说道："是啊，这一切他迟早都得面对。只是，我们都蒙着他，也不是办法。可是，告诉他于心不忍，瞒着他又心怀愧疚，真是进退两难啊！"

药因道长说道："道家有云：福祸无门，临罹自招。无论如何，我们绝不能让他现在就知道，至少，要等他打完这一仗，平定了湖湘之后，再慢慢设法让他知道真相。你们得记住，任何人都不得向他透露半句。要知道，他一旦知道了真相，一定会影响到平定湖湘大计，如若伤心至极，甚至失去理智，很可能犯下大错。你们要切记啊！无量天尊！"

"老祖说的是。"家里人应了一声，就叹息着，都回屋去了。

◆ 三、组建长沙密事营，泰平阁归属大宋禁军 ◆

李云博回到驸马府的时候，已接近酉时。阁左大人说所有将校已经在泰平阁地宫集结，就等少主现身了。李云博向阁左大人介绍了新加入泰平阁的两位堂弟，要他安排职务。正好黄金左右长老都有传书密使出缺，李云典就任阁左传书密使，李云韬就任阁右传书密使，并向他们派发了令牌和服饰。李云博和刘如霜也换上泰平阁紫色服饰，只是刘如霜依然戴着面纱，她不愿别人看见她因为复仇而自毁的面容。他们又与阁左大人简单商量了一下，就往地道去了。

来到地宫，这里早已经人声鼎沸、紫色攒动。只听阁左大人大喊一声："紫金长老驾到！"嘈杂的声音顿时刀切一般戛然而止，取而代之的是一阵整齐洪亮、充满激情的施礼声："参见紫金长老！"

"免礼！"李云博趁着酒兴登上紫金宝座，环视着这群曾跟他出生入死的兄弟，不由得感慨万千，"兄弟们，本阁记得，十二年前，我以弱冠之身，被太后临危受命，执掌了湘水台，也是在这里与大家见面。本来是要和大家竭尽全力，消除岌岌可危的马楚王廷内忧外患，没想到奸人误国，使得湖湘大地重燃战火，最终导致了王廷倾覆，家园沦陷，我湘水台也惨遭构害，几近绝境。本阁清楚地记得，那年冬天，楚王马希萼命我等遣散湘水台，否则，就要派重兵剿杀。情急之下，我们假意遣散，而后被迫更名，转入地下。那是多么无奈的一件事情！记得在遣散和更名密会上，本阁慷慨陈词，阐释为何遣散湘水台，又为何组建泰平阁。十多年过去了，谁还记得，我们为何遣散？"

大家纷纷举手示意，自己记得。李云博就点了一名青铜统领，问道："你说说，我们为何遣散湘水台？"

这名统领答道："回禀紫金长老，我记得，当时大人说，湘水台这支无坚不摧的力量，不能落入那些贪权好利、中饱私囊、残忍嗜杀的坏人手上，也不能落到只顾自身享乐、不以苍生为念的诸侯手上，遣散是唯一办法。"

李云博点点头道："真是记得准确，可以说相差无几。"他看着更加成熟稳重的乾卦统领，问道，"乾兄，你说说，我们为何重新组建并改号泰平阁呢？"

乾卦统领一拱手，答道："回禀少主，当时少主说，为何改号泰平阁，顾名思义，那就是我等要谋求江山一统，实现天下太平，农有田耕、工有事善、商有利图、黎民居有定所，百姓衣食无忧，乡村城镇安居乐业、百业兴旺，普天之下人烟阜盛、和合安详，这就是太平阁之神圣使命！"

"太好了，简直一字不差！！"李云博佩服地赞叹道，"没想到，我泰平阁密使，这么多年过去了，依然牢记台阁宗旨，潜伏十数年，真可谓为了大义，隐忍苟活，这是韬光养晦的大智慧！各位同仁在上，请受我李云博一拜！"说罢，倒身便拜。

众人大惊，也都纷纷下拜还礼："阁主快快请起，此等大礼，属下担当不起！"

"你们担当得起，诸位快快请起！"李云博起身，继续说道，"我们如此隐忍苟活，为的是天下一统，黎民不再涂炭。可是，为了等到这一天，我们一等，就等了十二年！虽然漫长，但它还是来了！如今，大宋王朝继承前朝遗志，兵临湖湘，再次开启一统天下大业。兄弟们，我们泰平阁大显身手的机会到了！"

众人听了，一个个兴奋异常而又热泪盈眶："我等盼着这一天，已经很久了！"

"如今，我泰平阁重出江湖，已经不再是流落民间的王廷残余，更不是无名无分的江湖帮会，我们将成为大宋王廷的中央禁军序列！我们要名正言顺地竖起王师大旗，军威严整地投入到天下一统中去！"望着大家一个个惊诧的眼神，李云博取出一份朝廷密书，在手里扬了扬，继续说道，"我不是信口雌黄，这是朝廷收编将令，我替大家读一读……"说着，就宣读起来：

大宋枢密院令：兹命翰林学士、爆战军监军、湖湘兵马都府军师李云博前往长沙平叛，顺道收编泰平阁。自收编之日起，泰平阁更名为大宋禁军爆战军长沙密事营，直属爆战军管辖，与爆战军滑州炮火营、潞州炮火营、亳州炮火营并列，李云博兼任指挥使。所有六品以上将领，由指挥使推荐，报枢密院审核确认后任命。所有军需粮饷，自收编之日起，由兵部按实拨发。望密事营所有禁军将士，以天下为己任，尽忠王事，效命朝廷，遵守军规，听从指挥，建功立业，不忘初心……

"什么？我们真的成为中原朝廷的中央军了？"听了李云博的宣读，这近百号泰平阁的将校一个个欣喜若狂，他们怎么会想到，长期潜伏地下的王廷残余，居然有这么一天！这地宫里，顿时炸开了锅。

李云博理解大家的心情，他看见众人兴奋异常的样子，自己也很是激动。等了一阵，见大家没有安静下来的意思，于是大声喊道："各位，静一静。我还有更重要的事情宣布……"大家都停下了议论，只听李云博说道："本指挥使决定，拟任命原泰平阁阁左大人常远达为大宋爆战军长沙密事营监军，阁右李天骏为副指挥使，青龙将军陈道武为行军司马，白虎将军薛志天为内押牙，朱雀将军马尚杰为军法校尉，玄武将军杜如海为掌书记，乾卦统领江猛为禁卫都尉。以上将领六品以上，上报朝廷以枢密院考校后任命为准。任命各青铜统领为密事营校尉，各黑铁执事为都头。至于各位长老的传书密使，按照校尉、都头品级，安排为大营参军、副将、虞候、记室、署理。密事营建制不变，所有将士的戎装印信，朝廷不日将配发到位……"

"真的成大宋禁军了？"

"而且不用再隐姓埋名了！"

"我不是在做梦吧……"

"静一静，等下再议论。"李云博制止大家，继续说道，"在整编到位以前，一切运作，仍然按泰平阁旧制施行。本使宣布，自今日起，我爆战军长沙密事营将士即刻宣誓就职，所有将士职司和军纪军规，均按朝廷颁布的军法实行。请军法校尉马尚杰立刻履职，将朝廷军法抄写下发，组织全营将士学习领会。也望各位尽快了解熟悉，悉数掌握执行。都听清楚了吗？"

"听清楚了！"地宫里声震如雷。

李云博道："那好，现在请阁左大人……不不不，是监军大人，组织大家宣誓就职！监军大人，请吧！"就将密书交给他，提醒就念读最后那几句。

大家见李云博也难改过来，不免哄堂大笑。

监军常远达也笑了。他走上前，接过密书看了一下，就一振身躯说道："现在，本监军带领全营将校宣誓就职。请诸位举起右拳，我念一句，大家跟着说一句……"看着大家纷纷举起拳头，他开始念了起来，将士们跟着他宣誓：

大宋爆战军密事营全体禁军将士在此起誓：以天下为己任，尽忠王事，效命朝廷，遵守军规，听从指挥，建功立业，不忘初心……

宣誓完毕，常远达说道："如今我密事营已经成立，请诸位按照李将军将令，各司其职，分头行动，以最短的时间完成改编，准备进入战备状态！"

众将拱手道："谨遵监军将令！"

会后，李云博与久未见面的同仁简单见礼之后，就和密事营主要将领通过地道回到湘思居前厅，商议如何消灭张文表，全面控制长沙。分派出去的探马纷纷回来禀报：张文表已经调动大军，准备过江伏击杨师璠。李云博问道："杨师璠大军如今在何处？"探马道："禀报将军，杨师璠大军一过益阳，就在沧水铺宿营，再也没有前进。"

李云博感觉蹊跷，道："沧水铺？这还真有点奇怪。按理说，兵贵神速。他离开朗州，一过益阳就应该立即东进迅速占领玉潭关，直扑白箬铺甚至强占荣湾镇，继而控制岳麓山，占领有利地形，与长沙城隔江对峙。怎么走到沧水铺就停下来了呢？杨师璠大概有多少人马？"

探马道："大约四五千。"

李云博又问："张文表出动多少兵马？"

探马道："目前尚不清楚，我等只是得知，张文表已派先头部队两千人抵达玉潭，又派数支小部队前往白箬铺等地踏看地形，如今正在调动各方军队，目前已有四五千人在岳麓山下集结，而且仍有船只在运送兵马过江。"

监军常远达说道："衡州兵加上归降的五千潭州兵，总共不下一万五。留两三千驻守长沙，至少会出动上万人迎战朗州兵。如此看来，杨师璠觉得兵力处于弱势，可能是等待中原朝廷的援军吧。"

李云博突然问道："你们怎么知道，张文表出兵，是要伏击杨师璠呢，消息来源可靠吗？"

探马道："消息绝对可靠。城内的兄弟通过眼线，亲自听见张文表和身边亲信对话，说是这次设置三条防线，更是三处埋伏，一定会能让杨师璠有来无回，死无葬身之地！我们已派人前往实地暗访，很快就会有回信。"

"很好。"李云博听了，立即让人拿地图来，和大家一起研究起来，"你们看，张文表一定得知杨师璠过了益阳，料定他会走玉潭关、白箬铺一线，所以倾巢而出，将重兵安排在这里。为何，因为这条路最近，但是过了沧水铺就进入山区，延绵百余里，杨师璠停下来不走，要么是害怕设伏，或者得到张文表大军西进的消息，不敢冒进；要么是准备绕道，已经派出探马查看线路。当然，坐等朝廷援军也很有可能。"

李天骏道："岫南，这些信息，表明张文表的意图，他没有像他扬言所说那样，强攻朗州，成为湖湘之主，而是以防带攻，死守长沙。如若杨将军要改道，是会直接南下湘潭绕道醴陵，从南边北上，还是会直接东进取道靖港，从那里渡过湘江抵达铜官镇，然后从北边南下攻长沙呢？"

李云博看了他一眼，笑道："六叔掌兵多年，一说就说在点子上。南边线路可能性小，因为路途太过遥远；而且湘潭小县，又夹在潭州衡州中间，一旦张文表派重兵死守这几处关隘，那么麻烦就大了，不仅到达不了长沙，而且很可能陷入张文表的包围之中。我估计，他们很可能走北边。"

李天骏道："北边的唯一难点就是要渡过湘江。五千兵马要渡江，少说也得两天。"

李云博听着，突然瞪在地图上一个地方，半晌没有出声。突然，他一拍桌子，大声笑道："好，就走这里。张文表若真是要伏击，必然重兵埋伏到山里去，那就是自找死路……就这么定了！"

众人满怀3蹊跷地望着他："走哪里啊？定什么呢？"

李云博解释道："平津亭，走平津亭！这里我去过，从靖港过来，有一条小道，崎岖险要，可以直达平津亭，不需要渡过湘江，很少有人知道。张文表刚来长沙不久，不可能熟悉这里的地形，因此，他料定杨师璠不会东渡湘江，也不会南下湘潭，肯定会走玉潭一线，所以重兵设伏。如此一来，潭州北面和长沙城肯定空虚……不多分析了，事不宜迟，我得趁张文表尚未部署到位，连夜赶到沧水铺去。长沙这边，立即部署……"于是就将如何控制长沙的计划一一讲给他们听。

李天骏突然插话道："岫南，我有一个提议，不知该不该说？"

李云博道："六叔有话就说，别吞吞吐吐。"

李天骏道："如若岫南能够说服杨师璠将军从靖港直插平津亭，攻击张文表后路，那么，张文表只能仓促迎战，必败无疑。他的退路，有三条，一是过江，据守长沙城；二是退到荣湾镇，等候山里的伏兵赶过来增援。第一条退路已经被堵死，只要我长沙密事营控制了全城，然后封锁湘江，他有天大的本事，也过不来，就算侥幸过江，也是自寻死路。这第二条，如若山里的援军来了，至少有五千人马，必有一场恶战，胜负暂且难料。如若援兵不至，他会选择进山里躲起来与我们周旋，那肯定很麻烦；如若不进山，那么他会选择第三条退路，取道湘潭或者醴陵，逃回衡州。如若我们不让他进山，又截断他回衡州的退路，他就插翅难逃了！"

李云博听了，惊叹不已：这六叔李天骏，几年不见，真是大将谋略！他连连点头道："既然动了手，自然就得十拿九稳。可是，兵马不够啊……"

李天骏道："这正是我要说的。如若请你三叔或者五叔率领两千神刀营助阵，在湘潭和长沙之间的山门隘口拦截，他还往哪里跑呢？"

李云博恍然大悟："太好了！我和杨将军从平津亭杀过来，他立足不稳，人马又少，必定大败。如若退到荣湾镇待援，肯定会期盼援军来了，和我们决一死战，不会想到一下子进山。我们先不追赶，趁势占领岳麓山及其关隘，挡住援军出口。他见援军不至，必然南下湘潭逃跑。如若这个方向有一支部队堵截，他不成了瓮中之鳖了？六叔真是大将之才啊！好，就这么办！"

大家听了，都非常认可，点头称是。

安排好这边事宜，李云博就带上亲从，换上潭兵装束，连夜过了湘江，匆匆忙忙赶往沧水铺去了。

◆ 四、夜会杨师璠，李云博密授破潭之策 ◆

李云博过了湘江，打着张文表特使查勘地形、巡视军务的幌子，连夜绕过荣湾镇，又通过白箬铺，取道玉潭关。这时候玉潭关已经全城戒严，出不去。李云博急中生智，冒充潭州探马，声称奉张文表之命出关刺探敌情。守将见他们来势汹汹，又是出关去，就下令放行。

出了玉潭，不到半个时辰，一路快马加鞭就到了沧水铺，又策马来到杨师璠的营地，这时候已经是接近凌晨寅时。副将李云浩奉命前去通报，他策马来到寨门前，大声喊道："大宋翰林学士、爆战军监军、湖南兵马都府军师李云博奉朝廷之命前来平定张文表叛乱，请朗州指挥使杨师璠出来会见。"

值守军吏听说中原朝廷援军到了，赶紧向杨师璠禀报。杨师璠闻讯大喜，但他一向谨慎，于是登上门楼观望。淡淡月色之中，只见来人穿着潭州兵服饰，看不清模样，担心其中有诈，将信将疑地问道："翰林大人一路南下，辛苦了。据末将所知，这玉潭关已被张文表重兵把守，敢问李翰林，你如何出得关来？"

李云博道："杨将军行事谨慎，在下佩服。要不，等到天亮，我等再进营门，如何？"

杨师璠一直是周行逢部下，当年随马希萼攻下长沙，奉命修缮长沙城，因为工程太大期限太短，差点因延误工期被重罚，正是李云博出谋划策假装瘟疫才逃过一劫。当时李云博、周行逢在湘春门边交谈，他恰巧听见，听得出是李云博的声音。于是大喜，喊道："真的是李翰林。适才末将造次，多有得罪，请翰林大人海涵！"于是赶紧吩咐打开寨门，急匆匆下楼，到门前迎接。

不等李云博下马，杨师璠倒身便拜："末将参见翰林大人！"李云博慌忙下马，扶起杨师璠道："将军快快请起。如此大礼，在下担当不起！"

杨师璠起身道："哪里哪里！末将奉命讨伐张文表，可是一到此地，就闻张文表派驻大军据守玉潭关，末将怕中埋伏，就在此宿营，等待朝廷援军。你们来了，末将这颗悬着的心，终于放下了。来，请翰林大人进帐叙话。"

进得帐来，双方坐下来看茶叙话。李云博问道："将军在沧水铺停留多久了？"

杨师璠道："前日到此，已经停留三日了。"

李云博道："这个沧水铺，前无天险可守，后无地势可依，一旦张文表调兵完毕，听说你大军在此驻扎，从玉潭杀过来，你将如何应对？"

杨师璠一愣，想了想说道："那末将就退守益阳，坚守待援。不过，末将以为，张文表既然重兵把守玉潭，他不会冒险出击。"

李云博笑道："张文表素来骁勇，而且有进击朗州、灭掉周保权、尽收湖湘之意，你朗州主力在此驻足不前，这是他反攻的最好机会。你退往益阳，他会就此罢休？一旦他趁你们立足未稳，猛攻益阳，你吃得消吗？"

"这……"杨师璠被问住了，他问李云博道："翰林大人以为，末将该如何作为？"

李云博道："在下以为，你三日前趁张文表尚未重点防守，就该一鼓作气，猛攻玉潭。当时玉潭虽然有险可依，但守关将士不足千人。你有大军五千，还怕攻不下么？一旦得了玉潭关，你进可攻，退可守，他张文表再骁勇，也拿你没办法。如若你当时行动迅速，很可能已经突破白箬铺、荣湾镇，控制了整个岳麓山，与长沙隔江相望。他张文表还有机会渡江吗？"

杨师璠叹道："当时末将也是如此计划。可是这朗州军马，久未征战，行动迟缓，迫不得已，停下来整军。这整训一日，就贻误了战机。更何况，末将知道，张文表绝非等闲之辈，要是冒险推进，一旦进了丘陵山区，也怕中了他的埋伏。"

"原来如此！"李云博摇头叹息道："既然战机已失，这玉潭一线，绝对不能走了，就得考虑其他办法了。"

杨师璠思忖一番，说道："为今之计，不如趁早退守益阳，先等朝廷后援大军到了，再发起猛攻。末将出征之际，主公就对我说，朝廷已经诏告我主，说是以慕容延钊为都部署，李处耘为监军，翰林大人为军师，调遣三万大军前来湖湘平叛。敢问翰林大人，你这先头部队，有多少兵力？主力部队，何时到达？"

李云博道："我不是先头部队，我只带这十余名随从，先过来打探军情。如今慕容大帅和李监军已经到达江陵，很快就会进击澧州，进入湖湘。可是要等到大军开过来，少则五日，多则半月，到了那时候，说不定张文表已经占领了益阳，甚至攻下了朗州。退守益阳，也不是万全之策啊！"

"如若朝廷大军一时半会赶不过来，张文表要真的冒险西进，上万衡州兵压过来，退守益阳也是坐以待毙啊！"杨师璠急了，问道："翰林大人可有妙策？"

李云博叹道："妙策谈不上，但破潭还是有办法的。不过，此计过于冒险，将军还是不用为妙。"

杨师璠听到李云博言下之意还是有办法，说道："与其坐以待毙，不如冒险一试。翰林大人有何妙计，末将洗耳恭听。"

李云博喝了口茶，站起来说道："那好，在下就先说说看，至于是否可行，全由将军定夺。如若正如将军所言，不愿坐以待毙，玉潭一线又不可能突破，那就只有改道东进。"

"改道东进？"杨师璠也站起来，盘算道，"这个，末将也思考过了。如若改道，一是直接南下湘潭绕道醴陵，从南边北上，二是直接东进取道靖港，从那里渡过湘江抵达铜官镇，然后从北边南下。可是，南边路途遥远，还要穿过衡州和潭州结合部，危险重重；北边要渡湘江，也不是件容易的事。更何况，我们劳师远行，一旦张文表知晓，拦路伏击或者拦截，也定然落落大败。这也不是上策啊！"

李云博笑道："杨将军只知其一，不知其二。我刚才一路西来，发现张文表大军已经渡过湘江，大部分都进入雪峰山丘陵地带。他的意图很明显，是断定将军会走玉潭入长，因此想在山里伏击将军。据探马报告，张文表设了三道伏击区，一是玉潭关，二是白箬铺，三是岳麓山。将军若走此线，还不到岳麓山，五千兵马早就被全歼。如若将军不走此线，他除了计划落空之外，还留下了什么漏洞？"

"什么漏洞？让末将想想……"杨师璠道，"对了，他的大军深入山区，长沙城一定空虚。如若能够绕道去攻长沙，就算他想回援，可是军队一时半会儿出不来，也只能眼睁睁地看着我们占领长沙。可是绕道，代价太大了。"

李云博突然哈哈大笑："将军果然是用兵行家，一眼能够看出对手破绽。既然看出来了，就得奋力一搏，战场胜负，哪有十拿九稳的事，不冒几分风险，绝无可能。不过，在下告诉将军一个秘密，保证让将军信心大增。"

杨师璠急了，说道："翰林大人别卖关子，快快说啊！"

李云博坐下来，不急不慢地说道："如若取道靖港，不用过湘江前往铜官，而是直插平津亭，杀向岳麓山，张文表将如何应对？"

杨师璠道："这就等于抄了他张文表的后路，他率这一线微弱兵马前来应战，那还不螳臂当车！可是，靖港到平津亭，为一座大山阻隔，只有水路可通。难道我们五千大军攀越悬崖峭壁，或者干脆飞过去不成？这根本行不通啊！即便如此，派小股队伍翻过去，大部队怎么办……这也是险棋一着啊！"

李云博笑道："不是险棋，而是妙招！因为，这里有一条崎岖小道，很少有人知道。只是在下曾经云游过此地，很是熟悉啊。"

"原来如此！"杨师璠大喜道，"如若真如翰林大人所言，我们从这里悄然通过，直插平津亭，犹如神兵天降，那张文表还不惊慌失措，仓皇之下焉有不败之理！妙计，妙计啊！"

李云博看着他道："这算妙计？"

杨师璠也坐下来道："绝对妙计！"

"那好，你听听在下后面的打算再定论不迟。"李云博又站起来，说道，"再告诉将军一个秘密……"

杨师璠大是兴奋，情不自禁地说道："还有秘密？"

"有，当然有。要不，我这军师，岂不白当？"李云博笑道，"在下奉大帅之命先行入湘，是受朝廷之命，收编原楚国湘水台余部……"

杨师璠大惊："湘水台？不是十多年前就遣散了吗？"

李云博道："不错，是遣散了。那只不过是糊弄马希萼的假象。我早已把他们转移，让他们潜伏地下。就在来会见将军之前，在下已经召集他们，成立了大宋禁军爆战军长沙密事营，要他们趁张文表迎战布防、城内空虚之际，解除留守长沙部队武装，控制整个长沙城。到时候，将军从平津亭杀来，张文表就算想退回长沙，他也绝无渡江机会。如此一来，他不束手就擒，还有别的办法吗？"

"这简直，简直就是神来之笔！"杨师璠算是服了，欣喜之余，倒头便拜，"翰林大人奇谋妙计，真是末将救星！大人在上，请受末将再拜！"

"你这是……快快起来！你拜来拜去，再拜一次，就是拜死人了！"李云博扶起他说道，"既然将军认同在下主意，那就赶紧付诸行动吧！"

"当然！"杨师璠站起身，激动地说道，"十年前，翰林大人跟周将军谋划瘟疫之计，救了整个靖江军。今日又出此妙策，救我朗州于水火之中。末将就算磕破脑壳，也无以为报啊！"

李云博叹道："这人生行事，岂是为了回报！在下这样做，只为湖湘不起战乱，百姓免遭涂炭啊！告诉你，杨将军，在下还有第三个秘密，只不过，现在说了尚早，到时候，再告诉你！呵呵……"

"还有锦囊妙计？"杨师璠又行了军礼，感动道，"翰林大人满腹经纶，胸有韬略，高风亮节，义薄云天，末将五体投地！他日若有吩咐，就算肝脑涂地，也在所不惜！"说罢，就传令下去：立即收拾行装，起火造饭，五更进食，天明开拔，取道靖港。

李云博补充道："只准备早食，全军每人自带两日干粮，除了武器马匹，所有行装辎重一律丢下，营寨全部原封不动，天亮就以最快的速度，赶往靖港！"

杨师璠一愣，马上就明白过来："对对对，留下空营迷惑敌人，一律轻装疾行！"

◆ 五、轻敌自大，张文表惨败平津亭 ◆

话说张文表得知朗州派遣杨师璠率军讨伐长沙的消息，连夜集结大军，然后布置三道伏击区，调派得力将领指挥。铺排之后，觉得对付一个杨师璠，显然绰绰有余。自己就坐镇岳麓山这最后一道防线，等待杨师璠和五千朗州军前来送死。

张文表是朗州武陵人。他自幼从军，追随马希萼，在希萼帐下担任行军司马。后来随马希萼讨伐长沙有功，升任衡州刺史。多年以来经营衡州，但忌惮周行逢，所以一直韬光养晦，等待时机。等到周行逢去世，他觉得机会来了，于是出兵占领潭州，并上奏中原朝廷，希望取代周保权，成为湖湘之主。没想到朝廷要他进京面圣，他知道其中必有玄机，不敢去。当他得知周保权派杨师璠讨伐他，于是决定先消灭掉这股朗军主力，再找机会西进攻下朗州，将生米做成熟饭，到时候，朝廷迫不得已会承认他实际湖湘之主的地位。于是就有了这几天一系列的调兵遣将，全力以赴伏击杨师璠。刚刚部署完毕，他松了口气，回到岳麓大营放心睡起大觉来。

可是等了一天，也不见前线捷报。他反复推测，仔细分析，最后得出一条结论：杨师璠心怀恐惧，所以按兵不动，没有攻过来。于是就亲赴玉潭关，一探虚实。他登上城楼，远远看见沧水铺营盘林立，旌旗飘动，证实了自己的判断，心中顿时大喜，决定突袭杨师璠，全歼这股朗州兵。连夜召集将领安排夜袭事宜，不到一个时辰就集结五千人马，天一黑就倾巢而出，杀向沧水铺营地。没想到，一杀进去，竟然是一座空营！

张文表顿时大惊失色，以为中了埋伏，连忙命令撤退。可是退了一阵，没有见到追兵，顿时醒悟过来：杨师璠早就弃营逃回去了！他大喜过望，准备亲自带人攻取益阳，一旦攻下，就继续西进攻下朗州，自己就真的成为湖湘之主了！但他毕竟久经沙场，凡事都还是会三思而行。他觉得这弃营逃跑有些感觉蹊跷，按理说，即便撤退，也绝对有时间将营帐拆了带回去，没必要连辎重都全部丢弃，更何况，根本就没有交过战也没有追兵，没必要弃营逃跑。万一杨师璠是故意弃营，躲在附近，等他去了益阳，然后断他后路，袭击空虚的玉潭，他岂不是腹背受敌？要是在某个险要之地设下埋伏，他张文表岂不全军覆灭？虽然这种可能性不大，但他还是没有冒进，只命令部将刘虎带领三千人攻取益阳，反复交代，一旦没有攻下或者发现中了埋伏，就赶紧撤退，不许恋战。如若攻下，就及时报告。他自己回玉潭关去了。

第二天上午，进攻益阳的刘虎就带兵回来了，他没有中埋伏，也没能攻下益阳。但有一点可以肯定，益阳守军最多两千，但是防范甚严，加上是夜晚，他不敢贸然攻城，连夜撤了回来。他敢肯定，这两天接连小雨，路上根本没有发现大队人马仓皇撤退的痕迹。而且，他回来时一路打听，附近居民说，根本没有军队回益阳去。

张文表这下有点慌了：这五千人马，突然之间消失，难道插翅飞了不成，这怎么可能？反复思索之后，觉得他们很可能是绕道去了长沙。这个想法一冒出来，他顿时愣了半晌：如若这是真的，那么，长沙就危险了。可是转念一想，就算他们绕道，从南边走，至少得三五天，从北边走，也得两三天，他有的是时间回去布防。更何况，杨师璠有那样的头脑和胆识吗？他当然不会相信。思虑再三，于是留下三千兵马守玉潭，亲率大军往长沙赶。可是将士们被折腾了一夜，又要赶回去，都怨声载道，说杨师璠哪有那么厉害，迟一天回长沙，一样来得及。张文表一想也是，就下令大军休整半日，自己带着数十名亲从匆匆忙忙赶回岳麓大营。

还没进大营，就见到探马来报：中原朝廷遣三万大军正在南下，以他不奉召入京为由，前来讨伐他。这一下子，他变得六神无主起来：就凭他万余兵力，如何同中原朝廷抗衡？他强装镇定，下马回营，反复看了探马呈给他的平叛檄文，又仔细询问了宋军进军路线，这才预感到灭顶之灾来了。正在绝望之际，又来探马禀报：杨师璠突然率领五千大军出现在平津亭，正向这边杀过来。

"怎么可能？"张文表从帅案前跳起来，抓起佩剑就往外冲，"赶紧集结大营所有兵马，前往平津亭迎敌！并速令刘虎、王树二位将军率领全部人马赶过来增援！"

他把伙夫都用上了，才勉强凑齐了两千人马。情势紧急，张文表只得硬着头皮急匆匆地赶往平津亭，只见杨师璠早已严阵以待。杨师璠趁他立足未稳，命令大军一拥而上杀了过来。这一仗，他被打得落落大败，只带了百余马队杀出重围，沿湘江岸边往荣湾镇逃窜，想等待援军，重新较量。又命人准备船只，万一不行就先回长沙城，希望以湘江为屏障，据守长沙。没想到湘江沿岸早已经被封锁，一问，才知道昨晚长沙城被一股来路不明的紫衣武士控制，留守的两千潭州兵全部缴械投降！

"什么？"张文表听到长沙丢了，回不去了，顿时面如土色。长沙回不去，援兵又不至，情急之下，他来不及多想，决定先回衡州，那里是他的老巢，只要能够回去，就肯定能重整旗鼓，东山再起。于是带着这百余名骑勇，就往衡州方向飞驰。还好，杨师璠并没有追过来，他大松一口气，命令快马加鞭，赶往衡州。刚刚走了十余里，还未到湘潭，只见一彪人马在山前挡住去路。为首一员大将朝他喊道："张将军，别来无恙！末将李天晨，奉命率领两千神刀营将士，在此恭候多时了！"

这一下，张文表犹如五雷轰顶。他又强作镇定，对李天晨说道："李将军，我们也算有些交情。你且放张某一马，将来必有厚报！"

李天晨骂道："大胆反贼，早知今日，何必当初！你和周行逢结为兄弟，本该情同手足，相互扶持，共同维护湖湘稳定。你为何在周都督尸骨未寒之际，兴兵作乱，攻城杀将，祸害家园？"

张文表被问得哑口无言。他见李天晨不卖他人情，知道躲不过了，大怒道："乱世之中，只拼实力，何谈交情！李天晨，快快前来受死！"说罢，拍马挥刀杀来。李天晨举刀相迎，厮杀起来。张文表势单力薄，哪里是对手，只得落荒往回逃窜。李天晨策动大军死死追赶。张文表逃至荣湾镇，看看身后，只剩下十余骑了。腹背受敌，又过不了江，突然灵机一动，想进山里去，白箬铺、玉潭关还有大量兵力，据山而守，也许可以支撑一些时间。等到晚上，再择机突围甚至化装逃走，说不定能够保住一条性命，再想办法回衡州。于是就策马飞奔，向岳麓山南麓奔去。

可是刚到山脚下，只见杨师璠早已占领山口，正等着他呢。看来，他之所以没有追赶，是因为早有安排啊：而扼住岳麓山口，截断山里的援兵。这时候，李天晨带领大军追了过来，将他团团围住。这一下，张文表彻底绝望了，他仰声长叹："天亡我也……都怪我太大意了，居然败在一干无名之将手上，一世英名，毁于一旦啊……"

杨师璠见李天晨率大军杀来，恍然大悟：这只怕就是李云博所说的第三条妙计吧。

张文表感到大势已去，正在叹息间，只见一位白衣儒生策马高喊道："叛贼张文表，还不快快下马投降！不然的话，定叫你死无全尸！"

张文表抬头一看，觉得有些面熟，认真辨认之后，才恍然大悟：这人居然是李云博，他什么时候回来了？这场让他惨败的战役，原来是他小子一手策划的，怪不得如此周全缜密，全然将他置于死地！他仰天大笑道："原来是李学士，怪不得，让我张文表败得这么惨！唉，败在你手下，我张文表心服口服，死而无憾！这三湘四水，有谁是你的对手！你要是回来了，早跟我说一声，我即刻缴械归降，用不着这般大动干戈！如今虽然迟了，我张文表也要立即下马，向你投降，要杀要剐，随便学士大人处置！哈哈哈……"说罢，丢了大刀，跳下马来，倒身跪地称降。将士们一拥而上，将张文表及其残兵都绑了。

李云博让杨师璠进山清剿残余，又请李天晨驻守岳麓大营，命将张文表暂且关押营中，听候发落。自己就过了湘江，爆战军长沙密事营将士早在湘春门迎候。李云博一进入长沙城，就往碧湘宫里去，寻找被软禁的徐仲雅，终于在一处阴暗的小院子见到了他。

"弟子李云博救驾来迟，请先生恕罪！"李云博一看见徐仲雅，倒地就拜。

"岫南？你回来了？真是太好了！"徐仲雅看见李云博，连忙上前扶他，没想到身子一软，也倒在地上，抱住李云博失声痛哭，"老夫以为，这辈子见不到你了！能够见你一面，死也足矣！"

李云博扶起他道："先生快快起来。如今刚刚打败张文表，长沙乱象犹在，尚不是我师徒叙旧的时候。还望先生以大局为重，出来协助处理潭州政务。"

徐仲雅起身，欣然道："岫南要老夫出来任事，老夫绝不推辞！"师生简单聊了一会儿，就一头扎进恢复长沙秩序、整顿官府衙门的事务之中。李云博将潭州降卒整编，裁减淘汰老弱，发放银两遣散回家。精选少数强壮勇武士卒充实到密事营各都，大部分留作潭州府兵，负责长沙治安。又发布安民告示，历数张文表罪状，并宣布潭州归入大宋治下。

第二天，杨师璠派人过江禀报：山里的衡州兵得知张文表惨败被俘，群龙无首，大部分投降，也有少部分四散而逃。张文表部将刘虎乱军之中丧命，王树被俘，白箬铺、玉潭关均被占领，清剿事宜全面完成。还问下一步怎么办。李云博命令李天晨就地收编降卒，要杨师璠带领朗兵，押着张文表回朗州复命。杨师璠接到李云博指令，思虑再三，留下两千人马守玉潭，自己带领三千人马，押着张文表回朗州去了。

消灭张文表、占领长沙之后，李云博便派人前往江陵，向慕容延钊和李处耘报告。又上书朝廷，告知潭州平定之事，并奏请朝廷，及时派官员到任治理，还推荐徐仲雅出任武安节度副使。不日之后，就得到慕容延钊和李处耘的回信，说是荆南已平，大军即将入湘。

李天晨收编完衡州降卒，过江请求朝廷收编神刀营，并请回醴陵驻防，替朝廷镇守南疆。李云博想了想，道："收编地方军队，需要枢密院将令。我来之前，只请旨收编泰平阁，忘了还有三叔醴陵大营和五叔的神刀营。三叔说说，这两座大营，还有多少人马？"

李天晨道："这两座大营，早在五年前就被周行逢合并为醴陵神刀营了，共有兵马三千。前几天接到你六叔的密信，要我们赶过来助阵，堵住张文表的退路，我带了两千过来，你五叔和剩下的一千人马守大营。这几日收编了大量衡州降卒五六千人，差不多有近万人马了。"

"这么多！"李云博吃了一惊，说道，"降卒比本部人马还多，不好驾驭。这得重新整训编排，先将一些老弱病残或者不安定分子裁减掉，发路费遣散回家。你那里，最多只能留三千人，其余全部交潭州府衙。侄儿将刚刚整编的潭州兵调拨一千人给你，你将队伍混编，提拔一些可靠的将领担任指挥和都头、虞候，加强军队管制，莫让衡州兵抱团，省得他们生事。对了，这就作为朝廷预备收编，你的临时番号是大宋禁军爆战军醴陵炮火营，你任临时指挥使，五叔任临时副指挥使，受小侄直接统领。小侄这就起草军报奏折，向朝廷和慕容大帅禀报。"

李天晨大喜道："这样收编，真是太好了！三叔代表全营将士谢谢你了！"

李云博道："你们截断退路，生擒张文表，平叛有功，又主动请求收编，功莫大焉。这是小侄应该做的。至于最终如何收编，全由朝廷定夺。"想了想，又说道，"三叔，你尽快完成收编改编事宜，三日后，分派两千人马交给五叔镇守醴陵大营，要他制作一些威力较大的炮火，及时送到岳麓大营。你亲自带领本部其余人马，前往收取衡州。张文表一败，衡州必乱，如今也定然空虚，你趁机取下，然后以朝廷名义告示安民，我会上书朝廷，请旨派员治理。你到了那里，一定要严明军纪，谨慎行事，确保衡州安稳。我处理完长沙事务，就会赶过来。"

李天晨一一点头应承。他突然问道："岫南亲侄子离家多年，何时回去看看？"

"眼下军务紧急，只怕一时半会儿抽不出时间。"李云博顿了顿，问道，"家里都还安好？"

李天晨道："家里都好……"

李云博又问道："阿翁身体如何？"

李天晨道："你阿翁近日来有些不适，但无大碍。可能是年纪大了，常感风寒。"

李云博继续问道："我娘亲可好？哦，我爹爹怎样？"

李天晨道："你娘亲整天带着一大堆孩子，虽然有些累，但身体也还行，只是常常挂念你。你爹爹嘛，他如今担着家族的重担，忙得很呢……"

"哦，那就好。"李云博又问道，"三叔公和二叔呢他们可好？"

李天晨道："你三叔公赋闲在家，含饴弄孙，好得很。你二叔协助你父亲管理家族大业，也很忙。不过，他们都好。只是……"

"只是什么？"李云博看着李天晨欲言又止的样子，问道。

李天晨叹了口气，说道："还是等你忙完了，回去看看，就什么都知道了。如今你军务繁忙，分不得心。等有了空，我们叔侄好好聊聊。"

李云博也就不多问了，因为眼下的事情千头万绪，他的确分不得心。于是就送李天晨出门，继续忙碌起来。

◈ 六、张崇富纵兵掠城，李处耘以暴制暴 ◈

　　杨师璠押着张文表回到朗州复命，详细禀报了灭敌经过，特别是对李云博的奇谋妙计大加赞叹。节度观察判官李观象听说李云博秘密抵达潭州，大惊失色，一个劲地摇头叹息。又听闻李云博占了长沙，打发杨师璠押着张文表回来复命，知道这是他做的顺水人情，就建议武平节度使周保权处决张文表。杨师璠奉命斩了张文表，并将首级挂在朗州城门外示众。

　　慕容延钊和李处耘接到李云博报告，又得知张文表已被周保权部将杨师璠所杀，所有衡州兵马全军覆灭，甚是欣喜。两人商量进兵事宜，慕容延钊主张由东边入湘，先取三江口，再进入岳州，去到长沙，杀往朗州；李处耘主张从北边入湘，经过澧州直接进攻朗州，一时间两人争执不下。加上因为白湖马夫事件，两人生出嫌隙，各不相让，最后兵分两路，李处耘率领禁军先取澧州，然后直接前往朗州。慕容延钊率领厢兵攻取岳州，然后从长沙西进，策应朗州。驻于朗州的周保权得知宋兵逼近朗州，心中害怕，便召部下商议。

　　观察判官李观象说道："张文表已经被诛，而宋兵不退走，反而向朗州开来，必定是有意占领我湖湘大地。如今荆南高氏已归顺朝廷，我们失去北方屏障，唇亡齿寒，朗州已势不能保，不如仿效荆南办法，归顺朝廷，可保富贵。"

　　周保权听后，觉得有理，打算依此行事。可是朗州指挥使张崇富却大呼道："你们文官，哪懂得军事，先人创下基业，岂可轻松放弃，看我领兵出战，必将来兵杀得片甲不回。"

　　李观象道："张将军此言差矣！常言道，识时务者为俊杰。此番中原出兵，不是小股部队，而是大军压境。老夫得报，领军的统帅是当今名将慕容延钊，他曾经是统帅十万殿前禁军的副都点检，如今的监军是平定二李战功赫赫的宣徽南院使、枢密副使李处耘，军师是翰林学士、爆战军都指挥使李云博，率领大军三四万，这如何能敌？宋军不费吹灰之力就收取荆南，收降了万余荆南兵，听说也都开进了湖湘。别的不说，就一个李云博，我等都难以应对，他只身入长沙，仅凭神刀营三千乡兵，联合我朗州杨师璠将军，没费什么代价，就将坐拥潭衡二州的宿将张文表杀得片甲不留。李云博离开湖湘多年，你们不熟悉，张文表你们不会不熟悉吧？连如今湖湘第一勇将都不是

他的对手，你我无名之辈，岂是他们的对手？更何况他们兵力超我数倍，张将军还是不要冒险了！"

杨师璠也说道："李大人所言甚是！这次末将奉命讨伐张文表，那是亲眼见识了李云博的厉害。末将刚到沧水铺，就听说张文表重兵进驻玉潭关，于是下令安营扎寨，等待战机。可是，我朗州五千人马，又是远道而来，他张文表拥兵近两万，又得地利，如何能敌？正当一筹莫展之际，李云博突然夤夜来访，授以妙计，两天后全歼张文表。这样的谋略大家，又兼有名帅猛将领军，我们朗州万余人马，肯定不是对手。不如按照李大人所言，早早献土归降，即可保主公及各位同僚不失富贵，又能让朗州百姓免于战火，何乐而不为呢？"

行军司马汪端骂道："你等一干软蛋，面临强敌就贪生怕死，保全自身，真是鼠目寸光、无用至极！兵家有云：兵来将挡、水来土掩，我朗州将士，岂是无能之辈！末将以为，张将军所言甚是，就请张将军率军迎敌，汪某坐镇朗州，坚壁清野，誓与朗州共存亡！"

周保权不过是个十一岁的小孩子，哪能有什么主见，即使不肯与宋兵作战，也无法管束这般统兵的武将，只好听之任之。李观象、杨师璠苦苦规劝，没想到激怒张崇富、汪端，被他们抓起来，投进大狱。

张崇富便点起兵马五千，前往北部边境抵御宋兵。他领兵来到澧州，李处耘的大军尚未到达。张崇富下令全军进城驻防，严阵以待宋朝大军到来。李处耘来到澧州附近，听说张崇富大军驻守，便下令安营扎寨，埋锅造饭，明日攻城。

第二天，两军列阵相对，李处耘用鞭鞘指着张崇富道："朝廷应你们请求，出兵湖南平乱，如今你却抗拒王师，究竟何意？"

张崇富冷笑道："张文表已经伏诛，你们尚不回兵，无非是想吞并湖南而已。须知朗州非比江陵那么软弱，你们趁早回去，免伤两家和气。"

李处耘大怒，喝道："你这不知天高地厚的跳梁小丑，有什么资格代表朗州。本都向来不杀无名鼠辈，你且回去，让周保权来见本都。"

张崇富道："大都督岂肯见你们这些强盗！哼，我张崇富堂堂朗州指挥使，多年以来雄镇一方，在你眼里，居然是无名鼠辈！那好，就让你瞧瞧朗州无名鼠辈的厉害！"说罢拍马舞刀出阵，直取李处耘。旁边的偏将张勋见了，纵马提刀出阵，来战张崇富。二人战了二十多个回合，张崇富力怯，拨马便走。李处耘一声令下，全军奋勇追杀。张崇富损兵折将，赶紧窜入城中，闭门坚守。李处耘命令大军将澧州城团团围住，也不强攻，以逸待劳，坐等他们弹尽粮绝，不攻自破。

到了晚上，没想到张崇富纵兵掠城，大肆抢劫城中百姓，奸淫烧杀一通之后，率军

突围。李处耘得知情况，勃然大怒，命令强行攻城。朗兵大败，张崇富带领数百人突围出去，窜入敖山。李处耘将未及逃走的朗州兵全部俘获，得降卒三千余人。

李处耘进了澧州城，看见大街小巷尸横遍野，店铺房屋狼藉一片，许多地方化为焦土，还有的正在燃烧，心中十分震怒。他命令大军赶紧救火，又叫人安抚百姓，直到第二天城中才恢复秩序。

李处耘对于张崇富纵兵掠城十分恼怒。看着这群连自己的乡亲都不放过的朗兵，他真想全部把他们处死，一泄心中怒火。但是，大规模杀降，是朝廷不允许的，也是损害王师形象的。这样的兵痞，他是不屑于收编的，留在禁军队伍里，肯定会成为害群之马；可是放了他们，又怕他们继续为非作歹。两难之间，突然心生一计，决定以暴制暴。于是叫来偏将张勋，命他挑选二十名膘肥体壮的降卒，剥去衣服，洗了又洗，赤身裸体押到城市中心，并命人摆上案席，坐满禁勇，又上了酒菜，将二十名降卒押上来，把三千降卒押到周围，要他们观看。又对几位将领一通嘀咕，密授机宜。众将听了，都点头领命而去。

准备妥当，李处耘说道："都说你们朗兵，是南方蛮夷，今日见你们掠夺百姓，看来一点不假。你们是全副武装的将士，对付手无寸铁的老百姓，如此烧杀奸淫，无恶不作，算什么本事！本都平素最恨倚强凌弱、残害百姓的兵痞。你们居然连自己的父老乡亲都不放过，还是军人吗！既然你们不仁，就别怪我不义。今日，本都举办一场人肉宴，一是替惨遭屠戮的满城百姓报仇，二是警告那些只会欺压百姓的兵痞，要是有人再胆敢欺压凌辱百姓，将是同样的下场！开刀，就食！"

"将军饶命！我等掠城，是张崇富的命令……我们再也不敢了，请将军饶了我等狗命吧……"朗州降卒听说要杀他们吃肉，一个个吓得瘫倒在地，求饶之声不绝。

李处耘大声笑道："这次南征，行进匆忙，粮草不足。正好，你们这三千降卒，够我们万余将士吃上几天的。"

降卒听了，更加惊恐万状，继续哭爹喊娘地磕头求饶道："我等的确犯下大错，罪不容赦。请大将军高抬贵手，手下留情，我等今后，绝不干伤天害理的事。求求将军，发发慈悲，别吃我们吧……"

一位老者站出来，拱手说道："启禀将军，朗州兵固然犯下大错，罪不容赦。可是，他们也是爹娘所生，爹娘所养，都是血肉之躯，将军杀一儆百，已经够了。如若真的将三千朗州兵全部脔食，那将是另一场人间惨剧！将军爱民美名，将不复存在，而且会背上脔食降卒之千古骂名！以暴制暴，也得适可而止，绝不能过火，因为过犹不及啊！小人请将军三思！"

"老先生所言甚是！这食人之举，的确有伤风雅。李某如此而为，的确有些过火。

那好，就依先生所言，就此罢了。"李处耘拱手谢过老者，又对降卒骂道，"你等滔天罪行，就是杀上千次万次，也不足以平息民愤。吃你们，并非我中原将士残暴，而是见你等确实罪大恶极，迫不得已才采取这般过激手段，这叫以暴制暴，你们懂吗？再杀你们吃你们，不仅弄脏了我们的刀，也弄脏了我们的嘴！但是，你们死罪可免，活罪难逃！"

降卒纷纷谢道："多谢将军高抬贵手，只要能留住小命，我等甘愿受罚！"

李处耘恶狠狠地说道，"既然你们有悔改之意，那好，就让你们的罪孽，永远留在你们的脸上，让你们在耻辱中度过余生。来人，将这些兵痞全部施以黥刑，刺上'朗州兵痞'四个字，让他们永世不忘昨夜在澧州犯下的滔天罪孽！"

"谨遵将军将令！"禁军勇士一拥而上，不由分说，将朗州降卒处以黥刑。但人实在太多了，处罚了数百名降卒之后，就罢了手。末了，李处耘道："现在，本都放你们回去。你等给我记住：绝不能再欺凌百姓，也不得再回到朗州军队里去，更不能与我大宋为敌。回去告诉周保权，过两天，我中原王师，将造访朗州，要他们识相点，赶紧开城投降！"朗州降卒看见留住了性命，哪还有不应允的？李处耘见他们一个个吓破了胆，也就不再啰唆，命令将他们赶出城去。

◆ 七、得知李处耘脔食降卒，李云博急忙改道澧州 ◆

在徐仲雅的协助下，李云博带领大家日夜奋战，长沙很快恢复了秩序。爆战军长沙密事营也将城防和治安事务逐步交给了潭州府衙，全面退出地方军政事务。不久，李天威派人将第一批炮火武器送达，密事营副指挥使李天骏又按照李云博的命令，率领大半禁军渡过湘江，驻守岳麓大营。

这天，李云博上街巡查长沙城防和市井秩序。路过刘侍郎府邸的时候，他看见跟在身边的刘如霜望着大门，半晌没动。李云博明白她的感受，于是就和她一起下马进门踏看。叩门而入，只见马馥湘迎了出来，说道："岫南，如霜妹妹，你们来了！来，里面坐。"

于是进屋喝茶。马馥湘的日子过得很清苦，因为这些年，她一边做些小生意，一边寻找刘如霜，又要送儿子进岳麓书院读书，主要收入还是湘思居（即原驸马府）出租的银子，有些入不敷出。聊着聊着，马馥湘道："如霜妹妹，为了寻你回来，这些年，我一直待在长沙，还把你们家的府邸买过来，就等你回来呢！如今你回来了，可以归还给你了。我可以放心回瑶池，好好侍奉公婆了！"

刘如霜道："姐姐说什么话！这房子，是你买的，你又住了这么多年，更何况我一个出家人，要房子作甚？"

马馥湘道："魏夫人……哦，就是柳烟姑娘……一再交代我，说是找到妹妹，一定要劝说你和岫南完婚，这不仅是你去世的祖父、父母的遗命，也是柳烟姑娘和我们的愿望啊！"

刘如霜笑道："小尼我既然遁入空门，就将这些早已放下。"

李云博道："人非草木，孰能无情。你遁入空门，是迫不得已。数年前你手刃徐威，大仇已报，如今也该还俗回家，过上平凡人的日子。二嫂要回瑶池，她还有一座湘思居的宅院，这房子，是特意为你准备的。你就收下吧。"

刘如霜摇摇头道："我一尘外之人，四海为家，要这座府邸作甚？"

李云博道："你别忘了，我们还有婚约呢！等我平定了湖湘，就和你完婚，就住在这里，如何？"

刘如霜笑道："你我婚约，早已经解除。更何况为了寻仇，我自毁容貌，如今已经出家，怎么可能和你这朝廷命官完婚呢？传出去，你李翰林娶了一位毁了容的尼姑，还不让天下人笑掉大牙！"

李云博一本正经地说道："解除婚约，是你一厢情愿，我李云博又没同意。我原以为，这天下一统遥遥无期，觉得投身其中，自家性命且不能保，如何能给你幸福呢！经过这些年，经历了这么多事，我渐渐想明白了，自己和亲人的幸福都顾不上，还有什么资格谈让天下人幸福呢？所以，我一定要和你完婚，让你过上幸福的生活。毁不毁容与完婚没有任何关系，我喜欢的是你这个人。至于出家，还俗不就行了？我李云博都不在意，天下人要耻笑，由他们耻笑去！你以为我李云博是谁，娶妻生子，人人个个都关注着？真是！"

马馥湘道："岫南说得有理啊！如霜妹妹，你得听啊！"

刘如霜笑道："他的道理总是一通一通，口舌之辩，我自然不是他的对手。但是，姐姐，你以为他真的喜欢我吗？那，柳烟姐姐呢……"这话一说出口，刘如霜就后悔了。

马馥湘惊道："如霜妹妹，你真是……你说什么呢！"

"柳烟姐姐嘛……"李云博被问住了，他嗯哈一阵，说道，"和魏姐姐私订终身，那时年少不懂事，意气之下就干了蠢事。其实，人生在世，哪有那么多自以为是的事情。这婚姻大事，还是得父母之命媒妁之言，要不天下男女都私订终身，这个人伦纲常，还不乱了套！"

刘如霜不小心说到了魏柳烟，又见马馥湘提醒，更害怕李云博追问下去，就不吭声了。李云博以为说服了她，很是开心。突然想起魏柳烟，就问道："魏姐姐现在可好？嫁人了吗？"

刘如霜大惊，赶紧胡乱说道："啊啊，柳烟姐姐嫁人了，还生了一个儿子，都快六岁了……"

马馥湘也附和道："是是是，早嫁人了……"

李云博听了，放下心来。他又问道："魏姐姐嫁给谁了？在长沙吗？"

刘如霜只得往下编："不在长沙，姐姐嫁到朗州去了，听说夫家是武陵县里的一位官家，姓李，具体情况我不太清楚，这些年联系不多。"

李云博听了，叹息道："那就好了。只是魏姐姐天生丽质，又博学聪颖，是长沙城有名的才女。嫁给一个乡里小吏，太委屈她了……"

刘如霜早就想躲过李云博的追问，看到机会来了，就将柳眉一竖，问道："你说，你是不是对柳烟姐姐念念不忘？既然如此，我们还是别……"

李云博赶紧说道："不不不，我不是这个意思……你别多心。"

刘如霜不依不饶："我是在多心？既然如此，我看我还是回碧云庵吧。"说着，就要冲走。

李云博一把扯住她道："妹妹息怒！我今后，保证不再提她的名字了，好不好？你饶我这一次吧。……哎，当时我一听到这碧云庵，就知道，你我注定有缘啊……"

刘如霜听了，顿时泪如泉涌：在当今世上，她最为牵挂的两个人，一个已经离开人世，一个却被蒙在鼓里，什么都不知道，她如何不伤心呢？可是，李云博正进行着他的事业，不能受这些事情困扰。尽管这一切，迟早会要来临，但现在让他知道真相，显然不是时候。只要李云博能够渡过这一难关，要她做什么，她都愿意，包括要她还俗，甚至和他完婚。又见马馥湘一片诚意，推脱不过，为了继续隐瞒魏柳烟的事情，只得答应收回房子。马馥湘又留他们吃完饭，刘如霜怕她失口说出真相，就以李云博军务繁忙为由，告辞去了。

过了两天，就传来慕容延钊会同已经称降的江陵水师占领了双江口，正兵进岳州；李处耘那边没有任何消息，只听说他率领一万禁军前往澧州。李云博没想到大帅和监军分头行动，估计两人有了嫌隙，便急忙修书慕容延钊，请他收取岳州之后，来长沙坐镇，又写信给李处耘，要他占领澧州之后不要冒进，也千万别妄动兵戈，一切等他到了朗州之后，再作计议。

李云博本来想等慕容延钊到达长沙交接过后再去衡州，不知什么原因，等了几天，也不见慕容延钊过来，估计他已经攻占岳阳，很可能在那里休整，应该不出两天就会进

入潭州，于是就留下书信，请徐仲雅代为转交，自己就马不停蹄地赶往衡州。

到了衡州，发现李天晨已经完全占领和控制了这里，很是高兴。他接连忙碌了几天，将州府及其属县各种情况及原来官吏都登记造册，也写了奏章，上报朝廷，并恳请朝廷尽快派员治理。看见差不多到位，他就告别李天晨，匆匆忙忙赶往朗州。

其实，李云博最不放心的还是李处耘。他知道，李处耘生性耿直，易于冲动，又行事鲁莽，怕他不分青红皂白滥用武力。况且，他已经听说了李处耘和主帅慕容延钊一路过来别扭不断，如今两人兵分两路，很可能不是战术需要的分兵，而是各自为政、互不买账的结果。朝廷收取荆南湖湘的战略意图很明显，那就是尽量以和平手段收降，减少武力征服，实现以不战而屈人之兵，体现大宋朝廷仁义之师的风范，让天下诸侯望风归顺。李处耘万一鲁莽行事，影响朝廷收拾人心的大计，甚至被慕容延钊抓住了把柄，岂不坏了大事？

带着百余骑奔驰了一天，就到了汉寿军山铺，离朗州已近不远了。看看天色尚早，李云博吩咐大家就地休息，吃点东西，喂喂马匹，好继续赶路。又派出探马，先行前往朗州外围和澧州方向打探情况。大约歇息小半个时辰，正准备出发，突然探马来报：官道上涌来许多逃兵，一个个惊慌失措，不顾一切往西边逃去。其中还有一些士卒，脸上居然被刺字涂黑，看样子是受了黥刑。李云博一惊，暗自思忖：难道是李处耘那边有了动作？肯定是他们占领澧州，不然不会把罪犯也放了出来。不对啊，罪犯获释，天大的好事，惊慌失措地逃跑干什么……疑惑之间，就连忙命人抓来几个逃兵审问，包括两个脸上有黥印的。

李云博问道："你们是哪里的部队，为何溃散逃跑？北边出了什么事啊？"

一个答道："回禀大人，我们是朗州指挥使张崇富手下的军士。昨日朝廷大军攻占澧州，张崇富连夜突围，我等三千人被俘，后来被放回来的……"

李云博问道："既然城破，你们投降，又被释放，为何要慌不择路地逃跑啊？"

那人道："大人有所不知。昨日城破，一位虎背熊腰的将军，抓了大批降卒，挑选出二十名膘肥体壮者，当场宰杀，并命将士们当午餐……他们哪里是中原王师，简直就是北方土匪，吃人肉眼睛都不眨一下……"

"什么？"李云博大吃一惊，他万万没想到，李处耘居然如此惨无人道，还以为自己听错了，于是厉声问道，"堂堂中原朝廷，大举仁义之旗，怎么会杀降食肉？你等敢污蔑诋毁朝廷禁军，那是杀头大罪啊！究竟是何种情况，还不从实招来！"

那人道："回禀大人，小人句句是真，要是有半句假话，你将小人碎尸万段！"

李云博又问一个脸上黥有"朗州兵痞"黑印的士卒："你等是曾经犯了军法，被处

以黥刑，来不及流放，城破之后被中原朝廷放出来的吗？"

那人顿时哇哇大哭道："非也。我等也是朗州降卒。那位将军杀降食肉之后，还要继续吃人，被一位老者拦住。将军说我等死罪可免活罪难逃，不问青红皂白，将我等数百人处以黥刑。说是要我等前往朗州通风报信，过两日会造访朗州，特意黥了'朗州兵痞'几个字……我等万幸，不是膘肥之辈，免了一死。否则，早成为中原军的肚中之物了……"

确信李处耘干下恶事，李云博勃然大怒："这个莽夫，居然杀降食肉，简直禽兽不如！这等暴虐之举，岂不坏了定湘大计！"

本来，他是想先前往朗州打探情况，争取会见武平军观察判官李观象甚至见到周保权，跟他们晓以利害，趁早归降，不动兵戈和平取下朗州。这李处耘脔食降卒，消息传出来，肯定天下哗然，不仅朗州一时半会儿攻不下，只怕其他州县，也会以此为由誓死抵抗，这不给朝廷惹下天大麻烦……他来不及多想，决定改道北上，先去澧州制止李处耘的暴行，然后再想办法稳定局势，设法劝降朗州不迟。打定主意，李云博放了逃兵，连忙写了封信，命人火速前往朗州，秘密交给武平军观察判官李观象，就带着大家马不停蹄地往澧州奔去。

第十章 DISHIZHANG

纳土归流

◆ 一、震惊之余，李翰林怒斥李都监 ◆

李云博赶到澧州城下的时候，天色已经傍晚。通报过后，就匆匆进城。城门守将见军师到了，赶紧将他们领往李处耘大帐。李处耘听说李云博来澧州了，大喜过望，连忙起身出帐迎接。

李云博看见李处耘，也不行礼，劈头盖脸骂道："李处耘，你还是人不？"

李处耘从来没见过李云博对他这般直呼名姓，估计他听说了脔食降卒的事情，知道他很生气，也不计较，笑着问道："岫南贤弟，我怎么不是人了？"

李云博道："你知道你干了些什么吗？斩杀降兵，脔食人肉，黥刑降卒，令人发指，这是人干的事吗？"

李处耘道："这是大哥破敌之计尔！你想想，我为振军威，演一出人吃人的野蛮剧情，故意给朗州降卒看，又将一些降卒处以黥刑，让他们逃回朗州通风报信，目的就是要让朗军谈宋色变，闻风丧胆，达到震慑敌军、一战而定的效果。岫南贤弟，你说说，大哥这计策，妙不妙啊？"

李云博没想到他不仅不知悔改，反而洋洋得意，指着他鼻子骂道："你这是作死，你知不知道？"

"作死？"李处耘见他不依不饶，也有些火了，"杀了几名降卒，有那么严重？岫南你别危言耸听了！"

李云博道："我危言耸听？大哥身为监军，本身就肩负军中执法监督使命。圣上派遣我等平定荆楚，是一统天下战略的第一步。这一步很关键，也很重要。我们能通过和平手段收取了荆南，为何不可以用同样的办法收取湖湘呢？况且，小弟大破张文表，已将叛贼正法，轻而易举得到潭衡二州。只要能够不动兵戈取了朗州，周保权愿意称降，湖湘大地就全部归入大宋治下，根本不需要损兵折将、大费周章。你为何不听劝说、妄动兵戈，还在澧州干下这惨无人道的事情来？"

"贤弟的来信，我看了又看，怎么是不听劝说呢？你不了解当时情况！"李处耘辩解道，"大哥我是想和平收取澧州，然后等你到达之后，一起逼降周保权，收取朗州。可是，我还没抵达澧州，周保权就派指挥使张崇富率领五千人马进驻澧州城，还挡住我们的去路，气焰十分嚣张。此等情况下，岫南你说，不打，行吗？"

李云博道："不打不行。可是你有一万禁军，他是你的对手吗？就算在战场上将他们围而歼之甚至赶尽杀绝，我都无话可说，战场上嘛，毕竟是你死我活的较量。可是，三千朗州兵已经缴械投降，你为何还要脔食他们？"

"他们烧杀掳掠、残害百姓，我是以牙还牙，以暴制暴！"李处耘怒道，"首战，张崇富大败逃回城里，我就围而不攻、以逸待劳，先困他们几日再说。没想到这群家伙，居然连夜纵兵抢掠，在城中杀人放火、奸淫掳掠，无恶不作。我得知情况之后，下令强行攻城，才避免了百姓受更大的伤害。你知道，我平素治军，最讲军纪，所到之处，秋毫无犯。也最痛恨这些毫无纪律、欺凌百姓的兵痞人渣。你说，这些兵痞居然连自己的父老乡亲都不放过，他们该不该杀？"

"小弟我知道，你最讲纪律。"李云博道，"他们毫无纪律，抢掠百姓，的确该杀！你抓几个典型，斩首示众、以儆效尤就是，为何要将他们脔食？而且还唯恐天下不知，搞这么大的人肉筵席场面，甚至一下子黥刑数百人，你这不仅是将自己的罪行公之于众，而且是让这一切留下罪证！"

李处耘道："这不也是愤怒至极的情况下，急中生智嘛。虽然有些过激，但是，对于震慑朗人，收取朗州，还是会有效果的。"

"会有效果？我看适得其反！"李云博见他仍然不知轻重，怒道，"大哥，你脔食降卒，犯下大错，当真不知？"

李处耘一愣，笑道："大错？脔食降卒，以暴制暴，震慑敌军，有何不妥？你别危言耸听了！"

李云博道："那好，小弟我就帮你数一数。其一，杀降历来是军中大忌，你不仅杀降，还脔食降卒，这是惨无人道、违背伦理的恶行，仅此一条，你将万劫不复；其二，朝廷明令一统天下兴的是仁义之师，上承天意、下顺民心，以不战而屈人之兵，不仅要让诸侯臣服，还要让天下归心，你杀降脔食，逆势而为，败坏朝廷及王师形象，这也是灭族大罪；其三，得城池易，得人心难。你用残忍至极的手段威慑敌军，但很可能激起众怒，其后果也会适得其反。三湘四水历来民情彪悍，吃软不吃硬，要是湖湘州县和父老乡亲抵制你的暴行，众志成城，群起反抗，与我们血战到底，我们数万兵马，是数百万湖湘军民的对手吗？只要这种情况出现，一时半会儿平定不了湖湘，你李处耘不仅是罪魁祸首，还将成为千古罪人。第四，你这荒唐残暴之举，给早就想排挤除掉你的政敌留下把柄。你和慕容大帅一路互不买账、别扭不断，如今已经情同水火；赵普等一干朝臣也怕你建功立业盖过他们的风头，你这等鲁莽行事不计后果，一旦他们落井下石，你将永世不得翻身。你说说，问题严不严重，是小弟我危言耸听吗？"

"这……"李处耘听他这么一分析，吓出一身冷汗，但他依然心存侥幸，"为兄杀降脔食，的确有些过火。但常言道，将在外，君命有所不受。我如此而为，事出有因。更何况，我和圣上有八拜之交，又和光义交情甚笃，圣上不会因此而置我于死地的……"

"你别狡辩了，好不好？"李云博见他仍然抵赖，痛心疾首地说道，"大哥，我们义结金兰，一直以来情同手足。可是，在大是大非面前，圣上会因为交情，不顾朝廷大局和国家利益，对你徇私枉法、网开一面？你别幻想了！既然错了，就勇于承认，负荆请罪，说不定，会得到谅解，从轻发落……"说着，便落下泪来。

李处耘见李云博这般模样，知道罪孽深重，躲不过去了，但他生性傲岸，反而安慰李云博道："岫南贤弟，你别这样。大哥我一时糊涂铸成大错，如今悔之晚矣！只是我李处耘一生，驰骋沙场，杀敌无数，没能够战死疆场、马革裹尸，而是死于自己的过失，真是不甘心啊！你别难过，二十年后，我李处耘又是一条好汉！"

李云博流泪道："大哥，只要认识到错误，主动负荆请罪，然后将功补过，采取强力措施平定湖湘，或许能够免去一死。你我同时上书朝廷，你请罪，我请朝廷处罚你，再将情况报告慕容大帅，请他据实上报，然后合兵一处，围攻朗州。只要朗州不出问题，其他州县翻不起大浪。你看如何？"

没想到李处耘不同意："请罪好说，你为何还要请求朝廷处罚我呢？报告慕容延钊也不行，他一旦公报私仇，借机置我于死地，那大哥我就真的死定了！与其被他弹劾、羞辱折磨而死，还不如拔剑自刎算了！好死总比烂活强！"

"大哥千万别胡说！近年来，你南征北战，功勋卓著，多少人眼红你啊！怎么能说死就死呢，岂不让别人顺了心！"李云博宽慰他道，"也正是你这些年功劳太大，一路升迁平步青云，才助长了你独断专横、轻慢他人的作风，一点也不知道藏锋守拙、韬光养晦。这也算是个教训，大哥今后，一定要谨言慎行，凡是遇事，都得三思而后行啊！"

李云博见李处耘不吭声了，于是继续说道："大哥以武力立身，也不缺乏谋略，是当今为数不多的勇将。但性情耿直、行事鲁莽，也是不争的事实。数年前大宋初立，大哥突然晋升客省使、枢密承旨，我一边替大哥高兴，终于跻身朝堂，大志得展，但又开始担心，害怕大哥居功自傲，目中无人。后来，大哥以行营兵马都监身份随圣上平定李筠之乱，我当时也担心，大哥立功心切，事事奋不顾身、抢人风头，果不其然，大哥立下战功，升任羽林大将军、宣徽北院使，招致了多少人的记恨啊！两年前，大哥作为先锋讨伐李重进，又立下大功，并临危受命以宣徽北院使、枢密副使身份权知扬州。你行伍出身，没有处理过地方军政，而协助你的巡检潘美、都监张勋都是有勇无谋的莽夫，我当时怕你驾驭不了，犯下大错。没想到，你对那经历兵火之余的扬州，采与民休息之政策，勤于抚绥，实行轻徭薄赋，暗暗赞叹你有治政之能，会实行善政。当小弟听说，你还不时召问属县父老，访知民间疾苦而悉数除去，让吏民皆心悦诚服，扬州恢复安泰，城乡大治，心中更是欣慰不已，觉得我的大哥已经真正成熟起来。小弟记得，建隆三年十月也就是数月前，大哥奉诏回京，扬州老百姓涕泣挽留，箪食壶浆送你到十里长亭之外，以至数日难以离去。我就完全放下心来，觉得大哥完全可以独当一面，不再莽撞了。没想到，此次入荆湘平叛，你却犯下大错，多少年的功勋，将会毁于一旦啊！"

李处耘听他历数自己的成长经历，时刻关注着他的一举一动，心中很是感动。这些年来，他南征北战，军务十分繁重，兄弟们也聚少离多，对于一直处于人生逆境、大志得不到施展的李云博关心太少，不免有些内疚起来。但他对李云博的指责，仍然不能认同。他装着平静地说道："岫南贤弟，你说得太对了。这些年圣上委以重任，虽然辛苦，但也觉得很值。我只想一心完成圣上所托，尽我所能，没有顾及其他。如今事已至此，就听天由命吧，没什么大不了的。"

李云博道："大哥，这件事非同小可，绝不能听天由命，你得听我的，或许会有一线生机……"

李处耘打断他的话道："你来澧州，一进门就指着大哥我的鼻子骂，水都没喝一口，也该歇歇了。我们兄弟先吃饭如何？"

李云博知道自己说多了，再说下去，恐怕也是对牛弹琴。于是说道："也好，那就先吃饭。我可有言在先，这件事情，你就按我说的做……"

李处耘道："好了好了，大哥全听你的，还不成吗？你烦不烦……走，吃饭去！"

李云博知道李处耘内心不服气，害怕他又干傻事，就寸步不离地跟着他，同吃同住，抵足而眠，又将写好的请罪奏章交给李处耘，逼着他一字一句地抄写。李处耘无奈只得就范。李云博见他抄誊完毕，又签署大名，盖了印信，交给他收起，才放了心来。于是就将自己署名的请求朝廷严惩李处耘的奏章先后分派信使，火速送往京师。他又致信已抵达长沙的慕容延钊，告诉他澧州发生的事情，请他火速赶往朗州，应对接下来可能出现的被动局面。没想到李处耘暗中命人截获了书信，将它们藏了起来。又见李云博形影不离地跟着自己，很是恼火。于是暗中命令张勋率军强攻敖山寨。不日之后，敖山寨攻克，张崇富逃走，带领残兵逃回朗州去了。

李云博见李处耘依然我行我素，知道拦不住他，就建议他大军南下，直取朗州。李处耘大喜，依计而行，率军抵达朗州城下。李云博估计慕容延钊应该到了，却还未出现，心中起了疑心。一次趁李处耘熟睡，从李处耘的衣兜里搜出了两封奏章和写给慕容

延钊的信件，才知道被李处耘暗中截获，气愤异常。情急之下，他没敢声张，暗中差人先后将奏章和信件火速送出，又命令禁卫都尉江猛派人严密监视李处耘，时时提防他因为求胜心切而剑走偏锋。

◆ 二、澧州事件激起湖湘吏民奋起反抗 ◆

武平军行军司马汪端得知李处耘杀降啖食、黥刑降卒之后，异常惊恐。惊恐过后，又觉得这是个机会，一旦抓住了，自己就可以成为湖湘大地实际的掌控者，这让他莫名地兴奋。说干就干，他联合刚刚兵败回城的张崇富一起，连哄带骗再加一点威胁，名义上是请示周保权，实际上是逼迫这个十岁出头的孩子，要他下令各边关大营、各州刺史率军援助朗州，奋起反击大宋军队。李观象、杨师璠尚在大狱之中，周保权自然没有主意，一切只能按他们的意见办。

挟持周保权而且大权在握的汪端，就命人以武平节度使、朗州大都督周保权的名义写下《告湖湘官府及父老拒宋檄文》，声讨大宋朝廷以平叛为名，企图吞并湖湘，又将李处耘杀降啖食、黥刑降卒的事实公之于众，逼迫周保权交出大都督印玺，加盖印信之后，就派人火速传往各州。其文如下：

各关隘大营将士、州县官府并湖湘父老：

我湖湘故地，历经战乱。先父崛起乱世，削平诸强，励精图治，遂有今安。先父深知国小民弱，故一直称臣中原，小心谨慎，只求保民乱世之中。然周遭诸侯虎视眈眈，先有南唐入侵，今有宋室为继。宋廷赵氏，以平乱为由，大兴兵戈，借道荆南，夺人土地，狼子野心，昭然若揭。本都以为中原朝廷，素为天下正朔，张文表举兵谋反，朝廷会主持公道，未料事与愿违，引狼入室。先是，宋廷湖南道兵马都府军师李云博，在协助我将杨师璠剿灭张文表后，径自占领潭州衡州，并宣布归入宋廷治下。继而，都部署慕容延钊不分青红皂白，强攻三江口，占领岳州。再者，兵马都监李处耘，南下突袭澧州，奸淫掳掠，屠城杀民，无恶不作。更令人发指的是，李贼啖食降卒数十人，又将数百名朗州将士处以黥刑，在我湘人额际，印上"朗州兵痞"，此等暴行，惨绝人寰，此等奇辱，世所罕见，此等大恶，罄竹难书。宋廷标榜仁义之师，却干这等暴虐之事，真是猪狗不如，与禽兽何异？我三湘父老，又岂是苟且之辈？既然宋廷不仁，我湖湘吏

民，又何必与他言义？本都督在此倡议：凡我湖湘父老，无论官绅吏民，皆当与宋廷为敌，遇到宋兵，人人皆可杀之。我湖湘百万之众，又岂会贪生怕死！

想当年，南唐边镐率军入长，灭我大楚王室，但不过一年，就被我三湘军民围而痛击，数万唐军，灰飞烟灭。今日宋廷大军，必步南唐后尘。

欲灭我之国，天必灭之！

武平军节度使、朗州大都督　周保权　泣血以告

本来，澧州脔食降卒事件一传开，就引起了不少地方的愤慨。而这道檄文一出，简直振聋发聩，又经过州县到处张贴、官吏四处渲染之后，更是推波助澜、火上浇油，一时间，湖湘大地军民奔走相告，妇孺皆知，骂声不绝，义愤滔天。许多地方纷纷集结军队，老百姓也组织乡兵，捐献钱粮，投身行伍，誓与大宋军队决一死战。坐镇朗州的汪端更是积极行动，不到两天就征集到数千义军，又派人前往辰州会见苗王，联合五溪蛮兵，请他们来朗州增援。湖湘大地顿时风起云涌，浓云密布，一场你死我活、鱼死网破的大战，一触即发。

朗州城外禁军驻地的中军大帐里，各路探马的急报纷至沓来，声称湖湘州县已经开始同仇敌忾，厉兵秣马，誓死与宋军对抗到底。虽然，李云博知道会有人拿澧州事件做文章，但没想到朗州大都督府反应这么快，立即发表拒宋檄文，让消息一下子传开了。李云博一看形势逆转，大呼不妙，仔细阅读了这篇檄文，知道周保权年幼，乳臭未干，不会发布这样的檄文，一定被人控制，借机生事。是谁呢？李云博知道，周保权身边除了李观象之外，没听说过什么能臣，但是出于他对李观象的了解，这道檄文，不像是出自这位以"宰辅"自居的老臣手上，别的不敢说，就凡是决策，都会以湖湘大局为重这一点，李观象应该不会这样冒失。当然，这只是估计，而且派去给李观象送信的人至今未回，什么原因，不清楚，说不定还有变数。

那么，弄清原因，见到周保权、李观象，找出幕后真正主谋，立刻澄清真相，才能平息这场舆论危机。于是就跟李处耘合计，决定趁各路援军尚未到达之前，强行攻占朗州，争取主动。一听要攻朗州城，李处耘顿时喜上眉梢，连夜调兵遣将，紧急部署。命令明日天一亮，就分两路准备强攻城池。正要行动，恰巧这时候，派往朗州城送信的军士终于回来了，他禀报说，满城找不到李观象，经过多方打听，才知道李观象和杨师璠被张崇富和汪端羁押，身陷囹圄之中。没办法，虽然信没送到，五天期限已到，他得回来复命。

得到这个消息，李云博估计，借机生事的就是这个汪端。于是就请李处耘下令即刻攻城，活捉汪端。这时朗州城内，剩余兵马不足三千，招募而来的义军，都是既未经过

训练、又无作战经验的乌合之众，如何能与上万宋兵对敌？战端一开，临时拼凑的号称万人的朗州军队一触即溃，不到半个时辰就落落大败，汪端连忙缩回城里去了。李云博命密事营将士调来炮火，几炮下去就将朗州城墙轰出一道巨大的缺口，禁军将士一拥而入。城一破朗军就乱成一团，军马各自为政。慌乱之间，汪端劫持了周保权和周氏家属，趁乱逃出城去，隐藏到沅江南岸一座佛寺之中；张崇富则旧病复发，先是纵兵抢掠，继而下令烧城之后，就带领近千残部和掠夺来的财物奔逃出城，躲入了西山。

李处耘、李云博率军入城，到处寻找，也没有发现周保权和汪端的下落，估计已经趁乱逃走，于是命令马军指挥使田守奇带领两千兵马出城搜索，并一再交代，不要放过任何地方，务必找到周保权，活捉王端。又命令步兵指挥使张勋带领将士扑救大火，严防不法分子趁火打劫。李云博自己亲自带人搜查城内外监狱，终于在朗州都府死囚牢内找到了李观象和杨师璠。

李云博命令打开牢门，走进去拱手道："岫南来迟，李判官和杨将军受苦了！"

两人连忙还礼道："哪里哪里，多谢李翰林搭救。"李观象又问如今情况如何。李云博就将汪端挟持周保权发布拒宋檄文、宋军迫不得已强行攻占朗州等情况简单说了，就和他们一起进了朗州府衙。

李观象看了拒宋檄文，顿时忧心忡忡起来："这个汪端，真是唯恐天下不乱，他这是要趁火打劫、图谋不轨啊！"

杨师璠也同意他的说法："汪端这人，自视颇高，周老都督在时，他尚心存忌惮，不敢起什么坏心。可是老都督去世后，张文表作乱，他就争着要去长沙平叛，但是老都督留有遗命，要末将率军前往，加上判官大人极力坚持，他才没能得逞。闻讯朝廷大军进入湖南，末将和李大人极力主张顺势而为、纳土归降，他们就以叛国之罪将我们打入死牢，这其实就是剪断了少都督的左膀右臂，任他胡作非为了。"

李云博听了，问道："原来如此！没想到，这犯上作乱、图谋不轨的人，到处都是！那么，敢问二位大人，汪端劫持少都督及其家眷，少都督及其家人有没有危险？"

李观象道："回禀翰林大人，下官以为，少都督暂时应该不会有危险。原因很简单，汪端想要上位，但先得站稳脚跟，巩固和扩大势力，这不是一时半会儿能够做到的，这就需要挟天子以令诸侯。当然，这只是一般情况，要是一旦被围或者想逃命，也说不定狗急跳墙，做出极端之事来。"

"那就好。"李云博点点头，又想了想，说道："当前，湖湘大地，州县各自为政，到处都在集结征召军队，已经乱成一锅粥，这样发展下去，情况会越来越糟糕，甚至会失去控制，陷入内乱。两位大人，应该如何应对为好？"

李观象道："翰林大人，下官以为，办法只有一条，那就是尽快发布澄清公告，将汪端挟持少都督事件真相公之于众，公布拒宋檄文系汪端一伙伪造，谣言就会不攻自破。但是，问题是要找到少都督，公告得用都督府印玺啊。"

李云博道："李大人所言甚是，得尽快找到少都督。不过，当前，先可以以朗州府衙名义发布安民告示，将汪端谋逆挟持都督的真相公之于众，将朗州及周边州县安定下来。这方面，二位大人熟悉情况，可否愿意帮忙？"

"敢不遵从！"李观象、杨师璠两人欣然领命，接受安排，协助安抚城内外百姓。

◆ 三、郑家驿古道边，军师与苗王歃血为盟 ◆

正当城内大火扑灭、百姓稍稍安顿之际，忽报苗王集结五溪蛮兵上万人，已从辰州出发，正沿着雪峰山脉翻山越岭往东边开过来，先头部队即将进入朗州地界，离武陵县城不足百里。李云博闻报，立即请来李处耘、李观象和杨师璠商议对策。

李云博问道："如今朗州刚刚稳定，苗王又大军东来，这如何是好？"

李观象道："苗族总头人杨化成，我们俗称苗王，与周行逢素来交好。朗州与五溪之地仅一山之隔，周行逢本是武陵人，成为湖湘之主之后，与五溪各部来往甚密，尤其和苗王交情笃厚。这次汪端借周保权名义发布拒宋檄文，苗王自然会积极响应。我朗州将领中，杨师璠是辰州沅陵人，也是苗王同宗本家，我等愿意一同前往劝说苗王退兵，应该不是太难的事。"

李云博听了，大喜，问杨师璠："哦？杨将军是苗人？将军和苗王同宗？"

杨师璠道："回禀李翰林，末将正是苗人。这苗王杨化成，论起辈分还是末将同宗叔父，只不过我等是沅陵熟苗，苗王是古丈生苗。末将祖父一辈，从苗王山迁到沅陵落鹤坪定居。"

"甚好。"李云博问道，"二位大人见过苗王没有？"

李观象道："我们都见过。我曾受周大都督委派，前往古丈慰问过苗王，苗王来朗州觐见，下官曾奉命接待。而杨将军，几乎每年都受命过去抚慰五溪各族，和苗王更是熟悉得很。"

"太好了！"李处耘接过话来说道，"岫南贤弟，事不宜迟，就让大哥和两位大人前往桃源，说服苗王退兵吧。如若他不肯退兵，我就趁他们立足未稳挥军上前，杀他个片

甲不留！"

"大哥又想杀个痛快？真是！"李云博白了他一眼道，"五溪蛮部，素来彪悍，一旦惹怒他们，那可不是闹着玩的。他们躲在山重水复的溪洞和深山老林之间，湘西又地广人稀，历史上多少次征讨，只有东汉马援将军稍有成效，历代朝廷都是以安抚为主，从不轻易言兵。这次退兵，还是我去吧。"

杨师璠点点头道："翰林大人所言甚是。五溪之地，住着土家、苗、瑶、侗等多个部族，尤以苗族、土家最为强大。他们大多数部族处于原始半原始生存状态，刀耕火种，也从事渔牧采集，未经开化，更重要的是他们性情暴戾，睚眦必报，得罪不得，只能顺着他们来。万一得罪了他们，他们就会像牛虻一样，时刻盯住你不放，打又打不着，躲又躲不掉，让你永无宁日。"

"唉，这一切，都是我惹出来的，真是后悔莫及，连个将功补过的机会，都没有了。"李处耘叹了口气，说道，"那好，我就留下来，镇守朗州吧。"

"你以为，镇守朗州轻松？"李云博对李处耘说道，"这拒宋檄文一出，湖湘大地到处都在征兵，如今虽然朗兵大败，但外围势力绝不能小觑，五溪蛮兵大军压境只是一个开始。大哥坐镇朗州，要严密注意湘南动静，邵州、道州、永州等地都在闻风而动，你一定得谨慎从事。"看着李处耘不作声了，李云博又问道："敢问两位大人，苗王有何喜好，这次前去退兵，总不能空手吧？"

李观象道："苗人贫困，自然贪财好货，多带些钱物，厚加慰问，那就再好不过。"

杨师璠道："五溪之地，少用货币，多是以物换物。除了银子打造首饰以外，其他钱币，基本无用。末将建议除了银子和实物外，不用准备其他。还有，末将这位苗王叔父，最好潭州白沙老酒，我每次回去拜访他，都带上几坛。如若能弄上十余坛带过去送给他，他肯定眉开眼笑。"

李云博一听，命人分头准备礼物，又紧急派人前往长沙，命令密事营监军常远达赶紧购买白沙老酒三百坛，派人火速送来朗州。准备妥当，第二天一大早，李云博反复叮嘱李处耘小心行事，关注湘南动态及周保权、汪端、张崇富等人下落，就和李观象、杨师璠等人，带上大批礼物，前往武陵拜会苗王去了。

李云博一行来到武陵，探马飞报五溪蛮兵已经进入朗州地界，在离武陵三十里的郑家驿安营扎寨。李云博连忙赶到郑家驿，只见驿前人马涌动，来往不息，后面的兵马正源源不断往这边集结，大部分营盘已经建立，后边的部队正在搭建营垒，修筑防御设施。正中一座大营显得鹤立鸡群，营顶高高悬挂着"苗"字大旗，李云博估计，这肯定是苗王的中军大帐了。

杨师璠上前，对营门守卫喊道："末将是朗州指挥使杨师璠，系你们苗王的侄子，

奉命前来劳军，恳请进营通报苗王老爷一声。"

苗王听说杨师璠前来劳军，大喜，并不生疑，连忙出营相迎。双方见礼之后，进帐叙话。

李云博坐定之后，打量着这位苗王：只见他生得虎背熊腰，浓眉大眼，方脸翘鼻，花白胡须满脸都是，浑身上下穿着豹皮戎装，活脱脱一位猛张飞。只听苗王说道："本头领一接到大都督拒宋檄文，听说中原大军入湘，朗州危在旦夕，就立即召集各族兵马，前来协助大都督抗宋。我五溪各部，一定和朗州都府一道，誓死保卫家园，绝不让中原朝廷得逞。明日本头领就祭天祷告，发兵朗州，与你们一道痛击宋军。亲侄子啊，如今朗州情况如何？"

杨师璠道："叔父大人弄错了！这道檄文，是大都督手下汪端、张崇富等人假借大都督的名义发布的。这两个逆贼，早就心生歹念，借张文表作乱之机生事，欲图不轨谋权篡位，将小侄和李判官羁押，又要挟大都督，发布拒宋檄文，与前来平叛的中原大军为敌，把朗州内外和湖湘州县搅得鸡犬不宁。他们想先击败宋军，然后废除大都督取而代之，没想到被宋朝王师打得大败，都躲到山里去了。"

"什么，拒宋檄文是假借大都督名义发布的？"苗王大惊，将信将疑地问道，"那澧州脔食事件，也是假的？"

李观象道："回禀头人，澧州事件倒是确有其事，只不过被他们夸大，而且事出有因。当时逆贼张崇富率领五千大军前往澧州抵抗王师，被打得大败，就窜入澧州，奸淫烧杀无恶不作，李处耘将军闻讯大怒，就连夜攻打澧州，入城之后见尸横遍地，百姓死伤无数，勃然大怒，就抓住二十名仍在施暴的朗州士卒，当众杀了，又命将士吃了他们的肉，还对一些参与者施以黥刑……"

"你李大人，堂堂朗州大都督府节度判官，为何替敌人说话？莫非，你投敌叛变了不成？"苗王站起来，又瞪着他们说道："你们刚才不是说，你二人被汪端他们关进了大牢，怎么知道，澧州脔食事件事出有因呢？"

李云博站起来施礼道："启禀苗王，李大人和杨将军的确被他们关进大牢，是在下攻下朗州之后，把他们放出来的。这些情况，都是在下告诉他们的。李都监脔食降卒，又黥刑处罚朗州士卒，的确惨无人道，在下已经上奏朝廷，相信朝廷会严惩不贷……"

苗王看着这位年轻的书生，突然打断他的话，厉声问道："你是谁，谁叫你说话的？"

杨师璠起身说道："启禀头人叔父，这位是大宋朝廷派来平叛的湖南道兵马都府军师……"

"什么，你是宋军军师？"苗王不等他说完，就大声喊道，"来人，将宋朝军师拿下，明日出征祭旗!"几个苗人大汉,冲进来将李云博按住,正要往外押去,只见杨师璠上前制止道:"且慢!头人叔叔,使不得啊……"

苗王怒道:"使不得,如何使不得?我们苗人,最恨欺骗。你们借劳师之名,带着宋朝军师入帐,为何不事前禀明?既然你们和宋朝沆瀣一气,那么你们的话,是真是假,就不好说了。待本头领派人弄清真相之后,再说吧。先把这些人,都抓起来!"

又涌进一批苗兵,把李观象、杨师璠等人也抓了。

李云博突然哈哈大笑:"苗王耿直,果然名不虚传!不过,在下有几个疑问,不知苗王可否赐教?"

苗王道:"你别说什么赐教不赐教的,文绉绉太别扭了!有屁快放!"

李云博道:"好!敢问大王,湖湘大地自武穆王创建楚国以来,一直臣服中原朝廷。到了如今周氏父子管辖湖湘,更是去了王号,仅以武平军节度使身份治理湖南,这个武平军节度使包括朗州大都督,都是中原朝廷任命和加封的。换句话说,湖湘并不是独立国家,道理上应该是中原朝廷的领土。只是这些年中原朝廷更迭,没来得及对湖湘实现真正的治理。这次张文表叛乱,周都督奏请朝廷出师平叛,也是师出有名。大王为何说,李大人是替敌人说话,更说他投敌叛变。这话,从何说起呢?"

苗王道:"你讲那么多道理,本头领听不懂!本头领只知道,我五溪之地,一直属于楚国。谁是湖湘之主,本头领就效忠谁!什么中原朝廷,离我们太远了!大都督说你们是敌人,你们就是敌人!这么简单的道理,还有什么好啰唆的!"

"大王真是痛快!"李云博面无惧色,继续说道,"在下请问大王,如今朗州大都督年仅十一岁,这拒宋檄文会是他写的吗?"

苗王道:"当然不是他写的!他一个大都督,怎么会自己起草文书呢!他手下有会写文书的文官啊!"

李云博道:"不错,他手下有会写的文官。可是,他一个十岁的孩子,看得懂吗?更何况,负责大都督府公文制发的观察判官李观象大人,当时被囚禁,这会是周都督的意思吗?"

苗王道:"他看不懂,有人念给他听啊!这檄文,本头领也看不懂,也是叫手下识字的人念给我听的啊!至于李观象,他被关在牢里,难道就没有别的文官了吗?你别跟我胡扯,我只认这大都督府里的猩红大印,这个圆粑粑,只有周都督有权往上盖。他不同意,谁敢啊?"

李云博道:"李大人、杨将军被他们抓了,难道周都督就不可能被他们胁迫吗……"

苗王不耐烦了,突然骂道:"死到临头了,说这些还有用吗?你唧唧歪歪在这里跟本头领理论，不怕把我惹毛了，也和你们那个李什么云的将军一样，把你们杀了吃肉吗？"

李云博突然明白，跟蛮族讲道理，那是行不通的。他一直能言善辩，可是今天在苗王面前，一点用处也没有，不由得伤感起来："是啊，多说无益，对牛弹琴。唉，想不到我李云博纵行天下十余年，今日在这阴沟里翻船。不过，能够死在英雄盖世的苗王手里，值啊！哈哈哈……"

"你就是李云博？"苗王盯着他，说道，"你就是浏阳瑶池爆业世家的李云博？"

杨师瑶道："对啊，他就是大宋湖南道兵马都府军师李云博李大人。李大人也是我们湖湘才俊，曾经供职楚国王廷……"

李云博道："在下正是瑶池李云博。苗王也知道在下？"

苗王道："岂止知晓，阁下大名，简直是如雷贯耳！你曾经大闹洪袁，痛击边镝，恢复我湖湘家园，多次出生入死拯救我湖湘父老于水火，怎么会不知道呢！我还听行逢老兄说过，你多次救了他。我和你父亲，瑶池爆业掌门李天亮，还是拜把子的兄弟呢……"

"苗王和在下父亲，拜过把子？"李云博听到这个消息，真是又惊又喜，连忙跪在地上道，"叔父大人在上，请受侄儿一拜！"

"岂敢岂敢！李大人快快请起！"苗王连忙扶起李云博，一边帮他松绑，一边说道，"是啊，这都是好些年前的事了。那时候，我不是苗王，你爹也不是掌门。你爹带着家仆前往辰州推销爆竹，被一伙山匪打劫，恰好让我遇上，救了他们。你爹很感激我，就拜了把子结为兄弟，此后，就来往不断，每次送货到沅陵，都要相聚一番，还带给我好多爆竹呢！直到前些年战乱，爆竹运不进山里了，才中断了联系。我是从周大都督口里，得知你父亲和你们家近况的……"

李观象笑道："原来如此！哈哈，真是无巧不成书啊！"

苗王道："真是大水冲了龙王庙！你们都愣着干什么，快快给他们松绑！赶紧准备宴席，我要和李大人一醉方休！"

松绑之后，苗王又握住李云博的手道："军师亲侄子，真是对不起，适才冒犯，还请见谅啊……"

"大王叔父，哪里哪里，俗话说，不打不相识嘛……"李云博也紧紧握着他的手，很是激动。他突然喊道："将劳军物资，都搬进来，献给大王叔父！"不一会儿，数十名禁军将士将大批物资都搬了进来。李云博拱手说道："小侄来得匆忙，区区薄礼，还望大王叔父笑纳！"

"亲侄子，这，这太客气了……"苗王大喜，"这么多东西，还是区区薄礼？军师亲

侄子真是大方啊！"

李云博道："觐见大王叔父，多少礼物都不嫌多！何况这区区千两白银，五百匹绸缎，三百坛老酒，算得了什么？等到平定了湖湘之乱，在下上奏朝廷，表彰大王叔父及五溪部族之功，朝廷一定会厚赏大王！"

"厚赏不厚赏，那都无所谓。只是你这三百坛老酒，那真是送到了我的心坎上啊！哈哈哈……"苗王上前，捧起一坛打开，猛地喝了一大口，点点头道，"的确是正宗的潭州府白沙老酒，好，够劲儿！"

李观象道："这批老酒，是李大人连夜派人到潭州买过来的。"

"亲侄子费心了。"苗王放下酒坛，说道，"我杨化成是个蛮人，但是，绝对不是不分是非之人。既然你是李云博，我就断定，你不会坑我，更不会坑害我三湘父老。我跟你父亲拜过把子，那就是一家人。你有何吩咐，赴汤蹈火，在所不辞！要不，借这个机会，我们也来一场歃血为盟、再续前好，如何？"

李云博道："好！你这个大王叔父，我李云博认定了！"

于是就大摆宴席，开怀畅饮起来。酒席期间，又歃血为盟，认了叔侄。李云博又和杨师璠结拜兄弟，一起向苗王叔父敬酒，喜得苗王一个劲地叫好。苗王宣布五溪之地归顺大宋朝廷，然后相约永不背叛。第二天，苗王就引领大军，退回了五溪之地。

◆ 四、上书朝廷后，慕容大帅解除李都监兵权 ◆

慕容延钊率领大军刚到长沙，就听说李处耘脔食降卒，又接到李云博的来信，先是震怒异常，接着便哈哈大笑起来。过了一天，又看到朗州幕府的拒宋檄文，更是喜上眉梢：这个李处耘，真是死期到了！

他连忙上书朝廷，请求严惩李处耘。在这篇长长的奏折中，他先将收取荆南、攻克岳州、占领长沙的功劳，统统归到自己头上，然后就历数李处耘的罪状，把李云博给他的信件内容添油加醋罗列出来：其一，杀降历来是军中大忌，李处耘不仅杀降，还脔食降卒，对降卒施以黥刑，这是惨无人道、违背伦理的恶行；其二，朝廷明令一统天下兴的是仁义之师，上承天意、下顺民心，以不战而屈人之兵，不仅要让诸侯臣服，还要让天下归心，李处耘杀降脔食，逆势而为，败坏朝廷及王师形象，这是灭族大罪；其三，李处耘用残忍至极的手段本想威慑敌军，但是适得其反，激起众怒，三湘四水群起

反抗，和平收复湖湘大地化为泡影，让王师陷入四面围攻的艰险境地，如今举步维艰十分被动；其四，李处耘轻慢主帅，滥杀主帅身边亲从，不服从主帅命令，擅自行动；其五，李处耘恃功自大，处事独断专横，贪功冒进，满营将士怨声载道……最后请求朝廷从严惩处，以儆效尤。奏折一发送出去，他就率领大军急急忙忙开赴朗州，生怕李处耘抢了头功。

慕容延钊经玉潭、益阳一线抵达朗州城郊的时候，李云博已经劝退苗王，回到了朗州。这时候，张崇富在西山待了几日，粮草殆尽，就从西山里窜出来，准备逃往别处去掠食，与慕容延钊的大军碰个正着。张崇富大惊，带着近千朗兵往回逃跑，被慕容延钊追上，交战不到十合，被慕容延钊一刀斩于马下，余兵见无去路，尽皆跪下投降。慕容延钊命士兵割下张崇富首级，让大军在城下安营扎寨，自己带着数百近卫在李云博的引导下进入朗州，又命人将张崇富首级，悬于闹市高杆之上示众。

进入朗州大都督府，李处耘到门前迎接。几位主要将帅聚在一起，商议当前对策。李处耘先介绍了邵州道州方面的动向，李云博也将劝退苗王的情况说了，慕容延钊却不说话，气呼呼地坐在那里喝茶。李云博知道他在为李处耘脔食降卒的事情生气，就对他说道："启禀慕容大帅，李都监违反军法，脔食降卒又黥刑朗兵，造成当前王师被动局面，罪责难逃。属下建议，暂停李处耘军职，我等上奏朝廷之后，交由朝廷发落。"

李处耘大惊，说道："我受命统帅禁军入湘，就算犯了大错，也得圣上下旨罢黜兵权，你们怎么能够停我的职呢？"

慕容延钊悻悻说道："你李监军是宣徽南院使、枢密副使，我虽然受命统帅入湘大军，是不敢停你的职。你的禁军部队是中央军，老夫山南东道节度使，断然不敢染指。还是等圣上下旨再说吧。"

李云博道："大帅是圣上下旨钦命的湖南道兵马都部署，既对圣上和朝廷负责，也对全军负责。你虽是都统监军，犯了错，都府主帅有权处置。我李云博作为军师，也有奏事和建言权力。慕容大帅，你我同为都府主要将领，对李都监所犯罪行也有连带责任。要是不及时处理，到时候，你我都脱不了干系。李处耘，本军师希望你立刻交出兵权，停职反省，或许，朝廷会从轻发落。"

李处耘大怒道："真是岂有此理！我堂堂枢密副使，是执掌全国军队的最高长官之一，怎么能说停职就停职？"

李云博道："不错，你是枢密副使，是执掌全国军队的最高长官，但是，你在湖南道兵马都府里面，是任都监一职。你的使命除了率领一万禁军作战之外，还有监督将帅、整顿军纪、执行军法等职责。你知法犯法，难道不该停职反省吗？"

李处耘道："我想戴罪立功，不行吗？慕容大帅，请您看在我李处耘一直忠于圣上、效命朝廷的份上，就让末将戴罪立功吧！"

慕容延钊冷冷地说道："李翰林既然将道理讲得如此清楚，老夫若不执行，那将是纵容将领，也会跟着你受处罚。李都监，你还是主动交出兵权吧，别让老夫和李翰林为难。"

李处耘怒道："我要是不交呢？"

李云博一字一句地说道："那就以抗拒军令之罪，加重处罚！你愿意交出兵权停职反省，还是愿意违抗军令身陷囹圄，你自己选吧！"

李处耘见他们毫无商量的余地，万般无奈之下，只得将禁军兵符交了出来，悻悻地离开。慕容延钊拿起兵符看了看，就递给李云博道："李云博听令：本帅命令，即日起，一万禁军将士，由你直接统领！"

李云博一愣，就接过兵符，拱手道："末将遵命！"然后就将兵符收了。

两人又商量一通，觉得当前最要紧的事，就是找到周保权，以他的名义发布安民告示，然后劝他纳土归降。于是一方面加强戒备以防不测，一方面派部下各将，分兵数路，出城继续寻找周保权下落。慕容延钊退回帐中之后，思虑再三，又给朝廷和枢密院上书，说是根据军师李云博建议，已经暂停了李处耘的军职，一万禁军暂由李云博统领，请求朝廷指示，如何发落李处耘。

过了两日，禁军指挥使田守奇护送周保权及其家属，还有几个属官到来。原来，江端劫持周保权躲入江边佛寺后，便被负责搜查朗州城北的田守奇发现，引兵围寺。那汪端见势不好，扔下周保权一家不管了，单独领着几个残兵逃命去了。

田守奇把周保权一行送往朗州，可怜这个十一岁的小孩周保权，哪里见过这种场面，自以为是俘虏，见了慕容延钊，连忙躲进母亲严氏的怀里，吓得话都说不出来了。这时候，李云博和李观象连忙过来安慰。周保权见了李观象，大喊一声"李叔叔"，"哇"的一声大哭起来。

李云博上前，朝严氏施礼道："小弟岫南见过嫂夫人。小弟护驾来迟，嫂夫人受惊了！"

严氏推开周保权，起身还礼道："岫南多礼了。我们全家被汪端劫持，多亏你们搭救。"又拉起周保权，说道："快快见过你岫南叔叔，他可是我们家的大恩人哪，多次帮助你爹，也救过你爹的命，这次又救了我们母子，你还不快快谢谢他。"

周保权抬起头，突然眼睛一亮，说道："你是，岫南叔叔？"

李云博道："亲侄子好记性！我正是你岫南叔叔！想当年，我见到你的时候，你才五六岁，如今，长这么大了……"

周保权说着，就上前抱住李云博，喃喃说道："岫南叔叔，你可回来了……我爹临终时说，这辈子，他最大的后悔，就是不该把你逼走……"

严氏道："岫南啊，我一妇道人家，从不干政。但今日，我一定得说句话。保权年幼，如何能够统领湖湘？这'主少国疑'的悲剧，自古至今不知发生了多少？无论怎样，你们得把这三湘大地收回去，别让那些别有用心的人心存贪念，觊觎权力。这次出了个张文表，出了个汪端，就算我们侥幸得救，继续当这个傀儡，下次也一定会有李文表王文表，会有刘端马端，我们孤儿寡母，迟早会为他人殉葬。嫂子上半辈子替老周提心吊胆，已经受够了，不想下半辈子再为儿子提心吊胆了。嫂子不讲大道理，就为了我们一家安稳，也不能做这湖湘之主了。岫南贤弟，嫂子求你了……"说着，便落下泪来。

周保权跟着说道："岫南叔叔，我娘说得对，我一个小孩子，当大都督一点都不好玩。这朗州大都督，还是你来做吧！"

"亲侄子少安毋躁。"李云博对周保权应承一句，又对严氏施礼道，"嫂夫人深明大义，小弟佩服不已。既然嫂夫人把话说开，小弟也就不转弯抹角了。朝廷这次前来平叛，就是想一劳永逸，彻底结束割据状态，真正实现朝廷治理，以保持湖湘长期和平稳定。但是，朝廷强调，一切都在和平情况下有序进行，不到万不得已，不动兵戈，而且绝不强人所难。既然嫂夫人和保权亲侄子都觉得孤儿寡母不利于湖湘安稳，我等就恭敬不如从命，成全这两全其美的事情。小弟保证，如若保权亲侄子纳土归降，朝廷一定不会亏待周氏和各级官吏，也不会亏待湖湘百姓。"

周保权哭哭啼啼地对严氏道："娘，你求一求岫南叔叔，他本事大，要他当这个朗州大都督吧，一定不会比我爹当得差！"

李云博道："保权亲侄子啊，既然你不愿做这大都督，那就交还朝廷吧。至于由谁来做大都督，还保不保留大都督职位，岫南叔叔说了不算，这得朝廷说了算。"

周保权叹道："岫南叔叔你推辞个啥？别人还抢着当呢，让你当，你不当，还讲一通大道理，我这头都大了……哎，你当不当我不管了，反正，我不当了！"

聊了一通，大家都轻松起来。李云博就问他大都督府的印信在什么地方。周保权就将裤头一掀，从里面取出一个大红布袋，递给李云博道："岫南叔叔，这东西，吊在我的屁股上都好些天了，真是烦死人了！汪端那天用完，不记得收了，我就把他收起来，藏在裤裆里。他问我看见都督府印信没有，我就大哭起来，要他赔我的印信。他以为弄丢了，就再也没过问过印信的事了……给你，我不要这东西了，它太害人了……"众人听他这么一说，都大声笑了起来。

李云博接过大都督印信，交给李观象，请他草拟檄文，通告湖湘各州县，澄清汪端伪托少都督发布拒宋檄文真相，并宣布自即日起，湖湘大地归入大宋治下。又备了表文，附上湖南十四州六十六县图籍，奏报汴京，纳土归降。慕容延钊又对周氏母子百般安慰，仍旧让他们全家回帅府安住，并派兵保护他们。

晚上，李云博独自一人前往大都督府去探望周氏母子。谈及湖湘这些年的变迁，李云博唏嘘不已。突然间，严氏问道："岫南贤弟，这些年来，嫂子心中，一直存在疑问，不知该不该问？"

李云博道："嫂夫人哪里话，一家人，有什么该不该的，嫂夫人想问什么，尽管问就是，小弟知无不言、言无不尽。"

严氏道："七年前，你突然不辞而别，究竟为何？"

"为何？"李云博从来没有想过这个问题，他觉得离开湖湘是自然而然的事情，加上这些年来都忙着军务，没去想离开湖湘时心中存在的疑虑，被她这么一问，反而让这个休眠多年的疑问突然活了过来，"小弟只是觉得，大都督已经统一了湖湘大地，小弟留在这里，已无用武之地，于是就北上中原，希望协助朝廷，早日统一天下，结束这诸侯纷争、民生凋敝的乱世。仅此而已。"

严氏叹道："你要离开，可以光明正大地走，老周一定会送你走。你为何要不辞而别呢？得知你突然消失，你不知道，老周发了多大的火！他说你口是心非，既然答应婚后留在湖湘，却又出尔反尔，奉旨完婚不到半月，就不辞而别。嫂子能理解你，知道你有平天下大志，可是老周不这么想，他认为你是弃他而去……"

"奉旨完婚？"李云博被她这么一说，突然想起，七年前朝廷赐婚的事，不免呆在那里。他没有听见严氏往下说了什么，突然想起当时周行逢请旨、朝廷赐婚的事情，他前往魏府，是周行逢答应他，即便不完婚，也会请旨让朝廷收回成命，不会为难他，他是去退婚的。既然去魏府退婚，严氏怎么会说，后来又完婚了呢？而且再后来，就成了不辞而别了？他只记得，自己喝多了，怎么离开魏府，又是如何到的江陵城郊，无论他怎样回忆，都想不起来。这一段模糊不堪的记忆，长期以来，他自己也没弄明白。

"嫂夫人，七年前我不辞而别，真的是事出有因，只是如今，小弟依然无可奉告。"李云博搪塞过去，就把话题往完婚上引，"嫂夫人说我奉旨完婚，可是我离开潭州后，突然失忆，一点都想不起来。我真的结婚了吗？"

"什么？岫南婚后失忆了？"严氏大惊道，"这就是说，你记不起和魏柳烟小姐拜堂成亲的事情了？不过，这婚的的确确是结了，我们全家都前往瑶池，喝你的喜酒呢！老周作为武平军节度使、朗州大都督，还亲自为你证婚呢！"

李云博坐不住了。看来，自己结婚的事情，应该是路人皆知的，为何自己独独会被蒙在鼓里？这些年来，只要自己一喝酒，夜里就会和魏柳烟颠鸾倒凤巫山云雨一通，看来不是梦境，而是自己在神志不清的情况下的的确确干过的事情。他本可以从严氏这里了解更多的情况，但人一急就会乱了方寸，糊里糊涂地站起来道："看来，这事情感觉蹊跷得很。时候不早了，嫂夫人好好歇息，小弟先行告退！"说罢，就匆匆离开。

严氏对他的反常举动也很讶异，见他急着离开，也不好留，起身施礼道别。

◈ 五、得知完婚事件真相，李云博欲哭无泪 ◈

从大都督府回来，李云博渐渐记起，离开长沙前，他前往魏府退婚，结果被魏柳烟留下来对饮。他甚至回忆起，当时他有几分醉意，就起身如厕，回来就继续对饮，再后来的事，就无论如何也记不起了。这就是说，他失去记忆，就是从这一刻开始的。刚才严氏说他和魏柳烟的确已经完婚，如若这个消息确切的话，他应该或多或少有印象，不可能丁点痕迹都没有。是不是存在这样一种可能，和魏柳烟拜堂的那位李云博，不是自己？

李云博一直不愿面对他和魏柳烟之间的事情，他的印象中，魏柳烟是他的知己，虽然私订终身，但是为了理想、家族大业和顾及刘如霜的境遇，他选择了放弃。对于数年来对魏柳烟的魂牵梦绕，他一直以为，这是他孤身一人的情况下正常的生理反应，毕竟，走入他心灵深处的女人，只有这个魏柳烟。可是，回湘都快一个月了，自己忙碌着一统湖湘的大事，虽然也过问过魏柳烟一家，但至今也没弄清楚，他们究竟身居何处。如今大局已定，是该揭开这一切真相的时候了！

该从哪里下手呢？李云博在房中踱来踱去，觉得找到突破口，甚为关键。他知道，这一切，乾卦统领和原来的泰平阁都肯定知情，刘如霜也一定知道。但是，他们一直对他守口如瓶，可能是出于台阁长老们经过反复商量之后定下的纪律，就算去问，也不会让他们轻易开口。去一趟长沙问问阁左大人也就是现在的密事营监军，或者回一趟瑶池，应该立刻就会知道真相，但是如今身处朗州，眼下军务繁多脱不开身，甚至自己离开突发意外，会给已经稳定下来的大局带来被动，这都不是上佳之策。怎么刚才，不向严氏问问明白呢？他很是后悔自己情急之下方寸大乱，急急忙忙地离开，如今夜已经很深，再度上门也不可能，等到明天再上门讨教，他似乎已经等不及了……正在为难之际，他突然想到，他们不是说，魏迪勋举家迁到了朗州武陵老家吗？不如就从这里下手，或许，很快就会揭开真相。

事不宜迟，他连夜出门，去李观象府邸拜访。李观象得知李云博夤夜来访，很是感觉蹊跷，以为出了什么大事，连忙将他迎入府中。坐定看茶之后，李云博开门见山问道："李大人，在下听说，几年前，魏迪勖举家迁回老家，大人是否知晓？"

李观象一愣，说道："翰林大人夤夜前来，就为这事？大人岳父一家不幸，虽与下官有关，但是……"

"岳父一家不幸，此话怎讲？出了什么事？"李云博从他的话中，已经判断出来，他的确和魏柳烟结婚，但他万万没想到，岳父一家遭遇了不幸，于是赶紧追问道，"难道，在下岳父一家，均已不在人世？"

"唉……"李观象叹道，"说起来，魏大人不幸，确实与下官有关。下官知道，你一到湖湘，迟早会来讨债。事已至此，下官也没什么好说的了，下官把所有细节禀明，也愿意接受任何处罚。"他喝了口茶，就讲述起几年前关于魏迪勖一家不幸的前因后果来。

原来，李云博和魏柳烟奉旨完婚之后，不几日就不辞而别，这让周行逢勃然大怒。周行逢以为，这是李云博设计好的欺骗他的圈套，上门亲自承诺不离开湖湘，但请求周行逢上书朝廷收回赐婚成命。周行逢当时想，既然李云博不离开湖湘，就没必要逼他完婚，准备上书朝廷。而李观象当时一心想排挤李云博，于是就给周行逢出主意，要他别上书请旨，而且说，朝廷的圣旨，哪有说改就改的，如若李云博不完婚，就等于抗拒皇命是死罪，我们再设法保住他的性命，他李云博的死穴就在我们手上，就算李云博问起来，我们可以说，已经上书请旨，只是朝廷不肯更改，他也抓不住什么把柄。周行逢虽然觉得这样做有些小人，对不起李云博，但是为了留住李云博又能够控制他，也就同意了。没想到过了几天，李云博居然如期完婚，这让周行逢大为惊诧，但转念一想，既然李云博奉旨完婚，这就说明他就不会离开湖湘了，于是放下心来，没怎么关注新婚宴尔的李云博。只要李云博留在瑶池，他就有机会说服他出来任事，先让他度好蜜月，等到时机成熟，再上门劝说不迟。但是他没料到，过了几日，李云博失踪了，查来查去，结果是不辞而别。这时候，周行逢如梦初醒，原来算来算去，还是落入了李云博的圈套，让他跑了。可是，李云博没有什么把柄可抓，也一时半会不能拿他家人开刀。但是这口被人愚弄的恶气，并没有消去，忍在肚子里，迟早是要发出来的。

不久，李观象提出来，要限制瑶池李氏，建议撤销浏阳神刀营。而周行逢的打算是，要瑶池李氏在原来南唐枫林铺炮火营总部，建设潭州炮火营。两人一合计，觉得将神刀营撤并至醴陵大营，并在那里建设新的炮火营，既限制了李氏，又建成了炮火营，可谓一举两得。没想到暂署潭州事务的魏迪勖极力反对，说湖湘小国，又称臣中原朝

廷，建设炮火营，无异于是扩军备战，一旦被他国尤其是中原朝廷知晓，会被误会为有图谋天下之心，很可能遭来他国的防范打击，这就给他们灭亡湖湘找到借口，说不定，三湘大地会重燃战火。周行逢大怒，以为魏迪勋是在保护亲家一家，于是罢免了魏迪勋的职务，要他在家面壁思过。然后就一意孤行，撤销了神刀营，遣散瑶池乡兵，又命李天晨、李天威等人在醴陵大营建设炮火部队。

魏迪勋罢官之后，前往瑶池坚决阻止李氏建设炮火营，并说，无论马楚王廷还是南唐朝廷，都因为建设炮火营而飞来横祸，不是灭国，就是被强敌打击，炮火营也无疾而终。这是天下强国最为忌惮的事情，若要一意孤行，一定会招致灭国风险。李天晨和李天威本来就无意建设炮火营，一来族规难违，二来技术过不了关，听他这么一说，就将此事搁置下来。周行逢多次催促，可是他们仍然借故推脱，这事一拖就是数年，弄得周行逢毫无办法。无意之中，李观象得知，醴陵炮火营的建设迟迟没有进展，是魏迪勋阻挠所致，就将情况禀报给周行逢。周行逢大怒，就将魏迪勋抓捕，准备以阻挠强军、干预朝政治罪处死。严氏得知情况，苦苦劝阻，说魏大人不让建设炮火营很有见地，你周行逢强人所难，又犯了小国自保的大忌，还罢免了素有政声的好官，这是自取灭亡。周行逢虽然怒气未消，但知道魏迪勋素来廉洁奉公，理政有方，削了他的官职都曾引起非议，如若杀了他，可能会导致人心尽失，又觉得严氏说得有道理，就没有杀他，把他和家人流放到五溪蛮地。魏迪勋带着夫人在湘黔边境的里耶这个荒蛮之地生活不到半年，先后水土不服死去。魏柳烟得知消息后，不远千里将他们的灵柩接回来，安葬在老家武陵乡下。这以后，魏柳烟就郁郁寡欢，两三年前，也离开了人世……

末了，只听李观象说道："魏大人一家的不幸，下官难辞其咎。当时，要是下官不进谗言，说魏大人是假公济私，偏袒女婿一家，魏大人就不会被罢官；要是下官不将魏大人阻止建设炮火营的事情禀报给周都督，周都督也不会恼羞成怒，将这一切的罪责，都加在魏大人头上，魏大人也就不会蒙冤下狱，而后虽然免去一死，但落得流放里耶，也是死路一条。这一切，都与下官有关。今夜翰林大人前来问罪，下官无话可说。要杀要剐，悉听尊便。"

这半个时辰的讲述，李云博一直洗耳恭听，没有插半句话。他怎么也不相信，在他离开湖湘数年的时间里，魏府居然发生这么大的变故，怪不得，凡是见到他的人，都对此避而不谈。他被这突如其来的不幸给弄懵了，呆呆坐在那里，不知道该说什么。

李观象见李云博不说话，以为他在想办法，准备置自己于死地。他知道李云博不是等闲之辈，弄个杀自己的理由，简直易如反掌。心里虽然慌乱，但依然强装镇定。可是李云博就是坐着，还不时朝他傻笑，这把他给吓着了。他突然跪在地上说道："下官为了一己之私，多次陷害翰林大人，对翰林大人岳父一家的不幸，也负有重大责任。下官如今想来，真是羞愧难当，追悔莫及。请翰林大人赐我一死，好落个安心！"

"李大人说什么话！"没想到李云博说话了，他起身扶起李观象，说道，"忽闻岳父一家遭遇不幸，拙荆也离我而去，真是痛不欲生。人都不在了，将悲愤加在他人身上，这不是让悲剧重演吗？冤冤相报何时了啊！李大人，你以为，天下所有的人都会和你一样，假公济私吗？你陷害在下也好，让在下岳父大人蒙冤也罢，都已经过去，你也无须负什么责任。更何况，这次湖湘纳土归降，你是立有大功的。我李云博就算想公报私仇，也不敢滥惩功臣。大人将心放到肚子里去，在下不会把你怎么样。在下今日悲痛万分，也不得不说你几句。你为官多年，别老想着自己，也该多替湖湘吏民的福祉着想，去除杂念，一心为公，别再干那些自欺欺人、自作聪明的事情了。这辅弼重臣，毕竟不是谁想当，就当得了的。这方面，李大人，你还真比不上在下的岳父大人。呵呵呵呵……"

李观象被他这么一说，顿时面红耳赤，他又扑倒在地，磕了几个响头，信誓旦旦地说道："翰林大人明察秋毫，下官无地自容！下官一定谨记大人教诲，戴罪立功，做一个和魏大人一样，堂堂正正的好官！"

李云博没有再说什么，也没有上前扶他，起身径自离去。

回到帐中，已近五更。李云博无论如何也睡不着了，叫醒禁卫都尉江猛，带着几个人朝武陵方向奔去。来到武陵县城，天已经大亮，四处打听魏迪勋一家的葬身之地。魏迪勋素有声望，乡里无人不知，很快就得知葬在陶渊明《桃花源记》文章里传说的世外桃源境地。于是备了香纸酒水，前往吊唁。

江猛一开始摸不着头脑，渐渐明白了，李云博知道了真相，不由得提心吊胆起来。一路上，他盘算着如何跟他讲清实情。来到墓地，李云博煞有介事地行了叩拜大礼，然后就焚香燎纸，洒酒祭奠。忙了一通，也不出声，就匆匆往朗州回程的路上赶。江猛见他不开口问，自己有些急了，问道："这一切，大人都知道了？"

李云博懒得理他，策马进城，找了个小摊位，要大家先吃早点，然后回去。

江猛的心一直悬在那里，如何吃得进去。他看着李云博铁青的脸，根本不敢多言。他知道，李云博知道了真相，心里一定难过至极，这时候，还是不惹为妙。

吃过早点，大家就回到帐中。李云博说话了："江都尉，你把刘参军他们都请过来，我有话说。"江猛不敢怠慢，就把有关人员都召集起来，准备向李云博摊牌。李云博看着他们，说道："你们可真会演戏，出了这么大的事情，都一个个滴水不漏，死死瞒着我。如今可好，天下无人不晓，就我一个人最后知道，你们能理解，我现在的心情吗？我知道你们是为我着想，可是，难道你们忘了，隐情不报，欺瞒阁老，那是要死人的！"

江猛赶紧跪地，禀报道："大人恕罪！这件事，是阁左大人和阁右大人经过商议之后决定的，我等只是奉命行事。请大人节哀啊！"

李云博怒道："都过去这么多年了，你让我如何节哀？还不快快从实招来！"

江猛应了一声，就将七年前，阁左大人如何与魏柳烟密谋，趁李云博到魏府辞婚之际，将他用药迷倒，数日后秘密派乾卦统领将他送出长沙。又命一位密使通过易容，假扮李云博与魏柳烟完婚，半月之后便悄然离开，神不知鬼不觉地制造一副不辞而别的假象，帮助李云博成功离开长沙，北上中原。他还告诉李云博，魏柳烟和他同床共枕几日，成亲的时候已经身怀六甲，婚后作为他明媒正娶的夫人，曾在瑶池李府侍奉亲长。数年前抑郁成疾，不治身亡。如今，他们的女儿李慕霜和儿子李慕南这对龙凤胎姐弟，已经六岁多，正在瑶池李府健康成长。乾卦统领反复强调，不告诉他真相，是阁老夫人魏柳烟一再请求，阁左大人又与阁右大人反复商议，才做出的决定：严禁任何人向李云博透露实情，违令者斩。他记得，当时魏柳烟说，她知道李云博的志向，不想让李云博分心，就是拼了性命，也要帮助李云博，实现他辅佐雄主、一统天下的凤愿……

当然，李云博还得知，那天他们偶进碧云庵，也是乾卦统领有意安排的。当时刘如霜不肯出山，乾卦统领连夜跟她晓以利害，刘如霜才同意回到泰平阁的。

恰巧此时，停职反省的李处耘来找李云博，听到情况后，他上前说道："岫南贤弟，这一切，其实为兄也知道一二。不仅为兄知道，前朝先帝也知道，当今圣上也知道。大家之所以瞒着你，是不想让你分心，更不想让你难过。大家的苦心，你一定得体察啊！"

李云博怒道："但凡发生的事情，迟早是会知道的！你们一个个都出于好心，想方设法瞒着我。但是，你们知不知道，这最后得知消息的我，情何以堪啊！不瞒你们说，我现在唯一的想法是，一死了之！我只有死了，才能解脱啊……"说罢，头也不回就钻进寝帐，蒙头大睡起来。

六、听天由命，李处耘不愿上书辩白

李云博这一睡，就是三天三夜，怎么唤也唤不醒，把大家都急傻了。江猛觉得兹事体大，连忙飞鸽传书，急报密事营监军。常远达闻报大惊，急忙派人过江前往岳麓大营向副指挥使李天骏通报之后，又留下行军司马陈道武守营，就星夜从长沙赶了过来。

经过密事营内押牙薛志天的读心疗疾之术，第二天，李云博醒了过来。薛志天替他开了药方，又亲自配好药，命人拿去煎熬，就出去如厕了。大家看见李云博醒过来，松了口气，就离开卧榻前，远远坐着歇息，等待汤药煎好了再过来喂服。刘如霜又取了一些朗州小吃过来，大家正一边闲聊一边吃着，没想到李云博趁人不备，踉踉跄跄爬起来，找了一坛白沙古酒，掀开封印就喝，没人注意到李云博突然起身，更没人发现他喝酒。这时候，薛志天刚刚如厕回来，一进门就看见李云博喝酒，一边奔过来一边喊道："快快拦住他，千万不能让他饮酒！快……"众人马上奔过去，抢了酒坛，将李云博扶到榻上。薛志天赶过来，连忙看了看酒坛，又查验了李云博的脉象，惶恐万分地说道："翰林大人昏迷数日，刚刚唤醒，滴水未沾粒米未进，这时候喝酒，后果不堪设想！"

监军常远达急了，问道："要不要紧？哎，都怪我等大意了……"

白虎将军道："属下也不知道……快取温开水来，放一点点盐，末将要替他洗胃！"又对侍卫都头乾卦统领喊道，"你快去茅厕，取些人的粪便来，快去，不要问为何！"

说时迟那时快，薛志天命人按住李云博，亲自撬开他的嘴，将两大缸温开水灌了下去。又把一坨屎塞进李云博的口中，引发李云博一阵剧烈的呕吐，灌进去的水连同喝下去的酒，都基本上吐了出来。吐完之后，就又昏迷过去。薛志天替他清理干净口中秽物，给他喂了几勺汤药，又把了把脉，才擦擦头上的冷汗，长长舒了口气："终于挺过来了！少主又逃过了一劫，应该没事了！真是吓死末将了……"

大家听他这么一说，一个个瞪大眼睛，惊恐不已。大家也不再问什么，就围在榻前，不敢离开。薛志天更是寸步不离，每过一刻时间，就喂一次汤药，不到一个时辰，李云博又苏醒过来。看着大家焦急的神情，他有气无力地说道："真是，麻烦各位了！你们为何，不让我，一死了之……"

常远达道："禀报少主，这一切，都是老夫安排的。隐情不报，欺瞒阁老，罪不容赦，台律当诛。所有责任，老夫一人承担，恳请少主要罚就罚我一人，切勿牵连无辜！"

"如今泰平阁，已经不复存在，哪里来的什么台律，那里还有什么少主？更何况，你所做一切，都是为我着想，何罪之有？"李云博道，"我的意思是说，为何，这天下最苦最难的事，每次都是我来承受？比如这次，我居然不知道自己有了家室，孤身一人却偏偏要经历丧偶之痛；儿女都六岁了，才知道我李云博还有后人……你们说说，我李云博这辈子，活得像个人样吗？……我，我不遗余力谋求天下一统，舍生忘死造福黎民百姓，我曾几何时想过自己？可是，老天爷为何如此待我？为何……"

薛志天急忙道："翰林大人刚刚遭遇大劫，元气大伤，要好好休息，不能说话……"

"翰林大人你别说话，老夫回答您的问题。你只要听，就好了。"监军常远达说道，

"孟子有言道，天将降大任于斯人也，必先苦其心志，劳其筋骨，饿其体肤，空乏其身，行拂乱其所为，所以动心忍性，增益其所不能。大人乃非常之人，生于非常之世，必建非常之功。因此经历苦难，自然要比常人多得多。我等湘水台旧部，十余年至死不渝追随大人，正是大家看到大人身上，有异于常人的德行，有顺应时代的夙愿，还有舍我其谁的胆识。大人是我等的精神支柱和希望所在啊！我们不能没有您啊。老夫年逾七旬，依然不惧年迈，尚在为国出力，更未曾想过生死，大人刚刚而立之年，为何要言轻生？"

李云博被他说得热泪盈眶。他点点头，叹了口气，说道："这些道理，我又怎能不懂？经历之后，才发现，做个平凡甚至庸碌的普通人，多好！"

这时候，慕容延钊和李处耘都闻讯赶过来。慕容延钊询问了情况之后，说道："李翰林安心养病吧。圣上的诏书和朝廷的官文都已经到了，湖湘大地已经全部归入我大宋治下，对于当前军队安置和官员任命，都甚为详尽。我们历时两月，先后平定了荆南和湖湘，使命全部完成。等你好了，老夫跟你详细讲讲。"

李云博听了，想一骨碌爬起来，身子太弱，没有成功，于是急忙道："快扶我起来，让我看看诏书和官文吧！"

慕容延钊笑道："李翰林你别动，好好躺着，老夫，亲自给你念，如何？"

李云博道："有劳大帅了！"

慕容延钊就展开诏书和官文，念读起来，听得他们一个个兴奋异常。大致内容是：大宋皇帝诏告天下，湖湘全境平定，共得十四州，监一，县六十六，户近二十万，人口二百二十万，全部归入大宋版图，正式称为湖南路，不再设武平节度使和朗州大都督，州县设置维持现状不变。任命户部侍郎吕余庆为潭州刺史，徐静雅为副使；又命王仁赡为江陵刺史，马仁瑀为岳州刺史。慕容延钊暂留长沙，整顿全境治安；李处耘恢复原职，率领大部分禁军回京复命；李云博权知朗州，等候朝廷遴选官员到任再行调动，杨师璠为朗州司马，协助州府署理军务。其余州县官吏一律照旧，按大宋律令处理政务。任命李天骏为爆战军长沙密事营指挥使，李云博不再兼任；同意收编醴陵神刀营为爆战军醴陵炮火营，李天晨任指挥使，暂署衡州军政，李观象为监军，李天威为副指挥使。宣布减免荆楚新归顺地方赋税。高继冲调任徐州武宁军节度使，周保权因年幼无法主持政务，仍以节度使衔带家属入京读书，待成年后，再分配官职。追封周行逢为汝南王，并修缮扩建王陵。所有南征及湖湘地方立功官员将士，待朝廷议决之后，再论功行赏。

过了几天，李云博渐渐恢复过来。这时候，慕容延钊已经率领大军回了长沙，李处耘也整理大军，准备班师回京。李云博备了宴席，为他饯行。兄弟俩在一起并肩作战两个多月，分别之际自然依依不舍。李云博道："大哥这次南下，取荆南，克朗州，按理应当居首功。可是澧州裒食降卒，差点让湖湘大地引发战乱。况且这一路过来，你和慕容大帅闹出诸多别扭，只怕他不会轻易放过你。加上赵普也一直心生嫉妒，自然会趁机打压，你不会有好日子过。你回去以后，一定要谨言慎行，主动上表请罪，或许会功过两抵，逃过一劫。"

李处耘笑道："为兄一心为了大宋一统天下而不遗余力，问心无愧，圣上英明神武，又是你我结义兄弟，自然会体察实情。大丈夫立身处世，自然当光明磊落，此等小人，何足惧哉！"

李云博叹道："明枪易躲、暗箭难防啊！大哥以为，圣上会一味地袒护你吗？他还是以前的结义兄弟吗？他如今是大宋天子，不仅仅是我们的结义兄弟了！石守信、王审琦、张令铎、赵彦徽、高怀德，不是圣上的结义兄弟吗？他们一个个功勋卓著、位高权重，不都被削了兵权下放地方吗？功高震主啊！慕容延钊曾经是圣上的上司，两人交情很好，在陈桥兵变后又力挺圣上，他的面子，不够大吗？而大哥自大宋立国以来，在如今在朝大将中功劳最大，升迁也最快，多少人看着眼红，巴不得你犯错误。你若不吸取教训，依然居功自傲、我行我素，说不定会惹祸上身。做人，仅仅靠光明磊落，是不行的。要想在朝堂之上立于不败之地，还需要有韬光养晦、藏锋守拙的全身之道。大哥，你一定得好好学学啊！"

李处耘道："岫南所言甚是。大哥记下了，还不行吗？"

李云博道："光记住没用，你得按小弟说的去做。我问你，上次在澧州，你为何当面一套背后一套，把我派人送往朝廷的奏折，都截了回来？"

李处耘愣了一下，笑道："怪不得，我藏在身上的几封奏表，怎么找也找不到，原来是你发现了，唉……"

"你别转移话题！"李云博怒道，"要不是我及时发现，重新秘密送呈朝廷，恐怕你就不会官复原职，而是押解进京了！我这里又替你写好了请罪奏章，辩白自己澧州事件事出有因，你回去认真抄写一份，密呈给圣上。还有，我给光义贤弟写了封信，要他从中极力斡旋。你回去后，遇事多跟他商量。你别看他年纪轻轻，处事比你稳重得多……"

李处耘有些不耐烦了，收起书信奏折笑道："岫南你今天，怎么这么啰唆！大哥按你说的做，还不行吗？"

李云博道："你是大哥，按理，小弟不该如此唠叨。可是，我真的不相信，他们会就此罢休。我不在你身边，你凡事都得三思而后行啊！"

李处耘叹道："这谋事在人，成事在天啊！一切结果，只能听天由命了！"

第二天，李处耘便带了原来从汴京带来的一万余禁军，护送了周保权及其家属，回汴京去了。

送走李处耘，李云博还是提心吊胆，害怕李处耘会一意孤行，不上请罪奏章，就又给赵光义写了封信，请求他无论如何也要力保李处耘平安无事，派人连夜送往汴梁，才放下心来。

不出李云博的预料，李处耘回到汴京后，真的把他苦口婆心的建议置若罔闻，没有呈上请罪奏章，辩白夤食降卒事出有因，也没有把李云博写给赵光义的信转交过去，而是拆开看了一通，就大笑几声，付之一炬。

◆ 七、刘如霜飞身挡住射向李云博的乱箭 ◆

就在荆湘大地纳入大宋治下，朝野一片欢腾的时候，朝廷却为了如何给收复荆南、平定湖湘的将士们论功行赏争论不休，以至于一晃月余，也没能颁旨施行。争论的焦点在于，这场历时较短、代价极小的战争，却获得了荆湘十七州这块广袤富饶的土地和数以百万计的人口。这可谓前无古人的功业，究竟谁居首功。有人说，慕容延钊是主帅，不顾年迈体弱，仍然带病上阵，首功非他莫属；有人说李处耘冲锋陷阵、有勇有谋，出力最多，首功应该归他；也有人说，李云博定下收取荆南大计之后，孤身涉险灭了张文表取得长沙，又强攻朗州、结盟苗王，成功平息澧州事件，应该他居首功；甚至有人说，这个一统天下先南后北、先易后难的线路图，是赵普首先提出来的，应该他居首功，弄得赵匡胤左右为难、一筹莫展。直到四月下旬，朝廷才将奖赏圣旨颁下，文辞含糊，没有明确首功次功，绝大多数人都加官晋爵，厚赏优抚，慕容延钊加检校太尉，李云博升任兵部侍郎兼爆战军都指挥使，仍充翰林学士，独独李处耘没有得到任何加封，这也在李云博的意料之中。这时候，朝廷任命枢密直学士、户部侍郎薛居正为朗州刺史，命刑部郎中贾等通判湖南诸州，遣给事中李昉为特使，专程祭祀南岳，一同抵达湖湘。

李云博听说薛居正被任命为朗州刺史，非常高兴，因为他知道，这是一位有德有能的好官，不仅品行高洁，能力出众，学问也十分了得，由他来治理朗州，不会出什么问题。李云博听说薛居正到了，就郊迎十里，然后又设宴为他接风洗尘，甚是礼遇。这个薛居正，对李云博也是十分敬重，两人把盏交欢，十分惬意。

李云博将朗州事务交接完毕之后，不知道何去何从。因为朝廷升他为兵部侍郎兼爆战军都指挥使后，一直没有指示他干什么。李云博觉得湖湘大局虽已稳定，但仍有小股暗流，加上汪端仍然潜逃，需要继续留意，觉得此时离开湖湘不妥。于是就上书朝廷，恳请回乡省亲。上完奏折，就待在朗州等候圣旨，闲暇之余和薛居正喝茶聚会，有时也帮他处理政务。

这天两人趁着闲暇，一起郊游了桃花源，对于陶渊明所摹写的世外桃源，两人感叹不已。李云博突然想起桃花源里，埋葬着岳父岳母一家，就顺道前往祭拜。薛居正得知情况后，感慨道："没想到这穷乡僻壤，长眠着一位爱民如子、鞠躬尽瘁的好官。我来朗州，一定以魏大人为楷模，当个好官。"

李云博听了，忽然来了灵感，于是对薛居正说道："晚生岳父，生于斯长于斯，自幼对陶公《桃花源记》耳熟能详，出仕之后，一直坚持把这幅人民安居乐业的图景带到四方。他做浏阳县令的时候，晚生家乡那副景象，就如《桃花源记》里描绘的一般。而陶公不愿为五斗米折腰，隐居田园，其风度气节，着实是令人感叹。而桃源乐世之臆想，除了晚生岳父治理的浏阳外，只怕在薛公治理之下，朗州大地，也会变成现实吧！"

薛居正笑道："李翰林借古讽今，意味深长，鞭策下官，下官定当牢记于心，努力践行。只是下官才疏学浅，虽尽全力，说不定画虎类犬，让翰林大人失望啊！"

李云博道："薛公之才，区区一个州郡，何足道哉！晚生有一浅见，不知大人敢否采信？"

薛居正道："哦？翰林大人有何妙策？下官洗耳恭听！"

李云博道："妙策谈不上，不过可以立名言志。晚生的意思是，大人以朗州刺史身份上书朝廷，将武陵县更名为桃源县，存志于此，以表朗朗之心！"

"更名桃源？"薛居正听了，略一思忖，就大笑起来，"桃源盛景，虽是古人臆想，但天下吏民，无不神往。大人言下之意，是说我大宋一统天下之后，一定得致力于世外桃源这般和平幸福人伦的营建，在这幅图景里，土地平旷，屋舍俨然，良田美池，桑竹环绕，阡陌交通，鸡犬相闻，男耕女织，日作夜息，黄发垂髫，怡然自乐。这是多么和谐美好的蓝图啊！好，在下就遵照翰林大人指示，独贪美计，请旨朝廷。"

两人游乐回来，刚刚用罢午膳，突然接到慕容延钊从长沙发过来的急报，说是南岳祭祀特使李昉即将从长沙启程，前往南岳衡山，要李云博立刻赶往衡山县会合，一起祭祀衡山。李云博接到书信，不敢怠慢，也没多想，就带着十几名亲从，作别薛居正，风尘仆仆赶往南岳衡山去了。

大家沿着官道，一路策马南奔，日落时分就到了朗州南境，即将进入山区。李云博见大家奔驰半日，已经人困马乏，于是命令休息片刻，先吃些东西，再继续赶路。禁卫都尉江猛道："翰林大人，这州界边境，荒郊野岭，不宜久留。如若再继续走个把时辰，穿过山谷，就会有官方驿站，我们在那里换马歇息不迟。更何况天快黑了，进入山区，我们人地生疏、情况不熟，还是小心为妙。"

李云博笑道："乾兄所言有理。但我们一行轻车简从，又是乔装改扮，谁知道我等是朝廷公干？更何况如今湖湘大地，都纳入朝廷治下，难道还会有土匪，敢在官道上打劫不成？没事的，还是先休息一下吧。"

乾卦统领道："俗话说，小心驶得万年船，大人还是谨慎些为妙。要不，我们今晚在此宿营，等到明日天亮再走，也不会耽搁行程。"

李云博道："李昉大人从长沙出发，路程少了将近一半，我等又在他们之后出发。更何况朝廷特使，奉旨祭祀南岳，要是我等在他们之后到达，有怠慢特使之嫌。你别说了，抓紧休息，连夜赶路吧。"

江猛见李云博坚持，也不敢多说，就招呼大家下马歇息。他生性警惕，又跟随李云博多年，对于护卫工作很有经验，提醒大家一定得小心行事，保持高度警惕。同时提醒大家，准备好逃身摔，以备不时之需。

休息了大约小半时辰，大家就上马，继续赶路。这时候，天渐渐黑了，穿行在旷无人烟的峡谷中，的确有些瘆人。李云博骑在马背上，一个劲地策马，他也有些心虚。江猛更是提心吊胆，恨不得立即飞过这道峡谷，早早脱离这让他感觉危机重重的是非之地。

正在飞奔之际，突然，前方一阵声响，杀出一队人马。只听为头的大声笑道："李云博，本将军在此恭候多时了！还不快快下马受死！"

朦胧之间，李云博勒住缰绳，抬头一看，只见数十人一个个张弓搭箭、挺枪仗剑，立在数丈之外的官道上挡住去路，黑压压一片。李云博强装镇定，大声笑道："敢问将军，我们远日无怨近日无仇，你为何出言不逊，要取我等性命？"

那人答道："李翰林，你真是贵人多忘事啊，居然还有心思说笑！怎么，我们刚刚在朗州交过手，你就忘了？"

李云博闻言大惊，估计对手就是劫持周保权、败走朗州，一直潜逃的贼将汪端。他突然满腹疑虑起来：这一得到慕容延钊的书信，就立即启程，怎么会走漏消息呢？迟疑之间，他大声说道："呵呵呵，原来是汪将军啊！幸会幸会！俗话说，不打不相识，你虽然对抗朝廷，劫持朗州都督，煽动州县闹事，但如今湖湘大地均已纳土归降，只要你迷途知返，缴械投降，按照朝廷政策，一律既往不咎。在下还是请你认清形势，放下武器为妙。请将军三思。"

"哈哈哈哈，翰林大人真会说笑！"汪端得意地大笑起来，"李云博，你死到临头了，

还要逞能口舌，真是死性不改！你区区十来人，纵然有天大本领，也绝非我百人对手！兄弟们，你们准备好了没有？我们报仇雪恨的时候到了！快，把他们统统射死，绝不留一个活口！给我放箭！"汪端一声令下，夜幕之中，响箭就如雨一般飞了过来。

"岫南哥，小心……"李云博身旁的刘如霜见数支响箭一齐射向李云博，说时迟，那时快，一边喊着，一边从马背上高高跃起，纵身跳到李云博马背上，挡在他身前，用身体护住李云博。顿时，十余支响箭，齐刷刷地射进了刘如霜的背上。

"前边兄弟们，冲过去！快丢逃身摔，朝他们脸上扔！"江猛一边挥剑挡箭，一边喊道，"少主，跟着冲过去！后边的都紧跟少主，一起冲过去……"

只见一阵阵声响，夜色迷蒙的峡谷里浓烟滚滚，李云博抱住刘如霜，不管三七二十一，用双腿一策马匹，从人群堆里闯了过去。

一路狂奔了近百里，出了山谷，回头看看汪端没有追过来，李云博开始放慢速度。前后左右看看，剩下不到十人了。

紧跟身后的江猛说道："大人，别停下，赶快跑。我们已经出了山区，前边不远，应该就有驿站了，到那里换了马匹，我们继续往前走。属下估计，他们肯定藏有马匹，一定会追过来。"

"好。"李云博应了一声，加快了速度。果然，不出十里，就有一处驿站。江猛命令赶快更换马匹，又要了些饮水干粮，准备继续赶路。李云博查看了刘如霜的伤情，只见她只有出的气没有入的气，大惊失色，连忙扶她进了驿站，将她放在一张卧榻上。刘如霜突然睁开眼睛，用尽最后一点力气说道："岫南哥，快走，别管我！对不起，我不该骗你……对不起，我不能陪你了……魏姐姐……我来了……"话未说完，就咽了气。

"如霜姑娘……"李云博放声大哭，抱住刘如霜，死活不肯动身。江猛急了，命人将李云博强行抬上马，自己抱住刘如霜，将她横扑马背，然后招呼大家赶紧赶路。

天明时分，一行人进了衡州地界，又走了好一阵子，终于来到衡阳县城门外。江猛立即命令两名密事营勇士，赶往衡州府衙，向李天晨禀报，要他立刻派人过来，保护李云博，并请他知会各地州县，缉拿反贼汪端。他就带着伤心欲绝的李云博，叫开城门，进入衡阳县衙，寻求庇护。

◆ 八、祭祀南岳，李云博举荐给事中 ◆

衡阳县令得知朝廷的翰林学士、兵部侍郎被人行刺，前来寻求庇护，慌慌张张赶出来迎接。进了衙门，县令吩咐县尉立即加强县城守备，以防歹徒再次来袭。又将公堂腾出来，安顿他们歇息，又连忙张罗饭食去了。

这时候，刘如霜的身体已渐渐僵硬。李云博抱着她，坐在地上不声不响，谁招呼他，他都懒得理会。江猛担心他旧疾复发，想试探他是否清醒，于是连忙上前请罪："属下护驾无力，让翰林大人遭此大难，还让刘参军等不幸丧生，请大人责罚！"

李云博道："是我大意，一切与乾兄无关。更何况，乾兄多次提醒，我居然置若罔闻、一意孤行，如霜姑娘和其他兄弟，都是被我害死的！"

"属下无能，要不然……"江猛听到李云博说话了，而且很正常，终于放下心来。

"乾兄不必自责。要不是你急中生智，强行硬闯，又命大家扔下逃生摔，只怕我等，全都已经死在乱箭之下了！"李云博顿了顿，问道，"乾兄，你说说，这个汪端，为何知道我等行踪？"

江猛想了想道："这个，属下真不敢胡乱揣测。要说可能，有千种万种。但是，有两种可能最大，一是朗州府衙内，有内奸；二是慕容大帅身边，有奸细。其他，绝无可能。"

李云博道："这怎么可能？慕容大帅从长沙赶过来助阵，将叛军击溃，把张崇富斩首示众，按理说，好多兄弟被杀，汪端要寻仇，应该找慕容大帅的麻烦才对啊！他逃走后，一直没有下落，要说慕容大帅身边有人私通汪端，没有任何可能。而要说朗州府衙，有人私通汪贼，更说不过去。我和薛大人郊游回来，吃罢午餐，慕容大帅的信使就到了。我们立即起身，而且身边都是亲从，就算有人想报信，也根本来不及，我们南下跑得够快了。而汪端至少提前半日得到消息，才能到此处设伏。天下居然有这么感觉蹊跷的事情！"

江猛觉得李云博分析得很对，问道："大人，有没有这种可能，这纯属巧合呢？"

"巧合？更无可能！"李云博断然否定，"你想想看，我们一现身，汪端就指名道姓要取我的性命，还说'本将军在此恭候多时了'，这更说明，汪端绝对是得到了消息，而且很早，很可能提前一天以上。"

正说着，李天晨带着大军赶了过来，看见刘如霜已经僵硬，惊得目瞪口呆。他连忙行礼道："末将救驾来迟，请翰林大人责罚……"

"什么大人大人的，你才是我的三叔大人呢！三叔不必多礼。"李云博放下刘如霜，起身施礼道，"小侄见过三叔！敢问三叔，李昉大人到了没有？"

李天晨道："昨日，末将已派将士前往边界迎接，刚刚传来消息，李大人到达衡山县。他本来是想从那里直接上山，听说你路上遇险，正朝衡阳这边赶过来……"他见刘如霜已经不幸身亡，又见大家一副狼狈颓丧相，问道，"岫南，这究竟怎么回事？"乾卦统领就将情况做了详细介绍，又补充了两人刚才的分析。

"汪端有通天本事，能未卜先知？这其中，肯定是幕后有人蓄谋已久，汪端只是枚棋子，要不然，不可能这样精准！"李天晨推测道，"岫南，你想想，你在朝中，得罪过什么人没有？有没有人，想置你于死地？"

李云博一听，顿时想到了什么。他不露声色地说道："我在朝中没有得罪人啊，不会有人下此毒手的！"

"翰林大人……"乾卦统领正要说话，只听门外探马来报："启禀翰林大人、李将军，南岳祭祀特使李大人已抵达衡阳县城，正朝县衙赶来。"

李天晨道："好，我去迎接一下。岫南，你等一等，我们去去就回。"

李云博道："我也一同前去，迎接朝廷特使。"说着，两人就一起出了县衙，迎接李昉去了。

见礼之后，一群人就回到县衙。当李昉看见一个姑娘已经闭上眼睛躺在案上，连忙问道："敢问翰林大人，这位不幸身亡的女子是……"

李云博道："回禀特使，这位女子，是下官的未婚夫人……"

李昉大惊，连连施礼道："翰林大人节哀顺变……"

李云博还礼道："多谢特使大人照拂！"

这时候，县令已经张罗好饭菜，就命人端上来，招呼大家一起吃早点。他得知南岳祭祀特使李昉到了，赶紧行了大礼。

李昉问了情况，也感到很是感觉蹊跷：他离开京师时，并没有人通知他翰林学士李云博陪同他一起祭祀南岳。可是到了长沙，才知道，朝廷已经来了文书，说是翰林学士李云博博学多才，又是礼学大家，而且如今暂无职守，可陪同他一起上山，操持祭祀盛典。他说道："这朝廷文书，虽非绝密，但无论如何，像汪端这样的贼将，不可能知道，除非……"

李云博一惊："除非什么？"

李昉道："除非，除非有人给他通报消息！"

"有人通报了消息？"李云博不愿声张此事，于是笑道，"这怎么可能！既然事情已经过去，我们还是以朝廷差事为重，商议一下，这祭祀南岳的公干吧！"

李昉道："翰林大人所言甚是。我们一边吃，一边聊吧。"

商量一阵，饭也吃完了。李昉对李天晨说道："李将军，既然有人要行刺翰林大人，虽未得逞，但他们绝不会善罢甘休。本使以为，南岳山高路远，人烟稀少，一样会是他们下手之地。况且衡州这里，又是叛将张文表的老巢，会不会还有其他可能？麻烦将军一定要一路设防，重兵保护，千万不能出现闪失。要是翰林大人出了意外，朝廷追究起来，你我都不好交代！"

李天晨道："谨遵特使大人将令！"

李云博道："多谢特使大人关心！三叔，特使大人的安全和祭祀活动的秩序也同样重要，你得多多费心啊！"

李天晨道："大人放心，末将一定尽我所能，确保两位大人及祭祀活动正常进行，决不允许有人搅局！"

于是大家就一起动身，前往南岳衡山。李天晨更是亲率三千将士，一同随行护卫。

临行前，江猛请示李云博："刘如霜参军，怎么办？"

李云博想了想，道："还是，先让她入土为安吧。"

江猛道："好，葬哪里呢？"

李云博道："她被迫遁入空门，又被迫回落红尘，虽已涉足尘世，但并未还俗。还是还她一个清白，送回碧云庵吧。"

"这……"江猛一愣，很无奈地说道，"如霜姑娘对少主的情谊，少主不会不知吧？难道到了另一个世界里，还要让她重回空门吗？"

李云博一愣："这……"

李天晨道："这事，我派人来办吧。既然你曾经坚决不同意她单方退婚，也一直把她当作未婚夫人看待，那就葬在我们瑶池李氏的坟山里去吧，生前漂泊，死后也算有个归属。魏柳烟小姐也葬在那里，她们姐妹俩，可以永远在一起了。"

李云博听了，点点头道："好，就按三叔意思办。麻烦家里人，好好操办，要霜儿南儿和诸侄全部披麻戴孝，切莫草草了事，少了礼数。"

李昉听了，连连摇头道："不妥，不妥。翰林大人官居三品，又一直南征北战，效命王事，屡建功勋，如今夫人为国捐躯，怎能如此草率！下官建议，你们现将翰林夫人遗体入殓，派人扶柩回乡，待我立即上书，五百里加急奏报朝廷，请来诰命，册封之后，再下葬不迟。"也不等他们回应，就写了紧急奏折，派人加急送往汴京去了。

来到衡山县，天已黄昏。李云博和李昉商议后，决定下榻县城驿馆，准备就绪之后，就登山祭祀。

李云博知道，朝廷在荆湘归流之后举行祭祀南岳大典，是向其他诸侯昭示，大宋朝廷一统天下的第一步实现了，天下一统不可逆转，接下来，都会纳入朝廷治下。这个意义，自然非同寻常。李云博不敢怠慢，写了祭文，又准备了三牲果品祭祀礼仪，就和李昉一起登上衡山，按照旧制，以朝廷名义祭祀南岳。那天，李昉声情并茂地宣读了朝廷祭文：

维建隆四年岁次癸亥五月辛巳初八日丙申，大宋皇帝谨遣给事中李昉并翰林学士李云博，以牲牢酒醴茗果之奠，敢昭祭于南岳司天昭圣帝之神：

天地凝结，五岳环峙；奠镇方维，炎运中微。

西北南岳，华恒衡山，或失其守，沦于割据。

独兹岱嵩，尚未陷落，中原正朔，岿然雄尊。

朕奉天命，挥师南下；湖湘归流，南岳重回。

作镇尚土，为朝廷重；庇庥士民，孰不仰止。

天下分崩，久亦合之；大道归一，必趋势时。

南岳归来，天运大命；五岳合璧，倚马可至。

朕遣礼官，牲醴之奠；惟以告虔，肃清四方。

天下归一，河清海晏；圣帝眷顾，神其佑之。

呜呼，尚飨！

几天相处下来，李云博发现李昉决策果断，处事练达，绝非一般的读书人，很是有些欣赏。觉得眼下湖湘州郡很需要这样德才兼备的能官，于是上书朝廷，请李昉留下来，担任衡州刺史，也可以权知衡州，对稳固湖湘大有裨益。没想到朝廷很快就采纳了李云博的奏议，命李昉权知衡州。

李昉很感激李云博的举荐，交接完公务，又在李天晨、李云博的帮助下熟悉了州域情况，实地走访察看了各县，探望各级官吏，一晃就是十余日。这时候，刘如霜的诰命册封圣旨也到了，并命李云博回乡安葬夫人，顺道省亲。李天晨也交接完公务，准备回醴陵大营就职，叔侄俩就向李昉告别。

李昉一再邀请李云博多住几天。李云博以夫人新丧，还要回乡操持为由，与他道别。李昉要一起前往吊唁，被李云博阻止了。原因很简单，李昉初来乍到，上任伊始，公务必定十分繁重，这时候绝不能抽身，要他以国事为重。李昉很是感慨，于是遣使前

往吊唁。

临别之际，李云博考虑到李昉刚到衡州，人地生疏，就留下李云浩、冯玉花夫妇和冯志远襄助他，又命李天晨留下两千炮火营士卒供他差遣。李昉很是感激，欣然接受，并任命他们为州府属官，两人才依依惜别。

◈ 九、贬谪李处耘，宰相赵普落井下石 ◈

赵匡胤得知李云博南下衡山祭祀南岳途中，遭人伏击，未婚夫人丧命，李云博也差点报销，勃然大怒，下旨痛责慕容延钊，怪他治安不力，并令他尽快缉拿凶犯。慕容延钊大恐，不敢怠慢，出动大军清剿汪端残部，三日后在湘乡县境将汪端抓获，也不审问，将他剁成肉酱，处以极刑。

杀了汪端，慕容延钊以年老体弱、百病缠身而无力驻镇湖南为由，上奏朝廷，恳请告老还乡。赵匡胤不许，命他回镇襄阳。接着又升引进使丁德裕为湖南兵马都监，潘美为潭州防御使，尹崇珂为朗州团练使，杨师璠为永州边防使，切实加强湖湘安防管控。

这时候，皇后崩逝，赵匡胤痛心不已，一连数日不临朝。这天，赵普来见驾，说有要事上奏。赵匡胤勉强接见了他。见他满脸喜色，赵匡胤问道："赵爱卿，你有何好事，这般喜形于色？"

赵普道："启奏圣上，荆湘刚刚归化，西蜀之地又将唾手可得。这难道不是喜事吗？"

赵匡胤一惊，问道："蜀地偏险，群山拱卫，关隘重重，易守难攻，你赵爱卿不知道吗？这，喜从何来啊？"

赵普道："不错，西蜀偏险，群山拱卫，关隘重重，易守难攻。但这都不是问题关键。问题关键是，我朝一直找不到伐蜀理由。一直以来，蜀主孟昶虽未臣服我朝，边境上也经常有你攻我伐的小别扭，但两国正常邦交不断，没有做出格的事。但是这次，他躲不过去了。圣上请看，这是伐蜀的最好借口！"

赵匡胤接过，只见是一封书信，于是看了起来：

早岁曾奉尺书，远达睿听，丹素备陈于翰墨，欢盟已保于金兰，洎传吊伐之嘉音，实动辅车之喜色。寻于褒汉添驻师徒，只待灵旗之济河，便遣前锋而出境……

赵匡胤看罢大喜，问道："此等密函，从何而来？"

赵普道："这封密函，是蜀国使臣赵彦韬送来的。赵彦韬奉蜀国枢密使王昭远之命，持皇帝孟昶蜡丸密书赴太原，联络北汉皇帝，相约夹攻中原。没想到赵彦韬这家伙，卖主求荣，在经过东京汴梁时，竟然把密书献给微臣。圣上说说，这蜀国皇帝写给北汉皇帝的亲笔信，是不是伐蜀的最佳理由？"

赵匡胤点点头，说道："嗯，这个理由，站得住脚。朕正拟发兵西征，偏他先来寻衅，朕就师出有名了。只是这个赵彦韬，卖主求荣，不是什么好东西。杀了算了。"

赵普道："圣上万万不可。赵彦韬的确卖主求荣，但他真诚来投，也是向往我朝。微臣听说，此人精通西川地舆，熟悉川中风土人情，又兼洞悉时务，更何况蜀道艰险，关隘林立，将来伐蜀，用他做向导，那可是不二人选啊。望陛下圣酌。"

"爱卿言之有理，那就依卿所言，暂且留着，封个官职，厚赏其行，看他今后表现吧。"赵匡胤准了他的奏请，又问道，"爱卿对于伐蜀，有何良策？"

赵普道："圣上别急。我朝刚刚平定荆湘，数万大军需要休养。微臣以为，明年伐蜀，正当其时。当下时节，我朝一方面整军备战，另一方面遣使赴蜀，将孟昶联合北汉来攻我朝之阴谋公之于众，让他理屈词穷，心生胆战。这样一来，我们就名正言顺与他们断绝外事，撤回使节，然后正式宣战。我朝兴仁义之师，一定得堂堂正正，让他国不敢妄动。"

赵匡胤道："嗯，此计甚妙。不过，选帅之事，爱卿是否有所思虑？"

赵普道："微臣虽为枢密使，但一直以来只谋军事，不拟人选。还是圣上钦定吧。"

赵匡胤道："嗯。爱卿以为，李处耘如何？"

赵普道："李处耘将军骁勇善战，屡建奇功，的确是合适人选。不过……"

赵匡胤听出了他的弦外之音，问道："不过什么？爱卿有话直说！"

赵普道："是，陛下。这次平定荆湘，李将军出奇制胜，功莫大焉。但他忤逆主帅，脔食降卒，败坏王师声誉，致使湖湘群起反抗，差点误了大事。而圣上开恩，功过两抵，没想到他不思悔改，抱怨战功赫赫之将，未有任何升迁，依然居功自傲，骄横无度，轻慢上司，我行我素，微臣都无法驾驭他了。更何况，他脔食降卒、黥刑朗兵，这是开了大宋王师恶名先河，圣上若不严惩，一统天下，将难以为继！望圣上三思！"

赵匡胤疑虑道："李处耘我了解，他不会是这样的人。当初平定李重进之乱，他受命危难，镇守扬州，两年不到，就把淮南治理得井井有条……难道，他变了？"

赵普道:"微臣听说,当时翰林学士李云博指责他违反军法,恣意妄为,要上奏朝廷、停他军职时,他居然勃然大怒,差点处死李翰林。若不是慕容延钊及时赶到,李翰林恐怕已经……"

"什么?他居然要杀岫南?"赵匡胤听他这么一说,不免怒火中烧,"岫南是我们的兄弟啊,他,他,他居然下得了手!他越来越无法无天了!看来,不严惩他……"突然,他看着赵普问道,"他要杀岫南的消息,从何而来?"

赵普道:"这个……微臣也是听慕容延钊说的,不知道是否属实。要不,微臣差人请慕容将军进一趟京,一问,便真相大白。"

赵匡胤站起来,踱着方步转了两圈,说道:"慕容延钊久患重疾,经不起远途劳累。命他上道奏折吧,将这事说清楚,再行处罚李处耘不迟。"

赵普领命道:"微臣遵旨,这就去办。"正要离开,停了一下,欲言又止,就又转身离去。赵匡胤见他这般,叫住他问道:"爱卿还有事奏?"

赵普道:"微臣尚有一言,如鲠在喉。多次想说,又怕……"

赵匡胤不耐烦地打断他的话道:"爱卿与我,无甚禁忌,有话快说,别吞吞吐吐!"

赵普转过身来,施礼道:"启奏圣上,同平章事、开封府尹皇弟赵光义素与李处耘交好。微臣听说,皇弟放出话来,谁敢动李处耘,他就会和谁拼命……他还说……"

赵匡胤闻言大怒:"这个赵光义,尽给朕惹麻烦!他还说什么?"

赵普装出一副战战兢兢的样子,说道:"微臣不敢说……还是,不说罢。"

赵匡胤道:"朕要你说,你就说!说什么,朕都恕你无罪!"

赵普道:"那臣就说了。他说,太后临终之前,曾召圣上和他,立下金匮之盟,要大宋传位订立兄终弟及原则……这事,微臣也在场。没想到,他竟然将此密约说与他人,还说,将来他登帝位,李处耘就执掌兵柄,李云博就宰辅朝政……"

"什么?"赵匡胤怒不可遏,"这等宗室绝密,如何能轻易外传?朕还没死呢,他就急着封相拜将了!朕这大位,还说不定一定要传给他呢!传旨下去,将李处耘羁押下狱,听候发落!"

赵普一愣:"这……"

赵匡胤道:"朕的话没有说清楚吗?还不快去!"

"微臣领旨!"赵普行了大礼,心里喜滋滋地退了出去。

赵光义得知李处耘下狱,大惊失色,立马进宫求情,请赵匡胤看在兄弟情分上,从轻发落。赵匡胤冷笑道:"你是担心,你的枢密使出了意外,你将来无人执掌兵柄吧?"

赵光义大惊,稽首道:"皇兄此言,从何说起?"

赵匡胤道："朕听人说，你将'金匮之盟'泄露出去，说是登临大位之后，李处耘执掌兵柄，李云博宰辅朝政，一定会让大宋江山立于不败之地。谁敢动李处耘，就和谁拼命，可有此事？"

赵光义道："皇兄好糊涂。这金匮之盟，只有母后、我们兄弟和赵普以及岫南知道。你再去问问其他人，可有谁曾听说？一定是赵普为置李处耘于死地，不让臣弟出面说话，来构陷臣弟。臣弟受皇兄厚恩，一心效命皇兄，绝无非分之想。我们一母同胞，皇兄都信不过，还能相信谁呢？赵普历来心机重重，他虽然尽忠皇兄，但他培植亲信，排除异己，也是有目共睹的事。他尤其忌惮李处耘战功，生怕李处耘盖过他的风头。这次李处耘裔食降卒，犯下大错，这个扳倒李处耘的机会，他岂能错过？"

赵匡胤听了，也觉得弟弟说得在理。赵光义少年从军，跟着他东征西讨，多经历练，少年老成，办事可靠，应该不会干那种傻到家的事。一个是亲弟弟，一个是心腹重臣，公说公有理，婆说婆有理，弄得赵匡胤莫衷一是。他说道："你是朕的亲弟弟，朕不相信你，还能信谁呢？只是如何处罚李处耘，朕还得好好想想。"

赵光义道："启禀皇兄，其实，李处耘裔食降卒，虽然残暴，但事出有因。李云博所上奏折，皇兄看过吗？"

赵匡胤道："李云博的奏折，朕看了，慕容延钊的，朕也看了。两人事情一样，但观点截然相反。无论如何，杀降违反军法，更何况他裔食降卒！这种惨无人道之举，有辱我朝仁义之师威名，如何能够姑息？"

赵光义道："启奏皇兄，李处耘违反军法，理当处罚，臣弟也不是要免于处罚，而是尊重实情，从轻发落。况且，赵普包藏祸心，皇兄不得不防啊……"

赵匡胤怒道："你说说，他如何包藏祸心？"

赵光义道："皇兄和我，一直与李云博、李处耘交好，这是不可否认的事实。李处耘骁勇善战，能文能武，是不可多得的将才；而李云博呢，胸有韬略，具有宰辅之能，兼有家族奇技，创建爆战军更是让我朝禁军如虎添翼，他二人，一文一武，是皇兄一统天下的左膀右臂，皇兄也一定会认同吧？可是赵普嫉贤妒能，生怕他们超过自己，于是在皇兄面前屡进谗言，挑拨离间，让皇兄投鼠忌器，不敢重用。皇兄啊，切不可自断羽翼，让赵普大权独揽啊！"

赵匡胤道："你说的话，很有道理。朕也想让他们多挑重担，可是正元大哥让人抓住把柄死死不放；岫南贤弟又对朕取代前朝讳莫如深，不肯入阁为相。朕也难呐。但是，无论赵普多么心机重重，但他对朕的忠臣，是不容置疑的！"

赵光义道："这一点，臣弟绝对认同。但是，一统天下以及将来治理天下，仅靠他赵普一人，是不够的。他将能臣勇将都排挤出去甚至赶尽杀绝，这于皇兄及朝廷，是有

百害而无一益的。"

赵匡胤道："你出此言，可有凭据？"

赵光义道："当然有！他一意孤行要严惩正元大哥暂且不说，皇兄知不知道，这次祭祀南岳，岫南夫人捐躯，自己也差点丢了性命，是何人所为？"

赵匡胤惊道："何人所为？"

赵光义道："据衡州刺史李昉调查，这件事，很可能是赵普指示慕容延钊干的。"

"很可能？"赵匡胤大惊，问道，"可有证据？"

赵光义道："听说李云博涉险，夫人为国捐躯，臣弟就责令亲身经历事件始末的李昉暗中调查。情形是，李昉奉旨祭祀南岳，并未得到李云博一同祭祀的圣旨，而是到了长沙，从慕容延钊那里得知，朝廷已命令李云博一同上山。可是，祭祀南岳，这种事情，应该大张旗鼓，皇兄，您有必要下道密旨吗？为何不事先通知岫南和李昉，而是在李昉抵长之后，才急急忙忙派人知会岫南呢？岫南准备不足，连夜匆匆上路，才招致大难啊！"

赵匡胤感觉蹊跷道："朕何曾下过密旨？赵普只是来请示过，说李云博如今公务完成交接，朝廷还没分配新的职司，很是空闲，他又是礼学大家，正好与李昉一起上南岳祭祀。朕没多想，就答应了。怎么，成了密旨了呢？这个赵普，真是！"

"还有更感觉蹊跷的呢！"赵光义道，"既然下的是密旨，连南岳祭祀特使李昉都不知道，为何贼将汪端得到了消息呢？而且提前埋伏，杀得李云博丢盔弃甲。皇兄，这正常吗？"

"当然不正常！"赵匡胤怒了，说道，"你的意思是说，李云博陪同李昉一起祭祀南岳的消息，是赵普或者慕容延钊有意透露给汪端的？"

赵光义道："臣弟没有证据，不敢这样说。但是，皇兄得知李云博遇险，夫人遇难，下旨痛责慕容延钊之后，为何三天之内，就将汪端抓获，而且不经审讯，将其处以极刑？汪端刺杀李云博未成，为何不远走高飞，跑到潭州境内的湘乡干什么？他是要去找死吗？他真的傻到家了！"

赵光义见赵匡胤沉默不语，继续说道："赵普嫉妒李云博，也不是一天两天了。皇兄也定然知道。起初，臣弟并不想说出真相，因为没有确凿证据。而且关键人物慕容延钊位高权重，臣弟不敢拿他审问。只是赵普也太不择手段了，居然离间起我们兄弟俩来。他如此无法无天残害忠良，朝堂之上，将来还会有忠良之臣吗？"说罢，抽泣起来。

赵匡胤上前扶起他，说道："三弟，你别难过，是朕这个哥哥做得不好，让你受委屈了。这个赵普，虽然嫉贤妒能、城府很深，但他有治国之才，我们还得用他。唉，要是岫南这等大才肯出来担当大任，朕就放心了！"

赵光义起身道："皇兄放心，岫南哥心结打开，他已经放下从前，一心效命朝廷了。这次皇兄任命他当兵部侍郎、爆战军都指挥使，他不是没有推迟吗？迟早，他会愿意入阁为相的。"

赵匡胤叹道："哪有那么简单的事！岫南肯不肯担当重任，不在你我，也不在赵普，而在机缘。这一切，都只能听天由命啊！"顿了顿，又道："朕给你道密旨，命你继续仔细调查岫南遇刺一事。你要记住，一定要找到铁证！当然，不到万不得已，不要轻易动慕容延钊，他毕竟是朕原来的上司，弄错了，面子上过不去。还有，无论结果如何，都不重要，重要的是，我们得抓着赵普的把柄，一旦用不着他了，随时可以有理由让他下台。你听清楚了吗？"

赵光义道："臣弟听清楚了！"

不久，李处耘被贬为淄州刺史。朝廷把他从大狱里放出来，要他尽快赴任。李处耘接到圣旨，二话没说，也没向任何人辞行，带着家人赴淄州上任去了。

第十一章
DISHIYIZHANG
省亲瑶池

◆ 一、得知李处耘被贬，省亲途中火速回京 ◆

李云博和李天晨带着爆战军醴陵炮火营的数千人马，一路出了衡州，往潭州进发。刚进潭州地界，只见密事营一名禁卒带着两个便装打扮的人飞马赶来，说是京师来了神秘信使，有紧急书信送给李云博亲自拆阅。那两个便装打扮的人连忙下马见礼后，就呈上信来。李云博满腹狐疑，朝廷的通告消息还未出来，这封神秘的信已经来到他手里了。拆开这封加急信件，一看，顿时呆住了。这封信是赵光义写的，说朝廷将李处耘贬为淄州刺史，李处耘已经出了监狱，正准备赴任。请李云博赶紧进京，看有不有别的办法，将李处耘留在京师。

李云博估算了一下，这封专人加急密报，比朝廷的五百里加急还要快，基本上每天行程在千里以上。这就是说，素有大志、心高气傲的李处耘，要是被贬去当一个刺史，他肯定会心生郁结，悲观失意，甚至颓废感伤、自暴自弃。李云博急了，顾不得多想，就匆匆忙忙跟李天晨作别，麻烦他回去交代家人，好生安葬刘如霜，自己则带上一干亲从，和信使一起，马不停蹄地往汴梁赶。

来到汴梁，已近傍晚。李云博来不及安置，就要信使回去复命，自己带着江猛等人先去李处耘府上，没想到李处耘家已经大门紧闭、人去楼空，李云博估计，他们肯定去淄州了。于是带着大家一路追赶。追了一程，在城郊一个官道驿站一问，才知道，李处耘已经离开两天了，也就是说，接到圣旨的第二天，他就赴任去了。"真是个呆子！"李云博骂了一句，只得回城，急忙赶往赵光义府邸，想了解具体情况。

赵光义正在吃晚饭，听说了李云博来了，丢下碗筷就一下子冲出门来。可是左等右等，大约等了一个多时辰，才看见李云博带着大家垂头丧气地到了。不等李云博下马，他就亲自上前拉住马缰，问道："岫南兄，你不是奉旨省亲吗？怎么跑回汴梁来了？"

李云博下了马，一边进门一边说道："我在省亲半途，接到你的急函，觉得事有感觉蹊跷，就跟着信使马不停蹄赶了过来……怎么回事啊，正元大哥的事情，不是过去了吗？为何又突然下狱，而且追起责来？"

赵光义道："唉……岫南兄，还没吃饭吧？来，先吃饭，我们边吃边谈。"又吩咐府上准备其他随行人员的饭食，就邀李云博坐下来。李云博确实饿了，也不客气，吃了起来。三碗下肚，李云博就问道："据我所知，朝廷对于平定荆湘将士的论功行赏，一直

犹豫不决，直到四月底，才出来一道圣旨，正元大哥功过相抵，没有升迁，这应该是较为合理的结果。按理说，这事可以过去了。为何突然将他贬谪呢？还有，他一出狱，你为何不拦住他，让他不辞而别呢？"

"什么？他走了？"赵光义大惊，"他出狱的时候，还是我前去接的。当时说得好好的，何时动身，知会一声，我为他饯行。这个冒失鬼！"

"原来如此！"李云博叹道，"看来，他是在赌气。这下子，麻烦大了。"

赵光义又吃了一惊，问道："赌气？麻烦大了，有何麻烦？"

李云博道："你我都知道正元大哥的脾性。他呀，就一根筋，又心高气傲，认准的事，死都不肯悔改。我问你，我要他转呈你的信，以及要他再上请罪奏折，辩白廪食降卒事出有因，他都照做了吗？"

"我只收到你直接发过来的信，没收到他转呈过来的。你在信中说，要我督促他上奏，问他几次，他都说上了。我又根据你的提醒，问他，岫南来信问，我有封信在你那里，你怎么没有及时转交，他说，忘了。后来又说，路上弄丢了……"赵光义道，"如今看来，他根本没有再次上奏！"

"怪不得！"李云博恍然大悟，骂道，"这个死性子！朝廷之所以犹豫不决那么久，就是在等他的态度。他都回来那么久了，上道奏折请罪，或者面见圣上辩白一下当时实情，难道就那么难吗？你不知道，事件发生的时候，我一听说就赶过去，立即写了奏折，并强行要他抄写。你知道，他干了什么吗？"

赵光义吃惊地望着李云博，问道："他干了什么？"

李云博道："他居然把我发出去的奏折，偷偷截了回来！要不是我及时发现，重新发出去，他这回，肯定死定了！真是气死人了！"

"他怎么能这样干，真让人不省心！"赵光义也气不打一处来，"要不是有那道奏折和你的奏章，这次，他可能真的遇到麻烦了！"

"唉，早知道这样，我应该及时赶回来，面见圣上，说不定，不会被他人咬住不放。"李云博有些后悔，问道，"光义贤弟，是不是出了什么事，要不然，那道赏功诏书一出来，圣上应该是不准备追究了。为何突然将他下狱？"

"唉……"赵光义叹道，"都是赵普那个家伙，趁机在我皇兄面前煽风点火，还拿我们的关系说事，甚至说我结交大臣培植党羽，意欲图谋不轨，惹得皇兄龙颜大怒……"

李云博顿时火起："什么？他赵普胆子也太大了，居然离间你们兄弟，真是！你详细说说，我看看赵普究竟要干什么！"

"好。"赵光义放下碗筷，说道，"我一听说正元大哥下狱，就立即去觐见皇兄，他当时见了我，就怒气冲冲地问道，他听人说，我将'金匮之盟'泄露出去，问我可有此事？这'金匮之盟'，除了我们兄弟俩、赵普知道之外，就是你岫南兄了。你知道这事，还是皇兄那次请你出征湖湘时，酒后告诉你的，当时我也在场啊！"

李云博沉思道："这事我记得，怎么了？"

赵光义道："皇兄说，他听人说，我四处跟人说，我将来登临大位之后，李云博宰辅朝政，李处耘执掌兵柄，这一文一武，一定会让大宋江山立于不败之地。谁敢动李处耘，就和谁拼命，问我可有此事？"

李云博怒道："如此绝密，你赵光义不傻，如何会说出去呢？这明明是赵普利用这个绝密，向圣上施压，不让你开口替正元大哥求情。看来，正元大哥这次下狱，又被贬谪，全是这个赵普干的好事！"

赵光义压低嗓门说道："赵普不仅想置正元大哥于死地，也想除掉你，你知不知道？"

李云博道："我知道。这次祭祀南岳遇险，遭到汪端伏击，我估计，就是他暗中勾结慕容延钊干的……但是，这事千万别再提起，就让它过去。万一赵普有所察觉，不仅帮不了我们，还会让他狗急跳墙，使出更毒的手段。"

"我一定听岫南兄的。"赵光义知道，李云博什么事都明察秋毫，心里更加佩服他，问道，"赵普嫉贤妒能，一心想成为朝廷首辅重臣，最怕的是被你取而代之。他知道皇兄一直盼望你入阁主政，他不会善罢甘休的。"

"他赵普弄不死我！"李云博说道，"说真的，赵普治国理政，还真有一套。这一点，圣上很清楚，特别是在用人和控制局面上，比我强很多……不说这个了。还是得想办法，让正元大哥早日脱离苦海吧。这样下去，他一定会郁郁寡欢，自暴自弃的。况且，像他这般能征惯战的猛将，当个小小的刺史，真是太屈才了。更何况，朝廷刚刚开启一统天下的进程，要的就是他这样，有勇有谋的主将啊！"

"岫南兄所言甚是！"赵光义点点头道，"既然你回来了，就去向皇兄求请，说不定，他会改主意呢。"

"不妥。"李云博摇摇头道，"要是他不莽撞，不急急忙忙离开，上书服软、托病都可以，请旨暂缓离京。只要朝廷默许，不是限期到任，我们再出面，说不定还有办法，让圣上改变主意。正元大哥已经赴任，一切木已成舟，无法更改了。而且，我省亲期间，突然进京，圣上肯定知道我是为正元大哥而来，不仅对正元大哥不利，甚至会怀疑你向我密通了消息。我没有理由面圣啊。"

赵光义想了想道："小弟提一个理由，岫南兄看看，可不可以。"

李云博道："贤弟说说看。"

赵光义道："我听说，皇兄得到蜀主写给北汉皇帝的亲笔信，说是相约夹攻我大宋。

皇兄大喜，觉得这是对蜀宣战的最好理由，已经下旨命令赵普整军备战，准备明年大举伐蜀。你是爆战军都指挥使，如若得知这个消息，放弃省亲，前来面圣，恳请加入备战，是否可以呢？"

李云博听了，大喜道："光义贤弟真是长进多了！这简直是面圣的最好理由。行，就这么定了。"顿了顿，又道，"我估计，赵普的这一系列作为，圣上应该是很认可的。前朝的宰相们，应该完成了政权过渡的历史使命，差不多要退出政治舞台了。这就是说，赵普离他的一人之下、万人之上的理想，又将进一大步。贤弟，你心里要有底，不要去和他较劲，甚至多向圣上举荐他，他达到了目标，才不会提防和打压我们，正元大哥才有救。你明白吗？"

赵光义一愣："这……他要是真的实现了一人之下、万人之上的梦想，权倾朝野，一手遮天，我大宋朝廷那还不指鹿为马、乌烟瘴气！"

李云博笑道："刚刚赞扬你长进了，你看看，又犯傻了。我告诉你，对于赵普的野心，圣上比谁都清楚。他知道，赵普无论野心多大，都是以忠诚于他为前提的。圣上用他，是形势必需。我们要防止的，是别让他权力过大，用一些正直忠贞而又能力出众的大臣，入阁辅政，分他的权，我会借机跟圣上建议，你也要心中有数。只要用人得当，他赵普，翻不了天！"

赵光义听了，恍然大悟："原来如此！"

李云博有道："这次平定荆湘后，圣上派了一干贤臣去治理，应该是有用意的。薛居正、吕余庆、李昉等人，个个都是圣上心腹，而且多经历炼，能力十分出众。到时候，我们既力挺赵普主政，又分头举荐这些良臣，圣上自然会心领神会。赵普得了好处，应该不会过分抵制，要是强行抵制，惹恼圣上，说不定他的人臣之梦鸡飞蛋打。他工于心计，肯定会权衡利弊，不会冒险。一旦成功，即使赵普老谋深算，但无论德行操守还是学识学问，都比不上他们。有他们在，朝廷乱不了。这些良臣，你要多和他们交往，不仅能增进学识学养，而且能提高做人境界，对你将来，大有裨益。"

赵光义听了，喜得不住地点头："小弟知道了，一定按你说的去做。有你岫南兄在，小弟的心里啊，踏实多了！"

第二天，李云博就去面圣。赵匡胤很是意外，略一思忖，就认定李云博是为李处耘被贬的事而来，心里很不高兴，但还是勉强接见了他。没想到李云博对李处耘被贬一事只字未提，一进门行毕大礼，就请求参与伐蜀备战，装备成建制的炮战队，配备到各伐蜀军队中去。赵匡胤大喜，立即准奏。他有好些天未见李云博了，见他主动请战，感动不已，就赐宴玉津园，请赵普、赵光义作陪。酒席之间，赵匡胤说起他夫人去世，未婚夫人又为国捐躯，听说赵普有个女儿年方十六，待字闺中，想缓和两人关系，又要为他赐婚。李云博拒绝了，说这姻缘命中注定，何必强求，不是你的强求不到，会来的终归要来。赵匡胤无奈，只得由他了。

李云博这一忙就是两月。到了八月初，他觉得几处炮火营的炮战队都组建完成，而且配备制作的弹药充足，队伍训练也差不多了，随时可以配备到各大作战部队里去。加上醴陵炮火营也需巡察，就回京请旨，恳请前往醴陵，顺道回乡省亲。赵匡胤本想留他入阁任事，没想到李云博强烈举荐赵普主政，还推荐薛居正、吕余庆、李昉等人入阁辅政，顿时明白他的用意，这让他终于打定了换相主意。其实，赵匡胤将早就想把前朝的几位宰辅换下来，而又担心赵普专权，李云博这个方案，真是挠到了他的痒痒处。于是，他就加任李云博为湖南巡检使，赐天子剑，考校官吏，视察民情，遇到紧急情况，可以先斩后奏。

李云博犹豫一下，但还是接受了，第二天就启程回乡。

◆ 二、听到熟悉琴声，巡检使大人顿时愣住了 ◆

李云博以湖南巡检使的身份来到长沙，受到潭州刺史吕余庆的热情招待。中秋临近，正是团圆之际，李云博回家心切，吕余庆自然不便留他，就通知浏阳县令早早准备接驾，并派重兵护送。李云博推辞不过，只得由他。

李云博一路上浩浩荡荡，不日之后，便到达浏阳。县令自到任以来，第一次接待这么高级别的朝廷大员，自然鞍前马后，忙得不亦乐乎。当李云博问及县城中秋之夜如何与民联欢时，他详细禀报情况后，居然邀请李云博与家乡父老同过中秋，声称这是湖湘归化之后的第一个中秋，朝廷要员巡视民情，官民同乐，意义重大。李云博虽然归心似箭，但听他说得很是在理，若在浏阳县城与家乡父老一起赏月，的确意义非凡。先公后私、先国后家，这是他的一贯作风，更何况，他这十多年来出生入死的奋斗，不就是等待这歌舞升平的盛世景象早日到来吗？如今来了，他有什么理由不与民同乐呢？推脱不过，就逗留了一日，在浏阳县城过了中秋。

这个县令姓陈，很是能干，把晚上的赏月活动搞得很热烈，中秋献词、民俗歌舞、官民齐欢、分发月饼，并安排了他这位朝廷派来的高官训示，甚至还使用了炮火，炮火是由他的堂兄、浏阳爆竹作坊掌柜李云海操持的，这让他很是惊喜。赏月仪式过后，李云博没有参加继续进行的军民联欢和游艺活动，回到馆驿歇息，这时才进戌时三刻。看看时间还早，李云博不想错过这个与家人团聚的机会，因为在他家乡瑶池，此时，正是庆祝活动的高潮，到了亥时才基本结束，都回到家里，一家人聚在一起，静静地坐在院子里，一边吃着月饼，一边赏月。他已经有好些年，没有感受过这八月中秋一家人团圆赏月的气氛了。同时，他也害怕明日，大队人马招摇过市回到家里，那样，多多少少有些耀武扬威，太违背他的性情。于是就写了一封信，命人明天一早交给陈县令，反复交代所有仪仗及护卫一律在浏阳城里等候，麻烦他照料一下，自己就带着十几名亲从，并叫上李云海，轻车简从连夜赶回了瑶池。

浏阳县城通往瑶池的官道已经修得很宽敞，八月十五的月亮很亮很圆，照得大地像白日一般。一路飞驰，不到半个时辰，就到了瑶池。月光融融的大瑶集镇，也是张灯结彩，喜气洋洋。看样子，夜深人静，欢乐的人们应该是结束了狂欢，都回家里吃月饼、赏月去了。他马不停蹄地来到城门前，发现这座城门早已经被废，门洞大开，无人把守。正当他疑虑重重时，李云海解释道：自从神刀营合并到醴陵大营，这座军营已经废弃，哪里还有兵马守门呢？

他恍然大悟，招呼大家下马慢行，千万别惊扰了乡民万家团圆、吃饼赏月、共享天伦的好兴致，轻手轻脚往李府走去。刚走几步，似乎听到一阵阵琴声，越走越近，这琴声就越来越清晰。离家门数丈远的时候，琴声已经听得很清楚了。突然间，李云博觉得这琴声有些熟悉，轻盈缥缈，温婉凄绝，跌宕起伏，这，好像在哪里听过……他停下来，挥手也要大家都停下，和他一起听听这多年未听过的美妙旋律。这时候，只听一曲终了，稍作停顿，又开始了新的一曲，而这首曲子，居然有悦耳的唱词：

明月又重圆，清辉照无眠。孤窗烛影泪，月圆人不圆。
明月又重圆，烽烟接连天。音讯早断绝，我郎可身安？

明月又重圆，举杯对婵娟。镜空人何处，银河鹊桥仙。
明月又重圆，兵祸已数年。谁传云外信，愁君秋衣单。

明月又重圆，相思寄天边。莫道离愁苦，归梦落枕间。
明月又重圆，战火仍延绵。唯愿天下定，郎君报捷还……

这首歌曲，一咏三叹，如泣如诉，在夜阑人静、月光皎洁的中秋之夜，是那样的感人肺腑，听得李云博如痴如醉。听着听着，李云博情不自禁地抬起头，远远朝府里望去，只见楼门亮着几处灯笼，院子里隐隐约约有人说话，府上重重叠叠的房子，只有稍后二楼有一处窗户亮着。窗前，一个熟悉的倩影，和着歌声律动，婀娜多姿，似乎正深情款款地歌唱着。他细数了一下位置，这不是自己院子里的阁楼吗？

欣喜之余，他突然恍然大悟：这不是魏柳烟的琴声吗？这个念头一冒出来，他顿时欣喜若狂：魏柳烟，他的夫人魏柳烟还活着！这美轮美奂的琴音，只有他听得出韵味；这工整隽永的歌词，只有魏柳烟写得出来；这婉转悠扬的歌声，也只有他李云博能够心有灵犀、产生共鸣——原来，这首词和曲，都是魏柳烟专门为他李云博而写，唱给他李云博听的！

"柳烟姐姐，我回来了，岫南回来了……"李云博在心里呐喊着，丢了马匹，不顾一切朝家门奔去。

刚到楼门前，广场上很是清静，从凌乱的场面看得出，这里刚才一定狂欢过。李云博突然看见一个高大瘦弱的身影，正在广场上清扫。他一眼就能认出，这是欧阳管家。于是连忙跑上前，施礼道："欧阳管家爷，我是岫南，我回来了……"

借着皎洁的月光，欧阳管家先是一愣，然后抬起头一看，见是李云博，礼都忘了回，就连忙丢掉扫帚，一边往楼门里跑，一边喊道："老爷，夫人，岫南回来了，三少爷终于回来了……"

这一声大喊，把正在府门前大院子里、围圆而坐、吃饼赏月、举家团聚的男女老少都惊动了，他们起先都一愣，以为听错了，然后就一个个起身往门楼外跑：他们早就得到官府送来的消息，李云博又奉旨省亲。没想到结果，和第一次一样，等啊等啊，看样子，又是空喜一场！但是现在管家突然大声禀报，李云博回来了，他们能不兴奋吗？

李云博进了楼门，看见父母百感交集的神情，一激动，就"扑通"一声跪在地上："不孝子李云博，拜见父母大人！"

"儿啊，你可回来了！娘还以为，这辈子，再也见不到你了……"邱氏跌跌撞撞上前，一把抱住李云博，失声痛哭起来。

李云博叩首道："孩儿不孝，让父母大人挂念了！"

李天亮也激动得说不出话来，他拼命控制住自己的情绪，摇头晃脑、伸手弄足好一阵子，突然对欧阳管家道："管家，岫南回来了，快快点上长明灯，知会全家，男女老少，童仆杂役，都来院子里团聚！还有，命令厨房重备中秋宴，我们全家要好好吃他一餐团圆饭！对了，派人去地窖里，把那最古老的几坛虎骨玉液陈年老酒，都搬出来！"

"是，老爷！"欧阳管家应了一声，喜滋滋地忙碌去了。

李云博扶起仍然啼哭的母亲，把她送到席前坐下，就招呼随行人员入座。这时候，数十盏长明灯点了起来，照得庭院如同白昼。一家人纷纷围着他嘘寒问暖，他一一见礼，忙得应接不暇。

见礼过后，大家都尊卑有序地入了座，李云博四处看看，独独不见祖父，以为夜深了，他又年事已高，早早睡了，几次想问，均被家人的热情打断，只得领情家人的盛意，招呼兄弟们吃起月饼点心，等候这迟来的中秋盛宴。

这时候，琴声戛然而止。李云博突然发现，这家人之中，并没有魏柳烟。举家团圆，她为何不下来呢？带着满腹疑问，就借着如厕抽身，急急忙忙往自己的院子奔去。

刚进院子，朦胧月色之中，只见那边一个一袭白色裙衫的女子开门出来，正往这边走来。李云博激动万分，冲过去一把抱住她喊道："柳烟姐姐，我回来了，岫南回来了……"

那女子没有吭声，但感觉得到，她非常激动。

李云博抽泣道："姐姐不是好好的吗？为何，他们都说，你不在了……"

那女子说话了："岫南哥，他们没有骗你。我不是你的柳烟姐姐，我是刘杜鹃，花儿。我不是你姐姐，我是你妹妹……"

"什么？"李云博不相信，就拉住她的手，往屋里拽。又爬上阁楼，来到刚才他留意很久的窗前，指着桐琴说道，"刚才，不是柳烟姐姐坐在这里，弹琴唱歌吗？"

刘杜鹃点了灯，阁楼里顿时亮堂起来。她笑了笑，也不说话，就坐到琴前，弹了起来。宛转悠扬的琴声又重新飘起。

"难道刚才，是你在弹琴？"李云博忽然醒悟过来，一屁股坐在地上，问道。

"没错，是我。"刘杜鹃停止了弹奏，说道，"岫南哥一定很惊讶，我一个乡下丫头，怎么会弹琴了吧？"

"这琴声，很像柳烟姐姐的弹奏了。她的琴声，我太熟悉了。"李云博喃喃说道。

刘杜鹃笑道："我的琴艺，就是柳烟姐姐教的，自然像她。"她突然拉起李云博，说道，"岫南哥，你快过来，看看你们的霜儿南儿吧。"说着，举起蜡烛，轻轻打着手势，要李云博朝床边走去。

顿时，李云博心潮澎湃，蹑手蹑脚地走向床边。罗帐之内，一对五六岁的童儿，穿着红肚兜，正在酣睡。他们那精致腻滑的小脸上，正荡漾着浅浅微笑，就像含苞待放的花儿一样，幸福得无与伦比。李云博不由得热泪滚滚，从口里莫名其妙冒出一句话来：儿啊，你爹，简直就是个狗屁！

看着儿女熟睡的样子，李云博眼都不敢眨一下，久久凝视着。他几次伸出手去，想摸一摸儿女的脸，但又莫名其妙地缩了回来。几次过后，他怎么也忍不住了，在女儿的额际上，扎扎实实亲了一口。

李慕霜睡得正香，突然被人侵扰，脸上微笑消失了，取而代之的是一股烦躁，双手并用在自己的额际上胡乱抓了几把，转了个身，没想到压到了李慕南，被他推了回去，姐弟间梦里闹了一阵，就又渐渐熟睡过去。

"老子亲你，你烦躁做甚呢？看老子……"李云博似乎有些火了，高高扬起手掌，要抽她翻过来的屁股。可是这巴掌，越往下就越慢，还没碰到屁股，就赶紧收了回来。

刘杜鹃也笑了。她对站在李云博身边好久的欧阳管家道："管家爷，您是来请我们出席中秋宴会的吧？"

欧阳管家道："正是。老爷吩咐，请少爷和杜鹃过去赴宴，大家都等好久了！可是看见少爷初见小少爷的模样，真不忍心打断他……"

李云博再才注意到欧阳管家来了，拱手道："适才忘情了，管家爷莫怪！走吧，别让家人等太久了。"说罢，就跟他们下楼去了。一路上，本来就满腹疑虑的李云博，突然又多了一个疑问：刘杜鹃，怎么会住在他的院子里呢？想了一通，似乎找到了合适的理由，一定是为了照顾霜儿南儿，毕竟，她是丫鬟嘛！

这餐团圆饭，是李云博有生以来，吃得最开心的一次。他忘乎所以，丢掉禁忌，喝了个酩酊大醉。加上他离乡七八年，很久没和家人一起吃饭，亲人们能够看到家族里最有出息的子弟，事业有成回乡省亲，也自然喜不自胜，一个个都开怀畅饮起来，直到凌晨四更才罢。

◈ 三、得知祖父大人病逝，李云博突然天旋地转 ◈

李云博一觉醒来，已经日上三竿。还好，喝的到底是瑶池李府最负盛名的陈酿虎骨玉液酒，窖藏至少上百年，听昨夜父亲的口气，好像这批最老的陈酿，就剩这几坛了！喝了那么多，可是醒过来一点不好的感觉都没有，而且记忆也没有任何断片的情形，什么事情都记得清清楚楚，包括刘杜鹃搀扶他回房，帮他洗脸濯足、更衣盖被，这个小丫头——不，如今已经是大丫头了——居然还扶他去了一趟茅厕小解！

"真是绝世佳酿啊！"他感叹一句就爬起来，发现自己睡在一楼的卧榻里，屋里空无一人。又爬上阁楼，也未看见霜儿南儿和刘杜鹃，于是就简单洗漱完毕，不由自主地往外走。

一开门刚要迈脚出门，只见刘杜鹃带着一双儿女坐在院子林荫边的亭子里，桌上摆满吃的东西，两个丫鬟侍在一旁，看样子，这早餐已经准备得有些时候了。正要过来，突然被他们的谈话吸引住了，忍不住停下脚步，缩回身子听了起来。

李慕南道："娘亲……我饿了，我先吃一碗粥，行吗？"

刘杜鹃哄着李慕南："南儿，你别急，再等一等……你爹快起来了……"

李慕霜问道："那个人，真的是我爹？娘，你不会骗我吧？"

刘杜鹃道："霜儿乖，娘何时骗过你呢？"

李慕南道："是啊，娘最疼霜儿南儿，绝不会骗我们的。看他那样子，不像娘说的那样，和我想象的样子，差蛮多呢！"

刘杜鹃惊道："差蛮多？差在哪里啊？"

李慕南鄙夷道："俗话说，一日之计在于晨。一个大老爷们，早上睡懒床，日上三竿了，还不起来……"

刘杜鹃解释道："你爹昨晚喝多了……"

李慕霜道："这就更不像话了……娘你看他，一回来就使劲地喝酒，他不会是个酒鬼吧？我知道，街上罗麻子就是个酒鬼，成天醉醺醺的，还打老婆……我爹他不会打你吧？"

刘杜鹃笑道："你爹啊，好些年没回家了。看见你阿翁、你阿婆、南儿、霜儿，还有娘，以及一大家子都好，高兴过了头，就喝多了！他怎么会是酒鬼呢？他疼娘都还没疼够，怎么会打娘呢！"

李慕南点点头道："我爹是大英雄，平定天下，造福黎民，肯定不是酒鬼，也不会打我娘的。那好，就算再饿，也得等我爹醒过来，这是南儿，第一次陪爹吃饭。娘说过，百善孝为先，做儿子的，得孝敬长辈，谁让他是我爹呢！更何况，他是平天下的大英雄，南儿敬重他嘛，等等，无妨……"

刘杜鹃笑道："南儿真乖！你爹要是知道，南儿如此懂事，肯定会引以为豪的！"

李慕霜一撇嘴："我可比他乖多了！我就没吵着饿了！我就是饿死，也得等爹来了一起吃……"

李云博听到这幕对话，虽然谜团更多，但这姐弟俩有点争风吃醋般的拌嘴，让他感动得眼泪直流。"看来，魏柳烟为了霜儿南儿不缺母爱，能够健康成长，已经让刘杜鹃做他们的娘了，从这些对话里，是完全可以肯定的。难怪她住在我的院子里。"李云博想着，心潮翻滚，他更没想到，这个刘杜鹃，乡下长大的丫头，居然变得如此知书达理，将孩子教育得这般懂事，他岂不热泪盈眶！他再也听不下去了，就动身走了过来。

两个丫鬟在一旁听着，都被李慕南天真而又老成的话，逗得咯咯直笑，突然看见李云博走过来，连忙止住了笑声，赶紧施礼道："老爷……"

刘杜鹃赶紧站起来，施礼："老爷醒了？也不叫一声，贱妾好来侍候你起床啊！"

不等李云博回答，李慕南就扑通一声跪在地上，一本正经地叩着头说道："孩儿李慕南，拜见父亲大人！孩儿不孝，让爹爹挂念了，请爹爹恕罪！"

可是李慕霜却不置可否，一副恬淡平静的样子，不冷不热叫了一声："爹爹起来了，过来吃饭……"说着，就指着主人席位要李云博坐下。

李云博大惊，这番情景，是一个五六岁孩子说得出来、做得出来的？肯定是刘杜鹃特意教的！但他想起自己这么大的时候，也差不多是李慕南这个样子，只是调皮捣蛋多了。他连忙扶起儿子，坐到女儿指定的位子上，说道："南儿没有错，是我这个爹不合格……快起来，我们一家人，先吃早茶！你呀，还是个孩子，该像姐姐那样，在父母面前，尽量随便些，别这样拘束！"

李慕南行完大礼，起身说道："多谢父亲大人！我娘说，我爹不是一般的人，他的儿子也应该不是一般的人，否则，就不配做爹的儿子！"

李云博一愣："南儿，先不谈这个，先吃饭，好不好？来来，坐到爹这边来……"

李慕霜道："爹！我早就饿了，不过，现在吃，最好吃！"

李云博又是一愣："现在吃，最好吃？为何呢？"

李慕南已经开始行动了，他一边忙碌一边说道："姐姐曾问我娘，什么最好吃？我娘说，饿最好吃……我饿了，我要开吃了！"

李慕霜白了弟弟一眼，道："娘是这样说的？亏你还是翰林的儿子，把那么好的词，说得跟瑶池土话一般，真是丢人现眼！娘说的是，晚食当肉！"

李慕南含混地说道："姐姐教训的是！我刚才是急了，忙着吃饭去了，这一急，就慌不择言了！我以后，一定像娘说的那样，安步当车！"

李云博哈哈大笑，看着刘杜鹃，说道："这南儿霜儿，不愧是我李云博的儿女！"

刘杜鹃瘪了一下嘴道："嗯嗯，除了你和柳烟姐姐了，谁还生得出这样的儿女……如假包换！"

李云博吃了一惊："南儿霜儿知道柳烟姐姐是他生母？"

刘杜鹃道："知道啊，柳烟姐姐去世时，他们都快四岁了。"

"哦……"李云博平静地应了一声，内心的谜团更多了，但现在已经耽搁早茶时间，不好再问下去，有些歉意地对刘杜鹃道，"快吃饭吧，本来就起来迟了，还一个劲地东拉西扯，真对不起！"

刘杜鹃道："老爷千万别这么说……好，先吃饭。"

李云博匆匆吃完早茶，就看着他们娘儿几个吃，心中对这一切谜团充满了好奇。刘杜鹃看出他的心思，笑道："老爷，你离家数年，对家里很对事情都想尽快知道，贱妾理解。但是，回家后的第一个早上，你是不是该去各位尊长屋里，道声早安呢？"

"你说得在理，我这就去。"李云博被她提醒，站起来笑道，"都什么时候了，该是去道午安吧。"

"我也吃完了，我也要跟爹去道安！"李慕南也丢了筷子，站了起来。

刘杜鹃道："时候不早了，你得赶紧去学堂读书呢！明天陪爹去，好不好？"

李慕南道："我爹回来了，不能跟先生告假吗？我生下来，今日是第一次看见爹，就不能……"

李慕霜道："南儿你就别念书了！成天就知道大话连天，要和爹一样，当什么大英雄！我看你呀，就是想偷懒！"

李慕南不服气："姐姐，你可是我亲姐啊！第一次见爹，你就这样损我？"

刘杜鹃道："好了好了，你们两个就别争了，快陪爹爹吃饭！南儿啊，娘要说你，姐姐说得对，你有点想偷懒！爹既然回来了，天天可以看见，可是功课就落下不得。你今日落下了，明日又想落下，成了习惯，将来就会养成拖沓的毛病。更何况，一旦你想偷懒，落下的功课多了，就跟不上先生的进度，说不定，会厌学，甚至变成差等生。你连读书都比不上你爹，将来还怎么和爹一样，成为大英雄啊？"

"好吧，听娘的。"李慕南很懂道理，这娘一开口，他就不坚持了。又向李云博行了礼，牵着李慕霜的手，由丫鬟陪着出门上学去了。

李云博见刘杜鹃跟儿女讲这么多道理，虽然不见得都正确，但儿子居然听她的道理，可见他娘儿几个关系非同寻常。他也不再多想，于是起身，前往府上长辈的院子道安。时候已经太迟，几个祖父辈都不在院子里，可能是出去了，他就只得前往父母院子里问安。刚到院子，正要进门，只听母亲正和父亲说话。邱氏道："……他爹，岫南这次回来，无论如何要把三媳妇的遗愿给达成了。他如今是朝廷命官，听说还是个大官，叫什么兵部屎壳郎……"

李天亮打断他的话，纠正道："什么屎壳郎，是兵部侍郎，三品大员！"

"对对对，兵部侍郎，不是兵部屎壳郎！"邱氏笑了，继续说道，"他官再大，也是我们的儿子，哪有儿子的婚姻，不听父母之命的呢？"

李天亮道："夫人啊，你的心情，我理解。可是，岫南这小子的脾气，你又不是不知道，他若不同意，谁都强求不得。要是惹火了他，一气之下借口朝廷公干又跑出去，你拿他有办法吗？"

"我的儿，就得听我的！要是他抗拒父母之命，老娘就上汴京，跟皇帝老子告状去！"邱氏说着狠话，看样子是听了李天亮的推测，心里发虚。

"好啊，我陪你去！"李天亮笑了，看着邱氏，叹了口气道，"可是，儿大不由娘啊！"

邱氏一下子泄了气，也叹道："老爷，你说，你我是什么命？三个儿子，两个为国捐躯了，都留下孤儿寡母，真让人寒心！这老三，先后订婚赐婚三个媳妇……"

"三个媳妇？"李天亮又打断她的话，问道，"如霜姑娘，柳烟姑娘……哪里有三个呢？明明只有两个嘛……"

邱氏道："那秋月呢？秋月是南唐皇帝赐的婚，怀身孕七个多月了，要是不出意外生下来，都十多岁了，和慕坚、慕达差不多，比南儿还大五六岁呢！"

李天亮道："那个是个小妾，算不上媳妇……我瑶池李氏，从来不许子弟纳妾。何况，那个赐婚的皇帝，早死了……"

邱氏道："小妾难道就不是媳妇吗？老娘去过秋月坟上，墓碑上写的不是小妾，写着什么如夫人。老爷，什么是如夫人？"

李天亮道："如夫人就是小老婆，这个如字，就是差不多、差一点的意思……"

邱氏道："对对对，他们当官的，不叫媳妇，称夫人。如夫人也是夫人嘛。我是说，他先后有过几位媳妇，如今都不在了，这么大的官，难道还打光棍？传出去，还不让朝廷颜面无光，让天下人笑掉大牙啊！"

"夫人说得有理！"李天亮听她这么一说，恍然大悟道，"对，他是朝廷命官，就拿朝廷压他，他敢不从命？不过……"

"不过什么？"邱氏疑惑道。

"父亲去世这件事，还没来得及跟他说……"李天亮压低嗓门说道，"你看，今年新年刚过，一听说岫南到了长沙，老掌门就高兴得成天唠叨，说岫南离开家都七八年了，能在入土之前见上一面，看来不是非分之想了！五月底，浏阳县令亲自上门知会，说是翰林大人奉旨省亲，不日就会到达。父亲那是盼啊盼，盼了数日，怎想到，他在路途之中，就又突然回京去了……他要是知道，最疼他的祖父在两月前去世，他还有心情娶亲吗？"

"什么？祖父去世了……"李云博的头突然嗡了一声，顿时天旋地转起来。他跟跟跄跄来到门前，一屁股坐在地上，带着哭腔问道，"爹，娘，阿翁真的，不在了？"

"岫南，你何时过来的？"李天亮大惊，赶紧过来扶他进门。

邱氏更急了："儿啊，你没事吧？怎么这么巧呢，越是不想让你知道的事情，你偏偏都听见了！唉……"

李云博坐下来，说道："爹，娘，你们就别瞒我了。柳烟姐姐的事情，大家一起想方设法瞒着我，我得知真相后，那简直活不下去了。你们快快把阿翁去世的事情，以及南儿他娘所有的事情，都毫不保留地告诉我吧。"

"好，都告诉你。"邱氏坐到儿子身边，右手拿起他的左手，另一只手便在上面不时地抚摸，"我的苦命儿啊，你才到而立之年，却经历了如此之多的生离死别，娘真是不

愿再看见你难过了。"

李云博含泪说道："儿子这些年来，为了天下一统，为了老百姓能过上安定幸福的生活，几乎把家和家人忘了，是儿子太对不起亲人了……"

李天亮安慰道："岫南啊，这俗话说得好：忠孝不能两全。你干大事，家里都很支持，很多亲人，包括你两个哥哥都丢了性命，也没有人怪你，都认为你是在做正确的事。干大事，就会有付出，有牺牲，我和你娘从你不辞而别那一刻起，也做好了准备。能看到你平安回来，我们已经心满意足了。要是，要是你第一次省亲成行的话，能和你阿翁见上一面，你阿翁一定走得很开心。可是，岫南你不知道，你阿翁去世的时候，还在念叨，岫南，岫南，他至死都未闭上眼睛……因为没有见你一面，他是死不瞑目啊……"

"阿翁啊，岫南对不起您……"李云博后悔万分，那次，要不是临时改道回京，一定见到了祖父，或许，祖父也不会这么快就走；要是进京不参与伐蜀备战立马赶回来，也不会留下这终身遗憾。他泪眼婆娑地问道，"儿子记得，今年年初，我秘密进入长沙，平定张文表后，当时和三叔聊过家里的事。三叔当时说，家里一切都好，要我放心。我担心阿翁年事已高，特别问起阿翁身体。三叔还说，你阿翁也好着呢，就是前几日偶感风寒，吃几服药就没事了。当时军政事务千头万绪，没在意啊！三叔还提醒我，让我尽快抽空，回去看一看……我当时想，一点风寒，没什么大问题，加上当时只想快点恢复长沙秩序，尽早平定朗州，真正实现湖湘大地和平统一。阿翁，岫南对不住您呐！"

李天亮道："你没错，是我们不好，没照顾好你阿翁！"李天亮想到父亲的去世，眼睛也红了，他就仔仔细细地把李庆吉近年来的情况，从头至尾，都毫无保留地说给李云博听。

原来，今年新年刚过，李云博一到了长沙，李庆吉就从李天骏突然率领泰平阁所有将士赶往长沙一事上，察觉到了将有大事发生。果不其然，几天后，李天晨特来辞行，说是奉李云博之命，前往湘潭设伏，阻击张文表。老掌门估计，李云博平定张文表后，家门近在咫尺，若不及时回来一趟，应该还会前往朗州，这朗州何时攻下，李云博就什么时候会回来。可是朗州平定后不久，突然李天晨派人将刘如霜的遗体运回来，吩咐先期入殓，等李云博回来安葬。李庆吉悲喜交加，悲的是，他亲自上门替李云博定亲的未婚孙媳刘如霜不幸阵亡；喜的是，这回，夫人都去世了，再忙，你也该回来安葬一下吧……到了四月，浏阳县令亲自上门，专程陪同朝廷特使前来传旨，追封为国捐躯的刘如霜为"木兰将军"，并册封她为三品诰命夫人。并说翰林大人奉旨省亲，并遵照朝廷册封规格，安葬诰命夫人刘氏，不日就会到达。李庆吉大喜，命令儿子及早准备，说是要让岫南回来后，好好操持刘如霜的丧礼，这样风风光光办一场丧事，也对得起刘府的亲家公了。

没想到过了几天，传来消息说，李云博在省亲途中，突然得到什么紧急情况，改道回京去了，吩咐按家乡礼制安葬刘如霜。这一意外消息，击碎了李庆吉的所有希望：这人一旦回了北方，进了朝廷，什么时候回得来？他从此绝望了，不言不语，也不出门，不几天就病倒了……

李云博哭道："阿翁病了，而且越来越重，为何不派人，告诉我？"

李天亮道："你阿翁不准，还召开家族会议强调说，岫南是干大事的，家里的事能瞒尽量瞒，别让这些琐事影响他，分他的心……"

李云博号啕道："阿翁去世，也是琐事吗？"

邱氏听了，抹着眼泪道："你未婚夫人刘氏，与你订婚十多年，为了你和我们家族，坎坷无数，出生入死，人生百味尝尽，最后还遁入空门……不久前因为救你而为国捐躯，你都没时间安葬，还是家里人办的丧事。你如今说这些，还有用吗？"

"我……"李云博听了，顿时哑口无言，抱住母亲失声痛哭起来。

李天亮看到李云博伤心不已，突然站起来，对邱氏吼道："你个老婆子，真是口无遮拦，怎么还提这事，这不是往他伤口上撒盐吗？你这当娘的，真会疼儿子啊……"

邱氏一愣，赶紧劝道："是娘不好，口无遮拦……可是，儿啊，这一切，都已过去，就让它过去吧……"

李云博突然站了起来，冲了出去。老两口大惊，急忙追了出来。

到了客屋，李云博看见禁卫都尉江猛正在喝茶，对他大声喊道："你速去浏阳，知会所有随行将士，命他们即刻赶来瑶池，为木兰将军、三品诰命夫人刘如霜，按照朝廷礼仪规制，举行祭奠大礼！"

"末将领命！"江猛站起来拱手施礼，立即带人起身，前往浏阳去了。

◆ 四、李翰林潜心研读夫人魏氏遗著 ◆

第二天，潭州刺史吕余庆，得到浏阳县令的急报后，特意从长沙赶过来，亲自前往东峰界烂泥湖边的李氏坟山主持祭奠。祭奠以潭州府衙名义举行，礼仪规制很高，十分隆重。整个过程李云博都虔诚守礼，依规参与。祭奠过后，李云博送别吕余庆等人，安心在家中住了下来。

接下来这些天，李云博除了陷入对祖父大人病逝的愧疚、对刘如霜意外身亡的自责之中不能自拔外，他还陷入了另外一种难以名状的百感交集之中。想想归来那晚忘乎所以的豪饮，肆无忌惮的尽兴，如今却乐极生悲，不尽的悲伤和无限的感动扑面而来，甚至酸甜苦辣、人生百味，都毫不讲理地一齐涌上心头。

而这些让他难以解脱的悲伤和感动，主要还是从他得知魏柳烟几年来，在他家里的所作所为开始的。

从家人的口中得知，魏柳烟的智慧和贤德是有口皆碑的。比如在周行逢撤并神刀营、谋划创建炮火营的过程中，魏柳烟说服李天晨、李天威等手握兵权的叔父，让他们顺从周行逢的意愿，遣散部分乡勇，仅留下三千人驻守醴陵大营，并在那里试制炮火，应付周行逢。又说服阁左大人，让李天骏将泰平阁近百名密使从翟家寨撤出，退回瑶池从事爆竹生意。这样一来，既保存了实力，又应对了周行逢的限制打压。还劝说父亲极力反对周行逢建设潭州炮火营，没想到这给父母带来灾难，父亲被革职下狱，被流放湘西，最后水土不服死在蛮荒之地。魏柳烟也就是因为想方设法保全瑶池李氏，没想到连累父母而悲伤过度，从里耶扶柩归来、安葬父母之后，就郁郁寡欢，经常以泪洗面。与此同时，他在瑶池李府侍奉公婆，孝敬尊长，亲善乡邻，教育子弟，甚至亲自到族人学堂给孩子们讲书，协助李天亮和李天雷操持爆竹生意，起早贪黑，废寝忘食，导致积劳成疾，一病不起。加上对李云博的日思夜想和万般牵挂，这让她病情不断加重，最后含恨而终。她到瑶池四年多，却成为远近闻名的妇德楷模，一提起瑶池李府翰林夫人，众人无不交口称赞。

如果这些口口相传的事情和评价过于感性的话，那么刘杜鹃交给他的《瑶池杂笔》和《望北歌辞》，则几乎全程记录了魏柳烟四年多的生活实务和心路历程。前者是类似于日记的杂记，四年多的大小事件均有详略不等的记述；而后者，基本上是信手拈来的诗词歌赋创作，主题内容是对李云博的思念，也有少数几首是感慨时事、思念父母之作，李云博中秋之夜回瑶池听到刘杜鹃弹唱的那首歌曲，就被录在书里，名曰《中秋夜曲词》。李云博北上之后，忙于实现他的宏伟抱负，心系天下大事，专心致志研究当前局势，忙碌于爆战军的建设和南征备战，几乎无暇顾及诗歌创作和情感抒发。见到这些文辞婉约、隽永清丽而略带感伤的词赋，想到这些年来，她一直默默地低吟浅唱，抒情对象又是他李云博本人，而直到今天看到这本集子，才得以知晓，这让他情何以堪？他成天爱不释手地读着这些，心都快碎了。就像这两首时下流行的小令，他简直百读不厌：

江城子

其一

雨落梧桐夜声声，声入耳，落在心。午夜惊觉，又梦捷报频。误将雨点当鼓点，羌笛怨，总关情。

夜阑独自绕阶行，衣湿透，已三更。咫尺天涯，何苦念知音。也叹别后诗兴少，孤窗外，有谁听。

其二

小楼声歇开轩窗，风卷帘，晨微凉。一脸惺忪，鬓残袖盈香。昨夜雨梦到关山，月何处，湿衣裳。

时恨号角穿斜阳，常倚柳，河堤旁。几度春风，舟泊花絮扬。雨过天晴复盛妆，逗儿女，含饴糖。

从记录的时间看，第一首是魏柳烟刚到瑶池不久写的，主要抒发的是相思之情，精妙绝伦的文辞之间，多多少少还有点怨妇的影子；而第二首，是她到了瑶池三年后写的，虽然相思依旧，却多了几分坦然和从容，只是那份坚定不移的执着，相信未来每天都是心上人的归期，因此她每天都华服盛装，每天都甘之如饴地等待，更令他动容。

当然，李云博最喜欢的，还是那首《中秋夜曲词》。因为《江城子》是一首流行于大江南北的小曲，只要填词进去，就可以弹唱；而这首《中秋夜曲词》，词曲都是魏柳烟的原创，不仅曲调优美，而且语境开阔大气，特别是反复出现"明月又重圆"这种和现实反差极大的句子，突出"月圆人不圆"的矛盾，痛斥那些不顾民众死活的军阀们，为了一己之私成天穷兵黩武，给百姓带来的深重灾难，从而发出"唯愿天下定、郎君报捷还"的呐喊，这代表了天下千千万万个家庭，对战乱现实的厌弃，对人间重现和平的渴望。全曲直抒胸臆，一咏三叹，格调高古，荡气回肠，这是多么大气磅礴而又婉约动人的杰作啊！

越接近真相，李云博就越发感动，越发心痛。特别是当他得知，他的确和魏柳烟有过夫妻之实，虽然只有几天时间，而且是在自己昏迷状态下发生的。他联系到这些年来，一喝酒，就情不自禁地在梦里与魏柳烟颠鸾倒凤，他的心头便掠过无限的幸福和甜蜜：这一切，他原来还是有知觉的。幸福过后，常常又伴随着无限的疼痛：通常夫妻之间的快乐，在他们之间，却变得如此的缥缈、梦幻而悲催，似乎触手可及，而又触不可及，甚至有点不可思议。看到健康活泼、聪颖异常而又懂事的一双儿女，却又有一种劫后余生的欣慰，这让他更加坚信，魏柳烟对他的感情，是那样的情真意切！一个大家闺秀，为了让他安心北上实现心中夙愿，居然不计任何得失，为他付出所有，包括名声、情感

和整个身心，甚至为了防止他出现意外，大胆决定为他留下后人，这是需要多么大的勇气和魄力啊！

这期间，他也拜访亲戚，了解民情，有时还去各地走走，湖南巡检使这个职务，他多多少少得应付一下，但主要还是待在家里，陪陪父母和儿女，闲暇之余就是研究魏柳烟的两部"遗著"。做学问出身的李云博，这研究能力当然了得，不几天就全部滚瓜烂熟，所有事件了然于胸。他发现，《瑶池杂笔》中，最为频繁的三个词是：君、郎、郎君。正是这几个频繁出现的字眼，这四年多的生活，记叙的视觉是一桩丈夫并不知道的婚姻，而这个不知道有这桩婚姻的丈夫又无处不在，差不多每则都有。"闻君北渡，甚慰""南儿霜儿今日周岁，郎知否？""得知王师大破淮南，郎君职司炮礼以耀寿州，可喜可贺"等，足见在魏柳烟的心中，这桩婚姻从未有过残缺，而且相当圆满。又如，瑶池李氏之所以逃过大劫，炮火营建设也不了了之，除了魏柳烟劝说家人顺应周行逢的政策和魏迪勋坚决反对之外，还有魏柳烟请求中原朝廷出面干预，书中有"密奏大周皇帝请禁湖湘开设炮火营，得回书，甚慰"，"书请宋帝责周行逢欲置炮火营于瑶池"等，看来无论前朝先帝还是当今圣上，都关心着他的家人，这些李云博都不知情；再比如，全书对于刘如霜记述较多，但都是思恋、牵挂和打听下落，甚至埋怨她绝情，由此可见，魏柳烟嫁到瑶池之后，刘如霜似乎是在故意躲避，而且再也没有出现在她的视线之中。当然，随着研究的深入，疑问也越来越多。这些问题，有些是李云博自己想明白后，从他人那里得到验证，也有的，他怎么也想不明白，是他主动去问别人，别人告诉他后，他才恍然大悟的。比如，为何《瑶池杂笔》前后四卷，是用一般的记事册记的，字迹有点乱，也有些涂改，估计就是私人日志，信笔所及写给自己的；而《望北歌辞》全名《翰林夫人望北歌辞》，字迹工整，抄写规范，开篇有序，结尾有跋，而且按体裁归了类，一些地方还有注释，特别是这个书名，一看就知道是经人整理编辑后成书的，一问刘杜鹃，果然是这个乡下丫头在魏柳烟过世后干的，"翰林夫人"几个字也是她加的。

李云博的疑问很多，很多的原因，是他想还原魏柳烟四年多的瑶池生活，包括点点滴滴的生活细节。因此，越是想了解，就越觉得很多记录过于简单，甚至寥寥几笔，让他觉得不知所云。李云博最想了解的谜团有三个：一是为何一对龙凤胎儿女会叫刘杜鹃娘。书中只有一处记录，即"今夜终得花儿应承，愿替侬行人母之责，大去无忧矣"，其余就再无文字，哪怕是只言片语；二是刘杜鹃为何成为一个桐琴高手，而且琴棋书画都不赖。关于刘杜鹃，书中仅有三处记述，除了上面那则外，另两则是："近闻婆婆房中大丫头花儿，视若闺女，乃金刚头刘掌柜长女，与岫南有旧，曾请为夫妾，誓不嫁他人，甚恐。""今日花儿自请拜侬为师，要学琴棋书画，笑而不答。"这还是魏柳烟嫁到瑶池不久的事，除了数年后，记有上面那则顺带提了名字外，再也没有出现过刘杜鹃，更没有她学琴的事，而且从字面上看，魏柳烟一开始对刘杜鹃是拒绝和排斥的，因为"甚恐""笑而不答"，这让李云博摸不着头脑。但是据现今实情看，刘杜鹃的琴艺绝对是魏柳烟教的，而且是她的衣钵传人，深得她的琴技之妙，这究竟是怎么回事呢？三是魏柳烟为何没有留下遗书。《瑶池杂笔》最后一则写于建隆二年二月初四，只有一行字："妾知大限将至，诸事均妥，了无牵挂，付之一炬，万事皆休……"字迹的笔力非常弱，一看就是临终前所写。什么叫"诸事均妥"呢，对什么都"了无牵挂"吗？"付之一炬"指的是这本书还是别的什么，若是这本书，为何有没被焚毁呢……李云博越想，就越糊涂。其实这些问题，只要去不厌其烦地多问一问家人，应该很快就能得到答案，即便不完整，也会得到一些线索。但是执着的翰林学士对于学问的钻研，那是锲而不舍、孜孜不倦的，他现在最大的乐趣，就是和自己的夫人对话，一来，是想从她的遗著中得到答案，他相信两人心有灵犀；二来，他想将自己也塞到魏柳烟在瑶池那几年的生活里去——如若按照魏柳烟记录时间，将自己那几年的生活也一一对应记录下来，然后在上坟时和纸钱一起烧给她，也不失为一种酬谢挚爱、排遣郁结的好办法。

李云博虽然疑问很多，但他还是沉得住气。不仅他沉得住气，而且关键人物刘杜鹃比他更沉得住气。李云博不去问，她也不主动讲，就算天天住在同一个院子，在一起吃饭，一起在南儿霜儿面前假扮夫妻，他们也很少交流过这些事情。首先沉不住气的是大嫂子杨氏，其次是母亲邱氏，她们多次主动对李云博讲有关魏柳烟以及与她有关的事。大嫂杨氏讲的事情很多，基本上在书中都有记录，因此对李云博释疑解惑用处不大，唯一有用的信息就是，魏柳烟曾经请她帮忙说服公婆，在她去世之后，如若李云博回来，就请父母做主，要李云博娶刘杜鹃为侧室。可是母亲说，没有人跟她说过魏柳烟有这个意思，是母亲本人的主意，不仅母亲这样打算，祖父生前、父亲李天亮以及所有长辈和同辈兄弟姊妹，也是这个意思，母亲还不止一次过来，暗中催促李云博完婚。另外，从大嫂的口里，他意外得知，刘如霜的遗体一到瑶池，马馥湘就从长沙赶过来，扑到她的身体上哭得死去活来。

母亲邱氏提供的有价值的信息就多得多，而且与他最想破解的这几个主要谜团都有关系。刘杜鹃一直吵着要拜魏柳烟为师，魏柳烟不肯答应，刘杜鹃就自请到李云博的院子里给魏柳烟当丫头，魏柳烟起初也不肯要，在邱氏的多次斡旋下才进了李云博的院子里。刘杜鹃来到魏柳烟身边时，李慕霜李慕南尚在魏柳烟的肚子里。南儿霜儿一出生，就是刘杜鹃照料，连邱氏这个婆婆都很少带，相对于她的母亲魏柳烟，李慕南更黏刘杜鹃一些，李慕霜更听刘杜鹃的话。魏柳烟起初不肯教刘杜鹃练琴，刘杜鹃就自己偷偷学，没想到半年下来还有模有样，一次她偷偷练琴被魏柳烟听到，模仿得几乎可以以假乱真，这让她大吃一惊，原来这个乡间丫头文艺方面禀赋异常，于是就开始教她，并教她读书写字，下棋作画。没想到刘杜鹃一点即通，还能触类旁通，两年下来不仅进步神速，而且性情大变，俨然一个大家闺秀。邱氏还提到一条非常重要的信息，那就是，从魏柳烟嫁到瑶池开始，每年中秋之夜，她就会在家人欢聚一堂、吃饼赏月的时候，独自一人临窗弹唱那首《中秋夜曲词》，一弹就是几个时辰，每年如此。这首歌每年只弹唱这一次，魏柳烟过世后，刘杜鹃也这样接着弹唱，也是仅限于中秋之夜，而且也是每年一次。

但是，没人知道，魏柳烟为何没留下遗书，包括自己的母亲。母亲只听说，魏柳烟离开人世的时候，只有刘杜鹃在场，她赶过去的时候，魏柳烟已经咽气，而刘杜鹃坐在地板上，面对香炉里燃尽的纸灰大哭不止。没办法，这最后的谜团，看样子，还是得找刘杜鹃揭开。

但是李云博不想开口。他突然之间觉得，就算自己那几年和魏柳烟朝夕相处生活在一起，也不可能了解所有。他现在唯一确定的是，这一切，都是魏柳烟知道自己不久于人世之后，特意安排的。因此，他也不和任何人通气，仿效魏柳烟的做法，前往金刚头刘氏府邸做了一件同样惊世骇俗的事情，从这件事情上看，李云博已经放下了所有，他不再抱着自己的理想不放，他不再对他人愧疚，他愿意为家人做任何事情。因为他明白，好好活着，过上平常人平凡的日子，这是魏柳烟最愿意看到的。

这时候，他的心结已经完全打开，不再为任何事情纠结。是的，他其实早就为人之父，而且是两个孩子的父亲，只是这一切对他而言，知道得太迟了。他更没有理由，不去好好做一个父亲。

伊人已逝，生活还得继续。这可能是刚进而立之年的李云博，觉得自己收获最大的事情。甚至于，远远超过了他为一统天下做出的努力和取得的成功。

他从来没有过这种幸福感，从来没有过，真的。但是现在，他体会到了。作为父亲，他知道该怎么做了。

◆ 五、负荆门前，李大官人求娶刘杜鹃 ◆

就在回家后第十天，也就是八月二十五这一天，天还没亮，李云博独自一人赶着马车，装满整整一车礼品和钱物，前往金刚头。他将车赶到刘府大门前，就下了车，脱掉上衣，背上早就准备好的荆条，跪在刘府门前请罪。

刘府管家早上起来开门，看见一大早一个人赤裸上身跪在大门前，吓得赶紧向老爷通报。刘凡兆一听，也觉得感觉蹊跷，赶紧出来看个究竟。早上有些雾气，刘凡兆没看清来者何人，只看见有人负荆请罪，连忙问道："你是何人？为何要负荆请罪？你做过什么坏事，有愧于我刘府？"

李云博高声喊道："在下李云博，曾经干下一件蠢事，今日特来门前谢罪！请刘掌柜责罚！"

"李云博？岫南少爷？"刘凡兆大惊失色，慌忙走下台阶，跪在地上叩首道，"少爷，您何至于此？您是我刘府的大恩人！没有你岫南少爷，哪里有我刘凡兆今天，更没有花儿的今天！您这是要羞死我呀！您快快请起！"

李云博道："刘掌柜快快请起！在下曾经犯下大错，今日特来谢罪！"

刘凡兆带着哭腔问道："少爷您说，怎么回事？"

李云博道："记得数年前，掌柜亲自上门提亲，要将花儿嫁给我做妾。我当时年少无知，假装正经，断然拒绝，让您颜面尽失……此后，花儿不肯嫁人，后来就从家里跑出来跪在我李府门前，死活要入府为婢。我母亲做主，收了花儿为养女。可是，可是……"

刘凡兆道："可是什么？少爷，你站起来说！"

李云博道："这事，非常难以启齿……不过，我还是得说！其实在下早就喜欢花儿，而且，而且在不辞而别时，和她有过夫妻之实……南儿，其实是花儿生的……我李云博口似心非、道貌岸然、人模狗样、禽兽不如……"

"什么？"刘凡兆听他这么一说，顿时呆在哪里，"这，怎么可能？"

站在一旁愣了半天的刘太太似乎明白了什么："怪不得，这些年来，花儿一心一意给两个孩子当母亲，原来南儿是我的亲外孙！"

刘凡兆笑道："少爷喜欢丫鬟，这是她的福分！她喜欢你，心甘情愿为你付出，这是她的幸福啊。她是您孩子的母亲，那也是她的造化！这有您什么事呢？你愿不愿意娶她，都不要紧。少爷快快请起！"

李云博道："刘掌柜您不责罚我，在下今日就不起来！求掌柜责罚！"

刘府老太太、已经长大成人的儿子，听到管家说李云博上门请罪，一个个都慌慌张张赶了出来，见到这幅情景，也都跪在台阶下，磕着头，泪流满面。

刘凡兆为难道："少爷，您是朝廷命官，我一乡野小民，如何能责罚您呢？更何况，您没有做错什么啊……"

李云博道："是我害了花儿，让她来到府上，无名无分，受尽了苦楚……"

刘凡兆笑道："您若不弃，那你就纳她为妾，不就有名有分了吗？"

李云博一本正经地回答道："我今日来，一是谢罪，请求老爷一家宽恕，二是求亲，我要正式娶花儿为继室夫人！请刘掌柜惩戒在下之后，好让我正式提亲，弥补花儿蒙受的冤屈。"

"继室夫人？这……"刘凡兆一愣，"她一乡间野丫头，如何能做你侍郎大人的继室？这，如何使得？"

李云博道："刘掌柜言重了，应该是我李云博，配不上花儿！"

刘凡兆急了："这怎么行！我们乡下人家，高攀不起。少爷，您就答应，让花儿做个妾吧！只是这惩戒，我如何敢啊？"

李云博道："我瑶池李氏，祖上规制，严禁纳妾。我要娶花儿为正妻，和她相敬如宾、白头偕老！"

刘老太太听了，站起来说道："你不敢，我老不死的敢啊！我要替花儿吃这么多年的苦，为那些一心为你着想的女人们，好好教训教训你！"说罢，就抽了一根荆条，在李云博身上有气无力地抽了几下。一边抽还一边骂道："你要建功立业，你要普济苍生，可是你关心过你的家人没有？这一鞭，是替魏夫人抽的，她为了你，耗尽心力；这一鞭，是替刘夫人抽的，她为了你，遁入空门，还替你挡箭；这一鞭，是替秋月姑娘抽的，她为了你，身怀六甲，还替你挡刀；这一鞭，是替花儿抽的，她为了你，人都不肯嫁，替你侍奉父母，抚养孩子；这一鞭，是替你娘邱夫人抽的，为了你，她的心都操碎了……你李云博是什么命，走的是什么狗屎运，居然有这么多女人，为了你，不计生死，前仆后继……"

刘凡兆慌忙站起来挡住母亲，说道："母亲大人，求您你快快住手！他是朝廷命官，抽不得啊！"

刘老太太住了手，气喘吁吁地说道："他是朝廷命官，你娘我知道，你娘我还知道，他是我刘家的大恩人！可是，他心里堵得慌，不抽他几下啊，他心里的这个坎，过不去啊！"

李云博被他这么一说，羞得无地自容，他一边受着，一边说道："老夫人说的是！再狠一点，好让我长长记性！"

刘太太突然抓过荆条，也抽了一下，说道："我也替燕儿姑娘抽一鞭，她和你青梅竹马，两小无猜，一直不肯嫁人，等你来迎娶。你倒是好，始乱终弃，让她万念俱灭，看破红尘，最后出家为道！"

刘凡兆火了，一把夺过荆条，骂道："你个臭婆娘，也来凑什么热闹？还不快快住手！"

李云博没想到刘太太将西门燕出家的事也算在自己头上，但仔细一想，的确与自己有关，原来是他太忽略别人了。这一鞭，他受得最爽，说道："刘太太说的是！我李云博从来都只顾自己，不顾及别人的感受。我不是人，猪狗不如！"

刘凡兆听了，丢下荆条，扶起李云博道："好了好了，少爷快快请起！这鞭子也挨了，快回屋里看茶吧！"又对妻子吼道："你还不快去准备茶水？真是！"

进了屋，刘老太太赶紧吩咐备茶，又仔细查看李云博的伤情，虽然只是一点皮外伤，但还是心疼得要命，又替他取来药，敷在上面，穿好衣服。

刘凡兆一家见李云博如此诚恳，最终还是同意了这门亲事，他们替刘杜鹃最终苦尽甘来、修成正果感到高兴。刘凡兆一边招呼着，一边心里不免纳闷：这花儿，怎么就认定能嫁岫南少爷呢？这个岫南少爷也真是，原来送到府上做侧室，都被拒绝，做婢女，也不要，如今跪着来求亲，一定得娶花儿做正房？这官当大了，脑子也进水了？不过，他不得不承认，花儿自进了李府，的确脱胎换骨，乌鸡变凤凰了！

刘凡兆又说起与李云博合办鞭炮作坊的事情，说是这么多年过去了，每次将分红的银子送到府上，掌门老爷都以不知情为由而拒收。如今李云博上门，正好可以一起还给他了。李云博问有多少钱，刘凡兆说，他记得清清楚楚，红利总共是八千七百五十六两，加上利滚利，应该有近万两。李云博一听，说道："这些年我在外公干，俸禄不多，正好，需要一笔聘礼。就把这些钱连同原来的老股本，都作为花儿的聘礼吧！"

刘凡兆大惊道："这怎么行！更何况，一个乡下丫头，哪需要这么天价的聘礼？瑶池上等人家下聘，也不过百两。花儿不值这么多！"

李云博道："多少钱，给花儿下聘，都不多！何况这些钱，本来就是您辛辛苦苦挣来的！"

刘凡兆道："少爷有这份心，我老刘领了！只是……"

李云博起身道："岳父大人您别说了！我一个堂堂三品官员，正室夫人不值这点钱？真是！麻烦您老人家，叫上几个家人，把车上的聘礼，都搬下来吧！"

"是，少爷……哦，现在应该称贤婿大老爷。"刘凡兆见他这般说，不敢多言了。就起身叫来家仆，搬东西去了。

刘太太赶紧做了红糖荷包蛋，要李云博吃。李云博也不推迟，爽快得吃了下去。这是瑶池的规矩，新女婿上门，都得吃岳母娘做的这个。

临别时，两家有约定，三天后，也就是八月二十八，是黄道吉日。婚期就定在这一天。到时候，他会亲自过来迎亲。

在回程路上，李云博突然想起，姑母李天香那日来看他，一副愁容，当时亲朋好友又多，没来得及细问，刚才岳母大人又提起西门燕出家的事，心中不免有些难过，于是就取道小瑶，专程探望姑母。

刚进村口，天近黄昏。只见一棵枫杨古树下，一群孩子围着一个疯疯癫癫的老者嬉闹，而一位素衣道袍的女道人正手拿拂尘驱赶着孩子。李云博突然明白了什么，下马朝古树走过去。

李云博来到道姑身边，施礼道："燕儿妹妹，你这是……"

没想到那个疯疯癫癫身穿官服的老者，看见李云博，连忙冲过来，跪在地上给他磕头："下官参见大都督！不知都督驾到，有失远迎，还请大都督恕罪，恕罪……"

李云博大惊，上前扶起他，说道："姑父大人，快快请起！我是您的内侄李云博，你怎么成这样了？"

"李云博，李云博是谁？"西门璞就抬头看着他，又一个劲地磕头，惊恐地说道，"你就是大楚国的新国王？微臣参见楚王殿下，不知大王驾到，有失远迎，还望恕罪，恕罪……"

西门燕朝他喊道："大王恕你无罪，还不快快平身？"

"多谢大王！"西门璞起身，就转身跑到大树底下，一振那破旧不堪的官服官帽，坐到凸起的根须上，朝孩子们喊道："大楚国王殿下驾到，尔等刁民，还不快快过来参拜！"孩子们一阵大笑，拿着草叶树枝砸他。

西门璞怒道："本大王爱民如子，你等为何不识好歹，戏弄本王？难道不怕国法侍候吗？"西门燕赶紧过去，掏出一包糖果，分发给孩子们，要他们帮忙，参拜一通了事。孩子们得了糖果，就纷纷跪下来，一边磕头一边喊道："小民参见大王……"

"平身，平身！来来来，都陪本王那边视察，本王一律重重有赏！"西门璞说着，就起身飞快地朝另一棵大树奔去。孩子们也都起了身，跟着跑了过去。

"燕儿妹妹，难道姑父自那次南唐惨败之后，就一直这般疯疯癫癫吗？"李云博望着西门璞远去的身影，若有所思地问道。

西门燕无奈地看着李云博，苦笑道："是啊！他发疯以后，一直就这样，请了多少郎中，都无法医好，说是神经错乱，已无康复可能。不过还好，总比死于非命要强。"

李云博懊恼道："唉，姑父饱读诗书，一心以苍生为念，想为天下一统做出努力。没想到刚愎自用，误入歧途，真是可惜啊！"

西门燕笑道："他的路是自己选的，怨不得谁。更何况道家有云，人各有命，生来注定，这或许就是他的宿命吧。他自以为饱读诗书，以为自己有经天纬地之才，应该做一番大事，好升官发财，封妻荫子。没想到事与愿违，最后落得如此下场，这一切，都是他倒行逆施，咎由自取。不过，妹妹还是要感谢你，坚守了承诺，没有取他性命。"

"燕儿妹妹说笑了！我要是有能力，劝他迷途知返，与我一道匡扶乱世，平定天下，那该多好！"李云博叹道，"姑父本是治政之才，可惜生错了时代。要是到了如今，做个州府属官或者主政一县，都绝对是能臣良吏，真是可惜了。"顿了顿，又问道："燕儿妹妹，你就打算一辈子这样，没考虑还俗吗？"

西门燕笑道："岫南哥哥，妹妹早已遁入空门，如今因为父亲疯癫，弟弟又忙，怕他出事，才迫不得已回来看管他。人一旦看破红尘，就再无还俗之缘。身处世外，不问世事，逍遥自在，了无牵挂，比在尘世中苦苦挣扎，不知要强多少倍？如今这半世半隐日子，也只得将就着过了。"

李云博道："唉，都是我害了你……要不是那时候年少不经事，成天和你过家家，真真假假的游戏让你上心，也不至于逼得妹妹走投无路……我小时候怎么如此混账！"

西门燕道："岫南哥哥何错之有？青梅竹马，两小无猜，过家家的游戏，焉能当真？是我自己不好，假戏真做，自作多情，作茧自缚，害人害己……不过现在好了，都过去了。"

"唉……"李云博叹息一声，突然问道，"妹妹在哪里出家？"

西门燕道："我在醴陵屏襄庵束发持戒，已经好几年没回去过了。"

"哦。"李云博应了一声，又问道，"姑母大人可好？卷厚贤弟如今身居何处？"

西门燕道："我娘一切都好，只是父亲出事后，就不再过问家事，一心向佛，成天吃斋诵经，倒也落得清静。弟弟已经成家立业，如今操持家族生意，日子倒也过得去。岫南哥放心吧，他们都过得好好的。"

李云博说道："走，陪我一起去看看他们。"两人就往村寨里走，进去了西门府第探望。

李云博听说西门策早就不读书了，甚是惋惜。他知道，西门策自幼颖悟异常，博闻强记，又好学上进，不读书参加科考，真是太可惜了。他想把他带在身边亲自指导，多多历练，以后时机成熟，求取功名。问问他们意见，李天香不闻不问，西门燕也不置可否，只有西门策坚决反对。他说，爹爹就是因为醉心功名，贪念仕途，最后误入歧途，毁了一生。他坚决不走父亲的那条老路，守着家里这份薄业，做点生意，养家糊口，平平安安度过一生，就已经满足了。无论李云博怎么规劝，他都毫不松口。李云博无奈，只得作罢。不久，李云博在小瑶建了座道观，取名霜烟阁，让西门燕在此修行。西门燕接受了，这样一来，她既可以照看父亲，又可以出家修道，一举两得，何乐而不为呢？

◆ 六、洞房花烛之夜，新郎官尝到了幸福的滋味 ◆

瑶池李府得知李云博上门负荆请罪和求亲之后，一个个喜出望外。在他们看来，这是李云博作为瑶池子孙，干得最像人样的一件事情。尤其是李天亮和邱氏，他们万万没有想到，这个让他最头疼的事情，他们还未来得及开口，儿子似乎全懂他们的心思，突然之间就把事情办好了，他们怎能不高兴？于是就按照旧俗，筹备婚事。

刘杜鹃听说了李云博的惊世骇俗之举后，她那一贯平静淡然的心再也平静不下来了。多少年了，无名无分，默默无闻，虽然她早已经不在乎这些面子上的事情，但不能不说，嫁给李云博，就算收在房中做个侍寝丫头，也已经是她梦寐以求的事情。可是随着李云博官位升迁，如今跻身朝堂，官居三品，她觉得这个愿望越来越渺茫了。她万万没料到，李云博，却不顾门第和身份悬殊，求娶她做继室夫人，而出手天价聘礼，不仅方圆百里闻所未闻，就算当今天下达官显贵豪门望族，也绝无仅有，她如何不感动？更让她莫名其妙的是，李云博居然毁名自污，说南儿是他和她刘杜鹃私通生下的，真是岂有此理！但渐渐地，刘杜鹃明白了，李云博这么做，就是告诉她，他要投桃报李，感谢她无私而倾情的付出。她很清楚，魏柳烟在李云博心中的位置，是无人替代的；与自己完婚，也是顺从魏柳烟的意思。她弄不明白，自己在李云博的心中究竟算什么。李云博至今不向她询问魏柳烟的任何情况，就是捧着那两本遗著看个不停，她的心里更是七上八下。当听说婚事要大操大办时，刘杜鹃又进退两难。她和任何新娘一样，希望坐着八抬大轿，风风光光地来到夫家，享受女子出阁的尊贵与幸福；可是，如若李云博不是真心实意地喜欢自己，而是为了感恩，娶她做继室夫人，就很可能是悲剧的开始。加上一贯低调行事的她又不愿意自己成为别人关注的重点，而且铺张浪费，也无此必要。她四处说服父母和家人，不要举办如此盛大的婚礼，简简单单吃餐饭就可以了。

没想到，家里没一个人理会她，见她过来都拱手施礼，道声"夫人安好"后，就再也不敢多说了，哪里她都插不上手。没办法，他就找李云博，跟他讲道理。当她说完之后，李云博笑道："夫人讲的都对，我全部赞成。可是，今日为了你，就让我干回坏事，铺张浪费一次吧。"

刘杜鹃道："你说得有理，贱妾说不过你。贱妾要问你，你为何要胡说八道，说南儿是我们私生的？"

李云博笑道:"这事嘛,有没有,你比我还清楚,问我作甚?要是你觉得私生没面子,完婚以后,你就多生几个啰……"也不管她还要分辨,就派人将他送回金刚头家中,临别时还笑道:"新娘子出嫁前,得待在闺房里,等待夫君迎娶。你还没过门,在我家里瞎指挥什么?你喜欢指手画脚,等你嫁过来以后,有的是你折腾的事情!"

结婚那天,热闹得很,排场更是宏大。李云博穿着三品官服,骑着高头大马,前往金刚头迎亲。刘杜鹃穿着霞帔戴着凤冠盖着彩头,上了八抬大轿,在一路喧天锣鼓和连天炮声中,欢天喜地进了李府的门。

拜了天地,两人进了洞房。李云博一把掀开盖头,看着如花似玉的新娘,突然哈哈大笑起来。

刘杜鹃一点都不羞涩,微笑着问他:"官人,你笑什么?"

李云博道:"我高兴啊!我李云博完了多少次婚,拜了多少回堂,真真假假,都记不清了。今日娶你,是心甘情愿为自己娶媳妇。你说,我不笑,难道要我哭不成?"

刘杜鹃嗔怪道:"瞧你那得意样!娶了个乡下丫头,值得那样开心?反正娶不娶,妾身都是你的女人,妾身从来不看重名分,有必要这般大张旗鼓,唯恐天下不知么?你一个朝廷大员,官居三品,娶个乡下丫头做夫人,也不怕将来被满朝同僚笑话?真是!"

"你以为,我李云博喜欢讲排场?你知道,我一直反对华而不实。你以为我不知道,其实,你天天都盼着,突然有一天,我李云博骑着高头大马,把你用八抬大轿抬进李府大门。如今你不在乎的原因,是因为你不敢奢求,是你害怕失望,更不想因为欲望而毁掉已经拥有的这一切!我这么做,花重金下聘,风风光光娶你进门,就是要告诉你和天下人,你在我李云博的心中,是有分量的,我得用这种庄严的仪式,给你承诺,我会真心实意和你好好过日子。"看样子,李云博是要和夫人掏心窝子了,他一放松下来,说着说着就走岔了,"这娶妻生子,就是小鸟找窝,合不合适只有自己知道。父母之命,媒妁之言,都是规矩,可是害得多少人穿着不合脚的鞋子,走一辈子!我就是得自己求亲,不是我不懂礼仪,而是我要给自己做一回主!你花儿,就是最适合我的那双鞋!别人说什么,我才不在意呢!他们要嚼舌头,尽管嚼去!"

刘杜鹃被他说到了心坎上,心里又一阵感动。是啊,能够进李府,她就已经心满意足,如今在他家里生活七八年了,她早已觉得自己是这个家里的一员了,没有名分,没有地位,又有什么关系?能够继续待在李府,为心上人的家里多些担待,她心甘情愿,也幸福无比。她心里虽然渴望名分,但绝不会奢求。想到李云博这般懂她心思,给了她这些年来最渴望却最不敢想的东西,而且得到的远远超出了她的期望,不是小妾,不是侧室,而是继室夫人,她突然不能自已,哽咽着说不出话来。突然听到他胡乱打起比方,真是斯文扫地,忍不住就嗔怪道:"你一个读书人,怎么这么离经叛道,说话也颠三倒四。妾身究竟是你的鞋子，还是鸟窝呢？"

李云博笑道："我走岔了，巧舌若簧的李翰林，洞房花烛前，说话走岔了，哈哈哈哈……"

"你还知道自己言不由衷啊！"刘杜鹃笑了，突然转移话题，问道，"南儿霜儿呢，两天不见，怪想他们的！"

李云博道："他阿婆早安排好了，你就放心做新娘吧！"李云博顿了顿，也突然问道，"花儿，我问你，嫁给我，你会不会后悔？"

刘杜鹃一愣，笑道："后悔？没想过。妾身做你儿女他们的娘，都两年多了，不嫁给你，嫁给谁啊？就算一辈子做他们的干娘，我也不会觉得，谁亏欠了我什么啊！"

"真是难为你了！"听到她说当娘的事，李云博有些歉疚，略带伤感地问道，"你一个二十岁的富家千金，就给两个孩子当娘，你不觉得委屈吗？"

刘杜鹃看他伤感起来，淡然笑道："如今，妾身名正言顺地得到一双人见人爱的儿女，真的赚大了，委屈什么呢？"

李云博叹道："你原来是看上我的儿女，不是看上我！哎，看来是我李云博自作多情，我还以为，你是铁了心，非我不嫁呢！"

刘杜鹃笑得更厉害了："瞧你这兵部侍郎、翰林学士，还是口含天宪的湖南巡检使，居然跟自己的儿女争风吃醋，原来也就这点出息？其实啊，妾身的心早就嫁给你了，好多年前就嫁给你了；可是这身子，还真的未想过，该不该嫁给你，妾身不是不想，而是不敢想，不去想。信不信由你！"

突然之间，李云博感到幸福无比。他看着温柔而又善解人意的妻子，一把抱住她道："花儿，你真漂亮！岫南哥保证，一定会让你幸福的。"

刘杜鹃含情脉脉地看着他，说道："妾身相信。不过，喜欢你，想着你，替你做力所能及的事情，妾身时刻都感到幸福。而现在，能得到岫南哥哥的垂青，妾身自然更是幸福满满了。来吧，岫南哥，进了洞房，光顾着聊天了，我们，也该喝交杯酒了吧。"

"一切都听夫人的！"李云博应了一声，两人就合卺而醑。李云博正要宽衣解带，突然见刘杜鹃走到案前，扯开一块红绸，只见上面摆着几道灵牌。但听她说道："柳烟姐姐，如霜姐姐，秋月姐姐，妹妹已经和岫南哥合卺了，你们安息吧，妹妹一定会尽我所能，替你们好好照顾岫南哥的！"说着，就拜了几拜。

李云博一愣，顿时呆住了。刘杜鹃赶紧过来，拉住着他来到牌位前，说道："这些，都是官人的妻妾，她们都是因为心中有你，而愿意为你付出一切。从今夜起，妾身也成为你的妻子，成为她们中的一位，我真荣幸。岫南哥，你也拜拜她们吧。"

李云博就上了香，拜了她们。然后突然坐到案前，不说话了。

刘杜鹃有些慌了，过来抱住他，问道："岫南哥，您怎么了？是妾身不该在大喜之日，祭拜姐姐们？真对不起……"

李云博将她抱起，让她坐在自己腿上，捧着她的脸，说道："花儿，你没错。是我自己以前太不像话，只顾自己的天下之志，根本不考虑她们，也很少关心她们。其实，一个人，连家人和爱你的人都不去关心，还谈什么治国平天下！"

刘杜鹃道："这话，妾身不认同！俗话说，好男儿志在四方！我们喜欢你，有一个共同点，那就是，你有大志，你让绝望的人们，看到希望。自古至今，忠孝都难两全，何况夫妻之情？你不要自责，这不是你的错，而是这个世道的错！"

李云博盯着墙边的那几道牌位，突然之间定在那里，百感交集，黯然神伤。

看见李云博又不说话了，知道他走神了。为了引开起他的注意，刘杜鹃就继续道："岫南哥，你知不知道，妾身从第一次遇见你，就喜欢你啊！但是喜欢你，就一定得寻死觅活，非得嫁给你吗？以当时情况，你是豪门少爷，我是乡野丫头，妾身高攀得起吗？"

李云博的注意力还在刚才那几个牌位上面，口无遮拦地说道："你家后来发达了，你也成了富家小姐，不就门当户对了吗？为何要你父亲上门，要我纳你做妾？我不同意，你还跪在门前，求娘收你做婢女？你是不是想先进我家门，再想办法勾引我呢？"

"哦？勾引你？李翰林，你真是太有才了！妾身一无姿色，二无才艺，到你府上当个烧火丫头，也可以引起你李家三少的注意？"刘杜鹃知道，李云博这些年时时处于险境，小心谨慎，谨言慎行，如今放松下来，突然见到起几位夫人的牌位，必定是想起了那些不堪回首的往事，这老毛病就会犯，说起话来东拉西扯甚至不过脑子，这是他卸下伪装和没有负担的表现，很是高兴，于是故意刺激他道："李翰林，你真是贵人多忘事呢！我那次叫我爹上门提亲，实际上是帮你，当时娘怕你打光棍，急得娘四处请媒人提亲，把你家的门槛都踏破了，也快把你逼疯了。妾身见你遇到麻烦，是想和你来个假订婚或假结婚，先帮你渡过难关，让你娘别再折腾。没想到你狗咬吕洞宾，不识好人心，要不是娘收留我，妾身可能早就因为自取其辱而跳河自尽了！你不记得了？"

李云博摇摇头道："你说什么，让我想想……哦，你原来是想假戏真做啊……你威胁娘，要么收留你，要么告诉你爹去南川河收尸。你以死相逼，娘被你吓怕了，才让你进门，对不对？"

刘杜鹃大声说道："对，我刘杜鹃就是想乌鸡变凤凰，借力栖高枝，死不要脸赖上你们家了，行了吧！"

"你胡说！"李云博突然回过神来，断然否定道。

刘杜鹃见他回过神来，高兴极了，突然在李云博脸上亲了一口，就继续让他跟着自

己的思路走，害怕他又分神，干脆细数起自己的感情历程来："岫南哥，你记不记得，我十一岁那年，第一次见到你，我记得那是爆竹老爷三百五十岁整生大诞。你爹、你大哥和你从东峰界宰生回来，路过我们家的小店吃东西，我不小心把豆浆弄泼了，溅得你大哥满身都是。被你大哥他一通呵斥，我当时吓傻了，又被爹一通好骂，简直无地自容。是你当时去安慰我，又叫你大哥和我爹，别激动，有话好好说，别吓着小孩子，我当时挺感动的。那一瞬间，我就将你记住了，每当遇到父亲责罚，或者不开心的事，就想，要是大哥哥在，就好了！后来还真是有这福分，你到烂泥湖守孝，又在我们酒楼里调兵遣将大破南唐兵，我不仅天天都能看到你，而且我爹，真的就不骂我了！从那时起，我就觉得，只要有你在，我就特别踏实，仿佛谁都不敢欺负我似的！稍大一些的时候，看到别人娶亲，女孩子都坐花轿，我常常想，哪天，岫南哥哥也骑着高头大马，用花轿把我抬到家里去，那真是幸福死了……没想到，还真梦想成真呢！"

李云博听了她一通讲述，想起那段时间，的确这个小姑娘，天天围着自己转，原来，在她心目中，自己简直是座大靠山！而今天，李云博才真正理解到她的内心感受，执着而又淡定，宽厚不失原则，朴素简单却又感人肺腑，不由得热泪盈眶：爱一个人是幸福的，比如这么多年来，自己对魏柳烟的魂牵梦绕；而被一个人爱，同样幸福无比，这个小姑娘，早就对自己暗生情愫，一开始是这样，现在是这样，将来肯定也是这样。而为了这份爱，她可以不论生死，不计得失，不要名分，不管非议，甚至不求任何回报，心甘情愿，默默付出。

突然间，李云博心门敞亮，将这个女人装了进来。他变得激动起来，紧紧抱住她，生怕她突然消失。他觉得，他已经离不开她了。他的心中却在暗暗发誓：一定要将自己的所有的感情，都毫不保留地付给这个无私、淡定而坚强的女人，让她也尝尝被爱的滋味，体会他作为男人的丰富、敦厚与笃定。他要和她长相厮守，白头偕老，今生今世，永不改变。

他虽然没说一句话，但生性敏感、察事入微的刘杜鹃真真切切地感受到了。李云博深情的拥抱，让她体会到男人双臂的力量里，那份源源不断而且如山一般厚实的情谊。她知道，她的好运来了。一时间内心顿时热浪滚滚，幸福的泪水夺眶而出，而两情相悦的炽烈，都快把她融化了。那一刻，她几乎眩晕，快要飘飘欲仙了。

◆ 七、谋取靖江之地，李云博密会许可琼 ◆

新婚燕尔的李云博，突然间变了个人似的，多了一些天真烂漫的举止，少了他那原本就少年老成的持重，甚至笑起来，像个孩子似的。一家人看在眼里，喜在心上。

早为人母而初为人妻的刘杜鹃，却将这份厚重的幸福，包裹得严严实实，生怕哪里漏掉一丁点儿。她更加勤勉，新婚第二天一大早就起身操持，下厨房安排全府上下的早餐，跟公婆道完早安就接回孩子，又到各大房头给各位长辈按礼问安，奉送孝资。又去各位妯娌房里将早就准备好的谢礼一一送达，并给尚未成年的弟妹子侄派发红包，给里里外外的童仆丫鬟发放赏钱。忙碌完了，就回房侍候自己的老爷起身。本来就人望极高的少夫人，通过她真诚细致的礼数，更是赢得李府上下的交口称赞。但是，刘杜鹃知道，这一切，都是跟她的好姐姐魏柳烟学来的。当他得知李云博上门求婚，她就曾暗暗发誓：一定要做一个像魏姐姐那样的好媳妇。

三朝归宁过后，李云博就带着新婚夫人和一对儿女，前往东峰界烂泥糊，给祖先和亡故的亲人上坟。刚刚开始祭奠，就见家里派人急急忙忙前来禀报：潭州知府吕余庆、朗州知府薛居正、衡州知府李昉等一干湖湘官员，都已抵达瑶池李府，前来为李云博大婚道喜。李云博大惊，连忙走完祭奠礼仪，就拼命往家里赶。

回到府上，李云博一进客屋，只见坐满了衣冠博带的官员，正在那里谈笑风生。李云博施礼道："不知各位大人光临寒舍，适才祭祖去了，怠慢各位，敬请海涵！"

众官员起身回礼道："李大人多礼了！"

薛居正笑道："翰林大人新婚燕尔，日夜操劳，繁忙得很，这个，下官也是过来人，深有体会，怎会有怠慢之说？不过，你朝廷堂堂三品大员，大婚典礼，居然也不知会我等一声，别人收个小妾，还要喜帖频传，大婚如此这般，是不是太不够意思了？"

一一见礼之后，李云博走过来招呼大家坐下，说道："在下完婚，父母之命，时间又紧，更何况这纯属个人私事，怎敢惊扰日理万机的各位大人？各位大人远来僻壤，真让晚生汗颜呐！"

吕余庆喝了口茶，说道："翰林大人此言差矣！大人以天下为念，南征北战，出生入死，以至于将终身大事都耽搁了。如今大人又平定湖湘，功莫大焉。此等公而忘私、忧心国事之贤臣，婚姻大事岂能草草！大人还不知道吧？圣上得知此事，下诏将下官骂得狗血淋头，说卑职身为潭州的父母官，居然连口衔天宪的湖南巡检使大婚之事都不知道，简直是耳聋目瞎，混账之极……李大人啊，你还是补办一场宴席，给我等一个将功补过的机会吧！"

李云博惊道："吕大人不会是说笑话吧？晚生完婚，圣上也知道了？"

薛居正笑道："圣上的诰命封旨和朝廷的贺礼都到了，难道还有假吗？这事啊，也活该吕大人倒霉，他这个公务狂，带着徐东野先生成天在县乡里面瞎转悠。浏阳知县得知消息，婚前两天就报到了州府衙门，执事官吏急得四处找他，他却跑到湘乡贞女山踏勘地形去了，前两天才回来……哈哈哈哈……"

李云博起身道："晚生一桩婚事，牵动圣上、朝廷和各位大人，真是羞愧难当啊！吕大人不辞劳苦，深入边远之地踏勘地形、体察民情，为圣上分忧，访吏民疾苦，着实令晚生感佩！如此恪尽职守之臣，何罪之有？圣上是不是有些太过苛责了？潭州有此父母官，实乃百姓之福也！大人在上，请受晚生一拜！"说罢，就鞠躬行礼。

"李大人如此大礼，下官担当不起！"吕余庆连忙起身还礼，"大人大婚，卑职作为潭州知府的父母官都不到场，活该圣上责罚！下官才是羞愧难当呢！你看看，如今前来册封诰命夫人的钦差，都不让我这个作为父母官的干了，而是让朗州知府薛大人得了路！唉……"

李昉道："既然李大人回了，我们就别闲扯了，先请薛大人宣了旨，再一起给李大人道喜，如何？"

"好！"大家齐声赞同。

家里早早备了香案，李云博换上官服，刘杜鹃也穿上新装，就和大家一起来到门楼前。只听薛居正说道："圣旨到！请李云博及夫人刘杜鹃，接旨！"夫妻俩赶紧跪到台阶下，举香顶案，恭听圣意。薛居正展开圣旨，大声宣道：

奉天承运，皇帝诏曰：欣闻翰林学士、兵部侍郎、爆战军都指挥使、湖南道巡检使李云博大婚，特遣使道贺，诰命继室夫人刘杜鹃为淑人，赐丝册宝符印信及霞帔凤冠玉带各一套，赠贺仪白银万两，黄金百镒，绢五百匹，皇廷贡酒五百坛，略表朕心。望淑人刘氏恪守妇道，夫唱妻随，相夫教子，孝敬尊长，善睦亲邻，和谐家族，以仁厚孝善贤惠之德垂范乡里，和合人伦。钦此……

"微臣叩谢圣上隆恩！吾皇万岁万岁万万岁！"李云博夫妇二人叩谢了皇恩，接了圣旨，就邀各位进客屋叙话。李云博亲自为刘杜鹃穿上三品诰命服饰，又引着她来到前堂，一一介绍各位官员认识，官员们递上贺仪礼册，刘杜鹃一一答礼。然后吩咐备下家宴，答谢群僚。又命管家备下厚礼，遣送特使及各位官员。

忙了一整天的夫妻回到房里，累得直喘气。刘杜鹃望着堆满新房的贺礼，对李云博说道："老爷，圣上恩威浩荡，群僚情意深重，如此之多的钱物，如何处置啊？"

李云博笑道："如今圣上册封你为三品诰命淑人，就成了朝廷认可的大臣命妇，这些事情，自然由你做主，怎么处置，随夫人便。以后府上之事，全由夫人做主。"

"这怎么行呢，有事还是多商量为好！"刘杜鹃想了想道，"不过这件事情，妾身有个主意，请老爷定夺。妾身以为，你是官身，已有俸禄，如今妾身也成诰命，朝廷那里，会赐年银。这些钱物，我们一分不留。妾身见你身边十余名亲从，一直跟着你出生入死，大都未成家立业。不如借你省亲之暇，拿一部分钱物厚赐他们，命他们省亲完婚。再拿一部分封赏老爷属下各大炮火营将士，感谢他们多年以来的倾心效力。其余小部分，拿一点出来分赐家人，留一点接济乡里老弱病残及鳏寡孤独。老爷以为如何？"

"花儿妹妹真是个贤内助啊，如此甚好！"李云博听了，大喜，想了想道，"我觉得，二叔的那个小女儿李云洁，是我堂妹，乖巧伶俐，知书达理，年方二十，待字闺中，不如由你亲自做媒，将他嫁与禁卫都尉江猛为妻，如何？"

刘杜鹃笑道："妾身知道老爷的心思。这个乾兄，妾身看老爷事事都交给他处理，自然是老爷最倚重的亲信。老爷离不开他，不想让他省亲，就近娶妻生子，对不对啊？"

李云博笑道："原来你表面上看似淡然，其实心里什么都清楚。如今有你在，我就省心多了，哈哈哈……"

"老爷过奖了！"刘杜鹃揖道，"不如这样，凡是愿意在瑶池完婚的将士，妾身邀媒人前往各家说合，都不省亲，就地完婚，如何？"

李云博点点头，说道："此计甚妙，烦夫人费心。"

于是刘杜鹃就张罗开来，为江猛等十余名亲从说媒下聘，不日完婚。又按照原来的谋划，分赏各大炮火营将士，馈赠长辈家人及婢仆，接济老弱病残及鳏寡孤独，让朝廷隆恩普惠乡里。一时间，李府诰命夫人的贤德声名远播四方，大家无不感恩戴德。

安抚完将士又处理完家事，快近十月，李云博就开始了为期一月的州县巡察。巡察结束回家途中，就顺道去了醴陵大营。没想到半年之间，这座营寨在李天晨、李观象和李天威的带领下，炮火制作和炮战队训练进步神速，只是火药威力比不上自己亲自配备的。李云博知道，三叔、五叔手里，没有他这个嫡长传人才有的绝密配方。事不宜迟，李云博赶紧配制一批威力巨大的火药，要他们立即试验，并改进和加固发射装置，以免引起事故。李云博想，如若炮火战队配备完成，那么就可以着手收取靖江之地了。他突然想起十年前和许可琼的约定，要收取靖江之地，他可能帮得上大忙。于是大胆决定，亲自前往桂州一趟，一探究竟，也好顺道实地考察一下有关情况。

李天晨他们起初不同意，认为这太冒险，李云博一再坚持，就只得命李天威一同随行。于是和李天威、江猛带着十几名亲从，轻车简从，连夜出发了。

李云博一行取道衡州，不日就秘密过境进入郴州。一打听，许可琼仍然担任桂州刺史，只是听说西北招讨使潘崇彻也驻镇桂州，见到郴州布防齐整，关隘盘查仔细，觉得这人倒是知兵能战，不免有些担心起来。李云博知道，这个潘崇彻，就是当年南唐进军长沙、灭亡楚国的时候，他率领南汉军队趁火打劫，攻取了楚国的靖江之地。他若坐镇管桂一带，又将山重水复、地广人稀的郴州多设几道防线，攻取的难度大大增加。情急之下，就准备趁天未黑离开郴州，西进前往桂州，进一步打探虚实，更希望能找到许可琼。没想到在出城的时候，被守城校尉盘查，听他们是湖湘口音，就不由分说，先抓起来关进了大狱。

正当李云博设法越狱的时候，突然一位年近五十的儒将，前来提审他们。李云博定眼一看，这人不是别人，正是他日思夜想、希望早日见到的老朋友许可琼将军！原来他就在郴州，怎么一点消息都没有呢？李云博压住内心的激动，喊了一声："许大将军，别来无恙！"

许可琼也一眼就认出李云博，但他装作一副不以为然的样子，笑道："原来是李大掌柜！好久不见，一向可好？怎么，被关到监狱里来了？"

李云博拱手笑道："我奉家父之命，前来郴州探望姨父，没想到，被当作奸细抓起来了。误会，都是误会！请将军看在过去的交情上，高抬贵手，放在下一马。"

许可琼问了原因，对陪同前来的城门校尉说道："这位掌柜，是我曾经的故交，一直做生意，哪能是什么奸细。一场误会而已，放了他们。"又对李云博说道："对不起啊，李掌柜，如今宋军已克湖湘，潘都督有令，要严防奸细入境刺探军情。想不到大水冲了龙王庙，把你这个老朋友当成奸细抓了。还好，幸亏及时发现，没耽搁您的大事。晚上，在下在馆驿里为掌柜摆酒压惊，给诸位赔罪！"

李云博道："将军治军严整，校尉大人执法如山，在下五体投地！有你们在，大汉国绝不会像我湖湘那般，被中原朝廷所灭，哎，我等都成了亡国奴了……不过，他乡遇故知，也是人生幸事！来监狱一趟，也是不虚此行啊！哈哈哈哈……"

于是就带他们出了监狱，往郴州馆驿去了。李云博感觉有些蹊跷，他如若驻镇郴州，怎么不去府上，来馆驿干什么？难道有别的情况？

进了馆驿，许可琼吩咐摆宴，并邀请郴州刺史陆光图及刚才的城门校尉作陪，热情招待了李云博一行。吃罢晚宴，李云博吩咐大家好好休息，只带上李天威和乾卦统领一起跟许可琼来到住所。一关上门，许可琼就一把抱住李云博道："岫南贤弟，十年了，我老许可把你盼来了！"

李云博也紧紧抱住他道："许将军，晚生终于见到您了，这太不容易了！"

见礼之后，许可琼带着他们进入一间密室，商议起来。先听许可琼介绍了自己的情况。

原来，当年潘崇彻攻取靖江之地的时候，时任蒙州刺史的许可琼根据李云博的建议，随马希隐到了桂州，暂时归附南汉。多年以来，他一直在潘崇彻帐下，虽有刺史之名，却是一位不受重用的偏将，于是就忍辱负重，韬光养晦，等待时机。后来桂州刺史马希隐被南汉朝廷调离，又见许可琼忠诚可靠，深通兵法，就让他改任桂州刺史，这才有了实权，一干就是好些年。当他听说李云博北上，又见中原朝廷一系列的动作之后，特别是听说李云博参与平定湖湘，心中不免激动起来，天天盼着李云博南下，总有一天会来找他。可是等啊等，就是没有消息。恰恰这时候，奸人向南汉皇帝刘鋹进谗，诬告驻镇桂州的西北招讨使潘崇彻早生篡位谋逆之心，要刘鋹先下手为强。潘崇彻自请回广州陈述冤情，要许可琼暂署管桂军务。他觉得这是个机会，于是以巡边军务为名，北上郴州，想前往瑶池秘密见一见李云博。到了郴州后，正寻找机会北上，忽然听说城门校尉抓住了几名湖湘奸细，于是就来看个究竟，没想到，在这里遇上了，真是不期而遇、不谋而合！

听到君臣被人离间，李云博大喜，说道："据小弟所知，南汉将领中，潘崇彻曾经尽收靖江之地，功勋卓著，他受奸人陷害，肯定被刘鋹猜忌，这无异于自毁长城啊！"

许可琼道："的确如此。其实，岫南只知其一，不知其二。比这更厉害的，是皇帝刘鋹将国事当儿戏。这个南汉皇帝，简直猪狗不如。他的老子刘晟虽然残暴成性、滥杀无辜，但总算还有点军事才华。而他，几乎一无是处。可是干起坏事来，真是空前绝后。比如，他有一用人条件，那就是，谁想跻身朝堂成为大臣，就必须净身，成为阉人，真是旷绝古今，闻所未闻。凡正人君子、饱学之士或者有廉耻之心的人，都被排除在朝廷之外，只有那些奸邪小人，为了尸位素餐、不劳而获才干这等无耻勾当。满朝文武都没了卵子，那还靠得住吗？朝堂上下，一片乌烟瘴气，这国家还有希望吗？但是，也有极少数例外。比如内常侍邵廷琄，他也是阉人，但不乏远见卓识。他看到大宋初立，雄心勃勃，曾劝刘鋹道：'天下崩乱百余年，所以我朝才能称雄岭南。天下大势，合久必分，分久必合，赵匡胤素有雄略，统一是迟早的事情。如果陛下不想振兴祖业，与赵宋对抗，应该效仿南唐，向宋朝称臣。'可是刘鋹觉得邵廷琄说话太，直冒犯了他，将他免官赶出了朝堂……"

许可琼顿了顿，又继续说了起来："老宰相钟允章看不下去，屡劝刘鋹不要这样胡闹下去，杀掉这些惹事太监，重振国势。刘鋹哪里听得进去？以大太监龚澄枢为首的一干奸人怀恨在心，趁着皇帝祭祀大典的时候，让太监诬告钟允章谋反。刘鋹刚开始还不相信，龚澄枢就说钟允章谋反人证物证俱在，不诛何待。刘鋹根本没有主见，龚先生说他反，那他肯定要反，将钟允章斩于狱中，并夷三族。钟允章是南汉的老臣，忠贞不贰，钟允章被杀，其他人更不敢来管这些乌糟事，都做了哑巴。后来，邵廷琄被重新起用为招讨使，整军备战以防宋军南下，没想到也被诬告，说他拥兵自重，欲图不轨，最终也被刘鋹所杀……这等昏聩之君，奸险之臣，早点灭掉他，对老百姓来说，是一种解脱。"

李云博听了，吃惊不小，如此混乱的朝廷格局，绝对是灭掉南汉的大好机会。他又问道："兄台刚才说，潘将军被奸人进谗，是怎么回事？"

许可琼笑道："贤弟别急，愚兄给你们慢慢道来。"就讲起这件更让人啼笑皆非的事情来。

原来，邵廷琄一死，南汉能数得上的名将也只剩下驻守桂州的西北招讨使潘崇彻了。刘鋹对潘崇彻也不放心，密派太监郭崇岳去看看潘崇彻的动静，并嘱咐发现潘崇彻若有不轨，就地诛杀。潘崇彻也知道自己受到了皇帝猜忌，先是大陈甲兵接见郭崇岳，郭崇岳临场被吓怕了，没敢动手，溜回广州。潘崇彻知道南汉大势已去，自己没必要抱残守缺，交代许可琼主持靖江军务，就跑回广州，亲自向皇帝谢罪，并请求解甲归田。刘鋹念他有大功，只是夺去了潘崇彻的兵权，却也不准他回乡归田，把他晾在一边。

李云博还了解到，郴州刺史陆光图也是一员良将，只是生错时代，报国无门。他本来是兵部侍郎，看不惯刘鋹的所作所为，请求到地方任职。刘鋹见他对自己不满，就把他远远外放到郴州任刺史。 李云博一听，才明白过来，怪不得这郴州布防，简直滴水不漏。

天快亮了，两人还意犹未尽。但是，许可琼知道，李云博一行不能久留，因为这不是他许可琼的地盘，一旦让陆光图察觉，麻烦可就大了。于是约定，定期联络，到时候双方夹攻，一举拿下郴州，然后以桂州郴州为依凭，进一步向东南拓展，进而尽收靖江之地。

趁早，许可琼带上所有随行将士，借巡视边防为由，亲自护送李云博一行出了郴州地界，才依依道别。他回来后，第二天也就作别陆光图，回桂州去了。

◆◆ 八、闻讯诰命夫人怀孕，李老爷喜上眉梢 ◆◆

李云博从郴州过境之后，直接从衡州秘密进入南唐，在湖湘边界上走了一遭，就从铜鼓镇入关，经大围山翟家寨进入浏阳，回到瑶池，这时候，已入初冬。一回家中，就听到欧阳管家前来报喜：刘夫人有喜了。李云博顿时喜上眉梢，不等管家说完，就连忙赶回自己的院子里，却没有见到刘杜鹃，一问，原来诰命夫人去金刚头给老太太祝寿去了。老太太今日七十大诞，刘府正张灯结彩，为她庆贺古稀寿辰。李云博连忙置办寿礼，急急忙忙往金刚头赶。

刘凡兆听说李云博赶过来为老太太贺寿，惊得连滚带爬冲出来迎接。这时候拜寿礼仪已经结束，正在吃寿宴。李云博与岳父见了礼，进门命人献上贺礼，就跟老太太磕头。老太太正在吃寿面，被他这么一磕，差点噎住了。刘杜鹃起身，赶紧替奶奶摸胸口。摸了一阵，缓过气来说道："我老太婆子活了一辈子，从来只给别人磕头，今儿做寿，这么大的官儿给我磕头，死也值了！"

刘杜鹃道："阿婆，他就是当了宰相，也是你的孙女郎，给你磕头，天经地义！你快别说话了，喝口水，再缓缓吧。"

李云博扶住她，笑道："阿婆，花儿说得对，当再大的官，也是您老人家的小字辈，你要保重身体，长命百岁，孙女郎年年这时候，都来给您磕头！"

老太太喝了口水，笑道："好好好，就冲少爷这句话，我老不死的就多活几年，等着你来磕头！也不知道是哪代祖宗积的德，让我享天大的福啊！"几句话，把大家都逗乐了。

吃完寿宴，李云博私下对刘杜鹃道："你已有身孕，以后不准乱跑，别吓着儿子。"

刘杜鹃笑道："妾身怀孕才几天，回家拜个寿能有什么事？我娘怀我都八个月了，还在地里收谷子呢！妾身一个乡下丫头，没那么金贵！难道阿婆七十大寿，妾身说自己怀了两个月身孕，来不了，这还不让人笑掉大牙？"

李云博觉得她说得有理，原来是自己担心过了头。他笑道："夫人说的是。现在寿也拜完了，我们回家吧。"

刘杜鹃摇摇头道："妾身已经答应阿婆在娘家住几晚，陪她说说话，还答应娘亲去石霜寺上香。再说了，妾身又不知道官人回来。妾身跟官人回去，这不是言而无信，伤阿婆的心吗？要不，官人你也一起住下来？"

李云博道："我刚刚回，还有很多奏折要起草呢。眼下快近年关，朝廷要考校州县官员，我这个巡检使不能白领了差，糊弄朝廷吧？湖湘有十四个州，六十六个县，主职都要一一考评，这可是关系到他们前程的大事，没有十天半月弄不出来。我若一人回去，又放心不下你……不如下午陪你去石霜寺，上完香就回。等将差事办结，有了空闲，我们再过来陪阿婆住几日，如何？"

刘杜鹃没想到，李云博居然把要处理紧急公务的事都告诉她，足见对她的信任。看来，他离家月余，肯定是太想她这个夫人了，心里顿时感到无限甜蜜，于是说道："官

人是朝廷命官，自然要以公干为先。就依你吧。妾身跟阿婆说去。"

老太太虽然有些遗憾，但知道孙女郎是个大官，事情忙得很。俗话说，久别胜新婚，这新婚夫妇，分别了这么久，如今见了面，那还不如胶似漆？于是也不再挽留，客客气气送他们去石霜寺了。

来到石霜寺，李云博想去拜望释晖禅师。一打听，没想到释晖禅师已于前年圆寂，不由得悲从中来。新主持是释晖的大弟子，听说李云博陪着夫人上香，赶紧出来，迎入禅房看茶。坐了一阵就去上香，又祭奠了禅师的墓，然后告辞。主持将他们送出山门，突然说道："李施主，师尊圆寂前，交代贫僧，一定要将这佛偈带给您，请收好。"说罢，递上佛偈。

李云博接过来，打开一看，只见佛偈写道：

乱世盼菩萨，慈悲怜苍生。见君打诳语，天机知太平。

看罢，恍然大悟：原来释晖禅师说他是菩萨转世，是为了坚定他志在天下一统的信念。触脉问缘，这种玄而又玄的神秘手法，他原本是不相信的。但他当时觉得，自己对佛学研究不深，不能理解就暂时摆着，不置可否。如今看来，这良苦用心帮助他很多，特别是得到父亲李天亮和家人对他不遗余力的支持。想起这些，他很是感动，收起佛偈，作别主持踏上回程之路。

回到瑶池府上，李云博就一头钻进书房，夜以继日地伏案评查，又奋笔疾书，终于将巡检奏折写完，然后仔细阅改几遍，便遣使上奏朝廷。他对湖南纳土之后的治理充分肯定，尤其以潭州、朗州、衡州尤为突出，并举荐了这几名知府，称他们"心系黎民，不忘国忧，德才兼备，可堪大用"。他又向朝廷奏请，如今湖南安定平稳，朝廷可以考虑收复从楚王马希萼兄弟手上就开始丢失的靖江之地，这是统一南方的战略关键。他还分析了靖江地理位置的战略意义，特别是对当前形势的判断，可谓鞭辟入里：南汉皇帝刘鋹少年无知，只知道胡闹，不仅不理政务，还"宠信奸邪，崇迷妖人，纵乐无度，恣意妄为"，导致"阉人弄权，君臣失德，上下离心，民怨载道，朝堂内外乌烟瘴气"，是趁机南下千载难逢的绝佳机会。而南唐被打怕了，偏安江西一隅，后主李煜"辞赋绝佳，但无经国理政之能"，绝不敢趁火打劫，请朝廷及早收取，进一步削弱南汉，为"进军岭南、逼降吴越、合围南唐、最终统一江南"，建立一个巩固的后方。

奏章发出去后，李云博兑现承诺，带上妻儿前往金刚头，在娘家住了几日，想扎扎实实地享受夫唱妻随、家人团聚、儿女绕膝的天伦之乐，度过一段轻松闲散的日子。但是年关迫近，他仍担心醴陵炮火营建设和各州府整军的事，有些心神不宁。刘杜鹃看出

来了，在金刚头待了两天，就借故身体不适，回到家里。李云博很是感动，也不迟疑，就亲自前往各处视察军务，为南下收取靖江之地做最后准备。

这天，李云博从醴陵大营回到瑶池，刚到李府楼门前，欧阳管家一看见他，就朝他施礼禀报："三少爷，潭州吕大人和朗州薛大人来了，说是前来向您辞行。"

"辞行？来多久了？"李云博一愣，问道。

"刚到不久，诰命夫人正准备派人向你禀报呢，马匹都牵出来了……"欧阳管家说着，连忙叫人召回报信家仆，又领李云博往客屋里去。

李云博突然明白，赵匡胤终于下定决心，朝廷在人事变动上有大动作了。踏进客屋，只见刘杜鹃正陪着两位客人说话。薛居正看见李云博，连忙起身施礼道："恭喜诰命夫人有喜，贵府又将添丁进口。"李云博拱手还礼，道："恭喜二位大人荣调回京，入阁辅政，步步高升！"吕余庆也站起来施礼道："同喜同喜，哈哈哈哈……"刘杜鹃见李云博回来了，起身施礼告辞。大家就坐下来，喝着茶聊开了。

原来，年关在即，朝廷为了明年的伐蜀计划，做出了重大人事调整：将前朝留任的宰辅范质、王溥、魏仁浦等人致仕，赵普罢枢密使，升任门下侍郎、同中书门下平章事，任命李崇矩为枢密使，吕余庆、薛居正参知政事，这实际上是首相空缺的条件下，辅相履行宰相职权，而新设参知政事入阁，是在让赵普行使相权的同时，有一个防止大权独揽的制衡。而赵光义升任中书令，位列宰辅之上，总领国政，也是为了平衡朝廷格局。

薛居正知道他们来湘不到一年，就这么快就被召回京，而且委以重任，这肯定与李云博的多次推荐密不可分，于是邀吕余庆来辞行，表达感谢。李云博对此既不承认也不否认，只是将话题转移到理政格局上。他说："如今圣上加快统一天下进程，伐蜀势在必行。但是，遣将尤为重要。一直以来，二位大人是圣上心腹，如今又入阁辅政，要提醒圣上慎之又慎，别让收取荆湘主将不和的事情再次发生。"

吕余庆点点头道："李大人所言甚是。下官和薛大人一起，一定多多留意。"

李云博笑道："吕大人如今参知政事，晚生是侍郎衔，自然是晚生的上司了，为何还下官下官地谦称呢？我们共事虽然不足一年，但意气相投，也算得上相互欣赏、惺惺相惜。晚生建议，我们在一起，以朋友相称，如何？"

"岫南贤弟所言甚是，今后就这样吧！"两人大喜，点头赞成。

李云博道："两位兄台，小弟如今最担心的是，北方格局出现变数，如若契丹朝廷有能人上位，那么燕云十六州就绝无收回可能了。收不回燕云，我朝北上受限，而且定难、女真、北汉也都存在很大的变数，如若我们不趁当下变化尚未出现之前，将南方彻底统一，甚至陷入漫长的征战过程，那么朝廷就无力顾及北方，他们会任意坐大，很可能成为我朝劲敌。因此小弟以为，一定得加快进程，决不能一国一国去征讨，应该多措并举，战和结合，恩威并重，抢抓战机，必要的时候甚至可以多线作战。不瞒两位兄台，小弟已经上书朝廷，恳请借当前时机，谋划收复靖江之地。恳请两位兄台设法奏请圣上，千万别让赵普掣肘。"

吕余庆道："贤弟放心，我们会尽力而为。"

李云博道："小弟估计，赵普会以兵力太少为由，阻止我等南下，甚至不给一兵一卒。即便如此，我们也要南下靖江，因为眼下是最好时机，万一错过了，又可能成另一个幽云。小弟有底，靖江之地是刘晟从他舅老爷手上抢过去的，刚即位不久的南汉皇帝刘鋹，是个混账小子，干事不行，败家却是好手，骄奢淫逸，胡作非为无所不用其极。崽卖爷田不心疼，靖江之地并不难取。小弟只要集中湖湘万余兵马，就足以拿下靖江之地。我一不问朝廷要钱，二不问朝廷要兵，即便这样，赵普还是怕小弟立功太多，可能会跟圣上进谏，要圣上防我借机扩充兵权，将来尾大不掉。你们就跟圣上说，李云博只出谋略，不统军队，攻征杀伐的事，朝廷派将领去做。"

"岫南贤弟真是深谋远虑，我们听了，都为之一振，一定会力尽所能，促成此事。"薛居正说道，顿了顿，又道，"岫南贤弟，为兄有一事，一直犹豫，不知如何是好。贤弟，你博闻强记，能谋善断，帮我等拿拿主意？"

李云博道："薛兄所言何事？如若能够，定当赴汤蹈火。"

吕余庆说道："贤弟知不知道，圣上改年号了！"

"改年号了？"李云博想了想，说道，"立国四年，政权稳固，大换内阁，迈上新途，这时候，是可以改一改。况且，官职律令不也改了吗，你们上任的时候还称刺史，现在已经叫知府了……这有何不妥？"

吕余庆从袖口里掏出一份调任文书，递给李云博道："贤弟不知。为兄不是说不可以改，但是，用的这个新年号，它有问题。"

李云博接过来一看，只见公文时间是"乾德元年十二月"，顿时明白过来，大声笑道："这不是前蜀后主的年号吗，大约在梁朝贞明、龙德年间，前后不过五六年……小弟再算一算，这过去恰恰四十年！这肯定是赵普那个不读书的家伙鼓捣的，自以为得计，没想到犯了个致命错误。如若真相要是让圣上知道，赵普只怕要掉脑袋！"

薛居正道："岫南贤弟，你真是一语中的。这个年号，的确是赵普上奏的。根据赵普建议，大宋年号改为乾德，建隆四年成为乾德元年，理由是，建隆是建国伊始，新朝初创，如今朝廷稳固，开疆拓土已经启动，而且卓有成效，就得改号，乾德可以顺应这一要求。圣上觉得有理，就同意了改号。可是，他赵普新官上任，又独断专横惯了，想独自贪功，没有征求任何人的意见，才犯下这等低级错误。哪朝哪代，年号会用他国用过的？而这个年号，却偏偏是短命小国用过的年号。犯这样的错误，简直丢尽了我朝文人学士的脸，真该严惩！"

"两位兄台所言甚是。"李云博站起来，想了想说道，"二位兄台初入内阁，凡事都得谨慎。既然事情已经出了，圣上迟早会知道，但是，谁要是先去上奏挑明此事，谁就触霉头，圣上一定会龙颜大怒，弄不好会身陷囹圄，甚至丧命。你们回去后，有人上奏此事，得想办法压住奏折，别让圣上御览。小弟出个主意，朝廷不是要伐蜀吗，必然要全面了解西川历史地舆和风土人情，圣上也会有兴趣，你们设法弄几本蜀国志书，特别是有这个年号的书籍，呈给陛下。圣上喜欢读书，肯定会关心西川风土，一定会看到这个年号。这样一来，圣上自然会明白兄台的用意，又不会觉得没面子，只会怪罪赵普不学无术。这也给圣上驾驭赵普多了一个把柄。二位兄台，以为如何？"

"此计甚妙！"两人听了，拍案叫绝。薛居正道："贤弟奇谋妙计，帮了我们的大忙！贤弟这等大才，真该入阁主政，做个地方巡检使，真是大材小用，太过浪费！"

吕余庆也道："薛兄所言甚是。我等回朝之后，一定力荐岫南贤弟。"

李云博摇摇头道："赵普一直把小弟当做政敌，我若回朝入阁，必然出现党争，这是朝廷大忌。圣上曾经多次留我，都被我说服。更何况赵普主政，建树良多，并无太大过失，甚至在驾驭大局和威望上，远远强于小弟。在当前推进一统天下战略背景下，需要相权集中，赵普适逢其时。人非圣贤孰能无过，用其所长，防其所短，这方面，圣上英明神武，早有安排。你们遇到难事，可以多找一找中书令大人，他是圣上亲弟弟，又总领国政，他的话，在圣上那里，会有分量。"

"岫南胸襟，我等服膺。贤弟说的，我等都记住了。"两人感慨一通，就起身告辞，李云博送他们出门，又一路随行，送他们上了官道，这才依依惜别。

第十二章
DISHIERZHANG
奔丧淄州

◆ 一、取了郴州正欲东图，朝廷命他总领西川平叛 ◆

　　大宋乾德二年（964）冬，赵匡胤命忠武军节度王全斌为西川行营前军兵马都部署，枢密副使王仁赡为兵马都监，武信军节度使崔彦进为副将，率领马步军三万出凤州入西川；江宁军节度使刘光义为西川行营前军兵马副都部署，枢密承旨曹彬为副将，率兵两万出归州伐蜀。两路大军，同时向西蜀推进。新年过后，又命湖南道巡检使李云博为靖江节度使，潭州兵马都监丁德裕为招讨使，衡州知府李昉为监军使，潭州防御使潘美为先锋使，朗州团练使尹崇珂为应援使，起湖湘州县一万兵马，收复靖江之地。

　　李云博知道，他这个节度使，虽然只是个封号，名义上的总指挥，并无实际兵权，但他由于是湖南巡检使，手里握有天子之剑，可以提调湖湘各方，会商军机大计。也就是说，除了领兵直接上阵杀敌之外，其他的事情，诸如调兵遣将、谋划军机、筹措粮草、补充兵员、调配武器等，都可以做。

　　接到军令之后，李云博立即动员，命令各路兵马迅速集结衡州南境，准备先取郴州。没想到除了衡州知府李昉率领两千厢兵、醴陵大营指挥使李天晨带领炮战队在两月之内到达外，其余诸部，均不见踪影。李云博大怒，要痛责严惩各路将领。李昉劝阻道："丁德裕、潘美、尹崇珂等人，曾经都是李处耘部将，李处耘被贬，他们心里都不好过。加上他们仅是赳赳武夫，生性凶暴，有点不满，就会发作，看样子，这是在替李将军鸣不平。大人再发一道军令，限一月之内集结，并严令'若再违抗，定斩不饶'，大人口衔天宪、持天子剑，没有人敢不来。"李云博想想也是，于是就再发了道军令，遣快马送达各位将领。还是觉得不放心，命爆战军密事营指挥使李天骏率部南下听命，命永州边防使杨师璠加强边境防御，并做好策应准备。又立即秘密派人前往桂州，相约四月间将南下进军，请许可琼做好准备，见机行事。

　　军令一到，没有任何将领再敢抗命，心里的气再大，再不乐意出征，也不能和自己的性命开玩笑，就都整军开拔，不到半月全部集结到位。可是这时候，南汉郴州刺史陆光图早就得到消息，会同北面制置使暨彦赟调集数千大军严密布防，又向桂州刺史、暂署西北招讨行营军务的许可琼禀报，恳请他奏请朝廷，急令各州刺史抽派兵马火速驰援。许可琼没有上报南汉朝廷，命令靖江各州县坚壁清野，据城自守，不准驰援，违令者斩。自己带上西北招讨行营五千大军，声势浩大地赶往郴州，并派人知会陆光图，让

他千万别仓促迎战，坚守几日，援军不日就到。

李云博一听说许可琼进入郴州，立即派先锋使潘美打前阵，星夜进入郴州，炮火营指挥使李天晨携炮战队襄助，一起大举南下。令招讨使丁德裕中军策应，紧跟其后，令应援使尹崇珂为后军，带上辎重粮草和大批军用物资，随时接济前军。又派人知会永州边防使杨师璠，命他作为机动部队待命，随之准备增援前线。先锋部队有炮火战队同行，逢关就轰，遇隘就炸，所到之处，炮火一响，巨声阵阵，浓烟滚滚，城垮墙塌，到处是残垣断壁。南汉守将哪见过这阵势，顿时惊慌失措，闻风丧胆，一个个夺路而逃。潘美从来未使用过炮战队，今日一见，也是大开眼界，轻轻松松攻关斩将，那真是势如破竹，所向披靡，两日不到，就攻破七八处关隘，直抵郴州城下。暨彦赟抵挡不住，节节败退，只得躲进了郴州城。

先头部队已到郴州，就在城下安营扎寨，不日之后，中军和后军先后到达，近万人马将郴州围得水泄不通。丁德裕根据李云博的指示，只围不攻，只待许可琼大军一到，让陆光图误以为援军已到，可能会率领城里守军倾巢而出，大举反击。只要把他们引诱出来，就趁其不备全线攻城，并由中军主将亲自强攻城池，前军、后军分割包围，与许可琼一起，全歼郴州守军。

果然，陆光图听说许可琼率五千大军抵达郴州城西郊，大喜，命令所有将士，全部杀出城去，与许可琼大军一起，来个内外夹击，一举歼灭大宋军队。暨彦赟劝阻道："这宋军南来，一路势如破竹，尤其那炮火战队无坚不摧，我们这郴州城墙，岂够它几炮轰炸？可是他们一到城下，只围不攻，只怕其中有诈。"

陆光图道："敌强我弱，只能出其不意、攻其不备，战机稍纵即逝，一旦许将军被他们阻隔，援军不至，我们就成了孤军，就算他们不攻，围个三月五月，我们也会弹尽粮绝，不攻自破。与其等死，不如殊死一搏。"两人就分兵出城，一个走西门，一个走北门，各领三千兵马出城突袭宋营。哪知道，这一切皆在李云博的意料之中，宋军将领早就下令在营中都布下陷阱，看见他们已进去劫营，立即将他们后路切断，攻的攻城，群起围歼，不到两个时辰就结束战斗，暨彦赟战死，陆光图被俘，六千将士折损大半，剩下的两千多残兵看见两位主将一死一俘，都纷纷缴械投降。

丁德裕进入郴州城，连忙整顿秩序，出榜安民，又派人禀报李云博，请他入主郴州。李云博会同监军李昉，两日后率军进入郴州，便正式成立靖江节度使幕府，并把它暂时设在郴州。

占领郴州，又得桂州，李云博上表朝廷，给丁德裕、许可琼及各位将领请功。不几日，朝廷的嘉奖令到了，李云博升任枢密副使，丁德裕升任客省使，许可琼被任命为郴州知府，其余各路将领也均有封赏。李云博命令大摆筵席，犒劳将士，为大家庆功。

一场大胜，将士们个个都喜笑颜开：跟着李云博打仗，真是太轻松了，那无坚不摧的炮火战队已经够厉害了，还有这位神机妙算、运筹帷幄的统帅，就连一直跟着李处耘东征西讨的丁德裕、潘美等人，那一个个也是赞不绝口，都像这般打仗，统一天下还不指日可待？犒劳会上，潘美端着酒杯，给李云博敬酒后，自信满满地说道："李大人，按这个打法，不出月余，就能尽收靖江之地。"

李云博回敬了他，笑道："潘将军这次前锋出击，真是勇猛异常，是本次攻取郴州的头号功臣。但是，将军要明白，如此这般打郴州可以，但是打其他地方，有的可以，有的绝对不可以。因此，在没有完全把握的情况下，不能轻言出击，靖江之地要多久收复，得看天时、地利、人和，至于多久，要等到收复之后，才能知晓。现在说月余之间，还为时尚早。"

丁德裕道："李大人，我们跟随李处耘将军多年，他原来打仗就拼气力，后来变了。他说，是你这个三弟说他有勇无谋，经常教他一些用兵之道，后来还真常常出奇制胜。今日跟随您作战，那才叫痛快呢！李大人，那您教教末将，决定一次战斗胜利的，最关键地方，在哪里呢？"

李云博示意丁德裕、潘美等人坐下，几个人并排坐着，他就说了起来："孙子曰，兵者，诡道也。又说，兵无常势，水无常形。这就是说，打仗，最重要的是看谁知道的'诡道'多，越多越深就越好。什么是诡道呢？那就是奇谋妙计。我谋划一次作战，常常要花费数月时间，甚至更长。你说，打下了郴州，收复靖江只需月余，我不知道，因为后面的战斗我还没有算过……怎么算？既麻烦，又简单。麻烦是，就是将战争双方的一切情况拿来对比，主将、兵力、保障、环境等几十甚至上百项一一比较，然后就计算，越精确愈好，只要有六成胜算，就可以打，如能有八成，这场仗就赢定了。我常常是不上八成胜算，我一般都不主张打。这就是，胜利是算出来的，所以叫胜算。说它简单，那就是，只要有一个方面自己优势突出，或者抓住对方一个绝对漏洞，那就不管其他，一招致命，绝不给对手留机会。但这种事情可遇而不可求。比如打郴州，我没有算多久，因为一是我有炮战部队，任何关隘都挡不住我；二是有许可琼将军做内应，对方不知道。有这两条绝对优势，还算什么呢，谁来打，都必胜无疑。可是，从有收复靖江的念头，到联络上许可琼将军，前前后后经历了小半年。所以啊，当务之急，不是继续猛冲猛打，而是先休整部队，补充军需，尤其是炮火战队的弹药补充，需要更长时间。我们还得了解靖江其他各州的详情，了解广州对我等占领郴州、桂州的态度和反应，还要注意我朝其他战场的情况，这些，同样是我们接下来行动的重要参考。"

潘美等人听了，都一个个五体投地。只听潘美感慨道："李大人，我们跟您打一次仗，就学到这么多，什么'要打就一定得打赢'，什么'胜利是算出来的……'，还有什么'只要有一个突出优势，或者抓对方一个绝对漏洞，那就不管其他，一招致命……'这些金玉良言，让我等眼界大开，获益匪浅。要是多跟随大人打几年仗，我等不都成了文武兼备的将才了？"

李云博笑道："你丁将军、潘将军，本来就是将才！如若真能用心领悟，不断深入实践，学会总结提升，形成自己的用兵风格，将来说不定，会成为帅才呢！哈哈哈……"

丁德裕、潘美一听，知道是李云博激励他们，一拱手说道："多谢大人指点，末将一定努力，为朝廷一统天下出更大的力！"

于是众将就借休整的机会，积极谋划收复靖江全境的事情。李云博知道，因为只有一万多兵马，如若冒进，即便收复了全境十多个州，只要南汉稍一反扑，就会重新丢失，根本守不住。心急吃不了热豆腐，必须是得一个州，就巩固一个，别急于攻城略地。因此，他就制定了"收心为上、收地为下，攻心为上、攻城为下"的总方针，以"怀柔"为主要手段，"征服"为辅助手段，主要采取"蚕食"战术，达到不战而屈人之兵的目的，真正在收取州县的过程中，就将它真正化入大宋治下，融入大宋版图。

刚刚和众将谋划完成，准备动手收复靖江其他州县的时候，突然接到朝廷六百里加急密诏，说是刚刚平定的西川爆发叛乱，蜀人纷纷揭竿而起，推举原蜀国文州刺史全师雄为元帅，一时聚众十万，号称兴蜀军，全师雄自称兴蜀大王。赵匡胤要他暂停收复靖江诸州，立刻火速回京，以枢密副使之职暂署枢密院军务，坐镇京师，统领提调西川平叛军务，并要他离湘之际，抽调集结湖湘两万大军，随时准备火速入川，参与朝廷平叛。

这段时间，李云博忙于谋划收复靖江之地，对朝廷派去的两路大军入川作战情况只知道个大概，不清楚具体情况。湖湘初定，抽走两万兵马，要守住本土已实属不易，再图靖江之地，就根本不可能了。既然朝廷六百里加急，那么形势必然危急，只得叹息一声，让许可琼暂时放弃桂州，以靖江节度副使、郴州知府身份退守郴州，反复交代，只要能保住郴州这个战略要地，就是大功一件，切不可贸然出击，一定要等有了机会，再图收复。然后撤出靖江，让李天晨回醴陵大营继续加强炮战队建设，李昉带一部分湘兵回衡州，命丁德裕立即集结两万大军，整训三日后取道西川，自己带着密事营快骑，先回一趟瑶池，要大家简单收拾行李，准备星夜赶往汴梁。

◆ 二、夫妻话别，李云博知道了最后真相 ◆

李云博回到家里，告诉刘杜鹃，朝廷召他火速回京，提调平息西川叛乱。刘杜鹃挺着大肚子，帮他收拾行李。李云博看着她身体笨拙可是手脚麻利的样子，说道："花儿，朝廷召我回京，也不知何时回来。要不这样，这次你跟我一起进京，如何？"

刘杜鹃笑道："妾身有孕在身，即将临盆，这千里之遥，妾身受得住，官人的孩子可不一定受得住哦，如何跟你进京？"

李云博觉得自己只想着能和刘杜鹃在一起，居然把她快要分娩的事情都忽略了，满怀愧疚地说道："我真是该死，居然看着你隆起的大肚，言不由衷地要你同行，真是昏了头了……要不这样，等我到了汴梁，买好宅院准备好了，到那时候，你应该生了，正好接你和孩子们过来。"

刘杜鹃道："官人的想法很好。不过，我觉得，我和孩子们留在瑶池更好，一来省得你分心，官人能够尽心尽力办差；二来，我也好替官人侍奉父母，官人也就不会过多担心父母；这三嘛，你妻儿在故土，必然心有牵挂，会在适合时机请旨省亲，在探望我们的同时，也可以经常探望父母和家人。况且，依妾身看，官人并不在意当多大的官，而是觉得，自己一统天下的使命尚未完结，一旦这个夙愿达成，绝不会留恋官场，迟早要解甲归田。官人说说，妾身说得对不对？"

李云博叹道："你说得太对了，真是知夫莫如妻！是啊，这人生于世，有自己必须做的，有自己喜欢做的。必须做的就是使命和担当，比如这天下一统；喜欢做的是热爱和传承，比如我瑶池李氏的家族大业。我现在明白了，只有把必须做的事情做成了，才可以考虑一心一意去做喜欢做的事情。哎，扯远了……说起老婆孩子，满朝文武，都带着妻儿进京居住。我原来并不知道柳烟姐姐怀有身孕并生下孩子，要是知道自己做了父亲，我绝对不会不管他们。子不教，父之过。作为父亲，抚养教育孩子，是天经地义的事。以前我失职，难道夫人要我继续做一个不称职的父亲吗……"

"好了好了，先不说这个……"刘杜鹃转移话题道，"官人，您看我们的孩子即将出生，官人是翰林学士，那就给孩子取个名吧。"

李云博想了想道："这个孩子，是男还是女呢？是男孩，就叫李慕瑶，是女孩嘛，就叫李慕鹃吧。"

"嗯……"刘杜鹃回应了一声，说道，"这两个名字，好是好，就是寓意差一点。老爷可能从未考虑过，觉得名字就是个符号，没必要搜肠刮肚，引经据典。可是我觉得，这人的名字，讲究一下，有所寄托更好。"

李云博道："看来夫人是有所考虑了。那你说说，该如何取呢？"

刘杜鹃道："官人要妾身说，妾身就说了，但妾身先声明，说好说歹官人都不要见怪，怎么取名，还是官人您定夺。"她看见李云博点头同意，也充满期待，于是就继续说道，"官人你不知道，这霜儿南儿的名字，是怎么来的吧？妾身告诉你，魏姐姐怀孕后，妾身就来到她身边服侍，曾经听她说，如若生男，取名李慕南，因为你们家慕字辈子孙，都是用父亲名号里面的字，李慕光、李慕坚、李慕川、李慕达等都是这样，老爷字岫南，魏姐姐取这个'南'字，自然毫无争议，这些其实你也知道。可是没想到，生下来却是龙凤胎，而且先生下来的是个女孩，这让全家犯难了。魏姐姐说，岫南最开始是和如霜妹妹订婚，应该她才是原配，就纪念她，叫李慕霜吧。大家都同意，于是官人的长女，就取了霜儿这个名字。"

李云博恍然道："我听到霜儿这名字，就估计应该与如霜妹妹有关联，但没想到，真的是柳烟姐姐特意为纪念如霜妹妹取的。柳烟姐姐真有心啊！"

"是啊！"刘杜鹃感叹道，"本来，妾身如今拥有的这一切，都应该是魏姐姐的。可是她因为父母不幸和积劳成疾，却早早离开，妾身曾悲痛万分。你知不知道，魏姐姐为了霜儿南儿有人照顾，多次求我做孩子的亲娘，甚至跪在地上要给我磕头……"

"什么？"李云博听了，顿时大惊，说道，"花儿，究竟怎么回事，你为何从未给我讲过呢？"

"官人从来不问，妾身怎么好开口呢？"刘杜鹃解释着，满脸愧疚地说道，"妾身以为，官人想知道什么，自然会问。既然现在官人问起，妾身就将当时情况，讲给你听吧。"于是，就说了起来。

原来，魏柳烟进了瑶池李府，就得知刘府为报答李云博的扶掖之恩，要将刘杜鹃许给李云博做妾，被李云博拒绝。刘杜鹃上门自请入李府为奴，也差点被李云博拒绝，只是掌门夫人见其决心坚定，害怕出意外，就认作女儿，养在府上，带在身边。魏柳烟凭着女人的直觉，认为这个刘杜鹃，十有八九是喜欢上李云博了，就算为奴李府，也不嫁他人，这绝对是心有所属的表现。因此，魏柳烟开始特别提防刘杜鹃，当刘杜鹃要拜她为师，向她学习琴棋书画时，遭到魏柳烟的拒绝，甚至掌门夫人说情，也都不给面子而婉拒。直到孩子快要生了，两个小丫鬟经验不够，魏柳烟又不同意请奶妈，掌门夫人邱氏只得带着刘杜鹃过来亲自照看。没想到刘杜鹃非常用心，几乎全部心思都花在上面，不仅生产以前细心周到，没有半点闪失，而且孩子出生后，也把这对龙凤胎儿女照顾得

非常好。她聪明异常，什么都一学就会，渐渐成了行家里手，以至于后来霜儿南儿几乎离不开她了。魏柳烟起初以为她有所图谋，仍然防着她，刘杜鹃越是尽心尽力，她就越是提心吊胆，对她偷偷学习琴艺，也只能睁一只眼闭一只眼，没想到后来魏柳烟也离不开她了。但是，当魏柳烟详细了解了刘杜鹃过去的一切后，特别是她对李云博特别的感情之后，她很是后悔，觉得自己莫名其妙地嫉妒，甚至醋意横生，虽是女人天性，但不该好歹不分。于是开始接受她，教她琴棋书画。到了魏府出事，父母被流放湘西，最后客死他乡，魏柳烟整日以泪洗面，都是刘杜鹃陪着，甚至去湘西收尸扶枢都是刘杜鹃一路陪同，这让她十分感激。魏柳烟觉得，刘杜鹃的胆量和意志力都比她强，特别是她对于认准的事情，绝不回头，这让她非常佩服，回来后，就结为姐妹，要孩子称呼她"姨娘"，还告诉孩子，姨娘是娘的亲妹妹。到了后来魏柳烟病情恶化，知道不久于人世，就向刘杜鹃交代后事，并请她给两位孩子当娘。刘杜鹃坚决不同意：当不当娘，都会好好照顾孩子，而且姨娘也是娘，孩子们不会对她生分。魏柳烟坚持要她做孩子的母亲，原因很简单，一是孩子还小，三四岁时的记忆将来都比较模糊，长大后不会有丧母之痛，也不会缺少母爱；二是孩子们更亲近她，也只听她的话，这样对于将来的成长和教育都利大于弊；三是既然刘杜鹃非李云博不嫁，那就先让她成为他孩子的母亲，你李云博不傻，一定懂我魏柳烟为何这样做。刘杜鹃无论她怎么劝怎么求，就是不同意。直到魏柳烟跪着求她，还给她磕头，她才迫不得已答应了……

李云博听得很仔细，终于揭开了心中的又一大谜团。他听了，问道："花儿，我还有一事不明白，为何《瑶池杂笔》里，对你的记录只是第一卷里有几处记录，而从第二卷开始，除了第四卷有一处，其余几乎一字未提了呢？"

刘杜鹃笑道："这很简单。妾身到了你的院子后，渐渐地我们关系开始好转，到后来已经无话不说，亲如姐妹。妾身知道魏姐姐有记日记的习惯，就郑重其事跟她提出，千万不能把我花儿的事情写进去，原因很简单，照顾孩子和魏姐姐，是我心甘情愿做的，不值得留下记录。魏姐姐大是惊讶，在我一再坚持甚至以离开相威胁后，她才算是同意了。"

李云博顿时恍然大悟："我皓首穷经半个月，一直想破译的谜团，原因居然如此简单！真是气死人啊……花儿，那你再告诉我，柳烟姐姐为何没留下遗书？"

刘杜鹃一愣，吞吞吐吐说道："这个，老爷叫妾身如何开口呢！她没有遗书，坚决不肯留遗书，妾身真不知从何说起。"

李云博道："那好，我问几个问题，夫人如实回答，如何？"

刘杜鹃放下手中的活，坐在李云博对面，笑道："老爷问吧，妾身知无不言，言无不尽。"

李云博抓住她的手，问道："花儿你告诉我，你看过柳烟姐姐这两本书吗？"

刘杜鹃道：“《瑶池杂笔》我没打开过，因为它是魏姐姐的私密，妾身不能去看；而《望北歌辞》魏姐姐去世时尚未成书，都是一些散乱的诗稿，是妾身花了大半年时间整理抄录的。魏姐姐只是在每张诗稿的右上角写有'望北歌辞之几'，妾身编撰完成，就加改成《翰林夫人望北歌辞》，作为书名。”

“哦。”李云博继续问道，“柳烟姐姐在《瑶池杂笔》的最后，记了这么一句，我一直百思不得其解。什么叫'付之一炬，万事皆休'？”

“妾身未看过，不知道有这句话，也不知什么意思……”刘杜鹃想了想，突然道，“这是不是说，她要将她在瑶池记录的事情和所作的歌赋，都烧掉啊？妾身记得，魏姐姐临终前，把妾身叫到榻前，从身上摸出一把钥匙，递给妾身吩咐道：'花儿妹妹，拜托你一件事，你去梳妆台里，将姐姐的首饰盒取出来打开，把我平素记事的那些书册和写的那些诗稿，都取出来，烧了吧，麻烦你，记住，一定得烧掉，就现在，当着姐姐的面烧掉。'妾身不同意，说道：'这些书册和诗稿，都是姐姐在瑶池数年来的真实记录，也是你姐姐对岫南哥哥一往情深的最好证明。烧掉，太可惜了。'当时魏姐姐已经不能说话了，怒气冲冲地瞪着妾身，示意她要亲自看着妾身烧，不然就不闭眼睛。妾身当时无奈，就趁她昏迷之际，将书册和诗稿换了，还以怕呛着姐姐为由，故意把火盆移得远远的，烧了另外几册手抄书和一些纸稿，她看见妾身把书册和诗稿烧完，才含笑而去……”她回忆起当时的情景，忍不住落下泪来。

李云博听罢，突然豁然开朗：原来，魏柳烟这么做，就是要刻意淡化她的存在，其用意，自然明白不过，希望他和刘杜鹃有个好的结果，千万不要因为自己的存在，而影响他们的将来。李云博鼻子一酸，问道：“花儿你告诉我，从柳烟姐姐最后这句记录来看，烧掉她在瑶池的一切痕迹，是早有打算的。那么，妹妹你为何要不遗余力地保存这些痕迹呢？”

刘杜鹃道：“妾身当时也没多想，就是想留下这些，甚至违背魏姐姐的意愿，偷偷保存下来。妾身想，魏姐姐是当世才女，她的诗词歌赋，委婉悲凉而不失慷慨，情真意切又达观自信，更重要的是，这些诗词歌赋，基本上都是写给您的。或许，妾身一意孤行留下这些，是想让官人知道真相吧。官人您想一想，这个世界上，有这么一位伟大而平凡的妻子，为了让她的丈夫实现人生夙愿，居然巧设妙计让他脱身，而且严禁任何人泄露消息，结果是把自己搭了进去……作为曾经两情相悦、私订终身而且心有灵犀的这位丈夫，老爷您有权知道这一切啊！”

李云博听着，泪水直在眼窝里转，他强忍住，就是不让它们掉下来。他一把抱住刘杜鹃的大肚子，笑道：“我李云博真是有福啊！遇到这些女人，为了我，哪个不是舍生忘死、不计一切啊！秋月姑娘、如霜妹妹都是舍身救我，我这性命，是用她们的性命换来的；柳烟姐姐因为我，弄得家破人亡；而你花儿妹妹，更是不计名利，忍辱负重，二十出头的未婚千金，居然当起了两个孩子的娘，不计任何得失，一心一意为我和全家默默付出。我李云博有今天，真的要感谢你们！"

刘杜鹃知道他心里很激动，也笑着说道："我这辈子，最对不住的，就是魏姐姐，他临终交代的两件事情，妾身一件也没办成。但是，妾身一点也不后悔。"

李云博放开她，问道："她临终对你还有所交代？"

刘杜鹃点点头道："对啊，一件就是焚烧日记，被我调了包；另一件就是，等到官人纳我为妾，就到坟前给她烧一万纸钱，打一串编炮，告诉她一声，她说，有那么一天，她在九泉之下，也就安息了……"

李云博感觉蹊跷道："你我不是完婚了吗？为何不到坟前烧钱告诉她呢？"

刘杜鹃摇摇头道："柳烟姐姐心里，如霜姐姐一直是老爷的原配夫人，更何况如霜姐姐当时还在世，只是柳烟姐姐不知道如霜姐姐的下落而已。连柳烟姐姐都只认为自己是继室夫人，妾身又怎能和她们平起平坐呢？即便如今成了您的三品诰命夫人，但妾身心里，还是老爷的一房侧室。妾身欺骗过柳烟姐姐一次了，老爷还想让妾身跪在魏姐姐坟前，说假话吗？"

李云博笑道："我看了那两本书之后，就知道柳烟姐姐的用意了。虽然负荆求亲娶你为妻是因为柳烟姐姐的遗命，但是，你们几个，个个都是我李云博深爱的。你们已经不分彼此，都是我李云博的好妻子。我和你，要为她们好好活着。我绝不纳妾，包括秋月也不是这个身份，一样是一位妻子。你也一样，柳烟姐姐如若有知，一定会欣慰的。要不，在离开家乡回京以前，我陪你去一趟那几位姐姐的坟前，如何？"

刘杜鹃一愣，大是感动："那我们就去吧，别误了官人回京的行程。"她站起来，突然抬头望着李云博说道，"官人，关于孩子取名的事，妾身以为，若是男孩，就叫李慕秋，秋儿，也好听；若生女孩，就叫李慕烟，烟儿，也很好听喔……"

李云博起身扶着她，笑道："夫人说的是。不过，我们还年轻，将来有的是孩子。就按你说的，一溜烟地往下取，至少，要取到李慕鹃吧……"

刘杜鹃一听，急了："天啦，老爷，妾身除了这个即将出世的，至少还要生两个啊！"

李云博笑道："这个，自然，只怕将来，名字都不够用！呵呵呵……"

刘杜鹃就不跟他说了，站起来继续收拾行李，突然看见摆在李云博书案上的《瑶池杂笔》和《翰林夫人望北歌辞》，伸手就拿过来，往行囊里放。李云博赶紧制止道："花儿，这个是咱们家的镇宅之宝，不能往外面带……"

刘杜鹃一愣，满脸疑惑地望着他，摩挲着书本，迟疑一阵，还是缓缓地放了回去。

◆ 三、闻讯李正元郁郁而终，李岫南不省人事 ◆

不日之后，李云博就赶回京师，前往枢密院履新，跟枢密使李崇矩报到之后，立即坐镇枢密院，着手西川平叛工作。他刚刚司职枢密院才两天，还没听完有关事情的全部汇报，皇上就召他一起接见一批川西来的告御状的老百姓，听他们声泪俱下、众口声讨王全斌的恶行。

原来王全斌等攻占成都之后，西蜀皇帝孟昶投降，被迁往汴梁居住。收复西蜀以后，王全斌自以为有功，终日在成都花天酒地，昼夜酣饮，不理政事，还纵容部下掠夺蜀人子女，抢劫财物，弄得民怨沸腾。后来，朝廷下诏，召原有蜀兵出川赴汴，责令王全斌发给路费，王全斌却格外克扣，因而蜀兵大愤，行至绵州时，举行叛乱，推全师雄为帅。王全斌得知后，派了部将朱光绪去安抚。谁知朱光绪却大逞淫威，先捉了全师雄家属，一一杀死，只有全师雄爱女，生得很有姿色，朱光绪留下不杀，强占为妾。全师雄被逼得无路可走，才出兵攻占彭州，并杀了朱光绪。而成都城内还有二万七千西蜀降兵，王全斌怕他们与全师雄勾结，便把这些降兵诱入瓮城，全部杀死。这些百姓都是成都城内居民，因子女被掠走，家财遭抢，才冒死来汴京告状申诉。

赵匡胤道："军队毫无纪律，实为可恨，有个曹彬，素来以治军严格出名，也是这样吗？"

百姓道："听说过曹将军大名，他的军队的确纪律严明、秋毫无犯，不过据说他是东路军，王全斌派他镇守涪州，却不在成都。"

赵匡胤对这几个蜀民说："你们不必悲伤，朕要李枢密全权负责处理此事，他一定会还你们一个公道。"就对李云博反复交代，一定要妥善处理好此事。李云博送走圣驾，又安排这几个蜀民在四方馆暂住，好言相慰，优加供应。

经过多方了解，李云博终于弄清了真相，气得拍案而起，破口大骂：这个王全斌，简直该千刀万剐！然后立即着手制定处理策案。想到这群恃功骄横无度的将领，李云博痛心疾首：要是大哥李处耘不被贬往淄州，由他统帅大军入川，怎么会发生这等麻烦！大哥也曾杀降，甚至脔食降卒，但明眼人都明白，虽然手段残忍，那只不过是为了震慑敌军而已，而且数量也少，只不过二十人而已。王全斌杀降数万，这真可谓是残暴无比，惨绝人寰！他觉得，当务之急就是将这个罪魁祸首停职，公布他的罪状，安抚各路叛军，平息川中民愤，待有司查清事实后交军法处置。策案一个晚上就敲定了，立即送赵匡胤御批。赵匡胤简单浏览一下，连称"甚好"，就批了朱文，要李云博立即执行。

李云博就以策案为依据起草圣旨，并颁布一系列枢密院军令，主要内容是：川中军务暂由东路军将领曹彬、刘光义统领，立即率军北上火速驰援成都，等待朝廷援军一到，合力平息全师雄叛乱；暂停王全斌西川前军兵马都部署职务，撤销王仁赡兵马都监职务，任命客省使丁德裕为西川总巡检使，康延泽为西川兵马都监，兼东川七州巡检使，王班、张玙达为副使，立即率领禁军及湖湘等地兵马五万入川，协助曹彬、刘光义等在川将领全力平叛，全权督导川中军政事务。又命潞州炮火营指挥使李啸林带领炮战队，由北边入川接应配合曹彬作战；亳州炮火营指挥使王成刚，立即率领特别炮战队随丁德裕大军出征，配合入川增援部队作战。铺排完成，李云博又增设加急军情传递的专门队伍，以保持对西川战事的迅捷而全面的掌握。他又亲自前往四方馆，将朝廷决定告诉那些告御状的蜀民，赠送厚资作为盘缠，请他们随平叛大军回川，替朝廷多做宣传。

曹彬和刘光义接到军令，立即引兵北上，一路秋毫无犯。他们平日十分廉洁守法，教育部下极严，从来不滋扰百姓，而且对蜀中降兵降将，也不歧视，所以在西蜀军民之中，他们这支兵马，威望最高。本来，他们从东路入川时，只带兵二万，后来因收录降卒，已扩展到近六万人。由于他们对降卒不存别见，一切待遇和信任，都与他们从汴京带来的禁军，没有任何区别。所以降兵都乐为他们所用。

那西川十六州的原来蜀中州官吏将士，因为王全斌在成都杀死降卒二万七千人，他们都怀有戒心，拥兵自守，不听王全斌号令。如今见曹、刘领兵到来，都拍手称庆，开城迎接，一再说明并无反意，只是被逼才拥兵自守而已。曹彬也知道王全斌杀人过多，自己屡谏不听，所以也曾拒绝在王全斌杀人命令上副署签名。对于这些官员的顾虑，他当然了解。当下一一慰勉一番，便率兵离开，继续追剿全师雄。来到新繁时，正与全师雄的先头部队相遇。

这全师雄的部队，本来都是归顺了朝廷的降卒，因为奉命去汴京，被王全斌克扣路费，没办法才造反跟了全师雄。他们并不像全雄师那样因家人被杀，才与宋军死拼到底。他们跟着全师雄也只是权宜之计，只是怕王全斌问罪，所以不敢归降。如今见曹彬、刘光义的部队来到，便想投顺过来，以找出路。谁知全师雄所用先锋，与曹彬派出先锋，原来都是蜀军中的裨将，不但是旧同僚，还是要好朋友。相见之下，哪里还能打起来，三句两句话，便放武器，投到曹彬这一方面来了。

全师雄见先锋部队，并未交战，便不见消息，心中莫名其妙，只好亲自统兵杀上前来。正与曹彬相遇。

曹彬道："全将军，王师到此，还不快快悔过投降，胆敢抗拒，罪加一等，本帅劝你早日迷途知返吧。"

全师雄大怒道："宋军杀我全家，乃不共戴天之仇，我焉能降你！"挥动手中开山大斧，直取曹彬，曹彬挺枪架过，觉得全师雄斧力沉重，不敢轻敌，于是改变招数，不与全师雄斗力，不去招架他的斧头，而采取迂回方法，四下游走，闪电般挥舞银枪，只见银光点点，好似白蛇吐信一般，使得全师雄手忙脚乱，防不胜防。

刘光义在阵上，见全师雄斧法已乱，便挥兵向前冲来，高呼："贼军大败了，降者免死！"

蜀军中有原来互相认识的，便喊出姓名，叫道："还不快归顺朝廷立功，跟那反贼有什么出路！"

一时间，被杀乱的叛军，弃甲抛戈，纷纷归降。只有一少部分原来是山中悍匪，不肯归降，见自家兵马溃散，抵抗不住宋兵，只好保着全师雄退往郫县。

曹彬、刘光义也不追杀，立刻打扫战场，安抚降卒，不愿当兵者，优厚发给路费，遣送回家。

这时，康延泽领兵也已到达，在铜官山剿灭了全师雄的另一股匪众，大家一齐进入成都。

不到三日，丁德裕到来，宣读了圣旨，对王全斌等人在西川大肆杀降，纵容兵士奸淫掳掠的事，一一严词苛责，并宣布了枢密院的军令，令王全斌停职反省，王仁赡撤职查办，押往京城，听后朝廷发落。

在丁德裕、曹彬、刘光义、康延泽等一干将领的互相配合下，又抚又剿，直到年底，才将以全师雄为首的多股叛乱一一荡平，全师雄也病死于金堂县。蜀中才得到彻底安定。

李云博得知消息，立即向赵匡胤禀报，并建议留丁德裕等在蜀中镇守，原征蜀将领，率兵返回汴京，同时恳请免去今夏西蜀全境百姓的夏粮征收。赵匡胤听罢，一一准奏。

历时大半年，西川的叛乱才得平息。李云博又根据赵匡胤的旨意，和兵部、刑部、吏部一起，对引起蜀中叛乱的主要将领王全斌等人一一追责惩处，对平叛将领特别是指挥得当的曹彬等人予以奖励升迁。而因为这件事情，李云博和赵匡胤发生了重大分歧，他极力主张严惩王全斌，因为蜀地叛乱主要原因是他肆无忌惮地斩杀降卒，先后两次杀害近五万人，可谓罪恶滔天，而他在成都纵兵抢掠，搜刮民财，又贪赃枉法，不杀不足以平民愤；王仁赡虽是监军，有规劝主帅、整肃军纪的责任，但是收复湖湘，主帅与监军不和，都监李处耘也因为整顿军纪而开罪主帅慕容延钊，朝廷却因为李处耘杀降而重责李处耘，袒护慕容延钊，开了一个坏的先例，这就使得王全斌更加肆无忌惮，王仁赡不敢认真履职，曲意逢迎王全斌，甚至沆瀣一气，参与不法，因此，王仁赡负次要责任。可是，赵匡胤却以王全斌攻下成都、收取西川立下大功为由，只将他贬为崇义军

节度观察留后，却将王仁赡连降数级，贬授右卫将军。虽然赵光义、吕余庆、薛居正等人据理力争，说王全斌固然收取川西十七州，建立奇功，但如若没有爆战军协同作战，蜀地关隘险峻，易守难攻，王全斌绝无可能在六十多天时间里攻下成都，他不能贪天之功，而又借此逃过死罪，这等处罚太轻，不能服众。赵匡胤固执己见，李云博知道这其中定有其他原因，于是说服大家别再进谏，默认了赵匡胤的做法。

而忙完这些事情，已经乾德四年春了。这天，他正在处理西川平叛最后的善后工作，突然赵光义匆匆忙忙赶来枢密院，一进他的办公衙门就哭喊道："岫南兄，大事不好，正元大哥昨日去世了……"

李云博一听，笑道："光义贤弟，你胡说什么呢！正元大哥行伍出身，健壮得像头牛，如今正当年富力强，而在淄州又清闲得很，怎么会去世呢？"

赵光义道："我像是在骗你吗？正因为他健壮如牛，我等都以为他清闲自得，不会有事。可是，正元大哥却想歪了，认为圣上和我等兄弟不闻不问是弃他而去，以至于抑郁不得志，最后悲愤而死……"

"什么？我的天啊……"李云博大叫一声，顿时昏厥过去，不省人事。

◈ 四、请旨奔丧不许，两人义无反顾取道淄州 ◈

赵匡胤得知李处耘抑郁而终，也失声痛哭，很是后悔不该冷落他，以至于朝廷损失了一员头号将帅。伤心之余，下旨为他停朝致哀，追赠为宣德军节度、检校太傅，在洛阳偏桥村赐给葬地。听说李云博因为李处耘去世，一连几天昏迷不醒，这让他急得团团转。在赵匡胤的心目中，李处耘是他最合适的禁军统帅，本想借贬谪挫挫他的傲气，没想到却因为忽略李处耘的感受，让他英年早逝；而李云博就更不用说了，那是他早就认定的宰辅，将来一定要总领国政的。如今左膀断了，右臂又不省人事，他哪里坐得住？于是急令太医们前去会诊，自己也匆匆忙忙赶到开封驿馆探望李云博。

经过太医们的紧急治疗，李云博醒了过来，赵匡胤大喜，交代太医们一定要尽心医治，又命李云博暂停军务，安心养病。李云博一心牵挂李处耘，请旨奔丧。赵匡胤以李云博身体不适为由，不许他出门，然后怒气冲冲地回宫去了。

到了第二天晚上，赵普带上厚礼，也上门问疾。赵普原本以为，李云博因为李处耘的事会怪罪他，已做好了被指责的准备。没想到李云博跟他推心置腹，和他讲了一通人生的抱负和处世的大道理，这让他始料未及。谈及李处耘的死，赵普道："李将军抑郁而终，都是因为老夫揪住澧州脔食降卒不放，落井下石，让他贬谪淄州。他本生性孤傲，哪受得了这等闲气，以至于郁结成疾，不幸早逝。老夫难辞其咎啊。"

李云博苦笑道："正元大哥不幸离世，我等痛心疾首，但我等悲伤，并不是仅仅因为失去一位结义大哥，而是因为朝廷失去一员能征惯战的将帅。当朝将领中，还有哪位能像李处耘那样，有勇有谋，而又军纪严明，所到之处，百姓无不夹道相迎？他上马能征战，下马可治民，真是不可多得的全才啊！试想，要是此次入川统兵的，不是王全斌，而是李处耘，不仅川中稳如泰山，靖江之地甚至岭南，都已经纳入我朝治下。我朝很可能已经逼降吴越，合围南唐了。而如今，这西川之乱就一拖数年，禁军疲惫，将士劳苦，若不休整，哪里还有精力南征北战呢？用人失察，贻误战机啊！"

赵普拱手道："李枢密所言甚是。老夫知道，李将军之骁勇善谋，又军纪严明，的确是入川统帅首选。可是圣上……"

"赵相何故如此！"李云博打断他的话道，"为何贬谪李处耘，又为何要用王全斌，你我都心知肚明。事已至此，我等不必纠缠过去，而是要放眼将来，别再犯错。不知为何，赵相一直对下官心存芥蒂，其实，下官却从来没在圣上面前说过赵相半句不是，原因很简单，赵相将我李云博当做未来最大的政敌，而我李云博，却认为赵相是理政大才，于是多次拒绝圣上盛情，不愿入阁辅政。因为下官知道，有赵相在朝，朝廷就乱不了，下官就可以放手征战，早日扫平天下。赵相担心下官战功过大，下官就甘为辅助，身处幕僚，只设谋略，不掌兵柄。下官以为，赵相以后不必以下官会尾大不掉这等危言耸听之词，而要挟圣上，更不必处处置下官于死地。有点能耐的文臣武将都被你整下去，这朝廷一统天下的大业，靠你赵相一人，完得成吗？"

赵普顿时满脸羞愧，他原以为，这几次的交锋，他赵普已经完胜，没想到，李云博这番话，道明了他根本就没有把他当成对手，更没有和他争斗，而是一心一意和他配合，不由得感慨万千。他说道："李大人胸襟，老夫五体投地。但是，老夫有一疑问，不知大人可否赐教？"

李云博笑道："赐教不敢，赵相有话直说。"

赵普道："书生进入仕途，哪个不想升迁高位，成为一人之下、万人之上的宰辅？而李大人却是例外，难道你的心中，真的只胸怀天下，不计个人得失吗？"

李云博大笑道："赵相此言，真是问到点上。不错，大凡士人，无不想跻身高位，位极人臣，建不世之功，耀祖宗之门，封妻荫子，显赫后世，但这只是大众士子心理。虽然，我李云博也不能免俗，但我以为，人生于世，有自己必须做的，有自己喜欢做的。必须做的就是使命和担当，比如这天下一统；喜欢做的是热爱和传承，比如我瑶池李氏的家族大业。我之所以要倾尽全力做这必须做的事情，因为我明白，只有把必须做的事情做成了，才可以考虑一心一意去做喜欢做的事情。试想，天下不一统，年年战乱，民生凋敝，我家族爆业如何发扬光大？每个人都有自己的使命，无论是必须做的，还是喜欢做的，都得尽心尽力去做。下官给赵相交个底，我只致力于天下一统，绝不会过多参与统一之后的繁荣。下官还有更想做的事情去做。"

赵普道："李翰林如此胸襟，老夫感佩之至。但是，大人堪堪大才，若不参与天下治理，实乃朝廷之大不幸啊！"

李云博笑道："赵相严重了。赵相力主重文抑武，一是稳固朝廷之需，避免武将拥兵自重，尾大不掉；二来也是让文人自觉参与天下治理。圣上开科取士，年年录取进士，治政理民之才比比皆是。少一个李云博，绝不会妨碍大宋的繁荣啊！"

赵普拱手道："看来李大人是陶朱转世，留侯复生，老夫领教了！"

李云博想了想，突然问道："俗话说，来而不往非礼也。敢问赵相，下官一直有一事不明，可否讨教。"

赵普笑道："李翰林真不愧礼学大家，这问问题，也都循乎礼仪。既然老夫的问题得到李大人推心置腹的回答，那老夫也一定知无不言，言无不尽。李大人，请吧。"

李云博道："下官请教，同是杀降，而且王全斌行为要恶劣千倍万倍，后果也严重许多。为何圣上严惩李处耘而从轻发落王全斌呢？"

"这……"赵普一愣，道，"既然答应了你，老夫就照实说吧。这原因嘛，就是圣上在大军出征前，宴请入川几位主将，酒至半酣说，他只要西川之地，只要名满天下的绝色皇后花蕊夫人，其余财物均赋予卿。王全斌胡作非为，是圣上有言在先。他取了西川，俘了孟昶，献了花蕊夫人，圣上自然得兑现承诺。"

"原来如此！"李云博恍然道，"下官查来查去，那么多铁证，还是让王全斌逃之夭夭了！早知如此，下官何必费那么大的力气，做了太多的无用功！哎……"

赵普笑道："圣上对此，也很是愧疚。但如今，他沉醉在花蕊夫人的温柔乡里乐此不疲，还要封她做皇后呢，被老夫一句'一个亡国之妃，如何可做大国皇后，岂不让天下耻笑'给顶回去了。哎……"说罢，就起身告辞。

李云博送走赵普，就又上奏请旨前往淄州奔丧，赵匡胤又不准。耽搁数日，他已经无法再拖，准备不顾皇命，私自前往淄州奔丧。他知道，李处耘的意外，却也在情理之中。自己明明知道李处耘的心性，自己又回朝一年多，却因为军务繁忙，从来都未曾过问一下，更不用说探望了。他不去奔丧，于情于理，这良心都会过不去的。就算私自离京受到赵匡胤处罚，至少，这良心会好受一些。正在犹豫之际，只见赵光义风尘仆仆来到他的住所，说道："岫南兄，小弟刚才把那个花蕊夫人给杀了。皇兄灭了西蜀孟氏，得了这才貌双绝的祸水，成天被她迷了心窍，还想立她为后……小弟趁游宴斗箭之际，一箭射中她的喉咙……小弟估计，皇兄要找我的麻烦，不如，借此机会避一避，前往淄州为正元大哥奔丧如何？"

"什么？你也真是……快说说，怎么回事？"李云博大吃一惊，要他赶紧说明事情的经过。赵光义就简单地将事情经过说了。

原来，今天下午，赵匡胤在桃花宫内设宴赏花，特派太监去宣兄弟光义一同来饮酒赏花。赵光义入宫，只见那桃花宫外的正殿前广场上，设了桌椅，远处还摆了箭靶，花蕊夫人正在教众宫女射箭，匡胤坐在一边观看。见到弟弟到来，赵匡胤笑道："花蕊夫人正在教宫女射箭，兄弟你箭法高超，今日特请你来给她们指导一番。"说毕，让赵光义坐下观看。只见那些宫女，轮流比箭，每人限射三箭。以射中红心箭数多少，来评定名次，射中支数相同的，则以距离红心远近来决定胜负。

当下，只见那些宫女有射中一箭的，有射中两箭的，也有少数射中三箭的，或一箭也没射中。最后由花蕊夫人连射三箭，俱中红心。

赵匡胤大喜，按各人射箭命中数，远近排出名次，分别给予赐赏。

最后，让赵光义表演。光义拿起那张金漆宝雕弓，看了一下，拉开弓弦试了几试弹性。又将开弓射箭的要领，向宫女们讲了一遍，然后让太监把箭靶向后再移上三丈，直到桃花林边。光义这才弯弓搭箭，嗖、嗖、嗖连射三箭，箭箭俱中红心。三支箭攒成一簇。

赵匡胤大笑说道："这才是将军的箭法。你们以后还得学习。"

于是，吩咐摆酒。赵匡胤和赵光义对面坐下，花蕊夫人立在一侧，为他们二人斟酒。赵匡胤命花蕊夫人向弟弟敬酒谢师。花蕊夫人便斟了一杯酒，然后举起，敬奉赵光义。赵光义却是不肯喝。赵匡胤在一边劝他喝。

赵光义道："我的绝艺尚没显露出来，让这些宫女一开眼界，所以无心喝酒。"

赵匡胤忙问："你有什么绝技？"

赵光义道："可让花蕊夫人到桃花林中折一枝桃花，去掉多余花朵，只留上、中、下三朵花在枝上，然后将桃枝高举过头，站在桃林边上，我连射三箭，一箭射落一朵桃花，三箭射落三朵桃花，如果，有一箭射不中，或者射中时却震落了另一朵桃花，却不算本事。如果三箭成功，可让花蕊夫人敬贺我三大杯，并由她陪饮三杯。如果我有一箭失败，则罚我自斟三大杯。三箭都失败，则罚我九杯酒。"

赵匡胤见那桃林临席上足有十丈开外，要射中那小小桃花，实属不易，也觉得新奇，便命依赵光义所说的来表演。那些随侍宫女们听了，也都觉得新鲜有趣，便纷纷围过来观看。

只见那花蕊夫人一路走入桃林，选了一枝桃花，折下，摘去多余花蕊，只留下三

朵，走出林来，将桃枝高举过头，娇喊道："千岁请射。"说毕仰面直望着那桃枝，看光义如何射中。

赵光义也不答话，弯弓搭箭，一箭射去，"扑"的一声，那箭正中花蕊夫人咽喉，花蕊夫人仰面而倒，那些宫女见状，惊叫一声，纷纷向桃花跑去。匡胤也不由赶上前来。只见那些宫女把花蕊夫人从桃林中抬了出来，平放在地上。花蕊夫人早已气绝身亡。

赵匡胤顿时变了脸色，用发抖的手指着赵光义喝道："兄弟，你疯了，你这是作甚？"他不相信像赵光义这样射技高超的人会失手误伤。

赵光义起身就往外跑，一边跑，一边喊道："皇兄，以后跟您解释……要不，皇兄传太医穆昭嗣进宫，问一问，就知道了……"说着，就逃出宫来，直奔开封馆驿。其实，赵光义早就察觉，花蕊夫人在暗地里在给赵匡胤下毒……

李云博听完赵光义的讲述，才知道发生了什么。他早就听说赵匡胤那日在城门外玉津园接受孟昶献降，还封他为开府仪同三司、检校太师兼中书令、秦国公，却盯着他的皇后瞅个不停。不久，又得知多次召她入宫觐见，猜想肯定是被她的美色倾倒。后来孟昶离奇死亡，赵匡胤十分震惊，下令停朝五日，又追封孟昶为楚王，令发官库钱财，为孟昶治丧，葬于洛阳北邙山。开始，赵匡胤还只是偷偷摸摸与花蕊夫人幽会，后来干脆接她进宫，长期住了下来。这时候，赵匡胤后宫空缺，皇后皇妃都崩逝，有传言赵匡胤要立花蕊夫人为后，看来也不是空穴来风。他虽然对孟昶的死亡有所怀疑，但一直忙于应对西川叛乱和将领追责，来不及顾及这些传闻。这个花蕊夫人一直与孟昶情深意笃，你赵匡胤对她夫君下了死手，她委身于你，只怕来者不善。现在想起来，还是赵光义嗅觉敏锐，出手也果断，除去了后宫一大隐患。如今赵光义杀了花蕊夫人，知道赵匡胤在未明真相之前会找他麻烦。出于保护赵光义，事不宜迟，于是当机立断，和他一起，连夜往淄州奔丧去了。

兄弟俩未带任何随从，也没留下任何消息，一路出了汴梁城，连夜往东飞奔。不日之后，便到达淄州，前往知府府邸吊丧。

◆◆ 五、李云博第一次当起了红娘 ◆◆

进了城门，两人便打听知府官邸。费了好一番功夫，才七拐八拐来到淄州府衙前，只见官邸里里外外一片缟素。李云博顿时泣不成声："没想到大哥英雄一世，却在这个地方抑郁而终……你我也真是，作为他的兄弟，他被贬来这里任职数年，我们俩，居然连门都找不着……我们，如何配做他的兄弟……"

赵光义失声痛哭起来："岫南兄何错之有？连连征战，奉调回京也是处理最麻烦的事，你如何抽得开身？可是小弟，却无须事必躬亲，有的是时间过来啊……都是我的错，是我赵光义害死正元大哥的……"

李云博叹道："唉……大哥都死了，我们后悔还有什么用？还是好好送他一程，就算他死不瞑目，变鬼也不放过我们，我们也得好好送送他啊……"两人进门，穿上孝服，一路跪拜至灵前，又哀哀痛哭，行完三拜九叩大礼，才起身奉上香仪，进里屋说话。

嫂夫人及几个子女都过来相见。看着一群失去父亲的孩子，李云博、赵光义一一和他们拥抱。

嫂夫人流泪道："谢谢你们来奔丧。他最挂念的，就是你和光义！你们来送他，他若九泉有知，也该瞑目了。岫南哪，你大哥没了，我们孤儿寡母，怎么活啊……"

李云博道："常言道，人死不能复生，再怎么悲伤，大哥也不可能活过来。请嫂夫人节哀顺变，保重身体。再苦再累，孩子们总得长大。更何况，还有我们呢。大哥对我们情深义重，我们不会不管孩子们的。"

嫂夫人道："你们情深义重，这一点嫂子相信，你们会照顾我们的。但是，你们公务繁忙，我们怎么好意思老是麻烦你们呢？嫂子还是想等办完丧事，我们就回上党老家吧，回老家，和家人在一起，多少也好有个照应。"

赵光义摇摇头道："嫂夫人说什么呢！正元大哥对我，就像父兄一般，我敬他也如父兄。从今以后，夫人就是我的嫂娘，这几个，都是我的兄弟姊妹。你们不能去老家，得留在京城，孩子们读书和成长，京城会更好一些。"

李云博附和道："光义贤弟所言甚是。嫂夫人放心，我们会安排好的。"又摸着李处耘的长子李继隆的头，说道："霸图亲侄子，你是长子，爹爹不在了，你以后，就要担当起父兄责任，弟妹还小，你得和母亲一起，好好照顾他们。听见了吗？"

李继隆已经十七岁，长得虎背熊腰，很有父亲模样。他懂事地点点头："岫南叔叔，孩儿知道了。孩儿一定记住您说的，我是男子汉，会担当起责任……"顿了顿，他又道，"岫南叔叔，爹爹临终前，要孩儿跟您说……"

"你爹说什么？"李云博看着他，问道。

李继隆道："我爹说，一定要孩儿拜岫南叔叔为师，好好学习文韬武略。叔叔，您就收下我吧！"

李云博一愣，突然鼻子一酸，一把抱住李继隆："好，我就收下你，虽然我从来不收弟子。你这个弟子，叔叔收下了！"

李继隆马上跪在地上："师尊在上，请受弟子李继隆一拜！"

李云博疼爱地扶起他笑道："拜什么拜！这都是形式！我和你父亲是真兄弟，我们以后，就是一家人。教你读书，自然是天经地义的事！"

李继隆起身又拱手躬身道："先生此言差矣！这尊师大礼，虽是形式，却是诚心仰止。先生是礼学大家，这仪式虔诚，岂能少得！"

李云博喜道："霸图知道的还真不少！那好，等到你加冠之年，为师亲自为你执礼！"

李继隆又谢道："多谢先生！学生一定刻苦努力，绝不会让您失望的！"

李处耘的两个女儿，大女儿十九岁，已经许配人家。二女儿李婉贞，才十四五岁，虽然一身素孝，可是生得骨格丰盈，乖巧伶俐，清秀脱俗，落落大方，如出水芙蓉一般。赵光义这年二十五岁，早年娶有原配尹氏，早亡，继室符氏，系前朝周世宗符皇后妹，久不生育，与赵光义稍嫌隔阂。赵光义见到李氏，仿佛曾经相识，不觉心存好感，与她聊得甚欢。

晚上，兄弟俩披麻戴孝为李处耘守灵。赵光义在灵前化着冥币，李云博却靠着棺木发呆。赵光义见了，问道："岫南兄，你怎么了？"

李云博叹道："人这一辈子，都免不了一死。我们身处乱世，本该珍惜生命，为了天下一统不懈努力。即便战死疆场、马革裹尸，也气壮山河、无怨无悔。大哥大志不得施展，难怪他不愿苟活啊！可惜大哥征战一生，立功无数，没想到抑郁而终，真是英雄末路啊……"

赵光义骂道："都是赵普那班小人，为了自己的权欲，生怕大哥战功赫赫，盖过他的风头，于是刻意打压，甚至进献谗言，曲意构害。有朝一日，我一定替大哥报仇雪恨！"

李云博道："贤弟切切不可！大哥脾性，孤傲坦荡，从不屑于与小人理论是非曲直，这一点，你我都不如啊！大哥才是真正的英雄啊！夫子有言：君子坦荡荡，小人长戚戚。君子不器，小人器之。我的意思是，你被疯狗咬了一口，难道也冲过去回敬疯狗一口吗？"

赵光义一愣，若有所思地问道："难道，这桩血债，就这么算了？"

李云博看着他，笑道："不是算了，而是我们根本和他赵普没仇。他把我们想象成对手，处处较劲，不择手段，我们就是不和他斗，但我们可以利用他的这种心理，让他拼命为圣上江山尽忠，为朝廷大业尽力，为天下一统尽心。贤弟你也知道，这一统天下，不是靠你我少数几个就可以实现的，我们既然连对手都可以团结，可以善加利用，可以让他们舍生忘死，我们离太平盛世，还能有多远呢？"

赵光义恍然大悟："岫南兄所言甚是！原来你从不跟他赵普争名夺利，因由就在这里！小弟真是服了你了！"

李云博笑道："你服我做甚！贤弟啊，你如今身居中书令高位，可以说一人之下、万人之上，一言一行都得从大局着眼，切勿意气用事。这位极人臣，总领国政，一定要有容人之量。我告诉你，朝堂之上，不是一团和气就好，我更希望，大家都有功名之心，利禄之望，权欲之求，这样大家才能相互较劲，你追我赶，朝廷才有生气。当然，我们得防止过分的阴谋，打击哪些不择手段的小人，明争而不暗斗，这样的竞争才趋于正道。试想有一天，你连自己的仇人和对手都能宽恕，还有何事能够难得倒你呢？"

赵光义听得有些如沐春风，佩服得连连点头："难怪皇兄要小弟多跟岫南兄交往。听你的一席话，真是胜读十年书啊！"

"贤弟过奖了！"李云博看着他，长叹一声道，"唉，眼看天下即将一统，我这辅助雄主完成大业的心愿即将了结。开开心心过平凡人的日子，做自己喜欢做的事情，应该很快到了。"

赵光义一听，觉得他话里有话，问道："岫南兄，天下归一之后，你要离开朝堂吗？"

李云博知道自己情不自禁，有些失言，连忙笑道："哪里哪里。这身居朝堂，身不由己，哪能随便离开啊！这一切，都随缘而定吧！"

赵光义似懂非懂，也不再问，继续烧他的纸钱去了。烧了一阵，就又和李婉贞聊起天来。

李云博看出了赵光义的心思，突然灵机一动：将来，如若让赵光义娶了这个二丫头，那么，嫂夫人孤儿寡母一家，不就有了依靠吗？他遣神运思地盘算一通，渐渐地有了主意。

二七做完，一家人就按礼出殡，扶棺西归，从淄州出发，将李处耘安葬在洛阳城郊偏桥村的御赐墓地。李云博和赵光义一路陪伴，下葬完毕又隆重祭奠一番，才带着他们回汴梁城去了。

回到汴梁城，李云博第一时间就带着赵光义进宫向赵匡胤请罪。近十日过去，花蕊夫人下蛊毒的事情已经查明，赵匡胤的气早已消了，也就不再问他们的罪，还询问了李处耘治丧的情况，甚是哀伤。李云博突然奏道："启禀圣上，如今正元大哥抑郁而终，孤儿寡母甚是可怜，圣上可否开恩，玉成一件美事。"

"玉成一件美事？"赵匡胤一惊，问道："岫南贤弟，你的意思，朕若不同意，就毁了一桩美事？"

李云博一本正经地回答道："正是。此桩美事，可一举多得。即可让嫂夫人孤儿寡母一家有所依靠，也可以让光义贤弟心想事成，还能为圣上留下体恤重臣家眷、厚爱功臣家眷的美名。圣上何乐而不为呢？"

赵光义一愣："岫南兄，这关小弟何事？"

李云博笑着看了他一眼道："贤弟别急，等一会儿，你就不会这么说了。"

赵匡胤想了想，还是摸不着头脑。但他素来相信李云博的为人，就慷慨道："你岫南贤弟开口，哪能不依！你说吧，朕准奏就是！"

"多谢圣上！"李云博叩了首，说道，"微臣斗胆，请将李处耘大哥次女，赐予光义贤弟为夫人。此女名婉贞，虽然年纪尚小，不过十四五岁，但生得骨格丰盈，乖巧伶俐，清秀脱俗，落落大方，如出水芙蓉一般。光义贤弟一见钟情，两人已经心生情愫，暗送秋波，很可能已经芳心暗许，海誓山盟。圣上成全这桩美事，两家结为秦晋之好，将成为一段佳话！微臣替正元大哥及嫂夫人全家啊，再次叩谢圣上隆恩！"

赵匡胤一听，顿时结结巴巴起来："让三弟，娶正元大哥的次女？叔叔娶侄女，这……这，不是乱伦了吗？"

赵光义听了，顿时羞得满脸通红。

李云博笑道："圣上何出此言！正元大哥结拜的兄弟，是圣上和微臣。光义贤弟只不过是跟我们称呼正元大哥为大哥，更何况结义兄弟又非血亲，何来乱伦之说？难道圣上看着一对情投意合的鸳鸯，就要因为这名不副实的伦理，而劳燕分飞吗？"

赵匡胤看着赵光义，没好气地骂道："你杀了我的花蕊夫人，自己却去寻花问柳，你还好意思，要岫南跟朕开口？你杀人的胆量，到哪里去了？"

赵光义全无心理准备，脸更红了，他哪里知道，李云博不跟他商量，就向皇帝开口赐婚，于是连忙稽首道："皇兄息怒……"

赵匡胤突然笑了，打断他的话道："息怒？息什么怒？朕龙颜大怒了吗？还不快快谢谢岫南贤弟！你呀，真是！"

于是就备下重聘，要李云博为媒，过两日前往李府提亲。这冷不防被李云博推了一把，正中下怀，喜得赵光义心花怒放。一出皇宫，他就抱起李云博往马背上送，还帮他牵了好一阵马，被李云博一再阻止，说一品重臣中书令替三品侍郎牵马，被小人看见，那就是目无尊卑，混乱纲常，那是要下狱治罪的。听他这么一说，赵光义才住了手，又送李云博回到开封馆驿，才恋恋不舍地分手，回自家府第去了。

◆ 六、欲罢赵普相位，李侍郎苦劝皇帝陛下 ◆

乾德五年（967）春，赵普加封右仆射、昭文殿大学士，成为名副其实的宰相。但是，随着权力的日益扩大，他的一些不端行为开始显现，有人密奏赵普违反禁令，私运木材扩展府第，又有官员打着赵普旗号经商，还有人揭发赵普受贿，包庇抗拒皇命外任官员，简直更是欺君之罪了。赵匡胤知道赵普权欲极强，一旦大权独揽，行为不端也是自然的事情。赵匡胤设参知政事行副相职权，与赵普分掌内阁权力，并监督相权，就是怕他蒙骗自己，一手遮天而在下面作威作福，影响朝堂安稳和社稷巩固。只要不危及皇权和江山，赵匡胤都不会过分计较。况且，赵普对他的忠心，以及为大宋江山的贡献，那是有目共睹的。但是，发生的一件意外的事情，让赵匡胤愤怒了，他有了坚决罢免赵普的想法。

正当壮年的赵匡胤，自从花蕊夫人死后，就对后宫平常女子提不起兴趣，时常想念千娇百媚、才艺卓绝的花蕊夫人。这天，他睹物思人，看见花蕊夫人生前用过的铜镜、首饰和衣物，不免有些伤感。自己身为天下共主，真心喜欢过的女子也不算多，这花蕊夫人便是一位，可她偏偏恋着那亡国之君，却对自己狠下毒手。然而，赵匡胤还是思念她，就是恨不起来：俗话说得好：英雄难过美人关！想着想着，便拿起铜镜，想照照自己，不小心手一滑，铜镜掉在梳妆台上，反转过来。他正要重新翻过来继续照照，突然看见铜镜背面鎏金印着"乾德四年"几个隶书字，看着铜镜模样，年代久远，绝非去年新物，肯定是上了年纪的。他不由得大吃一惊：今年才"乾德五年"，怎么，这面铜镜的制作时间，居然是"乾德四年"，岂不是咄咄怪事？再仔细辨认，这等款式不是中原之物，肯定是花蕊夫人从成都带过来的。难道西蜀孟氏政权，曾经用过这个年号？

赵匡胤急了，突然想起参知政事吕余庆他们曾送他一套西川志书，说是"若取西川，必知风土，取地容易，得人心难"，劝谏圣上读一读川西史志。他赶紧奔向上书房，很快就找到了这套书。仔细检索一番，没有发现西蜀孟氏用过这个年号，顿时困惑了。正在百思不得其解、信手翻书的时候，突然见到第一卷有一折页，停下来仔细一看，"乾德"赫然在目，这一连数页，都记载乾德年间发生的大事，这个年号原来是前蜀国后主王衍用过的年号，而且乾德年间一共是六年，这乾德四年是前蜀国末期，过了两年，孟知祥就入川灭了王氏蜀国政权！天啦，这个年号不仅是一个伪政权用过的年号，还是一个亡国年号！！这个赵普，就是个文盲！怒气冲冲将书一丢，骂道："哼，半部论语治天下，不读书还洋洋得意，朕看，你就是书读少了！"

骂了一通，怒气未消，不经意间看见被自己扔在地上的书，想到这是那日吕余庆、薛居正他们送来的，看来，他们早就知道这个年号有问题，送书而且折页，就是在暗示他。是啊，满朝文臣之中，饱学之士太多了，这个年号，很可能只有他跟赵普不知被人用过，看来赵普选用这个年号时，肯定是盲目自信，独贪功劳，没有征求和听取任何文臣的意见，才犯下这等大错。自己要是早点读了这本书，很可能早就发现这个问题，用一两年改过来，没什么人会在意。可是，既然大家知道，为何不上奏劝谏呢？如今都乾德五年了，再过一年就是前蜀的末日，得改，得赶紧改啊！他一边想着，一边蹲下身，捡起那本书，对外喊道："来人，速传中书令及宰辅赵普、薛居正、吕余庆，大臣苗训、窦仪，还有……对，还有李云博，火速来上书房议事，不得有误！"

"奴才遵旨！"胡公公领了旨，立刻差人去请这几位重臣到上书房议事。

李云博听说赵匡胤火速召他入上书房议事，又没告知何事，估计是件非常紧急但又必须秘密进行的事情，不敢怠慢，放下手中的军务就往宫中赶来。进了上书房，赵光义来了，看见薛居正、吕余庆及礼部尚书窦仪、翰林天文兼检校工部尚书苗训等老臣也来了，更是吃惊不小。看着他们拿着一边铜镜，正指着背面的"乾德四年"窃窃私语，顿时明白过来。过了一会儿，宰相赵普来了，看样子，他是最后一个到的。

赵匡胤看见赵普来了，勃然怒道："赵爱卿曾经劝朕，一个亡国之妃，如何可做大国皇后，岂不令天下耻笑。那朕要问你，一个亡国之号，就可以用作大国年号吗？"

赵普本来就不知突然召他所为何事，还以为赵匡胤是因为自己迟到，而龙颜大怒，拱手躬身说道："适才老臣有些急务，所以来迟，请圣上责罚。不过，关于改号，臣曾查过，过去帝王没有用'乾德'年号的。"

"没有用过？"赵匡胤将手中的书扔给他，道，"当年朕改元时，让你拟定新年号，并交代不能与以前帝王年号重复。为何却又选了个前人用过的'乾德'？"

赵普见赵匡胤是因为改号的事情发火，刚愎自用的他更加理直气壮了："圣上息怒，这个年号，臣反复查过了，绝对没有哪个帝王用过……"

"绝对没有？书都拿到手上了，也不会翻吗？朕还替你首辅大人折了页，烦请相爷看一眼好不好？这件事情，但凡读点书的文臣，都知道了，就剩下你跟朕这两个文盲了！你说说，这件事，天下人会不会耻笑？朕看，只怕都在满地找牙了！"看见赵普捡起书拿着也不翻开，赵匡胤更加恼火，骂得更加难听，对其他人说道，"各位爱卿，你们说说，究竟有没有人用过此年号的？"

几个人你看着我，我看着你，都不敢吭声。只见年纪最长的窦仪开腔了："回禀圣上，据臣所知，前伪蜀后主王衍曾用过此年号。伪蜀乾德六年，国亡。"

赵普听后，不由大惊失色，脸顿时红了起来，无言以对。

赵匡胤看他不说话了，继续数落道："你除了会几句论语，可曾读过别的书？一个首辅大臣，跟个初识文墨的土秀才一般，除了玩弄权术，成日算计，你肚子里的那点货，也算得上文韬武略奇谋妙计？朕看，最多就是一点阴谋诡计！你觉得，你配当这个大国宰相吗？"

没想到赵普突然说话了："圣上英明神武，臣才疏学浅，自知不能主理国政，恳请圣上开恩，准奏老臣告老还乡！"说罢，就稽首请旨。

赵匡胤见他容不得数落，在跟他赌气，骂道："你别以为，这些年你干的那些好事，朕一点都不知道！随便拿一条出来，你都是死罪！"

赵普入朝以来，深受赵匡胤倚重，从来没有受到如此指责，而且是当着这么多重臣的面，骄横惯了的他，如何受得了？他狠狠顿首道："圣上所言甚是。要说微臣阴谋诡计早该一死，那就是阴谋禅让，助圣上登临大位！请圣上赐臣一死，臣罪大恶极，最好五马分尸！"

各位在场大臣听到皇帝和宰相居然相互骂起街来，而且口无遮拦，顿时面面相觑，劝都不知如何劝。李云博也急了，看到赵普被赵匡胤骂得睁不开眼，恶狠狠地说出这等毫无底线的话，一旦恼羞成怒，又恃功无恐，鱼死网破揭出黑幕，不仅让篡位流言不径自走，而且让步入正轨的朝纲再度陷入混乱，那可就真的坏了大事。于是马上喊道："赵普老贼，你目无君尊，忤逆圣上，冒犯龙威，大逆不道，该当何罪？还不赶紧滚回去面壁思过，等待国法严惩！"

赵普被李云博这么一喊，马上醒悟过来，自己愤怒之下言不由衷，这是他从未有过的。他赶紧磕了几个响头，匆匆忙忙退出了上书房。

本来，所谓接受前朝禅让，其实就是为夺取政权制造合法依据，但谁不知道，这是一场弥天大谎，更是赵匡胤心中解不开的结、过不去的坎。如今听赵普这么一说，等于伤疤被人戳了，突然疼痛难忍，整个人都快炸了，即便赵普走了，他仍然骂个不停："狗东西，居然跟朕较起劲来，真是出息了！你这个宰相，朕要你当你才能当，朕不要你当，明天你就回家种地去！你想死，还不是朕一句话！什么半部论语治天下，扯淡！朕看，宰相得用读书人！"

李云博知道，一向性格谦和的赵匡胤近来很不称心，这憋屈久了的积怨，一旦触发，龙颜大怒，肯定谁的话都听不进去，怎么劝都会油盐不进。于是就对赵匡胤说道："启奏圣上，这用错年号，也不是什么太大的麻烦，我们赶紧改过来就是。圣上莫急，容微臣几个回去好好商议，确定了新的年号，报圣上御裁颁行。圣上九五之尊，龙体乃国之根本，恳请圣上以国事为重，保重龙体，莫生闲气。我等退下，圣上也歇歇吧。"

赵匡胤知道，李云博这是给他台阶下，于是一挥龙袖："你们都跪安吧！"

李云博就连夜和几位重臣，商议选择新的年号。选来先去，还是窦仪学识渊博，觉得"开宝"最为合适。宋朝是继千古盛世唐朝之后又一盛世，大宋王朝的建立，结束了自唐末而形成的四分五裂的局面，使中国又归于统一，开启了大宋王朝这一宝贵的时代，号曰"开宝"实至名归。大家觉得这个年号新颖，纷纷赞同。根据李云博的建议，为了平复赵匡胤的怒火，替他挽回面子，给赵匡胤上一个尊号，也就是戴一顶高帽，让他以后既能够保持龙威，又不失去风度。大家也觉得可行，就一致拟定了"应天广运大圣神武明道至德仁孝皇帝"，送赵匡胤定夺。大家觉得赵匡胤近期心烦意乱，与非常宠爱的花蕊夫人死于非命和她阴谋复仇被揭穿有关，而且后宫无主，皇帝几近成了鳏夫，于是就一致推举赵光义替皇兄挑选皇后。赵光义四处物色，最后选定忠武军节度使、水师都指挥使宋延渥长女。赵匡胤见年号选定，又给他上了尊号，怒气有所平息，又听到弟弟为他选后，正中下怀，嘴上不说，心里却美滋滋的。

赵普回到府上，想起今日顶撞赵匡胤，后悔不迭。就算改号出了错，也没什么大事，自己口无遮拦居然往禅位上扯，真是不知死活！虽然，他知道赵匡胤早就对他有些微词，但因为替他成功谋划夺得江山，以及开国以来立下的功劳，不会把他怎么样。但是，今日说到赵匡胤的痛楚，如若正如李云博指责的那样，"目无君尊，忤逆圣上，冒犯龙威，大逆不道"，赵匡胤要是动起真格，那么他必死无疑！他暗暗庆幸李云博将他骂走，让他免遭一场飞来横祸，对李云博的大局意识和宽广胸怀，更是佩服之至。虽然大祸躲了过去，但要化解赵匡胤心中积怨，以及把他龙颜扫地的面子挣回来，却不是一件容易的事。冥思苦想了几日，正在一筹莫展的时候，突然家里来人，禀报母亲突然病故。他失声痛哭，跪地叩拜之后，突然有了主意，于是上奏赵匡胤，请求去职奔丧，并按朝廷礼制，丁忧回乡，守制三年。

赵匡胤接到赵普奏折，想都不想就御批了。赵普失望之际，立即起程回洛阳奔丧。

李云博刚刚忙完改号的事，突然听说赵普母亲仙逝、去职奔丧，赶紧拖着赵光义前往洛阳吊丧。赵光义一路抱怨，说这次是扳倒赵普的绝佳机会，你不落井下石就算了，干吗还要请他回来？李云博笑道："光义贤弟，赵普虽然专权，而且不法的事干了不少，但是他的功绩，朝中无出其右。圣上刚刚和他翻了脸，绝不会低头遣使吊唁，这会让他赵普寒心。他的能耐你又不是不知道，一旦他铁了心，什么事都干得出来。况且，天下大业未竟，朝中还需要他主政。目前，还不是扳倒他的时候。你去了，赵普会以为圣上没去吊唁是拉不下面子，暗中派你前往，一样会让他感到温暖。他太过于算计，就让他误会好了。这倒对于缓和圣上、宰相之间的关系，大有裨益。"

赵普对于李云博、赵光义前来吊孝，既感意外，又很感动。这一段时间，是他在大宋开国以来，最为失意的一段日子。按照他的身份和地位，母亲大丧，朝廷是不可能不遣使吊唁的，甚至皇帝亲自致祭，也都不为过分。但是，他刚刚触怒龙颜，这等恩宠就不用奢望了。自己迫不得已离开朝廷，那些曾经对他俯首帖耳的朝臣，一个个装聋作哑，甚至忙着躲避。没想到这两位他曾一直提防、排挤甚至刻意陷害的对手，却郑重其事前来吊唁，这对他来说，是莫大的安慰。而且，皇帝的亲弟弟前来吊唁，或许这是赵匡胤有意为之，等于释放了和解的善意。他大是高兴，盛情款待了他们。

李云博特意找赵普谈了自己的想法。他劝赵普要以国事为重，千万不能和皇帝赌气，更不能揭皇帝的老底，这是为臣的大忌。他劝赵普即刻上表请罪，尽量放低姿态，千万别恃功自大，让事情恶化。他说："赵相居功至伟，朝野有目共睹。但是，如若以功臣自居，让圣上感到无力驾驭，死期也就到了。赵相出了意外，朝廷失去的不仅仅是一位宰相，还会失去朝堂日趋稳定的格局，失去即将统一的大势，失去同舟共济的人心。赵相明白吗？"

赵普道："岫南一言，让人茅塞顿开。只是老夫不明白，老夫多次与你为难，你为何从来不计前嫌，反而救老夫于水火之中？"

李云博笑道："我们虽然有所分歧，但绝非私怨，我们的目标是一致的，那就是天下一统。实现天下一统，就得团结所有有志之士，并携手奋进。争权夺利，相互倾轧，朝廷朝气和合力只会在内斗中消耗，斗来斗去，把原来的目标都忘了。这还谈什么一统大业呢？"

赵普拱手道："我看满朝文武，只有李翰林是清醒的。敢问李大人，你不贪财，也不贪功，更不迷恋高位。你做得到，我等怎么做不到呢？"

李云博笑道："人有七情六欲，我李云博绝非圣贤，不可能不食人间烟火。但是，我李云博出身爆业世家，从小就不缺钱财，后来随师父游历天下，修道悟道，觉得人世之间，都得随缘，一切功名利禄，不可强求。赵相不同，出身贫寒，尝遍人世艰辛，又承儒学正统，有朝一日建功立业、出人头地的观念自然深植心间。穷怕了，得到的害怕失去，更怕再度跌入低谷，因此防人之心甚重。身世不同，经历不同，特别是观念不同，造就了不同的性格。这并无优劣，也没有对错。我们要做的，就是努力克服弱点，多设身处地为他人着想，多考虑朝堂大局，多为百姓谋求福祉，我们这一辈子，就没白过。"

赵普感叹道："老夫一向自以为是，认为没人懂我。如今看来，老夫也不孤独，有翰林大人相知相惜，老夫此生足矣！"

吊丧回来，李云博多次进宫觐见赵匡胤，苦口婆心劝皇帝以非常时期，大臣不必恪守礼制为由，召赵普回朝主政。赵匡胤不准。这天，李云博又来面圣，赵匡胤知道他又来劝他召回赵普，不等他开口，就说道："朕好不容易有个借口，让他离开朝廷，除去朕心头大患。为何要召他回来？正好，你可以名正言顺，主政朝堂。朕早就盼着这一天了。明日早朝，朕就任命你为门下侍郎、中书门下平章事、集贤殿大学士，正式入阁拜相。"

"圣上万万不可！"李云博急道，"不是微臣自命清高，也并非微臣不愿效力，而是以目前局势，微臣驾驭不了局面。微臣久居军门，对政务及州县事务很不熟悉，加之人望尚浅，很难服众。试想，我若主政，新旧势力会暗中角力，朝堂会有分裂风险，甚至出现党争。可是天下未定，一统江山仍然是当前最大任务，朝堂不稳，何以定天下？赵普乃是开国元勋，一贯忠诚，能力出众，建树颇多，虽有小过，但都是枝节小事，以臣观之，当前朝野，无人能比得上赵普，还是赵普为相最为稳妥。请圣上三思！"

"三思，三思也不行！"赵匡胤看着他，问道，"岫南贤弟，朕不明白，赵普处处与你为敌，甚至要置你于死地，你为何还要维护他，你是以德报怨吗？"

李云博道："非也。圣上曾说过，君子不与小人斗，君子斗不过小人。但是，君子小人是从德行上讲的，并不是从能力上讲的。是的，在操守上微臣可能君子一些，赵普可能小人一些，但若从能力上讲，微臣长处在于，谋事能着眼大局，品人也不忘天下，大策谋划和预判能力略强；而赵普的优点在于，时时把效忠圣上奉为圭臬，处处把权力揽在手中，驾驭局面、施政执行和用人能力要强出很多。用人得用人所长，避其所短，这是最为简单的原则。但是，我们常常求全于德才兼备，甚至把德行和才能混为一谈，导致一种识人用人之误，那就是品行不好，能力就会差。朝堂之中，用一些品行高洁而能力平常之士，只要不太多，通常情况下亦无不可。但是，圣上开创的是千古盛世，就得用非常之人，尤其是在天下尚未统一之际，没有超凡能力的人，绝对担当不了宰辅重任！微臣不是维护他赵普，而是维护朝廷大局啊……"

李云博就这般三番五次苦苦规劝，加上赵普不停地上请罪奏折，反反复复骂自己忤逆圣上，罪该万死，态度极其诚恳。赵匡胤最终还是回心转意，下诏召回赵普。

就这样忙了一段时间，才通知宋延渥长女入宫见驾。赵匡胤坐于仪凤殿接见、赐座。见宋女清秀明媚，温婉可人，仪态端庄，言谈应对，十分文雅得体，顿时龙颜大悦，接见之后，赐赏十分丰富。

次日，便下了诏书，命宣微南院使曹彬为册礼使，太常卿楚昭辅为副使，李云博为炮火司仪，召集有关衙门，负责筹备迎立皇后大典。这乃宋朝开国以来，首次迎娶皇后的典礼，自然十分隆重，足足筹办了三个月。一切就绪，遂命钦天监卜择佳期，定于开宝元年二月吉日，举行迎立典礼。

到了吉日吉时，赵匡胤迎立宋氏为皇后，大婚的场面十分隆重，自不待言。婚后，那宋皇后对匡胤侍候得十分周到，每当皇帝用膳，宋皇后都要亲自在一旁侍立照顾，皇帝上朝或出外回来，她总是盛妆跪迎于内宫门外，彬彬有礼。这才使赵匡胤在感情上一系列挫折所受的创伤，略略得到些抚慰，心情逐渐开朗起来。

第十三章

DISHISANZHANG

解甲归田

◆ 一、一统大业在望，赵匡胤突然崩逝 ◆

开宝元年（968）七月，北汉皇帝刘钧病殁，养子刘继恩嗣立。赵匡胤见有隙可乘，升朝会商，意欲北伐太原，灭掉北汉。李云博坚决反对，理由是，我大宋乃天下共主，乘人之危兴兵讨伐，不是大国风范，而且会失义于天下。于是奏请收复燕云十六州，并声称，这可能是最后的机会了。

朝堂之上，李云博奏道："启禀圣上，若乘丧伐汉，师出无名，更有恃强凌弱之嫌，辽国可以名正言顺地救援，还会打着维护天下正义的旗号，辽国出师，我大宋必不能胜；若举全国之力，收复失地，不仅理直气壮，而且北汉也不敢救援，辽国仍是耶律璟当国，而且越来越不像话了，荒淫无道、花天酒地且不说，居然听信妖道的话，为了长生不老，每天杀一个人祭祀黄天，君臣离心，估计这是他最后的疯狂，在位时间不会长久，此时大军全力北上，收复燕云十六州，胜算较大。"

可是满朝文武无人附议，赵普也主张先灭北汉，李云博据理力争，冒死强谏，并以去职相威胁。赵匡胤大怒，当庭免去李云博兵部侍郎、枢密副使、爆战军都指挥使等军职，让他以翰林学士、礼部侍郎之职主持开科取士。于是命昭化军节度使李继勋督军北征，进击太原。年底，北汉司空郭无谓，与刘继恩不和，竟派人刺死刘继恩，另立其弟刘继元为帝。

开宝二年正月，刘继元见大宋来攻，忙遣使向辽乞援。这时候，辽国皇帝耶律璟因荒淫无度，滥杀无辜，被忍无可忍的侍从砍死，结束了长达19年残暴嗜杀的黑暗统治。辽世宗次子、21岁的耶律贤被拥立为帝，他一即位立即整肃朝纲，刷新吏治，建立嫡长制度，并派大将耶律休哥领兵十万，坐镇蓟州，以防宋国突袭燕云。并发兵救汉，驰援太原。李继勋腹背受敌，不敢孤军轻进，乃收兵南归。北汉兵反而联合辽兵，大举南下，攻占晋、绛二州，掳掠一通弃城而去。赵匡胤闻报大怒，命皇弟赵光义为东京留守，御驾亲征，亲自统兵进攻太原。汉将杨业，善战善守，围攻三月，仍不能攻下，而且宋将石汉卿等多位将领阵亡。加上接连阴雨天气，炮战队威力无法施展，两军胶着之际，辽军突然杀来，再次出兵来援，宋军只得避其锋芒，退守三十里。久攻不下，枢密副使楚昭辅、太常博士李光赞等，劝赵匡胤班师。赵匡胤想起李云博强谏的事，很是后悔，于是转问赵普，赵普也赞成退兵，乃分兵屯镇潞州，回驾汴梁。回京以后，下旨随征将士进行休整。虽未打下北汉，对作战努力的将士，也进行了奖赏，对阵亡将士家属厚加抚恤。

李云博闻讯辽国易主、赵匡胤御驾亲征毫无战果，长叹一声，请旨专程前往前朝世宗皇帝柴荣陵寝，祭扫之后，从此不再言兵，也不再为爆战军配制军用火药。由于火药威力受到影响，此后，炮火战队在攻城略地中的作用越来越小。

北伐未果，赵匡胤异常愤怒，当然很不甘心，对宰相赵普、枢密使李崇矩非常不满，有了换人的想法。一次赵匡胤亲自去看望病中的赵普，来到赵普家里，突然发现廊下堆有海货十瓶。打开一看，全是小颗粒的瓜子黄金. 赵普只好坦白说明，这是吴越王钱俶送来的。赵匡胤道："钱俶大概认为国家大事全由你决断，所以送金子嘛……"口中虽说受之无妨，实际上触及了赵匡胤独揽大权和皇权尊严的要害问题。赵匡胤是决不允许臣下来愚弄他，或者暗中夺他的权的。随后又发现赵普儿子赵承宗竟然娶枢密使李崇矩之女为妻，违反宰辅大臣间不得通婚的禁令，这有架空皇权的危险，十分震怒，立即下旨罢免赵普相位，贬为河阳三城节度使，李崇矩罢免枢密使职务，出为镇国军节度使，命参知政事薛居正主持内阁暂行宰相职责，吕余庆、卢多逊为参知政事，共同辅政，楚昭辅升任枢密使，执掌兵权。

而对于李云博，赵匡胤是又爱又恨。他对一怒之下罢免李云博的军职，甚是后悔。从那以后，李云博以"不在其位不谋其政"为由，再也不肯涉足军务，更不用说配制军用火药、研发炮火新品了。其实李云博心里想的是，既然燕云十六州无法收回，那么其他地区，可以用怀柔政策，即便出兵征服，也用不着威力巨大的炮火战队，宋朝禁军的实力，远远在这些小国之上。炮火武器是一把双刃剑，既能攻城略地，也会伤及无辜。

赵匡胤想起目前中国全境，除了少数民族居住地区外，不臣服大宋、自立为帝的，除北汉以外，只有远在广州的南汉了。但是南汉路远，征伐非常费事，因想起南唐与南汉交好，便致书南唐主李煜，让他写信给南汉，劝南汉主刘鋹削去帝号，向宋称臣。李煜接到命令，连忙修书一封，劝刘鋹认清事务，臣服中原。刘鋹接到李煜的来信，不但不从，反而囚禁了南唐派去的使臣，给李煜送去一封口气狂妄、出言不逊的回信。李煜无法，只好上表给宋太祖赵匡胤，并将刘鋹的来书附上。赵匡胤接到李煜来书，大怒，下诏命潭州防御使潘美为南面行营诸军都部署，朗州团练使尹崇珂为副都部署，道州刺史王继勋为兵马都监，起兵五万，讨伐南汉。不到半年，潘美便占领了广州，拘留刘鋹及大臣、宗室近百人，南汉灭亡。这时候，是开宝三年四月。

自平定西蜀以后，又灭掉南汉，大宋疆土日益扩大，需要大批文官去治理州县。李云博转任礼部侍郎后，自开宝元年开始，便投身人才选拔，主持开科取士。开宝六年，李云博请旨省亲，一去就是大半年，这一年的科举考试，由翰林学士李昉主持。赵匡胤看到李昉报上合格人名单中，第六名竟是户部尚书陶谷的儿子陶丙。

赵匡胤不由沉吟起来。对李昉道："朕素知陶谷缺乏家教，他的儿子乃汴京城中出名的浪荡公子，如何能考中进士？卿速知会礼部，召集考试合格举子，朕要亲试一番。"

过了几天，赵匡胤亲自在广德殿主持考试应试举子，拟定了一个试题《平南论》进行笔试，笔试以后，又亲自面试一番，结果，录取了合格者，一百九十五人。而陶丙、武济川、刘睿等数十个举子，不仅作文不通，口试应对，也语无伦次。于是把这些不合格的一一除名。事后派人调查，才知道有不少官员子弟，是靠托人情而被录取的，而武济川虽非官员子弟，却是李昉老乡，显然其中有弊。

于是，赵匡胤下旨，以后礼部考试合格者，必须由皇帝亲自主持一次殿试，殿试合格者，方能授给进士及第。自此以后，那些走后门拉关系而滥竽充数者少了许多，于是舞弊得到一定程度的制止。自此以后，进士考试，最后由皇帝亲自主持面试，便成为定制，被以后历代皇帝所仿效。

李云博省亲回来，得知李昉主持科考出了事，大惊失色，连忙上奏自责请罪，并要引咎辞职。赵匡胤知道，自从辽国易主，耶律休哥大兵进驻燕云十六州之后，李云博的心思已不在朝中，三天休假，五日称病，什么长女李慕霜及笄，长子李慕南加冠，次女李慕烟病重，就是小儿子李慕秋周岁也要请假，难道你就不会学学其他朝臣，将一家老小接到京城来定居？自己也一直住在开封馆驿里，这哪里像个家？几次给你赐送府邸，你又坚决不受，真的太不像话了！今日又来引咎辞职，赵匡胤心里很不痛快。但是，他又拿李云博没办法，因为这一切，都不幸被李云博言中。于是准许李云博辞职，让他以翰林学士、尚书右丞之衔判国子监，并对国家礼乐、典章以及军事等方面的经验进行总结，着手进行这些书籍的编撰。李云博对于文化研究下力不多，却对军用火药和炮火军队建设苦心孤诣，将这些年来的武器开发使用做了全面总结，并希望将来将这些成果全部交出，后来这些成果被编撰在宋朝大型军事典籍《武经总要》里。与此同时，他开始为回乡振兴家族爆业做准备，积极将多年以来大规模使用火药的经验重新用在民俗上，开始尝试烟火的制作。

开宝七年十月，赵匡胤发出诏书，命令曹彬为升州西南路行营马步军战舰都部署，潘美为兵马都监，起水陆兵马十万，进军讨伐江南。同时，派客省使丁德裕带禁军一千人从扬州乘船出海驶抵杭州，带去圣旨，任命吴越王钱俶为东南面行营招抚制置使，丁德裕为监军，共同起兵从南面配合曹彬，夹击南唐。次年十一月二十五日，宋军攻破金陵，李煜降，被押往京师，南唐灭亡。

开宝九年初冬，赵匡胤巡视西京途中突发恶疾。当天夜里，他便发起烧来，休息二天，请太医诊治，认为是小病，于是便让返驾回汴京。巡视西都回来以后，匡胤顿时好像苍老了几倍，身体一直疲劳无力，低烧不退。不久，背上又生了一个大疽。忙召太医探视。谁知背疽久治不愈，把一个生来胖大的赵匡胤，竟病得一天比一天消瘦起来。终日背疽疼痛，说话也有气无力了。最后连坐起来的气力也没有了，终日昏睡于床。

这天傍晚，他从睡梦中醒来，预感到自己大限已到。便传旨速召晋王赵光义入宫晋见。

赵光义来到，匡胤伸出瘦得筋骨毕露的手，握住光义的手道："为兄不行了。十年前母后去世时，告诫要吸取前朝教训，不可立年幼之君，让为兄传位于你，现在朕子德昭虽年过二十，但是毫无功勋和威望，而且朕观察很久，德昭生性浮躁少智，也实在难以继承大业。所以，必须按母后遗嘱，传位于你，这诏书，在母亲去世时早已写就，藏于慈宁宫密室金匮之内。兄弟可以让胡公公取出验看。"

赵光义听后，哭拜于地，说道："皇兄不要胡思乱想，安心养病，终究会好起来的。"

赵匡胤摇头道："不要多讲。为兄还有要事吩咐于你。其一，全国目前基本统一，可惜为兄不能亲眼看见北汉和燕云十六州回归中国版图了。你务必要继承朕的遗志，削平北汉，收复燕云，北拒契丹。其次，北汉大将杨业，实为一个不可多得的将才。你务必设法收降此人，为我所用。不把此人争取到手，北汉虽是弹丸之地，也是不容易平灭的。最后，也是最重要的，李云博乃宰辅之才，却因为赵普原因，一直未被启用。这是朕留给你最好的礼物了。这些你记住了吗？"

赵光义只是点头说："臣弟牢记了。"

赵匡胤便挥手道："好了，你去准备后事吧。"

赵光义出来不久，这位大宋开国太祖皇帝赵匡胤，便停止了呼吸，终年五十岁。

赵光义即皇帝位，改名赵炅，改号太平兴国，大赦天下，封赏大臣。尊宋后为开宝皇后，授弟光美为开封尹，进封齐王，所有太祖、廷美子女，并称皇子皇女。光美因避主讳，易名廷美。封兄子德昭为武功郡王，德芳为兴元尹、同平章事；薛居正为左仆射，沈伦为右仆射，卢多逊为中书侍郎，曹彬为枢密使、同平章事，潘美为宣徽南院使。次年孟夏，葬太祖于永昌陵。

◆◆ 二、天下归一，燕云十六州成为永远的痛 ◆◆

赵炅刚刚即位，朝野"烛影斧声"传闻骤起，说是晋王奉旨探视，屏退左右。近侍在帷幕之外，远远见烛影摇红，或暗或明，仿佛似晋王离席，人影逡巡，继而闻柱斧截地声，又闻先帝高声道："你好好去做！"这一声大叫激烈而凄惨。也不知什么缘故，突然看见晋王来到寝门旁边，传呼内侍，速请皇后皇子等到来，这时候，先帝已经崩逝……有的说，先帝生一背疽，苦痛得不得了，晋王入视，突见有一女鬼，用手捶背，他便执着柱斧，向鬼劈去，不意鬼竟闪避，那斧反落在疽上，疽破肉裂，先帝忍痛不住，遂致晕厥，一命呜呼；有的说，晋王意欲上位，谋害皇兄，特地屏去左右，以便下手；也有的说，先帝并未留下传位遗诏，"金匮盟书"是伪造的……因此，晋王谋害皇兄的流言不径自走，这让赵炅痛苦不堪。他在束手无策之际，突然想到李云博，便召他过来商议对策。

李云博参拜之后，说道："这等流言骤起，不外乎有二：一是先帝习武出身，一直龙体康健，从未有过小疾，突然崩逝，难免引起外人胡乱揣测；二是先帝崩逝，只有圣上一人在场，这同样让人生疑。不过，圣上早就获封晋王，官居中书令，总领国政，是先帝刻意培育的储君，满朝文武不会不知。但是，自古自今，皇位继承，遵循这样的次序：父死子继、兄终弟及，如若前两者都没有，那么就在皇室之中拥贤尊能。朝野有此传闻，可见此等观念根深蒂固，大家一般都认为，父死子继优先于兄终弟及，况且先帝嫡长子德昭年逾二十，这种揣测也在情理之中。圣上不必忧心，微臣有一计，如若圣上准奏，一定让朝野扫清迷雾、拨云见日。"

赵炅大喜，问道："李爱卿有何妙策，快快奏来！"

李云博道："先帝曾跟微臣提到过'金匮之盟'，这是圣上合法即位最有力的证据。据微臣所知，先帝传位圣上，早在建隆四年，皇太后临终前就有谋划，这就是'金匮盟书'，当时只有太后、先帝、圣上和赵普在场。如今太后和先帝均已崩逝，知情的除了圣上之外，就只有赵普一人了。而且，此诏乃赵普书写，只要赵普出面澄清，所谓'金匮盟书'系伪造的流言也就不攻自破。微臣奏请圣上复起赵普为相，赵相开国元勋，威望极高，主政多年，建树颇丰，他来作证，无人不信。"

"什么？复起赵普为相……"赵炅一愣，道，"赵普此人，老谋深算，隐晦诡谲，权欲极重而又贪赃枉法，朕怕驾驭不住他……"

李云博笑道："圣上此言差矣。赵普为人，的确城府很深、工于心计。但有一条，他对朝廷的忠心，始终不渝，这是微臣这些年，唯一能够把握住赵普的底线。他出身微贱，依靠先帝而成就大业，离开先帝和大宋王朝，他赵普什么都不是。这大宋江山能有今日，赵相几乎倾注了毕生心血。后世宰辅之中，无论是谁，其功业都不可能超过赵相，就像我大宋后世皇帝，功业也不可能超越太祖皇帝一样。他已是朝廷开国贤相，绝不会滥施权威，图谋不轨，让自己晚节不保。"

赵炅沉思着，说道："爱卿所言甚是……只是，如今薛居正尚在相位，又刚刚加封他为左仆射，没有理由更换他啊……"

李云博笑道："可是几日前，圣上还说，只要微臣应承圣上入阁辅政，谁都可以换下，包括薛相。赵普比微臣和薛相资格更老，威望更高，建树更大，为何不可以呢？"

"这……"赵炅被他问住了，也笑道，"道理如此，可是……"突然，他转移话题问道，"岫南兄，你想想看，除了换相以外，还有没有其他办法？"

李云博知道赵炅一直对赵普心存芥蒂，除了自己饱受他的排挤打压之外，岳父李处耘的死，也与他有关。如今即位九五之尊，凡事以大局为重，不打击报复你赵普，已经够仁慈了，可是要重用你为相，肯定一百个不愿意。于是说道："回禀圣上，重新启用赵普，可谓一举两得，即能澄清流言，又可凭借其威望，巩固圣上权威。这是最好的办法。若要求其次，则是收取北汉，纳土吴越，完成先帝尚未完成的统一大业，建立帝王之功，创下不朽之业。"

赵炅大喜："好，那朕就继续开疆拓土，完成统一大业。"

李云博道："圣上要明白，就算收取了北汉，纳土了吴越，圣上之功业绝不会盖过太祖皇帝。"

赵炅反问道："如若朕又收复了燕云十六州呢？"

李云博大惊，说道："耶律璟已死，辽国易主，耶律贤虽然只有二十出头，但他绝非等闲之辈，一即位，就派大军驻守幽燕，又多次派军救援北汉。而定难节度之地，党项人迅速崛起，西部将临大敌。微臣以为，收复幽燕的大好时机已经不复存在，北部边境，重在防御……"

赵炅打断他的话道："爱卿言之有理，朕知道了……"

李云博没想到这个赵光义登基以后，越来越刚愎自用，长叹一声，行了叩拜大礼，退出宫去。

太平兴国二年（977）八月，李云博再次受命主持科考，这年，人才众多，录取进士上百人，开启了读书人科举入仕的热潮。

太平兴国三年（978），吴越王钱俶呈上版籍纳土于宋，吴越亡。东南一带，尽为宋有。赵炅乃力谋统一，准备兴师往伐北汉。宰相薛居正等，多言未可，枢密使曹彬独言可伐。赵炅听了曹彬建议，任潘美为北路招讨使，起兵十万分四路进兵，同攻太原。又命邢州判官郭进为太原石岭关都部署，阻截防范辽国燕蓟援师。第二年，赵炅御驾亲征，率领十万大军增援潘美，很快攻占太原，北汉皇帝刘继元降，北汉灭亡。

接连大胜，赵炅决定继续北进，收复燕云十六州。李云博闻报，多次从京师上奏，请赵炅班师，再次重申北汉平定之后，一统战争宣告结束，接下来就是休养生息，富国强兵。等到国力强盛，远远超过北辽之后，再伐幽云，与契丹人决一死战。如今去收复燕云，不仅实力不济，而且是对辽不宣而战，这样不仅会损兵折将，空耗国力，也会与契丹交恶，给他们南下制造口实。刚刚收取了北汉的赵炅哪里肯听，御驾北上，在高梁河被辽国大将耶律休哥、耶律斜轸左右夹击，数十万大军死伤过半，大败而回。刚回京师，就闻边关急报，契丹大将耶律休哥等率五万铁骑，入寇镇州，惊慌之下，连忙派北汉降将杨业为帅，北上御敌。杨业不负圣望，大破辽军，取得了镇州之捷、雁门关之胜。捷报传来，赵炅大喜，重赏将士。

没想到辽国皇帝耶律贤闻知耶律休哥大败，亲自南下督阵，辽军士气大振，一路南下，重挫宋兵。宋军不是对手，被杀得七零八落，连关城都守不住，一哄而散弃关南奔，逃入莫州。休哥追至莫州城下，大兵围攻，昼夜不息。军情急报飞达宋廷，赵炅也龙颜大怒，于是下诏再次御驾亲征，调集诸将，向北进行。途中又接官军败绩消息，命令加速前进。到了大名，才得知辽主耶律贤已退，乃令曹翰部署防御，自己回到汴京。可是回来不久，越想越不服气，又准备兴师伐辽，朝臣多迎合上意，奏称应速取幽云十六州。李云博虽然已经不参与政务军务，但事关重大，多次求见均被拒绝，只得上书谏阻，奏折略云：

> 方今天下一家，朝野无事，圣上虑者，莫不以河东新平，屯兵尚众，幽、蓟未下，辇运为劳，臣愚以为此不足患也。河东初平，人心未固，岚、宪、忻、代，未有军寨，入寇则田牧顿失，扰边则守备可虞，及国家守要害，增壁垒，左控右扼，疆事甚严，乃于雁门、阳武谷，来争小利，此其智力可料而知也。圣人一事，动在万全。百战百胜，不如不战而胜……所谓择卒不如择将，任力不如任人，如是则边鄙宁，边鄙宁则辇运减，辇运减则河北之民获休息矣。臣闻家六合者以天下为心，岂止争尺寸之事，角强弱之势而已乎？是故圣人先本而后末，安内以养外。陛下以德怀远，以惠勤民，内治既成，远人之归，可立而待也，何必穷兵黩武为哉？谨此奏闻！

赵炅接到奏折，猛然想起李云博事前就说过的那些话，如今一一验证。特别是这两年北伐过程中，他不仅没有提升威望，反而因为高梁河大败、两国陷入混战而威风扫地，后悔不迭。特别是高梁河一役，数十万大军毁于一旦，他也被打散了，军中大将们找不到皇帝，于是准备拥立赵匡胤长子赵德昭为皇帝。这让他变得狐疑不定，凡事都更加小心谨慎。既然李云博如此反对，那肯定有他的道理，于是打消继续北伐幽云的念头，恰巧这一年宰相薛居正病故，就又复起赵普为相，主持政务。赵普积极向皇帝输诚，表达忠心，公布"金匮之盟"的秘密，这场信誉危机才得到化解。

至此，宋朝基本统一了天下，但是，幽云之地始终在辽国治下，这也成了大宋君臣们心中永远的痛。

◆ 三、再度复相，赵普极力举荐李云博 ◆

话说雍熙元年（984），陈抟老祖再次奉旨入朝。其实早在太平兴国年间，赵炅就有旨召陈抟入京，陈抟奉命觐见皇帝，很蒙优待，赐以金帛，不受而去。这次陈抟进京，皇帝赵炅益加礼重，对宰臣宋琪、李昉说道："老祖有志独善，不求利禄，这真所谓方外散人呢。朕与他谈及世事，他自言历经离乱，今幸天下太平，所以复来朝觐。朕看他年过百岁，终日不食，却精神矍铄，步履雍容，真正难能，真正难得！"

宋琪道："从前巢父、许由，想亦如是。"

赵炅笑而不答，随即命太监送陈抟至中书省。宋琪等相率迎入，款待殷勤，座间问道："先生玄默修养，得此道术，可否赐教一二？"

老祖答道："抟系山野鄙民，无益世用，所有神仙炼丹，及吐纳养生的方术，统未知晓，怎能传人？就是白日升天，亦与国家无补。今圣上龙颜秀异，冠绝天人，博达古今，深究治乱，真是有道仁圣之君。诸公生当盛世，正是君臣协心同德、兴化致治的时候，勤行修炼，无出此右，不必再求异术了。"可见，陈抟老祖虽为隐逸之士，却不谈旁门左道，见识独高。宋琪等闻言，无不称善。第二日，便将陈抟所言一一奏报，皇帝益加叹赏，诏赐陈抟号"希夷先生"，赐给紫衣一袭，留陈抟在圣清观修行。

李云博听说师尊来京，赶紧往圣清观拜见。师徒叙话，很是投机。陈抟老祖得知李云博早已淡出朝中政务军务，专心文化典籍研究著述，而且颇有成就，很是欣慰。但又有些奇怪，于是问道："岫南啊，为师曾听你说过，你志在辅佐雄主，扫平天下，待到四海升平，立即解甲归田，振兴家族大业。你如今夙愿达成，为何还待在朝中，不早日归隐呢？"

李云博道："师尊有所不知。弟子之志，从未更改。然而，弟子自前朝入朝以来，世宗皇帝便刻意褒扬，说弟子是他的同门师弟，未来的宰辅；而后大宋开国，又一直被诸位皇帝列为宰辅之才。弟子知道，一旦入阁为相，这一辈子就离不开了。因此，自开宝以来，弟子淡出政事军务，转入后台，就是为了今后抽身。今日师尊来京，定有脱身之计，求师尊不吝赐教，指点迷津。"

陈抟老祖哈哈大笑："你绝顶聪明，难道还没有主意？别卖关子了，说出来，为师帮你就是。"

李云博道："弟子哪有什么主意？求师尊帮弟子算算，哪年是弟子归隐之期？"

陈抟老祖掐指一算，笑道："快了，呵呵呵……"

李云博连忙叩首问道："恳求师尊如实告知。"

陈抟老祖道："天机不可泄露。该你知道，自然会让你知道。你就静候佳音吧。"说罢，就又酣然入睡，怎么叫也醒不来了。李云博无奈，只得悻悻而归。

雍熙三年，新年刚过，赵炅升朝，又商议收复燕云之事。原来，辽景宗耶律贤病逝，十二岁的长子耶律隆绪继位，尊皇后萧绰为皇太后，并由萧太后摄政。赵炅觉得契丹主幼，委政萧氏，似属有机可乘，早就打算兴兵伐辽，无奈众臣劝阻，这才作罢。过了两年，他终于下定决心，举全国之力收复燕云，于是命曹彬为幽州道行营都部署，崔彦进为副，米信为西北道都部署，田重进为定州都部署，潘美为云、应、朔诸州都部署，杨业为副，起兵四十万，分三路大举伐辽，意欲趁契丹孤儿寡母、主少国疑之际，一举收复燕云十六州。

李云博得知消息的时候，大军已经集结，皇帝赵炅正在城郊举行出征大典，犒劳将士，举酒壮行。李云博飞马赶来，但听赵炅对曹彬说道："……先命潘美趋云州，卿等率十万众，但声言进取幽州。途中要持重慢行，休得贪利急进！胡虏闻大兵到来，必悉众救范阳，不暇顾及山后，那时掩杀前去，可望成功……"

李云博大急，上前谏道："启奏圣上，收复燕云时机已过。望圣上收回成命，休养生息，罢息兵戈。"

赵炅见李云博赶过来阻止，老大不高兴。他忍着性子说道："李爱卿，自开宝以来，你已不再言兵。为何今日朕出师之际，前来阻兵啊？"

李云博叩首道："回禀圣上，微臣早已不言军政，但今日之兵，事关重大，关系社稷安危，微臣不得不阻。"

赵炅怒道："朕以为，爱卿胸有韬略，通晓军政，不仅知兵能战，而且长于政事，多次请你入阁为相，你却推三阻四，不愿总领军政。你要朕听你的，那好办，就出来主政。只要你肯入阁为相，朕当着满朝文武的面，对你承诺，今后无论军国大事，一切都听你的，如何？"

李云博道："微臣入朝二十余载，一切以国事为重，并不计个人得失。官位国家公器，宰辅国之重臣，唯有德有才者居之。微臣知道自己德薄才疏，不奉圣上之诏入阁，唯恐辜负圣上所托，贻误国家大计。况且当前，满朝文武之中，确实有更适合的宰辅人选。圣上以此怪罪微臣，微臣无话可说。但是，今日兴兵，事关江山社稷存亡，微臣不得不说……"

"好了！既然你不愿主政，社稷安危，与你何干？"赵炅制止他道，"朕意已决，爱卿勿用多言！"

李云博把头叩得嘭嘭只响："圣上，请容微臣说完……"

"朕不想听！"赵炅喊道，"来人，将李翰林请到路旁，看朕大军开拔，直捣燕蓟，一举收复幽云！"

李云博被架到路旁，突然间跪在地上，朝赵炅大声哭喊道："圣上啊，辽景宗耶律贤即位后，十余年来一直励精图治，国力增长不止一倍，虽然如今崩逝，可是太子即位，太后摄政，朝野没有出现异常，不是收复失地的时机。北狄游牧之族，分散而居，部落林立，野蛮贪婪，相互争斗司空见惯，久而久之必生内乱。如若借幼主初立、寡母摄政之际，乘人之危大举讨伐，国难当头、人人自危，他们必定放下旧日恩怨和相互争斗，团结一心抵御外辱。而我大军远上幽云，诸多条件都比不上辽人的以逸待劳，就算打几场胜仗，最终还是劳而无功……况且这个萧太后，可不是等闲之辈啊，得罪了她，我朝北疆，将永无宁日！望圣上三思……"

赵炅勃然大怒："李云博，兴师之际，你一而再、再而三地横加阻挠，长他人志气、灭自己威风，尽说些丧气话，是何道理？来人，将李云博押入大牢，等大军得胜，班师归来，再行发落！"

"是！"几位禁军勇士架起李云博就往外边拖，李云博仍然哭喊道："良药苦口啊，圣上！请圣上三思而后行啊……"

"大军开拔！"但听曹彬一声令下，十余万禁军开出营门，远征幽云去了。

话说大宋三路大军一起北上，起初势如破竹，连战连捷，一度占领寰、应、云等诸州，所至皆克。捷报送达汴都，百官齐贺，喜得赵炅眉开眼笑。这时候，又被罢相出镇地方的武胜军节度使赵普，听说李云博入狱，特意前往探视，问明原因，也大惊失色，于是上书进谏道：

伏臣目睹今春出师，将以收复关外，屡闻克捷，深快舆情。然晦朔屡更，荐臻炎夏，飞挽日繁，战斗未息，劳师费财，诚无益也。……臣闻战者危事，难保其必胜，兵者凶器，深戒于不虞，所系甚大，不可不思。臣又闻上古圣人，心无固必，事不凝滞，理贵变通，前书有兵久生变之言，深为可虑。边庭早凉，弓劲马肥，我军久困，切虑此际或误指纵，臣方冒宠以守藩，易敢兴言而沮众？盖臣已日薄西山，余光无几，酬恩报国，正在斯时。陛下计不出此，乃信邪谄之徒，谓契丹主少事多，可以用武，以中陛下之意，陛下乐祸求功，以为万全，臣窃以为不可。伏愿陛下审其虚实，究其妄谬，正奸臣误国之罪，罢将士伐燕之师，非特多难兴亡，抑亦从谏则圣也。伏望速诏班师，无容玩敌。古之人尚闻尸谏，老臣未死，岂敢面谀，为安身而不言哉？李翰林冒死阻师，心系社稷安危，因由在此。老臣冒渎尊严，无任待命！

这奏折刚刚呈到圣驾前，又有捷报到来，说是大军攻入蔚州，将进逼幽州了。赵炅被胜利冲昏了头脑，根本听不进赵普的谏言。而契丹大将耶律休哥，初因部下兵寡，不敢轻敌，专令轻骑锐卒，截宋粮道，一面报知辽廷，恳请萧太后速发援兵。两军展开旷日持久的鏖战，双方均死伤惨重。太后萧绰，又名萧燕燕，本是一个女中丈夫，接得休哥禀报，竟自统雄师，扶着幼主，出都南援。耶律休哥闻太后亲率援兵将至，立即传令大军大举反攻，杀得宋军丢盔弃甲，落荒而逃。接下来，宋军连吃败仗，先后经历了岐沟关、朔州、君子馆三次惨败，不仅未能收复燕云，而且损失惨重，国力大亏。这场北伐，总共丧师不下三十万，尤其是素有天下无敌、威震北疆的名将杨业被俘，不久遇难，使得太祖赵匡胤时期养精蓄锐而形成的对辽作战的优势彻底丧失，北宋积弱之势开始形成。

惨败之后，赵炅怒不可遏，将所有支持收复燕云十六州文武大臣一律降的降职，罢的罢免，宰相李昉、枢密使曹彬均被罢免，仍不能平复心中怒气。突然想起赵普的奏章，劝他见好就收，并说李云博阻兵有理有据，并非危言耸听。无奈之下，再次启用赵普为相，任命赵普为太保兼侍中，主持朝政，吕蒙正为次相，王沔为参知政事，启用张宏为枢密副使，临时主持枢密院事务。李云博也被无罪释放，仍然判国子监。

赵普再度复相之后，多次举荐李云博入阁，而且还声称，自己老了，内阁要培养首辅之臣，李云博是不二人选。但是，赵炅本来认为北伐契丹收复燕云十六州志在必得，没想到丧师辱国惨败而归，于是将李云博阻师死谏所说的话看成一语成谶，更认为是他在出师之际，哭丧一般横加阻拦，动摇了军心，影响了士气，对他很是怨恨，两人也渐行渐远。因此，对于赵普的力荐，赵炅自然不置可否，全然不当回事。

◆ 四、司职新年宫廷炮礼，李云博详解"黑乎兄" ◆

虽然遭遇北伐失利，但赵炅并不甘心自己文治武功落后于太祖甚至前朝世宗皇帝，由于在军事上无法建树，便开始了一系列的文化举措。他大兴科举，推进文人治国，四

处祭祀名山大川，特别是前后多次祭祀东岳泰山，歌颂天下太平，为自己脸上涂脂抹粉。又大建庙宇发展宗教，让各大教派并存，为大宋天下祷告祈福。还规定每年新春为泰宁节，举国上下放假娱乐，并在这期间燃放宫廷炮火，讴歌本朝河清海晏、天下太平。

端拱元年（988）正月，李云博奉旨司职新年宫廷炮礼，决定将这些年来一直研究开发的大型成架烟火全部展示，一连放了五场，把皇室宗亲、满朝文武和汴梁城百姓看得心花怒放、流连忘返。这是烟火正式作为皇室庆祝新年礼仪用品的开始，从此成为定制，并逐渐被各地州县相仿，不断走向民间。赵炅虽然也很喜欢这些烟火，但总觉得李云博身为朝臣，又曾是爆战军主要将领，居然放下了炮火武器的研制和开发，一门心思把定国安邦的火药，用于干这些雕虫小技之类的玩意儿，太不务正业了。要是这次收复幽云十六州，若有大威力炮火甚至更高明、更先进的炮火武器助阵，说不定也不会如此惨败……他嘴上不说什么，心里对李云博越来越不满了。

忙完新年炮礼，李云博就又上书朝廷，恳请解甲归田。奏折递上去后，他已无事可干，就待在开封驿馆里练习书法。这些年来，他的书法有了长足的进步，先学颜鲁公，又师承二王小楷，最后就一心一意学习钟太傅楷书。他的书法很不合时宜，在行草流行的宋代，他一心取法钟王楷书，追求古朴率意、书卷十足的文气，可谓孤芳自赏，不入俗格。

写了个把时辰，突然听见驿馆门外有人喧哗，他停下笔来，从窗户往外观望：原来是一群年轻人，都是通过科举的进士，又给他拜年来了。

李云博连忙开了门，热情相迎。士子们都行了礼，然后进门叙话。这群士子，都是他再次奉命主持朝廷抢才科考，在太平兴国二年至太平兴国五年间考中进士的青年才俊，都是天子门生。三位状元吕蒙正、胡旦、苏易简都来了，还有他最为得意的寇准、李至、李沆等也来了。这些人，都是国家的栋梁，很多人已经身居要职，比如吕蒙正已经入阁辅政，李至曾任参知政事，寇准也任枢密直学士。而这群由科考入仕的学子，一个个对李云博的才学人品佩服之至，虽然他已不是朝中显贵，但这些仕子，仍然一如既往地来看他，经常讨教问题，商议国家大事。而今年新春聚会的议题，就是北伐惨败，将来何为。

学子们一进门，就对今年的宫廷炮火赞不绝口，又欣赏了李云博的书法之后，就一个个慷慨激昂，痛陈时弊，各抒己见，有的甚至针锋相对，争得面红耳赤。最后，请李云博裁决。李云博推托不过，笑道："各位学子已经跻身朝堂，公务之外，心系北疆，不忘国忧，老夫深感欣慰。俗话说得好，人无远虑、必有近忧，不谋全局，不足以谋一域。大家说得都很好。但是，我们谋划国之将来，一定要立足现实，放眼四周，多方比对，综合评估，然后选择最为合适的策略。老夫以为，李侍郎、寇学士之'保民为要、和为根本'符合实际。为何，原因很简单，大宋继承先朝遗志，致力于天下一统，而这场统一战争，打了整整三十年！三十年的战争，国力耗费巨大，民生不堪重负，厌战反战之声迭起，如若继续穷兵黩武，不仅国力式微，而且人心背离，这是逆势而为，不可取啊！"

"先生谬赞了。"曾任参知政事，因为反对北伐而被贬为礼部侍郎的李至问道，"学生不明白，先生堪堪大才，为何一直不奉诏命，入阁辅政呢？"

"这个嘛……"李云博起身，走了几步笑道，"这个嘛，其实很简单。一代人有一代人的使命。老夫自认为，我等使命就是，辅佐雄主，一统天下，让人伦复归太平。如今天下已然一统，老夫还留在朝中作甚？可是多次奏请，都被圣上驳回。老夫也是无计可施啊！这治理天下的大任，就仰仗在座各位了！"说罢，拱手施礼。

"岂敢岂敢！"大家赶紧回礼。

翰林学士苏易简问道："敢问先生，为何在大宋初立之际，先生力主收复燕云，而天平兴国以来，先生多次反对北伐，甚至以死相逼。为何前后观点截然相反？"

寇准不等李云博回答，接过话来说道："苏翰林是我等同榜状元，学富五车，书通二酉，不会是成天钻在故纸堆里皓首穷经、不问世事吧？古人云，战和看大势，势移则策易。先生当年力主北伐，收复燕云，那是因为新朝刚立，士气正盛，又兼得前朝世宗皇帝开创的大好局面，而且北边当时是昏庸暴戾的耶律璟当国，是辽国最为孱弱的时期。先生反对赵相先南后北、先易后难的统一路线，还被太祖皇帝关下大狱了呢！而太祖后期至当今圣上，我朝为一统天下付出极大代价，长年征战，民生疲苦，国力消耗，阵亡将士更是不计其数。而正如先生所说，天下一统之后人心思安，反战厌战情绪急升，加之北辽易主，经过景宗耶律贤十余年的励精图治，国力已经增长数倍，两者相权，我朝不处优势。这十余年的北伐，经过高梁河、莫州、岐沟关、朔州、君子馆五次惨败，损失大军数十万，劳而无功，空耗国力。这已经充分证明，先生预判，十分准确。你们也知道，这次兴兵北伐，赵相当时尚未复相，也上书圣上，恳请班师。我等后生，要切记这一惨痛教训啊！"

李云博听了，坐下来，看着寇准道："寇学士之言，深得大势之妙。当权谋国，就得眼观六路，耳听八方，大胆设想，小心求证，精心谋划，谨慎计算，不放过任何一个细节，只有在胜算确立、把握十足的情况下，才能顺势兴兵。如今大势不再，强起兵戈，不仅不能制胜，反而危及社稷安危啊！"

大家听了，都一个个点头赞同。想到北伐连连失利，一个个唏嘘不已。

寇准突然拱手问道："敢问先生，学生一直有一疑问，多次想请先生赐教。只是觉得这个疑问太过冒昧……"

李云博笑道："寇学士不必客气，学问讨论无禁区嘛。有何疑问，你尽管问，老夫知无不言、言无不尽。"

寇准问道："多谢先生。先生生于江南望族，长于爆业之家，家学源远流长，深得火药之妙。而我朝能一统天下，爆战军及炮火武器功不可没。学生要问，自先生退出军门之后，不再开发研制炮火武器，甚至连威力大一些的军用火药也不再配制，而是把精力放在火药的民俗用途开发上。先生为何眼睁睁地看着我大宋数十万将士，战死疆场，而不肯重掌爆战军，让炮火战队再一次在战场上摧枯拉朽、所向披靡呢？"

"哈哈哈哈……"李云博哈哈大笑，端起茶杯喝了一口，说道，"我说寇学士，你不仅眼光独到，察事精微，而且舌如利剑，直刺死穴，没有半点拖泥带水，让老夫浑身冒汗啊……真是孺子可教也。你这问题，还真有些难以回答，至少，难让人信服。老夫说，这是不在其位、不谋其政，你信吗？"

寇准笑道："先生心机，世人难察。如此搪塞，不信又能如何？"

"那好，老夫今日就尝试着说一说，对这件事情的想法。老夫还从未说过……"李云博就又站起身来，理了理思绪，说道，"老夫还是从头说起吧。早在晚唐哀帝元年，淮南杨行密部将郑璠，首先将火药用于军事，从而掀开了人间火药武器使用的序幕。当时天下诸侯林立，攻征杀伐不断，火药武器一出，天下诸侯便纷纷效仿，炮火军队也应运而生，都想借此而开疆拓土，甚至一统天下。可是，当时流行于世的火药，都是道家炼丹用的伏火法，不仅威力太小，而且产量过低，不能满足军事上大规模的需求。这时候，天下诸侯将目光聚集到'爆业金三角'，也就是老夫的家乡，这个地方是爆竹的发源地，有着悠久的火药生产使用历史，于是大家就将瑶池李氏的火药绝密传得神乎其神，都希望得到此等绝密，配制出威力巨大的火药，装备军队，从而在战场上处于绝对优势。那时候啊，楚国王廷，南唐朝廷，西蜀南汉，包括当时的中原王朝，都趋之若鹜……"

吕蒙正说道："学生想请教，先生府上，真有如此巨大威力的火药秘方吗？"

李云博反问道："你说呢？"

寇准笑道："如若没有，后来先生执掌爆战军，我朝炮火战队如何能够攻无不克、无坚不摧、大显神威呢？"

李云博道："虽然我李氏绝密，没有当时传闻得那样神乎其神，但比一般的军用火药，威力还是要大得多。关于火药绝密，我李氏家族早存铁律，那就是只能用于民俗，不能用于杀人。这就给我瑶池李氏带来了灭顶之灾。明争暗斗之中，老夫很多亲人都无辜丧生，无数乡邻死于非命，这让老夫清醒，如若继续墨守成规，抱住家族铁律不放，很可能会遭到满门灭绝。于是就有了将家族绝密用于火药武器的尝试，希望能帮助有道之君一统天下、再现和合人伦。这助力天下一统，就成了老夫平生夙愿。数十年的出生入死，如今天下基本一统，这一梦想终于成真，老夫心愿已了，没想到，火药武器的威力也就打起折扣来……"

李至突然感叹道："先生所言甚是！取淮南，平江南，定西蜀，收岭南，在一统天下进程中，火药武器那真是大显神威，所到之处，闻风丧胆啊！可是太祖皇帝亲征北汉，连月阴雨，结果无功而返；圣上北伐辽国，火药武器几乎没帮上什么忙。这火药武器，还真是奇怪！"

苏易简道："李侍郎难道不知，这是因为，这些军用火药，不是先生亲手配制，威力自然大不如前。"

"非也，苏学士所言差矣。"李云博摇摇头道，"一般军用火药的配方，老夫已经传授给各大炮火营的专业火药师，威力较大的，都传给了各大营的指挥使，他们配制的火药，比老夫配制的，差不了多少。"

吕蒙正一愣："敢问先生，这究竟为何？"

寇准笑道："吕相还不明白先生言下之意？先生是说，火药道家精魂，天成禀赋，只助仁义之师，不帮无道之兵。太祖征讨北汉，是在刘钧崩逝、幼子初立的时候，这是乘人之危，倚强凌弱，因为兴的是不义之兵，结果接连阴雨，无功而返；圣上平定北汉之后，目空一切，逆势而为，在错失机会之后，心存侥幸贸然进攻燕云，因为这是狂妄之师，才有高梁河惨败。先生还有一层意思，那就是，虽然，燕云十六州仍然在契丹人手里，但天下基本一统，火药已经完成了它的使命。继续攻征杀伐，已经违背了先生火药用于军事的初衷，也违背了火药天性。先生，学生说得对吗？"

李云博叹服道："这话，也只有你寇学士敢说啊，你真是深得火药之奥妙啊！是啊，火药是有生命的，是有德性的，更是有灵性的。你们不知道，老夫小时候，成天就是玩火药，老夫给火药取了个称呼……"

吕蒙正说道："先生，这个学生考证过。就是那时学生刚入翰林院，协助先生编撰《武经总要》火药武器部分时，亲自前往先生家乡，访问了先生家人，得知先生小时候，管这火药称'黑乎兄'，学生听到这个称呼，当时就笑喘了……"

"黑乎兄？"众人一听，也都觉得有趣，都笑了起来。

"对，老夫小时候，就叫它'黑乎兄'，而且成天和它们玩要，成天和它们说话，它们都听老夫的。比如，今日要炸条鱼，明日要猎只兔，下手之前，对它悄悄说几句，拜托拜托他，还真八九不离十……"李云博回想起小时候关于火药的往事，有些激动起来，

他顿了顿，就从往事中抽身回来，继续说道，"正如寇学士所言，黑乎兄，它只助仁义之师，不帮无道之兵。如若炮火武器真的到了攻无不克、战无不胜的程度，而且毫无德行，任人调遣，一旦落到贪婪之主的手上，那将是人间之大不幸啊！因为贪欲是无止境的，攻下辽国，还有漠北，还有远东，甚至向西还有数不清的国度，还有无边无垠的疆土。这样下去，何处是个尽头？发动侵略，就是无道，有德性有灵性的火药，必不助也！"

看着大家听得很是认真，李云博继续说道："老夫之所以致力于烟火试验，就是想告诉世人，李氏火药绝密，是为天下人的欢乐而生，是为天下人的幸福而生，更是为天下人的和平而生！把火药做成烟火，燃放在节日、盛典和婚丧嫁娶的夜空，就是表明，火药象征的是快乐和幸福，更象征着和平！火药可以制造武器，也可以制造烟火！而我们传承的火药文明，最核心的精神就是，维护安宁，制止战争，送去欢乐，捍卫幸福，火药应该尽可能地制造成烟火！尔等要切记，如今是和平年代，一切攻征杀伐的行为，都得停止！和辽国打了这么多年，为的是妄想实现一件根本不可能的事！就算侥幸成功，也会有更贪婪的想法，比如灭掉辽国！因此，这场战争注定是要失败的。和平年代，就得干和平年代该干的事，决不能妄开战端。和辽国也不能仇视下去了，这样下去，只能两败俱伤，最后鱼死网破，都被他国灭掉。所以，你们一定得设法，和辽国媾和，结下百年邦交，世代友好下去……"

末了，李云博告诫弟子："当前，我朝存在两大隐患。一是自太祖皇帝杯酒释兵权以来，朝廷重文抑武，开科取士，文人治政蔚然成风。但是，武将受到压制之后，所有战事，都得禀报，朝廷先出作战策案，并派监军监督执行，'将在外，君命有所不受'已成过去，军队战力必然下降，这必然造成文强武弱的局面，我朝军事，不会再处于上风。如此一来，北边外患，将长期存在；二是文人治政，常常会陷入路线之争，政见不同，很可能互相攻讦，相互倾轧，甚至相互拆台。老夫之所以不肯入阁为相，是因为老夫政见，与赵相相去甚远甚至背道而驰。比如一统天下进程，老夫主张秉承先朝王朴大人谋划，先取幽云，再图江南，先克强敌，再降弱国，软硬兼施，刚柔相济，这样以逸待劳，事半功倍。可是赵相要标新立异，显示朝廷神威，先易后难、先南后北，结果错失收复燕云十六州的大好时机，留下千古遗憾。试想，要是老夫也入阁为相，内阁会因为路线之争你死我活，如何推进一统天下战略？老夫深知文臣治政之弊，于是只得放弃自己路线，专心致志于军备，为赵相路线图拾遗补阙。吕中丞，你如今入阁辅政，又是仅次于赵相的次相，这一点，你须切记，别让朝臣因为政治主张不同而形成派系，甚至出现党争。一旦党争出现，朝堂分裂在劫难逃，国家危亡，亦不远矣……"

吕蒙正闻言，连忙躬身揖道："先生所言，切中要害，学生醍醐灌顶，受益终身。学生一定牢记先生教导，辅助首相，团结一心，绝不让朝堂内讧，避免党争。"

寇准道："先生教诲，学生茅塞顿开。学生一定牢记先生金玉良言，在和平年代，干和平年代该干的事……"

讨论大半日，李云博热情款待弟子们，酒席间仍然讨论不断。当然，这批才俊对李云博心存大局、不争权位的高风亮节赞叹不已，也知道李云博去意已决，惋惜慨叹不已。

李云博见自己的归隐奏请迟迟没有消息，于是进宫面圣，赵炅以政事繁忙为由没有接见。李云博无奈，回到住处，写了一封长长的奏折，历数自己入朝以来的大小事件，声称自己已经江郎才尽，无力报效朝廷，不愿尸位素餐，再次恳请解甲归田，回乡将烟火做成产品，推向全国，为天下百姓送去更多的幸福和欢乐，也是为大宋和平盛世贡献余热。奏折递上去，知道不使计谋，他要终老朝堂了。

宰相赵普也没闲着。这一年，他已六十七岁，又被皇帝任命为首相，深感自己力不从心，一直说服赵炅启用李云博为参知政事。事到如今，虽然天下一统的凤愿已经实现，但是，他不得不承认，李云博的路线图，远比他高明。李云博的学识、人品以及智慧，都比他强。如若当时有他主政，大宋王朝的器局绝对是另一番景象，至少燕云十六州，不会仍然在契丹人的统治之下。而今天，自己老了，李云博才五十出头，正是主持朝政的最佳年龄。挽留住李云博，是自己放心离开朝堂的最好办法。但是，看到皇帝无动于衷的表情，他也知道，一切都不可能了。

◆ 五、赵普长亭饯行，李云博一笑泯恩仇 ◆

陈抟老祖在圣清观住了些日子，闲暇时与皇帝谈诗作赋，论道说禅，不觉过了数月，于是告辞。赵炅见留他不住，命人修葺云台观，又送厚礼，陈抟不受，空手而还。端拱元年七月，陈抟令弟子贾德升，在张超谷下，凿石为室。室成，赵炅闻知，亲自书写"华山石室"四字相赠，派人送达。陈抟老祖移尊室内，手书数百言，嘱咐弟子遣送汴京。信上写道：

臣抟大数已终，圣朝难恋，当于本月二十二日，化形于莲花峰下张超谷中。大去之

时，有一事未了，还望圣上垂允。臣关门弟子李云博，乃一俗家弟子，虽非衣钵传人，但其心志，早系家业，无意功名，更无治政之心。望圣上看臣薄面，成全其晚年之志。圣上隆恩，臣结草衔环以报……

奏表上后，赵炅大惊，连忙遣李云博会同礼部侍郎李至及鸿胪寺官员，前往云台观吊唁。李云博赶到云台观，来到华山石室，但见有五色云彩遮蔽洞口，冉冉不散。进得洞来，陈抟老祖的遗体端坐在石榻之上，头戴逍遥冠，身披大鹤氅，手挽拂尘，面带微笑，闭目养神，肢体犹温，肤色红润，宛如平常参禅一般。李云博见师父这身打扮，与常日随性散漫有天壤之别，确信师父已经仙逝，连忙跪地叩首。然后以道家宗师之礼，送他归天。

做完道场，师兄贾德升送给李云博一张道符，说是师尊临终前，要他转交。李云博接过来一看，这是一幅陈抟老祖所创的《先天图》，图下配有几行道语：

通生无匮，因谓之道；吾欲亡言，观道微妙。

来去无由，天所定也；吾去尔来，随心即好。

李云博看罢，顿时悟出那日陈抟老祖替他测算离朝之日，原来是师父大去之时，不由得暗暗感动。他收起道符，和李至等人立即返程，将吊丧之事禀报给赵炅，赵炅听后，赞叹不已。赵炅又拿出陈抟老祖的奏折给李云博看，一通唏嘘之后，随即让他以昭文殿大学士、礼部尚书之衔致仕，终于同意他解甲归田。

李云博一得到赵炅圣旨，立即回到开封驿馆，吩咐江猛立即收拾东西，准备马上离京回乡。因为，赵炅多疑易变，说不定一转眼就会改主意，事不宜迟，自然是越快越好。可是转念一想，皇帝之所以一直不肯放他走，肯定是因为火药秘方的事。他连夜检索了《武经总要》稿子里关于军用火药和炮火武器的详细介绍，改定几处，将一些威力较大的配方删除，命人重新抄写完毕。然后就取出一册旧得发黄的手本，反反复复看了好几遍，觉得差不多了，就拿起笔来，用古楚篆体在封面上写下《瑶池李氏火药绝密配方》，等到墨色风干，就连同《武经总要》手稿一起，用包袱裹好，装进御赐的专门用于上奏的密匣里，命人在他离开后，上呈给皇帝。

第二天一大早，他就轻车简从，带上管家江猛等几个亲从，出了南门。向西行了数十里，便到达洛阳郊外。时至正午，早已人困马乏。李云博不想进城，害怕惊动官府，也不愿进入驿站，致仕官员，已无公干，他不想占公家便宜。于是就吩咐随便找一处酒家歇歇脚，吃点东西再继续赶路。大家于是快快前行，边走边关注酒家位置。突然，从前边传来一阵琴声，李云博仔细一听，这是古曲《高山流水》，虽然琴技不是十分高超，但情感真挚，别离之情酣畅淋漓。李云博知道，这是天下名曲，传说先秦的琴师伯牙一次在荒山野地里弹琴，樵夫钟子期竟能领会这是描绘"峨峨兮若泰山"和"洋洋兮若江河"。伯牙惊叹不已，连连称善，引为知音。钟子期死后，伯牙痛哭失声，摔琴绝弦，终身不复抚琴。这首曲子，自古至今经久不绝，洛阳城郊，难道有人送别？

思忖之间，李云博抬头望去，只见古道长亭边，一位须发俱白的老者，正在那里全神贯注操抚琴弦，看他的样子，似乎即刻就要与挚友道别，琴声凄婉，动人心弦。李云博想到自己匆匆离京，不辞而别，愧对许多老友新朋，也有些被感动了，不觉之间泪湿眼眶。正当他沉迷琴声、内心伤感之际，突然琴声戛然而止，远远传来一阵熟悉的声音："李学士，老夫在此恭候多时了！"

李云博定眼一看，这人不是别人，正是当朝宰相赵普！他顿时大惊失色，匆匆下马，赶过来见礼："晚生拜见赵相！晚生何德何能，致仕归乡，怎劳宰辅大驾，洛阳城外，亲操桐琴，长亭送别！"

赵普站起来哈哈大笑，回礼道："我朝真正的第一功臣离朝回乡，老夫这个唯权是命、徒有虚名的老相，焉能不长亭十里，恋恋相送？老夫知道你会不辞而别，昨日一得朝廷准你致仕的消息，连夜赶过来，在此恭候……来来来，岫南贤弟，老夫已经备下薄酒，专门为你饯行！"又回头对仆从吩咐道："那边几位，麻烦好生款待！"

"多谢相爷盛情，晚生恭敬不如从命！"李云博躬身入座，问道，"唯权是命、徒有虚名，赵相何出此言？"

赵普倒了酒，笑道："老夫一生，三度拜相，几起几落，争名于朝，争利于市，名为天下，实为自己，别人不知，聪明绝顶的江南神童，难道也当真不知？来来来，先饮一杯，聊表敬意！"

"岂敢岂敢！"李云博端起酒杯，相互致意之后，一饮而尽，"争名于朝，争利于市，赵相此言，有些苛责。晚生闻罢，顿觉高山，仰为观止。"说罢，倒满酒杯，恭恭敬敬回敬了赵普。

赵普并不客气，饮了酒后，放下酒杯，侃侃说道："老夫起于贫贱，虽然略有功勋于朝，但为相以来，作恶无数。比如一统天下开启之际，老夫日日妄揣圣意，洞察到太祖心机，将完备无缺的一统天下的路线图改了，还贪天之功，据为己有，让你和前朝王枢密千辛万苦制定的平边大策变成废纸，达到了提升自己、打压贤才的目的；又比如对于李处耘，多次痛下杀手，绝不含糊。想当初，老夫怕李枢密再立战功，平定荆湘力荐慕容延钊为帅，又在湖湘平定之后，借澧州杀降之事落井下石，最后让李将军抑郁而终，白白损失一员猛将；再比如对你李云博，你在前朝就被世宗皇帝定为宰辅，临终还念念不忘交代此事；太祖皇帝也多次有意，让你入阁拜相，老夫怕你抢了风头，多次密奏逸言，刻意陷害，甚至借那次祭祀南岳之际，对你痛下杀手……老夫罪孽，何止这些？"

李云博见他如此开诚布公，很是感动，拱手说道："人非圣贤、孰能无过，晚生看来，赵相如此而为，也绝非都是营私。灭国大战，统一天下，首要条件就是相权绝对集中，朝野意见一致，君臣齐心协力，任何杂音都对战局不利。晚生也是基于这些，才违抗圣意，拒绝入阁。其实，晚生所想，依然是顾全大局，和赵相并不矛盾。"

赵普点点头道："是啊，你李岫南，才是老夫谋国执政的知音啊！老夫要是早知道这一点，绝不会有后面荒唐无耻之举！来来来，老夫为自己后知后觉，干下一些为人不齿之事，特向岫南贤弟谢罪！"

"赵相言重了！"李云博将酒饮了，说道，"作为人臣，身处枢要，为了家国大业，哪有不行权谋之举？话说回来，无论怎样，赵相领政，都比岫南合适。赵相既注重大势，又察事精微，疑心颇重，凡事都宁信其有，不信其无。因此杀伐果断，不留遗患。而晚生多观大局，少问末节，以善对人，无据不责。再者，晚生常常对事不对人，喜欢秉公处事，而赵相却能事人两通，懂得权变，能察圣意，而后理া决断，处处维护了圣上龙威。如今想来，虽然燕云十六州未能收复，留下千古遗憾，但是赵相执掌权柄，仍然利大于弊。我朝能有赵公开国辅政，实乃家国幸事啊！"

赵普摆摆手，叹道："岫南此言，老夫认同。其实我朝所有功业，岫南暗中补缺，功劳更大。岫南实则是无冕之相啊！"

两人惺惺相惜，一盅一盏，越喝越来兴致。突然，赵普想起什么，问道："岫南，有一件事，要是前朝宰相范质不疏忽，恐怕……"

李云博知道他想说什么，喝了一杯，笑道："赵相是说世宗皇帝临终遗命，一定要晚生入阁为相吧。没错，要是范相执行了世宗遗命，让晚生入阁，赵相精心谋划的陈桥兵变，绝不可能发生。但是，主少国疑，孤儿寡母，这一统江山的进程，不知要推迟到猴年马月。虽然前朝失去江山，太祖皇帝也被谋逆流言困扰，终其一生，也未解开心结。但是，太祖受禅，却为天下一统带来生机。天命使然，祸福因由，又岂是人谋之过？"

赵普也独自饮了一杯，笑道："是啊，谋事在人、成事在天，又岂是人谋之过！"

李云博又端起酒杯，举起说道："晚生曾经说过，一代人有一代人的使命。我辈统一了天下，都将一个个退出历史舞台。赵相虽然再度复相，但年近古稀，只怕主政时日不多。赵相离朝之前，还是要有所安排啊！"

"唉……"讲到这个问题，赵普一声长叹，饮罢酒来，说道，"是啊，我这次拜相，只不过是北伐惨败、人事大换之际的过渡。本来，老夫觉得，你是继任宰相的最佳人选，多次上奏，毫无结果，老夫也是无能为力啊！如今见你去意已决，老夫也知道你是对的，一代人有一代人的使命。我们打下了江山，绝不能死皮赖脸尸位素餐，得让后人去治国理政了。岫南看来，可有宰辅人选？"

李云博道："这个嘛，晚生觉得，吕蒙正可以。他是太平兴国二年的状元，十余年来历练颇多，又精于政务，确实难得。"

"嗯。"赵普点点头，"吕相确有政才。然后呢？"

李云博想了道："然后就是吕余庆的弟弟，吕端也可。"

赵普一愣："吕端？这可是个糊涂人啊！"

李云博道："吕端藏锋守拙，看似木讷，实则内智。他是小事糊涂，大事绝不糊涂啊！"

"嗯……岫南所言甚是。然后呢？"

"再往后，肯定就是寇准了。将来实现北疆和平，很可能就看他了。"

两人聊得甚是投机，越往后聊，越是有些不舍。是啊，放下恩怨，笑对过往，一切都是过眼云烟。但送君千里，总有一别。李云博见天色不早了，就起身告辞上路。赵普又送了一程，拱手说道："岫南此去，回归故里。一定能领导族人，振兴家业，开创新局，让浏阳爆业名扬四海，誉满天下！"

李云博回礼道："多谢相爷吉言！晚生一定不负相爷嘱托，重振家业，富国富民，为大宋盛世增砖添瓦！"

又一阵你来我往，两人才依依惜别。

不日之后，李云博就过了长江，踏入岳州，但见洞庭湖畔人烟阜盛，一片安宁祥和的新景象，不由得感慨万千。过了岳州，取道龙回关，岳麓山就遥遥在望了。这时候，天色已晚，李云博决定找一处农家投宿。

走着走着，突然看见远处有一人家灯火辉煌，人声鼎沸，还有爆竹声。李云博估计是有人在办喜事，于是就和大家一起，前往看个究竟。

江猛过去一问，原来是一位员外家里儿子完婚。说明来意，员外很是惊喜，亲自迎了出来，邀李云博一行进屋歇息，并命人重开宴席，热情招待他们。

酒过三巡，李云博问道："员外家门大喜，为何不买些浏阳烟火，增色家庆？"

员外道："大人有所不知。我等普通人家办喜事，能够置办些编炮，已经够幸运了。前些年，连编炮都买不起，更谈不上买烟火了。而且烟火刚刚兴起，贵得很，只有达官贵人和富豪，才买得起啊。我等小康之家，也只能望洋兴叹啊。"

李云博道："实不相瞒，老朽就是浏阳瑶池爆业李氏之后，长沙城里有我们的商行。承蒙员外照拂，老夫也投桃报李。今夜，我就派人过去，命他们赶制一些烟火送过来，为员外家里的喜事增些声色吧。"也不等员外回应，他立即写了封信给李天骄，命管家立即起身，前往长沙。

大约过了两三个时辰，江猛和李天骄带着大队人马及烟火，赶了过来。员外大喜，连连道谢不止。

李云博会同李天骄指挥众人立即铺设现场，安装设备，半个时辰就准备好了，并指挥专人燃放起来。

于是，一场别开生面的小型烟火，在龙回关外乡野的夜空中开始绽放了。声动如雷，光火齐放，花团锦簇，五彩斑斓，将乡村的暗夜照得透亮。而从未见过如此场面的四野乡亲，起初一个个屏气凝神、目瞪口呆，而后又拍手称快、齐声叫好，到后来欢呼雀跃、奔走相告。欢乐，渐渐汇成了海洋，刹那之间就在这个名不见经传的山野间，此起彼伏地荡漾开来。

李云博也被这多年不见的场面感动了。是啊，火药制品，本来就该如此，为欢乐而生，为欢乐而死。它爱热闹的脾性，就是为人们的喜庆增光添彩的。只是这些年来，为了天下一统，他将火药用于军事上了，顾不上为天下人家送去欢乐和祝福。但是，经过这些年南征北战，他更加深切地感受到，只有在和平的年月里，欢乐才会真实存在，编炮烟火，才能为人们的生活锦上添花。

人声鼎沸，欢乐喧天。李云博想起这些年，带着家族绝密创立了爆战军，东征西讨，驰骋疆场，终于结束了百年乱世，实现天下大治，不由得感慨万千：火药，成为仁义之师一统天下的利器，也将成为维护和平的定海神针。如今，天下归一，人间和乐，自己已经离开朝堂，可以放手开始他的家族事业和新的理想了……李云博一边观赏着烟火，一边想着过往，百感交集。想着想着，突然诗兴大发，张口吟诵起来：

长夜漫漫，寂寥无边，一声怒吼冲霄汉，响彻宇寰。巨龙腾、猛虎啸，赴汤蹈火道义担。积淀千年，穿越硝烟，苦难瞬间得涅槃。只为那，妖雾尽、阴霾散，乾坤朗朗照人间。历坎坷九死犹不悔，举酒望明月，欲饮泪涟涟。

和平花焰，大爱浇灌，一腔热血洒长天，照亮黑暗。红雨落、绿烟飘，鸽飞雁舞霓虹缎。美轮美奂，绝伦惊艳，也邀繁星共狂欢。但见那，人声闹、锣鼓喧，载歌载舞庆祥年。叹世间万民享泰平，我华夏儿女，皆是英雄胆！

李云博吟咏的这首《焰火赋》，道尽了他一生的坎坷艰辛，也抒发了他功成隐退的人生愿景。一代军火奇才平天下的戎马人生就此结束，而一代焰火宗师开纪元的创业大幕又就此拉开。他创造的烟花，成为民俗文化的奇葩，代代相传，经久不息。直到今天，依然作为和平幸福的象征，开放在世界各地那些欢乐喜庆的夜空之中，继续书写着火药文明里，那一股永不磨灭的大爱情怀。

（全书完）

2017年8月2日初稿，于湖南浏阳安居园家中
2018年8月8日二稿，2019年2月5日改定